楚尘
文化
Chu Chen

北京楚尘文化传媒有限公司 出品

湘行集

沈从文别集

沈从文 著

中信出版集团 | 北京

图书在版编目（CIP）数据

沈从文别集 / 沈从文著 . -- 北京 : 中信出版社，2017.2（2022.7 重印）

ISBN 978-7-5086-7145-1

Ⅰ . ①沈… Ⅱ . ①沈… Ⅲ . ①中国文学－现代文学－作品综合集 Ⅳ . ① I216.2

中国版本图书馆 CIP 数据核字 (2016) 第 311353 号

沈从文别集

著　　者：沈从文

出版发行：中信出版集团股份有限公司

（北京市朝阳区惠新东街甲 4 号富盛大厦 2 座　邮编　100029）

承 印 者：河北鹏润印刷有限公司

开　　本：787mm×1092mm　1/32　　印　　张：181　　字　　数：2302 千字

版　　次：2017 年 2 月第 1 版　　印　　次：2022 年 7 月第 4 次印刷

书　　号：ISBN 978-7-5086-7145-1

定　　价：1380.00 元

服务热线：400–600–8099

投稿邮箱：author@citicpub.com

再版序

上个世纪五十年代，不少喜爱文学的读者迷上了契诃夫，这跟平明出版社接连推出 27 册汝龙翻译的《契诃夫小说选集》直接有关。

那时我家至少有三个契诃夫迷：做文学编辑的母亲、哥哥和我。谈论哪篇小说怎么怎么好，是不倦的话题。已经退出文坛改了行的父亲不参与，只有时微笑着对外人说："家里有三个契诃夫的群众。"

汝龙译的这套选集可贵之处，首先在于对作品的精选；第二是选进一些契诃夫的书信、札记，别人对他的回忆、评论等，分编到不同集子里，这些文字拉近了读者和作者的距离，是汝龙先生锦上添花的贡献。

到 1992 年编选《沈从文别集》的时候，我们自然想

到从平明版《契诃夫小说选集》取法。这也是父亲的愿望，尽管他不参与“契诃夫群众”的热情讨论，汝龙这套译本的长处他胸中有数。

我问过父亲汝龙为什么常赠送新书，他只简单说：“是朋友。”

母亲的补充才说清楚：“他翻译的那套英文契诃夫小说是我送的。”

据我充和四姨回忆，1932 年暑假，一个“说是由青岛来的，姓沈，来看张兆和的”羞涩客人，初次登苏州张家门，带的一大包礼物“全是英译精装本的俄国小说”。加尼特夫人的一套英译《契诃夫小说集》就在其中。

不懂外文的沈从文怎么买洋书？四姨说那是过上海时托巴金选购的。

父亲曾希望母亲朝文学翻译方面发展，送这样礼物包含着鼓励。愿望虽然没实现，礼物却终于转到最合适的人手里，促成被誉为契诃夫小说“最佳译本”的产生。朋友的成就四十年后启发着《沈从文别集》的编选工作。

当本书再版之际，我们感谢与它有缘分的几位文学前辈，也要感谢为我们想出《沈从文别集》总书名的汪曾祺先生。

沈虎雏

总 序

从文生前，曾有过这样愿望，想把自己的作品好好选一下，印一套袖珍本小册子。不在于如何精美漂亮，不在于如何豪华考究，只要字迹清楚，款式朴素大方，看起来舒服。本子小，便于收藏携带，尤其便于翻阅。八十年代初，有一家书店曾来联系过，也曾请人编了一套，交付出去。可是，落空了，未能实现。我一直认为是一件憾事。

现在湖南岳麓书社要为从文出书，我同虎雏商量，请吉首大学沈从文研究室合作，编选这么一套。这套选本和以前选法编法不同。我们在每本小册子前面，增加一些过去旧作以外的文字。有杂感，有日记，有检查，有未完成的作品，主要是书信——都是近年搜集整理出

来的，大部分未发表过。不管怎样，这些篇章，或反映作者当时对社会、对文艺创作、对文史研究……的一些看法，或反映作者当时的处境，以及内心矛盾哀乐苦闷，把它们发表出来，容或有助于读者从较宽的角度对他的作品、对他的为人以及对当时的环境背景有进一步了解。

出这套书，当然，同时也了却死者和生者的一点心愿。

张兆和

一九九一年十一月二十九日

目 录

湘行书简

湘行散记

湘行书简

初快到常德时，船只与水面情形，小船多载日用货，集中于码头，大船多扬帆摇橹，并歌呼而前。（本书插图为作者原作）

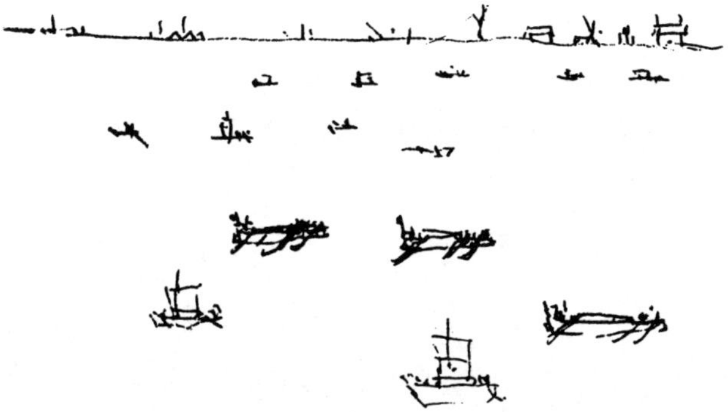

引子

张兆和致沈从文　之一

二哥：

乍醒时，天才蒙蒙亮，猛然想着你，猛然想着你，心便跳跃不止。我什么都能放心，就只不放心路上不平靖，就只担心这个。因为你说的，那条道不容易走。我变得有些老太婆的迂气了，自打你决定回湘后，就总是不安，这不安在你走后似更甚。不会的，张大姐说，沈先生人好心好，一路有菩萨保佑，一定是风调雨顺一路平安到家的。不得已，也只得拿这些话来自宽自慰。虽是这么说，你一天不回来，我一天就不放心。一个月不回来，一个月中每朝醒来时，总免不了要心跳。还怪人担心吗？想想看，多远的路程多久的隔离啊。

你一定早到家了。希望在你见到此信时，这里也早已得到你报告平安的电信。妈妈见了你，心里一快乐，病一定也就好了。不知道你是不是照到我们在家里说好的，为我们向妈妈同大哥特别问好。

昨天回来时，在车子上，四妹老拿膀子拐我。她惹我，说我会哭的，同九妹拿我开玩笑。我因为心里难受，一直没有理她们。今天我起得很早。精神也好，因为想着是替你做事，我要好好地做。我在给你写信，四妹伸头缩脑的，九妹问我要不要吃窠鸡子。我笑死了。

路上是不是很苦？这条路我从未走过，想象不到是什么情形，总是辛苦就是了。

我希望下午能得到你信。

兆和

一月八日晨

张兆和致沈从文　之二

从文二哥：只在于一句话的差别，情形就全不同了。三四个月来，我从不这个时候起来，从不不梳头、不洗脸，就拿起笔来写信的。只是一个人躺到床上，想到那为火车载着愈走愈远的一个，在暗淡的灯光下，红色毛毯中露出一个白白的脸。为了那张仿佛很近实在又极远的白脸，一时无法把捉得到，心里空虚得很！因此，每一丝声息，每一个墙外夜行人的步履声音，敲打在心上都发生了绝大的返响，又沉闷，又空洞。因此，我就起来了。我计算着，今晚到汉口，明天到长沙，自明天起，我应该加倍担着心，一直到得到你平安到家的信息为止。听你们说起这条道路之难行，不下于难于上青天的蜀道，有时想起来，又悔不应敦促你上路了。倘若当真路途中遇到什么困难，吃多少苦，受好些罪，那罪过，二哥，全数由我来承担吧。但只想想，你一到家，一家人为你兴奋着，暮年的病母能为你开怀一笑，古老城池的沉静空气也一定为你活泼起来，这么样，即或往返受二十六个日子的辛苦，也仍然是值得的。再说，再说这边的两只眼睛、一颗心，在如何一种焦急与期待中把白日同黑夜送走，忽然有一天，有那么一天，一个瘦小的身子挨进门来，那种欢喜，唉，那种欢喜，你叫我怎么说呢？总之，一切都是废话，让两边的人耐心地等待着，让时间把那个值得庆祝的日子带来吧。

现在，现在要轮到你来告诉我一些到家后的情形了。家里是怎么样欢迎你来着？老人家的精神是不是还好？你那大哥，是不是正如你所说的，卷起两只袖口，拿一把油油的锅铲忙出忙进？大哥大嫂三哥三嫂你记着替我同九妹致意没有？尤其是大嫂，代替大家服侍了妈十几年，对她你应该致最大的尊敬。嫂嫂们，你记着，别太累她们。你到家见妈时，记着把那件脏得同抹布样子的袍子换下来，穿一件干净的么？你应当时时注意妈妈房里空气的流通，谈话时，探听点老人家想吃点外面的什么东西，将来好寄。真的，有好些事我都忘了叮嘱你，直至走后才一件一件想起来，已来不及了……还有，到家后少出门，即或出门也以少发议论为妙。苗乡你是不暇去的了。听说你那个城子，要不了一会儿能可以走遍，你是不是也看过一道？一切与十五年前有什么不同？

三三
九日侵晨

张兆和致沈从文　之三

亲爱的二哥：你走了两天，便像过了许多日子似的。天气不好。你走后，大风也刮起来了，像是欺负人，发了狂似的到处粗暴地吼。这时候，夜间十点钟，听着树枝干间的怪声，想到你也许正下车，也许正过江，也许正紧随着一个挑行李的脚夫，默默地走那必须走的三里路。长沙的风是不是也会这么不怜悯地吼，把我二哥的身子吹成一块冰？为这风，我很发愁，就因为自己这时坐在温暖的屋子里，有了风，还把心吹得冰冷。我不知道二哥是怎么支持的。我告诉你我很发愁，那一点也不假，白日里，因为念着你，我用心用意地看了一堆稿子。到晚来，刮了这鬼风，就什么也做不下去了。有时想着十天以后，十天以后你到了家，想象着一家人的欢乐，也像沾了一些温暖，但那已是十天以后的事了，目前的十个日子真难捱！这样想来，不预先打电回家，倒是顶好的办法了。路那么长，交通那么不便，写一个信也要十天半月才得到，写信时同收信时的情形早不同了。比如说，你接到这信的时候，一定早到家了，也许正同哥哥弟弟在屋檐下晒太阳，也许正陪妈坐在房里，多半是陪着妈。房里有一盆红红的炭火，且照例老人家的炉火边正煨着一罐桂圆红枣，发出温甜的香味。你同妈说着白话，说东说西，有时还伸手摸摸妈衣服是不是穿得太薄。忽然，你三弟走进房来，送给你这个信。接到信，无疑地，你会快乐，但拆开信一看，愁呀冷呀的那么一大套，不是全然同你们的调子不谐和了吗？我很想写："二哥，我快乐极了，同九丫头跳呀蹦呀的闹了半天，因为算着你今天准可到家，晚上我们各人吃了三碗饭。"使你们更快乐。但那个信留到十天以后再写吧，你接到此信时，只想到我们当你看信时也正在为你们高兴，就行了。

希望一家人快乐康健！

三三

九日晚

沈从文致张兆和

在桃源

三三：

我已到了桃源，车子很舒服。曾姓朋友送我到了地，我们便一同住在一个卖酒曲子的人家，且到河边去看船，见到一些船，选定了一只新的，言定十五块钱，晚上就要上船的。我现在还留在卖酒曲人家，看朋友同人说野话。我明天就可上行。我很放心，因为路上并无什么事情。很感谢那个朋友，一切得他照料，使这次旅行又方便又有趣。

我有点点不快乐处，便是路上恐怕太久了点。听船上人说至少得四天方可到辰州[1]，也许还得九天方到家，

[1] 辰州即沅陵。

这分日子未免使我发愁。我恐怕因此住在家中就少了些日子。但我又无办法把日子弄快一点。

我路上不带书，可是有一套彩色蜡笔，故可以作不少好画。照片预备留在家乡给熟人照相，给苗老咪照相，不能在路上糟蹋，故路上不照相。

三三，乖一点，放心，我一切好！我一个人在船上，看什么总想到你。

我到这里还碰到一个老同学，这老同学还是我廿年前在一处读书的。

二哥

十二日下午五时

在路上我看到个贴子很有趣：

立招字人钟汉福，家住白洋河文昌阁大松树下右边，今因走失贤媳一枚，年十三岁，名曰金翠，短脸大口，一齿凸出，去向不明。若有人寻找弄回者，赏光洋二元，大树为证，决不吃言。谨白。

三三：我一个字不改写下来给你瞧瞧，这人若多读些书，一定是个大作家。

这是桃源上面简家溪的楼子，全是吊脚楼！这里可惜写不出声音，多好听的声音！这时有摇橹人唱歌声音，有水声，有吊脚楼人语声……还有我喊叫你的声音，你听不到，你听不到，我的人！

二哥

十三早十一点

小船上的信

船在慢慢的上滩，我背船坐在被盖里，用自来水笔来给你写封长信。这样坐下写信并不吃力，你放心。这时已经三点钟，还可以走两个钟头。应停泊在什么地方，照俗谚说："行船莫算，打架莫看"，我不过问。大约可再走廿里，应歇下时，船就泊到小村边去，可保平安无事。船泊定后我必可上岸去画张画。你不知见到了我常德长堤那张画不？那张窄的长的。这里小河两岸全是如此美丽动人，我画得出它的轮廓，但声音、颜色、光，可永远无本领画出了。你实在应来这小河里看看，你看过一次，所得的也许比我还多，就因为你梦里也不会想到的光景，一到这船上，便无不朗然入目了。这种时节两边岸上还是绿树青山，水则透明如无物，小船用两个人拉着，便在这种清水里向上滑行，水底全是各色各样的石子。舵手抿起个嘴唇微笑，我问他："姓什么？""姓刘。""在这条河里划了几年船？""我今年五十三，十六岁就划船。"来，三三，请你为我算算这个数目。这人厉害得很，四百里的河道，涨水干涸河道的变迁，他无不明明白白。他知道这河里有多少滩、多少潭。看那样子，若许我来形容形容，他还可以说知道这河中有多少石头！是的，凡是较大的，知名的石头，他无一不知！水手一共是三个，除了舵手在后面管舵管篷管纤索的伸缩，前面舱板有两个人。其中一个是小孩子，一个是大人。两个人的职务是船在滩上时，就撑急水篙，左边右边下篙，把钢钻打得水中石头作出好听的声音。到长潭时则荡桨，躬起个腰推扳长桨，把水弄得哗哗的，声音也很幽静温柔。到急水滩时，则两人背了纤索，把船拉去，水急了些，吃力时就伏在石滩上，手足并用的爬行上去。船是只新船，油得黄黄的，干净得可以作为教堂的神龛。我卧的地方较低一些，可听得出水在船底流过的细碎声音。前舱用板隔断，故我可以不被风吹。我坐的是后面，凡为船后的天、地、水，我全可以看到。

我就这样一面看水一面想你。我快乐，就想应当同你快乐，我闷，就想要你在我必可以不闷。我同船老板吃饭，我盼望你也在 角吃饭。我至少还得在船上过七个日子，还不把下行的计算在内。你说，这七个日子我怎么办？天气又不很好，并无太阳，天是灰灰的，一切较远的边岸小山同树木，皆裹在一层轻雾里，我又不能照相，也不宜画画。看看船走动时的情形，我还可以在上面写文章，感谢天，我的文章既然提到的是水上的事，在船上实在太方便了。倘若写文章得选择一个地方，我如今所在的地方是太好了一点的。不过我离得你那么远，文章如何写得下去。“我不能写文章，就写信。”我这么打算，我一定做到。我每天可以写四张，若写完四张事情还不说完，我再写。这只手既然离开了你，也只有那么来折磨它了。

我来再说点船上事情吧。船现在正在上滩，有白浪在船旁奔驰，我不怕，船上除了寂寞，别的是无可怕的。我只怕寂寞。但这也正可训练一下我自己。我知道对我这人不宜太好，到你身边，我有时真会使你皱眉。我疏忽了你，使我疏忽的原因便只是你待我太好，纵容了我。

但你一生气，我即刻就不同了。现在则用一件人事把两人分开，用别离来训练我，我明白你如何在支配我管领我！为了只想同你说话，我便钻进被盖中去，闭着眼睛。你瞧，这小船多好！你听，水声多幽雅！你听，船那么轧轧响着，它在说话！它说："两个人尽管说笑，不必担心那掌舵人。他的职务在看水，他忙着。"船真轧轧的响着。可是我如今同谁去说？我不高兴！

梦里来赶我吧，我的船是黄的，船主名字叫做"童松柏"，桃源县人。尽管从梦里赶来，沿了我所画的小堤一直向西走，沿河的船虽万万千千，我的船你自然会认识的。这里地方狗并不咬人，不必在梦里为狗吓醒！

你们为我预备的铺盖，下面太薄了点，上面太硬了点，故我很不暖和，在旅馆已嫌不够，到了船上可更糟了。盖的那床被大而不暖，不知为什么独选着它陪我旅行。我在常德买了一斤腊肝、半斤腊肉，在船上吃饭很合适……莫说吃的吧，因为摇船歌又在我耳边响着了，多美丽的声音！

我们的船在煮饭了，烟味儿不讨人嫌。我们吃的饭是粗米饭，很香很好吃。可惜我们忘了带点豆腐乳，忘了带点北京酱菜。想不到的是路上那么方便，早知道那么方便，我们还可带许多北京宝贝来上面，当“真宝贝”去送人！

你这时节应当在桌边做事的。

山水美得很，我想你一同来坐在舱里，从窗口望那点紫色的小山。我想让一个木筏使你惊讶，因为那木筏上面还种菜！我想要你来使我的手暖和一些……

（十三日下午五时）

在这种光景下听橹歌，你说使人怎么办。听了橹歌可无法告给你，你说怎么办。三三，我的……

橹歌太好了，我的人，为什么你不同我在一个船上呢？

十三下午四点

泊曾家河

——三三专利读物

我的小船已泊到曾家河。在几百只大船中间这只船真是个小物件。我已吃过了夜饭，吃的是辣子、大蒜、豆腐干。我把好菜同水手交换素菜，交换后真是两得其利。我饭吃得很好。吃过了饭，我把前舱缝缝罅用纸张布片塞好，再把后舱用被单张开，当成幔子一挂，且用小刀将各个通风处皆用布片去扎好，结果我便有了间“单独卧房”了。

你只瞧我这信上的字写得如何整齐，就可知船上做事如何方便了。我这时倚在枕头旁告你一切，一面写字，一面听到小表嘀嘀哒哒，且听到隔船有人说话，岸上则有狗叫着。我心中很快乐，因为我能够安静同你来说话！

说到“快乐”时我又有点不足了，因为一切纵妙不可言，缺少个你，还不成的！我要你，要你同我两人来

等一会儿我就得点蜡烛吃晚饭了

曾家河下游一点点

一月十三下午五时半

到这小船上，才有意思！

我感觉得到，我的船是在轻轻的、轻轻的在摇动。这正同摇篮一样，把人摇得安眠，梦也十分和平。我不想就睡。我应当痴痴的坐在这小船舱中，且温习你给我的一切好处。三三，这时节还只七点三十分，说不定你们还刚吃饭！

我除了夸奖这条河水以外真似乎无话可说了。你来吧，梦里尽管来吧！我先不是说冷吗？放心，我不冷的。我把那头用布拦好后，已很暖和了。这种房子真是理想的房子，这种空气真是标准空气。可惜得很，你不来同我在一处！

我想睡到来想你，故写完这张纸后就不再写了。我相信你从这纸上也可以听到一种摇橹人歌声的，因为这张纸差不多浸透了好听的歌声！

你不要为我难过，我在路上除了想你以外，别的事皆不难过的。我们既然离开了，我这点难过处实在是应当的、不足怜悯的。

二哥

一月十三下八时

水手们

——三三专利读物

天气真冷。昨晚船歇到曾家河，睡得不好，醒了许多次，全是冷醒的。醒了以后就有许久不能再睡去，常常擦自来火看小表的时间。皮袍子全搭到上面还不济事，我悔当时不肯带褥子来。

睡不着时我就心想：若落点雪多好。照南方规矩，天太冷了必落雪，一落了雪天就暖和了。天亮时船篷沙沙的响，有人说“落了雪”，我忘了天气，只描摹那雪景。到后天已大亮时，看看雪已落了很多。气候既不转好，各个船又不能开动，你想，半路上停顿下来多急人。这样蹲下去两头无着，我是受不了的。我的船既是包定的，我的日子又有限度，不开船可不行！故我为他们称几斤鱼，这几斤鱼把船弄活动了，这时节的船，已离开原泊地方二十多里了。天气还是极冷，船仍然在用篙桨前进，两岸全是白色，河水清明如玉。一切都好得很！我要你！倘若两个人在这小船上，就一切全不怕了。想到南方天气已那么冷，北方还不知冻到什么样子。我恐怕你寂寞得很，又怕你被人麻烦，被事麻烦，我因此事也做不下去。

这船今天能歇到什么地方，我不明白，船上人也不明白。这时已十二点钟，两岸有鸡叫，有狗叫，有人吵骂声音，我算算你们应在桌边吃午饭了。我估计你们也正想到我。我心里很烦乱……

今天太冷，我的画也不能着手了。我只坐在被盖里，把纸本子搁在膝上写信，但一面写字一面就不快乐。我忙着到家，也忙着回转北京，但是天知道，这小船走得却如何慢！天气既那么冷，还得使三个划船人在水里风里把船弄上去，心中又不安。使他们高兴倒容易，晚上各人多吃半斤肉，这船就可以在水面上飞。可是我自己，却应当怎么办？三三，我自己真不知道如何办。做了点文章，又做不下去。校改了自己的书一遍，又觉得书也写得平平常常，不足注意。看看四丫头的相同你的相，就想起为四丫头改的文章，还无完成的希望，不知远处有个候补作家，正在如何怨我。照照镜子，镜中的我可瘦得怕人。当真的，人这样瘦，见了家中人又怎么办？我实在希望我回到家中时较肥一点，但天气那么坏，船那么慢，你隔得我又那么远，我有什么办法可以胖些？这么走路上可能要廿多天！

我心里有点着急。但是莫因我的着急便难过。在船上的一个，是应当受点罪，请把好处留给我回来，把眼泪与一切埋怨皆留到我回来再给我，现在还是好好的做事，好好的过日子吧。

我想我的信一定到得不大有秩序，我还担心有些信你收不到。因为在平汉车上发的六七封信，差不多全是交托车站上巡警发的，那些巡警即或不至于把信失掉，也许一搁在袋子里就是两天，保不定长沙的信到时，河南的信反而不到！

我又听到摇橹人歌声了，好听得很。但越好听也就越觉得船上没有你真无意思……

三三，我今天离开你一个礼拜了。日子在旅行人看来真不快，因为这一礼拜来，我不为车子所苦，不为寒冷所苦，不为饮食马虎所苦，可是想你可太苦了。

路上的鱼很好，大而活鲜鲜的鱼，一毛二分钱一斤，用白水煮熟实在好吃得很。这河里原本出好鱼，最好的是青鱼，鲜得如海味，你不吃过也就想不到那个好处。

船停了，真静。一切声音皆像冷得凝固了，只有船底的水声，轻轻的轻轻的流过去。这声音使人感觉到它，几乎不是耳朵，却只是想象。但当真却有声音。水手在烤火，在默默的烤火。

说到水手，真有话说了。三个水手有两个每说一句话中必有个野话字眼儿在前面或后面，我一天来已跟他们学会三十句野话。他们说野话同使用符号一样，前后皆很讲究。倘若不用，那么所说正文也就模糊不清了。我很希奇，不明白他们从什么方面学来这种野话。

船又开了，为了开船，这船上舵手同水手谈论天气，我试计算计算，十九句话中就说了十七个坏字眼儿。仿佛一世的怨愤，皆得从这些野话上发泄，方不至于生病似的。说到他们的怨愤，我又想起这些人的生活来了。我这次坐这小船，说定了十五块钱到地。吃白饭则一千文一天，合一角四分。大约七天方可到地，船上共用三人，除掉舵手给另一岸上船主租钱五元外，其余轮派到水手的，至多不过两块钱。即作为两块钱，则每天仅两毛多一点点。像这样大雪天气，两毛钱就得要人家从天亮拉起一直到天黑，遇应当下水时便即刻下水，你想，多不公平的事！但这样船夫在这条河里至少就有卅万，全是在能够用力时把力气卖给人，到老了就死掉的。他们的希望只是多吃一碗饭，多吃一片肉，拢岸时得了钱，就拿去花到吊脚楼上女人身上去，一回两回，钱完事了，船又应当下行了。天气虽有冷热，这些人生活却永远是一样的。他们也不高兴，为了船搁浅，为了太冷太热，为了租船人太苛刻。他们也常大笑大乐，为了顺风扯篷，为了吃酒吃肉，为了说点粗糙的关于女人的故事。他们也是个人，但与我们都市上的所谓“人”却相离多远！一看到这些人说话，一同到这些人接近，就使我想起一件事情，我想好好的来写他们一次。我相信若我动手来写，一定写得很好。但我总还嫌力量不及，因为本来这些人就太大了。三三，这些船夫你若见到时，一定也会发生兴味的。船夫分许多种，最活泼有趣勇敢耐劳的为麻阳籍水手，大多数皆会唱会闹，做事一股劲儿，带点憨气，且野得很可爱。麻阳人划船成为专业，一条辰河至少就应当有廿万麻阳船夫。这些人的好处简直不是一个人用口说得尽的，你若来，你只需用眼睛一看就相信我的话了。我过一阵下行，就想搭麻阳船。

三三，你若坐了一次这样小船，文章也一定可以写得好多了。因为船上你就可以学许多，水上你也可以学许多，两岸你还可以学许多！

我回来时当为你照些水手相来，还为你照个住吊脚楼的青年乡下妓女相来（只怕片子太少，到了城中就完事了）。这些人都可爱得很，你一定欢喜他们。

我颈脖也写木了，位置不对，我歇歇，晚上在蜡烛下再告你些。

二哥

十四下午一点

泊兴隆街

船停到一个地方，名“兴隆街”，高山积雪同远村相映照，真是空前的奇观。我想拿了相匣子上去照一个相，却因为毛毛雨落个不停，只好不上岸了。这时还只三点四十分，一时不及断黑，雪不落却落小雨。我冷得很，但手并不木僵。南方的冷与北方不同，南方的冷是湿的，有点讨厌的。穿衣多也无用处。烤火也无用处。

我们的小船因为煮饭吃，弄得满船全是烟子，我担心我的眼睛会为烟子熏坏。如今便是在烟里写这个信的。一面写信，一面依然可以听麻阳人船上的橹歌。船走得太慢，这日子可不好过。上面的人不把日子当数，行船人尤其不明白日子的意义。天气既那么冷，我也不好说话。但多捱一天，在上面住的日子就扣去一天，你说，我多难受。

我还得告你，今天是我的生日！这个生日可过得妙，坐在一只小船上来想念你们，你们若算着日子，也一定想得起今天是我生日！我想同你说话，却办不到，我想同大家笑笑，也办不到。我只有同水手谈话，问长问短，弄得他们哈哈大笑。我还为他们称三斤肉吃。但他们全不知道我如何发急，如何想我的行程。我还想自己照个小相，也无法照。我不知道怎么办就好一点。实在不知道怎么办。

三三，你只看我信写得如何乱，你就会明白我的心如何乱了。我不想写什么，不想说什么。我手冷得很，得你用手来捏才好……这长长的日子，真不好对付！我书又太带少了，画画的纸又不合用，天气又坏，要照相不便照相。我只好躲在舱中，把纸按在膝上，来为你写信。三三，我现在方知道分离可不是年青人的好玩艺儿。当时我们弄错了，其实要来便得全来，要不来就全不来。你只瞧，如今还只是四分之一的别离，已经当不住了，还有廿天，这廿天怎么办！？

十四四点三十分

河街想象

三三，我的心不安定，故想照我预定计划把信写得好些也办不到。若是我们两个人同在这样一只小船上，我一定可以作许多好诗了。

我们的小船已停泊在两只船旁边，上个小石滩就是我最欢喜的吊脚楼河街了。可惜雨还不停，我也就无法上街玩玩了。但这种河街我却能想象得出。有屠户，有油盐店，还有妇人提起烘笼烤手，见生人上街就悄悄说话。街上出钱纸，就是用作烧化的，这种纸既出在这地方，卖纸铺子也一定很多。街上还有个小衙门，插了白旗，署明保卫团第几队，作团总的必定是个穿青羽绫马褂的人。这种河街我见得太多了，它告我许多知识，我大部提到水上的文章，是从河街认识人物的。我爱这种地方、这些人物。他们生活的单纯，使我永远有点忧郁。我同他们那么“熟”——一个中国人对他们发生特别兴味，我以为我可以算第一位！但同时我又与他们那么“陌生”，永远无法同他们过日子。真古怪！我多爱他们，五四以来用他们作对象我还是唯一的一人！

我泊船的上面就恰恰是《柏子》文章上提到的东西，我还可以看到那些大脚妇人从窗口喊船上人。我猜想得出她们如何过日子，我猜得毫不错误。

四点

我吃过晚饭了，豆腐干炒肉、腊肝，吃完事后，又煮两个鸡蛋。我不敢多吃饭，因为饭太硬了些，不能消化。我担心在船上拖瘦，回到家里不好看，但照这样下去却非瘦不可的。我想喝点汤就办不到。想吃点青菜也办不到。想弄点甜东西也办不到。水果中在常德时我买得有梨子同金钱桔，但无用处，这些东西皆不宜于冬天在船上吃……如今既无热水瓶，又无点心，可真只有硬捱了。

又听到极好的歌声了，真美。这次是小孩子带头的，特别娇，特别美。你若听到，一辈子也忘不了的。简直是诗。简直是最悦耳的音乐。二哥蠢人，可惜画不出也写不出。

三三，在这条河上最多的是歌声，麻阳人好像完全是吃歌声长大的。我希望下行时坐的是一条较大的船，在船上可以把这歌学会。

十四日下五点十分

忆麻阳船

天气还早得很，水手就泊了船，水面歌声虽美丽得很，我可不能尽听点歌声就不寂寞！我心中不自在。我想来好好的报告一些消息。从第一页起，你一定还可以收到这种通信四十页。

这时节正是五点廿五分，先前摇橹唱歌的那只大船已泊近了我的船边，只听到许多人骂野话，许多篙子钉在浅水石头上的声音，且有人大嚷大骂。三三，你以为这是“吵架”，是不是？你错了。别担心，他们不过是在那里“说话”罢了。他们说话就永远得用个粗野字眼儿，遇要紧事情时，还得在每句话前后皆用野话相衬，事情方做得顺手。这种字眼儿的运用，父子中间也免不了。你不要以为这就是野人。他们骂野话，可不做野事。

人正派得很！船上规矩严，忌讳多。在船上客人夫妇间若撒了野，还得买肉酬神。水手们若想上岸撒野，也得在拢岸后的。他们过得是节欲生活，真可以说是庄严得很！

船中最美的恐怕应得数麻阳船。大麻阳船有“鳅鱼头”同“五舱子”，装油两千篓，摇橹三十人，掌舵的高据后楼，下滩时真可谓堂皇之至！我就坐过这样大船一次，还有床同玻璃窗，各处皆是光溜溜的。十四年后这船还使我神往。其次是小船，就是我如今坐的“桃源划子”。但我不幸得很，遇到几个懒人。我对他们无办法。我看情形到家中必需十天，这数目加上从北平到桃源的四天，一共就是十四天，下行也许可以希望少两天，但因此一来，我至多也只能在家中住四天了。我运气坏，遇到这种小船真说不出口。看到他们早早的停泊，我竟不知怎么办。照规矩他们又可以自由停泊的，他们可以从各样事情上找机会，说出不能开动的理由。我呢，也觉得天气太冷，不忍要他们在水中受折磨。可是旁人少受些折磨，我就多受些折磨，你说我怎么办？

我先以为我是个受得了寂寞的人，现在方明白我们自从在一处后，我就变成一个不能够同你离开的人了……三三，想起你我就忍受不了目前的一切了。我真像从前等你回信、不得回信时神气。我想打东西，骂粗话，让冷风吹冻自己全身。我明白我同你离开越远也反而越相近。但不成，我得同你在一处，这心才能安静，事也才能做好！我试过如何来利用这长长的日子写篇小说，思想很乱，无论如何竟写不出什么来。

一月十四下六时

过柳林岔

十五日上午九点三十分

昨天晚上我又睡不好，不知什么原因，尽得醒。船走得太慢，使人着急。但天气那么冷，也不好意思催人下水拉船。我昨天不是说已经够冷了吗？今天还更糟！

今早开船时还只七点左右，落得是子子雪，撒在舱板上、船篷上如抛豆子，篙桨把手处皆起了凌，可是船还依然得上滩。从今天为始，我这小船就时时刻刻得上滩了，大约有成百个急水滩得上。

现在已十点，我们业已吃过早饭，船又在开动了。算算日子我已离开了你八天。我的信写了一大堆，皆得到辰州付邮。我知道你着急，可是这信还仍然无法寄来。

路上过的日子，照我们动身时打算，总以为可担心处是危险。现在我方明白，路上危险倒没有，却只是寂寞。一个孤单单的人，坐在一个见方六尺的船舱里，一寸木板下就是汤汤的流水，风雪大了随时皆得泊下……我们的船太不凑巧了点，恰好就遇到这种风雪日子。

船又停了，你说急不急人。船正泊到一个泥堤下，一切声音皆没有，只有水在船底流过的声音。远处的雪一片白，天气好冷！船夫不好意思似的一面骂野话，一面跳上岸去拉纤，望到他们那个背影，我有说不出的同情，不好意思催促。

船开后，我坐在外面看了他们拉船半点钟[1]。雪子落得很密。真冷。若落软雪就好了，目前可似乎还不能落那种雪。照这样走去，也许从桃源到浦市这一段路，将超过七天，可能要十天以上。这预算一超过，我回北平的日子也一定得延长了。我的急与你们的盼望，同样是不能把这路程缩短的。路太长了。

你得好好的做事，不要为我着急，不要为我担忧。我算定这信到你身边时，至迟十来天也就可以回到北平

[1] 即半个钟头，下文同此。

了。这信到辰州方能发出，辰州上浦市两天，浦市过家乡还得坐轿子两天，我在家蹲三天四天，下来有十一天可到北平，故总拢来算算，减去这信在路上的日子，这信到你手边十天后，我也一定可以到北平的。应当这么估计。

冷得很，我手也木了，等等再写。

十五日十一点十五分

三三，我们的船挂了篷，人不必上岸拉，不必用手摇结冰的篙桨，自动的在水面跑了。走得很快，很稳。水手便在火灶旁说笑话。我听他们说了半点钟。

现在还是用帆，风大了些，船也斜斜的。你若到这里来一定怕得喊叫，因为船在水面全是斜的，船边贴水不到一寸。但放心，这船是不作兴入水的。这小船好处在此，上下行全无危险。分量轻，码子小，吃水浅，因此来去自如。我嫌帆小了些，故只想让他们把被单也加上去。但办不到，因为天气太冷了，做什么皆极其费事的。现在还大落子子雪，同雨一样，比雨讨嫌。船上一切皆起了一层薄薄的冰，哑哑的返着薄光。两个水手在灶边烤火，一个舵手就在后梢管绳子同舵把。风景美得很，若人不忙，还带了些酒来，想充雅人，在这船上一定还可作诗的。但我实在无雅兴。我只想着早到早离开。

我苹果还剩八个，这就是说，我只吃了两个，送了别人两个，其余还好好的保留下来，预备送家中人吃。九九那个大的也还好好的在箱子里。我们忘了带点甜东西了，实在应当带些饼干，方能把这日子一部分用牙齿嚼掉。船上冬天最需要的恐怕便是饼干，水果全不想吃。我很想得点稀饭吃，因为不方便也就不要求水手做了。

十二点

这时船已到了柳林岔，多美丽！地方出金子，冬天也有人在水中淘金子！我生平还是第一次看到这样好看地方的。气派大方而又秀丽，真是个怪地方。千家积雪，高山皆作紫色，疏林绵延三四里，林中皆是人家的白屋顶。我船便在这种景致中，快快的在水面上跑。我为了看山看水，也忘掉了手冷身上冷了。什么唐人宋人画都赶不上。看一年也不会讨厌。船就要上滩了，我等等再写。这信让四丫头先看，因为她看了才会把她的送你看。

二哥

十五下二时半

泊缆子湾

十五日下午七点十分

我的小船已泊定了。地方名“缆子湾”，专卖缆子的地方。两山翠碧，全是竹子。两岸高处皆有吊脚楼人家，美丽到使我发呆。并加上远处叠嶂，烟云包裹，这地方真使我得到不少灵感！我平常最会想象好景致，且会描写好景致，但对于当前的一切，却只能做呆二了。一千种宋元人作桃源图也比不上。

我已把晚饭吃过了，吃了一碗饭、三个鸡子、一碗米汤、一段腊肝。吃得很舒服，因此写信时也从容了些。下午我为四丫头写了个信。我现在点了两支蜡烛为你写信，光抖抖的，好像知道我要写些什么话，有点害羞的神气。我写的是……别说了，我不害羞烛光可害羞！

三三，你看了我很多的信了，应当看得出我每个信的心情。我有时写得很乱，也就是心正很乱。譬如现在呢，我心静静的，信也当静静的写下去。吃饭以前我校过几篇《月下小景》，细细的看，方知道原来我文章写得那么细。这些文章有些方面真是旁人不容易写到的。我真为我自己的能力着了惊。但倘若这认识并非过分的骄傲，我将说这能力并非什么天才，却是耐心。我把它写得比别人认真，因此也就比别人好些的。我轻视天才，却愿意人明白我在写作方面是个如何用功的人。

我还在打量，看如何一来方把我发展完全，不至于把力量糟蹋到其他小事上去。同时还有你，你若用心些，你的成就同我将是一样的。我希望你比我还好，你做得到，一定做得到。我心太杂乱，只有写作能消耗掉。你单纯统一，比我强。

你接到这信时，一定先六七天就接到了我的电报。我的电一定将使你为难。我知道家中并无什么钱。上海那百块钱纵来了，家中这个月就处处要钱用。你一定又得为我借债，一定又得出面借债！想起这些事我很不安。我记起了你给我那两百块钱，钱被九九拿去做学费了，你却两手空空的在青岛同我蹲下去。结婚时又用了你那么多钱。我们两人本来不应当分什么了的。但想起用了那么多钱，三三到冬天来还得穿那件到人家吃茶时不敢脱下的大衣，你想，我怎么好过。三三，我这时还想起许多次得罪你的地方，我眼睛是湿的，模糊了的。我觉得很对不起你。我的人，倘若这时节我在你身边，你会明白我如何爱你！想起你种种好处，我自己便软弱了。我先前不是说过吗？“你生了我的气时，我便特别知道我如何爱你。”现在你并不生我的气，现在你一定也正想着远远的一个人。我眼泪湿湿的想着你一切的过去！

三三，我想起你中公时的一切，我记起我当年的梦，但我料不到的是三三会那么爱我！让我们两个人永远那么要好吧。我回来时，再不会使你生气面壁了。我在船上学得了反省，认清楚了自己种种的错处。只有你，方那么懂我并且原谅我。

我因为冷得很，已把被盖改变了一下，果然暖多了。我已不什么冷了，睡觉时把衣脱去，一定更暖和了。我们的船傍着一大堆船停泊的，隔船有念书的、唱戏的、说笑话的。我船上水手，则卧在外舱吃鸦片烟，一面吃烟还是一面骂野话。船轻轻的摇摆着，烛光一跳一跳，我猜想你们也正把晚饭吃过为我算着日子。

我一哭了，便心中十分温柔。

我还有五天在这小船上，至少得四天。明天我预备做事了。

我希望到了家中，就可看到我那篇论海派的文章，因为这是你编的……我盼望梦里见你的微笑。

十五下

三三，船旁拢了一只麻阳船，一个人在用我那地方口音说话，我真想喊他一声！

还有更动人的是另一个人正在唱“高腔”，声音韵极了。动人得很！

你以为我舱里乱七八糟是不是？我不许你那么猜。正相反，我的舱中太干净了，一切皆放光，一切并且极有秩序，是小船上规矩！明天若有太阳，我当为这小舱照个相寄给你。照片因天气不好，还不开始用它。只是今天到柳林岔时，景致太美，便不问光线如何在船头照了一张……

我听到隔船那同乡“果囊”，“果条伢哉”，“果才蠢喃”，我真想问问他是“哪那的”[1]人。三三，乡音还不动人，还有小孩的哭声，这小孩子一定也是“果囊”人的。哭的声音也有地方性，有强烈个性！

[1] 片段凤凰话，意思是：那里，那个孩子，这真蠢，哪里的。

今天只写两张

十六日上午九点

现在已九点钟，小船还不开动，大雪遮盖了一切，连接了天地。我刚吃过饭。我有点着急，但也明白空着急毫无益处。晚上又睡不好。同你离开后就简直不能得到一个夜晚的安睡。但并不妨事，精神可很好。七点左右我就起来看自己的书，校正了些错字，且反复检察了一会。《月下小景》不坏，用字顶得体，发展也好，铺叙也好。尤其是对话。人那么聪明！二十多岁写的。这文章的写成，同《龙朱》一样，全因为有你！写《龙朱》时因为要爱一个人，却无机会来爱，那作品中的女人便是我理想中的爱人。写《月下小景》时，你却在我身边了。前一篇男子聪明点，后一篇女子聪明点。我有了你，我相信这一生还会写得出许多更好的文章！有了爱，有了幸福，分给别人些爱与幸福，便自然而然会写得出好文章的。对于这些文章我不觉得骄傲，因为等于全是你的。没有你，也就没有这些文章了。而且是习作，时间还多呐。

我今天想做点事，写两篇短论文，好在辰州时付邮。故只预备为你写两张信。我的小船已开动了，看情形，到家中至少还得七天。我发现所带的信纸太少了，在路上就会完事，到家后不知用什么来写信。我忘了告你把信寄存到辰州邮局的办法了，若早记着这一种办法，则我船到辰州时，可看到你几封信，从家中回辰时，又可接到你一大批信了。多有你些信，我在路上也一定好过些。

我真希望你梦里来找寻我，沿河找那黄色小船！在一万只船中找那一只。好像路太远了点，梦也不来。我半夜总为怕人的梦惊醒，心神不安，不知吃什么就好些。我已买了一顶绒帽，同我两人在前门大街看到的一样，花去了四角钱。还不能得一双棉鞋，就因为桃源地方各处便买不出棉鞋。我也许到辰州便坐轿子回去，因为轿子到底快一些。坐轿人可苦一点，然而只要早到早回，苦点也不在乎了。天气太冷，空气也仿佛就要结冰的样子。乡村有鸡叫，鸡声也似乎寒冷得很。来得不凑巧，想不到南方的冷比北方还坏些。

又有了橹歌。简直是诗！在这些歌声中我的心皆发抖，它好像在为我唱的，为爱而唱的。事实上是为了劳动而自得其乐唱的。下水船摇橹不费事！

船坐久了心也转安静，但我还是受不了的。每一桨下去，我皆希望它去得远一点，每一篙撑去，我皆希望它走得快一点。但一切无办法。水太急了，天气又太冷。

今天小船还得上一个大滩，也许我就得上岸走路。这滩上照例有若干大船破碎不完的搁在浅水中，照例每天有船坏事。你可放心，这全是大船出的乱子，小船分量轻，面积小，还无资格搁在那地方的！并且上水从河边走，更无所谓危险。这信到你手边时，过三四天我一定又坐着这样小船在下滩了。那滩名“青浪滩”，问九九，九九知道。滩长廿五里，不到十分钟可以下完。[1]

---

[1] 原信旁注：“共四十里廿分钟直下，好险！”

至于上去，可就麻烦了，有时一整天。大船上去得一整天，小船则两三个钟头够了。天气好些，我当照个相，送给你领略一下，将来上行时有个分寸。四丫头一定不怕这种滩水，因为她的大相在旅行中还是笑眯眯的。

我小船已上一小滩了，水吼得吓人，浪打船边舱板很重。我不怕，我不怕。有了你在我心上，我不拘做什么皆不吓怕了。你还料不到你给了我多少力气和多少勇气。同时你这个人也还不很知道我如何爱你的。想到这里我有点小小不平。

我今天恐不能为你作画了，我手冻得发麻，画画得出舱外风中去，更容易把手冻僵，故今天不拿铅笔。山同水越到上面也越好，同时也似乎因为太奇太好，更不能画它了。你若见到了这里的山，你就会觉得崂山那些地方建筑房子太可笑了。也亏山东人好意思，把那些地方也当成好风景，而且作为修仙学道的地方。真亏他们。你明年若可以离开北京了，我们两人无论如何上来一趟，到辰州家中住一阵，看看这里不称为风景的山水，好到什么样子。我还希望你有机会同我到凤凰住住，你看那些有声有色的苗人如何过日子！

三三，我的小船快走到妙不可言的地方了，名字叫“鸭窠围”，全河是大石头，水却平平的，深不可测。石头上全是细草，绿得如翠玉，上面盖了雪。船止在这左右是石头的河中行走。“小阜平冈”，我想起这四个字。这里的小阜平冈多着……

二哥

一月十六十点

第三张……

十六日十一点

我不是说今天只预备写两页信吗？这不成的。两岸雀鸟叫得动人得很，我学它们叫，文章也写不下去了。现在我已学会了一种曲子，我只想在你面前来装成一只小鸟，请你听我叫一会子。南边与北方不同的地方也就在此，南方冬天也有莺、画眉、百舌。水边大石上，只要天气好，每早就有这些快乐的鸟，据在上面晒太阳，很自得的啭着喉咙。人来了，船来了，它便飞入岸边竹林里去。过一会，又在竹林里叫起来了。从河中还常常可以看到岸上有黄山羊跑着，向林木深处窜去。这些东西同上海法国公园养的小獐一个样子，同样的色泽，同样的美而静，不过黄羊胖一点点罢了。

你还记得在劳山时看人死亡报庙时情形没有？一定还好好记得。我为那些印象总弄得心软软的。那真使人动心，那些吹唢呐的，打旗帜的，带孝的，看热闹的，以至于那个小庙，使人皆不容易忘掉。但你若到我们这里来，则无事不使你发生这种动人的印象。小地方的光、色、习惯、观念，人的好处同坏处，凡接触到它时，无一不使你十分感动。便是那点愚蠢、狡猾，也仿佛使你城市中人非原谅他们不可。不是有人常常问到我们如何就会写小说吗？倘若许我真真实实的来答复，我真想说："你到湘西去旅行一年就好了。"但这句话除了你恐怕无人相信得过。

你这人好像是天生就要我写信似的。见及你，在你面前时，我不知为什么就总得逗你面壁使你走开，非得写信赔礼赔罪不可。同你一离开，那就更非时时刻刻写信不可了。倘若我们就是那么分开了三年两年，我们的信一定可以有一箱子了。我总好像要同你说话，又永远说不完事。在你身边时，我明白口并不完全是说话的东西，故还有时默默的。但一离开，这只手除了为你写信，别的事便无论如何也做不好了。可是你呢？我还不曾得到你一个把心上挖出来的信。我猜想你寄到家中的信，也一定因为怕家中人见到，话说得不真。若当真为了这样小心，我见到那些信也看得出你信上不说、另外要说的话。三三，想起我们那么好，我真得轻轻的叹息，我幸福得很，有了你，我什么都不缺少了。

二哥

十六午前十一点廿分

过梢子铺长潭

十六下二点零五分

船已上了第一个大滩，你见了那滩会不敢睁眼睛。我在急流中画了三幅画，照了三个相。光线不好，恐怕照不出什么。至于画的画，不过得其仿佛罢了。现在船已到长潭中了，地方名“梢子铺”。泊了许多不敢下行的大船，吊脚楼整齐得稀有少见，全同飞阁一样，去水全在三十丈以上，但夏天发水时，这些吊脚楼一定就可以泊船了。你见到这些地方时，你真缺少赞美的言语。还有木筏，上面种青菜的东西，多美！

一到下午我就有点寂寞，做什么事皆不得法，我做了阵文章，没有意思，又不再继续了。我只是欢喜为你写信，我真是这样一个没出息的人……

我前面有木筏下来了，八个人扳桡，还有个小孩子。上面一些还有四个筏，皆慢慢的在下行，每个筏上四围皆有人扳桡。你想明白桡是什么，问问九妹，她说的必比我形容的还清楚。这些木筏古怪得有趣，上面有菜，有猪羊，还有特别弄来在筏上供老板取乐的。你若不见过，你不能想象它们如何好看、好玩！

我们的船既上了滩，在潭中把风篷扯满，现在正走得飞快，不要划它。水手们皆蹲在火边去了，我却推开了前舱门看景致，一面看一面伏在箱上为你写信。现在船虽在潭中走，四面却全是高山，同湖泊一样。这小船一直上去皆那么样，远山包了近山，水在山弯里找出路，一个陌生人见到，也许还以为在湖里玩的。可以说像湖里，水却不是玩的。山的倾斜度过大，面积过窄，水流太速，虽是在潭中，你见了也会头晕的。

……

我的船又在上小滩了，滩不大，浪也不会到船上来，我还依然能够为你写信……路上并无收信处，我已积存了七封信，到辰州时一定共有十封信发出。我预备一大堆放在一个封套中当快信发出。

我的小船不是在小滩上吗？差一点出了事了。船掉头向下溜去，倒并无什么危险，只是多费水手些力罢了。便因为这样，前后的水手就互相骂了六七十句野话。船上骂野话不作兴生气，这很有意思。并且他们那么天真烂漫的骂，也无什么猥亵处，真是古怪的事。

这船上主要的水手有三块四毛钱一趟的薪水，每月可划船两趟。另一学习水手八十吊钱一年，也可以说一块钱一个月，事还做得很好。掌舵的从别处租船来划，每年出钱两百吊，或百二十吊，约合卅块钱到二十四块钱。每次他可得十五元运费，带米一两石又可赚两元，每次他大约除开销外剩五元，每月可余十来块钱。但这人每天得吃三百钱烟，因此驾船几十年，讨个老婆无办法，买条值洋三十元的小船也无办法。想想他们那种生活，真近于一种奇迹！

我这信写了将近一点钟了，我想歇歇，又不愿歇歇。我的小船正靠近一只柴船，我看到一个人穿青羽绫马褂在后梢砍柴，我看准了他是个船主。我且想象得出他如何过日子，因为这人一看（从船的形体也可看出）是麻阳人，麻阳人的家庭组织生活观念，我说起来似乎比他们自己还熟悉一点。麻阳人不讨嫌，勇敢直爽耐劳皆像个人，也配说是个人。这河里划船的麻阳人顶多，弄大船，装油几千篓，尤其非他们不可。可是船多货少，因此这些船全泊在大码头上放空，每年不过一回把生意，谁想要有那么一只船，随时皆可以买到的。许多船主前几年弄船发了财的，近几年皆赔了本。想支持下去，自己就得兼带做点生意，但一切生意皆有机会赔本，近些日子连做鸦片烟生意的也无利可图，因此多数水面上人生活皆很悲惨，并无多少兴致。这种现象只有一天比一天坏，故地方经济真很使人担心。若照这样下去，这些人过一阵便会得到一个更悲惨的境遇的。我还记得十年前这河里的情形，比现在似乎是热闹不少的。

今天也许因为冷些，河中上行的船好像就只我的小船，一只小到不过三丈的船，在那么一条河中走动，船也真有点寂寞之感！我们先计划四天到辰州，失败了，又计划五天到辰州，又失败了。现在看情形也许六天，或七八天方可到辰州了……我想起真难受。

二哥

十六三点廿五

夜泊鸭窠围

十六日下午六点五十分

我小船停了，停到鸭窠围。中时候写信提到的“小阜平冈”应当名为“洞庭溪”。鸭窠围是个深潭，两山翠色逼人，恰如我写到翠翠的家乡。吊脚楼尤其使人惊讶，高矗两岸，真是奇迹。两山深翠，惟吊脚楼屋瓦为白色，河中长潭则湾泊木筏廿来个，颜色浅黄。地方有小羊叫，有妇女锐声喊“二老”、“小牛子”，且听到远处有鞭炮声与小锣声。到这样地方，使人太感动了。四丫头若见到一次，一生也忘不了。你若见到一次，你饭也不想吃了。

我这时已吃过了晚饭，点了两支蜡烛给你写报告。我吃了太多的鱼肉。还不停泊时，我们买鱼，九角钱买了一尾重六斤十两的鱼，还是顶小的！样子同飞艇一样，煮了四分之一，我又吃四分之一的四分之一，已吃得饱饱的了。我生平还不曾吃过那么新鲜那么嫩的鱼，我并且第一次把鱼吃个饱。味道比鲥鱼还美，比豆腐还嫩，古怪的东西！我似乎吃得太多了点，还不知道怎么办。

可惜天气太冷了，船停泊时我总无法上岸去看看。我欢喜那些在半天上的楼房。这里木料不值钱，水涨落时距离又太大，故楼房无不离岸卅丈以上，从河边望去，使人神往之至。我还听到了唱小曲声音，我估计得出，那些声音同灯光所在处，不是木筏上的簰头在取乐，就是有副爷们船主在喝酒。妇人手上必定还戴得有镀金戒子。多动人的画图！提到这些时我是很忧郁的，因为我认识他们的哀乐，看他们也依然在那里把每个日子打发下去，我不知道怎么样总有点忧郁。正同读一篇描写西伯利亚方面农人的作品一样，看到那些文章，使人引起无言的哀戚。我如今不止看到这些人生活的表面，还用过去一分经验接触这种人的灵魂。真是可哀的事！我想我写到这些人生活的作品，还应当更多一些！我这次旅行，所得的很不少。从这次旅行上，我一定还可以写出很多动人的文章！

三三，木筏上火光真不可不看。这里河面已不很宽，加之两面山岸很高（比劳山高得远），夜又静了，说话皆可听到。羊还在叫。我不知怎么的，心这时特别柔和。我悲伤得很。远处狗又在叫了，且有人说，“再来，过了年再来！”一定是在送客，一定是那些吊脚楼人家送水手下河。

风大得很，我手脚皆冷透了，我的心却很暖和。但我不明白为什么原因，心里总柔软得很。我要傍近你，方不至于难过。我仿佛还是十多年前的我，孤孤单单，一身以外别无长物，搭坐一只装载军服的船只上行，对于自己前途毫无把握，我希望的只是一个四元一月的录事职务，但别人不让我有这种机会。我想看点书，身边无一本书。想上岸，又无一个钱。到了岸必须上岸去玩玩时，就只好穿了别人的军服，空手上岸去，看看街上一切，欣赏一下那些小街上的片糖，以及一个铜元一大堆的花生。灯光下坐着扯得眉毛极细的妇人。回船时，就胡胡涂涂在岸边烂泥里乱走，且沿了别人的船边“阳桥”渡过自己船上去，两脚全是泥，刚一落舱还不及脱鞋，就被船主大喊：“伙计副爷们，脱鞋呀。”到了船上后，无事可做，夜又太长，水手们爱玩牌的，皆蹲坐在舱板上小油灯下玩牌，便也镶拢去看他们。这就是我，这就是我！三三,一个人一生最美丽的日子，十五岁到廿岁，便恰好全是在那么情形中过去了，你想想看，是怎么活下来的！万想不到的是，今天我又居然到这条河里，这样小船上，来回想温习一切的过去！更想不到的是，我今天却在这样小船上，想着远远的一个温和美丽的脸儿，且这个黑脸的人儿，在另一处又如何悬念着我！我的命运真太可玩味了。

我问过了划船的，若顺风，明天我们可以到辰州了。我希望顺风。船若到得早，我就当晚在辰州把应做的事做完，后天就可以再坐船上行。我还得到辰州问问，是不是云六[1]已下了辰。若他在辰州，我上行也方便多了。

现在已八点半了，各处还可听到人说话，这河中好像热闹得很。我还听到远远的有鼓声，也许是人还愿。风很猛，船中也冰冷的。但一个人心中倘若有个爱人，心中暖得很，全身就冻得结冰也不碍事的！这风吹得厉

[1] 即作者的大哥沈云六。

害，明天恐要大雪。羊还在叫，我觉得希奇，好好的一听，原来对河也有一只羊叫着，它们是相互应和叫着的。我还听到唱曲子的声音，一个年纪极轻的女子喉咙，使我感动得很。我极力想去听明白那个曲子，却始终听不明白。我懂许多曲子。想起这些人的哀乐，我有点忧郁。因这曲子我还记起了我独自到锦州，住在一个旅馆中的情形。在那旅馆中我听到一个女人唱大鼓书，给赶骡车的客人过夜，唱了半夜。我一个人便躺在一个大炕上听窗外唱曲子的声音，同别人笑语声。这也是二哥！那时节你大概在暨南读书，[1] 每天早上还得起床来做晨操！命运真使人惘然。爱我，因为只有你使我能够快乐！

二哥

我想睡了。希望你也睡得好。

十六下八点五十

---

[1] 指暨南大学女子部（中学），在南京。

第八张……

十六日下午九时

我把船舱各处透风地方皆用围巾、手巾、书本、长衫塞好后，应当躺到冷被中睡觉了，一时却不想睡。与其冷冰的躺在舱板上听水声，不如拥被坐着，借烛光为你写信较好。我今天快写到八张了，白日里还只说预备写两张。倘若这是罪过，这罪过应各个人负一半责……

今夜里风特别大了些，一个人坐在舱里，对着微抖的烛光，作着客中怀人的神气，也有个味儿。我在为你计算，这时你同九妹也许还在炉边同张大姐谈话……也许在估计我的行程，猜想我在小船上的生活，但你绝想不到我现在还正在为你写信！我希望你记得有日记，因为记下了些你的事情，到我回来时，我们就可以对照，

我的船舱一角

看同一天你做了些什么，想了些什么，我又做了些什么，想到些什么……

现在河中还有人说话，还可隐约听到远处的鼓声，我寂寞得很。这里水没有声音，但船的摇荡却可以从感觉中明白。有时这小船还忽然一搁，也许是大鱼头碰着船底的。我相信船边一定有鱼，因为吃晚饭时我倒了些残饭到水中，这时就听得明明白白，水中有种声音。

我太冷了，管他能睡不能睡，我只好躺下去。到了半夜若又冷醒了，实在睡不着时，我便再爬起来写信。说起写信，我记起了两年前或一年前的情形来了，比一比，我便觉得现在太幸福了。

二哥

十六下九点五十分

梦无凭据

一月十六下十点

我脱了衣又披起衣来写信了。天气太冷，睡不下去，还不如这样坐起来同你写点什么较好。我不想就睡，因为梦无凭据，与其等候梦中见你，还不如光着眼睛想你较好！你现在一定睡了，你倘若知道我在船上的情形，一定不会睡着的。你若早知道小船上一堆日子是怎样过的，也许不会让我一个人回家的。我本来身体很疲倦，应得睡了，但想着你，心里却十分清醒。我抓我自己的头发，想不出个安慰自己的方法。我很不好受。

二哥

十六日下十点十分

鸭窠围的梦

十七日上六点十分

五点半我又醒了，为噩梦吓醒的。醒来听听各处，世界那么静。回味梦中一切，又想到许多别的问题。山鸡叫了，真所谓百感交集。我已经不想再睡了。你这时说不定也快醒了！你若照你个人独居的习惯，这时应当已经起了床的。

我先是梦到在书房看一本新来的杂志，上面有些希奇古怪的文章，后来我们订婚请客了，在一个花园中请了十个人，媒人却姓曾。一个同小五哥年龄相仿佛的中学生，但又同我是老同学。酒席摆在一个人家的花园里，且在大梅花树下面。来客整整坐了十位，只其中曾姓小孩子不来，我便去找寻他，到处找不着，再赶回来时客全跑了，只剩下些粗人，桌上也只放下两样吃的菜。我问这是怎么回事，方知道他们等客不来，各人皆生气散了。我就赶快到处去找你，却找不到。再过一阵，我又似乎到了我们现在的家中房里，门皆关着，院子外有狮子一只咆哮，我真着急。想出去不成，想别的方法通知一下你们也不成。这狮子可是我们家养的东西，不久张大姐（她年纪似乎只十四岁）拿生肉来喂狮子了，狮子把肉吃过就地翻斤斗给我们看。我同你就坐在正屋门限上看它玩一切把戏，还看得到好好的太阳影子！再过一阵我们出门野餐去了，到了个湖中央堤上，黄泥作成的堤，两人坐下看水，那狮子则在水中游泳。过不久这狮子理着项下长须，它变成了同于右任差不多的一个胡子了……

醒来只听到许多鸡叫，我方明白我还是在小船上。我希望梦到你，但同时还希望梦中的你比本来的你更温柔些。可是我成天上滩，在深山长潭里过日子，梦得你也不同了。也许是鲤鱼精来作梦，假充你到我面前吧。

这时真静，我为了这静，好像读一首怕人的诗。这真是诗。不同处就是任何好诗所引起的情绪，还不能那么动人罢了。这时心里透明的，想一切皆深入无间。我在温习你的一切。我真带点儿惊讶，当我默读到生活某一章时，我不止惊讶。我称量我的幸运，且计算它，但这无法使我弄清楚一点点。你占去了我的感情全部。为了这点幸福的自觉，我叹息了。

倘若你这时见到我，你就会明白我如何温柔！一切过去的种种，它的结局皆在把我推到你身边心上，你的一切过去也皆在把我拉近你身边心上。这真是命运。而且从二哥说来，这是如何幸运！我还要说的话不想让烛光听到，我将吹熄了这支蜡烛，在暗中向空虚去说。

二哥

鸭窠围清晨

这时已七点四十分了，天还不很亮。两山过高，故天亮较迟。船上人已起身，在烧水扫雪，且一面骂野话玩着。对于天气，含着无可奈何的诅咒。木筏正准备下行，许多从吊脚楼上妇人处寄宿的人，皆正在下河，且互相传着一种亲切的话语。许多筏上水手则各在移动木料。且听到有人锐声装女人无意思的天真烂漫的唱着，同时便有斧斤声和锤子敲木头的声音。我的小船也上了篷，着手离岸了。

昨晚天气虽很冷，我倒好。我明白冷的原因了。我把船舱通风处皆杜塞了一下，同时却穿了那件旧皮袍睡觉。半夜里手脚皆暖和得很，睡下时与起床时也很舒服方便。我小船的篷业已拉起，在潭里移动了。只听到人隔河岸"牛保，牛保，到哪囊去了？"河这边等了许久，方仿佛从吊脚楼上一个妇人被里逃出，爬在窗边答着："宋宋，宋宋，你喊哪样？早咧。""早你的娘！""就算早我的娘！"最后一句话不过是我想象的，因为他已沉默了，一定又即刻回到床上去了。我还估想他上床后就会拧了一下那妇人，两人便笑着并头睡下了的。这分生活真使我感动得很。听到他们的说话，我便觉得我已经写出的太简单了。我正想回北京时用这些人作题材，写十个短篇，或我告给你，让你来写。写得好，一定是种很大的成功。这时我们的船正在上行，沿了河边走去，许多大船同木筏，昨晚停泊在上游一点的，也皆各在下行。我坐在舱中，就只听到水面人语声，以及橹桨搅水声，与橹桨本身被推动时咿咿哑哑声。这真是圣境。我出去看了一会儿，看到这船筏浮在水面，船上还扬着红红的火焰同白烟，两岸则高矗而上，如对立巨魔，颜色墨绿。不知什么地方有老鸦叫着出窠，不知什么地方有鸡叫着，且听得着岸旁有小水鸡吱吱吱吱的叫，不知它们是种什么意思，却可以猜想它们每早必这样叫一大阵。这点印象实实在在值得受份折磨得到它。

我正计算了一阵日子。我算作八号动身，应在下月七号到地见你。今天我已走了十天，至多还加个五天我必可到家。若照船上人说来，他们包我下行从浦市到桃源作三天（这一段路上行我们至少需八天），从桃源到常德一天，从常德到长沙一天，从长沙到汉口一天，汉口停一天，再从汉口到北平两天，加上从我家回到浦市两天，则路上共需十一天。共加拢来算算，则我可在家中住四天。恐怕得多住一天，则汉口我不耽搁，时间还是一样的……今天十七，我快则二十天后可以见你，慢也不过二十三天，我希望至迟莫过十号，我们可以在北京见面。我希望这次回到家中，可以把你一切好处让家中人知道，我还希望为你带些有趣味的东西，同家中人对你的好意给你。我一到家一定就有人问 ：“为什么不带张妹来？”我却说 ：“带来了，带来了。”我带来的是一个相片，我送他们相片看。事实上则我当真也把你带来了，因为你在我的心上！不过我不会把这件事告给人，我不让他们从这个事情上得到一个发笑的机会。一个人过分吝啬本不是件美德，我可不能不吝啬了。

今天风好像不很大，船会赶不到辰州。然而至多明天我总可到辰州的。我一到地就有两件事可做，第一是打电话回去，告大哥我已到了辰州，第二是打电报给你希望你把钱寄来。我这次下行，算算有九十块钱已够了，但我希望手边却有一百廿块钱，因为也许得买点东西回北京来送人。这里许多东西皆是北京人的宝贝，正如同北京许多东西是这里宝贝一样。我动身时一定有人送我小东小西，我真盼望所有东西全是可以使你欢喜的，或转送四丫头，使四丫头惊奇的。

这时已八点四十，天还黯黯的。也许这小表被我拨快了一些，也许并不是小表的罪过。从这次上行的经验看来，不拘带什么皆不会放坏，故下行时也许还可以为你带些古怪食物！九九是多年不吃冻菌了的，我预备为她带些冻菌。你欢喜酸的，我预备请大嫂为你炒一罐胡葱酸。四丫头倾心苗女人，我可以为她买一块苗妇人手做的冻豆腐。时间若许我从容些，我还能同三哥到乡下去赶次场，说不定我尚可为四丫头带点狗肉来。我想带的可太多了，一个火车厢恐怕也装不下。正因为这样子，或者我一样不带。

我忘了问张大姐要些什么了。请先告她，我若到苗乡去，当为她带个苗人用的顶针或针筒来。我那里针筒皆镂花，似乎还不坏。我还听同乡说本城酱油已出名，且成为近日来运销出口的一种著名东西，下可以到长沙，上可以到川东黔省，真想不到。我无论如何总为你们带点酱油来的。

九点四十五分，我小船停泊在一个滩岨乱石间，大家从从容容吃过了早饭。又吃鱼。吃了饭后船上人还在烤烤火，我就画了一个对河的小景。对河有人家处色泽极其美丽，名为“打油溪”。还有长长的墙垣，一定就是油坊。住在这种地方不作诗却来打油，古怪透了。画刚打好稿子，船就开了。今天小船还应上两个大滩，“九溪”同“横石”，这滩还不很难上，可是天气怪冷，水手真苦。说不定还得落水去拉船。近辰州时又还有个长十里的急流，无风时也很费事。今天风不好，不能把船送走，故看情形还赶不到辰州。我希望明天上半天可到，用半天日子做一切事，后天就可上行。我还希望到了辰州可以从电话中谈几句话，告他一切，也让他们放心些，不然收到了你的信后，却不见我到家，岂不希奇。

今天更冷，应当落大雪了，可是雪总落不下来。南方天气我疏远得太久了，如今看来同看一本新书一样，处处不像习惯所能忍受的样子，我若到这些地方长住下去，性格一定沉郁得很了。但一到春天，这里可太好了。就是这种天气，山中竹雀画眉依然叫得很好，一到春天，是可想而知的。

歪了一下

一月十七日上午十点卅五分

这河水可不是玩意儿。我的小船在滩上歪了那么一下，一切改了样子，船进了点水，墨水全泼尽了，书、纸本子、牙刷、手巾，全是墨水。许多待发的信封面上也全是墨水。箱子侧到一旁，一切家伙皆侧到一旁，再来一下可就要命。但很好，就只那么一次危险。很可惜的是掉了我那支笔，又泼尽了那瓶墨水，信却写不成了。现在的墨水只是一点点瓶底残余，笔却是你的自来水笔。更可惜的是还掉了一支……你猜去吧。

这是我小船第一次遇险，等等也许还得有两次这种事情，但不碍事，“吉人天相”，决不会有什么大事。很讨厌的是墨水已完，纸张又湿，我的信却写不成了。我还得到辰州去补充一切，不然无法再报告你一切消息。好在残余的墨水至少总还可以够我今天用它，到了明天，我却已可以买新的墨水了。在危险中我本来还想照个相，这点从容我照例并不缺少的，可是来不及照相，我便滚到船一边了。说到在危险中人还从从容容，我记起了十二年前坐那军服船上行，到一个名为“白鸡关”的情形来了。那时船正上滩，忽然掉了头，船向下溜去。船既是上行的，到上滩时照例所有水手皆应当去拉纤，船上只有一个拦头一个掌梢的，两个人在急滩上驾只大船可不容易，因此在斜行中船就乓的同石头相磕，顷刻之间船已进了水，且很快的向下溜去。我们有三个朋友在船上，两人皆吓慌了，我可不在乎。我看好了舱板同篙子，再不成，我就向水中跳。但很好，我们居然不用跳水还拢了岸，水过船面两寸许，只湿了我们的脚。一切行李皆拿在手上，一个小包袱，除了两只脚沾了点水以外，什么也不湿。故这次打船经验可以说是非常合算的。我们还在那河滩上露宿一夜，可以说干赚得这一夜好生活！这次坐的船太小了点，还无资格遇这种危险，你不用为我担心，反应为我抱屈，因为多有次危险经验，不是很有意思的事么？

那支笔我觉得有点可惜，因为这次旅行的信，差不多全是它写的。现在大致很孤独的卧在深水里，间或有一只鱼看到那么一个金色放光的笔尖，同那么一个长长的身体，觉得奇异时，会游过去嗅嗅，又即刻走开了。想起它那躺在深水里慢慢腐去，或为什么石头压住的情形，我这时有点惆怅。凡是我用过的东西，我对它总发生一种不可言说的友谊，我不知道这是什么原因。

我们的船又在上滩了，不碍事，我心中有你，我胆儿便稳稳的了。眼看到一个浪头跟着一个浪头从我船旁过去，我不觉得危险，反而以为你无法经验这种旅行极可惜。

又有了橹歌，同滩水相应和，声音雍容典雅之至。我歇歇，看看水，再来告你。我担心墨水不够我今天应用，故我的信也好像得悭吝一些了。

二哥

十七日上十一点卅五分

滩上挣扎

我不说除了掉笔以外还掉了一支……吗？我知道你算得出那是一支牙骨筷子的。我真不快乐，因为这东西总不能单独一支到北平的。我很抱歉。可是，你放心，我早就疑心这筷子即或有机会掉到河中去，它若有小小知觉，就一定不愿意独自落水。事不出我所料，在舱底下我又发现它了。

今天我小船上的滩可特别多，河中幸好有风，但每到一个滩上，总仍然很费事。我伏卧在前舱口看他们下篙，听他们骂野话。现在已十二点四十分，从八点开始只走了卅多里，还欠七十里，这七十里中还有两个大滩、一个长滩，看情形又不会到地的。这条河水坐船真折磨人，最好用它来作性急人犯罪以后的处罚。我希望这五点钟内可以到白溶下面泊船，那么明天上午就可到辰州了。这时船又在上一个滩，船身全是侧的，浪头大有从前舱进自后舱出的神气，水流太急，船到了上面又复溜下。你若到了这些地方，你只好把眼睛紧紧闭着。这还不算大滩，大滩更吓人！海水又大又深，但并不吓人，仿佛很温和。这里河水可同一股火样子，太热情了一点，好像只想把人攫走，且好像完全凭自己意见做去。但古怪，却是这些弄船人。他们逃避急流同漩水的方法可太妙了，不管什么情形他们总有办法避去危险。到不得已时得往浪里钻，今天已钻三回，可是又必有方法从浪里找出路。他们逃避水的方法，比你当年避我似乎还高明。他们明白水，且得靠水为生，却不让水把他们攫去。他们比我们平常人更懂得水的可怕处，却从不疏忽对于水的注意。你实在还应当跟水手学两年，你到之江避暑，也就一定有更多情书可看了。

……

我离开北京时，还计划到，每天用半个日子写信，用半个日子写文章。谁知到了这小船上，却只想为你写信，别的事全不能做。从这里看来我就明白没有你，一切文章是不会产生的。先前不同你在一块儿时，因为想起你，文章也可以写得很缠绵，很动人。到了你过青岛后，却因为有了你，文章也更好了。但一离开你，可不成了。倘若要我一个人去生活，作什么皆无趣味，无意思。我简直已不像个能够独立生活下去的人。你已变成我的一部分，属于血肉、精神一部分。我人并不聪明，一切事情得经过一度长长的思索，写文章如此，爱人也如此，理解人的好处也如此。

你不是要我写信告爸爸吗？我在常德写了个信，还不完事，又因为给你写信把那信搁下不写了。我预备到辰州写，辰州忙不过来，我预备到本乡写。我还希望在本乡为他找得出点礼物送他。不管是什么小玩意儿，只要可能，还应当送大姐点。大姐对我们好处我明白，二姐的好处被你一说也明白了。我希望在家中还可以为她们两人写个信去。

三三，又上了个滩。不幸得很……差点儿淹坏了一个小孩子，经验太少，力量不够，下篙不稳，结果一下子为篙子弹到水中去了。幸好一个年长水手把他从水中拉起，船也侧着进了不少的水。小孩子被人从水中拉起来后，抱着桅子荷荷的哭，看到他那样子真有使人说不出的同情。这小孩就是我上次提到一毛钱一天的候补水手。

这时已两点四十五分，我的小船在一个滩上挣扎，一连上了五次皆被急流冲下，船头全是水，只好过河从另一方拉上去。船过河时，从白浪里钻过，篷上也沾了浪。但不要为我着急，船到这时业已安全过了河。最危险时是我用~~~~号时，纸上也全是水，皮袍也全弄糟了。这时船已泊在滩下等待力量的恢复，再向白浪里弄去。

这滩太费事了，现在我小船还不能上去。另外一只大船上了将近一点钟，还在急流中努力，毫无办法。风篷、纤手、篙子，全无用处。拉船的在石滩上皆伏爬着，手足并用的一寸一寸向前。但仍无办法。滩水太急，我的小船还不知如何方能上去。这时水手正在烤火说笑话，轮到他们出力时，他们不会吝惜气力的。

三三，看到吊脚楼时，我觉得你不同我在一块儿上行很可惜，但一到上滩，我却以为你幸好不同来，因为你若看到这种滩水，如何发吼，如何奔驰，你恐怕在小船上真受不了。我现在方明白住在湘西上游的人，出门回家家中人敬神的理由。从那么一大堆滩里上行，所依赖的固然是船夫，船夫的一切，可真靠天了。

我写到这里时，滩声正在我耳边吼着，耳朵也发木。时间已到三点，这船还只有两个钟头可走，照这样延长下去，明天也许必须晚上方可到地。若真得晚上到辰州，我的事情又误了一天，你说，这怎么成。

小船已上滩了，平安无事，费时间约廿五分。上了滩问问那落水小水手，方知道这滩名“骂娘滩”（说野话的滩），难怪船上去得那么费事。再过廿分钟我的小船又得上个名为“白溶”的滩，全是白浪，吉人天相，一定不有什么难处。今天的小船全是上滩，上了白溶也许天就夜了，则明天还得上九溪同横石。横石滩任何船只皆得进点儿水，劣得真有个样子。我小船有四妹的相片，也许不至于进水。说到四妹的相片，本来我想让它凡事见识见识，故总把它放在外边……可是刚才差点儿它也落水了，故现在已把它收到箱子里了。

小船这时虽上了最困难的一段，还有长长的急流得拉上去。眼看到那个能干水手一个人爬在河边石滩上一步一步的走，心里很觉得悲哀。这人在船上弄船时，便时时刻刻骂野话，动了风，用不着他做事时，就摹仿麻阳人唱橹歌，风大了些，又摹仿麻阳人打呵贺，大声的说：

“要来就快来，莫在后面捱，呵贺——

风快发，风快发，吹得满江起白花，呵贺——”

他一切得摹仿，就因为桃源人弄小船的连唱歌喊口号也不会！这人也有不高兴时节，且可以说时时刻刻皆不高兴，除了骂野话以外，就唱：

“过了一天又一天，心中好似滚油煎。”

心中煎熬些什么不得而知，但工作折磨到他，实在是很可怜的。这人曾当过兵，今年还在沅州方面打过四回仗[1]，不久逃回来的。据他自己说，则为人也有些胡来乱为。赌博输了不少的钱，还很爱同女人胡闹，花三块钱到一块钱，胡闹一次。他说：“姑娘可不是人，你有钱，她同你好，过了一夜钱不完，她仍然同你好，可是钱完了，她不认识你了。”他大约还胡闹过许多次数的。他还当过两年兵，明白一切作兵士的规矩。身体结实如二小的哥哥，性情则天真朴质。每次看到他，总很高兴的笑着。即或在骂野话，问他为什么得骂野话，就说：

---

[1] 今年指1933年。沅州即芷江。

“船上人作兴这样子！”便是那小水手从水中爬起以后，一面哭一面也依然在骂野话的。看到他们我总感动得要命。我们在大城里住，遇到的人即或有学问，有知识，有礼貌，有地位，不知怎么的，总好像这人缺少了点成为一个人的东西。真正缺少了些什么又说不出。但看看这些人，就明白城里人实实在在缺少了点人的味儿了。我现在正想起应当如何来写个较长的作品，对于他们的做人可敬可爱处，也许让人多知道些，对于他们悲惨处，也许在另一时多有些人来注意。但这里一般的生活皆差不多是这样子，便反而使我们哑口了。

你不是很想读些动人作品吗？其实中国目前有什么作品值得一读？作家从上海培养，实在是一种毫无希望的努力。你不怕山险水险，将来总得来内地看看，你所看到的也许比一生所读过的书还好。同时你想写小说，从任何书本去学习，也许还不如你从旅行生活中那么看一次，所得的益处还多得多！

我总那么想，一条河对于人太有用处了。人笨，在创作上是毫无希望可言的。海虽俨然很大，给人的幻想也宽，但那种无变化的庞大，对于一个作家灵魂的陶冶无多益处可言。黄河则沿河都市人口不相称，地宽人少，也不能教训我们什么。长江还好，但到了下游，对于人的兴感也仿佛无什么特殊处。我赞美我这故乡的河，正因为它同都市相隔绝，一切极朴野，一切不普遍化，生活形式、生活态度皆有点原人意味，对于一个作者的教训太好了。我倘若还有什么成就，我常想，教给我思索人生，教给我体念人生，教给我智慧同品德，不是某一个人，却实实在在是这一条河。

我希望到了明年，我们还可以得到一种机会，一同坐一次船，证实我这句话。

……

我这时耳朵热着，也许你们在说我什么的。我看看时间，正下午四点五十分。你一个人在家中已够苦的了，你还得当家，还得照料其他两个人，又还得款待一个客人，又还得为我做事。你可以玩时应得玩玩。我知道你不放心……我还知道你不愿意我上岸时太不好看，还知道你愿意我到家时显得年轻点，我的刮脸刀总摆在箱子里最当眼处。一万个放心……若成天只想着我，让两个小妮子得到许多取笑你的机会，这可不成的。

我今天已经写了一整天了，我还想写下去。这样一大堆信寄到你身边时，你怎么办。你事忙，看信的时间恐怕也不多，我明天的信也许得先写点提要……

这次坐船时间太久，也是信多的原因。我到了家中时，也就是你收到这一大批信件时。你收到这信后，似乎还可发出三两个快信，写明“寄常德杰云旅馆曾芹轩代收存转沈从文亲启”。我到了常德无论如何必到那旅馆看看。

我这时有点发愁，就是到了家中，家中不许我住得太短。我也愿意多住些日子，但事情在身上，我总不好意思把一月期限超过三天以上。一面是那么非走不可，一面又非留不可，就轮到我为难时节了。我倒想不出个什么办法，使家中人催促我早走些。也许同大哥故意吵一架，你说好不好？地方人事杂，也不宜久住！

小船又上滩了，时间已五点廿分。这滩不很长，但也得湿湿衣服被盖。我只用你保护到我的心，身体在任何危险情形中，原本是不足惧的。你真使我在许多方面勇敢多了。

二哥

泊杨家岨

船又上了个滩，名为“回师”。各处是大石头，船就从石头中过去。天保佑，船又安然上去了。到上游滩多了些，船却少了些，不大能够有机会听摇橹人歌声，山又似乎反而低些了。我至多明天就可到柏子停船的地方了，我一定得照个那里水手的相来。我为这件事盼望明天有个好天气，且盼望辰州河边无积雪，却是一滩烂泥。因为柏子上岸胡闹那一天，正是飞毛毛雨的日子。那地方是我第一次出门离家，在外混日子的地方，悄悄地翻一个书记官的《辞源》，三个人各出三毛四分钱订《申报》，皆是那个地方。我最后见到我们那个可怜的爸爸，我小时节他爱我，长大时他教我的爸爸，也就是这个地方！这地方对我是太有意义了。我还穿过棉军服，每天到那地方南门口吃过汤圆，在河街上去鉴赏卖船上的檀木活车、钢钻、火镰等等宝贝。我的教育大部分从这地方开始，同时也从这地方打下我生活的基础。一个人生活前后太不同，记忆的积累，分量可太重了。不管是曹雪芹那么先前豪华，到后落寞，也不管像我那么小时孤独，近来幸福，但境遇的两重，对于一个人实在太惨了。我直到如今，总还是为过去一切灾难感到一点忧郁。便是你在我身边，那些死去了的事，死去了的人，也仍然常常不速而至的临近我的心头，使我十分惆怅的。至于你，你可太幸福了。你只看到我的一面。你爱我，也爱的是这个从一切生活里支持过来，有了转机的我。你想不到我在过去，如何在一个陌生社会里打发一大堆日子，绝想不到！

小船再过半点钟就可停泊了……不，即刻就得停泊了。船已到了“杨家岨”，又是吊脚楼，飞楼杰阁似的很悦目。小船傍在大石边，只需一跳就可以上岸。岸上正有妇人说话，不知说些什么。这里已无雪，山头皆为棕色，远山则为紫色。地方静得很，无一只船，无一个人，无一堆柴。不知什么地方有人正在捶捣东西，一下一下的捣。对河也有人说话，且看不清楚人家。三三，我手全冻了，时间已六点卅五分，我想歇歇。我的舱口对风，还得把一切通风处塞塞，不然夜里又很冷。

这可不怕冷了，前舱竹篷已放下，风让了路，全不要紧了。船上已在煎鱼，油老后，哗的沙的一响，满舱皆是烟气。我喝了一碗米汤，加了点白糖，这东西算是我吃饭以外唯一的食物，也算是我唯一的饮料。我的蜡烛已点去三支，剩下两支大致刚可以到地。我到了湘西，方明白云六大哥对于他那手电筒宝贝的理由，所有城市一到夜里，街上皆是黑黑的。船傍小码头时尤其不成。有电筒，好处可多了。我忘了把我们家中那个东西带来。

船每天皆泊到小地方，我真有点点担心。今天的码头只我的小船一只，孤零零的停顿到这地方，我真有点害怕。船上那开过小差的水手，若误会了我箱中的东西，在半唱过“过了一天又一天”之余，也许真会转念头来玩新花样的。三三，这是说笑话的！这时又来了一只大船，且是向上行的。那水手已拿了我一串钱，上吊脚楼吃鸦片烟去了。他等等回来时，还一定同我说到河街吊脚楼同大脚婆娘烧烟故事的。我请他的客，他却告我很多新鲜事情。这个人若会写字，且会把所认得的字写他的一切，他才真真是个地道普罗作家！这人用口说故事时，还能加上一些铺叙、一点感想，便是一张口，也比较许多笔写出来的故事深刻多了。

我为了想看看那河街烟馆，若有个灯，真还要上岸去一次！我明天一定到辰州河街去的，我还得去家中看看灵官巷的新房子。

我吃饭了，等等再告你。

二哥

十七日下午七点廿分

潭中夜渔

我只吃一碗饭，鱼又吃了不少。这时已七点四十，你们也应当吃过饭了。我们的短期分离，我应多受点折磨，方能补偿两人在一处过日子时，我对你疏忽的过失，也方能把两人同车时我看报的神气使你忘掉。我还正在各种过去事情上，找寻你的弱点与劣点，以为这样一来，也许我就可以少担负一份分离的痛苦。但出人意料的是我越找寻你坏处，就越觉得你对我的好处……

夜晚了，船已停泊，不必担心相片着水，我这时又把你同四丫头的相从箱中取出来了。我只想你们从相片上跳下来，我当真那么傻想……我应当多带些你们的相片来了。我还忘了带九九同你元和大姐的相片，若全带到箱子里，则我也许可以把些时间，同这些相片来讨论点事情，或说几个故事，或又模拟你们口吻，说点笑话……现在十天了我还无发笑机会。三三,四丫头近来吃饭被踢没有？应当为我每次踢她一脚。还有九妹，我希望她肯多问你些不认识的生字，不必说英文，便是中文她需要指点的方面也就很多。还有巴金，我从没为他写信，却希望你把我的路上一切，撮要告给他，并请他写点文章，为刊物登载。还有杨先生，[1] 你也得告他我在路上的情形。我为了成日成夜给你这个三三写信，别的信皆不曾动手，也无动手机会，你为我各处说一声就得了。

现在已九点了，这地方太静，静得有些怕人。晚上风又大了些，也猛了些，希望它明天还能够如此吹一天，则到辰州必很早。我想最好我再过五天可到家……我一切信上皆不敢提及妈的病，我只担心她已很沉重，又担心她正已复元，却因我这短期回家、即刻分离增加她老人家的病痛。我心虚得很。三三，这十多天想来我已有很多信件了，我希望其中并无云六报告什么不吉消息。我还希望你们能把我各处来信看看，应复的你且为我

---

[1] 指杨振声先生。

一一复去。我这一走必忙坏了你……

三三，这河面静中有个好听的声音，是弄鱼人用一个大梆了、 堆火，搁在船头上，河中下了拦江钓，因此满河里去擂梆子，让梆声同火光把鱼惊起，慌乱的四窜便触了网。这梆声且轻重不同，故听来动人得很。这种弄鱼方法，你从书上是看不到的。还有用火照鱼，用鸡笼捕鱼，用草毒鱼种种方法，单看书，皆毫无叙述。

我小船泊的地方是潭里，因此静得很，但却有种声音恐怕将使我睡不着。船底下有浪拍打，叮叮咄咄的响。时间已九点四十分，我的确得睡了……

弄鱼的梆声响得古怪，在这样安静地方，却听到这种古怪声音，四丫头若听到，一定又惊又喜。这可以说是一首美丽的诗，也可以说一种使人发迷着魔的符咒。因为在这种声音中，水里有多少鱼皆触了网，且同时一定也还有人因此联想到土匪来时种种空气的。三三，凡是在这条河里的一切，无一不是这样把恐怖、新奇同美丽揉和而成的调子！想领略这种美丽，也应得出一分代价。我出的代价似乎太多了点……我不放下这支笔，实在是我一点自私处。我想再同你说一会儿。在这样一叶扁舟中，来为三三写信，也是不可多得的！我想写个整晚，梦是无凭据的东西，反而不如就这样好！

……

二哥

十七日下十时一刻

船泊杨家岨

横石和九溪

十八日上午九时

我七点前就醒了，可是却在船上不起身。我不写信，担心这堆信你看不完。起来时船已开动，我洗过了脸，吃过了饭，就仍然作了一会儿痴事……今天我小船无论如何也应当到一个大码头了。我有点慌张，只那么一点点。我晚上也许就可以同三弟从电话中谈话的。我一定想法同他们谈话。我还得拍发给你的电报，且希望这电报送到家中时，你不至于吃惊，同时也不至于为难。你接到那电报时若在十九，我的船必在从辰州到泸溪路上，晚上可歇泸溪。这地方不很使我高兴，因为好些次数从这地方过身皆得不到好印象。风景不好，街道不好，水也不好。但廿日到的浦市，可是个大地方，数十年前极有名，在市镇对河的一个大庙，比北京碧云寺还好看。地方山峰同人家皆雅致得很。那地方出肥人，出大猪，出纸，出鞭炮。造船厂规模很像个样子。大油坊长年有油可打，打油人皆摇曳长歌，河岸晒油篓时必百千个排列成一片。河中且长年有大木筏停泊，有大而明黄的船只停泊，这些大船船尾皆高到两丈左右，渡船从下面过身时，仰头看去恰如一间大屋。那上面一定还用金漆写得有一个“福”字或“顺”字！地方又出鱼，鱼行也大得很。但这个码头却据说在数十年前更兴旺，十几年前我到那里时已衰落了的。衰落的原因为得是河边长了沙滩，不便停船，水道改了方向，商业也随之而萧条了。正因为那点“旧家子”的神气，大屋、大庙、大船、大地方，商业却已不相称，故看起来尤其动人。我还驻扎在那个庙里半个月到廿天，属于守备队第一团。那庙里墙上的诗好像也很多，花也多得很，还有个“大藏”[1]，样子如塔，高至五丈，在一个大殿堂里，上面用木砌成，全是菩萨。合几个人力量转动它时，就听到一种吓人的

[1] 即转轮藏，设于浦峰寺内。

声音，如龙吟太空。这东西中国的庙里似乎不多，非敕建大庙好像还不作兴有它的。

我船又在上一个人滩了，名为“横石”。船下行时便必需进点水，上行时若果是只大船，也极费事，但小船倒还方便，不到廿分钟就可以完事的。这时船已到了大浪里，我抱着你同四丫头的相片，若果浪把我卷去，我也得有个伴！

三三，这滩上就正有只大船碎在急浪里，我小船挨着它过去，我还看得明明白白那只船中的一切。我的船已过了危险处，你只瞧我的字就明白了。船在浪里时是两面乱摆的。如今又在上第二段滩水，拉船人得在水中弄船，支持一船的又只是手指大一根竹缆，你真不能想象这件事。可是你放心，这滩又拉上了……

我想印个选集了[1]，因为我看了一下自己的文章，说句公平话，我实在是比某些时下所谓作家高一筹的。我的工作行将超越一切而上。我的作品会比这些人的作品

[1] 这是作者第一次提到印选集的想法。两年后《从文小说习作选》才由上海良友图书公司出版。

更传得久、播得远。我没有方法拒绝。我不骄傲，可是我的选集的印行，却可以使些读者对于我作品取精摘尤得到一个印象。你已为我抄了好些篇文章，我预备选的仅照我记忆到的，有下面几篇：

《柏子》、《丈夫》、《夫妇》、《会明》。（全是以乡村平凡人物为主格的，写他们最人性的一面的作品）

《龙朱》、《月下小景》。（全是以异族青年恋爱为主格，写他们生活中的一片，全篇贯串以透明的智慧，交织了诗情与画意的作品）

《都市一妇人》、《虎雏》。（以一个性格强的人物为主格，有毒的放光的人格描写）

《黑夜》。（写革命者的一片段生活）

《爱欲》。（写故事，用天方夜谭风格写成的作品）

应当还有不少文章还可用的，但我却想至多只许选十五篇。也许我新写些，请你来选一次。我还打量作个《我为何创作》，写我如何看别人生活以及自己如何生活，如何看别人作品以及自己又如何写作品的经过。你若觉得这计划还好，就请你为我抄写《爱欲》那篇故事。这故事抄时仍然用那种绿格纸，同《柏子》差不多的。这书我估计应当有购者，同时有十万读者。

船去辰州已只有三十里路，山势也大不同了，水已较和平，山已成为一堆一堆黛色浅绿色相间的东西。两岸人家渐多，竹子也较多，且时时刻刻可以听到河边有人做船补船、敲打木头的声音。山头无雪，虽无太阳，十分寒冷，天气却明明朗朗。我还常常听到两岸小孩子哭声，同牛叫声。小船行将上个大滩，已泊近一个木筏，筏上人很多。上了这个滩后，就只差一个长长的急水，于是就到辰州了。这时已将近十二点，有鸡叫！这时正是你们吃饭的时候，我还记得到，吃饭时必有送信的来，你们一定等着我的信。可是这一面呢，积存的信可太多了。到辰州为止，似乎已有了卅张以上的信。这是一包，不是一封。你接到这一大包信时，必定不明白先从什么看起。你应得全部裁开，把它秩序弄顺，再订成个小册子来看。你不怕麻烦，就得那么做。有些专利的痴话，我以为也不妨让四妹同九妹看看，若绝对不许她们见到，就用另一纸条粘好，不宜裁剪……

船又在上一个大滩了，名为“九溪”。等等我再告你一切。

……

好厉害的水！吉人天佑，上了一半。船头全是水，白浪在船边如奔马，似乎只想攫你们的相片去，你瞧我字斜到什么样子。但我还是一手拿着你的相片，一手写字。好了，第一段已平安无事了。

小船上滩不足道，大船可太动人了。现在就有四只大船正预备上滩，所有水手皆上了岸，船后掌梢的派头如将军，拦头的赤着个膊子，船掯到水中不动了，一下子就跃到水中去了。我小船又在急水中了，还有些时候方可到第二段缓水处。大船有些一整天只上这样一个滩，有些到滩上弄碎了，就收拾船板到石滩上搭棚子住下。三三，这斗争，这和水的争斗，在这条河里，至少是有廿万人的！三三，我小船第二段危险又过了，等等还有第三段得上。这个滩共有九段麻烦处，故上去还需些时间。我船里已上了浪，但不妨的，这不是要远人担心的……

我昨晚上睡不着时，曾经想到了许多好像很聪明的话……今天被浪一打，现在要写却忘掉了。这时浪真大，水太急了点，船倒上得很好。今天天明朗一点，但毫无风，不能挂帆。船又上了一个滩，到一段较平和的急流中了。还有三五段。小船因拦头的不得力，已加了个临时纤手，一个老头子，白须满腮，牙齿已脱，却如古罗马人那么健壮。先时蹲到滩头大青石上，同船主讲价钱，一个要一千，一个出九百，相差的只是一分多钱，并且这钱全归我出，那船主仍然不允许多出这一百钱。但船开行后，这老头子却赶上前去自动加入拉纤了。这时船已到了第四段。

小船已完全上滩了，老头子又到船边来取钱，简直是个托尔斯太[1]！眉毛那么浓，脸那么长，鼻子那么大，胡子那么长，一切皆同画上的托尔斯太相同。这人秀气一些，因为生长在水边，也许比那一个同时还干净些。他如今又蹲在一个石头上了。看他那数钱神气，人那么老了，还那么出力气，为一百钱大声的嚷了许久，我有个疑问在心：

"这人为什么而活下去？他想不想过为什么活下去这件事？"

---

[1] 今译托尔斯泰，后文同。

不止这人不想起，我这十天来所见到的人，似乎皆并不想起这种事情的。城市中读书人也似乎不大想到过。可是，一个人不想到这一点，还能好好生存下去，很希奇的。三三,一切生存皆为了生存，必有所爱方可生存下去。多数人爱点钱，爱吃点好东西，皆可以从从容容活下去的。这种多数人真是为生而生的。但少数人呢，却看得远一点，为民族为人类而生。这种少数人常常为一个民族的代表，生命放光，为得是他会凝聚精力使生命放光！我们皆应当莫自弃，也应当得把自己凝聚起来！

三三，我相信你比我还好些，可是你也应得有这种自信，来思索这生存得如何去好好发展！

我小船已到了一个安静的长潭中了。我看到了用鸬鹚咬鱼的渔船了，这渔船是下河少见的。这种船同这种黑色怪鸟，皆是我小时节极欢喜的东西，见了它们同见老友一样。我为它们照了个相，希望这相还可看出个大略。我的相片已照了四张，到辰州我还想把最初出门时，军队驻扎的地方照来，时间恐不大方便。我的小船正在一个长潭中滑走，天气极明朗，水静得很，且起了些风，船走得很好。只是我手却冻坏了，如果这样子再过五天，一定更不成事了的。在北方手不肿冻，到南方来却冻手，这是件可笑的事情。

我的小船已到了一个小小水村边，有母鸡生蛋的声音，有人隔河喊人的声音，两山不大而翠色迎人，有许多待修理的小船皆斜卧在岸上。有人正在一只船边敲敲打打，我知道他们是在用麻头同桐油石灰嵌进船缝里去的。一个木筏上面还有小船，正在平潭中溜着，有趣得很！我快到柏子停船的岸边了，那里小船多得很，我一定还可以看到上千的真正柏子！

我烤烤手再写。这信快可以付邮了，我希望多写些，我知道你要许多，要许多。你只看看我的信，就知道我们离开后，我的心如何还在你的身边！

手一烤就好多了。这边山头已染上了浅绿色，透露了点春天的消息，说不出它的秀。我小船只差上一个长滩，就可以用桨划到辰州了。这时已有点风，船走得更快一些。到了辰州，你的相片可以上岸玩玩，四丫头的大相却只好在箱子里了。我愿意在辰州碰到几个必须见面的人，上去时就方便些。辰州到我县里只二百八十里，或二百六或二百廿里，若坐轿三天可到，我改坐轿子。

一到家，我希望就有你的信，信中有我们所照的相片！

船已在上我所说最后一个滩了，我想再休息一会会，上了这长滩，我再告你一切。我一离开你，就只想给你写信，也许你当时还应当苛刻一点，残忍一点，尽挤我写几年信，你觉得更有意思！

……

二哥

一月十八十二时卅分

历史是一条河

十八日下午二时卅分

我小船已把主要滩水全上完了，这时已到了一个如同一面镜子的潭里。山水秀丽如西湖，日头已出，两岸小山皆浅绿色。到辰州只差十里，故今天到地必很早。我照了个相，为一群拉纤人照的。现在太阳正照到我的小船舱中，光景明媚，正同你有些相似处。我因为在外边站久了一点，手已发了木，故写字也不成了。我一定得戴那双手套的，可是这同写信恰好是鱼同熊掌，不能同时得到。我不要熊掌，还是做近于吃鱼的写信吧。这信再过三四点钟就可发出，我高兴得很。记得从前为你寄快信时，那时心情真有说不出的紧处，可怜的事，这已成为过去了。现在我不怕你从我这种信中挑眼儿了，我需要你从这些无头无绪的信上，找出些我不必说的话……

我已快到地了，假若这时节是我们两个人，一同上岸去，一同进街且一同去找人，那多有趣味！我一到地见到了有点亲戚关系的人，他们第一句话，必问及你！我真想凡是有人问到你，就答复他们“在口袋里”！

三三，我因为天气太好了一点，故站在船后舱看了许久水，我心中忽然好像澈悟了一些，同时又好像从这条河中得到了许多智慧。三三，的的确确，得到了许多智慧，不是知识。我轻轻的叹息了好些次。山头夕阳极感动我，水底各色圆石也极感动我，我心中似乎毫无什么渣滓，透明烛照，对河水，对夕阳，对拉船人同船，皆那么爱着，十分温暖的爱着！我们平时不是读历史吗？一本历史书除了告我们些另一时代最笨的人相斫相杀以外有些什么？但真的历史却是一条河。从那日夜长流千古不变的水里，石头和砂子，腐了的草木，破烂的船板，使我触着平时我们所疏忽了若干年代若干人类的哀乐！我看到小小渔船，载了它的黑色鸬鹚向下流缓缓划去，看到石滩上拉船人的姿势，我皆异常感动且异常爱他们。我先前一时不还提到过这些人可怜的生、无所为的生吗？不，三三，我错了。这些人不需我们来可怜，我们应当来尊敬来爱。他们那么庄严忠实的生，却在自然上各担负自己那分命运，为自己、为儿女而活下去。不管怎么样活，却从不逃避为了活而应有的一切努力。他们在他们那分习惯生活里、命运里，也依然是哭、笑、吃、喝，对于寒暑的来临，更感觉到这四时交递的严重。三三，我不知为什么，我感动得很！我希望活得长一点，同时把生活完全发展到我自己这分工作上来。我会用我自己的力量，为所谓人生，解释得比任何人皆庄严些与透入些！三三，我看久了水，从水里的石头得到一点平时好像不能得到的东西，对于人生，对于爱憎，仿佛全然与人不同了。我觉得惆怅得很，我总像看得太深太远，对于我自己，便成为受难者了。这时节我软弱得很，因为我爱了世界，爱了人类。三三，倘若我们这时正是两人同在一处，你瞧我眼睛湿到什么样子！

三三，船已到关上了，我半点钟就会上岸的。今晚上我恐怕无时间写信了，我们当说声再见！三三，请把这信用你那体面温和眼睛多吻几次！我明天若上行，会把信留到浦市发出的。

二哥

一月十八下午四点半

这里全是船了！

……我轻轻的叹息了好些次。山头夕阳极感动我，水底各色圆石也极感动我，我心中似乎毫无什么渣滓，透明烛照，对河水，对夕阳，对拉船人同船，皆那么爱着，十分温暖的爱着！

离辰州上行

……[1]今天雾大得很，故日里太阳必极其可观。我上船时带得有腊肠同面条，且有个照料我的副爷，这一行可太惬意了。

我寄北京的电是昨晚发的，一定可以这时收到。我一大堆信本想即刻付邮，但到家时局中已不能寄挂号信，故一切全托云六办理了。我的信分成两包，较小的一包是应后发一天的，也许云六一齐寄发了。

这次上行在家中我也许住三四天可以脱身，下行时过辰州，或将为这些乡亲要人留下多搁一天两天的。我

[1] 原信缺失一页，约九百字。

发急得很，因为我应当早些见你。

我同行的副爷正在为我说他的事，等等我再告你。

二哥

十九日十点卅分

虎雏印象

这时已下午两点，船只上小滩，在一条平衍河里走去，河面放宽一些，两岸山已不高，太阳甚好，照在这张纸上眩我眼睛！我很舒服。我的手已不再发肿，我的脚也不觉得怎样冷了。我听了那虎雏说了半天关于他生活过去的故事。这副爷现在还不到廿三岁，七八岁时就打死了人，独自跑出外边，做过割草人，做过土匪，做过采茶人，做过兵。他当了七年的兵，明白的事情比一个教授多多了。他打架喝酒的事情，不知有过多少次，但人却能干可爱之至。他跟了我三弟三四年，一切事皆可交给他，这真是个怪而了不起的人。他说到许多打小仗吃苦受罚的事情，皆正是任何一本书还不曾提到过的事情。他那分渊博处，以及因见多识广，对于自己观念打算铺叙的才干，使我不能不佩服他。我不是说这次旅行一定可以学许多吗？别的不提，单在这样一个人方面，给我有用的知识与智慧已够多了。

这时阳光真好。

我们本乡那方面，大哥也在昨晚上就拍发了一个无线电报回去了，家中得到这个电后，他们不知如何快乐！这次谁也不想到我会回来的，故辰州方面许多老朋友皆十分惊异。到了家中那天，本乡人见着了我，一定更其惊奇！离家太久真不好，一切皆生疏得很，同做客一样，我说话也似乎很困难的。

我的船昨天停泊的地方就是我十五年前在辰州看柏子停船的地方，我本想照个相已赶不及，回来时一定可把我自已照成柏子一样的。

天气太好我就有点惆怅，今天的河水已极清浅，河床中大小不一的石子，历历可数，如棋子一般，较大石头上必有浅绿色蓝丝，在水中漂荡，摇曳生姿。这宽而平平的河床，以及河中东西，皆明丽不凡。两岸山树如画图，秀而有致。船在这样一条河中行走，同舱中缺少一个你，觉得太不合理了。

我想我也得睡睡才好，我昨天只睡三个钟头……

人家都说我胖了些，这话从他们口中说出我不甚相信，但从他们本人肥瘦上看来，我却十分相信。我昨天见到五个熟人，其中就只有一个天生胖子，其胖如昔，其余诸人，全似乎还不如我的。这里人说话皆大声叫喊，吃东西随便把花生桔子皮壳撒满一地，客人在家中不作兴脱帽，很有趣味。

二哥

十九日下三时

到泸溪

十九日下四时廿分

我小船走得很好，上午无风，下午可有风，帆拉得满满的。河水还依然如前一信所说，很平很宽，不上什么滩，也不再见什么潭。再有十里我船可以到泸溪，船就得停泊了。天气好得很……动身时，我们最担心处是上面不安静，但如今这里的安静却令人出奇，只须从天气河流上看来，也就使人不必再担心有任何困难，会在远行人方面发生了。管领这条河面的是辰州那个戴旅长，军纪好得很，河面可以说是太安全了。在家在辰州的朋友亲戚，他们全将不许我走路，全要我多住一天两天，这可不成。我想在家中住三天，回转辰州住那一天，我想要云六大哥请客，把朋友请到新家来吃一顿。至于在家中，则打量一律不赴人的酒席。凡请我吃饭的，皆用“想陪母亲”来挡拒。这样一来当轻松一些。一切熟人皆相隔太久了，说话也无多意思，这些人某种知识也许比我的好过数倍，但我也无从去学习，因为学来也毫无用处。一切熟人生活皆与我完全不同，且仿佛皆活得比我更起劲，我同他们去玩也似乎不能再在一处玩了。家中只有妈同六弟同几个老年亲戚可以看看，在家中时，家中人一定特别快乐，我也一定特别快乐的。我就发愁要走，或走不动……

我小船已到了泸溪，时间六点多一些，天气太好，地方风景也雅多了。这里城不十分坏，码头可不像个样子，地方上下六十里皆著名码头，故商务萧条得很，只是通峒河的船[1]，则应从此地分流。若想乘船直到我家乡，便可在此地搭船上行的。峒河来源很怪，全从悬崖石壁中流出，一下就可行船。另一支流则直经过我的家乡小城，绕城上行达到苗乡乌巢河的。

我小船已泊定，吃了两碗白面当饭，这时正有廿来

[1] 峒河下游称武水，在泸溪汇入沅水。

只大船从上游下行，满江的橹歌，轻重急徐，各不相同又复谐和成韵。夕阳已入山，山头余剩一抹深紫，山城楼门矗立留下一个明朗的轮廓，小船上各处有人语声、小孩吵闹声、炒菜落锅声、船主问讯声。我真感动，我们若想读诗，除了到这里来别无再好地方了。这全是诗。

天黑了，我想把这信发了，故不写完。但写不完的却应当也为你看出些字句较好，因为这是从我身边来的一张纸……

你的心

十九下六时半

泸溪黄昏

十九下午七时

我似乎说过泸溪的坏话，泸溪自己却将为三三说句好话了。这黄昏，真是动人的黄昏！我的小船停泊处，是离城还有一里三分之一地方，这城恰当日落处，故这时城墙同城楼明明朗朗的轮廓，为夕阳落处的黄天衬出。满河是橹歌浮着！沿岸全是人说话的声音，黄昏里人皆只剩下一个影子，船只也只剩个影子，长堤岸上只见一堆一堆人影子移动，炒菜落锅的声音与小孩哭声杂然并陈，城中忽然哨的一声小锣。唉，好一个圣境！

我明天这时，必已早抵浦市了的。我还得在小船上睡那么一夜，廿一则在小客店过夜，如《月下小景》一书中所写的小旅店，廿二就在家中过夜了……

明天就到廿了，日子说快也快，说慢又慢。我今天同昨天在路上已看到许多白塔，许多就河边石上捶衣的妇人，而且还看到河边悬崖洞中的房屋，以及架空的碾子。三三，我已到了“柏子”的小河，而且快要走到“翠翠”的家乡了！日中太阳既好，景致又复柔和不少，我念你的心也由热情而变成温柔的爱。我心中尽喊着你，有上万句话，有无数的字眼儿，一大堆微笑，一大堆吻，皆为你而储蓄在心上！我到家中见到一切人时，我一定因为想念着你，问答之间将有些痴话使人不能了解。也许别人问我：“你在北京好！”我会说：“我三三脸黑黑的，所以北京也很好！”不是这么说也还会有别的话可说，总而言之则免不了授人一点点开玩笑的机会。母亲年老了，这老人家看到我有那么一个乖而温柔的三三，同时若让这老人家知道我们如何要好，她还会更高兴的。我在辰州时，云六说：“妈还说‘晓得从文怎么样就会选到一个屋里人？同他一样的既不成，同他两样的，更不好。’可是如今可来了，好了，原来也还有既不同样也不异样的人！”家中人看到我们很好，他们的快乐是你想不出的。他们皆很爱你，你却还不曾见过他们！

三三，昨天晚上同今晚上星子新月皆很美，在船上看天空尤可观，我不管冻到什么样子，还是看了许久星子。你若今夜或每夜皆看到天上那颗大星子，我们就可以从这一粒星子的微光上，仿佛更近了一些。因为每夜这一粒星子，必有一时同你眼睛一样，被我瞅着不旁瞬的。三三，在你那方面，这星子也将成为我的眼睛的！

你的二哥

十九下九时

白楼潭近望

天明号音

廿下一时十分

这里已是下午一点又十分，我的船已过了有名的箱子岩，再过四点钟就会到最后一个码头了。我小船是上午七点开行的。船还未开动时，听到各船上吹天明号音，从大船起始，凡是有军队的皆一一依次吹号，吹完事后便听到有人拉移铁锚声、推篷声、喊人声。这点情形使我温习了一个日子长长的旧梦。我上来还是第一次听到天明号音。大约十四年前时节，我同许多人一样，这声音刚起头，各人就应当从热被中爬起，站在大坪中成一列点名的。现在呢，我同样被这号音又弄醒了。我想念你。三三，倘若两人一同在这小船上来为这种号音惊醒，我一定会告你许多旧事。但如今我写不完这些旧事，这太多了，太旧了，太琐碎了。你若听到过这样号音，一定也有些悟处。这种声音说起来真是又美又凄凉，我还不曾觉得有何种音乐能够与这个相提并论。

我早饭吃得很好，你放心。我似乎并不瘦，你放心。我还有三天在路上过日子，这三天之中我将吃得饱饱的，睡得足足的，使家中人见到，皆明白这是你给我一切照料的结果。我在辰州已换了件汗衣，是云六的。我墨水泼尽后又新从大哥处取来一瓶，到家后这种东西必不缺少，可是纸张只剩下一点点，倒有点惶恐，只担心到地后找寻不着这种东西。我到辰州时送了大哥一个苹果，吃完事后他把眼睛一闭，“吃得吗？金山苹果！美国桔子！维他命多，合乎卫生！”三三，他那神气真妩媚得很！

你收到这信后必有四天方可再得到我的信，因为从浦市过凤凰，来回必须四天的。我还怕初到地不能为你写信，希望得你原谅。

我小船到了一个好山下了，你瞧，多美丽！我想看看这山，等等再写给你一些。

你二哥

浦市已到，一切安宁。廿下四时廿分

到了一个好山下了，你瞧，多美丽！

到凤凰

廿二上午八时[1]

我昨天下午三点到了家中，天气很好，故一切皆觉得好。母亲好了些，但瘦得很。我来了，大家当然十分快乐。我不能发电告你，就因为这地方只能收电，无法发电。

到了家中接到你四个信，家中人因为不见我来，十分希奇，故看了信。看了信方知道我业已回来，你瞧，多古怪。到辰州发的电，却反而比人缓到一些。你寄来的相业已见到，很不坏，四人在冰上照的，你似乎比谁都好。我这几天可不能为你写长长的信了，你明白这是

[1] 根据前后信内容，应为廿三日。

无空暇时间的原因。我已见过了老上司，且同时见到了一些朋友。我在街上打了一转，印象是地方小了许多。街太小，人可太多了。走到街上去时，我真有点惊讶。

我写这信时是在火炉边的，弟弟在身边，母亲在床上。

我大约十三方下辰州回北平，说不定比预定日子迟，此事请同杨先生说说，很抱歉。我离家太久，母亲又病得厉害，留我多住两天，把十二[1]那天母亲的生日过去再走，希望杨先生原谅。

当到大家写信，我不好意思说……

二哥

廿二

---

[1] 指旧历腊月十二，即一月二十六日。

感慨之至

廿二下九时半

四点前发了个信，同时还去信告云六，要他为我拍个电报告你一切，可不知他会不会忘掉这件事。我到了这里一天半，各处是熟人，我不出门找他们，就有人来找我，故抽不出时间来详详细细告你一切事情了。我为了会见客人头也弄晕了，只有看你的信可以清醒一些。我希望你会还有三个来信的。我十三下行，就还有三个日子方能动身，若这三天无你信来，我是不快乐的。

这里一切使我感慨之至。一切皆变了，一切皆不同了，真是使我这出门过久的人很难过的事！妈病得很坏，近来虽离去危险期，但人还是瘦得很。我一时真不想离开她，但又不能不离开这老人家。我只想多陪她坐坐，但客人一来一坐又总是很久很久。我心乱得很，我很悔见到熟人，却妨碍了我同妈谈话的机会。我现在想有个办法把自己同熟人拉开，可是又无这个办法。

你想想，在这种情形下我如何办。

我见到了你的相，照得很美，故亲戚一问到你时，我必把相片给她们看。多少人皆把你看成了不得的，这为得是什么？不过为得是使妈高兴罢了。

我一上了岸，接到你的信，心就乱极了。三三，我希望你不要难过，我在十号以前会回来的。我也正想着，将来回到北京，决不会再使你面壁了！我想一切皆是我的不是，我向你认错，你原谅了我。我更得向三三认错，在信上说把你文章丢到黄河，其实并无这回事，健吾的文章同你的，皆好好的在箱子里！

这时已十点半了，家中人业已睡尽，我也得睡了。我希望这个时节你已安睡。

二哥

廿二下十时半

我想你得很！你应当还有些信来方好。

买白松糖浆二瓶当信寄。妈急于要用。

辰州下行[1]

二月一号下五时

我小船在一个两岸皆山、山半皆吊脚楼的某处过去，我想起应当为你写信了。我小船所到的地方，正是从辰州寄发一大堆信所写到的地方。上行时这些河边小屋如何感动了我，现在依然又有了机会到这种感动中来写信！这时已经快要入夜了。河边小屋在雨后屋瓦皆极黑，上面为炊烟包着浸着。远山还在雾里，同样在这条河中向上行驶的船，皆各挂了大小不等的白帆，沿河走去。有摇橹人歌声，有呐喊声。我的小船上的水手之一，已把晚饭菜煮好，只等待到了那个预定要到的站头，就抛了锚吃饭。今天从辰州开船时已七点八点，但船小而

[1] 根据原信编号，在此信前缺失五封。

且轻，风又不大，故仍然走了八十九十里路。这小船应泊的地方名为潭口，明早便又得下最大的青浪滩了。照这样子算来，我是应当可以希望在八号到北平的。我也许到武昌停顿一天，把一点东西送给叔华。但我却愿意早见你们，不妨把东西从北平寄给她。这信是必须后天方能发出的，它将比我先到一天。

今早我上船时，大哥三弟皆送我到船边。船停顿的泥滩便是柏子小船停顿的泥滩，对河有白塔，河中有大小船数百，许多人皆同柏子一样，我感动得很！大哥在我小船开动以后还哑着个喉咙说："三月三人来啊，三月三人来啊！"他真希望你们来看看他经营的好看小屋，那屋在辰州地方很出色，放到青岛去时也依然是出色的。

信写到这里时我吃了一顿好饭，船停在河心买柴，吃完了饭站到外面看看，我无法形容所见的一切。总而言之，此后我再也不把北京假古画当宝贝了。

时间快要夜了，我很温柔的想着你。我还有八天方可见你，但我并不如上行时那么焦躁了。顺水行船也是使我不着慌的理由。我心很静，很温柔。

我因为在上面吃辣的太多，泻了许多天，上船来可好了。我一定瘦些了，我正希望到车上去多加点养料到身上去。我除了稍瘦一切都好，你放心。若这信比我先到，我得请求你不要睡不着觉，我至多只会慢这信一天到地的。

这次的船比上次还干净宽畅。

二哥

一日下五时卅七分

再到柳林岔

二号上午九点

这个时节我的小船已行走了五十里路，快要到美丽的柳林岔了。今天还未天亮时，船上人乘着濛濛月就下了最大最长的一个青浪滩。船在浪里过去时，只听到吼声同怒浪拍打船舷声，各处全是水，但毫不使人担心。照规矩，下行船在潭口上游有红嘴老鸦来就食，这船就不会发生任何危险。老鸦业已来过，故船上人就不在乎了。说到这老鸦时也真怪，下行船它来讨饭，把饭向空中抛去，它接着，便飞去了。它却不向上行船打麻烦。今天无风，水又极稳，故预备一夜赶到桃源。但车子不凑巧，我也许不能不在常德停一天，必得后天方能过长沙。天气阴阴的，也不很冷，也无雨无雪，坐船得这样

柳林岔的滩太好看了

天气，可以说是十分幸福的。我觉得一天比一天接近你了，我快乐得很！

我今天又得吃鱼，水手的鱼真不可不吃，不忍不吃。鱼卖一毛钱一斤，不买它来吃，不说打鱼人，便是鱼也会多心的。我带来了不少腊肉、腊肠，还有十筒茶叶、一百桔子。还有个牛角，从苗巫师处得到，预备送一个人的。还有圈子，应作送四丫头等的钏子。还有梨子，味道并不怎样高明，但已是“五千里外远客”的梨子。还有印花布，可以作客厅垫单用的宝物！到长沙时，我或许为你们带了些酱油来，或许还可带两对鸭绒枕心作为垫子。我在长沙应蹲个半天，还应见四五个人，希望天晴，在街上可以多见识见识。长沙一切皆不恶，市面尤其好看。

……前天晚上我在辰州戴家吃消夜，差不多把每一样菜皆来上一把辣子，上到鱼翅时，我以为这东西大约不会辣了，谁知还是有一钱以上的胡椒末在汤中。可是到后上莲子，可归我独享了。回家时已十二点钟，先回家的大哥早已睡觉了。

我小船又在下滩了，好大的水！这水又窄又急，滩下还停顿得有卅来只大船等待一一上滩。那滩下转折处的远山，多神奇的设计！我只想把你一下捉到这里来，让你一惊，我真这么想。我希奇那些住在对岸的人，对着这种山还毫不在乎。

我这时已吃过了一顿模范早餐，我吃完了饭，水手也吃完了饭，各人在吸丝烟，船在一个梢公桨下顺流而下。这长潭，又是多么神奇的境界！我吃得是一大碗糙米饭、一碗用河水煮就的河鱼、一碗紫菜苔、一点香肠。三斤半的鲤鱼我大约吃了十二两。一个大尾巴，用茶油煎成黄色的家伙，我差不多完全吃光了。假若这样在船上半年，不必读一本书，我一定也聪明多了。河鱼味道我还缺少力量来描写它。

在岸上吃过饭后的人总懒些呆些，在船上可两样了。我在船上每次把饭吃过以后，人总非常舒服。只想讲话，只想动，只想写。六月里假若我们还可以有一个月离开北京，我以为纵不是过辰州避暑，也不妨来湖南坐坐我所坐的小船，因为单是船上这种生活，只要一天，你就会觉得其他任何麻烦皆抵消了。这河上的一切，你只需看一眼，你就会终生不忘的。等着六月再看吧，若果六月时短期离开北平不是件大事，我们就来到这河上证实一下我所说的一切吧。

今天一点儿风也不起，我的小船一个整天会在这条河上走两百里路的。今天所走的路，抵前次上行四天所走的路。你只想想这个比数，也就可以想象得出这段河流的速度了。

二哥

十二点或者还欠些

（我表已不在手边了）

过新田湾

二号十二点过些

假若你见到纸背后那个地方、那点树、石头、房子、一切的配置、那点颜色的柔和，你会大喊大叫。不瞒你，我喊了三声！可惜我身边的相匣子不能用，颜色笔又送人了，对这一切简直毫无办法。我的小船算来已走了九十里，再过相等时间，我可以到桃源了。我希望黄昏中到桃源，则可看看灯，看看这小城在灯光中的光景。还同时希望赶得及在黄昏前看桃源洞。这时一点儿风没有，天气且放了晴，薄薄的日头正照在我头上。我坐的地方是梢公脚边，他的桨把每次一推仿佛就要磕到我的头上，却永远不至于当真碰着我。河水已平，水流渐缓，两岸小山皆接连如佛珠，触目苍翠如江南的五月。竹子、

……那个地方、那点树、石头、房子、一切的配置、那点颜色的柔和，你会大喊大叫。

松、杉，以及其他常绿树皆因一雨洗得异常干净。山谷中不知何处有鸡叫，有牛犊叫，河边有人家处，屋前后必有成畦的白菜，作浅绿色。

小埠头停船处，且常有这种白菜堆积成A字形，或相间以红萝卜。三三，我纵有笔有照相器，这里的一切颜色、一切声音，以至于由于水面的静穆所显出的调子，如何能够一下子全部捉来让你望到这一切，听到这一切，且计算着一切，我叹息了。我感到生存或生命了。三三，我这时正像上行时在辰州较下游一点点和尚洲附近，看着水流所感到的一样。我好像智慧了许多，温柔了许多。

三三，更不得了，我又到了一个新地方，梢公说这是“新田湾”。有人唤渡，渔船上则有晒帆晾网的。码头上的房子已从吊脚楼改而为砖墙式长列，再加上后面远山近山的翠绿颜色，我不知道怎么来告你了。三三，这地方同你一样，太温柔了。看到这些地方，我方明白我在一切作品上用各种赞美言语装饰到这条河流时，所说的话如何蠢笨。

我这时真有点难过，因为我已弄明白了在自然安排下我的蠢处。人类的言语太贫乏了。单是这河面修船人

新田湾

把麻头塞进船缝敲打的声音，在鸡声人声中如何静，你没有在场，你从任何文字上也永远体会不到的！我不原谅我的笨处，因为你得在我这枝笔下多明白些，也分享些这里这时的一切！三三，正因为我无法原谅自己，我这时好像很忧愁。在先一时我以为人类是个万能的东西，看到的一切，并各种官能感到的一切，总有办法用点什么东西保留下来，我且有这种自信，我的笔是可以作到这件事情的。现在我方明白我的力量差得远。毫无可疑，我对于这条河中的一切，经过这次旅行可以多认识了一些，此后写到它时也必更动人一些。在别人看来，我必可得到“更成功”的谀语，但在我自己，却成为一个永远不能用骄傲心情来作自己工作的补剂那么一个人了。我明白我们的能力，比自然如何渺小，我低首了。这种心境若能长久支配我，则这次旅行，将使我在人事上更好一些……

这时节我的小船到了一个挂宝山前村，各处皆无宝贝可见。梢公却说了话：

“这山起不得火，一起火辰州也就得起火。”

我说：“哪一个山？”原来这里有无数小山。

梢公用手一挥，“这一串山！”

我笑了。他为我解释：

“因为这条山迎辰州，故起不得火。”

真是有趣的传说，我不想明白这个理由，故不再问他什么。我只想你，因为这山名为挂宝山，假若我是个梢公，前面坐了一个别的人，我告他的一定是关于你的事情！假若我不是梢公，但你这时却坐在我身旁，我凭空来凑个故事，也一定比“失火”有趣味些！

我因为这梢公只会告我这山同辰州失火有关，似乎生了点气，故钻进舱中去了。我进舱时听岸边有黄鸟叫，这鸟在青岛地方，六月里方会存在。

这次在上面所见到的情形，除了风景以外，人事却使我增加无量智慧。这里的人同城市中人相去太远，城市中人同下面都市中人又相去太远了，这种人事上的距离，使我明白了些说不分明的东西，此后关于说到军人，说到劳动者，在文章上我的观念或与往日完全不同了。

我那乡下有一样东西最值钱，又有一样东西最不值钱，我不告给你，你尽可同四丫头、九九，三人去猜，谁猜着了我回来时把她一样礼物。

·

我在家中时除泻以外头总有点晕，脚也有点疼，上了船，我已不泻不疼，只是还有些些儿头晕。也许我刚才风吹得太久了点，我想睡睡会好些。如果睡到晚上还不见好，便是长途行旅、车船颠簸把头脑弄坏了的缘故。这不算大事，到了北京只要有你用手摸摸也就好了。

……

我头晕得很，我想歇歇，可是船又在下滩了。

二哥

大约二点左右

看到这些地方，我方明白我在一切作品上用各种赞美言语装饰到这条河流时，所说的话如何蠢笨。

重抵桃源

我小船这时就到了桃源，想不到那么快的。这时大约还不过八点钟，算算时间，昨天从八点到下六点计十个钟头，今天从上六点到下八点计十四个钟头，一共廿四个钟头便把上行的六天所走的路弄完了。若不为了过常德取你的信，我明天是就可以到长沙的。若照如此经济办法说来，则从辰州到北平，也不过只需要七天或六天的日子罢了。我的小船这时已停泊了，我今夜还在船上睡觉，明天一早就搭了汽车过常德。我估想到那旅馆可以接到你三个信，有两个信却是同一天付邮的。这信中所说的正是我要听的话，不管是骂我也行，我希望至少有一个信，在火车上方不寂寞。我要水手为我买了十个桃源鸡蛋，也许居然还可以带一个把到北京。想到我不过五天就可以见着你，我今晚上可睡不着了。我有点发慌，我知道你们这时节是在火炉边计算着我的路程的。我仿佛看着你们。我慌得很！我们不在一块儿太久了！你真万想不到我每个日子如何的过。

我今天又看了一本新书，日本人所作的，提到近代艺术的一般思潮，文章还好却也不顶好。我想这种书你一定不高兴看，但这种书能耐耐烦烦看下去，对你实在很有益处。一般人不能作论文，不是无作论文的能力，只是不会作。看了这本书，也许多少有些好处。

这里有人用废缆作火炬，一面晃着一面在河边走路，从舱口望去好看得很。

二哥

二月二日晚

尾声

沈从文致沈云六

大大：[1]你廿三号来信五号收到，一切都明白了。这次回南，本想使妈快乐一点，想不到结果反而使妈大不快乐，见大大来信，觉得伤心。因再想同妈谈谈，也来不及了。妈生前既全得你同大嫂等服侍，丧事又全由大大主持，在这里说感谢近于客气，但事实上弟等实仍感谢之至也。丧事既了，六弟又复下行，想家中近来当极寂寞，你病好些没有？我们真极关心。我来回在路上太久，一到北京，也病倒了，幸好日来已能做事，不至于延长日子。你说三月再下辰州，计划也好，若果三月六弟得过北平，你早搬下辰州也好一些。房子半途而止，实不成事，一切还得要你主持。六弟病后性情略躁，也

[1] 大大意为“哥哥”。

极自然。你如今已像父亲，大嫂即是母亲，许多事没有你哪里会弄得好？至于你担心到了辰州，恐前途困难，请你千万放心。我们生活不至于极坏，妈虽过去了，大大生活难道就不应当我们来负点责吗？只请你放心。关于你同大嫂生活我总来想办法，每月为你们弄来，即或六弟一时无办法，你也不会为难。你只管大胆些，我这里当为你按月弄点来。三十够不够？若不够，又多弄些。关于房子欠款，我有，也会陆续弄些来填还，因为我懂得这些钱是你用面子借来的，我们不会使你为这件事不好见人。我要告你的是此后关于你事情我总尽力。我尽力做事，尽力为你想办法，请你放心。

我在此事略忙，因为各处皆要文章，一双手当然忙不过来。加上近来还得为《国闻周报》作评论，星期天也无休息时节。我只希望我莫病，我无论如何，总得赤手空拳弄出个局面，让大大看到，会说沈家的人究竟并不蹩脚的。这里三人都好，请你同大嫂放心。

并问安佳。

二弟上

廿三年三月五日晚

（沈虎雏整理 1991 年 10 月）

湘行散记

一个戴水獭皮帽子的朋友

我由武陵（常德）过桃源时，坐在一辆新式黄色公共汽车上。车从很平坦的沿河大堤公路上奔驰而去，我身边还坐定了一个懂人情、有趣味的老朋友，这老友正特意从武陵县伴我过桃源县。他也可以说是一个“渔人”，因为他的头上，戴得是一顶价值四十八元的水獭皮帽子，这顶帽子经过沿路地方时，却很能引起一些年青娘儿们注意的。这老友是武陵地域中心春申君墓旁杰云旅馆的主人。常德、河伏、周溪、桃源，沿河近百里路以内“吃四方饭”的标致娘儿们，他无一不特别熟悉；许多娘儿们也就特别熟悉他那顶水獭皮帽子。但照他自己说，使他迷路的那点年龄业已过去了，如今一切已满不在乎，白脸长眉毛的女孩子再不使他心跳，水獭皮帽子也并不需要娘儿们眼睛放光了。他今年还只三十五岁。十年前，在这一带地方凡有他撒野机会时，他从不放过那点机会。现在既已规规矩矩作了一个大旅馆的大老板，童心业已失去，就再也不胡闹了。当他二十五岁左右时，大约就有过一百个女人净白的胸膛被他亲近过。我坐在这样一个朋友的身边，想起国内无数中学生，在国文班上很认真的读陶靖节《桃花源记》情形，真觉得十分好笑。同这样一个朋友坐了汽车到桃源去，似乎太幽默了。

朋友还是个爱玩字画也爱说野话的人。从汽车眺望平堤远处，薄雾里错落有致的平田、房子、树木，全如敷了一层蓝灰，一切极爽心悦目。汽车在大堤上跑去，又极平稳舒服。朋友口中揉合了雅兴与俗趣，带点儿惊讶嚷道：

“这野杂种的景致，简直是画！”

“自然是画！可是是谁的画？”我说。“牯子[1]大哥，你以为是谁的画？”我意思正想考问一下，看看我那朋友对于中国画一方面的知识。

---

[1] 牯子，即公牛。

他笑了，“沈石田这狗养的，强盗一样好大胆的手笔！”说时还用手比划着，“这里一笔，那边一扫，再来磨磨蹭蹭，十来下，成了。”

我自然不能同意这种赞美，因为朋友家中正收藏了一个沈周手卷，姓名真，画笔并不佳，出处是极可怀疑的。说句老实话，当前从窗口入目的一切，潇洒秀丽中带点雄浑苍莽气概，还得另外找寻一句恰当的比拟，方能相称啊。我在沉默中的意见，似乎被他看明白了，他就说：

“看，牯子老弟你看，这点山头，这点树，那一片林梢，那一抹轻雾，真只有王麓台那野狗干的画得出。因为他自己活到八九十岁，就真象只老狗。”

这一下可被他“猜”中了。我说：

“这一下可被你说中了。我正以为目前远远近近风物极和王麓台卷子相近；你有他的扇面，一定看得出。因为它很巧妙的混合了秀气与沉郁，又典雅，又恬静，又不做作。不过有时笔不免脏脏的。”

“好，有的是你这文章魁首形容！人老了，不大肯洗脸洗手，怎么不脏……”接着他就使用了一大串野蛮字眼儿，把我喊作小公牛，且把他自己水獭皮帽子向上翻起的封耳，拉下来遮盖了那两只冻得通红的耳朵，于是大笑起来了。仿佛第一次所说的话，本不过是为了引起我对于窗外景致注意而说，如今见我业已注意，充满兴趣的看车窗外离奇的景色，他便很快乐地笑了。

他掣着我的肩膊很猛烈的摇了两下，我明白那是他极高兴的表示。我说：

“牯子大哥，你怎么不学画呢？你一动手，就会弄得很高明的！”

“我讲，牯子老弟，别丢我吧。我也象是一个仇十洲，但是只会画妇人的肚皮，真象你说，‘弄得很高明’的！你难道不知道我是个甚么人吗？鼻子一抹灰，能冒充绣衣哥吗？”

“你是个妙人。绝顶的妙人。”

“绣衣哥，得了，甚么庙人，寺人，谁来割我的××？我还预备割掉许多男人的××，省得他们装模作样，在妇人面前露脸！我讨厌他们那种样子！”

“你不讨厌的。”

“牯子老弟，有的是你这绣衣哥说的。不看你面上，我一定要……”

这个朋友言语行为皆粗中有细，且带点儿妩媚，可算得是个妙人！

这个人脸上不疤不麻，身个儿比平常人略长一点，肩膊宽宽的，且有两只体面干净的大手，初初一看，可以知道他是个军队中吃粮子上饭跑四方人物，但也可以说他是一个准绅士。从五岁起就欢喜同人打架，为一点儿小事，不管对面的一个大过他多少，也一面辱骂一面挥拳打去。不是打得人鼻青脸肿，就是被人打得满脸血污。但人长大到二十岁后，虽在男子面前还常常挥拳比武，在女人面前，却变得异常温柔起来，样子显得很懂事怕事。到了三十岁，处世便更谦和了，生平书读得虽不多，却善于用书，在一种近于奇迹的情形中，这人无师自通，写信办公事时，笔下都很可观。为人性情又随和又不马虎，一切看人来，在他认为是好朋友的，掏出心子不算回事；可是遇着另外一种老想占他一点儿便宜的人呢，就完全不同了。——也就因此，在一般人中他的毁誉是平分的；有人称他为豪杰，也有人叫他做坏蛋。但不妨事，把两种性格两个人格拼合拢来，这人才真是一个活鲜鲜的人！

十三年前我同他在一只装军服的船上，向沅水上游开去，船当天从常德开头，泊到周溪时，天气已快要夜了。那时空中正落着雪子，天气很冷，船顶船舷都结了冰。他为的是惦念到岸上一个长眉毛白脸庞小女人，便穿了崭新绛色缎子的猞猁皮马褂，从那为冰雪冻结了的大小木筏上慢慢的爬过去，一不小心便落了水。一面大声嚷“牯子老弟，这下我可完了”，一面还是笑着挣扎。待到努力从水中挣扎上船时，全身早已为冰冷的水弄湿了。但他换了一件新棉军服外套后，却依然很高兴的从木筏上爬拢岸边，到他心中惦念那个女人身边睡觉去了。三年前，我因送一个朋友的孤雏转回湘西时，就在他的旅馆中，看了他的藏画一整天。他告我，有幅文征明的山水，好得很，终于被一个小婊子婆娘攫走，十分可惜。到后一问，才知道原来他把那画卖了三百块钱，为一个小娼妇点蜡烛挂了一次衣。现在我又让那个接客的把行李搬到这旅馆中来了。

见面时我喊他：

“牯子大哥，我又来了，不认识我了吧。”

他正站在旅馆天井中分派佣人抹玻璃，自己却用手抹着那顶绒头极厚的水獭皮帽子，一见到我就赶过来用两只手同我握手，握得我手指酸痛，大声说道："咳，咳，你这个小骚牯子又来了，甚么风吹来的？妙极了，使人正想死你！"

"甚么话，近来心里闲得想到北京城老朋友头上来了吗？"

"甚么画，壁上挂——当天赌咒，天知道，我正如何念你！"

这自然是一句真话，粮子上出身的人物，对好朋友说谎，原看成为一种罪恶。他想念我，只因为他新近花了四十块钱，买得一本倪元璐所摹写的武侯前后《出师表》。他既不知道这东西是从岳飞石刻《出师表》临来的，末尾那两颗巴掌大的朱红印记，把他更弄胡涂了。照外行人说来，字既然写得极其"飞舞"，四百也不觉得太贵，他可不明白那个东西应有的价值，又不明出处。花了那一笔钱，从一个川军退伍军官处把它弄到手，因此想着我来了。于是我们一面说点十年前的有趣野话，一面就到他的房中欣赏宝物去了。

这朋友年青时，是个绿营中正标守兵名分的巡防军，派过中营衙门办事，在花园中栽花养金鱼。后来改作了军营里的庶务，又作过两次军需，又作过一次参谋。时间使一些英雄美人成尘成土，把一些傻瓜坏蛋变得又富又阔；同样的，到这样一个地方，我这个朋友，在一堆倏然而来悠然而逝的日子中，也就做了武陵县一家最清洁安静的旅馆主人，且同时成为爱好古玩字画的“风雅”人了。他既收买了数量可观的字画，还有好些铜器与瓷器，收藏的物件泥沙杂下，并不如何希罕，但在那么一个小小地方，在他那种经济情形下，能力却可以说尽够人敬服了。若有什么风雅人由北方或由福建广东，想过桃源去看看，从武陵过身时，能泰然坦然把行李搬进他那个旅馆去，到了那个地方，看看过厅上的芦雁屏条，同长案上一切陈设，便会明白宾主之间实有同好，这一来，凡事皆好说了。

还有那向湘西上行过川黔考察方言歌谣的先生们，到武陵时，最好就到这个旅馆来下榻。我还不曾遇见过什么学者，比这个朋友更能明白中国格言谚语的用处。他说话全是活的，即便是诨话野话，也莫不各有出处，言之成章，而且妙趣百出，庄谐杂陈。他那言语比喻丰富处，真象是大河流水，永无穷尽。在那旅馆中住下，一面听他詈骂佣人，一面使我就想起在北京城圈里编《国语大辞典》的诸先生，为一句话一个字的用处，把《水浒》、《金瓶梅》、《红楼梦》以及其他所有元明清杂剧小说翻来翻去，剪破了多少书籍！若果他们能够来到这旅馆里，故意在天井中撒一泡尿，或装作无心的样子，把些瓜果皮壳脏东西从窗口随意抛出去，或索性当着这旅馆老板面前，作点不守规矩缺少理性的行为。好，等着你就听听那作老板的骂出希奇古怪的字眼儿，你会觉得原来这里还搁下了一本活生生的大辞典！倘若有个经济社会调查团，想从湘西弄到点材料，这旅馆也是最好下榻的处所。因为辰河沿岸码头的税收、烟价、妓女，以及桐油、朱砂的出处行价，各个码头上管事的头目姓名脾气，他知道的也似乎比别的县衙门里“包打听”还更清楚。——他事情懂得多哩，只要想想，人还只在二十五岁左右，就有一百个青年妇人在他面前裸露过胸膛同心子，从一个普通读书人看来，这是一种如何丰富吓人的经验！

只因我已十多年不再到这条河上，一切皆极生疏了，他便特别热心答应伴送我过桃源。为我租雇小船，照料一切。

十二点钟我们从武陵动身，一点半钟左右，汽车就到了桃源县停车站。我们下了车，预备去看船时，几件行李成为极麻烦的问题了。老朋友说，若把行李带去，到码头边叫小划子时，那些吃水上饭的人，会“以逸待劳”，把价钱放在一个高点上，使我们无法对付。若把行李寄放到另外一个地方，空手去看船，我们便又“以逸待劳”了。我信任了老朋友的主张，照他的意思，一到桃源站，我们就把行李送到一个卖酒曲的人家去。到了那酒曲铺子，拿烟的是个四十岁左右的中年胖妇人，他的干亲家，倒茶的是个十五六岁的白脸长身头发黑亮亮的女孩子，腰身小，嘴唇小，眼目清明如两粒水晶球儿，见人只是转个不停。论辈数，说是干女儿呢。坐了一阵，两人方离开那人家洒着手下河边去。在河街上一个旧书铺，一帧无名氏的山水小景牵引了他的眼睛，二十块钱把画买定了。再到河边去看船，船上人知道我是那个大老板的熟人，价钱倒很容易说妥了。来回去让船总写保单，取行李，一切安排就绪，时间已快到半夜了。我那小船明天一早方能开头，我就邀他在船上住一夜。他却说酒曲铺子那个十五年前老伴的女儿，正炖了一只母鸡等着他去消夜。点了一段废缆子，很快乐的跳上岸摇着晃着匆匆走去了。

他上岸从一些吊脚楼柱下转入河街时，我还听到河街一哨兵喊口号，他大声答着“百姓”，表明他的身分。第二天天刚发白，我还没醒，小船就已向上游开动了。大约已经走了三里路，却听得岸上有个人喊我的名字，沿岸追来，原来是他从热被里脱出赶来送我的行的。船傍了岸。天落着雪，他站在船头一面抖去肩上雪片，一面质问弄船人，为甚么船开得那么早。

我说：“牯子大哥，你怎么的，天气冷得很，大清早还赶来送我！”

他钻进舱里笑着轻轻的向我说：“牯子老弟，我们看好了的那幅画，我不想买了。我昨晚上还看过更好的一本册页！”

“什么人画的？”

“当然仇十洲。我怕仇十洲那杂种也画不出。牯子老弟，好得很……”话不说完他就大笑起来。我明白他话中所指了。

“你又迷路了吗？你不是说自己年已老了吗？”

“到了桃源还不迷路吗？自己虽老别人可年青。牯子老弟，你好好的上船吧，不要胡思乱想我的事情，回来时仍住到我的旅馆里，让我再照料你上车吧。”

“一路复兴，一路复兴。”那么嚷着，于是他同豹子一样，一纵又上了岸，船就开了。

原载 1934 年 4 月 18 日
天津《大公报 · 文艺》五十九期

桃源与沅州

全中国的读书人，大概从唐朝以来，命运中注定了应读一篇《桃花源记》，因此把桃源当成一个洞天福地。人人皆知道那地方是武陵渔人发现的，有桃花夹岸，芳草鲜美。远客来到，乡下人就杀鸡温酒，表示欢迎。乡下人都是避秦隐居的遗民，不知有汉朝，更无论魏晋了。千余年来读书人对于桃源的印象，既不怎么改变，所以每当国体衰弱发生变乱时，想做遗民的必多，这文章也就增加了许多人的幻想，增加了许多人的酒量。至于住在那儿的人呢，却无人自以为是遗民或神仙，也从不会有人遇着遗民或神仙。

桃源洞离桃源县二十五里。从桃源县坐小船沿沅水上行，船到白马渡时，上南岸走去，忘路之远近乱走一阵，桃花源就在眼前了。那地方桃花虽不如何动人，竹林却很有意思。如椽如柱的大竹子，随处皆可发现前人用小刀刻划留下的诗歌。新派学生不甘自弃，也多刻下英文字母的题名。竹林里间或潜伏一二剪径壮士，待机会霍地从路旁跃出，仿照《水浒传》上英雄好汉行为，向游客发个利市，使他措手不及，不免吃点小惊。桃源县城则与长江中部各小县城差不多，一入城门最触目的是推行印花税与某种公债的布告。城中有棺材铺官药铺，有茶馆酒馆，有米行脚行，有和尚道士，有经纪媒婆。庙宇祠堂多数为军队驻防，门外必有个武装同志站岗。土栈烟馆既照章纳税，就受当地军警保护。代表本地的出产，边街上有几十家玉器作，用珉石染红着绿，琢成酒杯笔架等物，货物品质平平常常，价钱却不轻贱。另外还有个名为“后江”的地方，住下无数公私不分的妓女，很认真经营他们的业务。有些人家在一个菜园平房里，有些却又住在空船上，地方虽脏一点倒富有诗意。这些妇女使用她们的下体，安慰军政各界，且征服了往还沅水流域的烟贩、木商、船主，以及种种因公出差过路人。挖空了每个顾客的钱包，维持许多人生活，促进地方的繁荣。一县之长照例是个读书人，从史籍上早知道这是人类一种最古的职业，没有郡县以前就有了它们，取缔既与“风俗”不合，且影响到若干人生活，因此就很正当的定下一些规章制度，向这些人来抽收一种捐税（并采取了个美丽名词叫作“花捐”），把这笔款项用来补充地方行政、保安或城乡教育经费。

桃源既是个有名地方，每年自然就有许多“风雅”人，心慕古桃源之名，二三月里携了《陶靖节集》与《诗韵集成》等参考资料和文房四宝，来到桃源县访幽探胜。这些人往桃源洞赋诗前后，必尚有机会过后江走走。由朋友或专家引导，这家那家坐坐，烧盒烟，喝杯茶。看中意某一个女人时，问问行市，花个三元五元，便在那万人用过的花板床上，压着那可怜妇人的胸膛放荡一夜。于是纪游诗上多了几首无题艳遇诗，把“巫峡神女”“汉皋解珮”“刘阮天台”等等典故，一律被引用到诗上去。看过了桃源洞，这人平常若是很谨慎的，自会觉得应当即早过医生处走走，于是匆匆的回家了。至于接待过这种外路“风雅”人的神女呢，前一夜也许陆续接待过了三个麻阳船水手，后一夜又得陪伴两个贵州省牛皮商人。这些妇人照例说不定还被一个散兵游勇，一个县公署执达吏，一个公安局书记，或一个当地小流氓长时期包定占有，客来时那人往烟馆过夜，客去时再回到妇人身边来烧烟。

妓女的数目占城中人口比例数不小。因此仿佛有各种原因，她们的年龄都比其他大都市更无限制。有些人年在五十以上，还不甘自弃，同十六七岁孙女辈行来参加这种生活斗争，每日轮流接待水手同军营中火夫。也有年纪不过十三四岁，乳臭尚未脱尽，便在那儿服侍客人过夜的。

她们的技艺是烧烧鸦片烟，唱点流行小曲，若来客是粮子上跑四方人物，还得唱唱军歌党歌，和时下电影明星的流行歌曲，应酬应酬，增加兴趣。她们的收入有些一次可得洋钱二十三十，有些一整夜又只得一块八毛。这些人有病本不算一回事。实在病重了，不能作生意挣饭吃，间或就上街走到西药房去打针，六零六三零三扎那么几下，或请走方郎中配副药，朱砂茯苓乱吃一阵，只要支持得下去，总不会坐下来吃白饭。直到病倒了，毫无希望可言了，就叫毛伙用门板抬到那类住在空船中孤身过日子的老妇人身边去，尽她咽最后那一口气。死去时亲人呼天抢地哭一阵，罄所有请和尚安魂念经，再托人赊购副四合头棺木，或借“大加一”买副薄薄板片，土里一埋也就完事了。

桃源地方已有公路，直达号称湘西咽喉的武陵（常德），每日都有八辆十辆新式载客汽车，按照一定时刻在公路上奔驰，距常德约九十里，车票价钱一元零。这公路从常德且直达湖南省会的长沙，汽车路程约四小时，车票价约六元。公路通车时，有人说这条公路在湘省经济上具有极大意义，意思是对于黔省出口特货运输可方便不少。这人似乎不知道特货过境每次必三百担五百担，公路上一天不过十几辆汽车来回，若非特货再加以精制，每天能运输多少？关于特货的精制，在各省严厉禁烟宣传中，平民谁还有胆量来作这种非法勾当？假若在桃源县某种铺子里，居然有人能够设法购买一点黄色粉末药物，作为谈天口气，随便问问，就会弄明白那货物的来源是有来头的。信不信由你，大股东中大头脑有什么“龄”字辈“子”字辈，还有沿江之督办、上海之闻人。且明白出产地并不是桃源县城，沿江上行五十多里，有二十部机器日夜加工，运输出口时或用轮船直往汉口，却不需藉公路汽车转运长沙。

真可称为桃源名产值得引人注意的，是家鸡同鸡卵，街头巷尾无处不可以发现这种冠赤如火、庞大庄严的生物，经常有重达一二十斤的。凡过路人初见这地方鸡卵，必以为鸭卵或鹅卵。其次，桃源有一种小划子，轻捷、稳当、干净，在沅河中可称首屈一指。一个外省旅行者，若想到湘西的永绥、乾城、凤凰研究湘边苗族的分布状况，或想到湘西往四川的酉阳、秀山，调查桐油的生产，往贵州的铜仁调查朱砂水银的生产，往玉屏调查竹料种类，注意造箫制纸的手工业生产情况，皆可在桃源县魁星阁下边，雇妥那么一只小船，沿沅河溯流而上，直达目的地，到地时取行李上岸落店，毫无何等困难。

一只桃源小划子上只能装载一二客人。照例要个舵手，管理后梢，调动船只左右；张挂风帆，松紧帆索，捕捉河面山谷中的微风；放缆拉船，量渡河面宽窄与河流水势，伸缩竹缆。另外还要拦头工人，上滩下滩时看水认容口，出事前提醒舵手躲避石头、恶浪与洑流，出事后点篙子需要准确、稳重。这种人还要有胆量，有气力，有经验，张帆落帆都得很敏捷的及时拉桅下绳索。走风船行如箭时，便蹲坐在船头上吆喝呼啸，嘲笑同行落后的船只。自己船只落后被人嘲笑时，还要回骂；人家唱歌也得用歌声作答。两船相碰说理时，不让别人占便宜。动手打架时，先把篙子抽出拿在手上。船只逼入急流乱石中，不问冬夏，都得敏捷而勇敢的脱光衣裤，向急流中跳去，在水里尽肩背之力使船只离开险境。掌舵的因事故不能尽职，就从船顶爬过船尾去，作个临时舵手。船上若有小水手，还应事事照料小水手，指点小水手。更有一份不可推却的职务，便是在一切过失上，应与掌舵的各据小船一头，相互辱宗骂祖，继续使船前进。小船除此两人以外，尚需要个小水手居于杂务地位，淘米、烧饭、切菜、洗碗，无事不作。行船时应荡桨就帮同荡桨，应点篙就帮同持篙。这种小水手大都在学习期间，应处处留心，取得经验同本领。除了学习看水、看风、记石头、使用篙桨以外，也学习挨打挨骂。尽各种古怪希奇字眼儿成天在耳边反复响着，好好的保留在记忆里，将来长大时再用它来辱骂旁人。上行无风吹，一个人还负了纤板，曳着一段竹缆，在荒凉河岸小路上拉船前进。小船停泊码头边时，又得规规矩矩守船。关于他们的经济情势，舵手多为船家长年雇工，平均算来合八分到一角钱一天。拦头工有长年雇定的，人若年富力强多经验，待遇同掌舵的差不多。若只是短期包来回，上行平均每天可得一毛或一毛五分钱，下行则尽义务吃白饭而已。至于小水手，学习期限看年龄同本事来，有些人每天可得两分钱作零用，有些人在船上三年五载吃白饭。上滩时一个不小心，闪不知被自己手中竹篙弹入乱石激流中，泅水技术又不在行，在水中淹死了，船主方面写得有字据，生死家长不能过问。掌舵的把死者剩余的一点衣服交给亲长，说明白落水情形后，烧几百钱纸，手续便清楚了。

一只桃源划子，有了这样三个水手，再加上一个需要赶路、有耐心、不嫌孤独、能花个二十三十的乘客，这船便在一条清明透澈的沅水上下游移动起来了。在这条河里在这种小船上作乘客，最先见于记载的一人，应当是那疯疯癫癫的楚逐臣屈原。在他自己的文章里，他就说道："朝发枉渚兮，夕宿辰阳。"若果他那文章还值得称引，我们尚可以就"沅有芷兮澧有兰"与"乘舲上沅”这些话，估想他当年或许就坐了这种小船，溯流而上，到过出产香草香花的沅州。沅州上游不远有个白燕溪，小溪谷里生长芷草，到如今还随处可见。这种兰科植物生根在悬崖罅隙间，或蔓延到松树枝椏上，长叶飘拂，花朵下垂成一长串，风致楚楚。花叶形体较建兰柔和，香味较建兰淡远。游白燕溪的可坐小船去，船上人若伸手可及，多随意伸手摘花，顷刻就成一束。若崖石过高，还可以用竹篙将花打下，尽它堕入清溪洄流里，再用手去溪里把花捞起。除了兰芷以外，还有不少香草香花，在溪边崖下繁殖。那种黛色无际的崖石，那种一丛丛幽香眩目的奇葩，那种小小洄旋的溪流，合成一个如何不可言说、迷人心目的圣境！若没有这种地方，屈原便再疯一点，据我想来他文章未必就能写得那么美丽。

甚么人看了我这个记载，若神往于香草香花的沅州，居然从桃源包了小船，过沅州去，希望实地研究解决《楚辞》上几个草木问题。到了沅州南门城边，也许无意中会一眼瞥见城门上有一片触目黑色。因好奇想明白它，一时可无从向谁去询问。他所见到的只是一片新的血迹，并非甚么古迹。大约在清党前后，有个晃州姓唐的青年，北京农科大学毕业生，在沅州晃州两县，用党务特派员资格，率领了两万以上四乡农民和青年学生，肩持各种农具，上城请愿。守城兵先已得到长官命令，不许请愿群众进城。于是双方自然而然发生了冲突。一面是旗帜、木棒、呼喊与愤怒，一面是居高临下、一尊机关枪同十枝步枪。街道既那么窄，结果站在最前线上的特派员同四十多个青年学生与农民，便全在城门边牺牲了。其余农民一看情形不对，抛下农具四散跑了。那个特派员的身体，于是被兵士用刺刀钉在城门木板上示众三天。三天过后，便连同其他牺牲者，一齐抛入屈原所称赞的清流里喂鱼吃了。几年来本地人在内战反复中被派捐拉夫，应付差役中把日子混过去，大致把这件事也慢慢的忘掉了。

桃源小船载到沅州府，舵手把客人行李扛上岸，讨得酒钱回船时，这些水手必乘兴过南门外皮匠街走走。那地方同桃源的后江差不多，住下不少经营最古职业的人物。地方既非商埠，价钱可公道一些。花五角钱关一次门，上船时还可以得一包黄油油的上净丝烟，那是十年前的规矩。照目前百物昂贵情形想来，一切当然已不同了，出钱的花费也许得多一点，收钱的待客也许早已改用“美丽牌”代替“上净丝”了。

或有人在皮匠街蓦然间遇见水手，对水手发问：“弄船的，‘肥水不落外人田’，家里有的你让别人用，用别人的你还得花钱，这上算吗？”

那水手一定会拍着腰间麂皮抱兜，笑眯眯的回答说：“大爷，‘羊毛出在羊身上’，这钱不是我桃源人的钱，上算的。”

他回答的只是后半截，前半截却不必提。本人正在沅州，离桃源远过六七百里，桃源那一个他管不着。

便因为这点哲学，水手们的生活，比起“风雅人”来似乎也洒脱多了。若说话不犯忌讳，无人疑心我“袒护无产阶级”，我还想说，他们的行为，比起那些读了些“子曰”，带了五百家香艳诗去桃源寻幽访胜，过后江讨经验的“风雅人”来，也实在还道德得多。

1935年3月，北平大城中

原载《国闻周报》十二卷十一期

鸭窠围的夜

天快黄昏时落了一降雪子，不久就停了。天气真冷，在寒气中一切都仿佛结了冰。便是空气，也象快要冻结的样子。我包定的那一只小船，在天空大把撒着雪子时已泊了岸。从桃源县沿河而上这已是第五个夜晚。看情形晚上还会有风有雪，故船泊岸边时便从各处挑选好地方。沿岸除了某一处有片沙岨宜于泊船以外，其余地方全是黛色如屋的大岩石。石头既然那么大，船又那么小，我们都希望寻觅得到一个能作小船风雪屏障，同时要上岸又还方便的处所。凡是可以泊船的地方早已被当地渔船占去了。小船上的水手，把船上下各处撑去，钢钻头敲打着沿岸大石头，发出好听的声音，结果这只小船，还是不能不同许多大小船只一样，在正当泊船处插了篙子，把当作锚头用的石碇抛到沙上去，尽那行将来到的风雪，摊派到这只船上。

这地方是个长潭的转折处，两岸是高大壁立千丈的山，山头上长着小小竹子，长年翠色逼人。这时节两山只剩余一抹深黑，赖天空微明为画出一个轮廓。但在黄昏里看来如一种奇迹的，却是两岸高处去水已三十丈上下的吊脚楼。这些房子莫不俨然悬挂在半空中，藉着黄昏的余光，还可以把这些希奇的楼房形体，看得出个大略。这些房子同沿河一切房子有个共通相似处，便是从结构上说来，处处显出对于木材的浪费。房屋既在半山上，不用那么多木料，便不能成为房子吗？半山上也用吊脚楼形式，这形式是必须的吗？然而这条河水的大宗出口是木料，木材比石块还不值价。因此，即或是河水永远涨不到处，吊脚楼房子依然存在，似乎也不应当有何惹眼惊奇了。但沿河因为有了这些楼房，长年与流水斗争的水手，寄身船中枯闷成疾的旅行者，以及其他过路人，却有了落脚处了。这些人的疲劳与寂寞是从这些房子中可以一律解除的。地方既好看，也好玩。

河面大小船只泊定后，莫不点了小小的油灯，拉了篷。各个船上皆在后舱烧了火，用铁鼎罐煮红米饭。饭焖熟后，又换锅子熬油，哗的把菜蔬倒进热锅里去。一切齐全了，各人蹲在舱板上三碗五碗把腹中填满后，天已夜了。水手们怕冷怕冻的，收拾碗盏后，就莫不在舱板上摊开了被盖，把身体钻进那个预先卷成一筒又冷又湿的硬棉被里去休息。至于那些想喝一杯的，发了烟瘾得靠靠灯，船上烟灰又翻尽了的，或一无所为，只是不甘寂寞，好事好玩想到岸上去烤烤火谈谈天的，便莫不提了桅灯，或燃一段废缆子，摇晃着从船头跳上了岸，从一堆石头间的小路径，爬到半山上吊脚楼房子那边去，找寻自己的熟人，找寻自己的熟地。陌生人自然也有来到这条河中，来到这种吊脚楼房子里的时节，但一到地，在火堆旁小板凳上一坐，便是陌生人，即刻也就可以称为熟人乡亲了。

这河边两岸除了停泊有上下行的大小船只三十左右以外，还有无数在日前趁融雪涨水放下形体大小不一的木筏。较小的木筏，上面供给人住宿过夜的棚子也不见，一到了码头，便各自上岸找住处去了。大一些的木筏呢，则有房屋，有船只，有小小菜园与养猪养鸡栅栏，还有女眷和小孩子。

黑夜占领了全个河面时，还可以看到木筏上的火光，吊脚楼窗口的灯光，以及上岸下船在河岸大石间飘忽动人的火炬红光。这时节岸上船上都有人说话，吊脚楼上且有妇人在黯淡灯光下唱小曲的声音，每次唱完一支小曲时，就有人笑嚷。甚么人家吊脚楼下有匹小羊叫，固执而且柔和的声音，使人听来觉得忧郁。我心中想着，“这一定是从别一处牵来的，另外一个地方，那小畜生的母亲，一定也那么固执地鸣着吧。”算算日子，再过十一天便过年了。“小畜生明不明白只能在这个世界上活过十天八天？”明白也罢，不明白也罢，这小畜生是为了过年而赶来，应在这个地方死去的。此后固执而又柔和的声音，将在我耳边永远不会消失。我觉得忧郁起来了。我仿佛触着了这世界上一点东西，看明白了这世界上一点东西，心里软和得很。

但我不能这样子打发这个长夜。我把我的想象，追随了一个唱曲时清中夹沙的妇女声音到她的身边去了。于是仿佛看到了一个床铺，下面是草荐，上面摊了一床用旧帆布或别的旧货做成脏而又硬的棉被，搁在床正中被单上面的是一个长方木托盘，盘中有一把小茶盏、一个小烟盒、一支烟枪、一块小石头、一盏灯。盘边躺着一个人在烧烟。唱曲子的妇人，或是袖了手捏着自己的膀子站在吃烟者的面前，或是靠在男子对面的床头，为客人烧烟。房子分两进，前面临街，地是土地，后面临河，便是所谓吊脚楼了。这些人房子窗口既一面临河，可以凭了窗口呼喊河下船中人，当船上人过了瘾、胡闹已够、下船时，或者尚有些事情嘱托，或有其他原因，一个晃着火炬停顿在大石间，一个便凭立在窗口，“大佬你记着，船下行时又来。”“好，我来的，我记着的。”“你见了顺顺就说：会呢，完了；孩子大牛呢，脚膝骨好了。细粉带三斤，冰糖或片糖带三斤。”“记得到，记得到，大娘你放心，我见了顺顺大爷就说：会呢，完了。大牛呢，好了。细粉来三斤，冰糖来三斤。”“杨氏，杨氏，一共四吊七，莫错账！”“是的，放心呵，你说四吊七就四吊七，年三十夜莫会要你多的！你自己记着就是了！”这样那样的说着，我一一都可听到，而且一面还可以听着在黑暗中某一处咩咩的羊鸣。我明白这些回船的人是上岸吃过“荤烟”了的。

我还估计得出，这些人不吃“荤烟”，上岸时只去烤烤火的，到了那些屋子里时，便多数只在临街那一面铺子里。这时节天气太冷，大门必已上好了，屋里一隅或点了小小油灯，屋中土地上必就地掘了浅凹火炉膛，烧了些树根柴块。火光煜煜，且时时刻刻爆炸着一种难于形容的声音。火旁矮板凳上坐有船上人，木筏上人，有对河住家的熟人。且有虽为天所厌弃还不自弃年过七十的老妇人，闭着眼睛蜷成一团蹲在火边，悄悄的从大袖筒里取出一片薯干、一枚红枣，塞到嘴里去咀嚼。有穿着肮脏、身体瘦弱的孩子，手擦着眼睛傍着火旁的母亲打盹。屋主人有为退伍的老军人，有翻船背运的老水手，有单身寡妇。藉着火光灯光，可以看得出这屋中的大略情形，三堵木板壁上，一面必有个供奉祖宗的神龛，神龛下空处或另一面，必贴了一些大小不一的红白名片。这些名片倘若有那些好事者加以注意，用小油灯照着，去仔细检查检查，便可以发现许多动人的名衔，军队上的连副、上士、一等兵，商号中的管事，当地的团总、保正、催租吏，以及照例姓滕的船主，洪江的木簰商人，与其他各行各业人物，无所不有。这是近一二十年来经过此地若干人中一小部分的题名录。这些人各用一种不同的生活，来到这个地方，且同样的来到这些屋子里，坐在火边或靠近床上，逗留过若干时间。这些人离开了此地后，在另一世界里还是继续活下去，但除了同自己的生活圈子中人发生关系以外，与一同在这个世界上其他的人，却仿佛便毫无关系可言了。他们如今也许早已死掉了，水淹死的，枪打死的，被外妻用砒霜谋杀的，然而这些名片却依然将好好的保留下去。也许有些人已成了富人名人，成了当地的小军阀，这些名片却依然写着催租人、上士等等的衔头。……除了这些名片，那屋子里是不是还有比它更引人注意的东西呢？锯子、小捞兜、香烟大画片、装干栗子的口袋……

提起这些问题时使人心中很激动。我到船头上去眺望了一阵。河面静静的，木筏上火光小了，船上的灯光已很少了，远近一切只能藉着水面微光看出个大略情形。另外一处的吊脚楼上，又有了妇人唱小曲的声音，灯光摇摇不定，且有猜拳声音。我估计那些灯光同声音所在处，不是木筏上的簰头在取乐，就是水手们小商人在喝酒。妇人手指上说不定还戴了水手特别为从常德府捎带来的镀金戒指，一面唱曲一面把那只手理着鬓角，多动人的一幅画图！我认识他们的哀乐，这一切我也有份。看他们在那里把每个日子打发下去，也是眼泪也是笑，离我虽那么远，同时又与我那么相近。这正同读一篇描写西伯利亚的农人生活动人作品一样，使人掩卷引起无言的哀戚。我如今只用想象去领味这些人生活的表面姿态，却用过去一分经验，接触着了这种人的灵魂。

羊还固执地鸣着。远处不知甚么地方有锣鼓声音，那一定是某个人家禳土酬神还愿巫师的锣鼓。声音所在处必有火燎与九品蜡照耀争辉。眩目火光下必有头包红布的老巫师独立作旋风舞，门上架上有黄钱，平地有装满了谷米的平斗。有新宰的猪羊伏在木架上，头上插着小小五色纸旗。有行将为巫师用口把头咬下的活公鸡，缚了双脚与翼翅，在土坛边无可奈何的躺卧。主人锅灶边则热了满锅猪血稀粥，灶中正火光熊熊。

邻近一只大船上，水手们已静静的睡下了，只剩余一个人吸着烟，且时时刻刻把烟管敲着船舷。也象听着吊脚楼的声音，为那点声音所激动，引起种种联想，忽然按捺自己不住了，只听到他轻轻的骂着野话，擦了支自来火，点上一段废缆，跳上岸往吊脚楼那里去了。他在岸上大石间走动时，火光便从船篷空处漏进我的船中。也是同样的情形吧，在一只装载棉军服向上行驶的船上，泊到同样的岸边，躺在成束成捆的军服上面，夜既太长，水手们爱玩牌的各蹲坐在舱板上小油灯光下玩天九，睡既不成，便胡乱穿了两套棉军服，空手上岸，藉着石块间还未融尽残雪返照的微光，一直向高岸上有灯光处走去。到了街上，除了从人家门罅里露出的灯光成一条长线横卧着，此外一无所有。在计算中以为应可见到的小摊上成堆的花生，用哈德门长方纸烟匣装着乾瘪瘪的小桔子，切成小方块的片糖，以及在灯光下看守摊子把眉毛扯得极细的妇人（这些妇人无事可作时还会在灯光下做点针线的），如今甚么也没有。既不敢冒昧闯进一个人家里面去，便只好又回转河边船上了。但上山时向灯光凝聚处走去，方向不会错误，下河时可糟了。胡胡涂涂在大石小石间走了许久，且大声喊着，才走近自己所坐的一只船。上船时，两脚全是泥，刚攀上船舷还不及脱鞋落舱，就有人在棉被中大喊："伙计哥子们，脱鞋呀！"把鞋脱了还不即睡，便镶到水手身旁去看牌，一直看到半夜——十五年前自己的事，在这样地方温习起来，使人对于命运感到十分惊异。我懂得那个忽然独自跑上岸去的人，为甚么上去的理由！

等了一会，邻船上那人还不回到他自己的船上来，我明白他所得的必比我多了一些。我想听听他回来时，是不是也象别的船上人，有一个妇人在吊脚楼窗口喊叫他。许多人都陆续回到船上了，这人却没有下船。我记起“柏子”。但是，同样是水上人，一个那么快乐的赶到岸上去，一个却是那么寂寞的跟着别人后面走上岸去，到了那些地方，情形不会同柏子一样，也是很显然的事了。

为了我想听听那个人上船时那点推篷声音，我打算着。在一切声音全已安静时，我仍然不能睡觉。我等待那点声音，大约到午夜十二点，水面上却起了另外一种声音。仿佛鼓声，也仿佛汽油船马达转动声，声音慢慢的近了，可是慢慢的又远了。象是一个有魔力的歌唱，单纯到不可比方，也便是那种固执的单调，以及单调的延长，使一个身临其境的人，想用一组文字去捕捉那点声音，以及捕捉在那长潭深夜一个人为那声音所迷惑时节的心情，实近于一种徒劳无功的努力。那点声音使我不得不再从那个业已用被单塞好空罅的舱门，到船头去搜索它的来源。河面一片红光，古怪声音也就从红光一面掠水而来。原来日里隐藏在大岩下的一些小渔船，在半夜前早已静悄悄的下了拦江网。到了半夜，把一个从船头伸在水面的铁兜，盛上燃着熊熊烈火的油柴，一面用木棒槌有节奏的敲着船舷各处漂去。身在水中见了火光而来与受了柝声吃惊四窜的鱼类，便在这种情形中触了网，成为渔人的俘虏。

一切光，一切声音，到这时节已为黑夜所抚慰而安静了，只有水面上那一分红光与那一派声音。那种声音与光明，正为着水中的鱼和水面的渔人生存的搏战，已在这河面上存在了若干年，且将在接连而来的每个夜晚依然继续存在。我弄明白了，回到舱中以后，依然默听着那个单调的声音。我所看到的仿佛是一种原始人与自然战争的情景。那声音，那火光，都近于原始人类的战争，把我带回到四五千年那个“过去”时间里去。

不知在甚么时候开始落了很大的雪。听船上人细语着，我心想，第二天我一定可以看到邻船上那个人上船时节，在岸边雪地上留下那一行足迹。那寂寞的足迹，事实上我却不曾见到，因为第二天到我醒来时，小船已离开那个泊船处很远了。

原载于1934年4月《文学》二卷四期

一九三四年一月十八

我仿佛被一个极熟的人喊了又喊，人清醒后那个声音还在耳朵边。原来我的小船已开行了许久，这时节正在一个长潭中顺风滑行，河水从船舷轻轻擦过，把我弄醒了。

我的小船今天应当停泊到一个大码头，想起这件事，我就有点儿慌张起来了。小船应停泊的地方，照史籍上所说，出丹砂，出辰州符。事实上却只出胖人，出肥猪，出鞭炮，出雨伞。一条长长的河街，在那里可以见到无数水手柏子与无数柏子的情妇。长街尽头飘扬着用红黑二色写上扁方体字税关的幡信，税关前停泊了无数上下行验关的船只。长街尽头油坊围墙如城垣，长年有油可打，打油匠摇荡悬空油槌，訇的向前抛去时，莫不伴以摇曳长歌，由日到夜，不知休止。河中长年有大木筏停泊，每一木筏浮江而下时，同时四方角隅至少有三十个人举桡激水。沿河吊脚楼下泊定了大而明黄的船只，船尾高张，常到两丈左右，小船从下面过身时，仰头看去恰如一间大屋（那上面必用金漆写得有“福”字同“顺”字）。这个地方就是我一提及它时充满了感情的辰州。

小船去辰州还约三十里，两岸山头已较小，不再壁立拔峰，渐渐成为一堆堆黛色与浅绿相间的邱阜，山势既较和平，河水也温和多了。两岸人家渐渐越来越多，随处可以见到毛竹林。山头已无雪，虽尚不出太阳，气候干冷，天空倒明明朗朗。小船顺风张帆向上流走去时，似乎异常稳定。

但小船今天至少还得上三个滩与一个长长的急流。

大约九点钟时，小船到了第一个长滩脚下了，白浪从船旁跑过快如奔马，在惊心眩目情形中小船居然上了滩。小船上滩照例并不如何困难，大船可不同一点。滩头上就有四只大船斜卧在白浪中大石上，毫无出险的希望。其中一只货船，大致还是昨天才坏事的，只见许多水手在石滩上搭了棚子住下，摊晒了许多被水浸湿的货物。正当我那只小船上完第一滩时，却见一只大船，正搁浅在滩头激流里。只见一个水手赤裸着全身向水中跳去，想在水中用肩背之力使船只活动，可是人一下水后，就即刻为激流带走了。在浪声吼哮里尚听到岸上人沿岸追喊着，水中那一个大约也回答着一些遗嘱之类，过一会儿，人便不见了。这个滩共有九段。这件事从船上人看来，可太平常了。

小船上第二段时，江流已随山势曲折，再不能张帆取风，我担心到这小小船只的安全问题，就向掌舵水手提议，增加一个临时纤手，钱由我出。得到了他的同意，一个老头子，牙齿已脱，白须满腮，却如古罗马战士那么健壮，光着手脚蹲在河边那个大青石上讲生意来了。两方面都大声嚷着而且辱骂着，一个要一千,一个却只出九百，相差那一百钱折合银洋约一分一厘。那方面既坚持非一千文不出卖这点气力，这一方面却以为小船根本不必多出这笔钱给一个老头子。我即或答应了不拘多少钱统由我出，船上三个水手，一面与那老头子对骂，一面把船开到急流里去了。但小船已开出后，老头子方不再坚持那一分钱，却赶忙从大石上一跃而下，自动把背后纤板上短绳，缚定了小船的竹缆，躬着腰向前走去了。待到小船业已完全上滩后，那老头就赶到船边来取钱，互相又是一阵辱骂。得了钱，坐在水边大石上一五一十数着。我问他有多少年纪，他说七十七。那样子，简直是一个托尔斯太！眉毛那么长，鼻子那么大，胡子那么多，一切都同画相上的托尔斯太相去不远。看他那数钱的神气，人快到八十了，对于生存还那么努力执着，这人给我的印象真太深了。但这个人在他们弄船人看来，一个又老又狡猾的东西罢了。

小船上尽长滩后，到了一个小小水村边，有母鸡生蛋的声音，有人隔河喊人的声音，两山不高而翠色迎人。许多等待修理的小船，一字排开斜卧在岸上，有人在一只船边敲敲打打，我知道他们正用麻头与桐油石灰嵌进船缝里去。一个木筏上面还搁了一只小船，在平潭中溜着。忽然村中有炮仗声音，有唢呐声音，且有锣声；原来村中人正接媳妇。锣声一起，修船的、放木筏的、划船的，无不停止了工作，向锣声起处望去。——多美丽的一幅画图，一首诗！但除了一个从城市中因事挤出的人觉得惊讶，难道还有谁看到这些光景矍然神往？

下午二时左右，我坐的那只小船，已经把辰河由桃源到沅陵一段路程主要滩水上完，到了一个平静长潭里。天气转晴，日头初出，两岸小山作浅绿色，山水秀雅明丽如西湖。船离辰州只差十里，我估计，过不多久，船到了白塔下再上个小滩，转过山岨，就可以见到税关上飘扬的长幡信了。

想起再过两点钟，小船泊到泥滩上后，我就会如同我小说写到的那个柏子一样，从跳板一端摇摇荡荡的上了岸，直向有吊脚楼人家的河街走去，再也不能蜷伏在船里了。

我坐到后舱口日光下，向着河流清算我对于这条河水这个地方的一切旧帐。原来我离开这地方已十六年。十六年的日子实在过得太快了一点。想起从这堆日子中所有人事的变迁，我轻轻的叹息了好些次。这地方是我第二个故乡。我第一次离乡背井，随了那一群肩扛刀枪向外发展的武士为生存而战斗，就停顿到这个码头上。这地方每一条街每一处衙署，每一间商店，每一个城洞里作小生意的小担子，还如何在我睡梦里占据一个位置！这个河码头在十六年前教育我，给我明白了多少人事，帮助我作过多少幻想，如今却又轮到它来为我温习那个业已消逝的童年梦境来了。

望着汤汤的流水，我心中好象忽然彻悟了一点人生，同时又好象从这条河上，新得到了一点智慧。的的确确，这河水过去给我的是“知识”，如今给我的却是“智慧”。山头一抹淡淡的午后阳光感动我，水底各色圆如棋子的石头也感动我。我心中似乎毫无渣滓，透明烛照，对万汇百物，对拉船人与小小船只，一切都那么爱着，十分温暖的爱着！我的感情早已融入这第二故乡一切光景声色里了。我仿佛很渺小很谦卑，对一切有生无生似乎都在伸手，且微笑地轻轻地说：

“我来了，是的，我仍然同从前一样的来了。我们全是原来的样子，真令人高兴。你，充满了牛粪桐油气味的小小河街，虽稍稍不同了一点，我这张脸，大约也不同了一点。可是，很可喜的是我们还互相认识，只因为我们过去实在太熟悉了！”

看到日夜不断、千古长流的河水里的石头和砂子，以及水面腐烂的草木、破碎的船板，使我触着了一个使人感觉惆怅的名词。我想起“历史”。一套用文字写成的历史，除了告给我们一些另一时代另一群人在这地面上相斫相杀的故事以外，我们决不会再多知道一些要知道的事情。但这条河流，却告给了我若干年来若干人类的哀乐！小小灰色的渔船，船舷船顶站满了黑色沉默的鱼鹰，向下游缓缓划去了。石滩上走着脊梁略弯的拉船人。这些东西于历史似乎毫无关系，百年前或百年后皆仿佛同目前一样。他们那么忠实庄严的生活，担负了自己那份命运，为自己，为儿女，继续在这世界中活下去。不问所过的是如何贫贱艰难的日子，却从不逃避为了求生而应有的一切努力。在他们生活、爱憎、得失里，也依然摊派了哭、笑、吃、喝。对于寒暑的来临，他们便更比其他世界上人感到四时交替的严肃。历史对于他们俨然毫无意义，然而提到他们这点千年不变无可记载的历史，却使人引起无言的哀戚。

我有点担心，地方一切虽没有甚么变动。我或者变得太多了一点。

船到了税关前趸船旁泊定时，我想象那些税关办事人，因为见我是个陌生旅客，一定上船来盘问我，麻烦我。我于是便假定恰如数年前作的一篇文章上我那个样子，故意不大理会，希望引起那个公务人员的愤怒，直到把我带局为止。我正想要那么一个人引路到局上去，好去见他们的局长！还很希望他们带到当地驻军旅部去，因为若果能够这样，就使我进衙门去找熟人时，省得许多琐碎的手续了。

可是验关的来了，一个宽脸大身材的青年苗人。见到他头上那个盘成一饼的青布包头，引动了我一点乡情。我上岸的计划不得不变更了。他还来不及开口我就说：

“同年，你来查关！这是我坐的一只空船，你尽管看。我想问你，你局长姓甚么？”

那苗人已上了小船在我面前站定，看看舱里一无所有，且听我喊他为“同年”，从乡音中得到了点快乐，便用着小孩子似的口音问我：

“你到哪里去，你从哪里来呀？”

“我从常德来——就到这地方。你不是梨林人吗？我是……我要会你局长！”

那关吏说：“我是凤凰县人！你问局长，我们局长姓陈！”

第一个碰到的原来就是自己的乡亲，我觉得十分激动，赶忙请他进舱来坐坐。可是这个人看看我的衣服行李，大约以为我是个什么代表，一种身分的自觉，不敢进舱里来了。就告我若要找陈局长，可以把船泊到中南门去。一面说着一面且把手中的粉笔，在船篷上画了个放行的记号，却回到大船上去："你们走！"他挥手要水手开船，且告水手应当把船停到中南门，上岸方便。

船开上去一点，又到了一个复查处。仍然来了一个头裹青布帕的乡亲从舱口看看船中的我。我想这一次应当故意不理会这个公务人，使他生气方可到局里去。可是这个复查员看看我不作声的神气，一问水手，水手说了两句话，又挥挥手把我们放走了。

我心想：这不成，他们那么和气，把我想象的安排的计划全给毁了，若到中南门起岸，水手在身后扛了行李，到城门边检查时，只需水手一句话又无条件通过，很无意思。我多久不见到故乡的军队了，我得看看他们对于职务上的兴味与责任，过去和现在有什么不同处。我便变更了计划，要小船在东门下傍码头停停，我一个人先上岸去，上了岸后小船仍然开到中南门，等等我再派人来取行李。我于是上了岸，不一会就到河街上了。当我打从那河街上过身时，做炮仗的、卖油盐杂货的、收买发卖船上一切零件的，所有小铺子皆牵引了我的眼睛，因此我走得特别慢些。但到进城时却使我很失望，城门口并无一个兵。原来地方既不戒严，兵移到乡下去驻防，城市中已用不着守城兵了。长街路上虽有穿着整齐军服的年青人，我却不便如何故意向他们生点事。看看一切皆如十六年前的样子，只是兵不同了一点。

我既从东门从从容容的进了城，不生问题，不能被带过旅部去，心想时间还早，不如到我弟弟哥哥共同在这地方新建筑的“芸庐”新家里看看。那新房子全在山上。到了那个外观十分体面的房子大门前，问问工人谁在监工，才知道我哥哥来此刚三天。这就太妙了，若不来此问问，我以为我家中人还依然全在凤凰县城里！我进了门一直向楼边走去时，还有使我更惊异而快乐的，是我第一个见着的人原来就正是五年来行踪不明的“虎雏”。这人五年前在上海从我住处逃亡后，一直就无他的消息，我还以为他早已腐了烂了。他把我引导到我哥哥住的房中，告给我哥哥已出门，过三点钟方能回来。在这三点钟之内，他在我很惊讶的盘问之下，却告给了我他的全部历史。原来，八岁时他就因为用石块砸死了人逃出家乡，做过玩龙头宝的助手，做过土匪，做过采茶人，当过兵。到上海发生了那件事情后，这六年中又是从一想象不到的生活里，转到我军官兄弟手边来作一名“副爷”。

见到哥哥时，我第一句话说的是：“家中虎雏真是个了不起的人物！”我哥哥却回答得妙：“了不起的人吗？这里比他了不起的人多着哪。”

到了晚上，我哥哥说的话，便被我所见到的五个青年军官证实了。

原载 1934 年 6 月
天津《大公报 · 文艺》七十四期

一个多情水手与一个多情妇人

我的小表到了七点四十分时，天光还不很亮。停船地方两山过高，故住在河上的人，睡眠仿佛也就可以多些了。小船上水手昨晚上吃了我五斤河鱼，吃过了鱼，大约还记得着那吃鱼的原因，不好意思再睡，这时节业已起身，卷了铺盖，在烧水扫雪了。两个水手一面工作一面用野话编成韵语骂着玩着，对于恶劣天气与那些昨晚上能晃着火炬到有吊脚楼人家去同宽脸大奶子妇人纠缠的水手，含着无可奈何的妒嫉。

大木筏都得天明时漂滩，正预备开头，寄宿在岸上的人已陆续下了河，与宿在筏上的水手们，共同开始从各处移动木料，筏上有斧斤声与大摇槌嘭嘭的敲打木桩声音。许多在吊脚楼寄宿的人，从妇人热被里脱身，皆在河滩大石间踉跄走着，回归船上。妇人们恩情所结，也多和衣靠着窗边，与河下人遥遥传述那种种“后会有期各自珍重”的话语。很显然的事，便是这些人从昨夜那点露水恩情上，已经各在那里支付分上一把眼泪与一把埋怨。想到这些眼泪与埋怨，如何揉进这些人的生命中，成为生活之一部分时，使人心中柔和得很!

第一个大木筏开始移动时，约在八点左右。木筏四隅数十支大桡，拨水而前，筏上且起了有节奏的“唉”声。接着又移动了第二个。……木筏上的桡手，各在微明中画出一个黑色的轮廓。木筏上某一处必扬着一片红红的火光，火堆旁必有人正蹲下用钢罐煮水。

我的小船到这时节一切业已安排就绪，也行将离岸，向长潭上游溯江而上了。

只听到河下小船邻近不远某一只船上，有个水手哑着嗓子喊人：

“牛保，牛保，不早了，开船了呀！”

许久没有回答，于是又听那个人喊道：

“牛保，牛保，你不来当真船开动了！”

再过一阵，催促的转而成为辱骂，不好听的话已上口了。

“牛保，牛保，狗 × 的，你个狗就见不得河街女人的 ×！”

吊脚楼上那一个，到此方仿佛初从好梦中惊醒，从热被里妇人手臂中逃出，光身爬到窗边来答着：

“宋宋，宋宋，你喊甚么？天气还早咧。”

“早你的娘，人家木簰全开了，你玩了一夜还尽不够！”

“好兄弟，忙甚么？今天到白鹿潭好好的喝一杯！天气早得很！”

“天气早得很，哼，早你的娘！”

“就算是早我的娘吧。”

最后一句话，不过是我的想象。因为河岸水面那一个，虽尚呶呶不已，楼上那一个却业已沉默了。大约这时节那个妇人还卧在床上，也开了口，“牛保，牛保，你别理他，冷得很！”因此即刻又回到床上热被里去了。

只听到河边那个水手喃喃的骂着各种野话，且有意识把船上家伙磕撞得很响。我心想：这是个甚么样子的人，我倒应该看看他。且很希望认识岸上那一个。我知道他们那只船也正预备上行，就告给我小船上水手，不忙开头，等等同那只船一块儿开。

不多久，许多木筏离岸了，许多下行船也拔了锚，推开篷，着手荡桨摇橹了。我卧在船舱中，就只听到水面人语声，以及橹桨激水声，与橹桨本身被扳动时咿咿哑哑声。河岸吊脚楼上妇人在晓气迷濛中锐声的喊人，正如同音乐中的笙管一样，超越众声而上。河面杂声的综合，交织了庄严与流动，一切真是一个圣境。

我出到舱外去站了一会，天已亮了，雪已止了，河面寒气逼人。眼看这些船筏各戴上白雪浮江而下，这里那里扬着红红的火焰同白烟，两岸高山则直矗而上，如对立巨魔，颜色淡白，无雪处皆作一片墨绿。奇景当前，有不可形容的瑰丽。

一会儿，河面安静了。只剩下几只小船同两片小木筏，还无开头意思。

河岸上有个蓝布短衣青年水手，正从半山高处人家下来，到一只小船上去。因为必需从我小船边过身，我把这人看得清清楚楚。大眼，宽脸，鼻子短，宽阔肩膊下挂着两只大手（手上还提了一个棕衣口袋，里面填得满满的），走路时肩背微微向前弯曲，看来处处皆证明这个人是一个能干得力的水手。我就冒昧的喊他，同他说话：

“牛保，牛保，你玩得好！”

谁知那水手当真就是牛保。

那家伙回过头来看看是我叫他，就笑了。我们的小船好几天以来，皆一同停泊，一同启碇，我虽不认识他，他原来早就认识了我的。经我一问，他有点害羞起来了。他把那口袋举起带笑说道：

“先生，冷呀！你不怕冷吗？我这里有核桃，你要不要吃核桃？”

我以为他想卖给我些核桃，不愿意扫他的兴，就说等等我一定向他买些。

他刚走到他自己那只小船边，就快乐的唱起来了。忽然税关复查处比邻吊脚楼人家窗口，露出一个年青妇人鬓发散乱的头颅，向河下人锐声叫将起来：

“牛保，牛保，我同你说的话，你记着吗？”

年青水手向吊脚楼一方把手挥动着。

“唉，唉，我记得到！……冷！你是怎么的啊！快上床去！”大约他知道妇人起身到窗边时，是还不穿衣服的。

妇人似乎因为一番好意不能使水手领会，有点不高兴的神气。

“我等你十天，你有良心，你就来——”说着，嘭的一声把格子窗放下了。这时节眼睛一定已红了。

那一个还向吊脚楼喃喃说着什么，随即也上了船。我看看，那是一只深棕色的小货船。

我的小船行将开头时，那个青年水手牛保却跑来送了一包核桃。我以为他是拿来卖给我的，赶快取了一张值五角的票子递给他。这人见了钱只是笑。他把钱交还，把那包核桃从我手中抢了回去。

“先生，先生，你买我的核桃，我不卖！我不是做生意人（他把手向吊脚楼指了一下，话说得轻了些）。那婊子同我要好，她送我的。送了我那么多，还有栗子、干鱼。还说了许多痴话，等我回来过年咧。……”

慷慨原是辰河水手一种通常的性格，既不要我的钱，皮箱上正搁了一包烟台苹果，我随手取了四个大苹果送给他，且问他：

“你回不回来过年？”

他只笑嘻嘻的把头点点，就带了那四个苹果飞奔而去。我要水手开了船。小船已开到长潭中心时，忽然又听到河边那个哑嗓子在喊嚷：

“牛保，牛保，你是怎么的？我 × 你的妈，还不下河，我翻你的三代，还……”

一会儿，一切皆沉静了，就只听到我小船船头分水的声音。

听到水手的辱骂，我方明白那个快乐多情的水手，原来得了苹果后，并不即返船，仍然又到吊脚楼人家去了。他一定把苹果献给那个妇人，且告给妇人这苹果的来源，说来说去，到后自然又轮着来听妇人说的痴话，把下河的时间完全忘掉了。

小船已到了辰河多滩的一段路程，长潭尽后就是无数大滩小滩。河水半月来已落下六尺，雪后又照例无风，较小船只即或可以不从大漕上行，沿着河边浅水处走去也仍然十分费事。水太干了，天气又实在太冷了点。我伏在舱口看水手们一面骂野话，一面把长篙向急流乱石间掷去，心中却念及那个多情水手。船上滩时浪头俨然只想把船上人攫走。水流太急，故常常眼看业已到了滩头，过了最紧要处，但在抽篙换篙之际，忽然又会为急流冲下。海水又大又深，大浪头拍岸时常如一个小山，但它总使人觉得十分温和。河水可同一股火，太热情了一点，时时刻刻皆想把人攫走，且仿佛完全只凭自己意见作去。但古怪的是这些弄船人，他们逃避激流同漩水的方法，十分巧妙。他们得靠水为生，明白水，比一般人更明白水的可怕处；但他们为了求生，却在每个日子里每一时间皆有向水中跳去的准备。小船一上滩时，就不能不向白浪里钻去，可是他们却又必有方法从白浪里找到出路。

在一个小滩上，因为河面太宽，小漕河水过浅，小船缆绳不够长不能拉纤，必须尽手足之力用篙撑上，我的小船一连上了五次皆被急流冲下。船头全是水。到后想把船从对河另一处大漕走去、漂流过河时，从白浪中钻出钻进，篷上也沾了水。在大漕中又上了两次，还花钱加了个临时水手，方把这只小船弄上滩。上过滩后问水手是甚么滩，方知道这滩名“骂娘滩”（说野话的滩）。即或是父子弄船，一面弄船也一面得互骂各种野话，方可以把船弄上滩口。

一整天小船尽是上滩，我一面欣赏那些从船舷驰过急于奔马的白浪，一面便用船上的小斧头，敲剥那个风流水手见赠的核桃吃。我估想这些硬壳果，说不定每一颗还都是那吊脚楼妇人亲手从树上摘下，用鞋底揉去一层苦皮，再一一加以选择，放到棕衣口袋里的。望着那些棕色碎壳，那妇人说的“你有良心你就赶快来”一句话，也就尽在我耳边响着。那水手虽然这时节或许正在急水滩头趴伏到石头上拉船，或正脱了裤子涉水过溪，一定却记忆着吊脚楼妇人的一切，心中感觉十分温暖。每一个日子的过去，便使他与那妇人接近一点点。十天完了，过年了，那吊脚楼上，一定门楣上全贴了红喜钱，被捉的雄鸡啊呵呵呵的叫着，雄鸡宰杀后，把它向门角落抛去，只听到翅膀扑地的声音。锅中蒸了一笼糯米饭倒下，两人就开始在一个石臼里捣将起来。一切事都是两个人共力合作，一切工作中皆掺合有笑谑与善意的诅骂。于是当真过年了。又是叮咛与眼泪，在一分长长的日子里有所期待，留在船上另一个放声的辱骂催促着，方下了船，又是胡桃与栗子、干鲤鱼与……

到了午后，天气太冷，无从赶路。时间还只三点左右，我的小船便停泊了。停泊地方名为杨家岨。依然有吊脚楼，飞楼高阁悬在半山中，结构美丽悦目。小船傍在大石边，只须一跳就可以上岸。岸上吊脚楼前枯树边，正有两个妇人，穿了毛蓝布衣裳，不知商量些什么，幽幽的说着话。这里雪已极少，山头皆裸露作深棕色，远山则为深紫色。地方静得很，河边无一只船，无一个人，无一堆柴。河边某一个大石后面，有人正在捶捣衣服，一下一下的捣。对河也有人说话，却看不清楚人在何处。

小船停泊到这些小地方，我真有点担心。船上那个壮年水手，是一个在军营中开过小差作过种种非凡事业的人物，成天在船上只唱着“过了一天又一天，心中好似滚油煎”，若误会了我箱中那些带回湘西送人的信笺信封，以为是值钱东西，在唱过了埋怨生活的戏文以后，转念头来玩个新花样，说不定我还来不及被询问“吃板刀面或吃馄饨”以前，就被他解决了。这些事我倒不怎么害怕，凡是蠢人作出的事我不知道甚么叫吓怕的。只是有点儿担心。因为若果这个人做出了这种蠢事，我完了，他跑了，这地方可糟了。地方既属于我那些同乡军官大老管辖，把他们可忙坏了。

我盼望牛保那只小船赶来，也停泊到这个地方，一面可以不用担心，一面还可以同这个有人性的多情水手谈谈。

直等到黄昏，方来了一只邮船，靠着小船下了锚。过不久，邮船那一面有个年青水手嚷着要支点钱上岸去吃“荤烟”，另一个管事的却不允许，两人便争吵起来了。只听到年青的那一个呶呶絮语，声音神气简直同大清早上那个牛保一个样子。到后来，这个水手负气，似乎空着个荷包，也仍然上岸过吊脚楼人家去了。过了一会还不见他回船，我很想知道一下他到了那里作些甚么事情，就要一个水手为我点上一段废缆，晃着那小小火把，引导我离了船，爬了一段小小山路，到了所谓河街。

五分钟后，我与这个穿绿衣的邮船水手，一同坐到一个人家正屋里火堆旁，默默的在烤火了。面前是一个大油松树根株，正伴同一饼油渣，熊熊的燃着快乐的火焰。间或有人用脚或树枝拨了那么一下，便有好看的火星四散惊起。主人是一个中年妇人，另外还有两个老妇人，虽然向水手提出种种问题，且把关于下河的油价、木价、米价、盐价，一件一件来询问他，他却很散漫地回答，只低下头望着火堆。从那个颈项同肩膊，我认得这个人性格同灵魂，竟完全同早上那个牛保一样。我明白他沉默的理由，一定是船上管事的不给他钱，到岸上来赊烟不到手。他那闷闷不乐的神气，可以说是很妩媚。我心想请他一次客，又不便说出口。到后机会却来了，门开处进来了一个年事极轻的妇人，头上裹着大格子花布首巾，身穿葱绿色土布袄子，系一条蓝色围裙，胸前还绣了一朵小小白花。那年轻妇人把两只手插在围裙里，轻脚轻手进了屋，就站在中年妇人身后。说真话，这个女人真使我有点儿“惊讶”。我似乎在什么地方另一时节见着这样一个人，眼目鼻子皆仿佛十分熟悉。若不是当真在某一处见过，那就必定是在梦里了。公道一点说来，这妇人是个美丽得很的生物！

最先我以为这小妇人是无意中撞来玩玩，听听从下河来的客人谈谈下面事情，安慰安慰自己寂寞的。可是一瞬间，我却明白她是为另一件事而来的了。屋主人要她坐下，她却不肯坐下，只把一双放光的眼睛尽瞅着我，待到我抬起头去望她时，那眼睛却又赶快逃避了。她在一个水手面前一定没有这种羞怯，为这点羞怯我心中有点儿惆怅，引起了点儿怜悯。这怜悯一半给了这个小妇人，却留下一半给我自己。

那邮船水手眼睛为小妇人放了光，很快乐地说：

“夭夭，夭夭，你打扮得真象个观音！”

那女人抿嘴笑着不理会，表示这点阿谀并不希罕，一会儿方轻轻的说：

“我问你，白师傅的大船到了桃源不到？”

邮船水手回答了，妇人又轻轻的问：

“杨金保的船？”

邮船水手又回答了，妇人又继续问着这个那个。我一面向火一面听他们说话，却在心中计算一件事情。小妇人虽同邮船水手谈到岁暮年末水面上的情形，但一颗心却一定在另外一件事情上驰骋。我几乎本能的就感到了，这个小妇人是正在对我怀着一点傻想头的。不用惊奇，这不是希奇事情。我们若稍懂人情，就会明白一张为都市所折磨而成的白脸，同一件称身软料细毛衣服，在一个小家碧玉心中所能引起的是一种如何幻想，对目前的事也便不用多提了。

对于身边这个小妇人，也正如先前一时对于身边那个邮船水手一样，我想不出用个甚么方法，就可以使这个有了点儿野心与幻想的人，得到她所要得到的东西。其实我在两件事上皆不能再吝啬了，因为我对于他们皆十分同情。但试想想看，倘若这个小妇人所希望的是我本身，我这点同情，会不会引起五千里外另一个人的苦痛？我笑了。

……假若我给这水手一笔钱，让这小妇人同他谈一个整夜？

我正那么计算着，且安排如何来给那个邮船水手钱，使他不至于感觉难为情。忽然听那年轻妇人问道：

“牛保那只船？”

那邮船水手吐了一口气，“牛保的船吗，我们一同上骂娘滩，溜了四次。末后船已上了滩，那拦头的伙计还同他在互骂，且不知为甚么互相用篙子乱打乱刳起来，船又溜下滩去了。看那样子不是有一个人落水，就得两个人同时落水。”

有谁发问：“为甚么？”

邮船水手感慨似的说：“还不是为那一张×！”

几人听着这件事，皆大笑不已。那年轻小妇人，却长长地吁了一口气。

忽然河街上有个老年人嘶声的喊人：

“夭夭小婊子，小婊子婆，卖 × 的，你是怎么的，夹着那两片小 ×，一眼又跑到哪里去了！你来！……”

小妇人听门外街口有人叫她，把小嘴收敛做出一个爱娇的姿势，带着不高兴的神气自言自语说：“叫骡子又叫了。你就叫吧。夭夭小婊子偷人去了！投河吊颈去了！”咬着下唇很有情致的盯了我一眼，拉开门，放进了一阵寒风，人却冲出去，消失到黑暗中不见了。

那邮船水手望了望小妇人去处那扇大门，自言自语的说：“小婊子偏偏嫁老烟鬼，天晓得！”

于是大家便来谈说刚才走去那个小妇人的一切。屋主中年妇人，告给我那小妇人年纪还只十九岁，却为一个年过五十的老兵所占有。老兵原是一个烟鬼，虽占有了她，只要谁有土有财就让床让位。至于小妇人呢，人太年轻了点，对于钱毫无用处，却似乎常常想得很远很远。屋主人且为我解释很远很远那句话的意思，给我证明了先前一时我所感觉到的一件事情的真实。原来这小妇人虽生在不能爱好的环境里，却天生有种爱好的性格。老烟鬼用名分缚着了她的身体，然而那颗心却无从拘束。

一只船无意中在码头边停靠了，这只船又恰恰有那么一个年青男子，一切派头都和水手不同，夭夭那颗心，将如何为这偶然而来的人跳跃！屋主人所说的话增加了我对于这个年轻妇人的关心。我还想多知道一点，请求她告给我，我居然又知道了些不应当写在纸上的事情。到后来，谈起命运，那屋主人沉默了，众人也沉默了。各人眼望着熊熊的柴火，心中玩味着“命运”两个字的意义，而且皆俨然有一点儿痛苦。

我呢，在沉默中体会到一点“人生”的苦味。我不能给那个小妇人甚么，也再不作给那水手一点点钱的打算了，我觉得他们的欲望同悲哀都十分神圣，我不配用钱或别的方法渗进他们命运里去，扰乱他们生活上那一份应有的哀乐。

下船时，在河边我听到一个人唱《十想郎》小曲，曲调卑陋，声音却清圆悦耳。我知道那是由谁口中唱出且为谁唱的。我站在河边寒风中痴了许久。

原载1934年7月7日天津

《大公报·文艺》八十二期

辰河小船上的水手

我自从离开了那个水獭皮帽子的朋友以后，独自坐到这只小船上，已闷闷的过了十天。小船前后舱面既十分窄狭，三个水手白日皆各有所事：或者正在吵骂，或者是正在荡桨撑篙，使用手臂之力，使这只小船在结了冰的寒气中前进。有时两个年轻水手即或上岸拉船去了，船前船后又有湿淋淋的缆索牵牵绊绊，打量出去站站，也无时不显得碍手碍脚，很不方便。因此我就只有蜷伏在船舱里，静听水声与船上水手辱骂声，打发了每个日子。

照原定计划，这次旅行来回二十八天的路程，就应当安排二十二个日子到这只小船上。如半途中这小船发生了甚么意外障碍，或者就得多四天五天。起先我尽记着水獭皮帽子的朋友“行船莫算，打架莫看”的格言，对于这只小船每日应走多少路，已走多少路，还需要走多少路，从不过问。他们说“应当开头了”，船就开了，他们说“这鬼天气不成，得歇憩烤火”，我自然又听他们歇憩烤火。天气也实在太冷了一点，篙上桨上莫不结了一层薄冰。我的衣袋中，虽还收藏了一张桃源县管理小划子的船总亲手所写“十日包到”的保单，但天气既那么坏，还好意思把这张保单拿出来向掌梢水手说话吗?

我口中虽不说甚么，心里却计算到所剩余的日子，真有点儿着急。

可是三个水手中的一人，已看准了我的弱点，且在另外一件事情上，又看准了我另外一项弱点，想出了个两得其利的办法来了。那水手向我说道：

“先生，你着急，是不是？不必为天气发愁。如今落的是雪子，不是刀子。我们弄船人，命里派定了划船，天上纵落刀子也得做事！”

我的坐位正对着船尾，掌梢水手这时正分张两腿，两手握定舵把，一个人字形的姿势对我站定。想起昨天这只小船搁入石罅里，尽三人手足之力还无可奈何时，这人一面对天气咒骂各种野话，一面卸下了裤子向水中跳去的情形，我不由得微喟了一下。我说："天气真坏！"

他见我眉毛聚着便笑了。"天气坏不碍事，只看你先生是不是要我们赶路，想赶快一些，我同伙计们有的是办法！"

我带了点埋怨神气说："不赶路，谁愿意在这个日子里来在河上受活罪？你说有办法，告我看是甚么办法！"

"天气冷，我们手脚也硬了。你请我们晚上喝点酒，活活血脉，这船就可以在水面上飞！"

我觉得这个提议很正当，便不追问先划船后喝酒，如何活动血脉的理由，即刻就答应了。我说："好得很，让我们的船飞去吧，欢喜吃甚么买甚么。"

于是这小船在三个划船人手上，当真俨然一直向辰河上游飞去。经过钓船时就喊买鱼，一拢码头时就用长柄大葫芦满满的装上一葫芦烧酒。沿河两岸连山皆深碧一色，山头常戴了点白雪，河水则清明如玉。在这样一条河水里旅行，望着水光山色，体会水手们在工作上与饮食上的勇敢处，使我在寂寞里不由得不常作微笑！

船停时，真静。一切声音皆为大雪以前的寒气凝结了。只有船底的水声，轻轻的轻轻的流过去——使人感觉到它的声音，几乎不是耳朵却只是想象。三个水手把晚饭吃过后，围在后舱钢灶边烤火烘衣。

时间还只五点二十五分，先前一时的长潭中摇橹唱歌的一只大货船，这时也赶到，快要靠岸停泊了。只听到许多篙子钉在浅水石头上的声音，且有人大嚷大骂。他们并不是吵架，不过在那里“说话”罢了。这些人说话照例永远得使用个粗野字眼儿，也正同我们使用标点符号一样，倘若忘了加上去，意思也就很容易模糊不清楚了。这样粗野字眼儿的使用，即在父子兄弟间也少不了。可是这些粗人野人，在那吃酸菜臭牛肉说野话的口中，高兴唱起歌来时，所唱的又正是如何美丽动人的歌！

大船靠定岸边后，只听到有一个人在船上大声喊叫：

“金贵，金贵，上岸 ×× 去！”

那个名为金贵的水手，似乎正在那只货船舱里鱿鱼海带间，嘶着个嗓子回答说：

“你 ×× 去我不来。你娘 ×××× 正等着你！”

我那小船上三个默默的烤火烘衣的水手，听到这个对白，便一同笑将起来了。其中之一学着邻船人语气说：

“×× 去，× 你娘的 ×。大白天象狗一样在滩上爬，晚上好快乐！”

另一个水手就说：

“七老，你要上岸去，你向先生借两角钱也可以上岸去！”

几个人把话继续说下去，便讨论到各个小码头上吃四方饭娘儿们的人材与轶事来了。说及其中一些野妇人悲喜的场面时，真使我十分感动。我再也不能孤独的在舱中坐下了，就爬到那个钢灶边去，同他们坐在一处去烤火。

我搀入那个团体时，询问那个年纪较大的水手：

“掌舵的，我十五块钱包你这只船，一次你可以捞多少？”

“我可以捞多少，先生！我不是这只船的主人，我是个每年二百四十吊钱雇定的舵手，算起来一个月我有两块三角钱，你看看这一次我捞多少！”

我说：“那么，大伙计，你拦头有多少？全船皆得你，难道也是二百四十吊一年吗？”

那一个名为七老的说："我弄船上行，两块六角钱一次，下行吃白饭！”

“那么，小伙计，你呢？我看你手脚还生疏得很！你昨天差点儿淹坏了，得多吃多喝，把骨头长结实一点点！”

小子听我批评到他的能力就只干笑。掌舵的代他说话：

“先生要你多吃多喝，你不听到吗？这小子看他虽长得同一块发糕一样，其实就只能吃能喝，撇篙子拉纤全不在行！”

“多少钱一月？”我说，“一块钱一月，是不是？”

那个小水手自己笑着开了口，“多少钱一月？十个铜子一天。我还不满师，哪会给我关饷？——× 他的娘。天气多坏！”

我在心中打了一下算盘，掌舵的八分钱一天，拦头的一角三分一天，小伙计一分二厘一天。在这个数目下，不问天气如何，这些人莫不皆得从天明起始到天黑为止，做他应分做的事情。遇应当下水时，便即刻跳下水中去。

遇应当到滩石上爬行时，也毫不推辞即刻前去。在能用气力时，这些人就毫不吝惜气力打发了每个日子，人老了，或大六月发痧下痢，躺在空船里或太阳下死掉了，一生也就算完事了。这条河中至少有十万个这样过日子的人。想起了这件事情，我轻轻的吁了一口气。

“掌舵的，你在这条河里划了几年船？”

“我今年五十三，十六岁就到了船上。”

三十七年的经验，七百里路的河道，水涨水落河道的变迁，多少滩，多少潭，多少码头，多少石头——是的，凡是那些较大的知名的石头，这个人就无一不能够很清楚的举出它们的名称和故事！划了三十七年的船，还只是孤身一人，把经验与气力每天作八分钱出卖，来在这水上飘泊，这个古怪的人！

“拦头的大伙计，你呢？你划了几年船？”

“我照老法子算，今年三十一岁，在船上五年，在军队里也五年。我是个逃兵，七月里才从贵州开小差回来的！”

这水手结实硬朗处，倒真配作一个兵。那分粗野爽朗处也很象个兵。掌舵的水手人老了，眼睛发花，已不能如年青人那么手脚灵便，小水手年龄又太小了一点，一切事皆不在行，全船最重要的人物就是他。昨天小船上滩，小水手换篙较慢，被篙子弹入急流里去时，他却一手支持篙子，还能一手把那个小水手捞住，援助上船。上了船后那小子又惊又气，全身湿淋淋的，抱定桅子荷荷大哭。他一面笑骂着种种野话，一面却赶快脱了棉衣单裤给小水手替换。在这小船上他一个人脾气似乎特别大，但可爱处也就似乎特别多。

想起小水手掉到水中被援起以后的样子，以及那个年纪大一点的脱下了裤子给他掉换，光着个下身在空气里弄船的神气，我心中充满了不可言说的感情。我向小水手带笑说："小伙计，你呢？"

那个拦头的水手就笑着说："他吗？只会吃只会哭，做错了事骂两句，还会说点蠢话。'你欺侮我，我用刀子同你拚命！'拿你刀子来切我的××，老子还不见过刀子，怕你！"

小水手说："老子哭你也管不着！"

拦头的水手说："不管你，你还会有命！落了水爬起来，有甚么可哭？我不脱下衣来，先生不把你毯子，不冷死你！十五六岁了的人，命好早 × 出了孩子，动不动就哭，不害羞！”

正说着，邻船上有水手很快乐的用女人窄嗓子唱起曲子，晃着一个火把，上了岸，往半山吊脚楼胡闹去了。

我说：“大伙计，你是不是也想上岸去玩玩？要去就去，我这里有的是钱。要几角钱？你太累了，我请客！”

掌舵的老水手听说我请客，赶忙在旁打边鼓儿说：“七老，你去，先生请客你就去，两吊钱先生出得起！”

他妩媚的咕咕笑着。我知道那是甚么意思，就取了值四吊钱的五角钞票递给他，小水手笑乐着为他把作火炬的废绳燃好。于是推开了篷，这个人就被两个水手推上了岸，也摇晃着个火把，爬上高坎到吊脚楼地方取乐去了。

人走去后，掌舵的水手方把这个人的身世为我详细说出来。原来这个人的履历上，还有十一个月土匪的经验应当添注上去。这个人大白天一面弄船一面吼着说“老子要死了，老子要做土匪去了”种种独白的理由，我才完全明白了。

我心中以为这个人既到了河街吊脚楼，若不是同那些宽脸大奶子女人在床上去胡闹，必又坐到火炉边，夹杂在一群划船人中间向火，嚼花生或剥酸柚子吃。那河街照例有屠户，有油盐店，有烟馆，有小客店，还有许多妇人提起竹篾织就的圆烘笼烤手，一见到年青水手就做眉做眼。还有妇女年纪大些的，鼻梁根扯得通红，太阳穴贴上了膏药，做丑事毫不以为可羞。看中了某一个结实年青的水手时，只要那水手不讨厌她，还会提了家养母鸡送给水手！那些水手胡闹到半夜里回到船上，把缚着脚的母鸡，向舱里同伴热被上抛去，一些在睡梦里被惊醒的同伴，就会喃喃的骂着，“溜子，溜子，你一条××换一只母鸡，老子明早天一亮用刀割了你！”于是各个臭被一角皆起了咕咕的笑声。……

我还正在那个拦头水手行为上，思索到一个可笑的问题，不知道他那么上岸去，由他说来，究竟得到了些甚么好处。可是他却出我意料以外，上岸不久又下了河，回到小船上来了。小船上掌梢水手正点了个小油灯，薄薄灯光照着那水手的快乐脸孔。掌梢的向他说：

“七老，怎么的，你就回来了，不同婊子过夜？”

小水手也向他说了一句野话，那小子只把头摇着且微笑着，赶忙解下了他那根腰带。原来他棉袄里藏了一大堆桔子，腰带一解，桔子便在舱板上各处滚去。问他为甚么得了那么多桔子，方知道他虽上了岸，却并不胡闹，只到河街上打了个转，在一个小铺子里坐了一会，见有桔子卖，知道我欢喜吃桔子，就把钱全买了桔子带回来了。

我见着他那很有意思的微笑，我知道他这时所作的事，对于他自己感觉如何愉快，我便笑将起来，不说甚么了。四个人剥桔子吃时，我要他告给我十一个月作土匪的生活，有些甚么可说的事情，让我听听。他就一直把他的故事说到十二点钟。我真象读了一本内容十分新奇的教科书。

天气如所希望的终于放晴了，我同这几个水手在这只小船上已经过了十二个日子。

天既放晴后，小船快要到目的地时，坐在船舱中一角，瞻望澄碧无尽的长流，使我发生无限感慨。十六年以前，河岸两旁黛色庞大石头上，依然是在这样晴朗冬天里，有野莺与画眉鸟从山谷中竹篁里飞出来，在石头上晒太阳，悠然自得的啭唱悦耳的曲子，直到有船近身时，又方始一齐向竹林中飞去。十六年来竹林里的鸟雀，那份从容处，犹如往日一个样子。水面划船人愚蠢朴质勇敢耐劳处，也还相去不远。但这个民族，在这一堆长长日子里，为内战、毒物、饥馑、水灾，如何向堕落与灭亡大路走去，一切人生活习惯，又如何在巨大压力下失去了它原来的纯朴型范，形成一种难于设想的模式！

小船到达我水行的终点浦市时，约在下午四点钟左右。这一个经过昔日的繁荣而衰败了多年的码头，三十年前是这个地方繁荣达到顶点的时代。十六年前地方业已大大衰落，那时节沿河长街的油坊，尚常有三两千新油篓晒在太阳下，沿河七个用青石作成的码头，有一半还停泊了结实高大四橹五舱运油船。此外船只多从下游运来淮盐、布匹、花纱，以及川黔边区所需的洋广杂货。川黔边境由旱路运来的朱砂、水银、苎麻、五棓子，莫不在此交货转载。木材浮江而下时，常常半个河面皆是那种大木筏。本地市面则出炮仗，出印花布，出肥人，出肥猪。河面既异常宽平，码头又特别干净整齐，虽从那些大商号里、寺庙里，都可见出这个商埠在日趋于衰颓，然而一个旅行者来到此地时，一切规模总仍然可得到一个极其动人的印象！街市尽头河下游为一长潭，河上游为一小滩，每当黄昏薄暮、落日沉入大地、天上暮云为落日余晖所烘炙、剩余一片深紫时，大帮货船从上而下，摇船人泊船近岸，在充满了薄雾的河面，浮荡的催橹歌声，又正是一种如何壮丽稀有的歌声！

如今小船到了这个地方后，看看沿河各码头，早已破烂不堪。小船泊定的一个码头，一共有十二只船，除了有一只船载运了方柱形毛铁，一只船载辰溪烟煤，正在那里发签起货外，其它船只似乎已停泊了多日，无货可载。有七只船还在小桅上或竹篙上，悬了一个用竹缆编成的圆圈，作为“此船出卖”的标志。

小船上掌梢水手同拦头水手全上岸去了，只留下小水手守船。我想乘天气还不曾断黑，到长街上去看看这一切衰败了的地方，是不是商店中还能有个把肥胖子。一到街口却碰着了那两个水手，正同个骨瘦如柴的长人在一个商店门前相骂。问问旁人是什么事情，才知道这长子原来是个屠户，争吵的原因只是对于所买的货物分量轻重有所争持。看到他们那么气急败坏大声吵骂无个了结，我就不再走过去了。

下船时，我一个人坐在那小小船只空舱里让黄昏来临，心中只想着一件古怪事情：

“浦市地方屠户也那么瘦小，是谁的责任？希望到这个地面上，还有一群精悍结实的青年，来驾驭钢铁征服自然，这责任应当归谁？”一时自然不会得到任何结论。

原载1934年7月《文学》三卷一期

箱子岩

十五年以前，我有机会独坐一只小篷船，沿辰河上行，停船在箱子岩脚下。一列青黛崭削的石壁，夹江高矗，被夕阳烘炙成为一个五彩屏障。石壁半腰约百米高的石缝中，有古代巢居者的遗迹，石罅隙间横横的悬撑起无数巨大横梁，暗红色长方形大木柜尚依然好好的搁在木梁上。岩壁断折缺口处，看得见人家茅棚同水码头，上岸喝酒下船过渡人也得从这缺口通过。那一天正是五月十五，河中人过大端阳节[1]。箱子岩洞窟中最美丽的三只龙船，早被乡下人拖出浮在水面上。船只狭而长，船舷描绘有朱红线条，全船坐满了青年桨手，头腰各缠红

[1] 农历五月十五为“大端阳节”。

布。鼓声起处，船便如一支没羽箭，在平静无波的长潭中来去如飞。河身大约一里路宽，两岸皆有人看船，大声呐喊助兴。且有好事者，从后山爬到悬岩顶上去，把“铺地锦”百子鞭炮从高岩上抛下，尽鞭炮在半空中爆裂，形成一团团五彩碎纸云尘。嘭嘭嘭嘭的鞭炮声与水面船中锣鼓声相应和，引起人对于历史回溯发生一种幻想、一点感慨。

当时我心想：多古怪的一切！两千年前那个楚国逐臣屈原，若本身不被放逐，疯疯癫癫来到这种充满了奇异光彩的地方，目击身经这些惊心动魄的景物，两千年来的读书人，或许就没有福分读《九歌》那类文章，中国文学史也就不会如现在的样子了。在这一段长长岁月中，世界上多少民族皆堕落了，衰老了，灭亡了。即如号称东亚大国的一片土地，也已经有过多少次被从西北方沙漠中远来的蛮族，骑了膘壮的马匹，手持强弓硬弩、长枪大戟，到处践踏蹂躏！（辛亥革命前夕，在这苗蛮杂处的一个边镇上，向土民最后一次大规模施行杀戮的统治者，就是一个北方清朝的宗室！辛亥以后，老袁梦想做皇帝时，又有两师北老在这里和滇军作战了大半年。）然而这地方的一切，虽在历史中照样发生不断的杀戮、争夺，以及一到改朝换代时，派人民担负种种不幸命运，死的因此死去，活的被逼迫留发、剪发，在生活上受新朝代种种限制与支配。然而细细一想，这些人根本上又似乎与历史毫无关系。从他们应付生存的方法与排泄感情的娱乐看上来，竟好象今古相同，不分彼此。这时节我所眼见的光景，或许就和两千年前屈原所见的完全一样。

那次我的小船停泊在箱子岩石壁下，附近还有十来只小渔船，大致打鱼人也有玩龙船竞渡的，所以渔船上妇女小孩们，精神无不十分兴奋，各站在尾梢上或船篷上锐声呼喊。其中有几个小孩子，我只担心他们太快乐兴奋了些，会把住家的小船跳沉。

日头落尽云影无光时，两岸渐渐消失在温柔暮色里。两岸看船人吆喝声越来越少，河面被一片紫雾笼罩，除了从锣鼓声中尚能辨别那些龙船方向，此外已别无所见。然而岩壁缺口处却人声嘈杂，且闻有小孩子哭声，有妇女们尖锐叫唤声，综合给人一种悠然不尽的感觉。天气已经夜了，吃饭是正经事。我原先尚以为再等一会儿，那龙船一定就会傍近岩边来休息，被人拖进石窟里，在快乐呼喊中结束这个节日了。谁知过了许久，那种锣鼓声尚在河面飘荡着，表示一班人还不愿意离开小船，回转家中。待到我把晚饭吃过后，爬出舱外一望，呀，天上好一轮圆月。月光下石壁同河面，一切如镀了银，已完全变换了一种调子。岩壁缺口处水码头边，正有人用废竹缆或油柴燃着火燎，火光下只见许多穿白衣人的影子移动。问问船上水手，方知道那些人正把酒食搬移上船，预备分派给龙船上人。原来这些青年人白日里划了一整天船，看船的已慢慢散尽了，划船的还不尽兴，并且谁也不愿意扫兴示弱，先行上岸，因此三只龙船还得在月光下玩个上半夜。

提起这件事，使我重新感到人类文字语言的贫俭。那一派声音，那一种情调，真不是用文字语言可以形容的事情。向一个长年身在城市里住下，以读读《楚辞》就“神往意移”的人，来描绘那月下竞舟的一切，更近于徒然的努力。我可以说的，只是自从我把这次水上所领略的印象保留到心上后，一切书本上的动人记载，全看得平平常常，不至于发生任何惊讶了。这正象我另外一时，看过人类许多不同花样的愚蠢杀戮，对于其余书上叙述到这件事情时，同样不能再给我如何感动。

五年后我又有了机会乘坐小船沿辰河上行，应当经过箱子岩。我想温习温习那地方给我的印象，就要管船的不问迟早，把小船在箱子岩下停泊。这一天是十二月七号，快要过年的光景。没有太阳的阴沉酿雪天，气候异常寒冷。停船时还只下午三点钟左右，岩壁上藤萝草木叶子多已萎落，显得那一带斑驳岩壁十分瘦削。悬岩高处红木柜，只剩下三四具，其余早不知到哪里去了。小船最先泊在岩壁下洞窟边，冬天水落得太多，洞口已离水面两三丈以上。我从石壁裂罅爬上洞口，到搁龙船处看了一下，旧船已不知坏了还是早被水冲去了，只见有四只新船搁在石梁上，船头还贴有鸡血同鸡毛，一望就明白是今年方下水的。出得洞口时，见岩下左边泊定五只渔船，有几个老渔婆缩颈敛手在船头寒风中修补渔网。上船后觉得这样子太冷落了，可不是个办法，就又要船上水手为我把小船撑到岩壁断折处有人家地方去，就便上岸，看看乡下人过年以前是甚么光景。

四点钟左右，黄昏已逐渐腐蚀了山峦与树石轮廓，占领了屋角隅。我独自坐在一家小饭铺柴火边烤火。我默默的望着那个火光煜煜的枯树根，在我脚边很快乐的燃着，爆炸出轻微的声音。铺子里人来来往往，有些说两句话又走了，有些就来镶在我身边长凳上，坐下吸他的旱烟。有些来烘烘脚，把穿着湿草鞋的脚去热灰里乱搅。看看每一个人的脸子，我都发生一种奇异的乡情。这里是一群会寻快乐的正直善良的乡下人，有捕鱼的、打猎的，有船上水手和编制竹缆工人。若我的估计不错，那个坐在我身旁，伸出两只手向火，中指节有个放光顶针的，肯定还是一位乡村里的成衣人。这些人每到大端阳时节，都得下河去玩一整天的龙船。平常日子特别是隆冬严寒天气，却在这个地方，按照一种分定，很简单的把日子过下去。每日看过往船只摇橹扬帆来去，看落日同水鸟。虽然也同样有人事上的得失，到恩怨纠纷成一团时，就陆续发生庆贺或仇杀。然而从整个说来，这些人生活却仿佛同“自然”已相融合，很从容的各在那里尽其性命之理，与其他无生命物质一样，惟在日月升降寒暑交替中放射、分解。而且在这种过程中，人是如何渺小的东西，这些人比起世界上任何哲人，也似乎还更知道的多一些。

听他们谈了许久，我心中有点忧郁起来了。这些不辜负自然的人，与自然妥协，对历史毫无担负，活在这无人知道的地方。另外尚有一批人，与自然毫不妥协，想出种种方法来支配自然，违反自然的习惯，同样也那么尽寒暑交替，看日月升降，然而后者却在慢慢改变历史，创造历史。一份新的日月，行将消灭旧的一切。我们用甚么方法，就可以使这些人心中感觉一种对“明天”的“惶恐”，且放弃过去对自然和平的态度，重新来一股劲儿，用划龙船的精神活下去？这些人在娱乐上的狂热，就证明这种狂热能换个方向，就可使他们还配在世界上占据一片土地，活得更愉快更长久一些。不过有什么方法，可以改造这些人的狂热到一件新的竞争方面去，可是个费思索的问题。

一个跛脚青年人，手中提了一个老虎牌新桅灯，灯罩光光的，洒着摇着从外面走进了屋子。许多人见了他都同声叫唤起来：“什长，你发财回来了！好个灯！”

那跛子年纪虽很轻，脸上却刻画了一种兵油子的油气与骄气，在乡下人中仿佛身分特高一层。把灯搁在木桌上，大洋洋的坐近火边来，拉开两腿摊出两只大手烘火，满不高兴的说："碰鬼，运气坏，什么都完了。"

"船上老八说你发了财，瞒我们。怕我们开借。"

"发了财，哼。用得着瞒你们？本钱去七角，桃源行市只一块零，除了上下开销，二百两货有甚么捞头，我问你。"

这个人接着且连骂带唱的说起桃源后江娘儿们种种有趣的情形，使得一般人活泼兴奋起来。话说得正有兴味时，一个人来找他，说："什长，猪蹄膀炖好了，酒已热好了。"他搓搓手，说声有偏各位，提起那个新桅灯就走了。

原来这个青年汉子，是个打鱼人的独生子。三年前被省城里募兵委员看中了招去，训练了三个月，就开到江西边境去同共产党打仗。打了半年仗，一班兄弟中只剩下他一个人好好的活着，奉令调回后防招募新军补充时，他因此升了班长。第二次又训练三个月，再开到前线去打仗。于是碎了一只腿，抬回省中军医院诊治，照规矩这只腿得用锯子锯去。一群同乡都以为从辰州地方出来的家乡人，"辰州符"比截割高明得多了，信他个洋办法象话吗？就把他从医院中抢出，在外边用老办法找人敷水药治疗。说也古怪，不到三个月，那只腿居然不必截割，全好了。战争是个甚么东西他也明白了。取得了本营证明，领得了些伤兵抚恤费后，于是回到家乡来，用什长名义受同乡恭维，又用伤兵名义作点特别生意。这生意也就正是有人可以赚钱，有人可以犯法，政府也设局收税，也制定法律禁止，又可以杀头、又可以发财那种从各方面说来都似乎极有出息的生意。我想弄明白那什长的年龄，从那个当地唯一成衣人口中，方知道这什长今年还只二十一岁。那成衣人还说：

“这小子看事有眼睛，做事有魄力，蹶了一只腿，还会一月一个来回下常德府，吃喝玩乐发财走好运。若两只腿全弄坏，那就更好了。”

有个水手插口说：“这是什么话。”

“什么画，壁上挂。穷人打光棍，一只腿打坏了不顶事。如两只腿全打坏了，他就不会卖烟土走私赚了钱，再到桃源县后江玩花姑娘了！”

成衣人末后一句打趣话，把大家都弄笑了。

回船时，我一个人坐在灌满冷气的小小船舱中，屈指计算那什长年龄，二十一岁减十五，得到个数目是六。我记起十五年前那个夜里一切光景，那落日返照，那狭长而描绘朱红线条的船只，那锣鼓与热情兴奋的呼喊……尤其是临近几只小渔船上欢乐跳掷的小孩子，其中一定就有一个今晚我所见到的跛脚什长。唉，历史是多么古怪的事物，生硬性痈疽的人，照旧式治疗方法，可用一星一点毒药敷上，尽它溃烂，到溃烂净尽时，再用药物使新的肌肉生长，人也就恢复健康了。这跛脚什长，我对他的印象虽异常恶劣，想起他就是一个可以溃烂这乡村居民灵魂的人物，不由人不寄托一种幻想……

二十年前澧州镇守使王正雅部队一个平常马夫，姓贺名龙，兵乱时，一菜刀切下了一个散兵的头颅，二十年后就得惊动三省集中十万军队来解决这马夫。谁个人会注意这小小节目，谁个人想象得到人类历史是用甚么写成的！

原载1935年4月《水星》二卷一期

五个军官与一个煤矿工人

辰河弄船人有两句口号，旅行者无人不十分熟习。那口号是："走尽天下路，难过辰溪渡。"事实上辰溪渡也并不怎样难过，不过弄船人所见不广，用纵横长约千里路一条辰河与七个支流小河作准，因此说出那么两句天真话罢了。地险人蛮却为一件事实。但那个地方，任何时节实在是一个令人神往倾心的美丽地方。

辰溪县的位置，恰在两条河流的交汇处，小小石头城临水倚山，建立在河口滩脚崖壁上。河水深到三丈尚清可见底。河面长年来往着湘黔边境各种形体美丽的船只。山头为石灰岩，无论晴雨，总可见到烧石灰人窑上飘扬的青烟与白烟。房屋多黑瓦白墙，接瓦连椽紧密如精巧图案。对河与小山城成犄角，上游是一个三角形小皁，皁上有修船造船的干坞与宽坪。位在下游一点，则为一个三角形黑色山岨，濒河拔峰，山脚一面接受了沅水激流的冲刷，一面被麻阳河长流的淘洗，岩石玲珑透空。半山有个壮丽辉煌的庙宇，名“丹山寺”，庙宇外岩石间且有成千大小不一的浮雕石佛。太平无事的日子，每逢佳节良辰，当地驻防长官、县知事、小乡绅及商会主席、税局头目，便乘小船过渡到那个庙宇里饮酒赋诗或玩牌下棋。在那个悬岩半空的庙里，可以眺望上行船的白帆，听下行船摇橹人唱歌。街市尽头下游便是一个长潭，名“斤丝潭”，历来传说水深到放一斤丝线才能到底。两岸皆五色石壁，矗立如屏障一般。长潭中日夜必有成百只打渔船，载满了黑色沉默的鱼鹰，浮在河面取鱼。小船挹流而渡，艰难处与美丽处实在可以平分。

地方又出煤炭，是湘西著名产煤区。似乎无处无煤，故山前山后随处可见到用土法开掘的煤井。沿河两岸都常有运煤船停泊。码头间无时不有若干黑脸黑手脚汉子，把大块烟煤运送到船上，向船舱中抛去。若过一个取煤斜井边去，就可见到无数同样黑脸黑手脚人物，全身光裸，腰前围一片破布，头上戴一盏小灯，向那个俨若地狱的黑井爬进爬出。矿坑随时皆可以坍陷或被水灌入，坍了，淹了，这些到地狱讨生活的人自然也就完事了。

矿区同小山城各驻扎了相当军队。七年前，有一大晚上，一名哨兵扛了枪支，正从一个废弃了的煤井前面经过，忽然从黑暗里跃出了一个煤矿工人，一菜刀把那个哨兵头颅劈成两片。这煤矿工人很敏捷的把枪支同子弹取下后，便就近埋藏在煤渣里，哨兵尸身被拖到那个浸了半井黑水的煤井边，冬的一声抛下去了。这个哨兵失了踪，军营里当初还以为人开了小差。照例下令各处通缉。直等到两个半月以后，尸身为人在无意中发现时，那个狡猾强悍的煤矿工人，在辰溪与芷江两县交界处的土匪队伍中称小舵把子，干打家劫舍捉肥羊的生涯已多日了。

三年后，这煤矿工人带领了约两千穷人，又在一种十分敏捷的手段下，占领了那个辰溪的小山城。防军受了相当损失，把其余部队集中在对河产煤区，准备反攻。一切船只不是逃往下游便是被防军扣留，河面一无所有，异常安静。上下行商船一律停顿到上下三五十里码头上，最美观的木筏也不能在河面见着了。两岸煤矿全停顿了，烧石灰人也逃走了。白日里静悄悄的，只间或还可听到一两声哨兵放冷枪声音。每日黄昏里及天明前后，两方面都担心敌人渡河袭击，便各在河边燃了大大的火堆，且把机关枪毕毕剥剥的放了又放。当机关枪如拍簸箕那么反复作响时，一些逃亡在山坳里的平民，以及被约束在一个空油坊里的煤矿工人，便各在沉默里，从枪声方面估计两方的得失。多数人虽明白这战争不出一个月必可结束，落草为寇的仍然逃入深山，驻防的仍然收复了原有防地。但这战事一延长，两方面的牺牲，谁也就不能估计得到了。

每次机关枪的响声下，照例必有防军方面渡江奇袭的船只过河。照例是五个八个一伙伏在船舱里，把水湿棉絮同砂包垒积到船头与船旁，乘黄昏天晓薄雾平铺江面时挹流偷渡。船只在沉默里行将到达岸边时，在强烈的手电筒搜索中被发现了，于是响了机关枪。船只仍然不顾一切在沉默中向岸边划去。再过一会，訇的一声，从船上掷出的手榴弹已抛到岸边哨兵防御工事边。接着两方面皆响起了机关枪，手榴弹也继续爆炸着。再过一阵，枪声已停止，很显然的，渡河的在猛烈炮火下，地势不利失败了。这些人或连同船只沉到水中去了，或已拢岸却依然在悬崖下牺牲了，或被炮火所逼，船中人死亡将尽，剩余一个两个受了伤，尽船只向下游漂去，在五里外的长潭中，方有机会靠拢自己防地那一个岸边。

半月以内，防军在渡头上下三里前后牺牲了大约有三连实力，与三十七只大小船只。到后却有五个教导团的年轻学兵，在大雨中带了五支自动步枪、一堆手榴弹、三支连槽，用竹筏渡河，拢岸时，首先占领了土匪沿河一个重要码头，其余竹筏陆续渡河，从占领处上了岸。在一场剧烈凶猛的巷战中，那矿工统率的穷人队伍不能支持，在街头街尾一些公共建筑各处放了火，便带了残余部众，绑着县长同几个当地绅士，向东乡逃跑了。

三个月内，防军在继续追剿中，解决了那个队伍全部的实力，肉票也皆被夺回了。但那个矿工出身土匪首领的漏网，却成为地方当局忧虑不安的事情。到后来虽悬赏探听明白了他的踪迹，却无方法可以诱出逮捕。

五个青年教导团学兵，那时节业已毕业，升了各连的见习，尚未归连。就请求上司允许他们冒一次险，且向上司说明这冒险的计划。

七天以后，辰溪沅州两县边境名为“窑上”的地方，一个制砖人小饭铺里，就有五个人吃饭。五个人全作贵州商人装束，其中有四个各扛了小扁担，扛了担贵州出产的松皮纸。只一人挑了一担有盖箩筐。这制砖人年纪已开六十岁，早为防军侦探明白是那个矿工的通信联络人。年青人把饭吃过后，几人便互相商量到一件事情。所说的话自然就是故意让那老头子从一旁听去的话。这时节几个人正装扮成为一群从黔省来投靠那矿工的零伙，箩筐里白米下放的是一支已拆散了的捷克式轻机关枪同若干发子弹。箩筐中真是那玩意儿！几人一面说，一面埋怨这次来到这里的冒昧处。一片谎话把那个老奸巨猾的心说动了后，那老的搭讪着问了些闲话，相信几人真是来卖身投靠的同道了，就说他会卜课。他为卜了一课，那卦上说，若找人，等等向西方走去，一定可以遇到一个他们所要见的人。等待几人离开了饭铺向西走去时，制砖人早把这个消息递给了另一方面。两方面都十分得意，以为对面的一个上了套。

因此几个人不久就同一个“管事”在街口会了面。稍稍一谈，把箩筐盖甩去一看，机关枪赫然在箩筐里，管事的再不能有何种疑虑了。就邀约五个人入山去见“龙头”，吃血酒发誓，此后便祸福与共，一同作梁山上弟兄。几个年青人却说“光棍心多，请莫见怪”，以为最好倒是约“龙头”来窑上吃血酒发誓，再共同入山。管事的走去后，几个人就依然住在窑上制砖人家里等候消息。

第二天，那个机智结实矿工，带领四个散伙弟兄来到了窑上，见面后，很亲热的一谈，见得十分投契。点了香烛，杀了鸡，把鸡血开始与烧酒调和，各人正预备喝下时，在非常敏捷的行为中，五个年青人各从身边取出了手枪同小宝（解首刀）动起手来。几个从山中来的豹子，在措手不及情形中全被放翻了。那矿工最先手臂和大腿各中了一枪，早躺在地下血泊里。等到其他几个人倒下时，那矿工就冷冷的向那五个年青人笑着说：

“弟兄，弟兄，你们手脚真麻利！慢一会儿，就应归你们躺到这里了。我早就看穿了你们的鬼计，明白你们是从哪儿来的卖客，好胆量！”

几个年青人不说甚么，在沉默里把那些被放翻在地下的人，首级一一割下。轮到矿工时，那矿工仍然十分沉静的说：

“弟兄，弟兄，不要尽做蠢事，留一个活口，你们好回去报功！”

五个年青人心想，真应该留一个活的，“好去报功”！就不说甚么，把他捆绑起来。

一会儿，五个年青人便押了受伤的矿工，且勒迫那个制砖的老头子挑了四个人头，沉默的一列回辰溪县了。走到去辰溪不远的白羊河时，几人上了一只小船。

船到了辰溪上游约三里路，那个受伤的矿工又开了口：

“弟兄，弟兄，一切是命。你们运气好，手面子快，好牌被你们抓上手了。那河边煤井旁，我还埋了四支连槽，爽性助和你们，你们谁同我去拿来吧。”

那煤矿原来去山脚不远，来回有二十分钟就可以了事。五个年青人对于这提议毫不疑惑。矿工既已身受重伤，无法逃遁，四支连槽照市价值一千块钱，引起了几个年青人的幻想。商量派谁守船都不成，于是五个人就又押了那个受伤矿工与制砖老头子，一同上了岸。走近一个废坑边，那矿工却说，枪支就埋在坑前左边一堆煤滓里。正当几个人争着去翻动煤滓寻取枪支时，矿工一瘸一拐的走近了那个业已废弃多年的矿井边，声音朗朗的从容的说道：

“弟兄，弟兄，对不起，你们送了我那么多远路。有劳有偏了！”

话一说完，猛然向那深井里跃去。几个人赶忙抢到井边时，只听到冬的一声，那矿工便完事了。

五个青年人呆了许久，骂了许久，皆觉得被骗了一次，白忙了一回。那废井深约四十公尺，有一半已灌了水。七年前那个哨兵，就是被矿工从这个井口抛下去的。

在另外一个篇章里，我不是曾经说过我抵辰州时，第一天就见着五个少年军官吗？当他们和我共同围坐在一个火炉边，向我说到他们的冒险，和那矿工临死前那分镇静时，我简直呆了。我问他们，为甚么当时不派个人拉着那矿工的绳子。

“拉他的绳子吗？你真说得好。当真拉住他，谁拉他谁不就同时被他带下井去了吗？”说这个话的年青朋友，原来就正是当时被派定看守矿工的一个，为了忙于发现埋藏的手枪，幸而不至于被拉下井的。

原载 1934 年 7 月《国闻周报》
十一卷二十九期

老伴

我平日想到泸溪县时，回忆中就浸透了摇船人催橹的歌声，且被印象中一点儿小雨，仿佛把心也弄湿了。这地方在我生活史中占了一个位置，提起来真使我又痛苦又快乐。

泸溪县城界于辰州与浦市两地中间，上距浦市六十里，下达辰州也恰好六十里。四面是山，对河的高山逼近河边，壁立拔峰，河水在山峡中流去。县城位置在洞河与沅水汇流处，小河泊船贴近城边，大河泊船去城约三分之一里（洞河通称小河，沅水通称大河）。洞河来源远在苗乡，河口长年停泊了五十只左右小小黑色洞河船。弄船者有短小精悍的花帕苗，头包格子花帕，腰围短短裙子。有白面秀气的所里人，说话时温文尔雅，一张口又善于唱歌。洞河既水急山高，河身转折极多，上行船到此已不适宜于借风使帆。凡入洞河的船只，到了此地，便把风帆约成一束，作上个特别记号，寄存于城中店铺里去，等待载货下行时，再来取用。由辰州开行的沅水商船，六十里为一大站，停靠泸溪为必然的事。浦市下行船若预定当天赶不到辰州，也多在此过夜。然而上下两个大码头把生意全已抢去，每天虽有若干船只到此停泊，小城中商业却清淡异常。沿大河一方面，一个稍稍象样的青石码头也没有。船只停靠都得在泥滩与泥堤下，落了小雨，上岸下船不知要滑倒多少人！

十七年前的七月里，我带了“投笔从戎”的味儿，在一个“龙头大哥”兼“保安司令”的带领下，随同八百乡亲，乘了从高村抓封得到的三十来只大小船舶，浮江而下，来到了这个地方。靠岸停泊时正当傍晚，紫绛山头为落日镀上一层金色，乳色薄雾在河面流动。船只拢岸时摇船人照例促橹长歌，那歌声揉合了庄严与瑰丽，在当前景象中，真是一曲不可形容的音乐。

第二天，大队船只全向下游开拔去了，抛下了三只小船不曾移动。两只小船装的是旧棉军服，另一只小船，却装了十三名补充兵，全船中人年龄最大的一个十九岁，极小的一个十三岁。

十三个人在船上实在太挤了。船既不开动，天气又正热，挤在船上也会中暑发瘟。因此许多人白日里尽光身泡在长河清流中，到了夜里，便爬上泥堤去睡觉。一群小子身上全是空无所有，只从城边船户人家讨来一大捆稻草，各自扎了一个草枕，在泥堤上仰面躺了五个夜晚。

这件事对于我个人不是一个坏经验。躺在尚有些微余热的泥土上，身贴大地，仰面向天，看尾部闪放宝蓝色光辉的萤火虫匆匆促促飞过头顶。沿河是细碎人语声、蒲扇拍打声，与烟杆剥剥的敲着船舷声。半夜后天空有流星曳了长长的光明下坠。滩声长流，如对历史有所陈诉埋怨。这一种夜景，实在为我终身不能忘掉的夜景！

到后落雨了，各人竟上了小船。白日太长，无法排遣，各自赤了双脚，冒着小雨，从烂泥里走进县城街上去观光。大街头江西人经营的布铺，铺柜中坐了白发皤然老妇人，庄严沉默如一尊古佛。大老板无事可作，只腆着肚皮，叉着两手，把脚拉开成为八字，站在门限边对街上檐溜出神。窄巷里石板砌成的行人道上，小孩子打了大而朴质的雨伞，响着寂寞的钉鞋声。待到回船时，各人身上业已湿透，就各自把衣服从身上脱下，站在船头相互帮忙拧去雨水。天晚了，便满船是呛人的油气与柴烟。

在十三个伙伴中我有两个极要好的朋友。其中一个是我的同宗兄弟，名叫沈万林，年纪顶大，与那个在常德府开旅馆头戴水獭皮帽子的朋友，原本同在一个中营游击衙门里服务当差，终日栽花养金鱼，事情倒也从容悠闲。只是和上面管事头目合不来，忽然对职务厌烦起来，把管他的头目打了一顿，自己也被打了一顿，因此就与我们作了同伴。其次是那个年纪顶轻的，名字就叫“开明”，一个赵姓成衣人的独生子，为人伶俐勇敢，稀有少见。家中虽盼望他能承继先人之业，他却梦想作个上尉副官，头戴金边帽子，斜斜佩上条红色值星带，站在副官处台阶上骂差弁，以为十分神气。因此同家中吵闹了一次，负气出了门。这小孩子年纪虽小，心可不小！同我们到县城街上转了三次，就看中了一个绒线铺的和他年龄差不多的女孩子，问我借钱向那女孩子买了三次白棉线草鞋带子。他虽买了不少带子，那时节其实连一双多余的草鞋都没有，把带子买得同我们回转船上时，他且说："将来若作了副官，当天赌咒，一定要回来讨那女孩子做媳妇。"那女孩子名叫"小翠"，我写《边城》故事时，弄渡船的外孙女明慧温柔的品性，就从那绒线铺小女孩印象而来。我们各人对于这女孩子印象似乎都极好，不过当时却只有他一个人特别勇敢天真，好意思把那一点胡涂希望说出口来。

日子过去了三年，我那十三个同伴，有三个人由驻防地的辰州请假回家去，走到泸溪县境驿路上，出了意外的事情，各被土匪砍了二十余刀，流一滩血倒在大路旁死掉了。死去的三人中，有一个就是我那同宗兄弟。我因此得到了暂时还家的机会。

那时节军队正预备从鄂西开过四川就食，部队中好些年轻人一律被遣送回籍。那保安司令官意思就在让各人的父母负点儿责：以为一切是命的，不妨打发小孩子再归营报到，担心小孩子生死的，自然就不必再来了。

我于是和那个伙伴并其他二十多个年轻人，一同挤在一只小船中，还了家乡。小船上行到泸溪县停泊时，虽已黑夜，两人还进城去拍打那人家的店门，从那个女孩手中买了一次白带子。

到家不久，这小子大约不忘却作副官的好处，借故说假期已满，同成衣人爸爸又大吵了一架，偷了些钱，独自走下辰州了。我因家中无事可作，不辞危险也坐船下了辰州。我到得辰州老参将衙门报到时，方知道本军部队四千人，业已于四天前全部开拔过四川，所有相熟伙伴也完全走尽了。我们已不能过四川，改成为留守部人员。留守部只剩下一个上尉军需官、一个老年上校副官长、一个跛脚中校副官，以及两班新刷下来的老弱兵士。开明被派作勤务兵，我的职务为司书生，两人皆在留守部继续供职。两人既受那个副官长管辖，老军官见我们终日坐在衙门里梧桐树下唱山歌，以为我们应找点正经事做做，就想出个巧办法，派遣两人到附近城外荷塘里去为他钓蛤蟆。两人一面钓蛤蟆一面谈天，我方知道他下行时居然又到那绒线铺买了一次带子。我们把蛤蟆从水荡中钓来，剥了皮洗刷得干干净净后，用麻线捆着那东西小脚，成串提转衙门时，老军官就加上作料，把一半熏了下酒，剩下一半还托同乡带回家中去给老太太享受。我们这种工作一直延长到秋天，才换了另外一种。

过了约一年，有一天，川边来了个特急电报：部队集中驻扎在一个湖北边上来凤小县城里，正预备拉夫派捐回湘，忽然当地切齿发狂的平民，受当地神兵煽动，秘密约定由神兵带头打先锋，发生了民变，各自拿了菜刀、镰刀、撇麻砍柴刀，大清早分头猛扑各个驻军庙宇和祠堂来同军队作战。四千军队在措手不及情形中，一早上就放翻了三千左右。总部中除那个保安司令官同一个副官侥幸脱逃外，其余所有高级官佐职员全被民兵砍倒了（事后闻平民死去约七千，半年内小城中随处还可发现白骨）。这通电报在我命运上有了个转机，过不久，我就领了三个月遣散费，离开辰州，走到出产香草香花的芷江县，每天拿了个紫色木戳，过各屠桌边验猪羊税去了。所有八个伙伴已在川边死去，至于那个同买带子同钓蛤蟆的朋友呢，消息当然从此也就断绝了。

整整过去十七年后，我的小船又在落日黄昏中，到了这个地方停靠下来。冬天水落了些，河水去堤岸已显得很远，裸露出一大片干枯泥滩。长堤上有枯苇刷刷作响，阴背地方还可看到些白色残雪。

石头城恰当日落一方，雉堞与城楼皆为夕阳落处的黄天，衬出明明朗朗的轮廓。每一个山头仍然镀上了金，满河是橹歌浮动（就是那使我灵魂轻举永远赞美不尽的歌声）！我站在船头，思索到一件旧事，追忆及几个旧人。黄昏来临，开始占领了整个空间。远近船只全只剩下一些模糊轮廓，长堤上有一堆一堆人影子移动，邻近船上炒菜落锅声音与小孩哭声杂然并陈。忽然间，城门边响了一声卖糖人的小锣，“铛……”

一双发光乌黑的眼珠，一条直直的鼻子，一张小口，从那一槌小锣声中重现出来。我忘了这份长长岁月在人事上所发生的变化，恰同小说书本上角色一样，怀了不可形容的重心，上了堤岸进了城。城中接瓦连椽的小小房子，以及住在这小房子里的本城人民，我似乎与他们都十分相熟。时间虽已过了十七年，我还能认识城中的道路，辨别城中的气味。

我居然没有错误，不久就走到了那绒线铺门前了。恰好有个船上人来买棉线，当他推门进去时，我紧跟着进了那个铺子。有这样希奇的事情吗？我见到的不正是那个女孩吗？我真惊讶得说不出话来。十七年前那小女孩就成天站在铺柜里一堵棉纱边，两手反复交换动作挽她的棉线，目前我所见到的，还是那么一个样子。难道我如浮士德一样，当真回到了那个“过去”了吗？我认识那眼睛、鼻子，和薄薄小嘴。我毫不含糊，敢肯定现在的这一个就是当年的那一个。

“要什么呀？”就是那声音，也似乎极其熟悉。

我指定悬在钩上一束白色东西，“我要那个！”

如今真轮到我这老军务来购买系草鞋的白棉纱带子了！当那女孩子站在一个小凳子上，去为我取钩上货物时，铺柜里火盆中有茶壶沸水声音，某一处有人吸烟声音。女孩子辫发上缠得是一绺白绒线，我心想：“死了爸爸还是死了妈妈？”火盆边茶水沸了起来，小槅扇门后面有个男子哑声说话：

“小翠，小翠，水开了，你怎么的？”女孩子虽已即刻很轻捷灵便的跳下凳子，把水罐挪开，那男子却仍然走出来了。

真没有再使我惊讶的事了，在黄晕晕的煤油灯光下，我原来又见到了那成衣人的独生子！这人简直可说是一个老人。很显然的，时间同鸦片烟已毁了他。但不管时间同鸦片烟在这男子脸上刻下了什么记号，我还是一眼就认定这人便是那一再来到这铺子里购买带子的赵开明。从他那点神气看来，却决猜不出面前的主顾，正是同他钓蛤蟆的老伴。这人虽作不成副官，另一胡涂希望可终究被他达到了。我憬然觉悟他与这一家人的关系，且明白那个似乎永远年青的女孩子是谁的女儿了。我被“时间”意识猛烈的掴了一巴掌，摩摩我的面颊，一句话不说，静静的站在那儿看两父女度量带子，验看点数我给他的钱。完事时，我想多停顿一会，又借故买了点白糖。他们虽不卖白糖，老伴却十分热心出门为我向别一铺子把糖买来。他们那份安于现状的神气，使我觉得若用我身分惊动了他，就真是我的罪过。

我拿了那个小小包儿出城时，天已断黑，在泥堤上乱走。天上有一粒极大星子，闪耀着柔和悦目的光明。我瞅定这一粒星子，目不旁瞬。

“这星光从空间到地球据说就得三千年，阅历多些，它那么镇静有它的道理。我现在还只三十岁刚过头，能那么镇静吗？……”

我心中似乎极其混乱，我想我的混乱是不合理的。

我的脚正踏到十七年前所躺卧的泥堤上，一颗心跳跃着，勉强按捺也不能约束自己。可是，过去的，有谁人能拦住不让它过去，又有谁能制止不许它再来？时间使我的心在各种变动人事上感受了点分量不同的压力，我得沉默，得忍受。再过十七年，安知道我不再到这小城中来？世界虽极广大，人可总象近于一种夙命，限制在一定范围内，经验到他的过去相熟的事情。

为了这再来的春天，我有点忧郁，有点寂寞。黑暗河面起了缥缈快乐的橹歌。河中心一只商船正想靠码头停泊。歌声在黑暗中流动，从歌声里我俨然彻悟了什么。我明白“我不应当翻阅历史，温习历史”。在历史前面，谁人能够不感惆怅？

但我这次回来为的是什么？自己询问自己，我笑了。我还愿意再活十七年，重来看看我能看到难于想象的一切。

原载 1934 年 9 月《文学》一卷四期

虎雏再遇记

四年前我在上海时，曾经做过一次荒唐的打算，想把一个年龄只十四岁，生长在边陬僻壤小豹子一般的乡下人，用最文明的方法试来造就他。虽事在当日，就经那小子的上司预言，以为我一切设计将等于白费，所有美好的设想，到头必不免落空，我却仍然不可动摇的按照计划作去。我把那小子放在身边，勒迫他读书，打量改造他的身体改造他的心，希望他在我教育下将来成个知识界伟人。谁知不到一个月，就出了意外事情。那理想中的伟人，在上海滩生事打坏了一个人，从此便失踪了。一切水得归到海里，小豹子也只宜于深山大泽方能发展他的生命。我明白闹出了乱子以后，他必有他的生路。对于这个人此后的消息，老实说，数年来我就不大再关心了。但每当我想及自己所作那件傻事时，总不免为自己的傻处发笑。

这次湘行到达辰州后，我第一个见到的就是那只小豹子。除了手脚身个子长大了一些，眉眼还是那么有精神，有野性。见他时，我真是又惊又喜。当他把我从一间放满了兰草与茉莉的花房里引过，走进我哥哥住的一间大房里去，安置我在火盆边大柚木椅上坐下时，我一开口就说：

“祖送，祖送，你还活在这儿，我以为你在上海早被人打死了！”

他有点害羞似的微笑了，一面为我倒茶一面却轻轻的说：

“打不死的，日晒雨淋吃小米包谷长大的人，哪会轻易给人打死！”

我说：“我早知道你打不死，而且你还一定打死了人。我一切都知道。(说到这里时，我装成一切清清楚楚的神气）你逃了，我明白你是什么诡计。你为的是不愿意跟在我身边好好读书，只想落草为王，故意生事逃走。可是你害得我们多难受！那教你算学的长胡子先生，自从你失踪后，他在上海各处托人打听你，奔跑了三天，为你差点儿不累倒！”

“那山羊胡子先生找我吗？”

“什么？‘山羊胡子先生！’”这字眼儿真用得不雅相，不斯文。被他那么一说，我预备要说的话也接不下去了。

可是我看看他那双大手以及右手腕上那个夹金表，就明白我如今正是同一个大兵说话，并不是同四年前那个“虎雏”说话了。我错了，得纠正自己。于是我模仿粗暴，笑了一下，且学作军官们气魄向他说：

“我问你，你为甚么打死人，怎么又逃了回来？不许瞒我一字，全为我好好说出来！”

他仍然很害羞似的微笑着，告给我那件事情的一切经过。旧事重提，虽然在他这种人并不甚么习惯，因此不多久，他就把话改到目前一切来了。他告我上一个月在铜仁方面的战事，本军死了多少人，且告我乡下种种情形，家中种种情形。谈了大约一点钟，我那哥哥穿了他新作的宝蓝缎面银狐长袍，夹了一大卷京沪报纸，口中嘘嘘吹着奇异调门，从军官朋友家里谈论政治回来了，我们的谈话方始中断。

到我生长那个石头城苗乡里去，我的路程应当还有四个日子，两天坐原来那只小船，两天还坐了小而简陋的山轿，走一段长长的山路。在船上虽一切陌生，我还可以用点钱使划船的人同我亲热起来。而且各个码头吊脚楼的风味，永远又使我感觉十分新鲜。至于这样严冬腊月，坐两整天的轿子，路上过关越卡，且得经过几处出过杀人流血案子的地方，第一个晚上，又必需在一个最坏的站头上歇脚，若没有熟人，可真有点儿麻烦了。吃晚饭时，我向我那个哥哥提议，借这个副爷送我一趟。因此第二天上路时，这小豹子就同我一起上了路。临行时哥哥别的不说，只嘱咐他“不许同人打架”。看那样子，就可知道“打架”还是这个年轻人唯一的快乐行业。

在船上我得了同他对面谈话的方便，方知道他原来八岁里就用石头从高处砸坏了一个比他大过五岁的敌人。上海那件事发生时，在他面前倒下的，算算已是第三个了。近四年来因为跟随我那上校弟弟驻防溆浦，派归特务连服务，于是在正当决斗情形中，倒在他面前的敌人数目比从前又增加了一倍。他年纪到如今只十八岁，就亲手放翻了六个敌人，而且照他说来，敌人全超过了他一大把年龄。好一个漂亮战士！这小子大致因为还有点怕我，所以在我面前还装得怪斯文，一句野话不说，一点蛮气不露，单从那样子看来，我就不很相信他能同什么人动手，而且一动手必占上风。

船上他一切在行，篙桨皆能使用，做事时灵便敏捷，似乎比那个小水手还得力。船搁了浅，弄船人无法可想，各跳入急水中去扛船时，他也就把上下衣服脱得光光的，跳到水中去帮忙。(我得提一句，这是十二月！)

照风气，一个体面军官的随从，应有下列几样东西：一个奇异牌的手电灯，一枚金手表，一支匣子炮。且同上司一样，身上军服必异常整齐。手电灯用来照路，内地真少不了它。金手表则当军官发问："护兵，什么时候了？"就举起手看一看来回答。至于匣子炮，用处自然更多了。我那弟弟原是一个射击选手，每天出野外去，随时皆有目标拍的来那么一下。有时自己不动手，必命令勤务兵试试看（他们每次出门至少得耗去半夹子弹）。但这小豹子既跟在我身边，带枪上路除了惹祸可以说毫无用处。我既不必防人刺杀，同时也无意打人一枪，故临行时我不让他佩枪，且要他把军服换上一套爱国呢中山服。解除了武装，看样子，他已完全不象个军人，只近于一个喜事好弄的中学生了。

我不曾经提到过，我这次回来，原是翻阅一本用人事组成的历史吗？当他跳下水去扛船时，我记起四年前他在上海与我同住的情形。当时我曾假想他过四年后能入大学一年级。现在呢，这个人却正同船上水手一样，为了帮水手忙扛船不动，又湿淋淋的攀着船舷爬上了船，捏定篙子向急水中乱打，且笑嘻嘻的大声喊嚷。我在船舱里静静的望着他，我心想：幸好我那荒唐打算有了岔儿，既不曾把他的身体用学校锢定，也不曾把他的性灵用书本锢定。这人一定要这样发展才象个人！他目前一切，比起住在城里大学校的大学生，开运动会时在场子中呐喊吆喝两声，饭后打打球，开学日集合好事同学通力合作折磨折磨新学生，派头可来得大多了。

等到船已挪动水手皆上了船时，我喊他：

“祖送，祖送，唉唉，你不冷吗？快穿起你的衣来！”

他一面舞动手中那支篙子，一面却说：

“冷呀，我们在辰州前些日子还邀人泅过大河！”

到应吃午饭时，水手无空闲，船上烧水煮饭的事完全由他作。

把饭吃过后，想起临行时哥哥嘱咐他的话，要他详详细细的来告给我那一点把对手放翻时的“经验”，以及事前事后的“感想”。“故事”上半天已说过了，我要明白的只是那些故事对于他本人的“意义”。我在他那种叙述上，我敢说我当真学了一门希奇的功课。

他的坦白，他的口才，皆帮助我认识一个人、一颗心在特殊环境下所有的式样。他虽一再犯罪却不应受何种惩罚。他并不比他的敌人如何强悍，不过只是能忍耐，知等待机会，且稍稍敏捷准确一点儿罢了。当他一个人被欺侮时，他并不即刻发作，他显得很老实、沉默，且常常和气的微笑。“大爷，你老哥要这样，还有什么话说吗？谁敢碰你老哥？请老哥海涵一点……”可是，一会儿，“小宝”飕的抽出来，或是一板凳、一柴块打去，这“老哥”在措手不及情形中，哽了一声便被他弄翻了。完事后必需跑的自然就一跑，不管是税卡，是营上，或是修械厂。到一个新地方，住在棚里闲着，有什么就吃什么，不吃也饿得起，一见别人做事，就赶快帮忙去做，用勤快溜刷引起头目的注意。直到补了名字，因此把生活又放在一个新的境遇新的门路上当作赌注押去。这个人打去打来总不离开军队，一点生存勇气的来源却亏得他家祖父是个为国殉职的游击。“将门之子”的意识，使他到任何境遇里皆能支撑能忍受。他知道游击同团长名分差不多，他希望作团长。他记得一句格言 ：“万丈高楼平地起。”他因此永远能用起码名分在军队里混。

对于这个人的性格我不希奇，因为这种性格从三厅屯垦军子弟中随处可以发现。我只希奇他的命运。

小船到辰河著名的“箱子岩”上游一点，河面起了风，小船拉起一面风帆，在长潭中溜去。我正同他谈及那老游击在台湾与日本人作战殉职的遗事，且劝他此后忍耐一点，应把生命押在将来对外战争上，不宜于仅为小小事情轻生决斗。想要他明白私斗一则不算脚色，二则妨碍事业。见他把头低下去，长长的叹了一口气，我以为所说的话有了点儿影响，心中觉得十分快乐。

经过一个江村时，有个跑差军人身穿军服斜背单刀正从一只方头渡船上过渡，一见我们的小船，装载极轻，走得很快，就喊我们停船，想搭便船上行。船上水手知道包船人的身分，就告给那军人，说不方便，不能停船。

赶差军人可不成，非要我们停船不可。说了些恐吓话，水手还是不理会。我正想告给水手要他收帆停船，让那个军人搭坐搭坐，谁知那军人性急火大，等不得停船，已大声辱骂起来了。小豹子原蹲在船舱里，这时方爬出去打招呼：

“弟兄，弟兄，对不起，请不要骂！我们船小，也得赶路。后面有船来，你搭后面那一只船吧。”

那一边看看船上是一个中学生样子人物，就说：

“甚么对不起，赶快停停！掌舵的，你不停船我×你的娘，到码头时我要用刀杀你这狗杂种！”

那个掌梢人正因为风紧帆饱，一面把帆绳拉着，一面就轻轻的回骂：“你杀我个鸡公，我怕你！”

小豹子却依然向那军人很和气的说：“弟兄，弟兄，你不要骂人！全是出门人，不要开口就骂人！”

“我要骂人怎么样，我骂你，我就骂你……你到码头等我！”

我担心这口舌，便喊叫他，“祖送！”

小豹子被那军人折辱了，似乎记起我的劝告，一句话不说，摇摇头，默然钻进了船舱里。只自言自语的说："开口就骂人，不停船就用刀吓人，真丢我们军人的丑。"

那时节跑差军人已从渡船上了岸，还沿河追着我们的小船大骂。

我说："祖送，你同他说明白一下好些，他有公事我们有私事，同是队伍里的人，请他莫骂我们，莫追我们。"

"不讲道理让他去，不管他。他疑心这小船上有女人，以为我们怕他！"

小船挂帆走风，到底比岸上人快一些，一会儿，转过山岨时，那个军人就落后了。

小船停到 ×× 时，水手全上岸买菜去了，小豹子也上岸买菜去了，各人去了许久方回来。把晚饭吃过后，三个水手又说得上岸有点事，想离开船，小豹子说：

"你们怕那个横蛮兵士找来，怕甚么？不要走，一切有我！这是大码头，有部队驻扎在这里，凡事得讲个道理！"

几个船上人虽分辩，仍然一同匆匆上岸去了。

到了半夜水手们还不回来睡觉，我有点儿担心，小豹子只是笑。我说：

“几个人别叫那横蛮军人打了，祖送，你上去找找看！”

他好象很有把握笑着说：“让他们去，莫理他们。他们上烟馆同大脚妇人吃荤烟去了，不会挨打。”

“我担心你同那兵士打架，惹了祸真麻烦我。”

他不说甚么，只把手电灯照他手上的金表，大约因为表停了，轻轻的骂了两句野话。待到三个水手回转船上时，已半夜过了。

第二天一早，天还未大明，船还不开头，小豹子就在被中咕喽咕喽笑。我问他笑些甚么，他说：

“我夜里做梦，居然被那横蛮军人打了一顿。”

我说：“梦由心造，明明白白是你昨天日里想打他，所以做梦就挨打。”

那小豹子睡眼迷蒙的说：“不是日里想打他，只是昨天煞黑时当真打了那家伙一顿！”

“当真吗？你不听我话，又闹乱子打架了吗？”

“哪里哪里，我不会同谁打什么架！”

“你自己承认的，我面前可说谎不得！你说谎我不要你跟我。”

他知道他露了口风，把话说走，就不再作声了，咕咕笑将起来。原来昨天上岸买菜时，他就在一个客店里找着了那军人，把那军人嘴巴打歪，并且差一点儿把那军人膀子也弄断了。我方明白他昨天上岸买菜去了许久的理由。

原载 1934 年 10 月《水星》一卷一期

一个爱惜鼻子的朋友

民国十年，湘西统治者陈渠珍，受了点“五四”余波的影响，并对于联省自治抱了幻想，在保靖办了个湘西十三县联合中学校，教师全是由长沙聘请来的，经费由各县分摊，学生由各县选送。那学校位置在城外一个小小山丘上，清澈透明的酉水，在西边绕山脚流去，滩声入耳，使人神气壮旺。对河有一带长岭，名野猪坡，高约七八里，局势雄强（翻岭有条官路可通永顺）。岭上土地、丛林与洞穴，为烧山种田人同野兽大蛇所割据。一到晚上，虎豹就傍近种山田的人家来吃小猪，从小猪锐声叫喊里，还可知道虎豹跑去的方向（这大虫有时白天“昂”的一吼，夹河两岸山谷回声必响应许久）。种田人也常常拿了刀叉火器，以及种种家伙，往树林山洞中去寻觅，用绳网捕捉大蛇，用毒烟熏取野兽。岭上最多的是野猪，喜欢偷吃山田中的包谷和白薯，为山中人真正的仇敌。正因为对付这个无限制的损害农作物的仇敌，岭上打锣击鼓猎野猪的事，也就成为一种常有的工作、一种常有的游戏了。学校前面有个大操场，后边同左侧皆为荒坟同林莽，白日里野狗成群结队在林莽中游行，或各自蹲坐在荒坟头上眺望野景，见人不惊不惧。天阴月黑的夜里，这畜生就把鼻子贴着地面长嗥，招呼同伴，掘挖新坟，争夺死尸咀嚼。与学校小山丘遥遥相对，相去不到半里路另一山丘中凹地，是当地驻军的修械厂，机轮轧轧声音终日不息，试枪处每天可听到机关枪迫击炮的响声。新校舍的建筑，因为由军人监工，所有课堂宿舍的形式与布置，同营房差不多。学生所过的日子，也就有些同军营相近。学校中当差的用两班徒手兵士，校门守卫的用一排武装兵士，管厨房宿舍的全由部中军佐调用。在这种环境中陶冶的青年学生，将来的命运，不能够如一般中学生那么平安平凡，一看也就显然明白了。

当时那些青年中学生，除了星期日例假，可以到城里城外一条正街和小街上买点东西，或爬山下水玩玩，此外就不许无故外出。不读书时他们就在大操场里踢踢球，这游戏新鲜而且活泼，倒很适宜于一群野性中学生。过不久，这游戏且成为一种有传染性的风气，使军部里一些青年官佐也受传染影响了。学生虽不能出门，青年官佐却随时可以来校中赛球。大家又不需要什么规则，只是把一个球各处乱踢，因此参加的人也毫无限制。我那时节在营上并无固定职务，正寄食于一个表兄弟处，白日里常随同号兵过河边去吹号，晚上就蜷伏在军装处一堆旧棉军服上睡觉。有一次被人邀去学校踢球，跟着那些青年学生吼吼嚷嚷满场子奔跑，他们上课去了，我还一个人那么玩下去。学校初办，四周还无围墙，只用有刺铁丝网拦住，甚么人把球踢出了界外时，得请野地里看牛牧羊人把球抛过来，不然就得出校门绕路去拾球。自从我一作了这个学校踢球的清客后，爬铁丝网拾球的事便派归给我。我很高兴当着他们面前来作这件事，事虽并不怎么困难，不过那些学生却怕处罚，不敢如此放肆，我的行为于是成为英雄行为了。我因此认识了许多朋友。

朋友中有三个同乡，一个姓杨，本城高枧乡下地主的独生子。一个姓韩，我的旧上司的儿子（就是辰州府总爷巷第一支队司令部留守处那个派我每天钓蛤蟆下酒的老军官的儿子）。一个姓印，眼睛有点近视。他的父亲曾作过军部参谋长，因此在学校他俨然是个自由人。前两个人都很用心读书，姓印的可算得是个球迷。任何人邀他踢球，他必高兴奉陪，球离他不管多远，他总得赶去踢那么一脚。每到星期天，军营中有人往沿河下游四里的教练营大操场同学生玩球时，这个人也必参加热闹。大操场里极多牛粪，有一次同人争球，见牛粪也拚命一脚踢去，弄得另一个人全身一塌胡涂。这朋友眼睛不能辨别面前的皮球同牛粪，心地可雪亮透明。体力身材皆不如人，倒有个很好的脑子。玩虽玩得厉害，应月考时各种功课皆有极好成绩。性情诙谐而快乐，并且富于应变之才，因此全校一切正当活动少不了他，大家都亲昵的称呼他为“印瞎子”，承认他的聪明，同时也断定他会“短命”。

每到有人说他寿命不永时，他便指定自己的鼻子：“大爷，别损我。我有这条鼻子，活到八十八，也无灾无难！”

有一次，几个人在一株大树下言志，讨论到各人将来的事业。姓杨的想办团防，因为作了团总就可以不受人敲诈，倒真是个地主的好打算。姓韩的想作副官长，原因是他爸爸也作过副官长，所谓承先人之业是也。还有想管“常平仓”的，想作县公署第一科长的，想作苗守备官下苗乡去称王作霸的，以及想作徐良、黄天霸，身穿夜行衣，反手接飞镖，以便打富济贫的。

有人询问那个近视眼，想知道他将来准备作甚么。

他伸手出去对那个发问人打了个响榧子，“不要小看我印瞎子，我不象你他那么无出息。我要做个伟人！说大话不算数，你们等着瞧吧。看相的王半仙夸奖我这条鼻子是一条龙，赵匡胤黄袍加身，不儿戏！”他说了他的抱负后，转脸向我，用手指着他自己那条鼻子，有点众人不识英雄的神气，“大爷，你瞧，你说老实话，象我这样一条鼻子，送过当铺去，不是也可以当个一千八百吗？”

我忙笑着说：“值得值得！”但因为想起另外一件事，不由得大笑起来了。

另一时他同我过渡，预备往野猪坡大岭上去看乡下人新捕获的大豹子，手中无钱，不能给撑渡船的钱。船快拢岸时他就那么说：“划船的，伍子胥落难的故事你明白不明白？”

撑渡船的就说：“我明白！”

“你明白很好。你认准我这条鼻子，将来有你的好处。”

那弄船的好象知道是甚么事了，却也指着自己鼻子说：

“少爷，不带钱不要紧，你也认清我这鼻子！”

“我认得，我认得，不会忘记。这是朱砂鼻子，按相书说主酒食，你一天能喝多少？我下次同你来喝个大醉吧。”

弄船的大约也很得意自己那条鼻子，听人提到它便很妩媚的微笑了。那鼻子，直透红得象条刚从饭锅里捞出的香肠！

……

至于我当时的志向呢，因为就过去经验说来，我只能各处流转接受个人应得的一份命运，既无事业可作，还能希望甚么好生活。不过我很明白“时间”这个东西十分古怪。一切人一切事都会在时间下被改变。当前的安排也许不大对，有了小小错处，不大合理，我很愿意尽一份时间来把世界同世界上的人改造一下看看。我并不计划作苗官，又不能从鼻子眼睛上甚么特点增加多少自信。我不看重鼻子，不相信命运，不承认目前形势，却尊敬时间。我不大在生活上的得失关心，却然时间对这个世界同我个人的严重意义。我愿意好好的结结实实的来作一个人，可说不出将来我要作个甚么样的人。因此一来，我当时也就算不得是个有志气的人。

民国十三年，川军熊克武率领廿万大军从湘西过境，保靖地方发生了一场混战，各种主要建设全受军事影响毁掉了，那个学校在我们撤退时也被一把火烧尽了。学生各自散走后，有的成了小学教员，有的从了军，有几个还干脆作了土匪，占山落草称大王，把家中童养媳接上山去圆亲充押寨夫人。我那时已到北京，从家信中得来一点点关于他们的消息，认为很自然也很有意思。时间正在改造一切，尽强健的爬起，尽懦怯的灭亡。我在这一分岁月中，变动得比那些小同乡还更厉害，他们作的事我毫不出奇，毫不惊讶。

到了民国十六年，革命军北伐攻下武汉后，两湖方面党的势力无处不被浸入。小县小城无不建立了党的组织，当地小学教员照例十分积极成为党的中坚分子。烧木偶，除迷信，领导小学生开会游行，对本地土豪劣绅刻薄商人主张严加惩罚，打庙里菩萨破除迷信，便是小县城党部重要工作。当地防军头目同县知事，处处事事受党的挟制，虽有实力却不敢随便说话。那个姓杨的同姓韩的朋友，适在本县作小学教员。两人在这个小小县城里，居然燃烧了自己的血液，在这一种莫名其妙的情形中，成了党的台柱。加上了个姓刘的特派员的支持，一切事都毫无顾忌，放手作去。工作的狂热，代为证明他们对这个问题认识得还如何天真。必然的变化来了，各处清党运动相继而起。军事领袖得到了惩罚活动分子的密令，十分客气把两个人从课室中请去县里开会，刚到会场就宣布省里指示，剥了他们的衣服，派一排兵士簇拥出西门城外砍了。

那个近视眼朋友，北伐军刚到湖南，就入长沙党务学校受训练，到北伐军奠定武汉，长江下游军事也渐渐得手时，他也成为毛委员的小助手，身穿了一件破烂军服，每日跟随着委员各处跑，日子过得充满了狂热与兴奋。他当真有意识在做候补“伟人”了。这朋友从卅×军政治部一个同乡处，知道我还困守在北京城，只是白日做梦，想用一支笔奋斗下去，打出个天下。就写了个信给我：

大爷，你真是条好汉！可是做好汉也有许多地方许多事业等着你，为什么尽捏紧那支笔？你记不记得起老朋友那条鼻子？不要再在北京城写甚么小说，世界上已没有人再想看你那种小说了。到武汉来找老朋友，看看老朋友怎么过日子吧！你放心，想唱戏，一来就有你戏唱。从前我用脚踢牛屎，现在一切不同了，我可以踢许多许多东西了。……

他一定料想不到这一封信就差点儿把我踢入北京城的监狱里。收到这信后我被查公寓的宪警麻烦了四五次，询问了许多蠢话，抖气把那封信烧了。我当时信也不回他一个。我心想：“你不妨依旧相信你那条鼻子，我也不妨仍然迷信我这一只手，等等看，过两年再说吧。”不久宁汉左右分裂，清党事起，万个青年人就从此失了踪，不知道往甚么地方去了。我在武汉一些好朋友，如顾千里、张采真……也从此在人间消失了。这个朋友的消息自然再也得不到了。

……

我听许多人说及北伐时代两湖青年对革命的狂热。我对于政治缺少应有理解，也并无有兴味，然而对于这种民族的狂热感情却怀着敬重与惊奇。这究竟是怎么回事？我愿意多知道一点点。估计到这种狂热虽用人血洗过了，被时间漂过了，现在回去看看，大致已看不出什么痕迹了。然而我还以为即或“人性善忘”，也许从一些人的欢乐或恐怖印象里，多多少少还可以发现一点对我说来还可说是极新的东西。回湖南时，因此抱了一种希望。

在长沙有五个同乡青年学生来找我，在常德时我又见着七个同乡青年学生。一谈话就知道，这些人一面正被“杀人屠户”提倡的读经打拳政策所困惑，不知如何是好，一面且受几年来国内各种大报小报文坛消息所欺编，都成了颓废不振萎琐庸俗的人物。一见我别的不说，就提出四十多个“文坛消息”要我代为证明真伪，都不打算到本身能为社会做什么，愿为社会做什么。对生存既毫无信仰，却对于三五稍稍知名或善于卖弄招摇的作家那么发生浓厚兴味。且皆想做“诗人”，随随便便写两首诗，以为就是一条出路。从这些人推测将来这个地方的命运，我俨然洞烛着这地方从人的心灵到每一件小事的糜烂与腐蚀。这些青年皆患精神上的营养不足，皆成了绵羊，皆怕鬼信神。一句话，全完了。……

过辰州时几个青年军官燃起了我另外一种希望。从他们的个别谈话中，我得到许多可贵的见识。他们没有信仰，更没有幻想，最缺少的还是那个精神方面的快乐。当前严重的事实紧紧束缚他们，军费不足，地方经济枯竭，环境尤其恶劣。他们明白自己在腐烂、分解，于我面前就毫不掩饰个人的苦闷。他们明白一切，却无力解决一切。然而他们的身体都很康健，那种本身覆灭的忧虑，会迫得他们去振作。他们虽无幻想，也许会在无路可走时接受一个幻想的指导。他们因为已明白习惯的统治方式要不得，机会若许可他们向前，这些人界于生存与灭亡之间，必知有所选择！不过这些人平时也看报看杂志，因此到时他们也会自杀，以为一切毫无希望，用颓废身心的狂嫖滥赌而自杀！……

我的旅行到了离终点还有一天路程的塔伏，住在一家桥头小客店里。洗了脚，天还未黑。店主人正告给我当地有多少人家，多少烟馆。忽然听得桥东人声嘈杂，小队人马过后，接着是一乘京式三顶拐轿子。一行人等停顿在另外一家客店门前。我知道大约是什么委员，心中就希望这委员是个熟人，可以在这荒寒小地方谈谈。我正想派随从虎雏去问问委员是谁。料不到那个人一下轿，脸还不洗，就走来了。一个匣子炮护兵指定我说："您姓沈吗？局长来了！"我看到一个高个子瘦人，脸上精神饱满，戴了副玳瑁边近视眼镜，站在我面前，伸出两只瘦手来表示要握手的意思。我还不及开口，他就嚷着说：

"大爷，你不认识我，你一定不认识我，你看这个！"他指着鼻子哈哈大笑起来。

"你不是印瞎子？"

"大爷，印瞎子是我！"

我认识那条体面鼻子，原来真是他！我高兴极了。

问起来我才明白他现在是乌宿地方的百货捐局长，这时节正押解捐款回城。未到这里以前，先已得到侦探报告，知道有个从北方来姓沈的人在前面，他就断定是我。一见当真是我，他的高兴可想而知。

我们一直谈到吃晚饭，饭后他说我们可以谈一个晚上，派护兵把他宝贵的烟具拿来。装置烟具的提篮异常精致，真可以说是件贵重美术品。烟具陈列妥当后，因为我对于烟具的赞美，他就告我这些东西的来源，那两支烟枪是贵州省主席李晓炎的，烟灯是川军将领汤子模的，烟匣是黔省军长王文华的，打火石是云南鸡足山……原来就是这些小东西，也各有历史或艺术价值，也是古董。至于提篮呢，还是贵州省一个烟帮首领特别定做送给局长的，试翻转篮底一看原来还很精巧的织得有几个字！问他为甚么会玩这个，他就老老实实的说明，北伐以后他对于鼻子的信仰已失去，因为吸这个，方不至于被人认为那个，胡乱捉去那个这个的。说时他把一只手比拟在他自己颈项上，做出个咔察一刀的姿势，且摇头否认这个解决方法。他说他不是阿 Q，不欢喜这种“热闹”。

我们于是在这一套名贵烟具旁谈了一整晚话，当真好象读了另外一本《天方夜谭》，一夜之间使我增长了许多知识，这些知识可谓稀有少见。

此后把话讨论到他身上那件玄狐袍子的价钱时，他甩起长袍一角，用手抚摸着那美丽皮毛说：

“大爷，这值三百六十块袁头，好得很！人家说：‘瞎子，瞎子，你年纪还不到三十岁，穿这样厚狐皮会烧坏你那把骨头。’好吧，烧得坏就让他烧坏吧。我这性命横顺是捡来的，不穿不吃作什么。能多活三十年，这三十年也算是我多赚的。”

我把这次旅行观察所得同他谈及，问他是不是也感觉到一种风雨欲来的预兆。而且问他既然明白当前的一切，对于那个明日必需如何安排？他就说军队里混不是个办法，占山落草也不是出路。他想写小说，想戒了烟，把这套有历史的宝贝烟具送给中央博物院，再跟我过上海混，同茅盾老舍抢一下命运。他说他对于脑子还有点把握，只是对于自己那只手，倒有点怀疑，因为六年来除了举起烟枪对准火口，小楷字也不写一张了。

天亮后大家预备一同动身，我约他到城里时邀两个朋友过姓杨姓韩的坟上看看。他仿佛吃了一惊，赶忙退后一步，“大爷，你以为我戒了烟吗？家中老婆不许我戒烟。你真是……从京里来的人，简直是个京派。甚么都不明白。入境问俗，你真是……”我明白他的意思。估计他到城里，也不敢独自来找我。我住在故乡三天，这个很可爱的朋友，果然不再同我见面。

……

原载 1935 年 5 月《水星》二卷二期

一九四零年一月二十一日校后二节。黄昏，天空淡白，山树如黛。微风摇曳尤加利树，如有所悟。

五月八日校正数处。脚甚肿痛，天闷热。

十月一日在昆明重校。时市区大轰炸，毁屋数百栋。

一九八零年一月兆和校毕。

滕回生堂的今昔

我六岁左右时害了疳疾，一张脸黄姜姜的，一出门身背后就有人喊“猴子猴子”。回过头去搜寻时，人家就咧着白牙齿向我发笑。扑拢去打吧，人多得很，装作不曾听见吧，那与本地人的品德不相称。我很羞愧，很生气。家中外祖母听从庸妇、挑水人、卖炭人与隔邻轿行老妇人出主意，于是轮流要我吃热灰里焙过的“偷油婆”、“使君子”，吞雷打枣子木的炭粉、黄纸符烧的灰渣，诸如此类药物，另外还逼我诱我吃了许多古怪东西。我虽然把这些很希奇的丹方试了又试，蛔虫成绞成团地排出，病还是不得好，人还是不能够发胖。照习惯说来，凡为一切药物治不好的病，便同“命运”有关。家中有人想起了我的命运，当然不乐观。

关心我命运的父亲，有一天特别请了一个卖卜算命土医生来为我推算流年，想法禳解命根上的灾星。这算命人把我生辰干支排定后，就向我父亲建议：

“大人，少爷属双虎，命大，把少爷拜给一个吃四方饭的人作干儿子，每天要他吃习皮草蒸鸡肝，有半年包你病好。病不好，把我回生堂牌子甩了丢到长河潭里去！”

父亲既是个军人，毫不迟疑的回答说：

“好，就照你说的办。不用找别人，今天日子好，你留在这里喝酒，我们打了干亲家吧。”

两个爽快单纯的人既同在一处，我的“命运”便被他们派定了。

一个人若不明白我那地方的风俗，对于我父亲的慷慨处会觉得希奇。其实这算命的当时若说：“大人，把少爷拜寄给城外碉堡旁大冬青树吧。”我父亲还是会照办的。一株树或一片古怪石头，收容三五十个干儿子，照本地风俗习惯，原是件极平常事情。且有人拜寄牛栏的或拜寄井水的，人神同处日子竟过得十分调和，毫无龃龉。

我那干爹除了算命卖卜以外，原来还是个出名草头医生，又是个拳棒家。尖嘴尖脸如猴子，一双黄眼睛炯炯放光，身材虽极矮小，实可谓心雄万夫。他把铺子开设在一城热闹中心的东门桥头上，字号名“滕回生堂”。那长桥两旁一共有二十四间铺子，其中四间正当桥垛墩，比较宽敞，许多年以前，他就占了有垛墩的一间。住处分前后两进，前面是药铺，后面住家。铺子中罗列有穿山甲、羚羊角、马蜂窠、猴头、虎骨、牛黄、狗宝，无一不备。最多的还是那几百种草药，成束成把的草根木皮堆积如山，一屋中也就长年为草药蒸发的香味所笼罩。

铺子里间房子窗口临河，可以俯瞰河里来去的柴炭船、米船、甘蔗船。河身下游约半里，有了转折，因此迎面对窗便是一座高山。那山头春夏之际作绿色，秋天作黄色，冬天为烟雾包裹时作蓝色，为雪遮盖时只一片眩目白色。屋角隅陈列了各种武器，有青龙偃月刀、齐眉棍、连枷、钉耙。此外还有一个似桶非桶似盆非盆的东西，原来这是我那干爹年轻时节习站功所用的宝贝。他学习拉弓，想把腿脚姿势弄好，每个晚上蜷伏到那木桶里去熬夜。想增加气力，每早从桶中爬出时还得吃一条黄鳝的鲜血。站了木桶两整年，吃了数百条黄鳝，临到应考时，却被一个习武的仇人摘发他身分不明，取消了考试资格。他因此抖气离开了家乡，来到武士荟萃的凤凰县卖卜行医。为人既爽直慷慨，且能喝酒划拳，极得人缘，生涯也就不恶。作了医生还舍不得把那个木桶丢开，可想见他还不能对那宝贝忘情。

他家中有个太太、两个儿子。太太大约一年中有半年皆把手从大袖筒缩到衣里去，藏了个小火笼在衣里烘烤，眯着眼坐在药材中，简直是一只大猫。两个儿子大的学习料理铺子，小的上学读书。两老夫妇住在屋顶，两个儿子住在屋下层桥墩上。地方虽不宽绰，那里也用木板夹好，有小窗小门，不透风，光线且异常良好。桥墩尖劈形处，石罅里有一架老葡萄树，得天独厚，每年皆可结许多球葡萄。另外还有一些小瓦盆，种了牛膝、三七、铁钉台、隔山消等等草药。尤其古怪的是一种名为"罂粟"的草花，还是从云南带来的，开着艳丽煜目的红花，花谢后枝头缀了绿色果子，果子里据说就有鸦片烟。当时本县还不会种鸦片烟，烟土全是云南、贵州来的。

当时一城人谁也没见过这种东西，因此常常有人老远跑来参观。当地一个拔贡还做了两首七律诗，赞咏那个希奇少见的植物，把诗贴到回生堂武器陈列室板壁上。

桥墩离水面高约四丈，下游即为一潭，潭里多鲤鱼鳜鱼。两兄弟把长绳系个钓钩，挂上一片肉，夜里垂放到水中去，第二天拉起就常常可以得一尾大鱼。但我那干爹却不许他们如此钓鱼，以为那么取巧，不是一个男子汉所当为。虽然那么骂儿子，有时把钓来的鱼不问死活依然掷到河里去，有时也会把鱼煎好来款待客人。他常奖励两个儿子过教场去同兵将子弟寻衅打架，大儿子常常被人打得头破血流回来时，作父亲的一面为他敷那秘制药粉，一面就说：“不要紧，不要紧，三天就好了。你怎么不照我教你那个方法把那苗子放倒？”说时有点生气了，就在儿子额角上一弹，加上一点惩罚，看他那神气，就可明白站木桶考武秀才被屈，报仇雪耻的意识还存在。

我得了这样一个干爹，我的命运自然也就添了一个注脚，便是“吃药”了。我从他那儿大致尝了一百样以上的草药。假若我此后当真能够长生不老，一定便是那时吃药的结果。我倒应当感谢我那个命运，从一分吃药的经验里，因此分别得出许多草药的味道、性质以及它的形状。且引起了我此后对于辨别草木的兴味。其次是我吃了两年多鸡肝。这一堆药材同鸡肝，很显然的，对于此后我的体质同性情都大有影响。

那桥上有洋广杂货店，有猪牛羊屠户案桌，有炮仗铺与成衣铺，有理发馆，有布号与盐号。我既有机会常常到回生堂去看病，也就可以同一切小铺子发生关系。我很满意那个桥头，那是一个社会的雏型，从那方面我明白了各种行业，认识了各样人物。凸了个大肚子胡须满腮的屠户，站在案桌边，扬起大斧擦的一砍，把肉剁下后随便一称，就猛向人菜篮中掼去，那神气真够神气。平时以为这人一定极其凶横蛮霸，谁知他每天拿了猪脊髓过回生堂来喝酒时，竟是个异常和气的家伙。其余如剃头的、缝衣的，我同他们认识以后，看他们工作，听他们说些故事新闻，也无一不是很有意思。我在那儿真学了不少东西，知道了不少事情。所学所知比从私塾里得来的书本知识当然有趣得多，也有用得多。

那些铺子一到端午时节，就如我写《边城》故事那个情形，河下竞渡龙船，从桥洞下来回过身时，桥上人皆用叉子，挂了小百子鞭炮悬出吊脚楼，毕毕拍拍地响着。夏天河中涨了水，一看上游流下了一只空船、一匹畜牲、一段树木，这些小商人为了好义或好利的原因，必争着很勇敢的从窗口跃下，浮水去追赶那些东西。不管漂流多远，总得把那东西救出。关于救人的事我那干爹总不落人后。

他只想亲手打一只老虎，但得不到机会。他说他会点血，但从不见他点过谁的血。

民国二十二年旧历十二月十九，我同那座大桥分别时将近十八年，我又回到了那个桥头了。这是我的故乡、我的学校，试想想，我当时心中怎样激动！离城二十里外我就见着了那条小河，傍着小河溯流而上，沿河绵亘数里的竹林，发蓝叠翠的山峰，白白阳光下造纸坊与制糖坊，水磨与水车，这些东西使我感动得真厉害！后来在一个石头碉堡下，我还看到一个穿号褂的团丁，送了个头裹白孝布的青年妇人过身。那黑脸小嘴高鼻梁青年妇人，使我想起我写的《凤子》故事中角色。她没有开口唱歌，然而一看却知道这妇人的灵魂是用歌声喂养长大的。我已来到我故事中的空气里了，我有点发痴。环境空气我似乎十分熟悉，事实上一切都已十分陌生。

见大桥时约在下午两点左右，正是市面顶热闹时节。我从一群苗人、一群乡下人中挤上了大桥，各处搜寻没有发现“滕回生堂”的牌号。回转家中我并不提起这件事。第二天一早，我得了出门的机会，就又跑到桥上去，排家注意，在桥头南端，被我发现了一家小铺子。铺子中堆满了各样杂货，货物中坐定了一个瘦小如猴干瘪瘪的中年人。从那双眯得极细的小眼睛，我记起了我那个干妈。这不是我那干哥哥是谁？

我冲近他摊子边时，那人就说：

“唉，你要什么？”

“我要问你一个人、一件事，你是不是松林？”

里间孩子哭起来了，顺眼望去，杂货堆里那个圆形大木桶里面，正睡了一对大小相等仿佛孪生的孩子。我万想不到圆木桶还有这种用处。我话也说不来了。

但到后我告给他我是谁，他把小眼睛愣着瞅了我许久，一切弄明白后，便慌张得只是搓手擂舌头，赶忙让我坐到一捆麻上去。

“是你！是茂林！……”“茂林”是干爹给我起的名字。

我说：“大哥，正是我！我回来了！老人家呢？”

“五年前早过世了！”

“嫂嫂呢？”

“六月里过去了！剩下两只小狗。”

“保林二哥呢？”

“他在辰州你不见到他？他作了王村禁烟局长，有出息，讨了个乖巧屋里人，乡下买得七十亩田，作员外！”

我各处一看，卦桌不见了，横招不见了，触目全是草药。“你不算命了吗？”

“命在这个人手上，”他说时翘起一个大拇指，“这里人已没有命可算！”

“你不卖药了吗？”

“城里有四个官药铺、三个洋药铺。苗人都进了城，卖草药人多得很，生意不好作！”

他虽说不卖药了，小屋子里其实还有许多成束成捆的草药。而且恰好这时就有个兵士来买“一点白”。把药找出给人后，他只捏着那两枚当一百的铜元，同我呆呆地笑。大约来买药的也不多了，我来此给他开了一个利市。

他一面茫然的这样那样数着老话，一面还尽瞅着我。忽然发问：

“你从北京来南京来？”

“我在北平做事！”

“作什么事？在中央，在宣统皇帝手下？”

我就告他既不在中央，也不是宣统手下。他只作成相信不过的神气，点着头，且极力退避到屋角隅去，俨然为了安全非如此不成。他心中一定有一个新名词作祟，“你可是个共产党？”他想问却不敢开口，他怕事。他只轻轻的自言自语说：“城里前年杀了两个，一刀一个。那个卦安世是卦老丙儿子。”

有人来购买烟签，他便指点人到对面铺子去买。我问他这桥上铺子为什么都改成了住家户。他就告我，这桥上一共有十家烟馆，十家烟馆里还有三家可以买黄吗啡。此外又还有五家卖烟具的杂货铺。

一出铺子到城边时，我就碰着一个烟帮过身，两连护送兵各背了本地制最新半自动步枪，人马成一个长长队伍，共约三百二十余担黑货，全是从贵州来的。

我原本预备第二天过河边为这长桥摄一个影，留个纪念，一看到桥墩，想起十七年前那钵罂粟花，且同时想起目前那十家烟馆五家烟具店，这桥头的今昔情形，把我照相的勇气同兴味全失去了。

原载 1935 年 1 月《国闻周报》
十二卷二期

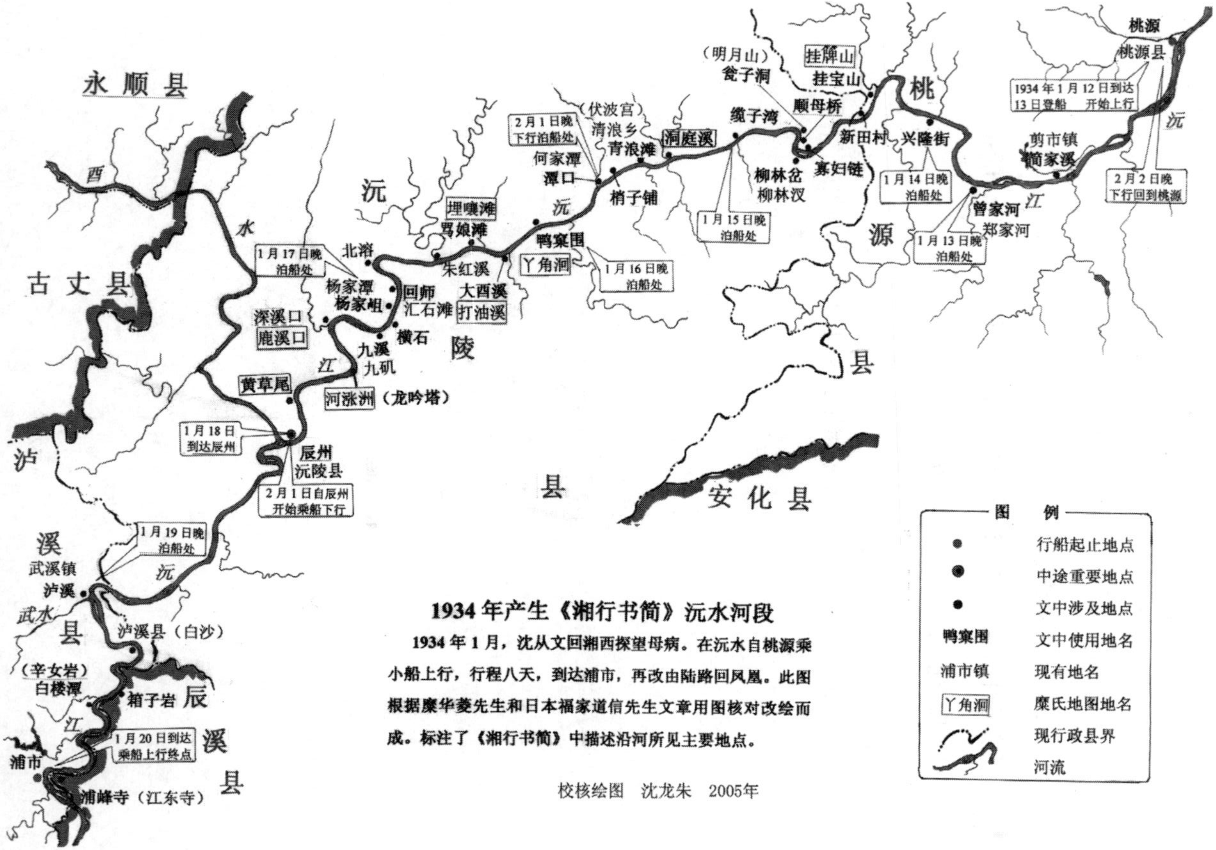

1934年产生《湘行书简》沅水河段

1934年1月，沈从文回湘西探望母病。在沅水自桃源乘小船上行，行程八天，到达浦市，再改由陆路回凤凰。此图根据糜华菱先生和日本福家道信先生文章用图核对改绘而成。标注了《湘行书简》中描述沿河所见主要地点。

校核绘图　沈龙朱　2005年

再版序

上个世纪五十年代，不少喜爱文学的读者迷上了契诃夫，这跟平明出版社接连推出 27 册汝龙翻译的《契诃夫小说选集》直接有关。

那时我家至少有三个契诃夫迷：做文学编辑的母亲、哥哥和我。谈论哪篇小说怎么怎么好，是不倦的话题。已经退出文坛改了行的父亲不参与，只有时微笑着对外人说："家里有三个契诃夫的群众。"

汝龙译的这套选集可贵之处，首先在于对作品的精选；第二是选进一些契诃夫的书信、札记，别人对他的回忆、评论等，分编到不同集子里，这些文字拉近了读者和作者的距离，是汝龙先生锦上添花的贡献。

到 1992 年编选《沈从文别集》的时候，我们自然想

到从平明版《契诃夫小说选集》取法。这也是父亲的愿望，尽管他不参与“契诃夫群众”的热情讨论，汝龙这套译本的长处他胸中有数。

我问过父亲汝龙为什么常赠送新书，他只简单说：“是朋友。”

母亲的补充才说清楚：“他翻译的那套英文契诃夫小说是我送的。”

据我充和四姨回忆，1932年暑假，一个“说是由青岛来的，姓沈，来看张兆和的”羞涩客人，初次登苏州张家门，带的一大包礼物“全是英译精装本的俄国小说”。加尼特夫人的一套英译《契诃夫小说集》就在其中。

不懂外文的沈从文怎么买洋书？四姨说那是过上海时托巴金选购的。

父亲曾希望母亲朝文学翻译方面发展，送这样礼物包含着鼓励。愿望虽然没实现，礼物却终于转到最合适的人手里，促成被誉为契诃夫小说“最佳译本”的产生。朋友的成就四十年后启发着《沈从文别集》的编选工作。

当本书再版之际，我们感谢与它有缘分的几位文学前辈，也要感谢为我们想出《沈从文别集》总书名的汪曾祺先生。

沈虎雏

总 序

从文生前，曾有过这样愿望，想把自己的作品好好选一下，印一套袖珍本小册子。不在于如何精美漂亮，不在于如何豪华考究，只要字迹清楚，款式朴素大方，看起来舒服。本子小，便于收藏携带，尤其便于翻阅。八十年代初，有一家书店曾来联系过，也曾请人编了一套，交付出去。可是，落空了，未能实现。我一直认为是一件憾事。

现在湖南岳麓书社要为从文出书，我同虎雏商量，请吉首大学沈从文研究室合作，编选这么一套。这套选本和以前选法编法不同。我们在每本小册子前面，增加一些过去旧作以外的文字。有杂感，有日记，有检查，有未完成的作品，主要是书信——都是近年搜集整理出

来的，大部分未发表过。不管怎样，这些篇章，或反映作者当时对社会、对文艺创作、对文史研究……的一些看法，或反映作者当时的处境，以及内心矛盾哀乐苦闷，把它们发表出来，容或有助于读者从较宽的角度对他的作品、对他的为人以及对当时的环境背景有进一步了解。

出这套书，当然，同时也了却死者和生者的一点心愿。

张兆和

一九九一年十一月二十九日

目 录

从文史料选

我为什么始终不离开历史博物馆[1]

我是解放后才由北大国文系改入历史博物馆的，同时还在北大博物馆系教教陶瓷。因为北大博物馆系那个供参考用的陈列室，部分瓷器和漆器，多是我捐赠的，同时还捐赠了些书籍。

到馆不多久，即送我去西苑革大“政治学院”学习，约一年之久。临结业前，多重新分配工作，有的自愿填写。我因为经过内外变故太大，新社会要求又不明白，自己还能作什么也不明白，所以转问小组长，请转询上级，看作什么工作好，就派我去。因为既学习了将近一年，有大半年都是在饭后去厨房服务，和一个老炊事员

[1] 这是沈从文在“文化革命”中的一次检查稿。

关系搞得很熟。已对为人民服务不分大小有所体会。过不久，小组长约我谈话，告我上级还是希望我回到作家队伍中搞创作。这事大致也是那边事先即考虑过的。因为较早一些时候，就有好几位当时在马列学院学习的作家来看过我，多是过去不熟的。鼓励我再学习，再写作。

要我重新写作，明白是对我一种极大鼓励。但是我自己丧了气。头脑经常还在混乱痛苦中，恐怕出差错。也对“做作家”少妄想。且极端缺少新社会新生活经验。曾试写了个《炊事员》，也无法完成。所以表示，还是希望回到博物馆服务。工作寂寞点不妨事，人事简单比较容易适应。因此，即回了博物馆。照当时情况说来，工作是比较困难的。首先是我自己史部学底子极差，文物知识也皮毛零碎，图书室又不像样。同时来的同事比起来，知识都比我扎实得多。有的搞了几十年陶瓷，如傅振伦。有的熟习汉事有专著，如马非百。有的还专史学考古，如孙、姚、王、李诸人。按习惯，研究员主要就是坐办公室看书，或商讨工作计划，谈天，学习文件。没有人考虑到去陈列室，一面学，一面作说明员，从文物与观众两方面研究学习，可望提高认识的。我正因为无知，第一记住“不调查研究无发言权”[1]，第二记住“研究中国文化史的重要性”，第三学习《实践论》，人民日报社论上介绍说“若一切学术研究工作，善于用实践论求知识，反复求证的方法去进行，必可得到新的进展”。(大意是这么说的）又学习过《矛盾论》，并不怎么懂，但是觉得，就懂到的点滴，试运用到文物研究，也一定可望取得新发现。明白“一切不孤立，一切事有联系和发展”。这些原则当时虽还孤零的记入印象中，但试来结合到我对于文物的学习研究上，得启发就太大了。本馆一系列特别展览，我总是主动去作说明员。一面学，一面讲。工作当然比坐办公室谈天、看书为辛苦。可是，知识或基本常识，便越来越落实了。加上入库房工作和图书室整理材料工作，凡派到头上的就干。常识一会通，不多久，情形自然就变化了。有了问题，我起始有了发言权。有些新问题，我慢慢的懂了。再结合文献，对文献中问题，也就懂得深了些，落实好些，基础踏实些。

---

[1] 作者历来不会准确引用政治术语。即使在“文革”中易获“篡改”一类罪名情况下，他在转述政治理论文件原文，或试用“文革”语汇于文字中时，仍只能做到大致仿佛程度。下同。

记得当时冬天比较冷，午门楼上穿堂风吹动，经常是在零下十度以下，上面是不许烤火的。在上面转来转去学习为人民服务，是要有较大耐心和持久热情的！我呢，觉得十分自然平常。组织上交给的任务等于打仗，我就尽可能坚持下去，一直打到底。

事实上，我就在午门楼上和两廊转了十年。一切常识就是那么通过实践学来的。有些问题比较专门，而且是国内过去研究中的空白点，也还是从实践学来的。比如说，看了过十万绸缎，又结合文献，我当然懂得就比较落实了。

大致当时从组织上看来，我的工作似太沉闷了点，(或者别的原因）为照顾我情绪，又让我去当时辅仁大学教三小时散文习作，为廿个学生改卷子。不多久，又给我机会去四川参加土改。这期间，我曾写了个《我在文学创作上错误思想的检讨》[1]，可能是由《光明日报》发表，香港曾转载过。土改工作是在内江县三区产甘蔗出

---

[1] 1951 年 11 月 11 日，《光明日报》以《我的学习》为题发表了这篇检讨。

白糖地区，剥削特别严重，蔗农生活多近于农奴。我在总队部专搞“糖房的剥削调查”工作，工作前后约五个月。受到一次终生难忘的深刻教育。本来用意，也有可能希望我就材料写一中或长篇小说。末后因为时间短，问题多，懂的事还不够全面，无法着手，只好搁下。

回到重庆，总队总结发言时，还曾让我就问题作廿分钟发言。我表示完全拥护党的政策[1]。

回到北京，因参加过土改，对个人写作思想错误，有深一些认识，在学生中还主动自我批评了一次。不几天后，又调我参加文物行业的三、五反，约工作一月，更近于“作战”。当时全市似约百二十多家古董铺，我大约记得前后即检查了八十多家。馆中同事参加这一战役最久的，我是其中之一。这也显明是组织上有意教育我，有更多实践学习的机会。工作是十分辛苦的，却十

[1] 作者曾在当时一封家书里谈到这次发言情况：“……我也上到台上去，在播音器面前说了廿分钟的糖房剥削问题。如有四十分钟从从容容说，就把问题展开，还像个报告了。只压缩到廿分钟，说一半时，却有人来递一字条，‘已超过五分钟’。这种打岔是完全成功的，就不想说下去，结束了。”

分兴奋愉快。记得和几个公安人员一道，他们搬移东西，我说文物名称、年代，后来喉咙也嚷哑了。我的综合文物知识比较广泛，也比较踏实，和这次组织上给我的教育机会特别有关。主席伟大无比著作《实践论》提示求知识的新方法，试用到我本人学习上，得到的初步收获，使我死心踏地在博物馆作小螺丝钉了。我同时也抱了一点妄想，即从文物出发，来研究劳动人民成就的“劳动文化史”、“物质文化史”，及以劳动人民成就为主的“新美术史”和“陶”、“瓷”、“丝”、“漆”，及金属工艺等等专题发展史。这些工作，在国内，大都可说还是空白点，不易措手。但是从实践出发，条件好，是可望逐一搞清楚的。对此后通史编写，也十分有用的。因为若说起“一切文化成于劳动人民之手”，提法求落实，就得懂史实!

因此，当辅仁合并于人民大学，正式聘我作国文系教授时，我答应后，经过反复考虑，还是拒绝了。以当时待遇而言，去学校，大致有二百左右薪资，博物馆不过一百左右，为了工作，我最后还是决定不去。我依稀记得有这么一点认识：教书好，有的是教授，至于试用

《实践论》求知方法，运用到搞文物的新工作，不受洋框框考古学影响，不受本国玩古董字画旧影响，而完全用一种新方法、新态度，来进行文物研究工作的，在国内同行实在还不多。我由于从各个部门初步得到了些经验，深深相信这么工作是一条崭新的路。作得好，是可望把做学问的方法，带入一个完全新的发展上去，具有学术革命意义的。

如果方法对，个人成就即或有限，不愁后来无人。

我于是心安理得，继续学习下来了。

我虽那么为工作而设想，给同事印象，却不会怎么好。因为各人学习方法不同，总像我是“不安心工作，终日飘飘荡荡”，特别是整日在陈列室，他们无从理解。因为研究员有研究员习惯架子（或责任），不坐下来研究，却去陈列室转，作一般观众说明[1]，对他们说是不可理解的。所以故宫直到六四年后，除非什么要人贵宾来参观，高级研究员才出面相陪，平时可从不肯为普通观

[1] 作者1951年对于为一般观众作说明员的感受，在《凡事从理解和爱出发》中有详细描写。见《边城集》。

众作说明的。本馆也有这个习气，惟在专题展时稍好些。陈列改上新大楼，情形不同一点。但是有点基本认识并未克服，因此即少有搞陈列的同志，真正明白从作说明员中，同时还可以学许许多东西。且由此明白某部分懂得并不深透，再进而结合文献去印证，去反复印证。所以经过十年八年后，说来说去，永远无从对某一问题的深入。因此到改陈时，就多是临时抓抓换换，而并非胸有成竹，心中有数！

这是谁的责任？我想领导业务的应负责任。从一系列特种展和新楼陈列展，他本人对文物学了什么？只有天知道！说我飘飘荡荡不安心工作，到我搞出点点成绩，他又有理由说我是“白专”了。全不想想直接领导业务，而对具体文物业务那么无知而不学，是什么？别人一切近于由无到有，却学了那么多，方法原因又何在？总以为我学习是从个人兴趣出发，一点不明白恰恰不是个人兴趣。

正因为那种领导业务方法，不可能使业务知识得到应有的提高，许多同志终于各以不同原因离开了。因此一来，外机关有更好的位置，我也不会离开了。因为我相信我学习的方法若对头，总有一天会得到党领导认可的，研究人少，我工作责任加重是应当的。

博物馆到计划搞通史陈列时，碰到万千种具体问题，都得具体知识解决，不认真去一一学懂它，能解决吗？不可能的！没有一批踏踏实实肯学习的工作同志，用什么去给观众？问题杂，一下子搞不好，是必然的。要搞好，还是一个“学习”。所以我继续学下来了。以为我只是从个人兴趣出发，其实是不明白陈列说明中所碰到问题的多方面性。一个研究员在很多方面“万金油”的常识，有时比专家权威还重要得多。

从生活表面看来，我可以说“完全完了，垮了。”什么都说不上了。因为如和一般旧日同行比较，不仅过去老友如丁玲，简直如天上人，即茅盾、郑振铎、巴金、老舍，都正是赫赫烜烜，十分活跃，出国飞来飞去，当成大宾。当时的我呢，天不亮即出门，在北新桥买个烤白薯暖手，坐电车到天安门时，门还不开，即坐下来看天空星月，开了门再进去。晚上回家，有时大雨，即披个破麻袋。我既从来不找他们，即顶头上司郑振铎也没找过，也无羡慕或自觉委屈处。有三个原因稳住了我，支持了我：一、我的生命是党为抢救回来的，我没有自己，余生除了为党做事，什么都不重要。二、我总想念着在政治学院学习经年，每天在一起的那个老炊事员，我觉得向他学习，不声不响干下去，完全对。三、我觉得学习用实践论、矛盾论、辩证唯物论搞文物工作，一切从发展和联系去看问题，许多疑难问题都可望迎刃而解，许多过去研究中的空白点都可望得出头绪，而对新的历史科学研究领域实宽阔无边。而且一切研究为了应用，即以丝、瓷两部门的“古为今用”而言，也就有的是工作可作。所以当时个人生活工作即再困难，也毫无丝毫不快。一面工作，有时一面流泪，只是感到过去写作上“自以为是”犯的错误，愧对党、愧对人民而已，哪里会是因为地位待遇等等问题？

大致是一九五三年，馆中在午门楼上，举行“全国文物展”。我自然依旧充满了热情，一面学，一面作说明员。展出时间似相当长久，因此明白问题也较多。

后来才听说主席在闭馆时曾亲来看过两次。看过后很满意。问陪他的：“有些什么人在这里搞研究？”他们回答："有沈从文……"主席说："这也很好嘛……"就是这一句话，我活到现在，即或血压到了二百三十，心脏一天要痛二小时，还是要想努力学下去，把待完成的《丝绸简史》、《漆工艺简史》、《陶瓷工艺简史》、《金属加工简史》一一完成。若果这十八年工作上有了错误，降我的级，作为一个起码工作人员，减我的薪，到三十，至多五十元，在这种情形下，只要我心脏支持得住，手边有工具书有材料可使用，工作还是可以用极端饱满热忱来完成。而且还深信，这工作是会在不断改正中搞得好的。为什么？因为我老老实实在午门楼上转了十年，搞调查研究，有些认识是崭新的，唯物的！我应当用工作来报答主席，报答党。

同样是一九五三年，似九月间，全国文代会第二次大会在怀仁堂举行，我被提名推为出席大会代表。我参加了大会。到左侧房子接见一部分代表时，主席和总理等接见了我们。由文化部沈部长逐一介绍。主席问过我年龄后，承他老人家勉励我"年纪还不老，再写几年小说吧……"我当时除了兴奋感激，眼睛发潮，什么也没说。为什么？因为我前后写了六十本小说，总不可能全部是毒草，而事实上在“一二八”时，即有两部短篇不能出版。抗战后。在广西又有三部小说稿被扣，不许印行。其中一部《长河》，被删改了许多才发还，后来才印行。二短篇集被毁去。解放后，得书店通知[1]，全部作品并纸版皆毁去。时《福尔摩斯侦探案》、《封神演义》、《啼笑因缘》还大量印行，老舍、巴金、茅盾等作品更不必说了。我的遭遇不能不算离奇。这次大会经主席接见，一加勉慰，我不能自禁万分感激而眼湿。给我机会在写作上再来补过赎罪。照我当时的理解，这对我过去全部工作，即无任何一个集子肯定意义，总也不会是完全否定意义。若完全否定，我就不至于重新得到许可出席为大会代表了，不至于再勉励我再写几年小说了。

这勉励，只增加我感激和惭愧。这经过，即家中人我也没有说，只考虑我应当怎么办。由于学习了几年主席关于文艺的许多指示，从工作全面去考虑，照“文艺面向工农兵”的原则，我懂的多是旧社会事件问题，而对新社会问题懂得极少，即或短期参加过土改、五反，

[1] 也是在1953年左右。

较长时间却在午门楼上陈列室、文物库房、图书室。若重新搞写作，一切得从新学习。照我这么笨拙的人，不经过三年五载反复的学、写、改，决不会出成果。同时从延安随同部队，充满斗争经验，思想又改造得好的少壮有为，聪明才智出众超群的新作家又那么多。另一方面，即博物馆还是个新事业，新的研究工作的人实在并不多。老一辈“玩古董”方式的文物鉴定多不顶用，新一辈从外来洋框框“考古学”入手的也不顶用，从几年学习工作实践中已看出问题。同级研究工作人员，多感觉搞这行无出路，即大学生从博物馆系、史学系毕业的，也多不安心工作。我估计到我的能力和社会需要，若同样用五六年时间，来继续对文物作综合研究，许多空白点，一定时期都可望突破，或取得较大进展。我再辛苦寂寞，也觉得十分平常，而且认为自然应当。十分合理了。

因此我就一直在午门楼上转了十年，学了十年。许多旧日同行，学校同事，都认为是不可解的！

工作不可免遇到许多困难，有来自外部的，也有出于本身的。来自外部，多由于不明白许多工作是崭新的、创始的，带试探性，不可免会走些弯路，必须不断改正，才可望逐渐符合事实。得出正确认识。正应合了前人所说“民可乐成而难创始”，必见出显明成绩后，才会得到承认。例如我搞绸缎服装，馆中同志初初即多以为是由个人兴趣出发，不是研究中必需的，不明白它用在许多方面，都有一定作用。直到我写出篇有关锦缎论文时，同行中才明白，这里面还有那么些问题，为从来写美术史的所不知。且就这一部门举几个小例，就可证明搞绸缎可不是什么个人兴趣了。

一、本馆建馆时，派过两位同志去上海征集文物，化一千五百元买来一部商人担保是北宋原装原拓《圣教序》。这部帖据说还经由申博专家代为鉴定的。拿来一看，不必翻阅即可断定说的原装大有问题。为什么？因为封面小花锦是十八世纪中期典型锦，什么“担保”谎话，什么专家“权威”鉴定，若有了点锦缎常识，岂不是一下即推翻？

二、传世有名的《洛神赋图》，全中国教美术史的、写美术史的，都人云亦云，以为是东晋顾恺之作品，从没有人敢于怀疑。其实若果其中有个人肯学学服装，有点历史常识，一看曹植身边侍从穿戴，全是北朝时人制度；两个船夫，也是北朝时劳动人民穿着；二驸马骑士，戴典型北朝漆纱笼冠。那个洛神双鬟髻，则史志上经常提起出于东晋末年，盛行于齐梁。到唐代，则绘龙女、天女还使用。从这些物证一加核对，则洛神赋图最早不出展子虔等手笔，比顾恺之晚许多年，哪宜举例为顾的代表作？

三、东北博物馆藏了一批刻丝，是全国著名而世界上写美术史的专家也要提提的。因为在伪满时即印成了一部精美图录，定价四百元，解放后在国内竟卖到三千元一部。六三年人民美术出版社还拟重印，业已制版。东北一个鉴定专家在序言中说得天花乱坠。其实内中年代多不可靠。有个“天宫”刻丝相，一定说是宋代珍品，经指出，衣上花纹是典型乾隆样式，即雍正也不会有，才不出版。其实内中还有许多幅清代作品当成宋代看待。

四、故宫几年前曾花了六七百元买了个“天鹿锦”卷子，为了上有乾隆题诗，即信以为真。我当时正在丝绣组作顾问，拿来一看，才明白原来只是明代衣上一片残绣，既不是“宋”也不是“锦”。后经丝绣组一中学毕业工作同志，作文章证明是明代残料。那么多专家，还不如一个初学丝绸的青年知识扎实。为什么？故宫藏丝绸过十万，但少有人考虑过“要懂它，必须学”的道理。至于那个青年，却老老实实，看了几万绸缎，有了真正发言权。

五、故宫以前化了几百两黄金，收了幅乾隆题诗认为隋展子虔手迹[1]，既经过鉴定，又精印出来，世界流传，写美术史的自然也一例奉若“国宝”。其实若懂得点历代服装冠巾衍变，马匹装备衍变，只从这占全画不到一寸大的地位上，即可提出不同怀疑，衣冠似晚唐，马似晚唐，不大可能出自展子虔之手。

此外如著名的《簪花士女图》的时代，《韩滉五牛图》的伪托，都可提出一系列物证，重新估价。过去若肯听听我这个对于字画算是“纯粹外行”提出的几点怀疑，可能就根本不必花费那以百两计的黄金和十万计的人民币了。其中关键处就是“专家知识”有时没有“常

[1] 即《游春图》。作者 1947 年发表的《读〈游春图〉有感》，认为可能不是展子虔真迹。

识辅助”，结果就走不通。而常识若善于应用，就远比专家得力。

就日前说来，我显明还是个少数派。因为封建帝王名人收藏题字，和现代重视的鉴定权威，还是占有完全势力，传统迷信还是深入人心，谈鉴定字画，我还是毫无发言权。可是我却深信，为新的文物鉴定研究，提出些唯物的试探，由于种种限制，尽管不可免会有各种错误，总之，工作方法是新的，而且比较可靠。破除迷信是有物质基础，不是凭空猜谜人云亦云的。将来必然会发展为一种主要鉴定方法。

我在前面随手举的几个例子，只在说明，我始终留在博物馆不动原因，不是为了名、利、权、位，主要是求补过赎罪。搞的研究，不是个人兴趣，而是要解决一系列所谓重要文物时代真伪问题。不是想做专家权威，正是要用土方法，打破在文物界中或历史上的一切专家“权威”，破除对他们千年来造成的积习迷信，为毛泽东时代写新的中国文化史或美术史，贡献出点点绵薄之力。

这十八年中，我的工作另外方面犯了许多大小错误，曾初次作过大小六十多次的检讨。一定还有不少未提到处。我的学习方法，工作方法，必然也还有待不断改善，并反复检讨和自我批评。现在只是就主席勉励我写作，我没有照指示作去，依旧留在博物馆的前因后果，前后思想，就个人记忆到的说明一下。这里自然包含一点希望，就是可以明白我根本不是什么专家“权威”，而我的学习，却近于由无到有，用土方法，依照主席《实践论》的指示，搞调查研究，来破除文物鉴定的传统“迷信”、传统“权威”，不问是徽宗乾隆帝王，都可以加以否定！一切努力，都是在对专家“权威”有所“破”、有所否定的。

我希望在学习改造中，心脏和神经还能支持，不至于忽然报废，而能把许多待进行、待完成的工作。比较有系统有条理完成一部分就好！

一个人血压总在二百以上，一天还有一二小时心脏发痛，搞工作的愿望即再顽强，总还是不免要受体力限制，感到生命有限，难以为继。记得前年即曾为江青同志写了个信：“为了补过赎罪，我在博物馆工作已十多年，搞综合文物研究。别的工作再求深入，受体力限制，已不会有什么成就。惟对锦缎研究，拟恢复三几百种健康活泼可供再生产参考取法的图样，留着我女孩作助手[1]，不要公家一文钱，或者在不甚费事情形下，即可完成。……”

六三年政协大会，我曾提案建议，将京郊上方山藏明锦[2]，经过故宫派人看选过的约一千七百种，调来北京。这案通过后，文化部或故宫已共同派人把原物调来，现存故宫丝绣组。那么一分材料，内中当然包含许多问题，必须加以整理，才能说明白糟粕和精华。若由对问题陌生人去清理，一年半载中恐怕搞不出结果。若让我去参加，至多有十天半月，即可将问题弄清楚，明白来龙去脉，写出简明报告。也算是完成一件工作。所以我希望在不久将来，得到解放后[3]，还能抢时间，先解决下这个问题。

---

[1] 作者女儿待业在家，1966年9月被赶回原籍。这里提到的信可能是那时候写的。

[2] 指庙宇中所存明代《大藏经》用织锦装裱的经面、经套，近数十年间大量被盗出国外，已所剩不多。

[3] 实际上作者被宣布“解放”的时间，还在十个月之后。

照我个人认识水平，破四旧中的“破”，除对旧文化中特别有由于帝王名人、专家权威、狡诈商人共同作成的对于许多旧文物的价值迷信，以为是什么“国宝”的许许多多东西，并不是一把火烧掉或捣毁，而是用一种历史科学新方法，破除对于这些东西的盲目迷信，还它一个本来面目。我的工作若或多或少还能起点作用，就继续作下去。我估计，数年前旧文化部聘请的几个鉴定字画专家“权威”，在国内鉴定的所谓“国宝”，若能用新的方法去重新检查一下，可能还有上千种都是可以证明根本不是那回事，只能当作“处理品”看待，至多也只是“参考品”而已。

如我这个工作，在新社会已根本不需要，已不必要，在工作中又还犯了严重过失，就把我改为一个普通勤杂工，以看守陈列室，兼打扫三几个卫生间，至多让我抄抄文物卡片，我也将很愉快、谨慎、认真，来完成新的任务，因为这也近于还我一个本来面目。在新社会就我能做的做去，正是最好补过赎罪的办法！我吃了几十年剥削饭，写了许多坏文章，现在能在新社会国家博物馆作个陈列室的看护员，或勤杂工，只要体力还顶用，一定会好好做去，不至于感到丝毫委曲的。如果在新指示推动下，本馆工作将进入人事精简时期，商讨到职工去留，从客观说，我的所学，在新社会博物馆工作中已并没有多大需要，从我体力说，又实在担负不了工作任务，只近于指指点点说空话，凡是要用体力解决的我都已办不了，高血压又已定型，身体报废不过迟早间事，为了国家节约，把我放在第一批精简人数之内，我也将愉快接受。即或不做事，到馆中新的改陈要遇到一系列常识问题不好解决时，还是会就我头脑中记下的、理解的，一一提出。外单位美术教育若有新的教材，照新要求应从“劳动文化”着眼，以劳动人民成就贡献占主要地位，求措词得体有分寸，感到难于下笔，要问到时，我的点点滴滴常识，大致还得用，一定也会就记忆到的、理解到的一一说去。在完全尽义务情形下，把工作搞好一点。

人老了，要求简单十分，吃几顿饭软和一点，能在晚上睡五六小时的觉，不至于在失眠中弄得头脑昏乱沉重，白天不至于忽然受意外冲击，血压高时头不至于过分感觉沉重，心脏痛不过于剧烈，次数少些，就很好很好了。至于有许多预期为国家为本馆可望进行、可望完成的工作，事实上大致多出于个人主观愿望，不大会得到社会客观需要所许可，因为社会变化太大，这三年来我和这个空前剧烈变化的社会完全隔绝，什么也不懂了。即馆中事，我也什么都不懂了。

正因为对世事极端无知，我十分害怕说错话。写这个材料出来，究竟是不是会犯大错误，是不是给你们看了还可请求将来转给中央文革，当成一个附带材料[1]？因为若不写出来，即或我家中也不大懂得我这十多年在博物馆，究竟为什么而学，学的一切又还有什么用？

沈从文

一九六八年十二月北京

（一九九二年二月　沈虎雏整理）

[1]　本文原稿是作者“解放”以后，发还本人的材料之一。可见未能如愿转给“中央文革”。

七个野人与最后一个迎春节

迎春节，凡属于北溪村中的男子，全为家酿烧酒醉倒了。据说在某城，痛饮是已成为有干禁例的事了，因为那里有官，有了官，凡是近于荒唐的事是全不许可了。有官的地方，是渐渐会兴盛起来，道义与习俗传染了汉人的一切，种族中直率慷慨全会消灭，迎春节的痛饮禁止，倒是小事中的小事，算不得怎样可惜，一切都得不同了！将来的北溪，也许有设官的一天吧？到那时人人成天纳税，成天缴公债，成天办站，小孩子懂到见了兵就害怕，家犬懂到不敢向穿灰衣人乱吠，地方上每个人皆知道了一些禁律，为了逃避法律，人人全学会了欺诈，这一天终究会要来吧。什么时候北溪将变成那类情形，是不可知的，然而这一天年青人大约可以见到的。地方上，勇敢如狮的人，徒手可以搏野猪，对于地方的进化，他们是无从用力制止的。年高有德的长辈，眼见到好风俗为大都会文明侵入毁灭，也是无可奈何的。凡是有地位一点的人，都知道新的习惯行将在人心中生长，代替那旧的一切，在这迎春节，用烧酒醉倒是普遍的事！他们要醉倒，对于事情不再过问，在醉中把恐吓失去，则这佳节所给他们的应有的欢喜，仍然可以在梦中得到了。

仍然是耕田，仍然是砍柴栽菜，地方新的进步只是要他们纳捐，要他们在一切极琐碎极难记忆的规则下走路吃饭。有了内战时，便把他们壮年能作工的男子拉去打仗，这是有政府时对于平民的好处。什么人要这好处没有？族长，乡约或经纪人，卖肉的屠户，卖酒的老板，有了政府他就得到幸福没有？做田的，打鱼的，行巫术的，卖药卖布的，政府能使他们生活得更安稳一点没有？

他们愿意知道的，是牛羊在有了官的地方，会不会发生瘟疫？若牛羊仍然得发瘟，那就证明无须乎官了。不过这时他们还能吃不上税的家酿烧酒，还能在这社节中举行那尚保留下来的风俗，聚合了所有年青男女来唱歌作乐，聚合了所有老年人在大节中讲述各样的光荣历史与渔农知识，男子还不会出去当兵，女子也尚无做娼妓的女子，老年人则更能尽老年人责任。未来的事谁知道呢？过去的不能挽回，未来的无从抵挡，也是自然的事！“醉了的，你们睡吧，还有那不曾醉倒的，你们把葫芦中的酒向肚中灌吧。”这个歌，近来唱时是变成凄凉的丧歌，失去当年的意思了。

照到这办法把自己灌醉的是太多了。只有一个地方的一群男子不会醉倒，他们面前没有酒也没有酒葫芦，只是一堆焚得通红的火。他们人一共是七个，七个之中有六个年纪青青的，只有一个约莫有四十五岁左右。大房子中焚了一堆柴根，七个人围着这一堆火坐下，火中时时爆着小小的声音。那年长的男子便用长铁箸拨动未焚的柴烬，它跌到火中心去。

房中无一盏灯，但熊熊的火光已照出这七个朴质的脸孔，且将各个人的身躯向各方画出不规则的暗影了。

那年长的汉子，拨了一阵火，忽然又把那铁箸捏紧向地面用力筑，愤愤的说道：

“一切是完了，这一个迎春节应当是最后一个了。一切是，……喝呀，醉呀，多少人还是这样想！他们愿意醉死，也不问明天的事。他们都不愿意见到穿号衣的人来此！他们都明白此后族中男子将堕落女子也将懒惰了！他们比我们是更能明白许多许多事的。新的制度来代替旧的习惯，到那时，他们地位以及财产全摇动了。……但是这些东西还是喝呀！喝呀！……”

全屋默然无声音，老人的话说完这屋中又只有火星爆裂的微声了。

静寂中，听得出邻居划拳的嚷声与唱歌声音。许许多人是在一杯两杯情形中伏到桌上打鼾了。许许多人是喝得头脑发晕伏在儿子肩上回家了。许许多人是在醉中痛哭狂歌了。这些人，在平时，却完完全全是有业知分的正派人，一年之中的今日，历来为神核准的放纵，仅有的荒唐，把这些人变成另外一个种族了。

奇怪的是在任何地方情形如彼，而在此屋中的众人却如此。年长人此时不醉倒在地，年青人此时不过相好的女人家唱歌吹笛，只沉闷的在一堆火旁，真是极不合理的一件事！

迎春节到了最后的一个，即或如所说，在他人，也是更非用沉醉狂欢来与这唯一残余的好习惯致别不可的。这里则七个人七颗心只在一堆火上，且随到火星爆裂，终于消失了。

诸人的沉默，在沉默中可以把这屋子为读者一述。屋为土窑屋，高大象衙门，宽敞如公所。屋顶高耸为泄烟窗，屋中火堆的烟即向上窜去。屋之三面为大土砖封合，其一面则用生牛皮作帘，帘外是大坪。屋中除有四铺木床数件粗木家具及一大木柜外，壁上全是军器与兽皮。一新剥虎皮挂在壁当中，虎头已达屋顶尾则拖到地上。尚有野鸡与兔，一大堆，悬在从屋顶垂下的大藤钩上。从一切的陈设上看来，则这人家是猎户无疑了。

这土屋主人，即火堆旁年长的一位。他以打猎为业，那壁上的虎皮就是上月他一个人用猎枪打毙的。其余六人则全是这人的徒弟。徒弟从各族有身分的家庭中走来，学习设阱以及一切拳棍医药，这有学问的人则略无厌倦的在作师傅时光中消磨了自己壮年。他每天引这些年青人上山，在家中时则把年青人聚在一处来说一切有益的知识。他凡事以身作则，忍耐劳苦，使年青人也各能将性情训练得极其有用。他不禁止年青人喝酒唱歌，但他在责任上教给了年青人一切向上的努力，酒与妇人是在节制中始能接近的。至于徒弟六人呢？勇敢诚实，原有的天赋，经过师傅德行的琢磨，知慧的陶冶，一个完人应具的一切，在任何一个徒弟中全不缺少。他们把这年长人当作父亲，把同伴当作兄弟，遵守一切的约束，和睦无所猜忌，日在欢喜中过着日子。他们上山打猎，下山与人作公平的交易。他们把山上的鸟兽打来换一切所需要的东西：枪弹，火药，箭头，药酒，无一不是用所获得的鸟兽换来。他们运气好时，还可以换取从远方运来的戒子绒帽之类。他们作工吃饭，在世界上自由的生活，全无一切苦楚。他们用枪弹把鸟兽猎来，复用歌声把女人引到山中。

这属于另一世界的人，也因为听到邻近有设了官设了局的事情，想起不久这样情形将影响到北溪，所以几个年青人，本应在迎春节各穿新衣，把所有野鸡、毛兔、山菇、果狸等等礼物送到各人相熟的女人家中去的，也不去了。这师傅本应到庙坛去与年长族人喝酒到烂醉如泥，也不去了。

六个年青人服从了师傅的命令，到晚不出大门，围在火前听师傅谈天。师傅把话说到地方的变更，就所知道的其余地方因有了法律以后的情形说了不少，师傅心中的愤慨，不久即转为几个年青人的愤慨了。年青人各无所言，但各人皆在此时对法律有一种漠然反感。

到此年长的人又说话了，他说：

“我们这里要一个官同一队兵有什么用处？我们要他们保护什么？老虎来时，蝗虫来时，官是管不了的。地方起了火，或涨了水，官也是不能负责的。我们在此没有赖债的人，有官的地方却有赖债的事情发生。我们在此不知道欺骗可以生活，有官地方每一个人可全靠学会骗人方法生活了。我们在此年青男女全得做工，有官地方可完全不同了。我们在此没有乞丐盗贼，有官地方是全然相反，他们就用保护平民把捐税加在我们头上了。”

官是没有用处的一种东西，这意见是大家一致了。

结果他们约定下来，若果是北溪也有人来设官时，一致否认这种荒唐的改革。他们愿意自己自由平等的生活下来，宁可使主宰的为无识无知的神，也不要官。因为神永远是公正的，官则总不大可靠。而且，他们意思是，在地方有官以后，一切事情便麻烦起来了。他们觉得生活并不是为许多麻烦事而生活的，所以只有那欢喜麻烦的种族，才应当有政府的设立必要，至于北溪的人民，却普遍怕麻烦，用不着这东西！

为了终须要来的恶运，大势力的侵入，几个年青人不自量力，把反抗的责任放到肩上了。他们一同当天发誓，必将最后一滴的血流到这反抗上。他们谈论妥贴，已经半夜，各自就睡了。

若果有人能在北溪各处调查，便可以明白这一个迎春节所消耗的酒量真特别多，超过过去任何一个迎春节，这里的人原是这样肆无忌惮的行乐了一日。不久过年了。

不久春来了。

当春天，还只是二月，山坡全发了绿，树木茁了芽，鸟雀孵了卵，新雨一过随即是温暖的太阳，晴明了多日，山阿田中全是一旁做事一旁唱歌的人。这样时节从边县里派有人来调查设官的事了。来人是两个，会过了地方当事人，由当事人领导往各处察看。带了小孩子在太阳下取暖的主妇皆聚在一处谈论这事，来人问了无数情形，量丈了社坛的地，录下了井灶，看了两天就走了。

第二次来人是五个，情形稍稍不同：上一次是探视，这一次可正式来布置了。对于妇女特别注意，各家各户去调查女人，人人惊吓不知应如何应付，事情为猎人徒弟之一知道了，就告了师傅。师傅把六个年青人聚在一处，商量第一步反对方法。

年长人说：“事情是在我们意料中出现了，我们全村毁灭的日子到了，这责任是我们的责任，应当怎么办，年青人可各提出一个意见来作讨论，我们是决不承认要官管理的。”

第一个说：“我们赶走了他完事。”

第二个说：“我们把这些来的人赶跑。”

第三四五六意见全是这样。既然来了，不要，仿佛是只有赶走一法了。赶不走，倘必须要力，或者血，他们是将不吝惜这些，来为此事牺牲的。单纯的意识，是不拘问什么人，都是不需要官的，既然全不要这东西，这东西还强来，这无理是应当在对方了。

在这些年青简单的头脑中，官的势力这时不过比虎豹之类稍凶一点，只要齐心仍然是可以赶跑的。别的人，则不可知，至于这七人，固无用再有怀疑，心是一致了。

然而设官的事仍然进行着。一切的调查与布置，全不因有这七人而中止。七个人明示反抗，故意阻碍调查人进行，不许乡中人引路，不许一切人与调查人来往，又分布各处，假扮引导人将调查人诱往深山，结果还是不行。

一切反抗归于无效，在三月底税局与衙门全布置妥了。这七个人一切计划无效，一同搬到山洞中去了。照例住山洞的可以作为野人论，不纳粮税，不派公债，不为地保管辖，他们这样做了。

地方官忙于征税与别的吃喝事上去了，所以这几个野人的行为，也不会引起这些国家官吏注意。虽也有人知道他们是尚不归化的，但王法是照例不及寺庙与山洞，何况就是住山洞也不故意否认王法，当然尽他们去了。

他们几个人自从搬到山洞以后，生活仍然是打猎。猎得的一切，也不拿到市上去卖，只有那些凡是想要野味的人，就拿了油盐布匹衣服烟草来换。他们很公道的同一切人在洞前做着交易，还用自酿的烧酒款待来此的人。他们把多余的兽皮赠给全乡村顶勇敢美丽的男子，又为全乡村顶美的女子猎取白兔，剥皮给这些女子制手袖笼。

凡是年青的情人，都可以来此地借宿，因为另外还有几个小山洞，经过一番收拾，就是这野人特为年青情人预备的。洞中并且不单是有干稻草同皮褥，还有新鲜凉水与玫瑰花香的煨芋。到这些洞里过夜的男女，全无人来惊吵的乐了一阵，就抱得很紧舒舒服服睡到天明。因为有别的缘故，向主人关照不及时，就道谢也不说一声就走去，也是很平常的事。

他们自己呢，不消说也不是很清闲寂寞，因为住到这山洞的意思，并不是为修行而来的。他们日里或坐在洞中磨刀练习武艺，或在洞旁种菜浇水，或者又出到山坡头湾里坳里去唱歌。他们本分之一，就是用一些精彩嘹亮的歌声，把女人的心揪住，把那些只知唱歌取乐为生活的年青女人引到洞中来，兴趣好则不妨过夜，不然就在太阳下当天做一点快乐爽心的事，到后就陪到女人转去，送女人下山。他们虽然方便却知道节制，伤食害病是不会有的。

在这些年青人身上所穿的衣裤，以及麂皮抱兜，就是这些多情的女人手上针线为做成。他们送女人则不外乎山花山果，与小山狸皮。他们几个人出猎以前，还可以共同预约，得山羊便赠谁个最近相交的一个女人，得野狗又算谁的女人所有。他们的口除了亲嘴就是唱赞美情欲与自然的歌，不象其余的中国人还要拿来说谎的。他们各人尽力作所应作的工，不明白世界上另外那些人懒惰就是享福的理由。他们把每一天看成一个新生的天，所以在每一天中他们除了坐在洞中不出，其余的人是都得在身体与情绪上调节的极好，预备来接受这一天他们所不知道的幸福与灾难的。他们不迷信命运，却能够在失败事情上不固执。譬如一天中间或无法与一小山鸡相遇，他们到时也仍然回洞，不去死守的。又譬如唱歌也有失败时，他们中不拘是谁，知道了这事情无望，却从不想到用武力与财产强迫女子倾心过。

因为一切的平均，一切的公道，他们嫉妒心也很薄弱，差不多看不出了。

那师傅，则教给这几个年青人以武艺与渔猎知识外，还教给这些年青人对于征服妇人的法宝。为了要使情人倾心，且感到接近以后的满意，他告他们在什么情景下唱什么歌，以及调节嗓子的技术。他又告他们如何训练他的情人，方能使女人快乐。他又告他们如何保养自己，才能成为一个忠于爱情的男子。他象教诗的夫子指点他们唱歌，象教体操战术的教官指点他们对付女人，到后还象讲圣谕那么告诫他们不可用不正当方法骗女人的爱情与他人的信任。

师傅各事以身作则，所以每晨起身就独早。打老虎他必当先。擒蛇时他选那大的。泅水他第一个泅过河。爬树他占那极难上的。就是于女人，他也并不因年纪稍长而失去勇敢与热诚！凡是一个女子命令到几个年青人办得下的，与他好的女子要他去做，也总不故意规避的。

人类的首领，象这样真才是值得敬仰的首领！

日子是一天一天过下来了，他们并不觉得是野人就有什么不好处。至于显而易见的好处，则是他们从不要花一个钱到那些安坐享福的人身上去。他们也不撩他，不惹他，仍然尊敬这种成天坐在大瓦屋堂上审案、罚钱、打屁股的上等人。

国家的尊严他们是明白的，但他们在生活上用不着向谁骄傲，用不着审判，用不着要别人坐牢挨打，所以他们不需要有官管理，自己能照料活一世下来了。

他们是快快乐乐活下来了，至于北溪其余的人呢？

北溪改了司，一切地方是皇上的土地，一切人民是皇上的子民了，的确很快的便与以前不同了。迎春节醉酒的事真为官方禁止了，别的集社也禁止了。平时信仰天的，如今却勒令一律信仰大王，因为天的报应不可靠，大王却带了无数做官当兵的人，坐在极高大极阔气的皇城里，要谁的心子下酒只轻轻哼一声，就可以把谁立刻破了肚子挖心，所以不信仰大王也不行了。

还有不同的，是这里渐渐同别地方一个样子，不久就有种不必做工也可以吃饭的人了。又有靠说谎话骗人的大绅士了。又有靠狡诈杀人得名得利的伟人了。又有人口的买卖行市，与大规模官立鸦片烟馆了。地方的确兴隆得极快，第二年就几几乎完全不象第一年的北溪了。

第二年迎春节一转眼又到了，荒唐的沉湎野宴，是不许举行的，凡不服从国家法令的则有严罚，决无宽纵。到迎春节那日，凡是对那旧俗怀恋，觉得有设法荒唐一次必要的，人人皆想起了山洞中的野人。归籍了的子民有遵守法令的义务，但若果是到那山洞去，就不至于再有拘束了。于是无数的人全跑到山洞聚会去了，人数将近两百，到了那里以后，作主人的见到来了这样多人，就把所猎得的果狸、山猪、白绵、野鸡等等，熏烧炖炒办成了六盆佳肴，要年青人到另一地窖去抬出四五缸陈烧酒，把人分成数堆，各人就用木碗同瓜瓢舀酒喝，用手抓菜吃。客气的就合当挨饿，勇敢的就成为英雄。

众人一旁喝酒一旁唱歌，喝醉了酒的就用木碗覆到头上，说是做皇帝的也不过是一顶帽子搁到头上，帽子是用金打就的罢了，于是赞成这醉话的其余醉人，头上全是木碗瓜瓢以至于一块猪牙帮骨了，手中则拿得是山羊腿骨与野鸡脚及其他，作为做官做皇帝的器具，忘形笑闹跳掷，全不知道明天将有些什么事情发生。

第二天无事。

第三天，北溪的人还在梦中，有七十个持枪带刀的军人，由一个统兵官用指挥刀调度，把野人洞一围。用十个军人伏侍一个野人，于是将七个尸身留在洞中，七颗头颅就被带回北溪，挂到税关门前大树上了。出告示是图谋倾覆政府，有造反心，所以杀了。凡到吃酒的，自首则酌量罚款，自首不速察出者，抄家，本人充军，儿女发官媒卖作奴隶。

这故事北溪人不久就忘了，因为地方进步了。

一九二九年三月作于上海

虎 雏

我那个做军官的六弟上年到上海时，带来了一个小小勤务兵，见面之下就同我十分谈得来，因为我从他口上打听出了多少事情，全是我想明白终无法可以明白的。六弟到南京去接洽事情时，就把他暂时丢在我的住处，这小兵使我十分中意。我到外边去玩玩时，也常常带他一起去，人家不知道的，都以为这就是我的弟弟，有些人还说他很象我的样子。我不拘把他带到什么地方去，见到的人总觉得这小兵不坏。其实这小孩真是体面得出众的。一副微黑的长长的脸孔，一条直直的鼻子，一对秀气中含威风的眉毛，两个大而灵活的眼睛，都生得非常合式，比我六弟品貌还出色。

这小兵乖巧得很，气派又极伟大，他还认识一些字，能够看《三国演义》。我的六弟到南京把事办完要回湖南军队里去销差时，我就带开玩笑似的说：

“军官，咱们俩商量一下，打个交道，把你这个年轻人留下给我，我来培养他，他会成就一些事业。你瞧他那样子，是还值得好好儿来料理一下的！”

六弟先不大明白我的意思，就说我不应当用一个副兵，因为多一个人就多一种累赘。并且他知道我脾气不大好，今天欢喜的自然很有趣味，明天遇到不高兴时，送这小子回湘可不容易。

他不知道我意思是要留他的副兵在上海读书的，所以说我不应当多一个累赘。

我说：“我不配用一个副兵，是不是？我不是要他穿军服，我又不是军官，用不着这排场！我要他穿的是学校的制服，使他读点书。”我还说及“倘若机会使这小子傍到一个好学堂，我敢断定他将来的成就比我们弟兄高明。我以为我所估计的绝不会有什么差错，因为这小兵决不会永远做小兵的。可是我又见过许多人，机会只许他当一个兵，他就一辈子当兵，也无法翻身。如今我意思就在另外给这小兵一种不同机会，使他在一个好运气里，得到他适当的发展。我认为我是这小兵的温室。”

我的六弟听到了我这种书生意见，觉得十分好笑，大声的笑着。

“那你简直在毁他！”他很认真的样子说。“你以为那是培养他，其中还有你一番好意值得感谢。你以为他读十年书就可以成一个名人，这真是做梦！你一定问过他了，他当然答应你说这是很好的。这个人不止是外表可以使你满意，他的另外一方面做人处，也自然可以逗你欢喜。可是你试当真把他关到一个什么学校里去看看，你就可以明白一个作了三年勤务兵在我们那个野蛮地方长大的人，是不是还可以读书了。你这时告诉他读书是一件好事，同时你又引他去见那些大学教授以及那些名人，你口上即不说这是读书的结果，他仍然知道这些人因为读了点书才那么舒服尊贵的。我听到他告我，你把他带到那些绅士的家中去，坐在软椅上，大家很亲热和气的谈着话，又到学校去，看看那些大学生，走路昂昂作态，仿佛家养的公鸡，穿的衣服又有各种样子，他乍一看自然也很羡慕，但是他正象你看军人一样。就只看到表面。你不是常常还说想去当兵吗？好，你何妨再去试试。我介绍你到一个队伍里去试试，看看我们的生活，是不是如你所想象的美，以及旁人所说及的坏。你欢喜谈到，你去详细生活一阵好了。等你到了那里拖一月两月，你才明白我们现在的队伍，是些什么生活。平常人用自己物质爱憎与自己道德观念作标准，批评到与他们生活完全不同的军人，没有一个人说得对。你是退伍的人，可是十年来什么也变了，如今再去看看，你就不会再写那种从容放荡的军人生活回忆了。战争使人类的灵魂野蛮粗糙，你能说这句话却并不懂它的真实意思。”

我原来同我六弟说的，是把他的小兵留下来读书的事，谁知平时说话不多的他，就有了那么多空话可说。他的话中意思，有笑我是十足书生的神气。我因为那时正很有一点自信，以为环境可以变更任何人性，且有点觉得六弟的话近于武断了。我问他当了兵的人就不适宜于进一个学校去的理由，是些什么事，有些什么例子。

六弟说："二哥，我知道你话里意思有你自己。你正在想用你自己作辩护，以为一个兵士并不较之一个学生为更无希望。因为你是一个兵士。你莫多心，我不是想取笑你，你不是很有些地方觉得出众吗？也不只是你自己觉得如此，你自己或许还明白你不会做一个好军人，也不会成一个好艺术家。（你自己还承认过不能做一个好公民，你原是很有自知之明！）人家不知道你时，人家却异口同声称赞过你！你在这情形下虽没有什么得意。可是你却有了一种不甚正确的见解，以为一个兵士同一个平常人有同样的灵魂这一件事情。我要纠正这个，你这是完全错误了的。平常人除了读过几本书学得一些礼貌和虚伪世故外，什么也不会明白，他当然不会理解这类事情。但是你不应当那么胡涂。这完全是两种世界两种阶级，把他牵强混合起来，并不是一个公平的道理！你只会做梦，打算一篇文章如何下手，却不能估计一件事情。”

“你不要说我什么，我不承认的。”我自然得分辩，不能为一个军官说输。“我过去同你说到过了，我在你们生活里，不接到一个地方好好儿的习惯，好好儿的当一个下级军官，慢慢的再图上进，已经算是落伍了的军人。再到后来，逃到另外一个方向上来，又仍然不能服从规矩和目下的社会习俗谋妥协，现在成了个不文不武的人，自然还是落伍。我自己失败，我明白是我的性格所形成，我有一个诗人的气质，却是一个军人的派头，所以到军队人家嫌我懦弱，好胡思乱想，想那些远处，打算那些空事情，分析那些同我在一处的人的性情，同他们身分不合。到读书人里头，人家又嫌我粗率，做事马胡，行为简单得怕人，与他们身分仍然不合。在两方面都得不到好处，因此毫无长进，对生活且觉得毫无意义。这是因为我的体质方面的弱点，那当然是毫无办法的。至于这小副兵，我倒不相信他依然象我这样子悲剧性。”

“你不希望他象你，你以为他可以象谁？还有，就是他当然也不会象你。他若当真同你一样，是一个只会做梦不求实际只会想象不要生活的人，他这时跟了我回去，机会只许他当兵，他将来还自然会做一个诗人。因为一个人的气质虽由于环境造成，他还是将因为另外一种气质反抗他的环境，可以另外走出一条道路。若是他自己不觉到要读书，正如其他人一样，许多人从大学校出来，还是做不出什么事业来。”

“我不同你说这种道理，我只觉得与其把这小子当兵，不如拿来读书。他是家中舍弃了的人，把他留在这里，送到我们熟人办的那个 ×× 中学校去，又不花钱，又不费事，这事何乐不为。”

我的六弟好象就无话可说了，问我 ×× 中学要几年毕业。我说，还不是同别的中学一个样子，六年就可以毕业吗？六弟又笑了，摇着那个有军人风的脑袋。

“六年毕业，你们看来很短，是不是？因为你说你写小说至少也要写十年才有希望，你们看日子都是这样随便，这一点就证明你不是军人。若是军人，他将只能说六个月的。六年的时间，你不过使这小子从一个平常中学卒业，出了学校找一个小事做，还得熟人来介绍，到书铺去当校对，资格还发生问题。可是在我们那边，你知道六年的时间，会使世界变成什么样子？一个学生在六年内还只有到大学的资格，一个兵士在六年内却可以升到营连长。两件事比较起来，相差得可太远了。生长在上海，家里父兄靠了外国商人供养，做一点小小事情，慢慢的向上爬去，十年八年因为业务上谨慎，得到了外国资本家的信托，把生活举起，机会一来就可以发财，儿子在大学毕业，就又到洋行去做事，这是上海洋奴的人生观。另外不作外国商人的奴隶，不作官，宁愿用自己所学去教书，自然也还有人。但是你若没有依傍，到什么地方去找书教？你一个中学校出身的人，除了小学还可以教什么书？本地小学教员比兵士收入不会超过一倍，一个稍有作为的兵士，对于生活改变的机会，却比一个小学教员多十倍；若是这两件事平平的放在一处，你意思选择什么？”

我说：“你意思以为六年内你的副兵可以做一个军官，是不是？”

“我意思只以为他不宜读书。因为你还不宜于同读书人在一处谋生活，他自然更不适当了。”

我还想对于这件事有所争论，六弟却明白我的意思，他就抢着说：“你若认为你是对的，我尽你试验一下，尽事实来使你得到一个真理。”

本来听了他说的一些话，我把这小子改造的趣味已经减去一半了，但这时好象故意要同这一位军官斗气似的，我说“把他交给我再说。我要他从国内最好的一个大学毕业，才算是我的主张成功”。

六弟笑着：“你要这样麻烦你自己，我也不好意思坚持了。”

我们算是把事情商量定局了，六弟三天即将回返湖南，等他走后我就预备为这未来的学士，找朋友补习数学和一切必需课程，我自己还预备每天花一点钟来教他国文，花 点钟替他改正卷子。那时是十月，两月后我算定他就可以到 ×× 中学去读书了。我觉得我在这小兵身上，当真会做出一份事业来，因为这一块原料是使人不能否认可以治成一件值价的东西的。

我另外又单独的和这个小兵谈及，问他是不是愿意不回去，就留在这里读书，他欢喜的样子是我描摹不来的。他告我不愿意做将军，愿意做一个有知识的平民。他还就题发挥了一些意见，我认为意见虽不高明，气概却极难得。到后我把我们的谈话同六弟说及，六弟总是觉得好笑。我以为这是六弟军人顽固自信的脾气，所以不愿意同他分辨什么。

过了三天，三天中这小副兵真象我的最好的兄弟，我真不大相信有那么聪颖懂事的人。他那种识大体处，不拘为什么人看到时，我相信都得找几句话来加以赞美，才会觉得不辜负这小子。

我不管六弟样子怎么冷落，却不去看他那颜色，只顾为我的小友打算一切。我六弟给过了我一百块钱，我那时在另外一个地方，又正得到几十块钱稿费，一时没有用去，我就带了他到街上去，为他看应用东西。我们又到另一处去看中了一张小床，在别的店铺又看中其他许多东西。他说他不欢喜穿长衣，那个太累赘了一点，我就为他定了一套短短黑呢中山服，制了一件粗毛呢大衣。他说小孩子穿方头皮鞋合式一点，我就为他定制了一双方头皮鞋。我们各处看了半天，估计一切制备齐全，所有钱已用去一半，我还好象不够的样子，倒是他说不应当那么用钱，我们两个人才转回住处。我预备把他收拾得象一个王子，因为他值得那么注意。我预备此后要使他天才同年龄一齐发展，心里想到了这小子二十岁时，一定就成为世界上一个理想中的完人。他一定会音乐和图画，不擅长的也一定极其理解。他一定对于文学有极深的趣味，对于科学又有极完全的知识。他一定坚毅诚实，又一定健康高尚。他不拘做什么事都不怕失败，在女人方面，他的成功也必然如其他生活一样。他的品貌与他的德行相称，使同他接近的人都觉得十分爱敬。……

不要笑我，我原是一个极善于在一个小事情上做梦的人，那个头顶牛奶心想二十年后成家立业的人是我所心折的一个知己，我小时听到这样一个故事，听人说到他的牛奶泼在地上时，大半天还是为他惆怅。如今我的梦，自然已经早为另一件事破灭了。可是当时我自己是忘记了我的奢侈夸大想象的，我在那个小兵身上做了二十年梦，我还把二十年后的梦境也放肆的经验到了。我想到这小子由于我的力量，成就了一个世界上最完全最可爱的男子，还因为我的帮助，得到一个恰恰与他身分相称的女子作伴，我在这一对男女身边，由于他人的幸福，居然能够极其从容的活到这世界上。那时我应当已经有了五十多岁，我感到生活的完全，因为那是我的一件事业，一种成功。

到后只差一天六弟就要回转湖南销差去了，我们三人到一个照相馆里去拍了一个照相。把相照过后，我们三人就到 ×× 戏院去看戏，那时时候还不到，故就转到 ×× 园里去玩。在园里树林子中落叶上走着，走到一株白杨树边，就问我的小朋友，爬不爬得上去，他说爬得上去。走了一会，又到一株合抱大枫树边，问这个爬不爬得上去，他又说爬得上去。一面走就一面这样说话。他的回答全很使我满意。六弟却独在前面走着，我明白他觉得我们的谈话是很好笑的。到后听到枪声，知道那边正有人打靶，六弟很高兴的走过去，我们也跟了过去，远远的看那些人伏在一堵土堆后面，向那大土堆的白色目标射击。我问他是不是放过枪，这小子只向着六弟笑，不敢回答。

我说：“不许说谎，是不是亲自打过？”

“打过一次。”

“打过什么？”

这小子又向着六弟微笑，不能回答。

六弟就说：“不好意思说了吗？二哥，你看起他那样子老实温和，才真是小土匪！为他的事我们到××差一点儿出了命案。这样小小的人，一拳也经不起，到××去还要同别的人打架，把我手枪偷出去，预备同人家拼命。若不是气运，差一点就把一个岳云学生肚子打通了。到汉口时我检查枪，问他为什么少了一颗子弹，他才告我在长沙同一个人打架用了的。我问他为什么敢拿枪去打人，他说人家骂了他丑话，又打不过别人，所以想一枪打死那个人。”

六弟觉得无味的事，我却觉得更有趣味，我揪着那小子的短头发。使他脸望着我，不好躲避，我就说："你真是英雄，有胆量。我想问你，那个人比你大多少？怎么就会想打死他？"

"他大我三岁，是岳云中学的学生，我同参谋在长沙住在××，六月里我成天同一个军事班的学生去湘河洗澡，在河里洗澡，他因为泅水比我慢了一点，和他的同学，用长沙话骂我屁股比别人的白，我空手打不过他，所以我想打死了他。"

"那以后怎么又不打死他？"

"打了一枪不中，子弹揹了膛，我怕他们捉我，所以就走脱了。"

六弟说："这种性情只好去当土匪，三年就可以做大王。再过一阵就会被人捉去示众。"

我说："我不承认你这话。他的胆量使他可以做大王，也就可以使他做别的伟大事业。你小时也是这样的。同人到外边去打架胡闹，被人用铁拳星打破了头，流满了一脸的血，说是不许哭，你就不哭。你所以现在做军官，也不失为一个好军人。若是象我那么不中用，小时候被人欺侮了，不能报仇，就坐在草地上去想，怎么样就学会了剑仙使剑的方法，飞剑去杀那个仇人，或者想自己如何做了官，派家将揪着仇人到衙门来打他一千板屁股，出出这一口气。单是这样空想，有什么用处？一个人越善于空想，也就越近于无用，我就是一个最好的榜样。”

六弟说："那你的脾气也不是不好的脾气，你就是因为这种天赋的弱点，成就了你另外一份天赋的长处。若是成天都想摸了手枪出去打人，你还有什么创作可写。”

“但是你也知道多少文章就是多少委屈。”

“好，我汉口那把手枪就送给你，要他为你收着，做你的保镖吧。从此有什么被人欺侮的事，都要这个小英雄去替你报仇好了。”

六弟说得我们大家都笑了。我向小兵说："假若有一把手枪，将来我讨厌什么人时，要你为我去打死他们，敢不敢去动手？”他望了我笑着，略略有点害羞，毅然的说："敢。”我很相信他的话，他那态度是诚恳天真，使人不能不相信的。

我自然是用不着这样一个镖客喔！因为始终我就没有一个仇人值得去打一枪。有些人见我十分沉静，不大谈长道短，间或在别的事上造我一点谣言，正如走到街上被不相识的狗叫了一阵的样子，原因是我不大理会他们，若是稍稍给他们一点好处，也就不至于吃惊受吓了。又有些自己以为读了很多书的人，他不明白我，看我不起，那也是平常的事。至于女人都不欢喜我，其实就是我把逗女人高兴的地方都太疏忽了一点，若我觉得是一种仇恨，那报仇的方法，倒还得另外打算，更用不着镖客的手枪了。

不过我身边有了那么一个勇敢如小狮子的伙伴，我一定从此也要强干一点，这是我顶得意的。我的气质即或不能许我行为强梁，我的想象却一定因为身边的小伴，可以野蛮放肆一点。他的气概给了我一种气力，这气力是永远还能存在而不容易消灭的。

那天我们看的电影是《神童传》，说一个孤儿如何奋斗成就一生事业。

第二天，六弟就动身回湖南去了。因六弟坐飞机去，我们送他到飞机场。六弟见我那种高兴的神气，不好意思说什么扫兴的话批评到小兵，他当到小兵告我，若是觉得不能带他过日子时，就送到南京师部办事处去，因为那边常有人回湖南，他就仍然可以回去。六弟那副坚决冷静的样子，使我感到十分不平，我就说：

“我等到你后来看他的成就，希望你不要再用你的军官身分看待他！”

“那自然是好的。你自信能成就他，恐怕的是他不能由你的造就。你就留下他过几个月看看罢。”

我纠正他的前面一句话，大声的说：“过几年。”

六弟忙说：“好，过几年。一件事你能过几年不变，我自然也高兴极了。”

时间已到，六弟坐到飞机客座里去，不一会这飞机就开走了，我们待飞机完全不见时方回家来。回来时我总记到六弟那种与我意见截然相反的神气，觉得非常不平，以为六弟真是一个军人，看事情都简单得怕人，自信成见极深，有些地方真似乎顽固得很。我因为六弟说的话放在心上，便觉得更想耐烦来整顿我这个小兵，我也就想用事实来打破六弟的成见，我以为三年后暑假带这小兵回乡时，将让一切人为我处理这小孩子的成绩惊讶不已。

六弟走后我们预定的新生活便开始了，看看小兵的样子，许多地方聪明处还超过了我的估计，读书写字都极其高兴。过了四天，数学教员也找到了，教数学的还是一个大学教授！这大教授一到我处，见到这小兵正在读书，他就十分满意，他说："这小朋友我很爱他，真是一个笑话。"我说："那就妙极了，他正在预备考 ×× 中学，你大教授权且来尽义务充一个小学教员，教他乘法除法同分数罢。"这大教授当时毫不迟疑就答应了。

许多朋友都知道我家中有一个小天才的事情了，凡是来到我住处玩的，总到亭子间小朋友处去谈谈。同了他玩过一点钟的，无一人不觉得他可爱，无一人不觉得这小子将来成就会超过自己。我的朋友音乐家 ××，就主张这小朋友学提琴，他愿意每天从公共租界极北跑来教他。我的朋友诗人 ××，又觉得这小孩应当成一个诗人。还有一个工程学教授宋先生，他的意见却劝我送小孩子到一个极严格的中学校去，将来卒业若升入北洋大学时，则他愿意帮助他三年学费。还有一个律师，一个很风趣的人，他说"为了你将来所有作品版税问题，你得让他成一个有名的律师，才有生活保障"。

大家都愿意这小朋友成为自己的同志，且因这个缘故，他们各个还向我解释过许多理由。为什么我的熟人都那么欢喜这小兵，当时我还不大明白，现在才清楚，那全是这小兵有一个迷人的外表。这小兵，确实是太体面一点了。我的自信，我的梦，也就全是为那个外表所骗而成的！

这小兵进步是很快的，一切都似乎比我预料得还顺利一点，我看到我的计划，在别人方面的成功，感到十分快乐。为了要出其不意使六弟大吃一惊，目前却不将消息告给六弟。为这小兵读书的原因，本来生活不大遵守秩序的我，也渐渐找出秩序来了。我对于生活本来没有趣味，为了他的进步，我象做父亲的人在佳子弟面前，也觉得生活还值得努力了。

每天我在我房中做事情，他也在他那间小房中做事情，到吃饭时就一同往隔壁一个外国妇人开的俄菜馆吃牛肉汤同牛排。清早上有时到 ×× 花园去玩，有时就在马路沿走走。晚上饭后应当休息一会儿时节，不是我为他学西北绥远包头的故事，就是学东北的故事。有时由他说，则他可以告我近年来随同六弟到各处剿匪的事情，他用一种诚实动人的湘西人土话，说到六弟的胆量。说到六弟的马。说到在什么河边滩上用盒子枪打匪，他如何伏在一堆石子后面，如何船上失了火，如何满河的红光。又说到在什么洞里，搜索残匪，用烟子熏洞，结果得到每只有三斤多重的白老鼠一共有十七只，这鼠皮近来还留在参谋家里。又说到名字叫作“三五八”的一个苗匪大王，如何勇敢重交情，不随意抢劫本乡人。凡事由于这小兵说来，搀入他自己的观念，仿佛在这些故事的重述上，见到一个小小的灵魂，放着一种奇异的光，我在这类情形中，照例总是沉默到一种幽杳的思考里，什么话也没有可说。因这小朋友观念、感想、兴味的对照，我才觉得我已经象一个老人，再不能同他一个样子了。这小兵的人格，使我在反省中十分忧郁，我在他这种年龄上时，却除了逃学胡闹或和了一些小流氓蹲在土地上掷骰子赌博以外，什么也不知道注意的。到后我便和他取了同样的步骤，在军队里做小兵，极荒唐的接近了人生。但我的放荡的积习，使我在作书记时，只有一件单汗衣，因为自己一洗以后即刻落下了行雨，到下楼吃饭时还没有干，不好意思赤膊到楼下去同副官们吃饭，我就饿过一顿饭。如今这小兵，却俨然用不着人照料也能够站起来成一个人，因这小兵的人格，想起我的过去，以及为过去积习影响到的现在，我不免感觉到十分难过。

日子从容的过去，一会儿就有了一个月，小兵同我住在一处，一切都习惯了，有时我没有出门，要他到什么地方去看看信，也居然做得很好。有时数学教员不能来，他就自己到先生那里去。时间一久，有些性质在我先时看来，认为是太粗卤了一点的，到后也都没有了。

有一天，我得到我的六弟由长沙来的一个信，信上说着：

……二哥，你的计划成功了没有？你的兴味还如先前那样浓厚没有？照我的猜想，你一定是早已觉得失败了。我同你说到过的，“几个月”你会觉得厌烦，你却说“几年”也不厌烦，我知道你这是一句激出的话，你从我的冷静里，看出我不相信你能始终其事，你样子是非常生气的。可是你到这时一定意见稍稍不同了。我说这个时，我知道你为了骄傲，为了故意否认我的见解，你将仍然能够很耐烦的管教我们的小兵，你一定不愿意你做的事失败。但是，明明白白这对你却是很苦的，如今已经快到两个月了，你实在已经够受了，当初小孩子的劣点以及不适宜于读书的根性，倘若当初是因为他那迷人的美使你原谅疏忽，到如今，他一定使你渐渐的讨厌了。

……我希望你不要太麻烦自己。你莫同我争执，莫因拥护你那做诗人的见解，在失败以后还不愿意认账。我知道你的脾气，因为我们为这件事讨论过一阵，所以你这时还不愿意把小兵送回来，也不告我关于你们的近状。可是我明白，你是要在这小子身上创造一种人格，你以为由于你的照料，由于你的教育，可以使他成一个好人。但是这是一种夸大的梦，永远无从实现的。你可以影响一些人，使一些人信仰你，服从你，这个我并不否认的。但你并不能使那个小兵成好人。你同他在一处，在他是不相宜的，在你也极不相宜。我这时说这个话时也许仍然还早了一点，可是我比你懂那个小兵，他跟了我两年，我知道他是什么材料。他最好还是回来，明年我当送他到军官预备学校去，这小子顶好的气运，就是在军队中受一种最严格的训练，他才有用处，才有希望。

……你不要以为我说的话近于武断，我其实毫无偏见。现在有个同事王营长到南京来，他一定还得到上海来看看你，你莫反对我这诚实的提议，还是把小兵交给那个王同事带回去。两个月来我知道你为他用了很多的钱，这是小事，最使我难过的，还是你在这个小兵身上，关于精神方面损失得很多，将来出了什么事，一定更有给你烦恼处。

……你觉得自信并不因这一次事情的失败而减去，我同你说一句笑话，你还是想法子结婚。自己的小孩，或者可以由自己意思改造，或者等我明年结婚后，有了小孩，半岁左右就送给你，由你来教养培植。我很相信你对小孩教育的认真，一定可以使小孩子健康和聪敏，但一个有了民族积习稍长一点的孩子，同你在一块，会发生许多纠纷！

……

六弟的信还是那么军人气度，总以为我是失败了，而在斗气情形下勉强同他的小兵过日子的。尤其他说到那个“民族”积习，使我很觉得不平。我很不舒服，所以还想若果姓王的过两天来找寻我时，我将不会见他。

过了三天，我同小兵出外到一个朋友家中去，看从法国寄回来的雕刻照片，返身时，二房东说有一个军官找我，坐了一会留下一个字条就走了。看那个字条，才知道来的就是姓王的。先是六弟只说同事王营长，如今才知道六弟这个同事，却是我十多年前的同学。我同他在本乡军士技术班做学生时，两个人成天皆从家中各扛了一根竹子，预备到学校去练习撑篙跳，我们两个人年纪都极小，每天穿灰衣着草鞋扛了两根竹子在街上乱撞，出城时，守城兵总开玩笑叫我们做小猴子，故意拦阻说是小孩子不许扛竹子进出，恐怕戳坏他人的眼睛。这王军官非常狡猾，就故意把竹子横到城门边。大声的嚷着说是守城兵抢了他的撑篙跳的杆儿。想不到这人如今居然做营长了。

为了我还想去看看我这个同学，追问他撑篙跳进步了多少，还想问他，是不是还用得着一根腰带捆着身上，到沙里去翻筋斗。一面我还想带了小兵给他看看，等他回去见到六弟时，使六弟无话可说，故当天晚上，我们在大中华饭店就见面了。

见到后一谈，我们提到那竹子的事情，王军官说：

“二爷，你那个本领如今倒精细许多了，你瞧你把一丈长的竹子，缩短到五寸，成天拿了它在纸上画，真亏你！”

我说：“你那一根呢？”

他说：“我的吗？也缩短了，可是缩短成两尺长的一枝笛子。我近来倒很会吹笛子。”

我明白他说的意思，因为这人脸上瘦瘦白白的，我已猜到他是吃大烟了。我笑着装作不甚明白的神气，“吹笛子倒不坏，我们小时都只想偷道士的笛子吹，可是到手了也仍然发不成声音来。”

军官以为我愚騃，领会不到他所指的笛子是什么东西，就极其好笑。“不要说笛子罢，吹上了瘾真是讨厌的事！”

我说：“你难道会吃烟了吗？”

“这算奇怪的事吗？这有什么会不会？这个比我们俩在沙坑前跳三尺六容易多了。不过这些事倒是让人一着较好，所以我还在可有可无之间，好象唱戏的客串，算不得脚色。”

“那么，我们那一班学撑篙跳的同学，都把那竹子截短了。”

“自然也有用不着这一手的，不过习惯实在不大好，许多拿笔的也拿‘枪’，无从编遣。”

说到这里我们记起了那个小兵了，他正站在窗边望街，王军官说：

“小鬼头，你样子真全变了，你参谋怕你在上海捣乱，累了二先生，要你跟我回去，你是想做博士，还想做军官？”

小兵说：“我不回去。”

“你跟了二先生这么一点日子，就学斯文得没有用处了。你引我的三多到外面玩玩去。你一定懂得到‘白相’了。你就引他到大马路白相去，不要生事，你找个小馆子，要三多请你喝一杯酒，他才得了许多钱。他想买靴子，你引他买去，可不要买象巡捕穿的。”

小兵听到王军官说的笑话，且说要他引带副兵三多到外面去玩，望着我只是笑，不好作什么回答。

王军官又说：“你不愿同三多玩，是不是？你二先生现在到大学堂教书，还高兴同我玩，你以为你就是学生，不能同我副兵在一起白相了吗？”

小兵见王军官好象生了气，故意拿话窘着他，不会如何分辩，脸上显得绯红。王军官便一手把他揪过去，“小鬼头，你穿得这样体面，人又这样标致，同我回去，我为你做媒讨个标致老婆，不要读书了罢。”

小兵益觉得不好意思，又想笑又有点怕，望着我想我帮帮他的忙，且听我如何吩咐，他就照样做去。

我见到我这个老同学爽利单纯，不好意思不让他陪勤务兵出去玩，我就说：“你熟习不熟习买靴子的地方？”

他望了我半天，大约又明白我不许他出去，又记到我告过他不许说谎，所以到后才说：“我知道。”

王军官说：“既然知道，就陪三多去。你们是老朋友，同在一堆，你不要以为他的军服就辱没了你的身分。你骗不了我，你的样子倒象学生，你的心可不是学生。你莫以为我的勤务兵像貌蠢笨，三多是有将军的分的。你们就去罢，我同你二先生还要在这里谈谈话，回头三多请你喝酒，我就要二先生请我喝酒。……”

王军官接着就喊：“三多，三多。”那副兵当我们来时到房中拿过烟茶后，出去似乎就正站立在门外边，细听我们的谈话，这时听到营长一叫，即刻就进来了。

这副兵真象一个将军，年纪似乎还不到十六岁，全身就结实得如成人，身体虽壮实却又非常矮短，穿的军服实在小了一点，皮带一束，因此全身绷得紧紧的如一木桶，衣服同身体便仿佛永远在那里作战。在一种紧张情形中支持，随时随处身上的肉都会溢出来，衣服也会因弹性而飞去。这副兵样子虽痴，性情却十分好，他把话都听过了，一进来就笑嘻嘻的望着小兵。

王军官一见到自己勤务兵的痴样子，做出十分难受的神情，“三大人，我希望你相信我的忠告，少吃喝一点，少睡一点！你到外面去瞧瞧，你的肉快要炸开了。我要你去爬到那个洋秤上去过一下磅，看这半个月来又长了多少，你磅过没有？人家有福气的人肥得象猪，一定是先做官再发体，你的将军还没有得到，在你的职务上就预先发起胖来，将来怎么办？”

那勤务兵因为在我面前被王军官开着玩笑，仿佛一个十几岁处女一样，十分腼腆害羞，说道：“我不知为什么总要胖。”

“沈参谋告你每天喝酸醋一碗，你试验过没有？”

那勤务兵说不出话来，低下头去，很有些地方象《西游记》上的猪八戒，在痴呆中见出妩媚。我忍不住要笑了，就拈了一支烟来，他见到时赶忙来刮自来火。我问他，是什么乡下的，今年有了多大岁数？他告我他是高枧的人，搬到城里住，今年还只十五岁。我又问他为什么那么胖，他十分害羞的告我说，是因为家中卖牛肉同酒，小小儿吃肉就发了膘。

王军官告三多可以跟着小兵去玩，我不好意思不让他们去，到后两人就出去了。

我同这个老同学谈了许多很有趣味的话，到后我就说：“营长，你刚才说的你的未来将军请我的未来学士喝酒，我就来做东，只看你欢喜吃什么口味。”

王军官说：“什么都欢喜，只是莫要我拿刀刀叉叉吃盘中的饭，那种罪我受不了。”

第二天我们早约定了要到王军官处去的，因为一去我怕我的“学士”又将为他的“将军”拖去，故告诉他，今天不要出去，就在家中读书。等一会儿一个杜先生同一个孙先生或许还要来。（这些朋友是以到我处看看小兵为快乐的。）我又告他，若是杜教授来了，他可以接待客人到他小房间里去，同客人玩玩。把话嘱咐过后，我就到大中华饭店找寻王军官去了。晚上我们又一同到一个电影院去消磨了两个钟头，那时已经快要十二点钟了，我很担心一个人留在住处的小兵，或者还等候着我没有睡觉，所以就同王军官分了手，约好明天我送他上车过南京。回来时，我奇怪得很，怎么不见了小兵。我先以为或者是什么朋友把他带走看戏去了，问二房东有什么朋友来找我，二房东恰恰日里也没有在家，回来时也极晏。我又问到二房东家的佣人，才知道下午有一个小大块头兵士来邀他出去，他们说的本乡话，她听不懂。出门时还是三点钟以前。我算定这兵士就是王军官处那个勤务兵三多，来邀他玩，他不好推辞，以为这一对年轻人一定是到什么“大世界”热闹场所去玩，所以把回家的时间也忘却了。当时我就很生气，深悔昨天不应该带他到那里去，今天又不该不带他去。

我坐在房中等着，预备他回来时为他开门，一直等过了十二点还毫无消息。我以为不是喝醉了酒，就一定是在外面闯了乱子，不敢回来，住到那将军住处去了。这些事我认为全是那个王军官的副兵勾引的，所以非常讨厌那个小胖子。我想此后可再不同这军官来往了，再玩一天我的学士就会学坏，使我为他所有一切的打算，都将付之泡影。

到十二点后他不回来，我有点疑心，就到他住身的亭子间去，看看是不是留得什么字条，看了一下，却发现了他那个箱子位置有点不同，蹲下去拖出箱子看看，他的军衣都不见了。我忽然明白他是做些什么事了，非常生气，跑回到我自己房中来，检察我的箱子同写字台的抽屉，什么东西都没有动过，一切秩序井然如旧，显然他是独自私逃走去的。我恐怕王军官那边还闹了乱子，拐失了什么东西，赶忙又到大中华饭店去，到时正见王军官生气骂茶房，见我来了才不作声，还以为我是来陪他过夜的，就说：

“来的好极了，我那将军这时还不回来，莫非被野鸡捉去了！”

我说：“恐怕他逃了，你赶快清查一下箱子，有些东西失落没有。”

“那里有这事，他不会逃的。”

“我来告你，我的学士也不在家了！你的将军似乎下午三点钟时候，就到我住处邀他，两人一块儿走了！”

王军官一跳而起，拖出箱子一看，发现日前为太太兑换的金饰同钞票，全在那里，还有那枝手枪，也搁在那里，不曾有人动过。他一面搜检其他一个为朋友们代买物件所置的皮箱，一面同我说：“这小土匪，我看不出他会逃走！”看到另外一口箱子也没有什么东西失掉。王军官松了一大口气，向我摇着头说：“不会逃走，不会逃走，一定是两人看戏散场太晚；恐怕责备不敢回来了。一定是被野鸡拉去了。上海野鸡这样多，我这营长到乡下的威风，来到这生地方被她们一拉也得头昏，何况我那个宝贝。我真为他们担心。”

我摇头否认这种设想：“恐怕不是这样，我那个学士，他把军服也带走了。”

王军官先还笑着，因为他见到自己重要东西没有失掉，所以总以为这两个人是被妓女扣留到那里过夜的，所以还露着羡慕的神气，笑说他的“将军”倒有福气。他听到我说是小兵军服也拿走了，才相信我的话，大声的辱骂着“杂种”，同时就打着哈哈大笑。他向我笑着说：

“你六弟说这小子心野得很，得把他带回去，只有他才管得住这小土匪，不至于多事，话有道理。我还没有和你好好的来商量，事情就发生了。我想不到是我那个将军居然也想逃走，你看他那副尊范，居然在那全是板油的肚子里，也包得有一颗野心。他们知道逃走也去不远，将来终有方法可以知道所去的地方，恐怕麻烦，所以不敢偷什么东西。……”

说到这里，这军官突然又觉得这事一定另外还有蹊跷了，因为既然是逃走，一个钱不拐去，他们又到什么地方去了呢？若说别处地方有好事情干，那么两个宝贝又没有枪械，徒手奔走去会做出什么好事情？

他说：“这个事我可不明白了！我不相信我那个将军，到另外一个地方去比他原来的生活还好！你瞧他那样子，是不是到别的地方去就可以补上一个大兵的名额？他除了河南人要把戏，可以派他站到帐幕边装傻子收票以外，没有一个去处是他合式的地方！真是奇怪的世界，这种傻瓜还要跳槽！”

我说：“我也想过了，我那一位也不应当就这样走去的。我问你，你那将军他是不是欢喜唱戏？他若欢喜唱戏，那一定是被人骗走了。由他们看来，自然是做一个名角也很值得冒一下险。”

王军官摇着头连说：“绝对不会，绝对不会。”

我说：“既不是去学戏，那真是古怪事情。我们应当赶即写几个航空信到各方面去，南京办事处，汉口办事处，长沙，宜昌，一定只有这几个地方可跑，我们一定可以访得出他们的消息。明天早上我们两人还可到车站上去看看，到轮船上去看看。”

“拉倒了罢，你不知道这些土匪的根基是这样的，你对他再好也无益处。不要理他们算了。这些小土匪，有许多天生是要在各种古怪境遇里长大成人的，有些鱼也是在逆水里浑水里才能长大。我们莫理他，还是好好睡觉罢。”

我这个老同学倒真是一个军人胸襟，这件事发生后，骂了一阵，说了一阵，到后不久依然就躺在沙发上呼呼睡着了。我是因为告他不能同谁共床，被他勒到一个人在床上睡的。想到这件事情的突然而至，而为我那个小兵估计到这事不幸的未来，又想到或者这小东西会为人谋杀或饿死，到无人知道的什么隐僻地方，心中轮转着辘轳，听着王军官的鼾声，响四点钟了我才稍稍的合了一下眼。

第二天八点，我们就到车站上去，到各个车上去寻找，看到两路快慢车的开去后，又赶忙走到黄浦江边，向每一只本日开行的轮船上去探询。我们又买了好几份报纸，以为或者可以得到一点线索，结果自然什么也没有得到。

当天晚上十一点钟，那个王军官一个人上车过南京去了，我还送他到车上去。开车后，我出了车站，一个人极其无聊，想走到北四川路一个跳舞场去看看，是不是还可以见到个把熟人。因为我这时回去，一定又睡不着。我实在不愿意到我那住处去，我想明天就要另外搬一个家。我心上这时难受得很，似乎一个男子失恋以后的情形，心中空虚，无所依傍。从老靶子路一个人慢慢儿走到北四川路口，站了一会，见一辆电车从北驶来，心中打算不如就搭个车回去，说不定到了家里，那个小兵还在打盹等候着我回来！可是车已上了，这一路车过海宁路口时，虹口大旅社的街灯光明烛照，引起了我的注意，我临时又觉得不如在这旅馆住一夜，就即刻跳下了车。到虹口大旅社我看了一间小小房间，茶房看见我是单身，以为我或者是来到这里需要一个暗娼作陪的，就来同我搭话，到后见我告他不要什么，只嘱咐他重新上一壶开水就用不着再来时，他看到我抑郁不欢，或许猜我是来此打算自杀的人。我因为上一晚没有睡好，白天又各处奔走累了一天，当时倒下去就睡着了。

第二天大清早我回到住处，计划搬家的事，那个听差为我开门时，却告我小朋友已经回来了。我听到这个消息，心中说不分明的欢喜，一冲就到三楼房中去，没有见到他。又走过亭子间去，也仍然没有见到。又走到浴间去找寻，也没有人。那个听差跟在我身后上来，预备为我升炉子，他也好象十分诧异，说：

“又走了吗？”

我还以为他或因为害羞躲在床下，还向床下看过一次。我急急促促的问他：“这是怎么回事，他什么时候到这儿来？”

听差说：“昨天晚上来的，我还以为他在这里睡。”

我说：“他没说什么话吗？”

听差说：“他问我你是什么时候出去的。”

“没说别的了吗？”

“他说他饿了，饭还不曾吃，到后吃了一点东西，还是我为他买的。”

“一个人吗？”

“一个人。”

“样子有什么不同吗？”

听差好象不明白我问他这句话的意义，就笑着说：“同平常一样长得好看，东家都说他象一个大少爷。”

我心里乱极了，把听差哄出房门，訇的把门一关，就用手抱着头倒在床上睡了。这事情越来越使我觉得奇怪，我为这迷离不可摸捉的问题，把思想弄成纷乱一团。我真想哭了。我真想殴打我自己，我又来深深的悔恨自己，为什么昨天晚上没有回来！我又悔恨昨天我们为了找寻这小兵，各处都到过了，为什么不回到自己住处来看看！

使我十分奇怪的，是这小东西为什么拿了衣服逃走又居然回来？若说不是逃走，那这时又到哪里去了呢？

难道是这时又跑到大中华去找我们，等一会儿还回来吗？难道是见我不回来，所以又逃走了吗？难道是被那个“将军”所骗，所以逃回来，这时又被逼到逃走了吗？

事情使我极其胡涂，我忽然想到他第二次回来一定有一种隐衷，一定很愿意见见我，所以等着我，到后大约是因为我不回来，这小兵心里害怕，所以又走去了。我想到各处找寻一下，看看是不是留得有什么信件，以及别的线索，把我房中各处皆找到了，全没有发现什么。到后又到他所住的房里去，把他那些书本通通看过，把他房中一切都搜索到了，还是找不出一点证据。

因为昨天我以为这小兵逃走，一定是同王军官那个勤务兵在一处，故找寻时绝不疑心他到我那几个熟人方面去。此时想起他只是一个人回来，我心里又活动了一点，以为或者是他见我不回来，所以大清早走到我那些朋友处找我去了。我不能留在住处等候他，所以就留下了一个字条，并且嘱咐楼下听差，倘若是小兵回来时，叫他莫再出去，我不久就会回来的。我于是从第一个朋友家找到第二个朋友家，每到一处当我说到他失踪时，他们都以为我是在说笑话，又见到我匆匆忙忙的问了就走，相信这是一个事实时，就又拦阻了我，必得我把情形说明，才许我脱身。我见到各处都没有他的消息，又见到朋友们对这事的关心，还没有各处走到，已就心灰意懒明白找寻也是空事了。先前一点点希望，看看又完全失败，走到教小兵数学的教授家去，他的太太还正预备给小朋友一枝自来水笔，要 ×× 教授今天下半天送到我住处去，我告他小兵已逃走了，这两夫妇当时惊诧失望的神气，我真永远忘不了。

各处绝望后，我回家时还想或者他会在火炉边等我，或者他会睡在我的床上，见我回来时就醒了。听差为我开门的样子，我就知道最后的希望也完了。我慢慢的走到楼上去，身体非常疲倦，也懒得要听差烧火，就想去睡睡，把被拉开，一个信封掉出来了。我象得到了救命的绳子一样，抓着那个信封，把它用力撕去一角，上面只写着这样一点点话：

“二先生，我让这个信给你回来睡觉时见到。我同三多惹了祸，打死了一个人，三多被人打死在自来水管上。我走了。你莫管我，请你暂时莫同参谋说。你保佑我罢。”

为了我想明白这将军究竟因什么事被人打死在自来水管子上，自来水管又在什么地方，被他们打死的另外一个又是什么人，因此那一个冬天，我成天注意到那些本埠新闻的死亡消息，凡是什么地方发现了一个无名尸首时，我总远远的跑去打听。但是还仍然毫无结果。只有一次听到一个巡警被人打死的消息，算起日子来又完全不对。我还花了些钱，登过一个启事，告诉那个小兵说，不愿意回来，也可以回湖南去，我想来这启事是不是看得到，还不可知，若见到了，他或者还是不会回湖南去的。

这就是我常常同那些不大相熟爱讲故事的人说笑话时，说我有一个故事，真象一个传奇，却不愿意写出这原因！有些人传说我有一个希奇的恋爱，也就是指这件事而言的。有了这件事以后，我就再也不同我的六弟通信讨论问题了。我真是一个什么小事都不能理解的人，对于性格分析认识，由于你们好意夸奖我的，我都不愿意接受。因为我连一个十三四岁的小孩子，还为他那外表所迷惑，不能了解，怎么还好说懂这样那样。至于一个野蛮的灵魂，装在一个美丽盒子里，在我故乡是不是一件常有的事情，我还不大知道；我所知道的，是那些山同水，使地方草木虫蛇皆非常厉害。我的性格算是最无用的一种型，可是同你们大都市里长大的读书人比较起来，你们已经就觉得我太粗糙了。

一九三一年五月十五日完成

生

北京城什刹海前海南头，煤灰土新垫就一片场坪，白日照着，有一圈没事可做的闲人，皆为一件小小热闹粘合在那里。

嗞……

一个裂帛的声音，这声音又如一枚冲天小小爆仗，由地面腾起，五色纸作成翅膀的小玩具，便在一个螺旋形的铁丝上，被卖玩具者打发上了天。于是这里有各色各样的脸子，皆向明蓝作底的高空仰着。小玩具作飞机形制，上升与降落，同时还牵引了远方的眼睛，因为它颜色那么鲜明，有北京城玩具特性的鲜明。

小小飞机达到一定高度后，便俨然如降落伞盘旋而下，依然落在场中一角，可以重新拾起，且重新派它向上高升。或当发放时稍偏斜一点，它的归宿处便改了地方，有时随风扬起挂在柳梢上，有时落在各种小摊白色幕顶上，有时又凑巧停顿在或一路人草帽上。它是那么轻，什么人草帽上有了这小东西时，先是一点儿不明白，仍然扬长向人丛中走去，于是一群顽皮小孩子，小狗般跟在身后嚷着笑着，直到这游人把事弄明白，抓了头上小东西摔去，小孩子方才争着抢夺，忘了这或一游人，不再理会。

小飞机每次放送值大子儿三枚，任何好事的出了钱，皆可自己当场玩玩，亲手打发这飞机“上天”，直到这飞机在“地面”失去为止。

从腰边口袋中掏铜子人一多，时间不久，卖玩具人便笑眯眯的一面数钱一面走过望海楼喝茶听戏去了。闲人粘合性一失，即刻也散了。场坪中便只剩下些空莲蓬，翠绿起襞的表皮，翻着白中微绿的软瓤，还有棕色莲子壳，绿色莲子壳。

一个年纪已经过了六十的老人扛了一对大傀儡从后海走来，到了场坪，四下望人，似乎很明白这不是玩傀儡的地方，但莫可奈何的停顿下来。

这老头子把傀儡坐在场中烈日下，一面拾着地面的莲蓬，用手捏着，探试其中的虚实，一面轻轻的咳着，调理他那副嗓子。他既无小锣，又无小鼓，除了那对脸儿一黑一白简陋呆板的傀儡以外，其余什么东西都没有！看的人也没有。

他把那双发红小眼睛四方瞟着，场坪地位既那么不适宜，天气又那么热，心里明白，若无什么花样做出来，绝不能把游海子的闲人牵引过来。老头子便望着坐在坪里傀儡中白脸的一个，亲昵的低声的打着招呼，也似乎正在用这种话安慰到他自己。

“王九，不要着急，慢慢的会有人来的，你瞧，这莲蓬，不是大爷们的路数？咱们呆一会儿，就来玩个什么给爷们看看，玩得好，还愁爷们不赏三枚五枚？玩得好，大爷们回家去还会同家中学生说：嗨，王九赵四摔跤多扎实，六月天大日头下扭着鳖着搂着，还不出汗！（他又轻轻的说）可不是，你就从不出汗，天那么热，你不出汗也不累，好汉子！”

来了一个人，正在打量投水似的神气，把花条子衬衣下角长长的拖着，作成北京城大学生特有的丑样子，在脸上，也正同样有一派老去民族特有的憔悴颜色。

老头子瞥了这学生一眼，便微笑着，以为帮场的“福星”来了，全身作成年轻人灵便姿势，把膀子向上向下摇着。大学生正研究似的，站在那里欣赏傀儡的面目，老头子就重复自言自语的说话，亲昵得如同家人父子应对。

“王九，我说，你瞧，大爷大姑娘不来，先生可来了。好，咱们动手，先生不会走的。你小心别让赵四小子扔倒。先生帮咱们绷个场面，看你摔赵四这小子，先生准不走。”

于是他把傀儡扶起，整理傀儡身上那件破旧长衫，又从衣下取出两只假腿来，把它缚在自己裤带上，一切弄妥当后，就把傀儡举起，弯着腰，钻进傀儡所穿衣服里面去，用衣服罩好了自己，且把两只手套进假腿里，改正了两只假腿的位置，开始独自来在灰土坪里扮演两人殴打的样子。他用各样方法，移动着傀儡的姿势，跳着，蹿着，有时又用真脚去捞那双用手套着的假脚，装作掼跤盘脚的动作。他自己既不能看清楚头上的傀儡，又不能看清楚场面上的观众，表演得却极有生气。

大学生忧郁的笑了，而且，远远的另一方，有人注意到了这边空地上的情形，被这情形引起了好奇兴味，第二个人跑来了。

再不久，第三个以至于第十三个皆跑来了。

闲人为了看傀儡殴斗，聚集在四周的越来越多。

众人嘻嘻的笑着，从衣角里，老头子依稀看得出场面上一圈观众的腿脚，他便替王九用真脚绊倒了赵四的假脚，傀儡与藏在衣下玩傀儡的，一齐颓然倒在灰土里，场面上起了哄然的笑声。玩意儿也就作了小小结束了。

老头子慢慢的从一堆破旧衣服里爬出来，露出一个白发苍苍满是热汗的头颅，发红的小脸上写着疲倦的微笑，离开了傀儡后，就把傀儡重新扶起，自言自语的说着：

“王九，好小子，你真能干。你瞧，我说大爷会来，大爷不全来了吗？你玩得好，把赵四这小子扔倒了，大爷会大把子铜子儿撒来，回头咱们就有窝窝头啃了。瞧，你那脸，大姑娘样儿。你累了吗？怕热吗？（他一面说一面用衣角揩抹他自己的额角。）来，再来一趟，好劲头，咱们赶明儿还上南京国术会打擂台，给北方挣个大面子！”

众人又哄然大笑。

正当他第二次钻进傀儡衣服底里时，一个麻脸庞收地摊捐的巡警，从人背后挤进来。

巡警因为那种扮演古怪有趣，便不作声，只站在最前面看这种单人掼跤角力。然刚一转折，弯着腰身的老头子，却从巡警足部一双黑色厚皮靴上认识了观众之一的身分与地位，故玩了一会，只装作赵四力不能支，即刻又成一堆坍在地下了。

他赶忙把头伸出，对巡警作一种谄媚的微笑，意思象在说“大爷您好，大爷您好”，一面解除两手所套的假腿，一面轻轻的带着幽默自讽的神气，向傀儡说：

“瞧，大爷真来了，黄褂儿，拿个小本子抽收四大枚浮摊捐，明知道咱们嚼大饼还没办法，他们是来看咱们摔跤的！天气多热！大爷们尽在这地竖着，来，咱们等等再来。”

他记起地摊捐来了，他手边还无一个大子。

过一阵，他看看围在四方的帮场人已不少，便四面作揖打拱说：

“大爷们，大热天委屈了各位。爷们身边带了铜子儿的，帮忙随手撒几个，荷包空了的，帮忙呆一会儿，撑个场面。”

观众中有人丢一枚两枚的，与其他袖手的，皆各站定原来位置不动，一个青年军官，却掷了一把铜子，皱着眉毛走开了。老头子为拾取这一把散乱满地的铜子，照例沿了场子走去，系在腰带上那两只假脚，便很可笑的左右摆动着。

收捐巡警已把那黄纸条画上了个记号，预备交给老头子，他见着时，赶忙数了手中铜子四大枚，送给巡警。这巡警就口上轻轻说着“王九王九”，笑着走了，巡警走后老头子把那捐条搓成一根捻子，夹在耳朵边，向傀儡说：

“四个大子不多，王九你说是不是？你不热，不出汗！巡警各处跑，汗流得多啦！”说到这里他似乎方想起自己头上的大汗，便蹲下去拉王九衣角揩着，同时意思想引起众人发笑，观众却无人发笑。

这老头子也同社会上某种人差不多，扮戏给别人看，连唱带做，并不因为他做得特别好，就只因为他在做，故多数人皆用希奇怜悯眼光瞧着。应出钱时，有钱的也照例不吝惜钱，但不管任何地方，只要有了一件新鲜事情，这点粘合性就失去了，大家便会忘了这里一切，各自跑开了。

柳树荫下卖莲子小摊，有人中了暑，倒在摊边晕去了，大家不知发生了什么事，见有人跑向那方面去，也跟着跑去。只一会儿，玩傀儡的场坪观众就走去了大半，少数人也似乎才查觉了头上的烈日，陆续渐渐散去了。

带着等待投水神气的大学生，似乎也记起了自己应做的事情，不能尽在这烈日下捧场作呆二，沿着前海大路挤进游人中不见了。

场中剩了七个人。

老头子看看，微笑着，一句话不说，两只手互相捏了一会，又蹲下去把傀儡举起，罩在自己的头上，两手套进假腿里去，开始剧烈的摇着肩背，玩着业已玩过的那一套。古怪动作招来了四个人，但不久之间却走去了五个人。等到另外一个地方真的殴打发生后，其余的人便全都跑去了。

老头子还依然玩着，依然常常故意把假脚举起，作为其中一个全身均被举起的姿势，又把肩背极力倾斜向左向右，便仿佛傀儡相扑极烈。到后便依然在一种规矩中倒下，毫不苟且的倒下。自然的，王九又把赵四战胜了。

等待他从那堆敝旧衣里爬出时，场坪里只有一个查验地摊捐的矮巡警笑眯眯的站在那里。因为观众只他一人，故显得他身体特别大，样子特别乐。

他走向巡警身边去，弯了下腰，从耳朵边抓取那根黄纸捻条，那东西却不见了，就忙匆匆的去傀儡衣里乱翻。到后从地下发现了那捐条，赶忙拿着递给巡警。巡警不验看捐条，却望着系在那老头子腰边的两只假腿痴笑，摇摇头走了。

他于是同傀儡一个样子坐在地下，计数身边的铜子，一面向白脸傀儡王九笑着，说着前后相同既在博取观者大笑，又在自作嘲笑的笑话。他把话说得那么亲昵，那么柔和。他不让人知道他死去了的儿子就是王九，儿子的死，乃由于同赵四相拼，也不说明。他决不提这些事。他只让人眼见傀儡王九与傀儡赵四相殴相扑时，虽场面上王九常常不大顺手，上风皆由赵四占去，但每次最后的胜利，总仍然归那王九。

王九死了十年，老头子在北京城圈子里外表演王九打倒赵四也有了十年，那个真的赵四，则五年前在保定府早就害黄疸病死掉了。

一九三三年九月三日，北平

新与旧

(光绪……年)

日头黄浓浓晒满了小县城教场坪，坪里有人跑马。演武厅前面还有许多身穿各色号衣的人，在练习十八般武艺。到霜降时节，道尹必循例验操，整顿部伍，执行升降赏罚，因此直属辰沅永靖兵备道各部队都加紧练习，准备过考。演武厅前马扎子上坐的是游击千总同教官，一面喝盖碗茶，一面照红册子点名。每个兵士都有机会选取合手行头，单个儿或配对子舞一回刀枪。驰马尽马匹入跑道后，纵辔奔驰，真个是来去如风。人在马上显本事，便用长矛杀球，或回身射箭百步穿杨，看本领如何，博取彩声和嘲笑。

战兵杨金标，名分直属苗防屯务处第二队。这战兵在马上杀了一阵球，又到演武厅来找对手玩“双刀破牌”。执刀的虽来势显得异常威猛，他却拿着两个牛皮盾牌，在地下滚来滚去，真象刀扎不着，水泼不进。相打到十分热闹时，忽然一个穿红号褂子传令兵赶来，站在滴水檐前传话：

“杨金标，杨金标，衙门里有公事，午时三刻过西门外听候使唤！”

战兵听到使唤，故意卖个关子，向地下一跌，算是被对手砍倒了，赶忙抛下盾牌过去回话。传令兵走后，这战兵到马门边歇憩，大家一窝蜂拥过去，皆知道今天中午有案件要办，到时就得过西门外去砍一个人的头。原来这人一面在教场坪营房里混事，一面在城里大衙门当差，不止马上平地有好本领，还是一个当地最优秀的刽子手。

吃过饭后，这战兵身穿双盘云青号褂，包一块绉丝帕头，带了他那把尺来长的鬼头刀，便过西门外等候差事。到晌午时，城中一连响了三个小猪仔炮，[1]不多久，

[1] 猪仔炮：外形略似小猪头的铁炮，筑入火药，点燃后发出巨响，为明清间遗物。

一队人马就拥来了一个被吓得痴痴呆呆的汉子，面西跪在大坪中央，听候发落。这战兵把鬼头刀藏在手拐子后，走过凉棚公案边去向监斩官打了个千，请示旨意。得到许可，走近罪犯身后，稍稍估量，手拐子向犯人后颈窝一擦，发出个木然的钝声，那汉子头便落地了。军民人等齐声喝彩；(对于这独传拐子刀法喝彩！）这战兵还有事作，不顾一切，低下头直向城隍庙跑去。

到了城隍庙，照规矩在菩萨面前磕了三个头，赶忙躲藏到神前香案下去，不作一声，等候下文。

过一会儿，县太爷也照规矩带领差役鸣锣开道前来进香。上完香，一个跑风的探子，忙匆匆的从外边跑来，跪下回事：“禀告太爷，西门城外小河边有一平民被杀，尸首异处，流血一地，凶手去向不明。”

县太爷虽明明白白在稍前一时，还亲手抹朱勒了一个斩条，这时节照习惯却俨然吃了一惊，装成毫不知情的神气，把惊堂木一拍，大声说：“青天白日之下，有这等事？”

即刻差派员役城厢各处搜索，且限令出差人员，得即刻把人犯捉来。又令人排好公案，预备人犯来时在神前审讯。那作刽子手的战兵，估计太爷已坐好堂，赶忙从神桌下爬出，跪在太爷面前请罪。禀告履历籍贯，声明西门城外那人是他杀的，有一把杀人血刀呈案作证。

县太爷把惊堂木一拍，装模作样的打起官腔来问案，刽子手一面对杀人事加以种种分辩，一面就叩头请求太爷开恩。到结果，太爷于是连拍惊堂木，喝叫差役“与我重责这无知乡愚四十红棍！”差役把刽子手揪住按在冷冰冰四方砖地下，“一五一十，十五二十”那么打了八下，面对太爷禀告棍责已毕。一名衙役把个小包封递给县太爷，县太爷又将它向刽子手身边掼去。刽子手捞着了赏号，一面叩头谢恩，一面口上不住颂扬“青天大人禄位高升”。等到一切应有手续当着城隍爷爷面前办理清楚后，县太爷便打道回衙去了。

这是边疆僻地种族压迫各种方式中之一种。

一场悲剧必需如此安排，正合符了“官场即是戏场”的俗话，也有理由。法律同宗教仪式联合，即产生一个戏剧场面，且可达到那种与戏剧相同的娱乐目的！原因是边疆僻地的统治，本由人神合作，必在合作情形下方能统治下去。即如这样一件事情，当地市民同刽子手，就把它看得十分慎重。尤其是那四十下杀威棍，对于一个刽子手似乎更有意义。统治者必使市民得一印象，即是官家服务的刽子手，杀人也有罪过，对死者负了点责任。然而这罪过却由神作证，用棍责可以禳除。这件事既已成为习惯，自然会好好的保存下来，直到社会一切组织崩溃改革时为止。

剑子手砍下一个人头，便可得三钱二分银子。领下赏号的战兵，回转营上时必打酒买肉，邀请队中兄弟同吃同喝，且与众人讨论刀法，讨论一个人挨那一刀前后的种种，并摹拟先前一时与县正堂在城隍庙里打官话的腔调取乐。

——战兵杨金标，你岂不闻王子犯法，应与庶民同罪？一个战兵，胆敢在青天白日之下，持刀杀人！

——青天大人容禀……

——鬼神在上，为我好好招来！

——青天大人容禀……

于是喊一声打，众人便揪成一团，用筷头乱打乱砍起来。

战兵年纪正二十四岁，还是个光身汉子，体魄健康，生活自由自在，手面子又好，一切来得干得，对于未来的日子，便怀了种种光荣的幻想，“万丈高楼从地起”，同队人也觉得这家伙将来不可小觑。

（民国十八年）

时代有了变化，宣统皇帝的江山，被革命党推翻了。前清时当地著名的刽子手，一口气用拐子刀团团转砍六个人头不连皮带肉所造成的奇迹不会再有了。时代一变化，“朝廷”改称“政府”，当地统治人民方式更加残酷，这个小地方毙人时常是十个八个。因此一来，任你怎么英雄好汉，切胡瓜也没那么好本领干得下。被排的全用枪毙代替斩首，于是杨金标变成了一个把守北门城上闩下锁的老士兵。他的光荣时代已经过去，全城人在寒暑交替中，把这个人同这个人的事业慢慢的完全忘掉了。

他年纪已六十岁，独身住在城门边一个小屋里。墙板上还挂了两具牛皮盾牌，一副虎头双钩，一枝广式土枪，一对护手刀——全套帮助他对于他那个时代那分事业倾心的宝贝。另外还有两根钓竿，一个鱼叉，一个鱼捞兜，专为钓鱼用的。一个葫芦，常常有半葫芦烧酒。至于那把杀人宝刀，却挂在枕头前壁上（三十年前每当衙门里要杀人时，据说那把刀先一天就会来个预兆。一入了民国，这刀子既无用处，预兆也没有了）。这把宝刀直到如今一拉出鞘时，还寒光逼人，好象尚不甘心自弃的样子。刀口上还留下许多半圆形血痕，刮磨不去。老战兵日里无事，就拿了它到城上去，坐在炮台头那尊废铜炮身上，一面晒太阳取暖，一面摩挲它，赏玩它。兴致好时也舞那么几下。

城楼上另外还驻扎了一排正规兵士，担负守城责任。全城兵士早已改成新式编制。老战兵却仍然用那个战兵名义，每到月底就过苗防屯务处去领取一两八钱银子，同一张老式粮食券。银子作价折钱，粮食券凭券换八斗四升毛谷子。他的职务是早晚开闭城门，亲自动手上闩下锁。

他会喝一杯酒，因此常到杨屠户案桌边去谈谈，吃猪脊髓汆汤下酒。到沙回回屠案边走一趟，带一个羊头或一副羊肚子回家。他懂得点药性，因此什么人生疱生疮托他找药，他必很高兴出城去为人采药。他会钓鱼，也常常一个人出城到碾坝上长潭边去钓鱼，把鱼钓回来焖好。就端钵头到城楼上守城兵士伙里吃喝，大吼几声五魁八马。

大六月三伏天，一切地方热得同蒸笼一样，他却躺在城楼上透风处打鼾。兵士们打拳练“国术”，弄得他心痒手痒时，便也拿了那个古董盾牌，一个人在城上演“夺槊”“砍拐子马”等等老玩意儿。

城下是一条长河，每天有无数妇人从城中背了竹笼出城洗衣，各蹲在河岸边，扬起木杵捣衣。或高卷裤管，露出个白白的脚肚子，站在流水中冲洗棉纱。河上游一点，有一列过河的跳石横亘河中，同条蜈蚣一样。凡从苗乡来作买卖的，下乡催租上城算命的，割马草的，贩鱼秧的，跑差的，收粪的，连牵不断从跳石上通过，终日不息。对河一片菜园，全是苗人的产业，绿油油的菜圃，分成若干整齐的方块，非常美观。菜园尽头就是一段山冈，树木郁郁苍苍。有两条大路，一条翻山走去，一条沿河上行，皆进逼苗乡。

城脚边有片小小空地，是当地卖柴卖草交易处，因此有牛杂碎摊子，有粑粑江米酒摊子。并且还有几个打铁的架棚砌炉作生意，打造各式镰刀，砍柴刀，以及黄鳝尾小刀，专和乡下来城卖柴卖草人作生意。

老战兵若不往长潭钓鱼，不过杨屠户处喝酒，就坐在城头那尊废铜炮上看人来往。或把脸掉向城里，可望见一个小学校的操坪同课堂。那学校为一对青年夫妇主持，或上堂，或在操坪里玩，城头上全望得清清楚楚。小学生好象很欢喜他们的先生，先生也很欢喜学生。那个女先生间或把他们带上城头来玩，见到老战兵盾牌，女的就请老战兵舞盾牌给学生看。（学生对于那个用牛皮作成绘有老虎眉眼的盾牌，充满惊奇与欢喜。这些小学生知道了这个盾牌后，上学下学一个个悄悄的跑到老战兵家里来看盾牌，也是常有的事。）有时小学生在坪子里踢球，老战兵若在城上，必大声呐喊给输家"打气"。

有一天，又是一个霜降节前，老战兵大清早起来，看看天气很好，许多人家都依照当地习惯大扫除，老战兵也来一个全家大扫除。卷起两只衣袖，头上包了块花布帕子，把所有家业搬出屋外，下河去提了好些水来将家中板壁一一洗刷。工作得正好时，守城排长忽然走来，要他拿了那把短刀赶快上衙门里去，衙门里人找他有要紧事。

他到了衙署，一个挂红带子的值日副官，问了他几句话后，要他拉出刀来看了一下，就吩咐他赶快到西门外去。

一切那么匆促，那么乱，老战兵简直以为是在梦里。正觉得人在梦里，他一切也就含含糊糊，不能加以追问，便当真跑到西门外去，到了那儿一看，没有公案，没有席棚，看热闹的人一个也没有。除了几只狗在敞坪里相咬以外，只有个染坊中人，挑了一担白布，在干牛屎堆旁歇憩。一切全不象就要杀人的情形。看看天，天上白日朗朗，一只喜鹊正曳着长尾喳喳喳喳从头上飞过去。

老战兵想："这年代还杀人，真是做梦吗？"

敞坪过去一点有条小小溪流，几个小学生正在水中拾石头捉虾子玩，各把书包搁在干牛粪堆上。老战兵一看，全是北门里小学校的学生，走过去同他们说话：

"还不赶快走，这里要杀人了！"

几个小孩子一齐抬起头来笑着：

"什么，要杀谁？谁告诉你的？"

老战兵心想："真是做梦吗？"看看那染坊晒布的正想把白布在坪中摊开，老战兵又去同他说话：

"染匠师傅，你把布拿开，不要在这里晒布，这里就要杀人！”

染匠师傅同小学生一样，毫不在意，且同样笑笑的问道：

“杀什么人？你怎么知道？”

老战兵心想：“当真是梦么？今天杀谁，我怎么知道？当真是梦，我见谁就杀谁。”

正预备回城里去看看，还不到城门边，只听得有喇叭吹冲锋号，当真要杀人了。队伍已出城，一转弯就快到了。老战兵迷迷糊糊赶忙向坪子中央跑去。一会子队伍到了地，匆促而沉默的散开成一大圈，各人皆举起枪来向外作预备放姿势，果然有两个年纪轻轻的人被绑着跪在坪子里。并且一个是男人，一个是女人，脸色白僵僵的。一瞥之下，这两个人脸孔都似乎很熟悉，匆遽间想不起这两人如此面善的理由。一个骑马的官员，手持令箭在圈子外土阜下监斩。老战兵还以为是梦，迷迷糊糊走过去向监斩官请示。另外一个兵士，却拖他的手，“老家伙，一刀一个，赶快赶快！”

他便走到人犯身边去，擦擦两下，两颗头颅都落了地。见了喷出的血，他觉得这梦快要完结了，一种习惯的力量使他记起三十年前的老规矩，头也不回，拔脚就跑。跑到城隍庙，正有一群妇女在那里敬神，庙祝哗哗的摇着签筒。老战兵不管如何，一冲进来趴在地下就只是磕头，且向神桌下钻去。庙里人见着那么一个人，手执一把血淋淋的大刀，以为不是谋杀犯也就是杀老婆的疯子，吓得要命，忙跑到大街上去喊叫街坊。

一会儿，从法场上追来的人也赶到了，同大街上的闲人七嘴八舌一说，都知道他是守北门城的老头子，都知道他杀了人，且同时断定他已发了疯。原来城隍庙的老庙祝早已死了，本城人年长的也早已死尽了，谁也不注意到这个老规矩，谁也不知道当地有这个老规矩了。

人既然已发疯，手中又拿了那么一把凶刀，谁进庙里去，说不定谁就得挨那么一刀，于是大家把庙门即刻倒扣起来，想办法准备捕捉疯子。

老战兵躲在神桌下，只听得外面人声杂乱，究竟是什么原因完全弄不明白。等了许久，不见县知事到来，心里极乱，又不知走出去好还是不走出去好。

再过一会儿，听到庙门外有人拉枪机柄，子弹上了红槽。又听到一个很熟悉的妇人声音说：“进去不得，进去不得，他有一把刀！”接着就是那个副官声音，“不要怕，不要怕，我们有枪！一见这疯子，尽管开枪打死他！”

老战兵心中又急又乱，不知如何是好，只是迷迷糊糊的想：“这真是个怕人的梦！”

接着就有人开了庙门，在门前大声喝着，却不进来。且依旧扳动枪机，俨然即刻就要开枪的神气。许多熟人的声音也听得很分明。其中还有一个皮匠说话。

又听那副官说：“进去！打死这疯子！”

老战兵急了，大声嚷着：“嗨嗨，城隍老爷，这是怎么的！这是怎么的！”外边人正嚷闹着，似乎谁也不听见这些话。

门外兵士虽吵吵闹闹，谁都是性命一条，谁也不敢冒险当先闯进庙中去。

人丛中忽然不知谁个厉声喊道：“疯子，把刀丢出来，不然我们就开枪了！”

老战兵想：“这不成，这梦做下去实在怕人！”他不愿意在梦里被乱枪打死。他实在受不住了，接着那把刀果然啷的一声响抛到阶沿上去了。一个兵士冒着大险抢步而前，把刀捡起。其余人众见凶器已得，不足畏惧，齐向庙中一拥而进。

老战兵于是被人捉住，胡胡涂涂痛打了一顿，且被五花大绑起来吊在廊柱上。他看看远近围绕在身边象有好几百人，自己还是不明白做了些什么错事，为什么人家把他当疯子，且不知等会儿有什么结果。眼前一切已证明不是梦，那么刚才杀人的事也应当是真事了。多年以来本地就不杀人，那么自己当真疯了吗？一切疑问在脑子里转着，终究弄不出个头绪。有个人忽然从老战兵背后倾了一桶脏水，从头到脚都被脏水淋透。大家哄然大笑起来。老战兵又惊又气，回头一看，原来捉弄他的正是本城卖臭豆豉的王跻子，倒了水还正咧着嘴得意哩。老战兵十分愤怒，破口大骂："王五，你个狗肏的，今天你也来欺侮老祖宗！"

大家又哄然笑将起来，副官听他的说话，以为这疯子被水浇醒，已不再痰迷心窍了，方走近他身边，问他为什么杀了人，就发疯跑到城隍庙里来，究竟见了什么鬼，撞了什么邪气。

"为什么？你不明白规矩？你们叫我办案，办了案我照规矩来自首，你们一群人追来，要枪毙我，差点儿我不被乱枪打死！你们做得好，做得好，把我当疯子！你们就是一群鬼。还有什么鬼？我问你！”

当地军部玩新花样，处决两个共产党，不用枪决，来一个非常手段，要守城门的老刽子手把两个人斩首示众。可是老战兵却不明白衙门为什么要他去杀那两个年青人。那一对被杀头的，原来就是北门里小学校两个小学教员。

小学校接事的还不来，北门城管锁钥的职务就出了缺——老战兵死了。全县城军民各界，于是流行着那个“最后一个刽子手”的笑话，无人不知。并且还依然传说，那家伙是痰迷心窍白日见鬼吓死的。

一九三五年夏作

会明

排班站第一，点名最后才喊到，这是会明。这个人所在的世界，是没有什么精彩的世界。一些铁锅、一些大箩筐、一些米袋、一些干柴，把他的生命消磨了三十年。他在这些东西中把人变成了平凡人中的平凡人。他以前是个农民，辛亥革命后，改了业。改业后，他在部队中做的是火夫。在云南某军某师一个部队中烧火，担水，挑担子走长路，除此以外没有别的事情可做。

他样子是那么的——

身高四尺八寸。长手长脚长脸，脸上那个鼻子分量也比他人的长大沉重。长脸的下部分，生了一片毛胡子，本来长得象野草，因为剪除，所以不能下垂，却横横的蔓延发展成为一片了。

这品貌，若与身分相称，他应当是一个将军。若把胡子也作为将军必需条件之一时，这个人的胡子，还有两个将军的好处的。许多人，在另外一时，因为身上或头上一点点东西出众，于是从平凡中跃起，成为一时代中要人，原是很平常的事情；相书上就常常把历史上许多名王将相说起过的。这人却似乎正因为这些品貌上的特长，把一生毁了。

他现在是陆军第四十七团三十三连一个火夫。提起三十三连，很容易使人同时记起洪宪帝制时代，国民军讨袁时在黔、湘边界一带的血战。事情已过去十年了。那时会明是火夫，无事时烧饭炒菜；战事一起则运输子弹，随连长奔跑。一直到这时，他还仍然在原有位置上任职，一个火夫应做的事他没有不做，他的名分上的收入，也仍然并不与其余火夫两样。

如今的三十三连，全连中只剩余会明一人同一面旗帜，十年前参预过革命战争，这革命的三十三连俨然只是为他一人而有了。旗在会明身上谨谨慎慎的缠裹着，会明则在火夫的职位上按照规矩做着粗重肮脏的杂务，便是本连的新长官，也仿佛把这一连过去历史忘掉多久了。

野心的扩张，若与人本身成正比，会明有作司令的希望。然而主持这人类生存的，俨然是有一个人，用手来支配一切，有时因高兴的缘故，常常把一个人赋与了特别夸张的体魄，却又在这峨然巍然的躯干上安置一颗平庸的心。会明便是如此被处置的一个人：他一面发育到使人见来生出近于对神鬼的敬畏，一面却天真如小狗，忠厚驯良如母牛。若有人想在这人生活上，找出那偃蹇运涩的根源，这天真同和善，就是其所以使这个人永远是火夫的一种极正当理由。在躯体上他是一个火夫，在心术上他是一个好人。人好时，就不免常有人拿来当呆子惹。被惹时，他在一种大度心情中，看不出可发怒的理由。但这不容易动火的性格，在另一意义上，却仿佛人人都比他聪明十分，所以他只有永远当火夫了。

任何军队中，总不缺少四肢短小如猢狲、同时又不缺少如猢狲聪明的那类同伴。有了这样同伴，会明便显得更呆相更元气了。这一类人一开始，随后是全连一百零八个好汉，在为军阀流血之余，人人把他当呆子看待，用各样绰号称呼他，用各样工作磨难他，渐渐的，使他把世界对于呆子的待遇一一尝到了。没有办法，他便自然而然也越来越与聪明离远了。

从讨袁到如今整十年，十年来，世界许多事情都变了样子，成千成百马弁、流氓都做了大官；在别人看来，他只长进了他的呆处，除此以外完全无变动。他正象一株极容易生长的大叶杨，生到这世界地面上，一切的风雨寒暑，不能摧残它，却反而促成它的坚实长大。他把一切戏弄放在脑后，眼前所望所想只是一幅阔大的树林，树林中没有会说笑话的军法，没有爱标致的中尉，没有勋章，没有钱，此外嘲笑同小气也没有。树林印象是从都督蔡锷一次训话所造成。这树林，所指的是中国边境，或者竟可以说是外洋，在这好象很远很远的地方，军队为保卫国家驻了营，作着一种伟大事业，一面垦辟荒地，生产粮食，一面保卫边防。

在那种地方，照会明想来，也应当有过年过节，也放哨，也打枪放炮，也有草烟吃，但仿佛总不是目下军营中的情形。那种生活在什么时候就出现，怎么样就出现，问及他时是无结论的。或者问他，为什么这件事比升官发财有意义，他也说不分明。他还不忘记都督尚说过“把你的军旗插到堡上去”那一句话。军旗在他身上是有一面的，他所以好好保留下来，就是相信有一天用得着这东西。到了那一日，他是预备照都督所说的办法做去的。他欢喜他的上司，崇拜他，不是由于威风，只是由于简朴，象一个人不象一个官。袁世凯要做皇帝，就是这个人，告百姓说“中华民国再不应当有皇帝坐金銮宝殿欺压人”，大家就把老袁推翻了。

被人谥作“呆”，那一面宝藏的军旗，和那无根无蒂的理想，都有一部分责任了。他似乎也明白，到近来，因此旗子事情从不和人提起。他那伟大的想望，除供自己玩味以外，也不和另外人道及了。

因为打倒军阀，打倒反革命，三十三连被调到湖北黄州前线。

这时所说的，就是他上了前线的情形。

打仗并不是可怕的事情。民国以来在中国当兵，不拘如何胆小，都不免在一年中有到前线去的机会。这火夫，有了十多年内战的经验，这十多年来，是中国做官的在这新世纪别无所为、只成天互相战争的时代。新时代的纪录，是流一些愚人的血，升一些聪明人的官。他看到的事情太多，死人算不了什么大事。若他有机会知道“君子远庖厨”一类话，他将成天嘲笑读“子曰”的人说的“怜悯”是怎么一回事了。流汗、挨饿，以至于流血、腐烂，这生活，在军队以外的“子曰”配说同情吗？他不为同情，不为国家迁都或政府的统一——他和许多人差不多一样，只为“冲上前去就可以发三个月的津贴”，这呆子，他当真随了好些样子很聪明的官冲上前去了。

到前线后他的职务还是火夫。他预备在职分上仍然参预这场热闹事情。他老早就编好了草鞋三双。还有绳子、铁饭碗、成束的草烟，都预备得完完全全。他另外还添制了一个火镰，钢火很好，是用了大价钱向一个卖柴人匀来的。他算定这热闹快来了。望到那些运输辎重的车辆，很沉重的从身边过去时，车辆深深的埋在泥沙里，他就呐喊，笑那拉车的马无用。他在开向前方的路上，肩上的重量有时不下一百二十斤，但是他还一路唱歌。一歇息，就大喉咙说话。

军队两方还无接触的事，队伍以连为单位分驻各处，三十三连被分驻在一小山边。他同平时一样，挑水、洗菜、煮饭，每样事都是他作，凡是出气力事他总有份。

事情作过后，司务长兴豪时，在那过于触目了的大个儿体格上面，加以地道的嘲弄，把他喊作“枪靶”，他就只做着一个火夫照例在上司面前的微笑，低声发问：“连长，什么时候动手？”为什么动手他却不问。因为上司早已说过许多次，自然是“打倒军阀”，才有战事，不必问也知道。其实他的上司的上司，也就是一个军阀。这个人，有些地方他也已不全呆了。

驻到前线三天，一切却无动静。这事情仿佛和自己太有关系了，他成天总想念到这件事。白天累了，草堆里一倒就睡死，可是忽然在半夜醒来时，他的耳朵就象为枪声引起了注意才醒的。他到这时节已不能再睡了。他就想，或者这时候前哨已有命令到了？或者有夜袭的事发生了？或者有些地方已动了手，用马刀互相乱砍，用枪刺互相乱刺？他打了一个冷战。爬起身来，悄悄的走出去望了一望帐篷外的天气，同时望到守哨的兵士鹄立在前面，或者是肩上扛了枪来回的走。他不愿意惊动了这人，又似乎不能不同这人说一句话，就咳嗽，递了一个知会。他的咳嗽是无人不知道的，自然守哨的人即刻就明白是会明了。到这时，遇守哨人是个爱玩笑的呢，就必定故意的说“口号！”他在无论何时是不至于把本晚上口号忘去的。但他答应的却是“火夫会明”。军队中口号不同是自然的事，然而这个人的口号却永远是“火夫会明”四个字。把口号问过，无妨了，就走近哨兵身边。他总显着很小心的神气问：“大爷，小哥子，怎么样，没有事情么？”“没有。”答应着这样话的哨兵，走动了。“我好象听见枪声。”“会明你在做梦。”“我醒了很久。”“说鬼话。”问答应当小住了，这个人于是又张耳凝神听听远处。然而稍过一会，总仍然又要说：“听，听，兄弟，好象有点不同，你不注意到么？”假若答的还是“没有”，他就象顽固的孩子气的小声说：“我疑心是有，我听到马嘶。”那答的就说：“这是你出气。”被骂了后，仍然象是放心不下，还是要说。……或者，另外又谈一点关于战事死人数目的统计，以及生死争夺中的轶闻。这火夫，直到不得回答，身上也有点感觉发冷，到后看看天，天上全是大小星子，看不出什么变化，就又好好的钻进帐篷去了。

战事对于他也可以说是有利益的，因为在任何一次行动中，他总得到一些疲倦与饥渴，同一些紧张的欢喜。

就是逃亡、退却，看到那种毫无秩序的纠纷，可笑的慌张，怕人的沉闷，都仿佛在他是有所得的。然而他期待前线的接触，却又并不因为这些事。他总以为既然是预备要打，两者已经准备好了，那么趁早就动手，天气合宜，人的精神也较好。他还记得去年在鄂西的那回事情，时间正是五黄六月，人一倒下，气还不断，糜烂处就发了臭；再过一天，全身就有小蛆虫爬行。死去的头脸发紫，胀大如斗，肚腹肿高，不几天就爆裂开来。一个军人，自己的生死虽应当置之度外，可是死后那么难看，那么发出恶臭，流水生蛆，虽然是“敌人”，还在另一时用枪拟过自己的头作靶子，究竟也是不很有意思的事！如今天气显然一天比一天热了，再不打，过一会，真就免不了要象去年情形了。

为了那太难看、太不和鼻子相宜的六月情形，他愿意动手的命令即刻就下。

然而前线的光景，却不能如会明所希望的变化。先是已有消息令大队在××集中，到集中以后，局面反而和平了许多，又象是前途还有一线光明希望了。

这和平，倘若当真成了事实，真是一件使他不大高兴的事情。单是为他准备战事起后那种服务的梦，这战争的开端，只顾把日子延长下去，已就是许多人觉得是不可忍受的一件事了。当兵的人人都并不喜欢打内战。但都期望从战事中得到一种解决：打赢了，就奏凯；败了，退下。总而言之，一到冲突，真的和平也就很快了。至于两方支持原来地位下来呢，在军人看来却感到十分无聊。他和他们心情都差不多，就是死活都以即刻解决为妙。维持原防，不进不退，那是不行的。谁也明白六月天气这么下去真不行！

会明对于战事自然还有另外一种打算。他实在愿意要打就打起来，似乎每打一仗，便与他从前所想的军人到国境边沿去屯边卫国的事实走近一步了，于是他在白天，逢人就问究竟是要什么时候开火。他那种关心好象一开火后就可以擢升营长。可是这事谁也不清楚，谁也不能作决定的回答。人人就想知道这一件事，然而照例在命令到此以前，把连长算在内，军人是谁也无权过问这日子的。看样子，非要在此过六月不可了。

五天后，还没动静。

十五天后，一切还是同过去的几天一样情形。

一连十多天不见变动，他对于夜里的事渐渐不大关心了。遇到半夜醒来出帐篷解溲，同哨兵谈话的次数也渐渐少了。

去他们驻防处不远有一个小村落，这村落因为地形平敞的原故，没有争夺的必要，所以不驻一兵。然而住在村落中的乡下人，却早已全数被迫迁往深山中去了。数日来，看看情形不甚紧张，渐渐的，日前迁往深山的乡下人，就有很多悄悄的仍然回到村中看视他们的田园的。又有些乡下人，敢拿鸡蛋之类陈列在荒凉的村前大路旁，来同这些副爷冒险做生意的。

会明为了火夫的本分，在开火以前，除了提防被俘虏，是仍然可以随时各处走动的。村中已经有了人做生意，他就常常到村子里去。他每天走几次，一面是代连上的弟兄采买一点东西，一面是找个把乡下上年纪的农民谈一谈话。而且村中更有使他欢喜的，是那本地种的小叶烟，颜色黄的简直是金子，味道又不坏。既然不开火，烟总是要吸的，有了本地烟，则返回原防时，那原有三束草烟还是原来不动，所得好处的确已不少了。所以他虽然不把开火的事情忘却，但每天到村中去谈谈话，尽村中人款待一点很可珍贵的草烟，也象这日子仍然可以过得去了。

村子里还有烧酒，从地窖里取出的陈货。他酒量并不大，但喝一小杯也令人心情欢畅。

他一到了那村落里，就把谈话的人找到了，因为那满嘴胡子，已证明这是一个有话好商量的朋友。别人总愿意知道他胡子的来处。这好人，就很风光的说及十年前的故事。把话说滑了口，有时也不免小小吹了一点无害于事的牛皮，譬如本来只见过都督蔡锷两次，他说顺了口，就说是五次。然而说过这样话的他，比听的人先把这话就忘记了到脑后，自然也不算是罪过了。当他提起蔡锷时，说到那伟人的声音颜色，说到那伟人的精神，他于是记起了腰间那面旗子，他就想了一想，又用小眼睛仔细老成的望了一望对方人的颜色。本来这一村，这时留下的全是有了些年纪的人，因为望到对方人眼睛是完全诚实的眼睛，他笑了。他随后做的事是把腰间缠的小小三角旗取了下来。“看，我这个家伙！”看的人眼睛露出吃惊的神气，他得意了。“看，这是他送我们的，他说‘嗨，老兄，勇敢点，不要怕，插到那个地方去！’

你明白插到哪个地方去吗？很高很高的地方！”听的人自然是摇头，而且有愿意明白“他”是谁，以及插到什么地方去的意思。他就慢慢的一面含着烟管，一面说老故事。听这话的人，于是也仿佛到了那个地方，看到这一群勇敢的军人，在插定旗子下面生活，旗子一角被风吹得拨拨作响的情形。若不是怕连长罚在烈日下立正，这个人，为了使这乡下人印象更明确一点，早已在这村落中一个土阜上面把旗子竖起，让这面旗子当真来在风中拨拨作响了。有时候，他人也许还问到“这是到日本到英国？”他就告他们“不拘那一国，总之，不是湖南省，也不是四川省”。他想到那种一望无涯的树林，那里和中国南京、武汉已很远很远，以为大概不是英国，总就是日本国边边上。

至于俄国呢，他不敢说。因为那里可怕，军队中照例是不许说起这个国名的。究竟有什么可怕？他一点也不知道。

就好象是因为这种慷慨的谈论，他和这村落中人很快就建立了一种极好的友谊。有一次，他忽然得到一个人赠送的一只母鸡，带回了帐篷。那送鸡的人，告他这鸡每天会从拉屎的地方掉下一个大卵来，他把鸡双手捧回时，就用一个无用处的白木子弹箱安置了它，到第二天一早，果然木箱中多了一个鸡卵。他把鸡卵取去好好的收藏了，喂了鸡一些饭粒，等候第二个鸡卵，第三天果然又是一个。当他把鸡卵取到手时，便对那母鸡做着“我佩服你”的神气。那母鸡也极懂事，应下的卵从不悭吝过一次。

鸡卵每天增加一枚，他每天抱母鸡到村子里尽公鸡轻薄一次。他渐渐为一种新的生产兴味所牵引，把战事的一切忘却了。

自从产业上有了一只母鸡以后，这个人，很有些事情，已近于一个做母亲人才需要的细心了。他同别人讨论这只鸡时，也象一个母亲和人谈论儿女一样的。他夜间做梦，就梦到不论走到什么地方去，总有二十只小鸡旋绕脚边吱吱的叫，好象叫他做“外公”。梦醒来，仍然是凝神听，所注意的已经不是枪声。他担心有人偷取鸡卵，有野猫拖鸡。

鸡卵到后当真已积到二十枚。

会明除了公事以外，多了些私事。预备孵小鸡，他各处找东找西，仿佛做父亲的人着忙看儿子从母亲大肚中卸出。对于那伏卵的母鸡，他也从“我佩服你”的态度上转到“请耐耐烦烦”的神情，似乎非常礼貌客气了。

日子在他的期待中，在其他人的胡闹中，在这世界上另一地方许多人的咒骂歌唱中，又糟蹋四五十天了。小鸡从薄薄的蛋壳里出到日光下，一身嫩黄乳白的茸毛，啁啾的叫喊，把会明欢喜到快成疯子。如果这时他被派的地方，就是平时神往的地方，他能把这一笼小鸡带去，即或别无其他人作伴，也将很勤快的一个人在那里竖旗子住下了。

知道他有了一窝小鸡，本连上小兵，就成天有人来看他的小鸡。还有那爱小意思的兵士，就有向他讨取的事情发生了。对于这件事情，他用的是一种慷慨态度，毫不悭吝的就答应了人，却附下个条件，虽然指派定这鸡归谁那鸡归谁，却统统仍然由他管理。他在每只小鸡身上作了个不同记号，却把它们一视同仁的喂养下来。他走到任何帐篷里去，都有机会告给旁人小鸡近来如何情形，因为每一个帐篷里面总有一个人向他要过小鸡。

白天有太阳，他就把鸡雏同母鸡从木箱中倒出来，尽这母子在帐篷附近玩，自己却赤了膊子咬着烟管看鸡玩，或者举起斧头劈柴，把新劈的柴堆成一座一座空心宝塔。眼看鸡群绕着柴堆打转，老鹰在天上飞时，母鸡十分机警的带着小鸡逃到柴塔中去的情形，他十分高兴。

遇到进村里去时，他便把这笼鸡也带去。他预备给原来的主人看看，象那人是他的亲家。小鸡雏的健康活泼，从那旧主人口中得到一些动人的称赞后，他就非常荣耀骄傲的含着短烟管微笑，还极谦虚的说："这完全是鸡好，它太懂事了，它太乖巧了。"为此一来，则仿佛这光荣对于旧主人仍然有份。旧主人觉悟到这个，就笑笑，会明不免感动到眼角噙了两粒热泪。

"大爷，你们是不打仗了吗？"

"唔，命令不下来。"

"还没听到什么消息吗？"

"或者是六月要打的。"

"若是要打，怎么样？"这老人意思所指，是这一窝鸡雏的下落。

会明也懂到这个意思了，就说："这是连上一众所有的。"他且把某只小鸡属于某一个人一一指点给那乡下人看。“要打罢，也得带它们到火线上去。它们不会受惊的。你不相信吗？我从前带过一匹猫，是乌云盖雪，一身乌黑，肚皮和四个爪子却白蒙蒙的，这猫和我们在壕沟中过了两个月，换了好些地方。”

“猫不怕炮火么？”

“它象人，胆子尽管小，到了那里就不知道怕！”

“我听说外国狗也打仗！”

“是吧，狗也能打仗吧。好些狗比人还聪明。我亲眼看过一只狗，有小牛大，拉小车子。”他把大拇指竖起：“哪，这个。可是究竟还是一只狗。”

虽然说着猫呀、狗呀的过去的事情，看样子，为了这一群鸡雏发育或教育，会明已渐渐的倾向于“非战主义”者一面，也是很显然的事实了。

白日里，还同着鸡雏旧主人说过这类话的会明，返到帐篷中时，坐在鸡箱边吸烟，正幻想着这些鸡各已长大，飞到帐篷顶上打架的情形，有人来传消息了。人从连长处来，站在门口，说这一连已得到命令，今晚上就应当退却。会明跑出去将那人一把拉着了，“嗨，你说谎！”来人望了望是会明，不理会呆子，用力把身挣脱，走到别一帐篷前去了。他没有追这人，却一直向连长帐篷那一方跑去。

在连长帐篷前，遇到了他的顶头上司。

“连长，这是正经话吗？”

“什么话是正经话？会明呆子，你就从来不说过什么正经话。”

“我听到他们说我们就要……”他把大舌头伸伸。

连长不做声。这火夫，已经跑得气息发喘，见连长不说话，从连长的肩膊上望过去，注意到正有人在帐篷里面收拾东西，卷军用地图，拆电话。他抿抿嘴唇，好象表示“你不说我也知道，凡事瞒不了我”，很得意的跑了回去，整理他的鸡笼去了。

和议的局势成熟，一切作头脑的讲了和，地盘分派妥当，照例约好各把军队撤退二十里，各处骂人标语全扯去，于是“天下太平”了。会明的财产上多一个木箱，多一个鸡的家庭。他们队伍撤回原防时，会明的伙食担上一端加上还不曾开始用过的三束草烟叶，另一端就加上那些小儿女。本来应当见到血，见到糜碎的肢体，见到腐烂的肚肠的，没有一人不这样想！但料不到的是这样开了一次玩笑，一切的忙碌，一切精力的耗费，一切悲壮的预期，结果太平无事，等于儿戏。

在前线，会明是火夫，回到原防，会明仍然也是火夫。不打仗，他仿佛觉得去那大树林涯还很远，插旗子到堡子上，望到这一面旗子被风吹得拨拨作响的日子，一时还无希望证实。但他喂鸡，很细心的料理它们。多余的草烟至少能对付四十天。一切说来他是很幸福的。六月来了，天气好热！这一连人幸好没有一个腐烂。会明望到这些兄弟呆呆的微笑时，那微笑的意义，没有一个人明白。再过些日子，秋老虎一过，那些小鸡就会扇着无毛翅膀，学着叫"勾勾喽"了。一切说来他是很幸福的，满意的。

作于一九二九年夏

更夫阿韩

我们县城里，一般做买卖的，帮闲的，伕子们，够得上在他那姓下加上一个“伯”字的，这证明他是有了什么德行，一般人对他已起了尊敬心了。就如道门口那卖红薯的韩伯，做轿行生意的那宋伯等是。

这伯字固然与头发的颜色与胡子的长短很有关系，但若你是平素为人不端，或有点痞，或脾气古板，象卖水的那老杨，做包工的老赵，不怕你头发已全白，胡子起了纽纽，他们那娘女家，小孩子，还不是只赶着你背后“烂脚老杨唉！送我一担水”，“赵麻子师傅，我这衣三天就要的啦，”那末不客气地叫喊！你既然没有法子强人来叫一声某伯，自然也只好尽他那些人带着不尊敬的鼻音叫那不好听的绰号了。

这可见镇筸人对于“名器不可滥假于人”这句话是如何的重视。

在南门土地堂那不须出佃钱底房子住身的阿韩，打更是他的职业。五十来岁的人了，然这并不算顶老。并且，头发不白，下巴也是光秃秃的。但也奇怪！凡是他梆子夜里所响到的几条街，白天他走到那些地方时，却只听见“韩伯，韩伯”那么极亲热的喊叫。他的受人尊视的德行，要说是在打更的职务方面，这话很觉靠不住。他老爱走到城门洞下那卖包谷子酒的小摊前去喝一杯。喝了归来，便颠三倒四的睡倒在那土地座下。哪时醒来，哪时就将做枕头的那个梆取出来，比敲木鱼念经那大和尚还不经心，到街上去乱敲一趟。有时二更左右，他便糊里胡涂“嘟，嘟，嘟嘟”连打四下；有时刚着敲三下走到道台衙门前时，砰的听到醒炮[1]响声，而学吹喇叭的那些号兵便已在辕门前“哒——哒——”的鼓胀着嘴唇练音了。

---

[1] 醒炮：起床的炮讯。在凤凰，这系清代辰沅道旧制，沿袭到民国期间。

这种不知早晚的人，若是别个，谁家还再要他来打更？但大家却知道韩伯的脾气，从不教训过他一次。要不有个把刻薄点的人，也不过只笑笑的骂一句“老忘晕[1]了的韩伯”罢了。

那时，他必昂起头来，看看屋檐角上的阴白色天空“哦！亮了！不放醒炮时倒看不出……”接着只好垂头丧气的扛着他那传家宝慢慢地踱转去睡觉。走过杨喜喜摊子前，若是杨喜喜两口子已开了门，在那里揉面炸油条了，见了他，定会又要揶揄他一句“韩伯，怎么啦？才听到你打三更就放醒炮！晚上又同谁个喝了一杯吧？”

“噢，人老了。不中用了。一睡倒就象死——”他总笑笑的用自责的语气同喜喜两口子说话。

有时候，喜喜屋里人很随意的叫一声“韩伯，喝碗热巴巴的猪血去！”他便不客气的在那脏方桌边一屁股坐了下去。客气，是虚伪。客气的所得是精神受苦与物质牺牲；何况喜喜屋里人又是那么慷慨大方。

然而他的好处究竟在什么地方呢？就是因他和气。

---

[1] 老忘晕：老胡涂。

他的确太和气了。

他没有象守城的单二哥那样，每月月终可到中营衙门去领什么饷银：二两八钱三的银子，一张三斗六升的谷票。他的吃喝的来源，就是靠到他打更走过的各户人家——也可说听过他胡乱打更的人家去捐讨。南街这一段虽说不有很多户口，但捐讨来的却已够他每夜喝四两包谷烧的白酒了。因为求便利的缘故，他不和收户捐的那样每月月终去取；但他今天这家取点明天那家取点来度日。估计到月底便打了一个圈子。当他来时，你送他两个铜元，他接过手来，口上是“道谢，道谢”，一拐一瘸的走出大门。遇到我对门张公馆那末大方，一进屋就是几升白米，他口上也还只会说“道谢，道谢”。

要钱不论多少，而表示感谢则一例用“道谢”两字，单是这桩事，本来就很值得街坊上老老小小尊敬满意了。

我们这一段街上大概是过于接近了衙门的缘故吧，他既是这么不顾早晚的打更，别的地方大嚷捉贼的当儿，我们这一节却不听到谁家被盗过一次。虽说也常常有南门坨的妇人满街来骂鸡，但这明明是本街几个人吃了。有时，我们家里晚上忘了关门，他便啷啷的一直敲进到我院子中来，把我们全家从梦中惊醒。

“呵呵！太太，少爷，张嫂，你们今夜又忘记闩门了！”

他的这种喊声起时，把我们一家人都弄得在被单中发笑了。这时妈必叫帮我的张嫂赶紧起来闩大门，或者要我起来做这事。

“照一下吧！”

“不消照，不消照，这里有什么贼？他有这种不要命的胆子来偷公馆？”

“谢谢你！难得你屡次来照看。”

“哪里，哪里，——老爷不在屋，你们少爷们又躲，我不帮到照管一下，谁还来？”

“这时会有四更了？”

“嗯，嗯，大概差不多。我耳朵不大好，已听不到观景山传下来的柝声了。”

我那么同他说着掩上了门，他的梆声便又啷啷的响到街尾去。

直到第二天，早饭桌上，九妹同六弟他们，还记到夜来情形，用筷子敲着桌边，摹拟着韩伯那嘶哑声音

"呵呵！太太，少爷，张嫂，你们今夜又忘记闩门了！"

这个"又"字，可想而知我大院子不知他敲着梆进来过几多次！

"韩伯，来做什么？前几天不是才到这要钱！"顽皮的六弟，老爱同他开玩笑，见他一进门，就拦着他。

"不是，不是，不是来讨更钱。太太，今天不知道是哪里跑来一个瘦骨伶精的躲叫化子，倒在聂同仁铺子前那屠桌下坏掉了。可怜见，肚皮凹下去好深，不知有几天不曾得饭吃了！一脑壳癞子，身上一根纱不有，翻天睡到那里——这少不然也是我们街坊上的事，不得不理……我才来化点钱，好买副匣子殓他抬上山去。可怜，这也是人家儿女！……"

韩伯的仁慈心，是街坊上无论哪个都深深相信的。他每遇到所打更的这一段街上发生了这么一类事情时，便立即把这责任放到自己肩上来，认真一把鼻涕一把眼泪洒着走到几家大户人家来化棺木钱；而结实老靠，又从不想在这事上叨一点光，真亏他！但不懂事的弟妹们，见到妈拿二十多个铜子同一件旧衣衫递过去，他把擦着眼睛那双背背上已润湿了的黑瘦手伸过来接钱时，都一齐哈哈子大笑。

“你看韩伯那副怪样子！”

“他流老猫尿，做慈悲相。”

“又不是他小韩，怎么也伤心？”

弟妹们是这么油皮怪脸的各人用那两个小眼睛搜索着他的全身。他耳朵没有听这些小孩子说笑的闲工夫，又走到我隔壁蔡邋巴家去募捐去了。

过年来了。

小孩子们谁个不愿意过年呢。有人说中国许多美丽佳节，都是为小孩的，这话一点不错。但我想有许多佳节小孩子还不会领会，而过年则任何小孩都会承认是真有趣的事！端午可以吃雄黄酒，看龙船；中秋可以有月饼吃；清明可以到坡上去玩；接亲的可以见到许多红红绿绿的嫁妆，可以看那个吹唢呐的吹鼓手胀成一个小球的嘴巴，可以吃大四喜圆子；死人的可以包白帕子，可以在跪经当儿偷偷的去敲一下大师傅那个油光水滑的木鱼，可以做梦也梦到吃黄花耳子；请客的可以逃一天学；还愿的可以看到光兴老师傅穿起红缎子大法衣大打其筋斗，可以偷小爆仗放——但毕竟过年的趣味要来的浓一点且久一点。

眼看到大哥把那菜刀磨得亮晃晃的，二十四杀鸡敬神烧年纸时，大家争着为大哥扯鸡脚。霍的血一流到铺在地上的钱纸上面，那鸡用劲一抖，脚便脱了手。这时九妹也不怕鸡脚肮脏，只顾死劲捏着。不一会，刚刚还伸起颈子大喊大叫的鸡公，便老老实实的卧到地下了。它象伸懒腰似的，把那带有又长又尖同小牛角一般的悬蹄的脚，用劲的抖着，直杪杪的一直到煮熟后还不弯曲。

这一个月一直到元宵，学校不消说是不用进了。就是大年初一，妈必会勒到要去为先生拜年。但那时的先生，已异常和气，不象是坐在方桌前面，雄赳赳气呼呼拍着界方，要我们自己搬板凳挨屁股的样子了。并且师母会又要拉到衣角，塞一串红绒绳穿就的白光制钱，只要你莫太跑快让她赶不上，这钱是一定到手的。

…………

这时的韩伯？他不象别一个大人那么愁眉苦眼摆布不开的样子；也不必为怕讨债人上门，终日躲来躲去。他的愉快程度，简直同一个享福的小孩子一样了。

走到这家去，几个粑粑；走到那家去，一尾红鱼——而钱呀，米呀，肥的腊肉呀，竟无所不有。他的所费就是进人家大门时提高嗓子喊一声“贺喜”！

家家把大门都洗刷得干干净净，如今还不到二十七夜，许多铺板上方块块的红纸金字吉祥话就贴出来了，大街上跑着些卖喜钱门神的宝庆[1]老，各家讨账的都背上挂一个毛蓝布褡裢……

阿韩看到这些一年一次的新鲜东西，觉得都极有意思。又想到所住的土地堂，过几日便也要镇日镇夜灯烛辉煌起来，那庄严热闹样子，不觉又高兴起来，拿了块肥腊肉到单二哥处去打平和[2]喝酒去了。

土地堂前照例有陈乡约来贴一副大红对联。那对联左边是“烧酒水酒我不论”，右边便对“公鸡母鸡只要肥”。这对子虽然旧，但还俏皮；加之陈乡约那一笔好颜字；纸又极大，因此过路的无有不注意一下。阿韩虽不认到什么字，但听到别人念那对子多了，也能“烧酒水酒，汾酒苏酒，……”的读着。他眉花眼笑的念，总

[1] 宝庆：地名，今湖南邵阳市。

[2] 打平和：打平伙，各人凑钱物在一起吃喝。

觉得这对子有一半是为他而发的。至于乡约伯伯的意思，大概敬神的虔诚外，还希望时时有从他面前过身的陌生人“哦，土地堂门前那一笔好颜字！”那么话跑进他耳朵。

这几天的韩伯连他自己都不晓得是一个什么人了。每日里提着一个罐子，放些鱼肉，一拐一瘸的颠到城头上去找单二哥对喝。喝得个晕晕沉沉，又踉跄的颠簸着归来。遇到过于高兴，不忍遏止自己兴头时，也会用指头轻轻地敲着又可当枕头又是家业的竹梆，唱两句“沙陀国老英雄……”

“韩伯，过年了，好呀！”

“好，好，好，天天喝怎么不好。”

“你酒也喝不完吧？也应得请我们喝一杯！”

“好吧——咦！你们这几天难道不喝吗？老板家里，大块大块的肉，大缸大缸的酒，正好不顾命的朝嘴里送……”

每早上，一些住在附近的铺子上遣学徒们来敬神时，这些小家伙总是一面插香燃烛，把篮子里热气蒸腾的三牲取出来，一面同韩伯闹着玩笑。学徒们口里是没事不惯休息的，为练习做买卖，似乎这当子非铺柜上的应酬也不妨多学一点。其实他们这几日不正象韩伯所说的为酒肉已胀晕了！

这半月来韩伯也不要什么人准可，便正式停了十多天工。

一九二六年五月四日作于窄而霉小斋

草绳

今天镇上雨水特别好。如今雨又落了整三天。

河里水，由豆绿色变到泥黄后，地位也由滩上移到堤坝上来了。天放了晴水才不再涨。沿河两岸多添了一些扳罾人，可惜地方上徐黑生已死，不然又说镇上八景应改成九景，因为“沱江春涨”当年志书不曾有，或者有意遗落了。

至于沙湾人，对于志书上的缺点，倒不甚注意。“沱江春涨”不上志书也不要紧的，大家只愿水再涨一点。河里水再涨，到把临河那块沙坝全体淹没时，河里水能够流到大杨柳桥下，则沙湾人如象周大哥他们，会高兴得饭也忘记吃，是一定的吧。

水再大一点，进了溪里桥洞时，只要是会水，就可以得到些额外的利益。到桥洞里去捉那些为水所冲想在洄水处休息的大鱼，是一种。胆大一类的人呢，扳罾捉鱼以外还有来得更动人的欲望在。水来得越凶，他们越欢喜，乘到这种波浪滔滔的当儿，顾自奋勇把身体掷到河心去，就是从那横跨大河的石桥栏上掷到河心去。他们各人身上很聪明的系了一根绳，绳的另一端在大杨树上系定，待到捞住一匹从上游冲来的猪或小牛之后，才设法慢慢游拢岸。若是俘虏是一根长大的木柱，或者空渔船，就把绳系住，顾自却脱身泅到下游岸边再登岸。

然而水却并不能如大家的意思，涨到河码头木桩标示处，便打趣众人似的止了。人人都失望。

桥头的老兵做了梦，梦到是水还要涨。别的也许还有人做这样的梦，但不说。老兵却用他的年龄与地位的尊贵为资格，在一个早上，走到各处熟人家中把那再要涨水的梦当成一件预言的说了。当然人人都愿意这梦灵验。

照习惯，涨水本来无须乎定要本地落雨才成。本地天大晴，河里涨水也是常有事。因此到晚天上还有霞，沙湾人心里可大冷。

“得贵伯，是有的，”说话的是个沙湾人，叫二力，十六岁的小个儿猴子，同到得贵打草鞋为生。这时得贵正在一个木制粗糙轮上搓一根草绳，这草绳，大得同小儿臂膊，预备用来捉鱼。搓成的草绳，还不到两丈，已经盘成一大卷。

房子中，墙上挂了一盏桐油灯，三根灯芯并排的在吸收盏中的油，发着黄色的光圈。左角墙上悬了一大堆新打的草鞋，另一处是一个酒葫芦同旧蓑衣。门背后，一些镰刀，一些木槌子，一些长个儿铁钉，一些细绳子，此时门关着，便全为灯光照着了。

二力蹲坐在房中的一角，用一个硬木长棒槌击打刚才编好的草鞋，脱脱脱的声。那木槌，上年纪了，上面还反着光，如同得贵的秃顶那模样。

得贵是几乎象埋在一大堆整齐的草把中间的。一只强壮的手抓住那转轮木把用力摇，另一只手则把草捏紧送过去。绳子这样便越来越长了。木轮的轧轧转动声，同草为轮子所挤压时吱吱声，与二力有节奏的硬木棒槌敲打草鞋声，合奏成一部低闷中又显着愉快的音乐。

“得贵伯，我猜这是一定会有的。”

二力说得是明日河中的大水。若是得贵对老兵的话生了疑惑时，这时绳子绝不搓得这么上劲的。但得贵听到二力说话可不答，只应一个唔，而且这唔字为房中其他声音埋葬了，二力就只见到得贵的口动。

“我想我们床后那面网应当早补好，”二力大声说，且停了敲打，“若是明天你老人家捕得一头牛——就是猪也好，可以添点钱，买只船——不，我想我们最好是跳下水去得了一头牛，以外还得一只船，把牛卖去添补船上的家伙，伯伯你掌艄，我拦头，就是那么划起来；——以后镇天不是有鱼吃？”

得贵把工作也稍稍慢住下来：“我跌到斤丝潭里去谁来救援？”

这是一句玩笑话。这老人，有名的水鬼，一个汆子能打过河去，怕水吗？

二力知道是逗他，却说道：“伯伯你装痴！你说我！我是不怕的，明天可泅给你看。”

“伯伯这几年老了，万一吃多了酒一不小心，你能救你伯伯吗？”得贵说了就哈哈大笑，如同一个总爷模样的伟大。其实得贵有些地方当真比一个衙门把总是要来得更象高贵一点的；如那在灯光下尚能返光的浅褐色秃顶，以及那个微向下溜的阔嘴唇，大的肩膀，长长的腰，……然而得贵如今却是一个打草鞋度日的得贵。也许是运气吧。那老兵，在另一时曾用他的麻衣相法——他简直是一个“万宝全”，看相以外还会治病剃头以及种种技艺的——说是得贵晚运是在水面上；这时节，运，或者就在恭候主人的。是以得贵想起“晚运”不服老的兴奋着搓绳，高兴的神气，二力也已看出了。

“我想——”二力说，又不说。

这是二力成了癖的，说话之先有“我想”二字。有时遇到不是想的事也免不了如此。这是年纪小一点的常有的事情。

“我想我们还应当有一面生丝网，不然到滩上去打夜鱼可不成。”

“我想，”这小猴又说，“我们还应有些大六齿鱼叉才好。”

“还有许多哩。”得贵故意提出好让二力一件一件数。

“我们要有四匹桨，四根篙，两个长杆小捞兜，一个罩鱼笼……得贵伯，你说船头上是不是得安一个夜里打鱼烧柴火的铁兜子？”

“自然是要的。”

“我想这真不少了，不然，那怎么烧柴火？我想我们船上还要一个新篷，万一得来的船是无篷的？我想我们船上还要——但愿得来的船是家具完全，一样不必操心，只让我们搬家去到上面住。”

“为伯伯去打点酒来吧。一斤就有了。不要钱。你去说是赊账，到明天一起清。”

二力就站起来伸了一个大懒腰，用拳自己打自己的腿。走到得贵那边去，把盘在地下的粗草绳玩笑似的盘自己的身。

“这么粗，吊一只大五舱船也够了。我想水牯也会吊得住，小的房子也会吊得住。”

“好侄子，就去吧，不然夜深别人铺子关门了。你可以到那里去自己赊点别的东西吃。就去吧。”

二力伸手去取那葫芦，又捧葫芦摇，接着递与得贵，“请喝干了吧，剩得有，回头到她那去灌酒又要少一点。那老苗婆——我想她只会占这些小便宜。”

得贵举葫芦朝天，嘴巴斗在葫芦嘴，象亲嘴一个样，咽弄咽弄两大口，才咽下，末了用舌子卷口角的残沥，葫芦便为二力攫过来，二力开门就走了。

“有星子咧，伯伯！”二力在门外留话。

以后就听到巷口的狗叫，得贵猜得出是二力故意去用葫芦撩那狗，不然狗同到二力相熟，吠是不会的。

绳子更长了，盘在地下象条菜花蛇。得贵仍然不休息，喝了两口“水老官”，力气又强了。

得贵期望若是船，要得就得一只较大一点的，能住三个人就更好——这正派人还想为二力找个老婆呢。

打了八年草鞋的得贵，安安分分做着人，自从由乡下搬进城整整是八年，这八年中得了沙湾人正派的尊敬，侄儿看看也大了，自己看看是老了，天若是当真能为正派人安排了幸福，直到老来才走运，这时已是应当接受这晚运的时节了。

不久又听到巷口狗乱吠，二力转家了，摇得葫芦咝咝响。未进门以前，还唱着，哼军歌，又用口学拉大胡，訇的把门推开却不做声了，房子里黄色灯光耀得他眼睛发花。

"伯，听人说沿河水消一点了。"

得贵听到只稍稍停转手中木轮子。

"我想这不怕，这里天空有星子，西边天黑得同块漆，总兵营一带总是在落吧。"

在得贵捧着葫芦喝酒时，二力也从身上取出油豆腐干来咀嚼。

"怎不给我一点儿下酒？"

"我想，你闭着眼吧。"

得贵把眼闭时张开口，就有一坨东西塞进嘴里去。

二力把绳子试量，到三丈长了，得贵还不即住手。

绳子至少要五丈，才够分布的。这时得贵想，渔船大，水又大，且还有船以外的母牛，非十二丈不成功(至少是十丈)，此时的成绩，三分之一而已。

二力把一只草鞋捶来捶去也厌了，又来替得贵取草。仍然倦，就埋身子在另一草堆里做那驾渔船做当拦头工的梦去了。

听得碉堡上更鼓打四下，何处有鸡在叫了，得贵的手还在转轮木把子上用劲转。轮子此时声音已不如先前，象是在呻吟，在叹气，说是罢罢罢，算了罢，算了罢，……

为了老兵的梦，沙湾的穷人全睁眼做了一个欢乐的好梦。但是天知道，这河水在一夜中消退了！老兵为梦所诳——他却又诳了沙湾许多人，河里的水偏是那么退得快，致使几多人在第二天原地方扳罾也都办不到，这真只有天知道！老兵简直是同沙湾人开了一个大玩笑，得贵为这玩笑几乎累坏了。

从此那个正派人还是做着保留下来的打草鞋事业，待着另一回晚运来变更他的生活——二力自然没有去做拦头工，也不再想做。

至于关心的人想要知道那根九丈十丈长的粗草绳以后的去处，可以到河边杨柳桥去看，那挂在第四株老树上做秋千，河湾人小孩子争着爬上来荡的，可不就是那个么？

一九二七年三月二十八写成

阿 金

黄牛寨十五赶场，鸦拉营的地保，在场头上一个狗肉铺子里，向预备与一个寡妇结婚的阿金进言。他说话的本领与吃狗肉的本领一样好，成天不会餍足。

“阿金管事，你让我把话说尽了。听不听在你。我告你的事是清清楚楚的。事情摆在你面前，要是不要，你自己决定。你不是小孩子了。你懂得别人不懂的许多事，——譬如扒算盘，九九归一，就使人佩服。你头脑明白，不是醉酒。你要讨老婆，这是你的事情，不过我说，女人的脾气太难捉摸了。我们看到过许多会管账的人管不了一个老婆。我们又承认，有许多人带兵管将有作为，有独断，一到女人面前就糟糕。为什么巡防军的游击大人的笑话会遐迩皆知？为什么有人说知县怕老婆还拿来扮戏？

为什么在鸦拉营地方为人正直的阿金也……”

话是说有些人是讨不得的。所谓阿金者，这时听厌了，起了身，想走。

地保隔了桌子把阿金拉着，不放手。走是不行的。地保力气大，能敌两个阿金。

“别着急！你得听完我的话再走不迟！我不怕人说我有私心，愿意鸦拉营的正派人阿金做地保的侄婿。我不图财，不图名，劝你多想一天两天。为什么这样缺少耐心？我的话你不能听完，将来哪里能同那女人相处长久？”

“我的哥，你放我，我听你说！”

地保笑了，他望阿金笑，笑阿金的为女人着迷，全无考虑，又笑自己做老朋友非把话说完不可。见到阿金样子象求情，倒觉得好笑起来了。不拘是这时，是先前，地保对阿金原完完全全是一番好意的。

除了口多，地保是在鸦拉营被所有人称为好人的。就是口多，爱说话，在许多人面前也仍然不算坏人啊！爱说话，在他自己是无恶意的。一个地保，他若不爱说话，成天到各处去吃酒坐席，仿佛哑子，地保的身分，要在什么地方找呢？一个知县太爷的本分，可以说是专拿来坐轿子下乡，把个一百四十八斤结结实实的身体，给那三个轿夫压一身臭汗，此外用处不多。一个地保不善于说话可不成其为地保。

这时地保见阿金重复又坐下了，他把拉阿金那一只右手，拿起桌上的刀来就割，割了就往口里送。（割的是狗肉！）他嚼着那肥狗肉，从口中发出咀嚼的声音，把眼睛略闭复睁开，话又说到了阿金的婚事。

…………

总而言之是他要阿金多想一天。就只一天，因为不能说不赞成这事，所以他说应多想一个时间，仿佛这一天有极大关系存在，一到明天就“革命”似的，使世界一切发生了变化。这婚事阿金原是预备今晚上就定规的，抱兜里的钱票一束就是预备下定钱作聘礼用的东西。这乡下人今年三十三岁，他手摸钞票洋钱摸厌了。一双数惯钱钞的手，如今存心想换换花样，算不得是怎样不合理的欲望！但是经不住地保用他的老友资格一再劝告，且所说的只是一天的事，只想一天，想不想还是由自己，不让步真象对不起这好人，他到后只好答应下来了。

为了使地保相信，——也似乎为了使地保相信才能脱身的缘故，阿金管事举起杯，喝了一杯白酒，当天赌了咒，说是今天决不上媒人家走动，绝对要回家考虑，绝对要想想利害。赌过咒，地保方面得了保证，到后是近于开释把阿金管事放走了。

阿金在乡场上各处走动，今天场上苗族女人格外多。各处是年青的风仪，年青的声音，年青的气味，因此阿金更不能忘记那寡妇。乌婆族的女人是妖是神，比酒还使人沉醉，不承认是不行的。这管事，打量娶进门的女人，就正是乌婆族中身体顶壮肌肤顶白的一个女人！

别的许多大地方，有钱的人照例可以做许多事情，钱总有个花处。阿金是苗人，生长在苗地，他不明白这些城里人事情。他只按照一个平常人的希望，要得到一种机会，将自己的精力，用在一个妇人身上去。精致的物品只合那有钱的人享用，这话凡是世界上用货币的地方都通行。这妇人的聘礼值五头黄牛，凡出得起这个价的人都有作丈夫资格，所以阿金管事就很有理由的想娶这个妇人了。

妇人是新寡，出名的美。大致因为美，引起了许多人的不平，许多无从与这个妇人亲近的汉子中就有了只有男子才会有的谣言，地保既是阿金的老友，自然就觉到一分责任了。地保劝阿金，不是为自己有侄女看上了阿金，也不是自己看上了那妇人，这意思是得到了阿金管事谅解的。既然谅解了老友，阿金当真是不方便在今天上媒人家了。

知道了阿金不久将为那美妇人的新夫的大有其人。这些人，同样的今天来到了黄牛寨场上会集，见了阿金就问，什么时候可吃酒。这正直乡下人，在心上好笑，说是快了吧，在一个月以内吧，答着这样话时的阿金管事是非常快乐的。因为照规矩一面说吃酒，一面就有送礼物道贺意思。如今是十月，十月小阳春，山桃也开了花，正是各处吹唢呐接亲的好节季！

说起这妇人，阿金管事就仿佛捏到了妇人腿上的白肉，或贴着了妇人的脸，有说不出的兴奋。他的身虽在场坪里打转，他的心是在媒人那一边。人家那一边也正等待阿金一言为定。

虽然赌了小咒，说决定想一天再看，然而终归办不到，他到后又向做媒那家走去了。走到了街的一端狗肉摊前时，遇见了好心的地保，把手一摊，拦住了去路。

“阿金管事，这是你的事，我本来不必管。不过你答应了我想一天！”

原来地保等候在那里。阿金连话也不多听，就回头走了。

地保是候在那去媒人家的街口，预备拦阻阿金的。这关切真来得深厚。阿金知道这意思，只有赶快回头一个办法。

他回头时就绕了这场走，到卖牛羊处去，看别人做牛羊买卖。认得到阿金管事的，都来问他要不要牛羊。他只要人。他预备是用值得五只黄牛的钱去换一个人。望到别人的牛羊全成了交易，心中难过，不知不觉又往媒人家路上走去。老远就听到那地保和他人说话的声音，知道还守在那里，象狗守门，所以第二次又回了头。

第三次是已走过了地保身边，却又被另一人拉着讲话，所以为地保见到，又不能进媒人家的。

第四次他还只起了心，就有另一个熟人来，说是地保还坐在那狗肉摊边不动，和人谈天。阿金真不好意思再过去冒险了。

地保的好心肠的的确确全为阿金打算的。他并不想从中叨光，也不想拆散鸳鸯。究竟为什么一定不让阿金抱兜的钱，送上媒人的门，是一件很不容易明白的事，但他是有道理的。好管闲事的脾气，这地保平素有一点也不多，独独今天他却特别关心到阿金的婚事。为什么缘故？因为妇人太美，相书上是克夫。

为了避开这麻烦，决计让地保到夜炊时回家，再上媒人家去下定钱，阿金管事无意中走到赌场里面去看看热闹。进了赌场以后，出来时，天是真已入夜了。这时无论如何地保应回家吃红炖猪脚去了，但阿金抱兜已空，所有钱财业已输光，好象已无须乎再上媒人家了。

过了几天，鸦拉营为人正直热情的地保，在路上遇到那为阿金做媒的人，问到阿金管事的婚事究竟如何。媒人说阿金管事出不起钱，妇人已归一个远方绸商带走了。亲眼见到阿金抱兜里一大束钞票的地保，以为好友阿金已相信了他的忠告，觉得美妇人是不能做妻，因此将做亲事的念头打消了，即刻就带了一大葫芦烧酒走到黄牛寨去看阿金管事，为老朋友的有决断致贺。

一九二八年十二月作

爹爹

一

在湖南保靖县城沿河下游三里路远近一个地方，河岸有座小小的坟。这坟小到同平常土堆一样，若非这土堆旁矗立的一块小碑，碑上有字，则人将无从认识这下面埋得有一个人了。说是碑，也只是一段刨光了的柏木罢了。木上用生漆写得有字，字并不记这死者姓名籍贯，也不写立这一段木头的人姓名。

碑词是这样的——

朋友们，你们拉纤从这里经过，

不拘是薄暮，是清晨，请你们

把歌声放轻。

这土堆下面有一个年青朋友

的长眠，他死的是不很心甘的。

这地方，是正在那所谓拐角的洑流高岸旁，拉船人到了这里，有一小段辛苦吃的。为使载重的货船上前，拉船的人全体必需在这个地方把身子爬伏下来，手脚并用把一身绷得紧紧的，口上喊着“摇老和黑”“咦老和黑”才能使船前进的。在一些船夫们吆喝中，在一些掌头的和舵把子蹬脚到舱板上有节奏的声音鼓励中，船于是如一匹大象，慢慢的摇摆着它那庞大的身体，分开白的浪沫爬上这个急流了。

没有任何人因这个木块上的半湮灭的文字把歌声稍稍放轻么？不，办不到的。歌声早上有，晚上有，除了是河水过大，淹过了再下游数十里的纤路，船只无从行动，平常每一个日子里就都有这歌声！因了这歌声，住在上游一点的人，才有各样精致的受用，才有一切的文明。这些唱歌的人用他的力量，把一切新时代的文明输入到这半开化的城镇里。住在城中的绅士以及绅士的太太小姐，能够常常用丝绸包裹身体，能够用香料敷到身上脸上，能够吃新鲜鲍鱼蜜柑的罐头，能够有精美的西式家具，便是这样无用的，无价值的，烂贱的，永远取用不竭的力量的供给拖拉来的。

这在河中万千年前有船行走时，大致就已经是这样了。这歌声，只是一种用力过度的呻吟。是叹息。是哀鸣。然而成了一种顶熟习的声调，严冬与大热天全可以听到，太平常了。在众人中也不会为这歌声兴起任何哀感了，不会的。把呻吟，把叹息，把哀鸣，把疲乏与刀割样的痛苦融化到这最简单的反复的三数个字里，在别一方面，若说有意义，这意义总也不会超乎读书人所熟习的"渔歌欸乃胜过蛙鼓两行"的意义吧。但在自己这方面，似乎反而成了一种有用的节拍，唱着喊着，在这些虽有着人的身体的朋友躯干上就可以源源不绝的找出那牛马一样的力量，因此地方文化随到着这一条唯一水路，交通也一天一天的变好了。

睡到这高岸上三尺土下的年青的人，显然是非常安静，灵魂已离开了这里，不怕这些人在他头上踏着沉重的脚步唱歌与喘气了。这一段柏木似乎是空立的，死了的是把这世界上一切事抛开，生前的苦闷，生前的爱憎，全撒手不管，很和平的闭了眼睛用那黄土作枕长眠了。若果当日立那段柏木的是一个拉纤的人，或者他将把这碑语这样来写：

地下年青人，吾不为汝悲！
汝今已长卧，应忘饿与疲。

谁能断定在这一条河上有那行船不用许多肮脏的汉子背纤的一天吗？这里有了这样一条河，天生就的又是许多滩，就已经把这个地方的许多人的命运铸定了。在这坟头上，长年不断来往的，全是在饥与疲中度过每一天的时光的，到消磨了骨里最后的一点力量时，则这类人才能同王侯将相同样得到这死亡的一份厚礼。早一点把这个得到，在自己还可说是一种不当的幸福欲望，不为有余憾罢。

但是，把一个健壮有为的身体，毁灭到一件料想不到的意外事上，这对生命仍然可以说是一种奢侈浪费。这年青的夭亡的朋友，对于生命挥霍的结果，把另外一个活着的人生活全变了。

二

我想问：你们住在凤凰县城那时节，认识一个名叫傩寿先生的外科医生么？这人姓吴，名字是吴成杰，但别人都只喊他作傩寿先生。

认识那就好。我也想，在那地方呆过一年半载的人，当没有不知道洞井坎上那个门前挂有“家传神方”的医生家的。这又是一个药铺，傩寿先生便是这药铺的掌柜，日常靠在那个旧的脱了漆的硬木长铺柜上，玩弄着他的花猫。那是不必买药看病，只要有过一次打这儿过身，就可以瞻仰瞻仰这位先生的。

把一些起花的，微微返着亮光的，圆的长的，大小不等的药坛作背景，傩寿先生常常是象一尊罗汉一样坐在那铺柜里头。凡是这个样子给了不拘谁一个粗心人，也不很容易把这一瞥而过的印象消失。

从药铺的招牌上看来，从那“家传神方”的文字上看来，我们可以估定这个药铺的年龄，或许已比药铺掌柜的年龄多了一倍；傩寿先生年纪是四十七，那至少这药铺已将到九十个周年了。本地凡是老药铺，生意总不会极其萧条，只看另一家在东门开铺子的益寿堂药铺，就可以完全明白了。何况药铺老板又是全县著名的外科医生，那这铺子的生意，不消说，是很发达的。

不过如今关门了，倒闭了。

不是赔本，也不是生意萧条来歇业。只是店上的铺柜板子再不全下了。铺板不下，则从那儿过身的，只能看到铺板上因过年贴的红纸金地的“开张骏发”四个字，这字代了傩寿先生的圆圆的和气脸儿，给人看了怅惘。

那是这当家门面上的人死了吧，这也不是。死是死了一个人，可不是当家的傩寿先生。傩寿先生还活着，不过从前是“好好的活着”，如今可说“还是活着”吧，倒似乎并不“好好的”了。虽说到南门打从洞井坎上过身的人，已不会再见到这圆脸阔额双下巴高身材的好医生了。但听人说若是要找他，到玉皇阁去，玉皇阁僧人打钟的地方，可以很容易的遇到傩寿先生。初初看，脸子已全走了样，但你仍然可以从那疏疏的眉与下巴认得这便是那个医生。他是在这儿镇天的随便哭，如同一个小孩子。傩寿先生并不死，倒把他的唯一的儿子死了。

上了年纪的人，常常把眼泪来当饭，那算得是什么生活呢？但是中年丧子的情形，使人哀毁终是免不了的事。这儿子，死的时间是太不合适，要死也不应当到这个时候死。早死点，则傩寿先生可以再找一个伴，看傩寿先生不是再能养两个儿子的；迟到这老子归土以后再死，那就更妙。死得不是时候，则简直是同时死了两个人了。傩寿先生因了儿子的一死，自己至少也死了一半。这算一件最不幸的事。然而是无法。人要死，就死了，那死了的人，在生前想不到要死，则死后也总不会再担心到活着的父亲了。

作父亲的得到了儿子死去的信息以后，把大门前的匾牌摘下，把铺板关上，就到玉皇阁这平素相熟的老和尚处，来镇天悲泣，一些来得势子太凶的忧愁，把这老头子平空毁了。

人人可怜他。可是“可怜”这一件事哪里能够抵得一个儿子的好处？为了儿女的一切，有些人是连别的什么好处都不要的。傩寿先生他也不是想到要人怜悯来活下度着这下半世的每个日子的。就是恨他，虐待他，假若是这样可以把那个儿子从死神的手上夺回来，他全愿意。若是他一死，就可以使儿子活转来，也愿意。总之他认为儿子是有着那活到这世界上的权利，要死也只有象自己老年人死的，如今儿子却先死了，所以这是一种顶伟大的悲哀。

玉皇阁，是有着那所谓子午钟，每天每夜有和尚在钟下敲打，到子午二时则把钟声加密，在钟楼的四面，全是那些本地人在异乡死去魂魄无归的灵牌子，地方算是为孤魂野鬼预备的。傩寿先生把儿子一死，也成了与孤魂野鬼相近的一个人了，所以来到这里觉得十分合适。来此则自己反而好过一点了。不期然而来的事，应归于命运项下，傩寿先生命运是坏到这个样子的。行善有“好报应”，那不过是鼓励本不想行善而钱多的人，从“好报应”上去行善罢了，傩寿先生是曾经作着那真的善事多年，给了全县城人以许多好处，又结果如此，却并不怨天怨人的。

虽然药铺关了门，生意不作了，人是逃到玉皇阁与孤魂野鬼为邻，在长长的钟声下哭着过日子了，关于所谓好事，仍然推辞不来。一城中的人，知道傩寿先生的，家中儿子同人打架打伤了，或是玩茅马，骑高跷，无意摔伤了，扭了腰，破了皮，甚至于上楼梯碰伤膝盖骨，还是来请他帮忙调理。白天家中无傩寿先生影子，则到玉皇阁来找他。这老人，见到小孩了的娘带了鼻涕眼泪的孩子来到这个地方，就是在哀痛中也从不拒绝来人的请求。一面是疯子一样怀恋着已经埋到异地土里了的儿子，一面又来为人看病敷药。本来在平常时节，就不一定责人以报酬的傩寿先生，到近来，设或有人因为不好意思不得不设法将财礼备上，傩寿先生就叹气。他说，——

“唉，不必要这个。这我是找不到用处的，把这东西拿回去，没送铺子钱的就退他们，有多的时候就拿送给穷人罢。”礼物是决不要了。

知道傩寿先生具西河之痛，又因着家中病人非傩寿先生亲来诊视不成，这主人总每每具备许多礼物亲自带了仆从来到玉皇阁委婉的请他，同时且把礼物陈上去。结果当然是按时到来，礼物却真无用处，全不要。

这老头子在哀痛中并不忘了他的本事，处治别人的病痛，总能够有很好的效果，只是对自己的心上的病就不会怎样调理了。

因为全不收受诊病的礼物，于是在城里知道他的人中才觉到他真是一个全好人，且所有同情也似乎比以前更多，这个我说及，更不是傩寿先生所要的！

人家的怜悯，虽不一定比送礼物来得不慷慨，却实在比礼物还无用的一种东西。傩寿先生不是为要人称他做“好人”才来为人治病施药，正象不要人为怜悯他才让这儿子死掉一样。人是天然好性格，儿子却意外的死去；这其间，不说有那命运存在，那在他是不行的。若说无命运，儿子决不会死。死是没有理由的死，正因为这样，无法来抵抗这命运所加于其身的忧愁负荷，所以傩寿先生也只有尽自己悲痛下来了。

遇到不拘一个作母亲的引带了哭哭啼啼的儿子，来到玉皇阁那殿外，把一个头伸进门隙探望傩寿先生时，即或是这老头子正流着身世无望无助眼泪，也会即时站起来。

“傩寿伯伯，这孩子又把手割了，告他莫劈甘蔗又不信我的话，瞧。”于是说着这些话的母亲，必定还装作很恼这孩子顽皮，出了事又要来劳动傩寿先生很不好意思的样子，把孩子的身上轻轻的拍打了两下。孩子这时本来要人安慰，还正哭丧着脸，经这一打当然又哭了。

“算了，算了，小孩子都是这样的。在什么地方？让我来看。”于是傩寿先生就陪小孩坐到那殿前石凳子上，给小孩检查伤口，到玉皇阁厨房去找水来为洗创，再敷上一点药末之类，再同小孩说两句笑话。小孩子是打架打伤的，就同小孩讨论一下打架时用脚去怎样套别个脚的技术，劈甘蔗所伤则同小孩子研究用刀的方法，直到这小孩子嘻嘻笑笑说“傩寿伯是什么都内行”的话以后，作母亲的见时候已够，把孩子就带走了。傩寿先生就独自一人站到这院子中出神。

“唉，老朋友，别这样子了！”那老和尚知道在外面的傩寿先生，为了见到别的小孩子，心上载不住悲哀，就在里边喊。“来，我们下盘棋吧。”

“我说，你是这样，就别给他们孩子诊病了。”

“办不到。你瞧他们多可怜。作娘的，作孩子的，都要我这两手来安慰，我好说我不干吗？”

说话要他不理病人的和尚，想起佛的慈悲为怀，就觉得自己火性不退，悫悫的不说话，想棋式去了。傩寿先生见无话可说，无端的又把同那小孩子说笑的话搬到回想上来痛心。

打架顽皮作一件不当作的事，是他自己小时经过的。到儿子长大，则儿子又每天到外面同人打闹给自己看。儿子在外面同人打架，管教实无办法。或者儿子被人打流血，到家来，哭着要药，到上好药以后，又笑笑的说要爹爹教一两手拳脚好报仇，这小孩的麻烦事情，这个时候哪里会再有？把别人家孩子打伤了，回家来答答讪讪不好意思说，到爹爹说明被打伤的人爹爹已给了伤药，又为他调解讲和了以后，儿子那种羞愧感激的样子，这个时候也不能见了。在爹爹面前撒赖，不上学，也不再有了。在爹爹身边走着，一面念自己作的诗给爹爹听，也成了过去的很久的事了。在离开爹爹以后，从四川寄回野山七来，谎爹爹说是从峨嵋山上采来的，直到为爹爹认识是假货，才又说是捡得的，这天真的谎话这个时候也不能够再听到了。这以后，又有谁能寄这个药来？儿子一死一切皆完了。什么也不有。儿子把作爹爹的所有快乐，以及一点小小脾气，也带到土里去了。

为别的人的儿子治点病痛，在施行手术时节，在谈笑话给这些顽皮孩子听时逗得这类孩子欢喜的时节，傩寿先生似乎稍稍好了点。可是一到别的小孩成了哭脸，这作父亲或作母亲的，就全不体会到傩寿先生，赶忙把这孩子从傩寿先生身边带回家去了。

傩寿先生在平常，就是常常为人所笑为那类近于“迂而且傻”的单身汉子，把妻死过后不续弦，这是给了一些人的谈助的。失了妻，不再娶，就只抱养到这遗雏把日子延长下来，许多人都说这男子讲的义道近于无稽。先是人劝他，说，医生年纪既不老，家中无一个女人也寂寞，并且家事也得人料理，就找一个相近的女人填房，也不算罪过。他那时，总说这件事不必操心。一面很有礼貌的感谢这为他设法的人，一面讷讷的说自己是行医的人，单身汉子也凡事较方便。

“那你太太在时节，别人三更半夜来敲你的门要你起床，也并不曾听到过你女人抱到你不准起身。”这样话一出，那忠厚人就给窘住了。

别人说：“医生，你也随便点，不要太固执好了。”听人说到这类话，显然是辩也无可辩的，医生就只好说“慢慢的商议，忙个什么”，把话岔开。

劝医生续弦，其中不是无那贪医生小康，想从自己亲戚中选一相宜女人给医生，来结这一门亲，为自己打算的自利人。但医生，却并不疑心到这些事上。其所以不在三十岁以前续娶，只是记到妻在临殁时说好好待这四岁儿子的话。医生见到许多许多后妻待前妻儿子的薄行，怕新的人一进门，这儿子就得受苦。到了后妻又产孩子时，则这小孩当更无人过问，为了这件事，所以凡是人来说到续弦的利益，无论说得怎么动听，也只有全拒绝下来了。到三十岁以后，则又以为倒不如再过几年儿子讨媳妇，所以更不愿为儿子找那后妈了。

到如今，医生可成了正牌的单身汉子了。假如医生还能记起往年在为人劝他续娶时节拒人的话语，说是自己行医单身汉子也较方便点的旧话，会只有更伤心！如今的医生，把儿子一死，倒象凡事不方便。以前一颗心，象全寄存到儿子胸腔子里，作什么事都只为儿子，多吃一碗是为儿子欢喜，少吃一碗饭是为儿俭积，如今儿子既不再到这世界上，这颗心，已不知要放到什么地方去了。若说从前是春天，则如今已到了凄凉的深秋，以后也永远只有这秋天吧。

这时节，是不是还想着再从一个妇人身上找寻一个小孩？不。医生自己觉得人已快到五十岁，不中用，迟早间就会平空死去，纵再有小孩子已不会见到这小孩了在自己面前来淘气的情形了。

儿子在，医生实以为纵有了六十岁，也仍然是四十岁的心，就因为儿子的成立使医生忘却时间在人身上的意义。如今一切完了。如今似乎已有七十岁，把儿子的年龄也增加到自己身上来了。

若能随到儿子死，傩寿先生也愿意。此时但是半死半活。人家还说“老头子虽伤心，过一阵儿自然就好了”，这话只使他更苦。过一阵儿便能够好？永远不会有的！

悲哀这东西，中于人，象中毒。血气方刚的少年，亦有不知这是怎么一回事者，这从许多许多例子上可以得到凭据。纵也免不了有一时中毒，抵抗力量异常强，过一会，就复元了。有人说，发狂之事多半为青年人所独有，这发狂来源，则过分悲哀与过分忧郁足以致之。然而年青人，因中毒而能发狂，高度的烧热，血在管子里奔窜，过一阵，人就恢复平常状态了。老人到纵阳阳若平时，并不稍露中毒模样，可是身体内部为悲哀所蚀，精神为刺激所予的沉重打击，表面上即不露痕迹，中心全空了。老年人感情中毒，不发狂，不显现病状，却从此衰退萎靡下去，无药可治。

医生上了年纪，是已不能发狂的人了，所以虽初初得着儿子噩耗时，也正如那少年人罹忧患模样，哭闹叫号不已，但这是最初一个月的事。稍稍过了一阵以后，即如别人所说的话一样，居然好了。

他不再去到玉皇阁大钟下哭了。

他只呆坐到家中度着萧条的每一个日子，帮工把饭开来就吃，在吃饭以外谁也不明白在这老头子脑中有些什么事情。

医生的精神，就在这种潜伏着的痛心里消磨着。每日让一种从回想上得来的忧愁啮食着这颗衰败的心，不知道在什么时候为止。他自己，则是这样算定到，总有一天心为这小虫啮空，自己于是忽然就撒手归天，一切完事。

到医生重复回到家中时，业务上的事又忙起来了。

人家正如怀着好意不让医生坐在家里自悲自叹一样，请医生帮忙的每一天总有多起。

到别人的家中去，无心无意的喝着盖碗中的新泡雨前茶，不说话。或者说话就同小孩子说话，倒很好，至少暂时可以得到一点安慰。一到为主人用那好象是极同情的话谈到这个死在异乡水里的人时，傩寿先生可又要从眼中流泪了。他不愿人提到这个，而人家却总不了解偏又同他谈这个。这以为是一番好心的，只是增加医生的凄恻，可是这增加傩寿先生痛苦的一切，在别人倒真以为是和医生要好咧。

三

傩寿先生又把铺柜门开了，是在三个月以后。

依然是那么在一种坛子罐子的背景中，我们可以见到这个医生的脸儿。来看病的人，凡是穷，或是装做忘了带药钱来的，这药总仍然得由医生这方面舍给，医生是全不在乎此。

医生样子似乎略略不同一点了。不是瘦，不是老，只是神气变了。

在对待来照顾生意或劳驾诊病的方面，这个医生笑容可掬的脸儿，仍然是如往天一样。可是这个笑，不是往天的笑了。若有一个人能稍稍注意到这脸上，就不忍心再看医生如此的笑脸。不过人家都说是医生已完全忘却了儿子，认为医生再不会在儿子方面伤心了，且俨然这医生就是为他们这些小孩子治病送药才活到这世界上的样子。人类的自私当然是各处一样的，他们实在已经就把“好人”的名声给了傩寿先生，也可以算是难得的一种慷慨了！

某一天，天快断黑了，街背后的坡上的树林已经听到有乌鸦喊着归林的声音了，傩寿先生忽然想起一件事，忽然又要走到玉皇阁去。

“先生，怕下雨罢。”这个作帮手有了七年的矮子，意思是要傩寿先生就在家里得了。

“不要紧。不会的。”

说着，也就不再作声，扬扬长长的走向玉皇阁去。

老和尚是正敲打着木鱼念那消食经的。这时佛堂中的常明灯已慢慢的有了权势。灯把一些碧绿色的光，给佛堂中照的如同一座坟墓。从这黯澹的灯光中看见的一切，全是幽沉沉的可怕。和尚是习惯这个事了，傩寿先生也不是怕鬼的人，他们俩就在这殿中同这无数尊佛爷作伴。

这个老和尚，本来把念经看得并不比说话为有用处的。念经与其说修佑，不如说是无人谈话消除寂寞吧。虽然出了家有二十年，但一个平常人的爱情在这老师傅身上也找得出一份儿，（然而一个方丈的好处他也并不缺少，）正因其如此，乃成了傩寿先生欢喜的朋友，也成了许多人都欢喜的师傅。傩寿先生能同老和尚合得来，是因这和尚并不全象一个和尚，不是一见到人就谈因果，更不是一见人就劝人念佛；这和尚最有道行的一点，只是不矫情，又没有势利眼睛。且这个和尚会作各种蔬菜，倒很可以说是一个懂味的高僧！

和尚一见医生来到，木鱼就停了。

“嗨，我老以为你到乡下去了！”

“我哪里还有心思下乡玩？”说话的傩寿先生，就坐在那个跪经的蒲团上面，抱了膝只是摇头。

“还不能够放下么？”其实和尚自己也就有许多事放

不下。他就常常念及这个死到异乡的人。他作了这年青人的寄父，是有过十一年了。这年青人在生时，和尚就教过他书，又教过他做诗，到后这年青人离开这个地方了，每一次给他爸爸写信来时又总不忘问候到寄爹。这一来，真应说是“缘尽恩绝”！虽说相信死者凭了他念的三个月经，是已安然到了西天，但假若念一年经就可以复活，那这老和尚倒以为暂时留在人间莫往西天为合情合理！

和尚见医生不说话，知道是这悲痛在这个心上并不曾稍杀，就说“应当要快乐一点才好”。

“我是极力想找寻一点快乐的，办不到！”

“我见你这多久不来，还以为你为什么人请下乡去了。这几天来我也不知道怎么回事，心神恍恍惚惚。人老了，真是难。”

“我想请你来为他作一次道场，你看看选一个日子。”

“好，回头翻翻历书吧。”

他们两人就在这些佛爷面前讨论起各样用项来。香，烛，黄表纸，以及鞭炮五供之类，和尚也不怕当到面前的佛爷发气，就只从省俭上开出数目。医生说这个未免太少，和尚就说决不会少。医生的意思，是为这死人热闹一场，则一切铺派来得大一点也不为过分，然而和尚对这个就否认。

和尚说："亲家，这个实在无益。用钱多是好了和尚，我这个和尚可并不想你这次法事上叨光！"

"那外面看来也太不象样！"

"这事是为给人看吗？"和尚对这个话就未免不平。

医生意思，就是给人看。从人的快活中以为自己也可以安慰这无可奈何的心，才是他作道场的本心。若说为死者超度，那是为有罪恶的死者而设，自己的儿子，并不是坏人，死了后，自然而然也就会到西天去！

结果顺着医生意见，只好加上一些花样，如象水陆施食燃天蜡等等，假使是别一个和尚办这件事，傩寿先生的胡椒，至少也会要用到五斤六斤，"一个姓黄的家大醮中，"和尚说，"那一次用胡椒末是二十斤，到最后还有一顿素面不下胡椒的。"

话正说到用胡椒的趣事，忽然听到山门外有一个人喊着进来。转过了韦陀殿，声音是更明白了。

"傩寿先生，傩寿先生，……"一个妇人气急败坏的窜进殿中来。明明白白是傩寿先生刚站起身来在她面前，这奶妈样子的妇人却并不曾见到医生似的，问和尚傩寿先生究竟在不在这里。

“我问你，什么事？”医生见这妇人已快疯，就拧着这妇人膀子问她。

“唉，天！……”她也不再说什么，拉着医生的长袖子就走。

“究竟是怎么回事啦？”

“救命救命，快去快去！”

医生踉踉跄跄便为这个妇人拖出了玉皇阁。若不是许多人都认识这个是傩寿先生，则这样一个年青妇人把这样一个中年汉子从庙里拖出，匆匆忙忙的，且深怕他逃走的模样，真有得是新闻笑话！

医生在街上时也察觉到这个真不很好看了，就问明了是在什么地方什么病痛，且要这个妇人先跑到洞井坎上去拿刀与药瓶之类。

“傩寿先生你快走！恐怕赶不及了！”妇人鼻涕眼泪横流四溢的去了。医生望到这个情形只是笑。他是常常就为人那么催促到了别人家中，到后又不过是鼻子流血一类小病的。

然而医生依然照妇人所告的街名同名走去，忙得象充军。

别人的儿子，这样的关心，自己的儿子却见也不能见一面即为水淹死。医生的儿子死时，可有过一个本地方人这样关心过？在医生这一方面，本地方人所能给这好人唯一的好处，就只是麻烦。医生在忧愁中也只得这个。正因为太随便不讲究排场，象一县城的当差的医生。不拘何时都可以随喊随到，一般人把这个权利也就都不放松了。谁都不能说傩寿先生是他们有了儿子才来在这地方行医，可是谁一有了痛苦总就记起这个公差来了。并且，为了傩寿先生的药方，又神灵，又简便，那些作父母的遇事疏忽，尽儿子去玩刀打架也有之。医生在什么时候能为人忘记？除非每一个人都没有病痛，这个我们可以从许多人处知道这话是很对。在医生儿子死过后，来看医生或说是悼慰医生的人，全不是那类家中孩子无灾无难的人！家中孩子没有病，他们就知道不麻烦医生了。

医生这个时候已到了那妇人指定的家中了，一些人见了傩寿先生气喘吁吁的走来，也不说请坐一坐，把那通常的装烟倒茶礼数也简略了去，只是即刻就引带他到病人床边去。

作母亲的见了医生已来，就把一个哭过的已不成形了的焦急的眼睛望医生。“唉，傩寿伯伯来了！”

“到什么地方成了这个样子？”

“他们到叫作什么地方去玩……”那个作母亲的也说不清楚。

还是另外一个女人来同医生说，才知道是刚才那位到玉皇阁去的奶妈，把这孩子在吃过饭后领到营堡上去玩，不知如何一失神，这孩子从奶妈的监视下逃出，走过到桥边去，奶妈不久就听到呱得一声喊，回头看小孩子已不见，再到桥边去，则桥下的小孩正抽搐卷成一堆。人是已昏了。吭他拧他又不知道，过了多久才哭出声来。于是抱回家来了。于是就想起傩寿先生了。

孩子只四岁，这一跤还不知是伤了什么。回到家来又不哭，又不喊，只把眼睛紧闭象一匹小猫儿的低低嘶着。医生非常怜悯的到床边去按揣孩子的全身，不到一会儿那奶妈从医生家拿来一切用具了，医生就开始把袖子挽到肘上来灌小孩的药。一面又安慰到那家中人说不要紧不要紧。

把药灌下去以后，约有十分钟，孩子忽然呱得哭出声来了。且不止，哭得声音非常长，医生搭着他的两只肥手，说这是气厥，既然喊得出声来，从声音中可以知道内脏还不伤，无妨了。

医生看那奶妈，见到奶妈在一旁只是作揖。“以后小心点好了。小孩子是本来也难照扶的，眼一打岔就出事情。”那奶妈，因为医生对她的过错，既在小孩子那里补救，又来用言语在主人面前补救，说明这过失是免不了的，就非常感激的对医生望着，且在眼睛中流出那感激的泪。

孩子在哭喊时也动弹了。医生又去脱了孩子全身衣裳各处的检视，见外面只腕上划破了一点皮，臀部成了青色。

“不要紧，不要紧。孩子命大，幸好不是横到跌下地，我看这样子，还似乎是有意跳下去，因为地方过高，才筑坏了气。”

奶妈在心中，可把医生佩服的了不得。原是奶妈就眼望到这孩子跳下桥的！他们玩，先只以为跳到第二级石段上面，谁知道孩子心太大，以为奶妈鼓励他从顶上那地方跳下，一面为了给奶妈一惊，就在奶妈不防备的当儿踊身向下一跃。待到奶妈听到一种钝声时，这孩子已如同那另外女人所说的蜷成一堆昏过去了。

主人见到孩子已无大危险，又见到医生颜色很泰然，才想起喊丫头舀水给医生洗手，又才记起拿烟茶出来。

医生额上因走路匆促而出的汗，还大颗大颗贴在上面，洗手的水还不来，就用袖子去揩拭。这一家的人，只除了那下厨房去倒水的丫头外，全望到傩寿先生的额上的大汗以及扯袖子拭汗水的情形好笑。

四

傩寿先生死了。这作爹爹的，就为了不能让儿子一人在地下寂寞，自己生着也寂寞，要儿子复活既不能，于是就终于死了。

死是忽然的，如一般人所说很没理由的，然而当真死了。以后是每当什么人家的小孩子，磕破了头或割破了皮，别人想起要止痛止血，作父母的就叹气说 ："傩寿伯伯已经死了，若在就好了。"就是那么来念到这个人的。

医生一死给了许多人不方便倒是真的。

一九二八年初作

菜园

玉家菜园出白菜，因为种子特别，本地任何种菜人所种的都没有那种大卷心。这原因从姓上可以明白，姓玉原本是旗人，菜种是当年从北京带来的。北京白菜素来著名。

辛亥革命以前，来城候补的是玉太爷，单名讳琛。当年来这小城时带了家眷也带了白菜种籽。大致当时种来也只是为自己吃。谁知太爷一死，不久革命军推翻了清室，清宗室平时在国内势力一时失尽，顿呈衰败景象。各处地方都有流落的旗人，贫穷窘迫，无以为生，玉家却在无意中得白菜救了一家人的灾难。玉家靠卖菜过日子，从此玉家菜园在本县成为人人皆知的地方了。

主人玉太太，年纪五十岁，年青时节应当是美人，所以到老来还可以从余剩风姿想见一二。这太太有一个儿子是白脸长身的好少年，年纪二十一，在家中读过书，认字知礼，还有点世家风范。虽本地新兴绅士阶级，因切齿过去旗人的行为，极看不起旗人，如今又是卖菜佣儿子，很少同这家少主人来往。但这人家的儿子，总仍然有和平常菜贩儿子两样处。虽在当地得不到人亲近，却依然相当受人尊敬。

玉家菜园园地发展后，母子两双手已不大济事，因此另雇得有人。主人设计每到秋深便令长工在园中挖窖，冬天来雪后白菜全入窖。从此一年四季，城中人都有大白菜吃。菜园廿亩地，除了白菜也还种了不少其他菜蔬，善于经营的主人，使本城人一年任何时节都可得到极新鲜的蔬菜，特别是几种难得的蔬菜。也便因此，收入数目不小，十年来，渐渐成为小康之家了。

仿佛因为种族不同，很少同人往来的玉家母子，由旁人看来，除知道这家人卖菜有钱以外，其余一概茫然。

夏天薄暮，这个有教养又能自食其力的、富于林下风度的中年妇人，穿件白色细麻布旧式衣服，拿把蒲扇，朴素不华的在菜园外小溪边站立纳凉。侍立在身边的是穿白绸短衣裤的年青男子。两人常常沉默着半天不说话，听柳上晚蝉拖长了声音飞去，或者听溪水声音。溪水绕菜园折向东去，水清见底，常有小虾小鱼，鱼小到除了看玩就无用处。那时节，鱼大致也在休息了。

动风时，晚风中混有素馨兰花香茉莉花香。菜园中原有不少花木的，在微风中掠鬓，向天空柳枝空处数点初现的星，做母亲的想着古人的诗歌，可想不起谁曾写下形容晚天如落霞孤鹜一类好诗句，又总觉得有人写过这样恰如其境的好诗，便笑着问那个儿子，是不是能在这样情境中想出两句好诗。

“这景象，古今相同。对它得到一种澈悟，一种启示，应当写出几句好诗的。”

“这话好象古人说过了，记不起这个人。”

“我也这样想。是谢灵运，是王维，不能记得，我真上年纪了。”

“母亲你试作七绝一首，我和。”

“那么，想想罢。”

做母亲的于是当真就想下去，低吟了半天，总象是没有文字能解释当前这一种境界。一面是文字生疏已久，一面是情境相协，所谓超于言语，正如佛法，只能心印默契，不可言传，所以笑了。她说：

“这不行，哪里还会做诗？”

稍过，又问：

“少琛，你呢？”

男子笑着说，这天气是连说话也觉得可惜的天气，做诗等于糟蹋好风光。听到这样话的母亲莞尔而笑，过了桥，影子消失在白围墙竹林子后不见了。

不过在这样晚凉天气下，母子两人走到菜园去，看工人作瓜架子，督促舀水，谈论到秋来的菜种、萝卜的市价，也是很平常的事。他们有时还到园中去看菜秧，亲自动手挖泥浇水。一切不做作处，较之斗方诗人在瓜棚下坐一点钟便拟赋五言八韵田家乐，偶一出城就称赏独木桥美不可言，虚伪真实，相去真不可以道里计。

冬天时，玉家白菜上了市，全城人都吃玉家白菜。在吃白菜时节，有想到这卖菜人家居情形的，赞美了白菜总同时也就赞美了这人家母子。一切人所知有限，但所知的一点点便仿佛使人极其倾心。这城中也如别的城市一样，城中所住蠢人比聪明人多十来倍，所以竟有那种人，说出非常简陋的话，说是每一株白菜，皆经主人的手抚手摸，所以才能够如此肥茁，这原因是有根有柢的。从这样呆气的话语中，也仍然可以看出城中人如何闪耀着一种对于这家人生活优美的企羡。

做母亲的还善于把白菜制各样干菜，根、叶、心各用不同方法制作成各种不同味道。少年人则对于这一类知识，远不及其对于笔记小说知识丰富。但他一天所做的事，经营菜园的时间却比看书写字时间多。年青人，心地洁白如鸽子毛，需要工作，需要游戏，所以菜园不是使他厌倦的地方。他不能同人锱铢必较的算账，不过单是这缺点，也就使这人变成更可爱的人了。

他不因为认识了字就不作工，也不因为有了钱就增加骄傲。对于本地人凡有过从的，不拘是小贩他也能用平等相待。他应当属于知识阶级，却并不觉得在作人意义上，自己有特别尊重读书人必要。他自己对人诚实，他所要求于人的也是诚实。他把诚实这一件事看做人生美德，这种品性同趣味却全出之于母亲的陶冶。

日子到了应当使这年青人定婚的时候了，这男子尚无媳妇。本城的风气，已到了大部分男女自相悦爱才好结婚，然而来到玉家菜园的仍有不少老媒人。这些媒人完全因为一种职业的善心，成天各处走动，只愿意事情成就，自己从中得一点点钱财谢礼。因太想成全他人，说谎自然也就成为才艺之一种。眼见用了各样谎话都等于白费以后，这些媒人才死了心，不再上玉家菜园。

然而因为媒人的撺掇，以及另一因缘，认识过玉家青年人，愿意作玉家媳妇私心窃许的，本城女人却很多很多。

二十二岁的生日，作母亲的为儿子备了一桌特别酒席，到晚来两人对坐饮酒。窗外就是菜园，时正十二月，大雪刚过，园中一片白。已经摘下还未落窖的白菜，全成堆的在园中，白雪盖满，正象一座座大坟。还有尚未收取的菜，如小雪人，成队成排站立雪中。母子二人喝了一些酒，谈论到今年大雪同菜蔬，萝卜白菜皆须大雪始能将味道转浓，把窗推开了。

窗开以后，园中一切都收入眼底。

天色将暮，园中静静地。雪已不落了，也没有风。上半日在菜畦觅食的黑老鸹，不知到什么地方去了。母亲说：

“今年这雪真好！”

“今年刚十二月初，这雪不知还有多少次落呢。”

“这样雪落下人不冷，到这里算是希奇事。北京这样一点点雪可就太平常了。”

“北京听说完全不同了。”

“这地方近十年也变得好厉害！”

这样说话的母亲，想起二十年来在本地方住下的经过人事变迁，她于是喝了一口酒。

“你今天满二十二岁，太爷过世十八年，民国反正十五年，不单是天下变得不同，就是我们家中，也变得真可怕。我今年五十，人也老了。总算把你教养成人，玉家不至于绝了香火。你爹若在世，就太好了。”

在儿子印象中只记得父亲是一个手持“京八寸”人物。那时吸纸烟真有格，到如今，连做工的人也买美丽牌，不用火镰同烟杆了。这一段长长的日子中，母亲的辛苦从家中任何一事皆可知其一二。如今儿子也教养成人了，二十二岁，命好应有了孙子。听说“母亲也老了”这类话的少琛，不知如何，忽想起一件心事来了。他蓄了许久的意思今天才有机会说出，他说他想过北京。

北京方面他有一个舅父，宣统未出宫以前，还在宫中做小管事，如今听说在旂章胡同开铺子，卖冰，卖西洋点心，生意不恶。

听说儿子要到北京去，作母亲的似乎稍稍吃了一惊。这惊讶是儿子料得到的，正因为不愿意使母亲惊讶，所以直到最近才说出来。然而她也挂念着那胞兄的。

“你去看看你三舅，还是做别的事？”

“我想读点书。”

“我们这人家还读什么书？世界天天变，我真怕。”

“那我们俩去！”

“这里放得下吗？”

“我去三个月又回来，也说不定。”

“要去，三年五年也去了。我不妨碍你。你希望走走就走走，只是书，不读也不什么要紧。做人不一定要多少书本知识。象我们这种人，知识多，也是灾难！”

这妇人这样慨乎其言的说后，就要儿子喝一杯，问他预备过年再去还是到北京过年。

儿子说赶考试，还是年前走好，且趁路上清静，也极难得。

虽然母亲同意远行，却认为不必那么忙，因此到后仍然决定正月十五以后再离开母亲身边。把话说过，回到今天雪上来了，母亲记起忘了的一桩事情，她要他送一坛酒给做工人，因为今天不是平常的日子。

不久过年了。

过了年，随着不久就到了少琛动身日子了。信早已写给北京的舅父，于是坐了省河小轿，到长沙市坐车，转武汉，再换火车，到了北京。

时间过了三年。

在这三年中，玉家菜园还是玉家菜园。但渐渐的，城中便知道玉家少主人在北京大学读书，极其出名的事了。其中经过自然一言难尽，琐碎到不能记述。然而在本城，玉家白菜还是十分出色。在家中一方面稍稍不同了的，是作儿子的常常寄报纸回来，寄新书回来，作母亲的一面仍然管理菜园的事务，兼喂养一群白色母鸡。自己每天无事时，便抓玉米喂鸡，与鸡雏玩，一面读从北京所寄来的书报杂志。母亲虽然五十多岁，一切书报扇起二十岁年青学生的种种，母亲有时也不免有些幻梦。

地方一切新的变故甚多，随同革命，北伐……于是许多青壮年死到野外。在这过程中也成长了一些志士英烈，也出现一批新官旧官……于是地方的党部工会成立了……于是“马日事变”年青人杀死了，工会解散，党部换了人……于是北京改成了北平。

地方改了北平，北方已平定，仿佛真命天子出世，天下快太平了。在北平的儿子，还是常常有信来，寄书报则稍稍少了一点。

在本城的母亲，每月寄六十块钱去，同时写信总在告给身体保重以外顺便问问有不有那种合意的女子可以订婚。母亲年纪渐老，自然对于这些事也更见其关心。三年来的母亲，还是同样的不失林下风度。因儿子的缘故，多知了许多时事，然而一切外形，属于美德的，没有一种失去。且因一种方便，两个工人得到主人的帮助，都接亲了。母亲把这类事告给儿子时，儿子来信说这样作很对。

儿子也来过信，说是母亲不妨到北平看看，把菜园交给工人。虽说菜园的事也不一定放不下手，但不知如何，这老年人总不曾打量过北行的事。

当这母亲接到了儿子的一封信，说本学期终了可以回家来住一月时，欢喜极了。来信还只是四月，从四月起作母亲的就在家中为儿子准备一切。凡是这老年人想到可以使儿子愉快的事通通计划到了。一到了七月，就成天盼望远行人的归来。又派人往较远的长沙市去接他，又花了不少钱为他添办了一些东西，如迎新娘子那么期待儿子的归来。

儿子如期回来了。更出于意外叫人惊喜的，是同时还真有一个新媳妇回来。这事情直到进了家门母亲才知道，一面还在心中作小小埋怨，一面把“新客”让到自己的住房中去，作母亲的似乎人年青了十岁。

见到脸目略显憔悴的儿子，把新媳妇指点给两对工人夫妇，说“这是我们的朋友”时，母亲欢喜得话说不出。

儿子回家的消息不久就传遍了本城，美丽的媳妇不久也就为本城人全知道了。因为地方小，从北京方面回来的人不多，虽然绅士们的过从仍然缺少，但渐渐有绅士们的儿子到玉家菜园中的事了。还有本地教育局，在一次集会中，也把这家从北平回来的男子与媳妇请去开会了。还有那种对未来有所倾心的年青人，从别的事情上知道了玉家儿子的姓名，因为一种倾慕，特邀集了三五同好来奉访了。

从母亲方面看来，儿子的外表还完全如未出门以前，儿子已慢慢是个把生活插到社会中去的人了。许多事皆仿佛天真烂漫，凡是一切往日的好处完全还保留在身上，所有新获得的知识，却融入了生活里，找不出所谓迹。媳妇则除了象是过分美丽不适宜于做媳妇值得忧心以外，简直没有疵点可寻。

时间仍然是热天，在门外溪边小立，听水听蝉，或在瓜棚豆畦间谈话，看天上晚霞，五年前母子两人过的日子如今多了一人。这一家仍然仿佛与一地方人是两种世界，生活中多与本城人发生一点关系，不过是徒增注意及这一家情形的人谈论到时一点企羡而已。

因为媳妇特别爱菊花，今年回家，拟定看过菊花，方过北平，所以作母亲的特别令工人留出一块地种菊花，各处寻觅佳种，督工人整理菊秧，母子们自己也动动手。已近八月的一天，吃过了饭，母子们同在园中看菊苗，儿子穿一件短衣，把袖子卷到肘弯以上，用手代铲，两手全是泥。

母亲见一对年青人，在菊圃边料理菊花，便作着一种无害于事极其合理的祖母的幻梦。

一面同母亲说北平栽培菊花的，如何使用他种蒿草干本接枝，开花如斗的事情，一面便同蹲在面前美丽到任何时见及皆不免出惊的夫人用目光作无言的爱抚。忽然县里有人来说，有点事情，请两个年青人去谈一谈。来人连洗手的暇裕也没有留给主人，把一对年青人就“请”去了。从此一去，便不再回家了。

做母亲的当时纵稍稍吃惊，也仍然没有想到此后事情。

第二天，作母亲的已病倒在床，原来儿子同媳妇，已与三个因其他原故而得着同样灾难的青年人，陈尸到教场的一隅了。

第三天，由一些粗手脚汉子为把那五个尸身一起抬到郊外荒地，抛在业已在早一天掘就因夜雨积有泥水的大坑里，胡乱加上一点土，略不回顾的扛了绳杠到衙门去领赏，尽其慢慢腐烂去了。

做母亲的为这种意外不幸晕去数次，却并没有死去。儿子虽如此死了，办理善后，罚款，具结，她还有许多事得做。三天后大街上贴了告示，才使她同本城人同时知道儿子原来是共产党。仿佛还亏得衙门中人因为想到要白菜吃，才把老的留下来，也没有把菜园产业全部充公。这样打量着而苦笑的老年人，不应当就死去，还得经营菜园才行。她于是仍然卖菜，活下来了。

秋天来时菊花开遍了一地。

主人对花无语，无可记述。

玉家菜园或者终有一天会改作玉家花园，因为园中菊花多而且好，有地方绅士和新贵强借作宴客的地方了。

骤然憔悴如七十岁的女主人，每天坐在园里空坪中喂鸡，一面回想一些无用处的旧事。

玉家菜园从此简直成了玉家花园。内战不兴，天下太平，到秋天来地方有势力的绅士在园中宴客，吃的是园中所出产的蔬菜，喝着好酒。同赏菊花。因为赏菊，大家在兴头中必赋诗，有祝主人有功国家，多福多寿，比之于古人某某典雅切题的好诗，有把本园主人写作卖菜媪对于旧事加以感叹的好诗，地方绅士有一种习惯，多会做点诗，自以为好的必题壁，或花钱找石匠来镌石，预备嵌墙中作纪念。名士伟人，相聚一堂，人人尽欢而散，扶醉归去。各人回到家中，一定还有机会作与五柳先生猜拳照杯的梦。

玉家菜园改称玉家花园，是主人在儿子死去三年后的事。这妇人沉默寂寞的活了三年，到儿子生日那一天，天落大雪，想这样活下去日子已够了，春天同秋天不用再来了，把一点剩余家产全部分派给几个工人，忽然用一根丝绦套在颈子上，便缢死了。

一九二九年夏作

知识

哲学硕士张六吉，一个长江中部某处小地主的独生子。家中那份财产能够由他一手支配时，年龄恰满二十岁。那年正是“五四运动”的一年。看了几个月上海北京报纸，把这个青年人的心完全弄乱了。他觉得在小城里呆下毫无意义，因此弄了一笔钱，离开了家乡。照当时的流行口语说来，这个人是“觉悟”了的，人已觉悟，预备到广大的世界来奋斗的。

他出外目的既在寻求知识，十多年来所得到的知识，当真也就很不少了。凡是好“知识”他差不多都知道了一点。在国内大学毕业后又出国在某国一个极负盛名的大学校里得了他那个学位。他的论文为“人生哲学”，题目就证明了他对于人生问题这方面知识的深邃。他的学问的成就，多亏得是那大学校研究院一个导师，尽力指导，那是个世界知名的老博士。他信仰这个人如一个神。

他同许多人一样，出了学校回国来无法插进社会。想把自己所学贡献给社会，一时节却找不着相当工作。为人纵好，社会一切注重在习惯，可不要你那么一个好人。

他心想：没有机会留在大都市里，不妨事，不如回到我那个“野蛮”家乡去看看吧。那野蛮家乡，正因为在他印象中的确十分野蛮，平时他深怕提起，也从不梦想到有一天会再回转那个家乡。但如今却准备下乡了。

他记起自己，记起家乡，觉得有点忧郁。他担心回到家乡去无法生活。他以为一面是一群毫无教育的乡下人，一面是他自己。要说话，无人了解，有意见，无人来倾听这个意见。这自然不成。

他觉得孤独。一个人自觉知识过于丰富超越一切时，自然极容易陷于这种孤独里。他想起尼采聊以自慰。离家乡越近时，他的“超人”感觉也越浓厚。

离家乡三天路上，到了一个山坳里，见一坝山田中有个老农夫在那里锄草，天气既热，十分疲累，大路旁树荫下却躺了个青年男子，从从容容在那儿睡觉。他便休息下来，同那老农攀谈：

“天气热，你这个人年纪一大把了，怎不休息休息？”

“要吃的，无办法，热也不碍事！”

“你怎不要那小伙子帮一手，却尽他躺在树荫下睡觉，是什么意思？”

那老的仍然同先前一模一样的，从从容容的说道：“他不是睡觉。他死了。先前一会儿被烙铁头毒蛇咬死了。”

他吓了一大跳，过细看看身边躺下这一个，那小子鼻端上正有个很大麻苍蝇。果然人已死掉了。赶忙问：“这是谁？”

老农夫神气依然很平静，很从容，用手抹了抹额上汗水，走过树荫下来吸烟。“他是我的儿子。”说时一面捞了一手，把苍蝇逮住了，摘下一张桐木叶，盖到死者脸上去。

“是你的儿子！你说的是当真？儿子死了你不哭，你这个老古怪！……”他心想着，可不曾说出口来。

但那点神气却被老农夫看到了，象自言自语，又象同城里那一个说话的神气。

“世界上哪有不死的人。天地旱涝我们就得饿死，军队下乡土匪过境我们又得磨死。好容易活下来，一死也就完事了。人死了，我坐下来哭他，让草在田里长，好主意！”

他眼看到老农夫的样子，要再说几句话也说不出口，老农夫却又下田赶他的活去了。

他临走时，在田中的那一个见他已上了路，就说：

“大爷，大爷，你过前面寨子，注意一下，第三家门前有个土坪坝，就是我的家。我姓刘，名叫老刘，见我老婆请就便告她一声，说冬福死了，送饭时送一个人的饭。”

他心想：“你这不慈爱的老胡涂老古怪！儿子被蛇咬死了，竟象‘看水鸭子打架，事不干己’满不在乎，还有心吃中饭，还吝啬另一个人的中饭！”

到周家大寨时，在一个空坪坝里，果然看到两个妇人正在一副磨石旁磨碎豆子。他问两个妇人，刘家住在什么地方。两个妇人同时开口皆说自己便是刘家人，且询问有什么事情找刘家人。

“我并无别的事情，只是来传个话儿。”他说得那么从容，因为他记起那个家主在意外不幸中的神气。接着，他大声说道：“你们家中儿子被蛇咬死了！”

他看看两个妇人又说下去：“那小伙子被蛇咬后死在大路旁。你们当家的要我捎个信来……”

两个妇人听完了这消息时，颜色不变，神气自如，表示已知道了这件事情，轻轻的答应了一个“哦”字，仍然不离开那磨石，还是把泡在木桶里的豆子，一瓢一瓢送进石孔里去，慢慢的转动那磨石。

那分从容使传话的十分不平。他说：“这是怎么的？你们不懂我说的话？不相信我的话？你们去看看，是不是当真有个人死在那里！”

年纪老些的妇人说：“怎不明不白？怎不相信？死了的是我儿子，不死的是我丈夫。两人下田一个被毒蛇咬死了，这自然是真事！”

“你不伤心，这件事对于你一定——”

“我伤什么心？天旱地涝我们就得饿死，军队下乡土匪过境我们又得磨死。好容易活下来！死了不是完了？人死了，我就坐下来哭，对他有何好处，对我有何益处？”

那老年妇人进家里去给客人倒水喝去了，他就问那个比较年轻的妇人，死者是她什么人。

“他是我的兄弟，我是他的姐姐。”

“你是他的姐姐？两个老的，人老心狠可不用提了。同气连枝的姊弟也不伤心？”

“我为什么伤心？我问你……”

“你为什么不伤心？我问你。”

“爸爸妈妈生养我们，同那些木簰完全一样。入山斫木，缚成一个大筏。我们一同浮在流水里，在习惯上，就被称为兄弟了。忽然风来雨来，木筏散了，有些下沉，有些漂去，这是常事！”

一会儿，来了一个年纪二十来的乡下人，女的向那男子说：“秋生，秋生，你冬福哥哥被蛇咬死了，就是这个先生说的。”

那小子望了望张六吉：“是真的假的？”

“真的！”

“那真糟，家里还有多少事应当作，就不小心给一条蛇咬死！”

张六吉以为这一家人都古怪得不近人情，只这后生还稍稍有点人性。且看看后生神气很惨，以为一定非常伤心了，一点同情在心上滋长了。

“你难受，是不是？”

“他死了我真难受。”

“怎么样？你有点……”

屋后草积下有母鸡生蛋，生蛋后带了惊讶神气，“咯大咯”只是叫，飞上了草积。那较年轻的妇人，拖围裙擦手赶过屋后取热鸡蛋去了。

后生家望望陌生人，似乎看出了一点什么，取得了陌生人的信托，就悄悄的说：

“他不能这时就死，他得在家里作事，我才能够到……我那胡涂哥哥死了，不小心，把我们计划完全打破了……”他且说明这件事原是两人早已约好了的。

他说了一件什么事情？那不用问，反正这件事使张六吉听到真吃了一大惊。乡下人那么诚实，毫不含胡，他不能不相信那乡下人说的话。他心想：“这是真的假的？”同先前在田里所见一样，只需再稍稍注意，就明白一切全是真事了！

…………

临走时他自言自语说“这才是我要学的！”到了家乡后，他第一件事是写信给他那博学多闻的先生说：

“老骗子，你应当死了，你教我十来年书，还不如我那地方一个大字不识的乡下人聪明。你是个法律承认的骗子，所知道的全是活人不用知道的，人必需知道的你却一点不知道！我肯定说你是那么一个大骗子。”

第二件事是把所有书籍全烧掉了。

他就留在那个野蛮家乡里，跟乡下人学他还不曾学过的一切。不多久，且把所有土地分给了做田人。有一天，刘家那小子来找他，两人就走了。走到那儿去，别人都不知道。

也许什么地方忽然多了那么两个人，同样在挨饿，受寒，叫作土匪也成，叫作疯子也成，被一群人追着赶着各处都跑到了，还是活着。

也许一到那里，便倒下死了。反正象老刘说的，死的就尽他死了，活的还是要好好的活。只要能够活下去，这个人大约总会好好的活下去的。

一九三四年十月作

失 业

还不是忙的时候，局子里怪清静，人怪闲。新近接事不久的长途电话局管理员大忍，坐在墙角隅，管着那个传递文明的古怪机器，白瓷盘儿，铜条子儿，钉儿点儿，线儿丝儿，以及一串小灯泡，心中纳闷。他有点睡眠不足，消化不良，又似乎正在生谁的气。是的，他有点生气。一份新的生活压着他很沉重，很紧，他为这个生气。他正在写他的日记，记载昨天下午一个兵士打电话催烟款和商贩相骂的一段情形。军人与烟贩合作，把毒物派销到县里，商人照例得个二八回扣。到时烟款不能缴足，一面急于要钱，一面无从设法，结果从电话里说不清楚，只得破口大骂。就是那么回事！和这种事相差不多的，每天有一件两件。

那日记上写着一片胡涂的言语，写了一段，他自己看看，很生气，还有应继续写的也不再写了，就顺手把前些日子写下的翻开来看看。

……说不明白是什么气运，我竟会来到这小县分里做电话局管理员。做这件事得有多大一个肚子，才装得下所受的闷气！这也是人干的？纵横数百里内牵上从外洋来的铜丝，各处冲要地方装上这种复杂接线机同传话机，“哈罗”，“哈罗”，“好呀”，“好呀”，工程司把“文明利器”装好，通了话，已无毛病，回省城同哇哇洋行办交涉分回扣去了。于是这方面择吉开张，县长，传达，肉铺掌柜的，王三家蹶子老婆，娘娘庵尼姑，不拘那一位掏出两角钱，“先生，你背章程给我听，我要接……”“我这里只八十四个铜子，少四大枚，先生你做好歹让我几个钱，接一接，我少说句话！”你要他自己读章程罢，不成，教育还不普及，王大娘不认识字。你要把钱凑足数吧，可怜的事，那八十四枚还正是各处凑来的。衙门的事更不好办，接慢了，那县公署传达会打官腔说你“延误公事”，哪怕算印子钱也是公事。还有军队里大爷们的电话，一开口就是：“接线的，你妈个东西，耳朵被鸡巴塞住了？”告他耳朵只是被嘴上的话堵住吧，好好的告他原因，这些人可不是要明白“原因”的人。这是些日常挨骂挨打，立正站岗，剿匪骂娘，每月领二块四毛饷项，毫无正当职业，古里古怪活在中国叫作“副爷”的人物！中国南北各省，有上百万这种人。鬼知道他们是怎么来的，对国家有什么用处。

这是训练人明白做中国人的一个真的大学校，我应当学下去，我应当忍劳耐苦学下去。这职业将告给我中国是什么样子，有些什么。想在中国活下去的人，得明白多数人如何在那里活……

管理员大忍还只是个年纪二十一岁的小伙子，刚从省立高中毕业，毕业后不即升学，一脑子事业理想，一脑子工作热忱，一脑子书生气。恰好省里注重建设，长途电话网刚装好，公开招考职员，六百人中拔取三十名那么拔萃拔优挑出来。中了选，才分发到这小县城来办事。多少人羡慕这个有保障有出息的好职业，多少人希望这位置却抢不到手！

事实上呢，这职业很可以说是宜于为其他人歆羡的。如象那种愿意在社会上多学点，有勇气准备认识“人生”

而又期望将来用他的脑子同手过写作生涯的人，对这种人，真是再好没有的机会了。请想想，难道还有别的人比这个长途电话局管理员的耳朵更有经验？这是一个地方腐烂的灵魂交换总机关，什么下流话瞒得过接话人，什么新鲜古怪事不知道。尤其是那几个衙门，凡关于衙门里的玩意儿，纳贿，舞弊，以多报少，作奸犯科，打官司讨价还价……一切不名誉而在目下中国又公认为极其自然的种种事情，需由电话中打商量办交涉的，谁都明白这事瞒天瞒地，可瞒不了电话局办事人。

也就因此，一县里各机关全愿意同电话局要好，把电话局办事的当做个心腹知己，对管理员一面无理麻烦，一面还是客客气气。

至于平民，这些人正因为无知识，还不配使用这个文明利器，虽事事同管理员打麻烦，然而对于管理员也怀了一种畏惧，正如同他们对于邮政局电报局的办事人员一样，不怕官，只怕管。电话局虽两毛钱一回给他们传话，却可以管住他们说话。用“没有空线”和“时候到了”对抗那种好麻烦人的人，不管你是乡巴佬或是城里人，奈何他不得。使电话局职员束手的是兵，但兵的事情却全盘在电话局管理人手里。

这管理员想起昨天军队剿匪的报告，心里大不舒服。看看时间止差三点多钟才有生意忙；就走出了办事室，到外面去看看街。电话局对面一家面粉铺，一个大胖子掌柜站在一张板凳上，小学徒扶着凳脚，正准备作周年纪念大减价的纸招。几个无事混的闲汉子，皆在街上袖手看热闹。街东有一个水塘，一妇人正赶鸭子过街，似乎送鸭子下水。一个穿灰军装的副爷忽然从弄里跑出来，装作很惊讶的神气，对那三只鸭子看了一会，看中了意后，又看看妇人，估计出了办法，便大踏步走过去追赶那鸭子，一面说：

“嗨，老子哪里不找到你，你这扁毛畜生会飞，居然飞到这个地方来了！”

妇人一看情形不对，就追着兵士身后说：“怎么，怎么，副爷，你抢我鸭子！不成，这是我的！”

兵士眼尖手快，其时已捞着一只白毛鸭子的颈子，“这是我的！你偷我的鸭子，我要问你个收买赃物的……”

妇人尖声大嚷：“不成，不成，副爷，你不能拿走，这是我的！我养大的！”

那兵士也便同样大声嚷着：“你养大的，你个婊子婆娘，偷了我鸭子还说谎，同我过东岳宫去！”

东岳宫是十殿阎王的衙门，如今却正驻扎有川军四十五军百 × 十团队伍。妇人稍稍愣了一阵，那兵士乘此抱着鸭子走去了。妇人于是坐在塘边幽幽的哭将起来。看热闹的汉子走过妇人身边去，知道是怎么回事，有些还笑笑的。妇人拭眼泪，却和一个熟人说这事。熟人怕事，看着四边，“嫂子，算了吧。鸭子又不会说话，到衙门找包公也不济事！戏台上包公可不管我们城里事！”

电话局那一个也走过妇人身边去，妇人却不哭了。有谁开口问：“这鸭子是你的？”

妇人说：“怎么不是我的！”

“是你的你去要回来！”

“我怕他们打我。算了，青天白日见鬼。”妇人仿佛用宿命观安慰着自己，一面便轻轻的骂着：“粮子上人全是抢匪，强盗，挨刀砍的，枪打的。”接着且扬起响杆，口中喽喽喽喽赶那两只鸭子下塘去了。

电话局管理员本预备问问妇人的，见妇人情形便不再说什么，就走回局里去。

回到电话机旁时，心里想 :“这女子一定是个土娼，夜里兵士抱了鸭子来睡觉，沾了便宜，大白天又把鸭子捉回去，不然岂有大白天抢鸭子的道理。”

看看时间还早，心中为先前一件事很不愉快，终想走出去问问那个妇人，鸭子究竟是被兵士抢了，还是她先抢兵士鸭子，到后又被兵士用武力索回。一到局门外，便见着辛夷集乡长，正骑了匹健白乌云盖雪大骡子来到局门前。两人原认识一面，管理员大忍还不曾开口，乡长就在骡上欠身打拱说 :

“先生，早，早，早！”

“乡长您早！”

乡长一下了骡子又说 :“麻烦，请接接我们集里。”

线接好了，乡长叫集里师爷说话，电话局那一个才知道这个乡长是昨天上城来报告集里有个青年土匪李三，请派队伍去捉匪的。军队大清早就出发了，一个大队长，两个副队长，一百二十名副爷。这乡长认真办事，还嘱咐师爷队伍由他招待！这不是儿戏，一百二十人的食量，实在可观！

电话打过后，乡长说说天气人事，匆匆跨上骡子赶回辛夷集去了。电话局管理员大忍望着乡长牲口后跟了两个乡下人，挑了两大担粉条肉菜，便自言自语说："积点德，让这个姓李的走路，不是省事多了吗？"他知道队伍一出发，不止乡长办招待是件平民费钱的差事，到后还有那个报告，那种由电话传递到上峰，照例夸张不近人情的战事报告，结果才到凯旋献俘那一套。这一切皆俨然有个公式，不可免的，因为一切是"习惯"，所以极少有人怀疑。

到了下午，辛夷集电话果然来了。大队长的口气，叫接公署。虽把线转接县政府，局里的办事人还是一一听得分明。这报告尚得局里抄录一份，备留案存查。

"……该李三率领匪众，顽强抗拒，经士兵奋勇上前，将其擒获。余匪五名见势不佳，方各向……逃去。此役共用去子弹约六百粒，坏拉筒枪一枝，我部队幸无伤亡……"

一会儿，县公署的电话又接专员公署，县长同专员说话：

"……一闻报告，职即亲率部队下乡……共耗费子弹约一千粒。”

好生意！抄了三次同样报告，不到的说到，没有的说有，战事既越说越厉害，了弹耗费也就越说越多。无怪乎报上说这些人剿匪那么认真，下乡那么勤快！

第二天，耳根一撮毛的大队长，最先来到电话局。

“辛苦，辛苦！队长下乡辛苦！”

“那里话，应该的。地方上事不办行吗？你们这边倒真是辛苦！这局里做生意营业，乡下人打麻烦的事多咧！又得作军事方面的……”

官话打完了，接着说一点私话。

管理员大忍问：“队长，那土匪怎么的？听人说是个了不起的飞檐走壁之徒！”

“唉，别说了，什么张三李三，飞檐走壁好本领。一个逃兵，一个瘪小子，就只那么一个瘪小子，不知打那儿发了顺水，冒得两杆盒子，回到家乡来避风。既从不在本乡犯案，也就想不到有人卖他的水。直到队伍围庄时，这小子还呆呆的在秫秸上晒太阳。本地不做案，有什么亏心？嘀嘀！来了，小子明白有人走水[1]，队伍是来弄他的时候，就向秫垛上爬，好的，两杆盒子皆上了红槽，拍拍拍动了手。这不容易办吗？一百二十个对一个，活捉张三，水缸里摸田螺，还费事？‘好兄弟，不要火，寨子围上了。把盒子丢下来，有话好说。’这小子看看，当真围上了，人识相，两杆盒子全抛下来了。人缚好了后拴在马槽旁打了一顿。……周乡长说：‘队长，队长，辛苦辛苦，盒子留下来，我改天另外呈报县里。这是一百二十块洋钱，弟兄喝茶。你我好哥子弟兄，那个那个好说话。’……事情就办完了。”

“多大年岁？”

“二十二岁，好一条汉子！”

“解上城里来了吗？”

“嗨，解上城来干吗？我问你。押上城里来，那一百二十块钱是做什么用的。”

“那你们报销子弹？”

“一共打了五夹半。”

[1] 走水：此处指走漏风声。

“嗨，就那个了吗？”

“还不是嚓的一下……不那个，留下个活口有我们好处？先生你真是……”

…………

电话局管理员大忍，给他家乡的哥哥写信说：“哥哥，帮我换个工作吧，我不干了！我不干了！我不干了！”哥哥来信说：“不干了吗？好的，咱们想法过北京升学罢，干不了让别人干罢。”可是第二次来信却说：“你跑到哪里去，还不是一样？不干会失业的！”升学不成功，于是这个青年人当真就失了业。

（附注：这篇文章刊载于《水星》一九三五年第二卷，是根据一个不相识的朋友作品改写成的，不敢掠美。）

一九三五年四月

若墨医生

我抽屉里多的是朋友们照片，有一大半人是死去了的。有些还好好活着的人，检察我的珍藏，发现了那些死人照片混和他自己照片放在一处时，常常显出些惊讶而不高兴的神气。他们在记忆里保留朋友的印象，大致也分成死活贫富等等区别，各贮藏在一个地方不相混淆。我的性情可不甚习惯于这样分类。小孩子相片我这里也很多，这些小孩子有在家中受妈妈爸爸照料得如同王子公主，又有寄养在孤儿院幼稚园里的。其中一些是爸爸妈妈为了人类远景的倾心，年纪青青的就为人类幸福牺牲死去，世界上再没有什么亲人了，我便常常把他们父母的遗影，同他的小相片叠在一处，让这些孤儿同他妈妈爸爸独占据一个空着的抽屉角隅里，我似乎也就得到了一点安慰。我一共有四个抽屉安置照片，这种可怜的家庭照片便占据了我三个抽屉。

可是这种照片近来又多了一份。这是若墨大夫同他的太太以及女儿小青三人一组的。那个医生同他的太太，为了同一案件最近在 ×× 地方死去了，小青就是这两个人剩下的一个不满半周岁的女孩。这女孩的来源同我现在住处有些关系，同我也还有些关系。

事情在回忆里增人惆怅，当我把这三个人一组一共大小七张照片排列到桌上，从那些眉眼间去搜索过去的业已在这世界上消灭无余，却独自存在我纪念里的东西时，我的感情为那些记忆所围困了。活得比人长久一点可真是一件怕人的事情，因为一切死去了的都有机会排日重新来活在自己记忆里，这实在是一种沉重的担负。死去的友谊，死去的爱情，死去的人，死去的事，还有，就是那些死去了的想象，有很多时节也居然常常不知顾忌的扰乱我的生活。尤其是最后一件，想象，无限制的想象，如象纠缠人的一群蜂子！为什么我会为这些东西所包围呢？因为我这个人的生活，是应照流行的嘲笑，可呼之为理想主义者的！

我有时很担心，倘若我再活十年，一些友谊感情上的担负，再加上所见所闻人类多少喜剧、悲剧，珍贵的、高尚的、愚蠢的、下流的种种印象，我的神经会不会压坏？事实呢，我的神经似乎如一个老年人的脊梁，业已那么弯曲多日了。

十六个月以前……

白色的小艇，支持了白色三角小篷，出了停顿小艇的平坞后，向作宝石蓝颜色放光的海面滑去。风是极清和温柔的，海浪轻轻的拍着船头船舷，船身侧向一边，轻盈的如同一只掠水的燕子。我那时正睡在船中小桅下，用手抱了后脑，游目看天上那些与小艇取同一方向竞走的白云。朋友若墨大夫，脸庞圆圆的，红红的，口里衔了烟斗，穿一件翻领衬衫，黄色短裤下露出那两只健康而体面的小腿，略向两边分开，一手把舵，一手扣着挂在舷旁铜钩上的帆索，目不旁瞬的眺望前面。

前面只是一片平滑的海，在日光下闪放宝石光辉。海尽头有一点淡紫色烟了，还是半点钟以前一只出口商轮残留下来的东西。朋友象在那里用一个船长负责的神气驾驶这只小艇，他那种认真态度，实在有点装模作样，比他平时在解剖室用大刀小刀开割人身似乎还来得不儿戏，我望到这种情形时，不由得不笑了。我在笑中夹杂了一点嘲弄意味，让他看得明白，因为另外还有一种理由，使我不得不如此。

他见到我笑时先不理会，后来把眼睛向我眨了一眨，用腿夹定舵把，将烟嘴从口中掏出。

我明白他开始又要向我战争了。这是老规矩，这个朋友不说话时，他的烟斗即或早已熄灭，还不大容易离开嘴上的。夜里睡觉有时也咬着烟斗，因此枕上被单皆常常可以发现小小窟窿。来到青岛同我住下时，在他床边我每夜总为他安置一杯清水，便是由于他那个不可救药的习惯，预备烟灰烧了什么时节消防小小火灾用的。这人除了吃饭不得不勉强把烟斗搁下以外，我就只看到他用口舌激烈战争时，才愿意把烟斗从口中掏出。

自然的，人类是古怪的东西，许多许多人的口大都有一种特殊嗜好，有些人欢喜啮咬自己的手指，有些人欢喜嚼点字纸，有些人又欢喜在他口中塞上一点草类，特别是属于某一些女人的某一种荒唐传说，凡是这样差不多都近于必需的。兽物中只有马常常得吃一点草，是不是从这里我们就可以证明某一些人的祖先同马有一种血缘？关于这个，我的一位谈《进化论》的朋友一定比我知道较多，我不敢说什么外行话。至于我这位欢喜烟斗的朋友，他的嗜好来源却为了他是一个医生。自从我认识他，发现了他的嗜好以后，第一件事就是觉得一只烟斗把他变得严肃起来不大合理。一个医生的身分虽应当沉着一点。严肃一点，其实这人的性情同年龄还不许可他那么过日子下去。他还不到三十岁，还不结婚，为了某种理由，故我总打量得多有些机会取掉他那烟斗才好。我为这件事出了好些主意，当我明白只有同这位朋友辩论什么，才能把他烟斗离开他的嘴边后，老实说，只为了怜悯我赠给他那一只烟斗被噙被咬，我已经就应当故意来同朋友辩论些漫无边际的问题了。

我相信我作的事并没有什么错误。因为一则从这辩论中我得了许多智慧，一种从生理学、病理学、化学、各样见地对于社会现象有所说明的那些智慧，另一时用到我的工作上不无益处，再则，就是我把我的朋友也弄得年轻活泼多了。这次他远远的从北京跑来，虽名为避暑，其实时间还只五月，去逃避暑热的日子还早，使他能够放下业务到这儿来，大多数还是由于我们辩论的结果。这朋友当今年二月春天我到北京时，已被我用语言稍稍摇动了他那忠于事务忠于烟斗的固持习惯，再到后来两人一分手，又通了两次信，总说他为那“烟斗”同“职业”所束缚，使他过的日子同老人一样，论道理很说不去。他虽然回了我许多更长的信，说了更多拥护他自己习惯的话语，可是明明白白，到底他还是为我所战败，居然来到青岛同我住下了。

到青岛时天气还不很热，带了他各处山头海岸跑了几天，把各处地方全跑到了，两人每天早上就来到海边驾驶游艇，黄昏后则在住处附近一条很僻静的槐树夹道去散步，不拘在船中或夹道中，除了说话时他的烟斗总仍然保留原来地位。不过由于我处处激他引他，他要说的话似乎就越来越多，烟斗也自然而然离开嘴边常在手上了。这医生青春的风仪，因为他嘴边的烟斗而失去，烟斗离开后，神气即刻就风趣而年青了。

关于一切议论主张同朋友比较起来，我的态度总常常是站在感情的，急进的，极左的，幻想的，对未来有所倾心，憎恶过去否认现在方面而说话的。医生一切恰恰相反，他的所以表示他完全和我不同，正为的是有意要站在我的对方，似乎尽职，又似乎从中可以得到一些快乐。因为给他快乐使他年青一点，我所以总用言语引导他，断不用言语窘迫他。

这时大夫当真要说话了，由于我的笑，他明白那笑的含意。清晨的空气使他青春的热力显现于辞气之间。

“你笑什么？一个船长不应当那么驾驶他的船吗？”

“我承认一个船长应当那么认真去驾篷掌舵，”我说的只是半句话，意思以为他可不是船长。我希望听听这个朋友食饱睡足以后为初夏微凉略涩的海上空气所兴奋而生的议论。但这时节小艇为一阵风压偏了一下，为了调整船身的均衡与方向，须把三角篷略收束一下，绳索得拉紧一点，故朋友的烟斗又上口了。

我接着就说：

“让它自由一点，有什么要紧？海面那么无边际的宽阔，那么温和与平静，应当自由一点！我们不是承认过：感情这东西，有时也不妨散步到正分生活以外某种生活上去吗？医生是你的职业，那件事情你已经过分的认真了，你得在另外一件事情上，或另外一种想象上放荡洒脱一点！我不觉得严肃适宜于作我们永远的伴侣，尤其是目的以外的严肃！”

我的意思原就指得只是驾船，想从这平滑的海上得到任意而适的充分快乐，以为严肃是不必需的。

医生稍稍误会了我的意思，把烟斗一抓，“不能同意！”

他说那一句话的神气，是用一种戏剧名角，一种省议会强健分子，那类人物的风度而说的。这是他一种习惯，照例每听到我用一个文学者所持的生活多元论而说及什么时，仿佛即刻就记起了他是医生，而我却是一个神经不甚健康的人，他是科学的，合理的，而我却是病态的，无责任心的，他为了一种义务同成见，总得从我相反那个论点上来批驳我，纠正我，同时似乎也就救济了我。即或这事到后来他非完全同意不可，当初也总得说“不能同意”。我理解他这点用意，却欢喜从他一些相反的立论上，看看我每一个意见受试验受批判的原因，且得到接近一个问题一点主张的比较真理。

我说：“那么，你说你的意见。我希望你把那点有学院气丈夫气的人生态度说说。”他业已把烟斗送到嘴边又重新取出了。

“感情若容许我们散步，我们也不可缺少方向的认识。散步即无目的，但得认清方向。放荡洒脱只是疲倦的表示，那是人生某一时对道德责任松弛后的一种感觉，这自然是需要的，可完全不是必需的！多少懒惰的人，多少不敢正视人生的人，都借了潇洒不羁脱然无累的人生哲学活着在世界上！我们生活若还有所谓美处可言，只是把生命如何应用到正确方向上去，不逃避一切人类向上的责任，组织的美，秩序的美，才是人生的美！生命可尊敬处同可赞赏处，全在它魄力的惊人。表现魄力是什么？一个诗人很严肃的选择他的文字，一个画家很严肃的配合他的颜色，一个音乐家很严肃的注意他的曲谱，一个思想家严肃去思索，一个政治家严肃的处理当前难题。一切伟大制作皆产生于不儿戏。一个较好的笑话，也就似乎需要严肃一点才说得动人。一切高峰全由于认真才能达到。谁能缺少这两个字？人人都错误的把快乐幸福同严肃认真对立，多以为快乐是无拘束的任性，幸福是自由，严肃同认真，却是毫无生趣的死呆。严肃成就一切，它的对面只是轻浮。至于快乐和幸福，总常常包含了严肃和轻浮两者而言；轻浮的快乐，平常人同女子才用得着，至于一个有希望的男子，象样的男子，他不会要这个的！他一切尽管严肃认真，从深渊里探索他所需要的东西，他有他那一分孤独伟大的乐趣！你想想，在你生活中缺少了严肃，你能思索什么，能写作什么？……”

他的辩论原来是不大高明的，他能说一切道理，似乎是由于人太诚实，就常常互相矛盾。他只知道取我相反的路线，却又常常不知不觉间引用我另一时另一事他中意了的见解来批驳我。先前我常是领导他，帮助他，使他能在“科学的”立脚点上站稳，到后来就站稳了。站稳以后慢慢的他自己也居然可以守着他的壁垒，根据他的所学，对于我主张上某一些弱点能够有所启示纠正，因此有时我也有被他难倒了。

但这次他可错了。大体是这个大夫早上为我把了一阵脉，由于我的神经不大健全，关心到我的灵魂也有了些毛病，他临时记起他作医生的责任，因此把话说得稍多了一点。并且他说到后来有了矛盾，忘记了某一部分见解，就正是我前些日子说到的话，无意中记忆下来，且用来攻打我，使我觉得十分快乐。这个人的可爱处，原来就是生活那么科学，议论却那么潇洒，他简直是太天真了。

我含笑说：“医生，你自己矛盾了。你这算是反对我还是承认我？你对于严肃作了很多的解释，自己的意见不够，还把我的也引用了。你不能同意我究竟是哪几点？我要说，我可不能同意你的！就因为我现在提到的，只是你驾船管舵的姿势，不是别一件事。你不觉得你那种装模作样好笑吗？你那么严肃的口衔烟斗，方正平实的坐到那里，是不是妨碍了我们这一只小小游艇随风而驶飘泊海上的轻松趣味？我问你就是这件事，你别把话说得太远。议论你不能离题太远，正如这只小船你不能让它离岸太远；一远了，我们就都不免有点胡涂了。”

同时他似乎也记起他理论的来源了，笑了一阵，“这不行，咱们把军器弄错了。我原来拿的是你的盾牌，——你才真是理论上主张认真的一个人！不过这也很好，你主张生活认真，我却行为认真；你想象严肃，我却生活严肃。”

“那么，究竟谁是对的？你说，你说。”

“要我说吗？我们都是对的，不过地位不同，观点各异罢了。且说船吧，你知道驾船，但并不驾船。你不妨试试来坐在舵边，看看是不是可以随随便便，看看照到你自由论者来说，不取方向的办法，我们这船能不能绕那个小岛一周，再泊近那边浮筒。这是不行的！”

我看到他又象要把烟斗放进嘴里去的神气，我就说：“还有下文？”

“下文多着，”他一面把烟斗在船舷轻轻的敲着一面说，“中国国家就正因为毫无目的，飘泊无归，大有不知所之的样子，到如今弄得掌舵的人无办法，坐船的人也无办法。大家只知道羡慕这个船，仇视那个船，自己的却取自由任命主义，看看已经不行了，不知道如何帮助一下掌舵的人，不知如何处置这当前的困难，大家都为这一只载了全个民族命运向前驶去的大船十分着急，却不能够尽任何力量把它从危险中救出。为什么原因？缺少认真作事的人，缺少认真思索的人，不只驾船的不行，坐船的也不行。坐船的第一就缺少一分安静，譬如说，你只打量在这小船上跳舞，又不看前面，又不习风向，只管挑剔，只管分派我向这边收帆，向那边扳舵，我纵十分卖气力照管这小船小帆，我们还是不会安全达到一个地方！”

这种承认现在统治者的合法，而且信赖他，仍然是医生为了他那点医生的意识，向我使用手术方法。

我说：“说清楚点，你意思以为中国目前情形，是掌舵的不行，还是坐船的捣乱？”

“除了风浪太大，没有别的原因。中国虽象一只大船，但是一堆旧木料旧形式马马虎虎束成一把的木筏，而且是从闭关自守的湖泊里流出到这惊涛骇浪的大海里来，坐船的不见过风浪，掌舵的又太年青，大家慌乱失措，结果就成了现在样子了。”

“那么，未来呢？”

“未来谁知道？医生就从不能断定未来的。且看现在罢，要明白将来，也只有检察现在。现在正象一个病人，只要热度不增加到发狂眩瞀程度，还有办法！”

医生见我把手伸出船舷外边去玩弄海水，担心转篷时轧着了手，就把手扬扬，“喂，坐船的小心点，把手缩回来吧。一切听掌舵的指挥，不然就会闹出危险！”

我服从了他的命令，缩回手来，仍然抱了头部。因为望到他并没有把烟斗塞进嘴里的意思，就不说什么，知道他还有下文的。

“中国坐船的大家规规矩矩相信掌舵的能力，给他全部的信托，中国不会那么糟！”

我不能承认掌舵的这点意见了，我说：“这不行，我要用坐船者的资格说话了。你说的要信托船长一切处置，是的，一个民族对支配者缺少信托，事情自然办不好。可是现在问题不是应当信托或不应当信托，只是值得信托或不值得信托！为什么那么稀乱八糟？这就是大家业已不能信托，想换船长，想作船长，用新的方法，找新的航线，才如此如此！”

医生说：“照你所说，你以为怎么样？”

“照我坐小船的经验，我觉得你比我高明，所以我信托你。至于载了一个民族走去的那一只木筏，那一个船长，我很怀疑……”

“这就对了。大家就因为有所怀疑，不相信这一个，相信那一个，大家都以为存在的不会比那个不存在的好，及以为后一个应比前一个好，故对未来的抱了希望，对现在的却永远怀疑。其实错了的。革命在试验中，这失败并不是革命的失败，失败在稍前一辈负责的人。一个人的结核病还得三五年静养，这是一个国家，一个那么无办法的国家，三年五年谁会负责可以弄得更好一点？”

我简简单单的说：“中国试验了二十年，时间并不很短了！”

“我以为时间并不很长。二十年换了多少管理人，你记得那个数目没有？不要向俄国找寻前例，那不能够比拟，人家那只船根本结实许多，一船人也容易对付。他们换了船长以后，还是权力同智慧携手，还是骑在劳动者背上，用鞭子赶着他们，不顾一切向国家资本主义那条大路走去。他们的船改造后走得快一点，稳一点，因为环境好一点！中国羡慕人家成功是无用的，我们打量重新另造，或完全解散仿造，材料同地位全不许可。我们现在只能修补。假若现在船长能具修补决心，能减少阻力，能同知识合作，能想出方法使坐船的各人占据自己那个位置，分配得适当一点，沉静的渡过这一重险恶的伏流，这船不会沉没的。”

“可是一切中毒太深，一切太腐烂，太不适用，……”

“不然，照医生来说，既然中毒，应当诊断。中毒现象很少遗传的。既诊知前一辈中毒原因，注意后一辈生活，思想的营养，由专家来分配，——一切由专家来分配！”

“你相信中国有专家吗？那些在厅里部里的人物算得上专家吗？”

“没有就培养他！同养蚕一样完全在功利上去培养他！明知道前一批无望，好好的去注意后一批人，从小学教育起始，严格的来计划，来训练，……”

“你相信一切那么容易吗？”

医生俨然的说：“我不相信那么容易，但我有这种信仰。我们需要的就是信仰，我们的恐慌失望先就由于心理方面的软弱，我们要这点信仰，才能从信仰中得救！”

其实他这点信仰打那儿来的？是很有趣味的。我那时故意轻轻的喊叫起来：“信仰，你是不是说这两个字？医生不能给人开这样一味药，这是那一批依靠叫卖上帝名义而吃饭的人专用口号。你是一个医生，不是一个教徒！信仰本身是纯洁的，但已为一些下流无耻的东西把这两个字弄到泥淖里有了多日，上面只附着有势利同污秽，再不会放出什么光辉了！除了吃教饭的人以外，不是还有一般人也成天在口中喊信仰吗？这信仰有什么意义，什么结论？”

医生显然被我窘住了，红脸了，无话可说了，可是烟斗进了口以后随即又抽出来，望到我把头摇摇，“不能同意。”

“好的，说你的意思。”

“我的意思还是需要信仰，除了信仰用什么权力什么手段才能统一这个民族的方向？要信仰，就是从信仰上给那个处置一切的家长以最大的自由，充分的权力，无上的决断：要信仰！”

“是的，我也以为要信仰的。先信仰那个旧的完全不可靠，得换一个新的，彻底换一个新的，从新的基础上，建设新的信仰，一切才有办法，——这是我的信仰！”

“这是侥幸，‘侥幸’这个名词不大适用于二十世纪。民族的出路已经不是侥幸可以得到了的。古希腊人的大战，纪元前中国的兵车战，为耸动观听起见，历史上载了许多侥幸成功的记录。现在这名词，业已同‘炼金术’名词一样的把效率魔力完全失去了。”

“可是你不说过医生只能诊断现在，无从决定未来吗？为什么先就决定中国完全改造的失败？倘若照你所说，这民族命运将决定到大多数的信仰，很明显的，这点新的信仰就正是一种不可儿戏的旋风，它行将把这民族同更多一些民族卷入里面去，医生，你不能否认这一点，绝不能否认这一点！”

“我承认的，这是基督教情绪之转变，其中包含了无望无助的绝叫，包含了近代人类剩余的感情——就是属于愚昧和夸张彻头彻尾为天国牺牲地面而献身的感情。正因为基督教的衰落，神的解体，因此‘来一个新的’便成了一种新的迷信，这新的迷信综合了世界各民族，成为人类宗教情绪的尾闾。这的确是一种有魄力的迷信，但不是我的信仰！”

“你的信仰？”

“我的信仰吗？我……”

我们两人说到前面一些事情时，两人都兴奋了一点，似乎在吵着的样子，因此使他把驾船的职务也忘却了。这时船正对准了一个指示商船方向的浮标驶去，差不到两丈远近就会同海中那个浮标相碰了，朋友发觉了这种危险，连忙把舵偏开时，船已拢去了许多，在数尺内斜斜的挨过去，两人皆为一种意外情形给愣住了。可是朋友眼见到危险已经过去，再不会发生什么事故，便向我伸伸舌头，装成狡顽的样子，向我还把眼睛挤了一下。

“你瞧，一个掌舵的人若尽同坐船的人为一点小事争辩，不注意他的职务所加的责任，行将成一个什么样子！别同掌舵的说道理，掌舵的常常是由于权力占据了那个位置，而不由于道理的，他应当顾及全船的安危，不能听你一个人拘于一隅的意见。你若不满意他的驾船方法，与其用道理来絮聒，不如用流血来争夺。可是为什么中国那么紊乱？就因为二十年来的争夺！来一个新的方法争夺吧，时间放长一点，……历史是其长无尽的一种东西，无数的连环，互相衔接，捶断它，要信仰！”

他在说明他的信仰以前，望望海水，似乎担心把话说出会被海上小鱼听去，就微笑着把烟斗塞进自己嘴巴里了。

无结果的争辩，一切虽照样的无结果，可是由于这点训练，我的朋友风度实在体面多了。他究竟信仰什么，他并不说，也象没有可说的。他实际上似乎只是信仰我不信仰的东西。他同我的意见有意相反，我曾说过了，到现在，他一面驾船一面还是一个医生，不过平时他习惯的是疗治人的身体，此时自以为在那里修补我的灵魂罢了。

我们的小艇已向外海驶去，我在心里想，换一个同海一样宽泛无边无岸的问题，还是拣选一个其小如船切于本身的问题？我想起了他平时不谈女人的习惯，且看到他这时候的派头，却正象一个陪新夫人度蜜月驾小艇出游的丈夫模样，故我突然问他“是不是打量结婚，预备恋爱”。我相信我清清楚楚看到他那时脸红了一阵，又象吃了一惊的样子。

他没有预防这一问，故不答复我，所以我又说：

“怎么，你难道是老人吗？取掉你的烟斗，说说你的意见！”

他当真把烟斗抓到手上了。

“女人有什么可说？在你身边时折磨你的身体，离开你身边时又折磨你的灵魂；她是诗人想象中的上帝，是浪子官能中的上帝。但我们为什么必需一个属于个人的上帝？我们应当工作，有许多事情可作，有许多责任要尽，为一个女人过分消耗时间和精力，那实在是无味得很。”

“可是难道不是诗人不是浪子就不需要那么一个上帝吗？我不瞒你，若我象你那么一个人，我就放下我现在这种倾心如你所谓诗人的上帝，找寻那个浪子的上帝去了。再则从女人方面说来，我相信许多女人都欢喜作你那么一个好人的上帝，你自己不相信吗？”

“这一点我可用不着信仰了。可是我同你说说我的感想吧。若是有什么人问到我：若墨大夫，你平生最讨厌的什么？我将回答：我讨厌青年会式的教徒，同自作多情的女子。这两种人在我心上都有一个位置，可是却为我用一种鄙视感情保留到心上的。”

综合而言，我知道医生存三种不可通融的主张了，就是讨厌前面两样人以外还极端怀疑中国共产党革命。

我有一种成见，就是对于这个朋友的爱憎，不大相信得过。我不愿再听下去，听下去伤了我对于女人以及对于几个在印象中还不十分坏的教会朋友的情感。尤其是说到女人，我记起一件事情来了。另外一个朋友昨天还才来了一封信，说到有一个牧师的女儿，不久就要到青岛来，也许还得我为她找寻一个住处。这女人为的是要在青岛休养几个礼拜的胃病，朋友特意把她介绍给我，且告给我这个女人种种好处。朋友意思似乎还正因为明白我几年来在某一方面受了些折磨，把这个女人介绍到青岛来，暗示我一切折磨皆可以从这方面得到取偿。照医生说来，这女人却应当是双料讨人厌烦的东西了。

我忽然起了一种好事的感觉，心想等着这女人来时，若果女人是照到朋友所说那样完美的人，机会许可，我将让一个方便机会，把这双料讨厌东西介绍给医生，看看这大夫结果如何。这点动机在好事以外还存了另外一份心事，就是我亲眼看到我的朋友。尽管口上那么厌恶女人，实在生活里，又的的确确需要一个当家的女人，而且这女人同他要好也比同我要好一定强多了，故当时就决定要办好这样一件事，先且不同他说什么。我打算到好几个自以为妙不可言的撮合方法，谁知这些方法到了后来完全不能适用。

到了十点左右，两人把小艇驶回船坞，在沙滩上各人留下了一行长长的足印，回到家中时，事情太凑巧了一点，那个牧师女儿 ×× 小姐已坐在小客厅中等候我半点钟了。我同了若墨大夫走进客厅时，那牧师女儿正注意到医生给我写的一个条幅，见了我们两人，赶忙回过身来向医生行礼。她错了，她以为医生是主人，却把我当成主人的朋友了。这不能怪他，只能责备我平常对于衣帽实在太疏忽了一点，我那件中学生的蓝布大衫同我那种一见体面女子永远就只想向客厅一角藏躲的乡下人神气，同我住处那个华丽客厅实在就不大相称。我为这个足以自惭的外表，在另一时还被一个陌生拜访者把我当成仆人，问了我许多关于主人近况的话语，使我不知如何回答这关切我的好人。大家都那么习惯于从冠履之间识别对方的身分，因此我也就更容易害羞受窘了。

可是当我的医生朋友，让人家知道我就是她所等候的人，我且能够用主人资格介绍医生给这个客人时，也许客厅中气候实在太热了一点，那个新来的客人，脸儿很红了一阵。

牧师女儿恰恰如另一朋友在来信上所描写的一样，温柔端静，秀外慧中，像貌性情皆可以使一个同她接近的男子十分幸福。一个男子得到她，便同时把诗人的上帝同浪子的上帝全得到了。不过见面之下我就有了主意，认定这女人同医生第一面的误会，就有了些预兆。若能成为一对，倒是最理想的一对了。

我留住了这个牧师女儿在我家中吃了一顿午饭，谈了好些闲话，一面谈话一面我偷偷的去注意医生，看他是不是因为客厅中有一个牧师的女儿，就打量逃走。看来竟象不会逃走的样子，我方放心了。在谈话中医生只默默的含着他的烟斗在一旁听着，我认为他的烟斗若不离开，实在增加了他的岁数，所以还想设法要他去掉烟斗说话。他似乎有点害羞的样子，说的话大不如两人驾船时的英气勃勃。在引导他说话时，我实在很尽了一分气力，比我作别的事困难得多。

女人来青岛名为休养胃病，其实还象是看我的！下午我们三人一同出去为她安置住处时，一路上谈到几个熟人的胃病，牙痛病，以及其他各样事情。我就说这位医生朋友如何可以信托。且告她假若需要常常诊察，这位朋友一定很高兴作这件事，而且这事情在朋友作来还如何方便。医生听我说到这些话时，只衔着烟斗，默默的瞧着我，神气时时刻刻象在说："书呆子，理想家，别作孽，够了，够了，这不是好差事，这不是好差事！"我也明白这不是一件好差事，却相信病人很高兴很欢喜这点建议。

女人听我说到这个医生对于胃病有一种专长时，先前似乎还不甚相信得过，望我笑着，一面也望了一下医生。当时我不让医生有所推托，就代为答应了一切，医生听到这话仍然没有把烟斗取去，似乎很不高兴。我也以为或者他当真不大高兴，就因为我自己见着许多女人不大欢喜她时，神气也差不多同我朋友那么一样沉默的。把医生诊病事介绍妥当后，我又很悔我的孟浪，还以为等一会儿一定会被他埋怨了。

但女人回旅馆后，医生却说：“这女人的说话同笑，真是一种有毒的危险东西。”

我明白那是什么意思。我太明白一个端静自爱的男子，当平静的心为女人所扰乱时外表沉默的情形了。我很忠厚的极力避开同他来说到这个女子，他这时是绝不愿有谁来说到这女人的。他害怕别人提到这个名字，却自己将尽在心里念到这个使他灵魂柔软的名字。

那牧师女儿呢，我相信她离开我们以后，她一定觉得今天的事情很希奇，且算得出她的胃病有了那么一个大夫，四个礼拜内一定可以完全治好，心里快乐极了。

从此以后这个医生除掉同我划船散步以外多了一件事情。他到约定的时间，总仍然口衔烟斗走到女人住处那边去。到了那边，大约烟斗就不常能够留到嘴边了。似乎正因为胃病最好的治疗是散步。青岛地方许多大路小径又太适宜于散步，因此医生用了一种义务的或道德的理由，陪了他的病人各处散步的事情，也慢慢的来得时间较长次数较多了。

青岛地方的五月六月天气是那么好，各处地方是绿荫荫的。各处是不知名的花，天上的云同海中的水时时刻刻在变幻各种颜色，还有那种清柔的，微涩的，使人皮肤润泽，眼目光辉，感情活泼，灵魂柔软的流动空气，一个健康而体面心性又极端正的男子，随同一个秀雅宜人温柔的少女，清晨或黄昏，选择那些无人注意为花包围的小路上，用散步来治疗胃病，这结果，自然慢慢的把某一些人的地位要变更起来的，医生间或有时也许就用不着把烟斗来保护自己的嘴唇，却从另外一个方便上习惯另外一种嗜好了。

当那些事情逐日在酝酿中有所不同时，医生在我面前更象年青了一点，但也沉默了一点。女人有时到我住处来，他们反而似乎很生疏的样子。女人走时，朋友就送出去，一个人很迟很迟才回来，回来后又即刻躲到他自己房中去了。两个人都把我当书呆子，因为我那一阵实在就成天上图书馆去抄书。其实我就只为给这朋友的方便，才到图书馆去作事。我从朋友沉默上明白那是什么征候，我不会弄错，我看得十分清楚，却很难受，因为当时无一个人可以同我来谈谈在客观中我所想象到的一切，我需要这样谈话的人，却没有谁可以来同我讨论这件事。

我为这件事一个人曾记下了五十页日记，上面也有我一些轻微的忧郁。由于两人不来信托我却隐讳我，医生的态度我真不大能够原谅。

到后来，女人有一天到我住处，说是要回北京。医生也说要回北京了。两人恰好是同过北平，同车回去也可减少路上的寂寞，所以我不能留任何一个再住一阵。请他两个人到一个地方去吃了一顿饭，就去为他们买了两张二等车票，送他们上了车。他们上车时我似乎也非常沉默，没有先前的兴致，是不是从别人的生活里我发现了自己的孤立，我自己也不大知道。总而言之我们都似乎因为各人在一种隐约中担心在言语上触着朋友的忌讳，互相说话都少了许多。临走时，两人似乎说了许多话，但我明明白白知道这是装点离别而说的空话，而且是很勉强在那里说的，所以我心里忍受着，几几乎真想窘这医生一次，要把女人来此第一天，我同医生在船上说到关于女人的话重新说说，让他在女人面前唤起一点回忆，红一阵脸。

十个星期后医生从北平把用高丽发笺印红花的结婚喜帖寄给我，附上了一封长长的信，说到许多我早已清清楚楚的事情，那种信上字里行间充满了值得回忆的最诚实的友谊。结末却说："那个说女人同教徒坏话的医生，想不到自己要受那么一种幸福来惩罚自己。"我有点生气，因为这两个人还不明白我早已看得十分清楚，还以为这时来告我，对于我是一种诚实的信托与感谢！我当时把我那五十多页的日记全寄去了，我让他两个人知道我不是书呆子，我处处帮了他们的忙，他们却完全不知道。

只是十六个月，这件事就只剩下一个影子保留在我一个人记忆上了。我现在还只那么尽想象中国应当如何重新另造，很严肃的来写一本《黄人之出路》。为了如何就可以把某一些人软弱无力的生活观念改造，如何去输入一个新的强硬结实的人生观到较年青一点的朋友心胸中去，问题太杂，怯于下笔，不能动手了。那些人平时不说什么，不想什么，不写什么，很短的时间里，在沉默中做出来的事，产生出的结果，从我看来总常常是一个哑谜，一种奇迹。

在我记忆里，这些朋友用生活造成的奇迹越来越多了。

一九三二年，青岛作

早上——一堆土一个兵

天欲发白。一切皆静静的。这分沉静便孕育了稍后一时钢铁齐鸣的种子。

老同志伏在山地土沟边，身穿破棉袄儿，见得多，听得多，胆量稳稳的，心沉沉的，不怕冷，不怕饿。

为的是会那么一手，有了经验，到时候天空中燕子似的钢铁飞窜，“来，× 你的娘，炸你个七块八块！”一下子把那个黑沉沉的玩意儿，向远处抛去，訇……一堆烟子，一堆石头，一堆泥土，向上直卷。一口猛劲的犁，一只瞧不见的大手，这么一下翻起多少东西！那大腿，那手指，那点撕碎拉长的内脏，起花的肠子，水蛇似的肠子。“来，× 你祖宗，再来一下！”又再来了一下。

在那时节老同志是半疯的。空中的一切声音皆使他发疯。“来，× 你……”便又再来了一下。每一个动作相伴而来的是个粗俗的字眼，这包含了一种力量，一分气。

老同志可没有死，天知道这是谁出的主意，勇敢人照例就不会轻易死。枪子儿常常赶人背后穿，你想跑，只一下子你便完事了。你不跑，你不会在冲过来的毛子以前完事。

嘘……一颗流弹；一只紫色的鸟儿打头上飞过去，一个信号，暴雨中第一滴雨点。来了，昨天的事又快来了。同天明一样，黑夜一走终究要来的。

一切过去了，黑夜和沉默皆已过去了。远处有了机关枪声音一阵，过后又异常沉静了。

天已亮，好象再不会有什么事。

老同志把手在空虚里抓了一把。看看风向什么方面吹。老同志身伴一个小同志，一个学生，那顶圆圆的钢盔搁在头上，代为说明他来到这儿还不多久。那学生哑哑的说：

“老伴，老伴，别开玩笑，小心一点儿。”

“小心一点儿？小心你做皇帝的命！你是来干吗的？

我问你。”

那一边便无回嘴声音了。

过一会儿，那戴了钢盔的学生却说：

“老同志，老同志，到了一万顶钢盔，今早冲锋时可不怕机关枪了。”

人年轻了一点，话说得那么傻，真象机关枪子儿单拣脑瓜子钻，别一处皮肉不作兴穿过似的，故老同志听到这个时笑也不笑。后面的人要买帽子爱国，前面的可不要。他们要大炮小炮，要机关炮同向空中飞机瞄准的高射炮，向谁去要？从学生看来，这老同志正有点傻，那么勇敢，那么猛，不是傻子谁作得出？看看地面各处已现出了淡淡的轮廓，只壕沟如一条黑色带子，向高处爬去。学生问：

“老同志，老同志，你为什么到这儿来？”

“我为什么到这儿来？鬼明白。你为什么到这儿来？我问你。人明白的都不来，来的就不大明白。大家都想搬了宝贝向南边跑，不要脸，不害羞，留下性命做皇帝，这块土地谁来守。”

“你有家，……有土。”

“我有田土舍不得离开吗？我有坟土。毛子来了，占去咱们的土地，祖宗出了多少力，流过多少血，家门前一块肥土让他们拿去，不丢丑？读书人不怕丢丑我可怕丢丑。站不住了，脑瓜子炸了，胸脯瘪了，躺到那炮弹犁起的坑里去，让它烂，让它腐。赶明儿有人会说：‘老同志不瘪，争一口气，不让自己离开窄窄的沟儿向宽处跑。他死了，他硬朗，他值价’。”

那学生一句话不说，也把手在空气中捞了那么一下，想爬过来一点，似乎要亲老同志一下，老同志说：

“伙计，小心点，不是玩的。”

“得啦，我让你去做皇帝。我把你这个。”他想脱下那顶帽子，这帽子使他害了羞。

啵……

一下子小雏儿完了，放翻了，一个滚便转到壕沟里泥水中去了。一顶钢盔留在老同志身边。

“发明这玩意儿！”老同志道。“天空中落雪子时，戴它到头上去，挡一阵雪子。送来一万顶，好象全望着别炸碎脑子，枪子儿赶别处进，把受伤的填满一个北京城，让人知道抵抗了那么久，伤了那么多，就来讲和似的。妈妈的，你们讲和我不和。我怕丢丑。我们祖宗并不丢丑。”

稍远处有了枪声，左边有了枪声，右边有了枪声，老同志摸摸身边，身边有一十七个炸药作馅的铁棒槌。寒气中一切皆结了冰似的；空气结了冰，铁也结了冰。

一九三三年三月，于青岛

黑 夜

当两人在竹子编成的筏上，沿了河流向下游滑去，经过了四个水面哨卡，全被他们混过，离目的地只差将近五里时，竹筏傍在一些水苇沼泽河边上，滞住了。竹筏停止后，筏上两个人皆听到水声汩汩在筏底流过，风过时苇叶沙沙发响。

罗易，×× 的部队通信联络人，在黑暗里轻轻的声音带一点儿嘶哑，辱骂着他的年轻伙伴：

“怎么回事，平平，你见鬼了，把事当游戏，在这儿搁下，让人家从堤上用枪子来打靶，打穿我们的胸膛吗？”

那一个并不作声，先是蹲着，这时站起来了。黑暗中河水泛着一点点微光，把这个人佝偻的影子略微画出一个轮廓。他从竹筏一端走过另一端来。

“搁浅了，什么东西掯住了。”从声音上听来这人还只是一个小孩子。

话说完后，这年轻人便扳着他朋友身边那把小桨，取那竹篙到手，把这竹筏试来左右撑着。水似乎的确太浅了。但从水声汩汩里，知道这里的水是流动的，不应当使竹筏搁浅，故两人皆站了起来，把两支竹篙向一边尽力撑去，希望这一片浮在水面的东西，能向水中荡开。两人的篙子深深的陷在岸旁软泥里，用力时就只听到竹筏戛戛作声，结果还是毫不移动。他们又把篙子抽出向四面水中试探，看是不是筏前筏后有什么东西挡着绊着。一切都好好的，四面是水，水在筏底筏旁流动，除了搁浅，找不出别的原因。

照理这一片竹筏是不应当掯到这里的。罗易带点焦躁埋怨他的年轻同伴：

“还有五里，真是见鬼！应当明白，这是危险的地方，人家随时把电筒一照，就坏事的！”

那个永远不知恐怖不知忧愁的年轻人，一面默默的听着埋怨，一面从腰间取下手枪子弹盒，卷起裤管预备下水去看看。

他从近岸一边轻轻的跳下水去，在水中站定后，沉默的也是快乐的，用力推动竹筏。筏身在转动中，发出戛戛声音，如人身骨节作响时情形。竹筏似乎也在挣扎中，愿意即早离开这儿。但底下似乎有什么东西揹着，牵扯着，挽留着，可以稍稍转动却不能任意流走。

在筏上那一个说：

“轻一点，轻一点，我知道你气力很好的。你把衣服脱下来，试用手沿了这竹排各处摸去，看看是什么鬼挡了我们的路。一定有一个鬼，一定有的。”

年轻人笑着说：“一定有的，那好，让我来……”

这伙伴在水中当真就沿了竹排走去，伸手到冷冷的河水里，遇到缚筏的葛藤缠缚处，就把全个身子伏到水中，两只臂膀伸到筏底去时，下巴也接近了水面。

河水并不深，却有很深的污泥，拔脚时十分费力。慢慢的，他走到筏的另一端另一用葛藤缠缚处了，忽然触着了一件东西，圆圆的，硬硬的，一个磨石。另外是一些绳子，衣服，一个冰冷的家伙，年轻人用惊讶混合了快乐的声音轻轻的叫了起来。

“呀，见鬼，这里就有个鬼！原来是它！”

“怎么的？”

他不即作答，就伸手各处摸去，捞着头发了，触着脸了，手臂也得到了，石磨同身体是为绳子缚在一块的，绳子挂着筏底，河中另一木桩又正深深的陷在筏底竹罅里，竹筏转动的原因在此。年轻人轻轻喊着：

“一个东西，捣我们的乱。被石磨缚着沉到这水里的！”

筏上那一个就命令说：“拉开他。”听到远远的鸡叫，又焦急的轻轻骂着：“见鬼，活下来不济事，被人在你脖子上悬一扇磨石，沉到这儿，死了以后还来捣我们的乱。”

因为见到在水中那一个许久许久还不解决，就拉出身边的刀来，敲击筏边：

“平平，平平，伸手过来，拿刀去砍吧。若那只鬼手攀紧我们的筏，把他的手砍去。不要再捱了。还有五里，这里是一个顶危险的地方！……快一点，……溜刷一点。……”

年轻那一个想着“手攀紧我们的筏……”筏上那一

个急性处，他在水中笑了。

刀在水中微微拨动水声，竹筏转动了。一会儿，水中那一个，又用肩扛了竹筏的一头，尽力想把竹筏扛起。仿佛年龄太轻了，力量太小了，竹筏就只转动着。

竹筏能转动，却不能流动。原来河中那个木桩，正陷在竹与竹之间罅缝里。木在水中筏底，刀砍不易着力，若欲除去，除非把竹筏解散，重新编排不可。

时间不许两人作这种从容打算。这竹筏本来到了下游浮桥附近时，不能通过也仍然得弃去的，因此在筏上那一个，虽然十分焦躁，骂着各样的话语，但水中那一个却只简单的提议：

“从旱路走，我们才可以在天明以前赶到。”

“从旱路走，我们就又得尽魔鬼在我们脖子上悬一扇磨石。”

“难道怕那东西就不赶路了吗？”

两人之中年轻的一个事实上终于占了胜利，两人把两只连槽盒子枪，两把刀，以及一些别的东西，都从泥淖极深的河边搬到了堤上，慢慢的在黑暗中摸索爬上了高堤。到了堤上两人坐在路旁深草里，估量去目的地的远近。河中两人走过了两次，却都是在黑夜里，沿河走去还极其陌生，还不知要经过多少小溪同泽地，还不知道必需经过多少人家多少哨卡。天是那么黑暗，两人想从一颗熟习的星子或别的任何东西辨识一下方向都不可能。身边虽有一个电筒，可以照寻路径，但黑暗在周围裹着，身旁任何一处，似乎都有一些眼睛同一个枪口，只要发现点点光亮就会有一颗子弹飞来。一被人发现，就不容易通过，只能以命换命，所有职务得由第二批人来冒险了。

两人稍停顿了一下，因为在堤上走路危险太多，知道堤旁沿河还应有小道可走，几天来河水退了不少，小道一定很好走，且说不定还可以在某一时得一只小船，因此又下了高堤到河边小路上去。时间实在也不能再耽搁了，因此两人不管一切向前走去。

他们在泥滩上走了许久，又走进了一片泽地，小径四围都是苇子，放心了一点。进苇林后他们只觉得脚下十分滑，十分潮湿，且有一股令人欲呕的气味，越走气味越难闻。

“一定在这路上又躺得有一个，小心一点，不要为这家伙绊倒。”

“我忘记摸摸我们筏底那一个身上了，或者是我们的伙计！”

“不是我们的，你以为是谁的？”

“我知道第七十四号文件是缝在衣领上的、十三号藏在一支卷烟里。还有那个……”

“小心一点，我们还在人家笼里，不然也会烂到这里的。留心你的脚下。”

罗易因为觉得死尸一定就在五尺以内了，正想把电筒就地面视察一下。

性格快乐年纪极轻那一个，忽然把他的同伴止住了。两人凝神静气的听，就听到河中有轻微木浆拨水声，在附近很匀称的响着。他们所在地方去河不过五丈，却隔了一片稠密的苇林。两人皆知道所处情形十分危险，因为这一只船显然不是自己一方面的，且显然是在这河港中巡逻，邀截××两方联络的。倘若这只船在上游一点，发现了那个竹筏，检查竹筏时复发现了堤旁泥泽地上分明的脚迹，即刻跟踪赶来，一切就只有天知道了。

幸好两人上了岸，不然在河中也免不了赌一下命运。

这时节，不知为了两人所惊吓，还是为了河面桨声所惊吓，苇林里有一只极大水鸟在黑暗里鼓翅冲向空中，打了一个无目的的大转，向对河飞去了，就只听到船上有人说话，似乎已疑心到这一片苇林，正想在把船泊近苇林，但过不久，却又逐着水鸟飞去的方向，仍然很匀称很悠闲的打着桨向对河摇去了。

当两人听到船已摇近苇边时，皆伏在湿洳的地面，掏出手枪对准了桨声所在一方，心里沉沉静静。到后船远了，危险过去了，两人在黑暗中伸手各过去握着了另一只手，紧紧的捏了一下。

两人不敢失去一秒钟的机会，即刻又开始前进。

走过去一点，尸气已更触鼻，但再走几步，忽然又似乎已走过这死尸了。这死尸显然并不在小路上，却是倒在左边苇林丛中的。

罗易被他的伙伴拉着了。

“怎么？”

“等一等，我算定这是我们第七十四号的同志，我要过去摸摸他，只一分钟，半分钟。”

这伙伴不管那头目如何不高兴，仍然躬着腰迎着气味所在的方向，奋勇的向深密的苇林钻去，还不过三分钟，就转身回来了。

“我说是他就是他。那腐臭也有他的性格在内，这小子活时很勇敢，倒下烂了还是很勇敢的！”

“得了什么？”

“得一手蛆。”

“怎么知道是他？”

“我把那小子缝了文件的领子拉下来了。我一摸到领子就知道是他。”

“你们都是好小子。”

两人重新上了路，沉默的，茫然的，对于命运与责任，几乎皆已忘却，那么在黑暗中迈着无终结的大步。

苇林走尽后，便来了新的危险。

前面原来是一个转折山嘴，为两人在所必须经过的地方。若向山下走去，将从一个渡头过身，远远的有一堆火燎，证明那里有人守着。若向山上走，山上是一条陌生的路，危险可太多了。两人不能决定走上面还是走下面，就因为两方面都十分危险，却不知道哪一方面可以通过。

多一秒钟迟疑，即失去一秒钟机会，两人因为从黑暗中看火光处，较敌人从火光中看黑暗方便，且路途较熟，到不得已时还可凫水过河，故直向有火光的渡头走去。到较近时方明白火堆并非燎火，业已将近熄灭了。年轻人眼明心慧，大胆的估计，认为那地方不会有一个人，毫不迟疑走过去，年长的却把他一把拉着了。

“平平，你见鬼了，还走过去吗，不能再走了！”

“你放心，那一定是驻在山嘴上的鬼上船时烧的火。我们先前不听到一个小船的桨声吗？是有意放下的火燎，是虚张声势的火燎！”

依然又是年轻人占了胜利，走近火边了。恐怕中计，两个人小小心心的伏在堤边，等了一阵，才慢慢的爬过去，什么也没有，什么也没有，两人过了火堆，知道过了这山嘴转过去后就是一段长长的平路，傍山是一片树林，傍河是一片深草，一直到快要接近 ×× 时，才有新的危险，因此胆气也大多了。两人于是沿了大路的草旁走去。

走了一会，先是年轻伙伴耳朵敏锐，听着大路上有了马蹄声，后来那一个也听着了。两人知道一定是送信的魔鬼过路。两人恐怕这骑马信差带得有狗，嗅得出生人气味，赶忙爬上山去，借着一点点影子，胡胡乱乱爬了许久。不过一会儿，马蹄声果然临近山下了，的的的的踏着不整齐的青石山路，马蹄铁打击着石头放出火花，马嘴喷着大气，上面伏着一个黑色影子，很迅速的跑过去了。

两人下山走回路上时，罗易扭坏了一只脚。

但两人知道非早一点通过 ×× 最后一段危险不可，几几乎还是跑着走去。

到了危险关隘时附近，听到村鸡第二次叫唱，声音在水面浮着。

两人本应向河下走去，把枪埋到岸边苇林里，人向河水中凫去，顺流而下，通过了浮桥，不过半里就无事了。但罗易已经把脚扭伤，凫水能力全已失去了。若不向水中凫去，则两人应从山头爬过去。这山头道路既极陌生，且山后全是削壁，一跌下去生命即毫无希望可言，即或不跌下去，要是让山头哨棚发现，走脱的机会也就很少。但两条路必须选取一条。

年长的明白离目的地近了，有点愤怒似的同他的伙伴说：

“平平，这是鬼做的，我也应当烂到这里，让下一次你来摸我的领子了。我这双脚实在不大好，到水中去已不济事，咱们俩各走一边好不好？你把枪交给我，你从水里去，我慢慢的从山路摸去。”

“这怎么行？脚既然坏了，应当同你在一起，我们即刻上山吧。要烂也烂在一堆！”

那一个忽然生气似的骂着：

“你有权利死吗？你这小鬼。我们能两人烂在一堆吗？听我的命令，把枪给我，不许再迟延一刻，知道了吗？”

年轻人不作声，罗易就又说了一遍，年轻人才低声的说：

“知道了。”

年轻人一面解除带子，一面便想：“一只脚怎么能从那山上爬过去？”故答虽答应了还是迟疑不决。罗易明白他的同伴的意思。这小孩子同自己共事经过危险已有若干次，两人十分合手，知道现在走山路危险，小孩子意思决不愿意让他老朋友一个人走，但事实上又非如此不可，故把声音放柔和了许多，安慰到这孩子。

“平平同志，你放心下水，不要担心。我有两支枪，可以讨回他几只狗命，你冒一点险从这条路走去好了。你的路也很危险，到了浮桥边时，若水里已有了铁丝网，还得从浮桥上过去，多艰难的事！我打这儿上去，我摸得到路的，我到了那边，就把这支枪交还你，一定交还给你，我们等一会儿到那边见，等一会儿见。”

说的同听的皆明白，“等一会儿见”原是一句毫无凭据的空话。

这人一面说一面就去解除他年轻同伴的枪支，子弹盒皮带，一解了下来就挂在自己身上，把手拍拍他年青朋友的肩膊，说了两句笑话，并且要亲眼看他同伴跳下水后自己才走路。年轻人被这又专横又亲切的同伴，用党的严格纪律同友谊上那分诚实，逼迫到他溜下高坎，向水中走去，不好再说什么。

河水冷冷的流着。

年轻人默默的游到河中心时，同那个站在岸旁的同伴打了一个知会，摹仿水鸟叫了一声，即刻就有一枚石头从岸上抛来落在身旁附近水中。两人算是有了交代，于是分手各自上路了。

年轻人小小心心向下游浮去，心中总不忘记他的同伴。快到浮桥时，远远的看到浮桥两端皆有燎火熊熊的燃着，火光倒映在水上。浮桥为魔鬼方面把一些小柴船鱼船用粗铁丝缚而成桥，两端皆有守护的人，桥上面也一定安置得有巡行步哨。他只把头面一部分露出水上，顺了水流漂游下去，刚近到桥边，担心到水里万一有了铁丝网应当如何过去，正计画着这件事，只听到岭上有一声枪响，接着又是一声，从枪声中他知道这是对方的步枪。枪声后还不曾听到朋友盒子枪的回声。但极显然的，朋友已被人家发现了，正在把他当靶子打着了。他这时从两岸火光微明里，明白自己已流到了离桥不过两丈左右了，只好钻入水底，过了浮桥才再露出头面。幸好河中并不如所传闻有什么阻拦，过了浮桥三丈以外，这年轻人把头露出换气时，耳边已听盒子枪剥剥剥剥的响了七下，另一种枪便停顿了。但几乎是即刻，又听到了步枪声音，于是盒子枪又回敬了四下。

后来又听到步枪零零碎碎的响三下，隔了许久才又听到盒子枪响了一下。且听到浮桥旁燎火堆处有啯哨声音，浮桥面上有小电筒的光在水面闪烁着。年轻人重新把头沉到水中去，极力向下游泅去。

第二次露出头面时，一切枪声音没有了。

年轻人身下是活活的沉默流着的一江河水，四围只是黑暗，无边际的黑暗。黑暗占领了整个空间，且似乎随了水的寒冷，在浸入年轻人的身体。他知道再下去一里，就可以望到他们自己的火燎了。

他用力泅着。向将近身边的光明与热奋力泅去。

…………

“口号！”

“十——九，用包头缠脚。”

“一个吗？怎么一个？”

“问你祖宗去怎么只来一个。”

“丢了吗？”

没有回答，只听到年轻人就岸时手脚拍水声。

一九三二年九月，青岛

为纪念亡友郑子参而作

过岭者

××向西约四十里，有个杀鸡岭，长岭尽头，连绵不绝罗列了十三个小阜。接近长岭第五与第六个小阜之间，一片毛竹林里，为××第七区的一个通信处。

那地方已去大路约三里，大路旁数日来每日可发生的游击战，却从不扰乱到这方面来。

时间约下午五点左右，竹林旁有个××交通组的特务员，正在一束黍秸上坐下，卸除他那一只沾满泥浆的草鞋。草鞋卸去后，才明白先前一时脚掌所受的戳伤实在不小。便用手揉着，且随手采取蔓延地下的蛇莓草叶，送入口中咀嚼。待到那个东西被坚实的牙床磨碎后，就把它吐出，用手敷到脚心伤处去。他四下看望，似乎正想寻觅一片柔软的木叶，或是一片破布把伤处包裹一下。

但一种责任与职务上的自觉，却使他停止了寻觅，即刻又把那只泥草鞋套上了。

他还得走一大段山路。他从昨夜起即从长岭翻山走来，不久又还得再翻山从长岭走去。至于那个岭头的关隘，一礼拜前却已为 ×××× 占领去了。

天气燠热而沉闷，空中没有一丝儿微风。看情形一到晚上必有雨落。但现在呢，却去落雨的时间还早咧。远处近处除了一些新蝉干燥嘶声外，只有草丛间青绿蚱蜢振翅习习的声音。对山山坳里，忽然来了一只杜鹃，急促的鸣着，过一会，那杜鹃却向毛竹林方面飞来，落在竹林旁边一株枫树上。但这只怪鸟，似乎知道这竹林里的秘密，即刻又飞去了。坐在黍秸上的那个年青人，便睨着杜鹃飞去的一方，轻轻的喃喃的骂道：

"你娘 ×× 的，好乖觉，可以到 ×× 去作侦探！"

远远什么地方送来了一声枪响。在岭东呢，一只狗完事了，在岭上呢，一个 ×× 完事了。这枪声似乎正从岭上送来，给年青人心上加了一分重量。但年青人却用微笑把这点分量挪开了。没有枪声，这长日太沉静了一点，伏在一片岩石后或藏身入土窟里，等到机缘过岭的人，这日子，打发它走去好象不容易的。

这年青瘦个子的特务员，番号十九，为二十个特务中之一个，还刚从岭东 ×× 第十区的宋家集子赶来，带来了一个紧要文件，时不多久，又还得捎一个新的报告向原来地方出发。

半月以来的战事，各方面得失不一。自从 ×××××，与 ×× 七区政治局被炸毁长岭被占领后，×× 方面原有的交通组织，大部分已被破坏，因此详细全部情形转入混乱中。×× 总部与宋家集子及其他各地必需取相当联络，各方面消息才能贯串集中，就选定了这样二十个精壮结实的家伙，各地来往奔走。正由于技术上的成就，得到非常的成功，故 ×× 与 ××× 军事实力比较起来虽为一与四，不但依然可以把防线支持原状，且从各种设计中，尚能用少数兵力的奇袭，使 ××× 蒙受极大的损失。××××，×××，××××××××，××，××，××。但一星期以来，自从向南那方面胜家堡与接近水道的龙头岨被人相继占领后，×× 总部和各区的联络，业已完全截断。作通信工作的，增加了工作危险与艰辛。番号第六，第七，第十三，第十五，第二十，都陆续牺牲了。番号第二，第四，第十，也失了踪，照情形看来或跌下悬崖摔坏了。番号第八被人捉去，在龙头岨一小庙前边枪决时，居然在枪响以前一刹那，窜入庙前溪涧深篁中，从一种俨然奇迹里逃脱，仍回到十区，一只脚却已摔坏，再也不能继续工作了。对于通信特务的缺额，虽然 ×××× 即刻补充了预备员九人，但一些新来的，就技术与性格而言，一切还皆需要训练与指导。因此一来，原有几个人工作的分量与责任，无形中便增加了不少。但这是革命，是战斗！各人皆得咬着牙，在沉默里支持下去！

小阜前边向长岭走去的大路，系由 ×× 修路队改造过了的。这条路被某方面称为“魔鬼路”。大路向日落处的西方伸出，一条蛇似的翻山而去，消失在两个小谷坡边不见了。向东呢，为越过长岭关隘的正路。××× 将长岭占取时，所出的代价为实力两团。长岭关隘虽已被占领，然而这里那里尚每日发生游击战，便因为路被改造，某方面别动队在这种游击战中，一礼拜来损失了三个小队。

那只杜鹃又开始在远处一个林子里锐声的啼唤时，

坐在黍秸上的年青人，似乎因为等候得太久了一点，心中有些烦躁，突然站起身来。一只青色蚱蜢正停顿在他面前草地上，被惊动了一下，振翅飞去了。年青人极其无聊的向那小生物逃走的一方望去，仿佛想说：“好从容的游荡家伙，世界要你！”但他实在却什么也不想，只计算着回去的时节，所应经过的几个山涧。

竹林旁一堆乱草里，有了索索的声音。原来那里是一个土窟窿。土窟中这时节已露出一个小小头颅来了。那人摇着小小头颅轻轻的说：

“兄弟，你急了！全预备好了，你来，你进来！”

年青的一个，知道即刻又要上路了。微笑着，走过草堆边去，与小头颅一同消失到那个草丛里的潮湿土窟中去了。

一会儿，他便又从土窟里钻出，在日光下立定。一切都布置好了，他预备上路。

那个有着一颗小小头颅的角色，从草丛间伸出，望望天空，且伸举起一只瘦黑手来向空中捞了一把，很阴郁的说：

“到了七点八点会落雨的，鬼天气！”

那一个年轻人却用了快乐的调子低低的说道：

“算什么呢？我还得让这阵雨落下来，才过得了大坡。这雨打湿了一切，也会蒙着那些狗眼睛！”

小头颅诙谐似的说：

“狗眼睛，羊眼睛，我告你，见了赵瑞，告诉他，明天若来，要他莫忘记为我带点盐，带点燕麦粉！”

接着，从土窟里抛掷出一个大红薯到年青人脚边。

“兄弟，吃了再走，时间还早咧。”

年青的却说：“我不要这个！”只一脚，把那红薯踢入草丛里不见了。

“你得等到落雨时过那个 × 坡，八点到三区，今天十九，还可以赶得 ×× 热闹的晚会……晚会中不是有慰劳队娘女唱歌吗？”

年青的开玩笑似的说：“自然呵！”

“你不想结婚吗？”

“不想结婚？可是这是什么时候，说这个！……”过一会却又问对方“你呢？”

“我呢，我今年四十三岁。这是二十三岁的人做的事情，我要的是盐！”

因为年青的那一个不说话，小头颅便接着又说：“可是你们晚会中一定有好些有趣味事情……”

年青的那一个忍不住了，“什么晚会！那边每夜都摸黑，要命！……再见！”

那一个从竹林尽头窜入山沟中，即刻就不见了，小头颅却尚在草丛中，向同伴所消失的方向茫然眺望着。

天边一角响了隐隐的雷声。云角已黑，地面开始动了微风，掠着草丛竹梢过去。

小头颅孤单沉默守在这个潮湿土窟里，已到了第九个日子。每日除了把过岭特务员送来的秘密文件，或口头报告，简单记下，预备交给七区派来的特务带走，且或记录七区特别报告，交给第二次过岭者捎回以外，就简直无事可作了。带着一点儿“受训练”的意义，被派到这土窟里来的他，九天以来除了在天色微明时数着遥遥的枪声，计算它的远近，推测它的得失，是没有别的什么可言的。

日头匆匆的落下时，沿岭已酿了重云，小头颅估计那特务必已从山沟爬到了长岭脚下，伏在大石后等候落雨，或者正沿着山涧悬崖爬去，雷却在山谷中回环响着。

忽然间，岭上响了枪声，一下两下，且接着又一连响了十来下，到后便沉默了。显然那个年青人已被某方面游动哨兵发现了，而且在一阵枪声中把那一个结果了。小头颅记起了先前一时年青人口传来 × 部命令中一个字眼儿。“从 ×× 里方可见到一点光明。”

于是他来设想什么是光明，且计算向光明走去的一路上，可见到些什么景致。一串记忆爬到了这个小小头颅中脑髓襞褶最深处。

×××××，×××××。

……围城，夜袭，五千人一万人的群众大会，土劣的枪决，粮食分配的小组会议，×× 团的解决，又是围城，夜袭，……大刀，用黄色炸药作馅的手榴弹发疯似的抛掷，盒子，手提机关，连珠似的放，啪……一个翻了，訇……一堆土向上直卷，一截膀子一片肉在土墙上贴着。又是大会，粮食分配……于是，交通委员会的第七十一号命令，派熊喜做 ×× 第七区第九通信处服务，先过 ×××× 处弄明白职务上的一切。

××××，×××××，×××，×××，××××××，××××××！

雷雨沿长岭自南而北，黄昏以前雨头已到了小阜附近，小头颅缩回土窟中时，藉着微光尚看得见土窟角隅一堆红薯的轮廓。小头颅想起了那个被年青人一脚踢到草丛里的红薯，便赶忙爬出土窟，来搜索它。

××××，××，××，×××××。××××××，××××。

大雨已来了，他想 ：“倒下的，完事了，听他腐烂得了，活着的，好歹总还得硬朗结实的活下去！”摩摩自己为雨点弄湿的光头，打了一个寒颤，把检收的红薯向土窟抛去，自己也消灭到那个土窟里，不见了。

一九三四年八月作

楚尘
文化
Chu Chen

北京楚尘文化传媒有限公司 出品

顧問官

沈从文别集

沈从文 著

中信出版集团 | 北京

再版序

上个世纪五十年代，不少喜爱文学的读者迷上了契诃夫，这跟平明出版社接连推出27册汝龙翻译的《契诃夫小说选集》直接有关。

那时我家至少有三个契诃夫迷：做文学编辑的母亲、哥哥和我。谈论哪篇小说怎么怎么好，是不倦的话题。已经退出文坛改了行的父亲不参与，只有时微笑着对外人说："家里有三个契诃夫的群众。"

汝龙译的这套选集可贵之处，首先在于对作品的精选；第二是选进一些契诃夫的书信、札记，别人对他的回忆、评论等，分编到不同集子里，这些文字拉近了读者和作者的距离，是汝龙先生锦上添花的贡献。

到1992年编选《沈从文别集》的时候，我们自然想

到从平明版《契诃夫小说选集》取法。这也是父亲的愿望，尽管他不参与“契诃夫群众”的热情讨论，汝龙这套译本的长处他胸中有数。

我问过父亲汝龙为什么常赠送新书，他只简单说：“是朋友。”

母亲的补充才说清楚：“他翻译的那套英文契诃夫小说是我送的。”

据我充和四姨回忆，1932年暑假，一个“说是由青岛来的，姓沈，来看张兆和的”羞涩客人，初次登苏州张家门，带的一大包礼物“全是英译精装本的俄国小说”。加尼特夫人的一套英译《契诃夫小说集》就在其中。

不懂外文的沈从文怎么买洋书？四姨说那是过上海时托巴金选购的。

父亲曾希望母亲朝文学翻译方面发展，送这样礼物包含着鼓励。愿望虽然没实现，礼物却终于转到最合适的人手里，促成被誉为契诃夫小说“最佳译本”的产生。朋友的成就四十年后启发着《沈从文别集》的编选工作。

当本书再版之际，我们感谢与它有缘分的几位文学前辈，也要感谢为我们想出《沈从文别集》总书名的汪曾祺先生。

沈虎雏

总 序

从文生前，曾有过这样愿望，想把自己的作品好好选一下，印一套袖珍本小册子。不在于如何精美漂亮，不在于如何豪华考究，只要字迹清楚，款式朴素大方，看起来舒服。本子小，便于收藏携带，尤其便于翻阅。八十年代初，有一家书店曾来联系过，也曾请人编了一套，交付出去。可是，落空了，未能实现。我一直认为是一件憾事。

现在湖南岳麓书社要为从文出书，我同虎雏商量，请吉首大学沈从文研究室合作，编选这么一套。这套选本和以前选法编法不同。我们在每本小册子前面，增加一些过去旧作以外的文字。有杂感，有日记，有检查，有未完成的作品，主要是书信——都是近年搜集整理出

来的，大部分未发表过。不管怎样，这些篇章，或反映作者当时对社会、对文艺创作、对文史研究……的一些看法，或反映作者当时的处境，以及内心矛盾哀乐苦闷，把它们发表出来，容或有助于读者从较宽的角度对他的作品、对他的为人以及对当时的环境背景有进一步了解。

出这套书，当然，同时也了却死者和生者的一点心愿。

张兆和

一九九一年十一月二十九日

目 录

从文史料选

一张大字报稿

［1966年7月］

我是上月中旬和馆中几个领导同志一同调去集训的[1]，因身体关系，上星期被调回来参加学习。回来后，看过三半天大字报，才明白馆中文化大革命运动，在中央派来的工作组正确领导下，已搞得热火朝天。象我这么一个微不足道的人，诸同志好意来帮助我思想改造，就为特辟专栏，写了几十张大字报，列举了几百条严重错误，我应当表示深深的感谢。因为首先想到的是，一切批评总在治病救人。我若真是牛鬼蛇神，自然是应当加以扫除的。

但自然也感到十分痛苦，巨大震动，因为揭发我

---

[1] 沈从文是研究员，无领导职务。

最多的是范曾，到我家前后不会过十次，有几回还是和他爱人同来的。过去老话说，十大罪状已够致人于死地，范曾一下子竟写出几百条，若果主要目的，是使我在群众中威风扫地，可以说是完全作到了。事实上我本来在群众中就并无什么威风，也不善于争取任何威风，只想在毛主席领导的新中国，平平实实做一个文物工作者。前十年，我的工作主要是在陈列室和库房里，就是最好的证明。痛苦的是若照毛主席所说，凡事应当“实事求是”，来作一点解释，我的神经和心脏实在不许可。因为目前低压总在110到120，高压在190到200左右。我说这个数字，年青同志目下是不会明白的，因为缺少实践经验，到将来衰老时就会明白我的意思。

我只举一个例就够了，即范曾揭发我对群众最有煽动性的一事，说是丁玲、肖乾、黄苗子等，是我家中经常座上客，来即奏爵士音乐，俨然是一个小型裴多菲俱乐部。这未免太抬举了我。事实上丁玲已去东北八九年，且从来不到过我家中。客人也十分稀少，除了三两家亲戚，根本就少和人往来。来的次数最多大致便是范曾夫妇，向我借书主要也只有你夫妇。你怎么知道丁玲常来我家中？这究竟是怎么回事？别的我就不提了。即使如此，我还是对范曾同志十分感谢，因为他教育了我，懂事一点，什么是“损人利己”。可说是收获之一。

至于其他同志对我的种种揭发批评，我在此再一次表示诚恳的感谢。说得对的，都要一一加以虚心考虑，坚决改正。有不对的，也值得我深深警惕，要照毛主席的指示，善于对待批评和自我批评。我们在一处共事，虽说相处已十多年，表面相熟，事实上并不相熟。主观上我已够小心谨慎，非常怕做错事，总还难免会犯或大或小的错误，以至于比诸同志所说严重得多的错误，我深信是能一一改正过来的。

至于对馆中的事情，领导上面的矛盾问题，我历来是不大明白的……（略）同时也让象我们这种从旧社会来的臭知识分子、假专家、假里手，把灵魂深处一切胜、丑、臭东西，全部挖出来，得到更彻底的改造。在这个大革命时代，个人实在十分渺小，实在不足道！求世界观的根本改造，一定要好好学习毛主席著作，在

“用”字上狠下功夫，个人一点点知识，也才会有使用机会，且不至于象三十年前从事文学创作时那么害人、误己！

沈从文

从文『文化大革命』家书选

给在工厂的次子

［1974年于北京］

小弟：得长信，适二表哥正在此工作，一切有同感。因上二月以三万人大厂而言，月出车十六辆，上一月上升了些，亦只到七十辆，多可怕的现实！想起来实在不免令人痛苦。即小以知大，国内目前，由于种种原因，生产在停顿中，或近似停顿边沿情形，或将以万千计，而人数则将以数千万计也。分析说来，即由于六六年运动由“大串联”、“大辩论”发展而为“打砸抢”，再又有计划分成“两派”，以为便于收拾，直到工人入清华，占领一切，改为军管……到“揪五幺六”，到今年五月新的运动新的高潮为止[1]，搞得个亿万人情绪纷乱，无所适

[1] 指当时的“评法批儒”运动。

从。即在党内，也有不少上中层熟人，恰恰如过去邓小平说过的老干部遇新问题，多在莫名其妙中被揪，被斗，终于下放，复在莫名其妙中回转到北京。认了错，或不认错，官复原职。对于更新的种种，还是不知究竟要向何处走，达到终点又是什么，难于明白。“逍遥公”之增加，即由之而来。因为凡是负某一方面实际责任的人，都对于身边干部情绪的消沉，感觉到“无可奈何”，影响到生产的下降，显明不过。思想水平也在下降中，只是少有人注意到！最令人担心处还是思想水平的下降，由热情转为淡漠。但每天报上却总说是大大上升，一切形势大好。搞学习，以科学院的卞诗人为例，即近于磨日子！而学历史谈历史上儒法斗争，表面上的轰轰烈烈处，不少文章居多是背后由教授赶任务为写成，由什么团体或个人“照本宣科”拿去教、去念。事实上，在鼓励“人云亦云”的学习作风，此外是并无其他企图的。更谈不上认真的研究和学习！反复照抄的习惯，以至于风气到了小学，红红[1]一上学即写批评孔老二，这位“孔老

[1] 作者的孙女沈红，当时只有九岁。

二”究竟是什么时人，作了些什么，也一点不知道。不久又批“三字经”，三字经内容，也不明白。凡事人云亦云，亦得个“优”。作文课学校不教她们学“叙事”，作点基本功，却教写“评论”和什么“感想”。末了还是照抄，善于照抄便是“优”。更有趣是庆庆，因为事实上比黄帅高二级，书也读得好得多，早在学校即做“学习委员”！批孔批林一到了学校，她把报纸上的文章，剪剪拼拼，搞出了一篇“新作”。事先不告百科[1]，抄好后才给爷爷看。百科反复读过后，称赞不绝口，以为又有思想，又有文才。到末后才明白是小庆庆变的新戏法，弄得一家大笑！面对一分严肃的现实，即普遍的消极情绪的有传染性的浸润扩张，许多有责的都若视而不见，却避开现实，转而来务虚，上下相欺相哄过下去，似乎没有丝毫责任待尽，日子也过得心安理得。广播大部分都以小学生为对象，安排节目，中学生教育即无由谈起。除把下放作为正面正确思想的执行，唯林反对下放。因之造成一种气氛，谁不赞同下放，即是思想上与林合流。

[1] 沈从文的连襟是博学的周有光先生，被他戏称为周百科。

但也还是有初中三年生，正面询问教师。张奚若一孙子十六岁，就质问过老师："为什么同样是高干子弟，有的读完初中，即出国，为什么我们想在国内上高中也不许可？他们可出国深造，我们就得下去改造，区别是思想还是别的？"老师无从回答……就揍。另一面即不上课，居然就不了了之。不毕业也成。这自然只是一有趣小例，也依旧可以见出总的问题并没有得到解决。凡是从乡下回来的，都感觉到无希望、无前途。特别是无书可读。只要有点什么书读，就可以支持下去。若新书又恰恰能激发他们的下放热情，自然就更难能可贵了。可是，所有出版部门，都似乎对之没有责任。出的书或连环画，对之关心也只是对小学占大多数，对大些的人即不易起作用。八样板戏和浩然的佳作，事实上却还好，可是写的光明面和下放学生见闻矛盾太大，因此对下放中学生，也起不了什么积极鼓舞作用，甚至特别激起反感。他们要的是真正针对他们当前的苦闷而下药的作品。这里人民文学出版社，好多年来才在最近出一个报道性的短篇集刊，哪里抵事？搞文学的大都只注意到上面的意见，可不大注意到读者的情绪和要求。因此过去四十年前，一个人可以用十年功夫，把作品支配以百万计读者的感情和信仰，现在尽全国名作家的努力，加上最高的称美，面对千万读者时，还是起不了应有作用。为什么原因？似乎也从没有人思考过，并由此出发得出些新的启发，想办法来重新抓抓这个问题。

我们搞的一行，就更糟糕，全国出了快达千万新文物，直到如今，并不曾引起搞“历史”的专家认真注意过，并来好好利用它，使得新的史学研究，脱离了传统的老方法，进而逐渐以文物为重点来弄清楚“劳动创造文化”的唯物主义历史观，提得出崭新证据。事实上，却把原有底子也快抛尽了。搞历史总得懂文献，在文献上作作基本功，一般大学生对原材料既看不懂，也不必看，只“随风转”下去。指定抄什么名专家的作品或考古报告，就已足够作“接班人”有余。长处是多善于望风承旨的搞什么“人”，却极少能懂得必需读什么书才能尽责。日子实在太容易混了，因此，上百人还另请调外面不少美工协助，改陈了三四年[1]，进展可极小，重点只

[1] 指大幅度改变博物馆的陈列，以符合“文化革命”的新观点。

是抓标题上的观点，而对文物的认识，水平却极低。有搞分段这部分是我们前院那位“大专家”作的孽，训练出来的。因为一个馆归他领导业务廿年，他本人至今写个文物卡片廿个字还不知道应当如何措辞！这种人居然在唯一国家历史博物馆领导业务廿年，自己倒退休了，却留下廿卅个业务骨干命定的在作接班人。再加上新安排的外来的五处长、五副处长、五主任、五副主任、五科长、五副科长，再加五秘书，形成的多级制，大多数新来的长，却对文物毫无基本知识，来“抓思想”、“抓政治”、“抓……”。用忙不过来的各种会不断的开下去，要解决什么说不明白，能解决什么也就可想而知！这还只不过是二百干部一个小机关情形。至于大如二表哥厂子，听说加了上千新人，每天交通车上下班，必有许多人挂在车外让车带来回。生产却下降到真正可怕程度。因为来的多是干部，只能坐办公室、开会，却不能干活，也无兴趣学习干活的！

……得之佩廿一来信，说今天下午可以到京，昨天向红红一说，使得她兴奋到无以复加。过会会奶奶和红红必将去车站接她。她在信上不告车次，说免得我去接她，事实上这么一来，倒把红红急坏了，可能全个下午将在车站里等着！天气正转好，我们大致将可在星期天去颐和园照些全家福的相寄给你。我一天永远在忙工作，搞了大几十个小专题，将交叉的去分门别类积累图资料，总的完成后，便是劳动文化史一个骨架。今年七十三四，还能有充沛热情和精力并充满信心的来搞工作，和文学所里人居多在彷徨无措中被动的强迫学儒法斗争文件，情形不同十分显明。所以由于条件不怎么好，没有足够的图书，住处又那么窄，工作似乎还能从容不迫的在进展。搞的服装资料第一试点本，今年得抄出说明廿五万字，补图三五百，补图事幸得王孖同志为热心拍照，问题不大。只是尽这两个月时间内抄出新的样本，或相当吃重，若能即时完成，明年或可付印。这还只是本工作十分之一！全部完成得用图八千，说明约七十万字，我还满有信心能吃得下。此外小专题只要工作能力保持到目下水平，也肯定能陆续完成。从我学习经验得来的结论，人必然还有极大的潜力（工作能量、记忆力能量、会通理解）可逐渐发掘出来，在短短数年中，完成过去人意想不到的工作量，而且还达到新的深度。但在一种无知无能的沓泄领导中，也会把每个人的头脑变成木木的、呆呆的，以混日子而生而死。除外在影响外，也还有自己，是心怀远志来做人，尽“当家作主”的责任，还是一个“混”，抓小利，争小权，占小便宜，所有聪明才智都放在这些小处上，终其一生？这是人生的两极，多数人在近代社会教育培养下，最容易学会阿谀、逢迎、贪污、无能，和运动中学来的新的政治世故，很容易接受身边“现实”，用个“新现实主义”处理一切也消耗自己一生。所以国家令人忧心处，还不只是目前，最大痛苦也许还在将来。只是这个必然出现的将来，从现在种种，已大略看得出一个轮廓。

大学教改已试行了二年。搞这个的都还不明白目的何在。教改若只从眼下一尺的远近的政治效果作前提，所得的悲剧效果，是显明不过的。若能从国家以后十年五十年发展去注意，去设想，必将有不少看法，和目前要求冲突矛盾，令人不知如何是好。因为一提出，不是刘少奇路线，就是苏修路线。正因为有许多事，只知注意眼前，不明白国家在发展的需要，目下即已受过去廿年教学马虎的影响，技术人材的极端缺乏。二表哥说，来北京和美国人打交道，新买了些机器，必选些人去美国学使用方法，也没有人可胜任。末后厂中却派了个五十岁老工程师去美，学掌握新铣床的技术，事实上一个三级工已足够！

目前看来，批评家和有思想水平的干部已太多，而扎扎实实的工作人员研究人员还大大不够。工作困难是必然的，但有了“为人民服务”的决心和认识，将永远不灰心的活下去，工作下去，学习下去。做一个普通一兵很不容易，可是必需做。

之佩回时必可得知更多事情。

从文

十月廿四

王谢子弟

七爷等信信不来，心里着急，在旅馆里发脾气。房中地板上到处抛得有香烟头，好象借此表示要不负责一切不负责的意思。

算算日子，已经十九，最末一个快信也寄出了七天，电报去了两天，盼回信还无回信。七爷以为家中妇人女子无见识，话犹可说，男子可不该如此。要办事就得花钱，齐啬应当花的钱，是缺少常识，是自私。

“什么都要钱！什么都要钱！这鬼地方哪比家乡，住下来要吃的，捉一只肥鸡杀了，就有汤喝。闷气时上街走走，再到万寿宫公益会和老道士下一盘棋，一天也就过去了。这是天津大码头，一走动就得花钱，怕走坐下来也得花钱，你就一天不吃不喝躺到床上去，还是有人伸手向你要钱！”

七爷把这些话写在信上，寄给湖北家里去，也寄给杭州住家的两个堂兄，都没有结果，末了只好拿来向跟随茅大发挥。

其时茅大在七爷身边擦烟嘴，顺口打哇哇说：“可不是！好在还亏七爷，手捏得紧紧的，花一个是一个，从不落空。若换个二爷来，恐怕早糟了。”

七爷牢骚在茅大方面得了同情后，接口说：“我知道我凡事打算，你们说不得一背面就会埋怨我：(学茅大声气）‘得了，别提我家七爷吧，一个钉子一个眼，一个钱一条命。要面子，待客香烟五五五、大炮台，不算阔，客一走，老茅，哈德门！真是吝啬鬼！’我不吝啬怎么办。钱到手就光，这来办事什么不是钱。大爷三爷好象以为我是在胡花，大家出钱给我个人胡花，大不甘心似的。真是狗咬吕洞宾，不识好人心。”

“他们哪知道七爷认真办事、任劳任怨的苦处。可是我昨天打了一卦，算算今天杭州信不来，家里信会来。”

“会来吗？才不会来！除了捏紧荷包，他们什么都不知道。若不是为祖上这一点产业，作子孙的不忍它不明不白断送掉，我不舒舒服服在家里作老太爷，还愿意南船北马来到这鬼地方憋穷气？”

茅大说：“他们不体谅七爷，殊不知这事没有七爷奔走，谁办得了？也是七爷人好心好，换谁都不成！”

七爷苦笑着，一面剥格剥格捏着手指骨，一面说：“这是我自己讨来的，怪不得谁。我不好事，听它去，就罢了。祖上万千家业有多少不是那么完事？我家那些大少爷，没受过什么教育，不识大体，爱财如命，说是白说。”

“我可不佩服那种人，看财奴。”

七爷耳朵享受着茅大种种阿谀，心里仿佛轻松了一点，话掉转了方向，“老茅，我看你那神气，一定和二美里史家老婊子有一手，你说是不是？”

茅大又狡猾又谦虚摇着手，好象深恐旁人听见的样子，“七爷，你快莫乱说，我哪敢太岁头上动土！我是个老实人！”

“你是老实人？我不管着你，你才真不老实！我乱说，好象我冤枉你做贼似的，你敢发誓说不摸过那老婊子，我就认输！”

茅大不再分辩了，做出谄媚样子，只是咕咕的笑。

七爷又说：“老婊子欢喜你，我一眼就看明白了，天下什么事瞒得过我这双眼睛！”

“那是真的，天下什么事瞒得过七爷？”

“家里他们还以为我为人不老成，胡来，乱为。”

“他们知道个什么？足不出门，不见过世界，哪能比七爷为人精明能干，绝顶聪敏。”

茅大知道七爷是英雄无钱胆不壮，做人事事不方便。这次来天津办地产交涉，事情一拉开了，律师、市政府参事、社会局科长、某师长、某副官长，一上场面应酬，无处不是钱。家里虽寄了八百，杭州来了一千，钱到手，哗喇哗喇一开销，再加上无事时过二美里“史湘云”处去坐坐，带小娼妇到中原公司楼上楼下溜一趟，一瓶法国香水三十六元，一个摩洛哥皮钱包二十八元，半打真可可牌丝袜三十元，一件新衣料七十五元，两千块钱放在手边，能花个多久？钱花光了，人自然有点脾气。不说几句好话送他上天，让他在地面上盘旋找岔子，近身的当然只有吃亏。

七爷为人也怪，大处不扣扣小处。在场面上做人，花钱时从不失格，但平常时节却耐心耐气向茅大算零用账，发信、买纸烟、买水果，都计算得一是一，二是二，毫不马虎。在他看来这倒是一种哲学，一种驾驭婢仆的哲学。他以为孔夫子说过，小人女子难养，放纵一点点必糟。所以不能不谨严。能恩威并用，仆人就怀德畏刑，不敢欺主。茅大摸透了七爷脾气，表面上各事百依百顺，对金钱事尤其坦白分明。买东西必比七爷贱一点，算账时还常常会多余出钱来，数目虽小都归还给七爷。七爷认为这就是他平时待下人严而有恩的收获，因此更觉得得意，常向人说："你们花十八块钱雇当差的，还不得其用；我花五块钱，训练有方，值十五块！"至于这位茅大从史湘云处照例得到的一成回扣，从另外耗费上又得了多少回扣，七爷当然不会知道。

七爷真如他自己所说，若不是不忍心祖上一点产业白白丢掉，住在家乡原很写意，不会来到天津旅馆里受罪。

七爷家住在×州城里，是很有名气的旧家子弟。身属老二房。本身原是从新二房抱过老二房的，过房自然为的是预备接收一笔遗产。过房时年纪十七岁，尚未娶妻。名下每年可收租谷五千石到六千石，照普通情形说来，这收入不是一个小数目。除开销当地的各种捐项，尽经租人的各种干没，母子二人即或成天请客吃馆子，每月还雇一伙戏班子来唱戏，也不至于过日子成问题。

不过族大人多，子弟龙蛇不一。穷叔辈想分润一点，三石五石的借贷，还可望点缀点缀，百八十石的要索，势不可能。于是就设计邀约当地小官吏和棍徒，从女色和赌博入手，来教育这个贤小阮。结果七爷自然和许多旧家子弟一样，在女人方面得了一些有趣的经验，一身病，在赌博方面却负欠了一笔数目不小的债务。先是把两件事隐瞒着家长，事到头来终于戳穿了，当家的既是女流之辈，各方面都要面子，气得头昏昏的，把七爷叫来，当着亲长面前哭骂一顿，到头还是典田还债。一面在老表亲中找个年长懂事承家媳妇，把媳妇接过了门，以为如此一来，就可以拘管着男的。子弟既不肖，前途无望，人又上了点年纪，老当家的过了两年便半病半气的死掉了。七爷有了一点觉悟，从家庭与社会两方面刺激而来的觉悟。一面自忏，一面是顾全面子，于是在死者身上也大大的来花一笔钱。请和尚道士作了七七四十九天水陆道场，素酒素面胀得这些闲人废人失神失智。定扎上无数纸人纸屋纸车马，到时一把火烧掉。听穷叔辈在参预这次丧事中，各就方便赚了一笔“白财”。心愿完了，同时家业也就差不多耗掉一半。但未尝无好处，从此以后七爷可不至于再在女色赌博上上人的当了。他想学好，已知道“败家子”不是个受用的称号。结婚五年后，女人给他生育了三个孩子，虽管不住他，却牵绊得住他。丈人老是当地律师，很有名，所以大阮辈也不敢再来沾光。他就在 × 州城里作少爷，吃租谷过日子。间或下乡去看看，住十天半月，找个大脚乡下女人玩玩，一切出之小心谨慎，不发生乱子。在亲族间，还算是个守门户的子弟。

七爷从这种环境里，自然造成一种性情，一分脾气——中国各地方随处可见的大少爷性情脾气。爱吃好的、穿好的。照相机、自来水笔、床上的毯子、脚上的鞋子，都买洋行公司价钱顶贵的。家中订了一份上海报纸，最引起他兴趣的是报上动人广告。随身一根手杖、一个打簧表，就是看广告从上海什么哈罗洋行买来的。

人算是已经改邪归正，亲近了正人君子。虽不会作诗，可时常参加当地老辈的诗会，主要的义务是作东请客，把诗人请到家中吃酒，间或老辈叔祖和当地豪绅从他家中拿去一点字画，也不在意，所以人缘还好。为人不信鬼神，但关于打坐练气、看相卜课，却以为别有神秘，不可思议。不相信基督教，但与当地福音堂的洋人倒谈得来，原因是洋人卖给过他一个真正米米牌的留声机，又送过他两瓶从外国运来的洋酒。并不读什么书，新知识说不上，可是和当地人谈天时，倒显得是个新派，是个有头脑的知识阶级。极赞成西洋物质文明，且打算将来把大儿子学医。但他也恰如许多老古板人一样，觉得年青人学外国，谈自由恋爱，社会革命，对于中国旧道德全不讲究，实在不妥。对人生也有理想，最高理想是粮食涨价和县城里光明照相馆失火。若前者近于物质的，后者就可说是纯粹精神的。照相馆失火对他本人毫无好处，不过因为那照相馆少老板笑他吃过女人洗脚水，这事很损害他的名誉。七爷原来是懂旧道德也爱惜名誉的。若无其他变故，七爷按着身分的命定，此后还有两件事等待他去作，第一是纳妾，第二是吸鸦片烟。

但时代改造一切，也影响到这个人生活。国民革命军进入武汉时，× 州大户人家都移家杭州和苏州避难，七爷作了杭州公寓。家虽住杭州，个人却有许多理由常往上海走走。上海新玩意儿多，哄人的、具赌博性质的、与男女事相关的，多多少少总经验了一下。嗜好多一点，耗费也多一点。好在眼光展宽了，年纪大了，又正当军事期间，特别担心家乡那点田土，所以不至于十分发迷。

革命军定都南京后，新的机会又来了，老三房的二爷，在山东作了旅长，还兼个什么清乡司令，问七爷愿意不愿意作官。他当然愿意，因此过了山东。在那部队里他作的是中校参谋，可谓名副其实。二爷欢喜骑马，他陪骑马；二爷欢喜听戏，他陪听戏；二爷欢喜花钱，在一切时髦物品上花钱，他陪着花钱。二爷兴致太好了，拿出将近两万块钱，收了一个鼓姬，同时把个旅长的缺也送掉了。七爷只有这件事好象谨慎一点，无多损失。二爷多情，断送了大有希望的前程。七爷却以为女子是水性杨花，逢场作戏不妨，一认真可不成。这种见解自然与二爷不大相合。二爷一免职下野，带了那价值两万元的爱情过南京去时，七爷就依然回转杭州，由杭州又

回 × 州。

回家乡后他多了两重资格，一是住过上海，二是作过军官。在这两重资格下，加上他原有那个大少爷资格，他成了当地小名人。他觉得知识比老辈丰富些，见解也比平常人高明些。忽然对办实业热心起来，且以为要中国富强，非振兴实业不可。热心的结果是在本地开了个洋货铺，仿上海百货公司办法，一切代表文明人所需要的东西，无一不备。代乳粉、小孩用的车子（还注明英国货）、真派克笔、大铜床、贵重糖果……开幕时还点上煤气灯，请县长致辞！既不注意货物销场，也不注意资本流转，一年后经理借办货为名，带了二千现款跑了。清理账目，才明白赔蚀本金将近一万块钱，唯一办法又是典田完债。

这种用钱方法正如同从一个缸里摸鱼，请客用它，敬神用它，送礼也用它，消耗多，情形当然越来越不济事。办实业既失败了，还得想法。南京祠堂有点附带产业，应分归老二房和新大房的大爷三爷，三股均分。地产照当时情形估价两万。

七爷跑到杭州去向两个哥哥商量办法：

“我想这世界成天在变，人心日坏，世道日非。南京地方前不久他们修什么马路牛路，拆了多少房子，划了多少地归公。我们那点地皮，说不定查来查去，会给人看中，不想办法可不成！”

大爷说：“老七，这是笑话！我们有凭有据，说不得人家还会把我们地方抢去！”

七爷就做成精明样子冷冷的说：“抢倒不抢，因为南京空地方多着。只是万一被他们看中了，把祠堂挖作池塘，倒会有的。到那时节祖先牌位无处放，才无可奈何！”

三爷聪明，知道七爷有主张，问七爷：“老七，你想有什么办法？”

七爷说：“我也没有什么办法，不过是那么想着罢了。照分上说我年纪小，不能说话。我为祠堂设想，譬如说，我们把这块地皮卖了，在另外不会发生问题的地方，买一块地皮，再不然把钱存下来生利息，留作三房子弟奖学金，大爷以为如何？”

大爷心实，就说：“这使不得。一切还是从长计议。”

三爷知道七爷来意了，便建议：“地产既是三房共有的，老七有老七的理由。人事老在变动，祠堂既从前清官产划出来的，如今的世界，什么都不承认，谁敢说明天这地皮不会当作官产充公？不过变卖祠堂给人家听到时是笑话，不知道的人还说王家子孙不肖，穷了卖祠堂。并且一时变卖也不容易。不如我和大爷凑七千块钱给七爷，七爷权利和义务就算完事。至于七爷把这笔钱如何处置，我们不过问。不知大爷赞不赞同。”

大爷先是不同意，但无从坚持，只好答应下来。

七爷在文件上签了字，把钱得到手后，过上海打了一个转，又回南京住了一阵子，在南京时写信给三爷，说是正预备把五千块钱投资到个顶可靠顶有希望事业上去，作将来儿女教育经费。事实上七爷回 × 州时，还剩下三千块钱，其余四千已全无下落。

为紧缩政策，七爷又觉悟了，就从 × 州城里迁往乡下田庄上去住，预备隐居。写信汇款到青岛去买苹果树，杭州去买水蜜桃树，苏州去买大叶桑树，又托人带了许多草种、花种、菜种，且买了洋鸡、洋兔子。此外还想方设法居然把城里福音堂牧师那只每天吃橘子的淡黄色瑞士母羊也牵到乡下来。总之，凡是七爷认为重要能弄到手的动物植物，都想办法找来了。七爷以为经营商业不容易，提倡农业总不甚困难。两年后，果然有了成绩。别的失败，所种的大卷心洋菜有了收成。不过乡下人照例不吃洋菜，派人挑进城，来回得走五十里路，卖给人又卖不去，除了送亲戚，只有福音堂的洋人是唯一主顾。但七爷却不好意思要洋人的钱。七爷种菜成功，因此作了县农会的名誉顾问，被当地人看成一个专家，自己也以为是个专家。

如今来天津，又是解决祠堂的产业。不过天津情形比南京复杂，解决不容易。因为祠产大部分土地在十年前早被军阀圈作官地拍卖了，剩余的地已不多，还有问题。七爷想依照南京办法，大爷三爷又不肯承受。七爷静极思动，自以为天津有门路，活动很有把握，自告奋勇来天津办理这件事。

中国事极重人情，这事自然也可以从人情上努力。二爷军队上熟人多，各方面都有介绍信。门路打通了，律师也被找着了，重要处就是如何花钱，在花钱上产生人情的作用。七爷就坐在天津哗喇哗喇花钱。

至于用钱，那是事先说好，三房先各拿出一千元，不足时或借或拉，再平均分摊。解决后也作三股均分，另外提出一成作七爷酬劳。三爷为人厚道，先交一千块钱给七爷。大爷人老成精，对七爷能力怀疑，有点坐观成败的意思，虽答应寄钱，却老不寄来。

七爷到天津已差不多两个月，钱花了两千过头，事情还毫无头绪，无解决希望。想用地产押款又办不到。写信回家乡要钱，不是经租的作鬼，就是信被老丈人扣住了，付之不理。

七爷在天津找到一个又能干又可靠的律师作顾问。这律师，一个肚子被肉食填满、鼻子尖被酒浸得通红的小胖子，永远是夹着那只脏皮包，永远好象忙匆匆的，永远说什么好朋友中风了，自己这样应酬多，总有一天也会忽然那么倒下不再爬起。说到这里时差不多总又是正当他躺到七爷房中那沙发上去时。

律师是个敲头掉尾巴的人，一双小眼睛瞅着七爷，从七爷神气上就看得出款子还不来。且深深知道款子不来，七爷着急不是地产权的确定，倒是答应二美里史湘云的事不能如约践行。这好朋友总装成极关心又极为难的神气。

“七爷，我又见过了杨副官长，荀参事，都说事情有办法。何况二爷还是保定同学！……杭州那个还不来吗？”

七爷象个小孩子似的，敲着桌子边说话：

“我们王家人你真想不到是个什么脑筋。要钓大鱼，又舍不得小鱼。我把他们也莫可奈何。我想放弃了它，索性一个大家不理，回家乡看我农场去！”

律师以为七爷说的是真话，就忙说：

“七爷，这怎么能放弃？自己的权利总得抓住！何况事情已有了八分，有凭据，有人证，功亏一篑，岂不可惜。我昨天见处长，我还催促他：‘处长，你得帮点忙！七爷是个急性人，在旅馆中急坏了。’处长说：‘当然帮点忙！七爷为人如此豪爽，我姓贾的不交朋友还交谁？我在想法！’我见师长也说过。师长说：‘事情有我，七爷还不放心吗？七爷性子太急，你想法邀七爷玩玩，散散心，天津厌烦了，还可到北平去，北平有多少好馆子！便宜坊烤鸭肥得象老兄一样。’”

律师添盐着醋把一些大人物的话转来转去说给七爷

听，七爷听来心轻松松的，于是感慨系之向律师说：

“朋友都很容易了解我，只有家里人，你真难同他们说话。”

“那是他们不身临其境，不知甘苦。”

“你觉得我们那事真有了点边吗？”

“当然。”律师说到这里，把手作成一个圆圈，象征硬币，“还是这个！我想少不了还是这个！‘风雪满天下，知心能几人？’他们话虽说得好，不比你我好朋友，没有这个总不成！我们也不便要人家白尽义务，七爷你说是不是？”

七爷说：“那当然，我姓王的，不是只知有己的人。事办得好，少不得大家都有一点好处。只是这时无办法。我气不过，真想……”

律师见七爷又要说“回去”，所以转移问题到“回不去”一方面来。律师装作很正经神气放低声音说：“七爷，我告你，湘云这小孩子，真是害了相思病。你究竟喂了她什么迷药，她对你特别有意思！”

七爷作成相信不过的样子：“我有什么理由要她害相思病？一个堂子里的人，见过了多少男子，会害相思病？我不信。”

律师说：“七爷，你别说这个话。信不信由你。你懂相术，看湘云五官有哪一点象个风尘中人。她若到北京大学去念书，不完完全全是个女学生吗？”

七爷心里动了感情，叹一口气。过一会却自言自语的说：“一切是命。”

律师说：“一切是命，这孩子能碰到你这个侠骨豪情的贵公子，就是一个转机。她那么聪明，读书还不到三个月，懂得看《随园诗话》，不是才女是什么！若有心提携她，我敢赌一个手指，说她会成当代女诗人！”

“可是我是个学农的。”

律师故意嚷着说：“我知道你是咱中国第一流农业专家！学农也有农民诗人！”又轻声说：“七爷，说真话，我羡慕你！妒嫉你！”

七爷对那羡慕他的好朋友笑着，不再开口。律师知道七爷不会说走了，于是更换话题，来和七爷商量，看有何办法可以催款子。且为七爷设计，把写去的信说得更俨然一点。好象钱一来就有办法，且必需早来，若迟一点，说不定就失去了机会，后悔不迭。又说因为事在必需，已向人借了两千块钱，约期必还，杭州无论如何得再寄两千来才好。并且律师竟比七爷似乎还更懂七太太的心理，要七爷一面写信，一面买三十块钱衣料寄给七太太去，以为比去信更有用处。

末了却向七爷说，“人就是这个样子，心子是肉作的，给它热一点血就流得快一些，冷一点血就流得慢一些。眼睛见礼物放光，耳朵欢喜听美丽谎话，要得到一个人信任，有的是办法！”

律师走后，七爷不想想律师为什么同他那么要好，却认定律师是他的唯一的好朋友。且以为史湘云是个正在为他害相思病的多情女人，待他去仗义援救。他若肯作这件事，将来在历史上也一定留下一个佳话。只要有钱，做好人太容易了。

七爷等信，杭州挂号信居然来了。心里开了花，以为款项一定也来了。裁开一看，原来是大爷用老大哥资格，说了一片在外面作人要小心谨慎，莫接近不可靠朋友的空话，末了却说，听闻天津地产情形太复杂，恐所得不偿所失，他个人愿意放弃此后权利，也不担负这时义务，一切统由七爷办理，再不过问。

照道理说，大爷的表示放弃权利，对七爷大有好处，七爷应当高兴。可是却毁了他另外一个理想，他正指望到大爷份上出的那一笔钱，拿六百送史湘云填亏空，余下四百租小房子办家私和史湘云同居，祠产事有好朋友帮忙解决，就住在天津，一面教育史湘云，一面等待解决。无办法，他带了新人回家种菜！

七爷把那个空信扭成一卷，拍打着手心，自言自语说："大爷也真是大爷，陷人到这地方为难！没有钱，能作什么事？你放弃，早就得说个明白！把人送上滑油山，中途抽了梯子，好坏不管，不是作孽吗？"

茅大知道七爷的心事，就说："七爷，杨半仙算卦真灵，他说有信就有信。他说有财，我猜想，家里钱一定不久会来的，你不用急！"

七爷说："我自己倒不急，还有别人！"

茅大懂七爷说的"别人"指谁，心中好笑，把话牵引到源头上来，"七爷，你额角放光，一定要走运。"

"走运？楚霸王身困在乌江，英雄无用武之地，有什么运可走！大爷钱不来，我们只有去绑票，不然就得上吊！"

“今天不来明天也会来，七爷你急是白急。怎不到乐园去散散心？戏也不看？今天中国有程砚秋的戏，都说是好戏。”

“我自己这台戏唱不了，还有心看戏？”

“大爷信上说什么？”

“……”

七爷不作声，从贴身衬衫口袋里取出了小钱夹子，点数他的存款，数完了忽然显出乐观的样子，取出一张十元头票子给茅大，要茅大去中国戏院定个二级包厢，定妥了送到二美里去。又吩咐茅大：“老茅，老婊子探你口气问起这里打官司的事情，别乱说，不要因为老婊子给了你一点点好处，就忘形不检点！”

茅大作成十分认真严肃的说：“七爷，放心！老茅不是混蛋，吃七爷的饭，反帮外人，狗彘不如。”

“好，你去吧，办好了就回来。不用废话了。”

茅大去后，七爷走到洗脸架边去，对镜子照照自己，因为律师朋友说的话，还在心里痒痒的。倒真又想起回去，为的是亲自回家，才可以弄两千块钱来，救一个风尘知己。又想收了这个，家里那一个倒难打发，只好不管。于是取出保险剃刀来刮胡子，好象嘴边东西一刮去，一切困难也同时解除了。

茅大回来时才知道戏票买不着，凑巧史湘云那娘也在买戏票。茅大告给她，她就说，七爷不用请客，晚上过来吃晚饭罢，炖得有白鱼。茅大把话传给七爷。七爷听过后莞尔而笑，顾彼说此："好，我就到二美里去吃一顿白鱼。我一定去。"

当晚老婊子想留他在那里住下，七爷恐怕有电报来，所以不能住下，依然要回旅馆。事实上倒是三十块钱的开销，似乎与他目前经济情形不大相合，虽愿意住下也不能不打算一下。

史湘云因为七爷要回去，装作生气躺在床上不起身，两手蒙着脸，叫她娘，"娘，娘，你让他走吧，一个人留得住身留不住心，委屈他到这里，何苦来？"

七爷装作不曾听到这句话，还是戴了他的帽子。那老婊子说："七爷，你真是……"躺在床上那一个于是又说："娘，娘，算了吧。"说完转身向床里面睡了。七爷心中过意不去，一面扣马褂衣扣一面走过床边去，"你是聪明人，怎么不明白我。我事情办不了，心里不安。过十天半月，我们不就好了吗？”

娼妇装作悲戚不过声音说：“人的事谁说得准，我只恨我自己！”

七爷心里软款款的，伏身在她耳边说：“我明白你！你等着看！”

娼妇说：“我不怨人，怨我的命。”于是呜咽起来了。

老婊子人老成精，看事明白，知道人各有苦衷，想走的未必愿走，说住的也未尝真希望留住，所以还是打边鼓帮七爷说了几句话，且假假真真骂了小娼妇几句，把七爷送出大门，让他回旅馆。

凑巧半夜里，当真就来了电报，× 州家里来的，内容简单得很，除姓名外只两句话：“款已汇，望保重。”七爷看完电报，不免有一丝儿惭愧在心上生长，而且越长越大，觉得这次出门在外边的所作所为，真不大对得起家中那个人。但这也只是一会儿事情，因为钱既汇来了，自然还是花用，不能不用的。应考虑的是这钱如何分配，给律师拿去作运动费，还是给史湘云填亏空，让这个良心好命运坏的女孩子逃出火坑？理欲交战，想睡睡不成，后悔不该回旅馆。因为这样一通空空电报，使他倒麻烦起来，反不如在二美里住下，得到一觉好睡，不过七爷却不想，若没有这通电报，在二美里如何能够安心睡下。

直到快要天明才勉强眯着了，胡胡涂涂做梦。梦身在杭州西湖饭店参加一个人的文明结婚典礼，六个穿红衣服的胖子，站在天井中吹喇叭，其中一个竟极象律师，看来看去还是律师。自己又象是来客，又象是主人，独自站在礼堂正中。家里小毛兄弟二人却跨脚站在楼梯边看热闹，吃大喜饼，问他们："小毛，你娘在什么地方？"两兄弟都不作声，只顾吃那喜饼。花轿来了，大铜锣铛铛的响着，醒来才知道已十一点，墙上钟正铛铛响着。

中午见律师时，七爷忍不住咕喽咕喽笑，手指定律师说："吹喇叭的，吹喇叭的！"

律师心虚，以为七爷笑他是"吹牛皮的"，一张大脸儿烧得绯红，急嚷着说："七爷，七爷，你怎么的！朋友是朋友……"

七爷依然顽皮固执的说："你是个吹喇叭的！"

家中汇来一千四百块钱，分三次寄，七爷倒有主意，来钱的事虽瞒不了人，他却让人知道只来一千块钱，甚至于身边人茅大也以为只来一千。钱来后，律师对他更要好了一点，二美里那史湘云送了些水果来，不提要他过去，反而托茅大传话说，七爷事忙，好好的把正经事办完了再玩不迟。事实上倒是因为张家口贩皮货的老客人来了，摆台子玩牌忙个不休，七爷不上门反而方便些。不过老婊子从茅大方面得到了消息，知道律师老缠在七爷身边，加之以为卖皮货的客人是老江湖，不如七爷好侍候，两人比比还是七爷可靠。所以心中别有算计，借故来看七爷。

一见七爷就说："七爷，你印堂发光，一定有喜庆事。"

七爷知道老婊子不是什么好人，说话有用意，但并不讨厌这种凑趣的奉承。并且以为不管人好坏，湘云是她养大的，将来事情全盘在她手上，说不得还要认亲戚！因此也很和气的来应接老婊子。老婊子问七爷是不是拿定了主意，他就支支吾吾，拉到旁的事上去。

老婊子好象面前并不是七爷，不过一个亲戚，"湘云那孩子痴，太忠厚了，我担心她会受人欺侮。”

七爷说：“一个人有一个人的命运，担心也是白操心。”

“所以一切就看起头，事先弄个明白，莫太轻易相信人。”

七爷笑着说：“她不会看人，你会帮她选人！”

老婊子也笑着，“可不是。她有了依靠不正是我有倚靠？我老了，世界见够了，求菩萨也只望她好，将来天可怜活着有碗饭吃，死后有人烧半斤纸。”

“老娘，你老什么？人老心不老。我看你才真不老！你打扮起来还很好看，有人发迷！”

“七爷，你真是在骂我。我什么事得罪了你？”

“我不骂你，我说的是真话。”七爷想起茅大，走到叫人电铃边去按了一下铃，预备叫茅大。这佣人却正在隔壁小房间里窃听两人说话，知道七爷要开玩笑，人不露面。七爷见无人来就说：“一吃了饭就跑，吃冤枉饭的东西。”

老婊子短兵相接似的说：“七爷，我不喝茶，我要走。我同你说句真心话，七爷，你要办的事得趁早。‘莫道行人早，还有早行人。’心里老拿不稳，辜负人一片心！”

七爷说：“我不懂你这话是什么意思，也不想懂。我是来办事的，办好了事，心里宽舒了，我自然会……”

老婊子说：“七爷办事是正经……”

正说到这里，还想用苦肉计来吓吓七爷，保驾的律师却来了。同行是冤家。这两个人论透熟人情世故，正是半斤八两，可杀个平手。

律师一见老婊子在七爷房里就知道两人谈的是什么事。律师向七爷眣眣眼睛，笑眯眯的说：“我是吹喇叭的，快用得着我吹喇叭了吧！”说了又回头向老婊子笑着，“七爷前些日子做梦，梦里见我是吹鼓手，参加他的喜事！”

老婊子知道律师在帮忙，便装作懵懂说：“可不知谁有这种好运气，被七爷看上，得七爷抬举。”

律师说：“我知道七爷心事。有一个人想念他睡不着觉，他不忍辜负人，正想办法。”

老婊子又装胡涂，问这人是谁。律师看看七爷，不即说下去，七爷就抢口说：“唉唉，先生，够了，你们作律师的，就好象天生派定是胡说八道的！”

老婊子故意装懵懂，懵懂中有了觉悟，拍手呵呵笑说：“作律师的当真是作孽，因为证婚要他，离婚也要他。”

七爷虽明白两人都是在做戏，但却相信所提到的另外一个人，把这件事看得极认真。

老婊子虚情假意和律师谈了几件当地新闻，心想再不走开，律师会故意说已约好什么人，邀七爷出门，所以就借故说还得上公司买布，回家去了。人走去后，律师拍着前额向七爷笑嘻嘻的说：“老家伙一定是为一个人来作红娘，传书递简，如不是这件事，我输这颗脑袋。”

七爷笑着，不作声，到后又忽然说：“你割下这个‘三斤半’吧。可是我们正经事总还得办，莫急忙输你这颗脑袋也好。”

律师装作相信不过神气，“我输不了脑袋，要吃喜酒！七爷，你不要瞒我，许多事你都还瞒着我！湘云一定做得有诗送你，你不肯把我看，以为我是粗人俗人，不懂风雅。”

“得了吧，我瞒你什么？家中寄了一千块钱来，我正不知道用在那一方面去。”

“七爷，你让我作张子房吗？”

“什么张子房李子房！说真话，帮我作参谋，想想看。”

事情倒当真值得律师想想，因为钱在七爷手上，要从七爷手上取出来，也不是很容易的事。并且只有一千块钱，是应当让妇人捉着他好，还是让地产希望迷住他好？律师拿不定主意。想了一阵无结果，因此转问七爷，意思如何，且自以为不配作张子房，不能扶助刘邦。

七爷也想了一下，想起二爷的教训，意思倒拿定了，告给律师，说是先办正经事，别的且放下莫提。这种表示律师求之不得。不过又不愿意老婊子疑心他从中捣鬼，所以倒拘拘泥泥，模棱两可，反着实为史湘云说了些好话，把她比作一个才女、一个尤物、一个花魁。说到末了是从七爷手中拿去了两百元，请七爷到三十一号路去吃馆子，说是住天津十多年，最新才发现这个合乎理想的经济小馆子。所谓经济的意义，就是末了不必付小费。七爷欢喜这种办法，以为简便得多，事实上也经济得多。却没有计算到菜价中早已加了两成小费，一成归饭馆，一成归介绍人。

茅大得过律师的好处，把一张《风月画报》递到七爷眼睛边，“七爷，你瞧这个，不知是谁把湘云相片上了报，说她是诗人，还说了许多趣话！”

七爷就断定是律师作的，但看那文章，说和湘云相好的，是个“翩翩浊世之佳公子”，又说是个“大实业家、大理想家”，心里也很受用，一见律师就笑着说：“少作点孽，你那文章我领教了！”

律师对这件事装作莫名其妙，“怎么怎么，七爷，我作了什么孽？犯法也得有个罪名。”

七爷把那画报抛到律师头上去，“这不是你还有谁？”

律师忍不住笑了，“我是君子成人之美，七爷莫多心。我还想把湘云和你我三人，比作风尘三侠！湘云和七爷还有边，就只我这虬髯客不大好作。”他摸摸自己光板板的肥下巴，“首先还得到劝业场去找一个髯口挂上，才有边。”

用钱问题一时还是不能解决。七爷虽说很想作件侠义事，但是事实倒也不能不考虑考虑。就因为地产交涉解决迟早不一定，钱的来源却有个限度。杭州方面无多希望了，家里既筹了一千四百,一时也不会再有款来。若一手给老婊子八百，再加上上上下下的开销，恐得过千，此后难以为继。

茅大虽得到老婊子允许的好处，事成了酬半成，拿四十喝酒，但看看七爷情形，知道这一来此后不是事，所以也不敢再加油。律师表面上虽撺掇其成，但也担心到当真事成了，此后不好办，所以常常来报告消息，总以为调查员已出发，文件有人见过了，过不久就会从某参事方面得到办法。

忠厚的三爷接到七爷的告急信，虽不相信七爷信上办交涉前途乐观的话，却清楚七爷办事要钱，无钱办不了事，钱少了事办得也不容易顺手，因此又汇了六百来。这笔款项来得近于意外，救了七爷也害了七爷。钱到手后，七爷再不能踌躇了，于是下了决心，亲手点交八百块钱给老婊子，老婊子写了红字，画了押，律师还在证人名下也画了一个押。另外还花了两百块钱，买了一套卧房用具，在法租界三十二号路租了个二楼，放下用具，就把史湘云接过来同住了。

事办成后，大家各有所得，自然都十分快乐。尤其是七爷，竟象完成了一种高尚理想，实现佳话所必需的一节穿插。初初几天生活过得很兴奋，很感动。

这件事当然不给家中知道，也不让杭州方面知道。

一个月后家中来信告七爷，县里新换了县长，知道七爷是“专家”，想请七爷作农会会长，若七爷愿意负责，会里可设法增加经费，城乡还可划出三个区域来供七爷作“实验区”，以便改良农产。七爷回信表示农会当然愿意负责，因为一面是为桑梓服务，一面且与素志相合。不过单靠县里那点经费，恐办不了什么事。一年经费买两只荷兰种猪也不够，哪能说到改良？他意思现在既在这里办地产交涉，一面就想在北方研究天津著名的白梨、丰台的苹果、北平的玫瑰香葡萄等等果品和浆果的种植法，且参观北方各农场，等待地产交涉办好了，再回家就职，还愿意捐款五千元，作本地农会改进各种农产物的经费，要七太太把这点意见先告给县里人知道。

七爷当真就在天津一面办事一面打量将来回本县服务的种种。租界上修马路草地用的剪草机，他以为极有用处，大小式样有多少种，每具值得多少钱，都被他探听出来了。他把这类事情全记载到一个小手册上去，那手册上此外又还记得有关水利的打井法、开渠法、制造简单引水灌溉风车的图说。又有从报纸常识栏里抄下的种除虫菊法和除虫药水配合方式。另外还有一个苏俄集体农场的生产分配表格，七爷认为这是新政策，说不定中国有一天也要用它。至于其中收藏白梨苹果的方法，还是从顶有实际经验顶可靠的水果行商人处请人教得来的。这本手册的宝重，也就可想而知了。

史湘云说是想读书，接过来同居后，七爷特意买一部《随园诗话》，还买了些别的书，放在梳妆台上给她看。并且买了一本《灵飞经》和一套文房四宝，让她写字。女人初来时闲着无事可作，也勉强翻翻书，问问七爷生字，且拿笔写了几天字帖。到后来似乎七爷对于诗词并无多大兴趣，所以就不怎么认真弄下去。倒是常常陪七爷上天祥市场听落子，七爷不明白处，她能指点。先是有时七爷有应酬，她就在家里等着，回来很晚还见她在沙发上等，不敢先睡。七爷以为自己办事有应酬，不能陪她，闷出毛病来不是事，要她自己去看戏。得到这种许可后，她就打扮得香喷喷的，一个人出去看戏，照例回来得很迟。七爷自然不疑心到别的事上去。茅大懂的事多一点，但他也有他的问题，不大肯在这件事情上说话。因为老婊子悄悄的给了他一份礼物，欲拒绝无从拒绝，他每天得上医院。自己的事已够麻烦了。

两个月以后，七爷对于这个多情的风尘知己认识得多一点，明白“风尘三侠”还只是那么一回事，好象有点厌倦，也不怎么希望她作女诗人了。可是天津事情一时办不完，想回去不能回去。那个律师倒始终能得七爷的信托，不特帮他努力办地产交涉，并且还带他往××学校农场和一个私人养狐场去参观。当七爷发现了身上有点不大妥当，需要上医生处去看看时，律师又为介绍一个可靠的私人开业医生。直到这律师为别一案件被捕以前，七爷总还以为地产事极有希望，一解决就可向银行办理押款，到安利洋行去买剪草机、播种机和新式耕田农具回本地服务。

七爷就是七爷，有他的性格。在他生活上，苦恼、失望、悲观这类字眼，常常用得着，起一点儿作用。但另外更多日子，过得却满高兴自足。城里土财主大都是守财奴，理想都寄托在佃户身上，有了钱不会花，只好让土匪军阀趁机压榨。七爷从这些财主眼中看来，是个败家子；在茅大眼中，一个不折不扣的“报应现世宝”。七爷自己呢，还以为自己是个“专家”，并且极懂人情世故，有头脑，阅历多，从来没有上过什么当。

一九三七年重写于北京

大小阮

学校打更人刘老四，在校后小更棚里喝完了四两烧酒，凭他的老经验，知道已十二点，就拿了木梆子沿校墙托托托敲去。一面走一面想起给他酒喝几个小哥儿的事情，十分好笑。十年前每晚上有一个年青小哥儿从裱画铺小寡妇热被里逃出，跑回学校来，爬过学校围墙时，这好人还高高的提起那个灯笼照着，免得爬墙那一个跌落到墙内泥沟里去。他原欢喜喝一杯酒，这种同情和善意就可得到不少酒喝。世界成天变，袁世凯、张勋、吴佩孚、张作霖，轮流占据北京城，想坐金銮宝殿总坐不稳。学校呢，人事上也大不相同，除了老校长其余都变而又变。那爬墙头小哥儿且居然从外国回来作训育主任了。世界虽然老在变，有一件事可不曾变，就是少数学生爬墙的行为还好好保存下来。不过这件事到用着巡夜的帮助时，从前用的是灯笼，如今用的是手电筒罢了。他心想，一个人有一个人的衣禄，说不准簿籍上自己名分下还有五十坛烧酒待注销，喝够了才会倒下完事。

打更的走到围墙边时，正以为今晚上未必有人爬墙，抬头一瞧，墙头上可恰好正骑了两个黑影子。他故意大声的询问：

“谁？”

黑影之一说：“老刘，是我。你真是。”从声音上他听得出是张小胖。

“张少爷，你真吓了我一跳。我以为是两个贼，原来是——”

其中之另一个又说：“你以为是贼，这学校会有贼？不是贼，是两瓶酒，你可不用吓了。把你那电筒照照我。不许告给谁。我们回来取点东西，等会儿还得出去，你在这儿等着我们！”声音也怪熟，是小阮。两个年青小哥儿跳下了墙，便直向宿舍奔去。

打更的望着这两个年青小哥儿黑影子只是笑，当真蹲在那儿等候他们。

他算定这等候对他有好处。他无从拒绝这种好处！

小阮与张小胖分手后，小阮走进第八宿舍，宿舍中还有个同学点上洋烛看小说。便走到一个正睡着做梦，梦中吃鸽子蛋的学生床边，咬耳朵叫醒了那学生。两人原来是叔侄，睡觉的一个是小叔叔，大家叫他大阮。

“七叔，帮我个忙，把你那一百块钱借给我。我得高飞远走——我出了事情，不走不成！”

“为什么？你又在学校里胡闹了？”

“不是在学校里打架，我闯了祸，你明天会知道的。赶快把那一百块钱借给我吧，我有用处！”

“不成，我钱有别的用处！我得还大衣账，还矮脚虎二十元，用处多咧。”

“你好歹借我八十，过不久会还你，家里下月款来算你的。我急要钱，有钱才好走路！有八十我过广东，考黄埔军官学校去。不然也得过上海，再看机会。我不走不成！”

“你拿三十够了吧。我义兴和欠款不还，消费社总得结结账！”

“那就借六十给我。我不能留在学校，即刻就得走路！”

大阮被逼不过，一面又十分需要睡眠，勉勉强强从床里边摸出了那个钱皮夹，数了十张五元头的钞票给小阮。小阮得过钱后，从洋服裤袋里掏出了一件小小黑色东西，塞到大阮枕头下去，轻轻的说：

“七叔，这个是十五号房张小胖的，你明天给我还他吧。我走了。你箱子里我存的那个小文件，一早赶快烧了它，给人搜出可不是玩的。”因为那个看小说的同学已见着了他，小阮又走到那小说迷床边去说，“兄弟，对不起，惊吵你。再见！”

近视眼忙说：“再见再见。”

小阮走出宿舍后，大阮觉得枕下硬硬的梗住头颈，摸出来一看，才明白原来是枝小手枪。猜出小阮一定在一点钟前就用这手枪闯祸，说不定已打死了人，明早晨学校就要搜查宿舍。并且小阮寄存那个文件，先告他只是一些私信，临走时却要他赶紧烧掉，自然也是一种危险。但把两件事多想想，就使大阮安心了。枪是张小胖所有物，学校中大家都知道，张小胖是当地督办的儿子，出乱子决不会成问题。文件一烧了事，烧不及也不会牵涉到自己头上来。当真使大阮睡不着觉的还是被小阮借去了那五十块钱。小阮平时就很会玩花样，要钱用时向家里催款，想得出许多方法。这次用钱未必不是故作张皇把钱骗去作别的用途。尤其糟的是手边钱小阮取了五十，日前作好的预算完全被打破了。

至于小阮呢，出了宿舍越过操场到院墙边时，见打更的还在那墙边候着，摸出一张钞票，塞在打更的手心里：

“老刘，拿这个喝酒吧。不许说我回来过，说了张少爷会一枪铳了你。”

“张少爷不出去吗？”

“不出去了。”

“您不回来吗？”

“我怎么不回来？我过几年会回来的！”

小阮爬墙出去后，打更的用手电灯光看看手中的钞票，才知道原来是五块钱，真是一个大利市。他明白他得对这事好好保守沉默。因为这个数目差不多是三十斤烧酒的价钱。把钞票收藏到裤腰小口袋里去，自言自语的说：

“一个人当真有一个人的衣禄，勉强不来。”

他觉得好笑。此后当真闭口不谈这件事情。

早上六点钟，一阵铃声把所有学生从迷胡睡梦里揪回现实人间。

事务员跟着摇铃的校役后面，到每个宿舍前边都停一停，告给学生早上八点周会，到时老校长有话说，全体学生都得上风雨操场去听训。老校长训话不是常有的事，于是各宿舍骤然显得忙乱起来。都猜想学校发生了事情，可不知发生什么事情。大阮一骨碌爬起来，就拿了小阮昨夜给他那个东西走到宿舍十五号去，见张小胖还躺在床上被窝里。送给他那东西时，张小胖问也不问，好象早知道是小阮交还的，很随意的把它塞到枕头下，翻过身去又睡着了。大阮赶忙又回去烧那文件。事作完拿了毛巾脸盆到盥洗室洗脸，见同学都谈着开会事情。一个和张小胖同房和大阮同组的瘦个儿二年级学生，把大阮拉到廊下去，咬耳朵告大阮，昨晚上张小胖出外边去，不知为什么事，闹了大乱子，手臂全被打青了，半夜里才回转宿舍。听说要到南方去，不想读书了。

大阮才明白还枪给张小胖时张小胖不追问的理由。大阮心中着急，跑到门房去，找早报看，想从报上得到一点消息，时间太早，报还不来。七点半早报来了，在社会新闻版上还是不能发现什么有关的消息。一个七十岁的老头子穷病自杀了；一个童养媳被婆婆用沸水烫死了；一个人醉倒了，大骂奸臣误国——这类消息显然不是小阮应当负责的。

周会举行时，老校长演说却是学生应当敬爱师长一类平平常常的话。周会中没有张小胖，也不见小阮。散会后训育主任找大阮到办公楼去，先问大阮，知不知道小阮出了事。大阮说不知道。训育主任才告给大阮，小阮为一个女人脱离了他们一个秘密组织，开枪打伤了市立中学一个历史教员。那教员因别有苦衷，不敢声张，但却被邻居告到区里，有办案的人到那人家问话，盘诘被伤理由，说不定要来学校找人。若小阮已走了，看看他宿舍里有什么应当烧的，快烧掉。原来这主任就是个×××，当时的×××原是半公开的，在告大阮以前，先就把自己应烧的东西处理过了。至于那位绰号张小胖的大少爷呢，躺在床上养伤，谁也不会动他，因为区里办事的吃的正是他爸爸的饭，训育主任早就知道的。

大阮回转宿舍，给他那住合肥城里的堂兄（小阮的父亲）写信——

大哥，你小三哥昨天在这里闹了乱子，差点儿出了人命案件，从学校逃走了。临走时要钱用，逼我借钱。我为他代向同学借了五十元（这是别人急着付医院的款项，绝不能延误不还），连同我先前一时借他的共约百元。我那个不算数，转借别人的务请早为寄来，以清弟之手续。同学中注重信用，若不偿还，弟实对不起人也。

小三哥此次远扬，据他说有一百元就可以往广东，钱不多到上海时住下看机会。他往广东意思在投考黄埔军官学校，据说此校将来大有出息，不亚于保定军官团。弟思我家胡鲁四爷，现在北京陆军大学读书，是家中已有一军事人材，不必多求。且广东与北京政府对立，将来不免一场大战，叔侄对垒，不问谁胜谁败，吾宗都有损失，大不合算。故借款数目，只能供给其到沪费用，想吾兄亦必以弟此举为然也。学校对彼事极包涵，惟彼万不宜冒险回校。弟意若尽彼往日本读书，将来前途必大有希望。彼事事富于革命精神，如孙中山先生。孙先生往昔亦曾亡命日本，历史教员在班上曾详言其事。惟小三哥性太猛，气太盛，不无可虑，要之是吾宗一人材也。

大阮把信写成后看看，觉得写得不错。又在款系别人所有话旁加了几个小圈，就加封寄发了。他的主要目的是把那五十块钱索还，结果自然并不失望。

大阮小阮两人在辈分上是叔侄，在年龄上象弟兄，在生活上是朋友，在思想上又似乎是仇敌。但若仅仅就性情言来呢，倒是差不多，都相当聪明，会用钱。对家中长辈差不多一致反对，对附于旧家庭的制度的责任和义务差不多一致逃避，对新事物差不多同样一致倾心，对善卖弄的年青女人差不多一致容易上当。在学校里读书呢，异途同归，由于某种性情的相同，差不多都给人得到一个荒唐胡闹的印象，所不同处只是荒唐胡闹各有方式罢了。

两人民国十二年夏季考入这个私立高级中学。

有机会入这中学读书的，多半是官家子弟和比较有钱的商人地主子侄，因此这学校除了正当体育团体演说团体文学艺术团体以外，还有两个极可笑的组织，一个叫君子会，一个叫棒棒团。君子会注重的是穿衣戴帽，养成小绅士资格。虽学校规矩限制学生在校出外都得穿着制服，在凡事一律情形上，这些纨袴子弟大有英雄无用武之叹，然而在鞋袜方面（甚至于袜带），依然还可别出心裁。此外手表、自来水笔、平时洗脸用的胰子、毛巾、信封信笺，无一不别致讲究。其中居多是白面书生，文雅，懦弱，聪明，虚浮，功课不十分好，但杂书却读得很多，学问不求深入，然而常识倒异常丰富。至于棒棒团，军人子弟居多，顾名思义，即可知其平常行径。寻衅打架是他们主要工作。这些学生不特在本校打架，且常常出校代表本校打架。这两个组织里的学生增加了学校不少麻烦，但同时也增加了学校一点名誉。因为它们的存在，代表一种社会，一种阶级，就是我们平时使用它时意义暧昧，又厌恶又不能不尊重的所谓上等社会、统治阶级。学校主持者得人，加之学校走运，不知如何一来又意外得了一个下野军阀一笔捐款，数目将近五十万块钱，当局用这笔钱来补充了几座堂堂皇皇的建筑物，添购了些图书仪器，学校办下去，自然就越来越象个学校。因此在社会上的地位，比旁的学校都好。纳费多，每年来应考的学生，常常超过固定额数十来倍。

大小阮原是旧家子弟，喜事好弄是旧家子弟共通的特性。既考入了这个中学校，入学不久，两人就分别参加了两个组织。叔侄二人从所参加的组织，说明两人过去的环境、当前的兴味以及未来的命运。

五四运动来了，疯狂了全国年青人。年青人的幻想，脱离一切名分或事实上制度习惯的幻想，被杂志书报加以扩大。要求自由解放成为大小都会里年青人的唯一口号和目的。× 中学位置在长江中部一个省份里，教书的照例是北京师大、北大出身的优秀分子，老校长又是个民国初元的老民党，所以学校里的空气自然是很良好的。各事都进步改良了，只差一着，老校长始终坚持，不肯让步，且由于他与学校的关系、人望，以及性情上那点固执，不许男女同学。以为学校是为男子办的，女子要读书，另有女学校可进。这种主张同时得到有势力的当局支持，所以学生想反对无从反对。五四运动过了几年，风气也略转了一点，这学校因为不开放女禁，且更为多数人拥护了。关于这一点看来似乎无多大关系的事情，无形中倒造就了一些年青人此后的命运。因为年青人在身心刚发育到对女人特别感觉行动惊奇和肉体诱惑时，在学校无机会实证这种需要。欲望被压抑扭曲，神经质的青年群中，就很出了几个作家，多血质的青年群中，就很出了几个革命者。这种作家和革命者尚未露头角时，大多数是在学校那两个特别组织里活动的。

小阮自从离开他的学校，当真就跑到上海，恰如当时许多青年一样，改了一个名字，住在一个小弄堂的亭子间里，一再写挂号信给乡下收租过日子的老父亲，催款接济。且以为自己作的是人类最神圣最光荣事业的起始，钱不能按时照数寄来，父亲不认识他的伟大，便在信上说出一些老人看来认为荒唐胡涂的话语。父亲断定儿子是个过激派，所指望的款当然不会寄来了。然而此外亲戚和朋友，多少尚有点办法。亲戚方面走了绝路，朋友却在一种共同机会上，得到共同维持的利益。换句话说就是有“同志”互助。物质上虽十分艰窘，精神上倒很壮旺。没有钱，就用空气和幻想支持生活，且好象居然可以如此继续支持下去。到后来自然又承受机会所给他的那一份，或成龙，或成蛇，或左，或右，或关入牢狱，或回家为祖宗结婚养儿子，在乡下做小绅士。

世界恰如老更夫说的在“变”，小阮不知如何一来，得到一个朋友的帮助，居然到了日本，且考进一个专门学校念书了。学的是一般人要学的——政治。家中一方面虽断绝了联系，照规矩在国内外大学读书时，都可以得到本族公款的补助。小阮用证件证实了他的地位，取得那种权利一年。可是本人在日本不到半年，北伐军队已克服了武汉。这消息对他不是个坏消息。既然工作过来的人，回国当然有出路，他回了国。搭江轮上行到汉口，找那母校训育主任，因为训育主任那时已是党内要人。出路不久就得到了——汉口市特别党部科长。在职务上他当然作的有声有色，开会发言时态度加倍的热诚，使同志感觉到他富于战斗性。他嘲笑保守，轻视妥协，用往日在学校在上海两地方生活的方式，从一个新环境里发展下去。计划打倒这个，清除那个。一面还写信给那个考入北京大学一年级学生大阮，表示他在新事业上的成功和自信；写信给家乡族中公积金保管人，主张保管人应当有年青人参加，改善补助金的办法；写信给家中父亲，要他寄钱，简简单单，要他赶快寄钱。清党事变发生时，他差一点点送掉性命。很幸运他逃出了那个人血搅成的政治漩涡，下行到九江，随同一部分实力派过南昌，参加南昌的暴动。失败后又过广州，作了些无可稽考的工作。不久广州事变，他又露了面。广州大暴动与第 × 方面军不合作又失败了，工运老总（也就是那个训育主任）坐了机器脚车到总工会去开会，在总工会门前被人用机关枪打掉了。到会三百五十个干部，除少数因事不克参加的侥幸逃脱外，将近三百二十个青年，全被拘留在一个戏院里，听候发落。当时市区正发生剧烈混战，一时难决定胜负。各处有巷战，各处有房子被焚烧。年青人的屠杀更在一种疯狂和报复行为中大规模举行。拘押在戏院里的小阮胸有成竹，打算又打算：老总已倒下完了，这混战继续下去，即或一两天我们方面会转败为胜，可望夺回市中心区，在转移之间，被扣住的一群，还是不免同归于尽。与其坐以待毙，倒还是找机会冒险跑路，这么办总还可望死里逃生。

其时戏院门前已用铁丝网围上，并且各处都安放着机关枪，但近于奇迹似的，小阮和另外两个同伴，居然在晚上从窗口翻到另外一个人家屋瓦上，从一个屋上打盹的哨兵身后脱出了那个戏院，逃到附近一个熟人家里。第二天一早，那三百个同伴，被十二辆大汽车押送到珠江河堤边去，编成三队，用机关枪扫射了。

四十一天后某个晚上九点钟左右，北京大学东斋大阮的宿舍里，却来了一个不速之客，客人就是小阮。

其时大阮一面在北大外国文学系读书，一面已作了一家晚报评戏讲风月的额外编辑。因他的地位，在当地若干浮华年青学生、逛客和戏子娼妓心目中，已成为一个小名人。所住的宿舍里墙壁上和桌子上全是名伶名花明星相片，另外还挂了某名伶一幅对联。同房住的是个山东籍历史系的三年级学生，这学生平时除读书外毫无他务，一自本学期和大阮同住后，竟变成一个不折不扣的“戏迷”了。

大阮见小阮忽然出现在他面前，出乎意外，大大吃了一惊。他还以为小阮不是在南方过日子，就是在南方死掉了。

“呀，小三哥，原来是你！你居然还好好的活在这个人间！”

小阮望着衣履整洁的大阮，只是笑。时间隔开了两个人，不知如何，心里总有点轻视这位小叔。以为祖宗虽给了他一份产业，可是并不曾给他一个好好的脑子。所有小聪明除了适于浪费祖宗留下来那点遗产别无用处。成天收拾得标标致致的，同妇人一样，全身还永远带着一点香气。这一切努力，却为的是供某种自作多情的浮华淫荡女人取乐，媚悦这种女人！生存另一目的就是吃喝，活下来是醉生梦死。世界上这种人有一个不多，无一个也不少。

大阮只注意小阮脸上的气色，接着又说：

“你不是从广东来的吗？你们那里好热闹呀！”

小阮依然笑着，轻轻的说：

“真是象你说的好热闹。”

小阮见那山东大个子把头发梳得油光光的，正在洗脸，脸洗过后还小心小心把一种香料涂抹到脸上去，心里觉得异常嫌恶。就向大阮示意，看有什么方便地方可以同他单独谈谈。大阮明白这意思，问那同房：

“密司忒侯，你听戏去？”

那不愿自弃的大个子学生，一面整理头发一面装模作态微带鼻音说：

“玉霜这次戏可不能不听听。”说了才回过头来，好象初初见到房中来客，“这位客人请教是……”

大阮正想介绍小阮给同房，小阮却抢先答话：“敝姓刘，草字深甫，做小生意。”说后便不再理会那多情的大学生，掉头向壁间看书架上书籍去了。大阮知道小阮的脾气，明白他不乐意和生人谈话，怕同房难为情，所以转而向山东学生闲聊，讨论一些戏文上的空泛问题。那一位倒还知趣，把头脸收拾停当，用小喉咙哼着《荒山泪》出门去了。刚走过后，小阮就说：“这家伙真是个怪物。”

大阮说：“小三爷，你脾气真还是老样子，一点不改。人家爱漂亮，难道也是罪过？你什么时候姓刘了？做什么生意？来，坐下来，我们谈谈你的经验！说老实话，一听到‘清’我以为你早蹩到武汉，被人缚好抛到大江里喂鱼吃了。后来从大姑信上知道你已过广东，恰好广东又来一个地覆天翻，你纵有飞天本领也难逃那个劫数。可是你倒神通广大，居然跑到北京来了。我羡慕你几年来的硬干精神。”

小阮一面燃起一支纸烟狂吸，一面对大阮望着。似真似讽的说："七叔，你这几年可活得很有意思。你越发漂亮了，简直象个明星。你样子正在走运。"

大阮只明白话中意思一半，又好象有意只听取那话中一半，混和了谦虚与诚实说："我们可说是混日子，凡事离不了一个混字。进这学校就重在可以混毕业，在新闻界服务为的是混生活，在戏子里混，在酒肉里混，在女人中混。走的是什么运，还得问王半仙排八字算算命。可是我是个受科学洗礼的人，不相信瞎子知道我的事情。"他见小阮衣着显得有点狼狈，就问小阮到了北京多久，住在什么地方，并问他吃没吃过晚饭。且从别一件事说起，转入家境大不如前一类情形上去，用意虽不在堵塞这位贤侄向他借钱的口，下意识却暗示小阮，要开口，也应当有个限度。但他的估计可错了。

小阮说："我想在北京住下来，不知这地方怎么样。"

"前一阵可不成，公寓查得紧，住公寓大不方便。现在无事了。你想住东城西城？"

"你有什么熟地方可以搬去住我就去住。不用见熟人。说不定不久还得走路，我想到东北去！"

大阮想了一会儿，以为晚上看房子不方便，且待明天再说。问明白小阮住在前门外客店里，就同小阮回到客店，两人谈了一整夜的话，互相知道了几年来两人生活上的种种变化。大阮知道这位侄大人身边还富裕，就放心了许多。至于小阮的出生入死，种种冒险经过，他却并不如何引起兴趣。他说他不懂什么叫“革命”，因为他的心近来已全部用在艺术方面去了。他已成为北平一个艺术批评家、鉴赏家，将来若出洋就预备往英国去学艺术批评。他熟识许多有希望的艺员，除了鼓励他们、纠正他们，常常得写文章外，此外还给上海杂志写点小品文，且预备办个刊物。说到这些话时，神气间的成功与自信，恰恰如小阮前一时写信给大阮情景一样。从这种谈话中，把两人的思想隔阂反而除去了，小阮因此显得活泼了一点，话多了一点。到后来甚至于男女事情也谈过了。由客气转而为抬杠，把往年同在学校读书时的友谊完全恢复了。

第二天两人在北大附近一个私人寄宿舍里，用大阮名义看好了一间房子，又大又清静。把行李取来，添制了一些应用东西，小阮就住下了。在那新住处两叔侄又畅畅快快谈了一整天，到分手时，大阮对小阮的印象，是神秘。且认为其所以作成这种神秘，还依然是荒唐。今昔不同处，不过是行为理想的方式不同而已。既有了这种印象，使他对小阮的前途，就不能不抱几分悲观，以为小阮成龙成蛇不可知，总而言之是一位危险人物。但两人既生活在一个地方，小阮囊中似乎还充裕，与大阮共同吃喝看戏，用钱总不大在意，大阮因之对小阮荒唐，渐渐的也能原谅而且习惯了。

两人同在一处每天语言奋斗的结果，似乎稍稍引起了大阮一点政治趣味，不是向左也不是向右，只是向他自己。

住了一个月，小阮忽然说要走了，想到唐山去。大阮看情形就知道小阮去唐山的意思。半玩笑半认真说出他的意见，“小三哥，你不要去好。那地方不是个地方，与你不合宜。”

小阮说：“你以为我住在这里每天和你看戏说白话，就合宜吗？”

“我不以为什么是合宜。你想到唐山去玩，那里除了钻进煤洞里短期活埋无可玩。你想作点什么事，那里没有什么事可作。”

“你怎么知道没有什么可作的？一个要作事的人，关在黑牢里也还有事作。如果你到那儿去！一定无事可作。你最相宜的地方就是你现在的地方，因为有一切你所熟习的。花五十元买一瓶香水送给小玫瑰，又给另一女戏子写文章捧场，收回十块钱。离开了这个大城，你当然无事可作了。”

“可是如今是什么世界，我问你。君子不立乎危墙之下，你到唐山去，不是跳火坑吗？”

“先生，要世界好一点，就得有人跳火坑。”

“世界如果照你所说的已经坏透了，一切高尚动机或理想都不再存在，一切人都是狗矢，是虫豸，人心在腐烂，你跳下火坑也依然不会好！你想想，这几年你跳了多少次火坑，是不是把世界变好一点？另外有多少人腐烂在泥土里，对于这个世界又有多少好处？！”

“对多数当然有好处。至于对你个人，不特好象没有好处，并且实在无意义。可是革命成功后，你就会知道对你是什么意义了。第一件事是没收你名下那三千亩土地，不让你再拿佃户的血汗来在都市上胡花，第二件事是要你们这种人去抬轿子，去抹地板，改造你，完全改造你，到那时节看看你还合宜不合宜。这一天就要来的，一定会来的！”

“一定会来，那还用得着你去干吗？”

“七叔，你简直不可救药。你等着吧。”

“小三哥，不是说笑话，不可救药的我，看你还是去唐山不得，那地方不大稳当。那些抓印把子的人，对你们所谓高尚理想完全不能了解，对你们这种人不大客气，碰到了他们手上就难幸免。你去那里，我断定你会糟。在这地方出事，我还多少有点办法，到唐山可不成。你纵有三头六臂，依然毫无用处。”

话谈得同另一时两人谈话情形差不多，僵无可僵，自然不能不结束了。

小阮说：“好，谢谢你的忠告，我们不用谈这个。”

小阮似乎自己已变更了态度，特意邀大阮去市场喝酒。大阮担心是计策，以为小阮知道他家中新近寄来了五百块钱，喝了酒还是跟他借钱，便推说已有约会不能去。小阮只好一人去。到了晚上，大阮正在华乐戏院包厢里听戏，小阮却找来了，送给大阮一个信件，要大阮看。原来是成都汇给小阮的两千块钱通知。

小阮说："我还是即刻要走路。这款项不便放在身上，你取出来，留在你手边，到我要用时再写信告你。我若死了，三年两载没消息，这钱望你寄把在上海的……"说完这话，不待大阮开口，拍拍大阮肩膊，就走了。

大阮以为小阮真中了毒，想作英雄伟人的毒。

半月后，平津报纸载出消息，唐山矿工四千人要求增加工资大罢工。接着是六个主持人被捕，且随即被枪决了，罢工事自然就完全失败，告一结束。在枪决六个人中，大阮以为小阮必在场无疑。正想写信把小阮事告知那堂兄，却接堂兄来信，说有人在广州亲眼见小阮业已在事变中牺牲。既有了这种消息，大阮落得省事，就不再把小阮逃过北京等等情形告给堂兄。

对于小阮的失败，大阮的感想是"早已料定"。小阮有热情而无常识，富于热情，所以凡事有勇气去做，但缺少常识，做的事当然终归失败。事不过三次，在武汉侥幸逃脱，在广州又侥幸逃脱，到了第三次，可就终难免命运注定那一幕悲剧。虽然也觉得很悲伤，但事前似乎很对他尽了忠告，无如不肯接受这种忠告，所以只有付之一叹。费踌躇的倒是小阮名分下这一笔钱，到底是留在手边好，还是寄过上海好？末了另有打算，决定不寄了。

过了一年，小阮尚无消息。在所有亲友中都以为小阮早死了。大阮依然保留那笔钱在手边。因为这笔钱保留在大阮手中，倒另外完成了一件大事，出版了一个小刊物。

大阮的性情、习惯，以至于趣味，到决定要成家时，似乎不可免会从女伶和娼妓中挑选一个对手。但他并不完全是个傻子，他明白还有更重要的东西，想起了此后的家业。几年荒唐稍稍增加了他一点世故，他已慢慢的有种觉醒，不肯作“报应”了。更有影响的或者还是他已在学校里被称为作家，新的环境有迫他放弃用《疑雨集》体写艳情诗，转而来用新名词写新诗的趋势。恰好这一年学校有意多收了三十个女学生，大阮写诗的灵感自然而然多起来。结果他成了诗人，并且成了学校中一个最会装饰的女学生的情人。到女的一方面知道大阮是合肥大地主的独生子，大阮也问明白了女的父亲是南京新政府一个三等要人，订婚事很容易就决定了。

订过婚，大阮生活全变了。虽不做官，已有了些官样子。虽不是国民党员，但对国民党同情可越来越多了。

大阮毕了业，凭地主、作家、小要人的乘龙佳婿三种资格，受欢迎回到母校去作训育主任。到学校见一切都好象变了样子，老校长仿佛更老了一点，讲堂家具仿佛更旧了一点，教书的同事大多数是昔时的老同学。大家谈起几年来的人事变迁，都不免感慨系之。训育主任早死了，张小胖到 × 国做领事去了，一个音乐教员做和尚去了，这个那个都不同了。世界还在变！

大阮心想，一定还有什么不变的东西。恰恰如早已死去那个前训育主任，他记起了那打更的刘老四。到校舍背那排小房子去找寻这个人，原来当真还是老办法，正在墙边砌砖头，预备焖狗肉下酒！老更夫见大阮时，竟毫不表示惊讶，只淡淡漠漠似的说：

“大先生，你也回来了吗？你教书还是做主任？”

大阮说：“老刘，这里什么都变了，只有你还不变。”

打更的却笑着说：“先生，都得变，都得变。世界不同，狗肉也不容易烂了，不是它不烂，是我牙齿坏了。”

大阮觉得打更的倒有点近于许多旧读书人找寻的

“道”，新读书人常说的“哲学味”。

民国二十 × 年十一月二十七，在天津第二监狱里有个运动军队反水判了八年徒刑的匪犯，编号四十八，因为要求改善监狱待遇，和另外一个姓潘的作家绝食死了。这匪犯被捕是在数年前唐山矿工大罢工一个月以后的事，用的是刘深甫姓名。将近年底时大阮接到一个无名氏写寄北京大学辗转送来的一封信，告给大阮这个消息。内容简单而古怪，姓刘的临死前说大阮是他的亲戚，要这个人转告大阮一声，此外无话。写信的人署名四十九，显然是小阮在狱中最接近的难友。得到这古怪信件后，大阮想去想来总想不出姓刘的究竟是谁，怎么会是他的亲戚。两天以后无意中记起小阮到北京找他时对那山东同学说的几句话，才了悟刘深甫就是小阮。原来小阮的真正死去还是一月以前的事。他相信这一次小阮可真完事了，再不会有什么消息了。这种信对大阮的意义，不是告给他小阮的死耗，却近于把一个人行将忘却的责任重复提起。他的难受是本题以外的。大阮想作点什么事纪念一下这个小侄，想去想来不知作什么好。到后想起那个打更人，叫来问明白了他的酒量后，答应每月供给这打更的十斤烧酒，一年为度，才象完了一种心愿。所干没的两千元，自然就完全归入自己账上了。

大阮从不再在亲友面前说小阮的胡涂，却用行为证明了自己的思想信仰是另外一路。他还相信他其所以各事遂意，就为的是他对人生对社会有他的稳健正确信仰。他究竟信仰的是什么，没有人询问他，他自己也不大追究个明白。

他很幸福，这就够了。这古怪时代，许多人为找寻幸福，都在沉默里倒下，完事了。另外一些活着的人，却照例以为活得很幸福，生儿育女，百事遂心，还是社会中坚，社会少不了他们。尤其是象大阮这种人。

一九三五年五月十四日作

宋代表

刚才在天安门前当国民大会主席，警兵赶人时，他一个人独露出英雄气概，昂昂藏藏的在后头慢慢地退下的密司忒宋，带队游行时又喊了两百多声“打倒帝国主义”，归来倦极了，这时正靠在一张藤靠椅上，用小手幅子揩抹耳朵后的汗水。手幅子原是塞在洋服当胸口袋里，是绸之类，白色，四角各有一朵淡蓝小花，抖开时，就有一阵淡淡的甜香入鼻。因为香气，又引起密司忒宋回忆到这手幅的主人来。遗赠人那白雀儿小小身材，只要略把眼睛一闭，就活灵活现的在眼前跳跃了，而抢手幅时那一幕也同时显出，多么有趣！于是密司忒宋赶忙把手幅又塞进口袋中去，如怕被谁看到一样。

房中，四壁挂有好多四四方方或长条子的油画幅。

画的全是些女人，衣裤不穿，一个二个赤裸裸的，不知是照着谁家太太小姐原身描下来，凡诗人认为有诗意的部分都无忌惮的裸露，近床处，又贴了一幅虎斑宣的七言联，写的是：

惟大英雄能本色　是真名士自风流

字学什么梅花道人体，用笔极其有劲，笔画蛣屈盘旋，磅礴郁勃，款署痴君二字。看样子，大致也是出于名手。房中除写字桌外，另有两个大书架，与床并排，左右各一。架上摆有数不清的洋书，大大小小，都是皮面布面，上烫金字，极其辉煌。书之间，又摆了些极美观的花露精之类的瓶子。从画上，从对联上，从布皮面烫金字的洋书上，从书架间那许多六角形各种颜色的玻璃瓶子上，以至于床上那两个水红色鸭绒枕，无处不可以看出房主人的爱美心来。至于学问，有那么多的洋文外国书作证，自然是不消说了。

他又把手幅取出，揩了一阵。脸上、鼻子上、眼角、耳朵尖端，似乎都擦到了，还擦不出个所以然来。忽然又象记起了什么事情一样，忙立起身来，走近书桌边，此时外面门上，有个什么人用手指格格格敲了几下。

“哪一位，进来！”

推门进来了一个少年小伙子，深灰色哔叽长褂上套了一件青花缎背心，收拾得标标致致，脚下那双尖头子鞋，又瘦又尖，尤其是黑色鞋面衬配着是蓝丝袜，极为相称。看那副嫩嫩的白脸，年纪总不上二十岁。这是密司忒宋的相好，同学而又同在文学系，且同时被大众推举出席于爱国联合会的，所以用不着什么客气，主人只喊声坐，两个就坐下了。

两支烟慢慢放出烟子来。

主人据坐在书桌边那张无背木几上，客把身子搁到那靠椅上，两副嫩脸相对，于是乎两人心有所会的都微笑了。

“怎么，改了！爱国吧？”客的声音如脸一样嫩。

“当然！我们一天到外头去宣传，打倒强盗，自己又再来吸三炮台，那还是人吗？”

“我看不在乎。”

“不在乎，我要（捏拳举起科）打倒你这帝国主义者的走——”看样子，密司忒宋是不象认真发怒的，所以虽捏拢拳头，而又举起，却并不打。

两个又笑，但只脸上有笑意，因为各人嘴巴里衔了一支烟，不便开口了。

“茗哥，今天有味吧？”来客问密司忒宋。

“有味？莫提起还好！说来肋巴骨都是气！代表们一个二个半点不中用，警察们口上吆吆喝喝说是先生先生，这里站不住了，他们一点反抗心都没有，深怕枪头子到脑壳上来，老老实实就走出天安门。要不是我在那里督队，大声喊叫‘不要怕！不要怕！不是老虎，吃不了我们！’壮一壮他们的胆，这个溜，那个溜，就是这样散场，传单也发不出去了。”

所谓茗哥者，想起适间那般代表的懦怯情形，不由得余气涌上心来，很重的捶了一下桌子。桌上那小胆瓶内的粉色四季菊，都被震吓得颤动了好久。

“又不是要命的事，就那么怕！纵要命我们也应为爱国而牺牲！我们的血不拿来爱国流去还留做什么？”于是又一拍，瓶菊又一颤。

客的意思，原是来讨论另外一桩更有趣味的事情的，见茗哥却说到大会的情形，故不参一言。末后，见到茗哥手幅子，才想起自己手幅来，也摸出条浅碧色耳巴子[1]大一方手巾来擦鼻子。

“以后怎么？”问得很懒。

“你不见到？”

“不，我因催法大队伍，故所以——”

“故所以不被赶了。以后会依然还是开不成，我看到他们那样子，气不过了，招集也招集不拢来，才大大子骂了他们警察几句……帝国主义者的走狗！政府的狗！四脚爬的兽物！冷血的蛇！……当我站到天安门前昂然不动！大骂其警察时，好几百人都拍掌叫好。末后我才慢慢的走出，又赶上一伙小队伍同向打磨厂大街方面游行，喊口号，散我们校中的传单……”

两支烟又在吸了。谈话稍停时，隔壁有个话匣子沙沙沙沙的响，接着又是铛的一声，依约还可以听出《惊梦》的腔调来。茗哥刚举起那只手摩到鼻子上，把头上一个苍蝇就吓走了。脚尖在地下一下一下，为话匣子敲

[1] 耳巴子：手掌。

打拍子。

“茗哥，这么多瓶子，用空的把我两个吧。”

“啊，你没有瓶子？你们姐姐妹妹到哪里去了呢？‘锅子莫讨讨碗里’，这叫化子！”

“哥，你今天见到小刘吧？”客把瓶子事撇了开去。

“只有你看见，是吗？……第三排那个小红上衣、玉色裙、蓝袜配黑皮鞋——比你脚可差多了——打旗子的女人可不知是谁呢？”茗哥偏说不看见，反而故问。

“好眼睛！一等拇指章。”客夸奖了一句且翘起个大拇指，两人心有所会，又都笑了。

“老弟老弟，你说小刘比你的朱四姐如何？”

“小刘当然好得多——我的朱小姐？你还在睡里梦里！别人这个月十五就要同一个老陕结婚了。结了婚两口子就到西湖去过新生活……”

“怎么，那么快？”

“不快，再不快小家伙就不客气出来了！听密司忒郑说，她同那老陕到协和去检查，医生说，至多三个月。与其到那时慌张，何如——”

“有个人会有点不安吧？”茗哥含有讽刺。

"有个人指谁？我其实并不同她有什么感情，因为略略有点亲戚关系，常常走动，你们这些神经过敏的就乱造起谣言来。"客吸了一口烟，把烟使劲的从鼻子嘘出。"唉，对我说，哥，小刘近来怎么样？"

"这才问得巧啦！别人我知道近来怎么样？我又不是她亲不是她戚——"

"然而相好，程度到烧点。"客说了，打了个哈哈。

"我把你——"茖哥拳头虽又捏拢举起了，但仍然是不忍心真敲到客的头上去，所以客反而把头挺着摆了两下，表示要打就请的意思。

"老弟老弟，听说'豆渣'近来特别同你亲热，有其事不？"

"哪里，哪里？这不要我猜就知道是张流氓南瓜脸造的谣。他曾向'豆渣'大姐写了三封长信，肉麻话不知有多少，'豆渣'一字不回答，只一个不理。流氓心中不平，以为是我在中间做了什么手脚，就到处造我的谣言，不说是某天看到信，就又说是到公园相遇啦，其实'豆渣'那样子——"

"老弟那么个年青的小白脸，我想也不至于——"

客又笑了，笑的意思，也许为的是茗哥说他是小白脸。隔壁话匣子似乎换了块片子，只听到咤叱，如一个人发气的样子，大概是谭什么的《打鱼杀家》吧。

茗哥脚尖依然在敲打着，客又把谈话的方向转到昨天出席三院的事上去。

“茗哥，师大那个鸽子如何？”

“我的考语是：性格温存，身材适中。昨天讨论游行时，那鸽儿恰在我上手。说话时，口一开，一串小颗小颗的白牙齿都露出来了。头发老实的光生生贴到头上；那不驯服的鬓角，飘飘飞飞，益发显得娇媚，眼角眉底那种风情，使你把捉不住，是三月间的风筝吧。”

“茗哥，你猜是谁的——”

“那怎么晓得。”

“我告诉你——”客要茗哥弯下腰来，把耳朵凑到他嘴边。

“哈哈，好一张黑漆板凳！配这么一个瓦夜壶！”

“哈哈，天造地设！”

茗哥把笑忍住了，“咱们也赶即改入政治学系吧，毕了业做官去！”

"有了钱讨他妈这样五个。"

两人一路打起哈哈接着谈下去，把许多知心话都说完了，客人才把一本《五卅痛史》借去，说是要做一篇帝国主义在中国之暴虐的文章，拿去参考。

于时密司忒宋，一个人在房里，又把客未来时的无聊恢复了。隔壁的话匣子，已不知在什么时候休息了，板也无从再敲。

"这么一着，这么一着，只要她脸上颜色不十分使人绝望，又这么一着，这么一着，有时会有许多机会送我去把玩这小鸽子!

"……不过第一着就费事。

"……然而，从昨天那种情形想来，头一关已通过了。自已既如此大大方方，遇事公开，胸怀磊落的去同她讨论，那也无不可处。

"……纵或——又不落有什么把柄，还怕笑话？……可惜小胡那卅块钱又还人去，稍为慢一手就好办了！"

"宋先生电话，宋先生！"伙计在外面大院中喊叫。"谁个来的？"把苕哥正高兴的计划打断，故不即出。

"他不说——是姓彭的。"

"就来就来！"他几乎用了跳跃的姿势擀到电话处去，果不其然，说到机会，机会就到了！

……不久，就看到密司忒宋脸上笑嘻嘻的在北河沿路上了。一根文明杖的尖端，在空气中画了好多圈子，一直画到真光电影场售包厢票处。

一九二五年十月十六日作

顾问官

驻防湖南省西部地方的三十四师，官佐士兵伕同各种位分的家眷人数约三万，枪支约两万，每到月终造名册具结领取省里协饷却只四万元，此外就靠大烟过境税和当地各县种户吸户的地亩捐、懒捐、烟苗捐、烟灯捐以及妓院花捐等等支持。军中饷源既异常枯竭，收入不敷分配，因此一切用度都从农民剥削。农民虽成为竭泽而渔的对象，本师官佐士兵伕固定薪俸仍然极少，大家过的日子全不是儿戏。兵士十冬腊月常常无棉衣。从无一个月按照规矩关过一次饷。一般职员单身的，还可以混日子，拖儿带女的就相当恼火。只有少数在部里的高级幕僚红人，名义上收入同大家相差不多，因为可以得到一些例外津贴，又可以在各个税卡上挂个虚衔，每月支领干薪，人会“夺弄”还可以托烟帮商人，赊三五挑大烟，搭客作生意，不出本钱却稳取利息，因此每天无事可作，还能陪上司打字牌，进出三五百块钱不在乎。至于落在冷门的家伙，即或名分上是高参、上校，生活可就够苦了。

师部的花厅里每天有一桌字牌，打牌的看牌的高级官佐，和八洞神仙一般自在逍遥。一到响午炮时，照例就放下了牌，来吃师长大厨房备好的种种点心。圆的，长的，甜的，淡的，南方的，北方的，轮流吃去。如果幕僚中没有这些人材，有好些事也相当麻烦不好办，这从下文就可以知道。

这时节几张小小矮椅上正坐得有禁烟局长、军法长、军需长同师长四个人，抹着字牌打跑和。坐在师长对手的军需长，和了个红四台带花，师长恰好“做梦”歇憩，一手翻开那张剩余的字牌，是个大红拾字，牌上有数，单是做梦的收入就是每人十六块。师长一面哈哈大笑，一面正预备把三十二块钱捡进匣子里时，忽然从背后伸来一只干瘦萎黄的小手，一把抓捏住了五块洋钱，那只手就想缩回去，哑声儿带点谄媚神气嚷着说：

“师长运气真好，我吃五块钱红！”

拿钱说话的原来是本师顾问赵颂三。他那神气似真非真，因为是师长的老部属，平时又会逢场作趣，这时节乘下水船就来那么一手。钱若拿不到手，他作为开玩笑，打哈哈；若上了手，就预备不再吃师长大厨房的炸酱面，出衙门赶过王屠户处喝酒去了。他原已站在师长背后看了半天牌，等候机会，所以师长纵不回头，也知道那么伸手抢劫的是谁。

师长把头略偏，一手扣定钱笑着嚷道：“这是怎么的？吃红吃到梦家来了！军法长，你说，真是无法无天！你得执行职务！”

军法长是个胖子，早已胖过了标准，常常一面打牌一面打盹，这时节已输了将近两百块钱，正以为是被身后那一个牵线把手气弄痞了，不大高兴。就带讽刺口气说：

“师长，这是你的福星，你尽他吃五块钱红吧，他帮你忙不少了！”

那瘦手于是把钱抓起赶快缩回，依旧站在那里，唧唧的把几块钱在手中转动。

“师长是将星，我是福星——我站在你身背后，你和了七牌，算算看，赢了差不多三百块！”

师长说：“好好，福星，你赶快拿走吧。不要再站在我身背后。我不要你这个福星。我知道你有许多重要事情待办，他们等着你，赶快去吧。”

顾问本意即刻就走，但是经这么一说，倒似乎不好意思起来了，一时不即开拔。只搭讪着，走过军法长身后来看牌。军法长回过头来对他愣着两只大眼睛说：

“三哥，你要打牌我让你来好不好？”

话里显然有根刺，这顾问用一个油滑的微笑拔去了那根看不见的刺，回口说：

“军法长，你发财，你发财，哈哈，看你今天那额角，好晦气！你不输掉裤带，才真走运气！”

一面说一面笑着，把手中五块雪亮的洋钱唧唧的转着，摇头摆脑的走了。

这人一出师部衙门，就赶过东门外王屠户那里去。到了那边刚好午炮咚的一响，王屠户正用大钵头焖了两条牛鞭子，业已稀烂，钵子酒碗都摊在地下，且团团转蹲了好几个人。顾问来得恰好，一加入这个饕餮群后，就接连喝了几杯“红毛烧”，还卷起袖子同一个官药铺老板大吼了三拳，一拳一大杯。他在军营中只是个名誉“军事顾问”，在本地商人中却算得是个真正“商业顾问”。大家一面大吃大喝，一面畅谈起来，凡有问的他必回答。

药店中人说：

“三哥，你说今年水银收不得，我听你的话，就不收。可是这一来，尽城里达生堂把钱赚去了。”

“我看老《申报》，报上说政府已下令不许卖水银给日本鬼子，谁敢做卖国贼秦桧？到后来那个卖屁眼的×××自己卖起国来，又不禁止了。这是我的错吗？”

一个杂货商人接口说：

“三哥，你前次不是说桐油会涨价吗？”

“是呀，汉口挂牌十五两五，怎么不涨？老《申报》美国华盛顿通讯，说美国赶造军舰一百七十艘，预备大战日本鬼。日本鬼自然也得添造一百七十艘。油船要得是桐油！谁听诸葛卧龙妙计，谁就从地下捡金子！”

“捡金子！汉口来电报落十二两八！”

那顾问听说桐油价跌了，有点害臊，便嚷着说：

“那一定是毛子发明了电油。你们不明白科学，不知道毛子科学厉害。他们每天发明一样东西。谁发明谁就专利。报上说他们还预备从海水里取金子，信不信由你。他们一定发明了电油，中国桐油才跌价！”

王屠户插嘴说：

“福音堂怀牧师讲卫生，买牛里肌带血吃，百年长寿。他见我案桌上大六月天有金蝇子，就说：‘卖肉的，这不行，这不行，这有毒害人，不能吃！’（学外国人说中国话调子）还送我大纱布作罩子。肏他祖宗，我就偏让金蝇子贴他要的那个，看福音堂耶稣保佑他！”

一个杀牛的助手，从前作过援鄂军的兵士，想起湖北荆州、沙市土娼唱的赞美歌，笑将起来了。学土娼用窄喉咙唱道：

“耶稣爱我，我爱耶稣，耶稣爱我白白脸，我爱耶稣大洋钱……”

到后几人接着就大谈起卖淫同吃教各种故事。又谈到麻衣柳庄相法。有人说顾问额角放光，象是个发达的相，最近一定会做知事。一面吃喝一面谈笑，正闹得极有兴致。门外屠桌边，忽然有个小癞子头晃了两下。

“三伯，三伯，你家里人到处找你，有要紧事，你就去！”

顾问一看说话的是邻居弹棉花人家的小癞子，知道所说不是谎话。就用筷子拈起一节牛鞭子，蘸了盐水，把筷子一上一下，同逗狗一样，“小癞子，你吃不吃牛鸡巴，好吃！”小癞子不好意思吃，只是摇头。顾问把它塞进自己口里，又同王屠户对了一杯，同药店中人对了一杯，同城中土老儿王冒冒对了一杯，且吃了半碗牛鞭酸白菜汤，用衣袖子抹着嘴上油腻，连说“有偏”，辞别众人赶回家去了。

这顾问履历是前清的秀才、圣谕宣讲员、私塾教师。入民国又作过县公署科员、警察所文牍员（一卸职就替人写状子，作土律师）。到后来不知凭何因缘，加入了军队，随同军队辗转各处。二十年来的湘西各县，既全由军人支配，他也便如许多读书人一样，寄食在军队里，一时作小小税局局长，一时包办屠宰捐，一时派往邻近地方去充代表，一时又当禁烟委员。且因为职务上的疏忽，或账目上交替不清，也有过短时间的拘留、查办，结果且短时期赋闲。某一年中事情顺手点，多捞几个外水钱，就吃得好些，穿得光彩些，脸色也必红润些，带了随从下乡上衙门时，气派仿佛便是个“要人”，大家也好象把他看得重要不少。一两年不走运，捞了几注横财，不是输光就是躺在床上打摆子吃药用光了。或者事情不好，收入毫无，就一切胡胡混混，到处拉扯，凡事不大顾全脸面，完全不象个正经人，同事熟人也便敬而远之了。

近两年来他总好象不大走运，名为师部的军事顾问，可是除了每到月头写领条过军需处支取二十四元薪水外，似乎就只有上衙门到花厅里站在红人背后看牌，就便吸几支三五字的上等卷烟。不看牌便坐在花厅一角翻翻报纸。不过因为细心看报，熟习上海汉口那些铺子的名称，熟习各种新货各种价钱，加之自己又从报纸上得到了些知识，因此一来他虽算不得“资产阶级”，当地商人却把他尊敬成为一个“知识阶级”了。加之他又会猜想，又会瞎说。事实上人也还厚道，间或因本地派捐过于苛刻，收款人又并不是个毫无通融的人，有人请到顾问帮忙解围，顾问也常常为那些小商人说句把公道话。所以他无日不在各处吃喝，无处不可以赊账。每月薪水二十四元虽不够开销，总还算拉拉扯扯勉强过得下去。

他家里有一个怀孕七个月的妇人，一个三岁半的女孩子。妇人又脏又矮，人倒异常贤惠。小女孩因害疳结病，瘦得剩一把骨头，一张脸黄姜姜的，两只眼睛大大的向外凸出，动不动就如猫叫一般哭泣不已。他却很爱妇人同小孩。

妇人为他孕了五个男孩子，前后都小产了。所以这次怀孕，顾问总担心又会小产。

回到家里，见妇人正背着孩子在门前望街，肚子还是胀鼓鼓的，知道并不是小产，才放了心。

妇人见他脸红气喘，就问他为什么原因，气色如此不好看。

“什么原因！小癞子说家里有要紧事，我还以为你又那个！”顾问一面用手摸着自己的腹部，做出个可笑姿势，“我以为呱哒一下，又完了。我很着急，想明白你找我作什么！”

妇人说：

“大庸杨局长到城里来缴款，因为有别的事，当天又得赶回观音寺，说是隔半年不见赵三哥了，来看看你。还送了三斤大头菜。他说你是不是想过大庸玩……”

“他就走了吗？”

“等你老等不来，叫小癞子到苗大处赊了一碗面请局长吃。派马夫过天王庙国术馆找你，不见。上衙门找你，也不见。他说可惜见你不着，今天又得赶到粑粑坳歇脚，恐怕来不及，骑了马走了。”

顾问一面去看大头菜，扯菜叶子给小女孩吃，一面心想这古怪。杨局长是参谋长亲家，莫非这“顺风耳”听见什么消息，上面有意思调剂我，要我过大庸作监收，应了前天那个捡了一手马屎的梦？莫非永顺县出了缺？

胡思乱想心中老不安定，忽然下了决心，放下大头菜就跑。在街上挨挨撞撞，有些市民不知道是什么原因，还跟着他乱跑了一阵。出得城来直向彭水大路追去。赶到五里牌，恰好那局长马肚带脱了，正在那株大胡桃树下换马肚带。顾问一见欢喜得如获八宝精，远远的就打招呼：

“局长，局长，你来了，怎不玩一天，喝一杯，就忙走！”

那局长一见是顾问，也显得异常高兴。

“哈，三哥，你这个人！我在城里茅房门角落哪里不找你，你这个人！”

“嗨，局长，什么都找到，你单单不找到王屠户案桌后边！我在那儿同他们吃牛鸡巴下茅台酒！”

“吓，你这个人！不上忠义堂做智多星，一定要蹲地下划拳才过瘾！”

两人坐在胡桃树下谈将起来，顾问才明白，原来这个顺风耳局长，果然在城里听说，今年十一月的烟亩捐，已决定在这个八月就预借。这消息真使顾问喜出望外。

原来军中固定薪俸既极薄，在冷门上的官佐，生活太苦，照例到了收捐派捐时，部中就临时分别选派一些监收人，往各处会同当地军队催款。名分上是催款，实际上就调剂调剂，可谓公私两便。这种委员如果机会好，派到好地方，本人又会“夺弄”，可以捞个一千八百；机会不好，派到小地方，也总有个三百五百。因此每到各种催捐季节，部里服务人员皆可望被指派出差。不过委员人数有限，人人希望借此调剂调剂，于是到时也就有人各处运动出差。消息一传出，市面酒馆和几个著名土娼住处都显得活跃起来。

一作了委员，捞钱的方法倒很简便。若系查捐，无固定数目派捐，则收入以多报少。若系照比数派捐或预借，则随便说个附加数目。走到各乡长家去开会，限乡长多少天筹足那个数目；乡长又走到各保甲处去，要保甲多少天筹足那个数目；保甲就带排头向各村子里农民去敛钱。这笔钱从保甲过手时，保甲扣下一点点，从乡长过手时，乡长又扣下一点点，其余便到了委员手中。（委员懂门径为人厉害的，可多从乡长保甲荷包里挖出几个；委员老实脓包的，乡长保甲就乘浑水捞鱼，多弄几个了。）十天半月把款筹足回部呈缴时，这些委员再把入腰包的赃款提出一部分，点缀点缀军需处同参副两处同志，委员下乡的工作就告毕了。

当时顾问得到了烟款预借消息，心中虽异常快乐，但一点钟前在部里还听师长说，今年十一月税款得涓滴归公，谁侵吞一元钱就砍谁的头。军法长口头上且为顾问说了句好话，语气里全无风声，所以顾问就说：

“局长，你这消息是真是假？”

那局长说：

“我的三哥，亏你是个诸葛卧龙，这件事还不知道。人家早已安排好了，舅老爷去花垣，表大人去龙山，还有那个‘三尾子’[1]，也派定了差事。只让你梁山军师吴用坐在鼓里摇鹅毛扇！”

“胖大头军法长瞒我，那猪头三（学上海人口气）刚才还当着我面同师长说十一月让我过乾城！”

“这中风的大头鬼，正想派他小舅子过我那儿去。你赶快运动，热粑粑到手就吃。三哥，迟不得，你赶快那个！”

“局长，你多在城里留一天吧，你手面子宽，帮我向参谋长活动活动，少不得照规矩……”

“你找他去说那个这个……不是就有了边了吗？”

“那自然，那自然，你我老兄弟，我明白，我明白。”

两人商量了一阵，那局长为了赶路，上马匆匆走了。顾问步履如飞的回转城里，当天晚上就去找参谋长，傍参谋长靠灯谈论那个事情。并用人格担保一切照规矩

[1] 三尾子：雌蟋蟀，因尾刺有三而得名。不打架。这里指无能者。

办事。

顾问奔走了三天，盖着大红印的大庸地方催款委员的委任令，居然就被他弄到手，第四天，便坐三顶拐轿子出发了。

过了廿一天，顾问押解捐款缴部时，已经变成二千块大洋钱的资产阶级了。除了点缀各方面四百块，孝敬参谋长太太五百块，还足巴巴剩下光洋一千一百块在箱子里。妇人见城里屋价高涨，旁人争盖新房子，便劝丈夫买块地皮，盖几栋茅草顶的房子，除自己住不花钱，还可将它分租出去，收一二十元月租作家中零用。顾问满口应允，说是即刻托药店老板看地方，什么方向旺些就买下来。但他心里可又记着老《申报》，因为报上说及一件出口货还在涨价，他以为应当不告旁人，自己秘密的来干一下。他想收水银，使箱子里二十二封银钱，全变成流动东西。

上衙门去看报，研究欧洲局势，推测水银价值。师长花厅里牌桌边，军法长吃酒多患了头痛，不能陪师长打牌了，三缺一正少个人。军需长知道顾问这一次出差弄了多少，就提议要顾问来填角。

师长口上虽说“不要作孽，不要作孽”，可是到后仍然让这顾问上了桌子。这一来，当地一个“知识阶级”暂时就失踪了。

一九三五年四月二十六日完成

张大相[1]

城头上咚的响了午炮，张大相从参谋处跑出来，在廊下站定，元气十足的喊："护兵，护兵！"

一个小苗兵打扮得同行将开差一样，全身应有尽有，背后还拉斜挂了个特别长的大手电，从烧茶处一跃而出，立了个正，"到！"说了忙走过参谋身边去。

两人于是出了衙门，赶回家去吃点心。从中三街过身时，杂货铺主人米老板，恰好刚从邮政局把邮件取回，低下头用小钉锤敲打那棺材形小木箱。一眼瞥见那个小苗兵正从店前过身，知道张大相已下办公厅了，赶快跑

[1] "相"：为人呆笨而又自鸣得意的公子哥儿，凤凰人谑称之为"相"。

出街来追赶财神。

“参谋，参谋，上海货寄到了！德国咪咪洋行的，我正等着你！”

大相听说咪咪洋行货到了，心中异常高兴，就跟着杂货店老板回到店里，站在一堆洋货中看他开箱子。那杂货店主人只有一只眼睛。大相称他为一只虎。

“一只虎，你小心点！”

“知道！我象捧凤凰一样，两只手拿回来的，一只虎不小心还算一只虎？”

开箱时一只虎唯恐碰伤那箱中宝贝，自然十分小心。因此增加了这种工作的困难。有了这个空间，大相的身世、性情可以在这里稍稍叙述一下。

大相是 ×× 地方一个官家独生子，年纪二十二岁，六年前客军过境时，大相的家里被派定两万捐款，限三天就得交款。大相父亲一时拿不出，逼迫得吞烟自尽，从此以后，大相就成为家中唯一的男子了。客军开拔了，家中由太太当家了。太太主张搬家下行，一个在当地军队里作军法的亲戚，却为出主意，以为军队欺侮有钱人，是件天下通行的事，不管往哪儿逃皆不是路。如果自己插进队里去，要浑大家浑，就不会再受军队的挟制了。

当家的想主意不错。因此花了五千块钱，大相就作了 ×× 军一个上尉参谋。什么事也不用作，就只每天穿了崭新体面呢制军服上衙门，到底是官宦人家子弟，气派品貌皆过得去，手头又松，因此大相虽然并无本领，在部里却还得人缘，个人嗜好不多，过日子晓得谨慎，嫖赌皆不来，算不得是个败家子。他自己出钱找了个随从兵，把这兵戎装起来，每天跟他各处奔跑。他喜欢手电筒，那随兵所背的手电筒，就可算是本军最大的手电筒。一到了夜里，大相就拿着这个东西上街，迎面照人取乐。大相的电筒比谁的都光亮，被照的人皆知道这是大相的电筒。大相也就因此把日子过得很有意思，且同时无形中成为一只虎的一位活财神。

……

如今所开的木箱，就又是一具大电筒。

木箱弄开时，先是些锯木屑，与一些有管形皱摺的包皮纸，又是一些木屑，哈，乖乖的卧在木屑里面的，不正是那望眼欲穿的宝贝吗？那是一具长约二尺五寸的特制家伙，全身银光夺目，一端附上一个八角形的大头，真象是戏文里岳云那柄银锤，大相一见喜不自胜，脸上兴奋得发红泛紫。

“让我来，让我来！”把它拿在手上后，又说，“一只虎，一只虎，你快取那大电池填满膛试试看！”

一只虎装得神气俨然，同被雷打一样，张着口半合不拢去，“呀，好个宝贝，简直是尊机关枪！”

电池一共装十二节方满筒。旋紧了后面盖盖后，一晃，一只虎大吃一惊，若不亏他有两手，差点儿跌到搪瓷摊上。虽是大白天，这东西十分厉害，不易招架，一看也就明白了。

一只虎口上说着“好厉害，好厉害”，又搜索那木箱，从木屑中发现了手巴子大一张黄纸单子，一面洋文，一面中文。两人照说明单细细加以研究，才知道这宝贝还可以作种种不同的用法，如何一来光就缩小，如何一来光就放大，以及远近节制机关也居然全弄清楚了。

“多少钱？一只虎。”

“多少钱？五十块，我记得发票上是五十块，你放心，洋行做大生意总不瞒人。”事实上呢，他记得发票上是二十五块。

一只虎知道大相脾气，只要东西好，钱不在乎。慢慢算账正是他求之不得的。见大相已上了街，方说：

“参谋，参谋，账单改天算，不要紧，你拿走吧。”

大相回到家里时，一见老门房，就把宝贝对老门房一晃。在过厅见家中老狗，就对老狗一晃。进堂屋就向祖先牌子一晃。回到卧房里，老奶妈走来为他脱军帽换鞋子，他就一连对老奶妈晃了好几下。除了祖先牌子不算，每双被晃过的眼睛，大半天还花绿绿的，同被封神榜上的照妖镜照过一样。大相可乐坏了。

不一会，家里老太太、姨娘、妈子、丫头，全皆知道了这件事，一同来围着看宝贝。轻轻怯怯的用手摸一下，皆显得惊异而快乐，还相互猜详价钱，有的说一百，有的说不止一百，及至大相说明了至多不过五十块钱时，大家且露出相信不过神气，以为太便宜了。这些人每月得工钱两元。自己的事容易相信，一个照路的电筒太巧妙了，真值要多少实在永远弄不明白！

大相把清蒸鸽子蛋胡乱吃下后，便为家中人讲解这电筒的神妙，叫人把房门关上，便派人七手八脚把窗户临时用厚幔幛遮好，来试验电光的强弱及种种妙用。老奶妈又为出主意，以为过后屋空仓里试验必更好，于是一窝蜂拥到仓屋里去。要小丫头假装逃兵，先躲藏在仓屋一角黑暗处，大相把电筒机关一揿，一股白光直射出去，到处搜索，真所谓物无遁行。到后照及小丫头时，大相就大吼一声，“狗杂种，这一次捉到你了！”于是同小护兵赶过去，好象真的捉人一样，小丫头还只是前十天花五块钱买来的，一看情形不对，以为大相真要杀她了，不知如何是好，吓得嗬嗬大哭起来。合家上下为这件事皆笑了半天。

家中已玩厌时，大相带了他的宝贝，上衙门去展览。

在参谋处玩了一阵，接着又过副官处、军法处、军需处。每到一个地方，凡见着这个宝贝的，皆说：“真了不起。”得到这种称赞，大相觉得很快乐。到后无地方可去了，一个副官邀他到招待处去，一则招待处住的是各地方来的代表同远客，大相愿意给这些人长长见识，二则招待处厅子高大，很可以照照那个厅子，试试看会不会发现一点东西。

到招待处时，一个从外省来的客人，正拿了个京八寸象牙烟杆，站在院中梧桐树下对树梢出神，搜索明天陪师长游山的诗句。大相不认识这个人，不好意思晃人眼睛，只将电光对树上一晃，自言自语的说："树上有贼，一照也会跌下来。"

客人望望大相手中舞着的东西，微笑着，把头偏过一边去不理会，神气好象在说："小孩子，玩这个！"

到了大厅，有两个人正在那里下围棋，已快要完场，大相站在厅子中，把电筒一揿，尽电光在承尘椽皮间各处扫射，且说："捉逃兵，用这个不好！"那两个外路客人不明白他们寻找什么，收拾了棋盘回房中去了。

大相很扫兴，轻轻的吼声"走！"便出了招待处。

末后他们上了城，想从城头把电光射出去，看看能不能照过对河天后宫庙里的大殿，天气还早了一点，却看不出这电筒的妙用，不能给天后宫守庙的吃那么一惊。

……

大相从中三街一只虎杂货铺门前过身时，天已快黑，大相把电筒对准杂货铺一晃，一只虎正在柜台里涂改那张咪咪洋行的发票，眼见一股寒光，知道是大相过路了，就大声嚷道："哎呀不好，老夫中机关枪了！"

大相不由哈哈大笑，走进杂货铺去看一只虎。且问他打商量，看看谁家银匠手艺好，用银子打块牌子，刻成“机关枪”三个字，预备将来系在电筒绳头上。一只虎答应这事一切由他包办，大相又把那尊机关枪晃了一只虎四五下方离开杂货铺。

往哪儿去？仍然上城头去，因为天已抹黑，大相知道上城去可以施展那宝贝的妙用了。

大相家中人等候着他回家吃晚饭，全知道大相今天迟迟回家的原因。大相高兴了，家中人无不极其高兴。

《五溪乡贤录》

烟斗

下午五点钟，王同志从被服厂出来到了大街上。

四点钟左右，稽查股办事室中，那个象是怜悯这大千世界，无时不用着一双忧愁眼睛看人的总稽查，正同他谈话。他站在那要人办事桌前面，心中三四五六不定，那个人，一面做些别的事，一面随意询问着这样那样，他就谨谨慎慎一一答应。有时无意中反质那个人一句，因为话语分量略重，常常使那汉子仿佛从梦中醒转来，更忧愁的瞅着他，没有什么回答，就象是表示“已经够了，不许多言”的神气。他这样在稽查室中整整消磨了一点钟，到后一切已问清楚，那总稽查才说“王同志，我们的事明天再谈”，他就出来了。

到了大街上，他仍然不忘记那些质问的话语。记起那总稽查的询问，同时那个人很可笑的极端忧郁的神态，也重现到他的回想上来。他把平时走路的习惯稍稍变更了，因为那询问意义，过细想来却并不如那汉子本身可笑。情形似不简单。

他的性格和许多大城市的下级公务员差不多，有那么一点儿无伤大雅的嗜好。平时他欢喜在一些洋货铺子前面站站，又很满意那些烟铺玻璃橱窗里陈列的深红色大小烟斗，以及灰色赭色的小牛皮烟荷包。他虽然不能够从这样东西上花个三块五块钱，却因为特别关心，那些东西的价值，每件都记得清楚明白。他站在橱窗外时，一面欣赏那些精致的烟具，一面就把那系在物品上面小小圆纸片，用铅笔写好的洋码弄得清清楚楚。间或有另外什么人也挨近窗边，对烟斗引起了同样趣味，却有想明白这东西价钱的神气——不消说，那时恰是系在货物上的小纸片有字一面覆着的时候，他先看看这个人，看出不是本地的空头了，就象是烟店花钱雇来职员那么热心亲切的来为另一人解释，某号定价若干，某号烟斗又如何与某号烟丝袋相配。他毫不自私，恰恰把自己所欢喜的都指点给了别人。更不担心别人万一看中了意，把这烟斗买去。

从这些小事上，就可以看出这汉子的为人可爱处。但今天他却不再注意烟斗烟袋了。虽然从那铺子前面过身，见有人正在那里欣赏烟斗，也不把脚步稍停，来为人解释价钱作义务顾问了。

想起了稽查处受盘问的事情，他的心情起了小小变动。旧习惯已经打破了。

他只想回转家里去，似乎一到了家，向那小小住房中唯一的一张旧木太师椅上一坐，面对单色总理遗像，和壁上挂的石印五彩汉寿亭侯关云长像，以及站立在汉寿亭侯身后露出一个满脸野草似的胡子大睁圆眼的周仓憨样子，在这个熟习的环境中，心一定，凡事就有了解决希望了。

一回想起稽查室的一席话，他心被搅乱了。他是个规矩本分的公务员，平时奉公守法，不敢惹事生非，加之为人心平气和，还常常主持一点正义，为什么那稽查长把他喊去，问他“属于何党”？为什么还盘问在“工厂办事以外还做些什么事”？为什么同时还用着那全然绝望的眼睛，象非常悲悯的瞅着自己？经稽查长一问，他自然得诚诚实实的把自己办事以外的许多行为都告给那要人。因为那稽查长似乎不需要知道从他工厂回家路上那一段情形，所以他生活上一切几几乎都说尽了，却不曾把留恋到烟铺外面的一件事提起。他隐瞒了这样一件小小秘密，那稽查长自然全不注意。问题不是这件事。他心乱的却是正当那人问他属于何党何派时，他记起了三天前所抄写的一件公文，知道开除了一个同志，这办事人开除的详细理由虽不明白，但那考语上面股长却加了一行“×× 是 ×× 分子。”他知道近来总经理和副理事长属的党系，总以为这人被开除原因，完全是股长批的结果。因为派别不同，被服厂虽属国有，然而小组织的势力近日在任何企业任何机关中，都明目张胆的活动，既然与厂长系统不同，随时就有被开除的危险。因此一来，他就有点软弱，仿佛非赶忙回到住处，想不出保护自己的方法。

他在厂中每月领薪金四十四元。每日的职务是低着头流汗抄写册表公文，除了例假日，平时不能过九点钟到厂。劳作与报酬之不相称，正如其他地方其他机关的下级办事人一样。因为生活的羁绊，一月只能拿这样一点点钱，所住的地方又是生活程度最高的地方。照例这些人虽有不少在另一时也受过很好的教育，或对党尽过力，有过相当的训练，但革命成功的今日，他们却只有一天一天衰退下来，将反抗的思想，转到拥护何人即可以生活的打算上，度着一种很可悲的岁月了。在这样情形下的他，平庸无能，显着旧时代衙门中公务人员的性格，无事时但把值不到十块钱的烟斗作为一种幸福的企求；稍有风声，又为职业动摇感到一种不遑宁处的惶恐，也是很自然的了。

回到了家里，他没有事作，等候包饭处送饭来，就把一册《古诗选》取出来读一读。左太冲《咏史》、阮步兵《述怀》，信手翻去，信口吟诵，希望从古人诗句中得到一点安慰，忘记头脑中的公文程式。正咿咿哦哦吟读时，那赤膊赤脚肮脏到极点的小子，从楼梯口出现，站在他房外轻轻的叩着门喊："先生，先生，饭来了！"正读着《前出塞》诗的他，仍然用读诗的声音说："小孩，饭拿进来！"肮脏小子推门进到再不能容第三个来人的小亭子间，连汤带水把两个仿佛从十里外拿来的冰冷的下饭菜，放在预先铺了一张《申报》纸的方桌上去，病猫似的走了。他就开始吃饭。饭一吃过，收了碗放到门外楼梯边，这时候，二房东已经把电灯总开关开放。他开了灯，在灯下便一面用那还是两年前到汉口花六毛钱买来的烟斗，吸着乌丝杂拌烟，一面幻想起什么时候换一个好烟斗一类事情。

他的日子过得并不与其余下级办事人两样，说起来也就并不可以引起他人注意和自己注意的理由。不过今天实在不同了一点，他不能不注意到自己这些情形来了。

他觉得心上画圈儿老不安宁，吃过了饭，看书无意思，吸烟也似乎无意思。

问题是：假如明天到厂就有了知会，停了职，此后怎么办？

想了半天，没有得到解决。墙上的总理不作声，汉寿亭侯也不作声，周仓虽然平素莽憨著名，这时节对他却完全没有帮助。仿佛诸事已定，无可挽回。

一切真好象无可挽救，才作退一步想。他身边还积得有六十五块大洋钱，是每月三块两块那么积下的。因为这钱，他隐约在自己将来生活上看出了一点光明。他可以拿这个钱到北平去找个新工作。他想，那里是旧都，不比这势利地方……他还想，那里或者党也如地方一样，旧的好处总还保留了一些。到了那里，找得一个两个熟人，同去区部报到，或者可以希望得到一点比这里反而较有希望的工作。这时既不以为自己的希望是愚蠢的希望，就对于停职的事稍稍宽了心。

……总理很光荣的死了，而且很热闹的埋了，没有死的为了 ×× 而活，为了 ×× 而……

这样胡胡涂涂的想下去，便睡着了。

第二天，因为睡眠极好，身心已健康了些，昨天事仿佛忘记了。仍然按时到厂，坐在自己位子上，等候科长把应办公事发下来，便动手作事。纸预备好了，墨磨好了，还无事可作，就用吸墨纸包了铜笔帽擦着，三个铜笔帽都闪着夺目的银光。

一个办公室中同事全来到了，只有科长还不来。

他想起了昨天的事，询问近身一张桌上周同志：

“周同志，昨天稽查长叫你过去问话没有？”

周同志不懂这句话的意义，答非所问。他说他不曾作错什么事，不会过稽查股去。

“你听说我们这里什么风声没有？我好象听说改

组……”

“这事情可不明白。你呢？”

他想了一下，抿口莞尔而笑。

笑过后又复茫然如有所失，因为他仿佛已经被停了职，今天是到这里来的最后一天了。他忽然向那同事说：

“我要走了。”

“要高升么？”

“不是。恐怕非走不可。因为我是个 ×× 介绍来的，你知道的。×× 和老总不同系，我们老总是 ×××。古人说：‘道不同不相为谋’，不相为谋，那就只有各走各的路。我不走，成吗？”

“你到什么地方去？”

“远了，我想去北平，因为余叔岩杨小楼还在那里唱戏。好几年没听戏了，听它几年戏去。”

“一定要去么，那我来饯行，明天还是后天到福兴居吃馆子，自己定个日子吧。”

“不忙。不一定！”

“还不批准么？”

“我不是告假。”

“但不听说要换什么人，你不要神经过敏。”

“昨天有人把我叫到稽查处去，问了好半天。”

因为照习惯，没有什么问题的人，是不会叫到那地方问话取供的。所以听到他被问了许多，周同志也觉得有点不对了，才开始注意他那要过北平的话中意义。

周同志用着一个下级办事员照例对于党对于一切所能发的小小牢骚，发挥着那种很可怜的无用议论，什么“不中用的官僚太多，应当彻底改组呀”，“应当拥护某同志回国呀”，“应当打倒某某恶化势力呀”，完全是些书生空话。这样说着，一面象是安慰了王同事，一面自己胸中也就廓然一清了。

一会儿，科长来了，把帽脱了。大衣脱了。口含着淡黄色总统牌雪茄烟，大踏步到桌边去，翻动桌上文稿，开始办公。年纪还轻的科长，完全如旧官僚习气，大声喝着应答稍迟的公丁，把一叠拟稿妥贴、应当送过老总处画行的公文推到工友手上去。两手环抱公文的公丁，弯着腰一句话不说，从房中出去了。（这公丁，今天比平时不同，留到王同志脑中的是一个灰色憔悴的影子。）他还得等候那公丁返身时才有公文可抄，就在这空暇中生出平常所没有的对科长的反感。好象正面侧面全看过了，这科长都不应当这样把旧时代官僚资本家的脾气拿来对待厂中的工友。况且还据说是从外国受着好教育回来，平时还常常以左倾自居，有这样子脾气就尤其不合理。

可是这科长的行为，并不是今天才如此，唯独在今天，才为他注意到罢了。他虽然极不平的把那被科长凌辱了的工友用同情的眼光送出去，仍然得小心听着那科长呼唤。他猜想科长今天必定有什么话对他说，而所说到的又必与自己职务相关；就略显矜持的坐在自己位置上，且准备着问题一发生时，如何就可以在一句反质言语中，做到仿佛一击使这科长感到难堪的办法。

这些无语的愤怒，这些愚而不智的计划，在科长那一面说来，当然是意外，决没料想到。

同事之一被科长“周同志，周同志”的喊过去，把科长请客单一叠拿上手，退回原处后，咯咯咯咯的磨着墨，砚石就在桌上发着单调的极端无聊的声音。事情不要他作，其中好象就有一种特别原因，他把这原因仍然放到自己要停职那一件事上去。他明白科长是××××而他却是××。科长口上喊他“同志”，就象出于十分勉强。

过了许久，送文件的公丁还不曾回来，与往日情形似乎稍稍不同。

科长扬扬长长走过三楼副理事长室去了。

他听科长皮鞋声音已上了楼梯，就叫唤坐在前面的同事：

“周同志，又是请客帖子？”

“王同志，哈，这一叠！”说时这办事人举起那未曾写过的请客帖，眉毛略皱，表示接受这份意外差事近于小小冤屈。

“他请些什么人？”

“谁知道，让我念念吧。”这人就把请客柬一纸总单念着：“王处长仙舟、周团长篷甫、宋委员次珊……好热闹，下星期四，七点半，这一场热闹恐怕要两个月薪水吧。”

他听同事数着客单上的名字，且望到这同志兼同事脸上的颜色，不知如何一来却对这人也生出种极大反感。便显得略略生气的说：

“周同志，这事你可做可不做，为什么不拒绝？”

周同志笑着，好象不明白他说拒绝的理由。他对那同志脸上望了一会，再低头自己把砚腹注了多量的水，露着时，咯咯咯咯磨起墨来了。他用力磨墨，不许自己想别的事。一会儿，科长回来了，公丁也回来了。还依然用力把墨磨着。

科长象是刚从副理事长处来，对他有一种不利处置，故意作成和气异常的样子，把公文亲自送到他桌边来。若在往日，这种事他将引为一种荣宠，今天却不以为意。

科长说："王同志，你今天有什么事情在心上，好象不大高兴？"

他斜眼看了科长一眼，表示不需要这种无用安慰。

科长不以为意，又象是故意取笑他："王同志，我听理事长说，你要调到稽查股。这是升级，你不知道么？"

"升级么，要走就走。我姓王的追随总理革命十年，什么不见过——"象有什么东西梗在喉边，说不下去了。

他显然是在同科长开始作一种反抗，大有一切"拉倒"的神气。可是科长却故作夷然无事，笑着说："王同志，升级是可喜可贺的事！"

那个在写请客柬的同事听到了，记起先前他所说的要走的话，暂时放下了工作。"王同志，科长说您高升，这应当是真事。”

他回过头来看着写请客单的周同志，努力装着一种近于报仇的刻毒样子，毫不节制自己的感情说：

“我又不会巴结人，帮人白尽过义务，哪里会得人在上司前保举！”

“王同志，你怎么的……”

“我怎么的？你说我怎么的？姓王的顶天立地，身家清白，不吸鸦片烟，不靠裙带……”

科长说：“王同志，你今天怎么……”

“总而言之，要走就走，谁也不想混在这里养老，把这差事当铁饭碗。”

办公室空气骤见紧张，使三个人心中都非常不安。那年青科长，对这办事员今天的脾气觉得异常，还以为是先前说到升级使他疑心受了讥笑，以为说他是运动旁人的结果。写请客柬的周同志，则以为王同志是在讥消他代科长办私事。至于他自己呢，又以为是两人皆知道了他行将停职，故意把被叫到稽查股问话的事情提出来，作为开心嘲笑。

风波无端而来，使三人都误会了。年青的科长，不想再在这不愉快事情上加以解释，觉得这小办事员没有受过多少教育，不能在分派公文外多谈一句话，就气势不凡的坐到自己桌上办公去了。

他把科长所分派的三件公函同两件答复外省询问购买呢制军服办法的回信原稿一一看着，心中非常颓丧。科长妄自尊大的神气，尤给他难堪。他想在通知来到以前，应当如何保全自己一点人格。他想用言语来挽回他认为在科长面前已经失去的尊严。因为他自觉是一个忠于革命的同志，一个因为不能同流合污被人排挤的人物，因为骨头硬才得到这种不公平待遇的人。

要他把公文如平时一般做下去，他是办不到了。他一面看着公事，一面想他的心事。

过一会，科长在屋角一方很冷淡的用完全上司的口吻，不自然的、客气的向他说话：

“王同志，那两件信你写好了，请先送过来。那是急要的两件，今天就得寄发。”

本来已经在开始动手了，一听这话，反而把笔捏着不写下去了。他又得到一个同科长顶嘴的机会。他喊那正在低头写“月之几日”请客帖的同事：

“周同志，我同你说，若果你那请客帖不急要，这两件公文，我们两个一人办一件，如何？”

那同事听到了，望着科长。科长也听到了，只鼻子动动冷冷的笑着。

他这时节已准备一切决裂，索性把写就的一张信笺捏成一团丢到桌下去，曲肘在桌上，扶着个大头，抓弄头上的短发。

科长沉默的把烟含在口里，象在计划一种对于这不敬的职员的处置，另一老同事本来是同他站在一条线上，对于被驱使有着同忾，这时节被他一说，仿佛也站到科长一边去了。

大家无话可说，都非常勉强按捺着自己火性。科长虽说年少气盛，这时节也就不知道要怎样拿出所谓上司的身分，只好沉默着。

总务股送通知的人来了。照例接过通知，应在回单簿上盖章，是王同志办的事，今天却由那周同志代做。同事把通知接过手，大略一看，不作声，送给科长去了。

看过通知的科长，冷笑着，把通知随意搁放在一旁。过了好一会才开口说道：

“王同志，今天你是最后到这里了，你高升了。过去半年，大家能够同心合作努力，真真难得。你高升了。”

他明白对于他停职的处分通知已来了，脸发着烧，放下了笔，走到科长这一面来，看通知上所写的是些什么考语。

看过通知，他愕然了。

他明白他错误了。因为通知单上写得明明白白，是这汉子意外的几句话：“王世杰同志，忠于职务，着调稽查股，月薪照原数支领，另加二十四元……”写得非常明白，毫不含忽。

忽然感着兴奋，他望着科长，“科长，科长，我真是个老胡涂，我真是个王八蛋。”科长不作声，掉过头去看一件公文。

“我错了，科长。我以为是因为……被停职！”

“赶快把事情办好，那边等着你！”

一天风云消散，仿佛为补救自己在科长面前的过失，把公文写完后，他咬着下唇还很高兴的为科长写一部分请客柬。一面写，一面心上说：“我真是个呆子！只胡思乱想！”就不惜在一些过去了的事务上找出许多自嘲的故事，且痛切的想着近于奢望的幸福——在橱窗外面，留连于烟斗烟袋那些事，也全想到了。

第二天，他的办公地当真移到稽查股了。因为一点事情过材料科，照习惯好象作客，见旧科长和旧同事时，他口中却衔着一个芝麻黑色不灰木烟斗，颜色很新。周同志问：“王同志，什么时候买的，多少钱？”

他不答话，却把一个崭新的鼠灰色烟荷包从中山装口袋里掏出，很细致的拉着那皮包上的镀银细链条，皮包开了口，同事才知道是贮烟丝的荷包，是茂隆洋行的来路货。

因为纪念这升级，他当天晚上下了大大决心，将储蓄总数六分之一的十元数目，买了一套烟具。若果这个人善于回忆自己心情上的矛盾时，在这烟斗上，他将记忆到一些近于很可笑的蠢事。北平近来怎么样了呢？不管它怎么样，他没有再想去北平了。有了这样精细烟具的他，风度气概都与前些日子大不相同了。他自己意识到，同事也感觉到。

一九二九年秋作

三贝先生家训

年高有德的三贝先生不幸于今年正月初四日“遽返道山”了！这在C城是一种惊人的骚动、重大的损失。当三声落气炮响过后不到五分钟，全县城人便都在纷纷议论他的“平生大节”了。大凡贤者身后，总有一部分不能了解他伟大人格的人，常常立于反对方面加以攻讦诋毁。三贝先生自然也不是例外。也许是他太好——不然，便是C县的舆论太不公允了：你无论走到什么地方，见了一个卖豆腐或卖落花生的小贩，问他“三贝先生如何？”他答复了你所问以外，必定还附带的加一句奚落三贝的话，如“那个啬刻鬼”或“那老怪物”一类言辞。

据说三贝是无疾而终的。还正是一般“积德厚福”人应有的事。不过，从田大伯妈处得来的消息，则又明明是因问他做校长的那个儿子索退抚育费不得而气死的。田大伯妈是与三贝有瓜葛的人。她女婿曾拜寄过三贝隔房堂弟做干崽，大概这话总不是全无把柄！

总之，三贝先生是今年正月初四日午时死去了。是“无疾而终”还是“气伤肛肠”而死的，我们不是应措意的事，很可以不必再过问。倘若是真有那种好揽闲事的人寻根究柢，只指示讣文给看就得了；讣文明明载着“享年七十有八……无疾而终”。

三贝是有钱有势的人，丧事自然是非常之热闹。他第五儿子是现在县署第二科的科员，第六儿子——就是有气死老子嫌疑的那个——又是中学的校长，儿孙又多，因之出殡那一天竟有许多人执绋。有用松柏枝扎成的香亭，有用白布缠就的灵轿，有十来个敲法器的大师傅，有各种无字的脚牌，有朱红绫子的铭旌，有写上“典型犹存”或“里失贤者”的挽联和祭幛，有两堂锣鼓及一队细乐，有一队制服整齐的学生，而且，知事大人也屈尊到送丧。此外，典狱官张四老爷、地方财产保管处田老爷、宋连长、复查局刘局长、初从上海毕业转来的九二先生……都莫不大襟上佩了一朵白纸花，沉肃谨敬的在鼻涕眼泪一把抓的孝子前头走着。警察所长呢，另外又专派了四名着号衣年青的警兵，随同灵柩左右照料，免得那些打高脚牌、扛祭幛的小孩子，沿途吵嘴滋事。

“好热闹阔绰的丧事！”

当灵柩从道门口菜市过身时，许多妇人老头子以及卖白菜的老奶和担水卖的哑爷，都带了羡慕神气这样说。

三贝先生生活就是这样结束了，也可谓“生荣死哀”。

不过，人虽死去，但其“嘉言懿行”流传于C城老一辈人口中的却很多很多。大体都极有关于“世道人心”。因此谨就我所知者，摘录一二；至其“出处大节”，则已有C县宿儒方梧庐先生为之作传，兹均不述及。

节抄家训：

过大桥时，应将脚步加速——但亦不必如驰如奔免撞损徐元记之窑货担子，不然，设于此时桥忽圮下，岂不危极险极？桥久不修，年代渊远，适于此时圮下，实亦“事所必至理有固然”者也！

进城时，到城洞下亦应加快一脚，尤其是曾经失火之东门。并须用双手将脑壳掩护，如此，既可防意外之虞，即或万一猛不知道于彼时从上面掉落一砖头瓦片，亦可因手在上而不至伤脑。至于到城门洞卖羊肉、卖粉条、卖布那种要钱不要命之事情，千万莫去做。最好连买也莫买，即或东西再好，价钱再贱。

有客久坐未动时，应不俟呼唤时时将茶献客。冲茶之水不必顶沸——不沸之水则尤好。若然，客即不知趣硬赖到吃饭后方去，其食量因喝水过多亦必大减。

逢年过节用大荤祀祖——其实不用亦可，不见“采藻明其洁”之训乎？——实在万不得已，最好是用零买法为佳。譬如称肉一斤，则分为四处称，每处四两。如此办法，既可选择皮薄骨少心所欲得之肉，而斤两上亦占便宜不少。

厕房粪坑院中到夏天粪过稀不能售出时，可加以草灰斗许；但应切记将草灰之价同时算入。

……

三贝先生家训多至百余则，而每则均有独到之见解，此处但选其一小部分耳。其行为尤嵚崟不同于流俗，容当汇次编出，以介绍于“未获亲炙”三贝先生诸读者前。

C 县大概是湖南一县，究竟在湖南那一处，我也不大清白了。至其家训，除为代加标点外，初未敢易去一字。

一九二五年二月中旬作

岚生同岚生太太

岚生先生在财政部是一个二等书记，比他小一点的还有三等书记，大一点的则有……人太多了。许是因为职位的缘故，常常对上司行礼吧，又并不生病，腰也常是弯的。但这些属于做官的事，不值得来用多少话语形容。横顺这时节，大家对于某种人的描写，正感到厌烦，或者会疑心是故意在纸上刻薄了他，小书记从职务上得来的残疾不说它还是好的。我们要知道他，明白他是一个写得一笔好字、能干勤快的书记，很受过前任总务厅长的褒奖，此外，他是一个每月到会计处领三十四块钱薪水的书记，就得了。

官印原是一个“岳”字，所以台甫用岚生二字，即“岳可生岚”之意，这是从名号上面，即可以见出他人是受过教育的。但在财政部去找姓牛名岳的，那是白费事。财政部职员录中，并无牛岚生其人。从书记到科长，科长到厅长，厅长回头又数下来，一直到传达处的听差，把牛岳或牛岚生问谁，谁也不知道。你到各处去问岚生先生时，我想这只能使你增加些新见识，可以看出部里官位之多，人名字的奇怪，至于岚生先生，在部里却改了一个俏皮的又吉利的名字，是牛其飞。至于这名字是否是从“飞黄腾达”或《聊斋》上《牛飞》一章取来，可就无从考究了。岚生先生在部里职员录中，既写得是牛其飞，又象有意把台甫也隐瞒了去，同事中喊“其飞”“其飞”总觉似乎拗着口，于是，刻薄一点的，就慷慨地为他取了一个诨名。这诨名我是不很清楚的，大致总与他姓和身体上的异样粘了点儿关系。这能怪谁？谁叫他那么胖又姓上这样一个不好听的姓？不过我知道，当到他面前喊叫他诨名的仍然是很少。这是得力于自己的体魄。从自己巍峨上生出威严，在岚生先生，原是于太太一方面，已就得到好些例外权利了。

冬月来，天气格外好，镇天大晴，有暖暖和和的太阳，且无风，马路上沙子也很少。岚生先生每天十二点欠三十分的时候从财政部办公室回到西二牌楼馒头胡同住处，陪太太吃饭。走路的回数总比坐车的回数多些。并不是图省俭。人家并无怎样别的值得匆忙的事情，原就乐于把这三十分钟，花到这一段不到两里的马路上去的。弃了车子来走路，这一来，便宜是异样明白的：一则太阳晒到背膛心，舒服得比烤火还好过，一则是自己不愿意在十二点以前到家。若果真十二点以前就到家，由太太派下来的差事，必多到一倍。这些差事，慢一点到家，我们的岚生先生就可免掉了。果真坐车子比自己走路还要慢，岚生先生是极其愿意坐车回去的。“又不是调兵搬将、赶考充军，要这样到大热闹路上忙个什么？”因为自己想逃避差事，凡是见到车子在路上跑得快的，岚生先生就觉得这真无聊。奇怪的是财政部门前搁下来的车辆，你纵明明白白看到他是一个跛子，一遇到拉起部中级别稍高的办事人员，总也是比别人还要快，因此，岚生先生就更其不高兴坐车了。

从部里到馒头胡同的一段路，是由粑粑胡同过里脊房，向东，再折而南，出里脊房南口，又向东，进萝卜胡同，又出，一转弯，就到岚生家公馆了。

岚生先生，就是照到我所开的路线，经久不变，那么走到公馆的。有时换由墨水胡同，那就较远一点。较远一点则可以多耽搁些时间，也是岚生先生所愿意的事。且墨水胡同有一个“闺范女子中学”，除了星期不算，每一天岚生下办公室时，若从墨水胡同过身，则总可以看到许多从闺范中学返家吃中饭的女孩子。这中学虽标名是“闺范”，但如今时行的剪发的事情，象并不和学校名称相抵触，所以看普通女子外，还可以看头象返俗尼姑样的女人，因这样，岚生先生从远道走的日子，次数又象比捷径还要多了。看女人本象是不大好事情，只要看得斯文，看得老实，不逗人厌，那是正如同欣赏一件艺术品样子，至少比那类不会爱人的爱情，还要正派得多的。岚生先生的看法，也可归入这一流。他觉得女人都好看，尤其是把头发剪去后从后面看去，十分有趣。因为是每日要温习这许多头，日子一久，闺范女子中学一些学生的头，差不多完全记熟放在心里了。向侧面、三七分的、平剪的、卷鬓的、起螺旋形的，即或是在冥想时也能记出。且可以从某一种头发式样，记起这人的脸相来。但岚生先生对这类事，却并不是象世间上许多傻子一样，就俨然油了脸说是在爱着。岚生先生不拘在何种情形中，爱自己太太总比之爱别人还过分的。且象对于自己太太过于满意，竟匀不出剩余爱情再给别人了。他想着，如果自己太太也肯把发剪了去，凡是一切同太太接近的时候，会更要觉得太太年青美好，那是无疑的。但曾用别的方法试探过太太意见，太太却不反对也不赞成：不赞成，使岚生先生不敢一时将希望提出来；不反对，却给了岚生先生一点非去温习闺范中学的女子头发不可的工作了。

岚生、岚生太太，就是这么两个人，组成一个小家庭的。照岚生先生的主张，凡是家庭，总要有两个小孩子、一个老妈子，才是道理。本来是预备只要太太得了一个小孩子时，同时就到佣工介绍所去找一个女佣人。不过太太竟象是因为怕请人多花钱一样，两年来还是生养不出一个小岚生，所以直到如今，人还是请不成。因了一家只两个人，每日关于吃饭的事，岚生先生就不得不把权利义务糅合放在一起了。买菜、煮饭，太太是不烦岚生先生帮忙的。但碗总要洗洗。炉子里添煤，到煤铺里去赊账，以及其他太太不能做不愿做的，仍然是不可免。遇到太太不高兴时，煮饭炒菜，纯义务也要尽。那一天，若是两者之中都不能相下，结果就只好照顾胡同口儿那一家四川小馆子去了。

岚生太太人实在好，各样当主妇分内的事都晓得，都能做。年纪小岚生六岁。样子也还长得白净好看。也许就是为了年纪还不大，孩子们的脾气同天真却一样好好的保存在心里吧，固然知道当太太的对于料理家事是分内差事，但她总不愿岚生先生空起两手来看她做事。且觉得岚生先生在家中袖手吃闲饭不大合理，久而久之，岚生先生就把洗碗同抹桌子等工作也归在自己义务项下了。到近来，在十二点以前，太太纵然把饭菜已经全体做好了，无论如何，碗筷必得留下一件两件等待岚生先生处置的。你若因为想实行不做工而吃饭的主义，故意把回家的时间拖下来，碗还是好好的放到大的白铅桶里面。太太要吃却顾自洗一个。是这样坚决的经过不知多少小小鼓气后，明知躲避已无望，近来，岚生先生偷闲野心才不敢常起了。不过早回家则差事堆到头上总是格外多，在外挨一刻就少一件事，岚生先生之所以养成走路的脾气，就为得是这样一个道理。

要说是岚生先生怕他的太太，也不尽然。太太应不应当怕，那是看太太来。至于岚生太太，有许多地方，原是敌不过岚生先生的。岚生先生是胖子，虽不大，但究竟是小胖子。岚生太太身个儿却很小。若是当真闹翻脸，认真扭打起来，太太是无论如何打不过岚生先生的。正又象太太很明白打不过岚生先生一样，凡遇到要逼着使一个丈夫摔家伙发气打人的事情，太太总依然知道极力去趋避。太太且懂到用一切新派温柔的方法，譬如说亲嘴、拥抱，以及别的足以增加岚生先生的爱怜的各种各样方法来软和岚生先生的脾气，排件施行，使岚生先生虽然是胖也到了那“英雄无用武之地”。其实，岚生太太，并没有读过什么新书，关于近来聪明文学家翻译的什么《爱的法宝》一类驾御老爷的模范指南新书，当真不曾见过的。

今天是岚生先生从部里得了九月份薪水回家来。洗碗的差事当然就豁免了。因为得了钱，太太主张到小馆子去喊了一碗汆丸子，于是午饭桌上，比平常就多了一个碗。平常的品字形的排法变成田字形，太太的脸，也好象变得比昨天更可爱一点了。

在吃饭当儿，岚生先生正用筷子擒住了一个肉丸子往口里送，太太说：“你头似乎也可以剃得了。”

没有把丸子咽下的岚生先生，点头来答应。待到岚生先生能够说话时，太太的筷子，又正在那里擒住了一个丸子。

“太太，我有一句话同你商量。”

这是一句照例的话。并不是商量，也得这样来说。这脾气太太是很习惯了的。在平时，岚生先生不拘哪一次要同太太说一点超乎吃饭中讨论“菜好饭烂”以外的事情时，都是那么来起头的。太太这方面，可以不必用口来答复，把头略点，或竟不点，只用正在桌子上碗碟中间搜寻菜心的一双又大又黑的眼睛，掉过来瞅着了岚生先生，岚生先生就可以继续把议案提出了。

太太把筷子停在碗里不动，听了岚生先生的话，就瞅定了岚生先生。

“太太，你说近来年青女人有辫子好看一点——还是有髻子好看一点？”

太太先是莫名其妙，故没有作声。

“其实，依我看，你梳髻子还要比拖辫子更可爱一点的。”

这真是一句废话！正因为加了后面一句话，太太却反而生出疑心了。这不明明是在街上看上了谁家拖辫子的女人，回来不能忘情的话么？于是太太心中就觉得有点儿酸。要开口骂一句却又不知从哪一句话上骂起。看岚生先生，是脸儿团团的、笑笑的、仿佛异常得意的。

筷子缩回来在另一碗来夹了一筷红烧芥菜，太太的不快是已到了脸上了。

本来就是唯恐太太误会的岚生先生，在发现太太脸上颜色后，觉得有点惶悚不好意思起来。知道是太太在一种误会中已生气着恼了。但不知应用个什么样话语来解释，方能“化干戈为玉帛”。

“太太，吃呀！”一举筷子就擒了一个大丸子掷到太太碗里。

“我早已吃饱了。”太太把丸子从自己碗里又掷回。

“难道我又因了什么不检，使你生气了么？”

“人老了，不能学十六七姑娘拖辫子，所以不可爱……”太太眼睛的微红已补足了其他要说的话。

岚生先生找到了解释同认错的机会，就琅琅的把自己积久不敢说出的意见全说了。

岚生先生且说：“因为想要探询太太对于长头发和短头发的意见，我才先说辫子同髻子。其实，别人并无什么坏意思，只是一个引子。做文章都得引子，难道说话就不必么？谁知太太就生了疑心，这只怪我不会说话了。……”话中充满了“和平”的愿望。第二次把丸子掷到太太碗里去，太太就不再拒绝了。

接着，岚生先生在女子短发上把“省事”那一点，格外发挥了不少议论。结末是：“太太你若是也剪成了尼姑头，他日陪我出去到北海去玩，同事中见着，将会说你是什么高等女子闺范的学生哩。”

太太因为想起“高等女子闺范”的样子，对岚生先生的话是完全同意了。只是把头发剪后衣服又怎么办？现时所穿的当然不大相宜。最合式的是旗袍了。岚生太太见过许多高等闺范女生就都穿得是旗袍。用藏青爱国呢做面子，紫色花绒作里，要滚边就滚灰边，这样一件旗袍，在太太心中，本来已计划了有许多日子了。只是明知道财政部不发薪，就不方便同岚生先生说。这时，岚生先生既有那么胆量，人人也就人人方方把希望说给岚生先生听了。

对太太意见表示了同意的岚生先生，答应了即以薪水之一半来作剪发的开支，太太也说这月在别的事上可以省一点。吃完饭后，太太在对了镜子抚弄她行将剪去的发髻时，岚生先生看着镜子里的太太好笑。

“剪子恐怕不行吧？”太太也对了镜子中的岚生先生说。

“那回头我们上市场买一把新的。还有，太太你的袍子料左右也要看看！”

“不要选一个吉利日子么？”

“那自然要！市场上东头，不是有一家命馆，叫作什么渡迷津？唉，前次，我们问那个……不是到过那里一次么？”

想起前次事，是要使太太红脸的。前次到那里花了四毛钱，去问请佣人的日子，给那相士推算小岚生的出世日，说是不久不久，如今，听到岚生先生又提那地方，恐怕岚生先生又去问那相命人，所以借故说是那活神仙价钱太贵，不必花冤枉钱。

“这不是理由，”岚生先生说。“他灵验。京兆尹的舅爷还在报上称赞过，四毛钱一块钱都不算贵，只要避了克我们俩的日子，照神仙指点指点好。”

“那我们就去！”

“去就去，既不耽误下半天公事，左右不值日。”

于是太太就换衣，抿头，扑粉，岚生先生一面欣赏着太太化妆，一面也穿上了青毛细呢马褂，戴上灰呢铜盆帽，预备出发。凭相貌说，已象个要人！

一点钟以后，在市场东头，就可以见到岚生先生同他太太正从“渡迷津”相馆出来。日子已看定了。从一家新开张写着大减价的吉利公司走过，两人就走进去。在吉利公司花了四毛八分买了一把原价六毛的德国式剪刀，因为招牌上写得是八扣，所以本来预备走到美丽布店去买的旗袍料子，也就在吉利公司一下办妥了。此外又新买了一瓶雪花膏，连棉花一共算下来是十四元六毛。岚生先生半月的工作所得，的确是耗费到举办这一次典礼上了。出市场时，太太在先开路，岚生先生却抱了一大包东西在后面荡着的。因为太太走的并不快，所以岚生先生得了许多方便，有左顾右盼的余裕，把在自己面前走过的剪了发的女人，一个都不放松，细细的参考着，温习着。以后太太的头发的式样，便是岚生先生把在市场所见到的一个年青漂亮的女人短发，参以墨水胡同一个女人头发式样仿着剪成的。

近来是岚生先生回家，坐车子的回数又比走路的时候为多了。

一九二六年十一月十二日作完

船 上

毛毛雨一连落了几天，想不到河里就涨起水来了。

小河里，不到三四丈宽，这时黄泥巴水已满过了石坝。平时可笑极了，上水船下水船一上一下，总得四五个船夫跳下水去，口上哼哼唉唉，打着号子，在水中推推拉拉，才能使船走动。这时的船，却是自己能浮到水面，借到一点儿篙桨撑划力气，就很快的跑驶！

今天有大帮船下高村，一连大大小小十二只。这些船牵牵连连的下滩过闸，从岩门市场码头边过身时，赶场人都知道船上装得是军队。原来每一只船篷上那些在风中摇摇摆摆的诸色三角旗，已早告给那些乡下人了。有一面大红旗，独竖在一只新油上油的双橹五舱船上飘动，他们于是又知道这只船上是一位大军官，或军官家眷。

因为那些爱玩嬉会快活的年青号兵，觉得这次随同团长下辰州，不久又可以站到辰州城头上去同贵州黔陆军号兵比赛号音了，而且一到军需处发饷时，便能跑中南门去吃辰州特有好味道的夹沙包子，是以都高高兴兴的取出喇叭来，逗在嘴上，哒哒哒哒吹起来。尤其是当船驶过某一个沿河小村砦时，只见他们鼓胀起嘴，脸庞绯红。他们的音，只是几个哒哒哒哒，不成拍子。似乎这时的喇叭，只能专拿它用来表示他们的欢欣，故不须乎象杀人号那种惨栗，冲锋号那种悲壮，以及敬礼号那种庄严与活泼。他们真是高兴极了。

这表示欢欣的一串散音，从一群年青号兵口吹出后，立时就散播开去。两河岸，原是些高而陡斜的石壁，当回音逼转来时，便满山谷若相互遥答起来。只听到连续的哒哒哒哒，查不出声之出处，也很有趣。

十二只舢板中人，各人肚子装满了欣悦与希望。这是将近中秋的八月天，虽早上瓦角屋顶已起了一层霜，究竟还不很冷。弟兄们，各人穿上团长临行时发给那件灰布夹军装，正属合式。且水既平了坝，舢板能自己浮动，不必要弟兄们上岸走路了，尤其使大家高兴。这时六十里路程已得了一半了，因快活而疲倦的，各都钻进到舱里去睡了，剩下的还搂起衣袖在那里帮船老板扳桡荡桨。

“移防时，象这样子是再好没有了！”大家都觉得。觉得而又能说出他兴致的，恐怕就只有那些号兵！

至于领队的团长大人呢，也很快活。时时从舱里钻出来，抹着胡子，看弁兵煮午饭。团长身边，有一位插花敷粉的太太，有两个娇嫩得同洋囝囝一样的小姐：大的七岁，小的三岁。他们一起睡在最末那个有玻璃窗子的官舱里。大致是手上没有什么东西可抓弄了，便时时刻刻这边那边抹他的胡子。间或又爬过第三个舱去同军需长讲个笑话。军需长是有瘾的，当团长笑话讲到一个段落时，军需长便把上好了泡的竹枪，推过去放在团长嘴边。团长拒绝的时候似乎也少，但团长却不承认是有瘾的人。

“军需长，你听我讲。去年子向司令造册到镇座时，造册的书记把职员也填上一支枪了，哈哈！他们军队哪来那么多枪械呢？原来他们是烟枪！以后我们造册子上去时，倒要嘱咐他们莫把军需长名字忘掉……”

团长没有说完，军需长的烟枪已推送过去了，于是只听到呼呼呼呼很匀的吸烟声。

“哈哈！他们还说我军队徒手太多！军需长都有枪，难道……哈哈哈哈！”

“哈哈哈哈！”

军需长也带帮哈哈哈哈，然而声音来的轻得多，不及团长洪亮。

“团长这一去，准定是升一级改称司令官或支队长咧！”这是同乡绅士，昨天为团长饯行时，于筵席上一再道及的，而团长也早有了一点风闻，对此若深有把握，堪以自信。为了前途的乐观，团长近来的笑声，便略略比往常多一点了。不拘平常一个哈哈，并且与以前似乎也有不同处来。军需长曾常同一个军需中士私下议论，说是团长声音，忽然变异起来，俨然是个什么伟人声音一样，又雄壮，又大方。其实团长近来的笑声，惟有尾舱上那几个挂盒子炮亲信弁兵知道。团长曾为他们说过，镇座的笑声豪纵，不愧伟人，他这时因为升官在目前要实现了，所以极力摹仿镇座！至于别人，如象靠舵楼边坐的那小护兵、两手把舵口中不住吆喝的艄公，亦不过同军需长一样，只能觉到每个哈哈来得异常罢了，究竟不明出处。

对于升迁的事，关心最密切的，似乎还是太太。太太为这期待，临行时，还至天王庙许了个愿：若果是团长此去得了升迁，升迁之第二日，即饬人返乡酬天王爷之保佑，用的是双猪双羊。天王爷是有名能保佑人升官发财的，况太太当时所求的又是一仰一覆的顺筊，看来是一准可靠了！

上了船后，各人有各人的想望，她于是就想到升官以后的铺排。第一是买什么轿子为合式？她以为原有那顶绿呢轿，旧得太可怜了，不但出去拜客时不成个模样，就是别个太太见了，也会笑话。他时随同胡子（是太太对团长的亲昵称呼）驻到小县份上去清乡，也吓不倒乡巴老。他们会齐声说：哪哪，这是太太的轿子哪！简直是丢胡子的丑！何况胡子又新升了旅长，旅长的太太也不应坐这么破轿子。……一到辰州，就要胡子买两乘新的，胡子一乘，自己一乘，免得谁好谁丑，而且谁不坐谁的。这计划她先在心里盘算了许久，才去直诉团长。

“胡子，我们轿子也太不行了，到辰州会要买两顶吧？”

“好吧。你买一顶，我骑张营长前次送来那匹大黑马就有了。”团长意思是骑马出去拜客时，较之坐三人轿要威武一点。自己骑在马上，出来时，如象黔军卢旅长样，身前后十多个武装弁兵跟到跑路，又英雄又有趣！

但太太却以为团长应坐轿：

“胡子，还是坐轿子好点。你坐轿时，看来才象个读书人，斯文得多。”

“好好，那就买两顶。”这也不由团长不如此说了。团长固然愿意要人称赞他相貌的魁伟，但愿人说他斯文象读书人的希望，似乎还来得恳切点。团长实在只会写自己名字与一个阅毕的“阅”字，所以觉得斯文尤所需要。

轿子的事情解决后，团长就又赶过军需长处讲笑话去了。

第二件使太太萦心疑难的，是将来卫队连连长的事。照例这应给那跟得久、可靠、同胡子又立过战功的亲信弁兵为是。但从弁兵中去选择，哪一个能为自己用，不至于将来同胡子狼狈胡行？这真是使太太为难了！

赵福做事是伶精，可惜许多地方又过于伶精了。若是一日升了连长，那东西第二天会就引胡子去胡搅，帮胡子做牵头……左连元人还好，孩子极忠心，能做事，做事且可靠，脸貌方方正正，还称个军官，不过他那疯子婆现到[1]不得了，若见了她儿子做了官，不知更如何狂浪！……那就用杨再诚，到底是自己弟兄，虽不亲，比别个总好一点。以前胡子好几次想接小蜡巴那媳妇进门，若非他预先暗地告我，不知这时受了那妖精多少气呕了！只恐怕胡子又将说他年纪太青，不象个上尉职官。其实十六岁的人也不小……现在管着这些弁兵的是黄副官，那就只好要他做连长。据说胡子前年子到鳌山一阵败仗打下来，弁兵一个也不见了，倒亏他背负胡子出了险。可恨那家伙只会死忠，老实一点用处莫有，胡子一讲一个是，设若老骚胡子又要胡闹，首先承认做媒的必是他同赵福……

“太太，怎不把窗子打开，这里叫七里潭，水平极了。许多弟兄都跳下水去洗澡，我才要黄副官命令他们

[1] 现到：现在。凤凰土语。

起身，怕水大冲掉他们。”团长这时口上还有余烟，从军需长处爬过来。

“胡子，我们卫队连连长送哪一个？”她当说笑话似的征询胡子意见。

“卫队连长？”

“唵，卫队连你喜欢哪一个？我想——”

“你想什么。事情早哩！先不先就预定，莫把锅盖揭早走了气，哈哈！”团长的哈哈原多是来的奇突，这在太太听惯了的人，一点也不奇怪了。

“你试说说喜欢哪一个，”她娇媚的横了胡子一眼。

“试说——”

“唵，试说。”她再横了一眼。

“那么——赵福。”

“赵福，赵福，果不出我所料，胡子你单喜欢那混账东西！”

太太这时似乎已看到胡子委任送到赵福手中了，且赵福亦似乎已佩起指挥刀昂然立在司令部旧参将衙门二堂上操了，她头一掉就掉过去，不再理会胡子。

胡子是知道太太脾气的，便不再作声了，但把他刚捻胡子的那只手去抹睡在身旁的大小姐的细头发。

“啊哟！小孩子头发就那么软，大人胡子就那么硬，无怪乎太太常说嘴不舒服，一到□□就偏过去……”这在团长应说是一种新的发现。

所谓赵福者，这时正将两只脚板吊在水中，屁股贴在舷上，脚是这么那么搅动，对橹下搅起的水波发痴，却想不到佩指挥刀的事。

一九二五年九月二十一日于静宜园

传事兵

营门外，起床的喇叭一吹，他就醒了。想起昨夜在床上计算下来自己的新事业，一个鹞子翻身，就从硬木板床上爬起。房中还黑。用竹片夹成黄色竹连纸糊就的窗棂上，只透了点桃色薄灰。他用脚去床下捞摸着了鞋子，就走到窗边去。把活动的窗门推开，外面甜甜的早晨新鲜空气，夹上一点马粪味儿，便从窗子口钻到房子里来了。那个刚吹完了起床喇叭的号兵，正在营门前大石狮子旁，把喇叭斗在嘴边，从高至低从低至高的反复着练习单音。营门口两个卫兵，才换班似的，挺然立着，让那头上悬着的一盏扬着灰焰的灯下画出一个影子映到门上去。一个马伕，赤了个胳膊，手上象是拿了一大束马草，从窗下过去。两个担水的，也象是不曾穿衣，口上嘘嘘的轻轻打着哨子，肩上的扁担，两头各挂一个空水桶摆来摆去，走出营门取水去了。在大堂那一边，还有个扫地的伕子，一把大竹帚子，在那石磴子前慢慢的扫着。又依稀是象在与谁吵嘴骂娘的声音，也可听到。外面壁上的钟，还是把时间“剥夺剥夺”的消磨着。大堂中，正中悬着那盏四方灯，同营门前的一个样，离熄灭还要一些时间，寂寞样儿，发出灰色黄暗的微光，全是惨淡。

天上渐渐的由桃灰色变成银红了，且薄薄的镀了一层金。

房之中，也有黄色的晨光进来，一切墙上的时代瘢疤，便这里那里全是。有些地方，粉灰剥落处，就现出大的土砖来。他的眼睛，从这一类疮疤样上移动着，便见到自己昨天才由副官处领来的那一顶军帽，贴在墙头，正如同一个大团鱼。帽上的漆布遮檐，在这金色微光里，且反着乌光。地下湿漉漉的，看到地下，就不由得不想起他的《文选》来了，于是走到床边，腰钩下去，从床下把书箱拖了出来。但，立即又似乎想起些别的更重要的事，就重复将箱子推到床下去了——箱子过重的结果，是多挨了他一脚，才仍然回到床下去。

他不忘记初次为副官引到上房去见统领时，别人对他身个儿的怯小是如何的生了惊异，便立志想从一切事情中做一个大人模样来。这时既然起身，第一就是当然应先理床！枕头拍了两下，这是一个白竹布在一种缝纫机的活动下啮成荷叶边的枕头，值得一块钱，因为出门，才从嫂嫂处拿来撑面子的。被盖，是一床电光布的灰色面子的被盖，把来折成一个三叠水式。但是，走开一点，他记起别人告他的规矩，三叠水式是只适宜于家里，于是，又忙抖开折成一个豆腐干式。有一条昨夜换洗的裤子，塞到垫褥下去后，床上的功课，似乎就告了结束了。

走到窗边，重新伸出头去。对到自己房子那间传达室，门还是关闭着，大概传达长吃多了酒，还在自由自在做梦！外面坪子里，全是金黄色。大操坪里，已来了一队兵士，在那里练习跑步了。从窗子外过去的小护兵，还未睡足的神气，一只手在眼睛边拭着，另一只手拿了碗盏之类出营门去。到门前时，那只在眼睛边的手，便临时再举上去行了一个礼，不见了。

……军队，这东西就奇怪，在喇叭下活动起来，如同一个大的生物，夜里一阵熄灯喇叭吹出时，又全体死去！

因为初来，就发现这类足以惊愕的事。到后又觉得这真可笑，就嗤的笑了。如今是也要象别人一样在喇叭下生活的了，总以为这是一种滑稽的生活。希望在感到滑稽的趣味中不搀杂苦恼的成分，才容易支持下去。

他并不是忘了起床后是洗脸。但人家把他安置到这里，是责任；关于洗脸的事，可无论如何也不能说是责任了！洗脸以及类于洗脸的吃饭、解溲，当然是要自己去找寻。他不知是否是要自己去到大厨房去，还是不久就会有一个伕子将大桶的水拿来给各处房间的人。他又想：这里也许还同县立师范学校一个样罢，盥洗室是在先就预备下来的。他想找一个脸孔比较和气一点的人来问问这盥洗室的所在，但从窗子下过去的所见到的人，就无一个象已洗过了脸的样子。各人脸子上油烟灰尘都很可观。小护兵明明白白还是从“拾了鸡蛋被人打破”的一类好梦里，被护兵长用手掌拍着臀部醒来的，眼角上保留的那些黄色物，就可为他的确证。

……无怪乎，一个二个，脸都是那么“趋抹刺黑”！

他以为大家都不洗脸，成了脸黑的结果。可是，自己可不成啊！人家提篮里一块还未下过水的崭新牛肚布手巾、一块飞鸟牌的桂花胰子，还有九故牌的圆盒子牙粉，还有擦脸用的香蜜，都得找到一个用处，才不至辜负这些东西！

“还是问问吧，口上是路。”因此就出了自己的房门。

“呀，传达先生！早咧！”一个副官处的小小勤务兵，昨天见他随同传达长到过副官处，对他起了新的恭敬。

这是他第一次被人喊传达，虽然传达下为加了先生字样，一个羞惭扑上心来，再不好意思向这勤务兵请教了。同这小兵点了点头，做一个微笑在脸上，他就走开向大堂这一边来。望钟，钟是欠二十分到五点。

……今天我是传达了呀，以后也是！“传达，这里来”，“传达，你且去”，这里那里，都会追赶着叫喊传达！一堆不受用的字眼，终日就会在耳边亲密起来，同附在头上的癞子一般，无法脱离，真是可怕……

然而，这是没有办法的事，正如此时提篮里的胰子牙粉一样：委屈，受下去是应当，除非是不到这里来。不到这里来，他就是学生，人家不会叫他这样一个不受用的名称，从这名称上得来的职务上牵累，也不至于——自己要想洗脸，就自由大大方方把新牛肚布的手巾擦了胰子，在热水里把脸来擦，且即可从面盆的搪瓷上，发现自己那个脸上满是白沫子有趣的反影，是颇自然吧。

他希望再遇到承发处那个书记一面。他们同过学，见到时，就可以谈两句话，且互道“晚上好”“早上好”，虽然客气却两方面都不损失什么的话语，到末后，就可将一切所不知的事问那人，就譬如说，洗脸、吃饭、解溲等等地方，以及职务上的服从、对上司的礼节。比这不能再缓的他也要知道，一个普通上士阶级传事兵是实支月薪若干元？发饷是不是必要到一个月以后？从昨夜他就计算起，零用中，他至少得理一回发，不然，实在已长得极难看了。且嘴边也象毛茸茸的，纵不是胡子，也不雅观。他不愿意别人说他年纪太小，但同时又不愿意他日在统领大人面前回事之时，因了头发和脸上的细毛，使统领在他实际年龄上又多估了几岁。且把自己收拾得好好的，展览到一班上司同事前头时，他以为会不至于因了他职务上的卑微而忽视了他的志向。他切望人家从他行为上，看出他是一个受过好教育的人。人家对他夸奖他的美貌，于自己也颇受用。这是他在学校时养成的一个细致的脾气。这脾气，在他想来，纵不能说是好，同坏总还是站在相反一条路上走。

承发处的书记，大概还没有起床吧，不见出来。那一对水夫，从外面把水桶里的水随意溅泼着，吹着哨子，又走进大堂后到大厨房去了。不因不由，使他脚步加快也赶了下来。转过大堂，从左边，副官处窗子下，一个小月拱门过去，大厨房，第一面那个无大不大的木水桶已立在眼前了。两个水夫一个一个走上那桶边矮矮木梯子上去，把水哗的倾倒下去。水夫走开时，他还立在那里欣赏那个伟大东西。桶的全身用杉木在两道粗铁条子下箍成，有六尺多高。想到这大水桶里，至少是可以游泳，可以踹水脚，可以打汆子。不会水的一掉下去，也可以同河潭里一样，把人溺死。末后就想到在县里，为水淹死的朋友那副样子来，白白的脸、灰色的微张的眼睛、被鱼之类啮成许多小花朵样的耳朵和脚趾，在眼前活现。

脸还是没有洗，他又回到传达处门前了。从窗子外朝自己房里望，先是黑暗，因为方从光明处来，且房中为自己伸着的头阻了光。但不久就清楚了。起花的灰色被盖，老老实实成方形在印花布的垫褥上不动。一个荷叶边白色枕头，也依然卧着。屋顶、白色的棚子，有了许多雨迹，象山水画，又象大篆。地下，象才浇洒过水的样子，且有些地方，依稀还成了有生气的绿色。

他第二次想起《文选》，再不忍尽它在床下饱吸湿气了。返到房中，就把箱子里同《文选》放在一个地方的《古文辞类纂》也取出，安置到那近窗的写字桌上去。书是颇好的版本，很值钱，可惜在这略觉不光明的房子里，已不容易在书面上去欣赏那颗“健德庐藏书印”的图章了。

他把书位置到大石砚台与红印色大洋铁盒子中间后，又无事可做了。总以为自己应做一点什么事，不拘怎样，打拳、行深呼吸，也是好的。职务，在传达长指示以前，他知道是不须过问的。这时只是为得是自己。但是自己有什么可以抓弄？连洗脸也不能！

到后在思想里去找寻，才记到抽屉里那本公务日记来。他昨夜曾稍稍翻过一道，见上头写了许多字，又有在一种玩笑中画下来的各种人脸相，是离开此房一个传事兵遗留下来的册子，名是“公务”，却录下了些私事。随手去翻开，一页上，写得是：

今天落雨，一个早晨不止，街上鸭子有的是乐。从窗孔伸出脑袋时，可以看到那个带有忧愁心情的灰色的天。一滴水溅到脸上来，大约是房子漏雨了。檐口边雨水滴到阶前，声音疲人，很讨厌。

大堂上地板滑滑的，一个小护兵从外面唱起《大将南征》的军歌进来，向前一撺，一个饿狗抢屎的姿势扑去，人起身时，脸上成了花脸，如包大人，手上的油条蘸了泥，烂起脸走去了。不知以后把蘸了泥浆的油条呈上师爷时，师爷是怎样的发气，护兵是怎样的心抖，担水的佚子们罪过！雨的罪过！

再翻一页是：

没事可做，一出门就会把鞋子弄湿，不是值日，又不必办公。将用来写收条的竹连纸，为跌倒到地上的小护兵画了一个相，不成功。但眉毛那么一聚，不高兴的模样，正象从地下刚爬起的他。不久，又见到那小孩子出来，衣裳已换，赤了脚，戴个斗篷，拿一个碗，脸上哀戚已为师爷和颜拭去，但，歌是不再唱了。

接到这一页后的，是一张画，穿了颇长的不相称的军服孩子，头上戴了一大的军帽，一只手在脸边摩抚，或者，是前一位同事为那跌了的孩子第二次小心的描到这本子面来的吧。旁边有字，是“歌唱不成了！”又数过一页，上面是约略象“狮子楼饮酒”、“三气周瑜”一类故事画的，不过站立在元帅身边的，却都是军装整齐的兵士，这又是同事的笔调，虽然画是可笑的陋拙，却天真。

他觉得好玩，就一直翻下去，或者是空白，但填上了晴雨日子，或者记了些关于公事的官话，总无味。这本子便用了一些胡画作结束了。不过在一页涂上了两匹鱼的空行处，还有那么一节：

后山上映山红花开时，象一片霞。西溪行近水磨那边，鲫鱼颇多，大的有大人手掌大，小的有小孩子手掌小，只要会钓，真方便。

他于是便筹画起一根钓鲫鱼的竹竿来，这一个早晨，就让脸上脏着过去了。

一九二六年八月廿七日于西山

哨 兵

嘿嘿，当军人难道怕鬼么？真是！

鬼这东西，据大家说，又象是有，虽然都不曾见过。

仍然是据说，在黑的不光明的地方，庙宇类毛房类荒凉肮脏少有人去的地方，鬼就很多很多。它们借此筑了营盘。所谈的是国家主义。倘若什么一个外路人来临，这人火焰又低，样子萎靡，就想方法去逼迫、恐吓，或借此勒索酒食，不同人间两样。

若另一据说是可信，则鬼多的地方，怕也再没有比我们道尹衙门为更多的了！在白日，太阳挂在天上还是黄黄的时候，就听到鬼叫，类乎喊人。这不是鬼么？倘若是有了疑心，许多许多人都愿意费了颇大的力量来证明的，他们且敢发誓。这我们可以不必更疑心这类证明人是受了鬼之类若干津贴，这类人为鬼的暗影占据了全心，是苦够了。

“军队中人怕鬼，那不是很可耻的笑话么？”然而在沙坝地方却并不能从这事上，为那滑稽的估定，说军队是懦怯来。这也是沙坝人一个顶特别的地方。他们当兵，不怕死，不怕血，不怕一切残酷的事。谁都能够如看戏一样，平心静气的站到北门外土阜上看刽子手把匪人开腔破腹，欣赏那临刑前的苦闷、微嘶、长叹。倘若是运气坏的话，让山上大王捉去，“如法炮制”，绑在柱子上取肝取心，刀尖子陷进胸脯时，脸上颜色都不必变，也成了他们的义务。

但为鬼之类占据了心的人呢，从老爷到火夫，随手抓一个都可为这话的证明。

他们怕鬼，比任何地方都凶。刽子手很自然的把人头砍下，把赏钱得到，到了夜里出门，恐怕遇到日间那位在自己手下做成的新鬼寻事，又很自然的匀出赏钱之一部分，买纸钱焚化。而鬼呢，象得了这钱后也就慨然放过对它行凶的人，安分的又到阴间游荡去了。

怎么样就成了这样一个民族？那是不可知的。大概在许多年以前，鬼神的种子，就放在沙坝人儿孙们遗传着的血中了。庙宇的发达同巫师的富有，都能给外路人一个颇大的惊愕。地方通俗教育，就全是鬼话：大人们在孩子还很小的时候，就带进庙去拜菩萨，喊观音为干妈，又回头为干爹老和尚磕头。家中还愿，得勒小孩子在大红法衣的大师傅身后伏着上表，在上表中准许他穿家中极好的衣裳，增加他对神的虔敬。县里遇到天旱，知事大人就斋戒沐浴，把太太放到一边，自身率子民到城隍庙大坪内去晒太阳求雨，仰祈鬼神。人民的娱乐，是看打黄教时的“牛头马面”、“大小无常”。应当出兵与否，赶忙去问天王庙那泥像。普通一般人治病方法，得赖灵鬼指示，医生才敢下药。

还有，你到副官处去——就是我们驻道台衙门的军部副官处去，就很容易听到象下面一类对话：

——是呢，报告副官，那真是鬼！

——你真见么？

——难道还是假么？

于是副官再说一句话，就是“快去买一点纸钱”了。

另一件事呢，是关于副兵偷钱的事。

——禀告大人，我并不偷！

——不偷吗？那很好。但你得到天王庙去明明心！

结果是，即或是不曾把副官大人荷包里钞票用过买什么的副兵，也只好委屈承认了。因为如果你再辩下去，当真就得到天王爷前去，拿一只公鸡，咬下头来喝了鸡血，且大大的赌一个咒！即使这事不怕赌咒吧，但在神面前，发觉了另一件不名誉的事情，这很难说。这副兵把“一面是去神前冒险，一面是承认后在存饷下扣还两串，加上一点钟太阳下立正受晒的惩罚”，取了后面的一种。

要断一种案，对犯人又实在指不出他是应在法律下生或死时，遇到聪明一点的法官，于是主意就有了。牵到神前去，凭了筊，判他的刑罚。掷下地去的是一覆一仰，或双双仰卧，则这人为神所赦同时也为法律所保护，生下来了！若地上竹筊是双覆，那就用不着迟疑，牵去杀了完事！

在这地方竹筊的权威是如此之大，也是大家应知道的。

或者问：道尹衙门里，什么地方鬼之类最多？则都会说是那两个长长的阴暗狭隘的走廊。一端是可以到达军法处，一端是可到达副官处。长廊就是连结这两处的一个捷径。廊之下，就是在白日，也点那么一盏长明灯，摇曳着它的灰焰的。军法处那一边设了临时监狱，关了不少待决的囚人；这一面，副官处，则因了囚人的关系，与军法处接洽的事极多，因此这甬道成了更其有意义的道路。还可以称为颇热闹的道路，当囚人们成串押赴副官处时。

廊是既暗且长，还得上下若干石磴，从那端到这端，那种无法排除的冷气，逼人背脊发寒。一到夜里，从这里过身的，总象在冒一个颇大的危险。因此一来，在廊中段，添了一灯同一个岗卫了。

以后，又从一个卫兵改为两个，那原由就是因为守卫的就时常见神见鬼，更其胆怯。

有了两人，自然就有恃无恐了！但廊道内鬼物的传说，还是一天一天保存下来。

这也是该因[1]，这样一个坏地方，今天轮到我们中最

[1] 该因：命里注定。

胆小的寿了。

平日又爱谈鬼，又极怕鬼。什么大手呵，大眼睛呵，以及一切一切怪模怪样的大东西呵……大手多在毛房，乘人大便卸裤时，拍人的臀，讨小便宜；大眼睛则随处可见，尤其是长廊的墙上，睁得许多大老老实实觑人，且发冷光，使人战栗。关于鬼之类的描写，又是沙坝地方人所擅长。单是长廊一处，所显的灵异，在长廊还没有添设岗卫时，他就早知道许多了。

连副象有意与他为难似的，支配给他的放哨的时间偏偏是四更。

三更，不睡的还多，也还好。五更，天快亮了。只有这四更，据说鬼出现的最多！无可奈何，只希望得到一个好一点的同伴。当十六个人为一个连副带领到廊道中换班，先在廊道中站了两点钟的弟兄，见到了换班的人来，欣然能把扛在肩上的卸下，连副喊着口令，照例的互相立正举枪，交代的手续办清后，于是连副就带着那一批弟兄们向别处换班去了。留下给我们寿做伴的是一个新从教练营送来的人，这还是第二次见面，第一次伴着夜程。

在这里，外面什么声音都无从听到，清静极了。他知道这时还才一点多钟，距天亮还有大半天。这地狱里两个钟头得想方法来消磨，不然灵魂会为寒气冰瘪，鬼物会真要出现了！于是就去撩拨那位正沉默着把枪扛在肩上大步走着的同伴。

“弟兄，你是教练营才过来的么？”

“嗯。”

“合到你，一共不正是一百人么？”

“嗯。”

“这里比较教练营舒服自由的多吧？”

“不错。”

“这里可以偷偷打点小牌，譬如扑克之类，你——会不？”

“会是会，不大爱。”

“会就好了，我们在什么时候可以打一场。莫太大，输赢三五元就很有了。若是高兴，我可以邀你，”接着又象是对自己说，“董家冲好——还是周妈那里？”

同伴对他笑。

“我这个是蛮溜刷咧，朋友你莫看我小！”

同伴又笑。

“你们到教练营时放哨据说是通夜在山上呢？”

“是的。”

“那不怕么？”

“哗——”的正如一个人手上捏了把沙子洒在瓦上似的。

想着：莫不是鬼么？背上从腰部，就象有两条蛇爬上肩头，怪物爬过处就都发起麻来。他立时把背靠到那潮湿的砖墙上去，这样，背后那一面是无妨于事，不必再防骤然由背后袭来的鬼物了。面前那高高身个儿的同伴，正若无其事的来回走着。

“你听见么，是什么响？”

“老鸹。”

“怕不是吧？”

“或者又是别的。”

“必不是老鸹。夜鸹子不会如此！”

“也许有猫。”

猫，难道会打沙子么？这同伴随意的简短的答话，只增加我们小心的寿的怀疑。

哗——又是一把。

第二次，是更其清白的知道是在去军法处的那一端的廊尽头了。同伴似乎也略略注了意。

“朋友，你听，是什么？”

“让他去吧。”停了步，仍然是一个短劲的回答。

他想把这个坏地方过去的一切不光荣的传闻，提出来与同伴讨论一下，或者可以把寂寞同恐怖驱除一点吧，然而同伴竟是个准哑子，说话总那么悭吝，一问一答，且象有意把答语缩得极短，真无办法的急人！

沙子是不听到第三次了，心上适才不可知的颇重的负担，无形中卸去一半。

“朋友，你不怕么？”

“……”象是不曾听到寿在说什么，没有答复。

“我说你怕么？听说是这里有鬼——很多呢。”

“什么地方？”

“就是这长廊下！”说着，便用眼睛去小心的搜索那廊子黑暗的两端。

“你见过么？”

“虽然没见过，但别人却说闹得凶！适才那个怕不就会是那东西！”

“嗤……！”

同伴是用一声笑来表示这话的无稽，接着又来回走着他的正步了。

“我说鬼这东西是有，别人就亲眼……”

“算了吧。”

同伴显然是厌烦着这样谈话，寿也了然了。

但是，怎么能放心？这时两点一刻还不到！更多的沙子劈面洒来，是可能的吧。比沙子更凶的更大的鹅卵石，从廊的那端掷来，也会可能吧。万一什么鬼怪之类挨了拢来，用大而有毛蛇样冷的手伸过来，搭在肩头，或是捞着膀子，这同伴，也许仍然还是那样从容不迫，稳重重的立在一旁，看水鸭子打架似的暇裕吧。

这样想着，又去细察同伴脸上的表情，这使他更怯了。那种不声不息，又还是那么永久扁着嘴漾了微笑在嘴角一个幽灵样的脸相，在那惨然的黄色灯光下移动着，长廊尽头又是无边的黑暗，这小伙子就疑心，同伴原就不是一个人。

在头上，是一条长的绳子，悬了那一盏比佛座前长命灯略明亮一点的方形玻璃灯，摇晃着的淡淡的黄光，把同伴的影子，映到那长廊的墙上，加了一倍的长大，又如一个巨灵，正陪到同伴身躯动移。

“两点了吧。”

“嗯。”望着自己腕上的表答着的同伴，同是靠到墙的一面立着了。但这是因了久久走动的结果。莫名其妙的怯着，在同伴，强毅沉默的表情上观察，是无从配合得拢去的一件事。在这一类人身上，也许已是脱了沙坝地方人的习惯，找寻不到什么恐怖懦怯了吧。

两人死样沉寂下来，在廊下，便异常清静起来。同伴的在廊下两端响着的单调脚步声音停止后，长廊象是更其长了。

两人大约都相互可以听到出气，因了恐怖，他的微喘的呼吸到后来自己也察觉了。

……当军人死都不怕！难道——

稳住自己的结果，是当到同伴面前，首先应把呼吸调理匀称，显出至少是纵无同伴也并不怎样可怕的模样来。

橐橐橐橐，清脆皮鞋的声音响得越近迫了，去副官处的廊的一端，正跑来了一个人。

“是谁？”

“我呢。秉志。”一个小孩子的嫩稚口音。

“喔。”同伴象是知道这人是为自己作伴而来的样子。

自称是秉志的已到面前了，他认得他是副官处小副兵。

“不睡么？”同伴象哥哥样问那小副兵。

“还不到两点咧。”秉志又开始对同伴的同伴注起意来，“喔，你们两个人在此，我道是谁！”

“是！我们俩儿在此。你来找他么？”

“他是我四哥呢。”

这才知道是亲弟兄！别人有弟弟来看望，自己显然是孤单了，于是我们的寿不顾怎样，大胆离了墙边，仿着同伴步法缓步起来了。

回头时听到 ：“四哥，我想邀你去喝一杯酒！寿在这里，那是无妨的！”

四哥就答 ：“怕不便咧。”

秉志又说 ：“全不要紧！这里守哨只是防鬼，只要他胆子不怯，你去是不相干的！”

四哥不作声，在去就间徘徊。

“不要紧，四哥你放心！我们酒太多了，我、同那姓周的，同柏子，三个人打了两斤酒，还有咸鸭子、牛肉巴子，柏子又到自己家里拿了许多醋萝卜来，你不去帮忙，我们就吃不完了！”

当秉志，极其亲昵的把酒多的原因说出时，在寿的眼中，同伴的脸上漾着微笑的痕迹是越来越深刻了。

等到他走近这俩弟兄身边时，秉志就说“寿哥，我把我四哥扯去喝一杯酒！去去就来，你不怕么？”

在小孩子前，能说怕么？只好用别的方法来留着同伴：“恐怕查哨的要来。”

“那是不会的，”秉志接过口来，“我才看副官处大钟，时候还早！”

“只要不怕查哨的来，你们就去吧。”无可奈何，是那样勉强地说了。

又看看同伴，还是那么近于神秘的微笑着。意思是不忍把他一人丢到这阴暗可怕的廊道里。然而秉志不愿意再放过机会，就拖了四哥的手肘想跑去了。“寿他是不怕的。你又不去久，待一会儿就来！”

为了在一个小孩子前证明自己并不怎样胆怯，且良心上又不愿他人因为自己羁绊竟误了酒食，所以结果是反而催促他们了。

“去吧，快来就是了。”口上虽说着大方的话语，仍然是用眼睛去勾留。

也不再让同伴说什么，小秉志，就拖了他四哥橐橐橐橐走去，消失在那长廊的黑暗里去了。

还有一盏很明的灯啊，在这里作伴。

因了灯，无端就添上许多气概来。

一个人肩上扛了那上有明亮短刀刺刀的五子枪，照同伴步法缓步走着，看看随同身子在移动，比身躯高大到二倍的墙上的影子，走近灯下时忽而又缩成很短，去灯远一点时忽而又狭长如一条大蛇，自己嘲弄着自己先时心中的暗影，不由得微笑了。

然而不久，去军法处的那一端，廊尽头不可知的黑暗，又为把失去的恐怖引回来了。勉强的对着影子微笑，影子也似乎是正向了自己在微笑，心是比先前更怯!

其实时间是很短，但竟象是过了许多两点了。从换班以来，除了秉志来把同伴叫去外，还没第二人经过。长廊是依然无边的黑暗。一点声音也没有。灯又象是更其明亮点了，但这很易明白的事是对自己却无一点帮助，墙上的影子更其清楚，则自己也觉得更其孤独起来了。

……走动着，闪不知会有什么预料以外的东西从身后袭来，那是不会不有吧！

虑及这事的他，因此把战略又复恢复最初来此时的情形，把身子一部分贴到墙上了。更其精细的望着那黑暗的两端，期待那不可知又似乎已预知的事件发生。

如所希冀的，又来了一次“哗……！”的沙子声音。心上忽然又重新加上什么颇重东西，气是全屏住了。

……是夜老鸹吧，莫理它！

壮起自己胆子，想把这事引到一件平常的事上时，哗的又来了一把。不久，接着是骤然如跌在地上，又复慢慢蛇样爬行的沙沙声音。且同时还有一个奇怪的叫声，很低却又很分明。这声音本非常熟习，差不多每夜都可听到的，但到这个地方，却总令人以为是从老鸹以外的什么东西喉中发出了。

声音约叫到十次又稍稍休息，任你用耳朵去搜索，总不能分辨出它是物是人。

一个朋友，象这样伏在暗处，把手里所捏着的一握沙子，洒向那胆小的朋友身边去，且用手扼了喉头装成各样怪声，到朋友快要大声喊救时才慢慢现身出来，也是常有的吧。不过，这个时候，有谁能有兴趣来同人闹玩笑？是秉志吧，是同伴吧，是一匹猫或一条吃饱了麻雀的蛇吧，总是一件东西！

也起意想走过去看看的，但又觉得这太冒险了。万一当你走到那灯光照不及的地方，却是那么一个舌子挂起，眼睛剩了两个窟窿，鼻子流血的……"

"是秉志吧？"

蓄了力努力抖着喊了一声，只听到振动墙壁的回音。

……今天是死了！

等待了一会，同伴还没见来。

一切声音在期待中反而沉静下来了，身上轻松一点了。他开始想到本月份的节赏，又想到一个与自己象是有瓜葛的妇人，又想到几个不久才死去的朋友。

……要说是真有鬼呢，莽大你会来为我解围！在生时，在书记处就异常恣刺[1]，死后不会就一点不中用吧。

---

[1] 恣刺：不好惹。凤凰土语。

还有伯约，还有竹斋，都应当来为我护卫！你们如今是鬼了，倘若是你们特意来弄我，只要不是那类恶脸像，我也愿见你们！

忽然有阵风，从廊的一端吹来。那一盏四方玻璃灯，原是在一丈以外的头顶上悬着，在风的摇撼后，便不能自已的打起旋来了。屏了息窥觑那转着的方灯，黄的灯光闪闪忽忽，身上不知不觉又发了麻。

这时他就记起另一个极普通的传说：如真是鬼之类来临，则应象上一次书记处所闹的那次一样：正亮着的灯光，忽而暗下来，要灭又不灭，焰成了深碧或浅蓝，且颇大。不久，这为鬼所戏弄的人就昏了，自己用力打着自己的嘴，白的沫恣意从口里流出，大声谵语，说着关于死鬼的事。以后，人醒了，病了，不久就死了……莫不就是那位为鬼打死的新鬼吧，谁能说它不是为找替身而来？

既然是那么孤单单一人到这呼救无从的长长廊道里，灯光又照不到三丈以外的东西，忽然，也会象书记处那样，灯光全暗下来，那怎么办？空中那只随时都可以伸出的毛手，一条蛇样的冰冷，突然而来，抓到肩膊，是可能的吧。那黑暗的任何一隅，忽然露出一对菜碗样的大眼，射出亮的绿色冷光，是容易的吧。一个大的栲栳样头颅，且是血污淋漓的，从廊道地下涌出，也极其平常吧……

若是灯真那么如所期待的全绿下来，他将如何不知顾忌的大喊大叫，或是就此昏倒，不再醒来，或是……

“灯还亮着呢”重新稳住自己。

风力衰竭后，灯光依然。在这长长的廊道里，他还是一个人，不见同伴归来，也不见什么鬼物出现。受了不知过了多少时候的罪，目击着扰乱后又归复平静，到后来，反而攫到一个夸大的思想。想着想着 ：

……肩上扛着的是有刺刀的枪，鬼之类，若不很凶，用枪去刺，也不怎样烦难吧。那就不客气的刺！

在沙坝地方，关于鬼的传说中，就有把鬼捉到后化为美女或野猫野狗一条。同样的无稽，但在相信鬼既是有的寿也不能不引此一条来坚实自己胆量了。大概欲望比恐怖总还高明一点，两者比较，欲望总占了优胜，这且是沙坝地方以外的人一个普遍的真理。他想到了这一条传说以前，就知道市上近来山货的行市；野猫值五六元，野狗则二十元还抢着买，至不值价的黄鼠狼也在三元以上。

……只要不怎么凶，一下刺倒，美女虽非所敢望，就是一匹黄鼠狼之类，也就将就过得去！

鬼类的期待，于眼前发现，还是如前，不消说，态度是比先前来得恳挚的多了。在先若比作陌生的新妇候她的新郎，则此时简直是期待极熟习的情人样的圣虔兴奋了！

又象是鬼之类也知道是有那么一个横蛮的人，正想在本身上发一注财样，以后是连一根小草跌落到地上的声音也没有了。

在那位吃得略有点踉跄的同伴回身以前，鬼终于没有来。

一九二六年六月二十日作于北京窄而霉小斋

占 领

一九二〇年——为自己方便起见，我将说民国九年。民国九年，过了中秋，月亮看过了，大家都说中秋以后是重阳，我们就登高。果然我们所猜着说笑的应验了，九月三日来得公事，要我们部队转移渭城，命令非常明白：

1. 本部第七十四连，于九月十日以前移驻渭城，作边防之镇摄。

2. 受第七旅司令官指挥。

3. 开抵渭城时，对本地人，不得稍有扰动情事，违者以军法第四条处之。

4. 到后即将一切详情禀部。

5. 该地地势详略图，均应于到防五日以前测明报告。

切切！此令。

……

那个地方，原住有另一军的守备队。在先前，因为地方分配的关系，相持过互用炮子轰吓追迫的事，已有过许多次了。到双方的子弹消耗数、兵士的死亡数相等时，长官便自然而然又停下攻击令来。这不是故意拿人命来相赌吗？然而“服从”为军人天职，这类战事，就是一直延长下去，到最年青的兵士白发苍然（幸而每战均无子弹着身）后，恐怕还是要再延长下去！

在得到开拔令以前数日，我们就得到一个可喜的消息了，由第七旅传出。“因为这消息用不着秘密。”那是七旅的副官见我们司务长去领伙食费时说的。他谈及这消息之先，说这消息用不着秘密，也许是想减轻他一点乱谈话的罪过吧。然而这消息是当真用不着秘密的。就是他不同我们连上的司务长谈及，这消息不到二日，我们第七十四连，以及同住在永绥的十三营，以及新由川边移来的炮兵营，也总会知道了。七旅司令部象那个副官那样爱说话的官佐还有许多，据连长说副官长就是一个。我还不说出那消息来，消息的确是可喜，因为果真守备队所占领的几处地方，若是由他们退给我们，一些带有太太不大愿打点小仗的下级官佐就快活了。我们呢，也可少担点心，能脱衣解子弹带好好的睡几天。不过这中间有些倒无聊起来了，渭城归了我们所有之后，前方不会同别人前哨相触，爱放枪的从此找不出一个机会开枪了。下级军官也有些不乐意的。就是那些没有家眷也没有职务的见习员、助教练，他们在后防不当冲的地方驻扎，则每日陪到兵士下操场、晒太阳、跑圈子是不可免的事。

有人在军队中（我说是我南方那种东拼西凑合成的军队）过吗？只要到过，他就会知道开差时是怎样一种近乎狼狈的热闹！我无法同不曾见过这种情形的人来说开差时的纷乱，因为这纷乱比戏场散后，比炮仗铺走水[1]，比法场上犯人挣脱绳子，比什么什么都还要无头

[1] 走水：失火。讳言“失火”。凤凰土语。

绪！大街上，跑着额上挂了汗点的传事兵，跑着抱了许多纸烟的副兵（那不消说是他老爷要用的），跑着向绅士辞行的师爷。司务长出出进进于各杂货铺，司务长后面是一串扛物的火夫。……河码头的被封了的乌篷船，难民似的挤满了一河。渡船上荡浆的，多是平日只会把脚挂在船边让水冲打悠然自得的兵士们了，为得是这时节已无“放乎中流”的暇裕！银钱铺挤满了换洋元的灰衣人。小副兵到街上嚼栗子花生的，见了他自己的长官也懒得举手致敬了。营门前候着向弟兄们讨女儿风流账的若干人，讨面账、酒账、点心账的又若干人。城头上吹着各营各连集合寻人的喇叭。还有……马匹那时也自然而然嘶叫起来，参预这种热闹。

若说移防是出于不得已，后面还有人跟着呢，那景象又不同了。那时各样铺子各样人家的大门，已不是那么随便的敞着，全城除了县衙门同几个与银钱不发生关系的庙门外，恐怕大门都关闭了！那时警察必不敢再在街上站岗。那时地方团防局那几尊劈山炮，必又很妥帖的安放在局门前。……街上所走的就是兵。兵的思想一致是乘到这时顺手捞一点值价的物什；同时忘不了后面追慑的敌人，脸上多露着又凶恶又可怜不知所措的颜色，行步匆忙，全身的机关象不能自主的痉挛着一样。

这次开差是胜利，是类于追别人的事，所以纷乱中还能保持着欢乐的空气。县知事也不躲避，还把全连自“见习”以上都请到衙门去喝了一席酒，弟兄们又另外送了两只猪两只羊四大坛酒来。据一个兵士说，他从团防局过身，那尊劈山炮也还不见出来，守卫的很安闲的在局门前倚着石狮子小睡。大家把那局丁小睡的情事笑谈了一阵，且引出许多关于守卫误事的笑话来增加趣味。

在开差的前一天，初七早上，我们各样东西都预备了，我正想为家中写一个信，用日记簿按在墙上画。

“老弟，我，这个……”一个人在我背后拍我的肩。

听他声音，不回头就知道是四表哥了。

“我写个信告家中，说明天开差，我们还是一路伴着。”

“很好！我也正想——老弟，你看！”

我回过头来，见他手上提了四双草鞋。

“老弟这个用不着，太大了。我代你领来两双，但都照我的脚样选下来了，我知道你用不着，就把我穿吧。”

“你知道我不用吗？走远路非要草鞋不行，麻练的脚会痛！”

其实我见了那粗糙的草鞋也怕，不过因为四表哥太忠厚，故意同他闹着罢了。

“那我为老弟去买两双好的。”

“外面买的不会有那样结实。”

“那就用这两双，”他从那四双草鞋中分出一半来。

“你为什么帮我领这样大的来？我怎么用得着——你看！”我把脚去比，“你看，套起这草鞋还长！”

其时我脚上所穿的是一双稻心的软薄草鞋，比的结果，是这样把四表哥为我领来那双草鞋套上，刚刚合式。

“本来没有同你脚相仿佛的。”他麻面上近颧骨那几点痘疤红起来了，心里若不好过的样子。

我的脾气是一遇到四表哥为难时，要看他脸上的一切变化，就再逼上去，不管别人难堪，只图自己受用。

“那你何必帮我去领呢？让我自己去选！”我还在前进。

我不该说那种话，说出我就有点悔了。但我既已出口，也不露出开玩笑的意思来，因为我知道接着他会有更好看的脸嘴给我乐。

“那我去退。”很用力的说了一句，他跑出去了。

“四哥！四哥！我同你玩的！莫发气吧。我草鞋还有着咧。”我忙解释，想拖着他的衣，来不及了。

望到他出去，略略回头转来，这回头象不是望我的神气，我不知所措的想追出去。

——看他一脸的麻子都红了，真太难为情！

——他会把草鞋当真退到司务长处去让自己去领呀！

——从此会不理我了！……从此会……

一刹那我想起许多事。越想越觉得自己的不好了，果真没有他，别的兵士不知道要欺侮我到什么样子了。

我很快的冲出第四棚的寝室去。

一越门限，为一个人抱住了。这是一个先藏在门外旁边的人，见我出来时由后面把我抱住的。听到那重重的喘息，我还不回过头来，就知道是四表哥了。就是他屏息了他的气，从那种极熟谙的拥抱力量中，我也会察觉出是四表哥来的。

“老弟，怎么认起真来了！你怕我当真舍得去退吗？”四表哥接着就大笑。

“我看你脸红了，心里不好过，其实我草鞋还多，要是我自己去领，还不是照到你的脚码去领！”

他知道我这话是真的，从过去的许多事情上他得到可靠的证明了，极感动的把我举起来了四次。

“弟弟，我早看出你小孩子脾味儿来了。你以为逼我哄我生气是一件好玩的事。我才不生气呵。我看得清你的脾气，我才敢凡事作主。说是草鞋不该领我就认过去退，看你以后又怎么样。我知道你要失败的。费了许多神才选得这几双好草鞋，说退就退，我不会那么傻！你表哥是大人，二十岁了，什么事不知道，还来同你这种小孩一般见识么？……”

回到房中时表哥还说我今天被他哄了。我说既然知道我是开玩笑，为甚全部麻子变成红色？他无话可答。但我先却想不到他会装着跑出去，到大门外藏在一旁哄我出去的计划!

我还忘记告人表哥是我们的什长呀，他手下十个兵中间，有他一个爱同他闹意气的小表弟，年纪十五岁。

初九那天，我们应长住下来，直到有命令离开才能离开的渭城已经到了。时间是下午两点钟左右，因为山顶上的砦子里有鸡在叫。

大家都说听到鸡叫人就感着疲倦，发生打一个哈欠的意思。表哥对着这话表示同情，我见到他的确打了许多哈欠了。我的包袱到火夫伙食担上去了，肩膊上一枝马枪，换来换去，倒不很倦。

在路上，表哥说是应节，沿路随手摘来的一束黄野菊，插在枪管口都萎去了。我学着其他弟兄们，把新鲜的来代替了萎去的，表哥枪上则始终是那一束。

“弟兄，冲锋进去！”表哥说出一句笑话。

“冲呀！”因为离排长太近，接应表哥笑话的声音极轻。

“喊一声杀，吹起前进号！”我也笑着说。

“不要怕！”说这个的碰了我一下。

我们是那样的闹着玩笑进了城。这样的平平安安的进一个城，队伍中是有许多感到不高兴的。虽然这也算是胜利，但一枪不响，前头又无可追赶，对于愿意打枪的弟兄们，总感得太无趣了。

“老弟，这样叫做占领，未免太可笑了！”表哥也感到没有意思了。但他并不愿喊杀连天的冲进去。不过他以为占领一个地方，总应比这样用得力量多一点才光荣。要怎样（又不是肉血相搏，又不是如现在和平一样）才算为光荣？请表哥说是说不出；所谓光荣两个字的解释，要表哥说就很不容易！然而表哥对这次进城却实在又感到不光荣。

大队从南门进去，虽然只一连人（我们这连是前锋，后面有一营两个独立连，第二天始能到。），也觉得有点浩浩荡荡的神气。前头一对号，老吗曲从第一段吹到第四段，至第四段后又开始再来。一面大军旗，一面国旗，一面三角走红边的连旗，带头领起这一队灰衣人进大街时，竟用差不多象正步走的庄严法走着！弟兄们重新打起精神成了双行。排长同教练把指挥刀搁到肩上，押管着自己队伍。连长骑马，独在队伍的后面。连长太太同司务长太太的轿子，在最后行李担子队中慢慢的跟着。

进街以后，各家屋檐端飘扬着的大大小小欢迎旗，使足底起了泡的伕子们，把疲倦都忘掉了。

我见到一个手上端起两块水豆腐的小孩，睁起两只大眼望从他身边过去的一类灰土脸的面孔，队伍中，有一双圆眼，也在小孩发愣了的小脸上刷过一道。

正在包豆腐干的生意人，在听到号音以前就把手上的工作停搁下来在那里研究新来的军队了。豆腐作坊养的一只狗，吓得躲藏在主人胯下去窥觑。

弟兄们在一些半掩上了门的住户人家腰门边，用眼睛去搜索得一个两个隐藏在腰门格子里的粉白脸孔后，同伴中就低低喈起来，互相照应着，放肆的说笑话。

“哟！……”

“老弟，对呀！”

“哥，回过头去，这边又是！”

“辫子货！”

“招架不来，我要昏了！”

“以前好他娘的守备队！”

“看，看！”以前碰过我的那个人，又触我一下。一个小小的白皙脸庞缩到掩护着的铺板下去了。我们从那铺子过身时，见到铺子上贴的红纸小铺号招牌是“源茂钱庄”四个字。

心想着，如若是水浑，就可以大胆撞进去找那活的宝物！

感到水不浑不能乱有动作的失望的总还有许多人。我见到那个小小白脸孔后，对这群起野心的弟兄们也表同情了。

是夜各棚分住于民房，轮不到我们放哨。表哥在别个弟兄还在偷偷喝酒时就睡着了。

一九二六年二月于北京

入伍后

一　学吹箫的二哥

象是他第二，其他的犯人都喊他做二哥，我也常常“二哥二哥”的随了众人叫起他来了。

二哥是白脸长身全无乡村气的一个人。并没有进过城入过学堂，但当时，我比他认的字要少得多。他又会玩各种乐器。我之所以同二哥熟，便是我从小时就有着那种爱听人吹唢呐拉四胡的癖好。因为二哥的指导，到如今，不拘哪一管箫，我都能呜呜的吹出声音来，虽然不怎样好。但二哥对我，可算送了一件好的要忘也无从忘的悲哀礼物了。在近来，人的身体不甚好，听到什么地方吹箫，就象很伤心伤心。固然身体不好把心情弄得过于脆薄，是容易感动的原因之一种，但，同时也是有了二哥的过去的念头，经不住撩拨，才那么自由的让不快的情绪在心中滋长！我有时还这样想：在这世界中，缺少了力，让事实自由来支配我们一切，软弱得如同一块粑的人，死或不死，岂不是同类异样的一个大惨剧么？忽然会生出足以自吓的慈悲心，也许便是深深的触着了这惨剧的幕角原因吧。

想着二哥，我便心有悲戚，如同抓起过去的委屈重新来受的样子。二哥的脸相，竟象是模糊得同孩时每早上闭眼所见葵花黄光一样，执了意要它清楚一点就不能，但当不注意时，忽而明朗起来，也是常有的事。不必要碰时候我也容易估定的，便是二哥样子颇美，各部分，尤其是鼻子，和到眉眼耳朵。或者，正因其是美，这印象便在我心上打下结实的桩来，使我无从忘怀吧。我对于这样的自疑，也缺少自护的气力，有一时，我是的确只有他的性情与模样的美好温良据在我心中，我始觉到人生颇为刻酷的。

这我得回头说一些我们相识的因缘。

民国初年，我出了故乡，随到一群约有一千五百的同乡伯伯叔叔哥子弟兄们，扛了刀刀枪枪，向外就食。大地方没有占到，于是我们把黔游击队放弃了的芷江的东乡几个大一点的村镇分头占领了。正因为是还有着所谓军民两长的清乡剿匪的委令，我们的同乡伯伯叔叔们，一到了砦里，在未来以前已有了命令，所传的保甲团总，把给养就接接连连送上来了。初到的四五天，我们便是在牛肉羊肉里过的生活，大吃大喝。甚至于有过颇多的忘了节制的弟兄们，为了不顾命的吃喝，得了颇久的病。不是为了大吃大喝，谁想离了有趣的家乡？吃以外，我们一到，象是还得了很多的钱。这钱立时就由团长伯伯为分配下来，按营按连，都很公平，照了职务等次，多少不等。营长叔叔是不是也拿，我可不知道了。团长伯伯的三百元，我是见到告示，说是全赏给普通弟兄们让大家瓜分的。我那时也只能怪我身个儿同年龄太小，用补充兵的名义，所以我第一次得来的钱，是三块七毛四，这只是比火夫多七毛四分的一个数目而已。但也是我可喜的事。人家年长得多，身体又高又大，又曾打过仗，才比我这刚入伍的孥孥[1]多得块多钱哩。

三块多钱的情形，除了我请过一次棚内哥弟吃过一对鸭子外，我记不清楚了。

我们就是那么活下来，非常调谐，非常自然。

住处是杨家祠堂。这祠堂大得怕人。差不多有五百人住下，却还有许多空处。住了有一年，我是甚至于有好些地方还不敢一人去。不单是鬼，就是那种空洞寥阔，也是异样怕人的。不知是怎么意思，当真把队伍扯出去打匪虽是不必做的事，但是，却连我最怕的每日三操也象是团长伯伯可怜我们而免了。把一根索子，缠了布片，将索子从枪眼里穿过，用手轻轻的拖过去，这种擦枪的工作，自然是应得象消遣自己来做做。不过又不打靶，这样镇日的擦，各人的枪筒的来复线，也会就是那么擦蚀吧。当真是把枪口擦大，又怎样办？不久，我们的擦枪工作也就停下来了。

不知是哪一个副官做得好事，却要我们补充兵来学打拳。这真是比在大田坪叉了手去学走慢步还要坏的一

[1] 孥孥：小老弟。凤凰土语。

件事情！在吹起床号之后就得爬起，十分钟以内又得到戏台下去集合，接着是站桩子，练八进八退，拳师傅且口口声声说最好是人家学“金鸡独立”（到如今我还不知道这金鸡独立，把一只脚高高举起，有什么用处）。把金鸡独立学会时，于是与我一样大小的人每天无事就比起拳来了。小聪明我还有一点，是以我总能把许多大的小的比败。师傅真是给了我们一种娱乐。因为起得早，到空旷处吸了颇多的干净空气，身体象是日益强壮了，手膊子成了方形，吃饭也不让人，在我过去的全部生活中，要算那时为最康健与快乐了吧。

我们第四棚，是经副官分配下来，住在戏台下左边的。楼上是秘书处，又是军法处，他们的人数总有我们两倍多，但也象并没有许多事可以送那些师爷们去做。从书记处那边阑干空处，就时常见到飞下那类用公文纸画上如同戏台边的木刻画的东西来，这可以见出大家正是同样的无聊。我还记得我曾拾了两张白纸颇为细致的画相，一为大战杨再兴，一为张翼德把守芦花荡。最动人的是张飞，胡子朝两边分开，凶神恶煞，但又不失其为天真。据一个弟兄说，这是军法长画的，我于是小心又小心，用饭把来妥妥帖帖粘在我睡处的墙上了。住处虽无床，用新锯的还有香气的柏木板子铺成，上头再用干稻草垫上，一个人一床棉被，也不见得冷。大家睡时是脚并脚头靠头，睡下来还可以轻轻的谈笑话的，这笑话不使楼上人听到，而大家又可乐。到排长来察时，各人把被蒙了头，立时假装的鼾声这里那里就起了。排长其实是在外面已听了许久。可是虽然知道我们假装，也从不曾发过气。他果真是要骂人，到明天大家上后山去玩，不和他亲热，他就会找到不能受的寂寞了。说到排长也真好笑。因为年纪并不比我们大几多，还是三月间二师讲武堂毕的业，有两个兵士是他的叔叔辈，点名到我们这一排时，常受窘到脸红，真难为他！“四叔，我们钓鱼去呀！”这是一个笑话。因为排长对他的兵士曾这样又恭敬又可怜的邀约过，以后见到排长，一说到“四叔，我们……”排长就笑着走开了。

在放肆得象一匹小马一样的生活中，经过半年，我学会了泅水，学会了唱山歌，学会了嗾狗上山去撵野鸡，又学会了打野物的几样法术。(这法术，因为没有机会来试，近来也就全忘了。)

有一天，象是九月十四样子，副官忽然督工人在我们住处近边建起一座栅栏来了。当那些大木枋子搬来时，大家还说是为我们做床，到后才知道是特为囚犯人的屋子的。不是为怕我们寂寞才来把临时监牢建筑到这里，真是没有什么理由。“把监牢来放在我们附近，这不是伯伯叔叔有意做得可笑的事么？”于是鼓动丁桂生（丁桂生，是营长的二少爷，也是我们的同班补充兵），说：

“去呀，到七叔那里去说！”

那小子，当真便走到军法长那里去抗议。不过，结果是因为犯人越来越多，而且所来的又多半是“肥猪”，于是在戏台旁筑监牢的理由就很充分的无从摇动了。

第二天，午时以前，监牢做成后，下午就有三个新来的客，不消说看管的责任就归了我们。逃脱是用不着担心的。这些人你让他逃也不敢。这缘故是这类人并不是山上的大王或喽啰。他们的罪过只是因为家中有了钱而且太多。你不好好的为他们安置到一个四围是木柱子的屋子里，要钱真不是一件容易事情！果真是到了这屋子还想生什么野心逃走，那就请便吧，回头府上的房子同田地再得我们来收拾。把所有的钱捐一点儿出来，大家仍然是客客气气的吃酒拉炕。关于用力量逼迫到这类平时坏透了的土绅拿出钱来，是不是这例规还适用于另一个世界，我可不知，但在当时，我是觉得从良心上的批准，象这样来筹措我们的饷项，是顶合式而又聪明的办法了。

桂生回头时诉说他是这样的办的交涉：

“七叔，怎么要牢？”

“我七叔就说：‘牢是押犯人的！’”

“我又说：‘并没见一个犯人；犯人该杀的杀，该放的放，牢也是无用！’”

“七叔又说：‘那些不该杀又不能放的，我们把他押起来，他钱就屙马屎样的出来了。不然大家怎么有饷关呢？’”

“我就说：‘那么，牢可以放到别处去，我们并不是来看管犯人的。’”

“这些都是肥猪，平常同叔叔喝酒打牌，要你们少爷去看管也不是委屈你们——七叔又是这么说。”

“我也无话可说，只好行个礼下来了。”

“好，我们就做看犯人的牢头，也有趣。”这是听了桂生报告后大家说的。

有趣是有趣，但正当值日那时节，外面的热闹可不能去看了。

第二天副官便为我们分配下来，每两人值日一天，五天后轮到各人一次。值日的人，夜间也只能同那派在一天的弟兄分别来瞌睡。不知道的，会以为是这样就会把我们苦了吧，其实是相反的。你不高兴值夜班，不拘是谁都愿意来相替。第一个高兴为人替到守夜的便是桂生，以前日子，他就每夜非说笑话到十二点不能合眼。值夜班后，他七叔又为我们立了一个新规例，凡是值夜的人得由副官处领取点心钱两毛。牺牲一个通宵，算一回什么事？有两个两毛钱合拢来是四毛，两毛钱去办烧鸡卤肉之类，一毛钱去打酒，剩一毛钱拿去大厨房向包伙食的陈大叔匀饭同猪油，后园里有的是不要钱买的萝卜合芫荽，打三更后，便你一杯我一杯的喝将起来。酒喝完了，架三块砖头来炒油炒饭，不是一件顶好玩的事情么？并且，到酒饭完了，想要去睡时，天也快要亮了。

我之所以学会喝酒，便是从此为始。

下面我说一段我们同我们的犯人的谈话：

“胡子，你怎么还不出去？这里老人家住起来是太不合宜了！”

“谷子卖不出钱，家中又没有现的——你给我个火吧。”

我给了他一根燃着的香，那犯人便吸起旱烟来了。

桂生又问：“你家钱多着咧，听军法长说每年是有万多担谷子上仓，怎么就没有钱？”

“卖不出钱！”

“你家中地下必定埋得有窖，把银子窖了！”一个姓齐的说。

“没有，可以挖，试试看。”

“那我们明天就要派人去挖看！”桂生和我同声的吓他。

“可以，可以……”

其实我们一些小孩子说要明天去挖，无论如何是不会成为事实的，但胡子土财主，说到可以可以时，全身就已打战了。这胡子在同我们谈话的三天以后，象是真怕军队会去挖他窖藏的样子，找到了保人，承认了应缴的五千块钱捐款，就大摇大摆拿了旱烟袋出去了。这胡子象是个坐牢的老手，极其懂得衙门中规矩似的，出去之后，又特送了我们弟兄一百块洋钱。我们没有敢要，到后他又送到军法长处去，说是感谢我们的照料，军法长仍然把钱发下来，各人八块，排长十六，火夫四块，一百元是那么支配的。补充兵第二次的收入，便是当小禁子得来的八元！对于那胡子，所给我们的钱，这时想来，却对胡子还感到一点愤恨。在当时，因为他有着许多钱，我们全队正要饷，把他押起来，至少在我们十个年青小孩天真的眼光看起来，是一种又自然又合理的事。但胡子却把我们看成真的以靠犯人赏赐的禁子样子，且多少有一点儿以为我们对他不虐待就是为要钱的缘故，这老东西真侮辱了我们了。守犯人是一件可以发财的差使，真不是我们那时所想到的事。并且我们在那时，发财两个字也不是能占据到心中，我们需要玩比需要钱还厉害。或者，正因其为我们缺少那种发财的欲望与技术，所以司令官才把我们派去吧。

牢中一批批大富户渐渐变成小富户了，这于我们却无关。所拘的除了他是疯子吵吵闹闹会不让我们睡觉以外，以后来的纵是一个乞丐，我们也会仍能在同一情形下当着禁子吧。

不久，小富户由三个变成两个，两个而一个，过一日，那仅有的一个也认了罚款出去了。于是我们立时便忽然觉到寂寞起来。习惯了的值夜在牢已空了之后当然无从来继续，大的损失便是大家把吃油炒饭的权利失去了。“来一个哟，来一个哟。”大家各自的在暗中来祈祷，盼望不拘是大富小富，只要来一个在木栅栏里住，油炒饭的利益就可以恢复。

可是犯人终不来，一直无聊无赖过了那阴雨的十月。

天气是看看冷下来了；大家每天去山上玩，随意便捡柴割草，多多少少每一人一天总带了一捆柴草回营盘。这一点我是全不内行。正因了不内行，就也落得了快活。别人所带回的是冬天可以烤火的松香或别的枯枝，我则总是扛了一大束山果，回营来分给凡是我相熟的人。有时折回的是花，则连司令那里、桂生家爹、同他七叔处、差遣棚杨伯伯、传达处、大厨房陈叔，一处一大把，得回许多使我高兴的奖语谢语，一个人夜里在被盖中温习享受。不过在我们刚能用别的事情把我们充禁子无从得的怅惘拭去时，新的犯人却来了。

我记到我是同一个姓胡的在一株大的楠木树上玩，桂生同另一个远远走来，“呀，”他大声嚷着，“来了来了，我才看到押了五个往司令部去！”从楠木上溜下来就一同跑回去看。桂生家七叔正在审讯。

“预备呀！”我是一见到那墙角三块为柴火熏黑的砖，就想起今晚上的油炒饭。

因为看审案是一件顶无趣味的事，于是，我们几个先回了营的人，便各坐在自己铺上等候犯人的下来。

“今天是应轮到我！”对于这有趣的勤务大家都愿意来担负。

夜里是居然有了五个犯人。新的热闹，是给了我们如何的欢喜啊！我记得这夜是十个人全没有睡觉，玩了一个通宵，象庆祝既失的地盘重复夺还的样子，大家一杯又一杯的喝着。楼上桂生的七叔喊了又喊“大家是要睡”，在每一次楼上有了慈爱的温和的教训后，大家又即刻把声音抑下来。但谁都不能去睡！我们又相互轮到谈笑话，又挑对子两个人来练习打架。兴还未尽，天就发白了，接着，祠堂门前卫兵棚的号兵，也在吹起床喇叭了。

五个犯人之中就有二哥在。到两天以后，我们十个人便全同二哥要起好来了。知道是二哥之所以坐牢不是为捐款，是为了仇家的陷害，不久便可以昭雪以后，便觉得二哥真是一个好人，而且这样的好人，是比桂生家七叔辈还要好。大致二哥之善于说话，也是其所以引起我们同情的一种吧。他告我们，是离此不到二十里的石门寨上人，有妈没有父亲。这仇家是从远祖上为了一个女人结起的，这女人就是二哥的祖母，因为是祖母在先原许了仇家，到后毁约时打了一趟堡子，两边死了许多子侄，仇就是那么结下。以后，那一边受了他们祖宗的遗训，总不忘记当年毁约的耻辱，二哥家父亲就有过两次被贼攀赃污盗，虽到后终得昭雪，昭雪后不久也就病死了。二哥这次入监，也已经是第二次，他说是第一次在黔军军法处只差一分一秒险见就被绑了哩。

问他："那你怎不求军队或衙门伸冤反坐？"

他说："仇家势力大，并且军队是这个去了那个来，也是枉然。"

又问他："那就何不迁到县里去住？"

说是："想也是那么想，可是所有田坡全是在乡里，又非自己照料不可。"

"那你就只可听命于天了！"

他却轻轻的对我说："除非是将来到军队里做事，也象你们的样子。"

二哥是想到做一个兵，来免除他那不可抵抗的随时可生的危险的。但二哥此时却还正是一个犯人。怎么有法子就可以来当兵？他说的话桂生也曾听到，桂生答应待他无事出狱后，就为他到他爹处去说情。

因为是同二哥相好，我们每夜的宵夜总也为他留下一份。他只能喝一杯酒。他从木窟窿里伸出头来，我们就喂他菜喂他酒，其实他手是可以自己拿的，但是这样办来，两边便都觉得有趣。象是不好意思多吃我们的样子，吃了几筷子，头便团鱼样缩进去了，"二哥，还多咧，不必客气吧。"于是又不客气的把头伸出来。在宵夜过后，二哥就为我们说在乡下打野猪以及用药箭射老虎的一些事。有时不同他说话他仍然也是睡不下去，或者，想到家中的妈吧。在我们还没有同二哥很熟时，二哥的妈就来过一次。一个五十多岁的高大乡下人，穿蓝色衣服，在窟窿边同二哥谈了一些话，抹着眼泪就去了。问二哥才知道那就是他妈，知道这边并无大危险，所以回家去照料山坡去了。他妈第二次来时，我们围拢去同她说话，才看出这妇人竟与二哥一个模样，都是鼻梁骨高得极其合式，眉毛微向上略飞，大脚大手，虽然是乡下人样子，却不粗卤。这次来时为二哥背了一背笼红薯、一大口袋板栗，二哥告她在此是全得几个副爷相看护，这一来却把老太太感动了，一个一个的作揖，又用母亲样的眼光来觑我们，且说自己把事做错了，早知道，应当要庄上人挑一担红薯来给大家夜里无事烧起吃。最后这老太太便强把特为她儿子带来的一袋栗子全给了我们，背起空背笼走了。其实她纵不把我们，二哥的东西，我们是仍然要大家不分彼此的让着来吃的。

不知道是怎么样的缘故，每次要桂生去他七叔处打听二哥的案件，总说是还有所候，危险虽没有，也得察明才开释。既然是全无危险，二哥也象没有什么不愿意久住的道理了。我们可没有替别人想，当到大家都去山上打雀儿时，一个人住在这栅栏子里是怎样寂寞。照我们几个人的意思，二哥就是那样住下来，也没有什么不好。若果真是二哥一日开释，回了家乡，我们的寂寞，真是不可受的寂寞呀！

有一天，不知姓齐的那猴子到什么地方抢来一个竹管子，这管子我们是在故乡时就见到过的。管子一共是七个眼，同箫样，不过大小只能同一枝夺金标羊毫笔相比。在故乡吃了晚饭后，大街上就常有那类四十来岁的中年男子汉，腰带上插了许多大大小小的东西，一面走一面把手中的管子来吹起，声音呜呜喇喇，比唢呐还要脆，价值大概是两个铜子一枚，可是学会吹的总得花上一些儿工夫。桂生见到那管子了，抢过来吹，却作怪不叫。我拿过来也一样的不服我管理。

“我来，我来！”二哥听到外面吵着笑着，伸出头来见了说。

“送二哥试来吹吹！”桂生又从我手里抢过去。

呵，栅栏里，忽然呜呜喇喇起来了。大家都没有能说话。各人把口张得许多大，静静的来听。不一会，楼上也知道了，一个胡子书记官从栏杆上用竹篾编好黄连纸糊就的窗口上露出个头来，大声问是谁吹这样动人的东西！大家争着告他是犯人。二哥听到有人问，却悄悄的把管子递出来了。桂生接过拿上楼去给那胡子看，下来时高兴的说七叔告二哥再吹几个曲子吧。二哥是仍然吹起来，变了许多花样，竟象比大街上那卖管子的苗老庚还吹得动人。楼上的师爷同楼下的副爷，就呆子样听二哥吹了一个下午。

到明天，又借得一枝箫来要二哥试吹，还是一样的好听。待到大家听饱了以后，就勒着要二哥为指点，大家争到来学习，不过，学到两三天，又觉到厌烦放下了。可是我因此就知道了吹箫的诀窍，不拘一枝什么箫，到我手上时，我总有法子使它出声了。这全是得二哥传的法。二哥还告我们他家中是各样乐器都有的，琵琶、筝、箫、笛子，只缺少一个笙。在乡中，笙是见也无从见到的，但他预备将来托上常德卖油的人去带，说是慢慢的自己来照了书去学。

音乐的天禀，在二哥，真是异样的。各样的乐器，他说都是从人家办红白喜事学来的。一个屈折颇多的新曲，听一遍至两遍也总可熟习，再自己练习一会，吹出来便翻了许多更动人的声音了。单凭了耳朵，长的复杂的曲子也学会了许多。自己且会用管子吹高腔，摹仿人的哼着的调子。又可以摹仿喇叭。军歌也异常熟习。本来一个管子最多总不会吹出二十个高低音符的，但二哥却象能把这些三个或四个音揉碎捏成一个比原来的更壮大，又象把一个音分成两个也颇自然的。

象是有了规则的样子，虽然上头也同我们一样的明知二哥的案子全是被贼匪所诬赖，仇家买合的匪是把头砍下了，但平安无事的二哥，仍然还得花上一百元名为乐捐的罚款，才能出门。真是无聊呵，象才嫁了女的家中，当二哥出去以后!

二哥是在吃了早饭时候出去，到夜里，又特意换了一件干净衣服，剃了一回发，来到我们棚里看我们的。不过这时我却出了门。二哥便同桂生谈笑了一阵。桂生为他打了半斤酒，买来一些卤牛肉，说是“还刚被一个人扯到喝了一顿呢”，但也勉强同桂生喝了一小茶盅酒。他又要桂生为他去试问问营里，若是不为什么资格所限的话，是愿意自己出钱买一枝枪来同我们做补充兵的。桂生同其他几个同声说，果若二哥能来到营里，班长的位置是非二哥来做不可的。我们正少一个班长哩。到我回营时，二哥却已返到一个亲戚家去了。

因为是记到二哥说的明日便当返石门寨去看看妈，过几天稍稍把家事清理一下就又返身来候信，所以虽然是一对着栅栏便念着象嫁去的二哥，但总料想第二次见到二哥时，我们便要更其放肆的来一同喝酒说笑了。我是因了二哥允许我的一枝箫，便更觉念念，恐怕是二哥来了后一时不能入营，就时时刻刻催到桂生到他爹处去撒赖。桂生七叔是也知道二哥的为人的，经他帮到一说，事情便妥帖了。只等二哥从石门寨回来，枪不必自己买，桂生家七叔就做了保人补上一个名字。

至少是当时的我，异样的在一种又欢欣又不安的期待中待着二哥的！我知道时间是快要下雪了。一到雪后，我们就可以去试行二哥所告我们的那种法术，用鸟枪灌了细豆子去打斑鸠。桂生的爹处那两匹狗，也将同我们一样高兴，由二哥领队，大家去追赶那雪里的黄山羊！若是追赶的是野猪，我们爬到大树上去，看二哥用耳巴子宽的矛子去刺野猪，那又是如何动人的一幕戏同一张画！

一天，两天……二哥终于不见来。到第四天，桂生从他七叔处得来一个坏消息，二哥的妈在二哥出牢第三天，就有一个禀帖说是儿子正预备着一切，要来当个兵，夜里几个脸上抹了烟子的人，把儿子从家中拖出去跑了……第二个禀帖便是说已在坳上为人发现了儿子的尸体，头和手脚却已被人用刀解了下来束成在一处，挂在一株桐子树上，显然是仇杀，只要求为儿子伸冤。桂生说完，大家全哭了。若是二哥还是坐在监牢里，总不至于这样吧。这不消说是仇家见到二哥这次又没有被军队认做匪，自己的陷害不成功，眼看到二哥是仍然平平安安回到家里来；并且二哥行将来营里当兵的消息，总又是那位爽直的老太太透露了出去，所以仇家就出了这样一个毒计策，买人把二哥害了。

……箫是不必学了！我们那一棚的班长也只好让他那样缺着下去了！桂生呵，要你爹把那两匹狗打了吃掉吧！没有二哥，山羊是赶不成了！

桂生听着我的伤心的话语，一面抹着眼泪，一面爬到凳子上头去，把墙头上悬着那一大捆带壳的细绿豆，取下来掷到地上后，用脚蹂的满地是豆子。

“要这东西是有什么用处？将来谁再打斑鸠就是狗养的！……”

这夜对着空的监牢，我们才感到以前未曾经过的大的空虚。同样的心情，就是二姊死了，让尸身塞到棺木里，眼见为几个肮脏伕子抬去后那样的欲哭不能的到堂屋里去烧夜香时候！

在快要过年那几天，我们是正用生的棕布包了脚，在那没膝的厚雪里走动，开差到麻阳县去的。在路上，见到那白雪上山狸子的一串脚印，经我悄悄的指点给桂生，不久大家都见到了。大家都会意。因为这样小小的印子，引起了我们对二哥的怀念，又无一个人敢提出关于二哥的话语，觉得都很惨戚。山狸子的脚迹是在雪消后就会失去的，二哥却在我们十个人心上，留下一个不容易为时间拭去的深深的影子。

到近来，使我想起死的朋友们而辄觉惘然的，是已有了差不多近十个，二哥算是我最初一个好朋友。还是能吃能喝活着的当年那九个副爷们，虽然是活的方法同趣味也许比往日要长进了许多，象桂生同小齐，是在前年见着时就已经穿了上尉制服的，不过，我们的当年那种天真的稚气，却如同二哥一样早已死去成灰了。想大家再一同来酒呀肉呀你一杯我一杯的不客气的兄弟样吃喝，是一件比做皇帝还要难的事。就是真实的过去，也成了梦幻似的传奇似的事情，在此时要去当兵的年青人，谅亦无从去找到那同样浪漫不羁的生活教训了。

死不甘心生又不能的吉弟，在无可奈何中往东北陆军第二旅当兵去了。送他去时，见到他眼泪婆娑的一个人进那二旅司令部，回头在车子上，我想到我在比他还幼小的年龄出门入伍的情形，又想到不期望在我如今居然却来改了业，而改业后仍然还不能忘情于过去，心里忽然酸楚起来，泪便堕在大褂前襟上面了。吉弟呵，勇敢一点吧。这里的军中不比家庭，官佐上司不是父母，同队弟兄也与我们朋友是异样，这一次我希望是我最后见到你的小孩子的眼泪，以后你就能把眼泪收拾起来，学做一个大人！我是象你这样十七岁的年纪时，便已管理十个比我还大的人，充班长每日训练别人了。你当随时小心又小心，莫让人拿你来做整理军纪的证明。凡事都得耐烦去做，忍了痛对你生活去努力。你应当用力量固执着你的希望向前去奋斗，到力尽气竭为止。你当认清你生活周围的敌人：时时想打仗的军阀？不是的！穿红绿衣裳用颜料修饰眼眉的女人么？不是的！在不合理的社会制度下养成的一切权威，就是你的敌人！在两样的命运下，我是希望你没有为枪呀炮呀打死，侥幸能活下找得出对于这世界施以一种酷刻的报复的。在生活的侮辱下糟踏，与其每天每天去尽了全力与柴米油盐来打仗，结果胜负还是未可知，不如走这士大夫所不齿的一条路，还是于你我都适宜。一切的站到幸运上的人，周围的事实是已把他们思想铸定成为了那样懦怯与自私，他们哪能知道一个年青的人在正好接受智慧的时候为生活压下而继续死去是普遍的事实？他们哪能知道他自己以外的还有生活的苦战？那类口诵着陈旧的格言说是“好男不当兵”的圆脸凸肚绅士们，我是常常的梦到我正穿起灰衣在大街上见一个就是一个耳刮的。这可笑的梦我竟常常的要做。呵，小的弟弟，那类绅士的教训，若是在你心中居然生了足以使你自惭的坏影响，真是不应该！目下，在此几个穷苦朋友们，还梦着呓语着，要在艺术上建设什么，找寻什么，在追求中却为了饥饿而僵仆，让冬天的寒风在头上代表人类做冷峭的狞笑。这样的结果一无所得、包着苦恼死去的朋友们，这里那里全是。从这种悲剧的连续中，已给了我们颇大的真而善的教训了。当兵，便是我们这类人从梦中找不到满足复仇的一条大路！虽然这并不是一条平坦的路，但比之于类乎“秀才造反”的途径，已是异样的清楚了。吉弟，好好的对着新的生活努力吧。你好好的学一个大人，不要时时眼泪婆娑，不要如我六弟那样莽，我同你村哥也就可以放心了。我们是在同一命运下竭着力量来同生活抗拒的人，看了为可怕的时间所捏碎我们的天真与青春，真是只有抚着脸儿来痛哭。但是，向渺茫的那一点儿光明去看吧。过去的是已经成为过去了。好好的运用着未来也不为迟！得你来信，说是除了带皮帽子大家骤然相对时要不禁微笑外一切都还好过，你不会知道我在接到你这信以后是怎样在喜悦与惆怅中眷念着我过去的自己！恐怕你仍然免不了初离开我们的寂寞，我才来写这一篇我的入伍生活，愿你有好的朋友，也能如我当时，只是不要到了我这样年纪时，却来改了业，写当年的一切给你小的朋友看！

一九二六年六月

连 长

一

军营中的上灯喇叭声音在夏天时能使马听熟了也知道归回塞堡，入冬来，就只作了风的唿哨同伴，无聊无赖消失到那四面山林里去了。

天降了雪，喇叭声音更低郁，住远一点的，就不能听到，这给了许多茅屋下面孩子的寂寞。

然而在军队中呆过的大人，就不闻号声，也能断出时间的。若尽靠营里喇叭打知会，那离营略远一点的地方就去不成了。指定时间的钟表一类东西不是凡是军人都有的，官佐也都看人来，而驻扎到此乡间这寨那寨喝酒吃肉是免不了常有的事情，在便利中找熟人谈天学古或者打一点小牌，也是军中许可的娱乐。还有不定要明白公开的各以其方法找个把情人，这纵为长官知道，也都成了通融的例子。一些是在别的村子五魁八马，一些是在学猪悟能招亲姜子牙与申公豹斗法事，一些又是在陪到妇人身边唱小调，若对于时间太无估计的能力，则类乎点名那种事情一误再误总太难为情了吧。这里的军营中人，要紧的事是，不拘离营三里两里内外，到晚上点名时，总能预先赶到营中站立在坪里让那值日连副喊到自己名字大应一个“到”，才成其为营中的体统。地方是乡村，既清静，不必同土匪打仗，又无贼，当然象那每日三操二讲堂的常备兵苛刻军规，在此是用不着的。然而每天点三次名还误事，挨一点骂或罚一点钟立正，这在驻扎于此间的军队官佐士兵夫全体良心都以为是应得而且为必要的了。在普通军营中，点名是早午晚。晚上那次，在九点左右，即吹熄灯号以前不久。这里因为九点不适宜于全体的浪漫兴趣，于是又由连长连副集议改为与起更号相接近，这一来，还误点名，则对自己也象对不起似的了。是以这里的军人，于上灯时间的知识，更准确。

此时是一个红着脸的穿着不相称的大灰布棉衣的号手又站在那旗杆下头墩子石上吹他极得意的起更号的时节了。凡是兵，就说驻扎在这旧庙里的一连人，已经各按照惯例，站到那盖满了雪的坪中。队伍成单行，班长则站在他那一班的后面。行列中，因为习惯，各人能记到自己地位。有些人告了假赴别地出差，就临时空出些地位来，经班长喊一声靠拢，这个班便即时缩短了。大家排了班以后，号音还未毕，值日连副就忙匆匆的从那蒙有格子花银封纸的一扇新白门内里出来，因为忙，帽子也不很端正。大家全爱喝一杯御寒，连副也免不了此，这时就正是从那羊肉火锅子边抽身出来办公的。连副拿着一本名册出来了，领头班长喊一声立正，各人重新端正起来振作精神把藏在厚重棉衣下的身子弄成一块碑模样，雪是毫不容情乘此就进衣领了。随即是稍息，聪明一点的兵士，懂得头向后昂便能拒绝雪片的侵入，就不妨装作搔痒或整理腰带来逃难。

喊一声人名，就有一个人从队伍中骤的立正答应到，连副于是便在这名字下用铅笔一划。喊过一次二次无人应声的，班长就上前解释。点名完毕照例短短的训词，大家又得笔直起身来默听。最后是，又稍息，又立正，解散了。

队伍解散后，连副便同班长之类，围到炉边继续喝那羊杂碎的火锅酒，弟兄各分开，那大坪里雪尽落，却再无一个人肯用颈部去承受了。

照营规，点了这次名以后，这一天算已告了结束，大家一直可以挨到明天清早点名再见面，因此凡是这里土著有着那军营中朋友情人的，听到吹号以后就可各以路途远近猜详他们的到来。喇叭的意义，在这里，又是怎样异于战地啊！

二

管领这一百个自由兵士的，是十个班长，每人手下有十人，如同自己的手指。在班长上面有三个连副，一个为中尉阶级，二个属少尉。连副上面是连长，按照例规有大操或战事发生，连长就得统率这一百余子弟，指挥其进退，但是驻扎到这个地方，还有什么事要统率？做连长的除了拇战就是应团总约上山打野猪那工作了。

然而这也只是连长一人的事。做连长的真是简直闲到比庙里的和尚还少事做，若非亏他能够找出一些方法消磨这日子，恐怕早已生病倒床了。

连长究竟做些什么消遣？事是有的。按照通常习惯，一个长官总比其他下属多有一倍或是数倍机会得那驻在地方人民尊敬和切齿。这位连长也正是如此。譬如说，初初把队伍开到此地扎营到一处住户人家时，恰恰这位主人是一个年青寡妇，这寡妇，又正想从这些雄赳赳的男子汉中选那合意的替手，希望得到命运所许可的爱情与一切享受，那么总是先把她的身体奉献给那个位尊的长官。连长是，正如所譬因了年青而位尊，在来此不久，就得到一个为本地人艳称的妇人青盼，成了一个专为供给女子身体与精神二方面爱情的人物了。关于军营中的事越少，则足以使连长感到于新发现的职务越多。女人住的地方系在营盘一里外，入冬来，连长的勤务，就几几乎是每天早晚二趟来去！若非关于伙食账目得常常同司务长清算，连长似乎不回也无不可的。照一个班长说法，连长是为女人已经迷到愿意放弃全部职务于中尉连副身上，不必充当管领百人的长官，自己单想侍候妇人终生，让那妇人管领自己就行了。

就令当真是如此，这算连长的过吗?

从连长年龄体貌上作价，都正适宜于同一个妇人纠缠为缘。命运把他安排到这小地方来，又安排一个年龄略长的女人在此，这显见连长再要把爱情关闭在心中，也不是神所许可的事!

要一个青年军官——受过良好军人教育的上尉，忘了自己的生活目的，迷恋妇人到不顾一切，如同一个情呆子，仍然是不可能的事情。且照常情说，如若短短分离不但不是爱情的障碍，且正可以借此休息从那终日拥抱得来的疲倦，则连长三日五日始能在营外别人家中宿一次，也是很自然的了。但把身子留在营中心上仍然挂念着别处，年青人，究竟还是年青!

因了不能把身子同心分开在两地，有时节，连长是在夜静也曾偷偷起身，或是装作查哨溜过妇人处宿的。连长在这事上头，是一个诗人又是个英雄。当其轻轻敲着那门，妇人已经听出连长声音，拥着薄薄白的单衣开门时，妇人松散着发髻，以及惺忪的情态，在连长眼中，全成了神圣的诗质。一个缺少能力在文字上表现他的灵感的人是能加倍在他行为中表现出他灵感的，因此连长在这妇人的面前，便把那军营中火气全化尽，越变越温柔了。妇人呢，从连长那面来的不可挡的柔情使妇人做着无涯涘的梦，正同一个平常妇人在她年青情人身上一个样，自己是已象把心交给这个人，后来终生都是随着这人跑，就到天涯海角也愿意了。当连长因了一点小事未能在妇人处宿，约到吃早饭号吹完以后出营时，那早上吃饭喇叭便同专为连长情妇所吹一个样。妇人也是年青人，人其所以谓之为年青，这事便是一种凭证！

连长看妇人，象是本营少校上司官，自己应直隶其调度。妇人是把连长当作未来的丈夫，全让连长占有了自己。爱这东西是没有因为人类事业不同而荒疏了某种人，在一个都市上精致青年男女应酬宴会中能生长的根芽，在此同样的也会发育完全开花结果了。

若把连长当作这里的总督，总督夫人的位置，在兵士心中，也都一致认定是这妇人了。

三

天落雪，气候冷到溪里水也结了冰，在雪中去嗾狗赶野兔，或者披了蓑衣用雪盖在蓑衣上面伏在林里打斑鸠，那种游戏如今只有一个老年纪的连副同到几个兵士有这种的趣味了。大多数的兵士是在营里围到火柴堆喝酒。少数的兵士是往别的人家打牌或找女人去谈谑。我们的上尉，不消说是正在情妇这边勾留！

用栗子下本地的烧酒，两人同在一个火塘旁边坐下来，连长就用一个军人经验谈着他的过去一切与驻扎各地不同的习惯。从葫芦里倒一杯酒到杯子中时，妇人总只喝五分之一，余下全到连长肚中去。从午时点名以后到如今，一葫芦酒有两斤，快完了。

“我瞧你今天酒量不同，怪！”

的确是不同。本来预备作两顿的一次就快完。妇人手摇着那长把漆有黑色花纹的酒器，奇怪了。

连长不作声，把空了的杯子送到妇人面前去，妇人无可如何似的又筛了一杯。又自解的说，天气太寒多吃一点也并不碍事。

连长不说话，接着又是两口喝下了。

妇人担心地望连长，“已经没有酒了。我看你脸色不好，醉了就睡吧。”

“不。”是不醉，不睡，并且不承认有什么不好过的地方，答词只是一个不。

然而事实是连长因多喝了酒，从酒中引起一些烦恼了。

“我要回营了，劳你驾，为我把雨衣从钩上取下！”

“营里又无事，莫转去了呀。”

“非转去不可。喂，劳驾！”

在往日，也有这种情形。连长忽然想到要回营，象心上有一件事正要做，但劝一两次，虽然还在脸上保留着那放心不下的颜色，就仍然留下，是妇人所知道的脾气。说非转去不可，妇人就采用那往日所取的策略，故意的说道：

“是又不满意我了？”

连长听此话，颜色变得越发难看了。妇人即刻就知道所说的话是误了方向，就改口说天气冷，又快要断黑，有事明早回也得。

“好歹我要走。我同你说你也不明白。乘到天未断黑，不用灯，我就走！”

妇人愕然了。但从过去性格认识连长并非就能够固持到底，仍然打趣模样的说，纵有事，也总不外同你们连里那位司务长算伙食账。

“我要走！”连长在语气上表明不是酒醉，让妇人明白。

妇人问：“为什么？”

“为什么？说不定在这样天气下头，忽然会奉到上司旅长命令开拔到边界上去，我们还得走长路！”

“你胡思乱想。”

“我胡思乱想？”

从重复的一句话上，妇人听着，忽然象被一个炸雷把耳震聋了。

连长见到妇人愣住的情形，也悟出自己答话太近乎真要开差了，就补充说，这是恐怕会有的一种猜想。

“恐怕是。”这虽足以解释去那“当真是”还距离得有多远，然而无意中把开差事情嵌进到这一团火热的胸中，两人要拔出这虚无的刺却不是一时可作得到了。

“我不走了，”连长说，还把酒杯推过去，“请为我再倒一杯。”

妇人极颓丧的倒出葫芦一杯酒。虽然把筛好的酒接过来，却又并不即时朝嘴边送去，连长也为自己一句话打伤了。

连长掉头过去避开妇人的目光。外面风，飘着雪的片，从窗口望去，是象正有人在空中轻轻撒下棉花那样的轻盈，又象并不是下落，有些还正在上升。那窗子格上已砌了好些雪了，还有些雪，一粘到玻璃上面就融化不见了。因为屋里温度高，窗子下面的一块玻璃，在屋中这面，便糊上了一层薄纱那样不再透明的冰雾，有两个小孩手掌那么大小。

若不是落雪，天应当黑了。因为地上屋上遍是雪，一同反着哑的沉静的光辉，就不见得天气和平时晚。这时屋里人相对着，脸相都还很分明。但是渐渐的，屋角落以及那些桌子下面坛罐器皿却已全为黑暗偷偷悄悄搂着了。

两人不说话，两人便都听到外面的雪落地作极微极匀声音。又可听到屋后竹园大堆的雪下坍以后竹子弹起的声音。此外可是全无响动了。全村子里没有狗叫，也没有人声，也没有锣鼓唢呐，一个村子里面的一切，全象睡着了，又象全死了。

天色渐渐暗下来，屋子中慢慢颜色暗默，火塘内的炽着的炭却益发熊明了。

两人都能知道对方是在追索那句开差的话的意义，就是细细称量那未来而又必然要来的忧愁分量。

连长借了足下炽炭的光望妇人，触目的是那双垂着的白手。把手拿过来，握着了。妇人也不作声。葫芦放在桌子上，连长即时又抽出一只手去倒酒。妇人那只空手就去抢。连长声音戚戚的说：

“你就让我索性喝醉吧。”

先是劝，这时妇人不知怎样不愿连长再喝了。

“你让我，”连长说，“这样我好过一点。”

“酒完了。”

“多着咧。”

“你不能喝了，”妇人移开葫芦使连长手取不到，就摸连长的下巴。“瞧，全象火，醉了，不吃亏么？”

“酒逢知己千杯少”，这意思，连长在另外一个情形下所感到的，与此时完全不同。有过多回的过去，在连长，已就明白而且承认“十杯少”的话是实话了，但今天则真应喝尽无数杯。平常为功名，为遇合，为人生牢骚，得用酒来浇，如今为女人，连长以为最好为酒淹死了。

四

在把一种温柔女性的浓情作面网，天下的罪人，没有能够自夸说是可以陷落在这网中以后容易逃遁。学成了神仙能腾云驾雾飞空来去自如的久米仙人，为一眼望到妇女的白胫也失了他的法术。何况我们凡人，秉承了爱欲的丰富遗产，怎么能说某一类人便不会为这事情所缚缠？在把身子去殉情恋的道路上徘徊的人，其所有缠缚纠纷的苦闷，凡圣实没有很大区别的。一个皇帝同一个兵士，地位的不同，是相差到几乎用手可以摸得出，但一到恋着一个人，在与女人为缘的应有心灵上的磨难，兵士所有的苦闷的量与皇帝可并不两样。一个状元同一个村塾师也不会不同。一个得文学博士的人同一个杂货店徒弟也总只会有一种头痛。因此在连长的身分上，就不必怎样去加以此时那尽量酗酒的解释，也很容易明白了。

露水的夫妇，是正因为那露水的易消易灭，对这固持的生着那莫可奈何的恋恋难于舍弃的私心，自然的事啊！

没有酒可喝的连长，借着身边炭盆飘着微微蓝焰的火光，望到妇人的侧身轮廓，终无一语。旋又极无聊赖将那散在膝上桌上以及炭盆边旁的花生栗子壳扫盖到那炽炭上，先是发着烟，爆响着，不久就全体燃着火燎熊熊了。从火光中连长见到妇人白白脸上流泻着眼泪，就摇摆那个剃得光光的军人式的头，哑声说是依命令就不回营了。

妇人苦笑着，倒出葫芦里余酒，自己一口气喝尽。

“说没有酒又有了！”连长责难似的嚷妇人。

“我不愿你吃了。”

“那你也莫喝！”

答应说是不，把葫芦摇着，一转眼间又倒出些到杯中。妇人正欲去拿时，连长手快先抢到，朝火里一浇。酒只剩下一些余沥，与火接触忽然便变成火焰向上窜。妇人把手掩了脸。腕上套有银麻花圈镯，这时象真金。也不是因为连长把酒抢了去不让喝就生了气，但在掩着脸以后，妇人忽然幽幽哭起来了。

“我答应不走，你又哭呀。”

还是哭，并非不曾听到连长的话语。再哭下去把连长反而哭走，也是妇人所能料得到的事。然而连长这时说不走，终久仍然还得走啊！妇人想到这些本不必想的未来情形，不由得更伤心了。好歹都得走，所有的情义，到时便当全丢下，这未来的必不可免的寂寞，使妇人把眼前怎样束缚连长的方法全忘记了。若是连长真为烧酒淹死，则妇人非把身子泡到泪中不可了。连长是，因了妇人一哭，倒觉能将预支的苦恼支票拒绝，心上反而轻松一点了。连长望着妇人的抽咽，怔怔的，不知怎么办好，就立起身来。妇人虽用手掩脸，可是听得出。

“要走你就走，横竖要散场！”

“说不走了呀！”本来是想立起身来伸一个懒腰，怕误会就不。说是说不走了呀，那是为这因立起身子响声得来的误会加一种解释。

然而妇人为了自己一句话，索性嚎啕了。

要连长，去持刀杀一个人，那困难不会象这时情形。

浇在炭上的酒是只一条的光明，所有的果壳，也无从持久，屋中是随即恢复以前黑暗了。从光明中骤来的黑暗，把对面的人轮廓也全体失去，妇人在黑暗中象是连长已真离开了她，哭得更浓了。

一个军人关于哄嘬妇人的方法，笨拙到象嗾兔拉车。连长不久就用手去拭额边的汗，酒醒一半了。

连长求助于手去抚慰妇人，妇人就拖着那手用牙齿啃着。

“不痛吗？”连长问那妇人。

“痛到你手上，我的心子被你啃了有多久！”

连长用嘴擦妇人腮边的泪，两人莽莽撞撞抱着了。

五

到腊月二十三，各家准备灶马灶糖送灶神上天的时节，连长办公改了个地方。从此司务长得一天一趟来到连长家中清算一次伙食账。点名号仍然是每日吹三次，但从此以后，不再能使连长太太听到这声音心跳了。

一九二七年重阳后五日于北京
原载《晨报副刊》
二一〇〇—二一〇二号

参 军

一个刚刮过脸的青年弁兵，穿了一身新棉军服，双脚交叉倚立在参军室门边，用小镜子照着下巴，挤那粉刺。这是一个美貌青年，他一面对那镜子挤着粉刺，一面就在自赏他的青春。

房里有了声音。

“王五，王五，王五。”

一连喊了三声，这弁兵仿佛才被声音揪着，从沉醉于欣赏自己的趣味中爬出了，大声答应道：

“嗻！”

答应了以后，他把镜子忙塞到衣袋里去了。整了整皮带进了参军室。

参军室除了一个老参军就是地图。参军房中坐，地

图四壁挂，进到房中的王五，最先还是望到那张有无数红色 × 字的地图，才回头望参军脸的。要明白本日情形，望参军的脸，还不如望那张地图上的大红 × 字的地位，较为容易了然一点。红字向左移，则战事是又进到本地段了，参军的两眉也聚拢了，向右移则一切相反。

如今是参军仿佛额下只生有一条眉毛的。王五明白事情糟。这一来，还未发言，王五就苦恼了。猜测的是参军必定说出不吉利的话。在这风流潇洒的弁兵生活上，再也没有比“开差”的话还不入耳了。看样子则参军非说这话不行，一点不至于错。

这青年弁兵，站立在房子的近门处一角如一根葱，参军大约是第一眼就望到这新刮过的脸嘴了，就微微的笑。

参军说：

“王五，卷好了地图，下午要开差走路。”

象打了一个雷，王五震哑了。在这雷声响出以前，他是清清楚楚望到参军脸上的阴霾，知道有雷了。虽防备得很好了，到时也仍然一惊，是这青年从雷雨中见到另外一种情形，想不到时间是如此匆促，因而茅苞[1]了。他连忙答应是是。

于是这个年青人就动手卷那房中的地图，把一张椅子搬来搬去，从这里取下图钉又按进别一角上去，仿佛是在那里掉换钉子似的。他把事情完全做错了。在错误行为中年青人只想到开差以后的事。军队是原应当从这一个地方移到那一个地方的，所以他一面想事一面他把图钉移着。事情作了一会却不曾把一张地图取下卷好。

坐到房中的参军是五十岁的老参军了，也正是在今天早上才刮过脸的人，他从自己脸上问题转到弁兵的脸上问题，这个极其明白年青手下人刮脸比下操还勤快的理由的将校，知道了开差是年青人极不愿听的话之一种，就说：

“好了好了，你不要在这板壁上为图钉开差移防了，年青人，要出去做什么事就赶快去吧，我自己来卷这地图好了。”

“……”这年青人他不知要说什么话好。他站到一张

[1] 茅苞：慌乱。凤凰土语。

板凳上整理了一下衣领，又抹了一下胸部。话不说出口，到后居然被他把一张大地图取下卷成筒形了。

“去了吧，去了吧，快去快来！不久就要走远路，到那里去呆事是做不得的。”

“那谢过参军。我就去就来。看看他们，还他们一点小账。”

“是呀，还账吧，也好。看看，也好。只是呆事是做不得的，我再三告你，天气不正，而且一个走远路的人，要知身体的重要。”

“是的是的。我去去就来。”这弁兵，一面立在那一旁说话，一面心就早已向外飞奔了。他跃下了地，又说：“参军有什么事情没有？要买点东西吗？”

参军凝神想了一想，把手撑住了才剃过的光下巴，想起了脸上的粉刺，就说：

“你回头，顺便带一面小手镜来吧，象妇人用的，不要太大。”

“参军，王五有一个。”说过这话的年青人，也不管参军是不是要看看他的镜子，已经就立刻从军服前衣袋子里把那镜子掏出来了。他把它递给参军，望着参军笑。

参军把镜子接过手来，翻来翻去看，又试照了一照。照到那生在鼻旁已经成熟的粉刺了，但他不动手，却先问王五：

“镜子是不是女人送的？”

“回参军，是的。”

“多好一面镜子！（照镜）你就去吧，慢了恐怕不成了。早去早回，我们应当在四点左右动身。”参军看他的腕上的大金表时，弁兵王五也同时把腕上的金表露出。“是十一点半吗？你快去了吧。不要久挨！不准做呆事。听我的话！”

连声是是的王五走出去了。参军就坐到办公桌前，对了王五情人给王五那面小小镜子，挤他鼻子孔边上的一个粉结。他同时想起这年青人的行为来。

但不久，他心想到……一个年青人，总是免不了要任性的。虽说当面说了若干是字，回头一到妇人面前，做呆事仍然是必然的一件事！他想到年青人的行为，就为这弁兵发愁。一个身强力壮的青年，来去走二三十里路与情人会合一次，本是军人在打仗勇敢以外应有的勇敢。一个从情人床上爬起的军人，一口气得奔十里路追上大队就宿，也是很平常的行为。但这老参军是放荡过的人，如今是不能再放荡了，见着年青人的不知保重，就不免忧惧起来了。

想去想来他总不放心王五。先是不放这年青人离开身边，似乎又不忍，以为不知道的还将骂这做长官的岂有此理，才让他去。为了成全这男子如今是又有点悔恨自己太放纵这王五了。

他于是又想。

……回头人一生了病，虽然不是自己的病，事情总仿佛还是自己的吧。

……而且这一次，既知道了要行将分手，两人的热烈又岂是平常的吃过嗅过就放手的事。不吃饱不行，两个年青人知道什么是类乎伤食的事？

事情是显然非亲自去制止不行了。他只有找到那地方去把王五抓回一个办法。再不然，也得监视到这年青人。至于说为了什么他觉得非去不行，那在他仍然是暧昧之至，只单是为怕这年青人害病责任上着想，他是一定要去了。

不到一会儿这老将校出了衙门，人在街上了。街上热闹得很。因为知道开差消息，各处买物件换钱的军人是特别多了。凡是本军人，无有不认识老参军旧中校制服的，见了这参军的军人，都得立正起来站到路旁行一个礼。参军于是一旁回礼一旁走路，到了王五的情人家门前。

他先用耳贴在门上听了听里面的声息。里面有人说话，似乎是有王五在。他就用手拍门。

门拍了三下，才听到里面妇人不高兴似的应了一声。但过了一阵还是无人来开门。

他又拍。因为是第二次，他用的力也加倍了。

就听到里面妇人说："来了！谁？"

"我！"

里面王五的声音就说："是担水的，不要理他。"

"不是担水的！"参军在外面嚷。

隔了一重门，而且正同妇人做着所谓呆事的王五，人是胡胡涂涂也听不出上司的声音来了，就用着军人的雄武，大声吩咐道：

"不论什么事明天来。"

"王五，是我！"

内里这时可听出拍门人是谁了，仿佛一团糟，只听到一些杂沓声音，听到女人的笑声，过了一会儿，王五开了门，恭恭敬敬立在那矮屋门里，听候上司的吩咐。

开门的王五，立正程度虽不失其为军人模样，但够得上称为“模范弁兵”的整齐，是因为匆促的原故完全失掉了。这个时候军服的领子也不理齐，扣子也不扣好，皮带则带头吊下，尤其是脸上样子，不成东西。象是同谁打过架劝和还不到两分钟。

参军望到这模范弁兵不模范的情形，觉悟到一分钟以前的王五是正做些什么事了。参军就望到这弁兵摇头，温和的笑。

“参军，请你哪[1]进去坐坐，我要金枝热一杯茶喝。”

“……”参军笑。

“你哪坐一坐不妨。我是正在同她算账，算了半天还算不清楚，正想到你哪会着急！”

“……”参军仍然笑。

“你哪稍坐坐，我过一会儿就回去好了。”

---

[1] 你哪：你老人家。

“我来了，不是耽搁了你们打算盘吗？”

“那里那里，”说到这话的王五，是从参军辞色间看出自己情形已为参军明白，所以有点脸上发烧了。

参军不好意思就此把王五拉走，只得进到小屋中来坐坐。不清楚的账，是不至于在上司面前算吧。不过这算账的妇人，却因为来的是情人上司，不得不见面。并且既然说是在算账，只有当真做成同王五算账的神气，来到参军跟边一五一十数了。王五则假装着唯唯否否，还故意生了一点气让上司看，那情形真似乎非常认真。

参军始终笑而不言。

凡是用钱算的账是决不会久长的，所以清了账，无可藉词，王五只得辞了妇人，跟到参军身后走出这房子了。

参军看得出王五的懊恼，只装不见到。

到了街上参军把王五扯到身边来，轻轻的问：

“到底账算清楚了没有？”

王五胡胡涂涂的说：“清楚了。”

“呆子，我问的是我没有来时候你们算的账！”

把脸涨得通红的王五，不作声。

“说呀，账当然是要算！我问你是算了多久。”

“正算得有了头绪，给参军一拍门，就……”

“哈，这怎么行。莫到将来生出病来又说是参军惊动了你，你自己仍然去算你的账，快快回来就是！”

王五又被胡胡涂涂的推进了门与账主在一块了，参军仍然一个人匆匆忙忙走回军部行营，在路上仍然是一旁回答别人的敬礼一旁走路。

回到行营的参军，遇到机要副官，得来的消息是本军不开拔了，要开拔也需要那离此三四百里的部队到此换替。看情形，自然是再过四天五天也不能动身了。参军又想起草草清账的容易害病的人事，即刻又出了营门。向原来的路上走去，走到了王五所在的那一家门外，拍着门，大声的喊王五。

里面的账自然是一闹又胡涂了。参军知道这情形，就在门外说：

“王五，王五，你账慢慢的算吧。”

里面王五似乎在床上，还以为是参军等候在门外，因为时间太久发急了，所以一面告罪一面仍作着事的说道：

“参军，你哪家莫催，快清楚了。”

“呆子！告诉是改日开差，尽你今天留到这里慢慢算你那账好了！”

“参军谢谢！你哪坐坐吧，我来了。”

“你不要出来。小心招凉！天气不好，年青人也不要太勇敢！”

“是呀，参军。你哪请进来坐，歇一歇吧。我就来开门了。”

到得把军服草草穿上，起身来把门敞开时，参军的影子也见不到了。

许多在街上买东西的勤务兵，有些业已来去在这一节街上为这老将校行过三次举手礼了的，如今又见到这将校从街的那一端走回来，不愿意致敬的就都躲进铺子里去了。这老将校却不注意到这次不必在路上举手的理由，彳彳亍亍回到参军室。回到那参军室，把一张业已卷好的地图重复站到板凳上钉好以后，坐到现处的老参军，神气爽然了。

他记起了衣袋中那一面镜子了，就掏出来对镜望那鼻子旁边的粉结，且望到镜中自己面孔一部分发笑。

一九二八年冬至日作

血

据说朋友 ×× 被拷打到不成样子，一讯问完毕是用几个人曳着回到监牢里去的。在另一方面虽然是这样狠毒，仍然没有得到多少有用的口供，仿佛到了使办案人无可奈何的时候。同时最高干部 ××× 有与 ×× 缓和妥协的表示消息已经证实，所以我有一天被允许得到 ×× 一个医院去看他的机会了。

因为先前听人说到是怎样怎样的，凡是稍稍有了嫌疑的人皆如何的吃了亏，我没有到那医院以前，想到的朋友气色，是完全把另一时所看过的死囚作模拟标本的。心性为一种无裨实际的悲愤所支配，下午五点钟左右，我到了那军医院门前，把副军长给我的那特别条子送给挂号处。那个中年汉子，正同里面一个肥书记说笑话，两人脸全绷得很圆。掉过头来望了我一会，仿佛不甚相信我有这权利，用他那种做官的神气把眼光从我身上又移到副军长的字条上去。

“同志，你是要看 ××× 么？”他这样说了，然而完全不象是同我说话。

我不答，因为他无论如何总不能疑字条是假。

“可不可以写一个姓名在簿上？”话虽是这样说，口气却正象命令，“写一个名字上来。”

我仍然不作声，就拿起面前那枝笔来，如命照写。

我签了名，以为这应当把我引到我那朋友住处去了，谁知道这汉子这样细心，对我的签名还看了一会。他的脸上还是为原有的笑话而笑着，完全不在我的事情上，并且不久他又去应付另外一件事，因为又有人拿手条来找人了。

对于另一个同志，他仍然是要那人签名，虽然那特许条子已写得极其清楚。大约那另一同志也想到了这是手续，不能不照办了，就如我一样的把姓名写到我那一行后面，写完了就把笔一放。

到后我们同样的在等候，站在那柜台前面，这办事人他把脸转向里面去，听一个搁下了笔说着笑话的圆脸司书未说完的笑话去了。

我待要说话之前那同志可不能再忍耐了，他说：

“同志，你怎么？”

这汉子，把我作了盾牌，回了头，说：

“这同志还先来。”

“你干些什么事？”

“你说我干些什么事？你那军服到这个地方是不能吓人的。”

“同志，这话是什么话，你这样是在尽你的职务么？”

“……”这汉子，用眼睛估量了这戎装的年青人一下，恶意的笑着，作着“好脚色好脚色”那种讥诮神气的夸赞，却向我打招呼来了。

“同志，这是手续，你当明白。”

“明白。”我说。

他以为我是一个商人，或者是从商人团体出身的同志，太容易用官样文章对付了，故意作出服软却不服硬的神气，表示不理那后来的一位同志，愿意为我先把事情办好。他一面把字条送到那书记处去，那书记又把字条看了一会，接着移动着桌上那打字机一类的东西，剥剥剥剥响着，便打出一个纸片来了。感谢天，我居然从这同志手中得到了这纸片，可以到楼上病室去。

但走到楼梯边，却又被人拦住了。一个看护说不行，这理由我还没有听清楚，就被她那气势迫到楼下了。我望到这年纪约有了三十岁的看护，一个雀斑的瓜子脸，使我疑心她若不是方才在上面被一个武装同志卤莽的亲了嘴，决没有这种不高兴神气。既不能上去，于是我退到挂号处长凳上坐下了。

借了回廊送来的反光，于是我看到这医院墙壁间半年前被枪子打穿的地方了，虽然填补了新的粉泥，破裂小孔皆不能见到，但我还是可以从想象中得到什么地方是如何情形的。据说 ×× 军的西退，是以这大楼作负隅，四楼上有五架机关枪对准了 ×× 大路扫射，而第七师目标，也就向这一座楼房取着包围形势作战。不消说我坐的地方，或者就爬了一些死尸，而最先进到这里门外的七师同志，也就有被手弹炸死到门前的若干人。

这些是过去的事了。一切血，一切恐怖，全过去了。

因为我坐在那地方，看到从身前来往走过的白衣年青护士，都生长得好象很美，比另一时在汉口所见到的做政治工作的女同志多了不少娇丽。并且我能有心情注意到这些女人优美的身材，是近日的事，半年前，却完全是疯子，好象美与丑在我心中是没有这种区别的余裕。看到这些女人，觉得这些是青春，且玩味着自己近来幻灭的心情，的确在一些事物已找到所谓革命成功的证据了。

我就望到那些虽经填补仍然免不了新的痕迹的地方微笑，忘了我是来看朋友的人，也忘了其他纠纷。

忽然挂号处一方起了大的争持声音，我才记起同我在一起来找人的那军校学生模样的同志。不消说，一面是“你忙我偏不忙”的闲散，一面是“该死的东西”那种切齿神气吵起来了。这些事在革命成功以前自然是不会见到的事。因为那时的团结，有消灭这气氛生长的理由，如今不同了。任怎么说如今也不同了，听到了吵声。我站起来走到挂号处去看。我坐处去挂号处应当转弯，还应当过一短短甬道。

真是可怜的事，出于我意料以外，这两个人不知因什么竟隔了一个低低木台互相扭着了。不但如此扭着，且象揉打过的模样，两三个院中人劝也无法把这冤家拆散，着急的混乱情形也见到了。

那挂号处汉子，老同志模样，一手正揪着那武装同志的领口，而自己的下颚也正被青年同志强有力的拳抵着，不能转动。我一来，不知如何两人同时却松手了。大约我从较暗处奔出，他们以为我是院长。

我望到这些人没有话可说。

可是武装同志手上流血了，我见到这一只浴着血的手。这是仿佛一拳打去时碰着牙齿而伤了的，因为我又看到那掌柜模样的挂号处同志，吐着也是红色的口沫。没有流血的，大约也帮到在一旁流着汗。

到认明我不是院长，再动手也象不行了，于是他们互相大声的吵着，劝的人也大声的嘟囔着。我自然很清楚这战争流血的起源。虽然明明白白见到革命同志的血，也仍然无话可说，因为动了手，倒以谁打了胜仗为合理。他们吵着，对于理由的各持，到后象看到在身旁的诸人皆不是法官，不想明白“理由”这一种东西，就更天真的互相骂起野话来了。两人扭打时恐怕还应吃一点亏的挂号处那汉子，到互骂，也就不让武装同志便宜独占了。

若不是一个外国人同一个院长模样的中国人从楼上跑下来，我大概还可以听到许多不易入耳的典故、奇僻的野话。院长一面是军部长官，这两人即刻就有人服侍他们到军部去。

看完了这一幕流血，我跑到楼上去，在一单间病室见到朋友 ×× 了。三个月的分手 ×× 已几乎不再认得我是谁，我也几乎不认得他了。

在病床边，我握着了他伸出来微抖着的瘦手。

我们互相望着，各人的颓唐皆给了对方大的惊讶，我虽先已将朋友的憔悴想成临刑的死因，也仍然免不了看来难过。

“怎么成了这样子？”

“你呢，也不象你了。”

说着话，朋友 ×× 只苦笑。

朋友还没有完全知道最近 ×× 妥协的事，只以为被拷打到终没有头绪，有同志为证明自己是没有对 C 省暴动事件有所计划了，故放出来住到这医院养息。直到听到我把 ×× 派如何如何的阴谋，到最近因 K 省事如何有了妥协，朋友才知道自己的出狱详细情形。

朋友眼中含着泪，说：

“以后你以为……”

“以后……”

“我想我是完了，我好了将过日本去住。”

“你脚不坏么？”

听到说脚，朋友仿佛才想起自己的腿以下的伤处，他要我把所盖的薄毯子甩去。我正预备取去毯子，留在门外象是受了人所指使来探听我们谈话的看护妇进来了，向我摇着手。

我问她：

“×× 同志不要紧么？”

“快好了，一点点，过十天就可以出院了。”

说了这话的看护，象是监护着我们的神气不再出房了。我问朋友 ×× 在狱中情形，朋友只望到看护，不作答。我知道我说话也应当小心了，暂时就不说话。

到后我同朋友说及楼下流血的事情。朋友也象对此事非常有兴味，非常注意的倾听，似乎我们三个月没有见面，就只需要谈谈这类近于笑话的他人的事情，作为请求副军长把特许字条写给医院的理由。我明白这道理，就不谈其他事情，只同朋友近于打赌的来猜想军部里将如何处置这件事。朋友说：

“事情一定是两人先都送到医院，把伤治好了再送进……”

这话使那有侦探责任在身的看护也笑了。

从朋友病室回到住处的我，在已显着天下太平的车马熙来攘往的大街前过身，放白色转青的煤气灯光下，看着年青的武装同志，崭新的有放光金属刺马距的皮靴橐橐的在新柏油大路旁缓步，因为搂着并排行走的华装白脸女人的腰，手也没有空闲，我心中就仿佛极其空虚，大有“蹙蹙靡骋”之感，朋友因为致力于革命为人暗算，怎样忍受这新时代所有的酷刑我却不能想到了，我就只想医院楼下那近于趣剧的流血的小事。

任怎么样解释也不能把怀恋过去一段好的光景作为目下所见的对比而自慰。革命是已经停止在一个阶段上了，我们在这阶段上看到的将是这些与近于这些的一切，不能希望其他。

“人象真是落伍了……”

虽然还时时被一切人指为激进的思想不稳当的我，

回到了自己的住处，想到自己在某一意义上真要辩解这不落伍理由也不可能，就不自讳的如落伍者思想一样，但梦想誓师北伐时代一般同志的兴奋与诚实，以及人格上的光荣。一面看书，看到“从血管里喷出的才是血”，医院白天所见到的血俨然还在眼前，我觉得鲁迅这个人，也不过是呆子之一，若见到事情较多，这样呆话也不说了。

新與舊

沈从文别集

沈从文 著

中信出版集团 | 北京

楚尘
文化
Chu Chen

北京楚尘文化传媒有限公司 出品

楚尘
文化
Chu Chen

北京楚尘文化传媒有限公司 出品

七色魇

沈从文别集

沈从文 著

中信出版集团 | 北京

再版序

上个世纪五十年代，不少喜爱文学的读者迷上了契诃夫，这跟平明出版社接连推出 27 册汝龙翻译的《契诃夫小说选集》直接有关。

那时我家至少有三个契诃夫迷：做文学编辑的母亲、哥哥和我。谈论哪篇小说怎么怎么好，是不倦的话题。已经退出文坛改了行的父亲不参与，只有时微笑着对外人说："家里有三个契诃夫的群众。"

汝龙译的这套选集可贵之处，首先在于对作品的精选；第二是选进一些契诃夫的书信、札记，别人对他的回忆、评论等，分编到不同集子里，这些文字拉近了读者和作者的距离，是汝龙先生锦上添花的贡献。

到 1992 年编选《沈从文别集》的时候，我们自然想

到从平明版《契诃夫小说选集》取法。这也是父亲的愿望，尽管他不参与“契诃夫群众”的热情讨论，汝龙这套译本的长处他胸中有数。

我问过父亲汝龙为什么常赠送新书，他只简单说：“是朋友。”

母亲的补充才说清楚：“他翻译的那套英文契诃夫小说是我送的。”

据我充和四姨回忆，1932 年暑假，一个“说是由青岛来的，姓沈，来看张兆和的”羞涩客人，初次登苏州张家门，带的一大包礼物“全是英译精装本的俄国小说”。加尼特夫人的一套英译《契诃夫小说集》就在其中。

不懂外文的沈从文怎么买洋书？四姨说那是过上海时托巴金选购的。

父亲曾希望母亲朝文学翻译方面发展，送这样礼物包含着鼓励。愿望虽然没实现，礼物却终于转到最合适的人手里，促成被誉为契诃夫小说“最佳译本”的产生。朋友的成就四十年后启发着《沈从文别集》的编选工作。

当本书再版之际，我们感谢与它有缘分的几位文学前辈，也要感谢为我们想出《沈从文别集》总书名的汪曾祺先生。

沈虎雏

总 序

从文生前，曾有过这样愿望，想把自己的作品好好选一下，印一套袖珍本小册子。不在于如何精美漂亮，不在于如何豪华考究，只要字迹清楚，款式朴素大方，看起来舒服。本子小，便于收藏携带，尤其便于翻阅。八十年代初，有一家书店曾来联系过，也曾请人编了一套，交付出去。可是，落空了，未能实现。我一直认为是一件憾事。

现在湖南岳麓书社要为从文出书，我同虎雏商量，请吉首大学沈从文研究室合作，编选这么一套。这套选本和以前选法编法不同。我们在每本小册子前面，增加一些过去旧作以外的文字。有杂感，有日记，有检查，有未完成的作品，主要是书信——都是近年搜集整理出

来的，大部分未发表过。不管怎样，这些篇章，或反映作者当时对社会、对文艺创作、对文史研究……的一些看法，或反映作者当时的处境，以及内心矛盾哀乐苦闷，把它们发表出来，容或有助于读者从较宽的角度对他的作品、对他的为人以及对当时的环境背景有进一步了解。

出这套书，当然，同时也了却死者和生者的一点心愿。

张兆和

一九九一年十一月二十九日

目 录

从文『文化大革命』书信选

给程流金一家[1]

［1976年10月于苏州］

流金、宗蕖、小妹：这次来上海一住十天，不免把你们大小安静生活秩序完全打乱，忙得团团转。特别是宗蕖和小妹，为我而忙，心中实过意不去。或天不亮即上菜市为副食品而战斗，或陪同我上街买这买那，既费事又花钱不少。我回到苏州，已简直像个"运输大队长"。出站时，虽近于经过"武举"考试，勉强及了格，依然不免受老伴小小谴责，说："大吃大喝不算，还好意思带了这么大包小包回来，真像是前清抚台巡月！"过去抚台出巡，府县必大办招待。一大群随从官吏，不仅把好吃的吃个精光，临上路，还照例把府县从当地

[1] 程流金为上海华东师范大学教授。

豪绅大富人家临时借来的陈设房卧一切也一捞而光。我这回却采用“走单帮”方式搂去那么多！事实上，坐在我位子对面一对壮年夫妇，就早已估计到我是个“走单帮”的老头子。可是听到我和小妹用普通话对白，开车后，和我聊了几句闲天，便认定我只是南来不久的“北京佬”，是用“做巡抚”的办法“走单帮”转回苏州。所以快到站时，便安慰我：“只管放心，先到车厢门口等待下车，再到窗口来接包包。”我一一照办，他们为把几个提包从窗口放下时，知道分量不轻，还充满好意说：“老先生，没有人来接，我为你提过那边站口吧。时间早，车一时还不会开！”我当时不好意思麻烦人，故作从容的等下去。看看站上人快走光了，车还不开，车窗口有上百双闲着的眼睛看我“过考”。一面试照小妹方式，把主要的搭到肩上去，另一件提到手里，开步走时，虽记住王辛笛说我还“鹤发童颜”，事实上，在众目睽睽欣赏下，肯定是“相当狼狈”的。如宗津恰好同车，为从后面作个速写，那才真正“动人”！

这次南来，有机会和你家四人在一起住这一阵，也可说是近十年格外高兴的事情。特别是眼见到宗津作画妙手通灵处，真是“笔下有神”！至于小妹的旺盛青春生命，在接受新社会的人事教育，面对“现实”得来的种种，从近于绝望的压抑下，对客观存在感到“无可奈何”，但是在摔不掉、摆不脱的情形下，还是忠于职守的去接受。矛盾重重中，青春生命的火焰，可还是燃得旺旺的。总的说来，“接受”和“抵抗”共同存在，正是一种十分有意义的“教育”。在这份教育过程中，会使得她生长得比我们所谓“二十年代”、“三十年代”的人，肯定更扎实得多，也中用得多的！这是一种新的最可爱的典型，我见到过不少，多相似而不尽同，对我也就是一种教育！这应当说是最足以寄托“社会转机”希望的典型！比我们二十、三十、四十年代社会教育下生长的人，受的压力还直接而沉重，可是抵抗性、免疫力因此一来，也比我们强得多。我深深相信，这一代人可做的事情、可负的责任，也必比过去大而多过若干倍。应该永远鼓励他们有“向前瞻”的勇气和信心，把身心锻炼得健康而结实，培养出“破藩决篱”的“冲劲”和“韧性”，才是道理！我这四分之一世纪的生命，虽因即早就下了改业的决心，明白所搞的老一套，已失去应有的意义，只能改弦易辙，从另一方式的工作里，作些新的试探。希望剩余下的一部分生命，也许还有可能做点别的事，既配合得上社会需要，又可维持得住个人的独立思考惯性，又不至于受过大干扰而失去安全。所以从五二年起，即或有种种机会，回到过去本行中去，且明知只要乐意去，“生活”和“社会位置”即刻就可得到改善。可还是乐意放弃了“作家”的空名与由之而来的种种实惠，用个“破甑不顾”老办法，不折不扣的在冷清清的午门楼上作了整十年“说明员”。学习“为人民服务”，也用的是一个笨而可悯的方式求实证！这种新的考试，看来是近于得到了通过。但客观的种种变化，却越来越剧烈而倏忽得出乎历史规律。所以我的一切努力，从总理故去为一道线，也许又将近于“完全失败”，报废于刹那间的可能性已十分显明。所以看来最后这五几年可用的生命，也许还得作第三次改业的安排，亦早即料想到的意中事！熟人必又觉得可惋惜，我却只是“来即接受”。独轮车终究只能当独轮车使用，配合不上社会变化，是必然而非偶然！更新的朋天，说不定又会在“人弃我取”意义下，在所有三十年代到六十年代的“作家”为种种原因全失去了用笔热忱和作用时，我却为了“明天”，或许会重新用个近廿五年从年青人给我的教育、启示，来重新考虑如何安排一下这五几年生命的！因为求做一个合格的现代公民，似乎即感觉得还有些新的责任待尽，也可尽。尽管到头来，还不免是一律“报废”，可是并不因报废而失去这点永不失去的童心！

你家小弟的事情，我回到北京时，将先给支同志一个信，问问他所主持大生产社情形。弄明白情况后，就和他商量个办法。凡是他力量能做得到的，一定将和照料关心小龙小虎一样的去处理小弟工作。至于我回京日程，本已定于十月内，据最近十五号北方来电、信，曾提及大震的可能性，还是占上风。或在最近发生，则只会到五六级。或在今冬明春，又或在明年某一时，震动将更大些，中心也将向北京附近百十里移动，以暂缓北返为合理。在这里住下，安全感当然较多，但一考虑到一些待完成、待进行的，早已排定，要争在一二年内完成的工作，总觉得与其留在这里，一无所为的过日子，还不如守在我那乱糟糟的作坊里继续工作，比较心安理得。工作尽管是近于报废情形下，还是要进行的！如上面规定的震情预报“人必集中”的办法对我有些伸缩灵活处，因年老而不必集中到日坛或农展馆，事实上我是乐意和那个小工作室中所有共存亡，且认为十分合理的。但为难处在说服兆和。她已正式退休，和小孙女不妨暂留南方为得计。我是终生不必退休，且不限以一定形式的上班工作，行动也不受拘束，正因此，我得从“做公民责任”出发，赶回去，和六百万市民接受共同的明天任何震动，是当然事情。难处在说服老伴，使她对我生活放心，不要以为我个人毫无生活能力而担心，就对了。最难通过，也许正在这一点上。所以初步设想，十月末若还回不去，大致就只好把一部分在收尾或进行中的材料寄苏州，继续进行，能做多少是多少。但一系列工具书和有关资料不易转移，若真的北京大震一次，作坊里的一切在瓦砾堆中报废，也等于生命报废，这么活下去，可说是真正可怕的。在这里，附近公园里每天大清早即有大几百人，至多不会过六十岁，都自得其乐的打拳练功，或喝茶，用小笼包子作早点，日子过得从容十分。我总觉得是十分可怕的。我哪里会用同样方式做“逍遥公”消耗这仅有几年生命？总得想办法得到合理解决！

还盼望小妹和宗藻为费点神，把上次从巴金家捎回的一些新印旧书，为分别用印刷挂号办法寄过苏州。附寄了五元邮费，上次在申古籍书店楼上（傍近收款人那一列摊出书）买的有关苏州织造材料，似只二角一册，十分有用。望便中再为买四五本，似得你从学校有介绍信才可买到。费神极感谢。国内搞古绸缎的跟我学得较好的只三五人，拟各送他们一本。他们极有用。另外一些新书和翻译小说，小妹已看过的，也盼能为寄来。因为这里有五个过了二十岁的女亲戚，多在乡下蹲了五六年才返回，有的还不算正式回来，或分配到成衣业，或转入工厂，一生将在二级工的位置上不易改动职业。唯一可用的业余时间，除了看点学习材料，就是搞搞家务。大多数都只能看看小说过下去，不容许有任何突破现实限制的幻想生根的。家里多是办教育或在大学、科学院工作的，可不容易得到几本有真正教育作用的新书读。从旧译文中想办法，如十九世纪的世界名著译本，也无法得到。读书或学习条件，比起小妹来，就差多了。我正在为想办法，从这方面来给她们打打气，但是可能做的事，尽的力，却未免太少！

***

这信写了好几天，因为被亲友拉去看了一回桂花。太湖边真正够得上叫“果园乡”的窑上的桂花。正当摘花时，有千百男女老幼正在忙到摘桂花。一个山接一个山，在阶段整齐的花树下工作，估计能及时摘下的，还不会到十分之二三，其余都不可免随同一夜小雨而重归泥土。桂花栽得并不太密，可是在盛开中多已把压得弯弯的树枝挡住行路人，无法通过。真是一生奇观。另外又看了一回用直保圣寺的泥塑，大约是五代时作品，水即近宋式，非唐式法。天气好，在小市镇上吃得也很好……这么几天中，北京传来的新消息，和苏州市几条大街上的反映，对这次初初听来如“突然”，其实却是“必然”的新问题，把我们所想象的几几乎在一夜之间便变成事实。使得每个成年人都像年青了十岁。我们的国家或许正应合了《易经》上提到的“否极泰来”。把我在前信中为小妹等设想的明天，一下子全改变了。倒反而不免重新感到一点“杞忧”，就是更新的明天，要把青年问题由国家来处理得更合理一些，恐怕还要有些周折、折腾，甚至于还不免要受某种封建意识形成的习惯所影响、所干扰，走几年弯路，使年青人在希望中把青春送走。所以有些事，比如学习，有待于自己来解决的，看来还不少。旧的障碍去了，新的随之而来的“看不惯”，“受不了”，使人消极因素还是要培养“破藩决篱”的“干劲”和“冲劲”，才能加速促进社会合理化的进展。北京熟人来信说：“新的明天对于你的工作会感到需要，是明确的。”可是我自己却以为第三回改业，也因之提出了“更有必要”的证据，能照所拟想的做去，可用时间虽不怎么多，可做的事或更配合得上明天的需要。这只看看今天对青年的“学习对象”的提法，也可看出，“于无路处走出路来”这句话，尽管出于鲁迅之口，是不会特别提出鼓励青年一代真正大胆走去的。

这些日子，在上海或北京，能接触到的、感觉到的，必十分多，盼能把无忌讳的琐琐小事告告。苏州地方似乎也是“四人帮”向南京进行捣乱时一个据点。但是活动的方式，将受到一定制约，不会比上海某一区还花样多些。习历史的大致都可从历史的进展中，早就看得出一个规律，即丑角佞幸，即或在任何新社会里，总还有的是种种机会向上爬，成为“宠幸”和“弄臣”，赫然不可一世。且因“投鼠忌器”，听之为所欲为，使人缄口结舌，同陷于无可奈何情形下。可是这些丑角，却迫不及待的，在为人造陷井时，预先为自己也作成了更多的陷坑。又自信极深，以为如何如何，即可趁机会做更多的坏事，同时也是极其愚蠢的事情。但冰山一倒，终不免弄得惊惶失措，自招毁灭。“四人帮”的恶行，前后恰恰十年，这个历史规律却又在中国出现过一次。我们不仅由今可以会古，亦可以由古可以鉴今。社会尽管变得异常迅速而剧烈，这个规律还是值得好好学习。特别是从当前推测“明天”，如何改造人思想，仅仅学习主席革命理论在中国的发展过程，还不容易真正触着许多人的灵魂中的封建意识的残余。似乎同时还要把学习如何做人，还要把一些乍看来早已过时，一作具体分析，却还特别有用的做一个现代公民所需要的基本原则，牢牢记住不放，学得深而又懂得透，他才可望对于某种巧佞幸进之徒的虚伪诡诈，不择手段的投机取巧的种种坏人坏点子，能有“鉴别力”和“免疫性”，国家的明天，才会真正有个崭新的面貌出现，使下一代青年活得更庄严也更合理，而不至于成为阴险狡诈的丑角，把一切待发扬的有益于国家社会的长处，在重重挫折中毁去。下而至于使得八亿人民都不知如何是好，上而直到使得政治局中几个主要成员，党和国家的最高负责人，各因有所忌讳，除在会议上相见外，平时竟不敢作一般性过从。若不能从这种现实的形成取得一点教育，十分谨慎认真，对于“城狐社鼠”可作隐蔽保护的根本原因有所认识，而作出更大的努力，加以合理的制约，则到另一时，还难免会出现这种历史性的重复。更何况以目下而言，所谓几个特别突出的大知识分子，就早已学会采用儒家中“礼为尊亲讳，力避犯逆鳞”的心术，和近代政术中的巧佞相结合，用来维持他个人的名位。而且形成的趋势或影响，甚至于比几个彰名显著的小人还具有持久的恶影响。一方面鼓励到封建意识的抬头，另一面也为“四人帮”的小细胞作成培养候补人的温床。按照近代政治的“现实”习惯，总是把“焦头烂额”的人尊为座上客，而不在意“曲突徙薪”的建议，加以深入分析和考虑。也可说因此对于中国的知识分子的本来特征——长处和弱点的认识，都还缺少应有理解。重视或轻视，都易过分，难得恰到好处。因此比较老实正派的，反而不如长于巧佞逢迎的吃香、受重视、有出路。只担心知识分子捣乱不合作，却乐于知识分子的逢迎捧场，也因之过去在蒋介石时代“献九鼎”的名流，和在宋美龄身边作“顾问”的人们，都成为吃得开的“不倒翁”、“×××”。而十分本分贴着国家需要默默低头做事的人，反而觉得硬生生的不好对付、不易制伏、别有用心。今后是不是还有些不同认识？恐得有一二年时间才会看得出。

并候长幼佳好。

从文十九日

绿魇

一　绿

我躺在一个小小山地上，四周是草木蒙茸枝叶交错的绿荫，强烈阳光从枝叶间滤过，洒在我身上和身前一片带白色的枯草间。松树和柏树作成一朵朵墨绿色，在十丈远近河堤边排成长长的行列。同一方向距离稍近些，枝柯疏朗的柿子树，正挂着无数玩具一样明黄照眼的果实。在左边，更远一些的公路上，和较近人家屋后，尤加利树高摇摇的树身，向天直矗，狭长叶片杨条鱼一般在微风中闪泛银光。近身园地中那些石榴树丛，各自在阳光下立定，叶子细碎绿中还夹杂些鲜黄，阳光照及处都若纯粹透明。仙人掌的堆积物，在园坎边一直向前延展，若不受小河限制，俨然即可延展到天际。肥大叶片绿得异常哑静，对于阳光竟若特有情感，吸收极多，生命力因之亦异常饱满。最动人的还是身后高地那一片待收获的高粱，枝叶在阳光雨露中已由青泛黄，各顶着一丛丛紫色颗粒，在微风中特具萧瑟感，同时也可从成熟状态中看出这一年来人的劳力与希望结合的庄严。从松柏树的行列缝隙间，还可看到远处浅淡的绿原，和那些刚由闪光锄头翻过赭色的田亩相互交错，以及镶在这个背景中的村落，村落尽头那一线银色湖光。在我手脚可及处，却可从银白光泽的狗尾草细长枯茎和黄茸茸杂草间，发现各式各样绿得等级完全不同的小草。

我努力想来捉捕这个绿芜照眼的光景，和在这个清洁明朗空气相衬从平田间传来的锄地声、从村落中传来的舂米声、从山坡下一角传来的连枷扑击声、从空气中传来的虫鸟搏翅声，以及由于这些声音共同形成的特殊静境，手中一支笔，竟若丝毫无可为力。只觉得这一片绿色、一组声音、一点无可形容的气味综合所作成的境界，使我视听诸官觉沉浸到这个境界中后，已转成单纯到不可思议。企图用充满历史霉斑的文字来写它时，竟是完全的徒劳。

地方对于我虽并不完全陌生，可是这个时节耳目所接触，却是个比梦境更荒唐的实在。

强烈的午后阳光，在云上，在树上，在草上，在每个山头黑石和黄土上，在一枚爬着的飞动的虫蚁触角和小脚上，在我手足颈肩上，都恰象一只温暖的大手，到处给以同样充满温情的抚摩。但想到这只手却是从亿万里外向所有生命伸来的时候，想象便若消失在天地边际，使我觉得生命在阳光下，已完全失去了旧有意义了。

其时松树顶梢有白云驰逐，正若自然无目的游戏。阳光返照中，天上云影聚拢复散开；那些大小不等云彩的阴影，便若匆匆忙忙的如奔如赴从那些刚过收割期不久的远近田地上一一掠过，引起我一点点新的注意。我方从那些灰白色残余禾株间，发现了些银绿色点子。原来十天半月前，庄稼人趁收割时嵌在禾株间的每一粒蚕豆种子，在润湿泥土与和暖阳光中，已普遍从薄而韧的壳层里解放了生命，茁起了小小芽梗。有些下种较早的，且已变成绿芜一片。小溪边这里那里，到处有白色蜉蝣蚊蠓，在阳光下旋成一个柱子，队形忽上忽下，表示对于暂短生命的悦乐。阳光下还有些红黑对照色彩鲜明的小甲虫，各自从枯草间找寻可攀登的白草，本意俨若就只是玩玩，到了尽头时，便常常从草端从容堕下，毫不在意，使人对于这个小小生命所具有的完整性，感到无限惊奇。忽然间，有个细腰大头黑蚂蚁，爬上了我的手背，仿佛有所搜索，到后便停顿在中指关节间，偏着个头，缓慢舞动两个小小触须，好象带点怀疑神气，向阳光提出询问：

“这是什么东西？有什么用处？”

我于是试在这个纸上，开始写出我的回答：

“这个古怪东西名叫手爪，和动物的生存发展大有关系。最先它和猴子不同处，就是这个东西除攀树走路以外，偶然发现了些别的用途。其次是服从那个名叫脑子的妄想，试作种种活动，因此这类动物中慢慢的就有了文化和文明，以及代表文化文明的一切事事物物。这一处动物和那一处动物，既生存在气候不同物产不同迷信不同环境中，脑子的妄想以及由于妄想所产生的一切，发展当然就不大一致。到两方面失去平衡时，因此就有了战争。战争的意义，简单一点说来，便是这类动物的手爪，暂时各自返回原始的用途，用它来撕碎身边真实或假想的仇敌，并用若干年来手爪和脑子相结合产生的精巧工具，在一种多少有点疯狂恐怖情绪中，毁灭那个妄想与勤劳的成果，以及一部分年青生命。必须重新得到平衡后，这个手爪方有机会重新用到有意义方面去。那就是说生命的本来，除战争外有助于人类高尚情操的种种发展。战争的好处，凡是这类动物都异常清楚，我向你可说的也许是另外一回事，是因动物所住区域和皮肤色泽产生的成见，与各种历史上的荒谬迷信，可能会因之而消失，代替来的虽无从完全合理，总希望可能比较合理。正因为战争象是永远去不掉的一种活动，所以这些动物中具妄想天赋也常常被阿谀势力号称‘哲人’的，还有对于你们中群的组织，加以特别赞美，认为这个动物的明日，会从你们组织中取法，来作一切法规和社会设计的。关于这一点你也许不会相信。可是凡是属于这个动物的问题，照例有许多事，他们自己也就不会相信！他们的心和手结合为一形成的知识，已能够驾驭物质、征服自然，用来测量在太空中飞转的星球的重量和速度，好象都十分有把握，可始终就不大能够处理

‘情感’这个名词，以及属于这个名词所产生的种种悲剧。大至于人类大规模的屠杀，小至于个人家庭纠纠纷纷，一切‘哲人’和这个问题碰头时，理性的光辉都不免失去，乐意转而将它交给‘伟人’或‘宿命’来处理。这也就是这个动物无可奈何处。到现在为止，我们还缺少一种哲人，有勇气敢将这个问题放到脑子中向深处追究。也有人无章次的梦想过，对伟人宿命所能成就的事功怀疑，可惜使用的工具却已太旧，因之名叫‘诗人’，同时还有个更相宜的名称，就是‘疯子’。”

那只蚂蚁似乎并未完全相信我的种种胡说，重新在我手指间慢慢爬行，忽若有所悟，又若深怕触犯忌讳，急匆匆的向枯草间奔去，即刻消失了。它的行为使我想起十多年前一个同船上路的大学生，当我把脑子想到的一小部分事情向他道及时，他那种带着谨慎怕事惶恐逃走的神情，正若向我表示：“一个人思索太荒谬了不近人情。我是个规矩公民，要的是可靠工作，有了它我可以养家活口。我的理想只是无事时玩玩牌，说点笑话，买点储蓄奖券。这世界一切都是假的，相信不得，尤其关于人类向上书呆子的理想。我只见到这种理想和那种理想冲突时的纠纷混乱，把我做公民的信仰动摇，把我找出路的计划妨碍。我在大学读过四年书，所得的结论，就是绝对不做书呆子，也不受任何好书本影响！”快二十年了，这个公民微带嘶哑充满自信的声音，还在我耳际萦回。这个朋友这时节说不定已作了委员厅长或主任，活得也好象很尊严很幸福。

一双灰色斑鸠从头上飞过，消失到我身后斜坡上那片高粱地里去了，我于是继续写下去，试来询问我自己：

“我这个手爪，这时节有些什么用处？将来还能够作些什么？是顺水浮舟，放乎江潭？是餔糟啜醨，拖拖混混？是打拱作揖，找寻出路？是卜课占卦，遣有涯生？”

自然无结论可得。一片绿色早把我征服了。我的心这个时节就毫无用处，没有取予，缺少爱憎，失去应有的意义。在阳光变化中，我竟有点怀疑，我比其他绿色生物，究竟是否还有什么不同处。很显明，即有点分别，也不会比那生着桃灰色翅膀、颈膊上围着花带子的斑鸠与树木区别还来得大。我仿佛触着了生命的本体。在阳光下包围于我身边的绿色，也正可用来象征人生。虽同一是个绿色，却有各种层次。绿与绿的重叠，分量比例略微不同时，便产生各种差异。这片绿色既在阳光下不断流动，因此恰如一个伟大乐曲的章节，在时间交替下进行，比乐律更精微处，是它所产生的效果，并不引起人对于生命的痛苦与悦乐，也不表现出人生的绝望和希望，它有的只是一种境界。在这个境界中，似乎人与自然完全趋于谐和，在谐和中又若还具有一分突出自然的明悟，必需稍次一个等级，才能和音乐所煽起的情绪相邻，再次一个等级，才能和诗歌所传递的感觉相邻。然而这个等次的降落只是一种比拟，因为阳光转斜时，空气已更加温柔，那片绿原渐渐染上一层薄薄灰雾，远处山头，有由绿色变成黄色的，也有由淡紫色变成深蓝色的，正若一个人从壮年移渡到中年，由中年复转成老年，先是鬓毛微斑，随即满头如雪，生命虽日趋衰老，一时可不曾见出齿牙摇落的日暮景象。其时生命中杂念与妄想，为岁月漂洗而去尽，一种清净纯粹之气，却形于眉宇神情间。人到这个状况下时，自然比诗歌和音乐更见得素朴而完整。

我需要一点欲念，因为欲念若与社会限制发生冲突，将使我因此而痛苦。我需要一点狂妄，因为若扩大它的作用，即可使我从这个现实光景中感到孤单。不拘痛苦或孤单，都可将我重新带近这个乱糟糟的人间，让固执的爱与热烈的恨，抽象或具体的交替来折磨我这颗心，于是我会从这个绿色次第与变化中，发现象征生命所表现的种种意志。如何形成一个小小花蕊，创造出一根刺，以及那个凭借草木在微风中摇荡飞扬旅行的银白色茸毛种子，成熟时自然轻轻爆裂弹出种子的豆荚，这里那里，还无不可发现一切有生为生存与繁殖所具有的不同德性。这种种德性，又无不本源于一种坚强而韧性的试验，在长时期挫折与选择中方能形成。我将大声叫嚷："这不成！这不成！我们人的意志是个什么形式？在长期试验中有了些什么变化和进展？它存在，究竟在何处？它消失，究竟为什么而消失？一个民族或一种阶级，它的逐渐堕落，是不是纯由宿命，一到某种情形下即无可挽救？会不会只是偶然事实，还可能用一种观念一种态度将它重造？我们是不是还需要些人，将这个民族的自尊心和自信心，用一些新的抽象原则重建起来？对自然美的热烈赞颂、对传统世故的极端轻蔑，是否即可从更年青一代见出新的希望？”

不知为什么，我的眼睛却被这个离奇而危险的想象弄得迷蒙潮润了。

我的心，从这个绿荫四合所作成的奇迹中，和斑鸠一样，向绿荫边际飞去，消失在黄昏来临以前的一片灰白雾气中，不见了。

……一切生命无不出自绿色，无不取给于绿色，最终亦无不被绿色所困惑。头上一片光明的蔚蓝，若无助于解脱时，试从黑处去搜寻，或者还会有些不同的景象。一点淡绿色的磷光，照及范围极小的区域，一点单纯的人性，在得失哀乐间形成奇异的式样。由于它的复杂与单纯，将证明生命于绿色以外，依然能存在，能发展。

二　黑

同样是强烈阳光中，长大院坪里正晒了一堆堆黑色的高粱，几只白母鸡在旁边啄食。一切寂静。院子一端草垛后的侧屋中，有木工的斧斤削砍声和低沉人语声，更增加这个乡村大宅院的静境。

当我第一次用“城里人”身分，进到这个乡户人家广阔庭院中，站在高粱堆垛间，为迎面长廊承尘梁柱间的繁复眩目金漆彩绘呆住时，引路的马夫，便在院中用他那个沙哑嗓子嚷叫起来：

“二奶奶，二奶奶，有人来看你房子！”

那几只白母鸡起始带点惊惶神气，奔窜到长廊上去。二奶奶于是从大院左侧断续斧斤声中侧屋走了出来。六十岁左右，一身的穿戴，一切都是三十年前老辈式样。额间玄青缎勒正中一片绿玉，耳边两个玉镶大金环，阔边的袖口和衣襟，脸上手上象征勤劳的色泽和粗线条皱纹、端正的鼻梁、微带忧郁的温和眼神，以及从像貌中即可发现的一颗厚道单纯的心。我心想：

“房子好，环境好，更难得的也许还是这个主人。一个本世纪行将消失、前一世纪的正直农民范本。”

我稍微有点担心，这房子未必能够租给我。可是一分钟后，我就明白这点忧虑为不必要了。

于是照一般习惯。我开始随同这个肩背微偻的老太太各处走去。从那个充满繁复雕饰涂金绘彩的长廊，走进靠右的院落。在门廊间小小停顿时，我不由得不带着诚实赞美口气说："老太太，你这房子真好，木材多整齐，工夫多讲究！"

正象这种赞美是必然的，二奶奶便带着客气的微笑，指点第一间空房给我看，一面说："不好，不好，好哪样！城里好房子多呐多！"

我们在雕花槅扇间，在镂空贴金拼嵌福寿字样的过道窗口下，在厅子里，在楼梯边，在一切分量沉重式样古拙朱漆灿然的家具旁，在连接两院低如船厅的长形客厅中，在宽阔楼梯上，在后楼套房小小窗口那一缕阳光前，在供神木座一堆黝黑放光的铜像左右，到处都停顿了一会儿。这其间，或是二奶奶听我对于这个房子所作的赞赏，或是我听二奶奶对于这个房子的种种说明。最后终于从靠左一个院落走出，回到前面大院子中，在那个六方边沿满是浮雕戏文故事的青石水缸旁站定，一面看木工拼合寿材，一面讨论房子问题。

"先生看可好？好就搬来住！楼上、楼下，你要的我就打扫出来。那边院子归我作主，这边归三房，都好商量。可要带朋友来看看？"

“老太太，房子太好了。不用再带我那些朋友来看了。我们这时节就说好。后楼连佛堂算六间，前楼三间，楼下长厅子算两间，全部归我。今天二十五，下月初我们一定会搬来。老太太，你可不能翻悔，又另外答应别人。”

“好罗，好罗，就是那么说。你们只管来好了。我们不是城里那些租房子的。乡下人心直口直，说一是一，你放心。”

走出了这个人家大门，预备上马回到小县城里去看看时，已不见原来那匹马和马夫，门前路坎边，有个乡下公务员模样的中年人，正把一匹枣骝马系在那一株高大仙人掌树干上，景象自然也是我这个城里人少见的。转过河堤前时，才看到马和马夫共同在那道小河边饮水。

这房子第一回给我的印象，竟简直象做个荒唐的梦。那个寂静的院落，那青石作成的雕花大水缸，那些充满东方人将巧思织在对称图案上的金漆槅扇，那些大小笨重的家具，尤其是后楼那几间小套房，房间小小的，窗口小小的，一缕阳光斜斜的从窗口流进，由暗朱色桌面逼回，徘徊在那些或黑或灰庞大的瓶罍间，所形成的那种特别空气、那种希有情调，说陌生可并不吓怕，虽不吓怕可依然不易习惯，说真话，真使人不大相信是一个房间，这房间且宜于普通人住下！可是事实上，再过三五天，这些房间便将有大部分归我来处置，我和几个亲友，就会用这些房间来作家了！

在马上时，我就试把这些房间一一分配给朋友。画画的宜在楼下那个长厅中，虽比较低矮，可相当宽阔光亮。弄音乐的宜住后楼，虽然光线不足，有的是僻静，人我两不相妨。至于那个特殊情调，对于习音乐的也许还更相宜。前楼那几间单纯光亮房子，自然就归给我了。因为由窗口望出去，远山近树的绿色，对于我的工作当有帮助；早晚由窗口射进来的阳光，对于孩子们健康实更需要。正当我猜想到房东生活时，那个肩背微伛的马夫，象明白我的来意，便插口说：

“先生，可看中那房子？这是我们县里顶好一所大房子。不多不少，一共造了十二年。椽子柱子亏老爹上山一根一根找来！你留心看看，那些窗槅子雕的菜蔬瓜果、蛤蟆和兔子，样子全不相同，是一个木匠主事，用他的斧头凿子作成功的！还有那些大门和门闩，扣门锁门定打的大铁老鸹袢，那些承柱子的雕花石鼓，那些搬不出房门的大木床，哪一样不是我们县里第一！往年老当家的在世时，看过房子的人翘起大拇指说：‘老爹，呈贡县唯有你这栋房子顶顶好！’老爹就笑起来说：‘好哪样！你说的好。’其实老爹累了十二年，造成这栋大房子，最快乐的事，就是听人说这句话。他有机会回答这句话，老爹脾气怪，房子好不让小伙子住，说免得耗折福分。房子造好后好些房间都空着，老爹就又在那个房子里找木匠做寿材，自己监工，四个木匠整整做了一年，前后油漆了几十次，阴宅好后，他自己也就死了。新二房大爹接手当家，爱热闹，要大家迁进来住，谁知年青小伙子各另有想头，读书的、做事的、有了新媳妇的，都乐意在省上租房子住。到老的讨了个小太太后，和二奶奶合不来，老的自己也就搬回老屋，不再在新房子里住。所以如今就只二奶奶守房子。好大栋房子，拿来收庄稼当仓屋用！省上有人来看房子，二奶奶高高兴兴带人楼上楼下打圈子，听人说房子好时，一定和那个老爹一样，会说‘好哪样’。二奶奶人好心好，今年快七十了。大爹嘜，别的学不到，只把过世老爹古怪脾气接过了手，家里人大小全都合不来。这几天听说二奶奶正请了可乐村的木匠做寿材，两副大四合寿木，要好几千中央票子！老夫老妇在生合不来，死后可还得埋在一个坑里。……家里如今已不大成。老当家在时，一共有十二个号口，十二个大管事来来去去都坐轿子，不肯骑马，老爹过去后只剩三个号口。民国十二年土匪看中了这房子，来住了几天，挑去了两担首饰银器，十几担现银元宝，十几担烟土。省里队伍来清乡，打走土匪后，又把剩下的东东西西扫刮搬走。这一来一往，家里也就差不多了。如今想发旺，恐怕要看小的一代去了。……先生，你可当真预备来疏散？房子清爽好住，不会有鬼的！”

从饶舌的马夫口里，无意中得到了许多关于这个房子的历史传说，恰恰补足了我所要知道的一切。

我觉得什么都好，最难得的还是和这个房子有密切关系的老主人，完全贴近土地的素朴的心、素朴的人生观。不提别的，单说将近半个世纪生存于这个单纯背景中所有的哀乐式样，就简直是一个宝藏，一本值得用三百五十页篇幅来写出的动人故事！我心想，这个房子，因为一种新的变动，会有个新的未来，房东主人在这个未来中，将是一个最动人的角色。

一个月后，我看过的一些房间，就已如我所估想的住下了人。在其他房间中，也住了些别的人。大宅院忽然热闹起来。四五个灶房都升了火，廊下到处牵上了晒衣裳的绳子，小孩子已发现了几个花钵中的蓓蕾，二奶奶也发现了小孩子在悄悄的掐折花朵，人类机心似乎亦已起始在二奶奶衰老生命和几个天真无邪孩子间有了些微影响。后楼几个房间和那两个佛堂，更完全景象一新，一种稀有的清洁，一种年青女人代表青春欢乐的空气。佛堂既作了客厅，且作了工作室，因此壁上的大小乐器，以及这些乐器转入手中时伴同年青歌喉所作成的细碎嘈杂，自然无一不使屋主人感到新的变化。

过不久，这个后楼佛堂的客厅中，就有了大学教授和大学生，成为谦虚而随事服务的客人，起始陪同年青女孩子作饭后散步，带了点心食物上后山去野餐，还常常到三里外长松林间去赏玩白鹭群。故事发展虽慢，结束得却突然。有一回，一个女孩赞美白鹭，本意以为这些俊美生物与田野景致相映成趣。一个习社会学的大学教授，却充满男性的勇敢，向女孩子表示，若有支猎枪，就可把松树顶上这些白鹭一只一只打下来。白鹭并未打下，这一来，倒把结婚希望打落，于是留下个笑话，仿佛失恋似的走了。大学生呢，读《红楼梦》十分熟习，欢喜背诵点旧诗，可惜几个女孩却不大欣赏这种多情才调。二奶奶依然每天早晚洗过手后，就到佛堂前来敬香，点燃香，作个揖，在北斗星灯盏中加些清油，笑笑的走开了。遇到女孩子们正在玩乐器，间或也用手试摸摸那些能发不同音响的筝笛琵琶，好象对于一个陌生孩子的抚爱。也坐下来喝杯茶，听听这些古怪乐器在灵巧手指间发出的新奇声音。这一切虽十分新奇，对于她内部的生命，却并无丝毫影响，对于她日常生活，也无何等影响。

随后楼下的青年画家；也留下些传说于几个年青女孩子口中，独自往滇西大雪山下工作去了。住处便换了一对艺术家夫妇。壁上悬挂了些中画和西画，床前供奉了观音和耶稣，房中常有檀香山洋琵琶弹出的热情歌曲，间或还夹杂点充满中国情调新式家庭的小小拌嘴。正因为这两种生活交互替换，所以二奶奶即或从窗边走过，也决不能想象得出这一家有些什么问题发生。去了一个女仆，又换来一个女仆，这之间自然不可免也有了些小事情，影响到一家人的情绪。先生为人极谦虚有礼，太太为人极爱美好客，想不到两种好处放在一处反多周章。且不知如何一来，当家的大爹，忽然又起了回家兴趣，回来时就坐在厅子中，一面随地吐痰，一面打鸡骂狗。以为这个家原是他的产业，不许放鸡到处屙屎，妨碍卫生。艺术家夫妇恰好就养了几只鸡，这些扁毛畜生可不大能体会大爹脾气，也不大讲究卫生，因之主客之间不免冲突起来。于是有一个时节，这个院子便可听到很热烈的争吵声，大爹一面吵骂不许鸡随便屙屎，一面依然把黄痰向各处远远唾去，那些鸡就不分彼此的来竞争啄食。后楼客厅中，间或又来个女客。为人有道德能文章，写出的作品，温暖美好的文字，装饰的情感，无不可放在第一流作家中间。更难得的是，未结婚前，决不在文章中或生活上涉及恋爱问题，结了婚后推己及人，却极乐意在婚姻上成人之美。家中有个极好的柔软床铺，常常借给新婚夫妇使用。这个知名客人来了又走了，二奶奶还给人介绍认识过。这些目前或俗或雅或美或不美的事件，对她可毫无影响。依然每早上打扫打扫院子，推推磨石，扛个小小鸦嘴锄下田，晚饭时便坐在侧屋檐下石臼边，听乡下人说说本地米粮时事新闻。

随后是军队来了，楼下大厅正房作了团长的办公室和寝室，房中装了电话，门前有了卫兵，全房子都被兵士打扫得干干净净。屋前林子里且停了近百辆灰绿色军用机器脚踏车；村子里屋角墙边，到处有装甲炮车搁下。这些部队不久且即开拔进了缅甸，再不久，就有了失利消息传来，且知道那几个高级长官，大都死亡了。住在这个房子中的华侨中学学生，因随军入缅，也有好些死亡了。住在楼下某个人家，带了三个孩子返广西，半路上翻车，两个孩子摔死的消息也来了。二奶奶虽照例分享了同住人得到这些不幸消息时一点惊异与惋惜，且为此变化谈起这个那个，提出些近于琐事的回忆，可是还依然在原来平静中送走每一个日子。

艺术家夫妇走后，楼下厅子换了个商人，在滇缅公路上往返发了点小财。每个月得吃几千块钱纸烟的太太，业已生育了四个孩子，到生育第五个时，因失血过多，在医院死去了。住在隔院一个卸任县长，家中四岁大女孩，又因积食死去。住在外院侧屋一个卖陶器的，不甘寂寞，在公路上行凶抢劫，业已捉去处决。三分死亡影响到这个大院子。商人想要赶快续婚，带了一群孤雏搬走了。卸任县长事母极孝，恐老太太思念殇女成病，也迁走了。卖陶器的剩下的寡妇幼儿，在一种无从设想的情形下，抛弃了那几担破破烂烂的瓶罐，忽然也离开了。于是房子又换了一批新的寄居者，一个后方勤务部的办事处，和一些家属。过不到一月，办事处即迁走，留下那些家眷不动。几乎象是演戏一样，这些家眷中，就听到了有新作孤儿寡妇的。原来保山局势紧张时，有些守仓库的匆促中毁去汽油不少，一到追究责任时，黠诈的见机逃亡，忠厚的就不免受军事处分。这些孤儿寡妇过不久自然又走了，向不可知一个地方过日子去了。

习音乐的一群女孩子，随同机关迁过四川去了。

后来又迁来一群监修飞机场的工程师、几位太太、一群孩子，一种新的空气亦随之而来。卖陶器的住处换了一家卖糖的，用修飞机场工人作对象，从外县赶来做生意。到由于人类妄想与智慧结合所产生的那些飞机发动机怒吼声，二十三十日夜在这个房子上空响着时，卖糖的却已发了一笔小财，回转家乡买田开杂货铺去了。年前霍乱流行，一个村子一个村子的乡民，老少死亡相继。山上成熟的桃李，听他在树上地上烂掉，也不许在县中出卖。一个从四川开来的补充团，碰巧到这个地方，在极凄惨的情形中死去了一大半，多浅葬在公路两旁，翘起的瘦脚露出土外，常常不免将行路人绊倒。一些人的生命，仿佛受一种来自时代的大力所转动，无从自主。然而这个大院中，却又迁来一个寄居者，一个从爱情得失中产生灵感的诗人，住在那个善于唱歌吹笛的聪敏女孩子原来所住的小房中，想从窗口间一霎微光，或书本中一点偶然留下的花朵微香，以及一个消失在时间后业已多日的微笑影子，返回过去，稳定目前，创造未来。或在绝对孤寂中，用少量精美文字，来排比个人梦的形式与联想的微妙发展。每到小溪边去散步时，必携同朋友五岁大的孩子，用箬叶折成小船，装载上一朵野花，一个泛白的螺蚌，一点美丽的希望，并加上出于那个小孩子口中的痴而黠的祝福，让小船顺流而去。虽眼看去不多远，就会被一个树枝绊着，为急流冲翻，或在水流转折所激起的漩涡中消失，诗人却必然眼睛湿蒙蒙的，心中以为这个三寸长的小船，终会有一天流到两千里外那个女孩子身边。而且那些憔悴的花朵、那点诚实的希望，以及出自孩子口中的天真祝福，会为那个女孩子含笑接受。有时正当落日衔山，天上云影红红紫紫如焚如烧，落日一方的群山黯淡成一片墨蓝，东面远处群山，在落照中光影陆离仪态万千时，这个诗人却充满象征意味，独自去屋后经过风化的一个山冈上，眺望天上云彩的变幻和两面山色的倏忽。或偶然从山凹石罅间有所发现，必扳着那些摇摇欲坠的石块，努力去攀折那个野生带刺花卉，摘回来交给朋友，好象说："你看，我还是把它弄回来了，多险！"情绪中不自觉的充满成功的满足。诗人所住的小房间，既是那个善于吹笛唱歌女孩子住过的，到一切象征意味的爱情依然填不满生命的空虚，也耗不尽受抑制的充沛热情时，因之抱一宏愿，将用个三十万言小说，来表现自己。两年来，这个作品居然完成了大部分。有人问及作品如何发表时，诗人便带着不自然的微笑，十分郑重的说："这不忙发表，需要她先看过，许可发表时再想办法。"决不想到这个作品的发表与否，对于那个女孩子是不能成为如何重要问题的。就因他还完全不明白他所爱慕的女孩子，几年来正如何生存在另外一个风雨飘摇事实巨浪中。怨爱交缚，人我间情感与负气作成的无可奈何环境，所受的压力更如何沉重。这种种不仅为诗人梦想所不及，她自己也初不及料。一切变故都若完全在一种离奇宿命中，对于她加以种种试验。为希望从这个梦魇似的人生中逃出，得到稍稍休息，过不久或且又会回到这个旧居来。然而这方面，人虽若有机会回到这个唱歌吹笛的小楼上来，另一方面，诗人的小小箬叶船儿，却把他的欢欣的梦和孤独的忧愁，载向想象所及的一方，一直向前，终于消失在过去时间里，淡了，远了，即或可以从星光虹影中回来，也早把方向迷失了。新的现实还可能有多少新的哀乐，当事者或旁观者对之都全无所知。当有人告给二奶奶，说三年前在后楼住的最活泼的一位小姐，要回到这个房子来住住时，二奶奶快乐异常的说：“那很好。住久了，和自己家里人一样，大家相安。× 小姐人好心好，住在这里我们都欢喜她！”正若一个管理码头的，听说某一只船儿从海外归来神气一样自然，全不曾想到这只美丽小船三年来在海上连天巨浪中挣扎，是种什么经验。为得到这个经验，又如何弄得帆碎橹折，如今的小小休息，还是行将准备向另外一个更不可知的陌生航线驶去！

……日月运行，毫无休息，生命流转，似异实同，惟人生另有其庄严处，即因贤愚不等，取舍异趣，入渊升天，半由习染，半出偶然，所以兰桂未必齐芳，萧艾转易敷荣。动若常动，便若下坡转丸，无从自休。多得多患，多思多虑，有时无从用“劳我以生”自解，便觉“得天独全”可羡。静者常静，虽不为人生琐细所激发，无失亦无得，然而“其生若浮，其死则休”，虽近生命本来，单调又终若不可忍受。因之人生转趋复杂，彼此相慕，彼此相妒，彼此相争，彼此相学，相差相左，随事而生。凡此一切，智者得之，则生知识，仁者得之，则生悲悯，愚而好自用者得之，则又另有所成就。不信宿命的，固可从生命变易可惊异处，增加一分得失哀乐，正若对于明日犹可望凭知识或理性，将这个世界近于传奇部分去掉，人生便日趋于合理。信仰宿命的，又一反此种“人能胜天”的见解，正若认为“思索”非人性本来，倦人而且恼人，明日事不若付之偶然，生命亦比较从容自在。不信一切，惟将生命贴近土地，与自然相邻，亦如自然一部分的，生命单纯庄严处，有时竟不可仿佛。至于相信一切的，到末了却将俨若得到一切，惟必然失去了用为认识一切的那个自己。

三　灰

在一堆具体的事实和无数抽象的法则上，我不免有点茫然自失，有点疲倦，有点不知如何是好。打量重新用我的手和想象，攀援住一种现象，即或属于过去业已消逝的，属于过去即未真实存在的……必须得到它方能稳定自己。

我似乎适从一个辽远的长途归来，带着一点混和在疲倦中的淡淡悲伤，站在这个绿荫四合的草地上，向淡绿与浓赭相错而成的原野、原野尽头那个村落，伸出手去。

“给我一点点最好的音乐，萧邦[1]或莫扎特，只要给我一点点，就已够了。我要休息在这个乐曲作成的情境

[1] 今译肖邦。

中，不过一会儿，再让它带回到人间来，到都市或村落，钻入官吏颟顸贪得的灵魂里，中年知识阶层倦于思索怯于怀疑的灵魂里，年青男女青春热情被腐败势力虚伪观念所阉割后的灵魂里，来寻觅，来探索，来从这个那个剪取可望重新生长的种芽。即或它是有毒的，更能增加组织上的糜烂，可能使一种善良的本性发展有妨碍的，我依然要得到它，设法好好使用它。”

当我发现我所能得到的，只是一种思索继续思索，以及将这个无尽长链环绕自己束缚自己时，我不能不回到二奶奶给我寄居五年那个家里了。这个房子去我当前所在地，真正的距离，原来还不到两百步远近。

大院中正如五年前第一回看房子光景，晒了一地黑色高粱。二奶奶和另外三个女工，正站成一排，用木连枷击打地面高粱，且从均匀节奏中缓缓的移动脚步，让连枷各处可打到。三个女工都头裹白帕，使我记起五年前那几只从容自在啄食高粱的白母鸡。年青女工中有一位好象十分面善，可想不起这个乡下妇人会引起我注意的原因，直到听二奶奶叫那女工说：

“小菊，小菊，你看看饭去。你让沈先生来试试，会不会打。”

我才知道这是小菊。我一面拿起握手处还温暖的连枷，一面想起小菊的问题，竟始终不能合拍，使得二奶奶和女工都笑将起来。真应了先前一时向蚂蚁表示的意见，这个手爪的用处，已离开自然对于五个指头的设计甚远，完全不中用了。可是使我分心的，还是那个身材瘦小说话声哑的农家妇人小菊。原来去年当收成时，小菊正在发疯。她的妈妈是个寡妇，住在离城十里的一个村子中，小小房子被一把天火烧了。事后除从灰里找出几把烧得变了形的农具和镰刀，已一无所有。于是趁收割季节带了两个女孩子，到龙街子来找工作。大女孩七岁，小女孩两岁，向二奶奶说好借住在大院子装谷壳的侧屋中，有什么吃什么，无工可作母女就去田里收拾残穗和土豆，一面用它充饥，一面储蓄起来，预备过冬。小菊是大女儿，已出嫁三年。丈夫出去当兵打仗，三年不来信，那人家想把她再嫁给一个人，收回一笔财礼，小菊并不识字，只因为想起两句故事上的话语，“好马不配双鞍，烈女不嫁二夫。”为这个做人的抽象原则所困住，怕丢脸，不愿意再嫁。待赶回家去和她妈妈商量，才知道房子已烧去。许久又才找到二奶奶家里来，一看两个妹妹都嚼生高粱当饭吃，帮人无人要，因此就疯了。疯后整天大唱大嚷，各处走去。乡下小孩子摘下仙人掌追着她打闹，她倒象十分快乐。过一阵，生命力和积压在心中的委屈耗去了后，人安静了些，晚上就坐在二奶奶大门前，向人说自己的故事。到了夜里，才偷悄悄进到二奶奶家装糠壳的屋子里睡睡。这事有一天无意被三房骨都嘴嫂子发现了，就说："嗨，嗨，这还了得！疯子要放火烧房子，什么人敢保险！"半夜里把小菊赶了出去，听她在野地里过夜。并说"疯子冷冷就会好"。房子既是几房合有的，二奶奶不能自作主张，只好悄悄的送些东西给小菊的妈。过了冬天，这一家人扛了两口袋杂粮，携儿带女走到不知何处去了，大家对于小菊也就渐渐忘记了。

我回到房中时，才知道小菊原来已在一个地方做工，这回是特意来看二奶奶，还带了些栗子送礼。因为母女去年在这里时，我们常送她饭吃，也送我们一些栗子。

到我家来吃晚饭的一个青年朋友，正和孩子们充满兴趣用小刀小锯作小木车，重新引起我对于自己这双手感到使用方式的怀疑。吃过饭后，朋友说起他的织袜厂最近所遭遇的困难，因原料缺少，无从和出纱方面接头，得不到支援，不能不停工。完全停工会影响一百三十多个乡下妇女的生计，因此又勉强让部分工作继续下去。照袜厂发展说来，三千块钱作起，四年来已扩大到一百多万。这个小小事业且供给了一百多乡村妇女一种工作机会，每月可得到千元左右收入。照这个朋友计划说来，不仅已让这些乡下女人无用的手变为有用，且希望那个无用的心变为有用，因此一天到处为这个事业奔走，晚上还亲自来教这些女工认字读书。凡所触及的问题，都若无可如何，换取原料既无从直接着手，教育这些乡村女子，想她们慢慢的，在能好好的用她们的手以后还能好好的用她们的心，更将是个如何麻烦无望的课题！然而朋友对于工作的信心和热诚，竟若毫无困难不可克服。而且那种精力饱满对事乐观的态度，使我隐约看出另一代的希望，将可望如何重建起来。一颗素朴简单的心，如二奶奶本来所具有的，如何加以改造，即可成为一颗同样素朴简单的心，如这个朋友当前所表现的。当这个改造的幻想无章次的从我脑中掠过时，朋友走了，赶回袜厂中教那些女工夜课去了。

孩子们平时晚间欢喜我说一些荒唐故事，故事中一个年青正直的好人，如何从星光接来一个火，又如何被另外一种不义的贪欲所作成的风吹熄，使得这个正直的人想把正直的心送给他的爱人时，竟迷路失足跌到脏水池里淹死。这类故事就常常把孩子们光光的眼睛挤出同情的热泪。今夜里却只把那年青朋友和他们共作成的木车，玩得非常专心，既不想听故事，也不愿上床睡觉。我不仅发现了孩子们的将来，也仿佛看出了这个国家的将来。传奇故事在年青生命中已行将失去意义，代替而来的必然是完全实际的事业，这种实际不仅能缚住他们的幻想，还可引起他们分外的神往倾心！

大院子里连枷声，还在继续拍打地面。月光薄薄的，淡云微月中，一切犹如江南四月光景。我离开了家中人，出了大门，走向白天到的那个地方去找寻一样东西。我想明白那个蚂蚁是否还在草间奔走。我当真那么想，因为只要在草地上有一匹蚂蚁被我发现，就会从这个小小生物活动上，追究起另外一个题目。不仅蚂蚁不曾发现，即白日里那片奇异绿色，在美丽而温柔的月光下也完全失去了。目光所及到处是一片珠母色银灰。这个灰色且把远近土地的界限和草木色泽的层次，全失去了意义。只从远处闪烁摇曳微光中，知道那个处所有村落有人。站了一会儿，我不免恐怖起来，因为这个灰色正象一个人生命的形式。一个人使用他的手有所写作时，从文字中所表现的形式。“这个人是谁？是死去的还是生存的？是你还是我？”从远处缓慢舂米声中，听出相似口气的质问。我应当试作回答，可不知如何回答，因之一直向家中逃去。

二奶奶见个黑影子猛然窜进大门时，停下了她的工作。

“疯子，可是你？”

我说：“是我！”

二奶奶笑了，“沈先生，是你！我还以为你是小菊，正经事不作，来吓人。”

从二奶奶话语中，我好象方重新发现那个在绿色黑色和灰色中失去了的我。

上楼见主妇时，问我到什么地方去那么久。

“你是讲刚才，还是说从白天起始？我从外边回来，二奶奶以为我是疯子小菊，说我一天正经事不作，只吓人。知道是我，她笑了，大家都笑了。她倒并没有说错。你看我一天作了些什么正经事，和小菊有什么不同。不过我从不吓人，只欢喜吓吓我自己罢了。”

主妇完全不明白我说的意义，只是莞尔而笑。然而这个笑又象平时，是了解与宽容、亲切和同情的象征，这时对我却成为一种排斥的力量，陷我到完全孤立无助情境中。在我面前的是一颗希有素朴善良的心。十年来从我性情上的必然，所加于她的各种挫折，任何情形下，还都不会将她那个出自内心代表真诚的微笑夺去。生命的健全与完整，不仅表现于对人性情对事责任感上，且同时表现于体力精力饱满与兴趣活泼上。岁月加于她的限制，竟若毫无作用。家事孩子们的麻烦，反而更激起她的温柔母性的扩大。温习到她这些得天独厚长处时，我竟真象是有点不平，所以又说：

“我需要一点音乐，来洗洗我这个脑子，也休息休息它。普通人用脚走路，我用的是脑子。我觉得很累。音乐不仅能恢复我的精力，还可以缚住我的幻想，比家庭中的你和孩子重要！”这还是我今天第一回真正把音乐对于我意义说出口，末后一句话且故意加重一些语气。

主妇依然微笑，意思正象说：“这个怎么能激起我的妒嫉？别人用美丽辞藻征服读者和听众，你照例先用这个征服自己，为想象弄得自己十分软弱，或过分倔强。全不必要！你比两个孩子的心实在还幼稚，因为你说出了从星光中取火的故事，便自己去试验它。说不定还自觉如故事中人一样，在得到火以后，又陷溺到另一个想象的泥淖中，无从挣扎，终于死了。在习惯方式中吓你自己，为故事中悲剧而感动万分！不仅扮作想象中的君子，还扮作想象成的恶棍。结果什么都不成，当然会觉得很累！这种观念飞跃纵不是天生的毛病，从整个发展看也几几乎近于天生的。弱点同时也就是长处。这时节你觉得吓怕，更多时候很显然你是少不了它的！”

我如一个离奇星云被一个新数学家从第几度空间公式所捉住一样，简直完全输给主妇了。

从她的微笑中，从当前孩子们的浓厚游戏心情所作成的家庭温暖空气中，我于是逐渐由一组抽象观念变成一个具体的人。“音乐对于我的效果，或者正是不让我的心在生活上凝固，却容许在一组声音上，保留我被捉住以前的自由！”我不敢继续想下去。因为我想象已近乎一个疯子所有。我也笑了。两种笑融解于灯光下时，我的梦已醒了。我作了个新黄粱梦。

一九四三年十二月十日重写

黑魇

昆明市空袭威胁，因同盟国飞机数量增多后，俨然成为过去一种噩梦，大家已不甚在意。两年前被炸被焚的瓦砾堆上，大多数有壮大美观的建筑矗起。疏散乡下的市民，于是陆续离开了静寂的乡村，重新成为城里人。当进城风气影响到我住的那个地方时，家中会诅咒猫打喷嚏的张嫂，正受了梁山伯恋爱故事刺激，情绪不大稳定，就说：

"太太，大家都搬进城里住去了，我们怎么不搬？城里电灯方便，自来水方便，先生上课方便，弟弟读书方便，还有你，太太，要教书更方便！我看你一天来回五龙浦跑十几里路，心都疼了。"

主妇不作声，只笑笑，这个建议自然不会成为事实，因为我们实无做城里人资格，真正需要方便的是张嫂。

过了两个月，张嫂变更了谈话方式：

“太太，我想进城去看看我大姑妈，一个全头全尾的好人，心真好。五年不见面，托人带了信来，想得我害病！我陪她去住住，两个月就回来。我舍不得太太和小弟，一定会回来的！”

平时既只对于梁山伯婚事关心，从不提起过这位大姑妈。不过从她叙述到另外一个女佣人进城后，如何嫁了个穿黑洋服的“上海人”那种充满羡慕神气，我们如看什么象征派新诗一样，有了个长长的注解，好坏虽不大懂，内容已完全明白，不好意思不让她试试机会。不多久，张嫂就换上那件灰线呢短袖旗袍，半高跟旧皮鞋，带上那个生锈的洋金手表，脸上还敷了好些白粉，打扮得香喷喷的，兴奋而快乐，骑马进城看她的抽象姑妈去了。

我依然在乡下不动，若房东好意无变化，住到战争结束亦未可知。温和阳光与清爽空气，对于孩子们健康既有好处，寄居了将近五年，两个相连接的雕花绘彩大院落，院落中的人事新陈代谢，也使我觉得在乡村中住下来，比城市还有意义。户外看长脚蜘蛛在仙人掌间往来结网，捕捉蝇蛾，辛苦经营，不惮烦劳，还装饰那个彩色斑驳的身体，吸引异性，可见出简单生命求生的庄严与巧慧。回到住处时，看看几个乡下妇人，在石臼边为唱本故事上的姻缘不偶，眼中浸出诚实热泪，又如何发誓赌咒，解脱自己小小过失，并随时说点谎话，增加他人对于一己信托与尊重，更可悟出人类生命取予形式的多方。我事实上也在学习一切，不过和别人所学的不大相同罢了。

在腹大头小的一群官商合作争夺钞票局面中，物价既越来越高，学校一点收入，照例不敷日用。我还不大考虑到“兼职兼差”问题，主妇也不会和乡下人打交道作“聚草屯粮”计划，为节约计，佣人走后大小杂务都自己动手。磨刀扛物是我二十年老本行，作来自然方便容易。烧饭洗衣就归主妇，这类工作通常还与校课衔接。遇挑水拾树叶，即动员全家人丁，九岁大的龙龙，六岁大的虎虎，一律参加。一面工作一面也就训练孩子，使他们从服务中得到劳动愉快和做人尊严。干的湿的有什么吃什么，没有时包谷红薯当饭吃。凡是一般人认为难堪的，我们都不以为意。孩子们的欢笑歌呼，于家庭中带来无限生机与活力。主妇的身心既健康而素朴，接受生活应付生活俱见出无比的勇气和耐心，尤其是共同对于生命有个新的态度，日子过下去似乎并不如何困难。

一般人要生活，从普通比较见优劣，或多有件新衣和双鞋子，照例即可感到幸福。日子稍微窘迫，或发现有些方面不如人，设法从社交方式弥补，依然还不大济事时，因之许多高尚脑子，到某一时自不免又会悄悄的作些不大高尚的打算。许多人的聪明才智，倒常常表现成为可笑行为。环境中的种种见闻，恰作成我们另外一种教育，既不重视也并不轻视。正好让我们明白，同样是人生，可相当复杂，从复杂景象中，可以接触人生种种。具体的猥琐与抽象的庄严，它的分歧虽极明显，实同源于求生，各自想从生活中证实存在意义。生命受物欲控制，或随理想发展，只因取舍有异，结果自不相同。

我凑巧拣了那么一个古怪职业，照近二十年社会习惯称为“作家”。工作对社会国家也若有些微作用，社会国家对本人可并无多大作用。虽名为职业，然无从靠它生活。情形最古怪处，便是这个工作虽不与生活发生关系，却缚住了我的生命，且将终其一生，无从改弦易辙。另一方面又必然迫使我超越通常个人爱憎，充满兴趣鼓足勇气去明白“人”，理解“事”，分析人事中那个常与变、偶然与凑巧、相左或相仇，将种种情形所产生的哀乐得失式样，用来教育我、折磨我、营养我，方能继续工作。

千载前的高士，抱着单纯的信念，因天下事不屑为而避世，或弹琴赋诗，或披裘负薪，隐居山林，自得其乐。虽说不以得失荣利婴心，却依然保留一种愿望，即天下有道，由高士转而为朝士的愿望。作当前的候补高士，可完全活在一个不同心情状态中。生活简单而平凡，在家事中尽手足勤劳之力打点小杂，义务尽过后，就带了些纸和书籍，到有和风与阳光草地上，来温习温习人事，思索思索人生。先从天光云影草木荣枯中有所会心。随即由大好河山的丰腴与美好，和人事上的无章次处两相对照，慢慢的从这个不剪裁的人生中，发现了“堕落”二字真正的意义。又慢慢的从一切书本上，看出那个堕落因子。又慢慢的从各阶层间，看出那个堕落因子传染浸润现象。尤其是读书人，倦于思索、怯于怀疑、苟安于现状的种种，加上一点为贤内助谋出路的打算，如何即形成一种阿谀不自重风气。……我于是逐渐失去了原来与自然对面时应得的谧静。我想呼喊，可不知向谁呼喊。

“这不成！这不成！人虽是个动物，希望活得幸福，但是人究竟和别的动物不同，还需要活得尊贵！如果少数人的幸福，原来完全奠基于一种不义的习惯，这个习惯的继续，不仅使多数人活得卑屈而痛苦，死得胡涂而悲惨，还有更可怕的，是这个现实将使下一代堕落的更加堕落，困难的越发困难，我们怎么办？如果真正的多数幸福，实决定于一个民族劳动与知识的结合，从极合理方式中将它的成果重作分配，在这个情形下，民族中一切优秀分子，方可得到更多自由发展的机会。在争取这种幸福过程时，我们实希望人先要活得尊贵些！我们当前便需要一种‘清洁运动’，必将现在政治的特殊包庇性和现代商业的驵侩气，以及三五无出息的知识分子所提倡的变相鬼神迷信，于年青生命中所形成的势利、依赖、狡猾、自私诸倾向完全洗刷干净，恢复了二十岁左右头脑应有的纯正与清朗，来认识这个世界，并在人类驾驭钢铁征服自然才智竞争中，接受这个民族一种新的命运。我们得一切重新起始，重新想，重新作，重新爱和恨，重新信仰和怀疑……”

我似乎为自己所提出的荒谬问题愣住了。试左右回顾，身边只是一片明朗阳光，漂浮于泛白枯草上。更远一点，在阳光下各种层次的绿色，正若向我包围，越来越近。虽然一切生命无不取给于绿色，这里却不见一个人。

重新来检讨影响到这个民族正当发展的一切抽象原则，以及目前还在运用它作工具的思想家或统治者，被它所囚缚的知识分子和普通群众时，顷刻间便俨若陷溺到一个无边无际的海洋里，把方向也迷失了。只到处见出用各式各样材料作成满载“理想”的船舶，数千年来永远于同一方式中，被一种卑鄙自私形成的力量所摧毁，剩下些破帆与碎桨在海面漂浮。到处见出同样取生命于阳光，繁殖大海洋中的简单绿色荇藻，正唯其异常单纯，便得到生命悦乐。还有那个寄生息于荇藻中的小鱼小虾，亦无不成群结伴，悠然自得，各适其性。海洋较深处，便有一群群种类不同的鲨鱼，狡狠敏捷，锐齿如锯，于同类异类中有所争逐，十分猛烈。还有一只只黑色鲸鱼，张大嘴时，万千细小蛤蚧和乌贼海星，即随同巨口张合作成的潮流，消失于那个深渊无底洞口。庞大如山的鱼身，转折之际本来已极感困难，躯体各部门，尚可看见万千有吸盘的大小鱼类，用它吸盘紧紧贴住，随同升沉于洪波巨浪中。这一切生物在海面所产生的漩涡与波涛，加上世界上另外一隅寒流暖流所产生的变化，卷没了我的小小身子，复把我从白浪顶上抛起。试伸手有所攀援时，方明白那些破碎板片，已腐朽到全不适用。但见远处仿佛有十来个衣冠人物，正在那里收拾海面残余，扎成一个简陋筏子。仔细看看，原来载的是一群两千年未坑尽的腐儒，只因为活得寂寞无聊，所以用儒家的名分，附会谶纬星象征兆，预备做一个遥远跋涉，去找寻矿产熔铸九鼎。这个筏子向我慢慢漂来，又慢慢远去，终于消失到烟波浩淼中不见了。

试由海面向上望，忽然发现蓝穹中一把细碎星子，闪烁着细碎光明。从冷静星光中，我看出一种永恒、一点力量、一点意志。诗人或哲人为这个启示，反映于纯洁心灵中即成为一切崇高理想。过去诗人受牵引迷惑，对远景凝眸过久，失去条理如何即成为疯狂，得到平衡如何即成为法则，简单法则与多数人心汇合时如何产生宗教，由迷惑、疯狂到个人平衡过程中，又如何产生艺术。一切真实伟大艺术，都无不可见出这个发展过程和终结目的。然而这目的，说起来，和随地可见蚊蚋集团的嗡嗡营营要求的终点，距离未免相去太远了。

微风掠过面前的绿原，似乎有一阵新的波浪从我身边推过。我攀住了一样东西，于是浮起来了。我攀住的是这个民族在忧患中受试验时一切活人素朴的心。年青男女入社会以前对于人生的坦白与热诚，未恋爱以前对于爱情的腼腆与纯粹。还有那个在城市、在乡村、在一切边陬僻壤埋没无闻卑贱简单工作中，低下头来的正直公民，小学教师或农民，从习惯中受侮辱、受挫折、受牺牲的广泛沉默。沉默中所保有的民族善良品性，如何适宜培养爱和恨的种子！

强烈照眼阳光下，蚕豆小麦作成的新绿，已掩盖了远近赭色田亩。面对这个广大的绿原，一端衔接于泛银光的滇池，一端却逐渐消失于蓝与灰融合而成的珠色天际，我仿佛看到一些种子，从我手中撒去，用另外一种方式，在另外一时同样一片蓝天下形成的繁荣。

有个脆弱而充满快乐情感的声音，在高大仙人掌丛后锐声呼唤：

“爸爸，爸爸，快回来，不要走得太远，大家提水去！”

我知道，我的心确实走得太远，应当回家了。

原来那个六岁大的虎虎，已从学校归来，准备为家事服务了。

孩子们取水的溪沟边，另外一时，每当晚饭前后，必有个善于弹琴唱歌聪明活泼的女子，带了他到那个松柏成行的长堤上去散步，看滇池上空一带如焚如烧的晚云和镶嵌于明净天空中梳子形淡白新月，共同笑乐。

这个亲戚走后，过不久又来了一个生活孤独性情纯厚的诗人朋友，依然每天带了他到那里去散步。朋友为娱乐自己并娱乐孩子，常把绿竹叶片折成的小船，装上一点红白野花、一点玛瑙石子，以及一点单纯忧郁隐晦的希望和孩子对于这个行为的痴愿与祝福，乘流而去。小船去不多远，必为溪中洑流或岸旁下垂树枝作成的漩涡搅翻。在诗人和孩子心中，却同样以为终有一天会直达彼岸。生命愿望凡从星光虹影中取决方向的，正若随同一去不复返的时间，渐去渐远，纵想从星光虹影中寻觅归路，已不可能。

晚饭时，从主妇口中才知道家中半天内已来过好些客人。甲先生叙述一阵贤明太太们用变相高利贷“投资”的故事，就走了。乙太太叙述一阵家庭小纠纷问题，为自己丈夫作了个不美观画像，也走了。丙小姐和丁博士又报告……

主妇笑着说：“他们让我知道许多事情，可无一个人知道我们今天卖了几升麦子才能过年。”

我说：“我们就活到那么一个世界中，也是教育，也是战争！”

“我倒觉得人各有好处，从性情上看来，这些朋友都各有各的好处。……”

“这话从你口中说出时，很可以增加他们一点自尊心，若果从我笔下写出，可就会以为是讽刺了。许多人过日子的方法、一生的打算，以至于从自己口中说出的话语，都若十分自然，毫不以为不美不合式。且会觉得在你面前如此表现，还可见出友谊的信托和那点本性上的坦白天真。可是一到由另一个人照实写下来，就不免成为不美观的讽刺画了。我容易得罪人在此。这也就是我这支笔常常避开当前社会，去写传奇故事的原因。一切场面上的庄严，从深处看将隐饰部分略作对照，必然都成为漫画。我并不乐意作个漫画家！实在说来，对于一切人的行为和动机，我比你更多同情。我从不想到过用某一种标准去度量一般人，因为我明白人太不相同。不幸是它和我的工作关系又太密切，所以间或提及这个差别时，终不免有点痛苦，企图中和这点痛苦，反而因之会使这些可爱灵魂痛苦。我总以为做人和写文章一样，包含不断的修正，可以从学习得到进步。尤其是读书人，从一切好书取法，慢慢的会转好。事实上可不大容易。真如 × 说的，‘蝗虫集团从海外飞来，还是蝗虫。’如果是虎豹呢，即或只剩下一牙一爪，也可见出这种山中猛兽的特有精力和雄强气魄！不幸的是现代文化便培养了许多蝗虫。”

主妇一遇到涉及人的问题时，照例只是微笑。从微笑中依稀可见出“察渊鱼者不祥”一句格言的反光，或如另一时论起的，“我即使觉得他人和我理想不同，从不说；你一说，就糟了。你自以为深刻的，可想不到在人家容易认为苛刻。他们从我的沉默中，比由你文章中可以领会更多的同情。”

我想起先前一时在田野中感觉到的广泛沉默，因此又说：“沉默也是一种难得的品德，从许多方面可以看得出来。因为它在同情之外，还包含容忍，保留否定。可是这种品德是无望于某些人的。说真话，有些人不能沉默的表现上，我倒时常可以发现一种爱娇，即稍微混和一点儿做作亦无关系。因为大都本源于求好，求好心太切，又缺少自信自知，有时就不免适得其反。许多人在求好行为上摔跤，你亲眼看到，不作声，就称为忠厚；我看到，充满善意想用手扶一扶，反而不成！虎虎摔跤也不欢喜人扶的！因为这伤害了他的做人自尊心！”

孩子们见提到本身问题，龙龙插嘴说：“妈妈，奇怪，我昨天做了个梦，梦到张嫂已和一个人结婚，还请我们吃酒。新郎好象是个洋人。她欢喜洋人？”

小虎虎说：“可是洋人说她身体长得好看，用尺量过？洋人要哄张嫂，一定也去做官。”

龙龙的好奇心转到报纸上，“报上说大嘴笑匠到昆明来了，是什么人？是不是在联大演讲的林语堂？”

虎虎还想有所自见，“我也做了个梦，梦见四姨坐只大船从溪里回来，划船的是个顶熟的人。船比河大。诗人舅舅在堤上，拍拍手，口说好好，就走开了。我正在提水，水桶上那个米老鼠也看见了，当真的。”

虎虎的作风是打趣争强，使龙龙急了起来，“唉咦！小弟，你又乱说。你就只会捣乱，青天白日也睁了双大眼睛做梦！”

“一切愿望都神圣庄严，一切梦想都可能会实现。”我想起许多事情。好象前面有了一幅涂满了各种彩色的七巧板，排定了个式子，方的叫什么，长的象征什么，都已十分熟悉。忽然被孩子们四只小手一搅，所有板片虽照样存在，部位秩序可完全给弄乱了。原来情形只有板片自己知道，可是板片却无从说明。

小虎虎果然正睁起一双大眼睛，向虚空看得很远。海上复杂和星空壮丽，既影响我一生，也会影响他将来命运，为这双美丽眼睛，我不免稍稍有点忧愁。因此为他说了个佛经上驹那罗王子的故事：

“……那王子一双极好看的眼睛，瞎了又亮了。就和你眼睛一样，黑亮亮的，看什么都清清楚楚；白天看日头不睒眼，夜间在这种灯光下还看得见屋顶上小疟蚊。为的是作人正直而有信仰，始终相信善。他的爸爸就把那个紫金钵盂，拿到全国各处去。全国各地年青美丽女孩子，听说王子瞎了眼睛，为同情他受的委屈，都流了眼泪。接了大半钵这种清洁眼泪，带回来一洗，那双眼睛就依旧亮光光的了！”

主妇笑着不作声，清明目光中仿佛流注一种温柔回答：“从前故事上说，王子眼睛被恶人弄瞎后，要用美貌女孩子纯洁眼泪来洗，才可重见光明。现在的人呢，要从勇敢正直的眼光中得救。”

我因此补充说：“小弟，一个人从美丽温柔眼光中，也能得救！譬如说……”

孩子的心被故事完全征服了，张大着眼睛，对他母亲十分温驯的望着：

“妈妈，你的眼睛也亮得很，比我的还亮！”

一九四三年十二月末一日作于云南呈贡

白魇

为了工作，我需要清静与单独，因此长住在乡下，不知不觉就过了五年。

乡下居住一久，和社会场面都隔绝了，一家人便在极端简单生活中，送走连续而来的每个日子。简单生活中又似乎还另外有种并不十分简单的人事关系存在，即从一切书本中，接近两千年来人类为求发展争生存种种哀乐得失。他们的理想与愿望，如何受事实束缚挫折，再从束缚挫折中突出，转而成为有生命的文字，这个艰苦困难过程，也仿佛可以接触。其次就是从通信上，还可和另外环境背景中的熟人谈谈过去，和陌生朋友谈谈未来。当前的生活，一与过去未来连接时，生命便若重新获得一种意义。再其次即从少数过往客人中，见出这些本性善良欲望贴近地面可爱人物的灵魂，被生活压力所及，影响到义利取舍时是个什么样子，同样对于人性若有会于心。

这时节，我面前桌子上正放了一堆待复的信件和几包刚从邮局取回的书籍。信件中提到的，不外战争带来的亲友死亡消息，或初入社会年青朋友与现实生活迎面时对于社会所感到的灰心绝望，以及人近中年，从诚实工作上接受寂寞报酬，一面忍受这种寂寞，一面总不免有点郁郁不平。从这种通信上，我俨然便看到当前社会一个断面，明白这个民族在如何痛苦中接受时代所加于他们身上的严酷试验，社会动力既决定于情感与意志，新的信仰且如何在逐渐生长中。倒下去的生命已无可补救，我得从复信中给活下的他们一点光明希望，也从复信中认识认识自己。

二十六岁的小表弟黄育照，在华容为掩护部属抢渡，救了他人救不了自己，阵亡了。同时阵亡的还有个表弟聂清，为写文章讨经验，随同部队转战各处已六年。还有个作军需的子和，在嘉善作战不死却在这一次牺牲了。

“……人既死了，为做人责任和理想而死，活下的徒然悲痛，实在无多意义。既然是战争，就不免有死亡！死去的万千年青人，谁不对国家前途或个人事业有光明希望和美丽的梦？可是在接受分定上，希望和梦总不可免在不同情况中破灭。或死于敌人无情炮火，或死于国家组织上的脆弱，二而一，同样完事。这个国家，因为前一辈的不振作，自私而贪得，愚昧而残忍，使我们这一代为历史担负那么一个沉重担子，活时如此卑屈而痛苦，死时如此胡涂而悲惨。更年青一辈，可有权利向我们要求，活得应当象个人样子！我们尽这一生努力，来让他们活得比较公正合理些，幸福尊贵些，不是不可能的！”

一个朋友离开了学校将近五年，想重新回学校来，被传说中昆明生活愣住了。因此回信告诉他一点情况。

“……这是一个古怪地方，天时地利人和条件具备，然而乡村本来的素朴单纯，与城市习气作成的贪污复杂，却产生一个强烈鲜明对照，使人十分痛苦。湖山如此美丽，人事上却常贫富悬殊到不可想象程度。小小山城中，到处是钞票在膨胀、在活动。大多数人的做人兴趣，即维持在这个钞票数量争夺过程中。钞票越来越多，因之一切责任上的尊严与做人良心的标尺，都若被压扁扭曲，慢慢失去应有的完整。正当公务员过日子都不大容易对付，普通绅商宴客，却时常有熊掌、鱼翅、鹿筋、象鼻子点缀席面。奇特现象最不可解处，即社会习气且培养到这个民族堕落现象的扩大。大家都好象明白战时战后决定这个民族百年荣枯命运的，主要的还是学识，教育部照例将会考优秀学生保送来这里升学。有钱人子弟想入这个学校肄业，恐考试不中，且乐意出几万元代价找替考人。可是公私各方面，就似乎从不曾想到这些教书十年二十年的书呆子，过的是种什么紧张日子。本地小学教员照米价折算工薪，水涨船高。大学校长收入在四千左右，大学教授收入在三千法币上盘旋，完全近于玩戏法的，要一条蛇从一根细小绳子上爬过。战争如果是个广义名词，大多数同事，就可说是在和一种风气习惯而战争！情形虽够艰苦，但并不气馁！日光多，在日光之下能自由思索，培养对于当前社会制度怀疑和否定的种子，这是支持我们情绪唯一的撑柱，也是重造这个民族品德的一点转机！”

……

这种信照例写不完，乡下虽清静却无从长远清静，客人来了，主妇温和诚朴的微笑，在任何情形中从未失去。微笑中不仅表示对于生活的乐观，且可给客人发现一种纯挚同情，对人对事无邪机心的同情，使得间或从家庭中小小拌嘴过来的女客人，更容易当成个知己，以倾吐心腹为快。这一来，我的工作自然停顿了。

凑巧来的是胖胖的 × 太太，善于用演戏时兴奋情感说话，叙述琐事能委曲尽致，表现自己有时又若故意居于不利地位，增加点比本人年龄略小二十岁的爱娇。喉咙响，声音大，一上楼时就嚷：

“×× 先生，我又来了。一来总见你坐在桌子边，工作好忙！我们谈话一定吵闹了你，是不是？我坐坐就走！真不好意思，一来就妨碍你。你可想要出去做文章？太阳好，晒晒太阳也有好处。有人说，晒晒太阳灵感会来。让我晒太阳，就只会出油出汗！”

我不免稍微有点受窘，忙用笑话自救：“若想找灵感，依我想，最好倒是听你们谈天，一定有许多动人故事可听！”

“×× 先生，你说笑话。……你别骂我，千万别把我写到你那大作中！他们说我是座活动广播电台，长短波都有，其实——唉，我不过是……”

我赶忙补充，“一个心直口快的好人罢了。你若不疑心我是骂人，我常觉得你实在有天才，真正的天才。观察事情极仔细，描画人物兴趣又特别好。”

“这不是骂我是什么！”

我心想，不成不成，这不是议会和讲坛，决非舌战可以找出结论。因此忽略了一个做主人的应有礼貌，在主妇微笑示意中，离开了家，离开了客人，来到半月前发现“绿魇”的枯草地上了。

我重新得到了清静与单独。

我面前是个小小四方朱红茶几，茶几上有个好象必需写点什么的本子。强烈阳光照在我身上和手上，照在草地上和那个小小本子上。阳光下空气十分暖和，间或吹来一阵微风，空气中便可感觉到一点从滇池送来冰凉的水气和一点枯草香气。四周景象和半月前已大不相同：小坡上那一片发黑垂头的高粱，大约早带到人家屋檐下，象征财富之一部分去了。待翻耕的土地上，有几只呆呆的戴胜鸟，已失去春天的活泼，正在寻觅虫蚁吃食。那个石榴树园，小小蜡黄色透明叶片，早已完全落尽，只剩下一簇簇银白色带刺细枝，点缀在一片长满萝卜秧子新绿中。河堤前那个连接滇池的大田原，极目绿芜照眼，再分辨不出被犁头划过的纵横赭色条纹。河堤上那些成行列的松柏，也若在三五回严霜中，失去了固有的俊美，见出一点萧瑟。在暖和明朗阳光下结队旋飞自得其乐的蜉蝣，更早已不知死到何处去了。

我于是从面前这一片枯草地上，试来仔细搜寻，看看是不是还可发现那些彩色斑驳金光灿烂的小小甲虫，依然能在阳光下保留原先的从容闲适，于草梗间无目的地漫游，并充满游戏心情，从弯垂草梗尖端突然下堕。结果自然全失望。一片泛白的枯草间，即那个半月前爬上我手背若有所询问的黑蚂蚁，也不知归宿到何处去了。

阳光依旧如一只温暖的大手，从亿万里外向一切生命伸来。除却我和面前的土地，接受这种同情时还感到一点反应，其余生命都若在“大块息我以死”态度中，各在人类思索边际以外结束休息了。枯草间有着放光细劲枝梗带着长穗的狗尾草类植物，种子散尽后，尚依旧在微风中轻轻摇头，俨若在阳光下表示，生命虽已完结，责任犹未完结神气。

天还是那么蓝，深沉而安静，有灰白的云彩从树林尽头慢慢涌起，如有所企图的填去了那个明蓝的苍穹一角。随即又被一种不可知的力量所抑制，在无可奈何情形下，转而成为无目的的驰逐。驰逐复驰逐，终于又重新消失在蓝与灰相融合作成的珠母色天际。

大院子同住的人，只有逃避空袭方来到这个空地上。我要逃避的，却是地面上一种永远带点突如其来的袭击。我虽是个写故事的人，照例不会拒绝一切与人性有关的见闻，可是从性情可爱的客人方面所表现的故事，居多都象太真实了一点，待要把它写到纸上时，反而近于虚幻想象了。

另一时，正当我们和朋友商量一个严重问题时，一位爱美而热忱，长于用本人生活抒情的 × 太太，如一个风暴突然侵入。

“×× 先生（向一位陌生客人说），你多大年纪了？怎么总不见老？我从四川回来，人都说我老了，不象从前那么一切合标准了。（抚摩自己丰腴的脸颊）我真老了，我要和我老 × 离婚，让他去和年青女人恋爱，我不管。我喝咖啡多了睡不好觉，会失眠。（用茶匙搅和咖啡）这墙上的字真好，写得多软和，真是龙飞凤舞。（用手胡乱画些不大容易认识的草字）人老了真无意思。我要走了。明早又还得进城……真气人。”× 太太话一说完，当真就走了。只留下一场飓风来临后的气氛在一群朋友间，虽并不见毁屋拔木，可把人弄得胡胡涂涂。

这种人为的飓风去后许久，主客之间还不免带剩余惊悸，都猜想：也许明天当真会有什么重大变故要发生了？结果还亏主妇用微笑打破了这种沉闷。

“× 太太为人心直口快，有什么说什么。只因为太爱好，凡事不能尽如人意，琐琐家务更多烦心，所以总欢喜向朋友说到家庭问题。其实刚才说起的事，不仅你们不明白，过一会儿她自己也就忘记了。我猜想，明天进城一定是去吃酒，不会有什么别的问题的！”大家才觉得这事原可以笑笑，把空气改变过来。

温习到这个骤然而来的可爱风暴时，我的心便若失去了原有的谧静。

我因此想起了许多事，如彼或如此，在人生中十分真实，且各有它存在的道理，巴尔札克或契诃夫，笔下都不会轻轻放过。可是这些事在我脑子中，却只作成一种混乱印象，俨若一页用失去了时效的颜色胡乱涂成的漫画，这漫画尽管异常逼真，但实在不大美观。这算个什么？我们做人的兴趣或理想，难道都必然得奠基于这种猥琐粗俗现象上，且分享活在这种事实中的小小人物悲欢得失，方能称为活人？一面想起眼前这个无剪裁无章次的人生，一面想起另外一些人所抱的崇高理想，以及理想在事实中遭遇的限制、挫折、毁灭，不免痛苦起来。我还得逃避，逃避到一种抽象中，方可突出这个无章次人事印象的困惑。

我耳边有发动机在高空搏击空气的声响。这不是一种简单音乐，单纯调子中，实包含有千年来诗人的热情幻想与现代技术的准确冷静，再加上战争残忍情感相糅合的复杂矛盾。这点诗人美丽的情绪，与一堆数学上的公式、三五十种新的合金，以及一点儿现代战争所争持的民族尊严感，方共同作成这个现象。这个古怪拼合物，目前原在一万公尺以上高空中自由活动，寻觅另外一处飞来的同样古怪拼合物，一到发现时，三分钟的接触，其中之一就必然变成一团火焰向下飘堕。这世界各处美丽天空下，每一分钟内差不多都有这种火焰一朵朵在下堕。我就还有好些小朋友，在那个高空中，预备使敌人从火焰中下堕，或自己挟带着火焰下堕。

当高空飞机发现敌机以前，我因为这个发现，我的心，便好象被一粒子弹击中，从虚空倏然堕下，重新陷溺到更复杂人事景象中，完全失去方向了。

忽然耳边发动机声音重浊起来，抬起头时，便可从明亮蓝空间，看见一个银白放光点子，慢慢的变成了一个小小银白十字架。再过不久，我坐的地方，面前朱红茶几，茶几上那个用来写点什么的小本子，有一片飞机翅膀的阴影掠过，阳光消失了。面前那个种有油菜的田圃，也暂时失去了原有的嫩绿。待阳光重新照临到纸上时，在那上面，我写了两个字 ："白魇"。

一九四四年，写于昆明

青色魇

青

半夜猛雨，小庭院变成一片水池。孩子们身心两方面的活泼生机，于是有了新的使用处。为储蓄这些雨水，用作他们横海扬帆美梦的根据地，大忙特忙起来了。小鹤嘴锄在草地上纵横开了几道沟，把积水引导到大水沟后，又设法在低处用砖泥砌成一道堤坝。于是半沟黄浊浊泥水中，浮泛了各式各样玩意儿：木条子、沙丁鱼空罐头、牙膏盒、硬纸板，凡在水面漂动的统统就名叫做“船”，并赋以船的抽象价值和意义。船在水手搅动脏水激起的漩涡里陆续翻沉后，压舱的一切也全落了水。照孩子们说的，即“宝物全沉入海底”。这一来，孩子们可慌了。因为除掉他们自己日常用的小玩具外，还有我书桌上一个黄杨木刻的摆夷小马，作镇纸用的澳洲大宝贝，刻有蹲狮的镀金古铜印，自然也全部沉入海底。照传说，落到海底的东西即无着落，几只小手于是更兴奋的在脏水中搅动起来。过一会儿，当然即得回了一切，重新分配，各自保有原来的一份。然而同时却有一匹手指大的翠绿色小青蛙，不便处置。这原是一种新的发现。若系平时，未必受重视，如今恰好和打捞宝物同时出水，为争夺保有这小生物，几只手又有了新的搅水机会。再过不久，我的面前就有了一双大眼睛，黑绒绒的长睫毛下酿了一汪热泪，来申诉委屈了。抓起两只小手看看，还水淋淋的。一只手中是那个刚从大海中救回四寸高的小木马，一只手就捏住那匹刚从大海中发现的小青蛙。摊开小手掌时，小生物停在掌中心，恰如一只绿玉琢成的眼睛。

“根本是我发现的，哥哥不承认。……于是我们就战争了。他故意浇水到我眼睛里，还说我不讲道理。我呢，只浇一点儿水到他身上，并不多。”

我心想：“是的，你们因为如此或如彼，就当真战争起来了，很兴奋、认真，都以为自己和真理同在。正犹如世界上另外一处发生的事。这世界，一切原只是一种象征！”不由得不苦笑了。我说：“嗨嗨，小虎虎，战争不是好事情。不要为点点事情就战争！不许哥哥浇脏水到眼睛中去，好看的眼睛自然要好好保护它才对。可是你也不必哭，女孩子的眼泪才有用处！你可听过一个大伙儿女人在一块流眼泪的故事？……”

所有故事都从同一土壤中培养生长，这土壤别名“童心”。一个民族缺少童心时，即无宗教信仰，无文学艺术，无科学思想，无燃烧情感实证真理的勇气和诚心。童心在人类生命中消失时，一切意义即全部失去其意义，历史文化即转入停顿、死灭，回复中古时代的黑暗和愚蠢，进而形成一个较长时期的蒙昧和残暴，使人类倒退回复吃人肉的状态中去。

白

凡是冒险事情都使人兴奋，可是最能增加见闻满足幻想的，却只有航海。坐了一只船向远无边际的海洋中驶去时，一点接受不可知命运所需要的勇敢和寄托于这只船上所应有的荒谬希望，可以说，把每个航海的人都完全变了。那种不能自主的行止，以及与海上陌生事务接触时的心情，都不是生根陆地的人所能想象的。他将完全如睁大两眼作一场白日梦，一直要回到岸上才能觉醒。他的冒险经验，不仅仅将重造他自己的性情和人格，还要影响到别的更多的人兴趣和信仰。

就为的是冒险，有那么一只海船，从一个近海码头启碇，向一个谁也想象不到的彼岸进发了。这只船行驶到某一天后，海上忽然起了大风。船在大海中被风浪簸荡，真象是小水塘中的玩意儿，被顽童小手搅动后情景。到后自然是船翻了，船上人千方百计从各处找来的宝物，全部落了水，船上所有人也落了水。可是就中却有一个冒险者，和他特别欢喜的一匹白马，同被偶然而来的一个海浪，送到了岛屿的岸边。就岛上种种光景推测，背海向内地走去，必然会和人碰头。必需发现人，这种冒险也才有变化，有结束。唯一的办法，自然就是骑了这匹白马向内陆进发，完成这种冒险的行程。

这匹马长得多雄骏！骨象和形色，图画上就少见。

全身白净，犹如海滩上的贝壳。毛色明净光莹处，犹如碧空无云天上的满月，如阿耨达池中的白莲花。走动时轻快不费力气，完全象是一阵春天的好风。四脚落地的均匀节奏，使人想起千年前历史上那个第一流鼓手，这鼓手同时还是个富于悲剧性的聪明皇帝，会恋爱又懂音乐，尤其欢喜玩羯鼓，在阳春三月好风光里，鼓声起处，所有含苞欲吐的花树，都在这种节奏微妙鼓声中次第开放。

白马正驶过一片广阔平原，向一个城市走去。装饰平原到处是各种花果的树林。花开得如锦绣堆积，红白黄紫，各自竞妍争美。点缀在树枝上的果子，把树枝压得弯弯的，过路人都可随意采摘。大路两旁用作行路人荫蔽的嘉树，枝叶扶疏，排列整齐，犹如受过极好训练的军队。平原中到处还有各式各样的私人花园别墅，房屋楼观都各有匠心，点缀上清泉小池，茂树奇花。五色雀鸟在水边花下和鸣，完全如奏音乐。耳目接触，使人尽忘行旅疲劳和心上烦忧。城在平原正中，用半透明玉石砌成，五色琉璃作缘饰，皎洁壁立，秀拔出群，犹如一座经过削琢的冰山。城既在平原上，因之从远处望去时，又仿佛一阵镶有彩饰的白云，平空从地面涌起。城市的伟大和美丽，都已超过一切文学诗歌的形容，所以在任何人的眼目中，也就十分陌生。

这城原来就是历史上最著名的阿育王城，这一天且是传说中最动人的一天。这个冒险者骑了他的白马，到得城中心时，恰好正值城中所有年青秀美尚未出嫁女孩子，集合到城中心大圆场上，为同一事件而哀哭。各自把眼泪聚集入金、银、玉、贝、珊瑚、玛瑙等等七宝作成的小盒中，再倾入一个紫金钵盂里。

一切见闻都比梦境更荒唐不可思议，然而一切却又完全是事实。事实增加冒险者的迷惑，不知从何取证。冒险者更觉得奇异，即问明白，使得这些年青美貌女孩子的哭泣，原来是为了另一个陌生男子一双眼睛的失明。

黄

阿育王是历史上一个最贤明的国王，既有了作国王所应有的智慧和仁爱、公正与诚实，因之凡作国王所需要的一切——权势和尊荣、财富和土地、良善人民和正直大臣，也无不完全得到。但是就中有一点缺陷，即年近半百还无儿子。一个国王若没有儿子，在历史上留下的记载，必然是国中有势力的大族，趁这个国王老去时，因争夺继承，不免发生叛变和战争，国力由消耗而转弱，使敌国怨家乘隙侵入，终于亡国灭祀。为避免历史悲剧的重演，唯一方式即采用宗教仪式向神求子。阿育王本不信神，但为服从万民希望，不得已和皇后莲花夫人同往国内最大神庙祝祷许愿，并往每一神像前瞻礼致敬。庄严烦琐的仪式完毕，回到别院休息时，忽闻有驹那罗鸟在合欢树上歌呼。阿育王心想："若生儿子，一双眼睛应当如驹那罗鸟眼俊美有神，方足威临八方。"回宫不久，皇后果然就有了身孕。足月时生产一男孩，满房都有牛头楠檀奇异馥郁香气，长得肥白健壮，有三十二相，八十种好。尤其使阿育王夫妇欢喜的，就是那双眼睛，完全如驹那罗鸟眼睛。因到神庙去还愿酬神，并在神前为太子取名"驹那罗"。总管神庙的先知，预知这个太子的眼睛和他一生命运大有关系，能带来无比权势，也能带来意外不幸，就为阿育王说"眼无常相"法，意思是：

"凡美好的都不容易长远存在，具体的且比抽象的还更脆弱。美丽的笑容和动人的歌声反不如星光虹影持久，这两者又不如某种素朴观念信仰持久。英雄的武功和美人的明艳，欲长远存在，必与诗和宗教情感结合，方有希望。但能否结合，却又是出于一种偶然，因人间随时随处都有异常美好的生命或事物消失，大多数即无从保存。并非事情本身缺少动人悲剧性，缺少的只是一个艺术家或诗人的情绪，恰巧和这个问题接触。必接触，方见功。这里‘因缘’二字有它的庄严意义，‘信仰’二字也有它的庄严意义。记住这两个名词对人生最庄严的作用，在另外一时就必然发生应有的作用。”这种法语似乎相当深晦，近于一切先知的深晦，阿育王自然也只能理解一小部分，其余得从事实证明。

说过后，先知即把佛在生时沿门乞食的紫金钵盂，送给阿育王，并嘱咐他说：“这东西对王子驹那罗明天大有用处。好好留下，将来可以为我说的预言作证。”

金

驹那罗王子在良好教育和谨慎保护下慢慢长大。到成年时，一切传说中王子的好处，无不具备。一双俊美眼睛，则比一切诗歌所赞美的人神眼睛还更明亮更动人。国中所有年青美丽女孩子，因为普遍对于这双眼睛发生了爱情，多锁住了她们爱情，迟延了她们的婚姻。驹那罗自己也因这双出奇的眼睛和多少人的希望与着迷，始终不好意思和任何一个女子成婚。

按照当时的风俗，阿育王宫中应当有一万妃子，而且每一位妃子入宫因缘，都必然有一种特征和异相。最后一个入宫的妃子，名叫真金夫人。全身是紫金色，光华煜煜，且有异香，稀世少见。当时有婆罗门相师为王求妃，聘请国内名师高手，铸就一躯金相，雄伟奇特，辇行全国，并高声倡言："若有端正殊妙女人，得见金神礼拜者，将以虔信，得神默佑，出嫁必得人上之人好夫婿。"全国士女，一闻消息，于是各自严整妆饰，穿锦绣衣，璎珞被体，结伴同出，礼拜金神。唯有这个女子，志乐闲静，清洁其心，独不出视。经女伴再三怂恿，方着日常弊衣，勉强随例参谒。不意一到神前，按照规仪将随身衣服脱去时，一身紫金色光明，映夺神座。婆罗门相师一见，即知唯有这个女子堪宜作妃。随即用重礼聘入王宫。这妃子不仅长得华艳绝人，且智意流通，博识今古，明辨时政，兼习术数。就为这种种原因，深得阿育王爱敬信托。然亦因此，即与驹那罗王子势难并存。推其原因，还由于爱。王妃在未入宫以前，即和国内其他女子一样，爱上了驹那罗那双眼睛。若两人相爱，可谓佳偶天成。但名分已定，驹那罗王子对之只有尊敬，并无爱情。妃子对之则由爱生妒，由妒生恨，不免孕育一点恶心种子。凡属种子，在雨露阳光中都能生长，发育滋长，结怨毒果。驹那罗有见于此，心怀忧惧，寝食难安，问计于婆罗门，婆罗门即为出主意，因此向阿育王请求出外就学。

过后不久，阿育王害了一种怪病，国内医生无法医治，宣告绝望。这事情若照国家习惯法律，三个月后，驹那罗王子即将继承王位，当国执政。聪明妃子一听这种消息，心知驹那罗王子若真当国执政，第一件事，即必然是将自己放逐出宫。因此向监国大臣宣称，她能治王怪病，“请用三个月为期，到时若无好转，愿以身殉国王，死而无怨。”一面即派人召集国内良医，并向国内各处探听，凡有和阿育王相同病症的，一律送来疗治。恰好有一女孩，病症相同，妃子即令医士用女孩作试验，吃种种药。最后吃葱，药到虫出，怪病即愈。阿育王经同样治疗，病亦得痊，因向妃子表示感激之忱，以为若有心愿未遂，必可使之如愿。妃子趁此就说：“国王所有，我无不有，锦衣玉食，我无所需。由于好奇，我想作七天国王，别无所求！”既得许可，第一件事即假作阿育王一道命令，给驹那罗王子，命令上说：“驹那罗王子犯大不敬，宜处死刑。今特减等，急将两眼挑出。令到遵行，不许稍缓。限期三日，回复王命。”按照习惯，这种重要文件，必有阿育王齿上印迹，才能生效。妃子趁王睡眠，盗取齿印。王在梦中惊醒，向妃子说：

“事真希奇，我梦见一只黑色大鹫鹰，啄瞎驹那罗两只眼睛。”

妃子说：“梦和事实，完全相反，王子安乐，何必忧心？”

妃子哄阿育王睡定，欲取齿印时，王又惊醒，向妃子说：“事实希奇，我又梦见驹那罗头发披散，面容憔悴，坐在地上哭泣。两眼成为空洞，可怕可怕！”

“梦哭必笑，梦忧则吉，卜书早已说过，何用多疑？”

妃子于是依然用谎话哄王安睡。睡眠熟时，即将齿印盗得，派一亲信仆人，乘日行七百里驿传，赍送命令，到驹那罗王子所在总督处。总督将命令转送给驹那罗王子，验看明白，相信一切真出王意，即便托人传语总督，请求即刻派人前来执行。可是全省没有人肯作这种蠢事。另悬重赏，方来一外省无赖流氓，企图赏赐报名应征。人虽无赖，究有人心，因此到执行时，迟迟不忍动手。

驹那罗王子恐误王命，鼓励他说：“你勇敢点，只管下手，先挑右眼，放我手心！”一眼出后，千万人民，都觉痛苦损失，不可堪忍。热泪盈眶，如小孩哭。驹那罗王子忘却本身痛苦，反向众人多方安慰，以为同受试验，亦有缘法。两眼出后，驹那罗王子向在场人民从容宣说：“美不常住，物有成毁，失别五色，即得清净；得丧之际，因明本性。破甑不顾，事达人情，拭去热泪，各营本生！”那流氓眼见这种情形，异常感动，自觉作了一件愚蠢无以复加事情，随即转身到一大树下扼喉自杀死去。妃子亲信，即将那双眼睛，贮藏于一个小小七宝盒中，乃驰驿传，带回宫中复命。

妃子从宝盒中验看那双眼睛无误时，“驹那罗，驹那罗，你既不在人间，就应当永远埋葬在我心里！”妃子由于爱恨交缚，便把那双眼睛吞吃了。

紫

驹那罗既失去双眼，变成盲人后，不能继续学问，因此弹琴唱歌，自作慰遣。心念父亲年老，国事甚烦，虽有聪明妃子侍侧，忠直大臣辅政，究竟情形，实不明白，十分挂念。因辗转而行，沿路乞丐，还归京都。到王宫门外时，不得入宫，即在象坊中暂时寄身，等待机会。半夜中忽听两个象奴陈述国情，以及阿育王功德；奇病痊愈，得力于王妃智慧多方，代王执政七天，开历史先例。并认为一年以内，从不处罚任何臣民，以德化治，真是奇迹。驹那罗就耳中所闻证本身所受，心中疑问，不能自解，因此中夜弹琴娱心，并寄幽思。阿育王在宫中忽闻琴声，十分熟习，似驹那罗平时指法，惟曲增幽愤，如有所诉。即派人四处找寻，才从象坊一角，发现这个两眼失明王子。形容羸瘦，衣裳败坏，手足生疮，且作奇臭，完全失去本形，因问驹那罗：

“你是谁人？因何在此？有何怨苦，欲作申诉？”

“我是驹那罗，阿育王独生子。眼既失明，名只空存。我无怨苦，不欲申诉，惟念父母，因此归来！”

阿育王一听这话，譬如猛火烧心，迷闷伤损，即刻昏倒地下。用水浇洒，苏醒以后，把驹那罗抱在膝上，一面流泪一面询问：“你眼睛本似驹那罗眼，俊美温柔，燃着清光，明朗若星，才取本名。如今一无所有，应作何等称呼？什么人害你，心之狠毒，到这样子！你颜色这么辛苦憔悴，我实在不忍多看。赶快一一向我说个明白，我必为你报仇。”

驹那罗说：“爸爸，你不必忧恼。事有分定，不能怨人，我自造孽，才有今天！三月前得你命令，齿印分明，说我犯大不敬，于法应诛，将眼挑出，贷免一死。既有王命，证据分明，何敢违逆？”

阿育王说：“我可发誓，并无这种荒悖命令。此大罪恶，必加追究，得个水落石出，我方罢休！”

一经追究，如理泉水，随即知道本源。真金夫人因爱生妒，因妒生毒，毒害之心滋长繁荣，于是方有如彼如此不祥事件发生。供证分明，无可辩饰，阿育王一身火发，因向妃子厉声斥骂说：“不吉恶物，何天容汝，何地载汝。你心狠毒，真如蛇蝎，螫人至毒，死有余辜，不自陨灭，天意或正有待！”因此即刻把这妃子监禁起来，准备用胡胶紫火烧杀后，再播扬灰烬于空中水中，使之消失，表示人天共弃。

阿育王因思往事，想起过去种种，先知所说眼无常相法，即有预言。又想起那个紫金钵盂，及先知所谓“因缘”“信仰”等等意义，当即派一大臣，把那紫金钵盂带到大街通衢人民会萃热闹处所，向国人宣示驹那罗王子所遭不幸经过。“本身失明，犹可摸索，循墙而走，不至倾跌。一国失明，何以作计？”都人士女，闻此消息，多如突闻霹雳，如呆如痴，迷闷怅惘，不知自处。至若年青妇女，更觉心软如蜡，难于自持。加之平昔对其爱慕，更增悲酸。日月于人，本非嫡亲，一旦失明，人即如发狂痫，敲锣击缶，图作挽救。今驹那罗王子，两目丧失，日夜不分，对于青春鲜华美丽自信女子，如何能堪？因此齐集广场，同申哀痛。热泪盈把，浥注小盒，盒盒充足，转注紫金钵盂。不一时许，钵盂中清泪满溢。阿育王忧戚沉痛，手捧钵盂，携带驹那罗王子，同登一坛台上，朗朗向众宣示：

“眼无常相，先知早知，因爱而成，逢妒而毁，由忧生信，从信生缘。我儿驹那罗双眼已瞎，人天共见。今我将用这一钵出自国中最纯洁女子为同情与爱而流的纯洁眼泪，来一洗驹那罗盲眼。若信仰二字犹有意义，我儿驹那罗双眼必重睹光明，亦重放光明，若信仰二字，早已失去其应有意义，则盲者自盲，佛之钵盂，正同瓦缶，恰合给我儿驹那罗作叫花子乞讨之用！”

当众一洗之后，四方围观万民，不禁同声欢呼：“驹那罗！”原来这些年青女子为一种单纯共同信仰，虔诚相信盲者必可得救。愿心既十分单纯真诚，人天相佑，奇迹重生，驹那罗一双眼睛，已在一刹那顷回复本来，彼此互观，感激倍增。全城女子，因此联臂踏歌，终宵欢庆。

探险者目睹这回奇迹，第一件事，即将那匹白马献给阿育王，用表尊敬。至于驹那罗王子呢，第一件事，即请求国王赦免那一位美貌非凡才智过人、用不得其正的妃子，从胡胶紫火中把她救出。

黑

我那小木马，重新又放到书桌边，成为案头装饰品之一了。房屋尽头远近水塘，正有千百拇指大小青蛙鸣声聒耳。试数我桌上杂书，从书页上折角估计，才知道我看过了《百缘经》、《鸡尸马王经》、《阿育王经》、《付法藏经》……

眼前一片黑，天已入暮，天末有一片紫云在燃烧。一切都近于象征。情感原出于一种生命的象征，离奇处是它在人生偶然中的结合，以及结合后发展而成的完整形式。它的存在实无固定性，亦少再现性，然而若于一个抽象名词上去求实证时，“信仰”却有它永远的意义。信仰永存。我们需要的是一种明确而单纯的新的信仰，去实证同样明确而单纯的新的愿望。共同缺少的，是一种广博伟大悲悯真诚的爱，用童心重现童心。而当前个人过多的，却是企图用抽象重铸抽象，那种无结果的冒险。社会过多的，却是企图由事实继续事实，那种无情感的世故。

想象的紫火在燃烧中，在有信仰的生命里继续燃烧中。在我生命里，也在许多人生命里。待毁灭的是什么？是个人不纯粹的爱和恨，还是另外一种愚蠢和困惑？我问你。

昆明冬景[1]

新居移上了高处，名叫北门坡，从小晒台上可望见北门门楼上用虞世南体写的“望京楼”的匾额。上面常有武装同志向下望，过路人马多，可减去不少寂寞。住屋前面是个大敞坪，敞坪一角有杂树一林。尤加利树瘦而长，翠色带银的叶子，在微风中荡摇，如一面一面丝绸旗帜，被某种力量裹成一束，想展开，无形中受着某种束缚，无从展开。一拍手，就常常可见圆头长尾的松鼠，在树枝间惊窜跳跃。这些小生物又如把本身当成一个球，在空中抛来抛去，俨然在这种抛掷中，能够得到一种快乐，一种从行为中证实生命存在的快乐。且间或

[1] 又名《在昆明的时候》。

稍微休息一下，四处顾望，看看它这种行为能不能够引起其他生物的注意。或许会发现，原来一切生物都各有它的心事。那个在晒台上拍手的人，眼光已离开尤加利树，向天空凝眸了。天空一片明蓝，别无他物。这也就是生物中之一种，“人”，多数人中一种人对于生命存在的意义，他的想象或情感，目前正在不可见的一种树枝间攀援跳跃，同样略带一点惊惶，一点不安，在时间上转移，由彼到此，始终不息。他是三月前由沅陵独自坐了二十四天的公路汽车，来到昆明的。

敞坪中妇人孩子虽多，对这件事却似乎都把它看得十分平常，从不曾有谁将头抬起来看看。昆明地方到处是松鼠。许多人对于这小小生物的知识，不过是把它捉来卖给“上海人”，值“中央票子”两毛钱到一块钱罢了。站在晒台上的那个人，就正是被本地人称为“上海人”，花用中央票子，来昆明租房子住家工作过日子的。住到这里来近于凑巧，因为凑巧反而不会令人觉得希奇了。妇人多受雇于附近一个小小织袜厂，终日在敞坪中摇纺车纺棉纱。孩子们无所事事，便在敞坪中追逐吵闹，拾捡碎瓦小石子打狗玩。敞坪四面是路，时常有无家狗在树林中垃圾堆边寻东觅西，鼻子贴地各处闻嗅，一见孩子们蹲下，知道情形不妙，就极敏捷的向坪角一端逃跑。有时只露出一个头来，两眼很温和的对孩子们看着，意思象是要说："你玩你的，我玩我的，不成吗？"有时也成。那就是一个卖牛羊肉的，扛了个木架子，带着官秤，方形的斧头，雪亮的牛耳尖刀，来到敞坪中，搁下架子找寻主顾时。妇女们多放下工作，来到肉架边讨价还钱。孩子们的兴趣转移了方向，几只野狗便公然到敞坪中来。先是坐在敞坪一角便于逃跑的地方，远远的看热闹。其次是在一种试探形式中，慢慢的走近人丛中来。直到忘形挨近了肉架边，被那羊屠户见着，扬起长把手斧，大吼一声"畜生，走开！"方肯略略走开，站在人圈子外边，用一种非常诚恳非常热情的态度，略微偏着颈，欣赏肉架上的前腿后腿，以及后腿末端那条带毛小羊尾巴和搭在架旁那些花油。意思象是觉得不拘什么地方都很好，都无话可说，因此它不说话。它在等待，无望无助的等待。照例妇人们在集群中向羊屠户连嚷带笑，加上各种"神明在上，报应分明"的誓语。这一个证明实在赔了本，那一个证明买了它家用的秤并不大，好好歹歹作成了交易，过了秤，数了钱，得钱的走路，得肉的进屋里去，把肉挂在悬空钩子上。孩子们也随同进到屋里去时，这些狗方趁空走近，把鼻子贴在先前一会搁肉架的地面闻嗅闻嗅。或得到点骨肉碎渣，一口咬住，就忙匆匆向敞坪空处跑去，或向尤加利树下跑去。树上正有松鼠剥果子吃，果子掉落地上。“上海人”走过来拾起嗅嗅，有“万金油”气味，微辛而芳馥。

早上六点钟，阳光在尤加利树高处枝叶间敷上一层银灰光泽。空气寒冷而清爽。敞坪中很静，无一个人，无一只狗。几个竹制纺车瘦骨伶精的搁在一间小板屋旁边。站在晒台上望着这些简陋古老工具，感觉“生命”形式的多方。敞坪中虽空空的，却有些声音仿佛从敞坪中来，在他耳边响着。

“骨头太多了，不要这个腿上大骨头。”

“嫂子，没有骨头怎么走路？”

“曲蟮有不有骨头？”

“你吃曲蟮？”

“哎哟，菩萨。”

“菩萨是泥的木的，不是骨头做成的。”

“你毁佛骂佛，死后入三十三层地狱，磨石碾你，大火烧你，饿鬼咬你。”

“活下来做屠户，杀羊杀猪，给你们善男信女吃，做赔本生意，死后我会坐在莲花上，直往上飞，飞到西天一个池塘里洗个大澡，把一身罪过一身羊臊血腥气洗得干干净净！”

“西天是你们屠户去的？做梦！”

“好，我不去让你们去。我们做屠户的都不去了，怕你们到那地方肉吃不成！你们都不吃肉，吃长斋，将来西天住不下，急坏了佛爷，还会骂我们做屠户的不会做生意。一辈子做赔本生意，不光落得人的骂名，还落个佛的骂名。肉你不要我拿走。”

“你拿走好！肉臭了看你喂狗吃。”

“臭了我就喂狗吃，不很臭，我把人吃。红焖好了请人吃，还另加三碗包谷烧酒，怕不有人叫我做伯伯、舅舅、干老子。许我每天念《莲花经》一千遍，等我死后坐朵方桌大金莲花到西天去！”

“送你到地狱里去，投胎变一只蛤蟆，日夜呱呱呱呱叫。”

"我不上西天，不入地狱。忠贤区区长告我说，姓曾的，你不用卖肉了吧，你住忠贤区第八保，昨天抽壮丁抽中了你，不用说什么，到湖南打仗去。你个子长，穿上军服排队走在最前头，多威武！我说好，什么时候要我去，我就去。我怕无常鬼，日本鬼子我不怕。派定了我，要我姓曾的去，我一定去。"

"×××××××××。"

"我去打仗，保卫武汉三镇。我会打枪，我亲哥子是机关枪队长！他肩章上有三颗星，三道银边！我一去就要当班长，打个胜仗，我就升排长。打到北平去，赶一群绵羊回云南来做生意，真正做一趟赔本生意！"

接着便又是这个羊屠户和几个妇人各种赌咒的话语。坪中一切寂静。远处什么地方有军队集合、下操场的喇叭声音，在润湿空气中振荡。静中有动。他心想：

"武汉已陷落三个月了。"

屋上首一个人家白粉墙刚刚刷好，第二天，就不知被谁某一个克尽厥职的公务员看上了，印上十二个方字。费很多想象把意思弄清楚了。只中间一句话不大明白——“培养卫生”。好象是错了两个字。这是小事。然而小事若弄得使人胡涂，不好办理，大处自然更难说了。

带着小小铜项铃的瘦马，驮着粪桶过去了。

一个猴子似瘦脸嘴人物，从某个人家小小黑门边探出头来，喊“娃娃，娃娃”，娃娃不回声。他自言自语说道：“你哪里去了？吃屎去了？”娃娃年纪已经八岁，上了学校，可是学校因疏散下了乡，无学校可上，只好终日在敞坪煤堆上玩。“煤是哪里来的？”“地下挖来的。”“作什么用？”“可以烧火。”娃娃知道的同一些专门家知道的相差并不很远。那个上海人心想：“你这孩子，将来若可以升学，无妨入矿冶系。因为你已经知道煤炭的出处和用途。好些人就因那么一点知识，被人称为专家，活得很有意义！”

娃娃的父亲，在儿子未来发展上，却老做梦，以为长大了应当作设治局长、督办。照本地规矩，当这些差事很容易发财。发了财，买下对门某家那栋房子。上海人越来越多，租房子肯出大价钱，押租又多。放三分利，利上加利，三年一个转。想象因之丰富异常。

做这种天真无邪好梦的人恐怕正多着。这恰好是一个地方安定与繁荣的基础。

提起这个会令人觉得痛苦是不是？不提也好。

因为你若爱上了一片蓝天，一片土地，和一群忠厚老实人，你一定将不由自主的嚷："这不成！这不成！天不辜负你们这群人，你们不应当自弃，不应当！得好好的来想办法！你们应当得到的还要多，能够得到的还要多！"

于是必有人问："先生，你这是什么意思？在骂谁？教训谁？想煽动谁？用意何在？"

问的你莫名其妙，不特对于他的意思不明白，便是你自己本来意思，也会弄胡涂的。话不接头，两无是处。你爱"人类"，他怕"变动"。你"热心"，他"多心"。

"美"字笔画并不多，可是似乎很不容易认识。"爱"字虽人人认识，可是真懂得它的意义的人却很少。

一九三九年二月

云南看云

云南是因云而得名的，可是外省人到了云南一年半载后，一定会和本地人差不多，对于云南的云，除了只能从它变化上得到一点晴雨知识，就再也不会单纯的来欣赏它的美丽了。看过卢锡麟先生的摄影后，必有许多人方俨然重新觉醒，明白自己是生在云南，或住在云南，云南特点之一，就是天上的云变化得出奇。尤其是傍晚时候，云的颜色、云的形状、云的风度，实在动人。

战争给了许多人一种有关生活的教育，走了许多路，过了许多桥，睡了许多床，此外还必然吃了许多想象不到的苦头。然而真正具有深刻教育意义的，说不定倒是明白许多地方各有各的天气，天气不同还多少影响到一点人事。云有云的地方性：中国北部的云厚重，人也同样那么厚重；南部的云活泼，人也同样那么活泼；海边的云幻异，渤海和南海云又各不相同，正如两处海边的人性情不同；河南河北的云一片黄，抓一把下来似乎就可以作窝窝头，云粗中有细，人亦粗中有细；湖湘的云一片灰，长年挂在天空一片灰，无性格可言，然而桔子辣子就在这种地方大量产生，在这种天气下成熟，却给湖南人增加了生命的发展性和进取精神；四川的云与湖南云虽相似而不尽相同，巫峡峨眉夹天耸立，高峰把云分割又加浓，云有了生命，人也有了生命。

论色彩丰富，青岛海面的云应当首屈一指。有时五色相渲，千变万化，天空如展开一张张图案新奇的锦毯。有时素净纯洁，天空只见一片绿玉，别无他物，看来令人起轻快感、温柔感、音乐感。一年中有大半年天空完全是一幅神奇的图画，有青春的嘘息，煽起人狂想和梦想，海市蜃楼即在这种天空下显现。海市蜃楼虽并不常在人眼底，却永远在人心中。秦皇汉武的事业，同样结束在一个长生不死青春常住的美梦里，不是毫无道理的。云南的云给人印象大不相同，它的特点是素朴，影响到人性情，也应当是挚厚而单纯。

云南的云似乎是用西藏高山的冰雪和南海长年的热浪，两种原料经过一种神奇的手续完成的。色调出奇的单纯。惟其单纯反而见出伟大。尤以天时晴明的黄昏前后，光景异常动人。完全是水墨画，笔调超脱而大胆。天上一角有时黑得如一片漆，它的颜色虽然异样黑，给人感觉竟十分轻。在任何地方“乌云蔽天”照例是个沉重可怕的象征，云南傍晚的黑云，越黑反而越不碍事，且表示第二天天气必然顶好。几年前中国古物运到伦敦展览时，记得有一个赵松雪作的卷子，名《秋江叠嶂》，净白的澄心堂纸上用浓墨重重涂抹，给人印象却十分秀美。云南的云也恰恰如此，看来只觉得黑而秀。

可是我们若在黄昏前后，到城郊外一个小丘上去，或坐船在滇池中，看到这种云彩时，低下头来一定会轻轻的叹一口气。具体一点将发生“大好河山”感想，抽象一点将发生“逝者如斯”感想。心中可能会觉得有些痛苦，为一片悬在天空中的沉静黑云而痛苦。因为这东西给了我们一种无言之教，比目前政治家的文章、宣传家的讲演、杂感家的讽刺文都高明得多，深刻得多，同时还美丽得多。觉得痛苦原因或许也就在此。那么好看的云，教育了在这一片天底下讨生活的人，究竟是些什么？是一种精深博大的人生理想？还是一种单纯美丽的诗的激情！若把它与地面所见、所闻、所有两相对照，实在使人不能不痛苦！

在这美丽天空下，人事方面，我们每天所能看到的，除了官方报纸虚虚实实的消息、物价的变化、空洞的论文、小巧的杂感，此外似乎到处就只碰到“法币”。大官小官商人和银行办事人直接为法币而忙，教授学生也间接为法币而忙。最可悲的现象，实无过于大学校的商学院，近年每到注册上课时，照例人数必最多。这些人其所以热中于习经济、学会计，可说对于生命无任何高尚理想，目的只在毕业后能入银行作事。“熙熙攘攘，皆为利往，挤挤挨挨，皆为利来。”教务处几个熟人都不免感到无可奈何。教这一行的教授，也认为风气实不大好。社会研究的专家，机会一来即向银行跑。习图书馆的、弄古典文学的、学外国文学的，工作皆因此而清闲下来，因亲戚、朋友、同乡……种种机会，不少人也象失去了对本业的信心。有子女升学的，都不反对子弟改业从实际出发，能挤进银行或金融机关作办事员，认为比较稳妥。大部分优秀脑子，都给真正的法币和抽象的法币弄得昏昏的，失去了应有的灵敏与弹性，以及对于“生命”较深一层的认识。其余平常小职员、小市民的脑子，成天打算些什么，就可想而知了。云南的云即或再美丽一点，对于那个真正的多数人，还似乎毫无意义可言的。

近两个月来本市连续的警报，城中二十万市民，无一不早早的就跑到郊外去，向天空把一个颈脖昂酸，无一人不看到过几片天空飘动的浮云，仰望结果，不过增加了许多人对于财富得失的忧心罢了。“我的越币下落了”，“我的汽油上涨了”，“我的事业这一年发了五十万财”，“我从公家赚了八万三”，这还是就仅有十几个熟人口里说说的。此外说不定还有三五个教授之流，终日除玩牌外无其他娱乐，想到前一晚上玩麻雀牌输赢事情，聊以解嘲似的自言自语：“我输牌不输理。”这种教授先生当然是不输理的，在警报解除以后，不妨跑到老伙伴住处去，再玩个八圈，证明一下输的究竟是什么。一个人若乐意在地下爬，以为是活下来最好的姿势，他人劝他不妨站起来试走走看，或更盼望他挺起脊梁来做个人，当然是不会有什么结果的。

就在这么一个社会这么一种精神状态下，卢先生却来昆明展览他在云南的摄影，告给我们云南法币以外还有些什么值得注意。即以天空的云彩言，色彩单纯的云有多健美、多飘逸，多温柔、多崇高！观众人数多，批评好，正说明只要有人会看云，就能从云影中取得一种诗的感兴和热情，还可望将这种可贵的感情，转给另外一种人。换言之，就是云南的云即或不能直接教育人，还可望由一个艺术家的心与手，间接来教育人。卢先生摄影的兴趣，似乎就在介绍这种美丽感印给多数人，所以作品中对于云物的题材，处理得特别好。每一幅云都有一种不同的性情，流动的美。不纤巧，不做作，不过分修饰，一任自然，心手相印，表现得素朴而亲切，作品取得的成功是必然的。可是我以为得到“赞美”还不是艺术家最终的目的，应当还有一点更深的意义。我意思是如果一种可怕的庸俗的实际主义正在这个社会各组织各阶层间普遍流行，腐蚀我们多数人做人的良心做人的理想，且在同时还象是正在把许多人有形无形市侩化，社会中优秀分子一部分所梦想所希望，也只是糊口混日子了事，毫无一种较高尚的情感，更缺少用这情感去追求一个美丽而伟大的道德原则的勇气时，我们这个民族应当怎么办？大学生读书目的，不是站在柜台边作行员，就是坐在公事房作办事员，脑子都不用，都不想，只要有一碗饭吃就算有了出路。甚至于做政论的、作讲演的、写不高明讽刺文的、习理工的、玩玩文学充文化人的、办党的、信教的……特别是当权做官的，出路打算也都是只顾眼前。大家眼前固然都有了出路，这个国家的明天，是不是还有希望可言？我们如真能够象卢先生那么静观默会天空的云彩，云物的美丽景象，也许会慢慢的陶冶我们，启发我们，改造我们，使我们习惯于向远景凝眸，不敢堕落，不甘心堕落，我以为这才象是一个艺术家最后的目的。正因为这个民族是在求发展，求生存，战争已经三年，战争虽败北，虽死亡万千人民，牺牲无数财富，可并不气馁，相信坚持抗战必然翻身。就为的是这战争背后还有个壮严伟大的理想，使我们对于忧患之来，在任何情形下都能忍受。我们其所以能忍受，不特是我们要发展，要生存，还要为后来者设想，使他们活在这片土地上更好一点，更象人一点！我们责任那么重，那么困难，所以不特多数知识分子必然要有一个较坚朴的人生观，拉之向上，推之向前，就是做生意的，也少不了需要那么一分知识，方能够把企业的发展与国家的发展放在同一目标上，分途并进，异途同归，抗战到底！

举一个浅近的例来说说：我们的眼光注意到“出路”、“赚钱”以外，若还能够估量到在滇越铁路的另一端，正有多少鬼蜮成性阴险狡诈的敌人，圆睁两只鼠眼，安排种种巧计阴谋，预备把劣货倾销到昆明来，且把推销劣货的责任，派给昆明市的大小商家时，就知道学习注意远处，实在是目前一件如何重要的事情！照相必选择地点，取准角度，方可望有较好效果。做人何尝不是一样。明分际，识大体，“有所不为”，敌人即或花样再多，敌货在有经验商家的眼中，总依然看得出，取舍之间是极容易的。若只图发财，见利忘义，“无所不为”，把劣货变成国货，改头换面，不过是翻手间事！劣货推销不过是若干有形事件中之一种。此外统治者中上层和知识阶级中不争气处，所作所为，实有更甚于此者。哪一件事、哪一种行为不影响到整个国家前途命运！哪容许我们松劲！

所以我觉得卢先生的摄影，不仅仅是给人看看，还应当给人深思。

烛虚

一

察明人类之狂妄和愚昧，与思索个人的老死病苦，一样是伟大的事业，积极的可以当成一种重大的工作，在消极的也不失为一种有趣的消遣。

女子教育在个人印象上，可以引起三种古怪联想：一是《汉书·艺文志》小说部门，有本谈胎教的书，名《青史子》，玉函山房辑佚书还保留了一鳞半爪。这部书当秦汉时或者因为篇章完整，不曾被《吕氏春秋》和《淮南子》两部杂书引用。因此小说部门多了这样一部书名，俨然特意用它来讽刺近代人，生儿育女事原来是小说戏剧！二是现藏大英博物院，成为世界珍品之一，相传是晋人顾恺之画的《女史箴图》卷。那个图画的用意，当时本重在注释文辞、教育女子。现在想不到仅仅对于我一个朋友特别有意义。朋友 × 先生，正从图画上服饰器物研究两晋文物制度以及起居服用生活方式，凭借它方能有些发现与了解。三是帝王时代劝农教民的《耕织图》，用意本在“往民间去”，可是它在皇后妃宫室中的地位，恰如《老鼠嫁女图》在一个平常农民家中的地位，只是有趣而好玩。但到了一些毛子手中时，忽然一变而成中国艺术品，非常重视。这可见一切事物在“时间”下都无固定性。存在的意义，有些是偶然的；存在的价值，多与原来情形不合。

现在四十岁左右的读书人，要他称引两部有关女子教育的固有书籍时，他大致会举出三十年前上层妇女必读的《列女传》和普通女子应读的《女儿经》。五四运动谈解放，被解放了的新式女子，由小学到大学，若问问什么是她们必读的书，必不知从何说起。正因为没有一本书特别为她们写的。即或在普通大学习历史或教育，能有机会把《列女传》看完，且明白它从汉代到晚清封建社会具有何种价值与意义，一百人中恐不会到五个人。新的没有，旧的不读，这个现象说明一件事情，即大学教育设计中，对于女子教育的无计划。这无计划的现象，实由于缺乏了解不关心而来。在教育设计上俨然只尊重一个空洞言词——“男女平等”，从不曾稍稍从身心两方面对社会适应上加以注意“男女有别”。因此教育出的女子，很容易成为一种庸俗平凡的类型，类型的特点是生命无性格、生活无目的、生存无幻想。一切都表示生物学上的退化现象。在上层社会妇女中，这个表示退化现象的类型尤其显著触目。下面是随手可拾的例子，代表这类型的三种样式。

某太太，是一个欧美留学生，她的出国是因为对妇女解放运动热心“活动”成功的。但为人似乎善忘，回国数年以后，她学的是什么，不特别人不知道，即她自己也仿佛不知道。她就用“太太”名义在社会上讨生活。依然继续两种方式“活动”，即出外与人谈妇女运动，在家与客人玩麻雀牌。她有几个同志，都是从麻雀牌桌上认识的。她生存下来既无任何高尚理想，也无什么美丽目的。不仅对“国家”与“人”并无多大兴趣，即她自己应当如何就活得更有意义，她也从不曾思索过。大家都以为她是一个有荣誉、有地位而且有道德的上层妇女，事实上她只配说是一个代表上层阶级莫名其妙活下来的女人。

某名媛，家世教育都很好，无可疵议。战争后尚因事南去北来。她的事也许“经济”关系比“政治”关系密切。为人热忱爱国，至少是她在与银行界中人物玩扑克时，曾努力给人造成一个爱国印象。每到南行时，就千方百计将许多金票放在袜子中、书本中、地图中，以及一切可以瞒过税官眼目的隐蔽处。可是这种对于金钱的癖好、处置这个阿堵物的小心处，若与使用它时的方式两相对照，便反映出这个上流妇女愚而贪得与愚而无知到如何惊人程度。她一生主要的兴趣在玩牌，她的教育与门阀，却使她作了国选代表。她虽代表妇女向社会要求应有的权利，她的真正兴趣倒集中在如何从昆明带点洋货过重庆，又如何由重庆带点金子回昆明。

某贵妇人，她的丈夫在社会上素称中坚分子，居领导地位。她毕业于欧洲一个最著名女子学校，嫁后即只作“贵妇”。到昆明来住在用外国钱币计值的上等旅馆，生活方能习惯。应某官僚宴会时，一席值百五十元，一瓶酒值两百元，散席后还照例玩牌到半夜。事后却向熟人说，云南什么都不能吃，玩牌时，输赢不到三千块钱，小气鬼。住云南两个小孩子的衣食用品，利用丈夫服务机关便利，无不从香港买来。可是依然觉得云南对她实在太不方便，且担心孩子无美国桔子吃，会患贫血病，因此住不多久，一家人又乘飞机往香港去了。中国当前是个什么情形，她不明白，她是不是中国人，也似乎不很明白。她只明白她是一个上等人、一个阔人、一个有权势的官太太，如此而已。

这三个上等身分的妇女，在战争期有一个相同人生态度，即消磨生命的方式，唯一只是赌博。竟若命运已给她们注定，除玩牌外生命无可娱乐，亦无可作为。这种现象我们如不能说是命定，想寻出一个原因，就应当说这是五四以来国家当局对于女子教育无计划的表现。学校只教她们读书，并不曾教她们如何做人。家庭既不能用何种方式训练她们，学校对她们生活也从不过问，一离开学校嫁人后，丈夫若是小公务员，两夫妇都有机会成为赌鬼，丈夫成了新贵以后，她们自然很容易变成那样一个类型——软体动物。

五四运动在中国读书人思想观念上，解放了一些束缚，这是人人知道的事情。当初争取这种新的人生观时，表现在文字上行为上，都很激烈很兴奋。都觉得世界或社会既因人而产生，道德和风俗也因人而存在，“重新做人”的意识极强，“人的文学”于是成为一个动人的名词。可是“重新做人”虽已成为一个口号，具尽符咒的魔力。如何重新做人？重新做什么样人？似乎被主持这个运动的人，把范围限制在“争自由”一面，含义太泛，把趋势放在“求性的自由”一方面，要求太窄。初期白话文学中的诗歌、小说、戏剧，大多数只反映出两性问题的重新认识，重新建设一个新观念，这新观念就侧重在“平等”，末了可以说，女人已被解放了。可是表示解放只是大学校可以男女同学，自由恋爱。愚而无知的政治上负责者，俨然应用下面观点轻轻松松对付了这个问题：

“要自由平等吧，如果男女同学你们看来就是自由平等，好，照你们意思办。”

于是开放了千年禁例，男女同学。正因为等于在无可奈何情形中放弃固有见解，取不干涉主义，因此对于男女同学教育上各问题，便不再过问。就是说在生理上、社会业务习惯上、家庭组织上，为女子设想能引起注意值得讨论的各种问题，从不作任何计划。换言之，即是在一种无目的的状况中混了八年，由民八到民十六。我们若对过去稍加分析，自然会明白这八年中不仅女子教育如此，整个教育事实上都在拖混情形之中度过这八年。正是中国近三十年内政最黑暗胡涂时代。内战不息、军阀割据、贿选卖官、贪赃纳贿，一切都视为极其自然，负责者毫无羞耻感和责任感。北京政府的内政部不发薪，部员就借口扩大交通，拆卖故宫皇城作生活费用。教育部不发薪，部员就主张将京师图书馆藏善本书封存抵押于盐业银行。一切国家机关都俨然和官产处取同一态度，凡经手保管的都可自由处理变卖，不受任何限制。因此雍和宫喇嘛就卖法宝，天坛经管人就卖祭器。故宫有一群太监，民国以后留在京中侍候溥仪，因偷卖东西太多，恐被查出，索性一把火烧去西路大殿两幢灭迹，据估计损失至少值纹银五千万！（后来故宫博物院长易培基的监守自盗，不过说明这个“北京风气”在国家收藏的文物宝库中，还未去尽罢了。比较起来，是最小一次偷偷摸摸案件，算不得一回事！）当时京畿驻军荒唐跋扈处更不可想象，驻防颐和园西苑的奉军长官，竟随意把附近小山丘上几千棵合抱古柏和沿马路上万株风景树一齐砍伐，给北京城里木行作棺木、充劈柴。到后且把圆明园废墟的大石狮、大石华表、拱形石桥和白石栏杆，甚至于铺辇道的大石条，一律挖抬出卖，给燕京大学盖房子装点风景！大臣卖国，可说是异途同归，目的只在弄几个钱。大家卖来卖去，把屋里摆的、路上砌的、地面长的、地下放的，可卖的无一不卖，北京政府因此也就卖倒了。

北伐后，政府对于高等教育虽定下了一些新章则，并学校，划学区，注意点似乎只重在分配地盘，调整人事，依然不曾注意到一个根本问题，即大学教育有个什么目的？男女同学同教，在十年试验中有些什么得失将待修正？主持教育的最高当局，至多从统计上知道受高等教育的男女人数比较，此外竟似乎别无兴趣可言。直到战前为止，二十年来的男女同学同教，这一段试验时间不为不长，在社会家庭各方面，已发生了些什么影响？两性问题从生理心理两方面研究认识，其他国家又有了些什么新的发现，可以用作参考？关于教学问题上、课程编排上，以及课外生活训练上，实在事事都需要用一个比较细心客观比较科学的态度来处理。尤其是现在国内各地正有数百万壮丁参加抗战，沿江沿海且有数千万民众向西南西北各省迁移，战时的适应与战后的适应，对于女子无一不有个空前的变化，也就无一不需要教育负责人，给它一种最大的关心，看出一些问题，重新有个态度，且用极大勇气来试验，来处理。

这个时代象那种既已放弃了好好做人权利的妇人，在她们身分或生活上虽还很尊贵舒适，在历史意义上，实在只是一个废物、一种沉淀，民族新陈代谢工作，对她们已经毫无意义，不足注意。女子教育的对象，无妨把她们抛开。目前国内各处，至少有百万计二十岁左右年青女子，离开了家庭，在学校作学生，十年后必然还要到社会工作，作主妇，作母亲，都需要一些比当前更进步更自重的作人知识和更健康更勇敢的人生观。在受教育时，应有计划的用各种训练方法，输入这种知识和人生观，实在是最高教育当局不能避免的责任。

此外凡是对于妇女运动具有热诚的人，也应当承认“改造运动”必较“解放运动”重要，“做人运动”必较“做事运动”重要。我们需要一个新的妇女运动，以“改造”与“做人”为目的。十六岁到二十岁的青年女子，若还有做人的自信心与自尊心，不愿意在十年后堕落到社会常见的以玩牌消磨生命的妇人类型中去，必对于这个改造与做人运动，感到同情，热烈拥护。

我们还希望对于中层社会怀有兴趣的作家，能用一个比较新也比较健康的态度，用青年女子作对象，来写几部新式《青史子》或《列女传》。更希望对通俗文学充满信心的作家，以平常妇女为对象，用同样态度来写几部新式《女儿经》。从去年起始，“民族文学”成为一个应时的口号，若说民族文学有个广泛的含义，主要的是这个民族战胜后要建国，战败后想翻身。那么，这种作品必然成为民族文学最根本的形式或主题。

二

自然既极博大，也极残忍，战胜一切，孕育众生。蝼蚁蚍蜉，伟人巨匠，一样在它怀抱中，和光同尘。因新陈代谢，有华屋山丘。智者明白“现象”，不为困缚，所以能用文字，在一切有生陆续失去意义，本身亦因死亡毫无意义时，使生命之光，煜煜照人，如烛如金。作烛虚二。

上星期下午，我过呈贡去看孩子，下车时将近黄昏，骑上了一匹栗色瘦马，向西南田埂走去。见西部天边，日头落处，天云明黄媚人，山色凝翠堆蓝。东部长山尚反照夕阳余光，剩下一片深紫。豆田中微风过处，绿浪翻银，萝卜花和油菜花黄白相间，一切景象庄严而兼华丽，实在令人感动。正在马上凝思时空、生命与自然、历史或文化种种意义，俨然用当前一片光色作媒触剂，引起了许多奇异感想。忽然有两匹马从身后赶上，超过我马头不远，又忽然慢下来了。马上两个二十岁左右大学生模样女子，很快乐的一面咬嚼酸梨，一面谈笑。说的是你吃三个我吃五个一类的话语。末后在前面一个较胖一点的，忽回头把个水淋淋的梨核猛然向同伴抛去。同伴笑着一闪，那梨核就不偏不斜打在我的身上。两个女学生却笑嘻嘻的赶马向前跑了。

××也是一个大学生，年纪二十二岁，在国立大学二年级。关于读书事，连她自己也不大明白，为什么就入了大学英文系。功课还能及格，有一两门学科教员特别认真，就借同学笔记抄抄，写报告时也能勉强及格。她属于中产阶级的近代型女子。样子还相当好看，衣服又能够追随风气，所以在学校就常有男同学称她为“美人”。用“时代轮子转动了，我们一同漂流到这山国来”一类庸俗句子，写一些虽带做作还不失去青春的热与香的信件。可是学校的书本和同学的殷勤都并不引起她多少兴趣。她需要的只是玩一玩，此外都不大关心。出门时也欢喜穿几件比较好看时新的衣服，打扮得体体面面，给人一个漂亮印象，宿舍中衣被可零乱而无秩序。金钱大部分用在吃食，最小部分方用来买书。她也学美术、历史、生物学，这一切知识都似乎只能同考试发生关系，绝不能同生活发生关系。也努力学外国文，最大目的，只是能说话同洋人一样，得人赞美，并不想把它当成一个向人类崇高生命追求探索工具。做人无信心、无目的、无理想，正好象二十年前有人为她们争取解放，于是解放了。但事实上她并不知道真正要解放的是什么，因此在年龄相差不多的女同学中，最先解放了一个胃口，随时都需要吃，随处都可以吃。俨若每天任何一时都能够用食物填塞到胃囊中，表示消化力之强。同时象征生命正是需要最少最少的想象，需要最多最多实际事物的年龄。想起她们那个还待解放或已解放的“性”，以及并无机会也好象不大需要解放的“头脑”，使人默然了。

这正是另外一种类型，大凡家中有三五个子侄亲友的，总可以在其中发现那么一个女孩子。引起感想是这些女人旧知识学不了，新知识说不上。一眼看去还好，可不许人想想好在哪里。从这种类型女子说来，上帝真象有点草率处，如果我们不宜把这问题牵引到“上帝”方面去，那就得承认这是“现代教育”的特点，只要她们读书，照二十年前习惯读书，读什么书，有什么用，谁都不大明白。作教育部长或大学教授的，作家长的，且似乎也永远不必需对这个问题明白，或提出一些明智有益的意见。对于人的教育，尤其是和民族最有关系的女子教育，一直到如今还脱不了在因习的自然状态下进行，实在是负责者无知与不负责的表现！

这种现代教育的特点，如果不能引起当局的关心，有计划的来勇敢改造，我们就得自己想办法。这同许多问题差不多，总得有个办法，方能应付“明天”和“未来”！对妇女本身幸福快乐言，若知道关心明天和未来，也方能够把生命有个更合理更有意义的安排。

现代教育特点事实上应当称为弱点，改造运动必需从修正这个弱点着手。修正方法消极方面是用礼貌节制她们的“胃”，积极方面是用书本训练她们的“脑子”。一个新女性，应当是在饮食方面明白自制，在自然美方面还能够有兴致欣赏。且知道把从书本吸收一切人类广泛知识，看成是生命存在的特别权利，不仅仅当作学校或爸爸派定义务。扩大母性爱，对人类崇高美丽观念或现象充满敬慕与倾心，对是非好恶反应特别强，对现社会堕落与腐败能认识又能避免，对作人兴趣特别浓厚也特别热诚，换言之，就是她既已从旧社会不良习惯观念中解放了出来，便能为新社会建立一个新的人格的标准。她不再是“自然”物，于人类社会关系上，仅仅注定尽生育义务，从这种义务上讨取生活，以得人怜爱为已足。她还应当作一个“人”，用人的资格，好好处理她的头脑，运用到较高文化各方面追求上去，放大她的生命与人格，从书本上吸收，同时也就创造，在生活上学习，同时也就享受。

我们是不是可以希望这种新女性，在这个新社会大学校学生群中陆续发现？形成这个五光十色的人生，若决定于人的意志力，也许我们需要的倒是一种哲学，一种表现这个真正新的优美理想的人生哲学，用它来作土壤，培植中国的未来新女性。

三

看看自己用笔写下的一切，总觉得很痛苦。先以为我为运用文字而生，现在反觉得文字占有了我大部分生命。除此以外，别无所有，别无所余。

重读《月下小景》、《八骏图》、《自传》，八年前在青岛海边一梧桐树下面，见朝日阳光透树影照地下，纵横交错，心境虚廓，眼目明爽，因之写成各书。二十三年写《边城》，也是在一小小院落中老槐树下，日影同样由树干枝叶间漏下，心若有所悟，若有所契，无滓渣，少凝滞。这时节实无阳光，仅窗口一片细雨，不成烟，不成雾，天已垂暮。

和尚、道士、会员……人都俨然为一切名分而生存，为一切名词的迎拒取舍而生存。禁律益多，社会益复杂，禁律益严，人性即因之丧失净尽。许多所谓场面上人，事实上说来，不过如花园中的盆景，被人事强制曲折成为各种小巧而丑恶的形式罢了。一切所为，所成就，无一不表示对于“自然”之违反，见出社会的拙象和人的愚心。然而所有各种人生学说，却无一不即起源于承认这种种，重新给以说明与界限。更表示对“自然”倾心的本性，有所趋避，感到惶恐。这就是人生。也就是多数人生存下来的意义。

莫泊桑说：“平常女子，大多数如有毛萝卜”。平常男子呢，一定还不如有毛萝卜，不过他并不说出。可是这个人，还是得生活在有毛无毛萝卜间数十年，到死为止。生前写了一本书，名叫《水上》，记载他活下来的感想，在有毛无毛萝卜间所见所闻所经验得来的种种感想。那本书恼怒了当时多少衣冠中人，不大明白。但很显然，有些人因此得承认，事实上我们如今还俨然生存在萝卜田地中，附近到处是“生命”，是另外一种也贴近泥土也吸收雨露阳光，可不大会思索更不容许思索的生命。

因为《水上》，使我想起二十年前，在酉水中部某处一个小小码头边一种痛苦印象。有个老兵，那时害了很重的热病，躺在一只破烂空船中喘气等死。只自言自语说：“我要死的，我要死的。”声音很沉很悲。当时看来极难受，送了他两个桔子。觉得甚不可解，“为什么一个人要死？是活够了还是活厌了？”过了一夜，天明后再去看看，人果然已经死了。死去后身体显得极瘦小，好象表示不愿意多占活人的空间。下陷的黑脸上有两只麻蝇爬着。桔子尚好好搁在身边。一切静寂，只听到水面微波嚼咬船板细碎声音。这个“过去”，竟好好的保留在我印象中，活在我的印象中。

在他人看来，也许有点不可解，因为我觉得这种寂寞的死，比在城市中同一群莫名其妙的人热闹的生，倒有意义得多。

死既死不成，还得思活计。

驻防在陕西的朋友 ××× 来信说：“你想来这里，

极表欢迎。我已和 × 将军说过了，来时可以十分自由，看你要看的，写你想写的。”我真愿意到黄河岸边去，和短衣汉子坐土窑里，面对汤汤浊流，寝馈在炮火铁雨中一年半载，必可将生命化零为整，单单纯纯的熬下去，走出这个琐碎、懒惰、敷衍、虚伪的衣冠社会。一分新的生活，或能够使我从单纯中得到一点新的信心。

四

吴稚晖先生说笑话，以为“人虽由虫豸进化而来，但进化到有灰白色脑髓质三斤十二两后，世界便大不相同。世界由人类处理，人自己也好好处理了自己”。其实这三斤多脑髓在人类中起巨大作用，还只是近百年来事情。至于周口店的猿人，头脑虽已经相当大，驾御物质，征服自然，通说不上。当时日常生活，不过是把石头敲尖磨光，绑在一个木棒上，捉打懦弱笨小一点生物，茹毛饮血过日子罢了。论起求生工具精巧伶便自由洒脱时，比一只蝴蝶穿得花枝招展，把长长的吸管向花心吮蜜，满足时一飞而去，事实上就差多了。但人之所以为人，也就在此。人类求生并不是容易事，必在能飞、能潜、能啮、能螫、能跑、能跳、能钻入地里、能寄生在别的生物身上，在一群大小不一生物中努力竞争，方能支持生命。在各种困苦艰难中训练出了一点能力，把能力扩大、延长，才有今日。

这么努力，正好象有点为上天所忌，所以在人类中直到如今，尚保留了两种本能：一种是好斗本能，一种是懒惰本能。好斗与求生有密切关系。但好斗与愚蠢在情绪上好象又有种希奇接合，换言之，就是古代斗的方式用于现代，常常不可免成为愚行，因此人固然产生了近代文明，然而近代文明也就大规模毁灭人的生命（战胜者同样毁灭）。这成毁互见，可说是自然恶作剧事例之一。懒惰也似乎与求生不可分，即生命的新陈代谢，需要有个秩序安排，方能平均。有懒惰方可产生淘汰，促进新陈代谢作用。这世界若无一部分人懒惰，进步情形必大大不同，说不定会使许多生物都不能同时存在。即同属人类，较幼弱者亦恐无机会向上。即属同一种族，优秀而新起的，也不容易抬头。这可说是自然小聪明处另外一面。

好斗本能与愚行容易相混，大约是“工具”与“思想”发展不能同时并进的结果。是一时的现象，将来或可望改变。最大改变即求种族生存，不单纯诉诸武力与武器，另外尚可望发明一种工具，至少与武力武器有平行功效的工具。这工具是抽象的观念，非具体的枪炮。至于懒惰本能，形成它的原因，大致如下：即人虽与虫豸起居生活截然不同，脑子虽比多数生物分量重、花样多，但基本的愿望，多数还是与低级生物相去不多远，要生存，要发展。易言之，即是要满足食与性。所愿不深，容易达到，故易满足，自趋懒惰。一个民族中懒惰分子日多，从生物观点上说，不算是件坏事，从社会进步上说，也就相当可怕。但这种分子若属知识阶级，倒与他们所学“人为生物之一”原则相合。因为多数生物，能饱吃好睡，到性周期时生儿育女不受妨碍，即可得到生存愉快。人类当然需要这种安逸的愉快。不过知识积累，产生各样书本，包含各种观念，求生存图进步的贪心，因知识越多，问题也就越多。读书人若使用脑子，尽让这些事在脑子中旋转不已，会有多少苦恼，多少麻烦！事情显然明白，多数的读书人，将生命与生活来作各种抽象思索，对于他的脑子是不大相宜的。这些人大部分是因缘时会，或袭先人之余荫，虽在国内国外，读书一堆，知识上已成“专家”后，在作人意识上，其实还只是一个单位，一种“生物”，只要能吃，能睡，且能生育，即已满足愉快，并无何等幻想或理想推之向上或向前。尤其是不大愿因幻想理想而受苦，影响到已成习惯的日常生活太多。平时如此，即在战时，自然还是如此。生活下来，俨然随时随处都可望安全而自足。为的是生存目的，只是目下安全而自足。罗素说，“远虑”是人类的特点，其实远虑只是少数又少数人的特点，这种近代教育培养成的知识阶级，大多数是无足语的！

人当然应象个生物。尽手足勤劳贴近土地，使用锄头犁耙作工具以求生，是农民便更象一个生物的例子。至于知识分子呢，只好用他们玩牌兴趣嗜好来作说明了。照道理说来，这些人是已因抽象知识的增多，与生物的单纯越离越远的。但这些人却以此为不幸、为痛苦，实在也是不幸痛苦，所以就有人发明麻雀牌和扑克牌，把这些人的有用脑子转移到与人类进步完全不相干的小小得失悲欢上去。这么一来，这些上等人就不至于为知识所苦，生活得很象一个“生物”了。不过话说回来，若有人把这个现象从深处发掘，认为他们这点求娱乐习惯，是发源于与虫豸“本能”一致的要求时，他们却常常会感到受讽刺而不安。只是这不安事实上并不能把玩牌兴趣或需要去掉，亦不过依然是三四个人在牌桌旁发发牢骚罢了。为的是虫豸在习惯上比人价值低得多，所以有小小不安，玩牌在习惯上已成为上等人一种享乐，所以还是继续玩牌。

对于读书人玩牌的嗜好，我并不象许多老年人看法简单，以为是民族“堕落”问题。我只觉得这是一个“懒惰”现象，而且同时还承认是一个“自然”现象。因为这些人已能靠工作名分在社会有吃、有穿，作工作事都有个一定时间，只要不误事就不会受淘汰，受的既是普通所说近代教育，思想平凡而自私，根本上又并无什么生活理想，剩余生命的耗费，当然不是用扑克牌就是用麻雀牌。懒惰结果，从全个民族精力使用方式上来说，大不经济，但由这些上等人个人观点说，却好象是很潇洒而快乐的。由于这么一来，一面他是在享受自由承平时代公民的权利，一面他不思不想，可以更象一个生物

(于此我们正可见出上帝之巧慧)。

譬如有一人，若超越习惯心与眼，对这种知识分子活在当前情形下，加以权利义务的检视，稍稍对于他们的生活观念与生活习惯感到怀疑和不敬，引起的反应，还是不会好。反应方式是这些人必一面依然玩牌，一面生气。“你说我是虫豸，我倒偏要如此。你不玩牌，做圣人去好了。”于是大家一阵哈哈大笑起来，桃花杏花，皇后王子，换牌洗牌，纠纷一团，时间也就过去了。或者意犹未平，就转述一点属于那个人的不相干谣言，抵补自己情绪上的损失，说到末了，依然一阵大笑。单纯生气，恼羞成怒，尚可救药。因为究竟有一根看不见的小刺签在这些知识分子的心上，刺虽极小，总得拔去。若只付之一笑，就不免如古人所说“日光之下无新事”，当然一切还是照旧。

不知何故，这类小事细细想来，也就令人痛苦。我纵把这种懒惰本能解释为自然意思，玩牌又不过是表示人类求愉快之一种现象，还是不免痛苦。正因为我们还知道这个民族目前或将来，想要与其他民族竞争生存，不管战时或承平，总之懒惰不得的。不特有许多事要人去做，还有许多事要人去想。而且事情居多是先要人想出一个条理头绪，方能叫人去做。一懒惰就糟糕！目下知识分子中的某些人，若能保留罗素所谓人类“远虑”长处多一些，岂不很好？眼见的是这种“人之师”就无什么方法可以将他们的生活观重造，耗费剩余生命方式还只会玩牌。更年青一点的呢，且有从先生们剪花样造就自己趋势。

我们怎么办？是顺天体道，听其自然，还是不甘灭亡，另作打算？我们似乎还需要一些不能安于目前生活习惯与思想形式又不怕痛苦的年青读书人，或由于“远虑”，或由于“好事”，在一个较新观点上活下来，第一件事是能战胜懒惰。我们对于种族存亡的远虑，若认为至少应当如虫豸对于后嗣处理的谨慎认真，会觉得知识分子把一部分生命交给花骨头和花纸，实在是件可怕和可羞事情。

“怕”与“羞”两个字的意义，在过去时代，或因鬼神迷信与性的禁忌，在年青人情绪上占有一个重要位置。三千年民族生存与之不无关系。目下这两字意义却已大部分丢去了。所以使读书人感觉某种行为“可怕”或

“可羞”，在迷信、禁忌以及法律以外产生这种感觉，实在是一种艰难伟大的工作，要许多有心人共同努力，方有结果。文学、艺术，都得由此出发。可是这问题目下说来，正象痴人说梦，正因为所谓有心人的意识上，对许多事也就只是胡胡涂涂，马马虎虎，功利心切，虚荣心大，不敢向深处思索，俨然唯恐如此一来，就会溺死在自已思想中。抄抄撮撮，读书教书，轻松写作之余，还是乐意玩三百分数目散散心。生命相抵相销，末了等于一个零。

我似乎正在同上帝争斗。我明白许多事不可为，努力终究等于白费，口上沉默，我心并不沉默。我幻想在未来读书人中，还能重新用文学艺术激起他们“怕”和“羞”的情感，因远虑而自觉，把玩牌一事看成为唯有某种无用废人（如象老妓女一类人）方能享受的特有娱乐。因为这些人到晚年实在相当可悯，已够令人同情了，这些人生活下来，脑子不必多所思索，尽职之余，总得娱乐散心，玩牌便是这些人最好散心工具。我那么想，简直是在同人类本来惰性争斗，同上帝争斗。

五

说他人不如说自己，记人事不如记心情，试从《三星在户》杂记中摘抄若干则，作烛虚五。

书本给我的启示极多，我欢喜《新约·哥林多书》记的一段：

我认得一个在基督里的人……我认得这人，或在身内，或在身外，我都不知道，只有神知道。他被提到乐园里，听见隐秘的言语，是人不可说的。为这人，我要夸口。但是我为自己，除了我的软弱以外，我并不夸口。

——《哥林多书》十二章四〇四页

办事处小楼上隔壁住了个木匠，终日锤子凿子，敲敲打打，声音不息。可是真正吵闹到我不能构思，不能休息的，似乎还是些无形的事物——一片颜色、一闪光、在回想中盘旋的一点笑和怨、支吾与矜持、过去与未来。

为了这一切，上帝知道我应当怎么办。

我需要清静，到一个绝对孤独环境里去消化消化生命中具体与抽象。最好去处是到个庙宇前小河旁边大石头上坐坐，这石头是被阳光和雨露漂白磨光了的。雨季来时上面长了些绿绒似的苔类。雨季一过，苔已干枯了，在一片未干枯苔上正开着小小蓝花白花，有细脚蜘蛛在旁边爬。河水从石罅间漱流，水中石子蚌壳都分分明明。石头旁长了一株大树，枝干苍青，叶已脱尽。我需要在这种地方，一个月或一天。我必须同外物完全隔绝，方能同“自己”重新接近。

黄昏时闻湖边人家竹园里有画眉鸣啭，使我感觉悲哀。因为这些声音对于我实在极熟习，又似乎完全陌生。二十年前这种声音常常把我灵魂带向高楼大厦灯火辉煌的城市里，事实上那时节我却是个小流氓，正坐在沅水支流一条小河边大石头上，面对一派清波做白日梦。如今居然已生活在二十年前的梦境里，而且感到厌倦了，我却明白了自己，始终还是个乡下人。但与乡村已离得很远很远了。

二十八年五月五日

我发现在城市中活下来的我，生命俨然只淘剩一个空壳。正如一个荒凉的原野，一切在社会上具有商业价值的知识种子，或道德意义的观念种子，都不能生根发芽。个人的努力或他人的关心，都无结果。试仔细加以注意，这原野可发现一片水塘泽地、一些瘦小芦苇、一株半枯柽柳、一个死兽的骸骨、一只干田鼠。泽地角隅尚开着一丛丛小小白花紫花（抱春花），原野中唯一的春天。生命已被“时间”“人事”剥蚀快尽了。天空中鸟也不再在这原野上飞过投个影子。生存俨然只是烦琐继续烦琐，什么都无意义。

百年后也许会有一个好事者，从我这个记载加以检举，判案似的说道：“这个人在若干年前已充分表示厌世精神。”要那么说，就尽管说好了，这于我是不相干的。

事实上我并不厌世。人生实在是一本大书，内容复杂，分量沉重，值得翻到个人所能翻看到的最后一页，而且必需慢慢的翻。我只是翻得太快，看了些不许看的事迹。我得稍稍休息，缓一口气！我过于爱有生一切。爱与死为邻，我因此常常想到死。在有生中我发现了

“美”，那本身形与线即代表一种最高的德性，使人乐于受它的统治、受它的处置。人的智慧无不由此影响而来。典雅词令与华美文学，与之相比都见得黯然无光，如细碎星点在朗月照耀下同样黯然无光。它或者是一个人、一件物、一种抽象符号的结集排比，令人都只想低首表示虔敬。阿拉伯人在沙漠中用嘴唇触地，表示皈依真主，情绪和这种情形正复相同，意思是如此一来，虽不曾接近上帝真主，至少已接近上帝造物。

这种美或由上帝造物之手所产生，一片铜、一块石头、一把线、一组声音，其物虽小，可以见世界之大，并见世界之全。或即“造物”，最直接最简便那个“人”。流星闪电刹那即逝，即从此显示一种美丽的圣境，人亦相同。一微笑、一皱眉，无不同样可以显出那种圣境。一个人的手足眉发在此一闪即逝缥缈的印象中，即无不可以见出造物者之手艺无比精巧。凡知道用各种感觉捕捉住这种美丽神奇光影的，此光影在生命中即终生不灭。但丁、歌德、曹植、李煜，便是将这种光影用文字组成形式，保留的比较完整的几个人。这些人写成的作品虽各不相同，所得启示必中外古今如一，即一刹那间被美丽所照耀、所征服、所教育是也。

“如中毒，如受电，当之者必喑哑萎悴，动弹不得，失其所信所守。”美之所以为美，恰恰如此。

我好单独，或许正希望从单独中接近印象里未消失那一点美。温习过去，即依然能令人神智清明、灵魂放光，恢复情感中业已失去甚久之哀乐弹性。

五月十日

宇宙实在是个极复杂的东西，大如太空列宿，小至蚍蜉蝼蚁，一切分裂与分解，一切繁殖与死亡，一切活动与变易，俨然都各有秩序，照固定计划向一个目的进行。然而这种目的，却尚在活人思索观念边际以外，难于说明。人心复杂，似有过之无不及。然而目的却显然明白，即求生命永生。永生意义，或为生命分裂而成子嗣延续，或凭不同材料产生文学艺术。也有人仅仅从抽象产生一种境界，在这种境界中陶醉，于是得到永生快乐的。

我不懂音乐，倒常常想用音乐表现这种境界。正因为这种境界，似乎用文字颜色以及一切坚硬的物质器材通通不易保存（本身极不具体，当然不能用具体之物保存）。如知和声作曲，必可制成若干动人乐章。

表现一抽象美丽印象，文字不如绘画，绘画不如数学，数学似乎又不如音乐。因为大部分所谓“印象动人”，多近于从具体事实感官经验而得到。这印象用文字保存，虽困难尚不十分困难。但由幻想而来的形式流动不居的美，就只有音乐，或宏壮，或柔静，同样在抽象形式中流动，方可望能将它好好保存并重现。

试举一例。仿佛某时、某地、某人，微风拂面，山花照眼，河水浑浊而有生气，漂浮着菜叶。有小小青蛙在河畔草丛间跳跃，远处母黄牛在豆田阡陌间长声唤子。上游或下游不知何处有造船人斧斤声，遥度山谷而至。河边有紫花、红花、白花、蓝花，每一种花每一种颜色都包含一种动人的回忆和美丽联想。试摘蓝花一束，抛向河中，让它与菜叶一同逐流而去，再追索这花色香的历史，则长发、清眸、粉脸、素足，都一一于印象中显现。似陌生、似熟习，本来各自分散，不相粘附，这时节忽拼合成一完整形体，美目含睇，手足微动，如闻清歌，似有爱怨。……稍过一时，一切已消失无余，只觉一白鸽在虚空飞翔，在不占据他人视线与其它物质的心的虚空中飞翔。一片白光荡摇不定。无声、无香，只一片白。《法华经》虽有对于这种情绪极美丽形容，尚令人感觉文字大不济事，难于捕捉这种境界。……又稍过一时，明窗绿树，已成陈迹。惟窗前尚有小小红花在印象中鲜艳夺目，如焚如烧。这颗心也同样如焚如烧。……唉，上帝。生命之火燃了又熄了，一点蓝焰，一堆灰。谁看到？谁明白？谁相信？

我说的是什么？凡能著于文字的事事物物，不过一个人的幻想之糟粕而已。

天气阴雨，对街瓦沟一片苔，因雨而绿，逼近眼边。心之所注，亦如在虚幻中因雨而绿，且开花似碎锦，一片芬芳，温静美好，不可用言语形容。白日既去，黄昏随来，夜已深静，我尚依然坐在桌边，不知何事必需如此有意挫折自己肉体，求得另外一种解脱。解脱不得，自然困缚转加。直到四点，闻鸡叫声，方把灯一扭熄，眼已润湿。看看窗间横格已有微白。如闻一极熟习语音，带着自得其乐的神气说："荷叶田田，露似银珠。"不知何意。但声音十分柔美，因此又如有秀腰白齿，往来于一巨大梧桐树下。桐荚如小船，缀有梧子。思接手牵引，既不可及。忽尔一笑，翻成愁苦。

凡此种种，如由莫扎特用音符排组，自然即可望在人间成一惊心动魄佚神荡志乐曲。目前我手中所有，不过一支破笔，一堆附有各种历史上的霉斑与俗气意义文字而已。用这种文字写出来时，自然好象不免有些陈腐，有些颓废，有些不可解。

上帝吝于人者甚多。人若明白这一点，必求其自取自用。求自取自用，以“人”教育“我”是唯一方法。教育“我”的事照例于“人”无损，扩大自我，不过更明白“人”而已。

天之予人经验，厚薄多方，不可一例。耳目口鼻虽同具一种外形，一种同样能感受吸收外物外事本性，可是生命的深度，人与人实在相去悬远。读万卷书，行万里路，自然有浩浩然雍雍然书卷气和豪爽气。然而识万种人，明白万种人事，从其中求同识差，有此一分知识，似乎也不是坏事。知人方足以论世。知人在大千世界中，虽只占一个极平常地位，而且个体生命又甚短促，然而手脑并用，工具与观念堆积日多，人类因之就日有进步，日趋复杂，直到如今情形。所谓知人，并非认识其复杂，只是归纳万汇，把人认为一单纯不过之“生物”而已。极少人能违反生物原则，换言之，便是极少人能避免自然所派定义务——“爱”与“死”。人既必死，即应在生存时知所以生。故孔子说，未知生，焉知死？多数人以为能好好吃喝、生儿育女，即所谓知生。然而尚应当有少数人，知生存意义，不仅仅是吃喝了事！爱就是生的一种方式，知道爱的也并不多。

我实需要“静”，用它来培养“知”，启发“慧”，悟彻“爱”和“怨”等等文字相对的意义。到明白较多后，再用它来重新给“人”好好作一度诠释，超越世俗爱憎哀乐的方式，探索“人”的灵魂深处或意识边际，发现“人”，说明“爱”与“死”可能具有若干新的形式。这工作必然可将那个“我”扩大，占有更大的空间，或更长久的时间。

可是目前问题呢，我仿佛正在从各种努力上将自己生命缩小，似乎必如此方能发现自己，得到自己，认识自己。“吾丧我”，我恰如在找寻中。生命或灵魂，都已破破碎碎，得重新用一种带胶性观念把它粘合起来，或用别一种人格的光和热照耀烘炙，方能有一个新生的我。

可是，这个我的存在，还为的是反照人。正因为一个人的青春是需要装饰的，如不能用智慧来装饰，就用愚骙也无妨。

八月三日

潜渊

一

黄昏极美丽悦人。光景清寂，极静，独坐小蒲团上，望窗口微明。欧战从一日起始，至今天为止，已三十天。此三十天中波兰即已灭亡。一国家养兵至一百万,一月中即告灭亡，何况一人心中所信所守，能有几许力量，抵抗某种势力侵入？一九三九之九月，实一值得记忆的月份。人类用双手一头脑创造出一个惊心动魄文明世界，然此文明不旋踵立即由人手毁去。人之十指，所成所毁，亦已多矣。

九月 ××

二

读《人与技术》、《红百合》二书各数章。小楼上阳光甚美，心中茫然，如一战败武士，受伤后独卧荒草间，武器与武力已全失。午后秋阳照铜甲上炙热。手边有小小甲虫爬行，耳畔闻远处尚有落荒战马狂奔，不觉眼湿。心中实充满作战雄心，又似觉一切已成过去，生命中仅残余一种幻念、一种陈迹的温习。

心若翻腾，渴想海边，及海边可能见到的一切。沙滩上为浪潮漂白的一些螺蚌残壳，泥路上一朵小小蓝花，天末一片白帆、一片紫。

房中静极。面对窗上三角形夕阳黄光，如有所悟，亦如有所惑。

十月 ××

三

晴。六时即起。甚愿得在温暖阳光下沉思，使肩背与心同在朝阳炙晒中感到灼热。灼热中回复清凉，生命从疲乏得到新生，久病新瘥一般新生。所思者或为阳光下生长一种造物（精巧而完美，秀与壮并之造物），并非阳光本身。或非造物，仅仅造物所遗留之一种光与影、形与线。

人有为这种光影形线而感兴激动的，世人必称之为“痴汉”。因大多数人都“不痴”。知从“实在”上讨生活，或从“意义”“名分”上讨生活。捕蚊捉虱，玩牌下棋，在小小得失上注意关心，引起哀乐，即可度过一生。生活安适，即已满足。活到末了，倒下完毕。多数人所需要的是“生活”，并非对于“生命”具有何种特殊理解，故亦不必追寻生命如何使用，方觉更有意思。因此若有一人，超越习惯的心与眼，对于美特具敏感，自然即被称为痴汉。此痴汉行为，若与多数人庸俗利害观念相冲突，且成为罪犯，为恶徒，为叛徒。换言之，即一切不吉名词无一不可加诸其身，对此符号，消极意思为“沾惹不得”，积极企图为“与众弃之”。然一切文学美术以及人类思想组织上巨大成就，常惟痴汉有份，与多数无涉，事情显明而易见。

十月 ××

四

金钱对“生活”虽好象是必需的，对“生命”似不必需。生命所需，惟对于现世之光影疯狂而已。因生命本身，从阳光雨露而来，即如火焰，有热有光。

我如有意挫折此奔放生命，故从一切造形小物事上发生嗜好，即不能挫折它，亦可望陶冶它，羁縻它，转变它。不知者以为留心细物，所志甚小，见闻不广，无多大价值物事，亦如宝贝，加以重视，未免可笑。这些人所谓价值，自然不离金钱，意即商业价值。

美固无所不在，凡属造形，如用泛神情感去接近，即无不可以见出其精巧处和完整处。生命之最大意义，能用于对自然或人工巧妙完美而倾心，人之所同。惟宗教与金钱，或归纳，或消灭，因此令多数人生活下来都庸俗呆笨，了无趣味。某种人情感或被世务所阉割，淡漠如一僵尸，或欲扮道学，充绅士，作君子，深深惧怕被任何一种美所袭击，支撑不住，必致误事。又或受佛教“不净观”影响，默会《诃欲经》本意，以爱与欲不可分，惶恐逃避，唯恐不及。象这些人，对于“美”，对于一切美物、美行、美事、美观念，无不漠然处之，竟若毫无反应。

不过试从文学史或美术史（以至于人类史）加以清查，却可得一结论，即伟人巨匠、千载宗师，无一不对于美特具敏锐感触。或取调和态度，融汇之以成为一种思想，如经典制作者对于经典文学符号排比的准确与关心。或听其撼动，如艺术家之与美对面时，从不逃避某种光影形线所感印之痛苦，以及因此产生佚智失理之疯狂行为。举凡所谓活下来“四平八稳”人物，生存时自己无所谓，死去后他人对之亦无所谓。但有一点应当明白，即“社会”一物，是由这种人支持的。

十月 ××

五

饭后倦极。至翠湖土堤上一走。木叶微脱，红花萎悴，水清而草乱。猪耳莲尚开淡紫花，静贴水面。阳光照及大地，随阳光所及，举目临眺，但觉房屋人树，及一池清水，无不如相互之间，大有关系。然个人生命，转若甚感单独，无所皈依，亦无所附丽。上天下地，粘滞不住。过去生命可追寻处，并非一堆杂著，只是随身记事小册三五本。名为记事，事无可记，即记下亦无可观。唯生命形式，或可于字句间求索得到一二，足供温习。生命随日月交替而有新陈代谢现象，有变化，有移易。生命者，只前进，不后退，能迈进，难静止。到必需“温习过去”，则目前情形可想而知。沉默甚久，生悲悯心。

我目前俨然因一切官能都十分疲劳，心智神经失去灵明与弹性，只想休息。或如有所规避，即逃脱彼噬心啮知之“抽象”，由无数造物空间时间综合而成之一种美的抽象。然生命与抽象固不可分，真欲逃避，唯有死亡。

是的，我的休息，便是多数人说的死。

十月 ××

六

在阳光下追思过去，俨然整个生命俱在两种以及无数种力量中支撑抗拒，消磨净尽。所得唯一种知识，即由人之双手所完成之无数泥土陶瓷形象，与由上帝双手抟泥所完成之无数造物灵魂有所会心而已。令人痛苦也就在此。人若欲贴近土地，呼吸空气，感受幸福，则不必有如此一分知识。多数人或具有一种浓厚动物本性，如猪如狗，或虽如猪如狗，惟感情被种种名词所阉割，皆可望从日常生活中感到完美与幸福。譬如说“爱”，这些人爱之基础或完全建筑在一种“情欲”事实上，或纯粹建筑在一种“道德”名分上，异途同归，皆可得到安定与快乐。若将它建筑在一抽象的“美”上，结果自然到处见出缺陷和不幸。因美与“神”近，即与“人”远。生命具神性，生活在人间，两相对峙，纠纷随来。情感可轻翥高飞，翱翔天外，肉体实呆滞沉重，不离泥土。

××说，“×××年前死得其所，是其时。”即“人”对“神”的意见，亦即神性必败一个象征。××实死得其时，因为救了一个“人”，一个贴近地面的人。但××若不死，未尝不可以使另外若干人增加其神性。

有些人梦想生翅膀一双，以为若生翅翼，必可轻举，向日飞去。事实上即背上生出翅膀，亦不宜高飞。有些人从不梦想，惟时时从地面踊跃升腾，虽腾空不高，旋即堕地，依然永不断念，信心特坚。前者是艺术家，后者是革命家。但一个文学作家，似乎必需兼有两种性格。

十月××

十月十六日摘抄

长庚

一

久不出门，天雨闷人，上街去买点书，买点杂用事物，同时也想看看人，从“无言之教”得到一点启发。街上人多如蛆，杂声嚣闹。尤以带女性的男子话语到处可闻，很觉得古怪。心想：这正是中华民族的悲剧。雄身而雌声的人特别多，不祥之至。人既雄身而雌声，因此国事与家事便常相混淆，不可分别。“亲戚”不仅在政治上是个有势力有实力的名词，经济、教育、文学，任何一方面事业，也与“亲戚”关系特别深。“外戚”、“宦官”虽已成为历史上名词，事实上我们三千年的历史，一面固可夸耀，一面也就不知不觉支配到这个民族，困缚了这个民族的命运。如今有多少人作事，不是因亲戚面子得来！有多少从政者，不是用一个阉宦风格，取悦逢迎，巩固他的大小地位！这也就名为“政治”。走来走去，看到这种政治人物不少，活在这种人群中，俨若生存只是一种嘲讽。

晚上到承华圃送个朋友到医院去，闻几个“知识阶级”玩牌争吵声，热闹异常。觉人生长勤，各有其分。正如陈思王佚诗，“巢许让天下，商贾争一钱”；在争让中就可见出所谓人生两极。这两极分野，并不以教育身分为标准。换言之，就是不以识字多少或社会地位大小为标准。同为圆颅方踵，不识字身分低的人，三年抗战中的种种表现，尽人皆知。至于有许多受过高等教育称绅士淑女的，这种人的生活兴趣，不过同虫蚁一样，在庸俗的污泥里滚爬罢了。这种人在滚爬中也居然搀杂泪和笑，活下来，就活在这种小小得失恩怨中，死去了，世界上少了一个“知识阶级”，如此而已。这种人照例永远还是社会中的“多数”。历史虽变，人性不变，所以屈原两千年前就有餔糟啜醨以谐俗的愤激话。这个感情丰富作人认真的楚国贤臣，虽装做世故，势不可能。众醉独醒，作人不易，到末了还是自沉清流，一死了事。人虽死了，事还是不了的。两千年后的考据家，便很肯定的说："屈原是个疯子。政治上不得意，所以发疯自杀。"这几句话倒说明了另外一件事实，近代中国从政者自杀之少，原来政治家不得于此者还可望得于彼，所以不会疯，也从不闻自杀。可是任何时代，一个人脑子若从人事上作较深思索，理想同事实对面，神经张力逾限，稳定不住自己，当然会发疯，会自杀！再不然，他这种思索的方式，也会被人当作疯子，或被人杀头的。庄子既不肯自杀，也不愿被杀，所以宁曳尾泥涂以乐天年。同样近于自沉，即将生命沉于一个对人生轻嘲与鄙视的态度中。这态度稳定了他，救活了一条老命，多活几年，看尽了政治上得意成功人的种种，也骂尽了这种得意成功人的丑态，死去时，却得到一个"聪明人"称呼，作品且为后来道家一部重要经典。其实两个人对于他们所熟习的中层分子，是同样感到完全绝望的。虽然两千年来两人的作品，还靠的是这种中层分子来捧场、来欣赏、来研究。

九日

二

在乡下住，黄昏时独自到后山高处去，望天空云影，由紫转黑。天空尚净白，云已墨黑。树影亦如墨色，夜尚未来。远望滇池，一片薄烟，令人十分感动。在仙人掌作成的篱笆间，看长脚蜘蛛缀网，经营甚力，忽若有契于心。人生百年长勤，大都如是！捕蚊捉虫，其事虽小，然与生存大有关系，便自然会有意义。世界上有不少人所思所愿，脑子中转来运去，恐怕总逃不出“果口腹”打算。所愿不多，故易满足。既能满足，即趋懒惰。读书人对学问不进步处，对人事是非好坏麻木处，对生活无可无不可处，无不是这种人得到满足以后的反应。若不明白近年来中层阶级的不振作，从此可以得到贴近事实的解释。然人能贴近生活，即俨然接近自然，成为生物之一种，从“万物之灵”回到“脊椎动物”，也可谓上帝一种巧妙安排。上帝知道，世人所谓得失哀乐，离我多远！

住小楼上，半夜闻山中狼嗥。在窗口见一星子，光弱而美，如有所顾盼。耳目所接，却俨然比若干被人称为伟人功名巨匠作品留给我的印象，清楚深刻得多。

十七日

三

得××来信说，“从最近文章看来，你近来生活似乎十分消沉，值得同情。”回信告她说，“不用同情。”我人并没有衰老，何尝消沉？惟沉默已久，分析一番，也只是人太年青一点必然现象。我正感觉楚人血液给我一种命定的悲剧性。生命中储下的决堤溃防潜力太大太猛，对一切当前存在的“事实”、“纲要”、“设计”、“理想”，都找寻不出一点证据，可证明它是出于这个民族最优秀头脑与真实情感的产物。只看到它完全建筑在少数人的霸道无知和多数人的迁就虚伪上面。政治、哲学、文学、美术，背面都给一个“市侩”人生观在推行。由于外来现象的困缚，与一己信心的固持，我无一时不在战争中，无一时不在抽象与实际的战争中，推挽撑拒，总不休息。

沉默正是这战争的发展。古人说，“三十而立，四十而不惑”，我的年龄恰恰在两者之间。一年来战争的结果，感觉生命已得到了稳定，生长了一种信心。相信一切由庸俗腐败小气自私市侩人生观建筑的有形社会和无形观念，都可以用文字作为工具，去摧毁重建。

从五四到如今，廿年来由于这个工具的误用与滥用，在士大夫新陈代谢情形中，进步和退化现象，都明明白白看得出。其属于精神堕落处，正由于工具误用，在受过高等教育的公务员中，就不知不觉培养成一种阉宦似的阴性人格，以阿谀作政术，相互竞争。这相互竞争的结果，在个人功名事业为上升，在整个民族向上发展即受妨碍。同时在专家或教育界知识分子中，则造成一种麻木风气。任何人都知道这么拖下去不成，可是还是一事不作，坐以待毙。麻木风气表现于个人性格上，大家都只图在窄小人圈子里独善其身，把所学一切只当成换吃换喝工具，别的毫无意义。这些人生存的意义既只是养家活口，因此凡一切进步理想，都不能引起何等良好作用，只要同他们当前生活略为冲突时，还总不免要想方设法加以抵制。观念的凝固，无形中即助长恶势力的伸张与投机小人的行险侥幸。我因此感到，工具使用的方式，实在是一件大事，值得严肃谨慎来检校一番。

其次，看看二十年来用文字作工具，使这个民族自信心的生长，有了多少成就。从成就上说，便使我相信，经典性作品的产生，不是不可能的。但这种新作品的产生，还待多数从各方面来努力。这努力的起始，是有识者将写作的专利，从少数“职业作家”独占情形下解放，另外从一个更宽广的社会中去发现作家，鼓励作家，培养作家。

又其次是经典性新作品的原则，当从一个崭新观点去建设这个国家有形社会和无形观念。尤其是属于做人的无形观念重要。勇敢与健康，对于更好的明天或未来人类的崇高理想的向往。为追求理想，牺牲心的激发……更重要点是从生物学新陈代谢自然律上，肯定人生新陈代谢之不可免，由新的理性产生“意志”，且明白种族延续国家存亡全在乎“意志”，并非东方式传统信仰的“命运”。用“意志”代替“命运”，把生命的使用，在这个新观点上变成有计划而能具连续性，是一切新经典的根本。

从五四到今年正好二十周年，一个人刚刚成熟的年龄。修正这个运动的弱点，发展这个运动长处，再来个二十年努力，是我们的责任也是我们的权利。两年来的沉默，得到那么一个结论。屈原的愤世、庄周的玩世，现在是不成了。理性在活生生的人事中培养了两千年，应当有了些进步。生命的意义，若同样是与愚迷战争，它使用的工具，仍离不了文学，这工具的使用方法，值得我们好好的来思索思索。

廿二日

生 命

我好象为什么事情很悲哀，我想起“生命”。

每个活人都象是有一个生命，生命是什么，居多人是不曾想起的，就是“生活”也不常想起。我说的是离开自己生活来检视自己生活这样事情，活人中就很少那么作，因为这么作不是一个哲人，便是一个傻子了。“哲人”不是生物中的人的本性，与生物本性那点兽性离得太远了，数目稀少正见出自然的巧妙与庄严。因为自然需要的是人不离动物，方能传种。虽有苦乐，多由生活小小得失而来，也可望从小小得失得到补偿与调整。一个人若尽向抽象追究，结果纵不至于违反自然，亦不可免疏忽自然，观念将痛苦自己，混乱社会。因为追究生命意义时，即不可免与一切习惯秩序冲突。在同样情形下，这个人脑与手能相互为用，或可成为一思想家或艺术家；脑与行为能相互为用，或可成为一革命者。若不能相互为用，引起分裂现象，末了这个人就变成疯子。其实哲人或疯子，在违反生物原则，否认自然秩序上，将脑子向抽象思索，意义完全相同。

我正在发疯。为抽象而发疯。我看到一些符号，一片形、一把线、一种无声的音乐、无文字的诗歌。我看到生命一种最完整的形式，这一切都在抽象中好好存在，在事实前反而消灭。

有什么人能用绿竹作弓矢，射入云空，永不落下？我之想象，犹如长箭，向云空射去，去即不返。长箭所注，在碧蓝而明静之广大虚空。

明智者若善用其明智，即可从此云空中，读示一小文，文中有微叹与沉默、色与香、爱和怨。无著者姓名。无年月。无故事。无……然而内容极柔美。虚空静寂，读者灵魂中如有音乐。虚空明蓝，读者灵魂上却光明净洁。

大门前石板路有一个斜坡，坡上有绿树成行，长干弱枝，翠叶积叠，如翠翣，如羽葆，如旗帜。常有山灵，秀腰白齿，往来其间。遇之者即喑哑。爱能使人喑哑——一种语言歌呼之死亡。“爱与死为邻”。

然抽象的爱，亦可使人超生。爱国也需要生命，生命力充溢者方能爱国。至如阉寺性的人，实无所爱，对国家，貌作热诚；对事，马马虎虎；对人，毫无情感；对理想，异常吓怕。也娶妻生子，治学问教书，做官开会，然而精神状态上始终是个阉人。与阉人说此，当然无从了解。

夜梦极可怪。见一淡绿白合花，颈弱而花柔，花身略有斑点青渍，倚立门边微微动摇。在不可知地方好象有极熟习的声音在招呼：

“你看看好，应当有一粒星子在花中。仔细看看。”

于是伸手触之。花微抖，如有所怯。亦复微笑，如有所恃。因轻轻摇触那个花柄，花蒂，花瓣。近花处几片叶子全落了。

如闻叹息，低而分明。

……

雷雨刚过。醒来后闻远处有狗吠，吠声如豹。半迷糊中卧床上默想，觉得惆怅之至。因白合花在门边动摇，被触时微抖或微笑，事实上均不可能！

起身时因将经过记下，用半浮雕手法，如玉工处理一片玉石，琢刻割磨。完成时犹如一壁炉上小装饰。精美如瓷器，素朴如竹器。

一般人喜用教育身分来测量一个人道德程度。尤其是有关乎性的道德。事实上这方面的事情，正复难言。有些人我们应当嘲笑的，社会却常常给以尊敬，如阉寺。有些人我们应当赞美的，社会却认为罪恶，如诚实。多数人所表现的观念，照例是与真理相反的。多数人都乐于在一种虚伪中保持安全或自足心境。因此我焚了那个稿件。我并不畏惧社会，我厌恶社会，厌恶伪君子，不想将这个完美诗篇，被伪君子眼目所污渎。

白合花极静。在意象中尤静。

山谷中应当有白中微带浅蓝色的白合花，弱颈长蒂，无语如语，香清而淡，躯干秀拔。花粉作黄色，小叶如翠珰。

法郎士曾写一《红白合》故事，述爱欲在生命中所占地位，所有形式，以及其细微变化。我想写一《绿白合》，用形式表现意象。

知识阶级与进步

若从一般物质上着眼，人类的进步便很显然的陈列于吾人面前。但从理性方面说来，则所谓人类，现在活着的比一千年前活着的人究竟有何不同处，是不是也一般的有了多少进步？说及时实在令人觉得极可怀疑。

假若我们承认了理性也有进步的可能，想取例来说明它，一个写故事的人，自然还是引用个故事较为方便。一千四百年前，中国就有那么一个故事：

有个小小村落，距离国王的都城约三十里。既已聚集成村，自然就住了一些顺民，所有男女老幼，皆在四季中各尽手足之力，耕田织布为活。也按时缴税纳捐，照习惯唱戏、求雨、杀猪、敬神。照本性哭、笑、相骂或赌咒。那村中有一口井水，味道极美，无意中被一个专向国王讨好的人发现后，就把那井水提上一桶，献给国王。世界上作国王的，大都相差不远。他的天下若从马上得来，则莫不粗暴如同一个屠户；他的天下若从爸爸传来，则又莫不胡涂得同傻瓜一样。这国王应属于第二种人。这国王第一次尝到井水极好，就下了一个手谕，指定那村子里百姓，每天轮流派出一人，把水挑到京城里去。国王为了一点点水还那么认真，照例应当是那个村中百姓的光荣。但为了这样一担井水，村子里每天便应当有一个人来回走六十里路，这人这一天别的事自然皆不能作了。国王命令既无从违抗，遵照命令又实在太折磨人，因此那村里的人，大家就暗地里商量，讨论出一个办法，来逃避这差事。办法是离开这个小小村落，各自到别处地方去谋生。

消息为本村村长知道后，赶忙稳住了乡下人，要他们莫即搬家，等他到国王处去看看，是不是能够为他们想得出一个更好的办法。村长见过国王禀明来意，那国王就说，嫌路远，我明白了。如今我下一个命令，把三十里改为十五里，路程减半，不应当再说什么了。（照例世界上最颟顸国王，对于小民这样玩把戏说谎总是极在行的。）村长便把国王的话转述给乡下人，乡下人头脑简单，以为因此一来，三十里的路程当真已缩短一半，故全体皆十分欢喜，就再不作迁移打算了。他们并且对于国王所给的恩惠，十分感谢，为了表示这点感谢，各人便在额角刻了“永作顺民”四个字。

这故事说明一千四百年前，已有人感觉这些头脑简单的乡下人，愚蠢得如何可笑可怜，故特别记下来，为后世启蒙发愚之用。当时的人虽能说出这样故事，且明白一个国王并不能够把原本三十里的路程缩成十五里，但在当时便依然有许多事受那个国王的欺骗，同时对于国王的存在，也从无一人有所怀疑。现在就事论事，则情况已不大相同。第一件事，国王的名分已为一些人用文字、口舌、力和血把它除掉，同时附属于那个名分下的许多坏处也没有了。第二件事，即或有国王的地方，住在离国都三十里的乡下人，已不必为国王轮流挑水了。

第三件事，国王或代替国王而来的执政者，在募捐、征用以及其他摊派向国民说话时，也再不能用缩短里数一类简单方法愚弄人民了。这三种事似乎皆可证明属于人类理性的进步，是一种确定的事实。

过去的人把命运和权力全交给了天，国王既称天子，就有权任意处置一切。故作帝王的若本领好，能负责，肯作事，一切又处置得比较公平，大家就有福同享。国王若是个脓包，不能作事，或不会作事，这个国操纵在军人或权臣手里，于是就有了党争同战事。党争结果常把若干正派的人加以放逐与杀戮；战争则战事一延长，人民担当了那个生灵涂炭的命运，无数的生命，以及由于无数代生命思索与劳作积累而成的一点点文化，便一股脑摧毁了。现在的人民呢，虽仍然把权力交给执政者，却因为知识进步了些，对于一国未来的命运，似乎常常得加以关切。尤其是被称为知识阶级的读书人，多知道些事情，总特别盼望自己的国家发展得好些，国家局面乱糟糟到不成个样子，他们心里是不舒服的。若我们想找寻一种理性发达的人作为代表，把这类人拿来备数，自然是合式的了。

不过也正因为有了这类仿佛理性发达的人，成为社会的中坚分子，人类理性真的是否进步，进步了对于一个民族又还有些什么益处，倒又成为可商量的问题了。

罗马的灭亡不是一天一月的事，就正因为它的成立也不是一天一月的事。坏的坏下来若是几十年，要它好自然也得这个数目。但一般人的感情或理性，却常常不许他们对“时间”这种东西有何认识。比如在中国，提到“国家政治制度的不良”、“民族特性的消失”，以及类乎此等问题时，一般人对于这些问题所引起的忧虑，忧虑中便从无时间的观念在内。故一切改良的企图，也常常不把必需的时间安排进去。若这种对于一时间的疏忽可称为天真，那么，中国读书人的天真，实在比任何种人皆多一些！比如国家积弱数十年，要力图自强，应当二十年才有小小的希望。一个执政者若老老实实把这个数目告给一般人，且在这个必需的时间中计划一切，则这领袖除准备下野以外，别无其他办法。这人下野了，代替而来的，必是个善于说话，在谈话中能把二十年的时间减至最短期间的人。本来需要十年的，执政者若说：“这件事至多三年，一切便可弄好。”只需要执政者把话说得极其得体，语气又漂亮从容，对国运怀了过分关切的读书人，就会很快乐那么自作安慰：“这好了，我们有了这样好领导，国家命运有了转机，知识阶级的出路有保障了。”事实上，则这些人所注重的，或不是“民族出路”的保障，而是“知识阶级”出路的保障。所谓读书人，学上古史，学西洋文学、中国文学、政治、艺术、哲学……这一类少数的人，照例是欢喜发表意见同时也欢喜发发牢骚的。这一类社会上的中坚人物，既从自己职业上得到了生儿育女生活凭借，又从一国领袖处得到了一份说谎的安慰后，便会各自去作应作的事情，或收集点古物，或到处托人去打听会做饭菜的厨子，或年近半百尚怀了童心去学习跳舞，或终日无事便各处去转述点谣言，再也不过问这个国家一切命运了。这些人虽头上不能发现什么刻好的记号，也从不为国王挑水，但这种人的天真与理性是无从并存于同一头脑中的。

也有人说，使多数读书人，能够各自在职业上与嗜好上得到了生存的兴味，安分守己，不乱说话，泰然坦然的吃肉喝汤打发每个日子下去，是一种国家希望进步需要秩序时必不可少的基础。故几年来知识阶级的沉静与颓废，据他们的自辩，据乐观主义者或胡涂蛋代为说明，皆莫不以为这是国家一切事业渐上轨道的象征。其实假若这类人最低的理性，还可以许他们明白，“统治者假若永远是一群大小军人，日以抽收烟捐添购枪械为事，一群油滑政客，只会因循苟且支持现状，一遇应当向国民说谎时就胡乱说一阵，本身只是个军阀的清客，国家由这种人来处置，国家既无法持久，秩序进步也永远得不到。”那么，这类书生的生活与观念，或者也许就稍稍不同一点了。

事实上是古今作平民的，生活态度与观点皆由于为一个天生懒于思索容易被骗的弱点所控制，照例只注意到自己今天能不能活，不大注意明天。且同时只把善于解释解释政策的首领当成最可靠的首领，并不追究政策的得失。故所谓理性的进步，从某一点说来，我们不过指的是，现在的无冕国王，已想出方法派遣知识阶级挑水，同时在任何人的额角上，却看不出刻过什么显明记号而已。

一九三三年十月二十五日北平

中国人的病

国际上流行一句对中国很不好的批评："中国人极自私。"凡属中国人民一分子，皆分担了这句话的侮辱与损害。办外交，做生意，为这句话也增加了不少麻烦，吃了许多亏！否认这句话需要勇气。因为你个人即或是个不折不扣的君子，且试看看这个国家做官的、办事的、拿笔的、开铺子做生意的，就会明白自私的现象，的确处处可以见到。当政大小官僚情形且格外严重。它的存在原是事实。它是多数中国人一种共通的毛病。但责任主要应归当权的。

一个自私的人注意权利时容易忘却义务，凡事对于他个人有点小小利益，为了攫取这点利益，就把人与人之间应有的那种谦退、牺牲、为团体谋幸福、力持正义的精神完全疏忽了。

一个自私的人照例是不会爱国的。国家弄得那么糟，同自私大有关系。

国民自私心的扩张，有种种原因，其中极可注意的一点，恐怕还是过去的道德哲学不健全。时代变化了，支持新社会得用一个新思想。若所用的依然是那个旧东西，便得修正它，改造它。

支配中国两千年来的儒家人生哲学，它的理论看起来是建立于“不自私”上面，话皆说得美丽而典雅。主要意思却注重在人民“尊帝王”、“信天命”，故历来为君临天下帝王的法宝。前世帝王常利用它，新起帝王也利用它。然而这种哲学实在同“人性”容易发生冲突。表面上它仿佛很高尚，实际上它有问题，对人民不公平。它指明作人的许多“义务”，却不大提及他们的“权利”。一切义务仿佛都是必须的，权利则完全出于帝王以及天上神佛的恩惠。中国人读书，就在承认这个法则，接受这种观念。读书人虽很多，谁也就不敢那么想：“我如今作了多少事，应当得多少钱？”若当真有人那么想，这人纵不算叛逆，同疯子也只相差一间。再不然，他就是

“市侩”了。在一种“帝王神仙”“臣仆信士”对立的社会组织下，国民虽容易统治，同时就失去了它的创造性与独立性。平时看不出它的坏处，一到内忧外患逼来，国家政治组织不健全，空洞教训束缚不住人心时，国民道德便自然会堕落起来，亡国以前各人分途努力促成亡国的趋势，亡国以后又老老实实同作新朝的顺民。历史上作国民的既只有义务，以尽义务引起帝王鬼神注意，借此获取天禄与人爵。待到那个能够荣辱人类的偶像权威倒下，鬼神迷信又渐归消灭的今日，自我意识初次得到抬头的机会，“不知国家，只顾自己”，岂不是当然的结果？

目前注意这个现象的很有些人，或悲观消极，念佛诵经了此残生；或奋笔挥毫，痛骂国民不知爱国。念佛诵经的不用提，奋笔挥毫的行为，其实又何补于世？不让作国民的感觉“国”是他们自己的，不让他们明白一个“人”活下来有多少权利，不让他们了解爱国也是权利！思想家与统治者，只责备年青人、困辱年青人，俨然还希望无饭吃的因为怕雷打就不偷人东西，还以为一本《孝经》就可以治理天下，在上者那么胡涂，国家从哪里可望好起?

事实上国民毛病在用旧观念不能应付新世界，因此一团糟。目前最需要的，还是应当从政治、经济、教育、文学各方面共同努力，用一种新方法造成一种新国民所必需的新观念。使人人乐于为国家尽义务，且使每人皆可以有机会得到一个“人”的各种权利。要求“人权”并不是什么坏事情，它实在是一切现代文明的种子。一个国家多数国民能自由思索，自由研究，自由创造，自然比一个国家多数国民蠢如鹿豕，愚妄迷信，毫无知识，靠君王恩赏神佛保佑过日子有用多了。

自私原有许多种。有贪赃纳贿不能忠于职务的，有爱小便宜的，有懒惰的，有作汉奸因缘为利、贩卖仇货企图发财的。这皆显而易见。如今还有一种“读书人”，保有一个邻于愚昧与偏执的感情，徒然迷信过去，美其名为“爱国”；煽扬迷信，美其名为“复古”。国事之不可为，虽明明白白为近四十年来社会变动的当然结果，这种人却卸责于白话文，以为学校中一读经书，即可安内攘外；或委罪于年青人的头发帽子，以为能干涉他们这些细小事情就可望天下太平。这种人在情绪思想方面，始终还不脱离封建遗老秀才的基本打算，他们却很容易使地方当权执政者，误认他们的捧场是爱国行为，利用这种老年人的种种计策来困辱青年人。这种读书人俨然害神经错乱症，比起一切自私者还危险。这种少数人的病比多数人的病更值得注意。

真的爱国救国不是“盲目复古”，而是“善于学新”。目前所需要的国民，已不是搬大砖筑长城那种国民，却是知独立自尊，懂拼命学好也会拼命学好的国民。有这种国民，国家方能存在；缺少这种国民，国家决不能侥幸存在。俗话说：“要得好，须学好。”在工业技术方面，我们皆明白学祖宗不如学邻舍，其实政治何尝不是一种技术？

倘若我们是个还想活五十年的年青人，而且希望比我们更年青的国民也仍然还有机会在这块土地上活下去，我以为——

第一，我们应肯定帝王神佛与臣仆信士对立的人生观，是使国家衰弱民族堕落的直接因素。(这是病因。)

第二，我们应认识清楚凡用老办法开倒车，想使历史回头的，这些人皆有意无意在那里作胡涂事，所作的事皆只能增加国民的愚昧与堕落，没有一样好处。

第三，我们应明白凡迷恋过去，不知注意将来，或对国事消极悲观，领导国民从事念佛敬神的，皆是精神身体两不健康的病人狂人。(这些人同巫师一样，不同处只是巫师是因为要弄饭吃装病装狂，这些人是因为有饭吃故变成病人狂人。)

第四，我们应明白一个“人”的权利，向社会争取这种权利，且拥护那些有勇气努力争取正当权利的国民行为。应明白一个“人”的义务是什么，对做人的义务发生热烈的兴味，勇于去担当义务。要把依赖性看作十分可羞，把懒惰同身心衰弱看成极不道德。要有自信心，忍劳耐苦不在乎，对一切事皆有从死里求生的精神，对精神身体两不健康的病人狂人永远取不合作态度。这才是救国家同时救自己的简要药方。

读《论英雄崇拜》[1]

本刊第四期有一篇文章，题名《论英雄崇拜》，陈铨先生写的。本意给国人打气，对“英雄”有所赞美，用意自然很好。对于“英雄”含义，文章中虽曾说过是各式各样的领袖，惟内容所指的还是代表武力与武器的使用者，对面自然就是代表读书人的“士大夫”，于是很感慨的说，中国读书人太不崇拜英雄。既提起读书人，要找出一个原因，所以又说，这是由于“五四”的结果！为什么？为的是五四提倡“民治主义”与“科学精神”，养成了士大夫的坏脾气，腐化而且堕落。近代教育

[1] 本文1940年6月1日发表于《战国策》第5期，故此处“本刊第四期”即指《战国策》第4期。

教坏了这些读书人，反不如过去受了点通俗小说教育的武装同志表现得动人。我们要崇拜英雄，不然就是个卑鄙小人。有对这种崇拜加以嘲笑的，也是卑鄙之徒。英雄究竟是怎么回事？康德说，英雄有壮美感，使人生神秘敬惧之忱，无条件拜倒；他要你死，你必乐于死去无疑。……断章取义不是本文写作目的，不过那篇文章给个人读后印象，却不免如此。陈先生解释英雄崇拜时是援引康德、尼采意见，论及中国缺少英雄崇拜时是提及近二十年事，死文字与活事实相互映照，想使它不发生抵触，至少在修辞上还值得细心一些。不然，给人印象或不免失去了执笔本来意思。个人是个不大“崇拜英雄”的人，但想想也还不象“卑鄙小人”，有些与陈先生不同意见，特写出来作为对这问题有兴趣的读者参考。

中国旧书中论及英雄时，刘劭《人物志》说的大有意思。他说能控制一切而持其柄，统率文武，使用材器各得其宜，可以谓之“英雄”。这种英雄观很显明到如今还适用。真英雄换言之就是“真的领袖”，并不是“万能法师”。我们生于二十世纪，对待这么一个英雄，自然也只是大事信托，由信托而生敬重，不必迷信崇拜，尊之若神。正因为明白英雄只是一个“人”，与我们相差处并非“头脑万能”，不过“有权据势”。维持他的权柄，发展他的伟大，并不靠群众单纯的崇拜，靠的倒是中层分子各方面的热诚合作！二十世纪两个近代化的国家领袖，罗斯福和斯大林，所谓作领袖的意义，便是如此。个人权力尽管其大无比，事实上各事有人负责，个人不过居于提纲挈领的地位，总其大成而已。读书人对于他崇拜不崇拜，是无所谓的。

提及英雄崇拜时，陈先生引用百十年前叔本华、尼采一类人对于这个名词所作的抒情说明，与时代实不大相合。这些人的英雄观多属“超人”，配上拿破仑的性格风度倒刚好合式。这种英雄于战争中必骑一匹高大雄骏的白马，在山头大纛下据鞍顾盼，群众则野战格斗，破阵陷敌，有进无退。可惜时代已过去了。慕索里尼和希特拉[1]两位要人，在群众大会拍摄新闻电影片时，虽尚倾心这种古典英雄风度，装作雄鸡姿势，已不免令人发笑。若在法比战场上最前线，我敢同任何人打赌，这两位伟

[1] 今译墨索里尼、希特勒。

人就决不会比一个二等兵乐意把头多昂起一英寸！这就叫作时代不合，伟大意义也不会相同。英雄崇拜若近于群众宗教情绪与浪漫情绪之归纳集中，近代使用的方式是分散到社会各方面去，已经成为一种习惯。玩球的、跑车的、爬山的、游水的，无不可以引起这种集中的作用。英国封一个戏子作爵士，瑞典给一个电影女演员颁发勋章，这是国家有意从群众中产生英雄的例子。罗斯福有时会为足球比赛发发球，斯大林大排场款待从北极探险回来的水手，这又是现代伟大意义不同的另一例子。这事值得注意处，便是真的领袖都有意将英雄崇拜情绪转移到娱乐或致用分子方面去，个人却承受了“民治主义”一个对于“人”的原则，“领袖也是一个人，并不是神。”他要人相近，不要人离远。要群众信托爱敬，不要群众迷信崇拜。

这其实从国内近事也可看出。陈先生很感慨的说：“中国读书人太不崇拜英雄”，倒恰恰与够得上他所称为英雄的蒋先生及李白诸将军，感于迫切需要知识阶级合作帮忙成一对照。陈先生以为抗战建国主要条件是“英雄崇拜”，这些受崇拜者经验多一些，却明白事情并不那么简单。他们已从各种团体左献一面锦旗，右拍一通电报清楚崇拜的意义和限制，这是不成的！谈抗战，一个战线上若用十师兵力作战，攻守进退需要的全是技术和科学知识，并不单凭个人勇敢热忱与不相干的多数崇拜所能济事！上层机构要一个健全的参谋组织供给意见，下级单位要一个完备的交通组织接济弹械和给养，整个胜败都决定于知识在空间时间上运用是否得法。就为了勇敢有余知识不足，才用外国军事顾问，求助于客卿！至于谈建国，那更非知识不可。说到建国，我们会联想到中山先生本人和他的《建国大纲》。他本人的一生行为，就是要人“相信”不是要人“迷信”的。这个大著的草成，就有许多意见是折衷于老同志与许多书本而来。他就是个“人”，不是神秘不可思议的“神”。

个人以为时代到了二十世纪，神的解体是一件自然不过的事情。他虽解体却并不妨碍建国。如有人从一个政治哲学新观点，感觉东方的中国，宗教情绪的散漫十分可惜，神的再造有其必要，这问题大，决不是单纯的英雄崇拜即可见功。在政治设计上想归纳或消解群众宗教情绪与传奇幻想，神的重造方式正好从近三十年世界取法，这种“致用”之神不妨用分散与泛神方法，从群众中造偶像，将各种思想观念手足劳动上有特殊成就的，都赋予一种由尊敬产生的神性，不必集中到一个“伟人”身上。若真的以一个人具神性为中心，使群众由惊觉神秘而拜倒，尤其是使士大夫也如陈先生所描写的无条件拜倒，这国家还想现代化，能现代化？稍有常识的人看来，就知道是不可能也不必需的！

陈先生提起英雄崇拜时，又举示当前兵士作战为例，以为全得力于老式通俗文学小说戏剧的英雄崇拜的好处。且赘语说亏的是这些人不受普通教育。这种意见由赛珍珠说来，并不可笑，因为她是个外国人，不明白中国事情。若由现代中国人说来，似乎不大近情合理。因为这完全是两件事，勉强附会，不啻说明陈先生既不明白旧小说是什么，也不知道现代战争是什么。若说旧小说的影响，张宗昌、韩复榘倒是两个典型英雄崇拜者。其次是近三十年来所有土匪都用“逼上梁山”一词作借口，合伙吃血酒时且照例引用“桃园结义”典故。崇拜之中就无不有个“个人本位”意识，与文中所举康德称艺术中的壮美崇拜全不相干。更不曾培养陈先生所理想的由惊觉神秘而来的崇拜情绪。宗教的虔诚由坚信而产生庄严，牺牲一切以赴之，在中国唐代的大德高僧玄奘行传，倒有点相仿佛，但这就只有读书人能领略！若一改成说部的场面，群众就只关心到他进蒸笼被妖精蒸吃时，是否能够得救惶恐了。通俗小说虽有些民族英雄故事，若把当前兵士抗战，认为由这些小说熏陶而来，与事实相去实在太远。

陈先生又说，英雄崇拜在读书人方面表现不好，实由于“五四”以来提倡“民治主义”同“科学精神”，个人主义抬头，士大夫因之更腐化，社会因之更极端紊乱，所以再不会崇拜英雄。在战争中提倡英雄崇拜自然很有意义，不过若涉及知识阶级，且认为他们腐化堕落时，似乎还要分析分析，不宜过于笼统。英雄崇拜情绪，在知识阶级中不发扬原因，前面已经说及，加上社会进步分工分业的结果，英雄名分与事实已不能由“帝王”或“骑士”独占，即在战争中依然被各种职业出类拔萃分子分享，是一件明白不过的事情。陈先生却简简单单以为是“五四”的提倡“民治主义”与“科学精神”结果，这倒是很新的意见。意见虽然新，却很容易象清末民初遗老的口吻。怎么会这样想而且把他写出来？这时虽是战时，要颂扬武人的武德武功方法也很多，实不必如此曲解过去！二十年前的改造运动，从最小处言，很明显即因工具运动（文体改革）成功，方起新陈代谢作用。通俗小说中旧的如《封神演义》，新的如《玉梨魂》等书，代之而来产生冰心、鲁迅、茅盾、巴金的作品。“团结”“统一”“抗战”“建国”这类名词，由抽象而具体，与工具的能尽其用也大有关系。陈先生说“五四的流弊是更进一步使中国士大夫阶级堕落腐败”，何所见而云然？这士大夫若指晚清遗老、民初议会诸公，人老了，老而不死，体力复竭，手边又还有几个钱，在家纳福，只等待庄子所谓“息我以死”，事极自然。这些人实与“五四”毫不相干。若指因“五四”而起的人物，这些人大多数是当前社会负责者，一部分以专家身分从政，作公务员，一部分或办教育，或作学术研究，工作都相当忙，收入又相当少，守职尽分，近十年来中国见出一点进步成绩，都可说是这种中层分子的贡献。这些人受事实环境限制，能守职不能创业，事或有之。至于腐化堕落，实说不上。这种人一部分在学校教书，与社会略隔一层，或在大时代中尚天真烂漫梦想中国政体忽然凭空变成英美方式，虽尽做白日梦，却又不能如何努力来实现梦想。

陈先生又说“五四”造成了士大夫无人格、无信仰、虚伪矫饰阿谀逢迎的风气，且以为贪婪爱钱是共通风气，说的也有点近于笼统含混。若指办教育的，与事实不大相合。若指“文臣”意即官吏公务员，这一点也得弄个清楚，“人格”“信仰”范围指什么而言？至于官场中逢迎阿谀，实是一件老故事，与“帝制”不可分，也可说与历史不可分，古语“远佞人”正可作例。说它由“五四”起始倒是新闻。若必把阿谀逢迎归为新的风气，仔细分析，就可知造成这个现象，另外有一个原因。十年来的党政新贵，年在三十五岁上下的，多系北伐时代学生，当时高等教育不良好，一面且忙于革命，学术思想便缺少“五四”提倡的民治主义和科学精神训练。北伐成功后，政体有了新陈代谢，这些各以因缘上了台。不久国共分裂，清来杀去，江西多了一个政府，打了近八年的仗。即在“中央”系统下随即又有桂系分张湖北之役、阎冯扩大会议陇海线之役、福建人民政府事件、两广事件，无一事不与“党”争“政”争有关。既与党政有关，时局变化波澜大，许多人自然把“信仰”看成一个空洞名词。中央欲集权，从党着手，在党中先废除民主精神，乃由上而下以圈定指派方式产生干部。党政中的中层分子，一因学问少，二因时忌多，于是将信仰对象由“真理”变成“政策”。政局既朝云暮雨，这些末流人当然即不可免各竞技巧表现长处，作人无风格，作事少思想。就中虽不乏洁身自爱者，然欲安于其位，自必唯诺取容。但事情明明白白，这问题系与“党政”有关，与“五四”的“民治主义”和“科学精神”却不相干！至说文臣爱钱，对这种人也还说不上。这种人除了有机会加入财政税收机关，即爱钱亦不会有多少贪婪机会！若与同等的武将比较，恐怕还是将军们发财的居多！（陈先生是四川人，应当知道四川的房产田地、金融实业，几几乎全是大小军官的产业！）此外四十岁以上文臣因专家资格处理有关财政税收事务，虽可发财，还是十分廉洁不失书生本色的，正不乏人。若说五四提倡民治主义与科学精神，这些人倒正可代表承受两种观念产生的人物！至若近十年小官僚因缘时会，位据要津，或直接舞弊，或间接营私，发百万财，称大富翁，正恰好看出国家只图统治，统治方式只注重集权，因此老式亲亲主义与人情主义抬了头，是一种必然现象。救济他靠的还需要社会制度化与专家化，民治主义与科学精神。

大凡谈论问题，能称引“过去”，疏证“当前”，预言“未来”，当然很有意义。不过批判历史，最好要明白历史；攻击科学精神，先还需要具有一点科学精神！我们现在若肯从大处着眼，公公平平来看看这个国家近二十年的发展，以及在变动中的得失，自会承认有形的社会组织与无形的公民观念，都无不在逐渐进步中。这进步实得力于统一，主要表现是国家统一意识的增强，因统一实现国家日趋于合理。这种进步现象非一人头脑万能，实与中级应用人材质与量提高增多有关，也就与高等教育有关。高等教育能有点成绩，实又得力于若干著名大学在教育范围内的民治主义与科学精神运用。仁者见仁，智者见智，各有不同，这许是个人一种过分乐观看法。但这种看法也还可从近事得到一点证明。举例言，七七战事发生后，在沪杭两路战区铁路服务人员，作站长的或管工程的认真负责处，是中外一致赞颂的。

又如目下各战区业已沦陷县分，一经收复，县政工作人员照例即随军事推进而进行各种工作，服务热忱也是为人称道的。这些人差不多就全是受过大学教育的青年。即如就税收言，湘鄂省区地方统税，由一个远在湘西某机关指导征收，沦陷区居然能进行，征收人员且很少有携款潜逃事情发生。问及负责人，方知道大部工作人员是税专及其他大学毕业生，仿邮政盐务用考试制度选擢而来。说到英雄崇拜，这些小一辈的士大夫，恐都不免成为陈先生笔下所谓“卑鄙”之徒。因为这种可爱青年，就决不会单凭英雄崇拜能如此忠诚为国的。其服务精神还只是由于作国民的自尊心而来。正因为每个人所受的训练、刺激，都觉悟了自己是国家一个单位，要生存权利，也就有遵守社会规约的义务。若说国家得重造，士大夫得改造，这些光明进步方面，似乎值得注意注意！明白当前较多，新英雄主义的提倡者，下笔时就知道不仅要慷慨激昂，最重要还是近情合理了。

欧战发展到最近，英法因战争技术比较落后，两个国家标榜的“民主思想”或“自由主义”于是成为一个嘲弄名词。中国处当前情形中，一面得应战，一面得建国，一面得在风云万变国际混乱情形中，选择两个可靠的朋友，适应当前与未来，“国家集权”因此旧事重提。对国家有一个较新的看法，大家分途并进，来把全民族人力物力粘附集中到国家进步理想上去，自是新战国时代应有的打算。可是我们明白，英法倒霉是一件事，五四民治主义与科学精神提倡又是一件事，中国要建国，“国家集权”与“集权国家”又是一件事；三件事各不相附。若以彼证此，附会其词，是不会有较好结论的！若从中国人就中国立场说来，据个人意见，恰恰与陈先生意见相反。国家要集权，真正的“民治主义”与“科学精神”还值得来好好的重新提倡，正因为要“未来”不与“过去”一样，对中国进步实有重要的意义！对外言，“战争人人有份”这句话，想要发生真正普遍作用，是要从民治主义方式教育上方有成效可言的。对内言，在政治上则可以抵抗无知识的垄断主义，以及与迷信不可分的英雄崇拜主义。更重要的是抵抗封建化的外戚人情主义。在教育上则可以抵抗宗教功利化、思想凝固化，以及装幌子化。在文学艺术运动上则可以抵抗统治与限制，在一般文化事业上则可望专家分工，不至为少数妄人引入歧途。至若科学精神的应用，尤不可少。国家要现代化，就无一事不需要条理明确实事求是的科学精神！

若说中国当这个新战国时代，既不甘沦亡，必需挣扎，挣扎方式且必需取法德俄，我们也得弄明白，这些国家最高指导统制权力虽大，其所以控制国家的人力物力，而且运用得恰到好处，并不是人人崇拜英雄可以成事。组织和效率，主要的其实还是科学精神！因科学精神而分工分业，方能有组织，见效率！德国人表示崇拜希特拉，不过是每家被强迫挂一面相片而已，希特拉事实上也许更敬重他的专家和那群高等军事幕僚！若照陈先生意见，“知识阶层关心的平民教育一发达，国家更不崇拜英雄，更是一盘散沙”，那一切初级教育都近于多事，有害无益，大家只读读老式通俗小说，一面对英雄崇拜便很好了。可是话说回来，真正关心这个国家命运的人，会觉得抗战建国事并不那么简单的。

因为世界在战争中，在变动中，新的历史场面上领导者，容易给人一个“英雄”印象。于是一部分人谈及抗战时，谈及国家问题时，便不免要用英雄气氛来解释现象，这种联想自会牵强附会到通俗小说方面去，照例且不免把近年来人民对于国家观念之觉醒估计得太低，对“读书人”感到不满。陈先生文章，在这一点上正可代表一部分人的意见。读书人情形，陈先生自己是其中之一，当然明白“英雄崇拜”是不是能作到他要你死你必乐于就死的地步。且明白“士大夫”含义，以及其他，有些话不能自圆其说，还不碍事。至于对群众教育，以及从“教育”上得到教训，未免太隔膜了。事实上近三年来国内两百万壮丁的征调，应用如何手续，有若干省份，如何由万千青年学生下乡作民训社训，其次又如何用挑选方法选出送到各地师团管区编训。编训期满，再如何转移到各个应当补充部队去训练，送到前线时，至少都得经过一年以上的“教育”，在教育中与火线上，照例都需要把不必要的懦怯与不必要的英雄思想去尽，只变成集体中一个小小分子，方能作战。明白这些，就会觉得“教育”二字具有何等意义，对于目前战争又影响多大，不至于说外行话称赞他们不受教育了。三年来的抗战，前方百万壮士的流血，后方数百万妇孺老弱在风雨饥寒中完成的几条国防交通线，支持这个民族作战气概和胜利信心的，决不是英雄崇拜，实完全靠广大群众做“人”的自尊心的觉醒。这觉醒工作，便整个寄托在各种有形无形广泛教育原则上！

陈先生文章本意很好，惟似有所蔽，辞不达意处，实容易被妄人引为张本，增加胡涂。官僚文化人中还不缺少妄人，妄人活下多以为在国家变动中可作政治投机，且习于用英雄崇拜方式固宠取信。这种人正附于中国官僚外戚政治中作种种活动。所以中国谈改造运动，实离不了制度化和专家化，正因为如此一来，这种人方无所售其技。制度化和专家化及新战国时代新公民道德的培养，除依靠一种真正民主政治的逐渐实行，与科学精神的发扬光大，此外更无较简便方式可采。在这种事实下来谈英雄崇拜，如象陈先生那么谈，有点近于“抒情”，不是“说理”了。不知多数读者以为如何。

穷与愚

一到双十节，使人总忘不了孙中山先生。中华民国由之产生，是一件事。我记起的却是，因为他在三十年前即明白，中国问题在“穷”和“愚”。社会的腐败与退化，无不由之而生，因此言建国，即针对此两大病根下手。必去“穷”与“愚”，方能把那个外来压力所形成的“弱”去掉，否则无可望。中山先生不幸于二十二年前即作了古人，国人失去一思想深刻、眼光远大、性情宽厚的领导者。然而一切国家重造的理想，还保存在他的学说中，待后来者熟读深思，并理会其用心所在，克服一切困难与挫折、矛盾与两歧，慢慢实现的。

治穷自然为开发地利，征服自然，好好认识地面所生长、地下所蕴藏，加以运用处理。在分配上复有个制度使之比较平均，或有种政策使之渐趋于平均，国民生活有个转机，整个国家也方有个转机。治愚则为开发头脑，推行个广泛而长久的教育政策，使多数人知识加多、加深，使人人对于新的时代新的世界，能有个新的态度新的习惯去适应，普通人民既感觉到自己是个主人，同时也就是个公民，对国家关系、权利义务分明，因之知自爱也能爱国。政治家既有政治家丰富广博的知识，且有兼容并包的气度，知道珍重国力，不作无意义浪费，而又尊重制度，能用战争以外方式调整一切社会的矛盾取得平衡。换言之，也可说他得艺术、他懂艺术！——象这么一个国家一群人民，把这个国家传统长处好好保持，或想法发扬光大，弱点则努力去掉，如治毒瘤恶疮，国家还会不进步？

然而穷和愚至今似乎尚成为绊住中国进步的两个活结。这活结且若出于一条绳索，彼此牵缠。不论你在上在下，在朝在野，不论是“中国的主人”或“公仆”，凡欲向上挣扎，总不免让这个来自四面八方看不见摸不着的有历史性的活结套住，越缚越紧。这个抽象阻力，不仅来自敌人，自己的普遍而长期的怠工、萎靡不振，且更加强作用。俨若任何高尚理想与合理事实，都无从着手，无从生根。我们对日本算是打了个胜仗，把这个很自大的国家，用我们的长处也用我们弱点紧紧拖住，从而崩毁了。但对我们自己这个有历史性的弱点挣扎时，直到如今，却真是一个惨败！

我们责谁恨谁都无意义。我们只应当承认这弱点是一种有年份的老病，与全体民族体质多少有点关系，远之与所谓哲学的人生态度有关，近之又与所谓现代政治思想和教育方法有关，我们得弄明白，想办法。这悲剧是中华民族全体的，这责任也就不是少数人可负的！

这挫折惨败的主要原因，从远一点说，我们的历史太久了。帝国新旧交替大一统局面，就延长了二十来朝，还有个偏霸分崩割据的较短时期不算。改朝换代照例是用武力，支持偏安更需武力。在这个历史背景中，读书人就有个“从龙”“附骥”的心理状态，延续了二千五百年。这个心理状态，一直影响到现在，我们得承认那有个历史的鬼在起作用！至于教育呢？从近一点说，恐为由张香涛起始，即只知道救穷，枝枝节节来动手。仅记住管子所说的一句话，“衣食足而后知荣辱”，其他的全不在意。革命轻轻松松推翻了一个帝国。旧的毁去，新的未能建立，属于历史上另一弱点，自然在另一群人生命中又得到抬头机会，即“中原逐鹿捷者先得”的英雄意识。因之有帝制，有复辟，有军阀割地而治的督军团。直到大小书呆子将国家重造观念注入多数年青人头脑中，经过八年，与少数武力情绪相结合，革命成功了。然而又分裂，又内战……

在这么一个不安定局势下，支持到九一八，东北完了。也幸而东北热河的完事，真正敌人势力一直侵入平津，我们才有二十二年到二十六年的警惧与觉悟。福建的人民政府的结束、两广的暗礁和平，以及西安事变的良好解决，都可见出有兵者亦未尝必需用兵。大智若愚，其实不愚。

然而我们还得收另外一种“苦果”，即由教育疏忽得来的另外困难。我们的家长从办新教育起始，比如说，北大的蔡老先生和教育部范静生先生，本明白教育的理想不止传授知识，还容许有个比具体知识更重要的抽象愿望在内。愿望虽抽象，却能于另一代证实。可是到军阀时代，书呆子办的教育，即连点缀性也缺少了。一省一县小些地方，学生的用处，还可排队持旗到郊外欢迎将军镇守使的凯旋，这些伟人也还可就中挑取绅士人家的女学生作第几房姨太太，逼得那家长不能不允许。大至于北平，似乎从民五六以后，即已与政府完全游离。虽然照例还有个教育部长，除了做官外，中国有多少国立大学、多少学生，就绝不在意。因为只要稍稍在意，就会明白教授有好几年是无从靠公家薪水活下去，关于薪水一定要集团请愿闹了又闹，才在逢年过节时，从什么银行借一笔钱点缀点缀的！大至国家财政小至个人收入，穷既然是种事实，因此革命成功后，到读书人来作部长时，教育政策不知不觉便成了张香涛总督的继承者，解决穷，提倡理工。另一面或且以为可以使英雄入彀，转入笃实，免去文法中的“思想”混乱。一切针对现实，可就决想不到还有另外一种现实，即世界上有好些国家，地面地下都是穷得出奇的，只因为人民不愚，或直接面对贫乏，解决了穷的威胁，或虽穷而不见穷相，社会上一切有条有理。人民知爱美，能深思，勤学习，肯振作，即产生不出巨万财富、百层高楼，但精神成就上却支配了这个世界大部分，也丰饶了这个世界人类情感和智慧！只除了现代政治作成的中国，不明白那些成就的价值和意义，不特不知尊重，还常常作成不必要的摧残，其余就决无相同的一国，对属于足以教育人类情感的一切，有这样忽视现象的！我们不知可有教育家能想得到，贪污自私的心理基础，还有个比贫穷更深远的背景？即在那些孩子们在受小学教育时代，由于教育者的无知，一面极端缺少图画和音乐，一面却在文史课只背诵历史上伟人名字，一直到现时伟人为止，即作成他们心理上的损害不健全。在中学时代，学生不知文学和美术，而居然有个吃政治饭的打算，引诱他们习于不思不想。到大学，资质好发展比较平均的、入理工，和社会隔绝游离，自成一体。资质中平，或少年时代即有孤僻性情的，拣文史。而中学时代即准备吃政治饭的，学经济、政治、社会、教育，企图由一小单位扩大而成为一个大据点，十年过去后，这些活动朋友上了台。只想想我们这个中层的组成，我们就接触着这个问题全部了。在这个发展趋势下，我们怎么能希望这个国家上轨道、有秩序、得进步？无怪乎到处是社交式的小聪明，到处是有传染性的拖混与适应，到处是公文八股，而使一切年青人麻痹瘫痪，弄得个社会国家恹恹无生气？我们一提起官僚，就觉得厌烦。而作官僚的，他们的一切，却是从小学教育即起始的。若国家的教育政策，还在那么一个公式中衍进，到我们第三代，才更是悲剧！

最近，各国使馆设“文化参赞”的消息发表了。我们知道，所谓文化参赞，至少是对于所在国“文化”和本国“文化”具有广泛而深刻的了解的人始能胜任。这种人我们当前有几个？照目下教育设计说来，国立大学就很少开文化史或美术史的共通课程。而近二十年习惯，习文史者不仅难望如五四初期所望，从认识传统建设一新的道路，即当时所诋毁的会哼哼唧唧人材，亦已十分感觉缺乏，而一般趋势，只不过是从字义章句间着手，从不让学生从欣赏入手涵泳古人性情人格于历史记载与诗歌表现中，对传统的精神情感毫无理会机会。这种学生从什么方面可望接受传统、淘深生命、作出新的创造？若照这样下去，我们的文化参赞也就只能象目前许多特种机构一样，得将援留用技术人员例，借材异邦。这多可怕，多可耻！

以个人私见说来，我们物质上的穷有办法，易解决。

我们的愚似乎还得一些有心人对于教育有个崭新观念，重新着手。从小学到大学，每一级教育都注意到如何教育他们的情感，疏理它，启发它，扩大它，淘深它。若这件事得从明日“人之师”入手，大学教育近二十年中所无形培养的“愚”，得稍稍想法节制了。而美术、音乐、文学、哲学知识与兴趣的普遍提倡，却可以在十年后，使新的中层负责者再不至于想到调整社会矛盾还用得着战争，儿童玩火的情绪，也绝不至于延长到一个人二十岁以后。

从这些问题上看，代表中国的头脑的北平，还有个新的运动待生长、待展开，事极明显！这运动没有罢课或游行，没有呼嚷哭泣或格杀勿论，只是一些不曾硬化僵化的头脑，能从深处思索，能反应，能理解，能综合，能不为成见偏见所拘束，在一时一事现象上兴奋或绝望，却可以对于一些比较长远的事情，作个尝试。嵩公府有个蔡孑民先生的纪念堂，孑民先生的学说，似乎值得从此起始，来从教育上扩大它的时候了。还有个文学运动，我们也还有些事可做，为十年二十年的后来者做点试验。我们这一代本身所经验的悲剧，也许只能用沉默来否定现实忍受下去了。可是生在这片美丽土地上的后来者，应当还可由一种健康希望带到一个稍稍合理的社会中，以及稍稍幸福的生活中！

一九四六年十月八日

怀昆明

因为战争，寄寓云南不知不觉就过了九年。初到昆明时，事有凑巧，住处即在五省联帅唐蓂赓住宅对面，湖南军人蔡松坡先生住过的一所小房子中。斑驳陆离的瓷砖上，有宣统二年建造字样。老式的一楼一底，楼梯已霉腐不堪，走动时便轧轧作声，如打量向每个登楼者有所申诉。大大的砖拱曲尺形长廊，早已倾斜，房东刘先生便因陋就简，在拱廊下加上几个砖柱。院子是个小小土坪，点缀有三人方能合抱的大尤加利树两株，二十丈高摇摇树身，细小叶片在微风中绿浪翻银，使人想起树下默不言功的将军冯异和不忍剪伐的召伯甘棠。瓦檐梁柱和树枝高处，长日可看见松鼠三三五五追逐游戏，院中闲静萧条亦可想象。这房屋的简陋情况，和路东那座美轮美奂以花木亭园著名西南各省的唐公馆，恰作成一奇异的对比。若有人注意到这个对比，温习过去历史时，真不免感慨系之！原来这两所房子和推翻帝制都有关系。战事发生不久，唐公馆则已成为老米的领事馆，我住的一所，自然更少有人知道注意了。

“护国”已成一个历史名辞，“反对帝制”努力也由时间冲淡，年青人须从教科书中所加的注解，方能明白这些名词所包含的意义了。可是我住昆明九年，不拘走到什么地方去，不拘碰到的是县长委员还是赶马老汉，寒暄请教时，从对面那一位语言神气间，却总看得出一点相同意思，“喔，你家湖南，湖南人够朋友！蔡锷、朱湘溪，都是这个。”于是翘起大拇指，象是大勋章，这种包含信托、尊重以及一点儿爱好的表示，是极容易令人感觉到的。表示中正反映本地人对松坡先生“够朋友”的深刻良好印象。松坡先生虽死去了三十年，国人也快把它忘掉了，他的素朴风度宽和伟大人格，还好好留在云南。寄寓云南的湖南军人极多，对这种事不知作何感想。至于我呢，实异常受刺激。明白个人取予和桑梓毁誉影响永远不可分。在民族性比较上，湖南人多长于各自为战，而不易粘附团结，然而个人成就终究有种超乎个人的影响牵连存在，且通过长长的岁月，还好好存在。松坡先生在云南的建树，是值得吾人怀念，更值得湖南军人取法的。

湖南人够朋友，当然不只松坡先生。谈革命，首先还应数及老战士黄克强先生。“湖南人够朋友”这句话，就是三十五年以前孙中山先生对克强先生说的。凡熟习中国革命史的学人，都必然明白革命初期所遭遇的挫折。克服种种困难，把帝制推翻，湖南人对革命的忠诚、热忱、勇敢、负责、始终其事，实大有关系。而这点够朋友处，最先即见于中山先生和黄克强先生的友谊上，其次复见于唐蓂赓先生和松坡先生的关系上，再其次还见于北伐时代年青军人行为上，直到八年抗战，卫国守土，更得到充分表现机会。记得民二十以前，在上海见蒋百里先生时，因为谈起湖南的兵，他就说了个关于兵的故事。他说，德国有个文化史学者，讨论民族精神时，曾把日本人加以分析，认为强韧坚实足与中国的湖广人相比，热忱明朗还不如。日本想侵略中国，必需特别谨慎小心。中国军事防线，南北两方面都极脆弱，加压力即容易摧毁。但近于天然的心理防线，头一道是山东河南的忠厚朴质，不易克服，次一道是湖南广东的热情僵持，更难处理。这个形容实伤害了日本人不可一世的骄傲自大心，便为文驳问那德国学者，何所见而云然？那德国人极有风趣，只引了两句历史上的成语作为答复：“楚虽三户，亡秦必楚。”以为凡想用秦始皇兼并方式造成的局势，就终必有一天被群众起来打倒推翻。三户武力何能亡秦？居然能亡秦，那点郁郁不平有所否定的气概，是重要原因！百里先生后来还写了一本书，借用了那个德国学者口气，向多数中国人说，中国若与日本作战，一时失利是必然的。不怕败，只要不受敌人的狡诈欺骗所作成的假象蒙蔽，日本想征服中国，就不可能成功。百里先生不幸已作古，他的对于国家人民深刻信心和明智见解，以及所称引的先知预见，却已经得到证实。日本的侵略行为，在中国遭遇的最大阻碍，从长沙、常德、衡阳、宝庆的争夺战已得到极好教训。日本在中国境内的败北，是从湘省西南雪峰山起始的。日本在印缅军事的失利，敌手恰好又大多是湖南军人。提起这件事，固能增加每个湖南军人的光荣，但这光荣的代价也就不轻罗！因为虽骄傲实谨慎的日本军人，一定记忆住那个警告，忧虑大东亚独霸的好梦，会在热情僵持的湖南人面前撞碎，在湖南境内战事进行时，惨酷激烈就少见。八年苦战的结果，实包含了万千忠于国土的湖南军民生命牺牲，以及百十城市的全部毁灭。尽管如此牺牲，湖南人始终还有这点自信，即只要有土地、有人民，稍稍给以时间，便可望从一堆瓦砾上建设起更新更大的城市。可是人的损失，事实上已差不多了。不仅身当其冲的多已完事，即幸而免的老弱残余，留在断垣残瓦荒田枯井边活受罪，待着逼近的灾荒一来临，还不免在无望无助情形下陆续为死亡收拾个干干净净！灾情的严重一面是无耕具，少下田的得用多力的牲口。情形已极端严重时，方稍稍引起负责方面的注意，得到一点点救济，稍稍喘一口气。可是国库大过赈济百倍的经常担负，却是把一些待退役转业的军官收容下来，尽这些有功于国的军人，在应遣散不即遣散，待转业又从不认真为其准备转业情况中等待下去。等待什么？还不是等个机会，来把美国剩余军火，重新加以装备，在国内各地砰砰訇訇进行那个“战争”！（这种收容军官机构，据一个同乡军官说，全国约二十个，人数在十二万以上，其中至少有三分之一就是湖南人。总队长大队长且有三分之二是湖南人。）试分析一下活在这个中国谷仓边人民普遍死亡的远因近果，以及国内当前可忧虑局势的发展，我们就会明白湖南人自傲的“无湘不成军”一句话，实含有多少悲剧性！对国家，湖南人总算够朋友了。可是国家负责方面，对于这片土地上人民的当前和未来，是不是还有点责任待尽？赈济湘灾，政府方面既不大关心，湖南人还得自救。最近在云南一发动募捐，数日即已过两万万，且超过了全国募捐总记录。对湖南，云南人也总算够朋友了。可是寄寓云南的湖南人，是不是还需要从各方面努点力，好把松坡先生三十年前所建立于当地的良好友谊，加以有效的扩大，莫使它在小小疏忽中，以及岁月交替中失去？

国内局面既如此浑沌，正若随时随地均可恶化。在这个情况下，许多情绪郁结待找出路的失业军人，或因头脑单纯，或因好事喜弄，自不免禁不住要作作英雄打天下的胡涂梦，只要有东西在手，大打小打无不乐意从事。然稍稍认识国家人民破碎糜烂已到何等状况下的人，对于武力与武器的使用，便明白不问大小，不能不万分谨慎小心！云南人性情坦白直爽，可供我们湖南人学习的还多。明大义，识大体，对内战深怀厌恶忧惧不为全无头脑。

适应时代，一般说来且比湖南人为强。社会睿智明达之士，眼光远大，见事深刻，对国家民主特具热忱幻念者，更不乏人。日前闻李惨案发生后，大姚李一平先生，即电云南省参议会同乡说，“此事发生于昆明市中光天化日之下，实近于吾滇之耻辱。务必将其事追究水落石出，以慰死者，以明是非。”目前在云南负军事责任的为湖南人，负昆明地方治安责任的亦湖南人，如何使这件事水落石出，彻底清楚，驻滇的湖南高级军官，实有其责任和义务待尽。若事不明白，或如“一二·一”学生惨案，就以为可马马虎虎过去，也近于湖南人羞耻。

云南人多的是钱，且不少开明头脑，如湖南人建议将唐公馆买来，好好修整一番，作为云南人和湖南人对争取民主和平牺牲者一种共同努力的象征，我认为将是中国人共同抚掌的赞赏的好事。至于松坡先生所住的小小房子，湖南同乡实在也值得集资筹措，妥慎保存，留为一湘贤记念，且可为湘滇两地人士为国事合作良好友谊的象征，每一高级湖南军官，初到云南时，如能在那小房子中住住，与当地贤豪长者相过从，就必然会为一种崇高情绪所浸润，此后对国家，对地方，对个人，知道随时随处还有多少好事可做，还有多少好事待做，西南一隅明日传给国人的消息，也自然会化灾难为祥和，只听说建设与进步，不至于依然是暴徒白昼杀人，或更大如苏北山西种种不幸！

一九四六年八月九日作完

北平的印象和感想

——油在水面，就失去了粘腻性质，转成一片虹彩，幻美悦目，不可仿佛。人的意象，亦复如是。有时平匀敷布于岁月时间上，或由于岁月时间所作成的幕景上，即成一片虹彩，具有七色，变易倏忽，可以感觉，不易揣摩。生命如泡沤，如露亦如电，唯其如此，转令人于生命一闪光处，发生庄严感印。悲悯之心，油然而生。

十月已临，秋季行将过去。迎接这个一切沉默但闻呼啸的严冬，多少人似乎尚毫无准备。从眼目所及说来，在南方有延长到三十天的满山红叶黄叶，满地露水和白霜。池水清澄明亮，如小孩子眼睛。一些上早学的孩子，一面走一面哈出白气，两只手玩水玩霜不免冻得红红的。于是冬天真来了。在北方则大不相同。一星期狂风，木叶尽脱，只树枝剩余一二红点子，挂枝柿子和海棠果，依稀还留下点秋意。随即是负煤的脏骆驼，成串从四城涌进。从天安门过身时，这些和平生物可能抬起头，用那双忧愁小眼睛望望新油漆过的高大门楼，容许发生一点感慨："你东方最大的一个帝国，四十年，什么全崩溃下来了。这就是只重应付现实缺少高尚理想的教训，也就是理想战胜事实的说明，而且适用于任何时代任何民族。后来者缺少历史知识，还舍不得这些木石砖瓦堆积物，重新装饰它们，用它们来点缀政治，这有何用？……"也容许正在这时，忽然看到那个停在两个大石狮子前面的一件东西，八个或十个轮子，结结实实，一个钢铁管子，斜斜伸出。这一切，虽用一片油布罩上，这生物可明白，那是一种力量，另外一种事实——用来屠杀中国人的美国坦克。到这时，感慨没有了。怕犯禁忌似的，步子一定快了一点，出月洞门转过南池子，它得上那个大图书馆卸煤！还有那个供屠宰用的绵羊群，也挤挤挨挨向四城拥进。说不定在城门洞前时，正值一辆六轮大汽车满载新征发的壮丁由城内驶出来。这一进一出，恰证实古代哲人一生用千言万语也说不透彻的“圣人不仁”和“有生平等”——于是冬天真来了。

就在这个时节，我回到了一别九年的北平。心情和二十五年前初到北京下车时相似而不同。我还保留二十岁青年初入百万市民大城的孤独心情在记忆中，还保留前一日南方的夏天光景在感觉中。这两种绝不相同的成分，为一个粮食杂货店中收音机放出的京戏给混和了，第一眼却发现北平的青柿和枣子已上市，共同搁在一辆手推货车上，推车叫卖的“老北京”已白了头。在南方，时常听人作新八股腔论国事说：“此后南京是政治中心，上海是商业中心，北平是文化中心。”话说得虽动人，并不可靠。政治中心照例拥有权势，商业中心照例拥有财富，这个我相信。因为权势和财富都可以改作“美国”，两个中心原来就和老米不可分！至于文化中心，必拥有知识才得人尊敬，必拥有文物才足以刺激后来者怀古感情因而寄希望于未来。北平的知识分子的确不少，但是北平城既那么高，每个人家的墙壁照例又那么厚，知识能否流注交换，能否出城，不免令人怀疑。历史的庄严伟大，在北平文物上，即使不曾保留全部，至少还保留了一部分。可是这些保留下来的，能不能激发一个中国年青人的生命热忱，或一种感印、思索，引起他对祖国过去和未来一点深刻的爱？能不能由于爱，此后即活得更勇敢些，坚实些，也合理些？若所保留下来的庄严伟大和美丽缺少对于活人的教育作用，只不过供游人赏玩，供党国军政要人宴客开会，北平的文物，作用也就有限。给于多数人的知识，不过是让人知道前一代满人统治的帝国，奴役人民三百年，用人民血汗建筑有多大的花园，多大的庙宇宫殿，此外实在毫无意义可言。一个美国游览团的团员，具有调查统治中国兴趣的美国军官眷属，格利佛老太太、阿丽思小姐，可以用它来平衡《马可孛罗游记》[1]所引起她灵魂骚乱的情感。一个中国人，假如说，一个某种无知自大的中国人，不问马夫或将军，他也许只会觉得他占领征服了北京城，再也不会还想到他站到的脚下，还有历史。在一个虽有历史却无从让许多人明白历史的情形下，北平的文化价值，如何使中国人

[1] 今译《马可波罗游记》。

对之表示应有的关心尊敬和重视，北平有知识的人、教育人的人，实值得思索，值得重新思索，北平的价值和意义，似乎方有希望让人稍稍明白！

北平入秋的阳光，事实上也就可以教育人。从明朗阳光和澄蓝天空中，使我温习起住过近十年的昆明景象。这时节的云南，雨季大致已经过去，阳光同样如此温暖美好，然而继续下去，却是一切有生机的草木枯死。我奇怪北平八年的沦陷，加上种种新的忌讳，居然还有成群白鸽，敢在用蓝天作背景寒冷空气中自由飞翔。微风刷动路旁的树枝，卷起地面落叶，悉悉率率如对于我的疑问有所回答："凡是在这个大城上空绕绕大小圈子的自由，照例是不会受干涉的。这里原有充分的自由，犹如你们在地面，在教室或客厅中……""你这个话可是存心有点……""不，鲁迅早死了。讽刺和他同时死去了已多年。"可是你必然完全同意我说及的事实。这个想象的对话很怪，我疑心有人窃听。试各处看看，没有一个人。街上到处走的是另外一种人。我起始发现满街每个人家屋檐下的一面国旗，提醒我这是个节日，问铺子里人，才知悉和尊师重道有关，当天举行八年来第一回的祭孔大典。全国将在同一日举行这个隆重典礼。我重新想起苏州平江府那个大而荒凉的文庙，这一天文庙两廊豢养的几十匹膘壮日本军马，是不是暂时会由那一排看马的病兵牵出，让守职二十年饿得瘦瘪瘪的苏中苏小那一群老教师，也好进孔庙行个礼，且不至于想到用讲堂作马厩而情感脆弱露出酸态？军马即可暂时牵出，正殿上那些无法计数身分不明的蝙蝠，又如何处理？中国孔庙廊庑用来养马的，一定不止平江府，曲阜那一座可能更甚。这也正说明，北平、南京，师道在仪式上虽被尊敬，其他地方的教师，却仍在军马与蝙蝠之中讨生活，其无从生活也可想而知。

我起始在北平市大街上散步。想在地面发现一二种小小虫蚁，具有某种不同意志，表现到它本身奇怪造形上、斑驳色彩上，或飞鸣宿食性情上。毫无满意结果。人倒很多，汽车、三轮车、洋车、自行车上面都有人。街路宽阔而清洁，车辆上的人都似乎不必担心相互撞碰。可是许多人一眼看去样子都差不多，睡眠不足，营养不足。吃的胖胖的特种人物，包含伟人和羊肉馆掌柜，神气之间即有相通处。俨然已多少代都生活在一种无信心、无目的、无理想情形中，脸上各部官能因不曾好好运用，都显出一种疲倦或退化神情。另外一种，即是油滑、市侩乡愿官僚侦探特有的装作憨厚混和谦虚的油滑。他也许正想起从什么三郎小村转手的某注产业的数目，他也许正计划如何用过去与某某有田、有岛活动的方式又来参加什么文化活动，也许还得到某种新的特许……然而从深处看，这种人却又一律有种做人的是非与义利冲突，羞耻与无所谓冲突而遮掩不住的凄苦表情。在这种人群中散步，我当然不免要胡思乱想。我们是不是还有方法，可以使这些人恢复正常人的反应，多有一点生存兴趣，能够正常的哭起来笑起来？我们是不是还可望另一种人在北平市不再露面，为的是他明白羞耻二字的含义，自己再也不好意思露面？我们是不是对于那个更年青的一辈，从孩子时代起始，在教育中应加强一点什么成分，如营养中的维他命，使他们生长中的生命，待发展的情绪，得到保护，方可望能抗抵某种抽象恶性疾病的传染，方可望于成年时能对于腐烂人类灵魂的事事物物，能有一点抵抗力？

我们似乎需要“人”来重新写作“神话”。这神话不仅是综合过去人类的抒情幻想与梦，加以现世成分重新处理，还应当综合过去人类求生的经验，以及人类对于人的认识，为未来有所安排，有个明天威胁他、引诱他。也许教育这个坐在现实滚在现实里的多数，任何神话都已无济于事。然而还有那个在生长中的孩子群，以及从国内各地集中在这个大城的青年学生群，很显明的事，即得从宫殿、公园、学校中的图书馆或实验室以外，还要点东西，方不至于为这个大城中的历史暮气与其他新的有毒不良气息所中，失去一个中国人对人生向上应有的信心，要好好的活也能够更好的活的信心！在某种意义上说来，这个信心更恰当名称或叫作“野心”。即寄生于这一片黄土上年青的生命，对社会重造国家重造应有的野心。若事实上教书的、做官的、在一切社会机构中执事服务的，都害怕幻想，害怕理想，认为是不祥之物，决不许与现实生活发生关系时，北平的明日真正对人民的教育，恐还需要寄托在一种新的文学运动上。文学运动将从一更新的观点起始，来着手，来展开。

想得太远，路不知不觉也走得远了些。一下子我几乎撞到一个拦路电网上。你们可曾想得到，北平目前还有什么地方没有不固定性的铁丝网点缀胜利一年后的古城?

两个人起始摸我的身上，原来是检查。从后方昆明来的教师，似不必需要人用这种不愉快的按摩表示敬意。但我不曾把我身分说明，因为这是个尊师重道的教师节，免得在我这个“复杂”头脑和另一位“统一”头脑中，都要发生混乱印象。

好在我头脑装的虽多，身上带的可极少，所以一会儿即通过了。回过头看看时，正有两个衣冠整齐的绅士下车等待检查，样子谦和而恭顺。我知道这两位近十年中一定不曾离开北京，因为困辱了十年，已成习惯，容易适应。

北平的冬天来了，许多人都担心御寒的燃料会有问题。然而，北平十分严重的缺少的不仅仅是煤。煤只能暖和身体，却无从暖和这个大城市中过百万人的疲惫僵硬的心！我们可曾想到在一些零下三十度的地方，还有五十万人在冰天雪地中打仗？虽说那是离北平城很远很远地方的事，却是一件真实事，发展下去可能有二十万壮丁的伤亡、千百万人民的流离转徙，比缺煤升火炉严重得多！若我们住在北平城里的读书人，能把缺煤升大火炉的忧虑，转而体会到那零下三十度的地方战事如何在进行，到十二月我们的课堂即再冷一些，年青学生也不会缺课，或因缺少火炉而生埋怨。因为读书人纵无能力制止这一代战争的继续，至少还可以鼓励更年青一辈，对国家有一种新的看法，到他们处置这个国家一切时，决不会还需要用战争来调整冲突和矛盾！如果大家苦熬了八年回到了北平，连这点兴趣也打不起，依然只认为这是将军、伟人、壮丁、排长的事情，和自己全不相干，很可能我们的儿女，就免不了会有一天以此为荣，参加热闹。为人父或教人子弟的，实不能不把这些事想得远一点，深一点！

一九四六年八月九日作

学鲁迅

文学革命的意义，实包含“工具重造”、“工具重用”两个目标。把文字由艰深空泛转为明白亲切，是工具重造。由误用滥用把艰深空泛文字用到颂扬名伶名花、军阀遗老，为他们封王进爵拜生做寿，或死去以后谀墓哄鬼工作，改成明白亲切文体，用到人民生活苦乐的叙述，以及多数人民为求生存求发展，所作合理挣扎，种种挣扎如何遭遇挫折，半路绊倒又继续爬起，始终否定当前现实，追求未来种种合理发展过程，加以分析、检讨、解剖，进而对于明日社会作种种预言，鼓励其实现，是工具重用。两目标同源异流，各自发展，各有成就：或丰饶了新文学各部门在文体设计文学风格上的纪录，或扩大加强了文学社会性的价值意义，终复异途同归，二而一，“文学与人生不可分”。一切理论的发展，由陈独秀、胡适之诸先生起始，三十年来或以文学社团主张出发，或由政治集团思想出发，理论变化虽多，却始终无从推翻这话所包含的健康原则和深远意义。几个先驱者工作中，具有实证性及奠基性的成就，鲁迅先生的贡献实明确而永久。分别说来，有三方面特别值得记忆和敬视：

一、于古文学的爬梳整理工作，不作章句之儒，能把握大处。

二、于否定现实社会工作，一支笔锋利如刀，用在杂文方面，能直中民族中虚伪、自大、空疏、堕落、依赖，因循种种弱点的要害。强烈憎恶中复一贯有深刻悲悯浸润流注。

三、于乡土文学的发轫，作为领路者，使新作家群的笔，从教条观念拘束中脱出，贴近土地，挹取滋养，新文学的发展，进入一新的领域，而描写土地人民成为近二十年文学主流。

至于对工作的诚恳，对人的诚恳，一切素朴无华性格，尤足为后来者示范取法。

每年一度对于死者的纪念，纪念意思若有从前人学习，并推广对于前人工作价值的理解，促进更多方面的发展意义，个人以为这一天的纪念，应当使其他三百天大家来好好使用手中的笔，方为合理。因为文学革命的工具重造工具重用，前人虽尽了所能尽的力，作各方面试探学习，实在说来，待作未作的事就还很多！更何况这个国家目前所进行的大悲剧，使年青一代更担负了如何沉重一份重担，还得要文学家从一个更新的观点上给他们以鼓励、以刺激、以启发，将来方能于此残破国土上有勇气来重新努力收拾一切！

“诚恳”倘若是可学的，也是任何一种民族在忧患中挣扎时基本品质。我们由此出发，对于工作，对于人，设能好好保持到它，即或走各自能走的路，作研究好，写杂文好，把一支笔贴近土地来写旧的毁灭和新的生长，以及新旧交替一切问题好。若这一点学不到，纪念即再热烈，和纪念本意将越来越远，即用笔，所能作的贡献，恐怕也将不会怎么多！再若教人学鲁迅的，年过四十，鲁迅在四十岁前后工作上的三种成就，尚无一种能学到，至于鲁迅先生那点天真诚恳处，却用一种社交上的世故适应来代替，这就未免太可怕了。因为年青人若葫芦依样，死者无知，倒也无所谓，正如中山先生之伟大，并不曾为后来者不能光大主义而减色。若死者有知，则每次纪念，将必增加痛苦。

其实这痛苦鲁迅先生在死后虽可免去，在生前则已料及。病时所发表一个拟遗嘱上，曾说得极明白。要家中人莫为彼举行任何仪式，莫收受人馈赠，要儿子莫作空头文学家。言虽若嘲谑，而实沉痛。因生前虽极力帮忙年青作家，也吃了不少空头作家闷气，十分失望，目下大家言学鲁迅，这个遗嘱其实也值得提出来，作为一种警惕。

喜新晴

朔风摧枯草，岁暮客心生。
老骥伏枥久，千里思绝尘，
本非驰驱具，难期装备新。
只因骨格异，俗谓喜离群。
真堪托生死，杜诗寄意深。
间作腾骧梦，偶尔一嘶鸣，
万马齐喑久，闻声转相惊！
枫槭啾啾语，时久将乱群。
天时忽晴朗，蓝穹卷白云。
佳节逾重阳，高空气象清，
不怀迟暮叹，还喜长庚明。
亲旧远分离，天涯共此星！

独轮车虽小，不倒永向前！

一九七〇年十月。久病新瘥，于微阳下散步，稍有客心。值六十八岁生日，得二儿虎雏川中来信，知肾病已略有好转。云六、真一二兄故去已经月矣。半世纪中，一切学习，多由无到有，总得二兄全面支持鼓励，始能取得尺寸进展。真一兄对于旧诗鉴赏力特高，凡繁词赘语，及词不达意易致误解处，均能为一一指出得失，免触时忌。死者长已矣，生者实宜百年长勤，有以自勉也。后用十字作结，用慰存亡诸亲友。从文于湖北双溪丘陵高处。

双溪大雪

昔有文中子，谎言炫世功。[1]
学识贯天人，星斗罗心胸。
自谓帝王师，宰相兼英雄。
马融绛帐里，列席坐春风。
俗儒弄小慧，虚说犹冥鸿。
佛道诚大伪，还并包兼容。
太宗特豁达，同付一笑中。

---

[1] 文中子，伪书也。隋末人纂缀旧籍而成。其后人为之作传，伪称李世民及唐初诸名臣如房玄龄均拜之为师。太宗明知其虚伪，不加之罪，如佛道一般对待。每年循例在殿廷中有“三教论衡”，听儒释道大鸣大放。不过当成戏剧看待。后人无知，因称之为大儒。

殿廷衡三教，戏剧点缀同。

书生不更事，“大儒”许王通。

今有乡曲士，身心俱凡庸。

白发如丝素，皤然一老翁。

时变启深思，经春复历冬。

五色易迷目，五音耳失聪。

三月犹雨雪，彳亍泥涂中。

时怀履冰戒，还惧猛将冲。

夜眠易警觉，惊弓类孤鸿。

“何不辞辛苦？”“举世皆尚同！”

回旋云梦泽，风钦大王雄。[1]

旌旗蔽云日，燎原烛天穹。

虎豹各潜骇，狐兔迹绝踪。

赫赫呈天威，壮丽难形容。

---

[1] 宋玉《风赋》讽楚王语。

仿佛闻启示：“习史宜会通。[1]
屈平性褊持，处世失其中；
宋玉人轻薄，徒矜文字工。
大庠三十载，错大实少功，
误人兼误己，自省必反躬，
为不识时务，难免伤路穷！”

此事难言说，兰艾将毋同，
亦宜若有人，应世巧为容，
乘时忽鹊起，终“举鼎绝踵”。
亦宜若有人，拙诚如老农，
廿载锥处囊，澹然忘穷通。
偶逢机缘巧，附凤即凌空。
亦宜若有人，材质凡鸟同，
善自饰毛羽，展翅成大鹏。
一举高冲天，飞飞入云中，
高高上无极，天路焉可穷？

[1] 意言习史可以知今。

金风杀草木，时序迫严冬。
孤蓬转自征，去住长随风，
如欲不自弃，何敢惜微躬！
不期万夫雄，还应预“三同”。
登高望广野，雨雪渺蒙蒙。
五月春来时，人天齐同功，
川原衣锦绣，红紫竞芳容。
平田七万亩，遥岑接碧空。
到处红旗红，人在画图中。
身心贴泥土，愧彼田中农。

鬻熊年九十，仆仆长安道，
搏虎臣无力，谋国实年少。[1]
惟楚必有材，西伯乐闻道。

[1] 用鬻子对文王对话，传称鬻熊年九十见文王，文王曰：“噫老矣。”鬻答曰：“若使臣捕虎逐麋，臣年已老，若坐策国事，臣年尚少。”因参预伐纣大计，立功封于楚。

时势异今昔，少艾善波俏。[1]

世传中山狼，如今心九窍。

血气既衰竭，拙诚胜乖巧，

虚心能受物，食道易健好，

路逢荣启期，相对还一笑。[2]

远辞京国，移居咸宁，索居寂处，亦复自娱。一年数迁，迄无定处。天寒地冻，雨雪载途。又闻不久即将转移，心脏已不甚得力，亲故远离，相见无由。生活虽特受“优待”，营营宵征，一时间仍不免稍有飘零感。亦只见出个人脆弱处，毫无意义可言也。

一九七〇年，湖北咸宁双溪区

---

[1] 意言古今不同，现在以年青花哨的为贵。正如中山狼，心有九窍，比过去的中山狼还机巧得多！

[2] 荣启期，古代高士，年九十，安贫乐道，因用草绳作腰带，还行歌自得其乐。

拟咏怀诗

——七十岁生日感事

大块赋我形，还复劳我生，[1]

身轻类飞蓬，随风长远征。

虚舟触舷急，回飙坠瓦频，[2]

廓落不经意，芥蒂难累心。

日月走双丸，经冬复历春，

浮沉半世纪，生存亦偶然。[3]

金风杀草木，林间落叶新。[4]

---

[1] 《庄子·大宗师》语。

[2] 《韩非子》语意，一切损害出于无知，均不足介意。

[3] 离乡外出近五十年。

[4] 在此闻林彪、叶群坠机身死。

学易知时变，处世忌满盈，
祸福相依伏，老氏阅历深。
能进而易退，焉用五湖行？
窃名贪天禄，终易致覆倾，
黄犬空叹息，难出上蔡门。[1]
子房践旧约，萧何善用心，
史氏著微言，笔下有深情。

洛阳古名都，双阙入青云，
朱门金兽环，王侯第宅新。
极宴娱心意，为乐忘晨昏。
一朝同仙去，唯传帝子笙。[2]
还多羽林郎，意气干青云，
不必策高足，早据要路津。
谄谀累层台，天才无比伦。
鹰隼擅搏击，射干巧中人。

[1] 李斯事。

[2] 《师旷说》为王子晋。古诗《神仙传》为王子乔。

青蛙能两栖，蝙蝠难定型。
不乏中山狼，玲珑九窍心。
蚩尤兴妖雾，目迷行路人。
朗朗白日临，天宇廓然清！
蛾子扑灯火，玩火终自焚。
动植各潜骇，惊随冰山崩。
日月长经天，大道默无言。
自然规律在，世界斗争新。
登高望广野，耿耿长庚明。

北宋名园多，民膏积累成，[1]
清渠连广厦，松竹百亩荫，
牡丹“照殿红”，芍药“白缬”新，[2]
但乐西园游，易忘北狄侵。[3]
物换星移频，独乐特著闻。[4]

---

[1] 见李格非《洛阳名园记》。

[2] 见《洛阳花木记》：《牡丹谱》、《芍药谱》。

[3] 传世有《西园雅集图》。

[4] 《名园记》叙司马光之独乐园只茅屋三间，观者独多。

不因花木好，相许还以人！

夙昔溯大江，廿载入梦增。
白帝耸天云，夔门禹迹新。
“揽辔”同“入蜀”，文传印象深。[1]
李杜佳诗在，旧迹易重寻。
丞相旧祠堂，松柏郁青青。
还思游青城，山中听杜鹃。
如赋“新蜀都”，烟筒密如林。
人间创奇迹，铁路接成昆。
犹将锁三峡，人人尽五丁。
生当盛明世，人多尧舜民，
尺璧非吾宝，寸阴宜所争。

一九七一年丹江采石区荒山中

[1] 范成大、陆游著游记，叙川中人情风俗之醇美。

七二年冬过北海后门感事

依依宫墙柳，默默识废兴，
不语明得失，摇落感秋深。
日月转双丸，倏忽万千巡，
盈亏寻常事，惊飙徒自惊。

西 村

西村景物美，江水碧清深。
滩头晒长网，船上养乌豚。
桔柚团栾绿，桐茶一抹青。
曹邺读书处，阳朔在比邻。
昔夸风景异，今争生产增，
汗水流到处，各有好收成。

漓江半道

绿树蒙茸山鸟歌，

溪涧清润秀色多，

船上花猪睡容美，

岸边水牛齐过河。

下山回南昌途中

昔人在征途，岁暮百感生，
江天渺萧瑟，关河易阻行，
王粲赋登楼，老杜咏北征，
食宿无所凭，入目尽酸心。
遥遥千载后，若接昔苦辛。

我幸生明时，千里一日程，
周道如砥矢，平稳感经营。

连村呈奇景，远山列画屏。[1]

待渡赣江南，江水清且深，

群峰幻青碧，千帆俱崭新。

倏忽白云驰，比翼雁南征。

默诵王勃文，入目壮怀增。[2]

还过永丰县，卢桔万树荣，

丹实勤采摘，社社庆功成。

田畴布方罫，牛鹅自成群。

老幼貌怡悦，冬衣各上身。

---

[1] 二十九日，和章竞、天心、江帆诸同志下山，井冈到南昌为七百二十华里，车行九小时。除山路一段数十里，得由一千余米高峰盘旋而下，余多山谷小盆地和丘陵地，景物奇美。村落多照当地习惯，集合若干封火统子砖瓦屋成一组，黑瓦白墙，两翼鳌头高举，背后衬以浓荫蔽日之巨大樟树或叶作粉红粉紫色巨大枫树，蔚成奇观，远非张僧繇辈画笔所能想象。远山松竹各自成林，积翠堆蓝，亦非王希孟、赵伯驹、赵佶、松雪手笔所能及。

[2] 赣江过渡处，景色开阔朗畅，远山极壮美。江船多新帆，云雁驰逐，各若有所趋赴，景色荟萃印象中，或不下于千年前王子安所见动人感情也。

生聚尽地力，谋国见典型。

白头学作诗，温旧还歌今，[1]
感时怀居易，才多慕庐陵。[2]
诸事难具陈，笔拙意朴诚。
多谢贤主人，作客愧深情！

一九六一年十二月三十日
南昌江西宾馆

---

[1] 一九一九年在部队中始学作旧诗，一九二二年过北京后即从未着笔，已四十年。这次上井冈后，遇事均增感奋，同行又多名诗人，因试用五言古体重学试作。用事不当，走韵出格，均所不免。笔拙意诚，专家通人或不至于笑胡来也。

[2] 吉安为欧阳修、文天祥诸名贤生长处。

庐山“花径”白居易作诗处[1]

诗人喜幽独，拄筇乐攀登，

不辞跋涉苦，还惊老眼明。

山泉鸣玉磬，夭桃迎早春。

眷眷如有怀，妩媚自成妍。

清琴鸣一曲，浊酒再酌斟。

---

[1] 花径在仙人洞御碑亭附近，传唐代诗人白居易曾在此作诗。近经整理成一山上小公园，花木繁蔚，附近且有一人工湖，夏天可供游泳。湖畔建筑如在画图中。来时虽值隆冬，山泉鸣琴，野桃含苞待放，且值晚晴，给人印象甚新且深。晋诗人陶潜，当年尝预庐山高会，作《桃花源记》时，或亦于山中曾见此花此景，有会于心。两人同以诗名，且同好酒喜琴，一则因论武元衡事，遭朝中权要排斥，贬江州司马。一则逢时乱隐居田园，衣食亦难足。但两人诗歌多接近人民，因之人民爱之特深。

缅怀庐山会，难觅栗里人，
时遇共寂寞，生涯常苦辛。
两贤不并世，各保千秋名。
佳诗亲人民，人民怀念深！

楚尘
文化
Chu Chen

北京楚尘文化传媒有限公司 出品

沈从文别集

沈从文 著

記丁玲

中信出版集团 | 北京

再版序

上个世纪五十年代，不少喜爱文学的读者迷上了契诃夫，这跟平明出版社接连推出27册汝龙翻译的《契诃夫小说选集》直接有关。

那时我家至少有三个契诃夫迷：做文学编辑的母亲、哥哥和我。谈论哪篇小说怎么怎么好，是不倦的话题。已经退出文坛改了行的父亲不参与，只有时微笑着对外人说："家里有三个契诃夫的群众。"

汝龙译的这套选集可贵之处，首先在于对作品的精选；第二是选进一些契诃夫的书信、札记，别人对他的回忆、评论等，分编到不同集子里，这些文字拉近了读者和作者的距离，是汝龙先生锦上添花的贡献。

到1992年编选《沈从文别集》的时候，我们自然想

到从平明版《契诃夫小说选集》取法。这也是父亲的愿望，尽管他不参与“契诃夫群众”的热情讨论，汝龙这套译本的长处他胸中有数。

我问过父亲汝龙为什么常赠送新书，他只简单说：“是朋友。”

母亲的补充才说清楚：“他翻译的那套英文契诃夫小说是我送的。”

据我充和四姨回忆，1932 年暑假，一个“说是由青岛来的，姓沈，来看张兆和的”羞涩客人，初次登苏州张家门，带的一大包礼物“全是英译精装本的俄国小说”。加尼特夫人的一套英译《契诃夫小说集》就在其中。

不懂外文的沈从文怎么买洋书？四姨说那是过上海时托巴金选购的。

父亲曾希望母亲朝文学翻译方面发展，送这样礼物包含着鼓励。愿望虽然没实现，礼物却终于转到最合适的人手里，促成被誉为契诃夫小说“最佳译本”的产生。朋友的成就四十年后启发着《沈从文别集》的编选工作。

当本书再版之际，我们感谢与它有缘分的几位文学前辈，也要感谢为我们想出《沈从文别集》总书名的汪曾祺先生。

沈虎雏

总序

从文生前，曾有过这样愿望，想把自己的作品好好选一下，印一套袖珍本小册子。不在于如何精美漂亮，不在于如何豪华考究，只要字迹清楚，款式朴素大方，看起来舒服。本子小，便于收藏携带，尤其便于翻阅。八十年代初，有一家书店曾来联系过，也曾请人编了一套，交付出去。可是，落空了，未能实现。我一直认为是一件憾事。

现在湖南岳麓书社要为从文出书，我同虎雏商量，请吉首大学沈从文研究室合作，编选这么一套。这套选本和以前选法编法不同。我们在每本小册子前面，增加一些过去旧作以外的文字。有杂感，有日记，有检查，有未完成的作品，主要是书信——都是近年搜集整理出

来的，大部分未发表过。不管怎样，这些篇章，或反映作者当时对社会、对文艺创作、对文史研究……的一些看法，或反映作者当时的处境，以及内心矛盾哀乐苦闷，把它们发表出来，容或有助于读者从较宽的角度对他的作品、对他的为人以及对当时的环境背景有进一步了解。

出这套书，当然，同时也了却死者和生者的一点心愿。

张兆和

一九九一年十一月二十九日

目 录

代序

巴金：怀念从文

一

今年5月10日从文离开人世，我得到他夫人张兆和的电报后想起许多事情，总觉得他还同我在一起，或者聊天，或者辩论。他那温和的笑容一直在我眼前。隔一天我才发出回电："病中惊悉从文逝世，十分悲痛。文艺界失去一位杰出的作家，我失去一位正直善良的朋友，他留下的精神财富不会消失。我们三十、四十年代相聚的情景还历历在目。小林因事赴京，她将代我在亡友灵前敬献花圈，表达我感激之情。我永远忘不了你们一家。请保重。"都是些极普通的话。没有一滴眼泪，悲痛却在我的心里，我也在埋葬自己的一部分。那些充满信心的欢聚的日子，那些奋笔和辩论的日子都不会回来了。这些年我们先后遭逢了不同的灾祸，在泥泞中挣扎，他改了行，在长时间的沉默中，取得卓越的成就。我东奔西跑，唯唯诺诺，羡慕枝头欢叫的喜鹊，只想早日走尽自我改造的道路。得到的却是十年一梦，床头多了一盒骨灰。现在大梦初醒，却仿佛用尽全身力气，不得不躺倒休息。白白地望着远方灯火，我仍然想奔赴光明，奔赴希望。我还想求助于一些朋友，从文也是其中的一位，我真想有机会同他畅谈！这个时候突然得到他逝世的噩耗，我才明白过去那一段生活已经和亡友一起远去了。我的唁电表达的就是一个老友的真实感情。

一连几天，我翻看上海和北京的报纸，我很想知道一点从文最后的情况。可是日报上我找不到这个敬爱的名字。后来才读到新华社郭玲春同志简短的报导，提到女儿小林代我献的花篮，我认识郭玲春，却不理解她为什么这样吝惜自己的笔墨，难道不知道这位热爱人民的善良作家的最后牵动着全世界多少读者的心？！可是连这短短的报道多数报刊也没有采用。小道消息开始在知识界中流传。这个人究竟是好是病，是死是活，他不可能像轻烟散去，未必我得到噩耗是在梦中？！一个来探病的朋友批评我："你错怪了郭玲春，她的报道没有受到重视，可能因为领导不曾表态，人们不知道用什么规格发表讣告、刊载消息。不然大陆以外的华文报纸刊出不少悼念文章，惋惜中国文坛巨大的损失，而我们的编辑怎么能安心酣睡，仿佛不曾发生任何事情？！"

我并不信服这样的论断，可是对我谈论规格学的熟人不止他一个，我必须寻找论据答复他们。这个时候小林回来了，她告诉我她从未参加过这样感动人的告别仪式。她说没有达官贵人，告别的只是些亲朋好友。厅子里播放死者生前喜爱的乐曲。老人躺在那里，十分平静，仿佛在沉睡，四周几篮鲜花，几盆绿树。每个人手中拿一朵月季，走到老人跟前，行了礼，将花放在他身边。没有哭泣没有呼唤，也没有噪音惊醒他。人们就这样安静地跟他告别，他就这样坦然地远去。小林说不出这是一种什么规格的告别仪式，她只感觉到庄严和真诚。我说正是这样，他走得没有牵挂、没有遗憾，从容地消失在鲜花和绿树丛中。

二

100多天过去了。我一直在想从文的事情。

我和从文见面在1932年。那时我住在环龙路我舅父家中。南京《创作月刊》的主编汪曼铎来上海组稿，一天中午请我在一家俄国西菜社吃中饭，除了我还有一位客人，就是从青岛来的沈从文。我去法国之前读过他的小说，1928年下半年在巴黎，我几次听见胡愈之称赞他的文章，他已经发表了不少的作品。我平日讲话不多，又不善于应酬。这次我们见面谈了些什么，我现在毫无印象，只记得谈得很融洽。他住在西藏路上的一品香旅社，我同他去那里坐了一会，他身边有一部短篇小说集的手稿，想找个出版的地方，也需要用它换点稿费。我陪他到闸北新中国书局，见到了我认识的那位出版家，稿子卖出去了，书局马上付了稿费。小说过四五个月印了出来，就是那本《虎雏》。他当天晚上去南京，我同他在书局门口分手时，他要我到青岛去玩，说是可以住在学校的宿舍里。我本来要去北平，就推迟了行期，9月初先去青岛，只是在动身前写封短信通知他。我在他那里过得很愉快，我随便，他也随便，好像我们有几十年的交往一样。他的妹妹在山东大学念书，有时也和我们一起出去走走、看看。他对妹妹很友爱，很体贴，我早就听说，他是自学出身，因此很想在妹妹的教育上多下功夫，希望她熟习他自己想知道却并不很了解的一些知识和事情。

在青岛他把他那间屋子让给我，我可以安静地写文章、写信，也可以毫无拘束地在樱花林中散步。他有空就来找我，我们有话就交谈，无话便沉默。他比我讲得多些，他听说我不喜欢在公开场合讲话，便告诉我他第一次在大学讲课，课堂里坐满了学生，他走上讲台，那么多年青的眼睛望着他，他红着脸，一句话也讲不出来，只好在黑板上写了五个字："请等五分钟。"他就是这样开始教课的。他还告诉我在这之前，他每个月要卖一部稿子养家，徐志摩常常给他帮忙，后来，他写多了，卖稿有困难，徐志摩便介绍他到大学教书，起初到上海中国公学，以后才到青岛大学。当时青大的校长是小说《玉君》的作者杨振声，后来他到北平工作，还是和从文在一起。

在青岛我住了一个星期。离开的时候，他知道我要去北平，就给我写了两个人的地址，他说到北平可以去看这两个朋友，不用介绍只提他的名字，他们就会接待我。

在北平我认识的人不多，我也去看望了从文介绍的两个人，一位姓程，一位姓夏；一位在城里工作，业余搞点翻译。一位在燕京大学教书。一年后我再到北平，还去燕大夏云的宿舍里住了十几天，写完了中篇小说《电》。我只说是从文介绍，他们待我十分亲切。我们谈文学，谈得更多的是从文的事情，他们对他非常关心。以后我接触到更多的从文的朋友，我注意到他们对他都有一种深的感情。

在青岛我就知道他在恋爱。第二年我去南方旅行，回到上海，得到从文和张兆和在北平结婚的消息，我发去贺电，祝他们“幸福无量”。从文来信要我到他的新家作客。在上海我没有事情，决定到北方去看看。我先去天津南开大学，同我哥哥李尧林一起生活了几天，便搭车去北平。

我坐人力车去府右街达子营，门牌号数记不起来了，总之，顺利地到了沈家。我只提了一个藤包，里面一件西装上衣、两三本书和一些小东西。从文带笑地紧紧握着我的手说："你来了。"就把我接进客厅。又介绍我认识他的新婚夫人，他的妹妹也在这里。

客厅连接一间屋子，房内有一张书桌和一张床，显然是主人的书房。他把我安顿在这里。

院子小，客厅小，书房也小，然而非常安静，我住得很舒适。正房只有小小的3间，中间那间又是饭厅，我每天去3次就餐，同桌还有别的客人，都让我坐上位，因此感到一点拘束。但是除了这个，我在这里完全自由活动，写文章看书，没有干扰，除非来了客人。

我初来时从文的客人不算少，一部分是教授、学者，另一部分是作家和学生。他不在大学教书了。杨振声到北平主持一个编教科书的机构，从文就在这机构里工作，每天照常上、下班，我只知道朱自清同他在一起。这个时期，他还为天津《大公报》编辑《文艺》副刊，为了写稿和副刊的一些事情，经常有人来同他商谈。这些已经够他忙了，可是他还有一件重要的工作：天津《国闻周报》上的连载《记丁玲》。

根据我当时的印象，不少人焦急地等待看每一周的《国闻周报》。这连载是受到欢迎、得到重视的。一方面人们敬爱丁玲，另一方面从文的文章有独特的风格，作者用真挚的感情讲出读者心里的话。丁玲几个月前被捕，我从上海动身时，《良友文学丛书》的编者赵家璧委托我向从文组稿，他愿意出高价得到这部“好书”，希望我帮忙，不让别人把稿子拿走。我办到了，可是出版界的形势越来越恶化，赵家璧拿到全稿，已无法编入丛书排印，过一两年，他花几百元买下一位图书审查委员的书稿，算是行贿，《记丁玲》才有机会作为《良友文学丛书》见到天日。可是删削太多，尤其是后半部那么多的××！以后也没有能重版，更谈不上恢复原貌了。

55 年过去了，从文在达子营写连载的事，我还不曾忘记，写到结尾他有些紧张，他不愿辜负读者的期待，又关心朋友的安危，交稿期到，他常常写作通宵。他爱他的老友，他不仅为她呼吁，同时也在为她的自由奔走。也许这呼吁、这奔走没有多大用处，但是他尽了全力。

最近我意外地找到 1944 年 12 月 14 日写给从文的信，里面有这样的话：“前两个月我和家宝常见面，我们谈起你，觉得在朋友中待人最好、最热心帮忙人的只有你，至少你是第一个。”这是真话。

我记不起我是在什么情形里写下这一段话。但这的确是真话。在 1934 年也是这样，在 1985 年我最后一次看见他，他在家养病，假牙未装上，讲话不清楚。几年不见他，有一肚皮的话要说，首先就是 1944 年 12 月信上那几句。但是望着病人的浮肿的脸，坐在堆满书的小房间里，我觉得有什么东西堵塞了咽喉，我仿佛回到了 1934 年、1933 年。多少人在等待《国闻周报》上的连载，他那样勤奋工作，那样热情写作。《记丁玲》之后又是《边城》，他心爱的家乡的风景和他关心的小人物的命运，这部中篇经过几十年并未失去它的魅力，还鼓舞美国的学者长途跋涉，到美丽的湘西寻找作家当年的脚迹。

我说过，我在从文家作客的时候，他编辑的《大公报 · 文艺》副刊和读者见面了。单是为这个副刊他就要做三方面工作：写稿、组稿、看稿。我也想得到他的忙碌，但从未听见他诉苦。我为《文艺》写过一篇散文，发刊后我拿回原稿。这手稿我后来捐赠北京图书馆了。我的钢笔字很差，墨水浅淡，只能说是勉强可读，从文却用毛笔填写得清清楚楚。我真想谢谢他，可是我知道他从来就是这样工作，他为多少年青人看稿、改稿，并设法介绍出去。他还花钱刊印一个青年诗人的第一本诗集并为它作序。不是听说，我亲眼见到那本诗集。

从文就是这样一个人。他不喜欢表现自己。可是我和他接触较多，就看出他身上有不少发光的东西。不仅有很高的才华，他还有一颗金子般的心。他工作多，事业发展，自己并不曾得到什么报酬，反而引起不少的吱吱喳喳。那些吱吱喳喳加上多少年的小道消息，发展为今天所谓的争议，这争议曾经一度把他赶出文坛，不让他给写进文学史。但他还是默默地做他的工作（分派给他的新的工作）。在极端困难的条件下，一样地做出出色的成绩。我接到从香港寄来的那本关于中国服装史的大书，一方面为老友新的成就感到兴奋，一方面又痛惜自己浪费掉的几十年的光阴。我想起来了，就是在他那个新家的客厅里，他对我不止讲过一次这样的话：“不要浪费时间。”后来他在上海对我、对靳以、对萧乾也讲过类似的话。我当时并不同意，不过我相信他是出于好心。

我在达子营沈家究竟住了两个月或三个月，现在讲不清楚了。这说明我的病（帕金森氏综合症）在发展，不少的事逐渐走向遗忘。所以有必要记下不曾忘记的那些事情。不久靳以为文学季刊社在三座门大街 14 号租了房子，要我同他一起搬过去，我便离开了从文家。在靳以那里一直住到第二年 7 月。

北京图书馆和北海公园都在附近，我们经常去这两处。从文非常忙，但在同一座城里，我们常有机会见面，从文还定期为《文艺》副刊宴请作者。我经常出席。他仍然劝我不要浪费时间，我发表的文章他似乎全读过，有时也坦率地提些意见，我知道他对我很关心，对他们夫妇，我只有好感，我常常开玩笑地说我是他们家的“食客”，今天回想起来，我还感到温暖。1934 年《文学季刊》创刊，兆和为创刊号写稿，她的第一篇小说《湖畔》受到读者欢迎。她惟一的短篇集后来就收在我主编的《文学丛刊》里。

三

我提到坦率，提到真诚，因为我们不把话藏在心里，我们之间自然会出现分歧，我们对不少的问题都有不同的看法。可是我要承认我们有过辩论，却不曾有争论，我们辩是非，并不争胜负。

在从文和萧乾的书信集《废邮存底》中还保存着一封他给我的长信《给某作家》(1937 年)。我 1935 年在日本横滨编写的《点滴》里也有一篇散文《沉落》是写给他的。从这两封信就可以看出我们间的分歧在什么地方。

1934 年我从北平回上海，小住一个时期，动身去日本前为《文学》杂志写了一个短篇《沉落》。小说发表时我已到了横滨。从文读了《沉落》非常生气，写信来质问我："写文章难道是为着泄气？！"我也动了感情，马上写了回答。我承认"我写文章没有一次不是为着泄气。"

他为什么这样生气？因为我批评了周作人一类的知识分子。周作人当时是《文艺》副刊的一位主要撰稿人。从文常常用尊敬的口气谈起他。其实我也崇拜过这个人，我至今还喜欢读他的一部分文章，从前他思想开明，对我国新文学的发展有过大的贡献。可是当时我批判的、我担心的并不是他的著作，而是他的生活，他的行为。从文认为我不理解周，我看倒是从文不理解他。可能我们两人对周都不理解，但事实是：他终于做了为侵略者服务的汉奸。

回国以后，我还和从文通过几封长信继续我们这次的辩论，因为我又发表过文章，针对另外一些熟人，譬如对朱光潜的批评，后来我也承认自己有偏见、有错误。从文着急起来，他劝我不要“那么爱理会小处”，“莫把感情火气过分糟蹋到这上面。”他责备我：“什么米大的小事如×××之类的闲言小语也使你动火，把小东小西也当成了敌人”，还说：“我觉得你感情的浪费真极可惜。”

我记不起我怎样回答他，因为我那封留底的长信在“文革”中丢失了，造反派抄走了它，就没有退回来。但我记得我想向他说明我还有理性，不会变成狂吠的疯狗。我写信，时而非常激动，时而停笔发笑，我想他有可能担心我会发精神病。我不曾告诉他，他的话对我是连声的警钟，我知道我需要克制，我也懂得他所说的“在一堆沉默日子里讨生活”的重要。我称他为“敬爱的畏友”，我衷心地感谢他。当然我并不放弃我的主张，我也想通过辩论说服他。

我回国那年年底又去北平，靳以回天津照料母亲的病，我到三座门大街结束《文学季刊》的事情，给房子退租。我去了达子营从文家，见到从文伉俪，非常亲热。他说 ：“这一年你过得不错嘛。”他不再主编《文艺》副刊，把它交给了萧乾，他自己只编辑《大公报》的《星期文艺》，每周出一个整版。他向我组稿，我一口答应，就在 14 号的北屋里，每晚写到深夜，外面是严寒和静寂。北平显得十分陌生，大片乌云笼罩在城市的上空，许多熟人都去了南方。我的笔拉不回两年前同朋友们欢聚的日子，屋子里只有一炉火，我心里也在燃烧，我写，我要在暗夜里叫号。我重复着小说中人物的话 ：“我不怕……因为我有信仰。”

文章发表的那天下午我动身回上海，从文、兆和到前门车站送行。“你还再来吗？”从文微微笑，紧紧握着我的手。我张开口吐出一个“我”字，声音就哑了，我多么不愿意在这个时候离开他们！我心里想 ：“有你们在，我一定会再来”。

我不曾失信，不过我再来时已是14年之后，在一个炎热的夏天，城市充满阳光，北平解放了。

四

抗战期间萧珊在西南联大念书，1940年我从上海去昆明看望她，1941年我又从重庆去昆明，在昆明过了两个暑假。

从文在联大教书，为了躲避敌机轰炸，他把家迁往呈贡，兆和同孩子们都住在乡下。我们也乘火车去过呈贡看望他们。那个时候没有教师节，教书老师普遍受到轻视，连大学教授也难使一家人温饱，我曾经说过两句话：“钱可以赚到更多的钱。书常常给人带来不幸。”这就是那个社会的特点。他的文章写得少了，因为出书困难；生活水平降低了，吃的、用的东西都在涨价。他不叫苦，脸上始终露出温和的微笑。我还记得在昆明一家小饮食店里几次同他相遇，一两碗米线作为晚餐，有西红柿，还有鸡蛋，我们就满足了。

在昆明我们见面的机会不多，但是我们不再辩论了，我们珍惜在一起的每时每刻，我们同游过西山龙门，也一路跑过警报，看见炸弹落下后的浓烟，也看到血淋淋的尸体。过去一段时期他常常责备我："你总说你有信仰，你也得让别人感觉到你的信仰在哪里。"现在我也感觉到他的信仰在什么地方，只要看到他脸上的笑容或者眼里的闪光，我觉得心里更踏实，离开昆明后3年中，我每年都要写信求他不要放下笔，希望他多写小说。我说，"我相信我们这个民族的潜在力量"；又说，"我极赞成你那埋头做事的主张。"没有能再去昆明，我更想念他。

他并不曾搁笔，可是作品写得少。他过去的作品早已绝版，读到的人不多。开明书店愿意重印他的全部小说，他陆续将修订稿寄去。可是一部分底稿在中途遗失，他叹息地告诉我，丢失的稿子偏偏是描写社会疾苦的那一部分，出版的几册却都是关于男女事情的。"这样别人更不了解我了。"

最后一句不是原话，他也不仅说一句，但大意是如此。抗战前他在上海《大公报》发表过批评海派的文章引起强烈反感。在昆明他的某些文章又得罪了不少的人。

因此常有对他不友好的文章和议论出现。他可能感到一点寂寞，偶尔也发发牢骚，但主要还是对那种越来越重视金钱、轻视知识的社会风气。在这一点我倒埋解他，我在写作生涯中挨过的骂可能比他多，我不能说我就不感到寂寞。但是我并没有让人骂死。我也看见他倒了又站起来，一直勤奋地工作。最后他被迫离开了文艺界。

五

那是1949年的事。最初北平和平解放，然后上海解放。6月我和靳以、辛笛、健吾、唐弢、赵家璧他们去北平，出席首次全国文代会，见到从各地来的许多熟人和分别多年的老友，还有更多的为国家和人民的前途献出自己的青春和心血的文艺战士。我很感动，我很兴奋。

但是从文没有露面，他不是大会的代表。我们几个人到他的家去，见到了他和兆和，他们早已不住在达子营了，不过我现在也说不出他们是不是住在东堂子胡同，因为一晃就是40年。我的记忆模糊了。这几十年中间我没有看见他住过宽敞的房屋，最后他得到一个舒适的住处，却已经疾病缠身，只能让人搀扶着在屋里走走。我至今未见到他这个新居，1985 年 5 月后我就未去过北京，不是我不想去，我越来越举步艰难了。

首届文代会期间，我们几个人去从文家不止一次，表面上看不出他有情绪，他脸上仍然露出微笑。他向我们打听文艺界朋友的近况，他关心每个熟人。然而文艺界似乎忘记了他。让他在华北革大学习，不给他出席文代会，以后还把他分配到历史博物馆做讲解员，据说郑振铎到那里参观一个什么展览，见过他，但这是以后的事了。这年 9 月我第二次来北平出席全国政协会议，接着中华人民共和国成立，北京又成为首都，这次我大约坐了 3 个星期，我几次看望从文，交谈的机会较多，我才了解一些真实情况。北平解放前后当地报纸上刊载了一些批评他的署名文章，有的还是在香港报上发表过的，十分尖锐。他在围城里，已经感到很孤寂，对形势和政策也不理解，只希望有一两个文艺界熟人见见他，同他谈谈。他当时战战兢兢，如履薄冰，仿佛就要掉进水里，多么需要人来拉他一把。可是他的期望落了空。他只好到华北革大去了，反正知识分子应当进行思想改造。

不用说，他受到了不公平的对待，不仅在今天，在当时我就有这样的看法，可是我并没有站出来替他讲过话，我不敢，我总觉得自己头上有一把达摩克利斯的宝剑。从文一定感到委屈，可是他一声不响，认真地干他的工作。

政协会议以后，第二年我去北京开会。休会的日子我去看望过从文，他似乎很平静，仍旧关心地问到一些熟人的近况。我每次赴京，总要去看看他。他已经安定下来了。对磁器、对民间工艺、对古代服装他都有兴趣，谈起来头头是道。我暗中想，我外表忙忙碌碌，有说有笑，心里却十分紧张，为什么不能坐下来，埋头译书，默默地工作几年，也许可以做出一点成绩。然而我办不到，即使由我自己做主，我也不愿放下笔，还想换一支新的来歌颂新社会。我下决心深入生活，却始终深不下去，我参加各种活动，也始终浮在面上，经过北京我没有忘记去看他，总是在晚上去，两三间小屋，书架上放满了线装书，他正在工作，带着笑容欢迎我，问我一家人的近况，问一些熟人的近况。兆和也在，她在《人民文学》编辑部工作，偶尔谈几句杂志的事。有时还有他一个小女儿（侄女），他们很喜欢她，两个儿子不同他们住在一起。

我大约每年去一次，坐一个多小时，谈话他谈得多一些，我也讲我的事，但总是他问我答。我觉得他心里更加踏实了。我讲话好像只是在替自己辩护。我明白我四处奔跑，却什么都抓不住。心里空虚得很。我总疑心他在问我：你这样跑来跑去，有什么用处？不过我不会老实地对他讲出来。他的情况逐渐好转，他参加了人民政协，在报刊上发表诗文。

“文革”前我最后一次去他家，是在1965年7月，我就要动身去越南采访。是在晚上，天气热，房里没有灯光，砖地上铺一床席子，兆和睡在地上。从文说：“三姐生病，我们外面坐。”我和他各人一把椅子在院子里坐了一会，不知怎样我们两个人讲话都没有劲头，不多久我就告辞走了。当时我绝没有想到不出一年就会发生“文化大革命”，但是我有一种感觉，我头上那把利剑，正在缓缓地往下坠。“四人帮”后来批判的“四条汉子”已经揭露出三个，我在这年元旦听过周扬一次谈话，我明白人人自危，他已经在保护自己了。

旅馆离这里不远，我慢慢地走回去。我想起过去我们的辩论，想起他劝我不要浪费时间，而我却什么也搞不出来。十几年过去了，我不过给添了一些罪名。我的脚步很沉重，仿佛前面张开一个大网，我不知道会不会投进网里。但无论如何一个可怕的、摧毁一切的、大的运动就要来了。我怎能够躲开它？

回到旅馆，我感到精疲力尽，第二天早晨我就去机场，飞向南方。

六

在越南我进行了3个多月的采访，回到上海，等待我的是姚文元的《评新编历史剧〈海瑞罢官〉》。每周开会讨论一次，人人表态，看得出来，有人慢慢地在收网，“文化大革命”就要开场了。我有种种的罪名，不但我紧张，朋友们也替我紧张，后来我找到机会在会上作了检查，自以为卸掉了包袱。6月初到北京开会（亚非作家紧急会议），在机场接我的同志小心嘱咐我“不要出去找任何熟人”。我一方面认为自己已经过关，感到轻松，另一方面因为运动打击面广，又感到恐怖。我在这种奇怪的心境之下忙了一个多月，我的确“没出去找任何熟人”，无论是从文、健吾，或者冰心。

但是会议结束，我回到机关参加学习，才知道自己仍在网里，真是在劫难逃了。进了“牛棚”，仿佛落入深渊。别人都把我看作罪人，我自己也认为有罪，表现得十分恭顺。绝没有想到这个所谓“触及灵魂的革命”会持续10年。在灵魂受到熬煎的漫漫长夜里，我偶尔也想到几个老朋友，希望从友情那里得到一点安慰。可是关于他们，一点消息也没有。我想到了从文，他的温和的笑容明明在我眼前。我对他讲过的那句话——“我不怕……我有信仰”——像铁槌在我的头上敲打。我哪里有信仰？我只有害怕。我还有脸去见他？这种想法在当时也是很古怪的，一会儿就过去了。过些日子它又在我脑子里闪亮一下，然后又熄灭了。我一直没有从文的消息，也不见人来外调他的事情。

6年过去了，我在奉贤县文化系统五七干校里学习和劳动，在那里劳动的有好几个单位的干部，许多人我都不认识。有一次我给揪回上海接受批判，批判后第二天一早到巨鹿路作协分会旧址学习，我刚刚在指定的屋子里坐好，一位年青姑娘走进来，问我是不是某人，她是从文家的亲戚，从文很想知道我是否住在原处。她是音乐学院附中的学生，我在干校见过。从文一家平安，这是很好的消息，可是我只答了一句：我仍住在原处，她就走了。回到干校，过了一些日子，我又遇见她，她说从文把我的地址遗失了，要我写一个交给她转去。我不敢背着工宣队“进行串连”，我怕得很。考虑了好几天，我才把写好的地址交给她。经过几年的改造，我变成了另外一个人，我遵守的信条是：多一事不如少一事。我并不希望从文来信。但是出乎我的意外，他很快就寄了信来。我回家休假，萧珊已经病倒，得到北京寄来的长信，她拿着五张信纸反复地看，含着眼泪地说：“还有人记得我们啊！”这对她是多大的安慰！

他的信是这样开始的：“多年来家中搬动太大，把你们家的地址遗失了，问别人忌讳又多，所以直到今天得到 × 家熟人一信相告，才知道你们住处。大致家中变化还不太多。”

五页信纸写了不少朋友的近况，最后说：“熟人统在念中。便中也希望告知你们生活种种，我们都十分想知道。”

他还是像在30年代那样关心我。可是我没有寄去片纸只字的回答。萧珊患了不治之症，不到两个月便离开人世。我还是审查对象，没有通信自由，甚至不敢去信通知萧珊病逝。

我为什么如此缺乏勇气？回想起来今天还感到惭愧。尽管我不敢表示自己并未忘记故友，从文却一直惦记着我。他委托一位亲戚来看望，了解我的情况。1974年他来上海，一个下午，到我家探望，我女儿进医院待产，儿子在安徽农村插队落户，家中冷冷清清，我们把藤椅搬到走廊上，没有拘束，谈得很畅快。我也忘了自己的“结论”已经下来：一个不戴帽子的反革命。

七

等到这个“结论”推翻，我失去的自由逐渐恢复，我又忙起来了。多次去北京开会，却只到过他家两次。头一次他不在家，我见着兆和，急匆匆不曾坐下吃一杯茶。屋子里连写字桌也没有，只放得下一张小茶桌，夫妻二人轮流使用。第二次他已经搬家，可是房间还是很小，四壁图书，两三帧大幅近照，我们坐在当中，两把椅子靠得很近，使我想起 1965 年那个晚上，可是压在我们背上的包袱已经给摔掉了，代替它的是老和病。他行动不便，我比他好不了多少。我们不容易交谈，只好请兆和作翻译，谈了些彼此的近况。

我大约坐了不到一个小时吧，告别时我高高兴兴，没有想到这是我们最后的一面，我以后就不曾再去北京。当时我感到内疚，暗暗地责备自己为什么不早来看望他。后来在上海听说他搬了家，换了宽敞的住处，不用下楼，可以让人搀扶着在屋子里散步，也曾替他高兴过一阵子。

最近，因为怀念老友，想记下一点什么，找出了从文的几封旧信，1980 年 2 月的信中有一段话，我一直不能忘记："因住处只一张桌子，目前为我赶校那两份选集，上午她三点即起床，六点出门上街取牛奶，把桌子让我工作。下午我睡，桌子再让她使用到下午六点，她做饭，再让我使用书桌。这样下去，那能支持多久！"

这事实应当大书、特书，让人们知道中国一位大作家、一位高级知识分子就是在这种条件下工作。尽管他说：“那能支持多久？”，可是他在信中谈起他的工作，劲头还是很大。他是能够支持下去的。近几个月我常常想：这个问题要是能早解决，那有多好！可惜来得太迟了。不过有人说，迟来总比不来好。

那么他的讣告是不是也来迟了呢？人们究竟在等待什么？难道是首长没有表态，记者不知道报道应当用什么规格？有人说：可能是文学史上的地位没有排定，找不到适当的头衔和职称吧。又有人说：“现在需要搞活经济，谁关心一个作家的生死存亡？你的笔就能把生产搞上去？”

我无法回答。

又过了一个多月，我动笔更困难，思想更迟钝，讲话声音很低，我感觉到自己身体的一部分逐渐在老死。我和老友见面的时候不远了。……

倘使真的和从文见面，我将对他讲些什么呢？

我还记得兆和说过：“火化前他像熟睡一般，非常平静，看样子他明白自己一生在大风大浪中已尽了自己应尽的责任，清清白白，无愧于心。”他的确是这样。

我多么羡慕他！可是我却不能走得像他那样平静，那样从容，因为我并未尽了自己的责任，还欠下一身债。我不可能不惊动任何人静悄悄离开人世。那么就让我的心长久燃烧，一直到还清我的欠债。

有什么办法呢？中国知识分子的悲剧我是躲避不了的。

1988年9月30日

从文家书选

元宵夜致云六大哥

［1958年于北京］

大哥：今天元宵，只我一人在家中，让我温习到许多过去元宵，有多少年生活，都真正是在无望无助可怕中把元宵送过！现在一切都好，只是觉得为国家作事不够多，人到中年，大致都会这样。久不写信，因月前又病了两礼拜，病时才明白真正有些衰老了，勉强开会，会中谁也不知道我病中好累！这些日子一好，又整天在陪苏州来的丝绸工人看绣花了。我居然来搞绣花和绸缎，我的存在真可说是离奇！也许过些日子，还要搞些我自己料不到的工作的。得你信，我可以告的如下，分别说说：

一、彭武一已为把钱托文化馆购了十多件土家族被面来，那边再不存钱了。现在手边已无钱可用。买的东西很好，将来或捐工艺美术学校。

二、你体力不好，不要勉强好胜作事。如公家要你退休，也就退休，有一定待遇，不会使你生活为难的。不要疑心别人又怎么样而不安。你已为地方作了好些事情，大家都知道，身体不好，又到了年龄，决不要逞强反把身子弄得更糟。要学会真正谦退虚和，容物容人，才是保身之方。国家事事需要人，人在做事，要鼓励帮助他们。党即那么对人，值得我们学习。炳炳、罗妹也各有好处，先看好处，许多事就对了。我一生吃亏，是只知拼命工作，对人疏忽，不会“处变”，社会一变，因之几十年努力成为白费，对国家说也多可惜！如今快六十了，每日办公虽不必签到，但剩余生命消耗方式，想想也够不经济！但一切事都要人作，这一行无人作，我就作了。在任何时候，想到国家，想到六亿人的共同努力的理想，个人就觉得十分渺小，什么事只要对公共有益，也就作得挺起劲了。我在家中只是一个人，也还是一天到晚工作。即寂寞十分，还是支持下来了。今年还正式向馆中请求，只拿一半薪水，好多一二天空，帮外面什么单位白尽义务，更多作事服务！一生也有最得力处，即学林宰平先生，专看人好处，对人总不怎么计较。且认为即有些不好，也是当然事情。其中甚至包含那些过去我对他极好，后来以为我真的坍了，再也不理我，近来又来客客气气的人，我还是觉得极自然平常，不生气，不在意。我们都快六十了，望能互勉，把短处战胜。你身体需要的，是要一切从容淡然，才可望逐渐复元。世界都变了，不宜说自己脾气还要仍旧。如间或还生气着急，不是国家让你休养本意！徐悲鸿过去，即因病年余，起床后，因生不必要之气而倒下。欧阳予倩同样一病，可是静静养息，三年来，却完全好了。眼见例子，实在值得学习！你应以欧阳为师，才有资格看国家进步！好后再为国家作点事！陈叔通八十多岁还到处跑，即不随便发气！

三、国家处理“右派”分子极严，丁玲等或已开除党，肖乾恐将到乡下管制劳动，许许多多场面上人物，如罗隆基章伯钧等，大致都从此要退出场外。做了“右派”真可怕！我们不会是右派，可是做人、对事、行为、看法，都还得改得好一些，才不至于出毛病。我盼望你把对地方事、对年青人热心处，扩大为对你不喜欢的人的宽和。一切从肯定人长处作起，脾气一柔和，看事就更客观了。我毛病实在更多，今年就下定决心更改。几年来，我记住丁玲告我两句话，很得益，她说：“凡对党有好处的，就做，对党不利的，不干。”我很得到这话的好处。盼望你也记住它，用来对人，也会不同一些。

四、赵其文来，还问候你，认为你才是个“怪人”，是个“艺术家”！

五、近曾为湖南群众艺术馆买了一大批外国玻璃器，作为将来改进省玻璃生产参考。三千多万人的一省，比欧洲许多国家还大，将来有一系列轻工业待改进，我也许明年还会要回来，看看湘绣改进工作。将来也许收音机的装璜，我也会参加末议，来个民族形式的样子。

孩子们都好，在学校过年。虎虎一天劳动建校搞土方，大致要二月，完毕将仍在厂教书。龙龙明夏毕业。三姐仍在人民文学。我一星期有两三天在故宫。

二弟五八年元宵夜

丁玲女士被捕

丁玲女士这个名字，应当是许多人所熟习的名字。近来得到几个朋友来信，方知道她在上海租界上，已被几个政府的便衣侦探，用绑票方法捕去了。捕去以后就下落不明，凶多吉少。上海地方绑票案件极多，想不到还有政治绑票！

政府对于这类事情，按之往例，便是始终一个不承认。对于捕去的人，常常不经由正当法律手续，多用秘密手段解决。如往年胡也频君，因左翼作家运动失踪后，至今犹无人知道他所犯何罪，且不明白他的死去，究竟如传闻所说，用麻袋沉到黄浦江心呢，还是活埋地下。

政府对于共产党的处置，几年来有他一贯的政策，为党，为国，为民族，不管用什么名义去说明，采用非常手段去扑灭他，残酷到任何程度，仿佛皆不足惊异。譬如在江西，我的一个朋友，就亲眼见到过军队用一大桶石灰解决过二百余名逃兵的事。朋友说完他那点稀有的经验时，就告我："这是战争！"因为他这一句话，我便遇事装成看得十分平常了。既要"战争"，写这一页历史，难道上好的血不用，还去用那由于哀怜而来的眼泪么？

但我要说的是对于一个年青作家，本身同战场距离得那么远，他的住处又正是司法机关极其完备的大都市，他的活动也只限于用一枝笔写一篇两篇小说，是不是还得政府使用处置土匪处置敌人的方法来教训他？

丁玲女士只是一个作家，只为了是一个有左倾思想的作家，如今居然被人用绑票方法捕去，毫无下落。政府捕人的方法既如此，此后审判能不能按照法律手续，也就不问可知了。国民党近年来对于文艺政策是未尝疏忽的，从这种党治摧残艺术的政策看来，实在未敢苟同。像这种方法行为，不过给国际间有识之士一个齿冷的机会，给国内年青人一个极坏印象，此外就是为那政策散播一片愚蠢与不高尚种子在一切人记忆中而已。执柄当权的人若贤明达识，就不会采用这种政策。纵或作了这种事情，也明白如何去补救。为政府计，既偷偷悄悄把人提到了，若这人实在有罪，就应当罗列罪款，该死的，置诸典刑，人无间言；罪不至于死的，斟酌轻重，坐牢罚款。政府既以法绳人，自己一切行为，就应当从法律入手，有罪无罪，事情应由法庭处置，且应给堂下人一个在法庭上辩白的机会。

如今丁玲女士究竟押在何处，无人明白，所犯何罪，也不明白。且据传说，则其人又有业已为某方害死的消息。这传说我希望它不是事实，但政府也应当用别的方法证明，这是个不实谣言，且应当即刻公开审讯。人若当真已死去，活埋也好，缢杀也好，仿照别一处处治盗匪方法套石灰袋也好，政府既只知道提倡对于本国有知识青年的残杀，所用方法即如何新奇，我也绝不至于因其十分新奇，另外提出抗议。因为每个国家使用对知识阶级的虐杀手段时，行为的后面，就包含得全个的愚蠢。这种愚蠢只是自促灭亡，毫无其他结果。

在极愚蠢的政策下，死者死矣。然若果稍能自强不息、知对现状有所不满、敢为未来有所憧憬的作家，皆如此一去无踪，生存的，则只剩下一群庸鄙自熹之徒，当全个民族非振作无以自存的时节，还各装模作样，以高雅自居，或写点都市文明浮面的光色，或填小词造谣言以寄托其下流感情。阳充清流，以文学作消遣，于政府官办各刊物中，各看手腕之修短，从所谓党的文艺政策下会计手中攫取稿费若干，无事便聚处一堂，高谈希腊、罗马以送长日。即由此上海小有产者与小游民兴味与观念，支配国内年青人兴味与观念。政府于积极方面既杀尽有希望的作家，于消极方面，则由政府支出国库一部分金钱，培养这种闲汉游民，国家前途，有何可言！

五月二十五日

丁玲女士失踪

近月来在中国发生了一件希奇的事情，就是作家丁玲女士失踪的消息。这件事自从报纸传出后，从各方面探听，皆无这个人的下落。据外报的消息，则丁玲女士的失踪，出于政府特务机关的诱捕，用的是绑票形式捕去，捕去之后，从此即无踪迹。但消息传出以后，各方抗议营救的较多，上海公安局乃申明被捕者并无丁玲其人，然事实上则人业已被捕，且非由法律手续捕去。十几天前，她曾从另一人传出一个口信：

“我已被人诱捕，不自由。”

被“捕”被“绑”不过是词义上的分别，她的失踪由于政治关系，毫无可疑。……上海绑票固已成为某种人的专业，但总想不到在政治方面，也居然有人采用这种手段，对于一个作家，使其忽然失踪。

我们对于上海市公安局的申明无可怀疑，因为拘留所若干年青政治犯中，当真未必有“丁玲女士”这个人的名字。这理由不出两点，极易明白：其一，丁玲被捉，不敢承认她是丁玲。其二，被捕由特务机关执行，直属南京某一方面，不必经公安局办理什么手续，公安局也难过问。两种理由必居其一，或者两种理由兼而有之，即或人是公安局正式会同租界探员逮捕，然失踪之后，则传闻曾一度拘留公安局也。

中国当前有两个危机，一面是国家那么穷，一面是国家那么乱。一切皆似乎毫无头绪可言。国民党为了自己政策的推行，弄死几个反对这种政策的人，并不算得什么希奇事情。因为拥护自己的主张，牺牲一些人，在共产党看来也一定认为十分平常。不过在共产党看来尚以为极不合理的“暗杀政策”，若国民党居然用来作为对作目前一个平常作家的手段，这种政策实在愚蠢得很。这种手段对于个人牺牲固不足道，对于各方面所得的印象和影响，将成什么结果？

照我个人看来，恶例一开，由于这种不聪明的政策所造成的局面，它的坏处恐怕将超乎我们所想像到的坏处以上。一面凡是用笔对政府表示抗议的青年人，皆有凭空失踪的可能，另一面是学会了用同样方法的报复。若必须到那时节再来清算过去错误，为时未免晚了一点。

政府应当明白，尽把一些稍有生气的青年作家捉去秘密解决，是不成的。这种愚蠢事作了不止一次，实在不应当再作下去。政府一面正在提倡法律，一面又这样蔑视法律。前些日子把年青人捉去时，还形式上尽些法律手续，如今对于一个无罪可坐的作家，居然用这种方法捉去，国民党中若还有知正义明道理的人，就应当出来说几句话。爱护国民党的人，若明白这是政府所作的一件事，也应当站起来说几句话。

政府应明白的是：对于作家秘密逮捕秘密解决的手段，不是一个明智的手段。作家没有一个兵，又没有什么党，他既只是用笔构成他的罪过于前，似乎也只能用笔写些什么抗议于后。但若同时大多数作者都来提倡政府的暗杀政策，提倡受迫害与被虐待者用暗杀来对付政府行为作报复时，政府得详细估计一下那种后果。

为这件事情抗议的作家，人已不少，其他暂时沉默的，也正在等候政府一个合理的处置。这个人不能用“失踪”作为结论，她若因此失踪，我的预言是，将来还会有若干作者，相信除了告年青人“自卫”且指示出自卫方法以外，别无再好的话可说。

一九三三年六月四日

记丁玲

一

一九二三[1]的春天，北京的春雪还不消融，大街小巷各处皆黑泥白雪相对照，天空中有“一块瓦”风筝飘扬，我在北京西城所住的一个公寓里，认识了一个圆脸长眉大眼睛的女孩子。当我们把话谈到各人所生长的地方时，我告给她我的家乡在凤凰县，她似乎微微惊讶了一下，她随即告给我她原籍是安福县，我也惊讶了一下。

这两处地方，相去约一千里，因过去发生过一件事

[1] 本书中对于作者和胡也频、丁玲结识初期的记述，某些年代、年龄比实际发生时的年代、年龄，提早了一至两年。校改重印时未逐项更改原作所写的数字。

情，在两人心中，把两方面的距离似乎皆缩短些了。

是这样一件可笑的事：

民三至民五这几年中，有一年中国长江中部发生了内战，湘军用“援鄂”的名义，由岳州开了若干军队过湘北省境。同时在鄂西方面，湘军与鄂军发生了接触，由于战争与换防两种原因，湘西沅水下游各处地方，便发现了些执刀使棒希奇少见的队伍。这是些前清绿营的军勇。这绿营部队并不因辛亥革命而消灭，当时还残余六千人左右，保持在苗乡深处凤凰县别名镇筸的地方。这队伍平时有它固定的责任，从不离开原有的防地。这种军队又名为“筸军”，一个明于近三百年军事史的人，当记忆得出“筸军”这个名称，在这个名称下面还附有勇敢、直率、耐劳、守法各种美德的记号。凡属于这个部队种种受人尊敬处，到如今尚一面保留在各人记忆中，一面也仍然为那个军队的基本道德同信仰。这军队原本近于世袭的戍卒，其中分子包括了各个省份移来的人民、京中贬谪的官吏、与俗同化的苗人。因为制止苗人的叛变，在万山重叠地方筑一坚固石头的小城，复用大石叠就数百碉堡，分布四境，这数千戍卒，便从乾隆中叶起始，一直驻扎到这个地方。它的用处只在制压苗民，它的给养除了按月由那方面派人坐了一只明油黄色大船，从辰河下驶，扬帆洞庭，直抵长沙，向省政府方面领取若干银块携回以外，就全赖当年从苗人方面所没收的土地，转租苗人，生产粮食，分配给有兵役的人家。

但筸军为世所称，却由于太平军与淮匪回匪的变乱，附曾左湘军之一翼，转战各处而得名。当年率领这一群戍卒子弟，各处作战的，为筸人田兴恕。数十年后，用湘西镇守使名义，统率达数千健儿出师援鄂的，也就是那个出身行伍为筸军获得无数光荣的田姓军人第三儿子田应诏。

关于这次援鄂的动机发动以后战事的情形，以及其后结束的原因，我那时因为年龄还小，对于这种事不很明白。但我有一个学习绘画的哥哥，他当时却在那部队中作小小军佐，跟随了一个团长，到过安福县。他在那小县城中住过一夜。他告给我随了部队开进安福县城时，就住在大户蒋姓家中，同一个戴姓参谋，睡在那人家小姐绣房里，两人躺在一铺镂花楠木大床上，在灯光下为一幅赵子昂画的白马发痴出神。两人既学过点旧画，且能鉴赏旧画，皆认为那是一个宝物，却仍然尽他静静的挂在墙壁上，仿佛不知道这画同别的画幅一样，设若卷成一轴，携带时也十分方便。第二天临开差时，那画还好好的挂在墙壁上，各人因为欢喜它，不忍就此离开，便各在那画幅角隅，题下了自己的姓名和年月。他们既已接到向前开拔的命令，当时便离开了那个地方。可是到第三天部队退回原处时，方明白先前部队一经开拔，当天就来了另外三营直属“辰沅道”的屯务军，在胡涂混乱情形中，把县城中大户完全掠光了。前面的作战去了，后面填防的反来抢掠，说来真是一件极不光荣的事情。因这不名誉的案件，虽然即刻杀了两个军官同一些胡闹的军士，但终成为“筸军”一个霉点，同筸人平时的军誉极不相称，故不久之后，那三营兵士的统率者，就被田姓军官撤了职，那三营队伍，也全部解散了。

筸军从乾隆到如今，引为羞惭的，应当是安福县那次事件。但开扩了眼目，筸军引为奇迹一现的，也应当是那次事件。我还记得十分清楚，此后有自前方回来的兵士，手中托了一个大容一升翠润明莹的绿色玉碗，从街中过身，想卖三十串钱，却找寻不出一个主顾。有人问他这碗的来历，军人既从不撒谎，就老老实实告给人，这碗如何从安福县取来的。兵士带回这碗的用意，原只是拿回家中养点金鱼，到家中听说可以卖钱，方拿出卖钱。但当时掠来合用的东西太多，这玉碗在本城并无用处，到后还只二十串钱便为一个行路人带走了。

我就因为我哥哥的故事，同自己所亲眼看到的这件事，知道了安福县。生长在安福县的，对于凤凰县人，印象中自然也仿佛很熟很熟了。

安福县多蒋家，丁玲女士便是那地方一个蒋姓人家的长女。在北京城我知道了她是安福县的人，同她说到那地方城池被我本乡队伍占领故事时，方明白那张画就是她堂伯家中的一幅宝画。那地方虽僻处一隅，我哥哥随军队到的那一次，似乎已是地方经过兵灾的第二次了。第一次当在辛亥左右，因革命各个地方的组织皆有了变动，各处皆发生了骚扰，丁玲女士便同她的母亲，一个年幼弟弟，从安福县逃到比较开通的湘西常德城。常德地方既是她母亲所生长的地方，母亲余姓在常德县又为世家华族，门第极盛，多读书人，丁玲女士的父亲既已死去，故后来事平以后，她们便不再返安福，且在常德住下，成为常德人了。

她的爸爸是个很有公子风度的人物，性格极好，洒脱大方，辛亥以前曾一度留学日本，按照当时风气，所学的自然是政府经济。回国后却似乎因为眼见到革命一来，由平民成为伟人的虽然不少，但由伟人地位而被别人把头割下的也很多很多。“世乱方亟，不如坐以待时”，这留学生因此就在安福家乡住下，并不作事。这人生平极其爱马，且欢喜健壮的骏马，但驾驭鞚纵之术并非所长，故把马买来时，就只为新来的马匹配上精美的鞍辔，派遣一个年青马夫，在前牵着，向城外官道上走去，自己则短装紧裹，手里拿了一条柔皮马鞭，在后边远远跟随。他的行为只在娱乐，行为中就蕴藏了可爱的天真。把马牵到城外去，见有什么陌生人对于马匹加了些称赞，他就同这个人来谈话，若这个人对于鞚纵驰逐尚有些知识，他就请人上马试试。有时谈得十分投机，且见这个人对于这匹马十分称赏，他便提议把这马贬价出让。有时那骑马人决无能力购置一匹良驹，他便强迫把自己马匹赠给这个陌生的路人。一切行为在他看来皆以为事极平常，毫不希奇。

她的母亲当时对于丈夫的行为，当然不会同意，但夫妇之间，感情极好，却不因为这类事情有过一次反目。某一次这个公子把马赠给路人以后，心中异常愉快，含着微笑跑回家中，在书房中卸脱马上戎装时节，作太太的一个，从下人方面把事情问得极其明白，就走过书房来，站在书房门边，含着微笑，问里边的主人：

“大少爷，你那宝马呢？”

“宝马还是宝马！”

“又生翅膀飞了！”

“……”那一方面便带了忸怩害羞的神气，只是微笑，什么话也不说。

轮到作太太的替他作答了，太太说：“宝剑赠与名士，红粉赠与佳人，千里马当然也为一个非常的人骑去了……是不是这意思？”

“不是的。”

“那在什么地方去了呢？不是‘非常人’把马骑去，还是……”

“不是非常人，只是一个懂马性，不委屈马，不糟蹋马的正派人。”

“你让这懂马性的把马骑走了，你这赠马的算是什么人？”

“我算是个很幸福的人。命运里驻定我欢喜作这种事，作过了这种慷慨事情以后，回家来又不至于使你生气。我很快乐。你不是不生我的气吗？”

“生你的气？！我不生你的气，你自己应当生气！人已经不是小孩子了，还尽作小孩子事情。也不要因为家里有几亩田，有个好太太，就尽这样慷慨下去！在世界上可做的好事很多，照你说的，会牺牲自己革命、做慈善事业、办学校、把家中这几亩田卖去也不碍事。但拦路赠马的事，可并不在某一本书上找得出这种慷慨的记载。”

沉默了一会，那公子哥儿却说：

“秦琼黄骠马是什么地方来的？我问你。”

等一等作太太的说：

“照你看起来，这世界上好人可太多了，好马却不多，怎么办？”

“我也那么想。我若在蒙古作王公，就……”

“作王公……！”

……

这具有名公子风度的人因病死去时，丁玲女士的年龄还不上十岁。父亲留给她的印象最鲜明处，也就是牵马出城空手归家这样一件事。然而这人大方洒脱的风度，事实上却并不随了死者而消灭，十年后又依然可以从丁玲女士性格发现，成为她一生美丽特征之一点。

当她父亲死去时，家中情形虽不如其他族人那么豪华，当时似乎尚可称为小康之家。那时她还有一个弟弟，作母亲的就教育这两个孤儿，注意这两个孤儿性格与身体的发育，从不稍稍疏忽。作母亲的既出自名门旧家，礼数周至，加之年青早寡，必须独自处置家事，教育儿女，支配一切，故性情方面，自然就显得坚毅不屈，有些男性魄力。儿女从她身上可以发现父亲的尊严，也可以发现母亲的慈爱，因此使儿女非常敬爱她。她身体既极健壮，又善谈论，思想见解也很有些超常人处，故不独能使儿女敬爱，在社会事业上，也好像是一个自然天生的领袖。但丁玲女士，则后来得于母亲方面的，仿佛不是性格，却是体魄。自小从理智方面看来，虽有些近于母亲，感情方面极偏于父亲。直到十余年后，她的同伴胡也频君为××秘密残杀后，孤单一人住在上海打发每一个日子，支配她生活上各种行动的，据我看来还依然因为那个父亲洒脱性格的血液，在这个人身体中流动，一切出于感情推动者多，出于理智选择者少。

作母亲的把丈夫死去，带了儿女到常德地方寄居以后，日子过得自然寂寞了些。虽外家亲戚极多，或由于一种骄气，或由于别的原因，似乎并不对于外家有何依靠。在寂寞俭省情形中打发了一大堆日子，似乎记起了某一时节同那个欢喜马匹的好人所谈的话："为国家找寻一条出路，有钱的出钱，有力的出力，来办教育，真可谓最好的事业。"自己如今既然寡居，儿女又慢慢的长大了，一面想把自己儿女好好教育出来，一面又还有些亲戚儿女也需要一个较好学校，故在城里办了一个女子小学，城外办了一个男子小学，学校聘请了些由当地师范学校毕业的年青女子，在半尽义务情形下分担各种课程，自己却不辞劳役，总持其事。经济方面虽非完全出自私囊，但多数经费，却必得将这近中年的太太向各处熟人各处商家奔走募集。丁玲女士所受的教育，就是在她母亲所办的学校起始的。

过不久这一家却发生了一件大大不幸事情，就是那个弟弟在热病中的夭殇。这是一个非常的打击，作母亲的所承受的悲哀分量自然十分沉重，假若身体弱些的妇人，决定是无可救药，随同儿子和丈夫，离开了这个人间。那小孩子的得病似乎就从丁玲传染而起，小孩死去时丁玲也尚未离开险境。当时作母亲的一面料理亡者一面却尽力把病倒的一个治好，等到病倒的一个痊愈时，作母亲的头发白了好些了。

丁玲女士到可以入中学时，便过离常德地方九十里的桃源县省立第二女子师范肄业。在那女子师范时，学校对于她，同对于任何一个女生那么同样情形，完全寻不出什么益处。学校习气太旧，教员太旧，一切情形皆使人难于同意。她当时在那学校，成绩也并不怎样出众惊人。但在性情上，则在那里将近两年的学生生活中，对于她有了极大的影响。影响她的不是学校教师或书籍，却由于一些日夕相处的同学。那学校设立在湘西，学生大部分多自湘西边境辰河上游各县而来，同时鄂西、川东、黔北、接壤湘境者，由于方便来学的也不少。边地如邻接湖北的龙山，毗连四川的水绥，靠近贵州的麻阳、凤凰、乾城，以及其余各县，由于地方锢塞，苗族杂处，虽各地相去不逾八百里，人民言语习惯，已多歧异不同。女子虽多来自小地主及小绅士同小有产商人家庭中，也莫不个性鲜明，风度卓超。各种不同个性中，又有一极其相同处，就是莫不勇敢结实，伉爽单纯。女子既感情热烈，平时的笑与眼泪，分量也仿佛较之下江女子特多。丁玲女士在学校方面虽然并不学到些什么有用东西，却因为跟这些具有原人朴野豪纵精神的集群过了些日子，不知不觉也变成个极其类似的人了。

这种性情当“五四运动”影响到长沙时，余波所及扩大到了桃源，就使几十个年约十五六岁的女孩子发了疯狂。“自觉”与“自决”的名词、“独立互助”的名词、“自由平等”的名词，以及其他若干新鲜名词，在若干崭新的刊物上，皆用一种催眠术的魔力，摇动了所有各地方年青孩子的感情。桃源学校方面，也人人皆感到十分兴奋，皆感到需要在毫无拘束的生活中，去自由不羁勇敢劳作好好的生活。一闻长沙有男子中学招收女生的消息，当时便有若干人请求转入长沙男子中学，其中一个二年级生名蒋祎的，便是丁玲女士。学校方面对于这件事，自然并不给过什么鼓励，事实上却特别加以裁制与留难。家庭则对于这种办法自然觉得太新了一点，于是一些女孩子，便不问家庭意见如何，不问学校意见如何，跑到长沙读书去了。

她们第一次离开桃源向长沙跑去的同学，似乎一共是四个人，除丁玲女士外，有川东酉阳的王女士、湖南芷江的李女士与杨女士。但到了长沙不久，上海所流行的“工读自给”新空气，在一种极其动人的宣传中，又影响到了几个女孩子。同时长沙方面或者也有了些青年男女不可免避的麻烦在学生与教员之间发生。几个女孩子平时既抱负极高，因此一来，不独厌烦了长沙，也厌烦了那地方的人。故虽毫无把握，各人便带了几部书，以及一笔为数不多的款项，在内河轮与长江轮三等舱中占据了一个角隅，有一天便居然冒险到了上海地方了。

几个人过上海的目的，似乎是入上海大学，那时节的上海大学，有几个教授当时极受青年人尊敬目前还为世人所熟习的名字：瞿秋白、邵力子、陈独秀、李达、陈望道、沈雁冰、施存统……她们一到了上海，自然在极短时间中就同他们认识了。若果不是年龄太小程度不及，便是还有别的问题，她们当时却只入了平民学校。她们一面读书一面还得各处募捐。为时不久，她们住处似乎就同那些名教授在一个地方了。至少瞿秋白兄弟同施存统三人，是同她们住过一阵的。到后来李姓女子得热病死了，杨姓女子回了湖南，四川酉阳王姓女子，同她便过南京去玩了一阵。当时两个人过南京去住，也许只是玩玩，也许想去做工，也许还有其他原因，但照后来情形看去，则两人是极其失望重回上海的。在南京时两人所住的地方，在成贤街附近一个类乎公寓的住处，去南京高师不远，住处必尚有些其他湘籍川籍学生。两人初到南京时，身边还有些钱，故各处皆去玩了一个痛快，但钱一花尽，到后来就只好成天过北极阁晒太阳，上台城看落日去了。两人既同些名人来往，照流行解放女子的习气，则是头发剪得极短，衣服穿得十分简便，行动又洒脱不过（出门不穿裙子的时节次数一定也很不少），在住处则一遇哀乐难于制驭时，一定也同男子一般大声的唱且大声的笑。两人既不像什么学生，又不像某一种女人，故住下不久，有一天就得到个署名“同乡一分子”的劝告信，请她们“顾全点面子，不要留到这个地方”。这误会虽由于两人行动洒脱而来，当时两人却十分不平，把住处几个高师学生每人痛骂一顿。那信上的措词大约比我所说还温和一些，她们的责备则又似乎比我所写出的还厉害些。那个写信的人虽近于好事，却并非出自恶意，一骂自然不敢出头了，至于其余那些大学生被骂时，初初还不明白这是什么事情，到后弄明白了，又不知究竟谁写这个信，自然也就算完事了。

但两人当时情形或者也正极窘，想离开南京便无法离开。那王女士本是酉阳地方一个富足油商人家的女儿，父亲那时且为众议院的议员，并不至于使一个二十岁的女孩子在外流落，丁玲女士经济情形也不很坏，故两人当时受窘，同“解放”大约多少有些关系。“解放”同“争斗”有不可分离的情形，那时节女孩子既要解放，家中方面虽不能加以拘束，也还能消极否认。否认方法自然便以为暂且停止经济接济，看看结果谁的意见适于生存。两人把手中所有一点点钱用罄后，各处学校去找寻小学教员，却不能得到这种位置。其他粗重工作有些地方虽需要人，但人家一看到她们，即或正需要一个娘姨，也不敢借重这位娘姨了。她们听说有人要绣花工人，赶忙跑去接洽，那主人望望两人的神气，也不敢领教，只好用别的方法说明所雇人业已找到把两人打发走了。既不能好好的读书，又无从得到一个职业，又无其他方面接济，自然就成为流浪人了。

她们又正似乎因为极力拒绝家庭的帮助，故跑到南京做工的。到南京两人所得的经验，在丁玲女士说来，则以为极有趣味。那时节女人若在装扮上极力模仿妓女，家中即不奖励，社会却很同意。但若果行为洒脱一点，来模仿一下男子，这女人便在家中社会皆将为人用希奇眼光来估计了。两人因为这分经验，增加了对于社会一般见解的轻视，且增加了自己洒脱行为的愉快。

当丁玲女士已经作了海军学生的新妇，在北京西山住下，告给我那点经验时，她翻出了一些相片，其中有一个王女士编织绒线的照相，她说那就是初到南京照的。到了那里把钱用尽后，天又落雨极冷，无法出门时，就坐在床上，把一条业已织就多日的绒绳披肩，拆卸下来，挽成一团一团的绒球，两人一面在床上说些将来的梦话，一面用竹针重新来编结一只手套或一条披肩。工作完成以后，便再把它拆散，又把那点毛绳作一件其他东西。当时房东还不很明白这种情形，常用猜询的眼光，注意两个女孩子的工作，有一天，且居然问：“为什么你们要那么多毛绳物事？”两人自然并不告给房东那是反复作着玩玩的行为。房东的神气，以及两人自己的神气，却很温暖的保留在各人印象里。

两人对于贫穷毫不在乎，一则由于年青，气壮神旺，一则由于互相爱好，友谊极佳。但另外必仍然由于读了一些新书的原因，以为年青女子受男子爱重虽非耻辱，不能独立生存则十分可羞，故两人跑来南京，一面是找寻独立生活的意义，一面也可说是逃避上海的男子。当时丁玲女士年龄还不过十七岁，天真烂漫，处处同一个男孩子相近，那王女士却是有肺病型神经质的女子，素以美丽著名，两人之间从某种相反特点上，因之发生特殊的友谊，一直到那王女士死去十年后，丁玲女士对于这友谊尚极其珍视。在她作品中，常描写到一个肺病型身体孱弱性格极强的女子，便是她那个朋友的剪影。

二

两人回到上海后，大约还是由于上帝的意思，使她们在一些男子的殷勤待遇中，性情也柔和了一些，原有观念也变更了些，王女士与瞿 ×× 同居后；丁玲女士似乎也与瞿 ×× 的一个兄弟，有过一度较亲切的友谊。几人在这种生活中，得到了些什么意义，别人却不很清楚。在这一点生活上，对于她好像并无多大兴味。她似乎想忘掉一些不必记忆的印象，故谈及时常常中途而止。回上海一年左右，那身材美丽个性特强的王女士，在肺病中死去了，丁玲女士当时大致也同家中讲了和，愿意接受家中的帮助，得到了家中办小学教育的母亲一点接济，有了钱觉得要念书，上海不是念书的地方，想过北京看看，故为时不久，就到北京住下了。

那时她年龄当在十八岁左右。到北京后她住在西城辟才胡同一个补习学校的宿舍里，同住的有一个很美丽的曹女士，一个很朴素的钱女士。几人一面在学校补读投考大学校所必需的功课，一面还到一个钱姓私人所设的图画学校练习图画。当时她对于绘画似乎比其他事业还多兴味，所作的素描构图极具巧思。我第一次同那个海军学生到她的公寓时，她的窗纸上墙壁上书本上，就无处不是用粉墨勾成所熟朋友的脸谱。我们认识她时，她已从学校搬入公寓，其所以离开学校改住公寓的原因，大约就因为准备向艺专投考。但到后在作艺术专门学校的学生以前，却作了海军学生的情人，一定不是她始料所及的！

她其所以同海军学生相熟，则由一个左姓朋友。那时节左 ×× 还是个小孩子，与海军学生住在同一公寓里，补习学校三个女孩子却常常来看那个白脸长身的左家小孩子。三人中最美丽典雅的曹女士，正与左家小孩恋爱，大家既皆极其年青，加之湖南人的特性，就是“不知节制自己的哀乐”，几人来时会笑的自然就大声的笑，会唱的也自然大声的唱，左 ×× 一同海军学生成为熟人后，那三个女子，当然不久也便成为海军学生的熟人了。三人中最美丽的曹女士既同左极要好，那钱女士则健壮朴素成天只希望考入师范大学，当时的机会就使海军学生对于丁玲女士特别关心一些。

大约她们认识了三天或七天，这海军学生，就把她带到我住处来看我了。我们一提到所生长地方后，就各因另外一时的特殊印象，仿佛成为熟人了。我的故乡同她所寄居的常德，相去约七百里，有一条河水连络了两地的交通。从她住处的河边，驾了小小的单桅篷船，沿江上溯就可以到我的故乡，我从那为世人所疏忽地图所遗忘的小地方出来时，也必须搭坐小货船，经由那条清澈透明的流水下驶，到了她那个县城，再换轮船浮出洞庭。我们于是谈河水，说小船，讨论那条河水一切使人发生兴味处。我们既然各读了几本书，又那么年青，故说到某几处的滩险，船只下行，形容它的速度时，两人总皆用“抛掷”一类字样。我们提到那条河水上游某几处，深度到四丈五丈时，还可以清清楚楚的看到河底的小小白石同游鱼，又各找寻了若干譬喻，且互相皆似乎极能领会那点譬喻。实际上则两个年青人皆因过于年青，为同一的“怀乡病”原因，把我们友谊弄密切了。当谈话时那海军学生只坐在我房中近窗户桌边，带着稍稍显得痴呆的微笑，望到那个圆脸长眉的女孩。我们的言语他还不大能够听懂，他得在若干意义上去猜详我们所说的话语。他懂得那意思，他明白那对于他无分，还仍然随同我们笑着。因为我们把话谈得很久，故这个海军学生，到后就拿起一本都德《小物件》翻看，不再听我们的谈话了。

两人离开我的公寓时，女的告我：

“我住处出街口向西，过那木厂点点路，就看到了。什么时节高兴去玩时，就随便去玩，到那里问蒋冰之就成了。”

海军学生说：

“晚上去还是明天早上去？要去时来邀我，我带你去。”

送他们走后，望到那两个人的背影，我站在公寓门口，心里很觉得愉快。回房中时，因为去翻看那本《小物件》，便记起海军学生那分神气。海军学生隔天邀我去看她时，他那么欢喜提到这个女人，关于这女人有些使他发呆变呆的地方，一点也不能隐讳，我便在心中有个问题。我心想：

“这是不是名为恋爱？这女人会嫁这个海军学生吗？

这女人完全不像书上提到的那些爱人样子，海军学生也得爱她吗？”

我那时只十九岁，由于从乡下出来，一切皆并不像城里人那么灵巧，当时还不很明白一个男的和一个女的，为什么必须住在一处过日子。以为也许那很有道理，却实在不能明白必需住在一处的道理所在。我看到一些书中提及关于男女事情，我就十分胡涂。“真有那种男子吗？什么都不顾，去为一个女子作奴当差吗？”我思索不出结论。我相信我或许也会这样子，但心目中的女人，一定同书上所提那么聪明与完美。我最理想的是女子必聪明得你说一样她知道十样，你说的她明白，不说的她也明白。她一定又美丽，又尊贵，又骄傲，才能使我发疯发痴。并且我还想想：“一个人若事业弄不好，要女人有什么用处？同一个平平常常女人住在一处，任什么事也就不用提了。”

我那时节要的只是朋友，这朋友第一件事是互相能诉说那些过去的事情，且共同来作未来的梦想。行为冒险虽受了种种限制，想像却生了翅膀可以各处飞去。我就需要明白人家正在怎么样飞，又得让人知道我预备怎么样飞。

我要有几个与我同样的贫穷，却能在贫穷中为未来生活而努力，来打发日子支持生活的年青人。我们不管所想到的世界如何离奇可笑，所打算的生活如何不切事实，但我们能那么勇气悍然的去过日子，结果是不必追问的。我那时的性情是要谈话时就一整夜的谈话，想玩时就放下一切去玩，想跑到什么地方去，不管路道远近，要去即刻跑去，听人说某种书好，无法把书买来时，就从西城跑到东城，傍着书摊，装作买书样子，同那卖书人弄熟，坐在小凳子上看那本书，把书看完时再回公寓。生活不管如何毫无希望，不管如何困难，利用了北京公寓记账的习惯方便，我们却仍然那么硬朗结实拖延下去。这种年青男子朋友我已经碰到了些，且在燕京大学方面，我还有了些生活也很艰难读书却很用功的朋友。但女朋友有什么用处？女子天生就脆弱许多，气量既窄，知识也浅，又怕累，又怕事，动不动就得哭泣，一点小小得意处便沾沾自喜。她们要男人时，只凭方便找一个男人，就从不会自己带着三分危险去挑选自己所要的男人。她们得了一件新衣料时，就去和同伴商量半天，有时还商量了一整天，看这衣料缝什么式样较好，缝好了也许还得在这东西上批评许多日子。她们做事则只选轻松的易于见好的去做。她们把一件事做错了，或头发被理发师剪得太短不合时式了，回家去就伏在枕头上痛哭。当时我对于女人就是这样一堆感想，故以为女人真不必提！我看不起女子，就因为我听人说过了很多的女子，却不曾见过多少女子。

这个圆脸长眉的女孩子，第一面给我的印象，只是使我温习了一番旧有的感想。她同我想像中的平凡女子差不了多少。她也许比别的女子不同一些，就因为她不知道如何去料理自己，即如女子所不可缺少的穿衣扑粉本行也不会，年青女子媚人处也没有，故比起旁的女人来，似乎更不足道了。

不过第二天我被那海军学生拉到她住处时，观念改变了些。我从她那儿明白了女人也有同男子一样的人。到了她住处小房中，她便从抽屉中取出些照像册，图画本子，递给我们。从那本子上面可以看到那个爱马的公子，又可以认识办小学教育的老太太，又可以认识我所提及的其他几个人。她似乎每天皆在努力作画写大字，条桌上除了四个颜料碟以外，还有一叠红色九宫格习字用纸。她又拿出一个玉质图章，上面刻了“丁玲”两个字，问她：“这是谁？”就说：“我自己的，我要用这个名字，不用旧的名字了，故刻了这颗图章。”她一切做得十分洒脱，且俨然同我们业已相熟多年的样子。她处处在告给人不许客气，那意思却不是从口中说出，只在行为上与微笑上可以看出。

我觉得这倒还有意思，但我们离开她那个公寓时，她却又为了自己太爽快且疑心别人同她客气，似乎有些生气。因为那时节已到了行将午饭的时节，公寓中的大师傅，业已开始在厨房中极力拨弄得锅子碗盏发出声音，她留我们吃饭，海军学生答应了，“步兵上士”却不答应。我那时的习惯就是只欢迎来客，却从不到别人处吃饭。我决定要走，她便生了她自己的气。事实上不需生气，且无生气的理由，仍然有很久不舒服，就因为她到底还是个女子！

她离开北京城时，同那海军学生有了些什么理解，我可不大明白。我见过了丁玲女士以后，就从左××方面知道了她些另外的事情。那时节这女孩子感伤气氛极重，大约因为几年来在外边飘飘荡荡，人事经验多了一些，少年锐气受了些折磨，加之较好的朋友又死掉了，生活又毫无希望可言，便想起母亲，想起死亡的弟弟，想起不可再得的朋友，一切回忆围困了她，使她性格也受了影响，并且在实际上，则另外一件事必更有关系，便是她的年岁已经需要一张男性的嘴唇同两条臂膀了。因此便不问黄昏清早，常常一人跑到最寂寞僻静地方去，或是南城外陶然亭芦苇里，或是西城外田野里，在那些地方痴坐痛哭。有时半夜里还不知道回家，有时在家饭也不吃。不过朋友们同她自己，虽明白这分感情由于生活不满而起，却不明白倘若来了那么一个男子，这生活即刻就可以使她十分快乐。

关于这一点海军学生聪明了一些，当我同他在西单散步时，他向我说：

"她有个弟弟死了，她想起她弟弟，真会发疯。"

我因为估想得出这海军学生心中的主意，我说：

"要个弟弟多容易！她弟弟死了，你现在不是就正可以作她的弟弟吗？"

海军学生脸红一下，想要分辩，又不敢分辩什么，把我肩上轻轻的打了一掌，就跑开了。

等到第二次我在北京香山见到她们，问及她些经过情形时，我方明白海军学生同我在西单散步那一大，就正是丁玲接到海军学生一点希奇礼物的一天。原来海军学生那天一早就用了个纸盒子，装好一大把黄色玫瑰，请公寓中伙计送至丁玲住处，并且在花上写着个小小字条：“你一个新的弟弟所献。”把花送去以后，半天没有回信，这海军学生手足无措，心中不宁，故跑到我住处来，把我拉出去散步，想从我的谈话上得到一分支持日子的勇气。等到被我无意中说出的一句话，刺了他那么一下，就又急又羞，离开了我跑了。他一人跑到西城外田野里胡乱奔蹿，直到晚上方转回公寓！

丁玲女士第一次离开北京时当在春天，第二次再来北京为我见到时，却是那一年的秋天了。

中秋那天我在他们香山小屋里看到她时，脸上还有新妇腼腆的光辉，神气之间安静了些也温柔了些。问她还喝不喝酒？她只微笑。问她还到芦苇里去读诗没有呢？也仍然只有微笑。我心里就想说：“你从前不像个女子，只是不会有个男子在你身边，有了男子到你身边，你就同平常女子一样了。”

关于她做了新妇，同这个海军学生在香山如何打发日子，我在《记胡也频》那本小册子虽说到了些，却想把对于她生活发展极有影响的，这一段日子中其他事情，再记下一些。

那时两人原是以为山上可以读书，故搬到这山上来住下的。事实上则两人读书，诚如我在另外那本书上所提到的那样，不过需要几本书，把两人生活装点得更幸福一点罢了。假若当真为的是读书，所有的书未免太少了。他们的书是一部关于曲的什么集子、一部《郑板桥集》、一部《倪云林诗》、一部《花间集》、一部《玉台新咏》，其余便是半书架翻译小说，那时两人所看的书，好像也就全是这些翻译小说。此外还有些无政府主义的书籍，以及社会革命理论书籍，则是搁下来却不很翻阅的。两人的英文程度，看点法国俄国转译成为英文的书籍，还不至于怎样费事，不过那时书架上的英文书籍，则仿佛一共只有三本，一本是小仲马的《茶花女》，一本是莫泊桑的《人心》，一本则是屠格涅夫的《父与子》。两人虽然只有这样三本书，还常常预备着手来翻译。提到要译书，作太太的一个总最先把笔拿起，但译到第一页或第五页某一行，几个陌生的字从字典上寻不着它的意义时，最先把笔摔去的也常常是她。两人间或还读些哲学经济书籍，两人之间思想比较起来，由于过去的习染不同，故她比海军学生似乎进步一些，且比较海军学生所知道的多些。海军学生办《民众文艺》时，他们若沿袭了那个题目作去，则革命文学的酝酿，当由北而南，不至于还等待到四年后由南而北了。海军学生自从湖南回来以后，就不大像一般小说中所谓“革命人物”，只像书中所说的“年青情人”了。由于崭新的生活使两人感情皆在眩目光景里游泳，海军学生当时只打量作英国的雪莱。写诗赞美他的同伴，似乎是他工作最重要的一部分。

两人搬到乡下来住，自然也希望让会写小说的多写些小说，想读书作画的也多得些空闲做自己所做的事。可是会画的一个，当时除了每晚在灯光下为海军学生用墨勾出侧影外，别的皆不动笔，写小说的则总是写了又扯，扯了又写，事实上却把时间完全被其他一切事情费去了。他们既自己处理伙食，则淘米煮饭买菜提水皆得自己动手。把饭吃过后，看看天气很好，两人自然就皆以为出去走走较好。不出门则或看看书，或携着手讨论一个未来的理想。各样事皆想作，一样事全弄不好，于是日子也就从从容容无声无息从两人身边溜掉了。

两人当时生活方面既大部分得湖南为寄钱来，或湖南接济耽误了时间，不能按时寄到，或者因为钱虽寄来，由于不善处置，用去太早，穷极了时从我处又想不到什么办法，总得进城去筹点小款，方能支持下去，作太太的便从床下把柳条箱拉出来，拣出些不适用的衣服，用一个花标作成的包袱包好，带着微笑交给那海军学生。两人事先便约好了，一个在家中读书，一个徒步拿东西进城从当铺换钱。有时当真那么作，有时则虽业已说好，当那海军学生挟了包袱出门时，作太太的便追出去，陪伴到街口。到了街口眼看到那海军学生好像一个下班的巡警模样，孤零零的从灰色的石子路上走下山时，作太太的大约一面为了走路的十分寂寞，自己留在家中来想像那走路的一个，什么时节到了什么地方，未免也太寂寞了，自然毫不再加思索，又赶快跑上前去。

海军学生见人追赶来了，就会问：

“怎么样，是不是一个人留在山上吓怕？”

那一个便说：

“我不怕。”

两人暂时停顿在大道边，互相望着。

“你回去，不许再送我！”

“你一个人走那么远的路，我心里很不好受。”

“走点路算什么？我正想走路，这点路并不算远！”

“真不算什么吗？”

“我全不觉得远。”

她原来就正等着那么一句话，她说：

“那么，我就同你一起进城去。”

这自然得有一会儿争持，因为照实说来这条路并不很近。若当天便得来回，则更不像是一个女孩子所能办到的。那一个还待在天气以及另外什么意义上找寻不能两人下山的理由，只须另一个把眼瞪瞪，头略偏，做出一个女人惯常用来慑服男子的动作，于是不得不变更了原来计划，只好两人一起装成散步的样子，向北京城走去了。

这自然算得是一个极长的散步，很需要一分气力同时间，下山后须绕过玉泉山长长的围墙，经过青龙桥，又沿着颐和园后面一带长长的围墙画了半个圈儿，绕到挂甲屯、海甸，进西直门……不过海军学生对于这点路程似乎并不觉得难堪，有了一个同伴后，自然更从容多了。两人下山虽为的是筹措伙食，却常常走到半路忘了这件事情，因为关心泉水同天上白云，在路上一坐也就常常是三点两点。有次黄昏上山，因为眷恋天上新月的美丽，两人竟在玉泉山小河边坐到半夜。

有时海军学生实在不能进城，则丁玲女士一人用散步方法，从山上荡进北京，到城中时找寻朋友，时间晚了一点，就住在曹女士的住处。借得了钱，因为舍不得坐车，则仍然徒行回山。回到住处，在山上的那一个自然是睡的不很安神的，从城中上山的一个则为三十里一段路途也折磨坏了，可是一见面，一切疲劳同牵挂皆去掉了。在城中的便听在山上的那个诉说一晚所领略的境界，在城中的一个又告给在山上的一切城中事情。什么刊物登了什么人的诗，什么杂志见到什么人的小说，市场小书摊上出了几本新书，书叫什么名字，印什么封面，有谁作序，皆尽所知道的说去。或者同时还带了几封从城中友人住处转来的信件，或者还带回了一些新出书报，两人一面着忙撕去那书卷的封皮，一面便微笑大笑。有时坐车回来，则一定还买一口袋白米、一点荤菜、一点海军学生所欢喜的甜点心、一把花。海军学生一面提水烧煤，准备晚饭，一面听城中路上一切新闻，事作得正好，忽然一晃不见了，各处找寻皆不见了，过一回，才知道原来他为了去买点点酸醋，已从碧云寺街口跑回来了。

两人绝了粮，又恰恰不便进城，就过我住处，同我吃慈幼院大厨房的粗馒头，次数似乎也很多很多。

三

照情形说来，两人虽然在山上，除了间或有什么朋友上山来看他们住一晚两晚，其余就并无多少应酬，故虽自己每日得提水烧饭，日子积累下来，两人空闲光阴可仍然太多了。那时节，除了玩以外，自然就只有把几本小说反反复复的看一个办法消磨时间了。长时间的闲暇与反复阅看几本有用的书，皆非常影响于丁玲女士此后的写作。闲暇孕育了她创作的种子，所看的书又影响了她文字的风格。她似乎明白她自己将来的责任，现在应当怎么办，就更相宜一些，她便选定这份生活，把每个日子十分从容的过下去。她年龄并不很大，到下年方满二十岁，身体与心灵皆在成长，她的生活恰恰给了这两方面的机会，小家庭虽常常那么穷，却是这个女作家最好的温室。

海军学生上半年的《民众文艺》既停刊了，我们所写的小说虽各处还不至于完全碰壁，但所得的报酬太少，所呕的气却又太多了。我们怎么办？我们并不需要出名，也并不希望发财，我们意思只是能有机会让我们把日子过得下去，把竭尽自己能力写成的作品，编辑看来以为用得着的，把它登载出来就得了。我们只盼望公平一些。我们的盼望那么简单，当时却寻不出那么一个公平的编辑。由于成见同其他原因，我们写成的小说，自然总得经过若干波折方有结果的。总得找出一个办法，方有希望不至于为一时不良风气习惯所糟蹋。因此怎样来办一个刊物，是我们常常皆打算到的事情。我们做梦也只想有那么一个刊物，由自己编排，自己校对，且自己发行，寄到中国内地各处地方各个读者手中去。我们只希望各人自己拿出一部分钱来，做这费力而不讨好的事情。但一个刊物最需要的就是金钱，我们当时最缺少的也止是金钱。我们的刊物于是便在幻想中产生，又复在幻想中夭折了。

当我同那海军学生在桌旁计算用费草拟出版计划时，我们照例总以为这刊物得三人才能办得下去。把她算成一个角色，且必需三人才有趣味。她见我们提到她所负的责任时，必说：

“先生们，别把我拉进去，我不作文章。你们要我来，我就当校对，因为可以占先看你们写出的文章。”

“没有你我们办不下去！”

“有了我就办得下去吗？我又不会写什么，派我充一角色有什么用处？”

“把你写情书的那枝笔来写……”海军学生说时笑嘻嘻的，说过后便望我做鬼脸。

“得了得了，频，你为什么造谣言？我跟你写过情书吗？不能胡说八道，这一行你们男人才是高手！”

那海军学生说：“你并不写给我什么信，但我看你那样子，是个会写情书的人，不相信只要我们一离开就可明白了。”

“你自己不害羞，我为你害羞，你们刊物我不管！”

说是那么说，但另一时眼看到海军学生有文章被别处退回时，她会不让一人知道悄悄的重新来草拟出个刊物的计划，事先并海军学生也不知道，俟我到他们住处时，就交给我看，且笑着低声问我们，是不是可以从此着手。到那时节她的口气也改变了些，她会说：“文章我不会作，作了你们能高兴改改，那我就一定作。”在那计划上她必定还写上担任校对，担任发行，出版所需一切费用，则担任写信回湖南去请那小学校长筹措。

但自办刊物的用意，在我们只是想把写成的文章直接交给读者，至于她，却不过因为见到我们所受的苛刻与冷淡，有所不平方来筹划这件事情。这种计划通过后，家中一方面似乎也很汇了几次特别款项来，款寄到时或者正是需要钱的时节，或又发生了别的事情，对于刊物不能即刻着手，这些钱自然也就被一对青年夫妇花到其他方面去了。

当她说把文章写成请求修改时，海军学生毫不推辞也毫不谦逊，以为“当然得改”。可是，到后来两人皆在上海靠写作为生时，我所知道的，则是那海军学生的小说，在发表以前，常常需那个女作家修正。在文字方面还并没有显出这个作家的天才时，在批判上却先证明了她某种惊人的长处，业已超过了两个男子。什么作品很好，好处在某一点上，好中小小疏忽处又在某章某段，由她口中说出皆似乎比我们说的中肯。我们既然正在写作，对于一切作品皆极容易堕入偏见里去，对于本国的作品，容易从人的生熟爱憎上决定好恶，对于国外作品的标准，也容易以作风与译者的爱憎决定好恶。故难得其平，也实为事所当然。丁玲女士则因为同人相熟较少，自己又不写作，并且女人通性每一篇文章总那么细心的看了又看，所看的书又那么纯，因此对于好坏批评，比起两个男子来实在公正一些。不拘什么成篇成本的小说，给她看过以后，请她说出点意见时，这意见必非常正确，决不含糊。这也就正是一个作家当他执笔以前所必需的一分长处，需要这分长处，能明白一个作品成立的原因，能明白文字的轻重，且能明白其他事情，就为了从别人作品方面知识的宽博，等到自己下笔时也稳重多了。

她一面因为身体与性格，皆宜于静，而情感则如火如荼，无可制止，混合两面的矛盾，表现于文字时，就常常见得亲切而温柔。她还不着手写她的《在黑暗中》时，的的确确就以长于写信著闻友朋间。她并无其他情人，故无所谓情书。她善写平常问讯起居报告琐事的信，同样一句话，别人写来平平常常，由她写来似乎就动人些，得体些。同样一件事，一个意见，别人写来也许极其费事，极易含混，她可有本事把那事情意见弄得十分明白，十分亲切。

她并没有某种女子长于应酬的天才，可说不善交际。她不会同生人谈话，在熟人面前无所拘束时，则谈锋十分朗畅。她的谈话同写信一样，要说什么话时，就说出来，所说的多些时，不使人觉得烦琐，所说的极少时，也使人领会得出那个意思。

在做人方面，她却不大像个女人，没有年青女人的做作，也缺少年青女人的风情。她同人熟时，常常会使那相熟的人忘了她是一个女子，她自己仿佛也就愿意这样。她需要人家待她如待一个男子，她明白两个男子相处的种种方便处，故她希望在朋友方面，全把她自己女性气氛收拾起来。

在香山那一阵，两个年青伴侣的生活，有些方面恰比《儒林外史》上的杜家夫妇还潇洒些。天落过了雨，想起卧佛寺后面泉水那时节一定很好，就饭也不吃跑去看一会子泉水。听我说看晚霞应到小团城较好，于是一吃过饭，天空中有霞时，就来回走四里路看晚霞。大家谈到天快亮时流星特别可观，两人也常常半夜里爬起，各披了衣走到院中枣树下去看流星。

还有一次两人上城去借钱，得钱时将近黄昏方能出城，因为月色很好，便沿了西郊大道走去。过了青龙桥后，其中一个忽然想起圆明园的残废宫殿，这时节一定非常可观，一个人说及时，另一个就提议返回去看看。两人到后当真便走到圆明园废基里，各处乱跑，也不管蛇蝎狐鬼，也不问时间早迟，一直走到圆中西洋楼颓墙乱瓦间，坐了约莫半个更次，方选路回山。

又另外有一次这两个年青人因在玉泉背后玩，傍晚时，想从小路回山，不知如何两人皆走到软泥田里去了，转动之间只觉得脚往下陷，一时不能脱离，两人便站在那泥田中看了两点多钟蓝空里的星子，幸亏后来有个赶驴的人过身，方把他们援引出险。虽那么吃了大亏，第二天两人却说当时露重薄寒，在泥田中星光下听远处狗声，情境极美，且以为平生所看到的好星月，只有这晚上那么一次。

总之他们把生活看得比世人似乎不同些，贫穷并不妨碍到他们的生活。他们从不辜负他们的兴味与愿望。他们认为兴之所至，皆值得一作。他们一切皆得“尽兴”。这种性情对于两个年青人有了很多好处，养成此后各处旅行的习惯。身体旅行到过许多新鲜地方，感情也仿佛旅行似的到过许多新鲜地方。但在当时则见得有了一点坏处，就是几个熟人，各在俗累世故中过日子惯了的熟人，对于他们的性情散漫不检处无法理解，对于他们的性格美丽放光处无法认识，慢慢的皆疏远了。这种疏远影响于海军学生方面较多，虽正仿佛由于自愿疏远，但海军学生则仍然有些寂寞。

海军学生得到一个女人，却失去一群朋友。到后来，所有新熟的朋友皆因丁玲而较亲密，海军学生的老友，则来往皆完全断绝了。

丁玲女士也明白这件事，觉得有些难受处。这不止是那时几个人的友谊如此，便是此后两人皆在上海衖堂房子小亭子间住下，写小说过日子时，还依然有这些不舒服感觉，发生于作品取舍间。熟人皆感觉到丁玲可爱，却不很对海军学生发生兴味。杂志上要文章时，常有人问丁玲要，却不向海军学生要。两人共同把文章寄到某处时，有时海军学生的便被单独退还。两人共同把文稿版权售给某书店时，署海军学生的名不成，署丁玲的名却又毫无困难的出版了。这类不愉快的事情，与其谓为发生于编辑者感情间，勿宁谓为发生于商人利益间。她明白这件事，她一提到就十分生气。这些编辑其所以如此，就只为得她是个女人！就为了这些原因，这个人把许多本来可以写成的故事，半途中皆搁笔不再写下去了。据我所知，若果没有这些原因，在一九二七到一九三〇之间，她的作品在数量方面，应当超过目前所有作品一倍。某月报有一次退过海军学生的稿件两次，同时无形中也就毁去丁玲女士两篇约近万字的作品。但这件事当时似乎并无什么人知道，海军学生且似乎还不如我知道得清楚，就因为有次卖书以及寄几个短稿给别处，得到代表商人利益的编辑者回信时，我们深恐海军学生难堪，竟不曾同海军学生提及。这应当是较后的事情了，我想等到写及那一章时再可以写到一些。

为时较后社会对于海军学生的冷淡，也许因为作品文字方面海军学生实在有些不如丁玲女士处。至于当两人住西山时，朋友对于两人的爱憎，则似乎有些不可解处。据我看来也以为海军学生的热情，虽培养了她的创作的种子，海军学生的生活，又给了她后来创作的方便，但假若这女孩子若不是同海军学生共同生活，也许她的成就还会更伟大一些！由于海军学生褊持的热情，拘束了她向这个世界作更宽广的认识，由于海军学生所读的书籍以及那分生活观念，皆限制了她对于学问方面的博涉深入，由于海军学生没有多少朋友，把她在朋友过从方面所能得到的种种益处也牺牲了。这一面成就了她的长处，也同时成就了她的弱点。当她习惯于海军学生的爱情时，她就已经成为一个不能习惯旁的有益于彼的生活，故海军学生此后的死去，由我看来，她的悲剧不是同伴的死亡的悲惨，却实在是这个同伴死亡后，她不知如何去独立生活。这是一个已习惯于这种男性褊持专制热情的女子，一切兴味与观念皆被那男子在一份长长的共同生活岁月里所征服了，此后谁去那么哄她、侍候她，或生了点小气的时节又去打她？她需要这些，一件皆不能缺少，但她还可以向什么地方去找寻这些？她固然可以去革命，去到另一份更伟大些的生活里找寻生活，但一个革命人物，就能够不需要感情所习惯的环境吗？别人如何我不清楚，就丁玲看来，她的感情生活是需要在熟习环境中休息，方能把生命发展得完美无疵的。海军学生一死，她便不能再过一天稍好的日子了。

两人在香山住下时，虽说那么同在贫穷里支持，有时也正同别的年青伴侣一样，互相爱悦之际，由于爱情，间或得成为冤家对头，有口的不知接吻，却来发誓赌咒，有眼睛的则只知流泪的。设或两人为了一点小事争吵了几句，其中一个负气跑到我住处来了，或进了城，另一个又跑到我住处来告我时，我总就觉得从生理方面的特长，她征服了海军学生，从另一方面弱点，则海军学生处处正在征服这个女子。

她虽常在爱情中目眩神迷，却仍然缺少了些东西。她感情中要一个同伴，来与她享受目前，计划未来，温习过去。海军学生则似乎特别开心目前，对于未来不能有所打算，对于过去毫无兴味可言。因为在那时节，她虽然同这个海军学生住在一处，海军学生能供给她的只是一个年青人的身体，却不能在此外还给她什么好处。为了发散这两方面的感情，她对于一个能够同她温习过去商量未来的朋友，自然似乎就觉得待遇应当温柔些、亲切些。

这仿佛极不利于海军学生，有些时节因这些事情刺激了海军学生，海军学生皱了眉毛装作生病的事也一定有过。但过不久这孩子却聪明了一些。他看清楚了那圆脸女孩子，在另一方面，永远皆不能够引起像他那种烦乱的感情，同时且明白她需要朋友处只是谈谈闲话，朋友则简直常常忘了她是一个女子，海军学生就放心多了，同时几个人友谊也显得更好些了。

四

当时几个人准备出版的小刊物，既常在各种想像方便中产生，自然也就得常在各样想像困难问题上夭折。

某一时节对于这个刊物十分热心的丁玲女士，刊物引起她的倾心处，与其说是这个人为了身为作家的快乐，却不如说只是这个人对于未来生活的憧憬。一个人决不能永远凭目前一切打发日子下去，目前即是很完美的，总不能不在“未来”与“过去”两种世界里，检选出一些东西，方不至于被当前的习惯所疲倦。且为了点缀当前的生活，也就正需要一点未来过去的理想与回忆！两个人那点过去生活，由于生活距离太远，既不能使两人共同徘徊得到快乐，故两人得常把感情散步到“未来”世界里去。为了方便，未来的生活，两人想得同许多传记上的文人生活一样，那是毫不为奇的。

同时是目前两人生活虽混合了热情与潇洒意味，但两人的年龄，已并不完全是小孩子了。虽狂热中对一切问题皆不大措意，比较冷静时，慢慢的也会感到了爱情不尽是两人亲切无忤的在一块吃喝接吻与拥抱，把生命消磨下去，还应当互相商量互相帮助一同来作点有意思有价值的事情，方不辜负这一个接连一个而来的日子，简单说来，则此后两人生活问题，也需要考虑一下了。

两人已感到要在社会里做点事业，不管所做的是什么事，总得有件事可以去做方好。两人皆有了“职务”与“责任”的欲望，不管推动这欲望的是物质还是虚荣，欲望却已生根长成了的。创作小说近于两人可以携手同时走去的一条大路，故两人便常常凝眸于托尔斯泰、哥德……以及文学史上一切眩目巨人所达的高峰，且作成种种向那高峰努力的姿势与设计。

但当时正是“文学研究会”的庄严人生文学，被“创造社”的浪漫颓废作品所压倒，北京一隅的空气，已开始被悠闲小绅士们所提倡的幽默趣味文学支配，南方革命尚局局于广东，上海地方还无征兆可言，一般现象皆转入消沉时节。两人既住在山中，早晚所见到的，不过是雨水、露珠、白白的日头、闪烁的星子，以及沿了西山山脚绵延展开了无数灌木林，傍了灌木林一列一列小石屋里皆住得是没落穷困的旗人；所听得的不过是虫声、鸟声、骆驼铃铎声、驴鸣声、母鸡产卵声。（两人生活中虽常常绝粮，绝粮时便得两人中之一个，用散步方法走进城去押当或告贷，然从这方面所受的刺激，在爱情上已得到了抵销的机会，绝不能改易其人生观。）事实上便是：两人同真实普遍的人生，还依然隔得那么疏远。

故两人所打算所准备的将来生活，莫不以个人感情为出发点，而缺少社会普遍出路的意识。要写作，这写作中心，是不能把它从本身爱憎哀乐拉开，移植到广大群众方面去的。

简单说来，就是两人那时节还只明白自己应当如何，方能把自己弄好，并不明白社会应当如何，方能把社会弄好。两人只希望自己将来成就些什么事业，并不希望将来能够替社会做些什么事业。两人这种感情，不独存在于一九二四左右，即到一九二七，从两人生活嗜好上看看，也依然有种种痕迹可寻。两人这种感情不独影响及当时的生活，还大影响于此后丁玲女士的写作。看看《在黑暗中》书内各个不同篇章中，一贯表现的人物意志与兴味，就可明白这个女作家哀乐所出以及爱憎所止的幅度。按一般经验而言，当时展开在两人面前的世界，并不过于狭窄，为了爱，却把两人感情观念，皆弄得稍窄了。

至于这种感情观念的形成，受新婚爱情拘束以外，似乎就应当是两人书架上那几本书了。在较前一节里，说及这两个人所有书籍时，我曾说过那里有三本特殊的书，一本为《茶花女》，一本为《人心》，一本为《父与子》。我忘了提及一本某一时节为丁玲女士所最称道的书了。这是福禄培尔的《马丹波娃利》，分量沉沉的一本书。她欢喜那个女人。她欢喜那个号称出自最细心谨慎于文体组织与故事结构的法国作家笔下写出的女人，那女人面影与灵魂，她仿佛皆十分熟习。她至少看过这本书十遍。不管本人由于异国知识的缺乏，对于本书有若干语句上的误解与若干描写上无法理解，她却仍然从这本书中，以及莫泊桑一本《人心》书中，学了许多。她跟那些书上的女人学会了自己分析自己的方法，也跟那些作书男人学会了描写女人的方法。在她初期写作成绩上，加以检查，如《在黑暗中》各篇章，文体的致密，与每个篇章中人物的多情善怀处、任性处、忧郁苦闷处，以及一个男子傍近身边时节，如何应付那些男子处，若不能明白作者每个作品的背景，若不指出她与上述几本书的关系，批评者惟用着冒险粗卤的手段，从本书所表现的去胡乱推论她的为人，可以说是毫无结果的努力。批评过她的作品，且俨然怀了好意去批评她作品的，如钱杏邨诸人，就莫不陷入那个错误中，既不明白那些作品中人物型范所自来，又不理解作者在何种时代何种环境里产生她的作品，所知道的实际只那么少，所说的却又必然的那么多，这种印象地得出若干论点，机械地说出若干意见，批评的意义，除了在那里侮辱作者以外，可以说毫无是处。关于她的任何批评，登在什么刊物上，为她所见到时，总常常皱了双眉轻轻地说：

“活在中国许多事情皆算犯罪，但从无人以为关于这种胡说八道的批评文章是罪过。故第一个作了，还有第二个照抄来重作。没有可作了，还在小报上去造谣言增加材料。中国人好讲道德，一个女人不穿袜子在街上走走，就有人在旁批评：‘真不要脸’！为什么有些人把别人文章读过一篇，就乱来猜一阵作者为人如何，对于社会革命如何，对于妇女职业观如何，胡扯那么一大套，自己既不害羞，旁人也不批评一句‘真不要脸’？”

这个人在各方面皆见得十分厚道，对于文学批评者却一提及时总得皱眉。那原因不是批评者对于她作品的指摘，却常在批评者对于她作品荒谬的解释。一切溢美之辞皆不脱俗气的瞎凑，带着从事商业竞卖广告意义的宣传，她明白这点，加上她还留下了某一次被商人利用而增高其地位的不快印象，故在写作上她日益出名，也日益感到寂寞。一九三〇年左右，她有一次被一群青年大学生请去某大学演讲时，到了那里第一句话就说：

“各位欢喜读我的文章，找我来谈谈，可不要因为我怎么样出名，因为我文章得到如何好评而起。请莫相信那些曲解作品侮辱作者的批评文章。我的文章只是为宽泛的人类而写的，并不为寄食于小资本家的刻薄商人方面的什么批评家写的。……”

一九三一年的夏天，她拟编《北斗》，写信告我一切计划，要我为她向北方熟人找寻稿件时，信中还说：

“我们的批评，只能求诸广大的群众，不在乎一二批评家。”

她欢喜出自各个观点来自各方的批评，却对于所谓批评家的无识与愚笨极其厌恶。这是不是由于每个集子的售出，商人方面莫不给她留下一个不愉快的印象，以及一般编者对于海军学生的作品淡漠，而影响到她的感情？在这一点上，我已难于寻究较正确的解答了。

关于这个人的创作种子，虽全得海军学生的热情，同着生活的闲暇培养到，稍过数年，终于发生长成，作品印成后，显然获得了惊人的成就，使她在胜利中，不能不微笑向老朋友说：“这全是频的成就，没有海军学生也就没有这本书。”然她那创作的勇气，当初数年是常常得在那个海军学生的遭遇中馁去的。海军学生虽勤于写作，对于作品又认真不苟，所有作品在编辑与读者间，似乎就永远不曾得到过所应得的注意。海军学生作品的遭遇，虽曾激动过丁玲女士，使她觉得非努力写作不可，但那种原稿璧还的经验，实在使她有更多机会，把一枝骨杆笔远远摔去，废然而止。说到这件事情时，似乎还应当把日子移后五年或六年，因为这种情形不仅是一九二四，两人在西山小小石屋里住下，那个女作家还被我描写着“每日早晚皆得蹲在廊下用鬼头刀劈柴，又用双手抓煤球放入炉子”时节如此，直至一九二九，那海军学生，尚依然得受书店编辑的刻薄。譬如两人的书想卖去时，必署丁玲的名，方能卖去，两人把文章送去同一地方发表时，海军学生的则常常被退还。因此情形，丁玲女士却有若干业已行将完成的篇章，便在气愤中撕去，行将写出的，也不再能动手写出，这些作品便永远不能与读者见面了。

海军学生从书店编辑方面所得的寂寞，是那么多，但同时对于他也并不是没有益处。那分不公平的待遇，形成海军学生另一时节对于社会已成习气各方面，十分痛恨，且磨砺到这个褊持而又热情的年青人，孕育了他反抗现状的意志和勇气。但对于丁玲女士，则除了使这个女作家不敢动笔以外，另外还得了些希奇经验。海军学生写作的失败，较后一时使丁玲女士常常失去写作的兴味，毁去行将完成的作品，较先一时，则尚影响到她整个生活的目的。

因为海军学生作品无出路，碰壁的经验馁尽了这女作家试作的勇气，丁玲女士一再在“家庭教师”与“私人书记”名分上，找寻过她的职业。两人还在西山时，某一天，丁玲女士看完《茶花女》后，就似真非真向海军学生说出个古怪意见。

“频，你文章写不成功了，我想独自过上海演电影去。等到你写成一本书，且有书店愿意替你付印这本书时，我一定已经成明星了。”

海军学生自然以为这是一个笑话。丁玲女士想把这个意见弄得严重一点，却无其他办法，使海军学生认为问题值得讨论，故到后便小孩子似的，自言自语的说：

“你不相信吗？我要你看将来的事实。”

海军学生这时可说话了。

“你去呀！不碍事，有勇气就去呀！”

但说过这些话后，海军学生却很快乐的笑了。

这个问题并不完全结束在笑话里。当时在西山，在东城公寓，两个人虽常常把这类事情当成笑话说着，这女作家的意思，则似乎当真还以为她成一个明星比成一个作家较有把握。《人心》、《茶花女》、《马丹波娃利》三本书中三个女性，正各自用一种动人的风韵，占据到这个未来女作家感情全部。波娃利夫人对于生活的幻想，充满了这个女作家的头脑，幻想所止，就是那个茶花女玛格俚脱的任性生活、爱情场面，以及特为少女所动心的悲剧结局。再者，假若她自信并不如波娃利夫人那么笨，《人心》一书中某夫人的机智却还可以学习，那么，她是不是还值得去那个广大宽泛人海里，找一份混杂了眼泪与笑乐的崭新生活，冒险证明一下自己的命运？不管海军学生如何永远用幽默的微笑，否认到这种尝试，总而言之，到了第二年，不必那海军学生的鼓励，也不需要其他方面“保可成功”的预期，这三本书中的三个人，帮助她写作以前，却鼓励她跑过上海，试在那新的企图上作失败的试验去了。

关于这次的经验，她虽在一个作品中略略提到，却很少同旁的朋友提到。

六年后，“左翼作家联盟”某次集会里，加入了上海戏剧电影导演者 ××，这导演因久闻丁玲女士的大名，还不曾作第一次的晤面，在会场的一角，经人介绍后，那导演不由得不带一点儿惊讶的神气，轻轻的说：

“我好像见过你，在什么地方？在……”

她明白他那句话的意思，便坦白的笑着：

“× 先生，我们见过，一定的。也许是两个人，一个是预备作演员前来就教的 ×××，一个便是现在的我！”

那导演本来疑心当真在什么地方见到过她，因此一来反而迷惑了。便把圆圆的头昂起，搓着两双大手，不知道怎么样猜这个谜。其实则这谜并不难猜，相信那过去的晤面，且相信她说的那也许是两个人，原来不过是一个女孩子，就好了。

五

因为成明星的幻想，占据了这个未来女作家的头脑全部分，故当她到上海时，不止拜访过导演××，还用同一热忱，找寻过另一编剧家与导演家××。这个浪漫跳脱的艺术家，很有礼貌的引导她到各处参观了一次，且用乡亲口吻，为她恳切说明“一个明星所必需的天分与忍耐”，又曾为她换过一套照她自己说来“做梦也不会穿上身”的华丽丝绸明星长袍，在摄影架前扮成人所习见又俗气又轻佻的海上明星姿势，照了一个六寸单身相片。事约后两年，丁玲女士在她的上海寓中，说到她那点在记忆中永远使人又愉快又忧郁的经验时，还不忘记同时摹仿乡亲艺术家××的乡亲口吻，轻声的骂上一句湖南人所常骂的野话，接着便说：

“那也是生活！有那么多不同的人，成天在那里装妓女，扮小生，来去忙得成一把扫帚！”

她语气中虽十分轻视当时的电影事业，却正从那方面，严肃的触着了生活的实状。

这作明星的一分经验上，丁玲女士于她的《在黑暗中》一书里，似乎曾借用了那点经验，写过一篇优美的故事。故事名为“梦珂”，故事中说明了梦珂如何到了电影摄影场，见到了些如何意想不到的人物，梦珂的希望在这种情形下是没有了，计划是失败了。但当我们谈着那分经验，以及从经验上所得的感想时，她却说在那方面她方“认识了生活”。她说的十分确实，因为这个人在她的各种旅行经验上，各种短期寄居经验上，公寓里无目的的打发日子，当铺里出出进进，为了应书记考试所有的各样笑话，所有经验都仿佛只是自己本身的事情，经验的积累，也不过使自己多认识些自己罢了。直到同一堆陌生的人，混在一个陌生的场所，点起名来这里有的是大学教授、大学生、由文明戏班改业的丑角、逛马路的瘪三、小家碧玉的候补明星、钱店出身的胖老爷……为了编排一出新戏，各人莫不在所应作的角色身分中，把性格夸张的放大，尽摄影器收入镜头中去，完事散场时，督军便伴着阿三胡闹，老鸨又与大学生拌嘴。一个摄影场同时也就不啻一个缩小的社会。她虽还只算是一个旁观者，却正从旁观者地位上，学习认识了社会上各种类型的面目，以及互相的关系。身分的孤立，增加了她对于别一种人行为举措的注意。明星公司并不能使这个女作家成为银幕之星，却教给她上了一课有意义的人生课目。她在那里得到了客观体念社会各个阶级各个分子的机会。她走近了这种事业的边缘，虽不能深入那种生活，短短期间中，当真已可谓不虚此行，学得了许多此后必须明白的东西了。

当丁玲女士同我说到这分经验时，海军学生则在这种失败的生活计划上，尝作微带嘲讽的叙述。因为他始终皆不相信上海方面那种生活有她的份，始终皆认为丁玲女士的打算，只是近于乡下人与小孩子的打算。因此一到事实代为证明了她非放弃了作明星的希望不可，放弃那方面也就正是还有一种更光荣更重要的事业等待她去开发时，海军学生可不愿意放弃那点当着老友调谑新妇的权利了。海军学生欣喜复述过去一时两人的一段对话！

“频，你的文章又退回了，习气那么坏，我们有什么希望可以把这些势利编辑的脖颈扭转来？希望他们自己的脖颈扭转既不可能，不如自己来办吧。”

“自己能办当然好得很。可是从什么地方得钱？你爸爸若不送人那匹白马，现在一定就有办法了。”

“你答应尽我说出我的意见，且让我去试验一下，我们就准可有钱出周刊了。”

“你的意见就是做明星。你不要说办周刊去做明星，只说想冒险去试试那份生活好了。”

“我真想试试。我有把握，只要导演的不是瞎子，我有把握可以从那方面得到我们所希望的一切。”

男的这时自然就说：“你所有的不是把握，只是勇气。”

“有了勇气就可证明我一个人跑去决不至于吃亏。一分成功原就需要一分勇气。”

男的不说什么，只是微笑，女的便接着说下去：

“你同从文做诗写小说，尽那些作编辑的刻薄你们虐待你们。我可受不了这种侮辱，我看不起那些东西，我要去演戏。各自做各人的事业，到明年后，你的诗或者还因为是送给我的，方有编辑来看，方有读者欢迎！”

“你若相信你自己的勇气，能跑进上海 ×× 公司会见那里的经理，或那里的导演，你就去你的。”

“那么我们说好了，你也得有勇气，不把我半途拉回，也不要妒嫉我的出名！”

时间过去了。一切人事的安排皆在时间中改变了。

海军学生翻开桌上一本相片保存册时，就说：

“×，为什么你把××替你拍那张明星式的相片撕碎？你为什么不留下来，让它帮助我们在回忆中年青些？你现在只想正正经经老老实实来写几个好故事，但你过去一时，实在以为自己应当成个明星，你应当留下一点点能够帮助你思索一下你活下来同这个世界所发生的关系的东西，现在你却只剩下一个留在眼角嘴边的微笑了。”

“可是年青时一分胡涂打算，一分经验，虽不能从那张相片上把我带回‘过去’，频，你的幽默倒明明朗朗，永远是现样子！”

海军学生的为人，是在微笑里虽不缺少幽默，在言语里却不容易找寻所谓幽默本质的。就在这种故事叙述上，有时说得比我所记下的或稍粗一点时，便得丁玲女士把头摇着，连声喊着：“频，频，不要说怪话，再说我就生气了！”海军学生方另寻题目，同朋友谈其他故事。

说到这些事情时，已在几人同住上海的时节，故我想把时间仍然带回去几年。因为关于两人第一次过上海，固然就试验了那作明星的计划，第二次过上海，以及因那次过上海，方如何建设了她自己的事业与命运。但还有些琐事，发生于这两年中，在这里我并未提到，在《记胡也频》一书里，当时也不提到。很显然的，这个人的事业与命运，却又与多数小小事情具有因果关系，正如这个人的作品一样，不明白她生活环境，与当时读某几本书的影响，就无法理解她的艺术与作品中理智观念形成的因缘。不明白她生活上发展的秩序，对于此后她的创作生活也就无法说明的。

他们在北京从山上迁入城中，为的是城中有个公寓，主人那么知趣，对于从事文学创作的青年人，又那么发生兴味，故两人既不能长住西山，自然没有什么理由，反对朋友的提议，不把行李迁入这个公寓了。到了新的住处后，丁玲女士一面还想创作，一面眼看到在补习学校同住的曹女士与钱女士，一个已考入了北大，一个已考入了师大，自己却只是那么把生活搁在梦里，把希望写在水上，未免有些不安。两人一下山，买菜的不必上街买菜，做饭的也不必两手抓取煤球或向井边提水擦洗碗盏了，闲暇更多了些，两人便过北大去听了些随意课。虽所上的课不到三五次，但另外在公寓中，却实在读了不少书籍。丁玲女士自己既生成一个充满生活幻想的头脑，实际生活又那么窄，因此每一本书每一个作品，尤其是那些翻译作品，莫不成为这个女作家精神方面的营养物。书读多一些，感情宽了一些，对于人事与文学见解也更深沉了些，因此朋友方面，皆对于她得到极好的印象。朋友多在北京号称“作家”的大学生，每当畅谈一切时，辞令与观念，在这个女作家面前，皆见得很平凡很小气。从这种谈话中丁玲女士的所得感想，只应当是：“这全是一群无多希望的人物。”假若因此还增加了她一分骄气，这骄气对于她是有用的，不可少的。某种人有了骄气，只给他自己事业发展上加上一个限制，但这个人却正需要那点对于一般男子理性平凡行动夸张而引起憎恶与轻视的骄气，方能认识自己的工作和责任。因之，当她能执笔写作时，便产生了《在黑暗中》、《韦护》、《水》、《母亲》诸作，自觉应当放下她那枝笔，去接受一点更严肃的教育时，便毫不迟疑，毫不矜张，走入了广大劳苦群众的集团里，在纺纱厂中，卷烟厂中，橡胶鞋厂中以及其他处所，沉默无言的作了一个工人，在极其自然的情形里，去同那些作工女人共同生活，认识那些工人的外表与灵魂，且帮助那些工人得到生存者必备的争斗知识。她老早已看出了一个男子有了点聪明与世故时，就如何不适宜于社会较远理想作牺牲，也就如何不像个有希望的男子。有勇气忠于理想能为理想出力的人那么少，故后来写作生活与革命生活成为他自己一分责任时，便越觉得“勇气悍然”，是现代人所不可少的一分技能了。不过，在当时，这女孩子那分骄气，是隐密的，不形容于颜貌间，从不曾为一般常相过从的人所感觉得到的。

朋友们所得于丁玲女士的好印象，实不在她那女性意味方面。她能给朋友的是亲切洒脱。她既不习惯使用脂粉，也缺少女性那分做作。她待人只是那么不可形容的爽直，故朋友相熟略久，就似乎极容易忘掉了她是个女人。

然从另外一方面说来，则凡属于一个女子某种美德，她却毫无缺处。她爽直并不粗暴。她无时髦女人的风韵，也可以说她已无时间去装模作样的学习那种女性风韵。她容易使熟人忘掉她是个女人，不过因为她没有一般二九年华女人那分浮于眼眉形诸动止轻佻风情罢了。认识她灵魂美丽天分卓绝的，只是很少几个朋友，一般人对于她的美丽处与长处的认识，则必需数年后从她作品上方能发现的。

两人迁至东城后，当时的青年作家 ××××××××等，皆常常与他们往来，来时不是共同在北河沿脏沟旁散步，便是在公寓中小白炉边吃小铁锅煮就的烂饭。这些人莫不较之海军学生著名于时，事实上则一段短短的时间中，就证明了这些皆无使人特别注意的聪颖与学殖。这些朋友来到时，海军学生与任何人皆作过激烈冗长的辩论，畅谈各方面的感想。丁玲女士则常常在这种辩论中微笑着，注意朋友中被海军学生谈锋挫败的脸色。这些朋友或说到某报正预备印行什么周刊，某报纸某人，已接洽了一个副刊，这朋友走后，一对年青人总若有会心似的默然微笑，最先开口的必是丁玲女士。对于这些消息受刺激最大的，不是海军学生，不是我，却常常是还不曾执笔作文的她。

她总慨乎其言的说：

“频，这些人要办什么，天生就有那种好运气，一下子可弄好了。”

那海军学生还记着先一时某朋友的话，便只会说：

“休，休，（他叫我）我们赶快也去问问，不要他们的稿费也行吧。我们写一个信去问问，还是亲自去问问？你说。”

我有什么可说？我只能为他那急于自见寻觅途径的勇气而微笑。

我的意思只以为，“我们假若对于事业还有一种信仰，就不必为别人眼前一点点成就红眼。纵各方面毫无出路，也不妨仍然在沉默中支持。若只顾同身边几个人计算得失，那我们未免太小气了。”

我记忆大约也稍好一些，为了使海军学生沉静点，且常常在回答海军学生意见中就指出一些当前成功不足计较的事实，并认为我们必然得在某种厄遇中过些日子。若不记着这些当然失败处，只亟亟于寻觅出路，则结果又是碰壁。因为当时的北京报纸，事实上凡可以印行副刊的，我们皆似乎已直接间接问过了，我们只希望每星期能占有什么报纸篇幅一角，为他们白尽义务编个副刊，结果还是无一处接洽得成功。各个报纸皆似乎随时可多添一个周刊，但轮到我们时，则地位已满，再抽不出空处了。

我照例不会因作品缺少出路，便改变工作的目的，海军学生则照例不会因过去的失败，馁去寻觅出路的勇气。他认为机会来时，总仍然伏在书桌边，即刻捏了笔，飕飕的为编辑为朋友写起信来。

丁玲女士同我意见常常相近，一见海军学生那副神气，就要说：

“频，得了！你们不是文学团体中人，你们文章人家还不登载，何苦来又去做这种可笑的事情？”

海军学生自然还得把信写下去，三人中只有他不觉得这件事情可笑。信写成时，他还担心丁玲女士会撕去，便远远的站在房中角隅里，一面摇手制止丁玲女士近前，一面把信摊开，念信中的文字给我们听。

“×× 先生，我们这里有几个年青人，想在贵报办一个《文学周刊》，范围包括了……”

这种信既提到几个人，当然就应署我同海军学生的名，我虽明白那不会有什么结果，总仍然得签个名，尽海军学生把信付邮。丁玲女士虽明白那封信投去等于白寄，也仍然常常陪了这个急性勇敢的海军学生，从北河沿向北，走到北京大学第一院门前，眼看到海军学生亲手把那封可笑的信塞进邮筒后，再相伴回家，等候报馆的消息。

我们皆知道所接洽的刊物不能成功，我们却从不放弃那点向人接洽的机会。现在回想起来，这点回忆是常常弄得人十分忧郁的。为了这些胡涂冒失的经验，我们学习明白了许多问题。那两人皆因此明白了社会历史相沿习气所染一切制度的荒谬，要纠正它，改革它，走上了自己应走的大道。且在行为上还缺少了些机警，一下子小小疏忽，就掉到目前的深坑中去了。我则对于人事俨然明白了更多，终日为一些记忆现象所围困，变成更固持于一己工作，不问世俗成败，同一般所谓时代兴味取分离样子，简直是一个又迂又腐的人了。

六

当两人在西山无法支持下去，迁入北河沿一个公寓里时，原为了先从朋友方面，就早知道那公寓中有个明理知趣主人的。这主人风度同性情，使人一想起来便觉得混合了快乐与忧愁，从他那份性格上，总仿佛可以接触了些又荒唐又微妙的人生。

这公寓主人做的是市侩行业，对于账目却似乎无多大兴味，他所欢喜的只是同人来谈李白、杜甫、摆仑[1]、雪莱。他并不懂诗，对于诗人却古怪的十分同情。他从早年夭死的刘梦苇君方面，听说过这个世界中若干诗人文人的事迹后，便把自己变成一个满有意思的人物了。他明白住在他公寓中，正有若干诗人与若干文人，总想方设法同这些作家接近。不拘什么时节，遇着本地某种报纸副张上，登载有某房客一首诗一篇小说，为他所发现时，就赶快拿了这份新闻，向各个房客去报告（他与人提及这件事情时，永远用的是一副装模作样的神情，而且细声细气）。他不单向熟客报告，也欢喜向生客宣传。从这种行动上他所能得的快乐，似乎常比某一时得到什么客人一月租金还满足。

[1] 今译拜伦。

他总装模作样的站到客人的房门边，说了几句“您下堂了”、“今天好”、“朋友不来”这一类闲话，到后才把预藏在身背后业已摺得妥贴的报纸，递给这个客人，于是轻轻的说：

“× 先生，您瞧，您瞧，这是咱们院子里 × 号 × 先生作的，这是一首诗，写北河沿儿大树、白狗，写公寓中抽苗的茨菰、天空中带哨的白鸽、厨房中大师傅油腻腻的肥肚，七个韵脚，多美的诗！”

客人或不明白他意思所在，他就重复解释这是什么，为谁写的，写诗的人又住在公寓中有了多少日子。客人或听明白了，把诗看过后对于他热心处感到兴味，微带谐趣的回问：

“掌柜的，你懂诗吗？”

那时这掌柜的，方记起了面前说话的一个，既不是诗人，又不是文人，且认为这住客不能理解他是一个如何对于诗人文人爱护的主人，稍稍感到失望了，他便装作十分谦虚，谦虚中却蕴藏了一分自得的神气，向那客人说着下面的话语：

“我做生意的懂什么诗！ × 先生，您同 ×× 号先生不常谈过吗？同 × 号的先生不成天一块儿上课吗？他们无事也常常同我谈些读书人谈到的事情。我是个生意人，不上过学，认字也不多。（他笑。）‘十九世纪的浪漫派走入颓废道路’。（他随便插入那么一句话后又自得的微笑。）× 先生说丁尼生也住过像咱们这种公寓，多古怪呀！（他为了提出丁尼生名字，又不由得不微笑。）没事时您先生请赏个脸儿，过柜房坐坐，喝杯茶，谈谈天。……”

他一面说着这些话时一面总是微笑，因为有多少说不出口的话，无机会来说，皆只好融解在那种微笑里。

他的话也许说得比我所记载的更文雅些，把这个对于他缺少敬意的客人即刻请过柜房去，或者稍过一时，又想出别的方法，拉客人过柜房去。到了那里，大学生一看，墙头上这边是隐士装扮曳杖而行的陶渊明，那边是小生装扮负手觅句的李长吉，近窗边又有个海盗神气的五彩摆仑照片，大炕头则牧师模样的人物除了但丁还有谁那么瘦？……于是搁账簿的小桌上，发现了《小说月报》与其他文学杂志，大炕头发现了《新潮杂志》，这主人那个微笑的脸子，也摆在带了惊讶眼光的客人面前。

这客人如果稍稍细心一些，将更加觉得希奇，便是那些杂志封面虽那么旧了，却依然十分整齐干净，而且封面一角，还带有大学生所熟习的青年诗人名字题在上面，这客人会想着：

“这掌柜的真看不出，原来还是个斯文人呀！”

他不必客人那么说，就可以从客人惊讶神气中搜索出那两句话的意思，他便微笑着，带着抚慰意味，把话继续说下去。

“× 先生，您请坐呀！这地方太脏，不成个样子。× 先生，您坐坐，我们谈谈。”

谈些什么呢？自然就是诗呀文呀的一大篇。他能够复述从旁人所听来的一切文学掌故与新颖名词。他并不看过多少书，却明白许多文人的籍贯生活。他不单明白本国过去现在的文豪著作名称与其他种种，外国过去现在的著作家也似乎十分熟习。

……这些那些他全知道他们的根底，他就爱那一点儿。他服侍你，同你要好，尽你欠账，又并没有何等野心。他别无所求，为得只是要你把他看同一类。他的行为是不乐意成为市侩的努力。这样一来大家当真也好像把他看得不同了。因为住处有一部分是未来的文人，对于这一部分人，这掌柜也似乎多需要一些忍耐了。应当向什么人要一点钱时，走到那个人的房中去，坐下来，还不说话，这一方也明白来的意思是什么了，却不必提近来苦况，用为搪塞索欠的开口，不妨尽同他谈着古今中外文学家的厄遇，以及在如何情形中又如何遇着一个贤主人（为了凑巧的原因，再说一点更合题的话也不妨），到后，这掌柜的会从古来世界上的事情，推想到目前的事情，不单是不愿意启齿窘了住客，并且在开晚饭时节，还一定不会忘记特别把饭菜开得丰富一些。……

上面所摘引的，是我在《记胡也频》一书上为这个公寓主人所作的剪影。海军学生夫妇两人，当时便得过那主人的种种殷勤，支持过若干日月，且在记忆中保留了一个又觉得感激又觉得好笑的印象。

丁玲女士被人当成作家一般尊敬，大约也从这公寓主人为始。因为她还没有开始执笔以前，就早得到这主人善意的待遇了。

海军学生靠写作为生，在坏习气下既毫无出路，日子过去了，每个过去的日子，皆带去了些未来生活的勇气，另一远方却有个年近六十的小学校长，常常来信告给他们，外边不易支持，还可以回到她身边去，故公寓中的好主人，以及北京城秋天来的干净空气皆留不住他们，恰好那时节两人在公寓方面又有了些小小故事，因此丁玲女士就离开北京回了湖南，过不久，海军学生也跟着走了。

回湖南后海军学生便开始写诗，所写的诗不外乎两人随了每个日子而来的和洽无忤的友谊，使那个偏执热情的年青男子，从女子方面所得到的眼睛、鼻子、两条臂膊、一张口，或别的什么印象，处处惊讶出神，又在小小分离上与小小冲突上，让那些事成为习惯的各样嗜好，折磨到心灵同身体，故写出的诗，形式同意境方面，皆离奇少见，且充满了狂热的感情。

两人回到湖南住了一阵，丁玲从母亲方面得了些钱，第二次预备出门时，大约北京还有些痛苦的记忆，故两人并不预备过北京，最先只在长沙住下。长沙觉得不好，两人搬往武昌。武昌又觉得不好，两人再过上海。上海地方那么大，住下来自然很合式了，又因为那地方耗费太多，所带的钱极其有限，演电影作明星的计划，则一临实地却已证明了完全是个梦想，在北方，海军学生正慢慢的把他的作品找到了出路，若机会不太坏，大约已可每月得到二十元左右的稿费，两人且记着北京公寓中欠账的权利，虽明明白白知道北京方面一些看来使他们不愉快的脸子，到北京时还有机会见到，可是他们依然又过北方了。

到北京后他们就住在西城槐树胡同，丁玲的希望只是一个月约十五六元的书记位置，各处设法皆难如愿。似乎为了避开旧有熟人，故特意找寻了那么一个偏僻住处。住处既极湿暗，生活又沉闷无聊，故两人皆萎悴了许多。那时为了省钱，丁玲女士又把烧火煮饭的职务消磨日子，朋友来时，又有机会可以见到她在屋外廊檐下劈柴了。

两个月后，两人第二次迁入了北河沿某公寓，建议的为刘梦苇。几人眼看到他们重来，北方新起出版业的兴旺情形，皆觉得有尽力把自己加入这事业的必要，恰恰大家友谊又好了，于是便有人提议如何来办个刊物，成立个社，这社从“未名社”得到暗示，便取名“无须社”。社名含义既极其幽默，加入份子也不从任何方式定下标准，故这社实在也不成个什么东西。使这个团体成立的为丁玲女士，她因为无作品就始终不承认是社员。我虽有一本书拟定作无须社丛书之一，我就从不参加他们的讨论，也全不明白这个团体究竟有几个人，选定由谁负责接头，且预备做些什么事。

日子过去一大堆后，南方的革命军从湘南北伐，军事方面进展得异常迅速，武汉解决后成为军事政治的中心，我们的熟人皆走到南方做事去了。我们的熟人，从北方到南方后，都觉得南方一切皆显得极有生气，便是写作小说，也认为非到武汉玩玩不可了，因此常有信来问我们，是不是想作事，若想作事，一到武汉总有办法。当时我们都没有离开北京的意思，认为不必离开北京，理由又简单又切实的是丁玲女士。我们几个人商量看是不是过武昌时，她意思只是："若想做官，可过武昌，若想作文章，不应当过武昌"。她那时虽蕴酿了动笔的欲望，却并不写出一个短篇。她不过因为海军学生生活的基础刚刚稳定，不愿意他又放下这份事业，另作计划罢了。那时节海军学生从晨报馆与其他方面，每月已可得到二十来块钱，两人就靠这个收入应付一切。

他们有了点钱，只想得到一个较好的住处，所以每天无事就过各处去看住处。两人住过银闸，住过孟家大院，住过中老胡同，最后才迁入北河沿的汉花园公寓楼上第十号。

在那公寓楼上他们大约住了将近一年，那时的生活虽仿佛不很窘迫了，由于支出方面不甚得体，两方总仍然常常显得极其狼狈。冬天来时，房中虽有煤炉，却无煤块，客人来时，就得女主人用旧书旧报作为取暖的燃料。报纸完事后，外面寒气十分逼人，室内无法工作，两人就坐在床上看书。

房租到期无法应付时，两人便常常不在家中，各处乱跑。在家为掌柜的见及时，便装作出门借钱的样子，用围巾紧紧的裹了身体，出门向北或向南踏雪散步，直到夜深方敢回转住处。

两人在北京住下来，总像等候什么似的。等什么？两人似乎也不明白的。但当真等着，就是等着丁玲女士写作的机会。

过分的闲暇使她变成一个沉静的人，由于凝静看到百样人生，看到人事中美恶最细致部分，领会出人事哀乐最微小部分，海军学生长时期相伴的一份生活，培养到她的感情，心灵与智慧已成熟到透明如水。她等着写作的机会，“成功”与“荣誉”却同样又在等她！

她于是开始写了《在黑暗中》以次诸篇章。对于这个新作家的写作，给了最大鼓励的，实为那时《小说月报》的负责者叶圣陶。《小说月报》用了她的文章，且随即就寄给了一笔出乎两人意料以外的报酬。得到这笔稿费后，两人真不知道怎么办。作品刊载后，就证明了编者的见识，超人一等，对于这无名作家作品的采用，并不见得错误。《小说月报》一万余固定读者方面，皆希望明白作者是谁，其中一定还有与作者平时常相过从的人。与他们相熟的人，决想不到那么一个朴素圆脸女孩子，写得出这种感情强调色泽鲜明的作品。丁玲是谁？假若是一个女子，这女子又是谁？真是一个希奇的谜。很觉得有趣，也很可以明白一般人的意见简陋，想及时永远令人觉得有点难受处，便是某一些熟人，直到很明白地告给这种作品是谁写作时，他们还表示出未能相信的神气！

文章既有了出路，两人的生活，自然也有了新的设计。两人皆觉得应当多念些书，且当真感觉到非念书不可了。想学好了日文，以为将来稿费能每月固定得到若干数目时，两人或可以同时过日本去，便从朋友中商量如何补习日文的方法。

那时节，朋友中学日文的无一人，朋友的朋友，却有一个据说已经能够用日文译出书的 × 君。但当时想把这人请来谈谈，与 × 君相熟的朋友又恰恰离开了北京，无人可以代为介绍，也就罢了。

我则恰如在另一本书所记，因中国的南方革命已进展到了南京，出版物的盈虚消息已显然有由北而南的趋势，北京城的好天气同公寓中的好规矩，都不能使我们承认老呆在这个砖头垒就的大城中为得计。并且在上海一方面，则正是一些新书业发轫的时节，《小说月报》因为编辑部方面负责者换了一人，作品取舍的标准不同了一些，在北平汉园公寓写成的《柏子》等作，已经给了我一个登载的机会，另一登载我作品的《现代评论》，编辑部又已迁过上海，北新书局与新月书店皆为我印行了一本新书，我觉得我在上海即或不能生活得比北京从容些，至少在上海也当比在北方活得有意思些，故我不能尽在北京住作过日本留学的空想，就从海道把一点简单行李同一个不甚结实的身体，搬移过了上海，在法租界善钟路一个朋友代为租妥的亭子间住下，开始了我上海的新生活。再过了两月，他们两人又用另外一种理由，也居然到上海来了。

七

两人虽在上海住过，这次来上海既不预备久住，故一来就暂且住在我那地方。那时节我住处已经从亭子间改为正楼大房，房中除去一桌一椅一木床外，别无他物。两人因此把被盖摊开，就住在我房中楼板上。

两人平时虽极亲密，年青人的个性既强，意见或有小小冲突时，抖气吵闹，大凡青年爱侣不可免的一分任性处，自然也可以在两人生活中存在。设遇一个作出“什么皆不需要”，一个作出“要走你即刻就走”的神气，把局面完全弄僵时，我若在场总极力转圆，希望他们各人节制自己一会儿，直到毫无办法时，我就堵住房门，不让那个要走的能走，也就是省得另外一个另一时节各处坐了汽车去找寻。同时我从他们一刻大吵大闹一刻和好异常的生活上，且明白了少年夫妻自然最容易发生这些事情。我把这事情称作“感情的散步”，就是感情离开固有生活的意思。我一面劝解，一面必在心中打算：“我若是懂事明理的人，我会看得出这是用不着救济的事。一份凝固生活有时使人厌倦了，一点点新的发现照例就常常使人眩目。然而这眩目决不是很久的事，一时的幻觉必不至于使人永远胡涂。同时，这过失若不过是由于过分热情而成的多疑与多嫉，则只需要一分稍长的时间，一切误会就弄明白了。”我先就算定两人一切误会的理由，决不出那于个海军学生的褊持热情疑嫉以外。故一面劝他们，请求任何一个节制一下自己的感情，一面且明明白白的告给他们，我的意见不是担心他们分离，却实在只是担心过一会儿海军学生没有车钱各处去找她。在过去这种事情却既常由于两人疑嫉而起，皆近想像的问题。这次到了上海后，第一天两人就都带着意见相左的神情。

情形真糟，两人还只住在我那儿一夜，第二早上就为了一点点小事闹翻了。我原在他们身边，视听所及皆迷迷胡胡难于索解。到时有眼睛的不去注意对面的脸色，只知肆无忌讳的流泪，有口的也失去了情人们正当的用途，只知骂人赌咒，凡是青年男女在一块时，使情侣成为冤家以后，用得着的那一份，两人皆毫无节制的应用了。我那时真又急又愁，不明白应当如何帮他们一点忙，做一点于他们两人有益的事情。

我先前还不明白两人争吵的主题何在。后来才明白当真有了那么一个人，凭了一种希奇的机会，居然把一种带着乡巴老的朴质有余技巧不足的爱情，穿插到了两人生活中间。吵闹时节——

男的说：“我知道你不爱我，已爱了别人。”

女的就说：“你不爱我你才那么不信任我。”

男的又说：“我就因为太信任你，你就去会他。”

女的又说：“你那么多疑自私，还说在爱我！”

男的又说：“我信任你，你就成天到他住处去……”

女的又说：“我到他那儿去，你不是明知道为了什么事情吗？”

话说得再重一点时，于是女的就把大衣脱去，把皮夹中所有的货币倒出，一面哭泣一面十分伤心的说：

“频，频，你莫说了，你瞧，我一个钱不要，空着这两只手，我自己走了，你不必再找我！”

男的也仿佛有理由十分生气，接着就说：

“好，美美，你走你的，我知道你离开我就到什么人的身边。”

女的气得脸色发青，一面开门答着：

“是的，我就是去他那里。我爱他，我讨厌你。”

“我早知道你是……”

“那你为什么像疯子一样追我赶我？”

男的见女的尽哭，尽把我送她那副美丽羊毛手套用牙齿咬得破碎不成样子，又见我守在门边，女的并不出门，就十分生气的说：

“你要走你走你的，我不留你！”

女的自然就极力推我，想攫取我衣袋中的钥匙，见我不让她走，就说：

“从文，你这是怎么？你让我走！我绝对不再留在这个房中！你不许我走，我就生你的气！”

那男的于是也说：

“休，休，你尽她走，她有她的去处！”

我让她走我才真是傻子！因为我已经有过了很好的经验，这一个抖气走了，另外一个等一会儿还是得坐了车辆各处去找寻，把熟人处、公园、影戏场，无处不找到。我还得奉陪来作这种可笑的事情。当天找不着时，我又得用一切话语来哄着这一个，且为那一个担着心。日光下头的事全是旧事，这一次自然还同上一次差不多，上海地方那么宽，要我放走了这个，又去陪那一个向各处做捉迷藏的玩意儿，一面还时时刻刻捏着一把汗，以为一个假若因为呕气跳水服毒，一个就会用小洋刀抹脖子自杀，简直是一种无理取闹小孩子的行径，这种行径也真够麻烦人！

女的既不能走，男的后来便又想走了。这海军学生虽然体力比我好些，但到了这些时节，自然不会把我屈服得下，我决不能把手中钥匙尽他抢走。

于是三个人支持下来，两人皆如莎士比亚戏剧中名角的风度，用极深刻精粹的语言，互相争辩同诘难，我则静静的倚定在房门边，看这充满了悲剧与喜戏意味的事件自然发展。

当两人提到一个横梗在生活中间人时，我当初还以为别是这海军学生对我有了误会，以为我还会妨碍他们的生活。经过两人的陈述，到后我才明白这件事对我全无关系，却对于我们数月以前在北京无意中谈及的生活计划，大有关系。

原来三人还在北京汉花园公寓住下时，各人文章都有了出路，都以为凭了稿费收入，将来就可以过日本去读书。这种好梦是三个人睁着眼睛同做的。因为想过日本，就提到学日本文，因为应学日本文，就想到教日本文的人。朋友的朋友，既可教日文，我们就先假定这是我们的先生了。有了这点因缘，我过上海后，另外一个朋友却居然把那个学习日文的 × 先生找来了。

自然的，这先生上课一礼拜后，两人之间便皆明白了这种学习有了错误，她并不适宜于跟这个人学习日文，他却业已起始跟她在学习爱情了。

最糟的事便是引起问题的女人，不只是个性情洒脱的湖南女子，同时还是个熟读法国作品的新进女作家，她的年纪已经有了二十四岁或二十五岁，对于格雷泰 · 嘉宝《肉体与情魔》的电影印象则正时常向友朋提到。来到面前的不是一个英隽挺拔骑士风度的青年，却只是一个相貌平常，性格沉静，有苦学生模样的人物，这种人物的爱情，一方面见得“不足注意”，一方面也就见得“无害于事”。因此，倘若机会使这样两个人单独在一处，男的用着老老实实的，也俨然就如一般人所谓乡巴老的神气，来告给女的一切敬慕以及因此所感到的种种烦乱时，请想想，那个熟读《人心》等书的女子，她将如平常自以为极其贞静的妇人那样，认这种事情为一种罪恶，严厉的申斥男子一番，还是懂事合理一点，想出一种办法来镇静一下那颗乡下人烦乱的心？并且她已明白她应当怎么办合理一点，也许还稍稍带了好奇意味，想更发现一点点分内所许可她发现的东西，就不再注意海军学生的感情，海军学生又看出了这件事情，只由于自己的年龄与性情还不能作一个“绅士”，那么，此后将作成什么结果？

事情就恰恰如此，问题也并不很希奇，全因为各人皆太年青了一些，皆有感情，却不知道如何节制自己的感情，皆需要理智，理智到了这时节，却逃避到远处，或为偏见与热情蒙蔽了，故两人虽从北京到了上海，那些纠纷却仍然不能脱身。为了逃避这种纠纷，两人还想同过杭州，从后来所得证明，则这种逃避，也依然全告失败。

从两人问题上看来，我当时的意见，就只是希望海军学生学得老成一点。只要他老成一点，这事情就容易处置了。

海军学生在当时最缺少的就是理性，若我不见过他那次对于丁玲女士的行为，我还不能相信一个男性在这方面缺少理性时节，灵魂粗暴能到什么样子。同时我却在这方面，另外又多增加了一分知识，便是一个女性固常常需要柔情，但柔性在某一时节，失去它的用处时，非常的粗暴，又似乎更容易征服她的一切。

两人在言语方面质问与责难，海军学生完全失败时，就沉默无言，脸上现出悻悻神气，走过丁玲身边去，用腕臂力量挟持到她，或用拳头威吓到她，我虽然一面劝解一面警告他："小胡，小胡，你这办法真不高明，你这样欺凌她不配称为男子！"他却不顾一切，总有方便把他要做的那种武艺做完。很古怪，那么说着闹着绝无妥协的丁玲，则每到这种情形下，反而显得异常柔和起来。若我所注意到的并无多少错误，我可以说她先前正缺少些出自男子的隐密事物，因此一来，她便满足了也安静了。

两人到下午一点钟时，似乎各人皆把理性找回来了些，一同向我道歉，皆以为不应当把我为难，三人便笑着离开了我那住处，同过大马路吃了一顿饭，再过商务印书馆取了几十块钱稿费，还很快乐的看了一次电影，又在一个小馆子吃了晚饭，回我住处谈了一晚各人的计划，第二天一早，两人便过杭州西湖过日子去了。

他们过杭州约六天，某一晚上，这海军学生又形色匆匆的跑到我的住处来了，我问他为什么又单独跑回上海，他却坐在我的床边，凄惨的微笑，告给我他已准备不再回转杭州。我问清楚了丁玲还依然一人住在杭州，他却又是在一次流泪赌咒的情形下跑来上海。于是我就同他在一个大木床上躺下来，详详细细究询他这件事前因后果，听这个人作一切不离孩子气的申诉，且记着这件事每个要点，等他无话可说时，便为他把这件事从旁观者看来各方面必须保持的最合乎理想的态度说明。因为他尚告给我两人虽同居了数年，还如何在某种“客气”情形中过日子。我便就我所知道的属于某种科学范围的知识，提出了些新鲜的意见，第二天，就又把他打发回到杭州去了。这次回去，我对于海军学生所作的一番劝告，大致很有了些用处，风波平息了，一切问题也就在一份短短岁月里结束了。

两人住在西湖葛岭一个单独院子里，大约将近三个月。三个月中的生活，或者因为新增加了那从前所缺少的成分在内，故两人简直像一对同度蜜月的伴侣。春天的西湖既使人安静舒适，他们又认识了几个在艺术院教图画的男女朋友，日里玩得极无节制，晚上仍然还可写作文章。海军学生到后与朋友们谈到西湖时，常用作新郎的风度，以为在西湖所过的日子，回忆时使人觉得甜蜜快乐。两人为了天气渐热，不能再在西湖住下，回到上海法租界永裕里住下。八月间我住在西湖灵隐石笋峰，两人赶过西湖，邀我过葛岭去看他们那住处时，海军学生便告给我，他写的《来了客的黑夜》那个聪明贼人，当真从某处爬入，某处逃走。且指给我看他每天坐在什么地方谈话，坐在什么地方做事。

八

两人住在上海永裕里十三号三楼，是间髹了庸俗绿色油漆充满油漆气味的楼房。把一铺租来的大木床，安顿在房间中央后，前面放了一张写字台，后面又放了一张写字台，靠墙边则有一个书架，一张方桌，四把椅子。墙头上则挂了蔡威廉女士所作的大幅丁玲画像。煤油桶、米袋、打汽炉子，以及大小碗盏，平时完全搁在床底下，需用时方从床底拉出，不需用时又复赶快塞进床底。为了吃饭，两个人每天大约下三楼提水六次。点汽炉子，用照相框反面作为砧板，把小洋刀切牛肉与洋葱，则归丁玲女士。海军学生当来了客，发现了还缺少什么作料，或必须加一点菜蔬时，便救火兵模样飞奔下了三层楼，冲出衖堂大门外去，购买那一点点必需的东西。

两人一进新屋，刚把什物安排妥当后，就开始坐下来写字。写些什么呢？从住在二楼的二房东看来，总以为是写“信”。吃饭以前她上来望望，询问一下两人需要什么当就便为他们上街捎来，那时节眼见到两人各自坐在房中一隅，完全是写家信的神气，伏在桌边只是写。这房东为了好奇，吃饭以后又借旁的原因，跑上三楼来看看，只见两人还依然各自坐在写字台边，写那些永远也不会写完的信。在房东意思，实以为“若这不是写家信，除了写信还有什么可写的或必须要那么忙着写的”？女房东仿佛常常猜详着，可是决猜详不出什么结果。

两人先前一时那点龃龉处，既俨然业已完全忘掉，新生活又复在快乐中把日子打发下去，工作事业则由于异常勤快得了各方面的出路，于是日子过去了！丁玲女士的名字，在北方、在南方，皆被年青人用一种亲切的友谊加以注意，成为一个非常时髦顺耳的名字了。《在黑暗中》一出版，作家间亦无人不承认“这是国内一种崭新的收获”，这收获又显然如何超越了稍前一时代的作品标准，另向一新方向上展开与突进的。

那时节女作家中几个人，冰心因病倦于写作搁笔了，沅君（淦女士）写作“隔绝之后”的时代已经稍稍过去，努力研究词曲去了，叔华明白了她的所长当在绘画，埋头于宋元临摹，不再写她的小说了，同时女作家中间或还有写作陆续发表的，如苏雪林、陈学昭，虽各把握了一部分女性读者，较之丁玲女士作品笼罩一切处，则显然无可颉颃，难于并提。写作既出了名，从写作上得到了生活的意义，故他们所过的日子，虽仍然常常贫困得十分可笑，却感到了工作的严肃，既不自满也就不能自弃。

两人在西山时生活方面常像小孩子，到了上海，两人依然还像小孩子。为了每月房租将到期，各人赶忙来写小说，一写成时就送过拿钱最方便处去，从编辑处取得了通知单，又从会计处或营业部换得了一叠钞票，得钱后，两人或一人在街上扬长走着，大街上各种商店的临街大窗橱内，陈列了种种货物，皆常常把这个路上人吸住，且即刻诱入铺子里面去，等待可出门时，钱夹中的钞票减少了。钱少了，胁下自然就多了一个盒子，盒子中或是可吃的，或是可穿的，或是可以摆在窗台上的，总而言之则大多数是两人不必需的。男的只欢喜为女的买贵重香水、贵重的糖果、值钱的花边、值钱的鲜花，女的则欢喜为男的买价钱极大的领带，以及其他类乎这种东西的小玩意儿。至于两人同时能走入商店则自然更容易把钱花尽了。设当时只是一个人，这人把所买来的废物携带回家中，笑嘻嘻的共同坐在床边来开看盒中所有时，一个说 :“瞧，这样好的东西，只六元，你不觉得价钱真公道吗！”那个必说 :“妙极了，好极了，我欢喜它！”不管买的是什么，两个人似乎意见皆十分相近。不管买去了多少钱，当两人把新买东西展览欣赏时，其中一个提及钱的其余用处，故意来扫另一人的兴味的事情，绝不至于发生。

新的东西若是糖果，便吃掉它，若是花，就插到书桌上那个小小瓷瓶里去，一同忽远忽近的来欣赏它，若是衣料，就披在应把这衣料作衣的肩上去，指派这人在楼上来回走着，若是领带，就即刻掉换另一领带。必需到后两人中的一个，在另外一种声音一派空气中，仿佛醒觉似的记起了新取稿费正当的用途，两人才来谈及所取得的数目以及业经花去的数目。到这时节，倘若打算一下，剩下的又不够支配了，自然就又得派海军学生作那件老事了。因为房租不足或其他必需用款不足，海军学生夹了新买来的衣料，在康悌路、马浪路、贝勒路，各马路边沿上忙匆匆的走着，敏捷的钻入一个小押当石库门里，又敏捷的从这种大门中跑出，次数似乎太多了些，说来真毫不出奇了。

记述到这一点情形时，我总得想起：一种有秩序的生活，似乎正在有意识的逃避到这两个人，故总永远使两个人同小孩子一样。然而也正因为两人这分天真性情，才作成了两人此后的命运。丁玲女士早把一个妇人所必需的家务趣味与娘儿们计米较盐屯私房赚小钱的妇人当然性情失去，故两个人同时把成为俗人的机会也失去了。两人性情天真处，应遮盖了两人因天真而作出的荒唐与疏忽行为，因为它是美丽的，正如他们的天才一样，在俗人不易发现，不能存在的。

当时两人既异常努力，丁玲女士成绩又特别出众，恰当上海书业风起云涌的时节，正有若干读书人视新书业为利薮，各就手腕之修短，集股开办大小书店与刊物，各个书店刊物编辑人皆莫不介于劳力与资本家之中间。编辑人莫不有一面渊源，故两人皆不辜负这种机会，在生活督促与友谊督促两种意义中，用全力写了不少文章。

上海的《中央日报》总编辑彭浩徐，找海军学生去编辑那报纸副刊，每月有二百元以上稿费，足供支配，三个人商量了一阵，答应了这件事后，就把刊物名为

《红与黑》，这红与黑成为此后《红黑》杂志的胎儿，正因为这刊物，后来才有《红黑》的计划。三人既应允了共同来维持这个刊物，由海军学生出面作事，海军学生每夜便得过望平街转角处一栋老旧房子里，从走动时吱吱嗝嗝的扶梯，爬上摇摇欲坠的三楼，坐在办公室一角，发出编好的稿件，就看总编辑一面写本报社论一面吸纸卷烟，直到副刊最后清样看过后，方坐了浩徐的大汽车回家。丁玲女士则有时同去，有时又独自在家中等候，或一个从报馆刚把事情办完，一个在家中的短篇小说也写成了。两人不管时间早迟，总仍然有许多话可谈，第二天仍然很早就爬起床来，继续做夜里未做完的事。

两人生活既然好了些，从前在北京时各处看房子的习惯，来上海时又恢复了。两人只想找一较干净住处，就终日各处跑去。法租界公园附近一带，每个贴了招租帖子的人家，两人皆似乎从这些家人后门走进去过一次或两次。两人用铅笔记下若干门牌和房价，有时还同二房东讨论一阵月租，说妥了，或预先还放下点点定钱，临出门时总嘱咐那房东说："定下了，定下了，莫另租人，后天一定搬来！"（其实只须一出门，两人把收入一打算，便明白搬家太不容易，定钱又等于白送了。）这时节或者那二房东还会在后楼窗口边说：

“胡先生，二十八来，我就不租人！”

胡也频便抬起头来，向楼上人答话：

“当然的，你租了别人，我同你上巡捕房打官司去！”

说了这种趣话后又向身边丁玲女士睐睐眼睛，所下的定钱，仿佛因此就算是并不虚掷了。于是记起这定钱正需要作三天后的什么用处，两人又回家写小说去了。

两人迁入萨坡赛路一百九十六号时，两人皆十分快乐。所住的主人，是一个从某国做工回来的勤工俭学生，或者那时所有的办法皆从法国惯例，房租计需三十一元，包饭计需十六元，每餐限定用刀叉从盘中检取菜饭，每天却同样必有一碗黄花木耳汤，一碟盐水煮的红色虾米，一个带壳鸡子。房东尖嘴瘦脸，如同一个猕猴，说话时则一面伸手尽力抓着自己头发，一面把眉毛聚拢，好像被人逼着还账无法可想的神气。

这房东自己虽是那么一个无趣味的人，却有一个壮丽年青的女人，高个子身材，白白的脸，奶子高高肿起，手脚皆发育得异常齐全。男子虽然说已在某野鸡大学教书，女人似乎并不受过多少教育。女人处处还有乡下人爽直单纯的脾气，高兴时大声的笑，不高兴时就独自跑到楼下厨房去枯坐。丁玲女士看见这房东太太生活得那么寂寞，穿得衣服材料十分好却十分旧，问她是什么时候缝的，她就说这还是半年前结婚的东西。

女人并不算得怎样美，但完全的发育把四肢长得整整齐齐，同时也把肌肉充腴，皮肤膨紧，性情变得天真朴厚可爱了。

先是似乎因为客人房中有糖可吃，房东夫妇来海军学生房中攀谈时间便多了些，等到糖果完事后，房东太太业已成为两个房客的熟人，房东一出外，这女人便跑来同丁玲女士谈话了。

人熟了点，就可觉得出这女人总有些什么地方像匹壮实的兽物，又有些方面近于一个好人。结婚了五个月，五月里穿的单衣，到十月里还只是这惟一当家衣服，天气渐渐的冷下来，各地皆应当烧壁炉或预备其他御寒工具了，这女人则只能把大条毛巾裹在身上肩部与胸部，作成一背心模样，外面仍然罩上那件结婚丝质袍子。也正似乎因为双方皆熟了点，从前成为忌讳的皆忘去了，那留学生对于女人的苛刻也越发多了。海军学生与我皆在一种愤愤不平中故意不甚理会那留学生，却给了那个壮丽女房东一些殷勤与关切。当时两人——把丁玲算进去也可以称为三人，还曾经作出一种可笑的计划，以为当按照这种计划，如何使这女人同丈夫分离，信托我们，让我们改造她，培养她，使她成就一个非常的女人。

但因此一来，那壮丽女人却对于海军学生感到了好处，海军学生原来的计划，虽并不想把他自己穿插在里面，弄出各方面多少口舌和眼泪来，然到了他发现这女孩子的感情如何在每个日子中有所不同时，一点点好奇心或也曾经把他牵引到别一处去做了些小小胡涂的梦。并且过不久，在房东那方面，似乎就有了眼泪同口舌，事情成为趣剧的场面，各方面把事情的原来的真实意思皆弄歪曲了。两个人搬到这住处来，花了那么多钱，赁一间窄小的房子，主要的是能写作。如今既不能做正经事，反而生出些讨厌事情，两人皆觉得非迁个住处不可，恰好我住在新民邨也正需要搬家，故商量去找一相当房屋，预备三人同时可以住下。

为了一种方便的原因，我们住处，仍然选定了萨坡赛路，门牌为二百零四号。在那名为“新房子”的住处，三人中作为海军学生负责的，出了《红与黑》及《红黑》月刊，作丁玲女士同我负责的，出了《人间》月刊，我们在各书店出版取名为第二百〇四号丛书的，计有单行本小说七种，海军学生此后成为问题的禁书——《光明在我们前面》，就在那房子里起首，丁玲女士的长篇《韦护》，也从这屋中二楼产生。丁玲女士一面尽全力写作，一面还把各处《红黑》订户名单，抄到封套上去，一面又忙着办种种杂务小事。第一期刊物在海军学生奔走下出版后，本埠各书店露眼处皆陈列了这本新出的刊物，刘既漂先生所设计的《红黑》封面，虽只那么两个大字，却非常厚重大方。我们三个人坐了车过四马路与北四川路各书店去看我们刊物，只见书店窗橱内皆陈列了这份杂志，且见到一些人拿了这杂志在手中翻阅，几个人便互相会心微笑着，从这一家书店溜出，又撞进另一家书店，快乐得真无言语可以形容。

回家后，大家谈着计算这刊物寄到各处后的情形，且想起书店中买书人情形，我们皆觉得应更谦卑一点来努力了。

过数日，我们轮流各处去打听刊物在本埠的销数，所得的消息使我们更觉得前途充满了希望。

我们自己知道各人的力量十分有限，几年来在十分卑微里努力，也只是希望各能尽点力于自己这份事业的信仰上。我们境遇那么糟，力量那么少，所知道的世界那么窄，我们把刊物办下去，文章作下去，同时也就是在学习创作学习生活。现在好像各方面皆有了光明，慢慢的，我们的态度得到了读者的同意，创作且成为一个新的趣味同一种新的方向了。但我们自己的打量呢？总觉得我们还是在学习。我们只是向一个辽远的理想迈步，同时这迈步认为是应当沉默的，无声无息的，故刊物在我们手中时，即或当时对于种种无味的批评，也从不加以辩诘与反击。这沉默又可以说是由于几人的稳重，或是由于几人的骄傲。是的，“骄傲”在几人中的确可以成为沉默的理由，几年来一般作者皆各在时会中推迁浮沉，若我们既不屑于攀援这种时代而随之浮沉，由于年青人的骄傲，设能极诚实的依凭自己点点微弱的信念，好好的写出些作品来，这骄傲除了妨碍到假文人的成名以外，还损害到谁的什么？

日子过去了。

半年余的忙碌，迫逼我们写了不少文章，告给了我们一分经验，使我们明白作者向商人分手，永远成为徒然的努力。另外则共同增加了一点儿债。这其间，在上海方面，则有某一时“普罗文学”的兴起，以及几乎是反手间的“民族文学”的成立，两方面的作者与作品呢，作者名字那么多，且仿佛有许多人的名字还极其为年青人所熟习，至于作品却没有一个人能从记忆里屈指数得出他的数目。因为依上海风气，这些作家们照例是先成作家后写作品的，还常常使远地读者刚来得及知道他们的派别时，他们自己又早已新起炉灶成为另一种人了。

九

这活泼滑稽随风逐浪的精神，原不是中华民族本来的性格，然而一个文学发展史的叙述者，却可以把这种性格的形成，解释为“海派才情”与“商业竞卖”结合后当然的结果。

“说明这个社会这个民族的堕落与腐败，修正这个社会制度一切不能继续下去的错误”，把文学凝固于一定方向上，使文学成为一根杠杆、一个大雷、一阵暴风，有什么不成？文学原许可作这种切于效率的打算。文学虽不能综合各个观点不同的作者于某一方向，但认清楚了这方向的作者，却不妨在他那点明朗信仰上坚固顽强支持下去。我们希望每个作者当他既认为必须在某种态度下制作作品时，先不缺少认识他那所取方向价值的能力，他还不能决定那方向的得失时，就莫太勇于然否，他既决定他的信仰时，就莫因为稍受打击便即刻“投降”。然而十年来的政治现象，正奖励到所谓“自首”这种人，上海商人所支配的书业，则大半只在把一切作者，随时改成各样入时面目以引诱读者，作为赚钱牟利的张本，因此十年来的中国新文学，除掉一些不足道的新海派文人与永远皆在那里转变的投机分子外，也就正只是用着一批身在上海为商人帮闲而活着的闲人、一批置身大学顽固迂腐的教授，各自扮着种种小丑姿势，以个人生活上的恩怨与个人情感上的爱憎为基础，展开了理论的场面，在也算是争斗寻觅中打发了十年日子。十年来成名的教授迂腐如昔，一说话时总仍然只埋怨中国还无莎氏比亚或托尔斯泰。成名的闲人，则带着本身在各刊物上丑诋造谣的故事，走入老境里去，沉默了。其中凡稍稍乖巧的，则又另寻出路作其他事业去了。也有身不服老而又鲠直倔强的，带着游侠者的感情，在为弱小的事业与孤单的理想力主正义，则依然仿佛本身站在最前线上，作为人类光明的火炬，但自己在得失打算中既厌于执笔，不能写点自以为合乎理想的理想作品，也不能用什么有秩序的理论，说明所谓中国的纪念碑似的作品，是什么形式，需什么内容，在某种方法上某种希望里可以产生。只时时刻刻作着负隅自固的神情，向近在身边受了威胁的小小一点，加以猛毒的一搏，却忘了大处远处自己所能作所应作的事情。

明白所谓纪念碑似的作品的生成，必需“把自己生活加入广泛劳苦群众的生活，自己的感情成为普遍群众的感情，自己的欲望恰是群众的欲望”，这样年纪青勇于生活勇于写作者，并不是没有人。然而这种人，幸而不被上海商人刻薄所饿死，便是被政府捕去所杀死。教授与战士，则惟各自以偏持的诚实，致慨于中国文学之无望。若把这种种情景，排列在吾人印象中，同时且记着两人活着时作品之被同志所忽视，又如像丁玲女士一本销行最好的书《××××》，当海军学生被捕急于要钱时，某书店用一百六十元购取了她这本将近十万字的创作，以及被捕以前的年前十月里，穿了单衫过英美烟公司工人处作 ×× 谈话，想向某书店弄二十块钱还办不到，刚一被捕则书店中人便借她发了财，且誉之或承认其为革命作家的也就只是这种商人，真使人愀然无话可说。寂寞的生与悲惨的死并不希奇，商人又有什么可希奇呢？这一切原皆十分自然，不过说出来时，在读者间或稍稍以为古怪罢了。

中国知道敬重英国作家的有人，爱好俄国作家的也有人，但这些人却并不需要认识本国自己的作家。读者间照例缺少作品抉择的能力，必需要批评者来作主。大多数的批评，既然只是书业中人所作的广告，结果则销行最好的书同时也就成为内容最好的书。教授的文学观念、战士的文学观念、政府的法律、读者的趣味，莫不各在摧残中国文学的健康萌芽，使凡是有希望的作家，不为此一观念所拘束，就为另一观念所缠缚。政府对于作家除了愚蠢的杀戮以外，则从不作过一次聪明事情，读者则常常被一二负荷了三数盾牌迎风挂旗的流行作家，用朝三暮四的方法，养成皆为毫无见识极其可怜的分子。使人更觉得寂寞处，便是数及对于作家还有些微善意种种方面时，我们还不能不把上海经营新书业的商人安置于第一席。因为现在有人能从丁玲女士作品认识她爱敬她，且觉得她的作品美丽精深与伟大的，最应感谢就还是上海的书店大老板们！书店中人使她生活下来，当时社会的统治者正当想方设法毁去了这种难得的作家时，包括教授与战士在内，一切人皆仍然沉默着，如对于当时政府所作的其他各种蠢事一样，不发一言的。中国将来若果真有所谓纪念碑似的作品，照我想来，则这作品照例是应当不要忘却写到这样一件事情的。

十

我们所经营的事业，既在极其合理情形中宣告失败，三种刊物皆停顿了，自然也就轮到我们想起一件事情，便是如何设法来还债了。按照情形说来，则单是上海方面各书店积欠《红黑》的账款，若可结算清楚，已经就是一笔很可观的数目。但这种账目自然是无从清结的。外埠的账则按照习气，更毫无收回的希望。故我们皆想作点别的事情，好像不管是什么事情，只除了做官，我们皆预备去试它一试。

文章自然还得继续作下去。其时恰当普罗文学遭受禁止，民族文学遭受奚落，经营新书业者莫不徘徊瞻眺，不知所归，整个情况渐趋衰颓时节，我们作成的文章，如何找寻出路，因此就成了问题。感谢胡适之与徐志摩先生，在这方面便帮了我们很多的忙。我们有些书皆由他们手中转到书店去的。至于他们给我们的勇气，则似乎比给我们的帮助更可感谢的。(那时上海方面所谓左倾作家，对于他们是莫不以一种偏持感情，与某种小报相应合，造作过若干谣言，加以诬蔑的。然到后来海军学生因左倾事被逮捕时，所谓同志们，除袖手旁观外不闻作任何营救。为海军学生各处去电设法营救的，便也就正是成为所谓有“前进思想作家谣言与轻视之准的”两人。)

我过吴淞中公教书约一个月后，适之先生听说海军学生夫妇，皆因为写文章已不能解决生活，便找他问是不是想作点事情，海军学生回家时，便从吴淞邀我过上海去商量，还是“死守残垒，在上海支持下去”较好？还是“暂变计划，向外省过些日子”较好？我的意见是这样子：

“原来就想作事，既有了作事机会，当然还是作事！”

商量结果结论也就只这样。但假若一个去外省做事，另一个又怎么办？便成为新的应当好好处置的问题。当时海军学生可去的有两个地方，一是山东高级中学，一是河南某中学，应去的地方既一时还不能决定，故丁玲如何也难于决定。后来海军学生已决定去济南，地方离上海不远，为了一个人教书方便，一个人写作方便，故两人就暂时分住两地。海军学生独去教书；丁玲女士则留在上海，仍然写她值三块钱千字的小说。萨坡赛路一九六号换了个二房东，仍然贴了招租条子，故她又仍然住在那人家三楼。鲁彦从福建来，恰好也住在那里，互相原就认识，故她也并不十分寂寞。

海军学生过济南时，两人原已约定，教书的应认真教书，不许成天写信，作文章的也应好好作文章，不许成天写信，必需半年后教书的赚了一笔钱，写文章的积下了一批文章，方可见面，再来讨论新的生活方法。这种计划当然极好，因为也只有这种计划，两人方能把生活展开，基础稳固。要作事顺手一点，似乎也非如此不可。

海军学生抱了满腔希望一脑子计划上火车后，为了实行两人计划，丁玲女士也当真写了些文章。海军学生则一到济南不久，就代理了高中部的文科主任。照此情形下去，如果两人能好好支持到年底，自然各人皆会有成绩。但两人似乎还像年青了一点，从上海过济南的信，大约总只说上海如何沉闷、如何无聊；从济南过上海的信，大约也总只说济南如何无朋友可以谈话、事又如何忙、学生又如何好。这样一来，济南的这一个既不能过上海，却已无理由不让上海那一个过济南了。

可是总共不到一百天，两人又从青岛回到上海了。两人一来住在环龙路某衖三十三号，一见面问他为什么又跑回来，就说济南不是教书的地方，风潮闹得不成样子。第二天，我又去找他们，海军学生方独自告我，他们回来简直逃脱的。只说省政府要捉他们两人，为闹风潮还是另外为别的事情，他不好好的说我也就不详细去问。照我估计则实在如另外那篇文章所提及的事情！

“山东学生皆身强力壮，仪容可观，也许因为风潮扩大，这海军学生估量自己瘦瘦弱弱的身个儿，不能同谁比武，记起君子明哲保身的格言，故即早跑开吧。”

过几天，我从冯沅君处多明白了些这两人从青岛逃出山东的原委，我当时可胡涂了。两人虽同当时左翼作家中态度极诚实的姚蓬子相识，同另外一个 × 也常见面，他们的生活，他们的信仰，是不会同某方面组织接头的。并且稍前一时左翼作家的露面，已因为政府商人两方面的合作，加上种种由于自己理论自己态度，自己战略所造成的不良局面，到了退休的时节。左翼文学从商人看来，从多数人看来，仿佛已过了时，大凡聪明人，皆不会再去参加热闹了。“文学左翼”在是时已经是个不时髦名词，两人到这时节还检取这样一个过时的题目，在熟人看来恐怕无人不觉得希奇的。

我因此另外听到了些关于两人态度转变的说明，这说明当然是荒谬的、极不得体的。因为关于这转变，海军学生同我自己是也已谈过了的。他们把别人认为已经稍过了时的问题，重新来注意、来研究、来认识，推动他们的不是别的，却只是他们几年来对于社会现象认识的结论。他们不欲明白这问题适不适宜注意，却只看值不值得注意。他们觉得文学自由主义与典型主义，一则容易使作者精力糟蹋于官能感情的歌诵中，一则容易使读者情绪沉浸于历史倾慕概念上，前者使人放荡，后者使人衰老。他自己得要一点拘束，且明白一个民族一个社会的翻身，也皆得在某种强健努力中与勇敢牺牲中完成他的职务，故毫不迟疑，他们把这显然落后的工作捏捉在手，再也不放松了。

好在上海不比济南，既然回来了，在租界上是不会被捉的。两人即或想把文章倾向弄得严肃一些，上海方面熟人多，文章处置总还不很费事，两人就照原来的生活方式，把日子打发下去，也许比教书还可以弄出点好成绩来。两人要更强硬一点，把自己搀进广大群众里去经验一份新的生活，做工，不拘向什么工厂做工也算不得什么坏事。

我们还想恢复《红黑》，作出各种可以使这刊物出世的打算。又希望来办个刊物，不需要什么报酬来作这件事。一切计划自然皆只证明我们依然还是小孩子，但凭了一点单纯的信仰，只想把一个刊物来逼我们努力，在努力中把我们文章写好，却毫不知道写文章以外尚有若干事情我们全不明白，若不明白则我们的生活、我们的文章、我们的理想，也就永远皆无出路。

两人初回来时，光华方面似乎还可从蓬子处接洽，卖些文章给登在《萌芽》杂志上，或将旧稿交给书店印书，但另外方面如《小说月报》、《妇女》杂志等，文章就已生了问题。过不久，《萌芽》停了，书店又太穷，两人已不能按时拿钱，海军学生的稿件给《小说月报》的，给《新月》的，皆不合用，常被退回，丁玲文章送过《妇女》杂志的，也有了不能载出的问题。究竟为什么呢？当时的各个编者是不说及的。照我想来则不外乎一，作者的作品切实了点；二，当时政府已到了不许商人从普罗作品赚钱的时节，因此两人文章便无法出脱了。左翼文学在中国当时既已成了博注上的“冷门”，无人关心过问。商人所支配的各杂志，皆不愿再接收这种作家的作品，书店也毫无印行这方面作品的意思，写成的文章不能卖出，已成集的文章更无主顾可寻，故两人不久就陷入非常穷困里去。

两人文章不能多写，性情也仿佛有了些变迁。平时生活虽拮据万分，却有说有笑，精神身体，亦极其健康。从济南回来便沉静了些，不必说一方面自然是过去一切不坚实的感情和观念，皆得在两个人一种反省下有所修正，另一方面则是社会使他们沉默了。

丁玲女士又应当自己来作娘姨厨子的工作，抹地板、洗衣、烧炉子、煮饭，为了经济，样样事情皆派在头上来了。

但同样是这个人，在北方却已十分著名。在北方，丁玲及“莎菲”、“梦珂”，正成为大学生人人耳所熟习的名字。北方朋友来信时，总常常谈到关于她一本书在北方的种种影响，以及各样传说。在北方她成功了。但成功却不能使她的手不接近抹桌布。尽管有多少读者皆需要读她的新作，在上海方面，她却无从找寻一个发表她新作的杂志。北方她获得了广大的读者，南方的商人视线却已注意到“小学儿童故事”、“呆女婿”、“三国演义连环画”等等书籍编纂上，不再理会小说，更不愿印有被禁被罚的小说了。

海军学生是时大致已参加了某种活动，人更瘦了些，也更匆忙了些，走到任何处去总把眉毛凝聚成一条线，把手节骨捏得剥剥地响，且忽然又握紧了拳头，向空挥击。他似乎很容易生气，但所受的气来源却很远。好像这个人的理想有了一种事业把它凝固了，他实际上快乐而且健康，不过表面上看来与过去稍稍不同罢了。丁玲女士则表面上光润了些，感情却恬静多了。有时两人皆似乎在生气情形中打发日子。一件事不能作。但使他们愤怒的，却不是对面一个人的错误，只是为另外一样东西所引逗。两人已把情人们互相睨视的青年闲情抛去，共同注意到社会现象与未来理想上了。

两人为了一点思索，需要比目前更多的学问了，便很努力来阅读新出书籍，且重新预备要习英文日文。见了他们时，问他们：“是什么一种计划，如此勤快用功？”丁玲女士总只是笑着，把一本日文读本向身后抛去：“去！怪字母，我不念你，我不想从你知道什么，我会自己跑到徐家汇杨树浦去。”我问她：“你是不是研究妇女劳工问题？”她就说：“这要研究吗？我才不必明白这些！我要学好日本文，看他们好翻译好著作。理论是告给大学生中学生的东西，作品方是真正大众的东西！”我或者问海军学生：“你呢，你难道也……”那海军学生最欢喜在人说话中间说话，我话还不说完他就说：“我不满意目下人做的理论，我不欢喜那种理论。”

我应当说“我并不同你讨论这问题”，但我并不开口。

他们从济南回来是秋天十月，过了年，他们搬了两回家，再到第二年八月我过武昌时，他们一共搬了四次。他们正在逃避什么，只想把家搬到一个无多几人知道的隐僻住处去。他们为什么必需如此不怕麻烦的搬来搬去，我并不曾细究问过，却明白那是什么原因。从他屡迁住处的情形想来，这海军学生是逐渐将为人所注意，故不得不谨慎机警如山狐，避开他的敌人的。

每次我到他们那里，海军学生有事必须出门时，那个正蹲在地板上浣洗手巾或做别的事情的丁玲女士，必带着担心又带着关切神气，说着“又要去吗？”“准备好了吗？”“还无结果吗？”海军学生一句话不说走过来吻吻她的额部，或微带庄严如一个作爸爸的神气，拉拉蹲在地板上的一个，便橐橐橐的走下楼梯了。

我到武昌了后，来信问他们生活还有意思没有，海军学生回信常极简单，总是说“过得去”、“忙得很”、“马马虎虎”一类话语，此后就说一点旁的几人所习惯的笑话。丁玲女士来信则只说信由什么转较好，同时问点武昌方面地方情形。从两人信上看来我总觉得两人皆强悍了许多。正譬如两人成天在注意那些粗暴人物的性情、粗暴人物的行为、粗暴人物的思想，自己也不由得不弄粗暴了似的。一份新的理性慢慢的正在这两个人灵魂上占了优势，把浮在生活表面的感情加以洗涤，加以澄清，两人渐渐的变得单纯起来了。使一个理想从空虚到坚实，就需要这种单纯，且必需把理想培养到这种单纯里，方能见出眩目的光辉。但这种性格，于海军学生方面，则毫无可疑可以作许多事情，发展他处置事务的长处，若影响于感情繁复的丁玲女士，则丁玲女士是不是还适宜于执笔握管有所写作？当时想来我就觉得十分可疑。因为我觉得海军学生生活方式有些方面应同丁玲女士取径不同，我就写信去上海告给他们一些意见。海军学生才能与勇气皆适宜于在事业上发展，丁玲女士却很明显可以看出“写作的天分”胜过“办事的材具”。两人若想把自己一点长处用到最适当的方面去，海军学生可以去作实际工作，丁玲女士则似乎只宜于作文化工作。我的意见所得的回答很好，海军学生有信说：“休，你来信说得是，不尽只那一个不应放下她那枝笔，便是我自己，也只能从另外一方面得些正当办法经验，再来从事写作。”我很相信他的话，我觉得这才是事。不过这海军学生，注意那些卑贱的世界、肮脏的人物、粗暴的灵魂，同那些东西接近，来从其中弄明白改造他们的方式，假若自己没有改造他们以前，先就为他们毁坏了自己，我们是不是还得想出一个新的办法？海军学生很显然的，还是个理性难于驾驭自己感情的人，对革命发展太乐观了些，对历史智识又稍少了些，勇敢处使他可以作出份事业，那是毫无可疑的，不过同时这种勇敢处，也就可以成为疏忽，将他自己带入面前深阱里去。并且我很担心在那份生活里，丁玲的一切是会牺牲在意料中的。我将我的感想告给他们时，丁玲来信就说：“……知道得太多，我们什么事皆不能做了。我们现在只尽我们能够做到的做去，这里不容许个人对于成败过分作计较。个人牺牲不足道，因为这是创造一页新的历史，是社会，不是个人！不要为我们担心，你来，你就明白我们是很穷困，但是却很快乐的。”

一月里武汉大学放了寒假，我便过上海看他们去了。

记丁玲续集

十一

过上海时我住在北京路清华同学会寄宿舍，到了第四天，得了个他们住处的通知，方过吕班路万宜坊六十某号去找寻这两个朋友。那天两人都出了门，只一个藤制摇篮里，躺着个大头圆脸的小孩子，睡得正好。他们因为知道我会来，并不锁门，桌上留有一个字条，要我同小孩玩玩，且告我过两点钟他们方能回家。我在小孩藤篮边坐了一会，欣赏了这小生物睡态约莫一点钟，既不见两人回来，也不见小孩醒觉，故也留下一个字条，说："我坐了一点钟，拧了小孩子的小脸三下，这小东西不醒，你们又不回来，我还得作点别的事情，只好走了。"

两人当晚来我住处时，恰好我又不在家。

第二次我在万宜坊见着了这两个人。不见面以前，我从南京方面先就听人说起关于他们半年来生活变迁的各种传说。这些传说恰如关于说到我的一部分神话，那么又荒唐又古怪，使人极其难于相信。从那些传说里，既不能找寻什么线索，也不能得到别的意义，只令人发生一个感想，便是“中国一切都无什么显著的进步，然而属于个人方面的谣言，则因被海上风气所推动，显然进步多了”。在当时，关于海军学生与丁玲的生活传说，是特别为几份小报所乐于造作的。

见面时我便把一切关于两人生活上的新事，加以追询，两人都微笑不答。我于是轻轻的拍着小孩子的脸，向小孩子说：

“小东西，你说说，六十个白日照到你头上，有了些什么感想？”

那母亲正为小孩子调理牛奶，把从老虎灶刚买来的开水，倒进一个瓷罐中去，代为回答说：

“感想多啦！爸爸同邮差一样妈妈同娘姨一样……”说着且微笑着。“若过十年或二十年，我们小频能够写他的回想，爸爸妈妈又恰好全已离开了这个人间到另一个世界里去了，或关到牢狱里，或流放到新疆，不能够再见面了，他一定将这样写他的自述：‘我是个无名邮差的儿子，我的妈妈似乎是个成衣人，又似乎是个作零工的娘姨。’……”

海军学生说：

“我们小频才不会再来做这种没出息事情了！你瞧他那样子，他八岁时一定就会开飞机。”

“倒真有点像个飞机师。”我说，“学会了开飞机，把爸爸妈妈装载在飞机里，经过西伯利亚的雪地，飞往莫斯科，这逃亡一定是很有意思的。”

海军学生把宽宽的肩膊耸了一下，对于这个不是隐喻的隐喻有所纠正：

“到那时节我们不需逃亡，飞机的用处只在捕捉逃亡！……”

“那么应当轮到我逃亡了吧。小飞机师，你说怎么样？”

小孩子俨然完全明白我们的言语，呀呀的喊着笑着。

海军学生说：“小东西你笑，你有什么可笑的！”随即他就剧烈的把摇篮动荡起来，似乎想训练小飞机师似的。小孩初初受了点儿惊，尚呆呆的把眼睛对爸爸望着，后来忽然呀的哭了，丁玲女士搁下了牛奶瓶，推开了海军学生。

“频，你真是……坐那边去。不要胡闹！走开！说你们的事情去！”

我们于是离开了小孩子坐到床边去，尽作母亲的喂小孩子牛奶。我就同海军学生提出在武昌、在南京、在上海，所听到关于他们两人的种种谣言，且问他们半年来事实上如何打发这一大堆日子。

海军学生似乎不愿那么正正经经来讨论这个问题，手指着丁玲：“瞧，做母亲的就是这个样子，做父亲的照例打点杂，譬如——你不要问吧，上海小报对于我们消息特别多，但仿佛还无一次消息提到我们多了一个小孩，你想想，你就明白这些消息应当打个如何折扣了。”

我说：“报上说你做了黄包车总司令，组织这一部分群众，且指挥这部分劳动者作种种争斗。”

海军学生说：“在同样这种无聊小报上，另外一时就说你在青岛买了一所大房子。”

"但南京 ×× 说丁玲已成为 ×× 的一个什么长。"

"什么长？你相信 ×× 的话吗？他说你是过南京做官的。你到了南京，自然是一种事实，我且问你，预备做的是什么官？"

丁玲把奶瓶的橡皮嘴塞入小孩口中后，要我们去看小孩。房中火炉似乎稍热了些，小孩红着脸庞，闭着眼睛，吮吸着搁在身边小瓶中的奶汁，神气俨然，十分可爱。我们把话转到小孩方面来了。

说到小孩养育问题，作母亲的便摇头苦笑，告给我两个月来作母亲的一分经验。半年来两人文章皆在无办法安排情形中，支持日子的艰难，也就可以想像得出。为了小孩的出世，母亲不得不过医院去躺下，父亲不得不过各处去借钱。母子虽安全出了医院，家中凭空多了一个消费者，一面哭着要吃，一面还哭着要换肮脏尿布。且因为习惯不好，小孩子似乎明白将来的忧患，得赶快把身体发育长大，方能应付未来的命运，故半夜深更也总得吃奶两次。不理会吧，哭嚷得怪惨，起来安排一下吧，两人应分的睡眠时间可缩短了。而且奶粉的消耗，也真够作爸爸妈妈的踌躕，小豹子似的食量，吃了又吃，还总觉得不够，正像有意同父母为难，有意用这种事情来嘲笑两个不应该生育居然生育小孩的父母。这样那样谈说关于小孩子的事情大约一点钟，小孩子慢慢的把奶汁吸尽，含着微笑睡去了。

分别时约好两人隔日过我住处去看几个朋友，两人第二天果然就来到我的住处。那天约定在我那里吃饭的，还有另外六个人：六人中有三个大学教授，一个大学生，一个医生，一个银行科员。这些人并不同丁玲相熟。听说那么一个圆脸长眉的女孩子就是丁玲女士时，各人都略微显得惊讶，座次言语仿佛也矜持了些。各人拉着她问了一阵关于上海妇女运动的话语，她就说这类事情，女青年会中人所知道的也许比她本人知道的多些，因为这同妇女时装展览是差不多的东西，她平时不大注意。又说到纱厂中女工问题，丁玲也无什么意见。在这类人面前她照例说话不多，事实上也无话可说。朋友们吃过饭走去后，两人还同我谈着属于上海方面的各样事情，我又提及一些关于两人生活的传说，希望他们告我一点比较实在的消息。

我其所以一再询问他们这一件事情，倒不是猜不着他们的生活，只是想把我在武汉方面半年来与几个军人往来，所得长江方面军事局面告他一下，或者可作这个雄心勃勃的海军学生一种参考。因为各方面传说都言海军学生受 ××× 的命令，作 ×××××××××，上海方面租界中的政治运动，虽常常同长江一带军事变化毫无直接关系，然 ×××××××× 对于长江发展上，则有间接关系。且 ×× 方面将来的问题，若与军事发展不能相互为用，则一切计划将成为租界中的儿戏，结果乃不过一二文人负隅固守的梦想，所谓左联文学运动，也将转入空泛与公式情形中，毫无乐观希望可言。我意思以为他们对于上海以外的情况，能多知道些，对于他们或有利益些。海军学生若当真在 ××××× 有些职务，则对于长江方面的教育、军事、经济现状，以及种种方面的报告，多明了一些，也就是可以多作出些有益于那个理想的事情。

他在我面前并不承认他的事业，只从平常意见交换中，我却明白了他对于长江方面事情太缺乏正确的认识了。他太信任了某一方面统计及其他文件的记载。他对于事实既有了误解，一切未来估想，便全盘不可依据。

譬如革命吧，若革命计划是应从某地着手，组织者与煽动者首先就不能明白某地一切，这革命的得失还能有什么可说？总而言之他住在上海，上海能容得下他们。不过利用上海人观念来说明这个民族的欲望，所知道的那么少，想要说的问题又那么大，未免离事实太远一点了。

海军学生当日因事须过北四川路，我们应谈的话似乎还多，所以丁玲即留在我那里等候。海军学生走去后，我又问她是不是如传闻所谓，两人真忙到并吃饭也无空余时间。

她用着坦白的语气说：

“为了那小孩，我们忙到不吃饭，不睡觉，已经快两个月了。频总还得作点事情。我呢，你知道我不会作母亲。我们正预备把小东西送回湖南。”

“频作什么事情呢，是……”

“不要相信那个。”说了这样一句话后，她又说：“不要相信那个。”其实我并不相信什么谣言，但我却明白有些方面海军学生的努力，已超过谣言的界石，向更 × 一方面跑去了。

她于是继续告了我一些非传闻的事情，解释两人近来种种打算。为了导引一个民族理想，于一个新的方式中寻觅出路，在各样试验中去取得经验，明白了这是为社会，个人折磨便不足计了。她为我说的也就是两个人已经忘了自己，如何在一群青年中，沉默的受着种种折磨，有了多少日子。过去说完了时，又来说未来种种。对于未来的计划，她的基础自然就垫在过去经验与现在局面上头。听了她那种坦白可惊的叙述，真令我又愁又喜。喜的是两人在半年中为一个新的理想所倾心，已使两人完全变了一种样子，愁的是两人所知道中国的情形，还那么少那么窄。一份新的生活固然使两人雄强单纯，见得十分可爱，然而那分固执懵懂处，也就蕴蓄在生活态度中。他们正如昔人所说："知道了某一点，其余便完全不知道。"明白了一样事情，却把其余九样事情看得极其朦胧，所有的工作又离不开其余那些事情，这能成就什么事业？为了她谈到长江方面的一片消息，完全同我从朋友所得的报告相反，故我就告给了她一些那方面的"事实"。我不扫她的兴，却只在尽她明白一件事实。另外关于南京方面在上海的种种活动，如何不利于由作家入手的某种计划，她们所知道的，也似乎不如我从南京听来的消息翔实。各人心中一点成见使我们仿佛疏远些，同她谈话时，真有不知如何是好的情形。我以为凡作一件事情，固然应当认识“可以作去”的真理，但同时也就必需明白“无法作去”的事实。所作的事若果同社会制度组织有关，对于在这个社会制度组织下一切的现象，岂不是也应当弄得清清楚楚？革命事业在知识分子工作中，需要理知的机会，似乎比需要感情机会更多。两人的信仰惟建立于租界地内观听所及以及其他某方面难于置信的报告统计文件中，真使人为他发愁以外还稍微觉得可怜可悯。

我的结论是这样意思：

“你们仿佛从别的文件中，十分明白中国情形，故定下若干计划，这些计划其实是毫无用处的。你们对于租界以外的任何事情太缺少理解了。为什么不离开上海租界看看，多得分经验？”

她对我这种话的回答似乎只作过一个微笑，微笑中包含了“杞人忧天”的意味，这是一点轻微的嘲讽。她旋即问我武昌学校的情形，上海出版物在那方面的情形，本地受出版物所刺激的影响，以及关于这类问题的种种。

她意思似乎对于她自己先前一时的谈话有了一点追悔，以为不该同我说的那么多，因此打量把话语引到别的问题上去。但既问到武昌出版情形，我就又有机会告她一件事情了。武昌因售卖左翼文学书籍，曾经杀了一个书店经理。我告她被杀的如何被杀，所卖的书在上海租界上又正在如何公开的发卖。我把因环境不同，一个信仰一点主张所引起的不同事件告给她。且指明身在租界既不认识历史又不明了空间的作家们，讨论大众文学的效率与大众文学的形式，以及由文学而运输某种思想于异地青年诸问题，如何在昧于事实情形中徒然努力。且这种昧于事实情形中，作着种种糟蹋青年妨碍社会自然进步的决定，具有伟大眼光的……尤不可不力加纠正。大致所提出的问题究竟太大了点，各人所知道的又似乎太少了点，因此这件事当时无法详细讨论，虽互相约好，此后由我把它写出来，作为一个自由作者从经验方面对于左翼文学方面一点批评一种讨论，她却就我文章所提出各点，逐一答复，纠正我认识上的错处，说明我意见上的正确处，文章写成后就一同拿去发表。这文章过后无法写出，现在自然就更无从着手了。

海军学生离开我住处约在下午两点钟左右，过了下午五点钟还不回家。我说：“别被猎狗逮住了！”丁玲就说：“近来兽物也机警聪明了，不碍事的。”本约好等他回来，两人同走，到后她还是因为担心家中小孩哭醒，新来娘姨疏忽了小孩子食物，便先回了法租界。大约将近七点时，海军学生方匆匆的赶来，见我正想出门，就问我预备过什么地方去。我正想过法租界看他们，在他们那里吃饭。他又问我“有几件冬天衣服”，知道我只有一件破皮袍同一件厚绒夹袍后，他便轻轻的说：“把夹袍给我，我不能再穿这洋服了。”衣服换好后，下楼时他却拉我从后门下楼。他不说我还不知道这住处有个后门。两人从后门下楼到了博物院路上，他又拉我再转北京路向南过外滩上东。这样走着弯曲路线，我先还以为是他弄错了方向，后来被他在肩上轻轻打了一下，我方明白对于上海的路线，这半年来他比我已经熟习多了。一到家中这海军学生把我那件绒袍脱下，向床上丁玲身旁丢去，坐近炉旁一张藤椅上，微笑着，且摇着那个额角极宽的头颅，像作了一件最得意事情。

丁玲问：“怎么，换了衣！”

“不换衣，电车上全是狗！（他笑着）貂比狗究竟快多了。你瞧，那袍子毛绒简直同貂皮一样，穿起来暖和又轻。休，你穿这样好袍子，真是个……”

我说 ：“小胡你倒真不坏，刚到过我那里头一次，就被你把后门也看清楚了！”他一句话不说，像小孩一样笑了许久。过后方记起了应当把皮鞋脱下，脱下皮鞋时，有一点字纸之类被他用手掏出，拨开了火炉铁门，把那东西向熊熊煜煜的红煤中抛去，即刻就消失了。我看得清清楚楚，却不说及这件事，只问他有什么可吃的，大家动手来作。丁玲女士把另外间小房的门一手拉开后，就有辣子豆豉气味，从那小房间溢出。

十二

算算日子，我们那次见面应当为一月六号。七号我到他们家里去，见到了 ××× 与 ×××，比所想像的 ××× 已老多了。八号又在大马路永安公司门前同她见到了 ××× 的弟弟 ×，两人特别约好在这地方见面，一同过我住处谈话。这人就是先海军学生一些日子，曾经用温情服侍过她，最近不久还刚穿着反面的羊皮袄子装扮吉林垦荒的山东农民，由西伯利亚转北宁铁路回国的。我们稍稍谈了几句话后，我有事出了门，他们又谈了许久方走。九号海军学生同她在我住处吃面，丁玲便告给我明天是她家中小孩子出世满六十天的日子，预告已请了些客，若我高兴去吃晚饭，很欢迎我去，同时或可见到几个人。这些人中有我们原先相熟的，也有并不相熟我想见他们或他们想见我的。然从海军学生的言语里，则我知道既然把客从各处请来，吃饭前后必有些时间“谈话”。这种谈话我自然不很明白，听听固无妨于事，但假若我参加这种谈话，是不是还能发生兴味？所以去不去倒先让我自己决定较好。他要我决定这件事，我当时便认为这谈话决不能参加，也不宜旁听。恰好我另外又正有一个约会，故当时说明我不能去吃酒。那次吃酒既没有我，来了些什么客我也不能明白，谈的是什么我也不能明白。只记起再隔一天到她家里时，丁玲女士翻出了一张三人合照的相片把我看，上面有那么一行题字：

“韦护满六十天，爸爸预备远行，妈妈预备把孩子交给他的外婆。”

问他 :“路有多远? ”

海军学生就说“远得很”。

当时虽只那么当笑话说着，我却早已经单从海军学生方面听明白了他那个远行的计划。

从十一号到十七号，这一串日子里，我们每天都有见面的机会。我对政治毫无兴味，我们商量的是《红黑》应当如何重新出版，大家应当如何设法来支持这刊物使它不至中断，且使这刊物用何等面目与世人相见。事情一来，又轮到丁玲女士起草计划了。在计划中她仍然答应好些事情，从我看来还仿佛不是她所能担负的。她并不是强干的人，但她在学习强干。她在训练中已渐渐的同一个男子那么欢喜作事了。

一连而来几个日子里，我从海军学生方面，又听了一些“故事”。这些故事或出自他们本身，或出自相熟的旁人。我不能在某种生活中产生故事，但对于别一人每种故事却十分关心。

我把出自他们口中的故事，拿出与我从武昌南京所得的各种人事印象相对照，仿佛就得到了一份最好的知识。这份知识于我很有用处，贡献给别一方面时也必然极有用处。海军学生若愿意明白我已明白了的事情，对于他的理想行为，却极显然大有帮助。

但这不成。两人因为应付租界上的环境已十分习惯，便同租界以外的环境疏远了。海军学生把他的故事说给我听时，他的复述越兴奋，我便越觉得为他发愁。他明白在某一件事情中，把自己编排成为剧中角色之一的时节，自己所感觉的庄严可到何种程度。他复述那点庄严印象时，也显得那么快乐。他的快乐只证明他十分天真，这就使人为他发愁。我呢，我认识一张楯牌的两面。我知道双方事情。我看过两地排演的戏目。我作得少，懂得多。因此对于革命我不悲观，但也不能过于事实所许可的乐观了。

理想从文字或其他方面移植到某种人感觉意识上时，这人的勇敢处真正令人吃惊。但这种“勇敢”同“保守”对面以后，产生了如何愚蠢的行为，排成了如何无聊的场面，照例将是使人吃惊以外还得皱眉的。一页新的历史，应当用青年人的血去写成，我明白我懂。可是，假如这血是非流不可的，必需如何去流方有意义？在别一方面的人看来，方法也许只是一个，便是捉来就砍。但在随时都有被砍机会的一方面，人既那么少，结实硬扎机警勇敢的人尤其不易多得，纵事到临头非流血不可，如何来吝惜珍重这种人的血，避免无谓的牺牲，不也就正是培养这个对人类较高理想的种子的一种最好方法？当时在长江方面所见到的只是流血，年青人参加这种流血的，似乎也有非如此不可的趋势。惟一些身在上海各人从一枝笔上得到群众的作家，失去了笔同时也就失去了他的革命武器，便毫无实力可言。如今放下手中的笔，来应付别一种事情，在“用失其长”的情形中，是不是还能做出比好好的写一本书更可观的成绩？自己根本那么脆弱，单凭靠一点点信心，作着勇敢的牺牲，牺牲过以后，对于整个理想能有多少帮助，是不是还有人作过一番考虑？

那时的中国情形大致如下面所记：

上海新书业商人已各因眼光远近不一，从读者捞了一笔钱，各地对于新书取缔忽然转严，作品的去路就窄了些。商人明于世故，皆很热烈的把眼光注意到印“一只天鹅冒险”等等儿童读物方面去了。同时 ×× 方面则由于极端的颟顸、胆小、无能，对于文学思想左倾的潮流，既无能力树立自己的旗帜，用作对抗，也不知运用政策，力图分化。惟一政策就只是每月支出一笔闲钱，雇就若干闲人，身在上海租界内，与租界当局合作，各处侦查，等候机会捉人。把人捉来以后，就一律引渡出租界，只根据雇佣侦探与自首者的报告，按照习惯的办法，将捉来的年青人分别杀头或入狱。

××方面如此情形实不足为奇。就由于胆怯与无知，杀戮在某一时成为当权者惟一一种政策，从本国历史上，是可以发现无数篇章的。但极可怪处，则是凡有机会在这个愚蠢时代社会里成为牺牲的人，都仿佛毫不知道如何请求避免牺牲的方法。各人似乎由于只习惯租界上工部局的章程，全不明白自己行为一出了租界便成为什么案件，得到什么结果。故即或各人行动皆那么秘密，同志中互相皆难知道一人以上的住处，行动皆十分麻烦，每人身后常常有侦探跟随，然而海军学生夫妇二人还那么从容洒脱，实在是想像不到的。

畏怯原不是革命者所应有的东西，但过分洒脱，则不免疏于人我之间的防卫。我尤其不能同意的，便是他们似乎业已忘了自己如何得到大众的原因，仿佛手中已操持了更好的武器，各在轻视原来手中那枝笔。皆以为把笔摔下的时代业已将临，不放下手中那枝笔诸事就作不好。关于这件事，我大约同他们讨论过二十次。认为他们的笔不适宜于从手中离开。并且若已承认了把笔放下是中国革命一点损失，则在这种时代里，如何去使用那枝笔，也成为两人最切要的问题。不担心牺牲，那自然是种难得的勇气。可是若凡事看得远一点，认识得深切一点，了然所谓中国革命文学，应取何种方法、何种形式，使它在这个恶劣环境依然能存在、能散布、能把握某一部分读者的感情，则作者间实有切切实实用客观的眼光去研究的必要。海军学生如其他年青人一样，对历史太生疏了一点。文学所能发挥的能力、所能展开的场面，可谓极其缺少注意的兴味。海军学生之被人重视，我以为对于他根本毫无好处。这人既并无多大政治才识，有的只是较才识三倍以上的热情。凭了这点热情，他应得到一分敬爱。然而一被重视，因此他却必毁无疑了。据我的感想，则发展他成就他，最好的环境，就是委屈他到一份卑下生活里去。要他受苦，被派作不甚要紧的事情，短期入狱，常常受吓受困，一出门就得同政府的便衣侦探斗智，当逃避侦缉者眼光时，习惯于电车的上下，转小弯，于同志中受不甚公平的待遇，学会了种种机智与谨慎，在艰难境遇里三年五年，好好的去取得一个革命家那分应得的经验。一切生活训练他到某种程度，他也才能作某种负重致远的人！

照当时情形来，我的意见已显然觉得稍稍有点迂腐，所以海军学生的回答常常只是个微笑，丁玲女士也只给我一个微笑。要他们说出他们的意见，他们就简简单单的说："你什么都不知道，只能写点文章，别的真不用提。"海军学生原本是个天真烂漫的人，直到这时，不拘他如何勇于负责，不拘他如何长于打算，我总以为他还不脱离孩子气。如今到了把自己加入这血肉相搏的争斗里，对于某种理想的实现，常作超越历史条件以上的乐观，就见出两人皆还在不可形容的天真里打发每个日子。然而到了我明白我的理知对于他们并没有多少用处，拟不再提出什么意见时，他已在意外情形中失踪了。

十六号在他们家中，我对于海军学生的生活，不贡献什么意见，丁玲女士却对我的生活有所考询，考询的结果，我仿佛从他们的脸色上，又看出点可怜悯神气。那神气用言语翻译出来，仍然是“从文真有点迂腐”。我当时不加分辩，不作抗议。我心想：

“一切人都在那里用自己一分观念决定自己的命运，既明白每人因生活不同，观念也难相同，或者就应当各人沉默守分，尽时间来说明各人的命运得失了。”

于是我邀他们过卡尔登去看电影，看了一个英文名为《生命》的片子，说的是纽约某种闲人的生活，恰好合于上海某种闲人的情调，对于我们生命所有关系，就是糟蹋了我们两个钟头的时间。出院时，我们到了静安寺路向西走去，海军学生好像还为影片中的无聊情节十分生气。丁玲就说：

“频，你这算什么？我们的生命，难道不常常的自然而然为一些人事上的小故事，糟蹋得比看一次电影所耗时间更多吗？这也值得生气！”

丁玲的话使海军学生记忆起另外一件事，这个南方人便说：

“我生我自己的气。你呢，你不也是常常因为……”

海军学生所说的，是丁玲女士因某种感情扰乱了她，把写过一半的文章向炉中抛去的故事。这类故事是不必再提了的，因为一个作品，在作者自己一方面看来，既有烧去的愤怒，则这作品也就大约如这世界上某种人，它不存在也许比他存在还更好些吧。

十三

十七。天气阴阴的。我那住处既在四楼，从住处客厅一排窗口望出去，对马路是邓托摩饭店的大楼，平时早上常可以见到穿白衣的侍役，在窗口边用白粉抹玻璃，且轻轻的唱些什么曲子。我便站在我这边楼上窗边，看他作事，且想像这个人作完了事又在什么地方服务，服完了务又过什么地方休息。今天似乎因为天气不好，这人到时还不出现，因此使我稍稍觉得寂寞。九点左右，在那客厅中看过了报纸，本想过法租界去，问问海军学生，看他是不是预备过江西。假若已决定动身的日子了，小孩子应如何送回去，也好让丁玲女士不至于为孩子拖累过久，妨碍应作的事情。假若湖南方面有人来接小孩子，或照预定计划，我返武汉时就可把母子顺便照扶带过武汉，到了汉口交小孩子给家中人，丁玲一人再返上海，事情也方便多了。

当天恰好我已答应了一个中公同事储先生，十二点钟过四马路某地方吃饭，预备从法租界回来便过四马路，吩咐公役锁好了门跑下楼时，在门前见着了邮差，带了一大包邮件上楼，算定我也许还有些信件，故又跟他返身爬上四楼。一堆信件递到我手上后，我明白我已不能过法租界去看他们了。信件中就有海军学生昨晚从法租界寄来的一封，告给我日来如何亟于需要搬家，再不能在那地方住下。且告我今天不必去看他们，因为那住处似乎不大适宜我常去。邮件中还有好些报纸同书籍，且有北京方面两种报纸，皆提到丁玲女士的，朋友不知道她的住处，便远远的寄来给我看。另外还有一本李青崖先生寄来的《艺林外史》，我既然不过法租界去了，就在客厅把那本书看下去。

到了十一点，四楼甬道上有皮鞋声音橐橐橐橐的走过去，从那急促而又带点拖沓的声音里，我估想这人一定是海军学生。但很希奇处，却是这种声音乃由北而南，我觉得十分奇怪，想出客厅去看看究竟是谁。一到门边，他那个宽宽的肩膊也撞进来了。

原来他从后门上楼，见我房门业已上了锁，还以为我走了，走过前门事务部去询问。

“我正想过法租界去，问你们决定了怎么样一种计划，下楼时看看来了信，就动身不成了。”

“我还以为你出去了！”

“你什么时候动身！”

“我自己也不知道。动身以前我得搬个家，那边实在不能再住了。第三衕昨天又捉了一个。现在什么好办法也没有，到处拿不到一个钱，搬又无处可搬。房东那独生儿子死去后，明天就要开吊念经，一热闹起来对于我们倒有好处，可是他们正因为家中的丧事，就非得我为他把房间空出来不可。搬既无办法，我们只有送他幅挽联。你来为我想一幅挽联，下午过我家中去帮帮忙吧。”

“有什么可写的？这件事我全不在行，找李达先生去！”

“你在行，不是什么了不起的大文章，随便做成写上就得了。”

“实在不行！这不是逼得出来的事情！”

“不要推辞，这种事也推辞！你只想，这是一个年纪很轻的人，正在一切成长能够大有作为的时节，无意中死了，觉得很可惜。如此做来就完事了。”

我们把挽联说妥后，又说起关于近来每个作家稿件受商人的苛刻处，海军学生就告给我有人正在旧事重提，商量“作家协会”进行组织的事情。发起这个组织的，还在三四年前，当时因《创造社》方面的出版物，正希望从这个组织的保障下，得到出版自由的方便，故最热心于这会的也是那方面一批人。发起那个组织的动机，既由于《创造社》，内部一切也有被《创造社》控制的情形，到后这会便无结果而散。这一次，却似乎因商务编辑部兴资方发生了龃龉，那方面有几个人在本身痛苦上，感到这协会组织有存在的必要，同时又有些人以作家地位，也认为这会应当努力弄成，作家中之纯左翼，则尤其需要这个会来帮助他们在出版上取得最大的自由，在商人间办交易方能得心应手，故海军学生及其他诸人，如叶圣陶、陈望道、章锡琛……莫不认为这个协会有产生的必要。

关于这个协会过去事情既尚保留在若干人记忆中，

希望它组织坚实健全，且希望它不至于为某一方面所单独利用，用何种方法产生，用何种方法去维持，方不至于陷入两年前“中国著作家协会”困难境遇里去，方法上实在值得注意。海军学生在这方面便有所主张，以为以人作单位不相宜，以团体作单位也不大好，目前照各方面的意见，则似乎有以各个书店的编辑作为主体的趋势。然据我意见说来，却以为这协会首先即以各个书店编辑或刊物编辑主体，假定其人即为协会当然执行委员之一名，对于目前稿件出路问题，虽可以得到相当的解决，其他较大问题，是否这几个身在上海的编辑先生知识与能力便可解决？说来就使人怀疑了。

照海军学生意思，他总以为这个机关只要能比较公平的产生出来，先成一个同商人对抗的团体，每一个作者若受出版商人过分苛刻时，依赖这个机关，就能够得到他应当得到的那一分利益。其次便是用这个团体，以不合作为原则，从政府方面争取出版的自由。政府方面的争斗效果如何，当看这个团体内部的坚实与否而定。至于与商人对抗，则胜利实不待言，因编辑者即协会中之事务执行者，战胜困难，可谓毫无问题。

当时协会的计划，在卖稿一类目前打算以外，还有其他几件事，也认为协会的工作，如由协会来监督或指导一些向国际方面发展的工作，如由协会来建议对于本国出版法某种意见；在国际方面与本国方面，凡有关于原作者权利受侵犯后，或无从由目下现行法律得到何等保障，或法律虽曾规定而情形不合无从援引时，则这个协会，当以团体负责者名义，向各方作出有力的主张与公正的说明。

因为这协会的组织，以各书店有力编辑与刊物责任编辑为主干，要这种商人雇定的编辑，替作家利益说话，同时若干编辑不是书业股东就不宜于称为作家的人物，从表面而言，仿佛他们一来就可以控制出版业者的恶习，事实上却恐怕连原来的那一点点利益也完全弄掉了。并且这协会当发起时，首先就有三数经营出版业者用作家资格加入这个协会，这样一群人物，对于国际文化发展上，以及对于在本国向政府应作的事情，能够弄出什么成绩，实在就使人不能乐观！

我听他那番叙述，且看过他拿来的那一束作家协会发起人宣言，因为他对于这件事那么热心，我就说出我的意见：

“鱼和熊掌不许我们同时得到，这是一句老话。这协会因必需解决作家的生活，想在目前把大部分稿件向商人卖钱，故把几个书店中的编辑作为协会主持者，我不反对。若我们当真还希望这协会对于国际文化发展上有一点贡献，我们所知道的这几个编辑先生，恐怕他们忙不过来！”

海军学生说：

“休，你是不是怀疑他们的热诚？”

“我并不这样。”

“那么你以为他们能力不够是不是？”

我说：“是的。事实上他们能够作这件事，就不能够作那件事。要他们卖稿，就不能再责望他们作经手稿件以外的工作。对于作家协会组织既不是单为稿件寻出路，执行委员的分配，便不得不需要一番考虑了。”

海军学生就说：“那是无办法的问题，因为将就这些人，明明白白知道这种计划并不能够得到很好的结果，但总得有人热心去作！希望大一点并不妨碍这份事业的完成。目的在那一方面，眼前事实只许我们作到这方面，我们也得去试试。我以为用较生疏较艰难的事情，训练我们的能力，即或失败了，也比因为畏难苟安保守现状较好。”

我并不反对这件事，因为我明白当时的情形。政府的压迫与商人的刻薄，两方面逼迫到作者无路可走，作者是常常无法维持他的生活的。希望政府宽容同希望商人公道，既同样是一个徒然的希望，那么作家的事作家自己不想法来解决，还有谁人能来解决？本身的艰难不由自己想出救济的办法，仿佛只等待另外一个时代的人来为我们呼唤，这自然极不合情理！并且我们不止为我们自己打算，亟需要这样一个组织，便是我们时代较后力量较弱的作家，也更需要这样一个组织！

但我总觉得这个协会所能做到的，同理想相去太远。且根本上有若干适宜于这个协会的分子，既不能设法使他们加入，对于协会前途极有妨碍的某种人，却已显得极端活动，因此我总以为海军学生的热心处同他参加别一个组织一样，全凭天真作去，缺少理知来自加检讨。

海军学生一忙就显得更瘦了些，望着他那个瘦脸，我什么话也不说了。凡事他比我作得认真，我却常常比他想得透澈。

我们为这个问题讨论过将近一点钟，他被我说服了，“不必对于那个会怀了太大的希望”！我也被他说服了，“加入协会”。十二点三十分后，他从我手中拿了六块钱，同那两份报，并那本《艺林外史》，和我一同离开了住处，一同从北四川路向南走去。走到恰在装修门面的惠罗公司门前，他说他应当过先施公司去买那个作挽联的白布，就伸出手来捏了我一下，且向我挤了一下眼睛，笑眯眯的从马路边走去了。

我在四马路把饭吃过后，大约已三点左右，就走过法租界他们的住处去。丁玲女士见了我，问我海军学生是不是已到过我住处。我就告给他午前的一切情形。知道海军学生还不回家，我仿佛就有种不祥预感，以为一定出了什么事故，带笑说：

“他约好我来写挽联，他这时还不回来，莫非路上被狗咬了。”

丁玲女士正在小孩身边为小孩子折叠一片围身的白布，满不在乎的说：

“不碍事，身上并不带什么东西。”

“他应当小心一点，他那么洒脱，我为他担心。”

“从文，照你这种胆小，真是什么事都不能作！”

我并不胆小，我为了证明我的担心不是毫无理由，就为她告给了一件从朋友处刚知道的“故事”。但她想让我明白上海租界也有上海租界的好处，就为我也说了一个新故事。瞿秋白身在××某一时节，成为上海方面的负责人，这是一种人所习知的事情，直到××××年，中央的通缉命令既未撤消，××的职务也未交出，去年从俄国奉派回国，在上海电车上，一个下班的巡捕认准了他，轻轻的招呼他：“瞿先生，什么时候回国来了呀？”他自己还料不到有这种事情，只好结结巴巴的说：“回来不久的。”但因为是租界，租界上的巡捕还不至于好事到捉了人往别处送去，因此那巡捕虽认准了他，到后还是自由离开了那巡捕，并不被当场逮捕。

我觉得那个例子并不能说明目前一个人的安全。照海军学生在我住处所谈的看来，他似乎随时随地都有捉去的机会。但从丁玲女士态度看来，则又似乎她自己也还并不明白海军学生生活。我为她那分镇静有点着恼，我就走了。

到了晚上，我把饭吃过后，终究有点不大放心，又走过法租界去看他们。海军学生仍然还不回家。我问她是不是有什么事情要我作，她就要我为她照料小孩子，一个人出去了约一点半钟，方匆匆促促的走回来。问她有什么消息没有？她只咬定下唇微笑着，把头摇着。

十八早上我又过她那儿去，一看情形我就明白海军学生还不回来，猜想这人一定已捉去了。

我说：“为什么晚上还不回来？这是不是有例可援的情形？”

小孩子的母亲，夜来整个晚上似乎皆不睡觉，正坐在小孩摇篮边，为海军学生缝补一件旧衬衫，又像心中十分焦躁，方故意把一件不必作的事来消磨时间。听我说到海军学生的去处时，神气很镇定，依然微笑着，好像那微笑里有几句话：

“一切的灾难，假若是自己预先认定了应当有的那一份，迟早这一份还是得接受的。人事应当去尽，万一捉去了，就设法来救他，杀掉了，自然就算完事了。”

这份因勇敢而来的镇静，对于她实在大有帮助。两个月以后，若非她这种长处，把小孩送回湖南去时，我们路上一定将增加不少麻烦。且到了家中，她若不能遮掩她的悲痛，海军学生失踪的消息，一为那风烛残年的老太太知道，那方面就更不知糟到什么样子了！

当时既不见海军学生回家，把所有上海各种报纸买来，在社会新闻栏内去检查，并不曾发现一个汽车撞伤一类可以疑到海军学生身上的新闻。在逮捕案件上也并无征兆可寻。想去两处相熟的地方探听消息，又担心那方面住处的人已被逮捕，正等候探信的人落网。并且在同里刚不久还捉了人去，这屋里说不定业已早就被人注意，人一出门也许就有跟随的……且说不定什么时候还会有人进屋捕人。丁玲女士既不适宜于出门，故只好让我各处去看看。

我从法租界跑到闸北，从闸北跑到静安寺，从静安寺再回到万宜坊，各处跑到了，皆无这个人什么消息。且到过熟人 ××× 处，用电话为向公安局方面熟人询问。近日来是不是捉了些人，公安局方面也无什么线索可寻。

但一到下午，我们就从 ×× 处得到了海军学生业已被捕的传说，回到住处去，把两天来一切哑谜全弄明白了。

十四

大约七点钟左右，我从万宜坊回转北京路宿舍，慢慢的转着圈子，爬上那三层高楼，在宿舍门前，见着一个骨瘦如柴的老人，瑟缩可怜藏在角隅灯光隐蔽处，侍役把门一开，见了我后，就说：

“沈先生，有人找你，等了两点钟了。”

那瘦人这时已站起来了，端相了我一阵后，便从袖口里，伸出那么一只干瘪瘪的黄手，捏着一点什么东西似的，且忽然命令我把手摊开，我在慑于一种不可言说的压力下，竟不得不照他说的作去。原来他那只干瘪瘪的手与我的手合拢后，即刻把手收回，仿佛一不小心就会将什么传染病给我样子。先一刹那间我还以为这人应当是政府一个侦探，装作那么萎悴样子来探听我消息的。如此一来，便即刻明白他的任务是做些什么事了。我要他在门外等等，拿了那小小字条到房中灯光下去展开字条一看，就知道是海军学生从某处写来的信。这人恰恰如我所料，昨天下午已为公共租界的警探会同 ×× 的

××把他捉去了。

信那么草草写着：

休：我遇了冤枉事情，昨天过你住处谈天，从住处出来到先施公司，遇女友拉去东方旅馆看个朋友，谁知到那里后就被他们误会逮捕了。请你费神向胡先生蔡先生一求，要他们设法保我出来。请吴经熊律师，乘我还不转移龙华时，进行诉讼。你明白我，一切务必赶快。否则日子一久，就讨厌了。奶奶处请你关照一声，告她不必担心。我的事情万不宜迟，迟了会生变化，我很着急！……

崇轩

捏了字条往外跑，把那个老家伙一把拉回房中后，我就问他一些信上还未提及却又必需知道的事情。这送信人把头只是乱摇，用手指点拿在我手中那个信，“你看这个”，我于是再看了一次，方发现那揉皱了的纸角上，海军学生还写了一行很小的字，那行字是……

事不宜迟，赶快为我想法取保。信送到后，给来人五块钱。

恰好我身边刚取得十五块钱，送了他五块钱以后，这人方说："你们赶快一点，押过南京就难办了。"我说："可不可捎个回信去？"那人说："不用写信，你就告我我记得！"我就求他转告海军学生不必心慌，我们在外边的总尽力去做应做的事。那人盘跚走下楼梯后，我即刻跟着下楼，过北京路坐了一辆黄汽车，过万宜坊去把这消息报告给丁玲。

那时节小孩子正在吃奶，作母亲的正在桌边翻阅一册 ××× 小说集，见我进门神情不同，就说：

"怎么样？又回来了，有消息了吧？"

我不作声，对于她用全副精神很高兴的样子看一本通俗下流的书籍，觉得很不可解。她似乎明白了我的感觉，便把书递给我看，原来这书不是平常的书，里面有一部分业已挖空，大约为了安置别的什么文件，方用这本学生通俗读物来作遮掩。她把这书举起又放下，我便知道我是有了小小误会了。我把海军学生适间送来的字条递给她，她默默的看下去，末了抬起头来问我。

“谁带来这个东西？”

“一个老而可厌的家伙！”

“跟来在外边吗？”

“送到我宿舍拿了几块钱就走了。”

“你回信怎么说？”

“我告给那老家伙带了个口信，要他一切放心，在外边的总为他尽力援救。”

把信重新看过一次后，她似乎忽然从话语中领悟了什么，急急促促的向书架边走去，把一本书翻了又翻，注意那书皮与第一页及末页的衬纸，这一本书寻找过后又去寻找另外一本，把书架上某一部分书全挪动后，皆不曾发现什么东西。她所找寻的正好像不过一片小纸，或某人的通信处，或别的类乎通信地址的平常东西，但寻觅结果还得不着。

“糟极了，他一定把那东西带走了！”

我想明白是什么重要东西，问及她时，她又说：“不妨事，全不妨事，带去了也不危险。”但从她那神情上看来，假若海军学生当真身上带了这种文件，一入狱被查出时，显然增人忧虑。且从海军学生来信上加以研究，则这次同遭逮捕的，必还有一些极其成为问题的人物在内，海军学生必十分心慌，最怕牵连在一块办理。

我们把来信语句过细研究一番以后，且就日里所听来的其他消息加以对照，便知道海军学生情形极不妥当。但那天在东方旅馆方面既无什么会议，海军学生又不过一个文学作家，对左翼文学理论方面所具的理解，究竟已到何种程度，友朋间看来殊可怀疑。从他谈吐间找寻结论，则促成这人转变的，实在还只是一种南方人单纯勇往的热情，并非出于理知的抉择。不过由于过分相信革命的进展，为一束不可为据的“军事报告与农工革命实力统计”所迷惑，为“明日光明的憧憬”所动摇，彻底的社会革命公式把他弄得稍稍胡涂罢了。并且××方面他既无多大关系，由作者地位说来，则夫妇二人又俨然有号召大部分读者的势力，可谓社会知名之士。所以在我意料中只要案情不过于复杂，少其他牵连，同时秉政者衡情酌理，明白这人之不可杀、不必杀，则海军学生案件，至多不过判处徒刑两年而已。

当时丁玲女士虽担心某种不利于海军学生的文件，或为警探所搜去，实在麻烦。然而想到逮捕地方既不是海军学生应去的地方，别方面纵有何种会议对彼却无关系。且本人以作家出面，上海既不比内地，政府纵胡涂，也不至于冒犯国民的感情，作出把一个思想比较左倾的作家也牵去枪决的事情。当时我们以为一面想法请人取保，一面请律师代为设法。第一，对犯人从租界引渡加以抗议；第二，把作家地位以及在作品上所负的责任加以说明，请求当局注意；第三，进行诉讼上所必需的辩论与说明，使海军学生得到自由。我们就商量了几个办法，我去请徐志摩、胡适之先生等代为介绍吴经熊，并去信南京中央研究院，请蔡先生同杨杏佛代为探听下落，向政府方面说一句公道话。另外又去信武昌、北京，如××××××等，希望他们帮忙，务使海军学生在作家名分上，得到一种保障，不致与其他人牵连视同一律办理。

感谢各方面师友对于这件事的重视，以及所尽的种种帮助与营救的方法。关于律师的事，得胡、徐去信介绍后，又恰好丁玲的熟人李×先生，正与张志让律师相熟，这张先生既同吴在一法律事务所合作，又极热心于 ×× 友好灾难的援助，故丁玲女士就预备把这事完全交给他们，先托他们探听海军学生的下落，再进行营救。那时节海军学生第二次又从狱中送信出来，措词更焦躁了一些，最担心同一些不相干的人引渡过市公安局，催促我们赶快想法。且说他已经受了拷打，过中国监狱去他更受不了这种待遇。过两天后，律师方面把本案情形略弄明白，为了办案方便，他们又把这事件转介绍我们去找寻江一平律师。我们去见这个事务丛集的青年律师，还刚走进那个挂有执照文凭空屋子里坐下后，得到了从别方面来的电话，说 ×× 逮捕的一干人犯业已有引渡的消息，再同他一谈，他便去电找詹 ×× 律师，询问龙华司令部方面新近在公共租界逮捕引渡的一批犯人中，有不有一个 ×××。回电并引渡人犯事也不提，只说不知道这件事，过军法处查询也无从查询。×× 是政府方面的人，对这事不能答复，便使本案又转入歧途。人被逮捕既为事实，引渡消息又殊可靠，则人犯或又正如某一小报所说，业已直解南京，也未可知。不过人既无着落，律师对于本案帮忙无力，白费了这个青年律师两点钟的时间，两人便只好道一声歉走出那办公室了。

人的下落究在何处，上海方面既苦无眉目可言，我们便预备过南京去询问。找到南京见蔡××××××等后，谈到这件事情，这些身居中央要职的人，就老老实实说这类事他们无从为力。武昌方面××来信，也说业已函×××设法，×××就申明这保人的事很不好办。照当时政府的行为看来，谁对于青年要好，保释这种年青人，谁就多一分共产嫌疑。且从这些伟人方面来探听海军学生的下落，则海军学生似乎因为是一个知名作家，政府就决不会凭空把他逮捕，还认为逮捕是一种误会、一个谣言。

我们也愿意事实恰恰如此。但海军学生的信，不是很分明的说出一切情形了吗？回上海时，想起海军学生或者正被人缚着用白醋灌入鼻孔，或裸着胸脯被人用香头逼炙的神气，使我难过得很。这种用刑强迫逼取受难者的口供，出于我在军队中清乡时亲眼见到的，大约就有一千个人，这一千张不同的苦难面孔，到这时节一一再现出来，且在灯光下看来，整个车厢内的每个同车者，那脸子都似乎是一个我所认识的罪人脸子。上海租界的刑讯，虽由于物质文明的进步，香头熏炙一类方法，已用电刑来代替，但那种受难者在折磨中所有的境遇，却大都一律相同。我记起海军学生平时那副清瘦的脸子，记起了他生气的情形。

回到上海时，把一切经过同丁玲说明，这个案件既无从求助于法律，也不能从人力上得到开脱机会，我们应当怎么办？我们同李 × 夫妇四人商量了两个整天。

这时节，外面风声因捉人而更紧了些，在海军学生失踪后数日，又陆续有了些 ×× 巢穴被 ×× 方面 ×× 所发现，监狱中又增加了一些青年学生。丁玲在原先住处，先还用“先生过汉口有事去了”来搪塞房东的询问，谁知房东早已看明白了此中情形，只希望她赶快搬家，不要到时出了什么事情连累主人。同时她自己也担心住处会为侦探知道，一时无其他办法脱身。

一时既无其他适当住处可以搬去，只好暂且到西门路西门里李家去住，把一个生下地还只七十天的小孩，同一些零碎衣服，先行迁去，再来搬其他粗重东西。

关于失踪者的下落，不久就又从海军学生自己想方设法露出一点消息，知道他还在公安局，又知道他自己不久就得过龙华，请赶即想法找人取保。为了这样一个消息，使我第二次再过南京。从南京方面得到了蔡先生的一封致上海市长的信，回上海拿了这信去会张群，从一个秘书方面始知道原来一批人犯两天前已转过龙华司令部了。

到了龙华司令部，使我们更担了一分心，同时也放心多了。若干日来我们希望莫引渡，既成为徒然的努力，如今却又希望不过南京了。按照习惯青年政治犯一到龙华，就似乎有了着落，所犯的案件麻烦一些，不久必押过南京，或就地枪毙。所犯的案件无头绪可寻，或不甚重要，便定下一个徒刑的期间，或七年八年，或五月十月，到判决时若有人向某一方面设法，譬如说，×××××× 之类，就可以减轻一些。本应作三年的，有人说一句话，也许就可改成六个月。恰好复旦方面有个姓祝的朋友，半年前因文联剧联的小小嫌疑，被捕去后，略加讯问，就被判处两年零十个月的徒刑，再经过一道希奇古怪外人莫得其详的手续，又复从那个年限中减至六个月。预计羁押期间已四个月，于是把这点日子折合半数，再坐几个月牢便放出来了。

这 × 君既同 ×× 略有关系，刚被释出就来找寻丁玲，故见面时谈及内幕，我们方明白了年青人被逮捕得释放还有另外一种理由。我们心想一个人既然在正当法律下毫无保障，又无法使这类事从南京方面设法，如有什么方法可使这些军法官，发生慈悲，求他们真正公道一点，这方法倒不可不注意了。我们从 × 君方面的询问，得到一分知识后，就又向一个郭女士处去探询。郭女士正因为同样一件事情，送了一份八百块钱的礼物，给她一个广东同乡，这同乡很幽默的收下那礼物，似乎本来就明白凡是年青人被拘押的皆出于无知被骗，故极热心来主张公道。海军学生既不能从法律得到公道，也就只好从法官要点公道了。我们为了这件事各处去筹钱，这件事情很得到几个人的帮助。丁玲卖了两本书，又借了些。但钱得到手时，便发生了一个问题，郭女士因为替那在押的筹钱回广东去了，我们想把这钱来买公道，可不知道这买卖应如何作下去，同谁接头，钱交谁手。

案情又似乎缓和起来，海军学生有信捎出了。信上说一切还好，但事一持久必被牵连，最好乘此时设法保出。送信人自然还是五元。这送信人把酒钱得到后，看明白了我们的意思，恰好他同老国会议员相熟，那议员就是同丁玲要好早已死去的王女士的父亲，问及他这件事，他便慷慨陈词，愿意替我们“买”公道。他把这件事说得有条有理，在叙述几个过去的故事时，就举出些很谐趣的理论来证明。他知道这些事情之多，完全出乎我们意料之外。丁玲相信了他，要他做出点成绩来看看，他答应以后便走了。

第二次他带了海军学生的来信，也说及这人可靠。于是我们被他骗了一手，把一笔小款交给了他，这钱被他骗到手后，他究竟如何去办交涉，这就只有天知道了。但他也不白白的得了这笔钱，他指示我们个方法，如何照规矩去探狱，他把一切手续告给我们，我们因此还能够在海军学生被捕以后，死去以前，在狱中隔着双重铁栏互相招呼一次。

自从这一次见面以后，海军学生便从这世界消灭了，无一个人明白他到什么地方去了！至于这样一个人被捉去以后，不闻宣布任何罪名，便居然消灭了，初初看来仿佛很希奇，且在稍有人权法律观念的人看来，会觉得政府这种处置青年人办法很可怀疑。但其实这是城市中读书人的看法。若一个稍稍明白内地情形的人，就不会如此了。这种杀戮在内地极其平常，十年来是无可统计的。古怪的不是这种青年人的失踪，应是大多数人的麻木。这种麻木包括读书人与 ××× 在内，他们既不知把一些青年人杀去，对于一个民族是一种如何损失，大规模的杀戮虽日日在举行，多数知识阶级还扪籥谈天，专在一些无当于实际的问题上有所争论，也不知道杀戮年青人的办法是一种如何愚蠢的办法，故这种杀戮还在用种种方式继续下去。

十五

我们因为还想从那个专在牢狱中传书递简的人得到点消息，丁玲明知道这个人并不怎样可靠，遇着他来时，必依然作成很亲切的神气去款待他。这人所得的“酒钱”本已超过了他应得的数目，每来还得很好的待遇，一件落实的事情不作，似乎良心也不大安宁，就告给丁玲，她到本星期 × 可以去探监。这人既不是 ×× 的侦探，却同些那一道中人十分相熟。他知道谁应逃避谁极重要，故他提议“太太只管到那边去决不吃亏”。他告给了一切手续与方法，他的言语自然极其合理可信。丁玲相信了这种提议，便为海军学生办好了一条草荐、一条棉絮、两套汗衣、两双袜子、一提盒食物，照所指定的日子，邀我陪同她过龙华去。去时她换了一条灰布短短棉衣，同一个在吴淞丝厂作每天值二毛八分钱工的乡下女子完全一样。

因为知道那方面人多，正式挂号在九点钟，挂号的人数又有限制，恐慢一点错过了机会，我们七点以前就到了龙华。天气正当小雪以后复酿大雪，灰色酿雪云满布空中，风又劲急，我们便站在那司令部大门口当风处，等候挂号的时候。去时丁玲总还有什么不放心处，敢到那地方去，还似乎是拼着捉去就可以见海军学生那么勇气，把胆怯处掩着。到了那里以后，慢慢的探狱的人越来越多，其中无所不有，同时且见到了 ××× 同 ××，也居然装扮成为南市鱼行中商人样子，腰边缠裹鱼腥气扑鼻的围裙，提了一个紫花布褡裢。又见 ×× 女士，上海少奶奶式的装束，提了点心一盒。又见着复旦两个大学学生，也属于 ×××，同丁玲是认识的。又还有些零工装束同小商人装束的人，虽不能互相谈话，却一望而知是为了同一目的来到这里的。渐渐的来的人越多，因为知道来探狱并不算得一种冒险，丁玲也越放心了。

来到那里的熟人虽多，间有正预备会面还无从相见的，这时节却因耳目接近，各人装束不同，不敢相互说话。各人皆匿笑着，为对面一个的装扮匿笑着，却各自站在桥边或路中，等候报名的时间。

这真是一个长长的期待！天气实在太冷了点，风又太劲太急，所站立的地方又恰恰是过道透风处，各人不敢互相招呼，皆沉默的等待着，或故意走到一个原本相熟的人身边去，交换一个仿佛无意写在口角的微笑，且好像同时也就交换了一种语言，或是“你也来了！”“冷呀！”“不碍事，不什么危险，也不很冷！”大家皆明白，大家皆能会心。因这点会心的招呼，稍稍解除了些期待的无聊。但到后人越来越多了，就有披着灰布棉外套的卫舍兵士，来编排指定各人的地盘，把各人带来的东西安置不当路处去，这一来，走动的权利剥夺了。既然走动受了限制，大家只好从门前大路间或一辆急驰而过的汽车声音上加以注意，藉以打破全体的沉闷。从七点等到九点，因为各种来探狱的人已很多，每天既只能挂四百号名，挂号便提早了半点钟。那天大约有六百人齐集在门前，至少有两百人走了一趟空路，有两百个囚犯白白盼望了一整天。

挂号完事后大约已十一点钟，照例这四百号请求接见狱犯的字条，得由警备司令部军法官批准，才能拿了这批准字条，分组到监狱里去。照规矩把批就“许可接见”的字条发下应在十二点，入司令部监狱应在下午两点。到了十二点后，军工厂汽笛已响，工人皆陆续出门，我们还是在那里等着，谁也把全身四肢冻得僵僵的，谁也不能吃饭。都只希望那字条赶快发下来，再过一阵就可以拿了字条过拘押人犯处去。直等到下午一点半，一个小军官把字条从里面送出来，各人蛆似的围到卫舍司令部小门边去。

这种字条的发给，是按照秩序以及人名叫唤分发的，有些人的字条不知如何被扣下，有过经验的人就知道犯人已被枪决了。轮到我时我们真担着一分心，只深怕把名字逃过。但很好，一张仿佛屠宰捐单据样子的字条，上面写着字，盖了一方小小朱红图章，居然交到我手中了。

得了这样东西，我们竟忘了大半天的饥饿寒冷。

报名分十人一组。从外边进去，也是十人一组。各人扛负所带来的物件，跟随一个手持大捧的灰衣壮汉，转弯抹角沿兵工厂墙角走去。几天前融雪后的泥泞，在寒风扫荡中已结了冰，地面既坚滑异常，又得在这种极坏地方追赶那壮汉。因此许多站在寒风中等候过久四肢业已冻僵的人，尽只摔倒，把带来食物四处播散，把背上棉被远远的抛去，自己努力爬起总爬不起来。一面看到这种忙乱的情形，一面还看着兵工厂机器间流出的黄水，热气腾腾。若干不知名的四方红色砖砌房屋，各以远近不同，发出种种的声音，在耳边吵闹着，同时还听到远远的市声，使我们感觉一分异样情调。

在一堵墙转角处有人摔下，一个小小包袱远远的抛去，掉到那个充满黄水的塘中去了，这人像只小小兽物那么发着痴，竟不知道怎么办。再过去一点，又有一老妇人在地下打着滚，后面的人赶不及来扶起，却从身边迈过赶上前了。

看见这些情形，总使人不大容易忘掉，这一角一片小小世界，一刹那光景，使我们真像得了许多知识。

一群人胡乱跟着那个壮汉，终于走到了围墙尽头处门边了。那地方有炮垒一般的小哨棚，和平常北方大户一般的栅栏门。到了那里时，我方知道进来的虽分组进来，还仍然得集聚齐全，把字条一一交进去加以检验，方能进里面去。不管如何我们还得等候外面的人。把外边分组进来的人等齐后，又得等管狱的知会，兵士方能开门。开门以前又须分组为每次二十人，一一验看军法处的字条，核对无讹，才许这人把带来的行李，从一道高将齐眉的木栅抛上去，请求兵士接过，自己也依赖着兵士的援助，攀援过这一段栅栏，方入监护牢狱的小兵营。

时间还不到，天空中落了雨挟雪。

为了急于一见海军学生的希望，我们一面十分焦急，一面便也忘了一切，只依然等待着。这时节因各人挤集在栅门边空地上，监守的壮汉皆站在较远处，有人想荡过墙边洒尿的，那兵士就把大棒扬起吼着“嗨”！把那人的行为止住。各人既挤得很紧，于是原来不敢谈话的，皆有了机会轻轻的来谈话了。然而各人身旁的××，谁也不敢谈所要谈的话，却不约而同一致的来注意天气讨论天气。谈落雪，谈雪后如何不适宜于在泥地中乱跑，且谈冬天落雪时的鱼价。

丁玲女士到这时，各处搜寻熟习的同道，同那个身穿蓝青布长褂缠着一条鱼腥气扑鼻围裙的 ××× 说了很久的鱼价。这个 ×××，不止明白上海的鱼业鱼市，还明白天津的鱼业、汉口的鱼业、福建的鱼业。我望到他那个为劳苦所磨折的小脸小眼睛，心中充满了一个观剧者发现某种秘密时的惆怅。

丁玲又同一个大学生去说学校放假期间，讨论假期长短和得失，也谈了许多。他们自然并不专指鱼业行情学校假期而言，但当时却似乎并无旁人注意这些谈话。

在这些时间中，我曾细细的观察过所有等待在那里人的神气，我仿佛读了一本书，慢慢的把这些人的命运安排到我那本书上去，等待中的时间便忘掉了。

到管狱处允许开门时，第一组有三个人被把字条发还，拒绝入内，我们方知道所有字条并不全是一个“准”字，许多人才来好好的注意一下手中的东西。原来关于这次租界被捕一案的，以及在其他方面因政治嫌疑而逮捕的，竟全部不许同家中人见面，所批的都是“不准”。

这一来我们等于白在寒风中冻饿一天，大家皆显得十分失望。鱼行中人的×××，知道尽蹴在这里，其余人进里边去后不能进去的或反而受人注意，就自言自语的说了些俨然市侩的话语，匆匆的走了。另外几个先前不为我们所注意的乡下人，这时看看自己字条，也赶先走了。有些人则得了准许的字条，从栅门上爬进去了。过不久，一群聚集的人渐渐少了起来，有两个中学生样子的青年，站在我们身边，展开他那个字条给我们看，原来他们也是来探看上次被捕之一群中的柔石、冯铿两个伴侣的，这青年并不认识丁玲女士，却以为我是××，同我轻轻谈了些进到里面的方法。但等了一阵，眼看着毫无希望可言，也只好走了。

到了这些地方，上面不准下面是无法可设的。然而我们却始终很固执的等候这种意外机会。

进去的人益多，走去的也已不少，看看那里只剩下四十左右不批准的人时，查票放行的办法有了通融处，对于批准的分组法也不如先前认真了，有人就请求他们许可全体一同放进去。一个麻脸兵士说：

“进去也无办法。批准了的见犯人也有秩序，不批准的进去了还是见不着你们的人。里边管狱长有手续，不是我们不放你们进去！”

有人就说：

“见不着人也不碍事。”

又有个老妇人扳着栅栏请求让她进去，且说只看看就出来。又有人甜甜的同那兵士用乡亲话语谈着那点希望。那四个兵士也倦了，只是还不让步。班长过来了，这班长看看像个学生样子，见多少双沉默的眼睛皆望着他若有所祈求，他就说：

“你们进去也还是无用处。我们这里只是守门，不管别的。门里边不归我们管理，见犯人还得要条子批准！”

但是有人说只请求他放进去，不见犯人也无妨，恰好有一组人从里边退出，我们乘这种机会就从那班长的默许下，挤进了七个。刚进到里边，就听外面因关门发生了争持，有一个人被兵士殴打的声音。我们各人已很敏捷的混入了若干探狱人中间，就再也不注意别的事情，门外那些人从此也不再进来，大致因那殴打全体被赶走了。

到了里边后，我们走过那正拥挤着无数人头有铁条横梗的窗边，寻觅相熟的脸孔，除了只看见所有的人头在窗边动着，口中大声兴奋的嚷吼以外，竟毫无什么发现。

但到了这里，我们却并不失望，因为虽然见不着海军学生，却已明明白白靠近海军学生受拘押的监狱了。

批准探狱的人汇集在一个面积不大的土坪里，各依秩序把字条交给另一铁门里的管狱人，过不久，他便可隔着铁窗在若干犯人中发现了他所要见的亲友面孔了。但犯人既那么多，一切安排皆不能守定秩序，想说话的人越多，互相便只好大声说话。有些人话不能说，见了面时点点头，把东西交给管狱人后，管狱人把犯人便拉走了。有些人一面说一面哭泣。又有些人声音太高亢，管狱人就用同样洪大声音吼着，骂着，制止了这种声音。会面处既共只一个四尺见方的窗口，里外各挤了三四十个人头，如此一来就有六七十张嘴唇说话，那么多人大声来说话，嘈杂到什么样子是可想而知的。但管狱的为了时间经济起见，每人谈话受着限制，送东西的把东西点清后，就不得不离开窗口，说话的也常常不能让他说完，犯人便带走开了。所以将近四点钟时，大坪中便只剩下了三十来个人。

我们在一旁看了许久，早看准了一个坐在铁门里检查信件的中年人，估计一定可以从他那里想出个办法，一会儿我们得到一个机会，一个厨子模样的大胖子，用油腻的手擦着眼睛走开了，丁玲便挤上去挨近铁栏边，把手中条子递给那管狱人。那人接过手看了一下，又看看丁玲，把头摇摇，一句话不说，条子掷还，很显然我们已失败了。

又过一阵，人更少了些，我又得了一个挤上前去的机会，仍然把字条递给他。这人又看看我。他从我们神气间看明白了我们请求他帮忙意思了。他问我：“为什么明明白白写定了‘不准’，还来这里做什么？”我们说不能见面是不是可以把捎来的东西送给这个犯人。旁边就有人说这事谁也不敢作主，不管送什么全不成。但来了个军官样子的人物，神气似乎很凶恶，在铁栏里来回走着，那检查信的拿了我们那个字条，同他说了几句话，谁知那军官即刻就走过来同我们说话，且很和气的告我们这人上面有命令不能见面，就不能见面，送东西也不许可。但若身边带得有钱，不妨给犯人送点钱。我们想交三十块钱给海军学生，他却说有五块钱够了，钱多了没有用处。当他把钱拿进另一铁门，我们照他所指派站在那窗口边等候收条时，从兵士口里我们方知道这个人就是管狱长官。一会儿，只听到有个带金属脚镣的声音，从第二道小铁门处走过去，一眼望去，那正是海军学生的影子。我把海军学生走过的地方指给丁玲女士看，我们正说着，那个带脚镣的他又走回来了。丁玲女士便叫着：

“频！频！”

相隔那间空房不过一丈二尺左右，只要一喊叫，那一边也注意到了，便停顿了一下，把带着放光铁手铐的双手，很快乐的扬了一下，即刻又消逝到门背后了。

“是他，是他，他很快乐，很雄，还是一匹豹子！”

“是他，我一看那背影就知道是他！我看到他在那里！”

“样子不像受苦的样子！”

“还有脚镣手铐！”

捏着那张海军学生亲手写来墨汁淋漓的收条，我们互相说着且苦笑着，指点他适间所消逝的那扇铁栏门。

但从此以后，这个海军学生就不知道消失在世界另外一个什么大门后面去了。

天已入夜，落了很大的雪。

十六

从龙华监狱里，知道了海军学生还好好的生存在这个世界上，对于前数日上海报纸所传述的离奇消息，便得到了一个证明。人既然并不如传说所谓“当时即已枪毙”，又不至于“随同一干人犯押过南京”，故我们当时对于这人的安全，似乎又乐观了些。且因为南京方面朋友 ×× 夫妇，为此事在南京出了不少的力，到处去探听这案件的种种关系，又托人为海军学生说话，所得的消息也使人觉得放心。因此一来，我们便以为海军学生纵或在牵连中，无法用他作家的身分，得到些温和的待遇，但一时之间，也总不会发生什么问题了。朋友 × 因为在 ××××× 作事，知道处理 ×× 案件的皆 ×××，×× 中央党部，且此类案件即或在长江中部发生，也无不受南京方面的指挥。海军学生若这时还不适宜于死去，还应当留下一线希望，担负将来艰巨的事业，在某一方面，若有什么完善的方法，能够保全他的生命，这方法自然有注意研究的必要。

下面就是朋友 × 特为此事从南京赶来，同丁玲商量营救海军学生的一次谈话。谈话时我在他们的旁边。

“上海关于 ××××× 事，多从 ××× 手中经过，为海军学生的事，我见过了 ×××。”

“怎么样了？”

“我提起一般舆论，和小胡本人的过去。我想若果我们还希望他活下去，我们便得想出几个方法来，这个办法不成，换上一个，还是不成，又再来一个。”

“我们不是一切方法想过了吗？南京要人方面、私人方面、上海方面——我们把方法全用尽了，就无法对于这件事得到一点好结果。”

“我同 ××× 谈及这案件，上海的事无不从他手中经过。我说起海军学生本人一切情形和他朋友及各方面的意见。我还老老实实的说，政府不应当很胡涂的让这个人长此失踪。政府方面若还有几个懂事明理的人，知道一个知名作家需要如何待遇，方像个样子，对于目前的事便得有个补救的办法。”

“你真那么说？”

“我就那么说。并且我说的不算废话，××× 对于我的意见，作过如下的答复。他说：‘若果上海捉了这个人，我们当然不马虎处置，如果这人不是 ××，我们当然会很公平的处置。’我就说：‘人捉去了是无问题的，因为在 ××××× 的案件中，有个 ××× 的人名，就是这海军学生的别名，朋友全知道的。至于这人是不是 ××，即或 ×××，他究竟作了些什么事，且就本人过去态度而言，他这个人能作什么事，一加调查就会全部了然。并且他的朋友 ×× 和 ×××，可以保证这个人。’××× 又说：‘我明白。蔡老先生就提到过他们。但蔡老先生就不敢担保那个人的信仰。不过你说他的朋友 ×× 同 ×××，可以从另外一件事情上，证明这个人不应当一律办理，这两个人在南京？’我说：‘两人在上海，但我可以随时要这两个人来南京。’‘× 同志，你要他们来，我们再商量办法。我们的党并不是故意想来摧残年青人，而且我们也并不疏忽我们的文艺政策。××× 若只是一个思想比较稍稍左倾的独立作家，决不会在牵连中被胡涂残杀。你要他们来同我谈谈，我想见他们。’这就是我来上海见你们的理由。”

“你是不是以为我同从文过南京见见 ××× 就有办法？”

“假若对于海军学生的安全，我们认为是一件应当注意的事情，你们再过一次南京，并不算得徒劳往返。”

“从文，你说？”

这其间，轮到我参加点意见了。我说：

“海军学生还不应当死去，还有许多重要事需要他去完成。把一个勇敢的人如此胡胡涂涂打发了，留下些投机分子，不是懦弱怕事，便是颟顸不能办事，理想不是也因此受了打击么？”

丁玲说：“从文，你是承认过南京了。假若见 ××× 为得是去‘投降’，我们用不着去南京！”

我说：“这个字眼儿用得不合事实。我看不起自首。若海军学生为了自首卖党而活，不如死了较好。因为个人死去了是一件小事，使 ×× 受一种坏影响自然不是海军学生所宜作的。只是假若海军学生以一个作家，在 ××× 案件中被牵混死去，对于海军学生是不是一点委屈？假若我们过南京可以使海军学生得到较公正的待遇，能在正当法律下合法审判处置，我以为我们当然应过南京去。”

朋友 × 说：“我也就是这种意思，从 ××× 的语气方面，只要海军学生对于 ×××× 案件无多大关系，海军学生凭作家的资格，可以得到作家的待遇。只要你们两人能过南京，同 ××× 一谈，从 ××× 方面，海军学生的生命就可以取得到一种保障了。（他指定丁玲说，）××，假若你不担心过南京回不了上海，我们就同过南京，在 ××× 方面我保你无事情。你不必怕人逮捕。因为南京若想逮捕你，上次过南京时早被人捉去了。”

“我什么都不怕！”

“可是你是不是因为别的缘故不以过南京为然？”

“我的意思只是我们不应当同人接洽投降。我们不过南京谈条件，就因为这事情无条件可谈。我们要的是公平。假若南京认为杀左倾作家算一种政策，频的死是应分的，同时也是自己选定的。——不过，从文，你的意见？”

“我以为若要公平，使海军学生在公平中获救，过南京是必需的。南京方面的 ×××，既以为我们去谈谈，对于海军学生的安全大有关系，我们就过南京去，也不至于就被扣留。假若我们并不担心被南京扣留，去不去南京就不必讨论，只应当问什么日子去南京最相宜，你想想，是不是？”

“你以为我心虚吗？”

“我并不以为你心虚。”

朋友 ×× 又说：“××× 以为你们去同他谈谈，对于海军学生的处置大有关系。你去去，一面对海军学生大有帮助，一面对于你自己的谣言也可以弄明白。照我意见说来，不但你两人同 ××× 谈谈，对海军学生有帮助，即对于上海方面的文学运动，它的倾向与将来的发展，也大有关系。我认为这见面对于你们有益无损。”

她想了一会，忽然作出一个决定的姿势说：“我们去，明天就去！”

“好，明天去。”

当天朋友 × 回转南京，第二天我们也就搭了早车过南京。一到南京时便去找 ×，在 × 的家中，丁玲便见到了她从前在北京补习学校同一宿舍的曹、钱二女士，

曹是 × 家主妇，钱则来到南京作党员留学考试，也正住在 × 家。三个人已多年不曾见面，各人的生活思想相去也益远了，两人眼见着海军学生如何把她从一伙中攫去，又遥遥的望到她成为世人所注意的女作家，如今又因海军学生事来同这两个老友在一个火炉边聚首，自然各人心中有无限感慨！

我同 × 出去找寻几个人，直到半夜方回家，回家时谈谈就睡了。

三个性情生活业已完全不相同的女人，似乎在炉边谈了一整夜话，直到天明，几个人方离开火炉，和衣躺到床上去。

我起床时，在雪地中却见到了丁玲一个人把身子裹在那件海虎绒短大衣里，独在院中雪里散步，我就问她：

“难道昨夜不睡吗？”

“同他们谈话，把时间便忘掉了。”

“大家都好像变了，不是先前那种样子，是不是？”

“我不觉得她们有什么不同，只是从他们两人的言语里，照出我自己的一个新样子。时间真怕人。我一个人在雪地里，就正在思索一堆日子成就了我些什么，毁坏了我些什么。”

“我想起七八年前在北京时，落雪天几人用旧报纸塞进火炉中去当柴烧的情形。”

“用过去的记忆来折磨自己，有什么用处？”

“但这样事情也可以把‘折磨’改成‘娱悦’。”

“但你并不是个老人，只有老人他方要这种娱悦。”

“不过你那神气却显然在过去什么上受了折磨，你们昨晚上谈些什么？”

“不谈过去，却只谈未来，曹只想职务莫受政治影响，好把弟妹帮助到大学毕业。钱只想过英国学教育，将来回国服务。”

“你呢？”

“我想为什么我和他们那么不同。他们对于自己的责任并不轻轻看过，但他们却那么天真，把一切希望建筑在目前这种政体上，毫不觉得希奇。”

“这种地方由一个朋友说来可以称为天真，由一个×××××者说来，就应当斥之为腐败了。”

“当然只是天真了一点。”她忽然又问我：“今天我们什么时候去见×××？”

我说：“这个我也不明白。×今天应当先去看看，不管上午下午，今天必可见着。”

于是我们在雪地里来讨论见×××时的一切安排，到后来，朋友×也起床了。三个人为了商量这件事情，那么大清早站在雪地里，一直谈到九点方进屋子。为了某种原因，三人皆认为丁玲不在南京露面较好，故决定了去见×××时，只我同朋友×去。

就是这一天下午，我同朋友×两人，为海军学生失踪的问题，在×××的一个楼上小小房间里，见到了×××，我们大约谈了两点钟关于海军学生的事情。过这儿来本希望知道些关于这个人安全的消息，我们却在这两点钟内，约有四分之三的时间，皆在“民族主义文学”一名词的说明上消磨掉了。我又从×××明白了移种树木必把原来方向记清的知识，又从×××明白了另外一些与种树相去不远的知识。这谈话印象倒古怪的留在我的心上，因为×××的诚实处，是很稀有的，同时对于这类谈话，又是娓娓动听的。但我们原不是为了这种谈话而来南京的！我并不忘记我过南京的原因，可是在那种谈话中，使我忘却了在我面前的×××，是处置了××××一案的一个重要人。

朋友×坐在一旁也只有搓搓手，间或插一句把闲话。

直到末了我方有机会说几句话，我老老实实说出我自己的立场，以及这次为海军学生过南京的意见：我认为政府假若皂白不分把作家捉去当土匪治罪，恰恰和另外一时用三块钱千字的办法，带点儿慈善性质，办杂志收容作家算是文艺政策，同样极其不智。政府杀个把人并不算什么大事，只是××党中有见识分子，应当明白对于一个知名文学作家让他永久失踪，也可以算作××党的不名誉。第一件事我希望×××方面为把这个人找寻出来，第二件事我希望这人有了着落后若不缺少犯罪嫌疑，就把他交给法院，第三件事我希望从他口中知道海军学生究竟。

在这问题上大约我陈说了十分钟，他也解释了十分钟，末了得到了一个也算是预约的消息后，朋友×向我作了一个手势，我们便告了辞，互相拉拉手点点头走了。

回到×的住处时，丁玲把一封从上海来的快信递给我，这信是从上海丁玲所隐避的李 × 太太友人某寄来的。那信只两句话：

“× 号 ××××× 案内有二十三个人业已在此枪决，不知你们在宁所得消息如何。”

我看了一下，把这信递给了朋友 ×。朋友 × 看了一下，又把它递给丁玲。

这眼睛大眉毛长的女子，看过了信，不说什么，沉默了一阵，却问我：

“见 ××× 谈得怎么样？”

朋友 × 说：“谈了半天文学问题。但后来却应允我们，只要海军学生不是 ×××，总有办法。”

“他没有说频已——”

“他说人若押解到南京时，他还想亲自同他谈谈。”

“让他去同频谈谈吧，不管怎么样谈，我们却应当搭十一点半的夜车回去，因为我们的人事已算是尽过了。”

为了安慰她，朋友 × 便说：“他说若有机会总尽力设法！”

她便说：“设法！那是什么把戏谁都知道！”

当夜十一点我们又上了火车回上海了。

十七

回到上海不久，我们从另一方面也得到过警备司令部有二十三个人被难的消息。有说这些人的去处，是在六号半夜，各用麻袋套着头颅，将运货汽车把他们当成货物一样搬运到黄浦江小汽船上，汽船驶出吴淞口后，被活生生的丢入江中的。又有说是十二号雨雪中，二十三个人押过南京后，在南京某处被枪毙的。又有说收拾这一群年青人，乃半夜里在龙华司令部监狱外荒地上执行，解决以后且即刻抛入预先掘好的土坑中，日子则为二月八号。

第一个消息从某报纸传出，这类残酷处置，为中国人使用也并不出奇，然这次事件却无从证实。第二个消息近于可信的事实，但当时即有人过南京去探询那一群牺牲者的姓名，且向有关系方面询问，结果虽证明了枪决过一批人，却不能证实其中有海军学生在内。只有第三个消息比较可靠。不过这人若果是八号解决的，那么九号在南京见 ××× 时，他不会给我们留下个预约，且根本就不必见我们。并且人既解决了，他们是应当明白的，总不能为一个业已枪决的人，来讨论询问白费两点钟的时间！

十八左右，我在我那宿舍里见着了郭女士，她还刚从广东取钱回来，预备用钱为她朋友向某人买些公道，她不久以前就见过××××部某同乡，从这两个广东同乡方面，她知道了海军学生业已枪决。且知道这一群年青人，其中有四个作家，两个女性，是从东方旅馆捉去的。

郭女士的同乡，把他所知道的原委一一说给郭女士，方知道人从租界移提过公安局后，某一方面当时就有电给上海市长，令在××示威的日子，全部当地枪决。因其中有几个知名青年作家在内，社会上正为此事深受刺激，上海地方不比内地，国际观听尤不得不使当局者作事加以思量。市政府方面既因为这件事有所踌躅，便用调查讯问牵延了些日子，于是这一群人犯便转过了龙华。龙华又接到同样执行死刑的电讯，那时×××正因为从飞机上摔下，在医院中将息，部中一切公文由一个参谋长处置，这人也不敢冒昧从事，仍用搜罗证据支吾下去，等候社会上对此事较淡漠时，再来解决。直到××日，恰是××方面预定开×××大会的日子，又奉到南京来电，将二十二人全体枪毙。故就在那大黄昏时节，把一干人犯从监狱中提出，说是当天便应押过南京审判。事实上只把这些人暂行改押狱旁小兵营里，到下午九点四十分左右，便提出去过堂，还说一过堂点名后就上火车。到了审判时，犯人一一点过了名，那法官×××就说“×××部有电来”，把那电报读过后，又从一份文件上，诵读这一群年青人关于政治上的企图，如何与现行法令悖谬处，并且这种不承认当前局面别有打算的行为，还应受如何处分，也一一提到了。海军学生听说几人即刻就应枪决了，一句话不说，只向同伴凄惨的微笑着，且把头转动着，注意那些同伴，用温和眼光去安慰那些同伴。

于是二十三个手足为镣梏缠裹、口中被布片堵塞的年青人，十二个荷枪兵士，一个排长，一个监刑的副官，共同沉默地走到军工厂堆积材料的旧房子前面，把二十三个人编排在一堵土墙边，十二个兵士退后十步成一排，一声呼哨知会下，响了八十七枪，一群年青人倒下去，完事了，几个兵士方用手电筒晃着，解除了每个人手足的镣梏，且拖曳到数尺外白日里预先掘就的土坑里去，再把旁边柔软的泥土盖上。兵士们作完了事，便沉默的携着镣梏走了。

当解决这二十三个人时，正细雨霏微，到半夜落了大雨。

关于这事从监狱中在押的左翼作家 × 君的信上，也有过相同的报告。这个 × 君当天下午六点半，尚与海军学生拘押在同一屋子里，七点钟海军学生离开监狱时，还以为自己将过南京，故嘱咐 × 君带信出外边去给我们，要我们赶快过南京设法。且在当天半夜里，× 君和其他牢狱中人皆听到一阵枪响。但另外从狱卒来的消息，则又说这夜里枪声是枪决一批土匪，并非那二十三个人，那二十三个人，的确已押过南京某处，有人托护送兵士带信也送到了的。

得到这个消息后，我便同郭女士过 ××××× 李家去找丁玲，那时节天已渐黑，在李家的楼底下，见着了丁玲。她正在灯光下为小孩子调理奶粉，一见我们的神气，就似乎明白了郭女士来此的用意。但又似乎是每一个来看望她的朋友方面，皆能引起她这种感觉。

“请随便坐，郭小姊。”

郭女士却不即坐，走过小孩摇篮边去，逗弄小孩子，“样子真乖，四个月了吧？”

“三个月还不到！”

“一看是个男孩子神气，多可爱！”

“声音大，食量大，将来只好作工去！”

“吃奶粉吗？”

“吃得厉害！大人还来不及洗刷瓶子，他又饿了。一个小孩子真不容易照料，真是对于我们这种过日子的人一种嘲笑！”

她虽一面同郭女士谈着小孩，一面却在我脸色上找寻希望。我不能一开口就说出那个事实。我不便如何开口来报告这件事，就只好代她照料小孩，尽她去同郭女士谈话。

她们谈到用钱向某方面买公道的事情时郭女士就问：

“丁玲先生，胡先生怎样了呢？”

“都说完了，”说时她似乎不能抑制自己那点感情，就用做作而成的微笑，掩饰着自己。过后又问：“你听到什么消息？”

郭女士说：“听同乡说——报上不是说用麻袋装好那么抛到江里去了吗？不知是真是假，那么残酷，真是一群兽物！”

“也正有人说是一群英雄！”

“他们并不宣布罪状！”

“有什么可宣布的？牺牲的年青人正很多，内地各处每一天皆有可怕的屠杀，这里只二十三个，旁的地方不止十倍，你在广东，广东没有这种事情吗？”

“……”郭女士显然不能再说什么了。

我就说：“郭小姊从她那个批发公道的同乡方面，得到个新奇消息。”

丁玲望望我又望望郭女士，便说：

“我明白了，那事情实在了。”说时她赶忙走到小孩身边去，把小孩子抱起，贴到胸怀间，“我明白，我明白。你说，究竟怎么样？”

郭女士于是把从某同乡处听来的一切，再说给她听一次。说到几人耳听法官宣布南京拍来电后的沉默情形，大家都觉得心中被什么东西重重的戳了一下。

住楼上的李 × 夫妇，赶下楼来听新消息，听郭女士说及这件事，作太太的那一个，便开始愤恨的责骂起 ×× 方面来，以为海军学生，既无罪可以宣布，不应得到这种待遇，即或被枪毙了，也应当尽尸主亲友知道尸骸所在，自己好去收殓，将来小孩子长大了，也知道还有个爸爸。并且说了不少类乎这种使人难过的话语。郭女士也以为既被杀了，就应当将被杀过的尸身交出，得弄出一个着落！两个女人自然都是因为不知道如何安慰身边的一个，方说出这些妇人儿女气话语。到后来某太太向我提议，问我们如何想法去安葬这个海军学生的遗体时，丁玲方抑制着悲痛说：

“这有什么用处？”她冷笑着，意思像在说：“死去的，倒下死去，躺入混和了泥土积水的大坑，挤在一个地方，腐烂了，也就完事了，找寻他有什么用处？我们不必作这种蠢事，费神来料理一个死人。我们应当注意的，是活人如何去好好的活，且预备怎么样同这种人类的愚蠢与残酷作战。如何活下去，又如何继续去死！”

大家没有作声，过一阵教授把手爬搔着他那颗光秃秃的列宁式大头，轻轻的说出他一个疑问：

“八号既发生了这件事，九号的下午，你们不是还在南京同 ××× 谈及海军学生安全问题吗？”

我说：“因此我对于这结果也就很可疑。若当时海军学生已解决了，南京方面不会不知道。若知道了……”

郭女士就说：“可是那个同乡他不会在这个消息上造谣，因为他无须乎如此造谣。他不认识胡先生，并且那案最后判决虽不经手，他却说明是在东方旅社被捕那一批人。”

不过在 ××××× 案件中，前后共捉了四十余人，但其中海军学生未必在场。然四十余人中只有四个是作家，二十三个枪决的也有四个作家，郭女士得来的消息，又似乎毫无可疑。总而言之从这方面与狱中通信方面，证明海军学生已并不拘留原处，这人的去处，有押过南京与就地枪决两种传说。没有更可靠的消息时，我们自然还以为人尚好好活着，对于这人的生存，抱了一分希望来寻个水落石出的较好。

丁玲当时还能显得极其安详，继续我们的谈话，自然也因为那一线希望还存在。但再过两天后，我为她过新月书店，去请问海军学生版税，从朋友邵洵美处，却得到了一个新消息。南京方面办理上海特务工作的某人，与邵洵美常有过从，洵美说某处也有海军学生业已枪决的消息，并且时间地址人数，与郭女士从她同乡方面听来的无异。一点希望在这方面便扭断了。这恶消息让丁玲知道时，她只说："我明白，我早就算定了的。"从她那神情上，还可以看出一点什么？她沉默，但却仿佛用沉默来说明她的意见，还是上一次与郭女士会面时一样的意见。"死的，倒下去，僵了，腐烂了，完事了。不死的呢？为了那个理想，便应当好好的活，不能活下去时，也决不逃避这种凄惨的死。生活就是这样简简单单一会事，并不需要如何烦难的解释！"她当时仿佛那么看得简单，此后也仍然看得那么简单，打发了两年日子。

当我把那点消息告给她时，正是我再预备过南京的前一日。作母亲的在这方面，显出了人类美丽少见的风度，只是沉默地把熟睡着的孩子，放到小小的藤制摇篮里去，小孩略微转侧了一下，她便把手轻轻拍着那小孩子，轻轻的说：

"小东西，你爸爸真完了，他的事情还不完。好好的睡，好好的吃喝，赶快长大了，接手做爸爸还不做完的事情。”

口中虽那么说着，声音却抖着，勉力抑制着她那激动的感情。

到后回头来凄凉的向我笑了一下，便低下头去，模仿男子的口吻，轻轻的骂了一句野话。我既然还预备过南京一趟，让 × 朋友在那事情上找出一点眉目，这一来自然就无须乎赶车了。我想不出一句什么可说的话。我只觉得死了的，既然在这个残酷与愚蠢的社会中死去了，死去的方式虽不相同，总而言之便是这个人业已死去，已无法再活回来了。问题只是还未死去的，应当如何来好好的活下去？并且如果还要自由的有意义的活下去，又应当怎么样方能避去目前的危险？还有这个生命不到三月的小孩子，有什么办法方可以莫让他饿死病死？这小孩子家乡中那个老外祖母，前不多久日子里，还寄了不少小东西来，且总希望一对小夫妇带了孩子回去一趟，如今若知道了这件事，是不是还活得下去？在那方面还没有得到上海凶信以前，这一方面又应当如何去安慰那老太太，且应当如何去哄着那老太太？我心中打量着这些问题，一时并不说话。

她于是把手边一张椅子，推送到我身边，幽幽的说：

“从文，你坐下来，我问你。你说的这件事你相信吗？”

“我可以不相信。但说那个的××，他亲自看过小胡的相片，那相片差不多就是多数人在那里最后一次留影的证明。并且同时南京方面的朋友快信，也正提到这一点。同时其他也……！”

当海军学生死去消息证实时，她在任何熟人面前，并不滴过一滴眼泪。她意思好像是：“眼泪算什么东西？在风中会干去的，用手巾可揩去的。”她因此对每一个来见她对她有所慰藉表示同情的人，还只是抿着嘴唇，沉默的微笑着，让各人在印象中，各留下一个坚忍强毅女孩子的印象。她努力不让自己为那点不幸弄衰弱，且努力把死亡看得简单。但她却是另外一种人。

几个极熟的朋友，就可以看得出她这种不将悲痛显出、不要人同情怜悯的精神，原近于一种矜持。她其实仍然是一个多情善怀的女子，而且也不把这样一个女子在这份不幸生活中所应有的哀恸抹去。但她却要强，且能自持，把自己改造成一个结实硬朗的女人。因为她知道必需用理性来控制，此后生活方不至于徒然糟蹋自己，她便始终节制到自己，在最伤心的日子里，照料孩子，用孩子种种麻烦来折磨自己精力与感情，从不向人示弱。当时她既不作儿女妇人的哭泣，便是此后在作品上，也从不做出那种自作多情儿女妇人的陈诉。

综合各方面的消息，证明了海军学生已经不会再在这个世界同他的朋友晤面后，余下的孤儿寡妇，此后的日子应当如何支持，乃成了当时待决的问题。

并且那时上海方面新的谣言尚在继续下去，各种小报常有关于此事捕风捉影的描绘，又听说另一方面，对于这孤儿寡妇，还有一种一网而尽的计划。×× 方面既作得出在毫无罪名可以宣布的情形下，把一群年青人用乱枪打死，则海军学生死去以后，他们是不是还会想方设法来处置这小小孤雏，真不能为这种 × 户预作回护。况且丁玲还正有人以为她已组织 ××××，预备在上海方面有所活动。种种谣言不单迷乱了 ××，好像同时就使 ×××××，也不很明白她的情形。×××××××，×××，×××××××，这并不希奇。×××× 也算是平常的事。李教授家也许会有人抄察，也许会同时把那一对贤惠夫妇，同一群很活泼的小孩子，全部捉到牢狱中去。

在这种情形下，丁玲恐怕累朋友，便不愿意长住在朋友家里，使那家人心中不安。她只想把小孩子交入育儿院，或近于这类地方，托人抚育，独自住到一个什么地方去，打发一阵日子。

那时节，恰好过去在北京时同他们便已相熟的朋友张采真，在武汉方面因同样政治问题已牺牲，消息正传到上海，且不久，从武汉逃回来的采真夫人同一个方满周岁的小孩，到了上海后，居然被人踪迹搜寻，在租界上还不敢露面。因此原来身居上海，且在×××××有些间接关系的她，此后生活应当作如何安排，自然也大成问题了。

湖南内地小学校长方面，从报纸上约略得到了海军学生失踪的消息，一再来信询问海军学生的下落。且说自己年纪已过六十了，极盼望看看这个新生的外孙。若果两人因事不能带小孩回来，自己便将准备过上海看看。

这种来信增加了丁玲的忧虑。若让老人来，一来各事弄明白，这个年过半百的人，如何担负得了这一种打击？若把小孩送回去，到什么地方去找寻这个海军学生来作伴送小孩回去？若要丁玲一个人回去，那么如何通过长江武汉长沙各处，且到了家中以后，海军学生所遭遇的一切，又将如何设法来掩饰下去？

海军学生入狱以来，在狱中每次递出一个字条，即需五元。在狱外的她，则奔走南京、上海，各处探听消息，以及种种耗费，早把所有向各方筹借而来的几百块钱用尽了。新的文章在这种情形下，既无方法从她手中产生，凡是可以设法的又都已想了法。假如母子二人还在上海住下，便必需有一住下的方法，若可以冒险送孩子回去，也必需有一笔够用的路费。住既无法可住，走又不能即走，我回武昌的时间已耽误了。故当我已决定不再过武昌时，我的住处一定，便权且成了那孤儿寡妇的安身处。住处虽仍在万宜坊附近，且是一个售卖杂货兼营俄式大菜生意的铺子楼上，来往的人极多，却很少为人知道。她一天除了照料小孩子不作别的事，除了晚上小孩子安睡后，间或同我九妹下楼过霞飞路去走走，便不常下楼。

左翼作家那时节则于各种压迫中，有些人已失去了原来的型范，正在那里转变。上海方面各书店，如北新、现代，皆从一些极小问题上，各被有 ×× 的 ×× 之类，一度查封，或用换一经理加入编辑为条件，或用接办杂志为条件，或另外孝敬什么股份之类，又复陆续启封。即此就有人于顷刻之间，就创立了民族文学的局面。这其间，如转变过来的，自然是自以为这一次已看准了题，再不会三心二意了。另外则有中立作家，在半推半就情形中，被逼到不敢不为某些刊物写点文章，撑撑门面。又有 ××××××× 的事。同时也居然有 ××××，××××× 的事。我们若明白那时代是什么时代，便不至于对于左翼文学的寂寞而难过，而对于民族文学的发展又还有什么怀疑了。但若果一个二十年来新文学史的记录者，若无限制的将这种来自上海的某一时节风气，与某种人的行为态度，而能极忠实的加以叙述，我知道有许多知名之士，在这种诚实叙述中，必将成为一种“不可思议”的人，或平平常常的四脚兽的。

海军学生的死亡，慢慢的在熟人记忆中失去了它的颜色，知道其事前因后果的，当时不便说或不愿说什么话，惟捕风捉影的传闻，则常常可从各小报或定期刊物上看到。对于死者已不能再说什么，便对于还依然活着的丁玲，散布无数不实不尽的谣言，增加她活着的危险与困难。或者说其人已过俄国，或者说人尚在上海有何活动，或者说她已同左翼作家某某同居，或者说……总而言之，则不过一群上海闲人，平日无正经事可作，在上茶楼吃喝之余，互相以口耳在一个入时题材上，所作的无聊传述而已。

十八

传说中还有孤雏业已被当局方面捉去，摔入阴沟里溺死的记载。在这分阴沉黯淡穷困迫逼的日子里，看了这些印在刊物上的记载，也就算是这个女作家一种可怜的娱乐。

日子一个连接一个的过去，二月完了，到了三月。住处马路对边的天主教坟园，清晨已有不知名的雀子噪叫。高出墙垣的树木，皆露了青。接近马路边那株桃花，枝梢缀了绯红的苞儿，一寒一暖便将开放。门外不远电车站，已有穿了崭新春服在那里候车的绅士淑女。我们房中的炉子，也渐渐的不许人过分亲近了。一切都在一堆日子中有所改变，人事亦复相去不远。

社会对这件事渐失去了注意的兴味，另外某一方面，似乎也不至于再作蠢事前来捉人了。她那时仿佛已自由了些，然而文章毫无出路，生活便也毫无依据。母子两人虽一同住在那三楼小房子里，对于安全问题不必担心，到底终不是一个长久的办法。从朋友方面借来的一点点钱，看看又快用完事。新的希望毫无。在小孩子哭哭啼啼中，作母亲的每夜常常得爬起三次两次，白天搓洗小孩尿布调合奶粉，又得占去这人大部分时间，文章纵或有一两个地方可以寄去，在这种情形下，究竟还能写出什么文章?

照情形看来，如此生活既决不能持久，自然得想出一种妥当办法来处置。最要紧的就是看看这小孤雏，究竟交到什么地方较合式?丁玲为这事情曾很费了些心思，作过各样的打算，到后还是因为无钱，一切打算全不适用。把小孩送往任何地方去总得预备一笔钱，这数目在平常人看来，实在十分有限，多一点不过一百二十块钱，八十九十也将就得过去，有了这点钱，一切就可以办妥了。但那时节我既不过武汉去，事虽不辞已不便再向学校领取薪水，在上海，则为了房租同伙食，单靠我每月那点不固定的稿费，已感到难于应付。她自己每次提起笔来时，不是为小孩子所扰乱，就是为某种隐藏在心中的感情所扰乱，实在无从着手。想把海军学生几本保留版权的书售给书店，当时却无一个书店愿意接受。

那时节，福建方面海军学生的家中，从报上已见着了关于海军学生失踪遇难的记载。作父亲的年已半百,三月前还有一个二十一岁的儿子，在福建军队中因战事受伤死去，如今又得到这个长子的噩耗，自然十分悲恸。他因知道海军学生丁玲还有个小孩，故特别从福州赶过上海来找寻丁玲，预备把小孩接回福建去。到上海后住在旅馆中已半月，各处托人探询丁玲的住处，毫无什么结果。有一天，在另外一个福建同乡处，却得到了我的地址，就请那同乡来见我，说老人家年纪业已不小，听说儿子死了，特别赶来看看媳妇同孙子，希望给他一个机会，让他见见那孤儿寡妇。

我把这件事告给了丁玲，丁玲明白这是为什么来的，虽一月以来成天只在打算把这小孩子交给一个陌生地方去抚育教养，但却不预备把他交给家中人。她知道小孩子送回福建，将来就不容易见面，且小孩子的教育，将来也难过问。但如果抱了小孩去见那老年人，到时说及这件事，或一被挟持，小孩就会被他们拿走。因此她个人独自去见海军学生的爸爸，且告给那老人一切的经过。并劝他赶快回福建去，不必再托人营救，因一切已无希望可言。对于小孩子的抚育，却老老实实告他，不适宜于让他带过福建。那老年人还明理解事，知道无法勉强，就请求丁玲给他一个机会，看看那个长孙。且说只需要看看，碰也不碰一下，就即刻可以买船票回福州。

但这作祖父的，却因为福州方面的电讯，报告海军学生母亲的病笃，赶不及同这个孤雏作一度晤面，便怀了使人怜悯的风尘颜色，悄然独自回返福州去了。

湖南方面小学校长又来了信，且对于海军学生的事似乎依稀也明白了一点，只催促少年夫妇赶即返乡。报纸上既有了种种记载，尽人皆知海军学生已无下落，小学校长来信还催促一对少年夫妇还乡，则由于丁玲的设计安排而成。

当海军学生失踪还不曾在报纸上作公开消息登载时，湖南的来信就十分关心那小外孙，总以为若不把外孙送回来，最好就许她亲过上海，那时节海军学生既忙着，写信回家的事，多属之于丁玲。海军学生失踪后，湖南来信询及，为了安慰这个老年人起见，除把稍前一时照就的相片，为陆续寄去以外，就照着那老年人所希望的消息，由我来代替海军学生，写过了三次回信。每次信上必加上轻松快乐的谐谑，以及惟那一家三数人所知的私事，办这工作时丁玲自然在旁加以指导与修正的。我们三人笔迹从一个专家看来，虽可以一目了然，明白它的差别处。但几人既共同习惯了用钢笔头在洋纸上抄写稿件，简单处草率处却正相近。并且在同样的一种纸张上，写上大小相等的字迹，所说的话全是那老太太所熟习的话，另外一方面，又正是那么焦心等着远地消息，因此这信一到，便照所希望的成功了。

海军学生死讯业已证实的晚上，我们还写了一个飞机快信寄过湖南去，报告一些小学校长所需要的消息。信上那么写着：

姆妈：得到你的信，你真会疑心。我近来忙得如转磨，冰之来信应当说得很明白，有了些日子不写信回来，难道就发生什么了不得的大事？不要看那些造谣的报纸，不必相信那些报纸上的传说，那是假的。谁来捉我这样一个人呢？除了姆妈只想捉我们回家去陪大乾乾说西湖故事以外，谁也不想捉我，谁也捉不了我。

小频身体好，一天比一天壮实，将来长大了，恐怕只有回来在辰河作船夫，占据中南门小码头，包送老祖宗来往桃源同西湖。西湖如今还与长江不通船，我明白，我明白，不必姆妈来说我就明白喔！可是二十年后，世界不会同今天一个样子，姆妈不相信么？小频吃得多，我也吃得多。我极想吃腊肉和菌油。家中的廊檐下，这几天太阳很好，一定还悬挂得有一个火腿，一块黄黄的腊肉，留给我回来吃的。姆妈，你等着，事情若不太忙，我会把小频送回来换这块腊肉！

我想远行，去的地方也许极远，因为……这些事冰之信说得一定很清楚了，不明白的你将来也自然会弄明白，这时我可不告你。我只预备回来时同你下棋。我的围棋近来真进步太多了，我敢打赌，我不会再输给妈了。

请替我们问大乾乾的好，说这里有三个人很念她，其中一个是乾乾还不曾见过面的，名字叫做小频。小频真是个厉害的小家伙，他那眼睛鼻子全像他那祖母，一个天生的领袖！

我这信简直写不下去，小家伙古怪得很，只麻烦我，其实他早就应当来麻烦姆妈了！……

崇轩敬禀

把信写完事了，我们相对凄然的笑着。

十天之内写过了三次这样的复信，都不曾为那个小学校长所识破。现在海军学生寄给他那岳母的信件中，有一部分也就是我们在上海那么情形下写成的东西。

这些信虽遮掩了海军学生的死耗，安顿了那外祖母的焦急，却更引起了那个外祖母一见外孙的希望。这边去信时，还同时把为时稍前三人所照相片附去，那方面便来信说，再不把小孩送来，自己一到四月，无论如何也要过上海来了。

得到这信时丁玲真着了急，不知道应当怎么办。那时她恰好得徐志摩先生帮忙，为向中华书局卖了一本书，得了一点钱，又从邵洵美借了一笔钱，我又从朋友王际真先生处收到了一笔钱，因此商量着，为图一劳永逸计，不如就冒一次大险，两人把小孩送回家乡，让这小孤雏折磨那老年的外祖母去。算算所有的钱作路费还不很够用，仍然把这件事决定了。

她看得很明白：一到了家中，母亲不见海军学生回来，必再三询问。女儿既回来了，又必不许她即刻就走。故几人就预先约好，若问及海军学生时，就说因为担心长江方面行动不大方便，方托我送母子回来。关于丁玲久住本地不方便处，无从说明，便预先拟好电报三通，写就快信七封，措辞皆肖海军学生口吻，在我们动身以后，嘱我九妹代为按照秩序拍发。第一电报告我们动身的时日，第二电祝贺我们到家的快乐，第三电催促丁玲赶快回申。各信意思则大略相同，在催促丁玲回申的信上，且带一点儿小孩子放肆而快乐的埋怨，那么说着：

姆妈，莫太自私，把女儿留下！快放冰之来上海同我玩几天，我们一别必需三两年方能见面！我走后她回来陪姆妈的日子长。你再不放她出来，我真的不高兴了！……

极可怜的事，便是我们回到她的家中，进了大门，在天井中一见着那白发盈头的老太太时，她什么话不说，只是咧着嘴痴笑，把那个我们安排好了动身以后方拍发的电报，同两封飞机快信，递给我们看，把小孩抱在手中晃着说着：“世界上真只有你那爸爸急性，人还不回来，就电呀信呀催促妈妈回去，真是个急性的人！”我们也只有装成很快乐的神气，来阅看我们自己起草的电信，把电信看完后，也随着说：“真真性急得可笑！”让她方好把话继续说下去。

还未动身时，长江中部的武汉，因为我极熟习，还不怎么担心。最怕的是到了家乡附近，有人认得我们，谈起话来倒极麻烦。我们从上海坐船四天方达汉口，由汉口搭小火轮，从干涸成一片平地的洞庭湖通过，又走了五天，方到达目的地。在小火轮上时，我们方明白我们所担心的事近于杞忧，她离开了那地方将五年，我却已有整十年不见那地方，轮船上的肮脏如昔，轮船上的人已完全不同了。抵常德县城时，那些河岸边的灰色圆油池，搁在河滩上的旧船只，浮在河面上的木簰竹簰，浮泛或停泊的明黄色小艇，一切尚如往年我由乡下军队中走出经过这里时所见的光景，但我却已不能找寻一张相熟的面孔，任何人也似乎不能认识我了。

在丁玲家乡那个水码头边，我们一点点简单行李，从离船到进城，总计不到一百步远近，便受当地驻防兵士施行过六次严密的检查。先还以为他们防匪防共那么办事认真，后来知道他们所注意的，还只是烟土同吗啡，以及私行贩运的军械。

当最后一次的检查过后，我们坐了硬胶皮轮子的人力车，在泥泞载道的街上走着时，各人皆充满了不可言语的感情。她把小孩用一条小小的白绒毯裹好，搂在怀中，自己却穿了一件为她母亲所欢喜的灰色棉袍。我的车子原在前面一点，回头来看她时，她仿佛很镇静的样子，且告我还应转几个弯，就可以到她的家中。

我们大约走了十分钟，车子便停顿到一个僻巷里黑色大门前面了，下车时，两人站在那门边，过了一会还不敢拍门。我担心一见到那老太太，丁玲若不能自持，事情就一准弄糟。同时又担心那老太太业已知道详细情形，一见到这孤儿寡母，大声一哭，我们费力筹划的一切，也就等于完全白费了。假若事情一戳穿，我们是不是还能很安全的离开这地方，就真成为问题！

但当她一手把小孩搂在胸上，一手去拍打家中那扇大门时，平日每遇最困难时就在脸上现出的那温和微笑，还依然在她的脸上。门开后，那开门的小丫头，认明白了回来的是她，便向里边嚷着跑去。我们于是在那进身极深的房子第二个天井前，见着了那个满头白发的老年人。

她手中握着先我们而到的电报同信函，快乐得同个小孩子一样，只是憨笑。先从丁玲手中轻轻甩去了小孩头上那毯子一角，见小孩正醒着。（小孩因为骤然见了光明，即刻做出嘻笑懂事的样子）那老太太快乐得手足只是发抖，便把手中的电信塞到我手中，把小孩接过手来搂在胸前，又埋怨又愉快同小孩子来说海军学生种种的性急处。

感谢天，并不多久，小孩子居然已躺到了那外祖母早已预备妥当的木摇床里去，我们把电信也居然看过一次，且听那老太太说了不少的话语，第一道难关显然已支持过去了。于是我们在堂屋里一个小方桌旁，用第一次早餐，吃那老太大手制的腊肉同菌油，一面吃一面受那老太太的种种考问。我们在一种从容不迫的情形中，又通过第二道难关。第三次是晚上，那老太太同丁玲睡在那架大床上去，我睡在她后面房里，担了一分心，深怕那女作家不能节制自己，半夜里呜咽起来，一切安排就完全白做了。但天明以后却听不着什么声息，我便明白第三次难关居然又被我们对付过去了。

这老太太实在太老了，为儿女们挣扎已耗尽了全部精力与一点点积蓄，我们认为她不应当为儿女们遭遇再加上一分折磨，便不能不竭力把真实处隐藏起来，各扮成极其高兴的神气，在那老太太家中住了三天。

这三天中，丁玲为了娱悦那个老年人起见，极力学做一个天真烂漫的女孩子，每天穿了她母亲所欢喜的衣服，把头发分开如中学生样子，吃饭时必逼迫我同那老太太干杯，又故意要吃种种家乡风味的菜蔬，吃饭前，且要我一同跟过厨房去，看那老太太炒菜。又用别的方法来哄着那个老年人，且故意生点小气，使老年人越麻烦也越觉得高兴。

在这几个日子里，我们不便说离开她，却自有从上海陆续发出的函电，迫促我们非走不可。那些信照例写得十分得法，俨然如平时海军学生对于这老太太的态度，顽皮处同焦躁处糅成一片，使那老太太想把我们挽留也无从措词。

小孩子每日所吃的奶粉，平时由丁玲自己料理，到船上她的精神支持不来时，我就帮同照料。到了家中之后，这老太太便无论如何不许旁人再来动手，一切皆得由她排调。冲洗瓶子，舀取奶粉，测验温度，莫不自己争着来作。半夜里小孩子有小小不舒服处哭醒了时，就赶忙穿衣服起来，抱了小孩在那宽阔房中打转。房中既异常宽阔，这老太太常很忘形似的，把小孩子摇播安睡后，还只是在房中转着，口中哼哼唧唧着。小孩子一哭丁玲必然也醒了，但想起床时，老太太却亲昵的叱着不许起床。眼见着这老年人那么慈爱，那么精神淼满的抱了小孩子不放手，却不明白上海方面的事实，丁玲自然非常伤心。但为了当时的安排稍不小心，不止所有计划成为白费，并且一为亲友方面知道，就会发生更严重的结局，故任何情形下我们总扮成快乐神气，不扫那老太太的兴。三天以后我们离开老太太回上海时，在船上我问她在家中是不是哭过。她说：“我看见我妈抱了小孩子，只是在房中打圈子，口中还唱着哼着，且亲昵的骂频‘忘恩无义，记不着我的好处，不回来看看，且不让小妈妈多在家中住一阵’，我好些回数真想大哭。”

“但你并不哭出声来。”

“我若哭出声来，什么事都弄不好了。我想哭，我不敢呜咽就用牙齿咬定被角。三夜那么过去，她一点也不知道！”我们一切的安排，原本就正是不让老年人知道那一家所遭遇的真实不幸！

十九

小学校长眼睛红着送女儿出门后，家中方面既有了一个消磨她那一分剩余母性小孤雏，全部事实一时又还不能明白，故我们走时，一面觉得她极其可怜，一面也猜想得出她此后生活必能从小孩子方面，找出一种自娱自慰的方法。

我们从常德坐了六点公共汽车到长沙，落店后，听说一切旅客都得需要一个保人，找寻熟人作保成为一个问题，于是即刻又把一点行李移到火车站去，搭了当夜快车直过武昌。二十五点钟后到武昌，因为下行船不很方便，留在武昌住了两天，在汉口江海关前面，看了一回采真临刑的地点，又过江到叔华夫妇住处去，同他们在后湖坐了三点钟的小船，买了些活鲫鱼，照了几张相片，还在他们家中吃了一次饭。

四天后，我们又掺入了上海社会里，成为半殖民地的上海市民之一，预备来过日子了。

上海出版界在政府拘束下，依然极其萧条，无从振作。左翼文学在压迫中已无法存在，民族文学则在讥笑中更不容易发展。各刊物在得过且过情形中支持下去，各作者莫不从大学校找寻生活的依据，教了一点儿书。

时间业已四月左右，我既已把过武昌作事的机会失去，住在上海生活又实在不容易应付。南京方面 ×× 月刊，由朋友某君的主张，要我去作编辑，且可以允许我把刊物自由发展下去，不受 ××× 拘束，不为任何有力方面所左右，只看我愿不愿意。我在回南京朋友的信时，答应过了这件事。我有我的打算。我想将这刊物在精神方面成为一个独立东西。在十二期刊物内，我将使读者对于十余年来中国文学的过去得失，得到一个较公平的认识。且将让读者从过去的发展上，认明白中国文学的将来宜如何去发展。我正在对历史发生兴味，相信文学论者从小说史的发展上疏解文学的可能性与必然性。这种从历史言论的讨论文学，一面可作左翼文学理论者一点事实上参考，一面也就正面的指示出所谓“英国绅士的幽默”、“本国土产的谐谑”、“小报式的造谣”、“黑幕大观式之说谎”、“挦撦揉扯旁人理论而来的大众文学主张”、“受官方豢养而来的三民主义文学”，如何不适宜于存在，以及一切流行趣味风气，如何妨害到有价值的作品产生。我预备作十二期的批评，每一期讨论一个问题。

但这计划因了两个人的意见而变更，到了五月，我却过北京了。那个女作家以为我的打算不啻“与虎谋皮”。徐志摩先生适在北京，却来信说：“北京不是使人饿死的地方，你若在上海已感到厌倦，尽管来北京好了。北京各处机关各个位置上虽仿佛已满填了人，地面也好像全是人，但你一来，就会有一个空处让你站。你那么一个人一天吃得几两米？难道谁还担心你一来北京米就涨价？”

五月十六日我便过了北京。当我们三月中旬从湖南回到上海时，朋友 ××× 转述来一点消息，说一个美国女记者很想见见丁玲。那美国人既是个 ×××，对于“中国反帝大同盟”国际上宣传，似乎尽过很多的气力。她原同朋友蔡咏裳女士相识，与我九妹也见过面。四月间，那美国人还来过我们那里一次，恰好我们不在家，无法碰头。到后又要她一个翻译来会丁玲，见过两次，约好了一个日子，丁玲便同那广东籍青年翻译，过西摩路那个美国记者家中谈话去了。

那一次与那女记者所谈的，自然并无什么重要性质。惟在半年后，这翻译被那记者辞退时，却为了这翻译已同丁玲合居。这一切都可以说是偶然的，综合这些偶然的事件，便产生所谓历史。

自从海军学生失踪后，熟人中如 ×××、×××、

××，与丁玲相知较深的，本来就莫不为这个人将来的生活怀了一分忧虑。大家都知道这个人文章写来胆量大，事实上却是个最老实最规矩的人。表面上看来这个人性情极强硬，事实上这个人却十分柔软。海军学生在世时，同她一处过日子，哄她，服侍她，不高兴时节又埋怨她，生气时节甚至于还捏了拳头来恐吓她，她已习惯了那出自南方人热情的一切安排。这不完全是一个故事上男子的爱情，却真是一个“人”的爱情。如今已把她从这分业已成为习惯了的生活拉开，将来怎么样？她那点力量，那一堆文章，莫不从海军学生同居生活中得来，如今那一个就此失踪了，这一个还要活下去，还想活下去，应当怎么样方可以活下去？

在笑话中她答复了朋友这个问题，她说：

“我也要讨个太太，同男子一样，要一个肯同我过穷日子，不嫌恶我，知道爱我能敬重我的人。你们男子图方便，找情人时多就熟人中去选择，我却预备要一个生人。”

她并不是要个太太，却实在需要一个女孩子作为朋友。倘若真有那么一个同伴，与她能在一处过日子，这女子既了解她，明白她的短处，尊重她的长处，又信托她，帮助她，且能用青春的美丽与天真来温暖她，两人合住下去，成为她感情的尾闾，她此后性情会不同一些，此后生活命运也会不同一些。

照事实说来，则这个世界上青年美丽女孩子，若有机会认识她，若有机会接近她，愿意同她住下的一定有许多人。她若在什么学校作教授，若在什么学校作学生，女孩子们爱她的，也必比为她倾心的男孩子数目较多。但最不幸处是她业已出了名。人既在那某种身分上出了名，同时大家就已经把她看成了另外一种人了。她愿意公平一点，得到所应得到的那分友谊，也永远无从得到了。欢迎她去演讲的，把她当成一个名作家来款待，却不把她当成朋友来款待。许多活泼女孩子，同她谈话时皆拘谨矜持；许多骄傲女孩子，在她面前时皆十分腼腆。这一来实在伤了这个女作家的心。

“这些年青人谁也不愿意作我的朋友，谁也不待得我稍好一点，本来是快乐的，一同我对面就矜持起来，本来有说有笑的，一同我对面就装得老实谨慎。原来我已被这些女孩子认为另外一种人物，不能同她们在一堆过日子了。你问我社会有什么不公平处，这就是一件我真真实实感觉到的事情。我认为这很不公平。因为我还需要她们那点友谊，要很多的人，如九妹同我那么要好，但我如今却得不到了。”

她这些感想并不写在她给谁的信笺上，并不写在她的文章上，却常常说着。但这是一种无办法的事情。一切“成功”原就包含了一分孤寂的因素。她的工作的独造，已使她离开了人与人之间的友谊亲洽的获得，而走入广泛的爱里去了。她只能让若干年青女孩子，在她那些作品上，发生温暖的感情，作者本人却已不能来同那些女孩子作朋友了。

那翻译恰是有着一个女性型模的青年，脸色白皙，衣帽整洁，缺少广东人的火气，却不缺少受过相当绅士教育的谨饬。躯干适中。不爱放口说谈，办事时见得大有条理，爱人时则显得忠厚无二。这种人若还有可以称为特别长处的地方，即是为人“稳重可靠”，这分长处若用在生活事业上，可以“办事”而不能“创业”。这分长处若用在爱情上，则可以称为“一个妇人合用的丈夫”，而不适宜于作“一个女孩子的情人”。

爱情上已没有幻想，事业上能独当一面的丁玲，在海军学生失踪将近一年后，同这样一个男子同居，原是十分自然毫不出奇的事情。她要做什么，他便好好的去做，要玩玩，总极有兴致的陪她去玩，要独自作事，不许他来相混了，他又很听命的走开。他并没有“热”，却永远是那么“温和”。一个年已二十六七岁的女孩子，又恰当这种年龄，失去了她生活中的伴侣，生命所需要的，原就是那么种温和！

二十一年的夏天，我过上海去看看几个朋友时，先在棉业银行第四楼 ×× 通讯社，见到了那个白脸青年，稍稍问过一些两人生活的话语后，又从他那方面，约定了丁玲第二天晚上在 ××× 相见。见她时我问她：

“两人生活怎么样，是不是还好？”

“有什么可说的？我们又不是年青小孩子。一切都平平常常，住在那里也同住公寓一样，白天各人有各人的事务，到见面时还互相十分客气，比老朋友们在一处时还客气。”

我说：“本来应当这样。年青男女无正经事可作，把日子消磨到恋爱上去，在爱情得失之间，发誓、哭脸、做诗、失眠，并不希奇。年纪大一些，便明白精力应得尽在社会方面去，不至于再来胡闹了。这不胡闹处从另外一方面说来，自然也就叫作平凡。”

她说：“但能够年青胡闹，也是有趣味的事！”

“他性情还好不好？”我说，“照我看来这人一切还好。”

“就正是性情好方使生活平凡。凡事很客气，凡事能原谅——你说，行吗？”

我没有可说的了，却想起海军学生如火如荼的性情。一点过去的记忆，使我感觉得十分惆怅。

海军学生同她从北京来预备过西湖去住家以前，那一幕战争的印象，还很鲜明的在我眼前。年青海军学生的种种，不单在过去培养过那圆脸长眉女孩子的灵魂，直到如今还应当作为这个女作家灵魂的温室与摇篮！

她见我不说话，仿佛明白我在思索什么了，便又说：“我老了，不要那些了！”

我心中却很肯定的说：“你这个人并不老。你到四十岁，于你生活最相宜的，还是你所习惯的那个海军学生的一切！”

二十

我过北京时，独自住在燕京大学租借的达园，我的九妹便陪同这个女作家住在上海。那时节，上海的空气慢慢的变了。海军学生的事，政府方面似乎明白了过去处置的过分，正极力在那里想把过去那点恶劣印象从一般人的记忆里拭去。丁玲在上海住下，已不必担心突然被捕。于是若干大学的文学会，皆有了丁玲公开演讲的消息。凡是来请她的，她明明白白知道那方面学生分子复杂，到那里去谈话放肆了些，激烈了些，说不定将来还会累及来邀请她的学生坐牢。但无论如何她总到场，去时既不如何预备，也不怎样做作，只洒洒脱脱的把想要说的话说它一阵，到无话可说时，这演说便结束了。

“演说”这两个字未免太严重了些，且那么充满了无聊绅士臭味，对于这个朴素老实湖南女子，实在不很相称。她欢喜的是二三知己毫无拘束的谈天，一切应对浸透了亲昵与坦白，且许可随随便便的，断续不一的谈下去。如今要她站到讲台上，同三百五百年青大学生对面，也还依然用得是那么一种谈话风度来演说，但听者却已完全不同了。所以从多数听讲者说来，对于她的演说是缺少所预期的成功的。不过若许可听讲者越过了一般演讲形式的藩篱，便能够从那演讲中，看出这女作家富于感情的气质，以及从那些略见滞塞朴讷无华的言语里，体会得到这个女子蕴藏着一个如何对于人类宽博容忍与爱好的心。

那时节她既不能用写小说来把自己生活支持下去，朋友中的主张多是：在上海教书既容易，有机会教书时，不如去教一点书。

但她却明白她自己不适宜于到学校中去讨生活。她欢喜大学生，只似乎为的是从他们那儿可以学许多，却没有什么东西教他们。她在五月末由上海写信给我说：

> ……×××、×××，都说我可以同白薇一样，不妨教一点书。我明白这种事情在某种人作来算不得坏打算，但我却太不行了。我不教书！倘若我当真还应当放下这枝笔，转到一份新的生活里面去，对于我相宜的，恐怕不是过大学去教人，还是到下层社会里

去得点教训。

我这些日子东奔西走，忙于演讲，来听讲的照例总那么多人，话说完时还得被年青大学生围着，询问这样那样。他们都那么年青诚实和谦虚。可是人却非常感到疲倦了，尤其是当我从台上走下来，离开那些大学生时，说不出的一种空虚压在心上。这样年青人能从我这方面得到些什么呢？我又能给他们些什么呢？我很不高兴！我觉得演讲已够无聊了。

想像我这样的性格，真是使自己难过的性格。从明天起打算多写些文章，没有人印，没有人看，也得写。我最相宜的工作，还是不放松这枝笔！社会是那么宽泛的，需要各样的人在各样合式工作中，极诚实的干下去。勇敢的死需要人，坚忍的活更要人。我们只能尽我们的力，报酬再少，环境再坏，也必需支持下去！

这里已经很热了，都只能穿一件单衣。同九九看电影两次，不好。……

那时节那个翻译已开始常常来到她面前，作出“听候使唤”的柔驯忠诚神气，陪她出去玩玩，或陪她到朋友处走走。但这去两人合居的本题自然尚远。倘若这个女子，海军学生的失踪，碎了她的心，这个翻译在她面前时，她还是不会快乐起来的。不过她正为数月来的忧愁、惶恐、穷困、劳苦所包围，身心俱十分疲倦，为那翻译的殷勤处与忠顺处，于是一堆无法排遣的疲倦日子，却居然被打发走了。

六月二十三她给了我一个信，提及她办《北斗》杂志的计划。

> ……上海实在住腻了，心飞得很远，但只是一个折了翅膀的鸟，成日困在抑郁中。不过想到能飞去的地方，也不会成为怎样了不起的地方，所以就用“算了”作为安慰。只有任时间流来流去，流到完了那天就完了吧。下半年你教书我决不想教书，我觉得无味。现在有个新的小书店，请我替他们编一个杂志，我颇想试试。不过稿费太少，元半千字，但他们答应销到五千时可以加到二元或二元半，因此起始非得几个老手撑台不可。我意思这杂志仍像《红黑》一样，

专重创作，而且得几位女作家合作就更好。冰心、叔华、杨袁昌英、任陈衡哲、淦女士等，都请你转请，望他们都成为特约常期撰稿员。这杂志全由我一人负责，我不许它受任何方面牵制，但朋友的意见我当极力采纳。希望你好好的帮我的忙，具体的替我计划，替我写稿、拉稿、逼稿。我们自己来总要比别人的好一点方好，你说是不是！？

我现在把我的计划告诉你，杂志为月刊，名还未定（你替我想想看！），每期约八万字左右，专重创作和新书介绍，最好能常常有点有“趣味”而无“下流气味”的小文章。坐庄的人全靠我自己（我愿将全力放在这上面）和你。

想多找些老文人的文章，尤其想多推出几个好点的女作家，如上述的几个，还有沉樱也很好。八月若赶不及出创刊号，九月也好。第一期或出一特大号，这样一定要有几篇长的好的大创作。我自己愿来一篇，你顶好也来一篇，你再好好的做一篇批评；单论一部书或一个人；这书这人都要有影响的才好。第一期，一定希望冰心或其他一人有文章登载。你最好快点替我进行，过几天便可登一预告，说是：“丁玲主编的杂志，已有了这些已成名的有地位的女作家来合作”。这真是动人的新闻。我希望能得到他们的同意。事情还刚刚开始，一切计划皆不落实，你可多多为我想一想。上海的施蛰存我也要他的稿子。北平有什么新的诚恳的小文人，我们愿意不放弃他们。

我已在开始写文章了，我想有个刊物必可逼迫自己多写一点。

……

生活既那么沉闷，若死守在上海，一事不作，自然使远近朋友替她担心。既不愿意放下那枝特具迷人力量的笔，如今又恰恰有那么一个刊物来逼迫她写作，逼迫她作事，实在是个难得的机会。故当她把信寄到我手边时，我就为她各处去信，请大家帮她把这刊物办得热闹一点。同时且去告给她我对于这刊物的一切意见。我那时本已预备过青岛去作事，同时且估计歇两年手不再来写小说的。她的来信虽不妨碍我过青岛的计划，却似乎又非得把我停笔的预约毁掉不可了。

听说丁玲来编刊物了，高兴帮忙的人实在很多，冰心第一个就为她写了一首长诗，其他的人也先后把文章寄去。但我自己却不曾写什么。因为我觉得这刊物由她来编，必不许仍然如《红黑》月刊那么无所谓的敷衍下去，方成为一个像样的刊物。故我一方面为她向北平熟人讨取文章，一方面就去信告诉她说：

若刊物只是要几个名人做幌子，第一期有了那么一些篇章也很够了。若你以为真实的应当用这刊物来逼迫督促，使一般女作家的写作风气活泼起来，你是不是觉得你作编辑有些不相宜处?

我不轻视左倾，却也不鄙视右翼，我只信仰“真实”。在记海军学生那个篇章中，我对于一般文学的论战的意见，便说到过如下相似的话语：争持谁是正统原近于精力的白费，毫无裨于事实。若把文学附属于经济条件与政治环境之下，而为其控制，则转动时代的为经济组织与政治组织，文学无分，不必再言文学。若否认文学受两者控制，文学实有其独创性与独立价值，然则文学论者所持论，仍无助于好作品的产生。不问左右，解决这问题还是作品。一个作者接受了某一主张并不能成为历史上的“巨无霸”，他所需要的还只是对于他作品制作的努力！多数作者皆仿佛在少数“院派教授”与“新海派教授”、“绅士”与“斗士”一种胡涂争论下而搁了笔，且似乎非争论结果就不敢轻易动手。谁超越这个嘻嘻不已的局面，埋头傻干，谁就被谥为“无思想的作家”。什么“思想”？发洋财，或近于发洋财一类奇迹吧？对于奇迹的憧憬，一点侥幸感情的扩张，大致便是所谓“思想”了。中国自从辛亥革命后，帝王与神同时解体，这两样东西原本平分了这个民族的宗教情绪，如此一来“信仰”无所适从，现状既难于满意，于是左倾成为一般人宗教情绪的尾闾，原是极其自然的结果。因此具有独立思想的人，能够不依靠某种政体的理想生存的，也自然而然成为所谓“无思想”的人了！……

正因为这个原因，我在那时期曾轻视过文学，真打量过离开这份生活！在回她讨论新刊发展的一封信上，我说过一些近于牢骚的话语：

……

绅士玩弄文学，也似乎看得起文学；志士重视文学，不消说更看得起文学了。两者皆尊敬文学，同时把文学也俨然近于溺爱的来看待。文学“是什么”，虽各有解释，但文学究竟“能什么”，却胡涂了。我既不是绅士又不作志士，对于文学则惟只知在它的产生与产生技术，以及产生以后对于它在社会方面的得失而加以注意，我且注意到它的真实分量同价值，不许它把价钱开得太大，也就是不许人对它希望太大。一切基础皆固定在我知识上，而不在权威或时髦理论上。目前大家所争持的似乎同我毫无关系。他们既称为作家，我想想，假若我无法参加这一切理论的检讨时，是不是还宜于来接近文学事业，真成为问题了。

绅士骂不绅士，不绅士嘲笑绅士，这算是数年来文学论战者一种永不厌嫌的副题，我觉得真不必需！其实两者正差不多，就因为两者还是人，坏的一样的坏，懒的一样的懒，至于好的，也还是一样的好。造谣谩骂对于根本问题有什么益处？但若干人的成败，显然皆有从此处下手的情形，我觉得对于这风气无法攀援，故预备不再让自己在这事业上鬼混。照理说来，使一个人阔大不凡，实不在乎如目前一般人所谓有无思想，却只看这人有无魄力。一些无用的人，即或从小到大吃长斋，生来既无补于佛教的兴衰，死后也不会成佛。有些人毫无一个君子的品德，他却可以做出一些有益于社会人类的事业来。有气魄的人的沉默，比小小东西呐喊动人多了。你不觉得吗？为了社会正需要小麻雀吱吱喳喳，正欢迎小丑，我想离开这份生活，过几年再看看一堆日子能不能帮我们把社会习气修正了一些。

……

上海来信却说：

不要发牢骚，把自己的文章抄好，把熟人的文章逼来吧。这刊物，就正是想用成绩来修正一切海上习气的一个刊物！为什么不赶快把文章寄来？我问你。稿件你一定为我催催，顶好在七月二十号以前能寄来。我还欢喜同他们能够直接通信，你可不可以将我的意思告诉他们？我更希望他们能对于丁玲和善一点，亲近一点，没有事的时候，将丁玲当个朋友，同我在纸上说些不客气的空话。自从九九走了后，我连一个说话的都没有了！要人爱容易，找人玩也容易，然而要得到几个那么相熟、那么不拘束、那么可以发点小脾气的朋友可实在太难了。九九到了北京不为我写信，我难过得很！刊物取名曰《北斗》，这个名字你以为怎么样？

天气热，流汗使人生气。既预备过青岛，到了那里你看看，住得安稳，我想想我要来青岛玩时也容易多了。青岛海滩真美丽，抓起一把砂子，你就可以看出若干螺蚌的残骸。那是一本真的历史，不过只是用这些小小生命写成的历史罢了。我到过青岛，忘不了那个地方……

她并非忘不了青岛，还只是记忆着同海军学生从济南逃过青岛小住的一段生活罢了。刊物征稿在北方既极其顺利，南方似乎也有了许多朋友帮她的忙，故她生活似乎又乐观了一些。七月里寄信过北京时，感情便活泼的很多了。信上说：

……看见她们一些奶奶们都将要为我们这个杂志而重新提起创作的趣味，我觉得是非常高兴的事。她们或许要更来认真一下，努力一下，假使她们有了一点可贵的成绩，我觉得这也还是我们的成绩呢，所以我很快活。假如我能将她们一切已成的、过去的女作家们，已经为一种好的生活营养着、无须乎怎样去努力了的，还和一些新的、充满着骄气和勇气但不知道怎么样去努力的年青的女作家们联结在一块，于一种亲切的友好的形式下握起手来，无间无忤的往前走去，大家会在生活里面感到充实有意义得多！

我自己呢，自然得分外努力！我觉得，真是常常觉得，对我好的人太多了。我常常会为这些难过，会觉得太对不起这些人——这些并不在我面前而感到很切近的一群。他们爱我，他们喜欢我的作品，他们希望我——希望我更能写出些好的东西；而我呢，我觉得过去简直骗了这一批人。我的成绩还不应当得到朋友那么多的尊敬与爱好。我的力量有限，生活又那么一个样子，只能让别人失望！我看我自己的缺点，比什么还看得清楚，我只是个纸扎的老虎，现在好像完全怕人拆穿，怕失去一群人的好意，勉强把这纸扎的空虚囊袋填满起来，填的大部分却是稻草！一个人经验太少读书太少怎么行？我还得去学，若我有一分勇气，还应当放下这枝笔，再到另外一种人群里去学习！你说“我担心你在绅士方面的成功，将使你成为另外一个人”。我觉得没有一句相当的话可以表示我感谢你的意思。你说得是。不过，你放心，我不是希望在这方面得到成功的，我正惭愧在这方面的小小成功！

……生活就是工作，工作也就是生活，把自己精力凝聚在某一点上面去，是的，人人应当那么办！你且等着看，倘若我过去日子，真如你所说的“被不幸的命运绊了一跤”，那么，“应当爬起来再走”的气概，又回到我身边来了。我预备走，我明白，不走也不行啊！

这点雄赳赳的气概，是否能始终一贯的支配这个女作家的行为？而且这气概，是刊物的原因，还有其他原因呢？

从别一方面我稍稍知道了一些事情。对于这些远道传来的消息，本来我不能加上什么意见，但这消息若果不纯出于小报的谣言，则恰是她的新的迈步。同海军学生在上海参加××××，××××××××时相似。把自己信仰生活交给一个情人或一种主义，固然是两件事情，一个人在这方面需要自己考虑处，却同样严重。当海军学生在××××，××××，×××，直到被派×××××××时，我总觉得这个人还缺少对于自己能力与才气的认识，总觉得自己既不能认识自己，对于社会的认识就更可怀疑了。如今又似乎她到了应当认识较自己较多一点的时节了。我去信询问她这事情的究竟，来信却说：“你为我担心的事我想不成问题。我不是很年青的人了，已经没有听一个男子在我面前说傻话作呆样子的趣味了。处世接物都不会给人一点所谓‘女人’的意义，所以虽随便一点也不会给人误会，传说的种种是不会有的。你明白我，就也应当知道我不满意做一个‘情人’业已多日了！”

我想起《马丹波娃利》这一本书。自然这是两个灵魂、两种典型、两份生活。但我不明白我为什么却不能把我当时的想像，安置到别一方面去。

我八月里过青岛后，上海的消息更不同了一点。我觉得事实并不令人惊奇，只是这个广东人代替了那个福建人，个人方面或有所得，社会方面却不免受了些损失。温室原只适宜于培养一点小花小草，至于十围的松树、百尺的楠木，不在大气中严寒酷暑里长养，却移到温室里去，实在是一种不可修正的错误！

但这是谁的过失？泥土的气息、白日的光，在人类本性上莫不各有一个共通的观念。爱的，谁不怀了一种期待？憎的，谁不极力逃避？但所要的何尝是可以自然而然得到的，近在身边的又何尝不恰恰是讨厌的？这世界上原有种种理由，使得每个人各自孤单的守在一小点上，把生命不吝惜的空费。一个为生活弄衰弱了的心，明白她的已无从再来服侍她。（海军学生用热情使她认识了“爱”，且用生死离别诠释权衡这个字的意义与分量，几年来的种种遭遇，使她业已厌倦了再拈着这个字儿来思索。）正为了厌倦，忽然有一个谨饬忠顺的男子，处处表示希望能够来照料她、侍候她，想同她在一堆过日子，这勇敢处同痴憨处皆使她只有苦笑，但苦笑之余，她自然就不让这男子再走开了。

她说：你明白，我不满意做一个“情人”业已多日了。新的生活想来还可以用得着那句老话。我当时想：在这方面她放下了缚束自己情感成为一束的努力，很平常的同一个男子在一处，对于她也可以说是很合理的行为。因此听到她的消息后，还很为她快乐。直到第二年后，在上海一品香饭店见及了她，我方明白我的估计有了一部分不对。为什么原因两人会同住下去，我并没有分析错误。至于两人同住以后的生活，我原本猜想一定很好，从事实上我方明白已弄错了。温室实在不是这个湖南女子应住的地方。

……人同天气一样，一天一天的焦躁和萎缩下来了，怎么办？我真像蠢了一些，像迟钝了一些。看不到什么好文章，自己也更写不出好东西来，恐怕真只好让比我年青的一些人赶上前去了！我常想起一些过去，温习那些过去，只有苦笑。……一个是死了，一个是那么无希望了，只看你的拼命吧。

日子，一堆怕人的日子呵，如何在毁我……

检查一下日子，她这个信是二十一年冬天寄到青岛的。去《北斗》的开办已一年又四个月，她同那朋友同住也将近一年了。

二十一

《北斗》产生与它此后的发展是截然不同的。这刊物若在北平出版，这刊物或可望如最初计划的形式，对于女作家一方面或者逼得出一些好成绩来。但这刊物却在上海出版，距离她所需要合作的几个人那么远，并且我不久又离开了北京，故这个刊物开始几期，虽然还登了些北方的文章，到后自然就全以上海方面作者为根据，把这刊物支持下去了。

《北斗》出到第五期时，有被扣留的事情，出到第十一期时，有查封消息。那小书店老板，被捕去过一次，也似乎就为这个刊物。这刊物到后来既并不能如原来计划作去，但在左倾一方面说来，也似乎还不如左联预期那么成功。原因是这刊物虽以上海 ×× 作家之群为场面上维持者，稿件的集收却异常艰难。能写文章的仿佛总各自有个理由不肯提笔，用不着提笔的却把文章趸来，来稿虽多，所需要的稿却极少。同时出版的书店，规模又太小了一点，不能使刊物于每期出版时登载多少广告。内地各处则因受地方当局一再没收查禁，寄给个人的虽间或可以收到，寄给书店的照例无下落可寻。（有些不相熟的人，因为无法得到这种刊物，还来信要我为他们想法。当我把这些信转过上海方面时，丁玲总为把刊物照所开地址寄去。）不过刊物虽极难得到使编者满意的稿件，出路又窄，但刊物给人的印象，却为历来左翼文学刊物中最好的一种。尤其是丁玲自己，对于这刊物的支持，谨慎的集稿编排，努力处与耐烦处，留给一般人一个最好的印象。

那时她的通信处多由这书店收转，因此那书店便常常有政府或租界的便衣侦探顾临，有时作为购买书籍，询问这样那样，有时便索性把一些外来稿件带走。此外且常常有那些很希奇的公务人徘徊，侦查她的来去，但她来时总仍然能很巧妙的把信件带走。有次她到了那小书店，被人知道了，离开书店两分钟，那书店就来了七个人。

她那么被人注意，不外乎×××××，××××××，×××。

×××××，×××，××××××××，海军学生若在，犹可说为了××××，×××××××。×××××，则不过×××××××。但××××，××××也得××××，××××，××××××××！

一千个愚蠢，是那些还想把她逮捕来发一笔小小洋财的人。但这是上海啊！上海地方那么大，人那么杂，什么希奇主意不为人去应用过，什么门径不有人去钻寻过！？××××××××，××××，××××××××××。人家还想从谣言上找证据弄一笔赏格！

……有那么一回事，多少人皆不相信的，但事实却摆在那里，替他们全证明了。

我还在北京住下时，有个在辅仁大学念书的小朋友，同一个很爱重中国的年青美国人，为了他们所办的英文简报，平时即专以介绍点中国文学作品以及关于文学消息为目的。海军学生等失踪，中国人在麻木中忽视过去了，他们却觉得是一件不能过分忽视的事情，想为几个在中国混乱情形中死去的作家，特别出一期专号，要我们为他们用中文写点关于海军学生的一切，以便翻译成为英文。我答应了他们这种委托，因此写成了《记胡也频》那篇文章。等到文章写成时，谁知简报却已不能继续出版，那文章后来就寄给上海《时报》馆发表。这文章未着手以前，我曾写信去告她，并向她询问关于这种文章的意见。且以为倘若她能写，我就不再动手。来信时却说：

我目前不能写这种文章，我希望你写。可以少写些，这个人你明白的，三句话就可以说完。还有写时得小心一点，因为家乡那一个，我们还不适宜于把这个人的真实消息送回去！她还以为他在俄国，寄了一张小孩子的相片来，要我转寄过俄国！

到了青岛这文章快要写成时，我又去信告她文章的内容与字数。下面是她关于这本书第二个回信：

……记也频能准我看一看吗？我也常常想为他一生做一长传，然而一想到效果，便觉得太费力了。我这人真是个不合理的人，讲实利讲到这样子！不过我想我总可以写一点出来，在我个人对于他的纪念。但这是以后的事。如今你能写，我非常高兴。

这个信从上海发出的日子是九月二十九。到十一月二十九，却来了第三个信。

《时报》上的文章我觉得你太主观了。尤其是关于"一幕悲剧的写实"那一段。当日也频写时原本全是臆造，我不愿小气，不同他计较。而你又忘却你自己，用这作材料，无乃冤枉丁玲之至！

这本书从《时报》登载以后，拿过光华付印时，一切便是她所经手的。当时那篇文章在某一小节中，提到几个人在萨坡赛路搬家的故事，她觉得有了些错误，我以为她要改的尽管改正。但等到她把全部分稿件看过之后，大约她已看明白这错误并非我的疏忽，且在那本书尾的声明中，我又业已提出关于这本书的目的与得失。故当这书付印时，她便尽它还是照原来的稿样，不曾有所加减。但那个海军学生较长的传记，则大约因为她后来生活上的变动，出于她自己意料以外，就无机会再与世人相见了。

最后一次我们的见面，是在二十一年的夏天。我过苏州去有点事情，转到上海，从发行《北斗》的那个小书店管事人方面，问明白了她同住的那个翻译某通讯社的办事处，按时到他那地方去，就见着了那个业已与丁玲同居将近一年的 ×× 君。穿一件白纱反领短袖衬衫，身个子不高不矮，肩膊宽宽的，手臂短而结实。这人既衣履整洁，脸儿又白白的，一眼望去，还以为是一个洋行中的写字生与售货员。从身材上与眉眼间看去，不必开口就可知道他的籍贯不出福建广东。我把我的名字告给了他以后，他便显得十分高兴，问了我一些青岛方面的情形。当我同他谈话时，一面我就思索，我在什么地方或者会见过他。先施公司？永安公司？丽华公司？……中国旅行社？是的，我一定记错了人。但无论如何，把这一个放到那些地方去做点什么事情，实在是不怎么不相称的。但这个人却使我生了一分敬意，因为就言谈风度而言，实在是无可疵议的人物。就才具而言，

这人若不在 ×× 做事，却去 ××××× 手下做一个帮手，说不定比某某部次长还能干些。

可是不知为什么原因，一见了他我就有点疑心。仿佛这人脸就白得使人惑疑。

当我在青岛听说她快要同这个人住下时，我因为这关系来得近于奇突，写信给她，就告她一切必得谨慎一些。自己业已不是小孩子了，既明白各处全是陷阱，仿佛倏然而来的爱情，即或不是一种有意作成的陷阱，它将如何影响到她的事业，也总以多考虑些日子较好。然而她实在倦于拈起“爱情”这两个字来较量，出乎几个老朋友意外，也好像这出乎她自己意外，居然同这个男住下了。如今见到了这个人后，我那点疑心还依然存在。“脸那么白，如何能革命？”是的，我真这样疑心那个人。照我经验看来，这种人是不宜于革命的。

同他离开时，我便向他约好，请他转告丁玲，第二天过我住处去，时间最好是下午五点钟。到了那个时候，有人拍我的门，门开后，一个胖胖的女人，穿了一件淡蓝薄洋纱的长袍，一双黄色方头皮鞋，在门边向我瞅着。如非预先约好，我真想不起就是她。若这人在大街上粗粗的一眼瞥过，我是不会认识的。我们还只分手一年，好像变得已太多了。

她说：“久违，从文。九妹好吗？她怎么不来？”说完时又望望身后那一扇门。我明白那是什么意思。

我问她：“怎么，出门还不方便吗？还有……”

她不说什么，笑着，把手理着脑后的长发，在临窗背门那一张靠椅上坐下了。

“生活好吗？”

“就是那么过日子。”

“工作呢？”

“你在青岛才真算是工作，我们在上海，什么都无聊！吃饭，借债，冒了险去做些无结果的事情。”

“但我看你好像事情作得很好，听人说也是那么一句话。忙不忙？”

“混日子。日子太长了，也得忙碌些，方能把每个长长的日子推开。”她望见我桌上一个信封了，认得那种字体，是谁写来的，就来同我谈那个人，问我过苏州去婚姻有了些什么结果没有。我不想先就谈这件事。我又问她日子过得怎么样，且说及那个只见一面的白脸少年，他给我的印象并不坏。她就轻哂着说：“一个忠厚本分的人，一个正派人。”

“一个体面人，一个绅士风度的——”

“不，许多方面还像小孩子呢。”

“那么，生活必很像个样子了。老实说，远远的想像着，我们为你很担心。”

“你如今见我那么胖，便应当‘放心’了。”

“还是不很放心。日子就日常生活方面说来，过得怎么样？”

“同住公寓一样，各人每天有各人的事务，把时间安排到自己那份工作上去，晚上在一处，”说到这里她似乎有了些害羞处，停了一停便轻轻的说：“我们都异常客气，同朋友一样！”

我们把话停顿了一会。我想起那个海军学生生前的一切。大约她也想起了海军学生，便感慨不尽似的说：“人老了，一切看得都十分平常了。”

我说：“看得平常一些，也许是把生活侧重在事业上面去了吧。你近来是不是——”她想避开这个问题不谈，只问我：“在上海可以住多久？”且接着就又问我青岛怎么样，下半年预备在青岛还是预备来上海。

后来说到家乡方面的情形，方从小皮箧里掏出一张小孩子相片，相片的背面，一望而知是那老太太的手笔，很工楷的写着这孤雏爸爸妈妈的小名。小孩子样子业已长大了些，面目不大像小时节的神气了。见着了这相片同相片上的文字，使我记起一年前送小孩回家那一幕，记起到了她家中，在如何情形下看我们自己发出的信件，半夜里小孩哭醒时，那老太太又如何忙匆匆的爬起来，抱了小孩子满房子打转，把地板踹得轧轧作声。直到如今，这老太太把相片寄来，还将两个名字并排的写着，丁玲的回信，也就可想而知，每次需要多说若干空话不可了。一面还是把离得远远的一家人，紧紧的缚成一束，一面却是死去的业已早就死去，生存的又有另外一种生存方法，在这儿我不愿再谈下去，也不能再思索下去，故我们不久，又提到另外一些熟人生活来了。

说到白薇的病，说到 ×× 的文章，说到北平教书匠 ××× 与 ×× 的各种故事，说到上海许多每星期开会作家的种种。

后来问她《北斗》情形，她就说没有方法得到合用的稿件，也没有方法使它不至于被禁止。因为《北斗》稿件，她告给了我一些左翼方面的事情。因为提及新作家，她告给我一个湖北女工人所写的小说，登在某一期上，要我看看。因说及文章，我问她自己的文章，她就说：

“我有时真想摔了这枝笔。思想越来越沉闷，感情越来越懒散，提到生活，生活到连自己有时也十分怀疑。虽仿佛明白了怎么样来活是最合法的，但人总是人，并且自己底子是那么一个充满了感伤气息的脾气，虽在自己一份工作上，不敢懈怠，但总好像还缺少点什么东西，方能很倔强的支持下去。我们家乡河街上铁匠铺，打刀时每一把刀都应当安点儿钢方能锋利，像我们这种人，也得想方法安点钢！”

我说：“照我看来这话也只是你在老朋友面前说的话。一个人在熟人面前，原本就好像特别软弱一点。但当你只是一个人独自在一处时，你不会那么想的！”

“这自然的。可是一切的倔强，一面是环境造成，一面也似乎是本身性情造成。我以为我的性情，只是……”

我对于这个问题不置可否，只想起海军学生生前给他的一切。一只鸟儿若根本无一个固定的窠巢，她得到一个可以安顿她的身心的地方，她很快的就会弄习惯了。但这只鸟若住在某一处业已多年，忽然却改了一个新窠？新的地方即或能使她温暖，必仍然不能使它不寂寞的！

但是一切人各有自己一分命运，性格强一点，所负的重量也就多一点，性格随和一点，便无往而不宜了。她的性情表面上看来仿佛十分随便，灵魂却是一个地道农人的灵魂。为了服从习惯重义而轻利。为了与大都市的百凡喧嚣趣味不合，故大都市一切，凡所以使一般人兴奋处，在她便常常感到厌烦。她即或加入了左翼运动，把凡是她分上应做的事，好好的尽力作去，但到了另外一时，使她能够独自温习她的一切印象时，觉得浅薄讨厌的人，也许就正是身边那几个人。她认识这个社会制度的错误处与矛盾处，以及这个社会中某一阶级，某一问题，某一种人心灵，所有的错误与矛盾，控制支配她的信仰与行为的，还是她那一分热情。她自己便是一种矛盾，这矛盾如同每一个农民把生活改移到都市住下时同样的情形。即或活得再久，即或在那里有作有为，这工作是不是她真正要作的，总留下一个疑问！她批评她自己说："我可惜不读点哲学书，因此纵不缺少把自己加入社会生活的热情与理想，但我却不能认识自己，不知尊重自己，实在说来就是缺少了一点自知之明。我看来单纯其实并不单纯，但复杂又并不使我复杂到如×××。我在各种生活各样人事上，训练过我的感情，但从不在一本书上训练过我的理性。一般人称赞我，我自己却决不原谅自己的短处！"

……

我们又谈到关于"一·二八"上海战事的一切情形，当战事发展时，她到了前线去做了些什么事情。还听她述叙当日关于徐家汇有组织的罢工，关于×××××，××××××××，关于×××××× 许多问题。

她谈及这些事情，我总感觉到一点儿莫可名言的忧郁。把她的一份生活经验同本来性格两相比证，仿佛使我读了一本悲剧的上半部。我把这本书暂时覆着，不及翻阅，先去猜想那结局，我沉默了。

一个人原自有他自己的那一分，别人的选择是毫无用处的。我不劝她读什么哲学书，也不劝她如何努力去为理想而把她自己弄得更坚强起来，只问她家乡小孩需要些什么，我当买一点寄给那老太太。且问她要不要买点应用的东西，譬如衣料、袜子、稍微好看一点的手巾，可以同去买来。这些东西在过去一时，这个女作家显然是并不怎样疏忽过来的。

看看她那身装扮，我有点儿难过，说了一句笑话：“一切记忆还很年青，人也不应当比印象老得太早！”

她便苦笑着说：“我什么时候年青过？”

她于是重新同我谈起家住苏州那个脸庞黑黑的女孩子。这个女孩在吴淞一个大学读书时，她便为我特别在吴淞看望过一次，故同她也有一面相识。那女孩子原很欢喜她，且尊敬她，我告给她我这次来苏州一些新鲜事情后，她笑了，带了一点儿嘲谑的态度，在我面前称赞了另外那个黑脸女孩子许久。

两人分手时皆说，“过不久再见”。且估计着：冬天我不能过上海，隔年春天她或者就可到青岛去，看我同我的九妹。

日子过去了。

同一年的冬天十二月，我再从青岛搭车过上海，在苏州把那个黑脸女孩子邀过上海去看她，到她所常来往的 ×× 教授家中询问她的住处，却无什么结果。第二天，因为青岛方面的来信，我们便匆匆离开上海了。一到青岛不久，接到了她的来信：

> 在 ×× 家里听说你同你那黑脸的未婚妻来了上海，找寻我却找不着。我以为你们还会再来，等了三天，还不见你们，这真是残忍的事！为什么不来看看我？住在上海说话的人太少了。又不能离开上海。青岛地方好，几人玩得很好时，莫忘记另外地方的一个朋友。

她在上海没有像亲戚中兄弟姊妹的那么一种朋友说话，大约也是一件真事。一个年纪轻轻的人，有幻想，有梦，在情人面前，在同志面前，会用对于未来的空话，把自己同对面一个人的生活，很轻快的过下去。如今的丁玲，照她自己说来也不是那种人了。一点幻想一点梦，在一切经验下早已全被压碎了。即或 ×× 方面，事务如何紧张热烈，总是不行的。即或同志再多，但人与人之间，却缺少把某种感情粘附起来的友谊。正似乎为了寂寞，她便为自己弄得许多责任，这责任若经过一度处理性的抉择，则在得失之间稍稍加以取舍，必需作的就作，用不着担负的就摔掉，同时自己也就可以轻松自由了许多。但她并不较量这种堆积到身边的义务。故要她为×××捐款不推辞，要她为×××过工厂去××也作，要她编一本关于创作的书作为供给×××××××的用费，她毫不迟疑答应了这件事，要她把熟人若干私信集起来，为××××筹一笔钱，她不管如何，又把这事情办妥了。在义务中打发了若干日子，糟蹋了不少精力，她不觉得苦，也从不抱怨谁。危险的她不吓怕，麻烦的她不厌嫌。她极力去学负责，极力去学做事，就为的是只有那么过日子下去，她方可以把自己那点生命中的活力磨尽。这点生命的活力，有若干人是在一份很幸福的爱情中，或一种很亲切的家庭生活中，或某种庸俗的交际中，以及一切不同事业中，被慢慢的消磨，随了日月的交替，成为社会历史的陈迹的！

似乎正为了那点活力，在一切事务中还不能使她安静，她三月里给我的一个长信中，还有那么一段话语：

爱情是一个可笑的名词，那是小孩的一些玩意儿，在我看来感觉得有些太陈旧了。一个二十五岁以上的人，若还毫不知道羞耻，把男女事看得那么神秘，男的终日只知道如何去媚女人，女的则终日只知道穿穿衣服，涂脂抹粉，在客厅中同一个异性玩点心灵上的小把戏，或读点情诗，写点情诗，消磨一个接连一个而来的日子，实在是种废料！这些人不敢去思索自己对于社会的责任，有的由于愚蠢，有的却由于狡猾，亏他们总找寻得出一个逃脱责任的理由，说出来时却又俨然极其合理，我正想写一本书，写一个与这种通常人格截然相反的人格，这个人比目下许多人也许还更懂得做英美公民的权利和义务，但同时她也看得极其清楚，在如今的中国，作一个真的好公民，义务方面还有一些什么事。我预备把她坚实卓大的性格写出来，且很残忍的让她在一切不幸的下贱生活里去受折磨，还让她在那一点为真理而有所寻觅的路途中死去，你能不能贡献给我一点意见？

这是一个问题，由我方面作成的答案，只是：

> 你尽管写去。照你打算作去，这就是我的意见。这个社会这个民族正需要的是这种人，朴素、单纯、结实、坚强，不在物质下低首，也不在习气下低首，她即或不能如贵妇人那么适宜于在客厅中应对酬酢，只许可她贴近这个社会最卑贱的一方面，但因此她却见了多少日光下头的事情，自己的心也就为这真实的大多数人类行为而跳着，有什么理想，就是‘怎么样把大家弄好’，不是‘怎么样把自己弄好’。这种修正历史的行为，决不是一个人做得了的工作，为了使这工作另一时在这块地面上还有继续的人，把第一个结束在一个寂寞凄惨的死亡里，也是必然而且必需的事情！

……她自己是用她的生死作成了这样一本故事的缩影的。

这本书似乎正等待另外一个人去完成。我希望中国不久就会有那么一本巨著，出自一个女性作家的手中，若这作者还缺少所要写的那一份生活上的经验时，便先去得到那份经验。一切东西必在日光雨露下方能生长，一个人也如此！有多少活人，现在虽好好的活着，我们总仿佛这个人多一个或少一个，对于社会毫无关系。但有些人死去了一百年或一千年，却使我们尽怀想着不能忘记。她告给我们的是“活的方法”，要做一个活人，就得去日光下学习，不怕死，且明白应如何把自己的力量搀入社会里去。

……

二十二年十二月十三成于北京
二十八年七月二十六补校于昆明

这部作品曾以《记丁玲女士》为题，于一九三三年十月九日到十二月十八日间，首次在《国闻周报》连载发表。一九三四年九月，良友公司出版单行本时，改名为《记丁玲》。由于政治原因，《记丁玲》只出了全文的前半部。直到一九三九年九月，才以《记丁玲续集》为题，出版了后一半的单行本。除作者本人的少量修改外，两个单行本均再次受到图书检查机关的大量删改。在相隔近六十年后重印这部作品时，我们以《国闻周报》文本和两个单行本相互参看比较，在保持作者本人对作品的文字补校修改处的同时，恢复了由于政治原因在单行本中被删改的文字，并保留着上述两文本中无法核查原文的那些被删削痕迹。校订稿全文，请张兆和先生校阅过。

——编选者

1992年7月25日

《记丁玲》跋

两年前，我在《记胡也频》一文末尾跋语上，写了那么几句话：

> 这里所记的，只是这个人怎么样活到这世界上的过去生活，关于他的文章我没有提到，关于其余一切，也保留给他的朋友丁玲女士另外一个传记去说的。

因为当时我所记下的，只多就我所知道的这个人的生活而言，虽不一定是最光辉的一面，却实在是最人性的一面。那文章并不在叙述一个革命作家的英雄性与神性，却记录了他表面生活发展的秩序。同时且把他的同伴丁玲女士与我自己，也占去了篇幅一部分。由于那时的环境不同，记载上有些故意作成的疏忽，最明白他的只有丁玲女士，故我当时不过似乎用一种平实稳定的线，为那海军学生性格灵魂作上若干素描的勾画，画出一个淡淡的轮廓。他的位置也不凝固于某一点上，有时似乎比我们重要些，有时又似乎比我们不重要些，至于那个调子明朗有血有肉的刻像，是希望从丁玲女士笔下写成的另外一个传记里产生的。

但不幸得很，这第二个人如今又凭空失了踪，且仿佛仍然得在失踪的结论上消灭，永远不会再到日光下出现了。

我现在又写了些关于这个新近失踪作家过去生活的细事，我所写的自然依旧不过这人表面生活发展的种种。关于这个人另一部分生活，是不是还能希望有这样一个熟习她生活的人来为她写点什么？想起来真使人无限惆怅。

我们皆不应当忘记，这两个作家，是在中华民国党治独裁的政体下，因个人政治思想与政府相左，两年内先后突然宣告失踪的。他们虽生在有法律的国家中，却死于莫名其妙的境遇里。政府对于这种失踪，仿佛毫无责任可言，只推诿为并不明白有这件事，且绝不承认有这种事。对于这件事情既不是政府的责任，也不算国民党的责任，那么，应当归谁去负责?

读者们，一个稍有生气的作家，在商人与政府两方面的摧残中，他们不是饿死便是杀死，这些现象在中国的今日是很平常自然的，你们先前不明白，如今想来也明白了。他们的朋友只有散布于国内各地方的你们，他们是为你们的原因，生时过着极艰难的日子，到后来还为你们很悲惨的死去的。他们的努力，只是为了“这个民族不甘灭亡”的努力，他们的希望，也只是“使你们不作奴隶”的希望。他们死的陆续在沉默中死掉了，不死的还仍然准备继续死去。他们应死的皆很勇敢的就死，不死的却并不气馁畏缩。只是我想问问：你们年青人，对于这件事情，有过些什么感想?当不良风气黑暗势力已到一个国内外知名的文学作家可以凭空失踪，且这作家可以永远失踪，从各方面我们皆找寻不着一个能为人权与法律的负责者，也找寻不着一个为呼吁人权尊严与法律尊严的负责者时，你们是不是也感觉到些责任?

我这篇记载，并不仅仅是为你们叙述一个作家生活中细末的哀乐，供给你们一些新鲜见识。我虽简略地告给你们，这个作家生来如何不辜负自己的日子，如何爽直、勇敢、活泼、热情，到这世界上来打发每一个日子，当各种不幸围绕到她身旁时，她又能如何坚毅沉着支持下去，当政府同商人既一面在合作情形中提倡一种腐烂民族感情糟蹋民族精力的消遣文学，一面又毁灭摧残这种有希望的作家时，这人终于便在如何悲惨境遇中死去。但我的意思，却是要你们从这个人的际遇中，明白你们自己所在的国家，是个什么样胡涂愚昧的国家。活到这种国家中，年青人不止感到死亡无时的可怕，也应感到安然而活的可羞。你们若知道沉默是你们的耻辱，你们就应当用各种抗议方法，来否认这个现象。

一个前进作家他活下来时，假若他对于人生还有一点较遥远的理想，为了接近那个理想，向理想努力，于生活中担受任何不幸，他是不至于退缩的。他看准了他应取的方向，他对于他的牺牲便认为极其自然。他相信光明与正义所在，必不至于因为前面怵目惊心的牺牲了，就阻止了后面赴汤蹈火的继续。他明白一页较新的历史，必须要若干年青人的血写成的。(同这个社会种种恶劣习气作战，同不良制度作战，同愚蠢作战，他就不能吝惜精力与热血！）他们力尽气竭后，倒下去，僵了，腐烂了，好像完事了。在一般人记忆中，初初留下一个鲜明活跃的影子，一堆日子也慢慢地把这些印象弄模糊了，拭尽了。可是，他们却相信，他们强悍的生、悲惨的死，是永远不会为你们年青人忘掉的！

你们呢？是不是就震于威势低首暴力，对这件事不闻不问呢？死去了的，固不需靠你们争回他们再活的权利，因为这分权利他们已得不到了。但你们自己，若还愿意活下去，且希望好好活下去，必须像一个人那么活下去，决不像一个不刻记号的奴隶那么活下去，在这种法律失去尊严生命毫无保障的国家中，是不是也稍稍觉得有一分羞辱？……

我在记述两年前失踪的海军学生那个小册子上，还那么说过——

一个人他生来倘若就并不觉得他是为一己而存在，他认真的生活过来，他的死也只是他本身的结束。一个理想的建筑，在那方面坍毁了，还适宜于在这方面重新打下基础。……这个人假若是死了，他的精神雄强处，比目下许多据说还活着的人，还更象个活人。我们活到这个世界上的，使我们像一个活人，是些什么事，这是我们应当了解的。如今重抄下来，作为国内关心她、同情她、来读这本书的年青朋友一点贻赠。至于这个人，她哭过，笑过，在各种穷困危难生活里将一堆连续而来的日子支持过，终于把自己结束到一个悲剧里死去了。她的作品与她的生活，皆显示天才与忍耐结合而放出异常美丽的光辉。她赠给年青人的希望和勇气，应当已经够年青人立起来做个结实硬朗的人的分量了！现在这个人是业已传说被杀了的。这个人倘若当真已经死了，她也并没有死去，因为在你们此后生活里，就可以发现她的精神同力量还仍然继续存在。用文字来写出她的生活以及她的理想，已找寻不出什么人，但你们年青人，尤其是女子，我希望在另一时，却能有用自己的生活，来证明这个作家的理想的。

一九三三年六月，于青岛

抽象的抒情

沈从文别集

沈从文 著

中信出版集团 | 北京

再版序

上个世纪五十年代，不少喜爱文学的读者迷上了契诃夫，这跟平明出版社接连推出27册汝龙翻译的《契诃夫小说选集》直接有关。

那时我家至少有三个契诃夫迷：做文学编辑的母亲、哥哥和我。谈论哪篇小说怎么怎么好，是不倦的话题。已经退出文坛改了行的父亲不参与，只有时微笑着对外人说："家里有三个契诃夫的群众。"

汝龙译的这套选集可贵之处，首先在于对作品的精选；第二是选进一些契诃夫的书信、札记，别人对他的回忆、评论等，分编到不同集子里，这些文字拉近了读者和作者的距离，是汝龙先生锦上添花的贡献。

到1992年编选《沈从文别集》的时候，我们自然想

到从平明版《契诃夫小说选集》取法。这也是父亲的愿望，尽管他不参与“契诃夫群众”的热情讨论，汝龙这套译本的长处他胸中有数。

我问过父亲汝龙为什么常赠送新书，他只简单说：“是朋友。”

母亲的补充才说清楚：“他翻译的那套英文契诃夫小说是我送的。”

据我充和四姨回忆，1932年暑假，一个“说是由青岛来的，姓沈，来看张兆和的”羞涩客人，初次登苏州张家门，带的一大包礼物“全是英译精装本的俄国小说”。加尼特夫人的一套英译《契诃夫小说集》就在其中。

不懂外文的沈从文怎么买洋书？四姨说那是过上海时托巴金选购的。

父亲曾希望母亲朝文学翻译方面发展，送这样礼物包含着鼓励。愿望虽然没实现，礼物却终于转到最合适的人手里，促成被誉为契诃夫小说“最佳译本”的产生。朋友的成就四十年后启发着《沈从文别集》的编选工作。

当本书再版之际，我们感谢与它有缘分的几位文学前辈，也要感谢为我们想出《沈从文别集》总书名的汪曾祺先生。

沈虎雏

总 序

从文生前，曾有过这样愿望，想把自己的作品好好选一下，印一套袖珍本小册子。不在于如何精美漂亮，不在于如何豪华考究，只要字迹清楚，款式朴素大方，看起来舒服。本子小，便于收藏携带，尤其便于翻阅。八十年代初，有一家书店曾来联系过，也曾请人编了一套，交付出去。可是，落空了，未能实现。我一直认为是一件憾事。

现在湖南岳麓书社要为从文出书，我同虎雏商量，请吉首大学沈从文研究室合作，编选这么一套。这套选本和以前选法编法不同。我们在每本小册子前面，增加一些过去旧作以外的文字。有杂感，有日记，有检查，有未完成的作品，主要是书信——都是近年搜集整理出

来的，大部分未发表过。不管怎样，这些篇章，或反映作者当时对社会、对文艺创作、对文史研究……的一些看法，或反映作者当时的处境，以及内心矛盾哀乐苦闷，把它们发表出来，容或有助于读者从较宽的角度对他的作品、对他的为人以及对当时的环境背景有进一步了解。

出这套书，当然，同时也了却死者和生者的一点心愿。

张兆和

一九九一年十一月二十九日

目 录

从文遗作选

抽象的抒情[1]

照我思索，能理解“我”。

照我思索，可认识“人”。

生命在发展中，变化是常态，矛盾是常态，毁灭是常态。生命本身不能凝固，凝固即近于死亡或真正死亡。惟转化为文字，为形象，为音符，为节奏，可望将生命某一种形式，某一种状态，凝固下来，形成生命另外一种存在和延续，通过长长的时间，通过遥遥的空间，让

---

[1] 这是一篇沈老未写完的遗作，初稿是在被查抄数年后退还的材料中发现的，发表时除校正了个别错字和标点外，余保持初稿原貌。根据沈老来往书信，本文可能在1961年7月至8月初写于青岛，也可能是8月回京后所作。

另外一时另一地生存的人，彼此生命流注，无有阻隔。文学艺术的可贵在此。文学艺术的形成，本身也可说即充满了一种生命延长扩大的愿望。至少人类数千年来，这种挣扎方式已经成为一种习惯，得到认可。凡是人类对于生命青春的颂歌，向上的理想，追求生活完美的努力，以及一切文化出于劳动的认识、种种意识形态，通过各种材料、各种形式产生创造的东东西西，都在社会发展（同时也是人类生命发展）过程中，得到认可、证实，甚至于得到鼓舞。因此，凡是有健康生命所在处，和求个体及群体生存一样，都必然有伟大文学艺术产生存在，反映生命的发展、变化、矛盾，以及无可奈何的毁灭。（对这种成熟良好生命毁灭的不屈、感慨或分析）文学艺术本身也因之不断的在发展、变化、矛盾和毁灭。但是也必然有人的想象以内或想象以外的新生，也即是艺术家生命愿望最基本的希望，或下意识的追求。而且这个影响，并不是特殊的，也是常态的。其中当然也会包括一种迷信成分，或近于迷信习惯，使后来者受到它的约束。正犹如近代科学家还相信宗教，一面是星际航行已接近事实，一面世界上还有人深信上帝造物，近代智慧和原始愚昧，彼此共存于一体中，各不相犯，矛盾统一，契合无间。因此两千年前文学艺术形成的种种观念，或部分、或全部在支配我们的个人的哀乐爱恶情感，事不足奇。约束限制或鼓舞刺激到某一民族的发展，也是常有的。正因为这样，也必然会产生否认反抗这个势力的一种努力，或从文学艺术形式上做种种挣扎，或从其他方面强力制约，要求文学艺术为之服务。前者最明显处即现代腐朽资产阶级的无目的无一定界限的文学艺术。其中又大有分别，文学多重在对于传统道德观念或文字结构的反叛。艺术则重在形式结构和给人影响的习惯有所破坏。特别是艺术最为突出。也是变态，也是常态。从传统言，是变态。从反映社会复杂性和其他物质新形态而言，是常态。不过尽管这样，我们还是有如下事实，可以证明生命流转如水的可爱处，即在百丈高楼一切现代化的某一间小小房子里，还有人读荷马或庄子，得到极大的快乐，极多的启发，甚至于不易设想的影响。又或者从古埃及一个小小雕刻品印象，取得他——假定他是一个现代大建筑家——所需要的新的建筑装饰的灵感。他有意寻觅或无心发现，我们不必计较，受影响得启发却是事实。由此即可证明艺术不朽，艺术永生。有一条件值得记住，必须是有其可以不朽和永生的某种成就。自然这里也有种种的偶然，并不是什么一切好的都可以不朽和永生。事实上倒是有更多的无比伟大美好的东西，在无情时间中终于毁了，埋葬了，或被人遗忘了。只偶然有极小一部分，因种种偶然条件而保存下来，发生作用。不过不管是如何的稀少，却依旧能证明艺术不朽和永生。这里既不是特别重古轻今，以为古典艺术均属珠玉，也不是特别鼓励现代艺术完全脱离现实，以为当前没有观众，千百年后还必然会起巨大作用。只是说历史上有这么一种情形，有些文学艺术不朽的事实。甚至于不管留下的如何少，比如某一大雕刻家，一生中曾作过千百件当时辉煌全世的雕刻，留下的不过一个小小塑像的残余部分，却依旧可反映出这人生命的坚实、伟大和美好，无形中鼓舞了人克服一切困难挫折，完成他个人的生命。这是一件事。另一件是文学艺术既然能够对社会对人发生如此长远巨大影响，有意识把它拿来、争夺来，就能为新的社会观念服务。新的文学艺术，于是必然在新的社会——或政治目的制约要求中发展，且不断变化。必须完全肯定承认新的社会早晚不同的要求，才可望得到正常发展。这就是社会主义制度下对文学艺术的要求。事实上也是人类社会由原始到封建末期、资本主义烂熟期，任何一时代都这么要求的。不过不同处是更新的要求却十分鲜明，于是也不免严肃到不易习惯情形。政治目的虽明确不变，政治形势、手段却时时刻刻在变，文学艺术因之创作基本方法和完成手续，也和传统大有不同，甚至于可说完全不同。作者必须完全肯定承认，作品只不过是集体观念某一时某种适当反映，才能完成任务，才能毫不难受的在短短不同时间中有可能在政治反复中，接受两种或多种不同任务。艺术中千百年来的以个体为中心的追求完整、追求永恒的某种创造热情，某种创造基本动力，某种不大现实的狂妄理想（唯我为主的艺术家情感）被摧毁了。新的代替而来的是一种也极其尊大、也十分自卑的混合情绪，来产生政治目的及政治家兴趣能接受的作品。这里有困难是十分显明的。矛盾在本身中即存在，不易克服。有时甚至于一个大艺术家、一个大政治家，也无从为力。他要求人必须这么作，他自己却不能这么作，作来也并不能令自己满意。现实情形即道理他明白，他懂，他肯定承认，从实践出发的作品可写不出。在政治行为中，在生活上，在一般工作里，他完成了他所认识的或信仰的，在写作上，他有困难处。因此不外两种情形，他不写，他胡写。不写或少写倒居多数。胡写则也有人，不过较少。因为胡写也需要一种应变才能，作伪不来。这才能分两种来源：一是“无所谓”的随波逐流态度，一是真正的改造自我完成。截然分别开来不大容易。居多倒是混合情绪。总之，写出来了，不容易。伟大处在此。作品已无所谓真正伟大与否。适时即伟大。伟大意义在文学艺术作品中已有了根本改变。这倒极有利于促进新陈代谢。也不可免有些浪费。总之，这一件事是在进行中。一切向前了。一切真正在向前。更正确些或者应当说一切在正常发展。社会既有目的，六亿五千万人的努力既有目的，全世界还有更多的人既有一个新的共同目的，文学艺术为追求此目的、完成此目的而努力，是自然而且必要的。尽管还有许多人不大理解，难于适应，但是它的发展还无疑得承认是必然的、正常的。

问题不在这里，不在承认或否认。否认是无意义的、不可能的。否认情绪绝不能产生什么伟大作品。问题在承认以后，如何创造作品。这就不是现有理论能济事了。也不是什么单纯社会物质鼓舞刺激即可得到极大效果。想把它简化，以为只是个“思想改造”问题，也必然落空。即补充说出思想改造是个复杂长期的工作，还是简化了这个问题。不改造吧，斗争，还是会落空。因为许多有用力量反而从这个斗争中全浪费了。许多本来能作正常运转的机器，只要适当擦擦油，适当照料保管，善于使用，即可望好好继续生产的——停顿了。有的是不是个“情绪”问题？是情绪使用方法问题？这里如还容许一个有经验的作家来说明自己问题的可能时，他会说是“情绪”。也不完全是“情绪”。不过情绪这两个字含意应当是古典的，和目下习惯使用含意略有不同。一个真正的唯物主义者，会懂得这一点。正如同一个现代科学家懂得稀有元素一样，明白它蕴蓄的力量，用不同方法，解放出那个力量，力量即出来为人类社会生活服务。不懂它，只希望元素自己解放或改造，或者责备他是“顽石不灵”，都只能形成一种结果：消耗、浪费、脱节。有些“斗争”是由此而来的。结果只是加强消耗和浪费。

必须从另一较高视野看出这个脱节情况，不经济、不现实、不宜于社会整个发展，反而有利于“敌人”时，才会变变。也即是古人说的“穷则通，通则变”。如何变？我们实需要视野更广阔一点的理论。需要更具体一些安排措施。真正的文学艺术丰收基础在这里。对于衰老了的生命，希望即或已不大。对于更多的新生少壮的生命，如何使之健康发育成长，还是值得研究。且不妨作种种不同试验。要客观一些。必须明白让一切不同品种的果木长得一样高，结出果子一种味道，没有必要，也不可能，放弃了这种不客观不现实的打算。必须明白机器不同性能，才能发挥机器性能。必须更深刻一些明白生命，才可望更有效的使用生命。文学艺术创造的工艺过程，有它的一般性，能用社会强大力量控制，甚至于到另一时能用电子计算机产生（音乐可能最先出现），也有它的特殊性，不适宜用同一方法，更不是“揠苗助长”方法所能完成。事实上社会生产发展比较健全时，也没有必要这样作。听其过分轻浮，固然会消极影响到社会生活的健康，可是过度严肃的要求，有时甚至于在字里行间要求一个政治家也作不到的谨慎严肃。尽管社会本身，还正由于政治约束失灵形成普遍堕落，即在艺术若干部门中，也还正在封建意识毒素中散发其恶臭，唯独在文学作品中却过分加重他的社会影响、教育责任，而忽略他的娱乐效果（特别是对于一个小说作家的这种要求）。过分加重他的道德观念责任，而忽略产生创造一个文学作品的必不可少的情感动力。因之每一个作者写他的作品时，首先想到的是政治效果、教育效果、道德效果。更重要有时还是某种少数特权人物或多数人[1]“能懂爱听”的阿谀效果。他乐意这么做。他完了。他不乐意，也完了。前者他实在不容易写出有独创性独创艺术风格的作品，后者他写不下去，同样，他消失了，或把生命消失于一般化，或什么也写不出。他即或不是个懒人，还是作成一个懒人的结局。他即或敢想敢干，不可能想出什么干出什么。这不能怪客观环境，还应当怪他自己。因为话说回来，还是“思想”有问题，在创作方法上不易适应环境要求。即“能”写，他还是可说“不会”写。难得有用的生命，难得有用的社会条件，难得有用的机

[1] 文中重点线，是专案人员用红笔留在原稿上的痕迹。下同。

会，只能白白看着错过。这也就是有些人在另外一种工作上，表现得还不太坏，然而在他真正希望终身从事的业务上，他把生命浪费了。真可谓“辜负明时盛世”。然而他无可奈何。不怪外在环境，只怪自己，因为内外种种制约，他只有完事。他挣扎，却无济于事。他着急，除了自己无可奈何，不会影响任何一方面。他的存在太渺小了，一切必服从于一个大的存在、发展。凡有利于这一点的，即活得有意义些，无助于这一点的，虽存在，无多意义。他明白个人的渺小，还比较对头。他妄自尊大，如还妄想以为能用文字创造经典，又或以为即或不能创造当代经典，也还可以写出一点如过去人写过的，如像《史记》，三曹诗，陶、杜、白诗，苏东坡词，曹雪芹小说，实在更无根基。时代已不同。他又幸又不幸，是恰恰生在这个人类历史变动最大的时代，而又恰恰生在这一个点上，是个需要信仰单纯、行为一致的时代。

在某一时历史情况下，有个奇特现象：有权力的十分畏惧“不同于己”的思想。因为这种种不同于己的思想，都能影响到他的权力的继续占有，或用来得到权力的另一思想发展。有思想的却必须服从于一定权力之下，或妥协于权力，或甚至于放弃思想，才可望存在。如把一切本来属于情感，可用种种不同方式吸收转化的方法去尽，一例都归纳到政治意识上去，结果必然问题就相当麻烦，因为必不可免将人简化成为敌与友。有时候甚至于会发展到和我相熟即友，和我陌生即敌。这和社会事实是不符合的。人与人的关系简单化了，必然会形成一种不健康的隔阂、猜忌、消耗。事实上社会进步到一定程度，必然发展是分工。也就是分散思想到各种具体研究工作、生产工作以及有创造性的尖端发明和结构宏伟包容万象的文学艺术中去。只要求为国家总的方向服务，不勉强要求为形式上的或名词上的一律。让生命从各个方面充分吸收世界文化成就的营养，也能从新的创造上丰富世界文化成就的内容。让一切创造力得到正常的不同的发展和应用。让各种新的成就彼此促进和融和，形成国家更大的向前动力。让人和人之间相处的更合理。让人不再用个人权力或集体权力压迫其他不同情感观念反映方法。这是必然的。社会发展到一定进步时，会有这种情形产生的。但是目前可不是时候。什么时候？大致是政权完全稳定，社会生产又发展到多数人都觉得知识重于权力，追求知识比权力更迫切专注，支配整个国家，也是征服自然的知识，不再是支配人的权力时。我们会不会有这一天？应当有的。因为国家基本目的，就正是追求这种终极高尚理想的实现。有旧的一切意识形态的阻碍存在，权力才形成种种。主要阻碍是外在的。但是也还不可免有的来自本身。一种对人不全面的估计，一种对事不明确的估计，一种对“思想”影响二字不同角度的估计，一种对知识分子缺少□□[1]的估计。十分用心，却难得其中。本来不太麻烦的问题，作来却成为麻烦。认为权力重要又总担心思想起作用。

事实上如把知识分子见于文字、形于语言的一部分表现，当作一种“抒情”看待，问题就简单多了。因为其实本质不过是一种抒情。特别是对生产对斗争知识并不多的知识分子，说什么写什么差不多都像是即景抒情，如为人既少权势野心、又少荣誉野心的“书呆子”式知识分子，这种抒情气氛，从生理学或心理学说来，也是一种自我调整，和梦呓差不多少，对外实起不了什么作

---

[1] 原稿缺二字。

用的。随同年纪不同，差不多在每一个阶段都必不可免有些压积情绪待排泄，待疏理。从国家来说，也可以注意利用，转移到某方面，因为尽管是情绪，也依旧可说是种物质力量。但是也可以不理，明白这是社会过渡期必然的产物，或明白这是一种最通常现象，也就过去了。因为说转化，工作也并不简单，特别是一种硬性的方式，性格较脆弱的只能形成一种消沉，对国家不经济。世故一些的则发展而成阿谀。阿谀之有害于个人，则如城北徐公故事，无益于人。阿谀之有害于国事，则更明显易见。古称“千人诺诺，不如一士谔谔”。诺诺者日有增，而谔谔者日有减，有些事不可免作不好，走不通。好的措施也有时变坏了。

一切事物形成有它的历史原因和物质背景，目前种种问题现象，也必然有个原因背景。这里包括半世纪的社会变动，上千万人的死亡，几亿人的生活方式和生活愿望的基本变化，而且还和整个世界的问题密切相关。从这里看，就会看出许多事情的“必然”。观念计划在支配一切，于是有时支配到不必要支配的方面，转而增加了些麻烦。控制益紧，不免生气转促。淮南子早即说过，恐怖使人心发狂，《内经》有忧能伤心记载，又曾子有“蓬生麻中，不扶自直，白沙在涅，与之俱黑”语。周初反商政，汉初重黄老，同是历史家所承认在发展生产方面努力，而且得到一定成果。时代已不同，人还不大变。……伟大文学艺术影响人，总是引起爱和崇敬感情，决不使人恐惧忧虑。古代文学艺术足以称为人类共同文化财富也在于此。事实上，在旧戏里我们认为百花齐放的原因得到较多发现较好收成的问题，也可望从小说中得到，或者还更多得到积极效果，我们却不知为什么那么怕它。旧戏中充满封建迷信意识，极少有人担心他会中毒。旧小说也这样，但是却不免会要影响到一些人的新作品的内容和风格。近三十年的小说，却在青年读者中已十分陌生，甚至于在新的作家心目中也十分陌生。

从文家书选

事功和有情[1]

［1952年于四川内江］

叔文龙虎：这里工作队同人都因事出去了，我成了个“留守”，半夜中一面板壁后是个老妇人骂她的肺病咳喘丈夫，和廿多岁孩子，三句话中必夹入一句侯家兄弟常用野话，声音且十分高亢，越骂越精神。板壁另一面，又是一个患痰喘的少壮，长夜哮喘。在两夹攻情势中，为了珍重这种难得的教育，我自然不用睡了。古人说挑灯夜读，不意到这里我还有这种福气。看了会新书，情调合目力可不济事。正好目前在这里糖房外垃圾堆中翻出一本《史记》刘传选本，就把它放老式油灯下反复来看，度过这种长夜。看过了李广、窦婴、卫青、霍去

[1] 这是沈从文在土地改革时的一封家书。

病、司马相如传，不知不觉间，竟仿佛如同回到了二千年前社会气氛中，和作者时代生活情况中，以及用笔情感中。记起三十三四年前，也是年底大雪时，到麻阳一个张姓地主家住时，也有过一回相同经验。用桐油灯看列国志，那个人家主人早不存在了，房子也烧掉多年了，可是家中种种和那次作客的印象，竟异常清晰明朗的重现到这时记忆中。并鼠啮木器声也如回复到生命里来。换言之，就是寂寞能生长东西，常是不可思议的！中国历史一部分，属于情绪一部分的发展史，如从历史人物作较深入分析，我们会明白，它的成长大多就是和寂寞分不开的。东方思想的唯心倾向和有情也分割不开！这种“有情”和“事功”有时合而为一，居多却相对存在，形成一种矛盾的对峙。对人生“有情”就常和在社会中“事功”相背斥，易顾此失彼。管晏为事功，屈贾则为有情。因之有情也常是“无能”。现在说，且不免为“无知”！说来似奇怪，可并不奇怪！忽略了这个历史现实，另有所解释，解释得即圆到周至，依然非本来。必肯定不同，再求所以同，才会有结果！过去我受《史记》影响深，先还是以为从文笔方面，从所叙人物方法方面，有启发，现在才明白主要还是作者本身种种影响多。《史记》列传中写人，着笔不多，二千年来还如一幅幅肖相画，个性鲜明，神情逼真。重要处且常是三言两语即交代清楚毫不粘滞，而得到准确生动效果，所谓大手笔是也。《史记》这种长处，从来都以为近于奇迹，不可学，不可解。试为分析一下，也还是可作分别看待，诸书诸表属事功，诸传诸记则近于有情。事功为可学，有情则难学！中国史官有一属于事功条件，即作史原则下笔要有分寸，必胸有成竹方能取舍，且得有一忠于封建制度中心思想，方有准则。《史记》作者掌握材料多，六国以来杂传记又特别重性格表现，西汉人行文习惯又不甚受文体文法拘束。特别重要，还是作者对于人、对于事、对于问题、对于社会，所抱有态度，对于史所具态度，都是既有一个传统史家抱负，又有时代作家见解的。这种态度的形成，却本于这个人一生从各方面得来的教育总量。换言之，作者生命是有分量的，是成熟的。这分量或成熟，又都是和痛苦忧患相关，不仅仅是积学而来的！年表诸书说是事功，可因掌握材料而完成。列传却需要作者生命中一些特别东西。我们说得粗些，即必由痛苦方能成熟积聚的情——这个情即深入的体会、深至的爱，以及透过事功以上的理解与认识。因之用三五百字写一个人，反映的却是作者和传中人两种人格的契合与统一。不拘写得是帝王将相还是愚夫愚妇，情形却相同。近年来，常常有人说向优秀传统学习，这种话有时是教授专家说的，有时又是政治上领导人说的。由政治人说来，极容易转成公式化。良好效果得不到，却得到一个不求甚解的口头禅。因为说的既不甚明白优秀伟大传统为何事，应当如何学，则说来说去无结果，可想而知。到说的不过是说说即已了事，求将优秀传统的有情部分和新社会的事功结合，自然就更不可能了。这也就是近年来初中三语文教科书不选浅明古典叙事写人文章，倒只常常把无多用处文笔又极芜杂的白话文充填课内原因。编书人只是主观加上个缴卷意识成为中心思想，对于二作既少全面理解，对于文学更不甚乐意多学多知多注意。全中国的教师和学生，就只有如此学如此教下去了。真的补救从何作起，即凡提出向优秀传统学习的，肯切切实实的多学习学习，更深刻广泛理解这个传统长处和弱点。必两面（或全面）理解名词的内容，和形成这种内容的本质是什么，再来决定如何取舍，就不至于如当前情形了。近来人总不会写人叙事，用许多文字，却写不出人的特点，写不出性情，叙事不清楚。如仅仅用一些时文作范本，近二三年学生的文卷已可看出弱点，作议论，易头头是道，其实是抄袭教条少新意深知。作叙述，简直看不出一点真正情感。笔都呆呆的，极不自然。有些文章竟如只是写来专供有相似经验的人看，完全不是为真正多数读的。

……列传写到几个人，着笔不多，二千年来竟如一个一个画相，须眉逼真，眼目欲活。用的方法简直是奇怪。正似乎和当时作者，对于人、对于事的理解认识相关，和作者个人生命所负担的时代分量也有关。

年夜在乡场上时，睡到戏楼后稻草堆中，听到第一声鸡叫醒来，我意识到生命哀乐实在群众中。回到村里，住处两面板壁后整夜都有害肺病的咳喘声，也因之难再睡去，我意识到的却是群众哀乐实在我生命里。这似乎是一种情形又是两种情形。特别是理解到万千种不同生活中的人生命形式、得失取予，以及属于种种自然法则、反映到行为中的规律，在彼此关系中的是非，受种种物质限制、条件约束、习惯因循形成的欢乐形式、痛苦含义，又各因种种不同而有种种问题时，我明白，我还有好些工作待做，好些事情待用一个更热情无我态度去完成它。也还待从更多方面去学习，去认识理解，才可能在克服种种困难中逐渐把工作完成。人人都说爱国家人民，但是如何爱，以及如何取证，实在大有不同。从历史看，管仲、晏婴、张良、萧何、卫青、霍去病对国家当时为有功，屈原、贾谊……等等则为有情。或因接近实际工作而增长能力知识，或因不巧而离异间隔，却培育了情感关注。想想历史上的事情，也就可以明白把有功和有情结合而为一，不是一种简单事情。因为至少在近代科学中，犹未能具体解决这件事。政治要求这种结合，且作种种努力，但方法可能还在摸索试验，因为犹未能深一层理会这种功能和情感的差别性，只强调需要，来综合这种"有情"与当前"致用"之中，是难望得到结果的。其实说来，事情或比写作论文社论困难些。我们目前有极好的论文，针对着许多人说话，话极中肯。有极好的社论，能引起普遍而广泛的学习并思索，且动员了全国各阶层人民进行抗美援朝斗争，及三反运动。

可是在努力将一切有情转而为有功的工作中，是做得不能如理想那么好的。主要原因还是认识，即对于文学艺术“作用”以外“作者”的认识。对于作用有认识，对于作者则还得有些新的更深一些的认识。并且这还不只是对当下作者的功能发挥或摒斥。重要还是能有计划生产培育更多年青一代作者。正和工业化中机器生产一样，得制造极优良的工作母机！工作是比较困难，但不是无望的。照过去几年情形看来，浪费的不只是金钱，有些地方可能是把有用人力全糟蹋了。

国家在崭新情况中发展，万千种事都从摸索中推进。关于人的科学，如果到明天有可能会发展成为一科真正的科学，目前还只是刚好开始。到另外一时，人的功能从种种旧的或过时了的因袭成见观念束缚中脱出，在一个更新一些关系上，会充分得到解放的。到那时有情的长处与事功的好处，将一致成为促进社会向前发展的动力，再无丝毫龃龉。这种情形是必然会实现的，可是也和其它许多事情一样，是要经过一些错误的选择和重新努力才有可能的！就当前种种看来，实在还在摸索！有些事近于浪费，无可奈何！财富浪费得想办法，有用人力浪费更得想办法。最近文艺报上讨论到的思想改造问题，除了批评和自我批评，可能还要从一些具体办法中来注意，来启发待生长应生长的对于国家新的情感！

闻各大学暑期中将大合并，又法在燕大，不知是否真有其事？你们学习到了什么情形？关于学习，一离开北京，更易看出问题，实配合社会需要不来……你会相信每一科教员，每一部门工作人员，都还要把学习提高，才符合国家明天需要。看看部分北京同来工作人员，都还对国家缺少深一层认识，都在工作，还不明白土改工作将要影响到国家是些什么事，都爱国家，不明白国家前景为何事而国家过去又还有些什么可爱的东西，我总觉得一种恐惧和痛苦。因为这种种都和明天的民主趋势要求于一个作主人翁的应有认识不合，而容易于一切工作部门培养三反中的两种或三种因子[1]……从社会各部门中贪污浪费等等现象看来，三反运动是要持久下去，明后年的生产建设才不至于顾此失彼的。这还是近于消极防止，根本问题还是要对国家、对人民、对公共财富有

[1] “三反”运动指反对贪污、浪费和官僚主义行为。

种深一层的爱，从政治远景上有这种爱，有这种认识。话说回来，文学艺术对这一问题，也还可以作点事，能收伟大良好效果！但如何方可产生这种作品，一面是作家的对国家的认识，另一面也是国家对作家的认识。

孩子们学习是什么情形？龙龙说有什么冬季锻炼，其实像他们那么大年龄，寒暑假中到矿场工厂去作作轻工，倒大有用处。因为即到工厂看看也是一种极好政治教育！文件上说的无产阶级领导的国家工业化，及农业机械化，如能结合眼见知识来进行政治教育，作用必然大得多。初中学生入工厂看看，可能因此会把数理学习兴趣提高，比其他讲演展览有效果。虎虎要学工，要发明，将来到工厂去有的是可以为国家减少浪费增加生产的机会，因为中国许许多多工厂生产都是小型的、旧式的，特别是轻工业生产人力使用和材料应用，要万万千有脑筋肯动脑筋的年青工程师和年青工人去努力！我这次回来，希望能先写些短篇，如还可以写，就盼望也能去工厂学些日子。希望有机会如此来学习下去，将来写新人新事也可具体些。

这里一些同志，凡教书的大多希望工作能在十天半月内告一段落，好赶开学期前回到北京。在中山公园音乐堂朱早观曾报告，至多不能过四月时间。如所说有效，我们假定用半个月作路上车船，则二月十号左右可到县里去。至于去成都看看，恐得待将来了。到这里第一回伤风，难过得很，希望不要流鼻血。肋部间或还在痛，半夜醒回难受。走路从训练中已好得多，距离七八里，坡坡只两个，不过如呈贡县城中坡大，一星期总得有一回来回去听到乡会报。如十号即得离开，这个住处至多就只有十天住下了。

并候佳好。

从文　正月三日

文史研究必需结合文物

七月十八日《文学遗产》，刊载了一篇宋毓珂先生评余冠英先生编《汉魏乐府选注》文章，提出了许多注释得失问题。余先生原注书还未读到，我无意见。惟从宋先生文章中，却可看出用“集释法”注书，或研究问题，评注引申有简繁，个人理解有深浅，都同样会碰到困难。因为事事物物都在不断发展和变化，文学、历史或艺术，照过去以书注书方法研究，不和实物联系，总不容易透彻。不可避免会如纸上谈兵，和历史发展真实有一个距离。这里涉及的是一个“方法”问题。古代宏儒如郑玄，近代博学如章太炎先生假如生于现代而治学方法不改变，都会遭遇到同样困难；且有可能越会贯串注疏，越会引人走入僻径，和这个时时在变化的历史本来面目不符合。

因为社会制度和事物，都在不断发展变更，不同事物相互间又常有联系，用旧方法搞问题，是少注意到的。例如一面小小铜镜子，从春秋战国以来使用起始，到清代中叶，这两千多年就有了许多种变化。装镜子的盒子、套子，搁镜子的台子、架子，也不断在变。人使用镜子的意义又跟随在变。同时它上面的文字和花纹，又和当时的诗歌与宗教信仰发生过密切联系。如像有一种“西王母”镜子，出土仅限于长江下游和山东南部，时间多在东汉末年，我们因此除了知道它和越巫或天师教有联系，还可用它来校定几个相传是汉人作的小说年代。西汉镜子上面附有年款的七言铭文，并且是由楚辞西汉辞赋到曹丕七言诗两者间唯一的桥梁（记得冠英先生还曾有一篇文章谈起过，只是不明白镜子上反映的七言韵文，有的是西汉有的是三国，因此谈不透彻）。这就启示了我们的研究，必需从实际出发，并注意它的全面性和整体性。明白生产工具在变，生产关系在变，生产方法也在变，一切生产品质式样在变，随同这种种形成的社会也在变。这就是它的发展性。又如装饰花纹，一个时代有一个时代的风格；反映到漆器上是这个花纹，反映到陶器、铜器、丝绸，都相差不多。虽或多或少受材料和技术上的限制，小有不同，但基本上是彼此相似的。这就是事物彼此的相关性。单从文献看问题，有时看不出，一用实物结合文献来作分析解释，情形就明白了。这种作学问弄问题的方法，过去只像是考古学的事情，和别的治文史的全不相干。考古学本身一孤立，联系文献不全面，就常有顾此失彼处，发展也异常缓慢。至于一个文学教授，甚至一个史学教授，照近五十年过去习惯，就并不觉得必需注意文字以外从地下挖出的，或纸上、绢上、墙壁上，画的、刻的、印的，以及在目下还有人手中使用着的东东西西，尽管讨论研究的恰好就是那些东东西西。最常见的是弄古代文学的，不习惯深入史部学和古器物学范围，治中古史学的，不习惯从诗文和美术方面重要材料也用点心。讲美术史的，且有人陈永远对“字画同源”发生浓厚兴味，津津于绘画中的笔墨而外，其余都少注意。谈写生花鸟画只限于边鸾、黄荃，不明白唐代起始在工艺上的普遍反映。谈山水画只限于王、李、荆、关、董、巨，不明白汉代起始在金银错器物上、漆器上、丝绸上、砖瓦陶瓷上，和在各处墙壁上，还留下一大堆玩意儿，都直接影响到后来发展。谈六法中气韵生动，非引用这些材料就说不透。谈水墨画的，更不明白和五代以来造纸制墨材料技术上的关系密切，而晕染技法间接和唐代印染织物又相关。更加疏忽处是除字画外，别的真正出于万千劳动人民集体创造的工艺美术伟大成就，不是不知如何提起，就是浮光掠影地一笔带过。只近于到不得已时应景似的找几个插图。这样把自己束缚在一种狭小孤立范围中进行研究，缺少眼光四注的热情，和全面整体的观念，论断的基础就不稳固。企图用这种方法来发现真理，自然不免等于是用手掌大的网子从海中捞鱼，纵偶然碰中了鱼群，还是捞不起来的。

王静安先生对于古史问题的探索，所得到的较大成就，给我们树立了一个新的工作指标。证明对于古代文献历史叙述的肯定或否定，都必需把眼光放开，用文物知识和文献相印证，对新史学和文化各部门深入一层认识，才会有新发现。我们所处的时代，比静安先生时代工作条件便利了百倍，拥有万千种丰富材料，但一般朋友作学问的方法，似乎依然还具保守性，停顿在旧有基础上。社会既在突飞猛进中变化，研究方面不免有越来越落后于现实要求情形。有些具总结性的论文，虽在篇章中加入了新理论，却缺少真正新内容。原因是应当明确提起的问题，恰是还不曾认真用心调查研究分析理解的问题。这么搞研究，好些问题自然得不到真正解决。这是一个“认识”问题，也是一个“思想”问题，值得全国治文史的专家学人，正视这一件事情。如果领导大学教育的高等教育部和直接领导大学业务的文史系主任，都具有了个崭新认识，承认唯物史观应用到治学和教学实践上，是新中国文化史各部门研究工作一种新趋势和要求，那么，想得到深入和全面的结果，除文献外，就不能不注意到万千种搁在面前的新材料。为推进研究或教学工作，更必需把这些实物和图书看得同等重要，能这么办，情形就会不同许多了。因为只要我们稍稍肯注意一下近五十年出土的材料，结合文献来考虑，有许多过去难于理解的问题，是可望逐渐把它弄清楚的。如对于这些材料重要性缺少认识，又不善于充分利用，不拘写什么，注什么，都必然会常常觉得难于自圆其说，而给人以隔靴搔痒之感。特别是一面尽说社会是在发展中影响到各方面的，涉及生活中的衣食住行和器物花纹形式制度，如不和实物广泛接触，说发展、要证据时实在不可能说得深入而具体。照旧这么继续下去，个人研究走弯路，还是小事。如果这一位同志，他的学术研究工作又具有全国性，本人又地位高，影响大，那么走弯路的结果，情形自然不大妙。近年来，时常听人谈起艺术中的民族形式问题，始终像是在绕圈子，碰不到实际。原因就是谈它的人并没有肯老实具体下点工夫，在艺术各部门好好的摸一个底。于是社会上才到处发现用唐代黑脸飞天作装饰图案，好像除此以外就没有民族图案可用似的。不知那个飞天本来就并非黑脸。还有孤立的把商周铜器上一些夔龙纹搬到年轻女孩子衣裙上和舞台幕布上去的。这种民族形式艺术新设计，自然也不会得到应有成功。最突出不好看的，无过于北京交道口一个新电影院，竟把汉石刻几辆马车硬生生搬到建筑屋顶上部去作为主要装饰。这些现象怪不得作设计的年轻朋友，却反映另外一种现实，即教这一行的先生们，涉及装饰设计民族形式时，究竟用的是什么教育学生！追根究底，是人之师不曾踏实虚心好好向遗产学习，具体提出教材的结果。“乱搬”的恶果，并不是热心工作年轻同志的过失，应当由那些草率出书、马虎教学的人负更多责任的。不把这一点弄清楚，纠正和补救也无从作起。正如谈古典戏的演出，前些时还有人在报纸上写文章提起，认为“屈原”一戏演出时，艺术设计求忠于历史，作的三足爵模型和真的一模一样。事实上屈原时代一般人喝酒，根本是不用爵的。楚墓和其他地方战国墓中，就从无战国三足爵出土，出的全是羽觞。戏文中屈原使用三足爵喝酒，实违反历史的真实，给观众一种错误印象，不是应当称赞的！反回来看看，人面杯式的羽觞的出土年代，多在战国和汉代，我们却可以用它来修正晋代束皙所谓羽觞是周公经营洛邑成功而创始的解释。

如上所说看来，就可知我们的研究工作，或教学工作，都必需和新的学习态度相结合，才可望工作有真正的新的展开。如果依旧停顿在以书注书阶段，注《诗经》、《楚辞》，固然要碰到一大堆玩意儿，无法交代清楚具体。即注《红楼梦》，也会碰到日常许多吃用玩物，不从文物知识出发，重新学习，作注解就会感觉困难或发生错误。目下印行的本子，许多应当加注地方不加注解，并不是读者已经懂得，事实上倒是注者并不懂透，所以避开不提。注者不注，读者只好马马虎虎过去。这对于真的研究学习来说，影响是不很好的。补救方法就是学习，永远虚心的学习。必需先作个好学生，才有可能作个好先生。

我们说学习思想方法不是单纯从经典中寻章摘句，称引理论。主要是从实际出发，注意材料的全面性和不断发展性。若放弃实物，自然容易落空。苏联科学家伊林说，我们有了很多用文字写成的书，搁在图书馆，还有一本用石头和其他东东西西写成的大书，埋在地下，等待我们去阅读。中国这本大书内容格外丰富。去年楚文物展览和最近在文化部领导下，午门楼上那个全国出土文物展览，科学院考古所布置的河南辉县发掘展览，历史博物馆新布置的河北望都汉墓壁画展览，及另一柜曹植墓出土文物展览，就为我们新中国学术研究提供了许多无比重要的资料。大如四川“资阳人”的发现，已丰富了旧石器时代晚期中华民族的分布区域知识。全国各地新石器中的石镰出土，既可说明史前中华民族农耕的广泛性，修正了过去说的商代社会还以游猎为主要生产的意见，也可说明西周封建农奴社会的经济基础，奠定男耕女织的原因。小如四川砖刻上反映的弋鸿雁时的矰缴架子，出土实物的汉代铁勾盾，都能具体解决问题，证明文献。还有说明燕国生产力发展的铁范，说明汉代南海交通的木船，说明汉代车制上衡轭形象的四川车马俑，说明晋缥青瓷标准色釉的周处墓青瓷，说明青釉陶最原始形象的郑州出土殷商釉陶罐，一般文史千言万语说不透的，一和实物接触，就给人一种明确印象。这还只是新中国建设第一年，十五万件出土文物中极小一部分给我们的启示。另外还有许多种新旧出土十分重要的东西，实在值得专家学者给以应有的注意。近三百年的实物，容易损毁散失的，更需要有人注意分别收集保存。这工作不仅仅是科学院考古所诸专家的责任，而且应当是新中国综合性大学文史研究者共同的目标；也是一切美术学校教美术史和实用美术形态以及花纹设计重要学习的对象。因此个人认为高教部和文化部目下就应当考虑到全国每一大学或师范学院，有成立一个文物馆或资料室的准备。用它和图书馆相辅助，才能解决明天研究和教学上种种问题。新的文化研究工作，能否有一种崭新的气象，起始就决定于对研究工作新的认识上和态度上，也就是学习的新方法上。即以关于余、宋二先生注解而论（就宋引例言），有始终不能明白地方，如果从实物注意，就可能比较简单，试提出以下数事，借作参考：

第一条“帩头”，引证虽多，但仍似不能解决。特别是用郑玄注礼，碰不到实际问题。因头上戴的裹的常在变，周冠和汉冠已不相同，北朝漆纱笼冠和唐代四脚幞头又不同。宋先生用“以书注书”方法是说不清楚的。若从实物出发，倒比较省事。“少年”极明显指的是普通人，就和官服不相干，应在普通人头上注意。西蜀、洛阳、河北各地出土的汉瓦俑，河北望都汉画，山东沂南石刻，和过去发现的辽阳汉书、山东汉石刻，和时代较后的十七孝子棺石刻，及画本中的《北齐校书图》、《斫琴图》、《洛神赋图》，及敦煌壁画上面，都有少年头上的冠巾梳裹可以印证。

第二条关于跪拜问题，从文字找证据作注解，也怕不能明白清楚。因为汉人跪拜有种种形式：例如沂南石刻和辽宁辽阳营城子画，有全身伏地的，山东武梁石刻有半伏而拜的。另外也有拱手示敬的，还有如曹植诗作“磬折”式样的。余注系因敦煌唐画供养人得到印象汉石刻有这一式。宋文周折多，并不能说明问题。因诗文中如用“长跪问故夫”的意思，就自然和敬神行礼不是一样！接近这一时期的石刻却有不少长跪形象！

第三条余注不对，宋注也和实际不合。试译成白话，可能应作“不同的酒浆装在不同的壶樽中，酒来时端正彩漆爬勺、为客酌酒”。酌的还大致是羽觞式杯中，不是圆杯，也不是商周的爵。长沙有彩绘漆爬勺出土，另外全国各地都出过朱绘陶明器勺。汉人一般饮宴通用“羽觞”，极少发现三足爵。曹植《箜篌引》中的“乐饮过三爵”，诗意反映到通沟墓画上，也用的是羽觞。在他本人的墓中，也只挖出羽觞，并无三足爵。如仅从文字引申，自然难得是处。

第五条“媒人下床去”，汉人说床和晋人的床不大相同。床有各式各样，也要从实物中找答案，不然学生问道：“媒人怎么能随便上床？”教员就回答不出。若随意解释是“炕头”，那就和二十年前学人讨论“举案齐眉”的“案”，勉强附会认为是“碗”，才举得起，不免以今例古，空打笔墨官司。事实上从汉代实物注意，一般小案既举得起，案中且居多是几支羽觞耳杯，圆杯子也不多！《孔雀东南飞》说的床，大致应和《北齐校书图》的四人同坐的榻一样。不是《女史箴图》上那个“同床以疑”的床。那种床是只夫妇可同用的。

第八条“柱促使弦哀”，明白从古诗中“弦急知柱促”而来。余说固误，宋注也不得体。宋纠正谓琴、瑟、筝、琶都有柱，而可以移动定声，和事实就不合。琵琶固定在颈肩上的一道一道名叫“品”，不能移。七弦琴用金、玉、蚌和绿松石作徽点，平嵌漆中，也不能移。“胶柱鼓瑟”的“柱”，去年楚文物展战国时的二十三弦琴，虽没有柱，我们却知道它一定有：一从文献上知道，二从声弦方法上知道，三从后来的瑟上知道。柱是个八字形小小桥梁般东西，现在的筝瑟还用到！唐人诗中说的雁行十三就指的是筝上那种小小八字桥形柱（新出土河南信阳锦瑟已发现同式柱）。

第九条“方相”问题，若从文献上看，由周到唐似无什么不同。从实物出发看看，各代方相形貌衣着却不大相同，正如在墓中的甲士俑各时代都不相同一样。那首诗如译成现代语言，或应作“毁了的桥向出丧游行的方相说：你告诉我不胡行乱走，事实上可常常大街小巷都逛到。你欺我，你那能过河？”“欺”作“弃”谐音，还相近。意思即“想骗我也骗不了我！”后来说的“不用装相”，意即如方相那么木头木脑，还是一脉传来，可作附注。大出丧的游行方相是纸扎的，后人称逛客叫“空老官”，也是一脉相传。这些知识一般人都不知，大学专家大致也少注意到了。如照宋说“相呀，我那能度你？”倒不如原来余注简要，事实上两人对它都懂不透。

第十二条关于草履纠正也不大妥。宋说“草履左右二支，以线结之，以免参池”，引例似不合。南方草履多重叠成一双。原诗说的则明明是黄桑柘木作的屐和蒲草编的履，着脚部分都是中央有系两边固定，意即“两边牵挂拿不定主意”，兴而比是用屐系和履系比自己，底边两旁或大小足趾比家庭父母和爱人，一边是家庭，一边是爱人，因此对婚姻拿不定主意。既不是“婚姻和经济作一处考虑”，也不是“女大不中留”。这也是要从西南四川出土俑着的履和西北出土的汉代麻履可以解决，单从文字推想是易失本意的。

第十三条“跶跋黄尘下”，译成如今语言，应当是“在辟里喇叭尘土飞扬中”。宋注引申过多，并不能清楚。一定要说在黄尘下面，不大妥。原意当出于《羽猎赋》和枚乘《七发》叙游猎，较近影响则和曹植兄弟诗文中叙游猎之乐有关，形象表达较早的，有汉石刻和空心大砖，稍晚的有通沟图，再晚的有敦煌西魏时的洞窟狩猎壁画和唐代镜子图案反映，都十分具体，表现在射猎中比赛本领的形象！

从这些小小例子中，我们也可以看出，新的文史研究，如不更广泛一些和有关问题联系，只孤立用文字证文字，正等于把一桶水倒来倒去，得不出新东西，是路走不通的。几首古诗的注，还牵涉许多现实问题，何况写文学史，写文化史？朋友传说北京图书馆的藏书，建国后已超过五百万卷，这是我们可以自豪的一面。可是试从图书中看看，搞中古雕刻美术问题的著作，他国人越俎代庖的，云冈部分就已出书到三十大本，我们自己却并几个像样的小册子也还没有，这实在格外值得我们那些自以为是这一行专家学者深深警惕！这五百万卷书若没有人善于用它和地下挖出来的，或始终在地面保存的百十万种不同的东西结合起来，真的历史科学是建立不起来的！个人深深盼望北京图书馆附近，不多久能有一个收藏实物、图片、模型过百万件的“历史文物馆”一类研究机构出现。这对于我们新中国不是作不到的，是应当作，必需作，等待作，或迟或早要作的一件新工作。但是否能及早作，用它来改进新中国文史研究工作，和帮助推动其他艺术生产等等工作，却决定于我们对问题的认识上，也就是对于问题的看法上。据我个人意见，如果这种以实物和图片为主的文物资料馆能早日成立，倒是对全体文史研究工作者一种非常具体的鼓励和帮助。实在说来，新的文史专家太需要这种帮助了。

（原载《光明日报》，1954 年 10 月 3 日）

龙凤艺术

——龙凤图案的应用和发展

民族艺术图案中，人民最熟习的，无过于龙凤图案。但专家学人中说到它时，最难搞清楚的，也无过于龙凤图案。因为龙的形象既由传说想像而成，反映到工艺美术造形设计中，又在不断发展变化，如仅仅抄几条孤立文献来印证，是不能解决问题的。记得年前在报刊上曾看过一篇小文章，谈起龙的形象，援引宋人罗愿《尔雅翼》关于龙的形容，以为怪诞不经，非生物所应有。其实这个材料的称引，即用来解释宋代人有绘画、雕刻、陶瓷、彩绘装饰、锦绣图案中反映的龙形，也就不够具体而全面。不仅无从给读者一种明确印象，即文章作者本人，也不能得到一个比较符合当时人想像作成的各种不同龙的形象。原来龙虽然是一种想像中的动物，但在历史发展中，却不断为艺术家丰富以新的形象。即以《尔雅翼》作者时代而言，龙的样子也就是多种多样的。有传世陈容的画龙，多作风云变幻中腾攫而起的姿式。有磁州窑瓶子上墨绘和剔雕的龙，件头虽不大，同样作得还雄猛有力。但是它是宋式，和唐代明代风格都大不相同。最有代表性的，是山东曲阜孔子庙大成殿那几支盘云龙石柱，天安门前石华表的云龙，即从它脱胎而出，神情可不一样。至于敦煌宋代石窟洞顶藻井画龙，也还有种种不同造型，却比《营造法式》图样生动活泼。在锦绣艺术中最著名的，是宋徽宗赵佶所绘《雪江归棹图》前边那片包首刻丝龙，配色鲜明，造型美丽，可说是宋代龙形中一件珍品。但是如不用它和明清龙蟒袍服比较，还是得不着它的艺术特征的。宋代龙形必然受唐代的影响，可是最显著的却只有定窑瓷盘上的龙形，还近于唐代铜镜上的反映，别的材料已各作不同发展。上面说的不过是随手可举的例子。如就这个时代龙的艺术作全面分析，那就自然更加言之话长了。

历来龙凤并提，其实凤的问题也极复杂，由于数千年来用它作艺术装饰主题更加广泛而普遍，它的形象也在各个时代不同发展变化中。

凤的形象如孤立的只从《师旷禽经》一类汉人记载去求证，也难免以为怪诞虚无，顾此失彼。要明白它必需就历史上遗留下各种活泼生动的形象材料，加以比较，才会知道凤凰即或同样是一种想像中的灵禽，在艺术创造中却表现多方，有万千种美丽活泼式样存在。如从联系发展去注意，我们对于凤的知识，就可更加丰富具体，不至于人云亦云了。

在人民印象中，历来虽龙凤并称，从古以来，且和封建政治紧密结合，龙凤形象成为封建装饰艺术的主题，同时也近于权威象征。但事实上两者却在历史发展中似同而实异，终于分道扬镳，各有千秋。决定龙凤的地位，并影响到后来的发展，主要是两个故事：有关龙的是《史记》所记黄帝传说，鼎湖丹成乘龙升天，群臣攀龙髯也有随同升天的。关于凤的是萧史吹箫引凤，和弄玉一同跨凤上天故事。同是升天神话传说，前者和封建政治结合，后者却是个动人爱情故事，后来六朝人把“攀龙附凤”二词连用，作为一种依附事件的形容，因此故事本来不同意义也失去了，不免近于数典忘祖。其实二事应当分开的。

龙历来即代表一种权威或势力，中古以来的传说附会，更加强了它这一点。汉唐以来，由于方士和尚附会造作，龙的原始神性虽日减，新加的神性却日增。封王封侯，割据水府，称孤道寡，龙在封建社会制度上，因之占有一个特别地位。凤到这时却越来越少神性，可是另一面和诗文爱情形容相联系，因之在多数人民情感中，反而日益亲切。前者随时势推迁，封建结束，龙在历史上的尊严地位，也一下丧失无余。虽然在装饰艺术史中，龙还有个位置。现代造型艺术中，龙的图案也还在广泛使用。戏文中角色有身分的必穿龙袍，皇帝必坐龙床，国内外到北京参观，对建筑雕刻引起最大兴趣的，必然是明代遗留下来那座五彩琉璃作的九龙壁。木雕刻易留下深刻印象的，是故宫各殿中许多木刻云龙藻井。石刻中则殿前浮雕云龙升降的大陛阶，特别引人注目。春节中舞龙灯，也还是一个普遍流行热闹有趣节目。不过对于龙的迷信所形成的抽象尊严，早已经失去意义了。至于凤呢，却在人民情感中还是十分深厚而普遍。新的时代将依然在许多方面成为装饰艺术的主题，做各种不同反映。人民已不怕龙，却依旧欢喜凤。

龙凤在古代艺术上的形象，和文字中的形容，相互结合来注意，比单纯称引文献来分析有无，还可明白更早一些时候古人对于二物想像的情感基础。甲骨文字上的龙凤，还无固定形式，但是基本上却已经可以看出龙是个因时屈伸的灵虫，凤是个华美长尾的灵禽。双龙起拱即成天上雨后出现的虹，可知龙在三千年前即有能致雨的传说或假想，并象征神秘。但龙又像是可以征服豢养的，所以古有“豢龙氏”，黄帝后来还骑龙上天。在铜玉骨石古器物上图案反映作各种不同形象发展，过去统以为属于龙凤的，近来已有人怀疑。但龙凤装饰图案，在古器物中占主要地位，则事无可疑。关于龙的问题拟另作文章探讨。现在且看看凤凰这种想像灵禽身世和发展。

在一片商代透雕白玉上，作成如一灵鸷大鹏样子，爪下带攫住一个人头，这是凤，且不是偶然的创作，因为相同式样的雕刻还不少。气魄雄健，似和文字本来还相合，却缺少战国以来对于凤凰的秀美观念。但在同时一件青铜器花纹上的典型反映，却是顶有高冠，曳着长尾，尾上还有眼形花纹，样子已和后来孔雀相差不多。因此得知后来传说中的凤凰和平柔美形象，在此也有了一点基础。

古记称“有凤来仪”、“凤凰于飞”，让我们知道，这种理想的灵禽，被人民和当时贵族统治者当成吉祥幸福的象征和爱情的比喻，也是来源已久，早可到三千年前，至迟也有二千七八百年。它的本来似属于鹫鹰和孔雀的混成物，但早在三千年前即被人加以理想化，附以种种神秘性。西周是个比较务实的时代，凤的性质因之不如龙怪诞。稍后一点的孔子，有“凤鸟不至，河不出图”之叹，可见有关凤凰神奇传说，还是早已存在的。凤是一种不世出的大鸟，一身包含了种种德性，一出现和天命时代都关系密切。凤凰既然那么稀有少见，历来人民却又如何在艺术上加以种种表现，越到后来越作得生动逼真，而且成为爱情的象征，是有个历史发展过程，并非凭空而来的。我们值得把它分成几个不同阶段（或类型）来分析一下。

一、是从甲骨文上刻有各种凤字，到易经上“有凤来仪”时代，也即是在文字上还无定形，而在佩玉上如大鹫，在铜器花纹上如孔雀时代。值得注意是这时妇人发簪上，也已经使用了凤凰。可知一面是祯祥，一面又起始和男女爱情有了一定联系。

二、是《诗经》上有“凤凰于飞”、孔子有“凤鸟不至”、楚辞有“鸾鸟凤凰，日已远兮”、故事中有“吹箫引凤”传说成熟时期。也即是真凤凰证明已少有人见到，而在造型艺术中，却产生了金村式秀美无匹的雕玉佩饰，和长沙漆器凤纹图案，以及金银错器、青铜镜子上各种秀美活泼云凤图案时期。

三、由传世伪托“师旷禽经”对于凤凰的描写，重新把凤凰当成国家祥瑞之一来看待，附会政治，并影响到宫廷艺术，见于帝王年代则有“天凤”、“五凤”、“凤凰”，见于造型艺术，先成为五瑞之一，又转化为朱雀，代表了南方，和青龙、白虎、玄武象征四方四神。在建筑上则有朱雀阙，瓦当上出现朱雀瓦。即一般大型建筑也都高据屋顶，作展翅欲飞的金雀姿式（后来的铜雀台也是由此而成），而在艺术各部门中，又都有一定地位时期。

四、在人民诗歌中，已经和鸳鸯、鸂鶒、练雀等地位相似，同为爱情象征。反映到青铜镜子艺术上更十分具体。但在封建宫廷艺术中，另一面又和龙重新结合，成为上层统治权威象征，特别是女性后妃象征。此外在博具中的双陆、樗蒲，都得到充分使用。因之“龙凤呈祥”主题图案，也成熟于这个时期。然而在一般艺术图案中，它却并不比鸳鸯、鸂鶒等水鸟更接近人民，讨人欢喜。

五、因牡丹成为花中之王，在艺术上和牡丹作新的结合，由唐代的云凤转成“凤穿牡丹”、“丹凤朝阳”，反映到工艺图案各部门，因此逐渐独占春风，象征光明、幸福、爱情和好等等，形象上也越来越作得格外秀美华丽，同时又成为人民吉祥图案中主题画时期。

我们说一切事物都在发展中不断变化，凤凰图案其实也并不例外。多数人民所熟习的凤凰图案的形象，和它应用的范围，以至于给人情感上的影响及概念，原来也这么在不断发展变化中。

例如凤为鸟中之王说法虽古到二千年前，牡丹为花中之王的提法，却起于唐宋之际，只是千多年前事情。至于把两者结合起来，成为“凤穿牡丹”的主题画，反映到工艺美术各部门，成为人民所熟习的事情，照目下材料分析，实成熟于千年间的宋代。虽然“龙凤呈祥”的图案，也大约是从这时期起始在宫廷艺术中大大流行，还继续发展。“凤穿牡丹”图案，却逐渐成为人民十分亲切喜爱的画面。这也还有另外一个现实原因，即“牡丹谱”、“洛阳牡丹记”等著述的流行，和实物栽培的普遍，增加了人民对于牡丹名色的知识。想像中的凤凰，因之在人民艺术家手中，作成种种美丽动人姿式，共同反映于艺术创造中。

元明清三个朝代中，龙始终代表一种神性，又成为九五之尊的象征，因此不能随便亵渎。服装艺术上随便用龙是违法受禁止的。虽然“龙舟竞渡”的风俗习惯在长江以南凡有河流处即通行，为广大人民娱乐节目之一。而逢年过节舞龙灯的风俗，且具有全国性。但是在另外一方面，即从晋六朝以来，佛教宣传江湖河海各有龙神，天上还有天龙八部，凡是龙王均能行雨，因此到唐宋以来，特封江湖河海诸龙为王为侯，这种龙神名衔直到十九世纪还不断加封。南方各地任何小小县城，必有个龙王庙，每逢天旱，封建统治者无可奈何，就装作虔敬，去庙中祈雨行香，把应负责任推到龙王身上，并增加人民对于龙的敬畏之忱，也即增加封建神权政治。因此龙不能随便使用。直到五十年前，迷信还深入人心。至于凤凰和牡丹结合后，却和人民情感日加深厚，尽管在封建制度上，凤凰还和王侯女性关系密切，皇后公主必戴凤冠，用凤数多少定品级等次。在宫廷艺术中，又还依旧是龙凤并用。可是有一点大不相同处，乱用龙的图案易犯罪，乡村平民女子的鞋帮或围裙上都可以凭你想像绣凤双飞或凤穿牡丹，谁也不能管。至于赠给情人的手帕和抱兜，为表示爱情幸福，绣凤穿花更加常见。至于民间俚曲唱本，并且开口离不了凤凰。“鱼水和谐”、“鸳鸯戏荷”、“彩凤双飞”同属民间刺绣主题，深入人心。凤的图案已不是宫廷所独用，早成为人民共同艺术主题了。换句现代话说，即凤接近人民，人民因之丰富了凤的形象和内容。凤给广大人民以生活幸福的感兴和希望。从表面看，因此一来，凤的抽象地位，不免日益下降，再不能和龙并提。事实上凤和人民感情上打成一片，特别是在民间妇女刺绣中简直是赋以无限丰富的艺术生命，使之不朽，使之永生。

但是我们也得承认另外一种事实，即在近千百年来封建上层艺术成就中，丝绸锦绣袍服、瓷、漆和嵌镶工艺、金银加工等，凡百诸精细造型艺术图案，龙的图案也有其一定成就，而且占有主要地位，凤只是次要地位。不过从艺术形象言即或同用于百花穿插，龙穿花总近于勉强凑合，凤穿花却作得分外自然。论成就，还是凤穿花值得学习。最有代表性的是明代宣德以来和清代初期，在五色笺纸上用泥金银法描绘的云凤或穿花凤，创造了无数高度精美活泼的艺术品，给人以一种深刻难忘印象。和西南地区民间刺绣的万千种凤穿牡丹同放一处，可用得上两句话概括形容："异曲同工，各有千秋。"

俗说凤凰不死，死后又还会再生。这传说极有意思。凡是深深活在人民情感中的东西，它的历史虽久，当然还会从更新的时代，和千万人民艺术创造热情重新结合，得到不朽和永生。

（我这个简短分析小文，有一个弱点，即称道文献不多，而援引实物作证又感图片难得完备，说服力不强。只能说是一个概括说明。工艺图案龙凤问题多，值得专家分一点心来注意。我这里只近于抛砖引玉，如能从每一部门——建筑彩绘、石刻、陶瓷、丝绣，都有介绍这个装饰图案发展的专文写出来，国际友人问到龙凤问题时，我们的回答，也就可望肯定明确，不至于含糊笼统了。）

1958 年 6 月写于八大处长安寺

（原载《装饰》，1958 年第 1 期）

古代人的穿衣打扮

古代人穿衣服事情，我们过去所知并不多，文献上虽留下许多记载，只因日子太久，引书证书，辗转附会，越来越不易清楚了。幸亏近年考古学家的努力，从地下挖出了大量古文物，可作参考比较，我们才得到新的认识。

由商到西周、春秋、战国，前后约一千年，大致可以分作三个历史阶段看它的演变。较早时期，除特殊人物在特种情形下的衣服式样，我们还不大明确，至于一般统治者和奴隶，衣长齐膝似乎是一种通例。由此得知，汉代石刻作的大禹像和几个历史上名王名臣像，倒还有些古意，非完全出于猜想。因为至少三千年前的商代人，就多是这个样子了。当时人已穿裤子，比后人说的也早过一千年。商代人衣服材料主要是皮革、丝、麻。由于纺织术的进展，丝、麻已占特别重要地位，奴隶主和贵族，平时常穿彩色丝绸衣服，还加上种种织绣花纹，用个宽宽的花带子束腰。奴隶或平民，则穿本色布衣或粗毛布衣。贵族男子头上已常戴帽子，是平顶筒子式，用丝绸作成，直流行到春秋战国不废。女人有把发拢成髻，横贯一支骨簪的。也有用骨或玉作成双笄，顶端雕刻个寸来大小鸟形（鸳鸯或凤凰）两两相对，斜插头顶两侧，下垂卷发齐肩，颈项上挂一串杂色闪光玉石珠管串饰。历史上著名的美人妲己当时大致就应这么打扮。女子成年才加笄，所以称“及笄”，表示可以成婚。小孩子已有头顶上梳两个小角儿习惯，较大的可能还是编辫发。平民或奴隶有裹巾子作羊角旋斜盘向上的，有包头以后再平搭折成一方角的，还有其他好些样式，都反映在玉、铜、陶人形俑上。样子多和现在西南居住的苗、瑶族情形差不多。(这不是偶然巧合，事实上很多三千年前古代图案花纹还可从西南兄弟民族编织物上发现）许多野生植物如槐花、栀子、橡斗已用来作染料，并且还种植了蓝草，能染出各种不同的青蓝色，种茜草和紫草专染红、紫诸色。

历史上称周公制礼，衣分等级和不同用场，就是其中一项看得十分重要的事情。衣服日益宽大，穿的人也日益增多，并且当成一种新的制度看待，等级分明大致是从西周开始。统治者当时除大量占有奴隶外，还向所有平民征税，成丁人口每年必贡布二疋和一定粮食，布疋织得不合规格的不许出卖也不能纳税，聚敛日多，才能穿上宽袍大袖的衣服坐而论道。帝王和大臣，为表示尊贵和威严，祭天礼地和婚丧大事，袍服必更加庄严且照需要分别不同颜色，有些文献还提起过，天子出行也得按时令定方向，穿上不同颜色衣服，备上相当颜色车马，一切都得相互配合。皮毛衣服也按等级穿，不能逾越制度。即或是猎户猎得的珍贵狐、獭、貂鼠，也得全部贡献给统治者，私下不许随便使用或出卖。照周代制度，七十岁以上老百姓，可以穿丝绸和吃肉，但是能照制度得到好处的人事实不会多。至于一般百姓，自然还是只能穿本色麻布或粗毛布衣服，极贫困的就只好穿那种草编的“牛衣”了。

衣到西周以后变动虽大，有些方面却不大。比如作战时武将头上戴的铜盔，从商到战国，就相差不多。甲的品种已加多了些，有犀甲、合甲、练甲，后来还发明了铁甲，最讲究贵重的是犀甲，用犀牛皮作成，上面用彩漆画出种种花纹。因为兼并战争越来越多，兵器也越来越精利，且有新兵器剑和弩机出现，甲不坚实就不抵用，“坚甲利兵”的话就由此而来。矛既十分锋利，盾也非常结实。

照周初制度，当时把全国分划成许许多多大小不等的邦国，每一个地方设一统治者，用三种特殊身分的人去担任：一是王族子弟，如召伯封于燕、周公父子封于鲁；二是有功于国家的大臣，如姜尚封于齐、熊绎封于楚；三是前代王朝子孙。这些人赴任时，除了照例可得许多奴隶，还可得一些美丽的玉器，一份精美讲究的青铜祭器和日用饮食器，以及一些专作压迫人民工具的青铜兵器，用壮观瞻的车马旗帜，另外就是那份代表阶级身分的华美文绣丝绸衣服。虽然事隔两千多年，好些东西近年都被挖出来了，有的还保存得十分完整。丝绸衣服容易腐朽，因之这方面知识也不够全面。但是由于稍晚一些已流行用陶、木作俑代替生人殉葬，又在其他材料中还保存不少形象资料，加以综合分析，比较真实情形，就慢慢的逐渐明白了。

衣服发展和社会制度有密切联系，也反映了生产发展。衣服日益讲究，数量又加多，是和社会生产发展相适应的。比如商代能穿丝绸衣服的，究竟还是少数，到西周情形便不同了，成王及周公个人，不一定比纣王穿着更奢侈，但是各地大小邦国封君，穿衣打扮却都有了种种不同排场。地方条件较好的，无疑更容易把衣服、帷帐、茵褥，做得格外华丽精美。到春秋战国时，政权下移，周王室已等于虚设，且穷得无以复加。然后五霸七雄，各自发展生产，冶铜铁，修水利，平时重商品流通，战时兼并弱小，掠夺财富，对大量技术工人的掠夺占有，更促进了工艺技巧的提高，他们彼此在各方面技术的竞争，反映到上层阶级的起居服用上，也格外显明。

服装最讲究的时代是春秋战国。不仅统治者本人常常一身华服，即从臣客卿也是穿珠履，腰佩金玉，出入高车驷马。因为儒家说玉有七种品德，都是做人不可少的，于是“君子无故玉不去身”的说法，影响到社会各方面，贵族不论男女，经常必佩带上几件美丽雕玉。剑是当时的新兵器，贵族为表示武勇，兼用自卫，又必佩带一把镶金嵌玉的玉具剑。当时还流行使用带钩，于是又用各种不同贵重材料，作成各种不同样子，有的用铁镶金嵌玉，有的用银镶玉嵌五彩玻璃珠，彼此争巧，日新月异。即或是打仗用的兵器，新出现的剑和发展中的戈矛，上面也多用细金银丝镶嵌成各种精美花纹和鸟兽形文字，盾牌也画上五彩云龙凤，并镶金镂银。男子头上戴的冠，更是件引人注目的东西，精细的用轻纱薄如蝉翼，华美的用金玉，有的还高高的如一个灯台。爱国诗人屈原，文章就提起过这种奇服和高冠。鞋子用小鹿皮、丝绸或细草编成，底子有硬有软，贵重的还镶珠嵌玉在上面。

冬天穿皮衣极重白狐裘，又轻又暖，价重千金。女子中还有用白狐皮镶在袖口衣缘作出锋，显得十分美观。

社会风气且常随有权力人物爱好转移，如齐桓公好衣紫，国人有时就全身紫衣。楚王爱细腰，许多宫女因此饿死，其他邦国也彼此效法，女子腰部多扎得细细的。女人头上装扮花样更多变化。楚国流行梳辫子，多在中部作两个环，再把余发下垂。髻子也有好些种，有梳成喜鹊尾式，有作元宝式的。女人也戴帽子，和个椭圆杯子差不多。有的又垂发在耳旁，卷成如蝎子尾式。女孩子多梳双小辫，穿齐膝短衣，下缘作成裥褶。成年妇女已多戴金银戒指，并在脸颊旁点一簇三角形胭脂。照古文献记载，原都是周代宫廷一种制度，金银环表示有无怀孕，胭脂记载月经日期，可一望而知，大致到了战国已成一般装饰，本来作用就慢慢失去了。

衣服的材料越来越精细，名目也因之繁多，河南襄邑出的花锦、山东齐鲁出的冰纨、文绣、绮、缟等更是风行全国，有极好市场；和普通绢帛比价，已超过二十多倍。南方吴越出的细麻布，北方燕国生产的毡裘毛布，西域胡族作的细毛花罽异常精美，价值极高。楚国并且可能有了印花绸子生产，但最讲究的衣被材料，仍还是华美刺绣和织锦。

衣服有许多不同式样，有的虽大袖宽袍，还不至于过分拖沓。若干地区还流行水袖长衣，仍旧还有下缘，长才齐膝，头戴平顶帽子，腰系丝带和商代人相差不多情形。

最通常的衣服是在楚墓中发现的三种式样，其中一种用缠绕方式穿上，再缚根宽宽腰带，式样较古。衣边多较宽，且用锦类作缘和记载上说的“锦为缘”相合，大致因此才不至于使过薄的衣料妨碍行动。这种式样，汉代人还有应用。又一种袖大及膝，超过比例，穿起来显得格外庄严的，可能属于特定礼服类。奏乐人有戴风兜帽的，舞人已穿着长及数尺的袖子。打猎人衣裤多扎得紧紧的，才便于在丛林草泽中活动。中原区山西河南所得细刻花纹铜器上又常发现一种戴鸱角鹊尾冠着小袖长裙衣、下裳作成斜下襞折式样的。河南洛阳还出土过一个玉佩，上面精雕二舞女袖子长长的，腰身扎得极细，发下垂齐肩，略略上卷，大致是当时的燕赵佳人典型式样。山西出土的陶范上则有穿齐膝花衣戴平顶帽，腰间系一丝绦，打个连环扣，带头还缀两个小绒球的，男女都穿。河南也发现这种装束大同小异的人形，且一般说是受“胡服”影响，事实上还值得进一步研究。历史上常说起赵武灵王胡服骑射影响到赵国当时军事组织和后来人生活都极大。主要影响还是“骑射”。轻骑锐进和短兵相接，才变更了传统用战车为主力的作战方法。至于“胡服”究竟是个什么样子？过去难说清楚。一说貂服即胡服，这不像是多数人能穿的，试从同时或稍后有关材料看，衣服主要特征，原来也是齐膝长短，却是古已有之。大致由于周代几百年来社会习惯，上层分子，已把穿长衣当成制度，只有奴隶或其他劳动人民才穿短衣，为便于实用。赵王创始改变衣服齐膝而止和骑射联系，史官一书，便成一件大事了。胡服当然还有些其他特征，腰间皮带用个钩子固定，头上多一顶尖尖的皮或毡帽子，因为和个馄饨一样，后来人叫做“浑脱帽”，不仅汉代胡人戴它，直到唐代的西域诸胡族也还欢喜戴它。中国妇女唐初喜着胡装，因此，这种帽子还以种种不同装饰而出现于初唐到开元天宝间，相传张萱画的武则天像，就戴上那么一个帽子，晚唐藩镇时代，裴度被刺也因戴上这种毡帽幸而不死。汉代石刻也发现这种帽形，近年我们还在西北挖出几顶汉代实物，证明确是胡服特点之一。

衣装有个进一步新的变化，新的统一规格，是由秦汉起始。从几点大处说来，王公贵族因为多取法刘邦平素所喜爱的一种把前梁高高耸起向后如一斜桥的冠式，于是成了标准官帽三梁，五梁作为等级区分。此外不论男女，有官爵的腰带旁必须悬挂一条丈多长褶成两叠彩色不同的组绶。女子颊旁那簇三角形胭脂已不再发现，梳辫子的也有改成一环的。许多方面都已成定型。照文献说因为限制商人，作经纪的穿鞋还必需左右不同色。可是一面有种种规章制度，对商人、奴婢限制特别大，另一方面却由于生产发展影响，过不到四十年，商人抬头，不仅打破了一切限制，穿戴得和王公差不多，即其奴婢也穿起锦绣来了。情形自然显得较为复杂，说它时就不易从简单概括得到比较明确印象了。惟复杂中，还有些规律为我们掌握住了的，即汉代高级锦绣花纹，主要不过十来种，主题图案，不外从两个方面得来，一是神仙思想的反映，二是现实享乐行为的反映，因此总不外山云缭绕中奇禽异兽的奔驰。上织文字“登高明望四海”的，大致和秦始皇汉武帝登泰山封禅必有较多联系，“长乐明光”则代表宫殿名称。这些材料多发现于西北，新疆、甘肃和东北、蒙古及朝鲜，并由此得知，当时长安织室或齐地三服官年费巨万数额大量生产供赏赐臣下，并大量外输的高级丝绸，多是这种样子。

这些都是过去千年读书人不容易明白的，由于近年大量实物和比较材料的不断出土，试用真实文物和文献相互结合加以综合分析，逐渐才明白的，更新的发现无疑将进一步充实丰富我们这方面知识，并改正部分推想的错误。

1962年6月25日写

宋元时装

赵匡胤作皇帝后，不久就统一南中国，结束了五代十国数十年分割局面，建立了宋代政权。从长江上游的西蜀和下游的南唐吴越，得到物资特别多，仅锦缎彩帛就达几百万匹。为示威天下，装点排场，便把直接保卫他的官兵两万多人，组成一个特别仪仗队，某种官兵拿什么旗帜、武器和乐器，穿什么衣服都分别等级颜色花纹，用织绣染不同材料装扮起来，出行时就按照秩序排队，名叫“绣衣卤簿”，还绘了一个图，周必大加上详细说明，叫《绣衣卤簿图记》，这个队伍后来还增加到将近三万人。现在留存后人摹绘的中间一段，也近五千人，为研究宋代官服制度，保留下许多重要材料。宋代政府每年还照例要赠送亲王大臣锦缎袍料，计分七等不同花色，遇大朝会重要节日必穿上。宫廷皇后公主更加奢侈，穿的衣服常加真珠绣饰，椅披脚踏垫也用真珠绣，头上凤冠最讲究用金翠珠玉作成种种花样，比如“王母队”就作一大群仙女随同西王母赴蟠桃宴故事。等于把一台乐舞，搬到头顶，后面还加上几个镶珠嵌玉尺来长翅膀，下垂肩际，名“等肩冠”（最近在明代皇陵内也有发现过这种冠）。一般贵族官僚妇女，穿着虽不如唐代华丽，却比较清雅潇洒，并且配色也十分大胆，已打破唐代青碧红蓝为主色用泥金银作对称花鸟主题画习惯，粉紫、黝紫、葱白、沉香、褐等色均先后上身。由于清明扫墓必着白色衣裙，因之又流行“孝装”，一身缟素。北宋初年，四川、江南多出彩绸，女子又能歌善舞，装束变化常得风气之先，从诗词中多有反映。部分还保留晚唐大袖长服习惯，同时已流行另外一种偏重瘦长，加上翻领小袖齐膝外衣的新装，作对襟式的加上两条窄窄的绣领。用翻领多作三角形，还和初唐胡服相近，袖口略小，如今看来，还苗条秀挺，相当美观。另外一种装束，尚加披帛，腰带间结一彩绶，各自作成种种不同连环结，其余下垂，或在正面，或在一侧，这种式样似从五代创始，直流行到南宋。装束变化之大主要在发髻，也可说是当时人对于美的要求重点，大致从三国时曹植《洛神赋》中说到的“云髻峨峨”得到启发，从唐代宫廷女道士作仙女龙女装得到发展，五代女子的花冠云髻已日趋危巧，宋代再加以发展变化，因之头上真是百花竞放，无奇不有。极简单的是作玉兰花苞式，极复杂的就如《枫窗小牍》所说，赵大翁墓所见有飞鬟危巧尖新的、如鸟张翼的，以至于一种重叠堆砌如一花塔加上紫罗盖头的，大致是仿照当时特种牡丹花“重楼子”作成。照史书记载，到后竟高及三尺，用白角梳也大及一尺二寸，高髻险装成一时风气，自然不免影响民间相习成风。后来政府才特别定下法律加以限制，不得超越尺寸。但是上行下效，法律亦无济于事。直到别种风气流行，才转移这种爱好。边疆区域，如敦煌一带，自五代以来多沿袭晚唐风气，使用六金钗制，在博大蓬鬓两侧，各斜插三花钗，略作横的发展，大约本于《诗经》“副笄六珈”一语而来，上接晋代“五兵佩”习惯，流行民间，直到近代。福建畲族妇女的头上三把刀银饰，还是它的嫡亲继承者。额黄靥子宋代中原妇女已不使用。西北盛装妇女还满脸贴上不以为烦。

至于演戏奏乐女人的服装，种类变化自然就更多了。从画中所见，宫中乐妓，作玉兰花苞式髻，穿小袖对襟长衫的可能属于一般宫婢，杂剧中人则多山花插头，充满民间味，如照范石湖元宵观灯诗所见，歌女中有戴个茸茸小貂帽子遮住眉额的一定相当好看。若画古代美人装束，多作成唐代仙女、龙女、天女样子，虽裙带飞扬轻举，依旧不免显得有些拖沓，除非乘云驾雾，否则可够不方便。这另外也反映一种现实，即宋人重实际精神（除了发髻外），穿衣知道如何用料经济，既便于行动也比前人美观。宋代流行极薄纱罗，真是轻如烟雾，如作成六朝人画的洛神打扮，还是不会太重的。但是当时的女道士，就不肯这么化妆，画采灵芝仙女且有作村女装束的。

当时最高级和尚，袈裟尚紫色，惟胸前一侧绊带用个小玉环，下缀一片金锦，名“拔遮那环”。宋元应用较广，影响到西藏大喇嘛，在明清古画里还保留这个制度。

契丹、女真、党项、羌族等同属中国东北、西北游牧民族，生活习惯上与中原显著不同。

西夏妇女多着唐式翻领胡服，斜领刺绣精美，统治者服饰也近似唐装，腰间束鞢𩍐带，挂上小刀、小囊、小火石诸事物，头上戴的还是变形浑脱帽，普通武士则有作突厥式剃顶的。

契丹、女真本来服装一般多小袖圆领，长才齐膝、着长统靴、佩豹皮弓囊，宜于马上作战射猎。契丹男子髡顶披发，女真则剃去顶发把余发结成双辫下垂耳傍。受汉化影响，有身分的才把发上拢，裹“兔鹘巾”，如唐式幞头，却不甚讲究款式，惟间或在额前嵌一珠玉为装饰。妇女着小袖斜领左衽长衫，下脚齐踵，头戴金锦浑脱帽，后垂二锦带，下缀二珠。其腰带也是下垂齐衣，惟不作环。契丹和女真辽金政权均设有“南官”，多兼用唐宋官服制度。契丹即起始用不同山水鸟兽刺绣花纹，分别官品，后来明清补服，就是承继旧制而来。金章宗定都燕京后，舆服制度更进一步采用宋式，区别就益少了。至于金代官制中用绸缎花朵大小定官位尊卑，最小的只许用无纹芝麻罗，明清却不沿用。但衣上用龙，元代即已有相当限制。分三、四、五爪不等，严格规定，载于典章。明代即巧立名目，叫“蟒”、“斗牛”等等，重作规定，似严实滥。

同时契丹或女真男子服装，因便于行动，也已为南人采用，例如当时力主抗金收复失地的岳飞、韩世忠等中兴四将，身边家将便服，除腰袱外，就几乎和金人无多大分别。平民穿的也相差无几，彼此影响原因虽不尽同，或为政治需要，或从生活实际出发。由此可知，民族文化的融合，多出于现实要求，即在民族矛盾十分剧烈时亦然。(总的看来，这种齐膝小袖衣服，说它原属全中国各民族所固有，也说得过去，因为事实上从商代以来，即出现于各阶层人民中。）这时期劳动人民穿的多已更短了些，主要原因是生产虽有进展，生活实益贫穷，大部分劳动成果都被统治者剥削了，农民和渔夫已起始有了真正“短衣汉子”出现。

社会上层衣服算是符合常规的，大致有如下三式：

（一）官服——大袖长袍还近晚唐，惟头上戴的已不相同，作平翅纱帽，有一定格式。

（二）便服——软翅幞头小袖圆领还用唐式，惟脚下已由乌皮六合靴改成更便利平时起居的练鞋。

（三）遗老黄冠之服——合领大袖宽袍，用深色材料缘边，遗老员外多戴高巾子，方方整整。相传由苏东坡创始，后人叫作“东坡巾”。明代老年士绅还常用它。有身分黄冠道士，则常用玉石牙角作成小小卷架空心冠子，且用一支犀玉簪横贯约发，沿用到元明不废，普通道士椎髻而已。

男仆虽照制度必戴曲翅幞头，但普通人巾裹却无严格限制。女婢丫鬟，头上梳鬟或丫角，又或束作银锭式，紧贴耳边，直流行到元代。

至于纺织物，除丝织物中多已加金，纱罗品种益多，花纹名目较繁。缎子织法似应属于新发明。锦的种类花色日益加多，图案配色格外复杂，达到历史高峰。主要生产还在西蜀。纱罗多出南方，罗缎名目有加“番”字的，可知织法不是中原本来所固有。锦名“阇婆”，更显明从印度传来。“白鹭”出于契丹，也为文献提到过。雨中出行已有穿油绸罩衣的。

这时期并且起始有棉织锦类，名叫“木锦”。至于“兜罗锦”、“黎单”等西南和外来织物也是花纹细致的纺织品，練子则是细麻织品。“点蜡幔”是西南蜡染。一般印花丝绸图案，已多采用写生折枝花，通名生色折枝，且由唐代小簇团窠改为满地杂花。惟北宋曾有法律严禁印花板片流行，只许供绣衣卤簿官兵专用，到南宋才解禁，得到普遍发展。临安市销售量极大的彩帛，部分即指印花丝绢。时髦的且如水墨画。北宋服饰加金已有十八种名目，用法律禁止无效。北宋时开封女人喜用花冠绣领，在大相国寺出售最精美的多是女尼姑手作，反映出宗教迷信的衰歇，庵中女尼已不能单纯依靠信徒施舍过日子，必须自食其力方能生存。和唐代相比已大不相同了。统治者虽耗费巨万金钱和人力，前后修建景灵宫、玉清诏应宫、绛霄宫等，提倡迷信，一般人还是日益实际，一时还流行过本色线绣，见于诗人陆游等笔记中。

高级丝织物中除锦外，还有“鹿胎”、“紧丝”、“绒背”和“透背”，四川是主要产地。这些材料，内容还不够明确。“鹿胎”或是一种多彩复色印花丝绸。“绒背”或指一种荣缎、绒纱，近似后来花绒。“透背”可能就是缂丝。这些推测还有待新的发现才能证明。捻金锦缎的流行增加了锦缎的华美，灯笼图案锦且影响到后来极久。“八答晕锦”富丽多彩已达锦类艺术高峰。一种用小梭挖织的刻丝，由对称满地花鸟图案，进而仿照名画花鸟，设计布色，成为赏玩艺术新品种。技术的流传，西北回族织工贡献较多。南方还有“黄草心布”、“鸡鸣布”、“练子”和“红蕉布”，特别宜于暑中使用。由于造纸术有进一步提高，因此作战用衣甲，有用皮纸作成的，又用纸作帐子，也流行一时。

元代由蒙古人军事统治中国约一世纪之久。政府在全中国设了许多染织提举司，统制丝毛织物，并且用一种严酷官工匠制度督促生产。用捻金或缕金织成的锦缎“纳石矢”和用毛织成的“绿贴可”当时是两种有特别代表性的产品，丝绸印染已有九种不同名目，且有套染三四次的，毛织物毡罽类利用更多，《大元毡罽工物记》里还留下六十多种名目。为便于骑射，短袖齐肘的马褂起始流行。

元代南人官服虽尚多用唐式幞头圆领，常服已多习于合领敞露胸式。蒙古人则把顶发当额下垂小绺，或如一小桃式余发总结分编成两大环，垂于耳边，即帝王也不例外。妇女贵族必头戴姑姑冠（图一），高过一尺向前上耸，如一直颈鹅头，用青红绒锦做成，上饰珠玉，代

图一

表尊贵。衣领用纳石矢金锦缘边，平民奴婢多椎髻上结，合领左衽小袖，比女真略显臃肿。贵族穿得红红绿绿，无官职平民就只许着褐色布绢，惟平民终究是个多数，因此褐色名目就有二十四种。元代至元年间，才正式征收棉花税，可知江南区比较大量种植草棉，棉布在国内行销日广，也大约是这个时期。

四楞藤帽为元代男子所通用，到明代就只某种工匠还使用了。另外一种折腰样盔帽，元代帝王有用银鼠皮作成的，当额或顶部常镶嵌价值极贵的珠宝。到明代差役的青红毡帽还采用这个样式，正和元代王公重视的“质孙宴”团衫，与明清之差役服式差不多一样，前一代华服到后一代成为贱服，在若干历史朝代中，几乎已成一种通例。

从文物来谈谈古人的胡子问题

《红旗》十七期上，有篇王力先生作的《逻辑和语言》文章，分量相当重。我不懂逻辑和语言学，这方面得失少发言权。惟在末尾有一段涉及胡子历史及古人对于胡子的美学观问题，和我们搞文物所有常识不尽符合。特提出些不同意见商讨一下，说得对时，或可供作者重写引例时参考，若说错了，也请王先生不吝指教，得到彼此切磋之益。

那段文章主要计三点，照引如下：

1. 汉族男子在古代是留胡子的，并不是谁喜欢胡子才留胡子，而是身为男子必需留胡子。

2. 古乐府《陌上桑》说："行者见罗敷，下担捋髭须。"可见当时每一个担着担子走路的男子都是有胡子的。

3．胡子长得好算是美男子的特点之一，所以《汉书》称汉高祖“美须髯”。

王先生说的“古代”界限不明白，不知究竟指夏、商、周……哪一朝代，男子必须留胡子？有没有可靠文献和其他材料足证？

其次，只因为乐府诗那两句形容，即以为古代每一个担着担子走路的男子都是有胡子的，这种推理是不是能够成立？还是另外尚有可靠证据，才说得那么肯定？

其三，即对于“美须髯”三字的解释，照一般习惯，似乎只能作“长得好一部胡子”的赞美，和汉魏时“美男子”特点联系并不多。是否另外还有文献和别的可作证明？

文中以下还说：“到了后代，中年以后才留胡子”。照文气说，后代自然应当是晋南北朝、唐、宋、元、明、清了，是不是真的这样？还是有文献或实物可作证明？

私意第一点概括提法实无根据，第二点推想更少说服力，第三点对于文字的解说也不大妥当。行文不够谨严，则易滋误会，引例不合逻辑，则似是而非，和事实更大有出入，实值商讨。

关于古人胡子问题，类书讲到不少，本文不拟作较多称引，因为单纯引书并不能解决具体问题。如今只想试从文物方面来注意，介绍些有关材料，或许可以说明下述四事：一、古代男子并不一定必需留胡子。二、胡子在某一历史时期，由于社会风气或美学观影响，的确逐渐被重视起来了，大体是什么式样？又有什么不同发展？文献不足证处，我们还可以从别的方面取得些知识。中古某一时期又忽然不重视，也有社会原因。三、美须髯在某些时期多和英武有关，是可以肯定的，可并不一定算美男子。有较长时期且恰恰相反，某些人胡子多身分地位反而比较低下。可是挑担子的却又决不是每人都留胡子。四、晋唐以来胡子式样有了新的变化，不过中年人或老年人，即或是名臣大官，也并不一定留它。这风气直继续到晚清。

首先可从商代遗留下的一些文物加以分析。故宫有几件雕玉人头，湖南新出土一个铜鼎上有几个人头，另外传世还有几件铜刀、铜戈、铜钺上均有人的头形反映，又有几个陶制奴隶俑，在河南安阳被发掘出来，就告诉我们殷商时期关于胡子情况，似乎还无什么一定必需规矩。同是统治者，有下巴光光的，也有嘴边留下大把胡子的。而且还可以用两个材料证明胡子和个人身分地位关系不大，因为安阳出土一个白石雕刻着花衣戴花帽的贵族，和另外一个手带梏桎的陶制奴隶，同样下巴都是光光的。（如果材料时代无可怀疑，我们倒可用作一种假说，这时期人留胡子倒还不甚多。）

春秋战国形象材料新出土更多了些。较重要的有：一、山西侯马发现那两个人形泥范，就衣着看，显明是有一定身分的男子，还并不见留胡子的痕迹。二、河南信阳长台关楚墓出土一个彩绘漆瑟，上面绘有些乐舞、狩猎，和贵族人物形象，也不见有胡须模样。三、近二十年湖南长沙大量出土战国楚墓彩绘木俑，男性中不论文武打扮，却多数都留有一点儿胡须，上边作两撇小小“仁丹胡子”式，或者说“威廉”式，尖端微微上翘，下巴有的则留一小撮，有的却没有保留什么。同一形象不下百十种，可知和当时某一地区社会爱好流行风气，必有一定关系，并不是偶然事情。（如艺术家用来作屈原塑像参考，就不会犯历史性错误。）但其中也还有好些年纪大但并不留胡子的。另外故宫又还有个传世补充材料足资参考，即根据《列女传》而作的《列女仁智图》卷，上有一系列春秋时历史著名人物形象，其中好几位都留着同样仁丹式八字胡须，亦有年逾不惑并不留胡子的。这画卷传为东晋顾恺之稿。若从胡子式样联系衣冠制度分析，原稿或可早到西汉，即根据当时的四堵屏风画稿本而来（也许还更早些，因为胡子式样不尽同汉代）。另外又还有一个河南洛阳新出西汉壁画，绘的也是春秋故事，作二桃杀三士场面，这应当算是目下出土最古的壁画。由此得知当时表现历史人物形象的一点规律，如绘古代武士田开疆、古冶子时，多作须髯怒张形象，用以表示英武。武梁祠石刻也沿此例。此外反映到东汉末绍兴神相镜上的英雄伍子胥，和山东沂南汉基石刻上的勇士孟贲，以及较后人作的《七十二贤图》中的子路，情形大都相同。如作其他文臣名士，则一般只留两撇小胡子，或分张，或下垂，总之是有保留有选择的留那么一点儿。其余不问是反映到长沙车马人物漆奁上，还是辽宁辽阳营城子汉墓壁画上，和朝鲜出土那个彩绘漆竹筐边缘孝子传故事上，都相差不大远。同时也依旧有丝毫不留的。即此可知，关于古代由商到汉，胡子去留实大有伸缩余地，有些自觉自愿意味，并不受法律或一定社会习惯限制。实在看不出王先生所说男子必须留胡子情形。

至于汉魏之际时代风气，则有更丰富的石刻、壁画、漆画、泥塑及小铜铸像可供参考。很具体反映出许多劳动人民形象，如打猎、捕鱼、耕地、熬盐、舂碓、取水、奏乐，以及好些在厨房执行切鱼烧肉的大司务，极少见有留胡子的。除非挑担子的是另一种特定人物，很难说当时每个挑担子的却人人必留胡子！那时的确也有些留胡子的，例如守门的卫士、侍仆，以及荷戈前驱的伍伯，即多的是一大把胡子，而统治者上中层，倒少有这种现象。即有也较多作乐府诗另外两句有名叙述："为人洁白晰，鬑鬑颇有须"，不多不少那么一撮儿样子。可证王先生的第三点也不能成立，因为根据这些材料，即从常识判断，也可知当时封建统治者绝不会自己甘居中下游，反而让他的看门人和马前卒上风独占作美男子！

其实还有个社会风气形成的相反趋势继续发展颇值得注意，即魏晋以来有一段长长时期，胡子殊不受重视。原因多端，详细分析引申不是本文目的。大致可说的是它和年青皇族贵戚及宦官得宠专权必有一定关系。文献中如《后汉书·宦者传》、《汉书·佞幸传》、《外戚传》，和干宝《晋纪总论》、《晋书·五行志》、《抱朴子》、《世说新语》、《颜氏家训·勉学篇》，以及乐府诗歌，都为我们记载下好些重要可靠说明材料。到这时期美须髯不仅不能成为上层社会美的对象，而且相反已经成为歌舞喜剧中的笑料了。《文康舞》的主要角色，就是一个醉意朦胧大胡子。此外还有个弄狮子的醉拂菻，并且还是个大胡子洋人！我们能说这是美男子特征吗？不能说的。

其实即在汉初，张良的貌如妇人，和陈平的美如冠玉，在史传记载中，虽并不见得特别称赞，也就看不出有何讥讽。到三国时，诸葛亮为缓和关羽不平，曾有意说过某某“不如髯之超群绝伦”。然而《典略》却说，黑山黄巾诸帅，自相号字，绕须者则自称“羝根”。史传记载曹操见匈奴使者，自愧形质平凡，不足以服远人，特请崔琰代充，本人即在一旁捉刀侍卫。当时用意固然以为是崔琰长得魁伟，且有一部好胡子，具有气派，必可博得匈奴使者尊敬。但是结果却并不成功。因为即使脸颊本来多毛的匈奴使者被曹操派人探问进见印象时，便依旧是称赞身旁捉刀人为英挺不凡，并不承认崔琰品貌如何出众！魏晋以来胡子有人特别爱重是有记录的，如《晋书》称张华多姿，制好帛绳缠须，又《南史》说崔文伸尝献齐高帝缠须绳一枚给，都可证明当时对胡子有种种保护措施，但和美男子关系还是不多。事实正相反，魏晋之际社会日趋病态，所以“何郎敷粉，荀令熏香”，以男子而具妇女柔媚姿态竟为一时美的标准。史传叙述到这一点时，尽管具有深刻讥讽，可是这种对于男性的病态审美观，在社会中却继续发生显明影响，直到南北朝末期。这从《世说》记载潘安上街，妇女掷果满车，左思入市，群妪大掷石头故事及其他叙述可知。总之，这个时代实在不大利于胡子多的人！南朝诗人谢灵运，生前有一部好胡子，死后捐施于南海祇洹寺，装到维摩诘塑像上，和尚虽加以爱护，到唐代却为安乐公主斗百草剪去作玩物，还可说是人已死去，只好废物利用，不算招难。然而五胡十六国方面，北方诸胡族矛盾斗争激烈时，历史上不是明明记载过某一时期，见鼻梁高胡子多的人，即不问情由，咔嚓一刀！

到元魏拓跋氏统一北方后，照理胡子应受特别重视了，然而不然。试看看反映到大量石刻、泥塑和壁画上的人物形象，就大多数嘴边总是光光的，可知身属北方胡族，即到中年，也居多并不曾留胡子。传世《北齐校书图》作魏收等人画像，也有好几位没有胡子，画中胡子最多还是那位马夫。

至于上髭由分张翘举而顺势下垂，奠定了后来三、五绺须基础，同时也还有到老不留胡子的，文献不足征处，文物还是可以帮忙，有材料可印证。除汉洛阳画像砖部分反映，新出土有用重要材料应数近年河南邓县南朝齐梁时画象砖墓墓门那两位手拥仪剑、身着两当铠、外罩大袍的高级武官形象。其次即敦煌二二〇窟唐贞观时壁画维摩变下部那个听法群众帝王行从图上的一群大臣形象。这个壁画十分写实，有可能还是根据阎立本兄弟手笔所绘太宗与宏文馆十八学士等形象而来，最重要即其中有几位大臣，人已早过中年，却并不留胡子。有几位即或像貌英挺，胡子却也老老实实向下而垂。总之，除太宗天生虬髯为既定事实，画尉迟敬德作毛胡子以示英武外，始终还看不出胡子多是美男子特点之一的情形。一般毛胡子倒多依旧表现到身分较低的人物身上，如韩干《双马图》那个马夫、《萧翼赚兰亭图》那个烹茶火头工、陕西咸阳底张湾壁画那个手执拍板的司乐长，同样在脸上都长得是好一片郁郁青青！

那么是不是到中唐以后，社会真有了些变迁，如王先生所说人到中年必留胡子？事实上还是不尽然。手边很有些历代名臣画像，因为时代可能较晚，不甚可靠，不拟引用。宋人绘的《香山九老图》，却有好些七八十岁的名贤，下巴还光光的。此外《洛阳耆英绘图》和《西园雅集图》，都是以当时人绘当时事，应当相当可靠了，还是可见有好些年过四十不留胡子的，正和后来人为顾亭林、黄黎洲、蒲留仙写真差不多。

就这个小小问题，从实际出发，试作些常识性探索，个人觉得也很有意义。至少就可以给我们得到以下几点认识：

一、胡子问题虽平常小事，无当大道，难称学术，但是学术的专家通人，行文偶尔涉及到它的历史时，若不作点切实的调查研究，就不可能有个比较全面具体的认识。如只从想当然出发，引申时就难于中肯，而且易致错误。

二、从文物研究古代的梳妆打扮、起居服用、生产劳作和车马舟舆的制度衍进，及其应用种种，实在可以帮助我们启发新知，校订古籍，得到许多有益有用的东西，值得当前有心学人给予一点应有的注意。古代事情文献不足征处太多，如能把这个综合文物和文献的研究工作方法，提到应有认识程度，来鼓励一些学习文史、有一定文献知识的年青少壮，打破惯例，面对近十年出土文物和传世文物，分别问题，大胆认真摸个十年八年，中国文化史研究方面有许多空白点或不大衔接处，一定会可望到许多新发现和充实。希望新的学术研究有新的进展，首先在研究方法上必需有点进展，且有人肯不怕困难，克服困难，来作作闯将先锋！

三、从小见大，由于中国历史太长，任何一个问题，孤立用文献求证，有很多地方都不易明白透彻。有些问题或者还完全是空白点，有些又或经后来注疏家曲解附会，造成一种似是而非印象，有待纠正澄清。特别是事事物物的发展性，我们想弄清楚它求个水落石出，势必需把视野放开阔些，搁在一个比较扎实广博的物质基础上，结合文物和文献来进行，才会有比较可靠的新的结论。要谈它，要画它，要形容说明它，才可望符合历史本来面目！

至于这种用文物和文献互相结合印证的研究方法，是不是走得通？利中是否还有弊？我想从结果或可知道。以个人言，思想水平既低，古书读得极少，文物问题也只不过是懂得一点皮毛，搞研究工作，成就自然有限。即谈谈胡子问题，总还是不免会错，有待改正。但是如国内文史专家学人，肯来破除传统研究文史方法，注意注意这以百万计文物，我个人总深深相信，一定会把中国文化研究带到一个崭新方向上去，得到不易设想的新的丰收！

附记

两月前见南方报上消息，有很多艺术专家，曾热烈讨论到作历史画是否需要较多历史背景知识，这些知识是否重要，例如具体明白服饰家伙等等制度。可惜不曾得见全部记录。我对艺术是个外行，因此不大懂得，如果一个艺术家，不用个比较实事求是的态度来学学历史题材中的应有知识，如何可以完成任务的情形。我只照搞文物的一般想法，如果鉴定一幅重要故事画，不论是壁画还是传世卷册，不从穿的、戴的、坐的、吃的、用的、打仗时手中拿的、出门时骑的、乘的……全面具体去比较求索，即不可能知道它的内容和相对年代。鉴定工作求比较全面，还得要这些知识。至于新时代作历史画塑去教育人民，如只凭一点感兴来动手，如何能掌握得住应有历史气氛？看惯了京戏，和饱受明清版刻和近代连环画熏陶的观众，虽极容易感到满意，艺术家本人，是不是也即因此同样感到满意？我个人总是那么想，搞历史题材的画塑，以至于搞历史戏的道具设计同志，如把工作提高到应有的严肃，最好是先能从现实主义出发，比较深刻明白题材中必需明白的事事物物，在这个基础上再来点浪漫主义，加入些个人兴会想像，两相结合恰到好处，成绩一定会更加出色些。到目前为止，我们一般历史画塑实在还并未过关，这和艺术家对于这个工作基本态度有关，也和我们搞文物工作的摸问题不够细致深入，提参考资料不够全面有关。因为照条件，本来可以比《七十二贤图》、《五百名贤图》、《水浒叶子》、《晚笑堂画传》等大大跃进一步，但事实上还不易突破。于是画曹操还不知不觉会受郝寿臣扮相影响，作项羽却戴曲翅幞头着宋元衣甲如王灵官，不免落后于时代要求。今后让我们共同作更好些协力合作，来过这一关吧！

1961年9月15日写于北京

（原载《光明日报》，1961年10月21日、24日连载）

“狐爮斝”和“点犀盉”
——关于《红楼梦》注释一点商榷

百二十回本《红楼梦》第四十一回，“贾宝玉品茶栊翠庵，刘姥姥醉卧怡红院”，是本书一回写得鲜明深刻的有名文章，下笔既生动活泼，又蕴藉含蓄。描写叙述虽若完全写实，却又实中有虚。正如一个山水画卷，有大青绿设色的壮丽华美，也有白描淡着色的清秀明朗，更重要是两部分的巧妙结合形成一种节奏感，给人印象不易忘记。但内中有许多属于十八世纪中上层社会流行好尚起居服用东西，现代人读它时不易明白，必然还要查查注解。因此新的注解在本书中也具有一定重要性。懂得透，注得对，能帮助读者深一层领会原作的好处；注得草率，或和原意相反，便给读者带来一种错误印象，把原文也糟蹋了。

有关注解问题，在第368期《文学遗产》上拙文曾提起过。至于为《红楼梦》作注，且多一层麻烦，因为时间近，很多事物还无书可查，问题多，想学也无从学起！所以谈到这部书的注释时，我想首先应当作为一个普通读者，向1957年人民文学出版社《红楼梦》重印本的几位注释工作者表示敬意，因为他们能热心耐烦从事这个注释工作，提高到新的学术要求水平。但是这个书的注本，就无疑还有许多具体问题，尚未得到很好解决，有待进一步继续努力。有些事物并且绝对不可能用目下方法弄清楚的，试提出点个人粗浅看法，作为初步建议。

这里拟先就《红楼梦》第四十一回中的情节介绍一下：

本回写贾母和刘姥姥等到了妙玉住处栊翠庵，妙玉为讨好贾母，亲自捧了一个海棠花式雕漆填金云龙献寿的小茶盘（照法律是不许可的），里面放了一个成窑五彩小盖钟（按事实不会有这种真成窑的，如出现，也是康熙时仿作的），捧与贾母。贾母喝后，让刘姥姥也尝尝。后来道婆收茶盏回来时，妙玉就心嫌肮脏，叫把杯子搁在外面，不再使用。另外又拿出两只杯来，一个旁边有一耳，杯上镌着“𤓖瓟斝”三个隶字，后有一行小真字，是“王恺珍玩”。又有“宋元丰五年四月眉山苏轼见于秘府”一行小字。妙玉斟了一斝递与宝钗。那一只形似钵而小，也有三个垂珠篆字，镌着“点犀盉”，妙玉斟了盉一递与黛玉。却又把日常自己吃茶的那只绿玉斗来斟与宝玉。宝玉一切看在眼里，明明懂得这种分别对待的意思，却装呆说笑，以为给钗、黛用的是“珍奇古玩”，给他的却是“俗器”。接着，即妙玉和宝玉一番对答，表面像是泛泛的，却包含着一些唯有彼此可以会心的情意。

这一回是《红楼梦》著名文章，这一节更是作者下笔有分寸、有含蓄的妙文。处处有隐喻、字字有机锋，我个人以为必须从实和虚两方面去欣赏，才理会得透彻，注释得妥贴。因为不仅话中多双关意思，作者笔下称赞有褒贬，即器物取名，也并不随便。若对这点弦外之音少应有体会，仅就字面作注，自然难得本意。本来是活文章，难免被注扣死了。现在特提出三点来商榷，以就正于海内通人专家。

一、原注（9），𤓖瓟斝——斝是一种古代大酒杯。𤓖、瓟都是瓜类名。从前有些特制器物，都镌刻名款。

这个斝类杯近似瓜类形状，所以给他起这个名。

二、原注（10），王恺珍玩——王恺是晋代官僚中最富的人物，这里是说杯是王恺所制，又经过苏轼的鉴赏，是一件极其珍贵的古玩。

三、原注（11），点犀䀉——䀉是古代碗类的器皿。犀角横断面中心有白点。这里用唐李商隐诗“心有灵犀一点通”的典故作这䀉类碗的名字。

从欣赏出发看，这节文字重点主要在写妙玉为人，通过一些事件，见出聪敏、好洁、喜风雅，然而其实是有些做作、势利和虚假，清洁风雅多是表面上的。作者笔意双关，言约而意深。甚至于两件器物取名，也不离开这个主题，前者是谐声，后者却是会意。也可说并非真有其物，可又并不是胡乱凑合。作注求恰如其分，得虚实兼顾，势必得先务实，再务虚，才明白问题，博闻约取，言简而要，作出比较正确中肯的注解！

如何务实？先得明白两件东西和时代关系。明代以来，南方新抬头中层士绅阶层，官不一定作得怎么大，房产田地不一定怎么多，有的人或者还近于清贫，靠卖文卖画为生。但时会所趋，却俨然成一时风雅主人。不仅经常招朋聚友，吟诗作画，写斗方，充名士。遇春秋佳日，还必然呼朋唤侣，游山涉水，吃喝玩乐。出行求便于携带，因此照《梦溪笔谈》提到流行用葫芦或编竹丝加漆作茶酒器，讲究的且必仿照古代铜玉器物，范成各种形态花纹。这种器物和南方其他许多工艺品一样，到清初，进而成为北京宫廷贵族好尚，除制成各种用器外，还作成整套的乐器，通称“葫芦器”或“匏器”（实物故宫收藏相当多，前些年尚在西路辟有专室陈列）。原注（9）所说的，无疑就是这种用爮类范成斝式的茶具。斝和爵同是商代酒器，其实并不是杯，正如觚不是杯，各有不同形象，不同定名。一般说，斝多指三足、两柱、一板手（即所谓耳），容量较大的一种殷商青铜酒器，陶器中形状相近的也叫作斝，主要总是指已成定形的殷商青铜器。如明白这一点，本文中可以说是“茶杯”，注中就得说“是酒器借用”。当时也会真有这么一个斝，可不是如原注说的“近似瓜类形状”，正好相反，是“用爮瓜仿作斝形”的用具。

如何务虚？这个爮器别的不叫，为什么偏偏叫这么个刁钻古怪名称？似古怪实不古怪。俗语有 ：“假不假？

班包假。真不真？肉挨心。”意思是“假的就一定假，真的也一定真”。作者是否有意取来适合俗语“班包假”的谐音，既指物，也指人？我想值得研究研究。

由于注者务实务虚通不够，凡事从想当然出发，便弄错了。

其次是注（10）问题，照字面注，只有王恺身分还对，其余不切题的。因为若务实透彻，明白葫芦器的流行在明清时代，则文中说的王恺珍玩，东坡鉴赏，都自然落了空。明明是讽刺打趣，正等于说“宋版《康熙字典》”，决不会真有其物。现在注里却很认真地补说：“这是一件极其珍贵的古玩”，于是点金成铁。

其三是注（11），关于点犀盉，原注引了李商隐诗，其实还是领会不到诗中用事本意，和这里取名的用意。这也是要从务实和务虚才能明白的。

如何务实？宋明以来因南海贸易扩大，沉香、犀角等等贵重难得材料入口日多，高级官僚贵族因此多欢喜用来雕成种种美术品，示阔斗奢。沉香木多雕成山子，或灵芝如意，是由“海上三山”到“寿山福海”一脉相传，和长寿多福愿望分不开的。犀角则作酒器，也和长寿分不开，因为照传说，犀角能解百毒。用犀角作杯主要计两种形制：横卧式多刻成张骞泛海的“博望槎”样子，和元代朱碧山作的银槎样子差不多，是仿照一段枯木形象，中心挖空贮酒，槎尾上竖，照例还留下些叉桠，本来可能还是用沉香作成，犀、银均后仿。通属于“酒船”类。是从战国腰圆形漆玉羽觞，到唐代六曲、八曲金银酒船，再到宋明发展而成这种浪漫主义形式的工艺品。竖刻直立向下，上作喇叭口状，是由古代觚觯和犀觥取法，犀觥实物虽不存，新出西汉壁画中却还有个画得十分具体。衍进而成汉、宋雕玉，宋、明犀角杯实仿玉。杯沿和柄部或作高浮雕子母辟邪，或刻教子升天大小龙，又或刻成灵芝仙草，再进而刻成锦荔枝、玉兰等像生花果，和其他山水楼阁场面。总之，数量多，式样变化也大。一般只四五寸高，也有高及八九寸的。如取名“盉”，照理说，还必指实物中高足器而言。旧说（或引为《抱朴子》称）犀中心有白线直透到底，名通天犀，李商隐诗即引此喻心在暗里相通意。宋人用它作带版，名“通犀带”，尚有“正透”、“倒透”等等名目，在法定二十八种带制中还极贵重，仅比紫云楼金带稍次。明代

《天水冰山录》记载严嵩抄家的重要财产中，还有好些条犀带，好在何处和具体形象已不得而知。至于明清人作酒器，则中心必须挖空，由于应用要求不同，再不会过问有无白透子。（过我手的实物不下二百种，就没有一件符合通犀情况的。可知酒器事实上不在那线白心！）

如何务虚？既明白了犀有“正透”、“倒透”、“透到底为贵”意思，又知道记载中有“竹犀形大纹粗可以乱真”的说法，且明白元明杂剧市语说“乔”多指装模作样假心假意，那么当时取名“点犀盉”用意，是不是影射有“到底假”、“透底假”意思？就自然明白了。

也会有人不同意这么解释，以为似乎过份穿凿。从部分看，的确近于穿凿。但是如从这一节文章及全书对妙玉的性格讽刺批评看，说这两个器物取名用意一是谐声，一是会意，却大致不会错。这也还值得从另一方面再务务实看。清代以来，由康熙到乾隆，《格古要论》、《清秘藏》、《遵生八笺》、《妮古录》、《长物志》、《博物要览》等等明人谈杂艺书正流行。《格致镜原》新刻出版，分门别类网罗更多，《渊鉴类函》除大字殿本外，且有古香斋巾箱本刊印。谈犀角象牙文玩事物，在曹雪芹时代，实为一般贵族士大夫所熟习。因此这类影射名物的文字，正和书中叙述打灯谜差不多，当时丫头如平儿、鸳鸯辈也能破的，若不说破谜底，要现在让我们文化部长来猜，已难说十拿九稳！觉得解释二茶具取名隐晦，是现代人和那个时代一切已脱节。（事实上说妙玉用“绿玉斗”给宝玉，系谐“搂玉肚”也大为可能！）

总的说来，注者由于务实不够，务虚不深，对本文缺少应有认识，因此便不能把所提到的事物，放在当时历史社会背景中去求理会。

这节文章正面说的是妙玉为人如何爱清洁，讲风雅，反面却有个凡事是假的微言深意，显明对照是奉承贾母无所不至，却极瞧不起刘姥姥。所谓文笔曲而稳的褒贬，和当时事事物物相结合，二百年前读者用不着注也能有会于心。但是，到现代，由于近半世纪社会变化格外大，即或是注书教书的专家学者，若不下一番功夫，书中谈到事事物物，事实上实在已经不大好懂了。尽管书中叙述的东西，目前可能在故宫博物院正搁在我们当眼处（记得珍宝馆就陈列过一个高脚犀角杯），如没有人点破，这就恰好是《红楼梦》某回某页提起过的东西，也还是不能转用到注上来的。注者既不能从感性上取得应有知识，又无从向字典取经，仅从主观猜想出发，当然难于融会贯通。所以作注不能恰到好处是可以理解的。为求注解落实，最理想是有人能用个积极负责的工作态度，从实践出发，下一番狠心，扎扎实实去学懂它，再来作注。其次即采取个比较老实谨慎的工作态度，凡是自己目下还不懂的，不妨暂时不注。

由于一九五七年《红楼梦》再版时，人民文学出版社编辑部在首页曾提起过，曾参考过拙作未发表部分关于注释《红楼梦》名物资料稿本。事实上凡是纠正这些错处地方，注者采用并不多，原注错处依旧继续保留，因此当时才试提出二三事来商讨。

前人常说著书立说不容易，其实注书工作，认真说来又何尝简单！他不仅要懂语言，也要懂文学，不仅要懂社会，还要懂文物。更重要还是不能把这几点看成孤立事物，必需融成一份知识。特别是像《红楼梦》这样一部内容包含宏富，反映十八世纪社会上层各方面的伟大现实主义作品，涉及一系列风俗人情、名物制度以及许多种外来新事物，求把注释工作作到对得起原作，实在还值得有心人采取个更谨严态度用点心！和许多学术研究一样，似乎也可采用两条腿走路办法进行。其一是出版部门重新组织点社会力量，如像故宫明清工艺史组工作同志，文史馆、北京图书馆、科学院文学研究所、历史语言所有关同志，和校正本书不同版本字句一样，来分门别类好好校正一下原来注文，并补充应注部分，再行重印，不失为一种走群众路线的比较慎重办法。如果要进一步攻尖，则不妨鼓励某些个人试采取一个更新的工作方法，老老实实去故宫各库房学三五年文物，把一切起居应用器物摸熟，凡事总得学，才能懂，懂得后，才能作好注！

听说北大中国文学系已有学生将近千人，他们学《诗经》、《楚辞》、乐府诗、唐诗，以至于《金瓶梅》、《红楼梦》等小说，遇到起、居、服、用等等万千种名词时，碰到的问题大致都还相同。远如对朱干、玉戚，因为没有知道商周漆盾不同形象，和许多种不同式样玉戚，及部分青铜制造中心镶有小玉璧的戚，仅从古人以及近人著作注疏中兜圈子，是不可能得到具体正确印象来纠正《三礼图》错误的！近如《红楼梦》中说的东东西西，必然还是一样麻烦费事不好懂，所以今后真正解决问题，也许不在教师倒在同学。如果每届毕业同学，已恢复过去毕业论文制度，系中能有计划统筹安排一下，某人作《诗经》、《楚辞》名物新证，某人作《急就章》、《释名》新证，某人作唐诗名物新注，某人作《红楼梦》文物研究……这么分别进行，资料积累，保存到系中，有个十来年后，教学情形，将必然一改旧观！这个工作说来容易，认真作去自然将比普通论文难得多。因为要求每条每项毫不含糊，一一落实，甚至于还得学会摹绘，用具体形象反映出对象。人再聪敏勤快，集中精力作一二年也未必即有满意成果。但是路走得对，还不妨在毕业后用研究生或助教名分再搞几年。想要这个工作作得十分踏实，必须承认工作方法也得改变，即应当用一个新的实事求是态度，例如作《红楼梦》起居服用注，到故宫博物院明清工艺史陈列组及各库房工作组去取经求教，好好结合文献和文物，先进行百十条试点调查研究，再逐渐扩大范围，才可望懂得透彻，注得真切，对读者才会有真正帮助。也唯有从这样踏实工作去得到的知识，才能用它来纠正旧有的错误并充实以新内容。

这种下库房学习注书、工作方法上的根本改变，对于一个学有成就的专家通人言来，我们不敢抱过大奢望，因为文献梳理工作有待于他们指导的还多。对于一个年青力壮的同学，理会得到必需通过这种调查研究、实践，才可望使工作得到应有的进展的，必乐意接受这个新任务。我相信经过一定时间，必然能够克服工作中不可免的困难，会取得十分满意的丰收！

（原载《光明日报》，1961 年 8 月 6 日）

附录："杏犀盉"质疑

汝昌同志：

得拜读尊文，甚佩卓见。瓟器举例实不胜举，因为随手可拾的"一箪食一瓢饮"和"箪食壶浆以迎王师"、"举瓟尊以相属"例子即甚多（而且事实上有些古代陶器和铜器，且有可能就先是从瓜类容器得到启发作成的）。这类玩意儿实物也过手过，但和《红楼梦》所说却不相干。因为不外两种形制：一即原始如李铁拐所背的，二即单柄葫芦一打两开，旁镶银铜边缘，加薄银胎，柄部还加一环，适宜佩带随身取水饮酒的。椰子瓢也有此式。至于范成尊、卣、斝、爵形象，早也可能到宋《博古图》、《三礼图》刻印以后，但到今为止，并无实物可见。至于明清器，则故宫有现成物甚多，此外我也经手收买过，说的大致不会太错。你说的“杏犀盉”，在版本上我无知识，如果本来实作“杏”字，释为性蹊跷倒近理。而把两物暗指钗黛，我也有同感，并且曹雪芹写作这类文字，与其说是深刻讥讽，还不如说是一种幽默——讥讽中有幽默。近一点，可以说从《金瓶梅》西门庆款待番僧安排的菜蔬名目得到启示，远一点汉人的“子虚公”、“乌有先生”、“安期生”，即早开其端！但“杏犀”名目殊可疑。因为就我所知，谈犀角事诸书，实均无此名色。如有这个抄本，恐不会早于曹雪芹时代太远。至于“盉”，若从谐声虚说，即不必追究它是高是矮。如从实说，大致还应是高足器。一、事实上只有这种高足犀角饮器，可还从未见有似钵而小的犀角饮器。二、从字义说，高足铜鼎为“铄鼎”；高脚木马名“高跻”；桥字本身也和隆耸不可分。以类例言，还是高足器皿为合。

至于其他如成窑杯、雕填漆盘，多是常见实物。但也有一点重要，即成窑杯在晚明即十分值钱，一对值百两银子。清康雍多仿作，玩瓷的多知识。妙玉因刘姥姥一用即听宝玉送人，这里可说附会为“假的珍贵古董”，也不妨说只是形容宝玉为媚妙玉而不在意挥霍为合，不知尊意以为如何？

沈从文

（原载《光明日报》，1961 年 11 月 12 日）

文物识小录

“商山四皓”和“悠然见南山”[1]

史记留侯世家：“……及燕，置酒，太子侍。四人从太子，年皆八十有余，须眉皓白，衣冠甚伟。上怪之，问曰：‘彼何为者？’四人前对，各言名姓，曰东园公，⊠里先生，绮里季，夏黄公。”

汉书王吉传序：“汉兴有园公、绮里季、夏黄公、⊠里先生，此四人者，当秦之世，避而入商雒深山，以待天下之定也。自高祖闻而召之，不至。其后吕后用留侯计，使皇太子卑辞束帛致礼，安车迎而致之。四人既至，从太子见，高祖客而敬焉，太子得以为重，遂用自安。”

这就是所谓“商山四皓”典故的由来。近二千年来

[1] 沈从文遗作，写作年代不详。

注解学人，只有就四个人姓名或称绮里，或称绮里季，有些不同意见，其他却少异议。但近半世纪新出土两件文物，却把“商山四皓”叫作“南山四皓”。第一件是过去日本人在朝鲜发掘的汉墓里，得到一个竹篾编成的长方形筐子，上面四方除用彩漆绘有西汉以来即流行的孝子传故事，还在一角绘上那四位高士，旁边却用隶书题识“南山四皓”四个字。这个竹筐的产生时代，大致当在西汉末东汉初年。可证那时民间工师是叫这四个人作“南山四皓”的。这个南字的写法，且和西域木简字的南字一个式样。

我们可以怀疑这只是个孤证，以为汉代工人写字草率马虎，西汉草隶书“商”、“南”二字差别又甚小，兴致一来，也会把“口”作成一笔竖画便弄错了，不足为例。但是天下事无独有偶，近年在河南邓县出土一个南朝画相砖大墓里，我们又发现一些尺来大长方砖，其中一块上面浮雕人相旁边，又有一行四字题识：“南山四皓”。上一回漆筐上用的是草隶书，还可说容易混误，这一次却用的是楷书，大致不会错了。这就为我们提出一个新的问题，原来史传上的“商山四皓”，汉代和六朝人通说是“南山四皓”。可见用文物证史，有些地方实在可以启发我们不少新知，至少可以提供一些新的材料，而且性质相当扎实可靠。

这里让我们联想到，多少年来学人论陶诗时，欢喜引“采菊东篱下，悠然见南山”。对于这两句诗的解释，大致多以为这十个字显得陶渊明生活态度多么从容不迫，不以得失萦怀累心。东篱采菊是实，所见南山也不尽虚。我惭愧读书不多，不能明白千多年来讲陶诗的，有没有人曾提起过这两句诗，事实上是不是也还有些感慨，正可和“刑天舞干戚，猛志固常在”发生联系，用事虽不同，立意却相近。原来渊明所说“南山”，是想起隐居南山那四位辅政老人，并没有真见什么南山！何以为证？那个画相砖产生的年代，恰好正和渊明写诗年代相差不多。

这个墓中发现的几十块尺来大方砖上的浮雕，搞艺术的多承认浮雕效果艺术水平相当高，可以代表这时期砖浮雕艺术成就。事实上如从搞文物角度注注眼，还可启发我们许多问题，丰富我们许多知识。在乐舞史上，则王子晋吹笙那个笙，式样和唐宋以后不同，和现代西南芦笙倒有些近。其次《隋音乐志》提到的文康伎，和诗歌中描写的文康舞形象，砖雕上有个典型的模样，也可说是唯一的形象反映。

说“熊经”

《庄子·刻意》中说道：

> 吹呴呼吸，吐故纳新，熊经鸟伸，为寿而已矣，此道（导）引之士，养形之人，彭祖寿考者之所好也。

其中“熊经”即是一种健身方法，郭庆藩《集释》引司马彪注云：“若熊之攀树而引气也”，而成玄英注亦云：“如熊攀树而自悬”，看来乃是模仿熊的动作而创造的类似今日体操的健身方式。

在《庄子》的时代，大约健身法分为两大类，一类是“导”，即“导气令和”，《庄子》说“真人之息以踵，众人之息以喉”，前者就是流转周身的气的运转，人以意念使“气”周行全身经络，以达到“吐故纳新”、强身健体的效果，并根据自己内部器官的具体情况，采取“吹”、“响”、“呼”、“吸”各种不同的运气方式，就如《云笈七签》卷五十六所分别的那样，只不过《云笈七签》分得更细更繁琐些。另一类是“引”，即“引体令柔”，即包括“熊经”、“鸟伸”等各种形体锻炼在内的养生方法，正象《抱朴子·别旨》所说的“或伸屈，或俯仰，或行卧，或倚立，或踯躅，或徐步”，大约这种方法最初是古人受动物运动启发而创造的，所以多以动物名命名，就象《抱朴子·对俗》所说：“知龟鹤之遐寿，故效其导引以增年。”

西汉以来，有关卫生保健的方法曾有过不少论著，但保存下来的却不多，按《汉书·艺文志》的记载，共有四大类，一是“神仙”、二是“房中”、三是“医药”、四是“导引”，各有分别。但是，“神仙”之法多属迷信，又极靡费，普通人难以做到，只有帝胄贵室可以仿行，所以汉武帝刘彻才会上方士的大当，甚至还把一个公主嫁给了方士，并封为“文成将军”，筑百丈高台，用三百个八岁的童男童女，穿上锦绣衣服通宵歌舞，结果神仙不来，只好把这个骗子杀了。“房中”本是一种在性交中讲求节欲保精的方法，如天师道之“合气”，但这也往往只有帝王家有兴趣施行，因为只有帝胄贵室才养了无数嫔妃宫女，所以久而久之便成了帝王纵欲之术，完全变了性质。“医药”当然对大多数人有用，但也有缺陷：一是名医秘方人所罕知，用的药也往往少数有钱人能办得起，尽管到唐代曾将孔思邈《千金方》刻石公开，宋代更将宫廷秘方全部公之于《圣济方》、《政和本草》，但无钱人仍未见得能照方抓药；二是即便照方抓药，仍是消极治病，不是事先预防。所以只有第四类“导引”是很积极的预防方式，而且“导引术”人人可以自学，“熊经”、“鸟伸”之类形体运动更是容易，就象小孩学体操一样。

旧时说“熊经”往往从《庄子》一下子说到华佗“五禽戏”，华佗云“古之仙者，为导引之事，熊颈鸱顾，引挽腰体，以求难老”，见于《三国志·华佗传》，但从《庄子》到华佗中间隔了数百年整整秦汉两代，“熊经”之类健身术难道在这数百年中竟湮没无闻，直至华佗才才重新发掘吗？这显然不可能，所以，我们以出土文物

图二　马王堆出土帛书《导引图》第四十九式“熊经”（摹本）

资料为主，参以文献记载，重新考证汉代“熊经”的流传，以补足这一段历史的空缺，并以实物图片来形象化地说明“熊经”，以弥补文字资料无法详细表述的缺陷。当然，在出土文物中，马王堆三号汉墓的《导引图》当然是考证“熊经”的最重要资料，其中第四十一图正是“熊经”（图二）！不过，马王堆三号汉墓年代在西汉初年，比它稍晚的《淮南子·精神》中仍有“熊经、鸟伸、凫浴、蝯躩、鸱视、虎顾”的记载，那么《导引图》能够继承战国以来的导引套路就很自然了。问题是，在此后，“熊经”是不是仍然一直没有失传？在文物资料中是否有证据可以证明《庄子》到华佗是一脉相传？我们考证的结论是肯定的。

图三就是1964年河北保定出土西汉银错管状车器上的六个“熊经”图形。第一个有如熊攀树刚刚起步，前肢如抱树干，后肢一足在地，一足抬起；第二个则后肢作弓箭步，前肢一伸向前，掌心向外，掌尖向上，一在身后，曲肘向上，这与今日各种武术的一个常见动作十

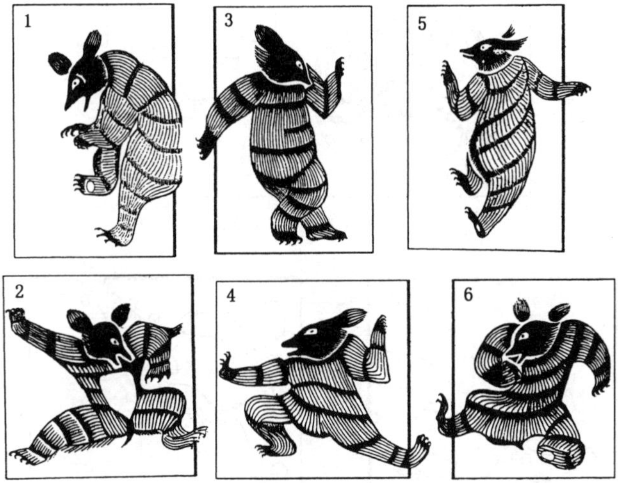

图三（1—6） 西汉银错管状车器上的熊经图案，河北保定1964年出土（摹本）

分相似，而汉代各种文物中也常见熊的这一类似形象，如西汉朱绘漆盘中之能（图四）、洛阳西汉空心砖墓彩绘门上部之熊（图五）、东汉错银车轴中之熊（图六）等；第三个则后肢交错而立，前肢一在身后，一曲在身前；第四个则作跨步，后肢一曲一直，分在两侧，前肢左曲右直，左肢曲肘向下，右肢直而向侧上，西汉青铜酒樽（图七），洛阳空心砖墓彩绘（图八）中所见之熊亦有

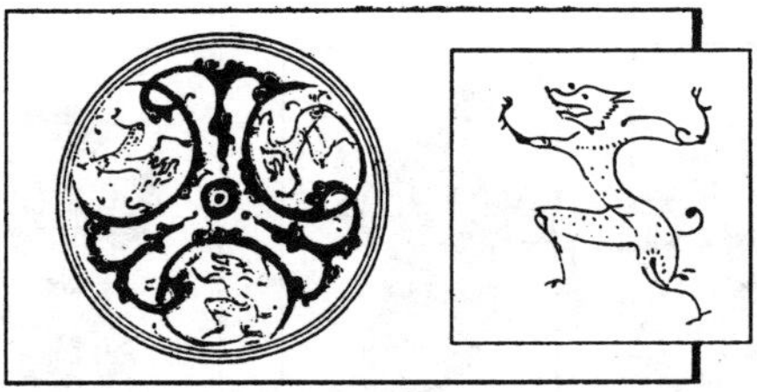

图四　西汉朱绘漆盘（摹本）

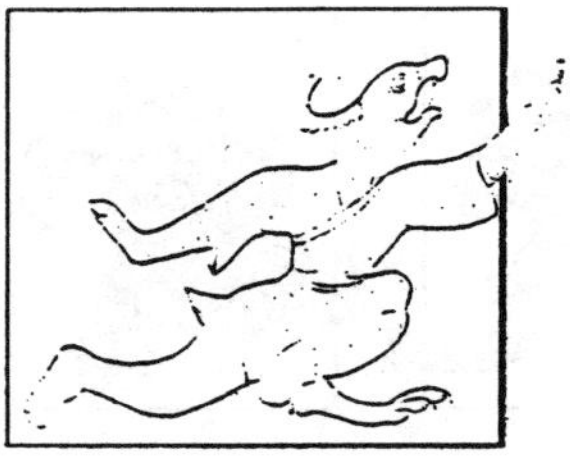

图五　西汉洛阳空心砖墓彩绘门上的熊经图案（摹本）

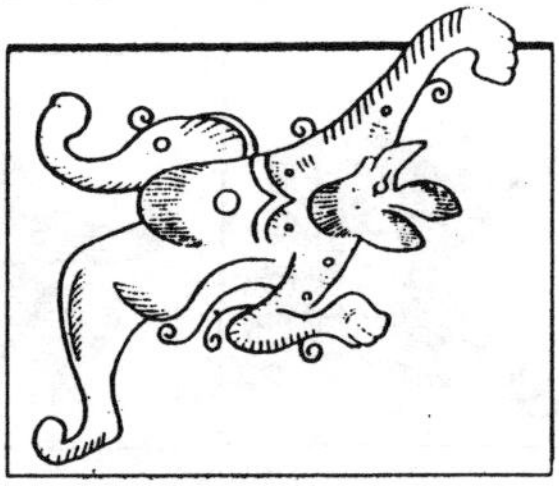

图六　东汉错银车轴上的“熊经”图案（摹本）

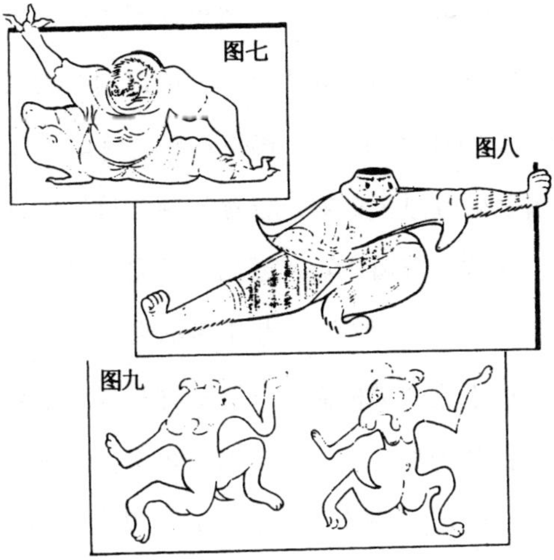

图七　西汉青铜酒樽上的图案（摹本）

图八　西汉洛阳空心砖墓彩绘（摹本）

图九　山西右玉西汉墓出土之青铜酒樽腰部所见二熊（原为浮雕）

相似姿式；第五个则后肢一足在地，一足抬起，前肢右曲左直，若右肢抬起，左肢向下后方摆动，整个身体亦随之旋转；第六个则较复杂，后肢右肢向一侧蹬出，左肢则外撇曲膝，前肢右曲肘翻掌，左曲肘掌心向后，山西西汉墓出土青铜酒尊腰部所见两个熊像与此也相仿（图九）。

汉代文物中所见“熊经”图象远不止此，零星的尚有许多，但成套的当以此为首。另武氏祠石刻黄帝伐蚩尤图中另有四熊（图十），其姿式亦可能是“熊经”中的，可惜残破且过于简略，仅存轮廓，只好一并附于此供参考。从这些资料中可以看出，首先，自战国人已有“熊经”方法以来，汉代一直延绵不衰；其次，“熊经”在汉代已远不止“攀树而引气”一种姿式，很可能已经完成了包括各种姿式在内的套路；再次，华佗创“五禽戏”，其中“熊”一部分，当是吸收了汉代“熊经”术的成果而光大之的，绝不是心血来潮的突然发现。东汉末崔实《政论》说：“夫熊经鸟伸虽延历之术，非伤寒之理”，《汉书 · 王吉传》更引王吉说：“俯仰屈伸以利形，进退步趋以实下”，可见西汉、东汉人并没有把“熊经”等方法遗忘，反而记得很牢，而且分析得也很清醒。

可是，汉魏之后，“导引”便被纳入道教系统，《道藏》“尽”字号有《彭祖导引图》，“临”字号又有托名彭祖的《摄生养性论》，显然均为伪托。《道藏》里还有许多讲“导引之术”的著作也都附会了很多神秘怪异的迷信思想。不过，也有不少古代“导引”的方法被完好地

图十　四熊均取自武氏祠石刻黄帝伐蚩部分（摹本）

保存在这些杂芜的书中，象陶弘景《登真隐诀》卷中便辑有不少健身的方法，《云笈七签》卷三十二《杂修摄》引《导引经》也记有各种引挽之术，这些也许与“熊经鸟伸”都有密切的渊源关系，只是越到后来，它们的本来面目便越含混，以致人们渐渐忘记了它们的起源不过是人类对于动物的“摹仿”。

谈瓷器艺术

近十年以来每一次出国陶瓷工艺品预展，我都有机会参观，真是幸运，深深感到万千老师傅和工人同志共同努力下，景德镇瓷业，正若驾着千里马，以极大速度向前行进，成绩一年比一年好。看过这次在故宫展出的新产品，才知道陶瓷工艺又得到更大的丰收。特别显著如失传二百年的有色釉胭脂水，继孔雀绿、祭红、娇黄、冬青等得到成功。这些新品种都釉色明莹匀称，达到了康雍时的最高水平，今后发展还无可限量。最新生产粉彩和釉下彩茶具，折枝花处理和清秀造型结合，作到既美观，又符合实用，发展方向可说完全正确，必然会在国际上得到极高评价。这种成功实值得全国陶瓷业生产取法，搪瓷生产花纹设计也值得向此学习。此外还有许多大小瓶子，也造型健康秀拔、稳定大方，装饰图案又能结合要求，艺术效果极高。总的看来，可以说这个展出给我印象是各极其妙，美不胜收。

惟个人认为景德镇瓷还不宜以这些成就自限。整个中国各部门生产既然正以史无前例的速度发展，新的需要将日益增多，瓷的应用范围也必然日益扩大。即以北京首都一地而言，千百种有纪念性新建筑，如博物馆、大戏院、大礼堂、地下铁道等等，都需要新的艺术装饰。景德镇瓷质料既好，又易清洁，也不怕阳光雨露，一个艺术家如善于结合需要，作出新的陶瓷设计，必可进一步发挥瓷的特长到新兴万千种事物上去，得到非凡成功。如作中型个别劳动人物雕塑，或纪念碑群像设计，用牙白瓷或加有色釉。如作大面积屏、壁、照墙、廊道装饰，用各种釉色华美彩瓷镶嵌。如烧浅色瓷砖，作门梁或室内装饰，代替彩画。此外则面对生活日益提高的人民日常生活要求，即有五十个景德镇生产日用瓷，也怕还是供不应求，必需在各省市有条件地区发展现代烧瓷业。不过景德镇生产如能注意到将来这个现实问题，即早投入部分人力，试在一部分生产中，领头当先，把当前得到普遍成功的高级绘画瓷，转用吹花贴花法代替，节省加工劳力，成为比较多数人可购买的廉价日用品，也应当看成是一个值得努力的新方向。而且这种成功，才可说是新的国家瓷业真正的成功。人民生活在不断提高，也有理由要求在不久将来即可看到这种新产品上市！这是一个方向问题。这么作并不会妨碍高级瓷的生产。如长此疏忽，任日用瓷保留到现在情况下，倒是不大合理的。

就目下展品而言，有些小弱点也可提提。如有些瓶子胎料（特别是口沿部分）似乎略厚一些，比例不大合适，不免影响美观。造型有部分破格，看来别扭，且和装饰花纹不能很好结合，似乎值得从“古为今用”目的出发，多参考些传统优秀成品，能有所折中即可改善。造型还受拘束，有保守处，或者更广泛一些从商周铜和唐陶、宋瓷，及康雍以来得到最高成就的彩瓷、单色釉瓷，全面加以注意，即可取得更多有益的启发。又青花料目前色度尚不够稳定，有的烧出效果好，有的却发呆，有的又变成如洋蓝，不甚美观，值得作更深研究，或和科学院化学研究部门合作，取得有用成果。或从青料以外再作些试验，如发现其他鲜明釉下颜色。釉里红特别是青花加紫，和釉下素三彩也待作新的努力，目下成就还不甚好。

这些问题固然靠生产经验来修正，更重要还是得进一步和化学物理研究部门结合，如同烧祭红方式，能得科学研究部门合作，解决即容易得多。至于新产品中彩墨山水人物绘画装饰，在展出品中成就不见特别出色，原因大致是由于画稿画法比较保守，并不是由于技术限制。因为一般画师多习惯从清代中叶绘画取法，布色构图多比较细碎烦琐，不免精致有余，气魄不大，且乏韵味。和明代青花瓷中的简笔山水花鸟，及康雍青花山水人物花鸟比较，即可见出目下生产加工费力虽加倍，效果却不能如预期。山水画用墨彩较多，见油光，在瓷上使用凝固不灵活。为补救这一薄弱环节，私意值得从资料储备工作入手。多为老师傅准备些好画稿供观摩，从个人经验以外更充实些养料。如能博采兼收，必可得到更新的成功。个人意见不妨参用唐宋元明诸名家画稿笔法设意构图，作些插屏挂屏试验。例如花鸟用崔白、王渊、吕纪、林良、边景昭、徐青藤、陈道复、恽南田，山水参董源、夏圭、王诜、马远、赵干、松雪、云林、曹知白、盛懋、张灵、沈周、石涛、八大，人物参张萱、周文矩、李公麟、唐寅……以至参用近人齐白石花鸟、李可染山水画法，必然会有更大发展。因为老师傅能精细却不大习惯简易，一习惯，情况即大不相同。这问题和湖南湘绣、北京雕漆有相似情形。要丰富多彩，得花样百出，扩大题材，改进技法。此外甚至还可用彩漆、描金漆、罗甸、刻丝、刺绣千百种不同装饰法，结合瓷绘特性，利用素三彩、硬五彩及斗彩等不同加工方法，反映到新的日用瓷或美术瓷上，达到不同效果。总之，得不为目下成功所限制，来取精用宏，作新的突破努力，才可充分发挥潜力，利用遗产，别创新作，收百花齐放效果。保守下去即近于凝固，不能和社会发展要求相合。

至于立体塑像，如何从赏玩性主题，提高到有意识表现现实生活，特别是作三五尺面积的塑像群，也是值得加强注意处。因为这类作品实不宜仅仅停滞到泥人张面人郎成就上，还有更大前途。但是却唯有和社会现实结合，新的塑像瓷才会有更广大的前途。这工作广东阳江窑艺人和浙江木雕艺人，已先走了一步，作了不少有意义尝试，值得急起直追。

此外如雕塑人物灯座，目前取法受十九世纪国外烧瓷法影响，不大符合现代要求。浙江青田石灯走了弯路，多作细花薄叶，使用户时时提心吊胆，景德瓷更不宜学步。因为在实用品作许多精雕细琢，或者转不适宜于实用，反不如用象牙色瓷特制一种棒槌瓶或双陆樽式，或素瓷加翠绿或胭脂红剔刻暗花作灯座，给人安定愉快感，为有前途而足称真正新品种也。灯座为实用物，现代日用品不论用塑料、玻璃、合金、木材等作成，必然发展趋势是简洁、单纯、干净、利落，这也正是瓷器极容易作到的。作新的灯座创造，宜以移动便利，不怕绊倒不易碰损为方向，过度装饰不合要求。

至于装饰加工部分，剔花堆花法，目下产品如几件天蓝挂粉盘子，是用现代西洋雕塑法，虽得到一定成功，但是还值得作更多方面试验。可供景德镇老师傅和青年艺人参考的，或者还是宋耀窑，当阳峪、磁州、定州诸窑各种不同加工雕花作法，以及明代永乐时雕漆法、嘉定刻竹法，和雍正、乾隆浆胎瓷绣雕法、浮雕法，以及康熙素三彩部分浅刻堆釉法，还有百十种不同处理，都值得保存下来，充分加以利用，不利用未免可惜。新产品中对于图案串枝、锦地开光，这次展出新花样不算多，也少新发展。这个优秀传统，也有不少值得继承下来的东西值得参考。例如近年出现极多的锦绣花纹、古代漆器、近代少数民族染织花纹，如能部分转用到新电光瓷花纹上，用作带式装饰，都必然会收到好效果。

本于一切研究学习，都重在有助于新的生产的提高的想法，外行一得之见，或有不少错误处，写出来作为一点建议，供专家参考。并盼另日还有机会当面向各老师傅商讨请教。

1959年10月写

（原载《光明日报》，1959年11月8日）

古代镜子的艺术

中国金工用青铜铸造镜子，约在春秋战国时期。多数镜子的背面，都有精美的装饰图案，从造型特征和艺术表现看，可以分成两类，代表两种不同风格：一种镜身比较厚实，边沿平齐，用蟠虺纹作图案主题，用浅浮雕、高浮雕和透空雕等技法处理的，图案花纹和河南新郑、辉县，山西李峪村及最近安徽寿县各地出土青铜器部分装饰花纹相近。有一种透空虺纹镜子，数量虽然不多，作法自成一个系统，产生时代可能早一些。另一种镜身材料极薄，边缘上卷，图案花纹分两层处理，一般是在精细地纹上再加各种主题浅浮雕，地纹或作涡漩云纹、几何纹及丝绸中的罗锦纹。主题装饰有代表性的，计有山字形矩纹、连续矩纹、菱形纹、连续菱纹、方胜格子嵌水仙花纹，黼绣云藻龙凤纹、长尾兽（#）纹，及反映当时细金工佩饰物各式花纹。这部分图案比前一部分有个基本不同处，是它和古代纺织物丝绸锦绣花纹发生密切联系，制作精美也达到了当时金铜工艺高峰，产生时代可能稍晚一些，先在淮河流域发现，通称“淮式镜”。建国后长沙战国楚墓中出土同类镜子格外多，才知道叫它作“楚式镜”比较正确。从现有材料分析，青铜镜子的发明，虽未必创自楚国，但是楚国铸镜工人，对于生产技术的进步提高和改进图案艺术的丰富多样化，无疑有过极大贡献。镜子埋藏在地下已经过二千三百余年，出土后还多保存得十分完整，镜面黑光如漆，可以照人。照西汉《淮南子》一书所说，是用“玄锡”作反光涂料，再用细毛呢摩擦的结果。后来磨镜药是用水银和锡粉作成的。经近人研究，玄锡就指这种水银混合剂。由此知道我国优秀冶金工人，战国时期就已经掌握了烧炼水银的新技术。这时期起始流行的鎏金技术，同样要利用水银才能完成。这些重要发现或发明，是中国冶金史和科学技术发明史一件重大事情。由于新的科学技术的应用，使得中国金工装饰艺术，因之更加显得华美和壮丽。当时特种加工镜子，还有涂朱绘彩的、用金银错镂镶嵌的、加玉背井镶嵌彩色琉璃的，都反映了这个伟大历史时期金铜工艺所达到的高度水平。

到汉代，青铜镜子应用范围日益广泛，图案花纹也不断丰富以新的内容，特别有代表性的如连续云藻纹镜，云藻多用双钩法处理，材料薄而卷边，还具楚式镜规格，大径在五寸以内，通常都认为是秦汉之际的制作。有的又在镜中作圆框或方框，加铸四字或十二字铭文："大富贵，宜酒食，乐无事，日有憙"是常见格式。或用"安乐未央"四字铭文，必横列一旁。

其次是种小型平边镜子，镜身稍微厚实，铜质泛黑，惟用"见日之光长毋相忘"八字作铭文，每字之间再用二、三种不同简单云样花式作成图案，字体方整犹如秦刻石。图案结构虽比较简单，铭文却提出一个问题，西汉初年社会，已起始用镜子作男女间爱情表记，生前相互赠送，作为纪念，死后埋入坟中，还有生死不忘意思。"破镜重圆"的传说，就在这个时期产生，比后来传述乐昌公主故事早七八百年。又有大型日光镜，外缘加七言韵语，文如《长门赋》体裁，借形容镜子使用不时，作为爱情隔阂忧虑比喻。另有一种星云镜，用天文星象位置组成图案，或在中心镜钮部分作九曜七星，又把四围众星用云纹联系起来，形成一种云鸟图案。这都是西汉前期镜子。第三种是中型或大型四神规矩镜，用青龙、白虎、朱雀、玄武分布四方作主要装饰，上下各有规矩形，外缘另加各种带式装饰，如重复齿状纹、水波云纹、连续云藻纹、连续云中乌鹊夔凤纹，主题组织和边缘装饰结合，共同形成一种活泼而壮丽的画面。正和汉代一般工艺图案相似，在发展中起始见出神仙方士思想的侵入。这种镜子或创始于武帝刘彻时尚方官工，到王莽时代还普遍流行，是西汉中期到末叶官工镜子标准式样。有的在内外缘间还加铸年号、作者姓名和七言韵语，表示对于个人或家长平安幸福的愿望。最常用的是“尚方作竟真大巧，上有仙人不知老，渴饮玉泉饥食枣……”和“新有善铜出丹阳，和以银锡清且明，巧工作之成文章，左龙右虎辟不祥”等语句。有些还说起购买的作生意凡事顺心能发大财。又有铭文说“铜以徐州为好，工以洛阳著名”。它的产生年代和图案铭刻反映的社会意识，因之也更加明确。第四种是大型“长宜子孙”、“长宜高官”铭文镜，字体作长脚花式篆，分布四周，美丽如图画。图案简朴，过去人认为是西汉早期制作，近年来多定作西汉末东汉初期成品。此外还有由四神规矩发展而成的神人龙虎镜、分段神相镜、“位至三公”八凤镜、“天王日月”神像镜、凸起鼍龙镜、西王母车马人物镜，可代表汉末过渡到魏晋时代的产品。八凤镜用平剔法，简化对称图案如剪纸，边缘或作阴刻小朵如意云，富于民间艺术风味。神仙龙虎镜，有的平面浮雕龙虎和西汉白虎、朱雀瓦当，浮雕风格相同，形象特别矫健壮美。一般多用浅浮雕，是西汉以来技法。较晚又用圆浮雕法把龙虎简化，除头部其他全身都不显明，产生年代多在桓帝祠老子以后，有署建安年号的。神仙龙虎镜加“胡虏殄灭四夷服，多贺国家得安宁”等七言诗的，创始于西汉，汉魏之际还有摹仿。又有一种高圆浮雕鼍龙镜，龙身高低不一，在构图和表现技法上是新发展。特别引人注意的是西王母东王公车马神像镜，铜质精美，西王母蓬发戴胜，仪态端庄，旁有玉女侍立，间有仙人六博及毛民羽人竖蜻蜓表演杂技。主题图案组织变化丰富，浮雕技法也各具巧思。有的运用斜雕法，刻四马并行，拉车奔驰，珠帘绣幭，飘忽上举，形成纵深体积效果，作得十分生动，在中国雕刻艺术史上是新成就，后来昭陵六骏石刻及宋明剔红漆雕法，都受它的影响。这种镜子浙江绍兴一带出现最多，为研究汉代西王母传说流行时代和越巫关系问题，提供了重要线索。

又根据近年出土纪录，西汉以来还有鎏金、包金和漆背加彩画人物各种不同加工的大型镜子产生。当时除尚方工官特别制作外，铸镜工艺在国内几个大商业城市，也已经成为一种专门手工业，长安、洛阳、西蜀、广陵都有专门名家，铸造各式镜子，罗列市上出售。许多镜子上的铭文，就把这些事情反映得清清楚楚。这些镜子当时不仅被当成高级美术商品流行全国，还远及西域各属及国外。近年在西北出土镜子，可根据它判断墓葬相对年代。在日本出土汉镜及汉式镜，又得以进一步证明中日两国间文化的交流，至晚在西汉就已开始，比《魏略》说的东汉晚期早过二百年。东汉末年到三国时期，还有一种铁制镶嵌金银花纹镜子，早见于曹操《上杂物疏》记载中。近年来这种镜子在国内也常有出土。镜钮扁平，图案花纹比较简质，和八凤镜风格相近，开启后来应用铁器错银技法。惟铁质入土容易氧化，完整的镜子保存不多。

晋、南北朝三百余年中，除神相龙虎镜、西王母镜，东晋时犹继续生产，此外还有“天王日月”铭文镜，边缘多用云风纹处理，内缘铭文改成四言，如道士口诀律令。再晚一些又有分卦十二生肖四神镜、高浮雕四神镜、重轮双龙镜、簇六宝相花镜等等。后四种出现于六朝末陈、隋之际，唐代还流行。南北朝晚期镜子图案，逐渐使用写生花鸟做主题后，在技法表现上也有了改进和提高，花鸟浮雕有层次起伏，棱角分明，充满了一种温柔细致情感。主要生产地已明确属于扬州，可说明这阶段南方生产的发展和美术工艺的成就。

唐代物质文化反映于造型艺术各部门，都显得色调鲜明，组织完美，整体健康而活泼，充满着青春气息。镜子艺术的成就，同样给人这种深刻印象。镜身大部分比较厚实（特别是葡萄鸟兽花草镜），合金比例，银锡成分增多，因此颜色净白如银。造型也有了新变化，突破传统圆形的束缚，创造出各种花式镜。大型镜子直径大过一尺二寸，小型镜子仅如一般银币大小。并且起始创造有柄手镜。至于图案组织，无论用的是普通常见花鸟蜂蝶，还是想像传说中的珍禽瑞兽或神话故事、社会生活，表现方法都十分富于风趣人情，具有高度真实感。唐代海外交通范围极广，当时对外来文化也采取一种兼容并收的态度来丰富新的艺术创造内容，在音乐、歌舞、绘画、纺织图案、服装各方面影响都相当显著。镜子图案的主题和表现技法，同样反映出这种趋势。例如满地葡萄鸟兽花草镜、麒麟狮子镜、醉拂菻击拍鼓弄狮子镜、骑士玩波罗球镜、黑昆仑舞镜、太子玩莲镜，都可以显著见出融合外来文化的痕迹。前一种图案组织复杂而精密，用高浮雕技术处理，综合壮丽与秀美成一体，在表现技法中格外突出。后几种多用浅浮雕法，细腻利落，以善于布置见长，结构疏密恰到好处。极小镜面也留出一定空间，使得花鸟蜂蝶都若各有生态，彼此呼应，整体完美而和谐。

唐代统治者宣扬道教，神仙思想因之流行，在唐镜的图案上也得到各种不同的反映。例如嫦娥奔月镜、真子飞霜镜、王子晋吹笙引凤镜、仙真乘龙镜、水火八卦镜、海上三神山镜，图案组织都打破了传统的对称法，作成各种不同的新式样。唐代佛教盛行，艺术各方面都受影响，镜子图案除飞天频伽外，还有根据莲花太子经制作的太子玩莲图案，用一些胖娃娃作主题，旋绕于花枝间。子孙繁衍瓜瓞绵绵是一般人所希望，因此这个主题画在丝绸锦绣中加以发展，就成为富贵宜男百子锦。织成幛子被单，千年来还为人民熟习爱好。汉代铸镜作带勾多在五月五日，唐人习惯照旧，传说还得在扬子江中心着手，显然和方士炼丹有瓜葛牵连。又八月五日是唐玄宗生日，定名叫“千秋节”（又称千秋金鉴节），照社会习惯，到这一天全国都铸造镜子，当作礼物送人，庆祝长寿。唐镜中比较精美的鸾衔长绶镜、飞龙镜和特别加工精美的金银平脱花鸟镜、罗钿花鸟镜，多完成于开元天宝二十余年间，部分且为适应节令而产生。唐代社会重视门阀，名家世族，儿女婚姻必求门当户对，但是青年男女却乐于突破封建社会的束缚来满足恋爱热情。当时人常把它当作佳话奇闻，转成小说、诗歌的主题。镜子图案对这一个问题虽少直接表现，但吹笙引凤、仙人乘龙、仙女跨鸾，以及各式花鸟镜子中瀏鶒、鸳鸯、鹊鸰口衔同心结子相趁相逐形象及鱼水和谐、并蒂莲形象，却和诗歌形容恋爱幸福及爱情永不分离喻意相同。镜子铭文中，又常用北周庾子山五言诗及唐初人拟苏若兰织锦回文诗，借歌咏化妆镜中人影，对女性美加以反复赞颂。

唐代特种加工镜子，计有金银平脱花鸟镜、罗钿花鸟镜、捶金银花鸟镜、彩漆绘嵌琉璃镜，这类具有高度艺术水平的镜子图案，有部分和一般镜子主题相同；有部分又因材料特性引起种种不同新变化，如像满地花罗钿镜子的成就，便是一个好例。这些镜子华美的装饰图案，在中国制镜工艺发展史上达到了一个新的高峰。

唐镜花样多，有代表性的可以归纳成四类：第一类宝相花图案，包括有写生大串枝、簇六规矩宝相、小簇草花、放射式宝相及交枝花五种。第二类珍禽奇兽花草图案，包括有小串枝花鸟、散装花鸟和对称花鸟等等；鸟兽虫鱼中有狮子、狻猊、天鹿、天马、鱼、龙、鹦鹉、鸳鸯、练鹊、孔雀、鸾凤、鹡鸰、蝴蝶、蜻蜓等等。第三类串枝葡萄鸟兽蜂蝶镜，包括方圆大小不同式样。第四类故事传说镜，包括各种人物故事、社会生活，如真子飞霜、嫦娥奔月、孔子问荣启期、俞伯牙钟子期、骑士打球射猎等等。特别重要部分是各种花鸟图案，可说总集当时工艺图案的大成。唐人已习惯采用生活中常见的花鸟蜂蝶作装饰图案，应用到镜子上时更加见得活泼生动。（这是唐镜图案最值得我们学习的一点。）花鸟图案中如鸾衔绶带、雁衔威仪、鹊衔瑞草、俊鹘衔花各式样，又和唐代丝绸花纹关联密切。唐代官服彩绫，照制度应当是各按品级织成各种本色花鸟，妇女衣着则用染缬、刺绣、织锦及泥金绘画，表现彩色花鸟，使用图案和镜子花纹一脉相通。丝绸遗物不多，镜子图案却十分丰富，因此镜子图案为研究唐代丝绸提供了种种可靠材料。

唐镜在造型上的新成就，是创造了小型镜和各种花式镜，打破了旧格式，如银元大小贴金银花鸟镜，八棱、八弧、四方委角等花式镜等。

宋代镜子可分作两类：在我国青铜工艺史上应当占有一个特别位置的，是部分缠枝花草官工镜。造型特征是镜身转薄，除方圆二式外，还有亚字形、钟形、鼎形及其他许多新式样出现。装饰花纹也打破了传统习惯，作成各种不同格式。新起的写生缠枝花，用浅细浮雕法处理，属于雕刻中“识文隐起”的作法。图案组织多弱枝细叶相互盘绕，形成迎风浥露效果。特别优秀作品，产生时代多属北宋晚期。宋人叙丝绸刺绣时喜说“生色花”，有时指彩色写生折枝串枝，有时又用作“活色生香”的形容词，一般素描浮雕花朵都可使用。这种“生色花”反映于镜中图案时，作风特别细致，只像是在浅浮雕上见到轻微凸起和一些点线的综合，可是依然生气充沛，具有高度现实感和韵律节奏感。这一类官工镜子，精极不免流于纤细，致后来难以为继。另有一类具有深厚民间艺术作风的，用粗线条表现，双鱼和凤穿牡丹两式有代表性，元明以来犹在民间流行。

北宋在北方有契丹辽政权对峙，西北方面和西夏又连年用兵，因此铜禁极严，民间铸镜多刻上各州县检验铸造年月和地名，借此得知当时各县都有铸镜官匠。第二类镜子的创作，就完成于这种地方官工匠手中，文献和实物可以相互证明。

青铜镜子的生产，虽早在二千三四百年前，一直使用下来，到近二百年才逐渐由新起的玻璃镜子代替。如以镜子工艺美术而言，发展到宋代特种官工镜，已可说近于曲终雅奏。劳动人民的丰富智慧和技巧以及无穷无尽的创造力，随同社会发展变化，重点开始转移到新的烧瓷、雕漆、织金锦、刻丝等等其他工艺生产方面去了。青铜工艺虽然在若干部门还有不同程度的进展，例如宋代官制规定，还盛行金银加工的马鞍装具。最低品级官吏，都使用铁錾银鞍镫。铁兵器杂件也常错镂金银。宋宣和仿古铜器，在当时极受重视，制作精美的商周赝品，直到现代还能蒙蔽专家眼目。创造的也别有风格，不落俗套。南宋绍兴时姜娘子铸细锦地纹方炉，在青铜工艺品中还别具一格。不过制镜工艺事实上到南宋时已显明在衰落中，特别是在南方，已再不是工艺生产的重点。这时扬州等大都市的手工业多被战争破坏，原有旧镜多熔化改铸铜钱或供其他需要。一般家常镜子，重实用而不尚花纹。在湖州、饶州、临安闻名全国的“张家”、“马家”、“石家念二叔”等等店铺所作青铜照子，通常多素背无花，只在镜背部分留下个出售店铺图记。一般情况且就铜原料生产地区，由政府设“铸鉴局”监督，和铸钱局情形相似，用斤两计算成本，三百十文一斤。镜工艺术水平低落是必然的。私人铸造虽然还不断创造新样子，却受当时道学思想影响，形态别扭，纹样失调，越来越枯燥无味。如有些用钟或鼎炉式样，铸上八卦和“明心见性”语句的，在造型艺术处理上不免越来越庸俗。女真族在北方建立的金政权和南宋政权对峙，生产破坏极大，官私铸镜，虽还采用北宋串枝花草镜规模，此外也创造了些新式样，但就总的趋势说来，工艺上还是在日益下落中，少发展，少进步。

1956 年写

(原为《唐宋铜镜》一书题记，中国古典艺术出版社，1958 年)

《明锦》题记

中国养蚕织丝起源于有史以前。到殷商时代，已经能够织造花纹精美的丝绸。西周以来，历史进入一个新的阶段，男耕女织是社会生产的主要形式，并且是国家赋税的主要来源，一般纺织物因此得到普遍的提高，丝织品更得到高度的发展。根据《礼记》上《月令》、《王制》及《考工记》几篇文献记载，湅丝、染色当时都特别设有专官主管，楚国还设有主持生产作靛青用的“蓝尹”工官。纺织物轻重长阔，各有一定的标准度量，凡是不合规格的生产品，不能用它纳税，也不许上市售卖。到春秋战国，陈留襄邑出的美锦，齐鲁出的薄质罗纨绮缟和精美刺绣，都著名于全国，不仅在经济上占有重要地位，并且在工艺上也达到了高度水平。近年长沙楚墓出土几种有花纹的丝绸，可证明当时丝织物的品质已有很大提高。

汉代统一大帝国完成后，社会有了更进一步的发展。山东特种丝织物，国家特别设官监督生产。长安还另有东西织室，由“织室令”主管。西汉开始有大量锦绣罗縠向外输出。近如朝鲜、蒙古，远及罗马、波斯，都重视中国锦绣。此种品质精美的生产品，对世界文化作了巨大的贡献。同时，西北工人织的毛织物氍毹、毾㲪、花罽，西南织的筒中黄润细布，白叠、栏干木棉布，也达到高度工艺水平，经济价值不下于中原锦绣。近五十年来，由于地下材料不断发现，充分证明了历史文献记载的正确性。我们并借此明白，菱形花纹的绫罗，和各种云纹刺绣，图案多出于战国，和当时漆器、错金银器的花纹都有联系。虎豹熊罴、麋鹿鸿雁和仙真羽人在云气中游行，都是汉代一般装饰艺术的基本花纹，并且是一种新的发展，或创始于武帝时代，因此也反映于当时高级丝织物的锦缎图案中，成为锦纹的主题。许多锦还织有人名和吉祥文字。当时用的染料，只是红花、紫草、栎斗、青芦、蓝靛、黄栀子、五棓子几种容易种植和采集的植物的根叶子实，和价值极廉的黑矾、绿矾。经过了二千年时间，从地下发掘出来的锦绣，图案色泽还鲜艳如新。古代中国工人在印染技术的进步上，和提花技术一样，也创造了奇迹。东汉以来，西蜀织锦起始著名，除彩锦外，已有了加金锦绣的产生。三国时马钧改良锦机，简化了提花手续，晋代以后的生产，因之得到更进一步的提高。《东宫旧事》叙述到的文绮彩锦，花纹已见出许多新变化。至于蜀中的织锦工业，直到宋代，却还在全国居领导地位，生产品并且向海外大量输出。

六朝以来，北方定州和南方广陵，逐渐成为高级丝织物生产的中心，花纹也有了新的发展。除《邺中记》提起的“大小明光”、“大小登高”、“虎文”、“豹首”诸锦，犹沿袭汉代式样以外，几种为多数人民所喜爱的花鸟，如花中的莲荷、牡丹、芙蓉、海棠，鸟中的鸳鸯、白头翁、鸂鶒、练雀，也逐渐在锦绣中出现，对于隋唐以后的丝织物图案有重要的影响。隋炀帝是个非常奢侈的封建帝王，传说运河初开时，乘船巡游江南，就用彩锦作帆，连樯十里。唐诗人咏《隋堤》诗有“春风举国裁宫锦，半作障泥半作帆”、“锦帆百幅风力满，连天展尽金芙蓉”语句，一面说明这种荒唐的举措，不知浪费了多少人力物力，一面却可以看到丝织物大量生产，和花纹发展的新趋势。唐代著名锦样，多出于唐初在益州作行台官的窦师纶。张彦远在他著的《历代名画记》上就说起过，所作瑞锦、天马麒麟、花树对鹿、对雉、斗羊、翔凤、游鳞等十多种式样，到中唐以后百余年间还流行。因窦师纶封爵“陵阳公”，当时人就称这种锦作“陵阳公样”。近年在西北出土的丝织物，和唐代流传到日本保存到今天的丝织物，还可以见山陵阳公锦样的特殊风格，集壮丽秀美为一体，在装饰美术上展开了一个新面貌。唐代官服多用本色花绫，鸟雀衔花作主题，依照不同品级，各有不同颜色和格式。此外用于妇女歌衫舞裙上的，多写生花鸟蜂蝶；用于佛帔幛幔袈裟金襕上的，多大小缠枝花。除织成外，其中又可分彩绘、刺绣和泥金银加工。一般褥垫屏幛用的，有方胜平棋格子、大小宝照、盘绦、樗蒲等等。这些生产品逐渐都成了丝织物图案的一般格式，得到普遍发展。这时期又发展了六朝以来出自西南民间的印染加工艺术，大致可分“绞缬”、“夹缬”、“蜡缬”三类。“绞缬”多形成撮晕效果，“夹缬”即蓝地白花布前身，“蜡缬”有用色三种以上的；单色染和复色染都得到了极大成功。印染花纹有团花、连枝和小簇花数种。同时外来的花纹，也融合于中国本来装饰图案中，丝织物图案因之也更多样化。敦煌石窟大量绫锦的发现，和新疆各地有花纹的丝绸的出土，丰富了我们这方面许多知识。宋代丝织物发展了写生花，又发展了遍地锦纹，成为一种色彩更加复杂的工艺品。刻丝出于汉代的织成，到了宋代，把名画家黄筌、崔白等作的写生花鸟，一笔不苟反映到新生产上去，达到了空前的成就。宋代政府制度，每年必按品级分送“臣僚袄子锦”，共计七等，给所有高级官吏，各有一定花纹。如翠毛、宜男、云雁细锦，狮子、练雀、宝照大花锦，宝照中等花锦。另有倒仙、球路、柿红龟背、琐子诸锦。当时实物虽已少见，但是从名目上和后来实物比证，我们还可以借此认识这些锦类的价值和等级。国家主持茶马贸易的茶马司，还在四川特设锦坊，织造西北和西南民族所喜爱的各种不同花锦，作为交换茶马的物资。宜男百子、大缠枝青红被面锦、宝照锦、球路锦，多发展于这个阶段中。

以上只是我国在明代以前丝织物生产和花纹发展的简略概况，可作为我们认识明代和明代以前丝织物一种线索，让我们明白，中国丝织物的成就，和一个优秀工艺传统分不开。是从旧有的基础上发展而出，并随时代发展，不断改进，丰富以种种新内容才得到的。

本集材料的来源，全部出于明代刊印的《大藏经》封面。经文刊刻于明初永乐正统时期，到万历时期全部完成。这些裱装经面的材料，多从内库和“承运”、“广惠”、“广盈”、“赃罚”四库中取用，有当时新织上贡的，也可能有宋元的旧料。大部分的材料，可以代表明代早期的产品。图案设计的风格，有的富丽雄浑，有的秀美活泼，处理得都恰到好处。特别是配合色彩，可以说丰富而大胆。其中的洒线绣，继承了宋代的制作方法，宋时或名叫“刻色作”，是说配色如同填彩。“秋千仕女”是明代工艺图案中通用的题材，“描金”、“嵌甸”、“雕填”等各种制法的漆器，彩绘与青花瓷器，都经常使用到。这幅绣工彩翠鲜明，不啻一幅情调优美的风俗画。极重要是几片复色晕锦，可能是明代以前的产品，这种格式起源于宋代，宋代叫“八达晕”，元代叫“八搭韵”，当时已珍贵著名。配色丹碧玄黄，错杂融浑，达到锦类布色的极高效果。灯笼锦创始于北宋，别名“庆丰年”、

“天下乐”。从文彦博守成都织造金线莲花中置灯笼图案加金锦创始，这里选了几片不同式样。就中一片，灯旁悬结谷穗作流苏，灯下有蜜蜂飞动，隐喻“五谷丰登”之意。这种受人民欢迎的题材，宋代以后被普遍使用，一直沿袭下来，更发展到桌围椅靠上。直到现代，西南民间刺绣围裙、头巾和枕套，还经常用它作主题。要求发展生产和悬灯结彩庆祝农产丰收的题材，是具有积极意义的，也表现了人民的生活愿望。这些彩锦，虽不是宋蜀锦格式，但这个风格显然还是从蜀锦发展而来。方胜平棋格子、方胜合罗、龟子龙纹、团凤几种式样，还和宋代李诫（明仲）著的《营造法式》书中的建筑彩画相通。此外如翔鸾、舞凤、游鱼、如意云诸图案，全部活泼生动、优雅大方，在艺术上的成就是新鲜而有现实性的。大小缠枝唐代已盛行，大缠枝最初多用于佛帔金襕装饰，小缠枝多用于妇女衣裙。宋代扩大了使用范围，特别是幛子屏围用大朵花，已成惯例。金时女真人官服规制，更明白记载，用缠枝花朵大小定品级尊卑。三品以上官的幔帐，许用大缠枝，其余用小缠枝。因此花朵变化极多，配合色调更多独到处。其中几种织金，有可能还是元代纳石失金锦样式。蒙古贵族一般使用纳石失于衣领边缘，朝廷举行“只孙燕”时官服上更不可缺少。散朵花大体可分作两式：小簇规矩花出于唐代，朴质中显得妩媚，布局妥贴，是唐人擅长。写生花宋代方流行，有彩的应叫“生色花”，在宋金文献中通称“散搭花”，明代属于“装花”一部分。本集中所收几种不同式样，还可以看出不同设计方法。另外几种折枝，或受宋代染缬法影响而来。特别是几种褐色地浅花绸缎，更可理会到宋元时的生产。禁止服用“褐地白花”丝织物，见于政府法令，因北宋初年染缬限于军用，还禁止印染用的花板流行。北宋缬花纹见于《宋史·舆服志》卤簿部分极详尽。所禁止的褐地白花有可能正是契丹人所通行。南宋则染缬已具一般性，得到发展机会。元代在官品上褐色本不重要，但人民特别欢喜褐色，陶宗仪著《辍耕录》就说起不同褐色约二十种。本集中的银褐地“落花流水”花绫，可说是一幅构思巧妙而有气魄的作品。

以上几种锦缎，在我国丝织物图案发展史上，都各有重要性。我们如进一步把它和唐宋的彩画、雕塑，历代史籍中的舆服志，以及其他文献实物联系来注意，必然还可以触发许多新问题，而这类问题，过去无从措手，现在有了丰富的实物，再和历史知识相印证，是比较容易得到解决的。据目前所知，国内现存明代经面锦，至少还可以整理出近千种不同的图案。这份宝贵遗产，包含了十分丰富的内容，可以作为研究明代丝织物花纹的基础，也是进而研究宋元丝织物花纹的门径。必须全面深入的来理解、来分析比较，才可望得出更正确的结论。这里提起的，不过是就本图录中所选作品略作说明而已。

古代工艺品最难于保存的，无过于丝织物。过去对于古代美术品的研究，多限于铜器瓷器字画，没有把绸缎当作中国美术中一个重要部门来注意，因此历代许多遗存的实物，大都在经常的忽视中被毁坏了。汉代锦缎是因埋藏在干燥沙漠中才保全下来的，唐代锦缎也是在沙漠中和敦煌洞窟中偶然保存下来的。宋元锦缎小部分幸而能保存下来，都是在被剪裁成零碎材料后，用到字画包首和册页封面上的结果。明锦的内容，也只是从现存的残余的《大藏经》封面上，才看出一点原来的面貌。新的生产脱离了优良的民族艺术传统，自然难望有所发展。特别是近五十年来，由于各国对我国经济上文化上的侵略，各种劣质纺织品的倾销以及人造丝的倾销，使中国一般纺织物生产遭受到严重的摧残，图案花纹也逐渐形成一种半殖民地化的庸俗趣味，完全失去了本来健康华美的民族风格。近几年才根本改正了这种情况。目前为了发展新的生产，恢复我国染织工艺固有的优良传统，排除过去残留的半殖民地化的不良影响，希望艺术家设计千百种色调鲜明、花纹大方的新作品，满足人民不断增长的文化要求，在此首先遇到的就是如何改进染织图案这个问题。因此，这种锦缎参考资料的出版，对于实用美术界说来，是很重要的。这些出自古代机织工人手中的图案，必然能够帮助美术工作者，启发他们的创作热情，由此产生出许多为人民所欢迎爱好的新产品。

本书材料的收集和编选，是在故宫博物院服务的李杏南先生二十年来热心爱好的结果。李先生用个人业余时间注意到这个问题，表现了对于民族文化遗产的爱护热忱，是值得尊重和感谢的。

1954 年写于北京历史博物馆

（原载《明锦》，人民美术出版社，1955 年）

《中国古代服饰研究》后记

本书从成稿、付印到和读者见面，经过许许多多曲折过程，前后拖延了约十七年。工作前期的进行，和中国历史博物馆保管组、美工组等诸同事的辛勤劳动分不开。图版初次制版排样，原财经出版社老师傅的工作热情及高度责任感，也作出显明贡献。但此书能最后得以完成，实完全有赖于中国社会科学院领导为准备了良好工作条件，并充分给以人力物力支持的结果。就中本院考古所方面人力上协助最多，使增补工作进行得比较顺利。若没有这种种帮助和各方面的支援，这本书实不可能如目前样子呈现于读者面前。

从一九四九年起始，我就在中国历史博物馆工作，专搞杂文物研究。照规矩，文物各部门都得懂一点。经常性业务，除文物收集、鉴别并参预一系列新出土文物展出外，兼得为馆中绘制历史人物画塑提供些相关材料。还必须面对群众，尽力所能及，为外单位科研、生产和教学打打杂，尽点义务。我名分上属于陈列组，事实上任何一组有事用得着我时，我都乐意去作。虽感觉到能力薄，牵涉问题广泛，工作复杂且繁琐，用力勤而见功不大，但是我理会到，若能把工作做好，却十分有意义。我深深相信，新的业务接触问题多还生疏，坚持学个十年二十年，总会由于常识积累，取得应有进展的。

近三十年新出土文物以千百万计，且不断有所增加，为中国物质文化史研究提供了无比丰富资料。一个文物工作者如善于学习，博闻约取，会通运用，显明可把文物研究中各个空白点逐一加以填补，创造出崭新纪录。

我就从这点认识和信念出发，在大多数人难以理解情形下守住本职，过了整整三十年。尽管前十年比较顺利，各类文物大都有机会经手过眼，数以万计，但是任何一方面，可始终达不到深入专精程度。随后二十年，事实上有大半时间，全国都在各种运动中时断时续度过的。我不问条件如何，除了对本业坚持认真的学习和去为别的有关生产、教学方面打打杂、建建议，尽义务帮点忙，其他什么都说不上。

至于本书由我来编纂整理，似偶然也并不全是偶然。一九六四年春夏间，由于周恩来总理和几个文化部门的人谈及每次出国，经常会被邀请看看那个国家的服装博物馆，因为可代表这一国家文化发展和工艺水平。一般印象，多是由中古到十七八世纪材料。我国历史文化那么久，新旧材料那么多，问是不是也可比较有系统编些这类图书，今后出国时，作为文化性礼品送送人。当时齐燕铭先生是文化部副部长，因推荐由我来作。历史博物馆龙潜馆长，对我工作有一定了解，热情加以支持，为从美工组安排得力三人协助。由于当作试点进行，工作方法是先就馆中材料和个人习见材料，按年代排个先后次序，分别加以摹绘。我即依据每一图稿，试用不同体例，适当引申文献，进行些综合分析比较，各写千百字说明，解释些问题，也提出些新的问题，供今后进一步探讨。

总的要求，是希望能给读者从多方面对于中国古代衣着式样的发展变化，有个比较明确印象。工作既近于创始开端，从探索中求理解，作得不够完美是意料中事。

方法上和判断上若还有少许可取处，能给海内外专家学人以小小启发，或依据本书加以充实，或从另一角度，用另一方法进行新的探索取得更大的成就，我也觉得十分高兴。因为这份工作的全部完成，照当时估计，如有十年时间，不受过多干扰，又得到工作便利，继续出若干本不会缺少材料的。

从一九六四年初夏开始，由于历史博物馆美工组几位同事热心努力，我对这些材料包含问题又较熟悉，工作因此进展格外迅速。前后不到八个月时间，图版二百幅，说明文字约二十万，样稿已基本完成。经我重作校核删补后，本可望于一九六四年冬付印出版。但是政治大动荡已见出先兆,一切出版物的价值意义，大都得重新考虑。本书的付印，便自然搁下来了。

“文化大革命”开始后不多久，这份待印图稿，并不经过什么人根据内容得失认真具体分析，就被认为是鼓吹“帝王将相”、提倡“才子佳人”的黑书毒草。凡是曾经赞同过这书编写的部、局、馆中几个主要负责人，都不免受到不同程度的冲击。我本人自然更难于幸免。其后，于一九六九年冬我被下放到湖北咸宁湖泽地区，过着近于与世隔绝的生活。在一年多一点时间内，住处先后迁移六次，最后由鄂南迁到鄂西北角。我手边既无书籍又无其他资料，只能就记忆所及，把图稿中疏忽遗漏或多余处，一一用签条记下来，准备日后有机会时补改。一九七一年回到北京后，听一老同事相告，这图稿经过新来的主任重新看过，认为还像个有分量图书，许多提法都较新，印出来可供各方面参考。因此把图稿取回，在极端恶劣工作条件下，约经过一个月，换补了些新附图，文字也重新作了修改，向上交去。可是从此即无下落。一搁又是四五年。其时恰在“十年浩劫”期间，这事看来也就十分平常，不足为奇了。

直到一九七八年五月，我调来中国社会科学院历史研究所，工作上得到社会科学院领导的全面支持，为在人力物力上解决了许多具体困难，给予了不少便利条件。遂在同年十月，组成一个小小工作班子，在较短的时间内，对本书图稿作了较大的修改补充。首先尽可能的运用和增加许多新发现的文物资料，同时还改订添写了不少原有的以及新的章节，使全书约增至二十五万字左右，新绘插图一百五十余幅，于一九七九年一月增补完成，即交轻工业出版社印行。此后又联系了几家国内外出版社，几经周折，最后才交由商务印书馆香港分馆出版。

值得令人怀念的，是齐燕铭先生、龙潜先生、刘仰峤先生。三位都在“十年浩劫”折磨中因伤致病，已先后成了古人。尤其是周恩来总理，已来不及看到这个图录的出版，我觉得是极大憾事。这本书如对于读者还有点滴可取处，首先应归功于他们几位对这个工作的鼓励和支持。

本书在增改过程中还得到国家文物局的经常关心，以及湖南省博物馆、云南省博物馆、陕西省博物馆、湖北省博物馆、故宫博物院、南京博物院、对外文展办公室、中央美术学院、音乐研究所和荣宝斋等文物、学术机构，各方面充满热情与友好的帮助。其次是直接参加过摹绘、摄影、制版、排印诸位劳动的贡献。至于我个人，只不过是在应尽职务上，把所学的问题，比较有条理、比较集中持久完成了一小部分任务而已。

沈从文

1981 年 5 月 1 日于北京

过节和观灯

端午给我的特别印象

说起过节和观灯，每人都有份不同的经验。

中国是世界上一个大国，地面广、人口多、历史长、分布全国各民族语言文化风俗习惯又不一样，所以一年四季就有许多种节日，使用不同方式，分别在山上、水边、乡村、城镇举行。属于个人的且家家有份。这些节日影响到衣食住行各方面，丰富人民生活的内容，扩大历史文化的面貌，也加深了民族团结的感情。一般吃的如年糕、粽子、月饼、腊八粥，玩的如花炮、焰火、秋千、风筝、灯彩、陀螺、兔儿爷、胖阿福，穿戴的如虎头帽、猫猫鞋，作闹龙舟和百子观灯图的衣裙、坎肩、涎围和围裙……就无一不和节令密切相关。较古节日已延长了二三千年，后起的也有千把年历史，经史等古籍中曾提起它种种来历和举行的仪式。大多数节日常和农事生产相关，小部分则由名人故事或神话传说而来，因此有的虽具全国性，依旧会留下些区域特征。比如为纪念屈原的五月端阳，包粽子、悬蒲艾、戴石榴花，虽然已成全国习惯，但南方的龙舟竞渡，给青年、妇女及小孩子带来的兴奋和快乐，就决不是生长在北方平原的人所能想像的！

大江以南，凡是有河流可通船舶处，无论大城小市，端午必照例举行赛船。这些特制龙船多窄而长，有的且分五色，头尾高张，转动十分灵便。平时搁在岸上，节日来临前，才由二三十个特选少壮青年，在鞭炮轰响、欢笑呼喊中送请下水。初五叫小端阳，十五叫大端阳，正式比赛或由初三到初五，或由初五到十五。沅水流域的渔家子弟，白天玩不尽兴，晚上犹继续进行，三更半夜后，住在河边的人从睡梦中醒来时，还可听到水面飘来蓬蓬哨哨的锣鼓声。近年来我的记忆力日益衰退，可是四十多年前在一条六百里长的沅水和五个支流一些大城小镇度过的端阳节，由于乡情风俗热烈活泼，将近半个世纪，种种景象在记忆中还明朗清楚，不褪色，不走样。

因此还可联想起许多用“闹龙舟”作题材的艺术品。较早出现的龙舟，似应数敦煌壁画，东王公坐在上面去会西王母，云游远方，象征“驾六龙以驭天”。画虽成于北朝人手，最先稿本或可早到汉代。[1]其次是《洛神赋图卷》，也有个相似而不同的龙舟，仿佛“驾玉虬而偕逝”情形，作为曹植对洛神的眷恋悬想。虽历来当作晋代大画家顾恺之手笔，产生时代又可能较晚些。还有个长及数丈元明人传摹唐李昭道《阿房宫图卷》，也有几只装饰华美的龙凤舟，在一派清波中从容荡漾，和结构宏伟建筑群相呼应。只是这些龙舟有的近于在水云中游行的无轮车子，有的又和五月端阳少直接关系。由宋到清，比较著名的画还有张择端《金明争标图》、宋人《龙舟图》、元人王振鹏《龙舟竞渡图》、宋人《西湖竞渡图》、明人《龙舟竞渡图》……画幅虽不大，作得都相当生动美丽，

---

[1] 此文写于1963年，十年后（1973年）长沙子弹库出土乘龙人物正反映了这个推测。

反映出部分历史真实。故宫收藏清初十二月令画轴五月端阳龙舟图，且画得格外华美热闹。

此外明清工人用象牙、竹木和剔红雕填漆作的龙船，也有工艺精巧绝伦的。至于应用到生活服用方面，实无过西南各省民间挑花刺绣：被面、帐檐、门帘、枕帕、围裙、手巾、头巾和小孩子穿的坎肩、涎围，戴的花帽，经常都把“闹龙舟”作主题，加以各种不同艺术表现，作得异常精美出色。当地妇女制作这些刺绣时，照例必把个人节日欢乐的回忆，作新嫁娘作母亲对于家庭的幸福愿望，对于儿女的热爱关心，连同彩色丝线交织在图案中。闹龙舟的五彩版画，也特别受农村中和长年寄居在渔船上、货船上的妇孺欢迎，能引起他们种种欢乐回忆和联想。

记忆中的云南跑马节

还有特具地方性的跑马节，是在云南昆明附近乡下跑马山下举行的。这种聚集了近百里内四乡群众的盛会，到时百货云集、百艺毕呈，对于外乡人更加开眼。不仅引人兴趣，也能长人见闻。来自四乡载运烧酒的马驮子，多把酒坛连驮架就地卸下，站在一旁招徕主顾，并且用小竹筒不住舀酒请人品尝。有些上点年纪的人，阅兵点将一般，到处走去，点点头又摇摇头，平时若酒量不大，绕场一周，也就不免给那喷鼻浓香酒味熏得摇摇晃晃有个三分醉意了。各种酸甜苦辣吃食摊子，也都富有云南地方特色，为外地所少见。妇女们高兴的事情，是城乡第一流银匠到时都带了各种新样首饰，选平敞地搭个小小布棚，展开全部场面，就地开业，煮、炸、槌、錾、吹、镀、嵌、接，显得十分热闹。卖土布鞋面枕帕的，卖花边栏干、五色丝线和胭脂水粉香胰子的，都是专为女主顾而准备。文具摊上经常还可发现木刻《百家姓》和其他老式启蒙读物。

大家主要兴趣自然在跑马，特别关心本村的胜败，和划龙船情形相差不多。我对于赛马兴趣并不大。云南马骨架多比较矮小，近于古人说的“果下马”，平时当坐骑，爬山越岭腰力还不坏，走夜路又不轻易失蹄。在平川地作小跑，钻子步走来匀称稳当，也显得满有精神。可是当时我实另有会心，只希望从那些装备不同的马背上，发现一点“秘密”。因为我对工艺美术有点常识，漆器加工历史有许多问题还未得解决。读唐宋人笔记，多以为“犀皮漆”作法来自西南，是由马鞍鞯涂漆久经磨擦而成。“波罗漆”即犀皮中一种，“波罗”由樊绰《蛮书》得知即老虎别名，由此可知波罗漆得名便在南方。但是缺少从实物取证，承认或否认仍难肯定。我因久住昆明滇池边乡下，平时赶火车入城，即曾经从坐骑鞍桥上发现有各种彩色重叠的花斑，证明《因话录》等记载不是全无道理。所谓秘密，就是想趁机会在那些来自四乡装备不同的马背上，再仔细些探索一下究竟。结果明白不仅有犀皮漆云斑，还有五色相杂牛毛纹，正是宋代“绮纹刷丝漆”的作法。至于宋明铁错银马镫[1]，更是随处可见。云南本出铜漆，又有个工艺传统，马具制作沿袭较古制度，本来极平常自然。可是这些小发现，对我说来却意义深长，因为明白“由物证史”的方法，此后应用到研究物质文化史和工艺图案发展史，都可得到不

[1] 旧北京打磨厂专营车马什件之小作坊，有车船什件錾金錾银之工艺。此作法多为蒙古庄作小铁柜，大不过双拳，先剁成锉刀纹再打压银丝再回火研光。

少新发现。当时在人马群中挤来钻去，十分满意，真正应合了古人说的，“相马于牝牡骊黄之外”。但过不多久，更新的发现，就把我引诱过去，认为从马背上研究老问题，不免近于卖呆，远不如从活人中听听生命的颂歌为有意思了。

原来跑马节还有许多精彩的活动，在另外一个斜坡边，比较僻静长满小小马尾松林子和荆条丛生的地区，那里到处有一簇簇年轻男女在对歌，也可说是“情绪跑马”，热烈程度绝不下于马背翻腾。云南本是个诗歌的家乡，路南和迤西歌舞早著名全国。这一回却更加丰富了我的见闻。

这是种生面别开的场所，对调子的来自四方，各自蹲踞在松树林子和灌木丛沟凹处，彼此相去虽不多远，却互不见面。唱的多是情歌酬和，却有种种不同方式，或见景生情，即物起兴，用各种丰富譬喻，比赛机智才能。或用提问题方法，等待对方答解。或互嘲互赞，随事押韵，循环无端。也唱其他故事，贯穿古今，引经据典，当事人照例一本册，滚瓜熟，随口而出。在场的既多内行，开口即见高低，含糊不得。所以不是高手，也不敢轻易搭腔。那次听到一个年轻妇女一连唱败了三个对手，逼得对方哑口无言，于是轻轻的打了个吆喝，表示胜利结束，从荆条丛中站起身子，理理发，拍拍绣花围裙上的灰土，向大家笑笑，意思像是说，“你们看，我唱赢了”，显得轻松快乐，拉着同行女伴，走过江米酒担子边解口渴去了。

这种年轻女人在昆明附近村子中多的是。性情明朗活泼，劳动手脚勤快，生长得一张黑中透红枣子脸，满口白白的糯米牙，穿了身毛蓝布衣裤，腰间围个钉满小银片扣花葱绿布围裙，脚下穿双云南乡下特有的绣花透孔鞋，油光光辫发盘在头上。不仅唱歌十分在行，大年初一和同伴各个村子里去打秋千，用马皮作成三丈来长的秋千条，悬挂在高树上，蹬个十来下就可平梁，还悠游自在若无其事！

在昆明乡下，一年四季早晚，本来都可以听到各种美妙有情的歌声。由呈贡赶火车进城，向例得骑一匹老马，慢吞吞的走十里路。有时赶车不及还得原骑退回。这条路得通过些果树林、柞木林、竹子林和几个有大半年开满杂花的小山坡。马上一面欣赏土坎边的粉蓝色报春花，在轻和微风里不住点头，总令人疑心那个蓝色竟像是有意摹仿天空而成的。一面就听各种山鸟呼朋唤侣，和身边前后三三五五赶马女孩子唱的各种本地悦耳好听山歌。有时面前三五步路旁边，忽然出现个花茸茸的戴胜鸟，矗起头顶花冠，瞪着个油亮亮的眼睛，好像对唱歌也发生了兴趣，征询我的意见，经赶马女孩子一喝，才扑着翅膀掠地飞去。这种鸟大白天照例十分沉默，可是每在晨光熹微中，却欢喜坐在人家屋脊上，“郭公郭公”反复叫个不停。最有意思的是云雀，时常从面前不远草丛中起飞，扶摇盘旋而上，一面不住唱歌，向碧蓝天空中钻去。仿佛要一直钻透蓝空。伏在草丛中的云雀群，却带点鼓励意思相互应和。直到穷目力看不见后，忽然又像个小流星一样，用极快速度下坠到草丛中，和其他同伴会合，于是另外几只云雀又接着起飞。赶马女孩子年纪多不过十四五岁，嗓子通常并没经过训练，有的还发哑带沙，可是在这种环境气氛里，出口自然，不论唱什么，都充满一种淳朴本色美。

大伙儿唱得最热闹的叫“金满斗会”，有一次由村子里人发起举行，到时候住处院子两楼和那道长长屋廊下，集合了乡村男女老幼百多人，六人围坐一桌，足足坐满了三十来张矮方桌，每桌各自轮流低声唱《十二月花》，和其他本地好听曲子。声音虽极其轻柔，合起来却如一片松涛，在微风荡动中舒卷张弛不定，有点龙吟凤啸意味。仅是这个唱法就极其有意思。唱和相续，一连三天才散场。来会的妇女占多数，和逢年过节差不多，一身收拾得清洁利索，头上手中到处是银光闪闪，使人不敢认识。我以一个客人身分挨桌看去，很多人都像面善，可叫不出名字。随后才想起这个是村子口摆小摊卖酸泡梨的，那个是城门边挑水洗衣的，此外还有打铁箍桶的工匠、小杂货商店的管事、乡村土医生和阉鸡匠，更多的自然是赶马女孩子和不同年龄的农民以及四处飘乡趁集卖针线花样的老太婆，原来熟人真不少！集会表面说辟疫免灾，主要作用还是传歌。由老一代把记忆中充满智慧和热情的东西，全部传给下一辈。反复唱下去，到大家熟习为止。因此在场年老人格外兴奋活跃，经常每桌轮流走动。主要作用既然在照规矩传歌，不问唱什么都不犯忌讳。就中最当行出色是一个吹鼓手，年纪已过七十，牙齿早脱光了，却能十分热情整本整套的唱下去。

除爱情故事，此外嘲烟鬼、骂财主，样样在行，真像是一个“歌库”（这种人在我们家乡则叫作歌师傅）。小时候常听老太婆口头语“十年难逢金满斗”，意思是盛会难逢，参加后才知道原来如此。

同是唱歌，另外有种抒情气氛，而且背景也格外明朗美好，即跑马节跑马山下举行的那种会歌。

西南原是诗歌的家乡，我听到的不过是极小范围内一部分而已。建国后人民生活日益美好，心情也必然格外欢畅，新一代歌手，都一定比三五十年前更加活泼和热情。

灯节的灯

元宵节主要在观灯。观灯成为一种制度，比较正确的记载，实起始于唐初，发展于两宋，来源则出于汉代燃灯祀太乙。灯事迟早不一，有的由十四到十六，有的又由十五到十九。“灯市”得名并扩大，也是从宋代起始。论灯景壮丽，过去多以为无过唐宋。笔记小说记载，大都说宫廷中和贵族里灯彩奢侈华美的情况。

观灯有“灯市”，唐人笔记虽记载过，正式举行还是从北宋汴梁起始，南宋临安续有发展，明代则集中在北京东华门大街以东八面槽一带。从《东京梦华录》和其他记述，得知宋代灯市计五天，由十五到十九。事先必搭一座高大数丈的“鳌山灯棚”，上面布置各种灯彩，燃灯数万盏。皇帝到这一天，照例坐了一顶敞轿，由几个得力太监抬着，倒退行进，名叫“鹁鸽旋”，便于四面看人观灯。又或叫几个游人上前，打发一点酒食，旧戏中常用的“金杯赐酒”即由之而来。说的虽是“与民同乐”，事实上不过是这个皇帝久闭深宫，十分寂寞无聊，大臣们出些巧主意，哄着他开心遣闷而已。宋人笔记同时还记下许多灯彩名目，“琉璃灯”可说是新品种，不仅在富贵人家出现，商店中也起始用它来招引主顾，光如满月。“万眼罗”则用红白纱罗拼凑而成。至于灯棚和各种灯球的式样，有《宋人观灯图》和《宋人百子闹元宵图》，还为我们留下些形象材料。由此得知，明清以来反映到画幅上如《金瓶梅》、《宣和遗事》和《水浒传》等插图中种种灯景（图十一），和其他工艺品——特别是保留到明清锦绣图案中，百十种极其精美好看旁缀

图十一　木刻版画元宵灯景

珠玉流苏的多面球形灯，基本上大都还是宋代传下来的式样。另外画幅上许多种鱼、龙、鹤、凤、巧作灯、儿童竹马灯、在地下旋转不停的滚灯，也由宋代传来。宋代“琉璃灯”和“万眼罗”，明代的“金鱼住水灯”，和用千百蛋壳作成的巧作灯，用冰作成的冰灯，式样作法虽已难详悉，至于明代有代表性实用新品种，“明角灯”和“料丝灯”，实物还有遗存的。中国历史博物馆又还有个明代宫中行乐图，画的是宫中过年情形，留下许多好看宫灯式样。上面还有个松柏枝扎成挂八仙庆寿的鳌山灯棚，及灯节中各种杂剧活动，焰火燃放情况，并且还有一个乐队，一个“百蛮进宝队”，几个骑竹马灯演《三战吕布》戏文故事场面，画出好些明代北京民间灯节风俗面貌。货郎担推的小车，还和宋元人画的货郎图差不多，车上满挂各种小玩具和灯彩，货郎作一般小商人装束。照明人笔记说，这种种却是专为宫廷娱乐仿照市上风光预备的。

我生长家乡是湘西边上一个居民不到一万户口的小县城，但是狮子龙灯焰火，半世纪前在湘西各县却极著名。逢年过节，各街坊多有自己的灯。由初一到十二叫“送灯”，只是全城敲锣打鼓各处玩去。白天多大锣大鼓在桥头上表演戏水，或在八九张方桌上盘旋上下。晚上则在灯火下玩蚌壳精，用细乐伴奏。十三到十五叫“烧灯”，主要比赛转到另一方面，看谁家焰火出众超群。我照例凭顽童资格，和百十个大小顽童，追随队伍城厢内外各处走去，和大伙在炮仗焰火中消磨。玩灯的不仅要气力，还得要勇敢，为表示英雄无畏，每当场坪中焰火上升时，白光直泻数丈，有的还大吼如雷，这些人却不管是“震天雷”还是“猛虎下山”，照例得赤膊上阵，迎面奋勇而前。我们年纪小，还无资格参预这种剧烈活动，只能趁热闹在旁呐喊助威。有时自告奋勇帮忙，许可拿个松明火炬或者背背鼓，已算是运气不坏。因为始终能跟随队伍走，马不离群。直到天快发白，大家都烧得个焦头烂额，精疲力尽。队伍中附随着老渔翁和蚌壳精的，蚌壳精向例多选十二三岁面目俊秀姣好男孩子充当，老渔翁白须白发也假得俨然，这时节都现了原形，狼狈可笑。乐队鼓笛也常有气无力板眼散乱的随意敲打着。有时为振作大伙精神，乐队中忽然又悠悠扬扬吹起“踹八板”来，狮子耳朵只那么摇动几下，老渔翁和蚌壳精即或得应着鼓笛节奏，当街随意兜两个圈子，不到终曲照例就瘫下来，惹得大家好笑！最后集中到个会馆前点验家伙散场时，正街上江西人开的南货店布店，福建人开的烟铺，已经放鞭炮烧开门纸迎财神，家住对河的年轻苗族女人，也挑着豆豉萝卜丝担子上街叫卖了。

有了这个玩灯烧灯经验底子，长大后读宋代咏灯节灯事的诗词，便觉得相当面熟，体会也比较深刻。例如吴文英作的《玉楼春》词上半阕：

茸茸狸帽遮梅额，金蝉罗剪胡衫窄。

乘肩争看小腰身，倦态强随闲鼓拍。

写的虽是八百年前元夜所见，一个小小乐舞队年轻女子，在夜半灯火阑珊兴尽归来时的情形，和半世纪前我的见闻竟相差不太多。因为那八百年虽经过元明清三个朝代，只是政体转移，社会变化却不太大。至于建国后虽不过十多年，社会却已起了根本变化，我那点儿时经验，事实上便完全成了历史陈迹，一种过去社会的风俗画。边远小地方年轻人，或者还能有些相似而不同经验，可以印证，生长于大都市见多识广的年轻人，倒反而已不大容易想像种种情形了。

1963年3月写于北京

（原载《人民文学》，1963年4月）

湘西苗族的艺术

你歌没有我歌多，我歌共有三支牛毛多，

唱了三年六个月，刚刚唱完一支牛耳朵。

这是我家乡看牛孩子唱歌比赛时一首四句头山歌，健康、快乐，还有点谐趣，唱时听来真是彼此开心。原来作者是苗族还是汉人，可无从知道，因为同样的好山歌，流行在苗族自治州十县实在太多了。

凡是到过中南兄弟民族地区住过一阵的人，对于当地人民最容易保留到印象中的有两件事：爱美和热情。

爱美表现于妇女的装束方面特别显著。使用的材料，尽管不过是一般木机深色的土布，或格子花，或墨蓝浅绿，袖口裤脚多采用几道杂彩美丽的边缘，有的是别出心裁的刺绣，有的只是用普通印花布零料剪裁拼凑，加上个别有风格的绣花围裙，一条手织花腰带，穿上身就给人一种健康、朴素、异常动人的印象。再配上些飘乡银匠打造的首饰，在色彩配合上和整体效果上，真是和谐优美。并且还让人感觉到，它反映的不仅是个人爱美的情操，还是这个民族一种深厚悠久的文化。

这个区域居住的三十多万苗族，除部分已习用汉文，本族还无文字。热情多表现于歌声中。任何一个山中地区，凡是有村落或开垦过的田土地方，有人居住或生产劳作的处所，不论早晚都可听到各种美妙有情的歌声。当地按照季节敬祖祭神必唱各种神歌，婚丧大事必唱庆贺悼慰的歌，生产劳作更分门别类，随时随事唱着各种悦耳开心的歌曲。至于青年男女恋爱，更有唱不完听不尽的万万千千好听山歌。即或是行路人，彼此漠不相识，有的问路攀谈，也是用唱歌方式进行的。许多山村农民和陌生人说话时，或由于羞涩，或由于窘迫，口中常疙疙瘩瘩，辞难达意。如果换个方法，用歌词来叙述，就即物起兴，出口成章，简直是个天生诗人。每个人似乎都有一种天赋，一开口就押韵合腔。刺绣挑花艺术限于女人，唱歌却不拘男女，本领都高明在行。

这种好歌手，通常必然还是个在本村本乡出力得用的人。不论是推磨打豆腐，或是箍桶、作篁子的木匠篾匠，手艺也必然十分出色。他们的天才，在当地所起的作用，是使得彼此情感流注，生命丰富润泽，更加鼓舞人热爱生活和工作。即或有些歌近于谐趣和讽刺，本质依然是十分健康的。这还只是指一般会唱歌的人和所唱的歌而言。

至于当地一村一乡特别著名的歌手，和多少年来被公众承认的歌师傅，那唱歌的本领，自然就更加出色惊人!

一九五六年冬天十二月里，我回到家乡，在自治州首府吉首，就过了三个离奇而且值得永远记忆的晚上。那时恰巧中央民族音乐研究所有个专家工作组共同到了自治州，做苗歌录音记谱工作，自治州龙副州长，特别为邀了四位苗族会唱歌的高手到州上来。天寒地冻，各处都结了冰，院外空气也仿佛冻结了，我们却共同在自治州新办公大楼会议室，烧了两盆大火，围在火盆边，试唱各种各样的歌，一直唱到夜深还不休息。其中两位男的，一个是年过七十的老师傅，一脑子的好歌，真像是个宝库，数量还不止三支牛毛多，即唱三年六个月，也不过刚刚唱完一支牛耳朵。一个年过五十的小学校长，除唱歌外还懂得许多苗族动人传说故事。真是“洞河的水永远流不完，歌师傅的歌永远唱不完”。两个女的年纪都极轻：一个二十岁，又会唱歌又会打鼓，一个只十七岁，喉咙脆脆的，唱时还夹杂些童音。歌声中总永远夹着笑声，微笑时却如同在轻轻唱歌。

大家围坐在两个炭火熊熊的火盆边，把各种好听的歌轮流唱下去，一面解释一面唱。副州长是个年纪刚过三十的苗族知识分子，州政协秘书长，也是个苗族知识分子，都懂歌也会唱歌，陪我们坐在火盆旁边，一面为大家剥拳头大的橘子，一面作翻译。解释到某一句时，照例必一面摇头一面笑着说：“这怎么办？简直没有办法译，意思全是双关的，又巧又妙，本事再好也译不出！”小学校长试译了一下，也说有些实在译不出。“正如同小时候看到天上雨后出虹，多好看，可说不出！古时候考状元也一定比这个还方便！”说得大家笑个不止。

虽然很多歌中的神韵味道都难译，我们从反复解释出的和那些又温柔、又激情、又愉快的歌声中，享受的已够多了。那个年纪已过七十的歌师傅，用一种低沉的、略带一点鼻音的腔调，充满了一种不可言说的深厚感情，唱着苗族举行刺牛典礼时迎神送神的歌词，随即由那个十七岁的女孩子接着用一种清朗朗的调子和歌时，真是一种稀有少见杰作。即或我们一句原词听不懂，又缺少机会眼见那个祀事庄严热闹场面，彼此生命间却仿佛为一种共通的庄严中微带抑郁的情感流注浸润。让我想像到似乎就正是二千多年前伟大诗人屈原到湘西来所听到的那个歌声。照历史记载，屈原著名的九歌，原本就是从那种古代酬神歌曲衍化出来的。本来的神曲，却依旧还保留在这地区老歌师和年青女歌手的口头传述中，各有千秋。

年纪较长的女歌手，打鼓跳舞极出色。年纪极轻的叫龙莹秀，脸白白的，眉毛又细又长，长得秀气而健康，一双手大大的，证明从不脱离生产劳动。初来时还有些害羞，老把一双手插在绣花围腰裙的里边。不拘说话或唱歌，总是天真无邪的笑着。像是一树映山红一样，在细雨阳光下开放。在她面前世界一切都是美好的，值得含笑相对，不拘唱什么，总是出口成章。偶然押韵错了字，不合规矩，给老师傅或同伴指点纠正时，她自己就快乐得大笑，声音清脆又透明，如同大小几个银铃子一齐摇着，又像是个琉璃盘装满翠玉珠子滚动不止。事实上我这种比拟形容是十分拙劣、很不相称的。因为任何一种比方，都难于形容充满青春生命健康愉快的歌声和笑！只有好诗歌和好音乐有时还能勉强保留一个相似的形象，可是我却既不会写诗又不会作曲！

这时，我回想起四十多年前作小孩时，在家乡山坡间听来的几首本地山歌，那歌是：

天上起云云起花，包谷林里种豆荚，
豆荚缠坏包谷树，娇妹缠坏后生家。

娇家门前一重坡，别人走少郎走多，
铁打草鞋穿烂了，不是为你为哪个？

当时我也还像个看牛娃儿，只跟着砍柴拾菌子的信口唱下去。知道是年青小伙子逗那些上山割草砍柴拾菌子的年青苗族姑娘“老弥”、“代帕”唱的，可并不懂得其中深意。可是那些胸脯高眉毛长眼睛光亮的年青女人，经过了四十多年，我却还记忆得十分清楚。现在才明白产生这种好山歌实有原因。如没有一种适当的对象和特殊环境作为土壤，这些好歌不会生长的，这些歌也不会那么素朴、真挚而美妙感人的。这些歌是苗汉杂居区汉族牧童口中唱出的，比起许多优秀苗歌来，还应当说是次等的次等。

苗族男女的歌声中反映的情感内容，在语言转译上受了一定限制，因之不容易传达过来。但是他们另外一种艺术上的天赋，反映到和生活密切关联的编织刺绣，却比较容易欣赏理解。他们的刺绣图案组织的活泼生动，而又充满了一种创造性的大胆和天真，显然和山歌一样，是共同从一个古老传统人民艺术的土壤里发育长成的。这些花样虽完成于十九世纪，却和二千多年前楚文化中反映到彩绘漆器上和青铜镜子的主题图案一脉相通。同样有青春生命的希望和欢乐情感在飞跃，在旋舞，并且充满一种明确而强烈的韵律节奏感。可见，它的产生存在都不是偶然的，实源远流长而永远新鲜。它是祖国人民共同文化遗产一部分，不仅在过去丰富了当地人民生活的内容，在未来，还必然会和年青生命结合，作出各种不同的光辉的新发展。

塔户剪纸花样

湘西农村绣花的样子（图十二），在刊物上介绍，我们常把它当作一种美术图案看待，但是在另外一些地方，许多年以来，是用作绣花底稿，配上颜色美丽的丝线，使用各种不同的技法，反映在百十万农村青年妇女身上，装点着她们青春的生命，因之丰富了当地广大人民生活情感的！

这种花样向例是人民自己的创作。应用范围广，要求多，而且要求好，才从手巧心灵的群众中，产生专业

图十二　湘西剪纸花样

性的技术。并且在某些区域，还逐渐发展形成一种小规模的特种手工业生产。以湘西地区而言，由浦市赴凤凰的老驿路上，就有这么一个小村子，名叫塔户，地方属沅水中流泸溪县管辖，距湘西苗族自治州的首府吉首不多远，住上约三十户人家。他们数十年如一日，把生产品分散到各县大乡小镇上去，丰富了周围百余里苗汉两族年轻妇女的生活。它的全盛时期，一部分生产品还由飘乡货郎转贩行销到川黔邻近几县乡村里去，得到普遍的欢迎。

这种花样北方人通名“剪纸”或“窗花”，湘西人照习惯只叫它作“扎花”或“锉纸”，制作方法有的用小剪子铰成，有的先把纸张钉固在一片木板上，再用小锉刀仔细戳镂而成。两种作法都得经过另外一道加工手续，用细针在纸面上刻扎许多针孔线路，提示绣法和重点，才算完功。应用既和人民日常生活关系密切，因此多是民间熟习的传统图案。反映青年男女爱情的，有“鸳鸯戏荷”、“丹凤朝阳”、“鱼水相怜”。反映家庭幸福愿望和生产发展的，有“喜鹊噪梅”、“宜男多子”、“五谷丰登”、“瓜瓞绵绵”。反映故事传说的，有“和合二仙”、

“刘海戏蟾”。植物中常用的是荷花、牡丹、梅、兰、竹、菊、萱草、百合，以及象征多子的石榴，象征长寿的桃子。动物除常见的喜鹊、凤凰、蝴蝶、蜜蜂、猫儿、兔子，还有宋朝和明朝一直流传下来的狮子滚球和麒麟送子。主题虽常有雷同，内容变化可极多。花式多健康而活泼，大部分具有人民艺术特征。在华北，一般剪纸窗花都近于年画，还保留古代“人日华胜”的本来用意。如用小说故事人物作主题，又和灯影子戏发生联系。湘西花纸以四十年前而言，从“华胜”发展而成的，名叫“神福喜钱”，每到年下，一般人家的门楣灶头、猪圈毛房，无处不贴到。此外船上、货担、犁锄上也贴到。普通用红纸，讲究的用洒金红或明金纸，有丧事人家用粉蓝纸。这种“喜钱”和“历书”及木板彩印的“门神”，西游三国章回小说上的故事画，早已共同形成一种有季节性的商品，每到十一月前后，就由宝庆纸客从常德沅陵大生产单位贩运而来。至于纸花，它的作用和古壁画的粉本，印花布用的皮板片，反而有些相通，都只是完成某种艺术设计的稿子。这种花样的需要量虽然相当大，一年到头经常有主顾，不过由于单价低，分散面又广，始终不能形成城市商品的条件，因此生产也始终在乡村里，情形还恰好和其他小手工业商品相反。当塔户花样流行时，三厅城中的针线铺为便利主顾，争作生意，还得从飘乡货郎手中批买塔户花样，连同发售。这种花纸既然吸收了乡村妇女大部分的剩余劳动力，也就增进了她们的爱美情感，并且还和当地人民实际生活发生联系，论作用，自然远比年画和窗花意义重要得多，也复杂得多。

塔户花样有代表性的，是妇女围裙上角当胸部分，衣袖和裤脚，鞋帮和枕头，男子装钱钞用的抱肚和小褡裢，小孩的口水搭和兜兜帽。它能够成为一件艺术品，不仅必须和妇女的剩余劳动力相结合，还必须和她们的青春情感愿望相结合。围裙、衣袖和裤脚，是每个乡村女子衣饰中不可少的，有了它，生产劳动，逢年过节，送亲吃喜酒，到处都显得花花朵朵，光景热闹了许多。青年情感活泼起来，于是随同这种热闹欢乐情景，当地很多好听的山歌，都从年青男子口中唱出来了。因此作它时，就必然怀着种种快乐的愿望。抱肚褡裢却是在另外一种情形下，绣来赠给丈夫或情人的。一针一缕的彩线，绣到材料上面时，必然同时也交织了她们的爱情。等到小孩子出世，满了周岁，快要独立走路了，正需要一顶小小花帽和一个口水搭，于是作母亲的，又用人间共有的伟大母性的慈爱，连同各种彩色的丝线，对于孩子将来的幸福希望，一同织到花朵中去。这样来认识理会这些刺绣品的产生过程和意义，我们才会明白，西南各地的刺绣蜡染，能够如此精美，原来是由那些具有高度艺术创造热情的劳动人民培育起来的。

花样最有性格的是围裙当胸部分。照本地风俗习惯，不论生产劳动，或是出门作客，都常在衣上罩一条围裙。用意本来是便于洗濯，不至于把衣服弄脏。但是一个年青人，对于美观色彩有天然爱好，过于素朴总不合式。求两全其美，于是一般围裙都加上一点花。技术上处理可以分作两大类：凡使用挑花法的，多在料子一定部位间，作几何纹放射式图案，通常都不需要底稿，作法图样不是从亲戚邻里妇女中相互传习，就是趁乡村市集，到场头上去请卖花样子人帮忙，临时在布料上用粉线弹出个大样，拿回家中创作。既不必受底稿严格拘束，可在一定部位上发挥，年青人想像力旺盛，又手巧心细、大胆好强，自然容易出奇制胜、花样翻新，产生种种健康美丽的作品。特别是配合色彩，或大红大绿，或单纯素朴，各随性情爱好，各见长处。挑花法更宜于表现放射式的方圆图案，和带子式连续图案，作时可简可繁，又不必限定时间，工余饭后，随时随处，一面谈天一面都可以拈上手来戳它几针。一个好事同伴，也可抢过手来在空处加点小花。因此留下的作品，不是别有风趣，就是格外精美。单色挑绣又不怕洗濯。即或用的是单色挑绣，图案也十分好看。这种完全出自人民手中创造的美术品，遗留在西南各省乡村中，比任何其他一种民间艺术，还更有丰富内容，值得艺术工作者和文物工作者注意留心。

挑绣法也有用到比较大件布料上的，如像裙子、帐檐、床围和被面，如采用的底样是大折枝花，改用挑绣法来作时，有的就把整部分花朵，用径寸大的连续方胜格子锦纹拼合完成。在处理技术上，显得格外巧妙。它的本来，还是从宋式“纳锦绣”发展而成（这种作法，也流行于四川，有作得极精美的。现代生产外销大型挑花床单桌单，还值得参考取法）。

塔户花样主要是供给乡村绣花使用。绣花和挑花比，形式上似乎简单，其实技术复杂。写生、折枝，配色有一定规矩，辮线有种种手续，针分大小，绣法更是多种多样。有了好底稿还不济事，必需通过好针脚。但是照乡村爱美习惯，生色折枝花鸟，实在比挑花图案更符合多数人对于美的要求。同时，潜伏在农村青年妇女情感中的艺术表现欲和克服困难的毅力，都十分强烈旺盛，因此总是不怕麻烦，一代又一代继续有所创造。塔户花样能够流行数十年，原因就是底样格外精美，能满足农村需要。此外在各地乡村中，也有非职业性的巧手打样的人，平时得到尊重，逐渐转成职业，长年背了个竹篾箱笼，四乡走动，靠此为生的。这种人如会作种种大样，每到逢场日期，场头市尾小摊子边，必围绕着好一片人群。我们试设想用家庭手工业生产的土染月蓝布来做围裙，绣花线料用的是三红、二蓝和豆绿、栀子黄丝线，采用分段铺绒法处理枝叶，结子琐丝法处理花朵，完成后再在领扣间安上一个径寸大小白亮亮的捶银蝴蝶。系腰部分用的不是手指粗麻花铰银丝链，也是一条油绿色斑花鸡肠带，两角间缀上一双银鱼铃。这么一件好看的围裙，围在一个二十上下年纪的健康快乐年轻女子的胸前，全部的艺术效果，应当是不用说也容易明白。这种民间艺术的成就，是剪花样子的人、飘乡银匠和绣花的妇女共同的劳动成就。健康美观的形象、华丽调合的色彩，一定会使善于学习的设计民族歌舞服装的朋友得到很多启发。

北京是个大型建筑博物馆

北京在世界上以古建筑著名。紫禁城里的宫殿，分布城郊的庙坛园林，每个单位都包括有一系列的建筑物，各有艺术上的不同风格，综合看来，又如同整体的一部分，是用故宫皇城大建筑群作中心，在五百年前北京建都总计划中就定下来，经过累代创修陆续完成的。设计规模的雄伟、谐调、明朗，以及每一建筑物装饰的华美精细，都给人留下一个不易忘记的深刻印象。

这些建筑物近年来一部分已改作各种博物馆，或一般性文化展览馆。论规模宏大，经常性展出和专题展出种类多，从伟大祖国文化艺术遗产方面给观众以爱国主义教育的，应数故宫博物院。以科学发掘出土文物为主，结合历史人物事件、生产发展、科学文化艺术的发明和创造而作通俗陈列的，应数北京历史博物馆。其实说来，北京城本身，也就是一个大型建筑历史博物馆。

这个历史名城，战国时就已经是燕国都会之一，华北平原一个政治文化的中心（近年来，围绕着这个地区的外缘唐山和热河，不断都有大量古文物的发现，已证明这地区还可能有更多重要遗物出土）。隋唐时代依旧是北方重镇，设立范阳节度使，屯集重兵，当时主要是防御奚、契丹的内侵。安禄山镇范阳后，却用作根据地，利用诸胡族，举兵内犯，动摇了长安唐政权。即由金人正式建都燕京算起，也有了八百多年。世界著名横跨永定河的东方长石桥——卢沟桥，就是这个时期石工修造的。

元代在这里作大都，百年统治中，城郊庙坛园林还不断有补充。白云观、护国寺、东岳庙、白塔寺，都是这一时期建造的。当时尼泊尔的大艺术家安尼哥，和中国大艺术家刘元，师徒二人曾经参加过这些庙宇园林的建筑设计和雕塑工程。长城口居庸关的过街楼，也是这个时期作成的。金代城池的建造，多取法北宋汴梁，间接还保留洛阳和长安汉唐帝都的规模。《金史·张汝霖传》中曾提起过，当时装饰一个宫殿，就使用过汉族和回鹘锦绮丝绣工人一千二，经时两年才告完成。今北海琼岛的建筑，虽从辽代创始，至于琼岛上的太湖石假山，却是金人攻下开封后，把“寿山艮岳”撤毁，搬运石头来京堆砌成功的。元代在这座小山上建“广寒殿”避暑，房屋花木布置得和想像中的月宫仙境一样。当时还用人工激水上升到山顶，水从一个龙头口里喷出，变成小瀑布缓缓流入浴池中。明太祖因为这座宫殿过于奢侈，派萧洵来督工，把它撤毁。萧洵才把原来琼岛建筑情况，一一记载下来让后人知道。琼岛上石头透剔清奇部分，明代搬移过中南海，就成了现在的“瀛台”。元代虽已利用海运转输南方粮食，但南北运河还贯通，运河粮船能直达北城后海一带。当时在琼岛上远望，还可依约见到千百艘大粮船，舳舻衔接、桅樯如林的动人情景。

金元旧都略偏西南北，经过长久的岁月，加上几次历史上的改朝换代大事变，目下只剩下些城垣遗迹和庙宇中碑石树木。明代永乐重新定都北京，前后修筑的内外皇城，和用紫禁城里三大殿作主体的故宫建筑群，虽历年五百，因明清两代不断兴修，大致都还保存得完完整整。此外围绕宫城的几个主要建筑群，例如南城的天坛和先农坛，西城的白塔寺和城外白云观以及五塔寺，北城的钟楼和鼓楼，东北城角的国子监、孔庙和雍和宫，城外的东岳庙，以及临近宫城的中南海、北海、团城、太庙和社稷坛、景山和大高殿，郊外西山一带的碧云寺、八大处、卧佛寺、玉泉山、大觉寺……都是近五百年古建筑艺术的结晶。这些古建筑或因年久失修，或前后曾遭受人力破坏摧残，建国后经过逐年修复，又回复了它固有的光彩。

外来游人到了北京，最先引起注意的是天安门。在一座高达三丈的棕红色台基上，高高矗起那么一座九楹重檐金碧辉煌的大门楼，两翼红墙向东西延展开去，给人印象是雄伟、华贵，而又十分沉静稳定。无论任何时候看来都很壮观。其实如就故宫建筑全部说来，天安门还只是宫城建筑体系前缘一部分。再前还有正阳门，后边又还有端门。由端门进去是午门，这才是紫禁城真正的大门。天安门建筑以华美壮丽见称，午门却给人一种端重严肃的感觉。一个熟习近五世纪中国史的游人，来到这座门楼下边时，这种严肃感会格外加深。

午门在历史上具有“凯旋门”意味。明清两代国有大事、出兵远征时，将帅受命成行，多在午门前举行出兵仪式。战争结束胜利归来时，帝王就坐在午门楼上阅兵，慰劳将士，检视俘虏和胜利品。明代晚期政治特别黑暗，宦官权臣为媚悦帝王，巩固宠信，利用锦衣卫作爪牙，不时突入人家，逮捕异己敢言事的正直大臣，用严刑酷罚罗织成狱，对名士大臣施行“廷杖”时，也就在午门楼下广场中执行。许多人就在这种专制淫威下当场死去。

午门楼下东西两廊，共有八十四间厢房连接端门，过去是百官候朝的地方。天明前即冠带袍服云集，到时候午门两侧角楼钟鼓齐鸣，才鱼贯进入午门、太和门，于太和殿前白石丹陛下等待召见。午门兴建于十五世纪，重修装金布彩于十七世纪末，距现今也有了二百七八十年。午门使人认识历史过去。让我们明白，世界上任何一个地区都有过帝王，一时节具有无上的权威，不多久这权威总会消失无余。专制帝王在某种历史情形下，也能或多或少作了些对国家人民有益的事情。但凡是想利用残暴统治，鱼肉人民，满足一己私欲的，被人民推倒就更加快一些。至于人民由于劳动和智慧结合，在生产、科学和文学艺术领域中的发明和创造，对国家有益的贡献，却必然长远存在后人记忆中，而且会成为后人追求社会进步、建设共同美好生活的启发和鼓舞力量。午门可视作明清两代的历史博物馆，午门本身的历史和系统通俗历史陈列，教观众更加清楚了解历史发展的规律。

试站到午门楼上高处四望，故宫以三大殿作中心的建筑群，及内外东西六宫建筑群，文华武英二殿建筑群，都如近在眼前。一重重明黄色琉璃瓦大屋顶，和秀挺不群矗立在城垣东西那两座转角楼，共同在明朗秋阳下灼灼闪光，后背衬托着的是一大片蓝空。围绕着宫城百万户人家，半笼在郁郁青青的一片树木绿海中。这一切，真是够庄严、深厚、沉静和一种不易形容的美丽！特别是我们如体会到这个历史上的大都名城，这一片绿海下边正在进行的万千种不同工作和活动，对于中国人民的幸福生活，以及对于世界未来长久和平所起的良好作用时，会觉得蓝空下的北京一切，诗人即或想用文字来叙述赞美，不免会感觉到难于措词。即色彩丰富的绘画，也只能画出部分的印象。或许只有某种伟大音乐，综合百十种不同器乐中所具有的豪放和精细、壮美和温柔的声音，融化组织不同时空下形成的种种旋律和节奏，写成一个大乐章，才有希望能作出适当的反映。

在这片绿海中，这里那里，远近都可发现有崭新建筑物在高高矗起。十年二十年后的北京城，这百万户旧宅无疑会完全变更旧有的面貌，产生一种崭新的景象。那时节不论是学校、医院、工厂或戏院附近，以及大街上人行道边，大致都可按照一定计划，收拾得和目前公园一样，到处是花坛栽满各种美丽好花，到处有平整草地，可以供人休息散步。新建筑的专门博物馆和文化馆，也将成千累百，分布城郊各处，设备完美而又清洁舒适，教育观众以种种新知识。但是北京这些古建筑，却决不会就失去它固有的光辉，只会更加使人觉得可爱，因之也保护得更加周到，因为人人都知道，这些建筑不仅仅是祖国重要文化艺术的遗产，同时也是世界重要文化艺术遗产一部分，加倍珍重爱护它们，既能够增加人民对于历史过去伟大成就的认识，也可启发人民种种新的创造热情，对争取世界持久和平，作出更大的贡献！

1956 年 9 月写

（原载上海《文汇报》，1956 年 10 月 15 日）

春游颐和园

北京建都有八百年历史。劳动人民用他们的勤劳和智慧，在北京城郊建造了许多规模宏大建筑美丽的宫殿、庙宇和花园，留给我们后一代。其中花园建筑规模最大、花木池塘最富于艺术巧思、设备精美，而且在世界上也特别著名的是二百五十年前康熙、乾隆时在西郊建筑的“圆明园”。这个世界著名的大花园，是在百十年前就被外国的野蛮军队把园里面上千栋房子中各种重要珍贵文物及一切珍贵陈设大肆抢劫后，有意放一把火烧掉了的。花园建筑时间比较晚的，是西郊的颐和园。部分建筑乾隆时虽然已具规模，主要建筑群却在七十年前才完成。修建这座大园子的经济来源是借口恢复国防海军，从人民刮来的几千万两银子。花园作成后，却只算是这个末代王朝一家人私有物。辛亥后虽已开放，门票高到四元一张。照当时物价，小市民和各省来京人大学读书的穷学生，每月吃饭费用就只够买参观券一张。因此能到颐和园游览的，除了外国人就只有极少数的达官贵人。而且排云殿两侧两个大四合院，除了一侧归清代宗室所占据，另一侧就为怂恿袁世凯做皇帝的袁大公子所占据，直到解放后才被赶走，这座大花园才真正成为人民的公共财产，才有机会把荒废了半世纪的大花园，重新加以修整，逐渐恢复了原来的面貌。颐和园的游人数字是个证明：一九四九年全年游人二十六万六千八百多；一九五五年达到一百七十八万七千多人。四十年前游颐和园的人，常常觉得园里太大太空阔。其实只是能够游玩的人太少，所以到处总是显得空空的。许多地方还是十分荒凉，后山一带，经常可发现野狐毛儿。在建国前，颐和园的主要收入，还得靠湖西和湖南那一大片苇子地的天然生产，没有这笔收入，管理处是发不出职工工薪的。颐和园的那条长廊，虽然已经长够一里路，但现在每逢星期天就挤得满满的，即使再加宽加长一两倍，怕也还是不够用。

春天来，颐和园的花木如迎春、玉兰、海棠、桃花、杏花、梨花、榆叶梅、连翘、黄荼蘼都逐渐开放了。每天除了成千上万来看花的游人，还有许多自城郊学校来的中小学生，到园中郊游，进行各种有益身心的活动。配合充满生机一片新绿叶中的鸟语花香，颐和园本身，因此也显得更加美丽和年青！

凡是游颐和园的人，在售票处购买一册介绍园中景物的说明书，可得到极多帮助。只是如何就可用比较经济的时间，把颐和园重要地方都逛到呢？我想就我个人过去几年在这个大园子里暂住前后两个夏季转来转去的经验，和园子里建筑花木在春秋佳日给我的印象，以及一年四季，一天早晚，不同气候所得的不同印象，提出一点游园的参考意见。

我们似乎可把颐和园分成五或六个大单位去游览，花费时间较少，保留印象比较深刻，且不至于过累。

第一是进门以后的建筑群。这个建筑群除正中大殿外，计包括偏东后边一点的大戏楼，和西边的乐寿堂，以及西边前面一点的玉澜堂。玉澜堂相传是光绪被慈禧太后囚禁的地方，院子和其他建筑隔绝，自成一个小单位。到这里来的人，还可从入门口的说明牌子，理会到辛亥以前十年中满清末期王朝内部矛盾的历史一鳞一爪。参观大戏台如不知绕回廊向北，就得往回路向东走。这个高及三层的戏台和中国近代歌剧发展史有些联系。七十年以前，中国京戏最出色的演员谭鑫培、杨小楼、孙菊仙等一代名伶，都在这台上演过戏。戏台上下分三层，还有个特别宽阔整洁的后台和地下室，准备了各种机关布景。例如表演《孙悟空大闹天宫》，或《白蛇传·水漫金山寺》节目时，台上下到必要时还会喷水冒烟。演员也可以借助于技术设备，一齐腾空上升，或潜入地下，隐现不易捉摸。戏台面积比看戏的殿堂还大许多，原因是这些戏主要是演给帝王和少数贵族官僚看的（据传汉族大臣中，蒙特许入园避暑过夏的，晚清只军机大臣瞿鸿禨一人）。演员百余人在台上活动，看戏的除那拉氏老佛爷外，可能只二三十人。社会在发展中，七十年过去了，帝王独夫和这些名艺人都已成尘土。为人民爱好的艺术家的绝艺，却继续活在人们记忆里，以及后辈热忱学习发展中。由大戏楼向西可到乐寿堂，这是六十年前慈禧做生日的地方。颐和园陈设中，有许多十九世纪半殖民地化的恶俗趣味处，就多是当时在广东、上海等通商口岸办洋务的如盛宣怀辈为贡谀祝寿而作来的。也有些是外国侵略中国的敲门砖。还有晚清一种黄绿釉绘墨彩花鸟，多用紫藤和秋葵作主题，横写“天地一家春”的款识的大小官窑瓷器，也是这个时期的生产。乐寿堂庭院宽敞，建筑虽不特别高大，却显得气魄大方。本院和西边一小院，春天时玉兰和海棠都开得格外茂盛。

第二部分是以长廊全部和排云殿、佛香阁为主体，围绕左右的建筑群。这是目下整个园子建筑最引人注意部分，也是全国建筑的精华。有很多建筑小单位，或是一个四合院，或是一组房子，布置得都十分讲究，花木围廊，各具巧思。但是从整体或部分说来，这个建筑群有些只是配风景而作的，有些宜近看，有些只合远观。想总括全部得到一个整体印象，得租一只小游船，把船直向湖中心划去，再回过头来，看看这个建筑群，才会明白全部设计的用心处。因为排云殿后面隙地不多，山势太陡，许多建筑不免挤得紧一点。如东边的琼岛春阴转轮藏，西边的另一个小建筑群，包括铜亭都有点展布不开。正背面的佛香阁，地势更加迫促，虽亏得聪明的建筑工人出主意，把上佛香阁的路分作两边，作之字形盘旋而上，地势还是过于迫促。更向西一点的画中游部分建筑，也由于地面狭窄，作得格外玲珑小巧。必须到湖中看看，才明白建筑工人的用意，当时这部分建筑原就是为配合全山风景作成的。船到湖中心时向南望，在一平如镜碧波中的龙王庙和十七孔虹桥，都若十分亲切的向游人招手："来，来，来，这里也很有意思。"从这里望万寿山，距离虽远了点，可是把那些建筑不合理印象也忽略了。

第三部分就是湖中心那个孤岛上的建筑群，龙王庙是主体。连接龙王庙和柳荫路全靠那条十七孔白石虹桥，长年卧在万顷碧波中，背景是一片北京特有的蓝得透亮的天空，真不愧叫作"人造的虹"。这条白石桥无论是远看，近看，或把船摇到下边仰起头来看，或站在桥上向左右四方看，都令人觉得满意。原有个不加彩饰的四面通风的小殿堂，木料像是坚实的珍贵铁黎木作成，一经彩绘，反而俗气多了。桥东不远岸边还有一只铜牛，是两百年前铸铜工人的创作。只是太容易引起游人童心，只想骑骑开心，因此用铁丝笼网住了，不免令人有煞风景感。

第四部分是后山一带，这儿建筑废址并不少，四十年前还有几座彩绘牌楼，大致在卢沟桥事变后全拆掉了。保存完整的房子却已不多，很显明是经过几次历史事变的焚灼摧残后没有修复过来。由后湖桥边的苏州街遗址，到上山的一系列殿基，直到半山上的两座残舍利塔，据传说也是在圆明园被焚时就毁去的。后山过了大桥还有个山门，原来本是入园的正门，庚子后才改成后门，不多远就可到青龙桥小镇。目下重要的是有好几条曲折小山路，清静幽僻，最宜散步。还有好几条形式不同的白石桥和新近修理的赤栏木板桥，湖水曲折从桥下通过，环境特别幽静，划船时极有意思。

第五部分是东路以谐趣园为中心的建筑群。靠西上山有景福阁，靠北紧邻是霁清轩。这一组建筑群和前山大不相同，特征是树木比较多，地方比较僻静。建筑群包括有北方的明敞（如景福阁）和南方的幽静（如霁清轩）两种长处。谐趣园主要部分是一个不规则荷花池子，绕着池子有一组长廊和建筑。谐趣园占地不大，那个荷花池子，夏天荷花盛开时，真是又香又好看。这里四围树林子里，清晨黄昏经常会有极好听的黄鸟歌声。啄木鸟声也数这个地区最多。夏六月天雨后放晴时，树林间的鸟雀欢呼飞鸣，更现出一片活泼生机。入小宫门向左走去，不多远地方背风向阳处，长年有一丛竹子生长。由后湖引来的一股活水，分成两股，一股从暗沟流入霁清轩，把霁清轩分成两部分。另一股到此下坠五公尺，流入谐趣园荷花塘，因此作成小小瀑布，夏天水发时，水声哗哗，对于久住北方平地的游人，看到这些事物引起的情感很显然都是新的。霁清轩地近园中后围墙，建筑构造极其别致。小院落主要部分是一座四面明窗当风的轩，附近有一株盘旋而上的二三百年老松树，傍着一个孤立的亭子，在亭子上可俯瞰横贯院中的小小溪流。读过红楼梦的人，如偶然到了这个地方，会联想起当年书中那个性情乖巧，虽出家还多世俗幻念的女尼妙玉的住处。还有“史湘云醉眠芍药茵”的故事，也可能会发生在霁清轩大门前边那个芍药花坛前一点。这个建筑照全部结构说来，是比红楼梦创作时代略早一点。有人到过谐趣园许多次，还不知道面前霁清轩的位置，可知这个建筑的布置成功处。由谐趣园出宫门直向上山路走，不多远还有个杏花村，四十年前本来有个朴素木匾，写上“乐农轩”三字。虽只是平房九间一列，房子前斜坡一溜，花木却长得十分好。杏花以外紫白丁香、梨花、海棠都很好。直上去即可到位置在半山上的景福阁。这座亚字形的大建筑，四面窗子透亮，绕屋平台廊子都极朗敞。机会好，我们可能会在这里看到一些面孔熟习的著名文艺工作者，电影、歌剧、话剧名演员……他们也许正在这里和国际友人举行游园联欢会，在那里唱歌跳舞。

颐和园最高处建筑物，是山顶上那座全部用彩琉璃砖瓦拼揍作成的无梁殿。这个建筑无论从工程上和装饰美术上来说，都是一个伟大的创作。是近二百五十年的建筑工人和烧琉璃砖瓦工人共同努力为我们留下的一份艺术遗产。在建筑规模上，它并不比北海那一座琉璃殿壮丽，但从建筑兼雕塑整体性的成就说来，无疑和北京其他同类创作，如北海及故宫九龙壁、香山琉璃塔等等一样，都是值得格外重视的。上山的道路很多，东由景福阁，西由石舫后，都有较平缓的正路可慢慢走去。如欢喜热闹不怕累，还可从排云殿后两侧抱月廊上去，再从那几百磴之字形石台阶爬到佛香阁，歇歇气，回头欣赏一下昆明湖远近全景，再从后翻上那个琉璃牌楼，通过智慧海小门就到达了。欢喜冒险好奇的，又不妨从后山上去。这一路得经过几层废殿基，再钻几个小山洞。行动过于活泼的游客，钻入山洞时，头上脚下都得当心一些，免得偶然摔倒，或头上撞碰到什么起棱石角。另外东西两侧还有两条比较平缓的山路可走，上了点年纪的人还是不妨从东路上去。就是从景福阁向上走去。半道山脊两旁多空旷，特别适宜远眺。南边是湖上景致；北边园外原本却是村落自然景色，很动人。夏六月还是一片绿油油的庄稼直延到西山尽头，到秋八月后，就只见无数大牛车满满装载黄澄澄的粮食向生产合作社转运。村庄前后也到处是粮食堆垛。可惜近年来已被一栋平地矗起红砖红瓦大楼房把这片乡村自然景色破坏了。

从西路走可先逛长廊，到长廊尽头，转个弯就到大石舫边了。大石舫可不怎么美观，特别是上面镶了些红绿玻璃，和长廊彩绘相似，全是为供那个艺术鉴赏水平极低的老佛爷而准备的。除大石舫外，这里经常还停泊有百多只色彩鲜明的小游艇出租。欢喜划船的游人，手劲大可租船向前湖划去，一直过西蜂腰桥再向南，再划回来。比较合适的办法是绕湖心龙王庙，再穿十七孔桥回来。那座桥远看只觉得美丽，近看才会明白结构壮丽，工程扎实，让我们加深一层认识古代造桥工人的聪明和伟大。船向回划可饱看颐和园万寿山正面全部风景，从各个不同角度看去，才会发现绕前山那道长廊，和长廊外临水那道白石栏杆，不仅有单纯装饰效果，且像腰带一样，把前山建筑约束在一起，从水上托出，设计实在够聪明巧妙。欢喜从空旷湖面转入幽静环境的游人不妨把船向后湖划去。后湖水面窄而曲折，林木幽深，水中大鱼百十成群，对小船来去既成习惯因此也不大存戒心。秋天里，后湖在一个极短时期中，傍岸水面常常忽然冒出一种颜色金黄鲜明的小莲花，一朵朵从水面探头出来。花朵约两寸来高，花头不过一寸大小，可是远远的就可让我们看见。至近身时我们才会发现原来花朵上还常常歇有一种细腰窄翅黑蜻蜓，飞飞又停停。彼此之间似相识又似陌生，又像是新认识的好朋友，默默地亲切地贴近时，还像腼腆害羞。一切情形和安徒生童话中的描写差不多，可是还要美丽温柔一些。一般游人不会注意到它的生存关系，因此始终还没有人写出。这些小小金丝莲，一年只开花四五天，小蜻蜓从湖旁丛草间孵化，生命也极短暂。我们缺少安徒生的诗的童心，因此也难更深一层去想像体会它们生命中的悦乐处。见到这种花朵时，最好莫惊动采折，作煞风景蠢事。由石舫上山路，可经过画中游，这部分房子是有意仿造南方小楼房式做成，十分玲珑精致，大热天玩一玩也很够了，住下来不会太舒服，可是在湖中远望却特别好看。走到画中游才会明白取名的用意。若在春天四月里，园中好花次第开放，一切松柏杂树新叶也放出清香，这些新经修理装饰得崭新的建筑物，完全包裹在花树中，使得我们不能不对创造它和新近修理它的木工、瓦工、彩画油漆工，以及那些长年里在园子里栽花种树浇水施肥的工人，表示感谢。

颐和园还有一个地区，也可以作为一个游览单位，就是后山沿围墙那条土梗子。这地方虽若近在游人眼前，可是最容易忽略过去。这条是从谐趣园再向北走，到后湖尽头几株大白杨树面前时，不回头，不转弯，再向西一直从一条小土路走上小土山。那是一条能够满足好事游人好奇心的小路，一路走去可以从荆槐杂树林子枝叶罅隙间清清楚楚看到后山后湖全景。小土埂上还种得好些有了相当年月的合抱大马尾松，松根凸起处，间或会有一两个年青艺术家在那里作画。地方特别清静，不会有人来搅扰他的工作。更重要的还是从这里望出去，景物紧凑集中，如同一个一个罨画镜框样子。若是一个有才能的画家，他不仅会把树石间穿着色彩鲜明的少年，同水上游人种种活动，收入画布，同时还能够把他们表示新生生命的笑语和歌声同样写入画中。如照相，可不会见好，因为距离远了点，对面树木丛杂，照出来只是一片绿，见不出层次。

1956 年写

谈写游记

写游记象是件不太费力的事情，因为任何一个小学生，总有机会在作文本子上留下点成绩。至于一个作家呢，只要他肯旅行，就自然有许多可写的事事物物搁在眼前。情形尽管是这样，好游记可不怎么多。编选高级语文教本的人，将更容易深一层体会到，古今游记虽浩如烟海，入选时实费斟酌。古典文学游记，《水经注》已得多数人承认，文字清美。同样一条河水，三五十字形容，就留给人一个深刻印象，真可说对山水有情。但是不明白南北朝时代文字风格的读者，在欣赏上不免有隔离。《洛阳伽蓝记》文笔比较富丽，景物人事相配合的叙述法，下笔极有分寸，特别引人入胜，好处也容易领会些。宋人作《洛阳名园记》，时代稍近，文体又平实易懂，记园林花木布置兼有对时人褒贬寓意，可算得一时佳作。叙边远外事如《大唐西域记》、《岭外代答》和《高丽图经》诸书，或直叙旅途见闻，或分门别类介绍地方物产、制度、风俗人情，文笔条理清楚，千年来读者还可从书中学得许多有用知识。从这些各有千秋的作品中，我们还可得到一种重要启示：好游记和好诗歌相似，有分量作品不一定要字数多，不分行写依然是诗。作游记不仅是描写山水灵秀清奇，也容许叙事抒情。读者在习惯上对于游记体裁的要求不苛刻，已给作者用笔以极大方便和鼓励。好游记不多另有原因。“文以载道”，在旧社会是句极有势力的话，把古代一切作家的思想都笼罩住了。诗歌、戏剧、小说虽然从另一角度落笔，突破限制，得到了广大群众。然而大多数作者，还是乐于作卫道文章，容易发财高升。个人文集，也总是把庙堂之文放在最前面。游记文学历来不列入文章正宗，只当成杂著小品看待，在旧文学史中位置并不怎么重要。近三十年很有些好游记，写现代文学史的，也不过聊备一格，有的且根本不提。

写游记必临水登山，善于使用手中一支笔为山水传神写照，令读者如身莅其境，一心向往，终篇后还有回味余甘，进而得到一种启发和教育，才算是成功作品。这里自然要具备一个条件，就是作者得好好把握住手中那支有色泽、富情感、善体物、会叙事的笔。他不仅仅应当如一个优秀山水画家，还必需兼有一个高明人物画家的长处，而且还要博学多通，对艺术各部门都略有会心，譬如音乐和戏剧，让主题人事在一定背景中发生、存在时，动静之中似乎有些空白处，还可用一种恰如其分的乐声填补空间。这个比方可能说得有点过了头，近乎夸诞玄远。不过理想文学佳作，不问是游记还是短篇小说，实在都应当给读者这么一种有声有色鲜明活泼的印象。如何培养这支笔，是一个得商讨待解决的问题。

近三十年来，报刊杂志中很有些特写式游记，写国内新人、新事、新景物，文字素朴，内容扎实，充满一种新的泥土生活气息，却比某些性质相同的短篇小说少局限性，比某些分析探讨的论文具说服力。有的作者并非职业作家，因此不必受文学作品严格的要求影响，表现上得到较大的自由。又有些还刚离开大学不久，最多习作机会还不过是学生时代写写情书或家信，就从这个底子上进行写作，由于面对的生活丰富，问题新鲜，作品给读者印象却自然而亲切。我也欢喜另外一种专家学者写成的游记，虽引古证今，可不落俗套，见解既好，文笔又明白畅达，当成史地辅助读物，对读者有实益。好游记种类还多，上二例成就比较显著。另外还有两种游记，比较普通常见：一为报刊上经常可读到的某某出国海外游记，特殊性的也对读者起教育作用，一般性的或系根据导游册子复述，又或虽然目击身经，文字条件较差，只知直接叙事，不善写景写人，缺少文学气氛，自然难给读者深刻印象。另一种是国内游记，作者始终还不脱离写卷子的基本情绪，不拘到什么名胜古迹地方去，凡见到的事物，都无所选择，一一记下。正和你我某一时在北海大石桥边、颐和园排云殿前照相差不多，虽背景壮丽，天气又十分温和，人也穿着得整齐体面，还让那位照相师热情十分的反复指点，直到装成微笑态，得到照相师点头认可，才“巴达”一下，大功告成。可是相片洗出看看，照例主题背景总是呆呆的，彼此相差不多，近于个人纪念性记录，缺少艺术所要求的新鲜。本人即或以为逼真，他人看来实在不易感动。这种相成天有人在照，同样游记也随时有人在写，虽和艺术要求有点距离，却依旧有广大读者。由于在全国范围内舟车行旅中，经常有大量群众，都需要阅读报刊，这种游记有一定群众基础。还有一种不成功的游记，作者思想感情被理论上几个名词缚得紧紧的，一动笔老不忘记教育他人；文思既拙滞，却只顾抄引格言名句，盼望人从字里行间发现他的哲理深思，形成一种自我陶醉。其实严肃有余，枯燥无味，既少说服力，也少感染力，写论文已不大济事，作游记自然更难望成功。

写游记除“阿丽思”女士的幻想旅行作品不计，此外总得有点生活基础。不过尽管有丰富新鲜生活经验，如没有运用文字的表现力，又缺少对外物的锐敏感觉，还是不成功。不拘写什么自然总是无生气，少新意，缺少光彩。他的毛病正如一个不高明的作曲家，仅记住些和声原理，五线谱的应用却不熟悉，一切乐器上手也弹不出好声音。即或和千年前唐玄宗一样，居然有机会梦游天宫，得见琼楼玉宇间那群紫绡仙子，在翠碧明蓝天空背景中清歌曼舞，乐曲舞艺都佳妙无比，并且人醒回来时，印象还十分清楚明白，可是想和唐玄宗一样，凭回忆写个《紫云回》舞曲，却办不到作不好。原因是手中没有得用工具。补救方法在改善学习，先作个好读者。其次是把文字当成工具好好掌握到手中，必需用长时期“写作实践”来证实“理论概括”，绝不宜用后者代替前者，以为省事。写游记看来十分简单，搞文学就绝不能贪图省事。

一九五七年六月二十日

谈写字（一）

社会组织复杂时，所有事业就得分工。任何一种工作，必需要锲而不舍的从事多年，才能够有点成就。当行与玩票，造诣分别显然。兼有几种长处，所谓业余嗜好成就胜过本行专业的，自然有人。但这种人到底是少数。特殊天才虽可以超越那个限度，用极少精力，极少时间，作成发明创造的奇迹，然而这种奇迹期之于一般人，无可希望。一般人对某种专门事业，无具体了解难说创造；无较深认识，决不能产生奇迹。不特严谨的科学是这样，便是看来自由写意的艺术，其实也是这样。

多数人若肯承认在艺术上分工的事实，那就好多了。不幸得很，中国多数人大都忽略了这种事实。都以为一事精便百事精。尤其是艺术，社会上许多人都欢喜附庸风雅，从事艺术。唯其倾心艺术，影响所及，恰好作成艺术进步的障碍，这个人若在社会有地位又有势力，且会招致艺术的堕落。最显著的一例就是写字。

写字算不算得是艺术，本来是一个问题。原因是它在人与人间少共通性，在时间上又少固定性。但我们不妨从历史来考察一下，看看写字是不是有艺术价值。就现存最古的甲骨文字看来，可知道当时文字制作者，在点线明朗悦目便于记忆外，已经注重到它个别与群体的装饰美或图案美。到铜器文字，这种努力尤其显然（商器文字如画，周器文字极重组织）。此后大小篆的雄秀，秦权量文字的整肃，汉碑碣的繁复变化，从而节省为章草，整齐成今隶，它那变革原因，虽重在讲求便利，切合实用，然而也就始终有一种造型美的意识存在，因为这种超实用的意识浸润流注，方促进其发展。我们若有了这点认识，就权且承认写字是一种艺术，似乎算不得如何冒失了。

写字的艺术价值成为问题，倒恰好是文字被人承认为艺术一部门之时。史称熹平时蔡邕写石经成功，立于太学门外，观看的和摹写的车乘日千余辆，填塞街陌。

到晋有王羲之作行草书，更奠定了字体在中国的艺术价值，不过同时也就凝固了文字艺术创造的精神。从此写字重模仿，且渐重作者本人的事功，容易受人为风气所支配。在社会上它的地位与图画、音乐、雕刻比较起来，虽见得更贴近生活，切于应用，令人注意，但与纯艺术也就越远了。

因此到近来有人否认字在艺术上的价值，以为它虽有社会地位，却无艺术价值。郑振铎先生是否认它最力的一个人。艺术，是不是还许可它在给人愉快意义上证明它的价值？我们是不是可以为艺术下个简单界说："艺术，它的作用就是能够给人一种正当无邪的愉快。"艺术的价值自然很多，但据我个人看来，称引一种美丽的字体为艺术，大致是不会十分错误的。

字的艺术价值动摇浮泛而无固定性，令人怀疑写字是否艺术，另外有个原因，不在它的本身，却在大多数人对于字的估价方法先有问题。一部分人把它和图画、音乐、雕刻比较，便见得一切艺术都有所谓创造性，唯独写字拘束性大，无创造性可言，并且单独无道德或情感教化启示力量，故轻视它。这种轻视无损于字的地位，自然也无害于字的艺术真价值。轻视它，不注意它，那就罢了。到记日用账目或给什么密友情人写信时，这轻视它的人总依然不肯十分疏忽它，明白一个文件看来顺眼有助于达到目的。家中的卧房或客厅里，还是愿意挂一副写得极好的对联，或某种字体美丽的拓片，作为墙头上的装饰。轻视字的艺术价值的人，其实不过是对于字的艺术效果要求太多而已。糟的倒是另外一种过份重视它而又莫名其妙的欣赏者。这种人对于字的本身美恶照例毫无理解，正因其无理解，便把字附上另外人事的媒介，间接给他一种价值观。把字当成一种人格的象征，一种权力的符咒；换言之，欣赏它，只为的是崇拜它。前年中国运故宫古物往伦敦展览时，英国委员选画的标准是见有乾隆皇帝题字的都一例带走。中国委员当时以为这种毛子精神十分可笑。其实有些中国艺术鉴赏者，何尝不是同样可笑。近年来南北美术展览会里，常常可以发现吴佩孚先生画的竹子，冯玉祥先生写的白话诗，注意的人可真不少。假石涛假八大的字画，定价相当的高，还是容易找到买主。几个比较风雅稍明绘事能涂抹两下的朝野要人，把鬻画作画当成副业收入居然十分可观。凡此种种，就证明“毛子精神”原来在中国更普遍的存在。几年来“艺术”两个字在社会上走了点运，被人常常提起，便正好仰赖到一群艺术欣赏者的胡涂势利精神，那点对于艺术隔膜，批评不苛刻，对于名公巨卿又特别容易油然发生景仰情绪作成的嗜好。山东督办张宗昌虽不识字，某艺术杂志上还刊载过他一笔写成的虎字！多数人这么爱好艺术，无形中自然就奖励到庸俗与平凡。标准越低，充行家也越多。书画并列，尤其是写字，仿佛更容易玩票，无怪乎游山玩水时，每到一处名胜地方，当眼处总碰到一些名人题壁刻石。若无世俗对于这些名人的盲目崇拜，这些人一定羞于题壁刻石，把上好的一堵墙壁一块石头脏毁，来虐待游人的眼目了。

所以说，分工应当是挽救这种艺术堕落可能办法之一种。本来人人都有对于业余兴趣选择的自由，艺术玩票实在还值得加以提倡。因为与其要做官的兼营公债买卖，教书的玩麻雀牌，办党的唱京戏，倒还是让他们写写字画点画好些。然而必需认识分工的事实，真的专家行家方有抬头机会，这一门艺术也方有进步希望。这点认识不特当前的名人需要，当前几个名画家同样需要。

画家欢喜写美术字，这种字给人视觉上的痛苦，是大家都知道的。又譬如林风眠先生，可说是近代中国画家态度诚实用力勤苦的一个模范，他那有创造性的中国画，虽近于一种试验，成就尚有待他的努力，至少他的试验我们得承认它是一条可能的新路。不幸他还想把那点创造性转用在题画的文字上，因此一来，一幅好画也弄成不三不四了。记得他那绘画展览时，还有个批评家，特别称赞他题在画上的字，以为一部分用水冲淡，能给人一种新的印象。很显然，这种称赞是荒谬可笑的。林先生所写的字，所用的冲淡方法，都因为他对于写字并不当行。林先生若还有一个诤友，就应当劝他把那些画上的文字尽可能的去掉。

话说回来，在中国，一切专业者似乎都有机会抬头，唯独写字，它的希望真渺茫的很！每个认字的人，照例都被动或自动临过几种字帖，刘石庵、邓石如、九成宫、多宝塔、张黑女、董美人等都是一串熟习的名词。有人欢喜玩它，谁能说这不是你的当行，不必玩？正因为是一种谁也知道一两手的玩意儿，因此在任何艺术展览会里，我们的眼福就只是看俗书劣书，另无希望了。专家何尝不多，但所谓专家，也不过是会写写字，多学几种帖，能模仿某种名迹的形似那么一种人吧。欣赏者不懂字，专家也不怎么懂字。必明白字的艺术应有的限度，折衷古人，综合其长处，方能给人一点新的惊讶新的启示。欲独辟蹊径，必须理解它的点线疏密分布，如此一来方可以得到一种官感上的愉快，一种从视觉上给人雕塑、图画兼音乐的效果。这种专家当然不多。另一种专家，就是有继往开来的野心，却无继往开来的能力，终日胡乱涂抹，自得其乐，批评鉴赏者不外僚属朋辈以及强充风雅的市侩，各以胡涂而兼阿谀口吻行为赞叹爱好，因此这人便成专家。这种专家在目前情形下，当然越来越多。这种专家一多，结果促成一种风气，便是以庸俗恶劣代替美丽的风气。专家不抬头，倒是塞翁失马，不至于使字的艺术十分堕落，专家抬头，也许更要不得了。

我们若在这方面还存下一点希望，似乎还有两种办法可以努力：一是把写字重新加以提倡，使它成为一种特殊的艺术，玩票的无由插手；二是索性把它看成一种一般的行业，让各种字体同工匠书记发生密切关系，以至于玩票的不屑于从事此道。如此一来，从装饰言，将来必可以看到许多点线悦目的字，从应用言，也可望多数人都写出一种便利流动的字。这种提倡值得大家关心，因为它若有了点效果，名流的俗字，艺术家的美术字，不至于到处散播，我们的眼目，就不必再忍受这两种虐待了。

1937 年 5 月写

谈写字（二）

一、宋四家

书画到宋代后，有了极大变化，说坏处是去传统标准日远，说特色是敢自我作古。“经生体”的稳重熟练把握不住，虞欧褚颜的创造天赋也都缺乏。试用代表这个时代的苏黄米蔡（图十三—十六）作例，就可知道这几个人的成就，若律以晋唐法度规模，便见得结体用笔无不带点权谲霸气，少端丽庄雅，能奔放而不能蕴藉。就中蔡襄楷书虽努力学古，也并不成功。米书称从兰亭出，去兰亭从容和婉可多远！若遇游山玩水，探胜访奇，兴会来时，攘袖挥毫，摩崖题壁，草草数行，尚有些动人处。函简往还，叙述家常琐事，跋赞法书名画，间或记

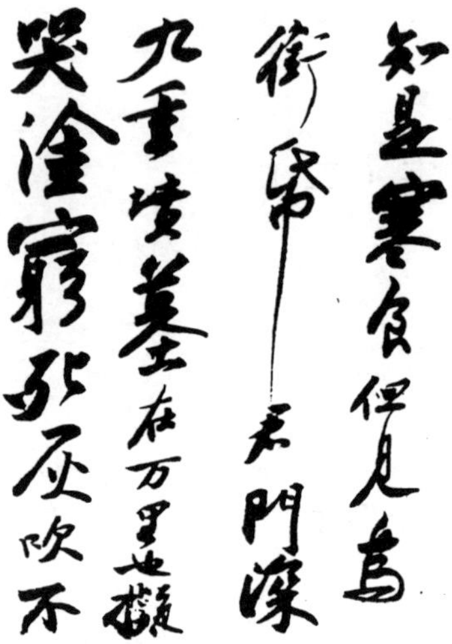

图十三　宋苏轼《东坡黄州寒食诗》局部

点小小掌故，也留下些妙墨佳书。至若一本正经的碑志文字，四家实少佳作。苏书《罗池庙碑》，蔡书《荔子谱》、《万安桥记》，都笔不称名。黄书做作，力求奔放潇洒，不脱新安茶客情调。恰如副官与人对杯，终不能令人想像曲水流觞情景也。米书可大可小，最不宜中。一到正正经经来点什么时，即大有不知如何作手脚的急窘。此外，理学大儒，馆阁词臣，元勋武将，词人骚客，也留下许多作品，如王安石、司马光、文彦博、韩绛、朱熹、吴琚、范成大、陆游，大多数可说是字以人传，无

图十四　宋黄庭坚《伏波神祠诗卷》局部

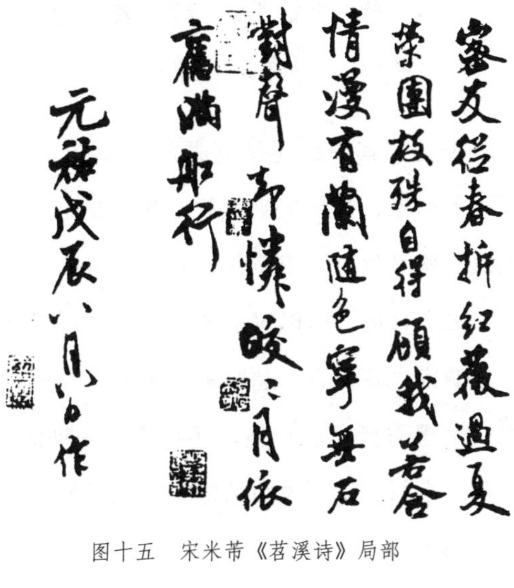

图十五　宋米芾《苕溪诗》局部

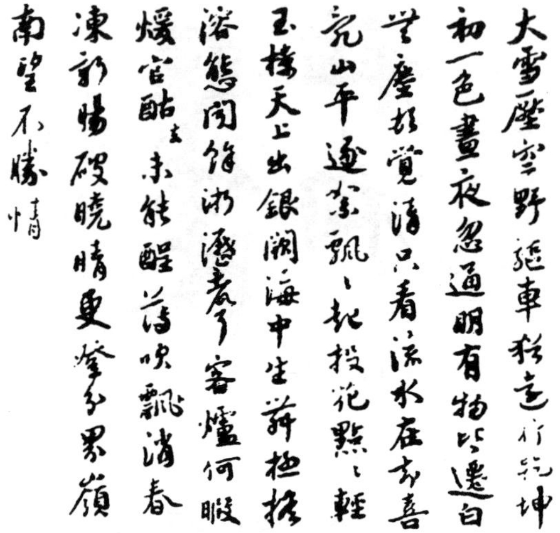

图十六　宋蔡襄《自书诗帖》局部

多特别精彩处。其中倒还是范成大和陆游、朱熹较好。即以四大家而论，米称俊爽豪放，苏称妩媚温润，黄号秀挺老成，蔡号独得大王草法；其实则多以巧取势，实学不足，去本日远。即以对于艺术兴趣特别浓厚赏鉴力又极高之徽宗皇帝而言，题跋前人名迹时，来三两行瘦金体书，笔墨秀挺自成一格，还可给人一种洒落印象。写字一到二十行，就不免因结体少变化而见出俗气，难称佳制。《墨庄漫录》称：

海岳以书学博士召对。上问本朝以书名数人。海岳各以其人对，曰："蔡京不得笔，蔡卞得笔而少逸韵。蔡襄勒字，沈辽排字，黄庭坚描字，苏轼画字。"上复问："卿书如何？"对曰："臣书刷字。"

倪思评及宋贤书时，也有相似意见。大米虽有痴名，人实不痴，对于自己一笔字，平时倒看得极重。其实论到宋代几个有名书家笔墨长短时，这种应对可谓相当准确，并非完全戏谑。说宋人已不能如虞欧褚颜认真写字，并不为过。

宋人虽不长于认真写字，可是后世人作园林别墅匾对，用宋人字体写来，却还不俗气，照例可保留一种潇洒散逸情趣，容易与自然景物相衬。比之傻仿颜柳字体少市侩气，呆仿六朝碑少作作气。就中米苏字体，在卷轴上作一寸以内题识时，如吴琚与吴宽，笔墨尽管极力求脱俗，结果或者反而难免八分俗气。成行成篇还看得去，一个一个裁下看，简直不成东西！可是若把字体放大到一尺以后，不多不少来个三五字，却雅韵欲流，面目一新。然放大米书容易，放大苏书似不容易。因此能作大字米黄体的有人，作苏书的世多不见。

二、近代笔墨

康南海先生喜谈书法，谈及近百年笔墨优劣时，有所抑扬，常举例不示例，不足以证是非。至于南海先生个人用笔结体，虽努力在点画间求苍莽雄奇效果，无如笔不从心，手不逮意，终不免给人一芜杂印象。一生到处题名，写字无数，且最欢喜写“开张天岸马，奇逸人中龙”一联，却始终不及在云南昆明黑龙潭相传为陈抟那十个字来得秀雅奇逸！昔人说，鲜于伯机、康里子山笔下有河朔气。南海先生实代表“广东作风”，启近代“伟人派”一格。反不如梁任公、胡展堂同样是广东人，却能谨守一家法度，不失古人步骤，转而耐看。

其实欲明白清代书法优劣，为南海先生议论取证，不如向故都琉璃厂走走，即可从南纸店和古董铺匾额得到满意答复。因为照习惯，这百十家商店的市招，多近两百年国内名流达宦手笔。虽匾额字数不多，难尽各人所长，然在同一限度中却多少可见出一点各自不同的风格或性格。北平商店最有名市招，自然应数宣武门外骡马市大街“西鹤年堂”一面金字招牌，传为严分宜手书，字体从小欧《道因碑》出，加峻紧险迫，筋骨开张，二百年来还仿佛可从笔画转折间见出执笔者性情。至于琉璃厂匾额，实美不胜收。二十六年最摩登的应数梅兰芳为“伦池斋”写的三个字。乾嘉时代多宰臣执政名公巨卿手笔，刘墉、翁方纲可作代表。咸同之季多儒将手笔，曾、左可作代表。晚清多诗人名士手笔，法式善、宝竹坡可作代表。入民国以后，情形又随政体而变，总统如黎元洪、袁世凯，军阀如吴佩孚、段祺瑞，此外如水竹村人（徐世昌）的大草书，逊清太傅陈宝琛的欧体书，内阁总理熊希龄的山谷体行书，诗人词客议员记者学者名伶如樊增祥、姚茫父、罗瘿公、罗振玉、林长民、邵飘萍等等各有千秋的笔墨，都各据一家屋檐下，俯视过路人，也尽过路人瞻仰。到一九一九年以后，则新社会露头角的名流，与旧社会身分日高的戏剧演员，及在新旧社会之间两不可少的印人画家，如蔡元培、胡适之、梅兰芳、程砚秋、齐白石、寿石工诸人写的大小招牌，又各自填补了若干屋檐下空缺。所以从这个地方，我们不仅可以见出近两百年来有象征性的大人物名姓墨迹，还可从执笔的身分地位见出时代风气的变迁。先是名公宰臣的题署，与宏奖风雅大有关系，极为商人所尊重。其次是官爵与艺术分道扬镳，名士未必即是名臣，商人倒乐意用名士作号召。再其次是遗老与军阀，艺员与画家，在商人心中眼中已给予平等重视，这些人本身也必然承认了这个平等观。“民主”二字倒真像快要来到了。再其次是玩古董字画卖文房四宝，已得用新的一群作象征，也可知事实上这个新的一群，在时代新陈代谢中，已成为风雅的支持者了。

三、市招与社会

若说从故都一个小街上的市招字体，可看出中国近百年书法的变，和中国历史文化的新陈代谢及社会风气的转移，那从各地都会市招上，也一定可以明白一点东西。凡较热闹的省会，我们一定会感觉到一件事，即新的马路和新的店铺，多用新的市招。虽间或可从药店和糕饼店、南纸店，发现一二旧式匾额，比较上已不多。可知这三种旧社会的商业，或因牌号旧，或因社会需要，在新的都会中尚勉强能存在。但试想想，旧药店已不能不卖阿司匹灵[1]，糕饼店也安上玻璃柜兼售牛奶面包，南纸店更照例得准备洋墨水和练习簿，就可知大都会这些旧牌号，虽存在实勉强维持，过不久恐都得取消了（最后剩下的将是中医与财神庙的匾额，这是中国人五十年内少不了的）。虽然新式理发馆或大银行门面，依然常常有个伟人题字点缀，一看也就知道所需要的正如办丧事人家题铭旌，只是题字人的功名，字体好坏实已不再为任何方面注意。

不过从执笔方面也可以看出一点代表地方的象征。譬如说，南京多革命要人，市招上题名也大多数是这种要人。一九二九年以后，南京的旅馆、饭馆以及公司，都可发现谭、于诸老的墨迹，多少也可象征一点民国权要的气度。山东究竟是文化礼义之邦，济南市面虽日益变新，旧招牌尚多好好保存。较新的牌号，大多数还是

[1] 通译为阿司匹林。

一个胶东状元王垿所包办，《醴泉铭》作底子的馆阁体欧书，虽平板些尚不失典型。长沙是个也爱名人也重伟人的地方（未焚烧前），各业匾额便多谭延闿先生争座位颜体大字，和书家杨仲子六朝体榜书，两人秋色平分。杭州是个也有名流也要书家的地方，所以商店中到处可见周承德先生宽博大方的郑文公碑体写在朱红漆金字大匾上。至若西湖沿湖私人别墅园亭，却多国内近三十年名流达官的题署。上海是个商业都会，并且是个五方杂处英雄豪杰活动地方，所以凡用得着署名市招的，就常有上海闻人虞洽卿、王一亭、杜月笙的题字。近代社会要人与闻人关系既相当密切，因之凡闻人的大小企业，却又多要人题字。

大凡欢喜写写字，且乐意到一个新地方从当地招牌上认识那地方文化程度或象征人物的，都可能有个相差不多的印象或感想，即招牌字体有越来越不高明趋势。或者因为新式商店门面宽窄无定，或者因为油漆匠技术与所用材料恶劣，居多招牌字体比例就不大与匾额相称，匾额又照例难与门面装饰相协调合。至于请求名人动笔的商人呢，似乎已到不明好坏不问好坏情形，只是执笔的官位越大或为人越富于商标性就越好。至于写字的名人伟人呢，若还想把它当成一件事作，好坏之间还有点荣辱感，肯老老实实找个人代笔，还不失为得计。不幸常常是来者不拒，有求必应。有些人或者还特别欢喜当众挥毫，表示洒脱。不是用写径寸字体的结构方法放大成对径二尺三尺的大字，就是用不知什么东西作成的笔，三涂五抹而成。真应了千年前火正后人米颠说的，不是“勒”字就是“排”字，不是“描”字就是“刷”字。可是论成就，却与古人成就相去多远！虽说这种连扫带刷的字体，有时倒也和照相馆西药房这些商号本身性质相称，可是这一来，在街上散步时，我们从市招上得到的视觉享受，可完全被剥夺了。

权利去掉后自然多了一种义务，那就是在任何地方都可碰头的伟人字和美术字。这两者合流，正象征一种新的形成，原来是奠基于“莫名其妙”和“七拼八凑”。从写字看文化，使我们感觉到像上月朱自清先生对于政府十年前迫学生用毛笔的复古担忧为不必要，也为梁思成先生主持北平文整会的修理工作的意见，同意以外觉得茫然。因为党国要人中虽还有个吴稚老，欢喜写写篆字。至于另外一位富有民主风度的于胡子，本精六朝书，老年手不得用，写的字就已经像是用大型特制原子笔画成的莼菜条笔锋了。

从写字也可让我们明白，社会在变，字体在变，可是字的存在为人民继续当作一种传达意见情感的工具来运用，至少在中国，总还有个百十年寿命。字本来是让人认识的，如像北伐以后，近二十年来政工人员写的美术字标语，使我觉得即此一事，提出“向传统学习”的口号，也就还有其必要！但是向一个现代从事政工人员说“标语明白简单醒目而有效果，宜于从传统学习”，当然像是完全胡说！因为他正在打倒“传统”，而学的却是有现代性的美术字，辩论结果，只会大家头痛。

1948 年 7 月写

（原载《文学杂志》，1948 年 10 月第 3 卷第 4 期）

甲辰闲话（一）

我预备在我活着的日子里，写下几个小说，从三十岁起始到五十岁止，这二十年内条件许可当把它继续完成。我将用下述各样名字，作为我每个作品的题名：

一、黄河，写黄河两岸北方民族与这一条肮脏肥沃河流所影响到的一切。

二、长江，写长江中部以及上下游的革命纠纷。

三、长城，写边地。

四、上海，写工人与市侩对立的生活。

五、北京，以北京为背景的历史的社会的综集。

六、父亲，纪念我伟大抱负的爸爸。

七、母亲，纪念我饱经忧患的妈妈。

八、我，记述我从小到大的一切。

九、她，写一切在我生活中对我有过深刻影响的女人。

十、故乡，故乡的民族性与风俗及特殊组织。

十一、朋友，我的债主和我的朋友，如何使我生活。(这是我最不应该忘却的一本书。)

但是，看看这一篇生活的账目，使我有点忧郁起来了。我已经写了许多文章，还要写那么些文章，我到后是不是死在路边还得请朋友去赊一具棺材？同时我在什么时候死去，是不是将因为饥饿或同饥饿差不多的原因？我曾答应过一个在北京协和医科大学学医的朋友，在我死后把尸身赠给他，许可随他处置，我是不是到那时还能好好的躺在北京一个公寓里或协和的地下室咽那最后的一口气？想到这些，我又觉得我最相宜的去处，倒是另外一个事业了。

我最欢喜两件事情，一种是属于“文”的，就是令我坐在北京琉璃厂的一个刻字铺里，手指头笼上一个皮套儿，用刀按在硬木上刻宋体字，因为我的手法较敏捷活泼，常常受掌柜的奖励，同时我又眼见到另一个同伴，脸上肮脏，把舌子常常掉在嘴角上，也在那里刻字。我常常被奖励，这小子却常常得到掌柜大而多毛的巴掌。还有我们做手艺是在有白白的太阳的窗下做的。我仿佛觉得那些地方是我最相宜的地方，同时是我最适当的事业。另外我还想到一种属于“武”的生活。上海民国路有些小弄子里，有些旧式的铜匠铺，常常有几个全个身上脸上黑趋趋的小子，嘴唇皮极厚，眼睛极小，抿着嘴巴，翻动白眼，伸出瘦瘦的胳膊，蹲身在鹤嘴口旁捶打铜片，或者拿着铜杆儿，站立在镀镍的转轮边。一条长长的污浊的皮带，从屋梁上搭下来，带着钢轮飞动，各处是混杂的声音，各处是火花。这些地方也一定能作我灵魂的住宅。

如今这两种生活都只能增加我的羡慕，他们的从容，在我印象中，正如许多美丽女子的影子在许多年青多情的男子的头脑中，保留着不能消失，同时这印象却苦恼到灵魂。

我的文章，是羡慕这些平凡，为人生百事所动摇，为小到这类职业也非常的倾心才写出的。记得在上海时，有一个不认识的人，给了我一个信，说是十分欢喜我也同情我作品，要约我见一次面。我自然得答应，把回信寄去，不久这个朋友就来了。来时出我意外的，还带了他一个风致楚楚的太太来。我的住处楼下是一个馆子，自然在方便中我就请他们喝汤吃菜。（这太太的美貌年青，想起来很有点使我生气。）两夫妇即刻同我那么熟习，我还不大明白这个理由，便是我文章作成了这友谊。到后他们要我带他们到一个最有趣的地方去玩，我记起了爱多亚路萨坡赛路口一个铜作铺的皮带同转轮同那一群脏人了，就带着这年轻夫妇到那里去，站到门外看了半天。第二天，这朋友夫妇以为我"古怪有趣"，又来我住处。这一次我可被他们拉到另外一个好地方吃喝去了。回家时，我红着脸说，我不习惯那个派头，我不习惯在许多体面男人女人面前散步或吃喝。他们更以为我"古怪有趣"。我们的友谊，到现在还保持得很好，上面那些话，这朋友见到，他是不会生气的。不过我的兴味同社会上层的人就距离得那么远，我的忧郁，什么人会知道？

一九三一年六月十日作

我的写作与水的关系

在我一个自传里，我曾经提到过水给我种种的印象。檐溜，小小的河流，汪洋万顷的大海，莫不对于我有过极大的帮助。我学会用小小脑子去思索一切，全亏得是水。我对于宇宙认识得深一点，也亏得是水。

“孤独一点，在你缺少一切的时节，你就会发现，原来还有个你自己。”这是一句真话。我有我自己的生活与理想，可以说是皆从孤独得来的。我的教育，也是从孤独中来的。然而这孤独，与水不能分开。

年纪六岁七岁时节，私塾在我看来实在是个最无意思的地方。我不能忍受那个逼窄的天地，无论如何总得想出方法到学校以外的日光下去生活。大六月里与一些同街比邻的小孩子，把书篮用草标各作下了一个记号，搁在本街土地堂的木偶身背后，就洒着手与他们到城外去，钻入高可及身的禾林里，捕捉禾穗上的蚱蜢，虽肩背为烈日所烤炙，也毫不在意。耳朵中只听到各处蚱蜢振翅的声音，全个心思只顾去追逐那种绿色黄色跳跃灵便的小生物。到后看所得来的东西已尽够一顿午餐了，才到河边去洗濯，拾些干草枯枝，用野火来烧烤蚱蜢，把这些东西当饭吃。直到这些小生物完全吃尽后，大家于是脱光了身子，用大石压着衣裤，各自从崖坎高处向河水中跃去。就这样泡在河水里，一直到晚方回家去挨那一顿不可避免的痛打。有时正在绿油油禾田中活动，有时正泡在水里，六月里照例的行雨来了，大的雨点夹着吓人的霹雳同时来到，各人匆匆忙忙逃到路坎旁废碾坊下或大树下去躲避。雨落得久一点，一时不能停止，我便一面望着河面的水泡，或树枝上反光的叶片，想起许多事情。所捉的鱼逃了，所有的衣湿了，河面溜走的水蛇，钉固在大腿上的蚂蟥，碾坊里的母黄狗，挂在转动不已大水车上起花的人肠子……因为雨，制止了我身体的活动，心中便把一切看见的经过的全记忆温习起来了。

也是同样的逃学，有时阴雨天气，不能向河边走去，我便上山或到庙里去，在庙前庙后树林或竹林里，爬上了这一株，到上面玩玩后，又溜下来爬另外一株。若爬的是竹子，则在上面摇荡一会，爬的是树木，则看看上面有无鸟巢或啄木鸟孵卵的孔穴。雨落大了，再不能作这种游戏时，就坐在楠木树下或庙门前石阶上看雨。既还不是回家的时候，一面看雨一面自然就需要温习那些过去的经验，这个日子才能发遣开去。雨落得越长，人也就越寂寞。在这时节想到一切好处也必想到一切坏处。那么大的雨，回家去说不定还得全身弄湿，不由得有点害怕起来，不敢再想了。我于是走到庙廊下去为作丝线的人牵丝线，为制棕绳的人摇绳车。这些地方每天照例有这种工人作工，而且这种工人照例又还是我很熟悉的人。也就因为这种雨，无从掩饰我的劣行，回到家中时，我便更容易被罚跪在仓屋中。在那间空洞寂寞的仓屋里，听着外面檐溜滴沥声，我的想象力却更有了一种很好的训练机会。我得用回想和幻想补充我所缺少的饮食，安慰我所得到的痛苦。我因恐怖得去想一些不使我再恐怖的生活，我因孤寂，又得去想一些热闹事情，方不至于过分孤寂。

到十五岁以后，我的生活同一条辰河无从分开。我在那条河流边住下的日子约五年。这一大堆日子中我差不多无日不与河水发生关系。走长路皆得住宿到桥边与渡头，值得回忆的哀乐人事常是湿的。至少我还有十分之一的时间，是在那条河水正流与支流各样船只上消磨的。从汤汤流水上，我明白了多少人事，学会了多少知识，见过了多少世界！我的想象是在这条河水上面扩大的。我把过去生活加以温习，或对于未来生活有何安排时，必依赖这一条河水。这条河水有多少次差一点儿把我攫去，又幸亏他的流动，帮助我作着那种横海扬帆的远梦，方使我能够依然好好的在这人世中过着日子！

再过五年，我手中的一支笔，居然已经能够尽我自由运用了。我虽离开了那条河流，我所写的故事，却多数是水边的故事。故事中我所最满意的文章，常用船上水上作为背景。我故事中人物的性格，全为我在水边船上所见到的人物性格。我文字中一点忧郁气氛，便因为被过去十五年前南方的阴雨天气影响而来。我文字风格，假若还有些值得注意处，那只是因为我记得水上人的言语太多了。

再过五年后，我的住处已由干燥的北京移到一个明朗华丽的海边。海边既那么宽广无涯无际，我对于人生远景凝眸的机会便较多了些。海边既那么寂寞，它培养了我的孤独心情。海放大了我的感情与希望，且放大了我的人格……

给志在写作者

好朋友：这几年我因为个人工作与事务上的责任，常有机会接到你们的来信。我们不拘相去如何远，人如何生疏，好象都能够在极短时期中成为异常亲密的好朋友。即可以听取你们生活各方面的意见。昔人说，“人与人心原是可以沟通的”，我相信在某种程度内，我们相互之间，在这种通信上真已得到毫无隔阂的友谊了。对于这件事我觉得快乐。我和你们少数见面一次两次，多人尚未见面，以后可能永无机会见面。还有些人是写了信来，要我答复，我无从答复；或把文章寄来，要我登载，我给退回。我想在这刊物上，和大家随便谈一谈。

我接到的一切信件，上面总那么写着：

“先生：我是个对文学极有兴趣的人。”

都说有“兴趣”，却很少有人说“信仰”。兴趣原是一种极不固定的东西，随寒暑阴晴变更的东西。所凭借的原只是一点兴趣，一首自以为是杰作的短诗被压下，兴趣也就完了。我听到有人说，写作不如打拳好，兴趣也就完了。或另外有个朋友相邀下一盘棋，兴趣也就完了。总而言之，就是这个工作靠兴趣，不能持久，太容易变。失败，那不用提；成功，也可以因小小的成功以后，看来不过如此如此，全部兴趣消灭无余。前者不必例举，后者的例可以从十六年来新文学作家的几起几落的情景中明白。十六年来中国新文学作家好象那么多，真正从事于此支持十年以上的作家并不多。多数人只是因缘时会，在喜事凑热闹的光景下捞着了作家的名位，玩票似的混下去。一点儿成绩，也就是那么得来的。对文学有兴趣，无信仰，结果有所谓“新文学”，在作者本身方面，就觉得有点滑稽，只是二十五岁以内的大学生玩的东西。多数人呢，自然更不关心了。如果这些人对文学是信仰不是兴趣，一切会不同一点。

对文学有信仰，需要的是一点宗教情绪。同时就是对文学有所希望（你说是荒谬想象也成）。这希望，我们不妨借用一个旧俄作家说的话：

> 我们的不幸，便是大家对于别人的心灵、生命、痛苦、习惯、意向、愿望都很少理解，而且几几乎全无所知。我们所以觉得文学可尊者，便因其最高的功能是试在消除一切的界限与距离。

话说得不错，而且说得很老实。今古相去那么远，世界面积那么宽，人心与人心的沟通和连接，原是依赖文学的。人性的种种纠纷，与人生向上的憧憬，原可以依赖文学来诠释启发的。这单纯信仰是每一个作家不可缺少的东西，是每个大作品产生必有的东西。有了它，我们才可以在写作失败时不气馁，成功后不自骄。有了它，我们才能够“伟大”！好朋友，你们在过去总说对文学有“兴趣”，我意见却要让你们有“信仰”。是不是应该把“兴趣”变成“信仰”？请你们想想看。

其次是你们来信，总表示对于生活极不满意。我很同情。我并不要你们知足，我还想鼓励一切朋友对生活有更大的要求，更多的不满。活到当前这个乱糟糟的社会里，大多数负责者都那么因循与柔懦，各作得过且过的打算。卖国贼、汉奸、流氓、贩运毒物者、营私舞弊者，以及多数苟且偷安的知识分子，成为支持这个社会的柱石和墙壁，凡是稍稍有人性的青年人，哪能够生活满意？那些生活显得很满意，在每个日子中能够陶然自得沾沾自喜的人，自己不是个天生白痴，他们的父亲就一定是那种社会柱石，为儿女积下了一点血钱，可以供他们读书或取乐。即使如此，这种环境里的人，只要稍有人性，也依然对当前不能满意，会觉得所寄生的家庭如此可耻，所寄生的国家如此可哀！

对现实不满，对空虚必有所倾心。社会改革家如此，思想家也如此，每个文学作者不一定是社会改革者，不一定是思想家，但他的理想，却常常与他们异途同归。他必具有宗教的热忱，勇于进取，超乎习惯与俗见而向前。一个伟大作品，总是表现人性最真切的欲望！——对于当前黑暗社会的否认，对于未来光明的向往。一个伟大作品的作者，照例是需要一种博大精神，忽于人事小小得失，不灰心，不畏难，在极端贫困艰辛中，还能支持下去，且能组织理想（对未来的美丽而光明的合理社会理想）在篇章里，表现多数人在灾难中心与力的向上，使更大多数人浸润于他想象和情感光辉里，能够向上。

可是，好朋友，你们对生活不满意，与我说到的却稍稍不同。你们常常急于要找“个人出路”。你们嗔恨家庭，埋怨社会，嘲笑知识，辱骂编辑，就只因为你们要出路，要生活出路与情感出路。要谋事业，很不容易；要放荡，无从放荡；要出名，要把作品急于发表，俨然作编辑的都有意与你们为难，不给机会发表。你们痛苦似乎很多，要求却又实在极少。正因为要求少，便影响到你们的成就。第一，写作的态度，被你们自己把它弄小弄窄。第二，态度一有问题，题材的选择，不是追随风气人云亦云，就是排泄个人小小恩怨，不管为什么都浮光掠影，不深刻，不亲切。你们也许有天才，有志气，可是这天才和志气，却从不会好好的消磨在工作上，只是被“杂感”和“小品”弄完事，只是把自己本人变成杂感和小品完事。要出路，杂志一多，出路来了。要成名，熟人一多，都成名了。要作品呢，没有作品。首都南京有个什么文艺俱乐部，聚会时常常数百人列席，且有要人和名媛搀杂其间，这些人通常都称为“作家”。大家无事，附庸风雅，吃茶谈天而已。假若你们真不满意生活，从事文学，先就应当不满意如此成为一个作家。其次，再看看所谓伟大作品是个什么样子，来研究，来理解，来学习，低头苦干个三年五载。忘了“作家”，关心“作品”。永远不在作品上自满，不在希望上自卑。认定托尔斯泰或歌德、李白或杜甫，所有的成就，全是一个人的脑子同手弄出来的。只要你有信心，有耐力，你也可以希望用脑子和那只手得到同样的成就。你还不妨野心更大一点，希望你的心与力贴近当前这个民族的爱憎和哀乐，作出更有影响的事业！好朋友，你说对生活不满意，你觉得是应当为个人生活找出路，还是另外一件事？请你们也想想看。

我在这刊物上写这种信，这是末一次，以后恐无多机会了。我很希望我意见能对你们有一点用处。我们必需明白我们的国家，当前实在一种极可悲哀的环境里，被人逼迫堕落，自己也还有人甘心堕落。对外，毫无办法，对内，成天有万千人饿死，成天有千万人在水边挣扎……此外大多数人就做着噩梦，无以为生。但从一方面看来，那个“明天”又总是很可乐观的。明天是否真的可以转好一点？一切希望却在我们青年人手里。青年人中的文学作家，他不但应当生活得勇敢一点，还应当生活得沉重一点。每个人都必须死，正因为一个人生命力用完了，活够了，挪开一个地位，好让更年轻的人来继续活下去。死是不可避免的自然法则。我们如今都还年青，不用提这个问题，我们可以谈活。我认为每个人都有权力活得更有意义，活得更象个人。历史原是一种其长无尽的东西，我们能够在年青力壮时各自低头干个十年八年，活够了，死了，躺下来给蛆收拾了，也许生命还能在另外一种意义上活得很长久。徒然希望“不朽”，是个愚蠢的妄念；至于希望智慧与精力不朽，那只看我们活着时会不会好好的活罢了。我们是不是也觉得如今活着，还象一个活人？一面活下去一面实值得我们常常思索。

一九三六年三月二十七日北平

短篇小说

说到这个问题以前，我想在题目下加上一个子题，比较明白。

“一个短篇小说的作者，谈谈短篇小说的写作，和近二十年来中国短篇小说的发展。”

因为许多人印象里意识里的短篇小说，和我写到的说起的，可能是两样不同的东西，所以我还要老老实实声明一下：这个讨论只能说是个人对于小说一点印象、一点感想、一点意见，不仅和习惯中的学术庄严标准不相称，恐怕也和前不久确定的学术一般标准不相称。世界上专家或权威，在另外一时对于短篇小说规定的“定义”、“原则”、“作法”，和文学批评家所提出的主张说明，到此都暂时失去了意义。

什么是我所谓的“短篇小说”？要我立个界说，最好的界说，应当是我作品所表现的种种。若需要归纳下来简单一点，我倒还得想想，另外一时给这个题目作的说明，现在是不是还可应用。三年前我在师范学院国文会讨论会上，谈起“小说作者和读者”时，把小说看成“用文字很恰当记录下来的人事”。因为既然是人事，就容许包含了两个部分：一是社会现象，是说人与人相互之间的种种关系；一是梦的现象，便是说人的心或意识的单独种种活动。单是第一部分容易成为日常报纸记事，单是第二部分又容易成为诗歌。必须把人事和梦两种成分相混合，用语言文字来好好装饰剪裁，处理得极其恰当，才可望成为一个小说。

我并不觉得小说必须很“美丽”，因为美丽是在文字辞藻以外可以求得的东西。我也不觉得小说需要很“经济”，因为即或是个短篇，文字经济依然并不是这个作品成功的唯一条件。我只说要很“恰当”，这恰当意义，在使用文字上，就容许不怕数量的浪费，也不必对于辞藻过分吝啬。故事内容呢，无所谓“真”，亦无所谓“伪”（更无深刻平凡区别），要的只是那个“恰当”。文字要恰当，描写要恰当，全篇分配更要恰当。作品的成功条件，就完全从这种“恰当”产生。

我们得承认，一个好的文学作品，照例会使人觉得在真美感觉以外，还有一种引人“向善”的力量。我说的“向善”，这个词的意思，并不属于社会道德一方面“做好人”的理想，我指的是这个：读者从作品中接触了另外一种人生，从这种人生景象中有所启示，对“人生”或“生命”能作更深一层的理想。普通做好人的乡愿道德，社会虽异常需要，有许多简便方法工具可以利用，“上帝”或“鬼神”，“青年会”或“新生活”，或对付他们的心，或对付他们的行为，都可望从那个“多数”方面产生效果。不必要文学来作。至于小说可作的事，却远比这个重大，也远比这个困难。如象生命的明悟，使一个人消极的从肉体爱憎取予，理解人的神性和魔性，如何相互为缘，并明白生命各种型式，扩大到个人生活经验以外，为任何书籍所无从企及。或积极的提示人，一个人不仅仅能平安生存即已足，尚必须在他的生存愿望中，有些超越普通动物的打算，比饱食暖衣保全首领以终老更多一点的贪心或幻想，方能把生命引导到一个崇高理想上去。这种激发生命离开一个动物人生观，向抽象发展与追求的兴趣或意志，恰恰是人类一切进步的象征。这工作自然也就是人类最艰难伟大的工作。推动或执行这个工作，文学作品实在比较别的东西更其相宜。若说得夸大一点，到近代，别的工具都已办不了时，唯有“小说”还能担当这种艰巨。原因简单而明白：小说既以人事为经纬，举凡机智的说教，梦幻的抒情，一切有关人类向上的抽象原则学说，无一不可以把它综合组织到一个故事发展中。印刷术的进步，交通工具的进步，既得到分布的便利，更便利的还是近千年来读者传统的习惯，即多数认识文字的人，从一个故事取得娱乐与教育的习惯，在中国还好好存在。加之用文学作品来耗费他个人剩余生命，取得人生教育，从近三十年来年青学生方面说，在社会心理上即贤于博弈。所以在过去，《三国志》或《红楼梦》所有的成就，显然不是用别的工具可以如此简便完成的。在当前，几个优秀作家在国民心理影响上，也不是什么作官的专家部长委员可办到的。在将来，一个文学作者若具有一种崇高人生理想，这理想希望它在读者生命中保有一种势力，将依然是件极其容易事情。用“小说”来代替“经典”，这种大胆看法，目前虽好象有点荒唐，却近于将来的事实。

这是我三年前对于小说的解释，说的虽只是“小说”，把它放在“短篇小说”上，似乎还说得通。这种看法也许你们会觉得可笑，是不是？不过真正可笑的还在后面，因为我个人还要从这个观点上来写三十年！二十年在中国历史上，算不得一个数目，但在个人生命中，也就够瞧了。这种生命的投资，普通聪明人是不干的！

有人觉得好笑以外也许还要有点奇怪，即从我说这问题一点钟两点钟得来的印象，和你们事先所猜想到的，读十年书听十年讲记忆中所保留的，很可能都不大相合。说说完了，于是散会。散会以后，有的人还当作笑话，继续谈论下去，有的人又匆匆忙忙的跑出大南门，预备去看九点场电影，有的人说不定回到宿舍，还要骂骂“狗屁狗屁，岂有此理”。这样或那样，总而言之，是不可免的。过了三点钟后，这个问题所能引起的一点小小纷乱也差不多就完事了。这也就正和我所要说的题目相合，与一个“短篇小说”在读者生命中所占有的地位相合，讲的或写的，好些情形都差不多。这并不是人生的全部，只那么一点儿，所要处理的，说他是作者人生的经验也好，是人生的感想也好，再不然，就说他是人生的梦也好。总之，作者所能保留到作品中的并不多，或者是一闪光，一个微笑，以及一瞥即成过去的小小悲剧，又或是一个人濒临生死边缘作的短期挣扎。不管它是什么，都必然受种种限制，受题材、文字以及读者听者那个“不同的心”所限制。所以看过或听过后，自然同样不久完事。不完事的或者是从这个问题的说明、表现方式上，见出作者一点语言文字的风格和性格，以及处理题材那点匠心独运的巧思，作品中所蕴蓄的人生感慨与人类爱。如果是讲演，连续到八次以上，从各个观点去说明的结果，或者能建设出一个明明朗朗的人生态度。如果是作品，一本书也不会给读者相同印象。至于听一回，看一篇，使对面的即能有会于心，保留一种深刻印象，对少数人言，即或办得到，对多数人言，是无可希望的！

新文学中的短篇小说，系随同二十二年前那个五四运动发展而来。文学运动本在五四运动以前，民六左右，即由陈独秀、胡适之诸先生提出来，却因五四运动得到

“工具重造工具重用”的机会。当时谈思想解放和社会改造，最先得到解放是文字，即语体文的自由运用。思想解放社会改造问题，一般讨论还受相当限制时，在文学作品试验上，就得到了最大的自由，从试验中日有进步，且得到一个“多数”（学生）的拥护与承认。虽另外还有个“多数”（旧文人与顽固汉）在冷嘲恶咒，它依然在幼稚中发育成长，不到六七年，大势所趋，新的中国文学史，就只有白话文学作品可记载了。谈到这点过去时，其实应当分开来说说，因为各部门作品的发展经过和它的命运，是不大相同的。

新诗革命当时最与传统相反，情形最热闹，最引起社会注意（作者极兴奋，批评者亦极兴奋），同时又最成为问题，即大部分作品是否算得是“诗”的问题。

戏剧在那里讨论社会问题，处理思想问题，因之有“问题”而无“艺术”，初期作者成绩也就只是热闹，作品并不多，且不怎么好。

小说发展得平平常常，规规矩矩，不如诗那么因自由而受反对，又不如戏那么因庄严而抱期望，可是在极短期间中却已经得到读者认可继续下去。先从学生方面取得读者，随即从社会方面取得更多的读者，因此奠定了新文学基础，并奠定了新出版业的基础。

若就近二十年来过去作个总结算，看看这二十年的发展，作者多，读者多，影响大，成就好，实应当推短篇小说。这原因加以分析，就可知道一是起始即发展得比较正常，作品又得到个自由竞争机会，新陈代谢作用大些，前仆后继，人材辈出，从作品中沙中捡金，沙子多金屑也就不少。其次即是有个读者传统习惯，来接受作品，同时还刺激鼓励优秀作品产生。

若讨论到“短篇小说”的前途时，我们会觉得它似乎是无什么“出路”的。他的光荣差不多已经变成为“过去”了。它将不如长篇小说，不如戏剧，甚至于不如杂文热闹。长篇小说从作品中铸造人物，铺叙故事又无限制。近二十年来社会的变，近五年来世界的变，影响到一人或一群人的事，无一不可以组织到故事中。一个长篇如安排得法，即可得到历史的意义、历史的价值，它且更容易从旧小说读者中吸收那个多数读者，它的成功伟大性是极显明的。戏剧娱乐性多，容易成为大时代中都会的点缀物，能繁荣商业市面，也能繁荣政治市面，所以不仅好作品容易露面，即本身十分浅薄的作品，有时说不定在官定价值和市定价值两方面，都被抬得高高的。就中唯有短篇小说，费力而不容易讨好，将不免和目前我们这个学校中的“国文系”情形相同，在习惯上还存在，事实上却好象对社会不大有什么用处，无出路是命定了的。

不过我想在大家都忘不了“出路”，多数人都被“出路”弄昏了头的时候，来在“国文学会”的讨论会上，给“短篇小说”重新算个命，推测推测它未来可能是个什么情形。有出路未必是好东西，这个我们从跑银行的大学生，有销路的杂志，和得奖的作品即可见到一二。那么，无出路的短篇小说，还会不会有好作者和好作品？从这部门作品中，我们还能不能保留一点希望，认为它对中国新文学前途，尚有贡献？要我答复我将说“有办法的”。它的转机即因为是“无出路”。从事于此道的，既难成名，又难牟利，且决不能用它去讨个小官儿作作。社会一般事业都容许侥幸投机，作伪取巧，用极小气力收最大效果，唯有“短篇小说”可是个实实在在的工作，玩花样不来，擅长“政术”的分子决不会来摸它。“天才”不是不敢过问，就是装作不屑于过问。即以从事写作的同道来说，把写短篇小说作终生事业，都明白它不大经济。这一来倒好了。短篇小说的写作，虽表面上与一般文学作品情形相差不多，作者的兴趣或信仰，却已和别的作者不相同了。支持一个作者的信心，除初期写作，可望从“读者爱好”增加他一点愉快，从事此道十年八年后，尚能继续下去的，作者那个“创造的心”，就必得从另外找个根据。很可能从外面刺激凌轹，转成为自内而发的趋势。作者产生作品那点“动力”，和对于作品的态度，都慢慢的会从普通“成功”，转为自我完成，从“附会政策”，转为“说明人生”。这个转变也可说是环境逼成的，然而，正是进步所必需的。由于作者写作的态度心境不同，似乎就与抄抄撮撮的杂感离远，与装模作样的战士离远，与逢人握手每天开会的官僚离远，渐渐的却与那个“艺术”接近了。

照近二十年来的文坛风气，一个作家一和“艺术”接近，也许因此一来，他就应当叫作“落伍”了，叫作“反动”了，他的作品并且就要被什么“检查”、“批评”了，他的主张意见就要被“围剿”、“扬弃”了。但我们可不必为这事情担心。这一切不过是一堆“词”而已，词是照例摇撼不倒作品的。作品虽用纸张印成，有些国家在作品上浇了些煤油，放火去烧它，还无结果！二三子玩玩字词，用作自得其乐的消遣，未尝无意义。若想用它作符咒，来消灭优秀作品，其无结果是用不着龟筮卜算的。“落伍”是被证明已经“老朽”、“反动”，又是被裁判得受点处分，使用的意义虽都相当厉害，有时竟好象还和“侦探告密”、“坐牢杀头”这类事情牵连在一处。但文人用来加到文人头上时，除了满足一种卑鄙的陷害本能，是并无何等意义，不用担心吓怕的。因为这种词用惯后、用多后，明眼人都知道这对一个诚实的作家，是不会有何作用的。文学还是文学，作品公正的审判人是“时间”（从每个人生命中流过的时间），作品在读者与时间中受试验，好的存在，且可能长久存在，坏的消灭，即一时间偶然侥幸，迟早间终必消灭。一个作者真正可怕的事，是无作品而充作家，或写点非驴非马作品应景凑趣，门面总算支持了，却受不了那个试验，在试验中即黯然无光。

日月流转，即用过去二十年事实作个例，试回头看看这段短短路上的陈迹，也可长人不少见识。当时文坛逐鹿，恰如运动场上赛跑，上千种不同的人物，穿着各式各样的花背心和运动鞋，用各自习惯的姿势，从跑道一端起始，飞奔而前。就中有仅仅跑完一个圈子，即已力不从心，摇摇头退下场了的。有跑到三五个圈子，个人独在前面，即以为大功告成而不再干的。有一面跑一面还打量到作点别的节省气力事情，因此装作摔了一跤，脚一蹁一蹁向公务员丛中消失了的。也有得到亲戚、朋友、老板、爱人在旁拍巴掌叫好，自己却实在无出息，一阵子也败溃下来的。大致的说来，跑到三五年后，剩下的人数已不甚多。虽随时都有新补充分子上场，跑到十年后，剩下的可望到达终点的人就不过十来位了。设若这个竞赛是无终点的，每个人的终点即是死，工作的需要是发自于内的一点作人气概，以及支持三五十年的韧性，跑到后来很可能观众都不声不响，不拍掌也不叫好，多数作家难以为继，原是极其自然的。所以每三五年照例都有几个雄赳赳的人物，写了些得商人出力、读者花钱、同道捧场、官家道贺的作品，结果只在短短“时间”淘冶中，作品即已若存若亡，本人且有改业经商，发了三五万横财，讨个如夫人在家纳福的。或改业从政，作个小小公务员，写点子虚乌有报告的。或傍个小官，代笔做做秘书，安分乐生混日子下去的。这些人倒真是得到了很好的出路！逝者如斯，不舍昼夜，历史虽短，也就够令人深思！

“得到多数”虽已成为一种社会习惯，在文学发展中，倒也许正要借重“时间”，把那个平庸无用的多数作家淘汰掉，让那个真有作为诚敬从事的少数，在极困难挫折中受试验，慢慢的有所表现，反而可望见出一点成绩。（三五个有好作品的作家，事实上比三五百挂名作家更为明日社会所需要，原是显然明白的。）对这个少数作家而言，我觉得他们的工作，正不妨从“文学”方面拉开，安放到“艺术”里去，因为他的写作心理状态，既容易与流行文学观日见背驰，已渐渐和过去中国一般艺术家相近。他不是为“出路”而写作，这个意见是我十三年前提起过的，我以为值得旧事重提，和大家讨论讨论。

记得是民国十七年秋天，徐志摩先生要我去一个私立大学讲“现代中国小说”，上堂时，但见百十个人头在下面转动，我知道许多“脑子”也一定在同样转动。我心想：“和这些来看我讲演的人，我说些什么较好？”所以就在黑板上写了一行字：“请你们让我休息十分钟吧。”我意思倒是咱们大家看看，比比谁看得深。我当然就在那里休息，实在说就是给大家欣赏我那个乱蓬蓬的头，那种狼狈神气。到末后，我开口了，一说就是两点钟。下课钟响后，走到长廊子上时，听到前面两个人说，“他究竟说些什么？”这种讲演从一般习惯看来，自然是失败了。那次“看”的人可能比“听”的人多，看的人或许还保留一个印象，听的人大致都早已忘掉了。忘不掉的只有我自己，因为算是用“人”教育“我”，真正上了一课。这一课使我明白文字和语言、视和听给人的印象，情形大不相同。我写的小说，正因为与一般作品不大相同，人读它时觉得还新鲜，也似乎还能领会所要表现的思想内容。至于听到我说起小说写作，却又因为解释的与一般说法不同，与流行见解不合，弄得大家莫名其妙了。这对于我个人，真是一种离奇的教育。它刺激我在近十年中，继续用各种方式去试验，写了一些作品和读者对面。我写到的一堆故事，或者即已说明我对这个问题的意见和态度，若不曾从我作品中看出一点什么，这种单独的讲演，是只会作成你们的复述那个“他究竟是说什么”印象的。

其实当时说的并不希奇古怪，不过太诚实一点罢了。“诚实”二字虽常常被文学作家和理论家提出，可是大多数人照例都怕和诚实对面。因为它似乎是个乡巴佬使用的名词，附于这个名词下的是：坦白，责任，超越功利而忠贞不易，超越得失而有所为有所不为。把这名词带到都市上来，对“玩”文学的人实在是毫无用处的。其实正是文学从商业转入政治，“艺术”或“技巧”都在被嘲笑中地位缩成一个零。以能体会时代风气写平庸作品自夸的，就大有其人。这些人或仿佛十分前进，或俨然异常忠实，用阿谀“群众”或阿谀“老板”方式，认为即可得到伟大成就。另外又有一部分作家，认幽默为人生第一，超脱潇洒的用个玩票白相态度来有所写作。谐趣气氛无节制，人生在作者笔下，即普遍成为漫画化。“浅显明白”的原则支配了作者心和手，其所以能够如此，即因为这个原则正可当做作品草率马虎的文饰。风气所趋，作者不甘落伍的，便各在一种预定的公式上写他的传奇，产生并完成他“有思想”的作品。或用一个滑稽讥笑的态度，来写他的无风格、无性格、平庸乏味的打哈哈作品。如此或如彼，目标所在是“得到多数”。用的是什么方法，所得到的又是什么，都不在意。

关于这一点，当时我就觉得，这是不成的。社会的混乱，如果一部分属于一般抽象原则价值的崩溃，作者还有点自尊心和自信心，应当在作品中将一个新的原则重建起来。应当承认作品完美即为一种秩序。一切社会的预言者，本身必须坚实而壮健，才能够将预言传递给人。作者不能只看今天明天，还得有个瞻望远景的习惯，五十年一百年世界上还有群众！新的文学要它有新意，且容许包含一个人生向上的信仰，或对国家未来的憧憬，必需得从另外一种心理状态来看文学，写作品，即超越商业习惯上的“成功”，完全如一个老式艺术家制作一件艺术品的虔敬倾心来处理，来安排。最高的快乐从工作本身即可得到，不待我求。这种文学观自然与当时“潮流”不大相合，所以对我本来怀有好感的，以为我莫名其妙，对我素无好感的，就说这叫作“落伍”、“反动”。不过若注意到这是从左右两方面来的诅咒，就只能令人苦笑了。

我是个乡下人，乡下人的特点照例“相当顽固”，所以虽被派“落伍”了十三年，将来说不定还要被文坛除名，还依然认为一个作者不将作品与“商业”、“政策”混在一处，他脑子会清明一些。他不懂商业或政治，且极可能把作品也写得象样些。他若是一个短篇小说作者，肯从中国传统艺术品取得一点知识，必将增加他个人生命的深度，增加他作品的深度。一句话，这点教育不会使他堕落的！如果他会从传统接受教育，得到启迪或暗示，有助于他的作品完整、深刻与美丽，并增加作品传递效果和永久性，都是极自然的。

我说的传统，意思并不是指从史传以来，涉及人事人性的叙述，两千多年来早有若干作品可以模仿取法。那么承受传统毫无意义可言。主要的是有个传统艺术空气，以及产生这种种艺术品的心理习惯，在这种艺术空气心理习惯中，过去中国人如何用一切不同的材料、不同的方法，来处理人的梦，而且又在同一材料上，用各样不同方法，来处理这个人此一时或彼一时的梦。艺术品的形成，都从支配材料着手，艺术制作的传统，即一面承认材料的本性，一面就材料性质注入他个人的想象和感情。虽加人工，原则上却又始终能保留那个物性天然的素朴。明白这个传统特点，我们就会明白中国文学可告给作家的，并不算多，中国一般艺术品告给我们的，实在太多太多了。

试从两种艺术品的制作心理状态，来看看它与现代短篇小说的相通处，也是件极有意义的事情。一由绘画涂抹发展而成的文字，一由石器刮削发展而成的雕刻，不问它是文人艺术或应用艺术，艺术品之真正价值，差不多全在于那个作品的风格和性格的独创上。从材料方面言，天然限制永远存在，从形式方面言，又有个社会习惯限制。然而一个优秀作家，却能够于限制中运用“巧思”，见出“风格”和“性格”。说夸张一点，即是作者的人格。作者在任何情形下，都永远具有上帝造物的大胆与自由，却又极端小心，从不滥用那点大胆与自由超过需要。作者在小小作品中，也一例注入崇高的理想、浓厚的感情，安排得恰到好处时，即一块顽石、一把线、一片淡墨、一些竹头木屑的拼合，也见出生命洋溢。这点创造的心，就正是民族品德优美伟大的另一面。在过去，曾经产生过无数精美的绘画、形制完整的铜器或玉器、美丽温雅的瓷器，以及形色质料无不超卓的漆器。在当前或未来，若能用它到短篇小说写作上，用得其法，自然会有些珠玉作品，留到这个人间。这些作品的存在，虽若无补于当前，恰恰如杜甫、曹雪芹在他们那个时代一样，作者或传说饿死，或传说穷死，都缘于工作与当时价值标准不合。然而百年后或千载后的读者，反而唯有从这种作品中，取得一点生命力量，或发现一点智慧之光。

制砚石的高手，选材固在所用心，然而在一片石头上，如何略加琢磨，或就材质中小小毛病处，因材使用作一个小小虫蚀、一个小池，增加它的装饰性，一切都全看作者的设计，从设计上见出优秀与拙劣。一个精美砚石和一个优秀短篇小说，制作的心理状态（即如何去运用那点创造的心），情形应当约略相同。不同的为材料，一是石头，顽固而坚硬的石头，一是人生，复杂万状充满可塑性的人生。可是不拘是石头还是人生，若缺少那点创造者的“匠心独运”，是不会成为特出艺术品的。关于这件事，《红楼梦》作者曹雪芹，比我们似乎早明白了两百年。他不仅把石头比人，还用雕刻家的手法，来表现大观园中每一个人物，从语言行为中见身分性情，使两世纪后读者，还仿佛可看到这些纸上的人，全是些有血有肉有哀乐爱憎感觉的生物。（谈历史的多称道乾隆时代，其实那个辉辉煌煌的时代，除了遗留下一部《红楼梦》可作象征，别的作品早完了！）

再从宋元以来中国人所作小幅绘画上注意。我们也可就那些优美作品设计中，见出短篇小说所不可少的慧心和匠心。这些绘画无论是以人事为题材，以花草鸟兽云树水石为题材，“似真”、“逼真”都不是艺术品最高的成就，重要处全在“设计”。什么地方着墨，什么地方敷粉施彩，什么地方竟留下一大片空白，不加过问。有些作品尤其重要处，便是那些空白不着笔墨处，因比例上具有无言之美，产生无言之教。

短篇小说的作者，能从一般艺术鉴赏中，涵养那个创造的心，在小小篇章中表现人性，表现生命的形式，有助于作品的完美，是无可疑的。

短篇小说的写作，从过去传统有所学习，从文字学文字，个人以为应当把诗放在第一位，小说放在末一位。

一切艺术都容许作者注入一种诗的抒情，短篇小说也不例外。由于对诗的认识，将使一个小说作者对于文字性能具特殊敏感，因之产生选择语言文字的耐心。对于人性的智愚贤否、义利取舍形式之不同，也必同样具有特殊敏感，因之能从一般平凡哀乐得失景象上，触着所谓“人生”。尤其是诗人那点人生感慨，如果成为一个作者写作的动力时，作品的深刻性就必然因之而增加。至于从小说学小说，所得是不会很多的。

所以短篇小说的明日，是否能有些新的成就，据个人私意，也可以那么说，实有待于少数作者，是否具有勇气肯从一个广泛的旧的传统最好艺术品中，来学习取得那个创造的心，印象中保留着无数优秀艺术品的形式，生命中又充满活泼生机，工作上又不缺少自尊心和自信心，来在一个新的观点上，尝试他所努力从事的理想事业。

……

一九四一年五月二日
在西南联大国文学会讲
五月二十日在昆明校正

给一个读者

××先生：

来信已见到，谢谢。你问关于写小说的书，什么书店什么人作的较好。我看过这样书八本，从那些书上明白一件事，就是：凡编著那类书籍出版的人，肯定他自己绝不能写较好的创作，也不能给旁的从事文学的人多少帮助。那些书不管书名如何动人，内容总不大合于写作的事实，算不得灵丹妙药。他告你们“秘诀”，但这件事若并无秘诀可言，他玩的算个什么把戏，你想想也就明白了。真真的秘诀是多读多做，但这个已是一句老话了，不成其为秘诀的。我只预备告你几句话，虽然平淡无奇，也许还有一点用处，可作你的参考。

据我经验说来，写小说同别的工作一样，得好好的去“学”。又似乎完全不同别的工作，就因为学的方式可以不同。从旧的各种文字、新的各种文字理解文字的性质，明白它们的轻重，习惯于运用它们。这工作很简单，并无神秘，不需天才。不过，好象得看一大堆作品才会得到有用的启发。你说你也看了不少书。照我的推测，你看书的方法或值得讨论。从作品上了解那作品的价值与兴味，这是平常读书人的事。一个作者读书呢，却应从别人作品上了解那作品整个的分配方法，注意它如何处置文字如何处理故事，也可以说看得应深一层。一本好书不一定使自己如何兴奋，却宜于印象底记着。一个作者在别人好作品面前，照例不会怎么感动，在任何严重事件中，也不会怎么感动——作品他知道是写出来的，人事他知道无一不十分严重。他得比平常人冷静些，因为他正在看、分析、批判。他必须静静的看、分析、批判，自己写时方能下笔，方有可写的东西，写下来方能够从容而正确。文字是作家的武器，一个人理会文字的用处比旁人渊博，善于运用文字，正是他成为作家条件之一。几年来有个趋向，不少人以为文字艺术是种不必注意的小技巧。这有道理。不过这些人似乎并不细细想想，不懂文字，什么是文学。《诗经》与山歌不同，不在思想，还在文字！一个作家思想好，决不至于因文字也好反而使他思想变坏。一个性情幽默知书识字的剃头师傅，能如老舍先生那么使用文字，也就有机会成为老舍先生。若不理解文字，也不能使用文字，那就只好成天挑小担儿各处做生意，就墙边太阳下给人理发，一面工作一面与主顾说笑话去了。写小说，想把作品涉及各方面生活，一个人在事实上不可能，在作品上却俨然逼真，这成功也靠文字。文字同颜料一样，本身是死的，会用它就会活。作画需要颜色，且需要会调弄颜色。一个作家不注意文字，不懂得文字的魔力，纵有好思想也表达不出。作品专重文字排比自然会变成四六文章。我并不要你专注重文字。我意思是一个作家应了解文字的性能，这方面知识越渊博熟练，越容易写作品。

写小说应看一大堆好作品，而且还应当知道如何去看，方能明白，方能写。上面说的是我的主观设想。至于“理论”或“指南”、“作法”一类书，我认为并无多大用处。这些书我就大半看不懂。我总不明白写这些书的人，在那里说些什么话。若照他们说的方法来写小说，许多作者一年中恐怕不容易写两个象样短篇了。“小说原理”、“小说作法”那是上讲堂用的东西，至于一个作家，却只应看一堆作品，作无数次试验，从种种失败上找经验，慢慢的完成他那个工作。他应当在书本上学懂如何安排故事使用文字，却另外在人事上学明白人事。每人因环境不同，欢喜与憎恶多不相同。同一环境中人，又会因体质不一，爱憎也不一样。有张值洋一千元的钞票，掉在地下，我见了也许拾起来交给警察，你拾起来也许会捐给慈善机关，但被一个商人拾去呢？被一个划船水手拾去呢？被一个妓女拾去呢？你知道，用处不会相同的。男女恋爱也如此，男女事在每一个人解释下都成为一种新的意义。作战也如此，每个军人上战场时感情各不相同。作家从这方面应学的，是每一件事各以身分性别而产生的差别。简单说来就是“求差”。应明白各种人为义利所激发的情感如何各不相同。又譬如胖一点的人脾气常常很好，超过限度且易中风，瘦人能够跑路，神经敏锐。广东人爱吃蛇肉，四川人爱吃辣椒，北方人赶骆驼的也穿皮衣，四月间房子里还生火，河南、河北、山西乡村妇女如今还有缠足的，这又是某一地方多数人相同的。这是“求同”。求同知道人的类型，求差知道人的特性。我们能了解什么事有他的“类型”，凡属这事通相去不远。又知道什么事有他的“特性”，凡属个人皆无法强同。这些琐细知识越丰富，写文章也就容易下笔了。知道的太少，那写出来的就常常不对。好作品照例使读者看来很对，很近人情，很合式。一个好作品上的人物，常使人发生亲近感觉。正因为他的爱憎，他的声音笑貌，都是一个活人。这活人由作者创造，作者可以大胆自由来创造，创造他的人格与性情，第一条件，是安排得对。他可以把工人角色写得性格极强，嗜好正当，人品高贵，即或他并不见到这样一个工人，只要写得对就成。但他如果写个工人有三妻六妾，会作诗，每天又作什么什么，就不对了。把身分、性情、忧乐安排得恰当合理，这作品文字又很美，很有力，便可以希望成为一个好作品。

不过有些人既不能看一大堆书，又不能各处跑，弄不明白人事中的差别或类型，也说不出这种差别或类型，是不是可以写得出好作品？换一个说法，就是假使你这时住在南洋，所见所闻总不能越出南洋天地以外，可读的书又仅仅几十本，是不是还可希望写几个大作品？据我想来也仍然办得到。经验世界原有两种方式，一是身临其境，一是思想散步。我们活到二十世纪，正不妨写十五世纪的历史小说。我们谁都缺少死亡的经验，然而也可以写出死亡的一切。写牢狱生活的不一定亲自入狱，写恋爱的也不必须亲自恋爱。虽然这举例不大与上面要说的相合，譬如这时要你写北平，恐怕多半写不对。但你不妨就“特点”下笔。你不妨写你身临其境所见所闻的南洋一切。你身边只有《红楼梦》一部，就记熟他的文字，用那点文字写南洋。你好好的去理解南洋的社会组织、丧庆仪式、人民观念与信仰、上层与下层的一切，懂得多而且透彻，就这种特殊风光作背景，再注入适当的想象，自然可以写得出很动人故事的。你若相信用破笔败色在南洋可以画成许多好画，就不妨同样试来用自己能够使用的文字，以南洋为中心写点东西。当前自然不免会发生一种困难，便是作品不容易使人接受的困难。这就全看你魄力来了。你有魄力同毅力，故事安置的很得体，观察又十分透彻，写它时又亲切而近人情，一切困难不足妨碍你作品的成就。（我们读一百年前的俄国小说，作品中人物还如同贴在自己生活上，可以证明，只要写得好，经过一次或两次翻译也仍然能接受的。）你对于这种工作有信心，不怕失败，总会有成就的。我们作人照例受习惯所支配，服从惰性过日子。把观念弄对了，向好也可以养成一种向好的惰性。觉得自己要去做，相信自己做得到，把精力全部搁在这件工作上，征服一切并不十分困难，何况提起笔来写两个短篇小说？

你问，“一个作者应当要多少基本知识？”这不是几句话说得尽的问题。别的什么书上一定有这个答案。但答案显然全不适用。一个大兵，认识方字一千个左右，训练得法，他可以写出很好的故事。一个老博士，大房子里书籍从地板堆积到楼顶，而且每一本书皆经过他圈点校订，假定说，这些书全是诗歌吧，可是这个人你要他作一首诗，也许他写不出什么好诗。这不是知识多少问题，是训练问题。你有两只脚、两只眼睛、一个脑子、一只右手，想到什么地方就走去，要看什么就看定它，用脑子记忆，且把另一时另一种记忆补充，要写时就写下它，不知如何写时就温习别的作品是什么样式完成。如此训练下去，久而久之，自然就弄对了。学术专家需要专门学术的知识，文学作者却需要常识和想象。有丰富无比的常识，去运用无处不及的想象，把小说写好实在是件太容易的事情了。懒惰畏缩，在一切生活一切工作上皆不会有好成绩，当然也不能把小说写好。谁肯用力多爬一点路，谁就达到高一点的峰头。历史上一切伟大作品，都不是偶然成功的。每个大作家总得经过若干次失败，受过许多回挫折，流过不少滴汗水，才把作品写成。你虽不见过托尔斯泰，但你应当相信托尔斯泰这个人的伟大，那么大堆作品，还只是一双眼睛一个脑子一只右手作成的。你如今不是也有两只光光的眼睛、一个健全的脑子、一只强壮的右手吗？你所处的环境、所见的世界，实在说来比托尔斯泰还更幸运一些，你还怕什么？你担心无出路，你是不是真想走路？你不宜于在迈步以前惶恐，得大踏步走向前去。一个作者的基本条件，同从事其他事业的人一样，要勇敢、有恒，不怕失败，不以小小成就自限。……

一九三五年四月十日

论技巧

几年来文学词典上有个名词极不走运，就是“技巧”。多数人说到技巧时，就有一种鄙视意识。另外有一部分人却极害羞，在人面前生怕提这两个字。“技巧”两个字似乎包含了纤细、琐碎、空洞等等意味，有时甚至于带点猥亵下流意味。对于小玩具小摆设，我们褒奖赞颂中，离不了“技巧”一词，批评一篇文章，加上“技巧得很”时，就隐寓似褒实贬。说及一个人，若说他“为人有技巧”，这人便俨然是个世故滑头样子。总而言之，“技巧”一字已被流行观念所限制，所拘束，成为要不得的东西了。流行观念的成立，值得注意，流行观念的是非，值得讨论。

《诗经》上的诗，有些篇章读来觉得极美丽，《楚辞》

上的文章，有些读来也觉得极有热情，它们是靠技巧存在的。骈体文写得十分典雅，八股文章写得十分老到，毫无可疑，也在技巧。前者具永久性，因为注重安排文字，达到另外一个目的，就是亲切、妥贴、近情、合理的目的。后者无永久性，因为除了玩弄文字以外毫无好处，近于精力白费，空洞无物。同样是技巧，技巧的价值，是在看它如何使用而决定的。

一件恋爱故事，赵五爷爱上了钱少奶奶，孙大娘原是赵五爷的宝贝，知道情形，觉得失恋，气愤不过，便用小洋刀抹脖子自杀了。同样这么一件事，由一个新闻记者笔下写来，至多不过是就原来的故事，加上死者胡同名称、门牌号数，再随意记记屋中情形，附上几句公子多情，佳人命薄……于是血染茵席，返魂无术，如此如此而已。可是这件事若由冰心女士写下来，大致就不同了。记者用的是记者笔调，可写成一篇社会新闻。冰心女士懂得文学技巧，又能运用文学技巧，也许写出来便成一篇杰作了。从这一点说来，一个作品的成立，是从技巧上着眼的。

同样这么一件事，冰心女士动手把它写成一篇小说，称为杰作；另外一个作家，用同一方法、同一组织写成一个作品，结果却完全失败。在这里，我们更可以看到一个作品的成败，是决定在技巧上的。

就“技巧”一词加以诠释，真正意义应当是“选择”，是“谨慎处置”，是“求妥贴”，是“求恰当”。一个作者下笔时，关于运用文字铺排故事方面，能够细心选择，能够谨慎处置，能够妥贴，能够恰当，不是坏事情。假定有一个人，在同一主题下连续写故事两篇，一则马马虎虎，信手写下，杂凑而成，一则对于一句话一个字、全部发展、整个组织，皆求其恰到好处，看去俨然不多不少。这两个作品本身的优劣，以及留给读者的印象，明明白白，摆在眼前。一个懂得技巧在艺术完成上的责任的人，对于技巧的态度，似乎应当看得客观一点的。

也许有人会那么说：“一个作品的成功，有许多原因。其一是文字经济，不浪费，自然，能亲切而近人情，有时虽有某些夸张，那好处仍然是能用人心来衡量，用人事作比较。至于矫揉造作、雕琢刻画的技巧，没有它，不妨事。”请问阁下：能经济，能不浪费，能亲切而近人情，不是技巧是什么？所谓矫揉造作，实在是技巧不足；所谓雕琢刻画，实在是技巧过多。是“不足”与“过多”的过失，非技巧本身过失。

文章徒重技巧，于是不可免转入空洞、累赘、芜杂，猥琐的骈体文与应制文产生。文章不重技巧而重思想，方可希望言之有物，不作枝枝节节描述，产生伟大作品。所谓伟大作品，自然是有思想、有魄力、有内容，文字虽泥沙杂下，却具有一泻千里的气势的作品。技巧被诅咒，被轻视，同时也近于被误解，便因为：一、技巧在某种习气下已发展过多，转入空疏；二、新时代所需要，实在不在乎此。社会需变革，必变革，方能进步。徒重技巧的文字，就文字本身言已成为进步阻碍，就社会言更无多少帮助。技巧有害于新文学运动，自然不能否认。

惟过犹不及。正由于数年来技巧二字被侮辱，被蔑视，许多所谓有思想的作品企图刻画时代变动的一部分或全体，在时间面前，却站立不住，反而更容易被“时代”淘汰忘却了。一面流行观念虽已把技巧二字抛入茅坑里，事实是，有思想的作家，若预备写出一点有思想的作品，引起读者注意，推动社会产生变革，作家应当作的第一件事，还是得把技巧学会。

目前中国作者，若希望把本人作品成为光明的颂歌、未来世界的圣典，既不知如何驾驭文字，尽文学本能，使其具有光辉、效力，更不知如何安排作品，使作品产生魔力，这颂歌、这圣典，是无法产生的。

人类高尚的理想，健康的理想，必须先融解在文字里，这理想方可成为“艺术”。无视文字的德性与效率，想望作品可以作杠杆，作火炬，作炸药，皆为徒然妄想。

因为艺术同技巧原本不可分开，莫轻视技巧，莫忽视技巧，莫滥用技巧。

一九三五年八月二十七日作

书评的自由解放运动

有件事说来简单，作来困难，最不讨好，又最容易发生私人恩怨，最宜公平，却又容许相当偏见存在，最需要避免私人爱憎和人事拘牵，却又似乎不能不受私人爱憎和人事拘牵，本身无永久价值，然而间接又最有影响，文学运动少不了它，同时又毫不需要它，就是书评。这个名词看来充满了矛盾，因为它目的有矛盾。它要兼顾好几方面：应该是一个作品的回声，又希望成一群读者的指路石。它恰如俗语所说“一石打三鸟”的那个石头，要打中的是作家、读者和他自己。这里也许只有两只鸟，其一是作家，其一是读者。也许共有四只鸟，另外还有两只无形无色的大鸟，编辑先生和出版家。也许那鸟儿比我说的还要多，因为作家是一群，读者是一群。

石头只有一个，鸟儿那么多，书评当然不容易作了。书评家的工作反应，不是被人戴上了一顶谄谀的帽子，就是被人指为一件攻讦的武器，给人的印象总不太好，那是很自然的。一个稍有自信的作家，似乎照例对书评家和书评都缺少尊敬，看得很轻。这轻视的理由说来可笑，原来恰好是对它希望太大。

我们倘若真的轻视书评，那就到此为止，不用提了。若重视书评，对它一定抱有两种感想：一是觉得它“很”庄严，一是觉得它“容易”堕落。倘若它能尽职，比如说：它能将一个作品加以分析解释，扼要而具体的指出内容的得失，一切能作得恰如其分，见解既深切、透辟，态度又诚实坦白，且笔下生动亲切，本身还是一篇好文章，它沟通了作者与读者间的间隔，缩短了作者与读者的距离，对作者言它是一个诤友，对读者言它是一个良友。它的意义当然是庄严的。但倘有人把书评目的当作媚悦友好，侍候编辑，应酬出版家，蒙蔽读者的工作，看作品不过浮光掠影，下断语又只是应景凑趣。随笔写来，敷演成篇。言之不诚，便用“政术”等等自饰欺人，它结果当然容易堕落。

理想的书评是大多数人所期待的。可是理想的书评，事实上在过去目前都不容易见到。一切事倘若我们都希望有一个好的将来，理想的书评也还得留在将来。它失败的原因还不在它想打许多鸟，只是被许多鸟所妨碍，无从打任何一只鸟。我们不能无条件的说所见到的大多数书评都要不得，但必须明白大多数书评在过去和当前情形中，实在不能十分尽职。不可免受宗派、友谊以及一个商业背景所控制所拘束，去理想距离还远。这些控制或拘束，有些方面也许将永远存在，负责的与其说是书评家的能力薄弱，不如派给作者、刊物编辑者，和出版家的共同束缚。一个有见识和自尊的书评家，感于个人工作的重大，又明白习气之转深，他不甘沉默，依然有所作为，执笔时或者还知道如何努力减少那个牵制或拘束。一个次一等的书评家，成就便难说了。

理想的书评有待于理想的书评家。一篇书评对作者读者同样有意义，当然不容易。但如果一个书评家，对于近二十年来中国新文学的发展长成有一贯的认识，对于一个作品的价值和内容得失能欣赏且能说明，执笔时不敷衍，不苟且，这样子写成的书评，至少对于读者是有意义的。理想的书评家，应当是懂得各种作品且能够极中肯的说出那个作品得失的人，这种书评家的产生，固有待于从事书评者本身能力的培养，以及责任意识的觉醒，另外，也还得作者、刊物编辑者和出版家的共同关心，以及对书评价值加以重新的认识，方有希望。

这里是我们当前的一点事实。我说的是作家的小气、自私——尤其是在社会上比较有地位的作家，量小褊窄处说来真令人难以相信。欢迎莫名其妙的捧场，难忍受斤两相称的忠告，大部分作家具有这种不健全的倾向，刊物编辑是明白的。编辑欲刊物热闹持久，照例又需要作家的帮忙。因明白作家这种小气自私情感，很容易转而成为不合作的行为，不能不小心，对于书评者的书评，所给的范围可想而知。一个出版家又另有他的生意经，把书评看得更“物质”一点，或用书评作为广告以外的应酬，略有点缀，所有书评，当然褒多于贬。或彼此之间也略有抑扬，然终不能与商业习惯背道而驰。巧黠者甚至于把变相的广告，以及用一纸书券诱来的读者感，当作书评，设法载出。书评消极的被三方面限制于前，积极的又被这种无价值的书评混淆于后，当然越来越不能给人注意，地位也越来越低落了。

涉及出版家的事，为营业起见，当然得印行各种书籍，书籍出版后当然尽力推销，我们对之似不能作何种希望。补救方法有一个，就是读者此后遇到什么出版月刊新书月报以及类似这种刊物，赞美到什么时，且作有保留的注意，捏紧荷包，就可以少受一点损失。

对于刊物编辑人呢？必需他能多负一点责任，多有一点业务上的尊严，爱朋友也爱真理，承认现状之糟糕，且知道如何努力慢慢的来打破现状。

对于作家呢？真需要变一变态度，对书评有种宽容。大多数作家把书评只看成一个人对于某种作品一点反应、一点意见，事情就简单多了。一个作家既有把作品散播于群众的权利，就得承认读者有对于这个作品自由表示感想的权利。一个作家作品对象是现在未来无数读者，读者之一近于攻讦的批评，他不会在意，有意阿谀的批评，他也不会在意。要书评能成为新文化运动之一部门，帮助新文学在建设上繁荣，必先来努力解放书评，使它比较多一点自由发展的机会。

近年来常有人拈起“中国为什么无伟大作品产生”

的问题来讨论，因此有机会拜读了许多名人的名字，明白好些重要事实。可是大家都似乎疏忽或避开了一个小小事实不谈。我们在任何刊物文学上，都可以发现“自由”这个名词，殊不知事实上我们这个文坛就那么不自由，文学口号上最普遍的是“打倒偶像”，殊不知事实上有多少作家编辑就正在那里小心谨慎给我们在重造偶像。结果成为少数作家市场独占而多数作家出路毫无，书评家想欲有所纠正，打倒偶像，书评写来又不那么自由。文坛上的作者集团和编辑集团，如果惟以巩固当前利益支持当地为基础的态度不改变，就无形中在奖励平凡，奖励摹仿，奖励捧场和谄媚，且奖励作家放下笔来联系结友，位置书评家成为一个清客。想从这种情形中产生伟大作品，岂不是痴人妄想？

我们对于作家态度编辑态度自然的转变，倘若无可希望，又明白社会上某种不好习气，日趋堕落，虽能够产生“伟大”人物，却实在无从产生真正伟大作品。书评的自由解放也正是整个文学运动的自由解放，书评家似乎还应当好事一点，来努力共同实现一个专载书评的刊物。这刊物不受任何拘束，完全以善意和热诚来注意一切新作品，批评一切新作品，对一切习气所疏忽时髦所称颂的作品，都老老实实的来给一个应得的估价。它也许和作家个人都显然离得很远，却将和整个文运的发展关系异常密切。我希望有这种好事者。因为我看看似乎也惟有这样的刊物，书评本身才会从读者中重新建设一个庄严印象，否则书评家就只好沉默，一说话，倒真象个清客，所有工作的意义，除了维持这个虚伪的不健全的现实场面以外，别无作为可言！

一九三六年十一月二十九日

楚尘
文化
Chu Chen

北京楚尘文化传媒有限公司 出品

阿黑小史

沈从文别集

沈从文 著

中信出版集团 | 北京

再版序

上个世纪五十年代，不少喜爱文学的读者迷上了契诃夫，这跟平明出版社接连推出27册汝龙翻译的《契诃夫小说选集》直接有关。

那时我家至少有三个契诃夫迷：做文学编辑的母亲、哥哥和我。谈论哪篇小说怎么怎么好，是不倦的话题。已经退出文坛改了行的父亲不参与，只有时微笑着对外人说："家里有三个契诃夫的群众。"

汝龙译的这套选集可贵之处，首先在于对作品的精选；第二是选进一些契诃夫的书信、札记，别人对他的回忆、评论等，分编到不同集子里，这些文字拉近了读者和作者的距离，是汝龙先生锦上添花的贡献。

到1992年编选《沈从文别集》的时候，我们自然想

到从平明版《契诃夫小说选集》取法。这也是父亲的愿望，尽管他不参与“契诃夫群众”的热情讨论，汝龙这套译本的长处他胸中有数。

我问过父亲汝龙为什么常赠送新书，他只简单说：“是朋友。”

母亲的补充才说清楚：“他翻译的那套英文契诃夫小说是我送的。”

据我充和四姨回忆，1932年暑假，一个“说是由青岛来的，姓沈，来看张兆和的”羞涩客人，初次登苏州张家门，带的一大包礼物“全是英译精装本的俄国小说”。加尼特夫人的一套英译《契诃夫小说集》就在其中。

不懂外文的沈从文怎么买洋书？四姨说那是过上海时托巴金选购的。

父亲曾希望母亲朝文学翻译方面发展，送这样礼物包含着鼓励。愿望虽然没实现，礼物却终于转到最合适的人手里，促成被誉为契诃夫小说“最佳译本”的产生。朋友的成就四十年后启发着《沈从文别集》的编选工作。

当本书再版之际，我们感谢与它有缘分的几位文学前辈，也要感谢为我们想出《沈从文别集》总书名的汪曾祺先生。

沈虎雏

总 序

从文生前，曾有过这样愿望，想把自己的作品好好选一下，印一套袖珍本小册子。不在于如何精美漂亮，不在于如何豪华考究，只要字迹清楚，款式朴素大方，看起来舒服。本子小，便于收藏携带，尤其便于翻阅。八十年代初，有一家书店曾来联系过，也曾请人编了一套，交付出去。可是，落空了，未能实现。我一直认为是一件憾事。

现在湖南岳麓书社要为从文出书，我同虎雏商量，请吉首大学沈从文研究室合作，编选这么一套。这套选本和以前选法编法不同。我们在每本小册子前面，增加一些过去旧作以外的文字。有杂感，有日记，有检查，有未完成的作品，主要是书信——都是近年搜集整理出

来的，大部分未发表过。不管怎样，这些篇章，或反映作者当时对社会、对文艺创作、对文史研究……的一些看法，或反映作者当时的处境，以及内心矛盾哀乐苦闷，把它们发表出来，容或有助于读者从较宽的角度对他的作品、对他的为人以及对当时的环境背景有进一步了解。

出这套书，当然，同时也了却死者和生者的一点心愿。

张兆和

一九九一年十一月二十九日

目 录

回忆录

我怎么就写起小说来[1]

一　星星之火

年前九月里，我过南京有事，看了个文化跃进展览会，因为特殊情形，只能用一个多钟点，匆匆忙忙的从

[1] 本文已发现的初稿片段，写在1959年10月底一封来信的背后。根据另一完成稿，文章于当年12月写完。成稿的首页和末页均注有“原稿用后望能赐还”字样。当时什么刊物由于什么原因没有发表它，尚未见文字记载。作者随后再次改写重抄，修改稿估计写于1960年1或2月间，终未完成而放弃了。这里所发表的文字，是根据修改稿和较早写的完成稿整理，除作校勘外，并对一些重复叙述语句，作了少量删削。全文保持了两稿的整体原貌。

三大楼陈列室万千种图表物品面前走过。留在印象中极深刻的，是农村广大人民群众戏剧和诗歌创作的活动。记得搁在二楼陈列案上有三个大蒲包，每个蒲包都装得满满的，可能有二三十斤重。这种蒲包向例是装江南农村副产物菱芡、笋干、芋艿或盐板鸭等，这回也并不完全例外，原来装的是大跃进后江苏省 × 县 × 乡一种崭新农业副产物，有关人民公社化后生产大跃进的诗歌！每一包中都有几万——或过十万首来自农村，赞美生活、歌颂集体、感谢共产党毛主席的素朴而热情的诗歌，正和屏风墙上五彩鲜明新壁画一样，[1] 反映的全是中国农村新面貌。事情是崭新的，诗歌内容感情也是崭新的，让我们可体会到，此后全国广大土地上，凡有草木生长处，凡有双手劳动处，到另外一时，都可望长出茂盛的庄稼，硕大的瓜果，和开放万紫千红的花朵。同时，还必然可看到无数赞美劳动伟大成就的崭新壁画和诗歌，这还只不过是一种新的起始，已显明指示出今后社会发展的必然。古话说：“星星之火可燎原”，这些正是祖国新的文

[1] 当时城乡曾普遍提倡“诗画满墙”，以配合“大跃进”等。

化建设全面发展的星火。它和大小炼铁炉一样，在全国范围内燃起的红光烛天的火焰，将促进我国工业发展的速度，改变工业建设的布局，和科学文化发展的面貌。到不久将来，地面将矗起长江三峡能发电二千五百万千瓦的大水坝，而且还一定会要把巨大的人造卫星送上天空！人人都会作诗，诗歌将成为人类向前一种新的动力，使得十三亿只勤劳敏捷的手，在一定计划中动得更有节奏。任何一伟大的理想，到时也都可望成为现实！这些诗歌给我的启发是这样的。

我对于这些新的诗歌发生特别感情，除上述种种外，还有另外一个原因，即四十年前，最初用笔写作，表示个人情感和愿望，也是从作诗起始的。不过作诗心境可完全不同，因为距今已将近半个世纪，生活的时代和现在比，一个是地狱，一个是天堂，完全是两个时代，两种世界。

二　我在怎样环境中受教育

我生于一九零二年，去太平天国革命还不多远，同乡刘军门从南京抢回的一个某王妃作姨太太还健在。离庚子事变只两年，我的父亲是在当时守大沽口的罗提督身边作一名小将。因此小时候还有机会听到老祖母辈讲“长毛造反官兵屠城”的故事，听我父亲讲华北人民反帝斗争的壮烈活动和凄惨遭遇。随后又亲眼见过“辛亥革命”在本县的种种。本地人民革命规模虽不怎么大，但给我印象却十分现实，眼见参加攻城的苗族农民，在革命失败后，从四乡捉来有上千人死亡，大量血尸躺在城外对河河滩上。到后光复胜利，旧日皇殿改成陆军讲武堂，最大一座偶像终于被人民推翻了。不多久，又眼见蔡锷为反对袁世凯作皇帝，由云南起义率军到湘西麻阳芷江一带作战，随后袁世凯也倒了……这些事件给我留下那么一个总印象，这个世界是在“动”中，地球在“动”，人心也在“动”，并非固定不移，一切必然向合理前进发展。衙门里的官，庙宇中的菩萨，以至于私塾中竖起焦黄胡子，狠狠用楠竹板子打小学生屁股的老师，行为意图都是努力在维持那个“常”，照他们说是“纲常”，万古不废的社会制度和人的关系，可是照例维持不住。历史在发展，人的思想情感在发展，一切还是要“动”和“变”。试从我自己说起，我前后换了四个私塾，一个比一个严，但是即使当时老师板子打得再重些，也还要乘机逃学，因为塾中大小书本过于陈旧，外面世界却尽广阔而新鲜！于是我照例常常把书篮寄存到一个土地堂的土地菩萨身后，托他照管，却洒脚洒手跑到十里八里远乡场上去看牛马牲口交易，看摆渡和打铁，看打鱼榨油和其他种种玩意儿，从生活中学到的永远比从旧书本子学的，既有趣味又切实有用得多。随后又转入地方高小，总觉得那些教科书和生活现实还是距离极大。学校中用豌豆作的手工，就远不如大伙到河边去帮人扳罾磨豆腐有意思。因此勉强维持到县里高小毕业，还是以野孩子身分，离开了家，闯入一个广大而陌生的社会里，让生活人事上的风吹雨打，去自谋生存了。

初初离开了家，我怎么能活下来？而且在许许多可怕意外变故中，万千同乡同事都死去后，居然还能活下来，终于由这个生活教育基础上，到后且成为一个小说作者？在我写的那个自传上，曾老老实实记下了一些节目。其实详细经过，情形却远比狄更司写的自传式小说还离奇复杂得多。由于我们所处的时代社会，也离奇复杂得多。这里且说说我飘荡了几年后，寄住在一个土著小小军阀部队中，每天必待人开饭后，才趑趄走拢去把桌上残余收拾扫荡，每晚在人睡定后，才悄悄睡下去，拉着同乡一截被角盖住腹部免得受凉。经过约半年光景，到后算是有了一个固定司书名分了。

一九一九左右，我正在这个官军为名、土匪为实的土军阀部队里，作一名月薪五元六毛的司书生。这个部队大约有一百连直辖部队，和另外几个临时依附收编的特种营旅，分布于川湘鄂边境现属湘西土家族苗族自治州十多县境内，另外，自治州以外的麻阳、沅陵、辰溪、桃源，以及短时期内酉阳、秀山、龙潭也属防军范围。统归一个“清乡剿匪总司令”率领。其实说来，这一位司令就是个大土匪。部队开支省府照例管不着，得自己解决，除所属各县水陆百货厘金税款，主要是靠抽收湘西十三县烟土税、烟灯税、烟亩税、烟苗税和川黔烟帮过境税。鸦片烟土在这个地区既可代替货币流行，也可代替粮食。平时发饷常用烟土，官士赌博、上下纳贿送礼全用烟土。烟土过境经常达八百挑一千挑，得用一团武装部队护送，免出事故。许多二十多岁年青人，对烟土好坏，只需手捏捏鼻闻闻，即能决定产地和成分。我所在的办公处，是保靖旧参将衙门一个偏院，算是总部书记处，大小六十四个书记，住在一个大房间中，就地为营，便有四十八盏烟灯，在各个床铺间燃起荧荧碧焰，日夜不熄。此外由传达处直到司令部办公厅，例如军需、庶务、军械、军医、参谋、参军、副官、译电等处，不拘任何一个地方，都可发现这种大小不一的烟灯群。军械和军需处，经常堆积满房的，不是什么弹药和武器装备，却是包扎停当等待外运的烟土。一切简直是个毒化国家毒化人民的小型地狱，但是他们存在的名分，却是为人民“清乡剿匪，除暴安良”。被杀的人绝大部分是十分善良或意图反抗这种统治的老百姓！

我就在这样一个部队中工作和生活。每天在那个有四十八盏鸦片烟灯的大厅中，一个白木办公桌前，用小“绿颖”毛笔写催烟款查烟苗的命令，给那些分布于各县的一百连杂牌队伍，和许许多多委员、局长、督查、县知事。因为是新来人，按规矩工作也得吃重点。那些绝顶聪敏同事，就用种种理由把工作推给我，他们自己却从从容容去吸烟、玩牌、摆龙门阵。我常常一面低头写字，一面听各个床铺间嘘嘘吸烟声音，和同事间谈狐说鬼故事，心中却漩起一种复杂离奇不可解感情。似乎陷入一个完全孤立情况中，可是生活起居又始终得和他们一道，而且称哥唤弟。只觉得好象做梦一样，可分明不是梦。

但一走出这个大衙门，到山上和河边去，自然环境却惊人美丽，使我在这种自然环境中，倒极自然把许多种梦想反而当成现实，来抵抗面前另外一种腐烂怕人的环境。

“难道世界上还有比这些人更奇怪的存在？书上也没有过，这怎么活得下去？”

事实上当时这些老爷或师爷，却都还以为日子过得怪好的。很多人对于吸大烟，即认为是一种人生最高的享受。譬如我那位顶头上司书记长，还是个优级师范毕业生，本地人称为“洋秀才”，读过大陆杂志和老申报，懂得许多新名词的，就常常把对准火口的烟枪暂时挪开，向我进行宣传：

“老弟，你来吸一口试试吧。这个妙，妙，妙！你只想想看，天下无论吃什么东西都得坐下来吃，只有这个宝贝是睡下来享受，多方便！好聪敏的发明，我若作总统，一定要给他个头等文虎章！”

有时见我工作过久，还充满亲切好意，夹杂着一点轻微嘲笑和自嘲，举起烟枪对我殷勤劝驾：

“小老弟，你这样子简直是想做圣贤，不成的！事情累了半天，还是来唆一口吧。这个家伙妙得很！只要一口半口，我保你精精神神，和吃人参果一样。你怕什么？看看这房里四十八盏灯，不是日夜燃着，哥子弟兄们百病不生！在我们这个地方，只能做神仙，不用学圣贤——圣贤没用处。人应当遇事随和，不能太拘迂古板。你担心上瘾，哪里会？我吸了二十年，想戒就戒，决不上瘾。不过话说回来，司令官如果要下令缴我这枝老枪，我可坚决不缴，一定要拿它战斗到底。老弟，你可明白我意思？为的是光吸这个，百病痊愈，一天不吸，什么老病不用邀请通回来了。拿了枪就放不下。老弟你一定不唆，我就又有偏了！”

我因为平时口拙，不会应对，不知如何来回答这个上司好意，照例只是笑笑。他既然说明白我做圣贤本意是一个“迂”字，说到烟的好处又前后矛盾，我更不好如何分辩了。

其实当时我并不想做什么“圣贤”。这两个字和生活环境毫无关联。倒乐意做个“诗人”，用诗来表现个人思想情感。因为正在学写五七言旧诗，手边有部石印唐人诗选，上面有李白、杜甫、元稹、白居易、高适、岑参等人作品。杜甫诗的内容和白居易诗的表现方法，我比较容易理解，就学他们押韵填字。我手中能自由调遣的文字实在有限，大部分还是在私塾中读“云对雨，雪对风，晚照对晴空”记来的，年龄又还不成熟到能够显明讽刺诅咒所处社会环境中，十分可恶可怕的残忍、腐败、堕落、愚蠢的人和事，生活情况更不能正面触及眼面前一堆实际问题。虽没有觉得这些人生活可羡，可还不曾想到另外什么一种人可学。写诗主要可说，只是处理个人一种青年朦胧期待发展的混乱感情。常觉得大家这么过日子下去，究竟为的是什么？实在难于理解。难道辛亥革命就是这么的革下去？

在书记处六十四个同事中，我年纪特别小，幻想却似乎特别多。《聊斋志异》、《镜花缘》、《奇门遁甲》这些书都扩大了我幻想的范围。最有影响的自然还是另外一些事物。我眼看到因清乡杀戮过大几千农民，部分是被压迫铤而走险上山落草的，部分却是始终手足贴近土地的善良农民，他们的死只是由于善良。有些人被杀死家被焚烧后，还牵了那人家耕牛，要那些小孩子把家长头颅挑进营中一齐献俘。我想不出这些做官的有道理或有权利这么作。一切在习惯下存在的我认为实不大合理。但是我并没有意识到去反抗或否认这一切。我明白同事中说的“做圣贤”不过是一种讽刺，换句明白易懂话说就是“书呆子气”，但还是越来越发展了这种书呆子气。最明显的即是越来越和同事缺少共同语言和感情。另一方面却是分上工作格外多，格外重，还是甘心情愿不声不响做下去。我得承认，有个职业才能不至于倒下去。当时那个职业，还是经过半年失业才得来的！

其时有许多同事同乡，年纪还不过二十来岁，因为吸烟，都被烟毒熏透，瘦得如一支“烟腊狗”一样，一个个终日摊在床铺上。日常要睡到上午十一点多，有的到下午二三点，才勉强从床上爬起来，还一面大打哈欠，一面用鼻音骂小护兵买点心不在行。起床后，大家就争着找据点，一排排蹲在廊檐下阶沿间刷牙，随后开饭，有的每顿还得喝二两烧酒，要用烧腊香肠下酒。饭后就起始过瘾。可是这些老乡半夜里过足瘾时，却精神虎虎，潇洒活泼简直如吕洞宾！有些年逾不惑，前清读过些《千家诗》和《古文笔法百篇》、《随园诗话》、《聊斋志异》的，半夜过足瘾时，就在烟灯旁朗朗的诵起诗文来。有的由《原道》到前后《出师表》、《圆圆曲》，都能背诵如流，一字不苟，而且音调激昂慷慨，不让古人。有的人又会唱高腔，能复述某年月日某戏班子在某地某庙开锣，演出某一折戏，其中某一句字黄腔走板的事情，且能用示范原腔补充纠正。记忆力之强和理解力之高，也真是世界上稀有少见。又有人年纪还不过三十来岁，由于短期委派出差当催烟款监收委员，贪污得几百两烟土，就只想娶一房小老婆摆摆阔，把当前计划和二十年后种种可能麻烦都提出来，和靠灯同事商讨办法的。有人又到处托人买《奇门遁甲》，深信照古书中指示修炼，一旦成功，就可以和济公一样，飞行自在，到处度世救人，打富济贫。且有人只想做本地开糖房的赘婿，以为可以一生大吃酥糖糍粑。真所谓“人到一百,五艺俱全”，信仰愿望，无奇不有。而且居多还想得十分有趣。全是烟的催眠麻醉结果。

这些人照当时习惯，一例叫做“师爷”。从这些同事日常生活中，我真可说是学习了许多许多。

此外，又还有个受教育对我特别有益的地方，即一条河街和河码头。那里有几十家从事小手工业市民，专门制作黄杨木梳子、骨牌、棋子和其他手工艺品，生产量并不怎么大，却十分著名，下行船常把它带到河下游去，越湖渡江，直到南北二京。河码头还有的是小铁匠铺和竹木杂货铺，以及专为接待船上水手的特种门户人家，经常还可从那里听到弹月琴唱小曲琤琤琮琮声音。河滩上经常有些上下酉水船只停泊，有水手和造船匠人来人去。虽没法和这些人十分相熟，可是却有机会就眼目见闻，明白他们的生活和工作。和他们可说的话，也似乎比同事面前多一些，且借此知道许许多河码头事情。两相比较下，当时就总觉得这些自食其力的普通劳动者生活，比起我们司令部里那些“师爷”或“老爷”，不仅健康得多，道德得多，而且也有趣得多。即或住在背街上，专为接待水手和兵士的“暗门头”半开门人物，也还比师爷、老爷更像个人。这些感想说出来当然没有谁同意，只会当我是个疯子。事实上我在部分年青同事印象中，即近于有点疯头疯脑。

我体力本来极差，由于长时期营养不良，血液缺少粘合力，一病鼻子就得流血，因此向上爬做军官的权势欲没有抬头机会。平时既不会说话，对人对事又不会出主意，因此做参谋顾问机会也不多。由于还读过几本书，知道点诗词歌赋，面前一切的刺激和生活教育，不甘随波逐流就得讲求自救，于是近于自卫，首先学坚持自己，来抵抗生活行为上的同化和腐蚀作用。反映到行为中，即尽机会可能顽强读书，扩大知识领域。凑巧当时恰有个亲戚卸任县长后，住在对河石屋洞古庙里作客，有半房子新旧书籍，由《昭明文选》到新小说，什么都有。特别是林[1]译小说，就有一整书箱。狄更司的小说，真给了我那时好大一份力量！

从那种情形下，我体会到面前这个社会许多部分都正在发霉腐烂，许多事情都极不合理，远比狄更司文学作品中所表现的英国社会还野蛮恶劣。一切像是被什么人安排错了，得有人重新想个办法。至于要用一个什么办法才能回复应有的情况？我可不知道。两次社会革命

[1] 指林纾。

虽在我待成熟生命中留下些痕迹，可并不懂得第三回社会大革命已在酝酿中，过不多几年就要在南中国爆发。因为记起“诗言志”的古义，用来表现我这些青春期在成熟中，在觉醒中，对旧社会，对身边一切不妥协的朦胧反抗意识，就是做诗。大约有一年半时间，我可能就写了两百首五七言旧体诗。呆头呆脑不问得失那么认真写下去，每一篇章完成却照例十分兴奋。有时也仿苏柳体填填小词，居然似通非通能缀合成篇。这些诗词并没有一首能够留下，当时却已为几个迎面上司发生兴趣，以为“人虽然有些迂腐，头脑究竟还灵活，有点文才”。还有个拔贡出身初级师范校长，在我作品上批说“有老杜味道”，真只有天知道！除那书记长是我的经常读者外，另还有个胖大头军法官，和一个在高级幕僚中极不受尊敬，然而在本地小商人中称“智多星”的顾问官，都算是当年读我作品击节赞许的大人物。其实这些人的生活就正是我讽刺的对象。这些人物，照例一天只是伴陪司令老师长[1]坐在官厅里玩牌，吃点心，吸烟，开饭喝

---

[1] 指陈渠珍。

茅台酒，打了几个饱嗝后，又开始玩牌……过日子永远是这么空虚、无聊。日常行为都和果哥里[1]作品中人物一样，如漫画一般，甚至于身体形象也都如漫画一般局部夸张。这些人都读过不少书，有的在辛亥时还算是维新派，文的多是拔贡举人，武的多毕业于保定军校，或湖南弁备学校。腐化下来，却简直和清末旧官僚差不多，似乎从没思索过如何活下来才像个人，全部人生哲学竟像只是一个“混”字。跟着老师长混，“有饭大家吃”，此外一切废话。

一九三五年左右，我曾就这些本地“伟人”生活，写过一个短篇小说，名叫《顾问官》，就是为他们画的一幅速写相，虽十分简单，却相当概括逼真。当时他们还在作官，因担心笔祸，不得不把故事发生地点改成四川。其实同样情形，当时实遍布西南，每省每一地区都有那种大小军阀和幕僚，照着我描写的差不多或更糟一些，从从容容过日子。他们看到时，不过打个哈哈完事，谁也不会在意。

---

[1] 今译果戈里。——编者注

我的诗当时虽像是有了出路，情感却并没有真正出路。因为我在那些上司和同事间，虽同在一处，已显明是两种人，对于生存意义的追求全不相同，决裂是必然的。但是如果没有一种外来的强大吸引力或压力，还是不可能和那个可怕环境决绝分开的。在一般同事印象中，我的“迂”正在发展，对社会毫无作用，对自身可有点危险，因为将逐渐变成一个真正疯子。部队中原有先例，人一迂，再被机伶同事寻开心，想方设法逗弄，或故意在他枕下鞋里放条四脚蛇，或半夜里故意把他闹醒，反复一吓一逗，这同事便终于疯了。我自然一时还不到这个程度。

真正明白我并不迂腐的，只有给我书看那个亲戚。他是本县最后一个举人，名叫聂仁德，字简堂，作的古文还曾收入清代文集中。是当时当地唯一主张年青人应当大量向外跑，受教育、受锻炼、找寻出路的一个开明知识分子。

我当时虽尽在一种孤立思维苦闷中挣扎，却似乎预感到，明天另外一个地方还有分事业待我去努力完成。生命不可能停顿到这一点上。眼前环境只能使我近于窒息，不是疯便是毁，不会有更合理的安排。我得想办法自救。一时自然还是无办法可得。

因为自己写诗，再去读古诗时，也就深入了一些。和青春生命结合，曹植、左思、魏征、杜甫、白居易等人对世事有抱负有感慨的诗歌，比起描写景物叙述男女问题的作品，于是觉得有斤两有劲头得多。这些诗歌和林译小说一样，正在坚强我、武装我，充实增加我的力量，准备来和环境中一切作一回完全决裂。但这自然不是一件简单事情。到这个部队工作以前，我曾经有过一年多时间，在沅水流域好几个口岸各处飘流过，在小旅馆和机关作过打流食客，食住两无着落。好容易有了个比较固定的职业，要说不再干下去，另找出路，当然事不简单。我知道世界虽然尽够广大，到任何一处没有吃的就会饿死。我等待一个新的机会。生活教育虽相当沉重，但是却并不气馁，只有更加坚强。这里实在不是个能呆下去的地方，中国之大，一定还有别的什么地方，比这里生存得合理一些。孟子几句话给了我极大鼓舞，我并没有觉得有个什么天降大任待担当，只是天真烂漫的深深相信老话说的“天无绝人之路”，一个人存心要活得更正当结实有用一点，决不会轻易倒下去的。

三　一点新的外力，扩大了我的幻想和信心

过不多久，五四余波冲击到了我那个边疆僻地。先是学习国语注音字母的活动，在部队中流行，引起了个学文化浪潮。随后不久地方十三县联立中学和师范办起来了，并办了个报馆，从长沙聘了许多思想前进年青教员，国内新出版的文学和其他书刊，如《改造》、《向导》、《新青年》、《创造》、《小说月报》、《东方杂志》，和南北大都市几种著名报纸，都一起到了当地中小学教师和印刷工人手中，因此也辗转到了我的手中。正在发酵一般的青春生命，为这些刊物提出的“如何做人”和“怎么爱国”等等抽象问题燃烧起来了。让我有机会用些新的尺寸来衡量客观环境的是非，也得到一种新的方法、新的认识，来重新考虑自己在环境中的位置。国家的问题太大，一时说不上。至于个人的未来，要得到正当合理的发展，是听环境习惯支配，在这里向上爬作科长、

局长、县长……还是自己来重新安排一下，到另外地方去，作一个正当公民？这类问题和个空钟一样，永远在我思想里盘旋不息。

于是作诗人的兴趣，不久即转移到一个更切实些新的方向上来。由于五四新书刊中提出些问题，涉及新的社会理想和新的作人态度，给了我极大刺激和鼓舞。我起始进一步明确认识到个人和社会的密切关系，以及文学革命对于社会变革的显著影响。动摇旧社会，建立新制度，做个“抒情诗人”似不如做个写实小说作家工作扎实而具体。因为后者所表现的，不仅情感或观念，将是一系列生动活泼的事件。是一些能够使多数人在另外一时一地，更容易领会共鸣的事件。我原本看过许多新旧小说，随同五四初期文学运动而产生的白话小说，文字多不文不白，艺术水平既不怎么高，故事又多矫揉造作，并不能如唐代传奇明清章回吸引人。特别是写到下层社会的人事，和我经验见闻对照，不免如隔靴搔痒。从我生活接触中所遇到的人和事情，保留在我印象中，以及身边种种可笑可怕腐败透顶的情形，切割任何一部分下来，都比当时报刊上所载的新文学作品生动深刻得多。至于当时正流行的《小说作法》、《新诗作法》等书提出的举例材料和写作规矩方法，就更多是莫明其妙。加之，以鲁迅先生为首和文学研究会同人为首，对于外国文学的介绍，如耿济之、沈泽民对十九世纪旧俄作家，李颉人、李青崖对法国作家，以及胡愈之、王鲁彦等从世界语对于欧洲小国作家作品的介绍，鲁迅和其他人对于日本文学的介绍，创造社对于德国作家的介绍，特别是如像契诃夫、莫泊桑等短篇小说的介绍，增加了我对于小说含义范围广阔的理解，和终生从事这个工作的向往。认为写小说实在有意思，而且凡事从实际出发，结合生活经验，用三五千字把一件事一个问题加以表现，比写诗似乎也容易着笔，能得到良好效果。我所知道的旧社会，许许多多事情，如果能够用契诃夫或莫泊桑使用的方法，来加以表现，都必然十分活泼生动。并且大有可能超越他们的成就，得出更新的记录。问题是如何用笔来表现它，如何得到一种适当的机会，用十年八年时间，来学习训练好好使用我手中这一枝笔。这件事对现在青年说来，自然简单容易，因为习文化学写作正受新社会全面鼓励，凡稍有创作才能的文化干部，都可望得到部分时间从事写作。但是四十年前我那种生活环境，希望学文学可就实在够荒唐。若想学会吸鸦片烟，将有成百义务教师，乐意为我服务。想向上爬作个知县，再讨两个姨太太，并不怎么困难就可达到目的。即希望继续在本地做个迂头迂脑的书呆子，也不太困难，只要凡事和而不同的下去，就成功了。如说打量要做个什么“文学作家”，可就如同说要“升天”般麻烦，因为和现实环境太不相称，开口说出来便成大家的笑话。

至于当时的我呢，既然看了一大堆书，想像可真是够荒唐，不仅想要做作家，一起始还希望做一个和十九世纪世界上第一流短篇作者竞短长的选手。私意认为做作家并不是什么大不了的事情，写几本书也平常自然，能写得比这一世纪高手更好，代表国家出面去比赛，才真有意义！这种想像来源，除了一面是看过许多小说，写得并不怎么好。其次即从小和野孩爬山游水，总是在一种相互竞争中进行，以为写作也应分是一种工作竞赛。既存心要尽一个二十世纪公民的责任，首先就得准备努力来和身边这四十八盏烟灯宣告完全决裂，重新安排生活和学习。我为人并不怎么聪敏，而且绝无什么天才，只是对学习有耐心和充满信心，深信只要不至于饿死，在任何肉体挫折和精神损害困难情形下，进行学习不会放松。而且无论学什么，一定要把它学懂，学通……于是在一场大病之后，居然有一天，就和这一切终于从此离开，进入北京城，在一个小客店旅客簿上写下姓名籍贯，并填上“求学”两个字，成为北京百万市民的一员，来接受更新的教育和考验了。

四　新的起点

和当时许多穷学生相同，双手一肩，到了百万市民的北京城，只觉得一切陌生而更加冷酷无情。生活上新的起点带来了新的问题，第一件事即怎么样活下去。第一次见到个刚从大学毕业无事可作的亲戚，问我：

“来做什么？”

我勇敢而天真的回答“来读书”时，他苦笑了许久：

“你来读书，读书有什么用？读什么书？你不如说是来北京城打老虎！你真是个天字第一号理想家！我在这里读了整十年书，从第一等中学到第一流大学，现在毕了业，还不知从哪里去找个小差事做。想多留到学校一年半载，等等机会，可作不到！”

但是话虽这么说，他却是第一个支持我荒唐打算的人，不久即介绍我认识了他老同学董秋斯。董当时在盔甲厂燕京大学念书，此后一到公寓不肯开饭时，我即去他那里吃一顿。后来农大方面也认识了几个人，曾经轮流到他们那里作过食客。其中有个晃县唐伯赓，大革命时牺牲在芷江县城门边，就是我在《湘行散记》中提及被白军钉在城门边示众三天，后来抛在沅水中喂鱼吃的一位朋友。

我入学校当然不可能，找事做无事可做，就住在一个小公寓中，用孟子上所说的“天将大任于斯人也，必先苦其心志，饿其体肤，戕伐其身心，行拂乱其所为……”[1]来应付面临的种种。第一句虽不算数，因为我并没有什么大志愿，后几句可落实，因为正是面临现实。在北京零下二十八度严寒下，[2]一件破夹衫居然对付了两

[1] 此处引文系作者凭记忆所引，与《孟子》原文有误。

[2] 北京没这样冷。作者记忆似不准确。

个冬天，手足都冻得发了肿，有一顿无一顿是常事。好在年青气概旺，也并不感觉到有什么受不住的委屈。只觉得这社会真不合理。因为同乡中什么军师长子弟到来读书的，都吃得胖胖的，虽混入大学，什么也不曾学到。有的回乡时只学会了马连良的台步，和什么雪艳琴的新腔。但又觉得人各有取舍不同，我来的目的本不相同，必需苦干下去就苦干下去，到最后实在支持不下，再作别计。另一方面自然还是认识燕大农大几个朋友，如没有这些朋友在物质上的支持，我精神即再顽强，到时恐怕还只有垮台。

当时还少有人听说做“职业作家”，即鲁迅也得靠做事才能维持生活。记得郁达夫在北大和师大教书，有一月得三十六元薪水，还算是幸运。《晨报》上小副刊文章，一篇还不到一块钱稿费。我第一次投稿所得，却是三毛七分。我尽管有一脑子故事和一脑子幻想，事实上当时还连标点符号也不大会运用，又不懂什么白话文法。唯一长处只是因为在部队中作了几年司书，抄写能力倒不算太坏。新旧诗文虽读了不少，可是除旧诗外，待拿笔来写点什么时，还是词难达意。在报刊方面既无什么熟人，作品盼望什么编辑看中，当然不可能。唯一占便宜处，是新从乡下出来，什么天大困难也不怕，且从来不知什么叫失望，在最难堪恶劣环境中，还依旧满怀童心和信心，以为凡事通过时间都必然会改变，不合理的将日趋于合理。只要体力能支持得下去，写作当然会把它搞好。至于有关学习问题，更用不着任何外力鞭策，总会抓得紧紧的。并且认为战胜环境对我的苛刻挫折，也只有积极学习，别无办法。能到手的新文学书我都看，特别是从翻译小说学作品组织和表现方法，格外容易大量吸收消化，对于我初期写作帮助也起主导作用。

过了不易设想的一二年困难生活后，我有机会间或在大报杂栏类发表些小文章了。手中能使用的文字，其实还不文不白生涩涩的。好的是应用成语和西南土话，转若不落俗套有些新意思。我总是极单纯的想，既然目的是打量用它来作动摇旧社会基础，当然首先得好好掌握工具，必需尽最大努力来学会操纵文字，使得它在我手中变成一种应用自如的工具，此后才能随心所欲委曲达意表现思想感情。应当要使文字既能素朴准确，也能华丽壮美。总之，我得学会把文字应用到各种不同问题上去，才有写成好作品条件。因此到较后能写短篇时，每一用笔，总只是当成一种学习过程，希望通过一定努力能“完成”，可并不认为“成功”。其次是读书日杂，和生活经验相互印证机会也益多，因此也深一层明白一个文学作品，三几千字能够给人一种深刻难忘印象，必然是既会写人又能叙事，并画出适当背景。文字不仅要有分量，重要或者还要有分寸，用得恰到好处。这就真不简单。特别对我那么一个凡事得自力更生的初学写作者。我明白人是活在各种不同环境中的复杂生物，生命中有高尚的一面，也不免有委琐庸俗的一面。又由于年龄不同，知识不同，生活经验不同，兴趣愿望不同，即遇同一问题，表现意见的语言态度也常会大不相同。我既要写人，先得学好好懂人。已经懂的当然还不算多，待明白的受生活限制，只有从古今中外各种文学作品中拜老师。因之书籍阅读范围也越广，年纪轻消化吸收力强，医卜星相能看懂的大都看看。借此对于中国传统社会意识领域日有扩大，从中吸取许多不同的常识，这也是后来临到执笔时，得到不少方便原因。又因为从他人作品中看出，一个小说的完成，除文字安排适当或风格独具外，还有种种不同表现思想情感的方法，因而形成不同效果。我由于自己要写作，因此对于中外作品，也特别注意到文字风格和艺术风格，不仅仔细分析契诃夫或其他作家作品的特征，也同时注意到中国唐宋小说表现方法、组织故事的特征。到我自己能独立动手写一个短篇时，最大的注意力，即是求明白作品给读者的综合效果，文字风格、作品组织结构，和思想表现三者综合形成的效果。

我知道这是个艰巨工作，又深信这是一项通过反复试验，最终可望作好的工作。因此每有写作，必抱着个习题态度，来注意它的结果。搞对了，以为这应说是偶然碰巧，不妨再换个不熟习的方法写写；失败了，也决不丧气，认为这是安排得不大对头，必须从新开始。总之，充满了饱满乐观的学习态度，从不在一个作品的得失成败上斤斤计较，永远追求作更多方面的试验。只是极素朴的用个乡下人态度，准备三十年五十年把可用生命使用到这个工作上来，尽可能使作品在量的积累中得到不断的改进和提高。

从表面看，我似乎是个忽然成熟的“五四”后期作家。事实上成熟是相当缓慢的。每一作品完成，必是一稿写过五六次以后。第一个作品发表，是在投稿上百回以后的事情。而比较成熟的作品，又是在出过十来本集子以后的事情。比起同时许多作家来，我实在算不得怎么聪敏灵活，学问底子更远不如人。只能说是一个具有中等才能的作者。每个人学习方法和写作习惯各有不同，很多朋友写作都是下笔千言，既速且好，我可缺少这种才分。比较上说来，我的写作方法不免显得笨拙一些，费力大而见功少。工作最得力处，或许是一种“锲而不舍久于其道”的素朴学习精神，以及从事这个工作，不计成败，甘心当“前哨卒”和“垫脚石”的素朴工作态度。由于这种态度，许多时候，生活上遭遇到种种不易设想的困难，统被我克服过来了。许多时候，工作上又遭遇到极大挫折，也终于支持下来了。这也应当说是得力于看书杂的帮助。千百种不同门类新旧中外杂书，却综合给我建立了个比较单纯的人生观，对个人存在和工作意义，都有种较素朴理解。觉得个人实在渺小不足道，但是一个善于使用生命的人，境遇不论如何困难，生活不论如何不幸，却可望在全个人类向前发展进程中，发生一定良好作用。我从事写作，不是为准备做伟人英雄，甚至于也不准备做作家，只不过是尽一个“好公民”责任。既写了，就有责任克服一切困难，来把它作好。我不希望做空头作家，只盼望能有机会照着文学革命所提出的大目标，来终生从事这个工作。在万千人共同作成的总成绩上，增加一些作品，丰富一些作品的内容。要竞赛，对象应当是世界上已存在的最高纪录，不能超过也得比肩。不是和三五同行争上下，争出路，以及用作品以外方法走捷径争读者。这种四十年前的打算，目前说来当然是相当可笑的。但当时却帮助我过了许多难关。

概括说来，就是我一面向自己弱点作战，顽强的学习下去，一面却耐烦热心，把全生命投入工作中。如此下去，过了几年后，我便学会了写小说，在国内新文学界，算是短篇作家成员之一了。一九二八后由于新出版业的兴起，印行创作短篇集子容易有销路，我的作品因之有机会一本一本为书店刊印出来，分布到国内外万千陌生读者手中去。工作在这种鼓舞下，也因此能继续进行，没有中断。但是，当我这么学习用笔十年，在一九三五左右，有机会从一大堆习作中，编印一册习作选，在良友公司出版时，仔细检查一下工作，才发现并没有能够完全符合初初从事这个工作时，对于文学所抱明确健康目的，而稍稍走了弯路。摇动旧社会基础工作，本来是件大事，必需有万千人从各方面去下手。但相互配合如已成社会规律时，我的工作，和一般人所采取的方法，不免见得不尽相同。我认为写作必需通过个人的高度劳动，来慢慢完成，不宜依赖其他方法。从表面看，工作方式和整个社会发展，似乎有了些脱节。我曾抱着十分歉意，向读者要求，不宜对我成就估计过高，期望过大，也不必对我工作完全失望。因为我明白自己的长处和弱点。正如作战，如需用文学作短兵，有利于速战速决，不是我笔下所长。如需要人守住阵地，坚持下去，十年二十年如一日，我却能作得到，而且是个好手。十年工作只是学习写作走完第一段路，我可走的路应当还远。盼望对我怀着善意期待的读者，再耐心些看看我第二个十年的工作。不料新的试验用笔，还刚写成三个小集，《边城》、《湘行散记》、《八骏图》，全国即进入全面抗战伟大历史时期。我和家中人迁住在云南滇池边一个乡下，一住八年。由于脱离生活，把握不住时代大处，这段期间前后虽写了七八个小集子，除《长河》、《湘西》二书外，其余作品不免越来越显得平凡灰暗，反不如前头十年习作来得单纯扎实。抗日胜利复员，回到北京几年中，就几几乎再不曾写过一个有分量像样子篇章。解放十年来，则因工作岗位转到博物馆，作文物研究，发现新的物质文化史研究工作，正还有一大堆空白点，待人耐烦热心用个十年八年工夫来填补。史部学本非我所长，又不懂艺术，惟对于工艺图案花纹、文物制度，却有些常识。特别是数千年来，万千劳动人民共同创造发明的“食”与“衣”分不开的陶瓷、丝绸、漆玉花纹装饰图案，从来还没有人认真有系统研究过。十年来我因此在这些工作上用了点心。其次，博物馆是个新的文化工作机构，一面得为文化研究服务，另一面又还可为新的生产服务，我即在为人民服务一类杂事上，尽了点个人能尽的力。至于用笔工作，一停顿即将近十年，俗话说“拳不离手”，三十年前学习写作一点点旧经验，笔一离手，和打拳一样，荒疏下来，自然几几乎把所有解数忘记了。更主要即是和变动的广大社会生活脱离，即用笔，也写不出什么有分量作品。十年来，社会起了基本变化，许许多多在历史变动中充满了丰富生活经验、战斗经验的年青少壮，在毛主席文艺思想指导下，已写出了千百种有血有肉纪念碑一般反映现实伟大作品，于国内外得到千百万读者的好评，更鼓舞着亿万人民为建设新中国而忘我劳动。老作家中，也有许许多多位，能自强不息，不断有新作品产生。劳动态度和工作成就，都足为青年取法。相形之下，我的工作实在是已落后了一大截。过去一点习作上的成就，又显得太渺小不足道。只能用古人几句话自解："日月既出，天下大明，爝火可熄。"

一个人有一个人的限度，我本来是一个平凡乡下人，智力才分都在中等，只由于种种机缘，居然在过去一时，有机会参加这个伟大艰巨工作，尽了我能尽的力，走了一段很长的路……原来工作可说是独行踽踽，因此颠顿狼狈，而且不可免还时有错误，和时代向前的主流脱离。现在却已进入人民队伍里，成为我过去深深希望的"公民"之一员，踏踏实实，大步向共同目标走去。……如今试回过头来，看看自己的过去，觉得实在没有丝毫可以骄傲处。但是一点作公民的努力，终于实现，也让我还快乐。因为可以说曾经挣扎过来，辛苦过来，和一些“袭先人之余荫”，在温室中长大的知识分子的生命发展，究竟是两种不同方式。也活得稍微扎实硬朗一些。但比起万千革命家的奋斗牺牲说来，我可真太渺小不足道了。

五 “跛者不忘履”

这是一句中国老话，意思是这个人本来如果会走路，即或因故不良于行时，在梦中或在日常生活中，还是会常常要想起过去一时健步如飞的情形，且乐于在一些新的努力中，试图恢复他的本来。这个比拟试用到我的情形上，或不怎么相称。因为几年来，我只是用心到新的工作上，旧的业务不免生疏了。以年龄说，虽行将六十岁，已不能如一个年青人腰腿劲强，但是在用笔工作上，应当还能爬山越岭健步如飞！在写作上，我还有些未完成的工作待完成。即在能够有机会比较从容一些自己支配时间情形下，用三五年时间，来写几本小书，纪念我所处的变动时代——二十世纪前四十年，几个亲友、一些青年为追求真理，充满热情和幻想，参加社会变革的活动，由于种种内外因子限制下，终于各在不同情形下陆续牺牲，和社会在向前发展中，更年青一代，又如何同样充满热情和幻想，然而却更加谨慎小心，终于和人民一道取得革命胜利，继续向前，在共同创造新的未来。由于个人生活接触问题限制，作品接触面虽不会太广，可是将依旧是一种历史——不属于个人却属于时代的历史。四十年前学写小说的本意，原就以为到文字比较成熟时，可以来完成这种历史的。由于亿万人的共同努力，牺牲者前仆后继，在中国共产党领导下，四十年动摇旧社会的基础工作，终于完成了。后死者把目击身经所知道的事情一小部分，用一定分量文字，谨严忠实的写它出来，必然还有些意义。这些人事不仅仅十分鲜明活在我的记忆里，还应当更鲜明有力的活在万千年青人的印象中，对于他们在发展中的青春生命，将是一种长远的鼓舞。前一代的努力和牺牲，已为这一代年青人的工作和学习铺平一条康庄大道，这一代的辛苦努力，将为更幼小一代创造永久幸福。年青一代能够越加深刻具体明白创造一个崭新国家的艰难，也必然将更能够理解保护人民革命胜利成果的重要！

一九五九年十二月

北京历史博物馆

（1992 年 1 月　沈虎雏整理）

阿黑小史

《阿黑小史》序

若把心沉下来，则我能清清楚楚的看一切世界。冷眼作旁观人，于是所见到的便与自己离得渐远，与自己分离，仿佛更有希望近于所谓“艺术”了。这不过是我自己所感觉到的吧。其实我是无从把我自己来符合一种完整成熟的艺术典型的。由文句到篇章都还在摸索试探中取得逐渐进展，一个明眼人是看得出的。由此证明，有些人认为我“文法不通”，完全是一种事实。

这个小册子，便是我初步试用客观叙述方法写成而觉得合乎自己希望的。文字某些部分似乎更拙更怪，也极自然。不过我却正想在这单纯中将我的处理人事方法，索性转到我自己的一条路上去。其不及大家名家善于用美丽漂亮语汇长句，也许可以借此分别出我只是一个不折不扣真正“乡巴佬”，我原本不必在这个名称下加以否认的。其实我的思想、行为和衣服，仿佛全都不免与时髦违悖，这缺陷，虽明白也只有尽其继续下去，并不图设法补救，如今且近于有意来作乡巴佬了。

或者还有人，厌倦了热闹城市，厌倦了不诚实的眼泪与血，厌倦了体面绅士的“古典主义”，厌倦了新旧乔装的载道文学，这样人，读我这本书时，或能得到一点趣味。我心想这样人大致目前和未来总还不会缺少。因此作为小册子付印，至少也还可作为个人从事这个工作多方面探索寻觅的一个纪录。

一九二八年十月末序于上海

阿黑小史

油坊

若把江南地方当全国中心，有人不惮远，不怕荒僻，不嫌雨水瘴雾特别多，向南走，向西走，走三千里，可以到一个地方，是我在本文上所说的地方。这地方有一个油坊，以及一群我将提到的人物。

先说油坊。油坊是比人还古雅的，虽然这里的人也还学不到扯谎的事。

油坊在一个坡上，坡是泥土坡，象馒头，名字叫圆坳。同圆坳对立成为本村东西两险隘的是大坳。大坳也不过一土坡而已。大坳上有古时碉楼，用四方石头筑成，碉楼上生草生树，表明这世界用不着军事烽火已多年了。

在坳碉上，善于打岩的人，一岩打过去，便可以打到圆坳油坊的旁边。原来这乡村，并不大。圆坳的油坊，从大坳方面望来，望这油坊屋顶与屋边，仿佛这东西是比碉楼还更古。其实油坊是新生后辈。碉楼是百年古物，油坊年纪不过一半而已。

虽说这地方平静，人人各安其生业，无匪患无兵灾，革命也不到这个地方来，然而五年前，曾经为另一个大县分上散兵骚扰过一次，给了地方人教训，因此若说村落是城池，这油坊，已似乎关隘模样的东西了。油坊是本村关隘，这话不错的。地方不忘记散兵的好处，增加了小心谨慎，练起保卫团是五年了。油坊的墙原本也是石头筑成，墙上打了眼，可以打枪，预备风声不好时，保卫团就来此放枪放炮。实际上，地方不当冲，不会有匪，地方不富，兵不来。这时正三月，是油坊打油当忙的时候。山桃花已红满了村落，打桃花油时候已到，工人换班打油，还是忙，油坊日夜不停工，热闹极了。

虽然油坊忙，忙到不开交，从各处送来的桐子，还是源源不绝，桐子堆在油坊外面空坪简直是小山。

来送桐子的照例可以见到油坊主人，见到这个身上穿了满是油污邋遢衣衫的汉子，同他的帮手忙到过斛上簿子，忙到吸烟，忙到说话，又忙到对年青女子亲热，谈养猪养鸡的事情，看来真是担心到他一到晚就会生病发烧。如果如此忙下去，这汉子每日吃饭睡觉有没有时间，也仿佛成了问题。然而成天这汉子还是忙。大概天生一个地方一个时间，有些人的精力就特别惊人，正如另一地方另一种人的懒惰一样。所以关心这主人的村中人，看到主人忙，也不过笑笑，随即就离了主人身边，到油坊中去了。

初到油坊才会觉得这是一个怪地方！单是那圆顶的屋，从屋顶透进的光，就使陌生人见了惊讶。这团光帮我们认识了油坊的内部一切，增加了它的神奇。

先从四围看，可以看到成千成万的油枯。油枯这东西，象饼子，象大钱，架空堆码高到油坊顶，绕屋全都是。其次是那屋正中一件东西，一个用石头在地面砌成的圆碾池，直径至少是三丈，占了全屋四分之一空间，三条黄牛绕大圈子打转，拖着那个薄薄的青砚石碾盘，碾盘是两个，一大一小。碾池里面是晒干了的桐子，桐子在碾池里，经碾盘来回的碾，便在一种轧轧声音下碎裂了。

把碾碎了的桐子末来处置，是两个年青人的事。他们是同在这屋里许多做硬功夫的人一样，上衣不穿，赤露了双膊。他们把一双强健有力的手，在空气中摆动，这样那样非常灵便的把桐子末用一大块方布包裹好，双手举起放到一个锅里去，这个锅，这时则正沸腾着一锅热水。锅的水面有凸起的铁网，桐末便在锅中上蒸，上面还有大的木盖。桐末在锅中，不久便蒸透了，蒸熟了。两个年青人，看到了火色，便赶快用大铁钳将那一大包桐子末取出，用铲铲取这原料到预先扎好的草兜里，分量在习惯下已不会相差很远，大小则有铁箍在。包好了，用脚踹，用大的木槌敲打，把这东西捶扁了，于是抬到榨上去受罪。

油榨在屋的一角，在较微暗的情形中，凭了一部分屋顶光同灶火光，大的粗的木柱纵横的罗列，铁的皮与铁的钉，发着青色的滑的反光，使人想起古代故事中说的处罚罪人的“人榨”的威严。当一些包以草束以铁业已成饼的东西，按一种秩序放到架上以后，打油人，赤着膊，腰边围了小豹之类的兽皮，挽着小小的发髻，把大小不等的木楔依次嵌进榨的空处去，便手扶了那根长长的悬空的槌，唱着简单而悠长的歌，訇的撒了手，尽油槌打了过去。

反复着，继续着，油槌声音随着悠长歌声荡漾到远处去。一面是屋正中的石碾盘，在三条黄牯牛的缓步下转动，一面是熊熊的发着哮吼的火与沸腾的蒸汽弥漫的水，一面便是这长约三丈的一段圆而且直的木在空中摇荡；于是那从各处远近村庄人家送来的小粒的桐子，便在这样行为下，变成稠粘的、黄色的、半透明的黄流，流进地下的油槽了。

这油坊，正如一个生物，嚣杂纷乱与伟大的谐调，使人认识这个整个的责任是如何重要。人物是从主人到赶牛小子，一共数目在二十以上。这二十余人在一个屋中，各因职务不同作着各样事情，在各不相同的工作上各人运用着各不相同的体力，又交换着谈话，表示心情的暇裕，这是一群还是一个，也仿佛不是用简单文字所能解释清楚。

但是，若我们离开这油坊，一里两里，我们所能知道这油坊是活的，是有着人一样的生命，而继续反复制作一种有用的事物的，将从什么地方来认识？一离远，我们就不能看到那如山堆的桐子仁，也看不到那形式奇怪的房子了。我们也不知道那怪屋里是不是有三条牯牛拖了那大石碾盘打转。也不知灶中的火还发吼没有。也不知那里是空洞死静的还是一切全有生气的。是这样，我们只有一个办法，就是听那打油人唱歌，听那跟随歌声起落、仿佛为歌声作拍的洪壮的声音。从这歌声，从油槌打击的闷重声音上，我们就俨然看出油坊中一切来了。这歌声与打油声，有时二三里以外还可以听到，是山中庄严的音乐，庄严到比佛钟还使人感动，能给人气力，能给人静穆与和平。从这声音可以使人明白严冬的过去，一个新的年分的开始，因为打油是从二月开始。且可以知道这地方的平安无警，人人安居乐业，因为地方有了警戒是不能再打油的。

油坊是简单约略介绍过了。与这油坊有关系的，还有几个人。要说的人，并不是怎样了不得的大人物。我们已经在每日报纸上，把一切历史上有意义的阔人要人脸貌、生活、思想、行为看厌了。对于这类人永远感生兴趣的，他不妨去作小官，设法同这些人接近。我说的人只是那些不逗人欢喜，生活平凡，行为简朴，思想单纯的乡下人。然而这类人，在许多人生活中，是同“学问”这东西一样疏远的。

领略了油坊，就再来领略一个打油人生活，也不为无意义——我就告你们一个打油人的一切吧。

这些打油人，成天守着那一段悬空的长木，执行着类乎刽子手的职务，手干摇动着，脚步转换着，腰儿勾着扶了那油槌走来走去，他们可不知那一天所作的事，出了油出了汗以外还出了什么。每天到了换班时节，就回家。人一离开了打油槌，歌也便离开口边了。一天的疲劳，使他觉得非喝一杯极浓的高粱酒不可，他于是乎就走快一点。到了家，把脚一洗，把酒一喝，或者在灶边编编草鞋，或者到别家打一点小牌。有家庭的就同妻女坐到院坝小木板凳上谈谈天，到了八点听到岩上起了更就睡。睡，是一直到第二天五更才作兴醒的。醒来了，天还不大亮，就又到上工时候了。

一个打油匠生活，不过如此如此罢了。不过照例这职业是一种专门职业，所以工作所得，较之小乡村中其他事业也独多，四季中有一季工作便可以对付一年生活，因此这类人在本乡中地位也等于绅士，似乎比考秀才教书还合算。

可是这类人，在本地方真是如何稀少的人物啊！

天黑了，在高空中打团的鹰之类也渐渐的归林了，各处人家的炊烟已由白色变成紫色了，什么地方有妇人尖锐声音拖着悠长的调子喊着阿牛阿狗的孩子小名回家吃饭了。这时圆坳的油坊停工了，从油坊中走出了一个人。这个人，行步匆匆象逃难，原来后面还有一个小子在追赶。这被追赶的人踉踉跄跄的滑着跑着，在极其熟习的下坡路上走着，那追赶他的小子赶不上，就在后面喊他。

“四伯，四伯，慢走一点，你不同我爹喝一杯，他老人家要生气了。”

他回转头望那追赶他的人黑的轮廓，随走随大声的说：

“不，道谢了。明天来。五明，告诉你爹，我明天来。”

“那不成，今天炖得有狗肉！”

“你多吃一块好了。五明小子你可以多吃一块，再不然帮我留一点明早我来吃。”

“那他要生气！”

“不会的。告诉爹，我有点小事，要到西村张裁缝家去。”

说着这样话的这个四伯，人已走下圆坳了，再回头望声音所来处的五明，所望到的是轮廓模糊的一团，天是真黑了。

他不管五明同五明爹，放弃了狗肉同高粱酒，一定要急于回家，是因为念着家中的女儿。这中年汉子，惟一的女儿阿黑，正有病发烧，躺在床不能起来，等他回家安慰的。他的家，去油坊上半里路，已属于另外一个村庄了，所以走到家时已经是五筒丝烟的时候了。快到了家，望到家中却不见灯光，这汉子心就有点紧。老老远，他就大声喊女儿的名字。他心想：或者女儿连起床点灯的气力也没有了。不听到么？这汉子就更加心急。假若是一进门，所看到的是一个死人，那这汉子也不必活了。他急剧的又忧愁的走到了自己家门前，用手去开那栅栏门，关在院中的小猪，见有人来，以为是喂料的阿黑来了，就群集到那边来。

他暂时就不开门，因为听到屋的左边有人走动的声音。

“阿黑，阿黑，是你吗？”

“爹，不是我。”

故意说不是她的阿黑，却跑过来到她爹的身边了，手上拿的是一些仿佛竹管子一样的东西。爹见了阿黑是又欢喜又有点埋怨的。

“怎么灯也不点，我喊你又不应？”

“饭已早煮好了。灯我忘记点了。我没听见你喊我，我到后面园里去了。”

作父亲的用手摸过额角以后，阿黑把门一开，先就跑进屋里去了。不久这小瓦屋中有了灯光。

又不久，在一盏小小的清油灯下，这中年父亲同女儿坐在一张小方桌边吃晚饭了。

吃着饭，望到女儿脸还发红，病显然没好，父亲把饭吃过一碗也不再添。阿黑是十七八岁的人了，知道父亲发痴的理由，就说：“一点儿病已全好了，这时人并不吃亏。”

“我要你规规矩矩睡睡，又不听我说。”

“我睡了半天，因为到夜了天气真好，天上有霞，所以起来看，就便到后园去砍竹子，砍来好让五明做箫。”

“我担心你不好，所以才赶忙回来。不然今天五明留我吃狗肉，我哪里就来。”

“爹你想吃狗肉我们明天自己炖一腿。”

“你哪里会炖狗肉？”

“怎么不会？我可以问五明去。弄狗肉吃就是脏一点，费事一点。爹你买来拿到油坊去，要烧火人帮烙好刮好，我必定会办到好吃。”

“等你病好了再说吧。”

“我好了，实在好了。”

“发烧要不得！”

“发烧吃一点狗肉，以火攻火，会好得快一点。”

乖巧的阿黑，并不想狗肉吃，但见到父亲对于狗肉的倾心，所以说自己来炖。但不久，不必亲自动手，五明从油坊送了一大碗狗肉来了。被他爹说了一阵，怪他不把四伯留下，五明退思补过，所以赶忙送了一大青花海碗红焖狗肉来。虽说是来送狗肉，其实还是为另外一样东西，比四伯对狗肉似乎还感到可爱。五明为什么送狗肉一定要亲自来，如同做大事一样，不管天晴落雨，不管早夜，这理由只有阿黑心中明白。

“五明，你坐。”阿黑让他坐，推了一个小板凳过去。

“我站站也成。”

“坐，这孩子，总是不听话。”

“阿黑姐，我听你的话，不要生气！”

于是五明坐下了。他坐到阿黑身边驯服到象一只猫。坐在一张白木板凳上的五明，看灯光下的阿黑吃饭，看四伯喝酒夹狗肉吃。若说四伯的鼻子是为酒糟红，使人见了仿佛要醉，那么阿黑的小小的鼻子，可不知是为什么如此逗人爱了。

“五明，再喝一杯，陪四伯喝。”

“我爹不准我喝酒。”

“好个孝子，可以上传。”

“我只听人说过孝女上传的故事，姐，你是传上的。”

“我是说你假，你以为你真是孝子吗？你爹不许你作许多事，似乎都背了爹作过了，陪四伯吃杯酒就怕爹骂，装得真象！”

“冤枉死我了，我装了些什么？”

四伯见五明被女儿逼急了，发着笑，动着那大的酒糟鼻，说阿黑应当让五明。

“爹，你不知道他，人虽小，顶会扯谎。”

大约是五明这小子的确在阿黑面前扯过不少的谎，证据被阿黑拿到手上了，所以五明虽一面嚷着冤枉了人，一面却对阿黑瞪眼，意思是告饶。

“五明，你对我瞪眼睛做什么鬼？我不明白。”说了就纵声笑。五明真急了，大声嚷：

“是，阿黑姐，你这时不明白，到后我要你明白呀！”

“五明你不要听阿黑的话，她是顶爱窘人的，不理她好了。”

“阿黑，”这汉子又对女儿说，“够了。”

“好，我不说了，不然有一个人眼中会又有猫儿尿。”

五明气突突的说：“是的，猫儿尿，有一个人有时也欢喜吃人家的猫儿尿！”

“那是情形太可怜了。”

“那这时就是可笑”——说着，碗也不要，五明抽身走了。阿黑追出去，喊小子。

“五明，五明，拿碗去！要哭就在灯下哭，也好让人看见！”

走去的五明不做声，也不跑，却慢慢走去。

阿黑心中过意不去，就跟到后面走。

“五明，回来，我不说了。回来坐坐，我有竹子，你帮我做箫。”

五明心有点动，就更慢走了点。

“你不回来，那以后就……什么也完了。”

五明听到这话，不得不停了脚步。他停顿在大路边，等候赶他的阿黑。阿黑到了身边，牵着这小子的手，往回走。这小子泪眼婆娑，仍然进到了阿黑的堂屋，站在那里对着四伯勉强作苦笑。

“坐，当真就要哭了，真不害羞。”

五明咬牙齿，不作声。四伯看了过意不去，帮五明的忙，说阿黑：

“阿黑，你就忘记你被毛朱伯笑你的情形了。让五明点吧，女人家不可太逞强。”

“爹你袒护他。”

“怎么袒护他？你大点，应当让他一点才对。”

“爹以为他真象是老实人，非让他不可。爹你不知道，有个时候他才真不老实！”

"什么时候？"作父亲的似乎不相信。

"什么时候么？多咧多！"阿黑说到这话，想起五明平素不老实的故事来，就笑了。

阿黑说五明不是老实人，这也不是十分冤枉的。但当真若是不老实人，阿黑这时也无资格打趣五明了。说五明不老实者，是五明这小子，人虽小，却懂得许多事，学了不少乖，一得便，就想在阿黑身上撒野，那种时节五明决不能说是老实人的，即或是不缺少流猫儿尿的机会。然而到底不中用，所以不规矩到最后，还是被恐吓收兵回营，仍然是一个在长者面前的老实人。这真可以说，虽然想不老实，又始终作不到，那就只有尽阿黑调谑一个办法了。

五明心中想的是报仇方法，却想到明天的机会去了。其实他不知不觉用了他的可怜模样已报仇了。因为模样可怜，使这打油人有与东家作亲家的意思，因了他的无用，阿黑对这被虐待者也心中十分如意了。

五明不作声，看到阿黑把碗中狗肉倒到土钵中去，看到阿黑洗碗，看到阿黑……到后是把碗交到五明手上，另外塞了一把干栗子在五明手中，五明这小子才笑。

借口说怕院坝中猪包围，五明要阿黑送出大门，出了大门却握了阿黑的手不放，意思还要在黑暗中亲一个嘴，算抵销适间被窘的帐。把阿黑手扯定，五明也觉得阿黑是在发烧了。

“姐，干吗，手这么热？”

“我有病，发烧。”

“怎不吃药？”

“一点儿小病。”

“一点儿，你说的！你的全是一点儿，打趣人家也是，自己的事也是。病了不吃药那怎么行。”

“今天早睡点，吃点姜，发发汗，明早就好了。”

“你真使人担心！”

“鬼，我不要你假装关切，我自己会比你明白点。”

“你明白，是呀，什么事你都明白，什么事你都能干，我说的就是假关切，我又是鬼……”

五明小子又借此撒起赖来，他又要哭了。

听到呜咽，阿黑心软了，抱了五明用嘴烫五明的嘴，仿佛喂五明一片糖。

五明挣脱身，一气跑过一条田塍去了。

病

包红帕子的人来了，来到阿黑家，为阿黑打鬼治病。

阿黑的病更来得不儿戏了，一个月来发烧，脸庞儿红得象山茶花，终日只想喝凉水。天气渐热，井水又怕有毒，害得老头子成天走三里路到万亩田去买杨梅。病是杨梅便能止渴。但杨梅对于阿黑的病也无大帮助。人发烧，一到午时就胡言乱语，什么神也许愿了，什么药也吃过了，如今是轮到请老巫师的最后一着了。巫师从十里外的高坡塘赶来，是下午烧夜火的时候。来到门前的包红帕子的人，带了一个徒弟，所有追魂捉鬼用具全在徒弟背上扛着。老师傅站在阿黑家院坝中，把牛角搁在嘴边，吹出了长长的悲哀而又高昂的声音，惊动了全村，也惊动了坐在油坊石碾横木上的五明。他先知道了阿黑家今天有师傅来，如今听出牛角声音，料到师傅进屋了，赶忙喝了一声，把牛喝住，跑下了横木，迈过碾槽，跑出了油坊，奔到阿黑这边山来了。

五明到了阿黑家时老师傅已坐在屋中喝蜜水了，五明就走过去问师傅安。他喊这老师傅作干爹，因为三年前就拜给这人作干儿子了。他蹲到门限上去玩弄老师傅的牛角。这是老师傅的法宝，用水牛角作成，颜色淡黄，全体溜光，用金漆描有花纹同鬼脸，用白银作哨，用银链悬挂，五明欢喜这东西，如欢喜阿黑一样。这时不能同阿黑亲嘴，所以就同牛角亲嘴了。

“五明孩子，你口洗没洗，你爱吃狗肉牛肉，有大蒜臭，是沾不得法宝的！”

“哪里呢？干爹你嗅。”

那干爹就嗅五明的嘴，亲五明的颊，不消说，纵是刚才吃过大蒜，经这年高有德的人一亲，也把肮脏洗净了。

喝了蜜水的老师傅吃烟。五明就献小殷勤为吹灰。

那师傅，不同主人说阿黑的病好了不曾，却同阿黑的爹说：

“四哥，五明这孩子将来真是一个好女婿。”

“当真呢，不知谁家女儿有福气。”

“是呀！你瞧他！年纪小虽小，多乖巧。我每次到油坊那边见到他爹，总问我这干儿子有屋里人了没有，这作父亲的总摇头，象我是同他在讲桐子生意，故意抬高价。哥，你……”

阿黑的爹见到老师傅把事情说到阿黑事情上来了，望一望蹲在一旁玩牛角的五明，抿抿嘴，不作声。

老师傅说：“五明，听到我说的话了么？下次对我好一点，我帮你找媳妇。”

“我不懂。”

“你不懂？说的倒真象。我看你样子是懂得比干爹还多！”

五明于是红脸了，分辩说：“干爹冤枉人。”

“我听说你会唱一百多首歌，全是野的，跟谁学来？”

“也是冤枉。”

“我听萧金告我，你做了不少大胆的事。”

“萧金呀，这人才坏！他同巴古大姐鬼混，人人都知道，谁也不瞒，有资格说别个么？”

“但是你到底作过坏事不？”

五明说：“听不懂你的话。”

说了这话的五明，红着脸，望了望四伯，放下了牛角，站起身来走到院坝中撵鸡去了。

老师傅对这小子笑，又对阿黑的爹笑。阿黑的爹有点知道五明同阿黑的关系了。然而心中却不象城里作父亲的偏狭，他只忧愁的微笑。

小孩子，爱玩，天气好，就到坡上去玩玩，只要不受凉，原不是什么顶坏的事。两个人在一块，打打闹闹并不算大不了事体。人既在一块长大，懂了事，互相欢喜中意，非变成一个不行，作父亲的似乎也无反对理由。

使人顽固是假的礼教与空虚的教育，这两者都不曾在阿黑的爹脑中有影响，所以这时逐鸡的五明，听到阿黑嚷口渴，不怕笑话，即刻又从干爹身边跑过，走到阿黑房中去了。

阿黑的房是旧瓦房，一栋三开间，以堂屋作中心，则阿黑住的是右边一间。房屋一切全旧了，壁板与地板，颜色全失了原有黄色，转成浅灰色。窗用铁条作一格，又用白纸糊木条作一格，又有木板护窗：平时把护窗打开，放光进来。怕风则将糊纸的一格放下。到夜照例是关门。如今阿黑正发烧，按理应避风避光，然而阿黑脾气坏，非把窗敞开不行，所以作父亲的也难于反对，还是照办了。

这房中开了窗子，地当西，放进来的是一缕带绿色的阳光。窗外的竹园，竹子被微风吹动，竹叶窣窣作响。真仿佛与病人阿黑形成极其调和的一幅画。带了绿色的一线阳光，这时正在地板上映出一串灰尘返着晶光跳舞，阿黑却伏在床上，把头转侧着。

用大竹筒插了菖蒲与月季的花瓶，本来是五明送来摆在床边的，这时却见到这竹筒里多了一种蓝野菊。房中粗粗疏疏几件木器，以及一些小钵小罐，床下一双花鞋。伏在床上的露着红色臂膀的阿黑，一头黑发散在床沿，五明不知怎样感动得厉害，却想哭了。

昏昏迷迷的阿黑，似乎听出有人走进房了，也不把头抬起，只嚷渴。

“送我水，送我水……”

“姐，这壶里还有水！”

似乎仍然听得懂是五明的话，就抱了壶喝。

“不够。”

五明于是又为把墙壁上挂的大葫芦取下，倒出半壶水来，这水是五明小子尽的力，在两三里路上一个洞里流出的洞中泉，只一天，如今摇摇已快喝到一半了。

第二次得了水又喝，喝过一阵，人稍稍清醒了，待到五明用手掌贴到她额上时，阿黑瞪了眼睛望到床边的五明。

“姐，你好点了吧？”

“嗯。”

“你认识我么？”

阿黑不即答，仿佛来注意这床边人。但并不是昏到认人不清，她是在五明脸上找变化。

“五明，怎么瘦许多了？”

“哪里，我肥多了，四伯才还说！”

“你瘦了。拿你手来我看。”

五明就如命，交手把阿黑，阿黑拿来放在嘴边。她又问五明，是不是烧得厉害。

“姐，你太吃亏了，我心中真难过。”

“鬼，谁要你难过？自己这几天玩些什么？告我刚才做了些什么？告我。”

“我正赶牛推磨，听到村中有牛角叫，知道老师傅来了，所以赶忙来。”

“老师傅来了吗？难怪我似乎听到人说话，我烧得人胡涂极了。”

五明望这房中床架上，各庙各庵黄纸符咒贴了不少，心想纵老师傅来帮忙，也恐怕不行，所以默然不语了。他想这发烧原由，或者倒是什么时候不小心的缘故，责任多半还是在自己，所以心中总非常不安，又不敢把这意思告阿黑的爹。他怕阿黑是身上有了小人。他的知识，只许可他对于睡觉养小孩子事模糊恍惚，他怕是那小的人在肚中作怪，所以他觉得老师傅也是空来。然而他还不曾作过做丈夫应作的事，纵作了也不算认真。

五明呆在阿黑面前许久，才说话。

“阿黑姐，你心里难过不难过？”

“你呢？”

这反问，是在另一时节另一情形另一地方的趣话。那时五明正躺在阿黑身边，问阿黑，阿黑也如此这般反问他。同样的是怜惜，在彼却加了调谑，在此则成了幽怨，五明眼红了。

“干吗呢？”

五明见到阿黑注了意，又怕伤阿黑的心，所以忙回笑，说眼中有刺。

“小鬼，你少流一点猫儿尿好了，不要当到我假慈悲。”

“姐，你是病人，不要太强了，使我难过！”

“我使你难过！你是完全使我快活么？你说，什么时候使我快活？”

“我不能使你快活，我知道。我人小……”

话被阿黑打断了，阿黑见五明真有了气，拉他倒在床上了。五明摸阿黑全身，象是一炉炭火，一切气全消了，想起了阿黑这时是在病中，再不能在阿黑前说什么了。

五明不久就跪到阿黑床边，帮阿黑拿镜子让阿黑整理头发，因老师傅在外面重吹起牛角，在招天兵天将了。

因为牛角，五明想起吹牛角的那干爹说的话来了，他告与阿黑。他告她：“干爹说我是好女婿，但愿我作这一家人的女婿。谁知道女婿是早作过了。”

“爹怎么说？”

“四伯笑。”

“你好好防备他，有一天一油槌打死你这坏东西，若是他老人家知道了你的坏处。”

“我为什么坏？我又不偷东西。”

“你不偷东西，你却偷了……”

“说什么？”

“说你这鬼该打。”

于是阿黑当真就顺手打了五明一耳光，轻轻的打，使五明感到打的舒服。

五明轮着眼，也不生气，感着了新的饥饿，又要咬阿黑的舌子了。他忘了阿黑这时是病人，且忘了是在阿黑的家中了，外面的牛角吹得呜呜喇喇，五明却在里面同阿黑亲嘴半天不放。

到了天黑，老师傅把红缎子法衣穿好，拿了宝刀和鸡蛋，吹着牛角，口中又时时刻刻念咒，满屋各处搜鬼，五明就跟到这干爹各处走。因为五明是小孩子，眼睛清，可以看出鬼物所在。到一个地方，老师傅回头向五明，要五明随便指一个方向，五明用手一指，老师傅样子一凶，眼一瞪，脚一顿，把鸡蛋对五明所指处掷去，于是俨然鬼就被打倒了，捉着了。鸡蛋一共打了九个，五明只觉得好玩。

五明到后问干爹，到底鬼打了没有，那老骗子却非常正经说已打尽了鬼。

法事做完后，五明才回去，那干爹师傅因为打油人家中不便留宿，所以到亲家油坊去睡，同五明一路。五明在前打火把，老师傅在中，背法宝的徒弟在后，他们这样走到油坊去。在路上，这干爹又问五明，在本村里看中意了谁家姑娘，五明不答应。老师傅就说回头将同五明的爹做媒，打油匠家阿黑姑娘真美。

大约有道法的老师傅，赶走打倒的鬼是另外一个，却用牛角拈来了另一个他意料不到的鬼，就是五明。所以到晚上，阿黑的烧有增无减。若要阿黑好，把阿黑心中的五明歪缠赶去，发发汗，真是容易事！可惜的是打油人只会看油的成色，除此以外全无所知，捉鬼的又反请鬼指示另一种鬼的方向，糟踏了鸡蛋，阿黑的病就只好继续三十天了。

阿黑到后怎样病就有了起色呢？却是五明要到桐木寨看舅舅接亲吃酒，一去有十天。十天不见五明，阿黑不心跳，不疲倦，因此到作成了老师傅的夸口本事，鬼当真走了，病才慢慢退去，人也慢慢的复原了。

回到圆坳，吃酒去的五明，还穿了新衣，就匆匆忙忙跑来看阿黑。时间是天已快黑，天上全是霞。屋后已有纺织娘纺车，阿黑包了花帕子，坐到院坝中石碌碡上，为小猪搔痒。阿黑身上也是穿得新浆洗的花布衣，样子十分美。五明一见几乎不认识，以为阿黑是作过新嫁娘的人。

“姐，你好了！”

阿黑抬头望五明，见五明穿新衣，戴帽子，白袜青鞋，知道他是才从桐木寨吃酒回来，就笑说：“五明，你是作新郎来了。”

这话说错了，五明听的倒是“来此作新郎”不是“作过新郎来”，他忙跑过去，站到阿黑身边。他想到阿黑的话要笑，忘了问阿黑是什么时候病好的。

在紫金色薄暮光景中，五明并排坐到阿黑身边了。他觉阿黑这时可以喊作阿白，因为人病了一个月，把脸病白了，他看阿黑的脸，清瘦得很，不知应当如何怜爱这个人。他用手去摸阿黑下巴，阿黑就用口吮五明的手指，不作声。

在平时，五明常说阿黑是观音，只不过是想赞美阿黑，找不出好句子，借用来表示自己低首投降甘心情愿而已。此时五明才真觉得阿黑是观音！那么慈悲，那么清雅，那么温柔，想象观音为人决不会比这个人更高尚又更近人情。加以久病新瘥，加以十天远隔，五明觉得为人幸福象做皇帝了。

秋

到了七月间，田中禾苗的穗已垂了头，成黄色，各处忙打谷子了。

这时油坊歇息了，代替了油坊打油声音的是各处田中打禾的声音。用一二百铜钱，同到老酸菜与臭牛肉雇来的每个打禾人，一天亮起来到了田中，腰边的镰刀象小锯子，下田后，把腰一勾，齐人高的禾苗，在风快的行动中，全只剩下一小桩，禾的束全卧在田中了。

在割禾人后面，推着大的四方木桶的打禾人，拿了卧在地上的禾把在手，高高的举起快快的打下，把禾在桶的边沿上痛击，于是已成熟的谷粒，完全落到桶中了。

打禾的日子是热闹的日子，庄稼人心中有丰收上仓的欢喜，一面有一年到头的耕作快到了休息时候的舒畅，所有人，全是笑脸！

慢慢的，各个山坡各个村落各个人家门前的大树下，把稻草堆成高到怕人的巨堆，显见的是谷子已上仓了。这稻草的堆积，各处可见到，浅黄的颜色，伏在叶已落去了的各种大树下，远看便象一个庞大兽物。有些人家还将这草堆作屋，就在草堆上起居，以便照料那些山谷中晚熟的黍类薯类。地方没有盗贼，他们怕的是野猪，野猪到秋天就多起来了。

这个时候五明家油坊既停了工，五明无可玩，五明不能再成天守到碾子看牛推磨了，牛也不需要放出去吃草了，他就是常常上山去捡柴。捡柴不一定是家中要靠到这个卖钱，也不是烧火乏柴，五明的家中剩余的油松柴，就不知有几千几万。五明捡柴，一天捡回来的只是一捆小枯枝，一捆花，一捆山上野红果。这小子，出大门，佩了镰刀，佩了烟管，还佩了一支短笛，这三样东西只有笛子合用。他上山，就是上山在西风中吹笛子给人听！

把笛子一吹，一匹鹿就跑来了。笛子还是继续吹，鹿就呆在小子身边睡下，听笛子声音醉人。来的这匹鹿有一双小小的脚，一个长长的腰，一张黑黑的脸同一个红红的嘴。来的是阿黑。阿黑的爹这时不打油，用那起着厚的胼胝的扶油槌的手在乡约家抹“一点红”纸牌去了。阿黑成天背了竹笼上山去，名义也是上山捡柴扒草，不拘在什么地方，不管多远，她听得出五明笛子的声音。把笛子一吹，阿黑就象一匹小花鹿跑到猎人这边来了。照例是来了就骂，骂五明坏鬼，也不容易明白这“坏”意义究竟是什么。大约就因为五明吹了笛，唱着歌，唱到有些地方，阿黑虽然心欢喜，正因为欢喜，就骂起“五明坏鬼”来了。阿黑身上并不黑，黑的只是那张脸，五明唱歌唱到——

“娇妹生得白又白，情哥生得黑又黑。黑墨写在白纸上，你看合色不合色？”

阿黑就骂人。使阿黑骂人，也只怪得是五明有嘴。野猪有一张大的嘴巴，可以不用劲就把田中大红薯从土里掘出，吃薯充饥。五明嘴不大，却乖劣不过，唱歌以外不单是时时刻刻须用嘴吮阿黑的脸，还时时刻刻想用嘴吮阿黑的一身。且嗜好不良，怪脾气顶多，还有许多说不出的铺排，全似乎要口包办，都有使阿黑骂他的理由。一面骂是骂，一面要作的还是积习不改，无怪乎阿黑一见面就先骂“五明坏鬼”了。

五明又怪又坏，心肝肉圆子的把阿黑哄着引到幽僻一点稻草堆下去，且别出心裁，把草堆中部的草拖出，挖空成小屋，就在这小屋中，陪阿黑谈天说地，显得又谄媚又温柔。有时话说得不大得体，使一个人生了气想走路，五明因为要挽留阿黑，就设法把阿黑一件什么东西藏到稻草堆的顶上去，非到阿黑真有生气样子时不退。

阿黑年纪比五明大，知道许多事情，知道秋天来了，天气冷，“着凉”也是应当小心注意；可是就因为五明是“坏鬼”，脾气坏，心坏，嗜好的养成虽日子不多也是无可救药。纵有时阿黑一面说着“不行，不行”，到头仍然还是投降，已经有过极多例子了。

天气是当真一天一天冷下来了。中秋快到，纵成天是大太阳挂到天空，早晚是仍然有寒气侵人，非衣夹袄不可了。在这样的天气下，阿黑还一听到五明笛子就赶过去，这要单说是五明罪过也似乎说不过去！

八月初四是本地山神的生日，人家在这一天都应当用鸡用肉用高粱酒为神做生。五明的干爹，那个头缠红帕子作长毛装扮的老师傅，被本地当事人请来帮山神献寿谢神祝福，一来就住到亲家油坊里。来到油坊的老师傅，同油坊老板换着烟管吃烟，坐到那碾子的横轴上谈话，问老板的一切财运，打油匠阿黑的爹也来了。

打油匠是听到油坊中一个长工说是老师傅已来，所以放下了纸牌跑来看老师傅的。见了面，话是这样谈下去：

“油匠，您好！”

“托福。师傅，到秋天来，你财运好！”

“我财运也好，别的运气也好，妈个东西，上前天，到黄砦上做法事，半夜里主人说夜太长，请师傅打牌玩，就架场动手。到后作师傅的又作了宝官庄家，一连几轮庄，撇十遇天罡，足足六十吊，散了饷。事情真做不得，法事不但是空做，还倒贴。钱输够了天也不亮，主人倒先睡着了。”

“亲家，老庚，你那个事是外行，小心是上了当。”油坊老板说，喊老师傅做亲家又喊老庚，因为他们又是同年。

师傅说："当可不上。运气坏是无办法。这一年运气象都不大好。"

师傅说到运气不好，就用力吸烟，若果烟气能象运气一样，用口可以吸进放出，那这位老师傅一准赢到不亦乐乎了。

他吸着烟，仰望着油坊窗顶，那窗顶上有一只蝙蝠倒挂在一条椽皮上。

"亲家，这东西会作怪，上了年纪就成精。"

"什么东西？"老板因为同样抬头，却见到两条烟尘的带子。

"我说檐老鼠檐老鼠——蝙蝠，你瞧，真象个妖精。"

"成了妖就请亲家捉它。"

"成了妖我恐怕也捉不到，我的法术似乎只能同神讲生意，不能同妖论本事！"

"我不信这东西成妖精。"

"不信呀，那不成。"师傅说，记起了一个他也并不曾亲眼见到的故事，信口开河说："真有妖。老虎峒的第二层，上面有斗篷大的檐老鼠，能做人说话，又能呼风唤雨，是得了天书成形的东西。幸好是它修炼它自己，不惹人，人也不惹它，不然可了不得。”

为证明妖精存在起见，老师傅不惜在两个朋友面前说出丢脸的话，他说他有时还得为妖精作揖，因为妖精成了道也象招安了的土匪一样，不把他当成副爷款待可不行。他又说怎么就可以知道妖精是有根基的东西，又说怎么同妖精讲和的方法。总之这老东西在亲家面前只是一个喝酒的同志，穿上法衣才是另外一个老师傅！其实，他做着捉鬼降妖的事已有二三十年，却没有遇到一次鬼。他遇到的倒是在人中不缺少鬼的本领的，同他赌博，把他打筋斗唱神歌得来的几个钱全数掏去。他同生人说打鬼的法力如何大，同亲家老朋友又说妖是如何凶，可是两面说的全是鬼话，连他自己也不明白自己法力究竟比赌术精明多少。

这个人，实在可以说是好人，缺少城中法师势利习气，唱神歌跳舞磕头全非常认真，又不贪财，又不虐待他的徒弟。可是若当真有鬼有妖，花了钱的他就得去替人降伏。他的道法，究竟与他的赌术哪样高明一点，真是难说的事！

谈到鬼，谈到妖，老师傅记起上几月为阿黑姑娘捉鬼的事，就问打油匠女儿近来身体怎样。

打油匠说：“近来人全好了，或者是天气交了秋，还发了点胖。”

关于肥瘦，渊博多闻的老师傅，又举出若干例，来说明鬼打去以后病人发胖的理由，且同时不嫌矛盾，又说是有些人被鬼缠身反而发胖，颜色充实。

那老板听到这两种不同的话，就打老师傅的趣，说：“亲家，那莫非这时阿黑丫头还是有鬼缠到身上！”

老师傅似乎不得不承认这话，点着头笑，老师傅笑着，接过打油匠递来的烟管，吸着烟，五明同阿黑来了。阿黑站到门外边，不进来，五明就走到老师傅面前去喊干爷，又回头喊四伯。

打油人说：“五明，你有什么得意处，这样笑。”

“四伯，人笑不好么？”

“我记到你小时爱哭。”

“我才不哭！”

“如今不会哭了，只淘气。”作父亲的说了这样话，五明就想走。

“走哪儿去？又跑？”

“爹，阿黑大姐在外面等我，她不肯进来。”

“阿黑丫头，来哎！”老板一面喊一面走出去找阿黑，五明也跟着跑了出去。

五明的爹站到门外四望，望不到阿黑。一个大的稻草堆把阿黑隐藏了。五明清白，就走到草堆后面去。

“姐，你躲到这里做什么？我干爹同四伯他们在谈话，要你进去！”

“我不去。”

“听我爹喊你。”

的确那老板是在喊着的，因为见到另一个背竹笼的女人下坡去，以为那走去的是阿黑了，他就大声喊。

五明说：“姐，你去吧。”

“不。”

“你听，还在喊！”

“我不耐烦去见那包红帕子老鬼。”

为什么阿黑不愿意见包红帕子老鬼？不消说，是听到五明说过那人要为五明做媒的缘故了。阿黑怕一见那老东西，又说起这事，所以不敢这时进油坊。五明是非要阿黑去油坊玩玩不可，见阿黑坚持，就走出草堆，向他父亲大声喊，告他阿黑在草堆后面。

阿黑不得不出来见五明的爹了。五明的爹要她进去，说她爹也在里面，她不好意思不进油坊去。同时进油坊，阿黑对五明鼓眼睛，作生气神气，这小子这时只装不看见。

见到阿黑几乎不认识的是那老法师。他见到阿黑身后是五明，就明白阿黑其所以肥与五明其所以跳跃活泼的理由了。老东西对五明独做着会心的微笑。老法师的模样给阿黑见到，使阿黑脸上发烧。

“爹，我以为你到萧家打牌去了。”

“打牌又输了我一吊二，我听到师傅到了，就放手。可是正要起身，被团总扯着不许走，再来一牌，却来了一个回笼子青花翻三层台，里外里还赢了一吊七百几。”

“爹你看买不买那王家的跰脚猪？”

“你看有病不有。”

“病是不会，脚是有一只跰了，我不知好不好。”

“我看不要它，下一场要油坊中人去新场买一对花猪好。”

“花猪不行，要黑的，配成一个样子。”

“那就是。”

阿黑无话可说了，放下了背笼，从背笼中取出许多带球野栗子同甜萝卜来，又取出野红果来，分散给众人，用着女人的媚笑说请老师傅尝尝。五明正爬上油榨，想验看油槽里有无蝙蝠屎，见到阿黑在俵分东西，跳下地，就不客气的抢。

老师傅冷冷的看着阿黑的言语态度，觉得干儿子的媳妇再也找不出第二个了。又望望这两个作父亲的人，也似乎正是一对亲家，他在心中就想起作媒的第一句话来了。他先问五明，说：

“五明小子，过来我问你。”

五明就走过干爹这边来。

老师傅附了五明的耳说：“记不记到我以前说的那话。”

五明说：“记不到。”

“记不到，老子告你，你要不要那个人做媳妇？说实话。”

五明不答，用手掩两耳，又对阿黑做鬼样子，使阿黑注意这一边人说话情景。

“不说我就告你爹，说你坏得很。”

“干爹你冤枉人。”

“我冤枉你什么？我老人家，鬼的事都知道许多，岂有不明白人事的道理。告我实在话，若欢喜要干爹帮忙，就同我说，不然打油匠总有一天会用油槌打碎你的狗头。”

“我不作什么哪个敢打我？”

“我就要打你。”老师傅这时可高声了，他说，“亲家，我以前同你说那事怎样了？”

“怎么样？干爹这样担心干吗。”

“不担心吗？你这作爹的可不对。我告你小孩子是已经会拜堂了的人，再不设法将来会捣乱。”

五明的爹望五明笑，五明就向阿黑使眼色，要她同到出去，省得被窘。

阿黑对她爹说：“爹，我去了。今天回不回家吃饭？”

五明的爹就说：“不回去吃了，在这里陪师傅。”

“爹不回去我不煮饭了，早上剩得有现饭。”阿黑一面说，一面把背笼放到肩上，又向五明的爹与老师傅说：“伯伯，师傅，请坐。我走了。无事回头到家里吃茶。”

五明望到阿黑走，不好意思追出去。阿黑走后干爹才对打油人说道：“四哥，你阿黑丫头越发长得好看了。”

“你说哪里话，这丫头真不懂事。一天只想玩，只想上天去。我预备把她嫁到一远乡里去，有阿婆阿公，有妯娌弟妹，才管教得成人，不然就只好嫁当兵人去。”

五明听阿黑的爹的话心中就一跳。老师傅可为五明代问出打油人的意见了，那老师傅说：“哥，你当真舍得嫁黑丫头到远乡去吗？”

打油人不答，就哈哈笑。人打哈哈笑，显然是自己所说的话是一句笑话，阿黑不能远嫁也分明从话中得到证明了。进一步的问话是阿黑究竟有了人家没有，那打油人说还没有。他又说，媒人是上过门有好几次了，因为只这一个女儿，不能太马虎，一面问阿黑，阿黑也不愿，所以事情还谈不到。

五明的爹说：“人是不小了，也不要太马虎，总之这是命，命好的先不好往后会好。命坏的好也会变坏。”

“哥，你说得是，我是做一半儿主，一半让丫头自己；她欢喜我总不反对。我不想家私，只要儿郎子弟好，过些年我老了，骨头松了，再不能作什么事，可以搭他们吃一口闲饭，有酒送我喝，有牌送我打，就算享福了。”

“哥，把事情包送我办好了，我为你找女婿。——亲家，你也不必理五明小子的事，给我这做干爹的一手包办。——你们就打一个亲家好不好？”

五明的爹笑，阿黑的爹也笑。两人显然是都承认这提议有可以继续商量下去的必要，所以一时无话可说了。

听到这话的五明，本来不愿意再听，但想知道这结果，所以装作不明白神气坐到灶边用砖头砸栗球吃。他一面剥栗子壳一面用心听三人的谈话。旋即又听到干爹说道：

“亲家，我这话是很对的。若是你也象四哥意思，让这没有母亲的孩子自己作一半主，选择自己意中人，我断定他不会反对他干爹的意见。”

“师傅，黑丫头年纪大，恐怕不甚相称吧。”

“四哥，你不要客气，你试问问五明，看他要大的还是要小的。”

打油人不问五明，老师傅就又帮打油人来问。他说：“喂，不要害羞，我同你爹说的话你总已经听到了。我问你，愿不愿意把阿黑当做床头人喊四伯做丈人？”

五明装不懂。

“小东西，你装痴，我问你的是要不要个女人，要就赶快给干爹磕头，干爹好为你正式做媒。”

“我不要。”

“你不要那就算了，以后再见你同阿黑在一起，就教你爹打断你的腿。”

五明不怕吓，干爹的话说不倒五明，那是必然的。虽然愿意阿黑有一天会变成自己的妻，可是口上说要什么人帮忙，还得磕头，那是不行的。一面是不承认，一面是逼到要说，于是乎五明只有走出油坊一个办法了。

五明走出了油坊，就赶快跑到阿黑家中去。这一边，三个中年汉子，亲家作不作倒不甚要紧，只是还无法事可作的老师傅，手上闲着发鸡爪风，得找寻一种消遣的办法，所以不久三人就邀到团总家去打“丁字福”纸牌去了。

且说五明，钻进阿黑的房里去时是怎样情景。

阿黑正怀想着古怪样子的老师傅，她知道这个人在念经翻筋斗以外总还有许多精神谈闲话，闲话的范围一推广，则不免就会说到自己身上来，所以心正怔忡着。事情果不出意料以外，不但谈到了阿黑，且谈到一件事情，谈到五明与阿黑有同意的必然的话了，因为报告这话来到阿黑处的五明，一见阿黑的面就痴笑。

“什么事，鬼？”

“什么事呀！有人说你要嫁了！”

“放屁！”

“放屁放一个，不放多。我听到你爹说预备把你嫁到黄罗寨去，或者嫁到麻阳吃稀饭去。”

“我爹是讲笑话。”

“我知道。可是我干爹说要帮你做媒，我可不明白这老东西说的是谁。”

“当真不明白吗？”

“当真不，他说是什么姓周的。说是读书人，可以做议员的，脸儿很白，身个儿很高，穿外国人的衣服，是这种人。”

“我不愿嫁人，除了你我不……”

“他又帮我做媒，说有个女人……”

“怎样说？”阿黑有点急了。

“他说女人长得象观音菩萨，脸上黑黑的，眉毛长长的，名字是阿黑。”

“鬼，我知道你是在说鬼话。”

“岂有此理！我明白说吧，他当到我爹同你爹说你应当嫁我了，话真只有这个人说得出口！”

阿黑欢喜得脸上变色了。她忙问两个长辈怎么说。

“他们不说。他们笑。”

“你呢？”

“他问我，我不好意思说我愿不愿，就走来了。”

阿黑歪头望五明，这表示要五明亲嘴了，五明就走过来抱阿黑。他又说：“阿黑，你如今是我的妻了。”

“是你的？永远不！”

“我是你的丈夫，要你做什么你就应当做。”

“我不听你的调度。”

“应当听，我是你丈夫……”

“放屁，说呆话我要打人。”

“你打我我就去告干爹，说你欺侮我小，磨折我。”

阿黑气不过，当真就是一个耳光。被打痛了的五明，用手擦抚着脸颊，一面低声下气认错，要阿黑陪他出去看落坡的太阳以及天上的霞。

站在门边望天，天上是淡紫与深黄相间。放眼又望各处，各处村庄的稻草堆，在薄暮的斜阳中镀了金色。各个人家炊烟升起以后又降落，拖成一片白幕到坡边。远处割过禾的空田坪，禾的根株作白色，如用一张纸画上无数点儿。一切景象全仿佛是诗，说不出的和谐，说不尽的美。

在这光景中的五明与阿黑，倚在门前银杏树下听晚蝉，不知此外世界上还有眼泪与别的什么东西。

婚前

五明一个嫁到边远地方的姑妈，是个有了五十岁的老太太，因为听到五明侄儿讨媳妇，带了不少的礼物，远远的赶来了。

这寡妇，年纪有一把，让她那个儿子独自住到城中享福，自己却守着一些山坡田过日子。逢年过节时，就来油坊看一次，来时总用背笼送上一背笼吃的东西给五明父子，回头就背三块油枯回去，用油枯洗衣。

姑妈来时五明父子就欢喜极了。因为姑妈是可以作母亲的一切事，会补衣裳，会做鞋，会制造干菜，会说会笑，这一家，原是需要这样一个女人的！脾气奇怪的毛伯，是常常因为这老姊妹的续弦劝告，因而无话可说，只说是请姑妈为五明的婚事留心的。如今可不待姑妈来帮忙，五明小子自己倒先把妻拣定了。

来此吃酒的姑妈，是吃酒以外还有做媒的名分的。不单是做媒，她又是五明家的主人。她又是阿黑的干妈。她又是送亲人。因此这老太太，先一个多月就来到五明油坊了。她是虽在一个月以前来此，也是成天忙，还仿佛是来迟了一点的。

因为阿黑家无女人作主，这干妈就又移住到阿黑家来，帮同阿黑预备嫁妆。成天看到这干女儿，又成天看到五明，这老太太时常欢喜得流泪。见到阿黑的情形，这老太太却忘了自己是五十岁的人，常常把自己作嫁娘时的蠢事情想起好笑。她还深怕阿黑无人指教，到时无所措手足，就用着长辈的口吻，指点了阿黑许多事，又背了阿黑告给五明许多事。这好人，她哪里明白近来的小男女，这事情也要人告才会，那真是怪事了。

当到姑妈时，这小子是规矩到使老人可怜的。姑妈总说，五明儿子，你是象大人了，我担心你有许多地方不是一个大人。这话若是另一个知道这秘密的人说来，五明将红脸。因为这话说到“不是大人”，那不外乎指点到五明不懂事，但“不懂事”这话，是不够还是多余？天真到不知天晴落雨，要时就要，饿了非吃不行，吃够了又分手，这真不算是大人！一个大人他是应当在节制以及悭吝上注意的，即或是阿黑的身，阿黑的笑和泪，也不能随便自己一要就拿，不要又放手。

姑妈在一对小人中，看阿黑是比五明老成得多的。这个人在干妈面前，不说蠢话，不乱批评别人，不懒，不对老辈缺少恭敬。一个乖巧的女人，是常常能把自己某一种美德显示给某种人，而又能把某一种好处显示给另外一种人，处置得当，各处都得到好评的。譬如她，这老姑妈以为是娴静，中了意，五明却又正因为她有些地方不很本分，所以爱得象观音菩萨了。

日子快到了，差八天。这几天中的五明，倒不觉得欢喜。虽说从此以后阿黑是自己家里的人，要顽皮一点时，再不能借故了，再不能推托了，可是谁见到有人把妻带到山上去胡闹过的事呢？天气好，趣味好，纵说适宜于在山上玩一切所要玩的事情，阿黑却不行，这也是五明看得出的。结了婚，阿黑名分上归了五明，一切好处却失去了。在名分与事实上方便的选择，五明是并不看重这结婚的。在未做喜事以前的一月以来，五明已失去了许多方便，感到无聊；距做喜事的日子一天接近一天，五明也一天惶恐一天了。

今天在阿黑的家里，他碰到了阿黑，同时有姑妈在身边。姑妈见五明来，仿佛以为不应当。她说："五明孩子你怎么不害羞？"

"姑妈，我是来接你老人家过油坊的，今天家里杀鸡。"

"你爹为什么不把鸡煮好了送到这边来？"

"另外有的，接伯伯也过去，只她（指阿黑）在家中吃。"

"那你就陪到阿黑在一块吃饭，这是你老婆，横顺过十天半月总仍然要在一起！"

姑妈说这话，意思是五明未必答应，故意用话把小子窘倒，试小子胆量如何。其实巴不得，五明意思就但愿如此。他这几日来，心上痒，脚痒，手痒，只是无机会得独自同阿黑在一处。今天天赐其便，正是好机会。他实在愿意偷偷悄悄乘便在做新郎以前再做几回情人，然而姑妈提出这问题时，他看得出姑妈意思，他说："那怎么行？"

姑妈说："为什么不行？"

小子无话答，是这样，则显然人是顶腼腆的人，甚至于非姑妈在此保镖，连过阿黑的门也不敢了。

阿黑对这些话不加一点意见，姑妈的忠厚把这个小子仿佛窘到了。五明装痴，一切俨然，只使阿黑在心上好笑。

姑妈谁知还有话说，她又问阿黑："怎么样，要不要一个人陪？"阿黑低头笑。笑在姑妈看来也似乎是不好意思，其实则阿黑笑五明着急，深怕阿黑不许姑妈去，那真是磕头也无办法的一件事。

可不，姑妈说了。她说不去，因为无人陪阿黑。

五明看了阿黑一会儿，又悄悄向阿黑努嘴，用指头作揖。阿黑装不见到，也不说姑妈去，也不说莫去。阿黑是在做鞋，低头用口咬鞋帮上的线，抬头望五明，做笑样子。

“姑妈，你就去吧，不然……是要生气的。”

“什么人会生我的气？”

“总有人吧。”说到这里的五明，被阿黑用眼睛吓住了。其实这句话若由阿黑说来，效用也一样。

阿黑却说：“干妈，你去，省得他们等。”

“去自然是去，我要五明这小子陪你，他不好意思。不好意思我就不去。”

“你老人家不去，或者一定把他留到这里，他会哭。”阿黑说这话，头也不抬，不抬头正表明打趣五明。“你老人家就同他去好了，有些人，脾气生来是这样，劝他吃东西就摆头，说不饿，其实，他……”

五明不愿意听下去了，大声嘶嚷，说非去不行，且拖了姑妈手就走。

姑妈自然起身了，但还要洗手，换围裙。“五明你忙什么？有什么事情在你心上，不愿在此多呆一会儿？”

“等你吃！还要打牌，等你上桌子！”

“姑妈这几天把钱已经输完了，你借吧。”

“我借。我要账房去拿。”

“五明，你近来真慷慨了，若不是新娘子已到手，我还疑心你是要姑妈做媒，才这样殷勤讨好！”

“做媒以外自然也要姑妈。”阿黑说了仍不抬头。五明装不听见。

姑妈说：“要我做什么？姑妈是老了，只能够抱小孩子，别的事可不中用。”姑妈人是好人，话也是好话，只是听的人也要会听。

阿黑这时轮到装成不听见的时候了，用手拍那新鞋，作大声，五明则笑。

过了不久剩阿黑一个人在家中，还是在纳鞋，想一点蠢事，想到好笑时又笑。一个人，忽然象一匹狗跳进房中来，吓了她一跳。

这个人是谁，不必说也知道。正如阿黑所说，“劝他吃摇头，无人时又悄悄来偷吃”的。她的一惊不是别的，倒是这贼来得太快。

头仍然不抬，只顾到鞋，开言道：

“鬼，为什么就跑来了？”

“为什么，你不明白么。”

“鬼肚子里的事我哪里明白许多。”

“我要你明白的。”

五明的办法，是扳阿黑的头，对准了自己，眼睛对眼睛，鼻子对鼻子，口对口。他做了点呆事，用牙齿咬阿黑的唇，被咬过的阿黑，眼睛斜了，望五明的手。手是那只右手，照例又有撒野的意思了，经一望到，缩了转去，摩到自己的耳朵。这小子的神气是名家画不出的。他的行为，他的心，都不是文字这东西写得出。说到这个人好坏，或者美丑，文字这东西已就不大容易处置了，何况这超乎好坏以上的情形。又不要喊，又不要恐吓，凡事见机，看到风色，是每一个在真实的恋爱中的男子长处。这长处不是教育得来，把这长处用到恋爱以外也是不行的。譬如说，要五明这时来做诗，自然不能够。但他把一个诗人呕尽心血写不成的一段诗景，表演来却恰恰合式，使人惊讶。

“五明，你回去好了，不然他们不见到你，会笑。”

“因为怕他们笑，我就离开你？”

“你不怕，为什么姑妈要你留到这里，又装无用，不敢接应？”

“我为什么这样蠢，让她到爹面前把我取笑。”

“这时他们哪里会想不到你在这里？”

“想！我就让他们想去笑去，我不管！”

到此，五明把阿黑手中的鞋抢了，丢到麻篮内去，他要人搂他的腰，不许阿黑手上有东西妨碍他。把鞋抢去，阿黑是并不争的，因为明知争也无益。“春官进门无打发是不走路的。米也好，钱也好，多少要一点。”而且例是从前所开，沿例又是这小子最记性好的一种，所以凡是五明要的，在推托或慷慨两种情形下，总之是无有不得。如今是不消说如了五明的意，阿黑的手上工作换了样子，她在施舍一种五明所要的施舍了。

五明说：“我来这里你是懂了。我这身上要人抱。”

“那就走到场上去，请抱斗卖米的经纪抱你一天好了。为什么定要到这里来？”

“我这腰是为你这一双手生的。”

阿黑笑，用了点力。五明的话是敷得有蜜，要通不通，听来简直有点讨嫌，所谓说话的冤家。他觉到阿黑用了力，又说道：“姐，过一阵，你就不会这样有气力了，我断定你。”

阿黑又用点力。她说：“鬼，你说为什么我没有力？”

“自然，一定，你……”他说了，因为两只手在阿黑的肩上，就把手从阿黑身后回过来摸阿黑的肚子。“这是姑妈告我的。她说是怎么怎么，不要怕，你就变妇人了。——她不会知道你已经懂了许多的。她又不疑我。她告我时是深怕有人听的。——她说只要三回或四回（五明屈指），你这里就会有东西长起来，一天比一天大，那时你自然就没有力气了。”

说到了这里，两人想起那在梦里鼓里的姑妈，笑做一团。也亏这好人，能够将这许多许多的好知识，来在这个行将作新郎的面前说告！也亏她活了五十岁，懂得到这样多！但是，记得到阿黑同五明这半年来日子的消磨方法的，就可明白这是怎么一种笑话了。阿黑是要五明做新郎来把她变成妇人吗？五明是要姑妈指点，才会处置阿黑吗？

“鬼，你真短命！我是听不完一句就打了岔的。”

“你打岔她也只疑是你不好意思听。”

“鬼！你这鬼尽是叫我牙齿痒，想在你脸上咬一口的！”

五明不问阿黑是说的什么话，总而言之脸是即刻凑上了，既然说咬，那就请便，他一点不怕。姑妈的担心，其实真是可怜了这老人，事情早是在各种天气上，各种新地方，训练得象采笋子胡葱一样习惯了。五明哪里会怕，阿黑又哪里会怕。

背了家中人，一人悄悄赶回来缠阿黑，五明除了抱，还有些什么要作，那是很容易明白的。他的坏想头在行为上有了变动时，就向阿黑用着姑妈的腔调说：“这你不要怕。”这天才，处处是诗。

这可不行啊！天气不是让人胡闹的春天夏天，如今是真到了只合宜那规矩夫妇并头齐脚在被中的天气！纵不怕，也不行。不行不是无理由，阿黑有话。

“小鬼，只有十天了！”

“是呀！就只十天了！”

阿黑的意思是只要十天，人就是五明的人了，既然是五明的人，任什么事也可以随意不拘，何必忙。五明则觉得过了这十天，人住在一块，在一处吃，一处做事，一处睡，热闹倒真热闹，只是永远也就无大白天来放肆的机会了。

他们争持了一会儿。不规矩的比平常更不规矩，不投降的也比平常更坚持得久，决不投降。阿黑有更好的不投降理由，一则是在家中，一则是天冷。姑妈在另一意义上告给阿黑的话，阿黑却记下来了。在家中不是可以放肆的地方，有菩萨，有神，有鬼，不怕处罚，倒象是怕笑。瞒了活人瞒不了鬼神，许多女人是常常因了这念头把自己变成更贞节了的。

“阿黑，你是要我生气，还是要我磕头呢？”

“随你的意，欢喜怎么样就怎么样，生气也好，磕头也好。”

“你是好人，我不能生你的气！”

“我不是好人，你就生气吧。”

“你‘不要怕’，姑妈说的，你是怕……”

“放狗屁。小鬼你要这样，回头姑妈回来时，我就要说，说你专会谎老人家，背了长辈做了不少坏事情。”

五明讪讪的说不怕，总而言之不怕，还是歪缠。说要告，他就说：

“要告，就请。但是她问到同谁胡闹，怎样闹法，我要你也说给她听。你不说，我能不打自招，就告她‘三回或者四回，就有东西长起来’，你为什么又没有？我还要问她！”

五明挨打了，今天嘴是特别多。处处引证姑妈的话拿来当笑话说。究竟阿黑在正式做新娘以前，会不会有东西慢慢长起来，阿黑不告他，他也不知道。虽说有些事，是并不象姑妈说的俨然大事了。然而要问五明，懂到为什么就有孩子，他并不比他人更清楚一点的。他只晓得那据说有些人怕的事，是有趣味，好玩，比爬树、泅水、摸鱼、偷枇杷吃还来得有趣味。春天的花鸟太阳，当然不是为住在大都会中的诗人所有，象他这样的人，才算不虚度过一个春天。好的春天是过去了，如今是冬了，不知天时是应当打一两下哩。

被打的五明，生成贱骨头，在阿黑面前是被打也才更快活的。不能让他胡闹，非打他两下不行。要他闹，也得打。又不是被打吓怕，因此就老实了，他是因为被打，就俨然可以代替那另一件事的。他多数时节还愿意阿黑咬他，咬得清痛，他就欢喜。他不能怎样把阿黑虐待。至于阿黑，则多数是先把五明虐待一番。为了最后的胜利，为了把这小子的心搅热，都得打他骂他。

在嘴上的厉害已经得到以后，他用手，把手从虚处攻击。一面口上是议和的话，一面并不把已得的权利放弃，凡是人做的事他都去做。

姑妈来了一月，这一月来，天气又已从深秋转到冬，一切的不方便怪谁也不能！天冷了才作兴接亲的，姑妈的来又原是帮忙。五明在天时人事下是应当欢喜还是应当抱怨？真无话可说！

类乎磕头的事五明是作过了，作了无效，他只得采用生气一个方法。生气到流泪，则非使他生气的人来哄他不行。但哄是哄，哄的方法也有多种，阿黑今天所采用来对付五明眼泪的也只是那次一种。见到五明眼睛红了，她只放了一个关隘，许可一只手，到某一处。

过一阵，五明不够，觉得这样不行。

阿黑又宽松了一点。

过了一阵，仍不够。

“我的天，你这怎么办？”

“天是要做‘天’的本分，在上头。”

“你要闹我就要走了，让你一个人在此。”

象是看透了阿黑，话是不须乎作答，虽说要走，然而还要闹。他到了这里来就存心不给阿黑安静的。且断定走也不能完事。使五明安静的办法，只是尽他顶不安静一阵。知道这办法又不作，只能怪阿黑的年纪稍长了。懂得节制的情人，也就是极懂得爱情的情人。然而决不是懂得五明的情人！今天的事在五明说来，阿黑可说是不“了解”五明的。五明不是“作家”，所以在此情形中并无多话可说，虽然懊恼，很少发挥。他到后无话可说了，咬自己下唇，表示不欢。

幸好这下唇是被自己所咬，这当儿，油坊来了人，喊有事。找五明的人会一直到这地方来，在油坊的长辈心目中，五明的鬼是空的也显然的事。

来人说有事，要他回去。

平常极其听话的五明，这时可不然了，他向来人说：“告家中，不回来，等一会儿。”

没有别的办法，只好把来人出气。赶走了这来人以后，五明坐到阿黑身边只独自发笑，象灶王菩萨儿子“造孽”怪可怜。

阿黑望到这个人好笑，她说：“照一照镜，看你那可怜样儿！”

“你看到我可怜就够了，我何必自己还要来看到我可怜样子呢？”

她当真就看，看了半天，看出可怜来了，她到后取陪嫁的新枕头给五明看。

今天的天气并不很冷。

雨

全说不明白，雨就落了这样久。乡村里打过锣了，放过炮了，还是落。落到满田满坝全是水，大路上更是水活活流着象溪，高崖处全挂了瀑布，雨都不休息。

因为雨，各处涨了水，各处场上的生意也做不成了，毛伯成天坐在家中捶草编打草鞋过日子。在家中，看到颠子五明的出出进进，象捉鸡的猫，虽戴了草笠，全身湿得如落水鸡公，一时唱，一时哭，一时又对天大笑，心中难过之至。

老人说：“颠子，你坐到歇歇吧，莫这样了！”

“你以为我不会唱吗？”说了就放声唱：“娇家门前一重坡，别人走少郎走多，铁打草鞋穿烂了，不是为你为哪个？”唱了又问他爹：“爹，你说我为哪一个？说呀！我为哪一个？喔，草鞋穿烂了，换一双吧。”于是就走到放草鞋的房中去，从墙上取下一双新草鞋来，试了又试，也不问脚是如何肮脏，套上一双新草鞋，又即刻走出去了。

老人停了木槌，望到这人后影就叹气，且摇头。头是在摇摆中，已白了一半了。

他为颠子想，为自己想，全想不出办法。事情又难于处置，与落雨一样，尽此下去谁知道将成什么样子呢？这老人，为了颠子的事，很苦得有了。颠子还在颠下去，不知道什么时候才会好。不好也罢，不好就死掉，那老人虽更寂寞更觉孤苦伶仃，但在颠子一方面，大致是不会有什么难过了。然而什么时候是颠子死的时候？说不定自己还先死，此后颠子就无人照料，到各村各家讨东西吃，还为人指手说这是报应。老人并不是做坏事的人，这眼前报应，就已给老人难堪了，哪里受得下那更苛刻的命运！

望到五明出去的毛伯，叹叹气，摇摇头，用劲打一下脚边的草把，眼泪挂在脸上了。象是雨落到自己头上，心中已全是冷冰冰的。他其实胸中已储满眼泪了，他这时要制止它外溢也不能了。

颠子五明这时到什么地方去了呢？他到了油坊，走到油坊的里面去，坐到那冷湿的废灶上发痴。谁也不知道这颠子一颗心是为什么跳，谁也不知颠子从这荒凉了的屋宇器物中要找些什么，又已经得到了什么。

这地方，如此的颓败，如此的冷落，若非当年见到过这一切热闹兴旺的人，到此来决不会相信这里是曾经有人住过且不缺少一切的大地方，可是如今真已不成地方了。如今只合让蛇住，让蝙蝠住，让野狗野猫衔小孩子死尸来聚食，让鬼在此开会。地方坏到连讨饭的也不敢来住，所以地上已十分霉湿，且生了白毛，象《聊斋》中说的有鬼的荒庙了，阴气逼人的情形，除了颠子恐怕谁也当不住，可是颠子全不在乎。

颠子五明坐到灶头上，望四方，望椽皮和地下，望那屋角阴暗中矗然独立如阎王殿杀人架的油榨，望那些当年装油的破坛，望了又望，仿佛感到极大兴味。他心中涌着的是先前的繁华光荣，为了这个回忆，他把目下的情形都忘了。

他大声的喊："朋友，伙计，用劲！"这是对打油人说的。

他又大声的喊，向另一处，如象对那拖了大的薄的石碾，在那屋的中心打大的圆圈的牛说话。他称呼那牛为懂事规矩的畜生，又说不准多吃干麦秆草，因为多吃了发喘。他因记起了那规矩的畜生有时的不规矩情形，非得用小鞭子打打不可，所以旋即跳下地来，如赶牛那么绕着屋子中心打转，且啪啪的吆喝牛，且扬手说打。

他又自言自语，同那烧火人叙旧，问那烧火人可不可以出外去看看溪边鱼罾。

"哥，鱼多呀！我看到他扳上了罾。我看到的是鲫鱼。我看得分明，敢打赌。我们河里今年不准毒鱼，这真是好事。那乡约，愿菩萨保佑他，他的命令保全了我的运气。我看你还是去捉它来吧。我们晚上喝酒，我出钱。你去吧，我可以帮你看火。你这差事我办得下的，你放心吧。……啪，弟兄，你怕他干什么，你说是我要你去，我老子也不会骂你。得了鱼，你就顺手破了，挖去那肠肚，这几天鱼上了子，吃不得。弟兄，信我话，快去。你不去，我就生气了！"

说着话的颠子五明，为证明他可以代替烧火人作事，就走到灶边去，捡拾着地上的砖头碎瓦，丢到灶眼内去。虽然灶内是湿的冷的，但东西一丢进去，在颠子看来，就觉得灶中因增加了燃料，骤然又生着煜煜光焰了，似乎同时因为加火，热度也增了，故又忙于退后一点，站远一点。

他高高兴兴在那里看火，口头吹着哨子。在往时，在灶边吹哨子，则火可以得风，必发哮。这时在颠子眼中，的确火是在发哮发吼了。灶中火既生了脾气，他乐得直跳。

他不止见到火哮，还见到油槌的摆动，见到黄牛在屋中打圈，见到高如城墙的油枯饼，见到许多人全穿生皮制造的衣裤在屋中各处走动！

他喊出许多人的名字，在仿佛得到回答的情形下，他还俏皮的作着小孩子的眉眼，对付一切工人，算是小主人的礼貌。

天上的雨越落越大，颠子五明却全不受影响。

……

可怜悯的人，玩了大半天，一双新草鞋在油坊中印出若干新的泥迹，到自己发觉草鞋已不是新的时候，又想起所作的事情来了。

他放声的哭，外面是雨声和着。他哭着走到油榨边去，把手去探油槽，油槽中只是一窝黄色象马尿的积水。

为什么一切事变得如此风快？为什么凡是一个人就都得有两种不相同的命运？为什么昨天的油坊成了今天的油坊？颠子人虽胡涂，这疑问还是放到心上。

他记起油坊，已经好久好久不是当年的油坊的情形来了，他记起油坊为什么就衰落的原因，他记起同油坊一时衰败的还有谁。

他大声的哭，坐到一个破坛子上面，用手去试探坛中。本来贮油的坛子，也是贮了半满的一坛脏水，所以哭得更伤心了。

这雨去年五月落时，颠子五明同阿黑正在王家坡石洞内避雨。为避雨而来，还是为避别的，到后倒为雨留着，那不容易从五明的思想上分出了。那时，雨也有这么大，只是初落，还可以在天的另一方见到青天，山下的远处也还看得出太阳影子。雨落着，是行雨，不能够久留，如同他两人不能够久留到石洞里一样。

被五明缠够了的阿黑姑娘，两条臂膊伸向上，做出打哈欠的样子。五明怪脾气，却从她臂膀的那一端望到她肋下。那生长在不向阳地方的、转弯地方的，是细细的黄色小草一样的东西。

五明不怕唐突，对这东西出了神，到阿黑把手垂下，还是痴痴的回想撒野的趣味，被阿黑就打了一掌。

“你为什么打我？”

“因为你痴，我看得出，必定是想到裴家三巧去了。”

“你冤死了人了。”

“你赌咒你不是这样。”

“我敢赌！跑到天王面前也行，人家是正……”

“是什么，你说。”

“若不是正想到你，我明天就为雷打死。”

“雷不打在情人面前撒小谎的人。”

“你气死我了。你这人真……”五明仿佛要哭了，因为被冤，又说不过阿黑，流眼泪是这小子的本领之一种。

“这也流猫儿尿！小鬼！你一哭，我就走了。”

“谁哭呢，你冤了人，还不准人分辩，还笑人。”

“只有那心虚的人才爱洗刷，一个人心里正经是不怕冤的。”

“我咬你的舌子，看你还会说话不。”

五明说到的事是必得做的，做到不做到，自然还是权在阿黑。但这时阿黑，为了安慰这被委屈快要哭的五明小子，就放松了点防范，把舌子让五明咬了。

他又咬她的唇，咬她的耳，咬她的鼻尖，几乎凡是突出的可着口的他都得轻轻咬一下，表示这小子有可以生吃得下阿黑的勇敢。

“五明，我说你真是狗，又贪，又馋，又可怜，又讨厌。”

“我是狗！”五明把眼睛轮着，做呆子像。又搯搯舌头，咽咽口水，接着说：“姐，你上次骂我是狗，到后就真做了狗了，这次可——”

“打你的嘴！”阿黑就伸手打，一点不客气，这是阿黑的特权。

打是当真被打了，但是涎脸的五明，还是涎脸不改其度。一个男人被女人的手掌掴脸，这痛苦是另外一种趣味，不能引为被教书先生的打为同类的。这时被打的五明，且把那一只充板子的手掌当饼了，他用舌子舔那手，似乎手有糖。

五明这小子，在阿黑一只手板上，觉得真有些枇杷一样的味道，因此诚诚实实的说道：

“姐，你是枇杷，又香又甜，味道真好！”

“你讲怪话我又要打。”

“为什么就这样凶？别人是诚心说的话。”

“我听过你说一百次了。”

“我说一百次都不觉得多，你听就听厌了吗！”

“你的话象吃茶莓，第二次吃来就无味。”

“但是枇杷我吃一辈子也有味。”

“鬼，口放干净点。”

“这难道脏了你什么？我说吃，谁教你生来比糖还甜呢？”

阿黑知道驳嘴的事是没有结果的，纵把五明说倒，这小子还会哭，作女人来屈服人，所以就不同他争论了。她笑着，望到五明笑，觉得五明一对眼睛真是也可以算为吃东西的器具。五明是饿了，是从一些小吃上，提到大的欲望，要在这洞里摆桌子请客了，她装成不理会到的样子，扎自己的花环玩。

五明见到阿黑无话说，自己也就不再唠叨了，他望阿黑。望阿黑，不只望阿黑的脸，其余如象肩、腰、胸脯、肚脐、腿，都望到。五明的为人，真是不规矩，他想到的是阿黑一丝不挂在他身边，他好来放肆。但是人到底是年青人，在随时都用着大人身分的阿黑行动上，他怕是冒犯了阿黑，两人绝交，所以心虽横蛮，行为却驯善得很，在阿黑许可以前，他总不会大胆说要。

他似乎如今是站在一碗好菜面前，明知可口，却不敢伸手蘸它放到口边。对着好菜发痴是小孩通常的现象，于是五明沉默了。

两人不作声，就听雨。雨在这时已过了。响的声音只是岩上的点滴，这已成残雨。若五明是读书人，就会把雨的话当雅谑。

过一阵，把花环作好，当成大手镯套到腕上的阿黑，忽然向五明问道：

“鬼！裴家三巧长得好！”

五明把话答错了，答应说“好”。

阿黑说：“是的罗，这女人腿子长，腰小，许多人都欢喜。”

“我可不欢喜。”虽这样答应，还是无心机，前一会儿的事这小子已忘记了。

“你不欢喜为什么说她好？”

“难道说好就是欢喜她吗？”

“可是这时你一定又在想她。”这话是阿黑故意难五明的。

“又在，为什么说又？方才冤人，这时又来，你才是‘又’！”

阿黑何尝不知道是冤了五明。但方法如此用，则在耳边可以又听出五明若干好话了。听好话受用，女人一百中有九十九个愿意听，只要这话男子方面出于诚心。从一些阿谀中，她可以看出俘虏的忠心，他可以抓定自己的灵魂。阿黑虽然是乡下人，这事恐怕乡下人也懂，是本能的了。逼到问他说是在想谁，明知是答话不离两人以外，且因此，就可以“坐席”，是阿黑意思。阿黑这一月以来，她需要五明，实在比五明需要她还多了。但在另一方面，为了顾到五明身体，所以不敢十分放纵。

她见到五明急了，就说那算她错，赔个礼。

说赔礼，是把五明抱了，把舌放到五明口中去。

五明笑了。小子在失败胜利两方面，全都能得到这类赏号的，吃亏倒是两人有说有笑时候。小子不久就得意忘形了，睡倒在阿黑身上，不肯站起，阿黑也无法。坏脾气实在是阿黑养成的。

阿黑这时是坐在干稻草作就的垫子上，半月中阿黑把草当床已经有五次六次了。这柔软床上，还撒得有各样的野花，装饰得比许多洞房还适用，五明这小子若是诗人，不知要写几辈子诗。他把头放到阿黑腿上，阿黑坐着，他却翻天睡。作皇帝的人，若把每天坐朝的事算在一起，幸福这东西又还是可以用秤称量得出，试称量一下，那未必有这时节的五明幸福！

五明斜了眼去看阿黑，且闭了一只右眼。顽皮的孩子，更顽皮的地方是手顶不讲规矩。

“鬼，你还不够吗？”这话是对五明一只手说的，这手正旅行到阿黑姑娘的胸前，徘徊留连不动身。

“这怎能说够？永久是，一辈子是梦里睡里还不够。”说了这只手就用了力按了按。

“你真缠死人了。”

“我又不是妖精。别人都说你们女人是妖精，缠人人就生病！”

“鬼，那么你怎不生病？”

“你才说我缠死你，我是鬼，鬼也生病吗！”

阿黑咬着自己的嘴唇不笑，用手极力掐五明的耳尖，五明就做鬼叫。然而五明望到这一列白牙齿，象一排小小的玉色宝贝，把舌子伸出，做鬼样子起来了。

“菩萨呀，救我的命。”

阿黑装不懂。

“你不救我我要疯了。”

“那我们乡里人成天可以逗疯子开心！”

“不管疯不疯，我要，……”

“你忘记吃伤了要肚子痛的事了。”

“这时也肚子痛！”说了他便呻吟，装得俨然。其实这治疗的方法在阿黑方面看来，也认为必需，只是五明这小子，太不懂事了，只顾到自己，要时嚷着要，够了就放了筷子，未免可恶，所以阿黑仍不理。

“救救人，做好事罗！”

“我不知道什么叫做好事。”

“你不知道？你要我死我也愿意。”

“你死了与我什么相干？”

“你欢喜呀，你才说我疯了乡里人就可以成天逗疯子开心！”

“你这鬼，会当真有一天变疯子吗？”

“你看吧，别个把你从我手中抢去时，我非疯不可。”

“嗨，鬼，说假话。”

“赌咒！若是假，当天……”

“别呆吧……我只说你现在决不会疯。”

五明想到自己说的话，算是说错了。因为既然说阿黑被人抢去才疯，那这时人既在身边，可见疯也疯不成了。既不疯，就急了阿黑，先说的话显然是孩子们的呆话了。

但他知道阿黑脾气，要作什么，总得苦苦哀求才行。本来一个男子对付女子，下蛮得来的功效是比请求为方便，可是五明气力小，打也打不赢阿黑，除了哀告还是无法。在恳求中有时知道用手帮忙，则阿黑较为容易投降。这个，有时五明记得，有时又忘记，所以五明总觉得摸阿黑脾气比摸阿黑身上别的有形有迹的东西为难。

记不到用手，也并不是完全记不到，只是有个时候阿黑颜容来得严重些，五明的手就不大敢撒野了。

五明见阿黑不高兴，心就想，想到缠人的话，唱了一支歌。他轻轻唱给阿黑听，歌是原有的往年人唱的歌。

天上起云云起花，
包谷林里种豆荚；
豆荚缠坏包谷树，
娇妹缠坏后生家。

阿黑笑，自己承认是豆荚了，但不承认包谷是缠得坏的东西，可是被缠的包谷，结果总是半死，阿黑也觉得，所以不能常常尽五明的兴，这也就是好理由！五明虽知唱歌，却不原谅阿黑的好意，年纪小一点的情人可真不容易对付的。唱完了歌的五明，见阿黑不来缠他，却反而把阿黑缠紧了。

阿黑说："看啊，包谷也缠豆荚！"

"横顺是要缠，包谷为什么不能缠豆荚？"

强词夺理的五明，口是只适宜作别的事情，在说话那方面缺少天才，在另外一事上却不失其为勇士，所以阿黑笑虽是笑，也不管，随即在阿黑脸上作呆事，用口各处吮遍了。阿黑于是把编就的花圈戴到五明头上去。

若果照五明说法，阿黑是一坨糖，则阿黑也应当融了。

阿黑是终于要融的，不久一会儿就融化了。不是为天上的日头，不是为别的。是为了五明的呆。

……

为什么在两次雨里给人两种心情，这是天晓得的事。五明颠子真颠了。颠了的五明，这时坐在坛子上笑，他想起阿黑融了化了的情形，想起自己与阿黑融成一块一片的情形，觉得这时是又应当到后坡洞上去了。（在那里，阿黑或者正等候他。）他不顾雨是如何大，身缩成一团，藏到斗笠下，出了油坊到后坡洞上去。

凤子

《凤子》题记

近年来一般新的文学理论，自从把文学作品的目的，解释成为“向社会即日兑现”的工具后，一个忠诚于自己信仰的作者，若还不缺少勇气，想把他的文字，来替他所见到的这个民族较高的智慧，完美的品德，以及其特殊社会组织，试作一种善意的记录，作品便常常不免成为一种罪恶的标志。

这种时代风气，说来不应当使人如何惊奇。王羲之、索靖书翰的高雅，韩幹、张萱画幅的精妙，华丽的锦绣，名贵的瓷器，虽为这个民族由于一大堆日子所积累而产生的最难得的成绩，假若它并不适宜于作这个民族目前生存的工具，过分注意它反而有害，那么，丢掉它，也正是必需的事。实在说来，这个民族如今就正似乎由于过去文化所拘束，故弄得那么懦弱无力的。这个民族种种的恶德，如自大、骄矜，以及懒惰、私心、浅见、无能，就似乎莫不因为保有了过去文化遗产过多所致。这里是一堆古人吃饭游乐的用具，那里又是一堆古人思索辩难的工具，因此我们多数活人，把“如何方可以活下去的方法”也就完全忘掉了。明白了那些古典的名贵的与庄严，救不了目前四万万人的活命，为了生存，为了作者感到了自己与自己身后在这块地面还得继续活下去的人，如何方能够活下去那一些欲望，使文学贴近一般人生，在一个俨然“俗气”的情形中发展；然而这俗气也就正是所谓生气，文学中有它，无论如何总比没有它好一些！

不过因为每一个作者，每一篇作品，皆在“向社会即日兑现”意义下产生，由于批评者的阿谀与过分宽容，便很容易使人以为所有轻便的工作，便算是把握了时代，促进了时代，而且业已完成了这个时代的使命；——简单一点说来，便是写了，批评了，成功了。同时节自然还有一种以目前事功作为梯子，向物质与荣誉高峰爬上去的作家，在迎神赶会凑热闹情形下，也写了，批评了，成功了。虽时代真的进步后，被抛掷到时代后面历史所遗忘的，或许就正是这一群赶会迎神凑热闹者。但是目前，把坚致与结实看成为精神的浪费，不合时宜，也就很平常自然了。

本书的写作与付印，可以说明作者本人缺少攀援这个时代的能力，而俨然还向罪恶进取，所走的路又是一条怎样孤僻的小路，故这本书在新的或旧的观点下来分析批判，皆不会得到如何好感。这个作品从一般读者说来，则文字太奢侈了一点。惟本人意思，却以为目前明白了把自己一点力量搁放在为大众苦闷而有所写作的作者，已有很多人——我尊敬这些人。也应当还有些敢担当罪恶，为这个民族理智与德性而来有所写作的作者——我爱这些人！不害怕罪恶为缘的读者，方是这一卷书最好的读者。

一九三四年五月二十七日

《凤子》第一卷付印题记

凤 子

三月的北京，连翘花黄得如金子，清晨在湿露中向人微笑。春假刚还开始，园游会，男女交谊会，艺术同志远行团，……一切一切由于大学校年青大学生，同那种不缺少童心的男女教授们组织的集会，聚集了无数青年男女，互相用无限热情消磨到这有限春光。多少年青男子，都莫不在一种与时俱来的机会上，于沉醉狂欢情形中，享受到身边年青女子小嘴长臂的温柔。同一时节，青年男子 ××，怀了与世长辞的心情，一个人离开了北京，上了 ×× 每早向南远远开去的火车。恰如龙朱故事所说：民族中积习，常折磨到天才与英雄；不是在事业上粉骨碎身，便应在爱情上退位落伍。这年青男子，纯洁如美玉，俊拔如白鹤，为了那种对于女人方面的失意，尊重别人，牺牲自己，保持到一个有教育的男子的本分，便毫无言语，守着沉默，离开了 ×× 学校同北京。这年青人为龙朱的同乡，原来生长的地方，同后来转变的生活，形成了他的性格，那种性格，在智慧某一方面，培养了一种特殊处，在生活某一方面，便自然而然造成了一点悲剧。为了免避这悲剧折磨到自己，毁灭了自己，且为了另一人的安静与幸福设想，他用败北的意义而逃遁，向山东的海边走去。

一　寄居青岛的生活

到了山东青岛，借用了一个别名，作为青岛的长期寄居者后，除了一个在北京的哲学教授某某，代理他过某处去为他取那一点固定的收入，汇寄给这个人生败北的逃亡者，知道他的行踪外，其余就再也无一个人知道他的去处。既离开北京那么远，所在的地方又那么陌生，世界上一切仿佛正在把他忘却，每日继续发生无数新鲜事情，一切人忘了他，他慢慢的便把一切也同样忘去了。这一点，对于他自然是一种适当的改变。同一切充满了极难得的亲切友谊离远，也便可同一切由于那种友谊而来的误会与痛苦离远，这正是他所必须的一件事。一个新的世界，将使他可以好好休息一阵。青岛的不值钱的阳光，同那种花钱也不容易从别处买到的海上空气，治疗到他那一颗倦于周旋人事思索爱憎的心。过了一阵日子以后，在十分单纯寂寞生活里，间或从朋友那一方面，听到一点别处传来关于他离开 ×× 以后的流言，那种出于人类无知与好奇的创作，在他看来，也觉得十分平淡，正如所谈的种种，不大象是自己事情一样。从这些离奇不经传说上，大都只给了他一个微笑的机会。一堆日子悠悠的过去，青岛上的空气同日光，把他的性格开始加以改变，这年青人某种受损害了的感情，为时不久就完全恢复过来了。

这年青人住的地方去海并不很远。他应感谢的，是他所生长那个湘西野蛮地方，溪涧同山头无数重叠，养成了在散步情形中，永远不知疲倦的习惯。为了那一片大海，有秩序的荡动，可以调整到他的呼吸。为了海边一片白色的沙滩，那么平坦，在潮水退过的湿沙上，留下无数放光的东西，全是那么美丽，因此这个人，差不多每一天总到那里去，在那将边留下一列长长的足印。无边的大海，扩张了他思索的范围，使他习惯了向人生更远一处去了望。螺蚌的尸骸，使他明白了历史，在他个人本身以外，作过了些什么事情。贴到透蓝天上的日头，温暖到这年青人的全身，血在管子里流得通畅而有秩序。在这种情形下，这年青人的心情，乃常如大海柔和，如沙滩平净。

默思的朴素的生活的继续，给他一种智慧的增益，灵魂的光辉。

他所住的地方，在一个坡上。青岛上的房子，原来就多位置在坡上的。那是一个孤独的房子，但离一堆整齐的建筑，××区立大学的校址，距离却并不很远。房子不大，位置极为适当。从外面看去，具备了青岛住宅区避暑游息别墅的一切条件。整齐的草坪，宽阔的走廊，可以接受充足阳光的窗户，以及其附近的无刺槐树林，同加拿大白杨林，皆配置得十分美丽。从内面看来，则稍稍显得简单朴素了一点。房东是一个单身男子，除了六月时从北方接回那个在女子大学念书的唯一女儿，同住两个月外，没有其他亲眷，也没有其他朋友。到后不知如何，把楼下六个房间全租给了××大学的教授们住下，因此一来，便仿佛成为一个寄宿舍了。他的住处同房东在楼上一层，东家一个年老仆人，照料到他饮食同一切，和照料他的主人一样的极有条理。作客人的又十分清简，无人往来，故主客十分相安。从他住处的窗户望出去，可以眺望到远远的海，每日无时不在那里变化颜色。一些散布在斜坡下不甚整齐的树林，冬天以来，落尽了叶子，矗着一片银色的树枝，在太阳下皆十分谧静安详。连同那个每日皆不缺少华洋绅士打高尔夫球的草坪一角，与无数参差不等排列在山下的红瓦白墙小房子，收入到这个人窗户时，便俨然一幅优美的图画。

自从住处成为××大学宿舍后，那房子里便稍稍热闹了一点。在甬道上或楼梯边，常常有炒菜的油气，同煤炉的磺黄气，还有咖啡气味，有烟卷气味。若照房东的仆人，自己先申明到他是“尊重他官能的感觉”的言语，“说得全不是谎话”，那么，甬道上另外还有一种气味，便应当是从那些胖大一点的教授们身体上留下来的。这里原住得有六个教授，一切的气味，不必说，自然是从那些编了号的房中溢出，才停顿到甬道上的。这些人似乎因为具有一种极高的知识，各人还都知道注意安静。冬天来时，各人无事，大致皆各关着房门，蹲守到自己房中火炉边，默思人生最艰深的问题，安静沉着如猫儿。在冬天，从甬道出去那个公共大门铜扭上头，被不知谁某，贴上了一个小小字条，很工整的写着“请您驾把门带上”的，那样客气的字句，于是大家都极小心的，进出时不忘却把门带上。因此一来，住到楼上的他，初初从外面进门时，在那甬道间，为了一种包含了各样味道的热气，不免略略感觉到一点头昏。

但冬天不久就过去了。种种情形，已被春天所消灭，同时他渐渐的也觉得习惯了。故本来预备在春天搬一个家，到后来，反而以为同这些哲人知人住在一个大房子里，别人对于他不着意，为很有意思了。

他住到这里也快有一年了。那个唯一朋友，因为听到他在这边日子过得很好，所以来信总赞助他到第二年再离开此地。且对于他完全放下所学的艺术，来这默思里读 ×× 哲学，尤加赞美。×× 哲学可以治疗到这年青人对男女爱情顽固的痼疾，故一面同意他的生活，一面还寄了不少关于 ××× 的书来。

春天来时，不单通甬道那个门可以敞开，早晚之间，那些先生们的房子里一切，也间或可以从那些编了号的房门边，望得很清楚了。有些房里，一些书，几几乎从地板上起始，堆积将到楼顶，这显然是一个不怕压坏神经的教授房子。另外一些房里，又只随便那么几本书，用一种洒脱的风度，搁在桌头上，一张铁床斜斜的铺着，对准了床头，便挂了一幅月份牌。(月份牌上面，画一时装美人，红红的脸庞，象是在另外一些地方，譬如县公署的收发处，洗染公司的柜台里，小医院男看护的房间里，都曾经很适当的那么被人悬挂着，且被人极亲切的想着，一到了梦中，似乎这画中人，就会盈盈走下，傍近床边。) 此外，间或也可以听到这些先生们元气十足的朗朗笑声，同低唱高歌声音了。那住处楼下一层，春天来仿佛已充满了人情，凡属所见所闻，同时令还不什么十分违悖，所以他一面算到他来此的日子，一面也似乎才憬然明白，虽说逃亡到了这里，无一个熟人，清静无为如道士，可仍然并没有完全同人间离开。

良好米饭可以增补人的气力，适当运动可以增加人的体重，书本能够使一个人智慧，金钱能够给世界上女人幸福，可是，大海同日光，并没有把人类某一种平庸与粗俗减少一点，这个年青人初初注意发现它时很惊讶的。不过这并不是人的错处。一切先生们，全是从别一个地方聘请来的！一切人都从那个俗气的社会里长大，“莲花从脏泥里开莲花，人在世界上还始终仍然是人”。××哲学对于他有所启示。年青人既然有一双健康的脚，可以把他身体每天带到海边去，而那种幻想，又可以把他的灵魂带到大海另一端更远处去，关于人的种种问题，也就不必注意，骚扰到这个平静的心了。

二　一个黄昏

他的住处既然在山上，去海边时，若遵照大路走去，距离就约有一里远近。若放弃了那条大路的方便，行不由径，从白杨林一直下去，打一些人家的屋后，翻过一道篱笆，钻过一个灌木树林，再遵小道走下去，也可以走到海边。从这条道路走去，距离似乎还近了一点。这年青人为了一种趣味，一点附在年青人身上的孩子心情，总常常走那条小路。另外一个理由，便是因为从那条捷径走去，则应当由一家房子的围墙边过身，从低低的围墙上，可以望到一个布置得异常精美的庭园。同时那人家有两只黑色巨獒，身体庞大，却和气异常，一种很希奇的原因，这年青人同那两只狗在他同它的主人相熟以前，就先同它成为朋友了。他每次走那人家墙外过身时，两只狗若在园中，必赶忙跑到墙边来，轻轻的吠着，好象在说：“你进来，看看我们这个花园，这里并没有什么人。”两只狗似乎是十分寂寞的。那屋里当真就没有什么人，永远只是一个老年绅士，穿了宽博的白衣，沉默的坐在屋前，望到那两只狗，在花园里跑着闹着，显得十分快乐的样子。似乎任何一天，这人都不离开那小屋同花园。似乎所有的亲人，就只身边那两只狗。

这隐士的生活，给了年青人一种特别的印象。有时候停顿在围墙外，那老绅士正在墙内草坪上，同那只黑狗玩着，互相皆望到时，便互相交换一度客气的微笑。但因为某种原因，这种善意的微笑，在这地方的住居者看来，也早成为一种普遍的敬礼，算不得什么希奇了。从这机会上，到成为两个朋友，还隔了一种东西，这一点年青人是明白的。

下面一件事，还应当把时间溯回去一点，发生到去年九月末十月初边。

有一天，一个黄昏里，落日如人世间巨人一样，最后的光明烧红了整个海面，大地给普遍镀成金色，天上返照到薄云成五色明霞，一切皆如为一只神的巨手所涂抹着，移动着，即如那已成为黑色了的一角，也依然具一种炫耀惊人的光影。年青人在海滩边，感情上也俨然镀了落日的光明，与世界一同在沉静中，送着向海面沉坠的余影。

年青人幻想浴了黄昏的微明，驰骋到生活极辽远边界上去。一个其声低郁来自浮在海上小船的角声正掠着水面，摇荡在暮气里。沙滩上远近的人物，在紫色暮气中，已渐次消失了身体的轮廓。天上一隅，尚残留一线紫色，薄明媚人。晚潮微有声息，开始轻轻的啮咬到边岸。……

那时节残秋已尽，各处来此的人皆多数已离开了此地，黄昏中到海滨沙上来消磨那个动人黄昏的，人数已不如半月前那么拥挤。因为舍不得这海边，故远远的山嘴上，海军学校兵营喇叭声音飘来时，他反而向更远一点的地方走去。他旋即休息到一只搁在沙上的小游艇边，孤独的眺望到天边那一线残余云彩。

只听到身近边，有一个低低的中年男子的声音："你瞧，凤子。你瞧，天上的云，神的手腕，那么横横的一笔！"

一个女人一面笑着，一面很轻的说了一句话。没有听清楚说的是什么，但从那个情形里看来，两人是正向那一线紫色注意，年青人所注意的地方，同时另外还有四只眼睛望着的。

那两人似乎还刚从什么地方过来，坐到沙上不久，女人第二次很轻的说了一句话，就听到那男子又说："年青人的心永远是热的，这里的沙子可永远是凉爽的。"

女人仍然笑着。稍过一阵，那男子接着又说："先前一时，林杪斜阳的金光，使一个异教徒也不能不默想到上帝。这一线紫色，这一派角色，这一片海，无颜色可涂抹的画，无声音可模仿的歌，无文字可写成的诗！"

那女人，听到这个学究风度的描画，就又轻轻的笑了。从这种稍稍显得放肆了一点快乐笑声里，可以知道女人的年龄，还不应当过二十岁。

女人似乎还故意那么反复的说着："无文字的诗，无颜色的画，这是什么诗？我永远读不熟！"

那男子说："凤子，你是小孩子。这种诗原不是为你们预备的，这理由就是因为你们年轻了一点。一个人年轻并不是罪过，不过你们认识世界，就只用得着一双眼睛，所以我成天听到你说，这个好看，那个不好看。年青人的眼睛，中意一切放光热闹的东西，就因为自己也是一种放光热闹的东西！可是……"

"你要我承认一切是美的，我已承认了！"

男子就说："你把一切自然的看得太平常，这不是一件很公平的事。"

女人仿佛仍然笑着，且从沙地站起来，距离是那么近，白色的衣服，在黑暗中便为女人身体画出一个十分苗条的轮廓。因为站起了身子，所以说话声音也清楚多了，女人说："我承认一切都是美的。甚至于你所称赞到的，那船上人吹的角声，摇荡在这空气里，也全是美的。可是什么美会成为惊人的东西？任什么我也不至于吃惊。一切都那么自然，都那么永远守着一种秩序，为什么要吃惊？"

男子声音："一切都那么自然，就更加应当吃惊！为什么这样自然？匀称，和谐，统一，是谁的能力？……是的，是的，是自然的能力。但这自然的可惊能力，从神字以外，还可找寻什么适当其德性的名称？凤子，你是年青人，你正在生活，你就不会明白生活。你自己那么惊人的美丽，就从不会自己吃惊！你对镜子会觉得自己很美，但毫不出奇。你觉得一切都要美一点，但凡属于美的，总不至于使你惊讶。你是年青人，使你惊讶的，将是一种噩梦，或在将来一个年青男子的爱情，或是夏天柳树叶上的毛毛虫，这一切都并不同，可同样使你惊讶！"

女人说："我不明白，为什么原因，我们要惊讶我们成天看到的东西。"

男人便重复的说："凤子，你是小孩子，你不会明白的。"

女人没有再说什么，重新坐下去，说了几句话，声音太低，听不清楚了，最后只听到"浮在海上的小船，有一个人拉篷，那个小灯，却挂在桅上"，似乎正在那里，指点海面一切给男子知道。坐在两丈以内的年青人，同意了那中年男子对于女人的“小孩子”称呼，在暗中独自微笑了。

可是听到女人报告海面一切时，那中年男子，却似乎轻轻的叹息了一声，稍稍沉默了。过了一阵，才听到那男子换了一个方向，低低的说：“你们年青人的眼睛，神的手段！”

女人一面笑着，一面便低低的喊叫起来：“天啊，什么神的手段，被你来解释！”

男人说：“为什么不是一件奇迹呢？老年人的眼睛，一种多么可怜的东西！枯竭的泉水，春天同夏天还可以重新再来，人一老去，一切官能都那么旧了。一切都得重新另作，一切都不在那个原来位置上重显奇迹。把老年人全都收回去，把年青人各安置一颗天真纯朴的心，一双清明无邪的眼睛，一副聪明完全的耳朵，以及一个可以消化任何食物的强健胃口，这一切一切，不容人类参加任何意见的自然。归谁来支配？归谁来负责？……”

女人说：“我们自己在那里支配自己，这解释不够完全了么？”

男人说：“谁能够支配自己？凤子。……是的，哲学就正在那里告给我们思索一切，让我们明白：谁应当归神支配，谁应当由人支配。科学则正在那里支配人所有的一部分。但我说得是另外一件东西，你若多知道一点，便可以明白，我们并无能力支配自己。一切都还是有一只看不见的手在提弄，一切都近于凑巧。譬如说，我这样一个人，应当怎么样？能够怎么样？我愿意我年青一点，愿意同你一样，对一切都十分满意，日子过得快乐而健康，一个医生可以支配我吗？我愿意死了，因为你的存在，就不能死。……有一样东西就不许可我，即或我自己来否认我是一个老人，有一样东西……”

女人似乎不说什么话，只傍到男子微笑，同时也就正永远用这种微笑否认着。男子把话说来，引起了一种灵魂上的骚扰，到后自己便沉默了。

一会儿，女子开始说着别一种话，男子回答着，听到几句以后，再说下去，又听不清楚了。

到后又听到那男子说：“……我不久就应当死了，就应当交卸了一切人事的恩怨，找寻一个地方，安安静静的，躺到那个湿湿的土坑里去，让小小虫子，吃我的一切。在我被虫子吃完以前，人家就已经开始忘掉我了。

这是自然的。这是人人都不能够推辞的义务。历史上的巨人，无双的霸王，美丽如花的女子，积钱万贯的富翁，都是一样的。把这些巨人名人，同那些下贱的东西，安置到一个相同的结局，这种自然的公平与正直，就是一种神！还有，我要说的是还不应当收回去的，被收回去，愿意回去了的，还没有方法可以回去：这里有一种不许人类智慧干涉的东西存在。凤子，你是小孩子，你不知道。”

女人回答得很轻，男子接着又说：“是的，是的，你说得不错。生活过来的人思索到的事情，不应当要那些正在生活的人去明白。生活是年青人一种权利，而思索反省却是一个再没有生活权利了的老年人的义务。可是我正想到另外一件事情。……”

女人似乎问到那男子，男子便略带着年长人的口吻：“凤子，你是小孩子，你不会知道的。”

两人大致还继续在说到那一件事情，另一处过来了两个俄国妇人，一面豪纵的笑着，一面说着俄语，这一边的言语便混乱了。等到那俄国妇人走过去后，这边两人也沉默了。那时海面小船上的角声，早已停止，山嘴上一个外国人饭店里，遥遥的送了一片音乐过来。

经过了一些时间，只听到女人仍然那么快乐的笑着，轻轻的说：“回去了罢，我饿了！”两个人于是全站起来，男子走近水边，望了一会儿，两人就向东边走去了。

两人关系既完全不象夫妇，又不大象父女，年龄思想全极不相称，却同两个最好的朋友一样那么亲切的谈到一切。而且各带了这样一种任性的神气，谈到各样问题。这种少见的友谊，引起了默坐在船旁的年青人一种注意，等到两个人走后，就无意中也跟到后面走去。他估量到在那边大路灯下，一定可以看清楚两人的脸貌。到了出口处，女人正傍到那个肩背微偻的男子走着，正因为从背后望去，在路灯下，那个女人身体背影异常动人，且行走时风度美极，这年青男子忽然感到一种不可言说的惆怅，便变更了计划，站定在路旁暗处，让那两个人走去了。

回到住处以后，为了一点古怪的原因，那女人的风度，竟保留到这个逃亡者记忆上没有擦去。同时，他觉得“凤子”这个名字，好象在耳朵边，不久就已十分熟习了。但这女人是谁？那中年男子是谁？他是无从知道的。好在青岛地方避暑的游人，自从八月以来，就渐渐的在减少，十月以后，每到黄昏时节，两人比肩来到海滩上，消磨这个黄昏的，人数已极有限了。他心里就估量着："第一次为黄昏所迷的人，第二次决不会忘记了这海滨。"他便期待着那个孪生的巧遇。

那一对不相识的男女，一点谈话引起了他一种兴味，这年青人希望认识那个有趣味的中年男子的欲望，似乎比想看看那年青女人的心情还深切。青岛十月以来，每一个黄昏，落日依然那么燃烧到海上同天空，使一切光景十分庄严华丽，眩人心目。可是同样的事，第二次始终没有机会得到。一点印象如一粒小小白石，投在他平静的心上，动荡成一个圆圆的圈儿，这圆圈，便跟随了每一个日子而散开，渐渐的平静下来。于是，一堆日子悄悄过去了。于是，冬天把雪同风从海上带来，接着新的春天也来了。

三　隐者朋友

四月的清晨，一切爽朗柔和。每个早晨日头从海面薄雾里浮出后，便有一万条金色飘带，在海上摇动。薄媚浅红的早霞，散布在天上成一片。远近小山同树林，皆镀上银红色早雾。新生的草木，在清新空气里，各湿湿的蒸发一种香气，且静静的立着，如云石镇上的妇人，等候男巫的样子，各在沉默里等待日头的上升。年青人拿了一枝竹枝，一路轻轻的鞭打到身旁左右的灌木，从那条小路向山下走去。走过了那一片树林，转过一片草地，从那孤单老绅士家矮围墙边过身时，正看到那个老绅士，穿了一件短短的条子绒汗衫，裸了一双臂膀，蹲到一株花树下面，用小铲撮土。那个方法一望而知就有了错误。那株花树应当照到原来的方向位置，那绅士并没安置得适当，照例这一株树是不会活的。那个时节那两只狗正在园中追逐，见到了墙外的年青人了，就跑过来，把前脚搭在墙上，同他表示亲昵。同时且轻轻的吠着，好象同他那么批评到它的主人：“你瞧，花应当那么栽吗？你瞧，这花值几块钱吗？”年青人同时心里也就正那么想着：“这花实在不应当那样栽的。”他便那么立着停顿不动了。他等候一个机会，将向这个主人作一种善意的建议。

那主人见到这一边情形了。他的狗对外人那么和气亲切，似乎极其满意，便对墙外的年青人和善的笑着，点了一下头。“先生，天气真好！你说，空气不同很好的酒一样吗？”

年青人说：“是的，先生，这早上空气当真同酒一样。不过我是一个平时不大喝酒的人，请你原谅，容许我另外找寻一个比喻。”但一时并没有较好的比喻可找寻，所以他接着就说：“这空气比酒应当还好一点，我觉得它有甜味。”

“那么，蜜酒你觉得怎么样？”

“好吧，算它是蜜酒吧。先生，您这两只狗不坏，雄壮得简直是两只豹子。”

“这狗有豹子的身分，具绵羊的灵魂。”接着便站了起来，“我看你倒很早，每天你都……你精神倒真是一只豹子！”

“老先生，你也早！你不觉得你很象一个年青人吗？”那老绅士听到人家对于他的健康，加以风趣的批评，就摇头笑了。“你应当明白你是豹子呀！”那时正有一群乌鸦在空中飞过去，引起了他的仰首。“不过，你瞧，老鸹比我们都早，这东西还会飞！”

一点放肆的，稍稍缺少庄重，不大合乎平常规矩的谈话，连接了两个人的友谊。不到一会儿，墙外那一个，便被主人请进花园里了。第一次作客，就是从那一道围墙跳进去的，这种主客洒脱处，证明了某种琐碎的礼节，不适用于他们此后的交谊。到了花园以后，那两只黑色巨獒，也显得十分快乐，扑到客人身上来，闹了一会儿，带了一种高兴的神气，满园各处跑去。他们已经谈到栽花的事情了，这客人一面说到一种栽移果树的规矩，说明那株花树应当取原来方向的理由，一面便为动手去改动。那绅士对于客人所说到的经验颔首不已，快乐的搓着两只手，带一点儿轻微的嘲弄的神气，轻轻的说：

“我看你是一个农业大学的学生。”

这话似乎并不是预备同客人说的。客人却说：“叫我做农夫，我以为较相宜一点。”

老绅士就说：“这是我的错误，因为把一个技师当成了学徒。”

“没有的，你这是把我估计错了。我并不是技师。”

因为绅士正象想到什么话，微笑着，没有说下去，客人又说：“我是一个砍了少许大树，却栽过许多小树的人。……”

绅士把手很快乐的摇着，制止到客人言语的继续。“那莫管罢。你不作这件事，一定就作那件事。你不象一个平常人，也正如我不象一个更夫一样。你不要再说下去，我倒看出你是什么地方的人了。”这绅士随即就用一种确定的神气，说明了客人的籍贯。且接着那么说着：“你并不谎我，你的确是一个农人，因为你那地方，除了这一种人没有别的职业。你是那地方生长的。可是，为什么原因，那地方会产出那么体面的手臂，体面的眼睛，和那不可企及的年青人的风度？……”

忽然听到一个陌生人，很冒昧的也很坚定的说到他是什么地方的人，且完全没有说错，这年青人为了一种意外的惊讶，显得有一点儿呆板了。他回答说：“先生，这是我难于相信的，因为你并没有说错！我听到你用我那地方人的言语，说我们那里的一切，我疑心是一个梦。”

绅士见到面前的人承认了，也显得十分快乐。“这应当是一个梦的，因为在此地我能碰到你！××山的银角，大枧头的芦管，你的声音，同这些东西一样，听到时使我兴奋！”

“我听人提到我那里一切，似乎……”

“是的，那是一样的，所生长的乡下，蚂蚁也比别处的美丽，托尔斯泰先就为我们说过了！”

“可是，我得问你，不许你推辞，你把我带走了五千里路，带回了十五年岁月，你得说明这个古怪地方，你从什么方面知道！”

“你瞧，你脸色全变了。一句话不如一个雷，值不得惊讶到这样子！”

绅士于是微微的笑着，把客人拉到屋前廊下，安置那年青人到一个椅子上坐下，自己就站在客人的面前。“用镇筸地方的比喻来说罢，我从一堆桃子里，检出一颗桃子，就明白它是我屋后树上的桃子。你会不会相信，我从你十句话里，听到了一个熟习的字眼，就知道你是镇筸的人？”

“可是你不是我那里的人，你说话的文法并不全对！”

“你的猜想并不错误，我并非生长在那地方的树，却是流过那小河的鱼。我到过你那里，吃过那地方井水，睡过那地方木床，这一切我都不能忘记！”

主人到后进屋里拿了一些水果出来，一面用一把小刀削去大梨的外面，一面就赞美镇筸的水果。

客人说：“先生，你明白我意思，我正在恭恭敬敬听你告诉我那地方的一切，我离开了那个地方有了十五年。我这怀乡病者的弱点，是不想瞒你也不能瞒你的！”

那绅士说：“我盼望你告诉我的，是十五年以前一切的情形。多可怜的事，我二十年不见那个地方了！谁知道在梦里永远不变的，事实上将变成什么样子呢？好的风俗同好的水果，会不会为这个时代带走呢？假若你害的是一种怀乡病，我这一尾从那小河里过道的鱼，应当害得是一种什么样的疾病呢？”

一种希奇的遇合，把海滩上两粒细沙子粘合到了一处。一切不可能的，在一个意外的机会上，却这样发生了。当两人把话尽兴的说下去，直到分手时，两人都似乎各年轻了十岁。为了纪念这一种巧遇，客人临走时节，那绅士，摘了屋前一朵黄色草花，一面插到年青客人帽子上去，一面却说：“照你们镇筸的习惯，我们从此是同年了。这是一个故事，别忘了这故事是应当延长下去的。所以你随时都不妨到我这里来，任何时节你都是一位受欢迎的朋友。你若果觉得是一个镇罩人，等不及我来为你开门，就仍然得从墙上跳进来。我这大门原是为那些送牛奶人同信差预备的，接待你并不相称！”

那时候两只黑色大狗，正站在他们的身傍，听到大门边门铃响动，忙跑过去，瞻望了门边一下，就把邮差搁到石阶级上两封信同一卷报纸，衔到主人身边来了。那绅士把信件接到手上，吩咐那只较大的狗：“傩送，去开门罢。以后不要忘记，一见了这个客人，就应当开门把客人接进来，知道了么？”那狗好象完全懂得到主人的意思，向客人望着，低低的吠了一声，假若它是会说话，将那么说：“我全知道。”接着即刻就很敏捷的跑过去，咬着那大门前的铁把手，且用力一撞，把栅栏门便撞开了。

“难道这个有风趣的老人，是去年十月，在海边黄昏中说话那一个吗？”一个过去的影子，如一只黑色的鸟儿，掠过年青人的心头，在回家的路上，他不大相信他今天所遇见的事情。

四　某一个晚上绅士的客厅里

因为一个感觉使他心上温暖起来，所以他就想从这老绅士方面，知道去年海边那两个人，那一件事。但这个机会，似乎被年青人自己一种顾虑所阻拦了。一点不可解释的心情，使这年青人同这老绅士接近时，好一些日子，竟只能谈到两人皆念念不忘的那个边疆僻地。各人都仿佛为了某样忌讳，只能数说到过去，却对于如何就成了目前的种种，可不大提及。并且说到过去，也多数是提到那一个地方，关于风俗与人情的美丽怡人处，皆有意避开其他事情。照 ×× 地方人的习惯看来，这种交情并不妨碍友谊的诚实。两人把愿意说到的说去，互相都缺少都会上人那种探寻别人一切而自己却不开口的恶习。两人一切话语皆由自己说出，不说到的对方从不侦察，不欲说的即或对方无意中道及，也不妨不理。两人因为那一个 ×× 人的习惯，因此把年龄的差别忘掉，把友谊在另一默契下，极亲切的成立了。

但由于诚实的自白，两人不久却都知道了对方皆是孤独的住在此地，都不必作事，各凭了一定固定的收入，很从容的维持着生活。这一点点了解，把年青人另一种疑心除去了。

那老绅士的确不出大门的。一切生活都为一男仆处置。那男仆穿了干净的衣服，从不说话，按照规矩作一切事情。白天无事时，把屋外花园整理得如块精美地毡，不到花园作事，就在各处窗户边徘徊，把各个窗户里外，揩拭得异常洁净。即或主人要他作什么买什么时，也不见这男仆说话，只遵照主人吩咐去做。因此使人疑心，这人上街买什么时，一定也只是用手指指，不须乎说话。但从各方面看来，这主仆二人是毫无芥蒂过着日子的。老绅士生活，除了每天在太阳下走走，坐到屋前廊下，吃一点白水，命令那两只大狗，作一点可笑的动作以外，就在自己卧房里，看看旧书，抄些所欢喜的东西。那个布置得极其舒服的客厅，长年似乎就从无一个客人惠临。一间小书房，无数书籍重叠的堆积，用黄色绸子遮掩着。壁间空处挂一些古铜戈和古匕首，近窗书桌上陈列无数精致异常的笔墨同几件希有的瓷器，附带说明这一家之主，对于本国艺术文物的鉴别力，如何超人一等。但这寂寞的人，年龄不可欺骗已过了五十，心情和外表都似乎为了一种过去的生活，磨折到成了一个老人。一种长时间的隐居生活，更使他同人世一切取了一种分离态度，与这个世界日益相远。但自从与年青人相熟以后，在这个绅士感情上，却见出仍然有一种极厚的人情味。这个绅士由他年青的友人看来，仍然不缺少一个年青男子的精神。生命的光焰虽然由于体质上的衰老，不能再产生那种对于人生固执的热力，已转成为一种风趣而溢出，但隐藏在那个中年的躯壳中的，依然是一颗既不缺少幻想也不倦于幻想的心。长时间的隐居，正似乎是这个绅士，有意把他由于年龄而来的不可避免的拘束减少一点的手段，却在隐遁情形中，打量生活到那个过去已经生活过的年青时代里去的。从这件新的友谊上，恰证明了年青人对于他老友所加的观察，并没有如何错误。

绅士的沉默，只似乎平时无人可以说话的原因。他所需要的，是同一个人，来说他年青时代的种种。最好还要这个人能有 ×× 地方人民的风格，每一只脚不必穿一只合式的鞋子，每一句话却不能缺少一个恰当的比喻。这个人现在已于无意中得到，因此他自然忽然便年青起来，他的朋友，也自然而然把年龄为人所划出的界线，一同忘掉了。既然两人把友谊成立到那另一个世界里的一切，慢慢的，这被世人所不知的地方，被历史所遗忘的民族，两人便不能顾忌，渐渐的都要提到了。……

稍后一点日子里，某一个晚上，便轮到那老年绅士，在他那布置得十分舒服的客厅中，柔软的灯光下，向年青人坦白的提到那个眷念 ×× 地方的理由了！

那时节老年绅士坐到年青人的对面，正在用刀为他的朋友割切一个桔子。一面把切好了的桔子，亲热的递给了他的朋友，一面望到那年青人华丽优雅的仪表。绅士眼睛中有一种只应当在年青人眼睛中燃烧的光辉。绅士轻轻的几乎是无声的说："真是怎样一个神的手段！"年青人没有听到，因为所吃的桔子十分佳美，只当是称赞到青岛的桔子。

绅士便说："镇筸地方壮大新鲜长年无缺的瓜果，养成我这种年龄的人有童心的嗜好。二十年来若每天没有一点水果伴到我，竟比没有书籍还似乎难于忍受。"

年青人说："这种嗜好也同读 ×× 差不多，不算一件坏事情。"

“是的，在一个大图书馆里去，看书是一件多么方便的事。到 ×× 去，瓜果并不值钱。可是这种嗜好在 ×× 为一种童心，在别处则常常为一种奢侈。正如用丰富的比喻说话一样，在 ×× 可以连接两人的友谊，在别处则成为一种浪费。×× 地方山中的桃李桔柚，与蕴藏在每一个人口中的甜蜜智慧言语，同这里海边的鱼蟹盐沙，原是同样不能论价的东西！”

年青人微笑着，同意了这个比拟。他不愿意用这十余年来日子所加于每一个人身上的变化，联想到这些日子在其他物质上的改革。他自己所梦想到的，一切也仍然是那么一个野蛮粗暴的世界。在那一片野蛮粗暴的地方，有若干精悍、朴厚、热情的灵魂，生气勃勃的过着每一个日子。二十年来新的一页历史，正消灭到中国旧的一切，然而这隐藏在天的一角，黑石瘦确群山之中，参天杉树与有毒草木下面，一点残余的人民，因为那种单纯，那种忍耐，那种多年来的由于地方所形成的某种固执，这时候已成了什么样的变化，谁能知道谁能说明呢?

因为提到了嗜好，绅士到后忽然叹喟起来，显然为那个嗜好的来源，略略感到了一点惆怅。绅士说：“××地方的栗树，为我留下一个不可磨灭的印象。”

年青人说：“×× 栗树并不很美，正如 ×× 野猪并不很美。×× 最美的树当是杉树，常年披上深绿鸟羽形的叶子，凝静的立定，作成一种向天空极力伸去的风度。那种风度是那么雅致，那么有力，同时还那么高尚不可企及。按照 ×× 的山歌：情人为人中之杉，杉树为树中之王。那称呼毫不觉得溢美。”

绅士接到说：“是的，我见过那种杉树，熟习那个名言。谁有能力来否认，身在那种大树面前，不感觉到自己的卑小与猥俗？我并不称扬栗树，以为那胜过杉树。我想起的是那栗树上所结的无数带刺圆球。八月九月，明黄的日头，疏疏地泼了一林阳光，在一切沉静里，山头伐树人的歌声，懒散的唱着，调节到他斧斤的次数。就是那种枝叶倔强朴野的栗树，带刺的球体自动继续爆炸，半圆形的硬壳果实，乌金色的光泽，落地时微小的声音，这是一种圣境！自然在成熟一切，在创造一切，伐树人的歌声，即在赞美这自然意义中，长久不歇。这境界二十年来没有被时间拭去，可是，我今年已五十五岁了，就记到这个，多明朗的一个印象！”

“时间使树木长大，江河更改，天地变色，少壮如狮子的人为尘为土，这个我们不能不承认。不过有多少事情，在其他方面极易消失的，在我们记忆上，却永远年青。譬如一个女人，不尽只能在钟情于她的男子心中永远年青，且留到诗人的诗歌上面以后，这女人在一组文字上，也永远有青春的光辉，如一朵花，如一片霞，照耀人的眼目……”

老年绅士听到这个议论，因为正提到他心中所思量到的一个问题，似乎稍稍受了一点寒气，望到他年青朋友，把那个斑白的端整的头摇动不已，带点抗议性质说道：“这是一件事实，我的朋友。只是这一句话不是你年青人说的。这是为老年而有所钟情的人一个说明。你是一个年青人，你不适宜于说这句话。”

年青人承认了这一点，显露出谦虚和坦白微笑，解释到这句话的来源。“这是从一本书上记下的。这话或者我将来还有用处，等到将来看去。至于现在，假若这句话适用于事实，我想象在我面前的老友，一定就有一点事情，行将同我说到。”

绅士瞥望到天花板，好象找寻一种帮助。“可惜得很，当我年青一点儿的时节，天并不吝惜给我一些机会，安置我到一种神奇故事里去。不过郭景纯那一枝生花妙笔，并没有借给过我，诗人的才气于我无分。一些不可忘却的印象，如今只能埋葬在那么一个敝旧的躯壳里，再过不久，这敝旧躯壳，便又将埋葬到黄土里了。”

“若我有幸福可以从老友口中听到这个故事，这故事行将同样的纯洁的保留到这一个年青一点的心上，重新放出一种光辉。”

“我愿意把它安置到一个年青人心上去，我愿意作这件事。而且没有比你更适当的一个人，使我极方便的说到这件事。不过杉树的叶子因对生而显得完美，我担心我的言语，不能如一首有韵的诗那么整齐。”

“对生的皂角未必比松树还美。松树的叶子，生来就十分紊乱，缺少秩序。”

“这松树老了，已经为岁月人事把心蚀空了。”

“为了位置一个与日俱增的经验，长江大河也正在让流水淘蚀。这是一种自然的规律。”

“可是一切改变皆使人不欢，秋天来时草木也十分忧郁。”

“假若草木能有知觉，它在希望或追忆里，为未来或过去那个春天，它应当是快乐的。”

绅士对于这个对白发生了一种思索的兴味，他愿意接续到这一点问题上，思想徘徊逍遥。他承认了年青人的议论，同时又有所否认。他说：“是的，草木应当快乐，因为它有第二个春天可以等待。这一方面我们可仍然看出了人类的悲惨处，因为人类并没有未来。一个年青人在爱情中常常悬想到未来，便极胡涂的打发了现在。到了老年，明白未来永远不会来到了，想象的营养，便只好从过去那个仓库里支取他的储蓄。我就是只能取用昨天储蓄却不能希望明天的一个人。”

年青人在这个储蓄比喻上，放下另外一个意见。“一个有面粉同金块储蓄的人，永远不至于为生活艰难所困；一个不缺少人生经验的人，他那取之不竭的智慧，值得一切人给他一种最大的尊敬。”

“我的朋友，你说得对。从你的言语上，老年人应当得一种知足的慰藉。不过应当有一个转语，找回我们那个原来的问题。人和草木不能相同，我还有一点意见。就是草木既有过去，也有未来，同时还大都明白现在。

阳光同雨露使它向人微笑，它常常是满意现在，而尽量享受现在。我们在今天这个日子里，所要谈到的，思索的，工作的，就常常只是为了明天或昨天，使我们度过这一个当前。我明天是什么呢？我问你。”

“我的老友，这是一个平安的休息。”年青人答后他老朋友的询问，同时记起了东方哲人胡大圣，曾经以一种最东方的感情，对这休息所发的一番明论，便复述出来。“若果一个人在今天还能用他的记忆，思索到他的青春，这人的青春，便于这个人身上依然存在，没有消失。我的老友，这个格言值得我们深思。我请你相信，在我眼睛里，你的雄辩，已证明了你的少壮，你的叙述，也行将把你青春恢复转来。万里的长江，当每次春水发后，那古旧的河床，洋洋洒洒挟巨流而东下时，它便依然是有力而年青的。我希望让一道回忆的河流经过你那还不衰弱的心上，在这温柔的灯光下，我还可以有那种荣幸，重新瞻仰你一度青春的风仪。”

老绅士低低的自言自语的说了一句“又是一个凤子”。年青人听到，脸色全变了。年青人显得十分激动，一点回忆激动了他的血流，却谨慎的节制到自己的冒失。

因为从老绅士神色上看来，这一句话原不是为他而说，与年青人无关系的。但年青人却从这句话上，把去年十月来那个黄昏中人，认清楚就是对面的一个了。

那种新的发现，使年青人不免稍稍矜持起来了，他将手无目的伸出了一会儿又缩回来。“我有点冒昧，想将一个隐藏在心中有半年了的印象，询问到我的朋友。去年十月里，一个体面的黄昏中，大海为落日所焚烧后，天边残余了一线微紫，在那个海边沙滩上，我曾经于无意中听到一个年高有德的人，对黄昏作过了一段描绘，对人生阐发了一种哲理。同时还有一个女人，倘若我的记忆力并不十分坏，这人的名字，应是凤子。……”

老绅士听到这个话时，不即作答，只望到年青人微微的笑着，带一点儿惊愕，仍然似乎自言自语的说：“啊，有一个凤子，那应当是一件真实的事情了。”接着稍稍沉静了一点，若果年青人过细注意一下，还可以看到绅士是为了这个询问，把要说的话给紊乱了的。那时绅士带一点长者的神气轻轻的说：“……你用不着骗我，这女人你一定觉得很美。”说了望到年青人，又说：“你坐过来一点，我将告你一些事情，使你明白一切。我们从另一个题目上说去，慢慢的会说到栗子，说到凤子，结束到你所不忘记的那个黄昏里。我们慢慢儿来说，让这一道行将枯竭的河流，愉快的重新再流一次。”

这老绅士把话说到这里止住了，站起了身子，按了一下电铃，顷刻之间，那个沉默的仆人，就恭恭敬敬的站到门边了。绅士吩咐他说：“把那一篓柑子拿来，取一瓶樱桃甜酒，另外煮一点极浓的咖啡……”

“这一道枯竭的河流，行将流一个整夜。”年青人想到这一点，看着绅士，正斜斜的躺到沙发一边去，脸儿红红的，蒸发了一种青春的热力，两人在暂时的沉默中，互相交换了一个亲切的微笑。

五　一个被地图所遗忘的地方
被历史所遗忘的一天

一个好事的人，若从二百年前某种较旧一点的地图上去找寻，当可在黔北、川东、湘西一处极偏僻的角隅上，发现了一个名为“镇筸”的小点。那里同别的小点一样，事实上应有一个城市，在那城市中，安顿了三五千人口。不过一切城市的存在，大部分皆在交通、物产、经济活动的情形下面，成为那个城市荣枯的因缘，这一个地方，却以另外一种意义无所依附而独立存在。试将那个用粗糙而坚实巨大石头砌成的圆城作为中心，向四方展开，围绕了这边疆僻地的孤城，约五百左右的碉堡，二百左右的营汛。碉堡各用大石块堆成，位置在山上，随了山岭的脉络蜿蜒各处走去；营汛各位置在驿路上，布置得极有秩序。这些东西在一百七十年前，是按照了一种精密的计划，各保持到相当距离，在周围数百里内，平均分配下来，解决了退守一隅常作“蠢动”的边苗“叛变”的。两世纪来满清人的暴政，以及因这暴政而引起的反抗，血染红了每一条官路同每一个碉堡。到如今，一切完事了，碉堡多数业已毁掉了，营汛多数成为民房了，人民已大半同化了。落日黄昏时节，站到那个巍然独在万山环绕的孤城高处，眺望那些远近残毁碉堡，还可依稀想见当时角鼓火炬传警告急的光景。这地方到今日，已因为变成另外一种军事重心，一切皆以一种迅速的姿势，在改变，在进步，同时这种进步也就正在消灭到过去一切隔阂和仇恨……

凡是有机会，追随了屈原溯江而行那条常年澄清的沅水，向上走去的旅客和商人，若打量由陆路入黔入川，不经古夜郎国，不经永顺龙山，都应当明白“镇筸”是个可以安顿他的行李最可靠也最舒服的地方。那里土匪的名称不习惯于一般人的耳朵。兵卒纯善如平民，与人无侮无扰。农民勇敢而安分，且莫不敬神守法。商人各负担了花纱同货物，洒脱的向深山村庄里走去，同平民作有无交易，谋取什一之利。地方统治者分数种：最上为天神，其次为官，又其次才为村长同执行巫术的神的侍奉者。人人洁身信神，守法爱官。每家皆有兵役，可按月各自到营上领取一点银子，一份米粮，且可从官家领取二百年前被政府所没收的公田播种。城中人每年各按照家中有无，杀猪，宰羊，磔狗，献鸡，献鱼，求神保佑五谷的繁殖，六畜的兴旺，儿女的长成，以及疾病婚丧的禳解。人人皆很高兴担负官府所分派的捐款，又自动的捐钱给庙祝或单独执行巫术者。一切事保持一种淳朴习惯，遵从古礼。春秋二季农事起始与结束时，照例有年老人向各处人家敛钱，为社稷神唱木傀儡戏。旱叹祈雨，便有小孩子各抬了活狗，带上柳条，或扎成草龙，各处走去。春天常有春官，穿黄衣各处念农事歌词。岁暮年末，居民便装饰红衣傩神于家中正屋，捶大鼓如雷鸣，巫者穿鲜红如血衣服，吹镂银牛角，拿铜刀，踊跃歌舞娱神。城中的住民，多当时派遣移来的戍卒屯丁，此外则有江西人在此卖布，福建人在此卖烟，广东人在此卖药。地方由少数读书人与多数军官，在政治上与婚姻上两面的结合，产生一个上层阶级，这阶级一方面用一种保守稳健的政策，长时期管理政治，一方面支配了大部属于私有的土地；而这阶级的来源，却又仍然出于当年的戍卒屯丁。地方山坡上产桐树杉树，矿坑中有朱砂水银，松林里生菌子，山洞中多硝。城乡全不缺少勇敢忠诚适于理想的兵士，与温柔耐劳适于家庭的妇人。在军校阶级厨房中，出异常可口的菜饭，在伐树砍柴人口中，出热情优美的歌声。

地方东南四十里近大河，一道河流肥沃了平衍的两岸，多米，多桔柚。西北二十里后，即已渐入高原，近抵苗乡，万山重叠。大小重叠的山中，大杉树以常年深绿逼人的颜色，蔓延各处。一道小河从高山绝涧中流出，汇集了万山细流，沿了两岸有杉树林的河沟奔驰而过，农民各就河边编缚竹子作成水车，引河中流水，灌溉高处的山田。河水长年清澈，其中多鳜鱼、鲫鱼、鲤鱼，大的比人脚板还大。河岸上那些人家里，常常可以见到白脸长身见人善作媚笑的女子。……

一个旅行的人，若沿了进苗乡的小河，向上游走去，过 ××，再离开河流往西，在某一时，便将发现一个村落，位置一带壮丽山脉的结束处，这旅行者就已到了边境上的矿地了。三千年来中国方士神仙所用作服食的宝贝，朱砂同水银，在那个地方，是以一个极平常的价值，在那里不断的生产和贸易的。

那个自己比作“在 ×× 河中流过的一尾鱼”的绅士，在某一年中，为了调查这特殊的矿产，用一个工程师的名分，的的确确曾经沿了这一道河流，作过一次有意义的旅行。在这一次旅行中，他发现了那个地方地下蕴藏了如何丰富的矿产，人民心中，却蕴藏更其如何丰富的热情。

历史留给活人一些记忆的义务，若我们不过于善忘，那么辛亥革命那一年，国内南方某一些地方，为了政局的变革，旧朝统治者与民众因对抗而起的杀戮，以及由于这杀戮而引起的混乱，应多少有一种印象，保留到年龄二十五岁以上的人们记忆中。这种政变在那个独立无依市民不过一万的城市里，大约前后有七千健康的农民，为了袭击城池，造反作乱，被割下头颅，排列到城墙雉堞上。然而为时不久，那地方也同其他地方一样，大势所趋，一切无辜而流的血还没有在河滩上冲尽，城中军队一变，统兵官乘夜挟了妻小一逃，地方革命了。当各地方谘议局、参政局继续出现，在省政府方面，也成立了矿政局、农矿厅一类机关后，隐者绅士，因为同那地方一个地主有一科友谊，就从那种建设机关方面，得到了一种委托，单独的深入了这个化外地方。因这种理由，便轮到下面的事情了。

某一日下午三点钟左右，在去“镇筸”已有了五十里左右的新寨苗乡山路上，有两匹健壮不凡的黑色牲口，驮了两个男子，后面还跟了两个仆人。那两匹黑马配上镂银镶牙的精美鞍子，赭色柔软的鞯皮，白铜的嚼口，紫铜的足镫。牲口上驮了两个像貌不同的男子，默默的向边境走去。两匹马先是前后走着，到后来路宽了一点，后边那匹马便上前了一点，再到后来两匹便并排走了。

稍前那匹马，在那小而性驯耐劳的云南种小马背上，坐的是一个红脸微胖中年男子，年纪约五十岁上下。从穿着上，从派头上，从别的方面，譬如说，即从那搁在紫铜马足镫上两只很体面的野猪皮大靴子看来，也都证明到这个有身分的人物，在任何聚落里，皆应是一地之长。稍后一点，是一个年在三十左右的城中绅士。这人和他的同伴比起来显得瘦了一些，骑马姿势却十分优美在行。这人一望而知就是个城里人，生活在城中很久，故湘西高原的风日，在这城里人的脸上同手上，皆以一种不同颜色留下一个记号，脸庞和手臂，反而似乎比乡下人更黑了一点。按照后面这个人物身分看来，则这男子所受的教育，使他不大容易有机会到这边僻地方来，和一位有酋长风范的人物同在一处。×× 的军官是常常有下乡的，这人又决不是一个军官。显然的，这个人在路上触目所见，一切皆不习惯，皆不免发生惊讶，故长途跋涉，疲劳到这个男子的身心，却因为一切陌生，触目成趣，常常露出微笑，极有兴致似的，去注意听那个同伴谈话。

那时正是八月时节，一个山中的新秋，天气晴而无风。地面一切皆显得饱满成熟。山田的早稻已经割去，只留下一些白色的根株。山中枫树叶子同其他叶子尚未变色。遍山桐油树果实大小如拳头，美丽如梨子。路上山果多黄如金子红如鲜血，山花皆五色夺目，远看成一片锦绣。

路上的光景，在那个有教育的男子头脑中不断的唤起惊讶的印象。曲折无尽的山路，一望无际的树林，古怪的石头，古怪的山田，路旁斜坡上的人家，以及从那些低低屋檐下面，露出一个微笑的脸儿的小孩们，都给了这个远方客人崭新的兴味。

看那一行人所取的方向，极明白的，他们今天是一早从大城走来，却应当把一顿晚饭同睡眠，在边境矿场附近安顿的。

这种估计并没有多少错误。这个一方之长的寨主，是正将接待他的朋友，到他那一个寨上去休息的。因为两匹马已并排走去，那风仪不俗的本地重要人物说话了。

“老师，你一定很累了！”

另一个把头摇摇，却微笑着。

那人便又接到说：“老师，读佛家所著的书，走×

× 地方的路，实在是一种讨厌的事，我以为你累了！”

城里那一个人回答这种询问：“总爷，我完全不累。在这段长长的路上，看到那么多新鲜东西，我眼睛是快乐的，听到你说那么多智慧言语，我耳朵是快乐的。”说过后自己就笑了。因为对比的言语，一种新的风格的谈话，已给这城市里人清新的趣味，同伴说了很久，自己却第一次学到那么说了。

在他们的谈话中，一则因为从远处来，一则因为是一地之长，那么互相尊敬到对面的身分，被称作“老师”同“总爷”，却用了异常亲切的口吻说到一切。那个城市中人，大半天来就对于同伴的说话，感到最大的兴味，第一次摹仿并不失败，于是第二次摹仿那种口吻，说到关于路的远近。他说：

“总爷，你是到过京里的，北京计算钱的数目，同你们这一边计算路程，都象不大准确。”

那个总爷对这问题解释了下面的话：“老师，你说的对。这两处的两样东西，都有点儿古怪。这原因只是那边为皇帝所管，我们这边却归天王所管。都会上钱太重要，所以在北京一个钱算作十个；这乡下路可太多了一点，所以三里路常常只算作一里。……另外说来，也是天王要我们‘多劳苦少居功’的意思。这意思我完全同意！我们这里多少事全由神来很公正的支配，神的意思从不会和皇帝相同的！”

“你那么说来，你们这里一切都不同了！”

“是的，可以说有许多事常常不同。你已经看过很多了。再说……”那总爷说时用马鞭指到路旁一堆起虎斑花纹红色的草。“老师，你瞧，这个就将告给你野蛮地方的意义。这颜色值得称赞的草，它就从不许人用手去摸它折它。它的毒会咬烂一个人的手掌，却美丽到那种样子。”

“美丽的常常是有毒的，这句格言是我们城中人用惯了的。”

“是的，老师，我们也有一句相似的格言，说明这种真理。”

“这原是一句城里人平常话，恰恰适用到总爷所说的毒草罢了。至于别的……譬如说，从果树上摘下的果子，从人口中听到的话，决不会成为一种毒药！”

总爷最先就明白了城里人对于谈话，无有不为他那辞令拜倒的。听到这种大胆的赞美，他就笑了一下。这个在堡寨六十里内极有身分的人物，望到年纪尚青的远客，想起另外一点事情了。“老师，你的说明不很好。我仍然将拥护那一句格言。照我的预感，你到了那边，你会自己否认你这个估计的不当。言语实在就是一种有毒的东西！你那么年青，一到了那里，就不免为一些女孩子口里唱出的歌说出的话中毒发狂。我那堡子上的年青女人，恰恰是那么美丽，也那么十分有毒的！”

城市中人听到这个稍带夸张的叙述，就在马上笑着。“那好极了！好烧酒能够醉人，好歌声也应当使人大醉；这中毒是理所当然的。”

“好看草木不过咬烂手掌，好看女人可得咬烂年青人心肝。”

“总爷，这个不坏。到了这儿，既然已经让你们这里的高山阔涧，劳累到我这城市中人的筋骨，自然也就不能拒绝你们这地方的女孩子，用白脸红唇困苦到我的灵魂！”

“是的，老师。我相信你是有勇气的，但我担心到你的勇气只能支持一时。”

“乡下人照例不怕老虎，城里人也照例不怕女人。我愿意有一个机会，遇到那顶危险的一个。”

“是的，老师。假若存心打猎，原应当打那极危险的老虎。”

“不过她们性情怎么样？”

“垄上的树木，高低即或一样，各个有不相同的心。”

“她们对于男子，危险到什么情形，我倒愿意听你说说。”

“爱你时有娼妓的放荡，不爱你时具命妇的庄严。”

“这并不危险！爱人时忘了她自己，不爱人时忘了那男子，多么公平和贞洁！”

“是的，老师，这是公平的。倘若你的话可以适用到这些女孩子方面，同时她们还是贞洁的。但一个男子，一个城里人，照我所知，对于这种个性常常不能同意。”

“我想为城里人而抗议，因为在爱情方面，城里人也并就不缺少那种尊敬女子自由的习惯。”

“是的，一面那么尊敬，一面还是不能忍受。照龙朱所说，镇筸女子是那么的：朱华不觉得骄人，白露不能够怜人。意思是有爱情时她不骄傲，没有爱情时她不怜悯。女孩子们对于爱情的观念，容易苦恼到你们年青男子。”

“总爷，我觉得十分荣幸，能够听到你引用两句如此动人的好诗。其实这种镇筸女子的美德，我以为就值得用诗歌来装饰的。我是一个与诗无缘的人，但我若有能力，我就将作这件事。”

“是的，老师。把一个镇筸的女孩子聪慧和热情，用一组文字来铺叙，不会十分庸俗难看。镇筸女孩子，用爱情装饰她的身体，用诗歌装饰她的人格，这似乎也是必需的。作这件事你是并不缺少这种能力的，我却希望你有勇气。不过假若这种诗歌送给城市中先生小姐们去读，结果有什么益处？他们将觉得希奇，那是一定的，完全没有益处！”

“总爷，我不同意这个推测。我以为这种诗歌，将帮助他们先生小姐们思索一下，让他们明白他们以外还有些什么东西，尽他们多知道一点。”

“是的，老师。我先向你告罪，当到你城里人我要说城里人几句坏话。我以为城里人是要礼节不要真实的，要常识不要智慧的，要婚姻不要爱情的。城市中的女子仍然是女子，同样还是易于感动富于幻想，那种由于男子命运为命运的家婆观念，或者并不妨碍到对她对这种诗歌的理解。但实在说来，她们只需要一本化妆同烹饪的书，这种诗歌并不是她们最需要的。至于男子，大家不是都在革命么？那是更不需要的！并且我同你说，你若和一个广东人描写冰雪，那是一种极费力的说明，他们不相信的。你同城市中人说到我们这里一切，也不能使他们相信。一切经验才能击碎人类的顽固，因为直到此时为止，你就还不十分相信我所说的女人热情有毒的意义，就因为你到如今还不曾经验那种女子。”

那时节，城里人被那个总爷的几句话，说得稍稍害羞起来了，就只回答着：“是的，我承认你一切的话语。我希望有一种机会，让我发现蕴藏在镇筸地下矿产以前，就能发现蕴藏在镇筸女人胸中的秘密。”

那总爷说：“是的，老师，一到了这里，自然不会缺少机会。宝石矿许可我们随时发现宝石。你看看，上了那个小坡，前面就可以到一个小小客店里歇歇了，我们或者就可以发现一点东西。”

两人一面说着一面把马加快了一点，不到一会儿就上了那个小坡，进抵一个小村庄的街头了。到了客店，下了马，跟到马后的佣人，把马牵到街外休息去了。他们于是进了一个客店的堂屋里，接受了一个年老妇人的款待。

客店里另外还有一个过路的少妇，也在那休息，年纪约二十二三岁，一张黑黑的脸庞，一条圆圆的鼻子，眉眼长长的尾梢向上飞去，穿了一身蓝色布衣，头上包了一块白布。两个人进去时，那妇人正低下头坐在一条板凳上吃米糕。见到了两个新来的客人，从总爷的马认识了这一方之主，所以糕饼还不吃完，站起了身来就想走去。那客店老妇人就说：“天气还早，为什么不稍歇歇？日头还不忙到下山，你忙什么？”那妇人听到客店主人说的话，微微的一笑，就又坐下了。

妇人像貌并不如何美丽，五官都异常端整秀气，看来使人十分舒服。惟神气微带惨怛，好象居丧不久的样子。

那总爷轻轻的向城里人说：“老师，的确宝石矿是随处可拾宝石的。照镇筸地方的礼仪，凡属远方来客，逢到果树可以随意摘取果子，逢到女人可以随意问讯女人：你不妨问问那个大嫂，有什么忧愁烦扰到她。”

城里人望到妇人，想了一会儿，才想出两句极得体的话，问到那个妇人，因什么事情，神气很不高兴。

按照镇箪地方的规矩，一个女子不能拒绝远方客人善意的殷勤。妇人听到城里人的问候，把头稍稍抬起，轻轻的说：“芝兰不易再开，欢乐不易再来。”说后恐怕客人不明白所说的意思，又把手指着悬挂在门外那个红布口袋，望到客人，带了一点害羞的神气。“这是一个已经离开了世界的人。在那个布口袋里，装得是他的骨灰；在一个妇人的心胸里，装得是他的爱情。”说过后，低下头凄凉的笑着，眼睛却潮湿了。

总爷就说：“玫瑰要雨水灌溉，爱情要眼泪灌溉。不知为什么事情，年纪轻轻的就会死去？”

妇人便告着这男子生前的一切。才知道这男子是一个士兵，在 ××× 无意中被一个人杀死的，死时年龄还不到二十五岁，妇人住在镇箪附近，听到了这事，赶过 ××× 去，因为不能把死尸带回，才把男子烧成灰，装在一个口袋里。话说到末尾，那妇人用一种动人的风度，望到两个男子，把这个叙述结束到下面句子里：

“流星太捷，他去的不是正路，

虹霓极美，可惜他性命不长！”

说完后，重复把头低下去，用袖口擦到眼角。

那客店妇人，见到这情形，便把两只手互相捏着，走过来了一点，站在他们的中间，劝慰到那个年青妇人：“一切皆属无常：谁见过月亮长圆？谁能要星子永远放光？好花终究会谢，记忆永远不老。”可是那年青妇人，听到那个话，正因为被那种“在一切无常中永远不老”的记忆所苦，觉得十分伤心，就哭了。

过一会儿后，这妇人背了门外那个口袋走了，客店人站到门边向妇人所去一方，望了许久，才回过身来，向两个客人轻轻的吁着，还轻轻的念着神巫传说一个歌词上的两句歌：

“年青人，不是你的事你莫管，你的路在前途离此还远。”

那个城里人沉默了半天没有说话。

到后这一行人又重新上路了。

他们当天落黑时，还应当赶到总爷那个位置在××山一片嘉树成荫的石头堡寨上，同在一个大木盆里，用滚热的水洗脚，喝何首乌泡成的药酒，用手拉蒸鹅下酒，在那血梼木作成的大床上，拥了薄薄的有干果香味的新棉被睡觉，休养到这一整天的疲乏的。

六 矿场

边境地方一地之主的城堡，位置在边境山岭的北方支脉上，由发源于边境山中那一道溪流，弯弯的环抱了这个石头小城。城堡前面一点，下了一个并不费力的斜坡，地形渐次扩张，便如一把扇子展开了一片平田。秋天节候华丽了这一片大坪，农事收获才告终结，田中各处皆金黄颜色的草积，同用白木作成的临时仓库，这田坪在阳光下便如一块东方刺绣。城堡后面所依据的一支山脉，大树千章，葱茏郁合，王杉向天空矗去，远看成一片墨绿。巨松盘旋空际，如龙蛇昂首奋起。古银杏树木叶，已开始变成黄色，艳冶动人，于众树中如穿黄袍之贵人。城堡前有平田，后依高山，边境大山脉曲折蜿蜒而西去，堡墙上爬满了薜萝与葡萄藤，角楼上竖一高桅，角楼旁安置了四尊古铜炮，一切调子庄严而兼古朴。

这城堡是常常在一些城市中人想象中，却很少机会为都会市民目击身经的。

这城堡一望而知是有了年龄的。这是一个古土司的宫殿所在地。一个在历史上有了一点儿声名的“王杉堡垒”。山后的杉树，各有五百年以上的岁数。堡主从祖父的祖父就有了这边境的土地和农夫，第七世才到了昨天那一位陪了城市中人下乡的有仪貌善辞令的总爷。这总爷除了在堡内据了那个位置略南的古宫殿，安置他的一家外，围绕了这古宫殿，堡内尚住下了一百家左右的农户。每一家屋子里各有他的牲畜家禽和妇人儿女，各人皆和平安分的住下，按照农夫的本分，春天来把从堡主所分配得到的田亩播种，夏天拔草，秋时收获，冬天则一家十分快乐的过一个年。每一家皆有相当的积蓄，这积蓄除了婚丧所耗以外没有用处。就常常买下用大铁筒装好的水银，负了上城去换取银器首饰同生活所必需的棉纱。每家皆有一张机床，每一个妇人皆能织棉布同麻布。凡属在这古堡表面所看到的古典的美丽处，每一个农户的生活与观念，每一个农人的灵魂，都恰恰与这古堡相调合一致。

矿场去堡上约有二里左右，从堡上过矿场，只沿了那条绕过堡垒的小河而东走，过一山嘴，经过四个与王杉城堡成犄角形势的小石碉，在最后一个石碉下斜坡上，就可望到那一片荒山乱石下面的村落了。

堡内农户房屋，多黑色屋顶，黄泥墙垣，且秩序井井有条，远远望去显明如一种图案。矿场村落却恰恰相反，一切房子多就了方便，用荒石砌成，墙壁是石头的，屋顶不是石头的也压上无数石块，且房屋地位高下不等，各据了山地作成房屋的基础，远看不会知道那里有多少人家。矿场除了一些小商人以外，其余就多数是依靠了那一带石山为生活的人。远远望去，只见各处皆堆积荒石成小阜，各处都是制汞灶炉的白烟，各处皆听到有一种锤子敲打石头的声音。间不久时候，又可以听到訇的一声炮响。一个陌生的人，到了这种地方，见到此种情景，他最先就将在他自己感觉上发生一个问题："这就是那个产生宝贝，供给神仙粮食的所在地方吗？"他会不大相信这个地方，朱砂同水银，是那么吓人平常的一种东西，但他只要下去一点，他就可以见到那些人，用大秤钩挂了竹筐同铁筒所称量的，就正是朱砂和水银。这实在是一个古怪地方，隐藏在地下，同靠到了那地下的东西而生存的人，全是古怪的。

这矿还是在最近不久才恢复过来的。当各处革命兴起时节，矿场中因为官坑占了一部分，曾驻了一连军队，保护到矿场的秩序，正当城中杀戮紧急时，这一面边境上游民和工人也有了一次暴动。一千余游民工人集合在一处，夺取兵士的枪械，发生了一种战争。结果死了一些人，烧去了无数小屋同草棚，所有官坑私坑也就完全炸毁了。革命结束以后，一切平定了，城中军队经过改编，皆改驻其他地方，官私坑既已炸毁，官家一时不能顾及这点矿地，私人方面各存观望不敢冒险来此，商人则因为下游尚未知道消息，货物即有来源也无去路，因此地方人心秩序恢复以后，矿地种种一时还无从恢复。这件事除了堡上的总爷来努力以外，别无可希望了。这总爷因此到城中去商洽，把新军请来，且保证到军民之间的无事，又向城中商人接洽，为他们物质上方面的债务作一种信用担保，在一极短时期中，用魄力与金钱恢复了矿地原来的秩序。到后官坑重新开了工，私人的小山头也渐次开了工，一切都恢复了原来的旧观，各处皆可以听到炮声同敲打石头的声音，石工也越来越多，山下作朱砂水银交易的市集，也恢复了五日一集的习惯，于是许多被焚烧过的地方，有人重新斫了树木搭盖茅棚，预备复兴家室。有人重新砌墙打灶，预备烧锅制酒。有人从各处奔来做生意，小商人也敢留住在场上小客店里放账作期货交易了。

因为官方有大坑，在场积上住得有军队，同一个位置不大收入可观的监督，且常常可见到从城中骑马来的小官员了。那些收砂买水银的小商人，有些住在矿地自已的小店里，有时住到本地人所开的客店里，照例同厂方同官吏都得有一种交谊，相互的酬酢，因此按照风气，在矿地方面，还开了一间很值得城市中人试试的馆子。这馆子里的一切必需用品，全从城中带来的，那一位守在锅边的大司务，烹调手段也是不下于城中军校厨房中人物的。

矿地有些是露坑，有些又是地下坑，因为开采的时间已极久远，故各处碎石皆堆积如山陵。大部分男子多按照一定价格为矿坑所有人作工，小部分男子，同那些妇人小孩，便提了竹篮，每日到正在开采的矿坑边上荒石所在处，爬找荒砂。矿坑除了划定区域的正坑以外，任何地方的荒石，皆尚有残砂可得。这些人从荒石中捡出有砂的石头。回到家中踞坐到屋门前，用锤子砸出那些红色的颗粒，再把这些东西好好的装到竹筒中去。这些零碎的货物，同到正坑里工人私自带出的货物，另外一时，自然就有那种收荒的商人，排家去收买，收买这种东西时，自然比应当得到价钱要少一点，有时用钱收买，有时用一点糖，或一点妇人所需要的东西，就可以把它掉换到手了。

制汞处多用泥灶，上面覆盖一个锅子，把成色较差的砂石，用泥瓶装好放到灶中去烧炼，冷却后，就从泥瓶同锅上以及作灶的泥砖里得到那种白色流动的毒物。制汞工人脸色多是苍白的，都死得很早。但这种工人因为必不可少的技术，照例收入也比较多，地位也比较好。

当那个城市中人来到矿场时，××地方的矿场，刚恢复了三个月，但去年来的一切焚杀痕迹皆不可找寻，看到那种热闹而安静的情形，且使人不大相信这地方也有过这类事情发生了。

七　去矿山的路上

王杉古堡的总爷，安置了他的城中朋友在一间小而清静的房间，使他的朋友在那有香草同干果味道的新棉被里极舒服的睡了一晚。第二天，先打发了人来看看，见朋友已醒了，就走了过来，问候这朋友，晚上是不是睡得还好。那时城市中人正从窗口望到堡外的原野，朝日金光映照到一切，空气清新而滋润。

那城市中人望到总爷笑着："一切都太好了。我有生以来，还是第一次睡得那么甜熟舒适，第一次醒来那么快乐。"

总爷说："安静同良好空气，使老师觉得高兴，我这作主人的倒太容易作主人了。乡下一切都是那么简陋，不比城中方便，你欢喜早上吃点什么，请你告给我。"

"随便一点罢……"

"是的，就随便作一点，×× 地方的神就是极洒脱的，让我去告他们预备一点东西，吃过后我们到矿场去看看吧。"

总爷今天把身上的装束同口中的言语皆换了一下，

因为他明白了他的朋友在那种谈话风格上，有些费事费力。

两人把早饭吃过后，骑了马过矿场去。一出堡外，为了天气太好，实在不好意思骑马，就要跟身的人把马牵到后面跟着，两人缓缓的沿了下坡的路步行走去。早晨的美丽，照例不许形容的，因为人世的文字，还缺少描写清晨阳光下一切的能力。单只路旁草尖上，蛛网上露水所结成的珠子，在晨光中闪耀的五色，那种轻盈与灵活，是微笑，是羞怯，是谁作成又为谁而作？这个并不止不许人去描写，连想象也近于冒失的。这东西就只许人惊讶，使人感动。那个一地之长的总爷，对这件事有了一个最好的说明。当两人皆注意到那露珠时，总爷就说：

“老师，神是聪明的，他把一切创造得那么美丽，却要人自己去创造赞美言语。即或那么一小点露水，也使我们全历史上所有诗人拙于言语来阿谀。从这事上我们可以见出人类的无能与人类的贫乏。人类固然能够酿造烧酒，发明飞机，但不会对自然的创作有所批评，说一句适当的话。”

那城市中人说：“创造一切美，却不许人用恰当的言语文字去颂扬，那么说来神是自私的了！”

“老师，我不能承认你这点主张。神不是自私的。因为他创造一切，同时在人类中他也并不忘记创造德性颜貌一切完全的人。但在这种高尚的灵魂同美丽的身体上，却没有可安置我们称誉的地方。这不是神的自私，却是神的公正。由于人力以外而成的东西，原用不着赞美而存在的。一切美处使人无从阿谀，就因为神不须乎赞美。”

“这样说来，诗人有时是一种罪人了。因为每一个诗人，皆是用言语来阿谀美丽诋毁罪恶的。”

“老师，很抱歉，我不大明白诗也不大尊敬诗人，因为我是一个在自然里生活的人。但照到你所说的诗人，我懂得你对于这种人的意思。在人类刑法中，有许多条款使人犯罪，作诗现在还不是犯罪的一种。但毫无可疑，他们所作的事，却实在是多数人同那唯一的神都无从了解的。由于他们的冒失，用一点七拼八凑而成的文字，过分的大胆去赞美一切，说明一切，所以他们各得了他们应得的惩罚，就是永远孤独。但社会在另一方面又常常是尊重他们鼓励他们的，就因为他们用惯了那几千符号，还能保存一点历史的影子，以及为那些过份愚蠢的人，过份褊狭的人，告给一些自然的美同德性的美。这些事在一个乡下人可有可无，一个都市中人是十分需要的。一个好诗人象一个神的舌人，他能用贫乏的文字，翻出宇宙一角一点的光辉。但他工作常常遭遇失败，甚至于常常玷污到他所尊敬的不能稍稍凝固的生命，那是不必怀疑了的。”

“你这种神即自然的见解，会不会同你对科学的信仰相矛盾？”

“老师，你问得对。但我应当告你，这不会有什么矛盾的。我们这地方的神不象基督教那个上帝那么顽固的。神的意义在我们这里只是‘自然’，一切生成的现象，不是人为的，由于他来处置。他常常是合理的，宽容的，美的。人作不到的算是他所作，人作得的归人去作。人类更聪明一点，也永远不妨碍到他的权力。科学只能同迷信相冲突，或被迷信所阻碍，或消灭迷信。我这里的神并无迷信，他不拒绝知识，他同科学无关。科学即或能在空中创造一条虹霓，但不过是人类因为历史进步聪明了一点，明白如何可以成一条虹，但原来那一条非人力的虹的价值还依然存在。人能模仿神迹，神应当同意而快乐的。”

“但科学是在毁灭自然神学的。”

“老师，这有什么要紧？人是要为一种自己所不知的权力来制服的，皇帝力量不能到这偏僻地方，所以大家相信神在主宰一切。在科学还没有使人人能相信自己以前，仍然尽他们为神所管束，到科学发达够支配一切人的灵魂时候，神慢慢的隐藏消灭，这一切都不须我们担心。但神在 ×× 人感情上占的地位，除了他支配自然以外，只是一个抽象的东西，是正直和诚实和爱。科学第一件事就是真，这就是从神性中抽出的遗产，科学如何发达也不会抛弃正直和爱，所以我这里的神又是永远存在，不会消灭的。”

那城市中人在这理论上，显然同意了。那个神的说明，却不愿意完全承认完全同意的。在朋友说完以后，他接着就说：“总爷，从另外一个见解上看来，科学虽是求真的事情，他的否认力量和破坏力量，对以神为依据的民族所生的影响，在接受时，转换时，人民的感情上和习惯上，是会发生骚乱不安的。我想请你在这一点上，稍稍注意一下。我对这问题在平时缺少思索，我现在似乎作着抛砖引玉的事情。”

那总爷说：“老师，你太客气了点。你明白，这些空话，是只有你来到这里，才给我一个机会谈到的。平常时节，我不作兴把思想徘徊到这个理论上面。你意思是以为我们聪明了一点，从别个民族进步上看来，已到了不能够相信神的程度，但同时自己能力却太薄弱了，又薄弱得没有力量去单独相信我们自己，结果将发生一点社会的悲剧，结果一切秩序会因此而混乱，结果将有一时期不安。老师，这是一定的，不可免的。但这个悲剧，只会产生于都会上，同农村无关。预言是无味的，不可靠的，但这预言若根据老师那个理由，则我们不妨预言，中国的革命，表面上的统一不足乐观。中国是信神的，少数受了点科学富国强种教育的人，从国外回来，在能够应用科学以前，先来否认神的统治，且以为改变组织即可以改变信仰，社会因此在分解，发生不断的冲突，这种冲突，恐怕将给我们三十年混乱的教训。这预言我大胆的同你谈到，我们可以看看此后是什么样子。”

城市中人微笑着，总爷从他朋友的微笑上，看得出那个预言，是被“太大胆了一点的假定”那种意思否认到的，他于是继续了下面的推理。

“老师，照这预言看来，农村的和平自然会有一日失去的。农民的动摇不是在信仰上，应当是在经济上。可是这不过我们一点预言，这预言从一点露水而来，我们不妨还归到露水的讨论吧。请你注意那边，那一丛白色的禾梗旁，那点黄花，如何惊人！是谁说过这样体面的言语：自然不随意在一朵花上多生一根毫毛。你瞧，真是……”

两人合并起来应有八十年的寿命，但却为那点生命不过数日、在晨光积露中的草花颜色与配置吸引了过去，徘徊了约十分钟左右。两人一面望到这黄花作了一些愉快而又坦白的谈话，另外远处一个女人的歌声，才把他们带回到“人事”上来。

歌声如一线光明，清新快乐浮荡在微湿空气中，使人神往情移。

城市中人说：“总爷，××地方使人言语华丽的理由，我如今可明白了，因为你们这地方有一切，还有这种悦耳的歌声！”

总爷微微笑着，望到歌声所在一方。“老师，你这句话应当留下来说给那些唱歌人听的，这是一句诚实的话。可是你得谨慎一点，因为每一滴放光的露珠，都可以湿了你的鞋子，莫让每一句歌声，在你情感上中毒，是一件要紧的事。”

城市中人说：“我盼望你告我在这些事上，神所持的见解。”

“神对此事毫无成见，神之子对此事却有一种意见。当 ×× 族神巫独身各处走去替边境上人民禳鬼悦神时节，走过我们这里的长岭，在岭上却说下了那么两句话：好烧酒醉人三天，好歌声醉人三年。这个稍嫌夸张的形容，增加了本地的光荣。但这是一个笑话，因为那体面人并没有被歌声所醉，却爱上了哑子的。”

“我愿意明白这个神巫留在王衫堡上的一切传说。”

于是总爷把这个神巫的一切，为他的朋友一一述说，到后他们上了长坂，便望到矿山一切，且听到矿山方面石工的歌声同敲打石头声音了，他们不久就进到那个古怪地方，让一个石洞所吞灭了。

八　在栗林中

秋天为一切圆熟的时节。从各处人家的屋檐下，从农夫脸上，从原野，从水中，从任何一处，皆可看到自然正在完成种种，行将结束这一年，用那个严肃的冬来休息这全世界。但一切事物在成熟的秋天，凝寒把湿露结为白霜以前，反用一种动人的几乎是妩媚的风姿，照耀人的眼目。春天是小孩一般微笑，秋天近于慈母一般微笑。在这种时节，照例一切皆极华丽而雅致，长时期天气皆极清和干爽，蔚蓝作底的天上，可常见到候鸟排成人字或一字长阵写在虚空。晚来时有月，月光常如白水打湿了一切；无月时繁星各依青天，列宿成行有序。草间任何一处皆是虫声，虫声皆各如有所陈诉，繁杂而微带凄凉。薄露湿人衣裳，使人在“夏天已去”的回忆上略感惆怅。天上纤云早晚皆为日光反照成薄红霞彩，树木叶子皆镀上各种适当其德性的颜色。在这种情形下，在 ×× 堡墙上，每日皆可听到 ×× 人镂银漆朱的羊角，芦叶卷成的竖笛，应和到 ×× 青年男女唱歌的声音，这声音浮荡在绣了花朵的平原上，徘徊在疏疏的树林里。

用那么声音那么颜色装饰了这原野，应是谁的手笔？华丽了这原野，应是谁出的主意？

若按照矿地那个一方之主的言语说来，×× 一切皆为镇篁地方天神所支配，则这种神的处置，是使任何远方来客皆只有赞美和感谢言语的。

各处歌声所在处，皆有大而黑的眼睛，同一张为日光所炙颜色微黑的秀美脸庞。各处皆不缺少微带忧郁的缠绵，各处都泛溢到欢乐与热情。各处歌声所在处，到另一时节，皆可发现一堆散乱的干草，草上撒满了各色的野花。

年岁去时没有踪迹，忧愁来时没有方向。城市中人在这种情形中，微觉得有种不安，扰乱到这个端谨自爱的城市中人的心情。每日骑了马到 ×× 附近各处去，常常就为那个地方随处可遇的现象所摇动，先是常常因此而微笑，到后来却间或变成苦笑了。这个远方客人他缺少什么呢？没有的，这城市中人并不缺少什么，不过来到此间，得到些不当得到的与平时不相称的环境，心中稍稍不安罢了。

在新寨路上同总爷所说的话，有些地方他没有完全忘记，但这个一地之长原有一半当成笑话同他朋友说到的。他知道他朋友的为人，正直而守分，不大相信××的女人会扰乱这个远客的心绪，也不担心那种笑话有如何影响。一个城里绅士，在平时常常行为放荡言语拘谨，这种人平时照例不说女人的。但另外还有一种人，常常在某一时，言语很放肆随便，照那种陌生人看来，还几几乎可以说是稍轻佻一点，但这种人行为却端谨自爱，是一个不折不扣的君子。××的堡上的主人，把他的朋友的身分，安置在较后一种人的身分上。正因为估计到这城里人不会有什么问题，故遇到并辔出游时，总指点到那些歌声所在处，带着笑谑，一一告给他的朋友，这里那里全是有放光的眼睛同跳动的心的地方。或者遇到他朋友独自从外边骑马散步归来时，总不免带了亲切蕴藉的神气，问到这个朋友：

“从城里来打猎的人，遇到有值得你射一箭的老虎没有？”

城里这一个，便微微笑着，把头摇摇，作了一个比平常时节活泼了点的表示，也带了点诙谐神气，回答他的朋友：

“在出产宝石的宝石坑边，这人照例是空手的。因为他还不能知道哪一颗宝石比其余宝石更好！”

那寨主便说：“花须用雨水灌溉，爱须用爱情培养。在这里，过分小心是不行的，过分拘持则简直是一种罪过。”

“我记得你前一次在路上所引那两句诗：朱华不觉得骄人，白露不能够怜人。胆小心怯的理由，便是还不忘记这两句诗。”

“是的，老师，龙朱说过的两句话，画出了××女人灵魂的轮廓。可是照到他另一个歌上的见解，却有下面的意思：爱花并不是爱花的美，只为自己年青；爱人不徒得女人的爱，还应当把你自己的青春赠给她。爱是权利同义务相纠结揉杂的。凡打量逃避这义务的人，神不能保佑他。”

“可是宝石是五色的，谁应当算最好的一颗？”

“一切你觉得好的，照到这里规矩，你都可以用手去拾取？”

“我不知道如何……”

“是的，老师，我明白你的意思，在城市里，你应当用谦卑装饰你女人的骄傲，用绫罗包裹你女人的身体，这是城里的规矩。你得守到这种规矩，方可以得到女人。可是这里一切都用不着！这是边境地方，是××，是神所处置的地方。这里年青女人，除了爱情以及因爱情而得的智慧和真实，其余旁的全无用处。你不妨去冒一次险，遇到什么好看的脸庞同好看的手臂时，大胆一点，同她说说话，你将可以听到她好听的声音。只要莫忘了这地方规矩，在女人面前不能说谎；她问到你时，你得照到她要明白的意思一一答应，你使她知道了你一切以后，就让她同时也知道你对于她的美丽所有的尊敬。一切后事尽天去铺排好了。你去试试吧，老师，让那些放光的手臂，燃烧你的眼睛吧。不要担心明天，好好处置今天吧。你在城市时，我不反对你为过去的历史和未来的希望而生活，到这里却应当为生活而生活。一个读书人只知道明天和昨天，我要你明白今天。”

城市中人听到这种说教，就大笑了：“这种游戏，可不成了……”

那寨主不许他的朋友有说下去的机会，就忙说：“老师，我问你，猎虎是什么？猎虎也是游戏！一切游戏都只看你在那个情形中，是不是用全生命去处置。忠于你的生命：注意一下这一去不来的日子，春天时对花赞美，到了秋天再去对月光惆怅吧。一切皆不能永远固定，证明你是个活人，就是你能在这些不固定的一小点上，留下你自己的可追忆的一点生活，别的完全无用！”

两人虽那么热烈的讨论到这件事情，但两人仍然是当作一种笑话，并不希望这事将成为一种认真事件的。但在另一时，却因此有些小问题，使城里这一个费了些思索。笑话不会有多少偏见，却并不缺少某种真理。当寨主的笑话，到城里那一个独自反复想到时，这些笑话在年青人感情上发了酵，起了小小中毒的现象。一面听到 ×× 人的歌声，一面就常在自己的灵魂上，听到一种呼唤：“学科学的人，你是不行的。你不能欣赏历史，就应当自己造成一点历史！”一个人为了明白自己将来还有一段长长的寂寞日子，就为了这点原因，在他年青时忽然决定了他自己，在自己生活中造作出一种惊人的历史，这样事情应当是可能的。

可是这历史如何去创造呢？谁给他那点狂热？谁能使他在一个微笑上发抖？谁够得上占领这个从城市里来

的年青人的尊贵的心？

“一切草木皆在日光下才能发育，×× 人的爱情也常存在日光中。”城市人怀了一种期待，上了 ×× 石堡的角楼上，眺望原野的风光。一片温柔的歌声摇撼到这个人的灵魂，这歌声不久就把他带出了城堡，到山下栗林去了。

栗林位置在石堡前面坡下约半里，沿了那一片栗林，向南走去，便重新上了通过边界大岭的道路。向东为去矿场的路。向西为大岭一支脉，斜斜的拖成长陇，约有二里左右。陇坂上有桐茶漆梓，有王杉，有分成小畦栽种红薯同黍米的山田。大岭那一面，遍岭皆生可以造纸的篁筱，长年作一片深绿，早晚在雾里则多变成黑色。堡前平田里，有穿了白衣背负稻草的女人，同家中的狗慢慢走着，这女人是正在预唱的。在陇坂山田上，同大岭篁筱里，皆有女人的歌声。栗林里有人吹羊角，声音低郁温柔如羊鸣。

城市中人到了栗林附近，为那个羊角声音所吸引，所感动，便向栗林走去。黄黄的日头，把光线从叶中透过去，落叶铺在地下有如一张美丽毡毯。在栗林里，一个手臂裸出的小孩子，正倚着一株老栗树边，很快乐的吹他那个漆有朱红花纹的羊角，应和到远处的歌声，一见了生人，便用一种小兽物见生人后受惊的样子，望到这个不相识的人一笑，把角声止住了。城市中人说：

“小同年，你吹得不坏。”

小孩子如一个山精神气，对到陌生人狡猾的摇着头，并不回答。

城市中人就说：“你把那个给我看看。”小孩子仍然不说什么，只望到这生人，望了一会儿，明白这陌生人不可怕了，就把手上的羊角递给了他。原来这羊角的制作是同巫师用的牛角一样的，形制玲珑精巧，刮磨得十分光滑，在羊角下部，还用朱红漆绘了极美丽的曲线和鱼形花纹。角端却用芦竹作成的簧，角上较前一部分还凿了三个小孔，故吹来声音较之牛角悦耳。城市中人见到这美丽东西，放在自己口上去吹出了几个单音，小孩见到就笑了。小孩“哪、哪、哪”的喊着笑着，把羊角攫回来，很得意的在客人面前吹了起来。且为了陇上的歌声变了调子，又在那个简单乐器上，用一只手捂到小孔，一只手捂了角底，很巧妙的吹出一个新鲜调子，应和到那远处的歌声。

一会儿，一样东西从头上掉落下来，吓了城市中人一跳，小孩子见到这个却大笑了。原来头上掉下的是自己爆落的栗子。小孩子见到这个，记起对于客人的尊敬了，把羊角塞到腰间，一会儿就爬上了栗树，摘了好些较嫩的刺球从树上抛下来，旋即同一只小猴子一般溜下来，为客人用小石槌出刺球中半褐半白的栗子，捧了一手献给客人，且用口咬着栗子，且告给客人："这样吃，这样吃，你会觉得有桂花味道哪。"

城市中人于是便同小孩坐到树下吃那有桂花风味的栗子，一面听陇坂上动人的歌声。过一会儿，却见到小孩忙把羊角取出，重新吹了几下，另外地方有人喊着，小孩锐声回答着："呦……来了！"到后便向客人笑了一下，同一只逃走的小獐鹿一样，很便捷的跑去，即刻就消失了。

栗林中从小孩走后，忽然清静了。城市中人便坐下来，望到树林中那个神奇美妙的日光，微笑着，且轻轻叹息着。

忽然近处一个女子的歌声，如一只会唱的鸟，啭动了它清丽的喉咙。这歌声且似乎越唱越近，若照他的估计没有错误，则这女人应是一个从陇上回到矿场的人，这时正打量从栗林中一条捷路穿过去，不到一会儿就应当从他身边走过的。他便望到歌声泛溢的那一方。不过一刻，果然就见到一条蓝色的裙同一双裸露着长长的腿子，在栗林尽头灌木丛中出现了。再一会儿全身出现后，城市中人望到了她，她也望到了城市中人，就陡然把歌声止住，站定不动了。一个 ×× 天神的女儿，一个精怪，一个模型！那种略感惊讶的神情，仍然同一只獐鹿见了生人神情一样。但这个半人半兽的她并不打量逃跑，略迟疑了一下，就抿了嘴仍然走过来了。

城市中人立起挡着了这女人的去路，因为见到女子手腕上挂了一个竹篮，篮内有些花朵同一点紫色的芝菌，就遵守了 ×× 人语言的习惯，说：

“你月下如仙日下如神的女人，你既不是流星，一个远方来的客人，愿意知道你打哪儿来，上哪儿去，并且是不是可以稍稍停住一下？”

女孩子望到面前拦阻了她去路的男子，穿着一种不常见的装束，却用了异方人充满了谦卑的悦耳声音，向自己致辞，实在是一点意外的事，因此不免稍稍显得惊愕，退了两步，把一双秀美宜人的眼睛，大胆的固执的望到面前的男子，眼光中有种疑问的表情，好象在那么说着：“你是谁？谁派你来到这地方，用这种同你身分不大相称的言语，来同一个乡下女人说话？”可是看到面前男子的神气，到后忽然似乎又明白了，就露出一排白白的细细的牙齿笑了。

因为那种透明的聪慧，城市中人反而有些腼腆了，记起了那个一地之长所说的种种，重新用温柔的调子，说了下面几句话。

平常我只听说有毒的菌子，

今天我亲自听到有毒的歌，……

他意思还要那么说下去的：“有毒的菌子使人头眩，有毒的歌声使人发抖。”

女孩子用 ×× 年青女孩特有的风度，把头摇摇作了一个否认的表示，就用言语截断了他的空话：

好菌子不过湿气蒸成，谁知道明后日应雨应晴？

好声音也不过一阵风，风过后这声音留不了什么脚踪。

城市中人记起了酒的比喻，就说：

好烧酒能够醉人三天，

好歌声应当醉人三年。

女孩子听到这个，把三个指头伸出，似乎从指头上看出三年的意义，望到自己指头好笑，随口接下去说：

不见过虎的人见猫也退，

不吃过酒的人见糟也醉。

说完时且大笑了。这笑声同丽态在一个男子面前，是危险的，有毒的，这一来，城市中人稍稍受了一点儿窘，仿佛明白这次事情要糟了，低下头去，重新得到一个意思，便把头抬起，对到女孩，为自己作了一句转语：

我愿作朝阳花永远向日头脸对脸，
你不拘向哪边我也向哪边转。

一线日光在女孩脸上正作了一种神奇的光辉，女孩子晃动那个美丽的头颅，听到这个话后，这边转转，那边转转，逃避到那一线日光，到后忽然就停住了，便轻轻的说：

风车儿成天团团转，
风过后它也就板着脸。

说了又自言自语的说：

朝阳花可不容易作，
风车儿未免太活泼。

但一切事情却并不那么完全弄糟，女孩子的机智和天真是同样在人格上放光的东西，一面那么制止到这个客人对于她的荒唐妄想，一面却依照了陌生人的要求，在那栗树浮起的根上，很安静的坐下了。她坐在陌生人面前，神气也那么见得十分自然，毫不慌张，因此使城市中人在说话的音调上，便有一点儿发抖。等到这陌生男子把话说过后，不能再说了，就把嘴角缩拢，对陌生的客人作了一个有所惑疑的记号。低低的说道：

好看的云从不落雨，
好看的花从不结实。

见陌生人不作声，以为不大明白那意思了，就解释着：

好听的话使人开心，
好听的话不能认真。

城市中人便作了一些年青男子向一个女子的陈诉；这陈诉带了××人所许可的华丽与夸张，自然是十分动人的。他把女人比作精致如美玉，聪明若冰雪，温和如棉絮。他又把女人歌声比作补药，眼光比作福佑。女人在微笑中听完了这远方人混和热情与聪明的陈诉，却轻轻的说：

客人口上华丽的空话，
豹子身上华丽的空花；
一面使人承认你的美，
一面使人疑心你有点儿诡。

说到末了时，便又把头点点，似乎在说："我明白，我一切明白，我不相信！"这种情形激动了城市中人的血流，想了一会儿，他望到天，望到地，有话说了。他为那个华丽而辩护：

若华丽是一种罪过，
天边不应挂五彩的虹；
不应有绿草，绣上黄色的花朵；
不应有苍白星子，嵌到透蓝的天空！

女孩子不间断的把头摇着，表示异议。那个美丽精致的头颅，在细细的纤秀颈项上，如同一朵百合花在它的花柄上扭动。

谁见过天边有永远的虹？
问星子星子也不会承认。
我听过多少虫声多少鸟声，
谎话够多了我全不相信。

城市中人说：

若天上无日头同雨水，
五彩虹自然不会长在眼前，
若我见到你的眼睛和手臂，
赞美的语言将永远在我的口边。

女孩子低声的说了一句：“呵，永远在口边，也不过是永远在口边！”自己说完了，又望望面前陌生客人，看清楚客人并不注意到这句话，就把手指屈着数下来，一面计数一面说：

日头是要落的，花即刻就要谢去，

脸儿同嘴儿也容易干枯，

数完了这四项，于是把两只圆圆的天工制作的美丽臂膀摊开，用一个异常优美风度，向陌生人笑了一下，结束了她的意见，说了下面的话：

我明白一切无常，一切不定，

无常的谎谁愿意认真去听？

一个蜂子取了直线由西向东从他们头上飞过去，到后却又飞回来，绕了女孩子头上盘旋一会儿，停顿在一旁竹篮的花上了。这蜂子帮助了城市中人的想象。

正因为一切无常，一切在成，一切要毁。

一个女人的美丽，最好就是保存在她朋友的记忆里。

不管黄花朱花，从不拒绝蜂子的亲近，

不拘生人熟人，也不应当拒绝男子的尊敬。

女孩子就说：

花朵上涂蜜想逗蜂子的欢喜，

言语上涂蜜想逗女子的欢喜：

可惜得很——

大屋后青青竹子它没有心，

四月里黄梅天气它不会晴。

城市中人就又引了龙朱的一些金言，巫师的一些歌词，以及从那个一地之长的总爷方面听来的××人许多成语，从天上地下河中解释到他对于她所有的尊敬，这种动人的诉说，却只得到下面的反响。

菠菜茼蒿长到田坪一样青，

这时有心过一会儿也就没有心。

把话说过后，乘到陌生人低下头去思索那种回答的言语时，这女孩子站了起来，把篮子挂在手腕上，好象一枝箭一样，轻便的，迅速的，向栗林射去，一会儿便消灭了。

城市中人望到那个女孩子所去的方向，完全痴了。可是他到后却笑了，他望过无数放光的星子，无数放光的宝石，今天却看到了一个放光的灵魂。他先是还坐到栗林里渗透了灿烂阳光的落叶上面，到后来却到那干燥吱吱作响的落叶上面了。

“家养的鸟飞不远”，这句话使他沉入深邃的思索里去。

九　日与夜

那个从城市中来此的人，对于王杉古堡总爷口说的神，同他自己在栗林中眼见的人，皆给他一种反省的刺激，都市的脉搏，很显然是受了极大影响的。这边境陌生的一切，正有力的摇动他的灵魂。即或这种安静与和平，因为它能给人以许多机会，同一种看来仿佛极多的暇裕，尽人思索自己，也可以说这要安静就是极怕人的。边境的大山壮观而沉默，人类皆各按照长远以来所排定的秩序生活下去。日光温暖到一切，雨雪覆被到一切，每个人民皆正直而安分，永远想尽力帮助到比邻熟人，永远皆只见到他们互相微笑。从这个一切皆为一种道德的良好习惯上，青年男女的心头，皆孕育到无量热情与智慧，这热情与智慧，使每一个人感情言语皆绚丽如锦，清明如水。向善为一种自然的努力，虚伪在此地没有它的位置。人民皆在朴素生活中长成，却不缺少人类各种高贵的德性，城市中人因此常常那么想着：若这里一切一切全是很好的，很对的，那么，在另外许多地方，是不是有了一点什么错误？这种思想自然是无结果的，因为一个城市中人来过分赞美原始部落民族生活的美德，也仍然不免成为一种偏见！

到了这地方后，暂时忘了都市那一面是必须的。忘掉了那种生活，那种习气，那种道德，但这个城市中人，把一切忘掉以后，还不能忘记一个住在都市的好友。那朋友是一个植物学者，又对于自然宗教历史与仪式这种问题发生了极大的兴味。这城市中人还没有到 ×× 地方以前，就听到那个知识品德皆超于一切的总爷，谈到许多有毒的草木，以及××地方信神的态度，以及神与人间居间者的巫觋种种仪式，因此在一点点空闲中，便写了一个很长的信，告给他朋友种种情形。在这个信里述说到许多琐碎事情，甚至于把前些日子在栗林中所发生的奇遇也提到了。那信上后面一点那么说：

……老友，我们应当承认我们一同在那个政府里办公厅的角上时，我们每个日子的生活，都被事务和责任所支配；我们所见的只是无数标本，无量表格，一些数目，一堆历史。在我们那一群同事的脸上，间或也许还可以发现一个微笑，但那算什么呢？那种微笑实在说来是悲惨的，无味的，那种微笑不过说明每一个活人在事务上过分疲倦以后，无聊和空虚的自觉罢了。在那种情形下，我们自然而然也变成一个表格，和一个很小的数目了。可是这地方到处都是活的，到处都是生命，这生命洋溢于每一个最僻静的角隅，泛滥到各个人的心上。一切永远是安静的，但只需要一个人一点点歌声，这歌声就生了无形的翅膀各处飞去，凡属歌声所及处，就有光辉与快乐。我到了这里我才明白我是一个活人，且明白许多书上永远说得胡涂的种种。

老友，我这报告自然是简单的，疏略的，就因为若果容许我说得明白一点，这样的叙述，没有三十页信纸是说不够的。王杉堡上的总爷说的不错，照他意思，文字是不能对于神所统治神所手创的一切，加以谀词而得其当的。我现在所住地方，每一块石头，每一茎草，每一种声音，就不许可我在文字中找寻同它们德性相称的文字。让我慢慢的来看罢，让我们候着，等一会儿再说。我住到这里，请你不必为我担心，因为照到我未来此以前，我们原是为了这里的一切习俗传说而不安的，但这不安可以说完全是一件无益的过虑。还请你替我告给几个最好的同事，不妨说我正生活在一个想象的桃源里。

那个矿洞我同那个总爷已看过了。这是一个旧矿，开采的年代，恐怕应当在耶稣降生前后。照地层大势看来，地下的埋藏量还十分可观。不过他们用得全是一种土法开采，迟缓而十分耗费，这种方法初初见到使我发笑，这方法，当汉朝帝王相信方士需用朱砂水银时，一定就应当已经知道运用了。他们那种耗费说来实在使我吃惊。可是，在这里我却应当告给我的老友，这地方耗费矿砂，可从不耗费生命。他们比我们明白生命价值，生活得比我们得法。他们的身体十分健康，他们的灵魂也莫不十分健康。在智慧一方面，譬如说，他们对于生命的解释，生活的意义，比起我们的哲学家来，似乎也更明慧一点。

……

这完完全全是一个投降的自白！使这城市中来人那么倾心，一部分原因由于自己的眼见目及，一部分原因却是那个地位高于一切代表了 ×× 地方智慧与德性发展完全的总爷。数日来 ×× 地方环境征服了这个城市中人，另外那一个人，却因为他的言语，把城市中人观念也改造了。

他们那次第一回看过了矿坑以后，又到过了许多矿工家中去参观了一会儿的。末了且在那荒石堆上谈了许久，才骑了牲口，从大岭脚下，绕了一点山路，走过王杉古堡的后面树林中去。在大岭下他们看了本地制纸工厂，在树林中欣赏了那有历史记号的各种古树。两人休息到一株极大的杉树下面大青石板上时，王杉古堡的总爷，就为他的朋友，说到这树林同城堡的历史，且同时极详尽的指点了一下各处的道路。这城市中人，因此一到不久，堡上附近地方就都完全熟习了。

可是在矿地他遇见了一件新鲜事情。

矿地附近的市集是极可观的，每逢一六两日，这地方聚集了边境二十五里以内各个小村落的人民，到这里来作一切有无交易。一到了那个日子，很早很早就有人赶来了，从这里就可以见到各色各样的货物，且可以认识各色各样的人物。来到集上的，有以打猎为生的猎户，有双手粗大异常的伐树人，有肩膊上挂了扣花搭裢从城中赶来的谷米商人，有穿小牛皮衣裤的牛羊商人，有大胆宽脸的屠户，有玩狗熊耍刀的江湖卖艺人——还有用草绳缚了小猪颈项，自已颈项手腕却带了白银项圈同钏镯，那种长眉秀目的苗族女子，有骑了小小烟色母马，马项下挂了白铜铃铛，骑在马上进街的小地主。总之各样有所买卖的人，到了时候莫不来此，混在一个大坪里，各作自己所当作的事情。到了时候，这里就成为一个畜生与人拥挤扰攘混杂不分的地方，一切是那么纷乱，却有一种鲜明的个性，留在一个异乡人印象上。

场坪内作生意的，皆互相大声吵闹着，争论着，急剧的交换到一种以神为凭的咒语。卖小猪的商人，从大竹笼里，拉了小猪耳朵，或提起小猪两只后脚，向他的主顾用边境口音大声讨论到价钱，小猪便锐声叫着，似乎有意混淆到这种不利于己的讨论。卖米的田主太太，包了白色首帕，站到篙前看经纪过斗。卖鸡的妇人，多蹲到地上，用草绳兜了母鸡公鸡，如卖儿卖女一样，在一个极小的价钱上常常有所争持，做出十分生气的神气。卖牛的卖去以后皆把头上缠一红布。牲畜场上经纪人，皆在肚前挂上极大的麂羊皮抱兜，成束的票据，成封的银元，皆尽自向抱兜里塞去。忙到各处走动，忙到用口说话，忙到用手作势，在一种不可形容的忙碌里处置一切。在成交以后，大家就喘着，嚷着，大笑着，向卖烧酒的棚子里走去，一面在那地方交钱，一面就在那里喝酒。

场坪中任何一处，还可以见到出色的农庄年青姑娘们，生长得苗条洁白，秀目小口，两乳高肿，穿了新浆洗过的浅色土布衣裳，背了黔中苗人用极细篾丝织成的竹笼，从这里小商人摊上，购买水粉同头绳，又从那里另一个小摊上，购取小剪刀同别的东西。

一切一切皆如同一幅新感觉派的动人的彩色图画，由无数小点儿，无数长片儿，聚集综合而成，是那么复杂，那么眩目，同时却又仍然那么和谐一致，不可思议。

还有一个古怪处所，为了那些猎户，那些矿工，那些带耳环的苗人，以及一些特殊人们而预备的，就是为了决斗留下的一个空坪。

××地方照边境一地之长的堡上总爷说来，似乎是从无流血事情的。但这个总爷，当时却忘记告给他朋友这一件事了。堡内外农民，有家眷的矿工，以及伐竹制纸工人，多数是和平无争的。但矿地从各处飘流而来的独身工人，大岭上的猎户，各苗乡的强悍苗人，却因了他们的勇敢、真实以及男性的刚强，常常容易发生争斗。横亘边境一带大岭上的猎户，性格尤其不同平常，一个男子生下来就似乎只有两件事情可作，一是去深山中打猎，二是来场集上打架。当打猎时节，这些人带了火枪、地网、长矛子、解首刀、绳索、竹弩以及分量适当的药物同饮食，离了家中向更深的山里走去，一去就十天八天，若打得了虎豹，同时也死去同伴时，就把死去的同伴掘坑埋好，却扛了死虎死豹还家。另一时，这些人又下了大岭来到这五日一集的场上，把所得到的兽皮同大蛇皮卖给那些由城里赶来收买山货的商人。仍然也是叫嚷同无数的发誓，才可以把交易说好。交易作成以后，得到了钱，于是这些人，一同跑到可以喝一杯的地方去，各据了桌子的一角，尽量把酒喝够了，再到一个在场头和驻军保护下设立的赌博摊上去，很迈豪也极公正的同人来开始赌博。再后一时，这些豪杰的钱，照例就从自己的荷包里，转移到那些穿了风浆硬朗衣服，把钱紧紧的捏着，行为十分谨慎的乡下人手上去了。等到把钱输光以后，一切事都似乎业已作过，凭了一点点酒兴，一点点由于赌博而来的愤怒，使每一个人皆在心上有一个小小火把，无论触着什么皆可燃烧。猎户既多数是那么情形，单身工人中不乏身强力大嗜酒心躁的分子，苗人中则多有部落的世仇，因此在矿山场坪外，牛场与杂牲畜交易场后面，便不得不转为这些人预备下一片空地，这空地上，每一场也照例要发生一两次流血战争了。

这战争在此是极合理的，同时又实在极公正的。猎户的刀无时不随身带上，工人多有锤子同铁凿，苗人每一只裹腿上常常就插有一把小匕首。有时这流血的事为两种生活不同的人，为了求得其平，各人放下自己的东西，还可以借用酒馆中特为备妥分量相等的武器，或是两把刀，或是两条扁担。这些事情发生时，凡属对于这件事情关心注意，希望看出结果的，都可以跑到那一边去看看。人尽管站到一个较高较远地方去，泰然坦然，看那些放光的锐利的刀，那么乱斫乱劈，长长的扁担，那么横来斜去。为了策略一类原因，两人有时还跑着追着，在沉默里来解决一切，他们都有他们的规矩，决不会对于旁边人有所损害。这些人在这时血莫不是极热的，但头脑还是极清楚的。在场的照例还有保长甲长之类，他们承认这种办法，容许这种风气，就为得是地方上人都认为在法律以外的争执，只有在刀光下能得其平，这种解决既然是公正的，也就应当得到神的同意。

照通常情形，这战争等到一个人倒下以后，便应当告了结束。那时节，甲长或近于这一类有点儿身分的人物，见到了一个人已倒下，失去了自主防御能力时，就大声的喊着，制止了这件事情，于是一切人皆用声音援助到受伤者：“虎豹不吃打下的人，英雄也不打受伤的虎豹！”照 ×× 风气，向一个受伤的东西攻击，应是自己一种耻辱，所以一切当然了事了。大家一面喊着一面即刻包围拢去，救护那个受伤的人，得胜的那一个，这时一句话不说，却慢慢的从容的把刀上的血在草鞋底上擦拭，或者丢下了刀，走到田里去洗洗手上血污。酒馆中主人，平常时节卖给这些人最酽冽的烧酒，这时便施舍给他们最好的药。他有一切合用的药和药酒，还大多数在端午时按了古方制好的，平时放到小口瓷瓶中，挂到那酒馆墙壁上，预备随时可以应用。一个受刀伤的人，伤口上得用药粉，而另外一点，还得稍稍喝一杯压惊！在这件事情上，那酒馆主人显得十分关心又十分慷慨，从不向谁需索一个小钱。到后来受伤者走了，酒馆主人无事了，把刀提回来挂好，就一面为主顾向大坛中舀取烧酒，一面同主顾谈到使用他那刀时的得失，作一种纯然客观无私的批评，从他那种安适态度上看来，他是不忘记每一次使用过他那两把刀的战争，却不甚高兴去注意到那些人所受的痛苦的。

这种希奇的习俗，为这个城市中人见到以后，他从那小酒馆问明白了一切。回到堡上吃晚饭时，见到了××堡上总爷，就说给那个总爷知道，在那城市中人意见上看来，过分的流血，是一件危险事情，应当有一种办法，加以裁判。

“老师，我疏忽的很，忘了把这件事先告给你，倒为你自己先发现了。”总爷为他朋友说明那个习俗保存的理由。“第一件事，你应当觉得那热心的老板是一个完美无疵的好人，因为他不借此取利；其次你应当承认那种搏击极合乎规矩，因为其中无取巧处。……是的，是的，你将说：既然××地方神是公平的，为什么不让神来处置呢？我可以告你，他们不能因为有神即无流血的理由。××的神是能主持一切的，但若有所争持，法律不能得其平，把这个裁判委托于神，在神前发誓，需要一只公鸡，测验公理则少不了一锅热油。这些人有许多争持只是为了一点名誉，有些争持价值又并不比一只鸡或一锅油为多。老师，你想想，除了那么很公平来解决两方的愤怒，还有什么更好方法没有？按照一个猎户，或一个单身工人，以及一个单纯直率的苗人男性气质而言，他们行为是很对的。”

那城市中人说：“初初见到这件事情时，我不能隐藏我的惊讶。”

“那是当然的，老师。但这件事是必然的，我已经说过那必然的道理了。”

城市中人对于那两把备好的武器，稍稍显出了一点城市中人的气分，总爷望到他的朋友有可嘲笑的弱点，所以在谈话之间，略微露了一点怜悯神气。城市中人明白这个，却毫不以为侮，因为他就并不否认这种习惯。他说：“若我们还想知道一点这个民族业已消灭的固有的高尚和勇敢精神，这种习俗原有它存在的价值。”

“老师，我同意你这句话。这是决斗！这是种与中国一切原始的文明同时也可称为极美丽的习俗，行将一律消灭的点点东西！都市用陷害和谋杀代替了这件事，所以欧洲的文明，也渐少这种正直的决斗了。”

“总爷，你的意见我不能完全相同，谋杀同陷害是新发明的吗？决对不是。中国的谋杀和陷害，通行到有身分那个阶级中，同中国别方面文明一样极早的就发达了，所有历史，就充满了这种记载。还有，若果我们对这件事还不缺少兴味，这件事……喔，喔，我想起来了，××地方的蛊毒，一切关于边地的记载，皆不疏忽到这一点，总爷，你是不是能够允许我从你方面知道一点详细情形？”

“关于这件事，我不明白应当用什么话来答复你了，因为我活到这里五十年，就没有见到过一次这样以毒人为职业的怪物。从一些旅行者以及足迹尚不经过××地方的好事者各样记载上，我却看了许多荒唐的叙述。那些俨然目睹的记录，实在十分荒唐可笑。但我得说：毒虫毒草在这里是并不少的。那些猎户装在小小弩机竹箭上的东西，需要毒药方能将虎射倒的，那些生在路旁的草，可以死人也可以生人。但这些天生的毒物，决不是款待远客而预备的！”

“我的朋友之一，曾说过这不可信的传说，应溯之于历史‘反陷害’谣言那方面去。江充用这方法使一个皇帝杀了一个太子，草蛊的谣言，则在另一时，或发生过不少民族流血的事情。”

“老师，贵友这点意见我以为十分正确，使我极端佩服。不过我们既不是历史专家，说这个不能得到结果吧。我相信蛊毒真实的存在，却是另外一种迷惑，那是不可当的，无救药的。因为据我所知，边界地方女孩子的手臂同声音，对于一个外乡年青人，实在成为一种致命的毒药。”

“总爷，一切的水皆得向海里流去，我们的问题又转到这个上面来了。我不欲向你多所隐瞒，我前日实在遇了一件希奇事情。”这城市中人就为他的朋友，说到在栗林中所见所闻，那个女子在他印象上，占了一个如何位置。他以为极可怪处，并不因为那女子的美丽，却为了那女子的聪明。由于女子的影响，他自己也俨然在那时节智慧了许多，这是他所不能理解的。

他说得那么坦白，说到后来，使那个堡上总爷忍不住他的快乐的笑容。

那时两个人正站到院落中一株梧桐下面，还刚吃完了晚饭不久，一同昂首望到天空。白日西匿，朗月初上，天空青碧无际。稍前一时，以堡后树林作为住处的鹰类同鸦雀，为了招引晚归的同伴，凭了一种本能的集群性，在王杉古堡的高空中，各用身体作一流动小点，聚集了无数羽禽，画了一个极大圆圈，这圆圈向各方推动，到后皆消灭到树林中去了。代替了这密集的流动黑点的，便是贴在太空浅白的星宿。总爷询问他的朋友，是不是还有兴味，同到堡外去走走。

不久他们就出了这古堡，下了斜坡，到平田一角的大路上了。

平田远近皆正开始昆虫的合奏，各处皆有乳白色的薄雾浮动，草积上有人休憩，空气中有一种甜香气息。通过边地大岭的长坂上，有从矿地散场晚归乘了月色赶过大岭的商人，马项下铜铃声音十分清澈。平田尽头有火光一团，火光下尚隐约可听到人语。边界大岭如一条长蛇，背部极黑，岭脚镶了薄雾成银灰色，回过头去，看看那个城堡，月光已把这城堡变了颜色，一面桃灰，一面深紫，背后为一片黑色的森林，衬托出这城堡的庞大轮廓，增加了它的神秘意味，如在梦中或其他一世界始能遇到的境界。

一切皆证明这里黄昏也有黄昏的特色。城市中人把身体安置到这个地方，正如同另一时把灵魂安顿到一片音乐里样子，各物皆极清明而又极模糊，各事皆如存在如不存在，一面走着一面不由得从心中吐出一个轻微叹息。这不又恰恰是城市中人的弱点了吗？总爷已注意到他的朋友了。

“老师，你瞧，这种天气，给我们应是一点什么意义！”

“从一个城市中人见地说来，若我们装成聪明一点，就应当作诗，若我们当真聪明，就应当沉默。”

“是的，是的，老师。你记起我上一次所说那个话，你同意我那种解释了。在这情形下面，文字是糟粕之糟粕。在这情形里口上沉默是必需的，正因为口上沉默，心灵才能欢呼。（他望了一下月光。）不过这时还稍早了一点，等一等，你会听到那些年青喉咙对于这良夜诉出的感谢与因此而起爱悦。若果我们可以坐到前面一点那个草积上去，我们不妨听到二更或三更。在这些歌声所止处，有的是放光的眼睛，柔软的手臂，以及那个同夜一样柔和的心。我们还应当各处走去，因为可以从各种鸟声里，停顿在最悦耳那一个鸟身边。”

“在新鲜的有香味的稻草积上，躺下来看天上四隅抛掷的流星，我梦里曾经过那么一次。”

“老师，快乐是孪生的，你不妨温习一下旧梦。”

两人于是就休息到平田中一个大草积上面，仰面躺下了。深蓝而沉静的天空，嵌了一些稀稀的苍白色星子，覆在头上美丽温柔如一床绣花的被盖，月光照及地方与黑暗相比称，如同巧匠作成的图案。身旁除草虫合奏外，只听到虫类在夜气中振翅，如有无数生了小小翅膀的精灵往来。

那城市中人说：“总爷，恢复了你××人的风格，用你那华丽的语言，为这景色下的传说，给一张美丽图画罢。”

堡上总爷便为他的朋友说了一些××人在月光下所常唱的歌，以及这歌的原来产生传说。那种叙述是值得一听的，叙述的本身同时就是一首诗歌，城市中人听来忘了时间的过去。若不为了远处那点快乐而又健康的男子歌声截断了谈话，两个人一定还不会急于把这谈话结束。

我不问乌巢河有多少长，
我不问萤火虫能放多少光。
你要去你莫骑流星去，

你有热你永远是太阳。

你莫问我将向那儿飞，

天上的岩鹰鸦雀都各有巢归。

既是太阳到时候也应回山后，

你只问月亮："明夜里你来不来？"

这歌声只是一片无量无质滑动在月光中的东西，经过了堡上总爷的解释，城市中人才明白这是黄昏中男女分手时节对唱的歌，才明白那歌词的意义。总爷等候歌声止了以后，又说："老师，你注意一下这歌尾曳长的'些'字，这是跟了神巫各处跑去那个仆人口中唱出的，三十年来歌词还鲜明如画！这是《楚辞》的遗音，足供那些专门研究家去讨论的。这种歌在 ×× 农庄男女看来是一点补剂，因为它可以使人忘了过分的疲倦。"

城市中人则说因了总爷的叙述，使听者实在就忘了疲倦。且说他明白了一种真理，就是从那些吃肉喝酒的都会人口里，只会说出粗俗鄙俚的言语，从成日吃糙米饭的人口中，听出缠绵典雅的歌声，这种巧妙的处置，使他为神而心折。

他们离开草积后，走过了上次城市中人独自来过的栗林，上了长陇，在陇脊平路上慢慢的走着，游目四瞩，大地如在休息，一匹大而飞行迅速的萤火虫，打两人的头上掠过去，城市中人说：

“这个携灯夜行者，那么显得匆忙。”

总爷说：“这不过是一个跑差赶路的萤火虫罢了。你瞧那一边，凤尾草同山栀子那一方面，不是正有许多同我们一样从容盘桓的小火炬吗？它们似乎并不为照自己的路而放光，它们只为得是引导精灵游行。”

两人那么说着笑着，把长陇已走尽了，若再过去，便应向堡后森林走去了。城市中人担心在那些大树下面遇着大蛇，因此请求他的朋友向原来的路走回。他们在栗林前听到平田内有芦管奏曲的声音，两人缓缓的向那个声音所在处走去，到近身时在月光下就看到一个穿了白色衣裤的农庄汉子，翻天仰卧在一个草积上，极高兴的吹他那个由两枝芦竹做成的管，两人不欲惊动这个快乐的人，不欲扫他的兴，就无声无息，站到月光下，听了许久。

月光中露水润湿了一切，那个芦管声音，到半夜后，在月下似乎为露水所湿，向四方飞散而去，也微微沉重一点。

十　神之再现

那个城里来的客人，拥着有干草香味的薄棉被，躺在细麻布帐子里，思索自己当前的地位，觉得来到这个古怪地方，真是一种奇遇。人的生活与观念，一切和大都市不同，又恰恰如此更接近自然。一切是诗，一切如画，一切鲜明凸出，然而看来又如何绝顶荒谬！是真有个神造就这一切，还是这里一群人造就了一个神？本身所在既不是天堂，也不象地狱，倒是一个类乎抽象的境界。我们和某种音乐对面时，常常如同从抽象感到实体的存在，综合兴奋，悦乐，和一点轻微忧郁作成张无形的摇椅，情感或灵魂，就俨然在这张无形椅子上摇荡。目前却从现实中转入迷离。一切不是梦，唯其如此，所得正是与梦无异的迷离。

感官崭新的经验，仿佛正在启发他，教育他。他漫无头绪这样那样的想：

……是谁派定的事？倘若我当真来到这个古怪地方，爱上了一个女孩子，我是留在这里享受荒唐的热情，听这个神之子支配一生，还是把她带走，带她到那个被财富、权势，和都市中的礼貌、道德、成衣人、理发匠，所扭曲的人间去，虐待这半原始的生物肉体与灵魂？

他不由得不笑将起来，因为这种想象散步所走的路似乎远了一点，不能不稍稍回头。一线阳光映在木条子窗格上。远处有人打水摇辘轳，声音伊伊呀呀，犹如一个歌者在那里独唱，又似乎一个妇人在那里唤人。窗前大竹子叶梢上正滴着湿露。他注意转移到这些耳目所及的事实上来了。明白时候不早，他应当起床了。

他打量再去矿山看看，单独去那里和几个厂家谈谈，询问一下事变以前矿区的情形。他想“下地”也不拒绝“上天”。因为他估计栗林中和他谈话那个女孩子应当住在矿区附近，倘若无意中再和那女孩子碰头，他愿意再多知道一点点那女人的身世。这憧憬与其说是恋爱，不如说是好奇。一个科学家的性格是在发掘和发现，从发掘到发现过程中就包含了价值的意义。他好象原谅了他自己，认为这种对于一个生物的灵魂发掘，原是一点无邪的私心。

起床后有个脸庞红红的青年小伙子给他提了一桶温水，侍候他洗脸。到后又把早饭拿来，请他用饭。不见主人。问问那小伙子，才知道天毛毛亮时已出发，过长岭办事去了，过午方能回来。城里来客见那侍候他的小伙子，为人乐观而欢喜说话，就和那小伙子谈天。问他乡下什么是顶有趣的东西，他会些什么玩意儿。小伙子只是笑。到不能不开口时，却说他会唱点歌逗引女子，也会装套捕捉山猫和放臭屁的黄鼬鼠。他进过两次城，还在城中看过一次戏，演的是武松打虎。又说二三月里乡下也有戏，有时从远处请人来唱，有时本地人自己扮演，矿上卖荞麦面的老板扮秦琼，寨子里一个农户扮尉迟恭，他伏在地下扮秦琼卖马时那匹黄骠马。十冬腊月还愿时也有戏，巫师起腔大家和声，常常整晚整夜唱，到天亮前才休息。且杀猪宰羊，把羊肉放在露天大锅里白煮，末了大家就割肉蘸盐水下酒，把肉吃光，把羊头羊尾送给巫师。……

城市里的来客很满意这个新伙伴，问他可不可以陪过矿场去走走。小伙子说总爷原是要他陪客人的。

两人过矿场去时，从堡后绕了一点山路走去。从松林里过身，到处有小毛兔乱窜。长尾山雉谷谷的在林中叫着。树林同新洗过后一样清爽。

小伙子一路走一路对草木人事表示他的意见，用双关语气唱歌给城里客人听，一首歌俨然可得到两首歌的效果。

小伙子又很高兴的告给客人，今年满十五岁，过五年才能够讨媳妇。媳妇倒早已看妥了，就是寨子里那个扮尉迟恭黑脸农户的女儿。女的今年也十五岁，全寨子里五十六个女孩子，唯她辫子黑，眼睛亮，织麻最快，歌声最柔软。到成家时堡上总爷会送他一只母黄牛，四只小猪，一套做田的用具，以便独立门户。因为他无父无母，尉迟恭意思倒要他招赘，他可不干。他将来还想开油坊。开油坊在乡下是大事业，如同城里人立志要做督抚兵备道，所以说到这里时，说的笑了，听的也笑了。

城里人说："凡事有心总会办好。"

小伙子说："一个是木头，一个是竹子，你有心，他无心，可不容易办好。"

"别说竹子，竹子不是还可以作箫吗？"

“尉迟恭是个什么样的人你可不知道。”

山脚下一个小牧童伏在一只大而黑的水牯牛背上唱歌，声音懒懒的。小伙子打趣那牧童，接口唱道：

你歌没有我歌多，

我歌共有三只牛毛多，

唱了三年六个月，

（唱多少？）

刚刚唱完我那白水牛一只牛耳朵！

小牧童认识那小伙子，便呼啸着，取笑小伙子说：“你是黄骠马，不是白毛牛。”

小伙子快快乐乐的回答说：“我不是白毛牛，过三年我就要请你看我那只水牯牛了。我不许你吃牛屎，不许牛吃李子。”

小牧童笑着说：“担短扁担进城，你撇你自己。”吼着牛走下水田去了。

城里客人问：“不许牛吃李子是什么意思？”

小伙子只是笑。过了一会却说：“太上老君姓李，天地间从无牛吃主人儿子的道理。”

到得矿场山脚下那条小街上时，只见许多妇女们坐在门前捶石头敲荒砂，各处是钉钉铛铛声音。且有矿工当街拉风箱，烧淬钢钻头。（这些钻头照例每天都得烧淬一次。）前几天有人在被焚烧过的空地上砍木头建造新屋，几天来已完功了。一切都显得有一种生气，但同时使城里人看来也不可免发生一点感慨。因为朱砂水银已从二千年前方士手中转入现代科学家手中，延寿，辟邪，种种用途也转变作精细仪器作猛烈炸药，不料从地下石头里采取这个东西的人，使用的工具和方法，以及生活的情况，竟完全和两千年前的工人差不多。

看过矿山，天气很好。城里客人想，总爷一时不会回来，不如各处走走。就问那随身小伙子，附近还有什么地方，譬如大庙，大洞穴，可带他去看看。小伙子说这地方几个庙都玩过了，只有岭上还有几个石头砌的庙，不过距离远，来回要大半天。要去最好骑马去，山洞倒不少，大一点有意思一点的也在岭上，来回十多里路，同样得骑马去。洞穴里说不定有豹子，因为山上这些洞穴，照例不是有人住就是有野兽住，去时带一支枪方便些。

小伙子想了一阵，问城里客人愿不愿看水井。井在矿山西头，水从平地沙里涌出，长年不冻不干，很有意思。于是他们到水泉边去看水井。

两人到得井边时，才知道原来水源不小。接连三个红石砌就的方井，一个比一个大，最小的不过方桌大，最大的已大到对径两丈左右。透明的水从白沙里向上泛，流出去成一道小溪。（这溪水就是环绕总爷堡寨那个小溪！）井边放了七八个大木桶，桶上盖着草垫，一个老头子不断的浇水到桶中去，问问才知道是做豆芽菜，因为水性极好，豆芽菜生长得特别肥嫩。溪岸两旁和井栏同样是用本地产大红石条子砌就的。临水有十来株大柳树，叶子泛黄了，细狭的叶子落满溪上，在阳光下如同漂浮无数小鱼。柳树下正蹲了十多个年青妇女，头包青绸首帕，带着大银耳环，一面洗衣洗菜一面谈笑。一切光景都不坏。

妇女们中有些前几天在矿区小街上见过他，知道是城里来的"委员"，就互相轻轻的谈说，且把一双一双黑光光的眼睛对来人瞅着。他却别有用意，想在若干宝石中捡出一颗宝石。几个年纪轻的女子，好象知道他的心事，见他眼睛在众人中搜寻那面善的人，没有见到，就相互低声笑语。城里客人看看情形不大妥，心想，这不成，自己单独一人，对面倒是一大群，谈话或唱歌，都不是敌手，还是早早走开好。一离开那井泉边，几个年事极青的女子就唱起歌来了。小伙子听这歌声后，忍笑不住。

“她们唱什么？”

“她们歌唱得很好。井边杨柳多画眉鸟也多。”

城里客人要小伙子解释一下，他推说他听不懂唱的是什么歌。

井边女子的歌原来就是堡上总爷前不久告给他那个当地传说上的情歌。那歌辞是——

笼中畜养的鸟它飞不远，
家中生长的人可不容易寻见。
我若是有爱情交把女子的人，
纵半夜三更也得敲她的门。

城里客人知道这歌有取笑他的意思，就要小伙子唱个歌回答她们。小伙子不肯开口，因为知道人多口多，双拳难敌四手，还是走路好。可是那边又唱了一个歌，有点取笑小伙子意思。小伙子喉咙痒痒的，走到一株大樟树下坐着，放喉咙唱了一个歌：

水源头豆芽菜又白又多，
全靠挤着让井水来浇灌，
受了热就会瘦瘪瘪，
看外表倒比一切菜好看。

所说的虽是豆芽菜，意思却在讽刺女人。女的回答依然是一支旧歌，箭是对小伙子而发的。

跟随凤凰飞的小乌鸦，你上来，你上来，
让我问问你这件事情的黑白。
别人的事情你不能忘，不能忘，
你自己的女人究竟在什么地方？

小伙子笑着说：“她笑起我来了，再来一回吧。”他于是又唱了一个，把女的比作画眉鸟，只能在柳树下唱歌，一到冬天来，就什么也不成了。女的听过后又回答了一个，依然引用传说上的旧歌。

小伙子从结尾上知道这里有“歌师傅”，不敢再接声下去，向城里客人说：“好汉不吃眼前亏，我战不过她们。”

两个人于是向堡垒走去，翻过小山时，水泉边歌声还在耳边。两人坐在一株针叶松树下听歌，字句不甚清楚，腔调却异常优美。城里客人心想：“这种骂人笑人，哪能使人生气？”又问小伙子跑开不敢接口回唱的理由，才知道这地方有个习惯，每年谁最会唱歌，谁最会引用旧歌，就可得到歌师傅的称呼。他听出了先前唱歌的声音正是今年歌师傅的声音，所以甘愿投降。末了却笑着说：“罩鱼得用大鸡笼，唱歌还让歌师傅，不走不成！”

回转堡中，两人又爬上那碉楼玩了一会儿，谈论当地唱歌的体裁，城里客人才从小伙子方面知道这里有三种常用的歌，一种是七字四句头或五句一转头的，看牛、砍柴、割猪草小孩子随意乱唱。一种骈偶体有双关意思或引古语古事的，给成年男女表示爱慕时唱。一种字少音长的，在颂神致哀情形下唱。第一种要敏捷，第二种要热情，第三种要好喉咙。

将近日午时，远远的听得马项下串铃响，小伙子说是总爷的马串铃声。两人到堡下溪边去看，总爷果然回来了。

总爷一见他的朋友，就跳下马表示歉意。“老师，对不起你，我有事，大清早就出了门。你到不到那边去了？”总爷说时把马鞭梢向矿山方面指指，指的恰好是矿山前水源头那个方向！

城里客人想起刚才唱歌事情，脸上不免有点发烧。向总爷说：“你们这地方会唱歌的雀鸟可真多！”

总爷明白朋友意思指的是什么，笑着说道：“蜂子有刺才会酿蜜，神把这两样东西放在一块也有它的用意。不过，老师，有刺的不一定用它螯人，吃蜜的也不会怕刺，——你别心虚！”

“我倒并不存心取什么蜜。”

“那就更用不着心虚了。我们这小地方一切中毒都有解药，至于一个女孩的事情那又当别论。不过还是有办法，蛇咬人有蛇医，歌声中毒时可用歌声消解。”

总爷看看话也许说玄远了一点，与当前事实不合，又转口说："老师，你想看热闹吗？今晚上你不怕远，我们骑了马走五里路，往黄狗冲一个庄子上去看还愿去。我刚从那边过身，那里人还邀我吃饭，我告他们有客，道谢了。你高兴晚半天我陪你去看看。"

城里客人说："我来到这里，除了场上那个流血决斗，什么都高兴看！"

晚饭后两人果然就骑了马过黄狗冲，到得庄子前面大松树下时，已快黄昏。只见庄前一片田坪里，打扫得干干净净，许多人正在安排敬神仪式的场面：有人用白灰画地界，出五方八格；有人缚扎竹竿，竖立拱形竹门；有人安斗，斗中装满五谷；有人劈油柴缚大火燎。另外一方面还有人露天烧了大锅沸水，刮除供祭品用的猪羊毛，把收拾好了的猪羊挂在梯子上，开膛破腹，掏取内脏。大家都为这仪式准备而忙碌着。一个中年巫师和两个助手，头上裹缠红巾，也来回忙着。庄主人是个小地主，穿上月蓝色家机布大衫，青宁绸短褂，在场指挥。许多小孩子和妇人都在近旁谈笑。附近大稻草堆积上，到处都有人。另外还有好几条狗，也光着眼睛很专心似的蹲在大路上看热闹。

预备的原来是一种谢土仪式。等待一切铺排停当时，已将近戌刻了。那时节从总爷堡寨里和矿山上邀约来的和歌帮手，也都换了新浆洗过的裤褂，来到场上了。场中火燎全点燃时，忽然显得场面庄严起来。

巫师换上了鲜红如血的缎袍，穿上青绒鞋，拿一把铜剑，一个牛角，一件用杂色缯帛作成的法物，（每一条彩帛代表一个人名，凡拜寄这个神之子作义父的孩子，都献上那么一条彩帛，可望延寿多祐。）助手擂鼓鸣金，放了三个土炮，巫师就全幅披挂的上了场。起始吹角，吹动那个呼风唤雨召鬼乐神的镂花牛角，声音凄厉而激扬，散播原野，上通天庭。用一种缓慢而严肃的姿势，向斗坛跪拜舞蹈。且用一种低郁的歌声，应和雄壮的金鼓声，且舞且唱。

第一段表演仪式的起始，准备迎神从天下降，享受地上人旨酒美食，以及人民对神表示敬意的种种娱乐。大约经过一点钟久，方告完毕。法事中用牛角作主要乐器，因为角声不特是向神呼号，同时事实上还招邀了远近村庄男女老幼约三百人，前来参加这个盛会！

法事完毕时主人请巫师到预定座位上去休息。参加的观众越来越多，人语转嘈杂，在较黑暗地方到处是青年女子的首帕，放光的眼睛，和清朗的笑语声。王杉堡的主人和城里来客，其时也已经把马匹交给随从，坐在田坪一角，成为上宾，喝着主人献上的蜜糖茶了。城里客人觉得已被他朋友引导到了一个极端荒唐的梦境里，所以对当前一切都发生兴味。就一切铺排看来，准知道这仪式将越来越有意思，所以兴致很好的等待下去。

第二趟法事是迎神，由两个巫师助手表演。诸神既从各方面前来参加，所以两个助手各换上一件短短绣花衣服，象征天空云彩，在场中用各种轻便优美姿势前后翻着斤斗，表示神之前进时五彩祥云的流动。一面引喉唱歌娱神，且提出种种神名。（多数是历史上的英雄贤士，每提出一个名字时，场坪四隅和声的必用欢呼表示敬意。）又唱出各种灵山胜境的名称，且颂扬它的好处，然而归结却以为一切好处都不及当地人对神的亲洽和敬爱，乘好天良夜来这里人神同悦更有意思。歌辞虽不及《楚辞》温雅，情绪却同样缠绵。乐器已换上小铜钹和小小鼗鼓，音调欢悦中微带凄凉。慢慢的，男女诸神各已就位，第二趟法事在一曲短短和声歌后就结束了。

休息一阵，坛上坪中各种蜡烛火燎全着了火，接连而来是一场庄严的法事。献牲，奠酒，上表。大巫师和两个助手着上华丽法服，手执法宝，用各种姿势舞蹈。主人如架上牺牲一样，覆在巫师身后，背负尊严的黄表。场中光明如昼。观众静默无声。到后巫师把黄表取上，唱完表中颂歌，用火把它焚化。

上表法事完毕，休息期间较长。时间已过子夜，月白风清，良夜迢迢。主人命四个壮实男子，抬来两大缸甜米酒来到场坪中，请在场众人解渴。吃过甜米酒后，人人兴致转豪，精神奋发。因为知道上表法事过后，接着就是娱神场面，仪式由庄严转入轻快，轻快中还不缺少诙谐成分。前三趟法事都是独唱间舞蹈，这一次却应当是戏剧式的对白。由巫师两个助手和五个老少庄稼汉子组成，在神前表演。意义虽是娱神，但神在当前地位，已恰如一贵宾，一有年龄的亲长，来此与民同乐。真正的对象反而由神转到三百以上的观众方面。

这种娱神戏剧第一段表演爱情喜剧，剧情是老丈人和女婿赌博，定下口头契约，来赌输赢。若丈人输了，嫁女儿时给一公牛一母牛作妆奁；若女婿输了，招赘到丈人家，不许即刻成亲，得自己铸犁头耕完一个山，种一山油桐，四十八根树木，等到油桐结子大树成荫时，就砍下树木做成一只船，再提了油瓶去油船，船油好了，一切要用的东西都由女婿努力办完备了，老丈人才笑嘻嘻的坐了船顺流而下，预备到桃源洞去访仙人，求延年益寿之方。到得桃源洞时，见所有仙人都皱着双眉，大不快乐。询问是何因缘，才知道事情原来相同，仙人也因为想作女婿，给老丈人派了许多办不了的事，一搁下来就是大几千年！这表演扮女儿的不必出场，可是扮女婿的却照例是当真想作女婿，事被老丈人耽搁下来的青年男子。

第二段表演小歌剧，由预先约定的三对青年男女参加，男的异口同声唱情歌，对女子表示爱慕，致献殷勤，女的也同样逃避，拒绝，而又想方设法接近这男子，诱引男子，使男的不至于完全绝望。到后三个男子在各种不同机会下不幸都死掉了。（一个是水中救人死掉的，一个是仗义复仇死掉的，一个是因病死掉的。）女子就轮流各用种种比喻唱出心上的忏悔和爱情，解释自己种种可原谅处，希望死者重生，希望死者的爱在另外一方面重生。

第三段表演的是战争故事，把战士所有勇气都归之于神的赐予，但所谓神也就恰恰是自己。战争的对方是愚蠢、自私，和贪得，与人情相违反的贪得。结果对方当然失败灭亡。

三个插曲完毕后，巫师重新穿上大红法服，上场献牲献酒，为主人和观众向神祈福。用白米糍粑象征银子，小米糍粑象征金子，分给所有在场者。众人齐唱“金满仓，银满仓，尽地力，繁牛羊”颂祝主人。送神时，巫师亢声高唱送神曲，众人齐声相和。

歌声止了，火燎半熄，月亮已沉，冷露下降。荒草中寒蛩齐鸣，正如同在努力缀系先前一时业已消失的歌声，重组一部清音复奏，准备遣送归客。蓝空中嵌上大而光芒有角的星子。美丽流星却曳着长长的悦目线路，消失在天末。场坪中人语杂乱，小孩子骤然发觉失去了保护人，锐声呼喊起来。观众四散，陆续还家，远近大路上、田塍上，到处有笑语声。堡中雄鸡已作第三次啼唤，人人都知道，过不久，就会天明了。

总爷见法事完毕，不欲惊动主人，就拉他的朋友离开了田坪，向返回王杉堡大路走去。一面走一面问城里客人是不是累了一点。

两人走到那大松树下后，跟来的人已把两匹马牵到，请两人上马，且燃了两个长大火炬，预备还家。总爷说：“骑马不用火炬，吹熄了它，别让天上星子笑人！”城里来客却提议不用骑马，还是点上火把走路有意思些。总爷自然对这件事同意。火把依旧燃着，爆炸着，在两人前后映照着。两人一面走一面谈话。

城里的客人耳朵边尚嗡嗡咿咿的响着平田中的鼓声和歌声。总爷似乎知道他的朋友情感还迷失在先前一时光景里，就向他说：

“老师，你对于这种简单朴实的仪式，有何意见？让我听听。”

城里客人说：“我觉得太美丽了。”

“美丽也有许多种，即便是同样那一种，你和我看来也就大大不同。药要蜜炙，病要艾（爱）炙；这事是什么一种美？此外还有什么印象？”

城里的客人很兴奋的说：

“你前天和我说神在你们这里是不可少的，我不无怀疑，现在可明白了。我自以为是个新人，一个尊重理性反抗迷信的人，平时厌恶和尚，轻视庙宇，把这两件东西外加上一群到庙宇对偶像许愿的角色，总拢来以为简直是一出恶劣不堪的戏文。在哲学观念上，我认为‘神’之一字在人生方面虽有它的意义，但它已成历史的，已给都市文明弄下流，不必需存在，不能够存在了。在都市里它竟可说是虚伪的象征，保护人类的愚昧，遮饰人类的残忍，更从而增加人类的丑恶。但看看刚才的仪式，我才明白神之存在，依然如故。不过它的庄严和美丽，是需要某种条件的，这条件就是人生情感的素朴，观念的单纯，以及环境的牧歌性。神仰赖这种条件方能产生，方能增加人生的美丽。缺少了这些条件，神就灭亡。我刚才看到的并不是什么敬神谢神，完全是一出好戏，一出不可形容不可描绘的好戏。是诗和戏剧音乐的源泉，也是它的本身。声音颜色光影的交错，织就一片云锦，神就存在于全体。在那光影中我俨然见到了你们那个神。我心想，这是一种如何奇迹！我现在才明白你口中不离神的理由。你有理由。我现在才明白为什么二千年前中国会产生一个屈原，写出那么一些美丽神奇的诗歌，原来他不过是一个来到这地方的风景纪录人罢了。屈原虽死了两千年，《九歌》的本事还依然如故。若有人好事，我相信还可从这口古井中，汲取新鲜透明的泉水！”

总爷听着城里客人的一番议论，正如同新征服一个异邦人，接受那坦白的自供，很快乐的笑着。

“你一定不再反对我们这种对于神的迷信了。因为这并不是迷信！以为神能够左右人，且接受人的贿赂和谄谀，因之向神祈请不可能的福佑，与不可免的灾患，这只是都市中人愚夫愚妇才有的事。神在我们完全是另一种观念，上次我就说过了。我们并不向神有何苛求，不过把已得到的——非人力而得到的，当它作神的赐予，对这赐予作一种感谢或崇拜表示。今夜的仪式，就是感谢或崇拜表示之一种。至于这仪式产生戏剧的效果，或竟当真如你外路人所说，完全是戏，那也极自然。不过你说的神的灭亡，我倒想重复引申一下我的意见，我以为这是过虑。神不会灭亡。我们在城市向和尚找神性，虽然失望，可是到一个科学研究室里去，面对着那由人类耐心和秩序产生的庄严工作，我以为多少总可以发生一点神的意念。只是那方面旧有的诗和戏剧的情绪，恐怕难于并存罢了。”

“总爷，你以为那是神吗？”

“我以为‘神’之一字我们如果还想望把它保存下去，认为值得保存下去，当然那些地方是和神性最接近的。神的对面原是所谓人类的宗教情绪，人类若能把‘科学’当成宗教情绪的尾闾，长足进步是必然的。不幸之至却是人类选上了‘政治’寄托他们的宗教情绪，即在征服自然努力中，也为的是找寻原料完成政治上所信仰的胜利！因此有革命，继续战争和屠杀，他的代价是人命和物力不可衡量的损失，它的所得是自私与愚昧的扩张，是复古，政体也由民主式的自由竞争而恢复专制垄断。这不幸假若还必需找个负责者，我认为目前一般人认为伟大人物都应当负一点责。因为这些人思索一切，反抗一切，却不敢思索这个问题，也不敢反抗这个现象。”

城里客人说：“真是的！目前的人崇拜政治上的伟人，不过是偶像崇拜情绪之转变。”

总爷说：“这种崇拜当然也有好处，因为在人方面建造神性，它可以推陈出新，修正一切制度的谬误和习惯的惰性，对一个民族而言未尝不是好事。但它最大限度也必然终止于民族主义，再向前就不可能。所以谈世界大同，一句空话。原因是征服自然的应分得到的崇敬，给世界上野心家全抢去了。挽救它唯一办法是哲学之再造，引导人类观念转移。若求永生，应了解自然和征服自然，不是征服另一种族或消灭另一种族。”

一颗流星在眼前划空而下，消失在虚无里。城里客人说：“总爷你说的话我完全同意！可是还是让我们在比较近一点的天地内看看罢。改造人类观念的事正如改造银河系统，大不容易！”

王杉堡的主人知道他朋友的意思，转移了他口气：

“老师，慢慢的来！你看过了我们这里的还愿，人和自然的默契。过些日子还可上山去看打大虫，到时将告给你另外一件事，就是人和兽的争斗。你在城市里看惯了河南人玩狗熊，弄猴子，不妨来看看这里人和兽在山中情景。没有诗，不是画，倒还壮丽！”

照习惯下大围得在十月以后，因此总爷邀请他的朋友在乡下多住些日子，等待猎虎时上山去看看，且允许向猎户把那虎皮购来，赠给他朋友作为纪念。

因为露水太重，且常有长蛇横路，总爷明白这两件东西对于他的朋友都不大受用，劝他上了马。两人将入堡寨时，天忽转黑，将近天明那一阵黑。等到回归住处，盥洗一过，重新躺进那细麻布帐子里闭上眼睛时，天已大明了。

城里的客人心里迷迷胡胡，似乎先前一时歌声火燎都异样鲜明的留在印象上，弄不分明这一夜看到的究竟是敬神还是演戏。

他想，怎不见栗林中那女孩子？他有点希奇。他又想，天上星子移动虽极快，一秒钟跑十里或五十里，但距离我们这个人住的世界实在太远，所以我们要寻找它时，倒容易发现。人和人相处太近，虽不移动也多间阻，一堵墙或一个山就隔开了，所以一切碰头都近于偶然，不可把握的偶然。……

他嘴角酿着微笑，被过度疲倦所征服，睡着了。

（留）

此集第一至第九章完成于一九三二年，

第十章作于一九三七年

楚尘
文化
Chu Chen

北京楚尘文化传媒有限公司 出品

鳳凰集

沈从文别集

沈从文 著

中信出版集团 | 北京

再版序

上个世纪五十年代，不少喜爱文学的读者迷上了契诃夫，这跟平明出版社接连推出27册汝龙翻译的《契诃夫小说选集》直接有关。

那时我家至少有三个契诃夫迷：做文学编辑的母亲、哥哥和我。谈论哪篇小说怎么怎么好，是不倦的话题。已经退出文坛改了行的父亲不参与，只有时微笑着对外人说："家里有三个契诃夫的群众。"

汝龙译的这套选集可贵之处，首先在于对作品的精选；第二是选进一些契诃夫的书信、札记，别人对他的回忆、评论等，分编到不同集子里，这些文字拉近了读者和作者的距离，是汝龙先生锦上添花的贡献。

到1992年编选《沈从文别集》的时候，我们自然想

到从平明版《契诃夫小说选集》取法。这也是父亲的愿望，尽管他不参与“契诃夫群众”的热情讨论，汝龙这套译本的长处他胸中有数。

我问过父亲汝龙为什么常赠送新书，他只简单说：“是朋友。”

母亲的补充才说清楚：“他翻译的那套英文契诃夫小说是我送的。”

据我充和四姨回忆，1932年暑假，一个“说是由青岛来的，姓沈，来看张兆和的”羞涩客人，初次登苏州张家门，带的一大包礼物“全是英译精装本的俄国小说”。加尼特夫人的一套英译《契诃夫小说集》就在其中。

不懂外文的沈从文怎么买洋书？四姨说那是过上海时托巴金选购的。

父亲曾希望母亲朝文学翻译方面发展，送这样礼物包含着鼓励。愿望虽然没实现，礼物却终于转到最合适的人手里，促成被誉为契诃夫小说“最佳译本”的产生。朋友的成就四十年后启发着《沈从文别集》的编选工作。

当本书再版之际，我们感谢与它有缘分的几位文学前辈，也要感谢为我们想出《沈从文别集》总书名的汪曾祺先生。

沈虎雏

总序

从文生前，曾有过这样愿望，想把自己的作品好好选一下，印一套袖珍本小册子。不在于如何精美漂亮，不在于如何豪华考究，只要字迹清楚，款式朴素大方，看起来舒服。本子小，便于收藏携带，尤其便于翻阅。八十年代初，有一家书店曾来联系过，也曾请人编了一套，交付出去。可是，落空了，未能实现。我一直认为是一件憾事。

现在湖南岳麓书社要为从文出书，我同虎雏商量，请吉首大学沈从文研究室合作，编选这么一套。这套选本和以前选法编法不同。我们在每本小册子前面，增加一些过去旧作以外的文字。有杂感，有日记，有检查，有未完成的作品，主要是书信——都是近年搜集整理出

来的，大部分未发表过。不管怎样，这些篇章，或反映作者当时对社会、对文艺创作、对文史研究……的一些看法，或反映作者当时的处境，以及内心矛盾哀乐苦闷，把它们发表出来，容或有助于读者从较宽的角度对他的作品、对他的为人以及对当时的环境背景有进一步了解。

出这套书，当然，同时也了却死者和生者的一点心愿。

张兆和

一九九一年十一月二十九日

目 录

沈从文晚年的两篇短文

凤凰观景山[1]

我不懂艺术，又不会作画，可是从小生长在湘西苗区一个小小山城中，周围数十里全是山重山，只临到城边时，西边一点才有一坝平田出现，城东南还是群峰罗列。一年四季随同节令的变换，山上草木岩石也不断变换颜色，形成不同画面，浸入我的印象中，留下种种不同的记忆，六七十年后，还极其鲜明动人，即或乐意忘记也总是忘不了。特别是靠城东南边那个观景山，因为山上原本是个山砦，下边有座本地人迷信集中的天王庙，山砦实际控制着全县城，上面原住了一排属于辰沅永靖

[1] 这是沈从文一篇未完成的遗作，估计写于1982年或1983年春。

兵备道的绿营战兵。站在山砦石头垒成的碉楼上，远望西边可及平田尽头的雷草坡一带，远处山坡动静，和那些二百年前设立在近郊远近山头的碉堡安危情况，近则城北大河，及对河苗乡一切，也遥遥在望。城南地势逐渐上升，约二里后直达一个山口，设有重兵把守，名叫“茶叶坡”。我还记得我极小时，听父亲说过，祖父沈毛狗和叔祖父，从七十里出朱砂的大峒岔逃荒到县城时，已及黄昏，走长路太累，坐在关前歇歇，觉得极冷，用手摸摸，才明白路旁全是人头，比我在辛亥前夕所见，显然更多百十倍。不到三千户人家的小山城，一个兵备道管辖下，就有三千多战守兵设防，主要作用就是杀造反的人！

观景山在我作顽童时代，看来已失去了它的作用，但是照旧还设立有几户守兵，专管晚上全城治安，有老兵轮流在上面打更司柝。城里照习惯，每街都设有栅栏门，到二更后就断绝行人。由本街居民出钱，雇有专人打更守夜。换班换点，多凭山上的更点作准，才不至于误时。或城中某街失火走水[1]，山上守兵就擂梆子告警。

[1] 走水也是失火意。

一切还保留百年前一点旧制度、旧习惯，让人体会到这地方在前一世纪原本是个大军营。定下许多维持治安的办法，直到辛亥以后才取消。

这个观景山近城一面被一片树木包围着，上面有大几百株三四人才能合抱的皂角木、枫香树、香楠树及灯笼花古树，树高可能达二十余丈，各自亭亭上耸天半。有落叶乔木，也有四季常青的乔木。初春发荣时，树干必先湿湿的，随后树上才各自呈现各种不同程度的嫩绿色，或白茸茸一片灰芽，多竞秀争荣，且常常在树上就分出等级来。再不多久，能开花的就依次开花，使得小山城满城都浸在一种香气馥郁中。

先是冬晴天气中，每个人家两侧上耸高墙和屋脊上[1]，必有成群结伙的八哥鸟，自得其乐的在上面歌唱聒吵，有时还会摹仿各种其他雀鸟的鸣声。到春天来时，即转向郊外平田飞去，跟着犁田的水牛身后吃蚯蚓，或停在耕牛背上或额角间休息。人家屋脊上已换了郭公鸟，天明不久就孤独地郭公郭公叫个不停。后来才知道是古

---

[1] 凤凰民房的山墙多高过屋顶和屋脊，起防火作用，称风火墙。

书上的“戴胜”。春雷响后，春雨来时，郭公也不见了。观景山则已成一片不同绿色，作成丰丰茸茸的大画屏。有千百鸣声清脆的野画眉，在春光中巧转舌头。随后是鸣声高亢急促，尖锐悲哀的杜鹃，日夜间歇不停的××[1]，尤其是在春雨连绵的深夜里，这种有情怪鸟鸣声特别动人。住在城中半夜里，唯一可听到远处杜鹃凄惨的叫声，时间可延长到夏初。早上则住城内的最多是燕子，由衔泥砌窠到生子“告翅”，呢呢喃喃迎来了春夏。

至于出城，山上鸟雀之多可就无从计数了。我的故乡是出锦鸡的地方，一身毛色奇美，叫声××[2]。

大型鸟类，则数一身明黄的青鸟，在寂静中一声“勾嘟亢当”，极容易引人到一种梦境清寂中去。各种啄木鸟声，于夏初树林中，也是一种有趣的声音。这类鸟虽不会叫，形状却十分别致，总是用两只爪子抓定面前树干。许多人家都畜养在笼中，供孩子们取乐。直到抗战时期，每只市价还不过一元中央票。（山上）还多“金

---

[1] 作者未想好恰当的拟音字，整理时未便擅作填补。

[2] 作者未想好恰当的拟音字，整理时未便擅作填补。

不换”鸟，比锦鸡小些，也宜于笼养。最善反复自呼其名，[1] 有的能延续到三十次以上，才乐意休息。

我倒欢喜那些不受豢养的鸟类，如夏天傍晚时在田禾深处咕咕咕咕直啼唤的秧鸡，全身乌黑，行动飞快，声音虽极单纯，调子可极特别，若当大白天则一声不响。大白天多的是竹林中的画眉鸟，或锐声长呼“婆婆酒醉”，“婆婆酒醉归”，等到人逼近时，才一哄飞散，可是在另外竹林中，又复重新放歌。这种画眉本地人或叫竹雀，或叫洋画眉。

另外还有种土鹦哥，形象极不美观，一身毛色也只灰扑扑的，且显得野性习惯，顽劣无以复加。乡下人设套捉来时，放竹笼中，初初不吃不喝，拒绝饮食，且必碰笼，直到头部茸毛脱尽仍不屈服。可是懂它的脾气的乡下人，总尽它生气，碰得个毛血淋漓精疲力尽，又渴又饥时，才再给它一点水喝，和米头子吃。过十天半月，就慢慢的转变了。平时声音还是哑嘶嘶的，且极单纯，再过一阵，你才会发现它的聪明天赋。特别是善于摹仿

[1] 这种鸟鸣叫声像“金不换，金不换”，故得此名。

别的鸟声，以至于猫儿声音、小孩子哭声，远比真正红嘴绿色鹦哥或八哥还伶俐懂事，领会别的生物声音能力还强，学来更逼真。一到和人表示亲善后，就特别亲人。本城里多的是军人，在镇道两衙署当公差的军人，真正公事并不多，却善于栽花养鸟。我还记得和我近邻那个滕老四，家中养得有八哥和土鹦哥，滕老四上街时，经常就提了个竹丝鸟笼，那只土鹦哥却在他肩头上站立，有时又远远飞去，等待主人。

（根据两种初稿　1992 年沈虎雏整理）

自我评述

我出生在湖南西部边远地区一个汉苗杂处的小小山城。小时因顽劣爱逃学，小学刚毕业，就被送到土著军队中当兵，在一条沅水和它的支流各城镇游荡了五年。那时正是中国最黑暗的军阀当权时代，我同士兵、农民、小手工业者以及其他形形色色社会底层人们生活在一起，亲身体会到他们悲惨的生活，亲眼看到军队砍下无辜苗民和农民的人头无数，过了五年不易设想的痛苦怕人生活，认识了中国一小角隅的好坏人事。"五四"运动余波到达湘西，我受到新书报影响，苦苦思索了四天，决心要自己掌握命运。一九二三年毅然离开湘西，只身来到完全陌生的北京，从此就如我在《从文自传》中所说，进到一个永远无从毕业的学校，来学习那课永远学不尽的“人生”了。

我人来到城市五六十年，始终还是个乡下人，不习惯城市生活，苦苦怀念我家乡那条沅水和水边的人们，我感情同他们不可分。虽然也写都市生活，写城市各阶层人，但对我自己作品，我比较喜爱的还是那些描写我家乡水边人的哀乐故事。因此我被称为乡土作家。

写于一九八六年

在私塾

君，你能明白逃学是怎样一种趣味么？

说不能，那是你小时的学校办得太好了。但这也许是你不会玩。一个人不会玩他当然不必逃学。

我是在八岁上学以后，学会逃学起，一直到快从小学毕业，顶精于逃学，为那长辈所称为败家子的那种人，镇天到山上去玩的。

在新式的小学中，我们固然可以随便到操场去玩着各样我们高兴的游戏，但那铃，在监学手上，喊着闹着就比如监学自己大声喝吓，会扫我们玩耍的兴致。且一到讲堂，遇到不快意功课，那还要人受！听不快意的功课，坐到顶后排，或是近有柱子门枋边旁，不为老师目光所瞩的较幽僻地方，一面装做听讲，一面把书举起掩脸打着盹，把精神蓄养复元，回头到下课时好又去大闹，君，这是一个不算最坏的方法。照例学校有些课目应感谢那研究儿童教育的学者，编成的书又真能使我们很容易瞌睡，如象地理，历史，默经等。不过我们的教员，照例教这些功课的人，是把所有教音乐、图画的教员没有的严厉，占归为自己所有。又都象有天意这些人是选派下来继续旧日塾师的威风，特别凶。所有新定的处罚，也象特为这几门功课预备。不逃学，怎么办？在旧式塾中，逃学挨打，不逃也挨打。逃学必在发现以后才挨打，不逃学，则每天有一打以上机会使先生的戒尺敲到头上来。君，请你比较下，是逃好还是不逃好？并且学校以外有戏看，有澡洗，有鱼可以钓，有船可以划，若是不怕腿痛还可以到十里八里以外去赶场，有狗肉可以饱吃。君，你想想。在新式学校中，则逃学纵知道也不过记一次过，以一次空头的过，既可以免去上无聊功课的麻烦，又能得恣意娱乐的实惠，谁都高兴逃学！

到新的小学中去读书，拿来同在外游荡打比，倒还是逃学为合算点，说在私塾中能呆下去，真信不得！在私塾中这人不逃学，老实规矩的念书，日诵《幼学琼林》两页半，温习字课十六个生字，写影本两张，这人是有病，不能玩，才如此让先生折磨。若这人又并无病，那就是呆子。呆子固不必天生，父亲先生也可以用一些谎话，去注入到小孩脑中，使他在应当玩的年龄，便日思成圣成贤，这人虽身无疾病，全身的血却已中毒了。虽有坏的先生坏的父母因为想儿子成病态的社会上名人，不惜用威迫利诱治他的儿子，这儿子，还能心野不服管束，想方设法离开这势力，顾自走到外边去浪荡，这小孩的心，当是顶健全的心！一个十三岁以内的人，能到各处想方设法玩他所欢喜的玩，对于人生知识全不措意，只知发展自己的天真，对于一些无关实际大人生活事业上所谓建设、创造全不在乎，去认识他所引为大趣味的事业，这是正所以培养这小子！往常的人没有理解到这事，越见小孩心野越加严，学塾家庭越严则小孩越觉得要玩。一个好的孩子，说他全从严厉反面得的影响而有所造就，也未尝不可。

也不要人教，天然会，是我的逃学本能。单从我爱逃学上着想，我就觉得现行教育制度应当改革地方就很多了。为了逃学，我身上得到的殴挞，比其他处到我环境中的孩子会多四五倍，这证明我小时的心的浪荡不羁的程度，真比如今还要凶。虽挨打，虽不逃学即可以免去，我总认玩上一天挨打一顿是值得的事。图侥幸的心也未尝不有，不必挨打而又可以玩，再不玩，我当然办不到！

你知道我是爱逃学的一人，就是了。我并且不要你同情似的说旧式私塾怎样怎样的不良。我倒并不曾感觉到这私塾不良待遇阻遏了我什么性灵的营养。

我可以告你是我怎样的读书，怎样的逃学，以及逃开塾中到街上或野外去时是怎样的玩，还看我回头转家时得到报酬又是些什么。

君，我把我能记得很清楚的一段学校生活原原本本说给你听吧。

先是我入过一个学馆，先生是女的，这并不算得入学，只是因为妈初得六弟，顺便要奶娘带我随同我的姐上学罢了。我每日被一些比我大七岁八岁的大姐的女同学，背着抱着从西门上学。有一次这些女人中，不知是谁个，因为爬西门坡的石级爬累，流着泪的情形，我依稀还记得外，其他茫然了。

我说我能记得的那个。

这先生，是我的一个姨爹。使你容易明白就是说：师母同我妈是两姊妹，先生女儿是我的表姐。大家全是熟人！是熟人，好容易管教，我便到这长辈家来磕头作揖称学生了。容易管教是真的。但先生管教时也容易喊师母师姐救驾，这可不是我爹想到的事了。

学馆是仓上，也就是先生的家。关于仓，在我们那地方有两个，全很大，又全在西门。这仓是常平仓还是标里的屯谷仓，我到如今还不明白。

不过如今试来想：若是常平仓，这应属县里，且应全是谷米不应空；属县里则管仓的人应当是戴黑帽象为县中太爷喝道的差人，不应是穿号褂的老将。所以说它是标里屯粮的屯仓，还相近。

仓一共两排，拖成两条线，中间留出一条大的石板路。仓一共有多少个，我记不清楚了。有些是贴有一个大“空”字，有些则上了锁，且有谷从旁边露出，这些还很分明。

我说学馆在仓上，不是的。仓仍然是仓，学馆则是管仓的衙门。不消说，衙门是在这两个仓的头上！到学馆应从这仓前过，仓延长有多长，这道也延长有多长。在学馆，背完书，经先生许可，出外面玩一会儿，也就是在这大石板上玩！这长的路上，有些是把石头起去种有杨柳的，杨柳象摆对子的顶马，一排一排站在路两旁，都很大，算来当有五六十株。这长院子中，到夏天还有胭脂花，指甲草，以及六月菊牵牛之类，这类花草大约全是师母要那守仓老兵栽种的，因为有人不知，冒冒失失去折六月菊喂蛐蛐，为老兵见到，就说师母知道会要骂人的。

到清明以后，杨柳树全绿，我们再不能于放晚学后到城上去放风筝，长院子中给杨柳荫得不见太阳，则仓的附近，便成了我们的运动场。仓底下是空的，有三尺左右高的木脚，下面极干爽，全是细沙，因此有时胆大一点的学生，还敢钻到仓底下去玩。先有一个人，到仓底去说是见有兔的巢穴在仓底大石础旁，又有小花兔，到仓底乱跑，因此进仓底下去看兔窟的就很多了。兔，这我们是也常常在外面见到的，有时这些兔还跑出来到院中杨柳根下玩，又到老兵栽的花草旁边吃青草，可是无从捉。仓的脚既那末高，下面又有这东西的家，纵不能到它家中去也可以看看它的大门。进仓去，我们只须腰躬着就成，我自然因了好奇也到仓底下玩过了！当到先生为人请去有事时，由我出名去请求四姨，让我们在先生回馆以前玩一阵。大家来到院中玩捉猫猫的游戏，仓底下成了顶好地方。从仓外面瞧里面，弄不清，里面瞧外又极分明。遇到充猫儿的是胆小的人时，他不敢进去，则明知道你在那一个仓背后也奈何你不得。这下仓底下说来真可算租界！

怎么学馆又到这儿来？第一，这里清静；先生同时在衙门作了点事情，与仓上有关，就便又管仓，又为一事。

到仓上念书，一共是十七个人。我在十七个人中，人不算顶小。但是小，我胆子独大。胆子大，也并不是比别人更不怕鬼，是说最不惧先生。虽说照家中教训，师为尊，我不是不尊。若是在什么事上我有了冤枉，到四姨跟前一哭，回头就可以见到表姐请先生进去，谁能断定这不是进去挨四姨一个耳光呢？在白天，大家除了小便是不能轻易外出到院子中玩的。院中没有人，则兔子全大大方方来到院中石板路上蹓跶，还有些是引带三匹四匹小黑兔，就如我家奶娘引带我六弟八弟到道门口大坪里玩一个样。我们为了瞧看这兔子，或者吓唬这些小东西一次，每每借小便为名，好离开先生。我则故意常常这样办。先生似乎明知我不是解溲，也让我。关于兔子我总不明白，我疑心这东西耳朵是同孙猴子的“顺风耳”一样：只要人一出房门，还不及开门，这些小东西就溜到自己家去，深怕别人就捉到它耳。我们又听到老兵说这兔见他同师母时并不躲，也不害怕，因为是人熟，只把我们同先生除外。这话初初我不信，到后问四姨，是真的。有些人就恨起这些兔子来了。见这人躲见那人又不，正象乡下女人一样的乖巧可恨。恨虽然是恨，但毕竟也并无那捉一匹来大家把它煮吃的心思，所以二三十匹兔子同我们十七个学生，就共同管领这条仓前的长路。我们玩时它们藏在穴口边伸出头看我们的玩，到我们在念书时，它们又在外面恣肆跑跳了。

我们把这事也共同议论过：白天的情形，我们是同兔子打伙一块坪来玩，到夜，我们全都回了家，从不敢来这里玩，这一群兔子，是不是也怕什么，就是成群结队也不敢再出来看月亮？这就全不知道了。

仓上没有养过狗，外面狗也不让它进来，老兵说是免得吓坏了兔子。大约我们是不会为先生吓坏的，这为家中老人所深信不疑，不然我们要先生干吗？

我们读书的秩序，为明白起见，可以作个表。这表当如下：

早上——背温书，写字，读生书，背生书，点生书——散学

吃早饭后——写大小字，读书，背全读过的温书，点生书——过午

过午后——读生书，背生书，点生书，讲书，发字带认字——散学

这秩序，是我应当遵守的。过大过小的学生，则多因所读书不同，应当略为变更。但是还有一种为表以外应当遵守的，却是来时对夫子牌位一揖，对先生一揖，去时又得照样办。回到家，则虽先生说应对爹妈一揖，但爹妈却免了。每日有讲书一课，本是为那些大学生预备的，我却因为在家得妈每夜讲书听，因此在馆也添上一门。功课似乎既比同我一样大小年龄的人为多，玩的

心情又并不比别人少，这样一来可苦了我了！

在这仓上我照我列的表每日念书念过一年半，到十岁。《幼学琼林》是已念完了，《孟子》念完了，《诗经》又念了三本。

但我上这两年学馆究竟懂了些什么？让姨爹以先生名义在爹面去极力夸奖，我真不愿做这神童事业！爹也似乎察觉了我这一面逃学一面为人誉为神童的苦楚，知道期我把书念好是无望，终究还须改一种职业，就抖气把我从学馆取回，不理了。爹不理我一面还是因为他出门，爹既出门让娘来管束我，我就到了新的县立第二小学了。

不逃学，也许我还能在那仓上玩两三年吧。天知道我若是再到那类塾中，我这时变到成个什么样的人！

神童有些地方倒真是神童，到这学塾来，并不必先生告我，却学会无数小痞子的事情了。泅水虽是在十二岁才学会，但在这塾中，我就学会怎样在洗了澡以后设法掩藏脚上水泡痕迹去欺骗家中，留到以后的采用。我学会爬树，我学会钓鱼……我学会逃学，来作这些有益于我身心给我有用的经验的娱乐，这不是先生所意料，却当真是私塾所能给我的学问！我还懂得一种打老虎的毒药弩，这是那个同兔子无忤的老兵，告我有用知识的一种。只可惜是没有地方有一只虎让我去装弩射它的脚，不然我还可以在此事业上得到你们所想不到的光荣！

我逃学，是我从我姨爹读书半年左右才会的。因为见他处置自由到外面玩一天的人，是由逃学的人自己搬过所坐板凳来到孔夫子面前，擒着打二十板屁股，我以为这是合算的事，就决心照办的。在校场看了一天木傀儡社戏。按照通常放学的时间，我就跑回家中去，这时家中人刚要吃饭，显然回家略晚了，却红脸。

到吃饭时，一面想到日里的戏，一面想到明天到塾见了先生的措词，就不能不少吃一碗了。

“今天被罚了，我猜是！”姑妈自以为所猜一点不错，就又立时怜惜我似的，说是：“明天要到四姨处去告四姨，要姨爹对你松点。”

“我的天，我不好开口骂你！”我为她一句话，把良心引起，又恨这人对我的留意。我要谁为我向先生讨保？我不能说我不是为不当的罚所苦，即老早睡了。

第二天到学校，“船并没有翻”。问到怎么误了一天学，说是家里请了客。请客即放学，这成了例子，我第一次就采用这谎语挡先生。

归到自己位上去，很以为侥幸。就是在同学中谁也料不到我也逃一天学了。

当放早学时，同一个同街的名字叫作花灿的一起归家。这人比我大五岁，一肚子的鬼。他自己常说，若是他作了先生，戒尺会得每人为预备一把；但他又认为他自己还应预备两把！别人抽屉里，经过一次搜索已不敢把墨水盒子里收容蛐蛐，他则至少有两匹蛐蛐是在装书竹篮里。我们放早学，时候多很早，规矩定下来是谁个早到谁就先背书，先回家，因此大家争到早来到学塾。早来到学塾，难道就是认真念书么？全不是这么回事。早早的赶到仓上，天还亮不久，从那一条仓的过道上走过，会为鬼打死！“早来”只是早早的从家中出来，到了街上我们可以随意各以其所好的先上一种课。这时在路上，所遇到的不外肩上挂着青布褡裢赶场买鸡的贩子，同到就在空屠桌上或冷灶旁过夜的担脚汉子，然而我们可以把上早学得来的点心钱到卖猪血豆腐摊子旁去吃猪血豆腐，吃过后，再到杀牛场上看杀牛。并且好的蛐蛐不是单在天亮那时才叫吗？你若是在昨晚已把书念得很有把握，乘此出城到塘湾去捉二十四大青头蟋蟀再回，时间也不算很迟。到不是产蟋蟀的时候，我们还可以到道尹衙门去看营兵的操练，就便走浪木，盘杠子，以人作马互相骑到马上来打仗，玩够了，再到学塾去。一句话说，起来得早我们所要的也是玩！照例放学时，先生为防备学生到路上打架起见，是一个一个的出门。出门以后仍然等候着，则不是先生所料到的事了。我们如今也就是这样。

“花灿，时候早，怎么玩？”

“看鸡打架去。”

我说“好吧”，于是我们就包绕月城，过西门坡。

散了学，还很早，不再玩一下，回到家去反而会为家中人疑心逃学，是这大的聪明花灿告我的。感谢他，其他事情为他指点我去作的还多呢。这个时候本还不是吃饭的时候，到家中，总不会比到街上自由，真不应就忙着回家。

这里我们就不必看鸡打架，也能各挟书篮到一种顶好玩有趣的地方去开心！在这个城里，一天顶热闹的时间有三次，吃早饭以前这次，则尤合我们的心。到城隍庙去看人斗鹌鹑，虽不能挤拢去看，但不拘谁人把打败仗的鸟放飞去时，瞧那鸟的飞，瞧那输了的人的脸嘴，便有趣！再不然，去到校场看人练藤牌，那用真刀真枪砍来打去的情形，比看戏就动人得多了。若不嫌路远，我们可包绕南门的边街，瞧那木匠铺新雕的菩萨上了金没有。走边街，还可以看泻铸犁头，用大的泥锅，把钢融成水，把这白色起花的钢水倒进用泥作成敷有黑烟子的模型后，呆会儿就成了一张犁。看打铁，打生铁的拿锤子的人，不拘十冬腊月全都是赤起个膊子，吃醉酒了似的舞动着那十多斤重的锤敲打那砧上的铁。那铁初从炉中取出时，不用锤敲打也嘫嘫的响，一挨锤，便就四散飞花，使人又怕又奇怪。君，这个不算数，还有咧。在这一个城圈子中我们可以留连的地方多着，若是我是一辈子小孩，则一辈子也不会对这些事物生厌倦！

你口馋，又有钱，在道门口那个地方就可以容你留一世。桔子，花生，梨，柚，薯，这不算！烂贱碰香的炖牛肉不是顶好吃的一种东西？用这牛肉蘸盐水辣子，同米粉在一块吃，有名的牛肉张便在此。猪肠子灌上糯米饭，切成片，用油去煎去炸，回头可以使你连舌子也将咽下。杨怒三的猪血绞条，坐在东门的人还走到这儿来吃一碗，还不合胃口？卖牛肉巴子的摊子他并不向你兜揽生意，不过你若走过那摊子边请你顶好捂着鼻，不然你就为这香味诱惑了。在全城出卖的碗儿糕，它的大本营就在路西，它会用颜色引你口涎——反正说不尽的！我将来有机会，我再用五万字专来为我们那地方一个姓包的女人所售的腌莴苣风味，加一种简略介绍，把五万字来说那莴苣，你去问我们那里的人，真要算再简没有！

这里我且说是我们怎样走到我们所要到的斗鸡场上去。

没有到那里以前，我们先得过一个地方，是县太爷审案的衙门。衙门前面有站人的高木笼，不足道。过了衙门是一个面馆。面馆这地方，我以为就比学塾妙多了！早上面馆多半是正在赶面，一个头包青帕满脸满身全是面粉的大师傅骑在一条大木杠上压碾着面皮，回头又用大的宽的刀子齐手风快的切剥，回头便成了我们过午的面条，怪！面馆过去是宝华银楼，遇到正在烧嵌时，铺台上，一盏用一百根灯草并着的灯顶有趣的很威风的燃着，同时还可以见到一个矮肥银匠，用一个小管子含在嘴上象吹哨那样，用气迫那火的焰，又总吹不熄，火的焰便转弯射在一块柴上，这是顶奇怪的融银子方法。还有刻字的，在木头上刻，刻反字全不要写，大手指上套了一个小皮圈子，就用那圈子按着刀背乱划。谁明白他是从哪学来这怪玩艺儿呢。

到了斗鸡场后大家是正围着一个高约三尺的竹篾圈子，瞧着圈内鸡的拼命的。人密密满满的围上数重，人之间，没有罅，没有缝。连附近的石狮上头也全有人盘据了。显然是看不成了。但我们可以看别的逗笑的事情。我们从别人大声喊加注的价钱上面也就明白一切了。

在鸡场附近，陈列着竹子织就各式各样高矮的鸡笼，有些笼是用青布幕着，则可以断定这其中有那骠壮的战士。乘到别人来找对手作下一场比武时，我们就可瞧见这鸡身段颜色了。还有鸡，刚才败过仗来的，把一个为血所染的头垂着在发迷打盹。还有鸡，蓄了力，想打架。忍耐不住的，就拖长喉咙叫。

还有人既无力又不甘心的“牛”才更有意思，胁下夹着脏书包，或是提着破书篮，脸上不是有两撇墨就少不了黄鼻液痕迹。这些“牛”，太关心圈子里战争，三三两两绕着圈子打转，只想在一条大个儿身子的人胁下腿边挤进去。不成功，头上给人抓了一两把，又斜着眼向这抓他摸他的人作生气模样，复自慰的同他同伴说，去去去，我已看见了，这里的鸡全不会溜头。打死架，不如到那边去瞧破黄鳝有味！

我们就那样到破黄鳝的地方来了。

活的象蛇一样的黄鳝，满盆满桶的挤来挤去，围到这桶欣赏这小蛇的人，大小全都有。

破鳝鱼的人，身子矮，下脖全是络腮胡，曾帮我家作过事，叫岩保。

黄鳝这东西，虽不闻咬人，但全身滑腻腻的使人捉不到，算一种讨厌东西。岩保这人则只随手伸到盆里去，总能擒一条到手。看他卡着这黄鳝的不拘那一部分，用力在盆边一磕，黄鳝便规规矩矩在他手上不再挣了，岩保便在这东西头上嵌上一粒钉，把钉固到一块薄板上，这鳝卧在板上让他用刀划肚子，又让他剔骨，又让他切成一寸一段放到碗里去，也不喊，也不叫，连滑也不滑，因此不由人不佩服岩保这武艺！

“你瞧，你瞧，这东西还会动呢。”花灿每次发见的，总不外乎是这些事情。鳝的尾，鳝的背脊骨，的确在刮下来以后还能自由的屈曲。但老实说，我总以为这是很脏的，虽奇怪也不足道！

我说，“这有什么巧？”

“不巧么？瞧我，”他把手去拈起一根尾，就顺便去喂他身旁的另一个小孩。

“花灿你这样欺人是丑事！”我说，我又拖他，因为我认得这被弄的孩子。

他可不听我的话。小孩用手拒，手上便为鳝的血所污。小孩骂。

“骂？再骂就给吃一点血！”

“别人又并不惹你！”小孩是莫可奈何，屈于力量下面了。

花灿见已打了胜仗，就奏凯走去，我跟到。

“要他尝尝味道也骂人！我不因为他小我就是一个耳光。”

我说，将来会为人报仇。我心里从此厌花灿，瞧不起他了。

若有那种人，欲研究儿童逃学的状况，在何种时期又最爱逃学，我可以贡献他一点材料，为我个人以及我那地方的情形。

春夏秋冬，最易引起逃学欲望是春天。余则以时季秩序而递下，无错误。

春天爱逃学，一半是初初上学，心正野，不可驯；一半是因春天可以放风筝，又可大众同到山上去折花。论玩应当数夏天，因为在这季里可洗澡，可钓鱼，可看戏，可捉蛐蛐，可赶场，可到山上大树下或是庙门边去睡，但热，逃一天学容易犯，且因热，放学早，逃学是不必，所以反出春天可以少逃点学了。秋天则有半月或一月割稻假，不上学。到冬天，天既冷，外面也很少玩的事情，且快放年学，是以又比秋天自然而然少挨一点因逃学而得来的挞骂了。

我第一次逃学看戏是四月。第二次又是。第二次可不是看戏，却同到两人，走到十二里左右的长宁哨赶场。这次糟了。不过就因为露了马脚，在被两面处罚后，细细拿来同所有的一日乐趣比较，天平朝后面的一头坠，觉得逃学值得，索性逃学了。

去城十二里，或者说八里，一个逢一六两日聚集的乡场，算是附城第二热闹的乡场。出北门，沿河走，不过近城跳石则到走过五里名叫堤溪的地方，再过那堤溪跳石。过了跳石又得沿河走。走来走去终于就会走进一个小小石砦门，到那哨上了。赶场地方又在砦子上手，稍远点。

这里场，说不尽。我可以借一篇短短文章来为那场上一切情形下一种注解，便是我在另一时节写成的那篇《市集》。不过这不算描写实情。实在详细情形我们哪能说得尽？譬如虹，这东西，到每个人眼中都放一异彩，又温柔，又美丽，又近，又远；但一千诗人聚拢来写一世虹的诗，虹这东西还是比所有的诗所蕴蓄的一切还多！

单说那河岸边泊着的小船。船小象把刀，狭长卧在水面上，成一排，成一串，互相挤挨着，把头靠着岸，正象一队兵。君，这是一队虽然大小同样，可是年龄衣服枪械全不相同的杂色队伍！有些是灰色，有些是黄色。

有些又白得如一根大葱。还有些把头截去，成方形，也大模大样不知羞耻的搀在中间。我们具了非凡兴趣去点数这些小船，数目结果总不同。分别城乡两地人，是在衣服上着手，看船也应用这个方法；不过所得的结论，请你把它反过来。“衣服穿得入时漂亮是住城的人。纵穿绸着缎，总不大脱俗，这是乡巴佬”，这很对。这里的船则那顶好看的是独为上河苗人所有。篙桨特别的精美，船身特别的雅致，全不是城里人所能及的事！

请你相信我，就到这些小船上，我便可以随便见到许多我们所引为奇谈的酋长同酋长女儿！

这里的场介于苗族的区域，这条河，上去便是中国最老民族托身的地方。再沿河上去，一到乌巢河，全是苗人了。苗人酋长首领同到我们地方人交易，这场便是一个顶适中地点。他们同他女儿到这场上来卖牛羊和烟草，又换盐同冰糖回去。百分人中少数是骑马，七十分走路。其余三十分左右则全靠坐那小船的来去。就是到如今，也总不会就变更多少。当我较大时，我就懂得要看苗官女儿长得好看的，除了这河码头上，再好没有地方了。

船之外，还有水面上漂的，是小小木筏。木筏同类又还有竹筏。筏比船，占面积较宽，载物似乎也多点。请你想，一个用山上长藤扎缚成就的浮在水面上走动的筏，上面坐的又全是一种苗人，这类人的女的头上帕子多比斗还大，戴三副有饭碗口大的耳环，穿的衣服是一种野蚕茧织成的峒锦，裙子上面多安钉银泡（如普通战士盔甲），大的脚，踢拖着花鞋，或竟穿用稻草制成的草履。男的苗兵苗勇用青色长竹撑动这筏时，这些公主郡主就锐声唱歌。君，这是一幅怎样动人的画啊！人的年龄不同观念亦随之而异，是的确，但这种又妩媚，又野蛮，别有风光的情形，我相信，直到我老了，遇着也能仍然具着童年的兴奋！望到这筏的走动，那简直是一种梦中的神迹！

我们还可以到那筏上去坐！一个苗酋长，对待少年体面一点的汉人，他有五十倍私塾先生和气。他的威风同他的尊严，不象一般人来用到小孩子头上。只要活泼点，他会请你用他的自用烟管（不消说我们却用不着这个），还请你吃他田地里公主自种的大生红薯，和甘蔗，和梨，完全把你当客一般看待，顺你心所欲！若有小酋长，就可以同到这小酋长认同年老庚。我疑心，必是所有教书先生的和气殷勤，全为这类人取去，所以塾中先生就如此特别可怕了。

从牲畜场上可以见到的小猪小牛小羊小狗，到此也全可以见到。别人是从这傍码头的船筏运来到岸上去卖，买的人多数又赖这样小船运回，各样好看的狗牛是全没有看厌时候！且到牲畜场上，别人在买牛买羊，有戴大牛角眼镜的经纪在旁，你不买牛就不能够随意扳它的小角，更谈不到骑。当这小牛小羊已为一个小酋长买好，牵到河边时，你去同他办交涉，说是得试试这新买的牛的脾气，你摩它也成，你戏它也成。

还有你想不想过河到对面河岸庙里去玩？若是想，那就更要从这码头上搭船了。对河的庙有狗，可不去，到这边，也就全可以见到。在这岸边玩，可望到对河的水车，大的有十床晒谷簟大，小的也总有四床模样。这水车，走到他身边去时，你不留心就会给它洒得一身全是水！车为水激动，还会叫，用来引水上高坎灌田，这东西也不会看厌！

我们到这场上来，老实说，只呆在这儿，就可过一天。不过同伴是做烟草生意的吴三义铺子里的少老板，他怕到这儿太久，会碰到他铺子里收买烟草的先生，就走开这船舶了。

“去，吃狗肉去！”那一个比我大四岁的吴少义，这样说。

“成，”这里还有一个便是他的弟，吴肖义。

吃狗肉，我有什么不成？一个少老板，照例每日得来的点心钱就比我应得的多三倍以上，何况约定下来是赶场，这高明哥哥，还偷得有二十枚铜元呢。我们就到狗肉场去了。

在吃狗肉时，不喝酒并不算一件丑事。不过通常是这样：得一面用筷子夹切成小块的狗肉在盐水辣子里打滚，一面拿起土苗碗来抿着包谷烧，这一来当然算内行了一点。

大的少义知道这本经，就说至少各人应喝一两酒。承认了。承认了结果是脸红头昏。

到我约有十四岁，我在沅州东乡怀化地方当兵时，我明白吃狗肉喝酒的真味道，且同辈中就有人以樊哙自居了。君，你既不曾逃过学，当然不曾明白逃学到乡场上吃狗肉的风味！

只是一两酒，我就不能照料我自己。我这吃酒是算第一次。各人既全是有一点飘飘然样子，就又拖手到鸡场上去看鸡。三人在卖小鸡场上转来转去玩，蹲到这里看，那里看，都觉得很好。卖鸡的人也多半是小孩同妇女。光看又不买，就逗他们笑，说是来赶场看鸡，并非买。这种嘲笑在我们心中生了影响。

“可恶的东西，他以为我们买不起！”

那就非买不可了。

小的鸡，正象才出窠不久，如我们拳头大小。全身的毛都象绒。颜色只黑黄两样，嘴巴也如此。公母还分不清楚。七只八只关在一个细篾圆笼子里啾啾的喊叫，大约是想它的娘！这小东西若是能让人抱到它睡，就永远不放手也成！

十多年后一个生鸡子，卖到十个当十的铜元，真吓人。当那时，我们花十四个铜子，把一群刚满月的小鸡（有五只呀）连笼也买到手了。钱由吴家兄弟出，约同到家时，他兄弟各有两只，各一黑一黄，我则拿那一只大嘴巴黑的。

把鸡买得我们着忙到家捧鸡去同别人的小鸡比武，想到回家了。我们用一枝细柴，作为杠，穿过鸡笼顶上的藤圈，三人中选出两人来担扛这宝物，且轮流交换，那一个空手。那一个就在前开道。互相笑闹说是这便是唐三藏取经，在前开道的是猪八戒。我们过了黄风洞，过了流沙河，过了烂柿山，过了……终于走到大雷音。天色是不早不迟，正是散学的时间。到这城，孙猴子等应当分手了。

这一天学逃得多么有意思——且得有一只小鸡呢。是公鸡，则过一阵便可以捉到街上去同人的鸡打；是母鸡，则会为我生鸡蛋。在这一只小鸡身上，我就作起无涯涘的梦来了。在手上的鸡，因了孤零零失了伴，就更吱吱啾啾叫，我并不以为讨厌。正因为这样，到街上走着，为一般小孩注意，我心上就非常受用！

看时间不早，我走到一个我所熟的土地堂去，向那庙主取我存放的书篮。书篮中宽绰有余，便可以容鸡。但我不，我把它握在手上好让人见到！

将要到家我心可跳了。万一今天四姨就到我家玩，我将说些什么？万一大姐今天往仓上去找表姐，这案也就犯上了。鸡还在手上，还在叫，先是对这鸡亲洽不过，这时又感到难于处置这小鸡了。把鸡丢了吧，当然办不到。拿鸡进门设若问到这鸡是从什么地方来，就说是吴家少老板相送的，但再盘问一句不会露出马脚么？我踌躇不知如何是好。一个八九岁的孩子作伪总不如十多岁人老练，且纵能日里掩过，梦中的呓语，也会一五一十数出这一日中的浪荡！

我在这时非常愿有一个熟人正去我家，我就同他一起回。有一个熟人在一块时，家中为款待这熟人，把我自然而然就放过去了。但在我家附近徘徊多久却失望了。在街上呆着，设或遇到一个同学正放学从此处过，保不了到明天就去先生处张扬，更坏！

不回也不成。进了我家大门，我推开二门，先把小鸡从二门罅塞进去，探消息。这小鸡就放声大喊大叫跑向院中去。这一来，不进门，这鸡就会为其他大一点的鸡欺侮不堪！

姐在房中听到院中有小鸡叫声，出外看，我正掷书篮到一旁来追小鸡。

“哪得来这只小鸡？”

“瞧，这是吴少老板送我的！”

“妙极了。瞧，想他的娘呢。”

“可不是，叫了半天了啊。”

我们一同蹲在院中石地上欣赏这鸡，第一关已过，只差见妈了。

见了妈也很平常，不如我所设想的注意我行动，我就全放心，以为这次又脱了。

到晚上，是睡的时候了，还舍不得把鸡放到姐为我特备的纸盒子里去。爹忽回了家。第一个是喊我过去，我一听到就明白事情有八分不妙。喊过去，当然就搭讪着走过我家南边院子去！

“跪倒！”走过去不敢看爹脸上的颜色，就跪倒。爹象说了这一声以后，又不记起还要说些什么了，顾自去抽水烟袋。在往常，到爹这边书房来时节，爹在抽水烟就应当去吹煤子，以及帮他吹去那活动管子里的烟灰。如今变成阶下囚，不能说话了。

我能明白我自己的过错。我知道我父亲这时正在发我的气。我且揣测得出这时窗外站有两个姐同姑母奶娘等等在窗下悄听。父亲不做声，我却呜呜的哭了。

见我哭了一阵，父亲才笑笑的说：

“知道自己过错了么？”

“知道了。”

“那么小就学得逃学！逃学不碍事，你不愿念书，将来长大去当兵也成，但怎么就学得扯谎？”

父亲的声音，是在严肃中还和气到使我想抱到他摇，我想起我一肚子的巧辩却全无用处，又悔又恨我自己的行为，尤其是他说到逃学并不算要紧，只扯谎是大罪，我还有一肚子的谎不用！我更伤心了。

“不准哭了，明白自己不对就去睡！”

在此时，在窗外的人，才接声说为父亲磕头认错，出来吧。打我也许使我好受点。我若这一次挨一点打，从怕字上着想，或者就不会再有第二次这样情形了。虽说父亲不打不骂，这样一来，我慢慢想起在小小良心上更不安，但一个小孩子有悔过良心，同时也就有玩的良心；当想玩时则逃学，逃学玩够以后回家又再来悔过——从此起，我便用这方法度过我的学校生活了。

家中的关隘虽已过，还有学校方面在。我在临睡以前私下许了一个愿，若果这一次的逃学能不为先生知道，则今天得来这匹小鸡到长大时我就拿它来敬神。大约神嫌这鸡太小了，长大也不是一时的事，第二天上学，是由奶娘伴送，到仓上见到先生以后，犹自喜全无破绽。呆一会，吴家两弟兄由其父亲送来，我晓得糟了。

我不敢去听吴老板同先生说得是什么话。到吴老板走去后，先生送客回来即把脸沉下，临时脸上变成打桐子的白露节天气。

“昨天哪几个逃学的都给我站到这一边来！”

先生说，照先生吩咐，吴家两兄弟就愁眉愁眼站过去，另外一个虽不同我们在一块也因逃学为家中送来的小孩也就站过去。

“还有呀！”他装作不单是喊我，我就顺便认为并不是唤我，仍不动声色。

“你们为我记记昨天还有谁不来？”这话则更毒。先生说了以后就有学生指我，我用眼睛去瞪他，他就羞羞怯怯作狡猾的笑。

“我家中有事，”口上虽是这样说，脸上则又为我说的话作一反证，我恨我这脸皮薄到这样不济事。但我又立时记起昨晚上父亲说得逃学罪名比扯谎为轻，就身不由己的走到吴肖义的下手站着了。

“你也有份吗？”姨爹还在故意恶作剧呀。

我大胆的期期艾艾说是正如先生所说的一样。先生笑说好爽快。

照规矩法办，到我头上我总有方法。我又在打主意了。

先命大吴自己搬板凳过来，向孔夫子磕头，认了错，爬到板凳上，打！大吴打时喊，哭，闹，打完以后又逞值价[1]作苦笑。

先生把大吴打完以后，就遣归原座，又发放另一个人。小吴在第三，先生的板子，轻得多，小吴虽然也喊着照例的喊，打十板，就算了。这样就轮到我的头上来了。板子刚上身，我就喊；

“四姨呀！师母呀！打死人了！救！打死我了！”

救驾的原已在门背后，一跳就出来，板子为攫去。虽不打，我还是在喊。大家全笑了。先生本来没多气，这一来，倒真生气了。为四姨抢去的是一薄竹片子，先

---

[1] 逞值价——逞能耐。凤凰土语。

生乃把那梼木戒方捏着，扎实在我屁股上捶了十多下，使四姨要拦也拦不及。我痛极，就杀猪样乱挣狂嗥。本来设的好主意，想免打，因此倒挨了比别人还凶的板子，不是我所料得到的事！

到后我从小吴处，知道这次逃学是在场上给一个城里千总带兵察场见我们正在狗肉摊子上喝酒，回城告给我们两人的父亲。我就发誓愿说，将来在我长成大人时，一定要约人把这千总打一顿出气。不消说这千总以后也没有为我们打过，城里千总就有五六个，连姓名我们还分不清楚，知道是谁呀？

每日那种读死书，我真不能发现一丝一厘是一个健全活泼孩子所需要的事。我要玩，却比吃饭睡觉似乎还重要。父亲虽说不读书并不要紧，比扯谎总罪小点，但是他并不是能让我读一天书玩耍一天的父亲！间十天八天，在头一天又把书读得很熟，因此邀二姐作保驾臣，到父亲处去，说，明天请爹让我玩一天吧，那成。君，间十天八天，我办得到吗？一个月中玩十五天读十五天书，我还以为不足。把一个月腾出三天来玩，那我只好闷死了。天气既渐热，枇杷已黄熟，山上且多莓，到南华山去又可以爬到树上去饱吃樱桃，为了这天然欲望驱使，纵到后来家中学堂两边都以罚跪为惩治，我还是逃学！

因为同吴家兄弟逃学，我便学会劈甘蔗，认鸡种好坏，滚钱。同一个在河边开水碾子房的小子逃学，我又学会了钓鱼。同一个做小生意的大儿子逃学，我就把掷骰子呼幺喝六学会了。

这不算是学问么，君？这些知识直到如今我并不忘记，比《孟子·离娄》用处怎样？我读一年书，还当不到我那次逃学到赶场，饱看河边苗人坐的小船以及一些竹木筏子印象深。并且你哪里能想到狗肉的味道？

也正因逃学不愿读书，我就真如父亲在发现我第一次逃学时所说的话，到五年后真当兵了。当兵对于我这性情并不坏。当了兵，我便得放纵的玩了。不过到如今，我是无学问的人，不拘到什么研究学术的机关去想念一点书，别人全不要。说是我没有资格，中学不毕业，无常识，无根柢。这就是我在应当读书时节没有机会受教育所吃的亏。为这事我也非常痛心，又无法说我这时是应当读书且想读书的一人，因为现在教育制度不是使想读书的人随便可读书，所以高深的学问就只好和我绝缘，这就是我玩的坏的结果了。不懂得应当读书时旧的制度强迫我读书；到自己觉悟要读书时，新的制度又限制我把我除外；（以前不怕挞，可逃学，这时有些学问，你纵有自学勇气，也不能在学校以外全懂）我总好象同一切成规天然相反，我真为我命运莫名其妙了。

在另时，我将同你说我的赌博。

——一个退伍的兵的自述之一——

一九二七年十一月于北京窄而霉斋

我的小学教育

一　木傀儡戏

二月八，土地菩萨生日，街头街尾，有得是戏！土地堂前头，只要剩下来约两丈宽窄的空地，闹台就可以打起来了。这类木傀儡戏，与其说是为娱乐土地一对老夫妇，不如说是为逗全街的孩子欢心为合式。别的功果，譬如说，单是用胡椒面也得三十斤的打大醮，捐钱时，大多都是论家中贫富为多少的；惟有土地戏，却由募捐首士清查你家小孩子多少。象我们家有五个姊妹的，虽然明知到并不会比对门张家多谷多米，但是钱，总捐得格外多。不捐，那是不行的。小孩子看戏不看戏可不问。但若是你家中孩子比别人两倍多，出捐太少，在自己良心上说来，也不好意思。

戏虽在普通一般人家吃过早饭后才开场，很早很早，那个地方就会已为不知谁个打扫得干干净净了。惟有“土地堂前猪屎多”，在平时，猪之类，爱在土地堂前卸脱它的粪便，几乎是成了通例的。唱戏日，大家临时就懂了公德心，知道妨碍了看戏是大家所抱怨的，于是，这一天，就把猪关禁起来了。你若高兴，早早的站在自己门前，总可以见到戏箱子过去，押箱子的我们不要问就可以知道是“管班”。每一口箱子由两个挑水的人抬着，箱子上有各样好看的金红漆花，有钉子，有金纸剪就“黄金万两”连连牵牵的吉利字，一把大牛尾锁把一些木头人物关闭着。呵，想象到那些花脸，旦角，尤其是爱做笑样子的小丑，鼻子上一片白粉豆腐干似的贴着，短短的胡子……而它们，这时是一起睡在那一只大木箱子里，将要做些什么？真可念！我们又可以看到一批年老的伯娘婆婆，搬了凳子，预先去占坐位的。做生意的，如象本街光和的米豆腐担子，包娘的酸萝卜篮子，也颇早的就去把地盘找就了。

饭吃了，一十六个大字，照例的每日功课，在一种毫不用心随随便便的举动下，用淡淡的墨水描到一张老连纸上后，所候的就是“过午”那三十枚制钱了。关于钱的用处，那是预先就得支配的。所有花费账单大致如下：

面（或饺子）一碗，十二文。

甘蔗一节，三文。

酸萝卜（或蒜苗），五文。

四喜的凉糕，四文。

老强母亲的膏粱甜酒，三文。

余三文作临时费。

凉糕，同膏粱甜酒，母亲于出门时，总有三次以上嘱咐不得买吃的，但倘若是并无其他相当代替东西时，这两样，仍然是不忍放弃的。有时可以把甘蔗钱移来买三颗大李子，吃了西瓜则不吃凉糕。倘若是剩钱，那又怎么办？钱一多，那就只好拿来放到那类投机事业上去碰了！向抽签的去抽糖罗汉，有时运气好，也得颇大的糖土地。又可以直接去换钱，去同人赌骰子，掷“三子侯”。钱用完时，人倦了，纵然戏正有趣，回家也是时候了。遇到看戏日，是日家中为敬土地的缘故，菜必格外丰富。“土地怎不每月有一个生日呢？”用一种奇怪的眼睛瞅着桌上陈列的白煮母鸡，问妈，妈却无反应。待到白煮鸡只剩下些脚掌肋巴骨时，戏台边又见到嘴边还抹油的我们了。

在镇筸，一个石头镶嵌就的圆城圈子里住下来的人，是苗人占三分之一，外来迁入汉人占三分之二混合居住的。虽然多数苗子还住在城外，但风俗，性质，是几乎可以说已彼此同锡与铅样，融合成一锅后，彼此都同化了。时间是一世纪以上，因此，近来有一类人，就是那类说来俨然象骂人似的，所谓“杂种”，就很多很多。起初由总兵营一带，或更近贵州一带苗乡进到城中的，我们当然可以从他走路的步法上也看得出这是“老庚”，纵然就把衣服全换。但要一个人，说出近来如吴家杨家这两族人究竟是属于哪一边，这是不容易也是不可能的！若果“苗女儿都特别美”，这一个例可以通过，我们就只好说凡是吴家杨家女儿美的就是苗人了。但这不消说是一个笑话。或者他们两家人，自己就无从认识他的祖宗。苗人们勇敢，好斗，朴质的行为，到近来乃形成了本地少年人一种普遍的德性。关于打架，少年人秉承了这种德性。每一天每一个晚间，除开落雨，每一条街上，都可以见到若干不上十二岁的小孩，徒手或执械，在街中心相殴相扑。这是实地练习，这是一种预备，一种为本街孩子光荣的预备！全街小孩子，恐怕是除非生了病，不在场的怕是无一个罢。他们把队伍分成两组，各由一较大的，较挨得起打的，头上有了成绩在孩子队中出过风头的，一个人在别处打了架回来为本街挣了面子的，领率统辖。统辖的称为官，在前清，这人是道台，是游击，到革命以后，城中有了团长旅长，于是他们衔头也随到改变了。我曾做过七回都督，六弟则做过民政长。都督的义务是为兄弟伙凑钱备打架的南竹片；利益，则行动不怕别人欺侮，到处看戏有人护卫而已。

晚上，大家无事，正好集合到衙门口坪坝上一类较宽敞地方，练习打筋斗，拿顶，倒转手来走路。或者，把由自己刮削得光生生的南竹片子拿在手上，选对子出来，学苗子打堡子时那样拼命。命固不必拼，但，互相攻击，除开头脸，心窝，“麻雀”，只在一些死肉上打下，可以炼磨成一个挨得起打的英雄好汉，那是事实罢。不愿用家伙的，所谓“文劲”，仍可以由都督，选出两队相等的小傻子来，把手拉斜抱了别个的身，垂下屁股，互相扭缠，同一条蛇样，到某一个先跌到地上时为止，又再换人。此类比赛，范围有限，所以大家就把手牵成一个大圈儿，让两人在圈中来玩。都督一声吆喝，两个牛劲就使出了。倒下而不愿再起的，算是败了。败者为胜利的作一个揖，表示投降，另一场便又可以起头。也有那类英雄，用腰带绑其一手，以一手同人来斗的，也有两人与一人斗的。总之，此种练习，以起疱为止，流血也不过凶，不然，胜利者也觉没趣，因为没一个同街的啼哭回家，则胜利者的光荣，早已全失去了。

这一街与另一街必得成仇，不然，孩子们便找不出实际显示功夫的一天！遇到某街某弄土地戏开场，他们就有得是乐了。先日相约下来，做个预备。行使通知的归都督，由都督下令团长去各家报告。各人自预备下应用的军器，这真是少不得的一件东西！固然，正式冲锋上，有由各方首领各选人才，出面单独角力用不着军器的时候，但，终少不了！少了军器，到说“各亮器械宽阔处去”时，恐怕气概就老不老早先馁下了。或是短短木棒，或是家中晒棉纱用的小竹筒，都可以。最好最正式的军器是“南竹块”。这东西，由一个小孩子打到另一小孩子身上时，任怎样有力，也不会大伤。且拿南竹片可以藏到袖中，孩子们学藤牌时，又可以充砍刀用，所以家中也不会禁止。缺少军器的可以到都督处去领取两枚小钱，到钱纸铺去，自己任意挑选。竹片在钱纸铺中，除了夹纸已成了废物，也幸有了这样一种销路，不然，会只有当柴烧了。

团长通知话语，大约如下：

“据探子报：△月△日，△△街，唱土地戏△天，兄弟们应各备器械，前往台边占据地盘。奋勇当先，各自为战，莫为本街出丑，是所望于大家！”

此出于侵略一方面，能具侵略胆量者，至少总有几位脚色，且有联络或征服其他团体三个以上的力量才敢正式宣布，不然，戏纵要看，也只好悄悄的，老老实实的，站在远远的地方观望罢了。戏属本街呢，传话当为“△月△日，本街△段唱木人头戏，热闹非凡，凡我弟兄，俱应于闹台锣鼓打过以前，执械戎装到场，把守台边。莫为别地痞子欺侮，致令权利失去！其军械不齐又不先来都督处领取款子的。罚如律。”关于赏罚律，抄数则例示：

见敌远走者，罚钱一文。

被打起疱不哭哼者，赏钱一文。

在别处被二人以上围打不伤者，赏钱二文。

被人骂娘二句挑战不敢动手者，罚钱二文。

不是说到这一群小宝贝预约下来的事情么？在戏场开锣以前，空头唢呐还呜呜的吹时，本街的孩子们，三个五个，满面光辉，如生日是属于自己一样，吃得肚子饱饱的，迎上前去，就把戏台包围了。所谓台，可不是玩意儿，冠冕堂皇，真了不得呀。十多根如同臂膊大小的木杆竹竿，横七竖八的在一些麻绳子的束缚下绑好后，（远看正如一个立方体的灯笼架子，）接着是用破破烂烂灰布青布帐篷一类套上去，照此一来，太阳可以不会再晒到鼓起嘴巴吹唢呐的老老秃顶了，一些木头傀儡也就很安静于一方阴影下老老实实休息着了。布篷套上后，已不再象灯笼架子，到后又得那类庙中用的幔子把打锣鼓一班人分隔到内房去，于是远远的看来，俨然也成了一个戏台模样。

把闹台过后，不久就是为某乡约，某保证，或是某老太太打加官的一套把戏。这真讨厌！在大戏台上，见到一个戴了面具，穿了红衣，随到“铛铛庆铛铛”的一起一落的步法走着，好久好久又才拿起那“加官赐福”或“一品当朝”的红布片子洒开一抖，已够腻人了，如今却由一个木头人再套上一个面具，也亏下面那个舞的人好意思！另一个人口中喊着为某老太太的加官呀，我们回过头去，只要选那人众中脸儿象猫的，必定就是她。她是快活极了，却不知我们都为她羞。不过，这加官打到自己家中的外祖母头上时，那便又当别论了，因为是这么一来，过午的钱，将因外祖母的高兴，把我们吃早饭时所预约下来的用费增加了。

有一类声音，是未经锣鼓敲打以前，就能听到的，就象：孥孥，你妈又怎不来！婆婆，又怎不把你的外孙也带来！代狗，这里要买盐葵花子！嫂嫂，这里有张空凳！……

又有一类声音，是锣鼓敲打以后，平息下来，歇了中台，始能听到的，就象：老肥，米豆腐三碗，热的，多辣子！面客，饺子多作醋！卖糕的，我不要这样的！……

到歇晚台时，一切声音就都为拖曳板凳的吱吱格格声音吞噬了。也有不少小孩子尖锐的呼声，突出此一片嘈杂的音海，但终于抑下了，深深的陷到这类烂泥样的吵嚷中了，全场板凳移动声象一批顶小的顶坏的边响炮仗往你耳边炸。

到末了，剩下三五个顽皮的不知足的小孩子，用一种研究态度，把手指头塞到口里去，权当丁丁糖吮着，很殷勤的看到戏子们把一个一个木傀儡安置到大箱中去，又看到戏台的皮剥去后，依然恢复那灯笼架子的神气，又看到小叫化子，徘徊于灰色葵花子壳中找寻他不意中的幸运，好象一枚当十铜元，一条手巾，一个仅只咬去一半的甜梨。

唱戏人，在布围子里地下走动着，把木傀儡从暗中伸举起来，至齐傀儡膝部自己手掌为度，若在台边看戏，利益就太多了。在台边，则一面可以看戏，一面还可见到那个唱戏的人，手中耍着木头人，口上哼哼唧唧，且极其可笑的做出俨乎其然的神气，走着戏上人物的步法。一个场面上是旦脚，如象夺阿斗的糜夫人，则要木头人的那一位，脚步也扭扭捏捏，走动时也正同一个小脚女人样，真可笑极了。揎开布篷，便又可以见到那打锣的，在空闲时把塞到耳朵边正燃着纸煤子吸烟，吹唢呐的，嘴巴胀鼓鼓的，同含了什么两枚核桃之类，又正如杀猪志成吹猪脚那一种派头。台边前，不怕太阳晒，也是一个舒服处。还有一件顶讨便宜的事，就是随意去扳动那些脑后一颗钉挂在绳子上休息的傀儡时，戏子见到也从不呵叱！因为这中还有一个规矩，这规矩是戏在哪一街演唱时，则那一街的孩子，在大人们许可的法律中，成了戏台周围唯一的霸有者了。在霸有者所享有的权利有如此其多，当然给了其小孩若干强烈的诱惑。帝国主义者之侵略，既无从去禁止另一街为这诱惑已弄得心痒痒的之强项君子，因此一来，保护主权与野心家的战争，便随时都可以发生了。

败了，大家无声无息的退下，把救兵搬来时，又用力夺回。或保留此仇，待他日报复。胜了，所谓野心家，怀了失败的羞耻，也不再看别人街上唱的戏，都督带领弟兄，垂头丧气回家去，这耻辱也保留下来，等另一机会去了。为竞争存活起见，这之间用得着临时联邦政策。

毗邻一街，若无深仇，则可合力排除强权，成功后，把帝国主义者打倒后，则让出戏台前地位三分之一来作携手御外侮的报酬。也有本街孩子极少，犹能抵抗外来之人侵略主权的，此则全赖本街中之大孩子。此类大孩子，当年亦必曾作统领，有名于全城，一切孩子们所敬服，又能持中不偏，才足以济。大孩子初不必帮同作战，或用别的力来相助，所要的是公理的执行。遇他方的孩子，行使侵略，来占戏台，本街小孩子诉苦于大孩子时，大孩子即作主人，再找一二好事喜斗之徒，为执行评证，使两街孩子，到离戏场较远，不致扰乱唱戏的空地方去，排队成列，各择一人，出面来殴扑，不准哭，不准喊，不准用铁器伤人，不准从旁帮忙。跌下的，若有力再战，仍可起身作第二次比赛。第一对胜败分明后，又选第二对，第三第四继其后，以尽本街小孩子为止。到后，总评其胜负。若本街实不敌，则让戏台之一面或两面，作媾和割地议；若胜，则对方虽人多，亦不必退缩。因较大之公证人在旁，败者亦只好携手跑去，再不好意思看戏了。要报仇么？下次有得是机会，横顺土地戏是这里那里直要唱二个月以上的，并且土地戏以外也不是无时间。

在打架时，是会要影响到戏的演奏么？我才说到，那请放心，决不会到那样！他们约下来，在解决以前，是不能靠近目的地的。人人都是那样文明，混战独战总得到大田坪里，或有沙土地方去。大坪坝空阔，平顺，免得误打别的老实小孩们，敌不过而又不甘认败的，且可以在田坪中小跑，如鸡溜头时一样。至于沙子地方，则纵跌猛的摔倒时，不至把身子跌伤，且衣服脏了也容易干净。也不知是有意还是自然哩，在城中，一块大坪，沙子软软的同棉絮样的地方，就很多！不论他是如何，孩子们，会选地方打架，那是用不着夸张也用不着隐饰的了。

不光是看戏。正月，到小教场去看迎春；三月间，去到城头放风筝；五月，看划船；六月，上山捉蛐蛐，下河洗澡；七月，烧包；八月，看月；九月，登高；十月，打陀螺；十二月，扛三牲盘子上庙敬神；平常日子，上学，买菜，请客，送丧，你若是一个人，又不同你妈，又不同你爸，你又是结下了许多仇的一个人，那真危险！你一出街头，就得准备，起疱是最小的礼物，你至少应准备接受比起疱分量还重一点的东西。闪不知，一个人会从你身边擦过去，那个手拐子，凶凶的，一下就会撞你倒地做个饿狗抢屎的姿势！来撞你的总不止一人。他们无非也是上学，买菜，一类家中职务。他若是一人，明知不是你对手，远远的他见你来，早拔脚跑了。但可以欺的，他总不会轻轻放过。他们都是为人欺苦够了的人，时时想到报复，想到把自己仇人踹到泥里头去。对仇人，没有可报复的方法时，则到处找更其怯弱的人来出气。他们见了你时，有意无意的，走过你的身边，装装自己爸爸夜里吃多了酒的醉模样，口中哼哼唧唧，把手撑到腰间，故意将拐子作了力来触撞你软地方。撞了你后，且胡胡的用鼻子说着，“怎么，撞人呀！”不理是为一个不愿眼前吃亏的上策。忍不住时，抬起头去，两人目光一相接，那他便更其调皮起来！他将对你不客气的笑，这笑中，你可以省得他所有的轻蔑来。或者，他更近一步，拢到你身边来，扬起捏着的拳，恐吓似的很快的轻轻落到你背上。你不做声，还是低了头在走，那第二步的撩逗又出来了。他将把脚步拖缓下来，待你刚要走近他身边时，笑笑的脸相，充满难堪的恶意，故意若才见到你的神气："喔，我道是谁呀！若高兴打架，就请把篮子放下罢。"这只能心里说打架是不高兴的事。虽然在另一个地方，你明知这人是不敢多事的，但如今是到了他的大门左右，一声喊，帮忙的来打狗扑羊的不知就有许多，所以"狗仗屋前"的他，便分外威风起来了。挑战的话大致不外后五种，录下以见一斑：

1 肏他妈，谁爱打架就来呀！

2 卖屁股的，慢走一点，大家上笔架城去！

3 哪个是大脚色，我卵也不信，今天试试！

4 大家来看！这里来一个小鬼！

5 小旦脚，小旦脚，听不真么，我是说你呀！

骂，让他点罢，眼前亏好汉是不吃的。你一回嘴，情形准糟。欺凌过路人，这是多数方面一种固有权利，这权利也正如官家拦路抽税样：同是不合理，同是被刻薄，而又应当忍受之事；不然，也许损失还大。并且，此事在你自己，或者先时于你街上，就已把这税收得，这时不过是退一笔不要利息的借款罢了。

关于两街中也有这么一条，"不欺单身上学孩子"，但这义务，这国际公德，也看都督的脚色而定，若都督不行，那是无从勒弟兄们遵守的。

木傀儡戏中常有两个小丑，用头相碰，揉做一团的戏，因此，孩子们争斗中，也有了一派，专用头同人相碰。但这一派属于硬劲一流，胜利的仍然有同样的吃亏，所以人数总不多，到后来，简直就把这门战略勾除了。

一九二六年八月十日作完。北京

炉边

四个人，围着火盆烤手。

妈，同我，同九妹，同六弟，就是那么四个人。八点了罢，街上那个卖春卷的嘶了个嗓子，大声大气嚷着，已过了两次了。关于睡，我们总以九妹为中心，自己属于被人支配一类。见到她低下头去，伏在妈膝上时，我们就不待命令，也不要再抱希望，叫春秀丫头做伴，送到对面大房去睡了。所谓我们，当然就是说我同六弟两人。

平常八点至九点，九妹是任怎样高兴，也必支持不来了。但先时预备了消夜的东西时，却又当别论。把燕窝尖子放到粥里去，我们就吃燕窝粥，把莲子放进去，我们于是又吃莲子稀饭了。虽然是所下的燕窝并不怎样多，我们总是那样说，我同六弟不拘谁一个人的量，都敌得过九妹同妈两人。但妈的说法，总是九妹饿了，为九妹煮一点消夜的东西罢。名义上，我们是托九妹的福的，因此我们都愿九妹每天晚饭吃不饱，好到夜来嚷饿，我们一同沾光。我们又异常聪明，若对消夜先有了把握，则晚饭那一顿就老早留下肚子，这事大概从不为妈注意及，但九妹却瞒不过。

“娘，为老九煮一点稀饭罢。”

倘若六弟的提议不见妈否决，于是我就耀武扬威催促春秀丫头，“春秀！为九小姐同我们煮稀饭，加莲子，快！”

有时，妈也会说没有糖了，或是今夜太饱了，“老九哪会饿呢？”遇到这种运气坏的日子，我们也只好准备着睡，没有他法。

“九妹，你说饿了，要煮鸽子蛋吃罢。”

“我不！”

“为我们说，明天我为你到老端处去买一个大金陀螺。”

“……”

背了妈，很轻的同九妹说，要她为我们说谎一次，好吃同冰糖白煮的鸽子蛋也有过。这事总是顶坏的我（妈是这样批评我的）教唆六弟，要六弟去说，用金陀螺为贿。九妹的陀螺正值坏时，于是也就慨然答应了。把鸽子蛋吃后，金陀螺还只在口上，让九妹去怨也全然不理，在当时，反觉得出的主意并不算坏。但在另一次另一种事上，待到六弟把话说完时，她也会到妈身边去，扳了妈的头，把嘴放在妈耳朵边，唧唧说着我们的计划。在那时，想用贿去收买九妹的我们，除了哭着嚷着分辩着，说是自己并没有同九妹说过什么话外，也只有脸红。结果是出我们意料以外，妈仍然照我们的希望，把吃的叫春秀去办。如此看来，妈以前所说全是为妹的话，又显然是在哄九妹了。然而九妹在家中因为一人独小而得到全家——尤其是母亲加倍的爱怜，也是真事。因了母亲的专私的爱，三姨也笑过我们了。而令我们不服的，是外祖母常向许多姨娘说我们并不可爱。

此次又是在一次消夜的期待中。把日里剩下的鸭子肉汤煮鸭肉粥，听到春秀丫头把一双筷子唏哩活落在外面铜锅子里搅和，似乎又闻到一点香气，妈怕我们伤风不准我们出去视察，六弟是在火盆边急得要不得了。

“春秀。还不好么？”盛气的问那丫头。

“不呢。”

“你莫打盹，让它起锅巴！”

“不呢。”

“快扇一扇火，会是火熄了，才那么慢！”

“不呢，我扇着！”

六弟到无可奈何时，乘到九妹的不注意，就把她手上那一本初等字课抢到手，琅琅的象是要在妈面前显一手本事的样子，大声念起来了。

“娘，我都背得呢，你看我闭上眼睛罢，”眼睛是果真闭上了，但到第五课“狼，野狗也——”就把眼睛睁开了。

“说大话的！二哥你为我把书拿在手上，我来背，”九妹是接着又琅琅的背诵起来。

大门前，卖面的正敲着竹梆梆，口上喊着各样惊心动魄的口号，在那里引诱人。我们只要从梆梆声中就早知道这人是有名的何二了。那是卖饺子的；也卖面，在城里却以饺子著名。三个铜元，则可以又有饺子又有面，得吃凤牌湘潭酱油。他的油辣子也极好。大姐每一次从学校回来，总是吃不要汤的加辣子干挑饺子。因为妈的禁止，我们却只能用眼睛去看。

那何二，照例捱了一会，又把担子扛起，一路敲打着梆梆，往南门坨方面去了，嚷着的声音是渐渐小下来，到后便只余那虽然很小还是清脆分明的柝声。

大门前，因为宽敞，一些卖小吃的，到门前休息便成了例子。日里是不消说。还有那类在一把无大不大的“遮阳伞王”（那是老九取的名）下头炸油条糯米糍的。到夜间呢，还是可以时时刻刻听得一个什么担子过路停下的知会，锣呀，梆梆呀，单是口号呀，少有休息。这类声音，在我们听来是难受极了。每一种声音下都附有一个足以使我们流涎的食物，且在习惯中我们从各样不同的知会中又分出食物的种类。听到这类声音，我们觉得难受，不听到又感到寂寞。最令人兴奋的是大姐礼拜六回家，有了她，我们消夜的东西，差不多是每一种从门前过去的都可以尝试。

何二去后不久，一个敲小锣卖丁丁糖的又在门前休息了。我知道，这锣的大小，是正如我那面小圆砚池，是用一根红绳子挂在手上那么随随便便敲着的。许是有人在那里抽了签罢，锣声停下来，就听到一把竹签子在筒内搅动的响声了。又听到说话，但不很清楚。那卖糖的是一个别处地方人，譬如说，湖北的罢。因为常听他说“你哪家”；只有湖北人口上离不得“你哪家”，那是从久到武昌的陈老板的说话就早知道了。在他来此以前，我似乎还不曾见过象那样敲着小锣落雨天晴都是满街满巷走着的卖糖的人。顶特别的是他休息到什么地方时，把一个独脚凳塞到屁股底下去坐，就悠悠扬扬打起那面小锣来了。我们因为欣赏那张特别有趣的独脚凳，白天一听铛铛的响声，就争着跑出去。六弟还有一次要他让自己坐坐看，我们奇怪它怎么不会倒，也想自己有那么一张，每天让我们坐着吃饭玩，还可以扛到三姨家去送五姐她们看。

大的木方盘内，分划成了许多区。每一区陈列糖一种。有的颜色式样虽相同味道却两样，有的样子不一样味道却又相同。有用红绿色纸包成三角形小包的薄荷糖，吃来是又凉又甜的。有成片的姜糖，味道微辣。圆的同三角形的各种果子糖，大的十枚五枚，小的两枚一枚。

藕糖就真象小藕，有孔有节。红的同真红椒一般大的辣子糖，可以把尖端同蒂咬去，当牛角吹。茄子糖则比真茄子小了许多，但颜色同形式都同，把茶倾到茄子中空处再倒到口里去也很甜。还有用模子做成的糖菩萨：顶小的同一个拇指那么大，大的如执鞭的财神、大肚罗汉，则一斤糖还不够做一个。那湖北人，把菩萨安放在盘子正中，各样糖同小菩萨，则四围绕着陈列。大菩萨之间，又放了一个小瓶子，有四季花同云之类画在瓶上。瓶子中，按时插上月季，兰，石榴，茶花，菊，梅以及各样应时的草花。袁小楼警察所长卸事后，于是极其大方的把抽糖的签筒也拿出来了。签从一点到六点各六根，把这六六三十六根竹签管束在一个外用黄铜皮包裹描金髹过的小竹筒内。“过五关”的抽法是一个小钱只能得小菩萨一名。若用铜元，若过了三次五关以后，胜利还是属于自己，则供着在盘子正中手里鞭子高高举着的那位财神爷就归自己所有了。三次五关都顺顺当当过去，这似乎是很难；但每天那湖北人回家时那一对大财神总不能一同回家，似乎是又并不怎样不容易了。

等了一会，外面的签筒还在搅动。

六弟是早把神魂飞出大门傍到那盘子边去了。

我说，“老九，你听！”我是知道九妹衣兜里还有四十多枚小钱的。

其实九妹也正是张了耳朵在听。

“去罢。”九妹用目答应我。

她把手去前衣兜里抓她的财产，又看着母亲老实温驯的说，“娘，我去买点薄荷糖吃罢！”

“他们想吃了，莫听他们的话。”

“我又不抽签，”九妹很伶便的分解，都知道妈怕我们去抽签。

“那等一会粥又不能吃了！”

本来并不想到糖吃的九妹，经母亲一说，在衣兜里抓数着钱的那只手是极自然的取出来了。

妈又说必是六生的怂恿。这当然是太冤屈六弟了。六弟就忙着分辩，说是自己正想到别的事，连话也不讲，说是他，那真冤枉极了。

六弟说正想到别的事，也是诚然。他想到许多事情出奇的凶……那位象活的生了长胡子横骑着老虎的财神爷怎么内部是空的？那大肚子罗汉怎么同卖糖的杨怒山竟一个样的胖实！那个花瓶为什么必得四名小菩萨围绕？

签筒声停止后，那铛铛铛漂亮的锣声便又响着了。

这样不到二十声，就会把独脚凳收起来，将盘子顶到头上，也用不着手扶，一面高兴打着锣走向道门口去罢。到道门口后，把顶上的木盘放下，于是一群嘴边正抹满了包家娘醋萝卜碗里辣子水的小孩，就蜂子样飞了过来围着，胡乱的投着钱，吵着骂着，乘了胜利，把盘子中的若干名大小菩萨一齐搬走。眼看到菩萨随到小孩子走尽后，于是又把独脚凳收起，心中装了欢喜，盘中装了钱，用快步的跑转家去罢。回家大约还得把明天待用的各样糖配齐，财神重新再做，小菩萨也补足五百数目，到三更以后始能上床去睡……为那糖客设想着，又为那糖客担心着财神的失去，还极其无意思的嗔视着又羡企着那群快要二炮了还不归家去的放浪孩子，糖客是当真收起独脚凳走去了。

“那丁丁糖已经过道门口去了！”六弟嗒然的说。

“每夜都是这时来，”我接着说。

“娘，那是一个湖北佬，不论见到了谁个小孩子都是‘你哪家’的，正象陈老板娘的老板，我讨厌他那种恭敬”，九妹从我手上把那本字课抢过手去，“娘，这书里也画得有个卖糖的人呢。”

妈没有做声。

湖北佬真是走了。在鸭子粥没有到口以前，我们都觉得寂寞。

玫瑰与九妹

大哥从学堂归来时，手上拿了一大束有刺的青绿树枝。

“妈，我从萧家讨得玫瑰花来了。”

大哥高兴的神气，象捡得“八宝精”似的。

“不知大哥到哪个地方找得这些刺条子来，却还来扯谎妈是玫瑰花”，九妹说，“妈，你莫要信他话！”

“你不信不要紧。到明年子四月间开出各种花时，我可不准你戴……还有好吃的玫瑰糖。”大哥见九妹不相信，故意这样逗她。说到玫瑰花时，又把手上那一束青绿刺条子举了一举——象大朵大朵的绯红玫瑰花已满缀在枝上，而立即就可以摘下来做玫瑰糖似的！

“谁希罕你的，我顾自不会跑到三姨家去摘吗！妈，是罢？”

“是！我宝宝不有几多，会希罕他的？”

妈虽说是顺到九妹的话，但这原是她要大哥到萧家讨的，是以又要我去帮大哥的忙：

“芸儿去帮大哥的忙，把那蓝花六角形钵子的鸡冠花拔出不要了，就用那四个钵子分栽。剩下的把插到花坛海棠边去。”

大哥在九妹脸上轻轻的刮了一下，就走到院中去了。娇纵的小九妹气得两脚乱跳，非要走出去报复一下不可。但给妈扯住了。

“乖崽，让他一次就是了！我们夜里煮鸽子蛋吃，莫分他……那你打妈一下好罢。”

“妈讨厌！专卫护大哥！他有理无理打了人家一个耳巴子，难道就算了？”

妈把九妹正在眼睛角边干擦的小手放到自己脸上拍了几下，九妹又笑了。

大哥这一刮，自然是为的报复九妹多嘴的仇。

满院坝散着红墨色土砂，有些细小的红色曲蟮四处乱爬着。几只小鸡在那里用脚乱扒，赶了去又复拢来。大哥卷起两只衣袖筒，拿了外祖母剪麻绳那把方头大剪刀，把玫瑰枝条一律剪成一尺多长短。又把剪处各粘上一片糯泥巴，说是免得走气。

“老二，这一共是三种（大哥用手指点），这是红的，这是水红，这是大红，那种是白的。是栽成各自一钵好呢，还是混合起栽好——你说？”

“打伙栽好玩点。开花时也必定更热闹有趣……大哥，怎么又不将那种黄色镶边的弄来呢？”

“那种难活，萧子敬说不容易插，到分株时答应分给我两钵……好，依你办，打伙儿栽好玩点。”

我们把钵子底底各放了一片小瓦，才将新泥放下。大哥扶着枝条，待我把泥土堆到与钵口齐平时，大哥才敢松手，又用手筑实一下，洒了点水，然后放到花架子上去。

每钵的枝条均约有十根左右，花坛上，却只插了三根。

就中最关心花发育的自然要数大哥了。他时时去看视，间或又背到妈偷悄儿拔出钵中小的枝条来验看是否生了根须。妈也能记到每早上拿着那把白铁喷壶去洒水。

当小小的翠绿叶片从枝条上嫩杈桠间长出时，大家都觉得极高兴。

“妈，妈，玫瑰有许多苞了！有个大点的尖尖上已红。往天我们总不去注意过它，还以为今年不会开花呢。”

六弟发狂似的高兴，跑到妈床边来说。九妹还刚睡醒，正搂着妈手臂说笑，听见了，忙要挣着起来，催妈帮她穿衣。

她连袜子也不及穿，披着那一头黄发，便同六弟站在那蓝花钵子边旁数花苞了。

“妈，第一个钵子有七个，第二个钵子有二十几个，第三个钵子有十七个，第四个钵子有三个；六哥说第四个是不大向阳，但它叶子却又分外多分外绿。花坛上六哥不准我爬上去，他说有十几个。”

当妈为九妹在窗下梳理头上那一脑壳黄头发时，九妹便把刚才同六弟所数的花苞数目告妈。

没有做声的妈，大概又想到去年秋天栽花的大哥身上去了。

当第一朵水红的玫瑰在第二个钵子上开放时，九妹记着妈的教训，连洗衣的张嫂进屋时见到刚要想用手去抚摩一下，也为她“嗨！不准抓呀！张嫂”忙制止着了。以后花越开越多，九妹同六弟两人每早上都各争先起床跑到花钵边去数夜来新开的花朵有多少。九妹还时常一人站立在花钵边对着那深红浅红的花朵微笑，象花也正觑着她微笑的样子。

花坛上大概是土多一点罢。虽只三四个枝条，开的花却不次于钵头中的。并且花也似乎更大一点。不久，接近檐下那一钵子也开得满身满体了，而新的苞还是继续从各枝条嫩芽中茁壮。

屋里似乎比往年热闹一点。

凡到我家来玩的人，都说这花各种颜色开在一个钵子内，真是错杂的好看。同大姐同学的一些女学生到我家来看花时，也都夸奖这花有趣。三姨并且说，比她花园里的开得茂盛的远。

妈因为爱惜，从不忍摘一朵下来给人，因此，谢落了的，不久便都各于它的蒂上长了一个小绿果子。妈又要我写信去告在长沙读书的大哥，信封里九妹附上了十多片谢落下的玫瑰花瓣。

那年的玫瑰糖呢，还是九妹到三姨家里摘了一大篮单瓣玫瑰做的。

一九二五年十一月于北京窄而霉小斋

生之记录（节选）

四

夜来听到淅沥的雨声，还夹着嗡嗡隆隆的轻雷，屈指计算今年消失了的日月，记起小时觉得有趣的端阳节将临了。

这样的雨，在故乡说来是为划龙舟而落。若在故乡听着，将默默地数着雨点，为一年来老是卧在龙王庙仓房里那几只长而狭的木舟高兴，童心的欢悦，连梦也是甜蜜而舒适！北京没有一条小河足供五月节龙舟竞赛，所以我觉得北京的端阳寂寞。既没有划龙舟的小河，为划龙舟而落的雨又这样落个不止，我于是又觉得这雨也落得异常寂寞无聊了。

雨是哗喇哗喇地落，且当做故乡的夜雨吧：卧在床上已睡去几时候的九妹，为一个炸雷惊醒后，听到点点滴滴的雨声，又怕又喜，将搂着并头睡着妈的脖颈，极轻的说：

“妈，妈，你醒了吧。你听又在落雨了！明天街上会涨水，河里自然也会涨水。莫把北门河的跳岩淹过了。我们看龙舟又非要到二哥干爹那吊楼上不可了！那桥上的吊楼好是好，可是若不涨大水，我们仍然能站到玉英姨她家那低一点的地方去看，无论如何要有趣一点。我又怕那楼高，我们不放炮仗，站到那么高高的楼上去看有什么意思呢。妈，妈，你讲看：到底是二哥干爹那高楼上好呢，还是玉英姨家好？”

“我宝宝说得都是。你喜欢到哪一处就去哪处。你讲哪处好就是哪处。”妈的答复，若是这样能够使九妹听来满意，那么，九妹便不再做声，又闭眼睛做她的龙舟梦去了。

第二天早上，我倘若说：

——老九，老九，又涨大水了。明天，后天，看龙船快了！你预备的衣服怎样？这无论如何不到十天了啦！

她必又格登格登跑到妈身边去催妈为赶快把新的花纺绸衣衫缝好，说是免得又穿那件旧的花格子洋纱衫子出丑。其实她那新衣只差的一排扣子同领口没完工，然而终不能禁止她去同妈唠叨。

晚上既下这样大雨，一到早上，放在檐口下的那些木盆木桶会满盆满桶的装着雨水了。这雨水省却了我们到街上喊卖水老江进屋的功夫。包粽子的竹叶子便将在这些桶里洗漂。

只要是落雨，可以不用问他大小，都能把小孩子引到端节来临的欢喜中去。大人们呢，将为这雨增添了几分忙碌。

但雨有时会偏偏到五日那一天也不知趣大落而特落的。(这是天的事情，谁能断料的定？)所以，在这几天，小孩子人人都有一点工作——这是没有哪一个小孩子不愿抢着做的工作：就是祈祷。他们诚心祈祷那一天万万莫要落下雨来，纵天阴没有太阳也无防。他们祈祷的意思如象请求天一样，是各个用心来默祝，口上却不好意思说出。这既是一般小孩的事，是以九妹同六弟两人都免不了背人偷偷的许下愿心——大点的我，人虽大了，愿天晴的心里却不下于他俩。

于是，这中间就又生出争持来了。譬如谁个胆虚一点，说了句。

“我猜那一天必要落雨呀。”

那一个便“不，不，决不！我敢同谁打赌：落下了雨，让你打二十个耳刮子以外还同你磕一个头。若是不，你就为我——”

“我猜必定要下，但不大。”心虚者又若极有把握的说。

“那我同你打赌吧。”

不消说为天晴袒护这一方面的人，当听到雨必定要下的话时气已登脖颈了！但你若疑心到说下雨方面的人就是存心愿意下雨，这话也说不去。这里两人心虚，两人都深怕下雨而愿意莫下雨，却是一样。

侥幸雨是不落了。那些小孩子们对天的赞美与感谢，虽然是在心里，但你也可从那微笑的脸上找出。这些诚恳的谢词若用东西来贮藏，恐怕找不出那么大的一个口袋呢。

我们在小的孩子们（虽然有不少的大人，但这样美丽佳节原只是为小孩子预备的，大人们不过是搭秤的猪肝罢了。）喝彩声里，可以看到那几只狭长得同一把刀一样的木船在水面上如掷梭一般抛来抛去。一个上前去了，一个又退后了；一个停顿不动了，一个又打起圈子演龙穿花起来。使船行动的是几个红背心绿背心——不红不绿之花背心的水手。他们用小的桡桨促船进退，而他们身子又让船载着来往，这在他们，真可以说是用手在那里走路呢。

……

过了这样发狂似的玩闹一天，那些小孩子如象把期待尽让划船的人划了去，又太平无事了。那几只长狭木船自然会有些当事人把它拖上岸放到龙王庙去休息，我们也不用再去管它。“它不寂寞吗？”幸好遇事爱发问的小孩们还没有提出这么一个问题来为难他妈。但我想即或有聪明小孩子问到这事，还可以用这样话来回答：“它已结结实实同你们玩了一整天，这时应得规规矩矩睡到龙王庙仓下去休息！它不象小孩子爱热闹，所以也不会寂寞。”

从这一天后，大人小孩似乎又渐渐的把前一日那几把水上抛去的梭子忘却了——一般就很难听人从闲话中提到这梭子的故事。直到第二年五月节将近，龙舟雨再落时，又才有人从点点滴滴中把这位被忘却的朋友记起。

一九二六年二月完成

往 事

这事说来又是十多年了。

算来我是六岁。因为第二次我见到长子四叔时，他那条有趣的辫子就不见了。

那是夏天秋天之间。我仿佛还没有上过学。妈因怕我到外面同瑞龙他们玩时又打架，或是乱吃东西，每天都要靠到她身边坐着，除了吃晚饭后洗完澡同大哥各人拿五个小钱到道门口[1]去买士元的凉粉外，剩下便都不准出去了！至于为甚又能吃凉粉？那大概是妈知道士元凉粉是玫瑰糖，不至吃后生病吧。本来那时的时疫也真凶，

[1] 道门口：清代辰沅永靖兵备道道台衙门外空坪处。与沈家隔得很近。

听瑞龙妈说，杨老六一家四口人，从十五得病，不到三天便都死了！

我们是在堂屋背后那小天井内席子上坐着的。妈为我从一个小黑洋铁箱子内取出一束一束方块儿字来念，她便膝头上搁着一个麻篮绩麻。弄子里跑来的风又凉又软，很易引人瞌睡，当我倒在席子上时，妈总每每停了她的工作，为我拿蒲扇来赶那些专爱停留在人脸上的饭蚊子。间或有个时候妈也会睡觉，必到大哥从学校夹着书包回来嚷肚子饿时才醒，那末，夜饭必定便又要晚一点了！

爹好象到乡下江家坪老屋去了好久了，有天忽然要四叔来接我们。接的意思四叔也不大清楚，大概也就是闻到城里时疫的事情吧。妈也不说什么，她知道大姐二姐都在乡里，我自然有她们料理。只嘱咐了四叔不准大哥到乡下溪里去洗澡。因大哥前几天回来略晚，妈摩他小辫子还湿漉漉的，知他必是同几个同学到大河里洗过澡了，还重重的打了他一顿呢。四叔是一个长子，人又不大肥，但很精壮。妈常说这是会走路的人。铜仁到我凤凰是一百二十里蛮路，他能扛六十斤担子一早动身，不抹黑就到了，这怎么不算狠！他到了家时，便忙自去厨房烧水洗脚。那夜我们吃的夜饭菜是南瓜炒牛肉。

妈捡菜劝他时，他又选出无辣子的牛肉放到我碗里。真是好四叔呵！

那时人真小，我同大哥还是各人坐在一只箩筐里为四叔担去的！大哥虽大我五六岁，但在四叔肩上似乎并不什么不匀称。乡下隔城有四十多里，妈怕太阳把我们晒出病来，所以我们天刚一发白就动身，到行有一半的唐峒山时，太阳还才红红的。到了山顶，四叔把我们抱出来各人放了一泡尿，我们便都坐在一株大刺栎树下歇憩。那树的杈桠上搁了无数小石头，树左边又有一个石头堆成的小屋子。四叔为我们解说，小屋子是山神土地，为赶山打野猪人设的；树上石头是寄倦的：凡是走长路的人，只要放一个石头到树上，便不倦了。但大哥问他为甚不也放一个石子时，他却不做声。

他那条辫子细而长正同他身子一样。本来是挽放头上后再加上草帽的，不知是那辫子长了呢还是他太随意，总是动不动又掉下来，当我是在他背后那头时，辫子梢梢便时时在我头上晃。

"芸儿，莫闹！扯着我不好走！"

我伸出手扯着他辫子只是拽，他总是和和气气这样说。

"四满[1]，到了？"大哥很着急的这么问。

"快了，快了，快了！芸弟都不急，你怎么这样慌？你看我跑！"他略略把脚步放快一点，大哥便又嚷摇的头痛了。

他一路笑大哥不济。

到时，爹正同姨婆五叔四婶他们在院中土坪上各坐在一条小凳上说话。姨婆有两年不见我了，抱了我亲了又亲。爹又问我们饿了不曾，其实我们到路上吃甜酒、米豆腐已吃胀了。上灯时，方见大姐二姐大姑满姑[2]各人手上提了一捆地萝卜进来。

我夜里便同大姐等到姨婆房里睡。

乡里有趣多了！既不什么很热，夜里蚊子也很少。大姐到久一点，似乎各样事情都熟习，第二天一早便引

[1] 乡人呼叔叔为满满。

[2] 满姑乃最小之姑母。

我去羊栏边看睡着比猫还小的白羊，牛栏里正歪起颈项在吃奶的牛儿。我们又到竹园中去看竹子。那时觉得竹子实在是一种很奇怪的东西。本来城里的竹子，通常大到屠桌边卖肉做钱筒的已算出奇了！但后园里那些南竹，大姐教我去试抱一下时，两手竟不能相掺。满姑又为偷偷的到园坎上摘了十多个桃子。接着我们便跑到大门外溪沟边上拾得一衣兜花蚌壳。

事事都感到新奇：譬如五叔喂的那十多只白鸭子，它们会一翅从塘坎上飞过溪沟。夜里四叔他们到溪里去照鱼时，却不用什么网，单拿个火把，拿把镰刀。姨婆喂有七八只野鸡，能飞上屋，也能上树，却不飞去；并且，只要你拿一捧包谷米在手，口中略略一逗，它们便争先恐后的到你身边来了。什么事情都有味。我们白天便跑到附近村子里去玩，晚上总是同坐在院中听姨婆学打野猪打獾子的故事。姨婆真好，我们上床时，她还每每为从大油坛里取出炒米、栗子同脆酥酥的豆子给我们吃！

后园坎上那桃子已透熟了，满姑一天总为我们去偷几次。爹又不大出来，四叔五叔又从不说话，间或碰到姨婆见了时，也不过笑笑的说：

“小娥，你又忘记嚷肚子痛了！真不听讲——芸儿，莫听你满姑的话，吃多了要坏肚子！拿把我，不然晚上又吃不得鸡膊腿了！”

乡里去有场集的地方似乎并不很近，而小小村中除每五天逢一六赶场外通常都无肉卖。因此，我们几乎天天吃鸡，惟我一人年小，鸡的大腿便时时归我。

我们最爱看又怕看的是溪南头那坝上小碾房的磨石同自动的水车；碾房是五叔在料理。那圆圆的磨石，固定在一株木桩上只是转只是转。五叔象个卖灰的人，满身是糠皮，只是在旋转不息的磨石间拿扫把扫那跑出碾槽外的谷米。他似乎并不着一点忙，磨石走到他跟前时一跳又让过磨石了。我们为他着急又佩服他胆子大。水车也有味，是一些七长八短的竹篙子扎成的。它的用处就是在灌水到比溪身还高的田面。大的有些比屋子还大，小的也还有一床晒簟大小。它们接接连连竖立在大路近旁，为溪沟里急水冲着快快地转动，有些还咿哩咿哩发出怪难听的喊声，由车旁竹筒中运水倒到悬空的枧[1]上

---

[1] 剜木以引水之物。

去。它的怕人就是筒子里水间或溢出枧外时，那水便砰的倒到路上了，你稍不措意，衣服便打得透湿。我们远远的立着看行路人抱着头冲过去时那样子好笑。满姑虽只大我四岁，但看惯了，她却敢在下面走来走去。大姐同大姑，则知道那个车子溢出后便是那一个接脚，不消说是不怕水淋了！只我同大哥二姐，却无论如何不敢去尝试。

夜 渔

这已是谷子上仓的时候了。

年成的丰收，把茂林家中似乎弄得格外热闹了一点。在一天夜饭桌上，坐着他四叔两口子，五叔两口子，姨婆，碧霞姑妈同小娥姑妈，以及他爹爹；他在姨婆与五婶之间坐着，穿着件紫色纺绸汗衫。中年妇人的姨婆，时时停了她的筷子为他扇背。茂儿小小的圆背膊已有了两团湿痕。

桌子上有一大钵鸡肉，一碗满是辣子拌着的牛肉，一碗南瓜，一碗酸粉辣子，一小碟酱油辣子；五叔正夹了一只鸡翅膀放到碟子里去。

“茂儿，今夜敢同我去守碾房罢？”

“去，去，我不怕！我敢！”

他不待爹的许可就忙答应了。

爹刚放下碗，口里含着那枝“京八寸”小潮丝烟管，呼得喷了一口烟气，不说什么。那烟气成一个小圈，往上面消失了。

他知道碾子上的床是在碾房楼上的，在近床边还有一个小小窗口。从窗口边可以见到村子里大院坝中那株夭矫矗立的大松树尖端，又可以见到田家寨那座灰色石碉楼。看牛的小张，原是住在碾房；会做打笼装套捕捉偷鸡的黄鼠狼，又曾用大茶树为他削成过一个两头尖的线子陀螺[1]。他刚才又还听到五叔说溪沟里有人放堰，碾坝上夜夜有鱼上罾了……所以提到碾房时，茂儿便非常高兴。

当五叔同他说到去守碾房时，他身子似乎早已在那飞转的磨石边站着了。

“五叔，那要什么时候才去呢？……我不要这个。……吃了饭就去罢？”

他靠着桌边站着，低着头，一面把两只黑色筷子在

[1] 线子陀螺：陀螺如竹木纺车所纺出的线绽，故名。

那画有四个囍字的小红花碗里“要扬不紧”[1] 的扒饭进口里去。左手边中年妇人的姨婆，捡了一个鸡肚子朝到他碗里一掼。

“茂儿，这个好呢。”

“我不要。那是碧霞姑妈洗的……不干净，还有——糠皮儿……”他说到糠字时，看了他爹一眼。

“你也是吃饱了！糠皮儿在哪里？……不要，就送把我罢。”

“真的，不要就送把你姑妈。我帮你泡汤吃。”五婶说。

茂儿把鸡肚子一扔丢到碧霞碗里去。他五婶却从他手里抢过碗去倒了大半碗鸡汤。但到后依然还是他姨婆为他把剩下的半碗饭吃完。

天上的彩霞，做出各样惊人的变化。满天通黄，象一块其大无比的金黄锦缎；倏而又变成淡淡的银红色，稀薄到象一层蒙新娘子粉脸的面纱；倏而又成了许多碎

[1] “要扬不紧”：不专心，懒懒的，应快而慢。凤凰土语。

锦似的杂色小片，随着淡宕的微风向天尽头跑去。

他们照往日样，各据着一条矮板凳，坐在院坝中说笑。

茂儿搬过自己那张小小竹椅子，紧紧的傍着五叔身边坐下。

“茂儿，来！让我帮你摩一下肚子——不然，半夜会又要嚷肚子痛。”

“不，我不胀！姨婆。”

“你看你那样子。……不好好推一下，会伤食。”

“不得。（他又轻轻的挨五叔）五叔，我们去罢！不然夜了。”

“小孩子怎不听话？”

姨婆那副和气样子养成了他顽皮娇恣的性习；不管姨婆如何说法，他总不愿离开五叔身边。到后还是五叔用“你不听姨婆话就不同你往碾房……”为条件，他才忙跑到姨婆身边去。

“您要快一点！”

“噢！这才是乖崽！”姨婆看着茂儿胀得圆圆的象一面小鼓的肚子，用大指蘸着唾沫；在他肚皮上一推一赶，口里轻轻哼着："推食赶食……你自己瞧看，肚子胀到什么样子了，还说不要紧！……今夜太吃多了。推食赶食……莫挣！慌什么，再推几下就好了。……推食赶食……"

"姨婆，算了吧！你那手指甲刮得人家肚皮痒痒的，怪难受。"她又把那左手留有一寸多长的灰色指甲翘起，他可不好再说话了。

院坝中坐着的人面目渐渐模糊，天空由曙光般淡白而进于黑暗……只日影没处剩下一撮深紫了。一切皆渐次消失在夜的帷幕下。

在四围如雨的虫声中，谈话的声音已抑下了许多了。

凉气逼人，微飔拂面，这足证明残暑已退，秋已将来到人间了。茂儿同他五叔，慢慢的在一带长蛇般黄土田塍上走着。在那远山脚边，黄昏的紫雾迷漫着，似乎雾的本身在流动又似乎将一切流动。天空的月还很小，敌不过它身前后左右的大星星光明。田塍两旁已割尽了禾苗的稻田里，还留着短短的白色根株。田中打禾后剩下的稻草，堆成大垛大垛，如同一间一间小屋。身前后左右一片繁密而细碎的虫声，如一队音乐师奏着庄严凄清的秋夜之曲。金铃子的“叮……”象小铜钲般清越，尤其使人沉醉。经行处，间或还听到路旁草间小生物的窸窣。

“五叔，路上莫有蛇罢？”

“怕什么。我可以为你捉一条来玩，它是不会咬人的。”

“那我又听说乌梢公同烙铁头（皆蛇名）一咬人便准毒死。这个小张以前曾同我说过。”

“这大路哪来乌梢公？你怕，我就背你走罢。”

他又伏在他五叔背上了。然而夜枭的喊声，时时象一个人在他背后咳嗽；依然使他不安。

“五叔，我来拿麻藁。你一只手背我；一只手又要打火把，实在不大方便。”他想若是拿着火把，则可高高举着，照烛一切。

“你莫拿，快要到了！”

耳朵中已听到碾房附近那个小水车咿咿呀呀的喊叫了。碾房那一点小小红色灯火，已在眼前闪烁，不过，那灯光，还只是天边当头一颗小星星那末大小罢了！

转过了一个山嘴，溪水上流一里多路的溪岸通通出现在眼前了。足以令他惊呼喝嚷的是沿溪有无数萤火般似的小火星在闪动。隐约中更闻有人相互呼唤的声音。

“咦！五叔，这是怎么？”

“嗨！今夜他们又放鱼[1]！我还不知道。若早点，我们可以叫小张把网去整一下，也好去打点鱼做早饭菜。”

……假使能够同到他们一起去溪里打鱼，左手高高的举着通明的葵藁或旧缆子做的火把，右手拿一面小网，或一把镰刀，或一个大篾鸡笼，腰下悬着一个鱼篓，裤脚扎得高高到大腿上头，在浅浅齐膝令人舒适的清流中，溯着溪来回走着，溅起水点到别个人头脸上时——或是遇到一尾大鲫鱼从手下逃脱时，那种“怎么的！……你为甚那末冒失慌张呢？”“老大！得了，得了……”“啊呀，我的天！这么大！”“要你莫慌，你偏偏不听话，看到进了网又让它跑脱了。……”带有吃惊，高兴，怨同伴不经心的嚷声，真是多么热闹（多么有趣）的玩意事啊！……

茂儿想到这里，心已略略有点动了。

---

[1] 放鱼：毒鱼，而不是放走鱼。凤凰土语。

“那我们这时要小张转家去取网不行吗？”

“算了！网是在楼上，很难取。并且有好几处要补半天才行。”五叔说，“左右他们上头一放堰坝时，罶上也会有鱼的。我们就守着罶罢。”

关于照鱼的事，五叔似乎并不以为有什么趣味，这很令不知事的茂儿觉得希奇。

……

一九二五年三月二十一日于窄而霉小斋

湘西

题记

我这本小书只能说是湘西沅水流域的杂记，书名用《沅水流域识小录》，似乎还切题一点。因为湘西包括的范围很宽，接近鄂西的桑植、龙山、大庸、慈利、临澧各县应当在内，接近湘南的武冈、安化、绥宁、通道、邵阳、溆浦各县也应当在内。不过一般记载说起湘西时，常常不免以沅水流域各县作主体，就是如地图所指，西南公路沿沅水由常德到晃县一段路，和酉水各县一段路。本文在香港《大公报》发表时，即沿用这个名称，因此现在并未更改。

这是古代荆蛮由云梦洞庭湖泽地带被汉人逼迫退守的一隅。地有五溪，“五溪蛮”的名称即由此而来。传称马援征蛮，困死于壶头山，壶头山在沅水中部，因此沅水流域每一县城至今都还有一伏波宫。战国时被放逐的楚国诗人屈原，驾舟溯流而上，许多地方还约略可以推测得出。便是这个伟大诗人用作题材的山精洞灵，篇章中常借喻的臭草香花，也俨然随处可以发现。尤其是与《楚辞》不可分的酬神宗教仪式，据个人私意，如用凤凰县苗巫主持的大傩酬神仪式作根据，加以研究比较，必尚有好些事可以由今会古。土司制度是中国边远各省统治制度之一种，五代时马希范与彭姓土司夷长立约的大铜柱，现今还矗立于酉水中部河岸边，地临近青鱼潭，属永顺县管辖。酉水流域几个县分，至今就还遗留下一些过去土司统治方式，可作专家参考。屯田练勇改土归流为清代两百年来处理苗族方策，且是产业共有共享一种雏形试验。辛亥以来，苗民依旧常有问题，问题便与屯田制度的变革有关，与练勇事似二而一。所以一个行政长官，一个史学者，一个社会问题专家，对这地方的过去、当前、未来如有些关系，或不缺少研究兴味，更不能不对这地方多有些了解。

又如战争一起，我们南北较好的海口和几条重要铁路线都陆续失去了，谈建国复兴，必然要从地面的人事经营和地下的资源发掘作起。湘西人民常以为极贫穷，有时且不免因此发生“自卑自弃”感觉，俨若凡事为天所限制，无可奈何。事实上，湘西的桐油、茶叶、木材、竹、棕，都有很好的出产。地下的煤铁虽不如外人所传说富厚，至于特殊金属，如锑、砒、银、钨、锰、汞、金，地下蕴藏都相当多。尤其是经最近调查，几个金矿的发现，藏金量之丰富，与矿床之佳好，为许多专家所想象不到。湘西虽号称偏僻，在千五百年前的《桃花源记》，被形容为与世隔绝的区域，可是到如今，它的地位也完全不同了。西南公路由此通过，贯串了四川、贵州、云南、广西的交通。并且战争已经到了长江中部，有逐渐向内地转移可能。湘西的咽喉为常德，地当洞庭湖口，形势重要，在沿湖各县数第一。敌如有心冒险西犯，这咽喉之地势所必争，将来或许会以常德为据点，作攻川攻黔准备。我军战略若系将主力离开铁路线，诱敌入山地，则湘西沅水流域必成为一个大战场——一个战场，换一句话，可能就是一片瓦砾场！“未来”湘西的重要，显而易见。然而这种“未来”是和“过去”“当前”不可分的。对于这个地方的“过去”和“当前”，我们是不是还应当多知道一点点？还值得多知道一点点？据个人意见，对于湘西各方面的知识，实在都十分需要。任何部门的专家，或是一个较细心谨慎客观的新闻记者，用“湘西”作为题材，写成他的著作，不问这作品性质是特殊的或一般的，我相信，对于建设湘西、改造湘西，都重要而有参考价值。因为一种比较客观的记载，纵简略而多缺点，依然无害于事，它多多少少可以帮助他人对于湘西的认识。至于我这册小书，在本书《引子》即说得明明白白：只能说是一点“土仪”，一个湘西人对于来到湘西或关心湘西的朋友们所作的一种芹献。我的目的只在减少旅行者不必有的忧虑，补充他一些不可免的好奇心，以及给他一点来到湘西为安全和快乐应当需要的常识，并希望这本小书的读者，在掩卷时，能对这边鄙之地给予少许值得给予的同情，就算是达到写作目的了。若这本小书还可对这些专家或其他同乡前辈成为一种“抛砖引玉”的工作，那更是我意外的荣幸。

我生长于凤凰县，十四岁后在沅水流域上下千里各个地方大约住过五六年，我的“青年人生教育”恰如在这条水上毕的业。我对于湘西的认识，自然较偏于人事方面，活在这片土地上的老幼贵贱，生死哀乐种种状况，我因性之所近，注意较多，也较熟习。去乡约十五年，去年回到沅陵住了约四个月，社会新陈代谢，人事今昔情形不同已很多。然而另外又似乎有些情形还是一成不变。我心想：这些人被历史习惯所范围、所形成的一切，若写它出来，当不是一种徒劳。因为在湘西我大约见过两百左右年青同乡，除了十来个打量去延安，为介绍有关熟人写些信，此外与些人谈起国家大事、文坛掌故、海上繁华时，他们竟象比我还知道的很多。至于谈起桑梓过去当前情形，却茫然发呆。人人都知道说地方人不长进，老年多保守顽固，青年多虚浮繁华，地方政治不良，苛捐杂税太多，特别是外来人带着一贯偏见，在各县以征服者自居的骄横霸蛮态度，在兵役制度上的种种苛扰。可是都近于人云亦云，不知所谓。大家对于地方坏处缺少真正认识，对于地方好处更不会有何热烈爱好。即从青年知识分子一方面观察，不特知识理性难抬头，情感勇气也日见薄弱。所以当我拿笔写到这个地方种种时，心情实在很激动，很痛苦。觉得故乡山川风物如此美好，一般人民如此勤俭耐劳，并富于热忱与艺术爱美心，地下所蕴聚又如此丰富，实寄无限希望于未来。因此这本书的最好读者，也许应当是生于斯，长于斯，将来与这个地方荣枯永远不可分的同乡。

湘西到今日，生产、建设、教育、文化在比较之下，事事都显得落后，一般议论常认为是“地瘠民贫”，这实在是一句错误的老话。老一辈可以借此解嘲，年轻人决不宜用之卸责。二十岁以下的年轻人更必须认识清楚：这是湘西人负气与自弃的结果！负气与自弃本来是两件事，前者出于山民的强悍本性，后者出于缺少知识养成的习惯；两种弱点合而为一，于是产生一种极顽固的拒他性。不仅仅对一切进步的理想加以拒绝，便是一切进步的事实，也不大放在眼里。譬如就湘西地方商业而论，规模较大的出口货如桐油、木材、烟草、茶叶、牛皮、生漆、白蜡、木油、水银，进口货如棉纱、煤油、烟卷、食盐、五金，近百年来习惯，就无不操纵在江西帮、汉口帮大商人手里，湘西人是从不过问的。湘西人向外谋出路时，人自为战，与社会环境奋斗的精神，很得到国人尊敬。至于集团的表现，遵循社会组织，从事各种近代化企业竞争，就大不如人。因此在政治上虽产生过熊希龄、宋教仁，多独张一帜，各不相附。军人中出过傅良佐、田应诏、蔡钜猷，对于湖南却无所建树。读书人中近二十年来更出了不少国内知名专门学者，然而沅水流域二十县，到如今却连一个象样的中学还没有！各县虽多财主富翁，这些人的财富除被动的派捐绑票，自动的嫖赌逍遥，竟似乎别无更有意义的用途。这种长于此而拙于彼，仿佛精明能干，其实胡涂到家的情形，无一不是负气与自弃结果。负气与自弃影响到政治方面，则容易有“马上得天下，马上治之”观念，少弹性，少膨胀性，少黏附团结性，少随时代应有的变通性。影响到普遍社会方面，则一切容易趋于保守，对任何改革都无热情，难兴奋。凡事惟以拖拖混混为原则，以不相信不合作保持负气，表现自弃。这自然不成的。负气与自弃使湘西地方被称为苗蛮匪区，湘西人被称为苗蛮土匪，这是湘西人全体的羞辱。每个人都有涤除这羞辱的义务。天时地利待湘西人并不薄，湘西人所宜努力的，是肯虚心认识人事上的弱点，并有勇气和决心改善这些弱点。第一是自尊心的培养，特别值得注意。因为即以游侠者精神而论，若缺少自尊心，便不会成为一个站得住的大脚色。何况年青人将来对地方对历史的责任远比个人得失荣辱为重要。

日月交替，因之产生历史。民族兴衰，事在人为。我这本小书所写到的各方面现象，和各种问题，虽极琐细平凡，在一个有心人看来，说不定还有一点意义，值得深思！

引 子

战事一延长，不知不觉间增加了许多人地理知识。另外一时，我们对于地图上许多许多地名，都空空泛泛，并无多少意义，也不能有所关心。现在可不同了。一年来有些地方，或因为敌我两军用炮火血肉争夺，或因为个人需从那里过身，都必然重新加以注意。例如丰台、台儿庄、富阳、嘉善、南京或长沙，这里或那里，我们好象全部都十分熟习。地方和军事有关，和交通有关，它的形势、物产，多多少少且总给我们一些概念。所以当前一个北方人，一个长江下游人，一个广东人（假定他是读书的），从不到过湖南，如今拟由长沙，经湘西，过贵州，入云南，人到长沙前后，自然从一般记载和传说，对湘西有如下几种片断印象或想象：

一、湘西是个苗区，同时又是个匪区。妇人多会放蛊，男子特别欢喜杀人。

二、公路极坏，地极险，人极蛮，因此旅行者通过，实在冒两重危险。若想住下，那简直是探险了。

三、地方险有险的好处，车过武陵，就是《桃花源记》上所说的渔人本家。武陵上面是桃源县，就是“桃花源”，那地方说不定还有避秦的遗民，可以杀鸡煮酒，殷勤招待客人。经过辰州，那地方出辰州符，出辰砂。且有人会“赶尸”。若眼福好，必有机会见到一群死尸在公路上行走，汽车近身时，还知道避让路旁，完全同活人一样！

四、地方文化水准极低，土地极贫瘠，人民蛮悍而又十分愚蠢。

这种想法似乎十分可笑，可是有许多人就那么心怀不安与好奇经过湘西。经过后一定还有人相信传说，不大相信眼睛。这从稍前许多过路人和新闻记者的游记或通信就可看出。这种游记和通信刊载出来时，又给另外一些陌生人新的幻觉与错觉，因此湘西就在这种情形中成为一个特殊区域，充满原始神秘的恐怖，交织野蛮与优美。换言之，地方人与物，由外面人眼光中看来，俱不可解。造成这种印象的，最先自然是过去游宦的外来人，一瞥而过，作成的荒唐记载。其次便是到过湘西来作官作吏，因贪污搜刮不遂，或因贪污搜刮过多，吃过地方人的苦头这种人的传说。因为大家都不真正明白湘西，所以在长沙临时大学任教，谈文化史的陈序经教授，在一篇讨论研究西南文化的文章里，说及湖南苗民时，就说，“八十年前湖南还常有苗患，然而湖南苗民在今日已不容易找出来。”（见《新动向》二期）陈先生是随同西南联合大学在长沙住过好几个月的，既不知道湘西还有几县地方，苗民事实上还占全县人口比例到三分之二以上，更不注意湘主席何键的去职，荣升内政部长，就是苗民“反何”作成的。一个“专家”对于湘西尚如此生疏隔膜，别的人就可想而知了。

本文的写作，和一般游记通讯稍微不同。作者是本地人，可谈的问题当然极多，譬如矿产、农村、教育、军事一切大问题，然而这些问题，这时节不是谈它的时节。现在仅就一个旅行者沿湘黔公路所见，下车时容易触目，住下时容易发生关系，谈天时容易引起辩论，开发投资时有选择余地，这一类琐细小事，分别写点出来，作为关心湘西各种问题或对湘西还有兴味的过路人一份“土仪”。如能对于旅行者和寄居者减少一点不必有的忧虑，补充一点不可免的好奇心，此外更能给他一点常识——对于旅行者到湘西来安全和快乐应当需要的常识，或一点同情，对这个边鄙之地值得给予的同情，就可说是已经达到拿笔的目的了。

一个外省人想由公路乘车入滇，总得在长沙候车，多多少少等些日子。长沙人的说话，以善于扩大印象描绘见长，对于湘西的印象，不外把经验或传闻复述一次。杀人放火，执枪弄刀，知识简陋，地方神秘，如此或如彼，叙说的一定有声有色。看看公路局的记名簿，轮到某某号某人买票上车了，于是这个客人担着一份忧虑，怀藏一点好奇心，由长沙上车，一离城区就得过渡，待渡时，对长沙留下的印象，在饮食方面必然是在大圆桌上的大盘、大碗、大调羹和大筷子。私人住宅门墙上园庐名称字样大，商店铺子门面招牌也异常大，东东西西都大——正好象一切东西都在战事中膨胀放大了，凡事不能例外，所以购买杂物时，作生意人的脾气也特别大（尤其是洋货铺对于探头探脑想买点什么的乡下人，邮局的办事员对于普通市民……）。为一点点小事大吵大骂，到处可见。也许天时阴雨太多了一点，发扬的民族性与古怪的天气相冲突，结果便表现于这些触目可见的问题上。长沙出名的是湘绣，湘绣中合乎实用的是被面，每件定价六十四元到一百二十元，事实上给他十五元，交易就办好了。虚价之大也是别地方少有的。在人事方面，却各凭机会各碰运气，或满意，或失望。最容易放在心上的，必然是前主席一筹防空捐，六百万元，毫不费力即可收齐，说明湖南并不十分穷。现主席拟用五万年青学生改造地方政治，证明湖南学生相当多。地方气候虽如汉朝贾谊所说，卑湿多雨，人物如屈原所咏，臭草与香花杂植，无论如何总会给人一种活泼兴旺印象。市面活泼也许是装璜的，政治铺排也许是有意为之的，然而地方决不是死气沉沉的。时代若流行标语口号，他的标语口号会比别的地方大得多，响亮得多，前进得多。（北伐后马日事变前可以作例。）时代若略略向回头路走，中国老迷信有露面机会，那么，和尚、道士、同善社、佛学会，无不生意兴隆，号召广大。（清党后，唐生智手下三十万官兵，一律在短短几天中就忽然“佛化”，可以作例。）过路人只要肯留心一看，就可到处看出夸张，这点夸张纵与地方真实进步无关，与市面繁荣可大有关系。长沙是个并未完全工业化的半老都城，然而某几种手工业，如刺绣、边炮、雨伞、夏布，不特可供给本省需要，还可向外埠或南洋夺取市场。矿产与桐油木材，更增加本省的财富与购买力。所以外来丝织品、毛织品及别的奢侈品，也可在省会上得到广大的出路。民气既发扬，政治上负责的只要肯办事，会办事，什么事都办得通。目前它在动，在变，在发展，人和物无不如此。

汽车过河后，长沙和旅行者离远了。爆竹声，吵骂声，交通器具形成的嘈杂声，慢慢的在耳根边消失了。汽车上了些山，转了些弯，窗外光景换了新样子。且还继续时时在变换。平田角一栋房子，小山头三五株树，干净洒脱处，一个学中国画的旅客当可会心于“新安派”的画上去。旅行者会觉得车是向湘西走去，向那个野蛮而神秘，有奇花异草与野人神话的地方走去，添上一分奇异的感觉，杂糅愉快与惊奇。且一定以为这里将如此如此，那里必如此如此。可是这种担心显然是白费的，估计是不足信的。因为益阳和宁乡，给过路人的印象都不是旅行者所预料得到的。公路坦平而宽阔，有些地方可并行四辆卡车，经雨后路面依然很好。路旁树木都整齐如剪。两旁田亩如一块块不同绿色毯子，彤色爽人心目。小山头全种得是马尾松和茶树栎树，著名的松菌、茶油和白炭，就出于这些树木。如上路适当三月里，还到处可见赤如火焰的杜鹃花，在斜风细雨里听杜鹃鸟在山谷里啼唤！有人家处多丛竹绕屋，竹干带斑的，起云的，紫黑的，中节忽然胀大的，北方人当作宝贝的各种竹科植物，原来这地方乡下小孩子正拿它来赶猪赶鸭子。小孩子眼睛光亮，聪明活泼，驯善柔和处，会引起旅行者的疑心：这些小东西长大时就会杀人放蛊？或者不免有点失望，因为一切人和物都与想象中的湘西的野蛮光景不大相称。或者又觉得十分满意，因为一切和江浙平原相差不多，表现的是富足、安适，无往不宜。

可是慢慢的看罢。对湘西断语下得太早了一点不相宜。我们应当把武陵以上称为湘西，它的个性特性方能见出。由长沙到武陵，还得坐车大半天！也许车辆应当在那个地方休息，让我们在车站旁小旅馆放下行李，过河先看看武陵，一个词章上最熟习的名称。

常德的船

常德就是武陵，陶潜的《搜神后记》上《桃花源记》说的渔人老家，应当摆在这个地方。德山在对河下游，离城市二十余里，可说是当地唯一的山。汽车也许停德山站，也许停县城对河另一站。汽车不必过河，车上人却不妨过河，看看这个城市的一切。地理书上告给人说这里是湘西一个大码头，是交换出口货与入口货的地方。桐油、木料、牛皮、猪肠子和猪鬃毛，烟草和水银，五棓子和鸦片烟，由川东、黔东、湘西各地用各色各样的船只装载到来，这些东西全得由这里转口，再运往长沙武汉的。子盐、花纱、布匹、洋货、煤油、药品、面粉、白糖，以及各种轻工业日用消耗品和必需品，又由下江轮驳运到，也得从这里改装，再用那些大小不一的船只，分别运往沅水各支流上游大小码头去卸货的。市上多的是各种庄号。各种庄号上的坐庄人，便在这种情形下成天如一个磨盘，一种机械，为职务来回忙。邮政局的包裹处，这种人进出最多。长途电话的营业处，这种坐庄人是最大主顾。酒席馆和妓女的生意，靠这种坐庄人来维持。

除了这种繁荣市面的商人，此外便是一些寄生于湖田的小地主，作过知县的小绅士，各县来的男女中学生，以及外省来的参加这个市面繁荣的掌柜、伙计、乌龟、王八。全市人口过十万，街道延长近十里，一个过路人到了这个城市中时，便会明白这个湘西的咽喉，真如所传闻，地方并不小。可是却想不到这咽喉除吐纳货物和原料以外，还有些什么东西。作这种吐纳工作，责任大，工作忙，性质杂，又是些什么人。假若一旦没有了他们，这城市会不会忽然成为河边一个废墟？这种人照例触目可见，水上城里无一不可以碰头，却又最容易为旅行者所疏忽。我想说的是真正在控制这个咽喉，支配沅水流域的几万船户。

这个码头真正值得注意令人惊奇处，实也无过于船户和他所操纵的水上工具了。要认识湘西，不能不对他们先有一种认识。要欣赏湘西地方民族特殊性，船户是最有价值材料之一种。

一个旅行者理想中的武陵，渔船应当极多。到了这里一看，才知道水面各处是船只，可是却很不容易发现一只渔船。长河两岸浮泊的大小船只，外行人一眼看去，只觉得大同小异，事实上形制复杂不一，各有个性，代表了各个地方的个性。让我们从这方面来多知道一点，对于我们也许有些便利处。

船只最触目的三桅大方头船，这是个外来客，由长江越湖来的，运盐是它主要的职务。它大多数只到此为止，不会向沅水上游走去。普通人叫它做“盐船”，名实相副。船家叫它做“大鳅鱼头”，《金陀粹编》上载岳飞在洞庭湖水擒杨幺故事，这名字就见于记载了，名字虽俗，来源却很古。这种船只大多数是用乌油漆过，所以颜色多是黑的。这种船按季候行驶，因为要大水大风方能行动。杜甫诗上描绘的“洋洋万斛船，影若扬白虹”，也许指的就是这种水上东西。

比这种盐船略小，有两桅或单桅，船身异常秀气，头尾突然收敛，令人入目起尖锐印象，全身是黑的，名叫“乌江子”。它的特长是不怕风浪，运粮食越湖。它是洞庭湖上的竞走选手。形体结构上的特点是桅高，帆大，深舱，锐头。盖舱篷比船身小，因为船舷外还有护舱板。弄船人同船只本身一样，一看很干净，秀气斯文。行船既靠风，上下行都使帆，所以帆多整齐。船上用的水手不多，仅有的水手会拉篷，摇橹，撑篙，不会荡桨——这种船上便不常用桨。放空船时妇女还可代劳掌舵。这种船间或也沿河上溯，数目极少，船身材料薄，似不宜于冒险。这种船在沅水流域也算是外来客。

在沅水流域行驶，表现得富丽堂皇，气象不凡，可称为巨无霸的船只，应当数“洪江油船”。这种船多方头高尾，颜色鲜明，间或且有一点金漆装饰。尾梢有舵楼，可以安置家眷。大船下行可载三四千桶桐油，上行可载两千件棉花，或一票食盐。用橹手二十六人到四十人，用纤手三十人到六七十人。必待春水发后方上下行驶，路线系往返常德和洪江。每年水大至多上下三五回，其余大多时节都在休息中，成排结队停泊河面，俨然是河上的主人。船主照例是麻阳人，且照例姓滕，善交际，礼数清楚。常与大商号中人拜把子，攀亲家。行船时站在船后檀木舵把边，庄严中带点从容不迫神气，口中含了个竹马鞭短烟管，一面看水，一面吸烟。遇有身分的客人搭船，喝了一杯酒后，便向客人一五一十叙述这只油船的历史，载过多少有势力的军人、阔佬，或名驰沅水流域的妓女。换言之，就是这只船与当地“历史”发生多少关系！这种船只上的一切东西，无一不巨大坚实。船主的装束在船上时看不出什么特别处，上岸时却穿长袍（下脚过膝三四寸），罩青羽绫马褂，戴呢帽或小缎帽，佩小牛皮抱肚，用粗大银链系定，内中塞满了银元。穿生牛皮靴子，走路时踏得很重。个子高高的，瘦瘦的。有一双大手，手上满是黄毛和青筋。会喝酒，打牌，且豪爽大方，吃花酒应酬时，大把银元钞票从抱肚掏出，毫不吝啬。水手多强壮勇敢，眉目精悍，善唱歌、泅水、打架、骂野话。下水时如一尾鱼，上岸接近妇人时象一只小公猪。白天弄船，晚上玩牌，同样做得极有兴致。船上人虽多，却各有所事，从不紊乱。舱面永远整洁如新。拔锚开头时，必擂鼓敲锣，在船头烧纸烧香，煮白肉祭神，燃放千子头鞭炮，表示人神和乐，共同帮忙，一路福星。在开船仪式与行船歌声中，使人想起两千年前《楚辞》发生的原因，现在还好好的保留下来，今古如一。

比洪江油船小些、形式仿佛也较笨拙些（一般船只用木板作成，这种船竟象用木柱作成），平头大尾，一望而知船身十分坚实，有斗拳师的神气，名叫“白河船”。白河即酉水的别名。这种船只即行驶于沅水由常德到沅陵一段，酉水由沅陵到保靖一段。酉水滩流极险，船只必经得起磕撞。船只必载重方能压浪，因此尾部如臀，大而圆。下行时在船头缚大木桡一两把。木桡的用处是船只下滩，转头时比舵切于实际。照水上人俗谚说：“三桨不如一篙，三橹不如一桡。”桡读作招。酉水浅而急，不常用橹，篙桨用处多，因此篙多特别长大，桨较粗硕，肥而短。船篷用粽子叶编成，不涂油。船主多永顺保靖人，姓向姓王姓彭占多数。酉水河床窄，滩流多，为应付自然，弄船人所需要的勇敢能耐也较多。行船时常用相互诅骂代替共同唱歌，为的是受自然限制较多，脾气比较坏一点。酉水是传说中古代藏书洞穴所在地，多的是高大宏敞充满神秘的洞穴。由沅陵起到酉阳止，沿酉水流域的每个县分总有几个洞穴。可是如沅陵的大酉洞，二酉洞，保靖的狮子洞，酉阳的龙洞，这些洞穴纵有书籍也早已腐烂了。到如今这条河流最多的书应当是宝庆纸客贩卖的石印本历书，每一条船上照例都有一本“皇历”。船家禁忌多，历书是他们行动的宝贝。河水既容易出事情，个人想减轻责任，因此凡事都俨然有天作主，由天处理，照书行事，比较心安，也少纠纷，船只出事时有所借口。酉水流域每个县分的船只，在形式上又各不相同，不过这些小船不出白河，在常德能看到的白河油船，形体差不多全是一样。

沅水中部的辰溪县，出白石灰和黑煤，运载这两种东西的本地船叫做“辰溪船”，又名“广舶子”。它的特点和上述两种船只比较起来，显得材料脆薄而缺少个性。船身多是浅黑色，形状如土布机上的梭子，款式都不怎么高明。下行多满载一些不值钱的货，上行因无回头货便时常放空。船身脏，所运货又少时间性，满载下驶，危险性多，搭客不欢迎，因之弄船人对于清洁、时间就不甚关心。这种船上的席篷照例是不大完整的，布帆是破破碎碎的，给人印象如一个破落户。弄船人因闲而懒，精神多显得萎靡不振。

洞河（即泸溪）发源于乾城苗乡大小龙洞，和凤凰苗乡乌巢河，两条小河在乾城县的所里市相汇。向东流，到泸溪县，方和沅水同流，在这条河里的船就叫“洞河船”。河源主流由苗乡梨林地方两个洞穴中流出，河床是乱石底子，所以水特别清，水性特别猛。船身必需从撞磕中挣扎，河身既小，船身也较轻巧。船舷低而平，船头窄窄的。在这种船上水手中，我们可以发现苗人。不过见着他时我们不会对他有何惊奇，他也不会对我们有何惊奇。这种人一切和别的水上人都差不多，所不同处，不过是他那点老实、忠厚、纯朴、戆直性情——原人的性情，因为住在山中，比城市人保存得多点罢了。乾城人极聪明文雅，小手小脚小身材，唱山歌时嗓子非常好听，到码头边时，可特别沉默安静。船只太小了，不常有机会到这大码头边靠船。这种船停泊在河面时似乎很羞怯。正如水手们上街时一样羞怯。

乾城用所里作本县吐纳货物的水码头。地方虽不大，小小石头城却很整齐干净，且出了几个近三十年来历史上有名姓的人物。段祺瑞时代的陆军总长傅良佐将军，是生长在这个小县城里的。东北军宿将，国内当前军人中称战术权威的杨安铭将军，也是这地方人。

在河上显得极活动，极有生气，而且数量极多的，是普通的中型“麻阳船”。这种船头尾高举，秀拔而灵便。这种船只的出处是麻阳河（即辰溪）。每只船上都可见到妇人、孩子、童养媳。弄船人一面担负商人委托的事务，一面还担负上帝派定的工作，两方面都异常称职。沅水流域的转运事业，大多数由这地方人支配，人口繁荣的结果，且因此在常德城外多了一条麻阳街。“一切成功都必需争斗”，这原则也可用作麻阳街的说明。据传说，这条街是个姓滕的水手滕老九双拳打出来的。我们若有兴趣特意到那条街上走走，可知道开小铺子的，做理发店生意的，卖船上家伙的，经营不用本钱最古职业的，全是麻阳乡亲，我们就会明白，原来参加这种争斗，每人都有一份。麻阳人的精力绝伦处，或者与地方出产有点关系。麻阳出各种橘子，糯米也极好，作甜酒特别相宜。人口加多，船只也越来越多，因此沅水水面的世界，一大半是麻阳人占有的。大凡船只停靠处，都有叫乡亲的麻阳人。乡亲所得的便利极多，平常外乡人，坐船时于是都叫麻阳人作“乡亲”。乡亲的特点是面目精悍而性情快乐，作水手的都能吃，能做，能喝，能打架。船主上岸时必装扮成为一个小乡绅，如驾洪江油船的大老板一样穿袍穿褂，着生牛皮盘云长统钉靴，戴有皮封耳的毡帽或博士帽，手指套上分量沉重的金戒指，皮抱肚里装上许多大洋钱，短烟管上悬个老虎爪子，一端还镶包一片镂花银皮。见人就请教仙乡何处，贵府贵姓。本人大多数姓滕，名字“代富”、“宜贵”。对三十年来的本省政治，比起任何地方船主都熟习，都关心。欢喜讲礼教，臧否人物，且善于称引经典格言和当地俗谚，作为谈天时章本。恭维客人时必从恭维上增多一点收入，被客人恭维时便称客人为“知己”，笑嘻嘻的请客人喝包谷子酒。妇女在船上不特对于行船毫无妨碍，且常常是一个好帮手。妇女多壮实能干，大脚大手，善于生男育女。

麻阳人中另外还有一双值得称赞的手，在湘西近百年实无匹敌，在国内也是一个少见的。艺术家，是塑像师张秋潭那双手，小件艺术品多在烟盘边靠灯时用烟签完成的，无一不作得栩栩如生，至今还留下些在湘西私人手中。大件是各县庙宇天王观音等神像，辛亥以后破除迷信，毁去极多。

在常德水码头船只极小，飘浮水面如一片叶子，数量之多如淡干鱼，是专载客人用的“桃源划子”。木商与烟贩，上下办货的庄客，过路的公务员，放假的男女学生，同是这种小船的主顾。船身既轻小，上下行的速度较之其他船只快过一倍，下滩时可从边上小急流走，决不会出事。在平潭中且可日夜赶程，不会受关卡留难。因此在有公路以前，这种小小船只实为沅水流域交通利器。弄船人工作不需如何紧张，开销又少，收入却较多。装载客人且多阔老，同时桃源县人的性格又特别随和(沅水一到桃源后就变成一片平潭，再无恶滩急流，自然影响到水上人性情很大)，所以弄船人脾气就马虎得多，很多是瘾君子，白天弄船，晚上便靠灯。有些家中人说不定还留在县里，经营一种不必要本钱的职业，分工合作，都不闲散。且能作客人向导，带访桃源洞的客人到所要到的新奇地方去。

在沅水流域上下行驶，停泊到常德码头应当称为“客人”的船只，共有好几种，有从芷江上游黔东玉屏来的，有从麻阳河上游黔东铜仁来的，有从白河上游川东龙潭来的。玉屏船多就洪江转口，下行不多。龙潭船多从沅陵换货，下行不多。铜仁船装油砼下行的，有些庄号在常德，所以常直放常德。船只最引人注意处是颜色黄明照眼，式样轻巧，如竞赛用船。船头船尾细狭而向上翘举，舱底平浅，材料脆薄，给人视觉上感到灵便与愉快，在形式上可谓秀雅绝伦。弄船人语言清婉，装束素朴，有些水手还穿齐膝的长衣，裹白头巾，风度整洁和船身极相称。船小而载重，故下行时船舷必缚茅束挡水。这种船停泊河中，仿佛极其谦虚，一种作客应有的谦虚。然而比同样大小的船只都整齐，一种作客不能不注意的整齐。

此外常德河面还有一种船只，数量极多，有的时常移动，有的又长久停泊。这些船的形式一律是方头，方尾，无桅，无舵。用木板作舱壁，开小小窗子，木板作顶。有些当作船主的金屋，有些又作逋逃者的窟穴。船上有招纳水手客人的本地土娼，有卖烟和糖食、小吃、猪蹄子粉面的生意人。此外算命卖卜的，圆光关亡的，无不可以从这种船上发现。船家做寿成亲，也多就方便借这种水上公馆举行，因此一遇黄道吉日，总是些张灯结彩，响器声，弦索声，大小炮仗声，划拳歌呼声，点缀水面热闹。

常德乡城本身也就类乎一只旱船，女作家丁玲，法律家戴修瓒，国学家余嘉锡，是这只旱船上长大的。较上游的河堤比城中高得多，涨水时水就到了城边，决堤时城四围便是水了。常德沿河的长街，街市上大小各种商铺不下数千家，都与水手有直接关系。杂货店铺专卖船上用件及零用物，可说是它们全为水手而预备的。至如油盐、花纱、牛皮、烟草等等庄号，也可说水手是为它们而有的。此外如茶馆、酒馆和那经营最素朴职业的户口，水手没有它不成，它没水手更不成。

常德城内一条长街，铺子门面都很高大（与长沙铺子大同小异，近于夸张），木料不值钱，与当地建筑大有关系。地方滨湖，河堤另一面多平田泽地，产鱼虾、莲藕，因此鱼栈莲子栈延长了长街数里，多清真教门，因此牛肉特别肥鲜。

常德沿沅水上行九十里，才到桃源县，再上行二十五里，方到桃源洞。千年前武陵渔人如何沿溪走到桃花源，这路线尚无好事的考古家说起。现在想到桃源访古的“风雅人”，大多数只好坐公共汽车去。在桃源县想看到老幼黄发垂髫，怡然自乐的光景，并不容易。不过或者因为历史的传统，地方人倒很和气，保存一点古风。也知道欢迎客人，杀鸡作黍，留客住宿。虽然多少得花点钱，数目并不多。可是一个旅行者应当知道，这些人赠送游客的礼物，有时不知不觉太重了点，最好倒是别大意，莫好奇，更不要因为记起宋玉所赋的高唐神女，刘晨阮肇天台所遇的仙女，想从经验中去证实故事。不妨学个老江湖，少生事！当地纵多神女仙女，可并不是为外来读书人游客预备的，沅水流域的木竹簰商人是唯一受欢迎者。好些极大的木竹簰，到桃源后不久就无影无踪不见了的。

政治家宋教仁，老革命党覃振，同是桃源县人。桃源县有个省立第二女子师范学校，五四运动谈男女解放平等，最先要求男女同校，且实现它，就是这个学校的女学生。

沅陵的人

由常德到沅陵，一个旅行者在车上的感触，可以想象得到，第一是公路上并无苗人，第二是公路上很少听说发现土匪。

公路在山上与山谷中盘旋转折虽多，路面却修理得异常良好，不问晴雨都无妨车行。公路上的行车安全的设计，可看出负责者的最大努力。旅行的很容易忘了车行的危险，乐于赞叹自然风物的美秀。在自然景致中见出宋院画的神采奕奕处，是太平铺过河时入目的光景。溪流萦回，水清而浅，在大石细沙间漱流。群峰竞秀，积翠凝蓝，在细雨中或阳光下看来，颜色真无可形容。山脚下一带树林，一些俨如有意为之布局恰到好处的小小房子，绕河洲树林边一湾溪水，一道长桥，一片烟。香草山花，随手可以掇拾。《楚辞》中的山鬼，云中君，仿佛如在眼前。上官庄的长山头时，一个山接一个山，转折频繁处，神经质的妇女与懦弱无能的男子，会不免觉得头目晕眩。一个常态的男子，便必然对于自然的雄伟表示赞叹，对于数年前裹粮负水来在这高山峻岭修路的壮丁表示敬仰和感谢。这是一群没没无闻沉默不语真正的战士！每一寸路都是他们流汗筑成的。他们有的从百里以外小乡村赶来，沉沉默默的在派定地方担土，打石头，三五十人躬着腰肩共同拉着个大石滚子碾压路面，淋雨，挨饿，忍受各式各样虐待，完成了分派到头上的工作。把路修好了，眼看许多的各色各样希奇古怪的物件吼着叫着走过了，这些可爱的乡下人，知道事情业已办完，笑笑的，各自又回转到那个想象不到的小乡村里过日子去了。中国几年来一点点建设基础，就是这种无名英雄作成的。他们什么都不知道，可是所完成的工作却十分伟大。

单从这条公路的坚实和危险工程看来，就可知道湘西的民众，是可以为国家完成任何伟大理想的。只要领导有人，交付他们更困难的工做，也可望办得很好。

看看沿路山坡桐茶树木那么多，桐茶山整理得那么完美，我们且会明白这个地方的人民，即或无人领导，关于求生技术，各凭经验在不断努力中，也可望把地面征服，使生产增加。

只要在上的不过分苛索他们，鱼肉他们，这种勤俭耐劳的人民，就不至于铤而走险发生问题。可是若到任何一个停车处，试同附近乡民谈谈，我们就知道那个“过去”是种什么情形了。任何捐税，乡下人都有一份，保甲在糟塌乡下人这方面的努力，“成绩”真极可观！然而促成他们努力的动机，却是照习惯把所得缴一半，留一半。然而负责的注意到这个问题时，就说“这是保甲的罪过”，从不认为是“当政的耻辱”。负责者既不知如何负责，因此使地方进步永远成为一种空洞的理想。

然而这一切都不妨说已经成为过去了。

车到了官庄交车处，一列等候过山的车辆，静静的停在那路旁空阔处，说明这公路行车秩序上的不苟。虽在军事状态中，军用车依然受公路规程辖制，不能占先通过，此来彼往，秩序井然。这条公路的修造与管理统由一个姓周的工程师负责。

车到了沅陵，引起我们注意处，是车站边挑的，抬的，负荷的，推挽的，全是女子。凡其他地方男子所能做的劳役，在这地方统由女子来做。公民劳动服务也还是这种女人。公路车站的修成，就有不少女子参加。工作既敏捷，又能干。女权运动者在中国二十年来的运动，到如今在社会上露面时，还是得用“夫人”名义来号召，并不以为可羞。而且大家都集中在大都市，过着一种腐败生活。比较起这种女劳动者把流汗和吃饭打成一片的情形，不由得我们不对这种人充满尊敬与同情。

这种人并不因为终日劳作就忘记自己是个妇女，女子爱美的天性依然还好好保存。胸口前的扣花装饰，裤脚边的扣花装饰，是劳动得闲在茶油灯光下做成的。（围裙扣花工作之精和设计之巧，外路人一见无有不交口称赞。）这种妇女日常工作虽不轻松，衣衫却整齐清洁。有的年纪已过了四十岁，还与同伴竞争兜揽生意。两角钱就为客人把行李背到河边渡船上，跟随过渡，到达彼岸，再为背到落脚处。外来人到河码头渡船边时，不免十分惊讶，好一片水！好一座小小山城！尤其是那一排渡船，船上的水手，一眼看去，几乎又全是女子。过了河，进得城门，向长街走走，就可见到卖菜的，卖米的，开铺子的，做银匠的，无一不是女子。再没有另一个地方女子对于参加各种事业各种生活，做得那么普遍那么自然了。看到这种情形时，真不免令人发生疑问：一切事几几乎都由女子来办，如《镜花缘》一书上的女儿国现象了。本地的男子，是出去打仗，还是在家纳福看孩子？

不过一个旅行者自觉已经来到辰州时，兴味或不在这些平常问题上。辰州地方是以辰州符闻名的，辰州符的传说奇迹中又以赶尸著闻。公路在沅水南岸，过北岸城里去，自然盼望有机会弄明白一下这种老玩意儿。

可是旅行者这点好奇心会受打击。多数当地人对于辰州符都莫名其妙，且毫无兴趣，也不怎么相信。或许无意中会碰着一个“大”人物，体魄大，声音大，气派也好象很大。他不是姓张，就是姓李（他应当姓李！一个典型市侩，在商会任职，以善于吹拍混入行署任名誉参议），会告你，辰州符的灵迹，就是用刀把一只鸡颈脖割断，把它重新接上，喂一口符水，向地下抛去，这只鸡即刻就会跑去，撒一把米到地上，这只鸡还居然赶回来吃米！你问他：“这事曾亲眼见过吧？”他一定说：

“当真是眼见的事。”或许慢慢的想一想，你便也会觉得同样是在什么地方亲眼见过这件事了。原来五十年前的什么书上，就这么说过的。这个大人物是当地著名会说大话的。世界上事什么都好象知道得清清楚楚，只不大知道自己说话是假的还是真的，是书上有的还是自己造作的。多数本地人对于“辰州符”是个什么东西，照例都不大明白的。

对于赶尸传说呢，说来实在动人。凡受了点新教育，血里骨里还浸透原人迷信的外来新绅士，想满足自己的荒唐幻想，到这个地方来时，总有机会温习一下这种传说。绅士、学生、旅馆中人，俨然因为生在当地，便负了一种不可避免的义务，又如为一种天赋的幽默同情心所激发，总要把它的神奇处重述一番。或说朋友亲戚曾亲眼见过这种事情，或说曾有谁被赶回来。其实他依然和客人一样，并不明白，也不相信，客人不提起，他是从不注意这个问题的。客人想“研究”它（我们想象得出，有许多人最乐于研究它的），最好还是看《奇门遁甲》，这部书或者对他有一点帮助，本地人可不会给他多少帮助。本地人虽乐于答复这一类傻不可言的问题，却不能说明这事情的真实性。就中有个“有道之士”，姓阙，当地人统称之为阙五老，年纪将近六十岁，谈天时精神犹如一个小孩子。据说十五岁时就远走云贵，跟名师学习过这门法术。作法时口诀并不希奇，不过是念文天祥的《正气歌》罢了。死人能走动便受这种歌词的影响。辰州符主要的工具是一碗水；这个有道之士家中神主前便陈列了那么一碗水，据说已经有了三十五年，碗里水减少时就加添一点。一切病痛统由这一碗水解决。一个死尸的行动，也得用水迎面的一噀。这水且能由昏浊与沸腾表示预兆，有人需要帮忙或卜家事吉凶的预兆，登门造访者若是一个读书人，一个假洋人教授，他把这一碗水的妙用形容得将更惊心动魄。使他舌底翻莲的原因，或者是他自己十分寂寞，或者是对于客人具有天赋同情，所以常常把书上没有的也说到了。客人要老老实实发问：“五老，那你看过这种事了？”他必装作很认真神气说：“当然的。我还亲自赶过！那是我一个亲戚，在云南做官，死在任上，赶回湖南，每天为死者换新草鞋一双，到得湖南时，死人脚趾头全走脱了。只是功夫不练就不灵，早丢下了。”至于为什么把它丢下，可不说明。客人目的在“表演”，主人用意在“故神其说”，末后自然不免使客人失望。不过知道了这玩意儿是读《正气歌》作口诀，同儒家居然大有关系时，也不无所得。关于赶尸的传说，这位有道之士可谓集其大成，所以值得找方便去拜访一次。他的住处在上西关，一问即可知道。可是一个读书人也许从那有道之士服尔泰风格的微笑，服尔泰风格的言谈，会看出另外一种无声音的调笑，“你外来的书呆子，世界上事你知道许多，可是书本不说，另外还有许多就不知道了。用《正气歌》赶走了死尸，你充满好奇的关心，你这个活人，是被什么邪气歌赶到我这里来？”那时他也许正坐在他的杂货铺里面（他是隐于医与商的），忽然用手指着街上一个长头发的男子说：“看，疯子！”那真是个疯子，沅陵地方唯一的疯子，可是他的语气也许指得是你拜访者。你自己试想想看，为了一种流行多年的荒唐传说，充满了好奇心来拜访一个透熟人生的人，问他死了的人用什么方法赶上路，你用意说不定还想拜老师，学来好去外国赚钱出名，至少也弄得个哲学博士回国，再来用它骗中国学生，在他饱经世故的眼中，你和疯子的行径有多少不同！

这个人的言谈，倒真是一种杰作，三十年来当地的历史，在他记忆中保存得完完全全，说来时庄谐杂陈，实在值得一听。尤其是对于当地人事所下批评，尖锐透入，令人不由得不想起法国那个服尔泰。

至于辰砂的出处，出产于离辰州地还远得很，远在三百里外凤凰县的苗乡猴子坪。

凡到过沅陵的人，在好奇心失望后，依然可从自然风物的秀美上得到补偿。由沅陵南岸看北岸山城，房屋接瓦连椽，较高处露出雉堞，沿山围绕，丛树点缀其间，风光入眼，实不俗气。由北岸向南望，则河边小山间，竹园、树木、庙宇、高塔、民居，仿佛各个都位置在最适当处。山后较远处群峰罗列，如屏如障，烟云变幻，颜色积翠堆蓝。早晚相对，令人想象其中必有帝子天神，驾螭乘蜺，驰骤其间。绕城长河，每年三四月春水发后，洪江油船颜色鲜明，在摇橹歌呼中连翩下驶。长方形大木筏，数十精壮汉子，各据筏上一角，举桡激水，乘流而下。就中最令人感动处，是小船半渡，游目四瞩，俨然四围是山，山外重山，一切如画。水深流速，弄船女子，腰腿劲健，胆大心平，危立船头，视若无事。同一渡船，大多数都是妇人，划船的是妇女，过渡的也是妇女较多。有些卖柴卖炭的，来回跑五六十里路，上城卖一担柴，换两斤盐，或带回一点红绿纸张同竹篾作成的简陋船只，小小香烛。问她时，就会笑笑的回答："拿回家去做土地会。"你或许不明白土地会的意义，事实上就是酬谢《楚辞》中提到的那种云中君——山鬼。这些女子一看都那么和善，那么朴素，年纪四十以下的，无一不在胸前土蓝布或葱绿布围裙上绣上一片花，且差不多每个人都是别出心裁，把它处置得十分美观，不拘写实或抽象的花朵，总那么妥贴而雅相。在轻烟细雨里，一个外来人眼见到这种情形，必不免在赞美中轻轻叹息。天时常常是那么把山和水和人都笼罩在一种似雨似雾使人微感凄凉的情调里，然而却无处不可以见出"生命"在这个地方有光辉的那一面。

外来客自然会有个疑问发生：这地方一切事业女人都有份，而且象只有"两截穿衣"的女子有份，男子到哪里去了呢？

在长街上，我们固然时常可以见到一对少年夫妻，女的眉毛俊秀，鼻准完美，穿浅蓝布衣，用手指粗银链系扣花围裙，背小竹笼。男的身长而瘦，英武爽朗，肩上扛了各种野兽皮向商人兜卖，令人一见十分惊诧。可是这种男子是特殊的。是出了钱，得到免役的瑶族。

男子大部分都当兵去了。因兵役法的缺陷，和执行兵役法的中间层保甲制度人选不完善，逃避兵役的也多，这些壮丁抛下他的耕牛，向山中走，就去当匪。匪多的原因，外来官吏苛索实为主因。乡下人照例都愿意好好活下去，官吏的老式方法居多是不让他们那么好好活下去。乡下人照例一入兵营就成为一个好战士，可是办兵役的，却觉得如果人人都乐于应兵役，就毫无利益可图。土匪多时，当局另外派大部队伍来“维持治安”，守在几个城区，别的不再过问。分布乡下土匪得了相当武器后，在报复情绪下就是对公务员特别不客气，凡搜刮过多的外来人，一落到他们手里时，必然是先将所有的得到，再来取那个“命”。许多人对于湘西民或匪都留下一个特别蛮悍嗜杀的印象，就由这种教训而来。许多人说湘西有匪，许多人在湘西虽遇匪，却从不曾遭遇过一次抢劫，就是这个原因。

一个旅行者若想起公路就是这种蛮悍不驯的山民或

土匪，在烈日和风雪中努力作成的，乘了新式公共汽车由这条公路经过，既感觉公路工程的伟大结实，到得沅陵时，更随处可见妇人如何认真称职，用劳力讨生活，而对于自然所给的印象，又如此秀美，不免感慨系之。这地方神秘处原来在此而不在彼。人民如此可用，景物如此美好，三十年来牧民者来来去去，新陈代谢，不知多少，除认为“蛮悍”外，竟别无发现。外来为官作宦的，回籍时至多也只有把当地久已消灭无余的各种画符捉鬼荒唐不经的传说，在茶余酒后向陌生者一谈。地方真正好处不会欣赏，坏处不能明白，这岂不是湘西的另一种神秘？

沅陵算是个湘西受外来影响较久较大的地方，城区教会的势力，造成一批吃教饭的人物，蛮悍性情因之消失无余，代替而来的或许是一点青年会办事人的习气。沅陵又是沅水几个支流货物转口处，商人势力较大，以利为归的习惯，也自然很影响到一些人的打算行为。沅陵位置在沅水流域中部，就地形言，自为内战时代必争之地。因此麻阳县的水手，一部分登陆以后，便成为当地有势力的小贩。凤凰县屯垦子弟兵官佐，留下住家的，便成为当地有产业的客居者。慷慨好义，负气任侠，楚人中这类古典的热诚，若从当地人寻觅无着时，还可从这两个地方的男子中发现。一个外来人，在那山城中石板作成的一道长街上，会为一个矮小、瘦弱，眼睛又不明，听觉又不聪，走路时匆匆忙忙，说话时结结巴巴，那么一个平常人引起好奇心。说不定他那时正在大街头为人排难解纷，说不定他的行为正需要旁人排难解纷！他那样子就古怪，神气也古怪。一切象个乡下人，象个官能为嗜好与毒物所毁坏，心灵又十分平凡的人。可是应当找机会去同他熟一点，谈谈天。应当想办法更熟一点，跟他向家里走（他的家在一个山上。那房子是沅陵住户地位最好，花木最多的）。如此一来，结果你会接触一点很新奇的东西，一种混合古典热诚与近代理性在一个特殊环境特殊生活里培养成的心灵。你自然会“同情”他，可是最好倒是“信托”他。他需要的不是同情，因为他成天在同情他人，为他人设想帮忙尽义务，来不及接受他人的同情。他需要人信托，因为他那种古典的作人的态度，值得信托。同时他的性情充满了一种天真的爱好，他需要信托，为的是他值得信托。他的视觉同听觉都毁坏了，心和脑可极健全。凤凰屯垦兵子弟中出壮士，体力胆气两方面都不弱于人。这个矮小瘦弱的人物，虽出身世代武人的家庭中，因无力量征服他人，失去了作军人的资格。可是那点有遗传性的军人气概，却征服了他自己，统制自己，改造自己，成为沅陵县一个顶可爱的人。他的名字叫做“大先生”，或“大大”，一个古怪到家的称呼。商人、妓女、屠户、教会中的牧师和医生，都这样称呼他。到沅陵去的人，应当认识认识这位大先生。

沅陵县沿河下游四里路远近，河中心有个洲岛，周围高山四合，名“合掌洲”，名目与情景相称。洲上有座庙宇，名“和尚洲”，也还说得去。但本地的传说却以为是“和涨洲”，因为水涨河面宽，淹不着，为的是洲随河水起落！合掌洲有个白塔，由顶到根雷劈了一小片，本地人以为奇，并不足奇。河南岸村名黄草尾，人家多在橘柚林里，橘子树白华朱实，宜有小腰白齿出于其间。一个种菜园的周家，生了四个女儿，最小的一个四妹，人都呼为夭妹，年纪十七岁，许了个成衣店学徒，尚未圆亲。成衣店学徒积蓄了整年工钱，打了一副金耳环给夭妹，女孩子就戴了这副金耳环，每天挑菜进东门城卖菜。因为性格好繁华，人长得风流俊俏，一个东门大街的人都知道卖菜的周家夭妹。

因此县里的机关中办事员，保安司令部的小军佐，和商店中小开，下黄草尾玩耍的就多起来了。但不成，肥水不落外人田，有了主子。可是“人怕出名猪怕壮”，夭夭的名声传出去了，水上划船人全都知道周家夭夭。去年（一九三七年）冬天一个夜里，忽然来了四百武装喽啰攻打沅陵县城，在城边响了一夜枪，到天明以前，无从进城，这一伙人依然退走了。这些人本来目的也许就只是在城外打一夜枪。其中一个带队的称团长，却带了兄弟伙到夭妹家里去拍门。进屋后别的不要，只把这女孩子带走。

女孩子虽又惊又怕，还是从容的说，“你抢我，把我箱子也抢去，我才有衣服换！”

带到山里去时那团长问，“夭夭，你要死，要活？”

女孩子想了想，轻声的说，“要死。你不会让我死。”

团长笑了，“那你意思是要活了！要活就嫁我，跟我走。我把你当官太太，为你杀猪杀羊请客，我不负你。”

女孩子看看团长，人物实在英俊标致，比成衣店学徒强多了，就说："人到什么地方都是吃饭，我跟你走。"

于是当天就杀了两个猪，十二只羊，一百对鸡鸭，大吃大喝大热闹，团长和夭妹结婚。女孩子问她的衣箱在什么地方，待把衣箱取来打开一看，原来全是预备陪嫁的！英雄美人，可谓美满姻缘。过三天后，那团长就派人送信给黄草尾种菜的周老夫妇，称岳父岳母，报告夭妹安好，不用挂念。信还是用红帖子写的，词句华而典，师爷的手笔。还同时送来一批礼物！老夫妇无话可说，只苦了成衣店那个学徒，坐在东门大街一家铺子里，一面裁布条子做纽绊，一面垂泪。

这也可说是沅陵县人物之一型。

至于住城中的几个年高有德的老绅士，那倒正象湘西许多县城里的正经绅士一样，在当地是很闻名的，庙宇里照例有这种名人写的屏条，名胜地方照例有他们题的诗词。儿女多受过良好教育，在外做事。家中种植花木，蓄养金鱼和雀鸟，门庭规矩也很好。与地方关系，却多如显克微支在他《炭画》那本书里所说的贵族，凡事取"不干涉主义"。因为名气大，许多不相干的捐款，不相干的公事，不相干的麻烦不会上门。乐得在家纳福，不求闻达，所以也不用有什么表现。对于生活劳苦认真，既不如车站边负重妇女生命活跃，也不如卖菜的周家夭妹，然而日子还是过得很好，这就够了。

由沅水下行百十里到沅陵属边境地名柳林岔——就是湘西出产金子，风景又极美丽的柳林岔。那地方过去一时也有个人，很有意思。这个人据说母亲貌美而守寡，住在柳林岔镇上。对河高山上有个庙，庙中住下一个青年和尚，诚心苦修。寡妇因爱慕和尚，每天必借烧香为名去看看和尚，二十年如一日。和尚诚心修苦，不作理会，也同样二十年如一日。儿子长大后，慢慢的知道了这件事。儿子知道后，不敢规劝母亲，也不能责怪和尚，唯恐母亲年老眼花，一不小心，就会堕入深水中淹死。又见庙宇在一个圆形峰顶，攀援实在不容易。因此特意雇定一百石工，在临河悬岩上开辟一条小路，仅可容足，更找一百铁工，制就一条粗而长的铁链索，固定在上面，作为援手工具。又在两山间造一拱石头桥，上山顶庙里时就可省一大半路。这些工作进行时自己还参加，直到完成。各事完成以后，这男子就出远门走了，一去再也不回来了。

这座庙，这个桥，濒河的黛色悬崖上这条人工凿就的古怪道路，路旁的粗大铁链，都好好的保存在那里，可以为过路人见到。凡上行船的纤手，还必需从这条路把船拉上滩。船上人都知道这个故事。故事虽还有另一种说法，以为一切是寡妇所修的，为的是这寡妇……总之，这是一个平常人为满足他的某种愿心而完成的伟大工程。这个人早已死了，却活在所有水上人的记忆里。传说和当地景色极和谐，美丽而微带忧郁。

沅水由沅陵下行三十里后即滩水连接，白溶、九溪、横石、青浪……就中以青浪滩最长，石头最多，水流最猛。顺流而下时，四十里水路不过二十分钟可完事，上行船有时得一整天。

青浪滩滩脚有个大庙，名伏波宫，敬奉的是汉老将马援。行船人到此必在庙里烧纸献牲。庙宇无特点，不出奇。庙中屋角树梢栖息的红嘴红脚小小乌鸦，成千累万，遇下行船必飞往接船送船，船上人把饭食糕饼向空中抛去，这些小黑鸟就在空中接着，把它吃了。上行船可照例不光顾。虽上下船只极多，这小东西知道向什么船可发利市，什么船不打抽丰。船夫说这是马援的神兵，为迎接船只的神兵，照老规矩，凡伤害的必赔一大小相等银乌鸦，因此从不会有人敢伤害它。

几件事都是人的事情。与人生活不可分，却又杂糅神性和魔性。湘西的传说与神话，无不古艳动人。同这样差不多的还很多。湘西的神秘，和民族性的特殊大有关系。历史上“楚”人的幻想情绪，必然孕育在这种环境中，方能滋长成为动人的诗歌。想保存它，同样需要这种环境。

白河流域几个码头

白河便是历史上知名的酉水。白河到沅陵与沅水汇流后，便略显浑浊，有出山泉水的意思。若溯流而上，则三丈五丈的深潭清澈见底。深潭中为白日所映照，河底小小白石子，有花纹的玛瑙石子，全看得明明白白。水中游鱼来去，皆如浮在空气里。两岸多高山，山中多可以造纸的细竹，长年作深翠颜色，逼人眼目。近水人家多在桃杏花里，春天时只需注意，凡有桃花处必可沽酒。夏天则晒晾在日光下耀目的紫花布衣裤，可以作为人家所在的旗帜。秋冬来时，房屋在悬崖上的，滨水的，无不朗然入目，黄泥的墙，乌黑的瓦，位置却永远那么妥贴！且与四周环境极其调和，使人得到的印象非常愉快。(引自《边城》)

由沅陵沿白河上行三十里名“乌宿”，地方风景清奇秀美，古木丛竹，滨水极多。传说中的大酉洞即在附近。洞中高大宏敞，气象万千。但比起凤凰苗乡中的齐梁洞，内中平坦能容避难的人一万以上，就可知道大酉洞其所以著名，或系邻近开化较早的沅陵所致。白河中山水木石最美丽清奇的码头，应数王村，属永顺县管辖，且为永顺县货物出口地方。夹河高山，壁立拔峰，竹木青翠，岩石黛黑，水深而清，鱼大如人。河岸两旁黛色庞大石头上，在晴朗冬天里，尚有野莺画眉鸟，从山谷中竹篁里飞出来，休息在石头上晒太阳，悠然自得啭唱悦耳的曲子，直到有船近身时，方从从容容一齐向林中飞去。水边还有许多不知名水鸟，身小轻捷，活泼快乐，或颈膊极红，如缚上一条彩色带子，或尾如扇子，花纹奇丽，鸣声都异常清脆。白日无事，平潭静寂，但见小渔船船舷船顶站满了沉默黑色鱼鹰，缓缓向上游划去。傍山作尾，重重叠叠，如堆蒸糕，入目景象清而壮。一派清芬的影响，本县老诗人向伯翔的诗，因之也见得异常清壮。

白河多滩，凤滩、茨滩、绕鸡笼、三门、驼碑五个滩最著名。弄船人有两个口号 :“凤滩茨滩不为凶，上面还有绕鸡笼。”上行船到两大滩时，有时得用两条竹纤在两岸拉挽，船在河中小小容口破浪逆流上行。绕鸡笼因多曲折石坎，下行船较麻烦，一不小心撞触河床中的大石，即成碎片，船上人必借船板浮沉到下游三五里方能得救。三门附近山道名白鸡关，石壁插云，树身大如桌面，茅草高至二丈五尺以上。山中出虎豹，大白天可听到虎吼。

由三门水行七十里，到保靖县。（过白鸡关陆行只有四十余里。）保靖是西水流域过去土司之一所在地。西水流域多洞穴，保靖濒河两个洞为最美丽知名。一在河南，离县城三里左右，名石楼洞，临长河，据悬崖。对河一山，山上老松数列，错落布置，十分自然。景物清疏，有渐江和尚画意。但洞穴内多人工铺排，并无可观。一在河北大山下面，和县城相对，名狮子洞，洞被庙宇掩着，庙宇又被老树大竹古藤掩着。洞口并不十分高大，进到里面去后，用火燎高照，既不见边，也不见顶，才看出这洞穴何等宏敞阔大，令人吃惊。四面石壁白润如玉，地下铺满白色细砂。洞中还另有一小小天然道路，可上升到一个石屋里去。道路踏脚处带朱砂红斑，颜色极鲜艳。石屋中有石床石桌，似为昔日方士修炼住处。蝙蝠展翅约一尺长大，不知从何处求食。洞中既宽阔，又黑暗，必用三五个火燎烛照，由庙中人引导，视火燎燃到三分之二后，即寻路外出，不然恐迷路不易走出。火燎用枯竹枝作成，由守庙道士出卖给游洞者，点燃时枯竹枝在洞中爆炸，声音如枪响，如大雷公边炮响。洞中夏天有一小小泉水，水味甘美。水中还有小小鱼虾，到冬天时仅一空穴，鱼虾亦不知去处。

近城大山名杀鸡坡，一眼看去，山并不如何高大，但山下人有人上山时杀一鸡，等待人到山顶，山下人的鸡在锅中已熟了。因此名叫杀鸡坡。对河亦有一大山，名野猪坡，出野猪。坡上土地丛林和洞穴，为烧山种田人同野兽大蛇所割据，一到晚上，虎豹就傍近种田开山人家来吃小猪，从被咬去的小猪锐声叫喊里，可以知道虎豹走去的方向。这大虫有时在大白天也昂头一吼，山谷响应许久。

种田人因此常常拿了刀矛火器种种家伙，往树林山洞中去寻觅，用绳网捕捉大蛇，用毒烟设陷阱猎捕野兽。

岭上最多的还是集群结伙蹂躏农产物成癖的野猪，喜欢偷吃山田中包谷白薯，为山民真正仇敌。正因为这种损害庄稼的仇敌太多，岭上人打锣击鼓猎野猪的事，也就成为一种常有的仪式，常有的娱乐了。

本地出好梨，皮色淡赭，味道香而甜，名“洋冬梨”，皮较厚韧，因此极易保藏。产材质坚密的黄杨木，乡下人常常用绳索系身，悬空下垂到溪谷绝壁间，把黄杨木从高崖上砍下，每段锯成两尺长短，背负入城找求售主，同卖柴一样。碗口大的木料，在本地人眼中看来，十分平常。这种良好木材，照当地人习惯，多用来作筷子和天九牌。需要多，供给少，所以一部分就用柚子木充数。出大头菜，比龙山的略差。湘西大头菜应当数接近鄂西的边县龙山最好，颜色金黄，味道甜而香。出好茶叶，和邻近山城那个古丈县的茶叶比较，味道略淡。然而清醇之中，别有一种芬馥之气。陈家茶园在湘西实得风气之先，出品佳美，可惜数量不多，无从外运。

永绥县离保靖四十五里。保靖县苗人居住较少。永绥县却大部分是苗人。逢场时交易十分热闹，猪、牛、羊、油、盐、铁器和农具，以至于一段木头，一根竹子，一个石臼，一撮火绒，无不可买卖。大场坪中百物杂陈，五色缤纷，可谓奇观。石宏规是本县苗民中优秀分子之一，对苗民教育极热心，对苗民问题极熟习。一个大学毕业生，作了几次县长。

三个县分清中叶还由土司统治，土司既由世袭，永顺的姓向，保靖的姓彭，永绥的姓宋，到如今这三姓还为当地巨族。土司的统治已成过去，统治方法也不可考究了，除了许多大土堆通称土司坟，但留下一个传说尚能刺激人心。就是作土司的，除同宗外，对于此外任何人新婚都保有“初夜权”。新妇应当送到土司府留下三天，代为除邪气，方能发还。也许就是这种原因，三姓方成为本地巨族。土司坟多，与《三国演义》曹操七十二个疑冢不无关系，与初夜权执行也有关系。

白河上游商业较大水码头名“里耶”。川盐入湘，在这个地方上税。边地若干处桐油，都在这个码头集中。

站在里耶河边高处，可望川湘鄂三省接壤的八面山。山如一个桶形，周围数百里，四面陡削悬绝，只一条小路可以上下。上面一坦平阳，且有很好泉水，出产好米和杂粮，住了约一百户人家。若将那条山路塞断，即与一切隔绝，俨然别有天地。过去二十年常为落草大王盘据，不易攻打。惟上面无盐，所以不易久守。

白河上游分支数处，其一到龙山。龙山出好大头菜。山水清寒，鱼味甘美，六月不腐，水源出鄂西。其一河源在川东，湖南境到茶峒为止。因为这是湖南境最后一个水码头，小虽小，还有意思。这地方事实上虽与人十分陌生，可是说起来又好象十分熟习。下面是从我一个小说上摘引下来的，白河流域象这样的地方，似乎不止一处。

> 凭水倚山筑城，近山的一面，城墙如一条长蛇，缘山爬去。临水一面则在城外河边留出余地设码头，湾泊小小篷船。船下行时运桐油，青盐，染色用的五棓子。上行则运棉花、棉纱，以及布匹杂货同海味。贯串各个码头有一条河街，人家房子多一半着陆，一半在水，因为余地有限，那些房子莫不设吊脚楼。河中涨了春水，到水进街后，河街上人家，便各用长长的梯子，一端搭在屋檐口，一端搭在城墙上，人人皆骂着嚷着，带了包袱、铺盖、米缸，从梯子上爬进城

里去，水退时方又从城门口出城。水若特别猛一些，沿河吊脚楼，必有一处两处为水冲去，大家只在城头上呆望，受损失的也同样呆望，对于所受损失仿佛无话可说，与在自然安排下眼见其他无可挽救的不幸来临时相似。涨水时在城上还可望着骤然展宽的河面，流水浩浩荡荡，随同山水从上流浮沉而来的有房子、牛、羊、大树。于是在水势较缓处税关趸船前面，便常常有人驾了小舢板，一见河心浮沉而来的是一匹牲畜，一段小木，或一只空船，船上有一个妇人或小孩哭喊的声音，便急急的把船桨去。在下游一些迎着那个目的物，把它用长绳系定，再向岸边桨去。这些勇敢的人，也爱利，也好义，同一般当地人相似。不拘救人救物，却同样在一种愉快冒险行为中做得十分敏捷勇敢。

城外河街也有商人落脚的客店，坐镇不动的理发馆。此外饭店、杂货铺、油行、盐栈、花衣庄，莫不各有地位，装点了这条河街。还有卖船上檀木活车、竹缆与锅罐铺子，介绍水手职业吃码头饭的人家。小饭店门前，常有煎得焦黄的鲤鱼豆腐，身上装饰了红辣椒丝，卧在浅口钵头里，钵旁大竹筒中插着大把红筷子，不拘谁个愿意花点钱，这人就可以傍了门前长案坐下来，抽出一双筷子到手上，那边一个眉毛扯得极细脸上擦了白粉的妇人，就走来问："要甜酒？要烧酒？"男子火焰高一点的，谐趣的，对内掌柜有点意思的，必装成生气似的说："吃甜酒？又不是小孩，还问人吃甜酒！"那么，醇冽的烧酒，从大瓮里用木滤子舀出，倒进土碗里，即刻就来到身边案桌上了。

大都市随了商务发达而产生的某种寄食者，因为商人同水手的需要，这小小边城河街，也居然有那么一群人，聚集在一些有吊脚楼的人家。这种妇人穿了假洋绸的衣服，印花布的裤子，把眉毛扯成一条细线，大大的发髻上敷了香味极浓俗的油类，白日里无事，就坐在门口做鞋子，在鞋尖上用红绿丝线挑绣双凤，或靠在临河窗口看水手起货，听水手爬桅子唱歌。到了晚间，却轮流接待商人同水手，切切实实尽一个妓女应尽的义务。

由于边地的风俗淳朴，便是作妓女，也永远那么浑厚，遇不相熟的主顾，做生意时得先交钱，再关门撒野，人既相熟后，钱便在可有可无之间了。妓女多靠商人维持生活，但恩情所结，却多在水手方面。感情好的，互相咬着嘴唇咬着颈脖发了誓，约好了“分手后各人不许胡闹”。四十天或五十天，在船上浮着的那一个，同在岸上蹲着的这一个，便同样呆着打发这一堆日子，尽把自己的心紧紧的缚定远远的一个人。尤其是妇人，痴到无可形容，男子过了约定时间不回来，做梦时，就常常梦船拢了岸，那一个人摇摇荡荡的从船跳板到了岸上，直向身边跑来。或日中有了疑心，则梦里必见男子在桅上向另一方向唱歌，却不理会自己。性格弱一点儿的，接着就在梦里投河吞鸦片烟，强一点的便手执菜刀，直向那水手奔去。他们生活虽那么同一般社会疏远，但是眼泪与欢乐，在一种爱憎得失间揉进了这些人生活里时，也便同另外一片土地另外一些人相似，全个身心为那点爱憎所浸透，见寒作热，忘了一切。(引自《边城》)

泸溪·浦市·箱子岩

由沅陵沿沅水上行，一百四十里到湘西产煤炭著名地方辰溪县。应当经过泸溪县，计程六十里，为当日由沅陵出发上行船一个站头，且同时是洞河（泸溪）和沅水合流处。再上六十里，名叫浦市，属泸溪县管辖，一个全盛时代业已过去四十年的水码头。再上二十里到辰溪县，即辰溪入沅水处。由沅陵到辰溪的公路，多在山中盘旋，不经泸溪，不经浦市。

在许多游记上，多载及沅水流域的中段，沿河断崖绝壁古穴居人住处的遗迹，赭红木屋或仓库，说来异常动人。倘若旅行者以为这东西值得一看，就应当坐小船去。这个断崖同沅水流域许多滨河悬崖一样，都是石灰岩作成的。这个特别著名的悬崖，是在泸溪浦市之间，名叫箱子岩。那种赭色木柜一般方形木器，现今还有三五具好好搁在崭削岩石半空石缝石罅间。这是真的原人住居遗迹，还是古代蛮人寄存骨殖的木柜，不得而知。对于它产生存在的意义，应当还有些较古的记载或传说，年代久，便遗失了。

下面称引的几段文字，是从我数年前一本游记上摘下的：

【泸溪】泸溪县城四面是山，河水在山峡中流去。县城位置在洞河与沅水汇流处，小河泊船贴近城边，大河泊船去城约三分之一里。（洞河通称小河，沅水通称大河。）洞河来源远在苗乡，河口长年停泊五十只左右小小黑色洞河船。弄船者有短小精悍的花帕苗，头包花帕，腰围裙子。有白面秀气的所里人，说话时温文尔雅，一张口又善于唱歌。洞河既水急山高，河身转折极多，上行船到此，已不适宜于借风使帆，凡入洞河的船只，到了此地，便把风帆约成一束，作上个特别记号，寄存于城中店铺里去，等待载货下行时，再来取用。由辰州开行的沅水商船，六十里为一大站，停靠泸溪为必然的事。浦市下行船若预定当天赶不到辰州，也多在此过夜。然而上下两个大码头把生意全已抢去，每天虽有若干船只到此停泊，小城中商业却清淡异常。沿大河一方面，一个青石码头也没有，船只停靠皆得在泥滩头与泥堤下。

到落雨天，冒着小雨，从烂泥里走进县城街上去。大街头江西人经营的布铺，铺柜中坐了白发皤然老妇人，庄严沉默如一尊古佛。大老板无事可作，只腆着肚皮，叉着两手，把脚拉开成为八字，站在门限边对街上檐溜出神。窄巷里石板砌成的行人道上，小孩子扛了大而朴质的雨伞，响着很寂寞的钉鞋声。若天气晴明，石头城恰当日落一方，雉堞与城楼都为夕阳落处的黄天衬出明明朗朗的轮廓。每一个山头都镀上一片金，满河是橹歌浮动。就是这么一个小城中，却出了一个写《日本不足惧》的龚德柏先生。

【浦市】这是一个经过昔日的繁荣而衰败了的码头。三十年前是这个地方繁荣的顶点，原因之一是每三个月下省请领凤凰厅镇筸和辰沅永靖兵备道守兵那十四万两饷银，省中船只多到此为止，再由旱路驿站将银子运去。请饷官和押运兵在当时是个阔差事，有钱花，会花钱。那时节沿河长街的油坊尚常有三两千新油篓晒在太阳下。沿河七个用青石作成的码头，有一半常停泊了结实高大的四橹五舱运油船。此外船只多从下游运来淮盐、布匹、花纱，以及川黔所需的洋广杂货。川黔边境由旱路来的朱砂、水银、苎麻、五棓子、生熟药材，也莫不在此交货转载。木材浮江而下时，常常半个河面都是那种木筏。本地市面则出炮仗，出纸张，出肥人，出肥猪。河面既异常宽平，码头又干净整齐。街市尽头为一长潭，河上游是一小滩，每当黄昏薄暮，落日沉入大地，天上暮云被落日余晖所烘炙剩余一片深紫时，大帮货船从上而下，摇船人泊船近岸以前，在充满了薄雾的河面，浮荡在黄昏景色中的催橹歌声，正是一种如何壮丽稀有充满欢欣热情的歌声！

辛亥以后，新编军队经常年前调动，部分省中协饷也改由各县厘金措调。短时期代替而兴的烟土过境，也大部分改由南路广西出口。一切消费馆店都日渐萎缩，只余了部分原料性商品船只过往。这么一大笔金融活动停止了来源，本市消费性营业即受了打击，缩小了范围，随同影响到一系列小铺户。

如今一切都成过去了，沿河各码头已破烂不堪。小船泊定的一个码头，一共十二只船。除了一只船载运了方柱形毛铁，一只船载辰溪烟煤，正在那里发签起货外，其它船只似乎已停泊了多日，无货可载，都显得十分寂寞，紧紧的挤在一处。有几只船还在小桅上或竹篙上悬了一个用竹缆编成的圆圈，作为“此船出卖”等待换主的标志。

【箱子岩】那天正是五月十五，乡下人过大端阳节。箱子岩洞窟中最美丽的三只龙船，全被乡下人拖出浮在水面上。船只狭而长，船舷描绘有朱红线条，全船坐满了青年桡手，头腰各缠红布。鼓声起处，船便如一支没羽箭，在平静无波的长潭中来去如飞。河身大约一里宽，两岸都有人看船，大声呐喊助兴。且有好事者从后山爬到悬岩顶上去，把“铺地锦”百子边炮从高岩上抛下，尽边炮在半空中爆裂，形成一团团五彩碎纸云尘。彭彭彭彭的边炮声与水面船中锣鼓声相应和，引起人对于历史发生一种幻想，一点感慨。

两千年前那个楚国逐臣屈原，若本身不被放逐，疯疯癫癫来到这种充满了奇异光彩的地方，目击身经这些惊心动魄的景物，两千年来的读书人，或许就没有福分读《九歌》那类文章，中国文学史也就不会如现在的样子了。在这一段长长岁月中，世界上多少民族都已堕落了，衰老了，灭亡了。即如号称东亚大国的一片土地，也已经有过多少次被来自沙漠中的蛮族，骑了膘壮的马匹，手持强弓硬弩，长枪大戟，到处践踏蹂躏！然而这地方的一切，虽在历史中也照样发生不断的杀戮、争夺，以及一到改朝换代时，派人民担负种种不幸命运，死的因此死去，活的被逼迫留发，剪发，在生活上受种种限制与支配。然而细细一想，这些人根本上又似乎与历史进展毫无关系。从他们应付生存的方法与排泄感情的娱乐方式看来，竟好象今古相同，不分彼此。

日头落尽云影无光时，两岸渐渐消失在温柔暮色里。两岸看船人呼喝声越来越少。河面被一片紫雾笼罩，除了从锣鼓声中尚能辨别那些龙船方向，此外已别无所见。然而岩壁缺口处却人声嘈杂，且闻有小孩子哭声，有妇女尖锐叫唤声，综合给人一种悠然不尽的感觉。……

过了许久，那种锣鼓声尚在河面飘着，表示一班人还不愿意离开小船，回转家中。待到把晚饭吃过，爬出舱外一看，呀，好一轮圆月！月光下石壁同河面，一切都镀了银，已完全变换了一种调子。岩壁缺口处水码头边，正有人用废竹缆或抽柴燃着火燎，火光下只见许多穿白衣人的影子移动。那些人正把酒食搬移上船，预备分派给龙船上人。原来这些青年人划了一整天船，看船的已散尽了，划船的还不尽兴，三只船还得在月光下玩个上半夜。

提起这件事，使人重新感到人类文字语言的贫俭，那一派声音，那一种情调，真不是用文字语言可以形容尽致的。

这些人每到大端阳时节，都得下河玩一整天的龙船，平常日子却各个按照一种分定，很简单的把日子过下去。每日看过往船只摇橹扬帆来去，看落日同水鸟。虽然也有人事上的小小得失，到恩怨纠纷成一团时，就陆续发生庆贺或仇杀。然而从整个说来，这些人生活却仿佛同“自然”已相互融合，很从容的各在那里尽其性命之理，与其他无生命物质一样，惟在日月升降寒暑交替中放射，分解。而且在这种过程中，人是如何渺小的东西，这些人比起世界上任何哲人，也似乎还更知道的多一点。

这些不辜负自然的人，与自然妥协，对历史毫无担负，活在这无人知道的地方。另外尚有一批人，与自然毫不妥协，想出种种方法来支配自然，违反自然的习惯，同样也那么尽寒暑交替，看日月升降。然而后者却在改变历史，创造历史。一份新的日月，行将消灭旧的一切。我们要用一种什么方法，就可以使这些人心中感觉一种“惶恐”，且放弃对自然和平的态度，重新来一股劲儿，用划龙船的精神活下去？这些人在娱乐上的狂热，就证明这种狂热使他们还配在世界上占据一片土地，活得更愉快更长久一些。但有谁

来改造这些人的狂热到一件新的竞争方面去？（引自《湘行散记》）

这希望于浦市人本身是毫无结论的。

浦市镇的肥人和肥猪，既因时代变迁，已经差不多“失传”，问当地人也不大明白了。保持它的名称，使沅水流域的人民还知道有个“浦市”地方，全靠边炮和戏子。沅水流域的人遇事喜用边炮，婚丧事用它，开船上梁用它，迎送客人亲戚用它，卖猪买牛也用它。几乎无事不需要它。作边炮需要硝磺和纸张，浦市出好硝，又出竹纸。浦市的边炮很贱，很响，所以沅水流域边炮的供给，大多数就由浦市商店包办。浦市人欢喜戏，且懂戏。二八月农事起始或结束时，乡下人需要酬谢土地，同时也需要公众娱乐。因此常常有头行人出面敛钱集份子，邀请大木傀儡戏班子来演戏。这种戏班子角色既整齐，行头又美好，以浦市地方的最著名。浦市镇河下游有三座塔，本地传说塔里有妖精住，传说实在太旧了，因为戏文中有水淹金山寺，然而正因为传说流行，所以这塔倒似乎很新。市镇对河有一个大庙，名江东寺。庙内古松树要五人连手方能抱住。老梅树有三丈高，开花时如一树绛雪，花落时藉地一寸厚。寺侧院竖立一座转轮藏，木头作的，高三四丈，上下用斗大铁轴相承。三五个人扶着有雕刻龙头的木把手用力转动它时，声音如龙鸣，凄厉而绵长，十分动人。据记载是仿龙声制作的，半夜里转动它时，十里外还可听得清清楚楚。本地传说天下共有三个半转轮藏，浦市占其一。庙宇还是唐朝黑武士尉迟敬德建造的。就建筑款式看来，是明朝的东西，清代重修过。本地人既长于木傀儡戏，戏文中多黑花脸杀进红花脸杀出故事，尉迟敬德在戏文中既是一员骁将，因此附会到这个寺庙上去，也极自然。浦市码头既已衰败，三十年前红极一时的商家，迁移的迁移，破产的破产，那座大庙一再驻兵，近年来花树已全毁，庙宇也破成一堆瓦砾了。就只唱戏的高手，还有三五人，在沅水流域当行出名。傀儡戏大多数唱的是高腔，用唢呐伴和，在田野中唱来，情调相当悲壮。每到菜花黄庄稼熟时节，这些人便带了戏箱各处走去，在田野中小小土地庙前举行时，远近十里的妇女老幼，多换上新衣，年青女子戴上粗重银器，有些还自己扛了板凳，携带饭盒，跑来看戏，一面看戏一面吃点东西。戏子中嗓子好，善于用手法使傀儡表情生动的，常得当地年青女子垂青。到冬十腊月，这些唱戏的又带上另外一份家业，赶到凤凰县城里去唱酬傩神的愿戏。这种酬神戏与普通情形完全不同，一切由苗巫作主体，各扮着乡下人，跟随苗籍巫师身后，在神前院落中演唱。或相互问答，或共同合唱一种古典的方式。戏多夜中在火燎下举行，唱到天明方止。参加的多义务取乐性质，照例不必需金钱报酬，只大吃大喝几顿了事，这家法事完了又转到另外一家去。一切方式令人想起《仲夏夜之梦》的乡戏场面，木匠、泥水匠、屠户、成衣人，无不参加。戏多就本地风光取材，诙谐与讽刺，多健康而快乐，有希腊《拟曲》趣味。不用弦索，不用唢呐，惟用小锣小鼓，尾声必需大家合唱，观众也可合唱。尾声照例用“些”字，或“禾和些”字，借此可知《楚辞》中《招魂》末字的用处。戏唱到午夜后，天寒土冻，锣鼓凄清，小孩子多已就神坛前盹睡，神巫便令执事人重燃大蜡，添换供物，神巫也换穿朱红绣花缎袍，手拿铜剑锦拂，捶大鼓如雷鸣，吭声高唱，独舞娱神，兴奋观众。末后撤下供物酒食，大家吃喝。俟人人都恢复精神后，新戏重新上场。这些唱戏的到岁暮年末时，方带了所得猪羊肉（羊肉必取后腿，带上那个小小尾巴），大小米糍粑，以及快乐和疲劳，各自回家过年。

在浦市镇头上向西望，可以看见远山上一个白塔，尖尖的向透蓝天空矗着。白塔属辰溪县的风水，位置在辰溪县下边一点。塔在河边山上，河名“斤丝潭”，打鱼人传说要放一斤生丝方能到底。斤丝潭一面是一列悬崖，五色斑驳，如锦如绣。崖下常停泊百十只小渔船，每只船上照例蓄养五七只黑色鱼鹰。这水鸟无事可作时，常蹲在船舷船顶上扇翅膀，或沉默无声打瞌盹。盈千累百一齐在平潭中下水捕鱼时，堪称一种奇观，可见出人类与另一种生物合作，在自然中竞争生存的方式，虽处处必需争斗，却又处处见出谐和。箱子岩也是一列五色斑驳的石壁，长约三四里，同属石灰岩性质。石壁临江一面崭削如割切。河水深而碧，出大鱼，因此渔船也多。岩下多洞穴，可收藏当地人五月节用的狭长龙船。岩壁缺口处有人家，如为造物者增加画意，似经心似不经心点缀上这些大小房子。最引人注意处还是那半空中石壁罅穴处悬空的赭色巨大木柜。上不沾天，下不及泉，传说中古代穴居者的遗迹。端阳竞渡时水面的壮观，平常人不容易得到这种眼福，就不易想象它的动人光景。遇晴明天气，白日西落，天上薄云由银红转成灰紫。停泊崖下的小渔船，烧湿柴煮饭，炊烟受湿，平贴水面，如平摊一块白幕。绿头水凫三只五只，排阵掠水飞去，消失在微茫烟波里。一切光景静美而略带忧郁。随意割切一段勾勒纸上，就可成一绝好宋人画本。满眼是诗，一种纯粹的诗。生命另一形式的表现，即人与自然契合，彼此不分的表现，在这里可以和感官接触。一个人若沉得住气，在这种情境里，会觉得自己即或不能将全人格融化，至少乐于暂时忘了一切浮世的营扰。现实并不使人沉醉，倒令人深思。越过时间，便俨然见到五千年前腰围兽皮手持石斧的壮士，如何精心设意，用红石粉涂染木材，搭架到悬崖高空上情景。且想起两千年前的屈原，忠直而不见信，被放逐后驾一叶小舟飘流江上，无望无助的情景。更容易关心到这地方人将来的命运，虽生活与自然相契，若不想法改造，却将不免与自然同一命运，被另一种强悍有训练的外来者征服制驭，终于衰亡消灭。说起它时使人痛苦，因为明白人类在某种方式下生存，受时代陶冶，会发生一种无可奈何的痛苦。悲悯心与责任心必同时油然而生，转觉隐遁之可羞，振作之必要。目睹山川美秀如此，“爱”与“不忍”会使人不敢堕落，不能堕落。因此一个深心的旅行者，不妨放下坐车的便利，由沅陵乘小船沿沅水上行，用两天到达辰溪。所费的时间虽多一点，耳目所得也必然多一点。

辰溪的煤

湘西有名的煤田在辰溪。一个旅行者若由公路坐车走，早上从沅陵动身，必在这个地方吃早饭。公路汽车须由此过河，再沿麻阳河南岸前进。旅行者一瞥的印象，在车站旁所能看到的仅仅是无数煤堆，以及远处煤堆间几个黑色烟筒。过河时看到的是码头上人分子杂，船夫多，矿工多，游闲人也多。半渡之际看到的是山川风物，秀气而不流于纤巧。水清且急，两丈下可见石子如樗蒲在水底滚动。过渡后必想到，地方虽不俗，人好象很呆，地下虽富足，一般人却极穷相。以为古怪，实不古怪。过路人虽关心当地荣枯和居民生活，但一瞥而过，对地方问题照例是无从明白的。

辰河弄船人有两句口号，旅行者无不熟习，那口号是：“走尽天下路，难过辰溪渡。”事实上辰溪渡也并不怎样难过，不过弄船人所见不广，用纵横千里一条沅水与七个支流小河作准，说说罢了。……

辰溪县的位置恰在两条河流的交汇处，小小石头城临水倚山，建立在河口滩脚崖壁上。河水清而急，深到三丈还透明见底。河面长年来往湘黔边境各种形体美丽的船只。山头是石灰岩，无论晴雨，都可见到烧石灰的窑上飘扬青烟和白烟。房屋多黑瓦白墙，接瓦连椽紧密如精巧图案。对河与小山城成犄角，上游为一个三角形小阜，小阜上有修船造船的宽坪。位置略下，为一个山岨，濒河拔峰，山脚一面接受了沅水激流的冲刷，一面被麻阳河长流淘洗，近水岩石多玲珑透空。山半有个壮丽辉煌的庙宇，庙宇外岩石间且有成千大小不一的石佛。在那个悬岩半空的庙里，可以眺望上行船的白帆，听下行船摇橹人唱歌。小船挹流而渡，艰难处与美丽处实在可以平分。

地方为产煤区，似乎无处无煤，故山前山后都可见到用土法开掘的煤洞煤井。沿河两岸常有百十只运煤船停泊，上下洪江与常德码头间无时不有若干黑脸黑手脚汉子，把大块黑煤运送到船上，向船舱中抛去。若到一个取煤的斜井边去，就可见到无数同样黑脸黑手脚人物，全身光裸，腰前围一片破布，头上戴一盏小灯，向那个俨若地狱的黑井爬进爬出。矿坑随时可以坍陷或被水灌入，坍了，淹了，这些到地狱讨生活的人，自然也就完事了。(引自《湘行散记》)

战事发生后，国内许多地方的煤田都丢送给日本人了，东三省热河的早已完事。绥远河北山东安徽的全得不着了。可是辰溪县的煤，直到二十七年二月里，在当地交货，两块钱一吨还无买主。运到一百四十里距离的沅陵去，两毛钱一百斤很少人用它。山上沿河两岸遍山是杂木杂草，乡下人无事可作，无生可谋，挑柴担草上城换油盐的太多，上好栎木炭到年底时也不过卖一分钱一斤，除作坊槽坊和较大庄号用得着煤，人人都因习惯便利用柴草和木炭。这种热力大质量纯的燃料，于是同过去一时当地的青年优秀分子一样，在湘西竟成为一种肮脏累赘毫无用处的废物。地方负责的虽知道这两样东西都极有用，可不知怎样来用它。到末了，年青人不是听其飘流四方，就是听他们腐化堕落。廉价的燃料，只好用本地民船运往五百里外的常德，每吨一块半钱到二块六毛钱。同时却用二百五十块钱左右一吨的价钱，运回美孚行的煤油，作为湘西各县城市点灯用油。

富源虽在本地，到处都是穷人，不特下井挖煤的十分穷困，每天只能靠一点点收入，一家人挤塞在一个破烂逼窄又湿又脏的小房子里住，无望无助的混下去。孩子一到十岁左右，就得来参加这种生活竞争。许多开矿的小主人，也因为无知识，捐项多，耗费大，运输不便利，煤又太不值钱，弄得毫无办法，停业破产。

这应当是谁的责任？瞻望河边的风景，以及那一群肮脏瘦弱的负煤人，两相对照，总令人不免想得很远很远。过去的，已成为过去了。来在这地面上，驾驭钢铁，征服自然，使人人精力不完全浪费到这种简陋可怜生活上，使多数人活得稍象活人一点，这责任应当归谁？是不是到明日就有一群结实精悍的青年，心怀雄心与大愿，来担当这个艰苦伟大的工作？是不是到明日，还不免一切依然如旧？答复这个问题，应在青年本身。

这是一个神圣矿工的家庭故事——

向大成，四十四岁，每天到后坡××公司第三号井里去工作，坐箩筐下降四十三丈，到工作处。每天作工十二小时，收入一毛八分钱。妇人李氏，四十岁，到河码头去给船户补衣裳裤子，每天可得三两百钱。无事作或往相熟处，给人用碎瓷片放放血，用铜钱蘸清油刮刮痧。男女共生养了七个，死去五个，只剩下两个女儿，大的十六岁，十三岁时就被驻防军排长看中，出了两块钱引诱破了身。父亲知道这事情时，就痛打女孩一顿，又为这两块钱，两夫妇大吵大闹一阵，妇人揪着自己髻发在泥地里滚哭。可是这事情自然同别的事一样，很快的就成为过去了。到十五岁这女孩子已知道从新生活上取乐，且得点小钱花，买甘蔗糍粑吃。于是常常让水手带到空船上去玩耍，不怕丑也不怕别的。可是母亲从熟人处听到她什么时候得了钱，在码头上花了，不拿回来，就用各种野话痛骂泄气。到十六岁父亲却出主张，把她押给一个“老怪物”，押二十六块钱。这女孩子于是换了崭新印花标布衣裳，把头梳得光油油的，脸上擦了脂粉，很高兴的来在河边一个小房子里接待当地军、警、商、政各界，照当地规矩，五毛钱关门一回。不久就学会了唱小曲子、军歌、党歌、爱国歌、摇船人催橹歌。母亲来时就偷偷的塞十个当一百铜子或一些角子票到母亲手中，不让老怪物看见。阅世多，经验多，应酬主顾自然十分周到，生意更好了一点，已成为本地“观音”。船上人无不知道河码头的观音。有一次，县衙门一个传达，同船上人吃醋，便用个捶衣木杵把这个活观音痛殴一顿，末了，且把小妇人裤子也扒脱抛到河水中去。又气又苦，哭了半天，心里结了个大疙瘩，总想不开，抓起烟匣子向口里倒，咽了三钱烟膏，到第二天便死掉了。父母得到消息，来哭了一阵，拿了点“烧埋钱”走了。死了的人过不久也就装在白木匣子里抬走埋了。小女儿十一岁，每天到河滩上修船处去捡劈柴，带回家烧火煮饭，有一天造船匠故意扬起斧头来恐吓她，她不怕。造船匠于是更当着这孩子撒尿，想用另外一个方法来恐吓她。这女孩子受了辱，就坐在河边堆积的木料上，把一切耳朵中听来的丑话骂那个老造船匠，骂厌后方跑回家里去。回到家里，见母亲却在灶边大哭，原来老的在煤井里被煤块砸死了。……到半夜，那个母亲心想，公司有十二块钱安埋费。孩子今年十二岁，再过四年，就可挣钱了。命虽苦，还有一点希望。……

这就是我们所称赞的劳工神圣，一个劳工家庭的真实故事。旅行者的好奇心，若需要证实它，在那里实在顶方便不过，正因为这种家庭是很普遍的，故事是随处可以掇拾的。

读书人的同情，专家的调查，对这种人有什么用？若不能在调查和同情以外有一个办法，这种人总永远用血和泪在同样情形中打发日子，地狱俨然就是为他们而设的。他们的生活，正说明“生命”在无知与穷困包围中必然的种种。读书人面对这种人生时，不配说同情，实应当自愧。正因为这些人生命的庄严，读书人是毫不明白的。

大家都知道辰溪县有煤，此外还有什么，就毫无所知了。在湘西各县裱画店，常有个署名髯翁米子和的口书字幅，用笔极浓重，引人注意。这个米先生就是辰溪县人。

沅水上游几个县份

由辰溪大河上行，便到洪江，洪江是湘西中心。出口货以木材、桐油、鸦片烟为交易中心。市区在两水汇流一个三角形地带，三面临水，通常有“小重庆”称呼。地方归会同县管辖。湖南人吃的“洪江柚子”，就是由会同、黔阳、溆浦各县属乡下集中到洪江来的。洪江商务增加了地方的财富与市面繁荣，同时也增加了军人的争夺机会。民国三十年来贵州省的政治变局，都是洪江地方直接间接促成的。贵州军人卢焘、王殿轮、王小珊、周西成、王家烈，全用洪江为发祥地，终于又被部下搞垮。湖南军人周则范、蔡钜猷、陈汉章，全用洪江为根据地，找了百十万造孽钱，负隅自固，周陈二人并且同样是在洪江被刺的。可是这些事对本地又似乎竟无多少关系。这些无知识的小军阀尽管新陈代谢，打来打去，除洪江商人照例吃点亏，与会同却并无关系。地方既不因此而衰败，也不因此而繁荣。溆浦地方在湘西文化水准特别高，读书人特别多，不靠洪江的商务，却靠一片田地，一片果园——蔗糖和橘子园的出产，此外便是几个热心地方教育的人。女子教育的基础，是个姓向女子作成的（即十年前在共产党中作妇女运动被杀的向警予，五四时代写工运文章最有声色的蔡和森的夫人）。史学家向达，经济学家武堉干，出版家舒新城，同是溆浦人。洪江沿沅水上行到黔阳，县城里有一个阳明书院，留下王阳明的一点传说，此外这个地方竟似乎不能引起外人的关心注意，也引不起本地人的自信或自骄。地方在外面读书作事的人相当多，湘西人的个性强悍处，似乎也因之较少。黔阳毗连芷江，“澧兰沅芷”在历史上成一动人名词。芷江的香草香花，的确不少。公路由辰溪往芷江，不经过溆浦黔阳，是由麻阳河沿河上行一阵，到后向西走，经芷江属的东乡两个市镇，方到芷江。

车由辰溪过渡，沿麻阳河南岸上行时，但见河身平远静穆，嘉树四合，绿竹成林，郁郁葱葱，别有一种境界。沿河多油坊、祠堂，房子多用砖砌成立体方形或长方形，同峻拔不群的枫杉相衬，另是一种格局，有江浙风景的清秀，同时兼北方风景的厚重。河身虽不大，然而屈折平衍，因之引水灌溉两岸，十分便利，土地极其膏腴。急流处本地人多缚大竹作圆形，安置在河边小水堰道间。引水灌高处田地，且联接枧筒长数十丈，将水远引。两岸树木多，因之美丽水鸟也特别多。弄船人除少数铜仁船水手，此外全部是麻阳人，在二百五十里内，这一条河中有多少滩，多少潭，有多少碾房，有多少出名石头，无不清清楚楚。水手们互相谈论争吵的事也常不离这条河流所有的故事，和急流石头的情形。有一个地方名“失马湾”，四围是山，山下有大小村落无数，都隐在树丛中。河面宽而平，平潭中黄昏时静寂无声，惟见水鸟掠水飞去，消失在苍茫烟浦里。一切光景美丽而忧郁，见到时不免令人生“大好河山”之感。公路虽不经从失马湾过，失马湾地方有一个故事，却常常给人带走很远。

公路入芷江境后，较大站口名怀化镇。经过的旅客除了称羡草木田地美好，以及公路宽广平坦，此外将无何等奇异感想。可是事实上这个地方的过去，正是中国三十年来的缩影。地方民性强悍，好械斗，多相互仇杀，强梁好事者既容易生事，老实循良的为生存也就力图自卫。蔡锷护法军兴，云南部队既在这里和北洋军作战，结果遗下枪支不少。本地人有钱的买枪，称为团总，个人有枪，称为练丁。枪支一多，各有所恃，于是由仇怨变成劫掠。杂牌军来，收枪裹匪膨胀势力。军队打散后，于是或入山落草保存实力，或收编成军以图挟制。内战既多，新陈代谢之际，唯一可作的事就是相互杀戮。二十年间的混乱局面，闹得至少有一万良民被把头颅割下示众，（作者个人即眼见到有三千左右农民被割头示众，）为本地人留下一笔结不了的血账。然而时间是个古怪东西，这件事到如今，当地人似乎已渐渐忘掉了。遗忘不掉且居然还能够引起旅客一点好奇心对之注意的，是一座光头山顶上留下一列堡垒形的石头房子，不象庙宇也不象住户人家，与山下简陋小市镇对照时，尤其显得两不调和。一望而知这房子是有个动人故事的。这是一个由地主而成团绅，由团绅而作大王，由大王升充军长，由军长获得巨富，由巨富被人暗杀的一个姓陈的产业。这座房子同中国许多地方堂皇富丽的建筑相似，大部分可说是用人血作成的，这房子结束了当地人对于由土匪而大王作军官成巨富的浪漫情绪。如今业已成为一个古迹，只能供过路人凭吊了。车站旁的当地妇人多显得和平而纯良，用惊奇眼光望着外来车辆和客人。客人若问“那房子是谁的产业？谁在那里住？”一定会听到那些老妇人可怜的回答：“房子是我们这里陈军长的，军长名陈汉章，五年前在洪江被人杀了，房子空空的。”且可怜的微笑。也许这妇人正想起自己被杀死的丈夫，被打死的儿子，也许想起的却是那军长死后相传留下三百五十条金子，和几个美丽姨太太的下落。谁知道她想的是什么事。

怀化镇过去二十里有小村市，名“石门”，出产好梨，大而酥脆，甜如蜜汁，也和中国别的地方一样，虽有好出产，并不为人注意，专家也从不曾在他著作上提及，县农场和农校更不见栽培过这种果木。再过去二十五里名“榆树湾”，地方出好米，好柿饼。与怀化镇历史相同，小小一片地面几乎用血染赤，然而人性善忘，这些事已成为过去了。民性强直，二十年前乡下人上场决斗时，尚有手携着手，用分量同等的刀相砍的公平习惯，若凑巧碰着，很可能增长旅行者一分见识。一个商人的十八岁闺女死了，入土三天后，居然还有一个卖豆腐的青年男子，把这女子从土中刨出，背到山洞中去睡她三夜的热情。这种疯狂离奇的情感，到近年来自然早消灭了。新的普通教育，造成一种无个性无特性带点世故与诈气的庸碌人生观。这种人生观，一部分人自然还以为教育成功，因此为多数人所扶持。正因为如此一来，住城市中的地主阶级，方不至于田园荒芜，收租无着。按规矩，芷江的佃户对地主除缴纳正租外，还应当在每一石租谷中认缴鸡肉一斤，数量多少照算，所以有千来石净收入的人家，到收租时照例可从各佃户处捉回百十只肥鸡。常日吃鸡，吃到年底，还有富余。单是这一点，东乡的民俗如何宜于改造，便很显然了。

榆树湾离芷江还有九十里，公路上行，一部分即沿沅水西岸拉船人纤路扩大改造而成。公路一面傍山，一面临水。地势到此形成一小盆地，无高山重岭，汽车路因之较宽大，较平直。到芷江时，一个过路人一瞥所得印象必不怎么坏。城西有个明代万历年的古塔，名雁塔，形制拙而壮，约略与杭州坍圮的雷峰塔相似。城楼与城中心望楼，从万户人家屋瓦上浮，气象相当博大厚重，象一个府治。河流到了这里忽然展宽许多，约三分之二里。一个十七墩的长桥，由城外河边接连西岸，西岸名王家街，住户店铺也不少。三十年前通云贵的大驿道由此通过（传说中的赶尸必由之路），现在又成为公路站头。城内余地有限，将来发展自然还在西岸。表示这繁荣的起点，是小而简陋的木房子无限量的增加。

有个大佛寺，也是明朝万历年间的建筑，殿中大佛头耳朵可容八个人盘旋而上，佛顶可摆四桌酒席绰绰有余。好风雅的当地绅士，每逢重阳节便到佛头上登高，吃酒划拳，觉得十分有趣。本地绅士有“维新派”，知去掉迷信不知道保存古迹，民国九年佛殿圮坍后，因此各界商议，决定打倒大佛。当时南区的警察所长是个麻脸大胖子，凤凰县人，人大心细，身圆姓方，性情恰恰如吉诃德先生的仆人，以为这是一件极有意义的工作，就亲自用锹头去掘佛头，并督率警士参加这种工作。事后向熟人说：“今天真作了一件平生顶痛快事情（不说顶蠢事情），打倒了一尊五百年的偶像。人说大佛是金肝银肠朱砂心，得到它岂不是可以大发一笔洋财？哪知道打倒了它，什么也得不到。肚子里一堆古里古怪的玩意儿，手写的经书，泥做的小佛，绸子上画了些花花朵朵——鬼知道有什么用。五百年宝贝，一钱不值。大脑袋里装了六十担茶叶，一个茶叶库，一点味道都没有，谁都不要，只好堆在坪里，一把火烧掉。”把话说完时，伸出两只蒲扇手，“狗肏的，一把火烧完了，痛快。”总而言之，除了一大殿，当时能放火烧的都被这位开明警察所长烧了。保存得上好的五百卷手抄本经卷，和五彩壁画的版子，若干漆胎的佛像，全烧光了。大佛泥土堆积如一座小山。这座山的所在处，现在本地年青人已经不大知道了。当地毁去了那么一座偶像，其实却保存另外一个活偶像。城里东门大街福音堂里，住下一个基督教包牧师，在当时是受本城绅士特别爱护尊敬的。受尊敬的原因，为的是当时土匪不敢惊动洋人。有时城中绅士被当作肥羊吊去时，无从接头，这牧师便放下侍奉上帝神圣的职务，很勇敢慷慨深入匪区去代人说票。离县城三十里的西望山，早已成为土匪老巢，有枪兵一排人还不敢通过，大六月天这位牧师去避暑，却毫不在意，既不引起众人对于这个牧师身分的怀疑，反而增加这个牧师在当地“所向无敌”的威信。这事说来已二十年，上帝大约已把那牧师收回天国，也近于一篇故事了。

二十年来本地绅士半数业已谢世，余下的都渐渐衰老了，子侄辈长大成人，当前问题恐不是毁佛学道，必是如何想法不让子侄辈向西北走。担心的并不是社会革命，倒是家庭革命。家庭一革命，作严父作慈父两不讨好。

芷江的绅士多是地主，正因为有钱，因此吃喝享乐之外历来还受两重压迫，土匪和外来驻防剿匪军，两者的苛索都不容易侍候。近年来一切都不同了，最大的威胁，恐怕是自己家里的子女“自由”。子女在外受教育的多，对于本地是一种转机，对于少数人，看来却似乎是一种危机。

广西民政厅厅长邱昌渭先生，是这个地方人。

芷江大桑和蚕种都相当好，白蜡收成也极可观。又出产好米，西望山下有一种特别玉腰米，作饭时长到五分。此外桃子和冬菌，在湖南应当首屈一指。可是当地农校林场却只能发现些不高不矮的洋槐树、黄金树、稻种改良，蚕桑推广，蜡虫研究，和果木栽培，都不曾作，作来也无良好成绩可言。这就要后来者想办法了。后来者可作的事正多。

由芷江往晃县，给人的印象是沿公路山头渐低渐小，山上树木转增密蒙。一个初到晃县的人，爱热闹必觉得太不热闹，爱孤僻又必觉得不够孤僻。就地形看来，小小的红色山头一个接连一个，一条河水弯弯曲曲的流去，山水相互环抱，气象格局小而美，读过历史的必以为传说中的古夜郎国，一定是在这里。对湘西人民生活状况有兴味的人，必立刻就可发现当地妇女远不如沅陵妇女之勤苦耐劳而富于艺术爱好。妇女比例数目少一点，重视一点，也就懒惰一点。男子呢，与产烟区域的贵州省太接近，并且是贵州烟转口的地方，许多人血里都似乎有了烟毒。一瞥印象是愚、穷、弱。三种气分表现在一般市民的脸上，服饰上，房屋建筑上。

晃县的市场在龙溪口。公路通车以前，烟贩、油商、木商等客人，收买水银坐庄人，都在龙溪口作生意。地方被称为“小洪江”，由于繁荣的原因和洪江大同小异。地方离老县城约三里，有一段短短公路可通行，公路上且居然还有十多辆人力车点缀，一里两毛，还是求过于供。主顾最多的大约是本地小土娼，因为奔跑两处，必需以车代步，不然真不免夜行多露，跋涉为劳。

烟土既为本地转口货大宗生意，烟帮客人是到处受欢迎的客人，护送烟帮出差为军人最好的差事，特税查缉员在中国公务员中最称尽职。本地多数人的生存意义或生存事实，都和烟膏烟土不可分。因之令人发生疑问，假若禁烟事对于禁吸禁运办法实行以后，这地方许多人家许多商务如何维持？也许有人真那么想到，结果却默然无言。

四月里一个某某部队过路，在河西车站边借了一个民居驻防，开拔后，屋主人去清察房屋，才发现有个兵士模样的男子，被反缚两手，胸脯上戳了三刀，抛在粪坑边死了。部队还是当天开拔的。谁作的事，不知道。被杀的是谁？传说是查缉处兵士。官方对于这类事照例搁下，保留，无从追究。过不久，大家一定就忘记这件不愉快事情了。

另外有个烟贩，由贵阳乘车到达，行李衣箱内藏了一万块钱法币，七千块钱烟土印花，落店后，半夜里突然有人来检查。翻了一阵，发现了那个衣箱，打开一看，把那个钱拿跑了。这烟贩不声不响，第二天就包赁一辆汽车回转贵阳。好象一抢便已完事。县知事不知道是谁作的事，烟贩倒似乎知道，除老乡外别无他人，只是不说。君子报仇三年，冤有头，债有主，不用麻烦官家。

两件事都发生在车站近旁，所谓边境，从这两件事情上可知道一二。边境的悲剧或喜剧，常常与烟土有密切关系。

边境有边境古风，每夜查铺子共计警务人员四位，高举扁方纸糊灯笼，进门问问姓氏，即刻就走了。查铺子的怕“委员”，怕“中央”，怕“军人”，怕许多许多，灯笼高举各家走去为的是尽职。更主要的还是旅客必需将姓名注上循环簿，旅馆用完时好到警局去领，每本缴三毛法币。就市价估计，成本约一毛五分。

小公务员还保留一种特别权利，在小客栈中开一房间，叫两个条子打麻将取乐，消遣此有涯之生。这种公务员自然也有从外路来到此地，享受这种特别权利的。总之多数人都认为这是一种权利，一种娱乐，不觉得可羞，所以在任何地方都可见到。

本地入口货销行最好的是纸烟。许多普通应用药品，到这地方都不容易得到，至于纸烟，无不应有尽有，各种甜咸罐头也卖得出。只是无一个书店，可知书籍在这地方并无多大用处。

经营“最古职业”的娘儿们，多数身子小小的，瘦瘦的，露出睡眠不足营养不足的神气，着短衣大脚裤，并在腰边扎一条粉红绸巾，会唱多种小曲，也会唱党歌、军歌、抗战歌，因为得应酬当地军警政商各界，也必需懂流行的歌曲。世人常说妓女生活很苦，大都会中低级妓女给人的印象的确很苦，每日与生活挣扎，受自然限制，为人事挫折，事事可以看出。这小小边城妓女，与其说是在挣扎生活，不如说是在混生活。生存是无目的的无所为的，正与若干小公务员小市民情形极其相同，同样是混日子，迷迷糊糊混下去，听机会分派哀乐得失，在小小生活范围内转。活时，活下去；死了，完事。“野心”在多数人生活中都不存在，“希望”也不会存在。十分现实，因此带点抽象骗人玩意儿，航空奖券和百龄机，发卖地方相去太远，对于这类人的刺激也无多大意义，刺激不了他们的任何冲动感情。若说这些妇女生活可悲可悯，公务员和小市民同样可悯。这是传说中的古夜郎国，可是到如今来“自大”两字也似乎早已消灭了。

多数人一眼望去都很老实，这老实另一面即表现“愚”与“惰”。妇人已很少看到胸前有精美扣花围裙，男子雄赳赳担着山兽皮上街找主顾的瑶族人民也不多见，贵州烟帮商人在这里势力特别大，由于烟土是贵州省运来的，这是烟帮入境的第一站。

妇人小孩大都患瘰疬，营养不良是一般人普遍现象。

木材在这里不大值钱，然而处置木材的方式，亦因无知与懒惰，多不得其法，这事从当地各式建筑都可见出。

湖南境的沅水到此为止，自然景物到此越加美丽，人事无章次处到此也就越加显著。正如造物者为求均衡，有意抑彼扬此，恰到好处。本地见出受对日战事影响，除了上行车辆加大，乘车人骤增成千上万，市面上呈现一种前所未有的异常活跃，到处有新房子在兴建，此外直接使本地人受拘束，在改造，起变化的，是壮丁训练。每早上六点钟左右，汽车西站旁大坪里就有个老妇人筛锣，告大家应当起床。于是来了一个着军服的年青人，精神饱满，夹了三四个薄薄本子（唱歌的抄本）。吹哨子集合，各处人家于是走出二十来个大小不等制服不齐的候补壮丁，在坪里集合点名，经过短短训话后即上操，唱歌。大约训练工作还不很久，因此唱歌得一句一句教。教者十分吃力，学者对于歌中意义也不易懂。而且所有歌曲都是那些城里知识分子编的，实在不大好听，调子也古怪难于记忆，对于乡下人真是一种拗口“训练”。若把调子编成沅水流域弄船摇橹人打呼号的声音，或保靖花灯戏调子，或麻阳春官唱的农事节会的歌词腔调，一定好听得多易学得多了。可是这个指导训练工作人员，在本地却是唯一见出有生气有朝气的青年。地方一切会在他们努力下慢慢改变过来的。青年之觉醒是必然的。

十五年前在沅水上游称一霸，由教学先生而变为土匪，由大王而变为军人，由司令而卡察一刀。外县人来到晃县，提出这个人的名字时，如今尚可以听到许多故事。这人名姚继虞，就是晃县人。十年前又有个北京农科大学毕业生，为人热情而正直，身个子小小的，同学中叫他“毛胡子”。大革命时回到故乡作农会主席、党务特派员。领导两万武装农民到芷江县入城示威，清党时死于芷江南城城门前。这人名唐伯赓，也是晃县人。

凤凰

这是从一个作品里摘录出关于凤凰的轮廓。

一个好事的人，若从百年前某种较旧一点的地图上寻找，一定可在黔北、川东、湘西一处极偏僻的角隅上，发现了一个名为“镇筸”的小点。那里同别的小点一样，事实上应有一个小小城市，在那城市中，安顿了数千户人口的。不过一切城市的存在，大部分皆在交通、物产、经济的情形下面，成为那个城市荣枯的因缘。这一个地方，却以另外一种意义无所依附而独立存在。试将那个用粗糙而坚实巨大石头砌成的圆城作为中心，向四方展开，围绕了这边疆僻地的孤城，约有五百余苗寨，各有千总守备镇守其间。有数十屯仓，每年屯数万石粮食为公家所有。五百左右的碉堡，二百左右的营汛。碉堡各用大石堆成。位置在山顶头，随了山岭脉络蜿蜒各处；营汛各位置在驿路上，布置得极有秩序。这些东西是在一百八十年前，按照一种精密的计划，各保持到相当距离，在周围附近三县数百里内，平均分配下来，解决了退守一隅常作暴动的边地苗族叛变的。两世纪来满清的暴政，以及因这暴政而引起的反抗，血染赤了每一条官道同每一个碉堡。到如今，一切不同了。碉堡多数业已残毁了，营汛多数成为民房了，人民已大半同化了。落日黄昏时节，站到那个巍然独在万山环绕的孤城高处，眺望那些远近残毁碉堡，还可依稀想见当时角鼓火炬传警告急的光景。这地方到今日此时，因为另一军事重心，一切均以一种迅速的情形在改变，在进步，同时这种进步，也就正消灭到过去一切。

地方统治者分数种，最上为天神，其次为官，又其次才为村长同执行巫术的神的侍奉者。人人洁身信神，守法怕官。城中居民每家俱有兵役，可按月各到营上领取一点银子，一份米粮，且可从官家领取二百年前被政府所没收的公田播种。

这地方本名镇筸城，后改凤凰厅，入民国后，才升级改名凤凰县。满清时辰沅永靖兵备道，镇筸镇总兵均驻节此地。辛亥革命后，湘西镇守使，辰沅道仍在此办公。除屯谷外，国家每月约用银六万到八万两经营此小小山城。地方居民不过五六千，驻防各处的正规兵士却有七千。由于环境不同，直到现在其地绿营兵役制度尚保存不废，为中国绿营军制唯一残留之物。(引自《凤子》)

苗人放蛊的传说，由这个地方出发。辰州符的实验者，以这个地方为集中地。三楚子弟的游侠气概，这个地方因屯丁子弟兵制度，所以保留得特别多。在宗教仪式上，这个地方有很多特别处，宗教情绪（好鬼信巫的情绪）因社会环境特殊，热烈专诚到不可想象。小小县城里外大型建筑，不是庙宇就是祠堂，江西人经营的绸布业，会馆建筑特别壮丽华美。湘西之所以成为问题，这个地方人应当负较多责任。湘西的将来，不拘好或坏，这个地方人的关系都特别大。湘西的神秘，只有这一个区域不易了解，值得了解。

它的地域已深入苗区，文化比沅水流域任何一县都差得多，然而民国以来湖南的政治家熊希龄先生，却出生在那个小小县城里。地方可说充满了迷信，然而那点迷信，却被历史很巧妙的糅合在军人的情感里，因此反而增加了军人的勇敢性与团结性。去年在嘉善守兴登堡国防线抗敌时，作战之沉着，牺牲之壮烈，就见出迷信实无碍于它的军人职务。县城一个完全小学也办不好，可是许多青年却在部队中当过一阵兵后，辗转努力，得入正式大学，或陆军大学，成绩都很好。一些由行伍出身的军人，常识且异常丰富；个人的浪漫情绪与历史的宗教情绪结合为一，便成游侠者精神，领导得人，就可成为卫国守土的模范军人。这种游侠精神若用不得其当，自然也可以见出种种短处。或一与领导者离开，即不免在许多事上精力浪费。甚焉者即糜烂地方，尚不自知。总之，这个地方的人格与道德，应当归入另一型范。由于历史环境不同，它的发展也就不同。

凤凰军校阶级不独支配了凤凰，且支配了湘西沅水流域二十县。它的弱点与二十年来中国一般军人弱点相似，即知道管理群众，不大知道教育群众。知道管理群众，因此在统治下社会秩序尚无问题。不大知道教育群众，因此一切进步的理想都难实现。地方边僻，且易受人控制，如数年前领导者陈渠珍被何健压迫离职，外来贪污与本地土劣即打成一片，地方受剥削宰割，毫无办法。民性既刚直，团结性又强，领导者如能将这种优点成为一个教育原则，使湘西群众人人各有一种自尊和自信心，认为湘西人可以把湘西弄好，这工作人人有份，是每人责任也是每人权利，能够这样，湘西之明日，就大不相同了。

典籍上关于云贵放蛊的记载，放蛊必与仇怨有关，仇怨又与男女事有关。换言之，就是新欢旧爱得失之际，蛊可以应用作争夺工具或报复工具。中蛊者非狂即死，惟系铃人可以解铃。这倒是蛊字古典的说明，与本意相去不远。看看贵州小乡镇上任何小摊子上都可以公开的买红砒，就可知道蛊并无如何神秘可言了。但蛊在湘西却有另外一种意义，与巫，与此外少女的落洞致死，三者同源而异流，都源于人神错综，一种情绪被压抑后变态的发展。因年龄、社会地位和其他分别，穷而年老的，易成为蛊婆，三十岁左右的，易成为巫，十六岁到二十二三岁，美丽爱好性情内向而婚姻不遂的，易落洞致死。三者都以神为对象，产生一种变质女性神经病。年老而穷，怨愤郁结，取报复形式方能排泄感情，故蛊婆所作所为，即近于报复。三十岁左右，对神力极端敬信，民间传说如“七仙姐下凡”之类故事又多，结合宗教情绪与浪漫情绪而为一，因此总觉得神对她特别关心，发狂，呓语，天上地下，无往不至，必需作巫，执行人神传递愿望与意见工作，经众人承认其为神之子后，中和其情绪，狂病方不再发。年青貌美的女子，一面为戏文才子佳人故事所启发，一面由于美貌而有才情，婚姻不谐，当地武人出身中产者规矩又严，由压抑转而成为人神错综，以为被神所爱，因此死去。

善蛊的通称“草蛊婆”，蛊人称“放蛊”。放蛊的方法是用虫类放果物中，毒虫不外蚂蚁、蜈蚣、长蛇，就本地所有且常见的。中蛊的多小孩子，现象和通常害疳疾腹中生蛔虫差不多，腹胀人瘦，或梦见虫蛇，终于死去。病中若家人疑心是同街某妇人放的，就往去见见她，只作为随便闲话方式，客客气气的说：“伯娘，我孩子害了点小病，总治不好，你知道什么小丹方，告我一个吧。小孩子怪可怜！”那妇人知道人疑心到她了，必说：“那不要紧，吃点猪肝（或别的）就好了。”回家照方子一吃，果然就好了。病好的原因是“收蛊”。蛊婆的家中必异常干净，个人眼睛发红。蛊婆放蛊出于被蛊所逼迫，到相当时日必来一次。通常放一小孩子可以经过一年，放一树木（本地凡树木起瘪有蚁穴因而枯死的，多认为被放蛊死去）只抵两月，放自己孩子却可抵三年。蛊婆所住的街上，街邻照例对她都敬而远之的客气，她也就从不会对本街孩子过不去。（甚至于不会对全城孩子过不去。）但某一时若迫不得已使同街孩子或城中孩子因受蛊致死，好事者激起公愤，必把这个妇人捉去，放在大六月天酷日下晒太阳，名为“晒草蛊”。或用别的更残忍方法惩治。这事官方从不过问。即或这妇人在私刑中死去，也不过问。受处分的妇人，有些极口呼冤，有些又似乎以为罪有应得，默然无语。然情绪相同，即这种妇人必相信自己真有致人于死的魔力。还有些居然招供出有多少魔力，施行过多少次，某时在某处蛊死谁，某地方某大树枯树自焚也是她做的。在招供中且俨然得到一种满足的快乐。这样一来，照习惯必在毒日下晒三天，有些妇人被晒过后，病就好了，以为蛊被太阳晒过就离开了，成为一个常态的妇人。有些因此就死掉了，死后众人还以为替地方除了一害。其实呢，这种妇人与其说是罪人，不如说是疯婆子。她根本上就并无如此特别能力蛊人致命。这种妇人是一个悲剧的主角，因为她有点隐性的疯狂，致疯的原因又是穷苦而寂寞。

行巫者其所以行巫，加以分析，也有相似情形。中国其他地方巫术的执行者，同僧道相差不多，已成为一种游民懒妇谋生的职业。视个人的诈伪聪明程度，见出职业成功的多少。他的作为重在引人迷信，自己却清清楚楚。这种行巫，已完全失去了他本来性质，不会当真发疯发狂了。但凤凰情形不同。行巫术多非自愿的职业，近于“迫不得已”的差使。大多数本人平时为人必极老实忠厚，沉默寡言。常忽然发病，卧床不起，如有神附体，语音神气完全变过。或胡唱胡闹，天上地下，无所不谈。且哭笑无常，殴打自己，长日不吃，不喝，不睡觉。过三两天后，仿佛生命中有种东西，把它稳住了，因极度疲乏，要休息了，长长的睡上一天，人就清醒了。

醒后对病中事竟毫无所知，别的人谈起她病中情形时，反觉十分羞愧。

可是这种狂病是有周期性的（也许还同经期有关系），约两三个月一次。每次总弄得本人十分疲乏，欲罢不能。按照习惯，只有一个方法可以治疗，就是行巫。行巫不必学习，无从传授，只设一神坛，放一平斗，斗内装满谷子，插上一把剪刀。有的什么也不用，就可正式营业。执行巫术的方式，是在神前设一座位，行巫者坐定，用青丝绸巾覆盖脸上。重在关亡，托亡魂说话，用半哼半唱方式，谈别人家事长短，儿女疾病，远行人情形。谈到伤心处，谈者涕泗横溢，听者自然更嘘泣不止。执行巫术后，已成为众人承认的神之子，女人的潜意识，因中和作用，得到解除，因此就不会再发狂病。初初执行巫术时，且照例很灵，至少有些想不到的古怪情形，说来十分巧合。因为有事前狂态作宣传，本城人知道的多，行巫近于不得已，光顾的老妇人必甚多，生意甚好。行巫虽可发财，本人通常倒不以所得多少关心，受神指定为代理人，不作巫即受惩罚，设坛近于不得已。行巫既久，自然就渐渐变成职业，使术时多做作处。世人的好奇心，这时又转移到新近设坛的别一妇人方面去。这巫婆若为人老实，便因此撤了坛，依然恢复她原有的职业，或作奶妈，或做小生意，或带孩子。为人世故，就成为三姑六婆之一，利用身分，串当地有身分人家的门子，陪老太太念经，或如《红楼梦》中与赵姨娘合作同谋马道婆之流妇女，行使点小法术，埋在地下，放在枕边，使“仇人”吃亏。或更作媒作中，弄一点酬劳脚步钱。小孩子多病，命大，就拜寄她作干儿子。小孩子夜惊，就为“收黑”，用个鸡蛋，咒过一番后，黄昏时拿到街上去，一路喊小孩名字，“八宝回来了吗？”另一个就答，“八宝回来了”，一直喊到家。到家后抱着孩子手蘸唾沫抹抹孩子头部，事情就算办好了。行巫的本地人称为“仙娘”。她的职务是“人鬼之间的媒介”，她的群众是妇人和孩子。她的工作真正意义是她得到社会承认是神的代理人后，狂病即不再发。当地妇女实为生活所困苦，感情无所归宿，将希望与梦想寄在她的法术上，靠她得到安慰。这种人自然间或也会点小丹方，可以治小儿夜惊，膈食。用通常眼光看来，殊不可解，用现代心理学来分析，它的产生同它在社会上的意义，都有它必然的原因。一知半解的读书人，想破除迷信，要打倒它，否认这种“先知”，正说明另一种人的“无知”。

至于落洞，实在是一种人神错综的悲剧，比上述两种妇女病更多悲剧性。地方习惯是女子在性行为方面的极端压制，成为最高的道德。这种道德观念的形成，由于军人成为地方整个的统治者。军人因职务关系，必时常离开家庭外出，在外面取得对于妇女的经验，必使这种道德观增强，方能维持他的性的独占情绪与事实。因此本地认为最丑的事无过于女子不贞，男子听妇女有外遇。妇女若无家庭任何拘束，自愿解放，毫无关系的旁人亦可把女子捉来光身游街，表示与众共弃。下面故事是另外一个最好的例。

旅长刘俊卿，夫人是一个女子学校毕业生，平时感情极好。有同学某女士，因同学时要好，在通信中不免常有些女孩子的感情的话。信被这位军官见到后，便引起疑心。后因信中有句话语近于男子说的：“嫁了人你就把我忘了”，这位军官疑心转增。独自驻防某地，有一天，忽然要马弁去接太太，并告马弁：“你把太太接来，到离这里十里，一枪给我把她打死，我要死的不要活的。我要看看她还有一点热气，不同她说话。你事办得好，一切有我；事办不好，不必回来见我。”马弁当然一切照办。当真把旅长太太接来防地，到要下手时，太太一看情形不对，问马弁是什么意思。马弁就告她这是旅长的意思。太太说：“我不能这样冤枉死去，你让我见他去说个明白！”马弁说：“旅长命令要这么办，不然我就得死。”末了两人都哭了。太太让马弁把枪口按在心子上一枪打死了，（打心子好让血往腔子里流！）轿夫快快的把这位太太抬到旅部去见旅长，旅长看看后，摸摸脸和手，看看气已绝了，不由自主淌了两滴英雄泪，要马弁看一副五百块钱的棺木，把死者装殓埋了。人一埋，事情也就完结了。

这悲剧多数人就只觉得死者可悯，因误会得到这样结果，可不觉得军官行为成为问题。倘若女的当真过去一时还有一个情人，那这种处置，在当地人看来，简直是英雄行为了。

女子在性行为所受的压制既如此严酷，一个结过婚的妇人，因家事儿女勤劳，终日织布，绩麻，作腌菜，家境好的还玩骨牌，尚可转移她的情绪，不至于成为精神病。一个未出嫁的女子，尤其是一个爱美好洁，知书识字，富于情感的聪明女子，或因早熟，或因晚婚，这方面情绪上所受的压抑自然更大，容易转成病态。地方既在边区苗乡，苗族半原人的神怪观影响到一切人，形成一种绝大力量。大树、洞穴、岩石，无处无神。狐、虎、蛇、龟，无物不怪。神或怪在传说中美丑善恶不一，无不赋以人性。因人与人相互爱悦，和当前道德观念极端冲突，便产生人和神怪爱悦的传说，女性在性方面的压抑情绪，方借此得到一条出路。落洞即人神错综之一种形式。背面所隐藏的悲惨，正与表面所见出的美丽成分相等。

凡属落洞的女子，必眼睛光亮，性情纯和，聪明而美丽。必未婚，必爱好，善修饰。平时贞静自处，情感热烈不外露，转多幻想。间或出门，即自以为某一时无意中从某处洞穴旁经过，为洞神一瞥见到，欢喜了她。因此更加爱独处，爱静坐，爱清洁，有时且会自言自语，常以为那个洞神已驾云乘虹前来看她。这个抽象的神或为传说中的像貌，或为记忆中庙宇里的偶像样子，或为常见的又为女子所畏惧的蛇虎形状。总之这个抽象对手到女人心中时，虽引起女子一点羞怯和恐惧，却必然也感到热烈而兴奋。事实上也就是一种变形的自渎。等待到家中人注意这件事情深为忧虑时，或正是病人在变态情绪中恋爱最满足时。

通常男巫的职务重在和天地，悦人神，对落洞事即付之于职权以外，不能过问。辰州符重在治大伤，对这件事也无可如何。女巫虽可请本家亡灵对于这件事表示意见，或阴魂入洞探询消息，然而结末总似乎凡属爱情，即无罪过。洞神所欲，一切人力都近于白费。虽天王佛菩萨权力广大，人鬼同尊，亦无从为力。（迷信与实际社会互相映照，可谓相反相成。）事到末了，即是听其慢慢死去。死的迟早，都认为一切由洞神作主。事实上有一半近于女子自己作主。死时女子必觉得洞神已派人前来迎接她，或觉得洞神亲自换了新衣骑了白马来接她，耳中有箫鼓竞奏，眼睛发光，脸色发红，间或在肉体上放散一种奇异香味，含笑死去。死时且显得神气清明，美艳照人。真如诗人所说：“她在恋爱之中，含笑死去。”家中人多泪眼莹然相向，无可奈何。只以为女儿被神所眷爱致死。料不到女儿因在人间无可爱悦，却爱上了神，在人神恋与自我恋情形中消耗其如花生命，终于衰弱死去。

女子落洞致死的年龄，迟早不等，大致在十六到二十四五左右。病的久暂也不一，大致由两年到五年。落洞女子最正当的治疗是结婚，一种正常美满的婚姻，必然可以把女子从这种可怜的生活中救出。可是照习惯这种为神眷顾的女子，是无人愿意接回家中作媳妇的。家中人更想不到结婚是一种最好的法术和药物。因此末了终是一死。

湘西女性在三种阶段的年龄中，产生蛊婆女巫和落洞女子。三种女性的歇思底里，就形成湘西的神秘之一部分。这神秘背后隐藏了动人的悲剧，同时也隐藏了动人的诗。至如辰州符，在伤科方面用催眠术和当地效力强不知名草药相辅为治，男巫用广大的戏剧场面，在一年将尽的十冬腊月，杀猪宰羊，击鼓鸣锣，来作人神和乐的工作，集收人民的宗教情绪和浪漫情绪，比较起来，就见得事很平常，不足为异了。

浪漫情绪和宗教情绪两者混而为一，在女子方面，它的排泄方式，有如上所述说的种种。在男子方面，则自然而然成为游侠者精神。这从游侠者的道德观所表现的宗教性和戏剧性也可看出。妇女道德的形成，与游侠者的道德观大有关系。游侠者对同性同道称哥唤弟，彼此不分。故对于同道眷属亦视为家中人，呼为嫂子。子弟儿郎们照规矩与嫂子一床同宿，亦无所忌。但条款必遵守，即“只许开弓，不许放箭”。条款意思就是同住无妨，然不能发生关系。若发生关系，即为犯条款，必受严重处分。这种处分仪式，实充满宗教性和戏剧性。下面一件记载，是一个好例。这故事是一个参加过这种仪式的朋友说的。

在野地排三十六张方桌（象征梁山三十六天罡），用八张方桌重叠为一个高台，桌前掘个一丈八尺见方的土坑，用三十六把尖刀竖立坑中，刀锋向上，疏密不一。预先用浮土掩着，刀尖不外露。所有弟兄哥子都全副戎装到场，当时流行的装束是：青绉绸巾裹头，视耳边下垂巾角长短表示身分。穿纸甲，用棉纸捶炼而成，中夹头发，作成背心式样，轻而柔韧，可以避刀刃。外穿密钮打衣，袖小而紧。佩平时所长武器，多单刀双刀，小牛皮刀鞘上绘有绿云红云，刀环上系彩绸，作为装饰。着青裤，裹腿，腿部必插两把黄鳝尾小尖刀。赤脚，穿麻练鞋。桌上排定酒盏，燃好香烛，发言的必先吃血酒盟心。（或咬一公鸡头，将鸡血滴入酒中，或咬破手指，将本人血滴入酒中。）“管事”将事由说明，请众议处。事情是一个作大哥的嫂子有被某“老幺”调戏嫌疑，老幺犯了某条某款。女子年青而貌美，长眉弱肩，身材窈窕，眼光如星子流转。男的不过二十岁左右，黑脸长身，眉目英悍。管事把事由说完后，女子继即陈述经过，那青年男子在旁沉默不语。此后轮到青年开口时，就说一切都出于诬蔑。至于为什么诬蔑，他不便说，嫂子应当清清楚楚。那意思就是说嫂子对他有心，他无意。既经否认，各执一说，“执法”无从执行处分，因此照规矩决之于神。青年男子把麻鞋脱去，把衣甲脱去，光身赤脚爬上那八张方桌顶上去。毫无惧容，理直气壮，奋身向土坑跃下。出坑时，全身丝毫无伤。照规矩即已证实心地光明，一切出于受诬。其时女子头已低下，脸色惨白，知道自己命运不佳，业已失败，不能逃脱。那大哥揪着女的发髻，跪到神桌边去，问她：“还有什么话说？”女的说：“没有什么说的。冤有头，债有主。凡事天知道。”引颈受戮，不求饶也不狡辩，一切沉默。这大哥看看四面八方，无一个人有所表示，于是拔出背上单刀，一刀结果了这个因爱那小兄弟不遂心，反诬他调戏的女子。头放在神桌前，眉目下垂如熟睡。一伙哥子弟兄见事已完，把尸身拖到原来那个土坑里去，用刀掘土，把尸身掩埋了。那个大哥和那个幺兄弟，在情绪上一定都需要流一点眼泪，但身分上的习惯，却不许一个男子为妇人显出弱点，都默默无言，各自走开。

类乎这种事情还很多。都是浪漫与严肃，美丽与残忍，爱与怨交缚不可分。

游侠者行径在当地也另成一种风格，与国内近代化的青红帮稍稍不同。重在为友报仇，扶弱锄强，挥金如土，有诺必践。尊重读书人，敬事同乡长老。换言之，就是还能保存一点古风。有些人虽能在川黔湘鄂边境数省号召数千人集会，在本乡却谦虚纯良，犹如一乡巴老。有兵役的且依然按时入衙署当值，听候差遣作小事情，凡事照常。赌博时用小铜钱三枚跌地，名为“板三”，看反覆、数目，决定胜负，一反手间即输黄牛一头，银元一百两百，输后不以为意，扬长而去，从无翻悔放赖情事。决斗时两人用分量相等武器，一人对付一人，虽亲兄弟只能袖手旁观，不许帮忙。仇敌受伤倒下后，即不继续填刀，否则就被人笑话，失去英雄本色，虽胜不武。犯条款时自己处罚自己，割手截脚，脸不变色，口不出声。总之，游侠观念纯是古典的，行为是与太史公所述相去不远的。二十年闻名于川黔湘鄂各边区凤凰人田三怒，可为这种游侠者一个典型。年纪不到十岁，看木傀儡戏时，就携一血梼木短棒，在戏场中向屯垦军子弟不端重的横蛮的挑衅，或把人痛殴一顿，或反而被人打得头破血流，不以为意。十二岁就身怀黄鳝尾小刀，称“小老幺”，三江四海口诀背诵如流。家中老父开米粉馆，凡小朋友照顾的，一例招待，从不接钱。十五岁就为友报仇，走七百里路到常德府去杀一木客镖手，因听人说这个镖手在沅州有意调戏一个妇人，曾用手触过妇人的乳部，这少年就把镖手的双手砍下，带到沅州去送给那朋友。年纪二十岁，已称“龙头大哥”，名闻边境各处。然在本地每日抱大公鸡往米场斗鸡时，一见长辈或教学先生，必侧身在墙边让路，见女人必低头而过，见作小生意老妇人，必叫伯母，见人相争相吵，必心平气和劝解，且用笑话使大事化为小事。周济逢丧事的孤寡，从不出名露面。各庙宇和尚尼姑行为有不正当的，恐败坏当地风俗，必在短期中想方法把这种不守清规的法门弟子逐出境外。作龙头后身边子弟甚多，龙蛇不一，凡有调戏良家妇女，或赌博撒赖，或倚势强夺经人告诉的，必招来把事情问明白，照条款处办。执法老幺，被派往六百里外杀人，随时动员，如期带回证据。结怨甚多，积德亦多。身体瘦黑而小，秀弱如一小学教员，不相识的绝不会相信这是湘西一霸。

光棍服软不服硬，白羊岭有一张姓汉子，出门远走云贵二十年，回家时与人谈天，问：“本地近来谁有名？”或人说：“田三怒。”姓张的稍露出轻视神气：“田三怒不是正街卖粉的田家小儿子？”当夜就有人去叫张家的门，在门外招呼说：“姓张的，你明天天亮以前走路，不要在这个地方住。不走路后天我们送你回老家。”姓张的不以为意，可是到后天大清早，有人发现他在一个桥头上斜坐着。走近身看看，原来两把刀插在心窝上，人已经死了。另外有个姓王的，卖牛肉讨生活，过节喝了点酒，酒后忘形，当街大骂田三怒不是东西，若有勇气，可以当街和他比比。正闹着，田三怒却从街上过身，一切听得清清楚楚。事后有人赶去告给那醉汉的母亲，老妇人听说吓慌了，赶忙去找他，哭哭啼啼，求他不要见怪。并说只有这个儿子，儿子一死，自己老命也完了。田三怒只是笑，说："伯母，这是小事情，他喝了酒，乱说玩的。我不会生他的气。谁也不敢挨他，你放心。"事后果然不再追究。还送了老妇人一笔钱，要那儿子开个面馆。

田三怒四十岁后，已豪气稍衰，厌倦了风云，把兄弟遣散，洗了手，在家里养马种花过日子。间或骑了马下乡去赶场，买几只斗鸡，或携细尾狗，带长网去草泽地打野鸡，逐鹌鹑，猎猎野猪，人料不到这就是十年前在川黔边境增加了凤凰人光荣的英雄田三怒。本人也似乎忘记自己作了些什么事。一天下午，牵了他那两匹骏健白马出城下河去洗马。城头上有两个懦夫居高临下，用两支匣子炮由他身背后打了约十三发子弹，有两粒子弹打在后颈上，五粒打在腰背上。两匹白马受惊，脱了缰沿城根狂奔而去。老英雄受暗算后，伏在水边石头上，勉强翻过身来，从怀中掏出小勃朗宁拿在手上，默默无声。他知道等等就会有人出城来的。不一会，懦夫之一果然提着匣子炮出城来了，到离身三丈左右时，老英雄手一扬起，枪声响处那懦夫倒下，子弹从左眼进去，即刻死了。城头上那个懦夫在隐蔽处重新打了五枪。田三怒教训他："狗杂种，你做的事丢了镇筸人的丑。在暗中射冷箭，不象个男子。你怎不下来？"懦夫不作声。原来城上来了另外的人，这行刺的就跑了。田三怒知道自己不济事了，在自己太阳穴上打了一枪，便如此完结了自己，也完结了当地最后一个游侠者。

派人作这件事情的，到后才知道是一个姓唐的。这个人也可称为苗乡一霸。辛亥革命领率苗民万人攻城，牺牲苗民将近六千人，北伐时随军下长江，曾任徐海警备司令。卸职还乡后称"司令官"，在离城十里长宁哨新房子中居家纳福。事有凑巧，作了这件事后，过后数年，这人居然被一个驻军团长，不知天高地厚，把他捉来放在牢里，到知道这事不妥时，人已病死狱中了。

田三怒子弟极多，十年来或因年事渐长，血气已衰，改业为正经规矩商人。或带剑从军，参加各种内战，牺牲死去。或因犯案离乡，漂流无踪。在日月交替中，地方人物新陈代谢，风俗习惯日有不同。因此到近年来，游侠者精神虽未绝，所有方式已大大有了变化。在那万山环绕的小小石头城中，田三怒的姓名，已逐渐为人忘却，少年子弟中有从图书杂志上知道“飞将军”、“小黑炭”、“美人鱼”等人的，却不知道田三怒是谁。

当年田三怒得力助手之一，到如今还好好存在，为人依然豪侠好客，待友以义，在苗民中称领袖，这人就是去年使湘西发生问题，迫何键去职，使湖南政治得一转机的龙云飞。二十年前眼目精悍，手脚麻利，勇敢如豹子，轻捷如猿猴，身体由城墙头倒掷而下，落地时尚能作矮马桩姿势。在街头与人决斗，杀人后下河边去洗手时，从从容容如毫不在意。现在虽尚精神矍烁，面目光润，但已白发临头，谦和宽厚如一长者。回首昔日，不免有英雄老去之慨！

这种游侠者精神既浸透了三厅子弟的脑子，所以在本地读书人观念上也发生影响。军人政治家，当前负责收拾湘西的陈老先生，年过六十，体气精神，犹如三十许青年壮健，平时律己之严，驭下之宽，以及处世接物，带兵从政，就大有游侠者风度。少壮军官中，如师长顾家齐、戴季韬辈，虽受近代化训练，面目文弱和易如大学生，精神上多因游侠者的遗风，勇鸷慓悍，好客喜弄，如太史公传记中人。诗人田星六，诗中就充满游侠者霸气。山高水急，地苦雾多，为本地人性格形成之另一面，游侠者精神的浸润，产生过去，且将形成未来。

苗民问题

湘西苗民集中在三个县份内，就是白河上游和保靖毗连的永绥县，洞河上游的乾城县，麻阳河上游与麻阳接壤的凤凰县。就地图看，这三个县份又是相互连接的。对于苗民问题的研讨，应当作一度历史的追溯。它的沿革、变化与屯田问题如何不可分，过去国家对于它的政策的得失，民国以来它随内战的变化所受的种种影响。他们生计过去和当前在如何情形下支持，未来可能有些什么不同。他们如何得到武器，由良民而成为土匪，又由土匪经如何改造，就可望成为当前最需要的保卫国家土地一分子。这问题如其他湘西别的问题一样，讨论到它时，可说的话实在太多。可是本文不拟作这种讨论。大多数人关心它处，恐不是苗民如何改造，倒是这些被逼迫到边地的可怜同胞，他们是不是当真逢货即抢，见人必杀？他们是不是野蛮到无可理喻？他们是不是将来还会……这一串疑问都是必然的。正因为某一时当地的确有上述种种问题。

这种旧账算来，令人实在痛苦。我们应当知道，湘西在过去某一时，是一例被人当作蛮族看待的。虽愿意成为附庸，终不免视同化外。被歧视也极自然，它有两种原因。一是政治的策略，统治一省的负责者，在习惯上的错误，照例认为必抑此扬彼，方能控制这个汉苗混处的区域。一是缺少认识，负责者对于湘西茫然无知，既从不作过当前社会各方面的调查，也从不作过历史上民族性的分析，只凭一群毫无知识诈伪贪污的小官小吏来到湘西所得的印象，决定所谓应付湘西的政治策略。认识既差，结果是政策一时小有成功，地方几乎整个糜烂。这件事现在说来，业已成为过去了。未来呢，湘西必重新交给湘西人负责，领导者又乐于将责任与湘西优秀分子共同担负，且更希望外来知识分子帮忙，把这个地方弄得更好一点，方能够有个转机。对整个问题，虽千头万绪，无从谈起；对苗民问题，来到这十三县作官的，不问外来人或本地人，必须放弃二三千年以征服者自居的心理状态，应当有一根本原则，即一律平等。教育、经济以及人事上的位置，应力求平等。去歧视，去成见，去因习惯而发生的一切苛扰。在可能情形下，且应奖励客苗互通婚姻。能够这样，湘西苗民是不会成为问题的。至于当前的安定，一个想到湘西来的人，除了作汉奸，贩毒品，以及还怀着荒唐妄想，预备来湘西搜刮剥削的无赖汉，这三种人不受欢迎，此外战区逃来的临时寄居者，拟来投资的任何正当商人，分发到后方的一切公务人员和知识分子，以及无家可归的难民妇孺，来到湘西，都必然得到应有的照顾和帮助，不至于发生不应当有的困难。湘西人欢喜朋友，知道尊重知识，需要人来开发地面，征服地面，与组织大众，教育群众。凡是来到湘西的，只要肯用一点时间先认识湘西，了解湘西，对于湘西的一切，就会作另外看法，不至于先入为主感觉可怕了。一般隔靴搔痒者惟以湘西为匪区，作匪又认为苗人最多，最残忍，这即或不是一种有意诬蔑，还是一种误解。殊不知一省政治若领导得人，当权者稍有知识和良心，不至于过分勒索苛刻这类山中平民，他们大多数在现在中国人中，实在还是一种最勤苦、俭朴，能生产而又奉公守法，极其可爱的善良公民。

湘西人充过兵役的，被贪官污吏坏保甲逼到无可奈何时，容易入山作匪，并非乐于为匪。一种开明的贤人政治，正人君子政治，专家政治，如能实现，治理湘西，应当比治理任何地方还容易。

湘西地方固然另外还有一种以匪为职业的游民，这种分子来源复杂，不尽是湘西人，尤其不是安土重迁的善良的苗民。大多数是边境上的四川人、贵州人、湖北人，以及少数湘西人。这可说是几十年来中国内战的产物。这些土匪寄身四省边界上，来去无定。这种土匪使湘西既受糜烂，且更负一个“匪区”名分。解决这问题，还是应当从根本上着手，使湘西成为中国的湘西，来开发，来教育。统治者不以“征服者”自居，不以“被征服者”对待苗民，一切情形便大不相同了。

一个传奇的本事

我情感流动而不凝固，一派清波给予我的影响实在不小。我幼小时较美丽的生活，大都不能和水分离。我受业的学校，可以说永远设在水边。我学会思索，认识美，理解人生，水对于我有极大关系。

（摘《从文自传》中一小节）

水和我的生命不可分，教育不可分，作品倾向不可分。这不仅是二十岁以前的事情。即到厌倦了水边城市流宕生活，改变计划，来到住有百万市民的北平，饱受生活的折磨，坚持抵制一切腐蚀，十分认真阅读那本抽象“大书”第二卷，告了个小小段落，转入几个大学教书时，前后二十年，十分凑巧，所有学校又都恰好接近水边。我的人格的发展，和工作的动力，依然还是和水不可分。从《楚辞》发生地，一条沅水上下游各个大小码头，转到海潮来去的吴淞江口，黄浪浊流急奔而下直泻千里的武汉长江边，天云变幻碧波无际的青岛大海边，以及景物明朗民俗淳厚沙滩上布满小小螺蚌残骸的昆明滇池边。三十年来水永远是我的良师，是我的诤友，给我用笔以各种不同的启发。这分离奇教育并无什么神秘性，却不免富于传奇性。

水的德性为兼容并包，从不排斥拒绝不同方式浸入生命的任何离奇不经事物！却也从不受它的玷污影响。水的性格似乎特别脆弱，且极容易就范。其实则柔弱中有强韧，如集中一点，即涓涓细流，滴水穿石，却无坚不摧。水教给我粘合卑微人生的平凡哀乐，并作横海扬帆的美梦，刺激我对于工作永远的渴望，以及超越普通个人功利得失，追求理想的热情洋溢。我一切作品的背景，都少不了水。我待完成的主要工作，将是描述十个水边城市平凡人民的爱恶哀乐。在这个变易多方取予复杂的社会中，宜让头脑灵敏身心健全的少壮，有机会驾着最新式飞机向天上飞，从高度和速度上打破记录，成为《新时代画报》上的名人。且尽那些马上得天下还想马上治天下的英雄伟人，为了寄生细菌的巧佞和谎言繁殖迅速，不多久，都能由雕刻家设计，为安排骑在青铜熔铸的骏马上，和个斗鸡一样，在仿佛永远坚固磐石作基础的地面，给后人瞻仰。可是不多久，却将在同地震海啸相近而来的地覆天翻中，只剩余一堆残迹，供人凭吊。也必然还有那些各式各样精通“世故哲学”的“命世奇才”应运而生，在无帝王时代，始终还有作“帝王师”的机会，各有攸归，各得其所。我要的却只是能再好好工作二三十年，完成学习用笔过程后，还有机会得到写作上的真正自由，再认真些写写那些生死都和水分不开的平凡人平凡历史。这个分定对于我象是生存唯一的义务，无从拒绝。因为这种平凡的土壤，却孕育了我发展了我的生命，体会经验到一点不平凡的人生。

我有一课水上教育受得极离奇，是二十七年前在常德府那半年流荡。这个城市地图上看，即可知接连洞庭，贯串黔川，扼住湘西的咽喉，是一个在经济上军事上都不可忽略的城市。城市的位置似乎浸在水中或水下，因为每年有好几个月城四面都是一片大水包围，水线有时比城中民房还高。保护到十万居民不致于成为鱼鳖，全靠上游四十里几道坚固的长堤，和一个高及数丈的砖砌大城。常德沿河有四个城门，计西门、上南门、中南门、下南门。城门外有一条延长数里的长街，上边一点是年有百十万担“湖莲”的加工转口站。此外卖牛肉狗肉、开染坊糖坊和收桐油、朱砂、水银、白蜡、生漆、五棓子的大小庄号，生产出售水上人所不可少的竹木圆器及大小船只上所必需的席棚、竹缆、钢钻头、大小铁锚杂物店铺，在这条河街上都占有一定的地位，各有不同的处所。最动人的是那些等待主顾、各用特制木架支撑，上盖罩棚，身长五七丈的大木桅，和仓库堆店堆积如山的作船帆用的厚白帆布，联想到它们在“扬扬万斛船，影若扬白虹”三桅五舱大船上应用时的壮观景象和伟大作用，不觉更令人神往倾心。

这条河街某一段是什么样子，有什么东西，发出什么不同气味，到如今我始终还记得清清楚楚。这个城市在经济上和军事上都有其重要意义，因此抗日战争末两年，最激烈的一役，即中外报刊记载所谓“中国谷仓争夺战”的一役中，十万户人家终于在所预料情形下，完全毁于炮火中。沅水流域竹木原料虽特别富裕，复兴重建也必然比中国任何一地容易。不过那个原来的水上美丽古典城市，有历史性市容，有历史性人事，就已早于烈烈火焰中消失，后来者除了从我过去作的简单叙述，还能得到个大略印象，此外再也无从寻觅了。有形的和无形的都一律毁掉了。然而有些东西，却似乎还值得用少量文字或在多数人情感中保留下来，对于明日社会重造工作上，有其长远的意义。

常德既是延长千里一条沅水和十来条支流十多个县份百数十万人民生产竹、木、油、漆、棉、麻、烟草、药材原料的集中站，及东南沿海鱿鱼、海带、淮盐及一切轻工业品货物向上转移的总码头，船只向上可达川东、黔东，向下毗连洞庭、长江，地方人事自然也就相当复杂。城门口照例有军事机关和税收机关各种堂皇布告，同时也有当地党部无效果的政治宣传品，和广东、上海药房出卖壮阳、补虚伪药，及“活神仙”“王铁嘴”一类看相算命骗人的各种广告，各自占据城墙一部分。这几乎也是全国同类城市景象。大街上多的是和商品转销有关的接洽事务的大小老板伙计忙匆匆地来去，更多的是经营最古职业的人物，这些人在水上虽各有一定住处，在街上依然随地可以碰到。责任大，工作忙，性质杂，人数多，真正在维持这个水边城市的繁荣，支配一切活动的，还是水上那几千只大小船只和那几万驾船人。其中“麻阳佬”占比例特重。这些人如何使用他们各不相同各有个性的水上工具，按照不同的行规、不同的禁忌挣扎生活并生儿育女，我虽说不上十分清楚，却有一定常识。所以，抗战初期，写了个关于湘西问题的小书时，《常德的船》那一章，内中主要部分，便是介绍占据一条延长千里沅水的麻阳船只和驾船人的种种，在那一章小文结尾说：

> 常德本身也类乎一只旱船……常德县沿沅水上行九十里，即到千五百年前武陵渔人迷路问津的桃源。……那里河上游一点，有个省立女子第二师范学校。五四运动影响到湖南时，谈男女解放，自由平等，剪发恋爱，最先提出要求并争取实现它的，就是这个学校一群女学生。

这只旱船上不仅装了社会上几个知名人士，我还忘了提及几个女学生。这里有因肺病死去的川东王小姐，有芷江杨小姐，还有……一群单纯热情的女孩子，离开学校离开家庭后，大都暂时寄居到这个学校里，作为一个临时跳板，预备整顿行装，坚强翅膀，好向广大社会飞去。书虽读得不怎么多，却为《新青年》一类刊物煽起了青春的狂热，带了点点钱和满脑子进步社会理想和个人生活幻想，打量向北平、上海跑去，接受她们各自不同的命运。这些女孩子和现代史的发展，曾有过密切的联系。另外有几个性情比较温和稳定，又不拟作升学准备的，便作了那个女学校的教员。当时年纪大的都还不过二十来岁，差不多都有个相同社会背景，出身于小资产阶级或小官僚地主家庭，照习惯，自幼即由家庭许了人家，毕业回家第一件事即等待完婚。既和家庭闹革命，经济来源断绝，向京沪跑去的，难望有升大学机会，生活自然相当狼狈。一时只能在相互照顾中维持，走回头路却不甘心。犹幸社会风气正注重俭朴，人之师需为表率，作教员的衣着化装品不必费钱，所以每月收入虽不多，最高月薪不过三十六元，居然有人能把收入一半接济升学的亲友。教员中有一位年纪较长，性情温和而朴素、又特别富于艺术爱好，生长于凤凰县苗乡得胜营的杨小姐，在没有认识以前，就听说她的每月收入，还供给了两个妹妹读书。

至于那时的我呢，正和一个从常德师范毕业习音乐美术的表兄黄玉书，一同住在常德中南门里每天各需三毛六分钱的小客栈中，说明白点，就是无业可就。表哥是随同我的大舅父从北平、天津见过大世面的，找工作无结果，回到常德等机会的。无事可作，失业赋闲，照当时称呼名为“打流”。那个“平安小客栈”对我们可真不平安！每五天必须结一回账，照例是支吾过去。欠账越积越多，因此住宿房间也移来移去，由三面大窗的“官房”，迁到只有两片明瓦作天窗的贮物间。总之，尽管借故把我们一再调动，永不抗议，照栈规彼此不破脸，主人就不能下逐客令。至于在饭桌边当店东冷言冷语讥诮时，只装作听不懂，也陪着笑笑，一切用个“磨”字应付。这一点，表哥可说是已达到“炉火纯青”地步。如此这般我们约莫支持了五个月。虽隔一二月，在天津我那大舅父照例必寄来二三十元接济。表哥的习惯爱好，却是扣留一部分去城中心“稻香村”买一二斤五香牛肉干作为储备，随时嚼嚼解馋，最多也只给店中二十元，因此永远还不清账。内掌柜是个猫儿脸中年妇女，年过半百还把发髻梳得油光光的，别一支翠玉搔头，衣襟钮扣上总还挂一串“银三事”，且把眉毛扯得细弯弯的，风流自赏，自得其乐，心地倒还忠厚爽直。不过有时禁不住会向五个长住客人发点牢骚，饭桌边“项庄舞剑”意有所指的说，“开销越来越大了，门面实在当不下。楼下铺子零卖烟酒点心赚的钱，全贴上楼了，日子偌得过？我们吃四方饭，还有人吃八方饭！”话说得够锋利尖锐。说后，见五个常住客人都不声不响，只顾低头吃饭，就和那个养得白白胖胖、年纪已过十六岁的寄女儿干笑，寄女儿也只照例陪着笑笑。（这个女孩子经常借故上楼来，请大表兄剪鞋面花样或围裙上部花样，悄悄留下一包寸金糖或芙蓉酥，帮了我们不少的忙。表兄却笑她一身白得象白糖发糕，虽不拒绝芙蓉酥，可决不要发糕。）我们也依旧装不懂内老板话中含意，只管拣豆芽菜汤里的肉片吃。可是却知道用过饭后还有一手，得准备招架对策。不多久，老厨师果然就带了本油腻腻蓝布面的账本上楼来相访，十分客气要借点钱买油盐。表兄作成老江湖满不在乎的神气，随便翻了一下我们名下的欠数，就把账本推开，鼻子嗡嗡的，“我以为欠了十万八千，这几个钱算个什么？内老板四海豪杰人，还这样小气，笑话。——老弟，你想想看，这岂不是大笑话！我昨天发的那个催款急电，你亲眼看见，不是迟早三五天就会有款来了吗？”连哄带吹把厨师送走后，这个一生不走时运的美术家，却向我嘘了口气说：“老弟，风声不大好，这地方可不比巴黎！我听熟人说，巴黎的艺术家，不管做什么都不碍事。有些人欠了二十年的房饭账，到后来索性作了房东的丈夫或女婿，日子过得满好。我们在这里想攀亲戚倒有机会，只是我不大欢喜冒险吃发糕，正如我不欢喜从军一样。我们真是英雄秦琼落了难，黄骠马也卖不成！”于是学成家乡老秀才拈卦吟诗哼着，“风雪满天下，知心能见人？”

我心想，怎么办？表兄常说笑话逗我，北京戏院里梅兰芳出场前，上千盏电灯一熄，楼上下包厢里，到处是金钢钻耳环手镯闪光，且经常有阔人掉金钢钻首饰。上海坐马车，马车上也常有洋婆子、贵妇人遗下贵重钱包，运气好的一碰到即成大富翁。即或真有其事，远水哪能救近火？还是想法对付目前，来一个“脚踏西瓜皮”溜了吧。至于向什么地方溜，当时倒有个方便去处。坐每天两班的小火轮上九十里的桃源县找贺龙。因为有个同乡向英生，和贺龙是把兄弟，夫妻从日本留学回来，为人思想学问都相当新，做事非“知事”、“道尹”不干，同乡人都以为“狂”，其实人并不狂。曾作过一任知县，却缺少处理行政能力，只想改革，不到一年，却把个实缺被自己的不现实理想革掉了。三教九流都有来往，长住在城中春申君墓旁一个大旅馆里，总象还吃得开，可不明白钱从何来。这人十分热忱写了个信介绍我们去见贺龙。一去即谈好，表示欢迎，表兄作十三元一月的参谋，我作九元一月的差遣，还说“码头小，容不了大船，只要不嫌弃，留下暂时总可以吃吃大锅饭”。可是这时正巧我们因同乡关系，偶然认识了那个杨小姐，两人于是把“溜”字水旁删去，依然“留”下来了。桃源的差事也不再加考虑。

表兄既和她是学师范美术系的同道，平时性情洒脱，倒能一事不作，整天自我陶醉的唱歌。长得也够漂亮，特别是一双乌亮大眼睛，十分魅人。还擅长用通草片粘贴花鸟草虫，作得栩栩如生，在本县同行称第一流人材。这一来，过不多久，当然彼此就成了一片火，找到了热情寄托处。

自从认识了这位杨小姐后，一去那里必然坐在学校礼堂大风琴边，一面弹琴，一面谈天。我照例乐意站在校门前欣赏人来人往的市景，并为二人观观风。学校大门位置在大街转角处，两边可以看得相当远，到校长老太太来学校时，经我远远望到，就进去通知一声，里面琴声必然忽高起来。老太太到了学校却照例十分温和笑笑的说："你们弹琴弹得真不错！"表示对于客人有含蓄的礼貌。客人却不免红红脸。因为"弹琴"和"谈情"字音相同，老太太语意指什么虽不分明，两人的体会却深刻得多。

每每回到客栈时，表哥便向我连作了十来个揖，要我代笔写封信，他却从从容容躺在床上哼各种曲子，或闭目养神，温习他先前一时的印象。信写好念给他听听，随后必把大拇指翘起来摇着，表示感谢和赞许。

"老弟，妙，妙！措词得体，合式，有分寸，不卑不亢。真可以上报！”

事实上呢，我们当时只有两种机会上报，即抢人和自杀。但是这两件事都和我们兴趣理想不大合，当然不曾采用。至于这种信，要茶房送，有时茶房借故事忙，还得我代为传书递柬。那女教员有几次还和我讨论到表哥的文才，我只好支吾过去，回客栈谈起这件事，表兄却一面大笑一面肯定的说：“老弟，你看，我不是说可以上报吗？”我们又支持约两个月，前后可能写了三十多次来回信，住处则已从有天窗的小房间迁到毛房隔壁一个特别小间里，人若气量窄，情感脆弱，对于生活前途感到完全绝望，上吊可真方便。我实在忍受不住，有一天，就终于抛下这个表兄，随同一个头戴水獭皮帽子的同乡，坐在一只装运军服的“水上漂”，向沅水上游保靖漂去了。

三年后，我在北平知道一件新事情，即两个小学教员已结了婚，回转家乡同在县立第一小学服务。这种结合由女方家长看来，必然不会怎么满意。因为表哥祖父黄河清，虽是个贡生，看守文庙作“教谕”，在文庙旁家中有一栋自用房产，屋旁还有株三人合抱的大椿木树，著有《古椿书屋诗稿》。为人虽在本城受人尊敬，可是却十分清贫。至于表哥所学，照当时家乡人印象，作用地位和“飘乡手艺人”或“戏子”相差并不多。一个小学教师，不仅收入微薄，也无什么发展前途。比地方传统带兵的营连长或参谋副官，就大大不如。不过两人生活虽不怎么宽舒，情感可极好。因此，孩子便陆续来了，自然增加了生计上的麻烦。好在小县城，收入虽少，花费也不大，又还有些作上中级军官或县长局长的亲友，拉拉扯扯，日子总还过得下去。而且肯定精神情绪都还好。

再过几年，又偶然得家乡来信说，大孩子已离开了家乡，到福建厦门集美一个堂叔处去读书。从小即可看出，父母爱好艺术的长处，对于孩子显然已有了影响。但本地人性情上另外一种倔强自恃，以及潇洒超脱不甚顾及生活的弱点，也似乎被同时接收下来了。所以在叔父身边读书，初中不到二年，因为那个艺术型发展，不声不响就离开了亲戚，去阅读那本“大书”，从此就于广大社会中消失了。计算岁月，年龄已到十三四岁，照家乡子弟飘江湖奔门路老习惯，已并不算早。教育人家子弟的既教育不起自己子弟，所以对于这个失踪的消息，大致也就不甚在意。

一九三七年抗战后十二月间，我由武昌上云南路过长沙时，偶然在一个本乡师部留守处大门前，又见到那表兄，面容憔悴蜡渣黄，穿了件旧灰布军装，倚在门前看街景，一见到我即认识，十分亲热的把我带进了办公室。问问才知道因为脾气与年轻同事合不来，被挤出校门，失了业。不得已改了业，在师部做一名中尉办事员，办理散兵伤兵收容联络事务。大表嫂还在沅陵酉水边“乌宿”附近一个村子里教小学。大儿子既已失踪，音信不通。二儿子十三岁，也从了军，跟人作护兵，自食其力。还有老三、老五、老六，全在母亲身边混日子。事业不如意，人又上了点年纪，常害点胃病，性情自然越来越加拘迂。过去豪爽洒脱处早完全失去，只是一双浓眉下那双大而黑亮有神的眼睛还依然如旧。也仍然欢喜唱歌。邀他去长沙著名的李合盛吃了一顿生炒牛肚子，才知道已不喝酒。问他还吸烟不吸烟，就说，“不戒自戒，早已不再用它。”可是我发现他手指黄黄的，知道有烟吸还是随时可以开戒。他原欢喜吸烟，且很懂烟品好坏。第二次再去看他，带了别的同乡送我的两大木盒吕宋雪茄烟去送他。他见到时，憔悴焦黄脸上露出少有的欢喜和惊讶，只是摇头，口中低低的连说：“老弟，老弟，太破费你了，太破费你了。不久前，我看到有人送老师长这么两盒，美国大军官也吃不起！”

我想提起点旧事使他开开心，告他“还有人送了我一些什么‘三五字’、‘大司令’，我无福享受，明天全送了你吧。我当年一心只想做个开糖坊的女婿，好成天有糖吃。你看，这点希望就始终不成功！”

“不成功！人家都说你为我们家乡争了个大面子，赤手空拳打天下，成了名作家。也打败了那个只会做官、找钱，对家乡青年毫不关心的熊凤凰。什么凤凰？简直是只阉鸡，只会跪榻凳，吃太太洗脚水，我可不佩服！你看这个！”他随手把一份当天长沙报纸摊在桌上，手指着本市新闻栏一个记者对我写的访问记，“老弟，你当真上了报，人家对你说了不少好话，比得过什么什么大文豪！”

我说：“大表哥，你不要相信这些逗笑的话。一定是做新闻记者的学生写的。因为我始终只是个在外面走码头的人物，底子薄，又无帮口，在学校里混也混不出个所以然的。不是抗战还回不了家乡，熟人听说我回来了，所以表示欢迎。我在外面只有点虚名，并没什么真正成就的。……我倒正想问问你，在常德时，我代劳写的那些信件，表嫂是不是还保留着？若改成个故事，送过上海去换二十盒大吕宋烟，还不困难！”

想起十多年前同在一处的旧事，一切犹如目前，又恍同隔世。两人不免相对沉默了一会，后来复大笑一阵，把话转到这次战争的发展和家乡种种了。随后他又陪我去医院看望受伤的同乡官兵。正见我弟弟刚出医院，召集二十来个行将出院的下级军官，在院前小花园和他们谈话，彼此询问一下情形；并告给那些伤愈连长和营副，不久就要返回沅陵接收新兵，作为“荣誉师”重上前线。训话完毕，问我临时大学那边有多少熟人，建议用我名分约个日子，请吃顿饭，到时他来和大家谈谈前方情况。邀大表兄也作陪客，他却不好意思，坚决拒绝参加。只和我在另一天同上天心阁看看湘江，我们从此就离开了。

抗战到六年，我弟弟去印度受训，过昆明时，来呈贡乡下看看我，谈及家乡种种，才知道年纪从十六到四十岁的同乡亲友，大多数都在六年里各次战役中已消耗将尽。有个麻四哥和三表弟，都在洞庭湖边牺牲了。大表哥因不乐意在师部作事，已代为安排到沅水中游青浪滩前作了一个绞船站的站长，有四十元一月。老三跟在身边，自小就会泅水，胆子又大，这个著名恶滩经常有船翻沉，老三就在滩脚伏波宫前急流漩涡中浮沉，拾捞沉船中漂出无主的腊肉、火腿和其他食物，因此，父子经常倒吃得满好。可是一生长处既无从发挥，始终郁郁不欢，不久前，在一场小病中就过世了。

大孩子久无消息，只知道在江西战地文工团搞宣传。老二从了军。还预备把老五送到银匠铺去作学徒。至于大表嫂呢，依然在沅陵乌宿乡下村子里教小学，收入足够糊口。因为是唯一至亲，假期中，我大哥总派人接母子到沅陵“芸庐”家中度假，开学时，再送他们回学校。

照情形说来，这正是抗战以来，一个小地方、一个小家庭极平常的小故事。一个从中级师范学校毕业的女子，为了对国家对生活还有点理想，反抗家庭的包办婚姻，放弃了本分内物质上一切应有权利，在外县作个小教员。从偶然机会里，即和一个性情还相投的穷教员结了婚，过了阵虽清苦还平静的共同生活。随即接受了“上帝”给分派的庄严任务，陆续生了一堆孩子。照环境分定，母亲的温良母性，虽得到了充分发展，作父亲的艺术秉赋，可从不曾得到好好的使用，只随同社会变化，接受环境中所能得到的那一份苦难。十年过去，孩子已生到第五个，教人子弟的照例无从使自己子弟受教育，每个孩子在成年以前，都得一一离开家庭，自求生存，或死或生，无从过问！战事随来，可怜一份小学教师职业，还被二十来岁的什么积极分子排挤掉。只好放弃了本业，换上套拖拖沓沓旧军装，“投笔从戎”作个后方留守处无足轻重的军佐。部队既一再整编，终于转到一个长年恶浪咆哮滩前的绞船站里作了站长，不多久，便被一场小小疾病收拾了。亲人赶来一面拭泪，一面把死者殓入个赊借得来的小小白木棺木里，草草就地埋了。死者既已死去，生者于是依然照旧沉默寂寞生活下去。每月可能还得从正分微薄收入中扣出一点点钱填还亏空。在一个普通人不易设想的乡村小学教师职务上，过着平凡而简单的日子，等待平凡的老去，平凡的死。一切都十分平凡，不过正因为它是千万乡村小学教师的共同命运，却不免使人感到一种奇异的庄严。

抗战到第八年，和平胜利骤然来临，睽违十年的亲友，都逐渐恢复了通信关系。我也和家中人由云南昆明一个乡村中，依旧归还到旧日的北平，收拾破烂，重理旧业。忽然有个十多年不通音问的朋友，寄了本新出的诗集。诗集中用黑绿二色套印了些木刻插图，充满了一种天真稚气与热情大胆的混合，给我崭新的印象。不仅见出作者头脑里的智慧和热情，还可发现这两者结合时如何形成一种诗的抒情。对于诗若缺少深致理解，是不易作出这种明确反映的。一经打听，才知道作者所受教育程度还不及初中二，而年龄也还不过二十来岁，完全是在八年战火中长大的。更有料想不到的巧事，即这个青年艺术家，原来便正是那一死一生黯然无闻的两个美术教员的长子。十三四岁即离开了所有亲人，到陌生而广大世界上流荡，无可避免的穷困，疾病，挫折，逃亡，在种种卑微工作上短时期的稳定，继以长时间的失业，如蓬如萍的转徙飘荡，到景德镇烧过瓷器，又在另一处当过做棺材的学徒。……却从不易想象学习过程中，奇迹般终于成了个技术优秀特有个性的木刻工作者。为了这个新的发现，使我对于国家民族，以及属于个人极庄严的苦难命运，感到深深痛苦。我真用得着法国人小说中常说的一句话，“这就是人生。”当我温习到有关于这两个美术教员一生种种，和我身预其事的种种，所引起的回忆，不免感觉到对于“命运偶然”的惊奇。

作者至今还不曾和我见过面，只从通信中约略知道他近十年一点过去，以及最近正当成千上万“接收大员”在上海大发国难财之际，他如何也来到了上海，却和他几个同道陷于同样穷困绝望中，想工作，连购买木刻板片的费用也无处筹措。境况虽然如此，对于工作却依然充满自信和狂热，对未来有无限憧憬。摊在我眼面前的四十幅木刻，无论大小，都可见出一种独特性格，美丽中还有个深度。为几个世界上名师巨匠作的肖像木刻，和为几个现代作家诗人作的小幅插图，都可见出作者精力弥满，设计构图特别用心，还依稀可见出父母潇洒善良的秉赋，与作者生活经验的沉重粗豪和精细同时并存而不相犯相混，两者还共同形成一种幽默的典雅。提到这一点时，作品性格鲜明的一面，事实上还有比个人秉赋更重要的因素，即所生长的地方性，值得一提。因为这不仅是两个穷教员的儿子，生长地还是从二百年设治以来，即完全在极端变态发展中一片土地，一种社会的特别组织的衍生物。

作者出身苗乡，原由“镇打营”和“筸子坪”合成的“镇筸城”。后来因镇压苗人造反，设立了个兼带兵勇的“辰沅永靖兵备道”，又添一个专管军事的镇守使，才升级成“凤凰厅”，后改“凤凰县”。家乡既是个屯兵地方，住在那个小小石头城中的人，大半是当时的戍卒屯丁，小部分是封建社会放逐贬谪的罪犯（黄家人生时姓“黄”，死后必改姓“张”，听老辈说，就是这个原因）。因此二百年前居民即有世代服兵役的习惯，习军事的机会。中国兵制中的“绿营”组织，在近代学人印象中，早已成了历史名词了，然而抗战八年，我们生长的那个小地方，对于兵役补充，尤其是下级官佐的补充，总象不成问题，就还得力于这个旧社会残余制度的便利。最初为镇压苗族造反而设治，因此到咸、同之际，曾国藩组织的湘军，“筸军”就占了一定数目，选择的对象必“五短身材，琵琶腿”，才善于挨饿耐寒爬山越岭跑长路。内中也包括部分苗族兵丁。但苗官则限制到“守备”为止。江南大营包围太平军的天京时，筸军中有一群卖柴卖草亡命之徒，曾参预过冲锋陷阵爬城之役，内中有四五人后来都因军功作了“提督军门”，且先后转成“云贵总督”。就中有个田兴恕，因教案被充军新疆，随后又跟左宗棠带罪立功，格外著名。到辛亥革命攻占雨花台后，首先随大军入南京的一个军官，就是“爬城世家”田兴恕的小儿子田应诏。这个军官由日本士官学校毕了业，和蔡锷同期，我曾听过在蔡锷身边作参谋长的同乡朱湘溪先生说，因为田有大少爷脾气，人不中用，所以才让他回转家乡作第一任湘西镇守使。年纪还不到三十岁，却留了一小撮日本仁丹式胡子，所以本地人通叫他“田三胡子”。出于好事喜弄的大少爷脾气，这位边疆大吏，受了点日本维新变法的影响，当时手下大约还有四千绿营兵士，无意整军经武，却在练军大教场的河对岸，傍水倚山建立了座新式公园，纪念他的母亲，经常和一群高等幕僚，在那里饮酒赋诗。又还在本县城里办了个中级美术学校，因此后来本地很出了几个湘西知名的画家。此外还办了个煤矿，办了个瓷器厂，办了个洋广杂货的公司，不多久就先后赔本停业。这种种正可说明一点，即浪漫情绪在这个“爬城世家”头脑中，作成一种诗的抒情、有趣的发展。（我和永玉，都可说或多或少受了点影响。）

三十年来国家动乱，既照例以内战为主要动力，荡来荡去形成了大小军阀的新陈代谢。这小地方却因僻处一隅，得天独厚，又不值得争夺，因之形成一个极离奇的存在。在湘西十八县中，日本士官生、保定军官团、云南讲武堂，及较后的黄埔军官学校，前后都有大批学生，同其它县分比，占人数最多。到抗战前夕为止，县城不到六千户人家，人口还不及二万，和附近四乡却保有了约二千中下级军官，和经过军训四五个师的潜在实力。由于这么一种离奇传统，一切年轻人的出路，都不免寄托在军官上。一切聪明才智及优秀秉赋，也都一律归纳吸收于这个虽庞大实简单的组织中，并陆续消耗于组织中。而这个组织于国内省内，却又若完全孤立或游离，无所属亦无所归。“护法”、“靖国”等等大规模军事战役，都出兵参加过。派兵下常、桃，抵长沙，可是战事一过就又退还原驻防地。接田手的陈渠珍，头脑较新，野心却并不大，事实上心理上还是“孤立割据自保”

占上风。北伐以前，孙中山先生曾特派代表送了个第一师长的委任状来，请了一回客，送了两千元路费，那个委任状却压在垫被下经年毫无作用。这自然就有了问题，即对内为进步滞塞，不能配合实力作其他任何改进设计。他本人自律甚严而且好学，新旧书都读得有一定水平，却并不鼓励部下也读书。因此军官日多而读书人日少，必然无从应付时变。对外则保持一贯孤立状态，多误会，多忌讳，实力越来越增加，和各方面组织关系隔绝，本身实力越大，也只是越增加困难。战争来了，悲剧随来。淞沪之战展开，有个新编一二八师，属于第四路指挥刘建绪调度节制，原本被哄迫出去驻浙江奉化，后改宣城，战事一起，就奉命调守嘉善唯一那道国防线，即当时所谓“中国兴登堡防线”。（早就传说花了过百万元照德国顾问意见完成的。）当时报载，战事过于激烈，守军来不及和参谋部联络人员接头，打开那些钢骨水泥的门，即加入战斗。还以为事不可信。后来方知道，属于我家乡那师接防的部队，开入国防线后，除了从唯一留下车站的县长手中得到一大串编号的钥匙，什么图形也没有。临到天明就会有敌机来轰炸。为敌人先头探索部队发见已发生接触时，一个少年团长方从一道小河边发现工事的位置，一面用一营人向前作突击反攻，一面方来得及顺小河搜索把上锈的铁门次第打开，准备死守。本意固守三天，却守了足足五天。全师大部官兵都牺牲于敌人日夜不断的优势炮火中，下级干部几乎全体完事，团营长正副半死半伤，提了那串钥匙会开工事铁门的，原来就是我的弟弟，而死去的全是那小小县城中和我一同长大的年青人。

随后是南昌保卫战，经补充的另一个“荣誉师”上前，守三角地的当冲处，自然不久又完事。随后是反攻宜昌，洞庭西岸荆沙争夺，洞庭南岸的据点争夺，以及长沙会战。每次硬役必参加，每役参加又照例是除了国家意识还有个地方荣誉面子问题在内，双倍的勇气使得下级军官全部成仁，中级半死半伤，而上级受伤旅团长，一出医院就再回来补充调度，从预备师接收新兵。都明白这个消耗担负，增加地方明日的困难，却从种种复杂情绪中继续补充下去。总以为这是和日本打仗，不管如何得打下去！迟迟不动，番号一经取销，家乡此后就再无生存可能。因此，国内任何部队都感到补充困难时，这地方却好象全无问题，到时总能补充足额，稍加训练就可重上前线，打出一定水平。就这样，一直到一九四五年底。小城市在湘西各县中，比沅水流域任何一处物价都贱，表面上可说交通不当冲要得免影响，事实上却是消费越来越少，余下一城孤儿寡妇，哪还能想到囤积居奇发国难财？每一家都分摊了战事带来的不幸，因为每一家都有子弟作下级军官，牺牲数目更吓人。我们实在不能想象一个城市把成年丁壮全部抽去，每家陆续带来一分死亡给五千少妇万人父母时，形成的是一种什么空气！但这是战争！有过二百年当兵习惯的人民，战争是什么，必然比任何人都更清楚明白。而这些人的家属子女，也必然更习惯于接受这个不幸！战争完结后，总还能留下三五十个小学教员，到子弟长大入学时，不会无学校可进！

和平来了，胜利来了，但战争的灾难可并未结束。拼补凑集居然还有一个甲种师部队，由一个从小兵作文书，转军佐，升参谋，入陆大，完全自学挣扎出来的×姓军官率领，驻防胶济线上。原以为国家和平来临，人民苦难已过，不久改编退役，正好过北平完成一个新的志愿，好好读几年书。且可能有机会和我合作，写一本小小地方历史，纪念一下这个小山城成千上万壮丁十年中如何为保卫国家陆续牺牲的情形，将比转入国防研究院工作还重要，还有意义。正可说明一种旧时代的灭亡新命运的开始，虽然是种极悲惨艰难的开始。因为除少数的家庭还保有些成年男丁，大部分却得由孤儿寡妇来自作挣扎！不意内战终不可避免，一星期前胶东一役，这个新编师却在极其暧昧情形下全部覆没。师长随之阵亡。统率者和一群干部，正是家乡人八年抗战犹未死尽的最后残余。从私人消息，方明白实由于早已厌倦这个大规模集团的自残自渎，因此厌战解体。专门家谈军略，谈军势，若明白这些青年人生命深处的苦闷，还如何正在作普遍广泛传染，尽管有各种习惯制度和小集团利害拘束到他们的行为，而且加上那个美式装备，但哪敌得过出自生命深处的另外一种潜力，和某种做人良心觉醒否定战争所具有的优势？一面是十分厌倦，一面还得接受现实，就在这么一个情绪状态下，我家乡中那些朋友亲戚，和他们的理想，三五天中便完事了。这一来，真是连根拔去，“筸军”再也不会成为一个活的名词，成为湖南人谈军事政治的一忌了。而个人想从这个野性有活力的烈火焚灼残余孤株接接枝，使它在另外一种机会下作欣欣向荣的发展、开花结果的企图，自然也随之摧毁无余。

得到这个消息时，我想起我生长那个小小山城两世纪以来的种种过去。因武力武器在手而如何形成一种自足自恃情绪，情绪扩张，头脑即如何逐渐失去应有作用，因此给人同时也给本身带来苦难。想起整个国家近三十年来的苦难，也无不由此而起。在社会变迁中，我那家乡和其他地方青年的生和死，因这生死交替于每一片土地上流的无辜的血，这血泪更如何增加了明日进步举足的困难。我想起这个社会背景发展中对青年一代所形成的情绪、愿望和动力，既缺少真正伟大思想家的引导与归纳，许多人活力充沛而常常不知如何有效发挥，结果便终不免依然一个个消耗结束于近乎周期性悲剧宿命中。任何社会重造品性重铸的努力设计，对目前情势言，甚至于对今后半世纪言，都若无益白费。而近于宿命的悲剧，却从万千挣扎求生善良本意中，作成整个民族情感凝固大规模的集团消耗，或变相自杀。直到走至尽头，才可望得到一种真正新的开始。

我也想到由于一种偶然机会，少数游离于这个共同趋势以外恶性循环以外，由此产生的各种形式的衍化物。我和这一位年纪青青的木刻艺术家，恰可代表一个小地方的另一种情形：相同处是处理生命的方式，和地方积习已完全游离，而出于地方性的热情和幻念，却正犹十分旺盛，因之结合成种种少安定性的发展。但是我依然不免受另外一种地方性的局限束缚，和阴晴不定的“时代”风气俨若格格不入。即因此，将不免如其他乡人似异实同的命运，或早或迟必僵仆于另外一种战场上，接受同一悲剧性结局。至于这个更新的年青的衍化物，从他的通信上，和作品自刻像一个小幅上，仿佛也即可看到一种命定的趋势，由强执、自信、有意的阻隔及永远的天真，共同作成一种无可避免悲剧性的将来。至于生活上的败北，犹其小焉者。

最后一点涉及作者已近于无稽预言，因此对作者也留下一点希望。倘若所谓“悲剧”实由于性情一事的两用，在此为“个性鲜明”而在彼则为“格格不入”时，那就好好的发展长处，而不必求熟习世故哲学，事事周到或八面玲珑来取得什么“成功”，不妨勇敢生活下去，毫无顾虑的来接受挫折，不用作得失考虑，也不必作无效果的自救。这是一个真正有良心的艺术家，有见解的思想家，或一个有勇气的战士共同的必由之路。若悲剧只小半由于本来的气质，大半实出于后起的习惯，尤其是在十年游荡中养成的生活上不良习惯时，想要保存衍化物的战斗性，持久存在与广泛发展，一种更新的坚韧素朴人生观的培育，实值得特别注意。

这种人生观的基础，应当建筑在对生命能作完全有效的控制，战胜自己被物欲征服的弱点，从克服中取得一个完全独立的人格，以及创造表现的绝对自主性起始。由此出发，从优良传统去作广泛的学习，再将传统长处加以综合，融会贯通，由于虔诚和谦虚的试探，十年二十年持久不懈，慢慢得到进展，在这种基础上，必会得到更大的成就。正因为工作真正贴近土地人民，只承认为人类多数而“工作”，不为某一种某一时的“工具”，存在于现代政治所培养的窄狭病态自私残忍习惯空气中，或反而容易遭受来自各方面的强力压迫与有意忽视，欲得一稍微有自主性的顺利工作环境，也并不容易。但这不妨事，倘若目的明确，信心坚固，真有成就，即在另外一时，将无疑依然会成为一个时代的重要标志！如所谓“弱点”，不过是象我那种“乡下佬”的顽固拘迂作成的困难，以作者的开扩外向性的为人，必然不会得到我的悲剧性的重演。

在人类文化史的进步意义上，一个真正的伟人巨匠，所有努力挣扎的方式，照例和流俗的趣味及所悬望的目标，总不易完全一致。一个伟大艺术家或思想家的手和心，既比现实政治家更深刻并无偏见和成见的接触世界，因此它的产生和存在，有时若与某种随时变动的思潮要求，表面或相异或游离，都极其自然。它的伟大的存在，即于政治、宗教以外，极有可能更易形成一种人类思想感情进步意义和相对永久性。虽然两者真正的伟大处，基本上也同样需要“正直”和“诚实”，而艺术更需要“无私”，比过去宗教现代政治更无私！必对人生有种深刻的悲悯，无所不至的爱！而对工作又不缺少持久狂热和虔敬，方能够忘我与无私！宗教和政治都要求人类公平与和平，两者所用方式，却带来过封建性无数战争，尤以两者新的混合所形成的偏执情绪和强大武力，这种战争的完全结束更无希望。过去艺术必需宗教和政治的实力扶育，方能和人民对面，因之当前欲挣扎于政治点缀性外，亦若不可能。然而明日的艺术，却必将带来一个更新的庄严课题。将宗教政治充满封建意识形成的“强迫”“统制”“专横”“阴狠”种种不健全情绪，加以完全的净化廓清，而成为一种更强有力的光明健康人生观的基础。

这也就是一种“战争”，有个完全不同的含义。唯有真的勇士，敢于从使人民无辜流血以外，不断有所寻觅探索，不断积累经验和发现，来培养爱与合作种子使之生根发芽，企图实现在人与人间建设一种崭新的关系，谋取人类真正和平与公正的艺术工作者，方能担当这个艰巨重任。这种战争不是犹待起始，事实上随同历史发展，已进行了许多年。试看看世界上一切科学家沉默工作的建设成就和其他方式所形成的破坏状况，加以比较，就可知在中国建立一种更新的文化观和人生观，一个青年艺术家可能作的永久性工作，将从何努力着手。

这只是一个传奇的起始，不是结束。然而下一章，将不是我用文字来这么写下去，却应当是一群生气勃勃具有做真正主人翁责任感少壮木刻家和其他艺术工作者，对于这种人民苦难的现实，能作各种真正的反映，而对于造成这种种苦难，最重要的是那些妄图倚仗外来武力，存心和人民为敌，使人民流血而发展成大规模无休止的内战（又终于应合了老子所说的“自恃者灭，自胜者绝”的规律），加以“耻辱”与“病态”的标志，用百集木刻，百集画册，来结束这个既残忍又愚蠢的时代，并刻绘出全国人民由于一种新的觉悟，去合力同功向知识进取，各种切实有用的专门知识，都各自得到合理的尊重，各有充分发展的机会，人人以驾驭钢铁征服自然为目标，促进实现一种更新时代的牧歌。“这是可能的吗？”“不，这是必然的！”

附记

这个小文，是抗战八年后，我回到北京不多久，为初次介绍黄永玉木刻而写成的。内中提及他作品的文字并不多，大部分谈的却是作品以外事情——永玉本人也不明白的本地历史和家中情况。从表面看来，只象“借题发挥”一种杂乱无章的零星回忆，事实上却等于把我那小小地方近两个世纪以来形成的历史发展和悲剧结局加以概括性的纪录。凡事都若偶然的凑巧，结果却又若宿命的必然。如非家乡劫后残余的中年人，是不大会理解到这个小文对于家乡的意义。家乡的现实是：受历史性的束缚，使得数以万千计的有用青年，几几乎全部毁灭于无可奈何的战争形成的趋势中，而知识分子的灾难，也比湘西任何一县都来得严重。写它时，心中实充满了不易表达的深刻悲痛！因为我明白，在我离开家乡去到北京阅读那本“大书”时，只不过是一个成年顽童，任何方面见不出什么才智过人。只缘于正面接受了“五四”余波的影响，才能极力挣扎而出，走自己选择的道路。大多数比我优秀得多的同乡，或以责任所在，离不开教师职务，或认为冰山可恃，乐意在那个小小的军事集团中磨混，到头来形势一有变化，几几乎全部在十多年中，无例外都完结于这种新的发展变化中。

这个小文，和较前一时写的《湘行散记》及《湘西》二书，前后相距约十年，叙述方法和处理事件各不相同。前者写背景和人事，后者谈地方问题，本文却范围更小，作纵的叙述。可是基本上是相通的。正由于深深觉得故乡土地人民的可爱，而统治阶层的保守无能、固步自封，在相互对照下，明日举步的困难，可以想象得到。因此把唯一转机希望，曾经寄托到年青一代的觉醒上，影响显明是十分微弱的。因为当时许多家乡读者，除了五六人受到启发，冲出那个环境，转到北方作穷学生，抗战时辗转到了延安，一般读者相差不多，只能从我作品中留下些“有趣”印象，看不出我反复提到的“寄希望于未来”的严肃意义。本文却以本地历史变化为经，永玉父母个人及一家灾难情形为纬交织而成一个篇章。用的彩线不过三五种，由于反复错综连续，却形成土家族方格锦纹的效果。整幅看来，不免有点令人眼目迷乱，不易明确把握它的主题寓意何在。但是一个不为“概念”“公式”所限制的读者，把视界放宽些些，或许将依然可以看出一点个人对于家乡的“黍离之思”！

在本文末尾，我曾对于我个人工作作了点预言，也可说一切不出所料。由于性格上的局限性所束缚，虽能严格律已，坚持工作，可极缺少对世事的灵活变通性。于社会变动中，既不知所以自处，工作当然配合不上新的要求，于是一切工作报废完事于俄顷，这也十分平常自然。还记得解放前付印《长河》，在题记中我就曾经说过："横在我们面前许多事情，都不免使人痛苦，可是却不必悲观。骤然而来的风雨，说不定会把许多人的高尚理想，卷扫摧残，弄得无踪无迹。然而一个人对于人类前途的热忱，和工作的虔敬态度，是应当永远存在，且必然能给后来者以极大鼓励的！……”我的作品，早在五三年间，就由印行我选集的开明书店正式通知，说是各书已过时，凡是已印未印各书稿及纸型，全部代为焚毁。随后是香港方面转载台湾一道明白法令，更进一步，法令中指明一切已印未印作品，除全部焚毁外，还永远禁止再发表任何作品。这倒是历史上少有的奇闻。说作品已过时，由国内以发财为主要目的商人说出，若意思其实指的是“得即早让路，免得成为绊脚石”，倒还近情合理，我得承认现实，明白此路不通，及早改业。至于台湾的禁令，则不免令人起幽默感。好象八百万美式装备，满以为所向无敌，因此坚决要从内战上见个高低的一伙，料不到终究被“小米加步枪”的人民力量打得一败涂地。还不承认是由于政治极端腐败必然的结果，却把打败仗的责任，以为是我写了点反内战小文章的原因（本文似也应包括在内），才出现这种禁令。得出这种结论，采取这种方法，是绝顶聪明，还是极端愚蠢，外人不易明白，他们自己应当心中有数。试作些分析，倒也十分有趣。中国现在有不少研究鲁迅先生的团体，谈起小说成就时，多不忘记把《阿Q正传》举例。若说真正懂得阿Q精神，照我看来，其实还应数台湾方面掌握文化大权的文化官有深刻领会。这种禁令的执行，就是最好的证明，实在说来，未免把我抬举得太高了。

至于三十多年前对永玉的预言，从近三十年工作和生活发展看来，一切当然近于过虑。永玉为人既聪敏能干，性情又开廓明朗，对事事物物反应十分敏捷，在社会剧烈变动中，虽照例难免挫折重重，但在重重挫折中，却对于自己的工作，始终充满信心，顽强坚持，克服来自内外各种不易设想的困难，从工作上取得不断的突破和进展。生命正当成熟期，生命力之旺盛，明确反映到每一幅作品中，给人以十分鲜明印象。吸收力既强，消化力又好，若善用其所长而又能对于精力加以适当制约，不消耗于无多意义的世俗酬酢中，必将更进一步，为国家作出更多方面贡献，实在意料中。进而对世界艺术丰富以新内容，也将是迟早间事。

一九七九年十月十四日作于北京

家作出更多方面贡献，实在意料中。进而对世界艺术丰富以新内容，也将是迟早间事。

一九七九年十月十四日作于北京

楚尘
文化
Chu Chen

北京楚尘文化传媒有限公司 出品

月下小景

沈从文别集

沈从文 著

中信出版集团 | 北京

再版序

上个世纪五十年代，不少喜爱文学的读者迷上了契诃夫，这跟平明出版社接连推出 27 册汝龙翻译的《契诃夫小说选集》直接有关。

那时我家至少有三个契诃夫迷：做文学编辑的母亲、哥哥和我。谈论哪篇小说怎么怎么好，是不倦的话题。已经退出文坛改了行的父亲不参与，只有时微笑着对外人说："家里有三个契诃夫的群众。"

汝龙译的这套选集可贵之处，首先在于对作品的精选；第二是选进一些契诃夫的书信、札记，别人对他的回忆、评论等，分编到不同集子里，这些文字拉近了读者和作者的距离，是汝龙先生锦上添花的贡献。

到 1992 年编选《沈从文别集》的时候，我们自然想

到从平明版《契诃夫小说选集》取法。这也是父亲的愿望，尽管他不参与“契诃夫群众”的热情讨论，汝龙这套译本的长处他胸中有数。

我问过父亲汝龙为什么常赠送新书，他只简单说：“是朋友。”

母亲的补充才说清楚：“他翻译的那套英文契诃夫小说是我送的。”

据我充和四姨回忆，1932 年暑假，一个“说是由青岛来的，姓沈，来看张兆和的”羞涩客人，初次登苏州张家门，带的一大包礼物“全是英译精装本的俄国小说”。加尼特夫人的一套英译《契诃夫小说集》就在其中。

不懂外文的沈从文怎么买洋书？四姨说那是过上海时托巴金选购的。

父亲曾希望母亲朝文学翻译方面发展，送这样礼物包含着鼓励。愿望虽然没实现，礼物却终于转到最合适的人手里，促成被誉为契诃夫小说“最佳译本”的产生。朋友的成就四十年后启发着《沈从文别集》的编选工作。

当本书再版之际，我们感谢与它有缘分的几位文学前辈，也要感谢为我们想出《沈从文别集》总书名的汪曾祺先生。

沈虎雏

总 序

从文生前，曾有过这样愿望，想把自己的作品好好选一下，印一套袖珍本小册子。不在于如何精美漂亮，不在于如何豪华考究，只要字迹清楚，款式朴素大方，看起来舒服。本子小，便于收藏携带，尤其便于翻阅。八十年代初，有一家书店曾来联系过，也曾请人编了一套，交付出去。可是，落空了，未能实现。我一直认为是一件憾事。

现在湖南岳麓书社要为从文出书，我同虎雏商量，请吉首大学沈从文研究室合作，编选这么一套。这套选本和以前选法编法不同。我们在每本小册子前面，增加一些过去旧作以外的文字。有杂感，有日记，有检查，有未完成的作品，主要是书信——都是近年搜集整理出

来的，大部分未发表过。不管怎样，这些篇章，或反映作者当时对社会、对文艺创作、对文史研究……的一些看法，或反映作者当时的处境，以及内心矛盾哀乐苦闷，把它们发表出来，容或有助于读者从较宽的角度对他的作品、对他的为人以及对当时的环境背景有进一步了解。

出这套书，当然，同时也了却死者和生者的一点心愿。

张兆和

一九九一年十一月二十九日

目 录

劫余废邮

给一个不相识的朋友[1]

［1946年末于北平］

黄灵先生：谢谢您的好意和对于一个陌生人的信托，写了那么长长的信来。我搁下了几天，想抽个空日子来和您谈谈。您信上的叙述使我极感动。廿年来我有机会得到许多不相识者的信，有好些永远无从见面，有好些又由此成为极相熟的朋友。我认为这是一生极快乐的事。有时候自然也不免痛苦，那就是这个写信的朋友生活相去太远，经验不同，取予不同，末了我虽然还能用一个写小说的态度欣赏他，他到发现我不能完全如他理想时，却因之十分失望。这失望损害了他原来的好意，也损害

[1] 这篇废邮是文化大革命被抄走后发还的少数文字材料之一，首页留有专案人员所写“已摘”字样，并在某些文字旁画了红线，本文发表时以～～～符号表示加在原稿上的这些红线。

了我对于一个人永远抱有的善意，当然不免痛苦！你的自述种种我并不惊奇，因为近四十年社会，有许多许多人生命遇合都充满传奇性。我遇到好些朋友，生命的发展都离奇荒唐不可想象。这原是我们这一代人的共通命运！对于这个生命离奇经验，值得惊奇更值得珍重，因为让我们多明白人生。明白人，明白自己，明白人与社会的种种。更明白这个国家悲剧之来，问题何在。想从新作一个人，必然还有些什么限制，虽挣扎亦无从为力。有些什么矛盾，出于人性弱点不可免的矛盾。但既属于人的事情，意志和决心在一个较长时间中，会形成一种什么状态，也可明白明白！一个人积累经验多，能增加思索的深度，这固然也会转入琐碎，反而失去一种作人单纯信心，可是如当成一个思想家而言，很显然会比别的书斋学者对中国有较深刻理解，提出重造意见时，也具体而切实。举个例看看，谈中国问题，我就觉得新闻记者徐盈先生意见，比张东荪、梁漱溟二老具体。言重造，徐先生意见，也比目下许多专家、政客、伟人，来得正确可靠！这自然只是一个例子，但用到我们通信谈天的范围，也就有了一个目标。我明白你提及经过时以及把这种经过向一个你信托的人述及时心情，我不仅能欣赏，实在还十分敬重！因为这里看出一个独立人格的生成过程，以及由此而生的做人勇气。我相信你以后一定活得极勇敢，同时也能由此学得你所要学的，任何困难都挡不住你向前。你尽管越加懂得人情世故，可是灵魂也许越容易圣洁、清纯。我从我个人发展上也可见出。二十岁以前我是个无赖，在家庭和社会两方面都可证明的无赖，生命在社会淘冶中慢慢成熟，去华存实，我比那些读书人反而更容易学近乎道。我脑子也许比别人转得慢一些，接受抽象观念时比较迟缓，可是方向转过了后，就会快快的直达目标。而且决不动摇，为的是已明白好坏是非，义利取舍亦十分明白。不过生命多方，即言写作，我克服困难通过的路，对于他人未必是一条康庄大道，未必不嫌曲折缭绕。另一人也许用我所用三分之一气力，即可得更多成就。也许用少量的力，便可得到许多不同的收获。就我们廿岁到廿五岁生命过程看，恐将成为不同发展了。我年轻时体力弱，性情良善，无赖教育反若增长了些技术。到部队中后一面是本性依然，一面却浸入一堆不同印象，性情由孤独向内，生活经验便成为否定兵争底子，也成为抒情气氛基础。到北方后我用乡下人猛闷方式和人竞争生存，竞争表现，自然比城市里长大的玩票作家容易见长。但文化史一般的广泛接触、爱好，即不免缚住了生命，限制了生命，从此种种，我能写精美的作品，可不易写伟大作品了。我的作品也游离于现代以外，自成一格，然而正由于此，我工作也成为一种无益之业了。国家好，人的自由竞争机会多，文学从一个极广泛的要求生产，要求出产，我或者还可有以自见于世。国家不好，人孤立，便等于游离于纠纷以外，形成一种隐遁状态，工作用笔时，也必然避开目前人人所呼喊问题，转若自娱，欲深反晦。本可以带着更年青的一群，形成一种健康风气，结果却必然在一种厌倦情绪中，一切萎缩。事到末后，寂寞死去。身与名没，草草完事。

给一个写文章的青年[1]

［1948 年于北平］

吉六先生：你文章因刊物[2]停顿，无从安排，敬寄还，极报歉。大局玄黄未定，万万人民在痛苦中挣扎喘息，决不是可以长久如此搁置冻结事情。一切终得变。从大处看发展，中国行将进入一个崭新时代，则无可怀疑。用笔者求其有意义，有作用，传统写作方式以及对社会态度，实值得严肃认真加以检讨，有所抉择。对于过去种种，得决心放弃，从新起始来学习，来从事。这

[1] 这篇废邮原稿，是文化大革命初期被抄走，三年后发还的少数文字材料之一。原稿某些文字旁，留下了专案人员画的红线，现以～～～～～符号表示加在原稿上的这些红线。

[2] “刊物”指作者当时主编的天津《益世报 · 文学周刊》，因平津战役而终止。

个新的起始，并不一定即能配合当前需要，惟必然能把握住一个进步原则，来肯定，来证实，来促进。人近中年，情绪凝固，又或因性情内向，缺少社交适应能力，用笔方式，二十年三十年统统由一个“思”字出发，此时却必需用“信”字起步，或不容易扭转，过不多久，即未被迫搁笔，亦终得把笔搁下。这是我们一代若干人必然结果。如生命正当青春，弹性大，适应力强，人格观念又尚未凝定成型，能从新观点学习用笔，为一进步原则而服务，必更容易促进公平而合理的新社会的早日来临。这也就是你们必取的途径。这新的理想社会，很显明，不仅仅是战争完结和平来临即可顺利产生。社会还有矛盾，社会中那个“人”更会形成种种矛盾，矛盾难平衡，还必需经过种种消耗淘汰过程，一再修正又一再调整，方可望于平衡中使下一代年青人热情、理性、计划、经验，各部门各阶层工作相互配合，得到正常发展，为国家带来一个崭新伟大时代也。目前一切存在，都得有个结束时。作家新的课题，将必然是在这个新原则下，对更年青一代，给以种种新的鼓励，使之各在分定工作上，充满热情和信心，来各自克服面前困难。国家社会能在一个合理管制领导下向上向前。千万人必忘去过去仇恨，转而为爱与合作，一致将热忱和精力为新社会而服务！这是拥有五万万人民国家进入历史新页的一个必然步骤。试想想，需要有多少专家来设计，来督工，来服务！也需要多少健康优秀文学作品，来督促，来鼓励，来讴歌！你文笔很好，若用处还依然限于个人生命印象的温习，未免可惜。手中一支笔，很需要作一回严重检讨了，如检讨结果，有对于自己过去作完全否定情形，也应分担当这个否定过去的痛苦，来重新迈步。有些事自然不易习惯，有些事终可望慢慢学好。只想想，另外一片土地上，正有万千朴质农民，本来也只习惯于照料土地、播种收获，然由觉醒到为追求进步原则而沉默死亡、前仆后继，永远不闻什么声音。这点单纯的向前，我们无论如何能把自己封闭于旧观念与成见中，终不能不对于这个发展、需要怀着一种极端严肃的认识与注意！

试为重造自己来作一点努力吧。即觉得所习见学习方式，不容易与平时习惯相合，也得放弃了这个本来写作情绪，作一些新的尝试。为的是一支笔既还要用，还能用，学习用到大目标上去，实在合理多多!

旧的社会实在已不济事了，得一切重作安排。权利和义务，人和事，道德或法律，在一些新办法未确定以前，终得有一些新的看法。在这个社会由分解圮坍到秩序重得过程中，我们中年这一代，既由于种种问题难适应，可能会要牺牲大半，也不妨事。因为这些人大多已年在四十至六十之间，四十年内忧外患，各有一分，一颗心都磨炼得沉沉的。在个人工作上，为国家为职务，已各尽了所有能力。即以作一个公民而言，也很像个公民。不幸的是社会发展取突变方式，这些人配合现实不来，许多努力得来的成就，在时代一切价值重估情况中，自不免都若毫无意义可言。这其中自然有的是悲剧，年青人能理解这悲剧所自来，不为一时不公平论断所蔽，就很够了。

重要处还是从远景来认识这个国家。国家明日必进步，可以使青年得到更多方面机会的发展，事无可疑。只不过进展方式，或稍稍与过去书生所拟想的蓝图不甚相合罢了。一切历史的成因，本来就是由一些抽象观念和时间中的人事发展，相互修正而成。书生易于把握抽象，却常常忽略现实。然在一切发展中，有远见深思知识分子，却能于正视现实过程上，得到修正现实的种种经验。从五四起始，北方文运传统有个一贯性，即沉默工作。这个传统长处或美德，有一时会为时代风雨所摧毁，见得寂寞而黯淡，且大可嘲笑。然而这点素朴态度，事实上却必定将是明日产生种种有分量作品的动力来源。不要担心沉默，真正的伟大工程，进行时都完全沉默！

卅七年十二月七日

给一位安徽朋友

［1960 年秋于北京］

怀白先生：奉示，谢谢好意，承过奖，转增惶恐。卅年习作，早已成过时之物，实在不值得再提。因为当时既缺少明确阶级立场，思想性即不高，内容且多不大健康。自传更不足道，新社会重集体努力，不强调个人奋斗，所以更不宜把那些早已过时作品误人害人。我并不是什么有才气的人，一切十分平常，不过在过去时节，因缘时会，有机会用笔，写了几年文章，其实讲成就，是不足道的。近十年因工作于博物馆，在新社会只算得是一个挂名作家，过去作品能不受严格批判，已十分幸事，哪里还能说什么才不才？作家中真正有大才大识，而又对新社会作出巨大贡献的，是鲁迅、郭沫若、茅盾、老舍、巴金……至于新起少壮，更是万万千千，都是有真正本事，作出成绩又对亿万人民向前发展有实在益处的，对毛主席思想有深刻领会，而能用作品体现毛主席文艺思想的。我近十年因为在博物馆工作，每天必和丝、绸、铜、玉万千文物接触，因此只能就实物出发，写了些常识性说明文章，汇在一起付印成个小册子，内容其实可说不三不四，既不能和科学院专家学术论文比较，也不大适合美术学校专家教学要求，并且不是什么好散文，不过内容涉及问题较实际，或足供年青文物同行参考而已。新的文学写作重生活实践，我在博物馆工作，对于新社会中的新人新事，多不熟习，个人见闻既狭，社会变化又格外迅速，想再来从事短篇写作，恐还得先去乡下住几年，并得向年青作家作品好好学习几年，写的东西才可望符合新的要求。即能这么来努力，成就也还是有限，因为文学作品今昔要求已大不相同，人上了年纪，头脑已不怎么得用，血压经常接近二百，守在桌边到三几小时后，即眼目发蒙，头亦转重，再想如卅年前集中一二十小时不离桌边，完成一个短篇，已近于有心无力。即勉力自强，亦不可能有何成果。真可谓辜负了明时盛世，无可奈何！三十年前写作时，同行不多，读者也少，只近于人弃我取，以为这个工作得慢慢来，写个几十年，到笔下成熟后，再来好好的使用到国家所需要方面去。不意并未成熟，就转了业。再回旧队伍，和原来同行比，却已落伍一大段路了。有万千年青力壮充满战斗经验而又素朴踏实的作家，大步飞奔而前，和这些少壮比，我更落后了。即原来同时写作的，如巴金、老舍，也均各自独当一面，各有大量新作和年青一代读者对面。我却什么通说不上了。这种新陈代谢之快，正反映社会发展变化迅速，对整个社会是极好现象！近来看贵州省文联编印一《挡不住的洪流》，执笔的多青年，内容丰富深刻，许多人虽初次用笔，一出手即得到巨大成功。更新的写作训练，证明可用最短时期即可完成，而且在任何工作部门，只要能遵循毛主席指示，在党的领导下努力，都可望作到文学上的丰收。“专业作家”到不久将来，可能将成为一个历史上的名词，向年青人说来也不易理解。因为有了毛主席文艺思想领导，写作再不是什么大事、难事，不过和一般工作差不多而已。人人能写作，大致在不久将来就会实现。记得前年我过南京，看过一回展览会，有两麻袋，一装诗歌廿三万首，另一装廿七万首，这些诗有一特点，即显明在某一时、某一地区，对于生产大跃进必然起过推动作用。新的时代，新的社会，文学和人的关系，已显明和旧时代不同，从个人欣赏出发来看待文学，未免太旧了。所以我极少想到我还配称什么作家，过去的作品不再流行，也认为十分自然平常而且应该。你来信说的几个旧作，我手边并没有保留，而且几几乎极少还想起过这些书名是我写的作品。因为想它倒将成为一种担负，还不如踏踏实实来作一个公民，尽能力就当前工作，多为人民作点具体有益事情，去掉旧的作家虚名，学习作一个普通劳动者，对国家有益，对个人亦可少犯错误。若尽想到卅年前写过什么而自以为是，且以为还可以用旧方法写得出新社会需要的好作品，是近于不合实际的妄想。毛主席一再告我们“实事求是”，近年学的东西，多从为人民服务出发，供给作文史研究、教学及工艺生产所需要，提材料供参考。出土文物已过二百万，传世的亦数百万，出于数千年劳动人民生产创造发明的工艺美术和起居服用事事物物，许多部门在研究方面说来还近于空白点，不是无人注意，即是有人想注意也无从下手。我的工作岗位，恰恰有机会和万千种出土新材料接触，且有机会明白这一数量庞大、内容丰富的优秀遗产，不仅对于新的文史研究，将有无限丰富发现，即对于新的、目下正以百万人从事的工艺美术生产，及日用不可分的轻工业品生产，也可得到良好的启发。特别是我近年注意的是工艺图案花纹和造形。所以在为人服务情形下，尽能力去作点事情，也似乎比自己过去作点不三不四小说，还切实有用些，也可望不至于犯太大错误。因为凡事“为而不有”，所有知识都为的是供应别人推进工作、改进工作而准备，都为的是大集体的利益，个人也不求名，不要利，觉得只要体力能支持下去即够好了。生命日趋于简易单纯，也似乎和年龄进展还相合。对新社会不是没有热情，只是热情转移到为人服务方面，即自然和过去一时写作情形大不相同，不为公众注目，好象日益冷落而已。其实目前工作从国家一盘棋而言，比写点短篇，可能对国家还有用些。因为近年新作家多得很，文代会中即有二千三百出席。至于作文物综合研究的实在并不多，因为事实上比写短篇难一些，而且作来也相当寂寞，不比写小说那么引人注意，越学下去并且还会越加感觉知识不足。尽管他的工作和整个国家进展有一定密切联系，一般人却不会知道，甚至于在大学校里教书的也不知道。但是既然在这个工作岗位上守住，就应当和写小说一样——或者更勤苦些，来努力使工作得到进展和不断提高，才配合得上国家需要！万一国家另外一时还要动员所有作家来执笔写短篇（这次文代大会没有商讨到），且认为我还有希望写得出些较好短篇时，自然会把目前工作结束一下，或搁下一些日子，来试试看。只是意料中能想到的，即再也不可能写得如目前一些少壮知名作家那么生龙活虎的。因为小说离不了人事，我知道的人事，都是廿年前旧社会里的，我熟习的农村，且是四十年前一小角隅里的。近十年祖国变化实在太大，不仅人事不易把握，即自然景物也大不同于过去了。贵省安徽即是一个好例。近年正拟写个合肥和合肥西乡有关的故事，拟过安徽看看原来地方背景，闻变化太大，旧面貌已不可想象，因之难于着笔。

沈从文

月下小景

《月下小景》题记

这只是些故事，除《月下小景》外，全部分皆出自《法苑珠林》所引诸经。我因为教小说史，对于六朝志怪、唐人传奇、宋人白话小说，在形体结构方面如何发生长成加以注意，觉得提到这个问题的，有所说明，多不详尽，使人惑疑。我想多知道一些，曾从《真诰》、《法苑珠林》、《云笈七签》诸书中，把凡近于小说故事诸记载，掇辑抄出，分类排比，研究它们记载故事的各种方法，且将它们同时代或另一时代相类故事加以比较，因此明白了几个为一般人平时所疏忽的问题。另外又因为抄到佛经故事时，觉得这些带有教训意味的故事，篇幅不多，却常在短短篇章中，能组织极其动人的情节。主题所在，用近世眼光看来，与时代潮流未必相合。但故事取材，上自帝王，下及虫豸，故事布置，常常恣纵不可比方。只据支配材料的手段组织故事的格局而言，实在也可以作为谈“大众文学”、“童话教育文学”以及“幽默文学”者参考。我有个亲戚张小五，年纪方十四岁，就在家中同他的姐姐哥哥办杂志。几个年青小孩子，自己写作，自己钞印，自己装订，到后还自己阅读。又欢喜给人说故事，又欢喜逼人说故事。我想让他明白一二千年以前的人，说故事的已知道怎样去说故事，就把这些佛经记载，为他选出若干篇，加以改造。如今这本书，便是这故事一小部分。本书虽注明“辑自某经”，其实只可说是“就某经取材，重新处理”。不过时下风气，抄袭者每讳言抄袭，虽经明白揭发，犹复强词夺理，以饰其迹，其言虽辩，其丑弥增。张家小五是小孩子，既欢喜作文章，受好作品影响时机会必多，我的意思，却在告他：“说故事时，若有出处，指明出处，并不丢人。”且希望他能将各故事对照，明白死去了的故事，如何可以变成活的，简单的故事，又如何可以使它成为完全的。中国人会写“小说”的仿佛已经有了很多人，但很少有人来写“故事”。在人弃我取意义下，这本书便付了印。

一九三四年七月廿五日青岛

月下小景

——新十日谈之序曲

初八的月亮圆了一半，很早就悬到天空中。傍了××省边境由南而北的横断山脉长岭脚下，有一些为人类所疏忽历史所遗忘的残余种族聚集的山寨。他们用另一种言语，用另一种习惯，用另一种梦，生活到这个世界一隅，已经有了许多年。当这松杉挺茂嘉树四合的山寨，以及寨前大地平原，整个为黄昏占领了以后，从山头那个青石碉堡向下望去，月光淡淡的洒满了各处，如一首富于光色、和谐雅丽的诗歌。山寨中，树林角上，平田的一隅，各处有新收的稻草积，以及白木作成的谷仓。各处有火光，飘扬着快乐的火焰，且隐隐的听得着人语声，望得着火光附近有人影走动。官道上有马项铃清亮细碎的声音，有牛项下铜铎沉静庄严的声音。从田中回去的种田人，从乡场上回家的小商人，家中莫不有一个温和的脸儿等候在大门外，厨房中莫不预备得有热腾腾的饭菜与用瓦罐炖热的烧酒。

薄暮的空气极其温柔，微风摇荡大气中，有稻草香味，有烂熟了山果香味，有甲虫类气味，有泥土气味。一切在成熟，在开始结束一个夏天阳光雨露所及长养生成的一切。一切光景具有一种节日的欢乐情调。

柔软的白白月光，给位置在山岨上石头碉堡画出一个明明朗朗的轮廓，碉堡影子横卧在斜坡间，如同一个巨人的影子。碉堡缺口处，迎月光的一面，倚着本乡寨主的独生儿子傩佑。傩神所保佑的儿子，身体靠定石墙，眺望那半规新月，微笑着思索人生苦乐。

“……人实在值得活下去，因为一切那么有意思，人与人的战争，心与心的战争，到结果皆那么有意思。无怪乎本族人有英雄追赶日月的故事。因为日月若可以请求，要它们停顿在哪儿时，它们便停顿，那就更有意思了。”

这故事是这样的：第一个 ×× 人，用了他武力同智慧得到人世一切幸福时，他还觉得不足，贪婪的心同天赋的力，使他勇往直前去追赶日头，找寻月亮，想征服主管这些东西的神，勒迫它们在有爱情和幸福的人方面，把日子去得慢一点，在失去了爱心为忧愁失望所啮蚀的人方面，把日子又去得快一点。结果这贪婪的人虽追上了日头，因为日头的热所烤炙，在西方大泽中就渴死了。至于日月呢，虽知道了这是人类的欲望，却只是万物中之一的欲望，故不理会。因为神是正直的，不阿其所私的，人在世界上并不是唯一的主人，日月不单为人类而有。日头为了给一切生物的热和力，月亮却为了给一切虫类唱歌和休息，用这种歌声与银白光色安息劳碌的大地。日月虽仍然若无其事的照耀着整个世界，看着人类的忧乐，看着美丽的变成丑恶，又看着丑恶的称为美丽；但人类太进步了一点，比一切生物智慧较高，也比一切生物更不道德。既不能用严寒酷热来困苦人类，又不能不将日月照及人类，故同另一主宰人类心之创造的神，想出了一点方法，就是使此后快乐的人越觉得日子太短，使此后忧愁的人越觉得日子过长。人类既然凭感觉来生活，就在感觉上加给人类一种处罚。

这故事有作为月神与恶魔商量结果的传说，就因为恶魔是在夜间出世的。人都相信这是月亮作成的事，与日头毫无关系。凡一切人讨论光阴去得太快或太慢时，却常常那么诅咒："日子，滚你的去吧。"痛恨日头而不憎恶月亮。土人的解释，则为人类性格中，慢慢的已经神性渐少，恶性渐多。另外就是月光较温柔、和平，给人以智慧的冷静的光，却不给人以坦白直率的热，因此普遍生物都欢喜月光，人类中却常常诅咒日头。约会恋人的，走夜路的，作夜工的，皆觉得月光比日光较好。在人类中讨厌月光的只是盗贼，本地土人中却无盗贼，也缺少这个名词。

这时节，这一个年纪还刚满二十一岁的寨主独生子，由于本身的健康，以及从另一方面所获得的幸福，对头上的月光正满意的会心微笑，似乎月光也正对了他微笑。傍近他身边，有一堆白色东西。这是一个女孩子，把她那长发散乱的美丽头颅，靠在这年青人的大腿上，把它当作枕头安静无声的睡着。女孩子一张小小的尖尖的白脸，似乎被月光漂过的大理石，又似乎月光本身。一头黑发，如同用冬天的黑夜作为材料，由盘踞在山洞中的女妖亲手纺成的细纱。眼睛、鼻子、耳朵，同那一张产生幸福的泉源的小口，以及颊边微妙圆形的小涡，如本地人所说的藏吻之巢窝，无一处不见得是神所着意成就的工作。一微笑、一睐眼、一转侧，都有一种神性存乎其间。神同魔鬼合作创造了这样一个女人，也得用侍候神同对付魔鬼的两种方法来侍候她，才不委屈这个生物。

女人正安安静静的躺在他的身边，一堆白色衣裙遮盖到那个修长丰满柔软温香的身体，这身体在年轻人记忆中，仿佛是用白玉、奶酥、果子同香花调和削筑成就的东西。两人白日里来到这里，女孩子在日光下唱歌，在黄昏里和落日一同休息，现在又快要同新月一样苏醒了。

一派清光洒在两人身上。温柔的抚摩着睡眠者的全身，山坡下是一部草虫清音繁复的合奏。天上的那规新月，似乎在空中停顿着，长久还不移动。

幸福使这个孩子轻轻的叹息了。

他把头低下去，轻轻的吻了一下那用黑夜搓成的头发，接近那魔鬼手段所成就的东西。

远处有吹芦管的声音，有唱歌声音。身近旁有斑背萤，带了小小火把，沿了碉堡巡行，如同引导得有小仙人来参观这古堡的神气。

当地年青人中唱歌高手的傩佑，唯恐惊了女人，惊了萤火，轻轻的轻轻的唱：

龙应当藏在云里，
你应当藏在心里。

女孩子在迷糊梦里把头略略转动了一下，在梦里回答着：

我灵魂如一面旗帜，
你好听歌声如温柔的风。

他以为女孩子已醒了，但听下去，女人把头偏向月光又睡去了。于是又接着轻轻的唱道：

人人说我歌声有毒，
一首歌也不过如一升酒使人沉醉一天，
你那敷了蜂蜜的言语，

一个字也可以在我心上甜香一年。

女孩子仍然闭了眼睛在梦中答着：

不要冬天的风，不要海上的风，
这旗帜受不住狂暴大风。
请轻轻的吹，轻轻的吹；
（吹春天的风，温柔的风，）
把花吹开，不要把花吹落。

小寨主明白了自己的歌声可作为女孩子灵魂安宁的摇篮，故又接着轻轻的唱道：

有翅膀鸟虽然可以飞上天空，
没有翅膀的我却可以飞入你的心里。
我不必问什么地方是天堂，
我业已坐在天堂门边。

女孩又唱：

身体要用极强健的臂膀搂抱，

灵魂要用极温柔的歌声搂抱。

寨主的独生子傩佑，想了一想，在脑中搜索话语，如同宝石商人在口袋中搜索宝石。口袋中充满了放光眩目的珠玉奇宝，却因为数量太多了一点，反而选不出那自以为极好的一粒，因此似乎受了一点儿窘。他觉得神只创造美和爱，却由人来创造赞誉这神工的言语。向美说一句话，为爱下一个注解，要适当合宜，不走失感觉所及的式样，不是一个平常人的能力所能企及。

“这女孩子值得用龙朱的爱情装饰她的身体，用龙朱的诗歌装饰她的人格。”他想到这里时，觉得有点惭愧了，口吃了，不敢再唱下去了。

歌声作了女孩子睡眠的摇篮，所以这女孩子才在半醒后重复入梦。歌声停止后，她也就惊醒了。

他见到女孩子醒来时，就装作自己还在睡眠，闭了眼睛。女孩从日头落下时睡到现在，精神已完全恢复过来，看男子还依靠石墙睡着，担心石头太冷，把白羊毛披肩搭到男子身上去后，傍了男子靠着。记起睡时满天的红霞，望到头上的新月，便轻轻的唱着，如母亲唱给小宝宝听的催眠歌。

睡时用明霞作被，
醒来用月儿点灯。

寨主独生子哧的笑了。

四只放光的眼睛互相瞅着，各安置一个微笑在嘴角上，微笑里却写着白日两个人的一切行为。两人似乎皆略略为先前一时那点回忆所羞了，就各自向身旁那一个紧紧的挤了一下，重新交换了一个微笑。两人发现了对方脸上的月光那么苍白，于是齐向天上所悬的半规新月望去。

远远的有一派角声与锣鼓声，为田户巫师禳土酬神所在处，两人追寻这快乐声音的方向，于是向山下远处望去。远处有一条河。

“没有船舶不能过河，没有爱情如何过这一生？”

“我不会在那条小河里沉溺，我只会在你这小口上沉溺。”

两人意思仍然写在一种微笑里，用的是那么暧昧神秘的符号，却使对面一个从这微笑里明明白白，毫不含糊。远处那条长河，在月光下蜿蜒如一条带子，白白的水光，薄薄的雾，增加了两人心上的温暖。

女孩子说到她梦里所听的歌声，以及自己所唱的歌，还以为他们两人都在梦里。经小寨主把刚才的情形说明白时，两人笑了许久。

女孩子天真如春风，快乐如小猫，长长的睡眠把白日的疲倦完全恢复过来，因此在月光下，显得如一尾鱼在急流清溪里，十分活泼。

只想说话。那些远无边际的、与梦无异的、年青情人在狂热中所能说的胡涂话蠢话，完全说到了。

小寨主说：

“不要说话，让我好在所有的言语里，找寻赞美你眉毛头发美丽处的言语！”

“说话呢，是不是就妨碍了你的谄谀？一个有天分的人，就是谄谀也显得不缺少天分！”

“神是不说话的。你不说话时象……”

“还是做人好！你的歌中也提到做人的好处！我们来

活活泼泼的做人，这才有意思！”

“我以为你不说话就象何仙姑的亲姊妹了。我希望你比你那两个姐姐还稍呆笨一点。因为得呆笨一点，我才有可以形容你高贵的语言。”

“可是，你曾同我说过，你也希望你那只猎狗敏捷一点。”

“我希望它灵活敏捷一点，为的是在山上找寻你比较方便，为我带信给你时也比较妥当一点。”

“希望我笨一点，是不是也如同你希望羚羊稍笨一样，好让你嗾使那只猎狗追我时，不至于使我逃脱？”

“好的音乐常常是复音，你不妨再说一句。”

“我记得到你也希望羚羊稍笨过。”

“羚羊稍笨一点，我的猎狗才可以赶上它，把它捉回来送你。你稍笨一点，我才有相当的话颂扬你！”

“你口中体面话够多了。你说说你那些感觉给我听听。说谎若比真实更美丽，我愿意听你的谎话。”

“你占领我心上的空间，如同黑夜占领地面一样。”

“月亮起来时，黑暗不是就只占领地面空间很小很小一部分了吗？”

“月亮照不到人心上的。”

“那我给你的应当也是黑暗了。”

“你给我的是光明，但是一种眩目的光明，如日头似的逼人熠耀。你使我胡涂。你使我卑陋。”

“其实你是透明的，从你选择谄谀时，证明你的心现在还是透明的。”

“清水里不能养鱼，透明的心也一定不能积存辞藻。”

“江中的水永远流不完，心中的话永远说不完。不要说了，一张口不完全是说话用的！”

两人为嘴唇找寻了另外一种用处，沉默了一会。两颗心同一的跳跃，望着做梦一般月下的长岭、大河、寨堡、田坪。芦笙声音似乎为月光所湿，音调更低郁沉重了一点。寨中的角楼，第二次擂了转更鼓。女孩子听到时，忽然记起了一件事，把小寨主那颗年青聪慧的头颅捧到手上，眼眉口鼻吻了好些次数，向小寨主摇摇头，无可奈何低低的叹了一声气，把两只手举起，跪在小寨主面前，来梳理头上散乱了的发辫，想站起来，预备要走了。

小寨主明白那意思了，就抱了女孩子，不许她站起身来。

“多少萤火虫还知道打了小小火炬游玩，你忙些什么？走到什么地方去？”

“一颗流星自有它来去的方向，我有我的去处。”

“宝贝应当收藏在宝库里，你应当收藏在爱你的那个人家里。”

“美的都用不着家：流星、落花、萤火、最会鸣叫的蓝头红嘴绿翅膀的王母鸟，也都没有家的。谁见过人蓄养凤凰？谁能束缚月光？”

“狮子应当有它的配偶，把你安顿到我家中去，神也十分同意！”

“神同意的人常常不同意。”

“我爸爸会答应我这件事，因为他爱我。”

“因为我爸爸也爱我，若知道了这件事，会把我照××族人规矩来处置。若我被绳子缚了抛到地眼里去时，那地方接连四十八根箩筐绳子还不能到底，死了做鬼也找不出路来看你，活着做梦也不能辨别方向。”

女孩子是不会说谎的，本族人的习俗，女人同第一个男子恋爱，却只许同第二个男子结婚。若违反了这种规矩，常常把女子用一扇小石磨捆到背上，或者沉入潭里，或者抛到地窟窿里。习俗的来源极古，过去一个时节，应当同别的种族一样，有认处女为一种有邪气的东西，地方族长既较开明，巫师又因为多在节欲生活中生活，故执行初夜权的义务，就转为第一个男子的恋爱。第一个男子可以得到女人的贞洁，但因此就不能够永远得到她的爱情。若第一个男子娶了这女人，似乎对于男子也十分不幸。迷信在历史中渐次失去了它本来的意义，习俗却把古代规矩保持了下来。由于 ×× 守法的天性，故年青男女在第一个恋人身上，也从不作那长远的梦。“好花不能长在，明月不能长圆，星子也不能永远放光。”×× 人歌唱恋爱，因此也多忧郁感伤气氛。常常有人在分手时感到“芝兰不易再开，欢乐不易再来”，两人悄悄逃走的。也有两人携了手，沉默无语一同跳到那些在地面张着大嘴、死去了万年的火山孔穴里去的。再不然，冒险结了婚，到后被查出来时，就应当把女的向地狱里抛去那个办法了。

当地女孩子因为这方面的习俗无法除去，故一到成年，家庭即不大加以拘束，外乡人来到本地若喜悦了什么女子，使女子献身总十分容易。女孩子明理懂事一点的，一到了成年时，总把自己最初的贞操，稍加选择就付给了一个人，到后来再同自己钟情的男子结婚。男子中明理懂事的，业已爱上某个女子，若知道她还是处女，也将尽这女子先去找寻一个尽义务的爱人，再来同女子结婚。

但这些魔鬼习俗不是神所同意的。年青男女所作的事，常常与自然的神意合一，容易违反风俗习惯。女孩子总愿意把自己整个交付给一个所倾心的男孩子，男子到爱了某个女孩时，也总愿意把整个的自己换回整个的女子。风俗习惯下虽附加了一种严酷的法律，在这法律下牺牲的仍常常有人。

女孩子遇到了这寨主独生子，自从春天山坡上黄色棣棠花开放时，即被这男子温柔缠绵的歌声与超人壮丽华美的四肢所征服后，一直延长到秋天，还极纯洁的在一种节制的友谊中恋爱着。为了狂热的爱，且在这种有节制的爱情中，两人皆似乎不需要结婚，两人中谁也不想到照习惯先把贞操给一个人蹂躏后再来结婚。

但到了秋天，一切皆在成熟，悬在树上的果子落了地，谷米上了仓，秋鸡孵了卵，大自然为点缀了这大地一年来的忙碌，还在天空中涂抹了些无比华丽的色泽，使溪涧澄清，空气温暖而香甜，且装饰了遍地的黄花，以及在草木枝叶间敷上与云霞同样的眩目颜色。一切皆布置妥当以后，便应轮到人的事情了。

秋成熟了一切，也成熟了两个年青人的爱情。

两人同往常任何一天相似：在约定的中午以后，在这个青石砌成的古碉堡上见面了。两人共同采了无数野花铺到所坐的大青石板上，并肩的坐在那里。山坡上开遍了各样草花，各处是小小蝴蝶，似乎向每一朵花皆悄悄嘱咐了一句话。向山坡下望去，入目远近都异常恬静美丽。长岭上有割草人的歌声，村寨中有为新生小犊做栅栏的斧斤声，平田中有拾穗打禾人快乐的吵骂声。天空中白云缓缓的移，从从容容的流动。透蓝的天底，一阵候鸟在高空排成一线飞过去了，接着又是一阵。

两个年青人用山果山泉充了口腹的饥渴，用言语微笑喂着灵魂的饥渴。对日光所及的一切唱了上千首的歌，说了上万句的话。

日头向西掷去，两人对于生命感觉到一点点说不分明的缺处。黄昏将近以前，山坡下小牛的叫声，使两人的心皆发了抖。

神的意思不能同习惯相合，在这时节已不许可人再为任何魔鬼作成的习俗加以行为的限制。理知即或是聪明的，理知也毫无用处。两人皆在忘我行为中，失去了一切节制约束行为的能力，各在新的形式下，得到了对方的力，得到了对方的爱，得到了把另一个灵魂互相交换移入自己心中深处的满足。到后来，于是两个人皆在战栗中昏迷了，喑哑了，沉默了。幸福把两个年青人在同一行为上皆弄得十分疲倦。终于两人皆睡去了。

男子醒来稍早一点，在回忆幸福里浮沉，却忘了打算未来。女孩子则因为自身是女子，本能的不会忘却××人对于女子违反这习俗的赏罚，故醒来时，也并未打算到这寨主的独生子会要她同回家去。两人的年龄都还只适宜于生活在夏娃亚当所住的乐园里，不应当到这“必需思索明天”的世界中安顿。

但两人业已到了向所生长的这个地方这个种族的习惯负责时节了。

“爱难道是同世界离开的事吗？”新的思索使小寨主

在月下沉默如石头。

女孩子见男子不说话了，知道这件事正在苦恼到他，就装成快乐的声音，轻轻的喊他，恳切的求他，在应当快乐时放快乐一点。

××人唱歌的圣手，
请你用歌声把天上那一片白云拨开。
月亮到应落时就让它落去，
现在还得悬在我们头上。

天上的确有一片薄云把月亮遮住了，一切皆朦胧了。两人的心皆比先前黯淡了一些。

寨主独生子说：

“我不要日头，可不能没有你。

我不愿作帝称王，却愿为你作奴当差。”

女孩子说：

“这世界只许结婚不许恋爱。”

“应当还有一个世界让我们去生存，我们远远的走，向日头出处远远的走。”

“你不要牛，不要马，不要果园，不要田土，不要狐皮褂子同虎皮坐褥吗？”

“有了你我什么也不要了。你是一切：是光，是热，是泉水，是果子，是宇宙的万有。为了同你接近，我应当同这个世界离开。”

两人就所知道的四方各处想了许久，想不出一个可以容纳两人的地方。南方有汉人的大国，汉人见了他们就当生番杀戮，他不敢向南方走。向西是通过长岭无尽的荒山，虎豹所据的地面，他不敢向西方走。向北是三十万本族人占据的地面，每一个村落皆保持同一魔鬼所颁的法律，对逃亡人可以随意处置。只有东边是日月所出的地方，日头既那么公正无私，照理说来日头所在处也一定和平正直了。

但一个故事在小寨主的记忆中活起来了，日头曾炙死了第一个 ×× 人。自从有这故事以后，×× 人谁也不敢向东追求习惯以外的生活。×× 人有一首历史极久的歌，那首歌把求生的人所不可少的欲望、真的生存意义却结束在死亡里，都以为若贪图这“生”，只有“死”才能得到。战胜命运只有死亡，克服一切惟死亡可以办到。

最公平的世界不在地面，却在空中与地底；天堂地位有限，地下宽阔无边。地下宽阔公平的理由，在 ×× 人看来是相当可靠的，就因为从不听说死人愿意重生，且从不闻死人充满了地下。×× 人求生的观念，在每一个人心中皆坚实的存在。孤单的死，或因为恐怖不容易找寻他的爱人，有所疑惑，同时去死皆是很平常的事情。

寨主的独生子想到另外一个世界，快乐的微笑了。

他问女孩子，是不是愿意向那个只能走去不再回来的地方旅行。

女孩子想了一下，把头仰望那个新从云里出现的月亮。

水是各处可流的，
火是各处可烧的，
月亮是各处可照的，
爱情是各处可到的。

说了，就躺到小寨主的怀里，闭了眼睛，等候男子决定了死的接吻。寨主的独生子，把身上所佩的小刀取出，在镶了宝石的空心刀把上，从那小穴里取出如梧桐子大小的毒药，含放到口里去，让药融化了，就度送了一半到女孩子嘴里去。两个快乐的咽下了那点同命的药，微笑着，睡在业已枯萎了的野花铺就的石床上，等候药力发作。

月儿隐在云里去了。

一九三二年九月写于青岛

寻 觅

在这故事前面那个故事，是一个成衣匠说的，他让人知道在他那种环境里，贫穷与死亡如何折磨到他的生活。他为了寻找他那被人拐逃的年青妻子，如何旅行各处，又因什么信仰，还能那么硬朗结实的生活下去。他说："我们若要活到这个世界上，且想让我们的儿子们也活到这个世界上，为了否认一些由于历史安排下来错误了的事情，应该在一分责任和一个理想上去死，当然毫不踌躇毫不怕！"成衣人把他一生悲惨的经验，结束到上面几句话里后，想起他那个饿死的儿子，就再也不说什么了。

他说过这故事以后，在场众人皆觉得悒郁不欢。这不幸故事，使每个人都回想到自己生活中那一份，于是火堆旁边，忽然便沉默无声了。成衣人看清楚了这种情形，十分抱歉似的，把那双为工作与疾病所磨坏的小小眼睛，向这边那边作了一度小心的溜望，拉拉他那件旧袄子，怯生生的说道：

“大爷，总爷，掌柜的，你们帮我个忙，替我说一个快乐好听的故事吧。不要为了我这个故事，把各人心窝子里那点兴头弄掉。不要因为我这种不幸的旅行，便把一切旅行看成一种灾难。来（他指定了一个人说），大爷，你年纪大，阅历多，不管怎么样，你说个故事。你说说你快乐的旅行也成。帮我一个忙，帮我一个忙。”

这被指定的人是一个穿着肮脏装束异样的瘦个子，脸上野草似的长着胡子，先前并不为任何人所注意，半夜来他只是闭了眼睛低下头在那里烤火，这时恰好刚把眼睛睁开，把头抬起，就被那成衣人指定了。他见成衣人用手向他戳点了两下，似乎自己生平根柢已被成衣人所看出，故微受惊吓模样，身体缩了一下。他好象有点吃惊，又好象在分辩，“怎么，你要我说我的旅行原因吗？你是这种意思吗？”他并不作声，神气之间却俨然在那么询问。

那成衣人口气甜甜的说：

“大爷，说一个，说一个。”

他微笑了一下，一时还似乎无勇气站起来，刚好把身体举起又复即刻坐下了。成衣人当真好象看准了他，知道在场众人只有他说出的经验，能使大家忘掉了旅行的辛苦，就催促他，请求他，且安慰他。成衣人说：

“大爷，你说一个，随便说一个。这里全是好人忠厚人，全眼巴巴的等着你，你会说，你不用怕，不用羞。”

这胡子倒并不怕谁，不为自己样子害羞，要他说，他也明白这时应该轮到他来说了。他把一只干瘪瘪的手伸出去，作出一个表示，安置了成衣人，就大大方方，说了下面的故事。某处地方有个家资百万的富翁，家中有十个坚固结实的仓库，仓库中分别收藏聚集了无数金银宝贝、衣料食物，并各种各样东西。家中有一百男奴、一百女奴。地窖中有一地窖的美酒。马厩中有打猎的马五十匹、驾车的马五十匹。花园中栽种了无数名花甘果，花树上有各种禽鸟，叫出种种声音。兽栏里畜养了各样野兽。鱼池里喂有古怪的金鱼、银鱼、五色异鱼。两夫妇将近四十岁时，方生养一个儿子，这个儿子的教育，自然周到万分。当那独生子年纪到十八岁时，父母因为他生长得过于美丽，以为必得一个标致无比的女人作为他的妻子，方不辜负这孩子一生。因此，就聘请了国内精巧匠人，用黄金仿照本族古代典型美人的脸目身材，铸造了金像一躯，派人抬往国内各处地方去，金像下刻了一段文字，最重要的几句话是：

> 若有女人美丽如金像，自信上帝创造她时手续并不马虎的，就可以作 ×× 地方百万富翁独生子的妻子，享受那份遗产，以及由于两人青春富足可以得到的一切幸福。

恰好那时节另外某个地方，某个公爵的独生女儿，父母也因为女儿生长得过分美丽，成年时不肯随便嫁人，以为必得一个世界上顶美的男子，方配得到这个女儿的爱情，因此也聘请了聪明匠人，用白银仿照本族古代典型男性，铸一理想男子的大像，同时通告各处，以为这世界上若有男子完美若此，自信上帝创造他时并不草率，就可跑来 ×× 地方，向有爵位的某某独生女儿求婚。

双方得到了这个消息以后，且互相皆看到了那个标准造像，以为这份因缘非常合式凑巧，因此各聘请了有身分的媒妁，交换了几次意见，就议妥了两个年青人的婚姻。

为时不久，这年青男子娶了那美貌女人，同时还承袭了一个受人尊敬的爵位。从此一来，他便仿佛是人类中最幸福的人了。

但刚满半年以后，这幸福就有了缺口。原因是这样的：有一天本地起了大风，大风中吹来一条白色毯子，悬挂在庭院里大树上。把毯子取下看看，精致美妙，完全不象人工作成。派人拿向各处询问，无人能够说出它的名字，也无人明白它的出处。过不久，天上又起了大风，风中又吹来九色金蕊大花一朵。那花大如车轮，重只三两，香气中人，如喝蜜酒。旋又派人拿这花到各处询问，仍然毫无结果。又过一阵，第三次大风起时，却吹来一本古书。那书说到另外一个国家的一切情形，关于那条毯子，也可知道就是朱笛国人宫内所用的毯子，那朵大花，就是朱笛国王后宫花园萎落的花。

那本书还说朱笛国有五色奇花，大的如车轮大，小的如稗子小，大花轻如毛羽，小花重如水银，花朵皆长年开放，风吹香气，馥郁一国。那地方有马，日行千里。那地方有栗枣，皆大如人头，甘如蜜蔗。那地方有藕，色如白玉，巨如屋梁。那地方有草，各处丛生，摘断时流汁如奶，味道如蜜。那地方有各种雀鸟，声音柔美溜亮，胜过世上最好的歌喉。那地方富足异常，使用人力毫无问题，故国王宫殿，全为本国人民乐意代为建筑，却仿天宫式样作成。那地方由于自然生产丰富，人民皆自重乐生，故无盗贼，也无牢狱。

朱笛国所有情形，既可从这本书知其大略，国土方向距离，又从那本古怪书籍后面一幅古代地图上依稀可以估计得出。故这三样东西，引起了年青人无数幻想。那年青人自从明白地面上还有一个这样国家后，一切日常生活便不大能引起他的兴味，日子再也过得不是幸福日子了。他总觉得还缺少些东西，他为这件事把性格也改变了不少。

为了要求满足自己的欲望，过不久，这年青人就独自悄悄的离开了家，携带了那三件东西，向那个古怪地方走去了。

他经过了无数苦难，跋涉了整整三年，方跑到一个城市。这城市照地图方向上看来，应当就是古朱笛国。他进到那个大城，傍近那个国王宫殿时，看看宫殿大门，全是刻花金属镶嵌而成，宫殿围墙，全是磨光白玉作成。他就请求守门官吏，入通消息，请他代为陈明，自己来到这里各种因缘。

因为国王旅行，多年不回，一切国事，皆由公主处置。门官禀告以后，为时不久年青人就用远国来宾身分，被一个御前侍从，领导进宫，谒见公主。

进宫中时，侍从在前带路，年青人在后面跟随，不久到一大门。刚近大门，就有两个异常活泼白脸长眉的女孩子，把门代为推开。两人从一白色厅堂过身，一切全用白银作成。过道一旁，见到一个女人，脸儿身材，俏俊少见，坐在白银榻上，纺取白银丝缕。年轻体面丫环十人，皆身穿白色丝质柔软长袍，在旁侍立。

年青人以为这是那公主了，就问侍从：

“这是第几公主？”

那领路侍从说：

“这是守门宫婢，不是公主。”

又走一阵，到第二道大门，仍然有人代为开门。进门以后，从一黄色厅堂过身，一切全用黄金作成。过道旁边，又见一个女人，神韵飞扬，较前尤美，坐在黄金榻上，拈取黄金微尘。左右丫环，计二十人，身穿黄色丝质柔软长袍，在旁侍立。

年青人以为先前不是公主，现在定是公主了，就问侍从：

“这是不是公主？”

领导侍从又说：

“这是守门宫婢，不是公主。”

又走一阵，到第三座大门，开门如前。进一紫色厅堂，一切全用紫玉砌成，过道旁边，一个身穿紫霞鲛绡衣服的女人，艳丽如仙，雅素如神，坐在紫琉璃榻上，割切紫玉薄片。左右丫环，计三十人，服装皆紫，质类难名，在旁侍立，静寂无声。

年青人刚欲开口，侍从就说，“我们赶快一点，公主在宫里等候业已很久。”

两人再继续走去，到一大厅，宽广可容三千舞伴对舞。只见地下各处皆是白獭海豹，静美可怜。各处且有冰块浮动，如北冰洋。那时正当大暑六月，厅中寒气尚极逼人。年青人先前还以为那是水池，不能通过，那御前侍从就告他这不碍事，可以大步走过，同时心想坚其信实，就从腕上脱取一只黄金嵌宝手镯，尽力掷去。宝镯触地，铿然有声，年青人方明白原来这是一个极大水池，上面盖有一片极大水晶，预备夏天作跳舞场所用。两人于是从上面走过，直到内殿。到内殿后，进见公主，只见公主坐在殿中百二十重金银帏帐里，用翡翠大盘贮香水浣手。殿中四隅有各种小巧香花，从上缓缓落下。有一秀气逼人的女孩，身穿绿色长袍，站在公主身旁，吹白玉笙，奏东方雅乐中《鹿鸣之章》，欢迎远客。有一极小白猿，偎依公主脚下，轻啸相和。

宾主问讯一阵以后，年青人听说朱笛国王离开本国，出外旅行，业已三年不归，就问公主，国王究竟为什么原因，抛下王位，向他处走去。

公主不及作声，那小小白猿就告给年青人国王出国旅行的理由。

“你若满足身边一切，你不会来这里。国王一人悄悄离开本国土地人民，不知去处，原因所在，也不外此。”

年青人如今亲眼见到这个国王豪华尊荣，正以为人类最好地方，莫过于此，谁知作国王的，还不满足，也居然离开王位，独自走去。他亟想从公主方面多知道些事情，故随即向公主问了一些话语。公主想起爸爸久无消息，不知去向，故虽身住宫中，处理国事，取精用宏，豪华盖世，但仍然毫无快乐可言。如今被远方来客一问，更觉悲哀，就潸然流泪不止，不能不安置来客到馆驿里，准备明天再见。

第二天年轻人重新被召入宫，却已见到国王。原来国王悄悄出外旅行三年，昨天又悄悄回到本国。公主见国王时，就禀告国王，有一远客，步行三年来到本国，故国王首先就召年青人入宫谈话。

见国王时，国王明白年青人旅行原因，与自己旅行原因，皆为同一动机，两人便觉十分契合。原来这国王旅行，也为一本古书而起。那书上记载一个名为白玉丹渊国的地方，人民如何生活，如何打发每个日子，万汇百物，莫不较之朱笛国中自然丰富。这朱笛国王，由于眼前一切，不能满足，对于远国文明，神往倾心，故毅然抛弃一切，根据书中所说方向，追寻而去。

年青人问国王旅行真正意思时，国王不即回答，就拿出那本古书，让年青人阅读。那本书第一页写了这样一行文字：

“白玉丹渊国散记”。

以下就是那本书中所写的话语：

中国的西方是朱笛国，朱笛国的西方是白玉丹渊国。那里有一片土地、一个国家。那地方面积是正方形，宽广纵横各五千里。国境中有森林、河流、大山。各处皆有天然井泉，具有各种味道，味道甘美爽口，颜色则或透明如水晶，或色白如牛奶、羊奶。那地方各处皆生小草，向右盘萦，细如头发，色如翡翠，清香如果子，柔软如毡毯。那地方平处用脚一踹时，就凹下三寸，把脚举起，地又无高无低，平复如掌。

那地方无荆棘，无沟坑，无杂草乱树，也无蚊虻蛇虫。那地方阴阳和柔，四时如春，百花常开，无冬无夏。

那地方人民身体相貌皆差不多，生活服用，也无分别。人人壮实活泼，如二十来岁。人人口齿皆洁白整齐，不害牙痛。头发极黑，光滑柔美，不长不短，不生垢腻。那地方有树名曲躬树，叶叶重叠，层次无数，天落雨时，从不漏湿，所有人民，皆在下面过夜。那地方又有香树，高大奇异，开花极香，花落结果、果实成熟时，就自行坠地，皮破裂开，里面皆种种用具，大小适用，以及各样颜色衣服，莫不美丽悦目。又有较小香树，高低略同平常橱柜相似，长年开花结果，果大如碗，其中有各式点心、各种美酒，也间或有古董玩器，十分精美雅致。那地人民一切需要皆可取给于地面树上，不开矿，不设工厂。那地方生产粮食，不必撒种，自生自熟，且无糠秕，色如玉花，味极厚重，又有清香。这种自然粮食既可取用不竭，又有自然锅釜，同发火宝珠。宝珠名为“焰光宝珠”，把自然粮食放入锅中，焰光宝珠安置锅下，饭煮熟时，珠也无光息热。凡想吃饭，见人坐席，就可加入恣意取用。主人不起，饭便不完，主人略起，饭就完事。吃完饭时，只须略挖地面，便可把一切餐具埋于地下，下次用时，再换新的。煮饭既不假樵火，不劳人工，吃后又不必洗盘碗，故方便洒脱，无可与比。

那地方共有四百个湖泊，皆如天然浴池，各个纵广或十里，或五里，或一里。池底坦平，其下平铺金砂和各种细碎宝石。四面有七重金属栏杆围绕，栏杆上各嵌七色宝石，入夜各放异光，不必再用灯烛。池水从地底渗出，从暗道流去，颜色透明，永不浑浊，温暖适如人意。即或久浸水中，也如在空气中。浮力又大，极深处全不溺人。那地方人民皆傍湖边住下，白日里无事可作时节，多在湖中划船。船皆沙棠香木作成，用轻金装饰一切，色线皆雅致不俗。各人乘船中流娱乐，唱歌奏乐，聚散各随己意。想入水游泳时，脱衣各放岸边。浴毕上岸，随意取衣，先出先著，后出后著，不必选认原来衣服。若想换一新衣，只须向近身处树边走去，摘一果实，把壳挤碎，就可按照自己意思，得一新衣。

那地方人民一切既由上帝代为铺排，不必费事，皆可自由娱乐，打发日子，每日浴后便常常从果树中选取管弦乐器，到鸟雀较多处去，与枝头雀鸟，合奏乐曲。若想换一地方时，雀鸟皆如人意，各自先行飞去等候。

那地方大小便时，脚下土地就自行裂开，成一小坑，完事以后，地又合拢。

那地方每到中夜，天空就有清净白云，带来甘雨，匀匀落下。落雨时如洒奶汁，草木皆知其甜。全国各处一得到这种雨水以后，空气便如用一奇异东西滤过一次，异常干净，地面则柔软润泽，毫无灰尘。落雨过后，天空净明浅蓝，大小星辰，错落有致，洁风把温柔澹和香气从各方送来，微吹人身，使人举体舒畅，无可仿佛，在睡梦中，皆含微笑。

那地方人民也有欲心，惟各有周期，不流于滥。欲心起时，男子爱一女人，只需熟视所爱女人，过一阵后，就离开女人，向曲躬树下跑去，若女人同时也正爱慕这个男子，必跟随身后走去。两人到树下后，若为血缘亲属，不应发生情欲，树不曲荫，便各自微笑散去。若非亲属，树在这时便低枝回护，枝叶曲荫，顷刻之间，就可成一天然帐幕。两人就在这帐幕里，经营短期共同生活，随意娱乐，毫无拘束，一天两天，或到七天，兴尽为止，然后各自分手。妇人怀妊七天以后就可分娩，生产时节，既不痛苦，也不麻烦。不问所生是男是女，皆可抱去安顿到四衢大道之旁，不再过问。小孩因为肌饿啼哭时，路人经过身旁，就伸出指头，尽小孩含吮，指尖就有极甜奶汁，使小孩饱足发育。过七天后，小孩长成，大小已与平常人无异，便各处走动，随意打发日子去了。

那地方无法律，无私产，无怨憎。

那地方也有死亡。遇死亡时，身旁之人，皆以为这人自然数尽，从不悲戚。既无亲属，也无教法，便从无倾家荡产埋葬死人习气。人死以前，这人便能明白，故自己就在水中洗涤全身，极其清洁，走到无人处躺下。气绝以后，即刻就有一只白色大鸟，飞来帮忙，把这死人收拾完事，不留踪影。

……

朱笛国王就只为了这本书上所载一切情形，轻视了他的王位，抛下了他的亲属与臣民，离开了他的本国，旅行了三年，方才归来。

那年青人既明白了国王旅行的事情以后，就同国王说：“何所为而去，我已明白；何所得而来，还请见告。”

那国王就为年青人说出他旅行前后的经验：

当我既然知道了地面上还有这样一个方便国家后，我就决心独自跑去，预备找寻这个古怪国土。我同你一样，整整走了三年，过了无数的大河，爬过无数的高山，经过无数危险，有一天我终于就走到那个地方了。

到那地方时，看看一切皆恰与那本书上所记载的相合。地面生长的奇树、浴池的华美，以及一切一切，无事无物不可以同书上相印证。可是只有一件事情完全不同，就是那地方无一个人不十分衰老、萎靡不振。到后一问，方知道原来这地方三年前大家还能极其幸福好好的过日子，当时却有一个人民，在睡梦中看到一本怪书。书中载了无数图画，最末一页方有这样一个极小的字："死"。他自己也不知道为什么就认识这个字，且为什么懂到了这个字的意义。这人醒来很觉得惆怅，就做了一首赞美长生快乐的歌曲，各地唱去。从此一来，无人不感觉到死亡的可怕。由于死亡的意识占据到每个人心上，就无人再能够满足目前的生活。各人只想明白什么地方有不死的国土，什么方法可以不死，又无法去同安排这个世界的上帝接头，故三年来全国人民皆在忧愁中过去，一切生活皆不如意，各人脸上颜色也就衰老憔悴多了。

朱笛国王到白玉丹渊国时，恰正是那个国土有人想到别一处去、找寻大德先知、向他询问"上帝所思所在"的时节。众人眼见朱笛国王颜色那么快乐，众人自视却那么苦恼，以为最快乐的人，当然也就是了解神的意见最多的人，故在朱笛国王来到本国，告给他众人衰老忧愁原因以后，就询问国王：

“什么方法可以使人快乐？什么方法可以使人不死？”

国王按照他那自己一分旅行的经验，以及在本国国王位上，使用物力时那点无上魄力而成的观念，就回答说：

“照我想来，对于你目前生活觉得满足，莫去想象你们得不到的东西，你们就快乐了。至于什么方法使人不死，我现在可回答不出。不过我们身体既然由于人类生养出来，当然也可由于人类思索弄得明白。”

几句话使白玉丹渊国一部分人民得到了知足的快乐，一部分人民得到了研究的勇气。那朱笛国王却为了自己的快乐，与另外自己还不明白的秘密，因此回返本国了。

国王把他自己那分经验说毕以后，想起一个得上帝帮助力量较少的人，既然还能够多知道些活在地面上快乐的哲学，一个年青人有时也许比年老人知道得更多，就向年青人说：

“知足安分是一个使我们活到这世界上取得快乐的方法，我已经认识明白。为了快乐，我就回到本国来了。

你现在明白了这个，你不久也应当回你中国了。我且问你，我们若不知足安分，是不是还有什么方法得到快乐？我们若非死不可，是不是还有什么方法能使我们全不怕死？你告给我，你告给我。”

那年青人想了半天，方开口说：

“不知足安分，也仍然可以得到快乐。就譬如我们旅行，我们为了要寻觅真理，追求我们的理想，搜索我们的过去幸福，不管这旅行用的是两只脚或一颗心，在路途中即或我们得不到什么快乐，但至少就可忘掉了我们所有的痛苦。至于生死的事，照我想来，既然向这世界极其幸福的人追寻不出究竟，或许向地面上那极不幸福的人找寻得出结果。”

这年青人回答了国王询问以后，就离开了那朱笛国。他回到了中国，却并不返家。由于他想明白，为什么我们常常怕死，有什么方法又可以使我们就不怕死，且以为年青人有时皆比年老人知道得多，极不幸福的人也许反明白什么是幸福，同时记起为了“有所寻觅而去旅行”的哲学，于是在全中国各处走去，一直漂泊了二十五年。

他的旅行并不完全失败，他在各样地方各种人堆里过了二十五年，因此有一天晚上，他当真得到了他所需要的东西。得到了这东西后，他预备回家去看他那美貌公爵妻子去了。

……

那胡子把故事一气说完，到这时节，稍稍停顿了一下，向成衣人作了一个友谊的微笑。众人中有人就问他：

“这年青人究竟得到了些什么？你又同年青人有什么关系？如何知道他的事那么详细清楚？”

那胡子望望说话的一个，微笑着，在笑容里好象说了一句话：“你要明白吗？你还不明白吗？”

另外也有人提出质问，那胡子于是便告给众人：

“那年青人旅行了二十五年，只是有一夜到一个深山中的旅店里，听到一个成衣匠说了一个故事，结尾时说了几句话。他寻觅了二十五年，也就正是想听听这样一种人说的这样话语。成衣匠说的不差。”胡子说到这里时，便向火堆前那个成衣匠低低的询问：“你不是……这样说过的吗？你说过的。”他走过去把成衣匠拉起，让大家明白他所说的成衣匠，就正是目前这个成衣匠。“我要说的那年青人所遇到的成衣匠就是他。他是一个男子，一个硬朗结实的男子。那年青人是谁，你们还要知道么？你们试去众人中找寻一下，不要只记着他三十年前的美丽风仪。他旅行了将近三十年，他应当老了，应当象我那么老了！”

原来这胡子就正是正当年纪轻轻的时节，为了有所寻觅，离开了新婚美丽妻子同所有财富，在各处旅行了将近三十年的那个年青人！

为张家小五辑自《长阿含经》、《树提伽经》、《起世经》

一九三三年四月作于青岛

女人

因为在上次那个故事中，提到金像与银像，就有两个人同时站起，说他们也有个故事，故事中也有个年青男子，由于金像银像，与一美貌女子结婚，到后觉得生存不幸，方去各处旅行。其中还有一个国王，也因有所寻觅，曾经离开王位，各处旅行。但故事中人物虽多相同，故事内容可完全两样。想问在座众人，能不能让他们有个机会把故事说出来。众人既然不想睡觉，目的就在用各种各样希奇故事打发这个长夜，岂有反对道理。两人刚说完时，当然便有无数掌声，从火堆四近而起，催促两人开口，鼓励两人说话。

这两个人一老一少，装束虽显得十分褴褛，仪表可并不委琐庸俗。下面故事，就是这两个人共同说出的。

某处地方有一个年青男子，某处地方又有一个年青女人，这两人各皆因为生来特别美丽，各人皆聘请了精巧匠人，用黄金白银铸了一躯理想情人的造像。像造成后，就派人抬去陈列到官路上，尽人观看，征求配偶。到后两人凭媒介绍，在极华贵庄严仪式中，订婚结婚。两人所有经过，皆同前面那个故事所提及的一对青年夫妇相似。这对年青人结婚以后，生活自然十分幸福。但时间不久，这年青人放下了本身各种幸福，独自远行异邦，乃为另一原因。

那时有个国王，自命不凡，常常对镜自照，总以为自己美丽，超越今古。说实在话，从精神与外表各方面看来，这个国王也和世界上各处国王相差不多，全身成分，百分之五的聪明，百分之三的风雅，其余便完全是一个吃肉喝汤的肉架子。国王欢喜用他那仅有的三分风雅，说他所会说的几句话语：

“罗马皇帝凯撒[1]，曾经用他的武力，征服过这个世

[1] 今译恺撒，后文同。

界，驾驭过这个世界，我敬重他。但我却不想同这种野蛮军人竞争一日长处。我将用我的美来管领我的国家。上帝对我特别关切，所以我在这世界地面上，也比任何一个美男子还更美。”

那国家所有臣民，也同现在这世界上许多国中作臣民的一般，由于精神方面缺少一种名为“骨气”的成分，对主子的方法，按照习惯，皆认为各有随事阿谀的义务。各人得注意主上意思所在，常常捧场叫好。那国王既然并不想作凯撒，也不想作成吉思汗，为了不应戳穿这国王的胡涂自信，因此每次见国王对镜自照时，在朝众人，就异口同声承认国王美观，于世界中，应当占一首席，且用这类阿谀，换取赏赐无数。

这国王既有一批亲信大臣贡献颂祷，用阿谀作为每日营养，又有一个美貌王后，两人爱情也浓厚异常，故常自视为天下第一有福气人。

有一天，从别处贡来一头白色鹦鹉。这明慧乖巧禽鸟，能说七十二种方国语言，记忆中保留了三千五百个希奇故事，见多识广，博学有才，得过文学博士学位，曾在五个国王宫廷中作过上等清客。这鹦鹉未来之前，早就知道了国王脾气，一见国王，便故意表示异常惊讶，异常惶恐。国王还以为它初来宫廷，当然不大习惯，就极力安慰它，告它不要害怕。以为如今来到宫廷，尽可自由方便，不会使它感受拘束。且因为明白这鹦鹉极懂人性，就问它吃惊理由，究为何事。

那鹦鹉熟视国王许久，方说出它的巧妙奉承：

“我见过无数贵人，就从来不曾见过一个国王，能比陛下像貌更美丽动人。所以一见陛下，不觉踧踖失仪。”

那国王笑着说：

“美丽使人倾心，固属自然，但阁下经验阅历，世所希有，难道也为我的仪表感到迷惑吗？”

鹦鹉明白计已得售，就说：

“在日光下头，无人眼睛不感到眩瞀。陛下美丽，同这一样。”

国王早已听说这鹦鹉见多识广，非同小可，在外国时已极出名，如今还为自己美丽所征服，故异常快乐。且以为鹦鹉应对审详，辞采温雅，即刻就对这个善于说谎的白鸟，厚有赏赐，且款待优渥，如礼大宾。

宫中女人，则因为聪明禽鸟，善说故事，且知道什么样子女人欢喜什么种类故事，便也对这鹦鹉十分欢迎。国王每天指派一个宫女，照料这只鹦鹉，每个宫女，皆乐于得到这件差事。

有一天国王午睡未醒，侍候鹦鹉的宫女，恰恰是个刚刚成年的女子，就在廊下同鹦鹉闲谈。这韶年稚齿的宫女，还不明白人间男女恋爱是些什么，就请它说个关于男女的故事听听。这鹦鹉懂得到这宫女所欢喜的正是些什么，就轻轻的为宫人说红叶题诗的故事。又说红叶题诗的故事虽美，已过了时，最合时的应当是那用金像银像找寻情人的故事。说这故事时，它告给这个宫女，那两人如何美丽，如何年青，真算得这世界上顶幸福的人。说故事时，宫女同鹦鹉皆当作国王正在午睡，不会醒觉，并且话语又说得极轻，以为绝不会为国王听去。谁知道这个国王，每天午睡，并非当真去睡，就为的是每天可以偷听鹦鹉说的故事。原来他的睡眠是故意装成的。如今听鹦鹉说世界上居然还有一个男子，比他美丽，比他幸福，不觉妒心顿生，十分难受。

当时他不发作，到第二天早朝时，这国王就询问殿前各位大臣：

“我问你们，我是不是这世界上顶美丽的男子？”

大臣皆照往常那种态度，恭恭敬敬的回答：

“陛下的的确确是这世界上顶美的国王。”

国王回头又问鹦鹉如前，鹦鹉也恭恭敬敬的回答：

“启禀陛下，您的的确确是这世界上顶美的国王。”

那个时节，国王手中正拿得有一面极贵重的青铜铸成嵌满宝石的镜子，气得手直发抖，把镜子奋力向阶石上摔碎以后，就指定两边大臣大骂：

“你们全是一群骗子，一群混蛋！你们好好说来，我究竟是不是这世界上最美的人？各说实话。若不说句诚实话语，我即刻割了你们的头颅悬到旗杆上去。”

朝臣眼见情形不妙，皆吓坏了，事情来得过于突兀，不知如何奏答。若再说谎，保不定头颅就得割下；若不说谎，则过去所说谎话，如何自圆其说？故一时皆发愣发呆，不知如何是好。

国王怒气冲冲的对鹦鹉说：

“你说实话。不说实话，你就也是一个骗子，我派人扯去你的毛羽，把你烤吃。”

那鹦鹉明白国王生气理由，必是昨天已把它向宫女所说金像银像故事听去。知道应当如何处置，方可使这国王和平，救出众人，救出自己。就从从容容答复国王道：

“陛下平时只问我们‘我是不是这世界上最美丽的国王？’众人皆说是。照约翰·倠喜博士逻辑学的方法说来，众人毫无罪过。照我看来，世界国王，为数不多，陛下的确可说是这世界上最体面漂亮的国王。虽在另一地方，还有一个平民，也很美丽，但这人只是一个平民，如何能够相提并论？至于陛下若因这事便想把小臣烤吃，那真三生有幸，赴汤蹈火，所不敢辞。但国王应当找寻别的理由，不要以为由于这种罪过，使史官记载，不好下笔。”

国王由于平生骄傲，忽被中伤，原本十分愤怒，真想把身边这一群混蛋全体杀头。这时一听这只聪明鹦鹉解释，且引出学者名言为证，国王虽不明白约翰·倠喜博士究竟是什么人，但听鹦鹉言之成理，也就释然于怀，不再介意了。

到后他向鹦鹉问明白那年青美丽平民的住处，他就派遣了一个使臣，带了手草谕旨，即刻把那年青人召来见面。

使臣骑了日行六百里的驿马，赶到年青人家中，宣告国王的圣旨，把年青人请去。年青人离开他那体面夫人时，因为新婚远离，互相眷恋，难于分别，夫人再三嘱咐即早归家，免得挂念。且说，若不相信她的爱情，请他把门锁好，钥匙带走，回来时节再开那门。这年青人既然爱情浓厚，当然不会对于他的夫人有何相信不过处。年青人走到半路时，心想国王见召，必以为他聪明有才，请去商量国事，方记起临走过于匆忙，所有著作，也忘了带在身边，故同使臣商量妥当，赶忙回家取书。回到家中，却眼见那个貌美夫人，正同一个恋人骑马出游。年青人忿怒悒郁，无可自解，故抵国王都城时，业已憔悴消瘦，非复平时可比。使臣以为必是路上过于劳顿，象这样子，不大好见国王，故把这年青人，安置到本国迎宾馆里，让他休息三天，再去报到。

那年青人住处比邻，就是国王养马的御厩。初到那天晚上，听到隔壁有个女人同那马夫头子说话，马夫问那女人："怎么今天你又可以出来？"女人就说："国王因为等候一个远客，独自在外住宿，故可悄悄出来相会。”再听一阵，年青人方明白原来这与马夫说话的，正是一国之尊的王后。年青人心中思量：“一国王后，当国王给她一种方便机会时，她还利用机会，同一马夫恋爱，何况我的妻子？”因此心中一腔闷气，即刻不知去处，心胸既廓然无复滞积，休息三天以后，额头放光，脸色红润，神彩隽逸，更倍往昔。

进见国王时，国王业已听说年青人路途劳顿，萎靡不振，谁知一见颜色，精神焕发，不可仿佛。国王惊讶之至，就问年青人究因何事，忽然憔悴，又因何事，忽然充腴。年青人不想隐瞒国王，便把所见所闻一一禀告国王。

国王听说，心想：“我们两人那么有权有势，多财多貌，自己女子还不能够信托，何况他人？”但又想：“这世界上作女子的，既皆那么不可信托，何以许多动人诗歌，又皆特为女子而起？因此看来，则女子不是上帝，就是魔鬼，若不是有一分特别长处，就肯定是有一种特别魔力。或者另外一个阶级，另外一种女人，还值得人类讴歌值得人类崇拜？”为了这点不能解决的问题，两人就互相商量了一个办法，相约离开王位与财富，共同到这个宽广的世界上各处去旅行，旅行的目的，就只是到地面上去寻觅“女人被尊敬的真正理由”。

他们寻觅的结果如何，他们现在还不知道。他们虽然听人说到一个扇陀故事，已经明白女人的魔力，大半由于上帝所赋予的那一分自然长处。但这个世界，除生理方面，女人可以使一个候补仙人胡涂以外，女人是不是还有别种长处别样好处存在？他们相信必定还有一种东西存在，所以他们仍然还在继续旅行，寻觅那点真理。

这两个人是谁？不必说明，大家都清清楚楚，所以当两人把故事说到末了时，并无一人追究这故事的来源。

为张家小五哥辑自《杂比喻经》

一九三三年四月二十二日作于青岛

扇陀

一个贩骡马的商人，正当着许多人的面前，说到他如何为妇人所虐待，有一天吃了点酒，用赶骡马的鞭子，去追赶他那个性格恶劣的妇人，加以重重的殴打，从此以后这妇人就变得如何贞节良善时，全屋子里的客人，莫不抚掌称快。其中有几个曾经被他太太折磨虐待过多年的，就各在心上有所划算，看看到了北京以后，如何去买一根鞭子，将来回家，也好如法炮制。

贩骡马商人稍稍把故事停顿了一下，享受那故事应得的奖励，等候掌声平息后，就用下面的话语，结束了他的故事：

“……大爷，弟兄，应当好好记着，不要放下你的鞭子！不要害怕她们，女人不是值得男子害怕的东西。不要尊敬她们。把她们看下贱一点，不要过分纵容她们。”

这商人很明显的，是由于自己一次意外的发明，把女人的能力，以及有关女人的种种优美品德——就是在下等社会中的女人尤不缺少的纯良节俭与诚实品德，都仿佛不大注意，话语也稍稍说得过分了。

那时节，在屋角隅那堆火旁，有四个向火的巡行商人，其中之一忽然站起来说话了。这人脸上胡须极乱，身上披了件向外反穿的厚重羊皮短袄，全身肿胀如同一头狗熊。站起身时他约束了下腰边的带子，用那为风日所炙、冰雪所凝结、带一点儿嘶哑发沙的嗓子，喊着屋中的主人，他意思似乎有几句话要说说。不必惑疑，这人对于前面那个故事，有一种抗议，有一分异议，大家皆一望而知。

这人半夜来从不作声，只沉默地坐在火边烤火，间或用木柴去搅动身前的火堆，使火中木柴重新爆着小小声音，火焰向上卷去时，就望着火焰微笑。他同他的伙伴，似乎都只会听其他客人故事，自己却不会说故事的。现在听人家说到女人如何只适宜用鞭子去抽打，说到女人除了说谎流泪以外，一切事业由于低能与体力缺陷，皆不会作好。还另外说到无数亵渎这世界上女人的言语。说话的却是一个马贩子！因此这商人便那么想：

“如果一切都是事实，女人全那么无能力，无价值，你只要管教得法，她又如何甘心为你作奴作婢，那过去由于恐惧，对女人发生的信仰，以及在这信仰上所牺牲的种种，岂不完全成为无意思的行为了吗？”

他想得心中有点难过起来，正由于他相信女人是世界上一种非凡的东西，一切奇迹皆为女人所保持，凡属乘云驾雾的仙人、水底山洞的妖怪、树上藏身的隐士、朝廷办事的大官，遇到了女人时节，也总得失败在她们手上，向她们认输投降。就由于这点信仰，他如今到了三十八岁的年龄，还不敢同女人接近。这信仰的来源，则为他二十年前跟随了他的爸爸在西藏经商，听到了一个故事的结果。故事中的一个女人，使他当时感受极深的印象，一直到如今，这印象还不能够为时间揩去。他相信女人降服男子的能力，在天下生物中应居首一位，业已相信了二十年，现在并且要来为这信仰说话了。

大家先料不到他也会有什么故事，现在看他站起身时，柴堆在他身旁卷着红红的火焰，火光照耀到这人的全身，有一种狗熊竖立时节的神气。一个生长城市读了几本书籍自以为善于“幽默”的小子，就乘机取笑这其貌不扬的商人，对众人说：

“弟兄弟兄，请放清静一点，听我说几句话。先前那位卖马的大老板，给我们说的故事，使我们十分开心。一切幸福皆应是孪生的姊妹，故我十分相信，从这位老板口中，也还可听出一个很好的故事。你们瞧（他说时充作耍狗熊的河南人神气，指点商人的脸庞同身上），这有趣的……不会说无趣的故事！”

他把商人拉过那大火堆边去，要那商人站到一段木头上面，“来，朋友，你说你的。我相信你有说的。你不是预备要说你那位太太，她如何值得尊敬畏惧吗？你不是要说由于她们的神秘能力，当你长年出外经商时节，她在家中还能每一年为你生育一个圆头胖脸的孩子吗？你不是要说一个女人在身体方面有些部分和一个男子完全不同，觉得奇怪也就觉得应当畏惧吗？许多人都是这样对他太太发生信仰的。只是仍然请你说说，放大方一点来说。我们这里夜很长，应当有你从从容容说话的时间。”

这善于诙谐的城市中人，所估计的走了形式，这一下可把商人看错了。一会儿他就会明白他的嘲笑，是应从商人方面退回来，证明自己简陋无识的。

那商人怯生生的被人拉过去，站在那段木头上，听人说到许多莫名其妙的话语，轮到他说话时就说：

“不是，不是，我不说这个！我是个三十八岁了的男子，同阉鸡一样，还没有挨过一次女人。我觉得女人极可害怕，并且应当使我们害怕。我相信女子都有一种能力，不甚费事，就可以把男子变成一块泥土，或和泥土差不多的东西。不管你是什么样结实硬朗的家伙，到了她们的手中，就全不济事。我害怕女人，所以我现在年龄将近四十岁，财产份上有了十四匹骆驼、三千银钱的货物，还不敢随便花点钱娶一个老婆。”

众人听说都很奇怪，以为这人过去既并不被女人欺骗和虐待，天生成那么怕女人，倒真是罕见的事情。就有人说：

“告给我们你怕女人的道理，不要隐瞒一个字。”

这商人望望四方，看得出众人的意思，他明白他可以从从容容来说这个故事了，他微笑着，在心里说：“是的，一个字我也不会隐瞒的。”就不慌不忙，复述了下面那个在十七岁时听来的故事。

过去很久时节，很远一个地方，有那么一个国家，地面不大不小。由于人民饮食适当，婚姻如期举行，加之帝王当时选择得人，地方十分平安，人民全很幸福。这国家国内有几条很大的河流，纵横贯通境内各处，气候又十分调和，地面就丰富异常。全国出产极多，农产物中五谷同水果，在世界上附近各个小国内极其出名。那地方气候好到这种样子，人民需要晴时天就大晴，需要水时天就落雨。凡生长到这个小国中的人民，都知道天不遗弃他们，他们也就全不自弃，人人自尊自爱，奉公守法，勤俭耐劳，诚实大方。凡属于人类中诸多良善品德，倘若在另一族类、另一国家业已发现过了的，这些真理的产品，在这小国人民性格上也十分完全，毫不短少。这国家名为波罗蒂长，在北方古代史上原有它一个位置。

波罗蒂长国中，有一个大山，高一百里，宽五百里，峰峦竞秀，嘉树四合，药草繁多，绝无人迹。这大山早为国家法律订下一条规定，不能随便住人，只许百兽任意蕃息。山中仅有一位博学鸿儒，隐居山洞，读书修道，冥坐绝欲，离开人世，业已多年。某年秋天，一个清晨，这隐士起身时节，正在用盘盂处置他的小便，看见有两只白鹿，正在洞外芳草平地追逐跳跃，游戏解闷，中间有母鹿一匹，生长得秀美雅洁、和气亲人，眼光温柔，生平未见。这隐士当时心中不知不觉为之一动。小便完事以后，照例盘中小便，都应舍给山中鹿类，当作饮料。这母鹿十分欣悦，低头就盘，舐完盘中所有以后，就向山中走去。

为时不久，这母鹿居然怀了身孕，一到月满，就生出小鹿一只。所生小鹿，眉目口鼻，一切皆完全如人，仅仅头上长出一对小小肉角，两脚异常纤秀。这母鹿当它将生产时，因想起隐士洞边向阳背风，故跑近隐士所住洞边，在草地中生产。落下地后，母鹿看看，原来是一小孩！既不能带这小孩跳山跃涧，还不如交给隐士照料，故把小孩衔放隐士洞边，自己就跑去了。

隐士那时正在读书，忽然听到洞外有小孩子哭声，心中十分希奇。走出洞外一看，就见着这人鹿同生的孩子，身体极其细嫩，眼目紧闭，抱起细看，头脚尚有鹿形，眼目张开时节，流眄四顾，也如另一地方另一相熟眼目。隐士心中纳罕 :“小孩来处，必有一个原因！”从目光中隐士即刻明白小孩一定是母鹿所生，小孩爸爸，除了自己，也就没有别人了，故把小孩好好抱回洞里，细心调养。

隐士住在山中业已多年，读书有得，饮食皆极随便，不至害病。隐士既不吃人间烟火，因此小孩口渴，隐士就为收取草上露珠，当作饮料。小孩饥饿，隐士又为口嚼松子，当作饭食。小孩既教育有方，加之身上有母鹿血气，故从小就健康聪明、活泼美丽。到后年龄益长，隐士又十分耐烦，亲自教他一切学问，使他明白天地各种秘密，了然空中诸星、地面百物，如何与人类有关。又读习经典，用古圣先贤所想所说一切艰深事情，作为这小仙人精神粮食。隐士只差一事不说，就是女人，不说女人究竟如何，就因为对于女人，隐士也不十分明白。

这隐士到后道行完满，就离开本山，不知所往。那时节母鹿所生隐士所养的孩子，年纪业已二十一岁。因为教育得法，年纪虽小，就有各种智慧、百样神通，又生长得美壮聪明，无可仿佛，故诸天鬼神，莫不爱悦。隐士既已他去，这候补仙人，就依然住身山洞，修真养性，澹泊无为，不预人事。

一天，正在山中散步，半途忽遇大雨，这雨正为波罗蒂长国中所盼望的大雨。山中落了雨后，山水暴发，路上极滑，无意之中，使这候补仙人倾跌一跤，打破法宝一件，同时且把右脚扭伤。

这候补仙人心中不免嗔怒，以为自然阿谀人类，时候似乎还太早了点，只需请求，不费思索，就为他们落雨，自然尊严，不免失去。且这雨似乎有意同自己为难，就从头上脱下帽子，舀满一帽子清水，口中念出种种古怪咒语，咒罚波罗蒂长国境，此后不许落雨。这种咒语，乃从东方传来，十分灵验，不至十二年后，决不会半途失去效力。这候补仙人，既然法力无边，天上五龙诸神，皆尊敬畏怖，有所震慑，一经吩咐，不敢不从，故诅咒以后，波罗蒂长一国，从此当真就不降落点滴小雨。

天不落雨太久，河水井水，也渐渐干枯起来，五谷不生，百果萎悴，一连三年。三年不雨，国家渐起恐慌。国家渐贫，国库收入短少，不敷开支，人民男女老幼，无法可以生存。

波罗蒂长国王为人精明干练，负责爱民，用尽诸般方法求雨，皆无结果。他很明白，若长此以往，再不落雨，天旱过久，国家人民，皆得消灭。人民挨饿太久，心就胡涂焦躁，易于煽惑。若有一二在野人物，造谣生事，胡说八道，以为一切天灾及于本国，皆为政府办事不力，政体组织不妥，如欲落雨，必需革命。虽革命与落雨无关，由于人民挨饿过久，到后终不免发生革命。国家革命，就须流血，因此国王想，不如即早退位让贤，省得发生内争。国王虽有让位之心，一时又觉无贤可让。眼见本国人民挨饿死去，无法救助，故忧愁烦恼，寝食皆废。

国王有一公主，按照国家法律，每天皆同平民女子往公共井边，用木制辘轳、长长绳绠，向深井中汲取地下泉水，灌溉田地，为国服务。公主白日在外，常与平民接近，常听平民因饥饿唱出各种怨而不怒的歌谣，一回宫中，又见国王异常沉闷，就为国王唱歌解闷。国王听歌，更觉难堪。公主就问国王："国王爸爸，如何可以救国？"且说若果救国还有办法，必得牺牲公主，自己愿为国牺牲。

国王就说：

“一切办法，皆已想尽，国家前途，实深危险。人民虽皆明白天灾不可幸免，但怨嗟歌谣，业已次第而生，若不即早设法，终究不免革命。发生革命，不拘谁胜谁负，一切秩序，不免破坏无余，政府救济，更多棘手，故思前想后，皆觉退位让贤较好。细想种种，一时又无贤可让，所以心中十分为难。”

公主就把在外所听风谣，种种国民事情，加以分析，建议国王：

“国王爸爸，一切既很烦心，不易一人解决，不如召集大官名臣，国内各党各派博学多通人物，同处一堂，商量办法。首先讨论天灾来源，其次筹措善后救济，或有结果。若这事实在由于国王专政而起，国王退位，就可以使上天落雨，谷果百物，滋生遍地，国王爸爸，就应即刻辞职。若一切另有原因，另有办法，讨论结果，国王爸爸就负责执行。”

国王心想：公主言之有理！就按照国法，召集全国公民代表会议，聚集全国公民代表，讨论波罗蒂长一国，应付这次空前天灾种种方策。

开会时节，国王主席，首先致辞，说明种种，希望代表随意发言，把这事情公开讨论。

当开会时，其中就有一个聪明公民，多闻博识，独明本国天旱理由，于是当众发言：

“国王陛下，大臣阁下有意负责救国，明白一切应从根本入手，故有今天大会。查我波罗蒂长国家，本极富足，有吃有喝，无有忧患，今已三年不雨，国困民贫，设若长此以往，当然不堪设想。根据公民所知，这次天灾，并非国王在位，或大臣徇私所致。只为本国宪法所定，国中那个供给禽兽蕃殖的名山，有一年青候补仙人，父亲生为隐士，母亲身是母鹿，神力无边，智慧空前。这候补仙人，平日研究学问，不管人事，安静自守，与世无逆。却当某某一天，因事上山，在半途中，天忽落雨，山路因雨路滑，故摔跌一跤，扭伤右脚。这候补仙人，右脚无端受伤，心怀嗔愤，追究原因，实为落雨所致，雨水下落，又实为本国人民盼望所致，因此诅咒天上，十二年中，不许落下点滴小雨。我波罗蒂长国家，三年不雨，原因在此。故欲盼望落雨，先应明白此事根本所在。”

国王听说本国雨不再落，只是这样一件事情，就说：

“治国惟贤，经典昭明，本国既有此等圣人，力能支配天地，管束阴阳，用为国王，对我人民，必能造福，朕必即刻退位，以让贤能。”

多数公民，皆不说话。

有一首相，在国内负责多年，明白治国不易。想使国家秩序井然，有条不紊，正赖政体巩固，权力集中。治国所需，不尽只在高深学理法力，经验能力，兼有并存，加以负责，才可弄好，听说国王就想让位，不敢赞同，便说：

“皇帝陛下让出王位，出于诚意，代表诸君，想当明白。国王意思极好，为国为民，诚为无可与比。不过一切打算，不合目前国家情形。任何国家施政，有不好处，国中人民，加以反对，诚可注意。若攻击批评，只是二三在野名流，虽想救国，不会做官，尚从未听说轻易让贤，把国家组织，陷入纷乱。何况仙人，平时清高澹泊，不问世事，沉静自得，有如木石，即有高尚理想，如何就可治国？并且事情既不过只是由于一摔而起，照本席主张，不如派员慰问，较为得体。本国对这年青仙人，若想表示尊敬，使他快乐，同他合作，免得或为他人利用，妨碍国家统一，不如取法他国，把这候补仙人，当成国内元老。一切事情，对他十分客气，遇事不能解决，就即刻命驾请教，总以哄得仙人欢喜，不发牢骚，国家前途，方有办法。”

另外有一陆军大臣，头脑简单、性情直率，国内军权，全在一人手中，生平拥护国王、信仰首相，故继续发言：

“皇帝陛下所说使人感动，首相阁下所说使人佩服。国王若想退位，好意不能为全国国民见谅。因为国民盼望国王帮忙，并且相信，这个时节，也只有国王可以帮忙。我国旱灾，既为仙人一摔而起，首相意见，本席首先赞同，若国家可以同这刁钻古怪合作，各种条件，皆应负责答应。若方法用尽，还不落雨，本席职责所在，向天赌咒，领率全国兵士，来与周旋，不怕一切，总得把这仙人神通打倒。”

陆军大臣所说，理直气壮，故全体公民代表，莫不动容，鼓掌称善。

其中有一公民，见事较多，知识开明，觉得打倒仙人，很不象话，就说：

“救灾方法还多，武力打倒仙人，本席以为不必。国家多上一个仙人，如同国家多有一个诗人一样，实为我波罗蒂长国中光荣。公民盼望，只是皇帝陛下代表我们公民全体，想出办法，能与仙人合作。若说武力周旋，效法他国，文人学者，捉来即刻把头割下，办法虽轻而易举，所作事情，实极愚蠢。我波罗蒂长国，国家虽小，不应愚蠢到如此地步，在历史上为我国王留一污点。政府若断然处置，公民可不能同意。”

另一公民，为了补充前说，又继续说：“他国短处虽不足取法，他国长处又不可不注意。公民以为我们本国，不如仿照他国，设立一个国家学院或研究院，位置这种有德多能的仙人，让他读经习礼，不问国事。给他最大尊敬和够用薪水，不使他再挨饿受凉，也不使他由于过分孤寂，将脾气变坏，则一切问题，皆易解决！”

另一公民又说：“仙人什么皆不缺少，不如封他一极大爵位，一定可以希望从此合作。”

发言公民极多，政府意思，就是让这些公民代表充分发表意见，大家决议以后，斟酌执行。但因过去政府太能负责，一切政策，不用平民担心，政府莫不办得极为妥当合理。政府太好，作公民的，就皆只会按照分定作事做人，因此一来，把一切民主国家公民监督政府的职能，也皆完完全全消失无余了。到时人人各自发抒意见，皆近空谈，不落边际。

还是首相发言提出办法，希望大家注意，这会议到后，才有眉目。

会议结果，就是政府公民全体同意，认为先得想方设法，把这候补仙人感情转换过来，不问条件，皆可商量。只要落雨三日。仙人若有任何苛刻条件提出，国王首相，应当代表国民，签字承认。

但这个古怪仙人并非其他国家知识阶级可比（据说知识阶级，若为政府蔑视过久，喜发牢骚，诅咒政府，常有话说。只须政府当局稍稍懂事，应酬有方，就可无事），生平性情孤僻，不慕荣利，威胁利诱，皆难就范。仙人住处，又在深山，不是租界可比，故首先问题，就是波罗蒂长国家政府，应用何种方法，方能接近这候补仙人，商谈一切。

因在会代表，并无人能同这仙人来往，最后方决定悬出赏格，召募一人。若有人来应募，能在一定时期与仙人晤面，或有方法恳求仙人，使咒语失去效率，或能请求仙人下山，来到国都开会，不论何人，皆加重赏。

会议散后，国王立刻执行决议，颁布赏格，张贴全国。各处通都大邑、四衢四门，无不有这赏格悬布。

“我国旱灾，不能免去，细查来由，皆是肉角仙人发气所致。为此布告国人：

凡有本领，能够想方设法，说服肉角仙人放弃咒语，使我波罗蒂长国能落大雨者，若想作官，国王听凭这人选择地面，与之分国而治；若想讨娶一房妻子，国王最美丽聪明公主，即刻下嫁。”

国民为重赏诱惑，目眩神驰，惟一闻仙人住处在大山之上，于是又各心怀畏怖，宝爱性命，不敢冒险应募。

那个时节，波罗蒂长国中，有一女子，名字叫做扇陀。这个女人，长得端正白皙，艳丽非凡；肌肤柔软，如酪如酥，言语清朗，如啭黄鹂。女人既然容华惊人，家中又有巨富千万。那天听到家下用人说到这种事情，并且好事家人，又凭空虚撰仙人种种骄傲佚事给扇陀听，又因国王赏格，中有公主作为奖赏一条，对于女人，有轻视意思，扇陀心中不平，因此来到王宫门前，应王征募。

众人一见，最先来此应募，却是一个女子，以为女人所长，非插花敷粉，就是扫地铺床，何足算数？故当时不甚措意，接待十分平常。

扇陀就同执事诸人说明来意：

“我的名字叫做扇陀，各位大老，谅不生疏。今应王募前来，请问各位：这个肉角大仙，究竟是人是鬼？”

众人皆知国中有扇陀，富甲全国，美如天女。今见来人神采耀目，口气不俗，不敢十分疏慢，就说：

“这个肉角仙人，无人见过，只是根据旧书传说，爸爸原是一隐士，母亲乃是一个白鹿。可说他是个人，也可说只是一兽。所知只此，更难详尽。”

扇陀听说，心中明白隐士所以逃避人间，正是怕被女人爱欲缠缚，不能脱身，故即早逃避。如今仙人既由隐士同畜牲生养，一切不难，因此向人宣言：

“若这仙人是鬼，我不负责。若这仙人是人，我有巧妙方法，可以降伏。今这大仙不止是人，灵魂骨血，杂有兽性，凡事容易，毫不困难。只请各位大老，代禀国王陛下，容我一见，我当亲向国王说出诸般方法，着手实行。”

扇陀宣言以后，诸官即刻携带这人入宫，引见国王，一一禀明来意。

扇陀所说，事情十分秘密。国王深知扇陀家中，确有巨富千万，相信种种并非出于骗诈，故当时就取一个金盘，装好各种珍奇金器，一翡翠盘，装满各种珠宝，一对龙角，装满珍珠和人间难得宝贝，送给扇陀，吩咐她照计行事。

扇陀既得国王信托，心中十分高兴，临行向王告辞，安慰老年国王，留下话语。扇陀说：“国王陛下不必担忧。降伏仙人，一切有我！此去时日，必不甚久，国内土地，就可复得大雨！落雨以后，我还应当想一办法，将仙人当成一匹小鹿，骑跨回国！仙人来时，进见大王叩头称臣，也不甚难！”

国王当时似信非信。

扇陀拿了国王所给宝物，回家以后，即刻就派无数家人携带各种宝物，分头出发，向国内各处走去，征发五百辆华贵轿车，装载五百美女，又寻觅五百货车，装载各种用物。百凡各物齐备以后，即刻全体整队向大山进发，牛脚四千，踏土翻尘，牛角二千，嶷嶷数里。车中所有美女，莫不容态婉娈，妩媚宜人，娴习礼仪，巧善辞令，虽肥瘦不一，却能各极其妙。货车所载，言语不可殚述：有各种大力美酒，色味皆与清水无异，吃喝少许，即可醉人。有各种欢喜丸子，皆用药草配合，捏成种种水果形式，加上彩绘，混淆果中，只须吃下一枚，就可使人狂乐，不知节制。有各种碗碟、各种织物。有凤翼排箫、碧玉竖箫，吹时发音，各如凤嘒。有紫玉笛、铜笛、磁笛，皆个性不同，与它性格相近女人吹时，即可把她心中一切，由七孔中发出。有五色玉磬、陨石磬、海中苔草石磬。有宝剑宝弓、车轮大小贝壳、金色径尺蝴蝶。有一切耳目所及与想象所及各种家具陈设，使人身心安舒，不可名言。它的来源，则多由巧匠仿照西王母宫尺寸式样作成的。

且说，这一行人众到达山中时节，女子扇陀，就发布命令，着手铺排一切，把车上所有全都卸下。吩咐木匠，在仙人住处不远，搭好草庵一座，外表务求朴素淡雅，不显伧俗。草庵完成，又令花匠整顿屋前屋后花草树木，配置恰当。花园完成，又令引水工人从山涧导水，使山泉绕屋流动不息，水中放下天鹅、鸳鸯，及种种美丽悦目鸟类。一切完了以后，扇陀就又令随来男子，速把大车挽去，离山十里，躲藏隐伏，莫再露面。

一切布置，全在一夜中完成，到天明时，各样规划，就已完全作得十分妥当了。

女子扇陀，约了其他美人，三五不等，或者身穿软草衣裙，半露白腿白臂，装成山鬼，或者身穿白色长衣，单薄透明，肌肤色泽，纤悉毕见。诸人或来往林中，采花捉蝶；或携手月下，微吟清歌；或傍溪涧，自由解衣沐浴；或上果树，摘果抛掷，相互游戏。种种作为，不可尽述。扇陀意思，只是在引起仙人注意，尽其注意，又若毫不因为仙人在此，就便妨碍种种行为。只因毫不理会仙人，才可以激动仙人，使这仙人爱欲，从淡漠中培养长大，不可节制。

这候补仙人，日常遍山游行，各处走去。到晚方回。任何一处，总可遇到女人。新来芳邻，初初并不为这仙人十分注意。由于山中兽类，无奇不有，尚以为这类动物，不过兽中一种，爱美善歌，自得其乐，虽有魔力，不为人害。但为时稍久，触目所见，皆觉美丽，就不免略略惊奇。由于习染，日觉希奇，为时不及一月，这候补仙人一见女人，就已露出呆相，如同一般男子见好女人时同样情形。

女人扇陀，估计为时还早，一切不忙。每同女伴到山中游散时节，明知树林叶底枝边，藏有那个男子，故作无见无闻，唱歌笑乐，携手舞踏，如天上人。所有乐器，各有女人掌持，随时奏乐，不问早晚。歌声清越，常常超过乐器声音，飘扬山谷，如凤凰鸣啸，仙人听来，不免心中作痒。

这候补仙人，既为鹿身，扇陀心中明白，故常于夜半时节，令人用桐木皮卷成哨管，吹作母鹿呼子声音，以便摇动这个候补仙人依恋之心。

月再圆时，扇陀心知一切业已成熟，机不可失，故把住处附近好好安排起来。每一女人，各因性格特点不同，位置也各不相同：长身玉立的放在水边，身材微胖的装作樵女，吹箫的坐在竹林中，呼笙的独坐高崖上，弹箜篌的把箜篌缚到腰带边，一面漫游一面弹着，手脚伶俐的在秋千架上飘扬，牙齿美的常常发笑。一切布置，皆出扇陀设计，务使各人都有机会充分见出长处，些微好处尽为候补仙人见到，发生作用。

一切布置完全妥贴后，所等候的，就是仙人来此入网触罗。

因此，在某一天，这仙人从扇陀屋边经过时，不免向门痴望，过后心中尚觉恋恋，一再回头。女人扇陀，就带领一十二个美中最美的年青女子，在仙人所去路上出现，故意装成初见仙人，十分惊讶，并且略带嗔怒，质问仙人：

“你这生人，来到我们住处，贼眉贼眼，各处窥觑不止，算是什么意思？”

候补仙人赶忙陪笑说道：

“这大山中，就只我为活人。我正纳罕，不知道你们从何处来，到何处去。我是本山主人，正想问讯你们首领，既已来到山中，如何不先问问这山应该归谁管业！”

女人扇陀听说，装成刚好明白的神气，忙向仙人道歉，且选择很多悦耳爽心谀语，贡献仙人。其余各人，也皆表示迎迓，制止仙人，不许走去。齐用柔和声音相劝，柔和目光相勾，柔和手臂相萦绕，好好歹歹，把仙人哄入屋中。好花异香，供奉仙人，殷勤体贴，如敬佛祖。

女人莫不言语温顺，恭敬熨贴，竞问仙人种种琐事，不许仙人有机会询问女人来处。为时不久，又将他带进另一精美小厅堂，坐近柔软床褥上面。屋中空气，温暖适中，香气袭人，似花非花，四处找寻，不知香从何来。年幼女人扮成丫环，用玛瑙小盘，托出玉杯，杯中装满净酒，当作凉水，请仙人解渴。

这种净酒，颜色香味，既皆同水无异，惟力大性烈，不可仿佛，故仙人喝下以后，就说：

“水味道不恶！”

又有女人用小盘把欢喜丸送来，以为果品，请仙人随意取吃。仙人一吃，觉得爽口悦心，味美无穷，故又说道：

“百果色味佳美，一生少见。”

仙人吃药饮酒时节，女人全体围在近旁，故意向他微笑，露出编贝白齿。仙人饮食饱足以后，平时由于节食冥思而得种种智慧，因此一来，全已失去。血脉流转，又为美女微笑加速。故面对女人，说出蠢话：

“有生以来，我从未得过如此好果好水！”说完以后，不免稍觉腼腆。

女人扇陀就说：

“这不足怪，我一心行善，从不口出怨言，故天佑我，长远能够得到这种净水好果。若你欢喜，当把这种东西，永远供奉，不敢吝惜。”

仙人读习经典极多，经典中提及的种种事情，无不明白。但因生平读书以外，不知其他事情，经典不载，通不明白。故这时女人说谎，就相信女人所说，不加疑惑。又见所有女人，莫不小腰白齿，宜笑宜嗔，肌革充盈，柔腻白皙，滑如酥酪，香如嘉果，故又问诸女人，如何各人就生长得如此体面，看来使人忘忧。

仙人说：“我读七百种经，能反复背诵，经中无一言语，说到你们如此美丽原因。”

女人又即刻回答仙人：

“事为女人，本极平常，所以你那宝经大典，不用提及。其实说来，也极平常，我等日常皆以此百果充饥，喝此地泉解渴，故肥美如此，尚不自觉！”

仙人听说，信以为真，心中为女人种种好处，有所羡慕，欲望在心，故五官皆现呆相，虽不说话，女人扇陀，凡事明白。

为时少顷，女人转问仙人：

“你那洞中阴暗潮湿，如何可以住人？若不嫌弃，怎不在此试住一天？”

仙人想想，既一见如故，各不客气，要住也可住下，就无可不可的说：

“住下也行。”

女人见仙人业已答应住下，各皆欣悦异常。

女人与仙人共同吃喝，自己各吃白水杂果，却把净酒药丸，极力进劝这业已早为美丽变傻的仙人。杯盘杂果，莫不早就刻有暗中记号，故女人都不至于误服。仙人见女人殷勤进酒，即欲退辞，无话可说，只得尽量而饮，尽量而吃，直到半夜。在筵席上，女人令人奏乐，百乐齐奏，音调靡人，目眙手抚，在所不禁，仙人在崭新不二经验中，越显痴呆。女人扇陀，独与仙人极近，低声俯耳，问讯仙人：

“天气燠热，蒸人发汗，仙人是否有意共同洗澡？”

仙人无言，但微笑点头，表示事虽经典所不载，也并不怎样反对。

先是扇陀家中，有一宝重浴盆，面积大小，可容二十人，全身用象牙、云母、碧硒，以及各种珍珠玉石、杂宝错锦镶镂而成。盆在平常时节，可以摺叠，如同一个中等帐幕，分量不大，只须鹿车一部，就可带走。但这希奇浴盆，抖开以后，便可成一个椭圆形小小池子，贮满清水，即四十人沐浴，尚不至于嫌其过仄。盆中贮水既满，扇陀就与仙人共同入水，浮沉游戏。盆大人少，仙人以为不甚热闹，女人扇陀，复邀身体秀丽苗条女子十人，加入沐浴。盆中除去诸人以外，尚有天鹅，舒翼延颈，矫矫不凡。有金鲫，大头大尾。有小虾，有五色圆石。水有深有浅，温凉适中。

仙人入水以后，便与所有女人共在盆中牵手跳跃。女人手臂，莫不十分柔软，故一经接触，仙人心即动摇。为时不久，又与盆中女人，互相浇水为乐，且互相替洗。所有女人，奉令来此，莫不以身自炫，故不到一会，仙人欲心转生，对盆中女人，更露傻相。……神通既失，鬼神不友，波罗蒂长国境，即刻大雨三天三夜，不知休止。全国臣民，那时皆知仙人战败，国家获福，故相互庆祝，等候美女扇陀回国，准备欢迎。国王心中记忆扇陀所言，不知结果如何，欣庆之余，仍极担心。

仙人既在扇陀住处，随缘恋爱，神通失去，仍然十分胡涂，毫不自觉。扇陀暗中嘱咐诸人，只为这仙人准备七日七夜饮食所需，七日以内，使这仙人欢乐酒色，沉醉忘归。七日以后，酒食皆尽，随用山中泉水，山中野果，供给仙人，味既不济，滋养功用，也皆不如稍前一时佳美。仙人习惯已成，俨如有瘾，故向女人需索日前一切。

诸女人中，就有人说 :

“一切业已用尽，没有余存，今当同行，离这穷山荒地。一到我家园地，所有百物，不愁缺少，只愁过多，使人饱闷！”

仙人既已早把水果吃成嗜好，就同意即刻离开本山。

于是各人收拾行李，整顿器物，预备回国报功。为时不久，一行人众，就已同向波罗蒂长国都中央大道一直走去。

去城不远时节，美女扇陀，忽在车中倒下，如害大病，面容失色，呼痛叫天，不能自止。

仙人问故。美女扇陀装成十分痛苦，气息哽咽，轻声言语：

“我已发病，心肝如割，救治无方，恐将不久，即此死去！”

仙人追问病由，想使用神通援救女人。扇陀哽咽不语，装成业已晕去样子。身旁另一女人，自谓与扇陀同乡，深明暴病由来，以为若照过去经验，除非得一公鹿，当成坐骑，缓步走去，可以痊愈。若尽彼在牛车上摇簸百里，恐此美人，未抵家门，就已断气多时了。

女人且说：

“病非公鹿稳步，不可救治，此时此地，何从得一公鹿？故美女扇陀，延命再活，已不可能。”

各人先时，早已商量完全，听及女人说后，认为消息恶极，皆用广袖遮脸，痛哭不已。

仙人既为母鹿生养，故亦善于模仿鹿类行动，便说：

“既非骑鹿不可救治，不如就请扇陀骑在我颈项上，我来试试，备位公鹿，或可使她舒适！”

女人说：

“所需是一公鹿，人恐不能胜任。”

仙人平时，因为出身不明，故极力避开同人谈说家世。这时因爱，忘去一切，故当着众人，自白过去，明证“本身虽人，衣冠楚楚，尚有兽性，可供驱策。若自充坐骑，可以使爱人复生，从此作鹿，驮扇陀终生，心亦甘美，永不翻悔”。

美女扇陀，当一行人等从大山动身进发时节，早先派遣一人，带去一信，禀告国王。信中写道：“国王陛下，小女托天与王福佑，业已把仙人带回，明日可到国境，王可看我智能如何！”国王得信之后，就派卫队及各大臣，按时入朝，严整车骑，出城欢迎扇陀。

仙人到时，果如美女扇陀出国之前所说，被骑而来。且因所爱扇陀在其背上，谨慎小心，似比一切驯象良马，尚较稳定。

国王心中十分欢喜，又极纳罕。就问美女扇陀，用何法力，造成如许功绩。

美女扇陀，微笑不言，跳下仙人颈背，坐国王车，回转宫中，方告国王：

“使仙人如此，皆我方便力量，并不出奇，不过措置得法而已。如今这个仙人既已甘心情愿作奴当差，来到国中，正可仿照他国对待元老方法，特为选择一个极好住处安顿住下。百凡饮食起居所需，皆莫缺少，恭敬供养，如待嘉宾；任其满足五欲，用一切物质，折磨这业已入网的傻子，并且拜为名誉大臣，波罗蒂长国家，就可从此太平无事了。”

国王闻言，点头称是，一切照办。

从此以后，这肉角仙人一切法力智慧，在女人面前，消灭无余。住城稍久，身转羸瘦，不知节制，终于死去。临死时节，且由于爱，以为所爱美女扇陀，既常心痛，非一健壮公鹿充作坐骑，就不能活，故弥留之际，还向天请求，心愿死后即变一鹿长讨扇陀欢心。能为鹿身，即不为扇陀所骑，但只想象扇陀尚在背上，亦当有无量快乐。

这就是那个商人直到三十八岁不敢娶妻的理由。商人把故事说完时，大家笑乐不已。其中有一秀才，便即站起，表示自己见解：

“仙人变鹿，事不出奇，因本身能作美人坐骑，较之成仙，实为合算。至于美女扇陀之美，也无可怀疑，兄弟虽尚无眼福得见佳丽，即在耳聆故事之余，区区方寸之心，亦已愿作小鹿，希望将来，可备候补坐骑了。”

那善于诙谐的小丑，听到秀才所说，就轻轻的说：“当秀才的老虎不怕，何况变为扇陀坐骑？”但因为他知道秀才脾气不易应付，故只把他的嘲笑，说给自己听听。

故事自从商人说出以后，不止这秀才愿作畜牲，即如那位先前说到“妇人只合鞭打”的男子，也觉得稍前一时，出言冒昧，俨然业已得罪扇陀，心中十分羞惭，悄悄的过屋角草堆里睡去了。

那商人把故事说完，走回自己火堆边去，走过屋主人坐处。主人拉着了他，且询问他“是不是还怕女人”。

商人说：“世界之上，有此女人，不生畏怖，不成为人。”

言语极轻，故也不为秀才所闻，方不至被秀才骂为“俗物”。

为张家小五辑自《智度论》

一九三二年十月于青岛

爱欲

在金狼旅店中，一堆柴火光焰熊熊，围了这柴火坐卧的旅客，都想用动人奇异故事打发这个长夜。火光所不及的角隅里，睡了三个卖朱砂水银的商人。这些人各负了小小圆形铁筒，筒中贮藏了流动不定分量沉重的水银，与鲜赤如血美丽悦目的朱砂。水银多先装入猪尿脬里，朱砂则先用白绵纸裹好，再用青竹包藏，方入铁筒。这几个商人落店时，便把那圆形铁筒从肩上卸下，安顿在自己身边。当其他商人说到种种故事时，这三个商人各自沉默安静地听着。因为说故事的，大多数欢喜说女人的故事，不让自己的故事同女人离开，几个商人恰好皆各有一个故事，与女人大有关系，故互约好，且等待其他说故事的休息时，就一同来轮流把自己故事说出，供给大家听听开心。

到后机会果然就来了。

他们于是推出一个伙伴到火光中来，向躺卧蹲坐在火堆四围的旅客申明：他们共有三个人，愿意说出三个关于女人的不同故事。若各位许可他们，他们各人就把故事说出来；若不许可，他们就不必开口。

众旅客用热烈掌声欢迎三个说故事的人，催促三个人赶快把故事说出。

一、被刖刑者的爱

第一个站起说故事的，年纪大约三十来岁，人物仪表伟壮，声容可观。他那样子并不象个商人，却似乎是个王爷侯爵。他说话时那么温和，那么谦虚。他若不是一个代替帝王管领人类身体行为的督府，便应当是一个代替上帝管领人类心灵信仰的主教。但照他自己说来，则他只是一个平民，一个普通商人。他说明了他的身分后，便把故事接说下去。

我听过两个大兄说的女人的故事，且从这些故事中，使我明白了女人利用她那份属于自然派定的长处，降服过有道法的候补仙人，也哄骗过最聪明的贼人，并且两个女孩子都因为国王应付国事无从措置时，在那唯一的妙计上，显出良好的成绩。虽然其他一个故事，那公主吸引来了年轻贼人，还依旧被贼人占了便宜，远远逃去；但到后因为她给贼人养了儿子，且因长得美丽，终究使这个聪敏不凡盗贼，不至于为其他国家利用，好好归来，到底还依然在历史上留下一个记载。这记载就是："女人征服一切，事极容易。"世界上最难处置的，恐怕无过于仙人和盗贼，既然这两种人全得在女人面前低首下心，听候吩咐，其他也就不必说了。

但这种故事，只说明女人某一方面的长处，只说到女人征服男子的长处。并且这些故事在称扬女子时，同时就含了讥刺和轻视意见在内。既见得男性对于女子特别苛刻，也见得男子无法理解女子。

我预备说的，是一个女子在自然派定那分义务上，如何完成她所担负的"义务"。这正是义务。她的行为也许近于堕落，她的堕落却使说故事的人十分同情。她能选择，按照“自然”法则的意见去选择，毫不含糊，毫不畏缩。她象一个真正的人，因为她有“人的本性”。不过我又很愿意大家明白，女子固然走到各处去，用她的本身可以征服人，使一切男子失去名利的打算，转成脓包一团，可是同时她也就会在这方面被男子所征服，再也无从发展，无从挣扎。凡是她用来支配男子的那份长处，在某一时节，也正可以成为她的短处。说简单一点，便是她使人爱她，弄得人胡胡涂涂，可是她爱了人时，她也会胡胡涂涂。

下面是我要说的故事。

×× 族的部落，被上帝派定在一个同世界俨然相隔绝的地方，生育繁殖他们的种族。他们能够得到充足的日光、充足的饮食、充足的爱情，却不能够得到充足的知识。年纪过了三十以上的，只知道用反省把过去生活零碎的印象随意拼凑，同样又把一堆用旧了的文字照样拼凑，写成忧郁柔弱的诗歌。或从地下挖些东西出来，排比秩序，研究它当时价值与意义。或一事不作，花钱雇了一个善于烹调的厨子，每日把鸡鸭鱼肉，加上油盐酱醋，制成各式好菜好汤，供奉他肠胃的消化。一切都恰恰同中国一些上层阶级一样，显得生命空虚，又无聊又可怜。他们因为所在的地方，不如中国北京那么文明，不如上海那么繁华，所以玩古董、上公园、跳舞、看戏这类娱乐也得不到。每人虽那么活下去，可不明白活下去是些什么意义。每人皆图安静，只想变成一只乌龟，平安无事打发每个日子，把自己那点生命打发完结时，便硬僵僵的躺到地坑里去，让虫子把尸身吃掉，一切便算完事了。他们不想怎么样把大部分人的生命管束起来，好好支配到一个为大家谋幸福与光荣的行动上去。（一族中做主子的，就不知道如何组织社会，使用民力！）他们都在习惯观念中见得极其懒惰、极其懦怯。用为遮掩他们的思索与行为懒惰懦怯的，就是几本流传在那个种族中极久远极普遍的古书，那几本书同中国的圣经贤传文字不同、意思相近。书中精义，概括起来共只十六个字，就是：

生死自然。不必求生。清静无为。身心安泰。

那种族中中年人虽然记到这十六个深得中国老庄精义的格言，把日子从从容容对付下去。年轻人却常常觉得这一两千年前拘迂老家伙所表示的自然无为人生观，到如今已经全不适用，都以为那只是当时的人把“生”“死”二字对立、自然产生的观念。如今的人，应当去生，去求生，方是道理。可是应当怎么样去求生，这就有了问题。

因此那地方便也产生了各种思想与行动的革命，也同样是统治阶级愚蠢的杀戮，也同样在某一时就有了若干名人与伟人乘时鹊起，也同样照历史命运所安排的那种公式，糟蹋了那个民族无数精力和财富，但同时自然也就在那分牺牲中，孕育了未来光明的种子。

其中有年青兄弟两人，住在那个野蛮懒惰民族都会中，眼见到国内一切那么混乱，那么糟糕，心中打算着：“为什么我们所住的国家那么乱？为什么别的国家又那么好？”

两兄弟那时业已结婚。少年夫妇，恩爱异常，家中境况又十分富裕，若果能够安分在家中住下，看看那个国家一些又怕事又欢喜生点小事的人写出的各样“幽默”文章，日子也就很可以过得下去了。可是这两兄弟却觉得这样下去并不好，以为在自己果园中，若不知道树上所结的果子酸到什么样子，且不明白如何可以把结果极酸的、生虫的、发育不完全的树木弄好的方法，最好还是赶快到别一个果园去看看。于是弟兄两人就决计徒步到各处去游学，希望从这个地球的另一处地方，多得到些有用的智慧同经验，对于国家将来能有些贡献。两人旅行计划商量妥当后，把家中财产交给一个老舅父掌管，带了些金块和银块，就预备一同上路。两个年轻人的美丽太太，因为爱恋丈夫，不愿住在家中享福，甘心相从出外受苦，故出发时，共有四个人。

两兄弟明白本国文化多从东方得来，且听说西方民族，有和东方民族完全不同的做人观念与治国方法，故一行四人，乃取道西行，向日落处一直走去。

他们若想到西方的另一文明国家，必须取道一个寂无人烟不生水草的沙漠。同伴四人，为了寻求光明，到了沙漠边地时，对于沙漠中种种危险传说，皆以为不值得注意。几人把粮秣饮水准备充足以后，就直贯沙漠，向荒凉沙碛中走去。

他们原只预备了二十七天的粮食，可是走过了二十七天后，还不能通过这片不毛之地。虽然还有些淡水，主要食物却已剩不了多少。几人讨论到如何度过这些危险日子，却商量不出什么结果。这沙漠既找寻不出一点水草同生物，天空中并一只飞鸟也很少见到。白日里只是当头白白的太阳，灼炙得人肩背发痛，破皮流血。到晚上时，则不过一群浅白星子嵌在明蓝太空里而已。原来他们虽带了一张羊皮制成的地图，但为了只知按照地图的方向走去，反而把路走差了。

有一天晚上，几人所剩下的一点点饮料，看看也将完事了。各人又饥又渴，再不能向前走去，便皆僵僵的躺在沙碛上，仰望蓝空中星辰，寻觅几人所在地面的经度，且凭微弱星光，观察手中羊皮制就的地图。

两兄弟以为身边两个妇人皆倦极睡熟，故来商量此后的办法。

哥哥向弟弟说：

“你年轻些，可以多在这世界上活些日子，如今情形显然不成了，不如我自杀了，把肉供给你们生吃，这计策好不好？”

那弟弟听哥哥说到要自杀，就同他哥哥争持说：

“你年纪大些，事情也知道得多些，若能够到那边学得些知识，回国也一定多有一分用处。现在既然四个人不能够平安通过这片沙漠，必需牺牲一个人，作为粮食，不如把我牺牲，让我自杀。”

那哥哥说：

“这绝对不行，一切事情必需有个次序，作哥哥的大点，应当先让大的自杀。”

“若你自杀，我也不会活得下去。”

弟兄俩一面在互相争论，互相解释，那一边两妯娌却并未睡着，各人皆装成熟睡样子，默默的在窃听他们所讨论的事情。两个妇人都极爱丈夫，同丈夫十分要好，都不想便与丈夫遽然分离。听到后来两兄弟争论毫无结果，那嫂嫂就想：

“我们既然共同来到这种境遇中，若丈夫死了，我也得死。”

弟妇则想：

“既然不能两全，若把这弟兄两人任何一个死去，另一个也难独全。想想他们受困于此的原因，全为路中有我们两人，受女人累赘所致。我们既然无益有害，不如我们死了，弟兄两个还可希望共同逃出这死海，为国家做出一份事业。”

那嫂嫂因为爱她的丈夫，想在她丈夫死去时，随同死去；丈夫不死，故她也还不死。那弟妇则因为爱她的丈夫，明白谁应当死，谁必需活，就一声不响，睡到快要天明时，悄悄把自己手臂的动脉用碎磁割断，尽血流向一个木桶里去。等到另外三个人知道这件事情时，木桶中血已流满，自杀的一个业已不可救药了。

弟弟跪在沙地上检察她的头部同心房时，又伤心，又愤怒，问她：

“你这是做什么蠢事！”

那女人躺卧在他爱人身旁，星光下做出柔弱的微笑，好象对于自己的行为十分快乐，轻轻的说：

“我跟在你们身边，牵累了你们，觉得过意不去。如今既然吃的喝的什么都完了，你们的大事中途而止，岂不可惜？我想你们弟兄两个既然谁也不能让谁牺牲，事情又那么艰难，不如把无多用处的我牺牲了，救救你们离开这片沙漠较好，所以我就这样做了。我爱你！你若爱我，愿意听我的话，请把这木桶里的血，趁热三人赶快喝了，把我身体吃了，继续上路，做完你们应做的事情。我能够变成你们的力量，我死了也很快乐。”

说完时，她便请求男子允许她的请求，原谅她，同她接一个最后的吻。男子把一滴眼泪淌入她口中，她咽下那滴眼泪，不及接吻气便绝了。

三个人十分伤心，但为了安慰死去的灵魂，成全死者的志愿，记着几人远离家国的旅行，原因是在为国家寻觅出路，属于个人的悲哀，无论如何总得暂且放下不提。因此各人只得忍痛分喝了那桶热血。到后天明时，弟弟便背负了死者尸身，又依然照常上路了。

当天他们很幸福的遇到一队横贯沙漠的骆驼群，问及那些商人，方明白这沙漠区域常有变动，还必需七天方能通过这个荒凉地方，到一个属于文明古国的边镇。几人便用一些银块，换了些淡水，换了些粮食，且向商人雇了一匹骆驼、一个驼夫，把死尸同粮食用具驮着，继续通过这片沙碛。但走到第四天时，赶骆驼的人，乘半夜众人熟睡之际，拐带了那个死尸逃逸而去，从此毫无踪迹可寻。原来这赶骆驼的，属于一种异端外教，相信新近自杀的女尸，供奉起来，可以保佑人民，便把它带回部落，用香料制作女神去了。

三人知道这愚蠢行为的意义，沙漠中徒步决不能跟踪奔驰疾步的骆驼，好在粮食金钱依然如旧，无可如何，只好在当地竖立一枝木柱，上刻“凡能将一个白脸长身女人尸体送至 ×× 国者，可以得马蹄金十块，马蹄银十块”。把木柱竖好，几人重复上路。

走了三天，果然走到了一个商镇，但见黄色泥室，比次相接，驼粪堆积如山，骆驼万千，马匹无数。人民熙熙攘攘，很有秩序。走到一座客店，安置了行李以后，就好好的休息了三天。

休息过后，几人又各处参观了一番，正想重新上路，那弟弟却得了当地流行的不可救药的热病，不能起身。把当地的著名医生请来诊治时，方知病已无可治疗，当晚就死了。

临死时这弟弟还只嘱咐哥哥，应当以国家事情为重，不必因私人死亡忧戚。且希望哥哥不必在死者身上花钱，好留下些钱财，作旅行用。且希望哥嫂即早动身，免得传染。话说完时，便落了气。这哥嫂二人虽然十分伤心，一切办法自然皆照死者意愿作去，把死者处置妥当，就上了路。

剩下这一对夫妇，又取道向西旅行了大约半年光景。

那男子因为担心国事，纪念死者，只想凝聚精力，作为旅行与研究旅行所得学问而用，因此对于那位同伴、夫妇之间某种所不可缺少的事情，自然就疏忽了些。女人虽极爱恋男子，甘苦与共，生死相依，终不免觉得缺少些东西。

有一天，两人在路上碰到一个因为犯罪双足被刖去的丑陋乞丐，夫妇二人见了这人，十分怜悯。送他些钱后，那乞人看到这一对旅行的夫妇检阅羊皮地图，找寻方向，就问他们，想去什么地方，有什么事。两人把旅行目的如实告给了乞人。那乞人就说，他是西方 ×× 大国的人，知道那边一切，且知道向那大国走去的水陆路径，愿意引导他们。两人听说，自然极其高兴。于是夫妇二人轮流用一小车推动这乞人上路，向乞人所指点方向慢慢走去。

夫妇两人爱情虽笃，但因作丈夫的太不注意于男女事情，妇人后来，便居然同那刖足男子发生了恋爱。时间这样东西，既然还可造成地球，何况其他事情？这爱情也很自然，并不奇怪了。两人因这秘密恋爱，弄得十分胡涂，只想设计脱离那个丈夫。因此那刖足男子，便故意把旅行方向，弄斜一些，不让几人到达任何城池。有一天几人走近了一道河边，沿河走去，妇人见河岸边有一株大李子树，结实累累，就想出一个计策，请丈夫上树摘取些李子。丈夫因为河岸过于悬崭，稍稍迟疑，那妇人就说，这不碍事，若怕掉下，不妨把一根腰带，一端缚到树根，一端缚到腰身，纵或树枝不能胜任，摔下河中时，也仍然不会发生危险。丈夫相信了这个意见，如法作去，李树枝子脆弱，果然出了事情。女人取出剪子，悄悄的把那丝质腰带剪断，因此那个丈夫，即刻就堕入河中，为一股急促黄流卷去，不见踪影。

妇人眼见到自己丈夫堕入大河中为急流冲去以后，就坦然同那刖足男子成为夫妇，带了所有金银粮食重新上路了。

但这男子堕入河中，一时虽为洑流卷入河底，到后却又被洑流推开，载浮载沉，向下流漂去。后来迷迷糊糊漂流到了一个都市的税关船边，便为人捞起，搁在税关门外，却慢慢的活了。初下水时，这男子尚以为落水的原因，只是腰带太不结实，并不想到事出谋害。只因念念不忘妇人，故极力在水中挣扎，才不至于没顶。等到被人从水中捞起复活以后，检察系在身边那条断了的腰带，发现了剪刀痕迹，方才明白落水原因。但本身既已不至于果腹鱼鳖，目前要紧问题，还是如何应付生活，如何继续未完工作，为国效劳，方是道理。故不再想那个女人一切行为，忘了那个女人一切坏处。

这男子因为学识渊博，在那里不久就得到了一个位置。作事一年左右，又得到总督的信任，引为亲信。再过三年，总督死去，他就代替了那个位置，作了总督。

妇人虽对于这男子那么不好，他到了作总督时，却很想念到他的妇人，以为当时背弃，必因一时感情迷乱，冒昧作出蠢事，时间久些，必痛苦翻悔。他于是派人秘密打听，若有关于一个被刖足的男子与一个美丽女人因事涉讼时，即刻报告前来，听候处治。

时间不久，那大城里就发现了一件希奇事情。一个曼妙端雅的妇人，挽了一辆小小车子，车中却坐了一个双脚刖去剩余只手的丑陋男子，各处向人求乞。有人问她因何事情，从何处来，关系怎样。妇人就说，废人是她的丈夫，原已被刖，因为欢喜游历，故两人各处旅行。有些金银，路上被人觊觎，抢劫而去。当贼人施行劫掠时，因男子手中尚有金子一块，不肯放下，故这只手就被贼徒砍去。路人见到那么美貌妇人，嫁了这种粗丑丈夫，已经觉得十分古怪，人既残废，尚能同甘共苦，各处谋生，不相抛弃，尤为罕见，因此各有施赠，并且传遍各处，远近皆知。事为总督所闻，即命令把那两个夫妇找来。总督一看，妇人就是自己爱妻，废人就是那个身受刖刑的废人，虽相隔数年，女人面貌犹依然异常端丽。刖足乞丐，则因足被刖，手又砍去一只，较之往昔，尤增丑陋。那总督便向妇人询问：

“这废人是不是你丈夫？”

妇人从从容容说：

“是我的丈夫。”

总督又问废人：

“你们什么时候结婚？在什么地方住家？”

废人不知如何说谎，那妇人便答：

“我们结婚业已多年，我们本来有家，到后各处旅行，路上遇了土匪，所有金宝概行掠去以后，就流落在外，不能回家了。”

总督说：

“你认识我不认识？”

那妇人怯怯看了一下，便着了一惊。又仔细的一看，方明白座上的总督，就正是数年前落水的丈夫。匆促中无话可说，只顾磕头。

总督很温和的向妇人说：

“你还认识得我，那好极了。你并没有错处。你并没有罪过。如今尽你意思作去，你自己看，想怎么样，你可以自己选择。你要和这个残废人同在一处，还是想离开他，你可以把你希望说出来。”

那妇人本来以为所犯的罪过非死不可，故预备一死。如今却见总督那么宽厚温和，想起一切过去，十分伤心。哭了一会，就说：

“为了把总督人格和恩惠扩大，我希望还能够活下去。我本应当即刻自杀，以谢过去那点罪过，但如今却只希望总督开恩，仍旧允许我同这废人在本境里共同乞讨过日子下去，因为这样，方见得你好处！”

总督说：

“好，你欢喜怎么样就怎么样，总之，如今你已自由了。”

此后这总督因为关心祖国事情，故把总督职务交给了另外一个人，所有的金钱，赠给了那个他极爱她、她却爱一残废人的女子，便离开那都市，回转本国去了。

故事到末了时，那商人说：

“我这故事意思是在告给你们，女人的痴处，也并不下于男子。或者我的朋友还有更好的故事提到这个问题，我希望他的故事比我的更好。”

二、弹筝者的爱

第二个商人，有一张马蹄形的脸子，这商人麻脸跛脚，只剩下一只独眼，像貌朴野古怪，接下去说：

“女人常使男子发痴，作出种种呆事，呆事中最著名的一件，应当算扇陀迷惑山中仙人的传说。我并没有那么美丽架空的故事，但我却知道有个极其美丽的女人，被一个异常丑陋的男子所迷惑，做出比候补仙人还可笑的行为。”

这故事在后面。

副官宋式发，年纪青青的死去时，留给他那妻子的，只是一个寡妇的名分，同一个未满周岁的小雏。这寡妇年龄既还只有二十岁，像貌又复窈窕宜人，自然容易引起年轻男子的注意。谁都希望关照这个未亡人，谁都愿意继续那个副官的义务和权利。因为许多人皆盼望挨近这个美貌妇人身边，想把这标致人儿随了副官埋葬在土中的心，用柔情从土中掏出，使尽了各种不同方法，一切还是枉然徒劳。愚蠢的诚实，聪明的狡猾，全动不了这个标致人儿的心。

她一见到这些齐集门前献媚发痴的人，总不大瞧得上眼，觉得又好笑又难受。以为男子全那么不济事，一见美貌红颜，就天生只想下跪。又以为男子中最好的一个已经死去了，自己的爱情，就也跟着死去了。

过了两年。

这未亡人还依然在月光下如仙，在日光下如神，使见到她的人目眩神迷，心惊骨战。爱她的人还依然极多，她也依然同从前一样，贞静沉默的在各种阿谀各种奉承中打发日子。

她自己以为她的心死了，她的心早已随同丈夫埋葬在土中去了。她自己不掏出来，别人是没有这分本领把它掏得出来的。

到后来，一些从前曾经用情欲的眼睛张望过这个妇人的，因爱生敬皆慢慢的离远了。为她唱歌的，声音皆慢慢的喑哑了。为她作诗的，早把这些诗篇抄给另外一个女子去了。

有一天，从别处来了一个弹筝人，常常扛了他那件古怪乐器，从这未亡人住处门前走过。那乐器上十三根铜弦，拨动时，每一条铜弦皆仿佛是一张发抖的嘴唇，轻轻的，甜蜜的靠近那个年轻妇人的心胸。听到这种声音时，她便不能再作其他什么事情，只把一双曾经为若干诗人嘴唇梦里游踪所至的纤美手掌，扶着那个白白的温润额头。一听到筝声，她的心就跳跃不止。

她爱了那个声音。

当她明白那声音是从一只粗糙的手抓出时，她爱了那只粗糙的手。当她明白那只粗糙的手是一个独眼、麻脸、跛足的人肢体一部分时，她爱了那个四肢五官残缺了的废人。她承认自己的心已被那个残废人的筝声从土中掏出来了。她喜欢听那筝声。久而久之，每天若不听听那筝声，简直就不能过日子了。

那弹筝人住处在一个公共井水边，她因此每天早晚必借故携了小孩来井边打水。她又不同他说什么。他也从不想到这个美丽妇人会如此丧魂失魄的在秘密中爱他。

如此过了很多日子。

有一天她又带了水瓶同小孩子来取水，一面取水，一面听那弹筝人的新曲。那曲子实在太动人了。当她把长绳络结在瓶颈上时，所络着的不是水瓶颈头，竟是那小雏的颈项。她一面为那筝声发痴，一面把自己小孩放下深井里去，浸入水中，待提起时，小孩子早已为水淹死了。

附近的人知道了这件事情时，大家跑来观看，却不明白为什么这妇人会把自己亲生小孩杀死。或以为鬼神作祟，或以为死去的副官十分寂寞，就把儿子接回地下去，假手自己母亲作出这事。又或以为那副官死后，因明白妇人过于美貌年轻，孀居独处，十分可怜，故促之把小孩子弄死，对旧人无所系恋，便可以任意改嫁。谈论纷纭，莫衷一是，却无一人想象得出这事真正原因。

那时弹筝人已不弹筝了，抱了他那神秘乐器，欹立在一株青桐树下。有人问他对于这希奇事情的意见：

“先生，一个女人像貌如此善良，为人如此贞静，会做出这种希奇古怪事情，你说，这是怎么的？”

那弹筝人说：

“我以为这女人一定是爱了一个男子。世界上既常有因受女人美丽诱惑而发昏的男子，也就应当有相同的女人。她必为一个魔鬼男子先骗去了灵魂，现在的行为，正是想把身体也交给这魔鬼的！”

“这魔鬼属于哪一类人？”

那弹筝人听到这样愚蠢的询问，有点生气了，斜睨了面前的人一眼，就闭了他那只独眼说道：

“你难道以为女子会爱一个象我这种样子的男子么？”

那人看看话不投机，说来无趣，便走开了。至于这弹筝人，当然是料不到妇人会为他发痴的。

到了晚上，弹筝人正独自一人闭着独眼在月下弹筝，妇人就披了一件寝衣走去找他。见到他时，同一堆絮一样，倒在他的身边。弹筝人听到这种声音，吃了一惊，睁开独眼，就看到一堆白色丝质物、一个美丽的头颅、一簇长长的黑发。弹筝人赶忙把这个晕了的人抱进屋中竹床上，借月光细细端详一下面目，原来这个女子就是日里溺死婴儿的妇人。再想敞开妇人那件衣服，让呼吸方便一点时，稍稍把那衣服一拉，就明白这妇人原来是一个光光的身体，除了寝衣什么也没着身！那弹筝人吓呆了，不知如何是好。

妇人等不及弹筝人逃走，就霍然坐起，把寝衣卸下，伸出两只白白的臂膊抱定那弹筝人颈项了。

她告给了他一切秘密，她让他在月光下明白她如何美丽。

但那弹筝的丑八怪，想起日里溺毙的婴孩，以为这是魔鬼的行为。因为害怕，终于弃却了女人同那件乐器，远远的逃走了。而她后来却缢死在那间小屋里。

三、一匹母鹿所生的女孩的爱

第三个商人像貌如一个王子，他说：

我的故事虽然所说到的还是女人，这女人同先前几个女人或者稍微不同一点。我的故事同扇陀故事起始大同小异，我要说到的女人，却似乎比扇陀更能干一些。但也有些地方与其余故事相同，因为这女人有所爱恋，到后便用身殉了爱。她爱得更希奇，说来你们就明白了。

和扇陀故事一样，同样是一个山中，山中有个隐居遁世的男子搭了一座小小茅棚，住在那里，修真养性，不问世事。这隐士小便时，有一只母鹿来舐了几次，这鹿到后来便生了一个女子，长大后像貌端正娴雅，美丽非常。这母鹿所生孩子一切如人，仅仅两只小脚，精巧纤细，仿佛鹿脚。隐士把女孩养育下来，十分细心，故女孩子心灵与身体两方面，都发展得极其完美正常。

女孩子大了一些，隐士因为自己是一个旧时代的人物，担心自己的顽固褊持处，会妨碍这女孩的感情接近自然，因此特别为女孩在较远处，找寻到一片草坪，前面绕有清泉，后面傍着大山，在那里造一简陋房子，让她住下。两方面大约距离三里左右，每天这女孩子走来探望隐士一次，跟随隐士请业受教。每次来到隐士住处读书问道，临行时，隐士必命令她环绕所住茅屋三周，凡经这个女孩足迹践履处，地面便现出无数莲瓣。

隐士从女孩脚迹上，明白这个女孩必有夙德，将来福气无边，故常为她说及若干故事，大都是另一时节另一国土女子，在患难中忍受折磨转祸为福故事。女孩听来，只知微笑，不能明白隐士意思。

有一天，国王因为国家大事无法解决，亲自跑来隐士住处领教，请求这个积德聚学的有道之人，指点一切困难问题。到了山中隐士住处之后，见到隐士茅屋周围，有莲花瓣儿痕迹，异常美丽，国王就问隐士：

"这是什么？"

隐士说："这是一个山中母鹿所生女孩的脚迹。"

国王说："山中女子，真有美丽如此的脚迹吗？"

"你不相信别人的，就应当相信你自己的。国王，那你以为这是谁的脚迹？"

"假如这个山中真有如此美丽脚迹的人，不管她是谁生的，我皆将把她讨作王后。"

"凡世界上居上位的皆欢喜说谎，皆善说谎。"

"我若说谎，见到这个女人以后，不把她娶作王后，天杀我头。你若说谎，无法证明这是女人的脚迹，我就割下你的头颅。"

隐士眼见到这个国王感情兴奋，大声说话，因为一切全是事实，当时只微笑颔首，不作别的话语。

时间不处，住在另外一个地方的女孩跑来了，一见隐士身边客人，从服饰仪表上看来，就明白这个人是历史上所称的国王，于是温文尔雅地为隐士和国王行了个礼。行礼完后，站在旁边不动。这女孩既然容貌异常，并且知书识礼，国王有所问时，应对周详，辞令端雅。国王十分中意，当场就向那个女孩求婚。他请求女孩许可，让他成为她的臣仆，把那戴了一顶镶珠嵌宝王冠的头，常常俯伏在她膝边。

女孩子那时年龄还只一十六岁，第一次见到陌生男子，且第一次听到一个国王向她陈述这种胡涂的意见，竟毫不觉得希奇。她即刻应允了这件事，她说：

“国王，既然你以为把王冠搁在我的膝下使你光荣幸福，你现在就可照你意思作去。”

那国王得了女人的爱情以后，就把女人用一匹白色大马，驮回本国宫中。选择吉日良辰，举行婚礼。

结婚以后，这个女人被国王恩宠异常。一月以后，为国王孕了个小孩，将近一年，所孕小孩应分娩了，真忙坏那个国王。自从这山中女孩入宫后，专宠一宫，因此其他妃嫔，莫不心怀妒嫉。故当女孩生产落地一个极大肉球时，就有人暗中把王后所生产的肉球取去，换了一副猪肺。国王听说产妇业已分娩，走来询问，为其他妃嫔买通的收生妇人，就把那一堆猪肺呈上，禀告国王，这就是王后所生产的东西。国王听说有这种事情，十分愤怒，即刻派人把那王后押送出宫，恢复平民地位。

这女孩因为早年跟隐士学得忍受横逆方法，当时含冤莫白，只得忍痛出宫，出宫以后，就匿名藏姓，且用药水把自己像貌染黑，替大户人家做些杂务小事，打发日子。因为出自宫中，礼仪娴习，性情又好，故深得主人信任，生活也不十分困难。

那个国王，自然就爱了其余妃嫔，把山中母鹿所生的那个女子渐渐忘掉了。

当王后所生养的肉球下地时，隐藏了这肉球的先把它放在锅中，用烈火煮了三天三夜，估计烈火已把它煮烂了，就连同那口锅子，假称这是国王赏赐某某大臣的羊羔，设法运送出宫。出宫以后，就抬到大江边去，乘上特备的小船，摇到江中深处，把那东西全部倾入江中，方带了空锅回宫复命。

这肉球载浮载沉一直向下游流去，经过了七天七夜，流到另外一个地方，被一个打渔的老年人丝网捞着。渔人把网提起一看，原来是个极大肉球。把肉球用刀剖开，见到里面有一朵千瓣莲花，每一花瓣，各有一个具体而微非常之小的人，渔人极其惊吓，只听到那一千小人齐声说：

“快把我送进你们国王那边去，你就可得黄金千块，白银千块。”

渔人不敢隐瞒下去，即刻用丝网兜着那个肉球，面见国王，且把肉球呈上。那国王正无子息，把肉球弄开一看，果然希奇，因此就赏了渔人金银各一千块。渔人得了赏赐，回家去了，不用再提。这肉球中小人，却因为在日光空气和露水中慢慢长大，为时不久，就同平常小孩一般无二了。这个好心国王，于是凭空多了一千个儿子，上下远近，都认为这是国王积德，上天所赐。

这一千小孩到十六岁时，莫不文武双全，人世少见。到了二十岁时，这一千个儿子，便被国王命令，派遣到邻国去战征。各人骑了白马，穿戴上棕色皮类镂银甲胄，直到另一国家皇城下面挑战。凡个人应战的莫不即刻死去，凡部队应战莫不大败而归。这样一来，竟使城中那个国王，无计可施。

官家方面待到自己无计可施时，于是只得各处张贴上布告，招请平民贡献意见，且悬了极大赏格，找寻能够击退外敌的英雄。

山中母鹿所生的那个女人，知道这是自己的孩子，便穿了破旧衣服，走到国王处去，说她有退兵办法，请求国王许可尽她上城一试。得了许可，走上城去，那时城下一千战士正在跃马挺戈，辱骂挑战。但见城上大旗子下站了一个穿着褴褛像貌平常的妇人，觉得十分希奇，就各自勒马缰，注意妇人行为。

那女人开口说道：

“你们这些小东西，来到这里胡闹什么？我是你们的母亲，这里国王是你们的爸爸，还不赶快丢下刀枪，跳下白马？”

其中就有人说：

“你这疯婆子，你说你是我们的母亲，给我们一个证据看看。”

女人嘱咐各人站定，把嘴张开，便裸出双乳，用手将乳汁挤出，乳汁便向下射去，左边计分为五百道，右边也分为五百道。一千战士口中，莫不满含甜乳。这一千战士业已明白城上妇人当真是生身母亲，赶忙放下武器，投地便拜。

一切弄清楚以后，两国战事，自然就结束了。两个国王因为这一千太子生于此国，育于彼国，因此到后就共同议定，各人得到五百儿子。至于那个母亲，自然仍为这一千儿子的母亲，且仍然回转到王宫中作了王后。二十年来使这王后蒙受委屈的一干邪恶争宠嫔妃，因为当时还同谋煮过太子，便通统为国王按照国法一起捉来放到火中用胡椒火烧死了。

当初那个山中母鹿生养的女人，其所以能够在委屈中等待下去，一面因为受得是隐士熏陶，一面也正因为自信美丽，以为自已眉目发爪、身段肌肤，莫不是世所希少的东西，国王既为这分美丽倾倒于前，也必能使国王另外一时想起她来，爱情复燃于后。因此所遭受的，即或如何委屈，总能忍耐支持下去。如今却意料不到有了一千儿子，且正因为这一千儿子业已长大成人，能够恢复她原来那个地位。但同时却也明白，她其所以受人尊敬，只为了有这一群儿子。且明白如今已老，再也不能使那个国王把戴了嵌宝镶珠王冠的尊贵头颅，俯伏到她的脚边了。她明白这些失去的青春再也无从恢复时，觉得非常伤心。

她想了七天，想出了一个极好计策。同国王早餐时，就问国王说：

“亲爱的人，你还记不记得我在山中时节的样子？”

国王说：

“我怎么不记得？你那时真美丽如仙！”

“亲爱的人，你还记不记得你向我求婚时节的种种？”

“我记得十分清楚，我为你美丽如何胡涂。”

“亲爱的人，你还记不记得我们结婚以后出宫以前那些日子的快乐幸福生活？”

“同背诵我自己最得意的诗歌一样，最细微处也不容易忘记。你当时那么美丽，这种美丽影子，留在我心中，就再过二十年，也光明如天上日头，新鲜如树上果子！”

女人听到国王称赞她的过去美丽处，心中十分难受，沉默着，过一会儿就说：

"我被仇人陷害出宫，同你离开二十年，如今幸而又回到这宫中来了，一切事真料想不到。我从前那些仇人皆为你烧死了，现在却还有一个最大的仇人，就在你身边不远。我已把这个仇人找得。我不想你追问我这仇人姓甚名谁，我只请求你宣布她的死刑，要她自尽在你面前。若你爱过我，你就答应了我这个要求。"

国王说：

"我就照你意思做去，即刻把人带来。"

王后说，她当亲自去把那仇人带来。又说她不愿眼见到这仇人的面，请求国王，仇人一来，就宣布死刑，要那个人自杀，不必等她亲自见到这种残酷的事情。说后，王后就走了。

不到一会，果然就有个身穿青衣头蒙黑纱手脚自由的犯人在国王面前站定了。国王记起王后所说的话，就说：

"犯罪的人，你如今应该死了，你不必说话，不必作任何分辩，拿了这把宝剑自刎了吧。"

那黑衣人把剑接在手中，沉沉静静走下台阶，在院子中芙蓉树下用剑向脖子一抹，把血管割断，热血泛涌，便倒下了。国王遣人告给王后，仇人已死，请来检视，各处寻觅，皆无王后踪迹。等到后来国王知道自杀的一个“仇人”就是王后自己时，检察伤势，那王后业已断气多时了。

那王后自杀后，国王才明白她所说的仇人，原来就是她自己的衰老。她的意思同中国汉武帝的李夫人一样，那一个是临死时担心自己老丑不让国王见到，这一个是明白自己老丑，便自杀了。

为张家小五哥辑自《莲花太子经》
一九三三年七月十八日于青岛

猎人故事

有个善于猎取水鸟的人，因为听到另一个人，提及黑龙江地方的雉鸡，行为笨拙，一到了冬季天落大雪时，这些雉鸡就如何飞集到人家屋檐下去，尽人用手随便捕捉。对于鸟类笨拙的形容描写，似乎太刻薄了一点，心中觉得有点不平。这猎人就当众宣布，他有一个关于鸟类的故事，并不与前面的相同。

大家看看，这是一个猎鸟的专家，又很有了一分年纪，经验既多，所说的自然真切动人，因此表示欢迎，希望他赶快说出来。

这猎人就说：

“这故事是应当公开的，可是不许谁来半途打岔，这得事先说定。”

大家异口同声应承了这个约束：

“好的。谁打岔，把谁赶出门外去。”

有人这时走到窗边看看，外面的雨，正同倾倒一样向下直落，谁也不愿意出去，谁也不会打岔！

我十六年前住在北京西苑，有志作一个猎人，还不曾猎取过一只麻雀。那时正当七月间，一个晚上，因为天气太热，恰恰和家中人为点小事又吵了几句，心中闷闷不乐。家中不能住下，就独自在颐和园旁边长湖堤上散步。这长湖是旗人田顺儿向官家租下，归他管业，我们平时叫它作“租界”的。我在这堤上走了一阵，又独自在那石桥上坐下来，吸着我的长烟管，看天上密集的星子，让带了荷叶香味的凉风吹吹，觉得闷气渐消，心中十分舒服。走了一阵，坐了一阵，在家中受的闷气既渐渐儿散尽了，我想起应当回大坪里听瞎子说故事去了。正当站起身时，忽然从那边芦苇里过来了一个人。这人穿了一身青衣，颈项长长的，样子十分古怪。我先前还以为是一只雁鹅，到后我认清楚了他是一个人时，我想起这里常常有人悄悄儿捕鱼，所以看他从芦苇出来，也就不觉得希奇了。这人走近我身边以后，就不动了。原来他想接一个火，吸一支烟。

接了火他还不即走开，站在那儿同我说了几句闲话。西苑我住了很多日子，还不曾见到这样一个有趣味的人。我们谈到“租界”的出产，以及别的本地一些小事。不知如何我们就又谈到了雁鹅，又谈到了生气。说到这两件事情时，那穿青衣的人就说：“有个很好故事，欢喜不欢喜听下去？”我正想听故事，有人为我说故事，岂有不欢喜道理。可是他先同我定下很苛刻的条件，两人事前说好，不许中途打岔，妨碍他的叙述。听不懂也不许打岔。若一打岔，无论如何就不再继续说下去。我当时自然满口答应。猎鸟的人先就得把沉默学会，才能打鸟，我不用提，自以为这件事顶容易办到。

这穿青衣的人就一面吸烟一面把故事说下去。

有那么一个池塘，池塘旁边长满了芦苇，池塘中有一汪清水。水里有鱼，有虾，有各样小虫。芦苇里有青蛙，有乌龟，有各种水鸟。那个夏天芦苇里一角，住了两只雁鹅同一个乌龟。这两样东西，本不同类，只因为同在一块地方，相处既久，常常见面，生活来源又同样完全来自池塘，故他们正好象身住租界另外某种雅人相似，相互之间，在些小小机会上，就成了要好朋友。两方面既没有什么固定正当的职业，每天又闲着无事，聚在一块儿谈天消磨日子，机会自然就很多了。

他们既然能够谈得来，所谈到的，大概也不外乎艺术、哲学、社会问题、恋爱问题，以及其他种种日常琐事佚闻。不过他们从不拿笔，不写日记，不做新诗，故中外文学家辞典上没有姓名，大致也不加入什么“笔会”。

论性格他们极不相同。他们之间各有个性。譬如那两只雁鹅，教育相等，生活相似，经验阅历也差不多，观念可就不完全相同。雁鹅和乌龟，不同处自然更多了。好在他们都有知识，明白信仰自由的真谛，不十分固执己见。虽各有哲学，各有人生观，并不妨碍他们友谊的建立。

雁鹅在天赋上不算聪明，可是天生就一对带毛的翅膀，想到什么地方去时，同世界上有钱的人一样，都可以照自己愿望一翅飞去，不至于发生困难。性格虽并不如何聪明，所有见闻自然较宽。且从自己身分地位上看来，生活上的方便自由处，远非其他兽类、鱼类、虫类可比，故不免稍稍有点骄傲。由于自己可以在空中来去，所见较宽，在议论之间，不免常常轻视一切。对于乌龟的笨拙、窄狭、寒酸、迂腐，以及仿佛有理想而永远不落实际，不能飞却最欢喜谈飞行的乐趣，永远守在一个地方，却常常描写另一世界的美丽，这种书生似的傻处，觉得十分好笑。又因为明白在任何情形下乌龟不会生气，因此就常常称乌龟为“哲学家”、“理想主义者”，且加以小小嘲弄，占了点无损于人有益于己的小便宜。

至于那个乌龟呢，性格平易静默，澹泊自守，风度格调，不同流俗。生平足迹所经，十分有限，但博闻强记，读书明理。虽对于雁鹅那种自由有所企羡，但并不觉得必须为自己的天生缺点难过。这乌龟有乌龟的人生观，这人生观的来源，似乎由于多读古书，对老庄尤多心得。（老庄是两部怪书，不拘何种人，一读了它们就可以使他承认现状，满意现状，保守现状，直至于死。）由于读书有得，故这乌龟在生活上一切打算，都够得上平稳无疵。天气热时，他只想在湿泥里爬爬，或过桥洞下阴凉处玩玩；天气比较寒冷时，太阳很好，他爬到石头上晒晒太阳；无太阳时，就缩了头颈休息在自己窠里。这乌龟生活虽极平凡，但能得到一分生活趣味，每一个日子似乎皆不轻易放过。每每默想到《庄子》书中所说："宁为庙堂文绣之牺牲乎？抑为泥涂曳尾之乌龟乎？"便俨然若有所得，以为远古哲人，对于这份生活，尚多羡慕意思，自己既是一个有生命的东西，生活结结实实，就觉得泰然坦然，精神中充满了一个哲人的快乐。

雁鹅不大了解"知足不辱"的哲学，因此以为乌龟是理想主义。乌龟依然记着古书上几句话，从不对于雁鹅的误解加以分辩。这乌龟仿佛有种高尚理想，故能对于生存卑贱处，不以为辱。其实这个乌龟对于比本身还大一点儿的理想，全用不着，他的理想就只在他的生活中。

有一次，他又被雁鹅称呼为理想家，且逼迫到要明白他的理想所归宿处。这乌龟无办法时，就说："我的理想只是：天气清朗时各处慢慢爬去，听听其他动物谈谈闲话。腹中需要一点儿柔软东西填填时，遇到什么可吃的，就随便抓来吃吃。玩倦了，看看天气也快要夜了，应当回家时，就赶快回家去睡觉。我的理想就是这样的，不折不扣，同世界上许多高等人的理想一样。”

乌龟说的话很实在，雁鹅却不大相信，这也是很自然的。这正同许多没有理想的人一样，由于他的朴质，由于他的无用，由于怕冒险，怕伤风，怕遇见生人，生活得简陋异常，却容易与哲人行为相混淆，常常被流俗所尊敬，反而以为是一个布衣哲学家。这种事在乌龟方面虽不常见，在人类可多极了。

照性情、生活、信仰三方面看来，这两只雁鹅同乌龟，不会成为朋友的。可是他们自己也不大清楚，不但成为朋友，且居然成为极好的朋友了。乌龟那种平庸迂腐，雁鹅心中有时也很难受；雁鹅那种膏粱子弟气息，乌龟也不能完全同意。不过这分友谊却是极可珍贵的、难得的，也不会为了这些小事有所妨害的。

他们还都是一个会里面的会员。那会也同人类的什么兄弟会一样，无所不包。他们之间常常用得是极亲昵的称呼，那个称呼为中国人从外国学来，他们又从人类学来的。

有一天，他们吃得饱饱的，无事可作，同在一个柳树桩上晒太阳谈天。一只雁鹅刚从他们自己那个会里，听过猫头鹰那个题为《有翅膀者生存之意义》的演说，复述猫头鹰的话语，给乌龟听听。他说到，“地球上一切文化同文明，莫不由于速度而产生，换而言之，也莫不由于金钱同翅膀而产生。人类虽有金钱，可无翅膀，故人类中就有许多人，成天只想生出翅膀。但翅膀为上帝独给鸟类的一份恩物，故报纸上载人类的飞机常常失事，就从不见到什么报纸，载登什么鸟类失事。由此可知鸟类为万物之灵，为上帝的嫡亲的儿女。至于其他……”

这雁鹅记起朋友是乌龟，不好再说下去了。为了不想给朋友难堪，他随即又很谦虚的说：“老兄，照我想来，速度产生文明是无可否认的，因为他可以缩短空间距离。凡是有翅膀的东西，他本身自然重要一点，或者说自由一点。……我只说，比别的东西生活自由一点。这自由好象是很可贵的。”

乌龟最不满意把文明文化用速度来解释，一则由于自己行动呆滞，一则由于他读过许多中国古书，以为那种速度产生文明的议论，近于一种谎话，学术上站不住脚。他这时把眼睛望望天空，心中既对于翅膀的价值有所不平，平素又不大看得起新学，对于猫头鹰感情极坏，就好象当着猫头鹰面驳一样，盛气凌人地说：

“速度本身决不能产生文化或文明，恰恰相反，文明同文化都是在生活沉淀中产生。我以为世界上纵有更多生了两个翅膀的生物，可以自己各处远远的飞去，对于文明文化还是毫无关系。文明文化是一些有头脑的人决定的。是一些比较聪明的人，运用他们的聪明，加上三分凑巧产生的。要身体自由有什么用处，自由重在信仰与观念，换言之，重在无拘无束的思想自由！”

那雁鹅对于这种议论本来不大明白，见乌龟这样一说，更不明白了，就要求他朋友把“自由”说得浅近一点。

乌龟想想，“是的，我同你这种大少爷，应当说浅近一点的。”于是接着说：

“说浅近一点吗？我只问你，把自己安顿到一个陌生世界里去，一切都不让你习惯，关于气候、起居、饮食，一切毫不习惯，关于礼貌、服饰，一切全得摹仿那个世界的规矩——你算是自由了吗？”

这样一来雁鹅懂了。雁鹅说：

“老兄，可是你若有那点自由，不是可以看到许多新地方，看到许多新东西了吗？你不是可以到他们博物馆看商周古物，到艺术馆看唐宋古瓷名画，到图书馆看宋元版本古书，再到大戏院去听第一流名脚唱歌扮戏，到大咖啡馆同那风姿绝世美人跳舞吗？只要有翅膀，又有钱，你不是可以各处游山玩水，把整个世界全跑尽吗？”

乌龟把头摇摇，很有道理的说：

“那不算数，那不算数。一只三万吨大海船在咸水里各处浮去，它由于缺少思想，每次周游环球，除了在龙骨上粘了些水藻贝壳以外，什么也得不到。生活从外面进来，算不得生活。你纵无翅膀，不能用你的翅膀各处飞去，只要有钱，一只哈叭狗也可以周游全个地球！你试说，那一只有钱的哈叭狗，照着你所说到的一一生活过来，回来后他是不是还依然只是一只哈叭狗？”

雁鹅说：

“我并不以为这哈叭狗玩过了几个地方，就懂得艺术或哲学。我不那么说。可是我请你说浅近一点，不要净来作比喻。你同人说话，近来的‘人’你作比喻他就不大懂，何况一只雁鹅？”

乌龟说：

“兄弟，总而言之，我以为我们单是有眼睛还不行。譬如一个筛子，有多少眼睛，它行吗？”

那雁鹅见到这乌龟又在作比喻了，就赶忙把头偏到一边去，不想再听。乌龟知道那是什么表示，就说：

“兄弟，兄弟，我不作比喻，不作比喻。我说的是我们不能靠眼睛来经验一切，应当用灵魂来体验生活，用思索来接近宇宙。宇宙这东西很宽很大，一个生物不管是一只鸟还是一个乌龟，从横的看来，原只占地面那么一个小点，小到不能形容，从纵的看来，我们的寿命同地球寿命比比，又显得如何可笑。因此生活得有意义，不应在身体上那点自由，应在善于生活。一个懂生活的人，即或把他关在笼子里，也能够生活得从从容容，他且能理解宇宙，认识宇宙，显得生命丰富充实。”

乌龟那么说着，是因为他不久以前正读过一本书，书上那么说着。

较小那只雁鹅，半天不说话，这时却挑出字眼儿说：

“关在笼子里？就只有同鸡鸭畜牲一样愚蠢的人，才常常被他们同伴关在笼子里。我是一只雁鹅，我就不愿意被人关在笼子里！”

那乌龟说：

“兄弟，人不常常关在木笼或细篾笼里，那是的，那是的。关在笼子里的人也不全是愚蠢的人。可是有些很聪明的人他自己可常常十分愿意关在另外一种笼子里，又窄又脏，沾沾自喜打发日子，那不是事实吗？”

“那是由于他们人生观不同，欢喜这样过日子！”

“可是那一个拘束他们生活关闭他们思想的笼子，算不算得一个笼子？”

说到这里，他们休息了一会，因为知道把话说远了点，三个朋友都明白“人类”的事应由人类去讨论。他们还知道，这个问题即或要他们人类自己来说，也永远模模糊糊，说不清楚，雁鹅同乌龟自然更不必来讨论它了，故当时就不再继续说“人”。他们在休息时各自喝了一点儿清水，润润喉咙。那只较小雁鹅，喝过了水时想起了各地方的水，他说：

“本地的水不如玉泉的好，玉泉的水不如北海的好，北海的水不如……”

他同许多人一样，有一种天性，凡事越远就越觉得好。他正想说出一个他自己也并没到过的极远地方的泉水名字，那是他从广告上看来的，因为记起乌龟顶不高兴从报纸上找寻知识，总以为凡是报纸上一再提起的事，多是假的或相反的，就不好意思再说下去了。

可是乌龟明白那句话的意思，就很蕴藉的笑笑，且引了两句格言，说明较远的未必就是较好的东西。他引用的自然仍旧是中国古代哲学家的格言。

那雁鹅对于老朋友引用“人”的格言，并不十分心服，心想，“人自己尚用不着那个，对一个乌龟还有什么用处？”但一时也不再加分辩。

过了一会，不知何处抛来一个小小石子，正落在乌龟背上。雁鹅明白一定是什么人抛掷来的，故对于朋友这种无妄之灾，有所安慰，说了几句空话，且对于石头来源，加以种种猜测。可是乌龟却满不在乎，以为极其平常。雁鹅见他朋友满不在乎的神气，反而十分不平，就说：

“哲学家朋友，你不觉得这件事希奇吗？”

乌龟把头摇摇，把前脚爬爬，一面说：

“我以为也不十分希奇。”

雁鹅说：

“然而凭空来那么一下，你不觉得生气吗？”

乌龟想想，做了一个儒雅的微笑，解释这件事毫无生气的理由。

“我因为记起《庄子》上说的，虚舟触舷，飘风堕瓦，一切出于无心，都不应当生气，故不生气。”

因为说到不生气，其时两只雁鹅兴致正好，就把他朋友如人类中一切聪明朋友作弄老实朋友一样，好好的试验了一番，结果这乌龟还是永远保持到他那个读书人的风度。由于这些原因，他们的友谊此后似乎也就更进步了一点。话非本文，不必多提。

为时不久，这池塘里的水，忽然枯竭起来了，许多有翅膀的全搬家了。大家为了这件事忙着，各个按照自己经验所及，打算此后办法。两只雁鹅曾到过北京城里先前帝王用作花园的北海，知道那方面一切情形，明白北海风景不恶，有水有山，游玩的闲人虽多一点，不如这里池塘清静，可是若到那地方去生活，可保定毫无危险。那里来玩的，大多数是受过教育的人，只在那里吃吃东西，谈谈闲天，打发日子，决不会十分胡闹。不守规矩的，至多也只摘摘莲蓬，折点花草。雁鹅打量邀约乌龟过北海去住，便同他朋友来商量。

“老兄，我们的生活有了点儿问题，你注意不注意？这池子因为天旱，忽然涸竭起来了，我们生活，业已发生问题！若老守一方，必受大苦。同在一处，挨饿还是小事，恐怕本身还多危险。”

乌龟说：

“我记得汉朝大儒董仲舒说过：天若不雨，可用土龙求雨。北京地方，不少明白古书相信古书的人，应当试试用这方法求雨。它的来源极古，出于《山海经》，本于神农请雨书……”

雁鹅看到他的朋友又在引经据典，不知如何应付，且知道这事一引经据典，便不大容易说得清楚，因此摇摇头就走开了。

到了第二天又来说：

“老兄，这样生活可不行，水全涸了，芦苇也枯了。我担心他们不久会放火烧我们的芦苇。我担心会发生这样一件事情，火发时，我们有翅膀的还可展翅飞去，你是那么慢慢儿爬的，这可不成。你得即早设法，想个主意，才不失古君子明哲保身之道。”

乌龟因为昨天朋友不让他把话说完就走开，今天却又来说，心中不大乐意，就简简单单的向雁鹅说：

“兄弟，为时还早。”

说了把头缩缩，眼睛一闭，就不再开口了，雁鹅无法，又只好走开。

第三天，芦苇塘内果然起了大火，雁鹅不忍抛下他的朋友独自飞去，就来想法救他朋友。要这乌龟口衔一木，两只雁鹅各衔一头，预备把这乌龟带出危险区域，到北海去。这时乌龟明白事情十分紧急，不得不同意这两个朋友建议，就说：“一切照办，事不宜迟。”

他们把树枝寻觅得到以后，就教乌龟如法试试。临动身时，两只雁鹅且再三嘱咐：

“小心一点。不可说话！”

乌龟当时就说：

“我又不是小孩，难道悬在半空，还说话吗？我不开口，只请放心！”

两只雁鹅于是把木衔起，直向北海飞去。

他们经过西苑时节，西苑许多小孩，见半空中发生了这种希奇事情，皆抬起头来，向空中大笑大嚷：

“看雁鹅搬家，看乌龟出嫁！”

雁鹅心想：“小孩子，遇芝麻大小事总得大声喊叫，不算回事。”仍然向东飞去，不管地下事情。乌龟也想：“童妇之言，百无禁忌。”装作毫无所闻，不理不睬。

又飞一阵，到海甸时，又为小孩子看到，大声叫喊。一行仍然不理，向东飞去。

到了城中，又有小孩喊叫如前。这些小孩，全皆穿得十分整齐，还是正规小学生。

乌龟就想：“乡下小孩不懂事情，见了我们搬家，大惊小怪，自不出奇。你们城中小孩，每天有姑妈教员为说故事，见多识广，也居然这样子大惊小怪！”正想说：“你们教员，教你们些什么东西？纵是搬家出嫁，同你地下小孩有甚关系，也值得大惊小怪？”话一出口，身子就向下直掉。

……

说到这里，那穿青衣的人，正预备说以下事情，那时手中烟卷已完事了，准备掉换一枝烟卷。我觉得这故事十分动人，不知道这乌龟究竟掉到什么地方，是死是活，替它十分担心，忘了先前约束，就插口问：

“以后呢？”

我可发誓，我只问那么一句，那穿青衣的人，就只为我插嘴说过那么一句话，即刻就生起气来了。他显出极不高兴的神气，向我说道：

“为什么问这种蠢话？以后的事谁清楚？我嘱咐不许打岔，你又打岔。看你意思，我说到末尾，你一定还会要问：那这故事，你既不是雁鹅，你又打哪儿来的？你别管我是雁鹅不是。我说故事，从来就不高兴人家这样质问！”

我就赶忙分辩，说明一切出于无心，请他原谅。这穿青衣的人只自顾自己把话说完以后，不管我所说的是什么，似乎依然还很不高兴我，把烟卷燃好，就向芦苇那边扬扬长长大模大样走去了。我看他走去时，还以为他不会那么认真，就很好笑的想着：“你那种走路方法，倒真象一只雁鹅，或同雁鹅有点亲戚关系。”

可是他当真走了。我还很担心那个好脾气乌龟，想知道这读过许多中国旧书的乌龟，因为一时同小孩子生气，得到什么结果。又想知道这两只雁鹅，见到乌龟跌下以后，是不是还想得出方法援救这个朋友。我愿意这故事那么快乐有趣的结束，就是这乌龟虽然在半空中向下跌落，近地面时却恰恰掉在一个又暖和又体面正好空着的鸟巢里。那鸟巢里最好还应当有几本古书，尽它在那里读书，等候那两只雁鹅各处找寻，寻觅到第三天才终于发现了它。可是自己那么打算可不行，这结局得由那个穿青衣的人口中说出，我才能够放心。我于是赶忙追过去，请他慢走一点，为他道歉，且同他评理。

“朋友，朋友，你不应当为这点小事情生气！你不正说过那乌龟因为对城市中小孩子生不必生的气，从半空中就摔下去了吗？你若为一句话见怪，也不很合理！”

我一面那么说，一面心里又想：“你若把故事为我说完事，你即或就是那两只雁鹅中任何一只，我下次见着你时，也不至于捉你。”

但这个人显然不愿意再继续我们的谈话，他头也不掉回，就消失在芦苇里去了。

我再走过去一点，傍近芦苇时，芦苇深处只听到勾格一声，接着是两只大翅膀扇着极大的风，举起一个黑色的东西，从我头上飞去。我原来正惊起一只大雁。我就大声喊叫那个说故事的朋友。等了许久，里面还无回答。芦苇静静的，一点儿声音也没有。再过去一看，芦苇并不多，芦苇尽处前面就是一片水。并没有什么捕鱼的人，绝对没有。我想想，这事古怪。

我很懊悔为什么不抓它一把，把这只大雁捉回家去，请求它把故事说完。请求不成，就饿它三五天，水也不让它喝，逼迫它把这故事说完。

猎鸟人说到这里时，望望大家，怯怯地问：

“你们不觉得这只雁鹅很聪明吗？”接着又说：“我因为相信那个穿青衣的人就是那只大雁，相信它会说故事，相信它下面还有故事，就只为了我要明白那个故事的结果，我才决定作一个猎人，全国各处去猎鸟。我把它们捉来时，好好的服侍它们，等候它们开口，看看过了十天半月，这一位还是不会说什么，就又把它放走了。你们别看我是一个猎鸟专家，我作了十六年的猎人，还不曾杀死过一只麻雀！为了找寻那会说故事的雁鹅，我把全国各省有雁鹅落脚的泽地都跑尽了。你们想想，若我找着了它，那不就很好了吗？”

这专家把故事说完时，他那么和气的望着众人，好象要人同情他的行为似的。“为了这只雁鹅，我各处找寻了十六年。”他是那么说的，你看看他那分样子，竟不能不相信这件事是当真的，不是凭空捏造的。

为张家小五辑自《五分律》
一九三三年初作

一个农夫的故事

那个中年猎户，把他为了一个未完故事，找寻雁鹅十六年的情形，前后原因说过后，旅馆中主人就说：

“美丽的常常是不实在的，天空中的虹同睡眠时的梦，都可为我们作证明。不管谁来说一句公平话，你们之中有相信雁鹅会变人的这种美丽故事吗？你们说，这故事是有的，那就得了。”

除了其中一个似通非通的读书人，以为猎人说的故事是在讽刺他以外，其余诸人都觉得这故事十分有味。但当主人把这个话问及众人时，由于谁也不知道说谎，故谁也不敢说他曾经在某个地方，也同样遇到过这种有人性的雁鹅同乌龟。可是当中却有个年青农人，身个儿长长的，肩膊宽宽的，脸庞黑黑的，带着微笑站起身来说：

“我并不见到过一只善变的鸟，可知道人类中有种善变的人。若这件事也可以为猎鸟人的故事作一个证明，我就把这故事说出来，请诸位公平裁判。”

许多人都希望把故事说出以后，再来评判是非，看看是不是用一个新的故事能代替那个猎人旧的故事。大家盼望他即刻把故事说出来，异口同声请他快说，且默默的坐下来听那故事。

农人于是说了下面一个故事。

某个地方，有姊弟二人，姊姊早寡，丈夫死后只留下一个儿子。为时不久，她也得了小病死去。死去之后，这孤儿便同他舅父两人一同住下，打发每个日子。孤儿年纪到二十岁时，同他舅父两人都在京城一个衙门里办事。两人正直诚实，得人敬爱。只因为那个国家阶级制度过严，大凡身居上位，全是皇亲国戚，至于寒微世族，则本人即或如何多才多艺，如何勤慎守职，可无抬头升迁希望。那国家一时又还不会发生革命，因此两人在衙门里服务多日，地位尚极卑微。那时本国恰巧发生饥荒，挨饿人日益增加。京城内外，无数平民皆无食物可得，死亡日有所闻，情形很可怜悯。那国家读书人虽不少，却同别的国家读书人差不多，大都以为自己既已派定读书教书，有关政治问题，诸事自有各级官吏负责，不能越俎代庖。至于官吏，当然不会注意这类事情。舅甥两人见到这种情形，十分难受，知道国王大库藏里，收了许多希奇宝物，毫无用处，许多金钱银钱，毫无用处，许多粮食，也毫无用处。两人就暗地商量：

"我们职务既那么卑微，国家现状又那么稀糟，照这样情形下去，想要出人一头，再来拯救平民，不知何年何月，方可办到。若等革命改变制度，更是缓不济急。如今库里宝物极多，别的有用东西更多，不如想办法取点到手，取得以后，分给京城各处穷人。这样作去，不算坏事。"

两人都觉得这事不妨试作一下，对于穷人多少有些好处。对于多数别人有益，自己即或犯罪受罚，并不碍事。两人商量停当以后，就只等候机会来时，准备动手。

机会一来，两人就在库房外某处，挖一大洞，两人爬将进去，取出不少实用东西。

天亮以后，管库大臣发现了库旁有一大洞，直通内里，细加察看，就知道晚上业已有人从这地洞搬去东西不少。到各处探听，都说本城若干穷人住处，半夜深更，忽然有人从屋瓦上抛下不少布帛食物、钱财宝贝。那时只听到有人在门外说话，十分轻微。“国王知道你们为人正直，生活艰难，派我来赠给你们一些东西。事出国王好意，不必怀疑，收下就是。”开门一看，渺无一人。东西俱在，当非做梦。一切东西既不知真实来源，故第二天天明以后，胆小怕事的人，以为横财之来，不能随意受用，就赶忙把夜来情形，禀告本街保甲，听候裁夺。有些人自然信以为真，充满对国王好心的感谢，就受用了。管库大臣得到报告，赶忙把一切原委禀告国王。国王听说，心中十分纳闷，不明究竟。以为这无名盗贼，既盗国库，又施平民，于法不可原谅，于理可难索解。当时就吩咐管库大臣：“暂且不必声张，走露风声，且等数天，好好派人照料库中，到时一定还有人来偷取东西，见他来时，把他捉来见我。小心捉贼，莫令逃脱，更应小心，莫加伤害。”

舅甥二人，其一以为国王还不知道这事，必是管库官吏怕事，不敢禀闻，其一又以为国王当已知道这事，但知盗亦有道，故不追究。两人猜想虽不一致，结论皆同；稍过一阵，风声略平，便再冒险去库中偷盗，必使京城每个正直平民，皆得到些好处，方见公平。

为时不久，又去偷盗，到洞口时，外甥就说：

“舅父舅父，你年纪业已老迈，不大上劲。我看情形，也许里边有了防备，你先进去，若为卫兵所捕，无法逃脱，不如我先进去。我身体灵便如猴子，强壮如狮子，事情发生时，容易对付。”

那舅父说：

“你先进去，那怎么行？我既人老，应当先来牺牲，凡有危险，也应先试。”

“哪里有这种道理？若照人情，不管好坏，我应占先。”

“若照礼法，我是长辈，你无占先权利。”

但这种事既非礼法所奖励，也非人情所许可，甥舅两人，到后便只好抽签决定。结果轮到舅父先入，那外甥便说：

“舅父舅父，我们所作事情，并非儿戏！若两人被捉，一同牵去杀头，各得同伴，还有意思。若不杀头，一同充军，路上也不寂寞。若一人被捉，一人逃亡，此后生活，未免无聊。照我意思，我要发誓，决不与舅父因患难分手。”

舅父说：“一切应看事情，斟酌轻重，再定方针。”

那舅父于是十分勇敢，探身进洞。刚一进洞，头尚在外，就已为两只冰冷的手，拦腰抱定，无从挣扎。且听人说：“守了你们十天，如今可捉到手了！”外甥用手抱定舅父头颅不放，还想救出舅父。这舅父知道身入网罗，已无办法可以逃脱，恐为时稍缓，外甥也将被捉，同归于尽，两无裨益。这时要外甥走去，他又必不愿意单独走去。纵即走去，天发白后，人还可从他的像貌看出，原系甥舅两人同谋。这舅父为救外甥，急中生一计，告外甥说：

“伙计伙计，我如今已无希望了。我腰已被人用刀扎伤，不会再活。两人同归于尽，实在无益。我已老去，我应死了。你还年轻，还可为那些穷人出力帮忙。如今不如把我头颅割下带走，省得为人认识。此后你自己好好生活，不要为我牺牲难受。”

外甥听说，相信舅父腰身当真被人扎伤，不能再活，不得不忍痛把他舅父头颅割下，就此走去。

天明以后，管库大臣又把一切情形禀告国王，且同时禀明盗贼之死，并非兵士罪过，只为贼人心虚，恐怕同伴受累，故牺牲自己，让同伴把头割去。还有伙伴一人，不知去向。国王又说不必声张，并且下一秘密命令，把这具无头死尸，抬出库房，移放京城热闹大街上去，派人悄悄注意，凡有对死尸流涕致哀的，就是贼首盗魁，务必把他捉来，不能尽其逃脱。

这无名死者，当天果然就陈尸十字街头。国中人民，不知究竟，争来看这希奇死人，车马络绎，不知其数。这外甥听说，赶一大车，装满柴草，从城外来。车到尸边时节，正当车马拥挤满街，把鞭一挥，痛击马身数下，马一蹶蹄，就把车上柴草倾倒，半数柴草，在尸左右，半数柴草，直压尸身。计已得售，这年轻人便弃下车辆，从人丛中逃去。

天晚以后，大臣进见国王，又把这事禀告国王，且请示国王，那堆柴草，应当如何处置。国王又说："不必声张，做愚蠢事。只须好好伺候，为时不久，必有人来纵火，见人纵火，就为我捆定送来，我要亲自审问。"

大臣无言退下，如命转告守尸兵士，小心有人纵火。

这外甥明知尸边必有无数兵士，看守尸身，准备捉人，若冒昧前去，就得上当。因此特别雇请十个小孩，身穿红衣，手执火把，如还傩愿，各处游行。游行已惯，再到尸边，把火炬向柴草投去，向黑暗中逃脱，不再过问。小孩得钱，各个照样作去，手执火炬，跳舞踊跃，近尸边后，就把火炬向尸投去。尸上柴草皆燃，人多杂乱，依然无从捉人。

尸被火化以后，大臣又把这事禀明国王。国王又说："不必声张，这有办法。只须好好注意，再过三天，有谁来收骨灰，就是这人，一定为我捉来，不可再令漏网。"

这时守在骨灰边已换了一队精明勇敢的皇家兵士。这外甥知道皇家兵士爱喝好酒，便特别备了两坛好酒。这酒味道酽冽，醉人即倒。他自己则扮成一个卖酒老商人，到兵士处每日卖酒。为时不久，就同守备兵士要好结交，十分信托，愿意把酒赊给兵士了。兵士因守夜多日，十分疲倦，又因粮饷不多，不能畅饮，如今既可赊酒，不责偿于一时，就无所顾忌，尽量大喝。等到每人各皆醉倒，睡眠在地不省人事时，这外甥明白机会已到，便十分敏捷，用酒瓮装好骨灰，离开那个地方。

天明以后，兵士方知骨灰业已被那聪敏贼人偷去。大臣把这事第四次禀告国王时，国王仍然不许声张，心中打算：“这贼狡慧不凡，一切办法，皆难捉到，应当想出另外一条巧妙计策，把他捉来！”

国王独自一人想了三天三夜，一个巧妙的设计被他安排出来了。

国王想出的计策，也同古代一般作国王的脑子所想出的相似，知道有若干种事情，任何方法无从解决时，就应当用女人出面解决。本国历史上照例有极大篇幅，记载了这类应用女人的方法。他知道捉这狡猾的贼人，如今又得应用这方法了，便把一位最美丽最年轻的公主，着意打扮起来，位置她在一个单独宫殿里。那小小宫殿，建筑在一条清澈见底的河边，除了公主同一群麋鹿在花园里过日子外，就似乎无一个其他生人。同时又用黄金为公主铸好四座极美丽的金像，用白石为基，安置到京城四隅公共广坪中去，使人人知道公主如何标致美丽。

国王这个公主，既美丽驰名，为国中第一美人，如今又只是一人独在临河别宫避暑，这外甥各处探听，皆属实情，就想乘夜到这公主住处去，见见公主。他早已知道国王意思，不过用公主作饵，想捕捉他，且知道沿河两岸及公主住处附近，莫不有兵士暗中放哨，准备拿人。他因此想出一个主意，抱一大竹，顺流由河中下行，且作出种种希奇古怪声音，让两岸听到。每度从公主宫殿前边过身时，他又从不傍岸。他的意思，只是故意惊扰哨兵，使沿岸哨兵为这古怪声音惊醒，但看看河中，又毫无所见。一连两月，所有哨兵皆以为作这声音的，非妖即怪，不如不理。且以为河上既有怪物，贼人不是傻子，自然也不会从河中上岸。从此以后，便对沿河一带，疏忽许多。

因此有一个晚上，这青年男子，便抱一段长竹，随水浮沉下流，流到公主独住宫殿前面时，冒险上了河岸。上岸以后，直向公主住处小小宫殿走去。

公主果然独身在她那睡房里，别无旁人。那时业已深夜，各处皆极安静，公主房中只一盏小小长明纱灯。那公主穿了一身白色睡衣，躺在床上还未睡眠，思想作爸爸的国王，出的主意真是不可解。她以为这样保护周密，即或有人爱她想她，哪里会有胆量冒险跑来看她？她又想：“如果有人来了，我让他吻我，还是一见他我就喊叫捉贼？”正想到这些事情时，忽然向河边那扇小门开了，走进来一个身穿黑衣的年青男子，在薄明灯光下，只看得出这男子有一双放光眼睛同一个挺拔俊美的身材。

年轻男子见到了公主，就走近公主身边，最谦卑的说明了来意。那分风度，那些言语，无一处不使公主中意。他告她，只为了爱，因此特意冒险来看看她。公主如不讨厌他，愿意给平民一点恩惠，他只需要在她脚下裙边接一个吻，即刻被缚，也死而无怨了。

那公主默默的看了站在面前的年青人好久，把头低下去了。她看得出那点真诚，看得出那点热情，她用一个羞怯的微笑鼓励了他的勇气。她鼓励他做一个男子，凡是一个男子在他情人面前做得出的事，他想做时，她似乎全不拒绝。

但当这年轻荒唐男子想同这个公主接吻时，公主虽极爱慕这个男子，却不忘记国王早先所嘱咐的一切，就紧紧的把这陌生男子衣角抓定，不再放松，尽他轻薄，也不说话。

年轻人见到公主行为，明白那是什么意思。

“美丽的人，怎么牵我衣角？你若爱我，怕我走去，不如捉我这双手臂。”他似乎很慷慨的把两只手臂递过去让公主捏着。

公主心想：“衣角不如手臂，倒是真的。”就放下衣角，捉定手臂。

但那双手冷得蹊跷，同被冰水淋过的一样。

“你手怎么这样冰冷？”

“我手怎么不冷？我原是从水中冒险泅来的。现在已到秋天了，我全身都被河水浸透，全身都这样冰冷！”

“那不着凉了吗？”

“美丽的人，不会着凉。我见你以后，全身虽结了冰，心里可暖和得很，它不久就能把热血送到四肢的。”

公主把手捉定以后，即刻就大声喊叫，惊动卫兵。那年轻人见到这种变化，不出所料，依然毫不慌张，万分温柔的说：“亲爱的，我是你的，你如今已把我捉住了，我不用想逃遁，我不挣扎。且让我到帘幕那边去，作为我刚来看你就被你捉住，省得他们对你问长问短。”公主答应了他的请求，隔了帘幕握定他两只手。等到众人赶来时，大家方才知道公主所捉的手，只是两只死人的僵手。原来年轻人早已预备了那么一着，让公主隔了帘幕握定那死人两只手后，自己却从从容容从水上逃走了。

天明以后，大臣又把这事一切经过禀明国王。

国王心想："这人可了不起，把女人作圈套，尚难捕捉，奇材异能，真正少见。"

当时就又用其他方法，设计擒拿，自然只是费事花钱，毫无结果。

公主怀孕十个月后，月满生一男孩，长得壮大端正，白皙如玉。周年以后，国王就令乳母怀抱小孩，向京城内外各处走去，且嘱咐这奶妈小心注意，在任何地方，有人若哄小孩，有父子情，就即刻把人缚好，押解回来。这奶妈抱了小孩在京城内外各处走去，逗引小孩皆为妇人女子，并无一个男子与这小孩有缘。到后一天，小孩饥饿，抱往卖烧饼处，购买烧饼充饥。这卖烧饼师傅，恰好就正是那个小孩父亲，父子情亲，一见小孩，不觉心生怜爱，逗引小孩发笑。小孩虽还不到两岁，由于父子血缘，互有引力，也显得十分欢喜，在饼师傅怀抱中，舒服异常。

天黑以后，奶妈把小孩抱还宫中，国王问她，是不是在京城内外，遇见几个可疑人物。奶妈便如实禀白：

“一个整天，并无什么男子与这小孩有缘。只有一个卖饼男子，见小孩后，同小孩十分投契。”

国王说：

“既有这事，为什么不照我命令把人捉来？”

“他饿了哭了，卖饼老板送个麦饼，哄他一声，不会是贼，怎么随便捉他？”

国王想想，话说得对，又让了这贼人一着，就告奶妈歇歇，明天再把小孩抱去，若遇饼师，即刻揪来。若遇别的可疑人物，也可揪来。”

第二天这奶妈又抱了孩子各处走去，城中既已走遍，以为不如出城走走，或者还会凑巧碰到。出城以后，上了一个离城三里的小坡，走得脚酸酸的，就在一块青石板上坐下歇憩，且捡树叶子哄小孩子玩。那时来了一个卖烧酒的男子，傍近身边，歇下了他的担子。奶妈眼见这人很有几分年纪，样子十分诚实，两人慢慢的说起话来，交换了一些意见，一些微笑。奶妈生平从不吃过一滴烧酒，对于酒味，毫无经验。那卖酒人把酒用竹溜子舀出，放在自己口边尝了那么一口，做出神往意迷的样子，称赞酒味。那点烧酒味道实在也还象个佳品，人在下风，空闻酒味，真正不易招架。

奶妈为上风烧酒气味所熏陶，把一双眼睛斜着觑了半天，到后却说：

“老板老板，你那竹桶里装的是什么，是不是香汤？”

卖酒人说：

“因为它香，可以说是香汤。但这东西另外还有一个名字，且为女人所不能说，大嫂你一定猜想得到。”

“我猜想，这名字一定是‘酒’。我且问你，什么原因，女人就不能说酒喝酒？”

“女人怕事，对于规矩礼法，特别拥护，所以凡属任何一种东西，男子不许女人得到，女人自己就不敢伸手取它。这香汤名字虽然叫作烧酒，因为它香，而且好吃，男子担心你们分享这点幸福，故用法律写定：本国女子，没有喝烧酒的权利，也没有说烧酒的权利。”

奶妈心想：“法律上的确不许女人喝酒。”但她记起经书，她说：“经书上说酒能乱性，所以不许女子入口。”

那男子不再说话，只当着奶妈面前喝了一大口烧酒，证明经书所说，荒唐不典，相信不得。实际上他喝的却是清水，因为他那酒桶，就有机关，又可储水，又可贮酒。

“你瞧，酒能乱性，我如今喝的又是什么！圣书同法律一样，对于女人，便显见得特别苛刻。你不相信这是好东西吗？”

那奶妈说：

“我不相信。”

那男子正想激动她的感情，就说：

“不要说谎骗人，也不要用谎话自欺，你原来相信法律，也相信圣书。”

奶妈由于赌气，心不服输，把一只手向卖酒人这方面伸出，不即缩回，把眼微闭，话说得有一点儿发急发恼：

“我来一杯，来一滴，我不相信那些用文字写的东西了，我要自己试试。”

卖酒人先不答应，他说他是个正派商人，在国王法律下谋生混日子，不敢担当引诱平民女子犯法的罪名。他还装成即刻要走的神气，站起身来。

奶妈到这时节真有些愤怒了，一把揪定他的酒担，逼那卖酒商人交出勺子，非喝一口烧酒，决不放他脱身。卖酒商人仿佛忍着委屈，递了一小盏烧酒到奶妈手中后，就站在一旁，假装极不高兴神气，背过身去，不再望着奶妈。他就知道这一盏酒，对于一个妇人，能够发生如何效果。一切情形，不出所料，顷刻之间，药性一发，这女人便醉倒了。卖酒人便把小孩接抱在手，让奶妈抱一酒瓮，留在路上。这个国家从此也就不再见到这个卖酒人了。

这年轻人得到了自已同公主所生小孩后，想法逃到了邻近国王处去。进见国王时，为人既仪表不俗，应对复慧辩有方，畅谈各事，莫不中肯。国王心中十分欢喜，便想封他一个爵位，只不知道何种爵位比较相宜。那时正当国家文武考试，这年轻人不愿无功受禄，就用另一姓名，秘密投考，已得第一，又戴好面具，手执标枪，骑一白马，去同一个极强梁的武士挑战，结果又把这武士打倒。国王知道这人智慧勇力，皆为本国第一，其时正无太子，就想立他作为太子。

那国王说：“远处地方来的年轻人，我虽不大明白你的底细，我信托你。你的文彩是一匹豹子，你的勇敢象一只狮子，真是天下少有。我没有儿子，这份产业同一群可靠的人民，全得交给一个最出色的英雄接手管业。如今很想把你当作儿子。你若答应，你想得一女人，这里五族共有七个美貌女子，尽你意思挑选。看谁中意，你就娶谁。”

那年轻人见国王待他十分诚实坦白，向他提议，不能不即刻答复，就禀告国王：

“国王好意，同日头一样公正光明，我不敢借口拒绝。作太子事，容易商量。关于女人，我心有所主，虽死不移。若国王对这事有意帮忙，请简派一个使臣，过我本国国王处，为我向他最小公主求婚。若得允许，我愿意在此住下，为王当差；若不允许，我得走路。”

这国王听说，当时就简派大使，携带无数珍奇礼物，为年青人向那国王公主求婚。先前那个国王，素闻邻国并无太子，心知必是那个贼人，就慨然应诺。但告使臣有一条件，必得履行，公主方可下嫁。这条件也并不算苛刻，只是应照礼法，到时必须太子自来迎亲，方可发遣。使臣回国复命时，就详细禀告一切。

年轻人听到国王条件，心怀恐惧，以为若回国中，国王一见，必知虚实，发觉以后，定然捉牢不放。但一切既已定妥，若不前去，则又近于违礼，且俨然懦怯不前，将为人所轻视。便启请国王，商量迎亲办法，以为若往迎亲，必有五百骑士护卫，以壮观瞻。希望这五百骑士，人马衣服鞍辔，全用同一式样、同一颜色。

国王依言，即刻派定五百年轻骑士，各穿紫色衣甲，身骑白马，用银鞍金勒，王子也照样扮扎停当，二百五十个骑兵在前，二百五十个骑兵在后，迎亲王子，藏在其中，直向那年轻人本国走去。一行人马到地以后，那五百零一个骑士，便集合排成一队，向王敬礼。鹄立大坪中，听王训令。随行大臣禀告国王，太子已到，请见公主。

那国王一见骑士队伍，就知道贼在其中，毫无疑问，细心观察一阵过后，便骤马跑入迎亲队伍中间，捉出一人，并骑急驰而去。

年轻人既已被捉，心中便想，若未入宫，必有办法可以脱身。一旦入宫，欲再出宫门，事不容易。但他这时仍然毫不畏惧，深知命运正在祸福之间，生死决于一人。那时国王把他带入宫后，疾趋公主花园，带见公主，任凭公主发落。公主尚未出见时，国王就向他说：

“小小坏蛋，你聪明千次，胡涂一回，前后计谋，巧捷无比，事到如今，还有话说么？”

年轻人说：

“诸事是我所作，我无话说。我只请求国王，当公主面，公平处置。若我所作所事，应受国法惩治，我不逃避。若我还有理由可以自由，我也愿意国王，不必请求，并不吝惜这点恩惠。”

公主正因想及小孩，不知小孩去处，心中发愁，出时眼泪莹然。斜睇这年轻男子，虽事隔两年，当时正值黑夜，面目不分，如今衣服改变，一望就知这人正是那夜冒犯入宫的巧贼。公主心中怨爱纠缠，默然无语。

国王一看已知情形，就说：

“年轻男子，你既愿得公主，公主现在已归你所有！”回头又向公主说：“这贼聪明狡黠，天下无双，这次交你看守，好好把他捉牢，莫让这贼又想逃脱！”国王说完，自己就骑马跑去了。

到后这年轻男子，便当真为公主用爱情捉牢，不再逃走了。他既作了两国要人，两个国王死后，国土合并，作了国王。这个国王，就是一本极厚历史所说到的无忧国王。

故事说毕，人人莫不欢悦异常。但其中有个研究历史的学者，以为故事虽空幻无方，益人智慧，大家欢喜，也极自然。惟这个善变的人所有历史，既说已有一本极厚书籍说到，他想知道这书名称、版本、形式，希望说故事的人皆能一一说出，他方能承认事非虚构。因为他是一个历史学者，若不提“史”，他不过问，若提及史，他要证据。

那年轻农人，把一双为火光熏得微闭的眼睛，向历史学者又狡猾又粗野做了一个表示。他说：

“要问历史是不是？第一，我就认得那个王子。不要以为希奇，我还认得那个舅父。不要惊讶，我还认得那个公主同皇帝！”那历史学者茫然了。农人看到那学者神气十分好笑，且明白自己几句话已把这个历史学者引入了迷途，故显得快乐而且兴奋。他接着说："历史照例就是象我们这种人做出说出，却由你们来写下的。如今赶快拿出你的笔，赶快记下来，倘若你并没看过这本书，此后的人还以为你记下的就是那一本书了。你得好好记下来，同时莫忘记写上最后一行：'说这个故事的是一个青年农人。他说这个故事，并无其他原因，只为他正死去了一个极其顽固的舅父，预备去接受舅父那一笔遗产：四顷田，三只母牛，一栋房子，一个仓库。遗产中还有一个漂亮乖巧的女子，他的表妹。他心中正十分快乐，因此也就很慷慨的分给了众人一点快乐。'这是说谎，是的。这算罪过吗？你记下来呀，记下来就可以成为历史！"

大家直到这时方明白，原来一切故事全是这个年轻农人创造的，只有最后几句话十分真实。原来谁也不希望述说的是一段历史、一段真事，故这时反觉得更多喜悦。其中只有那个历史家十分生气，因为他觉得历史的尊严，不应当为农人捏造的故事所淆乱。但这也不过一会儿的事，即刻他又觉得快乐了。他虽不曾看过那么一本关于无忧王厚厚的书，他从农人的口中，却得到了一个假定的根据。他疑心另外一个地方，一定曾经有过这样一本厚厚的书。他不相信这故事纯粹出于农人自造，却疑心这是一个“历史的传说”，当真他就把这故事记到他一册厚厚的历史稿本上去了。

为张家小五辑自《生经》

一九三三年四月，于青岛

医生

这世界上，有多少害病的人，就有多少人对于医生感到不大愉快。这也正是当然的道理。的的确确，这个世界上，由于他们那种无识、懒惰、狡猾，以及其他恶德，有很多医生，是应当充军或用其他同类方法来待遇的。有许多医生，应得的一份，就正是一个土匪一个拐骗所得的那一份。但这并不是一种普遍的情形。世界上各个小小角隅都有很好的医生，既不缺少一个软和的灵魂，又知道如何尽职，知识也十分够用。

可是凡在说故事上提到什么医生时，我们总常常想说，这是一个有法律保障的骗子。即或他不是骗子，但他的祖先，还是出于方士同巫师，混合了骗术与魔术精神，继续到这世界上存在的。许多性情和平的老妇人，一见到医生，就不大高兴。许多小孩子，晚上不梦到手执骷髅的妖魔，总常常梦到手执药瓶的医生。

因此那一批商人，留住在那个名为金狼旅店的客寓中，用故事消磨长夜的时节，就有一个从前曾作过兵士的，说了一个医生的故事，把这故事结束到极悲惨的死亡里。这兵士说：“这方法是那地方人处治盗匪的，恰恰也给这个骗子照样的布置了。”

把故事说完后，有赞成的，有否认的。各人如对别的其他事情一样，不外乎用自己一点点经验来判断一切。有些人遇到过很好的医生，就说凡是医生绝对不坏，有些人在某时曾吃过医生的亏的，就又说在十个医生之中不会有一个值得敬重的好东西。

其中有个毛毯商人却说：“既然有人从医生故事上说过医生的恶德，也应当有人来从医生的故事上证明医生的美德。我们这里廿一个人，看看是不是有人记得到这样一个故事？”

大家都没有这种故事，故售毛毯商人又说：“我倒有这样一个故事，请大家放安静一点，听我把故事说出来。”

大家自然即刻就安静下来了的。下面就是这个故事。

医生罗福，为人和平正直，单身住家在离京都三百里左右一个地方，执行业务。平生只有一个女儿，嫁给京都一个读书人。因来都城看望女儿，就搁下事业，在京城住了些日子。有一天听人说，大觉寺有法师讲经，十分动人，全城男女，皆往听经。凡到过那法师身边的，莫不倾心佩服。故这医生，也就走去听听。听经以后，出庙门时还觉得那法师有一分魔力，名不虚传。那天法师讲的是牺牲精神，说到东方圣人当年如何为人类牺牲，也如何为畜类牺牲，在牺牲情形中，如何使生命显得十分美丽。这法师不谈牺牲果报，只谈牺牲美丽，因此极其为这医生钦服。出庙门后，医生就心想，一个人若能够为一个畜生也去受点苦，或许当真这痛苦也可以变成一分快乐。

这医生从一个穿珠人家门前过身，看到那个穿珠人手指为针戳伤，流血不止，正无办法，心生怜悯，照着乡下医生的慷慨精神，不必别人招呼，就赶忙走过去为这穿珠人止血，用药末带子，好好把这受伤人调理妥贴。

那时穿珠人正为国王穿一珠饰，有一粒大珍珠在盘盂内。这医生按照当时风气，身穿红衣，映于珠上，珍珠发红，光辉炫目，如大桑椹。穿珠人因医生好意替他照料伤处，十分感谢，就进屋里取一些点心，款待客人。那时有一只白鹅，见着珍珠，如大桑椹，不问一切，就把它一口吞下。若这鹅知道这是珠子，并不养人，除了人类很蠢，把它当成宝物以外，别的生物，皆无用处，就不至于吃下这东西了。穿珠人取了点心出来请客时节，记起宝珠，各处寻觅，皆不再见。这宝珠既为宫中拿出，值价自然非常贵重，穿珠人家中并不富裕，若真失去，如何可以赔偿？心想铺里并无别种罅穴，可以藏下这颗珠子，并且决无另一生人，把珠拿去，现在事情，不出这医生所作所为。就向医生询问：

“见我珠吗？”

医生就说：“没有看见。”

医生说话虽极诚实，仍不能使穿珠人相信，故这穿珠人又告他这珠归谁所有，安置何处，手指盘盂，一一说给医生。

这医生见鹅吃珠时节，以为吃的只是一颗桑椹或草莓，不甚介意，今见穿珠人脸上流汗，心中发急，口说手比，心中清楚，这珠此时正在白鹅腹中。医生心想：我一说明，这鹅即刻就得杀去，方便取珠。当设一计策，莫使鹅死。但如何设计，方能保全这扁毛畜牲性命，倒很为难。因记起先前一时法师所说各种牺牲之美丽处，故决心不即说出，等候再过一时，鹅把珍珠从大便中排出以后，再来说明。鹅命虽小，若能救此小小性命，另一体念，当可证明。医生既作如此打算，故不说话。

那穿珠人，眼看医生沉默不语，疑心特增，便说：

“我这宝珠分明放在盘中，房中又分明只你一人，赶快退还，莫开玩笑。若不退还，一定得大家认真变脸，你会受苦。今天这事，不要以为一言不发，就可了事。今天事情，决不容易轻轻了事。”

医生心想：“用自己痛苦，救别的生命，现在不说话，尽其生气，只望一时不即杀鹅，小小痛苦，不甚要紧。”

医生仍不说话，只是摇头，表示这珠并非自己拿去，且解衣脱鞋，尽穿珠人各处搜索。但穿珠人问及“不是你拿是谁拿去”，医生又不想说谎，就索性不答不理。

穿珠人越问越加生气，先尚看到医生神气忠厚实在，以为不象盗贼。现在看来，就觉得医生行为，实在有意装傻。

医生眼看穿珠人生气样子，知道结果必有苦吃。四向望望，无可怙恃。身如鹿獐，入围落网以后，便无法逃脱。但也不想逃脱，只是静待机会，等候吃亏。一面心想法师所说："生活本极平凡，实无多大趣味，使一人在平凡生活之中，能领会生命，认识生命，人格光辉炫目，达到圣境，节制、牺牲，必不可少。"于是端正衣服，从容坦白，仿佛一切业已派定，一切无可反抗，如今情形，只是准备挨打，不必再作其他希望。

穿珠人看到这个医生神气，就说：

"你既拿了我的珠子，不愿退还，作出这种神气，难道预备打架吗？"

医生微笑说：

"谁来同你打架？你说我把你珠宝偷去，我无话说。若说不偷，这宝珠又当真因我来到铺中失去。若说偷去，又退不出。我先前沉默，只是自己身心交战；现在准备，只是尽你处罚！"

穿珠人看到这医生疯疯癫癫，不可理喻，就说：

“不要装傻，装傻不行。绳子、鞭子，业已为你准备上。好，再不承认，就得动手！”

医生心中想起法师格言：

“身体如干柴，遇火即燃烧，希望不燃烧，全靠精神在。

牛马皆有身，身体不足贵。人称有价值，在能有理想！”

这医生既认为应为理想，尽身体忍受一切折磨，故虽明知穿珠人业已十分愤怒，鞭棒即刻就得加于身体，仍然微笑不答，默然玩味另一真理，一切全不在意。

穿珠人忍无可忍，就尽力鞭打这个医生。那时医生两手并头，皆已被缚，不能动弹，四向顾望，不知所逃。鞭子上身，沉重异常，流血被面，眼目难于睁开。轻轻的自言自语：

“为一只小鹅牺牲，虽似乎不必，但牺牲精神，自然极其高贵。一切牺牲，皆不自私。为人类牺牲自己，目前世界，已不容易遇到，我所遭遇，可以训练自己。每人生活，若皆只图不痛不痒，舒适安逸，大猪同人，并无分别。我的所为，只在学习来用自己精神，否认与猪同类。”

穿珠人打了医生一阵，看到医生头脸流血，毫不呻吟，询问医生：

“傻子，你有甚话说，只管说来。”

医生说：

“没有话说，说即更傻。只请不要单打头部。我这肩背各处，似乎比头稍稍结实，若不愿意一下把我打死，必须拷出结果，请打肩背。若这种行为，不至于使你疲倦，一两天内，你那宝珠仍然可望归回。”

穿珠人以为这医生倔强异常，直到这时，还说笑话，就大声辱骂，“不用多说空话，装傻装疯，以为因此一来就可让你逃走！”于是重新把手脚缚定于屋柱上，加倍鞭打。并且用绳急绞，因此这医生到后鼻孔口中，皆直喷血。

那时那只白鹅，见地下有血，各处流动，就来吃血，穿珠人把鹅嗾去，不久又复走来。引起嗔忿，就一鞭一脚，把鹅即刻打死。

医生听鹅在地下扑翅声音，眼睛不能看见，就问穿珠人道：

“我的朋友，你那白鹅，如今是死是活？”

穿珠人闷气在心，盛气而说：

“我鹅死活，不关你事。”

医生极力把眼睁开，见白鹅业已死去，就长叹了好些次数，悲泣不已，独自语言：

“担心你受苦，我为你牺牲，若早知你因此死去，也许我早说，主人为爱你，反不至于死去！”

穿珠人见状希奇，不知原因，就问医生：

“这鹅同你非亲非戚，它死同你有甚关系？自己挨打，不知痛苦，一只小鹅，使你伤心到这样子！”

医生说：

“我本为它牺牲，训练自己，想不到为它牺牲，反使它因此早死。我的行为稍稍奇特，因为我有理想。所想的好，做到的坏，愿心不满，所以极不快乐！”

穿珠人说：

“你想什么，你愿什么？”

医生就告这穿珠人一切事情经过。

那时穿珠人将信将疑，赶忙把鹅腹用刀剖开，就在白鹅嗉囊里，掏出那颗大珠。因鹅吃下不少鲜血，珠浴血中，红如血玉。穿珠人见到宝珠以后，想起医生行为，以及自己行为，就大声哭泣，爬伏医生脚下，向医生作种种忏悔，不知休止。

医生那时已证明牺牲的美丽处，不用穿珠人说话忏悔，也能原谅那种愚蠢卤莽行为，只十分客气同穿珠人说：

“一切过去，不必算数。劳驾老兄，替我把绳子解解，你这绳子缚得太紧太久了，我脚发木。让我坐坐，稍稍休息，喝杯热水，不会妨碍你工作吗？”

……

这医生这样训练自己，方法倒不很坏。因这次牺牲，他自己也才认识自己生命的价值。因这个故事，所以说这故事的那一位，否认人家对医生的指摘，证明医生中有这样一个人，作过了这样一件事。且说，世界上只要有这样一个医生，也就可以把一切医生罪过赎去了。

这医生大家都承认他可爱，他可爱处，显然是他体念真理的精神。

为张家小五辑自《大庄严论》

一九三二年十月，于青岛

阿丽思中国游记（选载）

第一卷

第三章　那一本《中国旅行指南》

这里，我想把约翰·傩喜先生的所得《中国旅行指南》这本书详详细细介绍给一般想旅行中国的西洋白种人，这个我相信是可以给一个没有到中国来过的白种人很好的指导。不过为篇幅所限，却只能随便说点。

这书是在约翰·傩喜先生到馍馍街五层楼上哈卜君处谈要去中国旅行以后，过了三天，哈卜君担心他老朋友的此次旅行，特意亲自把这手抄本极可珍贵的书捎来给他的。

哈卜君把书赠给傩喜先生时，说："好友，拿这一本到中国去，那是比请三个向导还似乎可靠一点，好好保重得了。”

书面签的字是：

“敬以此书赠老友约翰·倠喜君：时老友正欲游其梦中之中国云。”

书上第一章便是说关于小费的事。

第一章第四条——

遇到你迷了路时，问警察也不能知道（这是平常的事情），你可以随便抓一个人，说：“阁下，请你把我引到我的住处去。”他说这个我可不知道。那你可以说：“你是本地人，连路也不知道？”——到这里，方法就有两种：一种是你送他一点小费，他便很高兴为你作这件事，另一种则是你告他是英帝国的人民，他们知道尊敬。英国在使中国人增加尊敬上，作了不少的事业，在中国地内杀了不少中国人，且停泊在中国长江一带的炮舰顶多，中国官已经就告给中国人民应当特别怕英国人了。

同章另一条——

拜会中国的官，或曾作过官的名人，你到那里去投一个片子。假如那门房说不在家了，你若是相信这话，就回头，那下一次来准又会不到。即或是你先用信或电话相约，指定这时候去找那个伟人，到门房时请他引见，他也可以用“老爷不起”、“老爷会客”一类话抵制你。遇到这事你便应当记起小费的事情来。你不记起他不会提醒你的。这因为应属于客人知趣不知趣上面，不知趣则他提醒你你也不明白。

你知道这事了，你就看看这个要会见的是一个什么样的人。这人若是作过总长一类的，你可以在你名片一面贴上值一块钱的票子两张（也有五张的，这并无定规，不过顶好是用中国的有信用的银行钞票，免得掉换），一面口上说：“劳驾，劳驾。”他虽在先说过是老爷出去了，也许老爷在他们眼睛打岔时又转回来了。也许是老爷从大门出从后门入，故他们先以为不在家。至于先说得是老爷还不起床，那当然是他们进去为你们催老爷去了。说有事，则必定事是刚刚办完。这是应当感谢门房的。回头你见了老爷，你可以不必提到这事，提当然不要紧，不过照例不提。

这门房得过你的小费的，下一次他就同你要好起来，可以不“买票”也成。然而你应当懂出钱的时候，最好不必让他先送你钉子碰，送你碰钉子处名之曰“里手”。

同章另一条——

住旅馆，住公寓，住家，遇到过年过节，你得赏你下人的钱。中国一年十二个月，有三次是非赏小费不可的。这成了规矩。外国人到中国也免不了。一次是端午，一次是中秋，还有一次是过年。有时他们在耶稣诞日也很有理由的要小费，这个可免则免，不可免也应当送。他们每天的工作，是靠到这三次四次的赏号，拿来打牌赌博的，你如无小费送他，他便只好看别人赌钱。说不定因此他可以偷你一点东西，就把这无小费作理由，是无法的。

买东西时用同样的钱，你自己买可以多一点，要他们买则有时少一半，这你不能奇怪，因为这也是规矩。他们在你货价中提取了一些，不让你知道，是全中国作伙计、厨子、帮工，都认为应当（这是一种额外小费）。

同章另一条——

坐船到别一个地方去，譬如说从上海到天津，坐不起大菜间，只能坐官舱，你顶好是先告那招呼你的茶房，说回头送几块小费。他便按到你小费多少来帮你作一切事。不先告他，他们都非常聪明，知道从衣服脸貌上看出你是什么样的人，假如你穿得不好，他便可以不大理会你。那么以后你纵出小费也无用了。不过先说的总是应当在他估的小费以上，才有便宜可占。

……

又，在另一章上，讲到在中国的西洋人想作中国官或作事的，有几条也非常切要。可惜的是连顶切要的也不能全引证出来，这里只举几个小例。

第……章第二十一条——

若是见到中国阔老，谈话谈到生活情形时，你说你对于中国打麻雀牌很想学学，能使他高兴。又说愿意看中国戏（注意是到北京只能说“愿听中国戏”），他也认为你是想领略中国艺术的好白种人。你说你欢喜在初一十五吃观音斋，这个也是很好的话，这话为太太知道更好。

在中国南方的伟人会晤下，你说话应当记到在骂两句北方军阀后夸奖一番这一方面的工作，到北方去则谈话中能引证得《论语》上的话越多越好。

作中国政府的外国顾问，实际上应当作成一外国清客身分：能读熟《论语》、《孟子》、《孝经》、《礼记》、《太上感应篇》还不算全材。越懂得中国文化多越好。能陪到高等官吏常常吃一点花酒，也是作客卿升官发财很要紧的事。

别人请客，帖子上写五点钟，你最好是八点再去。若照到帖子上的时间去，那多半是连主人也见不到。即或是在主人自己家里，慢去一点也无妨。在中国，请客作主人的，多数先学得一种等候客人的耐性。这性质在久住中国的外国顾问中也养成了很好习惯的。

一个旅行中国的欧洲人，固然不一定全是来作官经商，抱了玩一玩的意见自然也很多。要怎么玩得尽兴，中国的习惯也应当多知道一点。于是这书的第七章告我们的事是一些琐碎的杂事。这里仍然是选出的一部分。

第七章……条——

到中国的应当在本名教名以外取一个别号，如象“落迦山老农”，或“莱茵河散人”，或“居士”“斋主”等等，至少是要懂得这个。中国人是稍稍有声望的人都有这别号的。还有人为神仙代为取名的，大致从扶乩而来，可以到北京红卍字总会参观，那里有很多神仙，且有不少作过总理总长省长的信士，这信士的法名都应当知道明白，好到那个地方称呼，不至闹笑话。

男人的姓名，最好译成中国音，找中国姓氏谱有一本《百家姓》。此书上还附有郡名，一见姓且可以知道所从属郡氏。从前孟禄、罗素，到中国时，人家姓孟姓罗的都乐于同这两位先生“联宗”。联宗是比拜把子还亲密的。又如高尔基先生的名字，顶好不过，读来非常顺口。女人则在本姓名上加以“艹”或“王”或“女”更为醒目。其实最好是在中国顶熟习的“婉贞淑芬”等等名字中去找相同的音为雅致合俗。关于这个若不能明白，不拘向中国什么人请教，他们都能供给你三十个以上通俗名字的。若求其顶合适当然须要去拜访中国翻译小说的文学家，他们对名字是十分懂得合乎国情的。找中国文学家那极容易。有些人你可以在初次会晤下问他是什么主义文学家，他告诉你时可不会红脸。

中国地方以乞讨为职业的人，算世界上第一多。他们在你身后追着赶着，说出很好的祝福，这颂词且多数用韵，自由从口上编成，如古世纪乞丐诗人一样，你若是乐于听他，就慢送他一点钱。不过太慢了，也许他把祝福的话用完了，尾音却是诅骂。这看地方来，有些地方是如此的。

有些地方乡下人，又作兴一到过年就上城讨钱的，这也成了规矩。

许多地方开铺子作生意的，一到初一十五便在柜台上摆一个钱簸箕，这里面有小铜子和银角子，这钱是专为给乞丐的。凡是作乞丐的还有一种副业，便是什么地方死人结亲，他们去打执事。到那时候他们穿得是一种绿色红色的衣裳，这衣裳上面还绣得有花，是中国前清衙门的副爷穿的。到冷天时，平常本来用报纸围身的，他们这个时候就不再发抖了。

若是想研究中国人不好看的脸色有多少种，你只要走到各处都不让他们叨光，就可以见到。

中国人骂人是各地都不同的。（这里足供一个专门研究家讨论，兹节去）

想同中国新的青年知识阶级认识，你问一个在欧洲的明白欧洲某文人的生活的朋友，拿一个那文人的相片来，签上赠作的名字，一到中国后，只要见到不拘某一个教授，让这教授见到这相，明天他就会为你宣传出去，大家都请你演说。你演说只把外国一切最新发明全归功给两千年前的中国人，他们就都欢欢喜喜的散去，认为你是同黄色人同情的白种人。总之你到中国说中国好，这马屁是容易拍的。你不会拍就在中国人面前骂骂你对欧洲人不满意的地方，也算很懂事的白种人了。

你这样一同中国知识阶级接近，又可以见到现下中国的文学家，这文学家就是发表过国际上的宣言，说外人轻侮中国人，且名义也是说他是“文学家”的。就此又可以看看中国法郎士、中国拜伦、中国……也是一个在最近想了解中国的欧洲人应当会面谈谈的。

到中国应当明白中国人对女子的新旧观念，好在同一地方对付两个人。凡是穿洋服的你都称他为中国新时代人物，他便欢喜，且很有礼貌的同你攀谈。但有时你对一个顶时髦的人讨论到中国古文化也能津津有味。这全在你耳朵，你听他说一句话就可以明白。但不拘是新是旧，中国人都善于赌咒。赌咒是自己说了谎以后请神来帮忙作伪证人的。中国的兵队，都知道怕外国人，土匪也如此。

在中国许多地方，每一天都要杀一些人，普通人可以随便看这个热闹。官厅也能体会这民众的希望，一遇到杀人，总先把这应杀的人游街，随后把人头挂在看的人顶多的地方，供大家欣赏。外国人且可以把这个随便照相。

中国人，近年来，辫子同小脚，可惜是不大能在大市镇上见到了。但拖辫子的思想是随便可以见到的。要见这种高深的文化不一定要去找有胡子的人谈，年青人也能很好把这文化保留到思想上的。

顶会赌博的人应推中国人。他们把打仗也维持到赌博上面，投资的全是外国人。有钱的欧洲人，是知道中国伟人谁可以某一时上台，比在跑马场买马位还看得准。

先疑心自己是已俨然游过中国一趟的约翰·傩喜先生，读完了这一本《中国旅行指南》，才明白是中国还有许多事情。到看到这样一册厚厚的书，全说得是中国事情，关于动身倒似乎是问题了。他虽然信得过哈卜君的话，说是欧洲人到中国去比到本国还自由，但看这书的第一章，把中国小费规矩就说了两三万字，他对于此行的路费倒踌躇起来了。本来的路费并不一定要花多少，但到了中国以后小费倒是一笔大数目。究竟要用多少小费，这书上又并未曾载明。也许还有最近才有的规矩遗漏不曾载上。然而他是决了心要去看看的。

他一面记起到中国去姓名应译好或纠正的事，就又走到哈卜君家中去讨论到他的姓名应如何改变，并问问这书中自己不了解处。

“这个为难得很，你书上说应审好才行呢。”

“那我倒忘了，”哈卜君说着，走到写字台边去乱翻，翻出一个薄纸本书来，“来，我们请这个师傅。”

原来这就是一本中国《百家姓》，上面且有英文、拉丁文、俄文三种的比较名词。傩喜先生是认得到拉丁文的，就把自己的姓去按照笔画检寻，过了一阵。

“我想，就姓王好了。”

“这个我赞成。有个王尔德，中国现在是大家全知道的。”

姓，那就定为王，郡名为“三槐”，无问题了。到姓已定妥时就研究名字。名字在另一本书上也有。为了应当选中一个顶好的，傩喜先生要哈卜君自己去作事，不必再理他，好让他坐在那紫檀嵌大理石的太师椅上专心翻找。傩喜先生是那么张起两个耳朵，端端正正坐在那大椅子上，把舌头在嘴巴边舔着，目不旁瞬的作这一个工作的。每一个名字在他都拿来过细称量一番。

——“阿狗”，不好。这里注明是小名，且指定是第四阶级的。

——“国富”，不好。这是军人、店老板。

——“金亭”，不。

——“长寿”，不。

怎么都不见绅士名字？

绅士的名字笔画都很多，这书为中国式的排列，所以先是找不着。

……

翻了半天还是找不到傩喜先生认为满意的名字。他到没有办法也懒于再找时，喊他的朋友。

“喂，帮帮忙，帮帮忙，我真不知要怎么着！”

朋友哈卜君，是已在那琴凳上打盹，为傩喜先生喊醒的。于是他们两个来翻。

又翻了一阵，讨论了一阵，还是不成。

“那你意思怎么啦？”

“我意思就是这样，照老法子，用我这一人混名。”

“你是说在名片上印‘王傩喜’三字么？”

“嗯？”

“也好。”哈卜君只答应也好。他不明白傩喜先生的用意。傩喜先生在某一页上曾翻出一个“傩喜”的名，下面注得小字是：此名为中国某总理在家时之小名，“傩喜”意谓还一次愿为傩神所喜而赐云。那是真再好也没有了。但他可不把这意思告给哈卜君知道，怕朋友有意取笑。

把名字取定以后，他又问了不少关于到中国以后的方法，这些方法多数是那《旅行指南》一书上面讲过的，但他不明白，非哈卜君一一讲解不成。到后问到小费，朋友说：

“这个，至少预备同你此行的旅费一样多，那成了。”

“我是担心超过旅费的。既只要这样办，那倒无问题。”

今天傩喜先生已习惯于喝那中国龙井了，他喝了两碗茶，又把哈卜君的中国点心吃了一些才回家。

当夜在床上，他又把那《中国旅行指南》细细的看，到睡后却做了许多荒唐不经的梦。

第四章　出发的情形

傩喜先生在给那个附有告给阿丽思小姐神的差人要酒钱的信以后，约莫经过四天五天，他又给了阿丽思小姐一个信。这信说是到中国去不日可以出发，在出发之先请她把一切预备好。

“这位先生才叫有趣，要我怎么预备？”她这样想着就好笑。她不明白到中国去玩一趟也得预备。她以为要走就动身，要预备，真说得怪！她先就根本不打量预备告给家中的人，又不愿再问姑妈格格佛依丝太太什么话。她恐怕一早张扬就会走不成。若是弟弟妹妹知道了这个，全争着要去，那谁来负这个照料的责任呢？

她又想：“难道是坐船去吗？”也不对。就是坐船用两个人划，一个有胡子的艄公掌舵，自己就规规矩矩坐到这三人船的中舱，这个也不是要预备的事。坐船她自信是不会晕的，她曾同爸爸坐过船到过海中。

然而傩喜先生的信上又明明白白说是要事先预备。

为难了。她不信兔子这话是一句真话，恐怕写信时照例说说的。因为信上的话，每每不是这人心上要说的话，她是明白的。但傩喜先生就象先也料到这个，在预备两字旁边打了两个双圈。为这两个小圈害得阿丽思小姐姐费了两天的思想。

无意中，在姑妈说故事的当儿中，她说：

“姑妈，假若我们到中国去旅行，也要带什么必需的东西么？”

这位格格佛依丝太太，关于到中国去手续其实一点也不明白，她除了说神话故事上的中国以外，她就不明白中国是神比人多还是人比神多的一个地方。但每一个问题从小孩子这边提出来，她照例总有一种答复，有一些材料供给这些孩子，她于是就引用游小人国的方法，说最好是带一支蓝色铅笔同一册日记簿子，好在说话不明白时候用字母谈话，又好寄信回家。

阿丽思小姐听到这个才了然，只点头。到姑妈问她是不是有意要到中国一趟时阿丽思小姐只含含糊糊答应一下，就走到爹爹书房中去了。

她知道到中国去是带一点纸笔之类方便得多的，就不让第二个人知道，悄悄从爸爸书桌上取了一枝小蓝色铅笔，扔在自己的衣袋里。又把自己所有的一本黄纸日记簿——这日记簿是姑妈格格佛依丝太太在圣诞节赠她的礼物，上面画有金色中国的福字寿字的——也从箱子里取出好好放在枕头下面去。于是她认为是一切已经预备得很好，所差的就是动身了，就泰然的等候傩喜先生的驾到。

在往日，阿丽思小姐家中的姊妹兄弟，上床先后是按年龄大小挨次序来的。由姑妈格格佛依丝太太照料。顶小的一个弟弟最先打发。其次轮到是六妹。其次是五弟。又其次，就到她。虽说有时在上床以后也不能即刻睡着，且能听到顶大那个姐姐上床时姑妈的祝福话，但歹好这成了规矩。每一个人上床以后，姑妈就会把毛绒毡子搭好，又在被盖四周用手按揣一遍，轻轻的说“神保佑你”，于是睡下的便一声不作闭了眼睛让格格佛依丝太太在额上接一个吻，于是指一天所有吵闹吃喝哭笑都离开了自己，这一天算完事了。

阿丽思小姐近来为了那“不日可以出发”的一句话，可只想早睡。本来迟睡一点似乎可以说是权利，往日她争这个权利，如今却连分内的权利也愿放弃了。迟睡一点常常会从格格佛依丝太太方面得到一些吃的东西，如象糖栗子、风干核桃、芝麻糕、橘子之类，这些东西多数是五妹以下无份的，然而这时阿丽思小姐也甘心不吃了。她只愿意提早一点睡觉。关于这事情，谁也不明白她心里想什么。不消说这也很少为爸爸注意，因为爸爸一天事也多。阿丽思小姐愿意提早上床，我们自然明白。睡得若是太晏，让那兔子来时老等，真对不起人！

她想早睡，总是央求弟弟妹妹先上床，因为在这家中一切规矩仍然不能破。她又要求格格佛依丝太太把每个故事缩短一点，为的是听完故事以后的弟妹可以上床。为达到这个目的，在第三天晚上时，她又设法催到姑妈把故事缩短，可为姑妈看出了。姑妈见到阿丽思变了脾气，人只想早睡，关于睡的事情一点不象往天的捣乱，就疑心，因此在她上床时就问她：

“阿丽思，你是怎么啦？这几天有病了吗？今天又累了吗？”

“不，”她同姑妈说，“姑妈，我不。我们早睡点，不是都可以在床上各做一个长长的好梦吗？”

“是倒是。不过要好梦并不一定要睡得早。”

“我心里想，睡早一点机会多一点。”

“姑妈可是只睡一点钟[1]也作了许多好梦。”这也是的确的。这中年良善的妇人，白天把一本《安徒生童话》

[1] 指一个钟头。下同。

拿起为阿丽思小姐姊妹读着时，自己就常常忽然成了一荚豌豆或卖火柴的小女孩儿！

“我怕耽误了事！”

姑妈听到这孩子说痴话就好笑。姑妈心上明白，以为必定是阿丽思把白天姑妈为说的游大人国小人国的故事记在心上，所以想早睡好到小人国去参观了。格格佛依丝太太是在小时候也作过这梦的，懂得一个小孩子的心是怎样的天真，就说，

“乖孩子，我明白你意思了。”她一面为把一床羊毛毯子搭到阿丽思小姐足部，一面只点头，“可是不要招凉，伤了风是很难得到好梦的，你一打喷嚏，它们就会吓跑了。”

“姑妈你明白吗？”

“是呀。明早告我那个红头巡捕是怎样的款待你，且为我问他的安，说格格佛依丝太太也记念到他呀！”

格格佛依丝太太还托到阿丽思问那小人国的红头巡捕好，阿丽思小姐才知道姑妈说的“明白”所明白是怎么回事。

她说：“姑妈，我不是去那个地方。那只有让彼得

弟弟去，你请他为你问候那个善良的包红帕子的巡捕好了。”

“好，那我就请他。你是不是要去会锡兵？”

“也不是。”

“那是要找俄国的皇子去了——”

“唉，不是不是不是。姑妈，这个我不告你！”

“告我也好，我好托你就便为我问候相熟的咧。”

“那你拢来。”她要姑妈拢来是怕其他姊妹听到这话。

格格佛依丝太太依到阿丽思小姐说的话，把身子弯弯的到她床边去，让阿丽思咬到她耳朵悄悄的告她是要到什么地方去的话。

这良善的太太听了只点头，一点也不以为奇怪。当阿丽思小姐说完了要去中国一趟时，这个太太就说："那就为我问那兔子先生的好。又为我问穿黄缎绣花龙袍终日坐在金銮宝殿不说话的中国皇帝的好，你一到那里，是准可以见到那个年青皇帝的。”

“好，姑妈，你晚安！”

“好，乖乖，你也晚安。”

那一边就又为三姑娘打发到别个梦里去，这一边，就把眼睛闭上等候傩喜先生的来临。当到那一方面格格佛依丝太太刚安置到阿丽思的二姐时，兔子绅士已经在同阿丽思小姐脱帽行礼了。

阿丽思小姐眼中的傩喜先生，是完全与上次两样的。这时傩喜先生把脸刮得干干净净，穿的衣服是一身最时行的英国式旅行装束，这衣服是用浅灰色细呢作成的，真极其美观。脚下是薄底子的旅行鞋。胁窝下挂了一个黑色望远镜盒子、一个黑色小照相匣，以及一个银色的铅质热水瓶。当到傩喜先生手上提了那个很大的皮包，见到阿丽思小姐，着忙甩下头上那顶便帽行礼时，若非亏得傩喜先生头上那一对高高举起的大耳朵作记号，阿丽思小姐已分不清楚这对她行礼的是什么体面人了。

“傩喜先生，哟，好极了！”

“是，小姐你好！”

他们就很亲热的握手，且说到过去的一切。

阿丽思小姐同到傩喜先生，似乎就是这么出发了。他们是从花园中走的。

“傩喜先生，我不久前还才同我姑妈谈到你啦。”她随即又告他这个格格佛依丝太太是怎么样的一个好人，每天为她姊妹学故事，每天晚上还又来照料到一个一个的人睡觉……

“喔，这太太也知道我吧？”

“岂止知道。我告她，说是我们将同伴到什么什么地方去，她还说要我为她问你好，问中国的皇帝好呢。”

“这真是非常安慰，得这良善的正直的老太太惦念。回头我还请小姐说，这一旁，苏格兰一个乡下兔子，也愿意上帝给这老人家康健！”

傩喜先生是这么客气的说，致令阿丽思小姐不知道说什么为好了。

他们俩一直走就走到一个海边，这海的另一旁岸上，大致就是中国吧。

到上了船以后她记起了她的日记簿还在枕头下，“傩喜先生，我想转去一下，我忘了东西！”

她随即就告傩喜先生所遗忘的是些什么。她还说这个便是记到来信上的话把来问姑妈，姑妈格格佛依丝太太告她到中国去应当预备的。

“这不要。要写信，中国地方不愁缺少外国纸张。我朋友还告我说在此买不到的货物到那边也有，一切有！”

"那'预备'我就不明白了。"

"我意思是要你预备'走',怕你忙到别的不能脱身。"

"喔,那就不要那个本子了。"

"对了。"

……

这只开往中国的船,似乎就只等候他两个。他们一上船不久,一会儿,就听到甲板上敲打铜锣报告船开了。

船慢慢的在大海中,如一匹大象的走着,这船就把阿丽思小姐同傩喜先生一直运到中国的码头旁边。

上了中国岸的阿丽思小姐,已给傩喜先生为改成阿丽丝小姐了。关于这个事情,阿丽思小姐却并不奇怪,因为姑妈格格佛依丝太太的丝字是和自己一样的,她倒以为如此一来更象这个太太的侄女了。至于为什么傩喜先生要为她换这一个名字,那是他记起《旅行指南》上说的话,不过他却不同阿丽思小姐讨论到这本奇怪的书。本来到中国玩玩。又不一定是考察什么,就不用这本旅行指南似乎也行的。

第二卷

第七章　又通一次信

阿丽思小姐在临动身以前，很满意的把那仪彬姑娘见到了，那母亲也见到了，那二哥也见到了。她打起了兴致同这一家人谈话。她说话时常常害羞，因为想到自己把自己分成两人时说的蠢话。经那作二哥的同仪彬姑娘谈到时，便不由得不脸红了。

一切如仪彬姑娘所说，经过一切的麻烦，随到仪彬姑娘的二哥行动，遇事装马虎，装不注意，有时不得已自己还装作外国公主那么尊大与骄傲，恐吓无知识的中国人，于是到了一个地方。

不消说这便是仪彬姑娘的乡下了。情形一切如仪彬姑娘所说，故阿丽思到此也不觉得怎样不方便。

这里比不上中国大地方的，是没有人请演讲一类事，没有诗人，没有用韵文说话的绅士，没有戏，总之大地方所有的这里好象都不会见到，这里所有的却又正是大地方不曾见过的。

这地方，管理一切人畜祸福的，同中国普通情形稍稍不同，第一是天王以及天王以下诸菩萨，第二是地方官以及帮菩萨办事的和尚、道士、巫师，第三是乡约保正。人人怕菩萨比怕官的地方还多，就因为作官的论班辈瓜葛全离不了非亲即友。虽然每一家小孩子，总有一个两个得力的鬼神作干爹，但干爹好象也只能保佑干儿子长命富贵，遇到家人父子大事还不能帮忙。地方官既然还是坐第二把交椅，所以论收入，也是菩萨比官强多了。一个保正既敌不过为菩萨看庙门的人清闲，也不会比这作鬼神门房的收入为多。这是那地方有儿女很多的人家，在选择儿婿一事上，全考究的很分明的。作官的人除了有衙门坐以外，地位决不比一个庙中管事优，这优劣的比较，要不拘谁一个做媒的老太太们也数得出。

本地人，他们吃的是普通白米，作干饭，一天三餐或两餐。菜蔬有钱的人照规矩吃鱼吃肉，穷人则全是辣子同酸菜。很可怪的便是纵然落在肚里的只是辣子酸菜，象是样子还是不差多少，也能说，也能笑。吃不同样的东西，住不同样的房子，各人精神生活却很难分出两样情形，这是使阿丽思吃惊的。他们那听天安命的人生观，在这随命运摆布的生活下，各不相扰的生儿育女，有希望，有愤懑，便走到不拘一个庙里去向神申诉一番，回头便拿了神的预约处置了这不平的心，安安静静过着未来的日子。人病了，也去同神商量，请求神帮忙，将病医好，这办法，都不是欧洲人懂的。

到了仪彬的乡下的阿丽思，把仪彬姑娘的二哥，也喊作二哥了，因为这样一来方便了许多。

他们住的地方是城中心。城中心，是说每早上照例可以听二十种喊法不同的小贩声音，到早饭后又可以听十五种，晚饭听八种，上灯听一百零八种——这数字，是阿丽思在三天的比较下统计过来的，相差绝不会远。本地人的好吃，从这统计上可以明白。不过这些可以当点心的东西，有一半是用辣子拌，有十分之二是应当泡在辣子汁里，这在问过二哥以后阿丽思才知道的。

阿丽思站到大门边看街，街上走的人物便全在眼中了。这个地方没有车，没有轿，各个人的脚全有脚的责任，因此老太太们上街的也全是步行。凡是手中提得有纸钱的，是上庙中亲家菩萨处进香，提了铜钱则是到另一种亲家公馆去打牌——这地方老太太是只有这两样事可做的。上学下学的小孩子，多数是赤了脚在石地上走，胁下挟书包，两只手各提一只鞋子。他们是每一个人全学会五六十种很精彩的骂人语汇。这种学问的用处是有的。譬如说，两个学生遇到一路走时，他们就找出一点小小原由，互相对骂，到分手为止。无意中在路上碰到，他们也可以抽出时间暂停下脚来，站到人家屋檐下，或者爽性坐到人家屋檐下的石阶上，互相骂，把话骂完再分手，也是很平常的事。小孩子遇到要打架，成年人（当然这中就不缺少乡约保正）便很公平的为划出圈子来，要其他小孩子在圈外看。他且慨然的把公正人自居，打伤了他还可以代为敷药。大人们在大街上动刀比武是常事，小孩子也随便可以跟到身后看，决不会误伤及他们（凡是比武的人，刀法是很准确的）。阿丽思还见到一个作母亲的送她儿子出门上学时，嘱咐儿子看这个须站得稍远点，儿子笑，以为母亲胆子太小。阿丽思还见到……

见着的多嘞，就是站在大门边打望，便全有机会遇到！

别的地方多数是成年人作的事比小孩子精明十倍百倍，这地方则恰恰相反。这里上年纪的人，赌博只有五种，小孩子则可以赌输赢的还不止五十种。他们把所有的娱乐全放在赌博上面，又切实，又有趣。有一个小钱在手，便可以来猜钱背面的年号，或通宝“通”字的“之纽”有几点。拿风筝则可以各站在一处，一个城里一个城外，想方设法尽风筝绳子绞在一处，便赶忙收线，比谁快，比谁线结实。用一段甘蔗也可以赌钱，这办法是把甘蔗竖立，让其摇摇摆摆，在摇摇摆摆情形中将小小钢镰刀下劈，能劈长便不花钱吃甘蔗。养蛐蛐打架，养鹌鹑、养鸡养鸭子同鹅，全可以比输赢。很奇怪的是，在许多地方本来不善于打架的东西，一到了这里，也象特别容易发气容易动火了。这地方小孩子的天才可惊处，真是太多了。没有活东西驯养，也没有甘蔗以及陀螺风筝之类时，他们的赌博还仍然有的是方法维持下去！他们各持一段木，便可以在一层石阶前打起“板板”来了；把木打上阶，或打下阶，即可以派钱，这是最简单方法之一的。他们到全是两手空空时，还可以用这空手来滚沙宝相碰，来扳劲，来浇水，来打架，输了的便派他背上一拳，或额角上五凿栗，甚至于喊三声“猪头”由输家答应。赌博用钱，用香头，用瓦片捶就圆东西，用蚌壳，这许多人全懂。他们可还发明用拳头，用凿栗，以及用各种奇巧骂人话语，这个是怪难得的。

阿丽思小姐到这时，可想念起呆在茯苓旅馆的傩喜先生来了。她以为他是太寂寞了点。纵如她所设想，傩喜先生成天到公园去坐在上流人顶多的茶座上，比起自己当然就是很寂寞的事了！她所见到的，傩喜先生却无从见到，这是不应该的。那么远的路程，那么同伴的来，却不能一同到这个地方，阿丽思不免稍稍奇怪这个二哥了。

阿丽思终于把这个意见问了他。她说：

“二哥，你干吗又不让傩喜先生同我一块来？”

“让他在茯苓旅馆不是一件方便的事么？”

“他寂寞，会的。”

他便笑，说，“决不会。如今是正成天成夜为人约请到各地方演讲。哪里会？可担心的倒是怕他忙不过来！”

阿丽思却仍然以为这是不大合式，因为他并不是预备来演讲的，所以不来似乎是更不应当了。

这真是没办法的事，来也不好，不来也不好。若是在先同阿丽思小姐一块，路上麻烦以及到地困难也是当真。但，让傩喜先生单独留下，尽中国一些学会一些团体，每天派代表来请傩喜先生到会场去（虽说请他演讲的意思，也不过是想详详细细欣赏一下傩喜先生的品貌，所讲的也可以听也可以不听），就是那么拉拉扯扯的被人绑票上到会场的讲台上，一千对或五百对老鼠狐狸猿猴以及各样不同的眼睛，齐集中于这一位自己很谦虚的、自称为苏格兰小镇上的一匹兔子的傩喜先生身上，这兔子，尚能够从从容容如大哲学家罗素那么不脸红不喘气的站一点钟或两点钟，找出一些拍中国文化马屁的话么？一回两回，还可以支持过去，到十回百回，应付得下么？

二哥觉到难，也很悔。他说最好是一处也不去，不给人开例子，中国人便无话说了。中国人原是顶讲例子的。凡是有利的事中国人全能举出若干不同例子来证明这利益之继续存在，如作官的贪赃，如受考试的大学生作伪，如……

说来说去阿丽思当然也只有算了。

他们又过了一天，是说到这乡城中又过了一天。整天的玩。看过水碾子。看过一大群奴隶在河边急水中捣衣。是赤了脚立在浅水里，用大木槌子击打那浣濯的东西。看过了一个妇人拿鸡子同小筛子从土地堂将家中小孩子的魂喊回家，这喊法是很别致的。又看过一个很肥的屠户回家去，扛了一个大钱筒，将钱筒无意中摔下，圆的钱便满街撒。一些很聪明的过路人，在屠户不注意当儿，很随便的把钱捡起放到自己鞋中去。捡钱的时候，是在装作扣鞋带的情形中的。

阿丽思小姐还是念着呆在茯苓旅馆的傩喜先生，因在一个晚饭间，同二哥商量，请许可她给傩喜先生一封信。她意思是傩喜先生即或在那里被人请来请去受了窘，见到这信也许心会稍稍舒畅点。而且她还应当对傩喜先生致歉，因为连通知也不曾，就离开了保护人，觉得极对不起人。

二哥自然是答应了。

那封信，能在傩喜先生面前展开，已是阿丽思小姐捍笔一个月以后的事了。若是我们等到那时从傩喜先生的椅背后（不消说，傩喜先生读这信是一定得在客厅中那张紫檀嵌螺大太师椅上）去看这个信，未免太迟了，不如来听听阿丽思小姐自己读这封信吧。

信是从“亲爱的傩喜先生”起首的。信上说：

……我不期望到了这个地方，来给最亲爱的傩喜先生一次信。我是到了一个你所猜想不到的地方，也是我阿丽思自己猜想不到的地方——（一切很分明，又并不是梦！）

谁能说尽这地方一切？请五个屠格涅夫、三个西万提司[1]，或者再加上两个——你帮我想，加那世界顶会描写奇怪风俗、奇怪的人情以及奇怪的天气的名人吧——总之我敢断定，把这一群伟人请到这小地方来，写上一百年，也不能写尽这地方！若是你相信

[1] 今译塞万提斯。

我——请你相信我——这话不是诳话，你可以知道我这时的兴味。

这里是还藏得有一部《天方夜谈》[1]，在一切人心中，在一切物件表面，只缺少那记录的人。另外又还有一部人类史纲。一部神谱。一部……唉，这名字要我从什么地方来说。我实在是说也说不尽的，恕我吧。

傩喜先生，请你信我的诚实——这是第二次我的请求，我是差不多每写一个字都得说“请你信我”一类话的，因为太荒诞不经——你信我吧，我在此闭了一只眼，来看一分钟眼前的事，都可以同我姑妈——那个格格佛依丝太太，说一年还说不完！我到此只是在用一种奇怪的天分，熟读一切人间不经见的书本，我只担心在此住到稍久，就一辈子无从学毕这经过了。倘若你说“我要明白”什么，或是说“我想知道”什么，那我就将高高兴兴的来为你说明这一件事。就只说这样一件，我还怕我桌前这一枝烛点完

[1] 今通译《天方夜谭》。

（顺便告你，这里不是有电灯地方）还不能写尽。做喜先生，我并不啰唆，我姑妈就说我缺少这习惯，你也明白。但要我在一枝烛下写一件你所要明白的事，实在办不到。再说你又不能告诉我要明白的是什么，所以我更难。我不知写什么事是可以节短到你可以花一点钟看完的事。一点钟，正是，我也只能写一点钟便应当睡了，因为白天玩累了，不休息不成。可是我不敢说这一点钟能写完一件小小的经过！

让我替你想想吧，看你听什么为顶合宜。你欢喜谈什么，也象你欢喜吃什么，我是还可以估计得出的。

……

还是让我来说大纲好吧。第一是我到了。第二是我住在这地方的……唉，说不完。

好了，我说赌博。听你说，朋友哈卜君的那本《中国旅行指南》，便说到中国人顶会赌博。这话不假。只是他的根据不是全可靠，并且似乎没有解说得很清楚。我想你若有意作一本赌博之研究，我可以贡献一点材料。这是珍闻，象中国其他地方的人也不能很了然吧。我从一个菩萨的管家处女孩子听来，她明白这种情形比大学院教授还多。她懂的别的事，其实又敌得过两个大学院教授。但这个可不必说了。口口声声说大学教授不及小女孩子，这是一种不信任神圣教育的罪过，象是法律上有这么一条，仿佛记得要罚款，我不说好了。

赌博有五十种或五百种，这数字是不能定准的。这些全是小孩子的事。其中全得用一种学问，一种很好的经验，一种努力，且同时在这种赌博上，明了这行为与其关系之种种常识，才能够占在胜利一方面。一个善于赌博的小孩子，据说是应得养成治汉学的头脑，研究得有条有理，才有好成绩的。比如说用湿沙作元宝，应如何方能坚硬不轻易破裂？到挖一长坑，同其他沙球相碰时，又应如何滚下，才不致失败，有了裂痕后，再如何吃水，全是有学问的——一个工程师建筑一堵三合土桥，所下的功夫决不至于比这个为多。

他们赌博用钱，如滚钱、掷骰子、打牌。（并不是一毛钱以上的输赢）其次用吃的东西，如劈甘蔗、猜桔子。其次用蚌壳、瓦片……从用钱到用搔手心，赌具既多到无从数清，输赢所得亦不是普通能说尽。总之这中有学问，赌博者输赢上极其认真，这个是实在的。

这地方的小孩子，是完全在一种赌博行为中长大成人，也在一种赌博行为中，把其他地方同年龄小孩所不能得到的知识得到了。小孩子不明白如何和同伴在各事上赌竞输赢的，必是极笨拙的人，长大以后也极笨拙，例子极其多。虽然他们泅水、打汆子、摸鱼、爬树、登山，以及种种冒险行为，多数含有赌博性质，他们的特长，究竟不是其他小孩子所能够赶得上。他们并不比其他地方小子为蠢，大人也如此。小孩子的放荡不羁，也就是家长的一种聪明处。尽小孩子在一种输赢得失的趣味中学到一切常识，作父兄的在消极方面是很尽了些力的。管束良心方面既然有无数鬼神，一切得失是在尽人事以后听天命，所以小孩子在很正派的各样赌博上认真学习外，倒不曾学到大地方的盗窃行为。傩喜先生，这里若有让我参加意见的可能，我将同你说，这习俗是很可“爱”的。我爱它。鬼神的事在另一地方发达，只使小孩子精神变坏，此间却是正因为时时刻刻有鬼神监护，他们却能很正直的以气力与智巧找寻胜利的。我说这话并无悖教心思，真没有。

他们相骂，也便是一种赌博，不过所用的赌具本身便是输赢的东西，所以把话骂完，胜利的走去，失败者也便走去，从不听到说索债一类事。对骂算赌博，据同我来此的这位先生说，这方法是从长沙传来，本来这地方先年是不曾有的。

我曾亲眼见过三个八岁左右小孩子比赛掷骰子，六颗花骨头在一个大土碗中转，他们的眼、口，甚至于可以说是鼻子，那种敏捷，骰子一落碗便能将名色喊出，风快的又掷第二手，我还以为是在玩魔术！

在学校中背书，或者作数学题，也可以拿来赌三两个小钱，这是很平常的事。作学生的不会，就为其他人笑话。据说在元宵以前——可惜我不曾赶得上了——这地方玩狮子灯或龙灯，全是赤膊。膀子是露的，背肩是露的，胸脯照例也是露的。他们全是不到十五岁的男孩子。这样勇敢无畏的熬着风雪的寒冷，回头到一个人家，用蓬蓬的鼓催讨温暖，便给以满堂红的小鞭炮、四两硝的烟火筒、子母炮、黄烟……（全是烧得人死的！）在这些明耀花光下，在这些震耳声音中，赤膊者全是头包红帕子，以背以胸迎接这些铁汁与炸裂，还欢呼呐喊，不吝惜气力与痛苦，完成这野蛮壮观。这是赌博。他们的赌注是一口“气”。这地方，输气比输钱还重要，事很奇怪，说来也难使人相信。

在私塾中读书的，逃学也成了一种赌输赢行为。对家是先生。拿一群学生打比，先生是摆庄的人。赌输了，回头自己把板凳搬来挨一顿打，赢了的则痛痛快快玩一整天；喔，我说错话了，这种赌是输赢全可以玩的。不过手法不高明的便应挨庄家一顿板子。这种赌博凡是这地方的小孩子全会，不会或者会而不敢的，当然是那所谓无出息的孩子了。

用很巧妙的手法，到那收了生意的屠桌边去，逮住苍蝇一只或两只，把这苍蝇放到地坪上去逗引出两群蚂蚁来，让这因权利而生气的蚂蚁决斗，自己便呆在旁边看这战争，遇到高兴且可以帮助某一处的弱者，抵抗胜利一方面，凭这个虫子战争也可以赌输赢，虽然赶不及中国人在其他方面赌输赢的数目大。

遇到两只鸡在街上打架，便有人在旁边大声喊叫，说出很动听的言语，如象“花鸡有五文，陪三文也成”，“黑短尾鸡有十文，答应下来的出一半钱吧”……这是减价拍卖赌博的。只要旁边还有其他人在，这注子便不愁无人接应的。所打的是两只狗，或者两个人，他们却不问，仍然很自然的在这两个战士行为上喊定注下来，也不问这战士同意不同意。不过有熟识这战士必要的，是为得既明白过去的光荣与英武，则当喊注时不至于心虚。他们互相了解对方的一切，也比张作霖、吴佩孚以及近来许多中国新兴军阀，互相了解对手拳脚还深彻。（上面列举各样人名，全是中国伟人，全很能操练军队，在中国内地各处长年打仗杀人。又明国际法，在内战时还能好好保护外人。除用各样口号鼓励自己的手下中国人，打死其他伟人手下的中国人以外，很少对外人加以非礼的行为的。）

傩喜先生，你别以为中国人是蠢人。有这观念是错误的。至少我见了这些赌博的巧妙就非常敬服。还听到说的是赌博还可以把妻作注，这大约同童话上的狮子王故事相似，我不很懂这意思。同我说到这事的那女孩子也象不大明白，若是你要明白这个，以后有机会再问去好了。

……

别了，先生。这烛只剩下一寸，我不得不结束这信。我要睡了。这里老鼠分外多，这住处简直是它们的住处。在白天，那么大方的到地板上散步，若不是它们也出房租给房东，我不敢相信它们有这样大胆的。我每天睡时至少也得留一寸蜡烛，就是打发它们。这规矩我看并不算奇怪，不过假若遇到点的是洋灯，就有点对不起它们了。它们要烛大约象小学生要钱，就是拿去赌，我猜的。……哈，还不让我上床，就来问我讨索了。傩喜先生，我告你，这些小东西，衣服一色灰，比这里小学生制服美观整齐得多，这时就派出代表上到我的桌上了，我不睡不成。

我们再见。

……

阿丽思小姐把信念毕，就赶忙脱她的绒褂，脱鞋，脱袜子，脱背心……一些穿灰色制服的小老鼠，就不客气的把一段残烛夺去了，害得阿丽思上床以后四处找寻不到枕头。

她象姑妈格格佛依丝太太那么照料自己上床时情形，生着小小的气。在暗中教训到一些顽皮的鼠，说是应该如何，不应该如何。这些鼠，也象它们姊妹一样，除了笑，就是闹，全不理会。

是的，它们在闹着，不会来听阿丽思的话语的。把那一段残蜡作注，它们是一起五个，正在那地板下的巢穴里，用一副扑克牌赌捉皇帝的玩意儿（凡是皇帝得啃烛一口）。原来这地方的鼠，遇到玩扑克牌以及其他许多赌具时，也不至于错规矩了。

第八章　水车的谈话

阿丽思小姐，为了看那顶有风趣的水车，沿河行。

是一个人，并无伴。

这个地方河水虽不大，却顶为地方人看得起。碾子沿河筑，见到那些四方石头房子，全是藤萝所掩蔽。你走进这个房子里去，就可以见一个石磨盘固定在一根横木上乱转。你可以喊管理碾子的人作婶婶。（她是顶容易认识的，满头满身全是糠！）你看她多能干啊！碾子飞快转，她并不头昏，还追到磨盘走，用手上的竹扫帚去打那磨盘象老婆子打鸡——因为磨盘带了谷子走。你见到这情形你不能不喊一声“我的天”。这是一幕顶动人的戏！碾子是靠水的，如同鸭子靠水才能生存一样。

还有，这河里还有东西也靠水。这是水车。把鸭子喂养到家中，不让它下河，也许仍然能生蛋。但水车是生成在水中生活的。象鱼，象虾，象鳖——可不是，还是圆的，与鳖一个样！你们有人见过鳖会在水皮面打半边筋斗如水车一样么？而且把鳖胸脯正中穿上一根木，而且是永远在一个地方打，而且在裙边上带水向预定的枧槽里舀。水车可是那么成天成夜做这样玩意儿的。不怕冷，不怕热，成天的帮人的忙，声音大了不好听，还得叫人用铁锤子在胸脯上敲打，或者添一根木钉。

水车是不懂什么叫作生气的东西，是蠢东西。

阿丽思小姐沿河行，就是看这些蠢东西。这蠢东西在这个地方的数目，仿佛与蠢人在世界上的数目一样多。它们规规矩矩的，照人所分派下来的工作好好的尽力，无怨言，无怒色。做到老，四肢一卸，便为人拿去放在太阳下晒一阵，用来烧火——是的，我说的是这些东西的尸身，还可以供人照路或者煮饭，它们生前又不曾要过人类一件报酬。但是你世界上的蠢人，活来虽常常作一点事，可是工钱总少不了，死了以后，还能有什么用处？……不，这个不说。这不是可以拿来比较的事。阿丽思小姐爱水车却只是因为水车有趣，与水车主人爱它究竟是两样。看她吧。

她是沿河走，沿河走，三分钟以内总有机会遇到一辆水车，这地方水车原是这样多。遇到大水车，阿丽思便为它取名字如“金刚”、“罗汉”或“大王”，这是按照这地方人的习惯来称呼的。有时见到的水车顶小，她就喊它为“波波四”、“鬼精”、“福鸦崽”或“小钉钉锣”。水车照例对这个类乎“第四阶级”、”第五阶级”的称呼不能理会到，仍然顾自转动它圆圆的身体，唱它悠远的歌。阿丽思也随说随走，不等候一个回答。

她站到一个水车旁边，一分钟，或十分钟，看它工作，听它唱歌。水车身上竹筒中的水，有时泼出了枧槽以外，象是生了点小气，阿丽思便笑笑的说："别生气，不应当生气。天气热起来了，生气对于健康极有妨碍的！"她又想："难道我看得太仔细不合理么？水车是不是不愿意有人呆在它面前不动，也许水车有这种心。（看到它们那么老成样子，谁说它不是疑心人来调查什么而不高兴？）"于是阿丽思就不再停顿，与面前水车行一个礼，就离开这只蠢东西了。

水车脾气各有不同，这是阿丽思姑娘相信的。人是只有五尺高、一百六十磅重、三斤二两脑髓、十万八千零四十五根神经，作工久了，也作兴生起气来的，何况有三丈五丈的身体。有喊得五里路远近可听到的大喉咙，又成日成夜为人戽水，不拿一个钱花呢。但阿丽思又相信，这些家伙虽然大，压得人死，但行动极不方便，纵心中不平，有所愤懑，想找人算帐，至多也只不过乘到有一个人来到这下面顶接近时，洒他一身水，就算报仇罢了。

既然断定了水车也能生气，又因为没有眼睛看不出磨它的人，所以就呆不久又哗的洒水一下，意思是总有一个人要碰到这一击，阿丽思小姐可算帮水车想尽了。但她见到这行为显然是无益，不但不能给仇人吃亏，反而很多机会，吓了另外的过路人，故此劝水车少生气为妙。

有一时，遇到的水车象是规矩得很，阿丽思就呆得久一点。她一面欣赏这大身个儿的巧妙结构，一面想听出这歌声的意义。她始终听不懂，但立意要懂。

阿丽思走了不知多远的路，经过不知多少的水车，终想不出一个方法来明白水车心中的感想。

“天知道，这些东西心在什么地方！”这是当她正要离开一个小水车时失望而说的。

可是那个水车却说起话来了。

水车道：“有心的不一定会说话，无眼的又何尝不可以……”

阿丽思说：“我请你说完这一句话。”

水车又说：“有心的不一定……”

“我请你说一点别的！”

她昂了头等待水车的回答。水车的答话仍然如前。

原来一个水车只会把一种话反复说。

阿丽思无法，各处望，见一只螃蟹正爬到水车基石上散步作深呼吸，心想试问问这个有心有眼的东西也许可以得到一点指示。

她不忘记打赌的办法，便说道：“有谁敢同我赌输赢，说一个水车能如人一样说话么？”

先是不听见，阿丽思于是又喊。

“那个愿意同我打赌，说……吗？”

“我可以。”第二次可听见了，那螃蟹就忙接应。

阿丽思心中一跳，知道螃蟹可以作师傅了，但还是故意装作不曾听到螃蟹的答应那么神气，大声说出愿意打赌的话，找接应的人物。

螃蟹又大声的说：“我可以。”

经第三次的假装，阿丽思才作为从无意中见到这渺小生物，又用着那不信的态度对螃蟹望，惊讶这是当真还是好玩的答应。

这时的螃蟹，才停了它的深呼吸，用清清朗朗的声音，解释答应赌输赢的便是它。且指摘阿丽思小姐失言的地方，因为既答应了“赌输赢”就不是“玩”。

“你能够作到这个么？我不相信。”

“我要你小姐相信，我们不拘赌什么全成。”

“你是不是听真了我的话？我所疑惑的是……”

“你小姐是说水车不能与人一样说话——变相说，便是只有人才能够申述痛苦发泄感慨以及批评其他一切，这个不对。我可以将你小姐这一个疑问推翻，我有证据。”

“拿证据来！”

阿丽思说“拿证据来”，那么大声的不客气的说法，致令那螃蟹吓得差一点儿滑滚到水里去。它当时不作声，只顾把地位站稳，免得第二次被阿丽思欺侮。站定了，它才也故意装作不在乎的神气说证据有，要拿也不难——只是得赌一点东道。

“你爱用什么赌就用什么，随你便。总之我在先同你说，你的证据我猜想是不充分。”

“你猜想不充分，你见了就会改正你的意见。我告你……还是先把输赢的东道定下吧。喂，请你小姐说。”

阿丽思心想：“这小东西竟这样老练，真是可以佩服。”她听到螃蟹说要把东道说定才告她的证据，心想这倒为难得很了。这事很奇怪的是，她算定这螃蟹说的不过是全然无稽的罔诞话，还想赢螃蟹一点东道，就说用二十颗大三月莓作赌好了，只要证据从螃蟹方面拿出。

“不准翻悔的！”

“难道你还要我赌咒吗？”阿丽思于是又装成生气样子。

螃蟹忙致歉，说，说是要说定一，先小人而后君子，才不失其为“螃蟹”。

“我但愿你少说一点我所不懂的话。”

“那么，我不承认我是螃蟹，难道你就懂了吗？”

“好，你快说好了。说得对，我回头就拿三月莓给你；不对你可……”

“不对？不对你可以一脚踹死我！”

螃蟹于是告了阿丽思在什么地方有水车会说人的话。为了证明这消息的信实，还把水车旁边的一切情形全告给了阿丽思小姐。说了这话的螃蟹，就只等候那二十颗三月莓了。因为那地方在它外婆家附近，决不会记错。

“是的确的事么？”阿丽思总不很信小东西的话，又问它一句。

“怎么不的确？你小姐去看，就可以了然一切！”

“是坎上一株空心杨柳，柳叶拂到枧槽水里，那两个水车吗？”

“是呀，一千个是呀！说不对，你回头来罚我，让你踹我的背。我在此恭候，赌咒在你小姐回来以前不走开这个地方。”

“象你那么小的一个螃蟹，说到关于水车那么大一类东西的话，这个真不容易令人相信得过。”

“但是你们人类谈天文学比这个更渺茫的——我说的是证据，你看就是！”

“好，那我就去看，回头再说吧。”阿丽思小姐说到此，想乘早走得了，就预备走。

“小姐，”螃蟹说，“你回头莫忘了那莓。我顺便告你，划船莓吃来清撇淡，我不欢喜，我们说的是三月莓！”

“是呀，三月莓，我若是遇不了这样水车，遇到了又不如你所说那么随便可以谈话，那我才……也应当顺便告你，我赢的三月莓是要新鲜的、全红的，你别诳了我走路，又逃到水里去不认账。我估量我脚痒痒的，真要踹你两脚才快活哩。”

螃蟹听到阿丽思说担心它逃走，就马上赌了一个大咒。阿丽思一面暗笑一面就遵照螃蟹所指示的路，走去了。

这时既有了目的，对许多水车她就不注意的放过了。她所取的路线，仍然是沿河上行的，沿路全是莓，就一面吃一面走。莓单拣大的，就如同螃蟹帮到拣选一样，不好不算数。

螃蟹曾告她，从他们所谈话的那个水车算起，应走过二十一个水车，才到那个地方。阿丽思走时就算到这水车数目，一二三数去。虽说螃蟹告她是廿二个数目中最后一个，可是每一个水车面前，她仍然听到一句两句话。

阿丽思心想 ：“成天这样喊口号，喊到连自己也莫名其妙，不如哑了口倒省事多了。”这种想头当然是一种极愚的想头，理由是她以为水车自己想喊或愿意喊。其实每一个水车能说一句两句话，也全是人的意思。各个的水车，相离得是如此远，让它们成排站到河岸旁，在很好的天气的夜里，没有太阳，没有月，头上蓝蓝的天空只是一些星，风在水面树林中微微吹着。在这样情形下的水车们，各个象做梦一样的哼唱着，用一种单纯的口号来调节自己的工作，管领水车的人便不愁一切泰然的同家中娘子上床睡觉，因此世界上就有了生儿育女穿衣吃饭等等，这哪里是阿丽思所懂的事！

说阿丽思懂到水车，不如说阿丽思懂到三月莓为恰当。这是实在情形的。在这一段路程上，阿丽思已把三月莓颜色与味道的关系了然在心，随手采来路旁的莓，不必进口便可以知道这一粒莓的甜酸了。这学问使她满意处是，她算定到这个地方来与人打赌的事不知有几多，设或遇到赌得是同螃蟹所赌的东道一样，那么在输赢上被欺骗一类事倒不会有了。

关于三月莓，究竟以何种颜色为好吃，以何种形式为好吃，以至于何种地方成长的味道浓厚好吃，这些知识不能在此多说了。有人要急于明白这个，可以去询问傩喜先生借看阿丽思小姐第二次给他的信，那信上曾写得明明白白的。这里且说吃了一肚三月莓、时时打着酸嗝的阿丽思小姐，坐到岸旁听那两个水车谈话的事。

水车是一新一旧。那上了年纪一点的水车，声音已嘶了，身体有些地方颜色是灰的，有地方又缠上水藻，呈绿色。阿丽思一见这东西，便想起在北京时所见到的送丧事执事前面戴红帽子打旗的老人，那老人就是这么样子。还有走动的步法，老人是那么徐缓，象走一步应花一分钟，这水车却也得到了这脾气。它慢慢的转，低低的唱，正象一个在时光的葬送仪式前面引路的人。在世界上不拘某一块地方，时光的糟蹋是一件必然的事，把全世界每一段小地方，全安置这样一个水车，另外加上一群无告者、被虐待者、老弱人畜的呻吟号哭，于是每一个新的日子吞噬了每一个过去日子。用着这样壮观的一切，为时光埋葬的点缀物，真似乎是一种空气样的需要！

至于新的水车，那象一切新的东西一样，所代表的是充满了精力、充满了希望、充满了对世界欢喜，与初入世的夸张——总而言之它是快活的。工作也苦不了它。镇天镇夜的转，再快也不至于厌倦或头晕。它的声音只是赞美自己的存在与世界的奇怪，别的可不知。它从自己结实的身体上、洪大的声音上，以及吃水的能力上，全以为比其他水车强。在同类中比较着生活与天赋，既全然高出一等，再不能给它满意，那就难说，简直可以说它不是水车了。然而这水车自己承认是水车的，所以它在各方面全极健康；观念的健康便是使它高兴生活下去的理由，如一切人与畜。

把这样两个性格不同的水车放在一块，自然而然它们每天有话可谈了。所谈不拘方向，各样全可以。每一个意思恰恰都有两面：新水车代表了光明同勇敢，与光明勇敢相反的却为它同伴所有。因为新水车要明白一切，就时时刻刻与老前辈讨论。

阿丽思小姐来到这两个水车面前五丈远近时，它们是正在说到各自对于生存的态度。

那旧水车说，“我一切是厌倦了。我看过的日头同月亮，算不清。我经过风霜雨雪次数太多。我工作到这样年纪，所得的只是全身骨架松动清痛，正象在不论某一种天气下都可以死去。我想我应当离开这个奇怪的世界了，责任也应当卸了。我纵不能学人的口吻说‘恨它’，可是我的确厌倦它了。”

“老前辈，”那新水车这样称呼旧水车，态度十分恭敬。它觉得这恭敬用到一个比自己经验多阅历多的水车面前不为过分。它接着说：

“我倒不十分了解厌倦这两个字的意义呢。”

“不懂这个，我相信这不是你的客气。这个，你不能十分了解，也不必十分了解。若是你自己有一本五十个篇幅（它意思是说活五十年）的人生字典，你就可以在你生活经验的字典上翻出厌倦两个字的意义了。”

“可是我这两页半的本子上全是写得可以打哈哈的字眼！”

旧水车点头承认这个是实在情形，并不再答话。

那新水车于是又说：

“我告你（它意思是不相信在水车生活上有厌倦），第一件，作工，我们可以望到我们所帮助的禾苗抽穗，是一件顶舒服的事。第二件，玩，这样地方呆下来，又永久不害口渴，看到这些苗人划船上上下下，看到这些鱼——我是常常爱从水里看这些小东西！而且螃蟹、虾子、水爬虫，身子全是那么躲个儿，还少不了三亲六眷，还懂得哭笑，还懂得玩。老前辈，我似乎同你说过，那螃蟹不是顶有趣味么？你瞧它，我那么大声吓它，也不怕，还仍然爬到我脚下石头上来歇凉，又常常同它们伙里伙赌博，用一匹水爬虫或三两颗莓。”

那旧水车皱了眉毛说，这个只是小孩子的话。水车不是有眉毛的东西，但阿丽思仿佛是见到它学司徒灰鹳皱眉毛的神气，就觉得这水车同灰鹳倒可以谈哲学。

“但是，老前辈，你不承认这个么？”

“你是不是说，我也应当把阁下所说的话引为愉快的事？”

“我想是这样，而且每一个水车也只有这样。”

那旧水车听到这种话，想起自己过去也就是那种感觉，青年生活的回首，使它更难堪了，就不说什么，吐了一口水，叹了一声气。

阿丽思小姐显然是同意于新水车的生活观的人，就心想插口问问这老前辈为什么不满意这生活。

不过新水车却先问到这个了，旧水车答得又是哲学上问题。

它说：“禾苗长长我们有什么分？看看别的小生物拜把子认亲家，自己有什么理由拿别个的快活事来快活？”

这意思，把阿丽思全弄胡涂了。她觉得“理由”在一切事上都需要，可是旧水车说的不能乐他人之乐的理由并没有为阿丽思所见到。新水车到底是水车，容易听懂水车的话，便又反驳老前辈，说：

“我记得老前辈说过，一切的现象，冷冷静静的去观察，便是一种艺术，一种享受。那么，干吗不欢喜所见到的一切？”

“是要看！但是你总有一天要看厌的！到那时候你才知道无聊，知道闷，知道悲观。看别的，那是可以的。但我告你年纪青青的小子，看久了，就会想到自己，到你能够想到自己，到你能够想到自己为什么来到这世界上——另外说一句话，到你想到生死与生死意义时，象我们这种东西，成天的转，别的小虫小物所有的好处我们无分，别的畜生所有的自由我们全没有……我们活来有什么趣味？活到这世界上，也有了名字，感谢人类这样慷慨。但在我们一类东西的名字上，所赋的意义，是些什么？我们从有了河就得戽水，象有了船就得拉纤的船夫一样。我们稍有不对就为人拿大槌子来敲打，这类命运与当兵的学阵式不好挨打一样。同样的是车，我们比风车就不如。风车成天嚼谷嚼米外，还为人好好收藏到仓屋里，不必受日晒雨淋，谁来理我们？就是说，我们有我们的自由，随意唱，可是你大声的唱，喉咙高，人就恨，且免不了受教训。我们地位高，据说是这样，地位的确高，但有过一次为人真心对我们的地位加以尊敬吗？你明白爬梳子以及捡瓦的人的地位，就明白我们地位是单在怎样给人利益的缘故而站高了。不是为人舀水，你看吧，他们人，不会吃了我们？幸亏我们照理除了帮人的忙以外，还不曾有被吃的义务。但到身后被人拿去大六月太阳下晒，晒干了再拿来煮他们的大米饭，不仍然是被吃么？我们还听到许多人说，多亏有人帮助，身体才那么结实伟大。哈，这结实伟大，我们可以拿来作一点我们自己要作的事么？我们能够象老虎那么跳跳叫叫，吓别的畜生么？我们能够象鹰那么飞么？我们大、强壮、结实，可是这不是我们自己所有。蟋蟀、麻雀、鱼、虾，它们虽然小，它们的身体可是它们自己的。……说来说去是无聊。我若不看别的还好，看了别的我就不舒服，这是实话。我不是人，所以我也不能说恨人。但我想，他们人中象我们生活的，他们总会找这些人算账。”

老前辈找出三十四种比喻，全把一个水车的不幸烘托出来，到后是新水车也仿佛觉得无聊起来了。

于是新水车的声音大了一点。

“然而老弟，生气也是不必的。我倒觉得我作了一件错事，心中不安，我不该同你说这个。”

新的水车转动的声音更大了。

照例老前辈谈到这个地方也应当歇憩了，让我们来看阿丽思的感想吧。

阿丽思小姐对这水车的话似懂非懂，觉得很有趣。这种趣味，正因为对话的本身懂的不全面。她在旧水车说到自己生活时也听出了一些哲理，但并不如新水车那么激动。委实说，即或水车嚷一千个无聊，她觉得并不是自己的事。她意见是，虽不能学老虎那么跳跳叫叫，算不得什么，因为跳跳叫叫全是令人疲倦的事。生起翅膀飞，确是顶好玩，但轮不到她头上。她以为只是时间不到，总有那么一天，她能够飞去，也不问翅膀是怎样生法。这意见，坚固的植在心里，当然最先还是认定了这身体是自己的。她会自己安慰自己轻轻的说：“我身子是我自己所有，我相信。纵不然，是我姑妈格格佛依丝太太所有。那良善大方慷慨的人，她说我是她的（这是常常说的)，不过设若我问她要回我自己，也容易办到。”

于是她又把这意见同水车讨论，水车象不一定懂她的话，因而自言自语的说：

“我的身，即或是姑妈所有，我也要得回。”

她等候一个回答，象先前同螃蟹攀谈一样，可是水车并不象螃蟹。

“我敢同谁打赌，说我办得到这样事。”

仍然不理会。原来这地方仍然有不欢喜打赌的“人物”在。

阿丽思急了，直接把水车瞪着，说：“老前辈，我的意见与你的不相同，你愿意听我说说吗？”

那老旧水车说：“一个水车没有什么不愿意听人说他意见的道理。”

“我说，我的身体纵不是自己所有——说即或无意中派归了我姑妈，我也能够要得回，你信吗？”

那水车说“我信”，这是旧水车答的。

阿丽思又问新水车，新水车也说“我信”。

“你们既然相信，干吗你们不问你们的姑妈退还你自由？”

旧水车先是严肃的听，这时才纵声大笑，在每一个把水倒去的竹筒子里笑出声来。

阿丽思说："干吗呢？这是笑话吗？"说到这里不消说为体面缘故，脸是稍稍发烧了。因为不拘在一件什么东西面前被别的东西如此大笑，这还是第一次。

但水车似乎不知道这是"第一次"。

笑了好久好久，那旧水车才答道："因为水车并没有姑妈或姑爹。"又对于笑加以解释，说："小姐别多心，笑不是坏事。柏拉图不是说笑很对于人类有益吗？而且……（它想了一想）柏格森、苏格拉底、窝佛奴、菲金……全是哲人，全似乎都在他的厚厚著作里谈到笑和哭，我以为对小姐笑是不算失礼。"

当到这水车，从它轧轧的声音中，念出一批古今圣人的名字时，阿丽思为这水车的博学多闻惊愕到万分。她料不到这水车有这些学问。且到后听到"失礼"的话，于是记起自己先前的随便来，觉得在水车不算失礼的事，在自己可算失礼了。她忙鞠躬，且第二次红脸。

水车又笑。这时阿丽思，头并不抬起。

过一阵，重新把话谈起，阿丽思就自然了许多，有说有笑了。

谈过一点钟，使阿丽思在她自己的一本十二页字典上增加了一倍，这感觉由阿丽思很客气那么说出，水车就说这是客气。

她仍然把这恭维用很谦虚的态度送给水车，说："老前辈，这个并不是客气！"

"太客气了！"

"这是我心中的话！"

到这时，水车可不好再说"请不必客气"的话也是"心中的话"了。因为它的心，不过只是一个硬木轴子而已。

阿丽思小姐因为一面佩服水车的学问经验，一面想起先前水车谈到厌世，就问水车，问它为什么"见得多"不好。她且说出少许见得多是好事的理由来反质水车，当然理由很浅近。

旧的水车说："小姐快别说学问经验可贵了，象我们水车，用不着。多知道一样事就多接近死亡一天。我快死了，这一定。我不能断定我在哪一天断气，但总是最近的事。"

于是那始终不插言的新水车说话了，他说道："老前辈，先前不是说到死是安静么？干吗这时又象恋恋到这无聊的生？"

"可咒诅的地方正是爱它的地方……"以下这旧水车引的拉丁文格言两句，很可惜的是阿丽思并不懂到这个。

到后这旧水车又说到许多生死哲学上的问题，所引出词汇，总象与面包、水、三月莓、螃蟹、阿丽思，全离得很远的一些东西。听得太多的阿丽思小姐，算计到——照水车说法一部人生字典吧——这字典页数真快到增加了三十，心想再不走不成，就走了。

……

走到先前同螃蟹打赌的地方，螃蟹一见到阿丽思神气，就知道它赢了。见到阿丽思小姐抓荷包中物，它于是便很和气的请求阿丽思小姐把三月莓放在一个蚌壳里，好随时取用。

阿丽思照到这小东西的意见作去。这样一来，螃蟹就不免与其他一次同人打赌的不欢而散情形两样了。它找出许多关于水车的话与阿丽思谈，阿丽思倒奇怪这仅只赢了二十颗莓的小东西，能够对输家这样客气，不担心口干，得不偿失。

回到住处以后，阿丽思想起那小螃蟹一句话就笑不能止。螃蟹对水车的批评是，“这老东西真是一肚子的希奇古怪。”从这句话上使阿丽思想起说这话的螃蟹来。“一肚子希奇古怪。”一个水车肚子除了水，有什么可以说这样话的理由呢？至于螃蟹，一到八月，才真是“一肚子希奇古怪”啊！

阿丽思设想，有机会再见到这螃蟹，就会同它开开玩笑，问它蟹黄那么味道鲜美，是不是算得希奇古怪。

第十章　看卖奴隶时有了感想所以预备回去

“我不愿意一个人出去了，你引路，带我玩去吧。”阿丽思小姐一面说一面吃小汤圆。汤圆是用豆沙作馅，味道是甜的。这是“过早”，是吃早点心。情形同欧洲一样，同是口、牙齿、牙板骨，有些人吃的是咖啡、焦黄的面包、牛奶饼，有些却是马铃薯与白米汤。

另外还有一个人也在桌前吃汤圆。这是什么人，我不在此再加以说明了。但你们读者，记性若好就会记得到这个人是谁。记忆力不行，那我即或在此又点名道姓的说这是某某，是某人的哥，呆一会儿你仍然又忘掉了。

这个他，见阿丽思有意见，答应还是不答应，暂时不作声，只笑笑，仿佛还得听听读者的意见再决定。且帮他想想吧。去还是不去？这里应不应有一个向导之类，读者总有意见可以提出供商酌吧。尽阿丽思一人走，离开了傩喜先生，离开了仪彬的二哥（除了这次以后我决不说这是谁的二哥呀），看见了水车，看见了干妈，看见了……但这样可不行呀！这地方，还有许多好看的东西，总不止这点点吧。并且这地方，狗可以随便咬人，象喝足了烧酒的英美水兵有随便打人的趣味一样，作主人的不但不负责管束，反而似乎因为奖励才把它们脾气弄坏了。此外马也可以随意踢人，牛也随意触人，单欺生。作这些骄傲放荡行为的禽兽，且居然是社会所称可的。阿丽思有一次还被一只公鸡追过，多危险！（中国人怕外国人，狗同牛马之类，是还懂不到容忍客气的）这样看来，缺少个保护人，阿丽思一个人出门，真近乎是一件冒险了。

但是，到苗地去是不必怕的，苗人的狗也懂到怕汉人三分。这地方从不曾听到苗人欺侮汉人的新闻，也不曾有这种故事。他们有口，有手脚，有硬朗的头（可以碰倒一堵墙）。可是口只专为吃粗糙山粮而生，不如汉人的灵便，要他们用口来说谎骗人那是不行的；并且也不能咬人。苗人的脚不过拿来翻山越岭跑路而已，哪里及这地方一匹马的两只后蹄呢？（还有头呀！）是的，还有头。这东西除了顶适宜于尽作主人的敲打以外，真找不到什么用处了！这地方苗人比狗、比牛马还驯良。地方官奖励苗人作奴隶，于是他们就作着奴隶下来了。……如此说来，阿丽思到苗地方去，是什么危险也不会有的。

阿丽思是非常想到苗地去，因为她不忘记仪彬姑娘为她说的话，她要同苗王握手，同苗公主认同年，同苗歌女学歌。苗人是好的，好在他们的诚实待人。他们的样子似“人”，却只仿佛是人。凡是人类的聪明处他们不有，有的却不是穿大礼服衣冠整齐的中西绅士所有的德性。

应当设法到苗地去看一看。

问题到了以后阿丽思是不是一个人可以去同苗人接近。事实上这是不行的。她不能用小费来问路了，也不能用“我是英国人”那种话来问路了。傩喜先生的老友哈卜君在他大作上，提出送小费的常识，却只能适用于中国大都会，苗疆乡僻可不成。他们苗人知道发洋财的意义，是从一个洋人手上攫到一笔钱，这钱如天赐赏号一样，只不过一个通俗的梦，比鸡下金卵的故事还来得更荒唐不经，所以真的洋财他们是不能接受的。你是英国人，想吓他，他也不怕，因为他只信菩萨。他们的巫师，除了说妖怪洞神应当尊敬畏惧外，还不曾说过外国人也有妖怪一样法术的。

没有人引路，那又怎么成事呢？

到了非要人引路不可的地步，那一个吃着汤圆的他，自然应当让阿丽思再要求一次，把陪去的理由说出，就好好的答应下来了。

我们把一些不重要的业已明白的事情，且节略过去，看他们俩到新鲜地方去见到的是什么情形。

……

随了一群作生意的商人，走到石牌溪。石牌溪是一个场，五日一场卖生熟货，这里苗子多吠多。好象苗子因为是不咬人的东西，很容易管理，所以这里一切交易以外还有一个地方作奴隶的买卖。一面是从各处大城来的人贩子，一面是携带儿女的父母（这些作父母的到这场上来卖一个女儿，便可以换两只小猪回去）。两方面各扛有大秤，秤杆用梼木作成，长的象小桅，杆上还嵌有铜星，非常美观。在苗人方面，多数还是那小奴隶背着大的铁秤锤。（也正因此才显出是强健的无疾病的奴隶！）还有经纪，才真可以称作名人要人，值得佩服！他们那公正不阿、那气概与魄力、那责任，说他不比一个县知事重要，那是不行的。遇到两方面对于秤上有争持时，他那从中取利的手腕、那才干，是更应在一个县知事的才干以上的。

奴隶的父母长辈，把奴隶从各处地方带来，将奴隶放在自己身边（这时是不必用绳索牵捆的），尽人看货。作这样买卖的城中人，总不是全然外行的。他们知道一切的方法，才不至于上当蚀本。他们在秤上全知这用二十两作一斤的大秤。在货上则常常嘱咐奴隶把上衣搂起，检验有无疮疤伤痕。又用苗话问奴隶，试试是不是哑子。又要奴隶走几步路，看腿脚有不有毛病。奴隶年龄多数是三岁到八岁。在这情形下，这些天真烂漫的孩子，全然是莫名其妙，只规规矩矩的尽人检察，且痴痴的望到父母同人讨论价钱。当到把她用腰带捆起，挂到秤钩上去，或者要她藏到经纪所备置的竹笼里，预备过秤时，多数是还望到这些人作着牛疏的微笑的。价钱一讲妥，那经纪，便用了习惯的方法，拿出一点糖果之类来，把小孩哄到一旁去，以便两方负责人，在用粗棉纸印就的契据上画押交钱。到这时，比较懂事一点的孩子，从父母眼睛中看出了这事的严重，就低低的哭起来了。然而这不碍事，哭纵哭，也决不敢大声的！因为在汉人面前，哭也不是可以随便放肆的，这是在作奴隶以前的苗子，一出娘胎也就懂得的事了。

阿丽思来到这场上，就看到了这些事，看了一阵。

今天的行市，是大约在八十个小钱一斤起码到二百六十个小钱一斤为止，因为奴隶的价钱，平均多是三串到十串。虽然在肥壮以外，也还有货物好坏的区别，但行市是决不能超过五百文。

来此买货的人贩子真不少。但到了午后，行市还是有逐渐下跌的趋势，这就可知近年来奴隶的出产，已渐陷于产量过多的模样了。产量过多真是可怕的。虽说奴隶遍布国中，国中上流人也才有福可享，奴隶的位置又用法律制定，永远是奴隶，原本适于作奴隶的苗子，又加若干聪明有学问人的计划，怕是不应怕了。然而另外不是仍然有可怕的缘故么？……说来说去似乎又不得不使人记起近年来国内战争的影响了。因了战争的延长、交通的断绝，奴隶的输出量便减少下来，靠养育儿女卖一点钱来维持生活的苗人，也就更多悲惨的命运了。在目下，则虽说革命已经成功，裂土封爵论功行赏的事已经快到了，交通恢复是当然可能的事，奴隶的滞销，当不过是一时的情形。然而最近的最近，想要靠卖儿女得一点钱的苗子，将怎样来对付这日子呢？革命成功后，建设的时期已到，不是正有许多聪明有学问的人，为国家体面打算，在那里提倡废去娼妓么？真把娼妓废去，这些国家的新贵，这些在社会上有名望有权势的人，是如此其多，姨太太的需要自然可以激增，奴隶的销路也当然可以转旺，这是一定吧。可是娼妓的废除，就只用驱逐一个简便办法可以作到，不会又有那类聪明博学的人，想到奴隶是中华民国一种耻辱，因此也来禁止么？

所有的苗子，不让他有读书机会，不让他有作事机会，至于栖身于大市镇的机会也不许，只把他们赶到深山中去住，简简单单过他们的生活，一面还得为国家纳粮、上捐，认买不偿还的军事公债，让工作负担累到身上，劳碌到老就死去，这是汉人对于苗人的恩惠。捐赋太重，年又不丰收，他们就把自己亲生儿女，用极小的价钱卖给汉人作奴隶，终生为主人所有，算是借此救了自己也活了儿女，这又是汉人对于苗人的恩惠。他们把汉人与上天所给的命运接下来，不知道怨艾同悲愤，萎靡的活着，因为他们是苗子，不是人。使他们觉得是苗子，不是人，应感谢的是过去一个时代的中国国家高等官吏，把这些东西当成异类，用了屠杀的血写在法律的上面，因此沿袭遵行下来了。但从废娼一事上着想，则眼前不久，这些扁鼻子大脚板的蠢东西作奴隶的机会，不是也将因为顾全中华民国国际体面而失去了么？革命成功的民国是用不着有奴隶存在，也用不着有苗子存在，这是真的。他们所有的命运是灭亡，他们的存在便仿佛一种不光荣的故事存在，凡是国民都应当有这样心情吧。与苗子同在一个国度为一种耻辱，觉得这个才是一个好国民。是的，这是真理，大致不久当有人正式提倡了。

且说阿丽思和她的同伴在此看热闹，是怎样一种心情。

她看看这个又看看那个，她奇怪这些小奴隶比小猪小羊还乖的道理。小猪小羊被卖时，是免不了要叫要跳的，奴隶却不曾如此。有些羊被人买了去舍不得母亲，就咩咩的喊，还随意生气用角触撞买它的主人，这里小奴隶多数却是只会在被经纪诓她过秤以后不自然的笑——当然，阿丽思也承认这除了笑是找不出什么方法的，但这笑总是特别的很。

同伴呢，见过很多了。见过多，不动心，那是不行吧。见过既很多，又明白这是普遍中的一件，就又有一些比目下更深一点的感想吧。

他见阿丽思为一个小女孩心中仿佛很难过，就说：

“我们走了吧。”

阿丽思说“不”。她也笑了，是勉强的笑，如所见到的女孩笑着的态一个样子。

阿丽思同到她的伴，似乎都注意在目下正讨论价钱一个女孩身上去了。女孩子是那么小，黄黄的脸与一头稀稀的发，加上一对圆眼，并不比一个洋娃娃大。看样子不过三岁。但当到那经纪代替买家问她年纪时，却用了差不多同洋娃娃一般的低小清圆声音，说是：“朱（苗语‘六’)。”

那经纪，就大声的豪纵的笑，说：“这小东西可了不得，她说她有六岁，这可信得过么？”大众也笑了。

当然是不过三岁罢了。三岁应当说“不”，大家意见全是如此。

但这奴隶却因了众人不相信的样子，着恼了，她用苗话问她爹，要爹找证据。

经纪也问那作父亲的人，问这奴隶到底是几岁。

那中年长鹿模样的瘦汉子，用半生的客话说：“五岁又四个月圆。”

“价钱？”

作父亲的不能答应出来了，把头低下在思索。又象在思索另外一件事去了。他为难，不敢把价钱说出。于是那女儿用苗话同经纪说。她说：“……朱骨来大洋钱(苗语‘六块钱’)……骨来……”说不明白了，便用手比拟，那手小得象用米粉搓成的东西，两手作环形，也不象是在形容洋钱。

于是有些人就笑了，因为这手势的比拟可以说是只要十个当二十的铜子。目下奴隶的行市，纵怎样不成，两百钱不过是一个羊羔儿的价钱，虽说一个人还比不得一个羊羔可以下酒，不过究竟还有市，想来也不至于如此烂贱吧。

那作父亲的，先是低头迟疑不敢将这大价钱说出，如今却听到有人笑说两百钱了，才滞滞濡濡的同经纪说，这是最后一个儿女了，预备卖十块。而且这十块钱，他是预先分配好了的，给这作母亲的坟前烧一块钱纸，还五块账，送菩萨还愿三块，用一块作路费，自己到贵州省去当兵。但这是一个多么吓人的数呀。这个数目说出时，经纪把舌头伸出作了一次丑相。其余的人贩子倒不出奇，因为喊大价钱是毫不可怕的，只在货。

“十块钱么？”一个某甲问，因为这数目他觉得近于荒唐。

“是的，值得十块。她乖巧得很。不相信可以试试看——阿宝，阿宝，学学城里的太太们走路。”

那小孩子羞涩的望阿丽思一笑，在那人群当中空处走起路来了。象唱戏，走了一阵就不走了，又望到大众同阿丽思笑笑，阿丽思也只有对她笑笑。

“告他们老爷，你叫什么名字，好好的说。”

如那作父亲的命令，这洋娃娃就说：“名字是阿宝，姓吴。”

人贩中一个问：“有阿奶不有？”

“不——阿爹，阿奶到土里去了，睡了，是不是？”

“阿宝，可以唱歌，唱春天去了第一节。”

她又照到拍子唱了，是苗歌。是送春的歌。小孩子唱的歌只阿丽思一个人深深懂得，虽然也只有她一个人不明白这歌中的用意。

把歌唱完以后，买奴隶的到把货同价来较量的时候了，说先试称称看，好还价，这时作父亲的见到女儿的出众，有着勇气要价了。

那父亲说不能称。理由是这个女儿不比其他的女儿，论斤可不成的。

“老哥，十六两正秤！”

“我不卖斤的，送我五百钱一斤也不行。”

“不先过秤怎么好算账？”

“那有货在这里！”

“试称称，也可以有一个打算。”

“那不行。人在这里，看就是！”

到了最后是两面都似乎不作这一次生意也成。其实两面全愿作成这生意，因为阿宝已为人贩子中看中了。

因此，经纪出来转圆了。当然他是帮同人贩子说话的。他说用公秤稍稍打一下斤两，并不是坏事。其实这能干人，眼睛下的估计较之许多秤还准确，若要他猜出一数目，则至少也不会超过五斤的。但习惯，是应当在字契上填下斤两，所以非过秤不可。他就把习惯提出窘倒那父亲。

“先说价，说好了过秤。”

“那先说洋钱合多少价……十块，不是二十六吊吗？你们听过近来有什么地方值二十六吊钱的小丫头么？”这意思是太多了。

阿丽思是的确也不曾听到过人值二十六吊钱的，浮士德卖灵魂给魔鬼，大约就不到这数目！

“货不同。”这作父亲的虽说了这一句硬话，但想起二十六吊，也不由得不气馁了，就又说，“你们还一个价钱看！”

经纪也帮同说：“还一个价钱是理由。”

于是有人还出三块的价钱了。起码还三块，算是一个慷慨的数目。这第一次还价实在就已超过了其他比这还大的丫头价钱，不免使其余作父母的人歆羡。

经纪见有人出了价钱，就站在场坪中央，拖了阿宝的手打转，说，谁加钱，就是谁的了，请赶快。

有人加一吊了。

有了说四块加一吊了。

既不是买去就可以腌吃的东西，还值九块钱，当然作父母的是应当欢欢喜喜呵！一个三岁的孩子，只三岁，养来究竟花费这父母多少东西呢？要这苗子说，一年他自己究竟要多少钱用，除了上捐在外，除了敬神在外，还除了送乡约地保的孝敬在外，穿的吃的算一总帐。大概也算不到十块钱。

价钱既说定，当真过秤了。当经纪人把这奴隶的斤两告给在场众人时，伸舌子的事轮到了其他作父母的全体，全都吓然了。那奴隶的价，已超过三百文一斤的行市了，这是近来稀有的大价。虽说这小小活东西，会唱歌，会走路，会数苗文的一二三四五，且明白左转右转，但我们应当记清楚，是十块少一点儿的一个数目呀！

在欧洲，出十镑钱买一洋娃娃，也是平常事。然而若把洋娃娃比奴隶，那已类乎把欧洲人的狗比苗子，一个狗应比苗子尊贵值钱，是谁也都明白了。

成了交，写字了，阿丽思不走，我们难道还要阿丽思在此作一次中人么？

他们走了。在路上，那同伴问阿丽思，有感想没有。

“有感想。”阿丽思说。的确的，她是有感想。她就在想。

“那就试说说。”

“说吧，”阿丽思正预备说，却见到一个女人牵了一头小猪过去，用草绳作圈，把猪的颈项圈好，匆匆忙忙的赶猪回家。她说：“我们就呆在此地一下，看看他们把买来的奴隶用什么绳子捆头颈吧。”

呆下来了，预备看。所看到的只有长成的苗女人颈下有银圈铜圈，却不曾见到过一个人贩子带奴隶过身。

“这就怪了，难道他们怕她们跑掉，所以用笼子关，象关雀儿一样，不用捆颈项的办法么？”

同伴笑。

阿丽思可莫名其妙了，因为每一个人过身，背上所有的大小竹笼竹篓，都很小心的望到了，却仍然不见一个奴隶。

“大概是用布包了，是不是呢？”她把这话问同伴，同伴也不很明白这事情。

阿丽思觉得，这真怪。把人不当人，来买卖，这倒不出奇。奇怪的是买来有什么用处？人是还得成天吃饭喝茶的一种东西，难道买来家中吃饭喝茶吗？小女孩是只会哭的东西，难道有些人嫌家中清静，所以买一个女孩来捶打折磨尽她成天哭，这家庭就有趣味了么？

……她的感想真不是三言两语可以说尽，她以为只有预备同姑妈格格佛依丝太太去说谈三天三夜，才会谈得完，所以她真到了以前仪彬姑娘说的“要想回去”的时候了。

据一九二八年十二月上海新月书店初版本

后序

我先是很随便的把这题目捉来。因为我想写一点类乎《阿丽思漫游奇境记》的东西，给我的小妹看，让她看了好到在家病中的母亲面前去说说，使老人开开心。原是这样的无什么高尚目的的写下来，所写的是我所引为半梦幻似的过去当前有趣味的事，只要足以给这良善的老人家在她烦恼中暂时把忧愁忘掉，我的工作就算是一种得意的工作了。谁知写到第四章，回头来翻翻看，我已把这一只善良和气的有教养的兔子变成一种中国式的人物了（或者应说是有中国绅士倾向的兔子了）。同时我把阿丽思也写错了，对于前一种书一点不相关连，竟似乎是有意要借这一部名著，来标榜我这不成体裁的文章，而结果又离得如此很远很远，俨然如近来许多人把不拘什么文章放到一种时行的口号下大喊，根本却是老思想一样的。这只能认为我这次工作的失败。

我把到中国来的约翰·傩喜先生写成一种并不能逗小孩子发笑的人物，而阿丽思小姐的天真，在我笔下也失去了不少。这个坏处给我发现时，我几乎不敢再写下去。我不能把深一点的社会沉痛情形，融化到一种纯天真滑稽里，成为全无渣滓的东西，讽刺露骨乃所以成其为浅薄，我实当真想过另外起头来补救的。但不写不成。已经把这个作品的引子作好，就另外走一条路，我也不敢自信会比这个就好些。所有心上非发泄不可的一些东西，又象没有法子使它融化成圆软一点。又想就是这样办，也许那个兔子同那个牧师女儿到中国来后，所见到的就实在只有这些东西，所以依然写下来了。写得与前书无关，我只好在此申明一句，这书名算是借重，大致这比之于要一个名人题签，稍为性质不同一点。

在本书中，思想方面既已无办法，要救济这个失败，若能在文字的处理上、风趣上好好设法，当然也可以成为一种大孩子读物。可惜是这点希望又归失败。蕴藉近于天才，美丽是力，这大致是关乎所谓学力了。我没有读过什么书，不是不求它好，是求也只有这样成绩，真自愧得很。

说到学力，我没有读过什么书，另外我有点话。我没有读书，与其说是机全，不如说是兴趣吧。我感谢有几个我很敬佩的年长先生，和十分热情支持鼓励我工作的好朋友，在我当完义务兵四年以后、到北京呆下来时，有用物质帮助我读书的，有用精神鼓励我向学的。在物质方面，也许把钱一用我就忘记到脑背后去了。在精神方面呢，我却是能很好的把这些良师益友的教训保留下来。可是我小时候生活太过于散漫，我自己看我自己，即或头脑还象极其健康，我已经成为特别懒于在世俗所谓“学问”上走路的人了。鞭策也不成。生活的鞭策就非常有力，然而对我仍旧是无用。要我在一件小事上产生五十种联想，我办得到，并不以为难。若是要我把一句书念五十遍，到稍过一时，我就忘掉了。为这个我自己也很窘。生活的痛苦，不是不切身。经过穷，挨饿求人也总有过五十次，然而得了钱又花，我就从不能为明天的事认真打算过一次。所有的难处，又不是全不记到，纵然明白也不能守着某一目的活下来——在这一件事上，我却又很乐于寻找另外五十个目的。脾气是这样铸定，这能怪谁？因这脾气的难改，愿意了解我而终于因接近有限、仍然误解了我对我失望的，长辈中有人，朋友也有人。我可是为这个痛苦得很。我想我可以自己来自白一下。所谓了解，当然不是自白便可以达到的一件事，不过我依然希望用各样言语使别人多明白我一点。

我自己，认为我自己是顶平凡的人的。在一种旧观念下，我还可断定我是一个坏人，这坏处是在不承认一切富人专有的“道德仁义”。在新的观念下看我，我也不会是个好人，因为我对一切太冷静，不能随到别人发狂。但我并不缺少一个人的特有趣味，也并不缺少那平凡人的个性美处。真明白我觉得我是无用的人，失望后不和我往来，那不算什么。真以为我还有些可爱地方，把我看成顶亲密的弟兄，我也知道怎样去同人要好，把全心给他好。若是并不知道我的可爱处，因别一件事生出一种误解的友谊，在另一时又因另一小事感觉失望——这“爱”与“憎”都很苦了我。“憎”实基于“爱”，这在我是有一种正确逻辑；我憎我自己时是非常爱我自己的。我憎我自己的胡涂错误行为，就比一切人不欢喜我的总分量还多。但是，一种错误的轻蔑，从别个人的脸嘴上、言语上、行为上要我来领受，我领受这个象是太多了点！使我生到这世界上感到凄凉的，不是穷，不是没有女人爱我，是这个误解的轻视。除了几个家里的人外，再除了几个顶接近的朋友，其余许多的名为相熟的人，就没有一个说是真能由精神的美质上觉到我是怎样一个人的。爱不是我分内所有的爱，憎也不是我分内所有的憎，我就那么在这冤枉中过活！自然这冤枉是人类极普遍的一种事，不去追究它，则自然就胡胡涂涂过去了。不幸是我又做不到。想懵懂过了，学懵懂过了，然而结果我见我另一种求妥协人生方面的意志，惨败于一样小小事的推究下，只作成了痛心人生是可怜的机会。我象是生来就只有为人轻视的机会的一个人，而误解的爱憎又把我困着，使我无机会作一个较清静的人。我不明白为什么我生下地来，凡一个人应有的一分骄傲与夸张福气，到我身上却找不出！到认识明白我所活的只是给这样所谓同伴误爱误憎，我除了存心走我一条从幻想中达到人与美与爱的接触的路，能使我到这世界上有气力寂寞的活下来，真没有别的什么可作了。已觉得实在生活中间感到人与人精神相通的无望，又不能马虎的活，又不能绝决的死，只从自己头脑中建筑一种世界，委托文字来保留，期待那另一时代心与心的沟通。倘若是先自认人生的胡涂是可悯，这超乎现实生活的期待，也只有觉得愈见其可悯吧。

就是作文章，又有谁个能够明白我这人一丝一毫？因为是单觉到把这世界放到一个人的思想上也认为生是可恋，为维持这思想体魄的活力，把作成的文章卖到可以拿钱的地方，没有钱，文章作成也不把，我是平素又为许多人认为“文丐”之类的。到最近且得到一种警告，说象这样子到另外一时，也会有杀头的机会，只要是什么人一得志就免不了。以我这素不知所谓派别党系的人，且得到这种警告，也就可知中国人在某一时、某一地故意把文学与政治与情感牵混在一块的意气排揎可笑可怕！说是杀，也许是说来玩玩或出出来由不明一股不平之气吧。至于误解了我，把我加上“文丐”名字，为出之于不相识的勉强说来是同道的人口中，这说话的动机又不外乎想把自己抬高为纯艺术家，这算不得一回什么事。所以我是但愿在这一辈艺术家口中，永远维持到他的轻蔑，助成他一种神清气爽机会的。但是因此一来，又有几个朋友不以为我是专在报酬上计较的人？索性是这样也好。我还来附说一句，这本书，通计我写来花了整三十天功夫。这日子的说明，没有要人夸说我是什么无才的野心，倒只是怀着说出以后买我这书的老板，因为所在时间短促就出低价的惧心——文丐实在是免不了此。若有人正想从这方面、那方面、行为上、言语上，找出我是一个足以寄托他的鄙薄的人，那是前面的一句话，又实在是一种顶好证据了。

在这本我承认失败的创作上，我要介绍给其他愿意看我的文章的朋友们，这是个算我初写的一个长篇。这个长篇的试作，也许仍然可以说是值得一读的吧。

从文在上海善钟里

楚尘
文化
Chu Chen

北京楚尘文化传媒有限公司 出品

丈夫集

沈从文别集

沈从文 著

中信出版集团 | 北京

再版序

上个世纪五十年代，不少喜爱文学的读者迷上了契诃夫，这跟平明出版社接连推出 27 册汝龙翻译的《契诃夫小说选集》直接有关。

那时我家至少有三个契诃夫迷：做文学编辑的母亲、哥哥和我。谈论哪篇小说怎么怎么好，是不倦的话题。已经退出文坛改了行的父亲不参与，只有时微笑着对外人说："家里有三个契诃夫的群众。"

汝龙译的这套选集可贵之处，首先在于对作品的精选；第二是选进一些契诃夫的书信、札记，别人对他的回忆、评论等，分编到不同集子里，这些文字拉近了读者和作者的距离，是汝龙先生锦上添花的贡献。

到 1992 年编选《沈从文别集》的时候，我们自然想

到从平明版《契诃夫小说选集》取法。这也是父亲的愿望，尽管他不参与“契诃夫群众”的热情讨论，汝龙这套译本的长处他胸中有数。

我问过父亲汝龙为什么常赠送新书，他只简单说：“是朋友。”

母亲的补充才说清楚：“他翻译的那套英文契诃夫小说是我送的。”

据我充和四姨回忆，1932 年暑假，一个“说是由青岛来的，姓沈，来看张兆和的”羞涩客人，初次登苏州张家门，带的一大包礼物“全是英译精装本的俄国小说”。加尼特夫人的一套英译《契诃夫小说集》就在其中。

不懂外文的沈从文怎么买洋书？四姨说那是过上海时托巴金选购的。

父亲曾希望母亲朝文学翻译方面发展，送这样礼物包含着鼓励。愿望虽然没实现，礼物却终于转到最合适的人手里，促成被誉为契诃夫小说“最佳译本”的产生。朋友的成就四十年后启发着《沈从文别集》的编选工作。

当本书再版之际，我们感谢与它有缘分的几位文学前辈，也要感谢为我们想出《沈从文别集》总书名的汪曾祺先生。

沈虎雏

总序

从文生前，曾有过这样愿望，想把自己的作品好好选一下，印一套袖珍本小册子。不在于如何精美漂亮，不在于如何豪华考究，只要字迹清楚，款式朴素大方，看起来舒服。本子小，便于收藏携带，尤其便于翻阅。八十年代初，有一家书店曾来联系过，也曾请人编了一套，交付出去。可是，落空了，未能实现。我一直认为是一件憾事。

现在湖南岳麓书社要为从文出书，我同虎雏商量，请吉首大学沈从文研究室合作，编选这么一套。这套选本和以前选法编法不同。我们在每本小册子前面，增加一些过去旧作以外的文字。有杂感，有日记，有检查，有未完成的作品，主要是书信——都是近年搜集整理出

来的，大部分未发表过。不管怎样，这些篇章，或反映作者当时对社会、对文艺创作、对文史研究……的一些看法，或反映作者当时的处境，以及内心矛盾哀乐苦闷，把它们发表出来，容或有助于读者从较宽的角度对他的作品、对他的为人以及对当时的环境背景有进一步了解。

出这套书，当然，同时也了却死者和生者的一点心愿。

张兆和

一九九一年十一月二十九日

目 录

日记六则①

①写于1953年春。

礼拜六（3 月 28 日）

理辽文化照相，定摹取各相。整理新经板四十一片，从吴履岱处费十万得来，中有樗蒲锦大红三片，黄绿各一片，花为梭式织金龙凤，龙凤各作三角形，和馆藏彩加金不同。亦与程大昌《演繁露》叙述不尽合，然此五片比馆藏为古，因布置与捣练图一女子衣着正合，可知式从唐宋来也。惟樗蒲在唐人如只是形容赌具，事实当为骰子，为琼，则唐之樗蒲绫锦当为六方或八角骰子，正与宋之八搭晕相合，八搭晕正是骰子展成平面结果。是则所谓“凿六破锦”，也可能即是六搭晕或龟子锦，（宋为簇，相似而不尽同）且以龟子锦为近。……正如唐之盘绦，宋则改盘雕，为不可解。其实清初尚作，可以从营造法式《簟纹》得大略，工匠俗名为簟纹，官中则名“盘鹏”。如从鸟纹锦求之，百世不可得也。

约家树明过李家看锦缎。约抡元及《新观察》记者礼拜一到家中。劝工友李同志学画。画一鱼罐，甚用心。和新来二位谈工作性质。初来工作总是理想高、事实待扎实学习，学习不够，而适应环境不容易。在学校为思想前进，到工作中时，就不免有困难，或感觉不能如学校师生关系好也。得一一劝其适应及努力。

极累。未吃饭。工作何时方能放手作去？书无从读。可能应去纺织工厂去和千百工人在一处，对他们有益得多。

为图案系一助教拟一百牡丹花纹图案，故宫清明宋瓷中即可得四一种。可能还是近于多事，因教授先生都不要那么多资料来教学，教学已廿卅年，一切都很觉得已足够，多事可能对他们即是一种搅扰。

礼拜日（3月29日）

到李杏南处借经面，好的未能即借到。只带回一函晚明时金锦，及荷包六个。系和江忠实、王家树同去。回时兆犹未返校。[1]虎虎病可忧，穷极，无可为力。约抡元等礼拜一过家中谈谈文章事，写不好，还是退还省事！中和夫妇来，年青人如日方升，大是幸福。工作永不完结，一堆待作事不知如何方能有四只手来进行。小龙小平在客室用傻声歌唱，印象离奇。

高植来信说四月将来北京。

---

[1] 兆即作者的夫人张兆和，当时在西郊圆明园教中学，住校。

礼拜一（3月30日）

整理陈列计画，将各种意见总括，提写到计画上去。将应询催事各方面信提交办公室，待去信。

写工作月终总结，在自我批评上，发现自己作小职员心理在发展。凡事循规蹈矩的下去，相当可怕。但在一出主张即和事实要求不合，这种作小职员心情，也是在工作中有必要的。对人过于热心，对事过于热心，都易成多事，无补实际。学《实践论》。可能调出去对于这里大家为有益，对事也有益。个人主观易致误事。但一切均由客观来决定，即自然成小职员心理状态，越来越严重矣。极离奇，人人均若欣欣向荣，我却那么萎下去。相当奇怪。真是学到老，学不了也！

请办公室去信如下……

礼拜二（3月31日）

半夜未睡，发热，胸部如刺。早起看虎虎去医院，夜里还是咳。仍勉强来办公。学习主观主义提纲。检查毛病，主要是对一切无知而要说话，不是说的不中肯，即是废话、胡说。根源即无知，对世事无知，对馆中只主观的以为有某种官僚主义精神的浸润滋长，工作不易改进。其实就现象而言，内容无知，一开口还是错误。特别是对馆中明天任务，国家在发展中一个国家博物馆必然的任务，这些事本不是我应想的，我说的都不免是空话。因此改正自己方法，即少说或不说馆中问题。凡事禀承馆中首长——馆长，主任，组长，……要作什么即作什么，实事求是作一小职员，一切会好得多。对人，对我，对事，都比较有益。

头发闷，眼发胀，心发慌，无从诊治。我算是在作什么？心脏不好，无可为力。

礼拜六（4 月 4 日）

早上勉强来。肺不受用，已退烧，还咳，鼻未好。糟糕之至。为温同学拟出一百种图案花，代表各种器形和时代，如能从一礼拜中摹的摹，照的照，结果会对于“学”的“教”的都具体知道些些东西。但主持一系的认识上若尚停顿到“创作”上，只怕钻进古典即跑不出(事实上钻不进)，因而不以为然，则近于多事矣。甚矣，多少年来之多事。凡事都多事。而结果只有听之。只能用善于等待解嘲。但多事而不成，可以从等待客观世界有需要时再说不迟。若主一系，担当一单位的，总还是以得过且过下去，特别是教人子弟的，真是可怕。因几十年来的拖拖混混，实在误人。斯大林说的，什么地方工作推进不前，什么地方即有“官僚主义”。徐大师几十年主持艺教，真是误人子弟多矣。但是几十年能安于如此，也是奇怪。原来还以为自己是画家，不屑向工艺学习，现在还预备来指导工艺，其实还是不知如何先向工艺好好的学。明天也许即得进入创造工艺，依然是不知工艺为何事。一个画家底子，按传统思想意识来说，照例即不明白工艺重要性，照例不明白求自己能够为工艺生产服务，还得先学工艺。

如何教育这些人之师？真还是一个问题。因为事情显然，年青一代实不应当再受这种人之师的耽误，得多知道些“艺术”，得具体知道些“民族优秀遗产”，得从这个肥沃土壤中才可能生长出一些花朵，任何一部门美术都这样！

还是得等待。

礼拜二（4月7日）

病得很，工作还在勉强做。美术出版社二同志来谈出版事，因知李杏南处藏残锦不够付印，特过西湖营去跑了半天，回家已极难受。一夜中右腰痛。鼻出血。胸部难受。眼发胀。闻同事在商讨名目，如在梦中。事作不完。

新废邮

给一个图书馆中朋友

［1980年］

康谊女士：谢谢你厚意，信已收到。信中提到的金介甫先生哈佛大学的博士论文，复印本上月金先生已从邮中寄来。看到这么厚厚的足有五百五十多页的巨著，必定费了大几年宝贵精力才能完成，反而使我心中感到十分不安！因为书中提及作品，多半是我在学习用笔前后十多年中完成的。实在说来，我的工作离学习卒业还远。由于社会变化异常剧烈，要求日新月异，我因为人极不中用，不能不中途改业，离开学校，转到历史博物馆去，凡事从头学起，度过了这卅年的沉闷岁月。比起过去旧同事、老同行，思想上实在已十分落后，生活上也大有天渊之别的。虽在坛坛罐罐、花花朵朵间转了足足卅年，除了有了点滴文物常识，此外任何一方面，都说不上什么专的。并且过去所有作品，五三年就已得承印开明书店正式通知：所有拟印各书稿（已印出十本），业已过时，全部贷为焚毁，包括纸型在内。另外一方面，则台湾，也同样明令把各书烧毁，纸型在内。还加上一句永远禁止在台湾发表任何作品。这倒真是历史少有的奇闻，但在中国或许还有相当道理，甚至于十分必要的。我即或十分热爱国家，写作方法可不和要求相适应，我得承认现实，一切接受，也并不宜寄托什么不切现实的妄想幻念，即早改业，还是十分合情近理的，免得出什么意外事故。体力性格既极端脆弱，身心通不健全，若小不谨慎，卷入来去无时，难于理解的风风雨雨政治运动大漩涡中，恐招架不住。因此沉沉默默过了三十年。或许因把学习“为人民服务”几个字牢牢记住，与其他旧同事老同行，比较深刻明确，且尽可能去从实践，凡事“为而不有”，“与人无争”，才能比较平静的活下来。与万千人比，实应算得是十分幸运，十分幸运！同时也应说十分“落伍”！今年已过了七十七岁，事实上现在四十多岁，在大学里教现代中国文学的教师，已不知道我的名字，也很少看过我作品。哪宜再对于近半世纪前的过时旧作，还在一切大变的崭新的中国文坛，冒充作家！在某一方面说来，当时也似乎有些可惜。因为从近卅年现实，即可知，得不到公家任何帮助，想训练个在世界上还站得住脚的作家，看来实相当困难。正相反，国家对于作家要求过于迫切，花了以亿万计的金钱，印行了以千万册计的作品，向世界各国推销，客观效果却似乎总不容易达到主观的愿望。原因何在？也只有领导主持这个工作的人，明白问题。不过，即当真明白了，希望换个较好办法，大致也不会是三几年即可见功。直实一点说来，本人若缺少写作的真正甘苦经验，势不可能真正更改关于写作的见解，忽然出现什么奇迹的。生产上的落后，改进、提高，或许比较容易见功。短篇小说的突破纪录，也许还困难一些，可能还得“老话重提”，得从学会掌握文字、运用文字着手。因为表现情感或思想，总离不了文字！这种说法若由我提出，可容易犯大错误。因为已有千百作家，都在国内已作出极大的贡献，取得完全的伟大成功。不仅得到国家的认可而受重视，即在世界上，到某一时，也许会由于得到国家的支持，作品大量的推销，而成为“第一流大手笔”的。

以后搞研究，非承认不可！因为别无什么作品可供你研究！所以从我自己看来，也得承认这么发展，是十分自然的。你回到中国，若希望工作得到应有的重视和认可，首先或许得抛弃一切成见，对于国内目下正受重视的作家，得无保留的一例认可才对。为回答你的好意，我诚诚恳恳，希望你放弃我那已过时多年的旧作，来客观些研究研究中国受政府重视的作家和作品，赞许即或稍稍过点头，也不算错误。因为在到处反映出封建意识在恶性泛滥的部门，阿谀巧佞是必然有市场的，这个风气因“文化大革命”而大有发展。“四人帮”虽已坍了台，所形成的坏风气还不象刹了车。外国哲人早说过，三千人可以攻入罗马，毁灭罗马，三万人可不容易建设一个新罗马。明白现实，也不宜悲观，建立一个真正有现代文化的新中国，还是得向大几亿在沉默中不声不响努力的工农学习，才会在那另一时，成为现实！我是一切已过时的人，什么都来不及看到了，你们正年富力强，一定还可为国家作许多有益有用事情。最近广东出的《花城》第五期，有几篇谈到我的文章，都各有好，你值得看看。又听说《中国文学》英文版八月份（六月出）刊载乃迭先生译了我几个短篇小说，法文版则译了我《边城》，你在国外想必都可以见到。又香港出的《海洋文艺》，也有我一篇旧作，谈我和黄永玉父母种种，希望你也可以有机会见到。我最近还在香港印了四卷本选集，散文已付印，今年若来得及，或可望全部交稿，陆续出版。国内在京印五卷，又在沪则印一卷关于文物论文[1]，附图较多，约过去《龙凤艺术》一倍篇幅。不过读者恐怕已不会怎么多，因为谈的问题多为冷门知识。兼祝

工作顺利，家中大小安康愉快。

沈从文　六月十五日
张兆和附笔致意

[1] 此书始终未印，前面两种也压缩了卷数。

山 鬼

一

毛弟同万万放牛放到白石冈，牛到冈下头吃水，他们顾自上到山腰采莓吃。

“毛弟哎，毛弟哎！”

“毛弟哎，毛弟哎！”左边也有人在喊。

“毛弟哎，毛弟哎！”右边也有人在喊。

因为四围远处全是高的山，喊一声时有半天回声。毛弟在另一处拖长嗓子叫起万万时，所能听的就只是一串万字了。

山腰里刺莓多得不奈何。两人一旁唱歌一旁吃，肚子全为刺莓塞满了。莓是这里那里还是有，谁都不愿意放松。各人又把桐木叶子折成兜，来装吃不完的红刺莓。一时兜里又满了。到后就专拣大的熟透了的才算数，先摘来的不全熟的全给扔去了。

一起下到冈脚溪边草坪时，各人把莓向地下一放，毛弟扑到万万身上来，经万万一个蹩脚就放倒到草坪上面了。虽然跌倒，毛弟手可不放松，还是死紧搂到万万的颈子，万万也随到倒下，两人就在草上滚。

“放了我罢，放了我罢。我输了。”

毛弟最后告了饶。但是万万可不成，他要喂一泡口水给毛弟，警告他下次。毛弟一面偏头躲，一面讲好话：

“万万，你让我一点，当真是这样，我要发气了！”

发气那是不怕的，哭也不算事。万万口水终于唾出了。毛弟抽出一只手一挡，手背便为自己救了驾。

万万起身后，看到毛弟笑。毛弟把手上的唾沫向万万洒去，万万逃走了。

万万的水牯跑到别人麦田里去吃嫩苗穗，毛弟爬起替他去赶牛。

“万万，你老子又窜到杨家田里吃麦了！”

远远的，万万正在爬上一株树，“有我牛的孙子帮到赶，我不怕的。——毛弟哎，让它吃罢，莫理它！”

“你莫理它，乡约见到不去告你家妈么？”

毛弟走拢去，一条子就把万万的牛赶走了。

“昨天我到老虎峒脚边，听到你家癫子在唱歌。”万万说，说了吹哨子。

“当真么？”

“扯谎是你的野崽！”

“你喊他吗？”

“我喊他！”万万说，万万记起昨天的情形，打了一个颤。“你家癫子差点一岩头把我打死了！我到老虎峒那边碾坝上去问我大叔要老糠，听到岩鹰叫，抬头看，知道那壁上又有岩鹰在孵崽了，爬上山去看。肏他娘，到处寻窠都是空！我想这杂种，或者在峒里砌起窠来了，我就爬上峒边那条小路去……”

“跌死你这野狗子！”

“我不说了，你打岔！”

万万当真不说了。但是毛弟想到他癫子哥哥的消息，立时又为万万服了礼。

万万在草坪上打了一个飞跟头，就势只一滚，滚到毛弟的身边，扯着毛弟一只腿。

“莫闹，我也不闹了，你说吧。我妈着急咧，问了多人都说不曾见癫子。这四天五天都不见他回家来，怕是跑到别村子去了。”

“不，”万万说，“我就上到峒里去，还不到头门，只在那堆石头下，听到有人说话的声音。声音又很熟。我就听。那声音是谁？我想这人我必定认识。但说话总是两个人，为什么只是一个口音？听到说：‘你不吃么？你不吃么？吃一点是好的。刚才烧好的山薯，吃一点儿吧。我喂你，我用口哺你。’就停了一会儿。不久又做声了。是在唱，唱：‘娇妹生得白又白，情哥生得黑又黑；黑墨写在白纸上，你看合色不合色？’还打哈哈，夼妈好快活！我听到笑，我想起你癫子笑声了。”

毛弟问：“就是我哥吗？”

“不是癫子是秦良玉？哈，我断定是你家癫子，躲在峒里住，不知另外还有谁，我就大声喊，且飞快跑上峒口去。我说癫子大哥唉，癫子大哥唉，你躲在这里我可知道了！你说他怎么样？你家癫子这时真癫了，见我一到峒门边，蓬起个头瓜，赤了个膊子，走出来，就伸手抓我的顶毛。我见他眼睛眉毛都变了样子，吓得往后退。他说狗杂种，你快走，不然老子一岩头打死你。身子一蹲就——我明白是搬大块石头了，就一口气跑下来。癫子吓得我真要死。我也不敢再回头。”

显然是，毛弟家癫子大哥几日来就住在峒中。但是同谁在一块？难道另外还有一个癫子吗？若是那另外一人并不癫，他是不敢也不会同一个癫子住在一块的。

“万万你不是扯谎吧？”

“我扯谎就是你儿子。我赌咒。你不信，我也不定要你信。明儿早上我们到那里去放牛，我们可上峒去看。”

“好的，就是明天吧。”

万万爬到牛背上去翻天睡，一路唱着山歌走去了。

毛弟顾自依然骑了牛，到老虎峒的黑白相间颜色石壁下。这里有条小溪，夹溪是两片墙样的石壁，一刀切，壁上全是一些老的黄杨树。当八月时节，就有一些专砍黄杨木的人，扛了一二十丈长的竹梯子，腰身盘着一卷麻绳，爬上崖去或是从崖顶垂下，到崖腰砍树，斧头声音它它它它……满谷都是。老半天，便听到喇喇喇的如同崩了一山角，那是一段黄杨连枝带叶跌到谷里溪中了。

接着不久又是它它它它的声响。看牛看到这里顶遭殃。但不是八月，没有伐木人，这里可凉快极了。沿这溪上溯，可以到万万所说那个碾房。碾房是一座安置在谷的尽头的坎上的老土屋，前面一个石头坝，坝上有闸门，闸一开，坝上的积水就冲动屋前木水车，屋中碾石也就随着转动起来了。碾房放水时，溪里的水就要凶一点，每天碾子放水三次，因此住在沿溪下边的人忘了时间就去看溪里的水。

毛弟到了老虎峒的石壁下，让牛到溪一边去吃水。先没有上去，峒是在岩壁的半腰，上去只一条小路，他在下面叫：

"大哥！大哥！"

"大哥呀！大哥呀！"

象打锣一样，声音朗朗异常高，只有一些比自己声音来得更宏壮一点的回声，别的却没有。万万适间说的那岩鹰，昨天是在空中盘旋，此时依旧是在盘旋。在喊声回声余音歇憩后，就听到一只啄木鸟在附近一株高树上落落落落敲梆梆。

"大哥呀！癫子大哥呀！"

有什么象在答应了，然而仍是回声学着毛弟声音的答应！毛弟在最后，又单喊“癫子”，喊了十来声。或者癫子睡着了。一些小的山雀全为这声音惊起，空中的鹰也象为了毛弟喊声吓怕了，盘得更高了。若说是人还在睡，可难令人相信的。

“他知道我在喊他，故意不作声。”毛弟想。

毛弟就慢慢从那小路走，一直走到万万说的那一堆乱石头处时，不动了。他就听。听听是不是有什么人声音。好久好久全是安静的。的确是有岩鹰儿子在咦咦的叫，但是在对面高高的石壁上，又听到一个啄木鸟的擂梆梆，这一来，更冷静得有点怕人了。

毛弟心想，或者上面出了什么事，或者癫子简直是死了。心里在划算，不知上去还是不上去。也许癫子就是在峒里为另一个癫子杀死了。也许癫子自己杀死了……

“还是要上去看看。”他心想，还是要看看，青天白日鬼总不会出现的。

爬到峒口了，先伸头进去。这峒是透光，干爽，毛弟原先看牛时就是常到的。不过此时心就有点怯。到一眼望尽峒中一切时，胆子复原了。里面只是一些干稻草，不见人影子。

“大哥，大哥。”他轻轻的喊。没有人，自然没有应。

峒内有人住过最近才走那是无疑的。用来做床的稻草和一个水罐，罐内大半罐的新鲜冷溪水，还有一个角落那些红薯根，以及一些撒得满地虽萎谢尚未全枯的野月季花瓣，这些不仅证明是有人住过，毛弟从那罐子的式样认出这是自己家中的东西，且地上的花也是一个证，不消说，癫子是在这峒内独自做了几天客无疑了。

“为什么又走了去？”

毛弟总想不出这奥妙。或者是，因为昨天已为万万知道，恐怕万万告给家里人来找，就又走了吗？或者是，被另外那个人邀到别的山峒里去了吗？或者是，妖精吃了吗？

峒内不到四丈宽，毛弟一个人，终于越想越心怯起来。想又想不出什么理由，只好离开了山峒，提了那个水罐子赶快走下石壁，骑牛转回家中。

二

“娘娘，有人见到癫子大哥了！”毛弟在进院子以前，见了他妈在坪坝里喂鸡，就在牛背上头嚷。

娘是低了头，正把脚踢那大花公鸡，“援助弱小民族”啄食糠拌饭的。

听到毛弟的声音，娘把头一抬，走过去，“谁见到癫子？”

那匹鸡，见到毛弟妈一走，就又抢拢来，余下的鸡便散开。毛弟义愤心顿起，跳下牛背让牛顾自进栏去，也不即答娘的话，跑过去，就拿手上那个水罐子一摆，鸡只略退让，还是顽皮独自低头啄吃独行食。

“来，老子一脚踢死你这扁毛畜生！”

鸡似乎知趣，就走开了。

“毛弟你说是谁见你癫子大哥？”

“是万万。”毛弟还怕娘又想到前村那个大万万，又补上一句，“是寨西那个小万万。”

为了省得叙述起见，毛弟把从峒里拿回的那水罐子，展览于娘的眼前。娘拿到手上，反复看，是家中的东西无疑。

“这是你哥给万万的吗？”

“不，娘，你看看，这是不是家中的？”

“一点不会错。你瞧这用银藤缠好的提把，是我缠的！”

“我说这是象我们家的。是今天，万万同我放牛放到白石冈，万万同我说，他说昨天他到碾坝上叔叔处去取老糠，打从老虎峒下过，因为找岩鹰，无意上到峒口去，听到有人在峒里说笑，再听听，是我家癫子大哥。一会会看到癫子了，癫子不知何故发了气，不准他上去，且搬石块子，说是要把他打死。我听到，就赶去爬到峒里去，人已不见了，就是这个罐子，同一些乱草，一些红薯皮。”

娘只向空中作揖，感谢这消息，证明癫子是有了着落，且还平安清吉在境内。

毛弟末尾说：“我敢断定他这几天全在那里住，才走不久的。”

这自然是不会错，罐子同做卧具的干草，已经给证明，何况昨天万万还亲眼明明见到癫子呢？

毛弟的娘这时一句话不说，我们暂时莫理这老人，且说毛弟家的鸡。那只花公鸡乖到毛弟回头同妈讲话时，又大大方方跑到那个废碌碡旁浅盆子边把其他的鸡群吓走了。它为了自夸胜利还咯咯的叫，意在诱引女性近身来。这种声音是极有效的，不一会，就有几只母鸡也在盆边低头啄食了。

没有空，毛弟是在同娘说话，抱不平就不能兼顾这边的事情，但是见娘在作揖，毛弟回了头，喝一声“好混账东西！”奔过去，脚还不着身，花鸡明白三十六计走为上计，稍慢一点便吃亏，于是就逃了。那不成，逃也不成，还要追。鸡忙着飞上了草积上去避难，毛弟爬草积。其余的鸡也顾不得看毛弟同花鸡作战了，一齐就奔集到盆边来聚餐。

要说出毛弟的妈得到消息是怎样的欢喜，是不可能的事情。事情太难了，尤其是毛弟的妈这种人，就是用颜色的笔来画，也画不出的。这老娘子为了癫子的下落，如同吃了端午节羊角粽，久久不消化一样；这类乎粽子的东西，横在心上已五天。如今的消息，却是一剂午时茶，一服下，心上东西就消融掉了。

一个人，一点事不知，平白无故出门那么久，身上又不带有钱，性格又是那么疯疯癫癫象代宝（代宝是著名的疯汉），万一一时头脑发了迷，凭癫劲，一直向那自己亦莫名其妙的辽远地方走去，是一件可能的事情！或者，到山上去睡，给野狗豹子拖了也说不定！或者，夜里随意走，不小心掉下一个地窟窿里去，也是免不了的危险！癫子自从失心癫了后，悄悄出门本来是常有的事。为了看桃花，走一整天路；为了看木人头戏，到别的村子住过夜，这是过去的行为。但一天，或两天，自然就又平安无事归了家，是有一定规律的。因有了先例，毛弟的妈对于癫子的行动，是并不怎样不放心。不过，四天呢？五天呢？——若是今天还不得消息，以后呢？在所能想到的意外祸事，至少有一件已落在癫子头上了。倘若是命运菩萨当真是要那么办，作弄人，毛弟的妈心上那块积痞就只有变成眼泪慢慢流尽的一个方法了。

在峒里，老虎峒，离此不过四里路，就象在眼前，远也只象在对门山上，毛弟的妈释然了。毛弟爬上草积去追鸡，毛弟的妈便用手摩挲那个水罐子。

毛弟擒着了鸡了，鸡懂事，知道故意大声咖呵咖呵拖长喉咙喊救命。

“毛毛，放了它吧。”

妈是昂头视，见到毛弟得意扬扬的，一只手抓鸡翅膊，一只手捏鸡喉咙，鸡在毛弟刑罚下，叫也叫不出声了。

“不要捏死它，可以放得了！”

听妈的话开释了那恶霸，但是用力向地上一掼，这花鸡，多灵便，在落地以前，还懂得怎样可以免得回头骨头疼，就展开翅子，半跌半飞落到毛弟的妈身背后。其他的鸡见到这恶霸已受过苦了，怕报仇，见到它来就又躲到一边瞧去了。

毛弟想跳下草积，娘见了，不准。

“慢慢下，慢慢下，你又不会飞，莫让那鸡见你跌伤脚来笑你吧。”

毛弟变方法，就势溜下来。

“你是不是见到你哥？”

“我告你不的。万万可是真见到。”

“怕莫是你哥见你来才躲藏！”

“不一定。我明天一早再去看，若是还在那里，想来就可找到了。”

毛弟的妈想到什么事，不再做声。毛弟见娘不说话，就又过去追那一只恶霸鸡。鸡怕毛弟已到极点，若是会说话，可以断定它愿意喊毛弟做祖宗。鸡这时又见毛弟追过来，尽力举翅飞，飞上大门楼屋了。毛弟无法对付了，就进身到灶房去。

毛弟的妈跟到后面来，笑笑的，走向烧火处。

这是毛弟家中一个顶有趣味的地方。一切按照习惯的铺排，都完全。这间屋，有灶，有桶，有大小缸子，及一切竹木器皿，为毛弟的妈将这些动用东西处理得井井有条，真有说不出的风味在。一个三眼灶位置在当中略偏左一点，一面靠着墙，墙边一个很大砖烟囱。灶旁边，放有两个大水缸，三个空木桶，一个碗柜，一个竹子作的悬橱。墙壁上，就是那为历年烧柴烧草从灶口逸出的烟子熏得漆黑的墙上，还悬挂有各式各样的铁铲，以及木棒槌、木杈子。屋顶梁柱上，椽皮上，垂着十来条烟尘带子象死蛇。还有些木钩子——从梁上用葛藤捆好垂下的粗大木钩子，都上了年纪，已不露木纹，色全黑，已经分不出是茶树是柚子木了（这些钩子是专为冬天挂腊肉同干野猪肉、山羊肉一类东西的，到如今，却只用来挂辣子篮了）。还有猪食桶，是在门外边，虽然不算灶房以内的陈设，可是常常总从那桶内发挥一些糟味儿到灶房来。还有天窗，在房屋顶上，大小同一个量谷斛一样，一到下午就有一方块太阳从那里进到灶房来，慢慢的移动，先是伏在一个木桶上，接着就过水缸上，接着就下地，一到冬天，还可以到灶口那烧火凳上停留一会儿。这地方，是毛弟的游艺室，又是各样的收藏库，一些权利，一些家产（毛弟个人的家产，如象蛐蛐罐、钓竿、陀螺之类）全都在此。又可以说这里原是毛弟一个工作室，凡是应得背了妈做的东西，拿到这来做，就不会挨骂。并且刀凿全在这里，要用烧红的火箸在玩具上烫一个眼也以此处为方便。到冬天，坐在灶边烧火烤脚另外吃烧栗子自然最便利，夏天则到那张老的大的矮脚烧火凳上睡觉又怎样凉快！还有，到灶上去捕灶马，或者看灶马散步——

总之，灶房对于毛弟是太重要了。毛弟到外面放牛，倘若说那算受自然教育，则灶房于毛弟，便可以算是一个设备完整家庭教育的课室了。

我且说这时的毛弟。锅内原是蒸有一锅红薯，熟透了，毛弟进了灶房就到锅边去，甩起锅盖看看。毛弟的妈正在灶腹内塞进一把草，用火箸一搅，草燃了，一些烟，不即打烟囱出去，便从灶口冒出来。

“娘，不用火，全好了。”

娘不做声。她知道锅内的薯不用加火，便已熟了的。她想别一事。在癫子失踪几日来，这老娘子为了癫子的平安，曾在傩神面前许了一匹猪，约在年底了愿心；又许土地夫妇一只鸡，如今是应当杀鸡供土地的时候了。

“娘，不要再热了，冷也成。”

毛弟还以为妈是恐怕薯冷要加火。

“毛毛你且把薯装到钵里去，让我热一锅开水。我们今天不吃饭。剩下现饭全已喂鸡了。我们就吃薯。吃了薯，水好了，我要杀一只鸡谢土地。”

“好，我先去捉鸡。”那花鸡，专横的样子，在毛弟眼前浮起来。毛弟听到娘说要杀一只鸡，想到一个处置那恶霸的方法了。

“不，你慢点。先把薯铲到钵里，等热水，水开了，再捉去，就杀那花鸡。”

妈也赞成处置那花鸡使毛弟高兴。真所谓“强梁者不得其死”。又应了“众人所指无病而死”那句话。花鸡遭殃是一定了。这时的花鸡，也许就在眼跳心惊吧。

妈吩咐，用铲将薯铲到钵里去。就那么办，毛弟便动手。薯这时已不很热了，一些汁已成糖，锅子上已起了一层糖锅巴。薯装满一钵，还有剩，剩下的，就把毛弟肚子装。娘笑了，要慢装一点，免吃急了不消化。

三

毛弟的妈就是我们常常夸奖那类可爱的乡下伯妈样子的，会用葍头作酸菜，会做豆腐乳，会做江米酒，会捏粑粑——此外还会做许多吃货，做得又干净，又好吃。天生着爱洁净的好习惯，使人见了不讨厌。身子不过高，瘦瘦的。脸是保有为干净空气同不饶人的日光所炙成的健康红色的。年四十五岁，照规矩，头上的发就有一些花的白的了。装束呢，按照湖南西部乡下小富农的主妇章法，头上不拘何时都搭一块花格子布帕。衣裳材料冬天是棉，夏天是山葛同苎麻，颜色冬天用蓝青，夏天则白的——这衣服，又全是家机织成，虽然粗，却结实。袖子平时是十九卷到肘以上，那一双能推磨的强健的手腕，便因了裸露在外同脸是一个颜色。是的，这老娘子生有一对能作工的手，手以外，还有一双翻山越岭的大脚，也是可贵的！人虽近中年，却无城里人的中年妇人的毛病，不病，不疼，身体纵有小小不适时，吃一点姜汤，内加上点胡椒末，加上点红糖，乘热吃下蒙头睡半天，也就全好了。腰是硬朗的，这从每天必到井坎去担水可以知道的。说话时，声音略急促，但这无妨于一个家长的尊严。脸庞上，就是我说的那红红的瘦瘦的脸庞上，虽不象那类在梨林场上一带开饭店的内掌柜那么永远有笑涡存在，不过不拘一个大人一个小孩见了这妇人，总都很满意。凡是天上的神给了中国南部接近苗乡一带乡下妇人的美德，毛弟的妈照例也得了全份。譬如象强健，耐劳，俭省治家，对外复大方，在这个人身上全可以发现。他说话的天才，也并不缺少。我说的“全份”，真是得了全份，是带有乡评意味的。

自从毛弟的爹因了某年的时疫，死到田里后（这妇人还只三十五岁），即便承担了命运为派定一个寡妇应有的担子。好好的埋葬了丈夫，到庙中念了一些经，从眼里流了一些泪，带了三年孝，才把堂屋中丈夫的灵座用火焚化了。毛弟的爹死了后，做了一家之主的她，接手过来管理着一切：照料到田地，照料到儿子，照料到栏里的牛，照料到菜猪和生卵的一群鸡。许多事，比起她丈夫在生时节勤快得多了。对于自己几亩田，这老娘子都不把他放空，督着长工好好的耕种，天旱雨打不在意。期先预备着了款，按时缴纳衙门的粮赋。每月终，又照例到保董处去缴纳地方团防捐。春夏秋冬各以其时承受一点小忧愁，同时承受一些小欢喜，又随便在各样忧喜事上流一些眼泪。一年将告结束时，就请一个苗巫师来到家里，穿起绣花衣裳，打锣打鼓还愿为全家祝福。——就这样，到如今，快十年了，一切依然一样，而自己，也并不曾老许多。

十年来，一切事情是一样，这是说，毛弟的妈所有的工作，是一个样子，一点都不变。然而一切物，一切人，已全异——纵不全，变得不同的终究是太多了。毛弟便是变得顶不相同的一个人。当时毛弟做孝子那年，毛弟还只是两岁，戴纸冠就不知道戴的为哪一个人。到如今，加上是十年，已成半大孩子了。毛弟家癫子，当时亦只不过十二岁，并不痴，伶精的如同此时毛弟一模样，终日快快活活的放牛，耕田插秧晒谷子时候还能帮点忙，割穗时候能给长工送午饭。会用细篾织鸡罩；鸡罩织就又可拿了去到溪里捉鲫鱼。会制簟席，会削木陀螺，会唱歌，有时还会对娘发一点脾气，给娘一些不愉快（这最后一项本领，直到毛弟长大懂得同娘作闹以后才变好，但是同时也就变痴变呆了）。其他呢，毛弟家中栏内耕牛共换了三次，猪圈内，养了八次小菜猪，鸡下的蛋是简直无从计算数目，屋前屋后的树也都变大到一抱以外。倘若是毛弟的爹，是出远门一共出十年，如今归来看看家，一样都会不认识，只除了毛弟的娘，其他当真都会茫然！

至于癫子怎样忽然就癫了呢？

这事就很难说了。这是一桩大疑案，全大坳人不能知，伍娘也不知。伍娘就是毛弟妈在大坳村子里得来的尊称，全都这样喊她，老的是，少的是，伍娘正象全村子人的姑母呀。癫子癫，据巫师说，他是非常清楚的

(且有法术可禳解)。为了得罪了霄神，当神撒过尿，骂过神的娘，神一发气人就癫了。但霄神在大坳地方，即以巫师平时的传说，也只能生人死人给人以祸福，使人癫，又象似乎非神本领办得到。且如巫师言，禳是禳解了，还是癫（以每年毛弟家中谷、米收成人畜安宁为证据，神有灵，又象早已同毛弟家议了和)，这显然知道癫子之所以癫，另有原因了。

在伍娘私自揣度下，则以为这只是命运，如同毛弟的爹必定死在田里一个样，原为命运注定的。使天要发气，把一个正派人家儿女作弄得成了癫子，过错不是毛弟的哥哥，也不是父亲，也不是祖先，全是命运。诚然的，命运这东西，有时作弄一个人，更残酷无情的把戏也会玩得出。平空使你家中无风兴浪出一些怪事，这是可能的，常有的。一个忠厚老实人，一个纯粹乡下做田汉子，忽然碰官事，为官派人抓去，强说是与山上强盗有来往，要罚钱，要杀头，这比霄神来得还威风，还无端，大坳人却认这是命运。命运不太坏，出了钱，救了人，算罢了。否则更坏也只是命运，没办法。命里是癫子，神也难保佑，因此伍娘在积极方面，也不再设法，癫子要癫就任他去了。幸好癫子是文癫，他平白无故又不打过人。乡下人不比城里人聪明，也不会想方设法来作弄癫子取乐，所以也见不出癫子是怎样不幸。

关于癫子性格，我想也有来说几句的必要。普通癫子是有文武之分的，如象做官一个样，也有文有武。杀人放火、高声喝骂、狂歌痛哭不顾一切者，这属于武癫，很可怕。至于文癫呢，老老实实一个人寂寞活下来，与一切隔绝，似乎感情开了门，自己有自己一块天地在，少同人说话。别人不欺凌他他是很少理别人，既不使人畏，也不搅扰过鸡犬。他又依然能够做他自己的事情，砍柴割草不偷懒，看牛时节也不会故意放牛吃别人的青麦苗。他的手，并不因癫把推磨本事就忘去；他的脚，舂碓时力气也不弱于人。他比平常人要任性一点，要天真一点，（那是癫子的坏处？）他因了癫有一些乖癖，平空多了些无端而来的哀乐，笑不以时候，哭也很随便。他凡事很大胆，不怕鬼，不怕猛兽。爱也爱得很奇怪，他爱花，爱月，爱唱歌，爱孤独向天。大约一个人，有了上面的几项行为，就为世人目为癫子也是常有的事罢。实在说，一个人，就这样癫了，于社会既无损，于家中，也就不见多少害处的。如果世界上，全是一些这类人存在，也许地方还更清静点，是不一定的。有些癫，虽然属于文，不打人，不使人害怕，但终免不了使人讨嫌，“十个癫子九个痴”，这话很可靠。我们见到的癫子，头发照例是终年不剃，身上褴褛得不堪，虱婆一把一把抓，真叫人作呕。毛弟家癫子可异这两样。他是因了癫，反而一切更其讲究起来了。衣衫我们若不说它是不合，便应当说它是漂亮。他懂得爱美。布衣葛衣洗得一崭新。头发剃得光光同和尚一样。身边前襟上，挂了一个铜夹子（这是本乡团总保董以及做牛场经纪人的才有的装饰）。夹的用处是无事时对着一面小镜拔胡须。癫子口袋中，就有那么一面圆的小的背面有彩画的玻璃镜！癫子不吃烟，又没同人赌过钱，本来这在大坳人看来，也是以为除了不是癫子以外不应有的事。

这癫子，在先前，还不为毛弟的妈注意时，呆性发了失了一天踪。第二天归来，娘问他：

“昨天到什么地方去了？”

他却说：“听人说棉寨桃花开得好，看了来！”

棉寨去大坳，是二十五里，来去要一天，为了看桃花，去看了，还宿了一晚才转来！先是不能相信。到后另一次，又去两整天，回头说是赶过尖岩的场了，因为那场上卖牛的人多，有许多牛很好看，故去了两天。大坳去尖岩，来去七十里，更远了。然而为了看牛就走那么远的路，呆气真够！娘不信，虽然看到癫子脚上的泥也还不肯信。到后来问到向尖岩赶场做生意的人，说是当真见到过癫子，娘才真信家中有了癫子了。从此以后因了走上二十里路去看别的乡村为土地生日唱的木人戏，竟一天两天的不归，成常事。娘明白他脾气后，禁是不能禁，只好和和气气同他说，若要出门想到什么地方去玩时，总带一点钱，有了钱，可买各样的东西，想吃什么有什么，只要不受窘，就随他意到各处去也不用担心了。

大坳村子附近小村落，一共数去是在两百烟火以上的。管理地方一切的，天王菩萨居第一，霄神居第二，保董乡约以及土地菩萨居第三，场上经纪居第四：只是这些神同人，对于癫子可还没能行使其权威。癫子当到高的胖的保董面前时，亦同面对一株有刺的桐树一样，树那么高，或者一头牛，牛是那么大，只睁眼来欣赏，无恶意的笑，看够后就走开了。癫子上庙里去玩，奇怪大家拿了纸钱来当真的烧，又不是字纸。还有煮熟了的鸡，洒了盐，热热的，正好吃，人不吃，倒摆到这土偶前面让它冷，这又使癫子好笑。大坳的神大约也是因了在乡下长大，很朴实，没有城中的神那样的小气，因此才不见怪于癫子。不然，为了保持它尊严，也早应当显一点威灵于这癫子身上了。大坳村子的小孩子呢，人人欢喜这癫子，因为从癫子处可以得到一些快乐的缘故。癫子平常本不大同人说话，同小孩在一块，马上他就有说有笑了。遇到村里唱戏时，癫子不厌其烦来为面前一些孩子解释戏中的故事。小孩子跟随癫子的，还可以学到许多俏皮的山歌，以及一些好手艺。癫子在村中，因此还有一个好名字，这名字为同村子大叔婶婶辈当到癫子来叫喊，就算大坳人的嘲谑了，名字乃是“代狗王”。代狗王，就是小孩子的王，这有什么坏？

四

大坳村子里的小孩子，从七岁到十二岁，数起来，总不止五十。这些猴儿小子在这一个时期内，是不是也有城市人所谓智慧教育不？有的。在场坪团防局内乡长办公地的体面下，就曾成立了一区初级小学。学校成立后学生也并不是无来源，如那村中执政的儿子，庙祝的儿子，以及中产阶级家中父老希望本宗出个圣贤的儿子，由一个当前清在城中取过一次案首、民国以来又入过师范讲习所的老童生统率，终日在团防局对面那天王庙戏楼上读新国文课本，蛮热闹。但学生数目还不到儿童总数五分之一，并且有两个还只是六岁。余下的怎样？难道就是都象毛弟一样看牛以外就只蹲到灶旁用镰刀砍削木陀螺？在大坳学校以外还有教育的，倘若我们拿学校来比譬僧侣贵族教育，则另外还有所谓平民的武士教育在。没有固定的须乡中供养的教师，也不见固定的挂名的学生，只是在每一天下午吃了晚饭后，在去场头不远一个叫作猫猫山的地方，这里有那自然的学校，是这地方儿童施以特殊教育的地点。遇到天雨便是放学时。若天晴，大坳村里小孩子，就是我所举例说是从七到十二岁的小猴儿崽子，至少有三十个到来。还有更小的。还有更大的。又还有娘女们，抱了三岁以下的小东西来到这个地方的。那些持着用大羊奶子树做的烟杆由他孙崽子领道牵来的老人，那些曾当过兵颈项上挂有银链子还配着崭新黄色麂皮抱肚的壮士，那些会唱山歌爱说笑话的孤身长年，那些懂得猜谜的精健老娘子，全都有。每一个人发言，每一个人动作，全场老少便都成了忠实的观众与热心的欣赏者。老者言语行为给小孩子以人生的经验，小孩子相打相扑给老年人以喜剧的趣味。这学校，究竟创始了许多年？没有人知道。不过很明白的是，如今已得靠小孩牵引来到这坪里的老头儿，当年做小孩时却曾在此玩大的，至少是比天王庙小学生的年龄，总老过了十倍了。

每一天当太阳从寨西大土坡上落下后，这里就有人陆续前来了。住在大坳村子里的人，为了抱在手上的小孩嚷着要到猫猫山去看热闹，特意把一顿晚饭提早吃，也是常有的事情。保董有时宣布他政见，也总选这个处所。要探听本村消息，这里是个顶方便地方。找巫师还愿，尤其是除了到这里来找他那两个徒弟以外，让你打锣喊也白费神。另一个说法，这里是民众剧场，是地方参事厅，单说是学校，还不能把它的范围括尽！

到了这里有些什么样的玩意儿？多得很。感谢天，特为这村里留下一些老年人，由这些老年人口中，可以知道若干年前打长毛的故事。同辈硕果仅存是老年人的悲哀，因了这些故事的复述，眼看到这些孙曾后辈小小心中为给注入本村光荣的梦以后的惊讶，以及因此而来的人格的扩张，老年人当到此时节，也象即刻又成了壮年奋勇握刀横槊的英雄了。那些退伍的兵呢，他们能告给人以一些属于乡中人所知以外奇怪有趣的事迹，如象草烟作兴卖到一块钱一枚，且未吃以前是用玻璃纸包好。又能很大方的拿出一些银角子来作小孩子打架胜利的奖品。这小小白色圆东西，便是这本村壮士从湖北省或四川省归来带回的新闻。一个小孩子从这银角子上头就可以在脑子中描写一部英雄史。一个小孩子从这银角子上头也可以做着无涯境的梦。这小东西的休息处，是那伟大的人物胸前崭新的黄色麂皮抱兜中。当到一个小孩把同等身材孩子扑倒三次以上时，就成那胜利武士的奖品了。

遇到唱山歌时节，这里只有那少壮孤身长年的份。又要俏皮，又要逗小孩子笑，又同时能在无意中掠取当场老婆子的眼泪与青年少女的爱情的把戏，算是长年们最拿手的山歌。得小孩们山莓红薯一类供养最多的，是教山歌的师傅。把少女心中的爱情的火把燃起来，山歌是象引线灯芯一类东西（艺术的地位，在一个原始社会里，无形中已得到较高安置了）。这些长年们，同一只阳雀样子，自由唱他编成的四句齐头歌，可以说是他在那里施展表现“博取同情的艺术”，以及教小孩子以将来对女子的“爱的技术”。

猜谜呢，那大多数是为小女孩预备的游戏。这是在训练那些小小头脑，以目中所习见的一切的物件用些韵语说出来，男小子是不大相宜于这事情的。

男小孩子是来此缠腰，打筋斗，做蛤蟆吃水，栽天树，做老虎伸腰，同到各对各的打平和架。选出了对子，在大坪坝内，当到公证人来比武，那是这里男小子的唯一的事业，从这训练中，养成了强悍的精神以外，还给了老年人以愉快。

如今是初夏，这晚会，自然比天气还冷、雨又很多的春天要热闹许多！

这里毛弟家的癫子大哥是一个重要人物，那是不问可知的。癫子到这种场上，会用他的一串山歌制伏许多年青人，博得大家的欢喜。他又在男孩比武上面立了许多条规则。当他为一个公证人时总能按到规则办，这尤显出他那首领的本事。他常常花费三天四天功夫用泥去抟一个张飞、武松之类的英雄像，拿来给那以小敌大竟能出奇制胜的孩子。这一来，癞子在这一群人中间，“代狗王”是不做也不成了。把老人除开，看谁是这里孩子们的真真信服爱戴的领袖，只有癞子配！只要间上一天癞子不到猫猫山，大家便忽然会觉得冷淡起来了。癞子自己对于这地方，所感到的趣味当然也极深。

自从癞子失踪一连达五天以上，到最近，又明知道附近一二十里村集并无一处在唱木头傀儡戏，大家到此时，上年纪一点的人物便把这事长期来讨论，据公意，危险真是不可免的事了。倘若是，那一个人能从别一地方证实癞子是已经死亡，则此后猫猫山的晚上集会真要不知怎样的寂寞！大家为了怀想这“代狗王”的下落，便把到普通集会程序全给混乱了。唱歌的缺少了声音，打架的失去了劲帮，癞子这样的一去无踪真是给了大坳儿童以莫大损失。

上两天，许多儿童因了癞子无消息，就不再去猫猫山，其中那个住在寨西小万万，就有份。昨天晚上却是万万同到毛弟两人都不曾在场，癫子消息就不曾露出，如今可为万万到猫猫山把这新闻传遍了。大家高兴是自然的事。大家断定不出一两天，癫子总就又会现身出来了。

当毛弟为他娘扯着鸡脚把那花鸡杀死后，一口气就跑到猫猫山去告众人喜信。

“毛弟哎，毛弟哎，你家癫子有人见到了！”

毛弟没有到，别人见到毛弟就是那么大声高兴嚷，万万却先毛弟到了场，众人不待毛弟告，已先得到信息了。

毛弟走到坪中去，一众小孩子是就象一群蜂子围拢来。毛弟又把今天到峒中去的情形，告给大众听。大众手拉着手围到毛弟跳团团，互相纵声笑，庆祝大王的生存无恙。孩子们中有些欢喜得到坪里随意乱打滚，如同一匹才到郊野见了青草的小马。毛弟恐怕癫子会正当此时转家，就不贪玩先走了。

场里其他大小老少众人讨论了癫子一阵过后，大众便开始来玩着各样旧有的游戏，万万便把昨天上老虎峒听癫子躲在峒中所唱的歌唱给大众听。照例是用拍掌报答这唱歌的人。一众全鼓掌，万万今天可就得到一些例外光荣了。

“万万我妹子，你是生得白又白。”

万万听到有人在谑他，忙回头，回头却不明话语的来源，又不好单提某人出面来算账，只作不曾听到这丑话，仍然唱他那新歌。

“万万，你看谁个生得黑点谁就是你哥！”

万万不再回头也就听出这是顶憨赖的傩巴声音了。故作还不注意的万万，并不停止他歌喉，一面唱，一面斜斜走过去，刚刚走到傩巴身边时，猛伸手来扳着傩巴的肩只一掼，闪不知脚还是那么一拐，傩巴就拉斜跌倒，大众哄然笑了起来。

傩巴爬起便扑到万万身上，想打个猛不知，但精伶便捷的万万只一让，加上是一掌，傩巴便又给人放倒到土坪上了。

傩巴可不爬起了，只在地下蓄力想乘势骤抱万万的脚杆。

“起来吧，起来吧，看这个！”一个退伍副爷大叔从他皮兜子内夹取一个银角子，高高举起给傩巴助威。傩巴象一匹狮子，一起身就缠着万万的腰身。

“黑小鬼，你跟老子远去罢。”万万身一摆，傩巴登不住，弹出几步以外又躺下了。

“爬起再来呀！看这里，是袁世凯呀！”袁世凯也罢，鲁智深也罢，今天的傩巴，成了被孙大圣痛殴的猪八戒，坐在地上只是哼，说是承认输。真是三百斤野猪，只是一张嘴，傩巴在万万面前除了嘴毒以外没有法宝可亮了。

大叔把那角子丢到半空去，又用手接住，“好兄弟，这应归万万——谁来同我们武士再比拼一番吧。”

“慢一点，我也有份的！”不知是谁在土堆上故意来捣乱，始终又不见人下。

“来就来，不然我可要去吃夜饭去了。”因此才知万万原是空肚子来专门告众人的癞子消息的。

“慢一点，不忙！”但是仍然不见下。

不久，一个经纪家的长年唱起橹歌[1]来，天已全黑

[1] 橹歌多从洪江或麻阳唱起，中夹以“噢和吓”“咦来和吓”象橹摇动声音，照例是可以唱到汉阳汉口的。一面叙途中风景，一面把地名滩名指出，凡是辰河橹歌调子大体是一样，惟叙述方式稍有不同耳。

了。在一些星子拥护业已打斜的上弦月的夜景中，大家俨然如同坐在一只大麻阳乌篷船上顺水下流的欢乐，小孩子们帮同吆喝打号子，橹歌唱到洞庭湖时，钩子样的月已下沉了。

五

虽然说，癫子本身有了下落，证明了他是还好好的活在这世界上面。但是不是在明天后天就便可以如所预料的归来？这无从估定。因此这癫子，依旧远远的走去，是不是可能的？在这事上毛弟的娘也是依然全无把握的，土地得了一只鸡，也正如同供奉母鸡一只于本地乡约一个样：上年纪的神，并不与那上年纪的人能干多少，就是有力量，凡事也都不大肯负责来做的。天若欲把这癫子赶到另一个地方去，未必就能由这老头子行使权势为把这癫子赶回！

但是，癫子当真可就在这时节转到家中了。

癫子睡处是在大门楼上头，因为这里比起全家都清静，他欢喜。又不借用梯，又不借用凳，癫子上下全是倚赖门柱旁边那木钉。当他归来时，村子里没一人见，到了家以后，也不上灶房，也不到娘房里去望望，他只悄悄的，鬼灵精似的，不惊动一切，便就爬上自己门楼上头睡下了。

当到癫子爬那门柱时，毛弟同到他娘正在灶房煮那鸡。毛弟家那只横强恶霸花公鸡，如今已在锅子中央为那柴火煮出油来了。鸡是白水煮，锅上有个盖，水沸了，就只见从锅盖边，不断绝的出白气，一些香，在那热气蒸腾中，就随便发挥钻进毛弟鼻子孔。

毛弟的娘是坐在那烧火矮凳上，支颐思索一件事，打量到癫子躲藏峒中数日的缘故，面部同上身为那灶口火光映得通红。毛弟满灶房打转，灶头一盏清油灯，便把毛弟影子变成忽短忽长移到四面墙上去。

"娘，七顺带了我们的狗去到新场找癫子，要几时才回？"

娘不答理。

"我想那东西，莫又到他丈人老那里去喝酒，醉倒了。"

娘仍不作声。

"娘，我想我们应当带一个信到新场去，不然癫子回来了以后，恐怕七顺还不知道，尽在新场到处托人白打听！”

娘屈指算各处赶场期，新场是初八，后天本村子里当有人过新场去卖麻，就说明天托万万家爹报七顺一个信也成。

毛弟没话可说了，就只守到锅边闻鸡的香味。毛弟对于锅中的鸡只放心不下，从落锅到此时掀开锅盖瞧看总不止五次。毛弟意思是非到鸡肉上桌他用手去攫取膊腿那时不算完成他的敌忾心！

“娘，掀开锅盖看看吧，恐怕汤会快已干了哩。”

是第七次的提议。明知道汤是刚加过不久，但毛弟愿意眼睛不眏望到那仇敌受白水的熬煮。若是鸡这时还懂得痛苦，他会更满意！

娘说，不会的，水蛮多。但娘明白毛弟的心思，顺水划，就又在结尾说：“你就揭开锅盖看看罢。”

这没毛鸡浸在锅内汤中受煎受熬的模样，毛弟看不厌。凡是恶人作恶多端以后会到地狱去，毛弟以为这鸡也正是下地狱的。

当到毛弟用两只手把那木锅盖举起时节，一股大气往上冲，锅盖边旁蒸起水汽象出汗的七顺的脸部一样，锅中鸡是好久好久才能见到的。浸了鸡身一半的白汤，还是沸腾着。那白花鸡平平趴伏到锅中，脚杆直杪杪的真象在泅水！

“娘，你瞧，这光棍直到身子煮烂还昂起个头！”毛弟随即借了铁铲作武器，去用力按那鸡的头。

“莫把它颈项摘断，要昂就让它昂罢。”

“我看不惯那样子。”

“看不惯，就盖上吧。”

听娘的吩咐，两手又把锅盖盖上了。但未盖以前，毛弟可先把鸡身弄成翻天睡，让火熬它的背同那骄傲的脑袋。

这边鸡煮熟时那边癫子已经打鼾了。

毛弟为娘提酒壶，打一个火把照路，娘一手拿装鸡的木盘，一手拿香纸，跟到火把走。当这娘儿两人到门外小山神土地庙去烧香纸，将出大门时，毛弟耳朵尖，听出门楼上头鼾声了。

“娘，癫子回来了！”

娘便把手中东西放去，走到门楼口去喊。

“癫子，癫子，是你不是？”

“是的。”等了一会又说，“娘，是我。”

声音略略有点哑，但这是癫子声音，一点不会错。

癫子听到娘叫唤以后，于是把一个头从楼口伸出。毛弟高高举起火把照癫子，癫子眼睛闭了又睁开，显然是初醒，给火炫耀着了。癫子见了娘还笑。

“娘，出门去有什么事。”

“有什么事？你瞧你这人，一去家就四五天，我哪里不托人找寻！你急坏我了……”

这妇人，一面絮絮叨叨用高兴口吻抱怨着癫子，一面望到癫子笑。

癫子是全变了。头发很乱，瘦了些。但此时的毛弟的娘可不注意到这些上面。

“你下来吃一点东西吧，我们先去为你谢土地，感谢这老伯伯为了寻你不知走了多少路！你不来，还得让我抱怨他不济事啦。”

毛弟同他娘在土地庙前烧完纸，作了三个揖，把酒奠了后，不问老年缺齿的土地公公嚼完不嚼完，拿了鸡就转家了。

娘听到楼上还有声息知道癫子尚留在上面，“癫子，下来一会儿吧，我同你说话。这里有鸡同鸡汤，饿了可以泡一碗阴米。”

那个乱发蓬蓬的头又从楼上出现了，他说他并不曾饿。到这次，娘可注意到癫子那憔悴的脸了。

“你瞧你样子全都变了。我晌晚还才听到毛说你是在老虎峒住的。他又听到寨西那万万告把他，还到峒里把你留下的水罐拿回。你要到那里去住，又不早告我一声，害得我着急，你瞧娘不也是瘦了许多么？”

娘用手摩自己的脸时，娘眼中的泪，有两点，沿到鼻沟流到手背了。

癫子见到娘样子，总是不做声。

“你要睡觉么？那就让你睡。你要不要一点水？要毛为你取两个地萝卜好吗？”

“都不要。”

“那就好好睡，不要尽胡思乱想。毛，我们进去吧。”

娘去了，癫子的蓬乱着发的头还在楼口边，娘嘱咐，莫要尽胡思乱想，这时的癫子，谁知道他想的是些什么事？但在癫子心中常常就是象他这时头发那么杂乱无章次，要好好的睡，办得到？然而象一匹各处逃奔长久失眠的狼样的毛弟家癫子大哥，终于不久就为疲倦攻击，仍然倒在自己铺上了。

第二天，天还刚亮不久娘就起来跑到楼下去探看癫子，听到上面鼾声还很大，就不惊动他，且不即放埘内的鸡，怕鸡在院子中打架，吵了这正做好梦的癫子。

这做娘的老早到各处去做她主妇的事务，一面想着癫子昨夜的脸相，为了一些忧喜情绪牵来扯去做事也不成，到最后，就不得不跑到酒坛子边喝一杯酒了。

六

显然是，癫子比起先前半月以来憔悴许多了。本来就是略带苍白痨病样的癫子的脸，如今毛弟的娘觉来是已更瘦更长了。

毛弟出去放早牛未回。毛弟的娘为把昨夜敬过土地菩萨煮熟的鸡切碎了，蒸在饭上给癫子作早饭菜。

到吃早饭时，娘看癫子不言不语的样子，心总是不安。饭吃了一碗。娘顺手方便，为癫子装第二碗，癫子把娘装就的饭赶了一半到饭箩里去。

娘奇诧了。在往日，这种现象是不会有的。

“怎么？是菜不好还是有病？”

“不。菜好吃。我多吃点菜。”

虽说是多吃一点菜，吃了两个鸡翅膊，同一个鸡肚，仍然不吃了。把箸放下后，癫子皱了眉，把视线聚集到娘所不明白的某一点上面。娘疑惑是癫子多少身上总有一点小毛病，不舒服，才为此异样沉闷。

“多吃一点呀。”娘象逼毛弟吃出汗药一样，又在碗中检出一片鸡胸脯肉揶到癫子的面前。

劝也不能吃，终于把那鸡肉又揶回。

“你瞧你去了这几天，人可瘦多了。”

听娘说人瘦许多了，癫子才记起他那衣扣上面悬垂的铜夹，觉悟似的开始摸出那面小圆镜子夹扯嘴边的胡须，且对着镜子作惨笑。

娘见这样子，眼泪含到眶子里去吃那未下咽的半碗饭。娘竟不敢再细看癫子一眼，她知道，再看癫子或再说出一句话，自己就会忍不住要大哭了。

饭吃完了时，娘把碗筷收拾到灶房去洗，癫子跟到进灶房，看娘洗碗盏，旋就坐到那张烧火凳上去。

一旁用丝瓜瓤擦碗一旁眼泪汪汪的毛弟的娘，半天还没洗完一个碗。癫子只是对着他那一面小小镜子反复看，从镜子里似乎还能看见一些别的东西的样子。

“癫子，我问你——”娘的眼泪这时已经不能够再忍，终于扯了挽在肘上的宽大袖子在揩了。

癫子先是口中还在嘘嘘打着哨，见娘问他就把嘴闭上，鼓气让嘴成圆球。

“你这几天究竟到些什么地方去？告给你娘吧。”

“我到老虎峒。”

“老虎峒，我知道。难道只在峒内住这几天吗？”

“是的。”

“怎么你就这样瘦了？”

癫子可不再做声。

娘又说：“是不是都不曾睡觉？”

“睡了的。”

睡了的，还这样消瘦，那只有病了。但当娘问他是不是身上有不舒服的地方时，这癫子又总说并不曾生什么病。

毛弟的娘自觉自从毛弟的爹死以后，十年来，顶伤心的要算这个时候了。眼看到这癫子害相思病似的精神颓丧到不成样子，问他却又说不出怎样，最明显的是在这癫子的心中，此时又正汹涌着莫名其妙的波涛，世界上各样的神都无从求助。怎么办？这老娘子心想十年劳苦的担子，压到脊梁上头并不会把脊梁压弯，但关于癫子最近给她的忧愁，可真有点无从招架了。

一向癫子虽然癫，但在那浑沌心中包含着的象是只有独得的快活，没有一点人世秋天模样的忧郁，毛弟的娘为这癫子的不幸，也就觉得很少。到这时，她不但看出她过去的许多的委屈，而且那未来，可怕的、绝望的老来的生活，在这妇人脑中不断的开拓延展了。她似乎见到在她死去以后别人对癫子的虐待，逼癫子去吃死老鼠的情形。又似乎见癫子为人把他赶出这家中。又似乎见毛弟也因了癫子被人打。又似乎乡约因了知事老爷下乡的缘故，到猫猫山宣告，要把癫子关到一个地方去，免吓了亲兵。又似乎……

天气略变了，先是动了一阵风，屋前屋后的竹子，被风吹得象是一个人在用力摇。接到不久就落了小雨。冒雨走到门外土坳上去，喊了一阵毛弟回家的毛弟的娘，回身到了堂屋中，望着才从癫子身上脱下洗浣过的白小褂，悲戚的摇着头——就是那用花格子布包着的花白头发的头，叹着从不曾如此深沉叹过的气。

毛毛雨，陪到毛弟的娘而落的，娘是直到烧夜火时见到癫子有了笑容以后泪才止，雨因此也落了大半天。

一九二七年六月作

丈 夫

落了春雨，一共有七天，河水涨大了。

河中涨了水，平常时节泊在河滩的烟船、妓船，离岸极近，船皆系在吊脚楼下的支柱上。

在四海春茶馆楼上喝茶的闲汉子，伏身在临河一面窗口，可以望到对河的宝塔“烟雨红桃”好景致，也可以知道船上妇人陪客烧烟的情形。因为那么近，上下都方便，有喊熟人的声音，从上面或从下面喊叫，到后是互相见到了，谈话了，取了亲昵样子，骂着野话粗话，于是楼上人会了茶钱，从湿而发臭的甬道走去，从那些肮脏地方走到船上了。

上了船，花钱半元到五块，随心所欲吃烟睡觉，同妇人毫无拘束的放肆取乐，这些在船上生活的大臀肥身年青女人，就用一个妇人的好处，服侍男子过夜。

船上人，她们把这件事也象其余地方一样称呼，这叫做“生意”。她们都是做生意而来的。在名分上，那名称与别的工作同样，既不与道德相冲突，也并不违反健康。她们从乡下来，从那些种田挖园的人家，离了乡村，离了石磨同小牛，离了那年青而强健的丈夫，跟随到一个熟人，就来到这船上做生意了。做了生意，慢慢的变成为城市里人，慢慢的与乡村离远，慢慢的学会了一些只有城市里才需要的恶德，于是这妇人就毁了。但那毁，是慢慢的，因为需要一些日子，所以谁也不去注意了。而且也仍然不缺少在任何情形下还依然会好好的保留着那乡村纯朴气质的妇人，所以在市的小河妓船上，决不会缺少年青女子的来路。

事情非常简单，一个不亟亟于生养孩子的妇人，到了城市，能够每月把从城市里两个晚上所得的钱，送给那留在乡下诚实耐劳种田为生的丈夫处去，在那方面就可以过了好日子，名分不失，利益存在，所以许多年青的丈夫，在娶妻以后，把妻送出来，自己留在家中耕田种地安分过日子，也竟是极其平常的事。

这种丈夫，到什么时候，想及那在船上做生意的年青的媳妇，或逢年过节，照规矩要见见媳妇的面了，自己便换了一身浆洗干净的衣服，腰带上挂了那个工作时常不离口的短烟袋，背了整箩整篓的红薯糍粑之类，赶到市上来，象访远亲一样，从码头第一号船上问起，一直到认出自己女人所在的船上为止。问明白了，到了船上，小心小心的把一双布鞋放到舱外护板上，把带来的东西交给了女人，一面便用着吃惊的眼睛，搜索女人的全身。这时节，女人在丈夫眼下自然已完全不同了。

大而油光的发髻，用小镊子扯成的细细眉毛，脸上的白粉同绯红胭脂，以及那城市里人神气派头，城市里人的衣裳，都一定使从乡下来的丈夫感到极大的惊讶，有点手足无措。那呆象是女人很容易清楚的。女人到后开了口，或者问："那次五块钱得了么？"或者问："我们那对猪养儿子了没有？"女人说话时口音自然也完全不同了，变成象城市里做太太的大方自由，完全不是在乡下做媳妇的神气了。

听女人问到钱，问到家乡豢养的猪，这作丈夫的看出自己做主人的身分，并不在这船上失去，看出这城里奶奶还不完全忘记乡下，胆子大了一点，慢慢的摸出烟管同火镰。第二次惊讶，是烟管忽然被女人夺去，即刻在那粗而厚大的掌握里，塞了一枝哈德门香烟的缘故。吃惊也仍然是暂时的事，于是这做丈夫的，一面吸烟一面谈话……

到了晚上，吃过晚饭，仍然在吸那有新鲜趣味的香烟。来了客，一个船主或一个商人，穿生牛皮长统靴子，抱兜一角露出粗而发亮的银链，喝过一肚子烧酒，摇摇荡荡的上了船。一上船就大声的嚷要亲嘴要睡，那洪大而含胡的声音，那势派，都使这作丈夫的想起了村长同乡绅那些大人物的威风，于是这丈夫不必指点，也就知道怯生生的往后舱钻去，躲到那后梢舱上去低低的喘气，一面把含在口上那枝卷烟摘下来，毫无目的的眺望河中暮景。夜把河上改变了，岸上河上已经全是灯火，这丈夫到这时节一定要想起家里的鸡同小猪，仿佛那些小小东西才是自己的朋友，仿佛那些才是亲人，如今与妻接近，与家庭却离得很远，淡淡的寂寞袭上了身，他愿意转去了。

当真转去没有？不。三十里路路上有豺狗，有野猫，有查夜的放哨的团丁，全是不好惹的东西，转去自然做不到。船上的大娘自然还得留他上三元宫看夜戏，到四海春去喝清茶，并且既然到了市上，大街上的灯同城市中的人更不可不去看看。于是留下了，坐到后舱看河中景致，等候大娘的空暇。到后要上岸了，就由小阳桥上扳篷架到船头；玩过后，仍然由那旧地方转到船上，小心小心使声音放轻，省得留在舱里躺到床上烧烟的人发怒。

到要睡觉的时候，城里起了更，西梁山上的更鼓冬冬响了一会，悄悄的从板缝里看看客人还不走，丈夫没有什么话可说，就在梢舱上新棉絮里一个人睡了。半夜里，或者已睡着，或者还在胡思乱想，那媳妇抽空爬过了后舱，问是不是想吃一点糖。本来非常欢喜口含冰糖的脾气，是做媳妇的记得清楚明白，所以即或说已经睡觉，已经吃过，也仍然还是塞了一小片冰糖在口里。媳妇用着略略抱怨自己那种神气走去了，丈夫把冰糖含在口里，正象仅仅为了这一点理由，就得原谅媳妇的行为，尽她在前舱陪客，自己也仍然很和平的睡觉了。

这样的丈夫在黄庄多着，那里出强健女子同忠厚男人。地方实在太穷了，一点点收成照例要被上面的人拿去一大半，手足贴地的乡下人，任你如何勤省耐劳的干做，一年中四分之一时间，即或用红薯叶子拌和糠灰充饥，总还不容易对付下去。地方虽在山中，离大河码头只三十里，由于习惯，女子出乡讨生活，男人通明白这做生意的一切利益。他懂事，女子名分上仍然归他，养得儿子归他，有了钱，也总有一部分归他。

那些船排列在河下，一个陌生人，数来数去是永远无法数清的。明白这数目，而且明白那秩序，记忆得出每一个船与摇船人样子，是五区一个老水保。

水保是个独眼睛的人。这独眼就据说在年青时节因殴斗杀过一个水上恶人，因为杀人，同时也就被人把眼睛抠瞎了。但两只眼睛不能分明的，他一只眼睛却办到了。一个河里都由他管事。他的权力在这些小船上，比一个中国的皇帝、总统在地面上的权力还统一集中。

涨了河水，水保比平时似乎忙多了。由于责任，他得各处去看看。是不是有些船上做父母的上了岸，小孩子在哭奶了。是不是有些船上在吵架，需要排难解纷。

是不是有些船因照料无人，有溜去的危险。在今天，这位大爷，并且要到各处去调查一些从岸上发生影响到了水面的事情。岸上这几天来发生三次小抢案，据公安局那方面人说，是凡地上小缝小罅都找寻到了，还是毫无痕迹。地上小缝小罅都亏那些体面的在职人员找过，于是水保的责任便到了。他得了通知，就是那些说谎话的公安局办事处通知，要他到半夜会同水面武装警察上船去搜索“歹人”。

水保得到这个消息时是上半天。一个整白天他要做许多事。他要先尽一些从平日受人款待好酒好肉而来的义务了，于是沿了河岸，从第一号船起始，每个船上去谈谈话。他得先调查一下，问问这船上是不是留容得有不端正的外乡人。

做水保的人照例是水上一霸，凡是属于水面上的事他无有不知。这人本来就是一个吃水上饭的人，是立于法律同官府对面，按照习惯被官吏来利用，处治这水上一切的。但人一上了年纪，世界成天变，变去变来这人有了钱，成过家，喝点酒，生儿育女，生活安舒，这人慢慢的转成一个和平正直的人了。在职务上帮助了官府，在感情上却亲近了船家。在这些情形上面他建设了一个道德的模范。他受人尊敬不下于官，却不让人害怕讨厌。他做了河船上许多妓女的干爹。由于这些社会习惯的联系，他的行为处事是靠在水上人一边的。

他这时正从一个木跳板上跃到一只新油漆过的“花船”头，那船位置在较清静的一家莲子铺吊脚楼下。他认得这只船归谁管，一上船就喊“七丫头”。

没有声音。年青的女人不见出来，年老的掌班也不见出来。老年人很懂事情，以为或者是大白天有年青男子上船做呆事，就站在船头眺望，等了一会。

过一阵他又喊了两声，又喊伯妈，喊五多；五多是船上的小毛头，年纪十二岁，人很瘦，声音尖锐，平时大人上了岸就守船，买东西煮饭，常常挨打，爱哭，过一会儿又唱起小调来。但是喊过五多后，也仍然得不到结果。因为听到舱里又似乎实在有声音，象人出气，不象全上了岸，也不象全在做梦。水保就钩身窥觑舱口，向暗处询问是谁在里面。

里面还是不作答。

水保有点生气了，大声的问：“你是哪一个？”

里面一个很生疏的男子声音，又虚又怯回答说：“是我。”接着又说，“都上岸去了。”

“都上岸了么？”

“上岸了。她们……”

好象单单是这样答应，还深恐开罪了来人，这时觉得有一点义务要尽了，这男子于是从暗处爬出来，在舱口，小心小心扳到篷架，非常拘束的望到来人。

先是望到那一对峨然巍然似乎是为柿油涂过的猪皮靴子，上去一点是一个赭色柔软麂皮抱兜，再上去是一双回环抱着的毛手，满是青筋黄毛，手上有颗其大无比的黄金戒指，再上去才是一块正四方形象是无数橘子皮拼合而成的脸膛。这男子，明白这是有身分的主顾了，就学到城市里人说话，说：“大爷，您请里面坐坐，她们就回来。”

从那说话的声音，以及干浆衣服的风味上，这水保一望就明白这个人是才从乡下来的种田人。本来女人不在就想走，但年青人忽然使他发生了兴味，他留着了。

“你从什么地方来的？”他问他，为了不使人拘束，水保取得是做父亲的和平样子，望到这年青人。“我认不得你。”

他想了一下，好象也并不认得客人，就回答：“我昨天来的。”

“乡下麦子抽穗了没有？”

“麦子吗？水碾子前我们那麦子，哈，我们那猪，哈，我们那……”

这个人，象是忽然明白了答非所问，记起了自己是同一个有身分的城里人说话，不应当说“我们”，不应当说我们“水碾子”同“猪”，把字眼用错，所以再也接不下去了。

因为不说话，他就怯怯的望到水保笑，他要人了解他，原谅他——他是个正派人，并不敢有意张三拿四。

水保是懂这个意思的。且在这对话中，明白这是船上人的亲戚了，他问年青人：“老七到什么地方去了，什么时候可以回来？”

这时节，这年青人答语小心了。他仍然说：“是昨天来的。”他又告水保，他“昨天晚上来的”。末了才说，老七同掌班、五多上岸烧香去了，要他守船。因为守船必得把守船身分说出，他还告给了水保，他是老七的

“汉子”。

因为老七平常喊水保都喊干爹，这干爹第一次认识了女婿，不必挽留，再说了几句，不到一会儿，两人皆爬进舱中了。

舱中有个小小床铺，床上有锦绸同红色印花洋布铺盖，摺叠得整整齐齐。来客照规矩应当坐在床沿。光线从舱口来，所以在外面以为舱中极黑，在里面却一切分明。

年青人为客找烟卷，找自来火，毛脚毛手打翻了身边一个贮栗子的小坛子，圆而发乌金光泽的板栗在薄明的船舱里各处滚去，年青人各处用手去捕捉，仍然放到小坛中去，也不知道应当请客人吃点东西。但客人却毫不客气，从舱板上把栗拾起咬破了吃，且说这风干的栗子真好。

“这个很好，你不欢喜么？”因为水保见到主人并不剥栗子吃。

“我欢喜。这是我屋后栗树上长的。去年结了好多，乖乖的从刺球里爆出来，我欢喜。”他笑了，近于提到自己儿子模样，很高兴说这个话。

“这样大栗子不容易得到。”

“我一个一个选出来的。”

“你选？”

“是的，因为老七欢喜吃这个，我才留下来。”

“你们那里可有猴栗？”

“什么猴栗？”

水保就把故事所说的“猴子在大山上住，被人辱骂时，抛下拳大栗子打人。人想这栗子，就故意去山下骂丑话，预备捡栗子”一一说给乡下人听。

因为栗子，正苦无话可说的年青人，得到同情他的人了。他就告水保另外属于栗子的种种事情。他知道的乡下问题可多咧。于是他说到地名“栗坳”的新闻。又说到一种栗木作成的犁具如何结实合用。这人是太需要说到这些了。昨天来一晚上都有客人吃酒烧烟，把自己关闭在小船后梢，同五多说话，五多睡得成死猪。今天一早上，本来应当有机会同媳妇谈到乡下事情了，女人又说要上岸过七里桥烧香，派他一个人守船。坐到船上等了半天，还不见人回，到后梢去看河上景致，一切新奇不同，全只给自己发闷。先一时，正睡在舱里，就想这满江大水若到乡下涨，鱼梁上不知道应当有多少鲤鱼上梁！把鱼捉来时，用柳条穿鳃到太阳下去晒，正计算到那数目，总算不清楚。忽然客人来到船上，似乎一切鱼都争着跳进水中去了。

来了客人，且在神气上看出来人是并不拒绝这些谈话的，所以这年青人，凡是预备到同自己媳妇在枕边诉说的各样事情，这时得到了一个好机会，都拿来同水保谈了。

他告给水保许多乡下情形，说到小猪捣乱的脾气，叫小猪名字是“乖乖”，又说到新由石匠整治过的那副石磨，顺便告给了一个石匠的笑话。又说到一把失去了多久的镰刀，一把水保梦想不到的小镰刀，他说：

“你瞧，奇怪不奇怪？我赌咒我各处都找到了。我们的床下，门枋上，仓角里，什么不找到？它躲了。躲猫猫一样，不见了。我为这件事骂过老七。老七哭过。可还是不见。鬼打岩，蒙蒙眼，原来它躲在屋梁上饭箩里！半年躲在饭箩里！它吃饭！一身锈得象生疮。这东西多狡猾！我说这个你明白我没有？怎么会到饭箩里半年？那是一只做样子的东西，挂到斗窗上。我记起那事了，是我削楔子，手上刮了皮，流了血，生了大气，赌气把刀一丢。……到水上磨了半天，还不错，仍然能吃肉，你一不小心，就得流血。我还不曾同老七说到这个，她不会忘记那哭得伤心的一回事。找到了，哈哈，真找到了。”

“找到它就好了。”

“是的，得到了它那是好的。因为我总疑心这东西是老七掉到溪里，不好意思说明。我知道她不骗我了。我明白了。我知道她受了冤屈，因为我说过：‘找不出么？那我就要打人！’我并不曾动过手，可是生气时也真吓人。她哭了半夜！”

“你不是用得着它割草么？”

“嗨，哪里，用处多咧。是小镰刀，那么精巧，你怎么说是割草？那是削一点薯皮，刮刮箫：这些这些用的。小得很，值三百钱，钢火妙极了。我们都应当有这样一把刀放到身边，不明白么？”

水保说：“明白明白：都应当有一把，我懂你这个话。”

他以为水保当真是懂的，什么也说到了，甚至于希望明年来一个小宝宝，这样只合宜于同自己的媳妇睡到一个枕头上商量的话也说到了。年青人毫无拘束的还加上许多粗话蠢话。说了半天，水保起身要走了，他才记起问客人贵姓。

“大爷，您贵姓？留一个片子到这里，我好回话。”

“不用不用。你只告她有这么一个大个儿到过船上，穿这样大靴子。告她晚上不要接客，我要来。”

“不要接客，您要来？”

“就是这样说，我一定要来的。我还要请你喝酒。我们是朋友。”

“我们是朋友，是朋友。”

水保用他那大而肥厚的手掌，拍了一下年青人的肩膊，从船头上岸，走到别一个船上去了。

在水保走后，年青人就一面等候一面猜想这个大汉子是谁。他还是第一次同这样尊贵的人物谈话。他不会忘记这很好的印象的。人家今天不仅是同他谈话，还喊他做朋友，答应请他喝酒！他猜想这人一定是老七的“熟客”。他猜想老七一定得了这人许多钱。他忽然觉得愉快，感到要唱一个歌了，就轻轻的唱了一首山歌。用四溪人体裁，他唱得是："水涨了，鲤鱼上梁，大的有大草鞋那么大，小的有小草鞋那么小。"

但是等了一会还不见老七回来，一个鬼也不回来，他又想起那大汉子的丰采言谈了。他记起那一双靴子，闪闪发光，以为不是极好的山柿油涂到上面，是不会如此体面好看的。他记起那黄而发沉的戒子，说不分明那将值多少钱，一点不明白那宝贝为什么如此可爱。他记起那伟人点头同发言，一个督抚的派头，一个军长的身分——这是老七的财神！他于是又唱了一首歌。用杨村人不庄重口吻，唱得是："山坳的团总烧炭，山脚的地保爬灰；爬灰红薯才肥，烧炭脸庞发黑。"

到午时，各处船上都已有人烧饭了。湿柴烧不燃，烟子各处窜，使人流泪打嚏，柴烟平铺到水面时如薄绸。听到河街馆子里大师傅用铲子敲打锅边的声音，听到邻船上白菜落锅的声音，老七还不见回来。可是船上烧湿柴的本领年青人还没有学到，小钢灶总是冷冷的不发吼。做了半天还是无结果，只有把它放下一个办法了。

应当吃饭时候不得饭吃，人饿了，坐到小凳上敲打舱板，他仍然得想一点事情。一个不安分的估计在心上滋长了。正似乎为装满了钱钞便极其骄傲模样的抱兜，在他眼下再现时，把原有的和平已失去了。一个用酒糟同红血所捏成的橘皮红色四方脸，也是极其讨厌的神气，保留到印象上。并且，要记忆有什么用？他记忆得到那嘱咐，是当到一个丈夫面前说的！“今晚上不要接客，我要来。”该死的话，是那么不客气的从那吃红薯的大口里说出！为什么要说这个？有什么理由要说这个？……

胡想使他心上增加了愤怒，饥饿重复揪着了这愤怒的心，便有一些原始人就不缺少的情绪，在这个年青简单的人情绪中长大不已。

他不能再唱一首歌了。喉咙为妒嫉所扼，唱不出什么歌。他不能再有什么快乐。按照一个种田人的脾气，他想到明天就要回家。

有了脾气再来烧火，自然更不行了，于是把所有的柴全丢到河里去了。

“雷打你这柴！要你到洋里海里去！”

但那柴是在两三丈以外，便被别个船上的人捞起了的。那船上人似乎一切都准备好了，正等待一点从河面漂流而来的湿柴，把柴捞上，即刻就见到用废缆一段引火，且即刻满船发烟，火就带着小小爆裂声音燃好了。看到这一切，新的愤怒使年青人感到羞辱，他想不必等待人回船就要走路。

在街尾遇到女人同小毛头五多两个人，正牵了手说着笑着走来。五多手上拿得有一把胡琴，崭新的样子，这是做梦也不曾遇到的一件家伙！

“你走哪里去？”

“我——要回去。”

“要你看船船也不看，要回去。什么人得罪了你，这样小气？”

“我要回去，你让我回去。”

“回到船上去！”

看看媳妇，样子比说话还硬劲。并且看到那一张胡琴，明知道这是特别买来给他的，所以再不能坚持，摸了摸自己发烧的额角，幽幽的说，“回去也好，回去也好”，就跟了媳妇的身后跑转船上。

掌班大娘也赶来了，原来提了一副猪肺，好象东西只是乘便偷来的，深恐被人追上带到衙门里去。所以跑得颤骨发了红，喘气不止。大娘一上船，女人在舱中就喊：

“大娘，你瞧，我家汉子想走！”

“谁说的，戏都不看就走！”

“我们到街口碰到他，他生气样子，一定是怪我们不早回来。”

“那是我的错；是菩萨的错；是屠户的错。我不该同屠户为一个钱吵闹半天，屠户不该肺里灌这样多水。”

“是我的错。”陪男子在舱里的女人，这样说了一句话，坐下了。对面是男子汉。她于是有意的在把衣服解换时，露出极风情的红绫胸褡。胸褡上绣了“鸳鸯戏荷”。

男子觑着，不说话。有说不出的什么东西，在血里窜着涌着。

在后梢，听到大娘同五多谈着柴米。

“怎么我们的柴都被谁偷去了！”

“米是谁淘好的？”

“一定是火烧不燃。……姐夫是乡下人，只会烧松香。”

“我们不是昨天才解散一捆柴么？”

“都完了。”

"去前面搬一捆，不要说了。"

"姐夫只知道淘米！"

听到这些话的年青汉子，一句话不说，静静的坐在舱里，望到那一把新买来的胡琴。

女人说："弦都配好了，试拉拉看。"

先是不作声，到后把琴搁在膝上，查看松香。调琴时，生疏的音从指间流出，拉琴人便快乐的微笑了。

不到一会，满舱是烟，男子被女人喊出去，仍然把琴拿到外面去，站在船头调弦。

到后吃中饭时，五多说：

"姐夫，你回头拉'孟姜女哭长城'，我唱。"

"我不会拉。"

"我听说你拉得很好，你骗我谎我。"

"我不骗你。"

大娘说："我听老七说你拉得好，所以到庙里，一见这琴，我就想起你才说就为姐夫买回去吧。是运气，烂贱就买来了。这到乡里一块钱还恐怕买不到，不是么？"

"是的。值多少钱？"

"一吊六。他们都说值得！"

五多说："谁说值得？"

大娘很生气的说："毛丫头，谁说不值得？你知道什么！撕你的嘴！"

因为这琴是从一个卖琴熟人手上拿来，一个钱不花，听到大娘的谎话，五多分辩，大娘就骂五多，老七却笑了。男子以为这是笑大娘不懂事，所以也在一旁干笑。

男子先把饭吃完，就动手拉琴，新琴声音又清又亮，五多高兴到得意忘形，放下碗筷唱将起来，被大娘结结实实打了一筷子头，才忙着吃饭、收碗、洗锅子。

到了晚上，前舱盖了篷，男子拉琴，五多唱歌，老七也唱歌，美孚灯罩子有红纸剪成的遮光帽，全舱灯光红红的如办大喜事，年青人在热闹中象过年，心上开了花。可是过不久，有兵士从河街过身，喝得烂醉，听到这声音了。

两个醉鬼踉踉跄跄到了船边，两手全是污泥，用手扳船，口含胡桃那么混混胡胡的嚷叫：

"什么人唱，报上名来！唱得好，赏一个五百。不听到么？老子赏你五百！"

里面琴声戛然而止，沉静了。

醉鬼用脚不住踢船，蓬蓬蓬发出钝而沉闷的声音，且想推篷，搜索不到篷盖接榫处，于是又叫嚷："不要赏么，婊子狗造的？装聋，装哑？什么人敢在这里作乐？我怕谁？皇帝我也不怕。大爷，我怕皇帝我不是人！我们军长师长，都是混账王八蛋！是皮蛋鸡蛋，寡了的臭蛋！我才不怕。"

另一个喉咙发沙的说道：

"骚婊子？出来拖老子上船！"

且即刻听到用石头打船篷，大声的辱骂祖宗。一船人都吓慌了。大娘忙把灯扭小一点，走出去推篷，男子听到那汹汹声气，夹了胡琴就往后舱钻去。不一会，醉人已经进到前舱了。两个人一面说着野话一面要争到同老七亲嘴，同大娘五多亲嘴。且听到问："是什么人在此唱歌作乐，把拉琴的抓来再给老子唱一个歌。"

大娘不敢作声，老七也无主意了，两个酒疯子就大声的骂人。

"臭货，喊龟子出来，跟老子拉琴，赏一千！英雄盖世的曹孟德也不会这样大方！我赏一千，一千个红薯，快来，不出来我烧掉你们这只船！听着没有，老东西！？赶快，莫让老子们生了气，灯笼子认不得人？”

“大爷，这是我们自己家几个人玩玩，不是外人……”

“不！不！不！老婊子，你不中吃。你老了，皱皮柑！快叫拉琴的来！杂种！我要拉琴，我要自己唱！”一面说一面便站起身来，想向后舱去搜寻。大娘弄慌了，把口张大合不拢去。老七急中生智，拖着那醉鬼的手，安置到自己的大奶上。醉人懂到这意思，又坐下了。“好的，妙的，老子出得起钱，老子今天晚上要到这里睡觉！孤王酒醉在桃花宫，韩素梅生来好貌容……”

这一个在老七左边躺下去后，另一个不说什么，也在右边躺了下去。

年青人听到前舱仿佛安静了一会，在隔壁轻轻的喊大娘。正感到一种侮辱的大娘，悄悄爬过去，男子还不大分明是什么事情，问大娘：

“什么事情？”

“营上的副爷，醉了，象猫，等一会儿就得走。”

“要走才行。我忘记告你们了，今天有一个大方脸人来，好象大官，吩咐过我，他晚上要来，不许留客。”

“是脚上穿大皮靴子，说话象打锣么？”

“是的，是的。他手上还有一个大金戒子。”

“那是老七干爹。他今早上来过了么。”

“来过的。他说了半天话才走，吃过些干栗子。”

“他说些什么？”

“他说一定要来，一定莫留客……还说一定要请我喝酒。”

大娘想想，来做什么？难道是水保自己要来歇夜？难道是老对老，水保注意到……想不通，一个老鸨虽一切丑事做成习惯，什么也不至于红脸，但被人说到“不中吃”时，是多少感到一种羞辱的。她悄悄的回到前舱，看前舱新事情不成样子，扁了扁瘪嘴，骂了一声猪狗，终归又转到后舱来了。

“怎么？”

“不怎么。”

“怎么，他们走了？”

“不怎么，他们睡了。”

“睡了？”

大娘虽不看清楚这时男子的脸色，但她很懂这语气，就说：“姐夫，你难得上城来，我们可以上岸玩去。今夜三元宫夜戏，我请你坐高台了，是‘秋胡二戏结发妻’。”

男子摇头不语。

兵士胡闹一阵走后，五多、大娘、老七都在前舱灯光下说笑，说那兵士的醉态。男子留在后舱不出来。大娘到门边喊过了二次，不答应，不明白这脾气从什么地方发生。大娘回头就来检查那四张票子的花纹，因为她已经认得出票子的真假了。票子倒是真的，她在灯光下指点给老七看那些记号，那些花，且放到鼻子上嗅嗅，说这个一定是清真馆子里找出来的，因为有牛油味道。

五多第二次又走过去：“姐夫，姐夫，他们走了，我们来把那个唱完，我们还得……”

女人老七象是想到了什么心事，拉着了五多，不许她说话。

一切沉默了。男子在后舱先还是正用手指扣琴弦，作小小声音，这时手也离开那弦索了。

三个女人都听到从河街上飘来的锣鼓唢呐声音，河街上一个做生意人办喜事，客来贺喜，大唱堂戏，一定有一整夜热闹。

过了一会，老七一个人轻脚轻手爬到后舱去，但即刻又回来了。

大娘问：“怎么了？”

老七摇摇头，叹了一口气。

先以为水保恐怕不会来的，所以大家仍然睡了觉，大娘、老七、五多三个人在前舱，只把男子放到后面。

查船的在半夜时，由水保领来了，水面鸦雀无声，四个全副武装警察守在船头，水保同巡官晃着手电筒进到前舱。这时大娘已把灯捻明了，她经验多，懂得这不是大事情。老七披了衣坐在床上，喊干爹，喊巡官老爷，要五多倒茶。五多还睡意迷蒙，只想到梦里在乡下摘三月莓。

男子被大娘摇醒揪出来，看到水保，看到一个穿黑制服的大人物，吓得不能说话，不晓得有什么严重事情发生。

那巡官装成很有威风的神气开了口：“这是什么人？”

水保代为答应："老七的汉子，才从乡下来走亲戚。"

老七说道："老爷，他昨天才来的。"

巡官看了一会儿男子，又看了一会儿女人，仿佛看出水保的话不是谎话，就不再说话了，随意在前舱各处翻翻。待注意到那个贮风干栗子的小坛子时，水保便抓了一大把栗子塞到巡官那件体面制服的大口袋里去，巡官只是笑，也不说什么。

一伙人一会儿就走到另一船上去了。大娘刚要盖篷，一个警察回来传话：

"大娘，大娘，你告老七，巡官要回来过细考察她一下，你懂不懂？"

大娘说："就来么？"

"查完夜就来。"

"当真吗？"

"我什么时候同你这老婊子说过谎？"

大娘很欢喜的样子，使男子很奇怪，因为他不明白为什么巡官还要回来考察老七。但这时节望到老七睡起的样子，上半晚的气已经没有了，他愿意讲和，愿意同她在床上说点家常私话，商量件事情，就傍床沿坐定不动。

大娘象是明白男子的心事，明白男子的欲望，也明白他不懂事，故只同老七打知会：“巡官就要来的！”

老七咬着嘴唇不作声，半天发痴。

男子一早起来就要走路，沉默的一句话不说，端整了自己的草鞋，找到了自己的烟袋。一切归一了，就坐到那矮床边沿，象是有话说又说不出口。

老七问他：“你不是昨晚上答应过干爹，今天到他家中吃中饭吗？”

“……”摇摇头，不作答。

“人家特意为你办了酒席，好意思不领情？”

“……”

“戏也不看看么？”

“……”

“满天红的晕油包子，到半日才上笼，那是你欢喜的包子。”

“……”

一定要走了，老七很为难，走出船头呆了一会，回身从荷包里掏出昨晚上那兵士给的票子来，点了一下数，一共四张，捏成一把塞到男子左手心里去。男子无话说，老七似乎懂到那意思了，“大娘，你拿那三张也把我。”大娘将钱取出，老七又把这钱塞到男子右手心里去。

男子摇摇头，把票子撒到地下去，两只大而粗的手掌捣着脸孔，象小孩子那样莫名其妙的哭了起来。

五多同大娘看情形不好，一齐逃到后舱去了。五多心想这真是怪事，那么大的人会哭，好笑。可是她并不笑。她站在船后梢舱，看见挂在梢舱顶梁上的胡琴，很愿意唱一个歌，可是不知为什么也总唱不出声音来。

水保来船上请远客吃酒，只有大娘同五多在船上。问到时，才明白两夫妇一早都回转乡下去了。

一九三〇年四月作于吴淞

厨子

一

某一年暑假以后，有许多大学教授，怀了冒险的感情，向位置在长江中部一个大学校集中，到地以后，大家才明白那地方街道的肮脏，人心的诡诈，军队的多而邋遢，饮食居处的麻烦，全超乎这些有学问的先生们原来的想象以上。

在我同事中我认识大学校理学院一个高教授，一个从嘴唇，或从眼睛、额头，任何一部分，一望而知平时是性情很正直、很厚道的人。可是这人到学校时，对于学生的功课可十分认真，回到家中，则对于厨子的菜饭也十分认真。这种天生的不能于这两件事上协妥的性情，使他到 ×× 以后，在学校，则懒惰一点的学生，自然而然对他怀了小小反感，照到各处大学校所流行的风气，由其中一个最懒惰的学生领头，用表面看来十分公正的理由，只想把这个人打发走路。回到家中，因为那种认真讲究处，雇来的厨子，又只想自己走路。本来做主人的，就应当知道，每一个厨子在做厨子以前，已经就明白这事情是必得收取什一之利的。遇到主人大方一点时，他们还可以多得一些。遇到他们自己聪明一点时，即或在很严厉的主人手下做事，也仍然可以手续做得极其干净巧妙，把厨房中米、煤、猪油以及别的什么，搬回自己家里去。一个最好的厨子，能够作出很可口的菜蔬，同时也一定是一个很会揩油的人。这些情形可不能得到高教授的原谅，这种习惯同他的科学家求真态度相反。因此在半年中这人家一共换了三回厨子，到后来把第三个厨子打发走路以后，就不得不自己上市场，要新太太陪房的小丫头烧火，要高太太掌锅炒菜了。可是这么办理自然不能维持下去，高太太原同许多做新式太太的一样，装扮起来安置在客厅中，比安置到厨房中似乎相称一点。虽最初几天，对于炊事仿佛极有兴味，过不久，终于明白那不是一回事了。后来高教授到处托熟人打听，找一个不是本地生长的厨子，条件只是“人要十分爽宜，即或这人是一个军队中的火夫，单会烧火洗菜也行”。大约一个礼拜左右，于是就有一个样子规规矩矩的年青人，随了同事某教授家的老厨子，拿了同事某教授的信件，来到公馆听候使唤了。

新来的人似乎稍微笨了一点，一望而知不是本地的人，照到介绍信上所说，这人却才随从一个军官来此不久，军官改进学校念书，这人又不敢跟别一军官作事，所以愿意来作大司务。介绍信上还那么写着：“人没有什么习气，若不嫌他太笨，不妨试用几天看看。”

来的第一天，因为某教授家老厨子的指点，做了一顿中饭，把各样事还办得有条有理。吃饭时，这新来的厨子，一面侍候到桌旁，一面就答复主人夫妇一切的询问，言语清清楚楚，两夫妇都十分满意。他们问他住到什么地方，说并没有固定住处，因此就要他晚上住在厨房隔壁小间里。饭后这厨子就说，应当回去取一点东西，办一下事情，准四点以前回来，请求主人允许。这自然没有什么问题。到后这厨子因为记起上市场来回路倒很方便，且把晚饭菜钱也带走了。

下午在学校我见到了高教授，他就邀我到他家来吃晚饭。且告给我他已经雇了一个新的厨子，从军队中来的，看样子一定还会作红焖狗肉。照规矩说来，他每换一回厨子时，总先要我去吃一顿饭，我没有什么理由可以拒绝朋友这样一种善意的邀请，于是就答应了。

可是不知出了什么岔子，这大司务到了应当吃晚饭的时候还不见回来。两夫妇因为请了一个客人在家里，不怎么好意思。因为他们谈到这大司务是初来 ×× 不久的，且在军队里住过，我就为他们找寻各样理由来解释，这厨子既来到这里不久，也许走错了路，找不到方向，也许痴头痴脑看街上的匾对，被军马踹伤了。也许到菜市同人打架，打伤了人或被人打伤，宪兵来捉到衙门去了。我们一面谈话一面望到窗外，可不行，窗外天气慢慢地夜下来了。两夫妇都十分不高兴，很觉得抱歉，亲自下厨房去为我煮了些面吃，到后又拿了些点心出来，一面吃一面谈到一些请客的故事，一面等候那个大司务。一直到上灯以后，听到门铃子铛铛的响了一阵，有人自己开栅门横闩的声音，又听到关门，到后却听到有人走进厨房去了。

高教授就在屋里生着气大声问着：

“道清，是你吗？”

小丫头也忙着走出来看是谁。

怎么不是他！这人听到主人喊他，并不作声，一会儿，就同一尾鱼那么溜进房中来了。一眼望去，原来是一个从头到脚都是乡下人的傻小子。这人知道情形不怎么好，似乎有点恐惧，怯怯的站到门边，怯怯的问：

“老爷，吃了吗？”

教授板起脸不作声，我猜他意思似乎在说，“吃了锅铲”，不消说他生气了。

太太因为看到先生不高兴，还记到有客，就装着严肃的样子说：“道清，你买一天的菜，到什么地方去了？”

“我因为走到……”他在预备说谎吧，因为先生的神气不大好看，可不能说下去了。

教授说：“道清，你一来我就告你，到我这里做事，第一是不许说谎。你第一天就这种样子，让我们饿了一顿。我等你的菜请客！什么鬼把你留住这样久？你若还打量在我这里做事，全为我说出来。”

这厨子十分受窘，嚅嚅嗫嗫，不知所措。因为听到有客，就望了我一眼，似乎要我说一句话。我心里正想：我今天一句话也不说，看看这三个人怎么办。

教授太太说："鱼买来了吗？"

"买来了。"

"我以为你同人吵架抓到衙门去了。"教授太太说着，显然想把空气缓和下来。可是望到先生神气，知道先生脾气，厨子不说实话，明天就又得打发走路，所以赶忙接着又说："道清，这一天你到什么地方去了？全告给先生，不能隐瞒。"

教授说："想到这里做事，就不能说谎。"

稍稍过了一会，沉静了一会，于是这厨子一面向门边退去，俨然预备逃走的样子，一面说着下面的事情，教授太太不欢喜听这些案子，走进卧房去了。

二

下午一点钟，上东门边街上一家小小屋子里，有个男子（有乡下人的像貌）坐到一张短腿结实的木椅子上，昂起那颗头颅，吸了很久的美丽牌香烟，唱了一会革命歌，吹了一会哨子。他在很有耐心的等候一个女人，女人名字叫做二圆。

二圆是一个大脚大手脸子宽宽的年纪十九岁的女人。象她那种样子，许多人都知道是津市的特产。凡明白这个地方妇人的，就相信这些妇人每一夜陪到一个陌生男子做什么丑事情，一颗心仍然永远不会变坏。一切折磨也不能使这个粗制家伙损毁什么，她的身体原是仿照到一种畜生造成的。一株下贱的树，象杨柳那种东西，丢到什么地方就在什么地方生枝发叶，能从一切肥沃的土壤里吸取养料，这个 ×× 的婊子，就从她的营业上得到养料。这女人全身壮实如母马，精力弥满如公猪，平常时节不知道忧愁，放荡时节就不知道羞耻。

这女人如一般 ×× 地方边街接客的妇人，说话时爱把头略略向右边一偏，照习气把髻子团成一个大饼，懒懒的贴到后颈窝，眉毛用人工扯得细长成一条线，一双短短的肥手上戴四颗镀金戒指，穿的常是印花洋布衣服，照流行风气大袖口低领，衣襟上长悬挂一串牙签挖耳，裤头上长悬挂一把钥匙和到一串白铜制钱。会唱三五十个曲子，客来时就选出所爱听的曲子随意唱着，凡是流行的军歌、革命歌、党歌，无一不能上口。从那个元气十足的喉咙里，唱出什么时，字音不含糊处，常常得到许多在行的人称赞。按照 ×× 地方规矩，从军界中接来熟客，每一个整夜，连同宵夜酒面杂项，两块钱就可以全体打发了事。从这个数目上，二圆则可以得到五毛钱。有时遇到横蛮人物，走来房里一坐，大模大样的吃烟剥瓜子，以后还一定得把所要作的事完全作过，到后开了门拔脚跑了，光着身子睡在床上的二圆，震于威势，抱了委屈，就拥了被头大声哭着，用手按到胸脯上，让那双刚才不久还无耻的放光的眼睛，流泻无量屈辱的眼泪。一直等到坐在床边的老娘，从那张干瘪的口中，把所有用为诅咒男子的话语同一切安慰的话说尽，二圆就心里想想，“当真是被狗咬了一口”，于是才披了衣爬起床来，光着下身坐到那床边白木马桶上面去。每逢一个宽大胸膛压到她胸膛上时，她照例是快乐的，可是为什么这件事也有流泪的时候？没有什么道理，一切都成为习惯，已经不知有多久，做这件事都得花钱才行：若是霸蛮不讲规矩，她们如何吃饭？如何送房租？如何缴警捐？关于警察捐，她们敢欠账么？谁都知道，这不是账，这是不能说情的。

二圆也有亲戚朋友，常常互相来往，发生什么事情时，便按照轻重情分送礼帮会。这时还不回来，就因为到一个亲属家贺喜去了。

年青男子等候了很久，还不见到二圆回来，望到坐在屋角较暗处的妇人，正想说话。这是一个干瘪皱缩了的老妇人，一身很小，似乎再缩小下去就会消灭的样子。这时正因为口里含了一小粒冰糖，闭着双目，坐在一个用大木桶改造而成的靠椅上，如一只垂死的母狗，半天来丝毫不动。远处正听到什么人家还愿，吹角打鼓，声音十分动人。那妇人似乎忽然想到派出去喊叫二圆的五桂丫头，一定留到人家做法事的场坪里观看热闹，把一切正经事都忘掉了，就睁开了那双小小枯槁的眼睛，从天窗上望望天气，又偷偷的瞅了一下那个年青的客人。她原来还是活的，她那神气，是虽为上天所弃却不自弃的下流神气。

“大爷，”那妇人声音象从大瓮中响着的一种回声，“我告诉你我要的那个东西，怎么总得不到。”

“你要什么？”

妇人把手掏出了口中的冰糖狡猾的噫着气。“你装不明白，你装忘记。”

那男子说：“我也告过你，若果你要的是胆，二圆要的是心，就叫二圆用刀杀了我，一切都在这里！你可以从我胸膛里掏那个胆，二圆可以从我胸膛掏那颗心，我告诉你作的事，为什么不勒迫到二圆下我的手？”

妇人说：“我听人说你们杀人可以取胆，多少大爷都说过！你就不高兴做这件好事，这些小事情就麻烦了你。你不知道老年人心疼时多难受。天下人都明白治心疼的好药是什么；他们有钱人家用熊胆，轮到我们，自然只有就方便用点人胆。河码头不是成天杀人吗？你同那些相熟的副爷打打商量，为我花两百钱，请他们喝一碗酒，在死人身上，取一个胆算什么事。”

“你听谁说这是药？”

“要说出姓名吗？这又不是招供。我不是小孩子，我已活了七十七岁。就是小孩子，你回头问五桂，她就知道这是一种药！”

那男子笑了，觉得要变一个方法说得别的事情才行了，“老娘，我可是只知二圆是一种好药！伤风，头痛，同她在一块，出一点汗，一会儿就会好的！”

“哼，你们害病就不必二圆也会好的！”

“你是不是说长官的皮靴同马鞭，照例就可以使我们出汗？”

“你那么说，我倒不大相信咧。”

“可是我现在改行了。”

“怎么，你不是在杨营副那里吗？”

“他进了高级军官班读书，我做了在大学堂教书先生的厨子。”

“为什么你去做厨子，不到营上求差事。”

男子不作声，因为他没有话可答应，一会儿妇人又说：

“你营副是个标致人，将来可以升师长！”

“你说了三次。”

“我说一百次也不是罪过。”

“你是不是又要我为你传话，说是住在边街上一妇人，有点儿小名，也夸奖称赞过他很美。是不是？”

“我赌你这样去说罢。你就说：住在河街刘五娘，向人称扬他，夸奖他，也不是辱没他什么的一件事！”

“谁说你辱没他？谁不知道刘五娘的名字？谁不会……”

妇人听着，在枯瘦如拳头大小的脸下，小小的鼻子掀动不已。男子望到这样子十分好笑，就接着说：“我告他，还一定可以得一笔奖赏罢。”

妇人这时正把那粒冰糖塞进口里，又忙着挖出来。“当然的，他会奖赏你！”

“他会赏我一顿马鞭。”

“这更是你合用的。我就听到一个大爷说过，当下人的不常常挨一顿打，心里就一定不习惯。”

两人都笑了，因此男子就在这种很亲切的戏谑中，喊了一声“老婊子”。妇人象从这种称呼上触动了些心事，自己也反复说“老婊子”好几次。过后，自言自语的神气说：

“老婊子五十年前，在大堤上时，你去问问住在药王宫里面那个更夫，他会告你老婊子不老时，如何过的日子！”

男子就说：“从前让别人骑，如今看别人骑罢了。”

“可是谁个女子不做这些事？运气好做太太，运气不好就是婊子，有什么奇怪？你莫说近来住到三分里的都督总统了不起，我也做过状元来的！”

“我不相信你那种无凭无据瞎凑。”

“要凭据吗？又不是欠债打官司。我将告你几十年前的白日同晚上，目前天上的日头和月亮帮我做见证，那些官员，那些老板，骑了大黑马到我的住处，如何跳下马来，把马系在门前杨柳树下，走进我房里来问安！如何外面的马嘶着闹着，屋里双台重台的酒摆来摆去。到后水师营标统来了，在我底袖上题诗，用官太太的轿子，接我到黄鹤楼上去赏月……”

“老娘，真看不出这样风头过来。”

“你不相信，是不是？我先要好好的赌一个大咒，再告你那些阔老对我要好的事情。我记不了许多，仍然还记到那个候补道台从自己腰上解下那条绣花腰带围到我身上，为我燃蜡烛的事。我赌咒我不忘记一个字。”

男子因为看到这妇人发着喘，好象有一千句话同时争到要从那一张枯瘪的口中出来，就说：“我信你了！我信你了！”希望老娘莫因为自己的话噎死。

“我要你明白，我要你明白。”说时这老妇人就勉强的站了起来，想走到里间二圆平时陪客烧烟睡觉的房间里去，一站起身时，就绊着一张小小垫脚凳，身向左右摇摆了许久，男子心想说："老娘你不要摔死，送终也没有一个人。"可是这时从那妇人干缩了的脸嘴上，却看出一点笑容，因这笑容也年青了。男子这时正把手中残烟向地上一抛，妇人望到了，忙走过去用脚乱蹂乱踹，踹了几下，便转到里间取证据去了。

过了一会，只听到里边妇人咯咯的痰嗽声音，好象找了半天，还找不出什么东西。男子在外边很难受的说道："都督，将军，司令官，算了罢。鬼要知道你的履历！我问你的话，你来呀！我问你，我应当在这里等到什么时候？你家小婊子过了江还是过了湖？我不是水师营统领，我不能侍候她象侍候钦差！"

老妇人还在喘着，象不曾听到这些话，忽然发现了金矿似颤的，一面咯咯咳着，一面颠声喊叫："呀，呀，老婊子要你知道这个东西！"

原来她把那条绣花腰带找到了，正从一堆旧东西里拉那条腰带的一头，想把它拉出来，却已没有力气。

那时门外腰门铃子响了，男子站起身子来走到门罅看了一下，见是五桂伴同二圆回来了，就跑去开门。女人刚一进门，就为男子抱着了，因为望到女人的头发乱乱的，就说："二圆婊子，你大白天陪谁睡觉，头发乱到这样子？"

二圆说："陪谁睡觉……砍头的！说前天来又不来，害娘杀了鸡，生了半天气！"

"我不是说不能来吗？"这时已到房里了，"来，老娘，要五桂拿壶去茂昌打酒来，买一点花生，快一点！"

"五桂，五桂。"二圆忙走到门边去，看五桂还在不在门外，可是五桂把事做完，屋中用不着她，早已跑到街头看迎会去了。二圆回头来，"丫头象鬼迷了她，生起翅膀飞，看巫师捉鬼去了！"

"五桂手心该每天打五十。"男子把二圆拉着，粗率的，不甚得体的，嗅着二圆的发髻，轻轻的说："还有一个人的嘴唇该每天亲五十。"

两人站在房门边很响的亲了一个嘴，那个老妇人半秃的头，从里间肮脏帘子角上现出来了。"二圆，乖女儿你来，帮到我一手，抬抬……"二圆不知作什么事，故走进里房去，男子也就跟着进去，却站到帘帷边眺望。

因为那条腰带还压在许多东西下面，总拖不出来，故要二圆帮她一下忙。二圆进去时，妇人带点抱怨神气说："怎么等了你半天，你过什么地方去了呢？打牌输了，是不是？你为我取这个送大爷看看，他要看的。"正因为自己本来今天不打量出门，被老娘催到去，过去以后到那边玩得正好，又被五桂叫回来，没甚好气，如今却见到要取这条旧腰带，弄得箱箧很乱，二圆有点冒火了。

二圆说："老娘你做什么胡涂事，把一房都弄乱了！"

"我取这个！"

"你取这东西有什么用处？回头你又要我来清理！"

"为什么我不能把它取出来？我同大爷说到我年青的故事，说了半天，我让他看看这样东西，要他明白我过去的那些事情。"

"老娘，你真是……得了够了，谁都不要明白你过去的那些事情！除了你自己一个人记着，在白日里闭了眼睛来温习，谁都不要。"

妇人好象要说，"二圆，我不同你吵架"，因为怕这话不得体，就只道："你为我做好事，取一取，莫管谁要谁不要。”

二圆很厌烦的样子走到床边去，从一些杂乱的物件里，拉取那一条腰带，拉了 阵也取不出来。男子看到好笑，就走来帮着作这件事，站到二圆身后，把手从女人胁下伸过去，只轻轻一拖，就拖出来了，因为女人先是用着力的，这一来，二圆就跌到男子身上了。老娘看到好笑，却明白这是二圆故意做成的计策，就不过去扶二圆，只在旁边背过了脸去，好让年青人亲嘴。

男子捏到这条脏而且旧已经失去了原来形色的丝质腰带，放到鼻子边闻了一下，“老娘，宝物。”

二圆也凑趣似的说：“真是宝贝咧。”

妇人大致因为这种趣话受了点屈辱，如一般有可纪念东西的人把东西给人看时，被人奚落以后同一神情，就抢了那条长长的带子，围到自己身上，现出年轻十岁的模样。“这东西再坏一点，它还是帮我保留到一段新鲜记忆。如今我是老货了，我是旧货了，让你们去说罢。一个老年人，自然从年青人的口里讨不到什么好处，可是这条带子比你们待我好多了！它在这里，它就给我一种自信，使我相信我也象你一样生龙活虎活到这个世界上过了一些日子。不止这点点，它有时还告我留下这条带子的人，比你们还更活得尊贵体面！”

妇人显然是在同年青人赌气，二圆懂到她的意思，当到客面前不好生气，便不发作，只是一味好笑。笑够了，就说：“老娘，你说这话有什么用处？谁敢轻视你？”

那男子也说：“老娘莫多心，去打一点酒来罢，你可以多喝一杯。”

“我不希罕你的酒。我老了，酒不是灌到我们这种老年人嘴里的药了。”

“你可以买点糖，买点红枣，买点别的什么吧！圣母娘娘的供桌前，不是也得放有这两样东西吗？”这时男子从汗衣里掏出一块钱，热热的放到妇人手心里，并且把妇人的手掌合拢去，要她捏着那洋钱。“老娘，就去罢，回来时我听你说腰带的故事，我将来还得把这故事告给那个营副，营副还会告给师长！”

二圆说：“娘，你生我的气了。”因为二圆声音很和平，好象在道歉，又好象在逗哄一个小孩子，妇人心软了，气平了，同时一个圆形的东西挤在手心，使她记起了她的地位，她的身分了，就仍然恢改了老鸨的神气，谄媚的向男子望着，好象也在引疚自责的样子。到后却说：“买酒吗，什么酒？”

二圆于是把酒壶递给了妇人。走到了门前，又才记起身上所缠的那条腰带不大合式，赶忙解下来，抛到二圆手上，要说什么话，又不说出，忽然对男子做了一个无耻的放荡的姿势，才颤摇摇的出去了。

妇人走后，二圆把那腰带向自己身上一围，又即刻解除了，就在手腕上打成一个大结子，向空中抛着，笑着说：“这宝贝，老娘总舍不得丢掉，我猜想什么时候我跟人走了时，她会用这个悬梁吊颈罢。”

“她什么时候一定会呛死，来不及做这种费力的事！”

“你不应当又让她喝酒！”

“她不是说不喝酒了吗？”

“她是这样说罢？她并不同你赌得有咒。你不要看她那样子，以为自己当真服老了！她尽是说梦到水师营统领骑白马黑马来拜访她。前一阵，还同一个后山营房看马的伕子，做了比喝酒还坏的事情。我只说了她一句话，就同我嚷，说又并不占我的一份。”

“真是一个老鬼！”

“你骂她，说不定她会在酒里下毒药毒死你！”

二圆一面同男子说着这些粗野的笑话，一面尽把那腰带团儿向空中抛去，一下不小心，这东西为梁上一个钩子挂着了，这女人就放肆的笑着，靠到男子怀里去。因此一双那么粗糙的，似乎当时天上的皇帝造就这个人时十分草率而成的臂膀，同一张卤莽的嘴唇，使二圆宽宽的脸子同结实的腰肢，都受了压迫。

“二圆，我的亲娘，不见你时多使人难受！”

“你的亲娘在即墨县推磨！”

“你是个妖怪，使我离你不开！”

“我做了妖怪，我得变男子到南京做官去，南京不是有多少官无人做吗？”

“你听谁说的？”

“人人都是这样说，报上什么官又不负责了，什么人又害病不能负责了，我想，我若是男子，我就去负责！”

“你妈妈的鬼，有这样好机会？”

二圆就咬着自己的下唇点着头。

这时男子记起听到妇人为他说到的关于二圆的故事，正想问二圆平生遇到不讲规矩的男子，一共有多少回，妇人回来了。

妇人把酒买来后，本来剩下的钱应当找角票，一定是因为别有用心，觉得换铜子合算一点，便勒迫到铺中人找铜子。回来时把一封双铜子放到男子手上去，“大爷，我不认识票子真假，所以找回来是现钱。”

“老娘，你拿回那么多钱，是不是存心把我压死？”

二圆可懂到老娘的心思了，就说：“娘，你真是……快拿回去换换罢。”

男子说：“谁要为这点小事派老娘走路呢？老娘，不要去换，把钱收下罢。”

妇人在二圆面前无以自解：“我换去，我换去。”拿了一封铜子，就想往外走去。

可是男子认为这事情太麻烦了老娘，就说：“老娘，你不收这个钱，等一会五桂毛丫头回来时，我就把给她买鞭炮放了。”

妇人到这时，望到二圆，二圆不敢说什么，抿了嘴巴回过去笑着，因为记起梁上那条腰带了，走出取叉子去了。妇人心想，你疑心我要这个钱，我可以当到日头赌咒。

他们喝酒时，男子便装成很有耐心很有兴致的样子，听妇人说那条绣花腰带的故事，说到后来五桂回家了，男子要她到裁缝铺去看看钟，到了什么时候。五桂一会儿就转身了，忙忙匆匆的，象被谁追赶似的，期期艾艾的说：“裁缝铺出了命案，妇人吞烟死了，万千人围到大门前看热闹，裁缝四处向人作揖，又拿熨斗打人！”

妇人似乎不甚相信这件事，匆匆遽遽的站起身来，同五桂看热闹去了。二圆就低低的带点忧愁神气说：“这个月弄子里死了四个妇人，全不是一块钱以上的事情。”

男子说：“见你妈的鬼，你们这街上的人，生活永远是猪狗的生活，脾气永远是大王的脾气。”

女人唱着《叹烟花》的曲子，唱了三句低下头去，想起什么又咕咕的笑着，可是到后来，不知不觉眼睛就湿了。

三

厨子把供状全部都招出了，话说到后来，不能再说了，就低下头去在大腿上搓着自己的左手，不知主人怎么样发落他。

我们应当不要忘记那个对于下人行为不含糊的高教授。他听到这小子自己还在用太爷名义，到那些下等土娼处鬼混，先是十分生气的，可是听到后来，我看到他不知不觉就严肃起来了。这时听到厨子不作声了，便勉强向我笑着，又勉强装成还在生气的样子问那厨子：

“那么，你就把买菜烧饭的事完全忘记了，是不是？”

那厨子忙说：“先生，老爷，我没有忘记。可是我得哄她莫哭才好走开！”

“就哄了半天！”

本来似乎想说明哄一个女人种种困难的理由，这时教授太太听到先生已经大声说话，以为问案业已完事了，所以从内房正走出来，因此一来这厨子不敢说野话了。等一会儿，望了太太一下，望了我一下，才怯怯的说：

“先生，菜买来了，两个鲫鱼还是活的，今晚上要不要用？”

教授先生望到年轻太太，很古怪的笑了一下，轻轻的叹着，便吩咐厨子：“好，你去休息，我们什么也不要吃了。”

我看看，非轮到我作主人不行了，因此就勒迫到这两夫妇，到前街一个小馆子里去吃了一顿。高太太看到我同他先生都不什么快乐，就问我刚才厨子说了些什么话。我对于这句质问不作答复，却向他们夫妇提议，不要赶走这个厨子。教授望到我惨然一笑，我就重复说明我的意见："你应当留他，因为他是一个不说谎的人，至于我，我同你说我对于这个大司务，是感到完全满意的！"

一九三一年年末作

都市一妇人

一

一九三〇年我住在武昌，因为我有个作军官的老弟，那时节也正来到武汉，办理些关于他们师部军械的公事，从他那方面我认识了好些少壮有为的军人。其中有个年龄已在五十左右的老军校，同我谈话时比较其余年青人更容易了解一点，我的兄弟走后，我同这老军校还继续过从，极其投契。这是一个品德学问在军官中都极其稀有罕见的人物，说到才具和资格，这种人作一军长而有余。但时代风气正奖励到一种恶德，执权者需要投机迎合比需要学识德性的机会较多，故这个老军校命运，就只许他在那种散职上，用一个少将参议名义，向清乡督办公署，按月领一份数目不多不少的薪俸，消磨他闲散的日子。有时候我们谈到这件事情时，常常替他不平，免不了要说几句年青人有血气的粗话，他就望到我微笑。“一个军人欢喜《庄子》，你想想，除了当参议以外，还有什么更适当的事务可作？”他那种安于其位与世无争的性格，以及高尚洒脱可爱处，一部《庄子》同一瓶白酒，对于他都多少发生了些影响。

这少将独身住在汉口，我却住在武昌，我们住处间隔了一条长年是黄色急流的大江。有时我过江去看他，两人就一同到一个四川馆子去吃干烧鲫鱼。有时他过江来看我，谈话忘了时候，无法再过江了，就留在我那里住下。我们便一面吃酒，一面继续那个未尽的谈话，听到了蛇山上驻军号兵天明时练习喇叭的声音，两人方横横的和衣睡去。

有一次我过江去为一个同乡送行，在五码头各个小火轮趸船上，找寻那个朋友不着，后来在一趸船上却遇到了这少将，正在趸船客舱里，同一个妇人说话。妇人身边堆了许多皮箱行李，照情形看来，他也是到此送行的。送走的是一男一女，男的大致只二十三四岁，一个长得英俊挺拔十分体面的青年，身穿灰色袍子，但那副身材，那种神气，一望而知这青年应是在军营中混过的人物。青年沉默的站在那里，微微的笑着，细心的听着在他面前的少将同女人说话。女人年纪仿佛已经过了三十岁，穿着十分得体，华贵而不俗气，年龄虽略长了一点，风度尚极动人，且说话时常常微笑，态度秀媚而不失其为高贵。这两人从年龄上估计既不大象母子，从身分上看去，又不大象夫妇，我以为或者是这少将的亲戚，当时因为他们正在谈话，上船的人十分拥挤，少将既没有见到我，我就也不大方便过去同他说话。我各处找寻了一下同乡，还没有见到，就上了码头，在江边马路上等候到少将。

半点钟后，船已开行了，送客的陆续散尽了，我还见到这少将站在趸船头上，把手向空中乱挥，且下了趸船在泥滩上追了几步，船上那两个人也把白手巾挥着。船已去了一会，他才走上江边马路。我望到他把头低着从跳板上走来，象是对于他的朋友此行有所惋惜的神气。

于是我们见到了，我就告给他，我也是来送一个朋友的，且已经见到了他许久，因为不想妨碍他们的谈话，所以不曾招呼他一声。他听我说已经看见了那男子和妇人，就用责备我的口气说：

“你这讲礼貌的人，真是当面错过了一种好机会！你这书呆子，怎么不叫我一声？我若早见到你就好了。见到你，我当为你们介绍一下！你应当悔恨你过分小心处，在今天已经作了一件错事，因为你若果能同刚才那女人谈谈，你就会明白你冒失一点也有一种冒失的好处。你得承认那是一个华丽少见的妇人，这个妇人她正想认识你！至于那个男子，他同你弟弟是要好的朋友，他更需要认识你！可惜他的眼睛看不清楚你的面目了，但握到你的手，听你说的话，也一定能够给他极大的快乐！”

我才明白那青年男子沉默微笑的理由了。我说：“那体面男子是一个瞎子吗？”朋友承认了。我说：“那美丽妇人是瞎子的太太吗？”朋友又承认了。

因为听到少将所说，又记起了这两夫妇保留到我印象上那副高贵模样，我当真悔恨我失去的那点机会了。我当时有点生自己的气，不再说话，同少将穿越了江边大路，走向法租界的九江路，过了一会，我才追问到船上那两个人从什么地方来，到什么地方去，以及其他旁的许多事情。原来男子是湘南××一个大地主的儿子，在广东黄埔军校时，同我的兄弟在一队里生活过一些日子，女人则从前一些日子曾出过大名，现在人已老了，把旧的生活结束到这新的婚姻上，正预备一同返乡下去，打发此后的日子，以后恐不容易再见到了。少将说到这件事情时，夹了好些轻微叹息在内。我问他为什么那样一个年青人眼睛会瞎去，是不是受下那军人无意识的内战所赐，他只答复我“这是去年的事情”。在他言语神色之间，好象还有许多话一时不能说到，又好象在那里有所计划，有所隐讳，不欲此时同我提到。结果他却说：“这是一个很不近人情的故事。”但在平常谈话之间，少将所谓不近人情故事，我听到的已经很多，并且常常没有觉得怎么十分不近人情处，故这时也不很注意，就没有追问下去。过××路一戏院门前时，碰到了我一个同乡，我们三个人就为别一件事情，把船上两个人忘却了。

回到武昌时，我想起了今天船上那一对夫妇，那个女人在另一时我似乎还在什么地方看到过，总想不出在北京还是在上海。因为忘不掉少将所说的这两夫妇对于我的未识面的友谊，且知道这机会错过去后，将来除了我亲自到湘南去拜访他们时，已无从在另外什么机会上可以见到，故更为所错过的机会十分着恼。

过了两天是星期，学校方面无事情可作，天气极好，想过江去寻找少将过汉阳，同他参观兵工厂。在过江的渡轮上，许多人望着当天的报纸，谈论到一只轮船失事的新闻，我买了份本地报纸，第一眼就看到了“仙桃”失事的电报。我胡涂了。“这只船不正是前天开走的那只吗？”赶忙把关于那只船失事的另一详细记载看看，明白了我的记忆完全不至于错误，的的确确就是前天开行的一只，且明白了全船四百七十几个人，在措手不及情形下，完全皆沉到水中去，一个也没有救起。这意外消息打击到我的感觉，使我头脑发胀发眩，心中十分难过，却不能向身边任何人说一句话。我于是重新又买了另外一份报纸，看看所记载的这一件事，是不是还有不同的消息。新买那份报纸，把本国军舰目击那只船倾覆情形的无线电消息，也登载出来，人船俱尽，一切业已完全证实了。

我自然仍得渡江过汉口去，找寻我那个少将朋友！我得告知他这件事情，我还有许多话要问他，我要那么一个年高有德善于解脱人生幻灭的人，用言语帮助到我，因为我觉得这件事使我受了一种不可忍受的打击。我心中十分悲哀，却不知我损失的是些什么。

上了岸，在路上我就很胡涂的想到：“假如我前天没有过江，也没有见到这两个人，也没有听到少将所说的一番话，我不会那么难受罢。”可是人事是不可推测的，我同这两人似乎已经相熟，且俨然早就成为最好的朋友了。

到了少将住处以后，才知道他已出去许久了。我在他那里，等了一会，留下了一个字条，又糊胡涂涂在街上走了几条马路。到后忽然又想：“莫非他早已得到了消息，跑到我那儿去了？”于是才渡江回我的住处。回到住处，果然就见到了少将，见到他后我显得又快乐又忧愁。这人见了我递给他的报纸，就把我手紧紧的揿住握了许久。我们一句话都不说，我们简直互相对看的勇气也失掉了，因为我们都知道了这件事情，用不着再说了。

可是我的朋友到后来笑了，若果我的听觉是并不很坏的，我实在还听到他轻轻的在说：“死了是好的，这收场不恶。”我很觉得奇异，由于他的意外态度，引起了我说话的勇气。我问他这是怎么一回事。怎么一回事？只有天知道！这件事可以去追究它的证据和根源，可以明白那些沉到水底去的人，他们的期望，他们的打算，应当受什么一种裁判，才算是最公正的裁判。这当真只有天知道了！

二

一九二七年左右时节，×× 师以一个最好的模范军誉，驻防到 × 地方的事，这名誉直到一九三〇年还为人所称道。某一天师部来了四个年青男子，拿了他们军事学校教育长的介绍信，来谒见师长。这会见的事指派到参谋处来，一个上校参谋主任代替了师长，对于几个年青人的来意，口头上询问了一番，又从过去经验上各加以一种无拘束的思想学识的检察，到后来，四人之中三个皆委充中尉连附，分发到营上去了，其余一个就用上尉名义，留下在参谋处服务。这青年从大学校脱身而转到军校，对军事有了深的信仰，如其余许多年轻大学生一样，抱了牺牲决心而改图，出身膏腴，脸白身长，体魄壮健，思想正确，从相人术方法上看来，是一个具有毅力与正直的灵魂，极合于理想的军人。年青人在时代兴味中，有他自己哲学同观念，即在革命队伍里，大众同志之间，见解也不免常常发生分歧，引起争持。即或是错误，但那种诚实无伪的纯洁处，正显得这种年青人灵魂的完美无疵。到了参谋处服务以后，不久他就同一些同志，为了意见不合，发了几次热诚的辩论。忍耐，诚实，服从，尽职，这些美德一个下级军官所不可缺少的，在这年青人方面皆完全无缺，再加上那种可以说是华贵的气度，使他在一般年青人之间，乃如群鸡中一只白鹤，超拔挺特，独立高举。

这年青人的日常办事程序，应受初来时节所见到的那个参谋主任的一切指导。这上校年纪约有五十岁左右，一定有了什么错误，这实在是安顿到大学校去应分比安顿在军队里还相宜的人物。这上校日本士官学校初期毕业的头衔，限制了他对于事业选择的自由，所以一面读了不少中国旧书，一面还得同一些军人混在一处，天生一种最难得的好性情，就因为这性情，与人不同，与军人身分不称，多少同学同事皆向上高升，作省长督办去了，他还是在这个过去作过他学生现在身充师长的同乡人部队里，认真克己的守着他的参谋职务。

为时不久，在这个年青人同老军官中间，便发生了一种极了解的友谊了，这友谊是维持在互相极端尊敬上面的。两人年份上相差约三十岁，却因为智慧与性格有一致契合处，故成了忘年之交。那年长的一个，能够喝很多的酒。常常到一个名为“老兵”的俱乐部去，喝那种高贵的白铁米酒。这俱乐部定名为“老兵”，来的却大多数是些当地的高级军人。这些将军，这些伟人，有些已退了伍，不再作事，有些身居闲曹，事情不多，或是上了点儿年纪，欢喜喝一杯酒，谈谈笑话，打打不成其为赌博的小数目扑克，大都觉得这是一个极相宜的地方。尤其是那些年纪较大一点儿的人物，他们光荣的过去，他们当前的娱乐，自然而然都使他们向这个地方走来，离开了这个地方，就没有更好的更合乎军人身分的去处了。

这地方虽属于高级军人所有，提倡发起这个俱乐部的，实为一个由行伍而出身的老将军，故取名为老兵俱乐部。老兵俱乐部在 ×× 还是一个极有名的地方，因为里面不谈政治，注重正当娱乐，娱乐中凡包含了不道德的行为，也不能容许存在。还有一样最合理的规矩，便是女子不能涉足。当初发起人是很得军界信仰的人，主张在这俱乐部里不许女人插足，那意思不外乎以为女人常是祸水，对军人特别不相宜。这意见经其他几个人赞同，到后便成为规则了。由于规则的实行，如同军纪一样，毫不含糊，故这俱乐部在 ×× 地方倒很维持到一点令誉。这令誉恰恰就是其他那些用俱乐部名义组织的团体所缺少的东西。

不过到后来，因为使这俱乐部更道德一点，却有一个上校董事，主张用一个妇人来主持一切。当时把这个提议送到董事会时，那上校的确用的是“道德”名义，到后来这提议很希奇的通过了，且即刻就有一个中年妇人来到俱乐部了。据闻其中还保留到一种秘密，便是来到这里主持俱乐部的妇人，原来就是那个老兵将军的情妇。某将军死后，十分贫穷，妇人毫无着落，上校知道这件事，要大家想法来帮助那个妇人，妇人拒绝了金钱的接受，所以大家商量想了这样一种办法。但这种事知道的人皆在隐讳中，仅仅几个年老军官明白一切。妇人年龄已在三十五岁左右，尚保存一种少年风度，性情端静明慧，来到老兵俱乐部以后，几个老年将军，皆对这妇人十分尊敬客气，因此其余来此的人，也猜想得出，这妇人一定同一个极有身分的军人有点古怪关系，但却不明白这妇人便是老兵俱乐部第一个发起人的外妇。

× 师上校参谋主任，对于这妇人过去一切，知道得却应比别的老军人更多一点。他就是那个向俱乐部董事会提议的人，老兵将军生时是他最好的朋友，老兵将军死时，便委托到他照料过这个秘密的情妇。

这妇人在民国初年间，曾出没于北京上层贵族社交界中。她是一个小家碧玉，生小聪明，相貌俏丽，随了母亲往来于旗人贵家，以穿扎珠花，缝衣绣花为生。后来不知如何到了一个老外交家的宅中去，被收留下来作了养女，完全变更了她的生活与命运，到了那里以后，过了些外人无从追究的日子，学了些华贵气派，染了些娇奢不负责任的习惯。按照聪明早熟女子当然的结果，没有经过养父的同意，她就嫁给了一个在外交部办事的年青科长。这男子娶她也是没有得到家中同意的。两人都年青美貌，正如一对璧人，结了婚后，曾很狂热的过了些日子。到后男子事情掉了，两人过上海去，在上海又住了些日子，用了许多从别处借来的钱。那年青男子不是傻了，他起初把女人看成天仙，无事不遵命照办，到上海后，负了一笔大债，而且他慢慢看出了女人的弱点，慢慢的想到为个女人同家中那方面决裂实在只有傻子才做的事，于是，在某次小小争持上，拂袖而去，从此不再见面了。他到哪儿去了呢？女人是不知道的，可是瞧到女人此后生活看来，这男子是走得很聪明，并不十分错误的。但男子也许是自杀了，因为女子当时并不疑心他有必须走去的理由，且此后任何方面也从不见过这个男子的名姓。自从同住的男子走后，经济的来源断绝了。民国初年间的上海地方住的全是商人，还没有以社交花名义活动的女子，她那时只二十岁，自然的想法回到北京去，自然的同那个养父忏悔讲和，此后生活才有办法。因此先寄信过北京去，报告一切，向养父承认了一切过去的错误，希望老外交家给她一点恩惠，仍然许她回来。老外交家接到信后，即刻寄了五百块钱，要她回转北京，一回北京，在老人面前流点委屈的眼泪，说些引咎自责的话，自然又恢复一年前的情形了。

但女人是那么年青，又那么寂寞，先前那个丈夫，很明显的既不曾正式结婚，就没有拘束她行动的权利。为时不久，她就又被养父一个年约四十岁左右的朋友引诱了去。那朋友背了老外交家，同这女子发生了不正当的关系。女子那么狂热爱着这中年绅士，但当那个男子在议会中被 ×× 拉入名流内阁，发表为阁员之一后，却正式同军阀 ×× 姨妹订了婚，这一边还仍然继续到一种暧昧的往来。女人明白了，十分伤心，便坦白的告给了养父一切被欺骗的经过。由于老外交家的质问，那绅士承认了一切，却希望用妾媵的位置处置到女子，因为这绅士是知道女人根柢，以及在这一家的暧昧身分的。由于虚荣与必然的习惯，女人既很爱这个绅士，没有拒绝这种提议，不久以后就作了总长的姨太太。

曹锟事议会贿案发觉时，牵连了多少名人要人，× 总长逃到上海去了。一家过上海以后，× 总长二姨太太进了门，一个真实从妓院中训练出来的人物，女子在名分上无位置，在实际上又来了一个敌人，而且还有更坏的，就是为时不久，丈夫在上海被北京政府派来的人，刺死在饭店里。

老外交家那时已过德国考察去了。命运启示到她，为的是去找一个宽广一些的世界，可以自由行动，不再给那些男子的糟蹋，却应当在某种事上去糟蹋一下男子，她同那个新来的姨太太，发生了极好的友谊，依从那个妓女出身妇人的劝告，两人各得了一笔数目可观的款项，脱离了原来的地位。两人独自在上海单独生活下来，实际上，她就做了妓女。她的容貌和本能都适合于这个职业，加之她那种从上流阶级学来的气度，用到社会上去，恰恰是平常妓女所缺少的，所以她很有些成就。在她那个事业上，她得到了丰富的享乐，也给了许多人以享乐。上海的大腹买办，带了大鼻白脸的洋东家，在她这里可以得到东方贵族的印象回去。她让那些对她有所羡慕有所倾心的人，献上他最后的燔祭，为她破产为她自杀的，也很有一些人。她带了一种复仇的满足，很奢侈很恣肆的过了一些日子，在这些日子中，她成了上海地方北里名花之王。“男子是只配作踏脚石，在那份职务上才能使他们幸福，也才能使他们规矩的。”这话她常常说到，她的哲学是从她所接近的那第一个男子以下的所有男子经验而来的。当她想得到某一人，或愚弄某一人时，她便显得极其热情，终必如愿以偿。但她到后厌烦了，一下就甩了手，也不回过头去看看。她如此过了将近十年。在这时期里，她因为对于她的事业太兴奋了一点，还有，就是在某一些情形中，似乎由于缺少了点节制，得了一种意义含混的恶病，在病院里住了好些日子。经过一段长期治疗，等到病好了点，出院以后，她明白她当前的事情应计划一下，是不是从新来立门户，还照样走原来的一条路。她感到了许多困难，无论什么职业的活动，停顿一次之后，都是如此的。时代风气正在那里时时有所变革，每一种新的风气，皆在那里把一些旧的淘汰，把一些新的举起，在她那一门事业上也并不缺少这种推移。更糟处，是她的病已把几个较亲切的人物吓远，而她又实在快老了。她已经有了三十余岁，旧习气皆不许她把场面缩小，她的此后来源却已完全没有把握，照这样情形下去，将来生活一定十分黯淡。

她踌躇了一些日子，决意离开了上海，到长江中部的 × 镇去，试试她的命运。那里她知道有的是大商人同大傻子，两者之中，她还可以得到机会，较从容的选取其一，自由的把终身交付与他，结束了这青春时代的狂热，安静消磨下半生日子。她的希望却因为到了 × 镇以后事业意外的顺手而把它搁下了，为了大商人与大傻子以外，还有大军人拜倒这妇人的脚下，她的暮年打算，暂时不得不抛弃了。

人世幸福照例是孪生的，忧患也并不单独存在。在生活中我们常会为一只不能目睹的手所颠覆，也常会为一种不能意想的妒嫉所陷害。一切的境遇稍有头绪，一切刚在恢复时，一个大傻子同一个军籍中人，在她住处弄出了流血命案，这命案牵累到她，使她在一个军人法庭，受了严格的质问。这审判主席便是那个老兵将军，在她的供词里，她稍稍提到一点过去诡奇不经的命运。

命案结束后，这老兵将军成了她妆台旁一位服侍体贴的仆人。经过不久时期，她却成了老兵将军的秘密别室。倦于风尘的感觉，使她性情发生了很大的变化。若这种改变是不足为奇的，则简直可以说她完全变了。在她这方面看来，老兵将军虽然人老了一点，却是在上一次命案上帮得有忙的人；在老兵将军方面，则似乎全为了怜悯而作这件事。老兵将军按月给她一笔足支开销的用费，一面又用那个正直节欲的人格，唤起了她点近于宗教的感情。当老兵将军过 ×× 作军长时，她也跟了过去，另外住到一个很少有人知道的地方。老兵将军生时，有两年的日子，她很可以说极规矩也极幸福，可是 ×× 事变发生，老兵将军死去了。她一定会这样问过自己：“为什么我不愿弃去的人，总先把我弃下？”这自然是命运！这命运不由得不使她重新来思索一下她自己此后的事情！

她为了一点预感，或者她看得出应当在某一时还得一个男子来补这个丈夫的空缺。但这个妇人外表虽然还并不失去引人注意的魔力，心情因为经过多少爱情的蹂躏，实在已经十分衰老、不堪磨折了。她需要休息，需要安静，还需要一种节欲的母性的温柔厚道的生活。至于其他华丽的幻想，已不能使她发生兴味，十年来她已饱餍那种生活，而且十分厌倦了。

因此一来，她到了老兵俱乐部。新的职务恰恰同她的性情相合，处置一切铺排一切原是她的长处。虽在这俱乐部里，同一般老将校常在一处，她的行为是贞洁的。他们之间皆互相保持到尊敬，没有亵渎的情操，使他们发生其他事故。

这一面到这时应当结束一下，因为她是在一种极有规则的朴素生活中，打发了一堆日子的。可是有一天，那个上校把他的少年体面朋友邀到老兵俱乐部去了，等到那上校稍稍感觉到这件事情作错了时，已经来不及了。

还只是那个上尉阶级的朋友，来到××二十天左右，×师的参谋主任，把他朋友邀进了老兵俱乐部。这俱乐部来往的大多数是上了点年纪的人物，少年军官既吓怕到上级军官，又实在无什么趣味，很少有见到那么英拔不群的年青人来此。两人在俱乐部大厅僻静的角隅上，喝着最高贵的白铁酒同某种甜酒，说到些革命以来年青人思想行为所受的影响。那时节图书间有两个人在阅览报纸，大厅里有些年老军人在那里打牌，听到笑声同数筹码的声音以外，还没有什么人来此。两人喝了一会儿，只见一个女人，穿了件灰色绸缎青皮作边缘的宽博袍子，披着略长的黑色光滑头发，手里拿了一束红花走过小餐厅去。那上校见了女人，忙站起身来打着招呼。女人也望到这边两个人了，点了一下头，一个微笑从那张俊俏的小小嘴角漾开去，到脸上同眼角散开了。那种尊贵的神气，使人想起这只有一个名角在台上时才有那么动人的丰仪。

那个青年上尉，显然为这种壮观的华贵的形体引起了惊讶，当他老友注意到了他，同他说第一句话时，他的矜持失常处，是不能隐瞒到他的老友那双眼睛的。

上校将杯略举，望到年青人把眉毛稍稍一挤，做了一个记号，意思象是要说 :“年青人，小心一点，凡是使你眼睛放光的，就常常能使你中毒，应当明白这点点！”

可是另一个有一点可笑的预感，却在那上校心中蕴蓄着，还同时混合了点轻微的妒嫉，他想到 :“也许，一个快要熄灭了的火把，同一个不曾点过的火把并在一处，会放出极大的光来。”这想象是离奇的，他就笑了。

过一刻，女人从原来那个门边过来了，拉着一处窗口的帷幕，指点给一个穿白衣的侍者，嘱咐到侍者好些话，且向这一边望着。这顾盼从上尉看来，却是那么尊贵的，多情的。

“上校，日里好，公事不多罢。”

被称作上校的那一个说 :“一切如原来样子，不好也不坏。‘受人尊敬的星子，天保佑你，长是那么快乐，那么美丽。’”后面两句话是这个人引用了几句书上话语的，因为那是一个绅士对贵妇的致白，应当显得谦逊而谄媚的，所以他也站了起来，把头低了一下。

女人就笑了。“上校是一个诗人，应当到大会场中去读 ×× 的诗，受群众的鼓掌！”

“一切荣誉皆不如你一句称赞的话。”

“真是一个在这种地方不容易见到的有学问的军官。”

“谢谢奖语，因为从你这儿听来的话，即或是完全恶骂，也使人不易忘掉，觉得幸福。”

女人一面走到这边来，一面注目望到年青上尉，口上却说：“难道上校愿意人称为‘有严峻风格的某参谋’吗？”

“不，严峻我是不配的，因为严峻也是一种天才。天才的身分，不是人人可以学到的！”

“那么有学问的上校，今天是请客了罢？”女人还是望到那个上尉，似乎因为极其陌生，“这位同志好象不到过这里。”

上校对他朋友看看，回答了女人：“我应当来介绍介绍：这是我一个朋友……郑同志……这是老兵俱乐部主持人，×× 小姐。”两个被介绍过了的皆在微笑中把头点点。这介绍是那么得体的，但也似乎近于多余的，因为爱神并不先问清楚人的姓名，才射出那一箭。

那上校接着还说了两句谑不伤雅的笑话，意思想使大家自由一点，放肆一点，同时也许就自然一点。

女人望到上校微微的笑了一下，仿佛在说着 ：“上校，你这个朋友漂亮得很。”

但上校心里却俨然正回答着 ：“你咧，也是漂亮的。我担心你的漂亮是能发生危险的，而我朋友漂亮却能产生愚蠢的。”自然这些话他是不会说出口的。

女人以为年青军人是一个学生了，很随便的问 ：“是不是骑兵学校的？”

上校说 ：“怎么，难道我带了马夫来到这个地方吗？聪明绝顶的人，不要嘲笑这个没有严峻风度的军人到这样子！”

女人在这种笑话中，重新用那双很大的危险的眼睛，检察了一下桌前的上尉，那时节恰恰那个年青人也抬起头来，由于一点力量所制服，年青人在眼光相接以后，腼腆的垂了头，把目光逃遁了。女人快乐得如小孩子一样的说 ：“明白了，明白了，一个新从军校出来的人物，这派头我记起来了。”

“一个军校学生，的确是有一种派头吗？”上校说时望到一下他的朋友，似乎要看出那个特点所在。

女人说：“一个小孩子害羞的派头！”

不知为什么原因，那上校却感到一点不祥兆象，已在开始扩大，以为女人的言语十分危险，此后不很容易安置。女人是见过无数日月星辰的人，在两个军人面前，那么随便洒脱，却不让一个生人看来觉得可以狎侮，加之，年龄已到了三十四五，应当不会给那年青朋友什么难堪了。但女人即或自己不知自己的危险，便应当明白一个对女人缺少经验的年青人，自持的能力却不怎么济事，很容易为她那点力量所迷惑的。可是有什么方法，不让那个火炬接近这个火炬呢？他记起了，从老兵将军方面听来的女人过去的命运，他自己掉过头去苦笑了一下，把一切看开了。

但女人似乎还有其他事情等着，说了几句话却走了。

上校见到他的年青朋友，沉默着没有话说，他明白那个原因，且明白他的朋友是不愿意这时有谁来提到女人的，故一时也不曾作声。可是那年青朋友，并不为他所猜想的那么做作，却坦白的向他老朋友说：“这女人真不坏，应当用充满了鲜花的房间安顿她，应当在一种使一切年青人的头都为她而低下的生活里生活，为什么却放到这里来作女掌柜？”

上校不好怎么样告给他朋友女人所有过去的历史。不好说女人在十六年前就早已如何被人逢迎，过了些热闹日子，更不好将女人目前又为什么才来到这地方，说给年青人知道，只把话说到别方面去：“人家看得出你军校出身的，我倒分不出什么。”

那年青上尉稍稍沉默了一下，象是在努力回想先一刻的某种情景，后来就问：

“这女人那双眼睛，我好象很熟习。”

上校装作不大注意的样子，为他朋友倒了一杯甜酒，心里想说：“凡是男子对于他所中意的眼睛，总是那么说的。再者，这双眼睛，也许在五六年前出名的图画杂志上，就常常可以看到！”

后来谈了些别的话，年青人不知不觉尽望到女人去处那一方，上校那时已多喝了两杯，成见慢慢在酒力下解除了，轻轻的向他朋友说：

“女人老了真是悲剧。”他指的是一般女人而言，却想试试看他的朋友是不是已注意到了先一时女人的年龄。

“这话我可不太同意。一个美人即或到了五十岁，也仍是一个美人！”

这大胆的论理，略略激动了那个上校一点自尊心，就不知不觉怀了点近于恶意的感情，带了挑拨的神气，同他的年青朋友说：“先前那个，她怎么样？她的聪明同她的美丽极相称……你以为……”

年青上尉现出年青人初次在一个好女子面前所受的委屈，被人指问是不是爱那个女子，把话说回来了。“我不高兴那种太……的女子的。”他说了谎，就因为爱情本身也是一种精巧的谎话。

上校说：“不然，这实在是一个希见的创作，如果我是一个年青人，我或许将向她说：‘老板，你真美！把你那双为上帝精心创造的手臂给了我罢。我的口为爱情而焦渴，把那张小小的樱桃小口给了我，让我从那里得到一点甘露罢。’……”

这笑话，在另一时应当使人大笑，这时节从年青上尉嘴角，却只见到一个微哂记号。他以为上校醉了，胡乱说着，而他自己，却从这个笑话里，生了自己一点点小气。

上校见到他年青朋友的情形，而且明白那种理由，所以把话说过后笑了一会。

“郑同志，好兄弟，我明白你。你刚才被人轻视了，心上难过，是不是？不要那么小气罢。一个有希望有精力的人，不能够在女子方面太苛刻。人家说你是小孩子，你可真……不要生气，不要分辩；拿破仑的事业不是分辩可以成功的，他给我们的是真实的历史。让我问你句话，你说罢，你过去爱过或现在爱过没有？”

年青上尉脸红了一会，并不作答。

“为什么用红脸来答复我？”

“我红脸吗？”

“你不红脸的，是不是？一个堂堂军人原无红脸事情。可是，许多年青人见了体面妇人都红过脸的。那种红脸等于说：别撩我，我投降了！但我要你明白，投降也不是容易事，因为世界上尽有不收容俘虏的女人。至于你，你自然是一个体面俘虏！”

年青上尉看得出他的老友醉了，不好怎么样解释，只说："我并不想投降到这个女人面前，还没有一个女人可以俘虏我。"

"吓，吓，好的，好的。"上校把大拇指翘起，咧咧嘴，做成"佩服高明同意高见"的神气，不再说什么话。等一会又说："是那么的，女人是那么的。不过世界上假若有些女人还值得我们去作俘虏时，想方设法极勇敢的去投降，也并不是坏事。你不承认吗？一个好军人，在国难临身时，很勇敢的去打仗，但在另一时，很勇敢的去投降，不见得是可笑的！"

说着，女人恰恰又出来了，上校很亲昵的把手招着，请求女人过来：

"来来，受人尊敬的主人，过来同我们谈谈。我正同这位体面朋友谈到俘虏，你一定高兴听听这个。"

女人已换了件紫色长袍，象是预备出去的模样，见上校同她说话，就一面走近桌边，一面说："什么俘虏？"女人虽那么问着，却仿佛已明白那个意义了，就望到年青上尉说："凡是将军都爱讨论俘虏，因为这上面可以显出他们的功勋，是不是？"

年青上尉并不隐避那个问题的真实："不是，我们指的是那些为女人低头的……”

女人站在桌旁不即坐下，注意的听着，同时又微笑着，等到上尉话说完后，似乎极同意的点着头，“是的，我明白了。原来这些将军常常说到的俘虏，只是这种意思！女人有那么大能力吗？我倒不相信。我自己是一个女人，倒不知道被人这样重视。我想来或者有许多聪明体面女子，懂得到她自己的魔力。一定有那种人。也有这种人，如象上校所说‘勇敢投降’的。”

把话说完后，她坐到上校这一方，为得是好对了年青上尉的面说话。上校已喝了几杯，但他还明白一切事情，他懂得女人说话的意思，也懂得朋友所说的意思，这意思虽然都是隐藏的，不露的，且常常和那正在提到的话相反的。

女人走后，上校望到他的年青朋友，眼睛中正闪耀一种光辉，他懂得那种光辉，是为什么而燃烧、为什么而发亮的。回到师部时，同那个年青上尉分了手，他想起未来的事情，不知为什么觉得有点发愁。平常他并不那么为别的事情挂心，对于今天的事可不大放心得下。或者，他把酒吃多了一点也未可知。他睡后，就梦到那个老兵将军，同那个女人，象一对新婚夫妇，两人正想上火车去，醒来时间已夜了。

一个平常人，活下地时他就十分平常，到老以后，一直死去，也不会遇到什么惊心骇目的事情。这种庸人也有他自己的好处，他的生活自己是很满意的。他没有幻想，不信奇迹，他照例在他那种沾沾自喜无热无光生命里十分幸福。另外一种人恰恰相反。他也许希望安定，羡慕平庸，但他却永远得不到它。一个一切品德境遇完美的人，却常常在爱情上有了缺口。一个命里注定旅行一生的人，在梦中他也只见到旅馆的牌子，同轮船火车。“把老兵俱乐部那一个同师部参谋处服务这一个，象两把火炬并在一起，看看是不是燃得更好点。”当这种想象还正在那个参谋主任心中并不十分认真那么打算时，上帝或魔鬼，两者必有其一，却先同意了这件事，让那次晤谈，在两个人印象上保留下一点拭擦不去的东西。这东西培养到一个相当时间的距离上，使各人在那点印象上扩大了对方的人格。这是自然的，生疏能增加爱情，寂寞能培养爱情，两人那么生疏，却又那么寂寞，各人看到对面最好的一点，在想象中发育了那种可爱的影子，于是，老兵俱乐部的主持人，离开了她退隐的事业，跑到上尉住处，重新休息到一个少壮热情的年青人胸怀里去，让那两条结实多力的臂膀，把她拥抱得如一个处女，于是她便带着狂热羞怯的感觉，作了年青人的情妇了。

当那个参谋上校从他朋友辞职呈文上，知道了这件事情时，他笑着走到他年青朋友新的住处去，用一个伯父的神气，嘲谑到他自己那么说："这事我没有同意神却先同意了，让我来补救我的过失罢。"他为这两个人证了婚，请这两个人吃了酒，还另外为他的年青朋友介绍了一个工作，让这一对新人过武汉去。

"日子在那些有爱情的生活里照例过得是极快的。"少将对我说。"虽然我住在××，实在得过了他们很多的信，也给他们写了许多信。我从他们两人合写的信上，知道他们生活过得极好，我于是十分快乐，为了那个女子，为了她那种天生丽质十余年来所受的灾难，到中年后却遇到了那么一个年青、诚实、富有，一切完美无疵的男子，这份从折磨里取偿的报酬，使我相信了一些平时我决不相信的命运。

"女人把上尉看得同神话中的王子，女人近来的生活，使我把过去一时所担心的都忘掉了。至于那个没有同老友商量就作了这件冒险事情的上尉呢？不必他来信说到，我也相信，在他的生活里，所得到的体贴与柔情，应当比作驸马还幸福一点。因为照我想来，一个年纪十九岁的公主，在爱情上，在身体上，所能给男子的幸福，会比那个三十五岁的女人更好更多点，这理由我还找寻不出的。”

可是这个神话里的王子，在武汉地方，一个夜里，却忽然被人把眼睛用药揉坏了。这意外不幸事件的来源，从别的方面探听是毫无结果的。有些人以为由于妒嫉，有些人又以为由于另一种切齿。女人则听到这消息后晕去过几次。把那个不幸者抬到天主堂医院以后，请了好几个专家来诊治，皆因为所中的毒极猛，瞳仁完全已失了它的能力。得到这消息，最先赶到武汉去的，便是那个上校。上校见到他的朋友，躺在床上，毫无痛苦，但已经完全无从认识在他身边的人。女人则坐到一旁，连日为忧愁与疲倦所累，显得清瘦了许多。那时正当八点左右，本地的报纸送到医院来了，因为那几天 ×× 正发生事情，长沙更见得危迫，故我看了报纸，就把报纸摊开看了一下。要闻栏里无什么大事足堪注意，在社会新闻栏内，却见到一条记载，正是年青上尉所受的无妄之灾一线可以追索的光明，报纸载“九江捉得了一个行使毒药的人，只须用少许自行秘密制的药末，就可以使人双眼失明。说者谓从此或可追究出本市所传闻之某上尉被人暗算失明案。”上校见到了这条新闻，欢喜得踊跃不已，赶忙告给失明的年青朋友。可是不知为什么，女人正坐在一旁调理到冷罨纱布，忽然把磁盘掉到地下，脸色全变了。不过在这报纸消息前，谁都十分吃惊，所以上校当时并没有觉得她神色的惨怛不宁处，另外还潜伏了别的惊讶。

武汉眼科医生，向女人宣布了这年青上尉，两只眼睛除了向施术者寻觅解药，已无可希望恢复原来的状态。女人却安慰到她的朋友，只告他这里医生已感到束手，上海还应当有较好医生，可以希望有方法能够复元。两人于是过上海去了。

整整的诊治了半年，结果就只是花了很多的钱还是得不到小小结果。两夫妇把上海眼科医生全问过了，皆不能在手术上有何效果。至于谋害者一方面的线索，时间一久自然更模糊了。两人听到大连有一个医生极好，又跑到大连住了两个月，还是毫无办法。

那双眼睛看来已绝对不能重见天日，两人决计回家了。他们从大连回到上海，转到武汉。又见到了那个老友，那个上校。那时节，上校已升任了少将一年零三个月。

三

上面那个故事，少将把它说完时，便接着问我："你想想，这是不是一个离奇的事情？尤其是那女人……"

我说："为什么眼睛会为一点药粉弄坏？为什么药粉会揉到这多力如虎的青年人眼睛中去？为什么近世医学对那点药物的来源同性质，也不能发现它的秘密？"

"这谁明白？但照我最近听到一个广西军官说的话看来，瑶人用草木制成的毒药，它的力量是可惊的，一点点可以死人，一点点也可以失明。这朋友所受的毒，我疑心就是那方面得来的东西。因为汉口方面，直到这时还可以买到那古怪的野蛮的宝物。至于为什么被人暗算，你试想想，你不妨从较近的几个人去……”

我实在就想不出什么人来。因为这上尉我并不熟习，也不大明白他的生活。

少将在我耳边轻轻的说：“你为什么不疑心那个女人，因为爱她的男子，因为自己的渐渐老去，恐怕又复被弃，作出这件事情？”

我望到那少将许久说话不出，我这朋友的猜想，使我说话滞住了。“怎么，你以为会……”

少将大声的说：“为什么不会？最初那一次，我在医院中念报纸上新闻时，我清清楚楚，看到她把手上的东西掉到地下去，神气惊惶失措。三天前在太平洋饭店见到了他们，我又无意中把我在汉口听人说‘可以从某处买瑶人毒药’的话告给两夫妇时，女人脸即刻变了色，虽勉强支持到，不至于即刻晕去，我却看得出‘毒药’这两个字同她如何有关系了。一个有了爱的人，什么都作得出，至于这个女人，她作这件事，是更合理而近情的！”

我不能对我朋友的话加上什么抗议，因为一个军人照例不会说谎，而这个军人却更不至于说谎的。我虽然始终不大相信这件事情，就因为我只见到这个妇人一面。

可是为什么这妇人给我的印象，总是那么新鲜，那么有力，一年来还不消灭？也许我所见到的妇人，都只象一只蚱蜢，一粒甲虫，生来小小的，伶便的，无思无虑的。大多数把气派较大、生活较宽、性格较强，都看成一种罪恶。到了春天或秋天，都能按照时季换上它们颜色不同的衣服，都会快乐而自足的在阳光下过它们的日子，都知道选择有利于己有媚于己的雄性交尾；但这些女子，不是极平庸，就是极下贱，没有什么灵魂，也没有什么个性。我看到的蚱蜢同甲虫，数量可太多了一点，应当向什么方向走去，才可以遇到一种稍稍特别点的东西，使回忆可以润泽光辉到这生命所必经的过去呢？

那个妇人如一个光华炫目的流星，本体已向不可知的一个方向流去毁灭多日了，在我眼前只那一瞥，保留到我的印象上，就似乎比许多女人活到世界上还更真实一点。

一九三二年春暮作

篁君日记

璇若序

这是我二表哥的一册日记的副本。

二哥因有所苦恼，不能在京呆，就往东北去。这时代，做匪当兵是我们同样用不着迟疑也可以去干的事，故二哥走到东北边方去寻找生活，我不但不劝阻，还怂恿其行。幸而好，得不死，一切便都得救了，即不幸，在那烂朋友队伍里坏了事，也省得家中徒把希望建设到二哥身上。二哥当真就走了。

如今是居然说是有一千四百人马在身边，二哥已不是他日记中的模样，早已身作山寨大王了。大王也罢，喽啰也罢，到如今，居然还不死，总算是可贺的事！

这日记，是二哥临行留下的，要我改，意思是供给我作文章的好材料。我可办不到。我看了，又就我所知的来观察，都觉得改头换面是不必的事。

照二哥原来样式章法我抄了下来。改，不过改一两个字而已，我把它发表了，有二哥在他日记前头一点短文的解释，我不说什么话了。

六月廿四璇若于北京城

自序

这短文，作为在妻面前的一点忏悔。我不欲在这上头贬损了任何人，也不想从这上面再引出一些事外人的研究的兴趣。妻若是在她事务的暇裕中，见到这忠忠实实的报告，还能保持到她那蕴藉的笑容在脸上，我算是释了一件冥冥中负了多日的重担了。过去的我，自己也在极力设法要把它忘却，虽然结果剩下的怅惘，至少还够下半世浪费。

唉，我仍然无从禁止我去这样的遐想：倘若最近的再度的继续，我将拿什么来兑换我的苦恼？这里只有一个方法，就是妻能来到北京。人民还未死尽、房屋还未烧完的河南，兵的争夺与匪的骚扰自然也还不是应当止息的时期，这时的妻还正不知到何方，想起多病的妻引着三岁的儿子逃亡的情形，就恨不得跪在妻面前痛哭一场了。唉，我当读我自己这文字时，觉得本来是人生顶精细的一部分，我却胡涂啃碎咽下了。

我也正如一个小气人一样，对我过去的花费而伤心。虽然是并不比一个用钱可买的恋爱为真实，但从一些性格上的调合与生活中的温柔着想时，我恐怕我还要带这一段缠绵到坟墓里去。

上面的话作为我这失了体裁的文章一点解释和此时一点见解。

民国十五年十二月廿七日

篁君记于北京

篁君日记

记四月初一

没有起床。知道是天晴，窗子上有斜方形太阳，窗外麻雀也叫得热闹，这是一个懊恼的早晨。不知怎样，懊恼竟成了近半月以来象点心样的不可离的东西了。莫名其妙的，略病样的，有些东西在心中燃。不是对欲望的固执，又不象穷，只是懊恼。要做一点小事都不能。譬如打一段短文，那打字机近来就似乎毛病特别多。衙门是可上可不上的一个怪地方。到那里去也只能听到些无聊的谈论，精致的应酬，与上司夸张的傲慢的脸，以及等级不同的谦卑。这全是些增加人头痛的情形。不去既无妨于月底薪水的支取，就索性不去了。象在随意所之的思索些事，就静静睡在小床上。思索些什么？自己也不清楚。总觉得眼前是窄，是平凡，是虚空。但是不是想要宽一点，或免去平凡把生活变得充实一点？不，这又不想。窄，平凡，虚空，是不可耐的，但仍然还是那么耐下来了。依然活着，是明显的事。身体也不见得比去年更坏。所以有时又如同平凡还反而适宜我一点。

随意遐想的结果，就觉得开一个小小书店，卖点菌子油，或往国民军中去，都会比间一两大到署里去签一回到的差事来得有希望点，伟大点，至少是更合宜于我一点。不过所有这些只是一个空洞的概念。在平常，属于具体的计划，就万不会从我心中产生，想着，想着就算满足了。这样懦怯的怕去与现实生活接触，青年人中总有不少吧。

表停了，看针还只指三点一刻，但外面大客厅已响了九下，仍然无起床的意思。玉奎进来，把一封信扔在近床桌子上，出去了。信是妻由河南寄来，看封面便已知道了。薄薄的四页纸，轻描淡写，不肯十分显露写信时的沉痛，但抑郁瘦弱苍白的脸儿，如在纸前摇晃。十七天前写此信时，她是如何含着辛酸，强打精神用文字安慰在外的人！信上还说钝崽是怎样的想他的爹。唉，不幸的孩子！你不出世也罢。爸爸对你简直是造了罪孽了。你娘若是没有你，也不会妨碍她的学业，你一来，你娘却只能放弃一切来照料你了。若不是为你，你娘哪能走到那兵匪不分的故乡终日四乡奔走做难民？若不是为你，你爹这时也不会在这儿傍着别人了。牺牲了你爹娘的一切希望来养育你，你要是再爱哭爱病，即或你爹是坏人，不敢要求你做孝子，可是你娘，就是为料理你失了自己康健的娘……做爸爸的想到你们母子，只有哭了。

为了可怜的远在异地母子们苦难的解除，十一点时，跑到东安市场去占卦，只希望能从那道貌岸然的长老脸上得到一点空虚的安慰。我不能明白我为什么便忽然成了菩萨的信徒。或者，妻之对于《明圣经》之虔敬，久而久之，我也便感化于妻之诚心中了吧。诚诚恳恳的在一个发须全白了的占卦老人面前，拈了香，磕了头，用妻的名义祷告了一阵，到结果，长老开口了。

这使我吃惊。我明明在平常时看出他是一个老骗子，但这时在他那简单又略象夹了点粗暴的声音里，我全心倾倒了。我想，牧师这东西，果然是在祭台上能保持到他的应有的庄严，此外不必苛求于他，他已就尽了他救人的职务了。如象此时的长老，他用他的严肃音容，抓着我的心，捏着我的感情，使我把当时对他的轻蔑还给他加倍的恭敬。在开口之前他先对我笑，这笑已就使我想跪下去请求他设法。

“这个，”那老神仙说，“这是你男子的错处。年青人，稳健点，莫把自己掷到漩涡去。卦里明明说是‘两女争一男’！”

我笑了。我暗想我刚才的虔诚可笑。我看出这骗子的聪明了。故作庄严使我心悦诚服，又把一个普通男子最关心最普遍的惑疑算在我账上。但我仍然是为他那不儿戏的态度所征服。呆会儿，柔声问他：

“先生，莫把子儿排错了吧？错处只在‘争’字上，不然就是一男‘占’二女。先生，我是替女人问卦的。”

我待要把自己撇开，好看这老骗子怎样的来转他的舵。说话间，我是再不能收敛我对他的鄙夷了。

但是他可更进了一步。

“年青人，我告你，你可看这卦。这是小星——讨姨太太的卦。不信么？以后灵验时再来谈谈吧。”

满口的胡说，我不愿意再听了。

人到无聊时，求神，皈依宗教，是一个顶安全的隐藏地，但经过一番驴头不对马嘴的问答后，显见得求神不成，还只好跑进人的队伍里求醉麻了。

下午便到真光去。视官上的盛宴，影戏院中是可以恣肆满足的。不过那老骗子的话总还在心里。这对我是异样滑稽的设想，倘若是真象那等小官僚一样，讨一个姨太太在家里。从老骗子口气上，可以看出姨太太这东西在社会上正在怎样的流行。他方面，朋友中，三十来岁的人，事业地位，是每日站到大学讲堂上去教书，又不穷，竟叨不了旧社会的光，又赶不上年青人的队伍，彷徨无所归寄，做单身汉子的又不少。这世界，当这婚姻制度崩溃的时节，真是太多想不到的牺牲！

虽然是滑稽，正因为老骗子一提，自己却粘在这滑稽事上，妻的方面暂时无形忘记了。在座位面前，大致就有不少的姨太太或准姨太太吧。适如其分的收拾得干干净净，身儿很香，头则按照老爷的嗜好或剪或留，顾盼中都保留着一点诱惑老爷的章法。嘴唇为让老爷有胡子的嘴去擦的缘故特别抹得红红的……

接着是想起一个姨太太的生活——

每日陪到穿马甲戴红顶子瓜皮帽留有一小撮胡子的胖子老爷睡到九点十点半才起床。吃了饭便去公园喝茶。

夜间不看电影就打点牌。间一两日又到老爷同事或亲戚家玩玩。天气略变就到瑞蚨祥去选老爷欢喜的衣料。……老爷吸大烟，就学打点泡了，替老爷扛枪。吃醋也是一个姨太太应有应会的事情。还有挨老爷的……

还有读过书的姨太太如何生活，所能猜详的得多一桩事——上北京饭店跳舞。但这就得看老爷为人如何了。老爷若是旧式老爷，懂得女人是随时都在引诱男子，或随时都有为男子引诱之危险，老爷怕自己用钱买来的宝贝随了别人逃跑，跳舞是必不许可的。就是半新式的老爷，设若看得出自己姨太太长得比别的女人好看，跳舞想来也是以不去为稳妥。本来在一个辉辉煌煌灯光如昼的大客厅中，让自己姨奶奶去陪到别的年青漂亮小伙子搂着抱着，除了自己想借此升官发财，此外便是惧内的老爷吧。

从真光回来，得一点社会的新见解，就是照中国的经济情形看来，姨太太制度是不能废除也不必废除的。一个部中普通办事员，有个姨太太，不也是常见事情么？一些军阀，不是正在采用“大夫妻五十”的制度么？女人方面呢，书，是读的，但知识这东西，在男子身上是一个工具，在女人则成了一件装饰，不能与颈串一类物件生出两样用处来。因这样，妾制的保留，就更可以满足有知识女人奢侈的欲望，是纵不适宜于多数人，但正如同近世的一切制度一个样，至少于女人，于有钱的男子，已能凭了那制度享福叨光了。

记四月初一的晚上

回到住处去，照老例八点半钟才能开夜饭。

在餐桌上，姨太太的事情似乎应该忘记了。

事实可并不如此。同餐桌就有一个姨太太。虽然这是别人所有，无从来印证市场那老骗子说我的事情。不过，这终是一个姨太太。我为我脑中所萦绕的预言，开始做一些略近于傻子的梦了。一上桌我就用平素不曾有的眼光去注意她举动。而她，不久也就有了些感觉，这感觉，神秘的反应回来，我更傻了。

……不过，这人从装饰上行为上身分上都太同我想象的姨太太生活相离太远。这是制止我向傻走去的一个小打击。姨太太人格的综合，我总以为放浪一点并不算过分。这人却小寡妇样的朴素，沉静又如同一个无风的湖面。若非从她那微长的蛋形脸庞上时常现出些三月间春风样子的和气笑容来，真容易使一个陌生人猜想到她是一个丧了良人的可怜未亡人。

必是天上支配，命运之神有意要在我们中间玩弄一点把戏来开开心，男女主人全都不在家。饭，是特意为这几个长久住客开的。同桌六人。这年青奶奶正安排在自己的对面。每一度举箸去夹菜，眼睛便与眼睛相触。记起日间那老骗子的言语，我无从禁止我去端详她那小小白脸儿。用一种非同平时的异样注意去搜索对面的人的飘忽的神气，我在她未察觉以前便先感到了。在她脸上，我寻出了些天公打就她时雕凿的痕迹。我发见了些在往常忽略了的颈部的曲线。我在她那一双白净匀整上面满被覆了绒样纤毛的耳轮上重新估了价值。那双用白玉粉末和奶油调合捏就的手，使我生出惊奇了。其实，这纵是罪过，就算那轻微一点的罪过吧。因我先时所寻觅的意思，还只是不能忘情于老骗子对我所示的预言。这方面，又恰是一个给人去从身体上发挥爱情的姨太太罢了。

——我不算一个皇后，但够得上做一个年青康健的男子的伴侣，身体完美无疵，灵魂亦还如处女清洁……

象谁在我耳边启示。这样一来却坏了。我看她对我长久注意明了后的羞涩了。唉，真是一件坏事！这女人从我注视上，不知生出一些什么足以使她红脸的想头！她将把我对她注意的缘故想到使我也红脸的事上去，那是无疑的。一个女人为一个男人去计算，除了到要女人睡下去心跳的事外真已无可做的事。她自己无端脸红，就是准备对一个男子扔给她的爱情的接受。这我可以对天明志，赌不拘何等的咒，我的罪（倘若是罪），实在是因了她犯罪，使我瞎猜瞎想，我才敢过去触摸那爱情！我把握着那红脸的印象，便忍了痛苦逃回房中了。

回到房中，我竟忽然发现了许多过去的冤屈似的，无从忍受的伏在床上了。要哭，并无眼泪。而且又觉得应当笑。不是新得了什么，也无失落的东西。我奇怪我过去居然能朦朦胧胧一个人在此房中安住下来，如今是竟象办不到了。烦恼如同一群蜂子，同时飞扑到心上来。我想把自己痛打一顿，我咬我自己的手臂。我又笑，笑我这时是快要发疯、准备在一条危险石梁上走路的人了。凡是发酒疯的人都得喝大量的酒，我只喝一些空空洞洞恋爱的苦酒，过一阵，我就要做疯子的事了。我同时又在嘲弄我自己，因为在醉麻的过程中我只一半是胡涂，另一半，我还保有我的清明，不单能看人，看自己也还很清楚。

“这是恋爱么？”“是的。”我就回答我自己。我还附加解释：“趁着同是年青，就是互相把爱情完全建筑在对方的身体上，灵魂也会得到幸福的。一个看羊的牧女同到一个砍柴的黑少年就是这么办。我这样行为，我所感到义务的分量比较权利还要多。她是那样年青那样娟好却为一烟鬼所独占。为让她来认识爱情，我就做她一个情人也应当，别的影响我可不必再管了。”

我不知我呆了有许久。

听到里面屋子的笑语声，从不休息。大家于饭后肆无忌惮的说着各样精致的谑语，这正是客人们一个顶好的消遣法，老主人不在家则尤其可以放肆。

我不能做什么。甚至这未来而将要来到的恋爱道路应如何走去，也不能思索，我仍然只呆着。

不久，听到话匣子的一个跳舞曲在开始战栗了。几个年青客人大致是也开始互相搂着在那大厅子里闹起来了吧。我能猜想，她是必为了身分的缘故，加以性格的沉静，跳舞于她却无分。在话匣子旁照料的必属她。她虽然不在厅中同别人搭着肩儿打回旋，那双雅致的脚儿，总会活活泼泼的蹈踏。

这也不是没有意思的事情。大家都寻得出许多机会来将另一个人的脸搁到自己肩上来，大家都可以从繁促的曲子中将跳着的心儿去接受同舞的人疲乏之后的一度柔媚的斜睇，我为什么不去混到这一群快乐人中去胡闹？

只有将身从床上举起的力量，我是旋又颓然倒在床上了。一个负了罪的人胆子是格外虚。一个有了恋爱的人，羞怯是每每会不自觉的跑到脸上来。我没有敢出去的气概了。

让时间慢慢流去，尽舞曲搅扰我灵魂的安宁，我把妻在过去所给我的温柔与目下我能想到的妻的痛苦引到自己心上来，以便抵抗所有的诱惑。我愿意从这中得救。

唉，用旧的印象防御，让新的诱惑来攻击，妻所给我的力终于消失罄尽了。我用新生的欲望杀死了对妻的爱情了。我把一些因妻而来的苦恼全部隐藏于这新的幸福阴影下头了。我找出了些新的义务和权利，我要在妻以外挖掘一个年青女人身上所秘藏的爱情矿藏了。

我诅咒那给我预言的老骗子早死。如无他的启示，这时我也许还是心境很平和，这将近中年人的心中，也无从重新燃起这火燎了！但鬼迷了我的心，到临睡以前，我还想第二天又去市场，去送那五毛钱的敬礼。好找一点先知的帮助。

记四月十四与十五

超过了我预料的顺利接近，苦恼随了希望的进行亦益深。我成了另外一个人，我成了我曾在平日用嘲弄替代同情去与之打趣的那个无爱而苦恼的尊三了。我并不是爱而不得，我只担心自己最近将来所演的角色。我想扮演得聪明一点、老练一点都不能。我一面在模仿一个悲剧的主角，把全体都用爱情的温柔来点缀，一面我又看得出我是卤莽得同一个厨子。是的，我把一个厨子对付一个同事娘姨的方法采用了，我从一些略近冒失的殷勤中把这奶奶征服了。我使她至少在用爱的方面看得出我是一个豪杰。这爱情的桩子，我相信打在她心上的比在我心上的还结实。从一个微笑，一回无语的斜睇，我坚实了我这信心。

也因了这信心，更使我苦恼。我在昨天前天就开始在一种跋涉的途程中寻得了我的懦怯性（我虽喝了无数杯，我并不大醉）。加之几日来主客家庭的过从，使我见出了些在当日未发现的无从脱卸的关系。这之间，我还不愿舍去我在此全个友谊的情分，我又象看得出若果我让事实去进展，在一个不可免的身体的亲洽的结果。别人所负的责任是会有将身体去殉情欲的可能。我终于退后了。从十号以后，我便在一种藏躲中生活下来。但隐约中常象有一只手要抓到我。又如同这一只不可知的手在一度抓到我以后又复放下，以后虽不捏紧、我挣脱却又苦无从似的。挣扎既不能，前进我又怕，我就倒在这细腻的权威下面，成了一动弹不得感情染了瘫痪的病囚犯。

一声隔着幛壁的咳嗽，就使我心跳。细碎轻微的脚步声在我耳神经上发颤时，也如有锋棱的矛子刺到我心上一样。我不图我用了些粗暴殷勤征服了别人后，又为人用些不当意的举动使我五体投地！

今天十四，算算我跌进深坑的日子已是两礼拜。阴郁的天气，以及夜来的失眠，助长我恋床的习惯。在床上睁开眼睛时，已是十一点钟。我怎么就睡到这时候？白己也着惊了。但我仍然不起身。在床边，有琦琦昨天所放的一本《小岛》，就顺手取来看。一个人走近窗外，我的书不知不觉跌落被上了。我没有抬头以前，我就能察出近床大横窗子外面绒布窗帘是在为一只手所移动。我采取了琦琦的行为，把眼睛故意就一闭，在幔子隙罅窥人的人便说话：

“还未醒呢。”

“真是变了，总是有病不愉快了吧？”听一个人在略远处说。

我知道是两人，便不即张目。

“曾叔，曾叔，十二点快了，还不起么？再不起，开饭那就不候了！”这是琦琦的声音。

我眼略睁开，便见这小孩平贴在玻璃上的小小圆脸儿。这是一个顶小的客人，因孤身，便长住下来了。年纪是八岁。有一头乌青的短发，同一张又圆又白的小脸。一对大的黑眼睛，极其妥帖的布置在细细的眉弯下，证明这逗人怜爱的小孩，虽在小小时节便为上天夺了爹妈去，仍然能得别的许多人疼爱，不致失掉她活泼。这孩子，聪明得象一只狗，柔弱得象一只羊，因此大家把她宠爱得同一个宝。“开眼了，开眼了。”琦琦嚷着笑着，便见另一个脸同时也贴近窗子来。

我爬起床了，做了件又聪明又呆的事情。我也把嘴贴到窗上去，竟同琦琦隔着窗子亲了嘴。我没气概就把嘴唇再移过去点，虽然明看到她并无避开的意思。

“还不快起床，宋妈对于她的菜可又不负责任了。昨天咱们吃的那烂白菜，今天准得又要吃。”说了是笑。

“那得全罚曾叔吃，咱们可不管！”

“可不管！我也不管，谁小一点谁就吃白菜！”

为了躲避琦琦隔着玻璃的巴掌，就把脸故意移偏左一点。显然是站在远一点的瑧小姐会知道，故即刻离开窗子走到廊下去。但是，脸红了。呵，这桃色的薄云使我桃色的梦更清朗，我没有再装害怕了，在她脸部所贴过的地方，我把嘴唇努着，为琦琦虚击打了十余下方止。

洗漱完毕，没有刮脸的余裕，便为琦琦催到餐厅去。

吃了饭。院子中丁香全开了，大家都出来看丁香。

各人坐在走廊下的小朱红椅子上。

“这花是开了又谢谢了又开的。”

许是有意说的吧，又许是无意。

“的确花是会常开，人却当真一天比一天衰老了。”

“勿要脸孔！”

“勿要脸孔！”琦琦学着说。

“这一班人我不正是比你们都要老一点？”

大家就都大声笑。

“曾叔今天不上衙门去，我们同婶婶到你房去下棋罢。”

所谓“求之不得”者，是此事。

象是有了病，我近来愿意一个人独住，我好思索我这病的根。但下棋却是我的药。我大胆服了。

我净输。输得琦琦高兴到乱跳。

“怎么，净输呀！”

不但是棋，我全输了。但是我看得出我的赢家的神气，就从我输中感到另一事上她输给我了。

我特别找一些俏皮字眼做工具，使她感觉我的嘴是贴在她心上。我又把身子也尽我手足本能去接近她，使她渐习惯于这部分的接触，移去她所怯。终于我们的脚在桌下相碰了。碰，白里边出微红的脸，我能看出这女人心的跳跃，在那腮边我能吻一千次。

记四月十九

我用我良心掌自己的嘴。又特意把妻相片取出来安置在桌上，以便忏悔自己数日来行为的错误。但是这准得什么账？菊子来下棋，输了又搬兵，把她找来帮忙。轮到我输了，这是一定的。我在有意无意中间都走一些不利于己的子路，好尽她高兴。

“不，你这是故意输给她，对我你就特别狠。”菊子说，说了又看把我杀败的那人。

她只笑笑。

“我一同她下，子路就不由得我不乱。不拘什么全给打败了。”

“一到了我面前就是粪棋了。”她说了，更大笑。

菊子有意嘲谑的样子，“不知道是什么事，这总有个缘故的。”

“有什么缘故？你说！”

“我不说，这一些人算我棋顶不高明，算你（指她）顶高明，就是了。”菊子或者看出我们情形了。

棋不必下了，菊子同她坐在床上梳头发。

女人就只头发就能使一个男子销魂的。唉，对到这些头发我想些什么？我把一些同头发全无关系的事全记起来了。这些头发，在某一本经上，似乎说过能够系住大象的，这时系了我的心，引我堕到谷里去。

“只有女人头发是最美的东西。”菊子是剪了发的，显然这话与菊子无分。

她听了，故作鄙夷样子扁着嘴，这一来更俏。

菊子又要同我下。有她在此，我也认输吧。谁知输得菊子说我是故意，随便动，不应当。

“要我怎么办？我就认输，那不行么？”

“那不行。”菊子说。

“那我就小心小心来赔到菊子小姐下这盘！”

她负手在旁边看，菊子有毛病，每一着棋总得悔上三次以上才算数。她象厌烦了，走到窗下去。

“二少爷，这是谁的相片儿？”

“姨太那么客客气气称你做二少爷呢。”菊子说了动一个车，落在我的炮头上。

“不准悔。”我说，“一走就不准悔！”

“不。决不了。”

“决不就将！”

菊子把棋一推，说是算输了。

“赢了要发气，输了也发气，小姐奶奶们真不容易招架！”

“怎么无端又把我扯上？难道我也发过你的——”

“你——”我说，且伸指头。隔得远，然而她的脸是涨红了。

似乎《红楼梦》上宝玉就有一段下棋事，然而这有什么关系呢？我不是宝玉，菊子倒象史湘云。这简直是笑话。看菊子模样，未必不是有点儿发酸。她还拿着相片看，菊子走过去。

“这是你的什么人？”她搭搭讪讪拿了妻的相片问。

菊子就代答：“是二嫂，他的——（指我，我却同菊作鬼脸）太太。”

“喔，这人多美呀。”

“二哥，我说二嫂她象一个人。”菊子意思所在我明白。

她拿了妻的相片端详着，不即放，又看看菊子，“菊小姐，这象你！”

“象我，才不象我！我说象你，一点不差。”菊子简直坏得不得了，又故意问我：“二哥，你说姨奶不有点象二嫂么？”

“你二嫂哪里有她美？”

“你们全是鬼！”说了，就走。

只剩菊子同我在房中。菊子想到什么就好笑。

菊子说：“二哥，我看她是在——”

“莫乱说瞎话。”

“我才不说瞎话！你以为我看不出么？她是在爱（这字说得特别轻）一个人，我敢同谁打赌。不信我就去诈她。”

“谁？”

“还故意问！你不明白吗？你要故意如此，我就去告琫小姐。琫小姐就会为你们嚷出来。这事你能瞒我吗？”

菊子说了就要走，我却把她抓住了。

“不要走，你应当帮我的忙才算是好人！”

“我是专帮别人的忙……”

“你又酸。我一见你说出许多话，我就深怕你会使她不愉快。何苦？在别的事上，我能帮你忙时我也帮你的忙吧。”

“我有什么要你帮忙？我又不——”

“你不，你同七弟事，我一本册在心中。你以为我不知……”

菊子不愿意听完，就跑了。

房中剩下我一个人。妻的相片平置在桌上，捡起仍然藏到箱子去。妻没有能帮助我抵抗外来爱情的攻袭，反而更叫我朝坏的方面走去。

菊子真是一个不得了的聪明人，不期望她就能看出我们中间的关系！然而菊子同时有菊子私事，我也全知道。大家会意各行各的事，或者，不会有谁来妨碍谁吧。

又来了，悄悄的，幽灵似的，先是出现一只手，一个头……

“菊子呢？”不即进，先问。

我答应，还是问菊子，不进来。这全是借故。也许她就明明见到菊子出了我的房，这来是有另外一种意思在。

“进来吧。”我也不说在，也不说不在。

就进来了。怯怯的，异样的，慢步走进来，使我气略促。

我望她，她也望我，是用某一次吃饭桌上那种望法。她很聪明的装成大模大样走到桌边来，用手扶着坐椅背。我们之间是有一张椅子作长城。有保障，她颜色便渐渐转和了。

“请坐呀！”

“我来找菊小姐的。”

我只笑。这明明是瞎说。“找菊子？有什么事？”

所谓“无语斜睇使人魂销”者，她是灵动的有生命的为这句话加了一次详细的解释。我临时想出我这两臂这一刹的义务所在，在一种粗卤的略使她吃惊的骤然动作中，她便成了我臂里的人。不用说，我这时懂得我的嘴唇应当做的事。

“你这是怎样啦？”

我不答，就用我的嘴唇恣肆的反复的动作为我解释这应答的话。

“人来了。”她将手来抵制我的头。

“不，谁都不怕！”

我怕谁？这又不是一件坏事情。在别人臂弯中抱着睡了五年六年了，只是这一时，难道就是罪过么？我相信，若果这时菊子或者七弟来，我还仍然是这样，手是不必松。我做的事算是罪过么？我年青，她也年青，一同来亲嘴，庆祝我们生命的存在，互相来恋爱，谁能干涉？

一个人，终于是哭了。我明白，这绝不是因了她的不乐意而哭。这眼泪，便是适间热烈的亲嘴的报酬。

她因怕人来，立时又止了，大的眼泪沿颊上流，我应永远在我扮演这一幕剧充配角成功的回忆上来微笑！我见了别人为我流的泪，我用我的嘴去吮干了。

“你害了我了。”

“不，我爱你，同时也就成全了你！我使你知道爱是怎样一回事，我使你从我身上发见一些年青的真情，我因了你才这样大胆。你知道我的意思？”

“我明白。我不是不爱你。我真怕。他们一知道——”

“我将全部承认这是我的行为，于你无分。”

“我只怕菊子。”

“她么？她知道也不要什么紧！以后我还要让她知道。”

不说了，这次是我被人将嘴唇用一件柔软东西贴着了。我用我所有力量这样办，在她颊上我做了些比同妻还热的接触。

“你爱我？”

“是，永远。”

“我早就爱你了。”

“……”

琦琦老远喊着姨婶来，我们恢复了椅子的距离。

用眼泪来赔偿我行为中的过失。此时已渐夜了，房中一个人。我能记起那桌边椅子的位置，若在嘲我似的，椅角在灰色薄暮中返着微弱光。

“我究竟是做了一些什么事情？是梦还是……”我还很怀疑。

我在泪光中复独自低笑。我做了一件虽然是坏但无所为用其追悔的事情，我在一些吻中把我的爱更其坚锐的刻在一个年青妇人的印象上面了。我在妻的监视外，新的背叛成了不忠实的男子了。我来同我自己的感情开一次玩笑。我疯了。

不能玩，更不能睡。为妻写信，但信中我骗了妻，说是在此日惟念她，担心她的生活，做事也很懒。

“我早就爱你了”这话还在耳边。“早就”，唉，这样的人，还有一个女人早就在心中暗地里爱着，我不知道为这一句话，我还应用多少眼泪来赔偿！

我爱了一个人了，是的，我爱了一个做人姨太太的妇人了——而她也爱我。

我在这本子上写些什么？真不必。一个微笑，一度斜睇，一句柔的低的颤动的话语，我写一年写十万字也无从描写到恰如其分。我自己的心里的复杂的、既非忧愁又非快乐的感情，我用什么文字可以好好保留到这一本记事册子上来？我不是写《少年维特的烦恼》的歌德，我没有这种天才。我又不是……

谢谢天！由你手下分派到这世界中女人身上的美质，我今天得用我这作工的手摩抚一道了，我用我洁净的嘴吻过了。再给我一个机会，让我来在你面前，凭了你，做一点更其神虔圣洁的事务罢。我为感谢与祈求来跪在床边，重新又流了一些泪。

我不再躲了。我尽我的力，极力向前走。我要直入那人的心，看看一个被金钱粗暴压瘪了的灵魂。我要看这有病的灵魂在我爱情温暖下逐渐恢复她的活泼同健康。我的行为是救一个人，使她知道应做与所能做的事，她有权利给人以幸福，而自己，也有权享受别人给她的幸福，这不是饰词。

记四月二十二

有三天不来。病了么？又不听到她们说。走去问琫，说是晚上会要来。

喔，晚上要来的。我不再打听别的了。但愿意天懂交情，赶快就会夜。

我自问：这是恋爱吗？是，无疑的。不怕是我们全把这恋爱维持在两方肉体上面，也仍然是神圣洁白的。就为这身体，为这美丽的精致的躯体之拥抱，我失了我生活的均衡。倘若是，我能按照我的希望去在她身上做一些更勇敢的事，我全生活会更有意义。这一部宝藏，中间藏有全人的美质，天地的灵气，与那人间诗同艺术的源泉，以及爱情的肥料。就一时，一刻，一分，一秒，我能拥有这无价躯体，在我生活中，便永远不会贫乏了。

七弟来，邀我到西山去看蜂子，我说不。“有汽车。”他说。有汽车也不去，我只是不愿意出门。

“我不高兴那些虫。”

“在往日，就高兴。近来另外有了东西，蜂子自然是很可厌的了。”

我装作不懂这话意思。

“我们许多人都去，”他又说，“琫姐，菊子，子明，同她。”

七弟坏，会看人，且会讥诮人，近来我才发见的。看颜色，必是菊子同他说了。

“七弟。你少坏一点。”

“嗯，我坏。”他不说了，大打着哈哈。

“菊子陪你去，七弟。”

“菊子陪我还有一个人陪你，我们四人坐一辆车子，我是以为再好没有了。”

“你说谁？我不懂。”

“你不懂？刚才琫姐还笑着说，有一个人在她那里打听一个人！”

七弟说罢就走了。

这事显然琫小姐也知道了。菊子则是不消说。我只怕七弟，吃饭时节也许故意当成 件笑话说。

七弟下午当真同子明、菊子三人上西山去了。家里剩下琦琦、琫小姐和我三个人。为了琫小姐要买衣料子，我们三人到西单去一趟。帮琦琦买了一块钱糖果，打一个转身，各处绸缎铺子看都不如意，返家时，天已快黑了。

我把我自己身上打扮得年青了许多。这可怜行为，在对镜时又自觉得好笑。在七年以前，与妻还没结婚时，我是为了别人，曾这么注意过衣服同脸。如今却又来给这事调排自己的生活，真够他日想起来惭愧！其实我老了，衰了，青春时代离开我身边已五六年了！我纵极力注意来修饰，在一个女人眼下也掩不了我的老迈。

正刮脸，琦琦走来了，说是琫姑让打个电话，问姨来不来。

“琦琦，我来帮你剃胡子。”

“不，你有胡子我没有。”

"你没有，我帮你画一点。"

"不，我不干。"

"画起胡子多美，你不见到四公公的胡子么？"

琦琦怕上当，不肯走拢来。但是待我取出香水瓶子时，这孩子，却扑到我怀里来，要给她洒头。

打完电话回说即刻来，同琦琦到瑧小姐房去等。

"琦琦你头上又有香水味，必定偷倒我的香水了！"

"不，是曾叔给我洒的。你闻闻，这是曾叔叔的紫罗兰，比你的好多了。"

"琦琦长大以后真是不得了，你看这样年纪就知道爱俏。"

"可不是，同到你们这些姑姑婶婶在一起，以后只有更加爱漂亮的了。"

琦琦不做声。这孩子，怪调皮，听人谈到她美就高兴。你说她爱俏，她承认，一点不分辩。当真若是照这样下去，到四年以后，真是了不得的人，实在说，如今已就学到许多成年女子怪癖味，一点不象一个八岁九岁女孩了。

“三天不见，样子全变了。”琫小姐见到她进房，就起来握手，牵她到一处去坐。

果真全变了。今天换了衣，一身白，从上衣到鞋，象朵新开放的百合花。躯体圆圆的，在素色衣裳下掩着的肌肤，灯光下映出浅红。头上发蓬松松的，同二十四五夜间那样黑。动人极了。

“琫小姐，你瞧姨奶奶真是太美了。”

琫小姐就笑。我是在琫小姐笑后才知道我说话过分的。她假作不懂琫笑的意思，问琫我说了些什么话。

这是我们在我房中亲近以后第一次见面，她竟没红脸。她那若无其事的样子，是出我意料之外的。

琦琦倒在她身上，她又察觉琦琦头上的香水味儿了。

“姨，这是曾叔的，香极了。”

“你们男人也作兴用香水，七少爷还偷用过琫小姐的！”她说了，照例的用笑收尾。

“男人难道就不是人么？”

“二哥近来在变，往天似乎没用过。”琫的话中有刺。

我装作不听到，琫没办法。

“为谁？”她却故意问。

我怕再引下去了，转了个方向，说到别的事上去。

“我们今天买得有蔻蔻糖的。”我说了。琦琦记起糖，离开她身边，到镜台边取糖给姨看。

“琫姑不吃咱俩吃。”

“好极了。”

当真琫是不吃蔻蔻糖的。琦琦也只欢喜牛奶糖。这是为谁买的，她当能知道。

记四月二十三

她同菊子才洗过澡坐在菊子房里换袜子，听到脚步声，菊子从脚步轻重听出是我了，大声嚷：

“二哥莫来，别人换衣裳！”

“换衣裳，难道就不准人进来么？亏你到学校去演讲女子的解放！”

另一个人就嘻嘻的笑。

我停在窗下头，不动了。

“二哥，你以为我怕你么？别人——”

“别人是谁？”我明知，却故意当作不知道的样子开玩笑。“我知道，别人就是琫小姐，哈，看到你们长大的丫头，倒会装起害羞来了！”

我就进去了。菊子不做声，正在扣鞋带。她是披着发，赤了个双脚，穿露胸衬衫坐在床边一张矮椅上，见我来，故意把脸掉向墙。

我还故意装近视：“琫，你不理我了？那下次再莫想要二哥请看电影了。你看你那披发赤脚样子，真象活观音。”

她更笑，慢慢转过脸来看了我一眼，脸绯红。

菊子对我做鬼脸。“二哥真会装，你不看清是她么？我不信。”

我所见到的，是些什么？一个夏娃样子的女人，就在我面前，脸儿薄薄的飞了一层霞，这是证明吃了智慧之果以后的羞腼。我痴了，坐在菊子床上尽发呆。

她起身来取袜子，背了菊子对我眉略蹙。这是什么意思？我不解。发了我的气吧？不是的。不愿我进来？也不是的。

“闹了你们不便再谈知心话了吧。”我装成要走。

“哼。”她把嘴略扁，冷笑一声坐下去。菊子鬼极了，假作在理袜子，偷悄悄儿却注意到我们的动作。我才明白她是怕菊子。

我又坐下了。我摇头。我忽然又记起妻来了，这时的妻不知如何在受苦，我却来到这里同一个妇人胡闹。我摇头自惭，但是我可不能离此而他去，我为眼前的奇迹呆了。我不能一个人去空想分担妻在故乡的忧愁。我应对于目下的一切注意。我就先说话。

“菊子，今天听说七弟请你吃冰淇淋！”

“请我？”

“他单只请你！他还同我说，前天到西山，到碧云寺时——”

菊子不做声，红了脸。我报了仇了。尤其是，我说的话在语气上故意要她知道菊子同七弟关系，她去望菊子，菊子抬起头来也望她，菊子笑，是有了把握的微笑，接着就借故走进里面房里去。

菊子进去了，她在穿一只袜子，向我摇头制止我冒失，我不动，仍然坐在床边等。菊子猛从内出来，以为我们或者正抱着亲嘴，正好大大的取笑，谁知失败了，只好搭搭讪讪仍然坐下去理发。

“菊小姐，你是怎么啦？……”

“我要看你们——”

“要看我们。我们难道怕你看么？”我去望她她却笑。

她把袜子穿好，头发随意挽成一个髻，到琫小姐房去了。菊子也要走，我止着。

“把我拉下来，别人却走了，这有什么用处？”

她因了菊子的话却不即走开。

“莫听菊子话，你去吧。我要同菊小姐谈一两句别的话，才不准她走。”

她看看我复看看菊子，用手扶着头，露着肘子同膝弯，出去了。

菊子又同我做个鬼脸，我不理。

“二哥，你扯我下来有什么话可说。”

“有话说的。”

我的话，要说的是太多了，不知说哪一句好。我要问菊子，七弟是不是全知道了？我又要问菊子琫小姐怎样。我还有要说的，就是请菊子莫太刻薄人，应当大家通融点。但我先说这样话，我说：

“菊子，你得小心点，大姨知道你同七弟事情，你就够受了。”

“我不知道。你们才要小心哪。”

其实两个人都怕，各人做的事，全出不得客，为婶婶知道就全完事了。

“二哥，我只怕子明，设若他一察出我们的鬼，事情就坏了。”

“我可不怕子明，子明不会说。”

“子明在极力同姨嫂要好，你不见到么？设若他见她只同你好，一发酸，保不了——”

“子明有毛病，他同四姐也有一手儿，要说时，我们就大家全说。”

“当真吗？”

菊子真不能相信我的话。然而我是的的确确见到他们做了一些比菊子同七弟还大胆的事。子明就因为明白我了解他们的关系，近来对我特别好。我是对子明以为无妨于事的。除了子明我倒有点儿怕琫。不过琫方面，若非菊子说，万不会失败。琫近来，纵常取笑我，但我相信这只是琫凭她聪明的眼睛看出一部分，绝不会知道我们当真就已怎样怎样的。

“我有点担心七弟的口。”我说，我意思是要菊子莫同他乱说。

“他也不知道，不过听了琫小姐取笑，故来套你的。”

然而我断定这明是菊子告他。要菊子莫同七弟谈这事，是无法。我说：“你嘱咐他口要紧，就是了。”

“好。”菊子起身了，转身就要走。

“慢一点，菊小姐。”

“怎么啦？”

我告你句话，还有什么可告的话？待着菊子近身来，闪不知，在她耳边吻了一下子。菊子半嗔半恨的把眼睛鼓了一下就走了。

夜里几人不下棋，在客厅跳舞，因为记到菊子的话，我留心子明对于那人的一切。

记四月二十五日里

这日晴，趁到晴，我往市场去，卜我此后的命运。

匀姑来。匀姑因为同子明有了些把戏，给琫撞见，琫去告她妈，因此有了两月不敢过这边来了。听到子明昨天有事上天津，一时不会回，就从石虎胡同来看菊子同琫等。

几人一哄进到我房中。

必是菊子同匀说了我的什么话，一进房，几人便都笑。

“二哥房中真是香，怎不把我们一点香水使？”

琫说了，单向匀姑笑。

“咱们自己找吧。”匀姑说到什么就会动手做。

“我是不准野蛮的。”

“准不准，由得你？”

在我床头终于翻出那瓶香水了。匀姑也够坏，故意把香水瓶子下所贴好的价目单子高声念：

“四块八角，好，二哥，可真了不得，也用这种香水！这不是男子用的，给了你的妹子吧。”

匀姑不客气，就当真把那小绿方瓶子捏着不放手。我不再做声。在这一群小姐中间我是做声不得的。这些人，虽说各人都有各人的毛病，但是我同姨的事，在她们心中，终是酸酸的！就中匀姑尤其是不饶人的女人，她并且有她理由。

“二哥，我吓你咧，看你舍得舍不得，谁知脸上颜色也变了。”匀姑说，带了笑，又同琫故意将我来打趣，“你瞧，琫小姐你瞧，二哥本来为别一人预备的东西，见我要拿它，说不出的苦，全给现在脸上！”

“本来是为你买的，知道你是今天要来的。”

话只是平常的一句话，但在语气上，我加了我们在过去曾纠缠过来的回忆，以及暗示，匀又同子明的关系，匀不能再做声了。我能猜出我的话在匀姑心上一击的分量。

菊子走过来，抢了匀姑手中的瓶子，“匀姑不要，让我拿，这几日，我正嫌我的香水不好哪。”

“菊妹妹，难道你要这个么？我听说七弟——”

话不让说完，菊子走开了。

琫小姐同匀，不久也去了。

就中匀姑有一点心事，不是琫同菊所知。

因了匀姑来到此，又把昨天转去的姨从西街接来。

“你来吧。是琫小姐的命令，说，匀姑在此想见你，即刻来。”

“即刻干吗？今天为四老爷吃报母斋的，要来也得晚饭后。”

“你来我还有好事情告你！”

“你的事情我全都知道。嗤……”末后是一笑，电话就挂了。

晚饭后，那还隔多久，如今才两点呀！因匀是客，琫请看电影，于是我同琦琦因为做陪客，也一同坐汽车去。

琫同菊子在卖票处买票，先同匀姑琦琦三人上楼去，上楼梯时匀姑让琦琦先走。轻轻说：

“二哥，我听人说你近来得意！”

“听人说，是听哪一个丫头说的？”

“是琫告我。一个人，是应要爱……”

“姑姑怎么那么走得慢？”琦琦带跳带纵早已到了楼口了。

我望望匀姑，匀也望望我，我们都无言。我们快步走上楼。

回到家来独自一人在房里，想起些旧事。口香糖是我平时嫌恶的东西，但近来枕头下这类东西又可以寻出了。五年六年以前为了匀姑用过有半年，含到口内来哺匀姑也象正同昨日的事一个样。如今匀姑除了头发剪得很短以外，仍然是旧日的匀姑吧，但我们当年的情形这时却无从来再续了。因为匀姑爱用茉莉花味的香水，这糖在此时嚼来也总象有那种甜媚的感觉。又因为那年是在九十月里使用这糖独最多，那时的情景，留有深深的印象在脑中，一嚼起这糖来，就又似乎还有潇潇秋风秋雨的思念。我们的爱，这时究竟到什么地方去了？目下的，纵是到了白热的情恋，不是只要经过三年五年，又会同前事一样无影无踪么？我想：

难道是，为了三年五年以后相见，追忆起旧情时可以怅惘一阵，我们才来爱？

果真是那么，这时节也就可以退步了。

若说不，再进，进到两人身体合并在一处，这是可以永久维持下去的事么？

永久是不能，则以后在这事上的怅惘，尽此一生，附骨贴肉，我就来回味我们这恋爱，我受得住么？就是这么办，也可以——

然而在忠厚的妻的拥抱下，我来回味这浪漫的恋爱，我的对妻的负疚处，还好意思要妻饶恕么？

……

我还想到我应当做的事情，这就是把妻给予我的力量同到匀姑与我过去如今的关系给我一个改过自新的动机。若是这时那人在我的面前，我会作出一些与我近半月来截然相反的事情，那不一定的。也许我还能故意找出一点我们可以决裂的小事，来扩张，来延长。也许我……

但我同时又想，我也许一见了她，又能承认我一个人独处时所引起的不是良心乃是魔念啊!

呵，我这一刹那的魔念，能有什么用?

记四月二十五夜

我掂掇到时间的步伐，那边家里吃饭应比我们这边早，估计她不久会一人来的。我就含着我那特为了接吻而用的口香糖，捻息了房中灯，坐在大客厅的一个虽当路却黑暗的椅的上面等。

我把守到那出入必经的关口。这里去到琫小姐卧房，还得经过大餐间，大餐间过去是一个长廊，再过去是小厅，小厅左边是老主人的卧房，顺到卧房窗下去，转那绿的圆拱门，进另一院子，那里一排三间偏东一间才是的。我预备要做一点别的事，就呆着，张了耳朵去听外面的鞋声。

客厅因无人，大灯不曾开，只有柱上小电灯发光，很冷静。想着：在这样一切安详沉默紫色的银色的薄暮里，淡淡的橘红色的灯光下，咬着耳朵谈话，复搂着颈脖亲吻，那是如何适意的一种高尚游戏！

从等候中我才证明时间对于人间的恋恋不舍的样儿——这真使我焦心。

终于，它它它在那大院子角门石地面上有了鞋的后跟触地的声音了。我站起来，但忽然变计又坐下，且把全身隐到灯光所不及处去。我想突如其来在她刚到我面前时猛的立起身，来吓她一下。

“啊！”我轻轻的喊了一声“嗨”，挺然立起来。

出我意料之外，她却只很庄重有礼的对我那一笑。

“我想吓你一下哩。”

“一进这厅子，就望到你了，你以为我不曾见你呆样子么？”

我有点惭愧了。

她却不即走，停了步。

“你一个人在此干吗？”

“我等你。”

“我要你等我干吗？”

故意那么说，还故意要走。为了解释等她的意思，我拦住了她。

“不准走！”

“又不是郊野，你拦路打抢人么？”

“是，我抢你，我要抢你到我房里去。”

“你癫了！”

真癫了，这抢人的我，当真有要她跟我到卧房里去的意思。不过我不敢十分用力。我怕一个听差打从外面来碰见。我也不拉她，就只不准走。

“放了我吧，来一个人就不好看了。”

“我要吃一个点心。”

“我不懂。”

“不懂吗？就是这样——”我把手，揽了她的腰，我的嘴，贴在一个柔软嘴唇上面了。

点心是一个便够么？十个也不成。

一个人，顶容易上瘾的嗜好，怕再也没有比同恋人接吻一事为坏了。吸大烟，打吗啡针，喝红茶，以及我中国还没有人试过的吃大麻，都不会如此易于成癖。只要一个妇人的嘴唇，有一次在你粗糙的略有短短青的胡子的嘴边贴了一秒钟，你就永远只会在这一件事上思索那味道。一个年青男子他那不会餍足的事，恐怕也只是对于他的女人做那些略近于麻烦别人的举动！但这能怪男人么？谁教那嘴唇红得诱人？

我禀承了胆大心细的名言，却自动把这女人从怀中释出。

“谁告你这叫点心？”

“这是比亚北的奶油酥还精致美妙不会伤食的东西。”

她禁不住一笑，低着头，快快的向里面就走。我抢身前去，我们是并行，手，本能的，仍然揽着腰。

我们一同行至暗处了。将要走到大餐间的北门边，她慢了脚步。这里比其他地方全要黑，纵有人过此也不会见到。她停了脚步。我们抱成一块在那过道中。借着客厅那小电微弱的光返射到另一处玻璃上，我能看出她脸的轮廓。柔软的颀长的身体，斜躺在我的臂弯里，发挥着异样的肉体温暖香味，我疑心我是抱了百合花的神。

同匀姑亲嘴，站着要低头才行。这人则我还须头略仰。她把头压在我肩上，我们便脸擦着脸了。这时是轮到她吃点心了。我的额，我的耳，我的眼睛，我的下巴，每一处被她用嘴亲过的地方都象怪好过。她的长耳环子碰着我的脸上时，我有说不出的一种温柔的灵感。

“让我学你来吃点点心。”我想照样办，要吻她的脸上的各处。

她说不，够了。

然而我的手是不能放。我为我这臂膊叫过屈，这时若手是稍松，我断定她是要逃。

“还不放我么？”

“不。我愿抱着你，至于永远。”

“莫说呆话吧。我应进去了。放了我，回头我们——”

“回头？”

她不答回头做什么，乘机掰开我的手，象一只鸟飞跑了。

我尽发呆站在那过道中不移动一步，听到一阵急促脚步从长廊下到小厅，进了小厅后，就听到几个人的笑声。

我随后走到长廊去，暗听她们的话语。

“等你一天哩。”这是匀的声音。

“对不住得很。”这是她的。

“我们去找二哥去。”这是菊子的。

我听到要来找我，着了忙，轻脚毛手走转到房中。

果然不久几人就来了，菊子当先锋，琦琦又当菊子的先锋。

“曾叔，姨来了。”这孩子，怪得凶，会来在我耳边说出这样话。

“姨来也得大惊小怪么？”

“因为糖。”

琦琦不说了。因为糖，又有了新买来的一大包，姨来琦琦可以同姨平均分，所以琦琦同我一样盼她来。

记五月初一

有人忽发癫狂，把自身奋力掷火中，不顾一切，这人行为常为世人所注意，众目为“癫子”。这人又是一“英雄”，因其能舍身于人所畏惧的事业上。在把身体牺牲到某种信仰上的人，其呆劲，我们是无从分析英雄与癫子的不同处来的。但是，除了少数人算例外，那无数的在情欲下殉了生命的人却为世人所忽略过了。把自己的灵魂掷到女人身上去，让恋爱的火焚烧着自己，这类事不是常常有么？如今的我，不也是正就那么处置了我自己么？我想我在“癫子”与“英雄”两种名称上，无论如何总占有其一。也许别人在这事上应称为英雄，我则免不了在另一时让我自视为癫子。

这事分明的，便是这恋爱，与其说其建筑基础于两人的灵魂上，倒不如说是得先在身体上来打桩子。然而直到如今除了那色授魂与的人前斜睇与背人时的象一块饧的搂着抱着外，我另外究竟做了一些什么伟大的事？我应做，我唯一应在这小奶奶身上做的事，我可不曾做。至于一些废话，我说了一大堆，一些不拘在菊子，或玮，或……我都可以干闹的事情，我却也同到她闹了不少。

“再进来一点。”这是这妇人在每一次为我所拥抱的时节所给我的一种无声的命令。我似乎是在进，如所吩咐的。然而我就不曾大胆走那我所应走的道路。且每到这样路上我气似乎就先馁。我把一些利害，一个中年人沾沾于名誉的理智，来作我的保护人，我宁死力掐着我的情欲的滋蔓。老子的“不见可欲而心不乱”的话语，我适得其反。在一个人的生活中，我成了勇士，我成了兽，我没有理智，没有任何种顾忌，我把我自己同她处置到一种白热情境里，我们全是裸体的兽类，任意的各人在生殖意义上尽其性欲的天才。但一见了她，我完了。见了她，在一些撩逗下，我证明我能力的存在，更进，我感到她的需要，再进，我便害怕起来。为了懦，我好好敛藏了我的本能，老实了。每于这种情景下，我所采取的手段是逃。我能逃得很远那当然是好。不幸的是我虽逃走也为她的吸力所引不能走多远。

我不能因此远去。我有原由离开这地方，但我总不能因这事情当真的逃走。我以为于我有益的只是在这诱惑上起一点障碍。或是其他的人妒嫉之类使我们不得不距离得稍远，又不过远。假使近，近又不至于当真走到危险的事情上去，这也好。

我又只能对天祈祷了。我希望神能给我能力以外还给我以莫使陷到不可自拔的阱里的幸运。我承认我是有着绅士的癖好，在感情上也容不下渣滓，虽有情欲的火在心中燃烧，却能用我顾全体面的理智的水浇熄的。然而这两种分量的消长，是不能在固定天平限度上，万一，在一度的亲嘴时，我即或是不改故常的我，但是她，却把她的裸露的身体展览于我面前时，我有什么方法再来拒绝这下阱的必然结果？

我是永远在这事上矛盾互相抵拒着的。明知是不可能，就不燃烧也罢。然而岂止仍然是燃烧么？有一时要爆裂，这是我先就自信终有那一日的。我到那时会丢了我的理智，会无所顾忌的将自身放在一种情欲的恣肆里。

翻翻我的这一月来的日记，我真要奇怪我自己起来了。我记了这样多琐碎的属于各人表面关系的动作，象在写一种供人开心的小说样的闲心，来为这生活作一种记录。我就不能做一点别的事情么？我要陷到这情形中有多长日子呢？我当真要来讨一个姨太太了么？这一月来我把妻安置到脑背后，然而脑背后也是没有妻的影子的。我对我这一月来的行为，真只有嘲弄，只有痛哭，没有一点觉得是可喜的地方。

如今是又有过四天不见了，难道这一场梦就如此平安醒转来了么？难道这就算是完了么？我不能相信我们会这样淡淡的收场。天知道，这个妇人在我身上目下与未来所想到的是些什么事。

我能瞧得很清楚的是我自己理智与情欲的争斗，我不袒护任何一方面。我尽理智保全我，制止我，警告我不向那崎岖道路上冒险，我同时，又并不蔽塞我感情的门。有时我为感情拉到一个顶危险的玩意儿上去，理智却临时出来牵我回到平静方面休息了。就在这样拉拉扯扯上头，我可得到比牺牲我情欲，或牺牲我理智，还要苦恼的苦恼！我简直不能动弹。譬诸用针作毡毯，翻身来去全都是那刺肤的尖针。

天使我再聪明一点，或再傻一点，我相信，我就非常容易把自己安置到那合宜于我的事件上去了。

只发我自己的呆气也是无益，就让这感情爬登到绝顶，再从高处跌下就完了。我今天来决心做这件事了，把身子收拾得干净点，预备到她家中去。以看她大嫂为名，我要再走进她身边一尺，把我们的心的距离缩短到事实给我们帮助的终点。

心理造的罪孽比我所能真在别一个人身上做的事情总是放大到三倍四倍，想起又自觉可怜。有些人，是不思索不忖度就去做的；又有些人，是单单从做梦中便能得到满足的。这两种人都少有许多痛苦。至于我，却把这两种成分糅杂在一起，既不甘于在自己一人心中煎熬这爱情的梦，又无能力去在别一人身上掘挖那宝物。就只在我这一种心情下生活着的人，我把同情永远交给他们，我想人间世，没有比这再会苦恼多少了。

妻来信。附有钝儿一趴伏在床上的相片，比去年离开北京时长大一倍了。信中有这样一段：

> 钝崽每天念“巴巴”两字，不明白是念“粑粑”，还是念“爸爸”，问他到底要什么，却用手塞进口里去。只要是能在外面暂时好，混得过，不要挂念到我们罢。钝崽的外祖母寄来了四十块钱，又寄来了一大包荔子，有了荔子吃，小孩却不“巴巴”了……

做爸爸的真不值得要儿子来念及！爸爸堕落了，爸爸却不责备自己，但抱怨你妈。的确，妻要是泼刺一点，我或者能用妻给我的积威制止到这不当的苦恼。

妻所给我的，在我身上所能生出的效率，只是一种更柔弱更无用的宿命人生观，我可以预先在此写。

“妻的好性格，只是给我多向坏的方面找机会罢了。”

为了莫名其妙的内惭，我重新又把菊子说象 个人的那张妻的相片取出来，同到钝儿的像一起平放在桌上。

罪过，我从这相上生些怎样的胡思乱想！我想，我能为妻以外的人也可以生出这样的儿子，这人实在比妻还会快乐些不，一个人的野心的长大与滋蔓，真不是可以用方法铲除或预料得到的，我在妻与钝儿相片的上面，心灵上的建筑高入云霄了。

我为了迁就市场问心处那老骗子的卦爻，把别人的姨太太作为我的姨太太，且，我们在爱的亲洽的结果，成绩同时如象妻样养孩子了出版[1]。我在再一刹中已把我们的生活方法布置妥帖。我且将自己移到一种有了一妾的社会位置上。我便俨乎其然领略所谓士大夫最通俗不过的生活味道。……然而，结果，在“争”字同“占”字上生出了疑团，我不忘第一次那老骗子给我的鬼话，

---

[1] 原文如此，可以理解为“成绩同时如像妻样养孩子出了版(照片)”。

有了两人就有所谓争！即或占，然而妻若到此来，恐怕所能占的仍然也只其中之一！

在我心灵中，争占仍无从成立，让妻的印相据在我心上，我可以出入任何妇人女子队伍里，不怕罪恶的诱惑。若是不，且把眼前的人用心灵搂抱，则妻的方面，我放弃了。

一面在妻的相前负疚内愧，一面我却把妻当成其所以使我在妻前忏悔的罪孽原由的那人。我在妻的相片接吻，第一次是感谢妻能使我有机会忏悔，第二次却是感谢天给我机会得近第二个女子。妻是左手，姨奶是右手；左手打了我的嘴，右手即刻过来摩，不长进的思想不久即侵占了我全部意志，对于左拥右抱的俗事，我没有再来固持反对了。

晚上，子明到我处来谈，觉得这人有点讨厌，这讨厌心情，是在听到菊妹说的话以前不曾有过的。

偏偏子明谈到她四次。

“我想，这人，有点儿……”他说。

“我对这事倒感不到什么兴趣。”回的话，似乎过于硬朗了。

子明到后大约看出我不高兴的地方，仍然保持他那美国式的活泼与蕴藉神态，点着照例的头出去了。

听到墙外空大车拖过的隆隆声，忽然想起马是很可怜的一种动物，骤然涌出无限悯恻情感了。马，在身体劳作上，无抵抗的服务固可悯，但我这心灵上的不知休息的奔驰，没有一个人能知，也总不会有人对这漫无意识的只在一个希望上烦恼快乐的人加以哀怜同情！

记五月初二

关于日子，我怕有一种详明的记忆在心中。不算日子也罢，一天是八十时十八时我全不欲论及。在恋爱中——尤其是在一种半神与人的梦样不可具体分析的恋爱中，没有时间的证明，那更好。不过，关于造成日子观念的机会是那样多，差不多随时随地都可见，象一种不受禁止随地可见的揭贴，在新闻纸上，在衙署发薪人口上，在公文上，在草木的花叶上，在人的身上，在光与声音上，在一切的动作中，莫不给人以时的通知，无聊极了。

有人说，人的生活，所谓现在，是没有，现在的意义，就是能“思索过去估量未来”而成其为意义的。因此人在时间上常更感到那性质的重要。但是，恋爱只是地道的现在的观点，真不必要懂到一个时候分为若干分秒啊！

把生活一半来爱人，一半来作人生百年大事业，因为要明白怎样算一半，时间那是不可不明白的。只是这种“一半这样”“一半那样”兼顾并筹的方法，在别的可以，在恋爱，却不成！真爱一个人，是全部，没有小隙小罅可寻的。心只是一个，要是一上了这顶纠纷紊乱的道路，别的事业只能全放下，饥饿同时应放下，时间自然也同时放下！

我是当真已到把时间放下那种地步了，这样粘贴与胶固，是只有她的魔力能够如此的。

我疑惑我这欲望已从身体的侵袭而为心灵的拌和，这情形，是正因为难于见面而益显呈此倾向。一个童贞女与人初恋所给予男子猛鸷的热力与反应，我却从这妇人身上获得了。她同样给了我不可当的热，有把一颗心浸在那眼波中游泳的趋势，同时我拿了同量的苦恼放在我心上天平的另一端。

我不期望我会为了这欲罢不能欲近还远的情形来在房中，呜咽的低哭！人为什么有这样痴？人为什么定要思量在这类乎灭亡的道路上驰骋？用手掌掴打我的脸，我是这样惩罚我自己，复嘲弄我自己，不过，心中的她的影子，却分明在向我妩媚的微笑。

菊子来，见了我，忍不住要把话说到姨的身上去。

“她要五号才能来了。”

“怎么？”

“怕你。”

“为什么说怕我？”

“为什么二哥你要……”

“我不愉快只是为得了你二嫂的来信。我想事情又够无味，拖下来，还不知有多长日子才说到升官发财那四个字上。为了妻的在豫担惊受怕的缘故，我真想走了。”

“你既然是想二嫂，那我也没说的了。她，可是为了一个人害了点小病。”

菊子，说话如其人，欲前又却，善于转弯讽人，可要人招架。

那么，我索性请菊子作个好人了。

“菊小姐，不要笑你二哥了，为二哥把她找来吧。”

“告你是初五。”

“难道今天不成么？”

“不成。原因是转到娘家去了。”

从菊丫头处又才知道姨的娘家是个穷旗人，嫁过来时竟一钱不出。一钱不出，这样一个半神半人的东西，本来是不应当用钱可以得到的！这女人，值得有半打年青孩子为她纠缠而发狂！值得人为她牺牲一切尊荣和骄傲！还值得人为她死！

不过从“一钱不出”的一句话上我可生出另外感想了。一钱不出是应当的，因为这种人的心，只有用爱情来泡软的一法。然而把她成了私产的，又是怎样恶浊一个人！我为了这老天奇异的支配，废然了。

“菊子，我有了钱我也要讨姨太太了。”我是当成笑话说出我的愤懑的。菊子可看得出这并不是与我希望相违的表白。

“你们男人全是这个……”

菊子不说了，菊子要走。

“来，我告你！”

菊子记到前一次关于“告她”是怎样意义，狡猾的一笑，怕我的有了硬的胡子的嘴再要在她脸上生事，快快的走开，到房门外之后回过头来做个鬼脸，滴滴托托跑去了。

菊子对我也不是无意啊。这丫头，有了机会就能勇敢的向前。妻在此时还笑到她以后会同七弟好，妻的聪明万万不会料到这丫头有对她二嫂也不客气之一日！

为什么，在先前半年中菊子却会这么老老实实保守到七弟？让我来找一个可信的解释。

……先前是，见我对妻互相的信托，制止了她向前的勇气，如今是，见到我是一个有懈可击的懦夫，一面由于见我与姨的小妒，我却是在被人轻视以后扩张菊丫头的野心了！我能明白菊子回避和送秋波的意义。这不算讨厌的累赘。比起姨来虽全然两样，然而不算一件坏的无益事——玩味这不从耕耘中得来的收获，我这柔懦的心第二次又背叛了妻，在菊子身上，我也感生无穷兴趣了。

我又看出时间的分秒脚步了。否认了自己的前说，是为了听到菊子说姨要初五才到。今天才初二，还有七十多个小时才能见到她！每一小时我的心要跳上无数次，从这跳跃中，一秒的过去我也很明白。为了期待初五，我却比小孩子期待过年还诚实，对于一切给我时间的通知，是用无限的感谢心情表示在纯挚接纳，一切入我感觉的，变成新的意义了。

我同时，且又来否认了我恋爱整个的见解，为了菊子非无意的游丝萦绕。

天啊，你的子，缺少力，缺少分析取舍的理智，复缺少决断，但你同时又给了我太多与女人纠缠为缘的机会了！你对于你子吝啬与慷慨的地方，我总不大很明白你意思，请从梦里赐给我一点我所缺少的质分，让我应付以后事略有从容气魄吧！

记五月三日晚上

依然是为着莫名其妙的在心中燃烧着的那恋爱的火煎着熬着，行也不是，坐也不是。永远是自己内心的争战。虽然是人人生活都免不了此，但这互相消长又复俨然能维持理智感情两者的均衡，我所得的苦可多了！明明是有消长，我却仍然站在一条线上不动，这理由，便是竭我的力注入我所能受的苦恼于心腔空处，才保持到这常态。然而照这样支持下来于我又有何种意义？

啊，恋爱，我过去从那些书上知道的，如今我才明白那是解释得如何简单！尽文字所有的魔力，凭诗人精细的选择，用巧匠似的手艺来处置，所能道的又是怎样有限！在一个害着单相思的诗人，可以用诗一巨册来为他那想在女人唇上接一个吻而无从得到的苦楚下一个注解，然而这注解还算是顶简略的注解呀！

从这看来我这日记是可以停止了。

但仅为了记载“美”的一字，能在我心上翻腾着怎样庞大的狂怒的波澜！我将鼓励我自己，在思索间，在喘息间，匀出那所能匀出的时间，来用文字把这一个浪花散碎的光景，一滴水珠消灭的光景，好好保留到这册子上！美的物质的型，是会有一日失去那动人的线终归一切消灭的；我这心，也将因年龄而为之衰隗。我想这记载，若能留下我的心情的碎屑一握，则这些碎屑，便可以供我异日白发盈颠时再寻这美的旧梦！

我为了想在一种女性亲洽中提高我向前直进的力量，正好瑃派琦琦来，邀我到大厅中去跳舞，我就去。

先陪琦琦作了一次英国总督呆子舞，立起一脚作雀跃。后陪两个女客。再后陪瑃小姐。再后陪菊子。陪菊子，特别久，这小东西只差用她那舌尖舔到我鼻子。

全身象抖着的是菊子。裹在绿色巴黎缎旗袍下的小的柔软的腰，同呈露极合度的弧线的臀部，使我心荡。她是乘到这机会大胆的运用着那一双媚人的长眼对我无畏的施以压迫，我降了。这在当我从她眼光里看出她是已感到我成了第二个七弟时，我就借故有事逃走了。

回到房子来时我只沉醉于那温暖的香，这香是菊子身上的。不过一离开菊子，我已移作姨太所有而来玩味了。

有那一日我将使菊子同姨不拘谁一个给我一个机会把这怪好受的汗与粉的混和气味嗅个饱！

我想：市场那老人，真可以当作神仙敬奉供养了！这至少是我前途一个好顾问。我直到这时，才懂得到二女“占”一男或“争”一男的卦爻于我是如何准确。

记五月四日

道德观念是怎样形成，那得一个哲学家给我去解释。我所能见到的是凡反乎自私的一种行为是道德的律例。然而，在我所有的环境中，我所惨澹经营的，是不是违乎道德律例？我成全一个人的爱，成全两个人的爱，把胜利的表面属于恋爱的对方，我是不是应当？让凡是爱我的人全得到她所要的东西，虽然所能给的是如何的少，但我不吝惜的、非常慷慨的、能恰如其分给与这女人，这是否应属于反乎自私一种行为？

越想便越胡涂了。

让我去在使我胡涂的本体上找那适当的结果，不想了。

在那廊下找到了菊子，拥着薄绒白色寝衣，对了那日晷白石柱出神。

我不即上前。望到这样窄窄的肩背，我在她身上第一次感到春天的力量了。我奇怪我自己，在过去，竟能若瞎子，目中无人似的同这女人住在一块地方达一年之久。我奇怪这骤然的发现，竟使我忍不住要嘲笑我瞑然无知的过去日子。

爱这东西是永远不会找到适当解释的，这又不是说神秘，只是事实的纠纷不清。同样的一个人，为什么当我没有发现她在对我施以感情侵略，同到她不曾见我要爱女人时，我们却能和和平平过我们的日子？一个人，在另一个人身上，生出了性恋的意味以后，为什么见面便有不受用处？是吸力，所谓吸力的成分，又是怎样配置？

在这当儿，我放下我掘挖女人心中宝藏的锄头，是做得到的。但揭开神秘的幕，看看这富有的矿床中无价珠宝的罗列，也是我所乐于作的一件事！

我唯一的希望是我把菊子估量错了，则在我心中成立的罪孽可以一笔勾销。

“拿起我的锄头来，我用力的挖，我将设法来掩盖……”

我走过去，轻声说：“菊小姐，有什么心事在此发呆？”

笑，用前晚跳舞时的章法望我作媚笑，且眉微蹙，若告我既知道是发呆，所为的是谁，我就应早明白了。

“一个人，少胡思乱想点，她可以少许多苦恼。”我这话，成分是一半讽刺一半劝。

“二哥，你不知道你妹子。”

“我自以为太知道你了。”

女人就是那样，凡事均以眼泪为后盾。用微笑代表不出的，用嗔代表不出的，总得借重那微带盐味的泪。菊子这时虽不哭，眼睛却红了。

我并没有猜错，这是我的账！

先是我还只隐约听到地的震动，逃跑是来得及，如今地已张了大的口在等我的陷入，我除了闭眼跳进这阱中，别的能耐全失了。

“到我房里去。”我说。她不作声便先走。

……

“我平日真小看你了，菊子。”

“二哥。”声音轻，语句清，这喊法是与平时不同的。

“你不要尽二哥二哥了，二哥哪一天总会为你们女人死。”

“死，要人陪吗？要二嫂陪是姨陪？”

“要你们三人都陪到我死，好使七弟在我死后还咒我。”

菊子不做声了，只憨笑。

我能从她脸上看进这小丫头的心里。我相信我能给她的快乐是她在七弟身上难于找到的。她把眼睑下垂象要睡的样子挨在我臂上，我还能感觉到这小小身躯的微颤。

那样大胆无畏真给我吃惊不小，我不期望这一众中年龄最小的她对于爱的具体表现却如此雄猛。

我想起一些关于论女子的心理学上问题，复想起自已身为男子却秉着女性懦弱保守的性质的事实，先是脸红内愧，旋即转了方向，把这小小身躯抱紧贴到胸上了。

“二哥，你……”

无餍足的接吻使菊子眼饧口涩，我在一生中只有此一时充分表暴了一个年青男子所有的气概。

“我爱你。”这话轻到象一只白蛉在飞去时那嘤的一声，然而在我心上的分量是重到象一块铅。

菊子会向我说这样话，真使我伤心。当五年六年以前还会要二哥抱上车的女孩子，如今已学得爱人，要人在她小的红嘴上接吻，用这人的生活变化作镜子，照我的脸孔，我是去老已就如何近！把这人的生活对照，我实在是应当离开这年青人专有的爱的世界，在事业上早应有所建树了。实际上，我却如此不长进，我不知我这是中的什么毒。

“若这给张扬出去，照中国人的观念批评，才要我好受！比起我内省的苦楚还不知要刻毒多少倍！妻知道以后，从她的心中影响到我，我那时要怎样的胡涂处置这事情！……”我想到此，手便松懈了。

菊子起身离开我到门边去。

“我走了。”她说，在声音上，颜色上，还不遗忘她那新为我所发现的本领的施展。

摇着无可奈何的头用手复招之使回。回来了。见我不愉快的苦笑，她用脸来擦我的脸。我第二次又把这女人身躯抱持了一阵。

听到内面长廊门开，她已进到琫处去。我一个人独留这房中，感到房子的异常空阔。我不明白我做了一些什么事。我不能在我所作的事上分析一下以后应怎样对付。象酩酊大醉的时候不能睡又不能醒，在这样情形下，最容易引起的是无所为而为的悲哀情绪，于是我哭了。

她，菊子，是天真无惧的，将一颗全热的跃着强的拍子的心掷到这新的恋爱上面，在我身上做着的总只是无涯的乐观的梦，哪里会想到这是一生一世用眼泪同内省自挞所赔偿不来的事情？她不会想到一件不当的恋爱落在头上时节，接一次吻的代价是怎样大。更不会知道这里所牺牲的是一个处女无价可得的关于恋爱的幻影的碎灭。一个年青一点刚到发育完成的二十岁的女子，她对于爱的行为虽很蒙昧，却极能成全她感情的一刹那，比之一个近三十岁的女人总能见其格外的大胆。菊子是不加思索的，在一天两天中，就把我同到她自己举入顶高那一层峰头去了。没有跌过的人，他不会知道跌到地下以后的难过。我这不中用的中年汉子，如今是尽这小表妹牵引到那悬崖道上去玩，有非陪到她同跌一次不可的趋势了。

我想，天要试我担负罪过的能耐与忍受苦恼的能耐，也不应当选这样事来同我开心！一处的账还算不清，怎么载得住在两种买卖上来支配我忧乐？

一个将近三十岁的人，他把处世为人之方法学习得熟练到无往而不宜，因此他却把恋爱的方法全忘了。恋爱只是两个疯子丢弃了世界的一切，单在两人身体上心灵上找寻真谛的一种热中兴奋的游戏，我想在这种事业中保持我的神志的清明，只成立了悲剧的结果而已。

我又似乎得了什么灵感 样，望到辽远的未来，各人在感情崩溃的以后那凄惨情形：

……妻因此抱了我们共有的钝儿，跋涉于兵匪骚扰的乡村乞食。而我，在一种忏悔下自己用绳缢死了自己。而菊子，无助的独自到美国念书去了。而姨，便为她们的主人卖到娼寮里接客……

琦琦来，说姨来了，到了琫姑处，要我去。我醒回来了，背已濡了汗。一个不当的吓人的噩梦，正象是为魔所指使乘我心虚而入到我想象中，实际上，终不会有那一日！

见到姨时，我不能说出我心情之一闪所感觉的味道是甜还是苦。啊，这面前的人，便是用她的印象痛痛鞭打过我的灵魂的那人。除了跪在那裙边用口去同那一双白足接吻，表明这征服的俘虏之忠顺外，我无可作事情了。

“听菊小姐说你有了一点病，是不是？”

“听菊丫头说，那么，她总很明白我的病了。”

菊子笑，琫也笑，笑的内容是不同。琫姑是笑姨忠厚，是笑我可怜的样子。菊子的笑则我从这笑里可以看出菊子有那胜利自足的神气。

大家谈着闲话，各样的，戏谑的，不离乎这一家的过去的轶事。

琦琦一人坐在床上用七巧板排列一个打鱼人，换来换去总还缺少那个帽。

“孃孃，帮我的忙吧，少帽子咧。”

“天气热，不要戴帽子也得。”琫姑笑着说。

“是一顶遮阳帽，不是风帽。”

“那就把篓的下面一块作帽子。”

“那不成，鱼又没放处。”

设使一个人在隔壁单听到这话，猜一年也不会猜到是玩七巧板。

渔翁的帽子，终于被琦琦找到了，喜得这小孩狂喊。

“一个人的成功全是要勇气。”

菊子听到我说这话，对我望望又对姨望望，口略抿。

我怕起来了。以后我见着七弟将怎样替他可怜！年青的标致的七弟，正为了太年青与标致反失了他的爱，我能用这话来向人自解么?

即如七弟曾同到她亲洽过来，我看七弟就不会给这女人以十分满意。我心想，七弟同我都是太缺乏那男了气质的人，菊子的勇敢，却超过了我们了。

不一会，衙署电话来，问今天是不是还去衙门。若不去，就要人把四月份一点薪水送来了。说不去。那边便说，那就在家候候吧。有一刻钟左右，朋友替领的钱就差人送来了。有了钱，瑧姑提议拿出五分之一来请客。

“二哥钱有用处的，要……”菊子直到如今还不能饶人。

“对了，”我说。“要我请客那可办不到，我还要去买一瓶香水为另一个人……”

“曾叔，为谁？”问的是琦琦。

姨误以为这话是落在她头上，脸红了。我说：“为琦琦。”

琦琦不信。琦琦说是愿请客不愿要香水。

“你问菊姑愿不愿。”我扯琦琦到身边，咬了耳朵说，且要她去菊子耳边轻轻问。

琦琦到了菊子的身前，菊子不让她说话，拉着她手就要走。“曾叔要我问你。”

“我们换衣去，不然就不要你去了。”

于是菊子同琦琦就走到隔壁菊子的房中去了。

偷眼望瑹在摆七巧板，只冷笑。然而瑹姑笑的只是姨同我，把菊丫头放弃了。

姨说下午还得转西街家中去看看，因为四太孩子放痘出了别的病。

“那不忙，今天是二哥特意请你的，你不去，他倒不愿意做这人情。”

在这些地方，可以看出姨的老实处来的，瑹说的话给姨无从再做声，然而背了瑹，就同我来作目语。

“当真姨不去，我就不请了。”

“那我就不回。”

客是势必非请不可了，菊子当真即刻就为琦琦换了一身新衣裳。请到什么地方去玩？适宜于我享福的，只有到北海划船，并且船是现成有，不费钱，于是我先说出去北海。

“我要同菊孃到公园去打球。”琦琦这话显然是菊子所教。菊子的意思，在打球当儿，瑹是没有分，姨将陪到琫，我们就可以在球房避开两人玩。

我说："公园没有可吃的。"

请客就是请这些小姐们吃东西，漪澜堂的小窝窝头为客的全体所同嗜，想起吃，琦琦却先改口，说是"到北海也好"了。

船是让菊子同姨两人划，我同琫姑、琦琦三人作坐客。划了三点钟，四点钟，绕着琼岛打了无数圈。到后还是坐客先嚷疲倦要上岸，把船拢到五龙亭东边。

琫先上了岸。我抱琦琦上了岸，再去用手援菊子。"我不要你的。"菊子说。菊子自己跃上岸。

船中剩姨一个人。

"哈，我可不得上岸了。"

船因了先一个上岸的菊小姐脚一踹，离开码头有两尺。

她站起又复坐下去，拿一支桨开始划。一众全在岸上笑。船又慢慢的贴了岸。她重复站起，两只手伸出向岸上的人，要一个人拖，她才敢把一只脚离船。

菊子同时手就伸过去："来吧，来吧。"

"不成。"她可不放心。这样一来也许两人都得全下水。

琦琦也伸手。这更不行了。琦琦还是别人抱她上岸的。

“曾叔你援一手吧。”琦琦见到自己不行就建议。

把手伸过去，她的手就握着我的手了。正象故意一样，还不即登岸。船是在脚下微荡。得两只手来。她握我右手，我握她左手，全捏得很紧。我们只敢让眼光互相稍接触一下。我是在这一天以来已为别人用眼波割碎我的心的人了。象带伤的鸟一样，正因带了伤，反而见用枪打它的人觉着依恋了。

菊子在一切动作中还免不了不自足。话只盘旋在姨的头上，找机会下落。

“你瞧，小姐太太们总是这样的，上岸也得人援引，还是菊丫头成，能自己跳跃。”我是在这些话中，给了菊子一些小小刺，可以刺进她心中。

“我不只能跳上岸，还能仍然跳下船咧。”

菊子的话虽公开的说，别人所听的是话的表面，我能翻出那里子。

“那难道也难么？”姨说时就笑。

当真下船不难！我说：“下船是你们全能，那我倒得你们中谁来拖拖才成！”

大家笑，琦琦答应拖我，姨更笑。菊子不听，先走了。

我自己觉得机锋所触，竟无往不成其为爱情的禅合子。把公开的秘密话语意义反复成两面，让恋爱当对方独瞧那另一面，这中真有天才的蕴蓄！

平时的菊子，许多地方保留了《红楼梦》上探春的人格，说话则可以同凤姐吵嘴。但从这两天看来，人可老实得近于可怜了。

记五月八日夜

知道是琫同菊子睡东房，琦琦一人睡中间，姨独睡西边。

我用姨同菊子所给我的温柔印象作底稿，来描摹我倘若是能到了姨处，姨所能给我的惊诧与醉麻。

我烦恼起来了。

我说过，我凡事总不能发狂。喝恋爱的酒，尽量喝为是。不敢喝别人所喝的量，则无从有别人那醉后的胡涂。清明于我能有什么用？不过使我勒死我自己的欲望于最好之机会内。清明只给我向前观看的畏怯，向前探讨的追悔罢了。在这里，我又忘不了我已不是在青年队里驰骋的人物。

一个在心中新起的煎熬着心的诱惑当前时，即急起直追，是一个男子所应做的事。我就没有因应做而能去做的事，只有不应当单想而仍不得不想的事。

……一个男子，在爱情的下面低首下心的作俘虏，是必得要在身上完成某一类事才准得数么？将感情，从一些通常接近动作中，用手，用眼，用言语与态度的温情，给慢慢注入对手的心中，比沉溺到一种情欲的表现里为如何？一个女人，在恋爱赋与的意义上，她将以何事为终结？同是女人，就中姨同菊子又有何种分别？

把对姨的心情全建筑在身体一方面，然而这方向我就无勇气认准。并且菊子所需要与姨两样？我也不敢信。

这全是一种大型家庭青年男女的游戏，同用筹码打扑克寻太子那么趣味来玩，也许姨把这恋爱当作如是观，菊子也并不两样。我这样找到我目下恋爱的主张，又象些微得了一些前进气力了。

在我心中任何一类神，总不能帮助我变更一下持平矛盾的习性。我所找到的结论，只是用“追悔”接续我的“欲望”，其中放下了成为“目的”的事实。想作这事，这事虽使我应得用上无限量过后的痛苦交换，然而当前的欢娱的分量也将给我永远的甜味，去作就有了。我却不。“知”与“行”的距离相差，在我真是不能以尺寸去量度。思想能把我灵魂拖拉到千军万马中驰骋，我却怕开眼见一枚小针刺进我的皮肤。

我走回头路，想用各样各式的鼓励与帮助，把我引回对于妻的专一的爱上去，那做不到。既是这样不或就那样，学一个坏到实际上的浪子，也不成。

年龄和智慧的毒中得太深，我没有一种方法可以处置我到个安全地方！

在一些片段思想中，我的怨，在自己身上觉得用还有余时，我把余怨平分给姨与菊子。女人是魔鬼是神，我分别不出。在幻想中是神，在现实中却是魔。上天造人的巧妙，令人把爱与怕分子糅杂在一起，因此世界上才有笑与泪。佛把这事看得极清楚，才出家。我愿意追随到乔答摩身后同这大神宣战了。

记五月九日

到午时还不起床。一些纠纷，还没有理清。头昏沉如害疟。

菊子同姨来，在窗下，我能模糊听到姨的细语的声音。

这算是害那普通一般青年男子的相思病么？苦恼如同琦琦玩的玩具。我却是自己用空想造成，用另一空想享受，再又用第三空想把它击碎！于是我在这上面，流着不必流的眼泪，用本来可以在此时微笑的脸来忧愁，用应当歌呼的喉咙来叹气。

一句话，是我为了女人用心太过，用力太少，身心不调，害着痨症样的疾病了。

不知是谁喊我起吃饭，胡乱的应一声又胡乱的发了一下气，怪人吵了睡眠。

脾气越来越坏。出到外面去，见了一切人，各在生活下莫可奈何的作乐与劳动，不是觉可恨便觉异常可悯。

头发烧，身上也很热。天气又已近初夏，步行到西单牌楼，身子象已泡在汗里了。

因为还没吃饭，就到一家点心铺去喝牛奶，总嫌点心太甜腻。是，一个有了老的成分的人，在一切事上，都只能接受那淡淡的了。吃的是，用的是，要恋爱，也只适宜于那轻描淡写的友谊了。这世界，我有许多东西均无分享用了！有好些地方我不应去了！有好些地方我不能在那里盘桓了！那新的时代，为一些少年所开辟的毛糙的大路，我不能走了！

回家仍是睡。在凄凉中想起妻对于我过去不少好处来。当到晚上这一家所有主人全到我房中来玩时，对菊子，对姨，我差一点要公开的说，我们以后全应醒过来，不必再在这可怕的游戏上面开玩笑。

瑾姑同她们去后，装作要问我匀姑所请的医生住址，独自回到我的床边来。

“二哥，你应当要自己保重点，这是不值得的。”

平时瑾给我的印象，总以为在待人方面是一个太聪明精细了的人，有时且真不乐于同她谈话。这时瑾姑的话不知怎样觉得是忽然同妻一样动听了，于是我把头掉到一边去。她知道我是伤了心，不再说什么，就走了。

瑾姑所能明白我的还不到一半。她不过以为我是在姨这方面被那近乎单恋的无望无助所郁闷。姨则更茫然。

这中只有菊子知道多一点。不过知道多一点，是不是能使我这病就好？

我拟定在明天要上天津换一换空气，还想不让这几人知道。

记五月十日

大约是一晚睡得还好，早上起来似乎心情平和许多了。在一个病态的心中所起的波涛，总比身心健全的人要可怕得多，从我自己身体上面便找到那证据了。

我似乎忘了我所作的一切事。我忽然又不想走了。我的病，只是过度的疲倦，在一种安静的休息中便可以恢复了我这疲倦的。当精神复了元，又吸了些晚春清晨新鲜空气后，血在血管里流，有了力气，有了那种找一件麻烦到身上的欲望，我决定的在今天要在我的恋爱上建树一些奇迹了。

在往常，我便是每当早上要比晚上乐观一点的。一件平常事情凡是在早上可以一笑置之者，当人精神支持不来时，就会觉到十分的难堪。这时我把一些临我头上的难关看成非常容易解决了。我知道我将怎样走我所走的道路。

我先莫说我的希望。至于姨，她在我身上所需要的，我将全部送她，无所吝惜。菊子在我身上做的梦，我也只有让它实现之一法。给人以幸福的同时自己也将得到无涯的幸福。假使是这行为，有非在他日以十倍悲哀作偿不可的趋势，我愿这不幸，全落在我一人的头上，与姨无关，与菊子也无关。

自杀与自弃的理由，昨日在我心中固定的根基，到此已不必摇撼，即坍了。

我将好好的做人。

倏然的痊愈，使菊子疑心我昨天病是假装。这我没有说明我心情变化的必要。

在早饭时，我周旋于姨与菊子之间，我以为我已年青十年了。

稍稍使我感到不快的，是菊子这人，她近来越注意到姨的行动了，除了自己到我身边时，就不让姨有单独同我在一处机会。然而也正因为菊子明知有姨在，故对我就更见其亲洽，在一种类乎竞争上的买卖。姨却时时还小心防到菊子的知道，谁知菊子则已在那里任意加价了。

让一个善于在文字上装饰他的热情的诗人当此，他将对这一日就不知要采用若干甜蜜字句来记述这事情！我呢，真找不出怎样方法足以称量这幸福的分量。那竟象自然而然的事实的进展，没有传奇的意味，也没有梦的意味，太平常了。这正是，凡是饱浥甘露弄得酩酊大醉的人，他却不曾闻到酒的香味。其不得酒喝的，但能远远嗅着桌上的酒的，反而能细细分析那芬芳气质！“一个拥有了姣艳妻妾的人，他会觉得那记述一个人热情喷溢求恋失恋的诗歌为无聊；一个终日同标致情妇亲嘴的人，他会觉得专描写初恋亲一次嘴以为奇迹的小说为浅薄可笑。”这话是璇若说的，说得对。

我不承认我藏在这幸福暂时的荫影下，是怎样值得我来多在这册子上记录十页八页以为可羡的事的。给一个读者以足以兴奋的描述，这是一个文学作者文字的夸诞，我自己却用不着这类东西。我能把我一些细碎的片段的印象，保留到我记忆中，把我心在某一时间转变的大体，保留到这册子上，到我老去，到我见到这随了年龄人事变换而消灭的恋爱寂寞的结局，我那时，会就能靠到这些可珍的过去，温暖我那成枯木涸池的心胸！

记五月十二日夜

让我把这一晚上的事好好保留到心上吧。

我来说我的惭愧。象一个小贼一样，提了自己的鞋，赤足踱过长廊，从那绿的圆拱门走到姨的窗下去。对着天边凉月，我几次要返身了。记起那"戢袜下香阶，手提金缕鞋"的词句，又不由不自笑自怜。这才是一种男子最高雅的游戏！想到这游戏的最后一幕我要痛哭我这幸福了。一个但能饰演无抵抗的悲剧的丑角，要来作这英雄的事业，我的齿，我的手，我的那血液亢进的心！这可怜的人，他没一块肉一根骨能受意志的支配，居然撞进极西的那间房里了。让我在这事永远保留我那惭愧啊！我几乎要晕了。我几乎喊了。若不是因为别的一间房中有些微声音使我从恐怕中找回我的自尊心，我不知我进了房中又怎样。

这是赴幽会的。哦，一个初初犯着窃物案件的人，同到一个初初犯了窃人案件的人，他们的惶恐，不知是在什么地方不同一样啊！

似乎并不曾睡好，见到我如同一个癫子一样的撞进房，这人便轻轻坐起来了。

我不能说明这惊讶神气。

她把眉略蹙。

我走过床边去。我静了。不怕了。不促了。举眼望一切。

房中没有灯，白的月，正从大的窗上映进一大方白光，姨的头，姨的肩，姨的夹被的半截，以及地板上面姨的白鞋袜，全都浴在月光里。

这是一种梦的景致与梦的行为！

人是站在床边了，她把身略移向里边，让我坐。坐下了，没有话。我并不望这维纳丝神，我却望着月。

一种诗人的呆性子在我灵魂里潜伏，我是每每遇到月就痴痴呆呆忘了人我的。

姨的无袖的手臂，从被里伸出，把这臂引我向她望月光下的脸，更白了。我轻轻叹息。

姨的眉展开，微笑了。

把男的情人比作狮，比作虎，复次比作狗，都有那贪馋饥饿的比喻在。情欲能使 个平素极其老实的人成猛鸷不可当的动物，这也是事实。在先我为我自己设想，也是以为一见到她就应同鹰擒一匹兔模样，将伊攫在我怀里，随后是贪馋恣肆的接吻，把我的力，把我的性命，给这妇人以疯狂的麻醉，而我也为了这占有的男性牺牲，冒险的快乐，暂时死去。

我错了，凉月与静夜，把我情欲软化了。说得美一点，便是我们为月光所诗化了。

我不愿在此复述我们怎样的接吻，我的文字的力量，在这一类事上是失了性质的。

在一种沉默的长期拥抱里，我认识了人间的美了。

那长长的发，披散到肩后，象用黑夜所搓成。那肩，是软玉。那乳，照所罗门歌说法，是一对小白鹿。

“你去了吧，我很害怕！”

“我们是，分担着惊怕也分担着欢娱，我才大胆来！”

“我不是不爱你，我怕她们会听到。”

“我因了爱你，才冒这种险来这里！”

用那柔软象五根嫩葱的手引我的手到她胸边去，心是卜卜跳得如一面敲着的小鼓。但我把手移动了地方，没有畏缩。我的手，从此镀上一层永生柔腻感觉的金了。

姨慢慢的睡下去。

“我的妹子，你身如百合花，在你身上我可以嗅出百合花的香气……”

我轻轻唱着一首所罗门的歌，颂我对神的虔敬。

我从此可以放心了。倘若照僧侣所传，人死将受那最后的审判，到上帝面前去秤量我善恶，或者游十殿，谒见那各式各样脸相的阎王，我将有话说。凡是我应做的，我已经做了。一个没有得到她分内应得到的爱情的人，我服从了神的意旨，已给了这个人了。神所造的这个女人的灵魂，被恶男子在那上面玷污过有痕迹的，我用我的爱为洗刷过一道了。我为使这女人了解你大神在青年男子身上赋予的气力与热情，我所以去爱她。我让她在我身上觉悟她是配做一个年青人妻子和一个年青人的情人……

我还愿意给她爱的认识以外再给她以对现世不满的指示，因为你大神既把她雕琢成得如此美丽，却赋予一个如此驯良安分乐生的性格，更处置她永远到一个顶肮脏的人身边，这最苛刻最不公平的待遇，我要她知道你司命运之神的可诅！

据一九二九年北平文化学社版转录

十四夜间

子高住在铜钱巷，出巷就是北河沿，吃了晚饭就去河沿走慢步，是近日的事。天气热，河沟里的水已干，一些风，吹来微臭的空气。子高在河沿，一旁嗅着臭气一旁低头走，随意看着坐车过路的车上人，头上是白白的月。淡淡的悲哀，在肚中消化食的当儿，让其在心上滋长，他不去制止。向南走到骑河楼，就回头，一会儿，又到汉花园的桥上了。

一对从身边擦过去的白衣裙女人。人是过去了，路上就只留下一些香。这些香，又象竟为子高留下的一样，因为路上此时无别个人。

子高就回头。回头时，一对白的影子走进铜钱巷去了。

“是个娼妇吧？”他心想。

其实，是个娼妇，或者不，在子高，又有什么法子来分别这两种人的人格呢？在子高心中，总而言之是女人：女人就是拿来陪到男人睡或者玩，说好一点便是爱。一种要钱的，便算娼；另一种，钱是要，但不一定直接拿，便算是比娼不同一类的人。前者有毛病，使人笑话的地方，也只不过为了她干脆而已。或者，为了她把关系全部维系在金钱与性欲上面而已。不愿意，但要钱来生活，不得不运用着某一类女人天赋的长处，去卖与人作乐，这是娼所造的罪。但是比娼高一等的时髦小妇人，就不会为了虚荣或别的诱引献身于男子的么？一个男子他能想想他将一个女子的爱取得时所采的手段，他会承认女人无须去分出等项，只是一类的东西。她们要活，要精致的享用，又无力去平空攫得钱，就把性欲装饰到爱情上来换取。娼妓是如此，一般妇人也全是如此。过去既这样，此时自己也就不会觉到这是不正当的活法了。娼的意义，若是单在性欲近乎太显然直接贸易所生的罪恶上，成为一般人对之卑视的观念，这观念，在另一时期，会无形失去，可能的。目下的一般妇女，所谓时髦的，受过良好教育的，在经济方面，撒赖于男子身上，十人之中可以找出有九个，另一个，则是可以得母家遗产。这类女子可耻的地方，实在就比娼妓要更多，要女子想起这是羞耻，几乎是决不可能的事。也许以后永久也就没有一个女人会将这种羞耻观念提起吧。

“娼是可耻的营生，但一个平常女人，其可耻的事情并不比娼妇为少。”这是子高常想及的事。但是，此时，子高却以为自己也是可耻的。女人在天赋上就有许多美处尽男人受用，天下女人又是那么多，自己不能去爱人，就是用少许的钱做一两件关于人的买卖也是办不到，懦弱到这样，就只单在一些永不会见到梦里以意为温柔，不是可耻吗？

“你就学一个流氓跟着这对女人走走吧。是娼妇则跟到她到家，做一个傻事，难道这就不算爱情么？”然而女人已经去远了，待到子高追进铜钱巷时已不能知女人去处了。依稀若有些余香，在巷口徘徊，子高又回头向骑河楼走去。

月亮更白了，还有好几粒星子。风，是有的，不大也不冷。

这样的天气，不知公园僻静处，就有多少对情人在那儿偎着脸庞说那心跳的话啊！

“初夏，盛夏，秋，秋天过去，河沿树木不拘是槐是柳，叶子就全得落去，冬天于是便到了。冬天一到，于是这年便算完事了……”

如今是初夏，这年已经就去了一半，且是一半好天气，子高是在全无作为的空想中度过了。

“来了么？”子高见到伙计探头望，就笑笑的问。

伙计今天样子也忽神秘许多了，只微笑。微笑这东西，有时是当得说十句以上的话的。

“来了么？”

仍然是微笑。

他忽然觉得对伙计不大好意思起来了。害羞的是今天自己的行为，只好仍然低头看石涛的画。

“吴先生，要开水吧？”

“好吧，你就换一壶。”

伙计走进来换了一壶水。水换了，要说什么似的不即走。伙计望各处，眼睛大大方方四处溜。伙计望到子高的铁床，枕头套子才换过。床上一些书，平时凌乱到不成样子，此时也全不见了。若果伙计自信鼻子不算有毛病，今天房中就比平时香了点。回头看书架，书架也象才整理过。报纸全都折成方形放在一块儿。桌子上，那个煨牛奶的酒精炉子同小锅已经躲藏不见了。

“吴先生，今天是特别收拾了一下，待客呀。”伙计想到这样话，可不说。

子高见到伙计鬼灵精样子，眼睛各处溜，心里不受用。他也想到一句话，他就想到催伙计一句；再说一句第一遍的话。

伙计又望到子高微笑着，意思是要走。一只脚刚踹到门外，第二只脚就为子高的话停住在房中了。

“那人还不来么？”这里添了那人两个字，伙计觉悟了。

“快来了，别急，这是老张去叫的。吴先生，你也——”

话不必说完，用意全知道。伙计对于子高的行为，有觉好笑的理由。伙计代寓中先生叫女人，夜间来，到天亮又送回去，这是平常事。但是为子高当这差事，就忍不住要笑了。子高这样子，哪里象个叫私货来陪睡觉的人。陪到女人睡，或是女人陪到睡，一个男子对于女人应当做些什么事，伙计就总疑心子高至多只听人说过。伙计对子高，真不大放心。子高是不是也会象别一个先生们，对于来此的女人，照例要做一些儿女事？这成为问题！

子高心想这是自己太象孩子了，伙计对此就会有点嘲笑罢。自己最好的举动，便是此时实应学一个大人，于此事，尤其应得装得老成点，内行点，把一个干练模样做给伙计看，以后也才好做二次生意不为人笑话。但是平素行为已经给了伙计轻而易与的经验，这时就再俨乎其然正经老成也不成。

这伙计，真是一个鬼，终于不怕唐突问了子高一句话：

“吴先生，结过亲了罢？”

哈，这是一个好机会！这是一个足以把自己尿脬身分吹得胀一点的机会，子高就学到坏说句谎，说：“早已结过两年了。”其实是鬼话，但伙计给这么一下可把先时在心成为问题的事情全给推翻了。

伙计去了后，子高想着刚才的话独自笑。一个二十多岁的男子，不期今夜来做这种事，自觉可怜的笑了。

呆一会，人还是不来。

子高出到院中去，院子比房凉快点，有小小的风。“月圆人亦圆”，子高想起这么一句诗，找不到出处。又象只是自己触景得这五个字，前人并无说过的，但这五字不论是陶潜，是李白，是打油诗的单句，可极恰今夜。

月是在天的中央，时间是还不到十点，已略偏到西边了。十四的月算不全圆，人可先圆了。

“如此的圆也不算得圆，同十四的月亮一样吧。”

听到河沿一个小小唢呐的呜呜喇喇声，又是一面鼓，助着拍梓的敲打，子高知道这是几个瞎子唱戏的。听唢呐，象是停在河沿一个地方吹了一阵后，鼓声敲着疏疏的拍子，又渐远去了。子高仰头望，初初只能看见一颗星。明河还不明，院中瓜架下垂的须叶，同在一种稀微凉风中打秋千，影子映到地上也不定。这算风清月白之夜吧。

“若来，”子高想，“就一同坐在这小小院子中，在月下，随便谈着话，从这中难道就找不出情人的趣味么？”

共一个陌生的女人在一块儿谈着话，从这谈话中，可以得到一种类乎情人相晤的味道。子高相信只要女人莫太俗，原是可以的。其实纵俗又何妨，在月下，就做点俗事，不是同样有着可以咀嚼的回味么？

不过，若来，第一句说什么话，这倒有点为难了。总不能都不说话。问贵姓是不大好吧。顶好是就不必知道彼此的姓名；不问她，自己也莫让这小婊子知道。这又不是要留姓名的故事，无端的来去，无端的聚成一起又分开，在生活中各人留下一点影子保留在心上就已够了，纵有这一夜，就算作是做梦，匆匆不及来打听身世，也许更有意思吧。一来就坐下，不说话，是好。默默的，坐下一点钟，两点钟，象熟人，无说话必要，都找不出一句话可说，那更好。不过，果真能够各人来在这极短极难得的一夜来说一整夜的话，且在这白白月光下来抱着，吻着，学子高所不曾作过的事，得一些新的经验，总不算坏事！

子高想着眼前就有新鲜事，自己今天真是也来演剧了。

望她来，她不来，子高觉着有点急。

外面渐冷了。仍然转房中，在灯下头筹划自己的行为与态度，比看榜的秀才还不安。

“吴先生。”在窗下，伙计老张的声音特别轻。听到叫，使子高一惊。这“昆仑”打了一个知会后，就把门扯开，推一个人进房来。

用不着红脸，在灯光下又不比白天。但子高，望到这雏儿颊边飞了霞，自己的脸也就感到发烧了。

“怎么样？”伙计不敢再进房，就在窗下问。

“你去吧。”子高接着想起自己做主人的礼节时，便极力模拟大方说：“请坐。”

人是坐下了，怯怯的，小鼠在人面前样子的蜷缩。又似乎是在想把身子极力的缩小，少占一点地，便少为人望到。如子高所预计，这是一幕全哑剧，全无话可说。若是女子是老角，子高这时受窘一定了。如今攻守已变了方向，子高恰恰站在窘别人之列，不说话，就更是窘人之事。终于想起来，坐下以后第二道阵势。

“吃一杯茶吧。”就倒一杯茶。

如所请，吃。不，先不吃，呆一会儿才慢慢伸手拿杯放到嘴边去。

淡蓝细麻纱夹衣，青的绸类裙，青的鞋，青的袜。

子高是腼腆，望人也只敢从肩以下望去的，怕是眼睛碰在一块免不了红脸。

女人喝了茶，似乎想起此来功课了，旋脸对子高。她看他，详细的看他，虽然怯怯的神气还在，想说一句话，说不出，就举手理发。发是剪得很短的，全象不很老实前后左右蓬起许多绺。子高虽不望别人，可知别人在望他，就有点忙乱，有点不自然，越想镇定越不成，莽莽撞撞也就望过去。女人见子高抬头，让目光接触了一下，便又望别处去了。子高把发望了又望脸部，脸部又颈项，从肩顺下到腰透过薄薄夹衫到肢体上检察，腰以下的臀，腿，脚，全象看一个石雕像样细致望尽了。

这算是一个顶长的时间。

女人不说话又喝一口茶，喝了茶，过细去望茶杯的云纹。

子高又从下看上去，忽然觉得心中有点臊，坐在对面五尺远近的年青女人，他觉象他妹子了。一眼望去女人的年龄，总不会到二十吧。妹子是十五，纵小也不会差许多了。

这样嫖客遇到这样私娼那是无法的。

女人还是感到此来的任务，仍然是先立起身来拢近子高的身边。她把右手搭到子高肩上去，左手向前围。

心中跳着不同平常的速度的子高，仰起他的头，她不避他了。当到两人第二次眼光碰到一块时，子高眼中含了泪，勉强笑，她也笑。她侧了头去偎傍，脸就荡着子高的面庞。各人都感觉到别的脸部的烧热。子高的颈脖，有些细头发在刷，发了痒，手就不知不觉向着那女人的腰下环成一根带子了。

子高采取了最近不久到平安电影院见到一个悲剧主人公对他情妇的举动，口同女人第一次胶合了。

一方面，一个天真未泯的秘密卖淫人；一方面，一个未经情爱的怯小子，两人互相换了灵魂的一半。

这又应算是一个顶长的时间。

到后，子高哭了。“哎，我的妹！”

女人取出条毛巾，为他擦着脸上的眼泪。接着是用口，在那曾经为泪所湿的地方反复接吻。

“我这人，是不值价的男人，谁个女人都用不着我的爱的。”

“你不高兴我吗？”她轻轻的说，说了脸又偎到子高的颊边。

“我有什么不高兴你这样的好人呢？你使我伤心。”他不再说了。女人眼中也有泪。

他觉得，这时有个比处女还洁白的灵魂就在他身边，他把握着了。她呢，她遇到一个情人了。他是她的医生，在往日，她的职业使她将身体送人去作践，感情带了伤，这时的他就是来诊察她的伤处的一个人。

是平常的事，世界上，就是北京城一个地方，这种事情随时随地就不知有许多！但是，子高一点可不平常的。虽然不是神秘，终究同平常是相反，本应她凡事由他，事实却是他凡事由她，她凡是作了主，把子高处置到一个温柔梦里去，让月儿西沉了。

一九二七年于北京东城中一区治下

楚尘
文化
Chu Chen

北京楚尘文化传媒有限公司 出品

雪晴集

沈从文别集

沈从文 著

中信出版集团 | 北京

再版序

上个世纪五十年代，不少喜爱文学的读者迷上了契诃夫，这跟平明出版社接连推出27册汝龙翻译的《契诃夫小说选集》直接有关。

那时我家至少有三个契诃夫迷：做文学编辑的母亲、哥哥和我。谈论哪篇小说怎么怎么好，是不倦的话题。已经退出文坛改了行的父亲不参与，只有时微笑着对外人说："家里有三个契诃夫的群众。"

汝龙译的这套选集可贵之处，首先在于对作品的精选；第二是选进一些契诃夫的书信、札记，别人对他的回忆、评论等，分编到不同集子里，这些文字拉近了读者和作者的距离，是汝龙先生锦上添花的贡献。

到1992年编选《沈从文别集》的时候，我们自然想

到从平明版《契诃夫小说选集》取法。这也是父亲的愿望，尽管他不参与“契诃夫群众”的热情讨论，汝龙这套译本的长处他胸中有数。

我问过父亲汝龙为什么常赠送新书，他只简单说：“是朋友。”

母亲的补充才说清楚：“他翻译的那套英文契诃夫小说是我送的。”

据我充和四姨回忆，1932 年暑假，一个“说是由青岛来的，姓沈，来看张兆和的”羞涩客人，初次登苏州张家门，带的一大包礼物“全是英译精装本的俄国小说”。加尼特夫人的一套英译《契诃夫小说集》就在其中。

不懂外文的沈从文怎么买洋书？四姨说那是过上海时托巴金选购的。

父亲曾希望母亲朝文学翻译方面发展，送这样礼物包含着鼓励。愿望虽然没实现，礼物却终于转到最合适的人手里，促成被誉为契诃夫小说“最佳译本”的产生。朋友的成就四十年后启发着《沈从文别集》的编选工作。

当本书再版之际，我们感谢与它有缘分的几位文学前辈，也要感谢为我们想出《沈从文别集》总书名的汪曾祺先生。

沈虎雏

总 序

从文生前，曾有过这样愿望，想把自己的作品好好选一下，印一套袖珍本小册子。不在于如何精美漂亮，不在于如何豪华考究，只要字迹清楚，款式朴素大方，看起来舒服。本子小，便于收藏携带，尤其便于翻阅。八十年代初，有一家书店曾来联系过，也曾请人编了一套，交付出去。可是，落空了，未能实现。我一直认为是一件憾事。

现在湖南岳麓书社要为从文出书，我同虎雏商量，请吉首大学沈从文研究室合作，编选这么一套。这套选本和以前选法编法不同。我们在每本小册子前面，增加一些过去旧作以外的文字。有杂感，有日记，有检查，有未完成的作品，主要是书信——都是近年搜集整理出

来的，大部分未发表过。不管怎样，这些篇章，或反映作者当时对社会、对文艺创作、对文史研究……的一些看法，或反映作者当时的处境，以及内心矛盾哀乐苦闷，把它们发表出来，容或有助于读者从较宽的角度对他的作品、对他的为人以及对当时的环境背景有进一步了解。

出这套书，当然，同时也了却死者和生者的一点心愿。

张兆和

一九九一年十一月二十九日

目 录

给一个学音乐的

第一信[1]

达因同志：

得你信，谢谢好意！听说你的琴已弹得很好。像是小虎说，还很有“气魄”或“风格”，那就真难得！可不知弹《黄河》时是不是也应当如殷诚忠那个神气？照我想，倒不一定要那么样子。因为我从电影上，看过当年世界名钢琴家为波兰总统的演奏（肖邦某一作品），神气可十分从容，并不摇头晃脑！所以希望你也和那个名手一样，不必如里斯特求在钢琴本身以外表现效果！我倒以为仪态上越文雅从容，反而易给人较好印象！

---

[1] 信写于沈从文离开干校不久。当时因病重获假就医，由夫人张兆和护送回京，他趁治病之机，加紧搞起被批判搁置的研究工作。

兆和阿姨一生从不随便动气，去湖北湖田部搞重劳动，相当吃重，还是不失从容，坚持到最后。去丹江后，经常还得随同运砂石卡车来去，从边栏爬上爬下装卸砂石，不比四十岁女同志差。作了个小小班长，由此还得永远凡事带头，挑粪种菜，争先干。又还得保持微笑态，静心听左邻右舍同住的女同志申诉琐事……可是很怪，不少怕脏装病的，经常还是邋里邋遢，兆和阿姨倒一身永远干干净净，而且工作得十分认真，又十分开心！今年已经六十二岁，还和十年前在上海时差不多。精神并且还像比体力更年青！我已把你信转去，她看了也一定高兴！她只请假一月，到头又回丹江了，今年可能会回来。那边住处比这里好。[1]

我是因心脏不好回来的，回不去，怕将用继续请假方式留下，进行一项未完工作。有上千个图，内中一部分还和你工作有些关系，是中国历代乐舞的形象。如像用的是些什么乐器成组演出，舞的如何打扮，等等。我

[1] 去干校期间，家中仅剩的一间宿舍已被占用。写信时沈从文只挤回半间房居住工作。

并不懂音乐，可是却是个音乐研究所的“通讯研究员”，主要就是为他们陈列室配备有关古代乐舞材料。将来可能还会把历代杂技形象合并印成 本专书的。总的是“历代服装”，将先编印个样板本[1]，以后还会分段印个十来本的。不过这工作全部完成，我大致看不到了。另外我是搞古代绸缎的，花花朵朵有些常识。已印过几本书，大致你们都不容易见到，因为有的定价太贵，多是对外的。这大都是近廿年学的。至于前三四十年搞的，早放了手。幸好放手早，不做“空头作家”，不然就不免和许多熟人差不多，哪里会能回来从从容容搞这份未完工作？心脏已不顶事，或许第一回冲击就早垮了。我是从小就不读书，好空想的人，标点还不会，就想“搞创作”，人人都以为极荒谬可笑。试学习用笔下去，不到七年，不料就到大学去教这一行了。搞了卅年，所有成就受社会变动影响，一把火全烧了，因此又换了一种学习方法，搞文物。机会好，又得党鼓励，坛坛罐罐花花

[1] 在其他场合，作者多用“试点本”说法，即指将近十年后才得到出版的《中国古代服饰研究》一书。

朵朵从无到有学了一大堆。只是破四旧一冲，所有工作又完全失去了意义。现在作的只是学的一小部分。如作完后还有点精力可用，或者还可望争点时间写，或协助别的人写一本《工艺美术史》，一本《简明陶瓷史》，一本《漆工艺史》，一本《丝绸美术史》，再写些范围小的论文，供同行参考。今年已七十岁，这些工作完成，总得三五年，怕已活不了那么久！若居然还活下来，或许还得再改个业，也说不定！只要可以学，再改业也不妨事。我一生最喜欢的是“绘画”和“音乐”（加上数学），以为真有意思。因为比“文学”受的限制小，而可以充分发挥想象，充分抒情，自由解释，不必受“论”拘束。可是人笨得甚至画个圆圈也不及格，唱歌更差劲。另一面倒还是满以为如有了作曲的基本知识，学下去，和当时学写作方式差不多，搞个五几年，作点曲子或许比西哈努克先生的作品好听一些也说不定。这个梦想当然极不现实，十分可笑，可是我却以为你们学了十多年音乐的小将，现打了个好基础，可还应当有点“雄心大志”，向肖邦或别的什么大师、尖子看齐才合理！这希望应当由你们来实现，也一定能实现！只是不知道你们自己怎么想，能不能树立起这点“大志雄心”？在发展中的国家伟大得很，文学难表现，十分费力难讨好。绘画比文学便利些，最有希望还是作曲！盼望再过几年，就能从广播中听到你演奏自己作的新乐曲！有个愿心，加以努力，就会实现的！你信不信？

巴金先生处，见他时，代问问好。简单告诉他我们情形就成了。说一切都很好，不必给信看。并希望知道他的爱人和二孩子情形，如在上海，盼知道住处（陈蕴珍住处），我会给她去个信[1]。

我一时恐不愿退休，因为待作事情还多，得争时间作。大致也就不可能如小将从容，自己不容许随意离开书桌边！所以除非因事，大致是不会游南方的。在北京，熟人来往也极少，得赶工作，对国家，对年青接班人，才有个交代！可用时间已不多！

根据我的经验，学得“杂一些”，对“专业”有极大帮助。“一专多能”不容易，“一专多通”却办得到。但学什么总得“坚持”，甚至于“痴心忘我”，才可望深入。

---

[1] 参看巴金《病中集》、《怀念均正兄》。

年龄也十分重要，大致应当在廿岁到卅岁这段一生中最重要的时间中，把本业和其他结结实实打好基础，在这个基础上去继续用功，一点一滴的积累，以后发展面就广大得多！古人说的“勤能补拙”，永远有现实意义，值得重视。在任何困难中都不能懒惰，小小成功中也不至于骄傲，才可望完成更多、更大的任务！工作要争“拔尖”，不宜尽说靠大家共同努力。任何事不能缺少集体，但是对待自己，得用特别耐心，争超越一切。要永远把目标和世界第一流演奏家争第一，学的才有意义。从国家说，要求也是这样，不然就用不着庄则栋出面了。我这个外行话或不免近于“胡说”，因为我还总以为文学、美术、音乐……是有共通处，只是表现工具，表现方式，有些不同而已。别的部门越懂得多，就越会提高本业，或有利于本业的提高。从我个人工作中，是得到了充分便利并且证明的。可是未必还能在另一时，从另外一种工作中，也能得到相同证明。不过也有个近例可引证。有个亲戚黄永玉，初中只读了一年书，自己学木刻，又欢喜音乐、文学、杂艺术，综合知识，兴趣广，搞的木刻在国内也就似乎取得了些纪录突破。当时还不到三十岁！我在学校较久，明白“好学生”可未必中用。倒是当时学校认为“不成”的学生，后特别努力，反而成就出色。近年写沙家浜的　位江同志，就是当年联大被开除的学生！和上千搞写作的比较下，好学生可全落后了。在一般要求上，我希望你做个“好学生”，在抓本业时，却希望你要求自己更严格些，十分严格，有好处无坏处。

并候安好，学习进步。

家中人通通致意！

从文

一九七二年四月七日

是用八分钱的笔在小碟子蘸墨写的，不成个字体，望原谅！

第二信

达因：得你来信，知有机会行将就业，是大好事！据我个人学习经验，对工作，总得有点大志，才能突破重重障碍，推之向前。首先障碍，可能还是在家中受宠爱的习惯，对未来易从假想作蓝图，不习惯就实践取经验。所以一和外面客观事物接触，即易灰心丧气，或缺少方向感。因此情绪年龄，好像就容易停顿到十四五岁左右，老不成熟，难坚持工作，从真正绝望中还能克服困难，不问成败，一直向前！至于外来的变化影响，是来自多方面的。易受影响而动摇，有所选择事实上也是被动的，打算也只是就眼前利益或方便出发，因此一来，听到李名强、刘德海，以及什么花腔高音女郎唱歌，就以为所学有了出路，相反，即感到所学无前途。这自然免不了，但得从更远处看，就可避免反复。你同学×××，昨天和另一同道来谈谈天，他们都极可爱！想法通差不多。我觉得不大妥当，不像是当家作主做接班人应有的心情。照我搞工作抓学习经验，可不是这样。廿岁到北京时，标点符号还不灵，却想写小说，用当时人所习知的鲁迅成就，和旧俄契诃夫、屠格涅夫，法国的莫泊桑，以及唐人传奇、宋人白话小说成就看齐，而且“一定要超过他们”作为目标，别的全不过问，也从不受当时极流行的什么“小说作法”影响，就只是用各种不同方式去写。从实验中取经验，不断纠正方法。环境够糟了，吃的有一顿无一顿也不在意。在零下廿度，升不了火也无所谓。写出来送到各报刊毫无消息，也无所谓。比起那些在清华北大学文学的，条件差别可真大！稍后有的是机会改图，也不干。有阔亲戚在北京也不找。就这么照自己选定的目标作去，永远不停止。十年过后，就把同时搞这一行的人拖垮了。再照样坚持又过了十年，还始终取个习作态度，从不知道什么叫“自足”，总永远是“练习曲”，且从不在公共场合中露面，也不自以为是什么“作家”，但是文字和内容，给人印象便和一般同行越来越不同了。解放后，明白新要求不易适应，照老办法又走不通，就改了业，又从头作起学起……什么事只要肯抓紧机会去学，就会由无到有，搞得像个样了的。要求自己严格，外面情况再困难，到一定时候，还是可望达到记录突破。我这种想法，过去人都以为傻里傻气，十分可笑。现在说不定还会为廿岁世故青年以为极可笑。可是，就在这种情况中，过了五十年。现在七十岁了，还有再搞一次新业务学习的幻想。所以血压尽管高到二百卅，心脏且经反复证明，已无好转希望，一天还能坐在桌子边搞十个钟头以上工作，至少可以证明，对学习上抱个天真态度，是能使人活得始终精神健康，不怕困难，扎扎实实永远不会消沉的。

我说说这些，主要是觉得对你们感到奇怪，为什么学了十多年悲多汶[1]、肖邦、莫扎特、海顿、柴柯夫斯基……又已学懂作曲法，为什么不想向这些人看齐，再来想办法超过他们？你们有的是好条件，利用中国琵琶、笛子和瑟与筝传统的曲子特征，和社会新的要求好好结

[1] 今译贝多芬。

合起来，作成崭新的又雄壮又秀美热情充沛的曲子，去征服世界上的听众感情，把什么大师的成就取而代之！我若掌握了作曲和弹奏的基本知识，我就会这么想，而充满信心试验下去，什么李名强、殷承宗，统不在话下，可走的路还远，可爬的山还高得多！你们学了这个十多年，想的却只是极庸俗的个人目前出路，打算未免太小了。我担心的不是你们能否有个人演出机会的出路，而即为此感到消沉，实担心你们愿望太小，容易满足，因此不会“古为今用”，即有种种好条件，产生肖邦或悲多汶，你们却缺少应有勇气，来担当这个艰巨任务，让作曲方面，也产生几个庄则栋！据我主观设想，你们如能有一群同学，受这么一点雄心和幻想推动，去各自坚持学习下去，就一定会在以后十年，使得新中国音乐，给世界一崭新印象。这才是接班人应有的气概！一切所谓“成绩”“纪录”，都是受一种来自较远、较深的愿望鼓舞，随着个十分积极态度和信心坚持下去，而产生得到的。绝不会是庸庸碌碌“随大流”混日子，或从小处打算计得失成败能担当的。

我或许已经老得有点胡涂了，始终认为“远见”与

“深思”和“相信群众”“信赖集体”并不矛盾。正因缺少前者，所以使得文学艺术都不免显得相当单调。理论在一定情形下十分重要，有时也会成为框框。文学方面有不少新旧完整理论，对于创作都只起束缚作用，并没有起帮助作用。搞文学，首先要会叙述，把理论融化到叙述中，才会发生广泛好影响。沙家浜的改编者汪曾祺，廿五年前[1]在西南联大写散文就极出色，会叙事！我不懂音乐，可是听到一切有名好曲子，都像是极会用乐章叙事，不仅能写人，也能把人放到一定节令，一定景物背景下，加以解释，雄壮和柔和都有色彩和性格，我从中还可得到种种启发，转用到写作上。因为它们的动人处都有个共同点，只是表现的工具不同而已。还看到不少大师的名乐章标题都叫做“练习曲”，证明我们搞创作卅年，还把集子叫做“习作”是有同感的。你是不是能在就业后一面作个好教师、好伴奏演员，另一面还尽可能挤得出一些时间，用一个由别人说来实近“狂妄大胆”的雄心幻想，去不断的把新的“练习曲”写下去，坚持

[1] 作者记错了，实际不止二十五年。

个十年廿年？我希望这种建议你父母也能同意，支持你这么试验下去。小领导或许不会鼓励人这么傻干，大首长大致还是默许有人这么努力。庄则栋也好，李名强也好，新的什么花腔高音也好，钱学森或华罗庚，其所以对国家有较大贡献，主要还是比较上能“拔尖”。同样是学习，某些人有较多发言权，主要还是他抓学习格外紧，理解深。合唱总是比较容易对付，独唱独奏照例必困难。在国内不必争什么上风，应当把工作面对世界，代表中国这方面新成就，超过大师，压倒大师，这么空想不济事，如能作起点去认真克服一切内外障碍，活得似乎就有劲得多！努力到一定时候，肯定会对目前这种欠收情况有所改变的。若音乐作曲方面善于“古为今用”，我觉得从笛子、琵琶、瑟、筝的旧曲，及昆曲中许多调子，及西南民歌、西北舞曲，还有千百种可以供综合利用、取得极大成功的。主要还是得有人充满雄心和信心，肯从反复摸索中取得进展。你们不是条件不好，英雄无用武之地。可能却是条件太好，反而缺少攻坚能力和耐心，产生不了庄则栋！我若有你们十分之一基本功，也会老想到去创造肖邦第一钢琴协奏曲那个成就，随后就闷头闷脑写下去，从千次失败中求进展！

问候一家人好！

从文

一九七二年六月十六日

赤魇

我们一行五个人，脚上用棕衣缠裹，在雪地里长途步行已到第六天。算算路程，傍晚应当到达目的地了。大约下午一点钟左右，翻过了小山头，到得坳上一个青石板砌就的灵官庙前面，照例要歇一会儿脚。时值雪后新晴，石条子上的积雪正在融化，并无可坐处，大家就在路当中站站。地当两山转折点，一道干涸的小溪涧被浮雪填了大半，上面有些野雉狐兔的纵横脚迹。溪涧侧是一丛丛细叶竹篁，顶戴着一朵朵浮松白雪，时时无风自落。当积雪卸下时，枝条抖一抖，即忽然弹起一阵雪粉，动中越加见得安静。远望照耀在阳光下罗列的群山，有些象是顶戴着白雪帽子，静静地在那里向阳取暖。有些却又只稀稀疏疏的横斜挂几条白痕，其余崖石便显得格外深靓。近望坳下山谷，可看见一个小小田坝，田地大小不一，如雪片糕一般散乱重叠在那里。四个村落分散在田坪四周山凹间。一簇簇落叶科乔木，白杨、银杏、枫木树和不落叶成行列的松杉，成团聚集的竹林，孤立挺起的棕榈，以及桔柚果木，错杂其间。山东面树木丛中是一列长垣，围绕着个大院落。山西面房屋却就地势分割成三组，每一聚约莫有三十户人家。一条溪涧由东山嘴绕过，流经长垣外，再曲折盘旋沿西边几个村子消失到村后。虽相去那么远，仿佛还可听到雪水从每个田沟缺口注入溪中时的潺湲声。村中应有的碾坊、油坊、庙宇、祠堂，从房屋形制和应占位置上，都可一一估计得出。在雪晴阳光下，远近所见一种清寂庄严景象，实在异常动人。四个同伴见我对于眼前事物又有点发痴不想走路神气，于是照例向我开开小玩笑，叫我做“八大”。就中一个年纪最轻的，只十五岁，初中二年级学生，姓满的伙伴就说：

“八哥，这又可以上画了，是不是？你想做画家，到我们这里来，有多少东西可画！只怕一辈子也画不完。还不如趁早赶到地，和我们去雪里打斑鸠炒辣子吃有意思！”其余三位正若完全同意这嘲谑，都咕咕的笑着。

“我们是现代军人，可不是充军，忙什么？”我话中也语意双关，他们明白的。

“我们还有三十里蛮路[1]，得赶路！太晚了，恐怕赶不上，就得摸黑。你看这种鬼天气，一到傍晚，山路被夜风一吹，冻得滑溜溜的，闪不知掉到河沟里去，怎么办？”从话语中，从几个人都急于要走路神气，我明白他们是有点故意开玩笑的，可不明白用意所在。

我于是也装作埋怨口气，“嗨，你们这个地方，真象书上说的，人也蛮，路也蛮。我实在走不动了！你们想家，你们尽管先走，我要在这里呆个半天，捶一捶草鞋耳子。我问你，究竟还有多远路？”

“八哥，行船莫算，打架莫看，”一个年长同伴接着又把话岔开，“嗨，你们听，村子里什么人家讨新媳妇，放炮吹唢呐，打发花轿出门！”

试听听，果然笳声悲咽断续中，还零零落落响了一

[1] 蛮路：属当地土著人估算的、未经认真丈量的路程。实际路程常比这数大许多。

阵小鞭炮。我摇摇头，因为对于面前景物的清寂，和生命的律动相揉相混所形成的一种境界，已表示完全的皈依。庙后路坎上有四株老山楂树，树根蟠拱，露出许多大小窟窿。我一声不响，傍着潮湿的老树根坐下来了。用意是“这里就是有大虫的景阳冈，我好歹也得坐坐”。

几个人见我坐下时，还是一致笑着，站在路当中等待。

我这次的旅行，可以说完全出于意外。原来三年前我还只是一个“二尺半”，一个上名册的丘八，经常职务不是为司令出去护卫，就是押老实乡下人到城外去法办。两件事轮流进行，当时对于我倒似乎分别不出什么不同。因为一出动就同样有酒肉可吃。护卫到乡绅家，照例可以吃蒸鹅、辣子炒黄麂，还可抽空到溪边看看白脸长眉毛乡绅大姑娘光着两只白脚挑水，说两句不太难为情的笑话。杀人时刽子手就用那把血淋淋的大刀，随意去割切屠户卖的猪羊肉，拿回住处棚里红焖，大家都有一份。谁知有一天，我的焖狗肉本领偶然被一个军法官发现，我就变成司书了。现在，我忽然又从军法处被上司调回家乡别墅去整理书画。至于这个差事如何派到我头上，事情凑巧，说来还是和我这一生前后所遇到的别的许多事情相似，很象一种童话可不是童话。总之，我将从这个新派的职务回乡了。

其时正值学校放寒假，有四个相熟同乡学生要回家过年，就邀我先到他们乡下去，约好过了年，看过乡下放大焰火后，再返城办事。四个人住处离县城四十五里，地名“高枧”，这地方我既从未到过，走的又是一条生路，不经县城，所以远近全不熟悉。四个青年同伴在学校折磨了一个学期，一路就只谈论家中过年的情形，为家中准备的大块肥腊肉大缸甜米酒而十分兴奋。我早已没有家，也没有什么期望，一路却只好独自默默的用眼目所接触的景物，印证半年来保留在记忆中那些大小画幅。一列迎面生树的崖石，一株负石孤立的大树，以及一亭一桥的布置，一丘一壑的配衬，凡遇到自然手笔合作处有会于心时，就必然得停顿下来，好好赏玩一番。有时或者还不免近于发呆，为的是自然的大胆常常超过画人的巧思。不是被同伴提起的两件事引起注意，我每天在路上照例有几次落后。一件是下坍路坎边烂泥新雪中钵头大的虎掌印，另一件是山坳上荷了两丈长南竹梭镖，装作猎户实行向过路人收买路钱的“坐坳老总”。一个单身上路的客人，偶然中碰到一件，都是不大好玩的！我被同伴叫做“八大”或“八哥”，也由此而来。

这时节虽在坳上，下山一二里就是村落，村落中景物和办喜事人家吹的唢呐声音，正代表着这小地方的和平与富庶。因此我满不在意，从从容容接受几个同伴的揶揄，心中却旋起一种情感，以为“为自己一生作计，当真应当设法离开军队改业学画。学习用一支笔来捕捉这种神奇的自然。我将善用所长，从楮素上有以自见。一个王子能够作的事，一个兵也未见得不能作到”！但是想想看，从舞着血淋淋大刀去割人家猪肉的生活，到一个画家的职业，是一段多么长的距离！一种新的启示与发现，更不免使我茫然失措。原来正在这个当儿，在这个雪晴清绝山谷中，忽然腾起一片清新的号角声，一阵犬吠声。我明白，静寂的景物虽可从彩绘中见出生命，至于生命本身的动，那分象征生命律动与欢欣在寒气中发抖的角声，那派表示生命兴奋与狂热的犬吠声，以及在这个声音交错重叠综合中，带着碎心的惶恐，绝望的低嗥，紧迫的喘息，从微融残雪潮湿丛莽间奔窜的狐狸与獾兔，对于忧患来临挣扎求生所抱的生命意识，可绝不是任何画家所能从事的工作！我的梦如何能不破灭，已不大象是个人可以作主。

试就当前官觉所能接触的音响加以推测，这一切很显然是向我们这条路上越来越逼近。看看站在路当中几个同伴，正用脚互相踢着雪玩，竟若毫不在意，一面踢雪一面还是用先前神气对我微笑。俨然这只是他们一种预定的恶作剧，用意即在打破我作画家的妄想，且从比较上见出城里人少见多怪，因之才慌慌张张。至于他们，可用不着。

为表示同样从容，我于是笑着招呼年纪最小的一个伙伴，“老弟，小心准备好你的齐眉棍，快有野猪来了。不要当路站让野猪冲倒你！我们最好爬到坎上来，待它过身时，你从旁闷头来一棒，不管中不中，见财有分，今天我们就有野猪肉吃！……”

话未说完，就听到身后一株山楂树旁嗤的一声，一团黄毛物象一支箭射进树根窟窿里去了。大家猛不防吓了一惊，掉过头来齐声嚷叫：“狐狸，狐狸！堵住，堵住！”

不到一会儿，几只细腰尖耳狗都赶来了，有三只鼻贴地面向树根直扑，摇着尾对窟窿狂吠。另一只卷毛种大型狗却向我那小同伴猛然一扑。我真着了急，“这可糟！怎不下手？”话未出口，再看看，同伴已把手杖抛去，抱住了那只狗。原来他们是旧相识，骤然相见不免亲昵得很！随后是三个青年猎户，气喘吁吁的从岔路翻过坳来。这种人平时对山相去三里还能辨别草丛中黄獐和山羊的毛色，远远一见我们，都“哈”的大声叫喊着，直奔向我的几个同伴。同伴也“哈”的向他们奔去。于是那支箭就在这刹那间，忽然又从树根射出，穿过我的脚前，直向积雪山涧窜去。几只狗随后追逐，共同将溪涧中积雪蹴起一阵白雾。去不多远，一只狗逮住了那个黄毛团时，其余几只跟踪扑上前去，狐狸和狗和雪便滚成一团。在激情中充满欢欣的愿望，正如同吕马童等当在垓下争夺项羽死尸一样情形。三个猎人和我那四个同伴看见这种情形，也欢呼着一齐跳下山涧，向狐狗一方连跌带滚跑去。……我一个人站在那个灵官庙前发呆，为了这一段短短时间所形成的空气，简直是一幕戏剧中最生动的一场，简直是……

还有更使我惊异的，即我们实际上已到了目的地，一里外山下那个村子，原来就是高枧！四个同伴预先商量好，要捉弄我，因之故作狡狯，村子已在眼前时，还说尚有三十里路，准备大家进入村子转入家中坐定后，才给我大大一惊。偏巧村了中人趁雪晴嗾狗追狐狸，迎接了我们。

从猎人口中，我们并且才知道先前听到的唢呐鞭炮声，就是小同伴满家哥哥办喜事的热闹。过不多久，我们就可以和穿羽绫马褂的乡绅，披红风帽的小孩子，共同坐到那个大院落一栋新房子里方桌前面，在单纯鼓吹中，吃八大碗的喜酒了。这一来，镶嵌到这个自然背景和情绪背景中的我，作画家的美梦，只合永远放弃了。

雪晴

竹林中一片斑鸠声，浸入我迷蒙意识里。一切都若十分陌生又极端荒唐。这是我初到“高枧”地方第二天一个雪晴的早晨。

我躺在一铺楠木雕花大板床上，包裹在带有干草和干果香味的新被絮里。细白麻布帐子如一座有顶盖的方城，在这座方城中，我已甜甜的睡足了十个钟头。昨天在二尺来深雪中走了四五十里山路的劳累已恢复过来了。房正中那个白铜火盆，昨夜用热灰掩上的炭火，不知什么时候已被人拨开，加上了些新栗炭，从炭盆中小火星的快乐爆炸继续中，我渐次由迷蒙渡到完全清醒。我明白，我又起始活在一种现代传奇中了。

昨天来到这是以前，几个人几只狗在积雪被覆的溪涧中追逐狐狸，共同奔赴蹴起一阵如云如雾雪粉，人的欢呼兽的低嗥所形成一种生命的律动，和午后雪晴冷静景物相配衬，那个动人情景再现到我的印象中时，已如离奇的梦魇。加上初初进到村子里，从融雪带泥的小径，绕过了碾坊、榨油坊，以及夹有融雪寒意半涧溪水如奔如赴的小溪河迈过，转入这个有喜庆事的庄宅。在灯火煌煌笳鼓竞奏中，和几个小乡绅同席对杯，参加主人家喜筵的热闹，所得另外一堆印象，增加了我对于现实处境的迷惑。因此各个印象不免重叠起来。印象虽重叠却并不混淆，正如同一支在演奏中的乐曲，兼有细腻和壮丽，每件乐器所发出的每个音响，即使再低微也异常清晰，且若各有位置，独立存在，一一可以摄取。新发醅的甜米酒，照规矩连缸抬到客席前，当众揭开盖覆，一阵子向上泛涌泡沫的滋滋细声，却不曾被院坪中尖锐呜咽的唢呐声音所淹没。屋主人老太太，银白头发上簪的那朵大红山茶花，在新娘子十二幅大红绉罗裙照映中，也依然异样鲜明。还有那些成熟待年的女客人，共同浸透了青春热情黑而有光的眼睛，亦无不如各有一种不同分量压在我的记忆上。我眼中被屋外积雪返光形成一朵紫茸茸的金黄镶边的葵花，在荡动不居情况中老是变化，想把握无从把握，希望它稍稍停顿也不能停顿。过去印象也因之随同这个而动荡、鲜明、华丽，闪闪烁烁摇摇晃晃。

眼中的葵花已由紫和金黄转成一片金绿相错的幻画，还正旋转不已。

……筵席上凡是能喝的，都醉倒了。住处还远应走路的，点上火燎唱着笑着回家了。奏乐帮忙的，下到厨房，用烧酒和大肉丸子肥腊肉肿了脖子，补偿疲劳，各自方便，或抱了大捆稻草，钻进空谷仓房里去睡觉，或晃着火把，上油坊玩天九牌过夜去了，我自然也得有个落脚处。一家之主的老太太，站在厅堂前面，张罗周至的打发了许多事情后，就手抖抖的，举起一个芝麻秆扎成的火炬，准备引导我到一个特意为我安排好住处去。面前的火炬照着我，不用担心会滑滚到雪中，老太太白发上那朵大红山茶花，恰如另外一个火炬，使我回想起三十年前祖母辈分老一派贤惠能勤一家之主的种种。但是我最关心的，还是跟随我身后，抱了两床新装钉的棉被，一个年青乡下大姑娘，也好象一个火炬。我还不知道她是什么人。她原来在厅前灯光所不及处，和一个收拾乐器的乡下人说话，老太太在厅中问："巧秀，巧秀，可是你？""是我！""是你，你就帮帮忙，把铺盖送到后屋里去。"于是三个人从先一时还灯烛煌煌笳鼓竞奏的正厅，转入这所大庄宅最僻静的侧院。两种环境的对照，以及行列的离奇，已增加了我对于处境的迷惑。到住处房中后，四堵白木板壁把一盏灯罩擦得清亮的美孚灯灯光聚拢，我才能够从灯光下，看清楚为我抱衾抱裯的一位面目。十七岁年纪，一双清亮的眼睛，一张两角微向上翘的小嘴，一个在发育中肿得高高的胸脯，一条乌梢蛇似的大发辫。说话时一开口即带点羞怯的微笑，关不住青春生命秘密悦乐的微笑。可是，事实上这时节她却一声不响，不笑，只静静站在那个楠木花板大床边，帮同老太太为我整理被盖。我站在屋正中火盆边，一面烘手，一面游目四瞩，欣赏房中的动静：那个似静实动的白发髻上的大红山茶花，似动实静的十七岁姑娘的眉目和四肢，……那双清明无邪的眼睛，在这个万山环绕不上二百五十户人家的小村落中看过了些什么事情？那张含娇带俏的小嘴，到想唱歌时，应当唱些什么歌？还有那颗心，平时为屋后大山豺狼的长嗥声，盘在水缸边碗口大黄喉蛇的歇凉呼气声，训练得稳定结实，会不会还为什么新事情而剧烈跳跃？我难道还不愿意放弃作一个画家的痴梦？真的画起来，第一笔应捕捉眼睛上的青春光辉，还是应保持这个嘴角边的温情笑意？我还觉得有点不可解，整理床铺，怎么不派个普通长工来帮忙，岂不是大家省事？既要来，怎么不是一个人，还得老太太同来？等等就会走去，难道也必须和老太太两人一道走？倘若不，我又应当怎么样？这一切，对于我真是一份离奇的教育。我不由得不笑了。在这些无头无绪遐想中，我可说是来到乡下的“乡下人”。

我说：“对不起，对不起，我这客人真麻烦老太太！麻烦这位大姐！老太太实在过累了，应当早早休息了吧。”

从那个忍着笑代表十七岁年纪微向上翘的嘴角，我看出一种回答，意思清楚分明。

“哪样对不起？你们城里人就会客气。”

的确是，城里人就会客气，礼貌周到，然而总不甚诚实得体。好象这个批评当真是从对面来的，我无言可回，沉默了。

到两人为我把床铺整理好时，老太太就拍一拍那个绣有“长命富贵”的扣花枕帕的旧式硬枕，口中轻轻的近于祝愿的语气说：“好好睡，睡到大亮再醒，不叫你你就莫醒！”且把衣袖中预藏的一个小小红纸包儿，悄悄的塞到枕头下去。我虽看见只装作不曾看见。于是，两个人相对笑笑，有会于心的笑笑，象是办完一件大事，摇摇灯座，油还不少，扭一扭灯头，看机关灵活不灵活。又验看一下茶壶，炖在炭盆边很稳当。一种母性的体贴，把凡是想得到的都注意一下，再就说了几句不相干闲话，一齐走了。我因之陷入一种完全孤寂中。听到两人在院转角处踏雪声和笑语声。这是什么意思？充满好奇的心情，伸手到枕下掏摸，果然就抓住了一样东西，一个被封好的谜。试小心裁开一看，原来是包寸金糖。知道老太太是依照一种乡村古旧的仪式。乡下习惯，凡新婚人家，对于未结婚的陌生男客，照例是不留宿的。若特别客人留在家下住宿时，必祝福他安睡。恐客人半夜里醒来有所见闻，大早不知忌讳，信口胡说，就预先用一包糖甜甜口，封住了嘴。一切离不了象征。唯其象征，简单仪式中即充满牧歌的抒情。我因为记得一句俗话，“入境问俗”，早经人提及过，可绝想不到自己即参加了这一角。我明早上将说些什么？是不是凡这时想起的种种，也近于一种忌讳？五十里的雪中长途跋涉，已把我身体弄得十分疲倦，在灯火煌煌笳鼓竞奏的喜筵上，甜酒和笑谑所酿成的空气中，乡村式的欢乐的流注，再加上那个十七岁乡下大姑娘所能引起我的幻想或联想，似乎把我灵魂也弄得相当疲倦。因此，躺入那个暖和、轻软、有干草干果香味的棉被中，不多久，就被睡眠完全收拾了。

现在我又呼吸于这个现代传奇中了。炭盆中火星还在轻微爆炸。假若我早醒五分钟，是不是会发现房门被一只手轻轻推开时，就有一双眼睛一张嘴随同发现？是不是忍着笑踮起脚进到房中后，一面整理火盆，一面还向窗口悄悄张望，一种朴质与狡猾的混和，只差开口，“你城里人就会客气。”到这种情形下，我应当忽然跃起，稍微不大客气的惊吓她一下，还是尽含着糖，不声不响？我不能够这样尽躺着。油紫色带锦绶的斑鸠，已在雪中咕咕咕呼朋集伴。我得看看雪晴侵晨的庄宅，办过喜事后的庄宅，那分零乱，那分静。屋外的溪涧、寒林和远山，为积雪掩覆初阳照耀那分调和，那分美。还有雪原中路坎边那些孤兔鸦雀经行的脚迹，象征生命多方的图案画。但尤其使我发生兴趣感到关切的，也许还是另外一件事情。新娘子按规矩就得下厨，经过一系列亲友领先布置的开心笑料，是不是有些狼狈周章？大清早和丈夫到井边去挑水时，是个什么情景？那一双眉毛，是不是当真于一夜中就有了变化，一眼望去即能辨别？有了变化后，和另外那一位年纪十七岁的成熟待时大姑娘比较起来，究竟有什么不同处？……

盥洗完毕，走出前院去，尽少开口胡说。且想找寻一个人，带我到后山去望望并证实所想象的种种时，“莫道行人早，还有早行人”，不意从前院大胡桃树下，便看见那作新郎的朋友，正蹲在雪地上一大团毛物边，有所检视。才知道新郎还是按照向例，天微明即已起身，带了猎枪和两个长工，上后山绕了一转，把装套处一一看过，把所得的已收拾回来。从这个小小堆积中，我发现了两只麻兔，一只长尾山猫，一只灰獾，两匹黄鼠狼。装置捕机的地面，不出庄宅后山，半里路范围内，一夜中即有这么多触网入彀的生物。而且从那不同的形体，不同的毛色，想想每一个不同的生命，在如何不同情形中，被大石块压住腰部，头尾翘张，动弹不得；或被圈套扣住了前脚高悬半空挣扎得精疲力尽，垂头死去；或是被机关木梁竹签，扎中肢体某一部分，在痛苦惶惧中，先是如何努力挣扎，带着绝望的低嘶，挣扎无从，精疲力尽后，方充满悲苦的激情，沉默下来，等待天明，到末了还是不免同归于尽。这一摊毛茸茸的野物，陈列在这片雪地上，真如一幅动人的图画。但任何一种图画，却不会将这个近乎不可思议的生命的复杂与多方，好好表现出来。

后园竹林中的斑鸠呼声，引起了朋友的注意。我们于是一齐向后园跑去。朋友撒了一把绿豆到雪地上，又将另一把绿豆灌入那支旧式猎枪中，藏身在一垛稻草后，有所等待。不到一会儿，枪声响处，那对飞下雪地啄食绿豆的斑鸠，即中了从枪管喷出的绿豆，躺在雪中了。吃早饭时，新娘子第一回下厨做的菜中，就有一盘辣子炒斑鸠。

一面吃饭一面听新郎述说下大围猎虎故事，使我仿佛加入了那个在自然壮丽背景中，人与另外一种生物充满激情的剧烈争斗与游戏过程。新娘子的眉毛还是弯弯的，引起我老想要问一句话，又象因为昨夜晚老太太塞在枕下那一包糖，当真封住了口，无从启齿。可是从外面跑来的一个长工，却代替了我，打破了桌边沉默，在桌前向主人急促陈述：

“老太太，队长，你家巧秀，有人在坳上亲眼看到。昨天吹唢呐的那个中寨人，把你家大姑娘巧秀拐跑了。一定是向鸦拉营方向跑，要追还追得上。巧秀背了个小小包袱，还笑嘻嘻的！”

“嗐，咦！”一桌吃饭的人，都为这个消息给愣住了。这个集中情绪的一刹那，使我意识到一件事，即眉毛比较已无可希望。

我一个人重新枯寂的坐在这个小房间火盆边，听着炖在火盆上铜壶的白水沸腾，好象失去了一点什么，不经意被那一位收拾在那个小小包袱中，带到一个不可知的小地方去了。不过事实上倒应当说“得到”了一点什么。只是得到的究竟是什么？我问你。算算时间，我来到这个乡下还只是第二天，除掉睡眠，耳目官觉和这里一切接触还不足七小时，生命的丰满、洋溢，把我的感情或理性，已给完全混乱了。

阳光上了窗棂，屋外檐前正滴着融雪水。我年纪刚满十八岁。

一九四六年十月十二日重写

巧秀和冬生

雪在融化。田沟里到处有注入小溪河中的融雪水，正如对于远海的向往，共同作成一种欢乐的奔赴。来自留有残雪溪涧边竹篁丛中的山鸟声，比地面花草占先透露出一点春天消息，对我更俨然是种会心的招邀。就中尤以那个窗后竹园的寄居者，全身油灰、颈脖间围了一条锦带的斑鸠，作成的调子越来越复杂，也越来越离奇，好象在我耳边作成一种对话，代替我和巧秀的对话：

“巧秀，巧秀，你可当真要走？你千万莫走！”

“哥哥，哥哥，喔。你可是叫我？你从不理我，怎么好责备我？”

原本还不过是在晓梦迷蒙里，听到这个古怪荒谬的对答，醒来不免十分惆怅。目前却似乎清清楚楚的，且稍微有点嘲谑意味，近在我耳边诉说。我再也不能在这个大庄院住下了。因此用“欢喜单独”作理由，迁移了个新地方，村外药王宫偏院中小楼上。这也可说正是我自己最如意的选择。因为庙宇和村子有个大田坝隔离，地位完全孤立。生活得到单独也就好象得到一切，为我十八岁年纪时来这里作客所需要的一切。

我一生中到过许多希奇古怪的去处，过了许多式样不同的桥，坐过许多式样不同的船，还睡过许多式样不同的床。可再没有比半月前在满家大庄院中那一晚，躺在那铺楠木雕花大床上，让远近山鸟声和房中壶水沸腾，把生命浮起的情形心境离奇。以及迁到这个小楼上来，躺在一铺硬板床上，让远近更多山鸟声填满心中空虚所形成一种情绪更幽渺难解！

院子本来不小，大半都已被细叶竹科植物所遮蔽，只余一条青石板砌成的走道可以给我独自散步。在丛竹中我发现有宜于作手杖的罗汉竹和棕竹，有宜于作箫管的紫竹和白竹，还有宜于作钓鱼竿的蛇尾竹。这一切性质不同的竹子，却于微风疏刷中带来一片碎玉倾洒，带来了和雪不相同的冷。更见得幽绝处，还是那个小楼屋脊。因为地方特别高，宜于遥瞻远瞩，几乎随时都有不知名鸟雀在上面歌呼。有些见得分外从容，完全无为的享受它自己的音乐，唱出生命的欢欣。有些又显然十分焦躁，如急于招朋唤侣，而表示对于爱情生活的渴望。那个油灰色斑鸠更是我屋顶的熟客，本若为逃避而来，来到此地却和它有了更多亲近机会。从那个低沉微带忧郁反复嘀咕中，始终象在提醒我一件应搁下终无从搁下的事情——巧秀的出走。即初来这个为大雪所覆盖的村子里，参加朋友家喜筵过后，房主人点上火炬预备送我到偏院去休息时，随同老太太身后，负衾抱裯来到我房中，咬着下唇一声不响为我铺床理被那个十七岁乡下姑娘巧秀。我正想用她那双眉毛和新娘子眉毛作个比较，证实一下传说可不可靠。并在她那条大辫子和发育得壮实完整的四肢上，做了点十八岁年青人的荒唐梦。不意到第二天吃早饭桌边，却听人说她已带了个小小包袱，跟随个吹唢呐的乡下男人逃走了。在那个小小包袱中，竟象是把我所有的一点什么东西，一颗心或一种梦，也于无意中带走了。

巧秀逃走已经半个月，还不曾有回头消息。试用想象追寻一下这个发辫黑、眼睛光、胸脯饱满乡下姑娘的去处，两人过日子的种种，以及明日必然的结局，自不免更加使人茫然若失。因为不仅偶然被带走的东西已找不回来，即这个女人本身，那双清明无邪眼睛所蕴蓄的热情，沉默里所具有的活跃生命力，一切都远了，被一种新的接续而来的生活所腐蚀，遗忘在时间后，从此消失了，不见了。常德府的大西关，辰州府的尤家巷，以及沅水流域大小水码头边许多小船上，经常有成千上万接纳客商的小婊子，脸宽宽的眉毛细弯弯的，坐在舱前和船尾晒太阳，一面唱《十想郎》小曲遣送白日，一面纳鞋底绣花荷包，企图用这些小物事连结水上来去弄船人的恩情。平凡相貌中无不有一颗青春的心永远在燃烧中。一面是如此燃烧，一面又终不免为生活缚住，挣扎不脱，终于转成一个悲剧的结束，恩怨交缚气量窄，投河吊颈之事日有所闻。追源这些女人的出处背景时，有大半和巧秀就差不多。缘于成年前后那份痴处，那份无顾忌的热情，冲破了乡村习惯，不顾一切的跑去。从水取譬，“不到黄河心不死”。但这些从山里流出的一脉清泉，大都却不曾流到洞庭湖，便滞住在什么小城小市边，水码头边，过日子下来。向前不可能，退后办不到，于是如彼如此的完了。

我住处的药王宫，原是一村中最高会议所在地，村保国民小学的校址，和保卫一地治安的团防局办公处。正值年假，学校师生都已回了家。会议平时只有两种：积极的是春秋二季邀木傀儡戏班子酬神还愿，推首事人出份子。消极的便只是县城里有公事来时，集合士绅人民商量对策。地方治安既不大成问题，团防局事务也不多，除了我那朋友满大队长自兼保长，局里固定职员，只有个戴大眼镜读《随园食谱》用小绿颖水笔办公事的师爷，另一个年纪十四岁头脑单纯的局丁。地方所属自卫武力，虽有三十多支杂色枪，平时却分散在村子里大户人家中，以防万一，平时并不需要。换言之，即这个地方经常是冷清清的。因为地方治安无虞，农村原有那分静，表面看也还保持得上好。

搬过药王宫半个月来，除了和大队长赶过几回场，买了些虎豹皮，选了些斗鸡种，上后山猎了几回毛兔，一群人一群狗同在春雪始融湿滑滑的涧谷石崖间转来转去，搅成一团，累得个一身大汗，其余时间居多倒是看看局里老师爷和小局丁对棋。两人年纪一个已过四十六七,一个还不及十五，两面行棋都不怎么高明，却同样十分认真。局里还有半部石印《聊斋志异》。这地方环境和空气，才真宜于读《聊斋志异》！不过更新的发现，却是从局里住屋一角新孵的一窝小鸡上，及床头一束束不知名草药的效用上，和师爷于短时期即成了个忘年交，又从另外一种方式上，和小局丁也成了真正知己。先是翻了几天《聊斋志异》，以为“春风”“黄英”会有一天忽然掀帘而入，来此以前且可听到楼梯间细碎脚步声。事实上雀鼠作成的细碎声音虽多，青凤黄英始终不露面。这种悬想的等待，既混和了恐怖与欢悦，对于十八岁的生命言自然也极受用。可是一和两人相熟，我就觉得抛下那几本残破小书实在大有道理，因为只要我高兴，随意浏览另外一本大书某一章节，都无不生命活跃引人入胜!

巧秀的妈原是溪口人，二十三岁时即守寡，守住那不及两岁大的巧秀和七亩山田。年纪轻，不安分甘心如此下去，就和一个黄罗寨打虎匠偷偷相好。族里人知道了这件事，想图谋那片薄田，捉奸捉双，两人终于生生捉住。一窝蜂把两人拥到祠堂里去公开审判。本意也只是大雷小雨的将两人吓一阵，痛打一阵，大家即从他人受难受折磨情形中，得到一种离奇的满足，再把她远远的嫁去，讨回一笔财礼，作为脸面钱，用少数买点纸钱为死者焚化，其余的即按好事出力的程度均分花用。这原是本地旧规矩，凡事照规矩作去，他人无从反对。不意当时作族长的，巧秀妈未嫁时，曾拟为跛儿子讲作儿媳妇，巧秀妈却嫌他一只脚，不答应，族长心中即憋住一腔恨恼。后来又借故一再调戏，反被那有性子的小寡妇大骂一顿，以为老没规矩老无耻。把柄拿在寡妇手上，还随时可以宣布。如今既然出了这种笑话，因此回复旧事，仇人见面分外眼红，极力主张把黄罗寨那风流打虎匠两只脚捶断，且当小寡妇面前捶断。私刑执行时，打虎匠咬定牙齿一声不哼，只把一双眼睛盯看着小寡妇。处罚完事，即预备派两个长年把他抬回二十里外黄罗寨去。事情既有凭有据，黄罗寨人自无话说。可是小寡妇呢，却当着族里人表示她也要跟去。田产女儿通不要，也得跟去。这一来族中人真是面子失尽。尤其是那个一族之长，心怀狠毒，情绪复杂，怕将来还有事情，倒不如一不做二不休连根割断，竟提议把这个不知羞耻的贱妇照老规矩沉潭，免得黄罗寨人说话。族祖既是个读书人，有个小小功名，读过几本“子曰”，加之辈分大，势力强，且平时性情又特别顽固专横，即由此种种，同族子弟不信服也得畏惧三分。如今既用维持本族名誉面子为理由，提出这种兴奋人的意见，并附带说事情解决再商量过继香火问题。人多易起哄，大家不甚思索自然即随声附和。合族一经同意，那些年青无知好事者，即刻就把绳索和磨石找来，督促进行。在纷乱下族中人道德感和虐待狂已混淆不可分。其他女的都站得远远的，又怕又难受，无可奈何，只轻轻的喊着“天”，却无从作其他抗议。一些年青族中人，即在祠堂外把那小寡妇上下衣服剥个精光，两手缚定，背上负了面小石磨，并用藤葛紧紧把石磨扣在颈脖上。大家围住小寡妇，一面无耻放肆的欣赏那个光鲜鲜的年青肉体，一面还狠狠的骂女人无耻。小寡妇却一声不响，任其所为，眼睛湿莹莹的从人丛中搜索那个冤家族祖。深怕揭底的族祖，却在剥衣时装作十分生气，上下狠狠的看了小寡妇几眼，口中不住骂“下贱下贱”，装作有事不屑再看，躲进祠堂里去了。到祠堂里就和其他几个年长族人商量打公禀禀告县里，准备人家画押，把责任推卸到群众方面去，免得将来出其他事故。也一面安慰安慰那些无可无不可年老怕事的族中长辈，引些圣经贤传除恶务尽的话语，免得中途变化。到了快要下半天时候，族中一群好事者，和那个族祖，把小寡妇拥到溪口，上了一只小船，架起了桨，沉默向溪口上游长潭划去。女的还是低头无语，只看着河中荡荡流水，以及被双桨搅碎水中的云影星光。也许正想起二辈子投生问题，或过去一时被族祖调戏不允许的故事，或是一些生前“欠人”“人欠”的小小恩怨。也许只想起打虎匠的过去当前，以及将来如何生活。不及两岁大的巧秀，明天会不会为人扼喉咙谋死？临出发到河边时，一个老表嫂抱了茫然无知的孩子，想近身来让小寡妇喂一口奶，老族祖一见，吼了一声，大骂“老狐狸，你见了鬼，还不赶快给我滚开！”一脚踢开。但很奇怪，从这妇人脸色上，竟看不出恨和惧，看不出特别紧张，一切都若平静异常。至于一族之长的那一位呢，正坐在船尾梢上，似乎正眼也不想看那小寡妇。其实心中却漩起一种极复杂纷乱情感。为去掉良心上那些刺，只反复喃喃以为这事是应当的，全族脸面攸关，不能不如此。自己既为一族之长，又读过圣贤书，实有维持道德风化的责任。当然也并不讨厌那个青春康健光鲜鲜的肉体；讨厌的倒是，“肥水不落外人田”，这肉体被外人享受。妒忌在心中燃烧，道德感益发强，迫虐狂益发旺盛，只催促开船。至于其他族中人呢，想起的或者只是那几亩田将来究竟归谁管业，都不大自然。因为原来那点性冲动已成过去，都有点见输于小寡妇的沉静情势。小船摇到潭中最深处时，荡桨的把桨抽出水，搁在舷边。船停后轻轻向左旋着，又向右旋。大家都知道行将发生什么事。一个年纪稍大的某人说：“巧秀的娘，巧秀的娘，冤有头，债有主，你心里明白。好好的去了吧。你有什么话嘱咐，就说了吧。”小寡妇望望那个说话安慰她的人，过一会儿方低声说：“三表哥，做点好事，不要让他们捏死我巧秀喔。那是人家的香火！长大了，不要记仇，就够了！”大家静默了。美丽黄昏空气中，一切沉静。先是谁也不肯下手。老族祖貌作雄强，心中实混和了恐怖与矜持，走过女人身边，冷不防一下子把那小寡妇就掀下了水。轻重一失衡，自己忙向另处一边倾坐，把小船弄得摇摇晃晃。人一下水，先是不免有一番小小挣扎，因为颈背上悬系那面石磨相当重，随即打着旋向下直沉。一阵子水泡向上翻，接着是水天平静。船随水势溜着，渐渐离开了原来位置。船上的年青人眼都还直直的一声不响望着水面。因为死亡带走了她个人的耻辱和恩怨，却似乎留念给了每人一份看不见的礼物。虽说是要女儿长大后莫记仇，可是参加的人哪能忘记自己作的蠢事。几个人于是俨然完成了一件庄严重大的工作，把船掉了头。死的已因罪孽而死了，然而“死”的意义却转入生者担负上，还得赶快回到祠堂里去叩头，放鞭炮挂红，驱逐邪气，且表示这种“勇敢”和“决断”兼有真正愚蠢的行为，业已把族中受损失的“荣誉”收复。事实上，却是用这一切来祓除那点在平静中能生长，能传染，影响到人灵魂或良心的无形谴责。即因这种恐怖，过四年后，那族祖便在祠堂里发狂自杀了。只因为最后那句嘱咐，巧秀被送到三十里外的高枧满家庄院，活下来了。

巧秀长大了，亲眼看过这一幕把她带大的表叔，团防局的师爷，原本有意让她给满家大队长做小婆娘，有个归依，有个保护。只是老太太年老见事多，加之有个痛苦记忆在心上，以为凡事得从长作计。巧秀对过去事又实在毫无所知，只是不乐意。年龄也还早，因此暂时搁置。

巧秀常到团防局来帮师爷缝补衣袜，和冬生也相熟。冬生的妈杨大娘，一个穷得厚道贤慧的老妇人，在师爷面总称许巧秀。冬生照例常常插嘴提醒他的妈，“我还不到十五岁，娘。”“你今年十五明年就十六，会长大的！”两母子于是在师爷面前作些小小争吵，说的话外人照例都不甚容易懂。师爷心中却明白，母子两人意见虽对立，却都欢喜巧秀，对巧秀十分关心。

巧秀的逃亡正如同我的来到这个村子里，影响这个地方并不多，凡是历史上固定存在的，无不依旧存在，习惯上进行的大小事情，无不依旧照常进行。

冬生的母亲一村子里通称为杨大娘。丈夫十年前死去时，只留下一所小小房屋和巴掌大一片菜地。生活虽穷然而为人笃实厚道，不乱取予，如一般所谓“老班人”。也信神，也信人，觉得这世界上有许多事得交把神，又简捷，又省事。不过有些问题神处理不了，可就得人来努力了。人肯好好的做下去，天大难事也想得出结果；办不了呢，再归还给神。如其他手足贴近土地的农村人民一样，处处尽人事而信天命，生命处处显出愚而无知，同时也处处见出接近了一个“夙命论”者，照读书人说来就是个“道”字。冬生在这么一个母亲身边，在看牛，割草，捡菌子，和其他农村子弟生活方式中慢慢长大了，却长得壮实健康，机灵聪敏。只读过一年小学校，便会写一笔小楷字，且跟团防局师爷学习，懂得一点公文程式。作公丁收入本不多，惟穿吃住已不必操心。此外每月还有一箩净谷子，一点点钱。这份口粮捎回作家用，杨大娘生活因之也就从容得多。且本村二百五十户人家，团丁是义务性质不拿工薪的。有公职身分公份收入阶层总共不过四五人，除保长队长和那个师爷外，就只那两个小学教员，开支都不大。所以冬生的地位，也就值得同村小伙子羡慕而乐意得到它。职务在收入外还有个抽象价值，即抽丁免役，且少受来自城中军政各方的经常和额外摊派。凡是生长于同式乡村中的人，都知道上头的摊派法令，一年四季如何轮流来去，任何人都招架不住，任何人都不可免，谁有吃公事饭的人，却不大相同。正如村中“一脚踢”凡事承当的大队长，派人筛锣传口信集合父老于药王宫开会时，虽明说公事公办，从大户带头摊起，自己的磨坊、油坊，以及在场上的槽坊，小杂货铺统算在内，一笔数目照例比别人出的多。且愁眉不展的抱怨周转不灵，有时还得出子利举债。可是村子里人却只见到队长上城回来时，总带了些使人开眼的文明玩意儿，或换了顶呢毡帽。或捎了个洋水笔，遇有作公证画押事情，多数公民照例按指纹或画个十字，少数盖章，大队长却从中山装胸间口袋上拔出那亮晃晃圆溜溜宝贝，写上自己的名字，已够使人惊奇。一问价钱数目才更吓人，原来比一只耕牛还贵！象那么做穷人，谁不乐意！冬生随同大队长的大白骡子来去县城里，一年不免有五七次，知识见闻自比其他乡下人丰富。加上母子平时的为人，因此也赢得一种不同地位。而这地位为人承认表示得十分明显，即几个小地主家有十二三岁小闺女的，都乐意招那么一个得力小伙子作上门女婿，以为兴家立业是个好帮手。

村子去县城已四十五里，离官路也在三里外。地方不当冲要，不曾驻过兵。因为有两口好井泉，长年不绝的流，营卫了一坝上好冬水田。田坝四周又全是一列小山围住，山坡上种满桐茶竹漆。村中规约好，不乱砍伐破山，不偷水争水。地方由于长期安定，形成的一种空气，也自然和普通破落农村不同，凡事照例都有个规矩。虽由于这个长远习惯的规矩，在经济上有人占了些优势，于本村成为长期统治者，首事人。也即因此另外有些人就不免世代守住佃户资格，或半流动性的长工资格，生活在被支配状况中，矛盾显明。但两者生活方式，虽有差距还是相隔不太多，同样得手足贴近土地，参加劳动生产，没有人完全袖手过日子。惟由此相互对照生活下，随同大社会的变动，依然产生了一种游离分子。这种人的长成，都若有个公式：凡事由小而大，小时候作顽童野孩子，事事想突破一乡公约，砍砍人家竹子作钓竿，摘摘人家园圃桔柚解渴，偷放人田中水捉鱼，或从他人装置的网弶中取去捉住的野兽。自幼即有个不劳而获的发明，且凡事作来相当顺手，长大后，自然便忘不了随事占点便宜。浪漫情绪一扩张，即必然从农民身分一变而成为“游玩”。社会还稳定，英雄无用武之地，不能成大气候，就在本村子里街头开个小门面，经常摆桌小牌抽点头，放点子母利。相熟方面多，一村子人事心中一本册，知道谁有势力谁无财富，就向那些有钱无后的寡妇施点小讹诈。平时既无固定生计，又不下田，四乡逢场时就飘场放赌。附近四十里每个村子里都有三五把兄弟，平时可以吃吃喝喝，困难时也容易相帮相助。或在猪牛买卖上插了句嘴，成交时便可从经纪方面分点酒钱，落笔小油水。什么村子里有大戏，必参加热闹。和掌班若有交情，开锣封箱必被邀请坐席吃八大碗，打加官叫出名姓，还得做面子打个红纸包封。新来年青旦角想成名，还得和他们周旋周旋，靠靠灯，方不会凭空为人抛石头打彩。出了事，或得罪了当地要人，或受了别的气扫了面子，不得不出外避风浪换码头，就挟了个小小包袱，向外一跑。更多的是学薛仁贵投军，自然从此就失踪了，居多迟早成了炮灰。若是个女的呢，情形就稍稍不同。生命发展与突变，影响于黄毛丫头时代的较少，大多数却和成年前后的性青春期有关。或为传统压住，挣扎无从，终于发疯自杀。或突过一切有形无形限制，独行其是，即必然是随人逃走。惟结果总不免依然在一悲剧性方式中收场。

但近二十年社会既长在变动中，二十年内战自残自黩的割据局面，分解了农村社会本来的一切。影响到这小地方，也自然明白易见。乡村游侠情绪和某种社会现实知识一接触，使得这个不足三百户人家村子里，多有了三五十支杂色枪，和十来个退伍在役的连长、排长、班长，以及二三更高级更复杂些的人物。这些人多近于崭新的一个阶层，即求生存已脱离手足勤劳方式，而近于一个寄食者。有家有产的可能成为小土豪，无根无柢的又可能转为游民、土匪，而两者又必有个共同的趋势，即越来越与人民土地生产劳作隔绝，却学会了新的世故和残暴。尤其是一些人学得了玩武器的技艺，干大事业既无雄心和机会，也缺少本钱。回转家乡当然就只能作点不费本钱的买卖。且于一种新的生活方式中，产生一套现实哲学。这体系虽不曾有人加以分析叙述，事实上却为极多数会玩那个照环境所许可的人物所采用。永远有个“不得已”作借口，于是绑票种烟都成为不得已。会合了各种不得已而作成的堕落，便形成了后来不祥局面的扩大继续。但是在当时那类乡村中，却激发了另外一方面的自卫本能，即大户人家的对于保全财富进一步的技能。一面送子侄入军校，一面即集款购枪，保家保乡土，事实上也即是保护个人的特别权益。两者之间当然也就有了斗争，随时随地有流血事件发生，而结怨影响到累世。特别是小农村彼此利害不同的矛盾。这二十年一种农村分解形式，亦正如大社会在分解中情形一样，许多问题本若完全对立，却到处又若有个矛盾的调合，在某种情形中，还可望取得一时的平衡。一守固定的土地，和大庄院、油坊或榨坊槽坊，一上山落草；却共同用个“家边人”名词，减少了对立与磨擦，各行其是，而各得所需。这事看来离奇又十分平常，为的是整个社会的矛盾的发展与存在，即与这部分的情形完全一致。国家重造的设计，照例多疏忽了对于这个现实爬梳分析的过程，结果是一例转入悲剧，促成战争。这小村子所在地，既为比较偏远边僻贵州湖南的边土，地方对“特货”一面虽严厉禁止，一面也抽收税捐。在这么一个情形下，地方特权者的对立，乃常常因“利益平分”而消失。地方不当官路，却宜于走私，烟土和盐巴的对流，支持了这个平衡的对立。对立既然是一种事实，各方面武器转而好象都收藏下来不见了。至少出门上路跑差事的人，为求安全，徒手反而比带武器来得更安全。过关入寨，一个有衔名片反而比带一支枪更安全省事。

冬生在局里作事，间或得出出差，不外引导保护小烟贩一二挑烟土下行，或盐巴旁行。路不须出界外，所以对于这个工作也就十分简单。时当下午三点左右，照习惯送了两个带特货客人从界内小路过境。出发前，还正和我谈起巧秀问题。一面用棕衣包脚，一面托我整理草鞋后跟和耳绊。

我逗弄他说 :“冬生，巧秀跑了，那清早大队长怎不派你去追她回来？”

“人又不是溪水，用闸门哪关得住。人可是人！我即或是她的舅子，本领不大，也不会起作用！追上了也白追。”

“人正是人，哪能忘了大队长老太太十多年对她的恩情？还有师爷，磨坊，和那个溪水上游的钓鱼堤坝，都象熟亲友，怎么舍得？依我看，你就舍不得！”

“磨坊又不是她的财产。你从城里来，你欢喜，我们可不。巧秀心窍子通了，就跟人跑了。有仇报仇，有恩报恩，这笔账要明天再算去了。”

“她自己会不会回来？”

“回来吗？好马不吃回头草，哪有长江水倒流？”

“我猜想她总在几个水码头边落脚，不会飞到海外天边去。要找她一定找得回来。”

“打破了的坛子，谁也不要！”

“不要了吗？你舍得我倒舍不得，这个人依我看，为人倒很好！不象个横蛮丫头！”

我的结论既似真非真，倒引起了冬生的注意。他于是也似真非真的向我说：“你欢喜她，我见她一定告她。她做得一手好针线活，会给你做个绣花抱肚，里面还装满亲口嗑的南瓜子仁。可惜你又早不说，师爷也能帮你忙！”

“早不说吗？我一来就只见过她一面。来到这村子里只一个晚上，第二早天刚亮，她就跟人跑了！我哪里把灯笼火把去找她。”

“那你又怎么不追下去？萧何追韩信，下河码头熟，你追去好了！”

“我原本只是到这里来和你大队长打猎，追麂子狐狸兔子，想不到还有这么一种山里长大的标致东西！”

这一切自然都是笑话，已决五十岁的师爷，听到我说的笑话，比不到十五岁冬牛听来的意义，一定深刻得多。原本不开口，因此也搭话说：“凡事要慢慢的学，才会懂。我们这地方，草草木木都要慢慢的才认识，性质通通不同的！断肠草有毒，牛也不吃它。火麻草螫手，你一不小心就遭殃。”

冬生走后约一点钟，杨大娘却两脚黄泥到了团防局。师爷和我正在一窠新孵出的小鸡边，点数那二十个小小活动黑白毛毛团。一见杨大娘那两脚黄泥，和提篮中的东西，就知道是从场上回来的。“大娘，可是到新场办年货？你冬生出差去了，今天歇红岩口，明天才能回来。可有什么事情？”

杨大娘摸一摸提篮中那封点心，“没有什么事。”

“你那笋壳鸡上了孵没有？”

“我那笋壳鸡上城做客去了，”杨大娘点一点搁在膝头上的提篮中物，计大雪枣一斤，刀头肉一斤，元青鞋面布一双，香烛纸张全份，还加上一封百子头炮仗，一一点数给师爷看。

问一问，才知道原来当天是冬生满十五岁的生日，杨大娘早就弯指头把日子记在心上，恰值鸦拉营逢场，犹自嘀咕了好几个日子，方下狠心，把那预备上孵的二十四个大白鸡蛋从箩筐中一一取出，谨慎小心放入垫有糠壳的提篮里，捉好那只笋壳色母鸡，套上草鞋，赶到场上去，和城里人打交道。虽下决心那么作，走到相去五里的场上，倒象原不过只是去玩玩，看看热闹，并不需要发生别的事情。因为鸡在任何农村都近于那人家属之一员，顽皮处和驯善处，对于生活孤立的老妇人，更不免寄托了一点热爱，作为使生活稍有变化的可怜简单的梦。所以到得人马杂沓黄泥四溅的场坪中转来转去等待主顾时，杨大娘自己即老以为这不会是件真事情。有人问价时，就故意讨个高过市价一倍的数目，且作成“你有钱我有货，你不买我不卖”对立神气，并不希望脱手。因为要价过高，城里来的老鸡贩，稍微揣揣那母鸡背脊，不还价，就走开了。这一来，杨大娘必作成对于购买者有眼不甚识货轻蔑神气，扁扁嘴，掉过头去不作理会。凡是鸡贩子都懂得乡下妇人心理，从卖鸡人的穿着上即可明白，以为明白时间早，不忙收货，见要价特别高的，想故意气一气她，就还个起码数目。且激激她说：“什么八宝精，值那样多！”杨大娘于是也提着气，学作厉害十分样了，“你还的价钱只能买豆腐吃。买你的豆腐去吧。”且象那个还价数目不仅侮辱了本人，还侮辱了身边那只体面肥母鸡，怪不过意，因此掉转身，抚抚鸡毛，拍拍鸡头，好象向鸡声明，“不必忙，再过一刻钟我们就回家去。我本来就只是玩玩的，哪舍得你！”那只母鸡也象完全明白自己身分，和杨大娘的情绪，闭了闭小红眼睛，只轻轻的在喉间“骨骨”哼两声，且若完全同意杨大娘的打算。两者之间又似乎都觉得“那不算什么，等等我们就回去，我真乐意回去，凡事一切照旧。”

到还价已够普通标准时，有认得她的熟人，乐于圆成其事，必在旁插嘴，“添一点，就卖了。这鸡是吃绿豆包谷长大的，油水多！”待主顾掉头时，又轻轻的知会杨大娘，“大娘要卖也放得手了。这回城里贩子来得多，也出得起价。若到城里去，还卖不到这个数目！”因为那句“要卖得趁早放手”，和杨大娘心情基本冲突，所以回答那个好意却是：

“你卖我不卖，我又不等钱用。”

或者什么人说：“不等钱用你来作什么？没得事作来看水鸭子打架，胜败作个公证人？肩膊发松，怎不扛扇石磨来？”

杨大娘看看，搜寻不出谁那么油嘴滑舌，不便发作，只轻轻的骂着，“背时不走运的，你妈你婆才扛石磨上场玩，逗人开心长见识！”

事情相去十五六年，石磨的用处早成典故，本乡人知道的已不多了。

……哪有不等钱用这么十冬腊月抱鸡来场上喝风的人？事倒凑巧，因为办年货城里送礼需要多，临到末了，杨大娘竟意外胜利，只把母鸡出脱，卖的钱比自己所悬想的还多些。钱货两清后，杨大娘转入各杂货棚边去，从鸡、鸭、羊、兔、小猫、小狗，和各种叫嚷，赌咒，争持交易方式中，换回了提篮所有。末了且象自嘲自诅，还买了四块豆腐，心中混合了一点儿平时没有的怅惘、疲劳、喜悦，和朦胧期待，从场上赶回村子里去。在回家路上，看到有村子里人有用葛藤缚住小猪的颈脖赶着小畜生上路的，也看到有人用竹箩背负这些小猪上路的，使他想起冬生的问题。冬生二十岁结婚一定得用四只猪，这是五年后事情。眼前她要到团防局去找冬生，只是给他个大雪枣吃，量一量脚看鞋面布够不够，并告冬生一同回家去吃饭，吃饭前点香烛向祖宗磕磕头。冬生的爹死去整十年了。

杨大娘随时都只想向人说："杨家的香火，十五岁。你们以为孵一窝鸡，好容易事！他爹去时留下一把镰刀，一副连枷，……你不明白我好命苦！"到此眼睛一定红红的，心酸酸的。可能有人会劝慰说："好了，现在好了，杨大娘，八十一难磨过，你苦出头了！冬生有出息，队长答应送他上学堂。回来也会做队长！一子双祧讨两房媳妇，鸦拉营王保长闺女八铺八盖陪嫁，装烟倒茶都有人，享福在后头，你还愁个什么？……"

事实上杨大娘其时却笑笑的站在师爷的鸡窝边，看了一会儿小鸡。可能还关心到卖去的那只鸡和二十四个鸡蛋的命运，因此用微笑覆盖着，不让那个情绪给城里人发现。天气看看已晚下来了。正值融雪，今天赶场人太多，田坎小路已踏得个稀糊子烂，怪不好走。药王宫和村子相对，隔了个半里宽田坝，还有两道灌满融雪水活活流注的小溪，溪上是个独木桥。大娘心想："冬生今天已回不了局里，回不了家。”似乎对于得篮中那包大雪枣“是不是应当放在局里交给师爷”问题迟疑了一会儿，末后还是下了决心，提起篮子走了。我们站在庙门前石栏杆边，看这个肩背已佝偻的老妇人，一道一道田坎走去。还不忘记嘱告我，“路太滑，会滚到水里面去。那边长工会给你送饭来的！”

时间大约五点半，村子中各个人家炊烟已高举，先是一条一条孤独直上，各不相乱。随后却于一种极离奇情况下，被寒气一压，一齐崩坍下来，展宽成一片一片的乳白色湿雾。再过不多久，这个湿雾便把村子包围了，占领了。杨大娘如何作她那一顿晚饭，是不易形容的。灶房中冷清了好些，因为再不会有一只鸡跳上砧板争啄菠菜了。到时还会抓一把米头去喂鸡，始明白鸡已卖去。一定更不会料想到，就在这一天，这个时候，离开村子十五里的红岩口，冬生和那两个烟贩，已被人一起掳去。

我那天晚上，却正和团防局师爷在一盏菜油灯下大谈《聊斋志异》，以为那一切都是古代传奇，不会在人间发生，所以从不怕僵尸不怕精怪。师爷喝了一杯酒话多了点，明白我对青凤黄英的向往，也明白我另外一种弱点，便把巧秀母亲故事源源本本告给我。且为我出主张，不要再读书。并以为住在任何高楼上，固定不动窝，都不如坐在一只简单小小“水上漂”，更容易有机会和那些使二十岁小伙子心跳神往的奇迹碰头！他的本意只是要我各处走走，不必把生活长远固定到一个小地方，或一件小小问题得失上，见闻一开阔，人也就大派多了。不意竟招邀我回忆上了另外那一只他曾坐过久已不存在的小船。

我仿佛看到那只向长潭中桨去的小船，仿佛即稳坐在那只小船一头，仿佛有人下了水，随后船已掉了头。……水天平静，什么都完事了。一切东西都不怎么坚牢，只有一样东西能真实的永远存在，即从那个对生命充满了热爱，却被社会带走了爱的二十三岁小寡妇一双明亮、温柔、饶恕了一切的眼睛中看出去，所看到的那一片温柔沉静的黄昏暮色，以及在暮色倏忽中，两个船桨搅碎水中的云影星光。巧秀已经逃走半个月，巧秀的妈颈悬石磨沉在溪口长潭中已十五年。

一切事情还并没有完结，只是一个起始。

一九四七年七月末北平

传奇不奇

满老太太从油坊到碾坊。溪水入冬枯落，碾槽停了工，水车不再转动，上面挂了些绿丝藻已泛白，石头上还有些白鸟粪。一看即可知气候入冬，一切活动都近于停止状态，得有个较长休息。不过一落了春雪，似乎即带来了点春天信息。连日融雪；汇集在坝上长潭的融雪水，已上涨到闸口，工人来报说水量已经可转动碾盘。照习惯，过年时，每个人家作糍粑很要几挑糯小米和大米。新媳妇拜年走亲戚，也少不了糍粑和甜酒，都需要糯谷米。老太太因此来看看，帮同守碾坊的工人，用长柄扫帚打扫清理一下墙角和碾盘上蛛网蟢钱，在横轴上钢圈上倒了点油，挂好了搁在墙角隅的长摇筛，一面便吩咐家中长工，挑一箩糯谷来试试槽，看看得不得用。

工人回去后，老太太把搁在旁边一个细篾烘笼提到手中，一面烘手一面走出碾坊，到坝上去看看。打量等待试过槽后，再顺便过村头去看看杨家冬生的妈。孩子送客人送了三天，还不曾转身，算是新事情。二三十里路并不算远，平时又无豺狼虎豹，路上一坦平，夜间摸黑也不会迷路。难道真是眼睛上有毛毛虫，掉到路旁“陷眼”“地窟窿”（死去万年的火山口）里去了？还是追麂子兔子，闪不知走到雪里滚入湃泥田，拔脚不出惨遭灭顶？（这在雪地上总还有个踪迹消息！）此外只有一个原因，即早先已定下了主意，要学薛仁贵，投军奔前程，深怕寡母眼泪浸软了心，临时脱身不得，因此趁便走去。可是在局里当差，已经是在乡兵员，想考学校，哪还有更方便事情？照乡村习惯，少年子弟背井离乡的事情虽常有，照例是要因点外事刺激才会发生：受了什么人的气丢失面子，赌输了钱无法交代，和什么女子有过情分，难善终始，不易长此厮守下去，到后方不免有此一着，不是同走就是独行，努力把自己拔出家乡拔出苦恼，取得个转机。就冬生说，这些问题都不成问题。局里师爷到庄子上去提供报告时，就证明薛仁贵投军事不大可信。只有一点点可疑处，即是不是因为巧秀走失，半个月还无消息，冬生孩子心实，心里有些包瞒着的事，说不出口，所以要告奋勇去把巧秀找寻回来。说不定事前还许愿发过誓，找不到决不回乡，所以就失了踪。这自然只是局里师爷的猜想，无凭无据。不过由此出发，村子里却发生了些以讹传讹的谣言：冬生到红岩口，看见了满家逃亡的巧秀，知道是和吹唢呐中寨人想要逃下常德府，凑巧碰了头。两口子怕冬生小孩子口松出事，就把他一索子捆上，抛到江口大河里去了。事情虽没见证，话语却传到了老太太耳边。老太太心中难过，半信半疑，想去看看冬生的娘，安慰安慰这个妇人。临时还用小篮子装了二十个大鸡蛋。

高枧地方二百多户人家，除了杨家段家，满姓算是大族，老太太家里，又是这一族中门面户。近村子田地山坡产业，有一部分属于这个人家。此外属于族中共有的，还有油坊、碾坊等等产业，三年一换，轮流管理。五里场外集上又开了个小小官盐杂货铺，生产不多，只作为家中人赶场落脚地方。当家的男主人四十岁左右就过世了，目前接手管业的，是年过六十还精神矍铄的老太太。丈夫已死去快二十多年。生有二男二女：女的都已出嫁，身边只两个男孩，大的就是刚婚娶不久的地方团防局大队队长，小的进城上中学，在县里还只读初中二。两弟兄平时为人都还本分，大的只读过三年私学，对于“子曰”影响不多。按照一个乡下有产业子弟的兴趣和保家需要，不免欢喜玩枪弄棒。家中有长工，有猎狗，有枪支，而且来了客人，于是一个冬天，都用于鬻子所谓“捕虎逐麋”游猎工作上消磨了。

老太太穷人出身，素朴而勤俭。家产是承袭累代勤俭而来，所以门庭保留一点传统规矩。自己一身的穿着，照例是到处补丁上眼，却永远异常清洁。内外衣通用米汤浆洗得硬挺挺的，穿上身整整齐齐，且略有点米浆酸味和干草香味。头脚都拾掇得周周整整，不仅可见出老辈身分，还可见出一点旧式农村妇女性格。一切行为都若与书本无关，然而却处处合乎古人所悬想，尤其是属于性情一方面。明白财富聚散之理，平时赡亲恤邻，从不至于太吝啬。散去了财产一部分，就保持了更多部分。一村子非亲即友，遇什么人家出了丧事喜事，月毛毛丢了生了，儿子害了长病，和这家女主人谈及时，照例要陪陪悲喜。事后还悄悄的派人送几升米或两斤片糖去，尽一尽心。一切作来都十分自然。

一家人都并无一定宗教信仰，屋当中神位，供了个天地君亲师牌位，另外还供有太岁和土地神，灶屋有灶神，猪圈、牛栏、仓房也各有鬼神作主。每早晚必由老太太洗手亲自去作揖上香。逢月初一十五，还得吃吃观音斋，感谢并祝愿一家人畜平安。一年四季必按节令举行各种敬神仪式，或吃斋净心，或杀猪还愿，不问如何，一个凡事从俗。十二月过年时，有门户处和猪圈牛栏都贴上金箔喜钱和吉祥对联庆贺丰节。并一面预备了些钱米分送亲邻。有羞羞怯怯来告贷的，数目不多，照例必能如愿以偿。

一家财产既相当富有，照料经管需人，家中除担任团防局保卫一村治安的丁壮外，长年还雇有三四个长工，和一个近亲管事。油坊碾坊都有副产物，用之不竭，因此经常养了四只膘壮大牯牛，一栏肥猪，十来头山羊，三五十只鸡鸭，十多窝鸽子，几只看家狗。大院中心有一株大胡桃树，竹笼中还喂有两只锦鸡，一对大耳朵洋兔子，宅后竹园尚有几箱蜜蜂。对外商务经济，虽由管事族中子弟经手，内外收支，和往来亲戚礼数在还以及债务数目，却有一本“无字经”记在老太太心中，一提起，能道出源源本本。

老太太对日常家事是个现实主义者，对精神生活是个象征主义者，对儿女却又是个理想主义者；一面承认当前，一面却寄托了些希望于明天。大儿子有点实力可以保家，还有精力能生二男二女，她还来得及为几个孙子商定亲事，城里看一房亲，乡里看一房亲。两孙女儿也一城一乡许给人家。至于第二儿子的事呢，照老太太意思，既读了书，就照省城里规矩，自由自由，找一个城里女学生，让她来家族中小学教教书，玩风琴唱歌也好，小夫妇留在城中教小学也好，只要二儿子欢喜都可照办。二儿子却说还待十年再结婚不迟。……冬生呢，这个小孩子她想也要帮帮忙，到成年讨媳妇时，送三五亩山地给他自己管业。

老太太的梦在当地当时说来，相当健康也相当渺茫。因为中了俗话说的“人有千算，天有一算”，一切合理建筑起来的楼阁，到天那一算出现时，就会一齐塌圮成为一堆碎雪破冰，随同这个小溪流的融雪水，漫过石坝，钻过桥梁，带入大河，终于完事。因为这个小小社会的基础是建立在更大的那个社会基础上的。农村经济在崩溃中，县里省里的经济，大部分靠鸦片烟的过境税收维持。高枧村子里一个团防总局，三十支老式自卫枪支，团上的开销，大部分也靠的是在所属范围内，护送小规模烟贩走私，每挑烟土十元的过境保护税。照习惯，只是派个引路人拿个名片送过境就尽了责任。下一段路就归另外地区团上负责了。

老太太见长工挑着两半箩谷子从庄子里走出，直向碾坊走来，后面跟了两个人，一个面生的，另一个就是正想去看看的冬生的妈。还不及招呼，却发现了杨大娘狼狈焦急神气，赶忙迎接上去，“大姨，大姨，你冬生回来了吗？我正想去看你！”

杨大娘两脚全是雪泥，萎悴悴的，虚怯怯的，身子似乎比平时缩小了许多，轻轻咒了自己一句：“菩萨，我真背时！”

老太太从神气估出了一点点谱，问那陌生乡下人：“大哥，你可是新场人？”

挑谷子长工忙说：“鸡冒老表，这是队长老太太，你说说你那个，不要包瞒不要怕。”

老太太把一众让进碾房里去，明白事情严重。

那人又冷又急，口中打结似的，说了两三遍，才理畅了喉，说明来意。从来人口中方知道失踪三天的冬生，和护送的那两挑烟土，原来在十里外红岩口，被寨子上田家两兄弟和一小帮人马拦路抢劫了。因为首先押到鸡冒老表在山脚开的小饭铺烤火，随后即一同上了山，不知向什么地方走了。鸡冒认得冬生，看冬生还笑眯眯的，以为不是什么大事。昨天赶场听人说冬生久不回村子，队长还放口信找冬生，打听下落，才知道冬生是和烟帮一起被劫回不来。那群人除了田家庄子两兄弟面熟，还有个大家都叫他作五哥，很象是会吹唢呐的中寨人，才二十来岁一个好后生，身上背了他那个唢呐，另外还背个盒子炮，威风凛凛。冬生还对他笑也对鸡冒老表笑，意思可不明白。来人一再请求老太太，不要张扬说这事是他打的报告，因为他怕田家兄弟明天烧房子报仇。他又怕不来报告，将来保上会有人扳他连坐，以为这一行人曾到他店铺里烤过火。两个土客的逃回，更证实了前后经过万确千真。

下半天，这件事情即传遍了高枧。对队长说，这是丢面子的大事。所以即刻在团防局召集村保紧急会议，商量这事是进行私和，还是打公禀报告县里。当场有个年少气盛的满家人说：“红岩口地方本在大队长治安范围内，田家人这种行为，近于有意不认满家的账。若私和，照规矩必这方面派人出面去接洽，商量个数目，满家出笔钱方能把人货赎出。这事情已有点丢面子。凡事破例不得，一让步示弱，就保不定有第二回故事发生。并且一伙中还有个拐带巧秀逃走的中寨人，拐了人家黄花女，还敢露面欺人，更近于把唾沫向高枧人脸上吐。”话也不是没有道理。大队长和师爷一衡量轻重，都主张一面召集丁壮，一面禀告县里剿匪。大队长并亲自上县城呈报这件事，请县长带队伍下乡督促，惩一警百。县长是个少壮军人转业的，和大队长谈得来，年青喜事，正想下乡打打猎，到队长家中去住住。于是第二早即带了一排警备队，乘了个三顶拐新轿子，和队长下乡。到了高枧，县长就住在大队长家中，三十个县警队都住在药王宫团防局楼下。一村中顿时显得热闹起来。

县长出巡清乡，到了高枧，消息一传出后，大队长派过红岩口八里田家寨的土侦探，回来禀报，一早上，田家兄弟带了四支枪和几挑货物，五六挑糍粑，三石米，一桶油，十多人还扛了二十来件刀刀叉叉，一共三十来个人，一齐上了老虎洞。冬生和巧秀和吹唢呐那个中寨人也在队伍里。冬生萎萎悴悴，光赤着一只脚板。田家兄弟还说笑话，壮村子里乡下人的胆，“县长就亲自来，也不用怕。我们守住上下洞，天兵天将都只好仰着个脖子看。看累了，把附近村子里的肥母鸡吃光了，县太爷还是只有坐轿子回县里去，莫奈我田老六何。”

县长早明白接近边境矿区人民蛮悍有问题，不易用兵威统治。本意只是利用人民怕父母官心理，名义上出巡剿匪，事实上倒是来到这个区域几个当地乡绅家住住，大吃大喝几顿，开开会，商量出个办法。于是那出事的一区负责人，即可将案中人货作好作歹交出，或随便提个把倒霉乡下人（或三五年前犯过案或只是穷而从不作坏事的）胡涂割下头来，挂在场集上一示众。另一面又即开会各村各保摊筹一笔清乡子弹费、慰劳费、公宴费、草鞋费，并把乡绅家的腊肉香肠敛个一两担，肥母鸡大阉鸡捉个三五十只，又作为治太太心气痛，要个“白花、阴干浆子货”百八十两，鲜红如血的箭头砂收罗个三五十两，于是吹着得胜军号，排队打道回衙。派秘书一面写新闻稿送省里拿津贴的报馆，宣称县座某日出巡，某日归来，亲自率队深入匪区击毙悍匪“赛宋江”和“彭咬脐”。一面又将这事当作一件真事情禀报给省政府，用卑职称呼同样宣传一番。花样再多一些，还可用某乡民众代表名义登个报，一注三下，又省事又热闹，落得个名利双收。机会好，官运好，说不定因此不久还将升作专员。

田家兄弟并不傻，对这种种心中有数。可是，虽看准了县座平时心理，却忽略了县长和大队长这时要面子争面子的情绪状态。

得到报告五点钟后，高枧属百余壮丁，奉命令集中，带了自卫武器和粮食，围剿老虎洞巨匪，县长并亲自督战。因为县长的驾临，已把一村子人和队长忙而兴奋到无可比拟情形。就中两个妇人格外担心害怕，又十分忧愁，不知如何是好，沉默无语，一同躲在碾坊里，心抖抖的从矮围墙缺口看队伍出发。一个是冬生的老母，只担心被迫随同逃入老虎洞里的冬生，在混乱中会玉石俱焚，和那一伙强人同归于尽，自己命根子和一切希望从而割断。还有一个就是大队长的老母亲，以为为这件小事，和田家人结怨结仇，实在不是办法。与其兴师动众，让那些城里吃闲饭的警备队来大吃大喝办招待，把一村子人闹得个人心惶惶，鸡飞狗走，还不如派熟人办交涉，花点钱了事省心。两人身边还有那个新媳妇，脸上尚带着腼腆光辉，不知说什么好想什么好。大队长虽已骑上了那匹白骡子，斜佩了支子弹上膛的盒子炮，追随县长身后出发，象忽然体会到了寡母的柔弱爱情和有见识远虑，忙回头跑到碾坊里来。

“妈唉，妈唉，你不要为我担心，我们人多，不会吃亏的！”

可是一看到满老太太和杨大娘两双皱纹四锁湿莹莹的小小眼睛，和新媳妇一双害怕担心黑眼睛，就明白家中老一辈担心的还有更深一层意义，不免显得稍稍慌张失措，结结凝凝的说：“娘，你放心！我们不会随便杀死人的。都是家边人，无冤无仇。县长也说过，这回事只要肯交出冬生和……罚一点款，就可了结。我不会做蠢事杀一个人，让后代结仇结恨，缠个不休！”

老太太说："你千万小心，不要出事！你不比县官，天大的祸都惹得起。惹了祸，一跑了事。你是本地人，背贴着土，你爷爷老子坟都埋在这里，可不能做错事！这一闹我心都疼破了，求你老子保佑你，菩萨保佑你，我为你许了愿杀两只猪！但愿平安无事！"

新媳妇年纪轻不甚懂事，只觉得大队长格外威武英俊。

一行人众向老虎洞出发时，村中妇孺长老，都一同站在门前田塍上和药王宫前面敞坪中看热闹。这个乱杂杂的队伍和雪后乡村的安静，恰恰形成一个对比，给人印象异常鲜明。都不象在进行一件不必要的战争，只象是一种及时行乐的田猎。

老虎洞位置在高枧偏东二十里，差二里许路即和县属第九保区接壤。田姓在九保原是大姓，先数代曾出过一个贡生，一个参将，入民国又出过一个营长。有一房还管过两年猴子坪的水银矿。这点小小功名权势，在乡下是有相当意义的。影响到这一族的，是一部分子弟从庄稼汉转入县里中学读书，另外一部分子弟，又由田里转上山寨，保留个对泥田砚田均无兴趣不耕而获的幻想。

先还只是用镰刀收获他人的庄稼，随同民国长期内战社会堕落的发展，到后即学会用火器收获他人的财物。有一些不肖子弟，在本村留不住脚后，方转入高枧属创荒山。高枧属最富腴的土地原在满家住的村子，那一坝冬水田和四山茶桐梓漆，再加上去本村五里官路上的那个大市集，每逢三六九把附近五十里货物集中交易，即以山货杂物盐布茶漆的集散，也影响到许多人经济生活，得天独厚处，已够使得其他村保人民羡慕。加上满姓大户势力集中，自然更易为别的村保感到不平。老虎洞在高枧属算极荒瘠，地在乌巢河下游，入冬水源小，满河滩全是青石和杂草。夹岸是青苍苍两列悬崖，有些生长黄杨树杂木，有些却壁立如削，草木不生。老虎洞分上下二洞，都在距河滩百丈悬崖上，位置天生奇险，上不及天而下不及泉，却恰好有一道山缝罅可以上攀。一洞干涸，里面铺满白沙。一洞有天生井泉，冬夏不竭，向外直流成一道细小悬瀑。两洞面积大约可容上千人左右，平时只有十月后乡下人来熬洞硝，作土炮火药或烟火爆竹用，到兵荒马乱年头，乡下人被迫非逃难不可时，两属村子里妇孺，才带了粮食和炊具，一齐逃到洞中避难，待危险期过后再回村中。后来有逃难人在洞中生育过孩子，孩子长大成了事业，因此在干洞中修了个娘娘庙，乡下求子的就爬上洞中来求子，把庙中泥塑木雕女菩萨穿上丝绸绣花袍子，打扮得粉都都的。地方既常有香火供奉，也就不少人踪。只是究竟太险，地方虽美好实荒凉，站在洞口向下望，向远望，有时但见一片烟岚笼罩树木岩石，泉水淙淙，怪鸟一鸣，令人生绝俗离世感。

两个洞既为田家人预先占据，把路一堵住，便成绝地。除附近小小山缝还生长些细藤杂树，鼯鼠猿猱可以攀援，任何人想上下都不可能。

做案的田家人，本意不过是把土货夺过手，放冬生回去传话，估量满家有钱怕事，可以换两三支枪。事情并不打量扩大。凑巧冬生和拐巧秀逃到田家寨子吹唢呐的一位迎面碰头，于是把冬生暂时扣下，且俟派人接头换得了枪，大家向贵州边上逃奔时再释放冬生。不意吴用孔明算左了计，把握不住现实。大队长为面子计，竟大张声势邀县长出巡剿匪。这一来，因激生变，不能瓮中捉鳖，让人暗算，大伙儿只好一齐逃入老虎洞，以逸待劳，把个大队长拖软整融再办交涉。

当地人民武力集中在河下悬崖两头，预备用封锁方式围困田家人时，洞中一伙当真即以逸待劳，毫不在意，每天在上面打鼓打锣叫嚷笑闹。一切都若有恃无恐，要持久战下去。且算定持久下去，官方和高枧一村子人，都必然在疲劳饥饿下自认失败。地势既有利于洞中一伙，下面新火器不仅无从使用，且得从草丛石罅间找寻掩蔽，防备上面用火器或石卵瞄准。好些情形都和荷马史诗上所叙战事方法相差不多。今古不同处，即在这种情形下，纵再有个聪明人想得出用大木马装载武士，也无法接近洞口，趁隙入洞。

县长先是远远的停在一个大石堆后，指挥这个攻势。打了百十枪后，不意上面锣鼓声更加热闹。天已入暮，山谷中夜风转紧，只好停止进攻，派兵士砍松树就僻处搭棚，升火造饭，大家过夜。

第二天想出了主意，调三十名县警队从三里外红岩口爬上对山，伏在对山悬崖上向洞中取准，把锣鼓打息了一会儿，随后却忽然发现洞中三尊穿红缎袍子的塑像，直逼洞口，锣鼓又重新自洞中传出。枪弹虽打中洞口目标，实无从伤着那些混和野性与顽劣作成的嘲侮表现。

洞中当真有新式武器，洞口还击了十来响枪，大队长从枪声中分辨得出有当时著名的春田、小口紧和盒子炮，而且一共有五支枪，比侦探报告还多一支。

大队长虽杀羊宰猪作犒劳，还为县长预备腊肉野味和茅台酒，又派人从家中带了虎皮狸子皮褥垫行军床过野外生活。到了第四天，县长的打猎趣味已索然兴尽，剿匪兴奋则真如田家兄弟说的，完全用疲倦代替，借故说县里还要开清乡会议，得赶回去主持。又说洞中匪徒，已成瓮中之鳖，迟早终必授首，只要派少数人把住山脚路口，再好好计划守住岩壁两端和红岩口村子大路，匪徒纵再顽狠，不久也依然会授首成擒！于是召集高枧人民，训话一个半钟头，指挥了一大套战略，还零零碎碎称引了许多似可解不可解《孙子兵法》上的话语，证实武德武学两臻善美外，县长于是上了轿，押着三十个缩缩瑟瑟的土制队伍，和几担队长贡献的土特产，一大坛米酒，一大坛菌子油，以及一笔来自人民的犒劳，把个一百四十斤的肥官官肉砣砣，压在三个轿夫背上，摇摇荡荡回返县城去了。

大队长作了督战官，采用了“军师吴用”的意见，用《孙子兵法》上成语，稳住了自己失败意识，继续包围下去。

到了第七天，高枧属其他村子里的自卫队，带来的粮食大半已吃光了，又已快到过年时节，各有事做，不能不请求回家。大队长的意见，天气那么冷，全部回家也极自然。可是县长却于这时节来了个极严厉命令，“限旬日攻克，不得迁延支吾，致干未便”。末尾一句话，好象是把大队长腰上重重踢了一脚，不免闷昏昏的，又急又气。真真是小不忍则乱大谋，深悔事先不和母亲商量，结果弄得个骑虎难下。

局中师爷和我各背了个被卷，去红岩口老虎洞观战。先是到河下看了许久，又爬上对山去，欣赏一番。一切情景都象只宜于一个风景画家取材而预备的，不是为流血而预备的。可是事实两个山洞中却正有三十来个生气活跃的人在被围困中。倘若一直围下去，总有一天洞中人会全体饿死的。然而这时节山洞中却日夜可闻锣鼓欢呼声。师爷即景生情，想出了个新主意，以为从后面必可爬上山岩。若爬得上去，估计顶上距洞口不会到一百五十步。村子中有的是石匠，为什么不调遣两个到老虎洞顶上去，慢慢的从岩缝打条小路下达洞口，从上面作个攻势？不及到洞口，我们就可以派个人去办交涉，和里面掌舵的谈谈条件，看看是不是可以谈得开。

两个石匠当真就着手工作，打了七八天，到得峰壁顶上时，方知道山夹缝石头错落，还可攀藤附葛勉强上下。因此同时在山顶上也派了人防守，免得从这条路逃脱。仅仅九天，那悬崖路已开到离上洞不及三丈远近，已可听得洞中人谈话。大队长从顶上攀着绳子溜到那个石嘴上去，招呼洞里人开谈判。只要允许把人货枪三者一齐交出，即可保障一伙人生命安全。洞中人和答应还人还货，可不缴枪。为的是缴了枪，目前虽可以一切无事，此后几个人安全可就无多大把握。尤其是首谋的田家兄弟，和那个拐巧秀逃走吹唢呐的中寨人，在洞中称五哥管事的，怕大队长饶放不过。若不缴枪呢，大队长一方面又不免担心。因为乡下人习性他摸得熟，事本来即从“不服气”挑起，这次不成功，从口中抠出了肉团团，气咽不下，还会闪不知作出更严重的举动，再向三十里边上一跑了事。到后又由局里师爷和那中寨人商讨办法，问题依然僵持，不能解决。不过却因此知道巧秀的确藏在洞中做押寨夫人，师爷叫她时她不则声。

最后一着是冬生的妈杨大娘，腰上系着一条粗麻绳，带了两件新衣，一双鞋，两斤糍粑，攀藤援葛慢慢下到洞口上边绝壁路尽处，来作活招魂。

“冬生，冬生，你还在吗？”

只听到洞里有个人传话：“冬生，冬生，有人叫你！你妈来了！”

被扣留的冬生，一会会也爬到了洞口边，仰着头又怯又快乐的叫他的娘，“妈唉，妈唉，我还活着，不冷不饿，你不用担心！”脆弱声音充满了感情。

杨大娘泪眼婆娑的半哭半嘶：“冬生，你还活着，你可把人活活急死！你老子前三世作了什么孽，报应到你头上来！你求求他们放你出来啊！”一面悲不自胜一面招呼巧秀和田家兄弟，“田老大老二，我杨家和你又无冤无仇，杨家香火只有这一苗苗，为什么不积点德放他出来？巧秀，巧秀，你个害人精！你也做点好事，说句好话！满家养了你十六年，待你如亲生儿女一样，你还不长翅就想远走高飞！”

巧秀害了羞不便回嘴，洞口田老二却说：“杨大娘，要你大队长网开一面就好！大家都是家乡人，何必下毒手一网打尽？大队长说要饿死我们。我不相信，再拖半年我们也饿不死的。我们说话算话，冤有头债有主，不会错认人。满家人仗势逞强要县长来红岩口清乡，把一村子里鸡鸭清掉，不成功，坐了三顶拐轿子打道回衙门了。我们田家有一个人死了，要他满家赔一双。我们能逃也不逃，看他拖得到多久。”

“这是你们自己的账，管我姓杨的娃娃什么事？”

“杨大娘你放心，你冬生在这里，我们不会动他一根毫毛。你问问他是不是挨饿受寒。解铃还是系铃人，事情要看队长怎么办！”

杨大娘无可奈何，把带来的一点吃用东西抛下去，只好伤心绝望离开了那个地方。这地方不久就换上了几个乡下憨子，带了大毛竹作成夹有辣子末的烟火，绑缚在长竹杆一端，点燃后悬垂下到洞口边，一会会，就只见有毒烟火吼着向洞口冒烟喷火，使得两山夹谷连续着奇怪怕人回声。洞里人却想出办法，把一个临时缚成的木叉抵住竹杆向旁边挪移。烟火爆裂时更响得山谷震动。可是很显然，这一切发明实无济于事，完全近于儿戏。

攻守两方都用尽了乡下人头脑，充满了古典浪漫气氛，把农村庄稼人由于万千年渔猎耕耘聚集得来的智慧知识用尽后，两方面都还不服输，终不让步。熬到第十七天后，洞中因人数不足，轮流防守过于饥疲，一个大雾早上，终于被几个高枧乡下壮汉，充满狩猎勇敢兴奋，攻占了干洞口。守洞的十四个人，来不及向上面水洞逃走，不能不向里面退去，虽走绝路还是不肯缴械投降。因为攻打这个洞口，高枧人有一个受伤死去，高枧的石匠于是在洞里较窄处砌上一堵石墙，封住了出路，几个人轮班守住。一面从山下附近人家抬了个车谷子的木风驴上山来，在石墙间开了个孔道，预备了二三十斤辣子，十来斤硫磺，用炭火慢慢燃起有毒浓烟来，就摇转木风驴，把毒烟逼扇入洞口。一切设计还依然从渔猎时取得经验，且充满了渔猎基本兴奋。这个洞里既无水可得，那十四个乡下人半天后就被闷死了。过了三天毒烟散尽后，团队上有人入洞里去检察，才知道十四个人都已伏地断气多时，还同时发现了二十多只大白耗子，每头都有十多斤重，肥敦敦的和小猪一样。队上人把十四个人的手都齐腕砍下，连同那些大耗子，挑了一担手，四担耗子，运到高枧团防局，把那些白手一串一串挂到局门前胡桃树下示众。一村子妇女小孩们都又吓怕又好奇，远远的站在田埂上瞧看这个陈列。第二天大清早，副队长就把这个东西押上县城报功去了。

干洞攻下第五天，水洞口也被几个乡下猛人攻入，逼得剩余的一群，不能不向洞中深处逃去。但这一回情势可不大相同，攻守双方都十分明白。这个洞的形势十分特别，一进去不到五丈，即有一道高及丈许的岩门，必向上爬丈多高方能深入。里面井泉四时不竭，洞里还温暖干燥，非常宜于居住。且里面高大宏敞，漆黑异常，看洞口却居高临下，十分清楚。里边人便溺随水流出，占据洞口的人饮料就大成问题，得从山下取水。冬生和巧秀都在洞中，前一回办法显然已不宜用也不中用，还得用坐困方法等待变化。因此在洞里近岩壁处，依然砌了一道墙，把内外封锁。大队长和十多个人就守住洞口，也用个以逸待劳方法等待下去。

杨大娘又来回跑四十里路，爬上悬岩洞口为冬生办了一次交涉，不能成功，虚虚怯怯带着碎心的忧苦回转村子里去了。局里师爷愿意告奋勇进洞，用生命担当彼此平安，也商量不出结果。洞外为表示从容，大队长派人从家中搬了留声机来唱戏，慰劳团队族人。里面为对抗这种刺激，在锣鼓声中还加上一个呜呜咽咽的唢呐，吹了一遍《山坡羊》又吹一遍《风雪满江山》，原来中寨人带了巧秀上路时，并不忘记他的祖传乐器，还保留得上好。

但彼此强弱之势已渐分，加上县长又派了个小队长来视察了一回，并带了个命令来，认为除恶务尽，悍匪不容漏网，并奖励了几句空话，使得大队长更不能不做个斩草除根之计。洞里一面知道事已绝望，情绪越来越凝固激越。田家兄弟一再要把冬生处分出气，想用手叉住孩子喉管时，总亏得巧秀解围，请求不要把他人出气，好汉作事好汉当，才象个男子。冬生终得幸而免。

先是上下两洞未陷落，山顶未封锁时，大家要逃走还来得及，本可抛下重器悄悄沿山缝逃走。不过既有言在先，说要拖个一年半载，把高枧人满家累倒，这一走未免损失田家体面，将来见不得人。加上个自以为占据天险，有恃无恐，所以这次胆大轻敌，不免小觑了对方。到半月后经过一回会议分析检讨，结果有十六个少壮，揣带一腰带烟土，半夜里爬山沿山缝小路逃走，预备向下河去掉换几支短枪，再返回来找机会打救援。其余人都刺手指吃了血酒，盟神发誓，有福同亨，有祸同当，至死不离本位。下洞既已失陷，生力军牺牲大半，上洞中连同巧秀和冬生，已经只余八个人。虽说洞口已砌了墙，隔绝内外，还是不能不防备万一,六个人分成两班，分班轮流坐在洞里崖壁高处放哨。巧秀和冬生却不分派职务，可以各处走动。

冬生和巧秀原本极熟，一个月来患难中同在一处，因此谈起了许多事情。冬生和她谈起逃走后一村子里的种种，从满家事情谈起，直到他自己离开药王宫那天下午为止。加上这一个月来洞中生活，从巧秀看来，真好象是整本《梁山泊》、《天雨花》，却更比那些传奇唱本故事离奇动人。把这一月经过的日子和以前十七年岁月对比，一切都简直象在梦里，更分不清目前究竟是真是梦。

巧秀听过后吁了吁气说："冬生，我们都落了难，是命里注定，不会有人来搭救了！"

冬生福至心灵，忽然触着了机关，从石罅间看出一线光明，"巧秀，人不来打救我们要自寻生路。我们悄悄的去和五哥说，大家不要在这里同归于尽，死了无益！只有这一着棋是生路！”

“他们都吃了血酒，赌过咒，同生共死，你一说出口，刀子会窝心扎进去！”

“你和他有床头恩爱情分，去说说好！他们做他们的英雄，我们做我们的爬爬虫，悄悄的爬了出去吧。”

当巧秀趁空向吹唢呐解闷的中寨人诉说心意时，中寨人愣愣的不则一声。巧秀说：“你要杀我你就杀了我，我哼也不哼一声。我愿意和你在这洞里同生共死，血流在一块。不想我死，你也不愿死，做做好事，放冬生一条生路，杨大娘家只有这一个命根根，人做好事有好报应，天有眼睛的！”

中寨人心想：“冬生十五岁，你十七岁，我二十一岁，都不应当死！可是命里注定，谁也脱不了！”

巧秀说：“五哥，你拿定主意再说吧。要死我俩一块死，想活我陪你活。”

中寨人低低叹了口气：“我要活，人不让我们活，天不让我们活！”

谈话于此就结束了。思索却继续在这个二十一岁青春生命中作各种挣扎燃烧。

到了晚上，派定五哥和另外两个人守哨。大家都已经一个月不见阳光，生活在你死我亡紧张中苦撑，吃的又越来越坏，所以都疲乏万分。两个人不免都睡着了。只中寨人反复嚼着和巧秀白天说的话，兴奋未眠。在洞中生活过了很久，原来还有一盏马灯，大半桶煤油，到后来为节省煤油，在灯下也无事可作，就不再用灯，只凭轻微呼吸即可感觉分别各人的距离和某一人。守哨的去洞口较近，休息的在里边，两者相去有二三十丈。中寨人从呼吸上辨别得出巧秀和冬生都在近旁，轻轻的爬到他们身边去，摇醒了两个人。

“冬生，冬生，你赶快和你嫂子溜下崖去，带她出去，凭良心和队长说句好话，不要磨折她！这回事情是田家兄弟和我起的意，别人全不相干！我们吃过了血酒，不能卖朋友，要死一齐死在这个洞里了。巧秀还年青，肚子里有了毛毛，让她活下来，帮我留个种。你应当帮她说句话，不要昧良心！”

大队长在洞口拥着一条獾子皮的毯子，正迷蒙入睡，忽然警觉，听到洞里窸窣作响，好象有人在急促的爬动。

随即听到一个充满了惶急恐怖脆弱低低呼喊："大队长，大队长，赶快移开石头，救我的命！赶快些，要救命！"

大队长一面知会其他队兵，一面低声招唤，"冬生，是你吗？你是鬼是人？你还活着吗？"

"你赶快！是我！我鼻子眼睛都好，全胡全尾的！"末一句原是乡下顽童玩蟋蟀的术语，说得几人都急里迸笑。

石墙撤去一道小口，把人拖出后，看看原来先出的是巧秀，前后离开了高枧不到五十天的巧秀。冬生出来后还来不及说话，就只听到里面狂呼，且象是随即发生了疯狂传染。很明显，冬生巧秀逃脱事已被人发觉，中寨人作了卖客，洞中同伙发生了火并。中寨人似乎随即带着长嗥，被什么重东西扭着毁了。二十一岁的生命，完了。夜既深静，洞中还反复传送回音，十分凄冽怕人。几人紧张十分的忙把墙缺口封上，静听着那个火并的继续，许久许久才闻及一片毒咒混在呻吟中从洞穴深处喊出，虽微弱却十分清楚："姓满的，姓满的，你要记着，有一天要你认得我家田老九！"

第二天，发觉洞中流出的泉水已全是红色。两个乡丁冒险进洞去侦察，才发现剩下几个人果然都在昨晚上一种疯狂痉挛中火并，相互用短兵刺得奄奄垂毙了。田家老大似乎在受了重伤后方发觉在暗黑中和他搏斗的是他亲兄弟，自己一匕首扎进心窝子死了。那弟弟受伤后还爬到近旁井泉边去喝水，也伏在泉边死了。到处找寻巧秀的情人，那个吹唢呐的中寨人，许久才知道他是坠入洞壁左侧石缝中死去的。大队长押了从洞中清扫得来的几担杂物，剩余烟土和十只人手，两个从洞中夺回死里逃生的生口，不成人形的巧秀和冬生。冬生手上还提着那个唢呐。封了洞穴，率队回转高枧，预备第二天再带领这十只惨白的手和两个与案情有关的生口，上县城报功，过堂。

当那一串人手依旧悬挂在团防局门前胡桃树下，全村子里妇女老幼都围住附近看热闹时，冬生和巧秀，都在满家大庄子侧屋烤火。各已换了干净衣裳，坐在大火盆边，受老太太、杨大娘、师爷、大队长，二少爷和作客人的我作种种盘问。冬生虽身体憔悴，一切挫折似乎还不曾把青春的火焰弄熄，还一面微笑，一面叙述前前后后事情。一瞥忽发现杨大娘对他痴痴的看定，热泪直流，赶忙站起来走了两步，“娘，你看我不是全胡全尾的回来了吗？”

“你全胡全尾，可知道田家人死了多少？作了些什么孽要这样子！”

巧秀想起吹唢呐的中寨人，想起自己将来，低了头去哭了。

满老太太说：“巧秀，不要哭，一切有我！你明天和大队长上县里去，过一过堂，大队长就会作保，领你回来，帮我看碾坊。这两天溪里融雪，水已上了一半堤坝，要碾米过年！冤仇宜解不宜结，我明年要做七天水陆道场，超度这些冤枉死了的人，也超度那个中寨人。——”

当我和师爷和大队长过团防局去时，听到大队长轻轻的和师爷说：“他家老九子走了，上下洞都找不到。”又只听到师爷安慰大队长说：“冤家宜解不宜结，老太太还说要做七天七夜道场超度，得饶人处且饶人！”

……

快过年了，我从药王宫迁回满家去，又住在原来那个房间里。依然是巧秀抱了有干草干果香味的新被絮，一声不响跟随老太太身后，进到房中。房中大铜火盆依然炭火熊熊爆着快乐火星，旁边有个小茶罐嗞嗞作响。我依然有意如上一次那么站到火盆边烘手，游目四瞩，看她一声不响的为我整理床铺，想起一个月以前第一回来到这房中作客情景，因此故意照前一回那么说：“老太太，谢谢你！我一来就忙坏了你们，忙坏了这位大姐！……”不知为什么，喉头就为一种沉甸甸的悲哀所扼住，想说也说不下去了。我起始发现了这房中的变迁，上一回正当老太太接儿媳妇婚事进行中，巧秀逃亡准备中，两人心中都浸透了对于当时的兴奋和明日的希望，四十天来的倏忽变化，却俨然把面前两人浸入一种无可形容的悲恻里，且无可挽回亦无可补救的直将带入坟墓。虽然从外表看来，这房中前后的变迁，只不过是老太太头上那朵大红绒花已失去，巧秀大发辫上却多了一小绺白绒绳。

巧秀的妈被人逼迫在颈脖上悬个磨石，沉潭只十六年，巧秀的腹中又有了小毛毛。而拐了她同逃的那个吹唢呐的中寨人，才二十一岁，活跳跳的生命即已不再活在世界上，却用另外一种意义更深刻的活在十七岁巧秀的生命里，以及活在这一家此后的荣枯兴败关系中。

我还不曾看过什么“传奇”，比我这一阵子亲身参加的更荒谬更离奇，也想不出还有什么“人生”，比我遇到的更自然更近乎人的本性——一切都若不得已。

满家庄子在新年里，村子中有人牵羊担酒送匾，把大门原有的那块“乐善好施”移入二门，新换上的是“安良除暴”。上匾这一天，满老太太却借故吃斋，和巧秀守在碾坊里碾米。

一九四七年十月北平

道师与道场

鸦拉营的消灾道场是完了。锣鼓打了三天，檀香烧了四五斤，素面吃了十来顿，街头街尾竖桅子的地方散了钱，水陆施了食，一切行礼如仪，三天过了，道场做完，师傅还留在小客店里不走，是因为还有一些不打锣不吹角属于个人消灾纳福的事情还未了销的原故。道场属于个人，两人中，年长一点的师兄，自然是无分了。

这师兄，在一面极其不高兴收拾法宝一面为连日疲倦所困打哈欠的情形中，等候了同伴一天。到了第二天清早，睡足了，一个人老早爬起走到街头去，认识这位师兄，见过这人曾穿过红衣在火堆边跳舞娱神的本地人，就问干吗两位师傅还留到这里不走。这问话是没有别的用意的，不过是稍稍奇怪罢了。因为人人都知道新寨初十的道场也是这两人的。他不好怎样答应别人，其他人就想起这必定还有道场要做了。有道场则人人又可以借水陆施食时抢给鬼的粑粑，所以无人不欢喜。师兄看得出本地人意思，心上好笑。“另外还有道场”，他就那么含含糊糊的告给本地方人，但他不说这属于个人的道场是如何做法，却说“有施食”，“有热闹看”。若果听这话的人明白这师兄话中的恶意，这两人以后不会再有机会来到这里了。他们也很有理由用石头同棍子把这两个做道场的有法力的人赶走，或者用绳子把人在桅上高吊起来——就是那悬幡的高桅——把荆条竹扫帚相款待。但是，除了王贵为做道场那个人，其余却没有一个本地人能知道这第二次道场是如何起头煞尾。

那第二种道场上没分的师兄，在街上打了一个转，看到大街上数日来燃放的爆竹红纸壳铺满地上，看到每家大门上高贴的黄纸朱书符咒，又看到街头街尾那还不曾撤去的高桅，就满肚子懊恼。他心想，道场是完全白做了，一镇上人的十天吃斋与檀香蜡烛黄花耳子也完全白费了，就又觉得行香那几日来，小乡绅身穿崭新的青羽绫马褂，蓝宁绸袍子，跟到身后磕头为可笑的事情。

但是这个话，他能不能向谁去说明白？这罪过，或者说，这使人消灾纳福的道场，所得的在神一方面的结果，还是不可知，但在人一方面，实在的保佑的程度，他能不能向同伴去追问？凡是本地人，既然不能明白这一次道场究竟用了多少粒胡椒，自然谁也不明白这时这师傅的心上涌着的东西是些什么了。

在路上，他见到一些老妇人向他道谢，就生怒，几几乎真要大声的向这些人说这道场是完全糟蹋精力同金钱的事了。他又想把每家门上那些纸符扯去免得因这一次道场在这地方留下一点可笑的东西。他又想打碎了那些响器，仿佛锣，角，铙钹，都因为另一时那么大声的不顾忌的在人神前响过，这时却对于同伴的事沉默，也有理由被摔的样子。

使这人生气的原由也不尽是因为另外的事与自己无分，就迁怒及一切事物，多耽搁一天，他可以多吃多喝不必走路也不必做事。这多吃多喝不走不做于一个以做道场为生活的人，是应当说再舒服也没有的事了。忙着走，忙着离开这里到另一地方去，也不过就是“念经”“上表”“吃饭”“睡觉”几种事消磨这日子罢了，他何尝是呆子呢？然而见到这地方的每一个人对神的虔诚，见到这地方人对道师的尊敬，见到符，见到……他不由不生气了。

他知道所谓报应是怎样辽远的不准数的一种空话。他又明白在什么情形下做的事比念经上表为有意义。然而不离这地方，他是不能忍受的。不觉得同伴这时当真是在造什么孽。只是说不分明总以为走了就好。他也许作兴同这同伴上了路以后。还会把这自己无分的道场来谈论，引为长途消遣的方法，可是他如今留到这里，决不能忍受的就正是这一件事情。事情是对谁也没有损失，对本人则不消说简直是一件功果，这个人，似乎是良心为这地方的素筵蔬席款待。变得比平常特别变好。如今就正是在那里执行良心分派下来的义务了。

心中有懊恼，他就满街走。

时候不早了。凡是走长路的人，赶场的人，下河挑水的人，全已上道多久了。这个有良心的人，他在街前走了一会，下了决心。向神发誓，无论如何不再在这地方吃一顿早饭了，就赶回到那小客栈去。同伴在楼上店主的房中还同主人的女儿在一个床上，似乎还有许多还未了结的事情要做。这师兄，就在楼梯边用粗大的喉咙叫喊。

上面没有声息。

他想楼上总不至于无一个人，也总不至于死，就爬上楼梯。然而一到楼口又旋即倒退下来了，不知看到了什么，只摇头。

楼上有人说话了。楼上师弟王贵的声音说道：

“师兄，天气还早咧，你为什么不多睡一会。”

“我为什么不多睡，你为什么不少睡呢？”

楼上王贵就笑。这一会，又说道：

“师兄，哥，昨天我答应请你吃那个酒，我并不忘记。”

“我并不要你请。”

“不要我请，可是答应了人的事我总不会忘记。”

“但是，你把我们应当在初十到新寨的事情全忘了。”

“谁说我记不到。今天才六号。让我算，有四天呀！有人过新寨赶场，托带一个口信，说这里你我有一件功果没完了，慢点也行。哥，我说你性子是太急了。这极不合卫生。哥，你应当保养，我看你近来越加消瘦了。”

听到说是越加消瘦，显着仿佛非常关心的调子，楼下的师兄的心有点扰乱了。他右手还扶着梯子的边沿，就用这手抚到自己的瘦颊，且轻轻扯着颊上凌乱无章的长毛。颊边是太疏于整理了，同伴的话就象一面镜，照得他局促不安。

他想着，手上的感觉影响到心上，他记起街南一个小理发馆了。那里刚才转身，就接着有好些人坐在那里，披了白布，一头的白沫，待诏师傅[1]手上的刀沙沙的在这些圆头上作响，于是疱子出现了，发就跌到小四方盘子中：盘是描金画有寿星图的盘，又有木盘，上面是很龌龊，全是腻垢。他还记得一个头上有十多个大疱子的人，一边被剃一边打盹的神气。这里看得出人的呆处。

本来是不打量理发的，因为肚中闷气无处可泄，就借理发，他不再与楼上的人说话，匆匆的到街南去了。到了理发馆门前时节，他是还用着因生气而转移成为热与力的莽撞声势，走到这一家铺子里面，毅然坐到那小横凳上去的。

不到一会，于是他也就变成那种呆子了。听到刀在

[1] 待诏师傅：理发匠。

头顶上各处走动，这人气已经稍平了，且很愿意躺在什么凉爽干净地方睡一觉。睡是做不到的，但也象旁人一样，有点打盹的式样了。可是事有凑巧，理发人是施食那时从大花道服前认得到这位主顾是道师的，就按照各处地方理发师的本分与本能，来同他谈话。剃头匠不管主顾这时所想到的是些什么事，就开口问道：

“师傅，这七月是你们忙的七月呀。”

“我倒不很忙！”他意思是作师兄的不一定忙，忙是看人来的。

那剃头匠见话不起劲，就专心一致用刀刮了他一只耳朵，又把刀向系在柱头上一个油光的布条上荡了一阵，换方向说道：

“师傅，燃天蜡真是一个大举呀。”

“比这个更费事累人的也还有。”他意思是——

剃头匠先是刮左耳，这时右耳又被他捉着了，听到比燃天蜡还有更累人的法事，就不放手，不下刀，脸上做出相信不过的神气，要把这个意思弄明白仿佛才愿意再刮那一耳朵。

本来是要说，“你去问王贵师傅就可明白，”可是这时耳朵被拉得很痛，他就说："朋友，你剃发和我被剃，好象都比燃天蜡做道场还费事。"说这个时耳朵还是被拉的，听到这话的剃头匠，才憬然觉悟自己谈话的趣味已超过了工作的趣味，应当思量所以"补过"的办法了，就大声的笑，把刀拈在手上，全不节制自己的气力，做着他那应做的事。

这一来，他无福分打盹了。他一面担心耳朵会被割破，一面就想到一个人在卤莽的剃头匠处治下应有的小小灾难或者是命运中注定的事，因为他三个月前已经就碰到类乎今天的一个剃头匠了。

耳朵刮过了，便刮脸。人躺到剃头匠的大腿上，依稀可以嗅到一种不好闻的气味，尤其是那剃头匠把嘴接近脸旁时，气味就更浓。他只把眼闭着，一切不看，正如投降了佛以后的悟空，听凭处治。他虽闭着两眼，却仿佛仍然看得出面前的人说话比作事还有兴味的神情，就只希望赶紧完事。

理发馆门前，写得有口号两句，是"清水洗头""向阳取耳"。头是先就洗了的。待把脸一刮，果然就要向阳取耳了，他告了饶。他说：

“我这耳朵不要看。”

“师傅，这是有趣味的事。”

“有趣味下次来吧。我要有事，算了。”

说是算了下次来吧，也仍然不能开释，还有捶背。一切的近于麻烦的手续，都仿佛是还特意为这有身分的道师而举行的，他要走也不行。在捶打中他就想，若是凭空把一个人也仍然这样好意的来打他一顿，可不知这好意得来的结果是些什么。他又想剃头倒不是很寂寞的事，一面用刀那么随意的刮；或捏拳随意的打，一面还可以随意谈话学故事，在剃头匠生活中，每一个人都象是在一种很从容的情形下把日子打发走了。他又想，……想到这些的他，是完全把还在客栈中的王贵忘记了的。

被打够他才回到店中。

“哥，你喝这一杯。”王贵把师兄的酒杯又筛满了，近于赎罪，只劝请。被劝请的不大好意思，喝了有好几杯了。

但酒量不高的师兄，有了三杯到肚就显露矜持了，劝也不能再喝，劝者仍然劝，还是口上蜜甜甜的说：“哥，你喝一杯。”

被劝了，喝既不能，说话又象近于白费，师兄就摇头。这就是上半日在南街上被人用刀刮过，左边脑顶有小疤两处的那颗头。因为摇头，见出师兄凛然不可干犯的神气了。王贵向站在身旁的女人说话。这师弟，近于打趣的说道：

“瞧，我师兄今天看了日子，把头脸修整了。”

女人轻轻的笑。望到这新用刀刮过的白色起黑芝麻点的光头，很有趣味的注意。

于是师弟王贵又说道：

“我师兄许多人都说他年纪比我还轻，完全不象是四十岁的人。”

师兄不说话，看了王贵一眼，喝了一口酒。把酒喝了，又看了女人一眼。望到女人时女人又笑。

女人把壶拿起，想加酒到师兄的杯里去。王贵抢杯子，要女人酌酒，自己献上，表示这恭敬，一切事有肯求师兄包容的必需。

师兄说话了。他有气。他不忘记离开这里是必须办到的一件事。

“酒是喝了，什么时候动身呢？”

“哥，你欢喜什么时候就什么时候，我是听你调度的。”

“你听我调度，这话是从前的话。”

“如今仍然一个样子，你是师兄，我一切照你的吩咐。”

“我们晚上走，赶二十里路歇廖家桥。”

“那不如明天多走二十里。”

“……”话不说出，拍的把杯子放到桌上了。

“哥，你怎么了？不要生气，话可以说明白的。”

“我不生气。我们是做道场的人，我们有……”

“哥，留到这里也是做道场，并不是儿戏！”

女人听到这里，轻轻打了王贵一掌，就借故走出房去，房中只剩下两人了。

“好道场！他们知道了真感谢你这个人！”

“哥，并不是要他们感谢我来做这事。为什么神许可苗人杀猪杀牛祀天作流血的行为，却不许可我念经读表以外使一个女人快乐？”

“经上并不说到这些。”

“经上却说过女人是脏东西，不可接近。但是，哥，你看，她是脏是干净？”

“女人的脏是看得出吗？”

“不是看就是吃，我也不承认，”说到吃，王贵记起了喝酒，就干了一杯。再筛酒，壶空了。喊：“来，来，小翠，吃的！”

女人又进到房中了。抢了酒壶，将往外窜，被王贵拉着了手往怀里带。

“哥，你瞧。什么地方是不干净？我不明白经上的话的意思。我要你相信我的话，真愿意哥你也得这样一个人，在一种方便中好好的来看一看，吃一吃，把经上的谎话证明。”

师兄无话可说，就只摇头。然而他并无怒意。因为看到女人红红白白的脸，看到在女人胸前坟起的东西，似乎不相信经上的话也不相信王贵的话。

“哥，你年青得很！要小翠为你找一个，明天再住一天，看看我说的话对不对。雷公不打吃饭人，我们做的事同吃饭一样，正正经经，神是不见责的。”

还是摇头。他本应当在心上承认这提议了。因为心忽然又转了方向，他记得经太多了。

“经上不是说……？”王贵也知道师兄是多念了廿年经的人，就引经上的话。

“经上只说佛如何被魔试炼，佛如何打了胜仗。”

“那你为什么不敢试来被炼一次？”

“话该入拔舌地狱。”

“不会有的，舌子不会在亲嘴另外一事上有被拔去危险。”

“……”这师兄，不说话，却喝酒。

酒喝急了，呛了喉，连声的咳，王贵就用眼示意，要女人为其捶背。

女人走到这道师身边去捏拳打，一旁嗤嗤的笑，被打的师兄还是无所动心，因为被打同时记起的是刚才到理发铺被打的情形。同是被打，同是使他一无所得，他太缺少世界上男子对女人抽象的性的发泄的智慧了。

说是目不旁视的君子吧，他也不到这样道学的。不过无论何时这师兄他总觉得他自己是自己，女人是女人，完全为两样东西，所以这时虽然女人在身边，还做着近于所谓放肆的事情，他也不怎样难过。

顽固的心是只有一件事可以战胜的，除了用事实征服无办法。王贵就采用这方法了。他把女人抱起，用口哺女人的酒。他咬女人的耳朵，鼻子，头发，复用手作成一根带子，围在女人的身上。他当到这顽固的师兄作着师兄所不熟习的事情，不象步斗踏星，不象念咒咬诀，开着怕人的玩笑，应知道的是师兄已经有了一些酒到肚中，这个人渐渐的觉得自己心是年青人的心了。

他不知不觉感到要多喝几杯了。

在另一方面的人，却不理会师兄，仿佛除在两人外没有旁人在身边的样子，他们笑着吃酒，交换着拿杯子，交换着，做着顶顽皮顶孩子气的各样行为。

他们还互相谈着有一半是很暧昧字言的话语，使他只能从这些因言语而来的笑声中领悟到一小部分所谈是什么事。然又正因所能领悟的一小部分可以把他苦恼，他就不顾一切的喝酒。一壶酒是小翠新由外面柜上取来，这师兄，全不客气的喝，行为真到另一时自己想起也非吃惊不可的放荡行为了。他把头低下。不望别人的行为，耳朵却听到如下面的话。

听到王贵说：“小翠，你为什么不象我说那个办？……你量小，又饿。吃够了即刻又放手。……你不那样怎么行？”

听到女人笑了又笑，才在笑声中说：“我以为你只会念经。”

师弟又说：“师兄吗？别看他那样子。……”

女人又说：“你总说你师兄是英雄。”

师弟又说：“你看他那鼻子。”

女人又说：“我拧你鼻子。”

师弟似乎被拧了，噫噫作声。这师兄，实在已九分醉了，抬起头来，却不曾见师弟脸边有一只手。他神色惨沮的笑着，全身不自然的动着，想站起身到客房去睡觉。

那师弟，面前无一物，却还是继续噫噫作声。“鼻子”有灾难，这师兄，忽然悟出这意义了，把头缓缓的左右摇摆，哑声的说道：

“明天也不走了。后天也不走了。我永远也不走了。”

“哥，你醉了。”

“我醉了，我才不！你们对不起我。……你们是饱了。我要问你们，什么是够！……你们吃够了……你们快活！……吃你，咬你，你这个小嘴巴的女人！”

说着，他隔桌就伸了一只手，想拉着女人的膀子。手拉了空，他站起身，扑过来了。女人还坐在师弟身上，就跳下躲到门背后去。

这师兄，跌到地板上了，摊下如一堆泥，一到地下就振作不起了，师弟蹲身下去想把他扶起，颈项就被两条粗粗的手臂箍着。

“哥，不要这样，这是我！”

“是你我也要咬你的鼻子下来。我讨厌你这鼻子。”

他把一切事已经完全忘记了。在梦里，这师兄梦到同人上山赶野猪，深黄色长獠牙的老野猪向大道上冲去，迅速象一支飞空的箭，自己却持定手板宽刃口的短矛，站立在路旁，飞矛把它掷到野猪身上去，看到带了矛的野猪向茶林里跑去。他又梦到在大滩上泅水，滩水如打雷，浪如大公牛起伏来去，自己狎浪下滩，脚下还能踹鱼类。他又梦到做水陆大道场，有一百零八和尚，有三十六道士，有一次焚五斤檀香的大香炉，有二十丈高的殿柱，有真狮真豹在坛边护法，有中国各处神仙的惠临，各处神仙皆坐白鹤同汽车等等东西代步，神仙中也有穿极时髦服装的女子，一共是四五个。

他望到女神仙之一发愣，且仿佛明白这是做梦，不妨稍稍撒野，到不得已时，就逃回真实。他于是向女神仙扯谎，请她到后坛去看一种法宝，自然女神仙是不拒绝请求，他就引她到了后坛。谁知一到后坛，却完全是荒坟，他明白是神仙生了气，两脚一抖，他醒了。

他醒后觉得口渴，还不明白是睡到什么地方，就随意的喊茶。一个人，于是把茶壶的嘴逗到人的嘴边了，嗗嗗的吸了半壶苦茶，他没有疑惑自己环境的必要，不一会又入另一梦境了。

他又梦到……

比念经还须耐心，比跳舞还费气力，到后是他流了汗。

人是完完全全醒了。天还不发白，各处人家的长鸣鸡正互相传递的报晓，借了房中捻得细小的油灯，他望到床边坐得一个人，用背身对了醉人。他还不甚相信。就用手去拉，拉着了衣角，人便回头了。

“你干吗来的？”

“没有干吗！你醉了，小翠要我来照扶，怕你半夜呕。”

“我不是已经呕过了吗？”

“说什么？”

“刚才那种呕。”

“呕吗？吓，颠子。”

这师兄，明白先一次类乎吐呕的事不与这时女子相干了，才觉悟梦中的不规矩还不曾为女人看破，私心引为幸事。但是，稍过一会，女人又把茶壶拿来了，他坐起，用手抱壶，觉得壶很冷，一些不经意的知识却俨然有用处了，他不喝冷茶。冷的不吃，热的则纵不是茶也仿佛不能拒绝，他要女人把灯捻明，好详详细细欣赏床头人的脸。

他要她坐拢来，问她年岁，姓名，末了也不问女人愿不愿意听，就告她先一时所做的梦是些什么事。

女人说：“我以为你们道师做梦也只是梦到放焰口施食！”

他就不分辩，说：“是呀，一个样子，时间并不短。”

第二天早上约十点钟光景。师弟王贵在房外说话，他说：

“师兄，怎么样？”

里面没有回声。他醒了，有意不答，口无闲空。王贵又把声音放大，象昨天被师兄喊时，说：

“哥，上路！”

本来是清醒也仍半迷糊着，听到“上路”，人便返元归真了。他坐起了身，他就问·

“王贵，是你吗？”

“唉，是我。昨夜觉得怎么样？”

“你这人是该入泥犁狱的。”

“就是推磨狱也行吧。我问你，今早上不上路？”

“……”

“到底上不上路？”

里面的师兄，象是同谁在商量这事情，过了一会才说：“今天七号。”

王贵笑了，笑的声音说：“是七号，师兄。我们十号到新寨的法事我们应不忘记。还有天早应当多赶二十里路，那是你昨天说的。”

师兄在里面笑了。

他笑了一会。这人想走是不走了，看如何答话。

稍过，他以为王贵会转身到别处去，不再在房外了，就与身边人作着经上所谓吻与吻接的鸟兽之戏，小小的声音已为外面的人所闻。

“师兄，天气不早了，漱口念经，青天白日不是适宜放肆的时间，我们上路吧。”

那师兄又不作声了。

王贵撞进了房，师兄用被蒙了头，似乎这样一来，作师弟不必说话就应肩扛法宝先自上路了。然而王贵却问巧巧，“怎么样。”巧巧不说话，含羞的装睡不醒，但即刻咕的笑了。

师弟走出房去，带上了门，大声的对用被蒙头的人说道：

“哥，我搭信到新寨去，告他们首事人说这里还有事情，你我都忙，所以不能分身，新寨的道场索性不做了。”

师兄哑口不答。在这个人心中，是正想引经上的话骂王贵侮慢佛祖应入火狱的，可是他这时，自己把被蒙头蒙半天，身上发烧，一个人发烧，时作胡涂梦，又在他心上煽动起一种胡涂欲望了。

鸦拉营消灾道场全街竖了两枝桅，若照到这师兄昨天见解，这桅杆用处还可把法师高吊起来示众，今天是两枝桅也有了用处了。但这个时候桅杆下正有小乡绅，身穿蓝布长袍子站在旁边督率工人倒桅，工人则全露着有毛的手肘，一面唱着杭育努力扳动，没有人想到这桅若果留下来也还有别的用处。

作于一九二九年

雨后

“我明白你会来，所以我等。”

“当真等我？”

“可不是，我看看天，雨快要落了，谁知道这雨要落多大多久，天又是黑的，我喊了五声，或者七声。我说，四狗，四狗，你是怎么啦！雨快要落了，不怕雷公打你么？全不曾回声。我以为你回家了。我又算……雨可真来了，这里树叶子响得怕人，我不怕，可只担心你。我知道你是不曾拿斗篷的。雨水可真大，我躲在那株大楠木下，就是那株楠木，我们俩……忘记了么？你装。我要问你到底打哪儿来，身上也不湿多少，头又是光的，我问你，躲到什么洞里。”

四狗笑，四狗不答。他不说从家中来，她便明白的。

他坐到那人身边去，挤拢去坐，垫坐的是些桐木叶。

这时雨已过前山，太阳复出了，还可以看前山成块成片的云，象追赶野猪，只飞奔。四狗坐处四围是虫声，是树木枝叶上积雨下滴的声音，头上是个棚，雨后太阳蒸得山头出热气，四狗头上却阴凉。头上虽凉心却热，四狗的腰被两只手围着了。

“四狗，——”想说什么不及说，便打一声唿哨。

因为对山有同伴，同伴这时正吹着口哨找人。

同伴是在雨止以后又散在山头摘蕨菜，这时陪四狗坐的也是摘蕨人。

在两人背后有一个背笼，是她的。四狗便回头扳那背笼看。

“今天怎么只得这一点？……喔，花倒得了不少。还有莓咧，我正渴，让我吃莓吧。下了一阵雨，莓是洗淡了，这个可是雨前摘的？我喂你一颗，算我今天赔礼，不成吗？”

“要你赔礼？我才……”

她把围着四狗的腰的两只手放松了，去采地上的枯草。

“我告你，我也总有一天要枯的，——一切也要枯，到八月九月，我总比你们枯得更早。”

四狗莫名其妙，他说道：

“我的天，我听不懂你的话。说什么枯不枯。”

“我也不一定要你懂，你总有一天懂的。”

“让我在这儿便懂，成不成？”

“你要懂，就懂了，载不得我说。”她又想，“聋子耳边响大雷，没得用处，”就哧的笑了。

四狗不再吃莓了，用手扳并排坐的人头。黑色的皮肤，红红的嘴，大大的眼睛与长长的眉毛。四狗这时重新来估价。鼻子小，耳朵大，下巴是尖的，这些地方四狗却放过了。他捏她辫子，辫子是在先盘在头上，象一盘乌梢蛇，这时这蛇挂在背后了，四狗不怕蛇咬人，从头捏至尾。

“你少野点。”说了却并不回头。

因为蛇尾在尾脊骨下，四狗的手不得到警告以前，已随随便便的……

四狗渐渐明白自己的过错了。通常便如此，非使人稍稍生气，不会明白的。于是他亲她的嘴——把脸扭着不让这么办，所亲的只是耳下的颈子。四狗为这个情形倒又笑了。他算计得出，这是经验过的，象看戏一样，每戏全有打加官。打加官以后是……末了杂戏热闹之至。

稍停停，不让四狗见到那么背了脸，也笑了，四狗不必看也清楚。

四狗说：“莫发我的气好了。”

“怎么还说人发你的气。女人敢惹男子吗？……嘘，七妹子，你莫颠！”

后面的话音扬得极高，为的是应付对山上一个女人的唱歌。对山七妹子知道这一边山草棚下有阿姐与四狗在，就唱歌弄人。

四狗是不常常唱歌的，除非是这时人隔一重山——然而如今隔一层什么？他的手，那只拈吃过特意为他摘来的三月莓的手，已大胆无畏从她胁下伸过去，抓定一只奶了。

但仍然得唱，唱的是：“大姐走路笑笑底，一对奶子翘翘底。心想用手摩一摩，心子只是跳跳底。”

四狗的心跳，说大话而已。习惯事情不能心跳了，除非是把桐木叶子作她的褥，四狗的身作她的被，那时得使四狗只想学狗打滚。

对山的七妹子，象看清四狗唱这歌情形下的一切，便大声的喊：

“四狗！四狗！你又撒野了，我要告你们的状。”

“七妹了，你再发疯，你让我捶你！”

作妹的怕姐姐，经过一阵吓，便顾自规规矩矩扯蕨菜去了。这里的四狗不久两只手全没了空。

象捉鱼，这鱼是活的，却不挣，是四狗两手的感觉。

四狗不认字，所以当前一切却无诗意。然而听一切大小虫子的叫，听晾干了翅膀的蚱蜢各处飞，听树叶上的雨点向地下的跳跃，听在身边一个人的心跳，全是诗的。

“请你念一句诗给我听。”因为她读过书，而且如今还能看小说，四狗就这样请。

明白她是读书人，也就容易明白先时同四狗说话的深意了。她从书上知道的事，全不是四狗从实际上所能了解的事。说是要枯了，女人只是一朵花，真要枯。知道枯比其他快，便应当更深的爱。然而四狗不是深深的爱吗？虽然深深的爱，总还有不够处，这是认字的过错。四狗幸好不认字，不然这一对，当更不知道在这样天气下找应当找的快乐了。

说是请念一句诗，她就想：

念深了又不能懂，浅了又赶不上山歌好，她只念：“落花人独立，微雨燕双飞。”景不洽，但情绪是这样情绪。总还有比这个更好的诗，她不能一一去从心中搜寻了。

四狗说这诗好，——不是说诗好，他并不懂诗，是说念诗的人与此时情景好罢了。他说不出他的快乐，借诗泄气。

手是更其撒野了……

“这样天气是不准人放荡的天气，不知道么？”

四狗听到说天气，才象去注意天气一样，望望天。天是蓝分分的，还有白的云。白的云若能说是羊，则这羊是在海中走的。四狗没见过海，但是那么大，那么深，那么一望无边，天也可以说是海了。

“我说天气太好了，又凉，又清，又……”

“你要成痨病才快活。”

“我成痨病时，你给我的要好多！”四狗意思是身体强，纵听过人说年青人不注意身体就会害痨病，然而痨病不是一时起的事。

“给你的，——给你的什么？呸！”

到底给什么，四狗也说不出口。于是被呸了也不争这一口气。说出来，难道算聪明么?

到后他想到另外一个事情，要她把舌子让他咬。顽皮的章法，是四狗以外的别一个也想不出，不是四狗她也不会照办。

“四狗你真坏，跟谁学到这个？”

四狗不答，仍然吮，那么馋嘴，那么粘糍，活象一只叭儿狗。

“四狗……你去好了。”

“我去，你一个人在这里呆成？”

她却笑，望四狗，身子只是那么找不到安置处，想同四狗变成一个人。

她把眼闭着，还是说，“四狗，你去了吧。”

四狗要走，可也得呆一会儿。

他看她着急。这是有经验的。他仍然不松不紧的在她面前缠，则结果她将承认四狗在她面前放肆是必要的一件事。四狗“坏”，至少在这件事上是坏的，然而这是有纵容四狗坏的人在，不应当由四狗一人负责。

“我让你摆布，四狗可是，你让我……”

一切照办，四狗到后被问到究竟给了他多少，可胡涂得红脸了。头上是蓝分分海样的天，压下来，然而有席棚挡驾，不怕被天压死。女人说，四狗，你把我压死了吧！也象有这样存心，到后可同天一样，作被盖的东西总不是压得人死的。

四狗得了些什么？不能说明。他得了她所给他的快活。然而快活是用升可以量还是用秤可以称的东西呢？他又不知道了。她也得了些，她得的更不是通常四狗解释的快乐两字。四狗给她一些气力，一些强硬，一些温柔，她用这些东西把自己陶醉，醉到不知人事。

一个年青女人，得到男子的好处，不是言语或文字可以解说的，所以她不作声。仰天望，望得是四狗的大鼻子同一口白牙齿。然而这是放肆过后的事了。

“四狗，不许到井边吃那个冷水！”

在草棚的她向下山的四狗遥喊时，四狗已走到竹子林中，被竹子拦了她的眼睛了。

天气还早，不是烧夜火时候。雨不落了，她还是躺着，也不去采蕨菜。

一九二八年

福 生

哈，看看背书轮到最小的福生来了，大家都高兴。

虽说师母已在灶房烧了夜火，然而太阳还刚转黄色，爬到院中那木屏风头上不动，这可证明无论如何，放学后，还有两个时辰以上足供傩傩他们玩耍。

“呀，呀，呀，呀，昔——昔——”

“昔孟——”

“昔孟——呀，呀，呀，呀，昔孟——呀，呀，……”

“昔孟母！”先生拈了一下福生耳朵，生着照例对于这几个不能背书的孩子应有的那种气。

求放学的心思，先生当然不及学生那么来得诚恳而热烈。然而他自己似乎也有一点儿发急，因背夜书还不到第二个时，师母就已进来向先生讨过烧火的纸煤子了。

“昔孟母，择——呀，呀，呀，择，择邻……”

“择邻处！”这声音是这样的严重，一个两个正预备夹书包离开这牢狱的小孩，给那最后一个“处”字，都震得屁股重贴上板凳！

大家怔怔的望着先生那只手——是第四个指头与小手指都长有两寸多长灰指甲的左手。这时的手已与福生的耳朵相接触了，福生的头便自然而然歪起来。他腿弯子也在筛颤，可是却无一个人去注意。

“蠢东西！怎么这大半天，念四句书也念不下呢？”先生上牙齿又咬着下口唇了，大家都明了先生是气愤。至于先生究竟为什么而气愤，孩子们都还小，似乎谁也不能知道。也许这是先生对于学生太热心了的缘故吧！不然，为甚先生的气总象放在喉管边一样，一遇学生咿唔了三次以上脸就绯红。

“你看人家云云比你才大过好远，一天就读那么多书。你呢，连这样四句好念的书，读了半天，一句整的也记不到。同人吵嘴——哼！都为我规矩坐到！就慌到散学了吧？——同人吵嘴就算得头一个，只听见一个人镇天吱吱喳喳，声气同山麻雀似的伶脆，读书又这样不行！”福生耳朵内听到的只是嗡嗡隆隆，但从先生音调顿挫中知道是在教训自己。

先生的手，依然恢复原状，在他嘴巴边上那五七根黄须上抹着了。歪过头来许久的福生，脸已胀得绯红，若先生当真忘了手的疲倦，再这样继续拈下去，则福生左眼的眼泪会流到右眼——连同右眼所酿汇的又一同流到右颊上去，这是不用说的事。先生手虽暂时脱离了福生耳朵，然而生书一句背诵不得的福生，难道处罚就是这么轻快容易，拈一阵就算了？哪有这种松活事？若果光拈一阵耳朵完事，那末，我们都不消念书，让先生各拈一阵耳朵就得了！根据过去的经验，福生在受处罚之先，依然就先把眼里所有的热泪吓得一齐跑眼眶外来。此外七八个书包业已整理好了的学生，各注意到福生刚被拈着的那只大耳朵，紫红紫红，觉得好笑。但经先生森然的目光一瞥，目光过处都象有冰一般冷的东西洒过，大家脸上聚集着的笑纹也早又吓得不知去向了。大家都怔怔的没有做声。

大家既怔怔的没有做声，相互各看了近座的同学一眼后，便又不约而同的把视线集中到先生正在脸上抓动的那两个有趣长指甲。这指甲之价值，从先生那种小心保护中已可知道。然而当日有听到先生讲这指甲的德行的，便又知道除美丽，把人弄得斯斯文文以外，还可刮末治百毒，比洋参高丽参还可贵。

“今天不准回家吃饭！”

大家心里原来都正是为这件事情悬住了。自从这死刑由先生严重有威还夹了点余怒的口中说出后，各人都似乎感觉这一件东西忽然便落到心上。但是，大家接着便又起了第二个疑虑：觉得先生不准吃饭的意思，是把福生单独留到这里，还是象从前罚桂林一样，要他跪在孔夫子面前把书念熟——而大家都坐在位上陪等，到背了后再一齐放学？消息的好丑，在先生第二道命令没有宣布以前，还是无法知道。

若果不幸先生第一道命令的含义与处置的方法是根据桂林那次办去，这影响于另外这几个人玩耍的兴致就严重得说不出口，因此，大家在这刹那中，又都有点恨尽自“昔昔昔昔”连“昔孟母”三字也背不下去的福生。

“宋祥钧！”

云云听到先生叫他的名字，忙把书包夹到胁下窝，走到孔夫子牌子前恭恭敬敬将腰勾一下，回转身来，向先生又照样勾了一下，出去了。

“周思茂！”先生在云云出去后一阵子又点到第二个名字。

那高高长长的周莽子，在先生“茂”字还未出口时已离了座位，——他也照样的勾了两次腰，若不措意，但实在略略带了点骄矜意思，觑了还在方桌边低头站着的福生一眼。

先生是这样一个一个的发放这些小学生回去，他意思是，若不这么一个一个放出，让他们一伙儿出去，则在学堂中已有了皮绊[1]，曾斗过口的学生，一出大门就会寻衅相打动起手来了。如今既可免去他们在街上打架，并且这方法好处又能使学生知道发愤，都想早把书背完则放学也可占第一，兼寓奖励之意。其实这一帮小顽皮孩子，老早就约了放学后各在学堂外坐候，一齐往北门外河滩上去玩的；就是打架也是这么约等，先生还不是在梦中吗！

---

[1] 皮绊：纠纷。

凡是出去的向孔夫子与先生行礼外，都莫不照样用那双小而狡猾的眼睛把那位桌子边竖矗矗站着觫觳不安的福生刷一下。这不待福生抬头也能知道。可怜的福生，从湿润朦胧的斜视里，见到过门限时每一个同学那双脚一起一落地运载着身子出去，心里便象这个同学又把他心或身上的某一部分也同时带去了！直到先生声音停顿中吹起水烟袋来，他自己才忽地醒转来认清自己还是整个——也只有这整个身子留到这冷落怕人的书房中。

遵命把那本《三字经》刚又经先生点过一道的“昔孟母，择邻处。子不学，断机杼。”四句书杂夹着些咿咿唔唔读着的福生，一个人坐到桌子上，觉得越读下去房子也越宽大起来了。

……周莽子这时好不快活！他必是搂起裤脚筒，在那浅不过膝清幽幽的河水里翻捉螃蟹了！那螃蟹比钱还小，死后就变成红色。……云云正同傩傩他们在挖沙子滚沙宝，做泥巴炮，或者又是在捡瓦片儿打漂水也说不定。要是洗澡，那就更有趣！“来，来，来，莽子嗳，我打个氽子吧，”行看兆祥腰一躬就不见了，哈哈！那边水里钻出一个兆祥的头了，你看他扑通扑通又泅了过来……这样的玩着，不知道谁一个刻薄的忽然闹起玩笑来：喊一声“贵生——（或是莽子！）你屋的妈来找你了。”那末，正在凫着水的贵贵会大吓一跳，赶忙把整个身子浸进水中去，单露一个面孔到水面上来，免让他妈在岸上发见他。“我贵贵在这里吗？”“伯娘，他不在这里，早回家去了。”于是，贵贵的妈，就给别一个孩子的谎语骗去了！而贵贵又高高兴兴的在那里泅来泅去。若是贵贵的妈并没有来呢，这使刻薄的准要受贵贵浇一阵水才了事。……这使刻薄的倘说的是“先生来了！”则行见一个两个都忙把身子浸进水里去，只剩下八九个面孔翻天的如象几个瓜浮在水面上，——这必须到后又经另一个证明这是闹玩笑后，大家才恢复原状，一阵狂笑……

“读！读！不熟今天就不准转去！”先生的话象炸雷在耳边一响，才把正在迷神于洗澡时那种情景中的福生唤回。这书房里便又有一阵初急促暂迟缓单调无意思的读书声跑出墙去。

这嫩脆而略带了点哭音的读书声，是否还能吸引到每一个打墙外过身时行人的注意，这事无人知道。但我相信，这时正在道门口梆梆梆梆敲着叫卖荞面的柝声，无论如何总比书声动听。

当福生两次勾腰向孔夫子与先生行过礼后，抬起头来，木屏风上的太阳早爬到柚子树尖顶上去了。耳朵虽不愿接收先生唠叨的教训，但从灶房方面送来的白菜类落锅爆炸声却很听得清楚。这炒菜声使他记起肚子的空虚，以及吃夜饭时把苋菜汤泡成红饭的愿望来。

大概是因眼眶子红肿的原因吧，过道门口时，平素见狗打架也必留连一阵的福生，明明看到许多小孩，正在围着那个头包红帕子，当街乱打筋斗竖蜻蜓的代宝说笑，他竟毅然行过，不愿意把脚步放得稍慢一点，听几声从代宝口中哼出会把人笑得要不得的怪调子！栅栏前当路摆着那一盆活黄鳝，在盆内拥拥挤挤，也正是极有趣的事！他也竟忍心不去多看一眼。

一九二五年五月作

瑞 龙

在我家附近道台衙门口那个大坪坝上，一天要变上好几个样子。来到这坪坝内的人，虽说是镇日连连牵牵分不出哪时多哪时少，然而从坪坝内摆的东西上看去，就很可清查出并不是一样的情形来了。

这里早上是个菜市。有大篮大篮只见鳞甲闪动着，新从河下担来，买回家还可以放到盆内养活的鲤鱼，有大的生着长胡子的活虾子，有一担一担湿漉漉（水翻水天）[1] 红的萝卜——绿的青菜。扛着大的南瓜到肩膊上叫卖的苗代狗满坪走着；而最著名的何三霉豆豉也是在辕门口那废灶上发卖。一到吃过早饭，这里便又变成一个

[1] 水翻水天：水淋淋的，凤凰土语。

柴草场！热闹还是同样。只见大担小担的油松金块子柴平平顺顺排对子列着。它们行列的整齐，你一看便会想到正在衙门里大操场上太阳下操练的兵士们。并且，它们黄的色也正同兵士的黄布军衣一样。——所不同的是兵士们中间只有几个教练官来回走着，喊着；而这柴草场上，却有许多槽房老板们，学徒们，各扛了一根比我家大门闩还壮大，油得光溜溜的秤杆子，这边那边走着，把那秤杆端大铁钩钩着柴担过秤。兵士们会向后转向左转——以及开步走，柴担子却只老老实实让太阳烘焙着一点不动。

灰色黄色的干草，也很不少。草担是这样的大，日头儿不在中天时，则草担子背日那一头，就挪出一块比方桌还大的阴影来了。虽说是如今到了白露天气，但太阳毕竟还不易招架！谁不怕热？因此，这阴处便自自然然成了卖柴卖草的人休息处。

天气既是这么闷闷的，假若你这担柴不很干爽，老板们不来过问，你光光子[1]在这四围焦枯的秋阳下阴凉

[1] 光光子：指无一事可作。

处坐着，磕睡就会乘虚而来，自然不是什么奇怪事！所以每一担草后，我们总可以看见一个把人张开着死鲈鱼口打着人鼾。这鼾声听来也并不十分讨人嫌，且似乎还有点催眠并排蹲着的别个老庚们力量。若是你爱去注意那些小部分事事物物，还会见到那些正长鼾着的老庚们，为太阳炙得油光水滑的褐色背膊上，也总停着几个正在打磕睡的饭蚊子——那真是有趣！

草是这么干，又一个二个接接连连那么的摆着：倘若有个把平素爱闹玩笑的人，擦的刮根火柴一点，不到五秒钟，不知坪内那些卖草卖柴的人要乱成个什么样子了！本来这样事我曾见到一次，弄这玩事的人据说是瑞龙同到几个朋友。这里坪子是这么大，房子自然是无妨，眼见着毕毕剥剥，我觉得比无论什么还有味。后来许多时候从这里过身，便希望这玩意儿能够再见到——不消说总令我失望！

晚上来了。萤火般的淡黄色灯光各在小摊子上微漾——这里已成了一个卖小吃食的场所了。

在晕黄漾动的灯光下，小孩们各围着他所需要的小摊面前。这些摊子都是各在上灯以前就按照各人习惯象赛会般一列一列排着，看时季变换着陈列货色。这里有包家娘的腌萝卜，有光德的洋冬梨，有麻阳方面来的高村红肉柚子，有溆浦的金钱橘，有弄得香喷香喷了的曹金山牛肉巴子，有落花生，有甘蔗，有生红薯，……

大概这也是根据镇筸人好吃精细的心理吧，凡是到了道门口来的东西，总都分外漂亮，洁净，逗人心爱。至于价值呢，也不很贵。在别处买来二十文落花生，论量总比这里三十文还多，然你要我从这两者中加以选择时，我必买这贵的。这里的花生既特别酥脆，而颗颗尤落实可靠。——从花生中我们便可证明此外的一切了。

若身上不带几个钱，哪个又敢到这足够使人肚子叽叽咕咕的地方来玩？但说固然那末说，然而单为来此玩耍，（不用花一个钱）一边用眼睛向那架上衬着松毛的金橘，用小簸叠罗汉似的堆起的雪梨，……任意观看；一边把口水尽咽着走来走去的穷孩子，似乎也还很多。

小的白色（画有四季花）的磁罐内那种朱红色辣子酱，单只望见，也就能使清口水朝喉里流了。从那五香牛肉摊子前过时，又是如何令人醉倒于那种浓酽味道中！金橘的香，梨的香，以及朝阳花的香，都会把人吸引得脚步不知不觉变迟缓了。酥饺儿才从油锅中到盘上来，象不好意思似的在盘之一角。红薯白薯相间的大片小片叠着，卖丁丁糖的小铜锣在尖起声子乱喊……嗯，这些真不消提及，说来令人胃口发痒。

他们的销路怎样？请你看那箩筐里那些大的小的铜钱吧。

矮胖胖的瑞龙，是在我隔壁住家的梅村伯唯一儿子。也许这叫做物以希为贵吧？梅村伯俩口子一天无事总赶着他瑞龙叫“乖宝贝”。其实瑞龙除了那一个圆而褐象一个大铜元的盘盘脸来得有味外，有什么值得可宝？我们见瑞龙应得那么净，也就时时同他开玩笑喊他做乖宝贝。这“乖宝贝”在自己妈喊来是好的，在别个喊来就是一种侮辱，瑞龙对这个不久就知道了。因此，这不使他高兴的名字，若从一个躲点的弟弟们口中说出，他就会很勇敢的伸出他那小肥手掌来封脸送你个耳刮子。这耳刮子的意思就是报酬你的称谓制止你的第二次恭维。至于大点的不是他所能降伏的住的，那他又会赶忙变计，脸笑笑的用“哥！我怕你点，好吧。你又不是我爸爸，怎么开口闭口乖宝贝？”

因这三个字破坏了瑞龙对他同伴们的友谊，以至于约到进衙门大操场去擂腰[1]的事，已不知有过许多次了。可是大家对于这并不算得一回什么事。“乖宝贝！”“乖宝贝来了！”凡是瑞龙到处，还是随时可以听到。

梅村伯俩口子嘴上的心上的乖宝贝；自然是来的甜蜜而又亲热的，其实论到这位乖宝贝到这街上的顽皮行为，也就很有一个样子了！

但瑞龙顽皮以外究竟也还有些好处。

他家里开着一个潮丝烟铺子，年纪还只十一二岁的他，便能够帮助他妈包烟。五文一包的与四文一包的上净丝，在我们看来，分量上是很不容易分出差异的，但他的能干处竟不必用天秤（但用手掂）也能适如其量的包出两种烟来。他白天一早上就同到我们一起到老铜锤（这也是他为我们先生取的好名字）那里去念书，放夜学归来，吃了饭，又扛着簸簸到道门口去卖甘蔗。他读书不很行，而顽皮的本领有时竟使老铜锤先生红漆桌子上那块木界方也无所用其力。但当他到摊子边站着，腰上

[1] 擂腰：摔跤。凤凰土语。

围了一条短围裙，衣袖口卷到肘弯子以上，一手把块布用力擦那甘蔗上泥巴，一手拿着那小镰刀使着极敏捷的手法刮削，（见了 个熟人过身时）口上便做出那怪和气亲热的声气：

“吃甘蔗吧，哥！”或是“伯伯，这甘蔗又甜又脆，您哪吃得动——拿吧，拿吧！怎么要伯伯的钱呢。”你如看到，竟会以为这必另是一个瑞龙了！

我们常常说笑，以为当到这个时候，若老铜锤先生刚刚打这过身，见到瑞龙那副怪和气的样子，——而瑞龙又很知趣，随手就把簸内那大节的肥甘蔗塞两节到先生怀中去，我敢同无论何人打个赌，明天进学堂时，不怕瑞龙再闹得凶一点，也不会再被先生罚跪到桌子下那么久了。我有我的理由。我深信最懂礼的先生绝不会做出“投以甘蔗报之界方”的事！

瑞龙的甘蔗大概是比别人摊子上的货又好吃又价廉吧，每夜里他的生意似乎总比并排那几个人格外销行。据我想，这怕是因他年小，好同到他们同学窗友（这也从老铜锤处听来的）做生意。而且胆子大，敢赊账给这些小将——不然时，那他左手边那位生意比他做得并不差，为甚生意就远比不上瑞龙？包家娘说的也是，她说瑞龙原是得人缘呢。

一个圆圆儿篾簸簸，横上两根削得四四方方的木条子，成个十字，把簸簸画分成了四区。照通常易于认识的尊卑秩序排列，当面一格，每节十文；左边，值五个躲钱；右边，三文——前面便单放了些象笋子尖尖一般的尾巴。这尾巴嫩白的同玉一样，很是好看，若是甘蔗不拿来放口里嚼，但同佛手木瓜一样仅拿来看：那我就不愿意花去多钱买那正格内的货了。这尾巴本来不是卖钱的，遇到我们熟人，则可以随便取吃。但瑞龙做生意并不是笨狗。生码子问到前格时，他当然会说“这你把两个钱，一总都拿去吧。”或是“好，减价了，一个钱两节！随你选。”不过多半还是他拿来交给朋友。

咱们几个会寻找快乐的人又围着瑞龙摊子在赌劈甘蔗了。打赌劈甘蔗的玩意儿，真是再好不过的有趣事！谁个手法好点的谁就可不用花一个钱而得到最好的部分甘蔗吃，小孩子哪个又不愿意打这种赌？我，兆祥，云弟，乔乔，（似乎陈家焕焕也在场）把甘蔗选定后，各人抽签定先后的秩序：人人心中都想到莫抽得那最短之末签——但最长的也不是那一个人所愿意。

裁判人不用说自然而然就落到了瑞龙头上。

这是把一根甘蔗，头子那一边削尖，尾上尽剥到尽顶端极尖处，各人轮流用刀来劈，手法不高明便成了输家。为调甘蔗与本身同长，第一个总须站到那张小凳上去才好下手；最后呢，多半又把甘蔗搁到凳上去。只要一反手间，便证明了自己希望的死活。在那弯弯儿小镰刀一反一复间，各人的心都为那刀尖子钩着了。

“悉——”的那锋利的薄刀通过蔗身时，大家的心，立时便给这声音引得紧张到最高的地方去——终于，哈哈嘻嘻声从口中发出了，他们的心，才又渐渐地渐渐地弛松下来。

“哈，云弟又输了！脸儿红怎的？再来吧。”瑞龙逗着云弟，又做着狡猾快意的微笑。

“来又来，哪个还怕那个吗？拣大点的劈就干……好吧，好吧，就是这样。”输得脸上发烧了的云弟，锐气未馁，还希望在最后这次洗掉了他过去连败两次的耻辱。大凡傲性的人，都有这么一种脾味：明知不是别人的对手，但他把失败的成绩却总委之于命运。

“那末，这准是‘事不过三’——不，不，这正是‘一跌三窜’的云弟底账！……喂，我们算算吧，云弟。五十三加刚才十六，共五十九——不，不，六十九了。……这根就打二十四（他屈着一个一个指头在数这总和）一起九十三，是不是？”

“难道劈也不曾劈你就又算到我的账上吗？”

“唔，这可靠得住——你那刀法！我愿放你反反刀；不然，过五关也行。你不信邪，下次我俩来试一根麸点的。”

这次侥幸云弟抽的是第二签，本来一点没有把握的他，一刀下去竟得了尺多长一节——输家却轮到乔乔了。

大家都没有料到，是以觉得这意外事好笑。

“乔哥，怎么！老螃蟹的脚也会被人折，真怪事！”瑞龙毫不迟疑的把揶揄又挪移到乔乔方面来。

“折老螃蟹的脚，哈哈，真的！”大家和着。

“乖宝贝，为你乔大爷算一算，一共多少。”

“这有什么算呢！四十加二十四，六十四整巴巴的——刚够称一斤烂牛肉的数目。”

“好，乖宝贝，明天见吧。”

"莫太输不起吧！别个云弟一连几次杀败下来，都不象你这般邋遢。"第一声的乖宝贝瑞龙不是不听见，因自己力量不如，却从耳朵咽下了。第二声乖宝贝跑到他耳边时，毕竟也有些气愤不过，然而声音还是很轻。

"怎么？怎么输不起？你说哪个邋遢？"将要走去了的乔乔又掉转身来。

"不知是谁输不起，不知是谁邋遢，才输一根甘蔗就——"

"就怎么？我不认账吗？"

"那你怎么口是那末野，开口闭口'乖宝贝乖宝贝'叫着呢？人家不是你养的；你又不是人家老子——"据着凳歪身在整理甘蔗的瑞龙眼睛湿了。

"我喜欢叫，我高兴叫，……乖宝贝，乖宝贝，乖乖宝贝唉，……我愿意，谁也不能捡坨马屎把我口封住！反正你又不是乖宝贝，来认什么账？"

这话未免太厉害了！但瑞龙是知彼知此的人，乔乔的力量他也领教过——自己明知不是对手，只有忍着。其实只要再忍口把气，乔乔稍走远点，天大的事也熨贴了！不幸他口里喃喃呐呐的詈语，又落到业已隔开摊子好几步远了的乔乔耳尖上。

“怎么，你骂谁？”

“哪个喊我做乖宝贝——欺到我觔点的我贪他的娘！”他不加思索的回答出来。

你们不要着急！你们会以为凡是两个到骂娘的时候，其决裂已定，行见扑拢来就扭股儿糖两个人朝泥巴渣滓窠乱滚了吧？这事今天是不会有的。乔乔虽说打架时异常勇猛，然对瑞龙是不至于就动手！

“你是乖宝贝？莫不要脸！你是谁的乖宝贝？（他又掉头过来，对着正怔怔不知所以但也有点希望看热闹的我们。）怎么，你们哪个要个乖宝贝？这有一个！我是不要，难得照扶。”乔乔还打着哈哈，为他俏皮话钻进瑞龙耳朵十分得意。

眼看到瑞龙把那块擦甘蔗的抹布用力擦着手，黄豆般大的眼泪两颗两颗的落到簸簸边上，乔乔还在狞笑。瑞龙今天是被人欺侮了。

“只敢欺侮人家觔一点的。”

“那让一只手。”

“同杨家麻子打罗！”

“我怕人家——我专吃得着你！”乔乔还故意的撩逗。

“好，算了。都是好朋友，何必为眼屎大点的事情也相吵——就算我是你们哪一个的乖宝贝吧，（大家都笑了）各人忍一句难道就不算脚色？……去，去，我们去吧。”幸得知趣的兆祥出来做了和事人。

大家拖拖扯扯把乔乔推去了，又来安慰瑞龙，为他收拾摊子，劝他转去。这场事是这么了结，觉得无味了，怕要算那最爱逗小孩子相打的杨喜喜。他这时正在另一个摊子边喝包谷子酒，曾一度留意到这边甘蔗摊子上来。

不知道情形的，会以为转身时还流着泪的瑞龙，今夜同乔乔结下了这一场仇，至少总有个十天八天不见面了！其实这些闲口角，仅仅还只到口上骂两句，又算个什么呢？第二天摊子边，还不是依然是那几个现人在那里胡闹。

“喂，云弟输得脸红了！哈哈，你怎么啦！……再来过，再来过……”

也许是云弟为人过于老实了一点吧，大家都爱同他开玩笑；而瑞龙嘴上的挖苦话，尤其单对着时常输得脸庞儿绯红的云弟。

可是，自从那次瑞龙哭脸后，云弟也就找出几句能使瑞龙红脸的话了，这话是：

“能么！莫要同我来逞，有气概还是同乔哥哥去过劲吧！”

这时的瑞龙，必是低下头去整理那些不必整理的甘蔗。

一九二五年十月作

我的邻

若把我这退过伍的上士也算在一起，这一个院子里已住上六个丘八了。凡是有两个女人住的地方，那一片小天下就少有太平时；凡是有三个大兵的地方，那地方便终日杀气腾腾。我们这里，却是副爷有一倍，女人又属于副爷太太，热闹透了。并且，其他的，我还忘了算上那几人——因为我就永不知道那两间房住几人——那是些，有音乐天才，每天除了吹打弹唱以外少有休息的亲哥子弟兄，又是北京大学法科的学生。

这属于上帝所分派（让我学一个基督教徒说这一句话吧），把爱热闹的处置在一个地方，好使大家全在一种吵打空气中生活下来，这若果是上帝的意见，我赞成。因为有些人，天生就是一面锣或一面鼓，搁下休息不久就将生出格外大的毛病来，就是每天作出镗镗或蓬蓬声音，他也不够数，还得别的如象小板鼓、钵、铛铛锣那各式各样东西来配合，才调和，才成套。然而，为什么把我也得夹在这套“响器”中？也许是我这退伍的上士，在行动中还保留了那一个上等兵的能对付一切嘈嘈的模样，因而把我留在这里享受！我奇怪我穷，使我无论如何设法离开这地方也不成。因了一些债，把我身子黏到这公寓，因了公寓给我的热闹，弄得我日夜全不得安静，我变成一个善于生气的人了。我又奇怪这北京，公寓客店既是那么多，空了一半房子的也常常有，全无一个客因而关门的也并不少，干吗这破庙似的地方，却是赶集一样这个去了那个又搬来？这是气运，诚然，这当真应说到气运上头了。我想若不是掌柜气运特别好，就是我气运特别坏，这二者必定居其一，才能如此的天然巧遇。

本来给大学生住的大学区附近公寓住满了副爷，且多数带了一名副爷太太，正如当局有意把大学附近全武装起来，好使学生能老老实实关到房门读书一个样，也许这样一来，学生们吓得不敢随便出门是实事。然而因此一来，书也真不必读了。一面防到同副爷误会肘子触肘子，一面又来领受那种叫嚣吵骂叱咤呜咽的耳福，要读书，也不让你有空的。忽然的，在大学校附近公寓住的学生全消灭，重新来了无数的副爷，这也是不大容易使我明白的事情。

在一种类乎占领类乎奏凯的模样中，教育这东西，只能全给副爷毁灭了，撕碎了。渺小的个人损失，当然是更不足道。

虽然我还应感谢我这公寓的老板，长年还是不改其度，能够用那不和气的脸嘴总使一个住客无从久呆，就是那三位伙计，似乎对这逐客工作也帮忙不少——可是，这个去了那个来，气运如此，没有可说的！

在日里，不敢出到大院子去，恐怕别人疑心我是对他太太生了怎样不良的歪心，就只规矩坐在房中窗子下，看我的《释典》。然而你要涅槃在南房，有人却在北房敲打一切法宝作异声。在一切丝竹金石中，还有那口号；口号总不离马派《定军山》，头通鼓二通鼓，擂之不足又重来。

放下书吧，就听。但不久，《定军山》又完场，改为"大正琴"独奏《梅花三弄》了。"大正琴"奏毕还有二胡，二胡奏毕有箫，箫之外有笛……

从这些讨人厌烦纷扰唠叨中，我见到了地狱的轮回，我了解了各样地狱的景致。我是一个活着的人，不靠青脸赤发的小鬼，不靠牛头马面——单只靠这几个天才用他那惊心动魄的音乐引路，我游过地狱一遍了。

除了我逃出这公寓，每日我得给他们领导跋涉那各式各样的烦恼的山水。但我不能同一个浪子一样终日在灰尘烈日以及霍乱流行的大道上走，到图书馆去则藏书室关了门。还有我得活下来，得用我这败笔按着了纸写我所能写出的小说，写成拿到各处去，求讨少数的报酬，才不至于让我住房的东家撵我。要我在这种杂要场一类地方看书也不能静心，怎么还能写出文章？一千字，在所谓我的货色行市中，至少我应当每天匀出功夫来写一千字，到月底，才有人开出饭来给我吃，这种情形下，一百个字也无从写了。

要想一事不作倒在床上睡，那音乐，那歌声，用了它那唯恐你久睡伤食的关心样子来嗾你，来搅你，好歹总得听。他又象知道我耳并不聋。塞了耳朵孔吧，塞过了，在纵然没有见到没有听到的行动中，这低调的无形的鞭子，还是在把我灵魂痛痛敲打啊！

我不明白这世界是什么样世界，神所分配给我的，连我在一种寂寞的生活下安安静静做一点白日的梦也吝惜！

“大正琴有两架咧，不用猜，是大帅的老乡吧。”一个朋友到我住处时听到弦歌之声就歆羡似的说是琴必有两架。但当听完我的诉苦以后就把眉蹙着笑了。

“你若是真心愿意听音乐，那么咱们住处就对调吧？”我说。

“但是我那边欠的债更多，怕不容易。”

朋友是显然想在欠账上把留难推托到他的掌柜身上，说是住处对调怕不能办到，但我很明白的看出了。实际上，朋友怕大正琴正不让于我。这个朋友便是极会作诗的也蘋君。

有时节，两边房里各有一个人，把那琴弹得嘣嘣咚咚的如同在比赛一个名曲，时间越来就越久，似乎谁都不甘心让谁比自己更精神，这种糟蹋空间寂静的功劳，最后是只能平分了。为他们揣想，这中大致还有那藏在心里的愤懑在，为了体面与气力，不会能对骂，不然总不会正适宜于睡眠的清晨还有那超拔琴声！

夜里，总应当稍稍休息了，人纵乐此不倦，为了那可以作声的乐器着想，休息也是一种普通的需要。是的，如我所希望，以及乐器所希望，人家放下这神圣工作了。

从上灯以后，看兴趣，有时是可以得一点两点钟安静的。感谢天，这些好邻居，他还有那朋友来邀他到别处去，把琴拿去到别一地方拉弹给一切有福的人听！

不过，一到夜来的天气，有凉的风为把日里新秋带有余骄的热气吹去，没有月的时节也还有星子，院子里适宜弹唱以外更适宜清谈，于是可敬的副爷们露着肘子在院子中各据了相当地盘，议论开始了。

这中我可以学得许多乖，有福能够听着一个少校模样的军官用他那地道的奉天土话臊骂着各式各样的娘。我奇怪一个军人在性欲上能找出那么多新鲜精致的术语，竟胜过一个用文字表现感情的艺术家，象是翻着字典在骂，又象是背诵一种极熟习的文法，我不明白他那位太太听了作何感想。还有那另一个副爷太太听了是生出怎样情绪。

我将睡到床上还是坐到桌边来作我应在日里做毕的

工作？我除开在纸上驰骤，为我的邻居副爷记录下一些足以供他日研究民族学的人帮助的骂人话语以外，写一首打油诗也不能办到，这简直是一个军营了。如那我所梦想的过去的军营，在打过胜仗以后，初初的集合拢来各展览其所掠得的宝物，用着那充满骄傲与愉快的喉咙，对着同队中人无恶意的随便互骂互诅。

只有睡着躺着听！

从一种不能作工不能安睡的生活中，我对我的穷，有着有生以来未曾有过的烦恼。要逃出圈子，只要在我每月平常收入下，多得四十元，或者再少点也可。但这区区四十元，把我身作抵押给别人，也没有能找到的机会。就是三十元，二十元，借也没处可以借。日子还正长着，我所合当受的罪，我恐怕到我能忍受的能力以内是永没有得救的缘法了。

一阵风，一阵雨，能把房中所有的苍蝇蚊蚋扫除得无影无踪。世界上，就没有那大风雨能够把我们院子里乐声全吹到很远一个地方去，也没有那样风，能够把我吹出这公寓。

唉！在往日，十二点以后，这些神之子，疲倦了，放下了一切，放下琴的拨子，放下了口的权利，放下了欢喜与愤怒——都睡了。我能请求我们的主人，留下一盏灯，在一点钟太平无事鸦雀息声的情形中，做完我应做的一切事。做完事后我上床，睡眠给了我们真正的平等，日里一切我把它忘了。

这幸福到如今来又给取消了。

理由是有人要打牌。这理由不悖乎人类生活同法科学生爱音乐一样。

若不是那牌骨一面上头所刻的字全是一些辱骂的记号，则我敢断定他们用为赌输赢的竟是一些骂人的字眼。把臊奶奶一类名词当筹码，是好象全桌子上人都一律采用了。唉，这也有要一个局外人听的义务。

在互相辱骂之中，忽又听到决裂了。人已似乎全站起身了，且听到推移桌子声，一人用那沉重的语调压迫对家声，一人劝慰声，倘或是，把拳捏得紧紧的鼻子上一下，又怎样收场。或者，这边一拳过去，那一边，猛不知，飞起一件茶碗之类直落到这人的头上，血是要流的，不是临时又得差派人去请医生么？即或暂时能劝开，到夜深，或天刚亮时，其中谁一个吃了亏的悄悄爬起床来握一把刀去插在那睡着人腹上，自己溜走了，这不是常常在报纸上听到的新闻？……

在桌边，我还能想象那个弱一点的负隅自固的神气。要持了刀在天明时报仇的，必就是这人。

我这样的担心这一场战争。我算定这院子在明早上纵没有命案也总有凶案发生。我一面又感谢那争持，因为一到动武结局总也很快了。只要劝得两方平息，大致大家就能记得时间在人身上赋予的意义，所谓“鲁仲连”也者，当能明白睡眠解释冤仇的效能，结果大家各上各的床，加以太太在床上所施行于一个丈夫息怒的精致手术，至多到两点三点左右总就全体涅槃了。

听到象是一个副爷已被另一人拖开到西房了，又听到那弱一点的人被太太的低低埋怨声。同时桌子在移动，椅子四只脚拖在砖地上面发怪响。又有个人在把茶壶里的茶倒于杯中，或者这是那位太太劝他良人平气的手段。

没有如我所料的流血，虽然保不定到天明时节会出那惨案，不过目下总已到了结束善后的时期，心是放下一件重重的悬锤，我想再过一会儿，我们便都可以合目了。

然而还有更出我意料的事。

听到那西房的两过北房，是不久的事。又过三分钟，却已听到那个动武的人提议另外摸风了。牌，掉在地下的，大致已捡起，当然是在朱红漆方桌上四人各出一只手在那里合！

虽然还听到他们互相的道歉，以及太太们从旁用媚笑来帮助解释这误会，我总还有那天明的预兆在心中。先是以为只要这些人把“筹码”换一下，我总有睡眠希望。到这时，又不成功了。骂娘已很少，从那长时间的洗牌声中以及一张牌下掷的沉重声中能够明白各人心中的芥蒂，却依然存在。第二次上场，我却担心这中当有两条命案了。

不知在四点以前什么时候我居然为这些吵闹所开释，仍然睡着了。

醒转来时第一是那法科学生的笛子使我一惊，第二是窗上太阳，第三是北房牌声。“日光下头无新事”，我得重新担上我昨日所负荷的一切，到发洋财时搬家为止。

一九二七年六月

生存

青年聂勋坐在北京南城某会馆里南屋一个小房子的窗前，藉檐口黄昏余光，修整他那未完成的画稿。一不小心，一点淡墨水滴在纸角上，找寻吸水纸不得，担心把画弄坏了，忙伏在纸上用口去吸吮那墨水。一面想，“真糟，真糟，不小心就出乱子！”完事时去看那画上水迹，好在画并未受损失。他苦笑着。

天已将夜。会馆里院子中两株洋槐树，叶子被微风刷着，声音单调而无意义，寂寞而闷人，正象征这青年人的生活，目前一无所有，希望全在未来。

再过十天半月，成球成串的白花，就会在这槐树枝叶间开放，到时照例会有北平特殊的夹砂带热风，无意义的吹着，香味各处送去，蜂子却被引来了。这些小小虫子终日营营嗡嗡，不知它从何处来，又飞往何处，院中一定因此多有了一点生气。会馆大门对街的成衣铺小姑娘，必将扛了芦竹秆子，上面用绳子或铁丝作成一个圈儿，来摘树上的花，一大把插到洋酒瓶里去，搁在门前窗口边作装饰（春光也上了窗子，引起路人的注意）。可是这年青人的希望，到明天会不会实现？他有不有个光明的未来？这偌大一个都会里，城圈内外住上一百五十万市民，他从一个人所想象不到的小地方来到这大都会里住下，凭一点点过去的兴趣和当前的方便，住下来学习用手和脑建设自己，对面是那么一个陌生，冷酷，流动的人海。生活既极其穷困，到无可奈何时，就缩成一团躺到床上去，用一点空气和一点希望，代替了那一顿应吃而不得吃的饭食。近于奇迹似的，在极短期间中，画居然进步了，所指望的文章，也居然写出而且从友人手中送过杂志编辑手中去了。但这去“成功”实在还远得很远得很，他知道的。然而如此一来，空气和希望似乎也就更有用更需要了。因为在先前一时，他还把每天挨饿一次当成不得已的忍受，如今却自觉的认明白了，这么办对于目前体力的损害并不大，当成习惯每天只正餐一顿，把仅有的一点点钱，留下来买画笔和应用稿纸了。

这时节看看已不宜于再画，放下了笔，把那未完成的画钉到墙壁上去。他心想，“齐白石也是个人，征服了许多人的眼睛，集中了许多人的兴味，还是他那一只手。高尔基也是那一只手！托尔斯泰，以至于家乡搞雕塑的张秋潭[1]，都靠的是一只手！……”他站在院中那槐树下，捏捏自己两只又脏又瘦的手，那么很豪气的想着。且继续想起一个亲戚劝勉他的话语，把当前的困难忘掉了。听会馆中另外有人在说“开饭”，知道这件事与他无分，就扣了门，照往日一样，上街散步。

会馆那条街西口原接着琉璃厂东口。他上街就是去用眼睛吃那些南纸店、古玩店、裱画铺、笔墨铺陈列在窗前的东东西西。从那些东西形体颜色上领略一点愉快。尤其是晚上，铺子里有灯光，对他更方便。他知道这条街号称京城文化的宝库，一切东西都能增长他的见识，

[1] 张秋潭：民国年间，湘西著名泥塑家。麻阳人。

润泽他的心灵。可是事实上任何一家的宝藏，当前终无从见到，除了从窗口看看那些大瓶子和一点平平常常的字画外，最多的还是那些店铺里许多青衣光头、势利油滑的店伙。他象一个乡下人似的，把两只手插在那件破呢裤口袋里，一家一家的看去。有时还停顿在那些墨盒铺刻字铺外边许久，欣赏铺子里那些小学徒的工作。一直走到将近琉璃厂西口，才折身回头，再一家一家看去。

他有时觉得很快乐，这快乐照例是那些当代画家的劣画给他的。因为他从这些作品上看出了自己未来的无限希望。有时又觉得很悲哀，因为他明白，一切成功都受相关机会支配，生活上的限制，他无法打破。传统习惯上的限制、势力更无比顽强。他充满了热情和勇气想学，跟谁去学？他想看好画，看不着。他想画，纸、笔、墨都要不到，用目前能够弄到手的工具，简直无从产生好作品。同时，还有那个事实上的问题，一个人总不能专凭空气和希望活下去呀！要一个人气壮乐观，他每天总得有点什么东西填到消化器里去，不然是不成的。在街头街尾有的是小食铺，长案旁坐下了三五个车夫，咬他论斤买的切糕和大面条，这也要子儿的，他不能冒昧坐拢去。因此这散步有时不能不半途而止，回住处来依然是把身子缩成一团，向床上躺去。吸嗅着那小房中湿霉味，石灰味以及脏被盖上汗臭味。耳朵边听着街头南边一个包子铺小伙子用面杖托托托托敲打案板，一面锐声唱喊，和街上别的声音混杂。心里就胡胡乱乱的想：这是个百五十万市民的大城！至少有十万学生，一万小馆子，一万羊肉铺，二十万洋车，十万自行车，五千公寓和会馆，……末了却难受起来。因为自己是那么渺小，消失到无声无息中。每天看小报，都有年青人穷困自杀的消息。在记者笔下，那些自杀者衣装、神情、年龄，就多半和自己差不多。想来境遇也差不多，在自杀以前理想也差不多。但是到后却死了。跳进御河里淹死的，跑到树林子里去解裤腰带吊死的，躺在火车轨道上辗死的，在会馆、公寓、小客店吃鸦片红矾毒死的。这些人生前都不讨厌这个世界的。活着时也一定各有志气，各有欲望，且各有原因来到个大城市里，用各种方法挣扎过，还忍受过各种苦难和羞辱。也一定还有家庭，一个老父，一个祖母，或一个小弟妹，同在一起时十分亲爱关切，虽不得已离开了，还是在另外一个地方，把心紧紧系着这个远人，直到死了的血肉消解多年，还盼望着这远行者忽然归来。他自己就还有个妻，一个同在小学里教过书，因为不曾加入国民党被人抢去那个职务，现在赋闲在家，又害了痨病，目前寄住在岳家养病的可怜人。

年青人在黑暗中想着这些那些。眼泪沿着脸颊流下来。另一时那点求生勇气好象完全馁尽了，觉得生活前途正如当前房中，所有的只是一片黑暗。虽活在一个四处是扰扰人声的地方，却等于虫豸，甚至于不如虫豸。要奋斗，终将为这个无情的社会所战败，到头是死亡，是同许多人一样自己用一个简单方法来结束自己。这不成！他要活下去，还有理想，有一切，个人的和社会的。

于是觉得害怕起来，再也不能忍受了，就起来点上了灯。点上灯，对那未完成的画幅照照，在那画幅上他却俨然见出了一线光明。他心情忽然又变了。他那成功的自信，用作品在这大城中建树自己的雄心，回到身边来了。

于是来在灯光下继续给那画幅勾勒润色，工作直到半夜。有时且写信给那可怜的害痨病的妻子，报告一切，用种种空话安慰那可怜妇人。为讨好她起见，还把生活加上许多文学形容词，说一到黄昏，就在京城里一条最风雅的文化街上去散步，欣赏各种美术品。

这一次就是这样散步回来时，他才知道大学生陆尔全来看他，放下个从他转交的挂号信。并留下字条说：“老聂，你家中来信了，会是汇票。得了钱，来看看我们罢。这里有三个朋友从陕西边地回来，一个病倒了，躺在公寓发热，肠子会烧断的！要十五块钱才给进医院，想不出办法，目前大家都穷得要命！”

年青人看看信封，是从家乡寄来的，真以为是钱来了。把信裁开，见信是寄住在岳家的妻写的。

哥哥，我得你三月十二的信，知道你在北京的生活，刀割我的心，我就哭了。你是有志气的人，我希望你莫丧气。你会成功，只要你肯忍受眼前的折磨，一定会成功。我听说你常常不吃饭，我饭也吃不下去。我又不能帮你忙。哥哥，真是刀割我心子！

你问我病好不好些，我不能再隐瞒你，老老实实告你，我完了。我知道我快要死了。晚上冷汗只是流（月前大舅妈死时，我摸过她那冷手，汗还是流）。上月咳血不多，可是我知道我一定要死。前街杨伯开方子无效，请王瞎子算命，说犯七，用七星经禳，要十七块七毛办法事。我借了十三块钱，余下借不出，挪不动。问五嫂借，五嫂说，卖儿女也借不来。我托人问王瞎子，十三块钱将就办，不成吗？王瞎子说，人命看得儿戏，这岂是讲价钱事情，少一个不干。你不禳，难过五月五。……哥哥，不要念我，不要心急。人生有命，要死听它死去。我和王瞎子打赌，我要活过五月五，我钱在手边无用处，如今寄十块来（邮费汇费七毛三）。你拿去用。身体务要好好保重，好好保重！你我夫妇要好，来生有缘，还会再见！（本想照一相给哥哥，照相馆人要我一元五角，相不照来。）

玉芸拜启。

又我已托刘干妈赊棺木，干妈说你将来发财，还她一笔钱，不然她认账。干妈人心好，病中承她情帮忙不少，你出头了不要忘她。

芸又及。

信中果然附有一张十元汇票，还是用油纸很谨慎包好的。看完信时年青人心中异常纷乱，印象中浮出个寄住在岳家害痨病的妻子种种神情。又重新在字里行间去搜寻妻的话外的意思，读了又读，眼睛潮湿了。两手揪住自己的短发，轻轻的嚷叫：“天呀，天呀，我什么事得罪了你，我得到的就是这些！”又无伦无次的说：“我要死的，我要死的。”他觉得很伤心很伤心，象被谁重重的打了一顿。这时唯一办法是赶回去。回去既无能力，并且一回到那小县城，抱着那快要死去的人哭一场，此后又怎么办？回去办不到，就照信上说的在此奋斗，为谁奋斗？纵成功了，有何意义？越想心中越乱。且想起写信的人五月六月就会要死去，勉强再去画画，也画不下去。又想写一封信回家，写去写来也难写好。末了还是上街。在街上乱走了一阵，看看一个铺子里钟还只九点，就进城去找他的朋友。到北京大学东斋宿舍见到了朋友陆尔全，正在写信。

姓陆的说：“老聂，你见我留下那封信了，是不是？”

他说：“我见到了那个信。”

“是不是有汇款？”

“有十块钱。你要用，明天取来你拿一半。”

“好极了，我们正急得要命，好朋友 ×× 回来就病倒了，住在忠会公寓里，烧得个昏迷不醒。我们去看看他去。这是我们朋友中最好的最能干的一个，不应当这样死去。”

年青人心想，“许多人都不应当死去！”

两人到得那公寓里，只见四五个年青人正围在桌边谈话，其中只有一个人在陆尔全宿舍里见过，其余都面生。靠墙硬板床上躺着一个长个子，很苦闷的样子把头倾侧在床边。两人站在床边，病人竟似乎一点不知道。陆尔全摸摸那病人头额，同火一样灼手。就问另外一个人：“怎么样？”

另外一个年青人就说：“怎么样？还不是一样的！明天再不进医院，实在要命！可是在路上一震动，肠子也会破的。”

陆尔全说：“我们又得了五块钱。”且把聂勋介绍给那人，“这是好朋友聂勋，学艺术的。他答应借我们五块钱。”

“那好极了，明天就决定进医院！”

聂勋却插口说：“钱不够，我还有多的，拿八块也成。”

陆尔全说：“还是拿五块罢，你也要钱用！这里应当差不多了。”

“五块够了，我们已经有了十二块！”

大家于是抛开病人来谈陕西近事，几个青年显然都是从那边才回来的。说到一个朋友在那边死去时，病人忽然醒了，轻轻的说：“死了的让他死去，活下的还是要好好的活！”大家眼睛都向病人呆着。到了十点，两人回到学生宿舍，聂勋把那汇票取出来交给陆尔全，信封也交给他，只把信拿在手中。

陆尔全说：“是你家信吗？你那美丽太太写来的吗？她病好恢复工作了吗？”

他咬着下唇不作声，勉强微笑着。

陆尔全又说：“我看你画进步得真快，努力吧，过两年一定成功！”

他依然微笑着。

陆尔全似乎不注意到这微笑里的悲哀，又说：“你那木刻我给 × 看了，都觉得好。你做什么都有希望，只要努力。大家各在自己分上努力，这世界终究是归我们年青人来支配、来创造的。”

他依然微笑着。

看看时候已不早了，聂勋就离开他的朋友回转会馆去。在路上记起病人那两句话，“死了的让他死去，活着的好好的活！”且因为已把病妻寄来的钱一部分借给这个陌生病人，好象自己也正在参加另外一种生活，精神强旺多了。到得会馆时已快近十一点。

坐在自己那个床边，重新取出那个信来在灯光下阅看，重新在字里行间去寻觅那些看不见的悲哀和隐忍不言的希望。想起两人在教书时的种种，结婚的种种，以及在学校里忽然被人排挤撤换，一个病倒，一个不能不离开家乡，向五千里外一个大都市撞去，当前的种种。心里重新纷乱起来，不知如何是好。

那个明知快要死去的妻说的话——

……哥哥，我知道你在北京的生活，刀割我的心！……你是个有志气的人，我希望你莫丧气！……身体务要好好保重，好好保重！

那个虽要死去却不愿意死去的人说的话——

死了的让他死去，活着的要好好活下去！

那个凡事热心的好朋友陆尔全说的话——

……你做什么都有希望，只要努力，……这世界终归是年青人来支配、来创造的！

一些话轮流在耳边响着。心里还是很乱，很软弱。他想，我一定要活下来奋斗！我什么都不怕。我要作个人，我要作个人！

可是，临到末了，他却忍不住哭了。

他把身子缩在一团，侧身睡在床上，让眼泪毫无顾忌的流到那脏枕头上去。

一九三七年五月

为牺牲于抗日战争中表弟长荣而作

来 客

世界上有很多事情都使人忧郁，不好招架，某种友谊也象是这样的。

一九二八年夏天，我住在上海拉斐德路一个小弄堂的二楼上，一天下午两点钟左右，正在自己住处那个小小房间里，为《读者月刊》写一篇创作回忆录，觉得记忆中充满了各种河水。生平在各个地方所见到的各种河流，似乎正一一从心上流过。河面还泊了灰色小船，漂浮了翠绿菜叶。实在说来，这世界地面上有若干小河两岸，都和我发生过不可分离的关系。我的教育可以说是在河水上面得来的。当我回忆到各种河水，思路正从从容容，为我生平极少有的舒适，还以为至少可以一气写个五千字，刚把那文章写到第二行时，只听得楼下后门有人用不纯粹的北方话语询问娘姨，象在找寻谁。那四川娘姨正在自来水龙头边洗衣，把头昂起向上面问：

“找甲先生，在屋里不在？”

娘姨一听楼上有人开门，明白我没出去，不待我启口说话，就要那来人上楼，来人便即刻从那黑黑的窄窄的楼梯走上来了。在楼梯口觌面时，原来是个还不识荆的白脸少年绅士，服装潇洒，仪表不俗，一见我时就问：

“我找甲先生。他在家不在家？”

从那种语言神气看来，显然他不会以为面前的一个，就正是他所要找的人。既然见了主人还问主人，想来这个陌生不速之客，预备晤面的事，也不过是“久仰”，且希望见到的人，应当是比目前的我更象个主人的一位了。我当时为尊重客人的感觉起见，只好装点愚呆，请客人在房中坐坐，自己走出房门，到楼梯边站了那么一会儿，回到房中时恭恭敬敬的回答客人：

“甲先生先前一会儿还在这里，不知怎么的一来不见了。你驾有什么事，是不是要紧的事？”

大约先前这人还只“疑心”我是仆人，现在算已

“明白”我是仆人了，见我问他，就大洋洋的说：

“我刚从北京来，不久就要到外洋去留学。我也是——一个作家，久仰你先生的大名，特意前来拜访！”

说过了这些话后，来客似乎即刻发觉他所说的话，原只应当同主人说的，如今和听差说来，殊无意思，实在也不须乎，就做出太守对当差王贵、汤怀说话的神气，向面前的我询问：

“我是你先生的同志。先生什么时候回来，你知道吗？”

“没准儿。”

来客游目四瞩，各处看了一会，同拍卖行办事人估价样子，把房中每样东西在心上记上一个数目。各事弄清楚后，俨然大事业已办妥，应当休息休息，不必主人相请，就大模大样，选定了一个靠窗边的椅子坐下了。坐定以后喝了我为他倒上那一杯清茶，气色也稍稍从容了一点，一时又不想走路，见我畏畏缩缩的站在屋角，似乎安慰我不要怕“大人物”，就向我攀谈起来，完全用的是个什么长官和下级谈话神气。

“先生客多不多？”

“不多。”

“你们自己做饭吗？”

“自己不做，房东做。”

“你跟他多久了？”

“……”我不知道怎么回答，我就笑笑。

“你认字不认字？”

“认字不多，写个账单儿还勉强。”

“你先生是作家，怎么不跟他学写小说？”

“先生说，写小说是河水告他的。”

“怎么，河水告他的！什么河水井水？他同你说笑话！他这个人很 humourous。他一定跟姓贺姓何的读过书，你不懂！”

“他说的是河水。”

“他说河水告他？那你怎么不到河边去问问河水？河水也会告诉你的！试试看吧！”

“我生长在河边，河水告我……”

那绅士见我那么说话，便向我望着，微笑着，好象我笨得动人怜悯。大约见我样子萎萎琐琐，且有点儿戆，发生了兴味，便带玩笑似的询问我一些生客不作兴询问仆人的事情，向我探听这房中主人的一切。到后就问我：“先生是不是当真在霞飞路买了一幢房子？××报上说的，那幢房子值七千！”

听到这话我真是又惶恐又忧愁，不知道如何回答这个问题，只好用最谦卑的微笑应付下去。我不作声。

这客人说得正好，但看看我只知道傻笑，又似乎觉得同这样一个听差谈话真不合式，就把那双小生式眉毛皱皱，走到写字桌边去，意思似想看看主人桌上的情形。这一来真使我又急又窘，可又想不出什么方法拦阻他一下。情急智生，我把书架上一个六朝白石佛头和一个汉代白石猪头拿到手中，招呼他看，两件小雕刻还是一个朋友昨天刚从北京送来的。可是我的行为竟全不能引起他的注意。他这时不需要赏鉴这个古雕刻，他仍然把我那篇文章看到了。他只默默的看着，那上面我写的是：

> 我的教育全是水上得来的，我的智慧中有水气，我的性格仿佛一道小小河流。我创作，谁告我的创作？就只是各种地方各样的流水，它告我思索，告我如何去……

大概看了两三遍吧，看完事后，这个绅士才向在他身边显得有点窘迫的我说：

“你的先生说河水告他一切，说得真古怪。哪有这事情？”

我因为不明白用仆人身分如何来答复这句话，才见得措词得体，故仍然只向他笑了一下。这客人从我的微笑上，似乎感觉到一点小小不快处，话语即刻庄严了许多。他说：

“甲先生什么时候回来，你不知道吗？”

“我不知道。”

“他上文学会开会去了，是不是？”

“他从不上那些会里去。”

“他爱看电影？”

“他不看电影。”

“他常常跳舞？”

“他不会跳舞。”

每次回答都象不能适如客人所估计的样子，又好象有意同他想象作对，客人到这时节，一面把手杖剥剥剥的敲打地板，一面便问我来到了这里多久。我回答他来此不多久。这一下我的把柄被他拿定了。

“你不知道你的先生。你先生在他自己的书上，说过他自己的性情同嗜好；似乎还提到过你，就说家中有个用人全不了解他。我问你，你是不是个‘司务长’？”

我说：“你是不是说军队中的‘司务长’？我不是。”

“我猜想你就不是。往年他有个当差的司务长，年纪比你大，比你有趣味。”他手中正拿着一本《新月》，那上面有篇小说叫作《灯》，故事中就有个司务长。

“你怎么知道？”

“我怎么不知道？”说过这句话时，客人似乎为了报复起见，就问我：“你名字叫什么？”

我说：“我名字叫高升。”这倒真是我一个常用的名字，可是我说出口时，我瞅他那脸上做了一个古怪的表示。

大约就是这个俗气的名字，把客人谈话兴致索然而尽，不愿意再等待下去了。因此他就把名片夹拿出来，抽出一张小小名片，伏在桌上写了一阵。写成后，自己沉吟了一会，摇着头，象觉得不甚得体，撕去了，再换第二张，但仍然不成，又换第三张。名片写妥后，看看自己所写的话语，仿佛已很满意，便把那名片摆在桌上，用一个玉镇尺压定，又把我那文章看过一遍，把头点点，似乎明白了些先前所不明白的东西，这一回很满意了，才向我开口：

“高升，我不等候甲先生了。我留下这个，他回来时你就告他，不要忘掉！”

“知道知道。先生，你放心。”

客人一走，我便恢复了我做主人的身分，赶快走过桌边去，看看那名片究竟写了些什么，刚看完头上两句话“你是水教育的，我是火教育的”，忽然一个人訇的把门推开，好象是明白主人不在家，就不必叩门似的。一进门时见我正坐在桌边，似乎已知道我看过了他那名片上的文字，显得不很高兴的神气说：“高升，你怎么的！”又说：“我忘了件事情。”

我真又窘又急，赶忙站起来侍候那客人。“先生，你要什么？”

他什么也不说，只走近桌边，把原来那张名片收回，换了一张新的，写了两行字，便又匆匆的走了。

我估计他已走出后门，推开小窗望望，就见到衖口俄国老妇人家那只小小哈叭狗，正追赶到这绅士身后汪汪的吠着，那人却回过头来，把手杖向狗扬起，用英文轻轻吼着“dog！ dog！”

我把窗子关好后，放了一口气，走近桌边捡起那张名片看看，原来换了一张有北京某大学文学士衔的，可是却把我先前看过的那两句话去掉了。我想，“那么这人自己也觉得并不是火教育出来的了！”想到这些字句和这人一切，我很忧郁的苦笑了一忽儿。

我那篇文章，自然写不下去了。这客人此后从不再来第二次，大约已照他所说的那样，当真放洋去了。我那篇文章，也永远不想作了。

我总是记着这个“用火教育出来”的人，每次写什么时，一想起他，就把写作的气概馁尽，再也无从下笔。不知道什么“火”会教育他。算算日子，他应当在美国得文学博士学位了。

一九三三年四月完成

元 宵

一　家中

一个为雷士先生写小传的人，曾这样写过：一个中年人，独身，身体永远是不甚健康到使人担忧，他的工作是用笔捕捉这世界一时代人类的姿态到纸上。

因为是元宵，这个人，本来应当在桌边过四小时的创作生活，便突于今天破坏了。先是想出门到某一个地方去看一个朋友，到临出门时又忽然记起今天是一种佳节，在这家有主妇与小孩子的家庭中，作一不速之客真近于不相宜，就又把帽子掷到房角书架上，仍然坐到自己工作桌前了。

心里有东西在涌，也说不分明是什么东西。说是

“有”，不如说是“无”。他感到的是空虚。心情不能向任何事寄托，如沉溺的人浮在水面，但想抓定一根草或一支苇，便仿佛得了救，他于是在思索所有足以消磨这一天的好办法。凡是办法他全想到了，在未去实行之前，先就知道这样不行那样不行，到后就只有痴坐在那里，面对窗格数对窗墙上的土蜂窠出入孔的数目了。

那覆在墙上如一堆牛屎的土蜂窠，出入泥孔道是六个，其一尚仿佛如普通许多地方之小北门，虽有此道，却用物堵塞，禁止出入，为取吉兆那样子。他望到蜂窠出神，不知道究竟这泥球内有无生物，假使是有，这些蜂子又正在作些什么事，思想些什么。他愿意知道它们多一点，但做不到。他其实，何常不愿意也多知道自己一点呢？但自己空虚的心情，是已分明了，如何将这空虚离开身边，如何把生活变成如一般人那样，既不缺少兴味，也不缺少快乐，他可永远不清楚了。

仿佛烦恼来了，就工作，不能工作也俨然做着工作的样子，一面想，这是往日的办法。有了这办法，生活在本身上虽找不出意义，但另外，间一翻翻文件盒里的成绩，似乎是这样仍然可以单独活下去了。且当想到一切过去的伟大前辈，是如何在刻苦中度着日子，又不禁兴奋起来。想到在生活上苦战的英雄疮痍满身的情形，再看看自己，则又不禁脸上发烧。在另一时，自己的行为，不就已经给人说过这是“英雄”这是“战士”了么？过去的，另一时代的战士之流，是不是也就相差不远，那不可知。然而所谓享乐者徒众，他将用什么方法在什么情形下消磨着这每一天呢？明灯华筵周旋于女人之间，回来则头痛心烦；或留心自己脸上一点粉刺，便每日照医生所嘱咐做事；或为一件衣和缝工吵嘴，不能自休……这里就无处不可以得到人性的真实源泉，鄙视、憎忿、无端的倾心与有意的作伪，随时随处可遇。这些人，自然也就不缺少着那所谓烦恼，然而所烦恼者，当为另外一事，不比这时的他是十分显明的。这时的他一事不能作，即空想，也倦于展开。

一个思想粗糙的人，他的行为将近于荒唐，一个思想细致的人，他可以深入人生，然而一个倦于思想的人，他是只有幻灭的悲恸咬他那颗心的。

他低头坐下，望了望脚上的皮鞋，鞋为新置，还放光，鞋底边的线尚不曾为泥弄脏。因为鞋，想起买这鞋那一天，在那鞋店外边，见到的一个女人苗条身体，看女人仿佛近于暗娼者流，就有意无意跟到那女人走去，随后发现了这女人是舞女，就又回头返家。鞋子使他生的联想不过如斯而已。若是自己欢喜跳舞呢，那等到夜间，穿上这样一双体面皮鞋，到各舞场去找那天鞋店前见到的舞女，陪她舞一夜，大致是可以感到一种沉醉的。但他不是能跳舞的人，他不学，懒去花费那一番功夫。

过一会，皮鞋与跳舞的梦过去了，他就把皮包从衣袋中掏出，检察所剩的钱有多少。检察结果知道了钞票五元的是拾张，一元的是九张。还有一张一百元的汇丰银行券为昨天一个书铺送来的，还不曾拆兑成零数。他把皮夹捏在手上，想了想，若把这点点钱用到荒唐事上去，就可以使别人同自己即刻变成密友，也可以使一个好女人堕落，一个乞丐因得此欢喜而死，就摇了一摇头，拍的把皮夹丢到地板上了。

然而他仍然望到这黑色印有凸花的小皮夹，仿佛见到这皮夹自己在动，且仿佛那钞票就象一杯酒，在那里劝驾，请他找机会好好用它一用，一面还似乎在那里分解，说“这也可以说是诱惑，可完全不是恶意”。他承认这真不是恶意的。一个曾经与金钱失过恋的人，对于钱的皈依是明白它的善意的。有了钱，于他是可以增加在人前若干勇气的。没有钱时他就想到他非常善于用钱的事情，买这样那样，或送谁借谁，都以为只要有钱时这样一做，当可以得到一种快慰，如在神前还愿。如今是钱在手上了，他却不能把这个钱照他所想的去做。从前想到这样那样是可以得到幸福的，这时仍然不够了。在没有钱时节，他以为，若果有了钱，就可以把无聊这两个字在字典上勾去，如今他明白钱不是能帮助他获到他所要的东西了。一个老年人，身边儿女绕膝，在家做善人，用钱打发在门外叫喊的无告者，钱的确能给这老翁好处的。一个赌徒，在新年中输了钱，正感无法可以扳本，得到一笔小款，他同样也能感到钱的好处。穷人自然以钱为命，钱与幸福也不能分开，无从分开。可是，他拿这一点钱有什么用处?

买书，书架上的新书已不能再加一本，床下未看过的书也满了。缝衣则他不等穿新衣会客。送人则不知应送给谁，至于凡是穷的就送，他又以为这样善事应当让那些阔人去做，可不是他的事。胡花，仿佛只有这个办法了，但是把烦恼当成一种病，这病可不是把钱胡花就可以医好的！

他不愿意吃酒看戏，又不欢喜到赌场去，又不能更荒唐独自跑妓院去玩，这钱要花也难。

今天十五，他记得很清楚。因为是十五，就象平常那样去各处走走也不行了。在这种日子，朋友中有家的，纵或比平常还更热诚的款待你，做客的也不会得到好处。朋友若独身，则多数不会在家，总出门到熟人处喝酒打牌去了。

一个身在外国的人，对于佳节的来临，自然很寂寞。一个身在本国的人，也还是感到寂寞，那缘故又不是穷，当然是另外一种情形了。他明白自己，却不敢去思索这个问题的。他只烦恼，并不细细追究为什么这样自苦。

在他那生活中就有那烦恼病根存在。“一个中年人，独身，身体永远是不甚健康到使人担忧，他的工作是用笔捕捉这世界一时代人类的姿态到纸上。”在这几句传略中，就潜伏了这人病的因子，不承认那怎么行。不承认也罢，就说是看不起所目睹过的一切女人，因而搁延下来了，话不妨这样说。然而总应当有那样可以倾心的女子，生到这世界上另一个地方另一个家中！在某一时这精细的头脑，也应当想到这一件事来吧。应当想到过什么样女子是可爱的女子，什么样女子是可以作妻室的女子，无目的的梦也总在较年青的心中做过吧。在这时，虽不是在那里应付一件恋爱，或应付一件债务，然而就正因为不敢去对这债务加以注意或清理，意识的潜沉，就更容易把人性情变成悒郁无聊，觉得生活近于一种苦事了。

应当去做的事，因为中世故的毒太深，以为这是一种笑话，已变成极其萎悴柔弱的人了。思虑绵密的事业上可以成功，在生活上却转成了落伍的人。所以这时的他，就只是仍然在桌边，连心情的放荡也不曾有。他没有比喻，没有梦，没有得失，因此所有的就是空虚了。

一个人，生来若应当用行为去拥护思想，他想到的就去做，这人是无大苦的。若思想是应当裁制行为，则有思想的人能帮助人的行为，当向前时就向前，他也不会大苦。知道了思想与行为的如骨附肉，便不想，也不做，只徒然对于一切远离，然而仍然永远是负疚的心情，他是这种人之一个。不幸的地狱便是为这一类人而设的。

虽然这事也只是局外的人才能看出，他自己实在永远不会看到他不幸分量之多。

也同旁人一样，生活的改变是他所需要的。因为一切习惯是不可耐的，如沉在泥中，出气也渐近于淤塞。他又想到若干变更自己生活的方法，只除了结婚一件事不想。其实，则没有比这个对于救济这时的他更为有效了。但他不对这个事多想，就因为有所谓“俨然笑话”的嘲讽先对自己的心情加以攻击，到后他索兴什么都不想了。

他无聊无赖，把脚拍打着地板，地板发出蓬蓬的声音，他于是又想起了买鞋，跟到女人背后走，走到了大东见到那女子与那舞场职员说话，就返了身。脚下的鞋子给他的联想慢慢使他惘然失神了，他以为，若果是有这样一个女人愿意同他结婚，他无论如何要爱这女子一世，就是这女子再坏，同别人好欺骗他，只要这欺骗不为他知道，也无关系。他所想到的女人不是在他生活情形下所找不到的女人。就再好一点，完全一点，也不是很难的事。难的倒是他并不将这想望与事实连在一起，故无从稍有结果。日常生活中，社会上不乏与他同样身分的女子，极方便中同在一处，到这时他想到的却是凡女子都很平常，人的生存总是为女子以外的，虽然他说不出为女子以外的什么，但在女子面前，他决不会承认自己有理由做成一个颠子模样来为女人难过，这是经过太多回数试验过的事了。另一时，走在路上，象被一些擦身而过的女人，带去了一点他身上什么。总之他的事，只有自己明白。有时到自己也不明白，那就是这无所排遣的时候了。到了这种时候才觉得一切的智力骤然失去，心情忽然与年龄不相称起来，他就免不了把固定秩序破坏，变成世俗所说放荡人了。

人究竟为什么而生存？想也想不通的。每到这种时候头脑中便仿佛生了若干刺，无从拔去。他隐隐约约看到这刺的锋芒，他隐隐约约仍然不断的用手去拔，手也仿佛流了血。这时真能流血是好的。凡事到流血，总比闷到瓮中死去好多了。到见血，那可以喊叫了，可以呻吟了，也可以用力来反抗了。但心被麻木了的人，他睁眼望到自己僵僵的与世界离远，他不能伸出手来打谁一拳，又不能把他所能在人面前做的笑脸给谁去看。他这时不能做好人也不能做坏人。他只看别人在他身前骑马过去，看到那马蹄下灰尘飞起。他看到有些人眼泪流到虚荣与狡诈上，又看到有些人在他亲人前装模作样，撒娇撒痴。他看到别人的富丽辞藻，与壮观的抄袭，使他目眩心惊。他看到口若悬河的辩士，站在高台上说谎，得到无量的掌声喝彩。他看到日影在墙上移动。

日影在墙上移动，他看到这一点秘密，忽然有所澈悟。决定出门了。按了电铃，听差来了。这是一个瘦得可怜的人，薄薄皮包着骨，手上的青筋如运河，起伏有序。他望到这听差的瘦身材不作声。进门了的听差，见主人无话说，知道是要出门了，就把帽子从书架上取下来，用袖口抹抹灰。到后又见到地板上的皮夹了，就弯腰将那皮夹拾起。

“为什么我要你买那个药你又不买？”

听差不答，只笑。

他又说：“是不是把钱又……”

听差仍然笑。

他把皮夹打开，取出一张五元钞票塞到听差手中，“这次记住买！我担心你是肺病。”

“前几天张先生不是为我检查过了？他说不妨事，肺比许多人还健康的。我倒想，……”

听差说要什么他不听了。他把呢帽接过手，走出房门了。

二　书铺

到了街上，人很多。本来平时就极其热闹的大街，今天是更见热闹了。

他看人。信步走了很久的时间，走到一个书铺了，就走进去看看。书铺中全是买书的年青男女。望到这些年青的天真烂漫的脸，他只发愁。走到自己几种书的陈列处去，也堆了十多人在那里选书。大约是新年，这些年青人从家中得了一点钱，就相信了教师的话，来买他的书读了。望到这些人从袋中把钱取出，送给书店伙计时，他就想自己若有多钱，真应当印一万本书送给这类人看。望到这些人得了书还等不到拿回去，就在书店翻看，且有些嫌书价太贵，不能买，就站在那书架边看，不忍放手，他就想走过去说，可以送这人一本。

他看了每一个在翻他小说集的年青人的脸，心中有一种惭愧，觉得这些人真是好人。

若果这些人，知道身边这沉闷萧条的人，就是这一堆集子的作者，将用什么眼光看待这个人？他想到这件事，就走到两个中学生模样的年青人身旁去，看他们在翻些什么书。书铺中伙计也不认识他，所以正在那里介绍他的一本长篇小说给两个学生听，还把书送给他一本，意思劝他买一本。

他望到手上一本自己所作的书，封面也是自己画的，且看看这书铺伙计的圆脸圆眼睛，和气得可爱，就点点头，要伙计把书包了。那两个学生见到他买了这书，才似乎下了决心，也选出两本要伙计算账。他对这两个年青人笑着，想说什么不说，又走到别一处去了。

到另一处谁知那个圆脸伙计又走来，拿了他的另一本书，说这书很好，很有销路，应当买一本。他又买了一本。圆脸伙计真是会做生意的人，以为来买书的真信了他的宣传，对作者生出敬仰了，就将所有十多种集子各取一册来放在他面前，且一一为指点这一集内容是怎么样，那一集内容是怎么样，看那样子似乎这人全是这些书背得成诵，且与作者非常熟习，对于作者生活性情也非常清楚。

他只对这伙计笑，不说要也不说不要。为了信任起见，这伙计又由他自己的心里找出一些对作者高明的处所加以称赞的话，这生意是非做不行了。他到后就又答应了每种包一本，一总算账。

他问那伙计，有多少钱一个月。

伙计笑，仿佛忸怩害羞，问了两次才说只有饭吃，到半年后才能每月有三元薪水。

“你读过几年书？”

“小学毕了业。”

“也能看小说不能？”

“能。小说看得可不少了。”

“欢喜谁的？”

“欢喜的很多，这个人的也很欢喜，我昨天还才读那本游记。”

“你也有空看小说！”

“是夜间无事我同他们那几个人，（他就用手指远处的较大的伙计）全是看小说。我还见到过鲁迅先生！是一个胡子，象个官，他不穿洋服！”说着这样话的伙计，自己是很高兴的。大约在平时是不容易有机会同人说这些话，所以这时就更显得活泼了些。

那伙计一面写发单，一面还说哪几个作家是穿洋服的，哪几个又穿长衫，料不到这小小脑子记得那么多事情。看年纪还不过十六岁，就知道中国这时许多人物，将来真也是个了不得的人物！不过他想起这人在半年后才有三元一月的薪水，惘然了。那么对于买书人殷勤，那么对书的销数尽职，就吃老板一点饭，中国的情形使他有点难过了。

他看到这伙计用那小手极其熟练的把书包上，又把发单到柜台上去缴钱，心里莫名其妙的酸楚。在填写发单时，这小孩还关照一声，说若是作家来买，还只要七折，作家买自己出版书则对折，那是顶合算的。他并没有说他如今就是买自己的书。他只望到这年青人圆脸发愁。伙计把书同应找还的钱送给他时，还另外送了一张上面载有他未曾出版新著的预约广告。

他以为是这伙计还希望他买一预约券，就说："我是不是还可以先买一预约？"

"慢一点再买好，这书恐怕不能在下月出版。"说这话时轻轻的，说过后且望了一望左右。这伙计是因为作了将近十块钱生意，特意关心起主顾来了。

本来这书还未脱稿，这时听到这伙计说慢一点买预约，他就想这书将来若写成，当写着特为给这小朋友的一句话了。他觉得这年青人是比起自己来还更伟大一点的，自己站到这洁白灵魂的面前，要多说一点话也说不来。他想应当使这年青人知道自己的感谢，但他不说话，终于走了。

他纵能帮助这个人，也不知如何帮助，且好象还不配帮助。至于这伙计，却全无他望，这是很明白的。这个人，也不是求心之所安，已成天站到书柜边为他尽过无数日子的力了。他既无骄傲也无愤懑，日子过下来了。这个人若是也有所谓生活的梦，大约想到的，也不外乎是在半年以后，每月三元的月薪，可以添置新白布汗衣一事而已。当与这年青伙计同样年龄时，他身在乡下做一小饭馆的学徒时，那时所做的梦，尚不敢想到一月有三块钱。再过十年也许这伙计也将因为一种奇怪的机遇，成为另一种人吧，或者聪明一点做了委员，直爽一点就被人捉去杀了。想到这里，觉得人事就是如此，多想亦等于徒劳，就不再在那书铺耽搁，把书夹在胁下走了。谁知正在此时那卖书处起了争吵了，另一伙计与两个年青学生越嚷越凶，所有买书的都围拢去了。问原因才明白是因为这人买了书两本，到包好，算完账，却用不曾带多钱的理由退一本书，换一本书，然而伙计则因为发票写好不能更改，故劝这人拿钱来取书。本来两面全是好意，不知如何却吵了嘴，他走过去看，就见到那两个人正是先前在翻阅他著的《血与水》的人，就问这两个人要换什么书，可以到柜上去同他们交涉，不要同伙计吵。

“我们要他换××，这伙计嫌我们麻烦了他，不肯换。”

“决不是。他们先又说要《血与水》两本！”伙计说给他听。

一个管事的过来了，正要说话，他把管事的拉到人身后去，告给了管事的他是谁，就要这管事的喊伙计将他所有陈列在书架上的集子各捡一册包好，等买书那人出门时，就给这两个年青人，说是作者送他们的，他把话说完，签了一个名在账房柜台的簿子上，就走去了。

他不敢在书铺外边停留，因为恐怕那年青人出来时认得到他，他过意不去。一边走一边好笑，以为今天做的事是顶痛快的事。他猜想这两个年青人必定还吃惊不小，或者不好意思要这书。他又想这事若为那圆脸圆眼小伙计知道，不知这天真烂漫的人将来对另一主顾又将如何去说今天的事了。

三　街上

他走上了大街，把刚才书铺的事放下，心中又有点空虚来了。他见到那样多的人同车子，见到那样多货物，与空中的电线，说不出的寂寞又慢慢的加浓，觉得在大路上走也不成事了。

他想不如返家好一点。就回头走。走了两步看到路旁有一辆人力车，他就不讲价钱坐上去，用手指前面，要车夫向前面拉。

这车夫太聪明了，看到车上人情形，以为是命令他向前赶车了。适巧前面走的是一部包车，车上坐的是一个女人，这车夫就回头向他会心一笑，一直向前面车子追去。事情显然是误解了，但他却不言语，以为就是这样办也未尝不可。车追上了前面的黑包车，女人返身望，望到他，似乎认识，不作声仍然把头掉过去。然而拉他的车夫见到这女人回头，受了鼓励，却乐极了，以为得钱的机会到了，不知疲倦的紧追到前面车子。走了一会，女人又回头，似乎知道后面的车是特意追踪她来的了，回头时就略示风情，他仍然只有笑。

为什么忽然作起这样呆事，并且为什么这女人就正是上海的坏女人，他有点奇怪了。他想这样走着还不要紧，一到了什么地方，可就有点麻烦了。难道结果就象平常当笑话说的把这女人成为一件开心的东西吗？难道事是这样方便吗？就说真是这样顺利下去，到了以后怎么办？

到了一处，前面的车停了，女人进了花店。他的车夫也把车停住，回头问，"……"

两个人并不说话，他用嘴表示仍然向前走。车夫懂到这意思，然而一走过这花店前，车夫倒胡涂起来了。再向前，到什么地方去？车夫这时不得不开口了，就说：

“去啥地方？”

“××××。”

“是××××？”

“是吧。”

车夫仿佛生了点气，就回头走，因为所取的道路应向南，如今却是正往北走。车夫回头走时脚步便慢了。他倒奇怪这车夫生气的理由了。他想，总不外乎是因为不进花店，使车夫也扫了兴，就要把车停在路旁。他下了车，从皮夹里取出四毛小洋送车夫。车夫无话可说，拖车走到马路对过接美国水兵去了。他就站在街边，望这车夫连汗也不及揩拭的样子出神。待到那车夫拖了水兵跑去以后，他一回头，又望到那花店门前黑包车了。他忽然想就进去买一束花也不什么要紧，走进去看一看也不算坏事。

四　花店

他到了这花店里面时，见到玫瑰花中的一个人的白脸。这人见有人进来也正望他。女人就是坐在车上回头的女人，见到进来的是他，先笑了。他想回头走。

女人喊道：

“雷士先生，你不认识我了吗？”

他痴了，声音并不熟习，然而喊叫他的名字时，却似乎这女人曾在什么地方见到过了。他回身来点头，把帽子从头上摘下，他望女人一会，仍然想不起这人是谁。女人见到他发痴，就笑了。

“你不认识我了。我看你车子在后面，以为你是……”

“车子在后面？”

“是！我以为——”

“你以为我——”

女人就极其天真的笑，且走拢来。雷士茫然了。他想起如何无心的被车夫把他拖着追下来，又如何无心的下了车，又如何无心的进到这花店，且一时又总想不起这女人是谁，然从女人对他的客气情形上看来，又必定是这女子丈夫或哥哥之类如何与他熟习，为了女人在刚才行为中的误会，雷士难过起来了。他觉得这误会将成一种笑话了，以为女子的心中，还以为是他故意这样作着那近于浪子的事，回去将不免对家中人说及引为笑乐了。想解释一下，又不知如何说出口。

女人以为他是在追想他们过去的渊源，就说：

“先生是太容易忘记了，太阪丸船上……”

“喔……”

“我是秋君！才是一年多点的事，难道我就老了许多？”

“你是秋君！老了吗？我这眼睛真……你更美了。”

“先生说笑话。……我知道先生住在这里。看报，先生的名字总可以到书铺广告上找得到，不过因为近来也忙，又明白先生的地方是……”

“怎么这样说，我正想要几个客！我无聊得很，一个人住到这里。你的名字我也仿佛常在报纸上见到！近来你是更进步了，你几乎使我疑心为……”

女人笑了，因为她也料不到一年前的自己与一年后的自己在雷士眼中变到这样时髦了。

因为面前站定的是唱戏的秋君，他原先一刻的惶恐已消失，重新得到一种光明了。他就问她现在住在什么地方，是不是还同母亲在一起。

“母亲也在这里，还有……母亲她也常念到你！雷士先生，你近来瘦了许多了，我先在车上不敢喊你，怕错。

到后见你走路的样子，才觉得不会误会了。为什么近来这样瘦，有病吗？”

听到女人说到他瘦，他就用手抚自己的颊，做成消沉神气摇头，且轻轻的吁了一口气。

女人又问：“雷士先生，近来生活好不好？……想必很好了。你最近出版那么多书，还是昨天我才到××书局买到，送给我母亲，她老人家就欢喜看这种东西。”

雷士先生只勉强的笑笑，站到那花堆边不做声。

“今天过节啊！天气真好。”女人意思是说到天气则雷士当有话可谈了。

雷士先生点头，又勉强的笑，说：“天气真好。”

女人说：“雷士先生，预备到什么地方去？”

“到马路上去。”

“买东西吗？”

“没有地方去，所以到马路上看别人买东西。”

“怎么说得这样消沉？”

女人想了一想，就说：“雷士先生，愿不愿意到我住处去玩玩？我妈妈见到你一定格外高兴！”

他摇头。

“既然没事，就到我家去过节。我家中又并无多人，只我妈同我。吃了饭，我要去戏院，若是先生高兴，就陪我妈到光明戏院看看我的戏。”

他仍然不作声。意思是答应了。

这时女人对花注了意，手指到一束茶花，问雷士先生好看不好看。他连说“很好很好”，其实这话是为预备答复邀他到她家过节而说的，话答得不大自然，女人看出他的无主神气，也笑了。但女人因为雷士说这花很好，本来不想要的也要花店中人包上一把了。后来又看了一束玫瑰，也包上了。女人把花看好就问雷士，“你平时看不看过这地方的戏。”

雷士先生摇头。

“也可以看看。这里戏院不象北京的，空气不十分坏，秩序也还好。先生是写小说的人，应当去看看！我们做戏的人有时是比到大学念书的人还讲规矩的，先生若知道多一点，可以写一本好故事！”

“我有时还想去学戏！我知道那是有趣味的。跑龙头套也行，将来真会去学的。”

“这是说笑话！先生去学戏他们书铺也不答应的，中国人全不答应的。”

“不要他们答应！我能够唱配角或打旗子喝道，同你们一起生活，或者总比如今的生活有生气一点。”

“还是不要上台吧，上了台才知道没意思。我希望先生答应到我家去过节，晚上就去光明看我做戏，若是先生高兴，我能陪先生到后台去看那些女人化装，这里有许多是我朋友，有读过高级中学功课的女子！”

“好，就这样吧。”

女人见他答应了，显出很欢喜的样子，说：“今天真碰巧，好极了。母亲见到先生不知怎么样高兴！”

雷士见到这女人活泼天真的情形，想起去年在大阪丸上同这母女住一个官舱，因船还未开驶即失了火，当时勇敢救出这母女的事，不禁惘然如失。过去的事本来过去也就渐忘了，谁知一年以后无意中又在这大都市中遇到这个人。先时则这女子尚为一平常戏子，若非在船中相识，则在每日戏报的一小角上才能找出这女人的名字，然如今却成为上海地方红人，几乎无人不晓了。人事的升沉，正如天上的白云，全不是有意可以左右。即如今日的雷士，也就不是十年以前的雷士所想到，更不是一般人所想到。至于在他这时生活下，还感生活空虚渺无边际，则更不是其他人所知了。

他见到女人高兴，也不能不高兴了。女人说请他陪她到几个铺子里买一点东西，他想也应当买一点礼物送给这女人的母亲，就说自己也要买一点东西。女人把花放到包车上，要车夫先拖空车回去，就同雷士步行，沿马路走去。雷士小心谨慎的和这女人总保持到相当的距离。女人极聪明，即刻发觉了这事，且明白雷士先生是怕被熟人见到，同一女戏子走路不方便，就也小心先走一点。

五　街上

“雷士先生，”女人说，因为说话就同他并了排。“你无事就常到这里马路上走走吗？”

“这是顶熟习的地方了，差不多每一家铺子若干步才能走过，我也记在心上的。”

“是在这里做小说吗？”

“哪里。做小说若是要到马路上看，找人物，那恐怕太难了。”

“那为什么不看看电影？”

“也间或看看，无聊时，就在这类事情上花点钱。”

“朋友？”

“这里同行倒不少，来往的却很少，近半年来全和他们疏远了，自己象是个老人，不适于同年青人在一起了。”

“雷士先生又讲笑话了。我妈就常说，雷士先生在文章上也只是讲笑话，说年纪过了，不成了，不知道雷士先生的，还以为当真是一个中年人，又极其无味，……”女人说到这里觉得好笑，不再说什么。

雷士先生稍离远了女人一点，仍然走路。心上的东西不是重量的压迫，只是难受，他不知道他应当怎么说好，他要笑也笑不出。

他们就这样沉默的走了一些时间，到后走进一个百货公司里去，女人买了十多块钱的杂物，他也买了二十元的东西，不让女人许可，就把钱一起付了。女人望到雷士先生很少说话，象极其忧郁的神情，又看不出是因为不愿意同她在一处的理由，故极其解事的对雷士先生表示亲近，总设法在言语态度上使他快活，谁知这样反使雷士先生更难过。

本来平时无论在什么地方全不至于沉默的他，这时真只有沉默了。人生的奇妙在这个人心中占据了全部，他觉得这事还只是起始。还不过三点钟时间，虽然同样是空虚，同样心若无边际，但三点钟以前与这时，却完全是两种世界。

这女子若是一个荡妇，则雷士先生或者因为另一种兴趣，能和她说一整天的话。这女子若是一个平常同身分的女人，则他也可以同她应酬一些，且另外可以在比肩并行中有一种意义。

他把这戏子日常生活一想，想到那些坏处，就不敢走了。他以为或者在路上就有不少男女路人认得到她是一个戏子。又想也总有人认识他，以为他是同女戏子在一起，将来即可产生一种造作的浪漫故事。故事的恼人，又并不是当真因为他同了这女戏子要好，却是实际既不如此，笑话却因此流传出去，成一种荒谬故事了。

女人见到雷士先生情形，知道他在他作品上所写过的呆处又不自然的露出了，心中好笑。为了救治这毛病，她除了即刻陪雷士先生到她家去见母亲，是无别的方法可做，就说到龙飞车行去，叫个黄汽车回去，向雷士先生愿不愿意。

“坐街车不行吗？”

“随先生的便。不过坐汽车快一点。”

“……”他不说什么，把手上提的东西从左移过右，其中有那一包书保护到他们。

女人说：“我来拿一点东西好不好？”

“不妨事，并不重。”

“雷士先生，你那一包是些什么。”

“书。”

“你那么爱买书。”

“并不为看买来的，无意中……”

“无意中——是不是说无意中到书铺，又无意中碰到我了？”

六　车中

他们上了汽车后，用每小时二十五哩的速度，那汽车夫一面按喇叭一面把着驾驶盘，车在大马路上奔驰。

雷士先生用买来的物件作长城，间隔着，与那女戏子并排坐到那皮垫上，无话可说。女人见到在两人之间的大小纸包阻碍了方便，把它们移到车座的极右边！就把身镶到他身边来了。然而雷士先生仍然不说话，心中则想的是，“这女子，显然是同别一个人作这样事也很习惯了。”望到这秀美的脸颊，于是他起了一种不大端重的欲望，以为自己做点蠢事，抱到这女人接一个吻，当然在女子看来也是一种平常事。女人这时正把双臂扬起，用手掠理头上的短发，他望到这白净细致的手臂，望一会，又忽然以为自己拘谨可笑得很，找女人说话来了。

他就问：“你除了唱戏还做些什么？”

“什么也不做。看点书，陪母亲说点笑话，看看电影，……我还学会了绣花，是请人教的，最近才绣得有一副枕套！”

“你还学绣花吗？”

“为什么不能学？”

“我以为你应酬总不少。”

“应酬是有的，但明九不许我同人应酬。往日还间或到别的地方去吃酒，自从有一次被小报上说过笑话后，明九就说不能再同人来往了。明九总以为这是不好的，宁可包银少点也无害，随便堂会是不行的。母亲说明九是个书呆子，但我知道他的脾气，所以我顺了他。”

忽然在女人话中不断出现“明九”的名字，他愕然了。他说：“明九是谁？”

女人笑了。过了一会儿才轻轻的说：

“是我当家的，我们是十月间结婚的。”

本来并无心想和这女子恋爱进一步相熟的雷士先生，这时听到这话，却忽然如跌到深渊里去了。仿佛骤然下沉，半天才冒出水面，他略显粗卤的问道：

“是去年十月结婚的？”

“是的，因为不告给谁，所以许多人都不知道。报上也无人提过。明九顶不欢喜张扬，这人脾气有点怪，但是实在是个好人。”

“我完全相信，自然是个好人！他也唱戏吗？”

“不。他是北京大学毕业的。原本我们是亲戚。我说到你时，他也非常敬仰先生！他去安徽了，一时回不来。我到三月底光明方面满了约，或者也不唱戏了，同母亲过安徽去，那边有个家。”

雷士望到这女人的脸，女人因为在年长的人面前说到自己新婚的丈夫，想到再过两三月即可到丈夫身边去，欢乐的颜色在脸上浮出，人出落得更其光艳了许多。

车到新世界转了个弯，两人的身便挨了一下。

雷士先生把身再离远了女人一点，极力装成愉悦的容色，带笑说道：

“秋君小姐，那你近来一定顶幸福了。”

“先生说幸福，许多人也这样说！母亲和人说，明九也很幸福。其实母亲比我同明九都幸福，先生，是不是？”

“自然是的。”他歇了一歇又慢慢的说，“自然你们一家都是幸福的。”他又笑，“苦了多少年，总算熬出来了。应当幸福！”

“先生，你说的话使我想起你××上那篇文章来了，你写那个中年人见了女人说不出话的神气，真活象你自己！”

“你记性那样好！”

“哪里是记性好。我一听你说话，就想起你小说里那个人模样神气，真象，怪可怜的。只是你可不是那样潦倒的人。”

“我不是那种人吗？对了。”他打了个哈哈，“你太聪明了。太天真了，年青人，你真是有福气的。到家时为我替老人家请安，问好，这些东西全送给老人家，我改日来奉看，如今我还有点事，要走了。”他见到前面交通灯还红，汽车还不能通过，就开了左边车门下去了。

女人想拉他已赶不及，雷士把车门关上了。女人急命车夫不忙开车，把门拉开，想下车追赶雷士先生。雷士先生已走进大世界的大门，随到一群人拥进闹嚷嚷的人丛中，待到女人下车时，已无雷士先生的影子。

七　大世界

他胡胡涂涂进了大世界，胡胡涂涂跟随那来自城乡各处一群人走到一个杂耍场去，胡胡涂涂坐下，喝着卖茶人送来的茶，情绪相当混乱。喝了一口茶，听到那台上小丑喊了一句“先生，今天是过节”，他想起他那么匆忙下车似失礼貌，且忘了问这女伶住址，便有点懊悔了。待到那卖茶的送果盘来时，他从皮夹中取出一张一元钞票，塞到“茶博士”手中，踉踉跄跄的又走出杂耍场，走出大世界，到了那先前一刻下车的地方。他估想或者女人还在等候他，谁知找他不见的女人，早已无踪无影。

八　街上

他走到刚才那停车处，这时前面灯又呈出红色，一辆汽车正停在那里，他望到一车中是两个年青男女，坐紧挤在车中一角。他真想跳上车去打这年青男子一顿。然而前面灯一转绿色，这车又即刻开去，向前跑了，他只有在那路旁搓手。

今天的一切事使这个未老先衰的人头脑发昏。究竟是不是真经过了这种种，他有点疑惑起来了。他在下车时，匆忙中把自己买的几本书也留到车上了。他不能想象这时车上的女人是怎样感想，因为再想这女人，他将不能不在这大路上忍住他的眼泪了。

他究竟是做错了事，还是把事情做得很对？自己也并不知道。

他想，应当在这里等候到天夜，从夜到天明，或许总有一时这个女人会由原地过身，见到他还在此不动，或者就会下车来叫他上车。

他又想回到龙飞车行去，等候那女人坐的汽车回时，就依然要那车夫再送一趟，就可以在她正和她母亲谈说到他时，人就在门外按铃。

……还是回家去好，时间已将近六点，路灯有些已放光了。

他今天，若不出门，则平平稳稳的把这几点钟消磨到一种经常性寂寞中，这一天也终于过去了。“也许这时回家，到了家，又当有什么事发生，”他正象不甘平凡，以为天也不许他平安过这一天，还留得有另一巧事在家中等候，这样打量着，跳上一部街车，当真回家了。

九　家中

他又坐到窗前，时间是入夜七点了。

家中并没有一件希奇的事等候他。他在家中也不会等候出希奇的事情来，他要出门又不敢出门了，他温习这一天的巧遇。

这时土蜂窠已见不到了。

这时那圆脸的卖书的小伙计，大致也放了工，睡到小白木床上，双脚搁到床架上，横倒把头向灯光，在那里读新小说了。

这时那得了许多书籍的两个中学生，或者正在用小刀裁新得的书，或用纸包裹新书，且互相同家中人说笑。

这时得了礼物的女人，是怎么样呢？这事情他无法猜想，也无勇气想下去了。不知为什么，印象中却多了个“明九”！

他坐在那里，玩味白天的事情。他想把自己和这女人的会晤的情形写一首诗。写一两张，觉得不行，就把纸团成球丢到壁炉里去了。他又想把这事写一小说，也只能起一个头，还是无从满意，就又将这一张纸随意画了一个女人的脸，即刻把它扯成粉碎。他预备写一封信给 ×× 书店，说愿意每月给五块钱给那圆脸伙计供买书和零用，到后又觉得这信不必写，就又不写了。他又预备写一封信给那两个青年，说希望同他们做朋友，也不能下笔。他又想为那女戏子写一封信，请求她对他白天的行为不要见怪，并告给她很愿意来看她们母女。

他当真就写那最后所说的一信，极力的把话语说得委婉成章，写了一行又读一次，读了又写一句。他在这信上说着极完满的谎，又并不把心的真实的烦闷隐瞒。信上混合了诚实与虚伪两种成分，在未入女人目以前，先自己读着就坠泪不止。

没有一个人明白他伤心的理由，就是他自己在另一时也恐怕料不到这时的心情。他一面似乎极其伤心，一面还在那里把信继续写下。钟打了八点，街上有人打锣鼓过去的，锣鼓声音使他遽然一惊，想起写信以外的事了。他把业经写了将近一点钟的三张信稿，又拿在手上即刻撕成长条了，因为街头的锣鼓喧阗，他忆及今夜光明戏院的种种。

想到去，就应当走，不拘如何，也应当到那里看去。看看热闹。

十 花楼

到了光明戏院，买了个特别花楼的座。到里面才明白原来时间还早，楼下池子与楼上各厢还只零零落落，上座不及一半。戏院的时钟还只八点二十分。他决计今夜当看到最后，且应当是最后一个出戏院的人，用着战士的赴敌心情，坐到那有皮垫的精致座椅上了。

一个茶房走过来，拿着雪白毛巾，热得很，他却摇摇头。

“要什么茶？毛尖，雨前，乌龙，水仙，祁门……”

“随便。”

“吃点什么？”

“随便。”

“要不要 ×× 特刊？今天出的。这里面有秋君的像，新编的访问记。”这茶房原来还拿得有元宵 ×× 特刊，送到他手上时，很聪明的不问及钱，留下一本，就泡茶去了。他就随意的翻那有相片的地方看。

不到一会那茶房把盖碗同果盘全拿来了，放到雷士身边小茶几上，垂手侍立不动。这茶房，一望即知是北派。雷士问他是不是天津人，茶房笑说是的。是天津卫生长的，到上海已七八年。

雷士翻到秋君的一张照相，就说：“这姑娘的戏好不好？”

茶房笑，说，台柱儿一根，不比孟小冬蹩脚！小报上说好话的可多咧。”

“今天什么时候上场？”

“十一点半。要李老板唱完《斩子》，杨老板唱完《清官册》，才轮到她，是压轴戏。”

“有人送花篮没有？”

“多极啦。这人不要这个，听别人说去年嫁了个大学生，预备不唱戏了。”

“嫁的人是内行不是？”

“是学生，年青，标致，做着知事。我听一个人说的，不明白真假。我恐怕是做县长的小太太，多可惜。”

“她有一个母亲，也常来听戏吗？”

“‘听戏’，这里说‘看戏’！上海规矩全是说看戏！”

“我问你，这老太也常来？”

“今天或者要来吧。老太太多福气，养了小闺女儿比儿子强得多，这人是有福气的人！”

“她同人来往没有？我听说好象相交的极多。”

“谁说！这是好人，比这里女学生还规矩，坏事不做，哪里会极多！”

“用一点钱也不行吗？”

“您先生说谁？”

“这个！”雷士说时就用手指定那秋君便装相。

“那不行。钱是只有要钱的女人才欢喜的。这女人有一千一百块的包银，够开销了。”

“我听人说象……”

“……”茶房望了一望这不相信的男子，以为是对这女人有了意，会又象其他的人一样，终会失望，就在心中匿笑不止。

这时在特别包厢中，另一茶房把两个女人引到厢中了，包厢地位在正中前面，与雷士先生坐处成斜角，故坐下以前回头略望的那一个年青女人，一眼就望到雷士了。她打了招呼，点点头，用手招雷士先生，欢喜得很。又忙到她母亲耳边轻轻的告给这老人，说雷士先生就坐到后侧面花楼散座上。老女人这时也回了头，雷士不得不走过包厢去。那天津茶房才明白雷士问话的用意，避开了。

十一　特别包厢

他过去时，望到老太说不出一句话，他知道女人必已经把日间的事一一告给这母亲了，想起自己行动在这一个女戏子母女面前，这作家真是窘极丑极了。

那母亲先客客气气的说谢谢雷士先生送了那样多礼物，真不好意思。又说秋君不懂事，不邀请先生到家里来过节，又不问好地址，所以即刻要她到书局去问，才知道先生住处。待打发车夫到住处邀先生来戏院时，又说不在家了。雷士听说这母女还到书局去问，还到自己住处去接，更不知道如何说话了。他当然只好坐到这里，坐下以后又同这母亲谈谈若干旧事，这老人总不忘记帮助过她母女的雷士先生，且极诚恳的说到如何希望他身体会比去年好一点，如何盼望看见他，又如何欢喜读他的小说。女人则一言不发，只天真的伏在那母亲椅背，笑着望她妈，又望雷士先生。

雷士先生象在地狱中望到天堂的光明，觉得一切幸福忧患皆属于世界所有人类，人与人，在爱憎与其他上面，原都是那么贴紧黏固成整个，但自己则仍然只是独自一人，渺不相涉。虽然在许多地方，许多人，正如何对他充满好意的关心，然而在孤独中生长的人，正如在冰雪中生长的虫一样，春风一来反而受不住了。他听到那做母亲的说到对他关心的话，就深深的难过。他听到那做母亲的十分快乐的把秋君的新婚相告，仿佛告诉一个远方归来的舅父甥女适人的情形，他只是微笑听下去。她还告他秋君的丈夫是个什么样人物，在安徽做些什么事，幸好戏台上在打仗，披了头发赵子龙出了马门一阵混战开始了，话才暂时稍息。

老太太注意舞台上打仗去了，把话暂停，雷士才得了救，极其可怜的望到伏在椅背上一对黑眼珠放光的秋君。秋君也望他，望到他时想起日间的事，秋君轻轻的问，为什么日间要走，有什么不爽快事情。

“不是不爽快，我有事情。”

“你的事我知道。在……上也有那样一句：‘我有事，’这是一个男子通常骗自己的话，不是么？”

“亏你记得这样多。”

“你是这样写过！你的神气处处都象你小说上的人

物，你不认账么！”

“我认了又有什么办法？你是不是我写过的女子呢？”

秋君诧异了，痴想了一会，眼睛垂下不敢再望雷士了。在这清洁的灵魂上，印下一个不意而来的黑色戳记了，她明白在身边两尺远近的男子对她的影响了，过了许久才用着那充满热情与畏惧的眼光再来望雷士先生。

“你这样看我做什么？”雷士先生说，说时舌也发抖。

女人不做声。却喊她的母亲。母亲虽回了头，心却被赵云的枪法吸引住。

“妈。”女人喊她的妈，不说别的，就撒娇模样把头伏到她母亲肩上去，乱揉。

“怎么啦？”

“我不愿意看这个了。”

“还不到你的时间！还有一点多钟才上装！”

“不看了吧。”

“你病了吗？”

“不。”

“到哪里去？”

“玩去，”她察看了腕上的手表，“还有两小时，我们到金花楼去吃一点东西去。”

“你又饿了吗？”

“不。我们到那里去坐坐，我心里闷得很。”

“好，我们去，我们去。雷士先生，我们一道去，高不高兴去呢？雷士先生，若是不想看这戏，我们就去玩玩吧，回头再来看阿秋的×××。”

雷士先生不做声，只望这女人，心中又另外是一种空洞，也可以说仿佛是填了一些泥沙，这泥沙就是从女人眼中掘来的。

女人极其不耐烦的先站起身来，象命令又象自己决定的说：“去！”雷士不由得不站起身子。这时女人极力避开雷士，不再望雷士，且把眉微蹙，如极恨雷士先生，不愿意与他在一个地方再坐。雷士先生则只觉到自己是无论如何将掉到这新掘的井里了，也不想逃，也不想喊，然而心中怔忡，却仍然愿意自己关了房门独在一间房里，单独来玩味这件事，或仍然在大街上无目的的行走，倒反而轻松许多。

十二　车中

在汽车中，雷士先生与那做母亲的坐在两旁，秋君坐正当中，头倚在母亲肩上，心绪极其不宁，时常转动，不说一句话。雷士先生也无话可说，只掉头从车窗方面望外边路上的灯。他除了这样办，再也想不出另外一种方法了。他有点害怕这事的进展了，他不避退是不行的。虽然退，前面一个深坑他依然看到，那里面说不定是一窖幸福，然而这幸福是隐在黑暗中的，要用手去摸，所摸到的或者是毒蛇，是蜥蜴都不可知。

他到这个时候又依然不能忘记那个作知事的年青大学生，他且不能忘记自己的地位。他记得这母亲方才在包厢中提到那新夫婿时的态度，也记得女人在日里提到她丈夫的态度，想起这些他有点不敢相信自己了。在一切利害计算上神经过敏比感觉迟钝是更坏一点的，所以他又宁愿意仍然作为不了解女人的心情那样来与那母亲谈话了。

然而做母亲的见到女儿心中烦躁，却不来与雷士先生谈话，只把女儿搂在怀里，贴着女儿的脸。雷士先生就在那一旁，懊悔自己白天做错了事，把一种机会轻易放去。又觉得自己实在蠢得可笑。

十三　金花楼

到了金花咖啡馆门前，雷士先生先下了车。其次是女人，下车以前先伸出手来，给他，他只得把手捏着，扶女人下来，又第二次把那做母亲的也扶下来，在这极其平常的小小节奏中，雷士先生的心正如一缕轻烟，吹入太空，无法自主。他仿佛所要的东西，在这些把握中就得到了。又仿佛女人是完全天真烂漫，早把在戏场时的事早已忘掉，因为女人一入这大咖啡馆，听到屋角的小提琴唱片，在奏谷弗乐曲子，又活泼如日里在那花店买花时情形，假装的病全失去了。

找到一个座位后，雷士先生为了掩饰自己的弱点起见，把忧郁转成了高兴，夷然坦然的去同那母亲谈话，又十分大方的望着女人笑，女人也回笑，这样一来，大家可以无须乎具有任何戒心，纵或在身体方面免不了有些必然的事，在心上倒可以不必受苦，方便自由多了。她要雷士先生始终对这种心情同意，故向雷士先生说：“这里不比戏场，同母亲说话，是不怕被锣鼓搅扰的。”

“是的，我忘记问老人家了，过年也打点牌玩吗？”

“没有人。白天阿秋不唱戏，我就同她两个人捉皇帝，过五关，这几天也玩厌了，看书。”

“我听说老人家还能看书，目力真好。”

“谢谢雷士先生今天送的一包书，还有那些礼物。我阿秋说这是雷士先生送我的，我见到这样多的东西时，骂阿秋不懂事。阿秋倒说得好，她说书应当归她所有，东西归我，好笑。雷士先生，你对我们的好处，我们真不好说感谢的话了，天保佑你得一个——”

“妈妈，”女人忽然抢着说，“什么时候我们过杭州去？”

“你说十八到二十没有戏，就十八去。”

“十八！”女人故意重复说及十八，让雷士先生听到，且伶俐的示意雷士先生，请他注意。

雷士先生说：“喔，十八老人家过杭州吗？”

“阿秋说去玩两天，乘天气好，就便把嗓子弄好点。

她想坐坐船了，想吃素菜了，所以天气好就去。雷士先生近来是……”

女人又抢着说：“妈，我们住新新，住大浙？”

“就住后湖新新，随你意思。”

女人又说：“雷士先生，你近来忙不忙？”

“……忙什么？”

“事情多吧？”

“无聊比事情还多。”

“无聊为什么不也趁天气好和我们一同到杭州去玩几天？”

雷士先生不好如何说话。

女人又向她母亲说：“妈，若是雷士先生没有事情，能同我们一起去，就好极了。”

“恐怕雷士先生不欢喜同我们在一块玩。”

雷士先生就说：“没有什么，不过我……”

“十八去，好极了。雷士先生你不要同我妈说不去，天气好，难得哩。”

“当真去吗？”

“为什么不去？我说到杭州，是顶欢喜的。划划船，爬爬山，看大红金鱼，吃素菜，对日头出神，听听灵隐老和尚撞钟，真好。妈，明九他若来，——”说到这里时，这女人望到雷士先生又把头垂下，住了口。

那母亲说：“阿秋，你今天又忘记写信了！我早告你是应当寄信给明九告他那件事！你今天因为见到雷士先生，就只知道同我说这样那样，也不知道疲倦。”

女人低了头，不做声，情形又象因想起了什么事头痛，心里不耐烦起来了，反映到神气间十分明确。

雷士先生虽然不意中似乎又受一点打击，但女人举动是看得很分明的。女人不做声，忽然又烦恼了，就觉得这事情真渐趋于复杂，成为不容易解决的事了。

女人愿意雷士先生同过杭州西湖去玩几天，这动机在女人心中潜伏了什么欲望，雷士已明白肯定再不容怀疑了。不过在她的天真纯朴的心上，也许以为这样作不过是一种游戏，就尽雷士先生在一种方便中作一个情人，可以在这游戏中使雷士先生成一个能够快乐的男子，却并不是怎样危险的游戏。

雷士先生则先看到这危险，故忧愁放到脸上，不快活的意思，完全与这时女人因一种潜在情绪骚动在心中而显出的烦恼两样。他是不是要利用这机会做一点事业，他还无法决定的。他把这事答应了，就应当去，应当到那里尽他所能尽的一个男子本分，在这种天与其便的事上得到分内的幸福，他再因循则可以说是一种罪过。不过事情还有三天，在三天中他若能沉醉到酒里，则或者容易过去，也不会别有枝节变故。若这三天尽这中年人来想，可不知道凭空要想出多少忌讳了。雷士先生知道自己的坏处是比别人知道他的长处还多的，他就不能有这种信心相信到三天以后自己真过杭州！他这时愿意，敢，到时也说不定又害怕，愿意仍然留在上海，过安宁单调的生活了。并且他又想，时间还有三天，单是今天一出门，所遇到的就变幻离奇到意料之外了，那三天中尽事实可能，还不知如何延展这局面。也许到时他纵不缺少勇气，勇气却又全无用处，事情变了。

同时，他见到这女人青春的身体，轻盈的姿态，初熟鲜果似的情欲知识，又觉连三日后也不可忍耐，只想天赐其便，这时就能把这女人拥到怀中，尽量一饱。

他在意识中潜伏一种原始性吃肉饮血的饥饿，又在意识中潜伏一种守分知足的病态德性。他尽这两种心情在自己意识中互相冲突，意志薄弱的他就既不左祖也不右祖。惟其既不能左也不能右，要在言语上始终保持到他略无痕迹的自然，也就不大可能。

他又有妒嫉情绪，因为这妒嫉情绪，他就觉得血在心上涌，以为无论如何也要把这女人拿到手上一天或一分钟，要象他人那样看清楚了这女人一切才放下。到妒火中烧时，他是完全不为自己设想也不为女人幸福设想，只想等待那机会一到，就将成为恋爱的人，使女人屈服，到后且不妨尽这作男子者知道有过这样一会事的。这也不过是“想”而已。若果想到的事全有危险的可能，则他稍过一时，又想到用自杀结束这一悲剧，给这社会添一故事，那当然是更危险了。

他想的其实可以说是全无用处的。这时应当做的只是来同这老太太说一点闲话，同时用一些精巧的言语，随意把女人颠倒着，感动着，苦恼着，则雷士先生便不愧为男子，因为凡是男子应做的他已照做了。

他有理由说各样俏皮的话，也还有理由说点谎话，极不合理的就是缄默。他一面作成十分小心听老人的神气，用耳朵去听那些琐碎话，一面用眼睛极残忍的进攻他面前的女人的心，极不应当低头去望自己的皮鞋。望到自己皮鞋的他，回想到那从鞋店出来见到的舞女。他去想那舞女，却不能同眼前的女伶好好说话，真是无用的男子，另一时他自己也将无法否认的。

局面的沉闷是雷士先生应当负责的。不过咖啡已来，大家就把注意力转到咖啡上去，所以雷士先生与女人皆得了救。他就不含糊的夸奖这咖啡，说是比大华还好得多。

“雷士先生到大华跳舞吗？”母亲说。

“没有，我只到那里吃过两顿晚饭。我这人笨得很，在上海住了三四年，还没学会跳舞！”

“为什么不跳舞？”女人说。

“不会。也很少和熟人去凑热闹！”

“那些地方实在人太杂乱。我阿秋会得不多，要学就问阿秋，她倒欢喜作先生教人。”

“我想学唱戏。”

“雷士先生又说笑话，你那么一个人，会干这行！”

“不是笑话，我真愿意到台上去胡闹一阵。我看他们打筋斗的都象很高兴，生活也不坏。即或累一点，也有意思。”

母女全笑了，母亲说：“戏院可请不起你这样一位名人。”

“正因为不要名誉，我或者就可以安分生活下来了。”

“你这样做社会不答应，要做也做不来！”女人这样说。意思是并不出本题以外。

“社会是只准人做昨天做过的事，不准人做今天所想做的事。”

“除了雷士先生想到戏台上打筋斗，别的事倒是可以作的。”这话是那母亲说的，好象间接就劝说了雷士不要太懦怯。

“秋君小姐以为这话怎么样？”

女人笑了，咬了一下嘴唇，把话说到另外事情上去，她问她母亲：“那我将来真到美国去学演电影，妈妈说好吗？”

“有什么不好。愿意做的就去做，就好了。人哪有一成不变的事。”

雷士先生说：“真是。我以后也就照到老人家所说的生活下去，必定会幸福一点。”

“是！幸福就是这样得到的。但是为什么又觉得这样那样才幸福，换个生活方式就不幸福……”女人话不说完，又笑了。笑中意思象是，一个人不太固执成见，就会觉得幸福。

“为什么？”他要说的话只用眼睛去说，他望到女人那充满稚气又极善良的神气。

女人不听这话，自己轻轻的唱歌，因为这咖啡馆这时所上的一张唱片，就正是她不久要唱的戏，她在避开雷士先生的询问，然而在另一意义上她却仍然上前了。

……

十四　车中

雷士先生什么话也不说，用手捏着秋君的手，默默的到了光明剧院。

十五　特别包厢

陪那母亲坐到那里看秋君做戏，他下场时记不清楚同那老太太说了些什么话。

十六　车上

仍然捏了秋君的手默默的送这两母女到家，自己才坐那汽车回住处。他准备大后天上杭州换换生活。

十七　?

……

作于一九二九年春

灯

因为有一个穿青衣服的女人，常到住处来，见到桌上的一个旧式煤油灯，擦得非常清洁，想知道这灯被主人重视的理由，屋主人就告给这青衣女人关于这个灯的故事。

两年前我就住到这里，在 ×× 教了一点书，仍然是这样两间小房子，前面办事后面睡觉，一个人住下来。那时正是五月间，不知为什么，住处的灯总非常容易失职。一到了晚间，或者刚刚把饭碗筷子摆上桌子，认清楚了菜蔬，灯忽然一熄，晚饭就吃不成了。有时是饭后正预备开始做一点事或看看书的时节，有时是有客人拿了什么问题同我来讨论的时节，就象有意捣乱那种神气，灯会忽然熄灭了。

这事情发生几几乎有半个月。有人责问过电灯公司，公司方面的答复，放到当地报纸上登载出来，情形仿佛完全由于天气，并不是公司的过失。所以小换钱铺子的洋烛，每包便忽然比上月贵了五个铜子。洋烛涨价这件事，是从照料我饮食的厨子方面知道的。这当家人对于上海商人故意居奇的行为，每到晚上为我把饭菜拿来，唯恐电灯熄灭，在预先就点上一枝烛的情形下，总要同我说一次。

我的厨子是个非常忠诚的中年人。年纪很青的时节，就随同我的父亲到过西北东北，去过蒙古，上过四川。他一个人又走过云南广西，在家乡，又看守过我祖父的坟墓，很有些年月。上年随了北伐军队过山东，在济南眼见日本军队对于平民所施的暴行，那时他在七十一团一个连上作司务长，一个晚上被机关枪的威胁，胡胡徐涂走出了团部，把一切东西全损失了。人既空手回到南京，听熟人说我在这里住，就写了信来，说是愿意来侍候我。我回信告给他来玩玩很好，要找事做恐怕不行，我生活也非常简单。来玩玩，住些日子，想要回乡时，我或者能够设点法，买个车票。只是莫希望太大。到后人当真就来了。初次见到，一身灰色中山布军服，衣服又小又旧，好象还是三年前国民革命军初过湖南时节缝就的。一个巍然峨然的身体，就拘束到这军服中间，另外随身的就只一个小小包袱，一个热水瓶，一把牙刷，一双黄杨木筷子。热水瓶象千里镜那么佩到身边，牙刷是放在衣袋里，筷子仿照军营中老规矩插在包袱外面，所以我能够一望而知。这真是我日夜做梦的伙计！这个人，一切都使我满意，一切外表以及隐藏在这样外表下的一颗单纯优良的心，我不必和他说话也就全部都清楚了。

既来到了我这里，我们要谈的话可多了。从我祖父谈起，一直到我父亲同他说过的还未出世的孙子，他都想在一个时节里和我说到。他对于我家里的事永远不至于说厌，对于他自己的经历又永远不会说完。实在太动人了。请想想，一个差不多用脚走过半个中国的五十岁的人，看过庚子的变乱，看过辛亥革命，参加过革命北伐许多重要战争，跋涉过多少山水，吃过多少不同的饭，睡过多少异样的床，简直是一部永远翻看不完的名著！

我的嗜好即刻就很深很深的染上了。只要一有空闲，我即刻就问他这样那样，只要问到，我得到的都是些十分动人的回答。

因为平常时节我的饮食是委托了房东娘姨包办的，十六块钱一个月，每天两顿，菜蔬总是任凭这江北妇人意思安排。这妇人看透了我的性格，知道我对于饭食不大苛刻，今天一碟大蚕豆，明天一碟小青蚶，到后天又是一碟蚕豆。总而言之，蚕豆同青蚶是少不了的好菜。另外则吃肉时无论如何总不至于忘记加一点儿糖，吃鱼多不用油煎，只放到饭上蒸蒸，就拿来加点酱油摆到桌子上。本来象做客的他，吃过两天空饭，到第三天实在看不惯，问我要了点钱。从我手上拿了十块钱后，先是不告我这钱的用处。到下午，把一切吃饭用的东西通通买来了。这事在先我一点不知道，一直到应当吃晚饭时节，这老兵，仍然是老兵打扮，恭恭敬敬的把所有由自己两手做成的饭菜，放到我那做事桌上来，笑眯眯的说这是自己试做的，而且声明以后也将这样做下去。从那人的风味上，从那菜饭的风味上，都使我对于军营生活生出一种眷念，就一面吃饭一面同他谈部队上事情。把饭吃过后，这司务长收拾了碗筷，回到灶房去。过不多久，我正坐在桌边凭借一支烛光看改从学校方面携回的卷子，忽然门一开，这老兵闪进来了，象本来原知道这不是军营，但因为电灯熄灭，房中代替的是烛光，坐在桌边的我，还不缺少一个连长的风度。这人恢复了童心，对我取了军中上士的规矩，喊了一声“报告”，站在门边不动。“什么事情？”听我问他了，才走近我身边来，呈上一个单子，写了一篇日用账。原来这人是同我来算火食账的！我当时几几乎要生气骂他，可是望到这人的脸，想起司务长的职务，却只有笑了。“怎么这样同我麻烦？”“我要弄明白好一点。我要你知道，自己做，我们两个人每月都用不到十六块钱。别人每天把你蚌壳吃，每天是过夜的饭，你还送十六块！”“这样你不是太累了吗？”“累！煮饭做菜难道是下河抬石头？你真是少爷！”望到这好人的脸，我无话可说了。我不答应是不行的。所以到后做饭做菜就派归这个老兵。

这老兵，到这都会上来，因为衣服太不相称，我预备为他缝一点衣，问他欢喜要什么样子，他总不做声。有一次，知道我得了一笔稿费，才问我要了二十块钱。

到晚上，不知从什么地方买了两套呢布中山服，一双旧皮靴，还有刺马轮，把我看时非常满意。我说：“你到这地方何必穿这个？你不是现役军官，也正象我一样，穿长还方便些。”“我永远是军人。”我有一个军官厨子，这句话的来源是这样发生的。

电灯的熄灭，在先还只少许时间，一会儿就恢复了光明；到后来越加不成样子，所以每次吃饭都少不了一枝烛。于是这老兵，不知从什么地方又买来了一个旧灯，擦得罩子非常清洁，把灯头剪成圆形，放到我桌子上来了。我明白了他的脾气，也不大好意思说上海用灯是愚蠢事情。电灯既然不大称职，有这个灯也真给了我不少方便。因为不愿意受那电灯时明时灭的作弄，索性把这灯放在桌上，到了夜里，望到那清莹透明的灯罩，以及从那里放散的薄明微黄的灯光，面前又站得是那古典风度的军人，总使我常常记起那些驻有一营人马的古庙，同小乡村的旅店，发生许多幻想。我是曾和那些东西太相熟，因为都市生活的缠缚，又太和那些世界离远了。我到了这些时候，不能不对于目下的生活，感到一点烦躁。这是什么生活呢？一天爬上讲台去，那么庄严，那么不儿戏，也同时是那么虚伪，站在那小四方讲台上，谈这个那个，说一些废话谎话，这本书上如此说，那本书上又如此说，说了一阵，自己仿佛受了催眠，渐渐觉得已把问题引到严重方面去，待听到下面什么声音一响，才憬然有所觉悟，再注意一下学生，才明白原来有几个快要在本学期终了就戴方帽儿的某君，已经伏在桌上打盹，这一来，头绪完全为这现象把它纷乱了。到了教员休息室里，一些有教养的绅士们，一得到机会，就是一句聪明询问："天气好，又有小说材料！"在他们自己，或者还非常得意，以为这是一种保持教授身分的雅谑，但是听到这些话，望望那些扁平的脸嘴，觉得同这些吃肉睡觉打哈哈的人物不能有所争持，只得认了输，一句话不说，走到外面长廊下去晒太阳。到了外面，又是一些学生，取包围声势走拢来，谈天气，谈这个那个。似乎我因为教了点文学课，就必得负一种义务，随时来报告作家们的轶事，文坛消息。他们似乎就听点这些空话，就算了解文学了。从学校返回家里，坐到满是稿件和新书新杂志的桌前，很努力的把桌面匀出一点空间，放下从学校带回的一束文章，一行一行的来过目。第一篇，五个“心灵儿为爱所碎”，第二篇有了七个，第三篇是革命的了，有泪有血，仍然不缺少“爱”。把一堆文章看过一小部分。看看天气有夜下来的样子。弄堂对过王寡妇家中三个年青女儿，到时候照例把话匣子一开，意大利情歌一唱，我忽然感到小小冤屈，什么事也不能做了。觉得自己究竟还是从农村培养长大的人，现在所处的世界，仍然不是自己所习惯的世界。都会生活的厌倦，生存的厌倦，愿意同这世界一切好处离开，愿意再去做十四吊钱的屠税收捐员，坐到团防局，听为雨水汇成小潭的院中青蛙叫嚷，用夺金标笔写索靖《出师颂》同钟繇《宣示表》了。但是当我对到这煤油灯，当我在煤油灯不安定的光度下，望到那安详的和平的老兵的脸，望到那古典的家乡风味的略显弯曲的上身，我忘记了白日的辛苦，忘记了当前的混乱，转成为对于这个人的种种发生极大兴味了。

“怎么样？是不是懂得军歌呢？”我这样问他，同他开一点小小玩笑。

他就说：“怎么军人不懂军歌？我不懂洋歌。”

“不懂也很好。山歌懂不懂？”

“那看什么山歌。”

“难道山歌有两样山歌吗？‘天上起云云重云’，‘天上起云云起花’，[1] 全是好山歌，我小时不明白。后来在游击支队司令杨处做小兵，生活太放肆了，每天吃我们说过的那种狗肉，唱我们现在说的这种山歌，真是小神仙。”

“杨嘛，一群专门欺压老百姓的土匪，什么小神仙！我们可不好意思唱那种山歌。一个正派革命军人，这样撒野，算是犯罪。”

“那我简直是罪恶滔天了。可是我很挂念家乡那些年青小伙子，新从父母身边盘养大，不知这时节在这样好天气下，还会不会唱这种好听的山歌？”

“什么督办省长一来，好的都完了！好人同好风俗，都被一个不认识的运气带走了。就象这个灯，我上年同老爷到乡下去住，就全是用这样的灯。只有走路时还用粑粑灯。”

老兵在这些事情上，因为清油灯的消灭，有了使我

---

[1] 是两首凤凰山歌的第一句。

们常常见到的乡绅一般的感慨了。

我们这样谈着，凭了这诱人的空气，诱人的声音，我正迷醉到一个古旧的世界里，非常感动。可是这老兵，总是听到外面楼廊房东主人的钟响了九下，即或是大声的叱他，要他坐到椅子上，把话继续谈下去也不行。一到了时候，很关心的看了看我的卧室，很有礼貌的行了个房中的军人礼，用着极其动人的神气，站在那椅子边告了辞，就走下楼到亭子间睡去了。这是为什么？他怕耽搁我的事情，恐我睡得太迟，所以明明白白有许多话他很欢喜谈，也必得留到第二天来继续。谈闲话总不过九点，竟是这个老兵的军法，一点不能通融。所以每当到他走去后，我常觉得有一些新的寂寞在心上一角，做事总不大能够安定。

因为当着我面前，这个老兵以他五十年吓人丰富的生活经验，消化入他的脑中，同我谈及一切，平常时节，对于用农村社会来写成的短篇小说，是我永远不缺少兴味的工作；但如今想要写一个短篇的短篇，也象是不好下笔了。我有什么方法可以把这个人的纯朴优美的灵魂，来安排到这纸上？望到这人的颜色，听到这人的声音，我感到我过去另外一时所写作的人生的平凡。我实在懂得太少了。单是那眼睛，带一点儿忧愁，同时或不缺少对于未来作一种极信托的乐观，看人时总象有什么言语要从那无睫毛的微褐的眼眶内流出，望着他一句话不说，或者是我们正谈到那些家乡战争，那些把好人家房子一把火烧掉，牵了农人母牛奏凯回营的战事，这老兵忽然想起了什么，不再说话了。我猜想他是要说一些话的，但言语在这老兵头脑中，好象不大够用，一到这些事情上，他便哑口了。他只望着我。或者他也能够明白我对于他的同意，所以后来他总是很温柔的也很妩媚的一笑，把头点点，就转移了一个方向，唱了一个四句头的山歌。他哪里料得到我在这些情形下所感到的动摇！我望着这老兵每个动作，就觉得看到了中国那些多数陌生朋友。他们是那么纯厚，同时又是那么正直。好象是把那最东方的古民族和平灵魂，为时代所带走，安置到这毫不相称的战乱世界里来，那种忧郁，那种拘束，把生活妥协到新的天地中，所做的梦，却永远是另一个天地的光与色，对于他，我简直要哭了。

有时，就因为这些感觉扰乱了我，我不免生了小小的气，似乎带了点埋怨神气，要他出去玩玩，不必尽呆在我房中。他就象一尾鱼那么悄悄的溜出去，一句话不说。看到那样子，我又有点不安，就问他，“是不是想看戏？”恐怕他没有钱了，就送了他两块钱，说明白这是可以拿去随意花到大世界或者什么舞台之类地方的。他仍然望了我一下，很不自然的做了一个笑样子，把钱拿到手上，走下楼去了。我晚上做事，常到十二点才上床，先是听到这老兵开了门出去，大约有十点多样子，又转来了。我以为若不是看过戏，一定也是喝了一点酒，或者照例在可以作赌博的事情上玩了一会，把钱用掉回来了，也就不去过问。谁知第二天，午饭就有了一钵清蒸母鸡上了桌子。对于这鸡的来源，我不敢询问。我们就相互交换了一个微笑。在这当儿我又从那褐色眼睛里看到流动了那种说不分明的言语。我只能说“大叔，你应当喝一杯，你不是很能够喝么？”“已经买得了。这里的酒是火酒，亏我找了好多铺子，在虹口才找到了一家乡亲，得来那么一点点米酒。”仿佛先是不好意思劝我喝，听我说起酒，于是忙匆匆的走下楼去，把那个酒瓶拿来，用小杯子倒了半杯白酒，“你喝一点点，莫多吃。”本来不能喝酒不想喝酒的我，也不好意思拒绝这件事了。把酒喝下，接过了杯子，他自己又倒了小半杯，向口中一灌，抿抿嘴，对我笑了一会儿，一句话不说，又拿着瓶子下楼去了。第二天还是鸡，因为上海的鸡只须要一块钱一只。

学校的事这老兵士象是漠不关心的。他问我那些大学生将来做些什么事，是不是每人都去做县长。他又问我学校每月应当送我多少钱，这薪水是不是象军队请饷一样，一起了战争就受影响。他是另有用意的。他想知道学生是不是都去做县长，因为要明白我有多少门生是将来的知事老爷。他问欠薪不欠薪，因为要明白我究竟钱够不够用。他最关心的是我的生活。这好人，越来越不守本分，对于我的生活，先还是事事赞同，到后来，好象找出了许多责任，不拘是我愿不愿意，只要有机会，总就要谈到了。即或不象一些不懂事故的长辈那种偏见的批评，但对于那些问题，他的笑，他的无言语的轻轻叹息，都代表了他的态度，使我感受不安。我当然不好生他的气，我既不能把他踢下楼梯去，也不好意思骂他。他实在又并不加上多少意见，对于我的生活，他就只是反抗，就只是否认。对于我这样年龄，还不打量找寻一个太太，他比任何人皆感觉到不平。在先我只装做不懂他的意思，尽他去自言自语，每天只同他去讨论军中生活，以及各地各不相同的风俗习惯。到后他简直有点麻烦人了。并且那麻烦，又永远使人感到他是忠诚的。所以我只得告他，我是对于这件事实在毫无办法，因为做绅士的方便，我得不到，做学生的方便，我也得不到，目下不能注意这些空事情。我还以为同他这样明白一说，自然就凡事谅解，此后就再也不会受他的批评了。谁知因此一来更糟了。他仿佛把责任完全放在他自己身上去，从此对于和我来往的女人，都被他所注意了。每一个来我住处的女人，或者是朋友，或者是学生，在客人谈话中间，不待我的呼唤，总忽然见到他买了一些水果，把一个盘子装来，非常恭敬的送上，到后就站到门外楼梯口来听我们谈话。待我送客人下楼时，常常又见他故意装成在梯边找寻什么东西神情，目送客人出门。客人走去后，又装成无意思的样子，从我口中探寻这女人一切，且窥探我的意思。他并且不忘记对这客人的风度言语加以一种批评，常常引用他所知道的《麻衣相法》，论及什么女人多子，什么女人聪明贤惠，若不是看出我的厌烦，决不轻易把问题移开。他虽然这样关心这件事情，暗示了我什么女人多福，什么女人多寿，但他总还以为他用的计策非常高明。他以为这些关心是永远不会为我明白的。他并不是不懂得到他的地位。这些事在先我实在也是不曾注意到，不过稍稍长久一点，我可就看出这好管闲事的人，是如何把同我来往的女人加以分析了。对于这种行为，我既不能恨他，又不能向他解释，又不能同他好好商量，只有少同他谈到这些事情为好。

这老兵，在那单纯的正直的脑中，还不知为我设了多少法，出了多少主意，尽了帮助我得到一个女人的多少设计义务！他那欲望隐藏到心上，以为我完全不了解，其实我什么都懂。他不单是盼望他可以有一个机会，把他那从市上买来的呢布军服穿得整整齐齐，站到亚东饭店门前去为我结婚日子作“迎宾主事”，还非常愿意穿了军服，把我的小孩子，打扮得象一个将军的儿子，抱到公园中去玩！他在我身上，一定还做得最夸张的梦，梦到我带了妻儿，光荣，金钱，回转乡下去，他骑了一匹马最先进城。对于那些来迎接我的同乡亲戚朋友们，如何询问他，他又如何飞马的走去，一直跑到家里，禀告老太太，让一个小县城的人如何惊讶到这一次荣归！他这些好梦，四十余年前放到我的父亲身上，失败了，到后又放到我的哥哥兄弟身上，又失败了，如今是只有我可以安置他这可怜希望了。他那对于我们父兄如何从衰颓家声中爬起，恢复原来壮观的希望，在父亲方面受了非常的打击。父亲是回家了，眼看到那老主人，从西北，从外蒙带了因与马贼作战的腰痛，带了沙漠的荒凉，带了因频年争斗的衰老，回到家乡去作他那没没无闻的上校军医正了。他又看到哥哥从东北，从那些军队生活中，得到奉天省人的粗豪，与黑龙江人的勇迈坚忍，从流浪中，得到了上海都市生活的嚣杂兴味，也转到家乡作画师去了。还有我的弟弟，这老兵认为同志却尚无机会见到的弟弟，从广东学校毕业后，用起码下级军官的名分，随军打岳州，打武昌，打南昌，打龙潭，在革命斗争血涡里转来转去，侥幸中的安全，引起了对生存深深的感喟，带了喊呼，奔突，死亡，腐烂，一时代人类活动兴奋高潮各种印象，也寂寞的回到家乡，在那参军闲散职分上过着休息的日子了。他如今只认为我这无用人，可以寄托他那最无私心最诚恳的希望。他以为我做的事比父兄们的都可以把它更夸张的排列到故乡人眼下，给那些人一些歆羡，一些惊讶，一些永远不会忘却的豪华光荣。

我在这样一个人面前，感到忧郁，也十分感到羞惭。因为那仿佛由自己脑中成立的海市蜃楼，而又在这奇幻景致中对于海市中人物的我的生活加以纯然天真的信仰，我不好意思把这老兵的梦戳破，也好象缺少那戳破这梦的权力了。

可是我将怎么来同这老兵安安静静生活下去？我做的事太同我这老家人的梦离远了。我简直怕见他了。我只告他，现在做点文章教点书，社会上对我如何好；在他那方面，又总是常常看到体面的有身分朋友同我来往，还有那更体面的精致如酥如奶作成的年青女人到我住处来，他知道许多关于我表面的生活，这些情形就坚固了他的好梦。他权力在那里忍耐，保持着他做仆人的身分，但越节制到自己，也就越容易对于我的孤单感到同情。这另一个世界长大的人，虽然有了五十多岁，完全不知道我们的世界是与他的世界两样。他没有料得到来我处的人，同我生活的距离是多远。他没有知道我写一个短篇小说，得费去多少精力。他没有知道我如何与女人疏隔，与生活幸福离开。他象许多人那样，看到了我的外表，他称赞我，也如一般人所加的赞美一样。以为我聪明，待人很好，以为我不应当太不讲究生活，疏忽了一身的康健。这个人，他还同意我的气概，以为这只是一个从军籍中出身才有的好气概！凡是这些他是在另一时用口用眼睛用行动都表示到了的。许多时候当在这个人面前时节，我觉得无一句话可说，若是必须要做些什么事，最相宜的，倒真是痛痛的打他一顿为好。

那时到我处来往次数最多的，是一个穿蓝衣服的女孩子，好象一年四季这人都是穿蓝颜色，也只有蓝色同这女人相称。这是我一个最熟的人，每次来总有很多话说，一则因为这女子是一个 ×× 分子，一则是这人常常拿了宣传文章来我处商量。因为这女人把我当成一个最可靠的朋友，我也无事不与她说到。我的老管家私下里注意了这女人许多日子，他看准了这个人一切同我相合。他一切同意。就因为一切同意，比一个做母亲的还细腻，每次当到这客人来到时，他总故意逗留在我房中，意思很愿意我向女人提到他。介绍一下。他又常常采用了那种学来的官家派头，在我面前问女人这样那样。我不好对于他这种兴味加以阻碍，自然同女人谈到他的生活，谈到他为人的正直，以及生活经验的丰富等等事情。渐渐的，时间一长，女人对于他自然也发生一种友谊了。可是这样一来，当他同我两个人在一块时，这老兵，这行伍中风霜冰雪死亡饥饿打就的结实的心，到我婚姻问题上，完全柔软如蜡了。他觉得我若是不打量同那蓝衣女人同住，简直就是一种罪过。他把这些意见带着了责备样子，很庄严的来同我讨论。

这老兵先是还不大好意思同女人谈话，女人问到这样那样，象请他学故事那么把生活经验告给她听时，这老兵，总还用着略略拘束的神气，又似乎有点害羞，非常矜持的来同女人谈话。到后因为一熟习，竟同女人谈到我的生活来了！他要女人劝我做一个人，劝我少做点事，劝我稍稍顾全一点穿衣吃饭的绅士风度，劝我……虽然这些话谈及时，总是当我的面，却又取了一种在他以为是最好的体裁来提及的。他说的只是我家里父亲以前怎么样讲究排场，我弟兄又如何亲爱，为乡下人所敬重，母亲又如何贤慧温和。他实在正用了一种最笨的手段，暗示到女人应当明白做这人家的媳妇是如何相宜合算。提到这些时，因为那稍稍近于夸张处，这老兵虑及我的不高兴，一面谈说总是一面对我笑着，好象不许我开口。把话说完，看看女人，仿佛看清楚了女人已经为他一番话所动摇，把责任已尽，这人就非常满意，同我飞了一个眼风，奏凯似的橐橐走下楼预备点心水果去了。

他见我写信回到乡下去，总要问我，是不是告给了老太太有一个非常……的女人。他意思是非常“要好”非常“相称”这一类形容词。当发现我毛眉一皱，这老兵，就“吓、吓”的低低喊着，带着“这是笑话，也是好意，不要见怪”的要求神气，赶忙站远了一点，占据到屋角一隅去，好象怕我会要生气，当真动手攫了墨水瓶抛掷到他头上去。

然而另外任何时节，他是不会忘记谈到那蓝衣女子的。

在这些事上我有什么办法？我既然不能象我的弟弟那样，处置多嘴的副兵用马粪填口，又不能象我的父亲，用费话去支使他走路。我一见了这老兵就只有苦笑，听他谈到他自己生活同谈到我的希望，都完全是这个样子。这人并不是可以请求就能缄默的。就是口哑了，但那一举一动，他总不忘记使你看出他是在用一副善良的心为你打算一切。他不缺少一个戏子的天才，他的技巧，使我见到只有感动。

有一天，那个穿蓝衣的女人又来到我的住处，第一次我不在家，老兵同女人说了许多话。（从后来他的神气上，我知道他在和女人谈话时节，一定是用了一个对主人的恭敬而又亲切的态度应答着的。）因为恐怕我不能即刻回家，就走了。我回来时，老兵正同我讨论到女人，女人又来了。那时因为还没有吃晚饭，这老兵听说要招待这个女客了，显然十分高兴，走下楼去。到吃饭时，菜蔬排列到桌上，却有料想不到的丰盛。不知从什么地方学得了规矩，知道了女客不吃辣子，平素最欢喜用辣子的煎鱼，也做成甜醋的味道排上桌子了。

把饭吃过，这老兵不待呼唤，又去把苹果拿来，把茶杯倒满了，从酒精炉子烧好的开水，一切布置妥贴了，趑趄了好一会才走出去。他到楼下喝酒去了。他觉得非常快乐。他的梦展开在他眼前，一个主人，一个主妇，在酒杯中，他一定还看到他的小主人，穿了陆军制服，象在马路上所常常见到的小洋人，走路挺直，小小的皮靴套在白嫩的脚上，在他前面忙走。他就用一个军官的姿势，很有身分很尊贵的在后面慢慢跟着。他因为我这个客人的来临，把梦肆无忌惮的做下去了。可是，真可怜，来此的朋友，是告我她的爱人W君的情形，他们在下个月过北平去，他们将在北平结婚。无意中，这结婚两字，又为那尖耳朵老战马断章取义的听去，他自以为一切事果不出其所料，他相信这预兆，也非常相信这未来的事情。到女人走去，我正伏到桌子旁边，为这朋友的好消息感到喜悦，也感到一点应有的惆怅时节，喝了稍稍过量的酒的好人，一个红红的脸在我面前晃动了。

“大叔，今天你喝多了。你怎么忽然有这样好菜？客人说从没有吃过这样菜。”本来要笑的他，听到这个话，样子更象猫儿了。他说：“今天我快乐。”

我说：“你应当快乐。”

他分辩，同我故意争持，“怎么叫做应当？我不明白！我从来没有今天快乐！我喝了半瓶白酒了！”

“明天又去买，多买一瓶存放身边，你到这里别的不有，酒总是应当要让你喝够量。”

“这样喝酒我从不曾有过。你说，我应当快乐，为什么应当！我常常是不快乐的！我想起老太爷，那种运气，快乐不来了。我想起大少爷，那种体格，也不能快乐了。我想起三少爷，我听人说到他一点儿，一个豹子，一个金钱豹，一个有脾气有作为的人，我要跟到他去革命打仗，我要跟他去冲锋，捏了枪，爬过障碍物，吼一声杀，把刺刀刳到北老胸膛里去。我要向他请教，手榴弹七秒钟的引线，应当如何抛去。但同他们在一处的都烂了，都埋成一堆。我听到人家说，四期黄埔军官在龙潭作战的，下级军官都烂了，都埋成一堆。两个月从那里过身，还有使人作呕臭气味。三少爷好运气，仍然能够骑马到黄罗寨打他的野猪，一个英雄！我不快乐，因为想起了他不作师长。你呢，我也不快乐。你身体多坏。你为什么不——”

“早睡点好不好？我要做点事情，我心里不大高兴。”

“你瞒我。你把我当外人。我耳朵是老马耳朵，听得懂得，我知道我要吃喜酒，你这些事都不愿意同我说，我明天回去了。”

“你究竟听到什么？有什么事说我瞒你？”

“我懂我懂，我求你——你还不知道我这时的心里，搞成一团象什么样子！”

说到这里，这老兵哭了。那么一个中年人，一个老军人，一个……他真象一个小孩子哭了。但我知道这哭是为欢喜而流泪的。他以为我快要和刚走去不久的女人结婚。他知道我终久不能瞒他，也不愿意瞒他。他知道还有许多事我都不能缺少他。他知道这事情不拘大小，要他尽力的地方很多。他有了一个女主人，从此他的梦更坚固更实在的在那单纯的心中展开，欢喜得非哭不可了。他这感情是我即刻就看清楚了的。他同时也告给我哭的理由了，一面忙匆匆的又象很害羞的用那有毛的大手掌拭他的眼泪，一面就问我是什么日子，是不是要到吴瞎子处去问问，也选择一下日子，从一点俗。

一切事皆使我哭笑两难。我不能打他骂他，他实在又不是完全吃醉了酒的人。他只顽固的相信我对于这事情不应当瞒他；还劝我打一个电报，把这件好事即刻通知七千里外的几个家中人。他称赞那女人，他告我白天就同女人谈了一些话，很懂得这女人一定会是老太太所欢喜的好媳妇。

我不得不把一切真实，在一种极安静的态度下为他说明。他望到我，把口张大着，听完我的解释，信任了我的话。后来看到他那颜色惨沮的样子，我不得不谎了他一下，又告他我另外有了一个女人，像貌性情都同这穿蓝衣的女人差不多。可是这老兵，只愿意相信我前面那一段说明，对于后一段，明白是我的谎话。我把话谈到末了，他毫不做声，那黄黄的小眼睛里，酿了满满的一泡眼泪，他又哭了。本来是非常强健的身体，到这时显出万分衰弱的神情了。

楼廊下的钟已经响了十点。

“你睡去，明天我们再谈好不好？”

听到我的请求，这老兵，忽然又象觉悟了自己的冒失，装成笑样子，自责似的说自己喝多点酒，就象颠子，且赌咒以后一定要戒酒。又问我明天欢喜吃鲫鱼不。我不做声。他懂得我心里难过处。他望到桌上那一个建漆盘子里面的苹果皮，拿了盘子，又取了鱼的溜势，溜了出去，悄悄的把门拉拢，一步一步走下楼梯去了。听到那衰弱的脚踏着楼梯的声音，我觉得非常悲哀。这老年人给我的一切印象，都使我对于人生多一个反省的机会，且使我感觉到人类的关系，在某一情况下，所谓人情的认识，全是酸辛，全是难于措置的纠葛。这人走后，听到响过十二点钟，我还没有睡觉，正思索到这些琐碎人情，失去了心上的平衡。忽然听到楼梯上有一种极轻的声音，走到了门口，我猜得着这必定是他又来扰我了。他一定是因为我的不睡觉，所以来督促我上床了，就赶忙把桌前的灯扭小，就只听到一个低低的叹息起自门外。我不好意思拒绝这老兵好意了，我说："你睡吧。我事情已经做完，就要睡了。"外面没有声音，待一会儿我去开门，他已经早下楼去了。

经过这一次喜剧的排场，老兵性格完全变更了。他当真不再买酒吃了，问他为什么缘故，就只说上海商人不规矩，市上全是搀火酒的假货。他不再同我谈女人，女客来到我处，好象也不大有兴味加以注意了。他对我的工作，把往日的乐观成分抽去，从我的工作上看出我的苦闷。我不做声时，他不大敢同我说及生活上的希望了。他把自己的梦，安置到一个新的方向上来，却仿佛更大方更夸诞了一点，做出很高兴的样子。但心上那希望，似乎越缩越小得可怜了。他不再责备我必须储蓄点钱预备留给一个家庭支配，也不对于我的衣服缺少整洁加以非难了。

我们互相了解得多一点。我仍然是那么保持到一种同世界绝缘的寂寞生活，并不因为气候时间有所不同。在老兵那一方面，由于从我这里，他得到了一些本来不必得到的认识，那些破灭的梦，永远无法再用一个理由把它重新拼合成为全圆，老兵的寂寞，比我更可怜了。关于光明生活的估计，从前完全由他提出，我虽加以否认，也毫无办法挫折他的勇气。但后来，反而需要我来为他说明那些梦的根据，如何可以做到，如何可以满意，帮助他把梦继续来维持了。

但是那蓝衣女人，预备过北平结婚去了。到我住处来辞行。老兵听到女人又要到此吃饭，却只在平常饭菜上加了一样素菜，而且把菜拿来时节那种样子，真是使人不欢的样子。这情形只有我明白。不知为什么，我那时反而不缺少一点愉快，因为我看到这老兵，在他身上哀乐的认真。一些情感上的固执，绝对不放松，本来应当可怜他，也应当可怜自己；但本来就没有对那女人作另外打算，因为老兵胡涂的梦，几几乎把我也引到烦恼里去，如今看到这难堪的脸嘴，我好象报了小小的仇，忘记自己应当同情他了。

从此蓝衣女人在我的书房绝了踪迹。而且更坏的是，两个青年男女，到天津都被捕了。我没有把这件事告过老兵，那老兵也从不曾问起过。我明白他不但有点恨那女人，而且也似乎有点恨我的。

本来答应同我在七月暑假时节，一块儿转回乡下去。因为我已经有八年不曾看过我那地方的天空，踹过我那地方的泥土，他也有了六年没有回去了。可是到仅仅只有十八天要放假的六月初，福建方面起了战事，他要我送他点路费，说想到南京去玩玩。我看他脾气越来越沉静，不能使他快乐一点，并且每天到灶间去做菜做饭，又间或因为房东娘姨欢喜随手拖取东西，常常同那娘姨吵闹，我想就让他到南京去玩几天也好。可是这人一去就不回来了。我不愿意把他的故事结束到那战事里去。他并不死，如许多人一样，还是活着。还是做他的司务长，驻扎到一个古庙里，大清早就同连上的火夫上市镇去买菜，到相熟的米铺去谈谈天，再到河边去买柴，看看拢岸的商船。一到了夜里，就在一个子弹箱上，靠一盏满堂红灯照着，同排长什长算火食账，用草纸记下那数目，为一些小小数目上的错误赌发着各样的咒，睡到硬板子的高脚床上去，用棉絮包裹了全身，做梦就梦到同点验委员喝酒，或下乡去捉匪，过乡绅家吃蒸鹅。这人应当永远这样活到世界上，这人至少还能够在中国活二十年。所以他再不来信问候我，我总以为他还是活在这个世界上。

这就是我桌上有这样一盏灯的理由了。我欢喜这盏灯，经常还使用它。当我写到我所熟习的那个世界上一切时，当我愿意沉溺到那生活里面去时节，把电灯扭熄，燃好这盏灯，我的房子里一切便失去了原有的调子。我在灯光下总仿佛见到那老兵的红脸，还有那一身军服，一个古典的人，十八世纪的老管家——更使我不会忘记的，是从他小小眼睛里滚出的一切无声音的言语，对我的希望和抗议。

故事说完时，穿青衣服的女人，低低的叹了一声气，走到那桌子边旁去，用纤柔的手去摩娑那盏小灯。女人稍稍吃惊了，怎么两年来还有油？但主人是说过了的，因为在晚上，把灯燃好，就可在灯光下看到那个老行伍的声音颜色。女人好奇似的说到晚上要来试试看，是不是也可以看得出那司务长。显然的事，女人对于主人所说的那老兵，是完全中意了。

到了晚上，房间里，那旧洋灯果然放了薄薄光明。火头微微的动摇，发出低微的滋滋声音。用惯了五十枝烛光的人，在这灯光下是自然会感到一种不同情调的。主人同穿青衣来客，把身体搁在两个小小圈椅里。主人又说起了那盏灯，且告女人，什么地方是那老兵所站的地方，老兵说话时是如何神气，这灯罩子在老兵手下又擦得如何透明清澈，桌上那时是如何混乱，……末了，他指点那蓝衣女人的坐处，恰恰正是这时她的坐处。

听到这个话的穿青衣女人，笑了笑，又复轻轻的叹着。过了好一会，忽然惋惜似的说：

“这人一定早死了！”

主人说：“是的，这人或许早死了，在我那些熟人心上，这人也死了的。但我猜想他还活在你的心上，他一定还那么可爱的活在你心上，是不是？”

"很可惜我见不着这个人。"

"他也应当很可惜不见你。"

"我愿意认识他，愿意同他谈谈话，愿意……"

"那有什么用处！不是因为见到，便反而会给许多人添麻烦么？"

女人觉得话说得稍过了头，有些事情应当红脸了。

于是两人在灯光中沉默下来。

另外一个晚上，那穿青衣的女人，忽然换了一件蓝色衣服来了。主人懂得这是为凑成那故事而来的，非常欢迎这种拜访。两人都象是这件事全为了使老兵快乐而做的，没有言语，年青人在一种小小惶恐情形中抱着接了吻。到后女人才觉得房中太明亮了点，问那个灯，今晚为什么不放在桌上。主人笑了。

"是嫌电灯光线太强么？"

"是要司务长看另外一个穿蓝衣服的人在你房里的情形。"

听到这个俏皮的言语，主人想下楼去取灯，女人问他：

“放在楼下么？”

“是在楼下的。”

“为什么又放到楼下去？”

“那是因为前晚上灯泡坏了不好做事，借他们楼下房东娘姨的。我再去拿来就是了。”

“是娘姨的灯吗！”

“不，我好象说过是一个老兵买的灯！”男子赶忙分辩，还说，“你知道这灯是老兵买的！”

“但那是你说的谎话！”

“若谎话比真实美丽……并且，穿蓝衣的人，如今不是有一个了么？”

女人承认，“穿蓝衣的虽有一个，但他将来也一定不让老兵快乐。”

“我完全同意你这个话。倘若真有这个老兵，实在不应当好了他。”

“真是一个坏人，原来说的全是空话！”

“可是有一个很关心他的听差，而且仅仅只把这听差的神气样子告给别人，就使人对于那主人感到兴味，十分同情，这坏人实在是……”

女人忍不住笑了。他们于是约定下个礼拜到苏州去，到南京去，男子还答应了女人，这旅行为的是探听那个老司务长的下落。

一九二九年五月写成于吴淞

楚尘
文化
Chu Chen

北京楚尘文化传媒有限公司 出品

長河集

沈从文别集

沈从文 著

中信出版集团 | 北京

再版序

上个世纪五十年代，不少喜爱文学的读者迷上了契诃夫，这跟平明出版社接连推出 27 册汝龙翻译的《契诃夫小说选集》直接有关。

那时我家至少有三个契诃夫迷：做文学编辑的母亲、哥哥和我。谈论哪篇小说怎么怎么好，是不倦的话题。已经退出文坛改了行的父亲不参与，只有时微笑着对外人说："家里有三个契诃夫的群众。"

汝龙译的这套选集可贵之处，首先在于对作品的精选；第二是选进一些契诃夫的书信、札记，别人对他的回忆、评论等，分编到不同集子里，这些文字拉近了读者和作者的距离，是汝龙先生锦上添花的贡献。

到 1992 年编选《沈从文别集》的时候，我们自然想

到从平明版《契诃夫小说选集》取法。这也是父亲的愿望，尽管他不参与“契诃夫群众”的热情讨论，汝龙这套译本的长处他胸中有数。

我问过父亲汝龙为什么常赠送新书，他只简单说：“是朋友。”

母亲的补充才说清楚：“他翻译的那套英文契诃夫小说是我送的。”

据我充和四姨回忆，1932 年暑假，一个“说是由青岛来的，姓沈，来看张兆和的”羞涩客人，初次登苏州张家门，带的一大包礼物“全是英译精装本的俄国小说”。加尼特夫人的一套英译《契诃夫小说集》就在其中。

不懂外文的沈从文怎么买洋书？四姨说那是过上海时托巴金选购的。

父亲曾希望母亲朝文学翻译方面发展，送这样礼物包含着鼓励。愿望虽然没实现，礼物却终于转到最合适的人手里，促成被誉为契诃夫小说“最佳译本”的产生。朋友的成就四十年后启发着《沈从文别集》的编选工作。

当本书再版之际，我们感谢与它有缘分的几位文学前辈，也要感谢为我们想出《沈从文别集》总书名的汪曾祺先生。

沈虎雏

总 序

从文生前，曾有过这样愿望，想把自己的作品好好选一下，印一套袖珍本小册子。不在于如何精美漂亮，不在于如何豪华考究，只要字迹清楚，款式朴素大方，看起来舒服。本子小，便于收藏携带，尤其便于翻阅。八十年代初，有一家书店曾来联系过，也曾请人编了一套，交付出去。可是，落空了，未能实现。我一直认为是一件憾事。

现在湖南岳麓书社要为从文出书，我同虎雏商量，请吉首大学沈从文研究室合作，编选这么一套。这套选本和以前选法编法不同。我们在每本小册子前面，增加一些过去旧作以外的文字。有杂感，有日记，有检查，有未完成的作品，主要是书信——都是近年搜集整理出

来的，大部分未发表过。不管怎样，这些篇章，或反映作者当时对社会、对文艺创作、对文史研究……的一些看法，或反映作者当时的处境，以及内心矛盾哀乐苦闷，把它们发表出来，容或有助于读者从较宽的角度对他的作品、对他的为人以及对当时的环境背景有进一步了解。

出这套书，当然，同时也了却死者和生者的一点心愿。

张兆和

一九九一年十一月二十九日

目 录

沈从文有关《长河》的三封家书

给沦陷在北平的妻子

［1938年7月于昆明］

廿九晚十一点

三姐：已夜十一点，我写了《长河》五个页子，写一个乡村秋天的种种。仿佛有各色的树叶落在桌上纸上，有秋天阳光射在纸上。夜已沉静，然而并不沉静。雨很大，打在瓦上和院中竹子上。电闪极白，接着是一个比一个强的炸雷声，在左边右边，各处响着。房子微微震动着。稍微有点疲倦，有点冷，有点原始的恐怖。我想起数千年前人住在洞穴里，睡在洞中一隅听雷声轰响所引起的情绪。同时也想起现代人在另外一种人为的巨雷响声中所引起的情绪。我觉得很感动。唉，人生。这洪大声音，令人对历史感到悲哀，因为它正在重造历史。

我很想念小虎小龙，更想念起他们的叔叔，因为叔叔是很爱他们，把他们小相片放在衣袋中的。[1]一年来大家所过的日子，是什么一种情形！我们隔得那么远，然而又好象那么近。这一年来孩子固然会说话了，可是试想想，另外一个地方，有多少同样为父母所疼爱的小孩子，为了某种原因，已不再会说话，有多少孩子，再也无人来注意他！

我看了许多书，正好像一切书都不能使一个人在这时节更有用一点，因为所有书差不多都是人在平时写的。我想写雷雨后的边城，接着写翠翠如何离开她的家，到——我让她到沅陵还是洪江？桃源还是芷江？等你来决定她的去处吧。

近来极力管理自己的结果，每日睡六小时，中时还不必睡，精神极好。吃饭时照书上说的细嚼主义，尤有好处，吃后即做事，亦不觉累。已能固定吃两碗饭。坐在桌边，早到晚，不打哈欠。

---

[1] 作者的弟弟沈荃，字得余，1937年在浙江嘉善，1938年在九江沽塘与日军血战中两次负伤。

孩子应多睡一点，因为正在发育，大人应当少睡，方能做出一点事情！

卅早七点

一家人都上西山玩去了，只剩下我一个人坐在桌边。白天天气极好，已可换薄夹衣。但依然还不至于到要吃汽水程度。所以这里汽水从不用冰冰过。看看大家都能够安心乐意的玩，发展手足四肢之力，也羡慕，也希奇。羡慕兴致甚好，希奇生活毫无建树，哪有心情能玩！据我个人意思，不管又学什么，一天到晚都不会够，永远不离开工作，也不会倦。可是我倒反而成为病态了，正因为大家不觉得必需如此，我就成为反常行为。翟明德视为有神经病，你有时也觉得麻烦，尤其是在作事时不想吃饭，不想洗脸，不想换衣，这一类琐事真够麻烦。你可忘了生命若缺少这点东西，万千一律，有什么趣味可言。世界就是这种“发狂”的人造成的，一切最高的记录，没有它都不会产生。你觉得这是在“忍受”，我需要的却是“了解”。你近来似乎稍稍了解得多一点了，再多一点就更好了。再多一点，你对于我就不至于觉得凡事要忍受了。

近来看一本变态心理学，明白凡笔下能在自己以外写出另一人另一社会种种，就必然得把神经系统效率重造重安排，作到适于那个人那个社会的反应——自己呢，完全是“神经病”。是笑话也是真话，有时也应当为这种人为的神经病[1]状态自悼，因为人不能永远写作，总还得有平常人与人往来生活等等，可是我把这一套必需方式也改变了。表面上我还不至于为人称为“怪物”，事实上我却从不能在泛泛往来上得到快乐。也不能在荣誉、衣物或社会地位上得到快乐。爱情呢，得到一种命运，写信的命运。你倒像是极乐于延长我这种命运。为我吻孩子。

四弟上

[1] 几处“神经”的准确意思是“精神”。

给云麓大哥

［1942年于呈贡］

大哥：得八月廿六得余一信，知左叔平[1]曾返湘到过沅陵。我们正想：如得余能和他同来，将来转湘即可将小龙带去。因彼可以上学读书，今冬入高小，只须回家时有人看到温习日课，监督他换衣洗脸，即可单独生活，不至于麻烦你们太多！虎虎小些，正需要起始认字，鼓励他写影本，早晚总得照料，相当费事，所以我们拟放在身边，对他有些好处。惟照情形说来，得余入滇，恐不会成为事实，我们返湘，也只是一种计划而已。若非局势大变，我们上路事是不能成功的！主要是不想与学校离开。照收入说，教书最苦，随便换一职业即可将生

[1] “____”是“文化大革命”专案人员画的红线。

活改造。不过从习惯说，教书总还是与理想工作相称，所费时间不多，过日子比较简单，不用无味应酬，大部分时间可用到写作或读书，目下生活即较寒酸，十年八年后论及“成绩”时，总还可希望有几本书拿得出手，比别的事来得实在些。又孩子们在不大变动情形中，升学也比较便利。因此即有机会转变一个职务，也不想做。至于回沅陵，为孩子计自极合理。惟除非万不得已，作难民逃回，在家小小休息。此外如此回来住下，对我们很觉过意不去。因手边毫无储蓄，虽说有房子可住，吃的用的总得从做事上找收入，每月也不是个小数目。若不作事，耗费你们的，实不大合理。所以你托人找的上车介绍信，我就不曾带去找检查所。只想得过且过，如同一般读书人命运。且俟到不得已时再想办法。意者，天无绝人之路，到真正困难发生时，说不定依然还有办法的。目下正想抢抢时间，来写两本书。最近印了本《长河》，用战前辰河吕家坪作背景，上卷约十四万字，[1] 不久或可出

---

[1] 《长河》的出版颇费周折，被删又被转来转去，一年多以后出版时只剩十万余字。

版，桂林明日社出。刚在写的叫《芸庐纪事》，拟写十万字，专写你的笑话，不久即可在桂林印行的一个刊物载出，凤子编的刊物。行将着手的名《呈贡纪事》，写呈贡三年见闻，一定还有意思。也想写十万字。上海开明为我印的集子，已印十个，将纸版带桂林时，恰值金华事变，因之纸版一时无消息，最近才知尚在杭州，并未遗失，大致过一阵带到桂林时，必尚可付印。另外又集了七个已在桂林付排，多短篇，今年当可印出一部分。若通通印出，选好的应当可编二十六本，只要书店肯为推销，每本卖三千到五千，又可照应得版税支付，照当前定价计，我至少可得五万块钱版税，那就可以在家中坐多年不用做事，再来好好写两三本大书了。这事目前办不到，据我想战后无论如何是件极简单自然的事。因为照人口计，新书只要在推销上稍微得法，一本书至少可得五万本出路，多或能到五十万本，一生写两三本书，就很可以了，何况有廿本以上有销路书。不过若照目下的商业习惯与政治上的统治方式，则我吃他们亏也极自然，因无一个可靠出版者，肯为我书推销到应有销数。政治方面又因极讨厌那些吃官饭的文化人，不愿意与他们同流合污混成一气，所以还不可免要事事受他们压抑，书要受审查删节，书出后说不定尚要受有作用不公正批评。这一切也都无妨于事，只要人存在，据我想来，总有一天要战胜流俗，独自能用作品与广大读者对面的！过去十多年来，在那种不公平情形中，我还支持过去了，像目前情形，即再支持十五年也无所谓。我相信有一天社会会公道一点，对于我的工作成就能得到应得待遇的。并且我能作的事，也必然比目前已有成就远得多的！

这里各事叔平说到的必已很多。物价高到国内第一，只因为游资太多，无可运用，大家惟从现存一点货物着眼，累来积去，因之越长越高。直到超过任何地方记录，一切人仿佛都浮在物价上面，有点水涨船高意思，惟百业中教书阶级，尤其是大学教授，更俨然独沉水底，无从呼吸。不过事来以渐，我们又少应酬，少添制，将两人收入全部放在火食日用上，也就马马虎虎过得去，在比较上还算是从容自在，不至如其余一些同事狼狈情形。惟物价如再涨，也就束手了。(米卖五百元一石，约八十斤。猪油三十元一斤，白糖卅多一斤，炭一元八一斤，金子六千五一两，鞋好的近千元一双，西装三千到五千一套，房子平均约百元一小间，拉车理发月可收入二三千，银行小职员收入约千四五百，大学校长月入不过一千三，教授月入一千左右，中学教员却又有千二一月的，总之一切都像有点儿不正常。）我想即再糟一点，我也得支持下去，为的是生活方面虽若事事不如人，然而生命总还是自己的，能有计划用到所要做的工作上去。并且大小四个人，几年来住在乡下，日子过得极快乐，虎虎疹子已平平安安过了，我害了一回伤寒，也平平安安度过了，兆和教书很得人信托，孩子们在逐渐长大中脾气性情看来都还可望有点成就。我工作成绩虽较差，惟性情上也似乎受了些书本以外教育，变得稳重得多，不再驳杂浮躁，很像孔子所说年近不惑，进入一个新的心情背景中，正可准备好好的来从新起始工作十年，证明这一生最重要的年龄尚能有计划的来好好使用它。头发有些白了，体气却健康胜过同年龄其他同事甚多，虽并不比他们胖，工作耐性照例能持久，一家生活方式又极合理，所以我正想好好的来个新的十年工作计划，每年来写一两本好书。我总若预感到我这工作，在另外一时，是不会为历史所忽略遗忘的，我的作品，在百年内会对于中国文学运动有影响的，我的读者，会从我作品中取得一点教育。至于日子过得寒酸一点，事情小，不用注意！眼看到并世许多人都受不住这个困难试验，改了业，或把一支笔用到为三等政客捧场技术上，谋个一官半职，以为得计，唯有我尚能充满骄傲，心怀宏愿与坚信，来从学习上讨经验，死紧捏住这支笔，且预备用这支笔来与流行风气和历史上陈旧习惯、腐败势力作战，虽对面是全个社会，我在俨然孤立中还能平平静静来从事我的事业，我倒很为我自己这点强韧气概快慰满意！

今天九月八号，明天是我结婚九年日子，先前一时龙龙还正在低头为大伯写信，虎虎自命为“二少爷”，照往例躺在床上，用“二少爷姿势”躺在那里，要我学沅陵，意思即是从叙述中去到他不曾到的家中，如何用大竹筒挑水，供你浇花，他印象中是知道你蹲在花台边用小挖锄掘土，就草花根株边捉虫刨蚯蚓，穿个短袄子，眼眊眊的，声音嘶嘶的，一看他来就要逗逗他发笑，且到后要上街时，必把捉蚯蚓工作交他做的。又或者一起来，三叔在院中吹哨子集合，要小龙和他排队点名，他却早已起身带“菲格来司”在花坛边藏躲起来的。被三叔发现时，于是喊“老杨，备马！”马共三匹，三叔骑高大的，小龙骑起花的，他骑白的，一齐出东门。回来时就在廊上吃早饭，有白桌布，用刀叉不用筷子，喝点汤时再吃，吃过后再下河钓鱼。这一类故事每天得换个式样，有一部分是他凑成的。总而言之每天非说说不可，因之人虽不回过沅陵，对沅陵事竟像十分熟习，且极其可能长大后还可从印象中知道大伯脾气的了。这个二少爷说起来，爱时髦处，聪明处，善于联想处，幽默处，都若集家中人之大成。他理想是要做“大音乐家”，因此时时刻刻要哼哼唧唧，唱点什么，唱到得意处必相当兴奋，手舞足蹈。会说许多笑话，且知道贺老广神气，食量相当好，每食后必吃点“饭后点心”。欢喜漂亮。相当稳健，虽只想三叔送把“会响不伤人”手枪，可未必敢放。吃东西相当精细，不落饭到桌上。也有点好奇，听人说什么药好，必尝尝。大少爷却有好些恰恰相反。个子瘦，将来会如他五舅舅高，爱跳高，跑得极快。会顽皮做丑角，二少爷可不干。吃饭不在乎。衣服常滚在泥里。不大会说，倒会写字，爱在书上签个名，砚上雕个字。胆量大。喜欢学校。脾气相当好。不争多吃东西，能服务，爱吃干的、酸的、焦的，也不怕辣的。医师打针不叫喊。这时节两人都睡了，两人都从不夜哭，不遗尿，就是不肯盖被。虎虎胖些，一身永远热烘烘的，盖多了必出汗。一切静得很，想起过去三十年前妈教我们弟兄在同样油灯下认字，料不到我们如今又都成为中年人了。可惜作祖母祖父的都来不及看到这两个孩子，即大伯也尚不能同孩子在一起好好过一阵日子！在北平时我们生活虽比当前好，可是不会过日子，所以并不觉得有什么特别值得纪念处。廿六年搬到那王府去住，房子讲究应数所住过房子最有意思的，可是不久又打了仗。九年中倒是最近多年在呈贡住，真是最值得记忆，一切似乎都安排对了，一切都近乎理想，因此一家日子过得非常健康。人家要过节时才把家中收拾收拾，我们倒像每天都在过节似的。孩子们给我们的鼓励，固然极大，最应感谢的，还是兆和，体力方面的健康，与性情方面的善良，以及在困难中永远不丧气，对家中事对职务永远的热诚，都是使一家大小快乐幸福的原因，想起卅年前父亲只想要我作“小叫天”，若这时还活在这个世间，让我们一同回沅陵房子来和他住一阵，听听二少爷唱唱笑笑，应当是多有意思的一件事！

我们是只因为你，也实在乐意回到沅陵来住一阵子的。不过这个事实若非受战事逼近的影响能作成，恐就得我们有点钱足可住一年半载后方能作到了。雨季已将结束，据闻我飞机有从湘桂调过蒙自的消息，或为戒备越南有关。若越南一紧，学校开不成，我想这个年就一定要在沅陵过了。为孩子计，是应当在沅陵好好过个年的！

得余并候

二弟上

九月八日晚

给三弟

［1944年于昆明］

得鱼[1]：寄来两张相片是最近照的。我们生活还勉强过得去。孩子们虽破破烂烂，还活泼健康，只是学校不成学校，未免麻烦！三姐下月即不再作事，因学校要结束，也许要休息半年看。为的是若要作事，必搬进城，城中住处不易得到，一般租房子必三百元一间，三间房子即近一千量。最难应付的是盗贼，防不胜防，常在警报时将一家所有搂光，那才真无办法！我学校事照常。只是在桂林出版之书，被扣被禁甚多，检查人无知识而又擅作威福，结果即不免如此。《长河》被假借名义扣送重庆，待向重庆交涉时，方知并未送去。重庆审

[1] 即得余。

查时去五十字，发到桂林，仍被删去数千字。[1]《芸庐纪事》第三章也被扣，交涉发还，重写一次，一万字改成六千，精神早已失尽了。集子每本都必被扣数篇致无从出版。小人难养，近之则不逊，远之则怨，二千年前孔子已见及此矣，不意二千年后犹复如此。大多数教书的都有点支持不下去。米每石在千元左右，青菜也得数元一棵，应付吃住，已不容易。至若添补衣鞋，自更困难了。大家都已到了破破烂烂情形下，惟读书空气，倒反而转好起来，正所谓“置之死地而后生”，读书虽不能增加收入，情绪总好多了。寒假大致有一个月可不进城，我正希望在假中把《芸庐纪事》写完，在这里印，比较方便。昆明最好的应当数太阳，一个冬天都只需穿驼绒袍子，且可从八月穿到明年三四月。这两天算是一年中最冷的日子，依然阳光满室，只要大写字台下烧个小火，就暖烘烘的了。滕敬侯是什么人，属同辈还是长一辈？他和我通信，我不知如何称呼，望来信告我一声。

---

[1] 按《长河》实际发表时字数看，被删去的比这数字大得多。

九[1]问题极困难，在学校事本极好，有一千多一月，忽然要辞去，相信观音要保佑她，把什么东西都送给别人，一天默默念佛，我已用尽方法无可为力，一定要跟一莫名其妙之女人同去，努力想方设法把她找下乡，以为可休息一二月，当为制份行李，再找事做。谁知昨天一嚷，就又走了。脑子永远似通非通，在佛教会居然有许多妇女跟她学念经，认为她是最重要的一位。其实在此时要她读读经，就读不下去。我已把全副精力用尽，还是说不过来。只好听她去求观音（观音是什么她就不知道），再让许多老太太去求她！

两个月来我似乎身体不大好，小小流了些鼻血。希望过年后转强些。

你学校事恐不成功。高植不久或要出国，公家送去的。巴金尚在广西。

这里已见到有双身驱逐机在空中飞，惟从未在市区看到空战。乡下机场若修成功，有大规模空运时，恐将免不了有空袭发生，地方去我们住处八里十里，大致不

---

[1] 九是指九妹。

会误投炸弹到十里外来。

家中安吉。

二哥　一月十一

（1991 年 11 月　沈虎雏整理）

长河

题记

一九三四年的冬天，我因事从北平回湘西，由沅水坐船上行，转到家乡凤凰县。去乡已经十八年，一入辰河流域，什么都不同了。表面上看来，事事物物自然都有了极大进步，试仔细注意注意，便见出在变化中堕落趋势。最明显的事，即农村社会所保有那点正直素朴人情美，几几乎快要消失无余，代替而来的却是近二十年实际社会培养成功的一种唯实唯利庸俗人生观。敬鬼神畏天命的迷信固然已经被常识所摧毁，然而做人时的义利取舍是非辨别也随同泯没了。"现代"二字已到了湘西，可是具体的东西，不过是点缀都市文明的奢侈品大量输入，上等纸烟和各样罐头在各阶层间作广泛的消费。抽象的东西，竟只有流行政治中的公文八股和交际世故。

大家都仿佛用个谦虚而诚恳的态度来接受一切，来学习一切，能学习能接受的终不外如彼或如此。地方上年事较长的，体力日渐衰竭，情感已近于凝固，自有不可免的保守性。唯其如此，多少尚保留一些治事作人的优美崇高风度。所谓时髦青年，便只能给人痛苦印象，他若是个公子哥儿，衣襟上必插两支自来水笔，手腕上带个白金手表，稍有太阳，便赶忙戴上大黑眼镜，表示知道爱重目光，衣冠必十分入时，材料且异常讲究。特别长处是会吹口琴、唱京戏，闭目吸大炮台或三五字香烟，能在呼吸间辨别出牌号优劣。玩扑克时会十多种花样。既有钱而无知，大白天有时还拿个大电筒或极小手电筒，因为牌号新光亮足即可满足主有者莫大虚荣，并俨然可将社会地位提高。他若是个普通学生，有点思想，必以能读什么前进书店出的政治经济小册子，知道些文坛消息名人轶事或体育明星为已足。这些人都共同对现状表示不满，可是国家社会问题何在，进步的实现必须如何努力，照例全不明白。(即以地方而论，前一代固有的优点，尤其是长辈中妇女，祖母或老姑母行勤俭治生忠厚待人处，以及在素朴自然景物下衬托简单信仰蕴蓄了多少抒情诗气分，这些东西又如何被外来洋布煤油逐渐破坏，年青人几几乎全不认识，也毫无希望可以从学习中去认识。）一面不满现状，一面用求学名分，向大都市里跑去，在上海或南京，武汉或长沙从从容容住下来，挥霍家中前一辈的积蓄，享受腐烂的现实。并用“时代轮子”“帝国主义”一类空洞字句，写点现实论文和诗歌，情书或家信。末了是毕业，结婚，回家，回到原有那个现实里做新一代的绅士或封翁，等待完事。就中少数真有志气，有理想，无从使用家中财产，或不屑使用家中财产，想要好好的努力奋斗一番的，也只是就学校读书时所得到的简单文化概念，以为世界上除了“政治”，再无别的事物。对历史社会的发展，既缺少较深刻的认识，对个人生命的意义，也缺少较深刻的理解。个人出路和国家幻想，都完全寄托在一种依附性的打算中，结果到社会里一滚，自然就消失了。十年来这些人本身虽若依旧好好存在，而且有好些或许都做了小官，发了小财，生儿育女，日子过得很好，但是那点年青人的壮志和雄心，从事业中有以自见，从学术上有以自立的气概，可完全消失净尽了。当时我认为唯一有希望的，是几个年富力强，单纯头脑中还可培养点高尚理想的年青军官。然而在他们那个环境中，竟象是什么事都无从作。地方明日的困难，必须应付，大家看得明明白白，可毫无方法预先在人事上有所准备。因此我写了个小说，取名《边城》，写了个游记，取名《湘行散记》，两个作品中都有军人露面，在《边城》题记上，且曾提起一个问题，即拟将“过去”和“当前”对照，所谓民族品德的消失与重造，可能从什么方面着手。《边城》中人物的正直和热情，虽然已经成为过去了，应当还保留些本质在年青人的血里或梦里，相宜环境中，即可重新燃起年青人的自尊心和自信心。我还将继续《边城》在另外一个作品中，把最近二十年来当地农民性格灵魂被时代大力压扁曲屈失去了原有的素朴所表现的式样，加以解剖与描绘。其实这个工作，在《湘行散记》上就试验过了。因为还有另外各种忌讳，虽属小说游记，对当前事情亦不能畅所欲言，只好寄无限希望于未来。

中日战事发生后，一九三七年的冬天，我又有机会回到湘西，并且在沅水中部一个县城里住了约四个月。住处恰当水陆冲要，耳目见闻复多，湘西在战争发展中的种种变迁，以及地方问题如何由混乱中除旧布新，渐上轨道，依旧存在一些问题，我都有机会知道得清清楚楚。还有那个无可克服的根本弱点，问题何在，我也完全明白。和我同住的，是一个在嘉善国防线上受伤回来的小兄弟。从他和他的部下若干小军官接触中，我得以知道战前一年他们在这个地方的情形，以及战争起后他们人生观的如何逐渐改变。过不久，这些年青军官，随同我那伤愈不久的小兄弟，用“荣誉军团”名分，带了两团新兵，重新开往江西前线保卫南昌和日军作战去了。一个阴云沉沉的下午，当我眼看到十几只帆船顺流而下，我那兄弟和一群小军官站在船头默默的向我挥手时，我独自在干涸河滩上，跟着跑了一阵，不知不觉眼睛已被热泪浸湿。因为四年前一点杞忧，无不陆续成为事实，四年前一点梦想，又差不多全在这一群军官行为上得到证明。一面是受过去所束缚的事实，在在令人痛苦，一面却是某种向上理想，好好移植到年青生命中，似乎还能发芽生根，然而刚到能发芽生根时又不免被急风猛雨摧折。

那时节湘省政府正拟试派几千年青学生下乡，推行民训工作，协助“后备师”作新兵准备训练，技术上相当麻烦。武汉局势转紧，公私机关和各省难民向湘西疏散的日益增多。一般人士对于湘西实缺少认识，常笼统概括名为“匪区”。地方保甲制度本不大健全，兵役进行又因“代役制”纠纷相当多。所以我又写了两本小书，一本取名《湘西》，一本取名《长河》。当时敌人正企图向武汉进犯，战事有转入洞庭湖泽地带可能。地方种种与战事既不可分，我可写的虽很多，能写出的当然并不多。就沅水流域人事琐琐小处，它的过去、当前和发展中的未来，将作证明，希望它能给外来者一种比较近实的印象，更希望的还是可以燃起行将下乡的学生一点克服困难的勇气和信心！另外却又用辰河流域一个小小的水码头作背景，就我所熟习的人事作题材，来写写这个地方一些平凡人物生活上的“常”与“变”，以及在两相乘除中所有的哀乐。问题在分析现实，所以忠忠实实和问题接触时，心中不免痛苦，唯恐作品和读者对面，给读者也只是一个痛苦印象，还特意加上一点牧歌的谐趣，取得人事上的调和。作品起始写到的，即是习惯下的种种存在；事事都受习惯控制，所以货币和物产，于这一片小小地方活动流转时所形成的各种生活式样与生活理想，都若在一个无可避免的情形中发展。人事上的对立，人事上的相左，更仿佛无不各有它宿命的结局。作品设计注重在将常与变错综，写出“过去”“当前”与那个发展中的“未来”，因此前一部分所能见到的，除了自然景物的明朗，和生长于这个环境中几个小儿女性情上的天真纯粹，还可见出一点希望，其余笔下所涉及的人和事，自然便不免黯淡无光。尤其是叙述到地方特权者时，一支笔即再残忍也不能写下去，有意作成的乡村幽默，终无从中和那点沉痛感慨。然而就我所想到的看来，一个有良心的读者，是会承认这个作品不失其为庄严与认真的。虽然这只是湘西一隅的事情，说不定它正和西南好些地方情形相差不多。虽然这些现象的存在，对外战争一来都给淹没了，可是和这些类似的问题，也许会在别一地方发生。或者战争已当真完全净化了中国，然而把这点近于历史陈迹的社会风景，用文字好好的保留下来，与“当前”崭新的局面对照，似乎也很可以帮助我们对社会多有一点新的认识，即在战争中一个地方的进步的过程，必然包含若干人情的冲突与人和人关系的重造。

我们大多数人，战前虽活在那么一个过程中，然而从目下检审制度的原则来衡量它时，作品的忠实，便不免多触忌讳，转容易成为无益之业了。因此作品最先在香港发表，即被删节了一部分，致前后始终不一致。去年重写分章发表时，又有部分篇章不能刊载。到预备在桂林印行送审时，且被检查处认为思想不妥，全部扣留。幸得朋友为辗转交涉，径送重庆复审，重加删节，经过一年方能发还付印。国家既在战争中，出版物各个管理制度，个人实完全表示同意。因为这个制度若运用得法，不特能消极的限止不良作品出版，还可望进一步鼓励优秀作品产生，制度有益于国家，情形显明。惟一面是个人如此谨慎认真的来处理一个问题，所遇到的恰好也就是那么一种好象也十分谨慎认真的检审制度。另外在社会上又似乎只要作者不过于谨慎认真，只要在官场中善于周旋，便也可以随处随时得到种种不认真的便利。（最近本人把所有作品重新整理付印时，每个集子必有几篇“免登”，另外却又有人得到特许，用造谣言方式作小文章侮辱本人，如象某某小刊物上的玩意儿，不算犯罪。）两相对照，虽对现状不免有点迷惑，但又多少看出一点消息，即当前社会有些还是过去的继续。国家在进步过程中，我们还得容忍随同习惯而存在的许多事实，读书人所盼望的合理与公正，恐还得各方面各部门“专家”真正抬头时，方有希望。记得八年前《边城》付印时，在那本小书题记上，我曾说过：所希望的读者，应当是身在学校以外，或文坛消息，文学论战，以及各种批评所达不到的地方，在各种事业里低头努力，很寂寞的从事于民族复兴大业的人，作品所能给他们的，也许是一点有会于心的快乐，也许只是痛苦……现在这本小书，我能说些什么？我很明白，我的读者在八年来人生经验上，对于国家所遭遇的挫折，以及这个民族忧患所自来的根本原因，还有那个多数在共同目的下所有的挣扎向上方式，从中所获得的教训……都一定比我知道的还要多还要深。个人所能作的，十年前是一个平常故事，过了将近十年，还依然只是一个平常故事。过去写的也许还能给他们一点启示或认识，目下可什么全说不上了。想起我的读者在沉默中所忍受的困难，以及为战胜困难所表现的坚韧和勇敢，我觉得我应当沉默，一切话都是多余了。在我能给他们什么以前，他们已先给了我许多许多了。横在我们面前许多事都使人痛苦，可是却不用悲观。骤然而来的风雨，说不定会把许多人的高尚理想，卷扫摧残，弄得无踪无迹。然而一个人对于人类前途的热忱，和工作的虔敬态度，是应当永远存在，且必然能给后来者以极大鼓励的！在我所熟习的读者一部分人表现上，我已看到了人类最高品德的另一面。事如可能，我在把本书拟定的下三卷完成时，便将继续在一个平常故事中，来写出我对于这类人的颂歌。

一九四二年

人与地

记称“洞庭多橘柚”，橘柚生产地方，实在洞庭湖西南，沅水流域上游各支流，尤以辰河中部最多最好。树不甚高，终年绿叶浓翠。仲夏开花，花白而小，香馥醉人。九月降霜后，缀系在枝头间果实，被严霜侵染，丹朱明黄，耀人眼目，远望但见一片光明。每当采摘柚子时，沿河小小船埠边，随处可见这种生产品的堆积，恰如一堆堆火焰。在橘园旁边临河官路上，陌生人过路，看到这种情形，将不免眼馋口馋，或随口问讯：

“嗳，你们那橘子卖不卖？”

坐在橘子堆上或树桠间的主人，必快快乐乐的回答，话说得肯定而明白，“我这橘子不卖。”

“真不卖？我出钱！”

“大总统来出钱也不卖。”

“嘿，宝贝，希罕你的……”

“就是不希罕才不卖！”

古人说“入境问俗”，若知道“不卖”和“不许吃”是两回事，那你听说不卖以后，尽管就手摘来吃好了，橘子园主人不会干涉的。

陌生人若系初到这个地方，见交涉办不好，不免失望走去。主人从口音上和背影上看出那是个外乡人，知道那么说可不成，必带点好事神气，很快乐的叫住外乡人，似乎两人话还未说完，要他回来说清楚了再走。

“乡亲，我这橘子卖可不卖，你要吃，尽管吃好了。水泡泡的东西，你一个人能吃多少？十个八个算什么。你歇歇憩再赶路，天气老早咧。”

到把橘子吃饱时，自然同时也明白了“只许吃不肯卖”的另外一个理由。原来本地是出产橘子地方，沿河百里到处是橘园，橘子太多了，不值钱，不好卖。且照风俗说来，桃李橘柚越吃越发，所以就地更不应当接钱。大城市里的中产阶级，受了点新教育，都知道橘子对小孩子发育极有补益，因此橘子成为必需品和奢侈品。四两重一枚的橘子，必花一二毛钱方可得到。而且所吃的居多还是远远的从太平洋彼岸美国运来的。中国教科书或别的什么研究报告书，照例就不大提起过中国南几省有多少地方出产橘子，品质颜色都很好，远胜过外国橘子园标准出品。专家和商人既都不大把它放在眼里，因此当地橘子的价值，便仅仅比萝卜南瓜稍贵一些。出产地一毛钱可买四五斤，用小船装运到三百里外城市后，一毛钱还可买二三斤。吃橘子或吃萝卜意义差不多相同，即解渴而已。

俗话说“货到地头死”，所以出橘子地方反买不出橘子；实在说，原来是卖不出橘子。有时出产太多，沿河发生了战事，装运不便，又不会用它酿酒，较小不中吃，连小码头都运不去，摘下树后成堆的听它烂掉，也极平常。临到这种情形时，乡下人就聊以解嘲似的说：“土里长的听它土里烂掉，今年不成明年会更好！”看小孩子把橘子当石头抛，不加理会，日子也就那么过去了。

两千年前楚国逐臣屈原，乘了小小白木船，沿沅水上溯，一定就见过这种橘子树林，方写出那篇《橘颂》。两千年来这地方的人民生活情形，虽多少改变了些，人和树，都还依然寄生在沿河两岸土地上，靠土地喂养，在日光雨雪四季交替中，衰老的死去，复入于土，新生的长成，俨然自土中茁起。有些人厌倦了地面上的生存，就从山中砍下几株大树，把它锯解成许多板片，购买三五十斤老鸦嘴长铁钉，找上百十斤麻头，捶它几百斤桐油石灰，用祖先所传授的老方法，照当地村中固有款式，在河滩边建造一只头尾高张坚固结实的帆船。船只造成油好后，添上几领席篷，一支桅，四把桨，以及船上一切必需家家伙伙，邀个帮手，便顺流而下，向下游城市划去。这个人从此以后就成为“水上人”，吃鱼，吃虾——吃水上饭。事实且同鱼虾一样，无拘无管各处飘泊。他的船若沿辰河洞河向上走，可到苗人集中的凤凰县和贵州铜仁府，朱砂水银鸦片烟，如何从石里土里弄出来长起来，能够看个清清楚楚。沿沅水向下走，六百里就到了历史上知名的桃源县，古渔人往桃源洞去的河面溪口，可以随意停泊。再走五百里，船出洞庭湖，还可欣赏十万只野鸭子遮天蔽日飞去的光景。日头月亮看得多，放宽了眼界和心胸，常常把个妇人也拉下水，到船上来烧火煮饭养孩子。过两年，气运好，船不泼汤，捞了二三百洋钱便换只三舱双橹大船……因此当地有一半人在地面上生根，有一半人在水面各处流转。人在地面上生根的，将肉体生命寄托在田园生产上，精神寄托在各式各样神明禁忌上，幻想寄托在水面上，忍劳耐苦把日子过下去。遵照历书季节，照料碾坊橘园和瓜田菜圃，用雄鸡、鲤鱼、刀头肉，对各种神明求索愿心，并禳解邪祟。到运气倒转，生活倒转时，或吃了点冤枉官司，或做件不大不小错事，或害了半年隔日疟，不幸来临，弄得妻室儿女散离，无可奈何，于是就想：“还是弄船去吧，再不到这个鬼地方！”许多许多人就好象拔萝卜一样，这么把自己连根拔起，远远的抛去，五年七年不回来，或终生不再回来。在外飘流运气终是不济事，穷病不能支持时，就躺到一只破旧的空船中去喘气，身边虽一无所有，家乡橘子树林却明明爽爽留在记忆里，绿叶丹实，烂漫照眼。于是用手舀一口长流水咽下，润润干枯的喉咙。水既由家乡流来，虽相去八百一千里路，必俨然还可以听到它在家屋门前河岸边激动水车的呜咽声，于是叹一口气死了，完了，从此以后这个人便与热闹苦难世界离开，消灭了。

吃水上饭发了迹的，多重新回到原有土地上来找落脚处。捐一笔钱修本宗祠堂，再花二千三千洋钱，凭中购买一片土地，烧几窑大砖，请阴阳先生看个子午向，选吉日良辰破土，在新买园地里砌座“封火统子”高墙大房子，再买三二条大颈项膘壮黄牯牛，雇四五个长工，耕田治地。养一群鸡，一群鸭，畜两只猛勇善吠看家狗，增加财富并看守财富。自己于是常常穿上玄青羽绫大袖马褂，担羊抬酒去拜会族长、亲家，酬酢庆吊，在当地作小乡绅。把从水上学得的应酬礼数，用来本乡建树身分和名誉。凡地方公益事，如打清醮，办土地会，五月竞舟和过年玩狮子龙灯，照例有人神和悦意义，他就很慷慨来作头行人，出头露面摊分子，自己写的捐还必然比别人多些。军队过境时办招待，公平而有条理，不慌张误事。人跳脱机会又好，一年两年后，说不定就补上了保长甲长缺，成为当地要人。从此以后，即稳稳当当住下来，等待机会命运。或者家发人发，事业顺手，儿女得力，开个大油坊，银钱如水般流出流进，成为本村财主员外。或福去祸来，偌大一栋房子，三五年内，起把大火烧掉了，牛发了瘟，田地被水打砂滞，橘子树在大寒中一齐冻坏。更不幸是遭遇官司连累，进城入狱，拖来拖去，在县衙门陋规调排中，终于弄得个不能下台。想来想去，还是三十六计走为上计，只好第二回下水。但年龄既已过去，精力也快衰竭了，再想和年富力强的汉子竞争，从水面上重打天下，已不可能了。回到水上就只为的是逃避过去生活失败的记忆。正如庄稼人把那种空了心的老萝卜和落子后的苋菜根株，由土中拔出，抛到水上去，听流水冲走一样情形。其中自然也有些会打算安排，子弟又够分派，地面上经营橘子园，水面上有船只，从两方面讨生活，兴家立业，彼此兼顾，而且作得很好的。也有在水上挣了钱，却羡慕油商，因此来开小庄号，作桐油生意，本身也如一滴油，既不沾水也不近土的。也有由于事业成功，在地方上办团防，带三五十条杂色枪支，参加过几回小小内战，于是成为军官，到后又在大小兼并情形中或被消灭或被胁裹出去，军队一散，捞一把不义之财回家来纳福，在乡里中称支队长、司令官，于同族包庇点小案件，调排调排人事，成为当地土豪的。也有自己始终不离土地，不离水面，家业不曾发迹，却多了几口男丁，受社会潮流影响，看中了读书人，相信“万般皆下品，惟有读书高”两句旧诗，居然把儿子送到族中义学去受教育的。孩子还肯向上，心窍子被书读开了，机缘又好，到后考入省立师范学堂，作父亲的就一面更加克勤克俭过日子，一面却在儿子身上做着无边无涯的荒唐好梦。再过三年儿子毕了业，即杀猪祭祖，在祠堂中上块朱红描金大匾，族中送报帖称“洋进士”，作父亲的在当地便俨然已成封翁员外。待到暑假中，儿子穿了白色制服，带了一网篮书报回到乡下来时，一家大小必对之充满敬畏之忱。母亲每天必为儿子煮两个荷包蛋当早点，培补元气；父亲在儿子面前，话也不敢乱说。儿子自以为已受新教育，对家中一切自然都不大看得上眼，认为腐败琐碎，在老人面前常常作“得了够了”摇头神气。虽随便说点城里事情，即可满足老年人的好奇心，也总象有点烦厌。后来在本校或县里作了小学教员，升了校长，或又作了教育局的科员，县党部委员，收入虽不比一个舵手高多少，可是有了“斯文”身分而兼点“官”气，遇什么案件向县里请愿，禀帖上见过了名字，或委员下乡时，还当过代表办招待；事很显然，这一来，他已成为当地名人了。于是老太爷当真成了封翁，在乡下受人另眼看待。若驾船，必事事与人不同，世界在变，这船夫一家也跟着变。儿子成了名，少年得志，思想又新，当然就要“革命”。接受“五四”以来社会解放改造影响，革命不出下面两个公式：老的若有主张，想为儿子看一房媳妇，实事求是，要找一个有碾房橘子园作妆奁的人家攀亲，儿子却照例不同意，多半要县立女学校从省中请来的女教员。因为剪去了头发，衣襟上还插一支自来水笔，有“思想”，又“摩登”，懂“爱情”，才能发生爱情，郎才女貌方配得上。意见如此不同，就成为家庭革命。或婚事不成问题，老的正因为崇拜儿子，谄媚儿子，一切由儿子作主。又或儿子虽读《创造》《解放》等等杂志，可是也并不怎么讨厌碾坊和橘子园作陪嫁妆奁。儿子抱负另有所在，回乡来要改造社会，于是作代表，办学会，控告地方公族教育专款保管委员，建议采用祠庙产业，且在县里石印报纸上，发火气极大的议论，报纸印出后，自己还买许多分各处送人。……到后这些年青人所梦想的热闹“大时代”终于来到，来时压力过猛，难于适应，末了不出两途，或逃亡外省去，不再回乡；来不及逃亡，在开会中就被当地军警与恶劣乡绅称为“反动分子”，命运不免同中国这个时代许多身在内地血气壮旺的青年一样。新旧冲突，就有社会革命。一涉革命，纠纷随来，到处都不免流泪流血。最重大的意义，即促进人事上的新陈代谢，使老的衰老，离开他亲手培植的橘子园，使用惯熟的船只家具，更同时离开了他那可爱的儿子（大部分且是追随了那儿子），重归于土。

至于妇人呢，喂猪养鸭，挑水种菜，绩麻纺纱，推磨碾米，无事不能，亦无事不作。日晒雨淋同各种劳役，使每个人都强健而耐劳。身体既发育得很好，橘子又吃得多，眼目光明，血气充足，因之兼善生男育女。乡村中无呼奴使婢习惯，家中要个帮手时，家长即为未成年的儿子讨个童养媳，于是每家都有童养媳。换言之，也就是交换儿女来教育，来学习参加生活工作。这些小女子年纪十二三岁，穿了件印花洋布裤子过门，用一只雄鸡陪伴拜过天地祖先后，就取得了童养媳身分，成为这家候补人员之一。年纪小虽小，凡是这家中一切事情，体力所及都得参加。下河洗衣，入厨房烧火煮饭，更是两件日常工作。无事可作时，就为婆婆替手，把两三岁大小叔叔负之抱之到前村头井边或小土地庙前去玩耍，自己也抽空看看热闹。或每天上山放牛，必趁便挑一担松毛，摘一篮菌子，回家当晚饭菜。年纪到十五六岁时，就和丈夫圆了亲，正式成为家中之一员，除原有工作外，多了一样承宗接祖生男育女的义务。这人或是独生女，或家中人口少要帮手舍不得送出门，就留在家中养黄花女。年纪到了十四五，照例也懂了事，渐渐爱好起来，知道跟姑母娘舅乡邻同伴学刺花扣花，围裙上用五色丝线绣鸳鸯戏荷或喜鹊噪梅，鞋头上挑个小小双凤。加之在村子里可听到老年人说《二度梅》、《天雨花》等等才子佳人弹词故事，七仙姐下凡尘等等神话传说，下河洗菜淘米时，撑船的小伙子眼睛尖利，看见竹园边河坎下女孩子的大辫子象条乌梢蛇，两粒眼珠子黑亮亮的，看动了心，必随口唱几句俚歌调情。上山砍柴打猪草，更容易受年青野孩子歌声引诱。本地二八月照例要唱土地戏谢神还愿，戏文中又多的是烈士佳人故事。这就是这些女孩子的情感教育。大凡有了主子的，记着戏文中常提到的“忠臣不事二主，烈女不嫁二夫”，幻想虽多，将依然本本分分过日子下去。晚嫁失时的，嫁后守寡无拘管的，或性格好繁华易为歌声动感情的，自然就有许多机会作出本地人当话柄的事情。或到山上空碉堡中去会情人，或跟随飘乡戏子私逃，又或嫁给退伍军人。这些军人照例是见过了些世界，学得了些风流子弟派头，元青绉绸首巾一丈五尺长裹在头上，佩了个镀金手表，镶了两颗金牙齿，打得一手好纸牌，还会弹弹月琴，唱几十曲时行小调。在军队中厌倦了，回到本乡来无所事事，向上向下通通无机会，就放点小赌，或开个小铺子，卖点杂货。欢喜到处走动，眼睛尖，鼻子尖，看得出也嗅得出什么是路可以走，走走又不会出大乱子。若诱引了这些爱风情的女孩子，收藏不下，养活不了，便带同女子坐小船向下江一跑，也不大计算明天怎么办。到外埠住下来，把几个钱一花完，无事可作无路可奔时，末了一着棋，照例是把女子哄到人贩子手中去，抵押一百两百块钱，给下处作土娼，自己却一溜完事。女人或因被诱出了丑，肚中带了个孩子。无处交代，欲走不能走，欲留不能留，就照土方子捡副草药，土狗、斑蝥、茯苓、朱砂，死的活的一股鲁吃下去，把血块子打下。或者体力弱，受不住药力，心门子窄，胆量小，打算不开，积忧成疾，孩子一落地，就故意走到大河边去喝一阵生冷水，于是躺到床上去，过不久，肚子肠子绞痛起来，咬定被角不敢声张，隔了一天便死了。于是家中人买一副白木板片装殓好，埋了。亲戚哭一阵，街坊邻里大家谈论一阵，骂一阵，怜恤一阵，事情就算完了。也有幻想多，青春抒情气分特别浓重，事情解决不了时，就选个日子，私下梳装打扮起来，穿上干净衣鞋，扣上心爱的花围腰，趁大清早人不知鬼不觉投身到深潭里去，把身子喂鱼吃了的，同样——完了。又或亲族中有人，辈分大，势力强，性情又特别顽固专横，读完了几本“子曰”，自以为有维持风化道德的责任。这种道德感的增强，便必然成为好事者，且必然对于有关男女的事特别兴奋。一遇见族中有女子丢脸事情发生，就想出种种理由，自己先呕一阵气，再在气头下集合族中人，把那女的一绳子捆来，执行一阵私刑，从女人受苦难情形中得到一点变态满足，把女的远远嫁去，讨回一笔财礼，作为“脸面钱”。若这个族中人病态深，道德感与虐待狂不可分开，女人且不免在一种戏剧性场面下成为牺牲者。照例将被这些男子，把全身衣服剥去，颈项上悬挂一面小磨石，带到长潭中去“沉潭”，表示与众弃之意思。当几个族中人乘上小船，在深夜里沉默无声向河中深处划去时，女的低头无语，看着河中荡荡流水，以及被木桨搅碎水中的星光，想到的大约是二辈子投生问题，或是另一时被族中长辈调戏不允许的故事，或是一些生前“欠人”“人欠”的小小恩怨。这一族之长的大老与好事者，坐在船头，必正眼也不看那女子一眼，心中却旋起一种复杂感情，总以为“这是应当的，全族面子所关，不能不如此的”。但自然也并不真正讨厌那个年青健康光鲜鲜的肉体，讨厌的或许倒是这肉体被外人享受。小船摇到潭中时，荡桨的把桨抽出，船停了，大家一句话不说，就把那女的掀下水去。这其间自然不免有一番小小挣扎，把小船弄得摇摇晃晃，人一下水，随即也就平定了。送下水的因为颈项上悬系了一面石磨，在水中打旋向下沉，一阵水泡子向上翻，接着是天水平静。船上几个人，于是俨然完成了一件庄严重大工作，把船掉头，因为死的虽死了，活的还得赶回到祠堂里去叩头，放鞭炮挂红，驱逐邪气，且表示这种勇敢决断的行为，业已把族中损失的荣誉收回。事实上就是把那点私心残忍行为卸责任到“多数”方面去。至于那个多数呢？因为不读“子曰”，自然是不知道此事，也从不过问此事的。

女子中也有能干异常，丈夫过世还经营生活，驾船种田，兴家立业的。沿辰河有几座大油房，几个大庙宇，几处建筑宏大华美的私人祠堂，都是这种寡妇的成就。

女子中也有读书人，大多数是比较开通的船长地主的姑娘，到省里女子师范或什么私立中学读了几年书，还乡时便同时带来给乡下人无数新奇的传说，崭新的神话，跟水手带来的完全不同。城里大学堂教书的，一个时刻拿的薪水，抵得过家中长工一年收入！花两块钱买一个小纸条，走进一个黑暗暗大厅子里面去，冬暖夏凉，坐下来不多一会儿，就可看台上的影子戏，真刀真枪打仗杀人，一死几百几千，死去的都可活回来，坐在柜台边用小麦管子吃橘子水和牛奶！上有天堂，下有苏杭，全苏州到处都是水，人家全泡在水里。杭州有个西湖，大水塘子种荷花养鱼，四面山上全是庙宇，和尚尼姑都穿绸缎袍子，每早上敲木鱼铙钹，沿湖唱歌。……总之，如此或如彼，这些事述说到乡下人印象中时，完全如哈哈镜一样。因为曲度不同，必然都成为不可思议的惊奇动人场面。

顶可笑的还是城里人把橘子当补药，价钱贵得和燕窝高丽参差不多，还是从外洋用船运回来的。橘子上印有洋字，用纸包了，纸上也有字，说明补什么，应当怎么吃。若买回来依照方法挤水吃，就补人；不依照方法，不算数。说来竟千真万确，自然更使得出橘子地方的人不觉好笑。不过真正给乡下人留下一个新鲜经验的，或者还是女学生本身的装束。辫子不要了，简直同男人一样，说是省得梳头，耽搁时间读书。膀子膊子全露在外面，说是比藏在里面又好看又卫生，缝衣时省布。且不穿裤子，至少这些女学生给普通乡下人印象是不穿裤子，为什么原因他们可不明白。这些女子业已许过婚的，回家不久第一件事必即向长辈开谈判，主张“自由”，须要离婚。说是爱情神圣，家中不能包办终身大事。生活出路是到县里的小学校去做教员，婚姻出路是嫁给在京沪私立大学读过两年书的公务员，或县党部委员，学校同事。居多倒是眼界高，像貌不大好看，机会不凑巧，无对手，不结婚，名为“抱独身主义”。这种“抱独身主义”的人物，照例吃家里，用家里，衣襟上插支自来水笔，插支活动铅笔，手上有个小小皮包，皮包中说不定还有副白边黑眼镜，生活也就过得从容而愉快。想再求上进，程度不甚佳，就进什么女子体育师范，或不必考的私立大学。毕业以前若与同学发生了恋爱，照例是结婚不多久就生孩子，一同居，除却跟家中要钱，就再也不会回来了。这其中自然也有书读得很好，又有思想，又有幻想，一九二九年左右向江西跑去，终于失了踪的。这种人照例对乡下那个多数并无意义，不曾发生何等影响的。

当地大多数女子有在体力与情感两方面，都可称为健康淳良的农家妇，需要的不是认识几百字来讨论妇女问题，倒是与日常生活有关系的常识和信仰，如种牛痘，治疟疾，以及与家事有关收成有关的种种。对于儿女的寿夭，尚完全付之于自然淘汰。对于橘柚，虽从经验上已知接枝选种，情感上却还相信每在岁暮年末，用糖汁灌溉橘树根株，一面用童男童女在树下问答“甜了吗？”“甜了！”下年结果即可望味道转甜。一切生活都混合经验与迷信，因此单独凭经验可望得到的进步，若无迷信搀杂其间，便不容易接受。但同类迷信，在这种农家妇女也有一点好处，即是把生活装点得不十分枯燥，青春期女性精神病即较少。不论他们过的日子如何平凡而单纯，在生命中依然有一种幻异情感，或凭传说故事，引导到一个美丽而温柔仙境里去，或信天委命，来抵抗种种不幸。迷信另外一种形式，表现于行为，如敬神演戏，朝山拜佛，对于大多数女子，更可排泄她们蕴蓄被压抑的情感，转换一年到头的疲劳，尤其见得重要而必需。

这就是居住在这条河流两岸的人民近三十年来的大略情形。这世界一切既然都在变，变动中人事乘除，自然就有些近于偶然与凑巧的事情发生，哀乐和悲欢，都有他独特的式样。

秋（动中有静）

秋成熟一切。大河边触目所见，净是一年来阳光雨露之力，影响到万汇百物时用各种式样形成的象征。野花多用比春天更美丽眩目的颜色点缀地面各处。沿河的高大白杨、银杏树，无不为自然装点以动人的色彩，到处是鲜艳与饱满。然而在如此景物明朗和人事欢乐笑语中，却似乎蕴蓄了一点儿凄凉。到处都仿佛有生命在动，一切说来实在又太静了。过去一千年来的秋季，也许和这一次差不多完全相同，从这点“静”中即见出寂寞和凄凉。

辰河中部小口岸吕家坪，河下游约四里一个小土坡，名叫“枫树坳”，坳上有个滕姓祠堂。祠堂前后十几株老枫木树，叶子已被几个早上的严霜，镀上一片黄，一片红，一片紫。枫树下到处是这种彩色斑驳的美丽落叶。祠堂前枫树下有个摆小摊子的，放了三个大小不一的簸箕，簸箕中零星货物上也是这种美丽的落叶。祠堂位置在山坳上，地点较高，向对河望去，但见千山草黄，起野火处有白烟如云。村落中乡下人为耕牛过冬预备的稻草，傍附树根堆积，无不如塔如坟。银杏白杨树成行高矗，大小叶片在微阳下翻飞，黄绿杂彩相间，如旗纛，如羽葆。又如有所招邀，有所期待。沿河橘子园尤呈奇观，绿叶浓翠，绵延小河两岸，缀系在枝头的果实，丹朱明黄，繁密如天上星子，远望但见一片光明幻异，不可形容。河下船埠边，有从土地上得来的瓜果、薯芋，以及各种农产物，一堆堆放在那里，等待装运下船。三五个小孩子，坐在这种庞大堆积物上，相互扭打游戏。河中乘流而下行驶的小船，也多数装满了这种深秋收获物，并装满了弄船人欢欣与希望，向辰溪县、浦市、辰州各个码头集中，到地后再把它卸到干涸河滩上去等待主顾。更远处有皮鼓铜锣声音，说明某一处村中人对于这一年来人与自然合作的结果，因为得到满意的收成，正在野地上举行谢土的仪式，向神表示感激，并预约“明年照常”的简单愿心。

土地已经疲劳了，似乎行将休息，云物因之转增妍媚。天宇澄清，河水澄清。

祠堂前老枫树下，摆摊子坐坳的，是个弄船老水手，好象在水上做鸭子飘厌了，方爬上岸来做干鸭子。其时正把簸箕中落叶除去。由东往西，来了两个赶路乡下人，看看天气还早，两个人就在那青石条子上坐下来了。各人取出个旱烟管，打火镰吸烟。一个说：“今年好收成！对河滕姓人家那片橘子园，会有二十船橘子下常德府！”

另一个就笑着说：“年成好，土里长出肉来了。我砦子上田地里，南瓜有水桶大，三十二斤重。当真同水桶一样大，吃了一定补！”

“又不是何首乌，什么补不补？”

“有人到云南，说萝卜冬瓜都有水桶大，要用牛车拉，一车三两个就装不下了。”

“你相信他散天花。还有人说云南金子多，遍地是金子。金子打的饭碗，卖一百钱一个，你信不信？路远一万八千里，要走两三个月才走得到，无中无保的话，相信不得。”

两人正谈到本地今年地面收成，以及有关南瓜、冬瓜种种传说，来了一个背竹笼的中年妇人。竹笼里装了两只小黑猪，尖嘴拱拱的，眼睛露出顽皮神气，好象在表示，“你买我回去，我一定不吃料，乱跑，你把我怎么办。”妇人到祠堂边后，也休息下来，一面抹头上汗水，一面就摊子边听取两人谈话。

“我听人说：烂泥地方满家田里出了个萝卜大王，三十二斤重，比猪头还大，拿到县里去报功请赏。县里人说：县长看见了你的萝卜，你回去好了。我们要帮你办公文禀告到省里去，会有金字牌把你。你等等看吧。过了一个月，金牌得不着，衙门里有人路过烂泥，倒要了他四块钱去，说是请金字牌批准了，来报喜信，应当有赏。这世界！”末了他摇摇头，好象说下去必犯忌讳，赶忙把烟杆塞进口中了。

另一个就说：“古话说：衙门八字开，有理无钱莫进来。不是花钱你来有什么事。满家人发羊痫风，田里长了个大萝卜，也大惊小怪，送上衙门去讨好。偷鸡不得丢把米，这是活该的。”

“可是上两场烂泥真有委员下乡来田里看过，保长派人打锣到处知会人，家中田里有大萝卜的拿来送委员过目，进城好请赏，金字牌的奖赏，值很多钱！”

“到后呢？”

“后来保长请委员吃酒，委员自己说是在大学堂里学种菜的。陪委员吃酒的人，每一份出一吊八百钱。一八如八，八八六吊四，一十四吊钱一桌酒席，四盘四碗，另外带一品锅。吃过了酒席，委员带了些菜种，又捉了七八只预备带回去研究的笋壳色肥母鸡，挂到三丁拐轿杆上，升轿走了。后来事就不知道了。”

坐在摊子边的老水手，便笑眯眯的插嘴说：

“委员坐了轿子从我这坳上过路，当真有人挑了一担萝卜，十多只肥鸡。另外还有两个火腿，一定是县长送他的。他们坐在这里吃萝卜，一面吃一面说：‘你们县长人好，能任劳任怨，父母官真难得。’说的是京话。又说：‘你们这个地方土囊（壤）好，萝卜大，不空心，很好，很好吃！’那挑母鸡的烂泥人就问委员：‘什么土囊布囊好？是不是稀屎？’不答理他。委员说的是‘土囊’，囊他个娘哪知道！”

那乡下人说：“委员是个会法术的人，身边带了一大堆玻璃瓶子，到一处，就抓一把土放到一个小小瓶子里去，轻轻的摇一摇。人问他说：‘委员，这有什么用处？这是土囊？是拿去炼煤油，熬膏药？’委员就笑着说：‘是，是，我要带回去话念（化验）它。’‘你有千里镜吗？’‘我用险危（显微）镜。’我猜想一定就是电光镜，洋人发明的。”

几个人对于这个问题不约而同莫测高深似的叹了一口气。可是不由的都笑将起来，事情实在希奇的好笑。虽说民国来五族共和，城里人，城里事情，总之和乡下人都太隔远了。

妇人搭上去说：“大哥，我问你，‘新生活’快要来了，是不是真的？我听太平溪宋团总说的，他是我舅娘的大老表。”

一个男的信口开河回答她说：“怎么不是真的？还有人亲眼见过。我们这里中央军一走，‘新生活’又来了。年岁虽然好，世界可不好，人都在劫数，逃脱不得。人说江口天王菩萨有灵有验，杀猪，杀羊许愿，也保佑不了！”

妇人正因为不知道“新生活”是什么，记忆中只记起五年来，川军来了又走了，共产党来了又走了，中央军来了又走了，现在又听人说“新生活”也快要上来，不明白“新生活”是什么样子，会不会拉人杀人。因此问了许多人，人都说不明白。现在听这人说已有人在下面亲眼看到过，显见得是当真事情了。既真有其事，保不定一来了到处村子又是乱乱的，人呀马呀的挤在一处，要派夫派粮草，家家有分。这批人马刚走，另外一群就来了，又是派夫派粮草，家家有分。现在听说“新生活”快要上来了，因此心中非常愁闷。竹笼中两只小猪，虽可以引她到一个好梦境中去。另外那个“新生活”，却同个锤子一样，打在梦上粉碎了。

她还想多知道一点，就问那事事充内行的乡下人，“大哥，那你听说他们要不要从这里过路？人马多不多？”

那男子见妇人认真而担心神气，于是故意特别认真的说：“不从这条路来，哪还有第二条路？他们说来就来，说走就走。我听高村人说，他船到辰州府，就在河边眼看到‘新生活’下船，人马可真多！机关枪，机关炮，六子连，七子针，十三太保，什么都有。委员司令骑在大白马上，把手那么叉着对民众说话（鼻子嗡嗡的，摹仿官长声调）：诸位同胞，诸位同志，诸位父老兄弟姊妹，我是‘新生活’。我是司令官。我要奋斗！”

妇人已完全相信那个演说，不待说完就问：“中央军在后面追不追？”

“那谁知道。他是飞毛腿，还追过中央军！不过，委员长总有办法的。他一定还派得有人马在后边。因为人多炮火多，走得慢一些。”

妇人说：“上不上云南？”

“可不是，这一大伙迟早都要上云南的！老话说：上云南，打瓜精，应了老话，他们都要去打瓜精的。打得光大光，才会住手！”

妇人把话问够后，简单的心断定“新生活”当真又要上来了，不免惶恐之至。她想起家中床下砖地中埋藏的那二十四块现洋钱，异常不安，认为情形实在不妥，还得趁早想办法，于是背起猪笼，忙匆匆的赶路走了。两只小猪大约也间接受了点惊恐，一路尖起声音叫下坳去。

两下乡下男人其实和妇人一样，对于“新生活”这个名称都还莫名其妙，只是并不怎么害怕，所以继续谈下去。两人谈太平溪王四癞子过去的事情。这王四癞子是太平溪开油坊发了财的财主。前年共产党来了，一家人赶忙向山上跑。因为为富不仁，被人指出躲藏地方，捉下山来捐出两万块钱，方放了出来。接着中央军人马追来了，又赶紧跑上山去。可是既然是当地财主，人怕出名猪怕壮，因此依然被看中，依然捐两万块钱，取保开释。直到队伍人马完全过境后，一点点积蓄已罄净光了，油坊毁了，几只船被封去弄沉了。王四癞子一气，两脚一伸，倒床死了。王四癞子生前无儿无女，两个妻妾又不相合，各抱一远房儿子接香火，年纪都还小。族里子弟为争作过房儿子，预备承受那两百亩田地和几栋大房子，于是忽然同时来了三个孝子，各穿上白孝衣争着在灵前磕头。磕完头抬起头来一看，灵牌上却无孝男名字，名分不清楚，于是几个人在棺木前就揪打起来。办丧事的既多本族破落子弟，一到打群架时，人多手多，情形自然极其纷乱。不知谁个莽撞汉子，捞起棺木前一只大锡蜡台，顺手飞去，一蜡台把孝子之一打翻到棺木前，当时就断了气。出命案后大家一哄而散全跑掉了。族长无办法，闹得县知事坐了轿子，带了保安队仵作人等一大群，亲自下乡来验尸。把村子里母鸡吃个干净后，觉得事件辣手，就说：“清官难断家务事，你们这件事情，还是开祠堂家族会议公断好。”说完后，就带领一干人马回县城里去了。家族会议办不了，末后县党部委员又下了乡，特来调查，向省里写报告，认为命案无从找寻凶手，油坊田地产业应全部充公办学校。事情到如今整三年还不结案，王四癞子棺木也不能入土。“新生活”却又要来了，谁保得定不会有同样事情发生。

老水手可不说话，好象看得很远。平时向远处看，便看到对河橘子园那一片橘树，和吕家坪村头那一簇簇古树，树丛中那些桅尖。这时节向远处看，便见到了“新生活”。他想：“来就来你的，有什么可怕？”因此自言自语的说：“‘新生活’来了，吕家坪人拔脚走光了，我也不走。三头六臂能奈我何？”他意思是家里空空的，就不用怕他们。不管是共产党还是“新生活”，都并不怎么使光棍穷人害怕。

两个过路人走后，老水手却依然坐在阳光下想心事。“你来吧，我偏不走。要我作伕子，挑火食担子，我老骨头，做不了。要我引路，我守祠堂香火。”

这祠堂不是为富不仁王四癞子的产业，却是洪发油号老板的。至于洪发老板呢，早把全家搬到湖北汉口特别区大洋房子里住去了，只剩下个空祠堂，什么都不用怕。可是万一“新生活”真的要来了，老水手怎么办？那是另一问题。实在说，他不大放心！因为他全不明白这个名词的意义。

一会儿，坳上又来了一个玩猴儿戏的，肩膊上爬着一个黄毛尖脸小三子，神气机伶伶的。身后还跟着一只矮脚蒙茸小花狗，大约因为走长路有点累，把个小红舌头搭到嘴边，到了坳上就各处闻嗅。玩猴儿戏的外乡人样子，到了坳上休息下来，问这里往麻阳县还有多少里路，今天可在什么地方歇脚。老水手正打量到“新生活”，看看那个外乡人，装得傻呼呼的，活象个北佬派来的侦探，肯定是“新生活”派来的先锋。所以故意装得随随便便老江湖神气，问那玩猴儿戏的人说：

“老乡亲，你家乡是不是河南归德府？你后面人多不多？他们快到了吧？”

那人不大明白这个询问用意，还以为只是想知道当天赶场的平常乡下人，就顺口说：“人不少！”完全答非所问。

只这一句话就够了，老水手不再说什么，以为要知道的已经知道了，心中又闷又沉重。因为他虽说是个老江湖，“新生活”是什么，究竟不清楚。虽说不怕，真要来时也有点麻烦人。

他预备过河去看看。对河萝卜溪村子里，住了个人家，和他关系相当深。他得把这个重要消息报告给这个一村中的带头人知道，好事先准备一番，免得临时措手不及，弄得个手忙脚乱。

他又想先到镇上去看看，或者还有些新消息，可从吃水上饭的人方面得到。因此收拾了摊子，扣上门，打量上路。其时碧空如洗，有一群大雁鹅正排成人字从高空中飞过。河下滩脚边，有三五只货船正上滩，十多个纤夫伏身在干涸了的卵石滩上爬行，唉声唉气呼喊口号。秋天来河水下落得多，容口小，许多大石头都露出水面，被阳光漂得白白的，散乱在河中，如一群一群白羊。玩猴儿戏的已下坳赶路走了，大路上又来了七个扒松毛的吕家坪人，四个男子，三个女人，背上各负了巨大的松毛束，松毛上还插了一把把透红山果和蓝的黄的野花。

几个人沿路笑着骂着，一齐来到坳上。老水手想起前年热闹中封船、拉夫、输送队、慰劳队等等名色，向一个扒松毛的年青女人说：

“嫂子，嫂子，你真不怕压坏你的肩膊，好气力！你这个怕不止百五十斤吧。”

那妇人和其他几个人，正把背上负荷搁在坎旁歇憩，笑着不作声。另外一个男子却从旁打趣说双关话调弄女的。

“伯伯，你不知道，大嫂子好本事，压得再重一些也经得起。”

其他两个年青妇女都咕喽咕喽笑将起来。负荷顶多那个妇人，因为听得出话中有刺，就回骂那同伴男子：

“生福，你个悖时的，你舌子上可生疔？生了疔，胡言乱语，赶快找杨回回，免得绝香火。”

男的说：“嫂子，我不生疔。我说你本事好，背得多，不怕重，我什么地方得罪了你？”

“我背得多背得少，不关你生福的事！”

“不关我的事，好。常言道：伸手不打笑脸人，我是夸奖你。难道世界变了，人家说好话也犯罪？”

“你这人口好心坏，口上多蜜，心上生蛆，你以为我不懂。”

“你懂个什么！光棍心多，叫人开口不得。”

另外一个顶年青，看来好象是和那男的有点情分的女人，就插嘴说：“唉嗨。得了罢了，又不是桃子李子，虫蛀了心，怎么坏？”

那男的说：“真是，又不是桃子李子，心哪里会坏。又不是千里眼，有些东西从里面坏了，眼睛也见不着！”

因为这句话暗中又伤到原来那个妇人，妇人就说：“烂你的舌子，生福。”

男的故意装做听不懂她的意思，“你说什么？舌子不咬就不会烂的！”

“狗咬你。疯狗咬你！”

“是的，狗咬我。我舌子就被一只发了疯的母狗咬过！在一棵大桐木树荫下……”

因为说到妇人不想提起的一点隐秘事情，女的发急了，红着脸说：“悖时砍脑壳的，生福，你再说我就当真要骂了！”

男的涎皮笑脸说：“阿秋嫂子，你骂！你骂我也会骂。你骂不过我。”

“你贼嘴贼舌，以后不得好死，死了还要到拔舌地狱受活罪，现眼现报。”

另一个女的想解围，“够了，活厌了再死不迟。阿秋嫂子，你就听他嚼舌根，信口打哇哇，当个耳边风算什么。”

“他占我便宜！”

“就让他一点也成。口里来，耳边去，我敢打包票，占不了什么。”

那男的只是笑，“是的，肥水不落外人田，拔了萝卜眼儿在，占点小小便宜，少了什么？”

因为越说越放肆，而且事情总离不了那点过去。被说及的那个妇人，唯恐说下去更不中听，着急起来，气愤不过，想用扒松毛的竹耙子去赶着男的打两下。男的见事不妙，竹耙快到头上，记起“男不与女斗”的格言，三十六计，走为上计，于是哈哈大笑，躬起个腰，负荷松毛束，赶先走下坳去了。

另外几个女的男的也一同带笑带闹走了。

原来那个吵嘴妇人，憋了一肚子气，对看祠堂的老水手说：“伯伯，你看，我们这地方去年一涨水，山脉冲断了，风水坏了，小伙子都成了野猪，三百斤重，一身皮包骨，单是一张嘴有用处。一张嘴到处伤人。”

老水手笑着回答说：“不说不笑，就会胡闹。嘴也有嘴的用处，没有事情时，唱点歌，好快乐！……你看那边山多好。”

原来山前另外一个坳上枫木树下，正有个割草青年小伙子在唱歌，即景生情，唱的是：

三株枫木一样高，
枫木树下好恋姣；
恋尽许多黄花女，
佩烂无数花荷包。

因为并无人接口，等等自己又接下去唱道：

姣家门前一重坡，
别人走少郎走多；
铁打草鞋穿烂了，
不是为你为哪个？

那女的正心中有气不能出，对远处割草青年，遥遥的吐出一个“呸”字，笑着说：“花荷包，花抱肚；你娘有闲工夫为你做！”一声吆喝叫了个倒彩，背着松毛走了。

老水手眼看着几个女人走下坳后，自言自语的说：“花荷包，花抱肚，佩烂了，穿烂了，子弟孩儿们长大了。日子长咧。‘新生活’一来，派慰劳队，找年青娘儿们，你们都该遭殃！”

老水手随即也就上了路，向吕家坪镇上走去。打从一个局所门前经过时，见几个税丁无事可作，正在门前小凳子旁玩棋，不象是“新生活”要来的样子。又到油号看看，庄上管事已赶场收买五棓子去了。门前靠墙边斜斜的晒了许多油篓子，一只白色母鸡在油篓后刚生过蛋，猛被人惊吓，大声叫喊飞上墙去，也不象“新生活”要来的样子。又到团练公所去，只见师爷戴上老光眼镜，正歪着头舔笔尖，在为镇上妇人写家信，把信写好后，念给妇人听。妇人一面听一面拉衣袖拭泪，倒仿佛是同“新生活”多少有点关系。于是老水手一面抓着腮帮子，一面探询似的问局上师爷：

“师爷，团总赶场去了吗？多久回来？”

师爷看看是弄船的，“喔，大爷。团总晚上回来。”

“县里有人来？”

“委员早走了。”

“什么委员？”

“看萝卜的那个委员。”

老水手笑了，把手指头屈起来记数日子，“师爷，那是上一场的事情！我最近好象听人说……下头又有人来……我不大相信。”

那请托师爷写家信的妇人，就在旁搭口说：“师爷，请你帮我信上添句话，就说，‘十月你不寄钱来，我完不了会，真是逼我上梁山。我能该帐不还帐？我不活了！’你尽管那么写，我要吓吓他。”

师爷笑将起来，“嫂子，你不要恐吓他。你老当家的有钱，他会捎来的。”

妇人眼泪汪汪的，“师爷你不知道，桃源县的三只角小婊子迷了他的心，三个月不带钱来，总说运气不好。不想想我同三冒儿在家里吃什么过日子。”

老水手说：“嫂子你不要心焦，天无绝人之路。三只角迷不了他，他会回心转意的。”

妇人拉围裙角拭去眼泪，把那封信带走后，老水手又向师爷说：“她男人是不是在三十六师？我想会要打仗了！”

师爷说：“太平世界，朗朗乾坤，除了戏台上花脸，手里痒痒的弄枪舞棒，别的有什么仗打？我不相信现在省里有人要打仗。大爷，你听谁造的谣言？”

这事本来是老水手自己想起随口说出的，接下去，他还待说说“新生活”快要来了，可是被师爷说是造谣言，便不免生出一点反感。觉得师爷那副读书人样子，会写几个字，便自以为是“智多星”，天下事什么他都不相信，其实只是装秀才。因此不再说什么，作成一种“信不信由你”的神气，扬扬长长走开了。出得团练局，来到杨姓祠堂门前，见有五六个小孩子蹲在那大青石板上玩骰子，拼赌香炷头。老水手停了停脚，逗他们说：“瞎，小将们，还不赶快回家去，他们快要来了，要捉你们的！”

小孩子好奇，便一齐回过头来带着探询疑问神气，“谁捉我们？”

“谁，那个‘新生活’要捉你们。”

一个输了本火气大的孩子说：“新生活捉我们，鬼老二单单捉你。伸出生毛的大手，扯你的后脚，一把捞住，逃脱不得。”

老水手见不是话，掉过头来就走，向河边走去。到河边他预备过渡。河滩上堆满了各样农产物，有不知谁家新摘的橘子三大堆，恰如三堆火焰，正在装运上船。四五个壮年汉子，快乐匆忙的用大撮箕搬橘子下船，从摇摇荡荡的跳板上走过去，到了船边，就把橘子哗的倒进空舱里去。有人在商讨一堆菜蔬价钱，一面说，一面做成赌咒样子。

上了渡船，掌渡的认识他，正互相招呼，河边又来了两个女子。一个年纪较小的，脸黑黑的，下巴子尖尖的，穿了件葱绿布衣，月蓝布围腰，围腰上还扣朵小花，用手指粗银链子约束在背后，链子尽头还系了一个小小银鱼作坠子，一条辫子盘在头上，背个小小细篾竹笼，放了些干粉条同印花布。一个年纪较大的，眼睛大，圆枣子形脸，穿蓝布衣印花布裤。年青人眼睛光口甜，远远的一见到老水手，就叫喊老水手：

“满满，满满，你过河吗？到我家吃饭去，有刀头肉焖黄豆芽。”

老水手一看是夭夭姊妹，就说：“夭夭，你姊妹赶场买东西回来？我正要到你家里去。你买了多少好东西！”他又向那个长脸的女孩子说：“二妹，你怎么，好象办嫁妆，场场都是一背笼！……”老水手对两个女孩子只是笑，因为见较大的也有个竹笼，内里有好些布匹杂货，所以开玩笑。那个枣子形脸的女子，为人忠厚老实，被老的一说，不好意思，腮帮子颈脖子通红了，掉过头去看水。

掌渡船的说：“二姑娘嫁妆有八铺八盖，早就办好了。我听你们村子里人说的。头面首饰就用银子十二斤，压箱子十二个元宝还在外，是王银匠说的。夭姑娘呢，不要银的，要金的。谁说的？我说的。”

末后的话自然近于信口打哇哇，图个嘴响，不必真有其事。夭夭虽听得分明，却装不曾听到，回过头去抿着嘴笑，指点远处水上野鸭子给姐姐瞧。

老水手说：“夭夭，你一个夏天绩了多少麻？我看你一定有二十四匹细白麻布了。”

夭夭注意水中漂浮的菜叶，头也不回。“我一个夏天都玩掉了，大嫂子麻布多！”

掌渡船的又插嘴说：“大嫂子多，可不比夭夭的好。夭夭什么都爱好。”

夭夭分辩说：“划船的伯伯，你乱说。你怎么知道我爱好？”

掌渡船的装作十分认真的神气，“我怎么不知道？我老虽老，眼睛还上好的，什么事看不出？你们只看看她那个细篾背笼，多精巧，怕不是贵州思南府带来的？值三两银子吧。你顶小时我就说过，夭夭长大了，一定是个观音，哪会错？”

“你怎么知道观音爱好？”

“观音不爱好，怎么不怕路远，成天从紫竹林到南海去洗脚？多远一条路！”弄渡船的一面悠悠闲闲的巴船，一面向别的过渡人说：“我说知道就知道。我还知道宣统皇帝退位，袁世凯存心不良要登极，我们湖南人蔡锷不服气，一掌把他推下金銮宝殿。把个袁大头活活气死。人老成精，我知道的事情多咧。”

几句话把满船人都逗笑了。

大家眼光注意到夭夭和她那个精巧竹背笼。那背笼比起一般妇女用的，实在精细讲究得多。同村子里女人有认得她的，就带点要好讨好的神气说："夭夭，你那个斗篷还要讲究！"

夭夭不作声，面对汤汤流水，不作理会。心想："这你管不着！"可是过了一会儿，却又回过头来对那女人把嘴角缩了一缩，笑了一笑，"金子，你怎么的！大伙儿取乐，你唱歌，可值得？"

金子也笑了笑，她何尝不是取乐。即或当真在唱歌，也照例是使人快乐使自己开心的。

渡船到河中时，三姑娘向老水手说："满满，你坳上大枫木树，这几天真好看。叶子同火烧一样，红上了天，一天烧到夜，越烧越旺，总烧不完。我们在对河稻草堆上看到它，老以为真是着了火。"

老水手捉住了把柄说："夭夭，你才说不爱好看的东西，别的事不管，癞蛤蟆打架事从不在意，你倒看中我坳上那枫木树。还有小伙子坐在枫木树下唱歌，你在对河可惜听不着。你家橘子园才真叫好看，今年结多少！树枝也压断许多吧。结了万千橘子，可不请客！因为好看，舍不得！”

夭夭装作生气样子说：“满满，你真是拗手扳罾，我不同你说了。”

两姊妹是枫木坳对河萝卜溪滕家大橘子园滕长顺的女儿。守祠堂的老水手也姓滕，是远房同宗。老水手原来就正是要到她家里去，找她们父亲说话的。

夭夭不作声时，老水手于是又想起“新生活”，他抱了一点杞忧，以为“新生活”一来，这地方原来的一切，就必然会要有些变化，夭夭姊妹生活也一定要变化。可是其时看看两个女的，却正在船边伸手玩水，用手捞取水面漂浮的瓜藤菜叶，自在从容之至。

过完渡，几个人一起下了船，沿河坎小路向着萝卜溪走去。

河边下午景色特别明丽，朱叶黄华，满地如锦如绣。回头看吕家坪市镇，但见嘉树成荫，千家村舍屋瓦上，炊烟四浮，白如乳酪，悬浮在林薄间。街尾河边，百货捐税局门前，一支高桅杆上，挂一条写有扁阔红黑大字体的长幡信，在秋阳微风中飘荡。几十只商船桅尖，从河坝边土坎上露出，使人想象得出那里河滩边，必正有千百纤夫，用谈笑和烧酒卸除一天的劳累。对河大坳上，老水手住的祠堂前，那几株老枫木树挺拔耸立，各负戴一身色彩斑斓的叶子，真如几条动人的彩柱……看来一切都象征当地的兴旺，尽管在无章次的人事管理上，还依然十分兴旺。

橘子园主人和一个老水手

辰河是沅水支流，在辰溪县城北岸和沅水汇流。吕家坪离辰溪县约一百四十里，算得是辰河中部一个腰站。既然是个小小水码头，情形也就和其他码头差不多，凡由辰河出口的黔东货物，桐油、木材、烟草、皮革、白蜡、水银，和染布制革必不可少的土靛青、五棓子，以及辰河上游两岸出产的竹、麻与别的农产物，用船装运下行，花纱布匹、煤油、自来火、海味、白糖、纸烟和罐头洋货，用船装运上行，多得把船只停靠在这个地方上"覆查税"。既有省里委派来的收税官吏在此落脚，上下行船只停泊多，因此村镇相当大，市面相当繁荣。有几所中等规范的榨油坊，每年出货上千桶桐油。有几个收买桐油山货的庄号，一部分是汉口、常德大号口分设的。有十来所祠堂，祠堂中照例金碧辉煌，挂了许多朱漆匾额，还迎面搭个戏台，可供春秋二季族中出份子唱戏。有几所庙宇，敬奉的是火神、伏波元帅以及骑虎的财神。外帮商人集会的天后宫，象征当地人民的希望和理想。有十来家小客栈，和上过捐的“戒烟所”，专为便利跑差赶路人和小商人而准备。地方既是个水码头，且照例有一群吃八方的寄食者，近于拿干薪的额外局员，靠放小借款为生的寡妇，本地出产的大奶子大臀窑姐儿，备有字牌和象棋的茶馆……由于一部分闲钱一部分闲人，以及多数人用之不尽的空闲时间交互活动，使这小码头也就多有了几分生气。地方既有财有货，经常又驻扎有一百八十名杂牌队伍或保安团队，名为保护治安，事实上却多近于在此寄食。三八逢场，附近三五十里乡下人，都趁期来交换有无，携带了猪、羊、牛、狗和家禽野兽，石臼和木碓，到场上来寻找主顾。依赖飘乡为生的江西宝庆小商人，且带了冰糖、青盐、布匹、纸张、黄丝烟、爆竹以及其他百凡杂货，就地搭棚子做生意。到时候走路来的，驾小木船和大毛竹编就的筏子来的，无不集合在一处。布匹花纱因为是人所必需之物，交易照例特别大。耕牛和猪羊与农村经济不可分，因为本身是一生物，时常叫叫咬咬，作生意时又要嚷嚷骂骂，加上习惯成交以前必盟神发誓，成交后还得在附近吃食棚子里去喝酒挂红，交易因而特别热闹。飘乡银匠和卖针线妇人，更忙乱得可观。银匠手艺高的，多当场表演镀金发蓝手艺，用个小管子吹火焰作镶嵌细工，摊子前必然围上百十好奇爱美乡下女人。此外用“赛诸葛”名称算命卖卜的，用“红十字”商标拔牙卖膏药符水的，无不各有主顾。若当春秋季节，还有开磨坊的人，牵了黑色大叫骡，开油坊的人，牵了火赤色的大黄牯牛，在场坪一角，搭个小小棚子，用布单围好，竭诚恭候乡下人牵了家中骒马母牛来交合接种。野孩子从布幕间偷瞧西洋景时，乡保甲多忽然从幕中钻出，大声吆喝加以驱逐。当事的主持此事时，竟似乎比大城市“文明接婚”的媒人牧师还谨慎庄严。至于辰河中的行船人，自然尤乐于停靠吕家坪。因为说笑话，地名“吕家坪”，水手到了这里时，上岸去找个把妇人，口对口做点儿小小胡涂事泄泄火气，照风俗不犯行船人忌讳。

吕家坪虽俨然一个小商埠，凡事应有尽有，三炮台香烟和荔枝龙眼罐头，可以买来送礼。但隔河临近数里，几个小村落中情形，可就完全不同了。这些地方照例把一切乡村景象好好保留下来，吕家坪所有，竟仿佛对之毫无影响。人情风俗都简直不相同。即如橘园中摘橘子时，过路人口渴吃橘子在村子里可不必花钱，一到吕家坪镇上，便是极酸的狗矢柑，虽并不值钱，也有老妇人守在渡口发卖了。虽然这种买卖与其说是为赚钱，还不如说是为消遣。

萝卜溪是吕家坪附近一个较富足的村子。村中有条小溪，背山十里远发源，水源在山洞中，由村东流入大河。水路虽不大，因为长年不断流水，清而急，乡下人就利用环境，筑成一重一重堰坝，将水逐段潴汇起来，利用水潭蓄鱼，利用水力灌田碾米。沿溪上溯有十七重堰坝，十二座碾坊，和当地经济不无关系。水底下有沙子处全是细碎金屑，所以又名“金沙溪”。三四月间河中杨条鱼和鲫鱼上子时，半夜里多由大河逆流匍匐而上，因此溪上游各处堰坝水潭中，多鲫鱼和杨条鱼，味道异常鲜美。土地肥沃带沙，出产大萝卜，因此地名萝卜溪，十分本色。

萝卜溪人以种瓜种菜种橘子为业，尤其是橘子出名。村中几乎每户人家都有一片不大不小的橘园，无地可种的人家，墙边毛坑旁边总有几树橘柚。就中橘园既广大，家道又殷实，在当地堪称首屈一指的，应分得数滕长顺。在过渡处被人谈论的两姊妹，就是这人家两个女儿。

滕长顺原来同本地许多人一样，年青时两手空空的，在人家船上做短程水手，吃水上饭。到后又自己划小小单桅船，放船来往沅水流域各码头兜揽商货生意，船下行必装载一点山货和蔬菜，上行就运零碎杂货。因为年纪青，手脚灵便，一双手肯巴，对待主顾又诚实可靠，所以三五年后就发了旺，增大了船只，扩张了事业。先是作水手，后来掌舵把子，再后来且作了大船主。成家讨媳妇时，选中高村一个开糖坊的女儿，带了一份家当来，人又非常能干，两夫妇强健麻俐的四只手不断的作，积下的钱便越来越多。这个人于是记起两句老话："人要落脚，树要生根。"心想，象一把勺老在水面上漂，终不是个长久之计。两夫妇商量了一阵，又问卜打卦了几回，结果才决心在萝卜溪落脚。买了一块橘园，一栋房子。当家的依然还在沅水流域弄船，妇人就带孩子留在家里管理田园，养猪养鸡。船向上行，装货到洪江时，当家的把船停到辰溪县，带个水手赶夜路回家来看看妇人和孩子。到橘园中摘橘子时，就辞去了别的主顾，用自己船只装橘子到常德府做买卖，同时且带家眷下行，看看下面世界。因为橘子庄口整齐，味道甜，熟人又多，所以特别容易出脱，并且得到很好的价钱。一个月回头时，就装一船辰河庄号上货物，把自己一点钱也办些本地可发落的杂货，回吕家坪过年。

自从民国以来，二十年中沅水流域不知经过几十次大小内战，许多人的水上事业，在内战时被拉船、封船、派捐、捉伕的结果，事业全毁了。许多油坊字号，也在兵匪派捐勒索各种不幸中，完全破了产。世界既然老在变，这地方自然也不免大有今昔，应了俗话说的，“十年兴败许多人”。从这个潮流中淘洗，这个人却一面由于气运，一面由于才能，在种种变故里，把家业维持下来，不特发了家，而且发了人。妇人为他一共养了两个男孩、三个女孩，到现在，孩子已长大成人，讨了媳妇，作了帮手。因此要两个孩子各驾一条三舱四桨小鳅鱼头船，在沅水流域继续他的水上事业，自己便在家中看管田庄。

女儿都许了人家，大的已过门，第二第三还留在家中。共有三个孙子，大的已满六岁，能拿了竹响篙看晒谷簟，赶鸭下河。当家的年纪已五十六岁，一双手巴了三四十年，常说人老了，骨头已松不济事了，要休息休息。可是遇家中碾谷米时，长工和家中人两手不空闲，一时顾不来，却必然挑起两大箩谷子向溪口碾坊跑，走路时行步如飞，不让年青小伙子占先。

这个人既于萝卜溪安家落业，在村子里做员外，且因家业、年龄和为人义道公正处，足称模范，得人信服，因此本村中有公共事务，常常做个头行人，居领袖地位。遇有什么官家事情，如军队过路派差办招待，到吕家坪乡公所去开会时，且常被推举作萝卜溪代表。又因为认识几个字，所以懂得一点风水，略明《麻衣相法》，会几个草头药方，能知道一点时事……凡此种种，更增加了这个人在当地的重要性。

两个小伙子，小小的年龄时就跟随父亲在水上漂，一条沅水长河中什么地方有多少滩险，多少石头，什么时候什么石头行船顶危险麻烦，都记得清清楚楚。（至于船入辰河后，情形自然更熟习了。）加之父子人缘好，在各商号很得人信用，所以到他们能够驾船时，“小滕老板”的船只，正和老当家的情形一样，还是顶得称赞的船只。

至于几个女孩子，因为作母亲有管教，都健康能勤，做事时手脚十分麻俐。终日在田地里太阳下劳作，皮肤都晒成棕红色。家庭中有大有小，父母弟兄姊妹齐全，因此性格明朗畅旺，为人和善而真诚，欢喜高声笑乐，不管什么工作都象是在游戏，各在一种愉快竞争情形中完成。三个女儿就同三朵花一样，在阳光雨露中发育开放。较大的一个，十七岁时就嫁给了桐木坪贩朱砂的田家作媳妇去了，如今已嫁了四年。第二的现在还只十六岁，许给高村地方一个开油坊的儿子，定下的小伙子出了远门，无从完婚。第三的只十五岁，上年十月里才许人，小伙子从县立小学毕业后，转到省里师范学校去，还要三年方能毕业，结婚纵早也一定要在三四年后了。三个女儿中最大的一个会理家，第二个为人忠厚老实，第三个长得最美最娇。三女儿身个子小小的，腿子长长的，嘴小牙齿白，鼻梁完整匀称，眉眼秀拔而略带野性，一个人脸庞手脚特别黑，神气风度都是个“黑中俏”。因为在一家兄弟姊妹中年龄最小，所以名叫夭夭。一家人凡事都对她让步，但她却乖巧而谦虚，不占先称强。心性天真而柔和，所以显得更动人怜爱，更得人赞美。

这一家人都俨然无宗教信仰，但观音生日、财神生日、药王生日，以及一切传说中的神佛生日，却从俗敬香或吃斋，出份子给当地办会首事人。一切农村社会传统的节会与禁忌，都遵守奉行，十分虔敬。正月里出行，必翻阅通书，选个良辰吉日。惊蛰节，必从俗做荞粑吃。寒食清明必上坟，煮腊肉社饭到野外去聚餐。端午必包裹粽子，门户上悬一束蒲艾，于五月五日午时造五毒八宝膏药，配六一散、痧药，预备大六月天送人。全家喝过雄黄酒后，便换好了新衣服，上吕家坪去看赛船，为村中那条船呐喊助威。六月尝新，必吃鲤鱼、茄子和田地里新得包谷新米。收获期必为长年帮工酿一大缸江米酒，好在工作之余，淘凉水解渴。七月中元节，作佛事有盂兰盆会，必为亡人祖宗远亲近戚焚烧纸钱，女孩儿家为此事将有好一阵忙，大家兴致很好的封包，用锡箔折金银锞子，俟黄昏时方抬到河岸边去焚化。且作荷花灯放到河中漂去，照亡魂往升西天。八月敬月亮，必派人到镇上去买月饼，办节货，一家人团聚赏月。九月重阳登高，必用紫芽姜焖鸭子野餐，秋高气爽，又是一番风味。冬天冬蛰，在门限边用石灰撒成弓形，射杀百虫。腊八日煮腊八粥，做腊八豆……总之，凡事从俗，并遵照书上所有办理，毫不苟且，从应有情景中，一家人得到节日的解放欢乐和忌日的严肃心境。

这样一个家庭，不愁吃，不愁穿，照普通情形说来，应当是很幸福的了。然而不然。这小地方正如别的世界一样，有些事好象是弄错了一样，不大合道理的。地面上确有些人成天或用手，或用脑，各在职分上劳累，与自然协力同功，增加地面粮食的生产，财富的储蓄；可是同时就还有另外一批人，为了历史习惯的特权，在生活上毫不费力，在名分上却极重要，来用种种方法种种理由，将那些手足贴地的人一点收入挤去。正常的如粮赋、粮赋附加捐、保安附加捐……常有的如公债，不定期而照例无可避免的如驻防军借款、派粮、派捐、派夫役，以及摊派剿匪清乡子弹费，特殊的有钱人容易被照顾的如绑票勒索、明火抢掠，总而言之，一年收入用之于“神”的若需一元，用之于“人”的至少得有二十元。

家中收入多，特有的出项也特别多。

世界既然老在变，变来变去，轮到乡下人还只是出钱。这一家之长的滕长顺就明白这个道理。钱出来出去，世界似乎还并未变好，所以就推为“气运”。乡下人照例凡是到不能解决无可奈何时，差不多都那么用“气运”来解释它，增加一点忍耐，一点对不公平待遇和不幸来临的适应性，并在万一中留下点希望。天下不太平既是“气运”，这道理滕长顺已看得明白，因此父子母女一家人，还是好好的把日子过下去。亏得是人多手多，地面出产多，几只“水上漂”又从不失事，所以在一乡还依然称“财主”。世界虽在变，这一家应当进行的种种事情，无不照常举办，婚丧庆吊，年终对神的还愿，以及儿婚女嫁的应用东东西西，都准备的齐齐全全。

明白世界在变，且用气运来解释这在变动中临到本人必然的忧患，勉强活下去的，另外还有一个人。这个人就是在枫木坳上坐坳守祠堂，关心“新生活”快要来到本地，想去报告滕长顺一声的老水手。这个人的身世如一个故事，简单而不平凡，命运恰与陆地生根的滕长顺两相对照。年青时也吃水上饭，娶妻生子后，有两只船作家当，因此自己弄一条，雇请他人代弄一条在沅水流域装载货物，上下往来。看看事业刚顺手，大儿子到了十二岁，快可以成为一个帮手前途大有发展时，灾星忽然临门，用一只看不见的大手，不拘老少，一把捞住了。为了一个西瓜，母子三人在两天内全害霍乱病死掉了，正如同此后还有“故事”，却特意把个老当家的单独留下。这个人看看灾星落到头上来了，无可奈何，于是卖了一只船，调换大小三副棺木，把母子三人打发落了土。自己依然勉强支撑，用“气运”排遣，划那条船在沅水中行驶。当初尚以为自己年纪只四十多一点，命运若转好，还很可以凭精力重新干出一份家业来。但祸不单行，妇人儿子死后不到三个月，剩下那只船满载桐油烟草驶下常德府，船到沅水中部青浪滩，出了事，在大石上一磕成两段，眼睛睁睁的看到所有货物全落了水，被急浪打散了。这个人空捞着一匹桨，又急又气，浮沉了十余里方拢岸。到得岸上后，才知道，不仅船货两失，押货的商人也被水淹死了，八个水手还有两个失了踪。这一来，真正是一点老根子都完了。装货油号上的大老板，虽认为行船走马三分险，事不在人在乎天，船只失事实只是气运不好，对于一切损失并不在意。还答应另外借给他三百吊钱，买一只小点的旧船，做水上人，找水上饭吃，慢慢的再图扳本。可是一连经过这两次打击，这个人自己倒信任不过自己，觉得一切都完了，再干也不会有什么好处了。因此同别的失意人一样，只打量向远方跑。过不多久，沅水流域就再也见不着这个水手，谁也不知道他的去处。渐渐的冬去春来，四时交替，吕家坪的人自然都忘记这么一个人了。

大约经过了十五年光景，这个人才又忽然出现于吕家坪。初回来时，年纪较青的本地人全不认识，只四十岁以上的人提起时才记得起。对于这个人，老同乡一望而知这十余年来在外面生活是不甚得意的。头发业已花白，一只手似乎扭坏了，转动不怎么灵便，面貌萎悴，衣服有点拖拖沓沓，背上的包袱小小的，分量也轻轻的。回到乡下来的意思，原来是想向同乡告个帮，做一个会，集五百吊钱，再打一只船，来水上和二三十岁小伙子挣饭吃。照当地习惯，大家对于这个会都乐意帮忙，正在河街上一个船总家集款时，事情被滕长顺知道了。滕长顺原来和他同样驾船吃水上饭，现在看看这个远房老宗兄铩羽回来，象是已经倦于风浪，想要歇歇的样子。人既无儿无女，无可依靠，年纪又将近六十，因此向他提议：

“老大爷，我看你做水鸭子也实在够累了，年纪不少了，一把骨头不管放到哪里去，都不大好。倒不如歇下来，爽性到我家里去住，粗茶淡饭总有一口。世界成天还在变，我们都不中用了，水面上那些事让你侄儿他们去干好。既有了他们，我们乐得轻轻松松吃一口酸菜汤泡饭。你只管到我那里去住。我要你去住，同自己家里一样，不会多你的。”

老水手眯着小眼睛看定了长顺，摇摇那只扭坏了的臂膊，叹一口气，笑将起来。又点点头，心想：“你说一样就一样”，因此承认长顺的善意提议，当天就背了那个小小包袱，和长顺回到萝卜溪的橘子园。

住下来虽说作客，乡下人照例闲不得手，遇事总帮忙。而且为人见事多，经验足，会喝杯烧酒，性情极随和，一家大小都对这个人很好，把他当亲叔叔一般看待，说来尚称相安。

过了两年，一家人已成习惯后，这个老水手却总象是不能习惯。这样寄居下去可不成，人老心不老，终得要想个办法脱身。但对于驾船事情，真如长顺所说，是年纪青气力壮的小伙子的事情，快到六十岁的人已无分了。当地姓滕宗族多，弄船的，开油坊油号的，种橘子树的，一起了家，钱无使用处时，总得把一部分花在祠堂庙宇方面去，为祖宗增光，儿孙积福，并表扬个人手足勤俭的榜样。公祠以外还有私祠。公祠照例是分支派出钱作成，规范相当宏大，还有些祠田公地，可作祭祀以外兴办义学用。私家祠堂多由个人花钱建造，作为家庙。其时恰恰有个开洪发号油坊起家的滕姓寡妇，出了一笔钱，把整个枫树坳山头空地买来，在坳上造了座祠堂。祠堂造好后要个年纪大的看守，还无相当人选。长顺为老水手说了句好话，因此这老水手就成了枫树坳上坐坳守祠堂人。祠堂既临官道，并且滨河，来往人多，过路人和弄船人经过坳上时，必坐下来歇歇脚，吸一口烟，松松肩上负担。祠堂前本有几十株大枫木树，树下有几列青石凳子，老水手因此在树下摆个小摊子，卖点零吃东西。对于过路人，自己也就俨然是这坳上的主人，生活下来比在人家作客舒适得多。间或过河到长顺家去看看，到了那里，坐一坐，谈谈本乡闲事，或往牛栏边去看看初生小牛犊，或下厨房到灶边去烧个红薯，烧个包谷棒，喝一碗糊米茶，就又走了。也间或带个小竹箩赶赶场，在场上各处走走，牛场、米场、农具杂货场，都随便走去看看，回头再到场上卖狗肉牛杂碎摊棚边矮板凳上坐坐，听生意人谈谈各样行市，听弄船人谈谈下河新闻，以及农产物下运水脚行情，一条辰河水面上船家得失气运。遇到县里跑公事人，还可知道最近城里衙门的功令，及保安队调动消息。天气晚了，想起“家”了，转住处时就捎点应用东西—— 一块巴盐，一束烟草，或半葫芦烧酒，这个烧酒有时是沿路要尝尝看，尝到家照例只剩下一半的。由于生活不幸，正当生发时被恶运绊倒了脚，就爬不起来了。老年孤独，性情与一般吕家坪人比较起来，就好象稍微有点儿古怪。由于生活经验多，一部分生命力无由发泄，因此人虽衰老了，对于许多事情，好探索猜想，且居然还有点童心。混合了这古怪和好事性情，在本地人说来，竟成为一个特别人物。先前一时且有人以为他十多年来出远门在外边，若不是积了许多财富，就一定积了许多道理，因此初回来时，大家对他还抱了一些好奇心。但乡下人究竟是现实主义者，回来两年后，既不见财富，又听不出什么道理，对于这个老水手，就俨然不足为奇，把注意力转到别一方面去了。把老水手认识得清切，且充满了亲爱感情，似乎只长顺一家人。

老水手人老心不老，自已想变变不来了，却相信《烧饼歌》上几句话，以为世界还要大变。不管是好是坏，总之不能永远“照常”。这点预期四年前被川军和中央军陆续过境，证实了一部分，因此他相信，还有许多事要陆续发生，那个“明天”必不会和“今天”相同。如今听说“新生活”要来了，实在相当兴奋，在本地真算是对新生活第一个抱有奇想的人物。事实呢，世界纵然一切不同，这个老水手的生命却早已经凝固了。这小地方本来呢，却又比老水手所梦想到的变化还要多。

老水手和长顺家两个姑娘过了渡，沿河坎小路回萝卜溪走去时，老水手还是对原来那件事不大放心，询问夭夭：

“夭夭，你今天和你二姐到场上去，场上人多不多？”

夭夭觉得这询问好笑，因此反问老水手，“场上人怎么不多，满满？”

“我问你，保安团多不多？”

二姑娘说：“我听镇上人说，场头上还有人在摆赌，一张桌子抽两块钱，一共摆了二十张桌子。他们还说队长佩了个盒子炮，在场上面馆里和团总喝酒。团总脸红红的，叫队长亲家长亲家短，不知说什么酒话。”

老水手象是自言自语：“还摆赌？这是什么年头，要钱不要命！”

夭夭觉得希奇，问老水手：

“怎么不要命？又不是土匪……”

老水手皱起眉毛，去估量场上队长和团总对杯划拳情形时，夭夭就从那个神情中，记起过去一时镇上人和三黑子对水上警察印象的褒贬。因为事情不大近人情，话有点野，说不出口，说来恐犯忌讳，所以只是笑笑。

老水手说：“夭夭，你笑什么？你笑我老昏了头是不是？”

夭夭说：“我笑三黑子，不懂事，差点惹下一场大祸。”

“什么事情？”

“是个老故事，去年的事情，满满你听人说过的。”

老水手明白了那个事情时，也不由得不笑了起来。可是笑过后却沉默了。

原来保安团防驻扎在镇上，一切开销都是照例，好在人数并不多，且有个水码头，号口生意相当大，可以从中调排，挹彼注此，摊派到村子里和船上人，所以数目都不十分大。可是水上警察却有时因为派来剿匪，或护送船帮，有些玩意儿把划船的弄得胡胡涂涂，不出钱不成，出了钱还是有问题。三黑子为人心直，有一次驾船随大帮船靠辰河一个码头，护船的队伍听说翁子洞有点不安静，就表示这大帮船上行责任太大，不好办。可是护送费业已缴齐，船上人要三黑子去办交涉，说是不能负责任，就退还这个钱，大家另想办法。交涉不得结果，三黑子就主张不用保护，把船冒险上行，到出麻烦时再商量。一帮船待要准备开头时，三黑子却被扣了下来。他们意思是要船帮另外摊点钱，作为额外，故意说河道不安靖，难负责任。明知大帮船决不能久停在半路上，只要有人一转圜，再出笔钱，自然就可以上路了。如今经三黑子一说，那么一来，等于破了他们的计策。所以把他扣下来，追问他有什么理由敢冒险。且恐吓说，事情不分明，还得送到省里去，要有个水落石出，这帮船方能开行。末了还是年老的见事多，知道了这只是点破了题，使得问题成个僵局，僵下去只是船上人吃亏，才作好作歹进行另外一种交涉，方能和平了事。

想起这些事，自然使乡下人不快乐，所以老水手说：“快了，快了，这些不要脸家伙到我们这里洋财也发够了，不久就会要走路的。有别的人要来了！”

夭夭依然不明白是什么意思，停在路旁，问老水手：“满满，谁快要到我们这里来？你说个明白，把人闷到葫芦里不好受！”

老水手装作看待小孩子神气，“说来你也不会明白，我是王半仙，捏手指算得准，说要来就要来的。前年川军来了，中央军又来了，你们逃到山里去两个月才回家。不久又要走路。不走开，人家会伸出手来，不把不成。一千两千不够，说不得还会把你们陪嫁的金戒子银项圈也拿去抵帐！夭夭，你舍得舍不得？”

二姑娘年纪大些，看事比较认真，见老水手说得十分俨然，就低声问他：“满满，不是下头南军和北军又开了火，兵队要退上来？”在当地人心中，还老只记着护国讨袁时，蔡锷带兵在这里和北方兵队作战，印象深刻，因此年青人从叙述故事印象中，也唯有这件事极深刻动人。

老水手说：“不打仗。不是军队。来的那个比军队还要厉害！”

“什么事情？他们上来作什么？地方保安团有枪，他们不冲突吗？”

“嗨，保安团！保安团算个什么？连他们都要跑路，不赶快跑就活捉张三，把他们一个一个捉起来，结算二十年老帐。”

夭夭说：“满满，你说的当真是什么？闭着个口嚼蛤蜊，弄得个人胡胡涂涂，好象闷在鼓里，耳朵又老是嗡嗡的响，响了半天，可还是冬冬冬。”

几个快要走到萝卜溪石桥边时，夭夭见父亲正在园坎边和一个税局中人谈话，手攀定一枝竹子，那么摇来晃去，神气怪自在从容。税局中人是来买橘子，预备托人带下桃源县送人的。有两个长工正拿竹箩上树摘橘子。夭夭赶忙走到父亲身边去，“爹爹，守祠堂的满满，有要紧话同你说。”

长顺已将近有半个月未见到老水手，就问他为什么多久不过河，是不是到别处去，且问他有什么事情。老水手因税局中人在身旁，想起先前一时在镇上另外那个写信师爷大模大样的神气，以为这件事不让他们知道，率性尽他们措手不及吃点亏，也是应该有的报应。便不肯当面即说。只支支吾吾向一株大橘子树下走去。长顺明白老水手性情，所谓要紧话，终不外乎县里的新闻，沿河的保安队故事，不会什么真正要紧，就说：

“大爷，等一会儿吧。夭夭你带满满到竹园后面去，看看我们今年挖的那个大窖。”长顺回头瞬眼看到二姑娘背笼中东东西西，于是又笑着说：“二妹，你怎么又办了多少货！你真是要开杂货铺！我托你带的那个大钓钩，一定又忘记了，是不是？你这个人，要的你总不买，买的都不必要，将来不是个好媳妇。”

长顺当客人面责骂女儿，语气中却充满温爱，仿佛象一个人用手拍小孩子头时一样，用责罚当作爱抚。所以二姑娘听长顺说下去，还只是微笑。

提起钓钩时，二姑娘当真把这件事又忘了，回答她父亲，“这事我早说好，要夭夭办。夭夭今天可忘了。”

天天也笑着，不承认罪过。“爹，你亲自派我的事，我不会忘记，二姐告我的事，杂七杂八，说了许多，一面说，一面又拉我到场上去看卖牛，我就只记得小牛，记不得鱼了。太平溪田家人把两条小花牛牵到场上去出卖，有人出二十六块钱，还不肯放手！他要三十。我有钱，我就花三十买它来。好一对牛，长得真好看！”

长顺说：“天天，你就会说空话。你把牛买来有什么用。”

天天：“牛怎么没用？小时好看，长大了好耕田！”

“人长大了呢，天天？”爹爹意思在逗天天，因为人长大了应合老话说的“男大当婚，女大当嫁”，天天就得嫁出去。

天天领悟得这句笑话意思，有点不利于己，所以不再分辩，拾起地下一线狗尾草，衔在口中，直向竹林一方跑去。二姑娘口中叫着“天天，天天”，也笑笑的走了。老水手却留在那里看他们下橘子，不即去看那个新窖。

税局中人望定长顺两个女儿后身说：

“滕老板，你好福气，家发人兴。今年橘子结得真好，会有两千块钱进项吧，发一笔大财，真是有土斯有财！”

长顺说：“师爷，你哪知道我们过日子艰难！这水泡泡东西，值什么钱，有什么财发？天下不太平，清闲饭不容易吃，师爷你哪知我们乡下人的苦处。稍有几个活用钱，上头会让你埋窖？”

那税局中人笑将起来，并说笑话，“滕老板，你好象是怕我开借，先说苦，苦，苦，用鸡脚黄连封住我的口，免得我开口。谁不知道你是萝卜溪的‘员外’？要银子，窖里怕不埋得有上千上万大元宝！”

“我的老先生，窖里是银子，那可好了。窖里全是红薯！师爷，说好倒真是你们好，什么都不愁，不怕，天塌了有高长子顶，地陷了有大胖子填。吃喝自在，日子过得好不自在！要发财，积少成多，才真容易！”

“常言道：这山望见那山高，你哪知道我们的苦处。我们跟局长这里那里走还不是一个‘混’字，随处混！月前局长不来，坐在铜湾溪王寡妇家里养病，谁知道他是什么病？下面有人来说，总局又要换人了，一换人，还不是上下一齐换，大家卷起行李铺盖滚蛋。”

老水手听说要换人，以为这事也许和“新生活”有点关系，探询似的插嘴问道：“师爷，县里这些日子怕很忙吧？”

“我说他们是无事忙。”

“师爷，我猜想一定有件大事情……我想是真的……我听人说那个，一定是……”老水手趑趑趄趄，不知究竟怎么说下去，他本不想说，可又不能长久憋在心上。

长顺以为新闻不外乎保安团调防撤人。“保安团变卦了吗？”

“不是的。我听人说，‘新生活’快要来了！”

他本想把“新生活”三字分量说得重重的，引起长顺注意，可是不知为什么到出口时反而说得轻了些。两人因此都不曾听清楚。于是老水手又说：“新生活来了，当真的！”

税局中人和橘子园主人同声惊讶的问：“什么，你说……新生活要来了吗？”事实上惊讶的原因，只是“新生活”这名词怎么会使老水手如此紧张，两人都不免觉得奇怪。两人的神气，已满足了老水手的本意，因此他故意作成千真万确当神发誓的样子说：“是的，是的，那个要来了。他们都那么说！我在坳上还亲眼看见一个侦探扮作玩猴子戏的问我到县里还有多远路，问明白后就忙匆匆走了。那样子是个侦探，天生贼眉贼眼，好象正人君子委员的架势，我赌咒说他是假装的。”

两个人听得这话不由不笑将起来，新生活又不是人，又不是军队，来就来，派什么侦探？怕什么？值得大惊小怪！两人显然耳朵都长一点，明白下边事情多一点，知道新生活是什么，因此并不觉得怎么害怕。听老水手如此说来，不免为老水手的慌张好笑。

税局中人是看老《申报》的，因此把所知道的新事情说给他听。但就所知说来说去，到后自己也不免有点“茅包”了，并不十分了解新闻的意思，就不再说了。长顺十天前从弄船人口中早听来些城里实行新生活运动的情形，譬如走路要靠左，衣扣得扣好，不许赤脚赤背膊，凡事要快，要清洁……如此或如彼，这些事由水手说来，不觉得危险可怕，倒是麻烦可笑。请想想，这些事情若移到乡下来，将成个什么。走路必靠左，乡下人怎么混在一处赶场？不许脱光一身怎么下水拉船？凡事要争快，过渡船大家抢先，不把船踏翻吗？船上滩下滩，不碰撞打架吗？事事物物要清洁，那人家怎么做霉豆腐和豆瓣酱？浇菜用不用大粪？过日子要卫生，乡下人从哪里来卫生丸子？纽扣要扣好，天热时不闷人发痧？总而言之，就条例言来都想不通，做不到。乡下人因此转一念头：这一定是城里的事情，城外人即不在内。因为弄船人到了常德府，进城去看看，一到衙门边，的的确确有兵士和学生站在街中干涉走路、扣衣扣，不听吩咐，就要挨一两下，表示不守王法得受点处分。一出城到河边，傍吊脚楼撒尿，也就管不着了。隔一道城墙就如此不同，因此一来，受处分后还是莫名其妙，只以为早上起来说了梦，气运不好罢了。如今听老水手说这事就要来乡下，先还怕是另外得到什么消息，长顺就问他跟谁听来的。老水手自然说不具体，只说“一定是千真万真”。说到末了，三个人不由得都笑了。因为常德府西门城外办不通的事，吕家坪乡下哪会办得通。真的来，会长走错了路，就得打手心了。一个村子里要预备多少板子！

其时两个上树摘橘子的已满了筐，带下树来。税局中人掏出一块钱递给长顺，请他笑纳，表个意思。长顺一定不肯接钱，手只是摇。

“师爷，你我自己人，这也把钱？你要它，就挑一担去也不用把钱。橘子结在树上，正是要人吃的！你我不是外人，还见外！”

税局中人说：“这不成，我自己要吃，拿三十五十不算什么。我这是送人的！借花献佛，不好意思。”

“送礼也是一样的。不嫌弃，你下头有什么亲戚朋友要送，尽管来挑几担去。这东西越吃越发。”

税局中人执意要把钱，橘园主人不肯收，“师爷，你真是见外，我姓滕的不够做朋友！”

“滕老板，你不明白我。我同你们上河人一样脾气，肠子直，不会客气。这次你收了，下一次我再来好不好？”

老水手见两人都直性，转不过弯来，推来让去终不得个了结，所以从旁打圆成说：“大爷，你看师爷那么心直，就收了吧。”

长顺过意不去，因此又要长工到另外一株老树上去，再摘五十个顶大的添给师爷。这人急于回镇上，说了几句应酬话，长工便跟在他身后，为把一大箩橘子扛走了。

老水手说：“这师爷人顶好，不吃烟，不吃酒。听说他祖宗在贵州省做过督抚。”

长顺说：“人一好就不走运。”

夭夭换了毛蓝布衣服，拉了只大白狗，从家里跑来，见他父亲还在和老水手说话，就告他父亲说："爹，满满说什么'新生活'要来了，我们是不是又躲到齐梁桥洞里去？"

长顺神气竟象毫不在意，"来就让它来好了，夭夭，我们不躲它！"

"不怕闹吗？"

长顺忍不住笑了："夭夭，你怕你就躲，和满满一块儿去。我不躲，一家人都不躲。我们不怕闹，它也不会闹！"

夭夭眼睛中现出一点迷惑，"怎么回事？"要老水手为答解。

老水手似乎有点害羞，小眼睛睒巴睒巴的，急嚷着说：

"我敢打赌，赌个小手指，它会要来的！夭夭，你爹懂阴阳，今年六月里涨水，坝上金鲤鱼不是跑出大河到洞庭湖去了吗？这地方今年不会太平，打十回清醮，烧二十四斤檀香，干果五供把做法事的道士胀得昏头昏脑，也不会过太平年。"

长顺笑着说："那且不管它，得过且过。我们还是家里吃酒去吧。有麂子肉和菌子，炒辣子吃。"

老水手输心不输口，还是很固执的说："长顺大爷，我敢同你赌四个手指，一定有事情，要变卦。算不准，我一口咬下它。"

夭夭平时很信仰她爹爹，见父亲神气泰然，不以为意，因此向老水手打趣说："满满，你好象昨天夜里挖了一缸金元宝，只怕人家拦路抢劫，心里总虚虚的。被机关打过的黄鼠狼，见了碓关也害怕！新生活不会抢你金元宝的！"

老水手举起那只偏枯不灵活手臂，面对河坳上那一簇红艳艳老枫木树，用笑话回答夭夭说的笑话："夭夭，你看，那是我的家当！人说枫香树下面有何首乌，一千年后手脚生长齐全，还留个小辫子，完全和人一样。这东西大月亮天还会到处跑，走路飞快！挖得了它煮白毛乌骨鸡吃，就可以长生不老。我哪天当真挖得了它，一定炖了鸡单单请你吃，好两人上天做神仙，仙宫里住多有个熟人，不会孤单！今天可饿了，且先到你家吃麂子肉去吧。"

另外一个长工相信传说，这时却很认真的说 ：“老舵把子怎不请我呢 ? 做神仙住大花园里，种蟠桃也要人 !”

“那当然。我一定请你，你等着 !”

“分我吃个脚拇指就得了。”

“你就吃你自己一个脚拇指也成 !”

老水手话说得憨而趣，逗引得大家都发了笑。

几个人于是一齐向家中走去。

因为老水手前一刻曾提起过当地“风水”，长顺是的确懂那个的，并不关心金鲤鱼下洞庭湖，总觉得地方不平凡，来龙去脉都有气势，树木又配置得恰到好处，真会有人材出来。只是时候还不到。可是将来应在谁身上 ? 不免令人纳闷。

吕家坪的人事

吕家坪正街上，同和祥花纱号的后屋，商会会长住宅偏院里，小四方天井中，有个酱紫色金鱼缸，贮了满缸的清水，缸中搁着个玲珑苍翠的小石山。石山上阴面长有几簇虎耳草，叶片圆圆的，毛茸茸的。会长是个五十岁左右的二号胖子，在辰溪县花纱字号作学徒出身，精于商业经营，却不甚会应酬交际。在小码头作大老板太久，因之有一点隐逸味，有点泥土气息。其时手里正捧着一只白铜镂花十样锦水烟袋，和铺中一个管事在鱼缸边玩赏金鱼，喂金鱼食料谈闲天。两人说起近两月来上下码头油盐价格的起跌以及花纱价入秋看涨，桐油价入冬新货上市看跌情形。前院来了一个伙计，肩上挂着个官青布扣花褡裢，背把雨伞，是上月由常德押货船上行，船刚泊辰溪县，还未入麻阳河，赶先走旱路来报信的。会长见了这个伙计，知道自己号上的船已快到地，异常高兴。

“周二先生，辛苦辛苦。怎么今天你才来！刚到吗？船到了吗？”且接二连三问了一大串沅水下游事情。

到把各事明白后，却笑了。因为这伙计报告下面事情时，就说到新生活实施情形。常德府近来大街上走路，已经一点不儿戏，每逢一定日子，街上各段都有荷枪的兵士，枪口上插上小小红旗绿旗，写明“行人靠左”。一走错了就要受干涉。礼拜天各学校中的童子军也一齐出发，手持齐眉棍拦路，教育上街市民，取缔衣装不整齐的行路人。衙门机关学堂里的人要守规矩，划船的一上岸进城也要守规矩。常德既是个水码头，整千整万的水手来来去去，照例必入城观观光，办点零用货物，到得城中后，忙得这些乡下人真不知如何是好。出城后来到码头边，许多人仿佛才算得救，恢复了自由。会长原是个老《申报》读者，二十年来天下大事，都是从老《申报》上知道的。新生活运动的演说，早从报纸看到了。如今笑的却是想起常德地方那么一个大码头，船夫之杂而野性，已不可想象，这些弄船人一上岸，在崭新规矩中受军警宪和小学生的指挥调排，手忙脚乱会到何等程度。

管事的又问那伙计，“二先生，你上来时见桃源县周溪木排多不多？洪江刘家的货到了不到？汉口庄油号上办货的看涨看跌？”

伙计一一报告后，又向会长轻轻的，很正经的说：

“会长，我到辰州听人说省里正要调兵，不知是什么事情。兵队都陆续向上面调，人马真不少！你们不知道吗？我们上面恐怕又要打仗了，不知打什么仗！”

会长说：“是中央军队？省中保安队？……怕是他们换防吧。”

“我弄不清楚。沿河一带可看不出什么。只辰州美孚洋行来了许多油，成箱成桶的行里仓库放不下，借人家祠堂庙宇放；好几个祠堂全堆满了。有人说不是油，是安全炸药，同肥皂一样，放火里烧也不危险。有人说，明年五月里老蒋要带兵和日本打一仗，好好的打一仗，见个胜败。日本鬼子逼政府投降，老蒋不肯降。不降就要打起来。各省带兵的主席都赞成打！我们被日本人欺侮够了，不打一仗事情不了结。又有人说，这全是假的。老蒋最会说假话哄人。”

会长相信不过，“哪有这种事？要派兵打仗，怎么把兵向上调？我看报，《申报》上就不说起这件事情。影子也没有！”老《申报》到地照例要十一二天，会长还是相信国家重要事总会从报上看得出。报上有的才是真事情，报上不说多半不可靠。

管事的插嘴说：“唉，会长，老《申报》好些事都不曾说。芷江县南门外平飞机场，三万人在动手挖坟刨墓，报上就不说！报上不说是有意包瞒，不让日本鬼子知道。知道了事情不好办。”

“若说飞机场，鬼子哪有不知道？报上不说，是报馆访事的不知道，衙门不让人泄露军机。鬼子鬼伶精，到处都派得有奸细！”

管事说：“那打仗调兵事情，自然更不会登报了。”

会长有点不服，拿出大东家神气：“我告你，你们不知道的事情可不要乱说。打什么仗？调什么兵？……君子报仇三年，小人报仇眼前。中国和日本这本帐，一定要算清楚！慢慢的来，时间早咧。我想还早得很。”末了几句话竟象是对自己安慰而发，却又要从自己找寻一点同情。可是心中却有点不安定。于是便自言自语说：“世界大战要民国三十年发生，现在才二十五年，早得很！天津《大公报》上就说起过！”管事的扫了兴，不便再说什么了，正想向外院柜台走去，会长忽记起一件事情，叫住了他：

“吴先生，我说，队上那个款项预备好了没有？他们今天会要来取它，你预备一下：还要一份收据。——作孽作孽，老爷老爷。”

管事说：“枪款吗？早送来了，我忘记告你。他们还有个空白收据！王乡长说，队长派人来提款时，要盖个章，手续办清楚，了一重公案。请会长费神说一声。”

会长要他到柜上去拿收据来看看。收据用毛笔楷书那么写明：

保安队第八分队队长今收到麻阳县明理乡吕家坪乡公所缴赔枪支子弹损失洋二百四十元整。

会长把这个收据过目后，轻轻的叹了一口气，“作孽！”便把收据还给了管事。

走到堂屋里去，见赶路来的伙计还等待在屋檐前。

会长轻声的问：“二先生，你听什么人说省里在调动军队？可真有这件事？”

伙计说：“辰溪县号上人都那么说。恐怕是福音堂牧师传的消息，他们有无线电，天下消息当天都知道。”伙计见东家神气有点郁郁不乐，因此把话转到本地问题上来。“会长，这两个月我们吕家坪怎么样？下面都说桐油还看涨，直到明年桃花油上市，只有升起，不会下落。今年汉口柑橘起价钱，洋装货不到。一路看我们麻阳河里橘子园真旺相，一片金，一片黄金！”

会长沉默了一会，捉摸着末尾那几句话的真实意义，“都说地方沾了橘子的光，哪知道还有别的人老要沾我们的光？这里前不多久……活到不讲道理的世界，有什么办法！”

伙计说：“不是说那个能干吗？”

“就是能干才想得出许多巧主意，铺排这样那样！……上次考查萝卜白菜和水果的委员过路，会上请酒办招待，那一位就说：‘委员，这地方除了橘子树多，什么都不成，闷死人！’委员笑眯眯的说：‘橘子很补人，挤水也好吃！’好，大家就挤下去，好在橘子树多，总挤不干。可是挤来挤去也就差不多了！”

“局长可换了人？”

“怎么换人？时间不到，不会换人的。都有背脊骨。轻易不会来，来了不会动。不过这个人倒也还好，豪爽大方，很会玩。比那一位皮带带强。既是包办制度，牙齿不太长，地方倒阿弥陀佛，菩萨保佑！”

“到辰州府我去看望四老，听他说，桃源转调来的那个长才真有手段！什么什么费，起码是半串儿，丁拐儿。谁知道他们放了多少枪，打中了猫头鹰，九头鸟？哪知强中更有强中手，××局长字号有个老婆，腰身小小的，眉毛长长的，看人时一对眼睛虚虚的，下江人打扮，摩登风流，唱得一口好京戏，打得一手好字牌，不久就和那个长打了亲家（是干亲家湿亲家，只有他自己知道），合手儿抬义胜和少老板轿子，一夜里就捞了‘二方’，本来约好折对平分……过不久，那摩登人儿，却把软的硬的一卷，坐了汽车，闪不知就溜下武昌去了。害得亲家又气又心疼。捏了鼻子吃冲菜，辣得个开口不得。

现眼现报。是当真事情。……我过泸溪县时，还正听人说那位亲家还在尤家巷一个娘舅家里养病。这几年的事情，不知是什么，人人都说老总统一了中国，国家就好了。前年老总在省里演说，还说要亲手枪毙十几个贪官污吏。说的倒好听，说了永远不兑现，以为老百姓全是傻老二！”

两个人正天上地下谈说国家大事和地方小事，只听得皮鞋声响，原来说鬼有鬼，队长和一个朋友来了。会长一见是队长，就装成笑脸迎上前去。知道来意是提那笔款项，“队长，好几天不见你了。我正想要人来告个信，你那个乡公所已经送来了。”回头就嘱咐那伙计，“你出去告吴先生，把钱拿来，请队长过手。”

一面让坐，一面叫人倒茶拿烟奉客。坐定后，会长试从队长脸上搜索，想发现一点什么。“队长，这几天手气可好？我看你印堂红红的。”

队长一面划火柴吸三炮台纸烟，一面摇头，喷了口烟气后，用省里官话说：“坏透了，一连四五场总姓‘输’名‘到底’。我这马上过日子的人，好象要坐轿子神气。天生是马上人，武兼文，不大好办！”他意思是有人在牌桌上合作行骗，三抬一，所以结果老是输。

会长说："队长你说笑话。谁敢请你坐轿子，不要脑壳！他们有几个脑壳！"

另外同来那位，看看象是吃过公务饭暂时赋闲的长衫客，便接口说："输牌不输理，我要是搭伙平分，当裤子也不抱怨你。"接着这个人就把另一时另一个场面，绘影绘声的铺排出来，四家张子都记得清清楚楚，手上桌上牌全都记得清清楚楚，说出来请会长评理。会长本想请教贵姓台甫，这一来倒免了。于是随意应和着说："当真是的，这位同志说的对，输牌不输理。这不能怪人，是运气差。"

队长受称赞后，有点过意不去，有点忸怩，"荷包空了谁讲个理字？这个月运气不好，我要歇歇手！"

那人说："你只管来，我敢写包票，你一定要翻本！"

正说着，号上管事把三小叠法币同一纸收据拿来了，送给会长过目，面对队长笑眯眯的，充满了讨好神气："大老爷，这阵子手气可好？你老牌张子太厉害，简直是杀手锏，我们都招架不住！一定是京上学来的，是不是？"

队长对这点阿谀要理不理，随随便便的做了个应酬的微笑，并不作答。会长将钞票转交给他，请过目点数。队长只略略一看，就塞到衣口袋里去了，因此再来检视那张收据。

收据被那同来朋友冷眼见到时，队长装作大不高兴神气，皱了皱那两道英雄眉："这算什么？这个难道还要我盖个私章吗？会长，亏得是你，碍你们的面子，了一件公事。地方上莫不以为这钱是我姓宗的私人财产吧，那就错了，错了。这个东西让我带回去研究研究看。"

会长知道队长意思，是不落证据到人手上。至于乡下人，也就只是缴钱了事，收据有无本不重要，因此敲边鼓说："那不要紧，改天送来也成。他们不过是要了清一次手续，有个报销，并无别的意思。"且把话岔开说："队长，你们弟兄上次赶场，听说在老营盘地方，打了一只野猪，有两百斤重，好大一只野猪！这畜生一出现，就搅得个庄稼人睡觉不安，这么一来，可谓为民除一大害，真是立功积德！我听人说野猪还多！"会长好象触着了忌讳，不能接口说下去。

提起野猪，队长似乎才想起一件事情。"嗨，会长，你不说起它，我倒忘了，我正想送你一腿野猪肉。"又转向那同来长衫朋友说：“六哥，你还不知道我们这个会长，仁义好客，家里办的狗肉多好！泡的药酒比北京同仁堂的还有劲头。”又转向会长说：“局里今天请客，会长去不去？”

会长装作不听清楚，只连声叫人倒茶。

又坐了一会儿，队长看看手腕上的白金表，便说事情忙，还有公事要办，起身走了。那清客似的朋友，临走时又点了支烟，抓起了他那顶破呢帽，跟随队长身后走到天井中时，用一个行家神气去欣赏了一会儿金鱼缸中的石山，说：“队长，你看，你看，这是‘双峰插云’，有阴有阳，带下省里去，怕不止值三百块钱！”

队长也因之停在鱼缸边看了那么一忽儿，却说道：“会长，你这石山上虎耳草长得好大！这东西贴鸡眼睛，百灵百验。你试试看，很好的！”

真应了古人的话，贤者所见，各有不同。两个伟人走后，会长站在天井中鱼缸旁只是干笑。心里却想起老营盘的野猪，好象那个石山就是个野猪头，倒放在鱼缸上。

吕家坪镇上只一条长街，油号，盐号，花纱号，装点了这条长街的繁荣。这三种庄号，照例生意最大，资本雄厚，其余商业相形之下，殊不足数。当地橘子园虽极广大，菜蔬杂粮产量虽相当多，却全由生产者从河码头直接装船运往下游，不须另外经由什么庄号转手。因此一来，橘子园出产虽不少，生意虽不小，却不曾加入当地商会。换言之，也就可说是不被当地人看作“商业”。庄号虽调动得百八十万本钱，预备放帐囤货，在橘子上市时，照当地习惯，可从不对这种易烂不值钱货物投资，定下三五十船橘子，向下装运，与乡下人争利。税局凡是用船装来运去的，上税时经常都有个一定规则；对于橘柚便全看办事人兴致，随便估价。因为货物本不在章程上，又实在太不值钱。

商会会长的职务，照例由当地几种大庄号主人担任。商会主要的工作，说不上为商家谋福利，倒全是消极的应付：应付县里，应付省中各厅，下乡过路的委员，更重要事情，就是应付保安队。商会会长平时本不需要部队，可是部队却少不了他们，公私各事都少不了。举凡军队与民间发生一切经济关系，虽照例由乡区保甲负责，却必须从商会会长转手。期票信用担保，只当地商会会长可靠。部队正当的需要如伙食杂项供应，不正当的如向省里商家拨划特货的售款，临时开借，商会会长职务所在，这样或那样，都得随事帮忙。

商会会长的重要性，既在此而不在彼，因此任何横行霸道蛮不讲理的武装人物，对会长总得客气一些。作会长的若为人心术不端，自然也可利用机会，从中博取一点分外之财。居多会长名分倒是推派到头上，辞卸不去，忍受麻烦，在应付情形下混。地方不出什么事故，部队无所借口，麻烦还不至于太多。事情繁冗，问题来临办不好时，就坐小船向下河溜一个不负责。商人多外来户，知识照例比当地农民高一些，同是小伟人向乡下人惯使的手段，用到商号中人面前时，不能不谨慎些。因此商会会长的社会地位，比当地小乡绅似乎又高一着。

本地两年来不发生内战，无大股土匪出现，又无大军过境，所以虽驻下一连保安队，在各种小问题上向乡下人弄几个小钱，地方根基好，商务上金融又还活泼，还算是受得了，作会长的也并不十分为难。

萝卜溪大橘子园主人滕长顺，是商会会长的干亲家。因前一天守祠堂老水手谈及的事情，虽明知不重要，第二天依然到镇上去看会长，问问长沙下河情形。到时正值那保安队队长提枪款走后一忽儿，会长还在天井中和那押船管事谈说下河事情。

会长见到长顺就说：“亲家，我正想要到萝卜溪来看你去。你好？几个丫头都好？”

长顺说：“大家都好，亲家。天气晴朗朗的，事情不忙，怎不到我家去玩半天？”一眼望见那个伙计，认得他，知道他是刚办货回来的，“周管事，你怎么就回来了？好个神行太保。看见我家三黑子船没有？他装辰溪县大利通号上的草烟向下放，十四中午开头，算算早过桃源县了。十月边湖里水枯，有不有洋船过湖？”

那管事说：“我在箱子岩下面见你家三黑子站在后艄管舵，八个水手一路唱歌摇橹向下走，船象支箭快。我叫喊他：三哥，三哥，你这个人，算盘珠子怎么划的？怎不装你家橘子到常德府去做一笔生意？常德人正等待麻阳货，‘拉屎抢头一节’，发大财，要赶快！听我那么说，他只是笑。要我告家里，月底必赶回来。二哥的船听傅家舵手说，已上洪江，也快回来了吧。”

会长说：“亲家，人人都说你园里今年橘子好，下河橘子价钱又高，土里长金子，筛也不用筛，只从地下捡起来就是。”

长顺笑着，故意把眉毛皱皱，“土里长金子，你说得好！可是还有人不要那一片土，也能长金子的！（他意思实有所指，会长明白。）亲家我说你明白，象我那么巴家，再有三十亩地，还是一个‘没奈何’，尿脬上画花，外面好看，里面是空的。就是上次团上开会那个玩意儿，乡长一开口就要派我出五十，说去说来还是出四十块。这半年大大小小已派了我二三十回（他将手爪一把抓拢，作个手势，表示已过五百），差不多去了个‘抓老官’数目，才免带过。这个冬天不知道还要有几次，他们不会让我们清清静静过一个年的。试想想看，巴掌大一片土地，刮去又刮来，有多少可刮的油水？亲家你倒逍遥自在，世界好，留到这里享福；世界不好，坐船下省去，一个不管，青红皂绿通通不管。象我们呢，好，同橘子树一样，生根在土里五尺，走不动路，人也摇摇，风也摇摇。好，你摇吧，我好歹得咬紧牙齿，挨下去！”

会长说：“亲家，树大就经得起攀摇。中国在进步，《申报》上说得好，国家慢慢的有了中心，什么事都容易办。要改良，会慢慢改良的！”

“只是改良要钱的方法，钱还是要。我们还是挨下去，让这些人榨挤一个受不了！”

会长慨乎其言的说：“我的哥，我们还不是一个样子，打肿了脸装胖？我能走，铺子字号不能走，要钱还是得拿出来。老话说：‘王把总请客，坐上筵席收份子，一是一，二是二，含糊不得。’我是个上了场面的人，哪一次逃得脱？别人不知道，亲家你知道。”

“那枪款可拿走了？”

“刚好拿走，队长自己来取的。乡公所里还有个收条，请他盖章，了清手续，有个报销。队长说：‘拿回去办，会长你信我吧。’我自然只好相信。他拿回去还要研究研究呢。研究到末后，你想是怎么样。”

“怪道我在街头见他很豪劲，印堂红红的，象有什么喜事。和我打招呼，还说要下萝卜溪来吃橘子！”

“这几年总算好，政府里有人负责，国家统了一，不必再打仗了，大家可吃一口太平饭，睡觉也不用担心。阿弥陀佛，罢了。出几个钱，罢了。”

周伙计插嘴说：“我们这里那一位，这一年来会不会找上五串了吧。”

会长微笑点点头，“怕不是协叶合苏？”

“那当然！”长顺说：“虽要钱，也不能不顾脸面。这其中且有好有歹。前年有个高枧满家人，带队伍驻横石滩，送他钱也不要！”

那个押船的伙计，这次上行到沅陵，正被赶上水警讹诈了一笔钱，还受了气，就说：“最不讲理是那些水上副爷，什么事都不会作，胆量又小，从不打过匪，就只会在码头上恐吓船上人。凡事都要钱。不得钱，就说你这船行迹可疑，要‘盘舱’，把货物一件一件搬出放到河岸边滩上，仔细检查。不管干的湿的都扎一铁钎子。你稍说话，他就楞住两只鼓叮叮眼睛说：‘咦，怎么，你违抗命令，不服检查？把船给我扣了，不许动。’末了自然还是那个玩意儿一来就了事。打包票，只有‘那个’事事打得通！在××××的一位，为人心直口快，老老实实，对船帮上人说：‘我们来到你这鬼地方活受罪，为什么？不是为几个钱，我难道是脚板心痒了，充军来找苗王拜干爹！……’可是荷包满了有什么用？还不是打几个金戒指，镶两颗金牙齿。再不然每天吃白炖猪脚，喝半斤闷胡子，胀得头晕晕的，就跑到尤家巷小婊子处坐双台席面，去充阔摆格，哗啦哗啦送给小婊子。家中那一位倒不用管，自有办法。天有眼睛，自然一报还一报。”

会长说：“那些人就是这种样子，凡事一个不在乎。唱戏唱张古董借妻，他们看戏不笑，因为并不觉得好笑。总而言之，下面的人，下边的事情，和我们上河样样都不同。牙齿长，会找钱，心又狠。可是女人在家里就自由，把钱倒贴给马弁或当差的。开只眼，闭只眼，大家弄来松快点。你笑他做乌龟，他还笑我们古板，蛮力蛮气，不通达世务。”

萝卜溪橘子园主人，对这类社会人情风俗习惯问题，显然不如他对于另外一件事情发生兴趣。他问那押船伙计：“周管事，下河有些什么新闻。听说走路不许挨撞，你来我往各走一边，是不是真事情？”

伙计说：“你说新生活吗？那是真事情。常德府专员已经接到了省里公事，要办新生活，街上到处贴红绿纸条子，一二三四五写了好些条款，说是上头老总要办的。不照办，坐牢、打板子、罚款。街上有人被罚立正，大家看热闹好笑！看热闹笑别人的也罚立正。一会儿就是一大串，痴痴的并排站在大街头，谁也不明白这是当真还是开玩笑。那个兵士自己可不好意思起来，忍不住笑，走开了。”

“你听他们说，要上来不上来？”

这事伙计可说不明白了，会长看新近寄来的《申报》却知道。会长以为这是全国都要办的事情，一时间可不会上来。纵上河要办，一定是大城里先办，乡下暂时不用办。就说省里，老总到了什么地方，那地方就办得认真，若人不在那边，军部党部都热闹不起劲。他的推测是根据老《申报》的小社评表示的意见。他见橘子园主人有点不放心，就说：“亲家，这你不用担心，不会派款的。报上早说过了。上面有过命令，不许借此为名，苛索民间。演说辞也上过报，七月二十的日子，你不看到过？”

长顺说：“我以为这事乡下办不通。”

会长说：“自然喽，城里人想起的事情，有几件事乡下办得通？……我说，亲家，你橘子今年下了多少？听管事说常德府货俏得很，外国货到汉口不多，你赶忙装几船下去，莫让会同洪江、溆浦人占上风抢先！”

长顺笑了起来，“还是让溆浦人占上风，忙不了。我还要等黑子两兄弟船回来，装橘子下去，我也去看看常德府的新生活，办点年货。”

“是不是今年冬腊月二姑娘要出门，到王保董家做媳妇？那我们就有酒吃了。”

“哪里哪里，事情还早咧。姑爷八月间来信说，年纪小，不结婚。是你干女儿夭夭，想要我带她下常德府看看，说隔了两年，世界全变了，不去看看，将来去走路也不懂规矩，一抬脚就罚立正，被人笑话！”

会长说：“你家夭夭还会被人笑话吗？她精灵灵的，九头鸟，穿山甲，天上地下什么不懂？什么不会？上回我在铺子里和烟溪人谈生意，她正在买花线，年轻人眼睛尖，老远见我就叫‘干爹！干爹！’我说：‘夭夭，一个月不见你，你又长大了。你一个夏天绣花要用几十斤丝线？为什么总不到我家里来同大毛姐玩？’她说：‘我忙咧。’‘你一个小毛丫头，家里有什么事要你忙？忙嫁妆，日子早咧。二姐不出门，爹爹哪舍得你！’说得她脸红红的，丝线不买就跑了。要她喝杯茶也不肯。这个小精怪，主意多端，干爹还不如她！”

长顺听会长谈起这个女儿的故事，很觉得快乐，不由得不笑将起来。“夭夭嘿，生成就是个小猴儿精，什么都要动动手。不关她的事也动动手。自己的事呢，谁也不让插手，通通动不得，要一件一件自己来。她娘也怕她，不动她的。一天当真忙到晚，忙些什么事，谁知道。”

“亲家，你别说，她倒真是一把手。俗话说：洛阳桥是人造的，是鲁班大师傅两只手造的。夭夭那两只手，小虽小，硬朗朗的，照相书说，会帮男子兴家立业的。可惜我毛毛小，无福气，不然早要他向你磕头，讨夭夭做媳妇！”

“亲家你说得她好。我正担心，将来哪里去找制服她的人。田家六喜为人忠厚老实，会更惯坏了她。”

两人正怀着一分温暖情感，谈说起长顺小女儿夭夭的一切，以为夭夭在家里耳朵会发热。那保安队长，却带了个税局里的稽核，一个过路陌生军官，又进屋里来了。一见会长就开口说：“会长，我们来打牌，要他们摆桌子到后厅里吧。”且指定同来那个陌生人介绍：“这是我老同学，在明耻中学就同学，又同在军官学校毕业，现在第十三区司令部办事，是个伟人！我们同班这一个！”于是翘起被烟熏得黄黄的大拇指。

这种介绍使得那个年青军官哭笑皆非，嘴角缩缩，“嗨，伢俐，个么朽，放大炮，伤脑筋！”从语气中会长知道这又是个叫雀儿。

商会会长的府上，照例是当地要人的俱乐部，一面因为预备吃喝，比较容易，一面是大家在一处消遣时，玩玩牌不犯条款，不至于受人批评。主要的或许倒是这些机关上人与普通民众商家，少不了有些事情发生，商会会长照例处于排难解纷地位。会长个人经营的商业，也少不得有仰仗军人处，得特别应酬应酬。所以商会会长照例便成了当地“小孟尝”，客来办欢迎，茶烟款待外，还预备得有大骰盆，天九扑克牌和麻雀牌，可以供来客取乐。有时炕床上且得放一套鸦片烟灯枪。吸鸦片烟在当地已不时髦，不过玩玩而已。到吃饭时，还照例有黄焖母鸡，鱿鱼炒肉丝，暴腌肉炒红辣子，红烧甲鱼，等等精致可口菜肴端上桌子来。为的是联欢，有事情时容易关照。既成了习惯，会长自己即或事忙不上场，也从无拒绝客人道理。可是这一回却有了例外，本不打量出门，倒触景生情，借故说是要过萝卜溪去办点事情，一面口说“欢迎欢迎”，叫家中用人摆桌子，一面却指着橘子园主人说：“队长，今天我可对不起，不能奉陪！我要到他们那里看橘子去。”虽说对客人表示欢迎，可是三缺一终不成场面。主人在家刚好凑数，主人不在家，就还得另外找一角。几个客人商量了一会，税局中那个出主意，认为还是到税局方便，容易凑角色。因此三个人稍坐坐，茶也不喝，就一串鱼似的走了。

长顺见这些公务员走去后，对会长会心微笑。会长也笑笑，把头摇摇。

长顺说：“会长，那就当真到我家里喝酒去，我有熏麂子肉下酒！好在下河船还到不了，这几天你不用忙。”

会长说：“好，看看你橘子园去。我正要装船橘子下省去送人，你卖一船橘子把我吧。不过，亲家，我们事先说好，要接我的钱，不许夭夭卖乖巧，把钱退来还去不好看！”

橘子园主人笑着说：“好好，一定接钱，我们公平交易做一次生意。”

不多久，两个人当真就过河下萝卜溪。

长街上只见本地人一担一箩挑的背的全是橘子，到得河边时，好些橘子和萝卜都大堆大堆搁在干涸河滩上，等待上船。会长向一个站在橘山边的本地人询问道："大哥，你这个多少钱一百斤？"

那人见会长问他，只是摇头憨笑，"会长，不好卖！一块钱五十斤，十八两大秤，还出不脱手！你若要，我送些大的好的到宝号上去。我家里高村来的货，有碗口大，同蜂糖一样甜，包你好吃。"

"你这个是酸的甜的？"

"甜得很。会长你试试看。"

"萝卜呢？"

那人只是干笑。因为萝卜太不值钱了，不便回答。萝卜从水路运到四百里外的地方去，还只值一块钱一百斤，这地方不过三四毛钱一百斤罢了。

其时有几个跑远路差人，正从隔河过渡，过了河，上岸一见橘子，也走过来问橘子价钱。那本地人说："副爷，你尽管吃，随便把钱。你要多少就拿多少去！"

几个人似乎不大理会得生意人的好意，以为是怕公事上人，格外优待，就笑着蹲下身挑选橘子。挑了约莫二十个顶大的，放在一旁，取出两毛钱票子作为货价，送给那本地人。那人不肯接钱。谁知却引起了误会，以为不接钱是嫌钱少，受了侮辱，气忿忿的说：“两毛钱你还嫌少吗？你要多少！”

那人本意是东西不值钱，让这些跑路的公事上人白吃，不必破费。见他们错怪了人，赶忙把票子捏在手上，笑脸相迎的说：“副爷，不是嫌少，莫见怪！……橘子多，不值钱，我不好意思收你的钱！”

就中一个样子刁狡，自以为是老军务，什么都懂，瞒不了他。又见长顺等在旁边微笑，还不大服气，就轻声的骂那个卖橘子的，存心骂给长顺会长听。

“你妈的……把了你钱还嫌少！现钱买现货，老子还要你便宜？你们这里人的刁狡，我什么不明白！”这一来，那卖橘子的本地人不知说什么好，就不再接口了。几个军人将橘子用手巾帽子兜住，另外又掉换了四个顶大的橘子，扬长走了。

那卖橘子的把几张脏脏的小角票拈在手上摇摇，不自然的笑着，自言自语的说：“送你吃你不吃，还怪人。好一个现钱买现货，钱从哪里来的？羊毛出在羊身上，还不是湘西人大家有分。你明白，明白我个鸡公！”

长顺说：“大哥，算了吧。他不懂你好心好意，不领情。一定是刚从省里来的，你看神气看得出。这种人你还和他争是非？”

那人说：“他们那么不讲理，一开口就骂人，我才不怕他！你是委员长的干儿子小舅子，到这里来也得讲道理！保安队，沙脑壳，碰两下还不是一包水？我怕你？我三头六臂也不怕！”

两个人看看这小生意人话说的无多意义，冬瓜葫芦一片藤，有把在当地百十年来所受外边人欺压的回忆牵混在一起情形，因此不再理会，就上了渡船。

弄渡船的认得会长和长顺，不再等待别的人客，就把船撑开了。

长顺说：“亲家，你到了几只船？怕不有上万货物吧。”

会长说：“船还在潭湾，三四天后才到得了，大小一共六只，这回带得有好海参，大乌开，大金钩虾，过几天我派人送些来。”渡船头舱板上全是橘子，会长看见时笑笑的问那弄渡船的：“大哥，你哪里来这么些橘子？”

站在船尾梢上用桨划水的老者，牙齿全脱光了，嘴瘪瘪的，一面摇船一面笑。“有人送我的，会长。你们吃呀！先前上岸那几个副爷，我要他们吃，他们以为我想卖钱，不肯吃，话听不明白，正好象逢人就想打架的样子，真好笑。”于是咕喽咕喽无机心的笑着。

会长和长顺同时记起河滩上那件事情，因此也笑着。长顺说：“就是这样子，说我们乡下人横蛮无理，也是这种人，以为我们湘西人全是土匪，也是这种人。”

摘橘子

——黑中俏和枣子脸

萝卜溪滕家橘子园，大清早就有十来个男男女女，爬在树椏间坐定，或用长竹梯靠树，大家摘橘子。人人各把小箩小筐悬挂在树枝上，一面谈笑一面工作。

黑中俏夭夭不欢喜上树，便想新主意，自出心裁找了枝长竹杆子，杆端缚了个小小捞鱼网兜，站在树下去搜寻，专拣选树尖上大个头，发现了时，把网兜贴近橘子，摇一两下，橘子便落网了，于是再把网兜中橘子倒进竹筐中去。众人都是照规矩动手，在树椏间爬来转去很费事，且大大小小都得摘。夭夭却从从容容，举着那枝长竹杆子，随心所欲到处树下走去，选择中意的橘子。且间或还把竹杆子去撩拨树上的嫂嫂和姐姐，惊扰他们的工作。选取的橘子又大又完整，所以一个人见得特别高兴。有些树尖上的偏枝的果实，更非得她来办不可。因之这里那里各处走动，倒似乎比别人忙碌了些。

可是一时间看见远处飞来了一只碧眼蓝身大蜻蜓，就不顾工作，拿了那个网兜如飞跑去追捕蜻蜓，又似乎闲适从容之至。

嫂嫂姐姐笑着同声喊叫：“夭夭，夭夭，不能跑，不许跑！”夭夭一面跑一面却回答说：“我不跑，蜻蜓飞了。你同我打赌，摘大的，看谁摘得最多。那些尖子货全不会飞，不会跑，等我回来收拾它！”

总之，夭夭既不上树，离开树下的机会自然就格外多。一只蚱蜢的振翅，或一只小羊的叫声，都有理由远远的跑去。她不能把工作当工作，只因为生命中储蓄了能力太多，太需要活动，单只一件固定工作羁绊不住她。她一面摘橘子还一面捡拾树根边蝉蜕。直到后来跑得脚上两只鞋都被露水湿透，裤脚鞋帮还胶上许多黄泥，走路已觉得重重的时候，才选了一株最大最高的橘子树，脱了鞋袜，光着两个白脚，猴儿精一般快快的爬到树顶上去，和家中人从数量上竞赛快慢。

橘子园主人长顺，手中拈着一支长长的软软的紫竹鞭烟杆，在冬青篱笆边看家中人摘橘子。有时又走到一株树下去，指点指点。见小女儿夭夭已上了树，有个竹筐放在树下，满是特大号火红一般橘子。长顺想起商会会长昨天和他说的话，仰头向树枝高处的夭夭招呼：

“夭夭，你摘橘子不能单拣大的摘，不能单拣好的摘，要一视同仁，不可稍存私心。都是树上生长的，同气连理，不许偏爱。现在不公平，将来嫁到别人家中去做媳妇，做母亲，待孩子也一定不公平。这可不大好。”

夭夭说：“爹爹，我就偏要摘大的。我才不做什么人妈妈媳妇！我就做你的女儿，做夭夭。偏心不是过错！他们摘橘子卖给干爹，做生意总不免大间小，带得去的就带去。我摘的是预备送给他，再尽他带下常德府送人。送礼自然要大的，整庄的，才脸面好看！十二月人家放到神桌前上供，金晃晃的，观音财神见它也欢喜！”

枣子脸二姑娘在另外一株树上接口打趣说：

“夭夭，你原来是进贡，许下了什么愿心？我问你。”

夭夭说：“我又不想做皇帝正宫娘娘，进什么贡？你才要许愿心，巴不得一个人早早回来，一件事功行圆满。”

另外较远一株树上，一个老长工正爬下树来，搭口说："子树上厚皮大个头，好看不中吃。到了十二月都成绣花枕头，金镶玉，瓤子同棉花絮差不多，干瘪瘪的，外面光，不成材。"

夭夭说："松富满满，你说的话有道理。可是我不信！我选好看的就好吃，你不信，我同你打赌试试看。"

长顺正将走过老伴那边去，听到夭夭的话语，回过头来说："夭夭，你赶场常看人赌博，人也学坏了。近来动不动就说要赌点什么。一个姑娘家，有什么可赌的？"

夭夭被爹教训后不以为意，一时回答不出，却咕叽咕叽的笑。过一会，看爹爹走过去远了，于是轻轻的说："辰溪县岩鹰洞有个聚宝盆，一条乌黑大蟒蛇守定洞门口，闲人免入，谁也进不去。我哪天爬到洞里去把它偷了来，想要什么就有什么。只要我会想，就一定有万千好东西从盆里取出来。金子银元宝满箱满柜，要多少有多少，还怕和你们打赌？"

另外一个嫂嫂说："聚宝盆又不是酱油罐，你哪能得到？作算你夭夭有本领，当真得到了它，不会念咒语，盆还是空的，宝物不会来的！"

夭夭说：“我先去齐梁桥齐梁洞，求老师父传诵咒语，给他磕一百零八个响头，拜他做师父，他会教给我念咒语。”

嫂嫂说：“好容易的事！做老君徒弟要蹲在炼丹炉灶边，拿芭蕉扇扇三年火，不许动，不许睒眼睛，你个猴儿精做得到？”

老长工说：“神仙可不要象夭夭这种人做徒弟。三脚猫，蹦蹦跳跳，翻了他的鼎灶，千年功行，化作飞灰。”

夭夭说：“邪嗨，唐三藏取经大徒弟是什么人？花果山水帘洞猴子王，孙悟空！”

“可是那是一只真正有本领的猴子。”

“我也会爬树，爬得很高！”

“老师父又不要你偷人参果，会爬树有什么用？”

“我敢和你打赌。只要我去，他鉴定我一番志诚心，一定会收我做个徒弟。”

“一定收？他才不一定！收了你头上戴个紧箍咒，咒语一念，你好受？当年齐天大圣也受不了，你受得了？”

“我们赌点什么看，随你赌什么。”

父亲在另外一株树下听到几个人说笑辩嘴，仰头对树上的夭夭说："夭夭，你又要打赌，聚宝盆还得不到，拿什么东西输给人，我就敢和你打赌，我猜你得不到聚宝盆。且待明天得到了，带回家来看看，再和别人打赌不迟！"

把大家都说笑了。各人都在树上高处笑着，摇动了树枝，这里那里都有赤红如火橘子从枝头下落。夭夭上到最高枝，有意摇晃得厉害，掉落下的橘子也就分外多。照规矩掉下地的橘子已经受损，必另外放在一处，留给家里人解渴。长顺一面捡拾树下的橘子，一面说：

"上回省里委员过路，说我们这里橘子象摇钱树。夭夭得不到聚宝盆，倒先上了摇钱树。"

夭夭说："爹爹，这水泡泡东西值什么钱？"

长顺说："货到地头死，这里不值钱，下河可值钱。听人说北京橘子两毛钱一个，上海一块钱两斤；真是树上长钱！若卖到这个价钱，我们今年就发大财了。"

"我们园里多的是，怎么不装两船到上海去卖？"

"夭夭，去上海有多远路，你知道不知道？两个月船还撑不到，一路上要有三百二十道税关，每道关上都有个稽查，伸手要钱。一得罪了他，就说，今天船不许开，要盘舱检查。我们有多少本钱作这个蠢事情。”

夭夭很认真的神气说：“爹爹，那你就试装一船，带我到武昌去看看也好。我看什么人买它，怎么吃它，我总不相信！”

另外一个长工，对于省城里来的委员，印象总不大好。以为这些事也是委员传述的，因此参加这个问题的讨论，说：“委员的话信不得。这种人下乡来什么都不知道！他告我们说：‘外国洋人吃的鸡不分公母，都是三斤半重；小了味道不鲜，大了肉老不中吃。’我告他：‘委员，我们村子里阉鸡十八斤重，越喂得久，越老越肥越好吃。’他说：‘天下哪有这种事！’到后把我家一只十五斤大阉鸡捉上省里研究去了。他可不知道天下书本上没有的事，我吕家坪萝卜溪就有，一件一件的放在眼里，记在心上，委员哪会知道。”

当家的长顺，想起烂泥地方人送大萝卜到县城里去请赏，一村子人人都熟知的故事，不由己哈哈大笑，走到自己田圃里看菜秧去了。

大嫂子待公公走远后，方敢开口说笑话，取笑夭夭说：“夭妹，你六喜将来在洋学堂毕了业，回来也一定是个委员！”六喜是夭夭未婚夫的小名，现在省里第三中学读书，两家还是去年插的香。

老长工帮腔下去说：“作了委员，那可不厉害！天下事心中一本册，无所不知。外洋的事也知道！上知天文下知地理，可就不知道我吕家坪事情。阉鸡有十八斤重，橘子卖两块钱一挑，一定要眼见方为实。委员到我们这里，眼见的不少，口吃的可更多。”

夭夭的三黑嫂子也帮腔说笑话：“为人有才学，一颗心七窍玲珑，自然凡事心中一本册！”

那大嫂子有意撩夭夭辩嘴，便说：“嗨，一颗心子七窍玲珑，不算出奇。还有人心子十四个窍，夭夭你说是不是？”她指的正是夭夭，要夭夭回答，窘那么一下。

夭夭随口回说：“我说不是！”

三黑嫂子为人忠厚老实，不明白话中意思，却老老实实询问夭夭，下省去时六喜到不到河上来看她。因为听人说上了洋学堂，人文明开通了，见面也不要紧。在京城里，文明人还挽着手过街，可不怕人见了笑话。

夭夭对于这种询问明白是在作弄她，只装不曾听到，背过身去采摘橘子。橘子满筐后，便溜下树来倒进另外一个空箩里去。把事情作完时，在树下方很认真似的叫大嫂说：

“大嫂大嫂，我问你话！”

大嫂子说：“什么话？”

夭夭想了想，本待说嫂嫂进门时，哥哥不在家，家中用雄鸡代替哥哥拜堂圆亲的故事，取笑取笑。因为恰恰有个长工来到身边，所以便故意言不对题：“什么画，画喜鹊噪梅。”说完，自己哈哈笑着，走开了。

住对河坳上守祠堂的老水手，得到村子里人带来的口信，知道长顺家卖了一船橘子给镇上商会会长，今天下树，因此赶紧渡河过萝卜溪来帮忙。夭夭眼睛尖，大白狗眼睛更尖，老水手还刚过河，人在河坎边绿竹林外，那只狗就看准了，快乐而兴奋，远远的向老水手奔去。夭夭见大白狗飞奔而前，才注意到河坎边竹林子外的来人，因此也向那方面走去。在竹林前和老水手迎面碰头时，夭夭说：

“满满，你快来帮我们个忙！”

这句话含义本有两种，共同工作名为帮忙，橘子太多要人吃，照例也说帮忙。乡下人客气笑话，倒常常用在第二点。所以老水手回答夭夭说：

“我帮不了忙，夭夭。人老了，吃橘子不中用了。一吃橘子牙齿就发酸。你家屋后那烂甜白杏子不推辞，一口气吃十来个，眼睛闭闭都不算好汉。”话虽如此说，老水手到了橘园里，把头上棕叶斗笠挂到扁担上后，即刻就参加摘橘子工作，一面上树一面告给他们，年青时如何和人赌吃狗矢柑，一口气吃二十四个，好象喝一坛子酸醋，全不在乎。人老来，只要想想牙龈也会发疼。

夭夭在老水手树边，仰着个小头，“满满，我想要我爹装一船橘子到武昌去，顺便带我去，我要看看他们城里文明人吃橘子怎么下手。用刀子横切成两半，用个小机器挤出水来放在杯子里，再加糖加水吃，多好笑！他们怕什么？一定是怕橘子骨骨儿卡喉咙，咽下去从背上长橘子树！我不相信，要亲眼去看看。”

老水手说：“这东西带到武昌去，会赔本的。关卡太多了，一路上税，一路打麻烦，你爹发不了财的。”

夭夭说：“发什么财？不赔本就成了。我要看看他们是不是花一块钱买三四个橘子，当真是四个人合吃一个，一面吃一面还说‘好吃，好吃，真真补人补人！’我总不大相信！”

老水手把额纹皱成一道深沟，装作严肃却忍不住要笑笑。“他们城里人吃橘子，自然是这样子，和我们一块钱买两百个吃来不同！他们舍不得皮上经络，就告人说：‘书上说这个化痰顺气，’到处是痰多气不顺的人，因此全都留下化痰顺气了。真要看，等明年六喜哥回来，带你到京城里三贝子花园去看。那里洋人吃橘子，羊也吃橘子，大耳朵毛兔也吃橘子，大家都讲卫生，补得精精神神，文文明明。”

夭夭深怕人说到自己忌讳上去，所以有意挑眼，“满满，你大清早就放快，鹿呀马呀牛黄马宝化痰顺气呀！三辈子五棓子，我不同你说了！”话一说完，就扬长走过爸爸身边看菜秧去了。

枣子脸二姑娘却向老水手分疏，“满满，你说的话犯夭夭忌讳，和我们不相干。”

长顺问夭夭：“怎么不好好做事，又三脚猫似的到处跑跑跳跳？”

夭夭借故说：“我要回家去看看早饭烧好了没有。满满来了，炖一壶酒，煎点干鱼，满满欢喜吃酒吃鱼！等等没有吃，爹爹你又要说我。”

黑中俏夭夭走后，长顺回到了树下，招呼老水手。老水手说：“大爷，我听人说你卖一船橘子给会长，今天下船，我来帮忙。”

“有新闻没有？”当家的话中实有点说笑意思，因为村子里唯有老水手爱打听消息，新闻格外多，可是事实上这些新闻，照例又是并不值得大惊小怪的。因这点好事性情，老水手在当地熟人看来，也有趣多了。

老水手昨天到芦苇溪赶场，抱着“一定有事”的期望态度，到了场上。各处都走遍后，看看凡事还是与平时一样，到处在赌咒发誓讲生意。除在赌场上见几个新来保安队副爷，狗扑羊殴打一个米经纪，其余真是凡事照常。因为被打的是个米经纪，平时专门剥削生意人，所以大家乐得看热闹袖手旁观。老水手预期的变故既不曾发生，不免小小失望。到后往狗肉摊边一坐，一口气就吃了一斤四两肥狗肉，半斤烧酒，脚下轻飘飘的，回转枫树坳。将近祠堂边时，倒发现了一件新鲜事情。原来镇上烧瓦窑的刘聋子，不知带了什么人家的野娘儿们，在坳上树林里撒野，不提防老水手赶场回来的这样早，惊窜着跑了。

老水手正因为喝了半斤烧酒，血在大小管子里急急的流，兴致分外好。见两个人向山后拼命跑去时，就在后面大声嚷叫：“烧瓦的，烧瓦的，你放下了你那瓦窑不管事，倒来到我这地方取风水。清天白日不怕羞，真正是岂有此理！你明天不到祠堂来挂个红，我一定要禀告团上，请人评评理！”可是烧瓦的刘老板，是镇上出名的聋子，老水手忘了聋子耳边响炸雷，等于不说。醉里的事今早上已忘怀了，不是长顺提及“新闻”，还不会想起它来。

老水手笑着说：“大爷，没有别的新闻。我昨天赶芦苇溪的场，吃了点‘汪汪叫’，喝了点‘闷糊子’，腾云驾雾一般回来时，若带得有一张捉鹌鹑的摇网，一下子怕不捉到了一对‘梁山伯、祝英台’！这一对扁毛畜生，胆敢在我屋后边平地砌巢！”

身旁几个人听来，都以为老水手说的是雀鸟，不着意笑着。因为这种灰色长尾巴鸟类，多成对同飞同息，十分亲爱，乡下人传说是故事中“梁山伯祝英台”，生前婚姻不遂死后的化身。故事说来虽极其动人，这雀鸟样子声音可都平平常常。一身灰扑扑的杂毛，叫时只会呷呷呷，一面飞一面叫，毫无动人风格。捉来养在家中竹笼里，照例老不驯服，只会碰笼，本身既不美观，又无智慧或悦耳声音，实在没有什么用处，老秀才读了些旧书，却说这就是古书上说的“鸩鸟”，赶蛇过日子，土名“蛇呷雀儿”，羽毛浸在酒中即可毒人。因此这东西本地人通不欢喜它。

老水手于是又说笑，“我还想捉来进贡，送给委员去，让委员也见识见识！”

大家不明白老水手意思所在，老水手却因为这件事只有自己明白，极其得意，独自莞尔而笑。

一村子里人认为最重大的事情，政治方面是调换县长，军事方面是保安队移防，经济方面是下河桐油花纱价格涨落，除此以外，就俨然天下已更无要紧事情。老水手虽说并无新闻，一与橘子园主人谈话，总离不了上面三个题目。县长会办事，还得民心，一时不会改动。保安队有什么变故发生，有个什么弟兄拖枪溜了，什么人酒后争持，玩武棒棒走了火，如彼如此，多在事后方知道，事前照例不透消息。传说多，影响本地人也相当严重的，是与沿河人民生活关系密切的桐油。看老《申报》的，弄船的，号口上坐庄的，开榨油坊的，挖山的，无人不和桐油有点关连。这两个人于是把话引到桐油上来，长顺记起一件旧事来了。今年初就传说辰州府地方，快要成立一个新式油业公司，厂址设在对河，打量用机器榨油，机器熬炼油，机器装油……总而言之一切都用机器。凡是原来油坊的老板，掌捶、管榨、烧火看锅子、蒸料包料，以及一切杂项工人和拉石碾子的大黄牯牛，一律取消资格，全用机器来代替。乡下人无知识，还以为这油业公司一成立，一定是机器黄牛来作事，省城里派来办事的人，就整天只在旁边抱着个膀子看西洋景。

这传说初初被水上人带到吕家坪时，原来开油坊的人即不明白这对于他们事业有何不利，只觉得一切用机器，实在十分可笑。从火车轮船电光灯，虽模糊意识到“机器”是个异常厉害的东西，可是榨油种种问题，却不相信机器人和机器黄牛办得了。因为蒸料要看火色，全凭二十年经验才不至于误事，决不是儿戏。机器是铁打的，凭什么经验来作？本领谁教它？总之可笑处比可怕处还多。传说难证实，从乡下人看来，倒正象是办机器油坊的委员，明知前途困难，所以搁下了的。

长顺想起了这公司“旧事重提”的消息，就告给老水手说：

“前天我听会长说，辰州地方又要办那个机器油坊了。办成功他们开张发财，我们这地方可该歪，怕不有二三十处油坊，都得关门大吉！”

老水手说：“那怕什么？他们办不好的！”

“你怎么知道办不好？有三百万本钱，省里委员，军长，局长，都有股份。又有钱，又有势，又有跑路的狗，还不容易办？”

“我算定他们办不好。做官的人哪会办事？管事的想捞几个钱，打杂的也想捞几个钱，上上下下都只捞油水，捞来捞去有多少？我问你。纵勉勉强强开办得成，机器能出油，我敢写包票，油全要不得。一定又脏又臭，水色不好，沉淀又多，还搀了些米汤，洋人不肯收买它。他们要赔本，关门。大爷你不用怕，让他们去试试看，不到黄河心不死，这些人能办什么事！成块银子丢到水里去，还起个大泡。丢到油里去，不会起泡，等于白丢。”

长顺摇摇头，对这官民争利事结果可不那么乐观。

“他们有关上人通融，向下运既有许多便利，又可定官价买油收桐子，手段很厉害！自己机器不出油，还可用官价来收买别家的油，贴个牌号充数，也不会关门！”

老水手举起手来打了个响榧子，“唉嗨，我的大爷，什么厉害不厉害？你不看辰溪县复兴煤矿，他们办得好办不好？他们办我们也办，一个‘哀（挨）而不伤’。人多开销大，进的少，漏的多，他们办不好的！”

“古人说：官不与民争利，有个道理。现在不同了，有利必争。”

说到这事话可长了。三十年前的官要面子，现在的官要面子也要一点袁头孙头。往年的官做得好，百姓出份子造德政碑万民伞送“青天”。现在的官做不好，还是要民众出份子登报。“登了报，不怕告”，告也不准帐。把状纸送到专员衙门时，专员会说：“你这胡涂乡下人，已经出名字登报，称扬德政，怎么又来禀告父母官？怕不是受人愚弄刁唆吧！”完事。官官相卫告不了，下次派公债时，凡禀帖上有名有姓的，必点名叫姓多出一百八十。你说捐不起，拿不出，委员会说：“你上回请讼棍写禀帖到专员衙门控告父母官，又出得起钱！”不认捐，反抗中央功令，押下来，吊起骡子讲价钱，不怕你不肯出。

不过长顺是个老《申报》读者，目击身经近二十年的变，虽不大相信官，可相信国家。对于官，永远怀着嫌恶敬畏之忱，对于国家不免有了一点儿“信仰”。这点信仰和爱，和他的家业性情相称，且和二十年来所得的社会经验相称。他有种单纯而诚实的信念，相信国家不打仗，能统一，究竟好多了。国运和家运一样，一切事得慢慢来，慢慢的会好转的。

话既由油坊而起，老水手是个老《申报》间接读者，于是推己及人忖度着：“我们南京那个老总，知不知道这里开油业公司的事情？我们为什么不登个报，让他从报上知道？他一定也看老《申报》，他还派人办《中央日报》，应当知道！”

长顺对于老水手想象离奇处皱了皱眉，“这个大老官，坐在南京城，不是顺风耳，千里眼，哪知道我们乡下这些小事情。日本鬼子为北方特殊化，每天和他打麻烦，老《申报》就时常说起过。这是地方事件，中央管不着。”

说来话长，只好不谈。两人都向天空看了那么一眼。天上白云如新扯棉絮，在慢慢移动。河风吹来凉凉的。只听得有鹌鹑叫得很快乐，大约在河坎边茅草蓬里。

枣子脸二姑娘在树上插嘴说话："满满，明天你一早过河来，我们和夭夭上山舀鹌鹑去。夭夭大白狗好看不中用，我的小花子狗，你看它像貌看不出，身子一把柴瘦得可怜，神气萎琐琐的，在草窠里追扁毛畜生时，可风快！"

老水手说："二姐上什么山，花果山？你要捉鹌鹑，和黑夭夭跟我到三里牌河洲上去，茅草蓬蓬里要多少！又不是捉来打架，要什么舀网？只带个捕鱼的撒手网去，向草窠中一网撒开去，就会有一二十只上手！我亲眼看过高村地方人捉鹌鹑，就用这个方法，捉了两挑到吕家坪来卖。本地人见了那么多鹌鹑，问他从什么地方得来的，说笑话是家里孵养的。"

长顺说："还有省事法子，芷江人捉鹌鹑，只把个细眼网张在草坪尽头，三四个人各点个火把，扛起个大竹枝，拍拍的打草，一面打一面叫：'姑姑姑，咯咯咯，'上百头鹌鹑都被赶向网上碰，一捉就是百八十只，全不费事！”

二姑娘说：“爹你怎么早不说，好让我们试试看？”又说：“那好极了，我们明天就到河洲上去试试，有灵有验，会捉上一担鹌鹑！”

老水手说，“这不出奇，还有人在河里捉鹌鹑！一面打鱼一面捉那个扁毛畜生。”

提起打鱼，几个人不知不觉又把话题转到河下去，老水手正想说起那个蛤蟆变鹌鹑的荒唐传说，话不曾开口，夭夭从家中跑了来，远远的站在一个土堆子上，拍手高声叫喊：

“吃饭了！吃饭了！菜都摆好了，你们快快来！”

最先跑回去的是那只大白狗，几个小孩子。

老水手到得饭桌边时，看看桌上的早饭菜，不特有干鱼，还有鲜鱼烧豆腐，红虾米炒韭菜。老水手说笑话：

“夭夭，你家里临河，凡是水里生长的东西，全上了桌子，只差水爬虫不上桌子。”

站在桌边点着数目分配碗筷的夭夭，带笑说：“满满，还有咧，你等等看吧。”说后就回到厨房里去了。一会儿捧出一大钵子汤菜来，热气腾腾。仔细看看，原来是一钵田螺肉煮酸白菜！夭夭很快乐的向老水手说：“满满你信不信，大水爬虫也快上桌子了？”说得大家笑个不止。

吃过饭后一家人依然去园里摘橘子，长顺却邀老水手向金沙溪走，到溪头去看新堰坝。堰坝上安了个小小鱼梁，水已下落，正有个工人蹲在岸边破篾条子修补鱼梁上的棚架。到秋天来，溪水下落，堰坝中多只蓄水一半，水碾子转动慢了许多，水车声虽然还咿咿哑哑，可是也似乎疲倦了，只想休息神气。有的已停了工，车盘上水闸上粘挂了些水苔，都已枯绵绵的，被日光漂成白色。扇把鸟还坐在水车边石堤坎上翘起扇子形尾巴唱歌，石头上留下许多干白鸟粪。在水碾坊石墙上的薜荔，叶子红红紫紫。碾坊头那一片葵花，已经只剩下些乌黑杆子，在风中斜斜弯弯的，再不象往时斗大黄花迎阳光扭着颈子那种光鲜。一切都说明这个秋天快要去尽了，冬天行将到来。

两个人沿溪看了四座碾坊，方从堰坝上迈过对溪，抄捷径翻小山头回橘子园。

到午后，已摘了三晒谷簟橘子。老水手要到镇上去望望，长顺就托他带个口信，告会长一声，问他什么时候来过秤装运。因为照本地规矩，做买卖各有一把秤，一到分量上有争持时，各人便都说：“凭天赌咒，自己秤是官秤，很合规矩。大斗小秤不得天保佑。”若发生了纠纷，上庙去盟神明心时，还必须用一只雄鸡，在神座前咬下鸡头各吃一杯血酒，神方能作见证。这两亲家自然不会闹出这种纠葛，因此橘子园主人说笑话，嘱咐老水手说：

“大爷，你帮我去告会长，不要扛二十四两大秤来，免得上庙明心，又要捉我一只公鸡！”

老水手说：“那可免不了。谁不知道会长号上的大秤。你怕上当，上好是不卖把他！”老水手说的原同样是一句笑话。

大帮船拢码头时

老水手到了吕家坪镇上，向商会会长转达橘子园主人的话语，在会长家同样听到了下面在调兵遣将的消息。这些消息和他自己先前那些古古怪怪的猜想混成一片时，他于是便好象一个“学者”，在一种纯粹抽象思考上，弄得有点神气不舒，脊梁骨被问题压得弯弯的，预备沿河边走回坳上去。在正街上看见许多扛了被盖卷的水手，知道河下必到了两帮货船，一定还可从那些船老板和水手方面，打听出一些下河新闻。他还希望听些新闻，明天可过河到长顺家去报告。

河下二码头果然已拢了一帮船，大小共三十四只，分成好几个帮口停泊到河中。河水落了，水浅船只难靠码头，都用跳板搭上岸。有一部分船只还未完毕它的水程，明后天又得开头上行，这种船高桅上照例还悬挂一堆纤带。有些船已终毕了它行程的，多半在准备落地起货。复查局关上办事人，多拿了个长长的铁钎子，从这只船跳过那只船，十分忙碌。这种船只必然已下了桅，推了篷，一看也可明白。还有些船得在这个码头上盘载，减少些货物，以便上行省事的。许多水手都在河滩上笑嘻嘻的和街上妇女谈天，一面剥橘子吃一面说话。或者从麂皮抱兜里掏摸礼物，一瓶雪花膏，一盒兰花粉，一颗镀金戒指，这样或那样。掏出的是这个水手的血汗还是那颗心，接受礼物的似乎通通不曾注意到。有些水手又坐在大石头上编排草鞋，或蹲在河坎上吸旱烟，寂寞和从容平分，另是一种神情。

有些船后艄正燃起湿栗柴，水手就长流水淘米煮饭，把砂罐贮半罐子红糙米，向水中骨毒一闷。另外一些人便忙着掐葱剥蒜，准备用拢岸刀头肉炒豆腐干作晚饭菜。

搭上行船的客人，这时多换上干净衣服，上街去看市面。不上岸的却穿着短汗衫，叉手站在船尾船头，口衔纸烟，洒洒脱脱，欣赏午后江村景色。或下船在河滩上橘子堆边把拣好的橘子摆成一小堆，要乡下人估价钱，笑眯眯的作交易。说不定正想起大码头四人同吃一枚橘子的情形，如今却俨然到了橘子园，两相对照，未免好笑。说不定想到的又只是些比这事还小的事情。

长街上许多小孩子，知道大帮船已拢岸，都提了小小篮子，来卖棒棒糖和小芝麻饼，在各个船上兜生意，从这只船跳过那只船一面进行生意，一面和同伴骂骂野话取乐。

河下顿时显得热闹而有生气起来，好象有点乱，一种逢场过节情形中不可免的纷乱。

老水手沿河走去，瞪着双小眼睛，一只一只船加以检查。凡是本镇上或附近不多远的船主和水手，认识的都打了个招呼，且和年青人照例说两句笑话。不是问他们这次下常德见过了几条“火龙船”，上醉仙楼吃过几碗“羊肉面”，就是逗他们在桃源县玩过了几次“三只角”，进过几回“桃源洞”！遇到一个胖胖的水手，是吕家坪镇上作裁缝李生福的大儿子，老水手于是在船跳板边停顿下来，向那小伙子打招呼。

“大肉官官，我以为你一到洞庭湖，就会把这只‘水上飘’压沉，湖中的肥江猪早吃掉了你，怎么你又回来了？好个大命！”

那小伙子和一切胖人脾气相似，原是个乐天派，天生憨憨的，笑嘻嘻的回答说：“伯伯，我们这只船结实，压不沉的！上次放船下常德府，船上除了我，还装上十二桶水银，我也以为会压到洞庭湖心里去见龙王爷，不会再回来的，所以船到桃源县时，就把几个钱全输光了。我到后江去和三个小婊子打了一夜牌，先是我一个人赢，赢到三个婊子都上不了庄。时候早，还不过半夜，不好意思下船，就借她们钱再玩下去。谁料三个小婊子把我当城隍菩萨，商量好了抬我的轿子，三轮庄把我弄得个罄、净、干。她们看我钱已输光后，就说天气早，夜深长，过夜太累了，明天恐爬不起来，还是歇歇吧。一个一个打起哈欠来了，好象当真要睡觉样子。好无心肝的婊子！干铺也不让搭，要我回船上睡。输得我只剩一根裤带，一条黄瓜，到了省里时，什么都买不成。船又好好的回来了。伯伯，你想想我好晦气！一定是不小心在妇人家晒裤子竹杆下穿过，头上招了一下那个。”

老水手笑得弯着腰。“好，好，好，你倒会快乐！你身子那么大，婊子不怕你？”

“桃源县后江娘儿们，什么大仗火不见过，还怕我！她们怕什么？水牛也不怕！”

“可是省里来的副爷，关门撒野，完事后拉开房门就跑了，她们招架不住。”

“那又当别论。伯伯，说起副爷，你我谁不怕？”

老水手说：“凡事总有理字，三头六臂的人也得讲个道理。”老水手想起新生活，话转了弯，“肥它它，我问你，可见过新生活？你在常德可被罚过立正？”

“见过见过。不多不少罚过三回。有回还是个女学生；她说：‘划船的，你走路怎么不讲规矩？这不成的！’我笑笑的问她：‘先生，什么是规矩？’因为我笑，她就罚我。站在一个商货铺屋檐口，不许走动。我看了好一会铺子里悬挂在半空中的腊肉腊鱼，害得我口馋心馋！”

“这有什么好处？”

“严肃整齐，将来好齐心打鬼子，打鬼子不是笑话！”

“听人说兵向上面调，打什么鬼子？鬼子难道在我们湘西？”

“那可不明白！”

既不明白，自然就再会。老水手又走过去一点，碰着一个“拦头”水手，萝卜溪住家的人。这水手长得同一根竹篙子一般，名叫“长寿”。其时正和另外一个水手，在河滩上估猜橘子瓣数，赌小输赢。老水手走近身时招呼他说：

“长寿，你不是月前才下去？怎么你这根竹篙子一撇又回来了？”

长寿说：“我到辰州府就打了转身。”

“长顺家三黑子，他老子等他船回来，好装橘子下省办皮货！他到了常德不到？”

“不知道，这要问朱家冒冒，他们在辰州同一帮船，一同湾泊到上南门，一路吹哨子去上西关福音堂看耶稣，听牧师说天话。”又引了两句谚语：“耶稣爱我白白脸，我爱耶稣大洋钱。可不是！”

“洪发油号的油船？”

“我没看见。”

“榷运局的盐船？”

“也没看见。”

老水手不由的咦了起来，做成相信不过的神气：“咦，长寿，长寿，你这个人眼眶子好大，一只下水船面对面也看不明白。你是整天看水鸭子打架，还是眼睛落了个毛毛虫，痒苏苏的不管事？”

那水手因为手气不大好，赌输了好些钱，正想扳本，被老水手打岔，有点上火，于是粗声粗气回答：“咄，伯伯，你真是，年青人眼睛，看女人才在行！要看船，满河都是船，看得了多少！”

“你是拦头管事！”

“我拦头应当看水，和水里石头；抬起头来就看天，有不有云，刮不刮风，好转篷挂脚。谁当心看油船盐船？又不是家里媳妇婆娘等待油盐下锅炒菜！”

老水手见话不接头，于是再迈步走去。在一只三舱船前面，遇着一个老伴，一个在沅水流域驾了三十年船的船主，正在船头督促水手起货物上岸。一见老水手就大声喊叫：

“老伙计，来，来，来，到这里来！打灯笼火把也找不到你！同我来喝一杯，我炖得有个稀烂大猪头。你忙？”

老水手走近船边笑笑的，“我忙什么？我是个鹞子风筝，满天飞，无事忙。白天帮萝卜溪长顺大爷下了半天橘子，回镇上来看看会长，听说船拢了，又下河来看看船。我就那么无事忙。你这船真快，怎么老早就回来了？”

“回来装橘子的！赶装一船橘子下去，换鱿鱼海带赶回来过年。今年我们这里橘子好，装到汉口抢生意，有钱赚。”

“那我也跟你过汉口去。”老水手说笑话，可是却当真上了船。从船舷阳桥边走过尾艄去，为的是尾艄空阔四不当路，并且火舱中砂锅里正焖着那个猪头，热气腾腾，香味四溢，不免引人口馋。

船主跟过后艄来，“老伙计，下面近来都变了，都不同了，当真下去看看西洋景吧。常德府街道放得宽宽的，走路再不会手拐子撞你撞我。大街上人走路都挺起胸脯，好象见人就要打架神气。学生也厉害，放学天都拿了木棍子在街上站岗，十来丈远一个，对人说：走左边，走左边——大家左边走，不是左倾了吗？”末尾一句话自然是笑话，船主一面说一面就自己先笑起来。因为想起前些时别的人曾经把这个字眼儿看得顶认真，还听说有上万年青学生因此把头割掉！

“哪里的话。”

“老伙计，哪里画？壁上挂；唐伯虎画的。这事你不信，人家还亲眼见过！辫子全剪了，说要卫生，省时间梳洗，好读书。一讲究卫生，连裤子也不穿。都说是当真的，我不大信！”

老水手是个老《申报》间接读者，用耳朵从会长一类人口中读消息，所以比船主似乎开通一点，不大相信船主说的女学生笑话。老水手关心新生活，又问了些小问题，答复还是不能使人满意。后来又谈起中国和日本开战问题，那船主却比老水手知道更少，所以省上调动保安队，船主就毫不明白是什么事情。

可是皇天不负苦心人，关心这问题的老水手，过不久，就当真比吕家坪镇上人知道的都多了。

辰河货船在沅水中行驶，照规矩各有帮口，也就各有码头，不相混杂。但船到辰河以后，因为码头小，不便停泊，就不免有点各凭机会抢先意思，谁先到谁就拣好处靠岸。本来成帮的船，虽还保留一点大河中老规矩，孤单船只和装有公事上人的船只，就不那么拘谨了。这货船旁有一只小船，拔了锚，撑到上游一点去后，空处就补上了一只小客船，船头上站了个穿灰哔叽短夹袄的中年人，看样子不是县里承审官，就是专员公署的秘书科长。小差船十来天都和这只商船泊在一处，一同开头又一同靠岸。船主已和那客人相熟，两船相靠泊定后，船主正和老水手蹲在舱板上放杯筷准备喝酒。船主见到那个人，就说：“先生，过来喝一杯，今天酒好！是我们镇上著名的红毛烧，进过贡的，来试试看。”

那人说：“老板，你船到地了。这地方橘子真好，一年有多少出息！”

“不什么好，东西多，不值钱！”旋又把筷子指定老水手鼻子，“我们这位老伙计住在这里，天上地下什么都知道。吕家坪的事情，心中一本册，清清楚楚。”

听到这个介绍时，老水手不免有点儿忸怩。既有了攀谈机会，便隔船和那客人谈天，从橘子产量价值到保安队。饭菜排好时，船主重新殷勤招呼请客人过来喝两杯酒。客人却情不过，只得走过船来，大家蹲在后舱光溜溜的船板上，对起杯来。

原来客人是个中学教员，说起近年来地方的气运，客人因为多喝了一杯酒，话也就多了一点，客人说：

“这事是一定的！你们地方五年前归那个本地老总负责时，究竟是自己家边人，要几个钱也有限。钱要够了，自然就想做做事。可是面子不能让一个人占。省里怕他得人心，势力一大，将来管不了，主席也怕坐不稳。所以派两师人上来，逼他交出兵权，下野不问事。不肯下野就要打。如果当时真的打起来，还不知是谁的天下。本地年青军官都说要打也成，见个胜败很好。可是你们老总不怕主席怕中央，不怕人怕法，怕国法和军法。以为不应当和委员长为难，是非总有个公道，就下了野，一个人坐车子跑下省里去做委员，军队事不再过问。因此军队编的编，调的调，不久就完事了。再不久，保安队就来了。主席想把保安队拿在手里，不让它成为单独势力，想出个绝妙办法，老是把营长团长这里那里各处调，部队也这里那里各处调，上下通通不大熟习，官长对部下不熟习，部队对地方不熟习，好倒有好处，从此一来地方势力果然都消灭了，新势力决不会再起，省里做事方便了万千。只是主席方便民众未必方便。保安队变成了随时调动的东西，他们只准备上路，从不准备打匪。到任何地方驻防，事实上就只是驻防，负不了责。纵有好官长，什么都不熟习，有的连自己的兵还不熟习，如何负责？因此大家都养成一个不大负责的习气……

离开妻室儿女出远门，不为几个钱为什么？找了钱，好走路！”

老水手觉得不大可信，插嘴说：“这事情怎么没有传到南京去呢？”

那人说：“我的老伙计，委员长一天忙到晚，管得到这芝麻大事情？现在又预备打日本，事情更多了。”

船主说：“这里那人既下野了，兵也听说调过宁波奉化去了，怎么省里还调兵上来？又要大杀苗人了吗？苗人不造反，也杀够了！”

“老舵把子，这个你应当比我们外省人知道得多一些！”客人似乎有了点醉意，话说得更亲昵放肆了些。这人民国十八年在长沙过了一阵热闹日子，忽然又冷下来，不声不响教了六年中学。谁也不知道他过去是什么人，把日子过下来，看了六七年省城的报，听了六七年本地的故事。这时节被吕家坪的烧酒把一点积压全挤出来了。“老伙计，你不知道吧？我倒知道啊！你只知道划船，掌舵，拉纤，到常德府去找花姑娘，把板带里几个钱掏空，就完事了。那知道世界上玩意儿多咧。……”（被中央宣

传部[1]删去一大段）

到老水手仿佛把事情弄明白，点头微笑时，那客人业已被烧酒醉得胡胡涂涂快要唱歌了。

老水手轻轻的对船主说：“掌舵的，真是这样子，我们这地方会要遭殃，不久又要乱起来的，又有枪，又有人，又有后面撑腰的，怎么不乱？”

船主不作声，把头乱摇，他不大相信。事实上他也有点醉了。

天已垂暮，邻近各船上到处是炒菜落锅的声音，和辣子大蒜气味。且有在船上猜拳，八马五魁大叫大喊的。晚来停靠的船，在河中用有倒钩的竹篙抓住别的船尾靠拢时，篙声水声人语声混成一片。河面光景十分热闹。夜云已成一片紫色，映在水面上，渡船口前人船都笼罩在那个紫光中。平静宽阔的河面，有翠鸟水鸡接翅掠水向微茫烟浦里飞去。老水手看看身边客人和舵把子，已经完全被烧酒降伏。天夜了，忙匆匆的扒了一大碗红米饭，吃了几片肥烂烂的猪头肉，上了岸鲇鱼似的溜了。

---

[1] 指国民党中央宣传部。

他带了点轻微酒意，重新上正街，向会长家中走去。会长正来客人，刚点上那盏老虎牌汽油灯，照得一屋子亮堂堂的。但见香烟笼罩中，长衣短衣坐了十来位，不是要开会就是要打牌。老水手明白自己身分，不惯和要人说话，因此转身又向茶馆走去。

货船到得多，水手有的回了家，和家中人围在矮桌边说笑吃喝去了。有的是麻阳县的船，还不曾完毕长途，明天又得赶路，却照老规矩，“船到吕家坪可以和个妇人口对口做点胡涂事”，就上岸找对手消消火气。有的又因为在船上赌天九，手气好，弄了几个，抱兜中洋钱钞票胀鼓鼓的，非上岸活动活动不可，也得上岸取乐，请同伙水手吃面，再到一个妇人家去烧荤烟吃。既有两三百水手一大堆钱在松动，河下一条长街到了晚上，自然更见得活泼热闹起来。到处感情都在发酵，笑语和嚷骂混成一片。茶馆中更嘈杂万状。有退伍兵士和水手，坐在临街长条凳上玩月琴，用竹拨子弄得四条弦绷琮绷琮响。还风流自赏提高喉咙学女人嗓子唱小曲，《花月逢春》，《四季相思》，万喜良孟姜女长城边会面，一面唱曲子，一面便将眼角瞟觑对街黑腰门（门里正有个大黑眼长辫子船主黄花女儿），妄想凤求凰，从琴声入手。

小船主好客喜应酬，还特意拉了船上的客人，和押货管事上馆子吃肉饺饵，在“满堂红”灯光下从麂皮抱兜掏出大把钞票来争着会钞，再上茶馆喝茶，听渔鼓道情。客人兴致豪，必还得陪往野娘儿们住的边街吊脚楼上，找两个眉眼利落点的年青妇人，来陪客靠灯，烧两盒烟，逗逗小婊子取乐。船主必在小婊子面前，随便给客人加个官衔，参谋或营长，司令或处长，再不然就是大经理大管事；且照例说是家里无人照应，正要挑选一房亲事，不必摩登，只要人“忠厚富太”就成，借此扇起小妇人一点妄念和痴心，从手脚上占点便宜。再坐坐，留下一块八毛钱，却笑着一股烟走了。副爷们见船帮拢了岸，记起尽保安职务，特别多派了几个弟兄查夜，点验小客店巡环簿，盘问不相干住客姓名来去。更重要的是另外一些不在其位非军非警亦军亦警的人物，在巡查过后，来公平交易，一张桌子收取五元放赌桌子钱。

至于本地妇人，或事实上在经营最古职业，或兴趣上和水上人有点交情缘分，在这个夜里自然更话多事多，见得十分忙碌，还债收帐一类事情，必包含了物质和精神两方面。眼泪与悦乐杂揉，也有唱，也有笑，且有恩怨纠缚，在鼻涕眼泪中盟神发誓，参加这个小小世界的活动。

老水手在一个相熟的本地舵把子茶桌边坐下来，一面喝茶一面观察情形。见凡事照常，如历来大帮船到码头时一样。即坐在上首那几个副爷，也都很静心似的听着那浪荡子弹月琴，梦想万喜良和孟姜女在白骨如麻长城边相会唱歌光景，脸样都似乎痴痴的，并无征兆显示出对这地方明日情形变化的忧心，简直是毫无所思，毫无所虑。老水手因之代为心中打算，即如何捞几个小小横财，打颗金戒指，镶颗金牙齿。

老水手心中有点不平，坐了一会儿，和那船主谈了些闲天，就拔脚走了。他也并不走远，只转到隔壁一个相熟人家去，看船上人打跑付子字牌，且看悬在牌桌正中屋梁下那个火苗长长的油灯，上面虫蛾飞来飞去，站在人家身后，不知不觉看了半天。吕家坪市镇到坳上，虽有将近三里路，老水手同匹老马一样，腿边生眼睛，天上一抹黑，摸夜路回家也不会摔到河里去。九月中天上星子多，明河在空中画一道长长的白线，自然更不碍事了。因此回去时火把也不拿，洒脚洒手的。回坳上出街口得从保安队驻防处伏波宫前面经过，一个身大胆量小的守哨弟兄在黑暗中大声喊道："口令！"

老水手猛不防有这一着洋玩意儿，于是干声嚷着："老百姓。"

"什么老百姓？半夜三更到哪里去！不许动。"

"枫树坳坐坳守祠堂的老百姓，我回家里去！"

"不许通过。"

"不许走，那我从下边河滩上绕路走。天半夜了，人家要回家睡觉的！"

"天半夜了，怎么不打个灯？"

"天上有星子，有万千个灯！"

那哨兵直到这时节似乎方抬头仔细看看，果然蓝穹中挂上一天星子。且从老水手口音中，辨明白是个老伙计，不值得认真了。可是自己转不过口来，还是不成，说说官话：

"你得拿个火把，不然深更半夜，谁知道你是豺狼虎豹，正人君子？"

"我的副爷，住了这地方三十年，什么还不熟习？我到会长那边去有点事情，所以回来就晚了。包涵包涵！”

话说来说去，口气上已表示不妨通融了。老水手于是依然一直向前走去。老水手从口音上知道这副爷是家边人，好说话，因此走近身时就问他：

“副爷，今天戒严吗？还不到三更天，早哩。”

“船来得多，队长怕有歹人，下命令戒严。”

“官长不是在会长家里吃酒吗？三山五岳，客人很多！”

“在上码头税关王局长那边打牌！”

“打牌吃酒好在是一样的。我还以为在会长家里！天杀黑时我看见好些人在那边，简直是群英大会……”

“吃过酒，就到王局长那边打牌去了。”

“局长他们倒成天有酒喝，有牌打。”

“命里八字好，做官！”口中虽那么说，却并无羡慕意思，语气中好象还带着一点诅咒意味，“娘个东西，升官发财，做舅子！”

又好象这个不满意情绪，已被老水手察觉，泄露了心中秘密，便认清了自己责任，陡的大吼一声：“走，赶快走！不走我把你当奸细办。”似乎把老水手嗾开后，自己也就安全了。

老水手听来觉得，这个弟兄的意见，竟比河下船上听那中学教员的意见明白多了。他心里想：“慢慢的来吧，慢慢的看吧，舅子。‘豆子豆子，和尚是我舅子；枣子枣子，我是和尚老子。’你们等着吧。有一天你看老子的厉害！”他好象已预先看到了些什么事情，即属于这地方明日的命运。可是究竟是些什么，他可说不出，也并不真正明白。

到得坳上时，看看对河萝卜溪一带，半包裹在夜色迷蒙雾气中，如已沉睡，只剩下几点儿摇曳不定灯光在丛树林薄间。河下也有几点灯光微微闪动。滩水在静夜里很响。更远处大山，有一片野烧，延展移动。忽明忽灭。老水手站在祠堂阶砌上，自言自语的说：

“好风水，龙脉走了，要来的你尽管来，我姓滕的什么都不怕！”

买橘子

保安队队长带了一个尖鼻小眼烟容满面的师爷，到萝卜溪来找橘子园主人滕长顺，办交涉打商量买一船橘子。长顺把客人欢迎到正厅堂屋坐定后，赶忙拿烟倒茶。队长自以为是个军人，凡事豪爽直率，开门见山就说：

“大老板，无事不登三宝殿，我是有点小事特意来这里的。我想和你办个小交涉。我听人说你家橘子园今年橘子格外好，又大又甜，我来买橘子。”

长顺听说还以为是一句笑话，就笑起来：

“队长要吃橘子，我叫人挑几担去解渴，哪用钱买！”

“喔，那不成。我听会长说，买了你一船橘子，庄头又大，味道又好，比什么‘三七四’外国货还好。带下省去送人，顶刮刮。我也要买一船带下省去送礼。我们先小人后君子，得说个明白，橘子不白要你的，值多少钱我出多少。你只留心选好的，大的，同会长那橘子一样的。”

长顺明白来意后，有点犯难起来，答应拒绝都不好启齿。只搓着两只有毛大手微笑，因为这事似乎有点蹊跷，象个机关布景，不大近情理。过了一会儿，才带着点疑问神气说：

“队长要橘子送礼吗？要一船装下去送礼吗？”

“是的。货要好的，我把你钱，不白要你的！”

“很好，很好，我就要他们摘一船——要多大一船？”

“同会长那船一样大，一样多。要好的，甜的，整庄的，我好带到省里去送人。送军长，厅长，有好多人要送，这是面子上事情。……”

长顺这一来可哽住了。不免有点滞滞疑疑，微笑虽依然还挂在脸上，但笑中那种乡下人吃闷盆不甘心的憨气，也现出来了。

同来师爷是个“智多星”，这一着棋本是师爷指点队长走的。以为长官自己下乡买橘子，长顺必不好意思接钱。得到了橘子，再借名义封一只船向下运，办件公文说是“差船”，派个特务长押运，作为送主席的礼物，沿路就不用上税。到了常德码头时，带三两挑过长沙送礼，剩下百分之九十，都可就地找主顾脱手，如此一来，怕不可以净捞个千把块钱，哪有这样上算的事！如今办交涉时，见橘子园主人一起始似乎就已看穿他们的来意，不大好办。因此当作长顺听不懂队长话语，语言有隔阂，他来从旁解释，“滕大老板，你照会长那个装一船，就好了。你橘子不卖难道留在家里吃？你想想。”

可是会长是干亲家，半送半买，还拿了两百块钱。而且真的是带下省去送亲戚，这礼物也就等于有一半是自己做人情。队长可非亲非故，并且照平时派头说来，不是肯拿两百块钱买橘子送礼物的人，要一船橘子有什么用处？因此长顺口上虽说很好很好，心中终不免踌躇，猜详不出是什么意思来。也是合当出事，有心无意，这个乡下人不知不觉又把话说回了头：

“队长你要橘子送人，我叫人明天挑十担去。”

队长从话中已听出支吾处，有点不乐意，声音重重的说：“我要买你一船橘子，好带下去送礼！你究竟卖不卖？”

长顺也作成“听明白了”神气，随口而问：“卖，卖，卖，是要大船？小船？”

“要会长那么大一船，货也要一样的。”

“好的，好的，好的。”

在一连三个“好的”之中，队长从橘子园主人口气里，探出了怀疑神气，好象把怀疑已完全证实后，便用“碰鬼，拿一船橘子下省里去发财吧”那么态度答应下来的。队长要一船橘子的本意，原是借故送礼，好发一笔小财，如今以为橘了园主人业已完全猜中机关，光棍心多，不免因羞成恼，有点气愤。只是俗话说，“伸手不打笑脸人”，主人既答应了下来，很显然，纵非出自心愿，也得上套。所以一时不便发作，只加强语调说：

“大老板，我是出钱买你的橘子！你要多少钱我出多少，不是白要你橘子的！”

同来那个师爷鬼伶精，恐怕交涉办不成，自己好处也没有了。就此在旁边打圆成，提点长顺，语气中也不免有一点儿带哄带吓。“滕老板，你听我说，你橘子是树上长的，熟了好坏要卖给人，是不是？队长出钱买，你难道不卖？预备卖，那不用说了，明天找人下树就是。

别的话语全是多余的。我们还有公事，不能在这里和你磨牙巴骨！”

长顺忙陪笑脸说：“不是那么说，师爷你是个明白人，有人出钱买我的橘子，我能说不卖？我意思是本地橘子不值钱，队长要送礼，可不用买，不必破费，我叫人挑十担去。今年橘子结得多，队长带弟兄到我们这小地方来保卫治安，千辛万苦，吃几个橘子，还好意思接钱？这点小意思也要钱，我姓滕的还象个人吗？只看什么时候要，告我个日子，我一定照办。”

因为说的还是“几挑”，和那个“一船”距离太远，队长怪不舒服，装成大不高兴毫不领情神气，眼不瞧长顺，对着堂屋外大院坝一对白公鸡说，“哪一个白要你乡下人的橘子？现钱买现货，你要多少我出多少。只帮我赶快从树上摘下来。我要一船，和会长一样……会长花多少我也照出，一是一，二是二。”话说完，队长站起身来，把眉毛皱皱，意思象要说：“我是个军人，作风简单痛快。我要的你得照办。不许疑心，不许说办不了。不照办，你小心，可莫后悔不迭！”斜眼知会了一下同来的师爷，就昂着个头顾自扬长走了。到院子心踏中一泡鸡屎，赶上去踢了那白鸡一脚，“你个畜生，不识好歹，害我！”

长顺觉得简直是被骂了，气得许久开口不得。因为二十年来内战，这人在水上，在地面，看见过多少希奇古怪的事情，可是总还不象今天这个人那么神气活灵活现，不讲道理。

那丑角一般师爷有意留在后边一点，唯恐事情弄僵，回过头来向长顺说：

“滕老板，你这人，真是个在石板一跌两节的人，吃生米饭长大，生硬硬的，太不懂事！队长爱面子，兴兴头头亲自跑到你乡下来买橘子，你倒拿羊起来了；‘有钱难买不卖货’，怎么不卖？我问你，是个什么主意？”

长顺说：“我的哥，我怎么好说不卖？他要一船橘子，一千八百担，算是一船，三百两百挑，也是一船。装一船橘子送人，可送得了？”

师爷楞着那双鼠眼说：“嗨，你这个人。你管他送得了送不了？送不了让它烂去，生蛆发霉，也不用你操心。他出钱你卖货，不是就了事？他送人也好，让它烂掉也好，你管不着。你只为他装满一只‘水上漂’，还问什么？你惹他生了气，他是个武人，说得出，做得到，真派人来砍了你的橘子树，你难道还到南京大理院去告他？”

这师爷以为如此一说，长顺自会央求他转弯，因此站着不动。却见长顺不做声，好象在玩味他的美妙辞令，并无结果，自觉没趣，因此学戏文上丑角毛延寿神气，三尾子似的甩甩后衣角，表示“这事从此不再相干”，跟着队长身后走了。

两人本来一股豪劲下萝卜溪，以为事情不费力即可成功。现在僵了，大话已说出口，收不回来，十分生气。出了滕家大门，走到橘子园边，想沿河走回去，看看河边景致，散散闷气。侧屋空坪子里，正遇着橘子园主人女儿夭夭，在太阳下晒刺莓果，头上搭了一块扣花首帕，辫子头扎一朵红茶花。其时正低着头一面随意唱唱，一面用竹耙子翻扒那晒簟上的带刺小果子。身边两只狗见了生人就狂吠起来。夭夭抬起头时，见是两个军官，忙喝住狗，举起竹耙在狗头上打了一下，把狗打走了。还以为两人是从橘园穿过，要到河边玩的，故不理会，依然作自己的事情。

队长平时就常听人提起长顺两个女儿，小的黑而俏。在场头上虽见过几回，印象中不过是一朵平常野花罢了。

队长是省里中学念过书的人，见过场面，和烫了头发手指甲涂红胶的交际花恋爱时，写情书必用“红叶笺”、“爬客”自来水笔。凡事浸透了时髦精神，所以对乡下女子便有点瞧不上眼。这次倒因为气愤，心中存着三分好奇，三分恶意，想逗逗这女子开开心，就故意走过去和夭夭攀话，问夭夭簟子里晒的是什么东西。且随手刁起一枚刺莓来放在鼻边闻闻。“好香！这是什么东西？奇怪得很！”

夭夭头也不抬，轻声地说：“刺莓。”

“刺莓有什么用？”

“泡药酒消痰化气。”

“你一个姑娘家，有什么痰和气要消化？”

“上年纪的人吃它！”

“这东西吃得？我不相信。恐怕是毒药吧。我不信。”

“不信就不要相信。”

“一定是放蛊的毒药。你们湘西人都会放蛊，我知道的！一吃下肚里去，就会生虫中蛊，把肠子咬断，好厉害！”

其时那个师爷正弯下身去拾起一个顶大的半红的刺

莓，作成要生吃下去的神气，却并不当真就吃。队长好象很为他同伴冒险而担心，“师爷，小心点，不要中毒，回去打麻烦。中了毒要灌粪清才会吐出来的！说不得还派人来讨大便讲人情，多费事！”

师爷也作成差点儿上当神气，“啊呀危险！”

夭夭为两个外乡人的言行可笑，抿嘴笑笑，很天真的转过身抬起头来，看了看两个外乡人。“你们城里人什么都不知道。不相信，要你信。”随手拾起一个透熟黄中带红的果子，咬去了蒂和尖刺，往口里一送，就嚼起来了。果汁吮尽后，哺的一下把渣滓远远吐去，对着两个军人：“甜蜜蜜的，好吃的，不会毒死你！”

那师爷装作先不明白，一经指点方　然觉悟样子，就同样把一个生涩小果子抛入口里，嚼了两下，却皱起眉把个小头不住的摇。

“好涩口，好酸！队长，你尝尝看。这是什么玩意儿——人参果吧？”

那队长也故意吃了一枚，吃过后同样不住摇头，“啊呀，这人参果，要福气消受！”

两人都赶忙把口中的东西吐出。

这种做作的剧情，虽出于做作，却不十分讨人厌。夭夭见到时，得意极了，取笑两人说："城里人只会吃芝麻饼和连环酥。怕毒死千万不要吃，留下来明天做真命天子。"

师爷手指面前一片橘子树林，口气装得极其温和，询问夭夭，"这是你家橘子园不是？"

"是我家的，怎么样？"

"橘子卖不卖？"

夭夭说："怎么不卖？"

"我怕你家里人要留下自己吃。"

"留下自己吃，一家人吃得多少！"

"正是的，一家人能吃多少！可是我们买你卖不卖？"

"在这里可不卖。"

"这是什么意思？"

"你们想吃就吃！口渴了自己爬上树去摘，能吃多少吃多少，不用把钱。你看（夭夭把手由左到右画了个半圆圈），多大一片橘子园，全是我家的。今年结了好多好多！我的狗不咬人。"

说时那只白狗已回到了夭夭身边，一双眼睛对两个陌生客人盯着，还俨然取的是一种监视态度。喉中低低咻着，表示对于陌生客人毫不欢迎。夭夭抚摩狗头，安慰它也骂骂它，“大白，你是怎么的？看你那样子，装得凶神恶煞，小气。我打你。”且顺着狗两个耳朵极温柔的拍了几下，“到那边去！不许闹。”

夭夭又向两个军人说：“它很正经，不乱咬人。有人心，懂事得很。好人它不咬，坏人放不过。”远远的一株橘子树上飞走了一只乌鸦，掉落了一个橘子，落在泥地上钝钝的一声响，这只狗不必吩咐，就奔窜过去，一会儿便把橘子衔回来了。夭夭将橘子送给客人，“吃吃看，这是老树橘子，不酸的！”

师爷在衣口袋中掏了一阵，似乎找一把刀子，末后还是用手来剥，两手弄得湿油油的，向裤子上只是擦，不爱干净处引得夭夭好笑。

队长一面吃橘子一面说：“好吃，好吃，真好吃。”又说，“我先不久到你家里，和你爹爹商量买橘子，他好象深怕我不给钱，白要他的。不肯卖把我。”

夭夭说：“那不会的。你要买多少？”

师爷抢口说：“队长要买一船。”

“一船橘子你们怎么吃得了？”

“队长预备带下省里去送人。”

“你们有多少人要送礼？”

夭夭语气中和爹爹的一样，有点不相信。师爷以为夭夭年纪小可欺，就为上司捧场说大话，“我们队长交游遍天下，南京北京到处有朋友，莫说一船橘子，真的送礼，就是十船橘子也不够！”

“一个人送多少？”

“一个人送二十三十个尝尝。让他们知道湘西橘子原来那么好，将来到湘西采办去进贡。”

夭夭笑将起来，“二十三十，好。做官的，我问你，一船有多少橘子，你知道不知道？”

师爷这一下可给夭夭问住了，话问得闷头，一时回答不来，只是憨笑。对队长皱了皱眉毛，解嘲似的反问夭夭：

“我不知道一船有多少，你说说看对不对。”

“你不明白，我说来还是不明白。”

“九九八十一，我算得出。”

“那你算把我听听，一石橘子有多少。”

队长知道师爷咬字眼儿不是夭夭敌手，想为师爷解围，转话头问夭夭：“商会会长前几天到你家买一船橘子，出多少钱？”

夭夭不明白这话用意，老老实实回答说：“我爹不要他的钱，他一定要送两百块钱来。”

队长听了一惊，“怎么，两百块钱？”

“你说是不止——不值？”

队长本意以为“不值”，但在夭夭面前要装大方，不好说不值，就说：“值得，值得，一千也值得。”又说：“我也花两百块钱，买一船橘子，要一般大，一般多，你卖不卖？”

“你问我爹爹去！”

“你爹爹说不卖。”

“那一定不卖。”

“怎么不卖？怎么别人就卖，我要就不卖？难道是……”

“嗨，你这个人！会长是我爹的亲家，我的干爹，顶大橘子是我送他的。要买，八宝精，花钱无处买！”

队长方了然长顺对于卖橘子谈判不感兴趣的原因。更明白那一船橘子的真正代价，是多少钱，多少交情。

可是本来说买橘子，也早料到结果必半买半送，随便给个五六十元了事，既然是地方长官，孝敬还来不及巴不上，岂有出钱买还不卖的道理？谁知长顺不识相，话不接头，引起了队长的火，弄得个不欢而散。话既说出了口，不卖吧，派弟兄来把橘子树全给砍了！真的到底不卖，还不是一个僵局？答应卖了呢，就得照数出钱，两百元，四百元，拿那么一笔钱办橘子，就算运到常德府，赚两个钱，费多少事！倒不如办两百块钱特货，稳当简便多了。

队长觉得，先前在气头上话说出了口，不能收场，现在正好和夭夭把话说开，留下转圜余地。于是说："我先不久几几乎同你那个爹爹吵起来了。财主员外真不大讲道理。我来跟他办交涉，买一船橘子，他好象有点舍不得，又担心我倚仗官势，不肯把钱，白要你家橘子。他说宁愿意让橘子在树上地下烂掉，也不卖把我。惹我生气上火，不卖吗？我派人来把你这些橘子树全给砍了，其奈我何。你等等告你爹，我买橘子，人家把多少我同样把多少！我们保安队的军誉，到这里来谁不知道。凡事有个理，有个法……"

说到这里时，对师爷挤了一挤眼睛，那师爷就接下去说："真是的，凡事公正，公买公卖，沅陵县报上就说起过！"又故意对队长说，意思却在给夭夭听到，"队长，你老人家也不要生气，值不得。这是一点小误会。谁不知道你爱民如子？滕老板是个明白人，他先不体会你意思，到后亏我一说，他就懂了。限他五天办好，他一定会照办。这事有我，不要怄气，值不得！"说到末了，拍了拍那个瘦胸膛，意思是象只要有他，天下什么事都办得妥当。

夭夭这一来，才知道这两个人，原来先不久还刚从家中与爹爹吵了嘴。夭夭再看看两人，便把先前那点天真好意收藏起来了，低下头去翻扒刺莓，随口回答说：

"好好的买卖，公平交易，哪有不卖的道理。"

队长还涎着脸说："我要买那顶大的，长在树尖子上霜打得红红的，要多少钱我出多少。"

师爷依然带着为上司捧场神气，尽说鬼话："那当然，要多少出多少，只要肯，一千八百队长出得起。送礼图个面子，贵点算什么。"

队长鼻头嗡嗡的，"师爷，你还不明白，我这人就是这种脾气，凡事图个面子，图个新鲜。要钱吗？有的是。”这话又象是说给自己听取乐，又象是话中本意并非橘子，却指的是玩女人出得起钱，让夭夭知道他为人如何豪爽大方。“南京沈万三的聚宝盆，见过多少希罕的好东西！”

师爷了解上司意思所指，因此凑和着说下去，“那还待说？别人不知道你，队长，我总知道。为人只要个痛快，花钱不算回事。……长沙那个……我知道的！”

师爷正想宣传他上司过去在辰州花三百块钱为一个小婊子点大蜡烛的挥霍故事。话上了喉咙，方记起夭夭是个黄花女，话不中听，必得罪队长。因此装作错喉干呃了一阵，过后才继续为队长知识人品作个长长的说明。

夭夭听听两人说的话，似乎渐渐离开了本题，话外有话。语气中还带点鼻音，显得轻浮而亵渎。尤其是那位师爷，话越说越粗野，夭夭脸忽然发起烧来了，想赶快走开，拿不定主意回家去还是向河边走。

两人都因为夭夭先一时的天真坦白，现在见她低下头不作理会，还以为女孩子心窍开了，已懂了人事有点意思。所以还不知趣说下去。话越说越不象话，夭夭感到了侮辱，倒拖竹耙拔脚向后屋竹园一方跑了。

队长待跳篱笆过去看看时，冷不防那只大白狗却猛扑过来，对两人大声狂吠。那边大院子里听到狗叫，有个男工走出来赶狗，两个人方忙匆匆的穿过那片橘子园，向河边小路走去。

两人离开了橘园，沿河坎向吕家坪渡口走。

师爷见队长不说话，引逗前事说：“队长，好一只肥狗，怕不止四十斤吧。打来炖豆腐干吃，一定补人！”

队长带笑带骂：“师爷，你又想什么坏心事？一见狗就想吃，自己简直也象个饿狗。”

“我怎么又想？从前并未想过！实在好，实在肥，队长，你说不是吗？”

“我可不想吃狗肉，不到十月，火气大，吃了会上火，要流鼻血的。”

队长走在前面一点，不再说什么，他正想到另外一件事情。橘子园主人小女儿，眼睛亮闪闪的，嘴唇小小的，一看就知道是个香喷喷的黄花女。心中正提出一个问题，“好一块肥羊肉，什么人有福气讨到家里去？”就由于这点朦胧暧昧欲望，这点私心，使他对于橘子园发生了兴趣，橘子园主人对他的不好态度，也觉得可宽容了。

同行的师爷是个饕餮家，只想象到肥狗肉焖在沙锅里时的色香味种种，眼睛不看路，打了个岔，一脚踏进路旁一个土拨鼠穴里去，身向前摔了一个“狗吃屎”，还亏得两手捞住了路旁一把芭茅草，不至于摔下河坎掉到水里去。到爬起身时，两手都被茅草割破了，虎口边血只是流。

队长说：“师爷，你又发了瘾？鬼蒙你眼睛，走路怎不小心？你摔到河里淹死了，我还得悬赏打捞你，买棺木装殓你，请和尚道士超轼你；这一来得花多少钱！”

师爷气愤愤的说：“都是因为那只狗。”

队长笑着调弄师爷：“你说狗，是你想咬它，还是怕它要咬你？”

“它敢咬我？咬我个鸡公。队长，你不信你看，我明天带个小棒棒来，逗它近身，鼻子上邦的一棒，还不是请这畜生回老家去！”

“师爷，小心走路，不要自己先回老家去！”

“队长，你放心，纵掉下河里去，我一个鹞子翻身就起来了。我学过武艺，跟有名拳师吴老柔磕过头，不要小看我！”

“你样子倒有点象欧阳德。他舞旱烟杆，你舞老枪。”

“可是我永远不缴枪！禁烟督办来也不缴枪！”

且说夭夭走回家去，见爹爹正在院子里用竹篙子打墙头狗尾草，神气郁郁不舒。知道是为买橘子事和军官斗气，两不搭桥吵了两句，心不快乐，因此做个笑脸迎上去。

“爹爹，你怎么光着个头在太阳底下做这种事。我这样，你一定又要骂起我来了。那些野生的东西不要管它，不久就会死的！”

长顺不知夭夭在外边已同两个军人说了好久话，就告夭夭说：

“夭夭，越来越没有道理了。先前保安队队长同个师爷，到我们这里来，说要买一船橘子，装下省里去送礼。什么主席厅长委员全都要送。真有多少人要送礼？还不是看人发财红了眼睛，想装一船橘子下去做生意？我先想不明白，以为他是要吃橘子，还答应送他十担八担，不必花钱。他倒以为我是看穿了他的计策，恼羞成怒，说是现钱买现货。若不卖，派兵来把橘子树全给砍了再说。保安队原来就是砍人家橘子树的。”

夭夭想使爹爹开心，于是笑将起来，“这算什么？他们要买，肯出钱，就卖一船把他，管他送礼不送礼！”

“他存心买那才真怪！我很怄气。”

“不存心买难道存心来砍橘子树？”

“存心‘马扁’儿，见我不答应，才恐吓我，说砍橘子树！”

“大哥船来了，三哥船来了，把橘子落了树，一下子装运到常德府去，卖了它完事。人不犯法，他们总得讲个道理，不会胡来乱为的！”

长顺扣手指计算时日，以及家下两只船回到吕家坪的时日。想起老《申报》的时事，和当地情形对照起来，不免感慨系之。

夭夭因见爹爹不快乐，就不敢把在屋外遇见两个军人一番事情告给长顺。只听到侧屋磨石隆隆的响，知道嫂嫂在推荞麦粉预备做荞粑。正打量过侧屋里去帮帮忙，仓屋下母鸡刚下个蛋，为自己行为吃惊似的大声咯咯叫着飞上了墙头，夭夭赶忙去找鸡蛋，母亲在里屋却知会夭夭：

“夭夭，夭夭，你又忘记了？姑娘家不许捡热鸡蛋，容易红脸，你不要动它，等等再取不要紧！你刺莓晒好了？”

“那笋壳鸡又生蛋了。”

“是的！不用你管。做你事情去。”

“好，我不管。等等耗子吃了我也不管。”虽那么答应母亲，可是她依然到仓屋脚一个角落，在草堆中发现了那个热巴巴的鸡蛋，悄悄的用手摸了一会后，方放心走开。

一有事总不免麻烦

会长所有几只货船全拢了吕家坪码头，忙坏了这个当地能人。先是听说邻县风声不大好，已在遣将调兵，唯恐影响到本地。他便派先前押船回来的那个庄伙，沿河下行，看看船过不过了辰溪县。若还不进麻阳河，在沅水里停泊，暂时就不要动，或者把货起去，屯集在县里同发利货栈上去，赶快把自己那一条船放空来吕家坪，好把镇上店中收屯的六百桶桐油，和一些杂货，一船橘子，装船下运。上行货搁到辰溪县货栈中，上下起落虽得花一笔钱，究竟比运来本镇稳当。船装货下行，赶到常德，就不会被地方队伍封船的。可是这管事动身不久，走向下游四十里，就碰见了本号第一只船。问问水手，才知道船拢辰溪县，谣言多不敢上行，等了两天。问问同发利栈上人，会长并无来信指示。公路局正在沿河岸做码头，拉船夫服务，挑土扛石头，用的人很多。只怕一停下来又耽搁事情，所以还是向上开。所有船只都来了，正在后面一点上滩。管事庄伙得到这个消息后，又即刻赶回吕家坪报告。

船既到了地，若把几船货物留在镇上，换装屯集的油类下行，万一有事，还依然是得彼失此，实不大经济。会长想：地方小，队伍一开拔，无人镇压，会出麻烦。县城到底是大地方，又有个石头城，城中住了个县长，省里保安队当不至于轻易放弃。并且一有了事，河上运输中断了，城里庄号上必特别需要货物，不如乘此把这几船货物一直向上拖，到了上游一百五十里的麻阳县城里去，这里另外找船装桐油下常德。因此货船一拢码头时，会长就亲自去河边看船。

几个船上舵把子过辰溪县时，业已听说风声不大好，现在又听说货物不起卸，另外还有办法，心中正自狐疑不定。会长到得河下时，看看货船很好，河水还不曾大落，船货若上运，至多到高村地方提提驳，减轻一点载重，就可一直到麻阳县。

六七个弄船的正在河滩上谈下河新闻，一见会长都连声叫喊。

会长也带着友情向那边打招呼。“辛苦辛苦！我上前天还要周管事沿河去看你们的。还以为船不进小河，等等看也好。如今都来了，更好！”

一个老船主说：“辰溪县热闹得很，我看风向不大对。大家赶回家去吧，好，等你老信不来，我们就上来了。”

会长说：“难为你，难为你。船老板，我看河里水还好，不怎么枯，是不是？”

那舵把子说：“会长，水好，今年不比去年。九月初边境上有雨，小河水发大河水也发。洪江大河里，有好些木排往下放。洪江汉庄五舱子鳅鱼头船，也装满了桐油下常德府。天凑和人！”

会长咬耳朵问那老船主：“老伙计，我听说时局不大好，你们到辰溪县一定看得出来。你们怎么打算？”

那老舵把子笑着说：“会长，一切有命，不要紧。他们要打打他们的，我还是要好好弄这条船。我们吃水上饭的人，到处是吃饭，不管什么地方我都去。”他以为会长是要把本地收买的桐子油山货向下运，怕得不到船，因此又说："会长，我们水上漂和水中摆尾子一样，有水地方都要去，我不怕的。要赶日子下常德府，我们在辰河里放夜船，两天包你到辰溪县。"

会长说："我想这几船货都不要起岸，大家辛苦辛苦，索性帮我运到麻阳县去吧，趁水好，明天验关，后天就上路。到了那里再看，来得及，就放空船下来，这里还有几船货要运常德府；来不及，下面真有了事情，你们就把船撑到高村小河里去，在岩门石羊哨避避风浪。你们等等商量看，再到我铺子上来告我。愿意去，明后天开头，不愿意去，也告我一声，我好另外找船补缺，盘货过驳。"

另外一个萝卜溪弄船的说："会长，你老人家的事，莫说有钱把我们，不把钱我也去，大家不会不去的。"

有人插口说："恐怕有人早说定了，船到了这里卸货，要装橘子下辰河，上县里再放空船来，日子赶不及。"

会长说："你们自己看吧，不勉强你们。能去的就去，不肯去不勉强，我不会难为你们，都是家边人，事情好商量。你们等等到我号上来回个信。”会长又对一个同行庄伙说：“五先生，他们辛苦了，你每条船办五斤拢岸神符，廿碗酒，派人就送来，请船上弟兄喝一杯，你记着，赶快！”吩咐过后，就和几个船主分了手。会长想起亲家长顺委托的事情，转到下河街伏波宫保安队去拜会队长。

那队长正同本部特务长清算一笔古怪帐目，骂特务长“瞒心昧己，人容天不容”。只听到那个保民官说：“特务长，你明白，不要装痴！这六百块钱可不是肉丸子，吃下去恐怕梗在胸脯上不受用。你说不知道，那不成。这归你负责，不能说不知道。好汉做事好汉当，得弄个水落石出！”

特务长不服气。虽不敢争辩，心实在气恼不过。因为帐目并不是他特务上应负责任的，队长却以为这是特务长不小心的过失。幸亏得会长一来，特务长困难的地位，方得到解围。

队长老不高兴神气，口中喃喃骂着，见来客是会长，气即刻便平了。

“会长，你这个忙人，忙得真紧，我昨天请你吃狗肉也不来！我们一共六个人，一人喝了十二两汾酒，见底干。到后局长唱起《滑油山》来了，回关上时差点滚到河里去。还嚷一定要打十六圈牌，不许下桌子，谁离开桌子，谁就认输，罚请三桌海菜席。金副官说：‘谁下桌子谁是狗肏的。’幸好不醉死，醉了有人抓把狗毛塞到裤裆边，莫不有人当真以为他是狗肏死的。”队长一面形容一面说，不由的为过去事捧起腹来。

会长虽别有心事，却装作满有兴致的神气，随声附和打哈哈。

队长又说：“会长，我听说你买了一船橘子，是不是预备运到武汉去发财？橘子在这里不值钱，到了武汉可就是宝贝！”

会长笑着说：“哪里发什么财？我看今年我们这里乡下橘子格外好，跟萝卜溪姓滕的打商量，匀了半船，趁顺水船带下去送亲戚朋友湿湿口！这东西吕家坪要多少有多少，不值钱的，带下去恐怕也不值钱吧。”

队长说：“可不是！橘子这东西值多少钱，有多少赚头？有件事我正要同你说说，萝卜溪姓滕的，听说是你干亲家，有几个钱，颈板硬硬的，象个水牛一样。人太不识相，惹我生气！我上回也想送点礼给下河朋友，想不出送什么好。连上师爷说萝卜溪橘子好，因此特意到那里去看看，办个交涉，要他卖一船橘子把我。现钱买现货，公平交易，谁知老家伙要理不理，好象我是要抢他橘子神气。先问我要多少，告他一船，又说大船小船得明白，不明白不好下橘子。告他大船小船总之要一船。一百石三百石价钱照算。又说不用买，我派人送十挑来吧。还当我姓宗的是划干龙船的，只图打发我出门了事。惹得我生了气，就告他：‘姓滕的，放清楚些！你不卖橘子吧，好，我明天派人来砍了你的树，你到南京告我去。’会长，你是个明白人，为我评评理，天下哪有这种不讲理的人，人都说军队欺人，想不到我这个老军务还得受土老老的气。”

队长说的正是会长要说的，既自己先提起这问题，就顺猫毛理了一理，“队长，这是乡愚无知，你不要多心，不必在意！我这干亲家上了年纪，耳朵有点背，吃生米饭长大的，话说得生硬，得罪了队长，自己还不明白！这人真象你说的颈板硬硬的，人可是个好人。肠子笔直，不会转弯。”

队长说：“不相信，你们这地方人都差不多——会长，除你在外——剩下这些人，找了几个钱，有点小势力，成了土豪，动不动就说凡事有个理字，用理压人，可是对我们武装同志，就真不大讲理了。以为我们是外来人，不敢怎么样。这种土豪劣绅，也是在这个小地方能够听他称王作霸，若到省里去……不打倒才怪！什么理？蚌壳李，珍珠李，酸得多久！”

会长听过这种不三不四的议论后，依然按捺住性子，做成和颜悦色：“大人不见小人过，我知道你说的是笑话。乡下人懂什么理不理？哪有资格做土豪，来让队长打倒他？姓滕的已明白他的过错了，话说得不大接榫，得罪了队长，所以特意要我来这里说句好话。他怕队长一时气恼，当真派人去砍橘子树。那地方把橘子树一砍，可不当真就只好种萝卜了吗？我和他说：‘亲家，这是你的不是。可是不用急，不用怕，队长是受过高等教育的革命军人，（说到这里时两人都笑笑，笑的意思却不大相同。）气量大，宰相肚中好撑船，决不会这样子摧残我们地方风水的！我去说一声看，队长不看金面看佛面，会一笑置之。’队长，你不知道，大家都说萝卜溪的风水，就全靠那一片橘子树撑住。”

会长见队长不做声，先还是装模作样的听下去，神气正好象是：“你说你的，我预定要做的革命行为，你个苏秦张仪说客说来说去也是无用的！”可是会长提起风水，末后一句话却触动了他一点心事，想起夭夭那个黑而俏的后影子不禁微笑起来。会长不明白就里，还说：

“队长看我巴掌大的脸，体恤这个乡下人，饶了他吧。”

队长说：“是的，就看会长的面子，这事不用提了。”等等又说：“会长，我且问你，那姓滕的有几个女儿？”

问话比较轻，会长虽听得分明，却装作不曾听到，还继续谈原来那件事情。因为“得罪官长”事虽不用提，橘子是要一船还是要几担终得讲个清楚。委实说，队长自从打听明白一只小船两个舱装橘子送下常德去，得花个四百块钱左右时，就对于这种事不大发生兴趣，以为师爷出的计策并不十分高明了。只因为和长顺闹僵了，话转不过口，如今会长一来，做好做歹，总说乡下人不敢有意得罪官长，错处出于无心。队长也乐得借此收帆转舵，以为这事既由会长来解释，就算过去了。

会长因队长说买橘子只是送礼，就说长顺已摘下十挑老树“大开刀”，要队长肯赏脸收下，才敢送来。

这么一来，队长倒有点不好意思起来了。聊以解嘲的说：“他不肯卖把我，我们革命军人自然不能强买民间东西。卖十挑把我也成，要多少钱开个数目来，我一定照价付款。”

会长说：“我的哥，你真是……这值几个钱？”并说曾将干亲家骂了一回，以为不懂是非好坏。且在这件事上把队长身分品性绰掇得高高的，等于用言语当成一把梳子，在这个长官心头上痒处一一梳去，使他无话可说。

谈到末了，队长不能不承认十担橘子送礼已足够用。会长见交涉办成功，就说号上来了几只船，要去照看照看，预备抽身走路。队长这时节却拉住了会长，眯笑眯笑，象有什么话待说，却有点碍于习惯，不便开口。许久方滞滞疑疑的问：“会长，我有句话问你，萝卜溪那滕家小姑娘，有了对手没有？”

会长体会得出这个问话的意思，却把问题岔开，故意相左：“队长，是不是你有什么好朋友看中了那个小毛丫头？可惜早有了人，在省里第三中学读书！”

队长心有所恧，不大好意思，便随口说：“喔，那真可惜。我有个好朋友，军校老同学，是你们湘西人，父亲做过三任知事，家道富有，人材出众，托我做个媒，看一房亲事。我那天无意中看到你亲家那个女儿，心想和那朋友配在一处，真是郎才女貌……”

会长明白这不过是谈白话，信口乱说，就对队长应酬了几句不相干的闲话，不再耽延，走出了伏波宫。这一来总算解决了一件事情，心里觉得还痛快。到正街上碰着了号上一个小伙计，就要那人下萝卜溪，传语给长顺亲家，砍橘子树破风水事情，调停结果已解决了，不用再担心。明天一早送十担橘子到伏波宫来，一切了当。又说今天河下到了几只船，有事情忙，改天下萝卜溪来看他。

会长转回号上不多一会，船上舵把子一窝蜂到了，在会长家厅子里坐的坐站的站商谈上行事情。大家都乐意上麻阳县，趁水发不提驳原船上行。只有一个人因事先已答应了溪口人装萝卜白菜下辰河，不便毁约，恰好这只船上行时装棉纱，会长心里划算，县里存纱多，吕家坪镇上和附近村里寨里，十月来正是买棉纱织布时节，不如留下这一船花纱，一个月卖完它。边境时局虽有点紧，看情形一个月内还不会闹到这地方来。因此把话说妥当，来船明天歇一天，后天开头上麻阳县。装花纱那只船，在本地起货。

这一天就那么过去了。

第二天早饭后，萝卜溪橘子园主人，赶来看会长，给会长道谢。因为事情全得会长出面调停，逢凶化吉。又听说船上的货物多，想办点年货。穿的吃的，看有什么可买。镇上的习惯，大庄号办货，不外花纱布匹，海带鱿鱼，黄花木耳，香烟爆竹，都是日常用品。较精贵的东西，办的本不多，间或带了点来，消息一传开，便照例被几个当地阔人瓜分了。尤其是十冬腊月的年货，和上好贵重香烟，山西汾酒，古北口的口蘑，南京杭州缎子宁绸，广东的荔枝干药品，来的稀少，要它的必占先一着，不落人后，方有机会到手。

长顺到了镇上，就看见会长正在码头边手持单据，忙着指挥水手搬运货物。有些卸下，有些又装上。问问才知道所有船只都不起货，准备上行。有些货物上去无销路，就盘舱把它移出来，留在吕家坪。鹅卵石河滩上，到处是巨大的包裹：用粗布装包外用铁皮约束的，成箱的，蒲席包的，竹篓装就的，无不应有尽有。还有好几十个水手，一面谈话一面工作。

长顺说："亲家，费你的口舌，把那事情办好了，真难为你！"

会长说："亲家，这点小事算什么。你我多一事不如少一事。橘子送去就得了。我正想下半天到萝卜溪去看你，另外告你一件事情。"

"你来了多少货？"

一个管事的岔拢来和会长谈税关上事情。会长说："你就看到办吧，三哥。这事总少不了的。局长是面子上人，好说话。下边人要拿拿腔，少不了还是那个（作手势一把抓表示个数目）。这也差不多了，抓老官好，不能再多！"

长顺看看别的号上有几只船正在起货，会长的船向上行理由使人不明白，就问会长："你这些货怎么回事？"

会长摇了摇头，两手一摊，依然笑着。"亲家，麻烦透了！这几船货物我打量要他们装上县城里去，不在这里起货。"

另外又走来个庄伙，手中拿了一沓子单据，问会长办法，把话岔开了。会长向长顺说：“亲家你等等，我这里事一会儿就办完的。到我家里去喝杯茶，我还有话和你商量。你有不有别的事要办？预备上街看人，还是就在这河边走走？”

长顺说：“会长你有事只管去做，我没什么要紧事。我听说你和张三益号上货船到齐了，看看有什么要用的，买一点点。”长顺鼻孔开张，一个老水手的章法，在会长神气辞色间，和起运货物匆忙情形上，好象嗅出了一点特殊气味。他于是拉了会长一把，离开船上人稍远一点，轻轻的问：

“会长怎么回事，下面打起来了吗？湖北？湖南？”

会长笑着说：“不是，不是。等等我们再说好了。我正想告给你，事情不大要紧。”

“会长你有事你忙你的。办完了事我们两亲家再慢慢的谈。我只是来看看你，看看河边。你不用管我。”

会长见长顺有走去的意思。“亲家，亲家，你不要走！我事完了就和你回号上去。我还有话要告你。”

长顺说：“会长我不忙！你尽管做你的事情，完了再回家。等等我到你号上来，一会儿就来，我到那边看看去。”

枫木坳

萝卜溪橘子园主人滕长顺，过吕家坪去看商会会长，道谢他调解和保安队长官那场小小纠纷。到得会长号上时，见会长还在和管事商量事情，闲谈了一会儿，又下河边去看船。其时河滩上有只五舱四橹旧油船，斜斜搁在一片石子间待修理，用许多大小木梁柱撑住。有个老船匠正在用油灰麻头填塞到船身各部分缝罅中去。另外还有个工人，藏身在船胁下，槌子钻子敲打得船身蓬蓬作响。长顺背着手走过去看他们修船。老船匠认识萝卜溪的头脑，见了便打招呼："滕老板，你好！"

长顺说："好啊！吃得喝得，样样来得，怎么不好？可是你才真好！一年到头有工做，有酒喝，天塌下来有高个子顶，地陷落时有大胖子填，什么事都不用担心。……”

老船匠似笑似真的回答说：“一年事情做到头，做不完，两根老骨头也拉松了，好命。这碗衣禄饭人家不要的。”

“大哥你说得你自己这样苦。好象王三箍桶，这地方少不了你，你是个工程师。”

王三箍桶是戏文上的故事，老船匠明白，可不明白“工程师”是什么，不过体会得出这称呼必与专业有关，如象开机器油坊管理机器黄牛一般，于是皱缩个瘪嘴咕咕的笑，放下了槌子，装了袋草烟，敬奉给长顺。

另外那个年事较轻的船匠，也停了敲打工作，从船缝中钻出，向长顺说：

“老板，我听浦市人说，你们萝卜溪村子里要唱戏，已约好戏班子，你做头行人。滕老板，我说你家发人发橘子多，应当唱三大本戏谢神，明年包你得个肥团团的孙子。”

长顺说：“大哥你说得好。这年头过日子谁不是混！你们都赶我叫员外，哪知道十月天萝卜，外面好看中心空。今年省里委员来了七次，什么都被弄光了，只剩个空架子，十多口人吃饭，这就叫做家发人口旺！前不久溪头开碾房的王氏对我说：‘今年雨水好，太阳好，霜好。雨水好，谷米杂粮有收成，碾子出米多，我要唱本戏敬神。霜好就派归你头上，你那橘子树亏得好霜，颜色一片火，一片金。你作头行人，邀份子请浦市戏班子来唱几天戏，好不好？’事情推脱不得，只好答应了。其实阿弥陀佛，自己这台戏就唱不了！”

年青船匠是个唱愿戏时的张骨董，最会无中生有，因此笑着说：

“喔，大老板，什么人不知道你是萝卜溪的滕员外？钱是长河水，流去又流来，到处流；三十年河东，三十年河西。你们村子里正旺相，远远看树尖子也看得出。你家夭夭长得端正乖巧，是个一品夫人相。黑子的相五岳朝天，将来走运会做督抚。民国来督抚改了都督，又改主席，他会做主席。做了主席用飞机迎接你去上任，十二个盒子炮在前后护卫，好不威风！”

这修船匠冬瓜葫芦一片藤，牵来扯去，把个长顺笑得要不得，一肚子闷气都散了。长顺说：“大哥，过年还早咧，你这个张骨董就唱起来了，民国只有一品锅，那有一品夫人？三黑子做了都督，只怕是水擒杨么，你扮岳云，他扮牛皋，做洞庭湖的水师营都督，为的是你们都会划船！”

船匠说：“百丈高楼从地起，怎么做不到？凤凰厅人田兴恕，原本卖马草过日子，时来运转，就做了总督。桑植人贺龙，二十年前是王正雅的马夫，现在做军长。八面山高三十里，还要从山脚下爬上去。人若运气不来，麻绳棕绳缚不住，运气一来，门板铺板挡不住。（说到这里，那船匠向长顺拍了个掌）滕老板，你不信，我们看吧。”

长顺笑着说：“好，大哥你说的准帐，我家三黑子做了官，我要他拜你做军师。你正好穿起八卦衣，拿个鹅毛扇子，做诸葛卧龙先生，下常德府到德山去唱《定军山》。”

老船匠搭口说笑话：“到常德府唱《空城计》，派我去扫城也好。”

今天恰好是长顺三儿子的生日，话虽说得十分荒谬，依然使得萝卜溪橘子园主人感到喜悦。于是他向那两个船匠提议，邀他们上边街去喝杯酒。本地习惯，攀交情话说得投机，就相邀吃白烧酒，用砂炒的包谷花下酒，名“包谷子酒”。两个船匠都欣然放下活计，随同长顺上了河街。

萝卜溪橘子园主人，正同两个修船匠，在吕家坪河街上长条案边喝酒时，家里一方面，却发生了一点事情。

先是长顺上街去时，两个女儿都背好竹笼，说要去赶青溪坪的场，买点麻，买点花线，并打量把银首饰带去，好交把城里来的花银匠洗洗。长顺因为前几天地方风声不大好，有点心虚，恐怕两女儿带了银器到场上招摇，不许两人去。二姑娘为人忠厚老实，肯听话，经长顺一说，愿心就打消了。三姑娘夭夭另外还有点心事，她听人说上一场太平溪场上有木傀儡戏，看过的人都说一个人躲在布幕里，敲锣打鼓文武唱做全是一手办理，又热闹，又有趣。玩傀儡的飘乡做生意，这场算来一定在青溪坪。她想看看这种古里古怪的木偶戏。花银匠是城里人，手艺特别好，生意也特别兴旺，两三个月才来一次，洗首饰必须这一场，机会一错过，就得等到冬腊月去了。夭夭平时本来为人乖顺，不敢自作主张，凡是爹爹的话，无不遵守。这次愿心大，自己有点压伏不住自己了，便向爹爹评理。夭夭说：

“爹，二姐不去我要去。我掐手指算准了日子，今天出门，大吉大利。不相信你翻翻历书看，是不是个黄道吉日，驿马星动，宜出行！我镯子，戒指，围裙上的银链子，全都乌漆墨黑，真不好看，趁花银匠到场上来，送去洗洗光彩点。十月中村子里张家人嫁女吃戴花酒，我要去做客！”

爹爹当真把挂在板壁上的历书翻了一下，说理不过，但是依然不许去。并说天大事情也不许去。

夭夭自己转不过口气来，因此似笑非笑的说：“爹，你不许我去，我就要哭的！”

长顺知道小题大做认真不来，于是逗着夭夭说：“你要哭，一个人走到橘子园当上河坎边去哭好了。河边地方空旷，不会有人听到笑你，不会有人拦你。你哭够了再回家。夭夭，我说，你怎么只选好日子出行，不记得今天是什么人的生日？你三哥这几天船会赶到家的，河边看看去！我到镇上望望干爹，称点肉回来。”

夭夭不由得笑了起来，无话可说，放下了背笼，赶场事再不提一个字。

长顺走后，夭夭看天气很好，把昨天未晒干的一坛子葛粉抱出去，倒在大簸箕中去晒。又随同大嫂子簸了一阵榛子壳。本来既存心到青溪坪赶场，不能去，愿心难了，就象这一天天气就特别长起来，怎么使用总用不完。照当地习惯，做媳妇不比做女儿，媳妇成天有一定家务事，即非农事当忙的日子，也得喂猪放鸡，推浆打草。或守在锅灶边用稻草灰漂棉布，下河边去洗作腌菜的青菜。照例事情多，终日忙个不息。再加上属于个人财富积蓄的工作，如绩麻织布，自然更见得日子易过。有时也赶赶场，多出于事务上必需，很少用它作游戏取乐性质。至于在家中作姑娘，虽家务事出气力的照样参加，却无何等专责，有点打杂性质，学习玩票性质。所以平时做媳妇的常嫌日子短，作女儿的却嫌日子长，赶场就成为姑娘家的最好娱乐。家中需要什么时，女儿办得了，照例由女儿去办，办不了，得由家中大人作，女儿也常常背了个细篾背笼，跟随到场上去玩玩，看看热闹，就便买点自己要用的东西。有时姊妹两人竟仅为上场买点零用东西，来回走三十里路。

嫂嫂到碾坊去了，娘在仓屋后绕棉纱。夭夭场上去不成，竟好象无事可作神气。大清早屋后枫木树上两只喜鹊喳喳叫个不息，叫了一阵便向北飞去。夭夭晒好葛粉，坐在屋门前一个倒覆箩筐上想心事。

有什么心事可想？“爹爹说笑话，不许去赶场，要哭往河边哭去。好，我就当真到河边去！”她并不受什么委屈，毫无哭泣的理由，河边去为的是看看上行船，逍遥逍遥。自己家中三黑子弄的船纵不来，还有许多铜仁船、高村船、江口船，和别个村庄镇上的大船小船，上滩下滩，一一可以看见。

到了河坎上眺望对河，虽相隔将近一里路，夭夭眼睛好，却看得出枫树坳上祠堂前边小旗杆下，有几个过路人坐在石条凳上歇憩。几天来枫树叶子被霜熟透了，落去了好些，坳上便见得疏朗朗的。夭夭看不真老水手人在何处，猜详他必然在那里和过路人谈天。她想叫一叫，看老水手是否听得到，因此锐声叫：“满满。”叫了五六声，还得不到回答，夭夭心想：“满满一定在和人挖何首乌，过神仙瘾，耳朵只听地下不听水面了。”

平常时节夭夭不大好意思高声唱歌，今天特别兴致好，放满喉咙唱了一个歌。唱过后，坳上便有人连声吆喝，表示欢迎。且吹卷桐木皮作成的哨子，作为回响，夭夭于是又接口唱道：

你歌没有我歌多，
我歌共有三只牛毛多，
唱了三年六个月，
刚刚唱完一只牛耳朵。

但事极明显，老水手还不曾注意到河边唱歌的人就是夭夭。夭夭心不悦服，又把喉咙拖长，叫了四五声“满满”，这一来，果然被坳上枫木树下的老水手听到了，踉踉跄跄从小路走下河边来，站在一个乌黑大石墩子上，招呼夭夭。人隔一条河，不到半里路宽，水面传送声音远，两边大声说话听得清清楚楚。

老水手嘶着个喉咙大叫夭夭。夭夭说：

“满满，我叫了你半天你怎么老不理我？”

“我还以为河边扇把鸟雀儿叫！你爹呢？”

“到镇上去了。”

“你怎不上青溪坪赶场？不说是趁花银匠来场上洗洗

首饰，好吃酒吗？我以为你早走了。”

“早走了？爹不让我去。我说：‘不让我去我要哭的！’爹爹说：‘你要哭，好，一个人到河坎边去哭，好哭个尽兴。’我就到河边来了。”

“真哭够了吗？”

“蒸的不够煮的够；为什么我要哭，我说来玩的。满满，你怎么不钓鱼？”

“天气冷，大河里水冷了，鱼都躲到岩眼里过冬了，不上钩的。夭夭，我也还在钓鱼，我坐在祠堂前枫树下，钓过坳人，扯住他们一只脚，闲话一说半天，你多久不到我这里来了，过河来玩玩吧。我这里枫木叶又大又红，比你屋后那个还好看，你来，我编顶帽子给你戴。太平溪老爷杨金亭，送了我两大口袋油板栗，一个一个有鸡蛋大，挂在屋檐口边风干了半个月，味道又香又甜，快来帮我个忙，把它吃掉。一人吃不了，邀你二姐也过河来吧。”

夭夭说：“那好极了，我来帮你忙吃掉它。待一会儿我就来。”

夭夭回转家里，想邀二姑娘一起过河，并告给她：

“满满有鸡蛋大栗子，要人帮忙吃完它。”

二姑娘正在院坝中太阳下篦头，笑着说：“我有事，不能去。夭夭你想去，答应了满满，你就去吧。”帮二姑娘篦头的大嫂子，也逗夭夭说：“夭夭，满满为人偏心，格外欢喜你。栗子鸡蛋大，鸭蛋大，回来时带点吃剩下来的，放在衣兜里，让我们也尝尝吧。”

夭夭不说什么，返身就走。母亲从侧屋扛着个大棉纱簟子走出来，却叫住了她。“夭夭，带点橘子送满满吧。外人要，十挑八挑派人送去，还怕人家不领情。自己家里人倒忘记了。堂屋里有大半箩顶好的，你自己背去送满满。”

夭夭当真就用她那个细篾背笼捡了一背笼顶大的橘子，预备过河。河边本有自己家里一只小船，夭夭不坐它，反而走到下游一点金沙溪溪口边去。其时村子里正有个年青小伙子在装菜蔬上船，预备到镇上去出卖。夭夭说：“大哥，我要渡河到坳上去，你船开头时，我坐你船过河，好不好？你是不是到镇上去？”

一村子人都认识夭夭，年青汉子更乐于攀话献殷勤，小船上行又照例从对河容口走，并不费事，当然就答应了这件小差事。夭夭又说："大哥，我不忙，你把菜装满船，要开头时再顺便送我过河。我是到坳上去玩的。我一点不忙！"

夭夭放下了背篓，坐在一堆南瓜上，来悠悠闲闲的看河上景致。河边水杨柳叶子黄布龙冬，已快脱光了，小小枝干红赤赤光溜溜的，十分好看。夭夭借刀削砍了一大把水杨柳细枝，预备编篮子和鸟笼。溪口流水比往日分外清，水底沙子全是细碎金屑，在阳光下烁烁放光，玛瑙石和蚌壳，在水中沙土上尤其好看。有几个村中小孩子，在水中搬鹅卵石砌堤坝堵水玩，夭夭见猎心喜，也脱了袜子下溪里去踹水，和小孩子一样，从沙砾中挑选石子蚌壳。那卖菜的青年，曾经帮夭夭家哥哥弄船下过常德府，想和夭夭谈谈话，因此问夭夭："夭夭，你家三黑子多久回来？"夭夭说："一两天就要拢岸了。今天喜鹊叫，天气好，我猜他船一定歇铜湾溪。"

"你三哥能干，一年总是上上下下，忙个不停。你爹福气好。"

"什么好福气？雨水太阳到头上，村子里大家不是一样？"

“你爹儿女满堂，又好又得力，和别人家不一样。”

夭夭明白面前一个人话中不仅仅是称羡爹爹，还着实在恭维她。可是话不会说，所以说得那么素朴老实。夭夭因此微微笑着，看那年青人搬菜，好象在表示：“我明白你的意思，再说说看。”然而那汉子却似乎秘密已给夭夭看穿，有点害羞，不好意思再说什么，只顾作事去了。

菜蔬装够后，夭夭上了船，坐得端端正正，让那人渡她过河。船抵岸边时，夭夭说：“大哥，真难为你！”从背笼里取出十个大橘子放置船头上，“大哥，吃橘子打口干吧。你到镇上去碰见我爹，就请告他一声，我在枫木坳上看船。”说完时，用手和膝部把船头用力一送，推离了岸边，自己便健步如猿，直向枫木坳祠堂走去。

将近坳上时，只见老水手正躬着腰，用个长竹笤帚打扫祠堂前面的落叶。夭夭人未到身边声音先到：“满满，满满，我来了！”

老水手带笑说：“夭夭，你平日是个小猴儿精，手脚溜快，今天怎么好象八仙飘海，过了半天的渡，还不济事。神通到哪里去了？”

"我在溪口捡宝贝。满满，你看看，多少好东西！"她把围裙口袋里水湿未干的石子蚌壳全掏出来，塞到老水手掌心里："全都把你！"

"嗨，把我！我又不是神仙，拿这个当饭吃？好礼物。"

夭夭自然也觉得好笑。"满满，这枫木叶子好，你帮我做顶大帽子，把这些石子儿嵌上去。福音堂洋人和委员见到，一定也称赞。"她指了指背笼里的橘子："这是娘要我带来送你的。"

老水手说："唉呀，那么多，我吃得了？姐姐呢？怎不邀她来玩玩。"

夭夭还是笑着："姐姐说，满满栗子多，当真要人帮忙才吃得完，怎不送我们一口袋，让我们背回家慢慢的嚼。"

老水手也笑将起来："那好的，那好的。你有背笼，回家时就背一口袋去，请大家帮忙。你们不帮忙，搁到祠堂里，就只有请松鼠帮忙了。"

"满满，是不是松鼠帮不了你的忙，你才要我们帮忙？"

"哪里，哪里，我是好心好意给你留下的。若不为你，早给过路人吃光了。你知道，成天有上百两只脚的大耗子翻过这个山坳，大方肯把他们吃，什么不吃个精光！生毛的除了蓑衣，有脚的除了板凳，他们都想吃！都能吃！”

两人一面说笑一面向祠堂走去。到了里边侧屋，老水手把背笼接过手，将橘子倒进一个大簸箕里，“夭夭，这橘子真大，我要用松毛盖好留下，托你大哥带到武昌黄鹤楼下头去卖，换一件西口大毛皮统子回来。这里橘子不值钱，下面值钱。你家园里的橘子树，如果生在鹦鹉洲，会发万千洋财，一家人都不用担心，住在租界上大洋楼里，冬暖夏凉，天不愁地不怕过太平日子。哪里还会受什么连长排长欺压。”

夭夭说：“那有什么意思？我要在乡下住。”

老水手说：“你舍不得什么？”

“我舍不得橘子树。”

“我才说把橘子树搬过鹦鹉洲！”

“那么我们的牛，我们的羊？我们的鸡和鸭子？我知道，它们都不愿意去那个生地方。路又不熟习，还听人说长年水是黄浑浑的，不见底，不见边，好宽一道河。

满满，你说，鱼在浑水里怎么看得见路，不是乱撞？地方不熟习我就有点怕。”

“怕什么？一到那里自然会熟习的。当真到那里去，就不用养牛养猪了。”

“我赌咒也不去。我不高兴去。”

“你不去那可不成！说好了大家去，连家中小花子狗也得去，你一个人不能住下来的。”

两人把话说来，竟俨然象是一切已安排就绪，只差等待上船神气，争持得极其可笑。到后两人察觉园里那一片橘子树，纵有天大本领也绝无办法搬过鹦鹉洲时，方各在微笑中叹了一口气，结束了这种充满孩子气的讨论。

老水手为把一大棕衣口袋栗子，从廊子前横梁上叉下来，放到夭夭背笼中去。夭夭一时不回家，祠堂里房子阴沉沉的，觉得很冷，两人就到屋外边去晒太阳。夭夭抢了个笤帚，来扫除大坪子里五色斑斓的枫木叶子。半个月以来，树叶子已落掉了一半，只要一点点微风，总有些离枝的木叶，同红紫雀儿一般，在高空里翻飞。太阳光温和中微带寒意，景物越发清疏而爽朗，一切光景静美到不可形容。夭夭一面打扫祠堂前木叶，一面抬头望半空中飘落的木叶，用手去承接捕捉。老水手坐在石条上打火镰吸旱烟，耳朵里听得远村里锣鼓声响。

“夭夭，你听，什么地方打锣打鼓。过年还愿早咧。镇上人说：萝卜溪要唱愿戏，一共七天，派人下浦市赶戏班子，要那伙行头齐全角色齐全顶好的班子，你爹是首事人。若让我点戏，正戏一定点《薛仁贵考武状元》，杂戏点《王婆骂鸡》。浦市人迎祥戏班子，好角色都上了洪江，剩下的两个角色，一个薛仁贵，天生的；一个王婆，也是天生的！”

夭夭说：“桃子李子，红的绿的，螺蛳蚌壳，扁的圆的，谁不是天生的？我不欢喜看戏。坐高台凳看戏，真是受罪。满满，你那天说到三角洲去捉鹌鹑，若有撒手网，我们今天去，你说好不好？我想今天去玩玩。”

老水手把头摇了摇，手指点河下游那个荒洲，“夭夭，今天不去，过几天再去好。你看，对河整天有人烧山，好一片火！已经烧过六七天了。烧来烧去，芭茅草里的鹌鹑，都下了河，搬到洲上住家来了。我们过些日子去舀它不迟。到了洲上的鹌鹑，再飞无处飞，不会向别处飞去的。”

“为什么它不飞？”

老水手便取笑夭夭，说出个希奇理由：“还不是和你一样，见这里什么都好，以为是个洞天福地，再也舍不得离开。”

夭夭说：“既舍不得离开，我们捉它做什么？这小东西一身不过四两重，还不如一个鸡膊腿。不捉它，让它玩玩，从这一蓬草里飞到那一蓬草里，倒有意思。”

“说真话，这小东西可不会象你那么玩！河洲上野食多，水又方便，十来天就长得一身肥腯腯的，小翅膀儿举不起自己身子。发了福，同个伟人官官一样，凡事保守稳健，自然就只好在河洲上养老了。”

“十冬腊月它到哪儿去？”

老水手故意装作严重神气，来回答这个问题：“到哪里去了？十冬腊月就躲在风雪不及的草窝里，暖暖和和过一个年。过了年，到了时候，跳下水里去变蛤蟆。三月清明落春雨，在水塘里洗浴玩，呱呱呱整天整夜叫，吵得你睡不着觉！”

夭夭看着老水手，神气虽认真语气可不大认真。“人人都那么说，我可不相信。蛤蟆是鹌鹑变的，蝌蚪鱼有什么用？”

“唉，世界上有多少东西，都是无用的。譬如说，你问那些东西，为什么活下来，它照规矩是不理会你的。它就这么活下来了！这事信不信由你。我往年有一次捉到一只癞蛤蟆，还有个鹌鹑尾巴未变掉，我一拉那个尾巴，就把它捉住了。它早知道这样，一定先把尾巴咬掉了。九尾狐狸精被人认识，不也正是那条尾巴？变不去，无意中被人看见，原形就出现。”

老水手说的全是笑话，哪瞒得了夭夭。夭夭一面笑一面说：“满满，我听人说县里河务局要请你做局长，因为你会认水道，信口开合（河）！”

老水手舞着个烟杆说：“好，委任状一来，我就走马上任。民国以来，有的官从局长改督办，有的官从督办改局长，有人说，这就是革命！夭夭你说这可象革命？”

枫木叶子扫了一大堆时，夭夭放下了笤帚，专心一志去挑选大红和明黄色两种叶子，预备请老水手编斗笠。老水手却用那一把水杨柳枝，先为夭夭编成一个篮子，一个鸟笼。这件事做得那么精巧而敏捷，等到夭夭把木叶子拣好时，小篮子业已完成，小鸟笼也快编好了。

夭夭一见就笑了起来，“满满，你好本事！黄鹤楼一共十八层，你一定到过那里搬砖抬木头。”夭夭援引传说，意思是说老水手过去必跟鲁班做过徒弟。这是本地方夸奖有手艺的一句玩笑话。

老水手回答说 ：“黄鹤楼十八层，什么人亲眼看见？我有一年做木排上桡手，放排到鹦鹉洲后，手脚空了，就上黄鹤楼去。到了那里，不见楼，不见吕洞宾，却在那个火烧过的空坪子里被一个看相的拉住我袖子，不肯放手。我以为欠了他钱，他却说和我有缘。他名叫‘赛洞宾’。说我人好心好，遇好人，一辈子不愁吃不愁穿。到过了五十六岁，还会做大事情。我问他大事情是带兵的督抚，还是出门有人喝道的知县？那看相的把个头冬冬鼓一般只是摇，说，都不是，都不是。并说，你送我二两银子，我仔细为你推算，保你到时灵验，不灵验你来撕我这块招牌。我看看那招牌，原是一片雨淋日晒走了色的破布，三十年后知道变成什么样子。只送了他三个响榧子。那时我二十五岁，如今整三十年了，这个神仙大腿骨一定可当打鼓棒了。说我一辈子遇好人，倒不差多少。说我要做大事，天天你想想看，有什么大事等我老了来做？怕不是两脚一伸，那个‘当大事’吧。”

夭夭说：“人人都说黄鹤楼上看翻船。没有楼，站在江边有什么可看的。”

老水手说：“好看的倒多咧。汉口水码头泊的火龙船，有四层楼，放号筒时比老水牛叫声还响，开动机器一天走八百里路，坐万千人，真好看！”

夭夭笑了起来：“哈哈，我说黄鹤楼，你有四层楼。我说‘看翻船’，你有火龙船。满满，我且问你，火龙船会不会翻？一共有几条龙？”

乡下习惯称轮船为龙船，老水手被封住了嘴，一时间回答不来，也不免好笑。因为他想起本地常见的“旱龙船”，条案大小一个木架子，敬奉有红黑人头的傩公傩母，一个人扛起来三山五岳游去，上面还悬系百十个命大孩子的寄名符，照传说拜寄傩公傩母做干儿子，方能长命富贵。这旱龙船才真是一条龙！

其时由下水来了三个挑油篓子的年青人，到得坳上都放下了担子，坐下来歇憩。老水手守坳已多年，人来人往多，虽不认识这几个人，人可认识他。见老水手编制的玩意儿，都觉得十分灵巧。其中之一就说：

“老伙计，你这篮子做得真好，省里委员见到时，会有奖赏的！”

老水手常听人说“委员”，委员在他印象中可不大好。就象是个又多事又无知识的城里人，下乡来虽使得一般乡下人有些敬畏，事实上一切所作所为都十分可笑。坐了三丁拐轿子各处乡村里串去，搅得个鸡犬不宁。闹够了，想回省去时，就把人家母鸡、腊肉带去做路菜。告乡下人说什么东西都有奖赏，金牌银牌，还不是一句空话！如今听年青油商说他编的篮子会有奖赏，就说：

“大哥，什么奖赏？省里委员到我们镇上来，只会捉肥母鸡吃，懂得什么天地玄黄，宇宙洪荒？”

另一个油商信口打哇哇说：“怎么不奖赏？烂泥人送了个二十六斤大萝卜到委员处请赏，委员当场就赏了他饭碗大一面银牌，称来有十二两重，上面还刻得有字，和丹书铁券一般，一辈子不上粮，不派捐，不拉夫，改朝换代才取消！”

“你可亲眼看见过那块银牌？”

“有人看过摸过，字清清楚楚，分分明明。”

夭夭听到这种怪传说，不由得不咕喽咕喽笑将起来。

油商伙里却有个人反驳说："哪里有什么银牌？我只听说烂泥乡约邀人出份子，一同贺喜那个去请赏的，一人五百钱，酒已喝过了，才知道奖牌要由县长请专员，专员请委员，委员请主席，主席请督办—— 一路请报上去，再一路批驳公文下来，比派人上云南省买金丝猴还慢得多！"

原先那个油商，当生人面前输心不输口，"哪会有这种事，我不信。有人亲眼看过那块大银牌，和召岳飞那块金字牌一个式样，是何绍基字体，笔画肥肥的。"

"你不信，倒相信那奖牌和戏上金字牌一样。奖牌如果当真发下来，烂泥人还要出份子搭牌坊唱三天大戏，你好看三天白戏。"

"你知道个什么，狗矢柑，腌大蒜，又酸又臭。"

那伙计喜说笑话，见油商发了急，索性逗他说：

"我还听人说戏班子也请定了，戏码也排好了，第一天正戏：《卖油郎独占花魁》，请你个不走运的卖油郎坐首席。你可预备包封赏号？莫到时丢面子，要花魁下台来问你！"

老水手插嘴说："一个萝卜能放多久？我问你。委员把它带进县里去，老早就切碎了它，炖牛肉吃了。你不信才真怪！"

几个人正用省里来的委员为题目，各就所见所闻和猜详到的种种作根据，胡乱说下去。夭夭从旁听来，只抿着个小嘴好笑。

坳前有马项下串铃声响，繁密而快乐，越响越近，推测得出正有人骑马上坳。当地歌谣中有"郎骑白马来"一首四句头歌，夭夭心中狐疑：

"什么人骑了马来？莫非是……"

巧而不巧

夭夭心中正纳闷，且似乎有点不吉预感。

坳下马项铃声响越响越近，可以想象得出骑马上坳的人和那匹马，都年青而健康。

不一会，就见三个佩枪的保安队兵士上了坳，异口齐声的说：

“好个地方！”

都站在枫树下如有所等待。一会儿，骑马的长官就来了，看见几个兵士有要歇憩的样子，就说：“不要停耽，尽管走。”瞥眼却见到了夭夭，一身蓝，葱绿布围裙上扣了朵三角形小小黄花，“喜鹊噪梅”，正坐在祠堂前石坎子上，整理枫木叶。眼珠子光亮清洁，神气比前些日子看来更活泼更美好。一张小脸黑黑的，黑得又娇又俏。队长便故意停下马来，牵马系在一株枫木树下，摸出大司令纸烟，向老水手接火。一面吸烟一面不住望夭夭。

夭夭见是上回买橘子和爹爹闹翻脸的军官，把头低下拣拾枫木叶，不作声，不理会，心下却打量，“走了好还是不动好？”主意拿不定。

队长记起在橘子园谈话情节，想撩她开口：“你这叶子真好看！卖不卖？这是红叶！”

老水手认识保民官，明白这个保民官有点风流自赏，怕夭夭受窘，因此从旁答话：“队长，你到哪里去？是不是下辰溪县开会？你忙！”语气中有点应酬，有点奉承，可是却不卑屈。因为他自觉不犯王法，什么都不怕，队长在吕家坪有势力，可不能无故处罚一个正经老百姓。

队长眼睛依然盯住夭夭，随口回答老水手说：“有事去！”

老水手说：“队长，萝卜溪滕大爷送你十挑橘子，你见到了没有？”

队长说：“橘子倒送去了，我还不曾道谢。你们这地方真是人杰地灵……这姑娘是萝卜溪的人吧？”说到这里，又装作忽然有所发现的神气："嗨，我认识你！你是那大院子里的，我认识你。小姑娘，你不认识我吗？"

夭夭想起那天情形，还是不作声，只点点头，好象是说："我也认识你。"又好象说："我记不起了。"共通给队长一个印象：是要理不理，一个女孩儿家照例的卖弄。

队长见人多眼睛多，不便放肆，因此搭搭讪讪向几个挑油担的乡下人问了一些闲话。几个商人对于这个当地要人不免见得畏畏缩缩，不知如何是好。到后看队长转了方向，把话向老水手谈叙，就挑起担子，轻脚轻手赶路去了。队长待他们走下以后，就向老水手夸赞夭夭，以为真象朵牡丹花，生长在乡下，受委屈。又说了些这一类不文不武不城不乡的话语。夭夭虽低着头用枫木叶子编帽子，一句一句话都听得清清楚楚。只觉得这个人很讨厌，不是规矩人。但又走不开，仿佛不能不听下去。心中发慌，脸上发烧。

老水手人老成精，一眼就看明白了。可是还只以为这"要人"过路，偶然在这里和夭夭碰头，有点留情，下马来开开心，一会儿便要赶路去的。因此明知夭夭在这种情形下不免受点窘，却不给她想法解围。夭夭呢，虽讨厌这个人，可并不十分讨厌人家对于她的赞美。说的话虽全不是乡下人耳朵熟习的，可是还有趣受用。

队长因有机会可乘，不免多说了几句白话。听的虽不觉得如何动心刺耳，说的却已为自己带做作话语所催眠，好象是情真意挚，对于这个乡下女孩子已发生了“爱情”。见到夭夭式样整齐的手脚，渐渐心中不大自在。故意看看时间，炫耀了一下手腕上那个白金表，似乎明白“天气还早，不忙赶路”，即坐在石条凳上。向老水手攀谈起来了。到后且唱了一个歌，唱的是“桃花江上美人多”。见老水手和夭夭都抿着嘴巴笑，好象在仔细欣赏，又好象不过是心不在焉，总之是隔了一层。这保民官居然有点害羞，因此聊以解嘲的向老水手说：

“老舵把子，你到不到过益阳县？那个地方出好新妇娘，上了书，登过报。上海人还照过电影戏，百代公司机器戏就有土人美明星唱歌！比起你们湘西桃源县女人，白蒙蒙松沓沓象个粉冬瓜，好看得多了。比麻阳县大脚婆娘，一个抵三个，又美又能干！”

老水手不作声，因为说的话他只有一半明白，所明白那一半，使他想起自己生活上摔的跟头，有一小部分就是益阳县小婊子作成的。夭夭是个姑娘家，近在身边，不好当着夭夭面前说什么，所以依然只是笑笑。笑中对于这个保民官便失去了应有的尊敬。神气之间就把面前一个看成个小毛伙，装模作样，活灵活现，其实一点不中用，只知道要几个钱，找了钱，不是吃赌花尽，就是让老婊子和婊子作成的圈套骗去。凡是找了造孽钱的，将来不报应到自己头上，也会报应到儿女头上。

夭夭呢，只觉得面前一个唱的说的都不大高明，有点傻相，所以也从旁笑着。意思恰恰象是事不干己，乐得看水鸭子打架。本乡人都怕这个保民官，她却不大怕他。人纵威风，老百姓不犯王法，管不着，没理由惧怕。

队长误会了两人的笑意，还以为话有了边，凡是有藤的总牵得上篱笆，因此又向老水手说了些长沙女学生的故事，话好象是对老水手说，用意倒在调戏夭夭，点到夭夭小心子上，引起她对于都市的歆羡憧憬，和对于个人的崇拜。

末后话说忘了形，便问夭夭，将来要不要下省里去“文明结婚自由结婚”。夭夭觉得话不习惯听，只当作不曾听到，走向滨河一株老枫木树下去了。

恰好远处有些船只上滩，一群拉船人打呼号巴船上行，快要到了坳下。夭夭走过去一点，便看见了一个船桅上的特别标志，眼睛尖利，一瞥即认识得出那是萝卜溪宋家人的船。这只船平时和自己家里船常在一处装货物，估想哥哥弄的船也一定到了滩脚，因此异常兴奋，直向坳下奔去。走不多远，迎面即已同一肩上挂个纤板的船夫碰了头，事情巧不过，来的正是她家三哥！原来哥哥的船尚在三里外，只是急于回家，因此先跟随宋家船上滩，照规矩船上人歇不得手，搭便船也必遇事帮忙，为宋家船拉第二纤。纤路在河西，萝卜溪在河南，船上了三里牌滩，打量上坳歇歇憩，看看老水手再过河。不意上坳时却最先碰到了夭夭。

夭夭看着哥哥晒得焦黑的肩背手臂，又爱又怜。

“三哥，你看你，晒得真象一个乌牛精！我们算得你船今天会拢岸，一看到宋鸭保那个船桅子，我就准知道要见你！早上屋后喜鹊叫了大半天！”

三黑子一面扯衣襟抹汗水，一面对夭夭笑，同样是又爱又怜。“夭夭，你好个诸葛亮神机妙算，算到我会回来！我不搭宋家人的船，还不会到的！”

“当真的！我算得定你会来！”

“唉，女诸葛怎不当真？我问你，爸爸呢？”

“镇上看干爹去了。”

“娘呢？”

“做了三次观音斋，纺完了五斤棉花，在家里晒葛粉。”

“嫂嫂呢？”

“大嫂三嫂都好，前不久下橘子忙呀忙。”

“满满呢？”

“他正在坳上等你，有拳头大干栗子请你吃。”

“你好不好？”

“……”夭夭不说了，只咬着小嘴唇露出一排白牙齿，对哥哥笑。神气却象要说，“你猜看。”

于是两兄妹上了坳，老水手一见到，喔喔嗨嗨的叫唤起来，一把揪住了三黑子肩上的纤板，捏拳头打了两下那个年青人的胸脯，眼睛眯得小小的：

“说曹操，就是曹操。三老虎，你这个人，好厉害呀！不到四十天，又是一个回转。我还以为你这一次到辰州府，一准会被人捉住，直到过年还不放你走路的！”

那年青船夫只是笑，笑着分辩说：“哪个捉我这样老实人？我又不犯王法。满满，你以为谁会捉我？除了福音堂洋人看见我乌漆墨黑，待捉我去熬膏药，你说谁？”

“谁？你当我不知道？辰州府中南门尤家巷小婊子，成天在中南门码头边看船，就单单捉拿象你这样老实人。我不知道？满满什么事都知道。我还知道她名字叫荷花，今年十九岁，属鼠，五月二十四生日，脸白生生的，细眉细眼，荷包嘴，糯米牙……年青人的玩意儿，我闭上眼睛也猜得出！”

“满满，他们哪会要我的？洪江码头上坐庄的，放木排的，才会看得上眼，我是个空老官！”

老水手装作相信不过的神气，“空老官，我又不是跟你开借，装穷做什么？荷包空，心子实在，就成了。她们还要送你花荷包，荷包里面装满了香瓜子，都是夜里在床上磕好了的。瓜子中下了迷药，吃了还怕你不迷心？我敢同你打个赌，输什么都行……”老水手拍了个巴掌一面轻声咬住三黑子耳朵说：“你不吃小婊子洗脚水，那才是怪事！”

三黑子笑着分辩说："满满，你真是老不正经，总说这些事。你年青时一定吃过，才知道有这种事情。这是二十年前老规矩，现在下面可不同了。现在是……"

两个人说的自然都是笑话。神情亲密处，俨然见外了身旁那个保民官。队长有点不舒服，因此拿出作官的身分来，引起刚上坳的水手对他应有的尊敬。队长把马鞭子敲着地面，挑拨脚前树叶子，眼光凝定在三黑子脸上，"划船的，我问你，今天上来多少船？你们一帮船昨天湾泊什么地方？"

直到此时那哥哥方注意及队长，赶忙照水上人见大官礼数，恭敬诚实回答这个询问。夭夭有点不惬意，就说：

"三哥，三哥，到满满祠堂里去吧，有饭碗大的橘子，拳头大的栗子，等你帮忙！"

队长从神气之间，即已看出水手是夭夭的亲戚，且看出夭夭因为哥哥来到了身边，已不再把官长放在眼里心上，不仅先前一时所说所唱见得毫无意义，即自己一表人材加上身分和金表，也完全失去了意义。感觉到这种轻视或忽视，有一星一米还是上次买橘子留下的强横霸道印象所起反感，因此不免有点恼羞成怒。还正想等待两人出来在划船的身上找点小岔子，显显威风，做点颜色给夭夭看。事不凑巧，河边恰好走来七八个一身晒得乌黑精强力壮的青年水手，都上了坳，来到祠堂前歇憩，有几个且向祠堂走去，神气之间都如和老水手是一家人。队长知道这一伙儿全是守祠堂的熟人，便变更了计划，牵马骑上，打了那菊花青马两鞭子，身子一颠一颠的跑下坳去了。

老水手在祠堂中正和三黑子说笑，见来了许多小伙子，赶忙去张罗凉水，提了大桶凉水到枫木树下，一面向大家问长问短。船夫都坐在枫木下石条凳上和祠堂前青石阶砌上打火镰吸烟，谈下河新闻。这些人长年光身在河水里，十冬腊月也不以为意，却对于城里女学生穿衣服无袖子，长袍子里边好象不穿裤子，认为奇迹，当成笑话来讨论，谈笑中自不免得到一点错综快乐。到夭夭兄妹从祠堂里走出来时，转移话题，谈起常德府的“新生活”。一个扁脸水手说：

“上回我从辰州下桃源，弄滕五先生的船，船上有个美国福音堂洋人对我说：日本人要拿你们地方，把地下煤炭、铁矿、朱砂、水银一起挖去。南京负责的大官不肯答应。两面派人办交涉，交涉办不好，日本会派兵来，你们中国明年一定要和他们打仗。打起仗来大家当兵去，中国有万千兵打日本鬼子，只要你们能齐心，日本鬼子会吃败仗的。他们人少，你们人多，打下去上算，吃点苦，到后来扳本！洋人说的有道理，要打鬼子大家去！”

“鬼子要煤炭有什么用？我们辰溪县出煤，用船运到辰州府，三毛钱一百斤还卖不掉。烧起来油烟子呛心闷人，怪不好受。煮饭也不香。火苗绿阴阴的，象个鬼火。煤炭有什么用？我不信！”

“他们机器要烧煤才会动！”

一个憨憨的小水手插嘴说：“打起仗来，我们都去当兵，哪来多少枪？”

原来那个扁脸水手，飘过洞庭湖，到过武汉，就说：“汉阳兵工厂有十多里路宽，有上千个大机器，造枪造炮，还会造机关枪！高射炮！”

另外一个又说：“怎么没有枪？辰溪县那个新办兵工厂，就会造机关枪，叭打叭打一发就是两百响子弹。我明天当兵去打仗，一定要抬机关枪。对准鬼子光头，打个落花流水！”

“大家都当兵，当保安队？当了保安队，派谁出饷出伙食？”

“那自然有办法，军需官会想办法！”

“有什么办法？还不是就地……忙坏了商会会长！”

“哪里，中央政府总会有办法的！有学问有良心的官长，就不会苛刻乡下人。官长好，弟兄自然就也好，不敢胡来乱为的。”

“我们驻洪江就好，要什么有什么。下河街花姑娘是扬州来的，脸白白的，喉咙窄窄的，唱起好戏来，把你三魂七魄都唱上天！吹打弹唱，样样在行，另外还会说京话，骂人‘炖蛋……’，可不敢得罪同志。”

大家说着笑着，都觉得若做了保安队，生活一定比当前好得多。一切天真的愿望，都反映另外一种现实，即一个乡下人对于“保安队”的印象，如何不可解。总似乎又威风，又有点讨人嫌，可是职务若派到自己头上时，也一定可以做许多非法事情，使平常百姓奈何不得，实在不是坏差事！

“我们这里保安队队长——刚骑马走去那一位，前几天还正倚势霸蛮要长顺大爷卖一船橘子，说要带下省城去送礼，什么主席军长都有交情，一人送几挑。不肯卖，就派弟兄下萝卜溪把他家橘子园里的橘子树全给砍了，破坏了吕家坪风水。幸亏会长打圆全解围，说好做歹，要夭夭家爹爹送十挑橘子了事。你们明天都做了保安队，可是都想倚势压人？云南省出金子，别向人说要个大金饭碗，装个金蛤蟆，送枫木坳看祠堂的大叔，因为和大叔有交情！纵有只金蛤蟆我也无用处，倒是顺便托人带个乌铜嵌银烟嘴子，一个细篾斗笠，三月间我好戴了斗笠下河边钓杨条鱼，一面吸烟一面看鱼上钩！”

一个水手拍拍胸脯说：“好，这算我的事。我当真做了保安队长，一定派个人上云南去办来。”

“可是要记好，不许倚势压人，欺老百姓。要现钱买现货，公平交易，不派官价我才要！”

大家都觉得好笑，一齐笑将起来。至于当地要人强买橘子，滕长顺如何吃闷菜，话说不出，请商会会长说好话，送了十挑橘子方能了事，正和另外一回因逃兵拐枪潜逃，逼地方缴赔枪款，事情相差不多，由本地人说来，实在并不出奇，不过近于俗话说的“一堆田螺中间多加个田螺”罢了，所以大家反而轻轻的就放过去了。就中只三黑子听到这件新闻，因为关乎他的家中的利益和面子，有点气愤不过，想明白经过情形。

三黑子向夭夭说：“夭夭，这里没有什么事，我们过河回家去吧。等等船来了，我还得赶到镇上去办交代。我船上装的是大吉昌的货物，海带、鱿鱼一大堆，我要去和他们号上管事算帐。”

夭夭说：“好，我们就走。满满，我们要回去了。”

老水手为把那装满栗子的细篾背笼，和杨柳枝编成的篮子鸟笼，一齐交给了夭夭。夭夭接过手来时，笑着说：“满满，哎哟，我今天真发了洋财！”三黑子见背笼分量相当重，便伸手拎起来试了一试：“我看看有多重，”把背笼一提，不顾夭夭，先自去了。夭夭跟在哥哥身后赶去，一面走一面向三黑子辩理：“不成的，不成的，青天白日，清平世界，可不能打抢人的。”话中本意倒是：“三哥，三哥，你太累了，不用你拿，我自己背回去好！”可是三黑子已大踏步走下了枫木坳，剩个背影在枫木树后消失了。夭夭只好拿着那个枫木叶子编成的玩意儿，跟着走去。老水手在后面连声叫唤：

“夭夭，夭夭，过两天带你花子狗来，我们到三里牌河洲上捉鹌鹑去！”

夭夭停到一个大石头边回答说：“好的，好的，满满。过三天我们一定去！今天你过河到我家里吃夜饭去吧。我忘记告你，三黑子今天生日，一定要杀鸡，杀那只七斤半重的肥母鸡。你等等就来！我留鸡肫肝给你下酒！”

老水手说：“道谢你，夭夭。我等一会儿还要到镇上去，看三黑子的船，吃他从常德府带来的冰糖红枣！杀了鸡，留个翅膀明天我来吃，吃不了你还是帮我个忙吃掉就是！”

夭夭说：“满满，你还是来吃饭好！先到镇上看船，和三黑子一起回来。夜里我撑船送你过河。你千万要来！”

社 戏

萝卜溪邀约的浦市戏班子，赶到了吕家坪，是九月二十二。一行十四个人，八个笨大衣箱，坐了只辰溪县装石灰的空船，到地时，便把船靠泊在码头边。唱大花面的掌班，依照老规矩，携带了个八寸大的朱红拜帖，来拜会本村首事滕长顺，接洽一切。商量看是在什么地方搭台，哪一天起始开锣，等待吩咐就好动手。

半月来省里向上调兵开拔的事情，已传遍了吕家坪。不过商会会长却拿定了主意，照原来计划装了五船货物向下游放去。长顺因为儿子三黑子的船已到地卸货，听会长亲家出主意，也预备装一船橘子下常德府。且因浦市方面办货的人未到，本地空船多，听说下河橘子起价钱，还打量另雇一只三舱船，同时装橘子下行。为摘橘子下树，几天来真忙得一家人手脚不停。住对河祠堂里的老水手，每天都必过河来帮忙，参加工作，一面说一面笑，增加了每个人不少兴趣。摘下树的橘子，都大堆大堆搁在河坝边，用晒谷簟盖上，等待下船落舱。两只空船停泊在河边，篷已推开，船头搭一个跳板，随时有人把黄澄澄的橘子挑上船，倒进舱里去，戏班子乘坐那只大空船，就停靠在橘子园边不多远。

两个唱丑角的浦市人，扳着船篷和三黑子说笑话，以为古来仙人坐在斗大橘子中下棋，如今仙人坐在碗口大橘子堆上吸烟，世界既变了，什么都得变，可是三黑子却想起保安队队长向家中讹诈事情，因此一面听下去，一面只向那个做丑角的戏子苦笑。

三黑子说：“人人都说橘子树是摇钱树，不出本钱，从地上长起来，十冬腊月上树摇，就可摇出钱来。哪知道摇下来的东西，衣兜兜不住，倒入了别人的皮包里去了。人无横财不富，马无夜草不肥，这些人发了横财，有什么用，买三炮台烟吸，你也吸，我也吸，大家都会吸，好了英美烟公司！”

一个丑角说：“哥，你还不知道我们浦市，地方出胖猪肥人，几年来油水都刮光了，刮到什么地方去？天晓得。信口打哇哇，说句话吧，好，光天化日之下，治你个诬告父母官的罪。先把你这刁顽，在脚踝骨上打一百个洛阳棒再说。再不然，枪毙你个反动分子！都说天有眼睛，什么眼睛？张三李四脚上长的鸡眼睛！"

另外一个丑角插嘴说："葫芦黄瓜一样长，有什么好说！"

"沙脑壳，沙脑壳，我总有天要用斧头砍一两个！"

"砍你个癞头鼋！"

长顺因演戏事约集本村人在伏波宫开会，商量看这戏演不演出。时局既不大好，集众唱戏是不是影响治安？这事既是大家有份，所以要大家商量决定。末了依照多数主张，班子既然接来了，酬神戏还是在伏波宫前空坪中举行。凡事依照往年成例，出公份子演戏六天，定二十五开锣。

戏既决定演出，所以那船上八个大衣箱和一些行头家什，当天就由十多个年青乡下人告奋勇，吆吆喝喝扛上了岸，搁到伏波宫去。起衣箱时还照规矩烧了些香纸，放一封五百响小鞭炮。衣箱上岸后，当天即传遍了萝卜溪，知道两三天后就有戏看了。发起演戏的本村首事人，推出了几个负责人来分头办事，或指挥搭台，或采办杂项物事。并由本村出名，具全红帖子请了吕家坪的商会会长，和其他庄口上的有名人物，并保安队队长、排长、师爷、税局主任、督察等等，到时前来看戏。还每天特别备办两桌四盘四碗酒席，款待这些人物。又另外请队长派一班保安队士兵，来维持场上秩序，每天折缴二十块茶钱。事实上弟兄们可不在乎这个钱，小地痞在场上摆了十张桌子，按规矩每张桌子缴纳五元，每天有额外收入五十元。赌桌上既抽了税，因此不再有叫朋友和部队中伙夫押白注，在桌边胡闹欺侮乡下人。即发生小小纠纷，也可立刻解决。

到开锣那天，本村子里和附近村子里的人，都换了浆洗过的新衣服，荷包中板带中装满零用钱，赶到萝卜溪伏波宫看大戏，一面看戏一面就掏钱买各种零食吃。因为一有戏，照习惯吕家坪镇上卖大面的、卖豆糕米粉的、油炸饼和其他干湿甜酸熟食冷食的，焖狗肉和牛杂碎的，无不挑了锅罐家私来在庙前庙后搭棚子，竞争招揽买卖。妇女们且多戴上满头新洗过的首饰，或镀金首饰，发蓝点翠首饰，扛一条高脚长板凳，成群结伴远远的跑来看戏。必到把入晚最后一幕杂戏看完，把荷包中零用钱花完，方又扛起那条凳子回家。有的来时还带了饭箩和针线，有的又带了香烛纸张顺便敬神还愿。小孩子和老妇人，尤其把这几天当成一个大节日，穿上新衣赶来赴会。平时单纯沉静的萝卜溪，于是忽然显得空前活泼热闹起来。

长顺一家正忙着把橘子下树上船，还要为远处来看戏亲友准备茶饭，因此更见得热闹而忙乱。家中每天必为镇上和其他村子里来的客人，办一顿过午面饭。又另外烧了几缸热茶，供给普通乡下人。唱戏事既是一乡中公众庄严集会，包含了虔诚与快乐，因此长顺自己且换了件大船主穿的大袖短摆蓝宁绸长衫，罩一件玄青羽绫马褂，舞着那个挂有镶银老虎爪的紫竹马鞭长烟杆，到处走动拜客。见远来客人必邀约过家中便饭或喝茶。家中在戏台前选定地方，另外摆上几张高台凳，一家大小每天都轮流去看戏，也和别的人一样，从绣花荷包中掏零用钱买东西吃。

第一天开锣时，由长顺和其他三个上年纪的首事人，在伏波爷爷神像前磕头焚香，杀了一只白羊，烧了个申神黄表。把黄表焚化后，由戏子扮的王灵官，把一只活公鸡头一口咬下，把带血鸡毛粘在台前台后，台上方放炮仗打闹台锣鼓。戏还未开场，空坪中即已填满了观众，吕家坪的官商要人，都已就坐，座位前条桌上还放了盖碗茶，和嘉湖细点、黑白瓜子。会长且自己带了整听的炮台烟，当众来把盖子旋开，敬奉同座贵客。开锣后即照例“打加官”，由一个套白面具的判官，舞着个肮脏的红缎巾幅，台上打小锣的检场人叫一声：“某大老爷禄位高升！”那判官即将巾幅展开，露出字面。被尊敬颂祝的，即照例赏个红包封。有的把包封派人送去，有的表示豪爽，便把那个赏金用力直向台上掼去，惹得在场群众喝彩。且随即就由戏班中掌班用红纸写明官衔姓名钱数，贴到戏台边，用意在对于这种当地要人示敬和致谢，一面向班中表示大公无私。当天第一个叫保安队队长。第一出戏象征吉祥性质，对神示敬，对人颂祷。第二出戏与劝忠敬孝有关。到中午休息，匀出时间大吃大喝。休息时间一些戏子头上都罩着发网子，脸上油彩也未去净，争到台边熟食棚子去喝酒，引起观众另外一种兴趣，包围了棚子看热闹。顽皮孩子且乘隙爬上戏台，争夺马鞭子玩，或到台后去看下装的旦角，说两句无伤大雅的笑话。多数观众都在消化食物，或就田坎边排泄已消化过的东西。妇女们把扣双凤桃梅大花鞋的两脚，搁在高台子踏板上，口中嘘嘘的吃辣子羊肉面，或一面剥葵花子，一面谈做梦绩麻琐碎事情。下午开锣重唱，戏文转趋热闹活泼。

掌班的耳根还留下一片油渍和粉彩，穿着扮天官时的青鹅绒朝靴，换了件不长不短的干净衣服，带了个油腻腻的戏摺子，走到坐正席几位要人身边，谦虚而愉快的来请求赏脸，在排定戏目外额外点戏。点戏的花个一百八十，就可出点小风头，引起观众注意。

大家都客气谦让，不肯开口。经过一阵撺掇，队长和税局主任是远客，少不了各点一出，会长也被迫点一出；队长点《武松打虎》，因为武人点英雄，短而热闹，且合身分；会长却点《王大娘补缸》，戏是趣剧，用意在与民同乐。戏文经点定后，照例也在台柱边水牌上写明白，给看戏人知道。开锣后正角上场，又是包封赏号。这个包封，却照例早由萝卜溪办会的预备好，不用贵客另外破钞。客人一面看戏也一面看人，看戏台两旁的眉毛长眼睛光的年青女人。

最末一出杂戏多是短打，三个穿红裤子的小花脸，在台上不住翻跟斗，说浑话。

收锣时已天近黄昏，天上一片霞，照得人特别好看。自作风流的船家子，保安队兵士，都装作有意无心，各在渡船口岔路边逗留不前，等待看看那些穿花围裙扛板凳回家的年青妇女。一切人影子都在地平线上被斜阳拉得长长的，脸庞被夕照炙得红红的。到处是笑语嘈杂，为前一时戏文中的打趣处引起调谑和争论。过吕家坪去的渡头，尤其热闹，人多齐集在那里候船过渡，虽临时加了两只船，还不够用。方头平底大渡船，装满了从戏场回家的人，慢慢在平静河水中移动。两岸小山都成一片紫色，天上云影也逐渐在由黄而变红，由红而变紫。太空无云处但见一片深青，秋天来特有的澄清。在淡青色天末，一颗长庚星白金似的放着煜煜光亮，慢慢的向上升起。远山野烧，因逼近薄暮，背景既转成深蓝色，已由一片白烟变成点点红火。……一切光景无不神奇而动人。可是，人人都融和在这种光景中，带点快乐和疲倦的心情，等待还家，无一个人能远离这个社会的快乐和疲倦，声音与颜色，来领会赞赏这耳目官觉所感受的新奇。

这一天，夭夭自然也到场参加了这种人神和悦的热闹，戴了全副银首饰，坐在高台凳上，看到许多人，也让许多人看到她。可是上午太沉闷，看不完两本，就走回橘子园工作去了。下午本想代替嫂嫂看厨房，预备待客菜饭，可不成功，依然随同家中人过伏波宫去，去到那个高台凳上坐定。台上演王三姐抛打绣球时，老觉得被官座上那个军官眼光盯着。那军官意思正象是在向她说："自古美人识英雄，你是中华民国王三姐！"感受这种眼光的压迫，觉得心中很不自在。又知道家里三哥在赶装橘子下船，一个人独在河边忙做事，想看看哥哥，因此就回了家。回家后在厨房中张罗了一下，就到橘园尽头河坎边去看船，只见三黑子正坐在河边大橘子堆上歇憩，面对河水，象是想什么心事。

"三哥，三哥，你怎么不看戏，大家都在看戏，你何必忙？"

"戏有什么可看的，还不是红花脸杀进，黑花脸杀出，横蛮强霸的就占上风！”

三黑子正对汤汤流水，想起家里被那个有势力的人欺压讹诈，有点火气上心。夭夭象是看透了他的心事，因此说：

“横蛮强霸的占上风，天有眼睛，不会长久的！戏上总是一报还一报，躲闪不得！”

“一报还一报，躲闪不得！戏上这样说，真事情可不是这样。”

三黑子看看夭夭，不再说话，走到装浦市人戏班子来的那条广舶子边上去。有个小妇人正在船后梢烧夜火煮饭。三黑子象哄夭夭似的，把不看戏的理由转到工作上来，微笑说：“夭夭，我要赶快把橘子装满舱，好赶下常德府。常德府有的是好戏，不在会馆唱，有戏园子，日夜都开锣，夜间唱到三更天才收场。那地方不关城门，半夜里散了戏，我们打个火把出城上船，兵士见到时问也不问一声！”

夭夭说：“常德府兵士难道不是保安队？”

三黑子说：“怎么不是？大地方规矩得多，什么都有个‘理’字，不象到我们乡下来的人，欺善怕恶……什么事都做得出。还总说湘西人全是土匪，欺压我们乡下人。下面兵士同学生一样，斯文老实得多，从不敢欺侮老百姓！……”

夭夭一瞥看到橘子园树丛边有个人影子晃荡，以为是保安队上的人，因此制止住了哥哥：“你们莫乱说，新生活快来了，凡事都会慢慢的变，慢慢的转好的！”三黑子也听到树边响声，却看见是老水手，因此快乐的呼唤起来：“满满，是你？我还以为是一个——”

老水手正向兄妹处走来，一面走一面笑，“三黑子，你一定以为又是副爷来捉鸡，是不是？”且向夭夭说：“夭夭，夭夭，你不去看王三姐抛打绣球招亲，倒来河边守橘子。姑娘家那么小气。咦，金子宝贝，谁要你这橘子！”

夭夭知道老水手说的是笑话，因此也用笑话作答：“满满，你怎么也来了？我看你叉手坐在台下边那张凳子上，真象个赵玄坛财神样子。今天打加官时他们不叫你，我猜你一定生了气。你不生气我替你生气，难道满满这点面子都没有！”

老水手说：“生什么气？这也生气，我早成个气包子，两脚一伸回老家了。你问我怎么也来这里，如果我问你，你一定会说：‘我来陪你，’好个乖巧三姑娘。说真话我倒想不起你会在这里。我是来陪三哥的，他不久又要下常德府去，板凳还坐不热，就要赶路。三哥呀，三哥，你真是——”说时把大拇指翘起，“萝卜溪这一位。”

三黑子受了老水手恭维，觉得有点忸怩，不便说什么，只是干笑。

远远的听见伏波宫前锣鼓响声，三黑子说：“菩萨保佑今年过一个太平年，不要出事情就好。夭夭，你看爹爹这场戏，忙得饭也不能吃，不知他许下有什么愿心！”

老水手莞尔而笑，把短旱烟斗剥啄着地面，“你爹当然盼望出门的平安，一路吉星高照。在家的平安，不要眼痛牙痛。上树上山入水入土的平安。鸡呀狗呀牛呀羊呀不发瘟。田里的鱼不干死，园里的橘子树不冻死！”

夭夭说：“我就从不指望这些事情。可是我也许愿看戏。”

三黑子就说：“你欢喜看戏。”

夭夭故意争辩着，“我并不想看戏！”

老水手装作默想了一会儿，于是忽然若有所悟似的：“我猜得着，这是什么事。”

夭夭偏着头问：“你猜猜看，猜着什么事？”

老水手说：“我猜你为六喜哥许了愿。他今年暑假不回来了，要发奋勤学，将来做洋博士，补萝卜溪的风水。你许的愿是……”

夭夭因为老水手说到这件事，照例装作没有听到，却向河边船上走去。到船边时上了跳板，看见下面溪口还停了几只小船，有的是装橘子准备下行，有的又是三里牌滩头人家为看戏放来的，另外还有本村特意为对河枫木坳附近村子里人预备的一只小渡船，守船的正是上次送夭夭过河的那个年青汉子。人住在对河三里牌滩下村子里的，因为路较远，来不及看完杂戏，就已离开了戏场，向溪头走趁船过渡，另外有坐自己船来的，恐怕天气晚不好漂滩，这时节也装满了人，装满了船上人的笑语，把船只缓缓向下游划去。这一切从夭夭所站立的河坎边看来，与吕家坪渡口所见相比，自然又另外是一番动人景象。

红紫色的远山野烧，被风吹动，燃得越加热烈起来。

老水手跟随夭夭身后到了河坎边，也上了那只橘子船，“夭夭，夭夭，你看山上那个火，烧上十天了，还不止息，好象永远不会熄。”

夭夭依随老水手烟杆所指望去，笑着说，“满满，你的烟管上的小火，不是烧了几十年还不熄吗？日头烧红了那半个天，还不知烧过了千千万万年，好看的都应当长远存在。”

老水手俨然追问似的说：“怎么，好看的应当长远存在，这事是归谁派定的？”

夭夭说：“我派定的。——只可惜我这一双手，编个小篮子也不及你在行，还是让你来编排吧。天下归你管，一定公平得多！”

老水手有所感触，叹了一口气：“却又来！夭夭，依我想，好看的总不会长久。好碗容易打破，好花容易冻死——好人不会长寿。好人不长寿，恶汉活千年，天下事难说！哪一天当真由你来作主，那就好了。可是，夭夭你等着吧，总有一天有些事会要你来作主的。天下事难说的，我年青时哪料到会守祠堂养老！我只打算在辰沅永靖兵备道绿营里当个管带，扛一杆单响猪槽枪，穿件双盘云大袖号褂，头上包缠一丈二尺青绉绸首巾，腰肩横斜围上一长串铅头子弹，去天津大沽口和直脚干绿眼睛洋人打仗立功名，象唱戏时那黑胡子说的名在青史，留芳百世。可是人有十算天只一算，革命一来，我的愿心全打破了。绿营管带当不成，水师营管带更加无分，只好在麻阳河里划只水上漂。漂来又漂去，船在青浪滩一翻身，三百个桐油篓子在急水里浮沉，这一下，就只好来看祠堂了。明天呢？凡事只有天知道，人不会知道的。你家三哥这时节只想装一船橘子下常德府，说不定将来会作省主席。你看他那个官样子！”老水手指着坐在橘子堆上看水面景致的三黑子说：“要是归我作主，我就会派他当主席。”两人为这句话都笑将起来。

三黑子不知船上两人说什么，笑什么，也走到河坎边来。“满满，不要回去，就住到我家里，我带得有金堂叶子烟，又黄又软和，吸来香喷喷的，比大炮台烟还好，你试试看！”

老水手挥舞着那个短烟杆，“天天，你说说看，我还不曾派他当主席，他倒赏给我金堂烟叶来了。好福气！”

三黑子正想起队上小官仗势凌人处，不明白老水手说的是什么意思，也跟着笑。“我当了主席，一定要枪毙好多好多人！做官的不好，也得枪毙。”

夭夭笑着：“三哥，得了。轮到你做村子里龙船会主席，还要三十年！”

老水手也笑着，眼看河上的水鸭子成排掠水向三里牌洲上飞，于是一面走一面说：“回家吃饭去，水鸭子都回窠了。明天不看戏，我们到三里牌洲上捡野鸭蛋去，带上贵州云南省，向那些有钱的人说是仙鹅蛋，吃了补虚生血，长命百岁，他们还信以为真！世界上找了钱不会用钱的人很多，看相算命卖药卖字画，骗个千八百不是罪过，只要脸皮厚就成！”

夭夭向三黑子说：“三哥，你做了主席，可记着，河务局长要派归满满！”

（第一卷完）

一九四五年七月二十六日重校毕

肩横斜围上一长串铅头子弹，去天津大沽口和直脚干绿眼睛洋人打仗立功名，象唱戏时那黑胡子说的名在青史，留芳百世。可是人有十算天只　算，革命　来，我的愿心全打破了。绿营管带当不成，水师营管带更加无分，只好在麻阳河里划只水上漂。漂来又漂去，船在青浪滩一翻身，三百个桐油篓子在急水里浮沉，这一下，就只好来看祠堂了。明天呢？凡事只有天知道，人不会知道的。你家三哥这时节只想装一船橘子下常德府，说不定将来会作省主席。你看他那个官样子！”老水手指着坐在橘子堆上看水面景致的三黑子说：“要是归我作主，我就会派他当主席。”两人为这句话都笑将起来。

三黑子不知船上两人说什么，笑什么，也走到河坎边来。“满满，不要回去，就住到我家里，我带得有金堂叶子烟，又黄又软和，吸来香喷喷的，比大炮台烟还好，你试试看！”

老水手挥舞着那个短烟杆，“夭夭，你说说看，我还不曾派他当主席，他倒赏给我金堂烟叶来了。好福气！”

三黑子正想起队上小官仗势凌人处，不明白老水手说的是什么意思，也跟着笑。“我当了主席，一定要枪毙好多好多人！做官的不好，也得枪毙。”

夭夭笑着：“三哥，得了。轮到你做村子里龙船会主席，还要三十年！”

老水手也笑着，眼看河上的水鸭子成排掠水向三里牌洲上飞，于是一面走一面说：“回家吃饭去，水鸭子都回窠了。明天不看戏，我们到三里牌洲上捡野鸭蛋去，带上贵州云南省，向那些有钱的人说是仙鹅蛋，吃了补虚生血，长命百岁，他们还信以为真！世界上找了钱不会用钱的人很多，看相算命卖药卖字画，骗个千八百不是罪过，只要脸皮厚就成！”

夭夭向三黑子说：“三哥，你做了主席，可记着，河务局长要派归满满！”

（第一卷完）

一九四五年七月二十六日重校毕

楚尘
文化
Chu Chen

北京楚尘文化传媒有限公司 出品

柏子集

沈从文别集

沈从文 著

中信出版集团 | 北京

再版序

上个世纪五十年代，不少喜爱文学的读者迷上了契诃夫，这跟平明出版社接连推出 27 册汝龙翻译的《契诃夫小说选集》直接有关。

那时我家至少有三个契诃夫迷：做文学编辑的母亲、哥哥和我。谈论哪篇小说怎么怎么好，是不倦的话题。已经退出文坛改了行的父亲不参与，只有时微笑着对外人说：“家里有三个契诃夫的群众。”

汝龙译的这套选集可贵之处，首先在于对作品的精选；第二是选进一些契诃夫的书信、札记，别人对他的回忆、评论等，分编到不同集子里，这些文字拉近了读者和作者的距离，是汝龙先生锦上添花的贡献。

到 1992 年编选《沈从文别集》的时候，我们自然想

到从平明版《契诃夫小说选集》取法。这也是父亲的愿望，尽管他不参与“契诃夫群众”的热情讨论，汝龙这套译本的长处他胸中有数。

我问过父亲汝龙为什么常赠送新书，他只简单说：“是朋友。”

母亲的补充才说清楚：“他翻译的那套英文契诃夫小说是我送的。”

据我充和四姨回忆，1932年暑假，一个“说是由青岛来的，姓沈，来看张兆和的”羞涩客人，初次登苏州张家门，带的一大包礼物“全是英译精装本的俄国小说”。加尼特夫人的一套英译《契诃夫小说集》就在其中。

不懂外文的沈从文怎么买洋书？四姨说那是过上海时托巴金选购的。

父亲曾希望母亲朝文学翻译方面发展，送这样礼物包含着鼓励。愿望虽然没实现，礼物却终于转到最合适的人手里，促成被誉为契诃夫小说“最佳译本”的产生。朋友的成就四十年后启发着《沈从文别集》的编选工作。

当本书再版之际，我们感谢与它有缘分的几位文学前辈，也要感谢为我们想出《沈从文别集》总书名的汪曾祺先生。

沈虎雏

总 序

从文生前，曾有过这样愿望，想把自己的作品好好选一下，印一套袖珍本小册子。不在于如何精美漂亮，不在于如何豪华考究，只要字迹清楚，款式朴素大方，看起来舒服。本子小，便于收藏携带，尤其便于翻阅。八十年代初，有一家书店曾来联系过，也曾请人编了一套，交付出去。可是，落空了，未能实现。我一直认为是一件憾事。

现在湖南岳麓书社要为从文出书，我同虎雏商量，请吉首大学沈从文研究室合作，编选这么一套。这套选本和以前选法编法不同。我们在每本小册子前面，增加一些过去旧作以外的文字。有杂感，有日记，有检查，有未完成的作品，主要是书信——都是近年搜集整理出

来的，大部分未发表过。不管怎样，这些篇章，或反映作者当时对社会、对文艺创作、对文史研究……的一些看法，或反映作者当时的处境，以及内心矛盾哀乐苦闷，把它们发表出来，容或有助于读者从较宽的角度对他的作品、对他的为人以及对当时的环境背景有进一步了解。

出这套书，当然，同时也了却死者和生者的一点心愿。

张兆和

一九九一年十一月二十九日

目 录

新废邮

未寄到的复教员朋友问

毅汉先生：得你来信，深感厚意。上次各位相访，我和家中人都留下极愉快印象。我应当多听听你们提的问题才对！极可惜，即我说话口音不正，不仅你们不易听懂，事实上，在这里有个主持“文字改革”的亲戚，有四十年来往，他也只能听懂一半。家中一个孙女，在我身边长大，我说的话也经常还听不懂！抱歉以外，也可证明我学习语言及适应环境能力之差，真到惊人程度。这次你们来的时间稍早了些，若四月半来，对于北京所得印象会好一些。因为几十种北方特别著名花木，多集中在四月中旬后开放，再不多久，就进入初夏了。

你问的张爱玲，我和家中人均未认识。张家在合肥是个大族，“和”字辈弟兄姐妹多达百十人，有大半就未见过。抗战八年中，我一家大小四人，在昆明乡下住了八年，复员后才返回北京。

关于写作，早已无发言权，所有作品，多是四十年前学习用笔完成的。照我自己估计，离“及格”还远。原以为能再延长廿年，驾驭文字、组织故事能力，会比较成熟，再有计划使用到最需要方面，才对得起这个工作。只是社会变化迅速，对于文学要求又新。新社会凡事重“实事求是”，我为人性格迟钝板滞，旧的方法“已过时”，新的方法一时“学不会”，所以离开了学校和“空头作家”名分……近三十年来，国内有的是万千伟大作品，产生于有思想、有经验、有才气的作家手中。由于能够密切配合国家需要，作品多以百万计分布于全国，起伟大作用和长远影响。并且正在世界上发挥强大的影响。至于我，过去还可聊以解嘲，像个“打前站的哨兵”，现在看来，即这点小作用也说不上了。因为国内十几个著名大专学校教现代中国文学的教师，并我姓名也多不知道，可见历史是十分公正的，毫不含胡。我冒充“假里手”可行不通的。我成为过时人物，这是十分公平合理的事。必需承认这种“现实”，并接受现实，才不至于出意外问题。好在国家大，正有千万种事待人沉默努力去作，我似乎应分先从作到一个公民应尽的责任，和亿万在各种不同工作岗位上的人一样，扎扎实实尽可能把目前工作逐一加以完成，才像个新中国的新公民！至于过去四十年，为了练笔而写成的不三不四作品，在国内说来，即点缀性也并不多了。

你提及契诃夫和我那些习作差别，很有见解。性格上可能也有些相近处。虽然教育不同，生活背景也不相同，对人生抱一种悲悯心情，似乎有些相近处。他是个医生，身体又多病，笔下涉及的旧俄农村社会种种，特别是下层人民，总充满了悲悯同情。我是从小就在各种穷困中活过来的人，某些方面更容易对他们感到一种亲切的爱。对于他们的喜怒哀乐，也更贴心一些。相反，对于大城市社会上层的高知而兼官，却缺少相同好感。这也许实出于“无知”，接触范围极窄。虽在大都市混了快六十年，较接近的也仅限于大学校里的文科中老同事，和弄笔杆子的一部分旧同行。在近半世纪“社会教育”中，有些人最精明处，似乎一律是“世故哲学”高于其他知识，因此在新旧社会都吃得开。至于我，最拙劣处便是这份应世不可少的“巧”处，我始终学不好，因此生活上永远吃不开。支配我行动的，永远是一种“理想”，在现实社会中既行不通，且极容易转成笑料，进而成为过失。因此生活和工作都必然难免打败仗。生活上希望能作到契诃夫晚年那样，在乡村里有个小小的家，也不大可能。至于作品，那就更难望如契诃夫在苏联情形了。

因为我活着时，就早已为人忘记，或反复不厌其烦的加以否定，哪能对死后还抱不切现实的妄念和幻想？主要毛病，大致还是没有受过正常教育，也即不懂人情世故。应付文字的能力，即或可望逐渐提高，应付人事的能力，却永远居于极端劣势。司马长风和夏志清先生批评中，都提到我作品中有点“道家”影响。事实上在生活中反映“与人无争”、“为而不有”态度即更显明。八个字直译过来，就是“人不中用”，“迂腐到不可救药”的明确证据。“单打一”的做人方式，肯定是永远吃不开的，也值不得学习的！国家在前进中，个人得失未免太渺小不足道。

你若教中学语文，让同学多看些杂书，学会叙事抒情比会作论文有用。

近因一病数月，不能起床，尊信迟迟作复，想能原谅，并候安佳。

沈从文

六月十日北京

因失去尊处通信地址，最近始发现，致复信一搁半年，深感抱歉！

从文

八月廿一

编辑部诸先生：这个信是回复王毅汉先生的，照他写的通信地址寄去，说已迁居。他原信中提到和你们相熟，因此试请你们转转，极感谢。无着落，也即把这个信留给各位作个纪念吧。因为内中也多半近于向诸先生到北京来相看时，一番厚意深情的回答。诸位出的专刊三文，我和家中人看过后都觉得极好。只是把我这过时的老人，说得过好，未免增愧。

我后天将离北京，约三个月才回来。回来时一定另外写个信给各位。祝工作顺利！

沈从文

十月廿五日[1]

---

[1] 此信写于1980年。

谈话录

答凌宇问

1．生年？

一九〇二年旧历十一月二十九日丑时生。

2．曾用过的笔名及发表过作品的刊物？

不可能记得。至于刊物，在三十年代前后，几乎京沪大刊物都有作品发表，大书店都出过我的集子。有的新书店最先出我的集子，并不是作品有什么大不了的成就，只不过是在比较中，还能引起读者兴趣而已。有人因此骂了我三十年，以至五十年，直到如今，还“依样画葫芦”的，在现代文学史中总得带上一笔。事实上我因此改了业，三十年来在博物馆做工作。

3．共出过多少集子？未成集的单篇有多少？

已过了三十年，全烧掉了，不宜再想它。提它毫无意义。

4．您是如何与徐志摩结识的？

因投稿而相熟。我对于他的散文和诗的成就，都感到极大的兴趣，且比较理解他对人的纯厚处，和某些人说的“花花公子”完全不同。所以我在一九三六年良友出的《习作选》题记中，提到他对我的好影响。到我作《大公报》文艺副刊编辑时，对陌生作者的态度，即充分反映出他对我的好影响。工作上要求自已较严，对别人要求却较宽。

5．您是何时认识胡也频的？

大革命以前几年即相熟。他成为左翼作家，是最后两年事。

6．您曾将《柏子》与《八骏图》对比，应当如何理解？

前者单纯，后者复杂，如此而已。

7．《废邮存底》中《给一个作家》那一篇，是不是写给巴金的？

可能是。《给一个教授》指吴宓。

8．您在作品中歌颂下层人民的雄强、犷悍等品质，与当时改造国民性思想有无共通之处？

毫无什么共通处。我是试图用不同方法学习用笔，并不有什么一定主张。我因为底子差，自以为得踏踏实实的学习三十年，才可望在工作实践中达到成熟程度。

9.《虎雏》、《七个野人与最后一个迎春节》等篇是否含有提倡返归自然、回复野蛮的创作意图？

一切都是在学习用笔中完成的。不可能一面写什么，一面还联想到什么。当时最主要企图，还是能维持最低生活，作品能发表就成了。

10.《边城》、《黔小景》、《贵生》等篇是否含有人生莫测的命定论的倾向？

我没有那么高深寓意。只有一个目的，就是企图从试探中完成一个作品，我最担心的是批评家从我习作中找寻“人生观”或“世界观”。

11.以佛经故事为题材的那些作品，其创作意图是什么？

引言说得已极明白，这就是就故事而加些新的处理。以欣赏态度去采用佛经中故事，加以贯串改造，也只希望读者能用欣赏方式留下个印象。我的一切习作都缺少什么寓意。

12.关于城市中绅士阶级生活的描写，您是否（一）

与乡村生活相比，揭露其腐朽性；（二）揭露他们生活悲喜剧的心理原因？此外，还可以怎样理解？

你应当从欣赏出发，看能得到的是什么。不宜从此外去找原因。特别不宜把这些去问作者，作者在作品中已回答了一切。

13．关于苗族生活的一些作品，有人说大多虚构，缺少现实依据，这种批评有根据吗？

这是苏雪林说的。她是国民党的立法委员。一时恭维鲁迅到了极点，次一年又用快邮代电方式，罗列十大罪状申讨鲁迅先生。她从不想到《三国演义》和《西游记》的真实性，却要求我的作品“真实”。这是上海一折八扣出盗印我的作品时附上她那个批评的。照理写批评应当是“真实”的，但这个人对鲁迅的意见究竟什么意见最可靠，她自己恐怕也回答不出。

14．对下层人民的描写，一方面同情他们悲苦但不自觉的命运，一方面发掘他们身上美德的光辉，这样理解对吗？

从我一堆习作中，似不值得那么认真分析、探讨。因为是习作。写乡村小城市人民，比较有感情，用笔写人写事也较亲切。写都市，我接近面较窄，不易发生好感是事实。

15.《过岭者》、《黑夜》等反映的背景是什么？

就是纪念二朋友的死亡而已，故事后边写得极明白。内中有个郑子参，是同乡同学，十分要好，后来入黄埔四期骑兵科，听熟人说在东江作战死去了，因为从另外熟人通讯中，说是做通讯员死去的，为纪念这些同乡友好而作。

16．您曾谈及创作需将“现实”与“梦”结合，《边城》是不是这种结合的典型？

这个作品只是偶然完成的。在良友出的《习作选》已作过解释，只能说是写作较成熟的一个篇章。本拟写十个，用沅水作背景，名《十城记》。时华北闹“独立”，时局日益紧张，编《大公报·文艺》，大部分时间都为年青作者改稿件费去了。来不及，只好放弃。

17．您曾说您的创作受过废名影响。一般认为废名的小说有两个特点，一是具有唐诗一般的意境，一是文字的简约含蓄。您所受的影响，是不是主要在这两个方面？

这也限于某一时某些作品而得到的启发，因为很快我就在文字和处理问题上，作多方面发展了。我因力把一切作品都当成习作过程，真正受的影响，大致还是契诃夫对写作的态度和方法。

18．您的小说具有一种独创的艺术意境。这种意境的创造：一、依靠“现实”与“梦”结合的创作方法；二、题材本身的特异性；三、与故事保持一定距离，力图避免文字表面的热情；四、理想成分和特有的色彩，等等。这样理解您作品艺术意境构成各因素，是否可以？

这只是读书多而杂，文体也不拘常例，生活接触面又广，故事不拘常格的必然结果。并无什么有意为之。有的全个故事无对话，如《腐烂》，有的故事又全是对话，如《若墨医生》，多是在学校示范表示不拘常例，通可以写成短篇而且动人的理由。这也是逐渐成熟的，只是谨慎耐烦，去从文字和故事上掂斤播两，再客观地理会如何处理能产生的效果，改来改去的结果。说的“示范”，含意并无什么标准化意思，只在告给同学，对于一个故事的写作得打破一切常规框框；文字也有同样情形，写来写去就自然理解它的效果了。总的说来，求不受任何影响，必须从实践上，从成功和失败两个方面取得经验，才明白叙事的多样性，才可望在同样三五千字极平常事件中，得到动人效果。

19．关于您创作的批评，您认为哪些较中肯？

凡是用什么“观点”作为批评基础的都没有说服力，因为都碰不到问题。

20．苏雪林曾批评您的作品过于随笔化，描写繁冗；多凭灵感，显得轻飘浮泛，人物刻划不能深入。您对这些批评如何看？

以早期作品为例，她说的基本上是对的。苏写批评时，并不曾看过我多少作品。在武汉大学教现代文学时，听她发挥比较合理。当时她把鲁迅捧上了天。可是第二年又用“快邮代电”方式骂鲁迅为什么“贼”。原因是一切随个人感情用事。对于她的批评，最好的解释人是同在武汉大学的陈通伯和凌叔华，给她看了我全部作品，并告诉她我的一切，她才不再开口。到抗战时我借住武大时，却特别对我表示好感，我照例是不以为意的。

21．理解您的作品，您的哪些文章比较重要？

主要是四个题记：《边城》题记、《长河》题记、《从文小说习作选》代序、《沈从文小说选集》题记。另外还有《湘西》题记。

22．中国古典文学和外国文学作品在思想、艺术和创作实践上给您什么影响？

看得多而杂，就不大可能受什么影响，也可以说受总的影响。是理解文字的一定程度后，从前人作品得到个总的印象，即一个故事的完成，是可以从多方面着手，都可达到一定效果的。懂得这一点，就不会受任何权威影响。正相反，不太费事就可以自出新意自成一格。

23．有人说您受泰戈尔影响，这话对吗？

未受泰戈尔什么影响。倒是较多地读过契诃夫、屠格涅夫作品，觉得方法上可取处太多。契诃夫等叙事方法，不加个人议论，而对人民被压迫者同情，给读者印象鲜明。屠格涅夫《猎人笔记》，把人和景物相错综在一起，有独到好处。我认为现代作家必须懂这种人事在一定背景中发生。

原载《中国现代文学研究丛刊》
一九八〇年第四期

小砦

引子

天上正落小雨，河面一片烟雾。河下一切，都笼罩在这种灰色雨雾里，朦朦胧胧。

远远的可听到河下游三里那个滩水吼着。且间或还可听到上游石峡谷里弄船人拍桨击水呼口号声音，住在河街上的人，从这种呼号里可知道有一只商船快拢码头。这码头名 × 村，属 ×× 府管辖。位置在酉水流域中部。下行二百余里到达沅陵，就是酉水与沅水汇流的大口岸。上行二百里到达茶峒，地在川湘边上，接壤酉阳。茶峒和酉阳，应当就是读书人所谓“探二酉之秘笈”的地方。

中国读书人对酉水这个名称，照例会发生一种心向往之情绪，因为二酉洞穴探奇访胜可作多数读书人好奇心的尾闾。但事实上这种大小洞穴，在边地上虽随处可以发现，除了一些当地乡下人，按时携带粮食家具冒险走进洞穴深处去煎熬洞硝，此外就很少有人过问。正因为大多数洞穴内部奇与险平分，内中且少不了野兽长虫，即便是乡下人，也因为险而裹足，产生若干传说和忌讳，把它看成一个神或魔鬼寄身的窟宅。只有滨河一带石壁上的大小洞穴，稍微不同一点，虽无秘笈可寻，还有人烟。住在那些天然洞穴里的，多是一些似乎为天所弃却不欲完全自弃的平民。有些是单身汉子，俨然过的是半原始生活，除随身有一点生活所恃的简单工具，此外别无所有。有些却有妻儿子女和家畜。住在这种洞穴的人，从石壁罅缝间爬上爬下，上可在悬崖间以及翻过石梁往大岭上去采药猎兽，下就近到河边，可用各种方法钓鱼捕鱼。（孩子们不小心也会从崖上跌到水中去喂鱼。）把草药采来晒干后，带到远隔六十里路的县城中去，卖给当地官药铺，得钱换油盐和杂粮回家。兽皮多卖给当地收山货的坐庄人。进一次县城来回奔走一百二十里路，有时还得不到一块钱，在他们看来，倒正如其余许多人事一样，十分平常。下河捕鱼钓鱼，就把活鱼卖给来往船只上的客商。或晾在崖石上晒干，用细篾贯串起来，另一时向税关上的办事人去换一点点盐。（这种干鱼，办事人照例会把它托人捎回家乡，孝进亲长，或献给局长的。）地方气候极好，风景美丽悦目。一条河流清明透澈，沿河两岸是绵延不绝高矗而秀拔的山峰。善鸣的鸟类极多，河边黛色庞大石头上，晴朗朗的冬天里，还有野莺和画眉鸟，以及红头白翅鸟，从山中竹篁里飞出来，群集在石头上晒太阳，悠然自得哢唱着它们悦耳的曲子。直到有船近身时，方从从容容欢噪着一齐向竹林飞去。码头是个丁字街，沿河一带房屋，并不很多，多数是船上人住的，另外一条竖街，凭水倚山，接瓦连椽堆叠而上，黑瓦白粉墙，不拘晴雨，光景都俨然如画。离码头一里路河上游那一带石壁，五彩斑驳，在月下与日光下，无时不象两列具有魔性的屏障，在一只魔手作弄中，时时变换色彩。并且住家在那石壁上洞穴石罅间的，还养鸡，养狗，在人语中夹杂鸡犬的鸣吠，听来真可说有仙家风味。可是事实上这地方人却异常可怜。住洞穴的大多数人生活都极穷苦，极平凡，甚至于还极愚蠢，无望无助活下去。住码头街上的，除了几个庄头号上的江西籍坐庄人，和税关上的办事员司，其余多是作小生意人。这些人卖饮食供人吃喝，卖鸦片烟，麻醉人灵魂也毁坏人身体。卖下体，解除船上人疲乏，同时传播文明人所流行的淋病和梅毒。食物中害天花死去的小猪肉，发臭了的牛内脏，还算是大荤。鸦片烟多标明云土川土，其实还只是本地货，加上一半用南瓜肉皮等物熬炼而成的料子。至于身体买卖的交易，妇女们四十岁以上，还有机会参加这种生活竞争。女孩子一到十三四岁，就常常被当地的红人，花二十三十，叫去开苞，用意不在满足一种兽性，得到一点残忍的乐趣，多数却是借它来冲一冲晦气，或以为如此一来就可以把身体上某种肮脏病治愈。比较起来，住在洞穴里的人生活简单些、稳定些，不大受外来影响。住码头上的人生活却宽广得多，同时也堕落得多。

这地方商业和人民体力与道德，都似乎在崩溃，向不可救药的一方滑去。关于这个问题，应当由谁来负责？是必然的还是人为的？若说是人为的，是人民本身还是统治人民的地方长官？很少人考虑过。至于他们自已呢，只觉得世界在变，不断的变。变来变去究竟成个什么样子，不易明白。但知道越下去买东西越贵，混日子越艰难。这变动有些人不承认是《烧饼歌》里所早已注定的，想把它推在人事上去，所以就说一切都是“革命”闹成的。话有道理，自从辛亥革命以来，这小地方因为是一条河流中部的码头，并且是一条驿道所经过的站口，前后已被焚烧过三次。因大军过道和兵败后土匪的来去，把地方上一点精华，吮剥的干干净净，所有当地壮丁，老实的大多数已被军队强迫去充夫役，活跳的也多被土匪裹去作喽啰。剩下一点老弱渣滓，自然和其他地方差不多，活在这个小小区域里，拖下去、挨下去等待灭亡和腐烂。上年纪的一面诅咒革命，以为一切不幸都应当由革命来负责，同时一面却也幻想着，六十年一大变，二十年一小变，世界或许过不久又会居然变好起来。所谓变好，当然是照过去样子一一恢复转来：京师朝廷里有个皇帝，有个军机大臣，省里有个督抚，县里有个太爷。（太爷所作的事是坐在公堂上审案，派粮房催租，或坐轿下乡给乡绅点主。）皇帝管大官，大官管小官，小官管百姓，百姓耕田织布作生意，好好过日子。

此外庙里还有几多神，官管不了的事情统归神管。还有佛菩萨，笑眯眯的坐在莲花宝座上，听人许愿，默认。念阿弥陀佛吃长斋的人，都可以在死后升往西天，那里有五色莲花等待这些信士去坐。人人胸腔子里都有个良心，借贷的平时必出利息，到还账时不赖债。心肠坏的人容天不容，作好事必有好报应。偷人鸡吃生烂嘴疮，不孝父母糟蹋米粮会被雷公打死。至于年纪较轻的，明白那个“过去”只是一个故事、一段老话，世界一去再也不回头了，就老老实实从当前世界学习竞争生存的方法。生活中无诅咒，无幻想，只每日各在分上做人。学习忍受强暴，欺凌懦弱，与同辈相互嫉视、争夺，在弄钱事情上又虚伪诡诈，毫无羞耻。过日子且产生一个邻于哲人与胡涂虫之间的生死观：活着，就那么活。活不下去，要死了，尽它死，倒下去，躺在土里，让它臭、腐烂、生蛆、化水，于是完事。一切事在这里过细一看，令人不免觉得惊奇惶恐，因为都好象被革命变局扭曲了，弄歪了，全不成形，返回过去已无望，便是重造未来也无望。地方属于自然一部分，虽好象并未完全毁去，占据这地方的人，却已无可救药。然而不然。

生命是无处不存在的东西。一片化石有一片化石的意义，我们从它上面可以看出那个久经寒暑交替日月升降的草木，当时是个什么样子。这里多的却是活人，生命虽和别地方不同一点，还是生命。凡是生命就有它在那小地方的特殊状态，又与别一地方生命还如何有个共同状态。并且凡是生命，照例在任何情形中有它美好的一面。丑恶、下流、堕落，说到头来还是活鲜鲜的“人生”。（一片脏水塘生长着绿霉，蒸发着臭气，泛着无数泡沫，依然是生命。）人就是打从这儿来的。这里所有的情形，是不是在这个国家另外一片土地上同样已经存在或将要产生的？另外地上所有的，在这一个小小区域里是不是也可能发生？想想看就会明白。日光之下无新事，我们先得承认这一点。

就譬如说这倒霉的雨，给人的意义，照例是因人而不同的，在这地方也就显然因之有了人事的忧乐。税关办事人假公济私，用公家款项囤买的十石粮食，为这场雨看长已无希望。山货庄管事为东家收买的二十五张牛皮，这场雨一落，每张牛皮收湿气加重二斤，至少也可以增加五十斤的分量。住在洞穴里的山民，落了雨可就不便采药，只好闷坐在洞口边，如一只黄羊一样对雨呆看。住在码头上横街的小娼妇，可给雨帮忙把个盐巴客留住了，老娘为了媚这个“财神”，满街去买老母鸡款待盐巴客，鸡价由客人出，还可从中落个三两百钱放进荷包里去作零用。

第一章

税关上办事人同山货庄管事，在当地原代表一个阶级，所谓上等阶级。与一般人不特地位不同，就是生活方式也大不相同。表现这不同处是弄钱方便，用钱洒脱，钱在手中流转的数目既较多，知识或经验也因之就在当地俨然丰富得多而又高人一等。

这些人相互之间日常必有“应酬”，换言之，就是每天不是这些大老板到局上吃喝，就是大老板接局长和驻防当地的省军副营长、连长到庄号上去吃喝。吃喝并不算是主要的事情，吃喝以前坐在桌边的玩牌，吃喝以后躺在床上去烧烟，好象都少不了。直到半夜，才点灯笼送客。军官照例有一个勤务兵，手持长约两尺的大手电筒，乱摇着那个代表近代文明的东西走去。局长却点了一盏美孚牌桅灯，一个人提着摇摇晃晃回他的税局。“应酬”既已成为当地几个有身分的人成天发生的事情，所以输赢二十三十，作局长的就从不放在心上，倒是一种凑巧的好牌，冒险的怪牌，不管是他人手上的还是自己的，却很容易把它记着，加以种种研究。说真话，这局长不特对于牌道大有研究，便是对于其他好些事情，也似乎都富于研究性，懂的很多。尤其是本行上的作伪舞弊，挪此填彼，大有本领。这小局卡本来只是复查所性质，办事员正当月薪不过二十五元，连津贴办公费也不过五十元上下，若不是夺弄多方，单凭这笔收入，那能长久“应酬”下去？

这局长在这个小地方，既是个无形领袖，为人又长袖善舞，职位且增加他经营生活的便利，若非事出意外，看情形将来就还会起发的。今年才三十一岁，真是前程远大！

其时约上午九点钟样子，照当地规矩普通人都已吃过了早饭，上工作事了。这当地大人物却刚刚起床不久，赤着脚，趿着一双扣花拖鞋，穿一身细白布短裤褂，用老虎牌白搪瓷漱口罐漱口，用明星牌牙刷擦牙，牙粉却是美女老牌。一面站在局所里屋廊下漱口刷牙，一面却对帘口的细雨想起许多心事。这雨落下去，小虽小，到辰州就会成为“半江水”，泊在辰州以上百十里河面的木牌，自然都得趁水大放流，前前后后百十个木牌集中在乌宿木关前时，会忙坏了办事人，也乐坏了办事人。但这些事对彼不相干。那些税关人员因涨水而来的一个好处，他无福分享受。他担心却是和当地一个字号上人，共同作的一笔生意。万千浮在大河中的木头，其中有三根半沉在水中的木头，中心镂空装了两挑川货，冒险偷关，若过了关，他便稳稳当当赚了六百个袁头，若过不了关，那他就赌输将近一千块钱了。他想起李吉瑞唱的《独木关》。漱过口后他用力刮达刮达把那支牙刷在搪瓷罐中搅着，且把水用力倒到天井中去。问小公丁：

“黑子，我白木耳蒸好了吗？”

黑子其时正在房门边一张条凳上拭擦局长的烟具。盘子、灯、小罐儿、烟扦儿、一块豆腐干式的打火石、一块圆打火石，此外还有那把小茶壶，还有两支有价值的烟枪（枪上有包银装璜的老象牙嘴），一一的拭擦着。

那小子刚害过水臌，病愈后不久，眼皮肿肿的，头象一个三角形，颈膊细细的，老是张着个嘴，好象下唇长了一点，吊不上去，又好象从小就没有得到一次充足的睡眠，随时随地都想打盹，即或在作事情，也一面打盹。但事实上他却一面擦烟具一面因雨想起那个业已改嫁给船夫的母亲，坐了那条三舱桐油船，装满了桐油向下游漂去的情形。也许船正下滩，一条船在白浪里钻出钻进，舱板上全是水，三五个水手弯着腰用力荡桨，那船夫口含旱烟管，两只多毛露筋的大手，把着白檀木舵把，大声吼着，和水流争斗。母亲呢，蹲在舱里缸罐边淘米烧水。……因此，局长叫他时他不做声。

于是局长生了气，用着特有的辞令骂那小子：

“黑子，黑子，你耳朵被 × 弄聋了吗？我说话你怎么老不留心。你想看水鸭子打架去了，是不是？你做事摩摩挲挲真象个妇人。小米大事情半天也做不好，比绣花还慢，末了还得把我的宝贝打碎。”

黑子被骂后，着忙去整理烟具，忙中有错，差点儿把那小盒里烟膏泼翻。局长一眼瞥见了。

“祖宗，杂种，你怎不小心一点？你泼了我那个，你赔得起？把你熬成膏子也无用处。熬成膏子不到四两油，最多值一毛钱。你真是个吃冤枉饭的东西……”

黑子知道局长的脾气，骂虽骂，什么希奇古怪的话都说得出口，为人心倒很好，待下属并不刻薄。骂人似乎只是一种口技的训练、一种知识的排泄，有利于己而无害于人。有时且因为听到他那种巧妙的骂人语言，引起笑乐，觉得局长为人大有意思。唯其如此，局长的话给黑子听来倒常常是另外一种意义了。

被骂的黑子把下唇吊着，聆受局长的训诲，话越骂越远，倒亏听到厨房有猫儿叫了一声，才想起蒸在锅中的白木耳。赶忙把那全副烟具端进房中去，取白木耳给局长补神。事实上到得白木耳入口时，局长已将近把那碗白木耳的力量，全支付在骂那小子话语上了。

河街某处有鸭子大声呷呷的叫着，局长想起自己的鸭子，知道黑子又忘了喂那个白蛀木虫粉给斗鸭时，又是一番排调，把小子比作种种吃饭不工作的鸟兽虫鱼，结果却要他过上街一个专门贩卖鸭子的人家去，看那老板是不是来了好货。自己动手喂鸭子。

黑子戴了一个斗笠，张着嘴，缩着个肩膊，向外面跑。局长还把话向黑子抛去。

“早回来点，不要又在三合义看下棋。人家下棋你看，狗在街上联亲你也看，你什么戏都看，什么都有分，只差不看你妈和划船的唱戏，因为那个你无分。”

黑子默默的出了局门，却自言自语说：

“什么都看，你全知道。你趴在楼板上，看三合义闺女洗澡，你自己好象不知道，别人倒知道！”

黑子年纪只十二岁，样子象个半白痴，心里却什么事都明白，什么事都懂。

×× 地方人家，也正如其余小地方差不多，每家必蓄养几只鸡鸭，当作生产之一部门，又当作娱乐之一种。养鸡的母鸡用处多是生蛋孵小鸡，或炖汤吃。（白毛乌骨的且为当地阔老当补品。）公鸡用作司晨，辟邪，啄蜈蚣虫蚁。临到年底，主人就把它捉来，不客气的用刀割断了它的喉管，拔下那个金色炫目的颈毛或背部羽毛，一撮撮蘸上热鸡血贴到门楣上、灶坎上、床梁上和船头上和一切大件农具上，用意也是辟邪。且把它整个身子白煮了，献给家神祖先。有时当地人上山采药打猎，入洞熬硝，也带那么一只活雄鸡，据说迷了路大有用处。至于用它来战斗，因习惯不同，倒只是当地小孩子玩的事情了。近大河边人家因利制宜于蓄鸭，当地人因之也把鸭子的斗性，加以训练，变成一个有韧性的战士，用来赌博。一只上好的绿头花颈膊的雄鸭，价值也就很高。平时被人关在笼子里，喂养各种古怪食品，在水边打架时，船上人和住家人便各自认定其中一只，放下赌注，猜测胜负，赌赛输赢。只有母鸭才十分自由，大清早各放出来，到大河里聚齐，在平潭中去找虾米和浮食吃，到天晚才各自还家。落了雨，不再下大河，就三三五五在横街头泥水里摇着短短的尾巴，盘跚来去，有所寻觅，仿佛异常快乐。街中两家豆腐作坊前，照例都积下一片脏水，泛着白沫，水中还有不少红丝虫蠕动着，被这群母鸭发现时，便如发现了一个宝库，争着把一个淡红色的扁嘴壳插进脏水中去唼喋。至于这时节那些公鸡母鸡呢，却多躲藏在家中桌椅下和当地小摊子下横木上，缩敛着身子，看街头鸭子群游戏。间或把头偏着望望天，轻轻的咕喽一声，好象说："这是天气，到明天会放晴的。"因为天一放晴，鸭子就得下河，一条街便依然为鸡所专有了。

黑子到了养鸭子的老东西处，望了一下鸭子，随便说了几句闲话，就走过上街头去看染坊，看碾工踹石砑碾布，一个工人在半空中左右宕着，布在滚子下光滑滑的，觉得大有意思。同时还有河下横街两个脏小孩子，也在那门前泥水中站定，看那个玩意儿，黑子原本同他们都极熟习，就说笑话，叫其中之一诨名作“鼻涕虫”，胡扯乱说，以为鼻涕虫若碾在石滚子下，必不免如申公豹被孙悟空一金箍棒打成稀糊子烂，成一片水不复人形。

鼻涕虫明白黑子根本来源，虾米螃蟹同样是水里长的，分不出谁高谁低，就说：

“黑子，我不经压你经压，你试试去看，压不出水一定压出油，压出三两油点灯，照你娘上清秋路！”

黑子说：“你娘嫁给卖油的，你的油早被榨完了，所以瘦得象个地底鬼。你是个实心油瓶。”

鼻涕虫被人提到心窝子里事情，轮眨着他那双凸出大眼睛，狠狠的望着黑子说：“你娘嫁撑船的，檀木舵把子和竹篙子都刬到你娘的 × 心子上，你就是被那撑船的出来的。你娘才真正经压！”

黑子因为新近作了公务员，吃公家饭，虽在税局里时时刻刻被打被骂，可是比起同街小子，总觉得身分已高了一着，可以凭身分唬人。平时到小摊子买桃李水果，讲价钱时就总有点不讲道理，倚势强人。价钱说好了，还挑三拣四，拈斤播两。向乡下妇人买辣子豆荚，交易办好，临走时，还会伸手到篮子里去多抓一把，使得妇人发急扯着他的衣袖不放，就说：“我又不是抢人欠债，你一个妇人女子，清天白日抓我是什么意思！”故意引起旁人的笑乐。在官家方面有势力的人，买东西照例发官价，欢喜送多少把多少，但这是过去的事，革命后就不成了。虽说如今作局长的好处还多，随时可收受一点小生意人当令的蔬果孝敬，采药打猎人遇到大头的何首乌、大蛇皮，也必先把它拿来献给局长。局中公丁在执行公务时，尚有好些小便宜可占，但到底今不如古，好处也不过是连抢带骗，多抓一把辣椒之类罢了。但在另外一件事情上，譬如同道闹嘴舌，无形中自然大家都得让一手，年纪长一点的因之也有被黑子骂倒过的。于是这公务人也就骄傲了一些，大意了一些。现在不意钢对钢碰了头，鼻涕虫身世被黑子掘出后，气愤不过，也就不顾一切，照样还口。

黑子不把鼻涕虫看在眼里，就走近他身边去，打了鼻涕虫一拳。那小子跄踉了一下，回过头来说：

“黑子，君子动口不动手，你怎么打人？”

黑子以为鼻涕虫怕他，不理会这句话，赶过去又是一拳。且打且说：“我打扁你这个狗杂种，你怎么样？”

鼻涕虫一面用手保护头部，一面用脚去踢黑子。

另一个小子原同鼻涕虫一伙，见两人打起来了，就一面劝架，一面嘶着个嗓子说：“不许打架，不许打架，君子动口不动手，有话好说！”因为两只手抱着了黑子膀子，黑子便被鼻涕虫迎面猛的打了三拳。接着几人就滚丸子似的在泥水中滚起来了。

街户中人听着有人打架，即刻都活跃起来了，大家都从烟盘边或牌桌边离开，集中到街前来看热闹。本来是两人相打，已变成三人互殴，黑子双拳难敌四手，虽压住了鼻涕虫，同时却也为人压住。三人全身都是脏泥。看热闹的都说好打好打，认不清谁是谁非，正因为照习惯一到了这种情形，也就再无所谓是非。

正当一个小子从污泥中摸着一个拳头大鹅卵石，捏在手中向黑子额角上砸去时，一个老妇人锐声大喊了一声：“狗 × 的小杂种，你干什么！”一手捞着了那小子细瘦的膀子，救了黑子。可是救了黑子却逃了母鸡，原来这时节另一胁下夹着那只老母鸡，却逃脱了，在泥水中乱扑，把泥水扇的四溅。大家都笑嚷着。

“好热闹，好热闹！”

几个劣小子的架被其余人劝开了，老妇人赶忙去泥水中捕捉她的老母鸡。把鸡擒着后大声骂着：

“你这扁毛畜生，以为会飞到天上去！”

有人插嘴问：“老娘，多少钱，这只肥鸡？”

老娘看了那人一眼，把一张瘦瘪瘪的嘴扁着，作成发笑的样子，一面用手抹鸡尾上泥水，一面说：“这年头，什么东西都贵得要人命。杨氏养鸡好象养儿女，三斤半毛重，要我七角钱，真是吃高丽参。”

料不到这个杨氏正在人丛中观战，就接口说：“老娘，你说什么高丽参洋参？你有钱，我有货，作生意两相情愿，我难道抢你不成？儿花花女花花[1]嘴角不干不净，你是什么意思……”

[1] 儿花花女花花：不足道的小小男女。

老娘过意不去，不好回嘴。可是当众露脸，面子上大不光彩，正值那母鸡挣扎，就重重的打了那母鸡一巴掌，指冬瓜骂葫芦道：“你这扁毛畜生，也来趁火打劫！”且望着帮同打架的那小子说：“还不回家我打断你的狗腿！别人打架管你什么事，打出人命案你来背！”一面骂那小子，一面推搡着那小子，就走开了。

杨氏说：“扁毛畜生谁不是养它吃它？哪象你，养儿养女让人去玩，大白天也只要人有钱就关上房门，不知羞耻，不是前三辈子造孽？”

老娘虽明知道杨氏还在骂她，却当作不听见，顾自走了。那杨氏也知道老娘已认屈，恶狗不赶上墙人，经过大家一劝，就不再说什么。

三个打架小子走了一个，另两个其时已被拉开，虽还相互悻悻的望着，已无意再打。旁边一个解围的中年男子，刚过足烟瘾，精神充足，因此调弄那小公务人黑子说：

“黑子，你局长看你这样会打架，赶明天一定把喂鸭子的桂圆枸杞汤给你喝，补得你白白胖胖，好在你身上下注！你下次上场，我当裤子也一定在你名下赌三角钱！”说得大家都笑起来。

另一个退伍兵就说：“若不亏老婊子大吼一声，你黑子不带花见红，你才真是黑子。”

黑子说：“她那侄子打破我的头，我要掀掉她的家神牌子。”

退伍兵说：“她有什么家神牌子？她家里有的是肉盾牌，你这样小孩子去，老 × 子放一泡热尿，也会冲你到洞庭湖！”

黑子悻悻的望着那退伍兵士，退伍兵士为人风趣而随和，就说：“黑子，你难道要同我打一架吗？我打不过你，我怕你——我领过教！”

烟客就说：“黑子，算了吧，快回局里去换衣，你局长知道你打架，又会赏你吃‘笋子炒肉’[1]，打得你象猪叫。”

“局长没有烟吃，发了烟瘾，才同你一样象猪哼！”

黑子说完，拔脚就走。到下坎时一个跄踉差点儿滑

---

[1] 笋子炒肉：竹板打手心、打屁股，私塾学生谑谓之“笋子炒肉”。

倒，引得人人大笑。

黑子走后，退伍兵士因为是鼻涕虫的表叔，所以嘲笑他说："鼻涕虫，你打架本领真好，全身滑滑的，我也不是你的对手，何况小黑子。以后你上圈和他打架时，我一定赌你五百。"

鼻涕虫说："小黑子狗仗人势，以为在局里当差，就可欺凌人，我才不怕他！"

"这年头谁不是狗仗人势？你明天长大了当兵去，三枪两炮打出个天下，作了营长连长，局长那件紫羔袍子，就会给你留下，不用派人送上保靖营部了。大鱼吃小鱼，小鱼吃虾米，你得立志！"

鼻涕虫不知"立志"为何物，只知道做了营长就可以胡来乱为，作许多无法无天的事情。局长怕他县长也怕他。要钱用时，把商会总办和乡下团总提到营里来就有钱用。要钱作什么用？买三炮台纸烟，把纸烟嵌在长长的象牙骨烟管里去，一口一口吸。审案时一面吸烟，一面叫人打板子。生气时就说："你个狗 × 的，我枪毙了你！"于是当真就派卫队绑了这人到河边石滩上去一枪打了。营长的用处，在鼻涕虫看来，如此而已。退伍兵士年纪大一点，见识多一点，对营长看法自然稍稍不同。不过事实上一个营长，在当地的威风，却只能从这些事上可以看出，别的是不需要的。

鼻涕虫说：“我一定要立志做营长。”

老娘好事，信口开河说了本街杨氏两句坏话，谁知反受杨氏屈辱一番，心中大不舒畅，郁郁积积回到河街家里，拉开腰门，把那只老母鸡尽力向屋中地下一掼，拍着手说：“人背时，偏偏遇到你这畜生！”老母鸡喔的喊了声，好象说：“这关我什么事？你这个人，把我出气！”

小娼妇桂枝，正在里房花板床上给盐客烧烟，一面唱《十想郎》、《四季思想》等等小曲子逗盐客。听鸡叫声，知道老娘回来了，就高声和她干娘说话：

“娘，娘，鸡买来了吗？肥不肥？”

老娘余气未尽，进屋里到水缸边去用水瓢舀水洗手，一面自言自语说：“怎不肥？一块钱吃大户，还不肥得象个大蜘蛛？”话本来还是指卖鸡高抬价钱的杨氏。桂枝听到上句听不到下句，就说：“怎么一块钱？娘。”她意思是鸡为什么这样贵，话里有相信不过的神气。

老娘买鸡花七角，本想回来报八角，扣一角钱放进自己贴身荷包里。现在被杨氏一气，桂枝问及，就顺口念经："怎么不是一块钱？你不信你去问。为这只扁毛畜生，象找寻亲舅舅，我哪里不找到。杨氏把这只鸡当成八宝精，要我一块钱，少一个不成交易。我落一个钱拿去含牙齿。"

桂枝见老娘生了气，知道老娘的脾气，最怕人疑心她落钱[1]，忙陪笑脸把话说开了，出得房来两只手擒着了那肥母鸡，带进房中去给盐客过目。口中却说："好肥鸡，好肥鸡。"

盐客只是笑，不开口。两人的对白听得清清楚楚。

盐客年纪约摸三十四五，穿一身青布短褂，头上包着一条绉绸首巾，颈膊下扯有三条红记号，一双眼睛亮光光的，脸上吊着高高的两个颧骨，手膀上还戴了一只风藤包银的手镯，一望而知是会在生意买卖上捞钱，也会在妇女身上花钱的在行汉子。从 × 村过身，来到这小娼妇家和桂枝认相识还是第一回。只住过一夜，就咬颈

[1] 落钱：偷骗小钱。凤凰土语。

膊赌了一片长长的咒，以为此后一定忘不了、丢不下。事实上倒亏雨落得凑巧，把他多留了一天。这盐客也就借口水大抛了锚，住下来，和桂枝烧烟谈天。早上说好要住下时，老娘就说：“姐夫，人不留客天留客，人留不住天帮忙把你留住了，我要杀只鸡招待你，炖了鸡给你下酒。我陪你喝三杯，老命不要也陪你喝。”

盐客因为老婊子称他作姐夫，笑嘻嘻的说：“老娘，你用不着杀鸡宰鹅把我当希客待，留着它那老命吧。我们一回生，二回熟。我不久还得来。我一个人吃得多少？不用杀鸡。”

老娘也笑着，“烧酒水酒一例摆到神面前，好歹也是尽尽我一番心！姐夫累了，要补一补。”

盐客拗不过这点好意，所以自己破钞，从麂皮抱兜里掏出一块洋钱，塞到老娘手心里，说是鸡价。老娘虽一面还借故推辞，故意大声大气和桂枝说：“瞧，这算什么！哪有这个道理，哪有这个道理，要姐夫花钱？”

盐客到后装作生气神气说：“老娘，得了，你请客我请客不是一样吗？我这人心直，你太婆婆妈妈，我不高兴的。”

好象万不得已，到后才终于把它收下拿走了。

老娘虽吃的是这么一碗肮脏饭，年纪已过四十五岁，还同一个弄船的老水手交好，在大街上追着那水手要关门钱。前不久且把一点积蓄买过一对猪脚，送给个下行年青水手，为的是水手答应过她一件事。对于人和人做的丑事虽毫不知羞耻，可是在许多人和人的通常关系上，却依然同平常人一样，也还要脸面，有是非爱恶，换言之就是道德意识不完全泯灭。言语和行为要他人承认，要他人赞美。生活上必需从另一人方面取得信任或友谊，似乎才能够无疚于心的活下去。人好利而自私，习惯上礼法仍得遵守，照当地人说法，是心还不完全变黑。

桂枝年纪还只十八岁，已吃了将近三年码头饭。同其他吃这碗饭的人一样，原本住在离此地十多里地一个小乡里，头发黄黄的，身子干干的，终日上山打猪草，挖葛根，干一顿稀一顿拖下来。天花、麻疹、霍乱、疟疾，各种厉害的传染病，轮流临到头上，木皮香灰乱服一通，侥幸都逃过了。长大到十三岁时，就被个送公事的团丁，用两个桃子诱到废碉堡里玷污了，自然是先笑后哭，莫名其妙。可是得了点人气后，身心方面自然就变了一点，长高了些，苗条了些，也俨然机伶了些。到十五岁家里估计应当送出门了，把她嫁给一个孤身小农户，收回财礼二十吊，数目填写在婚书上，照习惯就等于卖绝。桂枝哭啼啼离开了自己那个家，到了另外一个人家里，生活除了在承宗接祖事情上有点变化，其余一切还是同往常一样。终日上山劳作，到头还不容易得到一饱。挨饿挨冷受自然的虐待，挨打挨骂受人事的折磨。孕了一个女儿，不足月就小产掉了。到十六岁时，小农户忍受不了，觉得不想办法实在活不下去。正值省里招兵，委员到了县里，且有公事行到乡长处，乐意去的壮丁不少。那农户就把桂枝送到 × 村一个远亲家里来寄住，自己当兵去了。丈夫一走，寄住在远亲家吃白食当然不成，总得想办法弄吃的。虽说不唇红齿白，身材俏俊，到底年纪轻，当令当时，俗话说十七八岁的姑娘，再丑到底是一朵花。就是喇叭花，也总不至于搁着无人注意。老娘其时正逃走了一个养女，要人补缺，找帮手不着，就认桂枝作干女儿，两人合作，来立门户。气运好，一上手就碰着一个庄号上的小东家，包了三个月，有吃有穿，且因此学了好些场面规矩。小老板一走，桂枝在当地土货中便成红人了。但塞翁失马，祸福同至，人一红，不久就被当地驻军一个下级军官霸占了。这军官赠给她一身脏病，军队移防命令一到，于是开拔了。一来一往三年的经验，教育了这个小娼妇，也成全了这个小娼妇。在当前，河街上吃四方饭的娘儿们中，桂枝已是一个老牌子，沿河弄船的青年水手，无人不知。尤其是东食西宿的办法，生活收入大半靠过路客商，恩情却结在当地一个傻小子身上，添了人一些笑话，也得到人一点称赞。

本地吃码头饭的女子，多数是有生意时应接生意，无生意时照例有个当地光棍，或退伍什长，或税关上司事一类人，由熟客成为独占者，终日在身边烧烟谈天。这种塌茸男子当初一时也许花了些钱到女人身上，后来倒多数是一钱不出，有的人且吃女的，用女的，不以为耻。平时住在女的家里犹如自己家里，客来时才走开。这种人大多是被烟毒熏得走了型，毫无骨气，但为人多懦而狡，有的且会周张，遇孱头客人生事闹乱子，就挺身出面来说理，见客人可以用语言唬诈时，必施小做作，借此弄点钱。有时花了眼睛，认错了人，讹人反被人拿住了把柄，就支支吾吾逃开，来不及时又即刻向人卑屈下流的求饶。挨打时或沉默的忍受，或故意呻吟，好象即刻就要重伤死去的样子，过后却从无向人复仇的心思。为人俨然深得道家“柔则久存”的妙旨，对人对己都向抵抗极小的一方面滑去。碰硬钉子吃了亏，就以为世界变了，儿子常常打老子，毫无道理，也是道理。但这种鼻涕似的人生观，却无碍于他的存在。他还是吃、喝、睡，兴致好时还会唱唱。自以为当前的不如意正如往年的薛仁贵、秦琼，一朝时来运来，会成为名闻千古的英雄。唱《武家坡》，唱《卖马》，唱到后来说不定当真伤起心来了，必嘶着个嗓子向身边人嚷着说：“这日子逼死了英雄好汉，拖队伍去，拖队伍去！”其中自然也就有当真忍受不了，下山落草。跑了几趟生意，或就方便作坐地探子，事机不密，被驻军捉去，经不住三五百板子，把经过一五一十供出，牵到场坪上去示众。临刑时已昏头昏脑，眼里模模糊糊见着看热闹的妇女，强充好汉，勉强叫着：“同我相好的都来送终，儿女都来送终！”占点口上便宜，使得妇女们又羞又气，连声大骂：“刀砍的，这辈子刀砍你，二辈子刀还是砍你！”到后便当真跪在河边，咔嚓挨那一刀，流一摊血，拖到万人坑里用土掩了完事。

桂枝别有眼睛，选靠背不和人相同，不找在行人却找憨子。憨子住在河边石壁洞穴里，身个子高高的，人闷闷的，两个膀子全是黑肉，每天到山上去挖掘香附子和其他草药，自食其力，无求于人。间或兴子来时，就跟本地弄船的当二把纤，随船下辰州桃源县。照水上规矩下行弄船只能吃白饭，不取工钱。憨小子搭船下行时，在船头当桨手，一钱不名，依然快快乐乐，一面呼号一面用力荡桨，毫不含糊。船回头时，便把工钱预先支下，在下江买了礼物，戴合记的香粉、大生号的花洋布，带回来送给桂枝。因为作人厚道，不及别的人敲头掉尾，所以大家争着叫他憨子，憨子便成为这青年人的诨名。憨子不离家，也不常到河街成天粘在小娼妇身边，不过上山得到了点新鲜山果时，才带到河街来给桂枝，此外就是桂枝要老娘去叫来的。人来时常常一句话不说，见柴砍柴，见草挽草，不必嘱咐也会动手帮忙。无事可作就坐在灶边条凳上，吸他那枝老不离身的罗汉竹旱烟管，一面吸烟一面听老娘谈本街事情。本来说好留在河街过夜，到了半夜，不凑巧若有粮子上[1]副爷来搭铺过夜，憨子得退避，就一声不响，点燃一段废缆子，独自摇着那个火炬回转洞穴去，从不抱怨。时间一多，倒把老娘过意不去，因此特别对他亲切。桂枝也认定憨子为人心子实，有包涵，可以信托，紧贴着心。

盐客昨晚上在此留宿，事先就是预先已约好了憨子，到时又把憨子那么打发回去的。

老娘烧了锅水，把鸡宰后，舀开水烫过鸡身，坐在腰门边，用小镊子摘鸡毛。正打量着把鸡身上某部分留下。又想起河中涨水，三门滩打了船，河中一定有人发财。又想起憨子，知道天落雨，憨子不上山，必坐在洞中望雨，打草鞋搓草绳子消磨长日。老娘自言自语说："憨人有憨福"，不由得咕咕笑将起来。

桂枝正走出房门，见老娘只是咕咕笑。就问："娘，你笑什么？"

老娘说："我笑憨子，昨天他说要到下江去奔前程，

[1] 粮子上：指吃饷粮的军队。旧时代民间称呼。

发了洋财好回来养我的老。他倒人好心好，只是我命未必好。等到他发洋财回来时，我大腿骨会可做棒槌打鼓了。”说了自己更觉得好笑，就大笑起来。

桂枝不做声，帮同老娘拔鸡毛。好象想起心事，吁了一口气。

老娘不大注意，依然接口说下去：“人都有一个命，生下来就在判官簿籍上注定了，洗不去，擦不脱。象我们吃这碗饭的人，也是命里排定的，你说不吃了，干别的去，不是做梦吗？”

桂枝说：“娘，你不干，有什么不成？活厌了，你要死，抓把烟灰，一碗水吞下肚里去，不是两脚一伸完事？你要死，判官会说不许你死？”

“你真说得好容易。你哪知道罪受不够的人，寻短见死了，到地狱里去还是要受罪。”

“我不相信。”

“你哪能相信？你们年青人什么都不相信，也就是什么都不明白。‘清明要晴，谷雨要雨’，我说你就不信。‘雷公不打吃饭人’，我说你又不信。……”

老娘恰同中国一般老辈人相似，记忆中充满了格言和警句，一部分生活也就受这种字句所熏陶所支配。桂枝呢，年纪轻，神在自己行动里，不在格言警句上。

桂枝说：“那么，你为什么不相信鲤鱼打个翻身变成龙？”

老娘笑着说：“你说憨子会发洋财，中状元，作总司令，是不是？鲤鱼翻身变成龙，天下龙王只有四位，鲤鱼万万千，河中涨了水，一网下来就可以捉二十条鱼！万丈高楼从地起，总得有块地！”

憨子住的是洞窟，真不算地。但人好心地好，老娘得承认。老娘其实同桂枝一样，盼望憨子发迹，只是话说起来时，就不免如此悲观罢了。桂枝呢，对生活实际上似乎并无什么希望，尤其是对于憨子。她只要活下去，怎么样子活下去就更有意思一点，她不明白。市面好，不闹兵荒匪荒，开心取乐的大爷手松性子好，来时有说有笑，不出乱子，就什么都觉得很好很好了。至于憨子将来，男子汉要看世界，各处跑，当然走路。发财不发财，还不是“命”？不过背时走运虽说是命，也要尽自己的力，尽自己的心。凡事胆子大，不怕难，做人正派，天纵无眼睛人总还有眼睛。憨子做人好，至少在她看来，是难得的。只要憨子养得起她，她就跟了他。要跑到远处去，她愿意跟去。

有只商船拢了码头，河下忽然人声嘈杂起来，桂枝到后楼去看热闹，船上许多水手正在抽桨放到篷上去，且一面向沿河吊脚楼窗口上熟人打招呼。老娘其时也来到窗边，看他们起货上岸。后舱口忽然钻出一个黑脸大肩膊青年水手，老娘一眼瞥见到了，就大声喊叫：

“秋生，秋生，你回来了！我以为你上四川当兵打共产党去了！”

那水手说：“干娘，我回来了，红炮子钻心不是玩的，光棍打穷人，硬碰硬，谁愿意去？”

桂枝说：“你前次不是说三年五载才回来吗？”

那青年水手快快乐乐的说：“我想起娇娇，到龚滩就开了小差。”

桂枝说：“什么娇娇肉肉，你想起你干妈。”

这水手不再说什么，扛了红粉条一捆，攀船舷上了岸。桂枝忙去灶边烧火，预备倒水为这水手洗脚。

盐客听桂枝说话，问：“是谁？”

老娘答话说：“是秋生。”

秋生又是谁？没有再说及。因为老娘想到的是把鸡颈鸡头给秋生，所以又说："姐夫，这鸡好肥！"

一九三七年上半年作，未写完。

一只船

五个水手把一只装满了一船军需用品同七个全身肮脏兵士的单桅船拖向 ×× 市的方面去。

今年的湘西雨水特别少，沅水上游河中水只剩下半江，小滩似乎格外多，拉船人下水的次数也格外多了。

拖了一天，走了约四十里。在日头落山以前，无论如何不能赶到留在 ×× 市的部队与之合伴了，船中人都象生了气。这些人虽没有机会把在水中直立与高岸爬伏的水手痛殴，口中因习惯养成的野话是早已全骂出口了。骂也没有用处，这些在水面生活的汉子，很早时候即被比革命军野蛮五倍的 × 将军的兵训练过了。蹂躏中过了多年的日子，没有轻松的需要。他们把黑的上身裸露，在骄日下喘气唱歌，口渴时就喝河中的水。平时连求菩萨保佑自己平安的心情也没有，船泊到了有庙地方时，船主上岸进香磕头，他们只知道大庙的廊下石条子上有凉风，好睡觉。他们统统是这样如牛如马的活着，如同世界上别的地方这类人一个样子。船没有拖到地，这罪过也不是他们的。他们任何时都不知吝惜自己的气力同汗水。全因为河水太小，转弯太多，虽有布帆也无使用处。尤其是今天开船时已是八点。八点钟开船，到这时，走过将近十个小时的路程了。十个小时跋涉，这样大热天气，真不是容易对付的天气！

坐到船上的兵，也同样是在苦日子中打滚的人类，他们单是闷在舱中，一天来也喘气流汗不止。

看看天夜下来了。水面无风，太阳余热还在。

在船梢，船主两只有毛的手擒了舵把，大声辱骂着岸上纤手。看看天空，鱼鹭鸶已成阵飞入荒洲，远处水面起了薄薄的白雾，应当是吃饭时候了，就重新大声吆喝着，预备用声音鼓励几个水手使一把劲，一口气拉上这个小滩，在滩头长潭中匀出空来煮饭。

船在小滩上努力向前，已转成黑暗了的水活活的流，为船头所劈分成两股，在船左右，便见到白的水花四翻。

滩水并不甚凶，然而一面是时间已到了薄暮，水虽极浅然而宽阔的河身在此正作一折，两岸是仿佛距离极远的荒山，入夜吼哮的滩声，便增加不少吓人的气势了。

有时又来一阵热风，风迎面来，落在篷上如撒沙子。

船头左右摆着，如大象，慢慢的在水面上爬行。系在五人背上的竹缆，有时忽然笔直如绷紧的弦，有时又骤然松弛，如已失去了全身所有精力的长蛇。

天色渐暗，从船上望前面岸上，拉船人的身影已渐渐模糊成一片了。滩水声，与竭尽了吃奶的力拉船人的吆喝声混成一片。这声音，没有回应，非常短，半里外就听不到了。

船没有上完这滩，天色已不客气的夜下来。

军士们中有人问话了。

“老板，你这船拉纤人是怎么回事？”

老板不做声，一心全放在舵上。

另一人，说话比先前副爷嗓子大，这时正从舱中钻出，想看看情形，头触了竹缆，便用手攀着那缆绳，预备出舱。

老板觉得这不行，大声叱那汉子，如父亲教训儿子。

“留心你手！”

说着时，船一侧，竹缆轧轧做声，全船的骨骼也同时发出一种声音。那汉子攀到竹缆上面的一只手，觉得微麻，忙丢手，手掌的皮已被咬去一片了。既然出到船舱外了，就蹲着省得碍事，口中只轻轻朝天骂娘，因为这不是船主罪过，更不是爬在岸头荒滩上、口中咦耶咦耶做声的拉船人罪过。

船如大象在水面慢慢的爬上了滩，应当收缆，有水洒在舱板上，船主向蹲着的军士大声说：

“进里面去，这不是你站的地方！”

船再一进，收缆了，把绊处一松，吆喝一声，岸上和着一声凄惨的长啸，一面用腰胯抵了船舵，一面把水淋淋的竹缆收回。船这时仍然在水面走动。缆绳缩短到船上人已能同岸上人说话，又是一声吆喝，船就象一枝箭在水面滑过了。这时候，船前拦头的人已同时把缆绳升高，无所事事，从船沿攀到船梢来了。这汉子向船主问到饭。

“吃了走，行么？”这样说着的拦头人，正从腰间取烟袋，刮火柴吸烟。

“问副爷。”

“副爷怎么样？老板问你们肚子，要吃了，我们在这长长潭中煮饭，这潭有六里，吃了再上滩，让伙计肚中也实在些，才有劲赶路。”

那被缆绳擦破了掌心的军士正不高兴，听到吃饭，就大声如骂人的说：

“还不到么？我告诉你们，误了事，小心你们屁股。”

船主说：

“我怕你们副爷也饿了，你们是午时吃的饭。”

这话倒很对。先是大家急于赶路，只嫌拉船人走的太慢，叫人生气。经这一说，众人中有一大半都觉得肚中空虚成为无聊的理由了，主张煮饭吃了再拉。在任何地方任何种人，提议吃饭大约是不会有人反对的。

于是不久，拦头人着了忙。淘米，烧火，从坛子里抓出其臭扑鼻的酸菜。米下锅不久，顶罐中的米汤沸起溢出了，顺手把铁罐提起，倾米汁到河中去。……取油瓶，盐罐。倾油到锅中，爆炸着一种极其热闹的声音，臭酸菜跌到锅中去了，仍然爆炸着。

舱中人寂寞的唱着革命歌。

船主有空闲把身边红云牌香烟摸出衔到口上，从炒菜的拦头人手接过火种吸烟了。

天气还是闷热，船被岸上黑的影子拉着，缓缓的在无风的河面静静的滑走。

天上无月，无星，长潭中看不分明的什么地方有大鱼泼刺的声音，使听到这声音的人有一种空空洞洞的惊喜。

吃饭了，收了缆，岸上把小麻绳解下，还是各负着那纤带从水中湿漉漉的走上船了。

饭分成两桌。热气蒸腾的饭，臭不可闻的干酸菜，整个的绿色的辣子，成为黑色了的咸鸭蛋。各人皆慷慨激昂的张着大的口，把菜饭往口里送。在一盏桐油灯下映出六个尖脸毛长的拉船人的脸孔。在一盏美孚行的马灯前，是老板同在船押送军需的七个副爷们。副爷们这一面有酒喝，吃得较慢。那一桌已有四个吃完了饭蹲到岸上方便去了，这一边象赔罪，那船主正把杯口用手拂着，献给那掌心咬去一块皮的副爷。

“老总，喝一杯。”

那副爷不说不喝，说手痛。

“老总，拿我看，我有药。这事情是免不了的。我有一次破了头，抓一把烟塞到那伤口，过五天，好了。烟就是好药。你不信么，要你信。我告诉你小心，这东西会咬人，能够咬断手指。你这时可明白了。”

船主这样说着，把上河人善于交际而又爽的性情全露出了。“这东西”，指的自然是竹缆，他就正坐在一堆竹缆上面。因为这样，那副爷就问他这东西要多少钱。他胡乱说着。他又问那一桌只吃剩了一人还不曾吃完的水手：

“朋友，你要菜不要，这一边来！”

那拉船人当真过来了，显着十分拘束，把一双竹筷子插到一碗辣子中去，挟了一些辣子。船主劝驾。

“我告诉你，这个也来一点。这是副爷从××带来的。你就坐到这里吃不好么？你今天累了。多吃一碗，回头我们还有三个小滩才能到××。你不想喝一点么？……”

虽听着船主这样说话，很矜持的微笑着，仍然退到尾梢船边吃饭的那水手，象是得了特许挟了少许酱菜在碗。酱菜吃到口里甜酸甜酸，非常合式，这水手当真为这一点点菜就又加了半碗米饭。他这时是有思想的，他想到他们做副爷的人是有福气的人，常常吃到一些味道很怪的菜，完全不是吃辣子酸菜的人所想象得到。他又觉得一个什长，真是威风，听说什长有十块钱一月的进项，如非亲自听到过一个什长所说，还不敢相信这话。至于他呢，第三位纤手，上水二十天，得到三块钱，下水则摇船吃白饭，抵岸至多只有六百大钱剩头。这次虽所装的是“有纪律的革命军”，仍然有钱，可是这钱也将仍然如往日所得一样输到赌博上去，船还不曾到地，这钱就得输光了。

虽然粗粗看来，同样在世界上做着仿佛很可笑似的人，原来当兵的同拉船的还有这样分别，身分的差别不下于委员同民众。近于绅士阶级的船主，对所谓武装同志所取的手段，是也正不与一般绅士对党国要人两样。但这是与本题无关的话了。这时喝酒的那一方面，说得正极其有声色，副爷之一说到他另一时打仗的话。

“……流了血，不同了。在泥土中滚。我走过去，见到他了，那汉子，他细声细气说：‘同志，把刺刀在我心上刳一下吧，我不能活了。你帮忙吧，同志。’我怎么能下这毒手？但他又说：‘同志，就这样办，不要迟疑了。我知道我是不行了。我很高兴见到你们。他们追来了。你听，喇叭在喊了“上前上前”。同志，帮我的忙，让我死去好了，不然我将受更多苦。’我怎么办？你说我怎么办？刺刀在我的枪上。我不顾这人走上前去了，走了一会，耳朵实仍然还听到这声音。我只得往回奔。那时各处机关枪密集，小枪子如一群麻雀嘘嘘的从空中飞过去。我找到那汉子了。我说：‘同志，你能够告我你家中在什么地方有什么亲人么？’他不做声，用那垂死的兽物样子的眼睛望到我。在我二十步外已经有戴草帽子的敌人举起枪对我瞄准了。我不知如何就做了蠢事，把我的刺刀扎到那汉子胸上去，脚一伸，完了。我望到这人的脸，微笑的闭了眼睛，眼眶留着两点清泪。敌人在面前了。我回身把枪举起，这刀浴了第二个人的心血了。……我总不忘记那情形。我那次的刺刀，虽在败退情形中，仍然扎了六个人的心，可怜最先一个是那同志。我到近来才想起，这必定是女同志，她害怕被俘去以后的生活，受了伤，又不能退，所以要我帮忙。那时女同志参加的特别多。我帮忙了，这事情也不是罪过，不过我耳朵眼睛总还有这件事。……”

副爷们的话只有船老板一个人听来还有趣味的，至于同志，是谁也不把这些事当珍闻了。船老板所有趣味，在那请求同伴结果了自己的是一个女人。女人原是任何时皆可当为一种新闻来谈论的，所以直到吃过饭以后，拉船人全上了岸，那船主，一面放缆绳把舵开出，一面还说女人也到火线上去拼命，真是奇事一桩。

他也有关于女人的故事，一些极其简单卑陋，一入有知识的人耳朵便有哭笑皆难的事。照例男子们谈到这类事时，谈者听者两皆忘形不容易感到厌倦，于是船主人与副爷们把什么时候可到 ×× 都忘了。

听到岸上吃过饱饭以后拉船人极元气的吆喝声音渐促，副爷们才憬然知道船又在上滩了。

河面起了微风，空气依然沉闷，似乎到了半夜天气将变，会落大雨。

有莎鸟格格的作怪声喊着，俨然是在喊人。

因为莎鸟，副爷想到水鬼水仙，把水鬼水仙有无的事提出闲谈，这时船主人没有答话。船上若果所载的是读书人，必定在做诗。没有风月星的黑夜，但凭微微的天光，正在浅滩上负了一根长长的竹缆，把身体俯伏到几乎可以喝面前的流水的五人，是一点不风雅的向前奔路，不知道一切风光有什么诗意的。

这只船准备镶到停泊在 ×× 埠长码头成一列的许多船前去时，时候已到了半夜，有带红色的月光，从对 ×× 市的东山后涌出了。

宽阔的水面荡漾着一片金波。

船用桨划着前进。副爷们有的已经睡了。没有睡的皆站在舱面。

远处，略下游一点，一只独泊的船上，忽闻有人厉声喊“口号”，且接着问：

“从什么地方来的？”

副爷之一就大声的回答：

“第十一师，四十二团。”

“到这来。”船就向喊口号那一方面划去。这时船中为烧酒所醉的人全醒了，全爬出了舱。有人望到远处有渔火，有人把这渔火当成卖烟卖酒的船，各以其所好，随意的作一种估计。

船拢了身，互相看出“自己人”的标识了。

“怎么，这时才到！”

“这时才到，是的，该死的船！”

“是不是要找十一师那一帮？在那边，那边，到了那边你看有长桅尾梢挂旗，再过去四只就是了。”

“是左边？”

“右边，你瞧，”一面说，一面用手遥遥的指着上面的船的行列。

“明白了，明白了，同志，再见。”

“同志，再见。后面不见还有船么？”

“不清楚了，想必不会有了。已经半夜了，同志，不换班么？”

“快换班了，同志。你们应当睡了。今天象是听说二十五团坏了一只船，滩在上张头，三个拉船的不愿丢缆子，滚到乱岩中拖死了。”

“有这样事么？”

“是的，他们有人这样说过。在狮子滩一带。”

“我们可不曾见到过破船。”

“听说船倒不坏，也已经泊码头了，是××帮一只船。”

“那我们真是总理保佑。”

船仍然向前划去。

听到说今天有这样一件事情在同一河道中发生，船上人起了一种小小的骚动。狮子滩就是在吃饭以前所上那一个滩。当时没有一个人注意过这件事情。大致船伙死去的乱石间，这一船上五个拉船人就同样的也从那里爬过去。他们决不至于想到几点钟以前滩上所发生的事情。并且在船上生活，照例眼前所见也不至于留在心上多久，这事当然也只当一种笑谈，说说也就过去了。

船泊到自己师部的大船边后，副爷头目过船去见长官。水手们开始把夹篷拖出，盖满了舱面，展开席子，预备……

听到隔船有人说话声音，就正说到那一只失事的船，死者的姓名，也从那里明白了。隔船的人把这话说及时，也正象说的只是一种仿佛多年前这河里所发生的事情一样的。听到这话的这只船上的兵士们，就为那种想来非常愚蠢的水手行为好笑。因为照情形说，当时只要拉船人把背上纤带一卸，尽船顺流而下，是不是在石上撞沉还不可知。至于拉船人，却不妨站在高岸上拍手打哈哈。

然而却就此死了，真应当说是蠢事了。

劳作了一整天的拉船人，也应听到隔船人所说的事情的。×× 帮与自己的船不同帮，不是自己的事他们不能因此来注意。他们还不曾学会为别人事而引起自己烦恼的习惯，就仍然聚成一团，蹲在舱板上用三颗骰子赌博，掷老侯，为一块钱以内的数目消磨这一个长夜。

明天不必开船，那副爷头目一从大船回来，就告给船主人了。听到这话的船主人，睡到尾梢上，虽身边就是拉船人，在叫嚣中仍然闭了眼张了口做好梦。他梦到忽然船上只剩一个兵士了，这兵士曾用手掌打过他的左右颊。他想起这事情，心中燃了火，悄悄的从火舱摸出一把切菜刀，走到正好浓睡的兵士身旁，觑了一会，就一刀切下去。不久且仿佛是船已在黑暗的夜里向下游驶去了，一船的粮秣皆属于自己一个人了。他记得船下行四十里就不属于 ×× 军的防地，欢喜极了。

这样大胆的做梦，也未始不是因为目下的船正装满了军需物品的原因。第二天，仿佛是因为害怕有被船主谋害的副爷头目，竟买了酒肉来船上犒赏众人，船主喝酒独多，醉中依然做梦，做到如何继续的把一船军米变卖的事。

这一只船休息一天以后，随了大帮军船的后面，又由几个夜里赌博白天拉船的尖脸汉子拖向 ×× 市的上游去了。

柏 子

把船停顿到岸边，岸是辰州的河岸。

于是客人可以上岸了，从一块跳板走过去。跳板一端固定在码头石级上，一端搭在船舷，一个人从跳板走过时，摇摇荡荡不可免。凡要上岸的全是那么摇摇荡荡上岸了。

泊定的船太多了，沿岸泊，桅子数不清，大大小小随意矗到空中去，桅子上的绳索象要纠纷到成一团，然而却并不。

每一个船头船尾全站得有人，穿青布蓝布短汗褂，口里噙了长长的旱烟杆，手脚露在外面让风吹——毛茸茸的象一种小孩子想象中的妖洞里喽啰，毛脚毛手。看到这些手脚，很容易记起“飞毛脚”一类英雄名称。可不是，这些人正是……桅子上的绳索背定活车，拖拉全无从着手时，看这些飞毛腿的本领，有得是机会显露！毛脚毛手所有的不单是毛，还有类乎钩子的东西，光溜溜的桅，只要一贴身，便飞快的上去了。为表示上下全是儿戏，这些年青水手一面整理绳索一面还将在上面唱歌，那一边桅上，也有这样人时，这种歌便来回唱下去。

昂了头看这把戏的，是各个船上的伙计。看着还在下面喊着。左边右边，不拘要谁一个试上去，全是容易之至的事，只是不得老舵手吩咐，则不敢放肆而已。看的人全已心中发痒，又不能随便爬上桅子顶尖去唱歌，逗其他船上媳妇发笑，便开口骂人。

“我的儿，摔死你！”

“我的孙，摔死了你看你还唱！”

“……”

全是无恶意而快乐的笑骂。

仍然唱，且更起劲了一点。但可以把歌唱给下面骂人的人听，当先若唱的是“一枝花”，这时唱的便是“众儿郎”了。“众儿郎”却依然笑嘻笑嘻的昂了头看这唱歌人，照例不能生气的。

可是在这情形中，有些船，却有无数黑汉子，用他的毛手毛脚，盘着大而圆的黑铁桶，从舱中滚出，也是那么摇摇荡荡跌到岸边泥滩上了。还有作成方形用铁皮束腰的洋布，有海带，有鱿鱼，有药材……这些东西同搭客一样，在船上舱中紧挤着卧了二十天或十二天，如今全应当登岸了。登岸的人各自还家，各自找客栈，各自吃喝，这些货物却各自为一些大脚婆子走来抱之负之送到各个堆栈里去。

在各样匆忙情形中，便正有闲之又闲的一类人在。这些人住到另一个地方，耳朵能超然于一切嘈杂声音以上，听出桅子上人的歌声——可是心也正忙着。歌声一停止，唱歌地方代替了一盏红风灯以后，那唱歌的人便已到这听歌人的身边了。桅上用红灯，不消说是夜里了。河边夜里不是平常的世界。

落着雨，刮着风，各船上了篷，人在篷下听雨声风声，江波吼哮如癫子，船只纵互相牵连互相依靠，也簸动不止，这一种情景是常有的。坐船人对此决不奇怪，不欢喜，不厌恶，因为凡是在船上生活，这些平常人的爱憎便不及在心上滋生了。有月亮又是一种趣味，同晚日与早露，各有不同。然而他们全不会注意。船上人心情若必须勉强分成两种或三种，这分类方法得另作安排。吃牛肉与吃酸菜，是能左右一般水手心情的一件事。泊半途与湾口岸，这于水手们情形又稍稍不同。不必问，牛肉比酸菜合乎这类“飞毛腿”胃口，船在码头停泊他们也欢喜多了！

如今夜里既落小雨，泥滩头滑溜溜使人无从立足，还有人上岸到河街去。

这是其中之一个，名叫柏子，日里爬桅子唱歌，不知疲倦，到夜来，还依然不知道疲倦，所以如其他许多水手一样，在腰边板带中塞满了铜钱，小心小心的走过跳板到岸边了。先是在泥滩上走，没有月，没有星，细毛毛雨在头上落，两只脚在泥里慢慢翻——成泥腿，快也无从了——目的是河街小楼红红的灯光，灯光下有使柏子心开一朵花的东西存在。

灯光多无数，每一小点灯光便有一个或一群水手，灯光还不及塞满这个小房，快乐却将水手们胸中塞紧，欢喜在胸中涌着，各人眼睛皆眯了起来。沙喉咙的歌声笑声从楼中溢出，与灯光同样，溢进上岸无钱守在船中的水手耳中眼中时，便如其他世界一样，反应着欢喜的是诅咒。那些不能上岸的水手，他们诅咒着，然而一颗心也摇摇荡荡上了岸，且不必冒滑滚的危险，全各以经验为标准，把心飞到所熟习的吊脚楼上去了。

酒与烟与女人，一个浪漫派文人非此不能夸耀于世人的三样事，这些喽啰们却很平常的享受着。虽然酒是酽洌的酒，烟是平常的烟，女人更是……然而各个人的心是同样的跳，头脑是同样的发迷，口——我们全明白这些平常时节只是吃酸菜、南瓜、臭牛肉以及说点下流话的口，可是到这时也粘粘糍糍，也能找出所蓄于心各样对女人的谄谀言语，献给面前的妇人，也能粗粗卤卤的把它放到妇人的脸上去、脚上去……他们把自己沉浸在这欢乐空气中，忘了世界，也忘了自己的过去与未来。女人则帮助这些无家水上人，把一切穷苦一切期望从这些人心上挪去，放进的是类乎烟酒的兴奋与醉麻。在每一个妇人身上，一群水手同样作着那顶切实的顶勇敢的好梦，预备将这一月贮蓄的金钱与精力，全倾之于妇人身上，他们却不曾预备要人怜悯，也不知道可怜自己。

他们的生活就是这样，若说还有使他们在另一时反省的机会，仍然是快乐的吧。这些人，虽然缺少眼泪，却并不缺少欢乐的承受！

其中之一的柏子，为了上岸去找寻他的幸福，终于到一个地方了。

先打门，用一个水手通常的章法，且吹着哨子。

门开后，一只泥腿在门里，一只泥腿在门外，身子便为两条胳膊缠紧了，在那新刮过的日炙雨淋粗糙的脸上，就贴紧了一个宽宽的温暖的脸子。

这种头香油是他所熟习的。这种抱人的章法，先虽说不出，这时一上身却也熟习之至。还有脸，那么软软的，混着脂粉的香，用口可以吮吸。到后是，他把嘴一歪，便找到了一个湿的舌子了，他咬着。

女人挣扎着，口中骂着：

“悖时的！我以为你到常德府被婊子尿冲你到洞庭湖了！”

进到里面的柏子，在一盏“满堂红”灯下立定。妇人望他痴笑。这一对是并肩立着，他比她高一个头，他蹲下去，象整理橹绳那样扳了妇人的腰身时，妇人身便朝前倾。

妇人搜索柏子身上的东西。搜出的东西便往床上丢去，又数着东西的名字：“一瓶雪花膏，一卷纸，一条手巾，一个罐子——这罐子装什么？”

“猜呀！”

“猜你妈，忘了为我带的粉吗？”

“你看那罐子是什么招牌！打开看！”

妇人不认识字，看了看罐上封皮，一对美人儿画相。把罐子在灯前打开，放鼻子边闻闻，便打了一个嚏。柏子可乐了，不顾妇人如何，把罐子抢来放在一条白木桌上，便擒了妇人向床边倒下去。

灯光明亮，照着一堆泥脚迹在黄色楼板上。

外面雨大了。

张耳听，还是歌声与笑骂声音。房子相间多只一层薄薄白木板子，比吸烟声音还低一点的声音也可以听出，然而人全无闲心听隔壁。

柏子的纵横脚迹渐干了，在地板上也更其分明。灯光依然，把一对横搁在床上的人照得清清楚楚。

“柏子，我说你是一个牛。”

“我不这样，你就不信我在下头是怎么规矩！”

“你规矩！你赌咒你干净得可以进天王庙！”

“赌咒也只有你妈去信你，我不信。”

柏子只有如妇人所说，粗卤得同一只小公牛一样。到后于是喘息了，松弛了，象一堆带泥的吊船棕绳，散漫的搁在床边上。

一点不差，这柏子就是日里爬桅子唱歌的柏子。

妇人望到他这些行为发笑，妇人是翻天躺的。

过一阵，两人用一个烟盘作长城，各据长城一边烧烟吃。

妇人一旁烧烟一旁唱《孟姜女》给柏子听，在这样情形下的柏子，喝一口茶且吸一泡烟，象是作皇帝。

“婊子我告给你听，近来下头媳妇才标得要命！”

“你命怎么不要去，又跟船到这地方来？”

“我这命送她们，她们也不要。”

“不要的命才轮到我。”

“轮到你，你这……好久才轮到我！我问你，到底有多少日子才轮到我？”

妇人嘴一扁，举起烟枪把一个烧好的烟泡装上，就将烟枪送过去塞了柏子的嘴，省得再说混话。柏子吸了一口烟，又说："我问你，昨天有人来？"

"来你妈！别人早就等你，我算到日子，我还算到你这尸……"

"老子若是真在青浪滩上泡坏了，你才乐！"

"是，我才乐！"妇人说着便稍稍生了气。

柏子是正要妇人生气才欢喜的。他见妇人把脸放下，便把烟盘移到床头去。长城一去情形全变了，一分钟内局面成了新样子。

一种丑的努力，一种神圣的愤怒，是继续，是开始。

柏子冒了大雨在河岸的泥滩上慢慢的走着，手中拿的是一段燃着火头的废缆子，光旺旺的照到周围三尺远近。光照前面的雨成无数返光的线，柏子全无所遮蔽的从这些线林穿过，一双脚浸在泥水里面——他回船上去。

雨虽大，也不忙。一面怕滑倒，一面有能防雨——或者不如说忘雨的东西吧。

他想起眼前的事心是热的。想起眼前的一切，则头上的雨与脚下的泥，全成为无须置意的事了。

这时妇人是睡眠了，还是陪别一个水手又来在那大白木床上作某种事情，谁知道。柏子也不去想这个。他把妇人的身体，记得极其熟悉；一些转弯抹角地方，一些幽僻地方，恰如离开妇人身边一千里，也象可以用手摸，说得出尺寸。妇人的笑，妇人的动，也死死的象蚂蝗一样钉在心上。这就够了。他的所得抵得过一个月的一切劳苦，抵得过船只来去路上的风雨太阳，抵得过打牌输钱的损失，抵得过……他还把以后下行日子的快乐预支了。这一去又是半月或一月，他很明白的。以后也将高高兴兴的作工，高高兴兴的吃饭睡觉，因为今夜已得了前前后后的希望，今夜所“吃”的足够两个月咀嚼，不到两月他可又回来了。

他的板带钱已光了，这种花费是很好的一种花费。并且他也并不是全无计算，他已预先留下了一小部分钱，作为在船上玩牌用的。花了钱，得到些什么，他是不去追究的。钱是在什么情形下得来，又在什么情形下失去，柏子不能拿这个来比较。总之，比较有时象也比较过了，但结果不消说还是“合算”。

轻轻的唱着《孟姜女》，唱着《打牙牌》，到得跳板边时，柏子小心小心的走过去，预定的《十八摸》便不敢唱了——因为老板娘还在喂小船老板的奶，听到哄孩子声音，听到吮奶声音。

辰州河岸的商船各归各帮，泊船原有一定地方，各不相混。可是每一只船，把货一起就得到另一处去装货，因此柏子从跳板上摇摇荡荡上过两次岸，船就开了。

一九二八年五月作

原载《小说月报》十九卷八号

采蕨

阿黑成天上山，上山采蕨作酸菜。

一人背了个背笼，头上一块花帕子，匆匆忙忙走到后山去。这几天蕨正发育得好，所以阿黑就成天上山。说匆匆忙忙，那这又是很久以来的习惯了。单说头上花帕子，村中五明，远远的，只要见到花帕子，就知道是阿黑。知阿黑所在，牛也不必顾，赶过来，到了阿黑身边，人就快活了。

为什么必须这样？五明是不在自己心上问，因此也不必在心上找出明确的回答。

来到了阿黑身边，先是不说话，就帮忙插手采蕨。把蕨采得一大把，准备放到阿黑的背笼时，两人之中其一才说话。

若是女人先开口，则不外“五明我不要你的，你的全是老了的，要不得”。阿黑说了照例还要笑笑。这样一来五明是会生气的，就放到口里嚼，表示蕨并不老。直到见五明仿佛生气，当然要改口，就说：“谢谢你，放到笼里去吧。”五明于是也笑了，再来采蕨劲头更大了。

但假如是五明开口说话呢。五明这孩子怪，他不知为什么人不上城却学了不少城里人的话。他总说：“阿黑你是美人。”阿黑若说“美不美你管不着”，这话自然还有点抵制五明说反话的意思，五明就又用城里人腔调，加劲的说：“阿黑，你是观音菩萨。你自己难道不知道，还要人来称赞？”说这些话的五明，满肚子鬼，阿黑早看出了。她只笑。在笑中和其他行为中，她总有方法保持她的尊严，五明虽是个鬼，也无办法。

他要撒野，她是知道的。一到近乎撒野的举动将做出时，阿黑就说她“要告”，告五明的爹，因此一来，这小鬼就“茅苞”[1]了。到他茅苞不知所措时，阿黑自然会笑，用笑把小鬼的心安顿下来。

---

[1] 茅苞：慌张。凤凰土语。

阿黑比五明有本事，在这些小处可以看得出。到底是年长两岁的人，生命逐渐成熟，要作胡涂事，自然也必定经过一些考虑。然而我们可以说，这个人，凡事考虑是考虑过了，对于五明可无问题。同五明玩玩，比之于在大桥头看干龙船，全不必当成大事看待的。可是五明这小子，人小胆小，说是“要告”，就缩手不前。女子习惯是口同手在心上投降以后也还是不缴械的。须要的是男子的顽强固执。若五明懂得这学理，稍稍强项，说是：“要告就告去吧。准备挨一顿打好了。”也非霸蛮不可，用了虽回头转家准备挨打在所不辞的牺牲精神，一味强到阿黑，阿黑是除了用双手蒙脸一个凡事不理，就是用手来反搂五明两件事可作。这只能怪五明了，糟蹋了这么一个好春天。

然而且看吧，桃花李花开得如此热闹好看，画眉杜鹃鸟之类叫得如此好听，太阳如此和暖，地下的青草如此软和，受了这些影响的五明，人虽小，胆虽小，或者是终有造反的日子在后面！

果不其然，今天就一切全来了。

他们在老虎岩后面，两个人，低头采蕨。雨后放晴，有许多蕨，都冒出了拳曲的新芽。然而那是路坎边的情形，这里可不是路坎边，地不向阳，为一扇扇大的岩遮拦，地虽肥，蕨却并不多。因为五明的鬼，这鬼处，一半也为阿黑默认，一面采蕨一面走，终于走到这幽僻的地方来了。

岩下是一块小坪，除了可以当褥子的茸茸软草外并无别的。远处雀鸟叫得人懒懒的。

五明头抬起时，朝这小坪望望，一种欲望就恍恍惚惚摇动自己的心，有点招架不住的样子。

“阿黑姐，你看那里。”

“我看了，眼睛不瞎。”

“看了就……”

阿黑只抬头装成生气的样子望了五明一眼，五明说不下去了。

五明打主意，蕨是仍然采。眼睛望的是阿黑，手却随意向草中抓，抓的不问是草是花，一同捏在另一只手里。

“哎呀！”随随便便伸手采蕨的结果，有了好教训，手指为去年的枯茅草割破，血染红了手。

阿黑本来听惯了五明的“哎呀”，并不理会，她是背对五明，低头采蕨的。她以为五明故意大惊小怪，故意使人吃惊。因为这孩子有过例子，“人好心坏”。

五明把另一只手采来的蕨全丢了，捏着自己的手指冲下坪里去。他坐到草地上大喊，装成受了重伤的样子。

阿黑转身向下面望五明，望到五明的手红了，“怎么，五明？真流血了？”

“是呀！我这只手指快断了，了不得了快来救命！”

这又是显然的夸张了，手不过割破了一个不到一寸长小口子而已，那么容易折断。然而见到了血，阿黑不能不跑下坪里来看望同伴了。这手明明白白是茅草割破的。五明流血是为帮阿黑采蕨，责任在阿黑，也很显然了。阿黑一跑就跑到五明身边，蹲下去，拿五明的手一看，知道伤处在中指，割了一条小缝，血从缝中出，就忙把口去吮。且撕布条子缠五明的手指，这布条是从腰带上撕下的。

五明这时哪里有什么痛，不过有意使坏把她喊来而已。

“哎呀。真痛呀！”口上虽如此喊，眼却望着阿黑半真半假的发痴。

阿黑一面说不要紧，一面只是笑。做鬼的人总不能全做鬼，尽说痛，其实是假的。聪明的阿黑，尽他喊，不说别的话，也不引咎自责，她懂透了他的野心。

然而血还是在流，阿黑记起来了，要五明把手举起来。举手象投降，五明这时向阿黑投了降。因为更接近了点，挨到阿黑的身子，有说不出的舒服。

血既止，不好意思再大嚷大叫了，就笑了。见到这小子笑，阿黑说：

“小鬼你真莽！”

“我不莽你就不愿意下坪里来坐坐。”

“那是故意了。”说时就仿佛要起身回头走去。

他拖定了她。

“不，我承认我莽！我莽！我是莽子，是蠢东西。”

“你这小鬼才真不蠢！”这样说，不但不走开，且并排坐在五明身边了。见到血，她心已软了。她拿了五明的手，验看血还流不流。

五明这人真是坏，他只望阿黑的脸。望她的眼，从眼望进去，一直望到女人的心。

“你认不真我吗，蠢东西？”

“你是观音娘娘。”

“又来这一套。狮子舞三道，使人厌烦。我看你还是老实一点好。”

“你是活菩萨。”

“放狗屁。你去叫你妈吧，她会赏你三个爆栗子！”

“你真是，见了你我就要……”

阿黑笑笑，不作答，咬了一下嘴唇。

“见了你我就要……”五明又说。

“就要什么咧？说瞎话我就要告伯伯。”

五明不做声了，他笑着摇摇头，想了想，象推敲一句诗，过了一会儿才说：

“我见了菩萨就想下跪磕一个头，见了你也是这样。”

“嗤……鬼！不知道害臊！”说了且用一个指头刮他的脸。

“你总说人家是鬼，是小鬼，又是短命，其实人家的心是好的。”

“是烂桃子的心，是可以吹哨子有眼的心。”

“你们女子心都是好的！我见到过巴古大姐同肖金做的事。我也要……”

“你嘴放干净点。人家翻倒跟头，关你什么事？你自己管你不流鼻涕就好了。”

“他们在草地上撒野，全不怕人看到。他们做得我们也做得。”五明说了，想到另外一件事禁不住心跳。

“你看天气这样好，草这样软和，你（说时，已抱了阿黑）同我试一试。”

“你莫挨我！”她用手解除了象带子的五明的手。“你这小鬼真越来越野了。”

“为什么我不能野？这里又没有别人。”

“没有人就非撒野不可吗？”

“我要做肖金同巴古大姐做的事。”

“他们是两只狗。”

“我也愿意做狗。”

“你愿意做狗就去吃屎吧，我也拦不住你。”

“要吃你的……”

阿黑把手扬起，预备狠狠的打一下那涎脸样子。脸该打。那油嘴，也该打。

“你打，你打，我愿意你打死我。死了见阎王也有个报销，不白活一世。”

阿黑却不打，在心上想，到底怎么办？是走脱，还是让这小子胡闹一阵好，还无决然断然主意。

一些新的不曾经过的事情，使阿黑有点慌张。委实说，坐在自己身旁边，若是一个身高六尺腰大十围的汉子，象新场街头的那个牛屠户，手大脚长脸上长横肉，要来同在自己身边作一些不熟习的行为，的确非逃走不可。但眼前的五明，只是一个小孩子，纵那种不习惯的新事，也仿佛因对面的人得了一种轻而易与的感觉了。

她望到五明脸红红的十分可笑，又十分讨人嫌的样子。她又望这小子的眼。小子的眼睛放光，如点得燃纸煤子。本来是想脱身，只要下决心，同时在颜色上拿出一点正经样子，自然会把五明兴头打下。可以脱身她却不设法，也仿佛是经五明说到天气好，才明白真正是大好春天！心中却轻轻的说："五明小鬼，你人小小的，就那么坏，再大五岁会去做土匪！"

假若再讨厌，也只是这样说说吧。

在阿黑的思索下，所谓小鬼者，也有了些觉悟。他觉得今天天气好、地方好、机会好、人好，所以不及往日萎靡。并且虽经常说要告，小小的撒野并不曾真正告发过一次，则阿黑口上说的话吓人力量已不如从前，显然是更大的撒野也不甚要紧，就更理直气壮了。

天气的确太好了。这天气，以及花香鸟鸣，都证明天也许可人在这草坪上玩一点新鲜玩意儿。五明的心因天气更活泼了一点。

他箍了她的腰，手板贴在阿黑的胸前，轻轻的抚摩着。这种放肆使阿黑感到受用，使五明感到舒服。

阿黑故意把脸扭过去，不做声，装成十分生气。其实一切全见到了，心在跳，跳得不寻常。

“菩萨，好人，大王，你不要这样！”

虽求，也仍然不理，还说是“家去非报告不可”。

这是既无胆量又无学问的人吃亏处了。若五明知书识字，就一定知道这时最好的处置方法，是手再撒点野，到各处生疏地方去旅行，当可以发现一些奇迹。

阿黑说非报告不可，怯是有点怯，但他却以为挨打是以后的事，管不着那么多。五明故意作可怜样子，又似乎顽皮样子，说：

“你让我爹打我，你就快活欢喜吗？好心狠。”

阿黑笑，说：“我为什么不欢喜。你这小子越来越坏！不小心还会把你关到监牢里去的，你信不信？”

“我不信。”

“不信吗？我才愿意你挨打，罚你的跪，不送你饭吃，因为你不讲规矩！”

“什么规矩？”

“我赌咒，赌十八个咒，我要把今天的事情一五一十全告诉你爹。”

五明不再做声。他心想：“要告，那挨打一顿，是免不了的。不许吃饭，罚跪……既然免不了挨打挨饿，索性再撒点野，把她先打一下，回头再让爹来处罚，也够合算的。”

“你一定要告爹吗？”五明涎脸问。

“你坏得很，一个小孩子，不讲规矩撒野到这样子，那还了得！”

他于是索性再坏一点，冷不妨把头偏过去吮阿黑的脸、耳朵和鼻子。这行动来得非常敏捷，使防御者无从防御。阿黑出其不意，被他在脸颊上吻一个够，只用手在被吻处乱抓。且嚄的一声，身子乱动，象不受抚摩的劣马。

他还想再来寻方便喂阿黑一点口水，还想咬她的舌子，阿黑可不尽五明这么胡闹了，一面挣扎脱身，一面说：

“你这鬼，我赌一百八十个咒，愿意见你挨你爹的老拳头擂捶！”

“我不怕，把我打下九十九层地狱也不怕。”

“不要脸，一个小孩子也这样说野话！”

“你说我小，我要你知道。”

这小痞子松了一只手就使出更坏的手法来了，一切都是崭新的，平时没有过的。

她把眼闭紧，只是不理会。她要说：“我没有眼睛看你那呆样子。”

今天的五明真是胆大包天，得寸进尺，天雷打下也不怕了。

虽把眼闭紧，绝对什么也不看，说就善罢干休，恐怕不那么容易。阿黑的意见，正象知道贼在眼前，假装不看见，贼就不偷东西了。但实在要偷，也请便。这意思用不着开口，似乎更分明了。

五明拖阿黑的手……

过了不久，阿黑哧的笑了，睁开眼回过头来，一只手就拧了五明的脸。

“小鬼，你真是作孽害人，你人还那么小小的，就学会了使坏到这样子？谁教你这一手？”

这小鬼，得了胜利，占了上风，他慌张得象赶夜鱼，深怕鱼溜脱手。

“五明，大白天这样野，不怕天雷劈你！”

“你还告不告我爹？”

“我赌一千八百个咒，非告不可。”

“告他老人家说，我打了你，我疼了你。”

五明这小子，说是蠢，才真不蠢！不知从什么地方学来这些铺排，作的事，竟有条有理，仿佛是养过孩子的汉子，这样那样，湾里坳上，于是乎请了客，自己坐主席，毫不谦逊的执行了阿黑的夫的职务。

这时阿黑真不须乎用眼睛看，也能估计得出碗中的菜的分量了，阿黑闭了眼，嘤了一声，就不再说话。

她躺在草地上象生了一场大病。

象一只猫一样，爬上老虎岩的虎头上蹲着的五明，唱了许多山歌，全是希奇古怪使别的女人听来红脸的山歌。这小子的天才，在歌上同其他新事情上都得了发展机会，真得意极了。阿黑呢，她的心，这时去得很远很远。她听到远远的从坳上油坊中送来的摇槌声和歌声，记起了油坊中的一切情形来。

医 生

在四川的R市的白医生，是一个有风趣的中年独身外省人，因为在一个市镇上为一些新旧市民看病，医术兼通中西内外各症，上午照规矩到市中心一个小福音医院治病，下午便夹了器械药品满街各处奔跑。天生成的好脾气，一切行为象在一种当然情形下为人服务，一个市镇上的人都知道，谁也不愿意放弃这个麻烦医生的权利，因此生意兴隆，收入却总不能超过一个平常医生。这好人三月来忽然失踪不见了，朋友们都十分着急，各处找寻得到一点消息。大江中恰在涨桃花水时节，许多人以为这人一定因为散步掉到江里去，为河伯雇去治病，再不会回到R市来了。医生虽说没有多少田地银钱，但十年来孤身作客，所得积蓄除了一些家什外，自然还有一笔小小产业。正当各处预备为这个人举行一个小小追悼会时节，因为处置这人的一点遗产，教会中人同地方绅士，发生了一些不同的意见，彼此各执一说，无从解决。一个为绅士说话常常攻击过当地教会的某通讯社，便造作一种无稽的谣言，说是医生落水并非事实，近来实在住到一个一百里外的地方养息自己的病。这消息且用着才子的笔调，讥评到当地的教会，与当地的贫民，以为医生的病是这两方面献给的酬劳。这其中自然还有一些为外人不能明白的黑幕，总不外处置医生身后产业的纠纷。这消息登出以后，教会即刻派人到所说的地方去找寻，结果自然很是失望，并没有找到医生。但各方面的人都很希望这消息不完全无因，所以追悼会便没有即刻举行。可是，正当绅士同教会为医生遗产事调解分派妥当那一天，许多人正在医生住处推举委员负责办理追悼会时，医生却悄悄的从门外进来了。

他非常奇怪有那么多的人在他房子里吃酒，好象是知道他今天会回来的一样，十分喜欢。嘍的喊了一声，他就奔向一个主席的座边去，抓着了那个为他开追悼会的主席的手只是乱摇，到后在大家的惊讶中，又一一同所有在座的人握手。医生还是好好活着的，虽然瘦了一点，憔悴了一点，肮脏了一点，人仍然是那么精神。在座的人见到医生突如其来，大家都十分骇异，先一时各人在心上盘算到各人所能得到的好处，因此一来，完全失去了。大家都互相望到不好说话，以为医生已经知道了他们的事情。主席更见得着忙，把那个关于处置医生产业及追悼会的用费议案压到肘子下去，同所有在座诸人用眼睛打知会。医生却十分高兴，以为这样凑巧真是难得的事情。他猜想一定是做主席朋友接到了他的口信，因他只是打量托人带了一个口信来，他以为这口信送到了，算定他在今天回来，这些有义气重感情的朋友，大家才一同约在这里欢迎他的。他告诉在座熟人，今天真是有趣味的一天，应当各人尽醉才许回去。

那个主席，含含混混，顺到医生的意见，催用人把席面摆出。上了席，喝了三杯，各个客人见到医生的快乐脸孔，就都把自己心上应抱惭的事情渐渐忘记了。医生便说今天实在难得，当到大家正好把这十几天所经过的一段离奇故事，报告一下。他提议在这故事说出以前，各人应当再喝十大杯。于是众人遵命各尽其量再喝了些酒，没有一个人好意思推辞。吃了一阵，喝了一阵，大家敷衍了一顿空话，横顺各人心里明白，谁也不愿意先走，因为一走又恐怕留到这里的人说他的坏话。

吃够了，医生说：“今天妙极了，我要说说我的故事给大家听。”本来大家都无心听这个故事，可是没有一个人口上不赞成。其时那个主席正被厨子请出到外边窗下去，悄悄的问询今天的酒席明天应当开谁的账，主席谎说这是公份，慢慢儿再说，很不高兴的走进去。医生因为平时同主席很熟，就说：“仁兄，我同你说一个新《聊斋》的故事，明天请我吃一席酒，就请在座同人作陪，如何？”大家听到有酒吃，全拍手附和这件事，医生于是极其高兴的说他十天来所经过的那件事：

“我想同你们说，在最近的日子里，我遇到过一次意外事情，几乎把这时在这里同我这些最好的朋友谈天的机会也永远得不到了。关于近十天来我的行踪，许多熟人多不知道，一定都很着急。你们不是各处都打听过，各处写过信去探问过，到后还是没有结果吗？不过，我今天可回来了，你们瞧瞧我手臂上这个记号，这个伤痕，就明白它可为我证明十几日前所经过的生活中，一定有了些不儿戏的冒险事情发生。我让这一处伤痕来说话，让我的脸来说话，（因为平常没有那么白，）假如它们是会说明一切过去的，那么，我猜想，这故事的重述，一定能够给你们一些趣味。它们如今是不会说话的，正象在沉默的等待我把那个离奇的经过说出给大家听听。我看你们的神气，就有人要说：‘一个平常人所有的故事，不会是不平常的。’不要那么说！有许多事情全是平常人生活中所遭遇的，但那事情可并不平常。我为人是再平常没有了，一个医生，一个大夫，一个常常为你们用恶意来作笑嘲称呼的‘催命鬼’。社会上同我一样过着日子的，谁能够计数得完全？社会上同我一样平庸一样不知本行事业以外什么的，谁能够计算得清楚？我们这种人，总而言之是很多很多的。我哪里能够知道明天的世界？我能明白我明天是不是还可以同你们谈天没有？你们之中谁能够明白回家去的路上，不会忽然被一个疯狗咬伤？总而言之，我们真是不行的。我们都预料不到明天的事。每一个人都有意外事情发生，每一个人都不能打算。事情来了，每一个人都只有把那张吃肉说谎的口张大，露出那种惊讶神气。

“我凭这手臂上的伤痕，请你们相信我，这整十天来，曾做了整十天古怪的人物、希奇的囚犯。我认识一个男子，还认识一个妇人，我同他们真是十分熟习，可是他们究竟认识我没有，那妇人她明白我是一个什么人，她那个眼睛，望到我，好象是认得我，可是，我不愿意再想起她，想起她时我心里真难受。我不是在你们面前来说大话，我是一个远方郎中，成天得这里跑跑那里望望的一个人，我是社会上应分活动不定的一个小点，就因为这身分，我同这个妇人住在一处，有十天守着这样一个妇人过日子，多希奇的一件事！

“我把话说得有点胡涂了，忘了怎么样就发生了这样事情。听我说罢，不要那么笑我！我不是说笑话，我要告诉你们我为什么同一个妇人住了十天的事，我并不把药方写错，我只把秩序稍稍弄乱而已。

“我的失踪是三月十七，这个日子你们是知道的。那天的好天气你们一定还有人记得。这个春天来了时，花呀草呀使人看来好象不大舒服，尤其是太阳，晒到人背上真常常使人生气。我又不是能够躲到家里的人，我的职务这四月来派上了多少分差事，人家客客气气的站到我面前说：‘先生，对不起，×× 又坏了，你来看看罢，对不起，对不起！’或者说：‘我们的宝宝要先生给他药，同时我们为先生预备得有好酒。’……我这酒哪里能戒绝？天气是这样暖和，主人又是这样殷勤，莫说是酒，就是一杯醋我也得喝下肚去。就因为那天在上东门余家，喝了那么一杯，同那老太太谈了半天故事，我觉得有点醉意，忽然想起一些做小孩子的事情，我不愿意回转到我的家中等待病人叫唤了。到后我向上东门的街上走了一阵，出了街，又到堤上走了一阵。这个雨后放晴的晚春，给我的血兴奋起来，我忘记了我所走的路有多远。待到我把脚步稍稍停顿留在一家店铺前面时，我有点胡胡涂涂，好象不知不觉，就走了有十里路远近，停脚的一家，好象是十里铺卖洋线最有名的一家。

“为什么就到了这里，我真一点不清楚。听到象是很熟耳的一个人喊我的声音，我回头去看时，才见到两个人，却不知道在什么地方曾认识过。他们向我点头，要我进那铺子里去。本来我不想答应的，因为我觉得有了很久不曾到过十里铺来，十里铺象已很热闹许多了，我想沿街走去，看看有什么人在路上害热病没有。

“那时从一个小弄堂里，跑出一个壮实得象厨子模样的年青人来，脸儿红红的似乎等了我许久的样子，见了我就一把揪着衣角不放。我是一个医生，被一个不识面的人当街揪着，原不算什么奇怪事情，我因职业的经验，养成惯于应付这些事情的人了。那时这人既揪着我不放手，我知道有什么事情发生了，我说：

“‘怎么样，我的师傅，是不是热油烧了你那最好帮手的指头？’

“好象这句话只是我自己说来玩玩的一句话，他明白医生是常常胡乱估计当前的主顾的，只说着‘你来了真好’，就拉着我向一条小巷里走去。我一面走一面望到这厨子大师傅模样的年青人侧面，才明白我有了点胡涂。我认识他是地保一类有身分的人的儿子了。我心想一定是这憨人家里来了客，爸爸嘱咐他请几个熟人作陪，故遇到了我后，就拉着跑回家去了。这酒我并不想喝的，因为陪什么委员我并不感兴趣，我说：‘老弟，你慢走一点，我要问你，究竟是怎么一回事。你不能把我随便拉去的，我这时不可为你陪什么阔人喝酒，我不能受你家的款待。我还有许多别的事情要即刻去做，我是一个郎

中，偷闲不得，李家请我开方子，张家请我开方子，我的事情很多！’

“可是这个人一句话也不说，还是把我拖着走过一条有牛粪的肮脏小巷，又从一个园墙缺口处爬进去，经过一个菜园，我记得我脚下踹倒了许多青菜。我们是那么匆忙，全是从菜畦上践踏，毫不知道顾惜这些嫩嫩的菜苗。你们明白的，一个医生照例要常常遇到这类希奇事情的，人家的儿子中风了，什么太太为一百钱赌气闹玩似的用绳子套到颈项上去了，什么有身分的胖子跌到地下爬不起身了，总而言之，这些事情在这个小城里成天会发生一件两件。出了事的人，第一个记起要找寻的便是医生。照例他们见了你话也不必多说，只要一手捞着你就带着你飞跑，许多人疑心你会逃脱，还只想擒你的衣领，因为那样才可以走得更快一点。若不是我胁下常常夹了一个药包，若不是我在这市镇上很有了些年岁，那些妇人家中发生了什么事情时，蓬头散发眼泪汪汪当街一把扭着，不让我分辩，拖着就走，不是有许多笑话了吗？若是这里的警察，全不认识我，他为了执行他那神圣的责任，见到这情形，我不是还得跟他到局里去候质吗？可是我是一个成天在街上走、成天在街上被拉的人，大家对我都认识了，大家都不注意我被人拖拖拉拉是为什么事了。我自己，自然更不能奇怪拉我的人了。如今就正是这样子。这人拖我从菜园里走，我也随了他走，这人拖我从一个农庄人家前门走进又打后门走出，我也毫不觉得奇怪。我听到有些狗对我汪汪的吠，有许多鸡从头上飞过去，心里却想这一定不是喝酒陪客的事，一定出了别的什么岔子，这人才那么慌张失措，才那么着急，这人家里或者有一个人快要落气了，或者已经落气我赶去也无济于事了。想到这样还想到那样，我的酒意全失于奔跑中。我走得有点发喘，却很愿意快到一点，看看是不是我还能帮这个人一点忙。一个医生人人都说是没有良心同感情的，你们可不知道当我被一个陌生人拉着不放向前奔窜时，我心里涌着多少同情。我为一点自私，为了一点可以说是不高明的感情，我很愿意有许多人都在垂危情形中，却因为我处治得法回复转来。我要那种自信，就是我可以凭我这经验以及热忱，使我的病人都能化险为夷。可是，经过我的诊治，不拘是害急病的，害痨病的，他一连到过我处有好几回，或是我到过他处一连有好几回，到后当他没有办法死去的时节，我为了病人的病，为了自己的医道，我的寂寞，谁也不会相信有那么久那么深。我常常到街上遇见一些熟人的脸孔，我从这些脸孔上，想及那人请我为他家里人治病时如何紧张惶遽，到后人要死了他又如何悲哀，人死过一阵了他又如何善忘，我心上真有说不尽的难受。你们看，这就是你们说的没良心的医生的事！他每天就这么想，为这些人事光景暗暗的叹息。他每天还得各处去找那些新的惆怅，每天必有机会可以碰到一件两件。……让我说正经事情吧，我不是说我被那个人在我不熟习的路上拖走了好一会儿吗？

“到后我们到野外了。这人还是毫不把我放松，看情形我们应走的路还很远，我心里有点不安了。我说：

“‘汉子，你这是怎么啦，你那么忙，我是不愿意再走一步了的。我是上了年纪的人，不如你这样精壮。我们应当歇一会儿，吐吐气。’

“他望了我一下，看出我的不中用处了，稍稍把脚步放慢了一点。

“因为两人把脚步放慢了一点，我才能够注意一下，望清楚我们是在一条小小的乡村路上走，走完了一坪水田，就得上山了。我心里打算这人的家一定是住在山寨堡子里的，家里有媳妇生养儿子，媳妇难产血晕，使他也发疯了。不知为什么我那时却以为把事情猜准了，就问他说：

“‘她不说话是不是？’

“他说：‘是的。’

“‘那无妨，你用水喷过她吗？’

“他好象奇怪的很，向我望着：‘用水可以喷吗？’

“我点点头，又问他：‘有多久了咧？’

“他好象在计算日子，又象计算不清楚，忽然重新想起病人的危险情形，就又拉着我飞跑了，我以为我很明白他的意思，我以为我很理解这个人，因为凭我的经验、我的信心，与对于病人的热情，一定到了地后就能够使病人减少一点痛苦，且可使这男子的心安静，不至于发痴发狂。我一面随了这个年青人奔跑，一面还记到许多做父亲的同做母亲的生养儿子的神气，把一些过去的事当成一种悦目开心的影片，一件两件的回忆着，不明白这从容打哪儿得到的。

“我愿意比他走得更快一点，可是，我实在不行了。他不让我休息一会儿，我就得倒在水田里了。我已经跑了太多的路，天气实在太好了，衣服又穿多了一点，胁下夹的一包又并不轻松，并且脚下的路不是为我这惯于在市中石路散步的医生而预备的，前一些日子的雨使这条路润滑难行。我的皮鞋，我担心到它会要滑滚，我说：‘不行了，不行了，我要坐到水田里去了。我是医生，充军的匆忙我受不了。我头昏了。……’

“我当真已头昏眼花了，我只想蹲下去，只想蹲下去，我不晓得为什么到后来就留在一个人家空房里了。我一切都胡胡涂涂，醒回来时，睁开眼睛，似乎已经天夜了，房中只一点点光，这光还象是从一个很远很远的地方来的，是什么光我也胡胡涂涂认识不清楚。我想了一会儿，记起先前的事了，我记得我怎么随了一个汉子奔跑，在那水田塍上乱走，我如何想休息，如何想坐，到后就不十分清楚了。我想我难道是做梦吗？摸了一下自己的前额，又似乎完全不是做梦。我因为觉得所在的地方十分清静凉爽，用手摸摸所坐草席以外是些什么东西，抓到一把干爽的细石沙子。我再去回想先前的事，我明白已经无意中跌到路旁的地窟窿下来了。我所在地方若不是一个地窟窿，便应当是一个山峒，因为那些细细的沙子，是除了山峒不会有的。我想喊喊看，是不是还有为人救出的希望，喊了两三声不曾听到什么回声。我住的地方当真不是什么房子，可是也不是什么地眼，因为若果我是无意中掉下的，我不应当恰恰就掉到这草席上。并且我摸了一下全身，没有什么伤处。当我手向左边一点闪着微光的东西触着时，我才知道那正是我的一套为人治病的家业，显然我是为人安置到这地方来的。

“我明白一定是那个人乘我失去知觉时节背来这地方，而且明白这是一个可以住人的干峒里，不过明白了这些时，我反而惶恐不安了。因为这样子，不正是被人当作财神捉绑，安置到这里来取赎的吗？我真不明白为什么他们计算到我这样一个人的头上来了。想不到我这点点产业，还够得上这样认真。我很纳闷无从知道这地方究竟离我们市上有多远。

“当我记起传闻上绑猪撕票的事情时，我知道我的朋友们一定着急得很，因为我只是一个人，一切都得你们照料，真有耗费你们精神的许多事情要做。关于绑票我以为是财主的一份灾难，料不到这事我也有份的。我思索不出这些人对我注意的理由，却相信我已经成为他们的一只肥羊。

“因为久了一点，我能把前后事多思索了一下，记忆得到我为什么下乡，为什么碰到这样一个人，为什么被他牵走，并且我们在路上又说了些什么话，我就觉得这事亏他们安排得这样巧妙。这一次，一定是他们打听得出我在 R 市上的地位，想要我的朋友破费了。想起那个土匪假扮的痴人样子时，我就很好笑，因为我从没有想到那种人也会做什么坏事。

“既然把我捉来了，什么时候可以见他们的首领？见了他们的首领，万一开口问我要十万五万，我怎么向这个山上大王设词？我打算了好一会儿，还没有一个好计划可以安然脱身。我只希望票价少一点，把我自己一点积蓄倒出便可以赎身，免得拖累其他熟人。我并且愿意早早出去，也不必惊动官厅，不然派些兵来搜索，土匪走了，他们把我留到这里，军队照规矩又只能到村子里朝天放放空枪，抓了一些鸡鸭，牵了一些猪羊，捉了一些平常农庄人，振队鸣鼓回去报功，我还得饿死在这山峒里，真是无意思的事情。

“峒中没有一个人，我也没有被绳子捆缚，可是我心里明白，我被人捉到这里来，既看作财神，不是轻易能逃走的。峒中无一个人，峒外一定就下得有机关埋伏，表面仿佛很疏忽，实际上可没有我的自由。因为诱骗我到这儿来的本领既然就已不小，那作头目的也就当然早已注意到这些事了。我以为外边一定埋伏得有喽啰，手里拿得有刀，把身隐藏在峒外，若见到我想逃走时，为了执行任务起见，一定毫不客气就是那么一刀。我从前曾经见过一个想从土匪窠里逃走，到后两只耳朵被刀削去的人，我不愿意挨那么一下。况且这里既是匪窠，离城市一定不近，我逃到什么地方不会被这些人捉回去受罪？

“可是我想了很久，又喊了两声，始终没有人回答，我的心可活动一点了。我以为或者他们全到别处吃饭去，把我忘却了，也未可知。就壮了自己的胆，慢慢的走到有光处去。我摸到地下沙子十分干燥，明白不会在半路陷到水里去。便慢慢的爬行过去，才知道前面是一个大石头，外面的光从石罅处透进来，受了转折，故显得极其微弱。从那个石罅里望出去，但望到另外一块黑色石头，还是不知道我究竟在什么地方，离有人家处多远。从那石头上的光线看，我知道天色已经快晚了。我心里着急起来，因为挨饿不是我十分习惯的事情，半天没有水喝，也应当吃一点什么东西才行。如今既不见到一个人，什么事情都不明白，什么时候有人来还不知道，我应当怎么过这一夜？

“我有点着急，且有点奇怪，是我究竟从什么地方进到这峒里来。因为那个石罅绝不能容一个人进出，那么一定还有一个别的机关遮掩到这山峒的出入了。我到后就爬在地下各处摸去。这峒并不很宽，纵横不会到十五丈，我即刻就知道了这峒的面积，且明白了这峒里十分干燥。不多久，我摸到一扇用木柱作成的栅门了。我很小心的防备到外面小喽啰那一刀，轻轻的去推动那一扇门。这扇门似乎特别坚固，但似乎没有下杠，我并不十分用力已经就把门推开了。我心跳得很，但是十分欢喜。为了防备那一刀，好久好久没有做声。到后又自言自语说了一句话，证明了门的那一边实在没有什么埋伏了，才把门推开摸过去。我真是一个傻瓜，原来这是一个绝路！这是峒里另外一部分，被人用木门隔开，专为贮藏粮食的仓库。我脚下全是山薯，手又触着了一个大瓮，我很小心把手伸进瓮里去时，就摸着了许多圆圆的鸡卵。另外我又摸到一件东西，使我欢喜得喊叫起来。

“我原来摸到一些纸，我想起只要有一根自来火，就可以搓一个纸捻烛照峒中一切了。我真是傻瓜，这样半天才想起自来火！我真是傻瓜，平常烟也不吸，若是早会吸烟，那么身边一定就有救命的东西了。我记起了自来火的用处，可没有方法找寻得到一根自来火。

“我仍然坐在我那草席上面，等候天派给我一份的灾难，如何变化，如何收场。我心想若是上帝不到这峒中来，那我着急也无益。不知又过了多久，忽然听到一点细微的声音，象是离得很远，先还以为是耳朵嗡鸣，又过一会儿，声音象已近了许多，猜想事情快要发生变化了，我心里很镇静，一点不忙，一点不怕，因为我想若是见到什么山大王，我有许多话可以解释，不至于十分吃亏。等了一会儿，那声音又渐远渐小，显然是对于我的事没有帮助了，自然十分失望。可是我还能够听到声音，却证明我不至于同有人住的村落很远，不至于同人世隔绝。并且我最担心的不是土匪的苛求，而是被人关到这山峒里饿死。如今无意中发现了仓库，峒中存得有那么多粮食，一时既不至于饿死，那么别的当然不足过虑了。

“我胡胡涂涂又睡了，快要睡去时，我想或者我仍然是在做梦，一觉醒来就不同了的。我的情形，不是上帝同魔鬼的试炼，或者就是什么朋友的恶作剧。因为我同几个朋友讨论过峨嵋山隐士道者的存在问题，我曾科学的研究了一会儿仙人在四川一省迷信的来源，证明一个仙人也不会存在，如今或者就是受这些朋友的作弄也不可知。我不知为什么，又感觉到我再也不会错误了。我觉得既然是这种作弄，三天五天也未可知，我着急还是毫无用处，到了时候，他们会来为我开门，或用另外一种离奇的方法放我回去。我那时稍稍有点不快乐的，就是以为他们同我开玩笑也不要紧，可不要因此担搁了医院那方面病人的事情。我担心作弄我的只顾及作弄我，却忘了为我向医院告假，使别人着急很不成事。

“到后我似梦非梦，见到我身边有一个人，拿了一个小灯烛照各处，并且照我的脸。我吓了一跳，便一跃而起，才明白并不是梦。我还是被困留到这个峒里。峒里多了一个人，也不知道他打哪儿来的。他似乎来了很有了些时间，他看到我转身了，才拿了灯过来照看。从那种从容不迫的情形上看来，我就明白他是这里的主人了。他站在我面前，先是把脸躲在灯光后面，我看不清楚这人是什么像貌，到后却忽然明白了。我象忽然发了狂，忘了顾忌，大声的向他说：‘是的，是的，你这个人干吗关我到这儿受罪？我不答应你！’这就是装作傻瓜拉我来的那个男子，不同处，不过先前十分匆促，如今十分镇静罢了，他望到我不做声，还是先前望我那种神气。我从那个人的眼睛里，即刻看出了一点秘密，这是一个不折不扣的疯子，可不是一个喽啰！山寨上的伙计，我还可以同他讲讲道理，讨论一下赎身的价钱，用一些好话启导他，用一些软话哀求他。如今站在我面前的却是一个不管人事的疯子，上帝他也不怕，魔鬼也吓不了他，这一来，我可难于自处了。他把我找来，说不定就是在那古怪的头脑里，有了一种什么离奇新鲜的计划，我这时不得不打量到在某一种古怪人的脑里古怪的传说，我会不会为这个人煮吃？会不会为这个人杀死？若果免不了这灾难，真是一件冤屈的案子！我借着那灯光察看了一下峒中的情景，还是不明白这个怪人从什么地方忽然而来。借重灯光我看到去我坐处稍远一点，还有一个东西，不知是衣包还是一束被盖，那个怪人见我已经注意到那一边了，忽然一只手象一个铁抓子，扣定了我的膀子，'你看去，你看去，'那声音并不十分凶狠，可是有极大的魔力，我不能自主的站了起来，随同他走过去，才明白那是一个睡着的病人。我懂到他的意思了，心里很好笑我自己先前所作的估计，我错认了人，先还以为他是疯子，现在可明白了。

"待到我蹲身到那病人身边时，我才看清楚这是一个女人，身体似乎很长，乌青的头发，蜡白的脸，静静的躺在那里不动，正象故事上说的为妖物所迷的什么公主。当我的手触着了那女人的额部时，象中了电一样，即刻就站起来了。因为这是一个死得冰冷的人，不知已经僵了多久，医生早已用不着，用得着的只是扛棺木的人了。那怪人见我忽然站起身了，似乎还并不怎么奇异。我有点生气了，因为人即或再蠢，也不会不知道这件事，把一个死得冰冷的人勒逼到医生，这不是一个天大玩笑吗？我略显出一点愤慨的神气，带嚷带骂的说：

“‘不行，不行，这人已经无办法了。你应该早一点，如今可太迟了！’

“‘怎么啦？’他说，奇怪的是他还很从容。‘她不行吗？你不说过可以用水喷吗？’

“我心里想这傻瓜，人的死活还没有知道，真是同我开玩笑！我说：‘她死了，你不知道吗？一个死人可以用水喷活，那是神仙的事！我只是个医生，可并不是什么神仙！’

“他十分冷静的说：‘我知道她是死了的。’

“我觉得更生气了，因为他那种态度使我觉得今天是受了一个傻东西的骗，真是三十年倒绷孩儿，料想不到，心上非常不快乐。我说：‘你知道她死了，你就应当请扛棺木的来送葬，请道师和尚来念经，为什么把个医生带来？我有什么办法！’

“‘你为我救救她！’

“‘她死了！’

“‘因为她死才要你救她！’

“‘不行，不行，我要走了。让我回去吧，我那边还有好些病人等着。我不能再同你这样胡缠。你关了我太久，耽搁我多少时间，原来只是要我做这件傻事。我是一个大夫，可不是一个耶稣。你应当放我出去，我不能同死人作伴，也不欢喜同你住在一处！’

“我说了很多的话，软话硬话通不顶事。到后来我又原谅了这个人了，我想起这人不理会我的要求的理由了。年纪青青的忽然死了同伴，这悲哀自然可打倒他，使他失去平常的理知。我若同这种人发牢骚，还是没有什么益处。他这时只知道医生可以帮他的忙，他一定认得我，才把我找来，我若把话说过分了，绝望了，他当真发了狂，在这峒中扼杀我也做得出。我要离开这个地方，自然还得变更一点策略，才有希望。为了使他安慰起见，我第二次又蹲到那个死尸边旁去，扣着那冰冷的手，就着摇摇不定的一点灯光，检察那死者的脸部同其他各部。我有点奇怪我的眼睛了，因为过细瞧那死人时，我发现这人是个为我从没有看到过的长得体面整齐的美女人，女人的脸同身四肢都不象一个农庄人家的媳妇。还有使我着骇的，是那一身衣服，式样十分古怪，在衣服上留下有许多黄土，有许多黄土。我抬头望望那个怪人，最先还是望到那一对有点失神却具有神秘性的眼睛。

"'我不明白你，这是怎么一回事，你打哪儿背她来的？'

"'……'

"'我要明白她从什么地方来的。'

"'我从坟里背她来的。'

"'怎么？从什么地方！'

"'从坟里！'

"'她死了多久你知道吗？……你知道她死了又挖出来吗？……'

"他惨惨的笑着，点点头，那个灯象是要坠到我头上的样子，我胡涂而且惊讶，又十分愤怒，'你这人，真奇怪！你从什么地方带来还是带到什么地方好了！你做了犯罪的事还把我来拉在一起，我要告发你，使你明白这些玩笑开得过分了一点！……'不知为什么我想这样说却说不出口，那个固定不移的眼睛，同我相隔不到一丈远近，很有力量的压服了我。我心上忽然恐惧起来了。

“这个疯子，他从坟墓里挖了个死尸，带到这峒中来，要我为他起死回生，若是我办不好这件差事，我一定就会死在他手中。我估计了一下，想乘他不注意时节把他打倒，才可以希望从死里逃生。可是他象很懂得我的主意，他象很有把握，知道我不能同他对抗。我的确也注意到他那体魄了。我若是想打什么主意，一定还得考虑一下，若是依靠武力，恐怕我得吃亏，还不如服从命运为妥当。我忽然聪明了许多，明白我已经是这个人的俘虏，强硬也毫无用处了。就装成很镇静，说话极其和平，我说：‘我真胡涂，不知怎么帮忙。你这是怎么啦？你是不是想要我帮助你，才把我带来？你是不是因为要救活她，才用得着我？你是不是把她刚才从土里刨出？’他没有做声，我想了一下，就又说：‘朋友，我们应当救她，我懂你意思。我们慢慢的来，我们似乎还得预备一点应用的东西。这是不是你的家里？我要喝一口儿水，有热的可妙极了，你瞧我不是有多久不喝水，应当口渴了吗？’他于是拿灯过去，为我取了一个葫芦来，满葫芦清水，我不知道那水是否清洁，可是也只得喝了一口。喝过了水觉得口甜甜的，才放了心。

“我想套套他的口气，问他我们是不是已经离了市镇有十里路。他不高兴做声。我过一会儿，又变更了一个方法，问他是不是到镇上去办晚饭。他仍然不做声。末后我说我要小便，他不理会我，望到另外一个地方，我悄悄的也顺了他的目光望过去，才看出这峒是长狭的，在另外一端，在与仓库恰相反对的一个角落，有一扇门的样子，我心里清楚，那一定就是峒门，我只装着不甚注意，免得他疑心。我说我实在饿了，一共说了两三次，这怪人，把灯放下，对我做了个警告的一瞥，向那个门边走去。只听到訇的一响，且听到一种落锁的声音，这人很快的就不见了。我赶忙跟过去，才知道是一扇极粗糙的木栅门，已经向外边反杠了。从那栅门边隐隐看到天光，且听到极微极远的犬吠声音，我知道这时已经是夜间了。这人一去，不知道是为我去找饭吃，还是去找刀来杀我灭口。他在这里我虽然有点惧怯，但到底还有办法，如今这峒里只是我同这个死尸，我不知道我应当怎么办。若果他一去不再回来，过一天两天，这个尸骸因为天气发酵起了变化，那我可非死不可了。这怪人既然走了，我想乘到有一盏灯，可以好好的来检察一下这个尸身，是不是从尸身上可以发现一点线索。

“我把灯照到这个从棺木里掏出的尸骸，细细的注意，除了这个仿佛蜡人的尸骸美丽得使我吃惊以外，我是什么也没有得到的。我先是不明白这人的装饰如何那么古怪，到现在可明白了，因为殉葬才穿这样衣裳。幸亏我是一个医生，年纪已经有了那么大，我的冷静使我忘却同一个死尸对面有什么难受。这女人一定死了有两天左右了，很希奇的是这个死人，由我看来却看不出因什么病而死，那神气安静眉目和平仿佛只是好好儿睡着的样子，若不是肢体冰冷，真不能疑心那是一个死人。这个人为什么病死得那么突兀？把她从土里取出的一个是不是她的丈夫？这些事在我成为一种无从解决的问题。假若他是她的丈夫，那么他们是住在什么地方，做些什么的人物？假若这妇人只是他的情人，那么她是谁家的媳妇？许多问题都兜在我的心上不能放下。

“我实在有一点儿饿了。这怪男子把我关闭到这幽僻的山峒里，为这个不相识的死尸作伴，还不知道他什么时候才能回来。我同时担心这一盏灯过夜或者油还不够，所以拿了灯到仓库去，照看了一下，是不是还有油瓶，才知道仓库里东西足够我半个月的粮食，油坛，水缸，全好好的预备在那儿。我随手拿了几个山薯充饥，到后把灯放在尸身边，还是坐到我自己那一张草席上，等候事情的变化。我的表已早停了，不知道时间过了多久，等了又等，还是不见那个人来。

“我这样说下去，是还得说一整天，要把那一夜的事情说完，如今也还得说一夜。为了节省一些时间，且说第三次我见到这怪男子，他命令我在那个妇人身上做一个医生所能做的事。我先是不知道向一个疯子同一个尸骸还有什么事可做的，到后倒想起皮包里一点儿防腐性药品了，我便把这些药全为注射到死尸身上去，一面安慰他表示我已尽了力，一面免得那尸身发生变化。告他我所能做的事已经完全做过，别的事再无从奉命了，他望到我似乎还很相信。可是当我说出‘你放我回去’的话时，我把话一说出口，就知道我说错了，因为我从那两个眼睛里，陡然看到了一些东西，他同时同我说了一句话，使我全身发抖。他说：‘要七天才好出去。’这个期限当然是我受不了的，这是全无道理的言语。可是我是一个医生，而他却是一个疯子，他就有他的正当道理了。我当时还以为可用口去解释，就同他分辩了一阵，我说这是做不到的，因为有许多人等着我。我说你放我出去了，我不会向人谈论。我说……这分辩就等于向石头讨论，他不禁止我的说话，听来却只微微的笑着。他的主张就是石头，不可移动，他的手腕又象铁打就的，我绝对不能和他用武力来解决。在毫无办法的情形中，我就想只有等候这个人睡眠时候偷了他的钥匙才好逃走。为我的自卫计，打死一个疯子本来没有什么罪过，我若有机会征服这个人，事到危急是用不着再选择什么手段的。但是在这个怪人面前，我什么小机会也得不到。我逃走吗，他永远不知道疲倦，永远不闭闭眼睛。加灯上的油，给我的东西吃，到了夜里引导我到栅门外去方便，他永远是满有精神。他独自出去时，从不忘记锁门，在峒里时，却守在尸身边，望到尸身目不转睛，又常常微笑，用手向尸身作一种为我所不懂的希奇姿势。若是我们相信催眠术或道术，我以为他一定可以使这个死尸复活的。

“他不睡觉，这事就难处置了。我皮包里的安眠药片恰恰又用尽了，想使什么方法迷醉他也无办法。他平常样子并不凶横，到了我蓄意逃走时，只稍稍一举步，他就变了另外一个魔鬼了。他明白我要走，即或是钥匙好好的放在他身边，他也不许我走近栅门的。到后我不知是吓怕得胡涂了，还是为峒中的环境头昏了，把逃走的气概完全失去，忽然安静下来，就把生命听凭天意，也不再想逃走了。

“就是那么过了一天，两天，三天……吃的就是那仓库中的各样东西，口渴了就喝清水，倦了就睡。

“当我默默的坐在一个角隅不做声时，我听到他自言自语，总是老说那一句话：‘她会活的。她会活的。’我一切都失望了，人已无聊极了，听到他这样说时，也就胡胡涂涂的答应他说：‘她会活的。她会活的。’

“我得到一个希奇的经验，是知道人家说的坟墓里岁月如何过去的意思了。我的经验给我一种最好的智慧，因为这是谁也想象不及的。第一天一点钟就好象一年，第二、三天便不同了，我不放心的，似乎还不是峒里的自身，却是市上的熟人。我忽然失了踪，长久不见回来，你们不是十分难过吗？你们不是花了许多钱各处去探听，还花了许多钱派人到江边下游去打捞吗？你们一定要这样关心的。可是料不到我就只陪伴一个疯子、一个死人，在山峒里过了那么多日子，过了那么久连太阳也不见到的日子！

“既毫无机会可以逃出，我有点担心那个死人。天气已经不行了，身上虽注射了一点儿药，万一内脏发了肿，组织起了变化，我们将怎么来处置这件事情？这疯子若见到死人变了样子，他那荒唐的梦不能继续再做时，是不是会疑心到我的头上来？

“我记得为这点顾虑，我曾同疯子说了许多空话。我用各样方法从各方面去说，希望他明白一点。我的口在这个沉默寡言的疯子面前，可以说是完全无用了。我把话说尽了，他还只是笑。他还知道计算日子，他不忘记这个，同时也不忘记‘七天’那种意义。大约这怪人从什么地方，记起了人死七天复生的话，他把死尸从土里翻取出来，就是在试验那七天复活的话可靠不可靠。他也许可我七天再出峒去，一定就是因为那时女人已经再活回来，才用不着我这个医生。若是七天并没有活回的希望，恐怕罪名都将归在我的账上，不但不许我走，还得我为他背尸去掩埋，也未可知。总之，下一刻什么古怪事都随时会发生的，我只能等待，别无作为。

“他也可以疑心是我不许这女人复活。在他混乱的头脑里，他就有权利随意凑合一种观念，倘若这观念是不利于我的，我要打过这难关真是不很容易。

“他是一个疯子，可疯得特别古怪。他恰恰选到这一天等在那里，我恰恰在那天想到乡下去，我们恰恰碰到一处了，于是这事就恰恰落在我的头上。一切的凑巧，使我疑心自己还是象梦里的人物。不过做梦不应当那么长久，我计算日子，用那胡乱对上时间的表，细数它的分秒，已经是第四天了。

“还有第五天，我听到从那个怪人的口里，反复的说是‘只有两天’的一句话时，欢喜的心同忧惧的心合混搅扰在一处，这人只记到再过两天，女人就会复活的，我却担心到两天后我的境遇。他答应我的话很靠不住，一定可以临时改变。向一个疯人讨那人世也难讲究的‘信实’，原是十分不可靠的。我不能向他索取一句空话，同时也就无从向他索取一句有信用的话。这人一切的行为，都不是我可以思索理解得到的，用尽了方法试作各种计划，我还是得陪了他，听他同女人谈那些我理解不及的费话，度着这山峒中黯淡的日子。

“让我很快的说第六天的事罢。这一天我看到那疯子的眼睛放光，我可着急起来了。他一个人走出去折了许多山花拿到峒里来，自己很细心的在那里把花分开放到死尸身边各处去。他那种高兴神气，在我看来结果却是于我十分不利，因为除了到时女人当真复活外，我绝对没有好处。

“我不得不旧事重提，问他什么时候让我出去。本来我平常为人也就够谦卑了，我用着十分恭顺的态度，向他说：

“‘同年，我可以去了吗？你现在已经用不着我了。’

“他好象不懂这句话的意义，过了一会儿，我又说：

“‘我想回去了，不要到这里打你的岔。’

“‘……’

“‘我贺喜你，很愿意预备一点礼物送你，你明白吗？我想随意为你办一两样礼物，回去就可以买来。’

“‘……’

“‘你让我出去一会儿，看看太阳，吹吹风，好不好？我非常欢喜太阳，你说太阳不可爱吗？’

“‘……’

“‘我们如今真好象弟兄了，我们应当喝一点酒，庆祝这好事好日子。你不欢喜喝一杯那种辣辣的甜甜的烧酒吗？我实在想得那么一小杯酒。我觉得酒是好的。’

“‘……’

“‘你到什么地方折得那么多花？这花真美，不是桃花吗？几天来就开了，我也想去摘一点儿。你不是会爬树吗？我看你那样子一定很有点本领，因为你……我们到外边去取一个鸟窠来玩玩，你说好不好？’

“‘……’

“‘你会不会打鸟？你见过洋枪不见过？若欢喜这东西，我可以送你一枝。到我们那里取来试试，你一定非常满意。那种枪到茨棚里打野鸡、雪地里打斑鸠，全很合用。’

“‘……’

“‘我们吃的山薯真好，你打哪儿弄来的？你庄上有这个，是不是？你吃鸡蛋不用火烧，本事很好。这鸡蛋是自己家养的鸡下的，因为很新鲜，我看得出。’

“‘……’

“‘你看不看戏？我好象在戏场上见到你。’

“‘……’

“我把枚乘《七发》的本领完全使用到这个‘王子’方面，甜言蜜语的问他这样又问他那样，他竟毫不动心。他虽似乎听我的话，可是我明白这话说来还是费话。但我除了用空话来自救外，无其他方法可以脱去这危险地方，故到后我把方向再转变了一下，同他又来说关于起死回生的故事。我想这些齐东野语一定可以抓着他的想象。我为他说汉武故事，说王母成仙，东方朔偷桃挨打的种种情形，说唐明皇游月宫的情形，说西施浣纱的情形，说桃花源，说马玉龙和十三妹，皇帝、美人、剑仙、侠客，我但凭我所知道的，加上自己的胡诌，全说给这个人听。说去说来我已计穷了，他还是笑笑，不质问我一句话，不赞美，不惑疑，就只用一个微笑来报答我的工作。我相信，若果我是正在向一个青年女人求爱，我说话的和气、态度的诚恳，以及我种种要好的表示，女人即或最贞洁也不好意思再拒绝我的。可是遇到这个怪人，我就再说一年，也仍然完全失败了。

“让事情凑巧一点罢，因为一切都原是很凑巧的。我虽然遭了失败，可并不完全绝望。见到他虽不注意我的话，却并不就不高兴我说话，我只有一天的日子了，我断定明天若是女人没有复活，我就得有些不可免的灾难，若不乘到今天想出法子自救，到时恐赶不及了。我的生路虽不是用言语可得来，我的机会还是得靠到一点迎合投机的话。我认清了这是一个重要问题，坐在席上打算了老半天，到后又开了口。我明白先说那个方向不很对，还得找新的道儿，就说……

“这可中了。他笑得比先前放肆了一点，他有点惊愕，有点对于我知识渊博的希奇。他虽仍然不让步，当我重新提出意见，以为放我出去可好一点的时候，在摇头中我看出点头的意思。那时还是白天，我请求他许可我到栅门外去望望，他不答应可否，我看到有了让步，就拖了他的手走到栅边去，他到后便为我开了门。

“我看到太阳了！看到太阳光下的一切山，尖尖的山峰各处矗起来，如象画上的东西，到后我看到我的脚下，可差一点儿晕了。原来我们的山峒，前面的路是那么陡险，差不多一刀切下的石壁，真是梦境的景致！我一面敷衍到他，望到他的颜色，一面只能把那条下去的路径稍稍注意一下，即刻就被他一拖，随后那扇厚重的栅门訇的一关，我仍然回到地狱魔窟里了。

“到了晚上，我们各吃了一点山薯、一些栗子，我估计是我最好的机会来了，我重新把我日里说的那件事，提出来作为题目，向他说着，我并且告他，他应当让我避开一会儿。我见到他向我微笑，误会了他的意思，以为有了转机了，说话得更动人了一点。我形容从那些古怪的路到天堂去的人如何多，我在作撒旦的传教人，心里有点胡涂，不知应当说什么话才是我的活路，口上却离不了要他去试验的谵言。

“我以为这样就可以脱身，谁知我把事情完全弄错了，我这手臂这一只受伤的手臂，即刻就为他扭着，到后头上似乎受了重重的一击，醒回来时，我仿佛做梦，不知为什么却睡在稻草囤上。我是被夜风冷醒的，醒回来时还是非常迷乱，我看到天上的星子，仿佛全要掉下的样子，天角上流星曳着长长的苍白的线儿，远远的又听到狗叫，听到滩声。时间似乎去天亮已经不远了，因为我听到鸡声。我心想，这是我的幻觉，还是我已经仍然活到这世界上来了？

“到后我被一个乡下人发现了，因为我告他是市上医院的人，在他家里休息了一天，那时我已衰弱得躺到那草囤上一整日夜了。问这个人：我才知道我已离开市上有了五十里。

“你们要知道我今天刚一会儿打那里来，是不是？你们瞧我的脸嘴，我刚从市外一个理发馆里出来，我不是有十天不刮过脸了吗？我恐怕进城来吓了别人，所以才到那里坐坐，还欠了账跑来的，这师傅并不认识我，只告他是街上的先生，他也放得下心，可见得我们这地风气不坏，人心那么朴实。”

第二天，一个R市都知道了医生的事情，都说医生见了鬼。

一九三一年四月廿四日完成，上海

《八骏图》题记

近一年来我的事务杂一点，生活琐碎麻烦一点，有时自己嘲笑自己，称为“好管闲事的人”。另外一时书评家给我那个“多产作家”的头衔，就不得不暂时让给几个朋友顶替了。这一来，说不上是社会的损失，对于我个人实在近于生命的浪费。正因为每个人有一个人的工作，我似乎不应当让一些费力不讨好的事务占去大部分时间，一面还俨然是逃避了那种世俗的嘲笑，搁下了我这枝笔。活在中国作一个人并不容易，尤其是活在读书人圈儿里。大多数人都十分懒惰、拘谨、小气，又全都是营养不足，睡眠不足，生殖力不足。这种人数目既多，自然而然会产生一个观念，就是不大追问一件事情的是非好坏，“自己不作算聪明，别人作来却嘲笑”的观念。

这种观念普遍存在，适用到一切人事上，同时还适用到文学上。这观念反映社会与民族的堕落。憎恶这种近于被阉割过的寺宦观念，应当是每个有血性的青年人的感觉。目前的我仿佛把自己的工作已搁下了，我希望自明年起始，就能从自己工作上重新见出一份力量。这个集子的编印，说明我这一年来并没有完全放下我的原有工作，也没有完全消失那个力量。

一九三五年十二月十日作

八骏图

“先生，您第一次来青岛看海吗？”

“先生，您要到海边去玩，从草坪走去，穿过那片树林子，就是海。”

“先生，您想远远的看海，瞧，草坪西边，走过那个树林子——那是加拿大杨树，那是银杏树，从那个银杏树夹道上山，山头可以看海。”

“先生，他们说，青岛海同一切海都不同，比中国各地方海美丽。比北戴河呢，强过一百倍。您不到过北戴河吗？那里海水是清的、浑的？”

“先生，今天七月五号，还有五天学校才上课。上了课，您们就忙了，应当先看看海。”

青岛住宅区 ×× 山上，一座白色小楼房，楼下一个光线充足的房间里，到地不过五十分钟的达士先生，正靠近窗前眺望窗外的景致。看房子的听差，一面为来客收拾房子，整理被褥，一面就同来客攀谈。这种谈话很显然的是这个听差希望客人对他得到一个好印象的。第一回开口，见达士先生笑笑不理会。顺眼一看，瞅着房中那口小皮箱上面贴的那个黄色大轮船商标，觉悟达士先生是出过洋的人物了，因此就换口气，要来客注意青岛的海。达士先生还是笑笑的不说什么，那听差于是解嘲似的说，青岛的海与其他地方的海如何不同，它很神秘，很不易懂。

分内事情作完后，这听差搓着两只手，站在房门边说："先生，您叫我，您就按那个铃。我名王大福，他们都叫我老王。先生，我的话您懂不懂？"

达士先生直到这个时候方开口说话："谢谢你，老王。你说话我全听得懂。"

"先生，我看过一本书，学校朱先生写的，名叫《投海》，有意思。"这听差老王那么很得意的说着，笑眯眯的走了。天知道，这是一本什么书。

听差出门后，达士先生便坐在窗前书桌边，开始给他那个远在两千里外的美丽未婚妻写信。

瑷瑷：我到青岛了。来到了这里，一切真同家中一样。请放心，这里吃的住的全预备好好的！这里有个照料房子的听差，样子还不十分讨人厌，很欢喜说话，且欢喜在说话时使用一些新名词，一些与他生活不大相称的新名词。这听差真可以说是个“准知识阶级”，他刚刚离开我的房间，在房间帮我料理行李时，就为青岛的海，说了许多好话。照我的猜想，这个人也许从前是个海滨旅馆的茶房。他那派头很象一个大旅馆的茶房。他一定知道许多故事，记着许多故事。（真是我需要的一只母牛！）我想当他作一册活字典，在这里两个月把他翻个透熟。

我窗口正望着海，那东西，真有点迷惑人！可是你放心，我不会跳到海里去的。假若到这里久一点，认识了它，了解了它，我可不敢说了。不过我若一不小心失足掉到海里去了，我一定还将努力向岸边泅来，因为那时我心想起你，我不会让海把我攫住，却尽你一个人孤孤单单。

达士先生打量捕捉一点窗外景物到信纸上，寄给远地那个人看看，停住了笔，抬起头来时窗外野景便朗然入目。草坪树林与远海，衬托得如一幅动人的画。达士先生于是又继续写道：

> 我房子的小窗口正对着一片草坪，那是经过一种精密的设计，用人工料理得如一块美丽毯子的草坪，上面点缀了一些不知名的黄色花草，远远望去，那些花简直是绣在上面。我想起家中客厅里你作的那个小垫子。草坪尽头有个白杨林，据听差说那是加拿大种白杨林。林尽头便是一片大海，颜色仿佛时时刻刻都在那里变化：先前看看是条深蓝色缎带，这个时节却正如一块银子。

达士先生还想引用两句诗，说明这远海与天地的光色。一抬头，便见着草坪里有个黄色点子，恰恰镶嵌在全草坪最需要一点黄色的地方。那是一个穿着浅黄颜色袍子女人的身影。那女人正预备通过草坪向海边走去，随即消失在白杨树林里不见了。人俨然走入海里去了。

没有一句诗能说明阳光下那种一刹而逝的微妙感印。

达士先生于是把寄给未婚妻的第一个信，用下面几句话作了结束：

> 学校离我住处不算远，估计只有一里路，上课时，还得上一个小小山头，通过一个长长的槐树夹道。山路上正开着野花，颜色黄澄澄的如金子。我欢喜那种不知名的黄花。

达士先生下火车时上午 × 点二十分。到地把住处安排好了，写完信，就过学校教务处去接洽，同教务长商量暑期学校十二个钟头讲演的分配方法。事很简便的办完了，就独自一人跑到海滨一个小餐馆吃了一顿很好的午饭。回到住处时，已是下午 × 点了。便又起始给那个未婚妻写信，报告半天中经过的事情。

> 瑗瑗：我已经过教务处把我那十二个讲演时间排定了。所有时间皆在上午十点前。有八个讲演，讨论

的问题，全是我在北京学校教过的那些东西，我不用预备就可以把它讲得很好。另外我还担任四点钟现代中国文学，两点钟讨论几个现代中国小说家所代表的倾向。你想象得出，这些问题我上堂同他们讨论时，一定能够引起他们的兴味。今天五号，过五天方能够开学。

我应当照我们约好的办法，白天除了上堂上图书馆，或到海边去散步以外，就来把所见所闻一一告给你。我要努力这样作。我一定使你每天可以接到我一封信，这信上有个我，与我在此所见社会的种种，小米大的事也不会瞒你。

我现在住处是一座外表很可观的楼房。这原是学校特别为几个远地聘来的教授布置的。住在这个房子里一共有八个人，其余七个人我皆不相熟。这里住的有物理学家教授甲、生物学家教授乙、道德哲学家教授丙、汉史专家教授丁，以及六朝文学史专家教授戊等等。这些名流我还不曾见面，过几天我会把他们的神气一一告诉你。

我预备明天到校长家去，我明天将到他那儿吃午饭。我猜想得到，这人一见我就会说："怎么样？还可……？应当邀你那个来海边看看！我要你来这里不是害相思病，原就只是让你休息休息，看看海。一个人看海，也许会跌到海里去给大鱼咬掉的！"瑗瑗，你说，我应如何回答这个人。

下车时我在车站外边站了一会儿，无意中就见到一种贴在阅报牌上面的报纸。那报纸登载着关于我们的消息。说我们两人快要到青岛来结婚。还有许多事是我们自己不知道的，也居然一行一行的上了版，印出给大家看了。那个作编辑的转述关于我的流行传说时，居然还附加着一个动人的标题，"欢迎周达士先生"。我真害怕这种欢迎。我担心一会儿就会有人来找我。我应当有个什么方法，同一切麻烦离远些，方有时间给你写信。你试想想看，假若我这时正坐在桌边写信，一个不速之客居然进了我的屋子里，猝然发问："达士先生，你又在写什么恋爱小说！你一共写了多少？是不是每个故事都是真的？都有意义？"这询问真使人受窘！我自然没有什么可回答。然而一到第二天，他们仍然会写出许多我料想不到的事情！他们会说：达士先生亲口对记者说的。事实呢，他也许就从没见过我。

达士先生离开 ×× 时，与他的未婚妻瑗瑗说定，每天写一个信回 ××。但初到青岛第一天，他就写了三个信。第三个信写成，预备叫听差老王丢进学校邮筒里去时，天已经快夜了。

达士先生在住处窗边享受来到青岛以后第一个黄昏。一面眺望窗外的草坪——那草坪正被海上夕照烘成一片浅紫色。那种古怪色泽引起他一点回忆。

想起另外某一时，仿佛也有那么一片紫色在眼底炫耀。那是几张紫色的信笺，不会记错。

他打开箱子，从衣箱底取出一个厚厚的杂记本子，就窗前余光向那个书本寻觅一件东西。这上面保留了这个人一部分过去的生命。翻了一阵，果然的，一个“七月五日”标题的记事被他找出来了。

七月五日

一切都近于多余。因为我走到任何一处皆将为回忆所围困。新的有什么可以把我从泥淖里拉出？这世界没有“新”，连烦恼也是很旧了的东西。

读完这个，有一点茫然自失。大致身体为长途折磨疲倦了，需要一会儿休息。

可是达士先生一颗心却正准备到一个旧的环境里散散步。他重新去念着那个二年前七月五日寄给南京的×的一个信稿。那个原信是用暗紫色纸张写的，那个信发出时，也正是那么一个悦人眼目的黄昏。

然而人类事情常常有其相左的地方，上帝同意的人不同意，人同意的命运又不同意。×终于怀着一点儿悲痛，嫁给一个会计师了。×作了另外一个人的太太后，知道达士先生尚在无望无助中遣送岁月，便来信问达士先生，是不是要她作点什么事。为他效点劳。达士先生便写了个信，意在告给×，莫用过去那点幻想折磨她自己。

×，你信我已见到了，一切我都懂。一切不是人力所能安排的，我们才莫过分去勉强。我希望我们皆多有一分理知，能够解去爱与憎的缠缚。

听说你是很柔顺贞静作了一个人的太太，这消息使熟人极快乐。……死去了的人，死去了的日子，死去了的事，假若还能折磨人，都不应当留在人心上来受折磨；所以不是一个善忘的人企想“幸福”，最先应当学习的就是善忘。我近来正在一种逃遁中生活，希望从一切记忆围困中逃遁。与其尽回忆把自己弄得十分软弱，还不如保留一个未来的希望较好。

谢谢您在来信上提到那些故事，恰恰正是我讨厌一切写下的故事的时节。一个人应当去生活，不应当尽去想象生活！若故事真如您称赞的那么好，也不过只证明这个拿笔的人，很愿意去一切生活里生活，因为无用无能，方转而来虐待那一只手罢了。

您可以写小说，因为很明显的事，您是个能够把文章写得比许多人还好的女子。若没有这点自信力，就应当听一个朋友忠厚老实的意见。家庭生活一切过得极有条理，拿笔本不是必需的事。为你自己设想可不必拿笔，为了读者，你不能不拿笔了。中国还需要这种人，忘了自己的得失成败，来做一点事情。

我不久或过 ×× 来，我想看看那“我极爱她她可毫不理我”的女孩子。三年来我一切完了。我看看她，若一切还依然那么沉闷，预备回乡下去过日子，再不想麻烦人了。我应当保持一种沉默，到乡下生活十年，把最重要的一段日子费去。

再过两年我会不会那么活着？

一切人事皆在时间下不断的发生变化。第一，这个 × 去年病死了。第二，那个女孩子如今已成达士先生的未婚妻。第三，达士先生现在已不大看得懂那点日记与那个旧信上面所有的情绪。

他心想：人这种东西够古怪了，谁能相信过去，谁能知道未来？旧的，我们忘掉它。一定的，有人把一切旧的皆已忘掉了，却剩下某时某地一个人微笑的影子还不能够忘去。新的，我们以为是对的，我们想保有它，但谁能在这个人间保有什么？

在时间对照下，达士先生有点茫然自失的样子。先是在窗边痴着，到后来笑了。目前各事仿佛已安排对了。一个人应知足，应安分。天慢慢的黑下来，一切那么静。

瑗瑗：

暑期学校按期开了学。在校长欢迎宴席上，他似庄似谐把远道来此讲学的称为“千里马”；一则是人人皆赫赫大名，二则是不怕路远。假若我们全是千里马，我们现在住处，便应当称为“马房”了！

我意思同校长稍稍不同。我以为几个人所住的房子，应当称为“天然疗养院”才能名实相副。你信不信，这里的人从医学观点看来，皆好象有一点病。（在这里我真有个医生资格！）我不是说过我应当极为逃避那些麻烦我的人吗？可是，结果相反，三天以来同住的七个人，有六个人已同我很熟习了。我有时与他们中一个两个出去散步，有时他们又到我屋子里来谈天，在短短时期中我们便发生了很好的友谊。教授丁、丙、乙、戊，尤其同我要好。便因为这种友谊，我诊断他们都是病人。我说的一点不错，这不是笑话。这些教授中至少有两个人还有点儿疯狂，便是教授乙同教授丙。

我很觉得高兴，到这里认识了这些人，从这些专家方面，学了许多应学的东西。这些专家年龄有的已经五十四岁，有的还只三十左右。正仿佛他们一生所有的只是专门知识，这些知识有的同“历史”或“公式”不能分开，因此为人显得很庄严、很老成。但这就同人性有点冲突，有点不大自然。一个不到三十岁的小说作家，年龄同事业，从这些专家看来，大约应当属于“浪漫派”。正因为他们是“古典派”，所以对我这个“浪漫派”发生了兴味，发生了友谊。我相信我同他们的谈话，一面在检察他们的健康，一面也就解除了他们的“意结”。这些专家有的儿女已到大学三年级，早在学校里给同学写情书谈恋爱了，然而本人的心，真还是天真烂漫。这些人虽富于学识，却不曾享受过什么人生。便是一种心灵上的欲望，也被抑制着、堵塞着。我从这儿得到一点珍贵知识，原来十多年大家叫喊着“恋爱自由”这个名词，这些过渡人物所受的刺激，以及在这种刺激之下，藏了多少悲剧，这悲剧又如何普遍存在。

瑗瑗，你以为我说的太过分了是不是。我将把这些可尊敬的朋友神气，一个一个慢慢的写出来给你看。

达士

教授甲把达士先生请到他房里去喝茶谈天，房中布置在达士先生脑中留下那么一些印象：

房中小桌上放了张全家福的照片，六个胖孩子围绕了夫妇两人。太太似乎很肥胖。

白麻布蚊帐里有个白布枕头，上面绣着一点蓝花。枕旁放了一个旧式扣花抱兜。一部《疑雨集》，一部《五百家香艳诗》。大白麻布蚊帐里挂一幅半裸体的香烟广告美女画。

窗台上放了个红色保肾丸小瓶子、一个鱼肝油瓶子、一贴头痛膏。

教授乙同达士先生到海边去散步。一队穿着新式浴衣的青年女子迎面而来，擦身走过。教授乙回身看了一下几个女子的后身，便开口说：

“真希奇，这些女子，好象天生就什么事都不必做，就只那么玩下去，你说是不是？”

“……”

“上海女子全象不怕冷。”

“……”

“宝隆医院的看护，十六元一月，新新公司的卖货员，四十块钱一月。假若她们并不存心抱独身主义，在货台边相攸的机会，你觉不觉得比病房中机会要多一些？”

“……”

“我不了解刘半农的意思，女子文理学院的学生全笑他。”

走到沙滩尽头时，两人便越马路到了跑马场。场中正有人调马。达士先生想同教授乙穿过跑马场，由公园到山上去。教授乙发表他的意见，认为那条路太远，海滩边潮水尽退，倒不如湿沙上走走有意思些。于是两人仍回到海滩边。

达士先生说：

“你怎不同夫人一块来？家里在河南，在北京？”

“……”

“小孩子读书实在也麻烦，三个都在南开吗？”

“……”

“家乡无土匪倒好。从不回家，其实把太太接出来也不怎么费事；怎么不接出来？”

“……”

“那也很好，一个人过独身生活，实在可以说是洒脱、方便。但是，有时候不寂寞吗？”

“……”

“你觉得上海比北京好？奇怪。一个二十来岁的人，若想胡闹，应当称赞上海。若想念书，除了北京往那里走。你觉得上海可以——”

那一队青年女子，恰好又从浴场南端走回来。其中一个穿着件红色浴衣，身材丰满高长，风度异常动人。赤着两只脚，经过处，湿沙上便留下一列美丽的脚印。教授乙低下头去，从女人一个脚印上拾起一枚闪放珍珠光泽的小小蚌螺壳，用手指轻轻的很情欲的拂拭着壳上粘附的沙子。

“达士先生，你瞧，海边这个东西真美丽。”

达士先生不说什么，只是微笑着，把头掉向海天一方，眺望着天际白帆与烟雾。

道德哲学教授丙，从住处附近山中散步回到宿舍，差役老王在门前交给他一个红喜帖，“先生，有酒喝！”

教授丙看看喜帖是上海 × 先生寄来的，过达士先生房中谈闲天时，就说起 × 先生。

“达士先生，您写小说我有个故事给您写。民国十二年，我在杭州 ×× 大学教书，与 × 先生同事。这个人您一定闻名已久。这是个从五四运动以来有戏剧性过了好一阵热闹日子的人物！这 × 先生当时住在西湖边上，租了两间小房子，与一个姓□的爱人同住。各自占据一个房间，各自有一铺床。两人日里共同吃饭，共同散步，共同作事读书，只是晚上不共同睡觉。据说这个叫作‘精神恋爱’。× 先生为了阐发这种精神恋爱的好处，同时还著了一本书，解释它，提倡它。性行为在社会引起纠纷既然特别多，性道德又是许多学者极热烈高兴讨论的问题。当时倘若有只公鸡，在母鸡身边，还能作出一种无动于中的阉鸡样子，也会为青年学者注意。至于一个公人，能够如此，自然更引人注意，成为了不起的一件大事了。社会本是那么一个凡事皆浮在表面上的社会，因此 × 先生在他那份生活上，便自然有一种伟大的感觉，日子过得仿佛很充实。分析一下，也不过是佛教不净观，与儒家贞操说两种鬼在那里作祟罢了。

“有朋友问 × 先生，你们过日子怪清闲，家里若有个小孩，不热闹些吗？ × 先生把那朋友看得很不在眼似的说，嗨，先生，你真不了解我。我们恋爱哪里象一般人那种兽性；你真是——有眼不识泰山。你没看过我那本书吗？他随即送了那朋友一本书。

“到后丈母娘从四川省远远的跑来了，两夫妇不得不让出一间屋子给丈母娘住。两人把两铺床移到一个房中去，并排放下。另一朋友知道了这件事，就问他，× 先生如今主张会变了吧？ × 先生听到这种话，非常生气的说，哼，你把我当成畜生！从此不再同那个朋友来往。

“过了一年，那丈母娘感觉生活太清闲，那么过日子下去实在有点寂寞，希望作外祖母了。同两夫妇一面吃饭，一面便用说笑话口气发表意见，以为家中有个小孩子，麻烦些同时也一定可以热闹些。两夫妇不待老母亲把话说完，同声齐嚷起来：娘，你真是无办法。怎不看看我们那本书？两夫妇皆把丈母娘当成老顽固，看来很可怜。以为不受过高等教育的人，除了想儿女为她养孩子含饴弄孙以外，真再也没有什么高尚理想可言！

“再过一阵，女的害了病，害了一种因贫血而起的某种病。× 先生陪她到医生处去诊病。医生原认识两人，在病状报告单上称女的为 × 太太，两夫妇皆不高兴，勒令医生另换一纸片，改为□小姐。医生一看病人，已知道了病因所在，是在一对理想主义者，为了那点违反人性的理想把身体弄糟了。要它好，简便得很，发展兽性自然会好！医生有作医生的义务，就老老实实把意见告给 × 先生。× 先生听完，一句话不说，拉了女的就走。女的还不明白是怎么回事。× 先生说，这家伙简直是一个流氓、一个疯子，那里配作医生。后来且同别人说，这医生太不正经，一定靠卖春药替人堕胎讨生活。我要上衙门去告他。公家应当用法律取缔这种坏蛋，不许他公然在社会上存在，方是道理。

“于是女人改医生服中药，贝母当归煎剂吃了无数，延缠半年，终于死去了。× 先生在女的坟头立了一个纪念碑，石上刻字：我们的恋爱，是神圣纯洁的恋爱！当时的社会是不大吝惜同情的，自然承认了这件事。凡朋友们不同意这件事的，× 先生就觉得这朋友很卑鄙污浊，不了解人间恋爱可以作到如何神圣纯洁与美丽，永远不再同那个朋友往来。

“今天我却接到这个喜帖，才知道原来 × 先生八月里在上海又要同上海交际花结婚了，有意思。潮流不同了，现在一定不再坚持那个了。”

达士先生听完了这个故事，微笑着问教授丙：

“丙先生，我问您，您的恋爱观怎么样？”

教授丙把那个红喜帖摺叠成一个老猪头。

“我没有恋爱观。我是个老人了，这些事应当是儿女们的玩意儿了。”

达士先生房中墙壁上挂了个希腊爱神照片，教授丙负手看了又看，好象想从那大理石雕像上凹下处凸出处寻觅些什么，发现些什么。到把目光离开相片时，忽然发问：

“达士先生，您班上有个 ×××，是不是？”

“真有这样一个人。您怎么认识她？这个女孩子真是班上顶美……”

“她是我的内侄女。”

“哦，您们是亲戚！”

“这孩子还聪敏，书读得不坏，”说着，教授丙把视线再度移到墙头那个照片上去，心不在焉的问道：“达士先生，这照片是从希腊人的雕刻照下的吗？”这种询问似乎不必回答，达士先生很明白。

达士先生心想，“丙先生倒有眼睛，认识美。”不由得不来一个会心微笑。

两人于是同时皆有一个苗条圆熟的女孩子影子，在印象中晃着。

教授丁邀约达士先生到海边去坐船。乳白色的小游艇，支持了白色三角形小帆，顺着微风，向作宝石蓝颜色镜平放光的海面滑去。天气明朗而温柔。海浪轻轻的拍着船头和船舷，船身略侧，向前滑去时轻盈得如同一只掠水的小燕儿。海天尽头有一点淡紫色烟子。天空正有白鸟三五，从容向远海飞去。这点光景恰恰象达士先生另外一个记载里的情形。便是那只船，也如当前的这只船。有一点儿稍稍不同，就是坐在达士先生对面的一个人，不是医生，却换了一个哲学教授丁。

两人把船绕着小青岛去。讨论着当年若墨医生与达士先生尚未讨论结果的那个问题——女人，一个永远不能结束定论的议题！

教授丁说：

“大概每个人皆应当有一种辖治，才能象一个人。不管受神的、受鬼的、受法律的、受医生的、受金钱的、受名誉的、受牙痛的、受脚气的，必需有一点从外而来或由内而发的限制，人才能够象一个人。一个不受任何拘束的人，表面看来极其自由，其实他做什么也不成功。因为他不是个人。他无拘束，同时也就不会有多少气力。

“我现在若一点儿不受拘束，一切欲望皆苦不了我，一切人事我不管，这决不是个好现象。我有时想着就害怕。我明白，我自己居然能够活下去，还得感谢社会给我那一点拘束。若果没有它，我就自杀了。

“若墨医生同我在这只小船上的座位虽相差不多，我们又同样还不结婚。可是，他讨厌女人，他说：一个女人在你身边时折磨你的身体，离开你身边时又折磨你的灵魂。女子是一个诗人想象的上帝，是一个浪子官能的上帝。他口上尽管讨厌女人，不久却把一个双料上帝弄到家中作了太太，在裙子下讨生活了。我一切恰恰同他相反。我对女人，许多女人皆发生兴味。那些肥的，瘦的，有点儿装模作样或是势利浅浮的，似乎只因为她们是女子，有女子的好处，也有女子的弱点，我就永远不讨厌她们。我不能说出若墨医生那种警句，却比他更了解女子。许多讨厌女子的人，皆在很随便情形下同一个女子结了婚。我呢，我欢喜许多女人，对女人永远倾心，我却再也不会同一个女人结婚。

“照我的哲学崇虚论来说，我早就应当自杀了。然而到今天还不自杀，就亏得这个世界上尚有一些女人。这些女人我皆很情欲的爱着她们。我在那种想象荒唐中疯人似的爱着她们。其中有一个我尤其倾心，但我却极力制止我自己的行为，始终不让她知道我爱她。我若让她知道了，她也许就会嫁给我。我不预备这一着。我逃避这一着。我只想等到她有了四十岁，把那点女人极重要的光彩大部分已失去时，我再去告她，她失去了的，在我心上还好好的存在。我为的是爱她，为的是很情欲的爱她，总觉得单是得到了她还不成，我便尽她去嫁给一个明明白白一切皆不如我的人，使她同那男子在一处消磨尽这个美丽生命。到了她本身已衰老时，我的爱一定还新鲜而活泼。

“您觉得怎么样，达士先生？”

达士先生有他的意见：

“您的打算还仍然同若墨医生差不多。您并不是在那里创造哲学，不过是在那里被哲学创造罢了。您同许多人一样，放远期账，表示远见与大胆，且以为将来必可对本翻利。但是您的账放得太远了，我为您担心。这种投资我并无反对理由，因为各人有各人耗费生命的权利和自由，这正同我打量投海，觉得投海是一种幸福时，您不便干涉一样。不过我若是个女人，对于您的计划，可并无多少兴味。您虽有哲学，却缺少常识。您以为您到了那个年龄，脑子还能象如今这样充满幻想，且以为女子到了四十岁，也还会如十八岁时那么多情善感。这真是胡涂。我敢说您必输到这上面。您若有兴味去看一本关于 ×× 的书籍，您会觉得您那哲学必需加以小小修改了。您爱她，得给她。这是自然的道理。您爱她，使她归您，这还不够，因为时间威胁到您的爱，便想违反人类生命的秩序，而且说这一切是为女人着想。我看看，这同束身缠脚一样，不大自然，有点残忍。”

“你以为这个事太不近情，是不是？我们每一个人皆可听凭自己意志建筑一座礼拜堂，供奉自己所信仰的那个上帝。我所造的神龛，我认为是世界上最美丽的神龛。这事由你看来，这么办耗费也许大一点。可是恋爱原本就是一种奢侈的行为。这世界正因为吝啬的人太多了，所以凡事总做不好。我觉得吝啬原邻于愚蠢。一个人想把自己人格放光，照耀蓝空，炫人眼目如金星，愚蠢人决做不出。”

“您想这么作是中了戏剧的毒。您能这么作可以说是很有演剧的天才。我承认您的聪明。”

“你说对了，我是在演剧。很大胆的把角色安排下来，我期待的就正是在全剧进行中很出众，然而近人情，到重要时忽然一转，尤其惊人。”

达士先生说：

“说得对。一个人若真想把自己全生活放在热闹紧张场面上发展，放在一种变态的不自然的方法中去发展，从一个艺术家眼里看来，没有反对的道理。一切艺术原皆不容许平凡。不过仍然用演戏取譬，你想不想到时间太久了一点，您那个女角，能不能支持得下去？世界上尽有许多女人在某一小时具有为诗人与浪子拜倒那个上帝的完美，但决不能持久。您承认她们到某一时会把生命光彩失去，却不想想一个表面失去了光彩的女人，还剩下一些什么东西。”

“那你意思怎么样？”

“爱她，得到她。爱她，一切给她。”

“爱她，如何能长久得到她？一切给她，什么是我？若没有我，怎么爱她？”

达士先生知道教授戊是个结了婚后一年又离婚的人，想明白他对于这件事的意见同感想。下面是教授戊的答案：

女人，多古怪的一种生物！你若说“我的神，我的王后，你瞧，我如何崇拜你！让莎士比亚的胸襟为一个女人而碎罢，同我来接一个吻！”好辞令。可是那地方若不是戏台，却只是一个客厅呢？你将听到一种不大自然的声音（她们照例演戏时还比较自然），她们回答你说：“不成，我并不爱你。”好，这事也就那么完结了。许多男子就那么离开了她的爱人，男的当然便算作失恋。过后这男子事业若不大如意，名誉若不大好，这些女人将那么想：“我幸好不曾上当。”但是，另外某种男子，也不想作莎士比亚，说不出那么雅致动人的话语。他要的只是机会。机会许可他傍近那个女子身边时，他什么空话都不必说，就默默的吻了女人一下。这女子在惊慌失措中，也许一伸手就打了他一个耳光。然而男子不做声，却索性抱了女子，在那小小嘴唇上吻个一分钟。他始终没有说话，不为行为加以解释。他知道这时节本人不在议会，也不在课室，他只在作一件事！结果，沉默了。女人想："他已吻过我了。"同时，她还知道了接吻对于她毫无什么损失。到后，她成了他的妻子。这男人同她过日子过得好，她十年内就为他养了一大群孩子，自己变成一个中年胖妇人；男子不好，她会解说：这是命。

是的，女人也有女人的好处。我明白她们那些好处。上帝创造她们时并不十分马虎，既给她们一个精致柔软的身体，又给她们一种知足知趣的性情，而且更有意思，就是同时还给她们创造一大群自作多情又痴又笨的男子，因此有恋爱小说，有诗歌，有失恋自杀，有——结果便是女人在社会上居然占据一种特殊地位，仿佛凡事皆少不了女人。

我以为这种安排有一点错误。从我本身起始，想把女人的影响、女人的牵制，尤其是同过家庭生活那种无趣味的牵制，在摆脱得开时乘早摆脱开。我就这样离了婚。

达士先生向草坪望着，“老王，草坪中那黄花叫什么名？”

老王不曾听到这句话，不做声。低头作事。

达士先生又说 ：“老王，那个从草坪里走来看庚先生的女人是什么人？”

听差老王一面收拾书桌一面也举目从窗口望去，“××女子中学教书先生。长得很好，是不是？”说着，又把手向楼上指指，轻声的说 ：“快了，快了。”那意思似乎在说两人快要订婚，快要结婚。

达士先生微笑着 ：“快什么了？”

达士先生书桌上有本老舍作的小说，老王随手翻了那么一下，“先生，这是老舍作的，你借我这本书看看好不好？怎么这本书名叫《离婚》？”

达士先生好象很生气的说 ：

“怎么不叫《离婚》？我问你，老王。”

楼上电铃忽响，大约住楼上的教授庚，也在窗口望见了经草坪里通过向寄宿舍走来的女人了，呼唤听差预备一点茶。

一个从 ×× 寄过青岛的信——

达士先生：

你给我为历史学者教授辛画的那个小影，我已见到了。你一定把它放大了点。你说到他向你说的话，真不大象他平时为人。可是我相信你画他时一定很忠实。你那枝笔可以担保你的观察正确。这个速写同你给其他先生们的速写一样各自有一种风格，有一种跃然纸上的动人风格，我读他时非常高兴。不过我希望你……因为你应当记得着，你把那些速写寄给什么人。教授辛简直是个疯子。

你不说宿舍里一共有八个人吗？怎么始终不告给我第七个是谁。你难道半个月以来还不同他相熟？照我想来这一定也有点原因。好好的告给我。

天保佑你。

瑗瑗

达士先生每当关着房门，记录这些专家的风度与性格到一个本子上去时，便发生一种感想：“没有我这个医生，这些人会不会发疯？”其实这些人永远不会发疯，那是很明白的。并且发不发疯也并非他注意的事情，他还有许多必需注意的事。

他同情他们，可怜他们。因为他自以为是个身心健康的人。他预备好好的来把这些人物安排在一个剧本里，这自以为医治人类灵魂的医生，还将为他们指示出一条道路，就是凡不能安身立命的中年人，应勇敢走去的那条道路。他把这件事，描写得极有趣味的寄给那个未婚妻去看。

但这个医生既感觉在为人类尽一种神圣的义务，发现了七个同事中有六个心灵皆不健全，便自然引起了注意另外那一个健康人的兴味。事情说来希奇，另外那个人竟似乎与他“无缘”。那人的住处，恰好正在达士先生所住房间的楼上，从 ×× 大学欢迎宴会的机会中，那人因同达士先生座位相近，× 校长短短的介绍，他知道那是经济学者教授庚。除此以外，就不能再找机会使两人成为朋友了。两人不能相熟自然有个原因。

达士先生早已发现了，原来这个人精神方面极健康，七个人中只有他当真不害什么病。这件事得从另外一个人来证明，就是有一个美丽女子常常来到寄宿舍，拜访经济学者庚。

有时两人在房子里盘桓，有时两人就在窗外那个银杏树夹道上散步。那来客看样子约有二十五六岁，同时看来也可以说只有二十来岁。身材面貌皆在中人以上。最使人不容易忘记，就是一双诗人常说“能说话能听话”的那种眼睛。也便是这一双眼睛，因此使人估计她的年龄，容易发生错误。

这女人既常常来到宿舍，且到来以后，从不闻一点声息，仿佛两人只是默默的对坐着。看情形，两个人感情很好。达士先生既注意到这两个人，又无从与他们相熟，因此在某一时节，便稍稍滥用一个作家的特权，于一瞥之间从女人所得的印象里，想象到这个女子的出身与性格，以及目前同教授庚的关系。

这女子或毕业于北平故都的国立大学，所学的是历史，对诗词具有兴味，因此词章知识不下于历史知识。

这女子在家庭中或为长女。家中一定是个绅士门阀，家庭教育良好，中学教育也极好。从 × 大学历史系毕业后，就来到 ×× 女子中学教书，每星期约教十八点钟课，收入约一百元左右。在学校中很受同事与学生敬爱，初来时，且间或还会有一个冒险的、不大知趣的山东籍国文教员，给她一种不甚得体的殷勤。然而那一种端静自重的外表，却制止了这男子野心的扩张。还有个更重要的原因，便是北京方面每天皆有一个信给她，这件事从学校同事看来，便是“有了主子”的证明，或是一个情人，或是一个好友，便因为这通信，把许多人的幻想消灭了。这种信从上礼拜起始不再寄来，原来那个写信人教授庚已到了青岛，不必再写什么信了。

这女人从不放声大笑，不高声说话，有时与教授庚一同出门，也静静的走去，除了脚步声音便毫无声响。教授庚与女人的沉默，证明两人正爱着，而且贴骨贴肉如火如荼的爱着。惟有在这种症候中，两个人才能够如此沉静。

女人的特点是一双眼睛，它仿佛总时时刻刻在警告人、提醒人。你看她，它似乎就在说 ：“您小心一点，不要那么看我。”一个熟人在她面前说了点放肆话，有了点不庄重行动，它也不过那么看看。这种眼光能制止你行为的过分，同时又俨然在奖励你手足的撒野。它可以使俏皮角色诚实稳重，不敢胡来乱为，也能使老实人发生幻想，贪图进取。它仿佛永远有一种羞怯之光；这个光既代表贞洁，同时也就充满了情欲。

由于好奇，或由于与好奇差不多的原因，达士先生愿意有那么一个机会，多知道一点点这两人的关系。因为照他的观察来说，这两人关系一定不大平常，其中有问题、有故事。再则，女的那一份沉静实在吸引着他，使他觉得非多知道她一点不可，而且仿佛那女人的眼光，在达士先生脑子里，已经起了那么一种感觉：“先生，我知道你是谁。我不讨厌你。到我身边来，认识我，崇拜我，你不是个胡涂人，你明白，这个情形是命定的，非人力所能抗拒的。”这是一种挑战，一种沉默的挑战。然而达士先生却无所谓。他不过有点儿好奇罢了。

那时节，正是国内许多刊物把达士先生恋爱故事加以种种渲染，引起许多人发生兴味的时节。这个女人必知道达士先生是个什么人，知道达士先生行将同谁结婚，还知道许多达士先生也不知道的事，就是那种失去真实性的某一种铺排的极其动人的谣言。

达士先生来到青岛的一切见闻，皆告诉给那个未婚妻，上面事情同一点感想，却保留在一个日记本子上。

达士先生有时独自在大草坪散步，或从银杏夹道上山去看海，有三四次皆与那个经济学者一对碰头。这种不期而遇也可以说是什么人有意安排的。相互之间虽只随随便便那么点一点头各自走开，然而在无形中却增加了一种好印象。当达士先生从那个女人眼睛里再看出一点点东西时，他逃避了那一双稍稍有点危险的眼睛，散步时走得更远了一点。

他心想："这真有点好笑。若在一年前，一定的，目前的事会使我害一种很厉害的病。可是现在不碍事了。生活有了免疫性，那种令人见寒作热的病全不至于上身了。"他觉得他的逃避，却只是在那里想方设法使别人不至于害那种病。因为那个女人原不宜于害病，那个教授庚，能够不害那一种病，自然更好。

可是每种人事原来皆俨然被一只看不见的手所安排。一切事皆在凑巧中发生，一切事皆在意外情形下变动。

××学校的暑期学校演讲行将结束时，某一天，达士先生忽然得到一个不具名的简短信件，上面只写着这样两句话：

学校快结束了，舍得离开海吗？（一个人）

一个什么人？真有点离奇可笑。

这个怪信送到达士先生手边时，凭经验，可以看出写这个信的人是谁。这是一颗发抖的心同一只发抖的手，一面很羞怯，又一面在狡猾的微笑，把信写好亲自付邮的。不管这个人是谁，不管这信写得如何简单，不管写这个信的人如何措辞，达士先生皆明白那种来信表示的意义。达士先生照例不声不响，把那种来信搁在一个大封套里。一切如常，不觉得幸福也不觉得骄傲。间或也不免感到一点轻微惆怅。且因为自己那份冷静，到了明知是谁以后，表面上还不注意，仿佛多少总辜负了面前那年青女孩子一份热情、一份友谊。可是这仍然不能给他如何影响。假若沉静是他分内的行为，他始终还保持那份沉静。达士先生的态度，应当由人类那个习惯负一点责。应当由那个拘束人类行为，不许向高尚纯洁发展，制止人类幻想，不许超越实际世界，一个有势力的名辞负点责。达士先生是个订过婚的人。在“道德”名分下，把爱情的门锁闭，把另外女子的一切友谊拒绝了。

得到那个短信时，达士先生看了看，以为这一定又是一个什么自作多情的女孩子写来的。手中拈着这个信，一面想起宿舍中六个可怜的同事，心中不由得不侵入一点忧郁。“要它的，它不来；不要的，它偏来。”这便是人生？他于是轻轻的自言自语说：“不走，又怎么样？一个真正古典派，难道还会成一个病人？便不走，也不至于害病！”的确，就因事留下来，纵不走，他也不至于害病的。他有经验，有把握，是个不怕什么魔鬼诱惑的人。另外一时他就站过地狱边沿，也不炫目，不发晕。当时那个女子，却是个使人值得向地狱深阱跃下的女子。他有时自然也把这种近于挑战的来信，当成青年女孩子一种大胆妄为的感情的游戏，为了训练这些大胆妄为的女孩子，他以为不作理会是一种极好的处置。

瑗瑗：

我今天晚车回 ×× 达

达士先生把一个简短电报亲自送到电报局拍发后，看看时间还只五点钟。行期既已定妥，在青岛勾留算是最后一天了。记起教授乙那个神气，记起海边那种蚌壳。当达士先生把教授乙在海边拾蚌壳的一件事情告给瑗瑗时，回信就说：不要忘记，回来时也为我带一点点蚌壳来。我想看看那个东西！

达士先生出了电报局，因此便向海边走去。

到了海水浴场，潮水方退，除了几个骑马会的外国人骑着黑马在岸边奔跑外，就只有两个看守浴场工人在那里收拾游船，打扫沙地。达士先生沿着海滩走去，低着头寻觅这种在白沙中闪放珍珠光的美丽蚌壳。想起教授乙拾蚌壳那副神气，觉得好笑。快要走到东端时，忽然发现湿沙上有谁用手杖斜斜的划着两行字迹，走过去看看，只见沙上那么写着：

这个世界也有人不了解海，不知爱海。也有人了解海，不敢爱海。

达士先生想想那个意思，笑了。他是个辨别笔迹的专家，认识那个字迹，懂得那个意义。看看潮水的印痕，便知道留下这种玩意儿的人，还刚刚离此不久。这倒有点古怪。难道这人就知道达士先生今天一早上会来海边，恰好先来这里留下这两行字迹？还是这人每天皆来到海边，写那么两行字，期望有一天会给达士先生见到？不管如何，这方式显然的是在大胆妄为以外，还很机伶狡狯的，达士先生皱眉头看了一会儿，就走开了。一面仍然低头走去，一面便保护自己似的想道："鬼聪明，你还是要失败的。你太年青了，不知道一个人害过了某种病，就永远不至于再传染了！你真聪明，你这点聪明将来会使你在另外一件事情上成就一件大事业，但在如今这件事情上，应当承认自己赌输了！这事不是你的错误，是命运。你迟了一年。……"然而不知不觉，却面着大海一方，轻轻的抒了一口气。

不了解海，不爱海，是的。了解海，不敢爱海，是不是？

他一面走一面口中便轻轻数着，"是——不是？不是——是？"

忽然间，沙地上一件新东西使他愣住了。那是一对眼睛，在湿沙上画好的一对美丽眼睛。旁边还那么写着：“瞧我，你认识我！”是的，那是谁，达士先生认识得很清楚的。

一个爬沙工人用一把平头铲沿着海岸走来，走过达士先生身边时，达士先生赶着问：“慢点走，我问你，你知不知道这是谁画的？”说完，他把手指着那些骑马的人。那工人却纠正他的错误，手指着山边一堵浅黄色建筑物，“哪，女先生画的！”

“你亲眼看见是个女先生画的？”

工人看看达士先生，不大高兴似的说：“我怎不眼见？”

那工人说完，扬扬长长的走了。

达士先生在那沙地上一对眼睛前站立了一分钟，仍然把眉头略微皱了那么一下，沉默的沿海走去了。海面有微风皱着细浪。达士先生弯腰拾起了一把海沙向海中抛去。“狡猾东西，去了吧。”

十点二十分达士先生回到了宿舍。

听差老王从学校把车票取来，告给达士先生，晚上十一点二十五分开车，十点半上车不迟。

到了晚上十点钟，那听差来问达士先生，是不是要把他行李先送上车站去。就便还给达士先生借的那本《离婚》。达士先生会心微笑的拿起那本书来翻阅，却给听差一个电报稿，要他到电报局去拍发。那电报说：

瑗瑗：我害了点小病，今天不能回来了。我想在海边多住三天；病会好的。

达士

一件真实事情，这个自命为医治人类灵魂的医生，的确已害了一点儿很蹊跷的病。这病离开海，不易痊愈的，应当用海来治疗。

一九三五年夏作

《一个母亲》序

因为生存的枯寂烦恼，我自觉写男女关系时仿佛比写其他文章还相宜。对于这方面，我没有什么经验。写这问题，可没有和我平时创作的态度两样，在男女因情感所起冲突中，我只尽我的观察，理解、解释这必然的发展变化。我并不在几个角色中有意加以责备或袒护的成见，我似乎也不应当有。我并不如据说在国内称为“批评家”权威辈说的成心在那里赞美情欲或讥讽绅士。只是以我的客观态度描写一切现实，而内中人物在我是无爱憎的。倘若还有人还要把这个引为“同道”或“异端”，想以他个人的趣味作我文章的尺度，我觉得这人是在极其可笑情形中白费了他的气力，实在为他可惜。因为我这作品并不是为等待这些毁誉而写成，我劝他还是去介绍他熟人一本新著，得到认可和赞许的机会可多一点。我这种试验性的作品，说真话，还不值得批评！

在技术上，我为我作品，似有说明必要的，是我自己先就觉得我走的路到近来越发与别人相远。与别人不同，这成败是不可知的，因为最好的批评家是时间。时间延展，虽其中免不了侥幸，但无论如何，把作品付之于时间，是比之付于现在由书业中大老板所支配指定的批评者手中为可靠的。既是后话可不提。至于目下，我得承认我工作是完全失败了。看到一般人，对于章回体看来不费脑力的作品感到倾心，我不承认我的失败是不行的。在许多近人名家作品中，对于他们的作品使我感到佩服的，是他们空话之多。他们真不愧为在那里创造理想中人物，不过似乎常常是理想过高，因此结果从这些作品中反映出人物都同平常人两样，虽然他们还自夸是“高度写实”，人的脸也象是用尺寸规画出来的，不走丝毫。因为把字数延长，他们就令每一个书中人都经常喋喋不休，说上一些没有关系的空话。因为有“思想”，他们有时就借一个厨子的口来说明“国际联盟”以及不下于国际联盟那么与二十世纪中国某公馆厨子毫不相干的问题。他们想到革命，就写革命，想到恋爱非三角不行，本来只有两个，也就想方设法勉强再凑上一位。他们表现理想中人物的人格，却依赖这纸上的英雄独唱，毫不悭吝一切豪华美丽的言语，只以为一说出来一切问题就从作品中人物言谈行动上得到了正确解决。他们所谓“抓着时代”，在时代中产生时代作品，那种态度和方法，其实还是中国往日名士诗人“即兴”一样，自然他们各人都有理由说某一方面才认为是可以讥诮的“即兴”，某一方面是“忠于时代”。到底这些人是聪明人，在一切方便中他们是轻轻易易就完全成功了的。中国当然是需要一种继续章回传奇与《聊斋志异》侦探香艳小说的作品，天才名家，应运而生，没有什么可怪处。他们能得大众的了解与同情，是他们把习惯的一套给了时代，可不象是时代真正给了他们什么。

上面我说的话，是偏于对表现技术而联带及思想意识我个人的态度，我愿意也有人相信我的话不完全是个人的牢骚。时下名作家们，是有以疏忽此点反而成功的事实作证明足以自傲。批评家们又以“通顺可作中学教本”的话而奖励了这种作品而作成普遍推广宣传的。这些人完全是“聪明人”。

我的见解是明知自己失败，却找不出对成功者以尊敬机会。在走不去的荆棘塞途的僻路上，将凭我执拗顽固的蠢处，完成我自己所能走的一段路。我以为一件作品对外景只在说明充实背景的需要而存在。说明上文字的节制是必需的，这是我有意疏于写景的一种解释。我以为表现一个理想或讨论一种问题，既然是附丽到创作中，那么即或形式是小说的形式，在对话动作种种事情方面，适当节制为势所必需，过分的铺张应当是一样忌讳，观察详细又不可缺少，一切应当从需要作考虑。这是我在描写上不能夸张复有琐碎的一种解释。

假若有人问到：作品中的孩子，结论到底是怎么样？对于这样疑问，我一时还找不到适当回答。因为孩子还是一个孩子，年纪只是一岁或三岁，有一个日益发胖温和“伟大”的父亲，同时又有一个“富于人性慈爱”的母亲，就正是一般孩子在幼小时所需要的一种家庭。一个正常家庭的情形，使孩子能好好的活到世界上，不寒不饥，有病时可以及时吃药，疲倦时能睡到母亲怀抱内或极精美安适的摇床内，也就可以说是孩子所希望的合理结论了。

一个母亲

第一章

一

“在他们间居然有了孩子……”一些不很知道他们生活，又略与他们夫妇相熟的人，当孩子出世以后，是曾那样用着稍稍奇怪的意义，把这孩子出世的消息议论到的。

孩子满了周岁，外祖母远自三千里外，托了来京的便人，把许多小孩子的衣帽玩具装满一箱寄来。同时为这做母亲的女儿写了长长的信，信上充满了这老人家自觉的幸福，还用一些略带骄傲的语气，说如何把寄去的相片给了亲戚们看，如何做梦梦到这小孩子的长大成人，牵了外祖母的手走路，如何……凡是可以使老年人高兴的一切全写到了。

一对夫妇结了八年婚，对于小孩子似乎是无望了，忽然使一个人做了外祖母，这做外祖母的心情忽然增了若干孩气是当然了。

来信的时节，正是母亲把孩子换了白色的干净衣服，放到白色藤制小卧车中，预备推向公园去的时节。草草读完信的母亲，把箱开了，一件件取出那些小孩子的东西来，小鞋小帽皮球口琴喇叭裤褂……一面向小孩子逗着，把每一件东西都给放在小孩子手上，一刻又取去丢到一旁，一面又向站在身旁的王妈笑，奇怪乡下的老太，亏她想得到会这样那样塞了这一箱子。

“看，小菩萨也拿来了！”说时她把一个泥佛拿在手上。“这是送我的，我小时候就只想得这样一个泥佛玩。做梦也这样打算，到大王寺偷他一个来放到枕头下当宝物。瞧，老太不知到什么地方得到这东西。上面有字，是庙里来的，真好笑！”

她把那小泥佛给孩子，孩子不知道这东西用处，就放到口边去。她又把它从孩子手中抢回。“嗨，这是糖吗？这也吃得吗？应当归我，宝宝，你只能玩糖做的菩萨。王妈，把这个放到我镜台上去。你瞧，这个手工，不平常，你小心莫掉到地下！”她谨谨慎慎的把泥佛交给了妈子，第二次拣出了一个球，放到孩子手上，“宝宝，你吃得下这个就吃。”

把每一件东西取出，她总用那又惊讶又欢喜的口吻，或者说“这外祖母才好笑！”或者说“这也拿来！”或者说“全是送我的，宝宝没有分！”

本来已经二十六岁的母亲，到这时只象十八岁的姑娘。远地的来信同东西，把外祖母一方面做母亲的爱全带来，使孩子的母亲也成为大孩子了。

听到外面卖花的喊花，她想起应当去公园，太晏了，太阳会大，所以才胡乱的把箱子中物件放下，推了小孩的车离了家。

到了公园树荫下，她望到孩子的脸，目光不忍一刻离开。孩子一岁了，肥壮，干净，活泼，白的小脚板使做母亲的只想放到嘴边，全身都有一种香甜气息。

孩子还会咧了小小的口作笑样子，还会喊妈妈爸爸，在世界上他有他的地位，在母亲的心中地位更看不出他的渺小。

公园中这几日来因为天气太热，树木都象很疲倦，园中每早都有小工拿了水龙头各处洒水。望到这些洒水人做事情形，在平时，她总想起一件可笑的事，就是小时候看求雨的人扛着草扎的龙，到人家门前，各人把满瓢的水向头上浇去的情形。她为什么只想到这件事，那是奇怪的很，因为这草龙，这满瓢的水，同自己有着大的关系在，而孩子，也有分。不过过去的事如过去的春天，只要一成了过去，仿佛所余就只是一个梦了，所以纵孩子还在身边，孩子的小小的脸貌和那种顾盼神气，都可以使母亲想起一些应当流泪的故事。但因为目前生活的平静，心情成为纯然母性的心情，不能把另一时的事扰乱自己目下的心，见到水龙想起其余的一切，她也只当成一个可笑的联想了。

今天仍然见到小工在那坪里作事，水从龙头喷出，在朝日下成虹彩。水中有虹彩在，外祖母的信，在后面，似乎还赞美了孩子的像相。“水中有虹”，这样想，她有点不自在了。信就在袋中，她把它取出重新来看。

来信说：他们说孩子叫奇生，是谁取的？他们说孩子象妈，不象父亲。孩子都说长得太好，我听到这话有一千次了，自然你可以笑我是有一千次把他的相给人看的缘故，才会听到这样多赞美。我为他到万佛林许得有愿。我为他算命，据说比他父亲还聪明。信上完全说孩子，也完全好象只有孩子口中才说得出的话，看到后来这母亲忽然站起来想避开孩子，有到另一个无人地方哭一次的需要了。她用两只手把一叠信纸扭成一根绳，走到离开小孩有一丈以外地方去，望着天上的白云，颜色沮败，如害了病。

云在蓝天作衬的空中缓缓的飞。

缓缓移动的云象是非常蕴藉的用那飘逸的姿态，说明自己是无事不知，只不开口。聪明的人既能仰目欣赏，当能追忆过去任何时天上的云所看到地下的事。

这母亲感到孤独了。她需要援助，但越更怕望那小孩所在的一方。

她想：这奇怪，忽然有这样心情。

她想：自己真是可怜的人，生到这世界上。

她想：这一年来是为小孩子而活；这时，为自己，所以，重新来做呆子，不快活了。

虽然怎样自己解释，用各样辩解对自己加以饶恕，用好的未来原谅了自己不愉快的过去，仍然是为一些东西咬在心上不放，有一种说不分明的苦痛纠缠。她为了设法保持自己前一时的那样心上和平，就仍然鼓了勇气走到孩子车边来逗孩子。

孩子见了母亲就笑。母亲也勉强笑。

低头看孩子的笑，在这天真纯洁的生命上，反映出的是母亲的蕴藉于心中深处的罪孽的自责。

她不能不想一些与小孩子有关的事情。

“孩子不象爸，象妈。”

她记着在胡涂情形中的外祖母这话，再去详细望孩子，她望得出许多地方孩子是既不象妈也不象爸的有另一种风度存在的。鼻子，耳，长的眼，向上略竖的眉，以及笑时口角的带媚的垂线，全是那个人。这母亲，两年前，就因为这种笑，使自己冒了一种险，勇敢的作了一些自己在另一时想来也颇吃惊的事。命运的作弄成为人们追悔的根由，一时稍稍任性，一切的事一眨眼又成为过去，不能稍稍凝固，逝去了。人事随时间逝去，仍然凝固下来仿佛作成了生命上一种嘲弄表记的就是这孩子。但直到如今，情形是就是那名义上做父亲的人，也似乎毫不对于他自己地位加以疑惑，因而感到苦闷的。正因为外祖母，父亲，以至于熟人，都有这信任，没有人愿意对他自己亲权加以一分疑惑，所以母亲才能看到这孩子长大。孩子如今是出了世的第一周年，孩子的来由，是两年前的事了。

事虽是两年前事，但她想来又象是许久许久以前的事了。若非今天孩子的外祖母的来信，虽是纵把孩子抱在手上也不至于再去想起孩子出世因缘的。

她想起她的秘密，重新温习当时的任性的行为，对于孩子，就生了另外一种怜悯，极温柔的把孩子抱到怀中，把小手捂在自己的嘴边。坐到树荫木椅上了。

一朵白云在头上过去。母亲指云给小孩看。

“宝宝，这是云。”

孩子就说“云”。

“云是宝宝的爸爸。”

小孩子就又说“爸爸”。

“云是爸爸。”

“云——爸爸。”

一个名字叫做云的青年在母亲印象中涌起，母亲独自作着无望无助的微笑。

她笑了，她心中，为自己这微笑感到严肃，她第二次还是微笑。

二

到了十二点钟，那“父亲”从一个信托公司回到家中来吃午饭了。母亲同孩子是早已转家了的。母亲仍然在孩子身边，清理外祖母为孩子寄来的那一箱各样东西。孩子坐在小椅上，拿了球又拿了喇叭，还想要葫芦。这孩子性情有一种遗传——不知节制的贪多。

父亲回来衣还不曾脱，就到孩子身边去，抱了孩子把孩子高高举起。

“呀，宝宝，什么人送宝宝的这样多！”

那母亲仍然用在公园中那意义微笑，且轻巧的说：

“娘寄了一箱子东西来，早上送来的。”她把箱中物件指点给那父亲看，“这里，宝宝小帽子；这里，皮鞋；这里，短衣，绣花的，费好大功夫呀！还有这些。”她指的是一堆玩具。

“母亲真是有趣味，够她的收集！”

“还有奇怪的哩。”

她忽然想起了那泥佛。“王妈，拿那菩萨来。”王妈正预备走进房去，这母亲忽又自己争到去拿，一会儿这泥佛就在父亲手上欣赏了。

母亲把泥佛当第二孩子那样珍重，她见到孩子父亲在检察那佛座下的小字，就用着同王妈先时说到的神气，告给孩子的父亲，小泥佛如何给自己在小时增加了幻想的种种。她又说：“这是送我的，娘知道我欢喜这东西，所以才找来。”

对于孩子母亲的嗜好，孩子的父亲似觉得稍稍奇异，他望到与孩子争玩具的母亲温柔的笑。

那父亲说：

“素，我早知道你欢喜这个，我可以到庙会买十个。”

“因为是我小时欢喜的我才爱。”

“我看你从有了小孩以后就成了小孩子，完全不象大人。”

母亲不做声，转头问王妈，为什么不把老爷的漱口水拿来，不扭手巾给老爷擦脸。妈子听到了，才记起忘了告老爷今天有红烧鱼头上桌，把话说了还不曾走去拧手巾，因为照例说到鱼头父亲有话说，那父亲就说：

“王妈，你烧鱼头总是太甜。”

那妈子，乖巧的答：“因为您爱甜。”

“我只欢喜淡。”母亲说了不自然的笑。

“有些人欢喜用醋，我顶恨醋。”父亲就表明身分似的说着对于鱼头的意见。

听到这话的母亲，背了身轻轻的咬牙齿。

那父亲又问：

“今天有信来没有？”

“就只娘有一封信。”

妈子把手巾拧了给主人抹脸，母亲有意避开这谈话，就不说信，只问妈子菜好了没有。

告她说快了，母亲又问妈子，孩子的衣缝了四天还不拿来是怎么回事。

她接着同孩子亲嘴，同孩子的父亲谈公司里姓王的同事结婚送礼，又谈天气热买冰，说孩子的身体重量。

她提出许多不必提的问题来同父亲讨论，尤其是关于孩子。

她比平时更母性了一点，这是父亲觉到的。

看到这情形的父亲，心中想，这真是一个模范母亲。

这母亲到无话可说，且看到父亲教给孩子喊爸爸，忽然感到一点慌张，就走到厨房去炒菜去了。不久把菜拿上桌子，又问父亲是失败了还是成功。

她的一切行为全为解释在公园中时心情的反照。

为了想忘记一些事，她才高高兴兴来作一些事。

他们于是吃饭了。

父亲喝酒。喝酒不是习惯，兴致特别好时才喝点。他一面看到孩子，一面看到孩子的母亲，不能不为庆祝一家人康健尽杯了。

母亲是知道这喝酒意义的，她笑。

掩饰心中由自己所刻画的残酷记号，没有比笑更为自然了。

两人在吃饭时谈的是外祖母，又谈到外祖母的信。孩子的父亲问信上说些什么，母亲才记起这信已被自己绞成一卷放到孩子的卧车里皮垫下，就叫王妈去看，是不是在那里。王妈把信取来了，孩子的父亲对这纸折皱的信毫不有所奇异，俨然这是应当象这样子的。在饭桌前把信看过，仍然吃饭。

母亲在父亲看信时节心中自然有一种小小波浪。她虽然明知道信上凡是使自己心跳的话未必使父亲也同样心跳，她直到父亲把信看完才把含在口中的饭咽下。父亲每一提到孩子，母亲就如中恶，心身微微发抖。她虽能永远是用那使人看不分明意义所在的微笑来掩饰自己；她对于这父亲，坦白的几乎可以称为呆子的态度，是抱了一种说不分明的怜悯心情的。她的口时时微动，似乎只差一点就要大声的喊这孩子父亲做呆东西。但呆东西那种对孩子的希望却并不下于外祖母，因此她的自白的机会，就永不会在什么时候得到了。

把饭吃过不久，父亲仍然挟了他的大皮包到公司办公去了，家中就剩下孩子同孩子母亲。

做母亲的因为不许自己想起那些不是聪明人做的事，她把小孩子放到身边，自己看书。她往日也这样把日子消磨的，只是往日没有象今天那样勉强。在丈夫面前，她还可以象一个孩子，就因为丈夫把她当孩子。但是只她一人在自己孩子面前，她是一个完全的母亲。一个母亲对于孩子同孩子的父亲，当是整个的爱，没有别的成分搀入，才能使这母亲完成母性的伟大。如今的孩子，仔细的分析，一个负疚的赘疣罢了。

她一面看书，一面想起在三千里外为这外孙光荣未来作估计的外祖母，就低低的叹了气。

她从所看到的一本女人之忏悔上摘出许多仿佛为自己而说的话。

这是罪孽么？隐瞒下去，一直到死。正因为孩子，许多人才感到月的全圆。正因为孩子，家庭才完全无缺。这秘密的深伏，正如人类整个生命秘密的深伏，爱情所透过的应比日光还深。……

想着，还是叹气。

她觉得人是太懦的人。

她的叹息同她的笑，包含的是一样成分。

三

到晚上，从信托公司回到家来的孩子父亲，特为母亲买了十个泥佛，作一包，拿回来时没有把包皮取去，就要母亲猜。

她猜了十样物件，完全不对。

到后内容发现了，比外祖母给孩子的还精巧玲珑。

她吃惊的望着孩子的父亲。

这父亲，真象是为孩子的缘故把这东西买来给母亲，以为得到这泥佛的她当无量欢喜了。

他说：

“我看你象孩子，我就买这个来给你玩。”

做母亲的笑。他又说：

“这是纪念母亲对于孩子的周年。”

她脸上忽失了色。他还不觉到，又说：

“这是纪念我们的爱情。”

她稍过了一阵，伏到床上睡了。

时间还早，他怕是因为孩子苦了她，不让她这时就睡，邀她去公园玩，不带孩子，说是有话要同她说。她想了一会儿，摇头，说懒。

她不去，叹叹气，但是站起了身。

“不爽快，为什么事？”

“不为什么。”

“我们去玩玩，会好。”

“我不去。”

“我有话要到那里说。”

“当真么？”

“我并不说过谎。”

她凝眸望到这可怜的父亲，望了一会儿，眼睛有了潮湿，赶忙借故走到后面房间去看孩子。

他们不久就到了公园。

“夜里的公园，是年青情人的地方，我们好象已不合式了。”

他这样当笑话说着，挽了默默无言的她从一条夹竹桃编成的窄路上走到水池边。树下的人影重叠，似乎正在那里享受这美景良宵。池旁四围也有不少的人，各人象都在咬耳朵说着那使听者一方面心跳的话。间或一尾塘鱼泼剌在水面一响，大家又才把精神转移到水面来。

“这里仍然无聊，走别处去。”

女人不置可否，随了他走上一个假山。到了山上，看满园的灯，在树梢，本来非常有趣，他就站到那里各处望。她也各处望，心却不在灯。

“素，你为甚不愉快？”

“……”她摇头。

“是不是病了？”

“……”她摇头。

“白天我看你极高兴，到晚上为什么就这样子？”

“……”仍然是摇头。

她没有想到这时的难受。她简直想逃走了。

但是他，虽然看得出她的不愉快，可不知道为什么。这好丈夫决不至于想到提起孩子就使她心上起一种骚扰。

他想变更一个方法，提起他们共同所有的孩子，谁知刚刚说出孩子两字，她仿佛触了电，一直冲下假山去了。

到山脚下，他把她追上了，他拦住了她。他的态度是沉重的，他的言语同态度一样。他说：

“为什么？什么事把我们的生活扰乱到这样了？我做错了什么事你听别人说到什么？我欺骗了你么？”

“不！”

“你只是不，要我怎么办？”

“要你么？”她想着，把话凝住。她故意作笑样子。

他迫她说明白。他说无论怎么都行，只要说明白。

她还是没有说明白了什么，她只告他完全是因为自己，若是他能离开她，或者让她独自回家，不要用温柔来虐待她，她到明天就把一切不快消失了。

这话听来自然免不了使他稍稍生气。但他到后仍然照她办，让她回去，答应他一个人去看电影，看完电影就不回家，到同事的家去住一晚。

他们走出公园，他预备送她回家她也不要。

“你去吧，我自己回去。你明白我的脾气，必定能够原谅我。”

说是原谅，那也只不过是无办法那种情形，待到目送任性的妻走去，他感觉到一种凄凉，叫街车到 ×× 电影场去了。

她回到家中就躺到床上去哭。

她哭的时间很久。她不需要什么，只肆无忌惮的流泪。直到小孩子在后房啼哭了，她才去看视小孩。

她笑，叹气，流泪，都不是另外人能知道的。

第二天，一夜不安宁的父亲，七点钟即回到家来，孩子正在母亲怀中吃奶。

孩子喊爸爸，爸爸看到母亲脸上有笑容，也笑了。

第二章

一

十八年以前，这母亲还只有八岁。在生长的 × 县，过的是平常中户人家儿女的生活。家中有爸妈，一个外祖母，一个未出嫁的姑母，两个弟妹，还有一个女佣。

冬天，陪外祖母在火炉边烤火，得便又同弟妹悄悄的走到后院雪地去印罗汉。或者敲下缸中的冰，用草管吹一眼，将绳子穿过，提起当锣。或者在灶肚热灰中烧红薯，烧板栗。在这些日子中正事是纺车，把成条棉花纺细纱，一切学到大人作。春天来了，照本地人春天的娱乐，消磨了一个春天。夏天秋天全如此过去。她已经是八岁了。那时家中叫她大妹，因为在孩子中年纪顶大。这大妹那时知道一年四季，春夏秋冬，迎冬，过年，端午节，吃新，中秋节，重阳节，冬至节，腊八佛生日。各样佳节循序而来，每遇到这种日子，家里就做各样好东西吃，孩子们年纪就再长，对于这些事看来是顶容易记到也当然了。

她孩子时代过得并不很坏。

那年六月，本地天干无雨，田禾干成枯草。照中国内地半开化民族习惯，落雨的权柄操在天上玉皇与河中龙王手中。天上玉皇可以随意颁雨，河中龙王也能兴云作雨。不知何年何月，地方上居然有聪明人想得出这样好计策，有方法使玉皇落雨了。这方法又分软求与反激两种：软求为设坛打醮，全城封屠，善男信女派代表磕头，坛外摆斋素筵席七天，给众首事僧道吃，贴黄榜，升桅，燃天蜡，施食，以至于在行香时各家把所有宝物用托盘托出，满城走，象开展览会（行香中少不了观音一座），据说因此一来本地就风调雨顺国泰民安了。求雨的反激办法可就简便洒脱多了，只要十个本地顽皮的孩子同一只狗、一张凳、一副破烂锣鼓就行。他们把狗用草绳绑到椅上，把狗头上戴一杨柳圈，两三人抬着这体面的首领满街走，后面跟随了喧阗的锣鼓。孩子们全是赤膊，到各家门前讨雨，每家都把满瓢满桶的水往这一群孩子同高据首席的公狗浇去。天上玉皇见了这情形，似乎以为地下有革命行为，想推翻玉皇，有大阴谋在，所以就动怒落雨了。

至于使龙王落雨呢？办法不同了。这仍然是孩子们的事，因为本地方大人只知道磕头、吃斋、赚钱三件事。孩子们用草扎龙，或者五节，或者三节七节，大小看能力所在。把草龙扎成，仍然是用敲锣打鼓，先到河中请水，请了水，就到各家去讨雨。一面因为天热，这些平时成天泡到河中消遣的顽童，对于水的淋头淋身，也具有一种比打醮首事人还诚心的需求，所以各个人家都不能吝惜缸中的清水。他们有时还把龙舞到郊外四乡去，因为乡下人礼节除了款待他们的清水外还预备得有点心吃，所以草龙下乡成为一种必需的事。

六月无雨。五月已打过了清醮，檀香降香据说用了不少，当地还是每天赤日当空，毫无雨意。打过醮，当磕头的磕头，当吃斋的吃斋，还有那当赚钱的也并不放过好机会赚了一些钱，到后来还不落雨，当地官绅学各界便毫无办法了。孩子们明白了地方上有身分的人责任已尽，轮到他们头上来了，就出现了不少草龙。在白日汤汤的大街小弄上，各处皆不缺少热闹欢喜的声音。孩子们勇敢不凡，各具赴汤蹈火的气概，成天在街上来去。

街上各处全湿了。洒过水后的街，为天空太阳所晒，石板上发烟，行路人皆俨然有行雨初过的感觉。

属于南门城沿一街的草龙一条，各处走，到后到了本文那大妹的家中院子里停伴了，孩子们同声嘶嚷，请赏雨。皮面为水所湿的鼓做声蓬蓬，孩子们无水不能出门。

孩子们全出来看。

“龙来了，要水。”

大妹同一个幼弟就重复跑进屋。

“龙来了，要水！”

“水来了！”

果然来了，女佣提了水桶从厨房走来，大妹拿葫芦作成的小瓢，舀桶中的水，向院中龙身浇去。

“这是不行的，要大雨。”

“你们转，我浇一天。”

“要大雨，龙口干，这样不行！”

大妹稍稍生了气，喊张嫂，拿大瓢出来。张嫂用大瓢浇，大妹还是用小瓢。

浇了一桶不够，还要第二桶。

到后又是第三桶。

到后舞龙头的人，看出用小瓢浇水的是上月装观音的人了，这发现，使他惊讶。

“这是观音，这是观音，你们看！”

大家都认出大妹是观音了。大妹害了羞，把瓢摔到地下跑了。孩子们撒起赖来，非观音再浇水一桶不行。站到石磴上口含京八寸烟管的是大妹父亲，先是不做声，看，这时他见到这些孩子们太放肆了，就走到水桶边来把水桶提起，把半桶水倾到做龙头的那孩子头上去。

在本地方，称人为美人，不说象仙人，是只说够得装观音菩萨的。

大妹的确在那年五月清醮曾装过观音一次。

二

生长得标致苗条，是有理由给本地方老太太们以“太好看了只怕短寿”那样批评的方便的。但不消说，凡是老太太们说的话都是罔诞的话，见到了大妹，是无一个老太太不想把她娶过家来做媳妇的。

本地方小孩子，是也以把观音定做未婚妻为乐事的，所以在家娇养一点的孩子，遇到家中问他是不是愿意要观音做妻时，纵红脸走去，不愿答应，但心中已十分满意了。

过了十年，这观音便做成了一个老太太的媳妇、一个青年汉子的妻了，结婚情形一如本地风俗，杀猪挂红，摆席请客，两个吹唢呐的人穿破烂红彩衣服，歪戴起插有鸡毛的执事帽，坐到门外，睁着仿佛发了瘾的眼睛，在每一个客人进门时节都鼓胀了腮帮，吹他那一套庆升平欢迎调子。

大妹的丈夫呢，是当年舞草龙头那孩子，如今正赶中学毕业，把太太娶来，凑成双喜，结果使自己忙得不成样子，把家中人心中各塞满了幸福。款待客人，用了将近一千块钱，得了一堂屋红绸红纸喜幛喜对，来的客人不曾吃酒，无事作，就把赏鉴这礼物当消遣。

十年来国家换了无数坐朝的人，本地方也影响到了闹房比先前更坏的样子了。虽仿佛男女皆为新时代人物，当晚上，丈夫当年的同志，想起了往年的事，还是非逼到做新郎的仍然做草龙的头让新娘子泼茶到头上不可。这高雅的游戏还得了少数上了年纪而有童心平时以礼教自持的人的赞助。一切作过，客人应当感到无聊了，这观音才能同龙头对面坐下。观音坐在床边，大的新的木床，漆的颜色是朱红，在新人背后是叠到六层红绿颜色锦被。

她不害羞，不怕，是因为在数年前定下婚以后常常见到的缘故，他在联合中学念书，而她也在坤范女中上课。但她有一种拘束，她明白这不是一个平常日子。

他问她：

“倦了没有。”

她不做声。

“你今天真象观音。”

她不做声，笑。

“累死我了，一些讨厌东西。”

她又笑了。

“笑什么？”

她低低的说：

“我笑你作龙头那年，被爹把一桶清水倒到头上打发出门的事。”

“是正因为那天才有今天的。”

“那时你是一个小痞子。”

“你今天才真是观音。”

她不做声，他又说：

“观音下凡，你想我多快活。”

“我只怕因为成天在你面前，就是活观音也有使你厌烦的一天的。”

“蜡烛还燃，我可以赌咒。”

“可是今天还不是赌咒的日子，不许说这样话。”

“今夜只许说你真好看，我知道。”

“说谎话骗自己，同说谎话骗人是很少分别的。”

“我是在骗我自己么？我不承认！”

“凡是这时否认的另一时都会自然承认。”

他不说话了，心里有点微寒。

她看到他情形，心中好笑。

过一会儿，她自言自语说：

“一桶水还不够，一瓢水就痴了，还要赌咒！”

“我真不是了解女人的人。”

“不了解女人的人，不一定是不好的丈夫。”

这就轮到他笑了。

这丈夫，当真是缺少了解女人的天才，而在过后生活中不失其为好丈夫的。

新妇的美丽成为本地人品评女人谈话的标准。

能够在丈夫跟前做一个好妻的人，照例算不得一个家中好媳妇，所以他们结婚一年，丈夫在 ×× 升了一个会计学校，这观音也随了丈夫在 ×× 住下，与家中分开了。两方面家中都可以每年供给一点钱，所以他们到 ×× 后日子过得并不很窘。

因为没有小孩子累赘，她到 ×× 也进了一个女子中学读书，白天上学，晚上仍然回家来住在一处。可是到丈夫从会计学校毕业以后，不知何故她还只是中学三年级学生。丈夫旋即被那亲戚介绍到信托公司做职员，她率性就不再读书了。

生活的转向，是为了丈夫的事业。丈夫一有了事业，她一出了学校，便常常同到一些同事的太太们过从，照例这些太太们是除了养孩子管家以外，每天都得邀同伴四位打一点麻雀牌，她因此到了 ×× 数年以后，性情变成与一般太太们一样，把出嫁时聪敏女儿心情完全消失，成为过着平常日子也似乎非常幸福的妇人了。

丈夫虽有时也察觉到象结婚一年中妻的可爱处已无

从找寻，但这是谁的过失？而且他，这在事业中只知道安定为人生幸福，每到月底便往公司会计股签名拿薪水同家的好丈夫，所需要的也就正是一个目下情形的主妇。她是正如应他的需要，把自己成为那样各处全不难发现的妇人型的妇人了。

本来是清瘦的她到后是稍稍显得肥胖了。

在平稳生活中过着日子的他们，所有可以间或稍稍扰乱到心上的只是缺少一个小孩。在 ×× 的几年中大事可以记下的是她的父亲死了，妹出嫁了，使她有时想起在远处生活的母亲因而流泪。不过纵有流泪的事在生活中搅扰，她没有办法可以使丈夫在某一时节不带笑的说“你真胖了”的。

三

某一年，家中还只是两个人。时间是冬天，×× 落雪，雪特别大，每天早上丈夫出门都得用皮领大衣蒙了颈上车，她在这样日子中只成天在家中炉子边烤火，因为天气太冷，出门打牌也不常有了。

在这样大冷天气的一个星期日，丈夫不办公，也不出门，两人围炉谈了一些小绅士所知道的范围以内的闲话。然他想要邀她到一个城南的 ×× 公园去玩，她也正有这样意思，就穿了她缝就不久的新狐皮外套，两人坐车到 ×× 公园去。

这次出门带了一个意外的欢喜回家，在园中看梅，他们遇见了一个人。这人是在当这夫妇结婚那一年吃过喜酒，把时间再回溯上去，又是某一年热天扎草龙求雨时舞过龙尾的。他们是老朋友。没有遇到他以前，这夫妇不知道他在什么地方去了，他却也没有听人说到这夫妇是在 ××。他才来 ×× 不久，还没有从别处打听到他们住在此处的消息，无意中，在公园却碰头了。

当时这夫妇是不认识他了的。他倒容易认得到这夫妇。因为他听到他们说话，看到他们的脸貌，还有一些痕迹可以找出这过去两人的轮廓，他冒失的打了招呼。

大海中的叶子，因为风也有飘在一处的时候。他们是同叶子一样晤了面聚在一起的。

当天这夫妇就把这客人款待到家中。客人原来是从哈尔滨一个机关派来往 ××，作为办事处代表的。各人道及一切，各人才知道过去近十年来的事情。在客人眼光中，主人夫妇，已仿佛完全不是印象中的夫妇了。然而对于她，客人当然是另外就感到一种亲昵又另外感到一种惆怅的，因为客人还是独身，在这一个家庭中当然有一点反省的惆怅，这惆怅又似乎只是主人所给，而从主妇方面作客，可以取回。

在客人面前，这做主人的处处显示好丈夫的风度，客人为此总有点不安。他虽然是同他们吃饭谈天，他想到一些事都据说是聪明人不应想的事。他依稀觉到这女人已没有保留在他印象中的完全，对于美人迟暮自不免兴一种感伤，但他若想想他自己，也到了一礼拜不修脸就不成样子的人，他就觉得未来生活渺茫，把自己安顿到一极可笑的故事的拟想上了。

那好丈夫在晚上把客人陪送到客人自己的住处回来后，还是同她谈客人小时的故事。因为这故事，半是丈夫自己的，一半是她很高兴议论到的，所以她没有把他的兴味减少，还帮助了他一些记忆。

谈到草龙的故事，丈夫说出这样的话：

“当年他赌了咒，说不把你讨到家中不是人。我同他在路上还谈到这个话，他笑。他当真没有结婚，但当然不是为你。”

这话是附到被她浇水以后草龙出门时说的。在丈夫的感觉上，世界上完全是好人，朋友则是好人中的好人，说到这话，不过是间接证明这好朋友的可爱罢了。一个不懂爱情的人虽结婚多年，对于恋爱的知识，是正如药剂师对药瓶间的知识一样，知道药可以使人生死，却并不很分明医理知道某类病人所需药的分量的。

她呢，她听到丈夫的话也只有笑。使未来的生活陡临断崖，惊心怵目，她不能负多少责任。一个女子是在给与，她是在尽了丈夫所给她爱情的力保护自己，到后也给了她所能给的给丈夫这朋友了。

“他不应当说这种话。”在过后，她虽没有把自己所作的事责任推卸到丈夫所说的话上心思，但若他不曾说过前面那故事，她为保护自己，会比她所能做过的还见坚定。客人到后来其所以与她作了些任性的事，直到留下这污点——一个小小生命，仍然不是她一人的罪过！

四

好丈夫不在身边，家中只有客人同主妇，这是每天的事。

时间是春天。

春天的下午。在客厅中可以望到院中的丁香，还可以望到新绿的草木，也嗅得到土的芬芳气息。

似乎因为客人的缘故她比起往日来年青了许多。这青春的回复，是客人同丈夫皆已于无意中发现，而自己在一些琐碎事情上感到趣味也可以作这证明的。

客人每天来谈话，在家中等候那好丈夫从公司回来，一同在家中吃饭，或者一同到公园去消磨美丽动人的黄昏。

在女人心中客人所占的位置，从客人方面已觉得与“客”稍稍两样了。

但客人为受过高等教育的人，不缺做人的理智，热情的控制，有时说来真还可以使人佩服。象客人性格那样的男子，却并不是世俗所谓走冒险路径的男子。如果不是这好丈夫，他是不至于忽然失去这力量，可以在生活上始终保持一种可尊敬的谨纯印象给所遇到的一切人的。就是任何时候，这好丈夫，也就从不至于对这朋友人格有所疑惑，他没有想到这个朋友是做得出惊人事业的朋友。他见到朋友的拘谨，有时觉得很可怜，还劝过她应当在一种亲洽中把这朋友的拘谨除去才是。他这样说时不消说是见到她的窘态，还以为自己的话没有得到女人的了解，很可惜。他料想不到的是他们同时把他没有提及的也做到了。

因为单是两人谈话也成为每日的事，所以所有可以谈到的话在他们之间是无有不谈了。他们谈到生活，谈到各种各样的生活。他们谈到生活的意识，与社会意识，以及个人对生活的态度。他们把旁人的生活引为谈话的主题。他们有时又谈到婚姻在每一个人身上所有不同的意义。两人正因为似乎得到丈夫的信任，所以本来应稍存节制的地方也没做，到某一时候，两人才吃惊似的互相各自检察自己，所发现的却是单为了这苦痛的担负，各人皆没有否认这恋爱的勇气，终于不能自拔一同下沉到一个深渊中去了。

直到经过这孩气的行为顶点以后，两人再互相各自检察自己，又才觉得他们都不可补救的破坏了一些东西，在生活上生出了一个见不到的罅隙了，他们就带着悔恨，仍然更放肆的过了一个春天。

做女人的负荷照例是较男子为多，她在未得到以前就知所得的不是谅解，不是热情，将只是一些空虚。没有证实这空虚时，她曾用了各样的力救拔自己与罪恶分手，保全自己的灵魂。她这样作过，她其所以终于失败，还是她那丈夫。天下事再没有一个丈夫比缺少妒忌为害事了，他的大量只是推她与自己远开，与另一人接近。她当时只要丈夫能稍稍节制到自己，她就不至于同那朋友在这火边戏弄为火灼伤的情形中了。

当她把关于本身近月来所得到的影响告给那入幕之宾时，那人象是第一次才想到好丈夫。为好丈夫着想，他心中燃烧着惭愧。他没有话说，但慌张的地方终不能勉强掩饰。

她看到这情形稍稍生了一点气。

“做男子的人，有用处只是在第一次要女人顺从他作那呆事，到以后，本来是十分聪明的情人，也变成庸俗自私的汉子了。”假如她这样子说。

“你骂得对，我是无用处的。”他就将这样答应她。

“以我想呢，你如有胆量就把我带走。”她这样想到，可不说。

“我未尝不可以同你走去，但那好丈夫并不与你有理由分手，而且我敢说，你爱我只是一种游戏，不过一时兴趣。至于他，那是你们互相爱恋的人，他是使你在世界上知道幸福的丈夫。”这男子，他也这样想过的，他想的实在不错，他的思想虽有一时近于胡涂，如今可正确了。

全因为是人太聪明了，至少是到这个时候人忽然见出聪明的必需了。为了另一生命的存在，他们都在所经过的春天认了过失；他们都追悔，都全无主张，呼吸也非常窘迫那样沉默不语。

到后她就冷笑，他望到她笑却不问她。

他猜得出这冷笑意义。他感到破灭的悲哀，好象看得出起先是两人同时下沉，如今却两人皆停在悬空，相距渐远，再迟就会不见了。他估计了一会儿，截然的向她说道：

“原谅我，这是我的过失。我缺少顽固，所以不能同你作那永远一处的打算。我这时觉悟了。你为我为他都好好保重。我要走了，于我们大家的利益着想，只有这样一个办法是完全办法。”

她思索这“完全”的意义。她没有说过一句把他留到下午的话。她用很凝静的眼光望到这个人的瘦脸，到后，返身把头伏到沙发靠背上去了。

他以为她是在流泪，重复用那已成习惯的爱抚去安慰她，没有话说，用手摩她的头发，她抬起头来仍然凝静望他。

“我的主张是你痛心的原由么？”男子说后自己也沉入了悲伤状态中。

女人说：“没有这种事。”她又在心上说：“你们男子，每一个男子都不缺少这种机智。”但她没有把这个近于讽刺的话说出，她走到窗边去看花，就说：“谢了。一定的，结子缀在枝子是将来的事，也是眼前的事。”说了，很凄凉的叹着气。

那男子，仿佛想在这一句怨诽言语上加以自饰，他说：“全是风。”

女人不应，也听到了。她只对于这话照样了一遍：

“全是风。”

两人于是哑静了许久。仿佛同在思索那另一时节的“风”。仿佛都明白风也成为过去了。

男子想走，不行，他知道自己如是走出，剩下的她必将用流泪的眼迎接从信托公司回家的好丈夫，他们的事必定反而复杂棘手。他就坐在那大椅上等候好丈夫回家，他一面思索，如何可以把两人间的间阻除去。但他不久仍然走了。

……

他离开 ×× 了。她能了解他。出于他意料以外的，是她竟在好丈夫面前如何把他行为近于露骨处加以遮掩，而她在丈夫面前，又从不流过眼泪一次。她明白忏悔完全是一种仍免不了孩气的行为。为了求一些爱她的人安宁，她尽她所能作伪的力把惭愧隐藏于心的一角，才是不贞的妻对于好丈夫所应做的事。

过一阵她告了好丈夫一个喜信，他陪她到一个医生处去检查，因这喜信得到医生的证实，丈夫的行为处处更使她看来可怜。

这未来的父亲对这未来的母亲说的话，商量到的事，以及在小孩子身上作的空洞的计划，都使她只能用极难为情的苦笑作一陪衬。在痴呆与容忍两事上作一观察，这两个人皆在一种极伟大的生活中过了一些日子。

五

这孩子，赋了一个特殊名义活到世界上了。

她为了孩子，为了孩子的父亲，做她所应当做的，慢慢的把那过去的事情忘去，纵有时想起那人时也不至于十分难堪了。

稳定的事业，贤惠的妻，玉雪的儿子，使这父亲感觉到生存的幸福。凭这理由他就发起了胖。

第三章

一

母亲自从有了孩子以后，便把做母亲的职务折磨到自己，虽丈夫经济情形可以雇个奶妈，但她另有意义不愿意把孩子交给奶妈手中。

她从孩子还在腹中与那客人分手以后，便无那人的消息。那人似乎为了一种男子们所能做到的忏悔过着此后的日子，所以她，最合理的应取的手段，也就是把这男子忘掉一种事可做了。

她是借重孩子同孩子父亲，的确把过去的事已经渐渐忘却了的。一年来她做了母亲，凡是一个母亲必需的温柔慈爱在她全不缺少。她爱孩子，用完全的不折不扣的爱。她做的事总使那父亲高兴，使家庭空气良好，而自己也能从种种行为中找到一种新的依据。

把已作过的事当做苦恼的根源，而又时时从这源头挹取苦恼，这是近于太聪明了一点的妇人的事。至于这母亲，她并不是这种不知做人意义的人，所以纵有时把这个黦迹发现，但即刻也就用别一种东西掩盖过了。

就是孩子得到外祖母从远处寄来礼物，父亲从朋友处过夜那日子的第二天，父亲回家，当天放假，不办公，陪了母亲坐到客厅中逗孩子。这母亲就象完全忘了前一晚的事情那样，同孩子的父亲说到孩子的未来。

她是正因为父亲喜把孩子作说话主题，所以才这样作的。

母亲希冀孩子长大做军人。她的见解不是父亲明了的。她说：

“让他从军，习军事，当兵，都好。”

父亲奇怪这样提议。他反对。

“这为什么。我的儿子不是为那些军阀养的。”

“我是为他想出路。”

“出路是读书。我要尽我做父亲的力，使他受完全教育，有机会做较高尚的人。”

“你只觉得有知识是高尚。”

“为什么我们不能这样讲？”

“我近来心里总古怪，以为不当军人也得做工，一样可以多懂。”

“你要他多‘懂’，也不一定是做工就对。你瞧他那神气，简直是我一个样子，将来只恐怕仍然还是做父亲的事，有好太太，享福！”

她很痛苦的说：“享福！有好太太，儿子，完全的家庭，这是每一个男子都需要的。”她说完了就笑，她的笑，混合了讥讽怜悯的成分。她把本来还应说的“但不是每一个人都得到的”咽下去了。

那父亲见到母亲这样子，倒乐了，他说：

“素，你是在嫉妒我的幸福，你真是有小孩子趣味的女人。你想想，我为什么不应当在我生活上感到完全？我为什么不乐观？”

她心想“完全！”她只咬咬嘴唇。

他停了一会儿，自己干笑。他看到了她一点不高兴处，照规矩估计了一番，以为是猜对了，又自言自语的说道：

“他们羡慕我，你反而来嫉妒我，很有趣。”

她不做声。他望到她那不做声的样子，以为是因此使这母亲难过了，就更好笑，直到眼中出泪。这父亲是太忠诚了。他那胖，同他那由胖子而出发的憨处，都使女人感到一种说不分明的痛苦。

少年夫妇象六月的天气，因为热，变化多。母亲是本来想同他说一些关于孩子的话，希望遮去自己心上阴影的。一谈到孩子，那父亲言语同态度，都近于推她不得不回头望她所走过的路是怎样一条路。她又不愿自己这样在心上独自痛苦，她又不能使这痛苦与丈夫分担，她就问他昨天晚上怎么样，好让这父亲也有一个机会记到他自己完全中的微缺。

“我昨晚很痛苦，”他说，说时是一点也没有痛苦的意思了。“是因为你的脾气，我难受。我知道你是想起你的妈，在乡下，老了。寂寞的老人，想来是太可念了。你是那种想法，你所以哭，讨厌我，我很清楚！我知道你过一天会好，是不是？你是有时太任性了一点，可是我了解你，我不至于十分难过。我们孩子长大了，请想想，那外祖母多高兴。”

她说："我昨晚上哭了好久，正是想起妈。如今我不哭了，好了，我知道许多事哭是无用处的。"

“是的呀，我早就知道这个。同事中也常谈到这个。我以为爱烦恼只是自己以为是聪明人的情感，其实人再聪明一点呢，他是会明白，只有笑在生活中是必需的。”

说这话的他，是不曾在生活中言行矛盾过的。他过去这样，眼前这样，未来也没有不这样。不过什么时候他要真正知道了她，恐怕他就不能这样了。他这时对于自己所说起的真理，很起了感动，就用孩子的态度，睁目问孩子：

“奇，小痦子，你以为怎么样？”

小孩子见父亲作猫样子给他看，乐得发欢，随意乱叫。

“嗨，你是爸爸的同志。你瞧你那一副神气。你懂我的话。是的，我们应当笑，爸爸成天笑，妈也成天笑，宝宝就长大成人了。”他回头向母亲，“孩子明白，这小东西聪明得很，他一定明白。”

女人说：“是的，他一定明白，你也一定明白。总有那样一天……”

他听到她这话虽稍稍惊愕，但即刻又转向小孩子，同小孩子说：“妈妈是因为你反而常常同我生气的，这个我可不明白！”

她承认了她同他说话的计划只有自己失败，她就哑了口，尽他用一些听来很可怜的蠢话逗孩子发笑。

这父亲看了孩子又看孩子的母亲，他的快乐的分量不是天秤可以称量得出的。

二

这母亲过的日子与许多心上负疚的妇人过的日子一样。她先是想用说话救济自己，以为这是各种方法中最好的方法。到后是因为一说话反而还给了那触着伤处的方便，她便成为凝静沉默寡于言笑的人了。

不过，故意的多言，与自然的沉默，这分野，在这好丈夫眼中是完全看不出其他意义的。他常常自谦似的说自己原是不了解女人的人，然而处处他有着那“孩子母亲只有我知道”的自信，这无害于事的自信，把这个人安顿到完全的幸福中，好象他除了感谢命运以外，便没有其他事情可做。

他说的“我知道你脾气”，为了拥护这一点，遇到她不说话，他也就不强到同她说话。他在她身旁挑逗孩子玩，说那与孩子一般的痴话，他的话又象只不过说给自己听听，说厌了，打了几个哈欠，照通常胖子的体裁就躺在沙发上睡了。

母亲望到这好人的甜睡的姿态，想起昨晚的失眠，又想起自己还是这样任性，就在心上责备自己。

她想他这时做的梦，必定是与日常生活一般感到完全的梦。不错的，他常是这样放肆的做了一些好梦的。他常常梦到有了五个孩子，本来在日里他在她面前解释孩子男女的数目时，他当她说的还是男孩三个女孩两个，但做梦，却成为男孩四个女孩一个了。他又常常梦到成为公司的科长，加薪晋级，这应当是事实所许可的，所以醒来还曾拿这话同她说过，不谎不饰。

尽这父亲做梦下去，孩子不久也睡着了，只她清醒的守在这父子身边。她是永远清醒的人。虽然在白日里为娱悦自己她也仍然有她的梦，不过这梦都很少为未来的憧憬，只是故事的重现罢了。

她这时就梦到一个故事。在这客厅里只是自己一人，她正在等候一件命运所颁赐给她的衣裳，略略显得心焦。

人来了，一个不可缺少的角色，一个提到名字就心跳的人物，她用了近月以来在丈夫许可以外的热情款待了客人，使客人坐到丈夫现在所睡的沙发上去。

他们说话。似乎是她这样开始：

“昨天回去怎么样？”

“……”他用一个微笑作这追问的答语。

她没有得到满意的答复，稍稍有点不放心。她站起来走到壁间去检察那钟，就是现在还是每日任何时候也没有偷懒停止过下垂的摆的那个挂钟。她接着又看花瓶的花枝。他赞美了花。他在她面前说：

“今天的花比昨天好。”

她用着非恋人不懂的两重意义答道：

“今天的人与花相反。”

他笑，心想，“女人的聪明到底不是男子所及。”到后就故意说：

“这个话，使我不能补充和解释，我是窘倒了。”

她不相信，不承认。“什么也没有可以把你窘倒的事。被爱情绊脚的男子，是爬起以后就全无痛苦走上他自己的路的，你也是这样的人。”她就这样想到，筹对付这在诡诈中躲闪的男子。

他呢，似乎是男子中的男子。话的解释是说他完全象某一种人，暧昧的欲望推之向前，理性的绳索又拖之向后，他不用力袒护谁，就徘徊在这歧途，看风转帆。他永远是冷静的，同时又永远是胡涂的。他放弃了男子的权利，然而又处处不忘到女人的好处。他知道在某一情形下局面便成为惊心动魄的局面，但他怯于这风波，便不把自己作成不可少的人物。他有攫取的野心，可并不伸手。他想借重那好丈夫的友谊保护自己，但他同时也正就利用这友谊使自己与她走近危险的井边。

他们都知道的是各人都负着下沉的责任，各人都很苦闷，都想从敷衍中把时间延长，来一件意外事帮助他们与罪恶离开。

她看透自己也看透他人。她那时想起了好丈夫的说话，她问他。她说：

“我听说你赌过咒，要一个人做你的妻。”

他就红脸了，可不分辩，答应道：

“是的，有这样孩气事情。”

“我觉得不算孩气。”她那么说，给了他接下说话的机会。

“不算孩气也完了。”

“完了么？”

“完了。”

“……”她不说出口了，她向他笑。她用笑摇撼他的心，使他感到大海中波涛的汹涌，头目眩晕。

她有意这样作，凡是一个女子所取的手段她也取了，并不是她的过失。

他经这一笑便如中了伤的兽，只能用极可怜的眼光瞻望四方。他已作着近于下跃的姿势；还不乏希望救援，所以曾走到门前又返了身。

“我走不去了，你看到。”他意思象如此向她解说，他是笑非笑的走到她身边去。

她一瞥，急急到屋角一个圆椅上坐下了，她也有点忙乱。

他仍然向她走去。到后是坐到沙发上了，到后是人全胡涂了。

“你还要再孩气一点么？”

“是的，不孩气不行。”

他们就这样做了一些体裁极新的事情。

他们就放肆了一会儿。在较后一个时候神气沮丧的情形中互相摇头无语。

他应当等候那另外的他回来，也不等候，就走了。

她怎么样呢？要明白的她已经明白了。她把一些理合吝惜的东西在兴头中慷慨了。她有一种悭吝人第一次挥霍以后的痛快情绪。她似乎在一种勇敢行为中休息，还可隐约听到喝彩的余音。她到后，就想起了那另外的每日夹了大黑皮包到下午四点回来的人，伤起心来，强项不去，所以不顾一切恣肆的哭了。

……

她的梦比孩子与孩子父亲先醒。

她走到孩子摇床边，望到孩子的安详的睡脸，把一滴忏悔的眼泪落到孩子的小手上，就忙用口把这眼泪吮去。

她清醒的守着这两个在她看来似乎不幸的父子。

三

一个平常的女子，常常陷到矛盾的自谴中，又常常为一些无益于生存的小事难受。她也是这样的女子。

她哭，她笑，她做一些看来似乎够荒唐的梦就吃惊，但当到把自己置身到那荒唐情境中时，又很感动的几乎还天真的扮演了那一角。她是没有可疵议的，因为世界上女子全是这样。她也没有特别使人可以称赞的地方，因为她对付事情并不与其他女子两样。许多妇人在环境中成为可作闲话的材料，这母亲，在她的环境中，也就把她成为这样一个故事的中心人物了。第二天，她沉默得如佛。她正因为沉默反而得到清静，不说话，也就不再听到那做父亲的提到孩子的种种了。不说话，她只是不让这父亲提到孩子而已，她自己却没有把孩子放下。

她没想到将来，孩子那时长大成人了，对母亲的事微有所知，那便是……

她又这样想："父亲会代为辩护这不可信的消息。"就笑。

哭，笑，心跳，红脸，在不可数的反复里，孩子是一天比一天长大了。

此集作成于一九二八年春

第 四

前年在北京时，我曾在一个作客的筵席上，遇到一个饶舌的人。这个人那时正从山西过北京，一个又体面又可爱的人物，在 ×× 人最粗糙的比喻上，说那人单是拿他的脸，或者一张口，或者身上任何一部分，放到当铺中去，也很容易质到一笔大数目款项，原是不为虚誉的。吃过了饭，我们坐在东兴楼那北房老炕上，随意喝茶吸烟，又一同欣赏壁上所挂的齐白石山水画，这朋友就谈了许多画家与作品，谈得使在座的人无不欢欣，因为一切话皆说得非常中肯，非常有趣味，本来即刻应当回府的我，也不能不为他那俊辩雄谈所影响，脱身不得，到后外面可落起雨来了。

今年八月间在上海，又无意中在一个朋友处遇到这个人，因为是旧识，虽仅仅是那么一面，但这朋友竟非常痛快，一定要我跟到他过杭州，看浙江伟人所提倡的国术比赛。我告他说去杭州未尝不可，但我决不花钱看他们比武。他笑了，他说，我们难道当真去看比武么？在北京天桥丢三个铜子到圈子里，看一次摔角，还有人搬板凳请坐，我早看够了。我只是邀你去那里谈谈天，我们一面玩一面谈话，我可以说几个很好的故事给你听，你一定能够把这故事写下来，成为一个小说。我想了一会儿，看到这朋友又诚实又孩气的脸，虽然那时正在为一种债务所逼，非赶急整理一些文章不可，到后就仍然答应他了。我们是十一号的八点快车动身的，到了西湖就住到内湖的新新旅馆三楼。从上海北站一上车，这朋友就谈话，过松江就说鲈鱼，到海宁就说潮，下了车站就又谈各地方关于检查的差别，跳上人力车又说各地方的车子的性质，落了旅馆又说天津南京苏州广州各处旅馆的故事。总而言之，这人的口若非常有一点东西来塞住它的时候，他的话是永远不会停止的。他即或吃到一口汤或一口香蕉，那仍然也不至于妨碍他谈话的方便。我是在许多人事上皆发现过“天才”的，但在谈话上，只遇到这样一个奇怪的人。

到了西湖，正是杭州人赶中秋节的时候，据说赔了钱的那个博览会快要开幕，从上海方面来的人较多，湖上也忽然显得比七月间活动了。我同那个朋友，就按定了我们在车上时所说定的计划，白天爬山晚上坐船，另外一些时间，就用在湖上公园一带来去，看那些坐船游湖的人。

我们先已经说定了的，到一个好地方，必须留连休息时，就听这朋友说一个故事，我就用铅笔把大体记下，以便在回到上海时删改。在朋友的健谈中我总是飕飕的在我那记事册上画上一些符号，我还常常利用一种小小的停顿，抽出一点时间，来为一个游人的俏脸或知客僧的圆头，作一种很诙谐的速写。存记到在净慈寺的后殿，朋友曾说了一个近于鬼魔的故事，在烟霞洞旁他说的是两个轿夫的故事，在虎跑他告我另一朋友投水被人救起以后的情形……差不多所有好地方这朋友皆说了一个好故事，所以本来应当即回到上海去的我，到后也同意且留到西湖度过一个中秋的提议了。

朋友是一个饶舌的好人，可是这饶舌的方向和嗜好，却在三天内为我看明白了。以一个那样年青那样体面的人物，谈了三天话，尚不说到男女恋爱的故事，这个是我从来没有遇到的。有些人是一见面说过三句话，就会把话引到男女关系上面来；还有些人除了说恋爱就没有话可说。我这个朋友，那么适宜于与女人纠缠的性格，倒象本身是有一种隐疾，灵魂也同时有一种隐疾，才不能在男女事上感生兴味了。因为我觉得有一点不平，有一点“岂有此理”的疑问，所以有一天，我们到玉泉看鱼时，坐到那大水池边，掷大饼给鱼吃时，我就问他，为什么从不听到一个女人的故事在他嘴边逗留。朋友就笑了。过了一会儿，朋友不说话。

到后他说：“你看这鱼！”

我以为他在作一种遁词了，就道：“我不是问鱼，是问女人。”

“正是女人！女人就象这里的鱼，一尾一尾排列这水池里，作各样颜色，在各种颜色中若我们欢喜那一种，掷一点面饼，就过来了。有面饼，又当鱼是需要面饼的时候，我们只嫌鱼太多，不容易选择，难道会有失败的事么？”

“鱼恐怕不大同女人！”

“有什么两样？我倒欢喜听听你这个大作家的妙论！若一定要我说出它的不同处，我只好说女人比鱼还容易捉到手，养鱼要许多的活水，对付一个女人，却并不需要许多爱情。”

“这个话或者是对，我就无条件承认了吧。只请你把故事说下去，且告给我你的故事中的女人怎么样；我要听的是‘实在的现状’而不是那‘抽象的评论’。我实在愿意尊敬你是一个对女人的英雄，因为你并不缺少英雄必具的身分。”

“好，你这样会说，我当然要告给你一点。”

“莫说一点，说全部。”

“可是你错了，全部是有时间限制我们的，你瞧，这时已经四点半了，我这对于女人的故事说五天也不会说完！”

“那你就说一个最动人的，我来记录。”

“你得相信我这故事的真实。”

“我完全相信。”

我开始把那一本记事册搁在阑干上，静候我这漂亮朋友的开口。

下面这个故事就是玉泉鱼池旁所说的，因为到后把故事编号，所以就列到第四。有些话不是一个人口语所常用的话，那只是我的记录的失败；有些话稍稍粗野了一点，那是我保留那朋友一点原形。这故事我应当担负那不良的批评，而让好的奖誉归给那个一切体面的朋友。

他说——

我不欢喜谈女人，那是你所知道的。但一个最好的猎户，决不是成天到大街上同人说打虎故事的打虎匠。一个好厨子只会炒菜。一个象棋圣手或者是一个哑巴。这是什么缘故？他们都不须说话。我懂女人，何必要拿这个话各处去说？即或是我的特长，是天赋，是可骄傲的技能，我也只能运用这技能，取到我分内应当得到的幸福，所以我从不同谁提起，也从无兴味说到这些事情。

若果我这个故事说出来对人有一点益处，我也不会吝惜不说。一个厨子是可以告人怎么样在火候以及作料上注意的，我这话比炒菜复杂得多，所以说也无大效果。

不是说瞎话，我是天生就一种理解女子的心，凭了这天赋到任何地方总不至于吃女子的亏的。我觉得天下的女子没有一个是坏人，没有一个长得体面的人不懂爱情。一个娼妓，一个船上的摇船娘，也是一样的能够为男子牺牲，为情欲奋斗，比起所谓大家闺秀一样贞静可爱的。倘若我们还相信每一个人都有一颗心，女人的心是在好机会下永远有向善倾向的。女人的坏处全是男子的责任。男子的自私，以及不称职，才使女子成为社会上诅咒的东西。你瞧，近来一些男子，一些拿了笔在白纸上写字做故事的文豪，谁一个提到女人，忘记了凭空加上一些诬蔑的言语？所有的诗人，在他作品的意识上，谁一个把女人当人？我们看到他们那种对女人的赞美，那谬误的虚谀，同时也自然就看到他们的失恋忧愁或自杀了。他们把女人当神，凡是一切神所没有的奇迹皆要求女子的供给，凡是神生气的事皆不许女人生气，正因在某一层阶级中有这一类男子，或做诗或不做诗，所以女子也完全变成可怕的怪物了。

我不是对女子缺少尊敬，我不过比别人明白一点，女子在什么时候用得着尊敬，以及女子所能给我们男子的幸福的阔度是到什么尺寸为止。我把女人当成一个神，却从不要求她所缺少的东西。我对于女人有一种刻骨镂心的嗜好，但我的嗜好是合理的，不使女子为难的。许多人都说女人会说谎，这些蠢东西，不知道他的要求如何奢侈，如何不合理，女子既然没有那些出于男子口中的种种，她不说点谎怎么把事情做得完全？

我听到许多男子皆说到“相思”或“单恋”这样一些古怪名称，说是一种使人见寒作热的病，一种使人感到生存消沉的厉害的病。真是奇怪的事。为什么有这样使医生也束手的病？不过是无用处的男子汉，在他无用的本分上，取出一个要人怜悯的口号罢了。天下大概是真有一种男子，就是纵见到一个放荡的妓女，在他面前用最猥亵的样子告他怎么样可以用她，这男子也仍然还是要害相思病的。正象天生有一种人有这样一种病根，那是一匹阉割过的雄鸡，是除了喊叫而不能够做其他事的一种人。我是永远不害这样病的，我只要爱定了谁，无论如何她总不会在我手下滑过。

我并不比别人有值得女人倾心的社会地位，并不比别的人钱多，我样子也并不是完全中各种妇人意的体面，让我再说一句野话吧，我气力也并不比起许多人为强壮！同一个女人相爱完全不是需要这些的。妇人中有欢喜水牛的怪嗜好妇人，可是多数却全不在乎此。一切的夸张，常常只是一个笑话，对这夸张感到完全的妇人真是少而又少！我还从没有见到一个妇人选择男子，是照到男子们所猜想的标准下手的。大多数的女人需要男子，她们是同吃饭完全一样，只在方便中有什么就吃什么的。在吃饭时节，我们是还没有听到谁因为菜饭太坏，打过碗盏的事，事实也总有欢喜丢碗碎碟子的人，那是必定有一种原因；或者是娇养惯了的小姐，或者是吃饱了伤食，或者是害别的病受了影响，所以脾气就坏了。但是，就象这些人，饿一阵，她也仍然很随便的下箸了。我所知道的，是妇人对别的事或者不通融，对男子是一点不生问题的。

为什么我们常常听到把一个美妇人比作冷如冰雪？那其实却是男子的过失，男子的蠢同男子的自私，美妇人才常常为一类最坏的男子所独占，而且能够贞静自处。任何一个美貌的女人，是都很愿意（或者说不拒绝）有几个在身心方面能供给一切愉快的男子作为情人的，全是男子太不懂事，太无耻，还有的就是男子太象一只阉割过的公鸡；徒有金色炫目的毛羽，徒能扮戏，使女人感到快乐而不受拘束，总办不到，所以许多本来天生就一个放荡性格的女子，在这种社会上也变成圣洁的妇人了。女人在恋爱方面需要的原是洒脱，一个已经懂到数一百小制钱不会错误的女人，就明白在男女关系上应当作一种打算，若果是在情欲的悦乐账上支下过多痛苦的息金，那她们自然是不干的。但是如这事情是一件洒脱不过的事情，她们就找不出理由拒绝同你恋爱了。我们所夸奖的女子的长德都是不得已的委屈，所以我们不要太把能够保持这长德的人加以不相称的敬视或畏视，若是爱了她，你只要把“我是最洒脱不过的人”这一种意义表示得明白，她的贞娴自固的门栏，是会完全摧毁在你那一个态度上的。

我先是说到妇人是饮食一样的需要男子了，就是那样子，我们就来注意一下烹调，注意一下对方味道的嗜好，以及胃口的强弱。自然我们随时皆不能缺少处事恰当的聪明，我们要一种艺术或技术，我们不能缺少自信同自卑，不能缺少勇敢又更不可缺少软弱，总而言之凡是字典上所有的种种名词的解释，我们皆能够运用和理解，才是一个最好的情人。要耐烦、耐烦、耐烦，且得拿这一方面长处给那女人知道，到后纵是圣玛利亚也会对你含笑。你得把你当作一种蔬菜送给那女人，且必需尽她知道这莱蔬是她的蔬菜，那原因只是差不多所有女人都是一个自命不凡的厨子，有顽固的自信，以为若果这一样菜由自己意思煎炒，不怕她的手段怎么不高明，由她自己吃时总仍然心满意足，或者还觉得这蔬菜的适口，与到胃里以后的容易消化。你若要爱一个妇人，就用这种方法，使她明白你是她一碗由她意思炒成的菜，她因为不好意思，就也得挟你一筷子。

女人都差不多，倘若吃你的原因只是“不好意思不吃”，你就让她有第二个“非吃不可”的机会，到后是她就“非你不吃”了。许多男子是因为好象不愿意自己在女人勉强情形下被吃，所以永远不会得到女人的爱情的。所有害相思病，发狂，跳河，抹脖子，全都是那类不懂女人的男子做的事，这些人幸好是死的死去，发狂的发狂，都不会再麻烦女人了，若是尽他们永远在妇女们身边，女人真不知要怎么样受冤受屈。因为这样事许多男子都怪女人，这些尚未完全发狂的男子，不消说全是一些呆子呆心事，因为他们只知道用他们从老辈传下来一套对付女子的方法。时代既然不同，他们找不到爱情，就把发狂的机会找到了。他们也可以说不是想真心要同一个女子要好的人，因为无一处不是有许多非常多情的女子。这些男子只有一个方法，是使女人变成可诅的东西，这些男子自己就发癫狂苦恼，过着出乎上帝意想不到的坏生活。

有人说，女子的心象城门，关得严极了，到了那里大气力是无用处的，捶打终无办法，所以费尽了气力的男子才发疯变癫子，做出吓人的事。凡是门，有不开的么？不过人心上的门哪里是“打”开的东西？若果这里用得着“气力”，那门也是一种不必要的东西了。门是“拍”开的。凡门无有不可设法开，就是下了锁，也仍然是一种容易方便事情。轻轻的拍，用你口轻轻的采取各样方法去拍，凡是女子全身都无有不柔软如奶如酥，难道心子这东西会特别硬朗，抵抗得过既会接吻又能说谎的男子的口？

(这里我催促了他一次，我要他把故事说及，少来一点议论。)

是的，我莫说我对于男女的感想好了。好在年青男子永远是蠢得很的一种东西，受最完全的教育，得过教育部的褒奖，得过学位，也仍然不会了解女人。女人则又永远是女人，永远是那样子容易同男子要好，只要你欢喜，只要你觉得她什么地方生长得好看，中了你的意，你那言语行为放在一个恰当的表示上，她检察了一下，看看是有利益而不受拘束的事了，就会很慷慨的将你所注意的给你的。或者她也能够用那个本来只适宜于擦抹胭脂吃零碎与接吻的口，同你说话，告你她是爱你一点或全部。要紧的是无论如何你得相信她所说的话毫不虚伪。一个女子是永远不说谎话的，除非你处处行为上总明明白白表示不相信她的样子，又或者你原本是一个欢喜听谎话的人，她觉到毫无办法时节，才会按照你的兴味制造一点谎话。现代女子是只因为维护自己的利益，才象这样子很可笑的活到世界上的。她们哭泣，赌咒，欢喜穿柔软衣裳，擦粉，做怪样子，这些专属于一个戏子的技巧，妇女总不可缺少，都是为了男子的病态的防卫。男子们多数是阉寺的性的本能的缺乏，所以才多凭空的怀疑、凭空的嫉妒，又不知羞耻，对于每一个女人的性格皆得包含了命妇的端庄同娼妓的淫荡，并且总以为女人只是一样东西，一种与古董中的六朝造像或玩具中的小钟，才把这些弱点培养在所有妇女的情绪上，终无法用教育或其他方法，使女子更象一个与人相近的女子。

我奇怪世界上不懂女人的男子数量的吓人。他们中还有许多在那里毫不害羞的扮戏，充一个悲剧中的角色，而到结果又总是用喜剧收场。他们以为学问是帮助了解女人的一种东西，所以也常常用着他们的学问，谈新妇女的一切，又稀乱八糟写一点文章，或写点诗，这些男子就算是尽了他们做男子的责任了。他们爱女人，也就只是在一些机会上，给那所爱慕的女人一点麻烦，还不让女人有一个考虑的机会，或者说还不让女人有一个印象，他们先就在那里准备失恋发疯了。一个女人欢喜一个男子，这中意的情绪的孕育，除了在一个时间的必须距离外，还有的是应当培植到男子的行为上，到后来，才会到两方面恣肆的任性的一同来做一些孩气事情。但是我们所见到的年青人，就永远只知道一个打门的方法，永远用同样一把钥匙开那女人心上的门。女人也看新书，看新的诗集，明白体裁同标点，明白新的诗人形容女人的典故，就好象只是拍门的永远是那一把钥匙，所以不得不特意来制造一把锁，好尽年青人不完全失望的。他们倒近来是居然有人在这方面成功了，但是爱情转到这些人还只是扮戏。他们那种不健康的身心，离开了情欲的饱餍到玩弄风情，他们本来都不配恋爱，因为他们的了解建设在一个虚空抽象的倾心上。只有唱戏扮皇帝，才是可以由那些本来无皇帝福分的人上台，如今的知识阶级恋爱，不过是无数既不热闹又很勉强凑成的戏文罢了。他们是太监扮的皇帝，是假的英雄，他们连唱带演，也玩弄许多名词，使两方面互相心跳脸红，互相哭喊狂笑，到后就用一个至上的“精神恋爱”结束了一切惭愧，弥补了一切不可找寻的损失。

(到这里我是又催过他的。)

好好，我就不说废话了。故事中的废话太多，即或是怎样切题，你们总不大欢喜。不过若果是同女人恋爱，就是说当我们把一个“故事”归还给“事实”时，差不多所有女人，皆需要一种废话敷衍的。若果你们懂“心上空间”这一个名词的意义，你会相信这所谓心上空间，是只有男子的废话可以作成的。“多情的鸟绝不是哑鸟”，做一个情人应当学到若干悦耳的叫声，废话说得适当，恐怕将来所有的中国女人慢慢的就都不再会流眼泪，要眼泪也不容易象现在那么随处可得了。因为有些女子最先感到男子的温柔，是常常在一堆废话中拣寻出一个最合乎她趣味的话，把它保持到永久的。

我说那故事，莫再耽搁时间了。可是未谈我的故事以前，我得先告你一点我的心情。

我是不晓得什么叫失恋的。我要的我总得到。这个话说来不是使我自觉骄傲的意思。我不把这个夸张放大到熟人前面，因为说谎只是虚荣的维持，我是用不着这“恋爱天才”绰号的。我只是使你明白我身心的强健。

我的脾气是爱上了一个女人，我总能在一个最快速度内，使女人明白我在爱她，到后又使她知道我的需要，再到后是她就把我那需要给我的。我听不得谁说到某一美丽女人在极坏相极俗气丈夫身边安静过日子的事情，这些贞操我看得出是一种冤屈，同时感到一种莫可名言的悲愤，觉得痛苦了，我就非得去爱那个女人不可。我这孩子气的也可以说是侠气的行为，只象是向俗见作一个报仇的行为。且象是为女人施舍的一种行为，这里我是很有过一些牺牲的。听到这女人生活的不合理，我就找出一个机会来，把我这鲜明年青的身体，慷慨赠给这女人，使她从我身体上得到一种神秘的启示，用我的温柔，作一种钥匙，启开了这女人闭锢的心上的门，要她有一种年青的欲望的火，要她觉悟到过去一切的不合理，从新的获得上，发现那老公牛占有她是一种羞耻、一种切齿的冤仇。

事情是在 ×× 的那年，我在担任一个汞砂场的技师。有一天，到去市约四十里一个地方去找寻一个朋友，坐了那地方最不体面的长途公共汽车去。在路上我就遇到一个妇人，一个使我这人也大惊讶的美丽妇人。那个优美的在浅紫色绸衣包裹下面画出的苗条柔软的曲线，我承认这是一个天工自己满意的工作。那眼睛同眉毛的配置，那鼻子，都无可批评。这个人正象有心事样子坐在我的前排，我心里奇怪这地方会有这种妇人。从衣服及头发上看，我难于估计准确这女人的身分。我想这应当是我的灾难来了，我又应当在公司的职务上另外找出一个尽责的理由了，就存心看到妇人从什么地方下车。若果中途下车，我就随到下去，问问她是在什么地方住身，是做些什么事情的人。我平时是不容易对女人感到多少纠纷的，既觉到可爱，我就不能放弃这机会了。

但是一直到了最后一站，这人才下车，我就想做一点呆事，跟到这妇人走一会儿，且莫到朋友处去访朋友。但最坏的气运由我自己作成，没来之前恐怕不找朋友的住处，先一日曾写了一个信通知给朋友，这时朋友却正在停车处等候，一见我从车门处跃下，那在他身旁的朋友的长女，望到了我，就走拢来抓着我了。因为这小孩子一闹，因为携了小孩子走到朋友身边去，同朋友握手，再回头找寻，女人已经不知什么时候到什么地方去了。抱了小小怅惘的心情随了朋友到他的住处，同朋友夫妻两人谈到一些留在国外熟人的生活，看看就夜了。因为我照例不欢喜谈女人，所以我那朋友夫妇为尊重我起见，也不提到这小市镇的关于妇女的话。我也不破例，去把车上所见去问我那朋友夫妻。不过在吃晚饭时节，那在车站上迎接我的朋友的长女君子，忽然向她妈说道：

“妈妈，我今天在车站接叔父，又看到那穿紫衣的阿姨，美极了。”

“你又见她吗？你为什么不喊她？”

“我因为接叔父，所以忘记了。那真是画上的美人。”

君子只是六岁的一个小孩子，提到这美女人时居然也不缺少欣羡。

我就问朋友，所说的女人是什么人。

朋友原本认为我对女人无兴味的，就说：“×× 若是你觉得这女人还美，我就为你想一个法介绍给你，好使我们君子也得常常见到。君子是见一次总说一次这女人的。”朋友这话显然是出于一个玩笑的意义上，因为他一点也不了解我。他虽然相信我一切使女人见爱的资格不缺少，他总以为我是一个快乐健康的人，说简单点他是把我当成一个孤高独身男子款待，在说话行事各方面，对我是总不缺少一种含蓄的怜悯成分的。为了这个对手，我可不愿多说话了。

但是，稍过了会儿，朋友的妻，象是明白我一点，就告给我关于那女子的许多事。我从君子母亲方面才知道那美妇人是一个牧师的夫人，因为君子间或由她母亲带到 ×× 的教堂去玩，所以认识了这妇人。君子母亲另外所知道的只是这妇人在 ×× 女校毕业，去年才嫁给 ×× 的牧师，牧师比女人年长十五岁。听到这些话后我心上有些为朋友夫妇料想不到的变化。在我面前又象出现了一个仇人，我想象这牧师是一个最坏最卑劣的人物，我估计他们的婚姻完全成立在一种欺骗上，我不相信这女人心上没有一种反动。机会给我一个牺牲自己的时间到了，我陪了君子母女两人到教堂花园看白鹤，牧师不在家，那紫衣美妇人出来招待我们，我有意在那花园里逗留了许久。

我自然就同这牧师夫人认识了，我自然非常懂事在一种初初晤面下，把一个最好最完全的印象给了她。回到朋友家中时，我与那妇人最后的点头、最后的一瞥，我相信自己做了一件伟大的事业，在路上君子的母亲问我，这女人是不是很可爱，我说我将把自己来放到一个危险局面下玩一玩，君子母亲懂我的意思，她对我的了解比她丈夫为多，就笑说一切愿意帮忙。

回到朋友家书房中，躺到特意为我布置的一个小床上，想一切突然而来的事情，想未来，想这时那妇人的情形，全身发烧，可是我仍然用自足的意思克服了这心的驰骋。我明白我应当安安静静在这个小书房睡一晚，把精神留给明天。心急是只能做出一些愚蠢的事情来把问题弄糟的，女人最害怕的就是男子性急。一个聪明的男子，他的聪明只在怎么把意识的速度，维持到事实所批准的情形方面。他明白遐想的无用，他就不应当在孤独的时候去猜想那两人以上关系，因为这猜想照例是非常容易把自己安置到一个与事实相左的谬误情形上去的。

第二天我携了君子去，见到牧师也见到了那牧师夫人，我只同牧师谈了半天话。我同那个靠叫卖圣雅各养得健壮如一匹大袋鼠的人谈神学与宗教学，我同他说中国各派教会事业的变迁，我同他谈洗礼与教会中慈善事业的各样问题，到后还同这袋鼠谈到圣经。幸得是我，才能有这样多废话可说。不消说在牧师方面，在一个长时间的散步中，我就取得了我所需要的。我让这骗子爱我，让他把我的可敬重处告给那个太太，第二天我就做了这点事情。

第三天，又是同君子母女两人去的。朋友这太太当真履行了她的诺言，当我同到那叫卖圣雅各名分的人物继续讨论一切重要问题时，君子的母亲就同那太太讨论我同牧师。

事情的锐变使我自己也吃惊不小，还只第六天，这个美丽妇人就仍穿了她那件紫衣，一个人留在我朋友那小书房中，同我谈爱情了。

一切由她明了了的所需要的我自然不能吝惜。我将我所有的全部给了她，尽她在一种崭新的享受中，用情欲与温柔有意义的消磨了这初夏的日子。

我在我朋友家住了半个月，这妇人就到过那里五次。我回到××，妇人又到过七次。我的行为使我那个朋友吃惊，这好人，他倒奇怪，一个学自然科学的人，倒以为我是凭了好的命运成就的事。他仍然得使用一个好朋友的嘲弄，说我在幸运下赌赢了一注财富，在这些事上我当然用不着分辩，因为直到如今他还是对我的“科学方法”加以怀疑。

你是很明白的，两个年青人的恋爱，先是大多数维持在一个恣肆的行为上面，到不久，这游戏就转到了严肃的情形中了。我们的接近，因为距离发生问题了。我不能把朋友的家作为一个晤面的根据地，又因他种关系，要我搬到××去也办不到。而且我们同时皆不满意现状，我们皆得再进一步，费一点气力，抱一点决心，牺牲一些必须牺牲的幸福，才能达到完全。

本来对妇人只抱了复仇性格的我，在同那妇人以前所遇到的女子，我是照例只同她们在一个恣纵中过一些日子，到后又仍然因为别的事情终于分手了的。我照例同到女人要好，慢慢的看出她的弱点，慢慢的明白了她的个性，在什么生活下就非常幸福，我就总费了些气力，把这人转给一个最恰当的丈夫方面去，我尽他们在要好中把我慢慢疏忽，我尽他们成为一对佳偶，这样人是很有几个的，可惜我这时不能为你说及。但是，自从我一同这牧师太太恋爱以后，我就觉得我应当结婚，而且结婚的女人除了她没有第二个了。我真正为了那不可当的温柔，以及不可当的热情投了降，把一点理性完全失去，要作那使袋鼠祷告上帝处罚我的事了。

我们不顾一切，计划到离开 ×× 的生活，甚至于把必需的向社会的辩诉也准备好了。

但是这是一件事实，不是一个架空的故事，我们仍然因为一些使人不相信的新事分手了。为一个比见面更突然的事所打击，她因为到我住处往返来去的长途汽车上，翻了车，一车的人皆连同那一辆汽车摔在路旁小河里面，这意外事情的发生，只去我们离开 ×× 两天以前，我在第二天见到当地报上所载的消息，计算时间正是她坐回家的一辆车。我赶忙坐了车到 ×× 镇朋友家去，一见到君子母亲，我就知道她也早已知道了这件事。那朋友，还料不到我们的情热，料不到我在两天后就准备要带了那牧师女人逃走，仍然是那科学家样子冷静，而说出玄学家的话语。他说 :“你的气运触了礁石，昨晚应当做了一个恶梦。”我不理他，就问他太太知不知道是住在什么医院。君子母亲说听他们说到是住在家里，伤处不大，正想等你来一同去看看。

我们不久就到了那教堂旁牧师的家里，在门前小廊下遇见了那牧师，好象是镇夜没有睡眠，心绪非常芜杂的样子，坐在那小椅子上调一碗粥。

自从我同到那女人要好以后，我是只到过他家四次，如今已经有十七天不见到了这博学牧师的。他看到我来了，非常激动，他一点也不明白我同他太太在他背后作的事情。他还以为是我看了报或到朋友家听到君子母亲谈到，才特地来看他同病人的。君子母亲问了他一句话，他即刻就引我们到那妇人的住房去，他进了房，很忧愁的走到妇人床边去，温柔的喊妇人一个奇怪的名字，象是父亲称呼最小的儿女一样神气，告正闭了眼眯着的妇人，有朋友来看望。妇人象是知道来的是我，没有把眼睛即刻睁开，轻轻的叹了一口气。我明白这上面所隐藏的意义。我知道那丈夫的温柔使我难过以外，也使这妇人有一种惭愧。到后把眼睛开了，在那薄媚的脸上保留着惨惨的微笑，我们都没有什么话可说。只听到那袋鼠牧师，说了许多废话，他说到当他听到翻车的时候如何惊惶，到后知道了她在车里又如何着急，到后把人用汽车送来又如何忙乱，他且在这些叙述中，不忘记告我们他对于医药的知识与看护的知识。一个牧师天生就是口舌叫卖的脚色，但我还没有遇到第二个牧师有这个人的博识，且把这知识有条有理的倾泻给人听。当牧师说到一切时，躺在床上用绷带束了头部同臂膊的受伤人，她只是用一种怜悯的眼光望到半秃顶的丈夫。她的皮肤为倾跌所擦伤，她的心为那丈夫也擦伤了。我看到这情形，我想说出几句话，就全没有相宜的话。我平生第一次感到软弱，我不能救济我自己，我看明白有些地方我不及那袋鼠，我懂到女人在某一种情形下会生出一种牺牲自己的心情，因这个突变的事情，我将在一个失败的局面下过日子了。我有些地方，只有承认我那朋友的不科学见解，命运的手抓着我时，尽人事的摆脱，终归无效，我就只好屈服了。

回到朋友家时我感到消沉。我看出我的失败。虽然仍旧不忘记尽人事的种种必需办法。

（到这里我曾问到他的理论。）

理论是不适用了。理论的失败在事实的特殊。我听到这丈夫是一个医生，我就得承认我们的逃亡是只好当成一个将来的可笑故事讲讲了。我那时恨我不是学医的人，因为除了我是一个好医生，我没有方法可以把自己在这个时候战胜那牧师了。我是在任何事情上不忘记“时间与空间”的一个人，在恋爱的成败上我尤其明白这时空的影响。这时她病倒在自己家中，这家中即或是仇人的家，服侍她的即或是她平时所认为仇人的人，因为时间使她的心上勾出了空间，她将在一些反省上看出自己的过失。她将为一些柔情体贴所征服，觉到生活的均衡为适用，而把冒险的热情消磨在回想里。要想她仍然如往日一样，同我在一种昏瞀情形中背了那丈夫逃走，或者离婚，这妇人有考虑的必要，而且这考虑结果，她将按照一个妇人的本能，愿意在平安中保持现状，不愿意向新的生活作一件冒险的投资了。

当夜我住在朋友那小书房中，为了恐怖自己为自己的幻象所苦恼，我同朋友谈了许多另外一些关于学问上的问题。我避开女人的事情不提，仍然象平常许多时节的我了。到后我仍然好好的睡了，因为我需要一个更明澈的头脑，预备在明天再到那牧师家中去看看，或者新的日子能够给我一个新的希望，我不承认我的惨败不可收拾。

第二天我一个人到牧师家中，还是早上，仍然在那病室中，听那个牧师谈关于女人晚上发烧的事。那太太，静静的，柔弱的，躺在床上，一句话不说，间或把眼光同我作一次短短接触，那眼光中充满了异常的忧愁。牧师到后很机警的把我拉到外边，向我说："她发烧，她昨夜说了许多梦话，全是很可怜的一些言语。你来得正好，我希望你陪到她坐坐，谈点话，解解她的闷，我到××有一点事去。我无论如何要下午才能回来。我这个提议你一定不会拒绝。"把这个话说完，我们对望了好一会儿。这是互相人格的了解的对视，不是嗔恨，缺少恶意，我从我的对手眼睛里，望得出一种悲悯博大的精神，我明白他所听到的梦话一定与我有关，我明白这个人虽明白了这事也仍然是毫无芥蒂，且即想在这个错误上加以一种最妥当的补救方法。他理解我而且信任我，他很费了一些思索才会说出这样话来。他一定已经同妇人说了什么话，将给我一个机会同妇人商量处置的方法，他且告给了我下午才会返身，是明明白白说到有许多话许多事情是可以在他没有回家以前办好的。我懂到这个人的意思，平时饶舌的技能，一切皆在一个奇怪的敌人面前失去了。

我想他既然这样了解我，我也不能再在他面前有所掩饰了，就一句话不说，同他紧紧的握了一下手，这牧师，用他慈悲而又羡慕的眼光望了我一眼，抹抹那秃头，走出去了。

我等了一会儿，才走到女人房中去。

“×，×× 牧师走了，要我留到这里陪你。”我说过了这话，就坐在床旁一张椅子上望到女人的脸。

妇人想了一阵，象是对于我这句话加以一种精密的分析，又象是在另外一件事上作一种遐想，到后才轻轻的说：“你过来一点。”我坐近了一点，把一只手放在那女人嘴边，女人吻了我那手一下，低声的问我，“××同你说了些什么话？”

“他告我你晚上发烧，说梦话说得很多。他似乎完全明白了我们的事情。他好象一夜都没有睡觉。我不知道他怎么样虐待了你。”

女人说：“他虐待我吗？是的，这真是虐待！他知道我们要逃走，他是并没有说什么重话的。他并不向我说过一句使我伤心的话。他只说人太年青了，总免不了常常要做一点任性的事情。他说年青人永远不会懂老年人。他说我的自由并不因为嫁了他而失掉，但应当明白的做一切负责的事情。他说你是一个好情人，他毫无干涉我们接近的意思，他只愿意我们不要以为他是一个顽固的老年人，对于他抱一种误解的责难，就够了。……他对于我就是这种虐待。”女人说过后，就哭了。

我也被这老东西的话虐待了。我的聪明，我的机智，我的种种做人的进取的美德，为这个精巧的谎话所骗，完全摧毁无余，想维护那个三日前的主张，无论如何也不能够了。

我们逃走的计划，自然是办不到了。我因为这突然的转变，我感到应当牺牲的是我自己了。

我终于在这个牧师回家以前，返到朋友家中，稍稍坐了一会儿，就转 ×× 去了。

（我说，那你就这样输给那牧师了么？）

我输了。只输过这样一回。因为这次的事情，使我的性格也大变了。我懂女人，越懂女人也越不能把自己跌在一件恋爱上，所以现在真就成为“素人”了。

那女人我到后是仍然见到的，她还来找过我一次。可是我感到一点伤心，我好象只是用一种热情来把女人的身体得到，那无限温柔的心，还仍然是那牧师的。我对于那牧师，在我心上增加了一种惭愧。我没有理由再到那里去了。这人第一面似乎就明白我同他谈话，就只是为得同他年青的美丽的妻亲近。他早就看得出我的目的。他早知道他的妻会同我做出一点不检点的事。如今听到要逃走了，仍然毫不激动，只以为应当看清楚周围有非逃不可的时候，再来计划到这与社会习惯相违的行为。他知道怎样采取了最聪明的方法，使我们毫不因为这发现感到难堪。这成精的人，这有道行有魔力的男子，在他面前他使我自己看出自己的愚蠢，我一个人终于逃走了。

当朋友把故事谈到最后时，我笑了。因为我不相信这故事的发展与结束。我说：

“一个那么长于理论的人，在这件事上，是还缺少一个必需失败的充分理由的。”

“要明白理由么？我先前不是说过，我总是把我所爱的女人，为她选上一个与她最相宜的男子这件事么？我是一个好情人，却并不是一个好丈夫，我不能在恋爱上扮小丑，就只是这一个理由，那女人我就再也不见面了。”

“难道就这样结束么？”

“你以为应当怎么样结束呢？”

……

到后我们出去时，走到山门边，买桂花栗子，朋友正弯下腰去拾栗子，见有一个年青女人正想下轿，后面一个轿子上的中年男子，象是那女人的父亲，就用北方话说：“天气夜了，不要看那些鱼。”两顶藤轿就从山门外走过，向岳坟路上，消失在那几株老栗树后了。那时天气的确已经快要断黑，天上的霞已经作深紫色，朋友忽然象有了心事，问我是不是常常为一种天气把自己的性格变化，我说这变化是有的，但只是暂时，不是永远。他却说，他是与我不同的。因为我那时在吃栗子看天上的霞，他也在吃栗子看天上的霞，我们就没有再说什么话。

回到旅馆朋友说明天想返上海，因为什么我是不明白的，当时我曾用笑话说：“是不是仍然还得过 ×× 去做那牧师座上的嘉宾？”朋友点点头，接着就狂笑了许久。

早上看时报，看到 ×× 通讯，想起那正是朋友所说故事发生的那县份，我发生一种莫可名言的兴味，过细看了一下内容。上面说：

……×× 牧师，被十七夜的窑市变兵戕杀后，已有三名变兵被七营捉获解省。

当时把那报纸剪下，想到去问问一个与那朋友常常通信的熟人，问了许多人皆说听说是在唐山煤矿公司总务科做事。我正想把这剪下的报纸寄去，朋友却正从北平来信告我，最近已经同一个协和医学院的女生订婚了，这独身的计划的变更，是完全在玉泉谈那故事以后望到天上红霞所生的新的生活态度。看了那个信，我把它连同那一片剪下的报纸一起丢到火炉里，望到它燃过后作浅蓝色火焰，许久未熄，我心上象完全为什么所蚀空的模样，仿佛成为一个悲剧的中心人物，痴了许久。

作于一九三〇年

自杀

被同事称为幸福人的刘习舜教授，下午三点左右，在××大学心理学班上讲完了“爱与惊讶”一课，记起与家中太太早先约好的话，便坐了自用车回家。到家时，太太正在小客厅里布置一切，把一束蓝色花枝安插到一个白建瓷瓶里去。见教授回来了，从窗下过身，赶忙跑出客厅招手。

“来，来，看我的花！”

教授跟教授太太进了客厅里，看太太插花。“美极了！”教授那么说着，一面赞赏花枝一面赞赏插花那个人。太太穿的是件浅炒米黄袍子，配上披在两肩起大波纹的漆黑头发，净白的鹅蛋脸，两只纤秀的白手在那束蓝花中进出。面前蓝花却蓝得如一堆希奇火焰，那么光辉同时又那么静。这境界，这花同人，真是太美丽太美丽了。记起另一时一个北方朋友称赞太太的几句痴话，教授不由得不笑了。他觉得很幸福，一种真正值得旁人羡慕的幸福。

想说一句话，就说："这不是毋忘我草吗？"太太似乎没听到，不作理会。

太太把花安排妥当时，看了教授一眼，很快乐的问道："这花买要多少钱？你猜猜。"

"一块钱……"

"一块钱，总是一块两块钱，我告诉你，不多不少一毛六分钱。你瞧，在那瓶子里多美！"

"真的，美极了。"

太太把花插妥后，捧了花瓶搁在客厅南角隅一张紫檀条几上去。看看觉得不妥当，又移到窗台上去。于是坐在小黑沙发上，那么躺着，欣赏在米色窗纱前的蓝花，且望着花笑。

教授把美丽的太太一只美丽的手拖着，吻了一下，"宝贝，你真会布置。这客厅里太需要那么一点蓝色了。"受到这种赞美的太太，显得更活泼了一点，不做声，微笑着。

教授说："这不象毋忘我草！"

太太笑着说："谁说是毋忘我草？你这个也分别不出！我本想买一小盆毋忘我草，还不是时候，花不上市。那角上需要一点颜色。红的不成，要蓝的。应当平面铺开，不应当簇拥坟起。平面铺开才能和窗口调和，同瓶子相称；你看，是不是？"

"就那么好极了。我只觉得那瓶子稍微高了一点。"

"唔哼，若是个宽口小盆，当然就更合式！"

保姆进来倒茶，把桌上残余花枝收拾出去。

"王妈，有客来吗？"

王妈一面收拾桌子一面说："农学院周先生来电话，说南京什么赵老爷来了，先生要看他，过周先生家里可见着。"

太太说："不是赵公愚吗？"

教授说："怎么不是他？春天北方考察三省行政，还说就便要在天津同赵太太离婚。世界变了，五十岁的人也闹离婚。那知道太太不答应，赵老先生就向他女儿说：'妈妈不离婚，我就自杀！'女儿气极了，向他说：

‘好，爸爸你要自杀回南京去自杀，这件事我们管不着。你不要太太了，我要母亲。我明年北大毕了业，养母亲。’这样一来，赵老先生倒不再说自杀了。”

“这是道学家的革命！”

“一种流行传染病。（几个妙人的故事重新温习）赵老先生人老心不老，在南京那种新官僚里混，自然要那么革一次命。还有虞先生，据说太太什么都不坏，只是不承认他的天才，不佩服他，所以非离婚不可，到后居然就离婚了。有人问到他离婚真实原因是不是这件事，他就否认。人向他说：‘若用这种事作理由，未免太对不起那个夫人了。’他就作成很认真的神气说：‘社会那么不了解我，不原谅我，我要自杀！’害得那熟人老担心，深怕因这番谈话刺激了他出个人命案件。到如今，看看他还在做七言香艳诗赠老朋友某，音韵典故，十分讲究，照情形看大约一时已不会自杀了，才放下心！这种传染病过去一时在青年人方面极其厉害，如今青年人已经有了免疫性，不成问题，却转到中年人身上来了。病上了身也就见寒作热，发疯发狂。目前似乎还无方法可以医疗这种怪病。”

太太笑着说："怎么没有方法？"

王妈看看教授大皮包，记起日里一个快信来了，就向教授请示："有四封平信一个快信搁在北屋书房桌子上，要不要拿来。"王妈取信去。

太太接续着先前那个问题谈下去，"你说的那种病，照我想来也容易治疗。你想想你自己从前是好人还是病人？说不定小嫒嫒长到十八岁时，也会向你说：'爸爸，你想自杀吗。我这儿有手枪。'"

教授聊作解嘲似的分辩说："害过那种病的人就有了免疫性。再过十八年我若真的还会第二次害病，我们小嫒嫒一定当真把手枪递给我。有这样一个女儿，倒不好办！"

王妈取信来时，同时把小嫒嫒抱进客厅。小嫒嫒是两夫妇唯一的女儿，一家的宝贝，年纪还刚满周岁。照习惯小嫒嫒从王妈手中抢了那个信，又亲手交给她爸爸。

教授接了信，拉着嫒嫒小手拍抚，逗她说："嫒嫒，今天在公园里看不看见大白鹤？在水上飞呀！飞呀！"

小嫒嫒学着爸爸说："飞，飞，爸爸飞。"

"爸爸飞，飞到什么地方去？爸爸一飞可不成！"

“飞，飞，爸爸飞。”

教授一面看信，一面同小女孩信口说着话。“爸爸飞到公园去，飞到天上去。”不禁笑将起来。忙把信递给太太，太太一看，原来是上海东方杂志社的编辑史先生写来的。来信要他写篇论文，题目恰好就是两人正说起的“人为什么要自杀”。教授说：“可惜我不会写小说，不然就用赵先生虞先生的故事，作一篇小说一定很有意思。”

教授太太把信还给教授后，从王妈手中抱过了小媛媛，很亲爱的吻着小媛媛的手掌，指着瓶中的蓝花，“宝宝，看，花花！”

小媛媛在母亲怀中也低低的呼唤着：“花，花，妈妈花！飞，飞，爸爸飞。”

“妈妈花，爸爸飞，小媛媛呢？”

小媛媛好象思索爸爸这两句话的意义，把两只大而秀美的眼睛盯着教授，“爸爸，爸爸，飞！”

廊下电话铃响了一阵，王妈去接电话，知道是粕粕胡同王家王先生要教授说话。教授接完电话，回返客厅时，脸上有点无可奈何的神气。教授太太猜想得到是什么事，“你们又要到公园开会去，是不是？”

“谁说不是。小嫒嫒，爸爸一会儿真的就要飞到公园去了！”

太太眼睛望着那蓝花，轻轻的说：“不飞，不成？”

“我也想不飞。可是，学校事不理不问，哪里行？到东城去买衣料，明天陪你去好不好？——宝贝，你那眉毛真美……”说时，教授瞅着太太轻轻的叹了一口气。他太幸福了。看到太太一双长眉，想起一句诗：“长眉入鬓愁”，什么愁？记不清楚了。

太太见教授有点儿谄媚神气，知道那是什么原因，便说：“你有事，你去作你的事。”

“我舍不得你。”

“有什么舍不得我？”

“我陪你去。王妈，王妈……”他意思要打电话。

“得了。”

小嫒嫒说：“飞！飞！”

教授把怀中金表掏出一看，快到四点了。约会原定四点半，时间已不早，便站起身来预备过西屋浴室去洗手。

小嫒嫒又说：“爸爸，飞！飞！”

教授开玩笑似的向媛媛说："是的，小媛媛，爸爸真要飞。"且举起两只手作成翅膀展开的姿势，逗引小媛媛。

太太不做声，抱了媛媛随同教授出了客厅，到院子中去看向日葵。"葵藿有心终向日，杨花无力转随风。"数数它的数目，八朵、九朵、十三朵。一个不吉利的数目。于是把旁枝一朵小小的也加上了，凑成十四。

雨后初晴，公园游人特别多。园中树枝恰如洗过一般新鲜，入目爽朗。教授在僻静地方茶座下，找着了同事王先生。随即又到了胡子戴先生，左先生，高个子宋先生。几人坐下来正讨论到学校下半年本系人事上的种种变动，忽然有个小女孩子声音喊"王伯伯，王伯伯"。女孩子年纪大约十一二岁，生长得长眉秀目，一条鼻子尤其美丽。到了王先生身边，就说："王伯伯，怎么不到我姑妈家里去玩？谁得罪了您？……这是谁？"（她向着那个大胡子问）王先生便说："这是戴伯伯。"女孩叫了一声"戴伯伯"。掉头来望着一个高个子，开口问："这是谁？王伯伯。"王先生便说："这是宋伯伯。"女孩照样又叫了一声"宋伯伯"。又指着另外一个胡子问是谁，说是“左伯伯”，也叫了一声“左伯伯”。

末了这女孩子瞅定了教授，看了又看，“这是谁？王伯伯。”

王先生说：“刘伯伯。”

“刘伯伯？”女孩子估量了教授一下，“刘叔叔，”那么轻轻的叫着。引得在座众人一齐笑将起来。

王先生说：“嗨，大莲，怎么刘伯伯叫刘叔叔？你上次不是在《北洋画报》上见到一个美人，你说很欢喜她，样子象妈妈，剪下来贴在镜子上吗？那就是刘伯母！”

女孩子偏个小头觑着教授，“王伯伯，真的吗？”

王先生说：“怎么不是真的？你什么时候同我去刘伯伯家里，就可看看刘伯母。”

“是真的吗！”

“你去看看就知道了。”

“刘伯母家里有小宝宝吗？”

“有一个小宝宝，你还可以去看看他家小宝宝，同小宝宝玩！”

“好，赶明儿我就去，王伯伯，是真的吗？”

“你问刘伯伯！”

小女孩很害羞似的把小嘴唇咬着，露出一排细细的洁白牙齿，望了教授好一会儿，俨然从教授神气之间看出了一点秘密，忽然自言自语说道："是真的！是真的！"

"同王伯伯到我家里来玩！"

"好。"把头点点，一只燕子似的飞去了。

小女孩子走后，王先生望着那小小背影，作了一个喟然叹息的动作。左教授问王先生："那孩子是谁家的小孩子？"

王先生半天不说话。

几人都为这小孩子迷惑了，接着都说这小孩子眉眼异常，与一般女孩子不同。经王先生说明，方知道原来这小孩子就是六年前在上海极有名的姚李案中的遗孽。母亲原是个出名的美人，一个牙医的女儿，嫁给阔公子李××。结婚后两人情好异常，毫无芥蒂。不料结婚七年后，这女人忽然平白无故自杀了。自杀的原因既极暧昧，社会上皆以为必是男的另外有了钟情的女子，但这种揣测却毫无根据。男的此后生活且证明了个人的行为毫无瑕疵。于是另外又有了一种揣测，就是说女的爱了一个极其平凡的男子，或说是个有中表亲的中学生，或说是一个画家，这件事受各方面的牵制，女的因此自杀了。三年后男的抑郁无聊，跑到黄山又自杀了。男的遗书中证明了女的自杀秘密还是另外一件事。至于另外一件事是什么，男的遗书中却说等到女孩子二十岁同人订婚时可从一个文件中明白。两人死后剩下的遗孤，被一个姑母带过北京来住，她的姑父原来就是生物学家杨××。

教授回到家中，同太太把晚饭吃过后，谈闲天谈到日里在公园中见及的那个小女孩，且谈到小女孩母亲自杀的故事，以为很不可解。太太便说："人类事情不可解的地方多得很，至于这种自杀，倒平平常常。"为什么觉得平平常常，教授却想不通。当时问太太，这平常指的是什么意思。太太只笑笑，不说下去。

到了晚上，教授个人在小书房中写《人为什么要自杀》那篇文章。翻了好些参考书，书中所讨论到的一切学理，所举证的一切事例，虽无一不备，可是思想一同日里几件人事接触，便不知道真理应搁在那一方面比较适合了。

教授想：一定的，有的自杀不可分类，置入经济困难恋爱失败，以及任何一类都不相宜。为了一种错觉、一种幻想、一种属于生理心理两方面骤然而来带传染性的（一本书中提出的一句话一个观念）病症，也会自杀。为了奢侈（倘若这人凭理性认为挥霍生命是最大奢侈），也会自杀。但自杀的原因，若为了生存困难，为了经营商业或恋爱失败，社会却认为那是避责任与痛苦，因怯于坚忍生存而想到死，是件犯罪的行为。值得奖励的自杀，必事到临头还头脑清明，毫无异态。必承认生命是属于自己的，同时自己又是个很认识生命、爱惜生命的人，为了死可以达到某一个高尚的理想，完成某一种美丽的企图，为了处置生命到一个美丽形式里去，一死正类乎伟大戏剧或故事所不可少的情节，因此从从容容照计划作去。这种自杀有的为求人类自由、文化进步、历史改造，也有的是为一己；为使一己生命达到一个高点，社会皆认为难能可贵。然而童养媳偷偷的在土灶边吞烟，与苏格拉底在狱中喝那一杯毒药，前者的死与后者的死，真正有什么不同处？倘若某种人的死，为的是留给此后活人一个美或深的印象，我们对于许多这种死的印象，有时却不如许多人类愚蠢行为来得更深切。为了怕生而去死的人也很多，这种人近于懦。为了想生于别人印象里而死的人很多，这种人却近于贪。“贪生怕死”是一句骂人的话，世界上还有“贪生不怕死”的人，作出的事是道德还是不道德？……自杀也许还有人是在一种纯粹无所谓的情形下作的……完全无结论的思索。

教授只觉得自己心中有点儿乱，有点儿胡涂。看看钟已十二点过五分，面前一堆书、一片纸。灯光很温柔的抚着花梨木桌面，一些小虫在窗上或用脚轻轻的爬着，或用身体轻轻的撞着。一切那么静。一家人全入了睡乡，厨子、保姆、小媛媛，皆已各自安静的躺在铺床上做梦了。教授把手中捏着那枝笔头按着心部，仿佛听一声枪响，“叭”，完了。好象什么都完了。把身体向椅背一仰，笔放下了。自诉似的心中说着：“我不是个乐于自杀的人，我是个性情懦怯逃避责任的人。然而，如今我完了。幸福，远了。……什么是幸福？人人都说我有个好妻子，便是今天李家那悲剧渣滓小女孩子，也居然把她的相片从画报上剪下，时时那么注目忘情的对望着。有一个爱她的大学生，为得不到她也去自杀过一次。有人可以从她的美丽上感觉幸福，又有人从她美丽上感到不幸。为什么我同这个女子那么贴近，反而把她看得平平常常，从不惊讶？”

教授的小书房兼卧房，有一扇小小的黑门通过太太的卧房，这时节那扇小门，轻轻的被推开了。太太看看书房还有灯光，知道教授还未上床，把一只白手向里摇摇，且亲昵温柔说道：

“怎不睡觉？还作事吗？响了十二点，应当休息了。你听，响雷了！天亮以前会落雨的。你要茶吗？你写些什么？我来看看成不成？”

教授不做声。在门边站着的太太于是又说：

“为什么老在桌边？那文章不作，不成吗？你要——”

“我什么都不要，宝贝。你睡去，我还有事情！”

“什么都不要，连我也不要了吗？”

“宝贝，我在作事！”

太太小孩子似的，在门边站了一会儿，却不要教授许可，破例走近教授的桌边来了。“你不要我我也来了。你一作事一读书就讨厌我，来看你就说是麻烦你。真不公平！”

教授太太这时已换了一件白色软绒薄寝衣，头发散开编成两条辫子，脸臂皮肤，腻白莹洁如玉琢成的。长眉秀目，颊际微红薄媚，更觉得光艳照人。教授只是微笑。太太了解丈夫在构思一个问题，原谅了丈夫疏忽体贴处，拍着教授的肩膀，偎在椅旁站了一忽后，得到丈夫一个吻后，就快乐的回到自己卧房去了。教授目望着那扇小门，叹了一口气，自言自语说："唉，人！"

教授随手在身边小书架上取了一本俄国人作的长篇小说，翻看到的一节。正描写一个男子想象到他所爱恋的农村女人，如何用白首巾包裹头发，脱了衣裳，预备上床。自己如何睡在那有香草味的新棉被里，辗转不眠。作者一枝生动的笔，竟把读者带入书里所写的境界中去，俨然承认作者所提示的情境方算得是爱。

一会儿雨落了，雷声也大起来了，小孩房中灯光明亮，教授知道是太太到小媛媛房中看察窗子，看察小媛媛被盖。平时这种事常常是两人同作，这时节他却不起身，仍然坐在桌边不动，而且继续想着白天见到的那个大莲。一个雷声过后接着洒了一阵雨点，院中席棚被雨点打得很响。通太太卧房那扇小门又轻轻的推开了。

教授说："宝贝，您怎么还不睡？"

"天上响雷，我有点怕，睡不着。"

"又不是小孩子，还怕雷！"

"落大雨了，你怎么还不睡？你不怕响雷，雷雨也不怕吗？"

"我不怕！"

"真的吗？你不管我，我就要落雨了！"嘭的把那扇小门关上了。

一句诗："泪如春雨不曾晴。"这诗是两人日前同读过某近人集中的句子。教授憬然悟了一个问题，赶忙起身走过太太房中去。太太伏身在床上，业已泪光莹然了。教授用了许多方法把太太精神振起时，见太太脸上的容光，那么美丽，教授笑着说："宝贝，你真美！"

太太说："你刚才想到些什么问题，老舍不得离开书桌边？"

"我想到自杀问题。（他说时用平常说笑话的神气）你呢？"

太太说："我吗？我同你一样。"

"我不相信！我们不一样。"

“我觉得你不爱我了！”

“这就证明不一样了！我从不疑心到你不爱我。”

“你不疑心我，因为我爱你！”

教授觉得这样子说下去不成，要转变一个话题，“宝贝，我想起白天在公园见到那个小女孩子。再过十年这女孩子到了二十岁，独自发现她那个母亲的秘密时，那情形真有点不易设想！”

太太固持的重说道：“你不爱我了。”

她心想：那小孩子二十岁你四十岁。

一个雷声，小媛媛被惊醒哭了，太太赶忙起身从另一个小门走过小孩小卧房去。

教授坐在床边不动，把左手中指按定自己心部，又仿佛听到什么地方“叭”的一声，于是伏身下去，吻着那个美丽太太的白枕头，许久许久。意思正象是答复太太那句话，“我爱你！”他重新记起刚才看到那本小说那一节描写，仿佛有一点忧郁，不知从什么地方继续侵进生活中，想用力挪开它，可办不到。

楚尘
文化
Chu Chen

北京楚尘文化传媒有限公司 出品

龍朱集

沈从文别集

沈从文 著

中信出版集团 | 北京

再版序

上个世纪五十年代，不少喜爱文学的读者迷上了契诃夫，这跟平明出版社接连推出27册汝龙翻译的《契诃夫小说选集》直接有关。

那时我家至少有三个契诃夫迷：做文学编辑的母亲、哥哥和我。谈论哪篇小说怎么怎么好，是不倦的话题。已经退出文坛改了行的父亲不参与，只有时微笑着对外人说："家里有三个契诃夫的群众。"

汝龙译的这套选集可贵之处，首先在于对作品的精选；第二是选进一些契诃夫的书信、札记，别人对他的回忆、评论等，分编到不同集子里，这些文字拉近了读者和作者的距离，是汝龙先生锦上添花的贡献。

到1992年编选《沈从文别集》的时候，我们自然想

到从平明版《契诃夫小说选集》取法。这也是父亲的愿望，尽管他不参与“契诃夫群众”的热情讨论，汝龙这套译本的长处他胸中有数。

我问过父亲汝龙为什么常赠送新书，他只简单说：“是朋友。”

母亲的补充才说清楚：“他翻译的那套英文契诃夫小说是我送的。”

据我充和四姨回忆，1932年暑假，一个“说是由青岛来的，姓沈，来看张兆和的”羞涩客人，初次登苏州张家门，带的一大包礼物“全是英译精装本的俄国小说”。加尼特夫人的一套英译《契诃夫小说集》就在其中。

不懂外文的沈从文怎么买洋书？四姨说那是过上海时托巴金选购的。

父亲曾希望母亲朝文学翻译方面发展，送这样礼物包含着鼓励。愿望虽然没实现，礼物却终于转到最合适的人手里，促成被誉为契诃夫小说“最佳译本”的产生。朋友的成就四十年后启发着《沈从文别集》的编选工作。

当本书再版之际，我们感谢与它有缘分的几位文学前辈，也要感谢为我们想出《沈从文别集》总书名的汪曾祺先生。

沈虎雏

总 序

从文生前，曾有过这样愿望，想把自己的作品好好选一下，印一套袖珍本小册子。不在于如何精美漂亮，不在于如何豪华考究，只要字迹清楚，款式朴素大方，看起来舒服。本子小，便于收藏携带，尤其便于翻阅。八十年代初，有一家书店曾来联系过，也曾请人编了一套，交付出去。可是，落空了，未能实现。我一直认为是一件憾事。

现在湖南岳麓书社要为从文出书，我同虎雏商量，请吉首大学沈从文研究室合作，编选这么一套。这套选本和以前选法编法不同。我们在每本小册子前面，增加一些过去旧作以外的文字。有杂感，有日记，有检查，有未完成的作品，主要是书信——都是近年搜集整理出

来的，大部分未发表过。不管怎样，这些篇章，或反映作者当时对社会、对文艺创作、对文史研究……的一些看法，或反映作者当时的处境，以及内心矛盾哀乐苦闷，把它们发表出来，容或有助于读者从较宽的角度对他的作品、对他的为人以及对当时的环境背景有进一步了解。

出这套书，当然，同时也了却死者和生者的一点心愿。

张兆和

一九九一年十一月二十九日

目 录

从文家书选

由长沙致张兆和

［六三年十一月十二发］

三三：天气异常寒冷，全身心均如同被寒气压缩，越来越小。独守楼房中，多多少少有些和前年在井冈山上时节情形相同。也如同廿九年前，在沅水中部，乘小小桃源划子，放乎中流，听水声汩汩，听时间消逝，时间也因之格外见得缓慢异常。[1]饭后许久，腹中还在哽着，却只能等待到时下楼吃饭，即此可以想见无聊到何等情况。于此更容易体会到“居必近市”意义。这里楼上不仅仅离开市面极远，离开一切都似乎也极远！我已写了五个提案草稿，好一回来即可誊清送出。

生命真正是种离奇的东西，每个人都不相同，取舍

---

[1] 详情见《湘行集》中的《湘行书简》。

相差极远。有的表面身分即或相同，事实上一到思索和行动时，即判然分别，泾渭自见。即或同是一人，在不同时期、不同环境、不同气候、不同温度，甚至于不同光线下，也会完全不相同。在家中时，总像是只一晃晃即一星期天。每天总像是时间在忙匆匆的行进中，一会会即到了天黑。时间总像不够用。这里时间便特别长了，等黄昏、盼黄昏，也好不容易！从窗口外望景界虽十分开阔，并且绿树如云，大几里连成一片，经常且有火车过路，远处留下一起白烟，在空中慢慢扩散。当画景看倒极像赵松雪或赵大年南方烟雨景子画卷，细致而柔静，秀气清润。从绿云中高矗的烈士塔，和一枝白玉笔一般，介然独立，也不俗气。但目下一切存在却仿佛各自孤立，不相粘附，找不出什么彼此关联意义。一切都似乎在寒气中被冻结住。使人回想起二千年前，同样的阴沉沉天气，贾谊以三十来岁的盛年，作为长沙王师傅，在郊外楚国废毁的祠堂庙宇间徘徊瞻眺，低低讽咏楚辞，听萧萧风声，吹送本地人举行祭祀歌舞娱神节目中远远送来的笙竽歌呼声。生当明时而去帝乡万里，阴雨中迎接黄昏，回到他的长沙王傅所住小屋中时，他的无聊应当是一种什么情景！再想想屈原，楚国当时政权正在分解中，军事上一再挫败于秦，个人则因高瞻远瞩，转而失去楚土的尊重，更受小人谗毁失去信任，而朝政却为三五弄臣佞人掌握，眼见到一切将陷于不可收拾，还是无可如何。就在这种雾雨沉沉秋冬间，终于被放逐出国，收拾行李，搭上一叶小舟，直放常德，转赴沅水上游。坐的也许正像我廿九年前上行那种小小“桃源划子”。身上虽还有一口袋楚国特制的黄金“郢锾”，和一把价值千金的“玉具剑”。两担竹简书，和一挑行李。行李中且有个竹篾编的极其精细的文具匣子，内中文房四宝一应俱全，可以供他随意写点什么。在朝时亲手编的楚国宪法，也早已用白绢书写成十卷，裹成大卷，搁在身边。自己的许多抒情感世作品，也同样分别誊写成卷，随手取来作了些校定，改动了几个错字。船在两岸绿雾苍茫中行进，想到国家的种种，听到看到岸上的祝神歌呼和火燎，他觉得好无聊！……我如再深入些些，把两人本传来作些理会，在这个情形中的必然和当然，以及在那个历史环境中的必然与当然，小妈妈，一定会写得出两个极其出色的新屈贾故事！我懂得到在这个气候下背景形成的调子应当是什么，加上从二人身世和文章中去简练揣摩，写出来一定会情感充沛，有声有色。不会像 × 老写《××》那么带刻板做作气。因为写这类人事实上比写翠翠、贵生还容易得多！可以从各方面去体会，去刻画，去布局润色，而作得十分准确生动。只要另一时，把我放到一个陌生地方去，如像沅陵或别的家乡大河边一个单独住处，去住三个月，由于寂寞，我会写得出好多好多这种动人东西！脑子奇怪处也就在此。我经常在什么书本上欢喜题上“人生可悯”，也正是这个意思。我深深懂得脑子里近于自小具有的想象力和后来卅年运用文字成为习惯的另一种能力，一到某种寂寞环境中，即可以（也必然会）在不甚费力情形中，作成种种结合，组织成种种幻想的或写实的故事。不论是纯粹幻想或平凡真实，都可望作得异常生动感人。由于我懂得如何即可感人！在三五千字造成一种人事画面，总会从改来改去作得完完整整的，骨肉灵魂一应俱全！这是一种天赋或官能上的敏感，也是一种长时期坚强固持的客观反复学习。两者的结合，却又和“寂寞”关系异常密切。酿酒也得一定温度，而且安静不扰乱，才逐渐成熟！生活实际对于一切的隔离，也可以说由于机能上补偿的需要，便可帮助养成一种深一层的“想象力”和“理解力”，文字若又能加以适当的概括，即可熔铸成种种有声有色的人生。凡最好的诗歌，最好的音乐，最具感染力的好画，来源几几乎完全相同，不同处只不过是它的结合成形的方式和材料安排而已。相反的一个动力，即如懂画的布局敷色，懂音乐的节奏美，懂其他许许多多不相干的（在你看来以为不相干的）什么事事物物常识常语，却又能共同促进那个先天的敏感禀赋，和后天获得的文字运用组合，在意想不到启发中，形成许多结构新巧感人灵魂的大小篇章。特别重要即是在相同人物相同故事中，却写得出格外生动神奇的故事。安徒生在童话写作中，已为我们作出了榜样。我的试验也有过一定结果，还未完全成熟，便凋萎了。如照目下训练培养方法，短篇作者所能达到的境界，大致不会是这种结果的。方法有问题。正和林师母说的浙江东阳火腿，新旧制法不同，所得结果必然不同。旧的方法似乎不怎么合符艺术科学（因为好的作品决不是从文学概论或小说作法而来），可是用得其法，不仅色香味美，而且经久不坏。一经百货公司从规格出发统一制作后，东阳火腿表面上一切如旧，产量并且大有增加，但是上市供应时，大家都觉得不好吃，味道咸咸的，瘦肉成柴，贴骨处易走油泛黄，不经久。如今有关火腿问题虽然情形已明白，旧作法有独到处，但是由于新的习惯，上市的或待上市的，还是生产那种“咸肉”似的火腿，为既成局势。事实上不能说是东阳火腿！制法不同哪能有原来风味？小说呢，没有会想到重新用老方法试试看的。

小妈妈，这就是我说的你能“看小说”，[1] 可不大懂“写小说”的原因。你什么都好，就是不懂写好小说除人事外还要什么作料，以及使用作料混合作料的过程、火候、温度、时间、环境……写批评的人事实上且更加无知。

你很懂得我的好处，和懂得火腿或别的一样，懂的是“成品”。至于成品是怎么来的，作料如何选择配备，实在不大懂，不好懂。写作中实在大有辛酸！一个优秀作者在某些方面和个精密机器差不多。制造出一具灵敏机器，很不容易。花钱再多，并给以各种物质条件，精

[1] 收信人张兆和当时在《人民文学》杂志社小说组任编辑。

神鼓励，成就还是有限。要的是另外种种。制作、成功是在千百回失败经验中，才会得出一点点有用结果的。但是接收这种不费半文钱的机器，若不善于使用，不善于保护，毁坏却十分容易。一经毁坏，修复也就相当困难。特别是这种精细复杂机器，一经改装作别的使用后，修复就更加困难了。听个工人说，“一架机器也有机器的脾气”，何况是一个有性格的人？人的“共性”容易理解，也易于运用，人的“特性”却并不易用公式去衡量。人是一个十分复杂的机器，简化他纳入范围容易，就其所长充分加以利用，却不容易。利用还得从理解作起！

天夜后，从高处下望，第一次发现公园里一大片灯光，和星海一样。真是一种奇观。这还是第一次见到。

天老是落毛毛雨。已到了落这种雨的季节。早知如此，倒是提早回来或同过武汉看看为得计。

桂林一行可能有十来首七绝诗可写，想试试变更一种写法，杜甫陆游法，或许有点新意。写山水诗易千篇一律，因为前人言之已多。七绝一引典故，又铺不开，且难于索解，要有点味，语意不尽才可望有新的印象。将试试看。已试成一半，有比上井冈好的，也有不如的。

只怕回来大会一开，所有诗情通通冲出九霄云外。

居然夜下来了，多多少少回复到廿九年前在小船上桐油灯下为你写信心情。只是当时身边不远是三个老少船夫，船却停靠在乱石堆叠的寒江边，岸上只一二家小小茅棚。这种枯寂对于一个用头脑生活的人说来，是有意义的，有作用的，甚至于可说是不可少的。是一种真正消化人生的教育，正如同痛苦失望艰难困顿同样是一种吸取人生教育，对于一个从事写作的人说来，可以由之懂得“人生”二字，懂得什么叫作“枯寂”和“艰辛”，以及其他许多许多事情。如今困守在这个楼上，四围是白净的墙壁，所得实在不多。这么住下去，延长到三个月，若不是发狂，即将是一种完全的改造。神经系统的活动方式也会完全变更过来！最少一天将可以为你写一封长及万言，胡说八道，美妙绝伦的信！或者还可写成许许多多极短的故事，完全自成一格！

不知是否真有此种可能，即有意把自己和一切隔绝起来一定时期，试试能否恢复我的写作能力。也许会有这种可能的。现在唯一不放心处，即心脏偶然的故障，在一种和其他隔绝环境中时，将无可补救。由于不用脑想具体问题，头重已减至极小程度。

我到博物馆看了几天文物，外室看了内室看，楼上看了楼顶看，只差不曾爬进坟里去看。但已近于这样子作了。因为每天必从一具高及一丈的大型西汉棺椁前走过，上楼时，又必需从两具完完整整战国贵族骸骨边前通过。而到得库藏室时，便简直如被由商到明三千年无数座古坟包围了。看了好多有用东西，对于总的认识是十分有益的。有几点过去推测，全被新接触的出土古物证实了。这一个月的出行，真可以说是上下古今通通看到了，比较过去几次参观，得益是格外多的。

上一次从桂林过长沙时，恰和三位吸烟的同一个车厢，真是一种考验。简直无睡觉可能。希望老天爷保佑，这一回不要又是这样过廿八小时。吸烟、玩扑克、听打趣相声，这三种享受我都无福气，培养下去也无希望，因此我事先就老实告诉这里联络处的人说，最好让我坐个无人吸烟的车厢。但是若和个携带小孩的老太太在一处，而母子二人总是在吃东西，似乎也不大容易招架！

二哥

龙 朱

第一 说这个人

郎家苗人中出美男子，仿佛是那地方的父母全曾参预过雕塑天王菩萨的工作，因此把美的模型留给儿子了。族长儿子龙朱年十七岁，是美男子中之美男子。这个人，美丽强壮象狮子，温和谦驯如小羊，是人中模型、是权威、是力、是光，种种比譬全只为了他的美。其他德行则与美一样，得天比平常人特别多。

提到龙朱像貌时，就使人生一种卑视自己的心情。平时在各样事业得失上全引不出妒嫉的神巫，因为有次望到龙朱的鼻子，也立时变成小气，甚至于想用钢刀去刺破龙朱的鼻子。这样与天作难的倔强野心却生之于神巫。到后又却因为那个美，仍然把这神巫克服了。

郎家以及乌婆、花帕、长脚各族，[1]人人都说龙朱像貌长得好看，如日头光明，如花新鲜，正因为这样说话的人太多，无量的阿谀，反而烦恼了龙朱了。好的风仪用处不是得阿谀。（龙朱的地位，已就应当得到各样人的尊敬歆羡了。）既不能在女人中煽动勇敢的悲欢，好的风仪全成为无意思之事。龙朱走到水边去照过了自己，相信自己的好处，又时时用铜镜检察自己，觉得并不为人过誉。然而结果如何呢？似乎龙朱不象是应当在每个女子理想中的丈夫那么平常，因此反而与妇女们离远了。

女人不敢把龙朱当成目标，做那荒唐艳丽的梦，不是女人的过错。在任何民族中，女子们不能把神做对象，来热烈恋爱，来流泪流血，不是自然的事么？任何种族的妇人，原永远是一种胆小知分的兽类，要情人，也知道要什么样情人才合乎身分。纵其中并不乏勇敢不知事故的女子，也自然能从她的不合理希望上得到一种好教

---

[1] 乌婆、花帕、长脚，以及后面提到的白脸族、白耳族等，均为作者虚设。

训。像貌堂堂是女子倾心的原由，但一个过分美观的身材，却只作成了与女子相远的方便。谁不承认狮子是孤独兽物？狮子永远孤独，就只为了狮子全身的纹彩与众不同。

龙朱因为美，有那与美同来的骄傲不？凡是到过青石冈的苗人，全都能赌咒作证，否认这个事。人人总说总爷的儿子，从不用地位虐待过人畜，也从不闻对长年老辈妇人女子失过敬礼。在称赞龙朱的人口中，总还不忘同时提到龙朱的像貌。全寨中，年青汉子们，有与老年人争吵事情时，老人词穷，就必定说，我老了，你年青人，干吗不学龙朱谦恭对待长辈？这青年汉子若还有羞耻心存在，必立时遁去，不说话，或立即认错，作揖陪礼。一个妇人与人谈到自己儿子，总常说，儿子若能象龙朱，那就卖自己与江西布客，让儿子得钱花用，也愿意。所有未出嫁的女人，都想自己将来有个丈夫能与龙朱一样。所有同丈夫吵嘴的妇人，说到丈夫时，总说你不是龙朱，真不配管我磨我；你若是龙朱，我做牛做马也甘心情愿。

还有，一个女人同她的情人，在山洞里约会，男子不失约，女人第一句赞美的话总是“你真象龙朱”。其实这女人并不曾同龙朱有过交情，也未尝听到谁个女人向龙朱约会过。

一个长得太标致了的人，是这样常常容易为别人把名字放到口上咀嚼的。

龙朱在本地方远远近近，得到如此尊敬爱重。然而他是寂寞的。这人是兽中之狮，永远当独行无伴！

在龙朱面前，人人觉得极卑小，把男女之爱全抹杀，因此这族长的儿子，却仿佛永远无从爱女人了。女人中，属于乌婆族，以出产多情才貌女子著名地方的女人，也从无一个敢来到龙朱面前，闭上一只眼，荡着她上身，向龙朱挑情。也从无一个女人，敢把她绣成的荷包，掷到龙朱身边来，也从无一个女人，敢把自己姓名与龙朱姓名编成一首歌，来在跳年时节唱。然而所有龙朱的亲随，所有龙朱的奴仆，又正因为强壮美好，正因为与龙朱接近，如何在一种沉醉狂欢中享受这个种族中年青及时女人小嘴长臂的温柔！

“寂寞的王子，向神请求帮忙吧。”

使龙朱生长得如此壮美，是神的权力，也就是神所能帮助龙朱的唯一事。至于要女人倾心。是人的事情!

要自己，或他人，设法使女人来在面前唱歌，疯狂中裸身于草席上面献上贞洁的身，只要是可能，龙朱不拘牺牲自己所有任何物，都愿意。然而不行。任怎样设法，也不行。齐梁桥的洞口终于有合拢的一日，不拘有人能说在高大山洞合拢以前，龙朱能够得到女人的爱，是不可信的事。

民族中积习，折磨了天才与英雄，不是在事业上粉骨碎身，便是在爱情中退位落伍，这不是仅仅白耳族王子的寂寞，他一种族中人，也总不缺少同样的故事！不是怕受天责罚，也不是另有所畏，也不是预言者曾有明示，也不是族中法律限止，自自然然，所有女人都将她的爱情，给了一个男子，轮到龙朱却无分了。

在寂寞中龙朱是用骑马猎狐以及其他消遣把日子混下去的。

日子如此过了四年，他二十一岁。

四年后的龙朱，没有与以前日子龙朱两样处。另一方面也许可以指出一点不同来，那就是说如今的龙朱，更象一个好情人了。年龄在这个神工打就的身体上，增加上了些更表示“力”更象男子的东西，应长毛的地方生长了茂盛的毛，应长肉的地方添上了结实的肉，一颗心，则同样因为年龄所补充的，更其能顽固的预备承受爱给与爱了。

他越觉得寂寞。

虽说齐梁洞并没有合拢，二十一岁的人年纪算青，来日正长，前途大好，然而甚么时候是那补偿填还时候呢？有人能作证，说天所给别的男子的那一份幸福与苦恼，过不久也将同样分派给龙朱么？有人敢包，说到另一时，会有个初生之犊一般的女子，不怕一切来爱龙朱么？

郎家族男女结合，在唱歌。大年时，端午时，八月中秋时，以及跳年刺牛大祭时，男女成群唱，成群舞。女人们，各自穿了峒锦衣裙，各戴花擦粉，供男子享受。平常时，大好天气下，或早或晚，在山中深阿，在水滨，唱着歌，把男女吸到一块来，即在太阳下或月亮下，成了熟人，做着只有顶熟的人可做的事。在此习惯下，一个男子不能唱歌，他是种羞辱，一个女子不能唱歌，她不会得到好丈夫。抓出自己的心，放在爱人的面前，方法不是钱，不是貌，不是门阀也不是假装的一切，只有真实热情的歌。所唱的，不拘是健壮乐观，是忧郁，是怒，是恼，是眼泪，总之还是歌。一个多情的鸟绝不是哑鸟，一个人在爱情上无力勇敢自白，那在一切事业上也全是无希望可言，这样的人决不是好人！

那么龙朱必定是缺少这一项，所以不行了。

事实又并不如此。龙朱的歌全为人引作模范的歌。用歌发誓的青年男子女人，全采用龙朱誓歌那一个韵。一个情人被对方的歌窘倒时，总说及胜利人拜过龙朱作歌师傅。凡是龙朱的声音，别人都知道。凡是龙朱唱的歌，无一个女人敢接声。各样的超凡入圣，把龙朱摒除于爱情之外，歌的太完全太好，也仿佛成为一种吃亏理由了。

有人拜龙朱作歌师傅的话，也是当真的，手下的用人，或其他青年汉子，在求爱时腹中歌词为女人逼尽，或为一种浓烈情感扼着了他的喉咙，歌唱不出心中的恩怨，来请教龙朱，龙朱总不辞。经过龙朱的指点，结果是多数把女子引回家，成了管家妇；或者领导到山洞中，互相把心愿了销。熟读龙朱的歌的男子，博得美貌善歌的女人倾心，也有过许多人。但是歌师傅永远是歌师傅，直接要龙朱教歌的，总全是男子，并无一个年青女人。

龙朱是狮子，只有说这个人是狮子，可以使平常人对于他的寂寞得到一种解释！

当地年青女人到甚么地方去了呢？懂得唱歌要男人的，都给一些歌战胜，全引诱尽了。凡是女人都明白在情欲上的固持是一种痴处，所以女人宁愿减价卖出，无一个敢屯货在家。如今只能让日子过去一个办法，因了日子的推迁，希望那新生的犊中也有那不怕狮子的犊在。

龙朱就常常这样自慰着度着每个新的日子，人事凑巧处正多着，在齐梁桥洞口合拢以前，也许龙朱仍然可以得着一种好运。

第二　说一件事

中秋大节的月下整夜歌舞，已成了过去的事了。大节的来临，反而更寂寞，也成了过去的事了。如今已到了九月。打完谷子了。拾完桐子了。红薯早挖完全下窖了。冬鸡已上孵，快要生出小鸡了。连日晴明出太阳，天气冷暖宜人。年青女子全都负了柴耙同篾笼上坡扒草。各处山坡上都有歌声，各处山洞里，都有情人在用干草铺就并撒有野花的临时床铺上并排坐或并头睡。这九月是比春天还好的九月。

龙朱在这样时候更多无聊。出去玩，打鸠本来非常相宜，然而一出门就听到各处歌声，到许多地方又免不了要碰着那成双作对的人，于是大门也不敢出了。

无所事事的龙朱，每天只在家中磨刀，这预备在冬天来剥豹皮的刀，是宝物，是龙朱的朋友。无聊无赖的龙朱，正用着那“一日数摩挲，剧于十五女”的心情来爱这口宝刀的。刀用清油在一方小石上磨了多日，光亮到暗中照得见人，锋利到把头发放近刀口，吹一口气发就成两截。然而他还是每天把这把刀来磨砺。

某天，一个比平常日子似乎更象是有意帮助青年男女“野餐”的一天，黄黄的日头照满全村，龙朱仍然在阳光下磨刀。

在这人脸上有种孤高鄙夷的表情，嘴角的笑纹也变成了一条对生存感到烦厌的线。他时时凝神听察堡外远处女人的尖细歌声，又时时顾望天空。黄日头临照到他一身，使他身上有春天温暖。天是蓝天，在蓝天作底的景致中，常常有雁鹅排成八字或一字写在那虚空。龙朱望到这些也不笑。

什么事把龙朱变成这样阴郁的人呢？郎家、乌婆族、花帕、长脚……每一族的年青女人都应负责，每一对年青情人都应致歉。妇女们，在爱情选择中遗弃了这样完全人物，是菩萨神鬼不许可的一件事，是爱神的耻辱，是民族灭亡的先兆。女人们对于恋爱不能发狂，不能超越一切利害去追求，不能选她顶欢喜的一个人，不论是什么种族，这种族都近于无用，很象汉人，也很显明了。

龙朱正磨刀，一个五短身材的奴隶走到他身边来，伏在龙朱的脚边，用手攀他主人的脚。

龙朱瞥了一眼，仍然不做声，低头磨刀。

这个奴隶抚着龙朱的脚也不做声。

远处正有一片歌声飞来。过了一阵，龙朱发声了，声音象唱歌，在揉和了庄严和爱的调子中夹着一点儿愤懑，说："矮子，你又不听我话，做这个样子！"

"主，我是你的奴仆。"

"难道你不想做朋友吗？"

“我的主，我的神，在你面前我永远卑小。谁人敢在你面前平排？谁人敢说他的尊严在美丽的龙朱面前还有存在必须！谁人不愿意永远为龙朱作奴作婢？谁……”

龙朱用顿足制止了矮奴的奉承，然而矮奴仍然把最后一句“谁个女子敢想象爱上龙朱？”恭维得不得体的话说毕，才站起来。

矮奴站起了，也仍然如平常人跪下一般高。矮人似乎真适宜于作奴隶的。

龙朱说：“甚么事使你这样可怜？”

“在主面前看出我的可怜，这一天我真值得生存了。”

“你人太聪明了。”

“经过主的称赞，呆子也成了天才。”

“我说的是毫不必须的‘聪明’，是令人讨厌的废话。我问你，到底有甚么事？”

“是主人的事，因为主在此事上又可见出神的恩惠。”

“你这个只会唱歌不会说话的人，真要我打你了。”

矮奴到这时才把话说到身上。这时他哭着脸，表明自己的苦恼和失望，且学着龙朱生气时顿足的神气。这行为，若在别人猜来，也许以为矮子服了毒，或者肚脐被山蜂所螫，所以作成这样子，表明自己痛苦，至于龙朱，则早已明白，猜得出矮子的郁郁不乐，不出赌博输钱或失欢女人两件事。

龙朱不作声，高贵的笑，于是矮子说：

“我的主，我的神，我的事是瞒不了你的。在你面前的仆人，又被一个女子欺侮了！”

“得了，谁能欺侮你？你是一只会唱谄媚曲子的鸟，被欺侮是不会有的事！”

“但是，主，爱情把仆人变成一只蠢鸟了。”

“只有人在爱情中变聪明的事。”

“是的，聪明了，仿佛比其他时节聪明了一点点，但在一个比自己更聪明的人面前，我看出我自己蠢得象一只猪。”

“你这土鹦哥平日的本事往甚么地方去了？”

“平时哪里有什么本事呢！这只土鹦哥，嘴巴大，身体大，唱的歌全是学来的，不中用。”

“把你所学的全唱唱，也就很可以打胜仗。”

“唱虽唱过了，还是失败。”

龙朱皱了一皱眉毛，心想这事怪。

然而一低头，望到矮奴这样矮，便了然于矮奴的失败是在身体，不是在歌喉了，龙朱微笑说：

“矮东西，莫非是为你像貌把你事情弄坏了。”

“但是她并不曾看清楚我是谁。若果她知道我是在美丽无比的龙朱王子面前的矮奴，那她早被我引到黄虎洞做新娘子了。”

“我不信。一定是你土气太重。”

“我赌咒，这个女人不是从声音上量得出我身体长短的人。但她在我的歌声上，却一定把我心的长短量出了。”

龙朱还是摇头，因为自己即或见到矮人站在面前，至于度量这矮奴心的长短，还不能够的。

“主，请你信我的话。这是一个美人，许多人唱枯了喉咙，还为她所唱败！”

“既然是好女人，你也就应当把喉咙唱枯，为她吐血，才是爱。”

“我喉咙枯了，才到主面前来求救。”

“不行不行，我刚才还听过你恭维了我一阵，一个真正为爱情绊倒了脚的人，他决不会过一阵又能爬起来说别的话！”

“主啊，”矮奴摇着他那颗大头颅，悲声的说道：“一个死人在主面前，也总有话赞扬主的完全美好，何况奴仆呢。奴仆是已为爱情绊倒了脚，但一同主人接近，仿佛又勇气勃勃了。主给人的勇气比何首乌补药还强十倍。我仍然唱去了。让人家战败了，我也不说是主的奴仆。不然别人会笑主用着这样一个蠢人，丢了郎家的光荣！”

矮奴于是走了。但最后说的几句话，却激起了龙朱的愤怒，把矮子叫着，问，到底女人是怎样的女人。

矮奴把女人的脸，身，以及歌声，形容了一次，矮奴的言语，正如他自己所称，是用一枝秃笔与残余颜色涂在一块破布上的。在女人的歌声上，他就把所有青石冈地方有名的出产比喻净尽。说到象甜酒，说到象枇杷，说到象三羊溪的鳜鱼，说到象大兴场的狗肉，仿佛全是可吃的东西。矮奴用口作画的本领并不蹩脚。

在龙朱眼中，看得出矮奴有点儿饥饿，在龙朱心中，则所引起的，似乎也同甜酒狗肉引起的欲望相近。他有点好奇，不相信，就同到一起去看看。

正想设法使龙朱快乐的矮奴，见说主人要出去，当然欢喜极了，就着忙催主人出寨门往山中去。

不一会，这郎家的王子就到山中了。

藏在一堆干草后面的龙朱，要矮奴大声唱出去，照他所教的唱。先不闻回声。矮奴又高声唱。过一会。在对山，在毛竹林里，却答出歌来了。音调是花帕族中女子悦耳的音调。

龙朱把每一个声音都放到心上去，歌只唱三句，就止了。有一句留着待答歌人解释。龙朱就告给矮奴答复这一句歌。又教矮奴也唱三句出去，等那边解释。龙朱的歌意思是：凡是好酒就归那善于唱歌的人喝，凡是好肉也应归善于唱歌的人吃，只是你姣好美丽的女人应当归谁?

女人就答一句，意思是：好的女人只有好男子才配。她且即刻又唱出三句歌来，就说出什么样男子方是好男子。说好男子时，提到龙朱的大名，又提到别的两个人的名，那另外两个名字却是历史上的美男子名字，只有龙朱是活人。女人的意思是：你不是龙朱，又不是××××，你与我对歌的人究竟算什么人?你胡涂，你不用妄想。

“主，她提到你的姓名！她骂我！我就唱出你是我的主人，说她只配同主人的奴隶相交。”

龙朱说：“不行，不要唱了。”

“她胡说，应当要让她知道她是只够得上为主人擦脚的女子。”

然而矮奴见龙朱不作声，也不敢回唱出去了。龙朱的心深沉到刚才几句歌中去了。他料不到有女人敢这样大胆。虽然许多女子骂男人时，都总说：“你不是龙朱。”这事却又当别论了。因为这时谈到的正是谁才配爱她的问题。女人能提出龙朱名字来，女人骄傲也就可知了。龙朱想既然这样，就让她先知道矮奴是自己的用人，再看情形如何。

于是矮奴依照龙朱所教的，又唱了四句。歌的意思是：吃酒糟的人何必说自己量大，没有根柢的人也休想同王子要好，若认为搀了水的酒总比酒糟还行，那与龙朱的用人恋爱也就很写意了。

谁知女子答得更妙，她用歌表明她的身分，说，只有乌婆族的女人才同龙朱用人相好，花帕族女人只有外族的王子可以论交，至于花帕苗中的自己，为预备在郎家苗中与男子唱歌三年，再预备来同龙朱对歌的。

矮子说："我的主，她尊视了你却小看了你的仆人，我要解释我这无用用人并不是你的仆人，免得她知道了耻笑！"

龙朱对矮奴微笑，说："为甚么你不应当说'你对山的女子，胆量大就从今天起始来同我龙朱主人对歌'呢？你不是先才说到要她知道我在此，好羞辱她吗？"

矮奴听龙朱说的话，还不很相信得过，以为这只是主人说的笑话。他想不到主人因此就会爱上这个狂妄大胆的女人。他以为女人不知对山有龙朱在，唐突了主人，主人纵不生气，自己也应当生气。告女人龙朱在此，则女人虽觉得羞辱了，可是自己的事情也完了。

龙朱见矮奴迟疑，不敢接声，就打一声吆喝，让对山人明白，表示还有接歌的气概，尽女人起头。龙朱的行为使矮奴发急，矮奴说："主，你在这儿我已没有歌了。"

"你照我意思唱下去，问她胆子既然这样大，就拢来，看看这个如虹如日的龙朱。"

"我当真要她来？"

“当真！要她来我看看是甚么样女人，敢轻视我们说不配同花帕族女子相好！”

矮奴又望了望龙朱，见主人情形并不是在取笑他的用人，就全答应下来了。他们歌唱出口后，于是等待着女子的歌声，稍过一会，女子果然又唱起来了。所唱的意思是：对山的竹雀你不必叫了，对山的蠢人你也不必唱了，还是想法子到你龙朱王子的奴仆跟前学三年歌，再来开口。

矮奴说：“主，这话怎么回答？她要我跟龙朱的用人学三年歌，再开口，她还是不相信我是你最亲信的奴仆，还是在骂我郎家苗的全体！”

龙朱告矮奴一首非常有力的歌，唱过去，那边好久好久不回。矮奴又提高喉咙唱。回声来了，大骂矮子，说矮奴偷龙朱的歌，不知羞，至于龙朱这个人，却是值得在走过的路上撒满鲜花的。矮奴烂了脸，不知所答。年青的龙朱，再也不能忍下去了，小心小心，压着了喉咙，平平的唱了四句。声音的低平仅仅使对山一处可以明白，龙朱是正怕自己的歌使其他男女听到，因此哑喉半天的。龙朱的歌中意思就是说：唱歌的高贵女人，你常常提到郎家苗一个平凡的名字使我惭愧，因为我在我族中是最无用的人，所以我族中男子在任何地方都有情人，独名字在你口中出入的龙朱却仍然是个独身。

不久，那一边象思索了一阵，也幽幽的唱和起来了，唱的是：你自称为郎家苗王子的人我知道你不是，因为这王子有银锣银钟的声音。本来呢，拿所有花帕苗年青女子供龙朱作垫还不配，但爱情是超过一切的事情，所以你也不要笑我。所歌的意思，极其委婉谦和，音节又极其整齐，是龙朱从不闻过的好歌。因为对山女人总不相信与她对歌的是龙朱，所以龙朱不由得不放声唱了。

这歌是用顶精粹的言语，自顶纯洁的一颗心中摇着，从一个顶甜蜜的口中喊出，成为顶热情的音调。这样一来所有一切声音仿佛全哑了。一切鸟声与一切远处歌声，全成了这王子歌时和拍的一种碎声。对山的女人，从此沉默了。

龙朱的歌一出口，矮奴就断定了对山再不会有回答。这时节等了一阵，还无回声，矮奴说：“主，一个在奴仆当来是劲敌的女人，不等主的第二个歌已压倒了。这女人前不久还说大话，要与郎家王子对歌，她学三十年还不配！”

矮奴不问龙朱意见许可不许可，就又用他不高明的中音唱道：

> 你花帕族中说大话的女子，
> 大话以后不用再说了，
> 若你欢喜作郎家王子仆人的新妇，
> 他愿意你过来见他的主同你的夫。

仍然不闻有回声。矮奴说，这个女人莫非害羞上吊了吧。矮奴说的原只是笑话，然而龙朱却说过对山看看去。龙朱说后就走，沿山谷流水沟下去。跟到龙朱身后追着，两手拿了一大把野黄菊同山红果的，是想做新郎的矮奴。

矮奴常说，在龙朱王子面前，跛脚的人也能跃过阔涧。这话是真的。如今的矮奴，若不是跟了主人，这身长不过四尺的人，就决不会象腾云驾雾一般的飞！

第三　唱歌过后一天

“狮子，我说过你，永远是孤独的！”郎家为一个无名勇士立碑，曾有过这样句子。

龙朱昨天并没有寻着那唱歌人。到女人所在处的毛竹林中时，不见人。人走去不久，只遗了无数野花。跟踪各处追，还是见不着。各处找遍了，山中不少好女子，各躺在草地唱歌歇憩，见龙朱来时，识与不识都立起来怯怯的如为龙朱的美所征服。见到的女子，问矮奴是不是那一个人，矮奴总摇头。

龙朱又重复回到女人唱歌地方，别无所有，只见一片落英洒在垫坐在干草上。望到这个野花的龙朱，如同嗅过血腥气的小豹，虽按捺自己咆哮，仍不免要憎恼矮奴走得太慢。其实那走在前面的是龙朱，矮奴则两只脚象贴了神行符，全不自主，只仿佛象飞。矮奴无过错。不过女人比鸟儿，这称呼得实在太久了，不怕主仆二人走得怎样飞快，鸟儿毕竟还是先已飞往远处去了！

天气渐渐夜下来，各处有鸡叫，各处有炊烟，龙朱废然归了家。那想作新郎的矮奴，跟在主人的后面，把所有的花全丢了，两只长手垂到膝下，还只说见了她非抱她不可，万料不到自己是拿这女人在主人面前开了多少该死的玩笑！天气当时原是夜下来了。矮奴又是跟在龙朱王子的后面，望不到主人脸上的颜色。一个聪明的仆人，即或怎样聪明，总也不会闭了眼睛知道主人心情的。

龙朱过了一个特别的烦恼日子，半夜睡不着，起来怀了宝刀，披上一件豹皮小褂，走到堡墙上去了望。无所闻，无所见，入目的只是远山上的野烧明灭。各处村庄全睡尽了，大地也睡了。寒月凉露，助人悲思，于是这个少年王子，仰天叹息，悲怀抒郁。且远处山下，听有孩子哭声，如半夜醒来吃奶时情形，龙朱更难自遣。

龙朱想，这时节，各地各处，那洁白如羔羊温和如鸽子的女人，岂不是全都正在新棉絮中做好梦？当地的青年，在日里唱歌倦了的心，作工疲倦了的身体，岂不是在这时节也全得到休息了么？只是那扰乱了自己心思的女人，究竟在什么地方呢？她不应当如同其他女人，在新棉絮中做梦。她不应当有睡眠。她这时应当来思索她所歆慕的王子的歌声。她应当野心扩张，希望我凭空而下。她应当为思我而流泪，如悲悼她情人的死去。……但是，这女子究竟是什么人的女儿？

烦恼中的龙朱，拔出刀来，向天作誓说："你大神，你老祖宗，神明在左在右，我龙朱不能得到这女人作妻，我永远不与女人同睡，承宗接祖事我不负责！若爱情必需用血来掉换时，我愿意在神面前立约，我如得到她，斫下一只手也不翻悔！"

立过誓后的龙朱，回转自己的屋中，和衣睡了。睡后不久，就梦到女人缓缓唱歌而来，身穿白衣白裙，钉满了小小银泡，头发纷披在身后，模样如救苦救难观世音。女人的神奇，使白耳族王子屈膝，倾身膜拜。但是女人却不理会，越去越远了。白耳族王子就赶过去，拉着女人的衣裙。女人回过头笑了。女人一笑，龙朱就勇敢了，这王子猛如豹子擒羊，把女人连衣抱起飞向一个最近的山洞中去。龙朱做了男子。龙朱把最武勇的力，最纯洁的血，最神圣的爱，全献给这梦中女子了。

郎家的大神是能护佑青年情人的，龙朱所要的，业已由神帮助得到了。

日里的龙朱，已明白昨夜一个好梦所交换的是些什么了，精神反而更充实了一点，坐到那大石礅上晒太阳，在太阳下深思人世苦乐的分界。

矮奴愁眉双结走进院中来，来到龙朱脚边伏下，龙朱轻轻用脚一踢，就乘势一个筋斗，翻然而起。

“我的主，我的神，若不是因为你有时高兴，用你尊贵的脚踢我，奴仆的筋斗决不至于如此纯熟！”

“讨厌的东西，你该打十个嘴巴。”

“那大约因为口牙太钝，本来是在主跟前的人，无论如何也应当比奴仆聪明十倍！”

“唉，矮陀螺，你又在做戏了。我警告了你不知道有多少回，不许这样，难道全都忘记了么？你大约似乎把我当做情人，来练习一种精粹谄媚技能吧。”

“惶恐！奴仆是当真有一种野心，在主面前来练习一种技能，以便将来把主的神奇编成历史的。”

“你近来一定赌博又输了，缺少钱扳本，一个天才在穷时越显得是天才，所以这时节的你到我面前时寡话就特别多。”

“是的，我赌输了，损失不少。但输的不是金钱，是爱情！”

“我以为你肚子这样大，爱情纵输也输不尽的！”

“用肚子大小比爱情贫富，主的想象真是历史上大诗人的想象。不过，……”

矮奴从龙朱脸上看出龙朱今天情形不同往日，所以不说了。这据说爱情上赌输了的矮奴，看得出主人有要出去走走的样子，就改口说：

“这样好的天气，真是日头神特意为主出游而预备的天气，不出去象不大对得起这大神一番好意！”

龙朱说：“日神为我预备的天气我倒好意思接受，你为我预备的恭维我可受不了。”

“本来主并不是人中的皇帝，要依靠恭维阿谀而生存。主是天上的虹，同日头与雨一块儿长在世界上的，赞美形容自然多余。”

“那你为甚么还是这样唠唠叨叨？”

“在美好月光下野兔也会跳舞，在主的光明照耀下我当然比野兔聪明一点儿。”

“够了！随我到昨天唱歌女人那地方去，或者今天可以见见那个女人。”

“主呵，我就是来报告这件事。我已经探听明白了。女人是黄牛寨寨主的姑娘。据说这寨主除会酿制好酒以外就是会养女儿。寨中据说姑娘有三个，这是第三的，还有大姑娘二姑娘不常出来。不常出来的据说生长得更美。这全是有福气的人享受的！我的主，当我听到女人是这家人的姑娘时，我才知道我是一只癞蛤蟆。这样人家的姑娘，为郎家王子擦背擦脚，勉勉强强。主若是想要，我们就差人抢来。”

龙朱稍稍生了气，说：“给我滚了吧，矮子，白耳族的王子是抢别人家的女儿的么？说这个话不知羞么？”

矮奴当真就把身卷成一个球，滚到院中一角去。这样，算是知羞了。然而听过矮奴的话以后的龙朱怎么样呢？三个女人就在离此不到三里路的堡寨里，自己却一无所知，白耳族的王子真是多么愚蠢！到第三的小鸟也能出窠迎太阳与生人唱歌，那大姐二姐早已成了熟透的桃子多日了。让好女人守在家中等候那命运中远方大风吹来的美男子作配，这是神的意思。但是神这意思又是多么自私！龙朱如今既把情形探明白了，也不要风，也不要雨，自己马上就应当走去！

龙朱不再理会矮奴就跑出去了。矮奴这时节正在用手代足走路，作戏法娱龙朱，见龙朱一走，知道主人脾气，也忙站起身追出去。

“我的主，慢一点，别太忙！在笼中蓄养的雀儿是始终飞不远的，主你白忙有什么用？”

龙朱虽听到后面矮奴的声音，却仍不理会，如一枝箭向黄牛寨射去。

快要到大寨边，郎家的王子是已全身略觉发热了。这王子，一面想起许多事，还是要矮奴才行，于是就去到一株大榆树下的青石墩上歇憩。这个地方再有两箭远近就是那黄牛寨用石砌成的寨门了。树边大路下是一口大井。溢出井外的水成一小溪活活流着，溪水清明如玻璃，井边有人低头洗菜。龙朱顾望这人的背影是一个青年女子，心就一动。一个圆圆肩膊，一个大大的发髻，髻上簪了一朵小黄花。龙朱就目不转睛的注意这背影转移，以为总可以有机会见到她的脸。在那边大路上，矮奴却象一只海豹匍匐气喘走来了。矮奴不知道路下井边有人，只望到龙朱，恐怕龙朱冒冒失失走进寨里去却一无所得，就大声嚷：

“我的主，我的神，你不能冒失进去，里面的狗象豹子！虽说你是山中的狮子，无怕狗道理，但是为甚么让笑话留给这花帕族，说狮子会被家养的狗吠过呢？”

龙朱也来不及喝止矮奴，矮奴的话却全为洗菜女人听到了。听到这话的女人，就嗤的笑了。且知道有人在背后，才抬起头回转身来，望了望路边人是甚么样子。

这一望情形全了然了。不必道名通姓，也不必再看第二眼，女人就知道路上的男子便是白耳族的王子，是昨天唱过了歌今天追跟到此的王子，郎家王子也同样明白了这洗菜的女人是谁。平时气概轩昂的龙朱，看日头不瞅眼睛，看老虎也不动心，只略微把目光与女人清冷的目光相遇，却忽然觉得全身缩小到可笑的情形中了。女人的头发能系大象，女人的声音能制怒狮，这青年王子屈服到这寨主女儿面前，也是平平常常的一件事啊！

矮奴走到了龙朱身边，见到龙朱失神失志的情形，又望见了井边女人的背影，情形已明白了五分。他知道这个女人就是那昨天唱歌被主人收服的女人，且知道这时候无论如何女人也明白蹲在路旁石墩上的男子是龙朱。他有点慌张，不知所措，对龙朱作出一种呆样子，又用一手掩自己的口，一手指女人。

龙朱轻轻附到他耳边说：“聪明的扁嘴，这时节，是你做戏的时节！”

矮奴于是咳了一声嗽。女人明知道了头却不回。矮奴于是又把音调弄得极其柔和，象唱歌一样的开口说道：

“郎家王子的仆人昨天做了错事，今天特意来当到他主人在姑娘面前陪礼。不可恕的过失永远不可恕，因此我如今把姑娘想对歌的人引导前来了。”

女人头不回却轻轻说道：

“跟着凤凰飞的乌鸦也比锦鸡还好。”

矮奴说：

“这乌鸦若无凤凰在身边，就有人要拔它的毛……”

说出这样话的矮奴，毛虽不曾拔，耳朵却被龙朱拉长了。小子知道了自己猪八戒性质未脱，赶忙陪礼作揖。听到这话的女人，笑着回过头来，见到矮奴情形，更好笑了。

矮奴见女人掉回了头，就又说道：

“我的世界上唯一良善的主人，你做错事了。”

“为甚么？”龙朱很奇怪矮奴有这种话，所以追问。

“你的富有与慷慨，是各族中全知道的，所以用不着在一个尊贵的女人面前赏我金银，那本来不必需，你的良善喧传远近，所以你故意这样教训你的奴仆，别人也相信你不是会发怒的人。但是你为甚么不差遣你的奴仆，为那花帕族的尊贵姑娘把菜篮提回，表示你应当同她说说话呢？”

郎家的王子与黄牛寨主的女儿，听到这个话全笑了。

矮奴话还说不完，才责备了主人又来自责。他说：

“不过郎家王子的仆人，照理他应当不必主人使唤就把事情做好，是这样他才配说是龙朱好仆人——”

于是，不听龙朱发言，也不待那女人把菜洗好，走到井边去，把菜篮拿来挂到屈着的手肘上，向龙朱眨了一下眼睛，却回头走了。

龙朱迟了许久才走到井边去。

十天后，龙朱用三十只牛三十坛酒下聘，作了黄牛寨寨主的女婿。

一九二九年作于上海

原载《红黑》第一期

神巫之爱

第一天的事

在云石镇寨门外边大路上，有一群花帕青裙的美貌女子，守候那神的神巫来临。人为数约五十，全是极年青，不到二十三岁以上，各打扮得象一朵花。人人能猜拟神巫带来神的恩惠给全村的人，却带了自己的爱情给女人中的某一个。因此凡是寨中年青貌美的女人，都愿意这幸福能落在她头上，所以全来到此地了。她们等候那神巫来到，希望幸运留在自己身边，失望分给了众人，结果就把神巫同神巫的马引到自己的家中；把马安顿在马房，把神巫安顿在她自己的有新麻布帐子山棉作絮的房里。

在云石镇的女人心中，把神巫款待到家，献上自己的身，给这神之子受用，是以为比作土司的夫人还觉得荣幸的。

云石镇的住民，属于花帕族。花帕族的女人，正仿佛是为全世界上好男子的倾心而生长得出名美丽的，下品的下品至少还有一双大眼睛与长眉毛，使男子一到面前就甘心情愿作奴当差。今天的事，却是许多稍次的女人也不敢出面竞争了。每一个女人，能多将神巫的风仪想想，又来自视，无有不气馁失神，嗒然归去。

在一切女人心中，这男子应属于天上的人。纵代表了神，到各处降神的福佑，与自己的爱情，却从不闻这男子恋上了谁个女人。各处女人用颜色或歌声尽一切的诱惑，神巫直到如今还是独身，神巫大约是在那里有所等候的。

神巫是在等待谁？生在世间的人，不是都得渐渐老去么？美丽年青不是很短的事么？眼波樱唇，转瞬即已消逝，神巫所挥霍抛弃的女人的热情，实在已太多了。就是今天的事，五十人中倘有一个为神巫加了青眼，那就有其余四十九人对这青春觉到可恼。美丽的身体若无炽热的爱情来消磨，则这美丽也等于累赘。花帕族及其他各族，女人之所以精致如玉，聪明若冰雪，温柔如棉絮，也就可以说是全为了神的儿子神巫来汁意！

好的女人不必用眼睛看，也可以从其他感觉上认识出来的。神巫原是有眼睛的人，就更应当清楚各部落里美中完全的女人是怎样多。为完成自己一种神所派遣到人间来的意义，他一面为各族诚心祈福，一面也应当让自己的身心给一个女人所占有！

是的，他明白这个。他对于这事情比平常人看得更分明。他并无奢望，只愿意得到一种公平的待遇，在任何部落中总不缺少那配得上他的女人，眯着眼，抿着口，做着那欢迎他来摆布的样子。他并不忘记这事情！许多女人都能扰乱他的心，许多女人都可以差遣他流血出力。可是因为另外一种理由，终于把他变成骄傲如皇帝了。他因为做了神之子，就仿佛无做人间好女子丈夫的分了。他知道自己的风仪是使所有的女人倾倒，所以本来不必伟大的他，居然伟大起来了。他不理任何一个女人，就是不愿意放下了其余许多美的女子去给世上坏男人脏污。他不愿意把自己身心给某一女人，意思就是想使所有世间好女人都有对他长远倾心的机会。他认清楚神巫的职分，应当属于众人，所以他把他自己爱情的门紧闭，独身下来，尽众女人爱他。

每到一处，遇到有女人拦路欢迎，这男子便把双眼闭上，拒绝诱惑。女人却多以为因自己貌丑，无从使神巫倾心，引惭退去。落了脚，住到一个宿处后，所有野心极大的女人，便来在窗外吹笛唱歌。本来窗子是开的，神巫也必得即刻关上，仿佛这歌声烦恼了他，不得安静。有时主人自作聪明，见到这种情形，必定还到门外去用恶声把逗留在附近的女人赶走，神巫也只对这头脑单纯的主人微笑，从不说过主人是做错了事。

花帕族的女人，在恋爱上的野心等于白脸族男子打仗的勇敢，所以每次闻神巫来此作傩，总有不少的人在寨外来迎接这美丽骄傲如狮子的神巫。人人全不相信神巫是不懂爱情的男子，所以上一次即或失败，这次仍然都不缺少把神巫引到家中的心思。女子相貌既极美丽，胆又非常大，明白这地方女人的神巫，骑马前来，在路上就不得不很慢很慢的走了。

时间是烧夜火以前。神巫骑在马上，看看再翻一个山，就可以望到云石镇的寨前大梧桐树了，他勒马不前，细细的听远处唱歌声音。原来那些等候神巫的年青女人，各人分据在路旁树荫下，盼望得太久，大家无聊唱起歌来了。各人唱着自己的心事，用那象春天的莺的喉咙，唱得所有听到的男子都沉醉到这歌声里。神巫听了又听，不敢走动。他有点害怕，前面的关隘似乎不容易闯过，女子的勇敢热情推这一镇为最出名。

追随在他身后的一个仆人，肩上扛的是一切法宝，正感到沉重，想到进了寨后找到休息的快活，见主人不即行动，明白主人的意思了。仆人说道：

“我的师傅，请放心，女人不是酒，酒这东西是吃过才能醉人的。”他意思是说女人是想起才醉人，当面倒无妨。原来这仆人是从龙朱的矮奴领过教的，说话的聪明机智许多人都不能及。

可是神巫装作不懂这仆人的聪明言语，很正气的望了仆人一眼。仆人在这机会上就向主人微笑，表示他什么事全清清楚楚，瞒不了他。

神巫到后无话说，近于承认了仆人的意见，打马上前了。

马先是走得很快，然而即刻又慢下来了。仆人追上了神巫，主仆两人说着话，上了一个小小山坡。

“五羊，”神巫喊着仆人的名字，说：“今年我们那边村里收成真好！”

“做仆人的只盼望师傅有好的收成，别的可不想管它。”

“年成好，还愿时，我们不是可以多得到些钱米吗？”

“师傅，我需要铜钱和白米养家，可是你要这个有什么用？”

“没有钱我们不挨饿吗？”

“一个年青男人他应当有别一种饥饿，不是用钱可以买来的。”

“我看你近来是一天脾气坏一天，讲的话怪得很，必定是吃过太多的酒把人变胡涂了。”

“我自己哪知道？在师傅面前我不敢撒谎。”

“你应当节制，你的伯父是酒醉死的，那时你我都很小，我是听黄牛寨教师说的。”

“我那个伯父倒不错！酒也能醉死人吗？”他意思是

女人也不能把主人醉死，酒算什么东西。

神巫却不在他的话中追究那另外意义，只提酒，他说：

“你总不应当再这样做。在神跟前做事的人，荒唐不得。”

“那大约只是吃酒，师傅！另外事情——象是天许可的那种事，不去做也有罪。”

“你是真在亵渎神了，你这大蒜！”

照例是，主人有点生气时，就拿用人比蒜比葱，以示与神无从接近，仆人就不开口了。这时坡上了一半，还有一半上完就可以望到云石镇。在那里等候神巫来到的年青女人，是在那里唱着歌，或吹着芦管消遣这无聊时光的。快要上到山顶，一切也更分明了。仆人为了救济自己的过失，所以不久又开了口。

“师傅，我觉得这些女人好笑，全是一些蠢东西！学竹雀唱歌谁希罕？”

神巫不答，骑在马上伸手摘了路旁土坎上一朵野菊花，把这花插在自己的鬓边。神巫的头上原包有一条大红绸首巾，配上一朵黄菊，显得更其动人的妩媚。

仆人见到神巫情形，也随手摘了一朵花插在头上，他头上包的是深黄布首巾，花是红色。有了这花，仆人更象蒋平了。他在主人面前，总愿意一切与主人对称，以便把自己的丑陋衬托出主人的美好。其实这人也不是在爱情上落选的人物，世界上就正有不少龙朱矮奴所说的，“吃掺了水的酒也觉得比酒糟还好的女人”来与这神巫的仆人论交！

翻过坡，坡下寨边女人的歌声是更分明了。神巫意思在此间等候太阳落坡，天空有星子出现，这些女人多数回家煮饭去了，他就可以赶到族总家落脚。

他不让他的马下山，跳下马来，把马系在一株冬青树下，命令仆人也把肩上的重负放下休息，仆人可不愿意。

“我的师傅，一个英雄他应当在日头下出现！”

“五羊，我问你，老虎是不是夜间才出到溪涧中喝水？”

仆人笑，只好把一切法宝放下了。因为平素这仆人是称赞师傅为虎的，这时不好意思说虎不是英雄。他望到他主人坐到那大青石上沉思，远处是柔和的歌声，以及忧郁的芦笛，就把一个镶银漆朱的葫芦拿给主人，请主人喝酒。

神巫是正在领略另外一种味道的，他摇头，表示不要酒。

五羊就把葫芦的嘴对着自己的嘴，仰头骨嘟骨嘟喝了许多酒，用手抹了葫芦的嘴又抹自己的嘴，也坐在那石上听歌。

清亮的歌，呜咽的笛，在和暖空气中使人迷醉。

日头正黄黄的晒满山坡，要等候到天黑还有大半天的时光！五羊有种脾气，不走路时就得吃喝，不吃喝时就得打点小牌，不打牌时就得睡！如今天气正温暖宜人，五羊真愿意睡了。五羊又听到远处鸡叫狗叫，更容易引起睡眠的欲望，他当到他主人面前一连打了三个哈欠。

“五羊，你要睡就睡，我们等太阳落坡再动身。”

“师傅，你的命令我反对一半承认一半。我实在愿意在此睡一点钟或者五点钟，可是我觉得应当把我的懒惰赶走，因为有人在等候你！”

“我怕她们！我不知道这些女人为什么独对我这样多情，我奇怪得很。”

“我也奇怪！我奇怪她们对我就不如对师傅那么多

情。如果世界上没有师傅，我五羊或者会幸福一点，许多人也幸福一点。”

“你的话是流入诡辩的，鬼在你身上把你变成更聪明了。”

“师傅，我若是聪明，便早应当把一个女人占有了师傅，好让其余女子把希望的火踹熄，各自找寻她的情夫！可是如今却怎么样？因了师傅，一切人的爱情全是悬在空中。一切……”

“五羊，够了。我不是龙朱，你也莫学他的奴仆，我要的用人只是能够听命令的人。你好好为我睡了吧。”

仆人于是听命，又喝了一口酒，把酒葫芦搁在一旁，侧身躺在大石上，用肘作枕，准备安睡。但他仍然有话说，他的口除了用酒或别的木楦头塞着时总得讲话的。他含含糊糊的说道：

“师傅，你是老虎！”

这话是神巫听厌了的，不理他。

仆人便半象唱歌那样低低哼道：

“一个人中的虎，因为怕女人的缠绕，不敢在太阳下见人，……

“不敢在太阳下见人，要星子嵌在蓝天上时才敢下山，……

“没有星子，我的老虎，我的师傅，你怎么样？”

神巫知道这仆人有点醉了，不理会，还以为天气实在太早，尽这个人哼一阵又睡一阵也无妨于事，所以只坐到原处不动，看马吃路旁的草。

仆人一面打哈欠一面又哼道：

“黄花岗的老虎，人见了怕；白耳族的老虎，它只怕人。”

过了一会仆人又哼道：

“我是个光荣的男子，花帕族小嘴白脸的女人，你们全来爱我！

“把你们的嘴，把你们的臂，全送给我，我能享受得下！

“我的光荣是随了我主人而来的……”

他又不唱了。他每次唱了一会就歇一回想，象神巫念诵祷词一样。他为了解释他有理由消受女人的一切温柔，旋即把他的资格唱出。他说：

“我是千羊族长的后裔，黔中神巫的仆人，女人都应归我。

“我师傅怕花帕族的妇人，却还敢到云石镇上行法事，我的光荣……

“我师傅勇敢的光荣，也就应当归仆人有一份。”

这仆人说时是闭上眼睛不望神巫颜色的。因了葫芦中一点酒，使这个人完全忘了形，对主人的无用处开起玩笑来了。

远处花帕族女人唱的歌，顺风来时字句还听得清楚，在半醉半睡情形中的仆人耳中，还可以得其仿佛，他于是又唱道：

你有黄莺喉咙的花帕族妇人，为什么这样发痴？

春天如今早过去了，你不必为他歌唱。

神巫虽是美丽的男子，但并不如你们所想象的勇敢与骄傲；

因为你们的歌同你们那唱歌的嘴髻，他想逃遁，他逃遁了。

不到一会，仆人的鼾声代替了他的歌声，安睡了。这个仆人在朦胧中唱的歌使神巫生了一点小小的气，为了他在仆人面前的自尊起见，他本想上了马一口气冲下山去。更其使他心中烦恼的，是那山下的花帕族年青女人歌声。那样缠绵的把热情织在歌声里，听歌人却守在一个醉酒死睡的仆人面前发痴，这究竟算是谁的过错呢?

这时节，若果神巫有胆量，跳上了马，两脚一夹把马跑下山，马颈下铜串铃远远的递了知会与花帕族所有年青女人，那在大路旁等候那瑰奇秀美的神巫人马来到面前的女人，是各自怎么样心跳血涌！五十颗年青的，母性的，灼热的心，在腔子里跳着，然而那使这些心跳动的男子，这时却仍然是坐在那大路旁，低头默想种种逃遁的方法。人间可笑的事情，真没有比这个更可笑了。

他望到仆人五羊甜睡的脸，自己又深恐有人来不敢睡去。他想起那寨边等候他来的一切女人情形，微凉的新秋的风在脸上刮，柔软的撩人的歌声飘荡到各处，一种暧昧的新生的欲望摇撼到这个人的灵魂，他只有默默的背诵着天王护身经请神保佑。

神保佑了他的仆人，如神巫优待他的仆人一样，所以花帕族女人不应当得到的爱情，仍然没有谁人得到。

神巫是在众人回家以后的薄暮，清吉平安来到云石镇的。

到了住身的地方时，东家的院后大树上正叫着猫头鹰，五羊放下了法宝，摇着头说：

“猫头鹰，白天你虽无法睁眼睛，不敢飞动，你仍然不失其为英雄啊！”

那树上的一只猫头鹰，象不欢喜这神巫仆人的赞美，扬翅飞去了。神巫望到这从龙朱矮奴学来乖巧的仆人微笑，就坐下去，接受老族总双手递来的一杯蜂蜜茶。

到了夜晚，在云石镇的箭坪前成立了一座极堂皇的道场。

晚上的事

松明，火把，大牛油烛，依秩序一一燃点起来，照得全坪通明如白昼。那个野猪皮鼓，在五羊手中一个皮槌重击下，蓬蓬作响声闻远近时，神巫上场了。

他头缠红巾，双眉向上竖。脸颊眉心擦了一点鸡血，红缎绣花衣服上加有朱绘龙虎黄纸符箓。他手执铜叉和镂银牛角，一上场便有节拍的跳舞着，还用呜咽的调子念着娱神歌曲。

他双脚不鞋不袜，预备回头赤足踩上烧得通红的钢犁。那健全的脚，那结实的腿，那活泼的又显露完美的腰身转折的姿势，使一切男人羡慕、一切女子倾倒。那花鼓声蓬蓬下拍动的铜叉上圈儿的声音，与牛角呜呜喇喇的声音，使人相信神巫的周围与本身，全是精灵所在。

围看跳傩的人不下两百三百，小孩子占了五分之一，女子们占了五分之二，成年男子占了五分之二,一起在坛边成圈站立。小孩子善于唱歌的，便依腔随韵，为神巫助歌。女子们则只惊眩于神巫的精灵附身半疯情形，把眼睛睁大，随神巫身体转动。

五羊这时酒醒了。但他又沉醉到一种事务中，全部精神集中在主人的踊跃行为上，匀匀的击打着身边那一面鼓。他把鼓槌按拍在鼓边上轻轻的敲，又随即用力在鼓心上打。他有时用鼓槌揉着鼓面，发出一种人的声音，有时又沉重一击忽然停止。他脸为身旁的柴火堆熏得通红，头是那么象饭箩摇摆。平时一见女人即发笑的脸上，这时却全无笑容，严重得象武庙的泥塑的关夫子了。

神巫把身一踊，把脚一顿，再把牛角向空中画一大圈，五羊把鼓声压低下去，另外那个打锣的人也把锣稍停，忽然象从一只大冰柜中倾出一堆玻璃，神巫用他那银钟的喉咙唱出歌来了。

神巫的歌说：

你大仙，你大神，睁眼看看我们这里人！
他们既诚实，又年青，又身无疾病，
他们大人能喝酒，能作事，能睡觉，
他们孩子能长大，能耐饥，能耐冷，
他们牯牛能耕田，山羊能生仔，鸡鸭能孵卵，
他们女人会养儿子，会唱歌，会找她所欢喜的情人！

你大神，你大仙，排驾前来站两边！
关夫子身跨赤兔马，
尉迟恭手拿大铁鞭！

你大仙，你大神，云端下降慢慢行！
张果老驴上得坐稳，

铁拐李脚下要小心！

福禄绵绵是神恩，
和风和雨神好心，
好酒好饭当前陈，
肥猪肥羊火上烹！

洪秀全，李鸿章，
你们在生是霸王，
杀人放火尽节全忠各有道，
今来坐席又何妨！

慢慢吃，慢慢喝，
月白风清好过河！
醉时携手同归去，
我当为你再唱歌！

神巫歌完锣鼓声音又起，人人拍手迎神，人人还呐喊表示欢迎唱歌的神的仆人。神巫如何使神驾云乘雾前来降福，是人不能明白知道的事，但神巫的歌声，与他那种优美迷人的舞蹈，是已先在云石镇上人人心中得到幸福欢喜了。

神巫把歌唱完，帮手把宰好的猪羊心献上，神巫在神面前作揖，磕头，翻筋斗，鼓声转沉，神巫把猪羊心丢到铁锅里去，用手咬诀，喷一口唾沫，第一堂法事就完结了。

神巫退下坛来时，坐到一张板凳上休息，把头上的红巾除去，首事人献上茶，神巫一手接茶一手抹除额上的汗。这时节，一些小孩子，把五羊包围了，争着抢五羊手上的槌，想打鼓玩。五羊站到一张凳上不敢下来，大声咤叱那顶顽皮的在扯他裤子的孩子。神巫这一面，则是族总、地保、屯长，与几个上年纪的地方老人陪着，因此年青女人只能远远站在一旁了。

场坪上，各处全是火炬，树上也悬挂得有红灯，所以凡是在场的人皆能互相望到。神巫所在处，靠近神像边，有大如人臂的天烛，有火燎，有七星灯，所以更其光明如昼。在火光下的神巫，虽作着神的仆人的事业，但在一切女人心中，神的数目不可知，有凭有据的神却只应有一个，就是这神巫。他才是神，因为有完美的身体与高尚的灵魂。神巫为众人祈福，人人皆应感谢神巫，不过神巫歌中所说的一切神，从玉皇大帝到李鸿章，若果真有灵，能给云石镇人以幸福，就应把神巫分给花帕族所有的好女子，至少是这时应当让他来在花帕族女人面前，听那些女人用敷有蜜的情歌摇动他的心，不合为一些年老男子包围保护！

这样的良夜，风又不冷，满天是星，正适宜于年青人在洞中幽期密约，正适宜于在情妇身边放肆作一切顽皮的行为，正适宜于倦极做梦。把来到云石镇唱歌娱神的神巫，解下了法衣，放下了法宝，科头赤足来陪一个年青花帕族女人往无人处去，并排坐到一个大稻草堆上看天上的流星，指点那流星落去的方向，或者用药面喂着那爱吠的狗，悄悄从竹园爬过一重篱到一个女人窗下去轻轻拍窗边的门，女人把窗推开援引了这人进屋，神见到这天气，见到这情形，神也不至于生气！

为了神巫外貌的尊严，以及年老人保护的周密，一切女人真是徒然有了这美貌，徒然糟蹋了这一年无多几日的天气。各人的野心虽大，却无一个女人能勇敢的将神巫从火光下抢走。虽说“爱情如死之坚强”，然任何女人，对这神巫建设的堡垒，亦无从下手攻打。

休息了一会，第二次神巫上场，换长袍为短背心，鼓声蓬蓬打了一阵，继着是大铜锣铛铛的响起来，神巫吹角，角声上达天庭，一切情形复转热闹，正做着无涯好梦的人全惊醒了。

第一堂法事为献牲，第二堂法事为祈福。

祈福这一堂法事，情形与前一次完全两样了，照规矩，神巫得把所有在场的人叫到身边来，瞪着眼，用着神的气派，询问这人想神给他什么东西，这人实实在在说过心愿后，神巫即向鬼王瞪目，再向天神磕头，用铜剑在这人头上一画完事。在场的人若太多时，则照例只推举十来个人出场，受神巫的处置，其余也同样得到好处了。因为在大傩中的人，请求神的帮助，不出几件事：要发财，要添丁，要家中人口清吉，要牛羊孳乳，要情人不忘恩负义。纵有些人也希望凭了神的保佑将仇人消灭的，这类不合理要求，当然无从代表。然而互相向神纳贿，则互相了销，神的威灵仿佛独于这一件事无应验，所以受神巫处置的纵多，也不能出二十个人以上。

锣鼓惊天动地的打，神巫跷起一足旋风般在场中转，只要再过一阵，把表一上，就应推举代表向神请愿了。这时在场年青女人，都有一种野心，想在对神巫诉愿时，说着请求神把神巫给她的话。在神巫面前请求神许可她爱神巫，也得神巫爱她，是这样，神就算尽了保佑弱小的职分了。在场一百左右年青女人，心愿莫不是要神帮忙，使神巫的身心归自己一件事，所以到了应当举出年青女人向神请愿时，因为一种隐衷，人人都说因为事是私事，只有各自向神巫陈说为好。

众女人为这事争持着，尽长辈排解也无法解决。神巫明白今夜的事情糟，男子流血女人流泪，全是今夜的事。他只默然不语，站到场坪中火堆前，火光照到这英雄一个如天神。他四顾一切争着要祈福的女人，全有着年青美丽的身体与洁白如玉的脸额，全都明明的把野心放在衣外，图与这年青神巫接近。各人的竞争，即表明各人的爱心的坚固，得失之间各人皆具有牺牲的决心。

族中当事人，也有女侄在内，情形也是大体明白了，劝阻无效，只有将权利付之神巫自己。

那族中最年高的一个，见到自己两个孙女也包了花格子绸巾在场，照例族中的尊严，是长辈也无从干预年青人恋爱，他见到这事情争持下去也不会有结果，于是站到凳上去，宣告自己的意见。

他先拍掌把一切的纷扰镇平，演说道：

“花帕族的姊妹们，请安静，听一个痴长九十一岁的老人说几句话。

“对于祈福你们不愿意将代表举出，这是很为难的。你们的意见，是你们至上的权利，花帕族女人纯洁的心愿，我不能用高年来加以干预。我并不是不明白你们意思的。

“只是很为难，今天这大傩是为全镇全族作的，并不是我个人私有，也不是几个姊妹们私有。这是全镇全族的利益。这傩事，应当属于在场的公众，所以凡近于足以妨碍傩事的个人利益要求，我们是有商量考虑的必要。

“如今的夜晚天气是并不很长的，这还是新秋，这事也请诸位注意。若果照诸位希望，每一个人，（有女人就说，并不是每一人，是我们女子！）是的，单是女子。让我来大体数数吧，一五，一十，十五，二十……这里象你们这样年青的姑娘，是七十五个。或者还不止。试问七十五个女人，来到神巫身前，把心愿诉尽，又得我们这可敬爱的神巫一一了愿，是作得到的事么？你们这样办，你们的心愿神巫是知道了，（他觉得说错了话又改口说）你们的心愿神是知道了，只是你们不觉得使神巫过于疲倦是不合理的事吗？这样一来，到天亮还不能作第三堂法事，你们不觉得是妨碍了其他人的利益与事务吗？

“我花帕族的女人，是知道自由这两个字的意义的。她知道自己的权利也知道别人的权利，你们可以拿你们自己所要求的去想想。”

有女人就说：“我们是想过了，这事情我们愿意决定于神巫，他当能给我们公平的办法。”

演说的老人就说道：

“这是顶好的，既然这样，我们就把这事情请我们所敬爱的神巫解决。来，第二的龙朱，告我们事情应当怎么办。（他向神巫）你来说一句话，事情由你作主。（女人听到这话全拍手喊好。）

“不过，姊妹们，不要因为太欢喜忘了我们族中女子的美德！诸位应记着花帕族女人的美德是热情的节制，男子汉才需要大胆无畏的勇敢！我请你们注意，就因为不要为我们尊敬的神巫见笑。

“诸位，安静一点，听我们的师傅吩咐吧。”

女人中，虽有天真如春风的，听到族长谈到花帕族女人的美德，也安静下来了。全场除了火燎爆声外，就只有谈话过多的老年族总喉中发喘的声音。

神巫还是身向火燎低头无语，用手叩着那把降魔短剑。

打鼓的仆人五羊，低声的说道：

“我的师傅，你不要迟疑了，神是对于年青女人请求从不曾拒绝的，你是神的仆，应照神意见行事。”

“神的意见是常常能使他的仆人受窘的！”

“就是这样也并无恶意！应当记着龙朱的言语，年青的人对别人的爱情不要太疏忽，对自己的爱情不要太悭吝。”

神巫想了一会，就抬起头来，琅琅说道：

“诸位伯叔兄弟，诸位姑嫂姊妹，要我说话我的话是很简单的。神是公正的，凡是分内的请求他无拒绝的道理。神的仆人自然应为姊妹们服务，只请求姊妹们把希望容纳在最简单的言语里，使时间不至于耽搁过多。”

说到此，众人复拍手，五羊把鼓打着，神巫舞着剑，第一个女了上场到神巫身边跪下了。

神巫照规矩瞪眼厉声问女人，仿佛口属于神，眼睛也应属于神，自己全不能审察女人口鼻眼的美恶。女人轻轻的战栗的把愿心说出，她说：

“我并无别的野心，我只请求神让我作你的妻，就是一夜也好。”

神巫听到这吓人的愿心，把剑一扬，喝一声“走”，女人就退了。

第二个来时，说的话却是愿神许他作她的夫，也只要一天就死而无怨。

第三个意思不外乎此，不过把话说得委婉一点。

第四第五……全是一个样子，全给神巫瞪目一喝就走了。人人先仿佛觉到自己希望并不奢，愿心一说给这人听过后，心却释然了。以为别的女子也许野心太大，请神帮忙的是想占有神巫全身，所以神或者不能效劳，至于自己则所望不奢，神若果是慈悲的，就无有不将怜悯扔给自己的道理。人人仿佛向神预约了一种幸福，所有的可以作为凭据的券就是临与神巫离开时那一瞪。事情的举行出人意料的快，不到一会，在场想与神巫接近一致心事的年青女人就全受福了。女人事情一毕，神巫稍稍停顿了跳跃，等候那另外一种人的祈福。在这时，忽然跑过来一个不到十六岁的小女孩，赤了双脚，披了长长的头发，象才从床上爬起，穿一身白到神巫面前跪下，仰面望神巫。

神巫也瞪目望女人，望到女人一对眼，黑睛白仁象用宝石做成，才从水中取出安置到眶中。那眼眶，又是《庄子》一书上的巧匠手工做成的。她就只把那双眼睛瞅定神巫，她的请求是简单到一个字也不必说的，而又象是已经说得太多了。

他在这光景下有点眩目，眼睛虽睁大，不是属于神，应属于自己了。他望到这女人眼睛不旁瞬，女人也不做声，眼睛却象那么说着："跟了我去吧，你神的仆，我就是神！"

这神的仆人，可仍然把心镇住了，循例的大声的喝道：

"什么事，说！"

女人不答应，还是望到这神巫，美目流盼，要说的依然象是先前那种意思。

这神巫有点迷乱、有点摇动了，但他不忘却还有七十多个花帕族的美貌年青女子在周围，故旋即又吼问是为什么事。

女人不作答，从那秀媚通灵的眼角边浸出两滴泪来了。仆人五羊的鼓声催得急促，天空的西南角正坠下一大流星，光芒如月。神巫望到这眼边的泪，忘了自己是神的仆人了，他把声音变成夏夜一样温柔，轻轻的问道：

“洞中的水仙，你有什么事差遣你的仆人？”

女人不答。他又更柔和的说道：

“你仆人是世间一个蠢人，有命令，吩咐出来我照办。”

女人到此把宽大的衣袖，擦干眼泪，把手轻轻抚摩神巫的脚背，不待神巫扬那铜剑先自退下了。

神巫正想去追赶她，却为一半疯老妇人拦着请愿，说是要神帮她把战死的儿子找回，神巫只好仍然作着未完的道场，跳跳舞舞把其余一切的请愿人打发完事。

第二堂休息时，神巫蹙着双眉坐在仆人五羊身边。五羊蹲到主人脚边，低声的问师傅为什么这样忧郁。这仆人说：

“我的师傅，我的神，什么事使你烦恼到这样子呢？”

神巫说：“我这时比往日颜色更坏吗？”

“在一般女人看来，你是比往日更显得骄傲了。”

“我的骄傲若使这些女人误认而难堪，那我仍得骄傲下去。”

“但是，难堪的，或者是另外一个人！一个人能勇敢爱人，在爱情上勇敢即失败也不会难堪的。难堪只是那些无用的人所有的埋怨。不过，师傅，我说你有的却只是骄傲。”

“我不想这骄傲了，无味的贪婪我看出我的错来了。我愿意做人的仆。不愿意再做神的仆了。”

五羊见到主人的情形，心中明白必定是刚才请愿祈福一堂道场中，主人听出许多不应当听的话了，这乖巧仆人望望主人的脸，又望望主人插到米斗里那把降魔剑，心想剑原来虽然挥来挥去，效力还是等于面杖一般。大致一切女人的祈福，归总只是一句话，就是请神给这个美丽如鹿骄傲如鹤的神的仆人，即刻为女人烦恼而已。神显然是答应了所有女人的请愿，所以这时神巫烦恼了。

祈了福，时已夜半，在场的人，明天有工做的男子都回家了，玩倦了的小孩子也回家了，应当照料小孩饮食的有年纪女人也回家了。场中人少了一半，只剩下了不少年青女人，预备在第四堂法事末尾天将明亮满天是流星时与神巫合唱送神歌，就便希望放在心上向神预约下来的幸福，询问神巫是不是可以实现。

看出神巫的骄傲，是一般女子必然的事，但神巫相信那最后一个女人，却只会看出他的忧郁。在平时，把自己属于一人或属于世界，良心的天秤轻重分明，择重弃轻他就尽装骄傲活下来。如今则天秤已不同了。一百个或一千个好女人，虚无的倾心，精灵的恋爱，似乎敌不过一个女子实际的物质的爱为受用了。他再也不能把世界上有无数女子对他倾心的事引为快乐，却甘心情愿自己对一个女人倾心来接受烦恼了。

他把第三堂的法事草草完场，于是到了第四堂。在第四堂末了唱送神歌时，大家应围成一圈，把神巫围在中间，把稻草扎成的蓝脸大鬼掷到火中烧去，于是打鼓打锣齐声合唱。神巫在此情形中，去注意到那穿白绒布衣的女人，却终无所见。他不能向谁个女子打听那小女孩属姓，又不能把这个意思向族总说明，只在人中去找寻。他在许多眼睛中去发现那熟习的眼睛，在一些鼻子中发现那鼻子，在一些小口中发现那小口，结果全归失败。

把神送还天上，天已微明。道场散了，所有的花帕族青年女人，除了少数性质坚毅野心特大的还不愿离开神巫，其余女人均负气回家睡觉去了。

随后神巫便随了族总家扛法宝桌椅用具的工人返族总家，神巫后面跟得是一小群年青女人。天气微寒，各人皆披了毯子，这毯子本来是供在野外情人作坐卧用的东西，如今却当衣服了。女人在神巫身后，低低的唱着每一个字全象有蜜作馅的情歌，直把神巫送到族总的门外。神巫却颓唐丧气，进门时头也不回。

第二天的事

神巫思量在云石镇逗留三天。这意见是直到晚上做过第二堂道场才决定的。这神的仆人，当真愿意弃了他的事业，来作人的仆人了。

他耳朵中听过上千年青女人的歌声，还能矜持到貌若无动于心。他眼见到过一千年青女人向他眉目传情，他只闭目不理。就是昨晚上，在第二堂道场中，七十多个女人，跑到这骄傲的人面前诉说心愿，他为了自尊与自私，也俨然目无所睹耳无所闻，只大声咤叱行他神仆的职务。但是一个不用语言诉说的心愿，呆在他面前不到两分钟，却为他看中，非寻找这女人不可了。

见到主人心不自在的仆人五羊，问主人说：

“师傅，差遣你蠢仆去做你所要做的事吧，他在听候你的命令。”

“事情是神所许可的事，却不是我应当做的事！”

“既然神也许可，人还能违逆吗？逆违神的意见，地狱是在眼前的。”

“你是做不到这事的，因为我又不愿意她以外的人知道我的心事。”

“我准可以做到，只要师傅把那人的像貌说出来，我一定要她来同师傅相会。”

“你这个人只是舌头勇敢，别无能耐！”

“师傅，你说！你说！金子是在火里炼出来的，我的能力要做去才知道。”

“你这人，我对你的酒量并不怀疑，只是吃酒以外的事无从信托你。”

“试试这一次吧，师傅你若相信各样的强盗也可以进爱情的天堂，那么，一个欢喜喝一杯两杯酒的人为什么不能当一点较困难的差事呢？”

神巫不是龙朱，五羊却已把矮奴的聪明得到，所以神巫不能不首肯了。

神巫就告他仆人，说是那白衣的女人，他一见就如何钟情。因为女人是最后一个来到场中受福，五羊也早将这女人记到心上了。五羊说请师傅放心，在此等候好消息，神巫只好点首应允，五羊就笑笑的走去了。

去了半天还不回来，神巫心上着急。天气实在太好了，神巫想自己出门走走，又恐怕无仆人在身边，到外面碰到花帕族女人包围时无法脱身。他悔不该把五羊打发出门，因为五羊还不知道什么时候才能醉醺醺回家。

族总知道神巫极怕女人麻烦，所以特为把他安置到这个单独院落。

神巫因为寂寞，又不能睡觉，就从旁门走到族总住的正院去找人谈话。到了那边，人全出门了，见到一个小孩坐在堂屋地下不起，用手蒙脸啼哭，这英雄把孩子举起逗孩子发笑。孩子见有人抱，不哭了，只睁了眼看望神巫。神巫忽然觉得这眼睛是极熟习的谁一个人的眼睛了。他想了一会，记起了昨夜间那个人。他又望孩子的身上所穿的衣，就正是白色，如同昨夜那女人所穿一个样子。他正在对小孩子发痴，那一边门旁一个人赫然出现，他手忙脚乱不知所措，把小孩放下怔怔望到那人无言无语。原来这就正是昨夜那求神请愿的少年女子。在日光下所见到的女人颜色，如玉如雪更其分明了。女人精神则如日如霞，微惊中带着惶恐，用手扶着门框，对神巫出神。

“我的主人，昨夜里在星光下你美丽如仙，今天在日光下你却美丽如神了。”

女人腼腆害羞不作回答，还是站立不动。

神巫于是又说道：

“神啊！你美丽庄严的口辅，应当为命令愚人而开的，我在此等候你的使唤。我如今已从你眼中望见天堂了，就即刻入地狱也死而无怨。”

小孩子，这时见到了女人，踊跃着要女人抱，女人低头无声走到孩子身边来，把孩子抱起放在怀中，用口吮小孩小小的手，温柔如观音。

神巫又说道：

“我生命中的主宰，一个误登天堂用口渎了神圣的尊严的愚人，行为如果引起了你神圣的憎怒，你就使他到地狱去吧。”

女人用温柔的眼睛，望了望这个善于辞令的美男子，却返身走了。

神巫是连用手去触这女人衣裙的气概也消失了的，见到女人走时也不敢走上去把女人拦住，也不能再说一句话。女人将身消失到芦帘背后以后，这神的仆人，惶遽情形比失去了所有法宝还可笑，只站到堂屋正中搓手。

他不明白这是神的意思，还是因为与神意思相反，所以仍然当面错过了机会。

照花帕族的格言所说，“凡是幸运它同时必是孪生！”神巫想起这格言，预料到这事只是起始并不是结局，所以并不十分气馁，回到自己住屋了。

但他的心是不安定的，他应当即刻就知道一切详细。

他不能忍耐等到五羊回来，却决定走出去找五羊了。

正准备起身出门时节，五羊却匆匆忙忙跑回来了，额上全是大的汗，一面喘气一面用手抹额上的汗，脸上笑容荡漾象迎喜时节的春官。

“舌头勇敢的人，你得了些什么好消息了呢？”

“是师傅的福分，我把师傅所要知道的全得到了。我在三里外一个地方见到人中的神了，我此后将一世唱赞美我自己眼睛有福气的歌。”

“我只怕你见到的是你自己眼中的酒神，还是喝一辈子的酒吧。”

“我可以赌咒，请天为我作证。我此时的眼睛有光辉照耀。可以证明我所见不虚。”

“在你眼中放光的，我疑心是一只萤火虫。”

“冤枉！谁说天上日头不是人人明白的东西？世上瞎眼人也知道日头光明，你当差的就蠢到这样吗？”这时他想起另外证据来了。“我还有另外证据在此，请师傅过目。这一朵花它是有来由的。”

仆人把花呈上，一朵小小的蓝野菊，与通常遍地皆生的东西一个样子，看不出它有什么特异处。

“饶舌的人，我不明白这花有什么用处？”

“我来替这菊花向师傅诉说吧。我命运是应当在龙朱脚下揉碎的，谁知给一个姑娘带走了，我坐到姑娘发上有半天，到后跌到了一个……哈哈，这样的因缘我把这花带回来了。我只请我主人，信任这不体面的仆人，天堂的路去此不远，流星虽美却不知道哪一条路径。”

“我恐怕去天堂只有一条路径。”神巫意思是他自己已先到过天堂了。

“就是这不体面仆人所知道的一条！”

“有小孩子没有？”

“师傅，罪过！让我这样说一句撒野的话吧，那‘圣地’是还无人走过的路！”

神巫听到此时不由得不哈哈大笑，微带嗔怒的大声说道：

“不要在此胡言谵语了，你自己到厨房找酒喝去吧。你知道酒味比知道女人多一点，你的鼻子是除了辨别烧酒以外没有其他用处的。你去了吧，你只到厨房去，在喝酒以前，为我探听族总家有几个姑娘年在二十岁以内，还有一个孩子是这个人的儿子。听清我的话没有？”

仆人五羊把眼睛睁得多大，不明白主人意思。他还想分辩他所见到的就是主人所要的一个女人，他还想找出证据，可是主人把这个人用力一推，他已踉踉跄跄跌到门限外了。他喊说，师傅，听我的话！神巫却訇的把门关上了。这仆人站到门外多久，想起必是主人还无决心，又想起那厨房中大缸的烧酒，自己的决心倒拿定了，就撅嘴蹩脚向大厨房走去。

五羊去了以后，神巫把那一朵小蓝菊花拿在手上，这菊花若能说话就好了。他望到这花感到无涯的幸福。他不相信他刚才所见到的是另外一个女人，他不相信仆人的话有一句是真。一个太会说话的人，所说的话常常不是事实，他不敢信任五羊也就是这理由的。

不过，平时诚实的五羊，今日又不是大醉，所见到的人当然也总美得很。这女人是谁家的女人？若这花真从那女人头上掉下，则先一刻在前面院子所见到的又是谁？如果“幸福真是孪生”，女人是孪生姊妹，那神巫在选择上将为难不知应如何办了。在两者中选取一个，将用什么为这倾心的标准？人世间不缺少孪生姊妹，可不闻有孪生的爱情。

他胡思乱想了大半天。

他又觉得这决不会错误，眼睛见到的当然比耳朵听来的更可靠，人就是昨夜那个人！但是这儿子属于谁的种根？这女子的丈夫是谁？……这朵花的主人又究竟是谁？……他应当信任自己，信任以后又有何方法来处置自己？

这时节，有人在外面拍掌，神巫说，“进来！”门开了，进来一个人。这人从族总那边来，传达族总的言语，请师傅过前面谈话。神巫点点头，那人就走了。神巫一会儿就到了族总正屋，与族总相晤于院中太阳下。

“年青的人呀，如日如虹的丰采，无怪乎世上的女人都为你而倾心，我九十岁的人一见你也想作揖！”

神巫含笑说：

“年深月久的树尚为人所尊敬，何况高年长德的人？江河的谦虚因而成其伟大，长者对一个神前的仆人优遇，他不知应如何感谢这人中的大江！”

“我看你心中好象有不安样子，是不是夜间的道场累坏了你？”

“不，年长的祖父。为地方父老作事，是不应当知道疲乏的。”

“是饮食太坏吗？”

“不，这里厨子不下皇家的厨子，每一种菜单看看也可以使我不厌！”

“你洗不洗过澡了？”

“洗过了。”

“你想你远方的家吗？”

“不，这里同自己家中一样。”

“你神气实在不妥，莫非有病。告给我什么地方不舒畅？”

“并没有不舒畅地方，谢谢祖父的惦念。”

“那或者是病快发了，一个年青人是免不了常为一些离奇的病缠倒的。我猜的必定是昨晚上那一批无知识女人扰乱了你了。这些年青女孩子，是常常因为太热情的缘故，忘了言语与行动的节制的。告给我，她们中谁在你面前说过狂话的没有？”

神巫仍含笑不语。

族总又说：

“可怜的孩子们！她们是太热情了。也太不自量了。

她们都以为精致的身体应当奉献给神巫。都以为把爱情扔给人间美男子为最合理。她们不想想自己野心的不当，也不想想这爱情的无望。她们直到如今还只想如何可以麻烦神巫就如何做，我这无用的老人，若应当说话，除了说妒忌你这年青好风仪以外，不知道还可以说什么话了。”

“祖父，若知道晚辈的心如何难过，祖父当同情我到万分。”

“我为什么不知道你难过？众女子千中选一，并无一个够得上配你，这是我知道的。花帕族女子虽出名的美丽，然而这仅是特为一般年青诚实男子预备的。神为了显他的手段，仿照了梁山伯身材造就了你，却忘了造那个祝英台了！”

“祖父，我倒并不这样想！为了不辜负神使我生长得中看的好意，我是应当给一个女子作丈夫的。只是这女子……”

“爱情不是为怜悯而生，所以我并不希望你委屈于一个平常女子脚下。”

“天堂的门我是无意中见到了，只是不知道应如何进去。”

“那就非常好！体面的年青人，我愿意你的聪明用在爱情上比用在别的事还多，凡是用得到我这老人时，老人无有不尽力帮忙。”

“……”神巫欲说不说，蹙了双眉。

“不要愁！爱情是顽皮的，应当好好去驯服。也不要把心煎熬到过分。你烦闷，何不出去走走呢？若是想打猎，拿我的枪，骑我的马，同你仆人到山上去吧。这几日那里可以打到很肥的山鸡。怕人注意你顶好是戴一个面具去。不过我想来这也无多大用处，一个瞎子在你身边也会觉得你是体面的。就是这样子去吧。乘此可以告给一切女人，说心已属了谁，那以后或者也不至于出门受麻烦了。天气实在太好了，不应当辜负这好天气。”

神巫骑马出门了，马是自己那一匹，从族总借来的长枪则由五羊扛上。扛着长枪跟在马后的五羊，肚中已灌满麦酒与包谷酒了，出得门来听到各处山上的歌声，这汉子也不知不觉轻轻的唱起来。

他停顿了一步，望望在前面马上的主人，却唱道：

你用口成天唱歌的花帕族女人，
你们的爱情全失败了。
那骑白马来到镇上的年青人，
已为一个穿白衣女人用眼睛抓住了。

你花帕族的男人，
要情人到别处赶快找去！
从今以后族中的女人，
把爱情将完全变成妒嫉！

神巫回过头来，说：

“好好为我把口合拢，不然我将用路上的泥土塞满你的嘴巴。”

五羊因为有点醉了，慢一步，停留下来，稍与主人距离远一点，仍然唱道：

我能在山中随意步行，
全得我体面师傅的恩惠，
我师傅已不怕花帕族女人，

我决不见女人就退。

你唱歌想爱神巫的乖巧女人，

此后的歌应当改腔改调！

那神巫如今已为一个女子的情人，

你的歌当问他仆人“要爱情不要？”

神巫在马上听到这歌了，又回过头来，望着这醉人情形，带嗔的说道：

“五羊，你是当真想吃马屎是不是？”

五羊忙解释，说是因为牙齿痛，非哼不行，所以一哼就成歌了。

“既是这样，我明天把你的牙齿拔去，看还痛不痛。”

“师傅，那么我以后因为拔牙时疼痛的缘故，可以成年哼了。”

神巫见这仆人醉时话比醒时多一倍，就只有尽他装牙痛唱歌，自己打马上前了。马一向前跑，谁知这仆人因为追马，倒仿佛牙齿即刻就好了，歌也不唱了。一跑跑到了一个溪边，一只水鸭见有人来，振翅乎乎飞去，五羊忙收拾枪交把主人，等到神巫举枪瞄准时，那水鸭已早落到远处芦丛中不见了。

“完了。龙朱仆人说：凡是笼中蓄养的鸟一定飞不远。这只水鸭子可不是家养的！我们沿溪走吧。”

神巫等候了一阵，不见这水鸭出现，只好照五羊意见走走。这时五羊在前，因为溪边路窄他牵马。走了一会，五羊又哼起来了。

> 笼中畜养的鸟它飞不远，
> 家中生长的人却不容易寻见。
> 我若是有爱情交把女子的人，
> 纵半夜三更也得敲她的门。

神巫在五羊说出“门”字以前就勒住马了。他不走了，昂首望天上白云，若有所计划。

“师傅，古怪，你把马一勒，我这牙齿倒好了，要唱歌也唱不来了。”

“你少作怪一点！你既然刚才说那个人的家离这里不远，我们就到她家中去看看吧。”

“要去也得一点礼物，我们应向山神讨一双小白兔才象样子！”

“照你主意吧，你安排一下。”

五羊这时可高兴了。照习惯打水边的鸟时可以随便，至于猎取山上的兽与野鸡，便全应当向山神通知一声。通知山神办法是用石头在土坑边或大树下砌一堆，堆下压一绺头发与青铜钱三枚，设此的人略一致术语，即行了。有了通知则容易得到所想得的东西，五羊此时即来办这件事。他把石头找得，扯下了自己头发一小绺，摸出小钱，蹲下身去，如法炮制。骑在马上的神巫，等候着，望着遥天的云彩。

不知是山神事忙，还是所有兔类早得了山神警戒不许出穴，主仆两人在各处找寻半天的结果，连一匹兔的影子也不曾见到，时间居然不为世界上情人着想，夜下来了。黄昏薄暮中的神巫，人与马停顿在一个小阜上面，望云石镇周围各处人家升起的炊烟，化成银色薄雾，流动如水如云，人微疲倦，轻轻打着唿哨回了家。

第二天晚上的事

回家的神巫，同他的仆人把饭吃过了，坐到院中望天空。天空全是星，天比平时仿佛更高了。月还不上来，在星光下各地各处叫着纺车娘，声音繁密如落雨。在纺车娘吵嚷声中时常有妇女们清呖宛转的歌声，歌声的方向却无从得知。神巫想起日间的事，说：

“五羊，我们还是到你说的那个地方去吧。”

“师傅，你真勇敢！一出门，不怕为那些花帕族女人围困吗？”

“我们悄悄从后面竹园里出去！”

“为什么不说堂堂正正从前门出去？”

“就从前门出去也不要紧。”

“好极了，我先去开路。”

五羊就先出去了。到了外边，听到岗边有女人的嬉笑，听到芦笛低低的呜咽，微风中有栀子花香同桂花香。五羊望远处，一堆堆白衣裙隐显于大道旁，不下数十，全是想等候神巫出门的痴心女人。她们不知疲倦的唱歌，只想神帮助她们，凭了好喉咙把神巫的心揪住，得神巫见爱。她们将等候半夜或一整夜，到后始各自回家。天气温暖宜人，正是使人爱悦享乐的天气。在这样天气下，神巫的骄傲，决不是神许可的一件事，因此每个女人的自信也更多了。

神巫的仆人五羊，见到这情形，心想，还是不必要师傅勇敢较好，就转身到神巫住处去。

“看到了些什么了呢？”

五羊只摇头。

“听到了些什么了呢？”

五羊仍然摇头。

神巫就说：

“我们出去吧，等待绊脚石自己挪移，恐怕等到天明也无希望出去了。”

五羊微带忧愁的答道：

“倘若有办法不让绊脚石挡路，师傅，我劝你还是采用那办法吧。”

“你不是还正讥笑我说，那是与勇敢相反的一种行为么？”

“勇敢的人他不躲避牺牲，可是他应当躲避麻烦。”

“在你的聪明舌头上永远见出我的过错，却正如在龙朱仆人的舌头永远见出龙朱是神。”

“就是一个神也有为人麻烦到头昏的时候，这应当是花帕族女人的罪过，她们不应当生长得如此美丽又如此多情！”

“少说闲话吧。一切我依你了。我们走。”

“好吧，就走。让花帕族所有年青女人因想望神巫而烦恼，不要让那被爱的花帕族女人因等候而心焦。”

他们于是当真悄悄的出门了，从竹园翻篱笆过田坎，他们走的是一条幽僻的小路。忠实的五羊在前，勇壮的神巫在后，各人用面具遮掩了自己的脸，他们匆匆的走过了女人所守候的寨门，走过了女人所守候的路亭，到了无人的路上了。五羊回头望了一望，把面具从脸上取下，向主人憨笑着。

神巫也想把面具卸除，五羊却摇手。

“这时若把它取下，是不会有人来称赞您的勇敢的！”

神巫就听五羊的话，暂时不脱面具。他们又走了一程。经过一家门前，一个稻草堆上有女人声音问道：

"走路的是不是那使花帕族女人倾倒的神巫？"

五羊代答道：

"大姐，不是，那骄傲的人这时应当已经睡了。"

那女人听说不是，以为问错了，就唱歌自嘲自解，歌中意思说：

一个心地洁白的花帕族女人，

因为爱情她不知道什么叫作羞耻。

她的心只有天上的星能为证明，

她爱那人中之神将到死为止。

神巫不由得不稍稍停顿了一步。五羊见到这情形，恐怕误事，就回头向神巫唱道：

年青的人，不是你的事你莫管，

你的路在前途离此还远。

他又向那草堆上女人点头唱道：

好姑娘，你心中凄凉还是唱一首歌，

许多人想爱人因为哑可怜更多！

到后就不顾女人如何，同神巫匆匆走去了。神巫心中觉得有点难过，然而不久又经过了一家门外，听到竹园边窗口里有女人唱歌道：

你半夜过路的人，是不是神巫的同乡？

你若是神巫的同乡，足音也不要去得太忙。

我愿意用头发将你脚上的泥擦揩，

因为它是从那神巫的家乡带来。

五羊听完伸伸舌头，深怕那女人走出来见到神巫，就实行用头发擦他的脚话，拖了神巫就走。神巫无法，只好又离开了第二个女人。

第三个女人唱的是希望神巫为天风吹来的歌，第四个女人唱的是愿变神巫的仆人五羊，第五个女人唱的是只要在神巫跟前作一次呆事就到地狱去尽鬼推磨也无悔无忌。一共经过了七个女人，到第八个就是神巫所要到的那人家了。远远的望到那从小方窗里出来的一缕灯光，神巫心跳着不敢走了。

他说：“五羊，不要走向前了吧，让我看一会天上的星子，把神略定再过去。”

主仆两人就在离那人家三十步以外的田坎上站定了。神巫把面具取下，昂头望天上的星辰镇定自己的心。天上的星静止不动，神巫的心也渐渐平定了。他嗅到花香，原来是那人家门外各处围绕的全是夜来香同山茉莉，花在夜风中开放，神巫在一种陶醉中更象温柔熨贴的情人了。

过了一会，他们就到了这人家的前面了，神巫以为或者女人是正在等候他，如同其余女子一样的。他以为这里的女人也应当是在轻轻的唱歌，念着所爱慕的人名字。他以为女人必不能睡觉。为了使女人知道有人过路，神巫主仆二人故意把脚步放缓放沉走过那个屋前。走过了不闻一丝声息，主仆二人于是又回头走，想引起这家女人注意。

来回三次全无影响，一片灯光又证明这一家男子全睡了觉，妇女却还在灯下做工，事情近于不可解。

五羊出主意，先越过山茉莉作成的短篱，到了女人有灯光的窗下，听了听里面，就回头劝主人也到窗下来。神巫过来了，五羊就伏在地上，请主人用他的身体作为垫脚东西，攀到窗边去探望这家中情形。神巫不应允，五羊却不起来，所以神巫到后就照办了。因为这仆人垫脚，神巫的头刚及窗口，他就用手攀了窗边慢慢的小心的把头在窗口露出。那个窗原是敞开的，一举头房中情形即一目了然。神巫行为的谨慎，以至于全无声息，窗中人正背窗而坐，低头做鞋，竟毫无知觉。

神巫一看女人正是日间所见的女人，虽然是背影，也无从再有犹豫，心乱了。只要他有勇敢，他就可以从这里跳进去，作一个不速之客。他这样行事任何人都不会说他行为的荒唐。他这行为或给了女人一惊，但却是所有花帕族年青女人都愿意在自己家中得到的一惊。

他望着，只发痴入迷，也忘了脚下是五羊的肩背。

女人是在用稻草心编制小篮，如金如银颜色的草心，在女人手上柔软如丝绦。神巫凝神静气看到一把草编成一只小篮，把五羊忘却，把自己也忘却了。在脚下的五羊，见神巫屏声息气的情形，又不敢说话，又不敢动，头上流满了汗。这忠实仆人，料不到主人把应做的事全然忘去，却用看戏心情对付眼前的。

到后五羊实在不能忍耐了，就用手扳主人的脚，无主意的神巫记起了垫脚的五羊，却以为五羊要他下来了，就跳到地上。

五羊低声说：

“怎么样？我的师傅。”

“在里边！”

“是不是？”

“我眼睛若是瞎了，嗅她的气味也知道这个人是谁。”

“那就大大方方跳进去。”

神巫迟疑了。他想起白日里族总家所见到的女子了。那女子才是夜间最后祈福的女子。那女子分明是在族总家中，且有了孩子，这女人则未必就是那一个。是姊妹，或者那样吧，但谁一个应当得到神巫的爱情？天既生下了这姊妹两个，同样的韶年秀美，谁应当归神巫所有？如果对神巫用眼睛表示了献身诚心的是另一人，则这一个女人是不是有权利侵犯？

五羊见主人又近于徘徊了，就说道：

“勇敢的师傅，我不希望见到你他一时杀虎擒豹，只愿意你此刻在这里唱一支歌。”

“你如果以为一个勇敢的人也有躲避麻烦的理由，我们还是另想他法或回去了吧。”

“打猎的人难道看过老虎一眼就应当回家吗？”

“我不能太相信我自己，因为也许另一个近处那一只虎才是我们要打的虎！”

“虎若是孪生，打孪生的虎要问尊卑吗？”

“但是我只要我所想要的一个，如果是有两个可倾心的人，那我不如仍然作往日的神巫，尽世人永远倾心好了。”

五羊想了想，又说道：

“师傅肯定虎有两只么？”

“我肯定这一只不是那一只。”

“不会错吗？”

“我的眼睛不晕眩，不会把人看错。”

五羊要神巫大胆进到女人房里去，神巫恐怕发生错误，将爱情误给了另一个人又不甘心。五羊要神巫在窗下唱一首歌，逗女人开口，神巫又怕把柄落在不是昨夜那年青女人手中，将来成笑话，故仍不唱歌。

这时是夜间，这一家男子白天上山作工，此时已全睡了。惊吵男当家人既象极不方便，主仆二人就只有站在窗下等待天赐的机会，以为女人或者会到窗边来。其实到窗边来又有什么用处？女人不单在不久时间中即如所希望到窗边了，还倚伏在窗前眺望天边的大星。藏在山茉莉花下的主仆二人，望到女人仿佛在头上，唯恐惊了女人，不敢作声。女人数天上的星，神巫却度量女人的眼眉距离。因为天无月光，不能看清楚女人样子，仍然还无结论。

女人看了一会星，把窗关上。关了窗，只见一个影子在窗上晃，象是脱衣情形，五羊正待要请主人再上他的肩背探望时，灯光熄了。

五羊心中发痒，忍不住，想替主人唱一首歌，刚一发声，口就被神巫用手蒙住了。

“我将为师傅唱一曲歌给这女子听！”

“你不是记到龙朱主仆说的许多聪明话吗？为什么就忘掉‘畜养在笼中的鸟它飞不远’那一句呢？”

“师傅，口本来不是为唱歌而生的，不过你也忘了

‘多情的鸟绝不是哑鸟’的话了！”

“大蒜！”

在平时，被骂为大蒜的五羊，是照例不再开口了的，要说话也得另找方向才行。可是如今的五羊却撒野了。他回答他的主人，话说得妙，他说：“若尽是这样站下来等，就让我这‘大蒜’生根抽苗也还是无办法的。”

神巫生了气，说：“那我们回去。”

“回去也行！他日有人说到某年某月某人的事，我将插一句话，说我的主张只有这一次违逆了师傅的命令，我以为纵回去也得唱一首歌，使花帕族女人知道今天晚上的情形，到后是师傅不允，我只得……”

五羊一面后退一面说，一直退到窗下，离神巫有六步后，却重重咳了一声嗽，又象有意又象无心，头触了墙，激于义愤的五羊，见到主人今夜的妇人气概，想起来真有点不平了。

神巫见五羊已到了窗下，恐怕还要放肆，就赶过去。五羊见神巫走近了，又伏身到地，要主人作先前的事情。神巫用脚轻轻踢了一下这个热心的仆人，仆人却低声唱道：

花帕族的女人，

你们来看我勇敢的主人！

小心到怕使女人在梦中吃惊，

男子中谁见到过如此勇敢多情？

神巫急了，就用脚踹五羊的头，五羊还是昂头望主人笑。

在这时，忽然窗中灯光又明了。神巫为之一惊，抓了五羊的肩，提起如捉鸡，一跃就跳过山茉莉的围篱，到了大路上。

窗中灯明了，且见到窗上人影子。神巫心跳着，如先前初到此地时情形相同。五羊目睹此时情形哑口无声，只想蹲下，希望女人把窗推开时可以不为女人见到。女人似乎已知道屋外有人了。

过了一会，女人当真又到了窗边把窗推开了，立在窗前望天空吁气，却不曾对大路上注意。神巫为一种虚怯心情所指挥，仍然把身体藏到路旁树下去。他只要女人口上说出自己的名字一次，就预备即刻跃出到窗下去与女人会面，使女人见到神巫时如自天而降时一惊。

女人又象是全不知道路上有望她的人，看了一会星，又把窗关上，灯光稍后又熄了。

神巫放了一口气，心象掉落在大海里。他仍然不能向前，即或一切看得分明也不行。

五羊忧郁的向神巫请求道：

“师傅，让那其余时节口的用处作另一事，这时却来唱一曲歌吧。”

神巫又想了半天，只为了不愿意太辜负今夜，点了头。他把声音压低，仰面向星光唱道：

瞅人的星我与你并不相识，
我只记得一个女人的眼睛，
这眼睛曾为泪水所湿，
那光明将永远闪耀我心。

过了一会，他又唱道：

天堂门在一个蠢人面前开时，

徘徊在门外这蠢人心实不甘。

若歌声是启辟这爱情的钥匙，

他愿意立定在星光下唱歌一年。

这歌反复唱了二十次三十次，窗中却无灯光重现，也再不见那女人推窗外望。意外的失败，使神巫主仆全愕然了。显然是神巫的歌声虽如一把精致钥匙，但所欲启辟的却另是一把锁，纵即或如歌中所说，唱一年，也不能得到结果了。

神巫在爱情上的失败，这还是第一次，他懊恼他自己的失策，又不愿意生五羊的气，打五羊一顿，回到家中就倒到床上睡了。

第三天的事

五羊在族总家的厨房中，与一个肥人喝酒。时间是早上。吃早饭以后，那胖厨子已经把早上应做的事做完了。他们就在灶边大凳上，各用小葫芦量酒，满葫芦酒咽嘟咽嘟向肚中灌，各人都有了三分酒意。五羊这个人，全无酒意时是另外一种人，除了神巫同谁也难多说话的。到酒在肚中涌时，五羊不是通常五羊了。不吃酒的五羊，话只说一成，聪明的人可以听出两成；到有了酒，他把话说一成，若不能听五成就不行了。

肥人是厨子，原应属于半东家的，也有了点酒意，就同五羊说：

“你那不懂风趣的师傅，到底有没有一个女子影子在他心上？”

五羊说：

“哥你真问的怪，我那师傅岂止——”

“有三个——五个——十五个——一百个？”肥人把数目加上去，仿佛很容易。

五羊喝了一口酒，不答。

“有几个？哥你说，不说我是不相信的。”

五羊却把手一摊说：

“哥，你相信吧，我那师傅是把所有花帕族女子连你我情人算在内，都搁在心头上的。他爱她们，所以不将身体交把哪一个女子。一个太懂爱情的人都愿意如此做的，做得到做不到那就看人了。可是我那师傅——”

“为什么他不把这些女人每夜引一个到山上去？”

“是吧，为什么我们不这样办？”

肥人对五羊的话奇怪了，含含糊糊的说：

“哈，你说我们，是吧，我们就可以这样办。天知道，我是怎样处治了爱我的女人！但是你为什么不学你的师傅？”

“他学我就好了。”

“倘若是学到了你的像貌，那可就真糟糕。”

“受麻烦的人却是像貌很好的人。”

“那我愿意受一点麻烦，把像貌变标致一点。”

“为什么你疑心你自己不标致呢？许多比你更丑的人他都不疑心自己的。”

“哥，你说的对，请喝！”

“喝！”

两人一举手，葫芦又逗在嘴上了。仿佛与女人亲嘴，两人的葫芦都一时不能离开自己的口。与酒结缘是厨子比五羊还来得有交情的，五羊到后象一堆泥，倒到烧火凳旁冷灰中了，厨子还是喝。

厨子望到五羊弃在一旁的葫芦已空，又为量上一葫芦，让五羊抱到胸前，五羊抱了这葫芦却还知道与葫芦口亲嘴，厨子则望到这情形。拍着大肚皮痴笑。厨子结结巴巴的说：

“哥，听说人矮了可以成精，这精怪你师傅能赶走不能？”

睡在灰中的五羊，含糊的答道：“是吧，用木棒打他，就走了。”

“不能打！我说的是用道法！”

“念经吧。”

“不能念经。”

“为什么不能！唱歌可以抓得住精怪，念经为什么不能把精怪吓跑？近来一切都作兴用口喊的。”

“你这是放狗屁。”

“就是这样也好，你说的对。比那些流别人血做官的方法总是好一点吧。我说的，决不翻悔。……哥，你为什么不去做官？你用刀也杀了一些了，杀鸡杀猪杀人有什么不同。”

“你说无用处的话。”

“什么是有用？凡是用话来说的不全是无用吗？无用

等于有用，论人才就是这种说法；有用等于无用，所以能干的就应当被杀了。”

“你这是念咒语不是？”

“跟到神巫的仆人若就会念咒语，那么……”

“你说什么？”

“我说跟到神巫的仆人是不会咒语的，不然那跟到族总的厨子也应有品级了。”

厨子到这时费思索了，把葫芦摇着，听里面还有多少酒。他倚立在灶边，望到五羊蜷成一个球倒在那灰堆上，鼾声已起了。他知道五羊正梦到在酒池里泅水，这时他也想跳下这酒池，就又是一葫芦酒咽嘟嘟喝下。这人不久也醉倒在灶边了。这个地方的灶王，脾气照例非常和气，所以见到这两个酒鬼如此烂醉，也从不使他们肚痛，若是在别一处，那可不行，至少也非罚款不能了事的。

五羊这时当真梦到什么了呢？他梦到仍然同主人在一处，同站在昨晚上那女人窗前星光下轻轻的唱歌。天上星子如月明，照到身上使师傅威仪如神，温和如鹿，而超拔如鹤。身旁仍然是香花，花的香气却近于春兰，又近于玫瑰。主人唱歌厌倦了，要他代替，他不辞，就唱道：

要爱的人，你就爱，你就行，你莫停。

一个人，应当有一个本分，你本分？

你的本分是不让我主人将爱分给他人，

勇敢点，跳下楼，把他抱定，放松可不行。

五羊唱完这体面的歌，就仿佛听到女人在楼上答道：

跟到凤凰飞的鸦，你上来，你上来，

我将告给你这件事情的黑白。

别人的事你放在心上，不能忘，不能忘，

你自己的女人究竟在什么地方？

五羊又俨然答道：

我是神巫的仆人，追随十年，地保作证，

我师傅有了太太，他也将不让我独困。

倘若师傅高兴，送丫头把我，只要一个，

愚蠢的五羊，天冷也会为老婆捏脚。

女主人于是就把一个丫头扔下来了。丫头白脸长身，五羊用手接定，觉得很轻，还不如一箩谷子。五羊把女主人所给的丫头放到草地上，象陈列宝贝，他望到这个欢喜极了，他围绕这仿佛是熟睡的女子打转，跳跃欢乐如过年。他想把这人身体各部分望清楚一点，却总是望不清楚。他望两个馒头。他又望到一个冬瓜，又望到一个小杯子，又望到一碗白炖萝卜，……

奇奇怪怪的，是这行将为他妻的一身，全变成可吃的东西了。他得在每一件东西上品尝品尝，味道都如平常一切果子，新鲜养人，使人忘饱。

他在略知道到餍足时候才偷眼望神巫，神巫可完全两样，只一个人孤伶伶的站在那山茉莉旁边，用手遮了眼睛，不看一切。五羊走过去时神巫也不知。五羊大声喊，也不应。五羊算定是女人不理主人了，就放大喉咙唱道：

若说英雄应当是永远孤独，
那狮子何处得来小狮子？
若主人被女人弃而不理，
我五羊将阉割终生！

这样唱后，他又有点悔，就借故说须到前面看看。到了前面他见到那厨子，腆着大的肚子，象庙中弥勒佛，心想这人平时吃肉太多了，就随意在那胖子肚上踢了一脚。胖子捧了大肚皮在草地上滚，草也滚平了。五羊望到这情形，就只笑，全忘了还应履行自己那件重要责任了。

过不久，梦境又不同了。他似乎同他的师傅往一个洞中走去，师傅伤心伤心的哭着，大约为失了女人。大路上则有无数年青女人用唱歌嘲笑这主仆二人，嘲笑到两人的嘴脸，说是太不高明。五羊就望到神巫同自己，真似乎全都苍老了，胡子硬戳戳全不客气的从嘴边茁长出来了。他一面偷偷的拔嘴上的胡子，一面低头走路。他经过的地方全是坟，且可以看到坟中平卧的人，还有烂了脸装着一副不高兴神气的。他临时记起了避魔咒的全文了，这咒语，在平时是还不能念完一半的。这时一面念咒语一面走路，却仍然闻得到山茉莉花香气，只不明白这香气从何处吹来。

在酣醉中，这仆人肆无忌惮的做了许多怪梦。若非给神巫用一瓢冷水浇到头上，还不知道他尚有几个钟头才能酒醒的。当他能睁眼望他的主人时，时间已是下午了。望到神巫他想起梦中事，霍然一惊，余醉全散尽了，立起身来才明白在柴灰中打了滚，全身是灰。他用手摸自己的颈和脸，脸上颈上全为水所湿，还以为落了雨，把脸打湿了。他望到神巫，向神巫痴笑，却不知为什么事笑，又总觉得好笑不过，所以接着就大笑了。

神巫说："荒唐东西，你还不清醒吗？"

"师傅，我清醒了，不落雨恐怕还不能就醒！"

"什么雨落到你头上？你是一到这里来就象用糟当饭的，他日得醉死。"

"醉得人死的酒，为什么不喝！"

"来！跟我到后屋来。"

"是。"

神巫起身先走了。五羊站起了又坐下，头还是昏昏的，腿脚也很软，走路不大方便。他坐下之后，慢慢的把梦中的事归入梦里，把实际归入实际，记起了这时应为主人探听那件事了，就在各处寻找那厨子，那一堆肥肉终于为他在碓边发现了，忙舀了一瓢水，也如神巫一样，把水泼到厨子脸上去。厨子先还不醒，到后又给五羊加上一瓢水，水入了鼻孔，打了十来个大嚏。口中含含糊糊说了两句“出行大吉”“对我生财”，用肥手抹了一下脸嘴，慢慢的又转身把脸侧向碓下睡着了。

五羊见到这情形，知道无办法使厨子清醒，纵是此时马房失火，大约这人也不会醒了，就拍了拍自己身上灰土，赶到主人住处后屋去。

到了神巫身边，五羊恭敬垂手站立一旁，脚腿发软只想蹲。

“我不知告你多少次了，总不能改。”

“是的，师傅。一个小人的坏毛病，和君子的美德一样，全是自己的事，天生的。”

“我要你做的事怎样了呢？”

“我并不是因为她是‘笼中的鸟飞不远’疏忽了职

务，实在是为了……”

“除了为喝酒我看不出你有理由说谎。”

“一个完人总得说一点谎，我并不是完人，决不至于再来说谎！”

神巫烦恼了，不再看这个仆人。因为神巫发气，一面脚站久了受不了，一面想取媚神巫，请主人宽心，这仆人就乘势蹲到地上了。蹲到地上无话可说，他就用指头在地面上作图画，画一个人两手张开，向天求助情形，又画一个日头，日头作人形，圆圆的脸盘，对世界发笑。

“五羊，你知道我心中极其懊恼，想法过一个地方为我详细探听那一件事吧。”

“我刚才还梦到——”

“不要说梦了，我不问你做梦不做梦。你只帮我到别处去，问清楚我所想知道那一件事，你就算成功了。”

“我即刻就去。”他站起来，“不过怪得很，我梦到——”

“我没功夫听你说梦话，要说，留给你那同伴酒鬼说去吧。”

“我不说我的梦了，然而假使这件事，研究起来，我相信会有人感到趣味的。我梦到我——”

神巫不让五羊说完，喝住了他。五羊并不消沉，见主人实在不能忍耐，就笑着立正，点头，走出去。

五羊今天是已经把酒喝够了，他走到云石镇上卖糍粑处去，喝老妇人为尊贵体面神巫的仆人特备的蜜茶，吸四川金堂旱烟叶的旧烟斗，快乐如候补的仙人。他坐到一个蒲团上问那老妇人，为什么这地方女人如此对神巫倾心，他想把理由得到。卖糍粑的老妇人就说出那道理，平常之至，因为“神巫有可给世人倾心处”。

“伯娘，我有没有？”他意思是问有没有使女子倾心的理由。

“为什么没有？能接近神巫的除你以外还无别一个。”

“那我真想哭了。若是一个女人，也只象我那样与我师傅接近，我看不出她会以为幸福的。”

“这时花帕族年青女人，哪怕神巫给她们苦吃也愿意！只是无一个女人能使神巫心中的火把点燃，也无一个女人得到神巫的爱。”

“伯娘，恐怕还有吧，我猜想总有那么一个女人，心与我师傅的心接近，胜过我与我师傅的关系。”

“这不会有的事！女人成群在神巫面前唱歌，神巫全不理会，这骄傲男子，哪里能对花帕族女人倾心？”

“伯娘，我试那么问一句：这地方，都不会有女人用她的歌声，或眼睛，揪住我师傅的心么？”

“没有这种好女子，我是分明的。花帕族女子配作皇后的，也许还有人，至于作神巫的妻是无一个的。”

“我猜想，族总对我主人的优渥，或者家中有女儿要收神巫作子婿。”

“你想的事并不是别人所敢想的。”

“伯娘，有了恋爱的人，胆子是非常大的。”

“就大胆，族总家除了个女小孩以外，就只一个哑子寡媳妇。哑子胆大包天，也总不能在神巫面前如一般人说愿意要神巫收了她。”

五羊听到这话诧异了，哑子媳妇是不是——他问老妇人，说：

“他家有一个哑媳妇么？像貌是……”

“一个人哑了，像貌说不到。”

“我问的是瞎不瞎？”

“这人是有一对大眼睛的。”

“有一对眼睛，那就是可以说话的东西了！”

“虽地方上全是那么说，说她的舌是生在眼睛上，我这蠢人可看不出来。”

“我的天——”

“怎么咧？‘天’不是你这人的，应当属于那美壮的神巫。”

“是，应当属于这个人！神的仆人是神巫，神应归他侍奉，我告诉他去。”

五羊说完就走了，老妇人全不知道这是为什么。

不过走出了老妇人门的五羊，望到这家门前的胭脂花，又想起一件事来了，他回头又进了门。妇人见到这样子，还以为爱情的火是在这神巫仆人心上熊熊的燃了，就说：

“年青人，什么事使你如水车匆忙打转？”

“伯娘，因为水的事侄儿才象水车……不过我想知道另外在两里路外碉楼附近住的人家还有些什么人，请你随便指示我一下。”

“那里是族总的亲戚，另外一个哑子，是这一个哑子的妹，听说前夜还到道场上请福许愿，你或者见到了。”

五羊点头。

那老妇人就大笑，拍手摇头，她说：

“年青人，在一百匹马中独被你看出了两只有疾病的马，你这相马的伯乐将成为花帕族永远的笑话了。”

“伯娘，若果这真是笑话，那让这笑话留给后人听吧。”

五羊回到神巫身边，不作声。他想这事怎么说才好？还想不出方法。

神巫说：“你是到外面打听酒价去了。”

五羊不分辩，他照到主人意思，说：“师傅，的确是，探听明白的事正如酒价一样，与主人恋爱无关。”

“你不妨说说我听。”

“师傅要听，我不敢隐瞒一个字。只请师傅小心，不要生气，不要失望，不要怪仆人无用……”

“说！”

“幸福是孪生的，仆人探听那女人结果也是如此。”

神巫从椅上跳起来了。五羊望到神巫这样子更把脸烂了。

“师傅，你慢一点欢喜吧。据人说这两个女人的舌头全在眼睛上，事情不是假的！”

“那应当是真事！我见到她时她真只用眼睛说话的。一个人用眼睛示意，用口接吻，是顶相宜的事了，要言语做什么。”

五羊待要分明说这是哑子，见到神巫高兴情形，可不敢说了。他就只告给神巫，说是到神坛中许愿的一个是远处的一个，在近处的是族总的寡媳，那人的亲姊妹。

因为花帕族的谚语是：“猎虎的人应当猎那不曾受伤的虎，才是年青人本分，”这主仆二人于是决定了当夜的行动。

第三天晚上的事

到晚来，忽然刮风了，落雨了，象天出了主意，不许年青人荒唐。天虽有意也不能阻拦这神巫主仆二人。正因为天变了卦，凡是逗留在大路上，以及族总门前，镇旁寨门边的女人，知道天落了雨，神巫不至于出门，等候也是枉然，因此无一个人拦路了。既然这类近于绊脚石的女人不当路，他们反而因为天雨方便许多了。

吃过了晚饭，老族总走过神巫住处来谈天，因为天气忽变，愿意神巫留到云石镇多住几天。神巫还不答应，五羊便说：

“一个对酒有嗜好的人，实在应当在总爷府中留一年；一个对女人有嗜好的人，至少也应当留半……”

五羊的话被主人喝住不说了，老族总明白神巫极不欢喜女人，见到神巫神情不好，就说：

“在这里委屈了年青的师傅了，真对不起。花帕族女人用不中听的歌声麻烦了神巫，天也厌烦了，所以今天落了雨。”

神巫说，“祖父说哪里话，一个白脸族平凡男子，到这里得到全镇父老姊妹的欢迎，他心里真过意不去！天落雨这罪过是仍然应归在神的仆人头上的，因为他不能牺牲他自己，为人过于自私。不过神可以为我证明，我并不希望今夜落雨啊！”

“自私也是好的，一个人不能爱自己他也就无从爱旁人了。花帕族女人在爱情上若不自私，灭亡的时期就快到了。”

神巫不敢答话，就在房中打圈走路，用一个勇士的步法，轻捷若猴，沉重若狮子，使老族总见了心中喝彩。

老族总见五羊站在一旁，想起这人的酒量来了，就问道：

“有光荣的朋友，你到底能有多大酒量？”

五羊说：“我是吃糟也能沉醉的人，不过有时也可以连喝十大碗。”

“我听说你跟龙朱矮仆人学过歌的，成绩总不很坏吧？”

“可惜人过于蠢笨，凡是那矮人为龙朱尽过力的事我全不曾为师傅作到。”

“你自己在吃酒以外，还有什么好故事没有？”

“故事是有的。大概一个体面人才有体面的事，轮到五羊的故事，也都是笑话了。我梦到女主人赏我一个妇人哩，是白天的梦。我如今只好极力把女主人找到，再来请赏。”

老族总听到这话好笑，觉得天真烂漫的五羊，嗜酒也无害其心上天真，就戏说：

“你为你师傅做的事，也有一点儿‘眉目’没有？”

“有‘目’不有‘眉’。……哈哈，是这样吧，这话应当这样说吧。……天不同意我的心，下了雨！”

“不下雨，你大约是可以打火把到满村子去找人，是不是？”

老族总说完打哈哈笑了。

“不必这样费神，——”五羊极认真的这样说，下面还有话，神巫恐怕这人口上不检，误了事，就喊他拿廊下的马鞍进来，恐怕雨大漂湿了鞍鞯。五羊走出去了，老族总向神巫说：

“你这个用人真不坏。许多人因为爱情把心浸柔软了，他的心却是泡在酒里变天真的。”

神巫不作答，用微笑表示老人这话有道理。他仍然在房中来回走着，一面听到外面风雨撼树的声音，想起另一个地方的山茉莉与胭脂花或者已为风雨毁完了，又想起那把窗推开向天吁气女人的情形，又想起在神坛前流泪女人的情形，忽然心烦起来了，眉皱聚在一处，忘了族总在身边，顿足喊五羊。五羊本是候在门外廊下，听到喊就进来了，问要什么。神巫又无可说了，就顺口问雨有多大，一时会不会止。

五羊看了看老族总，聪明的回答神巫道：

“还是尽这雨落吧，河中水消了，绊脚石就会出现！”

神巫不理会，仍然走动。老族总就说：

“天落雨，是为我留客，明天不必走了，等候天气晴朗时再说。”

神巫想说一句什么话，老族总已注意到，神巫到后又不说了。

老族总又坐了一会，告辞了。老族总去后不久，神巫便问五羊蓑衣预备好了没有。五羊说时间太早，还不到二更，不合宜。于是主仆二人等候时间，在雨声中消磨了半天。

出得门时已半夜了。风时来时去。雨还是在头上落。道路已成了小溪，各处岔道全是活活的流水。在这样天气下头，善于唱歌夜莺一样的花帕族女人，全敛声息气各在家中睡觉了。用蓑衣裹了身体的主仆二人，出了云石镇大寨门，经过无数人家，经过无数田坝，到了他们所要到的地方。

立在雨中望面前房子，神巫望到那灯光，仍然在昨晚上那一处。他知道这一家男子睡了觉，仍然是女子未曾上床。他心子跳跃着越过那山茉莉的矮篱，走到窗下去。五羊仍然蹲到地下，还要主人踹踏他的肩，神巫轻轻的就上了五羊的肩头。

今夜窗已关上了，但这窗是薄棉纸所糊，神巫仿照剑客行为，把窗纸用唾液湿透，通了一个小窟窿，就把眼睛向窟窿里望。

房中无一人，只一盏灯摇摇欲熄。再向床前望，床边一张大木椅上是一堆白色衣裙，床上蚊帐已放下，人睡了。神巫想轻轻的喊一声，又恐怕惊动了这一家其余的人。他攀了窗边等候了许久，还无变动。女人是已经熟睡，或者已做梦梦到在神巫身边了。神巫眼看到灯是快熄，再过一阵若仍无办法就更不方便了，他缩身下地，把情形告给五羊。五羊以为就是这样翻了窗进去，其余无更好办法。他说请聪明的龙朱来做此事也只有如此，若这一点勇气也缺少，那将永远为花帕族女人笑话了。

神巫应允了，就又踩着五羊的肩爬到了窗边。然而望到那帐子，又不敢用手开窗了。他不久又跳下了地。

上去，下来，下来，上去，……一连七八次，还无结果。到后一次下了决心，他仍然上到五羊的肩头。他将手从那窗格中伸了进去，摸到了窗上的铁扣，把它轻轻移去，窗开了。开了窗，五羊先是蹲着，这时慢慢的用力站起，于是这忠实的仆人把他的主人送进窗里去了。五羊做毕这事以后，肩头上的泥水也忘记拍去，站在这窗下淋雨。他望到那窗里的灯光，目不转睛。他耳朵则仿佛已扯长到了窗上。他不能想象这时的师傅是什么情形，但他把雨风一切面前的事也忘了。忽然灯熄了，这仆人几乎喊出声来，忙咬着蓑衣的边沿，走远一点。

为了忘记把窗关上，一阵风来，无油的灯便吹熄了。灯熄了时神巫刚好身到床边，正想用手掀那细白麻布帐子。灯一熄，一切黑暗，神巫茫然了。过了一阵他记起身边有“取灯”了，他从身上摸出来刮燃，又把灯点上。五羊在外面见了灯光，又几乎喊出声来。灯燃了时他又去掀那帐子，这年青无经验的人在虎身边时还无如此害怕，如今可是全身发抖了。

还有更使他吃惊的事，在把帐门打开以后，原来这里的姊妹两个，并在一头，神巫疑心今夜的事完全是梦。

……

……

一九二九年春作

媚金，豹子与那羊

不知道麻梨场麻梨的甜味的人，告他白脸苗的女人唱的歌是如何好听也是空话。听到摇橹的声音觉得很美是有人。听到雨声风声觉得美的也有人。听到小孩子半夜哭喊，以及芦苇在小风中说梦话那样细细的响，以为美，也总不缺少那呆子。这些是诗。但更其是诗，更其容易把情绪引到醉里梦里的，就是白脸族苗女人的歌。听到这歌的男子，把流血成为自然的事，这是历史上相传下来的魔力了。一个熟习苗中掌故的人，他可以告你五十个有名美男子被丑女人的好歌声缠倒的故事，他又可以另外告你五十个美男子被白脸苗女人的歌声唱失魂的故事。若是说了这些故事的人，还有故事不说，那必定是他还忘了把媚金的事情相告。

媚金的事是这样：她是一个白脸苗中顶美的女人，同到凤凰相貌极美又顶有一切美德的一个男子，因唱歌成了一对。两方面在唱歌中把热情交流了。于是女人就约他夜间往一个洞中相会。男子答应了。这男子名叫豹子。豹子答应了女人夜里到洞中去，因为是初次，他预备牵一匹小山羊去送女人，用白羊换媚金贞女的红血，所作的纵是罪恶，似乎神也许可了。谁知到夜豹子把事情忘了，等了一夜的媚金，因无男子的温暖，就冷死在洞中，豹子在家中睡到天明才记起，赶即去，则女人已死了，豹子就用自己身边的刀自杀在女人身旁。尚有一说则豹子的死，为此后仍然常听到媚金的歌，因寻不到唱歌人，所以自杀。

但是传闻全为人所撰拟，事情并不那样。看看那遗传下来据说是豹子临死以前用树枝画在洞里地面沙上最后的一首诗，那意思，却是媚金有怨豹子爽约的语气。媚金是等候豹子不来，以为自己被欺，终于自杀了。豹子是因了那一只羊的缘故，爽了约，到时则媚金已死，所以豹子就从媚金胸上拔出那把刀来，插到自己胸里去，也倒在洞中。至于羊此后的消息，以及为甚么平时极有信用的豹子，却在这约会上成了无信的男子，应当问那一只羊了。都因为那一只羊，一件喜事变成了一件悲剧，无怪乎白脸族苗人如今有不吃羊肉的理由。

但是问羊又到甚么地方去问？每一个情人送他情妇的全是一只小小白山羊，而且为了表示自己的忠诚，与这恋爱的坚固，男人总说这一只羊是当年豹子送媚金姑娘那一只羊的血族。其实说到当年那一只羊，究竟是公山羊或母山羊，谁也还不能够分明。

让我把我所知道的写来吧。我的故事的来源是得自大盗吴柔。吴柔是当年承受豹子与媚金遗下那一只羊的后人，他的祖先又是豹子的拳棍师傅，所传下来的事实，可靠成分自然较多。后面是那故事。

媚金站在山南，豹子站在山北，从早唱到晚。山就是现在还名为唱歌山的山。当年名字是野菊，因为菊花多，到秋来满山一片黄。如今还是一样黄花满山，名字是因为媚金的事而改了。唱到后来的媚金，承认是输了，是应当把自己交与豹子，尽豹子如何处置了，就唱道：

红叶过冈是任那九秋八月的风，
把我成为妇人的只有你。

豹子听到这歌，欢喜得踊跃。他明白他胜利了。他明白这个白脸族中最美丽风流的女人，心归了自己所有，就答道：

白脸族一切全属第一的女人，
请你到黄村的宝石洞里去。
天上大星子能互相望到时，
那时我看见你你也能看见我。

媚金又唱：

我的风，我就照到你的意见行事。
我但愿你的心如太阳光明不欺，
我但愿你的热如太阳把我融化。
莫让人笑凤凰营美男子无信，
你要我做的事自己也莫忘记。

豹子又唱：

放心，我心中的最大的神。
豹子的美丽你眼睛曾为证明，
豹子的信实有一切人作证。
纵天空中到时落的雨是刀，
我也将不避一切来到你身边与你亲吻。

天是渐渐夜了。野猪山包围在紫雾中如每日黄昏景致一样。天上剩一些起花的红云，送太阳回地下，太阳告别了。到这时打柴人都应归家，看牛羊人应当送牛羊归栏，一天已完了。过着平静日子的人，在生命上翻过一页，也不必问第二页上面所载的是些什么，他们这时应当从山上，或从水边，或从田坝，回到家中吃饭时候了。

豹子打了一声呼哨，与媚金告别，忽忽赶回家，预备吃过饭时找一只新生的小羊到宝石洞里去与媚金相会。媚金也回了家。

回到家中的媚金，吃过了晚饭，换过了内衣，身上擦了香油，脸上擦了宫粉，对了青铜镜把头发挽成一个大髻，缠上一匹长一丈六尺的绉绸首帕，一切已停当，就带了一个装满了酒的长颈葫芦，以及一个装满了钱的绣花荷包，一把锋利的小刀，走到宝石洞去了。

宝石洞当年并不与今天两样。洞中极干燥，铺满了白色细沙，有用石头做成的床同凳，有烧火地方，有天生凿空的窟窿，可以望星子，所不同，不过是当年的洞供媚金豹子两人做新房，如今变成圣地罢了。时代是过去了。好的风俗是如好的女人一样，都要渐渐老去的。一个不怕伤风，不怕中暑，完完全全天生为少年情人预备的好地方，如今却供奉了菩萨。虽说菩萨就是当年殉爱的两人，但媚金豹子若有灵，都会以为把这地方盘据为不应当吧。这样好地方，既然是两个情人死去的地方，为了纪念这一对情人，除了把这地方来加以人工，好好布置，专为那些唱歌互相爱悦的少男少女聚会方便外，真没有再适当的用处了。不过我说过，地方的好习惯是消灭了，民族的热情是下降了，女人也慢慢的象汉族女人，把爱情移到牛羊金银虚名虚事上来了，爱情的地位显然是已经堕落，美的歌声与美的身体同样被其他物质战胜成为无用东西了，就是有这样好地方供年青人许多方便，恐怕媚金同豹子，也见不惯这些假装的热情与虚伪的恋爱，倒不如还是当成圣地，省得来为现代的爱情脏污好！

如今且说媚金到宝石洞的情形。

她是早先来，等候豹子的。她到了洞中，就坐到那大青石做成的床边。这是她行将做新妇的床。石的床，铺满了干麦杆草，又有大草把做成的枕头，干爽的穹形洞顶仿佛是帐子，似乎比起许多床来还合用。她把酒葫芦挂到洞壁钉上，把绣花荷包放到枕边，（这两样东西是她为豹子而预备的，）就在黑暗中等候那年青壮美的情人。洞口微微的光照到外面，她就坐着望到洞口有光处，期待那黑的巨影显现。

她轻轻的唱着一切歌，娱悦到自己。她用歌去称赞山中豹子的武勇与人中豹子的美丽，又用歌形容到自己此时的心情与豹子的心情。她用手揣自己身上各处，又用鼻子闻嗅自己各处；揣到的地方全是丰腴滑腻如油如脂，嗅到的气味全是一种甜香气味。她又把头上的首巾除去，把髻拆松，比黑夜还黑的头发一散就拖地。媚金原是白脸族极美的女人，男子中也只有豹子，才配在这样女人身上作一切撒野的事。

这女人，全身发育到成圆形，各处的线全是弧线，整个的身材却又极其苗条相称。有小小的嘴与圆圆的脸，有一个长长的鼻子，有一个尖尖的下巴，还有一对长长的眉毛。样子似乎是这人的母亲，照到何仙姑捏塑成就的，人间决不应当有这样完全的精致模型。请想想，再过一点钟两点钟，就应当做一个男子的新妇。这样的女人，在这种地方，略为害着羞，容纳了一个莽撞男子的热与力，是怎样动人的事！

白脸族苗女人的秀气清气，是随到媚金消逝了多日了。这事是谁也能相信的。如今所见到的女人，只不过是下品中的下品，还足使无数男子倾心，使有身分的汉人低头，媚金的美貌也就可以仿佛得知了。

爱情的字眼，是已经早被无数肮脏的虚伪的情欲所玷污，再不能还到另一时代的纯洁了。为了说明当时媚金的心情，我们是不愿再引用时行的话语来装饰，除了说媚金心跳着在等候那男子来会她以外，她并不如一般天才所想象的叹气或独白！

她只望豹子快来，明知是豹子要咬人她也愿意被吃被咬。

那一只人中豹子呢？

豹子家中无羊，到一个老地保家买羊去了。他拿了四吊青钱，预备买一只白毛的小母山羊，进了地保的门就说要羊。

地保见到豹子来问羊，就明白是有好事了，向豹子说，

“年青的标致的人，今夜是预备作什么人家的新郎！”

豹子说：

“在伯伯眼中，看得出豹子的新妇所在。”

“是山茶花的女神，才配为豹子屋里人。是大鬼洞的女妖，才配与豹子相爱。人中究竟是谁，我还不明白。”

“伯伯，人人都说凤凰营的豹子像貌堂堂，但是比起新妇来，简直不配为她做垫脚蒲团！”

“年青人，不要太自谦卑。一个人投降在女人面前时，是看起自己来本就一钱不值的。”

“伯伯说的话正是！我是不能在我那个人面前说到自

己的。得罪伯伯，我今夜里就要去作丈夫了。对于我那人，我的心，要怎样来诉说呢？我来此是为伯伯匀一只小羊，拿去献给那给我血的神。”

地保是老年人，是预言家，是相面家，听豹子在喜事上说到血，就一惊。这老年人似乎就有一种预兆在心上明白了，他说：

“年青人，你神气不对。”

“伯伯呵！今夜你的儿子是自然应当与往日两样的。”

“你把脸到灯下来我看。”

豹子就如这老年人的命令，把脸对那大清油灯。地保看过后，把头点点，不做声。

豹子说：

“明于见事的伯伯，可不可以告我这事的吉凶。”

“年青人，知识只是老年人的一种消遣，对你们是无用的东西！你要羊，到栏里去拣选，中意的就拿去吧。不要给我钱，不要致谢。我愿意在明天见到你同你新妇的……”

地保不说了，就引导豹子到屋后羊栏里去。豹子在羊群中找取所要的羔羊，地保为掌灯相照。羊栏中，羊数近五十，小羊占一半，但看去看来却无一只小羊中豹子的意。毛色纯白的又嫌稍大，较小的又多脏污。大的羊不适用那是自然的事，毛色不纯的羊又似乎不配送给媚金。

“随随便便罢，年青人，你自己选。”

“选过了。”

“完全不合用么？”

“伯伯，我不愿意用一只驳杂毛色的羊与我那新妇洁白贞操相比。”

“不过我愿意你随随便便选一只，赶即去看你那新妇。”

“我不能空手，也不能用伯伯这里的羊，还是要到别处去找！”

“我愿意你随便点。”

“道谢伯伯，今天是豹子第一次与女人取信的事，我不好把一只平常的羊充数。”

“但是我劝你不要羊也成，使新妇久候不是好事，新妇所要的并不是羊。”

“我不能照伯伯的忠告行事，因为我答应了我的新妇。”

豹子谢了地保，到别一人家去看羊。送出大门的地保，望到这转瞬即消失在黑暗中的豹子，叹了一口气，大数所在这预言者也无可奈何，只有关门在家等消息了。豹子走了五家，全无合意的羊，不是太大就是毛色不纯。好的羊在这地方原是如好的女人一样，使豹子中意全是偶然的事！

当豹子出了第五家养羊人家的大门时，星子已满天，是夜静时候了。他想，第一次答应了女人做的事，就做不到，此后尚能取信于女人么？空手的走去，去与女人说找遍了全个村子还无中意的，所以空手来，这谎话不是显然了么？他于是下了决心，非找遍全村不可。

凡是他所知道的地方他都去拍门，把门拍开时就低声柔气说出要羊的话。豹子的壮丽在平时就使全村人皆认识了的，听到说要羊送女人，所以人人无有不答应。象地保那样热心耐烦的引他到羊栏去看羊，是村中人的事。羊全看过了，很可怪的事是竟无一只合式的小羊。

在洞中等候的媚金着急情形，不是豹子所忘记的事。见了星子就要来的嘱托，也还在豹子耳边萦绕。但是，答应了女人为抱一只小羔羊来，如今羊还不曾得到，所以豹子这时着急的，倒只是这羊的寻找，把时间忘了。

想在本村里寻找一只净白小羊是办不到的事，若是一定要，那就只有到离此三里远近的另一个村里询问了。他看看天空，以为时间尚早。豹子为了守信，就决心一气跑到另一村里去买羊。

到别一村去的道路在豹子走来是极其熟习的，离了自己的村庄，不到半里，大路上，他听到路旁草里有羊叫的声音。声音极低极弱，这汉子一听就明白这是小羊的声音。他停了。又仔细侧耳探听，那羊又低低的叫了一声。他明白是有一只羊掉在路旁深坑里了，羊是独自留在坑中有了一天，失了娘，念着家，故在黑暗中叫着哭着。

豹子借到星光拨开了野草，见到了一个地口。羊听到草动，就又叫，那柔弱的声音从地口出来。豹子欢喜极了。豹子知道近来天气晴明，坑中无水，就溜下去。坑只齐豹子的腰，坑底的土已干硬了。豹子下到坑中以后稍过一阵，就见到那羊了。羊知道来了人便叫得更可怜，也不走拢到豹子身边来，原来羊是初生不到十天的小羔，看羊人不小心，把羊群赶走，尽它掉下了坑，把前面一只脚跌断了。

豹子见羊已受了伤，就把羊抱起，爬出坑来，以为这羊无论如何是用得着了，就走向媚金约会的宝石洞路上去。在路上，羊却仍然低低的喊叫。豹子悟出羊的痛苦来了，心想只有抱它到地保家去，请地保为敷上一点药再带去。他就又返向地保家走去。

到了地保家，拍门时，正因为豹子事无从安睡的老人，还以为是豹子的凶信来了。老人隔门问是谁。

“伯伯，是你的侄儿。羊是得到了，因为可怜的小东西受了伤，跌坏了脚，所以到伯伯处求治。”

“年青人，你还不去你新妇那里吗？这时已半夜了，快把羊放到这里，不要再耽搁一分一秒吧。”

“伯伯，这一只羊我断定是我那新妇所欢喜的。我还不能看清楚它的毛色，但我抱了这东西时，就猜得这是一只纯白的羊！它的温柔与我的新妇一样，它的……”

那地保真急了，见到这汉子对于无意中拾来一只受伤的羊，象对这羊在做诗，就把门闩抽去砰的把门打开。一线灯光照到豹子怀中的小羊身上，豹子看出了小羊的毛色。

羊的一身白得象积雪。豹子忙把羊抱起来亲嘴。

"年青人，你这是作什么？你忘了你是应当在今夜做新郎了。"

"伯伯，我并不忘记！我的羊是天赐的。我请你赶紧设法把羊脚搽一点药水，我就应当抱它去见我的新人了。"

地保只摇头，把羊接过手来在灯下检视，这小羊见了灯光再也不喊了，只闭了眼睛，鼻孔里咻咻的出气。

过了不久豹子已在向宝石洞的一条路上走着了。小羊在他怀中得了安眠。豹子满心希望到宝石洞时见到了媚金，同到媚金说到天赐这羊的事。他把脚步放宽，一点不停，一直上了山，过了无数高崖，过了无数水涧，走到宝石洞。

到得洞外时东方的天已经快明了。这时天上满是星，星光照到洞门，内中冷冷清清不见人。他轻轻的喊，

"媚金，媚金，媚金！"

他再走进一点，则一股气味从洞中奔出，全无回声，多经验的豹子一嗅便知道这是血腥气。豹子愕然了。稍稍发痴，即刻把那小羊向地下一掼，奔进洞中去。

到了洞中以后，向床边走去，为时稍久，豹子就从

天空星子的微光返照下望到媚金倒在床上的情形了。血腥气也就从那边而来。豹子扑拢去，摸到媚金的额，摸到脸，摸到口；口鼻只剩了微热。

“媚金！媚金！”

喊了两声以后，媚金微微的嘤的应了一声。

“你做甚么了呢？”

先是听到嘘嘘的放气，这气似乎并不是从口鼻出，又似乎只是在肚中响，到后媚金转动了，想爬起不能，就幽幽的继续的说道：

“喊我的是日里唱歌的人不？”

“是的，我的人！他日里常常是忧郁的唱歌，夜里则常是孤独的睡觉；他今天这时却是预备来做新郎的……为甚么你是这个样子了呢？”

“为甚么？”

“是！是谁害了你？”

“是那不守信实的凤凰营年青男子，他说了谎。一个美丽的完人，总应当有一些缺点，所以菩萨就给他一点说谎的本能。我不愿在说谎人前面受欺，如今我是完了。”

“并不是！你错了！全因为凤凰营男子不愿意第一次

对一个女人就失信，所以他找了一整夜才把那所答应的羊找到，如今是得了羊倒把人失了！天啊，告我应当在什么事情上面守着那信用！”

临死的媚金听到这语，知道豹子迟来的理由是为了那羊，并不是故意失约了，对于自己在失望中把刀插进胸膛里的事是觉得做错了。她就要豹子扶她起来，把头靠到豹子的胸前，让豹子的嘴放到她额上。

女人说：

“我是要死了。……我因为等你不来，看看天已快亮，心想自己是被欺了，……所以把刀放进胸膛里了。……你要我的血，我如今是给你血了。我不恨你。……你为我把刀拔去，让我死。……你也乘天未大明就逃到别处去，因为你并无罪。”

豹子听着女人断断续续的说到死因，流着泪，不做声。他想了一阵，轻轻的去摸媚金的胸，摸着了全染了血的媚金的奶，奶与奶之间则一把刀柄浴着血。豹子心中发冷，打了一个战。

女人说：

“豹子，为甚么不照到我的话行事呢？你说是一切为我所有，那么就听我命令，把刀拔去，省得我受苦。”

豹子还是不做声。

女人过了一阵，又说：

“豹子，我明白你了，你不要难过。你把你得来的羊拿来我看。”

豹子就好好把媚金放下，到洞外去捉那只羊。可怜的羊是无意中被豹子已掼得半死，也卧在地下喘气了。

豹子望一望天，天是完全发白了。远远的有鸡在叫了。他听到远处的水车响声，象平常做梦日子。

他把羊抱进洞去给媚金，放到媚金的胸前。

“豹子，扶我起来，让我同你拿来的羊亲嘴。”

豹子把她抱起，又把她的手代为抬起，放到羊身上。

“可怜这只羊也受伤了，你带它去了吧。……为我把刀拔了，我的人。不要哭。……我知道你是爱我，我并不怨恨。你带羊逃到别处去好了。……呆子，你预备做什么？”

豹子是把自己的胸也坦出来了，他去拔刀。陷进去很深的刀是用很大的力才拔出的。刀一拔出血就涌出来了，豹子全身浴着血。豹子把全是血的刀子扎进自己的胸脯，媚金还能见到就含着笑死了。

天亮了，天亮了以后，地保带了人寻到宝石洞，见到的是两具死尸，与那曾经自己手为敷过药此时业已半死的羊，以及似乎是豹子在临死以前用树枝在沙上写着的一首歌。地保于是乎把歌读熟，把羊抱回。

白脸苗的女人，如今是再无这种热情的种子了。她们也仍然是能原谅男子，也仍然常常为男子牺牲，也仍然能用口唱出动人灵魂的歌，但都不能作媚金的行为了！

一九二九年作

原载《人间》创刊号

一个女人

在近亲中，三翠的名字是与贤惠美德放在一块的。人人这样不吝惜赞美她，因为她能做事，治家，同时不缺少一个逗人心宽的圆脸。

小的，白皙的，有着年青的绯色的三翠的脸，成为周遭同处的人欢喜原因之一，识相的，就在这脸上加以估计，说将来是有福气的脸。似乎也仿佛很相信相法那样事的测断，三翠对于目下生活完全乐观。她成天做事，做完了——不，是做到应当睡觉的时候了，——她就上到家中特为预备的床上，这床是板子上垫有草席，印花布的棉被，她除了热天，全是一钻进了棉被就睡死了。睡倒了，她就做梦，梦到在溪里捉鱼，到山上拾菌子，到田里捡禾线，到菜园里放风筝。那全是小时做女儿时的事的重现。日里她快乐，在梦中她也是快乐的。在梦中，她把推磨的事忘掉了，把其余许多在日里做来觉得很费神的事也忘掉了。有时也有为恶梦惊吓的时候，或者是见一匹牛发了疯，用角触人，或者是涨了水，满天下是水，她知道是梦，就用脚死劲抖，即刻就醒了，醒了时，她总是听到远处河边的水车声音，这声音是象同谁说话，成天絮絮叨叨的，就是在梦中，她也时常听到它那俨然老婆子唱歌神气的声音，虽然为梦所吓，把人闹醒，但是，看看天，窗边还是黑魆魆的不见东西，她就仍然把眼睛闭上，仍然又梦到溪里捉鱼去了。

她的房后是牛栏，小牛吃奶大牛嚼草的声音，帮助她甜睡。牛栏上有板子，板子上有一个年纪十八岁的人，名字是苗子，她喊他做哥哥，这哥哥是等候这比他小五岁的三翠到十五岁后，就要同她同床的，她也知道这回事了。她不怕，不羞，只在无别个人在他们身边，他说笑话说两年以后什么时，她才红脸的跑了。她有点知道两年以后的事情了。她才是十三岁的女孩子。她夜里醒时听到牛栏上的打鼾声音，知道他是睡得很好的。

白天，她做些什么事？凡是一个媳妇应做的事她全做了。间或有时也挨点骂，伤心了，就躲到灶房或者溪边去哭一会儿，稍过一阵又仍然快乐的做事了。她的生活是许多童养媳的生活，凡是从乡下生长的，从内地来的，都可以想象得到。就是她那天真，那勤快，也是容易想象得到的事。稍不同的是许多童养媳成天在打骂折辱中过日子，她却是间或被做家长的教训罢了。为什么这样幸福？因为上面只有一个爹爹。至于那个睡在牛栏上的人呢，那是“平衡”的人，还不如城市中知道男子权利的人，所以她笑的时候比其余的童养媳就多了。

鸡叫了，天亮了，光明的日头渐渐由山后爬起，把它的光明分给了地面，到烟囱上也镀了金黄的颜色时，她起床了。起了床就到路旁井边去提水，身后跟的是一只小狗。露水湿着脚，嗅着微带香气的空气，脸为湿湿的风吹着，她到了井边，把水一瓢一瓢的舀到桶中。水满了桶，歪着身，匆促的转到家中，狗先进门。即刻用纸煤把灶肚内松毛引燃了。即刻锅中有热水了。狗到门外叫过路人去了。她在用大竹帚打扫院子了。这时在牛栏上那个人起身了，爹爹起身了，蹲到院落里廊檐下吸烟，或者编草鞋耳子，望到三翠扫地。不到一会，三翠用浅边木盆把洗脸水舀来了，热气腾腾，放到廊下，父子又蹲着擦脸，用那为三翠所手作的牛肚布帕子，拧上一把，掩覆到脸上。盆边还有皂荚，捶得稀融，也为三翠所作。洗完脸，就问家长：“煮苕还是煮饭？”“随便。”或者在牛栏上睡觉那个人说“饭”，而爹爹又说“吃红薯”，那她折衷，两者全备，回头吃的却是苕拌饭。吃的东西有时由三翠出主意，就是听到说“随便”以后，则三翠较麻烦，因为自己是爱好的人，且知道他们欢喜的东西。把早饭一吃，大家出门。上山的上山，下田的下田，人一出门，牛也出门，狗也出门了，家中剩三翠一人。捡拾碗筷，捡拾……她也出门了。她出门下溪洗衣，或到后园看笋子，摘菜花，预备吃中饭用。

到了午时把饭预备好，男子回家了。到时不回，就得站到门外高坎上去，锐声的喊爹喊苗哥。她叫那在牛栏上睡的人叫苗哥，是爹爹所教的。喊着，象喊鸡，于是人回来了。三翠欢喜了，忙了。三人吃中饭。小猫咪咪叫着，鸡在桌子脚下闹着，为了打发鸡，常常停了自己吃饭，先来抓饭和糠，用手拌搅着，到院中去。“翠丫头，菜冷了！”喊着。“来了。”答应着。真来了。但苗哥已吃完了，爹也吃完了，她于是收碗，到灶屋吃去。小猫翘起了尾，跟在身后到灶屋，跃到灶头上，竟吃碗中的饭，就抢到手上忙吃，对小猫做凶样子。“小黑，你抢我饭，我打你！”虽然这样说，到后却当真把饭泡汤给猫吃了，自己卷了袖子在热水锅里洗碗。

夜间，仍然打发人，打发狗，打发猫，……春天同夏天生活不同，但在事务繁杂琐碎方面却完全一样。除了做饭，烧水，她还会绩麻，纺棉纱，纳鞋，缝袜子。天给她工作上的兴趣比工作上的疲劳还多，所以她在生活中看不出她的不幸。

她忙着做事，仍然也忙着同邻近的人玩。舂碓的，推磨的，浆洗衣裳的，不拘什么事人要她帮忙时，她并不想到推辞。

见到这样子活泼，对三翠，许多人是这样说过了。“三翠妹子，天保佑你，菩萨保佑你，有好丈夫，有福气。”听到了，想起好笑。什么保佑不保佑！那睡在牛栏上打鼾的人，有福气，戴金穿绸，进城去坐轿子，坐在家中打点牌，看看戏，无事可作就吃水烟袋烤火，这是乡下人所说的福气了。要这些有什么好处？她想：这是你们的，“你们”指的是那夸奖过了她的年长伯妈婶婶。她自己是年青人，年青人并不需要享福。

她的门前是一条溪。水落了，有蚌壳之类在沙中放光，可以拾作宝贝玩。涨了水，则由坝上掷下大的水注，长到一尺的鱼有时也可以得到。这溪很长，一直上到五里以上十里以上的来源。她还有一件事同这溪有关系的，就是赶鸭子下水。每早上，有时还不到烧水那时，她就放鸡放鸭，鸡一出笼各处飞，鸭子则从屋前的高坎上把它们赶下溪边。从高下降，日子一多，鸭子已仿佛能飞了，她每早要这鸭子飞！天气热，见到鸭子下水时，欢欢喜喜的呷呷地叫，她就拾石子打鸭子，一面骂：“扁毛，打死你，你这样欢喜！”其实她在这样情形下，自己也莫名其妙的欢喜快乐了。她在这溪边，并且无时不快乐到如鸭子见水。

时间过去。

三翠十四岁了。

除了身个子长高，一切不变：所做的事，地方所有的习惯，溪中的水。鸡鸭每天下在笼中的卵，须由三翠用手去探取，回头又得到溪边洗手，这也不变。

是冬天。天冷，落了雪，人不出门，爹爹同苗哥在火堆边烤火取暖。在这房子里，可以看出这一家人今年的生活穷通。火的烟向上窜，仿佛挡了这烟的出路的，是无数带暗颜色的成块成方的腊肉。肉用绳穿孔悬挂在那上面钩上。还有鸡、鸭、野兔、麂子，一切的为过年而预备的肉，也挂在那里，等候排次排件来为三翠处置成下酒的东西。

爹爹同苗哥在烤火，在火边商量一件事。

“苗子，你愿意，就看日子。”

爹爹说着这样话时，三翠正走过房门外。她明白看日子的意义，如明白别的事一样，进到房中，手上拿的是一碗新蒸好的红薯，手就有点抖。她把红薯给爹爹，笑，稍稍露出忸怩的神气。

“爹。有锅巴了。这次顶好。”

爹取了，应当给苗哥，她不给，把碗放到桌上走出去。慢慢的走。她不知自己是怎么回事，同时想起是今早上听到有接亲的从屋前过去吹唢呐。

“丫头，来，我问你。”

听到爹喊，她回来了，站到火边烘手。

爹似乎想了一会，又不说话，就笑了。苗哥也笑。她又听着远处吹唢呐的声音了，且打铜锣，还放炮，炮仗声音虽听不到，但她想，必定有炮仗的。还有花轿，有拿缠红纸藁把的伴当，有穿马褂的媒人，新嫁娘则藏在轿里哭娘，她都能想得出。

见到两个人鬼鬼的笑，她就走到灶屋烧火处去了，用铁夹搅灶肚内的火，心里有刚才的事情存在。

她想得出，这时他们必定还在说那种事情，商量日子，商量请客，商量……

以后，爹爹来到灶房了，要她到隔邻院子王干爹家去借历书，她不做声，就走到王家去。王家先生是教书的秀才，先生娘是瘫子，终日坐到房中大木椅中，椅子象桶，这先生娘就在桶中过日子，得先生服侍，倒养得肥胖异常。三翠来了，先到先生娘身边去。

“干妈，过午了？”

“翠翠，谢你昨天的粑粑。”

“还要不要？那边屋里多咧多，会放坏。”

“你爹不出门？”

“通通不出门。”

“翠翠，你胖了，高了，象大姑娘了。”

她笑，想起别的事。

“年货全了没有？”

“爹爹进城买全了。有大红曲鱼，干妈，可以到我那里过年去。”

“这里也有大鱼，村里学生送的。”

“你苗哥？”

“他呀，他——”

“爹爹？”

“他要我来借历书。”

“做什么？是不是烧年纸？”

“我不知道。”

“这几天接媳妇的真多。（这瘫婆子又想了一会。）翠丫头，你今年多大了？”

“十四，七月间满的。干妈为我做到生日，又忘了！”

“进十五了，你象个大姑娘了。”

说到这话，三翠脸有点发烧。她不做声，因为谈到这些事上时照例小女子是无分的，就改口问：“干妈，历书在不在？”

“你同干爹说去。”

她就到教书处厢下去，站到窗下，从窗子内望先生。

先生在教《诗经》说“关关雎鸠”，解释那些书上的字义。三翠不即进去，她站在廊下看坪中的雪，雪上有喜鹊足迹。喜鹊还在树上未飞去，不喳喳的叫，只咯咯的象老人咳嗽。喜鹊叫有喜。今天似乎是喜事了，她心中打量这事，然而看不出喜不喜来。

先生过一会，看出窗下的人影了，在里面问：“是谁呀？”

“我。三翠。”

“三，你来干吗？”

“问干爹借历书看日子。”

“看什么日子？”

“我不知道。”

“莫非是看你苗哥做喜事的日子。”

她有点发急了。“干爹，历书有不有？”

“你拿去。”

她这才进来，进到书房，接历书。一眼望去，一些小鬼圆眼睛都望到自己，接了历书走出门，她轻轻的呸了一口。把历书得到，她仍然到瘫子处去。

“干妈，外面好雪？”

“我从这里也看得到，早上开窗，全白哩。”

“可不是。一个天下全白了。……”

远处又吹唢呐了。又是一个新娘子。她在这声音上出了神。唢呐的声音，瘫子也听到了，瘫子笑。

“干妈你笑什么？”

“你真象大人了，你爹怎么不——”

她不听。借故事忙，忙到连这一句话也听不完，匆匆的跑了。跑出门就跌在雪里。瘫子听到滑倒的声音，在房里问：

“翠翠，你跌了？忙什么？”

她站起掸身上的雪，不答应，走了。

过了十四天，距过年还有七天，那在牛栏上睡觉打呼的人，已经分派与三翠同床，从此在三翠身边打呼了。三翠作了人的妻，尽着妻的义务，初初象是多了一些事情，稍稍不习惯，到过年以后，一切也就完全习惯了。

她仍然在众人称赞中做着一个妇人应做的事。把日子过了一年。在十五岁上她就养了一个儿子，为爹爹添了一个孙，让丈夫得了父亲的名分。当母亲的事加在身上时，她仍然是这一家人的媳妇，成天做着各样事情的。人家称赞她各样能干，就是在生育儿子一事上也可敬服，她只有笑。她的良善并不是为谁奖励而生的。日子过去了，她并不会变。

但是，时代变了。

因为地方的变动，种田的不能安分的种田，爹爹一死，作丈夫的随了人出外县当兵去了。在家中依傍了瘫子干妈生活的三翠，把儿子养大到两岁，人还是同样的善良，有值得人欢喜的好处在。虽身世遭逢，在一个平常人看来已极其不幸，但她那圆圆的脸，一在孩子面前仍然是同小孩子一样发笑。生活的萧条不能使这人成为另一种人，她才十八岁！

又是冬天。教书的厢房已从十个学生减到四个了，秀才先生所讲的还是“关关雎鸠”一章。各处仍然是乘年底用花轿接新娘子，吹着唢呐打着铜锣来来去去。天是想落雪还不曾落雪的阴天。有水的地方已结了薄冰，无论如何快要落雪了。

三翠抱了孩子，从干妈房中出来，站在窗下听讲书。

她望到屋后那曾有喜鹊作巢的脱枝大刺桐树上的枝干。时正有唢呐声音从门前过身，她就追出门去看花轿，逗小孩子玩，小孩见了花轿就嚷“嫁娘嫁娘”。她也顺到孩子口气喊。到后，回到院中，天上飞雪了，小孩又嚷雪。她也嚷雪。天是落雪了，到明天，雪落满了地，这院子便将同四年前一个样子了。

抱小孩抱进屋，到了干妈身边。

“干妈，落雪了，大得很。”

“已经落了吗？”

“落雪明天就暖和了，现在正落着。”

因为干妈想看雪，她就把孩子放到床上，去开窗子。开了窗，干妈不单是看到了落雪的情形，也听到唢呐了。

“这样天冷，还有人接媳妇。”

三翠不作答，她出了神。

干妈又说：“翠翠，过十五年，你毛毛又可以接媳妇了。”翠翠就笑。十五年，并不快，然而似乎一晃也就可以到眼前，这妇人所以笑了。说这话的干妈，是也并不想到十五年以后自己还活在世界上没有的。因为雪落了，想开窗，又因为有风，瘫子怕风。

“你把窗户关了，风大。”

照干妈意思，她又去把窗子关上。小孩这时闹起来了，就忙过去把小孩抱起。

“孩子饿了？”

“不。喂过奶了。他要睡。”

“你让他睡睡。”

“他又不愿意睡。”

小孩子哭，大声了，似乎有冤屈在胸中。

“你哭什么？小毛，再哭，猫儿来了。”

作母亲的抱了孩子，解衣露出奶头来喂奶，孩子得了奶，吮奶声音如猫吃东西。

“干妈，落了雪，明天我们可做冻豆腐了。”

“我想明天好做点豆豉。”

“我会做。今年我们腊肉太淡了，前天煮那个不行。”前天煮腊肉，是上坟，所以又接着说道：“爹爹在时腊肉总爱咸。他欢喜盐重的，昨天那个他还吃不上口！”

“可惜他看不到毛毛了。”

三翠不答，稍过，又说道：“野鸡今年真多，我上日子打坟前过身，飞起来四只，咯咯咯叫，若是爹爹在，有野鸡肉吃了。”

“苗子也欢喜这些。”

“他只欢喜打毛兔。”

“你们那枪为什么不卖给团上？”

“我不卖它。放到那里，几时要几时可用。”

“恐怕将来查出要罚，他们说过不许收这东西。我听你干爹说过。”

“他们要就让他们拿去，那值什么钱。”

“听说值好几十！”

“哪里，那是说九子枪！我们的抓子，二十吊钱不值的。”

“我听人说机关枪值一千。一杆枪二十只牛还换不到手。军队中有这东西。”

“苗子在军队里总看见过。”

“苗子月里都没有信！”

“开差到 ×× 去了，信要四十天，前回说起过。”

这时，孩子已安静了，睡眠了，她们的说话声也轻了。

“过年了，怎么没有信来。苗子是做官了，应当……（门前有接亲人过身，放了一炮，孩子被惊醒，又哭了。）

少爷，莫哭了。你爹带银子回来了。银子呀，金子呀，宝贝呀，莫哭，哭了老虎咬你！”

作母亲的也哄着。“乖，莫哭。看雪。落雪了。接嫁娘，吹唢呐，呜呜喇，呜呜喇。打铜锣；铛，团！铛，团！看喔，看喔，看我宝宝也要接一个小嫁娘喔！呜呜喇。呜呜喇。铛，团！铛，团！”

小孩仍然哭着，这时是吃奶也不行了。

“莫非吹了风，着凉了。”

听干妈说，就忙用手摸那孩子的头，吮那小手，且抱了孩子满房打圈，使小孩子如坐船。还是哭。就又抱到门边亮处去。

“喔，要看雪呀！喔，要吹风呀！婆婆说怕风吹坏你。吹不坏的。要出去吗？是，就出去！听，宝宝，呜呜喇，……”

她于是又把孩子抱出院中去。下台阶，稍稍的闪了身子一下，她想起上前年在雪中跌了一跤的事情了，那时干妈在房中问的话她也记起来了。她如何跑也记起来了。她就站着让雪在头上落，孩子头上也有了雪。

再过两年。

出门的人没有消息。儿子四岁。干爹死了，剩了瘫子干妈。她还是依傍在这干妈身旁过日子。因了她的照料，这瘫妇人似乎还可以永远活下去的样子。这事在别人看来，是一件功果还是一件罪孽，那还不可知的。

天保佑她，仍然是康健快乐。仍然是年青，有那逗人欢喜的和气的脸。仍然能做事，处理一切，井井有条。儿子长大了，不常须人照料了，她的期望，已从丈夫转到儿子方面了。儿子成了人才真是天保佑了这人。她在期望儿子长成的时间中，却并不想到一个儿子成人，母亲已如何上了年纪。

过去的是四年，时间似乎也并不很短促，人事方面所有的变动已足证明时间转移的可怕，然而她除了望日子飞快的过去，没有其他希望了。时间不留情不犹豫的过去，一些新的有力的打击，一些不可免的惶恐，一些天灾人祸，抵挡也不是容易事。然而因为一个属于别人幸福的估计，她无法自私，愿意自己变成无用而儿子却成伟大人物。

自从教书的干爹死了以后，瘫人一切皆需要三翠。她没有所谓“不忍之心”始不能与这一家唯一的人远离，她也没有要人鼓励才仍然来同这老弱疲惫妇人住在一起。她是一个在习惯下生存的人，在习惯下她已将一切人类美德与良心同化，只以为是这样才能生活了。她处处服从命运，凡是命运所加于她的一切不幸，她不想逃避也不知道应如何逃避。她知道她这种生活以外还有别种生活存在，但她却不知道人可以选择那机会不许可的事来做。

她除了生活在她所能生活的方式以内，只有做梦一件事稍稍与往日不同了。往日年幼，好玩，羡慕放浪不拘束与自然戏弄的生活，所以不是梦捉鱼就是梦爬山。一种小孩子的脾气与生活无关的梦，到近来已不做了。她近来梦到的总是落雪。雪中她年纪似乎很轻，听到人说及做妇人的什么时，就屡屡偷听一会。她又常常梦到教书先生，取皇历，讲“关关雎鸠”一章。她梦到牛栏上打鼾的那个人，还仍然是在牛栏上打鼾，大母牛在反刍的小小声音也仿佛时在耳边。还有，爹爹那和气的脸孔，爹爹的笑，完全是四年前。当有时梦到这些事情，而醒来又正听到远处那老水车唱歌的声音时，她想起过去，免不了也哭了。她若是懂得到天所给她的是些什么不幸的戏弄，这人将成天哭去了。

做梦有什么用处？可以温暖自己的童心，可以忘掉眼前，她止象他人一样，不但在过去甜蜜的好生活上做过梦，在未来，也不觉得是野心扩大，把梦境在眼前展开了。她梦到儿子成人，接了媳妇。她梦到那从前在牛栏上睡觉的人穿了新衣回家，做什长了。她还梦到家中仍然有一只母牛，一只小花黄牛，是那在牛栏上睡觉的人在外赚钱买得的。

日子是悠悠的过去，儿子长大了，居然能用鸟枪打飞起的野鸡了，瘫子更老惫不中用了，三翠在众人的口中的完美并不消失。

到了后来。一只牛，已从她两只勤快手上抓来了。一个儿媳已快进门了。她做梦，只梦到抱小孩子，这小孩子却不是睡在牛栏上那人生的。

她抱了周年的孙儿到雪地里看他人接新嫁娘花轿过身时，她年纪是三十岁。

主妇

我们住处在滇池边五里远近。虽名叫桃园，狭长小院中只三株不开花的小桃树点缀风景。院中还种有一片波斯菊，密丛丛的藻形柔弱叶干，夏末开花时，顶上一朵朵红花白花，错杂如锦如绮。桃树虽不开花，从五月起每到黄昏即有毒蛾来下卵，二三天后枝桠间即长满了美丽有毒毛毛虫。为烧除毛毛虫，欢呼中火燎齐举，增加了孩子们的服务热忱，并调和了乡居生活的单调与寂静。

村中数十所新式茅草房，各成行列分散于两个山脚边，雨季来临时，大多数房顶失修，每家必有一二间漏雨。我们用作厨房的一间，斜梁接榫处已开裂，修理不起，每当大雨倾盆，便有个小瀑布悬空而下。这件事白天发生尚容易应付，盆桶接换来得及。若半夜落雨，就得和主妇轮流起身接倒。小小疏忽厨房即变成一个水池，有青蛙爬上碗橱爬上锅盖，人来时还大不高兴神气，咚的一声跳下水。原来这可爱生物已把它当作室内游泳池，不免喧宾夺主！不漏雨的两间，房屋檐口太浅，地面土又松浮，门前水沟即常常可以筑坝。雨季中室内因之也依然常是湿霉霉的。主妇和孩子们，照例在饭后必用铲子去清除，有时客人还得参加。雨季最严重的七八月，每夜都可听到村中远近各处土墙倾圮闷钝声，恰如另外一时敌机来临的轰炸。一家大小四口，即估计着这种声音方向和次数，等待天明。因为万一不幸，这种圮坍也随时会在本院发生！

可是这一切都已经成为过去，仿佛和当前生活离得很远了。战争已结束，雨季也快结束了。我们还住在这个小小村子中，照样过着极端简单的日子，等待过年，等待转回北平。长晴数日，小院子里红白波斯菊在明净阳光中作成一片灿烂，滇池方面送来微风时，在微风中轻轻摇荡，俯仰之间似若向人表示生命的悦乐，虽暂时，实永久。为的是这片灿烂，将和南中国特有的明朗天宇及翠绿草木，保留在这一家人的印象中，还可望另一时表现在文字中。一家人在这片草花前小桌凳上吃晚饭时候，便由毛毛虫和青蛙，谈到屋前大路边延长半里的木香花，以及屋后两丈高绿色仙人掌，如何带回北平去展览，扩大加强了孩子们对“明日”的幻想，欢笑声中把八年来乡居生活的单调，日常分上的困苦疲劳，一例全卸除了。

九月八号的下午，主妇上过两堂课，从学校带了一身粉笔灰回来，书还不放下即走入厨房。看看火已升好，菜已洗好，米已淘好，一切就绪，心中本极适意，却故意作成埋怨神气说：“二哥，你又来揽事，借故停工，不写你的文章，你菜洗不好，淘米不把石子仔细拣干净，帮忙反而忙我。这些事让我来，省点事！”

我正在书桌边计划一件待开始的工作。我明白那些话所代表的意义，埋怨中有感谢，因此回答说：“所以有人称我为‘象征主义者’我从不分辩。他指的也许是人，不是文章。然而‘文如其人’，也马马虎虎。我怕你太累！一天到晚事作不完，上课，洗衣，做饭，缝衣，纳鞋，名目一大堆数也数不清，凡吃重事全由你担当。我纵能坐在桌边提起三钱二分重的毛笔，从从容容写文章，这文章写成有什么意义？事情分担一点点，我心里安些，生命也经济些。”

“你安心，今天已八号，礼拜五又到了，我心里可真不安！到时还得替你干着急，生命也真不经济！”

“你提起日子，倒引起了我另外一个题目。”

“可是你好象许多文章都只有个题目，再无下文。”

“有了题目就好办！今晚一定要完成它，很重要的，比别的任何事情都重要。我得战争！”

末后说的是八年来常说的一句老话。每到困难来临需要想法克服时，就那么说说，增加自己一点抵抗力、适应力。所不同处有时说得悲愤凄苦，有时却说得轻松快乐而已。

抗日战争结束后，八年中前后两个印象还明明朗朗嵌在我的记忆中。一是北平南苑第一回的轰炸，敌人二十七架飞机，在微雨清晨飞过城市上空光景。一是胜利和平那晚上，住桃园的六十岁加拿大老洋人彼得得到消息后，狂敲搪瓷面盆，满村子里各处报信光景。至于两个印象间的空隙，可得填上万千人民的死亡流离，无数名都大城的毁灭，以及万千人民理想与梦的蹂躏摧残，万千种哀乐得失交替。即以个人而言，说起来也就一言难尽！……我虽竭力避开思索温习过去生活的全部，却想起一篇文章，题名《主妇》，写成恰好十年。

同样是这么一天，北方入秋特有的明朗朗的阳光，在田野，在院中，在窗间由细纱滤过映到一叠白纸上。院中海棠果已红透，间或无风自落有一枚两枚跌到地面，发出小小钝声。有玉簪花的幽香从院中一角送来。小主妇带了周岁孩子，在院中大海棠树和新从家乡来的老保姆谈家常，说起两年前做新妇的故事。从唯有一个新娘子方能感觉到的种种说下去，听来简直如一首“叙事诗”。可是说到孩子出生后，却忽然沉默了。试从窗角张望张望，原来是孩子面前掉落了一个红红的果子，主妇和老保姆都不声不响逗孩子，情形和我推想到的恰恰相反。孩子的每一举动，完全把身心健康的小主妇迷惑住了。过去当前人事景物印象的综合，十小时中我完成了个故事，题名《主妇》。第二天当作婚后三年礼物送给主妇时，接受了这份礼物，一面看一面微笑，看到后来头低下去，一双眼睛却湿了。过了一会儿才抬起那双湿莹莹眼睛，眼光中充满真诚和善良。

“你写得真好，谢谢你。我有什么可送你的？我为人那么老实，那么无用，那么不会说话。让我用素朴忠诚来回答你的词藻吧。盼望你手中的笔，能用到更重要广大一方面去。至于给我呢，一点平静生活，已够了。我并不贪多！”

听过这话后，我明白，我失败了。比如作画，尽管是一个名家高手，若用许多眩目彩色和精细技巧画个女人面影，由不相识的人看来，已够显得神情温雅，仪态端丽。但由她本人看后，只谦虚微笑轻轻的说：“你画得很好，很象，可是恰恰把我素朴忘了。”这画家纵十分自负，也不免有一丝儿惭愧从心中升起，嗒然若丧。因为他明白，素朴善良原是生命中一种品德，不容易用色彩加以表现。一个年青女人代表青春眼目眉发的光色，画笔还把握得住，至于同一人内蕴的素朴的美，想用朱墨来传神写照，可就困难了。

我当时于是也笑笑，聊以解嘲：

“第一流诗歌，照例只能称赞次一等的美丽。我文字长处，写乡村小儿女的恩怨，吃臭牛肉酸菜人物的粗卤，还容易逼真见好，形容你这三年，可就笨拙不堪了。且让这点好印象保留在我的生命中，作为我一种教育，好不好？你得相信，它将比任何一本伟大的书还影响我深刻。我需要教育，为的是乡下人灵魂，到都市来冒充文雅，其实还是野蛮之至！”

“一本书，你要阅读的也许是一本《新天方夜谭》吧。你自己说过，你是个生活教育已受得足够，还需要好好受情感教育的人。什么事能教育你情感，我不大清楚。或想象，或行为，我都不束缚你拘管你。倘若有什么年青的透明的心，美人的眉目笑颦，能启发你灵感，教育你的情感，是很好的事。只是大家都称道的文章，可不用独瞒我，总得让我也欣赏欣赏，不然真枉作了一个作家的妻子，连这点享受都得不到！”

话说得多诚实，多谦虚，多委婉！我几乎完全败北了。嗫嗫嚅嚅想有所分疏，感觉一切词藻在面对主妇素朴时都失去了意义。我借故逃开了。

从此以后，凡事再也不能在主妇面前有所辩解，一切雄辩都敌不过那个克己的沉默来得有意义有分量，从沉默或微笑中，我领受了一种既严厉又温和的教育，从任何一本书都得不到，从其他经验上也得不到的。

可是生命中却当真就还有一本《新天方夜谭》，一个从东方的头脑产生的连续故事，展开在眼前，内容荒唐而谲幻，艳冶而不庄。恰如一种图画与音乐的综合物。我搁下又复翻开，浏览过了好些片段篇章，终于方远远的把书抛去。

和自己弱点而战，我战争了十年。生命最脆弱一部分，即乡下人不见世面处，极容易为一切造形中完美艺术品而感动倾心。举凡另外一时另外一处热情与幻想结合产生的艺术，都能占有我的生命。尤其是阳光下生长那个完美的生物。美既随阳光所在而存在，情感泛滥流注亦即如云如水，复如云如水毫无凝滞。可是一种遇事忘我的情形，用人教育我的生活多累人！且在任何忘我情境中，总还有个谦退沉默黑脸长眉的影子，一本素朴的书，不离手边。

我看出了我的弱点，且更看出那个沉默微笑中的理解、宽容以及爱怨交缚。终于战胜了自己，手中一支笔也常常搁下了。因为我知道，单是一种艺术品，一种生物的灵魂明慧与肉体完美，以及长于点染丹黛调理眉靥，对我其实并非危险的吸引。可怕的还是附于这个生物的一切优点特点，偶然与我想象结合时，扇起那点忧郁和狂热。我的笔若再无节制使用下去，即近于将忧郁和狂热扩大延长。我得从作公民意识上，凡事与主妇合作，来应付那个真正战争所加给一家人的危险、困难，以及长久持家生活折磨所引起的疲乏。这一来，家中一切都在相互微笑中和孩子们歌呼欢乐净化了。草屋里案头上，陆续从田野摘来的野花，朱红的，宝石蓝的，一朵朵如紫色火焰的，鹅毛黄还带绒的，延长了每个春天到半年以上，也保持了主妇情感的柔韧，和肉体灵魂的长远青春。一种爱和艺术的证实，装饰了这本素朴小书的每一页。

今天又到了九月八号，四天前我已悄悄的约了三个朋友赶明天早车下乡，并托带了些酒菜糖果，来庆祝胜利，并庆祝小主妇持家十三年。事先不让她知道。我自己还得预备一点礼物。要稍稍别致，可不一定是值钱的。深秋中浅紫色和淡绿色的雏菊已过了时，肉红色成球的兰科植物也完了，抱春花恹恹无生气，只有带绒的小蓝花和开小白花的捕虫草科一种，还散布在荒草泽地上。小白花柔弱细干负着深黄色的细叶，叶形如一只只小手伸出尖指，掌心中安一滴甜胶，引诱泽地上小小蚊蚋虫蚁。顶上白花小如一米粒，却清香逼人。一切虽那么渺小脆弱，生命的完整性竟令人惊奇，俨如造物者特别精心在意，方能慢慢完成。把这个花聚敛作一大簇，插入浅口黑陶瓷盂中，搁向窗前时，那个黄白对比重叠交织，从黑黝黝一片陶器上托起，入目引起人一种入梦感觉。且感染于四周空气中，环境也便如浸润在梦里。

一家人就在这个窗前用晚饭。一切那么熟习，又恰恰如梦。孩子们在歌哭交替中长大，只记得明天日本投降签字，可把母亲作新娘子日期忘了。七七事变刚生下地才一个多月的虎虎，已到了小学四年级，妈妈身边的第五纵队，闪着双顽童的大眼睛，向我提出问题。

“爸爸，你说打完仗，我们得共同送妈妈一件礼物，什么礼物？你可准备好了？”

“我当然准备得有，可是明天才让你们知道。”

十一岁的龙龙说：“还有我们的！得为我买本《天方夜谭》，给小弟买本《福尔摩斯》。”

主妇望着我笑着：“看《天方夜谭》还早！将来有的是机会。”

我说：“不如看我的《自传》动人，学会点顽童伎俩。至于虎虎呢，他已经是个小福尔摩斯了。”

小虎虎说：“爸爸，我猜你一定又是演说，——一切要谢谢妈妈。完了。说的话可永远一样，怎么能教书？”

“太会说话就更不能教书了。譬如你，讲演第一，唱歌第二，习字就第五，团体服务还不及格。——君子动手不动口，你得学凡事动动手！”

“完全不对。我们打架时，老师说‘君子动口不动手’。”

“老师说的自然是另外一回事。要你们莫打架，反内战，所以那么说。愚人照例常常要动手的！我呢。更不赞成打！打来打去，又得讲和，多麻烦。”

“那怎么又说动手不动口？”

“因为相骂也不好，比打还不容易调停，还不容易明白是非。目前聪明人的相骂，和愚蠢人的相打，都不是好事。”

和要人训话一样，说去说来大家都闹不清楚说什么。主妇把煮好的大酸梨端出，孩子们一齐嚷叫“君子们，快动手动口！”到这时，我的抽象理论自然一下全给两个顽童所表现的事实推翻了。

用过八年的竹架菜油灯放光时，黄黄的灯光把小房中一切，照得更如在一种梦境中。

“小妈妈，你们早些休息。大的工作累了，小的玩累了，到九点就休息，明天可能有客来。我还有事情要作，多坐一会儿。瓶子里的油一定够到……”

到十二点时，我当真还坐守在那个小书桌边。作些什么？温习温习属于一个小范围内世界相当抽象的历史，即一群生命各以不同方式，在各种偶然情形下侵入我生活中时，取予之际所形成的哀乐和得失。我本意照十年前的情形再写个故事，作为给主妇明天情绪上的装饰。记起十年前那番对话，起始第一行不知应该如何下笔，方能把一个素朴的心在纸上重视。对着桌前那一簇如梦的野花，我继续呆坐下去。一切沉寂，只有我心在跳跃，如一道桥梁，任一切“过去”通过时而摇摇不定。

进入九月九号上午三点左右，小书房通卧室那扇门，轻轻的推开后，主妇从门旁露出一张小黑脸，长眉下一双眼睛黑亮亮的，“嗐，你又在写文章给我作礼物，我知道的！不用太累，还是休息了吧。我们的生活，不必用那种故事，也过得上好！”

我于是说了个小谎，意思双关：“生活的确不必要那些故事，也可过得上好的，我完全和你同意。我在温书，在看书，内容深刻动人，如同我自己写的，人物故事且比我写出来还动人。”

“看人家的和你自己写的，不问好坏，一例神往。这就是作家的一种性格。还有就是，看熟人永远陌生，陌生的反如相熟，这也是做作家一个条件。”

“小妈妈，从今天起，全世界战争都结束了，我们可不能例外！听我话好好的睡了吧。我这时留在桌边。和你明天留在厨房一样，互相无从帮助，也就不许干涉。这是一种分工，包含了真实的责任，虽劳不怨。从普通观点说，我做的事为追求抽象，你做的事为转入平庸，措词中的褒贬自不相同。可是你却明白我们这里有个共同点，由于共同对生命的理解和家庭的爱，追求的是二而一，为了一个家，各尽其分。别人不明白，不妨事，我们自己可得承认！”

“你身体不是刚好吗？怎么能熬夜？”

“一个人身体好就应当作作事。我已经许久不动笔了！我是在写个小故事。”

主妇笑了，“我在迷迷糊糊中闻到烧什么，就醒了。我预备告你的是，可别因为我，象上回在城中那么，把什么杰作一股鲁又烧去，不留下一个字。知道的人明白这是你自己心中不安，不知道的还以为我妒嫉到你的想象，因此文章写成还得烧去，多可惜！”

“不，并不烧什么。只是油中有一点水，在爆炸。”口上虽那么说，我心中却对自己说：“是一个人心在燃烧，在小小爆裂，在冒烟。虽认真而不必要。”可是我怯怯的望了她一眼，看看她是不是发现点什么。从主妇的微笑中，好象看出一种回答：“凡事哪瞒得了我。”

我于是避开这个问题，反若理直气壮的向她说：“小妈妈，你再不能闹我了！把我脑子一搅乱，故事到天亮也不能完成！你累了一整天，累了整十三年，怎么还不好好休息？”

“为了明天，大家得休息休息，才合理！”

我明白话中的双重意义。可是各人的明天却相似而不同。主妇得好好休息，恢复精力来接待几个下乡的朋友，并接受那种虽极烦琐事实上极愉快的家事。至于我呢，却得同灯油一样，燃干了方完事，方有个明天可言！我为自己想到的笑了，她为自己说到的也笑了。两种笑在黯黄黄灯光下融解了。两人对于具体的明天和抽象的明天都感到真诚的快乐。

主妇让步安静睡下后，我在灯盏中重新加了点油，在胃中送下一小杯热咖啡。

搅动那个小小银茶匙时，另外一时一种对话回复到了心上。

“二哥，不成的，十二点了，为了我们，你得躺躺！这算什么？”

“这算是对你说我有点懒惰不大努力的否认。你往常不是说过，只要肯好好尽力工作，什么都听我，即使不意中被一些年青女孩子的天赋长处，放光的眼睛，好听的声音，以及那个有式样的手足眉发攫走了我的心，也不妨事？这不问出于伟大的宽容或是透明理解，我都相信你说的本意极真诚。可是得用事实证明！”

“得用多少事？你自己想想看。”

“现在可只需用一件比较不严重的小事来试验，你即刻睡去，让我工作！我在工作！”

“你可想得到，这对于身边的人，是不是近于一种残忍？”

“你可想得到把一个待完成的作品扼毙，更残忍到什么程度？”

……

从这个对话温习中，我明白在生活和工作两事上，还有点儿相互矛盾，不易平衡。这也是一种生命的空隙，需要设法填平它。疏忽了时，凡空隙就能生长野草和霉苔。我得有计划在这个空隙处种一点花，种一个梦。比如近身那个虽脆弱却完整的捕虫科植物，在抽象中可有那么一种精美的东西，能栽培发育长大？可有一种奇迹，我能不必熬夜，从从容容完成五本十本书，而这些书既能平衡我对于生命所抱的幻念，不至相反带我到疯狂中？对于主妇，又能从书中得到一种满足，以为系由她的鼓励督促下产生？

这个无边际的思索，把我淹没复浮起。时间消失了。灯熄了。天明了。

我若重新有所寻觅，轻轻的开了门，和一只鹰一样，离开了宿食所寄的窠巢，向清新空阔的天宇下展翅飞去。在满是露水的田埂荒坟间，走了许久。只觉得空气冰凉，一直浸透到头脑顶深皱摺里。一会会，全身即已浴于温暖朝阳光影中，地面一切也浴于这种光影中，草尖上全都串缀着带虹彩的露水。还有那个小小成台状的紫花，和有茸毛的高原蓝花，都若新从睡梦中苏醒，慢慢的展开夜里关闭的叶托，吐出小小花蕊和带粉的黄绒穗。目前世界对于我作成一种崭新的启示，万物多美好，多完整！人类抽象观念和具体知识，数千年积累所成就的任何伟大业绩，若从更深处看去，比起来都算得什么？田野间依然是露水，以及那个在露水朝阳中充分见出自然巧慧与庄严的野花。一种纯粹的神性，一切哲学的基本观念，一切艺术文学的伟大和神奇，亦无不由之孕育而出。

我想看看滇池，直向水边走去。但见浸在一片碧波中的西山列嶂，在烟岚湿雾中如一线黛绿长眉。那片水在阳光中闪亮，更加美目流波。自然的神性在我心中越加强，我的生命价值观即越转近一个疯子。不知不觉间两脚已踏到有螺蚌残骸的水畔。我知道，我的双脚和我的思索，在这个侵晨清新空气中散步，都未免走得太远了一点，再向前走，也许就会直入滇池水深处。我得回家了。

记起了答应过孩子送给主妇的礼物，就路旁摘了一大把带露水的蓝花，向家中跑去。

在门前即和主妇迎面相遇，正象是刚刚发现我的失踪，带着焦急不安心情去寻找我。

“你到什么地方去了？怎么不先说一声，留个字？孩子们都找你去了！”一眼瞥见那把蓝花，蓝花上闪亮的露水，“就为了这个好看，忘了另外一个着急。”

“不。我能忘掉你吗？只因为想照十年前一样，写篇小文章，纪念这个九月九日。呆坐了一夜，无下笔处。我觉悟了这十年不进步的事实。我已明白什么是素朴。可是，赞美它，我这复杂脑子就不知从何措手了。我的文章还是一个题目，《主妇》。至于本文呢（我把花递给她），你瞧它蓝得多好看！”

“一个象征主义者，一点不错！”

说到后来两人都笑了起来。

两种笑在清晨阳光下融解了。

主妇把那束蓝花插到一个白瓷敞口瓶中时，一面处理手中的花，一面说：“你猜我想什么？”

“你在想，‘这礼物比任何金珠宝贝都好！和那个“主妇”差不多！这是一种有个性有特性的生物，平凡中有高贵品德。’你还想说，‘大老爷，故事完成了，你为我好好睡两点钟吧。到十点火车叫时再起身，我们好一同去车站接客人。我希望客人中还有个会唱歌的美丽女孩子，大家好好玩一天！睡一睡吧，你太累了！’……我将说‘不，我不过只是这一天有点累，你累了十三年！你就从不说要休息。我想起就惭愧难过’！”

“这也值得想值得惭愧吗？我还是第一次听到你说惭愧！”

从主妇不甚自然微笑中，依约看到一点眼泪，眼泪中看到天国。

桌案上那束小蓝花如火焰燃烧，小白花如梦迷蒙。我似乎当真有点儿累了。似乎遥闻一种呼唤招邀声，担心我迷失于两种花所引起的情感中，不知所归，又若招邀本自花中而出，燃烧与作梦，正是故事的起始，并非结束。

一九四五年九月九日作于昆明桃源，
一九四六年九月北平写成。

芸庐纪事

陌生的地方和陌生的人

我欢喜辰州那个河滩，不管水落水涨，每天总有个时节在那河滩上散步。那地方上水船下水船虽那么多，由一个内行眼中看来，就不会有两只相同的船。我尤其喜欢那些从辰溪一带载运货物下来的高腹昂头"广舶子"，一来总斜斜的孤独的搁在河滩黄泥里，小水手从船舱里搬取南瓜、茄子，或成束的生麻，黑色放光的圆瓮。那船只在暗褐色的尾梢上，常常晾得有妇人褪了色的朱红裤褂，背景是黄色或浅碧色一派清波。一切都那么和谐，那么愁人。

美丽总是愁人的，当时我或者很快乐，却用的是发愁字样。但事实上每每见到这种光景，我必然默默的注视许久。我要人同我说一句话，我要一个最熟的人，来同我讨论这种光景。……(《从文自传·女难》)

小船去辰州还约三十里，两岸山头已较小，不再壁立拔峰，渐渐成为一堆堆黛色与浅绿相间的丘阜，山势既较和平，河水也温和多了。两岸人家越来越多，随处都可以见到碧油油的毛竹林。山头已无雪。虽还不出太阳，气候干冷，天空倒明明朗朗。……

小船上尽长滩后，到了一个小小水村边，有母鸡生蛋的声音，有人隔河呼喊过渡的声音。两山不高而翠色迎人。许多等待修理的小船，斜卧在干涸河滩上。有人正在一只船边敲敲打打，用碎麻头和桐油石灰嵌进船缝里去。一个下驶木筏上，还搁了一只小小白木船，在平潭中溜着。筏上十多个水手都蹲在木筏一角吸烟。忽然村中有炮仗声音，有唢呐声音，且有锣声，原来村中人正接媳妇，打发新娘轿子出门。锣声一起，修船的，划船的，放木筏的，莫不停止了工作，向锣声起处望去——多美丽的一幅图画，一首诗！……

下午二时左右，我坐的那只小船，已经把辰河由桃源到沅陵一段路程主要滩水上完，到了一个平静长潭里。天气转晴，日头初出，两岸小山作浅绿色，一丛丛竹子生长在山下水边，山水秀雅明丽如西湖，却另有一分西湖缺少的清润。船离辰州只差十里，过不久，船到白塔下，再上一个小滩，转过山嘴，就可以看到税关上飘扬的长幡了。

我坐在后舱口稀薄日光下，向着河流清算我对于这条河水这个地方的一切旧帐。原来我离开了这个地方已十六年。想起这一堆倏然而来飘然而逝的日子，想起这堆日子中所有人事的变迁，我轻轻的叹息了好些次。……

望着汤汤的流水，我心中好象忽然彻悟了一点人生，同时又好象从这条河上，新得到了一点智慧。的的确确，这河水过去给我的是“知识”，如今给我的却是“智慧”。山头一抹淡淡的午后阳光感动我，水底各色圆如棋子的石头也感动我。我心中似乎毫无渣滓，透明烛照，对面前万象百物，对拉船人和小小船只，一切都那么爱着，十分温暖的爱着。我的情感早已融入这第二故乡一切光景声色里了。我仿佛很渺小很谦卑，对一切有生无生似乎都在向我伸手，且微笑的轻轻的说：

“我来了，是的，我依然和从前一样的来了。我们全是原来的样子，真令人高兴。你，充满着牛粪和桐油气味的小小河街，……很可喜的是我们还互相认识，因为我们过去实在太熟悉了”。(《湘行散记·一九三四年一月十八》)

就在这个地方，一九三七年十二月某一天，下午两点钟左右，有三个身穿大学生制服的青年，脸色疲劳中见出快乐与惊奇，从县城长河对岸汽车站，向河码头走去，准备过渡进城。到得河边高处时，几个人不由得同声叫喊起来：

“呀！好一片水！”

几个人原来是中央政治学校的学生，因为学校奉令向沅水流域上游芷江县迁移，一部分学生就由长沙搭客车上行，一部分学生又由常德坐小船上行，到达沅陵后再行集中，坐车往芷江本校。几个学生恰好坐车到沅陵，在长沙时，一同读过一本近于导游性质的小书，对这个地方充满了一种奇异感情。并且在武汉，在长沙，另外还听过许多有关湘西的迷信传说，所以人来到这个地方后，凡事无不用另外眼光相看。进城目的就是预备观光，并准备接受一切不习惯的事事物物。几个人过了渡，不多久，就从一个水淋淋的码头在一些粗毛腿与大水桶中间挤进了城里，混合在大街上人群中了。大街上正是日中为市人来人往顶热闹时候，到处是军人、公务员、船户、学生、厨子、主妇，以及由四乡各地远近十里二十里上城卖米卖炭的乡下人，办年货跑乡的小商人。人的洪流中还可见到三三两两穿镶黑白边灰布道袍的洋尼姑，走路时颈脖直挺如一只一只大灰鹅。还有戴小圆帽的中国尼姑，脸冻得红红的，慈眉善眼的，居多提了小篮子和小罐子，出卖庵堂中的产品。蜂蜜和鸡蛋，酸辣子与豆腐乳。卖棉纱线时还带个竹篮子，一起出脱。在离欲绝爱的静寂生活中，见出尚知道把精力的贮存，带出庵堂，到扰攘市廛里，从普通交易上换点油盐或鞋面布。

大街头挑担子叫饺饵卖米粉或别的热冷吃食的，都把担子停搁在人家屋檐下，等待主顾。生意当时，必忙个不息；生意冷落，就各自敲打小梆小锣，口内还哼哼唧唧，唱着嚷着，间或又故意把锅盖甩甩，用小铜勺在热汤中捞一两下，招引过路人注意，并增加一点市面的喧嚣。

当地大商号多江西帮，开花纱字号的铺子，一个矩形柜台旁常常站满了人，在布匹挑选中只听到撕布声音和剪子铰布声音，算帐数钱声音。柜台向屋里一面，进身多一直延长到三丈左右，虽货物堆积，照例还空出个大厅子。厅前大圈椅上，间或坐个六七十岁肥白的老娘子，照三十年前旧式打扮，穿大袖滚边盘云摹本缎大毛出风袄子，衣襟上挂了串镀金镶玉银三事。梳理得极光的头发，戴上玄青缎子帽勒，帽勒正中装饰着一粒珍珠或翠玉。手腕上带副翠玉镯头，长指甲手指上套两三个金镶翠戒子。棕子脚端端正正，踏着京式白铜镂花大烘炉，手里捧着个银质鹅颈形水烟袋，一面从容不迫吸烟一面欣赏街景，并观看到铺子来照顾生意的各色各样人物。不到十岁小丫头，名字不是叫荷花，就是叫桂香，照例站在大老板娘身边装烟倒茶。间或从街上人丛中发现个乡下妇人，携带有篮子箩箩，知道不外是卖冬菌葛粉等等山货，就要小丫头把人叫进厅子，恰恰如大观园贾母接待刘姥姥神气，自己端坐不动，却尽小丫头在面前拣选货物，商讨价钱。交易作成时，说不定还要小丫头去取几个白米糍粑，送给那乡下妇人身边的孩子。那乡下妇人也还可向老太太讨一贴头痛膏，几包痧药。总之，照习惯，小小交易中还有个情谊流注，和普通商业完全不同。

各种各式的商店都有主顾进进出出，各种货物都堆积如山，从河下帆船运载新来的货物，还不断的在起卸。事事都表示这个地方因受战事刺激，人口向内迁徙，物资流动，需要增加后，货物的吸收和分散，都完全在一种不可形容匆忙中进行，市面既因之而繁荣，乡村也将为这种繁荣，在急剧中发生变化。配合战争需要，市民普通训练已逐一施行，商店从业员抽签应征壮丁训练的日益增多，一部分商店便用“女店员”应门。和尚、尼姑、道士以及普通人家的妇女，都已遵照省中功令，起始试行集训。城里城外各个大空坪，对河汽车站空地，每天早晚都可发现这种受训队伍，大街上也常有这种队伍游行。从时间算来，去首都南京陷落：已 ×× 天了。

其时大街上忽然起了一种骚动，原因是正有个小小队伍过街，领头的是个高大雄强妇人，扛了一面六尺见方的白旗，经过处两面铺中人和行路人都引起了惊奇，原来是当地土娼作救护集训，在北门外师管区大操坪检阅后第一次游行。绰号“观音”或“迫击炮”的小婊子，无不照法定格式，穿了蓝布衣服参加。后面还跟着一大群小孩子，追踪这个队伍，听他们喊口号唱歌。看热闹的因之多用一种特殊兴趣，指点队伍中的熟人。游行队伍过尽后，路旁行人恢复了原来的扰攘活动，都把这种游行和战事将来当作话题。若照省中举办的新政说来，差不多所有国民都得参加训练，好准备战事转入洞庭湖泽地带时的防御。集训事虽然极新，给人不便利处甚多，尤其是未经考虑即推行到尼姑娼妓方面去。推行这个工作时，即主持其事的人，也不免感到庄严以外的兴趣。但各种问题既在普遍热忱中活动，因之在这个地方，过不多久也就见出了点全面战争的意味，生活改进与适应，比过去二十年还迅速。大街上多新来此地的外省人，虽本人多从南京、武汉来，见多识广。眼见到这种游行队伍，必依然充满新奇印象。他若是机关中人，一面知道当地征兵情形，一面看见这种接受长期战争的准备，必更增多一点对于“湖南作风”的热忱和希望。尤其是若把这个省分和接近战区的安徽、湖北比较，在人事运用上便见出这种湖南精神，一定可以给战争不少信心，也会对于当前负责主持一省政事的，保留一个新鲜良好印象。

那几个政校学生，从商人口中知道适才过身是个娼妓行列时，在个人经验上还是件新鲜事情。所以其中一个年纪二十二三岁的青年，就把手中拿的一本灰布面烫银的小书，轻轻的拍打着，笑嘻嘻的向同伴说：

“老兄，不错！我们当真来到湘西了。让我们一件一件的来证明这本书上提起的事情吧，这比玩桃花源有意思多了。这才真是桃花源哩！你瞧，这街上有多少划船的水手，我们想看看他们怎么和吊脚楼妇人做爱，有的是机会。再多歇两天，说不定还可见识好些希奇古怪的人。”

几个同伴于是都笑着，另外一个忽伸手指点两个在前面小杂货店停下的乡下人：

“嗨，看那两个人！”

大家一同望去，原来是一对乡下人，少年夫妻样子，女的脸庞棕色透出健康红色，眉目俊秀，鼻准完美，额角光光的，下巴尖尖的，穿了件浅蓝的短袄子，罩上个葱绿泛紫布围裙，围裙上扣了朵小黑花，把围裙用一条手指头粗银链条约束在身后，银链一端坠两个小小银鱼铃。背个细篾竹笼，里面装了两只小白兔，眼珠子通红，大耳朵不住的摇动。男子身材瘦而长，英武爽朗中带上三分野气，即通常所谓“山里人气味”。肩头扛了几张花斑的兽皮，和一卷大蛇皮，正向商家兜售。几个年青学生半个月来正被手中一本小书诱惑，早进入了一个完全陌生的社会，而且在完全陌生的状态里，于是身不由己，带了三分好奇，齐向两人身边走去。直到被两个“山里人”所注意到，带点防卫神气时，才借故询问了一下蛇皮价格。由于言语隔阂，相互不能达意，终于走开了。一个戴近视眼镜哲学家模样的学生赞颂似的说：

“这才是人物，是生命！你想想看，生活和我们相隔多远！简直象他那个肩头上山猫皮一样，是一种完全生长在另外一个空间的生物，是原生的英雄，中国‘人猿泰山’！”

几个同学听到这种抒情的赞美，不免都笑将起来。恰好迎面又来了本队四个同学，于是大伙儿把眼耳所及当成一个谈天题目，一面谈笑，　面走去。

忽然前面一点铺子里，围了一大群人，好象吵架样子。原来是一个政校学生，正和商店中人发生争持，另外有一个瘦弱肮脏小流氓神气的中年男子，也无事忙参加了进去，在那里嘶着个喉咙乱嚷。发生纠纷的原因，还依然是语言隔阂。这个瘦小闲汉子，本为排难解纷而加入，人多口乱，不知不觉间自己却已陷入一种需要他人排难解纷的地位。只听见这个人用一口不纯粹的北方话向那北方籍学生说：

“不成的，不成的，学生应讲道理，这地方不能随便乱打人的！你说你是委员长学生，这算什么！中国有万万千他的学生，不能拿这个压服人。你有钱，他有货，他不卖，就是委员长自己来也不能强买。”

“不该骂人！”

“骂你什么？你说，你们学政治，政治学中可有‘打人’一科？什么人教？张奚若？钱端升？”

那学生见那么一个猥琐人物，带点管闲事神气，当众人面前来教训他，并且带了点嘲笑意味，引得旁边人哄然大笑，心中气愤不过，就想伸手把说话的捞着摔到地下去，一面伸手一面说：

“你是个什么人，我就要打你，你把我怎么样！”

几个同学这时正挤拢去，还以为捉到了一个小偷，也叫喊助威：“打，打，只管打！”

那瘦小人物见人多手多，好汉不吃眼前亏，有点着急。瞪着一双小而湿濛濛的眼睛，去人丛中搜寻说话的人，好象要见识见识，认清对方，准备领教。并且仿佛当真要战斗一场的神气，赶忙把身上那件肮脏破烂青呢大衣脱去，放在柜台上，挽好了短袄袖子，举起那个瘦小拳头，向虚空舞着。

“好，你们要打吗？我怕你小子才怪，真不讲道理。试试看，一个一个来。”

那哲学家样子的学生，正打量把手上那本小书向他头上抛去，这时恰好一个中级军官模样的青年人过身，先还以为是本部兵士闹事，挤进去一看，原来是“大先生”和人发生纠葛，便把那个学生的书一把扣住了，且忙喝住说：

“同志，打不得，有话好说。是什么事情？这地方不是前方，有什么理由必需动武，有勇气，上前方去，到我们这里闹什么。”

那学生见纠纷中参加了一位现役军官，神气冷静沉着，还以为可以得到帮助。因此便说：

“这东西讨厌，我们买东西，他来插嘴骂人，想讹诈人。”

“他骂你什么？杂种狗养的，是不是？还是……你说，他讹诈你？讹诈你什么，说说看。”

学生可答不上来了，其余学生还来不及说什么，那军官于是回过头去，恭恭敬敬行了个军礼，“大先生，什么事情？哪个敢打你！老虎头上动土，还了得？”这一来，看热闹的可愣住了，学生更愣住了。一切人情绪，忽然起了变化，因为想不到；军官和那小老头子熟识，而且对他态度恭敬亲热得很。

那神气猥琐的小老头，见来解围的是驻扎当地的团长，就用本地话嚷着说：

“好，团长老弟来评个理。这些外来学生和王老板做生意，吵了起来，我过路看见，好意劝他不要闹，有话好好说得清楚，不想他们倒要打起我来了。还以为人多手多，打了背后有‘中央’，倚势压人，天不怕，地不怕，什么都不怕。这成吗？”（他于是指定那个用书打他的学生）“我知道你们都是政治学校的。有多少人我也知道。你们欢喜打架，好，到我们这地方来还少人奉陪？我先跟你们去见见管你们的队长，教育长，咱们说好了，再挑出选手来，大家到城外河滩上去打个痛快。一个对一个，一百对一百，有多少对多少。”说到后来，自己不由的大笑了起来。观众中也有人笑了起来。

那军官看看事情很小，打量小事化无事，便笑着排解说：

“大先生，什么人敢打你，这还成话？我说是什么，原来豆子大事情，我还以为出了命案。”又转身向那个学生说：“同志，事情小，不要闹。你们初来到我们这个小地方，说话不大懂，小误会，说明白就好了，不要这样子。你说他骂你，他讹诈你，这是笑话。他会讹诈你这些学生？这是我们大先生，当地出名的土地公公，会随口骂人？讹人？不讲个分明就动手，你们会出麻烦的。不讲道理会吃亏的。大家真有勇气，留下来明天和日本鬼子去见个高低。我们打仗日子还长哩。大先生，你说是不是？”

那瘦小老头打了个喷嚏，一面穿上那件破大衣，一面也笑着说：“可不是！先到我们湘西来练习练习也好。你们不是尤家巷小婊子，还要动员，‘观音’‘迫击炮’都在游行！政治大学学政治，学到什么地方去了？不害羞！”一句话，把看热闹的和打架的都说得笑起来。

身旁边有认识大先生的，见事情不会扩大了，想打圆儿就插口说：

“好，大先生不用生气，你一天事情忙，做你事情去吧。这些年轻人不用管了。有眼不识泰山。算了吧。”

“这就是我的事情。古人说：路见不平，拔刀相助。这是我的脾气。”

军官笑着说：“拔什么刀？修脚刀还是裁纸刀？老大爷，得了，你还只想跑关东做镖手。不要比武了，我们走，到我团里吃酒去，有好茅台！”其时手上还拿着从那学生抢来的那本小书，随意看一眼封面，灰布封面烫了四个银字，《湘行散记》。心想：“好，砖头打砖窑，事情巧。”笑笑的，把书交还给了那个学生，“同志，这个还你，你看这个吗？书是看的，可不是打人的！”不再说什么，便把大先生拉走了。

看热闹的闲人，一面说笑一面也就散开了。原先那个王老板，似乎直到此时才记起本地商人一句格言：“生意不成仁义在”，正拿了两个杯子和一把茶壶放在柜台上，请几个学生喝茶。用着做生意人好讲话口气，向几个学生攀交情。

“同志，请喝茶！你们从南京来，辛苦了。你们不知道，我们这个大先生，是个好人！人不可貌相，海水不可斗量，这是个了不起的人，南北口外哪里不到过，看见太阳可多咧。家住在城里灵官巷一所大房子里，你们一下车，在对河码头上抬头就可见到那房子。两个大院子中好多花木！别瞧他眼睛眯眯小，可画得一手好人像，一模一样的！他有两个兄弟，一个在北方大学教书，一个在前线带兵打仗。为人心好性情急，一见人吵架，就要加入说理，听又听不清，说又说不清。听我们说话不明白，他一来排解，就更糟了。同志可不要多心，我们湘西人都心直，一根肠子笔直到底，欢喜朋友。可不要随便动手，我们地方正有一师人在前线作战！”

商人说的话，学生听来自然还是有一半不懂，不过从神气上看，总算是得了“和平”，也不大失体面，自然不再寻问究竟，就散开了。

几个人因为兴奋了一阵，虽然逛街，还依旧各自保留一个好事“花子”的印象在脑中，另外一时见面必可认识。可是做梦也万想不到，人家用来作湘西指南导游，在路上得到许多快乐，先前一时还想用它作武器的那本小书，就与面前这个花子模样人物有关系。书中许多问题，要证实它，还只有请教这个小老头子才能得到满意结果的。正所谓缘法不巧，不免当面便错过了。

大先生得相熟军官解了围，一同走去，那军官一面走，一面就笑着说：

“老大爷，你怎么和那小毛头学生也比起武来了？简直是战斗性太强了，这可不成！”

“嗨，这些学生，才真不讲道理，正想用‘中央’身分打人。见我参加，还要把个鲁仲连也揍一顿。你想想，姓沈的我会怕他们吗？可是人多手多，来个狗扑羊，真的动手，我怕会有点招架不住。幸好团长你来了，救了驾。”

“你知不知道险些儿被一件什么法宝打中？”

"那还消说，总是桔子、甘蔗，湘西出的，河边卖的。"

"哈，不是河边的，还是你家里的，——我看那学生正举起手来，想把一件法宝敲你的头，我一想，这还了得，大爷的头一打破，到哪里去找人间的智多星？多危险！我一下子就抢住了。把那东西顺眼看看，原来是你家二先生的大作。湘西什么记。真是无巧不成书！好，砖头打到砖窑上，打伤了，才真是报上的好新闻，给政校丢脸！"

"真的吗？你怎不告诉我？我晓得这样，倒得把那个法宝没收，当你面作个证人，小子也奈何不得。"虽那么说，这好管闲事的好人，心里却转了个念头，"不打不成相识，几个人说不定还在街头闲荡，我应当请他们到家里喝杯茶，尽个东道！"

因此闪不知从军官身边一溜，就走开了。一会儿，又独自在街口上人丛中挤来挤去了。

大先生，你一天忙到晚，究竟干吗？

大先生到任何地方去，都给人一种匆忙印象，正好象有件事永远办不完，必需抽出时间去赶作。又好象身上被什么法师安有根看不见的发条，一经被什么小事扭紧后，即身不由己的整天忙到晚。事实呢，不过是“习惯”养成那么一种脾气罢了。但一个人若经过三十年还能好好保持他的习惯，我们一定得承认，这人被他人看作“怪物”，原是很平常自然的事！几个同乡老朋友都欢喜叫他做“洋人”，也是充满了友情开玩笑给的称呼。

这个人的年纪，一眼望去，约莫在四十五六岁左右，若就性格说来，又只似乎还不到一半岁数。身材异常瘦弱，脸庞永远有点肮肮脏脏。瘦削的脸颊上嵌了一双红丝锁边的小眼睛，眼睛上套了一副黑胶边老凹光镜。看人时总迷迷糊糊，仿佛只能从方向上告给人“我正看你”，事实上是不大清楚的。鼻子皱皱缩缩，两撮鼻毫毛象两个刷子一般伸出鼻孔外，悬挂在新刮过的尖尖嘴巴上，上面还照例留下些粘液。口腔缩而略尖，好象时时刻刻在轻微抽搐。一张开时，就见出错落不齐排列草率牙齿中，有两粒包金牙齿，因之更加显得不调和。说话时口音哑沙沙的，含糊不清，声调低沉而忧伤。因为听觉不佳，听人说话时非大声叫嚷不分明，自己也就养成一种嚷叫的习惯。走路时两只瘦腿转动得很快，只是向前冲，过于急促时，便不免常常和人迎面相撞。别人若喝着说："没有眼睛吗？怎么乱撞！"大先生就回答说："你难道也没眼睛，不看见我是瞎子！"别人看看，好象当真是个瞎子，自然也就罢了。样子既不好看，穿著经常又十分马虎，所以陌生人从神气间推测，总以为非学非商，倒很象个侦缉队员的小助手，或侦缉队员的目的物。猥琐以外还处处见出一个"老枪"的派面，恰象是身心多年来即早已被烟膏浸透，烟气熏透，且必需用鸦片烟作粮食，方能继续维持生存。然而若仔细一点从这人像貌骨骼上看看，也许还可以发现一点另外东西。五官实在相当端正，耳大面长，鼻梁高直，额角宽阔隆耸，外表某种邋遢马虎处，终掩不住他那点人格的正直与热情，智慧和巧思。正象本地话说的，是个内相端正的人物。

大先生既每天那么满街走动，因此所有本城开铺子的人，无有不认识他，且与他发生交易或其他友谊关系。作小贩的，摆屠案桌的，卖鱼卖菜的，柴米场上作经纪人的，邮政局送信和税关上办事的，传教行医的，以及刚在大街上排队游行的那些娘儿们，——总而言之，支持这个城市活动或点缀这个城市繁荣的，无不认识“大先生”，称他“大先生”，对于他充满好意和友情。

他虽然永远好象那么忙，可无什么固定的目的和任务等待完成，完全是从习惯中养成的兴趣，一种闲散生活所许可的兴趣。到街上任何一处都可停下来，说两句笑话，嚷一嚷，再低下头去把铺子里新到的货物药品仿单商标研究欣赏一番，问问行市，问问销路，便鲇鱼似的溜了开去，要挽留也挽留不住。且时时象个水獭模样，从人丛中挤进一个生意顶热闹的南货铺，一直进到柜台里，就火炉边看看报，这里翻翻，那里看看，买点什么，又用手抓点冰糖、芝麻糖塞到口中去，或拿两个樟脑丸往口袋一放，待付钱时，却照例为人挡了回去，大先生，你又来这一手了，这也把钱？他总说公事公办，可是店老板却趁势抓一把新到荔子红枣之类塞到他那大衣口袋里去，笑嘻嘻的把他推出了铺子。来去铺子中人照例一见到他必照例叫一声大先生，坐一坐喝杯茶吧，你一天总是忙？如若遇到一个相熟船夫时，必然会说长道短好一会，或叫一声“干亲家”，约好上船喝酒时方走开。间或也许会被一个军官模样人拉住膀子不放松，“家乡”“前线”“天上”“地下”说了许多，末了且一定要邀他上馆子去吃一碗羊肉大面，叙叙契阔。却情不过时，即就近在面馆子门前站站，把一片刚出笼的黄蛋糕，一下子挤进口中，一面吃一面说：“大爷，道谢道谢，我还要有事去！明天见！明天到我家里来吃牛肚子，冬菌炖鸡。欢迎你来，包你有吃的。好，有朋友也只管邀来！这时节我还有好多事！”当真有什么事必需要他去作，他自己就永远不明白。可是别人如有事，询问清楚后，必即刻为人去作，却都把些自己待作的事放在一边。

但自然还有些事他要做做，先是到城里相熟去处，点个卯，有老太太的，自然应当留下来听听骨风痛一类申诉，这种申诉便包含代找狗皮膏药的义务。有什么人家在玩牌，也就站在身后随便看看输赢。再出城转到河边，过税关趸船上看看当天拢了多少船，开动多少船，且就便向税关中办事人打听一下有无名人要人过路。到把所要知道的弄清楚后，再沿河滩走去，看看停靠在码头上的船只，起卸些什么货物，有些什么新奇东西，或是一个外国传教师的行李，或是“中央”的机器，他照例都可以从管税关的人打听清楚。且可从水手方面问得出上下游前一天发生什么新事。凡有关系值得注意的消息，他在另一时另一处叙述及时，必同时还把船户姓名背数得出。看完船后，就重新转到渡船码头去站站，看看渡口的风景，一时不上渡船过河，却先就码头边问问桔柚甘蔗行市，讲妥了价钱后，必挑选大件头买两三块钱，先把钱交给人，或嘱咐送到一个表亲戚处，一个朋友处，或送回自己家里。小生意人若嫌路远生意忙，不能抽身，不肯送货物去，大先生一定把头偏着瞅定那麻阳商人，做成绝交神气：“你送不送？不送就拉倒！”人若说：“不知道房子，怕把门号弄错。”大先生一定说：“你送去，到了那里问十二号门牌，不会错！”如果生意闹僵时，大先生必赌气不要。迟迟疑疑他就不要。“嘿，希罕你的宝贝，维他命，人参果，还我钱好了！”说不定身边恰好有个好事船上人，两方面都认识，在旁边打圆场说话：“傻狗子，你只管送去，大先生还会亏你？他房子不会认错，门前有株大青树，挂了块大蓝匾，门里有个大花园，大房子，大洋狗——大先生的保镖洋狗，尽管见人就叫，不乱咬人的！你送去，大先生不会亏你！”大先生听到这种称赞后，又高兴起来了，闭上一只小眼睛，妩媚的笑着，（笑时样子必更奇丑）重新取出钱包，在那小生意人手心里，多加了两角钱，“你送去，这是你吃酒的！我们一回生，二回熟。你认不得我。我会帮你宣传，一船桔子三五天就脱空，你好装货赶回麻阳县过年！”又回头向那旁边人说：“老庚，你认识我，好！”

“大先生为人大仁大义，有口皆碑，什么人不认识！”

“你说什么，有口该杯？这年成米贵到一十四块钱一石，一人一杯要多少酒喝！今年不成了，愿也还不了，请不起大家喝酒了！”

为人本来耳朵有点背晦，所以有时也就装作只听得一言半语，故意攀藤引葛的把话岔开。随即走过造船处去看什么人打新船安龙骨去了。

总之，无论风晴雨雪，自从六年前把那个房子造好后，这个人的生活秩序，就那么安排定了。有时节或有十天半月大先生忽然间在当地失了踪，这城中各处都不见大先生踪迹，朋友便猜想得出，大先生必然已因事离开了本地，到另外一个什么码头忙去了。这出行不外两种原因：或坐上水船回二百八十里外的老家凤凰县，扫墓看亲戚，参加戚友婚丧典礼。或坐下水船下常德府，往长沙玩玩。兴趣好就一直向更远处走去，往上海、北平、青岛弟妹处去。闪不知走去，又闪不知回转来，一切都出于偶然；这偶然却可以把他那个八十磅重的身体送到两三千里以外。若向上行，每次必带些土产回来，准备请客。若向下行，可带的自然就更多了。花园中的果木，外国种花草，苏州的糖果，北平的蜜饯，烟台的苹果，广东的荔枝干，以至于新疆的葡萄干、哈密瓜。做酒席用的海味作料，牛奶粉，番茄酱，糊墙的法国金彩花纸，沙发上的锦缎垫褥，以及一些图书杂志……无不是从这种使人无从预料的短期旅行搜罗得来。一切作为竟似乎完全出于同一动机，即天真烂漫的童心，主要在使接近自己的人为之惊奇，在惊奇中得到一点快乐，大先生也就非常快乐，忘了舟车劳苦和金钱花费。回来时遇到好朋友，必请回家去欣赏旅行所得，并谈说一阵子“下边”事情。只要客人把大拇指翘起来，笑笑的说一句“大先生，你真是个怪人！”就心满意足了。

若到上海北平去看弟妹，必事先毫无通知，到达某地时，忽然作一个不速之客来叩门。行动飘忽处也就为的是让弟妹初见面那一回又惊又喜。或听到这样埋怨：“大哥，你怎么信都不先写一个，好让我来接你！”大先生必装作顽皮样子，故意说笑：“我又不是要人，难道怕人绑票行刺，得要你来保驾！”

“你不是事情很忙？怎么忽然就来了？”

大先生因此更加得意，一面用手掌抹拭额上豆粒大汗，天真无邪的笑着，“你算不着我会来看你们，是不是？我就是这种脾气，说走就走，家里人也不曾想到我要作五千里旅行，什么人都不知道，我自己也不知道！”

“预备住多久呢？住两个月……”

“什么？两个月！玩三天我就得回去。家里还有好些事办不清楚，待我回去料理！”

“住一个礼拜，好好的玩玩！”

“嗨，一个礼拜，我到家了啊。”（伸出三个手指）“不多不少，三天。”

他说的自然是真话，住三五天必然又得走路。因为这种肯定也仿佛能给他自己一点快乐。事实上说不定家里木石工人这时正等待吩咐做什么样式花台，一缸子霉豆腐得他加作料和酒，一堆腌肉得他亲手熏熏，一些新种花木得上肥料分苗。离家行为不仅出人意外，且常常不免出于自己意外。不赶紧回去可不成。可是急于回去更重要一个理由，自然还是“夺锦标”般尽一些不知道他出门的亲友，初见面时那一阵子惊讶。这惊讶的快乐是平分的。为了信实起见，行程虽极急促，且照例到一个地方，必把过去一时他人嘱托购买的药物用品，就方便一一买好，便于一下子放到朋友面前，作个证明。

这一来，朋友自不免又惊又喜，“哈，你这个洋人，真是个有法术的土行孙！怎么我们眼睛一打岔，闪不知就不见了你，过几天你倒又从北京上海看热闹回来了！我们一辈子都象有几根绳子绊住脚后跟，走不动路。你这个怪人，天上地下好象都去得了，就只差不曾从王母娘娘宫殿御花园里带蟠桃回来。”

大先生在这种带做作的阿谀中，笑得把小眼睛合拢，又装成谦虚不过神气，“哪里哪里，我是无官一身轻，想上路就上路！不比你们有重要事业，放手不下！到我家里吃饭去，便饭！不客气！”吃饭的用意，自然还是准备给人家快乐和惊奇。因为王母娘娘的蟠桃虽不曾带回来，碗口大的山东肥城桃，说不定在饭后就摆上桌子来了。说不定北平通三益的蜜枣杏脯，也被他从三千里外带回来，请客享受。东西数量虽不多，可是总应有尽有。重要在变戏法般使同乡当面吃那一惊！

一切行为愿望都出于同一动机，即满足他人和自己，从平凡生活中多了些不平凡意料之外变化，行为愿望中充满了天真的爱娇。就因为这种性情，使他在当地成为一个最有趣味的人物，同时也是一个知名之士。

那点天真稚气用到同一目的另一方式上，因之同时又增加了他一种特殊记忆力和感觉力。每到一个地方，虽只留下三五天，大先生必然把那地方许多新近发生的种种，弄得清清楚楚。上海电车换了什么路线，租界添了多少花钱新玩意儿，能领略的三天以内他必可一一领略。北平故宫换了多少新画，有些什么特别宝物，图书馆展览会有多少古版书和插图本子，他照例在一度观光后也能记得十分清楚，同时还必然把参观说明带回。青岛海滨避暑别墅，某某名人住某号门牌，某大饭店要多少钱一天，重要或琐碎的，凡是能供家乡朋友开心的事，他也一例记在心上，可以随问随答。并且每次这种旅行除了带回一些故事和吃食外，还必然带回点较持久能帮助家中人记忆的东西，或是一幅字画，一块石头，一种珍贵的花药。他自己认为一生中最得意的事情，却是六年前有一次用同一作风跑到青岛去，经由上海港瞎跑了七天，回转到家里时，却从一大堆记忆印象中掏摸出一个楼房的印象来。三个月后就自己设计，自己监工，且小部分还是自己动手调灰垒石，在原有小楼房旁边空地上，造成了座半中半西的楼房，大小七个房间，上下的窗户，楼梯和栏干，房间的天花板颜色，墙壁上彩纸的花样，无一不象在青岛时看见的那座楼房。大先生的用意，原来就是等待在青岛教书的兄弟归来时，如同当年“新丰父老”不可免的那一惊！

战争一来，中国全变了样子。战争空气起始即影响到大先生一家。恐怕这个山城会要受空袭，大先生把家中女眷送回三百里外老家去后，房子腾空了，一个人就坐下来等待南北两方面的消息。北方一个弟弟虽逃出了北平，孩子们可留在孤城中上不了路。南方一个弟弟带了一团兵上前线，战争发生以后即无消息。因此一来大先生在凡事照常中就多添了一分为远人安全的挂虑。至于这个规模不大的水边城市，起始是河道运输暂时的停顿，过不久就恢复了。随即是对河汽车公路开始了军事运输，每天至少有两三百辆大卡车和其他特种车辆通过，还有一二千辆大小汽车上的外来人转移疏散到这地方落脚。过不久，中央机关人员物资也疏散到了这个地方，伤兵医院也成立了。各种市民的集训，更把这个小城市装点了几分战争空气。这种种影响到当地的商业，自必比其他个人生活变化重要。惟这种种影响到大先生时，自然更增加焦虑。他变成了当地一个更忙碌的人物，为国家战争消息和家中人安全消息而更忙。第一是北平住家的兄弟一家人，生活情形已完全隔绝。其次是另外一个兄弟，带了家乡那一团子弟兵，究竟在什么地方作战，作战情形如何，结果如何，从各方面探听，都得不到一点消息。后来虽间接知道杭州陷落前，这个部队曾在嘉善一带防守，兄弟受伤后，曾在杭州一个医院治疗，杭州一失陷，消息就断绝了。

大先生既得不到所需要的消息，因此每天除却上街走动，还要到几个相熟军官处去坐坐，再往邮电局看看信件电讯，往长途电话局问问长沙留守处有无来电，又过河去汽车站看看有无这个部队中从前方退回来的军人。

可是一切努力都无结果。直到人事方面已感绝望时，大先生还保留一种幻想，以为一定还隔绝在沦陷区什么小地方，过不多久必可逃脱归来。若照往常情形，大先生必早已悄悄的离开了家，直向前方跑去，看个究竟。现在战事正还吃紧，中央大小机关都一例陆续向上迁移，前线军队情形多保守秘密，交通又不方便，战事还正在变化中，有逐渐延展到南昌武汉的趋势。南京一陷落后，内地和江浙一部分地方都失了连络，受伤的若不是来不及离开医院，或转浙赣路时车辆失事，就一定是还在沦陷区了。

因为一个不可解的信念，大先生总以为到街上或许可从偶然中得到一点消息。即或是顶不幸的消息，也总比悬荡着好。不想在街上却和几个政校学生兴奋了一阵。如今在街上有意来找那几个学生，虽看见好些学生，可不曾碰到原来那几个。因此预备过河去，上了一只方头渡船后，船一时尚未离岸。一会儿，对河那只渡船正向这边驶来，船上有个兵士眼睛尖利，远远的就叫喊：

“大老爷，大老爷，有人找你！你家厨子沿河各处找你！”

大先生只听到前面几句话，就照例带笑回答说：“有人找我。什么事找我？我又不欠人印字钱，难道县里王霸汤怀要请我上衙门打官司？”

“不是别人，是你家里的厨子老宋。他说长沙有电话，等你去接，是你家团长来的！”

“哈呀，团长来了电话了吗？”

不待再问情形，就从船头向河滩一跳，视线既不大好，加之渡船一摇荡，距离便不准确，到地时一只脚陷在河边泥淖里，拔出的是一只光光的白脚，船上人都大笑起来。大先生全不注意，一面去泥淖中捞取鞋袜，一面还自言自语说：

“哈，团长有电话来！”

半点钟后，大先生已回转家中，督促另外一个用人，把楼房中每一处都打扫得干干净净，窗帷也换了新的。并为受伤回来的军官，把一切应用物品都准备好了。

家中厨子回来时，因为在对河要好小妇人处烧了几口荤烟，喝了一杯子酒，怕上楼被大先生闻嗅得出气味，就站在院子正中，仰头对楼廊上的大先生带点埋怨神情说：

“大老爷，你究竟到哪里去了，我天上地下哪里不找寻你！团长来了电话，要你去接，我全城里去找你，打上灯笼火把门角落里也找遍，只不见你！我还以为你过和尚洲买柚子去了！……”

大先生不声不响，听厨子把谎话说下去，直到厨子自觉话已说得太多，超过当前需要时，大先生方装成十分生气故意的骂着：“宋老太爷，好了，得了。你不见我，我知道你还到报馆去登过报，城门边贴过寻人招纸条儿。你这个人，天上地下都找到了，怎么不到对河‘航空母舰’那里去找我？你以为我不知道你过河的用意。一到婊子家里就坐了半天商量招郎上门事情，哄那婊子开心。还借故灯笼火把门角落都照过，你用了多少灯笼火把，开个账来算算看。……你上来让我闻闻，你不到‘航空母舰’家里吃荤烟，我一个月加你三十块钱薪水。”

厨子老宋摸得准大先生脾气，知道口中笑话多时必有开心事，因此不再用别的谎话支吾，就说：

“大老爷，团长来了电话，我早上听有喜鹊叫，就知道一定有喜事！”

"喜事吧！等等团长回来时，我要他先打你二十大板，开革了你，好让你过河去做那婊子的上门女婿，才是你的大喜事。"

过了一会儿，大先生在楼下便向两个朋友宣布，团长来了电话，人已到长沙，伤势不重，明天就要坐师长的小汽车回家了。说到这里时，于是又吩咐厨子老宋说："你快去宏恩医院，看看张大夫在不在家，在家里为我请过来吃饭。他说来，你就赶快到中南门合心馆匀两斤生百叶牛肚子来，说我有客要生炒用。一定办好，不许误事，听清楚了没有？"

两个朋友中一个小胖子便嘻嘻的笑着说："妙极了，大爷，应当贺喜！我们口福多好。有大爷的拿手好菜，我们一人喝半瓶茅台，不许打嗝。你不相信，试打个赌看看。"

"不成不成，恕不招待。米贵得很，一滴儿酒都不预备。"

"不成，大家也吃不成。老大爷，你不让我吃，我今天一定不走路。我是著名的狗皮膏药，粘上板凳就不要想甩脱！"

"世界上有这种强横的客人，我可没听说过！"

“世界上有会拿手杰作生炒牛肚的主人，就免不了会有强吃上座的客人！大爷难道还好意思多我一个人！”

吃饭时，和大夫把一切都商量好了。怕病人不能行动，医院还准备了一副担架。待把大夫和两个客人送走时，上了灯，大先生洗个手，换了件清洁衣服，在堂屋祖先牌位前烧了点香。生平本不迷信鬼神，用意却在对于过世的长辈表示怀念与崇敬。“祭神如神在”，把香焚过后，想起远人这次从九死一生中归来，喜悦之余，不免有点儿悲伤。这个房子原本是为母亲休养经营的，料不到房屋刚一落成，老人就在家乡中去世了。从此以后，楼上最爽朗的一间，就永远空着。如今这个房间，恰好让一个为国家流血归来的幼弟休养，人事的偶然，已超过了打算，所以大先生不觉发了一会儿痴。可是不多久，就又忙匆匆的出了大门，到天主堂向神父办交涉去了。原来他想起了病人疲劳，得喝一点葡萄酒恢复体力，这地方惟有教堂神父藏有好酒，也唯有大先生能从神父地窖中把酒取回家中。唯恐明天来不及办理，就即刻走去。

动静

一

冬日长晴，山城雾多。早晚全个山城都包裹在一片湿雾里。大清早雾气笼罩了一切，人家和长河，难于分辨，那时节只能从三种声音推测出这个地方的位置——对河汽车站的汽车发动机吼声，城外高地几个军营的喇叭声，市区长街上卖糕饼的小梆小锣声。

稍迟一会，隔河山峰露出了头，庄严而妩媚，积翠堆蓝，如新经浣洗过一般。雾气正被朝阳逼迫，逐渐敛缩侵润的范围。城中湿雾也慢慢的散开，城中较高处的房屋，在微阳中渐次出现时，各披上一层珍珠灰光泽，颜色奇异，很象梦魇中宫殿。从高处向下眺望，更可得到一个令人希奇的印象。原来城中次高地一部分桔柚，与沿河平地房屋，尚完全包围在整片白雾中，只有教堂三个尖尖的屋顶，和几所庙宇，及公家建筑物，两座临河城门楼，地位比较高，现出一点轮廓。其时上述三种声音已经停止了，湿雾迷蒙中却有尖锐的鹰声啼唤，不知来自空中，还是出发于教堂附近老皂角树上，住宅区空地较多，杂树成林。桔柚早已下树，间或有二三养树果子遗留在浓翠间，分外明黄照眼。雾气退尽时，桔柚林中活泼好斗善鸣的画眉鸟，歌声越来越利落。天气虽清寒逼人，倒仿佛已有点春天意味。

绕城是一条长河，河身夹在两列长山中，水清而流速，鱼大如人。到城中雾气敛尽时，河面尚完全被这种湿雾所占领，顺随河身曲折，如一条宽阔的白色丝带，向东蜿蜒而去。其时虽看不见水面船只和木筏，但从蒙雾中却可听得出行船弄筏人的歌呼声和橹桡激水声。

河上湿雾完全消失，大河边巨大黑色岩石上，沙滩上，有扇尾形，和红颈脖，戴丝绒高冠，各种小小水鸟跳跃鸣叫时，大约已将近九点钟，本城人照习惯在吃早饭了。

记载上常称长沙地方“卑湿阴雨，令人郁闷，且不永年”。屈原的疯狂，贾谊的早死，证实了这种地方气候的恶劣。五溪蛮所在地的沅水流域，传说中的瘴蛊，俨若随时随地都可以致人死命，自然更使旅行者视为畏途。除非万不得已，便是湖南中部的人民，平时也不甚乐意来到这山城中活受罪。然而今年冬晴特别长，两月来山城中终日可见太阳。冬日长晴，土地枯燥，乡下人因之推测明年麦麻烟草收成必不大好。可是鸟雀多由深山丛林中向城市里飞，就城区附近菜园麻园疏松土地上觅食小虫蚁讨生活。生活既不困难，天气又异常和暖，不饥不寒，因此这些雀鸟无事可作的清晨，便在人家桔柚树梢头歌呼，俨然自得其乐，同时也用它娱乐山城中的住民。虽然山城中大多数人对于冬晴的意义，却只有一件事，柴炭落价。

地方离战区炮火尚远在二千里外，地势上又是个比较偏僻的区域，因此还好好的保持小山城原有那一分静。这种静境不特保持在阳光空气里，并且还保持在一切有生命的声音行动里。

战事虽逐渐向内地推移，有转入云梦洞庭湖泽地带可能。对河汽车站停放的车辆种类数量日见增多，车站附近无数新做成临时性的小小白木房子，经常即住满了外来人。城区长街尤多这种装束特殊的过路人。城门边每天都可发现当地党部，行政官署，县商会，以及一切社会团体机关，轮流贴换大小不一的红绿标语。本省兵役法业已实行，壮丁训练早普及一般市民，按期抽丁入伍，推广到执行各种业务的少壮男子。社训或妇训，更影响到和尚尼姑，以及在这小山城中经营最古职业某种妇女日常生活习惯，这些人也必须参加各种集会和社会服务。白日中，长街上已有青年学生和受训民众结队游行。城中且发现了伤兵，设立了伤兵医院，由党部主持的为伤兵医院募捐，及慰劳伤兵举行的游艺会，都有过了。报纸上常描写到汉奸间谍，在这小山城中也居然有过，而且被军警捉来，经过审讯证实后，就照习惯把他捆缚起来押到河边枪决示众了。举凡一切热闹，一切和战事有关系的人事变动，都陆续出现，对当地发生了影响。可是超越这一切人事活动，依然有一种不可形容的静，在这小山城中似乎还好好保持下来。

每天黄昏来时，湿雾照例从河面升起，如一匹轻纱。先是摊成一薄片，浮在水面，渐如被一双看不见的奇异魔手，抓紧又放松，反复了多次后，雾色便渐渐浓厚起来，而且逐渐上升，停顿在这城区屋瓦间，不上升也不下降，如有所期待。轻柔而滚动，缓缓流动，然而方位却始终不见有何变化。颜色由乳白转成浅灰，终于和带紫的暮色混成一气，不可分别。黄昏已来，河面照例极静，但见隔河远山野火正在燃烧，一片红光，忽然展宽拉长，忽然又完全熄灭，毫无所见。其实这种野火日夜不熄，业已燃烧了多日，只因距离太远，荒山太多，白日里注意到它时，不过一点白烟罢了。

二

就在这个小山城数千户人家里，还有一个人家，俨然与外面各事隔绝。地僻人稀，屋主人在极端清静中享受这山城中一切。

这人家房子位置在城中一个略微凸出的山角上，狭长如一条带子。屋前随地势划出一个狭长三角形的院落，用矮矮黄土墙围定。墙隅屋角都种有枝叶细弱的紫竹，和杂果杂花。院中近屋檐前，有一排髹绿的花架，架上陶盆中山茶花盛开，如一球球火焰。院当中有三个砖砌的方形花坛，花坛中有一丛天竹和两树红梅花。房子是两所黄土色新式楼房，并排作一字形，楼下有一道宽阔的过道相接，楼上有一道同样宽阔的走廊。廊子上可俯瞰全城屋瓦，远望绕城长河，和河中船只上下。屋前附近是三个桔园，绿树成行，并种有葱韭菜蔬。桔树尽头教堂背后，有几株老皂角树，日常有孤独老鹰和牛屎八哥群鸟栖息，各不相犯，向阳取暖，呼鸣欢吵。廊子上由早到晚，还可接受冬日的太阳光。

屋主人住在这个小楼上，躺在走廊摇椅里，向阳取暖，休养身心，已有了两个月。或对整个晒在冬阳下的城中瓦屋默想，或只是静听清晨湿雾中的老鹰和画眉鸟鸣叫。从外表看来，竟俨然是个生命之火业已衰竭的隐士，无事可作，或不欲再作任何事，到这里来避寒纳福。

屋前石坎下有条小路，向西转入市区，向东不远就可到达一个当地教会中学和毗邻学校的医院。过路学生多向上仰视，见这房子的布置，和屋主人生活从容光景，年轻人常不免心怀小小不平，以为“这是一个资产阶级的房子，住下一个官僚”，除此以外，别无所知。自从战事一起始，这些可爱的年轻人，已成为整个县城活动的源泉，开会游行，举凡一切救亡运动，无不需要他们参加。这些年轻人也自以为生存在大时代里，生活改变，已成为战争一分子。都觉得爱憎情绪日益强烈，与旧习惯不能妥协。都读了许多小册子，以为从小册子取得了一切有关战争应有的宝贵知识。自己业已觉悟，所以要领导群众，教育群众，重造历史。

有一天，两个初中学生代表到当地党部去开会，回学校时，正见到屋主人在门前看人调马。主人是个年纪轻轻的男子，身材虽十分壮美，脸色却白白的，显得血色不足，两只手搁在短短的皮大衣口袋中，完全如一大少爷。正嘱咐那养马人，每天应给马两个鸡蛋吃。年轻学生走过身时，其中之一就说：“看呀，一个荒淫无耻的代表。”另一个笑笑，不曾作声。

那一个于是又向同伴说：“这种人对国家有什么用处？手无缚鸡之力，是个废物！完全是个废物！”那年青男子虽听得分明，还以为是在说他那匹马，就笑着说：“不是废物，你不要以为它样子不好看，它一天能走二百里路！”

年青学生气愤愤的说：“走两百里路，逃到我们这里来，把什么东西都吃贵了！”

“你说它吃鸡蛋吗？它有功国家的。”

那学生不乐意这种谈话，轻轻的骂了一声“废物”，就走去了。

年青男子毫不在意的转身去告马夫梳理尾巴的方法。却料不到这学生正是骂他，他还心想："两个小朋友年纪青，血气盛，可爱得很。"

房屋既毗邻教会产业，与医院相去不远，医院中一个外科医生，两月前即成了这个人家来往最勤的客人。到后来，当地另外一些年青人因为筹备演戏慰劳伤兵，向医生借看护白衣，问及借军衣手枪，无意中由这个外科医生口中，透露了一些消息，才知道原来这房子里边正住下了一个年青人所倾心崇拜的受伤军官。因十月里在东战场受了重伤，失血过多，方回到这个后方来休养治疗。

医生也是一个年青人，热诚而喜事，不免在叙述中，给那军官在年青学生中，造成一个异常动人的画像。

医生说："你们成天看报，不是都知道沪杭路上有一个兴登堡防线吗？他就是在那道防线打仗的一个军官。他是个团长，有一千五百人归他指挥。一共三师人在那方面，他守的是铁道线正面。大家各自躲在钢骨水泥作成的国防工事里，挖好了机关枪眼儿，冷冷静静的打。敌人六十架飞机从早到晚轮流来轰炸，一直炸了八天。

试想想，炸了八天！大炮整天的轰，附近土地翻起了泥土同耕过一样。一个旅部的工事，一天中就有八百枚炮弹落到附近三百公尺里土地上！想想看，这仗怎么打！八天中白天守在工事里，晚上出击夜袭，饭也不好好的吃过一顿。到后来，一千五百名士兵和所有下级军官伤亡快尽了，只剩下一百二十个人，掩护友军撤退后，才突围冲出。他腰腿受了重伤，回到后方来调养。年纪还只大你们几岁，骑马打枪，样样在行，极有意思的！这是你们做人的榜样！”

好事医生的述说，自然煽起了年青学生的好奇心。

自此以后，这个人家的清静被打破了。先是四个学生随同医生来作私人慰问，随后便五个七个来听故事。好一阵日子，这人家每天照例都有三三五五年青学生进出，或在廊子上谈天，或在小院中散步。来到这里的多怀了一种崇敬之念和好奇心，乐于认识这个民族英雄。或听他说说前线作战事情，或提出些和战争有关的问题，请他答复。或取出一个小小本子，逼他签名。或邀约他出席当地团体集会，听他讲演。过不久，连那两个最激进的学生代表，也带着愧悔之情来拜访了。凡来过的年青学生，都似乎若有所得，这家中原有的那一分静，看看便已失去了。

医生来检查这个军官的身体时，每见他正在廊上或院中马棚边和学生谈话，上至日本天皇，下至母马，无所不说，医生总在旁微笑，意思象是对那些年青人说：“怎么样，不错吧。你们现在可好了，不至于彷徨了吧。这一来你们得到了许多知识，明白了许多事情。战争可不是儿戏！要打下去，大家都得学这个人。好好的尽一个战时公民的责任，准备做一个民族英雄。日子长咧！我们要打三十年仗！”

一群年轻学生走去后，医生来给这个军官注射药针，看了看脸色，听了听脉搏，就说：“好多了，比上月好多了。”说了却望着他好笑，神气正如先时一样，意思象要说：“怎么样，不错吧。这是国家的元气，你的后盾！你还得来尽点义务，好好的教育他们，鼓励他们，改造他们，国家有办法的！”

军官似乎完全懂得他意思，只是报以微笑。很显然，年青军官对于这些中学生，是感到完全满意信托的。

医生要军官说说对于这些年轻人的意见，军官就说：“小朋友都很可爱。生气勃勃，又有志气，有血性，全是当地优秀分子，将来建国的人材！我听他们说，实在不想再读书了，要从军去。我劝他们要从军先去受正式军校训练，却都不乐意，倒想将来参加游击战。照读书人说法，这只是浪漫情绪的扩张。可能做诗人，却不能作一个很好下级军官。这种年龄一定是这么打算。他们都以为我了解他们，同情他们。我真正应当抱歉，虽同情他们，实在不大了解他们。他们对于战争，同我们做军人的看法似乎不大容易完全一致。诗意太多，太不切近事实。一切得慢慢来，从各种教育帮助上提到实践上去。”

医生说：“可是他们都很崇拜你！”

军官只是笑，对医生说的完全表示同意，却保留了一点不说：“这崇拜是无意义的，至少这崇拜对他们没有任何好处。因为目下的问题，单是崇拜还不成！事情是要人去做的！”

一个学生和一个军人，对于战争的认识，当然不会一致。从不离开学校的青年学生，很容易把“战争”二字看成一个极其抽象的名词。这名词包含了一点幻想的悲壮与美丽同荣誉或恐怖，百事综合组成一章动人伟大的诗歌。至于一个身经百战的军人呢，战争不过一种“事实”而已。完全是一种十分困难而又极其简单的事实。面对这种事实时，只是“生”和“死”，别无他事可言。在炮火密集钢铁崩裂中，极端的沉静，忍耐，纵难战胜，尚可持久。至于慌乱，紧张，以及过分的勇敢，不必要的行动，只是白白牺牲罢了。战争既是一种单纯的事实，便毫无浪漫情绪活动余地。一个军人对于战争的态度，就是服从命令，保卫土地。无退却命令，炮火虽猛，必依然守定防线不动。死亡临头，沉默死去，腐烂完事。受伤来不及救济，自己又无力爬回后方，也还是躺在湿湿的泥土凹坑中，让血液从伤口流尽，沉默死去。若幸而脱出，或受伤退下，伤愈后别无他事可作，还要再作准备，继续上前，直到战争结束或自己生命被战争所结束时为止。在生和死的边际上，虽有无数动人的壮烈惨痛场面，可是一切文学名词完全失去其意义，英雄主义更不能生根。凡使后方年轻人感动的记载，在前方就决不会有谁感动。大家所知道的只有一件事，忍受。为国家前途，忍受。为战胜敌人，忍受。

因此一来，到这些年轻学生把好奇心稍稍失去后，对于这个半年来在猛烈炮火直接教育下讨生活的军人，自然重新发现了些事情。主要的是慢慢的觉得这是一个十分单纯的家伙，谈什么都不大懂。便是战争，所懂的也好象是另外一套，并不与年轻学生想象中的战争相同。尤其是对于青年学生很热心想参加游击战，却不愿受正规军事训练，认为是浪漫情绪的表现，不切事实，缺少对战争应有的共同认识，损害了年青人的自尊心。于是一群年青学生，在意识中恢复了读书人对军人的传统观念，以为这个军人虽有教养，有实际经验，还是一个“老粗”。而且政治头脑不发达，对战争认识还不够深刻。那两个更热心的学生代表，先还不知道军官是个过来人，想在谈话中给这位军人一点特殊教育，接谈结果竟适得其反，才发现什么主义什么路线军官都比他们明白得多。因此另外不免发生了一种反感，以为这是一个转变了的军人，生活充满了小资产阶级气息，无可救药。本来预备跟这军官来学的几种军事课程，也无兴趣继续上课了。山城虽小，本地无日无集会，年青学生都甚忙。于是大家就抛下了这个“民族英雄”，转作其他有意义的活动宣传去了。

住处回复了过去半月前那一种静。

医生来时，见楼上大房子空空的，放了许多椅子，墙上还悬了一片三尺见方的黑板，茶几上还有一盒粉笔。知道是屋主人之一，军官的哥哥，特意为年青学生上军事学预备的。可是一看情形，就知道这种预备是徒劳了。军官独自坐在走廊前摇椅上，翻阅一本小小军用地图。好象很闲静，又似乎难于忍受这种闲静。

医生说：“团长，你气色好多了。你应当走动走动。天气好，出城去走走好。骑骑马也无害。你那马许久不骑，上了膘，怕不会跑路了。人和牲口都得活动一下！”

军官说：“当真好象全好了。现在就只走动时腿上有点发麻，别的不觉得什么了。我不愿意用撑架出去，因为近于招摇。我还真不愿意有人知道我是谁！”

“可是知道的人已很多了。尤其是那些学生，都欢喜你，崇拜你。”

“那些可爱的学生吗？”

“就是那些人，他们不是要跟你上课吗？我听他们说，你肯教他们，都很高兴，这比平时军训有实用意义得多！”

“可是他们一定为别的事情忙，上了两课，就不来了。这玩意儿实在也是很干燥的。比学什么还死板，又不具体。”

军官提起了这件事情时，似乎不大愉快，翻出一幅地图指定某一点给医生看，“这里情形越来越糟了，不久会要受攻击的。这里得有人！我腿好了，要回到那边去。他们一定希望我早些去。”

“你不是还有两个月休假吗？”

“让别人去休息吧，你不知道我住在这里两个月，已闷慌了。虽只两个月，好象有了两年，这样住下去，同老太爷似的，哪能习惯？前面老朋友多着，都在炮火里，我留在这里，心中发慌！”

三

师部来了急电，限这个少壮上校军官五天内率领那两连伤愈兵士，向常德集中，并接收常澧师管区四营壮丁，作为本团补充。

过不多久，家中人都知道了。对这件事话说得很少，年纪极轻的新妇，一个教会中学毕业生，身材小小的，脸白白的，穿着素朴，待客人去尽后，方走过大房来，站在门边轻声说："听说来了电报，你又要去了。你不是说可以休养三个月，现在腿还不好，走路时木木的？等脚好一点走，方便得多。"

"他们要人，大家都正在拼命，我这样住下来算什么生活！"

"那什么时候动身？坐船去，坐汽车去？"

"你理理我那衣箱去。我只要那黑色衣箱，衣服不必多带。"

"明天就要走吗？我娘还在路上。"新妇眼睛已湿，勉强抑止着感情，"医生说你还不宜上火线！"

"医生刚走！我全好了，不会出毛病。等等我同你说。"

新妇眼泪莹莹的无话可说，就走向自己的房里去了。

长兄嫂亦不说什么，只默默的为清理要带走的应用东西。到末了，两夫妇从楼梯后一个小房中搬出了两个箱子来，抬到小兄弟大房中去。把箱盖掀开，一打盒子炮，一箱子弹，算是给这个重上前线军人的礼物。哥哥笑着说："你到这地方，不想人家知道你是谁，怕招摇。

你到常德去接收壮丁，身边总得有点东东西西！你得把几位小将叫来，武装起来，才象个样子！”嫂嫂也微笑着，“你大哥以为你要的是这些东西，所以路菜也不预备。好笑。”

军官也无可奈何的笑着，虽口上说着“大哥，还是把你这些老式宝贝收起来，将来带游击队用吧。”还依然跑到木箱边来检查这些轻便武器。

第二天，七个随身的年青弁兵都穿了庞大棉背心，从收容所来见团长。有五个兵士是手足负过伤的。平时这军官以这些弁兵是为国家服务的，不是私人仆役，且刚从前线负伤归来休养，从不到家中来服务。现在听说不久又要出发了，因此来请示。七个人一排站定在院子中，听候训话。七个人都是小身个子，面目朴实而单纯。军官在换好了军服，要往收容所去接洽开拔各事，见几个同患难的小伙子，都因负伤瘦了许多，心中实在很感动。

“你们都好了吗？”

几个兵士齐声说：“报告团长，都好了。”

其中一个又怯怯的说：“团长，你也好了吗？”军官抿了抿嘴唇，点点头，不作声。

大家沉默了一会儿。军官又指定一个羞怯怯的乡下人样子兵士说：“赵连壁，你膀子全好了吗？不能去就莫忙去。我们先到常德集中，一个月后再来还赶得及。”又向另外几个样子较活泼的兵士说：“你们三个月的饷不是都领到了吗？怎么还是这副叫化子神气。一定都早已花光了输光了。你们七个人写个报告来，一人向军需处多支十块钱。就要走路，身体刚好，不能胡闹，知不知道？”

几个小子都要笑却不敢笑，低声答应“是”。

其时厨子正提菜篮回家，军官吩咐那厨子：“唉唉，我告你，宋均，多煮些饭，煮一块腊肉，打两斤酒，要他们在这里吃饭。”回头又向几个兵士说：“上楼去把那些枪搬下来，看看有几支能用。大先生怕你们用二十发的还不大习惯，送了一打老式盒子，要我们带到江西去参加反攻。”说到末了，不由得不笑将起来，“一颗子弹都不许掉落，将来还要带回来还大先生，带学生一道作游击队还有用！”

四

医生得到了消息，赶来看这个军官。好象对于这次开拔，有点突如其来，对许多问题，难于了解。

“人家请求休假不得休假，你为什么那么忙到前线去？”

军官仿佛很快乐的微笑说：“闲不惯，你知道，享受这种清福，也是看人来的。我哪有这耐心？前面正要人，我料得到！”

“那么，为什么不派你接收家乡壮丁，倒接收沿湖各县的壮丁，这是什么意思？”

军官依然微笑着，“上头意思谁知道，同样是新兵，也差不多。就送我一团西藏人，只要有三个月时间训练，加上我那两连的弟兄，开上前去保你同样打得很好。这也有个秘密，用白面粉代替白药，你们不是在好些情形下，能够用这样药代替那样药？”

“小干部军官呢？”

“更方便。老同伙多着，听说我要去，都很高兴同我去。不要看我们这种破烂部队，到前面去，有两手！第一点就是谁都不怕。任你多少飞机多少大炮，总之不怕。

这就够消耗了。”

“可是到前面去也够受！”

“一个军人有什么可怕的？为国家，什么苦难都得忍受！”

“你要回到前方去，这里一定有学生要跟你去。他们都很热心，很敬仰你。”

军官笑了。“前面去不是玩的。他们说是那么说，恐怕去不了。你知道，热心和敬仰，都未必能胜过事实。他们正在中学里读书，太年轻了，事实上这些小朋友还是他家中的人，不能自主也并不十分要求自主。他们说要求自主。他们说要在本县做游击队，这是将来的事情，时候还早咧。现在战事正在争夺南昌，我去年驻扎过那地方大半年，一切地形都很熟习。这时节我要去很有用处。情形不好，我就留下来在他们后方工作，抽底子，一定打得很精彩。”

“学生肯跟你去学游击战，正是好机会！”

军官依然微笑着，意思象是说：“机会倒很多。”但他却为年青人辩护，“还是让他们留在本地服务好。前方要人后方也要人。这战事正在扩大延长，一时不会结束的。本地可做的事极多，他们肯热心去做，比到前面去工作，说不定还有意义些，也还有用些。”

“你是不是对这些人有点失望吧？”因为医生从军官的微笑里，语气里，发现了一丝轻蔑。

军官连忙肯定的说：“并不失望。正相反，我觉得他们很有希望。中国征兵制度一时难实现，学校军训又太不认真，读书人大多数还只是读书人，在这种情形下，自然不能把每个年青人在后方三五个星期中都变成一个真正好战士。好在中国地方大，人口多，问题复杂，凡事都要人努力。火线上拼命要人，社会服务也要人，便是学校读书，集会示威，推动后方，无事不要人。大家能够在同一目的下，各尽其职，就很好了。”

说到末了，他依然只有微笑。想起医生过去说的“年青人跟他明白了许多事情”，不免有点感慨系之。正因为接近了他们，他跟年青人明白许多事情。战事一时当然难结束，下级军官补充十分需人，一部分人以为学生军训已有了好几年，国家还保留学生不曾用，应当从学生想办法。并且在前方和陷落过区域的大后方，青年学生种种的活动，证明了这部分能力正可用。可是战争虽改变一切，终不能把内地还未经过炮火教育的年青人完全改造过来！到现在，在炮火所及的区域，年青人已明白战争不完全是粗人的工作，人人都有一份了，这就值得乐观。至于象这种地方，另外一部分学生，也会慢慢的从事实获得教训，由虚浮变成结实。这自然需要些时间，勉强不来，可有的是机会！

医生说："这几年我们社会'宣传'两个字太有势力，因此许多人做的事都不大落实，年青小朋友也不能例外。看看小册子，就自以为是文化人。我觉得有点可怕。"

"这也无妨碍。他们对国事很热心，就够了。对战事还近于无知，这需要时间！"

医生问他什么时候离开。他说："正等候师部回电。这里有两连本师伤愈弟兄，预备跟我一同走。总部意思把这两连人由我率领，开到长沙去，编作荣誉大队，作个模范。到时说不定还有各界团体给我献旗！我想算了吧。这么办就要团附带去好了。这战争去结束日子还长，我们并不是为一种空洞名分去打仗的。国家不预备抗战，作军人的忍受羞辱，不作声。国家预备打了，作军人的，唯一可作的事，就是好好打下去，忍受牺牲，还是不用作声。放在我们面前的是事实，不是荣誉！”

医生不知说什么好，轻轻的叹了一口气。因为他明白许多年青人并不明白的问题。

军官的哥哥，那个矮小瘦弱的小老头，带了个小小纸包，由外面回来，孩子似的兴奋，一面解除纸包一面笑着说：“这地方，亏我找了好久，才得到这点东西！”医生看看，原来是一盒彩色粉笔。

医生说：“大先生，他们不来团长这里上课了，白忙坏了你！”

“忙什么？他们现在事情多，不久又要办慰劳会，送过路××军了。过些日子一定会来的。我花园里靶子也预备好了，还要借我枪打靶的。我说枪借你们无妨，子弹得自己想办法，我的子弹是要留给打小鬼的。”

医生向军官说：“大先生真热心，一天忙到晚，不知忙些什么！”

大先生却解嘲似的说：“天生好事，我自己也不知忙些什么！”

军官把话引到另一回事上去。“好天气！”他想起上次由火线上退回来时，同本团两百受伤同志，躺在向南昌开行的火车上，淋了两整天雨，吃喝都得不到。车到达一个小站上，警报来了，亏得站上服务人员和些铁路工人，七手八脚，把车上人拖拖抬抬到路旁田地里。一会儿，一列车和车站全炸光了。可是到了第二天，路轨修好，又可照常通车了，伤兵列车开行时，那学生出身的车站长，挺着瘦长的身子，在细雨里摇旗子，好象一切照常。那种冷静尽职的神态，俨然在向敌人说："要炸你尽管炸，中国人还是不怕。中国有希望的，要翻身的！"想起这件事情时，军官皱了皱眉头，如同想挪去那点痛苦印象。

军官象是自言自语，答复自己那种问题："看大处好，看大处，中国有前途的！"

大先生把粉笔收了，却扛了一个作靶子用的木板来，请军官过目，看中不中用。

说起的问题很多，这个医生好象为军官有点抱不平，表示愤懑。可是这年青军人，却站在一个完全军人立场上，把这件事解释得很好。总象很乐观，对一切都十分乐观。且以为个人事情未免太小了，不足计较，军人第一件事是服从，明知有些困难，却必需下决心准备去努力克服这些困难。说话时他永远微笑着，总仿佛对战争极有把握，有信心，不失望，不丧气。

几个青年学生，为当地民众防空问题，跑来请教，才知道这个军官五天内就得回到前方去的消息。几人回学校时，就召集代表开会，商量如何举行欢送大会，献旗，在当地报纸上写文章出特刊，商量定后即分别进行。

师部第二次来电，对开拔时日却改五日为三日，算来第二天就得出发。团副官当天就雇妥了大小七只空油船，决定次日下午三点集合开头，将船直放常德。

第二天下午两点钟左右，军官已离开了家中人，上了那只大船。另外几只小船，和大船稍远，一字式排在河码头边。一些军用品都堆放河滩上，还在陆续搬上船。军佐们各因职务不同，迟早不一也陆续上了船。这些年青军人多自己扛着简单行李，扛着一件竹篾制成的筐笼，或是一个煤油桶制成的箱子。更简陋一点的，就仅仅一个小包袱。有个司书模样的青年，出城时，被熟人见及，问道："怎么，同志，又要去了吗？"这年青小子就笑笑的说："又要去！把小鬼打出山海关去，送他进鬼门关。"

这些人若是老军务，到得河边，一看船上小小旗帜，就知道自己的船是第几号。若是初来部队的，必显得有点彷徨，不知自己应上哪只船。

因为公家用品不少，船上似乎很乱了一阵。渐渐的，先前堆积在码头上舱板上的杂物，枪支，子弹，手榴弹，和被盖行李，火食箱与药品箱，酸菜坛子和成束烟草，可入舱的都已经下了舱。那两连伤愈兵士，都穿了崭新棉袄，早已排队到了河边，在河滩上等待，准备上船。看看一切归一了，也分别上了船，一切似乎都妥当了，只等待团长命令，就可开头。

那军官站在自己乘坐那只大船船头上，穿了一身黄呢军服，一件黄呢外衣。两只手插在口袋里，来回走动。间或又同另一只船上或河滩边一个军官，作很简短谈话。一个陌生军佐，在河滩边茫然不知所措时，他打破了自己沉默，向那个部属发问："同志，你是第几连的？是师部留守处的？"到那军佐把地位说出时，就指点那人应上某一只船。并回敬岸上人一个军礼，随即依然沉默下来，好象在计划一些问题，又好象只是漠然的等待。一个军人对于当前战争的观念，必然在荣誉、勇敢、胜利等等名词下，产生一种刺激，重上战场，且不可免为家中亲友幼弱感到一点依恋之情。这个军人却俨然超越这些名词和事实，注意到另外一些东西，一些现象。虽显明为过去、当前以及那个不可知的未来，心中感到点痛苦，有些不安，然而却极力抑制住这种痛苦不安。

对河汽车已到了站，只见许多逃亡者带着行李正在渡河，河边人多忙乱着。

一会儿，医生带了一箱药品，忙匆匆的跑来了。两人站在船头谈了一阵，医生有事就下了船，到河滩上一面走一面回头挥动他那顶破呢帽子，一不小心便摔了一跤，爬起身笑着，揉揉膝部，大声嚷着："团长，到地写信来，写信来！"高大身影就消失在临河吊脚楼撑柱间不见了。

其时两个青年学生代表，正从县党部开完会，在河滩边散步，商量后天欢送大会的节目。年青人眼睛尖，看准了船头上站定的那一个军官，正是住在山上黄房子里的那人，赶忙跑过船边去，很兴奋的叫着：

"团长，团长，我们今天正开会，商量欢送你和负伤将士重上前线，议决好些办法！这会定后天举行，在大东门外体育场举行！”

军官见是两个学生，“不敢当，不敢当！我们就要开船了。”他看了看表，“省里来电命令我们今天走，再有三十分钟就开船了。请你费神替我向大家道谢，说我来不及辞行。难为了你们，对不起！”

“怎么，你今天就要走吗？”

“就是现在。请转告同学，大家好好的努力。到了地，我会写信来告诉你们的。”

两个学生给愣住了，不知离开好还是赶回校里去报告同学好。两人在河边商量了一阵，还是走了。一人预备回学校去报告，另一人本拟去党部报告，到了大街，看看时间已来不及了，走回头走到城门边杂货铺里买了两封千子头小鞭炮，带到河边，眼见大船已拔了锚，船上人抽了篙桨在手，要开船了。军官站在尾梢上，用望远镜向城中了望，城中山上那黄房子，如一片蒸糕，入目分明。其余几只小船都在移动跳板。几个后出城的小军官，在吊脚楼边大声嚷着：“等一等，等一等，慢点走！”气喘喘跑到了河边，攀援上了船。学生十分着急，想找个火种燃点鞭炮，却找不着。

“团长，团长。他们要来送你的！慢一点，慢一点！”

大船业已离岸转头了，尾梢上那面国旗在冷风中飘动不已。军官放下望远镜时方看到岸上那一个，便说：“好兄弟，好兄弟，不敢当！你回去吧，不敢当！……”

忽然几只船上士兵唱起歌来了，说话声音便听不分明了。学生感动而兴奋，把两手拿着鞭炮，高高举起，一人在那空旷河滩上，一面跑一面尖声喊：“中国万岁，武装同志万岁！”忽然发现前面一点修船处有一堆火，忙奔跑过去把鞭炮点燃，再沿河追去。鞭炮毕毕剥剥响了一阵。又零落响了几声，便完事了。船上兵士们也齐声呐喊了几声。

橹歌起了，几只船浮在平潭水面，都转了头，在橹歌吆喝中乘流而下，向下水税关边去了。年青学生独自在河滩上，看看四周，一切似乎很安静。竖立在河边大码头的大幅抗战宣传画，正有三个船夫，在画下一面吸旱烟，一面欣赏画意。吊脚楼边有只花狗，追逐一只白母鸡。狗身后又有个包布套头的妇人，手持竹篙想打狗。河边几个担水的，还是照样把裤管卷得高高的，沉默的挑水进城……

那学生心里想："这不成！这不成！"一种悲壮和静穆情绪揉合在心中，眼中已充满了热泪，忘了用手去拭它。

河面慢慢的升起了湿雾，逐渐凝结，且逐渐向上升，越来越浓重，黄昏来时，这小山城同往日一样，一切房屋，一切声音，都包裹在夜雾里了。

楚尘
文化
Chu Chen

北京楚尘文化传媒有限公司 出品

沈从文别集

泥涂集

沈从文 著

中信出版集团 | 北京

再版序

上个世纪五十年代，不少喜爱文学的读者迷上了契诃夫，这跟平明出版社接连推出27册汝龙翻译的《契诃夫小说选集》直接有关。

那时我家至少有三个契诃夫迷：做文学编辑的母亲、哥哥和我。谈论哪篇小说怎么怎么好，是不倦的话题。已经退出文坛改了行的父亲不参与，只有时微笑着对外人说："家里有三个契诃夫的群众。"

汝龙译的这套选集可贵之处，首先在于对作品的精选；第二是选进一些契诃夫的书信、札记，别人对他的回忆、评论等，分编到不同集子里，这些文字拉近了读者和作者的距离，是汝龙先生锦上添花的贡献。

到1992年编选《沈从文别集》的时候，我们自然想

到从平明版《契诃夫小说选集》取法。这也是父亲的愿望，尽管他不参与“契诃夫群众”的热情讨论，汝龙这套译本的长处他胸中有数。

我问过父亲汝龙为什么常赠送新书，他只简单说：“是朋友。”

母亲的补充才说清楚：“他翻译的那套英文契诃夫小说是我送的。”

据我充和四姨回忆，1932年暑假，一个“说是由青岛来的，姓沈，来看张兆和的”羞涩客人，初次登苏州张家门，带的一大包礼物“全是英译精装本的俄国小说”。加尼特夫人的一套英译《契诃夫小说集》就在其中。

不懂外文的沈从文怎么买洋书？四姨说那是过上海时托巴金选购的。

父亲曾希望母亲朝文学翻译方面发展，送这样礼物包含着鼓励。愿望虽然没实现，礼物却终于转到最合适的人手里，促成被誉为契诃夫小说“最佳译本”的产生。朋友的成就四十年后启发着《沈从文别集》的编选工作。

当本书再版之际，我们感谢与它有缘分的几位文学前辈，也要感谢为我们想出《沈从文别集》总书名的汪曾祺先生。

沈虎雏

总 序

从文生前，曾有过这样愿望，想把自己的作品好好选一下，印一套袖珍本小册子。不在于如何精美漂亮，不在于如何豪华考究，只要字迹清楚，款式朴素大方，看起来舒服。本子小，便于收藏携带，尤其便于翻阅。八十年代初，有一家书店曾来联系过，也曾请人编了一套，交付出去。可是，落空了，未能实现。我一直认为是一件憾事。

现在湖南岳麓书社要为从文出书，我同虎雏商量，请吉首大学沈从文研究室合作，编选这么一套。这套选本和以前选法编法不同。我们在每本小册子前面，增加一些过去旧作以外的文字。有杂感，有日记，有检查，有未完成的作品，主要是书信——都是近年搜集整理出

来的，大部分未发表过。不管怎样，这些篇章，或反映作者当时对社会、对文艺创作、对文史研究……的一些看法，或反映作者当时的处境，以及内心矛盾哀乐苦闷，把它们发表出来，容或有助于读者从较宽的角度对他的作品、对他的为人以及对当时的环境背景有进一步了解。

出这套书，当然，同时也了却死者和生者的一点心愿。

张兆和

一九九一年十一月二十九日

目 录

从文『文化大革命』书信二则

给陈蕴珍[1]

［1972 年于北京］

……她动身去医院……她显得急躁，又有些留恋，东张张西望望，她也许在想是不是能再看到这里的一切。[2]

临出门时，见到信箱中的这封信，我拿给萧珊看了。[3]

萧珊患了不治之病，得不到适当的治疗，躺在床上挨日子，想念过去的岁月，怀念旧时的友人，最后入院前忽然得到北京沈从文寄给我的一封长信，她

[1] 陈蕴珍即巴金的夫人萧珊。当时巴金还没获得“解放”，只能写陈蕴珍收。

[2] 引自巴金著《怀念萧珊》。

[3] 引自魏帆转述巴金回忆的信。

含着眼泪拿着信纸翻来复去地看，小声地自言自语：“还有人记得我们啊。”[1]

蕴珍：多年来，家中搬动太大，把你们家的地址遗失了，问别人忌讳又多，所以直到今天得到窦家熟人一信相告，才知道你们住处。大致家中变化还不太多。孩子们可能都成了大人、青壮，下放乡下又回转到上海了！这八年我们家里大小一切还好，除了所有书籍几乎全部处理净光，人事变动还不怎么大，值得放心。小虎虎的孩子也有了七岁，在她姥姥家（昆山陈墓）上了小学。虎虎和爱人还在四川自贡机床厂。小龙也结了婚，爱人在清江华东电业局，两人一年南北来去有三个月可同住。家中当前便有了四个搞工的，倒也省事！还有一个“菜农”，即三姐，六九年随同文化部五千人到湖北咸宁乡下，在一个荒湖边大家一道开了四千亩湖田，和人民文学月刊十多熟人同住湖边一个民居家里，六七个人挤在一间黑阴阴小屋中过了一年多。冰心也曾短时期去

[1] 引自巴金著《怀念均正兄》。

同住。不能下湖即搞搞菜地。我是十一月下去的，独自住在一个相去百多里的水田富庶兼风景区，过了一年多。名副其实的，有四万亩水田过千斤，环境比呈贡美得多，可是热到四十五度。受的倒是另外一种教育，即和区里三百来人大小无不相熟，住处一年四季地下总不免生点白毛绿毛，雨季房中也可养点青蛙。但是环境极端清静，又还吃得很好。病倒了几回，三姐总是步行二十里还坐一小时公共车来看看。有次血压升级到二百五，幸她赶来及时，转车去县里医院住了卅天，得天保佑，几乎报废又不报废了。去年八月才和她一道行千里路转过丹江同住。属于文化部系统的老弱病。熟人也不少。三姐瘦虽瘦，也老了些些，可是倒真像大家说的“真正锻炼出来了”，成了种菜熟手，因此还调来调去。和冯雪峰同搞一片菜地。原在湖边时，下菜地还得走十里八里，据说还得挑粪桶过独木桥。住处也相当荒野，经常会发现二米长大蛇迎面向人昂头喷气。过丹江就简直上了“天堂”，因为菜地离住处不到二百步远近，用自来水灌溉，且只一天下午搞二三小时，所以丝毫不感困难。住处在真正山沟里，约五百人分别住，各有一间新房子，比我目前北京住处似乎还宽好些，而且清静少灰尘。四里外即有个卅万人新都市，有个发电过百万千瓦大水坝！只是她做了小班长，所以忙得个可观。一般同事年龄都比较大，多在六七十间，她虽已六十二，在那里居然成了“壮劳力”。一天忙得十分精神，有些方面似乎比住呈贡时还活泼健康！已动员她退休，好回来，她还希望等待等待，看有不有机会再工作五几年。我是去年冬天因医生建议让我回来治病的，怕在那里病倒来不及抢救。看了四五个医院，同证明心脏血管已硬化，心已肥大，劳损、漏血，不可能好转。所以倒省事，来争时间做做事，一回来就把六三年搞的几件工作接手过来，不管心脏怎么样，整天守在桌子边不动了。有一份是服装资料，有上千图已制好版，幸好没有毁去，说明约廿万字，也没毁去。又还有其他一些较小的文章可写。若在六七月搞好改正稿上交，今年或许可印，将算是我近廿年比较有分量一本书！[1]大致可以自动放放假，若果三姐能回来，

[1] 事实上直到1981年，才在香港出版了《中国古代服饰研究》，比写此信晚了九年多。

或可同过南方看看亲友。今年已七十过头，还能写这种小字，就可知道一切还好，或许比六二三年变不了多少。看来还不像一时即将“报废”样子。未完待完工作还多，所以得坚决拒绝报废！但是这里不少熟人，多在近八年内小病中即成古人，照规律我也难例外，因此更希望今秋明春或能过南方看看熟人。我们似乎不让退休，不必退休。因为“古为今用”求落实，我近廿年懂的花花朵朵知识，还有的是事情可做！还会有机会和五八九年一样，带了上千绸缎，到南方各工厂搞展览！

萧乾夫妇似乎也还在咸宁，闻也被动员退休，我在那边时没见到他。只在六七年左右，有人从哈尔滨来问树藏事，才知道她在那边一个过万人工厂里做第一书记，不知你知道没有？平时从不告我上升到这么一个“首长”位置，出了事却又要我来为证明。来人初初还故意开玩笑，像审问我一般，说明白种种后，才充满了好意向我说：“她做了那么大事，却不写个信告告你！”我估计，这些人也许会到过上海找你们的！

巴金体力听说还好，我们放心不少。王道乾还在上海？

靳以爱人处望见到时为我和三姐向她致意。熟人统在念中！

曾祺在这里成了名人，头发也开始花白了，上次来已初步见出发福的首长样子，我已不易认识。后来看到腰边帆布挎包，才觉悟不是“首长”！

在咸宁熟人似还不少，一时间或许还回不来。只闻李季已回来主持人民文学出版社。各协还将恢复。月刊还将在一定时候出版。市办试编《文艺月刊》，由浩然和李学鳌主持，已出了二期，似乎不大容易热闹。出了些新书，也不怎么引起读者兴趣。大致还得另想办法，才会有较好发展，因为文学作品不比电影。画家出面的已不少，对外展山水花鸟画又出了场。且说还有美人画。几个大而新宾馆的布置，花鸟山水民族色彩的画更占了个主要位置，还要题诗，盖图章。事实上能作像样子旧诗和写像样行草字的人恐也不会多了！

曹禺闻也患心脏病，住协和医院。本说拟写什么张秋香剧本，或许又过了时，就搁下了。卞诗人和健吾[1]

[1] 指卞之琳、李健吾。

或尚在河南漯河。俞平伯、钱钟书、吴世昌、何其芳等虽已回来，似乎还不会把研究工作提上日程，因为不大知研究些什么才合今后需要。我搞的一摊倒似乎还热闹。只是书全散失了，一切得重新添补。主要还靠储蓄到脑子里点滴，工作效率不大会怎么高，是可想而知的。好处是和三姐一样，精神还挺好，体力比这里熟人似乎也还强些。只要有事可做，把别的什么通通忘了。

王道乾那个小女孩，躲在你家沙发后的情景我还记得极清楚，可能也长大成了大姑娘！

便中也希望告告我们生活种种。我们都十分想知道。记得六二年在南京时，还看到赵瑞蕻和杨静如，不知近来还在南京没有？活着没有？这里熟人可故去不少！

并愿一家大小安好。

沈从文

六月十四日

剧变前夕家书

［1976年8月于苏州］

小弟、之佩[1]：

……

得大[2]从北京消息，所有受震出毛病七千所房子，都将于十月节前抢修完好。小羊宜宾住处山墙若修好，一行四人仍回北京，还是比较合理。若北方到九月还不解除警报，南方长江边却已宣告无事，到时我和妈妈也许过南京四舅舅处暂住，我则利用在中山门里的博物馆图书进行工作，倒也是一种办法……我一失去东堂子[3]工

[1] 收信人是作者的次子虎雏夫妇。

[2] “大”是指收信人的哥哥，作者的长子龙朱。

[3] 作者东堂子胡同住处，“文化大革命”中被压缩剩一间。他从干校回京几年，一人在这里工作和居住，每天一次到约两里外小羊宜宾胡同，和夫人一起吃顿饭，并带回另外两餐。

作生活习惯，饮食睡眠习惯都大大改变，夜里总是在翻腾中半睡半醒的，白天却在上下午补睡，也不像能持久。因在北京近年来都是工作到夜十二点以后才睡，上午五点半前后即起。一个上午至少可以在大书桌边整整消磨六到七小时，虽这事摸摸，那书翻翻，说不出什么具体成绩，可是总不离本业。体力充分消耗，转羊宜宾吃饭时，逐渐升级，总是一大碗，一会会即下肚。回去稍躺一会，再来翻翻写写，或来个把熟人商量商量工作，日子过得虽平板，却较有条理。一成习惯，体力精神都显明十分正常，比不少熟人都健康多多。这次一动，可把秩序全打乱了。体力即不易维持，主要是吃喝变动大，起居变动也大。而且是无书可读。所以最正常的打算，还是九月可望回京。不得已，才会去南京。

……并候双好。

从文

八月廿日上午

一、务必要把身体弄好，这是唯一我们担心的事。也是你们对我和妈妈最大的支持。

二、有关工作，以目前总形势计，只有多做事少说话为得计。因为有些方面下降，是一种社会组织种种必然的趋势，随同社会发展，在可见的日子内还要使人感到痛苦是必然的，无可避免的，也即决不是某一部门有三几人正义感可望挽回颓势。肯定还要经过些更大的痛苦才会好转。越知道问题多的人，越“沉默”，即明白“趋势”之不是一人或三数人可以点滴补救。

要对这个有更深的认识和理会，才能作到多做事，少说话，内中有极深远意义。多做有益于人的事，少说无补于事的空话。

但是应当相信，任何恶趋势都是会扭转的，惟决不会在目下可以希望。

三、我这卅年能维持下去，工作信心未丧失，体力情绪也比不少熟人还健康，主要也像是从总的方面学会了最妥的自处之道，即用个“社会主义公民”的资格严格律己。凡事先想国家和公家，再考虑自己，所以永远不至于灰心丧气。即所学本业，也不是什么一帆风顺或得天独厚，其所以取得与人不大相同的进展，就只是不断努力结果，也即多做少说结果。任何当权的要人，都有理由在不得意时即消沉，只有真正明白“公民”的责任的人，才能在任何情形下，都十分认真的照国家所需要的去尽职。

夜的空间

（一个平面的记录）

晚潮静悄悄的涨着。

江面全是一抹淡牛奶色薄雾。江中心，泊了无数从沿海各地方驶来，满载了货物同木料的大船，在雾里，巨大的船体各画出一长条黑轮廓。船桅上所系的红的风灯，一点一点，忽隐忽现，仿佛如在梦里。一切声音平息了，只镇上电灯厂的发电机，远到五里外也能听到它很匀称的蓬蓬作响。

潮向上涨，海水逆流入江，在汊港极多的××附近，肮脏的江水，到时候皆从江逆流入港。每日皆取同一的体裁，静静的，温柔的，谦驯的，流满了各处，届退潮时又才略显匆忙样子急急的溜去，留下一些泥泞，一个锈烂了的铁盒，一些木片或一束草。江潮一满，把小船移到离江已有两里以上，退潮时皆仿佛搁船到旱地，到了这时大小船只皆浸在水里了。知道了潮的高度到什么地方为止，汉港边另外还有人把棺木搁到那稍高地方的事。因此在这些不美观的地方，一些日晒雨淋腐烂无主的棺材，一些同棺材差不多破烂的船只，在一处，相距不到二十步远近。一些棺材同一些小船，象是一个村庄样子，一点也不冲突，过着日子下来，到潮涨时则棺木同船的距离也似乎更近了。

大白天，船上住的肮脏妇人，见到天气太好了，常常就抱了瘦弱多病的孩子到船边岸上玩，向太阳取暖。或者站到棺材头上去望远处，看男子回来了没有。又或者用棺材作屏障，另外用木板竹席子之类堵塞其另一方，尽小孩子在那棺木间玩，自己则坐到一旁大石条子上缝补敝旧衣裤。到夜里，船中草荐上，小孩子含着母亲柔软的奶头，伏在那肮脏胸脯上睡了，母亲们就一面听着船旁涨潮时江水入港的汩汩声音，一面听着远处电灯厂马达、丝厂机械的声音，迷迷糊糊做一点生活所许可的梦，或者拾到一块值一角钱分量的煤，或者在米店随意撮了一升米，到后就为什么一惊，人醒了。醒转来时，用手摸摸，孩子还在身边，明白是好梦所骗了，轻轻的叹着气。到后是孩子冷哭了，这些妇人就各以脾气好坏，把孩子拥抱取暖，或者重重的打着，用极粗糙的话语辱骂孩子，尽孩子哭到声音嘶哑为止。潮水涨到去棺木三尺时就不再流动，望到晚潮的涨落，听到孩子们的哭声，很懂得妇人们在寒夜中做梦的，似乎就只有这些睡到荒田里十年八年的几具无主棺材。

镇上到半夜，一切人皆睡静了。只余下一家棉花铺拨拨的弹弓声音，一家成衣铺缝衣机密集的声音，以及一家铜器铺黑脸小铜匠用钢锤敲打蜡烛台的声音。从这些屋里门罅间或露出一点灯光，这灯光便成一线横画在街上。

在日里鱼呀肉呀的热闹街上无一个人。静静的一条石子路小街，就只是一些狗互相追逐互相啮咬。在铺子里案桌上把被盖摊开睡觉的屠户，皆打着大的鼾声，或者就从狗的声音上，做着肆无忌惮的奇梦。梦到把刀飞去，砍去了一只猪脚，这猪脚比平时不同，有了知觉，逃走到浜里去了。又或者梦到被警佐拘留到衙门，一定要罚五元，理由则是因为忘了把猪蹄上的外壳除去，妨碍了公众卫生。又或者梦到一个兵士买肉，用十元的钞票，只说要肉四两，把肉得到后就拿去了，不要找零钱，不挑剔皮骨，完全与其他时节兵士两样，凡是这些在日里做不到的，常有的幸福与灾难，这些人都得在梦里重新铺排一次。还有其他做生意的人，也各以其方便在梦里发财赔本，因为这些人，都是在小数目上计算过日子的人！

还有江边做短工过日子，用力气兑换一饱的愚蠢人，不拘在一个破船上面，不拘在其他地方，这些人，只要是还能在那个地方迷迷糊糊睡去，能够做梦，大多数总不外梦到江边有一只五桅船失了火这样一件事。这几天大的船泊到江中，实在是太多了，每一只船上皆不缺少一种失火的机会。用任何理由：船主因为冷烤火，伙计赌博吵架打翻了灯，客人吸烟不小心把烟头丢到木花里去，都得实现那希望中的事情。就不用任何理由，船上也不妨忽然起了火。火一起，于是热闹了。一只极其体面的大船，宽阔的帆，向天空直矗的高桅，以及绘有花藻雕饰的后艄，新上油漆的舱篷，一切一切皆引了火，生气样子的任性燃烧，不可挽救。火光照到江面，水上皆成金波。船主人站到舵楼嘶喊着，有时上下衣还忘记穿到身上。地保沿江跑去，象疯子一样乱嚷乱打锣。江面全是货物，水上浮满了各样东西，成束的干鱼，用铁皮打包的大捆洋布，有狮头为记的花纱，横直皆牵红线的新棉絮，帽子，大衣，皮鞋，美观的磁盆，柔软的皮毛袍褂，凡是这些平常见到过的皆在江中漂浮，各人皆随意在忙乱中掠取，很奋勇把在平时一个人气力所不胜的货物扛到肩上飞奔。消防队来了，地保也来了，水保也来了，各处抓人。但船上的火越多，大家救火，公务人员也各以其方便捞取所欢喜的东西去了，掠取江面的货物再无人禁止，因此一来各人皆把所有欲望满足，只等候天明一件事了。他们皆各以其方便做着这一类适宜于冬天的好梦，有些得了一篓油或一捆布，有些则是一束干鱼，有些又是一套极其称身的布棉衣服。平时胆子太小，吃过水上保证同警察的亏的汉子，梦到把所需的东西得到手后，总同时还梦到仍然为巡警抓住领子，拉到江边去，预备吊到那卧在江边的废钢烟筒上去，打鞭子示众，于是就使狡猾的计策图逃，脚一登人却醒了。还有些不缺少坐牢经验的人，则一直梦到第二次仍然到宝山县又臭又湿的监狱里去作苦工，仍然在梦中挨挞，仍然说谎话赌咒，求大人施恩取保开释。

这地方的这些人，因为他们全是那么穷，生长到这大江边，住到这些肮脏船上或小屋里，大家所有的欲望，全皆的那么平凡到觉得可笑了。他们的盼望得一条裤子或一条稍为软和的棉絮，也是到了这快要落雪的十二月才敢作的遐想，平时是没有这胆量的。然而这欲望的寄托，却简直没有，“善人”这名字只是书上的东西，偷抢也很不方便，所以梦的依据，一切人皆不外这庞大的海舶了。但是这船呢？从海上驶来，大的帆孕满了风日夜的奔跑，用铁皮包身的船舵时时刻刻的转，高的桅子负了有力气的帆从不卸责，船上的伙计们与大浪周旋，吃干菜臭鱼一月两月，到了地，一切皆应当休息，所以船的本身停泊在江中，也蒙蒙胧胧象睡了。

退潮时，江中船只皆稍稍荡动，象梦里在大洋中与风争持帆取斜面风驶去情形，因为退潮的缘故，伙计有披衣起身，摸到铁链在船边大便的了。这人望天中一个小小月亮，贴到高空，又看星，这里那里，全是航海人所熟习的朋友，一一在心中数着这些星的名字。天降了霜，因为寒冷，就想几千里外的家中人，日子在这类粗汉子脑中生出意义来了，时间是十月还是十一月？想要明白了。把货卸了再装上一些货，成束的，成桶的，方的，长的，以及发臭味的，可以偷吃的，莫名其妙的到了舱里，乘晚潮下落开了船……但什么时候到那老地方？也在心上来估计了。过年这件事，应当是在船上拉篷吃干鱼同劣米所煮的饭，还是应当在家中同老婆在床的一头谈笑话睡觉，也想起了。到后却因为远远的神往，终不能抵抗近身的严霜，从小小舱门，钻进气味熏蒸的内舱，挤到一个正在梦里赢了很多洋钱的同伴身边睡下。听到同伴荒谬绝伦的呓语，说着平常时节不敢说的数目，三百元，五百元，象很不在乎似的，就把在舱面已冻冷了的大腿，不大规矩的插到那热被里去。

梦做不成了，用船上人脾气，说话以前先骂祖宗，

“狗同你娘好，把我的钱全丢了？”

“你说五百三百，我知道你是牌九正热闹，我就来压你一腿。”

“你这杂种莫闹我，我快赢一千了。”

“说大话，做梦！”

“落雨了么？”

“是退潮，天气好极了。”

两人若是不说话，于是就听到系船的铁链呕呕轧轧的声音。

另外船上是当真有赌博的，就七八个人蹲到铺上，在一盏小小煤油灯下，用一副天九牌作数目不等的输赢。从一些有毛胡子的嘴巴中，喊出离奇不经的口号，又从另外一种年青人的口里，愤恨中说出各样野话。因为是夜静，本来是话说得很轻，也似乎非常洪大了，到同伙之一觉得太不象样时，就仍然用辱骂作命令，使这声音缩小，莫让船主之类生气。因争持一毛两毛，揪打成一堆的事也有过。因赌输了钱，骨牌的主人，赌气把那三十二张一起丢到江里，且赌咒不再玩牌的事也有过。赌博尽兴了，收场了，各人走到舱面，哗哗的撒着热尿，见了星月，也同样生出点家乡何处的感想。他们也常常梦到与妇人有关系的那类事情，肆无所忌的，完全不为讲礼教的人着想那种神气，没有美，缺少诗，只极单纯的，物质的，梦到在一个肥壮的妇人面前放荡的做一切事。梦醒了，就骂娘，以为妇人这东西到底狡猾，就是在梦里也能骗到男子一种东西。

也有不愿意做点梦就以为满足的汉子，一到了不必拉篷摇橹的时节，必须把所有气力同金钱完全消费到一个晚上这样事情的，江边的小屋，汊港里的小船，就是所要到的地方了。这些地方可以使这些愚蠢的人得到任性后安静的睡眠，也可以产生记忆留到将来做梦。

不做梦，不关心潮涨潮落，只把二毛六分钱一个数目看定，做十三点钟夜工，在黄色薄明的灯光下，站在机车边理茧，是一些大小不一的女孩子。这些贫血体弱的女孩子，什么也不明白的就活到这世界上了。工作两点钟就休息五分，休息时一句话不说，就靠在乱茧堆边打盹。到后时间到了，又仍然一句话不说到机车边做事。

江潮落尽时，这些肮脏的孩子，计算到休息已经四次了，她们于是想起世界快要光明，以为天明就可以休息，工作也更勤快了许多。曾被人说到那是狗一类东西，同是没有睡觉没有做梦的监察工人，从机车的排列里走过，平时不轻易在小孩子面前露笑容的脸，可以看得出高兴的神气了。

孩子们自己不会做梦，却尽给了家中父母们在长夜里做梦的方便。两块钱一个夜晚的生活，是有住到江边小乌篷船上穿红衣打水粉的年青女人才能享受的。这些父母，完全知道得住江船女人那么清楚，且知道上等人完全不明白的“人的行市”，自己的女儿已能在厂里做二毛八分钱的夜工，每一个日子往后退去，人就长大成年，冬天的夜虽然很长，总不会把梦做到穷尽了。

一九二九年作，一九三〇年八月改。

腐烂

晚风带着一点儿余热从 ×× 吹过上海闸北，承受了市里阴沟脏水的稻草浜一带，皆放出一种为附近穷苦人家所习惯的臭气。在日里，这不良气味，同一切调子，是常使打扮得干净体面的男女人们，乘坐 × 路公共汽车，从隔浜租界上的柏油路上过身时，免不了要生气的。这些人皆得皱着眉毛，用柔软白麻纱小手巾捂着鼻孔，一面与同伴随意批评市公安局之不尽职，以为那些收捐收税的人，应当做的事都没有做到，既不能将这一带穷人加以驱逐，也不能将一带龌龊地方加以改良。一面还嗔恨到这类人不讲清洁，失去了中国人面子。若同时车上还有一个二个外国人，则这一带情形，将更加使车上的中国人感到愤怒羞辱。因为那抹布颜色，那与染坊或槽坊差不多的奇怪气味，都俨然有意不为中国上等人设想那么样子，好好的保留到新的日子里。一切都渐渐进步了，一切都完全不同了，上海的建筑，都市中的货物，马路上的人，全在一种不同气候下换成新兴悦目的样子，独有这一块地方，这属于市内管辖的区域，总永远是那么发臭腐烂，极不体面的维持下来。天气一天不同一天，温度较高，落过一阵雨，垃圾堆在雨后为太阳晒过，作一种最不适宜于鼻子的蒸发。人们皆到了不需要上衣的夏天了。各处肮脏地上，各处湫陋屋檐下，全是蜡黄的或油赭色的膊子。茶馆模样的小屋里，热烘烘的全是赤身的人。妇女们穿着使人见到极不受用的红布裤子，宽宽的脸，大声的吵骂，有时也有赤着上身，露出下垂的奶子，在浜边用力的刷着马桶，近乎泄气的做事，还一面唱歌度曲。小孩子满头的癣疥，赤身蹲到垃圾堆里检取可以合用的旧布片同废洋铁罐儿，有时就在垃圾堆中揪打不休。一个什么人——总是那么一个老妇人，哑哑的声音，哭着儿女或别的事情，在那粪船过身的桥下小船上，把声音给路上过身的人听到，但那看不见的老妇人，是也可以想象得到那皱缩的皮肤与干枯的奶子，是裸出在空气下的。

还有一块经过人家整顿过的坪，一个从煤灰垃圾拓出的小小场子，日里总是热闹着，点缀到这小坪坝，一些敲锣打鼓的，一些拉琴唱戏的，各人占据着一点地位，用自己的长处，吸引到这坪里来的一切人。玩蛇的，拔牙的，算命的，卖毒鼠药的，此外就是那种穿红裤子的妇人，在各处赤膊中找熟人，追讨在晚上所欠下的什么账项，各处打着笑着。小孩子全身如涂油，瘦小的膊子同瘦小的腿，在人丛中各处出现，快捷如狗，无意中为谁撞了一下时，就骂出各样野话，诅咒别人安慰自己。市公安局怎么样呢？这一块比较还算宽敞的空坪不为垃圾占据，居然还能够使一些人在这上面找得娱乐或生活，就得感谢那区长！

这时可是已经夜了，一切人按照规矩，皆应当转到他那住身地方去。没有饭吃的，应当找一点东西塞到肚子去；没有住处的，也应当找寻方便地方去躺下过夜。那场子里的情景，完全不同白天一样了。到了对浜马路上电灯排次发光时，场子里的空阔处，有人把一个小小的灯摆在地下，开始他的与人无争的夜间生活。那么一盏小小的灯，照到地下五尺远近，地下铺得有一块龌龊的布，布上写得有红字黑字，加着一点失去体裁的简陋的画。一个象是斯文样子的中年人，就站到灯旁，轻轻的唱着一种诗篇。起了风，于是蹲下来，就可以借了灯光看出一个黄姜姜的脸。他做戏法一样伸出手来，在布片四围拾小石子镇压到招牌，使风不至于把那块龌龊布片卷去。事情做完了，见还无一个人来，晚风大了一点，望望天空象是要半夜落雨样子，有点寂寞了，重复站起来，把声音加大了一点，唱《柳庄相法》中的口诀，唱姜太公八十二岁遇文王的诗，唱一切他能唱的东西，调子非常沉闷凄凉。自己到后也感觉得这日子难过了，就默默的来重新排算姜尚的生庚同自己的八字，因为这落魄的人总相信自己有许多好运在等候。

这样人在白天是也在这坪里出现的。谁也不知他是从什么地方来到这里，谁也不想要知道他的来处。望到那姜黄的脸，同到为了守着斯文面子而留下的几根疏疏的鼠须，以及盖到脑顶那一顶油腻腻的小帽子，着在身上那油腻腻的青布马褂与破旧的不合身的长衫，就使人感到一点凄惶。大白天因为人较多，这斯文人挥着留有长长指甲的双手，酸溜溜的在一群众生包围中，用外江口音读着《麻衣》、《柳庄》的相法，口中吐着白沫，且用那动人的姿势，解释一切相法中的要点。又或从人众中，忽抓出那预定好了的一个小孩子，装神装鬼的把小孩子前后看过一遍，就断定了这小孩子的家庭人口。受雇来的孩子，张大着口站在身旁，点点头，答应几个是字，跑掉了，于是即刻生意就来了。若看的人感到无趣味（因为多数人是知道小孩子原是花钱雇来的），并且也无钱可花到这有神眼铁嘴的半仙身上时，看看若无一个别的什么人来问相，大家也慢慢的就走散了。没有生意时，这斯文人就坐到一条从附近人家借来的长凳上，默默背诵渭水访贤那一类故事，做一点白日的梦，或者拿一本《唐诗三百首》，轻轻的读着，把自己沉醉到诗里去，等候日头的西落。有时望到那些竞争到吸引群众的卖打卖唱玩戏法的人，在另外一处，非常的热闹敲锣打鼓，人群成堆的拥挤不堪，且听到群众大声的笑，自己默默的坐到板凳上出神，生出一点感想。不过若是把所得的铜钱数着，从数目上，以及唧唧的声音上，即时又另外可以生出一点使自己安慰的情绪，长长的白日，也仍然就如此的过去了。

到了夜里时，一切竞争群众的戏法都收了场，一切特殊的主顾，如象住在租界那边的包车夫同厨子，如象泥水匠，道士，娘姨，皆有机会出来吹风白相，所以这斯文人乐观了一点，把灯点上，在空阔的坪里，独自一人又把场面排出来了。照例这个灯是可以吸引一些人过这地方来望望的。大家原是那么无事可作，照例又总有一些人，愿意花四枚或四十枚，卜卜打花会的方向，以及测验一下近日的运气。白日里的闲话，一到了晚上就可以成为极其可观的收入，这军师，这指导迷途的聪明人，到时他精神也来了。因为习惯了一切言语，明白言语应当分类，某种言语当成为某种人的补剂，按到分量支配给那些主顾，于是白天的失败，在夜里就得到了恢复机会了。大约到九点十点钟左右时，那收容卖拳人玩蛇人的龌龊住处，这斯文人也总是据了一个铺位，坐在床头喝主人为刚冲好的热茶，或者便靠到铺上烧大烟消磨上半夜。他有一点咳嗽的老毛病，因为凡看相人在无话可说时，总是爱用咳嗽来敷衍时间，所以没有肺痨也习惯咳嗽了。他得喝一壶热茶，或吸点烟，恢复日里的疲劳，这也是当然的。到了半夜，听各处角落发出愚蠢的鼾声，使人发生象在猪栏里住的感觉，这时某一个地方，则总不缺少一些愚蠢人们，把在白天用气力或大喉咙喊来的一点点钱，在一种赌博上玩着运气，这声音，扰乱到了他，若是他还有一些余剩的钱，同时草荐上的肥大臭虫又太多，那么自己即或算到自己的运气还在屯中，自己即或已经把长褂脱下摺好放到枕边，也仍然想法把身子凑到那灯下去，非到所有钱财输尽，绝不会安分上床睡觉。

天气落雨，情形便糟了。但一落了雨，所有依靠那个空坪过日子的各样人，都只好在同一意义下，站在檐前望雨，对雨景发愁。斯文人倒多了一种消遣，因为认得字，可以在这时读唐人写雨景的诗。并且主人有时写信，用得着他代笔，主人为小孩发烧也用得着他画符。所以这人生活，与其他人比较起来，还是可以说很丰富而方便的。一面自然还因为是夏天，夏天原是使一切落魄人皆方便的日子！

如今还没有落雨，天上各处镶着云，各处檐下有人仰躺着挥蒲扇，小孩子们坐到桥栏上，望远处市面灯光映照到天上出奇，场中无一个主顾惠临。

在浜旁边，去洋人租界不远，有乘坐租界公共汽车过身时捂鼻子一类人所想象不到的一个地方，一排又低又坏的小小屋子，全是容留了这些无家可归的抹布阶级的朋友们所住。如鱼归水，凡是那类流浪天涯被一切进步所遗忘所嘲笑的分子，都得归到这地方来住宿。这地方外观既不美，里面又肮脏发臭，但留到这里的人总是很多。那么复杂的种类，使人从每一个脸上望去，皆得生出“这些人怎么就能长大的”一种疑问。他们到这里来，能住多久，自己似乎完全无把握。他们全是那么缺少体面也同时缺少礼貌，成天有人吵闹有人相打。每一个人无一件完全衣服或一双干净袜子，每一个人总有一种奇怪的姿势。并不是人人都顽强健康，但差不多人人脾气都非常坏。那种愚暗，那种狡诈，那种人类谦虚美德的缺少，提及时真是使人生气。

到了这时节，这种住处是已容纳了不少白天那种走江湖的浪人。

主持这住宿处的，是许多穿大红洋布裤子妇人中最泼悍的一个，年纪将近四十岁了，还是常常欢喜生事。

这妇人日里处置一些寄宿人的饮食，一面还常常找出机会来，到别的事上胡闹。夜静了，盘算一切，若果自己挑选了一个男子，预备做一件需要男子来处置才得安宁的事，办得不妥，就毫无理由的把小孩子从梦中揪起重打一顿，又或在别的事上拿着长长竹竿，勒令某一个寄宿男子离开这屋里。主人小孩子年纪九岁，谁也不须考问这小东西的父亲是什么人。小孩子一头的疥癞，长年总是极其龌龊，成天到外面去找人打架，成天出去做一些下流事情。他白日里守着玩蛇人身旁，乘人不注意时，把蛇取出来作乐，或者又到变戏法的棚后去把一切戏法戳穿。与人吵闹时，能在年龄限制以外的智慧中，找出无数最下等的野话骂人，又常常守着机会，在方便中不忘却盗窃别人的物件。

照规矩，在这类住宿地方，每人应于每天缴纳十一枚铜子，就可在一张破席子上躺下来，还可以花一个十文，从茶馆里泡茶，把壶从茶馆里借来，隔天再送回去。有些住客，带得有行李，总象是常常要忘记了这茶壶不是自己东西，临走时把它放到自己行李里面去。茶壶不见了，隐藏了，主人心里明白，问了又问还是不见，于是就爽快的伸手到那小小行李中去把壶检察出来，一面骂出一些不入耳的话把客人轰走。客人在这样情形下，也照例在口里骂出一种野话才愿意出门。这些人，又或者无意中把茶壶摔碎了，大家就借此大吵大闹，结果还是茶馆中人来骂一阵，算是免去赔偿的代价，吵闹才能结束。

他们住处也有饮食，可是吃主人办来的伙食，总只是那初次来此的人，其他的人是不吃主人东西的。这些人的肚子里，因为照例也得按时装上一点东西，所以附近各处，总不缺少贱价的食物。发臭的，粗粝的，为苍蝇领教隔日隔夜变了颜色还来发卖的一切食物，都可以花钱买到的。上等人吃饼糕，这里也有一种东西仍然名叫饼糕。上等人吃肉，这里也有肉。上等人在暑天吃瓜，要开心又来一点纸烟同酒，这里也还是满盘的瓜同无数的纸烟，无量的酒。总而言之。租界上所有的一切吃喝哄口的东西，这区域是并不因为下贱就无从得到的。他们吃什么这些人也吃什么，不过所吃的东西，稍稍不同罢了。譬如酒，那些用火酒和水掺混的东西，用瓶子装好，贴上了店家招牌，又在招牌上贴了政府的印花税小小票子，酒的颜色还有红有绿，难道这东西不是已经很象酒了么？他们得了点钱，把这样酒买来，吃得大醉后，不是寻事打闹，就是纵横的吐呕，每个人好在总是那么吃腐东西，受风雨虐待日子太久，酒精的毒又不会一时发作，所以开铺子的把印花税贴足，良心也就非常安宁，不问这酒的一切影响了。

这斯文人是也住到这样地方有了些日子的。

在寄宿处不远，过斜街，还有公安局派出所一处。市公安局是从没有忘记这地方还有这些活人的事情，他们从区长到巡丁，大家都记到这里是有人的，凡是一个活人，都应当按照生活营业向官厅缴纳一定的捐款，房捐，营业捐，路摊捐，小车捐，还有什么更好听的名字。他们都非常耐烦，不以数目很小就忘记过一次不派人来收取这神圣的国课的。好象卫生捐，治安捐，这一类动人名目，在这些地方也就仍然能够存在。地方既住得完全是一些下等人，一切都极不讲究，若不是常常有警务人员来视察沿浜情形，以及各家情形，还不知要成什么样子，所以卫生捐就应当收了。至于本区人口既杂乱不堪，动不动就要闹出事情，若非有几个治安警察，遇事发生，就把两造带去拘留到看守所，审问时用违警律处罚点小款到一切爱生事的人头上，警戒到下次，还不知每月要出多少乱子！

派出所巡警们，除了收捐日子较为忙碌，其他时节尚比较清闲，所以每遇到有什么事发生时，总是把人带局，拘留了半天，审问过后才开释的。站岗的巡警，则常常到茶馆去享受店主的一壶热茶，同熟人谈谈报纸上所说的一切新闻，消磨这个使人忍耐不下的长日。他们白天有时到那块近于竞技处的场子里，走到相士边站站，又走到西洋镜的匣子边看看，各处往来。夜里则绕到这一个场坪，用警棍击打预备要在场内拉屎的各种野狗。照例这些无家可归的野狗，一见了这尊贵的公务人员，就夹了尾巴飞奔的窜到横街小弄内去了。

因为没有一个人，那斯文人独在灯边平地上站了半天，一个夜班巡警从横街走出，望到那情景，走过来看了一会，同相士谈了一阵闲天，有毒的蚊子叮在手背发痒，所以约莫十点左右，巡警的提议生了效力，相士就收拾了场面回到住处喝茶睡觉去了。

夜静后，许多在露天下赤身睡觉的男子，因为半夜来一阵行雨，都收拾到屋里去了，场子中静悄悄的无一个人。白日众生聚集的地方，这时显得宽阔异常。隔河浜的电灯，白惨惨的，一排排的，各个清清楚楚的，望到对河浜的事情，只是不说话。这时节空坪里来了一个卖饺饵的人，还停留在场坪中央不动，轻轻的敲打着手中的梆子，似乎是惟恐惊醒旁人样子，敲了一阵又沉默了。

粪船开始从浜河划来，预备等候装取区内的大便，船与船连系衔接磕磕撞撞到了所要到的地点，守船人皆从船头上了岸，向饺饵担架边走来吃饺子。雨已经早止住不落，天上出了月亮，许多地方看得出云在跑走，风从别处吹来时已经毫无日间余热了。

似乎是因为听到碗盏相磕的声音，从小街一端那巡警又走出来了，同时又从另外一个弄口也走出来了一只大狗。这两样东西皆不约而同的向饺饵摊边走去。不到一会儿，巡警的一饼圆脸，便在饺饵汤锅热气迷蒙中有趣的映出；那只狗，却怯怯的要求讲和似的，非常谦卑蹲到一旁，看巡警老爷吃饺子了。到后又动了一阵儿风，卖饺饵的已扛了肩担走去了，粪船上的人皆到相熟的妇人小船上去了，只有几个生手无处可走，躺到浜边石级上小睡等候天明。场坪中剩下了巡警一人，嗅着从制革厂方面吹过来的臭风，他按照职务要绕这区域沿浜走去，看看是不是有谁从家中抛出一个死去的孩子，或这一类讨厌的事情。在职务上他有了一点责任观念，所以这时虽然极其适宜于同妇人在一个床上睡觉，他不好意思去找寻做梦地方。

一切是那么静，一切皆象已经死去，白日里看来小小的屋，这时显得更小了。一只猫儿的黑影子，从那平屋的檐头溜去，发出小小的声音，又即刻消失到黑暗里，这地方于是就象只有巡警他一个人是活人，独立到这天空下视听一切了。他走了又走，走到将近桥头地方，一个路灯柱旁边，见到了一个人形，吓了这个公务人员一跳。其实这仍然是预料得到的一种事情，这样天气，这样使人随处可以倒下去做梦的好天气，一个人是并不出奇的事情！不过这时这公务人，正咯咯的翻着胃中饺子的葱气，心里想到一件不舒服的事情，灯柱下的一团人影使他生了一点照例要生的气了。他于是就壮着自己胆子，大声的叱问是什么人在此逗留。灯下的人，正缩成一团，坐在柱边睁大了眼睛，望到路灯上的一匹壁虎，盘据到灯泡旁捕虫情形出神。这是无家可归的小孩子，是许多这样孩子中的一个，日里因一件事情正为巡警打了一顿，到晚上找不到一个住处，凡是可以睡觉的空灶头都为另外的人占去了，肚子又空空的极不受用，这小孩子躺到一个棚下，看落雨过了，还想各处走走，寻一点可以放到肚子里的东西。走到了这里，见到那爬虫，小蛇一样很灵敏的样子，就忘了自己的事，坐到下面欣赏了许久。他这时正在心中打算，如何爬上去把那小东西捉来玩一阵，忽然听到巡警一声咤叱，这孩子以为爬电杆的事已为巡警看到，本能的站起来就飞奔的跑了。

这杂种，这不知父母所在，象是靠一点空气就长大了的小东西，对于这时所发生的事情，并不觉得是新鲜事情！他一面奔跑，一面还回头来望到后面，看看是不是要被追逐一阵。他这时正极无聊，所以虽然觉得害怕，也同时觉得有趣。本来追了几步，这巡警按照一个巡警的身分，就应当止住了步。可是今夜的事稍稍不同了一点，这巡警无事可作，上半夜还喝了一杯酒，心头上多少有点酒意，看到小孩跑了又即刻不跑的样子，似乎对于自己的尊严有了一种损失，必须有所补充，就挥舞着他那一根警棍，一直向小孩子逃走的方向冲去。小孩子知道这情形不好，知道那警棍要到头上背上了，赶忙拉长了脚步逃走，想再跑一阵，就可以从一个为巡警所不屑走的脏弄堂里，获得了自己的安全。可是这场坪的尽头，正有许多坑，小孩子一不小心，人就跌到这水坑里去了。巡警听到了前面的声音，就赶到前面去，望小孩子在脏水里挣扎好笑。他就问他：

“做什么跑？”

这意思是好象说既不偷了谁的东西，为什么一见了巡警就想逃走。他为了证明这逃走不应当，简直是愚蠢行为，且警告他逃走就是有跌到水里去的理由，这公务人员且不去援救一下落在脏水里的小孩子。他看他怎么爬上坑来，如何运用他的小手小足。因为面前是那么一个不足道的小小动物，而且陷到这坑里惶恐无措，这时这巡警的愤怒已经完全没有了。因为问到小孩子为什么要逃走的理由，小孩子没有爽朗的答应，这体面人就用那带着神圣法律的意义的警棍戳小孩子的头，尽小孩子在脏水中站起来又复坐下去。小孩子不知道应当如何要求这老总，又没有一个钱，送给这公事中人，又不能分辩，说这个事是不应当的玩笑，就只很可怜的坐到脏水中，喊“莫闹莫闹”，摇着那瘦小臂膊，且躲避到那警棍。过了一会，巡警觉得在这地方，同一个这样渺小东西打闹，实在是无趣味，自己就唱着“老渔翁”调子扬扬长长走去了。

小孩子坐到坑中半天，全身是脏水，眼见巡警已经走去了，皮鞋声音远了，才攀住一点东西爬起来，爬出到坑上，坐在地上哭了一会。到后觉得哭也无益，这时决不会有一个人从什么地方过路，随手给一个钱，并且肚中有点儿饿，一切的行为，也使自己疲倦了，就望到远处天的一方电灯的光，出了一会神。他想到这些灯底下的人那些热闹情形，过一会儿又忽然笑了。他很奇怪那些灯同那些人，他知道在这些灯光下，一定是有许多人闹着玩着。一定有许多人在吃东西喝酒。还一定有许多人穿上新衣，在路旁那么手挽手，从从容容慢慢的走路，或者逗留在一些大窗口边，欣赏窗内的各样东西。窗内是红绿颜色的灯映照着，比白天还美观悦目。一切糖果，用金银纸张包裹，一些用具，呢帽子，太太们的伞，三道头的大皮靴子，小小皮夹同方圆瓶子，没有法子记清楚！烧鸡烧鹅都同活的一样神气，成串的香肠都挂在窗边，这些那些，值钱一百万或更多，总而言之是完全的放在那里等候人来拿去随意吃用的东西！这究竟值多少钱，这究竟从什么地方搬来，又必需搬到什么地方去，他是完全不能知道的。他到过这类地方，也象别人那么恣肆欣赏过窗内的一切物品，因此被红头阿三打过追过，一切都记得清清楚楚。这时节是不是还有那样多人在那些地方，是不是还有红头阿三，他可不大明白了。但是，还有灯，当真是还有灯，那些光映到半空，如烧了天的一部分。

他看过这些，想起这些，记到这些，于是不久就有一个红头阿三的黑脸，在自己眼前摇晃，显出很有趣极生动的神气。照规矩，他要跑，这大个子黑印度人就蹒跚的舞动着手上那根木棍头，追赶前来。“来，一过来就可以大杀一阵！”他记起拾石子瓜皮掷打这黑脸鬼子的事，当时并没有当真掷过，如今却俨然已把瓜皮打在那黑脸上，他乐了。“打你这狗肏的！打死你这狗！打你鼻子！”是的，瓜皮是应当要打在鼻上才有趣味。他就坐在一个垃圾箱上，尽把这一类过去的事情，重新以自己意思编排一阵，到后来当真随手摸去，摸到身边一个柔软的东西，感觉很不同，嗅嗅手，发恶臭气味，他才明白了现在地位，轻轻骂着娘，于是一面站起一面又哭了。

天上的月亮斜了，只见到一颗星子粘在蓝蓝的天上，另外地方一些云，很悠遐的慢慢走动，这时有一辆汽车，从桥上过去，车夫捏喇叭象狗叫。

他看到天上，他听到象狗叫的喇叭声音，却不大有趣味。他有点倦了，不能坐到有露水的场坪里过夜。得找一个有遮蔽处去睡觉，一面揉他的眼睛，一面向一条小弄堂走去。一只狗，在暗处从他身边冲过去时，使他生了气，就想追到这狗打一顿，追了几步过后又想想，这事无味，又不追了。他饿了，他倦了，什么办法也没有，除了蜷成一个刺猬样子，到那较干爽的地方去睡到天亮，不会再有更好的事情可作。他的身上一条裤子，还是粘上许多湿腻腻的东西，这时才来脱下了这裤子，一面又想到日里一些事情。

到后，他把这小小身体消灭到街角落的阴暗处，象是为黑暗所吞噬，不见了。

天还没有发白，冷露正在下降，睡在浜边石上的粪船夫中一个冷醒了，爬起身来，喊叫伙伴。这样人言语吝啬到平常一切事上，生在鼻子下的那一张口，除了为吃粗粝东西而外，几几乎是没有用处了。他喊了伙伴一声，没有得到答应，就不再作声了。他蹲到自己粪船上去，卸去自己一切的积物，咚咚的响着，热屎落在浜中，声音极其沉闷。

从南端来了一只小船，从那桥洞下面黑暗处，一个人象是用一只看不见的手使船慢慢的移动，挨近了粪船。

一个妇人看不清楚面目，象是才睡醒样子，从那个小船的篷舱口爬到外面，即刻就听到船中有小孩子尖声的哭喊，妇人象毫不理会，仍然站在船头。

粪船上另一个船夫也醒了，望到那新来的船，不很明白是为什么原因。

那船靠近粪船了，船与船互相磕撞着，发出木钝的声音，河中的水微微起着震荡。

“做什么？”

那妇人，声音如病猫，低微而又见出沉闷，说：“问做什么？一个女人尽你快乐。”

“什么事情？”

“你来，你来，”船夫之一明白这是什么事了。

“我弄不出钱。”

“你说谎话，只两只角子。”

“两只铜子也找不出。”

妇人还是固持的喊着，“你来！”

男子似乎生气了，就大声的说：“糟蹋我的力气，我不做这件事。”

妇人象是失望了，口中轻轻吹着哨子，仍然等待什么，要另作主张，站在船头不动。

那最先一位船夫蹲到船头大便完了，先是不做声，这时就想去到船尾去，看看妇人是什么样货色。两人接近了，船傍着船，妇人忽然不知为什么，骂出丑话来了。

“……”

“不要么？”这样问着，却不闻有何回答。

隐隐约约的是那船夫的笑声。

过了一会，那只船，慢慢的，仍然看不出是为什么原因，那么毫无声音的溜回到那黑暗阴沉的桥洞下去了。被骂过一些野话的好事船夫，毫不生气，就站在船上干笑。一枚双角可以过船上去做一种出汗事情，但一个钱不花，被他在一种方便中捏了一把妇人的胸部，这件事做得使自己很满意，所以他笑了。

过了一会，这只船为桥的涵洞所消灭，已经看不见影子，一种小孩子被打以后似的哭声却又大了。这声音尖锐的从黑暗中飘来，同时也消失在黑暗里，听到这个声音，知道那个方向同到理由，船夫还只是干笑。

另一个船夫蹲到浜旁，正因为无钱有点懊恼，就说：

“她生了气呢。她骂你，又打她的小杂种！”

“你怕她生气去赔礼罢。你一去她就让你快乐，不是这样说过了么？”

“她骂你！”

“……”

那一个不做声，于是这一个蹲在岸旁的，固持的说了三次“她骂你”，嘲笑到伙伴，自己也笑了。

这时节，不知道什么地方，有什么东西落到水里去，如一只从浜旁自己奋身掷到浜中去的癞蛤蟆，咚的一响，浜中的死水，便缓缓的摇动起来，仿佛在凉气中微微发抖，小小波纹啮着那粪船的近旁，作出细碎声音，接着就非常沉静了。

某个地方有一只雄鸡在叫，象是装在大瓮里，究竟在什么地方也仍然听不分明，两个粪夫知道自己快要忙碌做事了，各人蹲在一个石墩上，打算到自己的生活。天上有流星正在陨落，抛掷着长而光明的线，非常美丽悦目。

一九二九年七月二十日作成，八月重改。

建设

一

市的小河，是因为××山旁的大房子的建筑，运石子，运水泥，运铁运木，平空加了许多从省里来的船只，因此今年来更显得兴旺了许多。

那小河中有许多住家的小船。小河旁边，有一排湫陋逼窄的小平屋。这地方因为方便，名字就是河街。河街有烟馆同面馆。有卖绳缆的铺子。有杂货字号。有屠户。有铸铁锚与琢硬木活车，以及卖船上应有器具的铺子。有一家新开的理发馆，走路的人们，从玻璃窗上望过去，总常常见到一些大而圆的脑袋，在一种极呆气的情形下，被剃头师傅用刀刮头。有几家供船上人开心的妓院，三五个大脚女人，穿蓝花洋布衣服，红花洋布裤子，粉脸油头，鼻梁根扯得通红，坐在门前长凳上，见有人过路就眯眯笑，且轻轻的唱歌。一条肮脏的长街上，一年四季总是湿漉漉的不好走路，一些从这些小屋子里或河船上长大的孩子，大白天，捧了小小公鸡，身后跟着一只肥狗，街头街尾找公鸡打架。或者无聊了，为一句话两个孩子就互相抓着揪打起来，揉到烟馆门前的烂泥里去，使那成天站在烟馆门外招呼主顾的帮伙，常常为了这事更大声的吆喝。街上卖糕的皆敲竹梆，卖糖的皆打小铜锣，这些人，并且都各知道由口中唱出一种鄙俚的调子，同女人身体某种地方相似的比拟，逗引旁人注意。

这街上，还有一家下等茶馆，一面临河起了一个吊脚楼，一面临街，对到一家卖买旧货的小店。这茶馆一切的布置与情调，皆与到此地来的人物极其相称，肮脏油腻的桌面，细腿的板凳，以及大青花盖碗中泡上粗叶子绿茶，另一种上等人茶馆所缺少的这里都有了。来此喝茶的全是一些下层社会的男子，一些船上的水手，一些拖半日车的包车夫，一些专在码头上放债的大爷，一些住到东市在买菜一类事上赚了点钱找不出用处的厨子，还有的就是一些谈肉价米价的小生意人。各人来到了这里，选上一个位置，泡一壶热茶，咽嘟咽嘟喝一阵，又把所有心里想到的事，或听到的新闻，同旁人谈着，算是享受了一点生活。等到记起了另外的事，或觉得已经坐够了，就把四个铜元塞到那专司加水的伙计手心里，走去了。来来往往的人一天是数不清的。因为生意不冷落，到今年七月，茶馆主人把电灯也装上了。花了很大的价钱，从城中接线，租了火表，七个工人敲敲打打了一天，有了电灯每天到了晚上，管事的把临河装置的一排红绿灯机关一扭，从河下远处皆可望见这茶馆所在，泊在远处的船只，想要上茶馆来皆不至于迷失方向了。

到了晚上，这茶馆里屋梁上的电灯，把暗淡的黄颜色的光明散满了一个屋子，肮脏的方桌旁边坐满了喝茶谈天的人，两把长嘴大肚的开水铜壶，在灯光下炫耀着金色，在两个与铜壶样子作一对称小瘦而有烟容的孪生兄弟手里，各处的来去添水。门外常常停得是卖炒豆花生一类东西的担子。一个卖油煎臭豆腐的生意人，同一个做芝麻饼生意的人，一到了晚上，也总是把担子放在这茶馆门前，尽顺风把那臭味熏进一切有臭豆腐嗜好的人鼻子里去。因为一些香味的诱惑，于是就有人从腰兜里掏钱，叫伙计买东西的事发生了。那加水的孪生兄弟，既有了同一的样子，也不缺少同一的聪明，这聪明就是在任何忙乱的情形下，一面自己口中哼着，一面把大铜壶的嘴，远远的向一个桌上的碗中洒出一线热水，一面还听得分明身背后客人差派的言语，牢牢记住。

只要一听到有人在某一处喊叫要买东西，照料添水的这两兄弟，是不到一会儿就到了跟前听候使唤的。人既到了桌边，掏出钱来，告他要买什么，把钱接到手，看了一看，看清楚手上铜子不是沙板了，就从一些座位间，象一只逃走的瘦母狗，飞窜到门外去，站到门前，拖着大而哑的声音，象唱戏一样，在那臭豆腐摊边一唱，说明白了是第几座某大爷的生意，把钱掷到一个空碗里，又即刻窜回到放茶壶处，把壶攫到手，走到另外一个座旁去了。油豆腐已在茶客口里咀嚼后，为这伙计见到了，虽极其忙碌，总做出一个笑样子，找出一句话来，对于这食物加以一种奖誉，好象使吃这东西的客人，感到一点快乐。他的话照例必定是一个内行的话，虽然明白是袒护到卖东西的一方面，不过总仍然象是完全为主顾设想有利益的话，那理由，一面自然是做这一种职业的人一件必须的义务，一面还是卖油煎豆腐方面有一种好处。本地方的规矩是不因为到河街来破例的。他们将在十个铜元内抽出两个，这是做生意人承认了的酬劳。这茶馆生意日益兴旺，在这孪生兄弟管理下的两把铜壶日益发亮，这两兄弟烟瘾也一天比一天大了。茶馆的生意每夜总做到十点钟左右，到喝茶客人散尽，上了门，熄了灯，管事的一个人在柜上数钱，这两个孪生兄弟，清理了一下桌椅板凳后，就把被卷摊开到两张拼起来的大方桌上，中间摆一盏灯，对卧过瘾，一直到三更才睡觉。

这时这茶馆是正热闹时候。只见两把壶被高高举起，从壶嘴里喷出滚热的水来。两个茶馆伙计嘶声的唱着一切唯有自己分明的曲子，提了壶各处走动。各个桌子旁皆有人剥葵花。一个屋子里充满了下等烟卷气味。地板上全是白色灰色细碎的葵花壳同黄痰。

这时候，从门外进来了两个人，前面一个是在这茶馆对面开旧货铺子的主人，一个酱色脸的二等胖子。后面跟得是一个衣裤敝旧无赖汉样子年青人。这汉子随了那旧货店老板进了茶馆，找到了一个角落空座，两人坐下了。茶伙计拿了两套碗盏走了过来，认出了那二等胖子是住在对门的熟人了。

“哦，是张老板，我拿小碗来”。因为喝小盖碗是有身分的人才能办到的，所以伙计这样说。

“随便点，大喜。”那胖子说，“我们谈两句话就要走。”

这伙计听到那老板说的话，就不动了，一面加水到碗里去一面望那同来坐在横头的年青人。这是一个仿佛从军营里退伍出来的人物。上身穿得是肮脏的军衣，面目瘦削，头发极长，一个高耸的鼻梁同一个大口，使这茶馆伙计想起另一时所看到的一个枪毙的逃兵样子。把两碗茶加了开水，推到两个人面前以后，伙计向那胖子生意人开了口：

“老板，来一碟瓜子？”

“不要。——随便吧。你去招呼他们，我要什么再叫你。”

伙计打了一个哈欠，象发了瘾，提了壶走去了。这老板望了一会附近的喝茶人，才轻轻的说，“喝茶，”自己也把那盖碗甩开，刮了一下水沫，呷了一口茶。

那年青退伍军人模样的人，仿佛心情另外为一些事所萦绕，看了这情形，也照样的非常粗糙的把茶呷了一口。

“你一定在什么时候拿来？”那老板轻轻的同那年青人说话。“他们都是要看了才定下价钱。你我虽是第一次，你总听到说过我的脾气。我不想在这件事情上得到多少利益。我愿意帮一个尽忙。你放心，我不是那些坏东西。”

年青人，把两个肘弯屈在肮脏的桌子上，很不耐烦的点点头，“我信你，才来找你。我听到吴大爷说你仗义慷慨，我一点不疑心你对我说谎。不过你说先拿出来怎么行？你知道我们的难处。你若答应了我有五十的数目，同时交货拿钱，我才能够做到。我不是骗你，你可以看了货再交钱。我们……”说到这里，这汉子，象是又忽然想起了心事，轻轻的在桌子上捶了一拳。“你看，行就是这样办；不行拉倒！”

“有什么不行？我说的还是要看看。我纵答应了你，五十也好，六十也好，到那时，你那个不值一块钱，怎么办？你无论如何会信我，若果一切照你说的，无一点毛病，我决定五十。不过，若果……”

年青人听了稍稍生了点气的样子。“什么毛病不毛病？若不是急等钱用，我拿到 ×× 去找油客，话也不必说就可以得一百二。我不是完全外行。我知到行市。五十块，谁也会明白这是一个最小的价目！”

“我知道！就正是因为即刻要钱用！上月为连玉卖那个‘小鸡’，因为也是急于要钱，三百一个数目就卖了，还加上那小东西五百颗，那个到 ×× 我也听说是值一千出头的。这样月份，什么事都是这样子，不容易！你说五十，我依你，我包了，使你可以放心。你明天晚上拿来，我们谈，当面办妥，好不好？”

“这地方不大方便。”

“那你看什么地方方便？尽你的意思。我们一定是两个人，你看什么地方合式。你可不可以到船上去？”

“我邀你们到对河去。”

“对河吗？”这老板想了一下，就笑了。“不行，你太方便了，我们可不方便！我们主顾恐怕做不惯。”

话是象说到了另外一种意义上去，恐怕引起年青人的误会才止着了的。但这年青人，似乎仍然是明白什么是不惯的下文了，就说，“他们怕我脱虚吗？我可以先拿机柄给他们。”

“不是那样。什么我们都不怕。我们怕得是同旁人打麻烦。你是我相信的。纵是生人我也相信，何况提起吴大哥的朋友。你可不可随便一点，就把东西拿到我们这里来？茶馆人多是更方便一点，不会为人注意的。他们完全都是到这地方谈话，你若实在不愿意，我们还不妨到这里约齐，再到一家烟馆里去商量。”

年青人想了一会，很勉强的答应了，站起身来就想走。

“什么时候？”主人同时也站起了。“把时间弄妥当好一点，请你约下来。”

“你说八点就八点。”青年说时仍然是有不高兴神气。“我是但愿今夜间就办好的。我既然不能把它即刻拿来，就说准了明天八点罢。”

这时茶馆伙计走拢来了。

“老板，要走！怎不坐坐？”

老板就从身上掏钱，年青人不让那胖子占先，忙从衣口袋里抓出了一把铜元，约有三十枚左右的数目，其中还有两个双角银洋，一把掷到桌上，先走出了这茶馆。

本来的茶钱，是只须三十文一个座位的，这时，茶馆伙计看到银角子在桌上滚，忙用手去捕捉，把角子抓到手心了，一面同那收旧货的胖老板说谢谢，一面就想追赶出去，做一点刚才对于客人轻视与忽视的赎罪事情，行一个礼，说几声谢谢，但等到追出去时，那军人样子的青年已走出茶馆不见了。

那胖子刚要出去，从一张条桌前面经过，就为一个船上艄公模样的中年人用大而粗糙的手一把抓住了。

“哥，你忙什么？”

“黑大，是你！你又转来了？”

那胖子即刻就又坐到那艄公桌旁了。他们谈着话。

他们谈得仍然是只有他们这一类人才能明白的行话。这艄公，是一个专用打鱼船来去 × 埠与 ×× 市各处偷运大土同其他一类物件的人。一个水码头上知名的人物。他的船就泊在茶馆吊脚楼下面。喝了一会茶，谈了一会天，艄公邀胖子到船上去，试试从 ×× 新得的老土煎成的烟膏。

这两人，不久就从那茶馆隔壁一个又湿又臭的小弄子内走下河去了。

二

在 ×× 山旁作工的一千余工人，两个月来的忙碌，值三毛钱一天廉价的精力的耗费，按照工程的步骤，工程师聪明的计划，三百七十亩的面积，已渐渐平成一片广场，缺处填补，凸处炸去，凡是应行建筑房屋的铁柱，也已经为人的气力与机械的气力，处置得很妥贴了。

天气渐渐冷下来，建筑工程处周围各地，小水沟早上已在水面结了薄冰。

有些工程因为天气关系停顿了。工程处工人也从一千的数字上减到三百了，留到这里的就只是搬运材料以及很平常工作的一些人，这些人就住在工程处附近用木板木柱临时搭成的小房子里。三百人一共分住在三个地方，大清早，东方的天还刚刚发白，山上驻军帐幕里走出了一个身上穿着臃肿不相称的棉军服的年青号兵，迎风呜呜吹完了起床号一通，在喇叭声音没有完毕以前，兵士们，习惯于早起，皆起了身。再稍后，约有五分钟，工程处一响了锣，一群一群下等人就从肮脏的木板屋中走出来了。他们各穿着肮脏不整齐的衣服，有些是从乡下来的农人，有些退伍的兵士，有些曾在县公安局服过务，又有些是与电灯电报一类生活发生过关系的人，所以破烂的青色制服，以及圆顶的呢帽，后跟已露出的皮靴，皆可以在这一群人中挺然发现。他们从住处走出，各人鼻孔皆在寒气中放出热气，各人皆用手呵着搓着，各人还很随便毫无拘束的扯脱了裤子的前裆，哗哗的撒着热尿。他们都仿佛没有什么话必须和同伴说，各人望望天，不拘天气好坏，似乎从天上的云彩皆可望出日子的意义，皆明白今天一切与昨天一切完全一样，点名，发签子，按工头所分配的工作去做事，搬砖，扛铁条，用柏油敷到铁柱铁管上面，用铲子撬挖绕 ×× 小河沟中的污泥……大坪中各处皆听到金铁声音，听到汽压槌蓬——的打在屋础上声音，和到小铁槌敲打钢管的声音。沉重的柏油桶各处滚着。大木料横斜成十字的垒上去到成小塔。人则各以其因缘爬到高空或沉入地下，在方便中也吆喝着歌呼着，且常常用着那最道地的话语辱骂着他的助手。一切的力皆卖给三毛钱一个小数目上了。一切力为一个聪明的工程师的计划活动着，一切物件，一切石头同木铁，皆遵照工程师的命令，立着，卧着，叠垒着，这些东西也就常常象叹息，发出洪大的，尖锐的，嘎长的，或沉闷的声音。……于是太阳慢慢的照样从天的低陷处出现了。随了太阳而来的是温暖与光明，于是地面有霜露的地方，木料上，或者成堆的铁条上，凡是经霜露的一处，在没有经过人手以前就经过太阳的温暖所抚，皆发出淡淡的白烟，沟中结在水面的薄冰，闪着哑的光辉，慢慢的在日光下融解。于是一切声音更大了。……工人中谁也缺少那种大胆，敢在生活上加以一种惑疑的符号，以为一切合理的都不很合理，一切世界一切规则皆应当重新来安排一次，他们纵不做工也有拿三毛钱的理由。他们都仿佛很明白气力的悭吝是一种罪过，所以到后各人就仍然把工头所颁发的竹签扎到裤头上，到工作地方去了。这些人，工作到了晚上，他们就又钻进到那肮脏小屋里去吃饭睡觉做梦，或说一点笑话，赌点钱，骂几句野话。

天气温度的下降，在建筑 ×× 大屋的工人中，是些什么事？天气冷下来，用粗糙的手抓着冰冷的铁，直到出汗以后才明白这手是自己的手，这是冬天工人的一种严肃的意义。另外是一些生来一点也不聪明的汉子，天生就的顽强的身体同顽强的心，分配在掘泥工作上，毫不迟疑地跳进污水沟中去，捏紧了铁铲的把手，奋力的橇取有臭味的黑色的冰结了的沟泥，虽全身累到出了汗，两只脚还是冻结在水中。还有另外一种，是因为前一日过分的疲倦，小小任了点性，贪恋到棉絮的温暖，在早上做着很放肆的好梦，上工的锣声只增加了梦中热闹的方便，忘了起身，到后是得小头目走来，臀部一脚，抓起放到烧柏油处去升火，扣薪一半，作为惩罚。但是这天气，在世界上另一种人，可只有天知道了！岁暮天寒，清露严霜，一些雅人饮酒赋诗的机会就来了。住在都市上一些有钱的人，天气只要稍稍一转变，就皆知道从箱柜中取出那体面值钱温暖柔软的皮衣加到身上了。富人贵人皆知道用暖汽炉或电炉，保护客厅卧房的空气，使之永远象二三月的春天。好女人陪了老爷出外来赏雪，皆用貂狐包裹一身。他们是占有了春天的人类，所以冬天也归这些体面人物享受了。

在工程处小山上有兵驻营，山上的兵是在大建筑动工以前就到了这里的。不过步兵一小队，人数约在四十，一个尉官统率了这些人。在同样的天气下，兵士们是与工人有同一命运，十月的早寒终是无法逃避的。虽然各人穿上了崭新的灰大布短棉军服，对于寒气的袭击，没有什么要紧，但也仍然是东方一发白就离开了棉被，很愚蠢的随了喇叭声音集合到广坪中，略近于呆子一样大声接应着点名时的“到”字，于是接连就又捏了冷的枪械跑步下山，到大坪里来操正步与跑步的。空场中既是各处皆有建筑材料的堆积，又不缺少房屋的石基，这些年青兵士们，就依照年青精明的队官命令，绕着这些材料堆只是跑，或者又利用材料堆，作为敌人的堡垒与自己城墙，取攻守阵法演习作战。他们与工人正象在一个世界里用着同一无目的劳力浪费着，工人的力就留在一些培养教会势力的大建筑上。兵士呢，学得整齐与劳苦的忍耐，在另一时机会一来，凭了很正派的名义，就拿去在钢铁飞窜爆裂的战争上，为那些有身分有势力的人物意气兴味上打一个长久的仗，或者流血，或者死亡，腐烂发臭，也不必再需要人为他们照料。

因为军纪那一类原因，兵士们被处罚挨打的机会，似乎比工人还要多许多。当一个年青兵士，有时被罚在山下坪中，立正一点二点钟时，那严肃如木偶的姿态，在相近处掀滚一个铅桶或一段松木的工人，见到那情形时节，总以为很可发笑。在规矩上说，工人似乎幸福多了，因为一个工人不偷东西就不至于挨打，他只须在工作上不节制自己的气力，就很够了。至于兵士呢，气力倒似乎因为预备积蓄到将来，所以劳苦稍有限制，只是凡是军人应记清楚的规矩，却麻烦多了。一个兵士他先应当知这，无论如何上官是有理由可以随意执行一切处罚的特权，又同时应记清楚起居行动穿衣吃饭的规则。他又聪明不得，又蠢不得，他又不许有欲望，又应当想一切皆是为国家那种谎话。他应勇敢去杀别人，也应更勇敢的尽别人用枪刺拟在自己胸口上。不过在 ×× 处搬砖挖泥的工人，虽有少数时间对于军人的生活发笑，却有多数机会来羡慕那有希望的人物位置的。兵士不很懂工人为什么就能这样安分的活到世界上，工人却很懂兵士们生存的理由。只要看到过身穿新棉军服，在空坪中作跑步的兵士，工人皆知道这些年青人，为革命，或者为什么更好的意义，操三年五年，懂了许多规矩，会在车站上欢迎伟人时举枪行礼，会象老战马一样在任何情形中皆能维持屹然不动的精神，并且很懂到打仗时死了可以成为烈士，在将来纪念碑上镌刻得有名字，若不打死则能得三十二十的赏号，堂堂的整队伍开进新克服的城市去，受商民的供养欢迎，气运一来就成为世界上有身分的人物了。成了有身分人物，则穿衣吃饭皆很方便，不会常常挨打，不会挨饿，不会被罚在污泥中挖土，大热天也不会在太阳下流汗心烧害痧症死去了。一个今天作工明天也仍然作工，今天凭了竹签领取竭一日气力换来的三毛钱工薪，到明年也仿佛还只是在这样一个小数目活到世界上的工人，他羡慕穿灰衣军服的人也是当然的事了。

仿佛是因为“革命成功”，虽羡慕兵士也仍然只能作工的人实在太多了。这些全是近于世界上无用处的人，除了天生的牛马的气力以外，什么事也不能作。这些人既不明白教育学与代数，也不知道怎么样穿体面的衣服，说精粹的言语。更愚蠢的就是，穷到了这样子，只要有机会得到一个女人为妻，总还生产了五个六个的孩子。

节制生育的方法一点不去研究，又缺少卫生知识，不常常洗澡，身上任何时候皆有一种使人作呕的气味。儿女则瘦到象小猴子，一身的恶疮，一头的癞疥。我们每天看朝报，第八版的社会新闻一栏，总告诉我们一些抢劫，饿死，自尽，煤矿爆炸，谋杀，以及一切吓人听闻的恶浊黑暗消息，差不多完全都是这些脚色的排演。我们不拘在何处中国地方，总听到有一些小孩子或大人，因为无法得到饭吃就饿死在大路上，到后就自然腐烂或者为狗拖食。谁都愿意挥霍一整天气力来换取一点点米盐，但是工作全找不到；谁都不觉得死是必须的事，但结果总是很凄惨的死去。在目下的中国情形看来，所以××工程处的三百个工人，仍然算是在很幸福的情形中活下来了。

工程处常常有盗窃材料的事情发生。发现了，就把人捉来，吊在大水管旁，用鞭子抽打，使本人受苦，使其余人看见。虽然这样很残忍的处置到这些人，仍然还是不缺少新的事情发生，什么原因？因为“金钱”与他们离得很远，所以“道德”这东西，也同样与他们离得很远，就不得不做这些坏事。

在××工程处，如在别一个地方情形一样，机会若在工人中给了方便，说谎，盗窃，欺诈，那是常常会发生的。他们就是那样为上等人瞧不上眼，永远为一点小小数目，五个钱或十个钱，也有理由向天赌下分量沉重的咒。他们又常常在这一类价值的事情上，揪打到流血成仇。他们偷一百钱东西也愿意冒险，愿意得到那不相称的处罚。××方面虽常常有教会中人来说教，把这些人集合在一块，告他们天堂的门路如何敞开，毫无阻碍。只等候那心地洁白的人死后进去，也好象仍然没有一个人愿意得到这好机会。这些人，灵魂是不需要天堂的。他们都明白他们在生只合劳作同饥饿，无意中犯了法律，就被人牵去杀头，死后，就跌倒地狱里去让地狱的火焚烧自己。这是他们的本分。他们都知道本身永远是渣滓与灰尘，在灰尘，铁锈，霉臭中生存，也仍然应当在这些情形中倒下死去。他们都不想天堂，因为天堂的路太远。他们只能常常想无意中多得一角钱，或吃一杯酒，所有的欲望，全是很平常很卑陋的欲望。这有什么办法？教会的慷慨，拿出一百万或五百万，到中国来办教育，培养成就一些以教会为生活的混账东西就够了，为什么还一定要顾全到这些肮脏的下等人？正因为他们愚蠢，狡诈，贪小便宜，爱胡闹生事，活着住低小湫陋的房屋，做不道德的事情，死后一起皆应跌入地狱，也才见出天堂的光明与美丽，就专是为一些上等人所预备的灵魂的旅馆！

在那些简单的仅仅好象是人的一群东西头脑里，在工作上除了比较得出劳苦或轻松，感到爱憎以外，还会想到一些什么高尚作人的事情，是谁也不能够明白的。

尚有谁，需要明白这一群蠢头蠢脑的东西心上所起的暗影没有？这些人，是连自己也没有需要明白他们生到这世界上为了什么欲望，而又必需有一些所谓人类向上的欲望的。

在建筑处方面，兵士同工人缺少相熟的因缘。在生存意义上，兵士是较上一层的一种人，是虽为军阀所豢养兽畜的一类东西，而又不缺少因为方便也可以成为军阀的两栖分子，在这样情形下兵士是不会同一个工人做朋友的。但是，一个不意的机会，一件小小的事，终于把两个地狱里的年青人牵合在一处，成为一对要好的朋友了。这事是发生到上一月的一个夜里的事情。那时那个工人，正在河街的一个人家门前，被两个码头上吃饱饭的小坏蛋，用一种赌博的骗术把所有的一点点工钱输光，想脱下那一条缠腰青布作为最后的孤注，但两个小坏蛋用不着这样一条腰带，所以不愿意再玩一次。但那工人可急了，无论如何得再赌一次。两方面自然而然发生小小冲突了。输家口中骂出了野话，两人就一同揪到了那年青工人，滚到泥里去。这年青工人是一个生长在乡下的人物，对于两个骗子毫无惧怯，虽自己跌倒泥水中，同时压了一个骗子在他的身下。从赌博到殴打，这种种情形，是站在旁边一个兵士皆一一见到的。这兵士在另外一个时节，曾看到这工人在建筑处的泥沟里挖泥，极其勤快，这时又见到一个人在此同两个骗子扭打，勇敢非常，先还是同许多旁边人一个样子，取旁观态度，看看到底是不是能够得到胜利。到后看到一个骗子从制绳索的铺子里，摸出了一段檀木，正想从背后向那工人头上敲去，这兵士忽然感到不平了，蹿过去把那骗子的手扭住，对那骗子脸上就是一拳。三人的场上加上了一个兵士，不消说两个骗子不到一会儿就被擒到泥里去了。另外住河街的人，到这时，也就出来劝解了。结果是因为兵士的缘故，两个骗子除把所骗的七角钱同一些铜子退还外，还为两人作揖陪礼，才算了事。这年青工人得到了兵士帮助，占了上风，到后就把兵士邀到茶馆去，把所有的一点钱完全花到吃喝上面。工人的慷爽行为，使兵士感到痛快，两人之间坚固的不可摇撼的友谊于是成立了。从此以后他们就认识了，在一种生活所许可的方便中，两个青年人常常一同到河街去玩，且取了一般习惯，成为兄弟了。

茶馆中张老板同那军人商量那件暧昧交易时，那两个年青人，恰恰在相去不远的一个茶座上喝茶。听到谈了一阵，望到这两人已走远后，那工人才问那个 ×× 第十七连的二等兵。

“大哥，我不明白他们是说的是什么。”

“是盒子。”

“‘盒子’？”

“匣子。”

“什么‘匣子’‘盒子’？”

“是我那个东西，明白了么？”

“噢，我清楚了。我正疑心是‘膏子’，才值得那么多钱，想不到是‘盒子’。他们生意好象说妥了。他们说明天还要约到这里交货。”

“他妈狗养的，明天我们把他掯了揍了，可以得一笔钱用。”

“他有盒子你怎么揍他。”

“他是要卖盒子的，等他卖过后，我们两个人再去拦到他，不让他一个人得那么多钱。”

“大哥，当真的么？”工人认真了，但是这样问着，且仿佛已断定这是谎话，所以先就笑了。

兵士说，“只要你有胆量这事就当真。”

“他知道我们怎么办？”

“放翻了他，就知道我们，也让他到包丞相处算他妈的鬼账去。”

“我们到什么地方去等他？”

“仍然来这里，看他们怎么交易。”

“我们决定了！”

“决定了！这算什么鸡公大事？你怕么！”

“我——”这工人说不分明了，因为这是初次。因为他想起那些被吊在水管旁用大藤条打三百的工人的情形。

因为他记起别的事情。

这汉子是乡下人出身，是来到这工程处以后，每日拿三角钱工薪，按时做工头所分派的工作，按时从那湫陋木板屋中钻出，而又按时蹲到泥地中做事吃粗米饭的人物。一个最规矩的最合用的工人，一个“虽愚蠢却诚实”值得教会中派来的牧师用圣雅各名分哄骗永远这样做工的动物。要他这时来为一件新的欲望摇动，要他冒险，要他杀人，他不能随随便便这样答应的！

兵士因为他那身分，因为那中国兵士的特别身分，是并不把这件事当成怎样了不得行为的。平时规规矩矩，每天到大操坪操跑步，每天点名，每天被上司辱骂，使旁人看来，都以为这些蠢东西的心，一定是一种特别的质料捏成，永远是不会多事了的。但是，感谢那些伟人，常常把另一种教育给了这类当兵的人，他们常常使他们去为一个好名分打仗，有时也使他们为一个最不好的名分打仗，战争，就是那连年不息的战争，就是那每一个兵士皆有机会遇到的事情，把兵士们头脑完全变了。一个初到军队中去的人，是还不缺少怕鬼那种小孩子心情的，但稍久一点，这些人就不同了。他们都得在方便中做一点侥幸事情，都得任性，因为他们都得死！他们是用不着道德的，其他一切好名分也用不着。他们为三个月或一个月的薪水，去壕沟边用枪刺作武器，肉搏一次，他们又常常为五块钱的赏号，做一次同样的愚蠢行为。他们是都明白把自己生命，作一孤注去赌博，若是没有战争，那他们在另外机会上，就要做出与战争差不多的愚蠢事情来了。

这时这兵士，已经看懂了那工人的无用处，他笑了。

工人见到兵士笑他，有点不平了，他说，“我们去，我赌咒要去。我不把我这手扼断他的喉咙，我是婊子的儿子。”

两人是把事情已经约定了，就离了茶馆，回××，刚走到河街尽头，就听到××小山上吹点名号，兵士听到号音，知道一回去又得被排长辱骂了，就望望天空，骂了一声野话，与工人分了手，拔脚向山脚跑去。

工人独自一人回到那建筑处，从那守门的巡警面前过身时，也轻轻的骂了一句娘。

这汉子，在夜里，在那又臭又脏的住处，用一床旧棉絮包裹了全身睡觉时，就做梦，梦到与人打架，得了胜仗，从那被打的人抱兜里掏了七八块钱的角子，捏满了一手，就醒了。醒过后，爬起来走出房子，站在寒气逼人的月光下洒尿，望到小山上有一个哨兵的人影，来回的走。听到远处有鸡叫，仍然回到自己的住处，再想睡觉也不能够了。

三

一个新的白日，所照的还是旧的世界。肮脏的，发臭的，腐烂的，聚在一处还仍然没有变动。一切的绅士看不起的人，还是仍然活到世界上，用不着哀怜用不着料理。一切虚伪，仍然在绅士身上作一种装饰，极其体面耀目。一切愚蠢的人，还是在最小的一种金钱数目上出死力气抬扛以及伤亡死去。沉默的还是沉默。教会中讲经台上，还是那个穿道袍的牧师，靠到叫卖上帝，过着极其安舒的日子。

三百个工人仍然还是听到铜锣一响，就从那黑房里象狗一样陆续出来了，一群囚犯样子站到敞坪中，各人口中哈出厚而浓的白气，各人搓手搓脚，寒气逼得这些愚蠢汉子只有一个办法，这办法就是尽力去作工，使全身发热出汗。好聪明的天气！就是冷，也仍然是用冷来鞭打一切，对于另外一世界的阔人贵人，作一种讨好的帮助！

小工头站到栅栏处点名，按人数发给腰牌，用大而短，发沙而可厌的声音，喊那本日应上工的工人。这是一个头等长人，一个可以安置在游戏场作为敛钱的高子。这工头把腰牌递给一个工人以后，总免不了用一个批评家的眼光，检察了一下从身旁走过的工人手脚同腰部，还有那后臀，看看是不是显出了毛病。他这工作是必需的，就因为上面如查出了有一个不称职工人时，他的宽容将得到一种责罚。这汉子为了尽职，为了得洋人一句奖语，本是不适于认真的脾气，完全也变了。他一点不儿戏，不说笑话，脸上缺少笑容，严肃在那瘦脸上，有着奇特的作用，使人在他们面前开口不得。但是这样一个模型，这样一副愚忠的表情，大工头是以为这人一定因为家中太太不学好，所以使这个高大个儿忧愁到这样子的。

这工头今天仍然站在那老地方，仍然是把那件大羊皮褂子反穿着，一手捏了牌子一手塞在腰下裤带里，搔痒点名而且检验，工人们便鱼贯的从他身边走过。

“四十七！”

“六十四！”

“七十八！”

每喊一个号数，就有一个人从那人堆中挤过去，走到工头身边，取了那腰牌走去。每个工人皆显露出一种睡眠不足的样子。从东山头爬起的太阳，照及一切时，都象镀了一层淡红色与淡银色的东西，只是这些肮脏油腻的汉子们，那太阳，就只作成了他们一种方便，日光照到那些脏脸上，愈显得他们不是人了。在太阳下过细去看那些东西的脸，扁平而又无趣，或者狡狯多端，表示这狡猾就用一个鹰隼鼻。或颧骨高耸，耳朵外张如一个最不美观的蚌壳。或大麻子如花点，疏而不匀，来他一个满脸斑斓。或者是刀痕和疮疤，毫不为体面设想似的，在最露眼处现出。总而言之想从这三百人中找出一副端正一点的脸子也是很难的。这些人的生活，使这些人日向下贱的一层走去，工作疲倦与生活平凡，把他们变成又丑又笨。而且那心，那位置在绅士们一类人的腹腔中时，则成为智慧与艺术源泉的东西，一到了为这些人所有时，真是想不到的一个活动！他们想些什么？他们能够想些什么？他们就只想扯点谎，因为扯谎可以多得一点钱！他们想偷懒，因为天气太不相宜于工作时偷懒是最自然的事。他们还有的就是时时刻刻想偷一点轻便的材料，走到河街去卖几角钱，把这个钱花到河旁的小船上的大臀小脚妇女身上去。他们做梦也就只能做这些既不道德又复愚蠢的梦。他们的心除此以外，就是对这小工头检查时，做出一种作伪的驯善一件事了。这时，那小工头正喊到“八十三”那个数目，从人丛里跃出一个矮子，这矮子站在那入门处的木条做成的栅栏边，用两只手抓住了那木栅栏，仰面望到工头瘦脸，且因慑于威严，这小子就只避开了工头的眼光，注意到附在工头长颈上那个凸出的喉骨。

“八十三，你怎么四毛钱就卖了五磅碎钢头给河街上万源盛老板。”

这话把那矮子吓得更矮了，闭了一下眼睛，想用老方法来支持这局面了，就象一个扮小丑戏子，把手摇着说道：

“大爷，这是笑话！”说了他自己也勉强的笑，且对其他工人说，“这是大爷说的笑话。大爷一定晚上赢钱，就拿我们开心，他说钢，我不知道是什么钢，我昨天是挖了一整天泥巴，你们中间有人同我在一块的，快出来做一个见证！我昨晚上老早就睡了。我梦到过年，梦中喝了一台好酒，说了许多梦话，早上石三还笑我，石三可以做证人，看我这几天有钱喝酒没有。我是只能够在做梦时喝酒的人。”他就在人丛中搜索石三，没有发现石三了，且故意大声喊，“石三，石三，你来，帮我同大爷说明白，不然我又背冤枉。”

把话说过一大篇，这小子，以为话已经说够，照老例，只差赌咒一件事作了，就望了四围情形一下，最后才抬头望到那工头。他仍然望那得是凸出的喉头骨一部分。那么虽然极其硬朗却仍怯懦到极点的神气，在他自己是以为只要工头笑了一笑，就把那腰牌带上到工作处去的。但是好久没有命令，这小子有点慌张了，就怯怯的从喉骨再望上去一点，看工头脸色究竟是怎么样。

工头不做声。把腰牌一递，小子就想去接，但腰牌还是在工头手上捏着。

“你为什么常常到万源盛去？”

“什么常常呢？我的天大爷！我只到过那里一次，用四个铜元买了他一个旧火镰，大爷你看，就是这个东西”。他说着，一面就从裤腰边拉出那个火镰来，“他一定要我六个，我说这东西无论如何只值四个。我买了三天才买成，这就是‘常常’那意思！”

“我怕你不是买的。”

“不是买的他肯送我吗？我又不是舅子。我这样子不体面是不会唱旦角的。我凭什么能够得这个？”

“你一定顺手方便拿了一点别的东西去。你一定这样把火镰换来。我们这里这几天来又丢失了许多零零碎碎东西，我想只有你这个人欢喜做点这类事情。你偷东西的本事实在比你挖泥巴能干而且勇敢，告我昨天拿了些什么东西？”

“我赌咒，若是昨天偷过东西，我是河边的犀牛×出来的。”

“犀牛是养不出你的”，工头把那腰牌塞到矮子手中去，“矮子，进去罢，你小心不要犯到我手里就是。”

这矮子把话对付过去，居然又走进工程处去了，离了工头约有十五丈，就伸了一下舌头，自言自语说道：

“老子偷你的木头你说钢，两块钱你说四毛，我赌一千个咒也不怕你！”

后面跟来了一个工人，冷不防就把他衣领揪着了，不让他有掉头机会，就把他想往回带走。这矮子吓了一跳，但从手法上，他知道这是朋友闹的玩笑，因为那不可知的人物把他眼睛蒙了，他就说，“石三，是你，是你！我晓得是你！你这杂种，你为什么不在我喊你那时候出面帮我说一句话？你这杂种！”

那年青人把矮子放了，推了一掌，让矮子打了一个前撺，就说，“你这贼，你要我走出来做证人，我就得告你怎么偷木料到毛婆那里睡觉的事情。”

“你告，我也得告他们，说你以前做那件事。”

“你这老狗 × 的，你敢说一个字，我就用红薯塞你的嘴巴。”

“只有刘三姐的嘴巴要你塞才快活的。石三，我问你，这几天真到船上没有？”

“婊子没有钱她理你？”

“我们今夜去，早一点去，我有钱。”

“老强盗，你还赌咒！你钱从什么地方来的？”

“难道我家里没有钱么？”

“你家里有人做婊子卖东西，才会有钱。”

两人一面说一面到了水沟边，矮子见到水沟里有一个纸烟盒子，在水面飘荡，就很勇敢的捡起石子来击打那烟盒。随后那名字叫做石三的也蹲到地下去拾小石头做这件事情来了。两个人打了半天，总算把那烟盒打沉了。这两个人的年纪合拢来是五十七，矮子年纪三十三，石三年纪二十四，两人还是这样天真，把这个事当成一个最愉快的消遣。把烟盒打沉，第三次锣一响，两人分了手各走到工作处去做三毛钱一天的工去了。

矮子所做的工作是常常变换的。有时被派挖泥，有时又被派到河边去扛铁条，有时在拌水泥石子车前面照料倒石子，有时又爬到云中去料理汽槌。本来这里工程处，是有些工作皆人数分配有了定数的。做了这样就不能作那样。但是这个又聪明又狡猾的东西，仿佛是因为他那侏儒身段，以及同任何人也有话说的习惯，所以从这里掉到那里的事就特别比其他工人为多了。他是常常因为偷东西挨打，却又永远不为工头所开除的。这工程处最先开工的那日，他就到了这里，他是洋人认识的一个工人，所以工头就不敢同洋人说一定非开除这人不可了。他今天被派到下河去用排车拖一些美国松木，这是一种从外国海船运来到上海后，又由驳船运到此地小河的一种建筑材料。这些木料皆堆到了空坪中成为无数小塔，可是从 ×× 来的驳船，还是一船一船的继续运来。木料到了地，这些工人就把木料搬到大排车上，拖到工程处卸下，又返到河边作第二次搬运。当长的橙色的或黄而起细碎花纹的木料，二十根或三十根搁到排车上，七个人前前后后的把车推着挽着从河街方面过身时，车轮轧轧作出一种刺耳的声音，河街上有小孩见到，总大声的喊那些工人，用一种不体面的称呼，不是说“看马拉车子”，就是说“看推车子的牛”。在工人方面，则照例在这些地方见到小孩子，总骂一句“野种”，作为出气的一种手段。在河街地方骂小孩子丑话是决不会错的，这些小孩子，要问那些做母亲的孩子的来源，要明白那父亲的生活同所在地方，真不是一件容易事情！

小孩子们被骂了，虽然有些不平，有些对于这辱骂的不平作一种表示，或抓一把烂泥，远远的抛去，或跟到这些工人身后，唱一种用淫秽字句组成的小曲，或者同样的把野话还给工人。但这些事全是这样自然，全是值不得家长们干涉，一面在小平屋里或河船上做着什么事情的母亲们，一到了夜里，是仍然还得这些拉木排车的汉子们供给少数的银钱同多数的精力。不问小孩子怎样在大街上胡闹，不问这相互的辱骂到什么不体面事上去，她们纵听到时也是不来过问的。她们在这些上面用不着小气，她们所做的许多事，比小孩子们骂到的丑话还希奇古怪。这些“战士”，这些人间的母亲，她们把孩子生下，是并不为某一种权利，所以孩子们活到这世界上以后，她们当然也缺少什么义务会教育孩子，使孩子们象一个小孩子本分的过着日子！小孩子缺少知识，所以还同这些工人对骂，到长大一点以后，他们不是工人就是乌龟，再也不会觉得有什么奇怪了。

排车从河街过身，一车又一车的木料，使河街上人皆发生一种厌恶。这厌恶是夹杂在一种奇特情绪里面长成，要谁来说也是说不分明的。大家皆知道工程处要花一千万或五百万的银钱，筑建房子来办学校，大家皆明白这里多了一个学校以后地方的兴旺。目前的，人人所看到的，人人所知道清清楚楚的，是自从工程处一开始动工以后，一千个大汉子从各处运来，除了来船不算，每人值三毛钱，每一天在河街方面就多有了三百块钱的活动。因为三百块钱的加入，河街那座茶馆热闹多了，理发馆那两个身穿白衣从 × 埠来的剃头师傅，也能安心吃饭做工，尽那为社会分工制度所分派下来的一种生活义务了，许多下等卖淫妇人，也能从一种方便中更泰然的活下来了。还有那小生意人，还有为那些船上生手拉皮条，靠那每回四个铜子的佣金的码头上人物，也正有许多许多是在那三百块钱一个意义下而活着的。三百块钱在这地方真是一个吓人的数目，这是一注财产，一样不可侮的势力，除了那一千工人得依赖这点东西，才能继续把生命中力气留在未来的日子上工作外，还有两千个人的生趣，也附粘到这一笔钱上。但是，有一种厌恶，有一种蕴蓄在每一个人心上每一个血里的憎恨，是自从这小小的市面上多了三百块钱，把他们原有的生活完全毁了。他们原本是向地狱那个方向走去的，现在把脚步也放快了。他们中间堕落的更其堕落，懒惰的也越发懒惰了。坏的更坏，无耻的更极无耻，他们于是有理由对那为金钱与血汗所合成的未来的教会建筑，共通怀了一个不可解释的憎恨。

同那个八十三号在拉木料车的，一共是七个工人，这七个人中，就有那个在昨晚上同兵士甲所商量过一种事情的年青人在场。这汉子一句话不说，当木料堆足到排车上时，吆喝了一声，就依规矩扶着木料，在车后用力推着走过河街，走进工程处，把木料卸下，又来第二次。他默默的想到晚上的崭新事情。他不常同人打架，但他觉得若果有非打不可的情形时，胆量是并不缺少的。他把抢劫这件事也就当成打架一类行为看待，他可以赌咒，对于敌方的气力是不屈服的，他不怕谁，也不怕犯法，他只是不明白那人究竟怎么样出手，怎么样对付要打倒他的两个贼。他为了要明白这件事情，为了要靠到自己的想象，在没有动手以前，先把这一场胡闹想出，并且就同时可以作一种顺手的于己有利的预备，他就在搬木料时想这件事情，在推木料车过河街时，也只是想到这一件事情。河街上小孩子喊他做傻瓜，这傻瓜，他似乎没有听到孩子们揶揄。他比同伴更卖出气力到职务上，一点不节制自己的精力。他两只手因此在一次小小疏忽的情形下，被木料轧着了，左手掌轧出了血，这汉子，只轻轻的骂了一句娘，把手掌放在腿上擦，血全擦到那肮脏的破烂的蓝青布上面，成了一片黑色，到后走到干土处时，就抓了一把泥土，敷到那手掌上面。他用他一只右手做事，还是一样的出力，一样的称职，同伴们都望到这手掌好笑。

那矮子，神气怪好笑，一双骨碌碌小眼睛，注意到他同伴的伤手，说出话来。

“乡下的哥，你那手有喜事。它披红挂彩，这兆头是使你今晚上有一杯酒喝。”

他懂得这话所含的嘲笑意义。那是同伴在取笑他，值不得生气。他常常被人喊为从乡下来的人，照例喊他们的人，却是自以为与乡下离隔远了的。在那名分下，就有一些义务，譬如做事耐劳，待朋友诚实，不会赌博，不偷东西，这一类行为。凡是这些自然是应当为其他工人取笑的，因为这里面包含得意义只是“吃亏”。为什么要吃亏呢？到这些地方，做这些工作，对谁也用不着吃亏！稍稍做久了点工的人，是谁也知道应用怠惰，狡猾，横蛮，以及许多无赖行为，才能使自己生活比目下一切更方便适宜的。所有工人都得学会在方便中偷盗，所有工人皆应当明白赌博中的骗局，以及有时候放出一个凶顽的样子来欺侮同辈。你再忠实尽力，再规矩作工，每天还是三角。你再诚实待人，遇到赌博时你的同伴还是把你的钱想方设法骗去。你老实，大家就欺侮你，或者把最笨最吃力的事尽你一个人去作，他们都抱了两手坐在一旁晒太阳。凡是不很懂做人的恶德的工人，有一个普遍名称，就是“乡下的哥”。

这时这个乡下工人听到矮子在和他打趣，他望到这矮子笑。他想得是别的事情，不是矮子所懂的，他为了这隐秘，为了这称呼的不实在，毫无恶意的承受了矮子的嘲弄。

矮子见到乡下人在对他笑，他更得意了。

“哥，你那手真可惜，就只糟蹋到这些小事上头！你打过老虎么？你捉过野猪么？你在乡下，会爬树么？你在什么时候也把你那一双臂膊，抱过妇人的腰么？”

他们那个车子正从一个小屋边过去，屋里正有二十个或三十个人在赌博，从外面过身的人皆能听得他里面的铜钱角子铿锵声音，且听到一个人嘶声的喊着点数，这车子在屋前不由得不稍稍慢了一点。

矮子是在这个地方，把所有做工来的钱和偷来的钱，完全输到这里了的。每次来到这里总是空手，每次总是坏运气在身。这时捞本是做不到的事，他没有空时间，也没有多钱，他就细心的倾听里面嘶嗓子所报出的点数，猜想下一次一定是天门的顺利。果不出所料，即刻就又听到喊赔天门的声音，他就跺脚，把在他身旁的“乡下的哥”打了一掌。

“若是我有一块钱，闭一下眼睛就是两块——× 祖宗的运气！”

另一个也是时常赌牌九而又尽是输光的工人，就说，“矮子，你是只有口的。你的一张口会说空话，还敌不过黄四嫂子的一张歪 ×。”

矮子估计了一下取笑他的那个人，他不说话了。他把舌头舔了一下口角，仍然用力推车走路，一面想，想了一会，才找出一句俏皮的回答。他说：

“你好能干！”

那人象是不听到这句话，只把手扶到木料尽头，身体向前倾，因为这时那车子正从一个土坎上过去，前面四个人皆努力拖着，有两个还把身体弯成弓形，一面用力一面吆喝不止。

乡下人因为是在上坡，所以顾不得手上的伤，那左手又搭上木料上去了。手掌的泥土皆已为新血染湿，那血还同时染污了木料，当矮子工人注意到了这个时，就又忍不住要说一两句话。他仍然大声的喊“乡下的哥”，他要他用一点气力，要他勇敢一点，把肩扛着木梢，向前迈步。同时，他又要乡下人小心一点切莫把血涂脏木料，因为这木料是做礼堂屋顶的。

“哥，小心你那一只手上的红水！木头同铁是不吃血的，他没有口。这些东西随时随处都会咬我们一下，把你咬流血或者断手断脚，但是她咬我们可不吃我们。它们还得爬到屋顶上去。它们是外国来的，它们是看不起你的。你不要把那一只手挨它，你把肩膊扛它，用一点力，车就上前了。”

把木料卸到工程处一个指定地点后，把手被木头轧伤了的那个工人，倚在排车边旁，用一块布条包了一些丝烟处治那个伤手。听到山上营房里吹号，听到排队，知道那里军队是要到山下来操练了，就想站到原处，看看那个朋友。等了一会，却不见排队下来，于是只好又随了同伴拉了空车，到河边搬那未尽的木料去了。

在把手轧伤后还拉了四次木料，天气才渐渐夜下来。放工以后，缴了腰牌，这被人称为乡下来的汉子，就赶忙走到同兵士所约定的地方等候他义兄。在那地方两人见到了，兵士见到了那一只受伤的手，就有点奇怪，仿佛是兆头不好，神气稍稍有点不高兴的说，

“怎么手轧伤了？”

“是那木头。”

“要不要紧？”

“……”工人不好意思说话了，因为从义兄脸上颜色看出对于这不凑巧的灾难有点扫兴，自己心上生了惭愧，不能告诉是流过很多的血了，就想谎一下兵士，又因为不善于说谎，所以就无话可说了。

兵士就说，“我们真是三只手了，就是三只手也要干。你去吃饭，他们打锣了，吃了饭就同我到前河坝聚齐，我们到茶馆去等他们。”

工人还是一句话不说，拔脚向住处跑了。兵士就站到那巨大的柏油桶上，望到向吃饭地方奔去的工人的背影，太阳正在下降，日头落处只剩下一片怕人的血红。

四

两人仍然在茶馆的一个角落处坐下，喝四个铜子一壶的粗叶香片茶。茶馆中电灯已明，茶馆中人也越来越多了。可是各处皆坐了喝茶的人，却总还不见昨天那汉子。机警一点的兵士，又走出去各处看了一会，又望了望对面那铺子，也没有得到结果，就只好又回到座上来等候。

从大约六点半钟左右等起，一直到八点，还没有昨天那汉子影子。工人把他那只受伤发烧的左手搁到桌上，一句话不说，耳朵听到吊楼下船上妇人小喉咙唱妹想郎的曲子。兵士则很不安定，很悔做错了事，早晓得不会到这里来，则以为不如到河街上去等候，或者还容易碰头。他因为疑心那两人这时说不定已经就在河街上一个烟馆里交货交钱，说不定那得了钱的汉子就正从烟馆跑下河去，拿所得的钱睡女人过夜，心里觉得发燥了，他就提议两人到外面走走，不要死候到这地方为是。他告给工人，说他们或者已受了骗，因为昨晚上那个时候，酱脸胖子就注意到了四旁的人，为免不了隔墙有耳，为小心起见，或者白天两人就又约定了另外一个地方接洽去了。

两人于是离开了茶馆，但刚一出门，就见到那退伍军人模样的汉子同酱脸大块头并肩走来了，两人又赶忙回到茶馆里旧座位上去。不到一会那两人果坐到昨天那角落座旁喝茶了，这两人同那两人的距离只隔了一张放碗盏的桌子同一根撑柱，所以兵士把脸背了那两个谈生意的人，装成喝茶的样子，静静的听他们所商量的事情。

事情是完全失败了，那汉子说东西拿不出来，得改天谈，本来是也并没有当真交钱的酱脸胖子，还似乎借故的生了一点气，以为那退伍兵不应当脱虚误事，两人就为了这个事在那里轻轻的吵着，到后是胖子生气要走、退伍兵仍然把他拉下，话说得更轻了。

人来了还是毫无结果，两人都感到扫兴，兵士还忍耐的在那里坐着不动，那伤手工人，觉得左手发炎作疼，不高兴再痴坐到这桌旁做蠢事了。他要走。

兵士也一把拉着了他，“你忙什么？什么妇人在床上等候你？”

工人生气了，“鬼等我！我到这里做什么？我这只手痛得要命，我要回去睡觉，不耐烦做这蠢事了。”

“慢一会儿不行么？”

本来是没有什么不行的，但这时那兵士，不待到朋友的思索，就又说了一句使工人生气的话。他问他愿不愿意到船上去玩玩，看看那地方的大脚妇人。他记起了日里那矮小工人的嘲弄，没有再回答的必要，怀了说不分明的忿怒，离开茶馆，自己走了。他当真是预备回到住处去睡觉的。从河街走去，听到临河什么地方妇人唱曲子声音。出了河街，得走一点石堤，过了石堤，转一个弯，就到了白日里排车过身时有人赌钱那小房子。走到小房子前过身时，听到里面许多人在赌钱，引起了一种欲望，就摸了一下裤腰。身边是一个钱也没有的，但当时触手的是一个硬朗而又发沉的东西，就是一把小小铁锤，一把从工程处取来藏在身边，预备在今晚上抢劫的武器，现在是没有用处的东西了。因为这铁锤梗在腰边，从铁锤想到在日里所作的一切好梦，这小子心中重新又起了一种不平，他不愿意这样回到住处躲到那脏地方过夜了。他仿佛今夜非要生一点事情不可，他得想方设法同谁去打一架或喝一杯酒不行，所以即刻就回了向原来的路上走去。

他预备仍然回到茶馆去，找那个兵士借两角钱，到了茶馆，那个义兄已不知道什么时候走了，就是那另外两个人也不见了。一个奇拔的思想钻入这汉子的简单而又有趣的头脑中，他忽然觉得前途一定有了变化，一种日里预期的事情仍然是在进行，他以为必定是在他离开茶馆以后，那两人所谈的话已为兵士所听到，两人一走，所以兵士也就跟到走了。

为了这个思想的缘故，这乡下的哥从茶馆出发，又取了一个与回去的方向相反的地方走去。他想要在中途碰到兵士，只有到下堤去一路可走，因为若非三个人皆从吊脚楼甬道上了船，则无论如何在下堤一带可以见到兵士。他一面还是打算到两角钱得到手后如何处置到牌九上一个问题，一面走出那河街。下堤那方面也有一条小街，先一时并且很出过名，因为当风，沙浅，所以那地方泊船较少。但 ×× 市的下等烟馆出名的还是下堤烟馆，初来的人问路，也只知道有下堤这个名称。这是一个曾经有一个时节比河街还热闹一步的地方，到后因为河身沙洲上涨，街上又遭了两次火，所以就衰败了。

下堤去河街约有一里路样子，因为河身转了弯成弓形，若是沿河走，道路较远，较荒凉，想走捷路的人皆从另外一条路走去。但若有一个把散步当消遣的人，他是愿意让自己的脚从沿江那一条路上走去，绕那黄土岸嘴慢慢的走的。因为那嘴上有树木，在那堤上看河上风景，白天则有一只一只小乌篷船过身，船上常常坐得有新娘子，晚上则可以看到水面的红灯，天气一夜，虽小河如何肮脏，也仿佛有一种江上风味。不过住到这里的人，实在是没有一个人懂到享受，他们都去忙到做工，都去忙到吃饭吵骂。所以这一条路，在薄暮的时候，除去了间或有几个住在市里的年青学生，到河街来观光，留到这河岸欣赏落日，其他就只是一二个住到 ×× 市里，往来工程师处传教的洋牧师的影子了。

这工人这时所选择的路却是沿河的一条。天气有理由让他在这些时候做一种遐想。他正想到在那里会遇到那个卖枪的汉子，或者另外一个人，手上或腰兜里有得是银元赤金戒子，就利用了那一只完全的手，把身上所藏的小铁锤一扬，在脑部或什么方便地方一下：于是就得了一些意外的财喜。他这思想是在他平常日子没有的思想，全是一种方便，一种意外的巧合，假若有这方便，有这巧合，他是不再拒绝它的。昨天被义兄一怂恿，今天又被那矮子一奚落，这乡下人此时就只想到作一件坏事来了。

他慢慢的走到了那有两株先一些日子还有红叶子缀在枝上的不知名树木下面，他在那里呆了一忽。正在这个时候，从那一方来了一个人。天气已经黑了，又没有星子，明天一定不会有好天气。他听到一个人的脚步，看见一个修长的轮廓，他明白了来的人不是他所要等候的人了。这是一个靠卖圣雅各的牧师，一个到中国来引度人到天堂去的上品美利坚人，在本国时那脑袋里装满了知识，来到中国后，又在那空地方装满了虚伪的数不清楚的诡计。这个人是因为 ×× 的工程处兴工以后，由 ×× 会派来驻在 ×× 教堂里面，专来在工程处传教的。这时有学问的人正从一个隐秘地方喝了一肚子烧酒，走出来发散，无意中遇到这样一个冤家。

从那脚步的速度上，来人已经被树下的那一位估计分明了。他想避开这牧师，就站到那树下，屏息着呼吸，尽牧师从自己身边走过，但希望不要为牧师见到，省得许多麻烦。但那位牧师一听到前面有小小声音，就和和气气的用中国话喊叫：

“是哪一位？是哪一位？这个时候到这里做什事？”

他走到了那工人身边，且忽然把工人的肩膀拉着了。“你是工程处的人，我认识你，你在这里做什么事情？”

“我等一个人，”这汉子一面很不高兴回答了牧师，一面把肩膊摆着，不愿意牧师那只手搁到自己肩上。

“你等谁？你不应当有仇人，在黑暗里等仇人，是不行的，若是朋友，你一定是等候他去同你喝酒。”这好人平常为圣经所醉，现在一喝了酒，只想感化人，不想到要感化的是谁，就想拉了工人往工程处走，“回家去，好好的睡觉，明天好早早起来做工，你这孩子要听我的话才能做一个好人。”

“怎么？鬼打你？”

“上帝在我们面前，经上说骂人是不对的，你样子是喝醉了，我一定要送你转去。”

“不要抓我！”

但牧师总以为对面的人已经是喝醉酒了一个人，他明白他的责任，他要按照经上说的规矩，把醉人送回住处去，所以抓不着肩膊，另一只手把那工人的衣角又拉着了。工人想挣脱走去，用了力想跑脱身，牧师另一只手伸出时，触着那武器了。

“你这人是做什么事情我知道了，你要打你的仇人，带了凶器，等在这里。你一定是常常吃酒，才会做这样事情。你不跟我回去，明天一查出来就革了你。”

牧师一面唠唠叨叨的说着，一面就想去检察那汉子裤腰上所有的硬朗东西是一种什么器械，忍耐到不能忍耐的工人，同到这醉人揪在一块，想脱身总是办不到，到后那只受伤的左手一把又为牧师抓着了，心上冒了火，把铁锤从腰间取出，就在那大而圆整的脑袋上，象敲一颗钉子一样，用力气打了三下，那牧师，软软的，仿佛需要睡眠样子，全身向前扑，工人略把身体一闪，这上帝的掮客，就趴伏到地下了。

那汉子，钉锤还握到手里，用脚踢了伏在脚边的牧师一下，毫无动静，这人即刻蹲身下去，用手摸牧师的头部，得了一手湿东西。他明白事情已经不可收拾，站起身来把铁锤奋力向河中掷去，只听到卜咚的一声，沉下水底了，自己就飞奔的向前面跑去。跑了一会，望到了下堤灯火，忽然又觉得这事不是一跑了事，就又向回路上奔去，到了那原来的地方，摸到那牧师尸首还静静的伏在地下不动，就拖着牧师一只脚，从较低处把那尸身用力一掀，于是第二次又听到咚的响了一下，牧师已经水葬了。

他做完了这件事后胡胡涂涂又向河街奔去，到了河街，还见到那茶馆有许多人进出。他觉得很不安宁，头脑混乱，左手疼痛，到后仍然回到住处，到那肮脏发臭的低小湫陋板屋里睡了。

他对于自己所做的事情一点也不明白，到了第二天，还是仍然听到锣响，就从那板屋里爬出来，听到工头喊叫号数，又仍然大声的答应，捏了腰牌走去。

他自信所做的事绝对不会有人疑心，所以第二天他仍然做工，仍然被派到同矮小工人一起下河，拉那永远拉不尽的木料，只沉默的做事，那这矮子，因为方便的缘故，也仍然在方便中用各样话嘲弄到这“乡下人”。

五

第一天事情过去了，到了夜晚，兵士来邀那个工人。两人选到一堆大铁管子上坐下了。

“昨天我到河船上打了一架。”

听到说打架，工人身上发抖，问兵士，“你同谁？”

“同一个女人。同一匹水牛。我们那个事既然作不成，你手又痛，什么也不能干，我当然只好到船上去睡觉。”

“我不能干什么？……”

“你只有……”另外一些意思，那个兵士咽着了。

“我——是的是的，我一点不中用。我问你，昨天我回头到茶馆找你，怎么就不见你了？那码子也即刻不见了，我以为你是跟到他们走的。”

“我 × 他三代，他们注意到我们！他们拿那个到沙嘴子去办交涉，我们怎么能跟到去。我从船上面到营里，过了钟点，罚了三十分钟立正。你是早睡了。”

工人干笑，说不出话来。兵士很不平，因为好象兵士无理由这样笑。

“你做梦。”

“我做梦怕人得很。我……”

“见你的鬼！我问你，今晚上同我到船上去，好不好？”

“我没有钱。”

“要钱么？你同我去还要钱，蠢死人。”

“无钱老婊子理你？”

“我引你去看我的水牛。吓坏你。有一身白肉，一个圆脸，一个宽……”

“一定？”

“一定。”

“我仍然在这里等你。”

“你不要到别处去。”

……

同伴两个人走到河边，爬到一个小船的舱里去，在摆有鸦片烟灯的低低木床边沿，坐得是一个肥硕健壮的辰溪女人。

“苗子，你带你的同伴来了。”

“带来让你看，就是我说的老弟。是初出山的老虎，因为陌生，他一切都怕。”

女人不信，白眼摇头，“老弟？老哥，大五岁，是不是？那样子不知道有几个妇人同他好过，怕什么？说鬼话！”

工人害臊了，不好意思脸红了。女人见到，明白话一试验就试验出来了，拍手大笑。

“苗子不说假话，你瞧，我只一下，脸庞就红了。原是十八岁后生家，十八岁闺女，在人面前红脸，小雏儿，只能算一只有老虎样子的猫。”

兵士望到工人做一个怪脸嘴，要他放肆一点，坐到妇人腿上去，工人只呆呆的坐在一边，邻船上有人用浇筒舀河水，咚的一声，工人听到心里一惊，想出去看看，就到舱外去望河水。

河上白茫茫一片薄雾。一些远近船上的灯，大小如星子，闪烁于水面，情调一切象昨日。

在外舱的工人听到里面兵士纵声的笑，以及女人小声的唱歌，心上有一件东西想摆脱可做不到。他到后又仍然躬身进到舱里去了，到了舱里时女人递了一枝烟，不知道擦自来火。

女人同兵士说，“你这个老弟象犯了案的人。”

兵士把话夸张的回答了，“就是昨晚上，做了事情，你瞧那手，还带了伤。”

工人懂到这是个笑话。工人估计到兵士说谎的口，有那么一拳打去的意思，但是，听到末了，听到兵士又说到这案子是为女人而起，工人不自然的而又悍暴的笑了。

第二次被兵士嗾使接近妇人的他，毫不思索的把那只健全的做工的手，抓着妇人的裸露的膀子了。在这样新的把握下，妇人用着本能的知识，懂到这男子对于她已经燃烧一种情欲的火焰，那力量，那含有暴乱的不能节制的原始人野性，已经从最深的一处暴露了，这妇人于是便用了好奇的心情，瞅着工人。她这样作是使工人苦恼的。她要虐待这男子，使男子不能在今晚上离开，要在她身上尽一些属于男子汉应尽的义务。

兵士躺在一旁烧烟，慢慢的滚烟泡，仿佛一点不注意到他们。把烟烧好，喊妇人吃烟，妇人摇头。

“你想吃别的，我懂。”

“什么别的？你冤枉人我要生气的。”

“你欢喜生气也好，听人说观音菩萨生气才美。”

“什么观音如来佛，你的口除了吃东西就得说混话，要喝酒不喝？喝我就叫船来。”

这时河面正驶过一只小船，船上卖猪蹄，卖烟，卖酒。把船满河划去，一个人曳长了声音喊叫出各样名字，有人叫唤时就将船泊拢来，从船里递出红烧的热的猪蹄同烫好的白酒。

工人听到这个喊声，记起身上的钱的数目了。他知道这不能赊账，恐怕兵士答应了妇人却拿钱不出，赶忙接应说才吃过饭不久，还打嗝。

妇人似乎懂这个意思，因为许多人喝一杯酒或者本来说是打噎的也好了，今天应当轮到自己做东了，自己就爬出去掀篷，尖声的叫把船泊过来，问有什么菜下酒。那只小船到后系定了，妇人跳到那船上去了。

“我们回去，慢了又要挨打。”

“你怕打么？”

“我要转去，我留到这里有什么用处？”

“有用，你不看别人为你买酒去了么？”

“为我？”

“不是为你是为哪个？”

“我知道她为哪一个！？我要先回去了。”

兵士轻轻的说道：“呆子，你回去做什么？到这里住一夜试试，你可以明白许多事情。”

工人不再作声了，害着羞，想象这句话那些为自己所不分明的意思，他这时，记起昨晚上的事情来了。记起那个牧师的样子，记起那一钉锤，同到结果的种种，再上溯又记起拉木料车时同伴所说的一切话语。他记得事情太多，有点不安了。

他从兵士身边挨过去，要上岸。

“怎么样？”

“我要回去。”

“慢一点，喝一杯酒！”

“我不喝酒。”

“为什么？”

“我不喝酒。”

两人正争持着，听到妇人在那小船上喊人，问要多少酒。

兵士说，“弟兄要走。”

妇人以为是笑话，就仍然当笑话答应，说，“既然要走，就请便，让他上岸去，我们喝个醉。”

工人听到这个话。推开船头篾篷，跳上岸，从甬道上飞奔走去了。

妇人听到声音了，从小船上喊，“不要走！不要走！”到后回到自己船上，看到兵士，就骂兵士为什么放走了他，兵士干笑，因为他看出妇人的野心了，他笑妇人贪心不足。

兵士是愿意把工人打发走后作些别的事情的。

六

因为 ×× 市去 ×× 地方只是四个小时，照例牧师来往两处是极平常的事情，所以牧师失踪的第二天，毫不为教会致疑，到第四天 × 牧师的尸骸被人在河口发现时，这谋杀事件才露出传遍了 × 市。但这件事究竟为什么缘故而起，没有一个人能明白的。因为在牧师身上，发现一个金十字架同一个钱包，所有东西完全没有失去，所以这谋杀方向就转到抢劫以外的意义上去了。既不是抢劫，那末只有复仇了。但什么人会同牧师结仇？中国的官同教会，皆不大好意思疑心到工人同河街上一切市民的，因为他们知道这些人是不会同一个美国牧师有仇怨的。

× 市出了这样大事，照例是管理 × 市行政长官悬赏缉凶，照例领事馆就拍了电报回本国去，照例就有从 ×× 来的新闻记者，由各方面探听了一些消息，夸张的毫不落实的写了一篇通信放到次日的报上，用次号字刊登出来，而且这新闻，一个月后所有在中国各地方的传教师，就皆从中外新闻纸上知道在 ×× 发生这样一件不幸事情了。

有一点事还可以记述，就是驻 ×× 山上的军队，为了这个缘故，被调防到另一个地方去了。这算是最严重的适当的处置，因为军队驻到这里，却不能使一个喝酒的牧师不为一个工人无意中用铁锤打死。

但是自从那件事情发生后，有了两个月，官厅同教会还是察不出那死者的理由。这里就轮到一个故事的布置了，按照了一个时代的风气，按照了一种最通常的执政者无耻的习惯，就是由中国官厅藉口说是“共产党有意破坏中美邦交”所行的一种手段，请求美国外交官谅解，领事方面则在承认这假定是一个最有益于中美邦交的估计以外，也照例请求中国赔一点款，且在换文里声明把这笔钱捐到××将来的大学里面去，作为纪念这为敦睦中美邦交而死去的牧师。中国官厅凡是这类事自无有不答应的道理，款项数目何况又不多，息事宁人，派交涉员来去商量了几次，双方很爽利的就把这件事结束了。

那个乡下来的人还是依然做他三毛钱一天的粗工，先是还常常做梦，梦到那三铁锤前后的事情，还不忘记那个软软的身体倒下去的情形，以及拖着那只又体面又长大的皮靴时，想同样也得到那么一双皮靴的一种感觉。但是，这些事是不适宜于保留到这种人记忆里很久的，正如这样人不适宜于为一种不合事实的欲望所苦恼一样，人们的心是十分健康的，缺少病态的，所以他能够把自己处置到新的生活上面，不必记那些无意中作成的错事。他对于这事也不骄傲，也不惭愧，久而久之这件事他就忘记了。

到第二年四月，教会方面为那牧师在工程处选地建筑一座纪念亭时，派十个人挖地基平土，那乡下的人也有分，因为特别勤快做工，得了一点奖赏，他拿这个钱就到当日同兵士所到过的船上去，同那个肥臀大脚女人住了一夜，他才明白兵士说“水牛”那字言所代表的意义。

这家伙任何人见到都觉得是一个好工人，因为年青，有力，不懒惰。

一九二九年作

道德与智慧

冬天的早晨，许多人还都在梦里，肆无所忌的占有一切掠夺一切，满足他们日里无从满足的贪欲。那时节武昌城里各个人家的屋脊上全是白烟。黑黑的瓦，疏密不等，图案画一样，极不规矩的显出各种长方或正方的平面，从那些人家院落天井缺口处，从较低墙垣的那一面，还矗起了树木的枝椏，这些树枝在烟里雾里，便俨然如一个人，窥探天气似的伏在那里不动。

这种好天气的来临，蹲据在屋瓦角隙的小雀儿，仿佛皆能知道。大好天气的早晨，照例总特别寒冷，赶路的，送货物的，抬棺木出殡的，点缀到每一条寂寞的街。这些人口鼻喷出白烟。凡是肩上不空闲的，低低喘着唱着在街心走去。走空路的，则莫不缩着肩儿，抵拒着寒冷，挨到墙边趑趄的走着，人人各有一种不同的调子，但总的说来却有一种调和。

这时武昌城中心卖马厂的大荒坪里，有二十多条野狗，又饿又冷，无事可作，正在那里互相追逐扑咬。本来狗这种东西，从乡下一到了城里，多半就和气异常，再不随便向人咬吠了。但是这个时节，这些东西脾气也非常坏了。这些无家可归的流氓，找不到一个相当的主人，失去了用谄媚来换豢养的机会，就在那无人处作战，用战争娱乐到自己，兴奋到自己。这战争，继续了许久，却没有一个闲人注意到这件事。但是恰恰那个当儿，在街东，一个小饭馆里打杂的油脸脏身小鬼，晚上做了希奇的梦，老早从脏被窝里爬起来，站在荒坪的一角撒尿，把尿撒完时，一眼看到了那些狗，使他生了气，蹲身拾起了一个小石头，奋力向狗身上掷去。这些狗望望对方，见到是那么一个不起眼的脏小子，就汪汪的吠着，于是这小子第二次又拾起了一个较大石头，抛到狗群里去。但当他记起了自己这一天要做的许多事情，以及落在本身上的许多灾难时，便觉得有点无聊，有点寂寞，没有兴致再去向野狗挑战了。这小子，不久就仍然走回馆子下铺板门去了。

在街南，一个陈旧的有壮观的门楼的私人某家祠堂里，大戏台的前面，有一名年青的兵士，穿了长大不甚称身的灰色棉布军服，拿了喇叭吹号。第一次吹了天明号，第二次吹起床点名号，第三次吹下操号。当三次号音吹完后，于是就有一连年青兵士，排队到荒坪里去，把野狗所占据的地方成为操场，由连长领头，团团的操起跑步来了。这一连穿灰色衣服的人，也如其他别的地方的新兵一样，每天早早的起来，没有什么可作的事情，就只有跑跑圈子。跑了一阵后，又分成小排，随了每个连附的意思，做一切兵士成天做过的事情。跑步，慢步，向左，向右，卧下，跪下，每一个口令都有一种形式，这类不同的也十分简单的形式，就支配了这些人的兴味和希望。他们都明白他们自己是兵士，每一个人在他的领章上，袖章上，以及其余小小地方，总不忘记自己的身分。还有他们心上也永远不会忘记这个。时间久了一点，新兵渐成为老兵，从那长年吃糙米饭的口里，喊出强而有力的声音，这个声音，单纯而略显得呆笨，从荒坪里散播出去时，另外一些地方，就有人觉得这是一种愚蠢的呼喊，因此发了怒，因此生着气。原因乃是他们是兵士，另外的他们却是人之师的“教授”！

这里另外要说到的，就是在卖马厂附近。因为地方接近湖北大学，来往方便，有一些用口舌叫卖知识传播文化的上等阶级人物赁屋居住。这些教授们，从大都会来到这有名无实的破烂萧条地方，耳目所接触，总是一些不愉快的现象。地方既肮脏，房屋又卑小，人又狡猾，天气又坏。因此平时修养极好的，一到这儿来住了一些时间，一提到这地方任何事物，总不缺少牢骚。脾气呢，可以说是完全变坏了。他们并没有忘记到这地方来教书，可以多拿一些钱，吃一点好东西，享享清闲的福。但别的不如意事却常常使他们不能忍耐。一个内战所必争适宜于培养军人的地方，排长连长，司令指挥，这些人物以类聚，住来非常相宜，当然就不容易合得教授们的脾味了。

这个地方，这样早上，住在卖马厂街西一栋房子里小楼上的一处人家，平台正对着荒坪，因为坪里愚蠢的人所作愚蠢的呼喊，就惊醒了一个人的睡眠，从卧室里忽然起了一种很有威势的吼声。

“杨妈，妈妈——我的妈，你为什么又忘记关门了？”

这家人家的娘姨，照到当时作仆人的规矩，老清早就起来了，一起来便在平台上打扫落叶，把门开后，忘记掩上，所以兵士们的整齐划一的喊声，惊吵了这个尊贵人的好梦。

听到老爷的吼声，娘姨轻轻的把门关好，里面老爷就又同庄周一样化作一双小小白色蝴蝶，飞到一个辽远的境界里去了。主人已安安静静卧着后，娘姨还在平台上打扫，收拾搁在栏干上的冻豆腐，为了老爷的古怪称呼，心中有点不平。她想，“四块钱一个月的娘姨，哪里配做您老爷的妈？老太太在家乡吃燕窝鱼翅当点心，穿狐皮袄子同绸缎，成天坐在火箱上同猫儿一个样子，什么事也不必作，安安稳稳的打盹，我哪里有这种好福气？”

这女子是一个中年妇人，自己儿子就是一个兵，关于兵的事情比老爷懂得多许多，见到老爷那么不欢喜兵士，口上不说，心中却总有一点儿反感。老爷这样讨厌那些当兵的人，成天骂着。这娘姨，白天里无事，就搬了小凳子，坐到这平台上晒太阳取暖，纳纳鞋底，吃一点锅巴，一面望到太阳下年青兵士同年青军官，就得到一种恰恰与老爷性格相反的乐趣。她在年青兵士生活方面，揣测得出自己儿子的生活，又在年青军官身上，常常做着那种不妨碍别人事业的好梦。从不打量自己儿子象老爷，胁下挟个黑皮包，撑了拐棍上学堂，七天中又休息一天，月终就拿薪水，把支票取来到上海银行去兑现。她懂得到这些好处，可是她不希望。她只愿意看到自己儿子也穿了体面黄呢军服，佩发光的刀，站立时如一管笔，走动时如一匹马，又尊贵又威武在大坪里发号施令。这种体面样子，便可以给她非凡的光荣，永远的幸福。她的儿子现在离她很远，远到不知道有多少里路，在一个队伍里名列班长，来信说慢慢的会升上去，每回都这样说，却并不升。但她相信过一些日子，一定可以升上去。

因为自己有一个儿子在军中，这妇人，每逢上街买菜，遇及年青兵士，在其他老妇人身边，跷了一只脚倚着不动，等候缝补袜底，见到这种情形时，她总愿意停顿一下，讪讪的走拢兵士身边去，笑眯眯的同兵士说几句话。她把一些关于兵士生活的问题来同这些年青人讨论，问长问短，从那些最平常的回答上，仿佛就可以得到一些东西。她因为自己儿子在十七师，就不会忘记问这兵士属于第几师。她因为自己儿子来信说，军队中常常欠饷，就一定要问这兵士每月有多少进项。

那些对话是照例这样起始的：

“副爷，我好象认识你。你不是十七师的吗？”自然她并不当真认识他，因为武昌兵士那么多，他们自己师长就不会认识兵士。

可是这兵士也是有一个母亲的人，见到这妇人那么和气，也很愿意说说闲话，兵士将说，“我是××师”。因为十七师这一个部队，正驻扎到江西，已经有许多日子了。若是这兵士也知道这回事，还得说，“他们驻江西，不会回来的。那边仗火打得凶啊！”

明白了这兵士不是十七师兵士，仍然用着“我认识你”的神气，便问到营长，军需，师爷，到后，一切凡是她所知道的名称，她都得问问，便谈到发饷了。她以为兵士都应当寄钱回家的。

“你寄饷项给你妈，每月都寄去吗？”

“不能常常寄。新兵钱不多。”

“那么你钱用到什么地方去了呢？”

“……”这里，遇到一个诚实一点的兵士，他得说诚实话，就是说，一个兵士除了火食就得不到什么钱。或者得了点钱，不是赌博输去也只用到别的吃喝上去。这妇人听到这些话，她照例要忘掉忌讳，用一个做母亲的身分，加一点点责备于面前的一个人。她将为一切留在家中的母亲有所申诉，因为她自己是一个兵士的母亲，她总有点气愤的样子说，

“你们年青人，忘记了你妈是不应当的。”

可是，她把话一说过，便从兵士身上记起别的事情来了。从兵士不大整齐而且单薄的服装上，敝旧了的鞋袜上，以及其他情形上，她发生了同情，觉得做兵士也不容易了。

“你不冷吗？不吃亏吗？不挨打吗？你妈寄衣服和鞋子吗？……”

她什么都想问，什么都想说，因为在任何兵士面前，都想得一点自己的儿子情形。她到后，看到那兵士扬扬长长走了，一个人站在街头，似乎就想哭一阵，但另外

一种感情，又使她在那个时候觉得很快乐。

同她说话的虽不是自己儿子，却是一个兵士！因为常常看到有兵士在街上就老妇人缝补鞋袜，她知道自己儿子在军队里为了跑路原因，鞋袜也一定象这样子，所以一个冬天来，便常常坐在太阳下为儿子做鞋。把鞋底做好，安置了青布面帮儿，便花了钱托人带去。究竟这鞋子是不是能够到儿子脚上去，这妇人却无从知道的。

这妇人，在街上见到兵士，谈过话，回到家中时，匆匆忙忙的洗菜作饭，到了蛇山上的午炮訇的一声响，一会儿，大门前电铃叮叮的发声，从那重重的派头上，明白这是老爷回家吃饭的时节了，就赶忙走去开门。到后一切菜饭由这妇人布置到堂屋方桌上，老爷太太少爷依次入席，她就站在旁边为一家人侍候添饭。在吃饭桌旁，老爷还不愿意把他责骂军人的权利放弃，照那情形看来，竟象是知道自己家里娘姨有一个儿子当兵，他故意骂给娘姨听听的。听到许多希奇古怪的责备，以及许多不近人情的诅咒，娘姨照例不能分辩什么。她想说“老爷您说得不对”，又想说“老爷您造谣言”，又想说“老爷您不应当那么骂他们”，可是因为她记到老爷在另外一个时节，为了游艺会大家玩耍的事，学校里不让兵士玩，被兵士把事务主任捉去老爷也被捉去的故事，她懂到老爷的牢骚有根，就不说什么了。

裁兵问题，教育普及问题，国学救国问题，以及其他许多问题，都是这一家主子常常和太太少爷娘姨演说的问题。老爷原有老爷自己的心事，所以老爷一上学校去时，这问题，便从公馆移到教员休息室里去了。

老爷一肚子古怪，听说到学校爬到一个高台子上去，为年青人说那些天上地下的事情，说一年也说不完。家中娘姨当然没有了解老爷的资格。娘姨见老爷走了，送出去，小心的关上腰门，脸上露出微微的笑容。她想起老爷那些脾气，记到老爷说的话……一个仗火，死人十万八千。一声炮，毁去一幢房子，一刀削了一个头颅，老爷从报上看来这些消息，她不必看报，也可以完全知道。死十万八千算什么事，湖北江西有一百万或更多的人，天下房子很多，千百个大炮也不会把房子掀完。什么事情都是命，命里有什么，总逃不了；命里无名，也不必害怕。这意思是为什么？都是这妇人不相信自己儿子会忽然死去的理由，同时也就觉得老爷心好脾气坏，不什么要紧！

这个人家老爷同娘姨，在某一点上，恰恰立在相反的神气下头，可是太太同小姐少爷呢，他们都不知道自己应当站在那一边好。听说武昌省戒严了，学校的薪水就不能按时发下，他们见到老爷生气，也似乎不大高兴。可是每天坐在家中无事可作，觉得无聊，同娘姨到平台上去，看坪里兵士的下操时，一看也常常是看个半天。年青军官骑了小小白马在坪里驰骤，那种动人的威风，曾使教授太太十分歆羡，心里间或胡乱打算过，以为将来有这样一个女婿，倒并不是很坏的事情。

在湖北大学政治系教员休息室里，下课钟敲过一会儿后，教授们满身是灰，如从一个战场上退回一样。这些人很快的逃来，就把身体嵌到休息室的柔软大椅里面去，身体发福痴重一点的人，便听到轧轧的声音。接着是一个高个儿听差，扭来一把手巾抹脸，这些人便同在黑板上抹灰一样擦着眉毛和耳朵。室中新生了一个火炉，到了下半天煤就有点不够，使满室觉得凄冷，但一个上半天，照例这个炉子里，却有烟煤在里面发哮，室中充满了春意。日子已经是十一月二十七，过三天学校便应当发薪水了，每星期教六个钟头课领取月薪三百元上下的教授们，下课后无事可作，围到暖烘烘的火炉，喝着一杯清茶，自然有话谈谈。于是谈到薪水，谈到本校会计股，谈到本省财政局，谈到本国财政部，间或还会谈到银钱同舅子的关系，从这里便引起了各样问题，“雄辩”与“哈哈”，把休息室变成热闹地方了。听差照例也可以站在旁边一面用铁通条去搅动炉火，一面细细听着这些有知识的人充满了智慧的议论，直到提及关于女人那些事时，才有点不好意思，不得不走出这个房子。

这些体面人，照例都有他们个人的哲学，用自己一种书生的观念，为一切事胡乱加以注解。学校方面课既不多，学生又很能原谅这些有名气的人，正象随便给一点知识大家就已经都很满意了。这些人每天事情既那么少又那么容易对付，回家去同太太谈“国事”，太太却常常问到“薪水”。有些人还没有太太，有些人还不好意思接小脚太太出来，因此这一群人，下课后照例也不即走，留在这休息室里取暖，吸烟，谈闲天，实为一种排遣长日解除郁积的最好事情。大家从一个小事情上驰骋感想，发抒意见。大家复能在一句趣语上，一致微笑或大笑。本应害伤食病的人，因此也都不知不觉间心广体胖起来。

这些人大致都是从美国或英国，从南京新都或北京旧都分头聘来的。还有些是做过大官退了位，同当局要人有来往的。有些名气又很大，社会知名，别处聘请也不会去，因此即或上课极少，学生也不好意思挑剔。这些人见过了中外文化与文明所成就的“秩序”与“美”，经过许多世界，读过许多书，非常有名气而且非常有学问，来到这长江中部千年以来传说中的名城，住到小小的房子里，每月饮料全得喝水塘中的浊水，出到街上去，所遇到的全是愚蠢邋遢的脸子，街头上转弯抹角处，任何时节总可以见到一个行路人正在扯脱裤子预备撒尿。铺子里打死了一只老鼠，即刻便用铁火钳夹起抛到街上来……还有兵，多到使你不能想象他们的数目，脏到你总以为是乞丐。打量扔给他一个钱，却又因为那种神气使你见了有点害怕，见了就想走开。为了这些现象，有许多人觉得这才真是中国人的中国，于是习惯到里面去。另外又有些人，才开始明白内地的中国人民，如何在一种腐烂颓败发霉发臭的情形下存在，感觉到十分悲观了。

但这些人虽一致觉得这内地的“古典”生活，不是自己所熟习的生活，然而全是一些读书人，各知道一样专门学问，读过许多专门的书籍，能够告给学生以伟人的历史，古怪的思想，十年的政治，百年的法典，千年的文学，万年的天地，除了这些却什么也不能有一分儿。有些知道自己是应当做官的，都在那里十分耐烦的等候政治的推迁。有些爱钱的，便知道把所得的薪水，好好处置到一种生利息的事情上去。其中还有一些“书生”，很爱体面，又很不懂事情，从中国或从外国书里，培养出一种古怪的人格，国事的混乱，民族的堕落，都觉得那是使他极其难受的事。百姓的事，中国的事，扰乱到这个人的心，使他常常愤怒。对于执政那一面，任何时节他都俨然有一种切齿的关系存在。他没有什么固定信仰，却认为一切现象不好，不文明，皆由于政府的无力整饬与有意放弃。他真心的不高兴那些有权力的人，以及帮助作恶的人。时时象在同那种恶势力冲突，可是他却又并不放下他那一分因社会畸形发达自己所得的种种好处。他有感觉，也仅仅有那种感觉，坏了他的脾气，既不能把社会变好，自己也不能变好。在另外一种情形下，则这种人因为有点不平，有点反叛的种子酝酿在心里，能够写诗做文章。另外有一种书生，虽是书生却已渐渐的成为教书匠了的，懒惰的，有中国名士风味的，便很容易发生了一种琐碎趣味，常常在一些极小事情上，纠纷百端，无从解决。这种人又欢喜在同事方面，作一种冗长而无兴味的讨论，用一些大报小报作根据，把“大人物”“新鲜事情”两样东西连结在一处，互相辗转的来传述一点谣言，谣言中常常不能不有一个知名女人在内，他们从这情形中，便得到一种乐趣。他们这样也就算是与不满意的一切现象作战，嘲笑一切，辱骂一切，诅咒一切……这是不错的，还是一个长久的战争！口舌的武器，原不至于敝旧，同时这休息室里，同事又那么多，这类人倒是无聊的集团里一种中坚人物，缺少了他们，是使大家更觉得生活沉闷的！

就是最后这一类人，他们也仍然是不满足这个环境现象的。那个家有平台，一生气时就喊佣人作妈，最不欢喜见兵的大人，有很多地方仿佛便是这种人。

我们应当回到前面一件事情了。一直到了九点，那个教授睡够了，爬起床后，娘姨便把脸盆送到床边，搁在一个小几上。其时蛇山上正有一队号兵吹奏喇叭，声音向武昌城各处散去，幽幽凉凉，很有一点塞外胡笳的意思。本地人这个月来看到不知过了多少军队，许多人家的长工同做小生意的人，皆被拉去当伙夫去了，这个喇叭正象有点得意的压着全个武昌地方的人。

“汉生，这是一群强盗的奴隶，”他听到喇叭声音，非常刺耳，把这个奇怪的话加在那一队吹喇叭的军人头上去，却向榻边一个四岁不足的儿子，表明他对军人瞧不上眼的态度。这儿子不大明白爸爸的意思，却提出一个要求，要爸爸为他买一支枪，一把刀。他告给爸爸需要这个的理由，说是“要做统领”，这做统领的志气，却是听到有喇叭声音而想起的。

教授有点诧异这不稳当思想的来源了，就问儿子，

“谁告给你的？”

“我自己要的！”

“你要那个作什么？”

“我欢喜那个。”

“不许说欢喜。那全是强盗要的东西！”

“我还要做都督！”

“革命党来杀了你！”

“杀了我也要。”

“嗨——”这教授吼了一声，睁目望到汉生不再说什么，母亲在窗下知道房中事情了，就在外边喊叫儿子。

“汉生，你来，你来，看天上落雪了，好大的雪呀！”

想做都督的儿子出去以后，教授一面抹脸一面说，

“娘姨，我告你不知道多少次了，不许少爷上平台去看那些叫化子强盗，你不听我的话，我要开销你。”

“老爷，没有这件事。”

“怎么没有，他要做都督！不是看到那些东西，他什么也不知道！”

“他有志气！”

“什么志气，做都督，做师长，都是些混蛋……”

外面太太又忙喊着“娘姨娘姨，快拿少爷的小椅子来”，这娘姨便笑笑的跑到外边去了。

外面并没有落什么雪，很好的天气，挂在蓝底儿天上的日头，照到人背上古怪的温暖，主仆皆站在院子里晒太阳，看屋角上一群鸽子摆阵势飞。两人还在那里计算腊八豆的气候，计算腌肉用盐的分量。计算干菜落

坛开坛的日子。全和老爷的事情无什么关系，一家人除了教授独当一面，其余的人是同心合意站在男主人相反一面的。这事教授似乎也很明白了，因为每到小孩同佣人挨骂时，太太总把两人叫开，省得把时间拖长，老爷生气。

到后教授便在房中看报，看到一些各处打败仗的新闻，仿佛有了报仇的机会，就拿了报走到外边大院子来。

“×× 死了一万人，张 ×× 师长也被活捉去了，这些无用处的东西！”

“怎么啦？”因为娘姨听到那个师长的姓同自己儿子师长是一个字，关心到这件事了。“死一万人，省主席也被捉去吗？”

教授看到娘姨那种慌张惊愕样子，很觉有趣味，便把报上没有登载的消息，也用自己意见代为证实。就说所有掳去的人马，都要用机关枪打死，一个伙夫也不留下。他还想说这些人本来皆应当用火烧死……话未说及，忽然听到门外街头有许多人呐喊声音，且听到远远的敲钟声音，城里不知道什么地方失火了，街上乱糟糟的有许多人奔跑，虽然是大白天，还不知仅仅是失火，还有没有别的事情发生。这一家人不到一会儿就全都跑到屋后平台上去了。只见到一股青烟在城东角上扬起，且隐隐约约听到一种哮吼拉杂声音，似乎去这里并不很远。娘姨忙攀到栏干上去瞧望，问隔壁蹲在屋上瞧看的人，是什么地方走水，才知道离这里还有两三条街。二十分钟还走不到。

这时节，在祠堂里驻扎的军队，刚下操散队不久，忽然又临时集合，长官吹着哨子，喊叫赶快站队，不久就派出了一小队人到失火那边警戒去了。

教授一家人还是站在平台上望火，而看到许多闲人在下面大坪里奔窜，样子十分忙乱。又见到同街坊胆小人家，有人抬了锅罐放到坪中空处的事情。又看到人打着铜锣报告火的方向，且胡乱的嚷着另外一种话语，大约不外乎救火人每挑一担塘水所得报酬的数目那种事情。

教授游目四瞩看了一会儿，觉得众生芸芸，扰攘无已，很是无聊，便说：

“汉生汉生，同姆妈进去，不要站在这里吹风。”自己说着已先走下楼去了，接着不久，这一家人就团团的围在一个方桌边吃早饭了。

吃过饭，娘姨把碗盏收拾到厨房去，听到后门外扰攘不止，见着两个兵士用门板抬了一个救火受伤的兵士过去，后面跟了一大群人。又见着一个兵士扶了一个救火受伤的警察过去，跟着看的又是一大群人。这娘姨，也就着忙跟到后面走去，想看看前面那个究竟死了没有。随了街上闲人挤到祠堂前面时，受伤的人已抬进祠堂去了，所有闲人皆不许通过。正在那儿担着心，忽然又看到一个兵士从祠堂里匆匆促促的奔跑出来，口中只说“找一只雄鸡”，“找一只雄鸡”，她在人丛中伸手一把就拉着了那个兵士，红着脸急促的说：“副爷，你跟我来，我有一只鸡，我有一只鸡……”她把留养在主人家里一只公鸡，交给了那个不相识的兵士后，又跟到兵士跑回来，站到祠堂外边，听候里面的消息。站了老半天，才回家去。

可是把饭吃完的教授，不到半点钟，就从从容容坐在大学校教员休息室火炉边大沙发上了。一室里五六个先生们，都用东城失火的事作为题材，谈到一切关于失火的故事。其中一个最善于逢迎凑趣的同事，谈到某时在某地方看到一个妇人从睡梦里被火惊起的情形，因慌乱了一点，如何忘记了自己是女人，他把这个莫须有的故事，用了许多很雅致的名词描画着。大家皆用着温和微笑的脸儿，细心领会到这故事的变化，末了多人皆仿佛若有所得，便互相交换烟卷，互相很矜持的笑着，表明这笑话虽有趣味，却并不能把大家的身分失去，不如另外一时另外一个人笑话来得更好，因为这个故事是这个无耻的人说出，他们是明白这个人的品性大有问题，不是个正派人，且不是正途出身。

失火的事谈过后，他们便开始谈这个冬天来各人自己家中的事情，从厨子谈起，一直谈下去，直到山上的大钟催促上堂时才停止。因为学校里有这种规矩，所以到第二天学校中，便知道 × 教授家中有个愚蠢娘姨，把自己积钱养大的一只雄鸡送人的故事了。

一九三一年四月廿七日完成

泥 涂

长江中部一个市镇上，十月某日落小雨的天气，在边街上一家小小当铺里，敝旧肮脏铺柜下面，站了三个瘦小下贱妇人，各在那里同柜台上人争论价钱。其中一个为了一件五毛钱的交易，五分钱数目上有了争执，不能把生意说好，举起一只细瘦的手臂，很敏捷攫过了伙计从柜台上抛下的一包旧衣，狠狠的望了另外两个妇人一眼，做出一种决心的神气，很匆遽的走了出去。可是这妇人快要走到门边时，又怯怯的回过头来，向柜台上人说：

“大先生，加一毛都不行吗？”

“不行！你别走，出了门，回头来五毛也不要。”

妇人听到这句话，本来已拿这些东西走过好几个小押铺，出的价钱都不能超过五毛，一出门，恐怕回来时当真就不要了，所以神气便有点软弱了。她站在那个门边小屏风角上，迟疑了一下，十分忧郁的说：“人家一定要六毛钱用，不是买米煮饭，是买药救命！”

柜台上几个朝奉恶意的低低的笑着。因为凡是当衣服的人，全不缺少一种值得哀怜的理由，近来后街一带天花流行，当东西的都说买药，所以更可笑了。

这样一来妇人似乎生了气，走出了门，可是即刻就回来，趑趄回到柜台前了。一会儿重新把手举起那个邋遢包裹，柜上那一面，却并不即伸出手来接受那个肮脏的包袱。还得先说好了条件，“五毛，多一个不要，”答应了，到后才把那个包裹接了过去，重新在柜台上解开，轻轻的抖着那两件旧衣，口中唱着一种平常人永远听不分明的报告。再过一会儿，就从上面掷来一张棉纸做成的当票，同一封铜子。妇人把当票茫无所知的看了一下，放到汗衣上贴胸小口袋里后，才接过铜子来，坐到窗下一条长凳上，数那五角钱折好的铜子。来回数了三次，把钱弄清楚了，又在那凳上慢慢的包好，才叹了一口气，走出了门。

一出当铺的门，望望天空细雨已经越落越大了。她记起刚才在当铺柜台边时，地下有几张不知谁人丢下的破报纸，就又重新走回去，拾取了那报纸，把报纸搭盖着头同肩部防雨，才向距边街当铺十二家一条小弄子里走去。

×× 的边街位置在 × 城 ×× 市的北方，去本市新近开辟的第四号大柏油路约一里又三分之一，去老城墙不到半里。×× 的地方因为年来外国商人资本的流入，市面发展有出人意外的速度，商埠因为扩张，渐渐有由南向北移去的样子，所以边街附近那几条街，情形也就成天不同。但边街因太同本地人名为“白墙的花园”那个专为关闭下贱的非法的人类牢狱接近，所以商埠的发展，到了某某街以后，就转而移向东方走去。因为东方多空地，离开牢狱较远，那地方原是许多很卑湿的地方，平时住下无数卑贱的为天所弃的人畜。到后，这地方都被官家把地圈定，按亩卖给了当地财主团，各处都分段插了标识。过不久，就有人从大河运了无数泥沙同笨重石头，预备填平这些地方。又过一些日子，就在那些地方建筑了无数房子了。至于原来住东城卑湿地面草棚里的人呢，除了少数年富力强适宜于工作的，留下来充当小工外，其余老幼男女，自然就到了全被驱逐赶走的时候了。他们有的向更东一方挪移。有些便移过了比较可以方便一点的北区，过着谁也想象不到的日子。北区因为这些分子的搀入，自然也仿佛热闹了，乱糟糟的，各处空地都搭了棚子，各处破庙里都填满了人，各处当街的灶头，屠桌上，铺柜上，一到夜里，都有许多无处可栖身的人，争先占据一片地方，裹在破絮里，蜷伏成一团，闭了两只失神憔悴的眼睛，度过一个遥遥的寒夜。

这里虽同 ×× 市是一片土地，却因为各样原因，仿佛被弃样子，独立的成为一区。许多住过 ×× 市南区及新辟地段住宅区的人，若非特别事情到过这里，仿佛就不会相信 × 城还有这样一些地方。

九月来，在这些仿照地狱铺排的区域里，一阵干燥，一阵霪雨，便照例不知从何处而来的流行病，许多人家小孩子都传染着天花。这病如一阵风，向各处人家稠密的方面卷去，每一家有小孩子的，都不免有一个患者，各处都可看到一些人，用红纸遮盖着头部，各处看到肿胀发紫的脸儿，各处看到小小的棺木。百善堂的小棺木，到后来被这个区域贫人领用完了。直到善堂棺木领完后，天花还不曾停止流行，街头成天有人用小篮儿或破席，包裹了小小的尸身向市外送去。每天早上，公厕所或那种较空阔地方，或人家铺柜门前，总可以发现那种死去不久、全身发胀崩裂、失去了原来人形、不知什么人弃下的小小尸骸。

地方聪明的当局，关于这类下贱龌浊病症的救济办法，除了接受一个明事绅董的提议，把边街尽头，通往市区繁盛区的街口，各站了一些巡警，禁止抱了小孩出街以外，就什么也不曾做。照习惯边街有善堂的公医院，同善堂的施药施棺木处，一切救济就都是这个善堂。但棺木到某一时也没有了。同时这上帝用污秽来扫灭一切污秽的怪病，却从小孩转到了大人方面。一切人都只盼望刮风，因为按照一种无知的传说，这种从地狱带来的病，医药也只能救济那些不该死的人，但若刮了一阵风，那些散播天花小鬼，是可以为一阵大风而刮去，终于渐渐平复的。

这收拾一切的风，应当在什么时候才来？上帝在这里是不存在的，这地方既然为天所弃，风应当从哪儿吹来？自然的，大家都盼望着这奇怪的风，可是多数人在希望中就都先死去了。天气近了深秋，节季已不同了，落了好多天小雨，气候改变了一些，这传染病势力好象也稍稍小了一些。

那个用报纸作帽，在人家屋檐下走着的妇人，这时已走过了名为小街的一个地方，进了一个低低的用一些破旧洋磁脸盆、无用的木片、一些断砖，以及许多想象不到的废物作成屋顶的小屋子里。一进去时，因为里边暗了一点，踹了一脚水，吓了一跳，就嘶声叫唤着睡在床上的病人。

“四容，四容，怎么屋里水都满了，你不知道吗？”

卧倒在也算是床的一块旧旧的不知从何处抬来的门匾上的病人，正在发热口渴，这时听到家中人已回来了，十分快乐，就从那个脏絮的一头，发出低弱的回声。“娘，你回来了，给我水喝！”孩子声音那么低弱，摇动着妇人的感情，妇人把下唇咬着，抑制着自己。

但妇人似乎生了一点气，站到门口，“你喝多少水呀！我问你。我们屋子里全是水了，你不知道吗？”

“我听到后面有人嚷闹，说大通公司挖沟放了水。我听到他们骂人，可不知是谁骂人。”

妇人不理病人，匆匆走到屋后去了。到了后面，便看到有许多人正在用家伙就地挖泥壅堤。因为附近过分低了一点，连日雨水已汇积成小湖，有灌到这些小小屋子里的趋势。今天却由于附近的工厂里放出积水，那些水都流向这个低处来，所以许多人家即刻都进水了。

这时许多人在合作情形下，用一些家伙从水里挖起泥来，就地堆成小堤。一些从天花中逃出了生命的孩子，疾病同饥饿折磨到他们的顽健，皆痴痴的站在高处，看他们家里人作事。

妇人问一个脸上痘瘢还未脱尽正在那里掘沟的男子，她喊他祖贵，问他这是怎么一回事。那男子正为了这事有点生气，说：“怎么一回事，只有天晓得！我们房屋明天会都在水里！”

妇人说：“你家也进水了吗？”

男子说：“可以网鱼了！”

妇人说：“别的方法都没有了吗？”

那男子就笑了。“什么方法？”那时正把一铲泥铲起向小堤上抛去，“就是这个，劳动神圣。”

另外远一点一个妇人站在水边发愁，就告四容母亲说，“有人已经告局里去了。”那妇人意思，以为局里必定很公道，即刻就有办法的。

“告局里，他们就正想借这件事赶我们！”那男子一面说，一面走过去，把手中的一把铲子向水中捞着一个竹筒。“局里人都是强盗！他们只会骗我们、骂我们、诬赖我们，他们只差一件事还不曾做，就是放火烧我们的房子。”

有人就说 ：“莫乱说！”

那有痘瘢的祖贵说 ：“区长若肯说真话，他会详详细细告你一切！”

妇人说 ：“区长说他捐薪水发棉衣，一到十月就要办这件事！”

“谁得他的棉衣？每个区长都这样说，还有更好听更聪明的话！他那么说了，下一次又好派人来排家敛钱，要我们送他的匾。上次为区长登报，出两百钱，张家小九子告我们说，报上还看到我的名字。鬼晓得，名字上了报有什么好处，算什么事！”

另外一个正在搬取泥土、阻拦积水到他屋旁的老年人搭话说："为什么没有好处？我出一百钱，我就没有名字！许多人出一百钱都无名字！"

那祖贵望老年人露出怜悯的微笑："你要报上有名字吗？花园里每次砍一个人，就有一个名字在报上……"

妇人喊那个站在水边发愁的女人，问："是谁去告局里？"那女人说："帮人写信的张师爷，他说，他去局里报告，要局里派人来看看。他做事是特别热心的。"

那挖泥土脸有痘瘢的男子就说："他去报告，一面报告这件事，一面就去陪巡长烧烟，讨烟灰吃。"

那发愁的妇人因为不大同意这句话，就分辩说；"什么烧烟？张师爷是好人！他帮你们写信，要过谁一个钱没有？他那兄弟死了，自己背过××去，回来时眼泪未干，什么人说，张师爷，做好事，给我写个禀帖，他就不好意思拒绝别人的请求！"

祖贵说："那有什么用处？谁不承认他是好人？可是人好有什么用处？况且他帮你做点事，自己并不忘记他自己的身分。他同谁都说他是一个上士，是个军籍中人，现在命运不好，被革命的把地位革掉了。他到这里就因为他觉得比你们高贵，比你们身分高一层，可怜你们，处处帮你们的忙。他向你们借钱，借一个就还一个。可是一发瘾了，这条曲蟮，除了到巡长处讨烟灰吃以外，就没有什么去处！”

“可是巡长看得起他，局里人全看得起他！”

“你说巡长送他的烟灰是不是？”

“他是读书人。”

“他是读书人？丢读书人的丑！”这男子复又自言自语似的说：“他算不得读书人！读书人都无耻，我看不起读书人。因为他们认得几个字，就想得出许多方法欺侮我们，迫害我们，哄我们，骗我们，我恨他们……”

那发愁女人心想，“你跟谁学来的这些空话？”忙把手指塞到耳朵，把头乱摇，因为听到的话好象很不近情，且很危险。她明白祖贵一说到这些时就有许多话，一时不能停止，谁也管不了他。她于是望望天气，天空中的小雨还在落。她似乎重新记起了自己应发愁的事情，觉得到此辩嘴无意思了，就拉了一下披在肩上的一片旧麻布，跳过了一道小沟，钻进自己那小屋子里去了。

这时远远的，正有一个妇人在屋里悠悠的哭着，一定的，什么充满了水的小屋里，一个下贱的生命又断气了。在水边的一些人，即刻就知道了是谁家的孩子去了世。因为这些人，平常时节决不会有什么烟子从屋中出来。家中有了病人，即或如何穷，平时没有饭吃，也照习惯得预备一点落气纸钱，到什么时节病人落气时，就在床边焚烧起来，小小的屋子自然即刻满了青烟，这烟与妇人哭声便一同溢出门外，一些好事的或平时相熟的人，就都走过去探望去了。

这时节妇人记起自己家中那个病人要水喝了，忙匆匆回到自己屋里去，因为地下水已把土泡松了，一不小心，便滑了一下，把搁到架上一个空镔铁盒子碰落了地，哗啷啷的响着，手中那一封铜子也打散到水里了。

床上那病人叹着气，衰弱的问着："娘，你怎么了？"

妇人懊恼的从水里爬起，"见了鬼！"她不即捡钱，把手在身上擦着，伸到一堆破絮里去摸病人的额部，走过水缸边去舀水，但又记起病人喝冷水不好，就说："四容，你莫喝冷水，等一等我烧水喝。"

病人似乎不甚清醒，只含含糊糊说一些旁的话。

妇人于是蹲到床边水里，摸那打散了的一封铜子，摸了半天，居然完全得到了。又数了两回，才用一块破布包好了，放到病人的床头席垫下，重新用那双湿湿的手去抚摸病人的头额。

“娘，口干得很，你舀点冷水给我喝喝吧，我心上发烧！”

妇人一句话不说，拿了一个罐子走出去了，到另外一个正在烧水的人家，讨了些温水，拿回来给病人。病人得到水，即刻就全喝了。把水喝过一会后，病人清醒了许多，就问这时已到了什么时候，是不是要夜了。妇人傍在床边，把头上的报纸取下来，好好的折成一方，压到床下去，没有什么话说。她正在打量着一件事情，就是刚才到当铺得的那五毛钱，是应当拿去买药，还是留下来买米？她心中计算到一切，钱只那么一点点，应做的事却太多了，因此不能决定应做什么。

那病人把水喝过以后，想坐起来，妇人就扶了他起来，不许他下床，因为床下这时已经全是水了。

妇人见孩子的痛苦样子，就问他：“四容，你说真话，好了一点没有？”

“好多了。娘你急什么？我们的命在天上，不在自己手上。”

"我看你今天烧得更厉害。"

"谁知道？"病人说着，想起先一时的梦，就柔弱的笑了。"我先一会儿好象吃了很多桃子同梨，这几天什么地方会有桃子？"

妇人说："你想吃桃子吗？"

"我想吃桔子。"

"这两天好象有桔子上市了。"

"我想到的很多，不是当真要吃的。我梦到很多我们买不起的东西！我梦里看到多少好东西呀！我看到大鱼，三尺长的大鱼，从鸡笼里跳出来，这是什么兆头？——天知道，我莫非会要死了！"

妇人听说要死了，心里有一点儿纷乱，却忙说："鱼自然是有余有剩。……"

这时那个门口，有一个过路的相熟妇人，拖着哑哑的声音向里面人发问："刘娘，刘娘，怎么，你在家吗？孩子好一点了吗？"

"好一点，谢谢你。我这屋子里全是水了，你不坐坐吗？"

"不坐喔，我家里也是水！今天你怎么不过花园？我在窑货铺碰到七叔，他问你，多久不见你了。他要你去，有事情要你做。”

“七叔孩子不好了吗？”

“你说是第几的？第二的好了，第四的第五的早埋了。”

那病人听到外面的话，就问妇人：“娘，怎么，七叔孩子死了吗？”妇人赶快走到门外边去，向那个停顿在门口的女人摇手，要她不要再说。

不一会儿，这妇人就离了病人，过本地人大家都叫它作“白墙的花园”的监牢那边去，在监牢外一条街上，一家卖烟的小屋前，便遇着了专司这个监牢买物送饭各样杂琐事情的七叔。这是一个秃头红脸小身材的老年人，在监狱里作了十四年的小事，讨了一个疯瘫的妻，女人什么事都不能作，却睡在床上为他生养了五个儿女。到了把第五个小孩，养到不必再吃奶时，妇人却似乎尽了那种天派给她做人的一分责任，没有什么理由再留到这个世界上，就在一场小小的寒热症上死掉了。这秃头七叔，哭了一场，把妇人从床上抬进棺木里，伴着白木棺材送出了郊外，因此白天就到牢里去为那些地狱中人跑腿，代为当当东西，买买物件，打听一下消息，传递一些信件，从那些事务上得到一点点钱。晚上就回来同五个孩子在一张大床铺上睡觉，把最小的那一个放到自己最近的一边。白天出去做事时，命令大孩子管照小孩子。有时几个较大的孩子，为了看一件热闹事情争着跑出去了，把最小的一个丢到家里，无人照料，各处乱拉屎拉尿，哭一阵，无一个人理会，到后哭倦了，于是就随便倒在什么地方睡着了。

这秃头父亲因为挂念到几个幼小的孩子，常常白天回去看看，有时就抱了最小那一个到狱中去，站到栅栏边同那些犯人玩玩。这秃头同本街人皆称为刘娘的妇人，原有一点亲戚关系，所以妇人也有机会常常在牢狱走动走动，凡有犯人请托秃头做的事，秃头忙不过来时，就由妇人去作。照例如当点东西，或买买别的吃用物品，妇人因为到底是一个妇人，很耐烦的去讲价钱，很小心的去选择适当的货物，所以更能得到狱中的信任与喜悦。她还会缝补一点衣服，或者在一块布手巾上用麻线扣一朵花，或者在腰带上打很好的结子，就从这牢狱方面得到一种生活的凭藉，以及生存的意义。有时这些犯人中，有被判决开释出去了，或者被判决处了死刑，犯人的遗物，却常常留着话，把来送给秃头同妇人。没有留着话说，自然归看狱管班。但看狱管班，却仍然常常要妇人代为把好的拿去当铺换钱，坏一点的送给妇人作为报酬。

因为本地天花的流行，各家都有了病人，一个在学剃头的孩子四容，平时顽健如小马，成天随了他的师傅，肩挑竖有小小朱红旗竿的担子，到各处小地方去剃头，忽然也害了这脏病。这寡妇服侍到儿子，忙到过公医院去讨发表药，忙到过药王宫去求神，忙到一切事情，所以好一些日子。不曾过花园那边去。

就是那么几天，多少人家的小孩子都给收拾了。

妇人见到了秃头七叔，就走过去喊“七叔”，秃头望着妇人，看着妇人的神气，以为孩子死了。秃头说：“怎么，四容孩子丢了吗？”妇人说：“没有。我听人说小五小四……”

秃头略略显出慌张：“你来，到我家坐坐，我同你说话。”

秃头就烟馆门前摊子上的香火，吸燃了一根纸烟，端整了一下头皮上那顶旧毡帽，匆匆的向前走后。妇人不好说什么话，心里也乱乱的，就跟着秃头走去。秃头一面走一面心里就想，死了两个还有三个，谁说不是那个母亲可怜小孩子活下受罪，父亲照料受折磨，才接回去两个？

妇人到秃头家里去，谈了一阵死的病的一切事情，把秃头嘱咐代向万盛去当的银镯钏同戒指，袖到身上后，就辞了秃头，过后街去。把事办妥后又到狱里去找秃头，交给钱同当票，又为另一个犯人买了些东西，事情作完回家时，天已快夜了。那时四容已睡着了，就把所得脚步钱从摊子上买来的两个大橘子，给放在四容床边，等候他醒来，看是不是好了一点。四容醒时同他妈说，后面水荡里，撬泥巴拦水的，有人发现了一个小尸首。不知是谁抛入河里的，大家先嚷了半天。妇人说，“管他是谁的，埋了就完了。”说了就告给四容，“买得了两个橘子，什么时候想吃就吃。”四容吃了一个橘子，却说“今天想吃点饼，不知吃不吃得。”妇人想，痘落了浆怎么不能吃，不能吃饼又吃什么？

过后听到门前有打小锣的过身，妇人赶忙从病人枕下取了些钱，走出去买当夜饭吃的切饼同烧薯。回来时，把一衣兜吃的东西都向床上抛去，一面笑着一面扯脱脚下浸湿透了的两只鞋，预备爬到床上吃夜饭。四容见到他娘发笑，不知为什么事，就问他的娘，出去碰到了谁。妇人说，“不碰到谁。我笑祖贵，白天挖沟泄水时，一面挖泥一面骂张师爷，这时两人在摊子边吃饼喝酒，又同张师爷争到会钞，可是两个人原来都是记帐。”

“他们都能记帐！”

“他日有钱时又不放赖，为什么不可以记帐？”

“祖贵病好了吗？”

“什么病会打倒他呢？谁也打不倒他，他躺到床上六天，喝一点水，仍然好了。”

“他会法术。他那样子是会法术的神气。”

“哪里！他是一个强硬的人！人一强硬还怕谁。”

“张师爷也是好人，他一见了我，就说要教我认字。我说我不想当师爷，还是莫认字吧。他不答应，以为我一定得认识点字才对。他要我拜他做老师，说懂得书，那是再尊贵没有了。”

“认字自然是好。他成天帮人的忙，祖贵骂他，口口声声说要把他头闷到水里去，淹得他发昏，他就从不生气！这是一个极好的人，因为人太好，命才那么坏！”

“他们是一文一武，若……可以辅佐真命天子！”

“说鬼话，你乱说这些话，要割你的嘴！”

“是我师傅说的。”

“你师傅那么乱说，什么时候，就会用自己的剃刀，割他自己的嘴。”

母子两人吃着切饼，喝着水，说着各样的话，黑夜便来了，黑夜把各处角隅慢慢的完全占领后，一切都消失了。

在同一地方，另外一些小屋子里，一定也还有那种能够在小灶里塞上一点湿柴，升起晚餐烟火的人家，湿柴毕毕剥剥的在灶肚中燃着，满屋便窜着呛人的烟子。屋中人，借着灶口的火光，或另一小小的油灯光明，向那个黑色的锅里，倒下一碗鱼内脏或一把辣子，于是辛辣的气味同烟雾混合，屋中人打着喷嚏，把脸掉向一边去，过一时，他们照规矩，也仍然那么一家人同在一处，在湿湿的地上，站着或蹲着，在黑暗中把一个日子一顿晚饭打发了。

第二天一大清早，强梁的祖贵，就同那个在任何时节、任何场合里，总不忘记自己是一个上士身分的张师爷，依照晚上两人商量好的办法，拿一张白纸，一块砚台，一支笔，挨家来查看，看水是不是已浸进了屋子。又问讯这家主人，说明不必出一个钱，只写上一个名字，画个押，把请愿禀帖送到区里去，同时举代表过工厂去，要求莫再放水，看大家愿不愿意。这些事自然是谁都愿意的。虽然都明白区里不大管这些事情，可是禀告了一下，好象将来出什么事情就有话说了。

说到推代表，除了要祖贵同张师爷一文一武，谁还敢单独出场。平常时节什么事就得这两个人，如今自然还是现成的，毫无异议，非两人去不行！可是那个文的，对于这一次事情，却说要几个女的同去，一定会顺利一点。他在这件事上还不忘记加一个雅谑，引经据典，证明“娘子军到任何地方都不可少”。因为这件事同为了禀帖上的措词，他几乎被祖贵骂了一百句野话，可是他仍然坚持到这个主张。他以为无论如何代表要几个女的，措词则为“恳予俯赐大舜之仁”，才能感动别人。祖贵虽然一面骂他一面举起拳头恐吓他，可是后来还是一切照他的主张办去，因为他那种热心，祖贵有时也不好意思不服他了。

当两人走到四容家门口时，张师爷就哑哑的喊着：

“刘娘，刘娘，在家么？”

妇人正坐在床上盘算一件值几百钱的事情，望到地下的水发愁，听听有熟人声音了，就说：“在家，做什么？”因为不打量要人进屋里来，于是又说：“对不起，我家里全是水了！”祖贵说：“就是为水这一件事，写一个名字，等一会儿到厂里去。”

妇人知道是要拼钱写禀帖，来的是祖贵，不能推辞，便问：“祖贵，一家派多少钱？”

“不要钱，你出来吧，我们说说。”

妇人于是出来了，站到门外，用手拉着那破旧的衣襟，望到张师爷那种认真神气好笑。那上士说：“我们都快成鱼了，人家把我们这样欺侮可不行！这是民国，五族平等，这样来可不行！”

妇人常常听到这个人口上说这些话，可不甚明白他的意思所在，也顺口打哇哇说：“那是的，五族共和，这样来可不行！”

“我们要求我们做人的权利，我们要向他们总理说话。”

“你昨天不是到区里说了吗？”

这上士，不好意思说昨天到区长处说话时，被区长恐吓的种种情形了，就嗫嗫嚅嚅向旁人申诉似的，说是“一切总是道理，不讲道理，国家也治不好。”

站在路中泥水里的祖贵，见这人又在说空话了，就说：“什么治国平天下？大家去一趟，要他们想一个办法，讲道理，自然好了，不讲道理，自己想法对付！”

妇人说：“要去我们全去，我不怕他们！”

那上士说：“就是要大家去的，刘娘你就做个代表好了。”

什么是代表妇人也不明白，只听说是去厂里区里的事，为的是大家的房子。所以当下就答应了。两个人于是把名字写上，约好等一会儿过祖贵家取齐，两个人又过另一家说话去了。

请愿的团体一共是十三个公民所组成，张师爷同祖贵充当领袖。大家集合成群先过警察所去，站到警察所门前，托传达送请愿禀帖进去。等了大半天，还无什么消息。等了许久大家都有点慌了，不知是回去还尽是等在这里好。祖贵出主意，要师爷一个人进去看看。这个人，明白这是公众的意见，便把身上那件旧棉外套整理了一下，口中念念有词，拟定了要说的话。传达原是认识他的人，见他想进去，就让他进去了。

进去一会儿，这人脸上喜洋洋的走出来了。因为昨天他一个人来说时，区长还说再来说就派人捉了他，把他捆绑起来喂一嘴马粪。今天恰逢区长高兴，居然把事情办好了。他出来时手中拿得有一个区长的手谕，到了外边，就念区长的手谕给大家听：

“代表所呈已悉，仰各回家，安心勿躁，静候调查，此谕。”

大家这时面面相觑，似乎把应作事情已作完了，都预备散去，另一个人就说：“大家慢点，我们要张师爷再代表我们进去一趟，请他们这时就派一个人跟我们去看看。我们别的不要，只要看看我们的住处就行！”

祖贵以为要这边去看看，不如要厂里派人看看。倒是请一个巡士同我们过厂里说说为好。

师爷用不着大家催促，即刻又自告奋勇进去了，不一会，就有一个值班的警察，一路同师爷说话一路走出来。一群人围拢去，师爷把祖贵抓过一旁，轻轻的说：

“先到厂里去说话，再看我们那个。”

过一阵，一些人就拥了巡警到××铁厂门外了。守门的拿了愿书进去，且让随来的巡警同祖贵张师爷三人到门房里去坐。祖贵却不愿意，仍然站到外面同大家候着。这厂里大坪原来就满是积水，象一个湖没有泄处。一会儿那个守门人出来了，手里仍然拿着那个愿书，说：“监督看过了，要你们回去。”

祖贵说：“不行，我们不能那么回去。劳驾再帮我们送上去，我们要会当事的谈话！”

张师爷说：“我们十三个代表要见你们监督！”

那个守门的有点为难了，就同随来的巡士说：“办不好！这是天的责任，你瞧我们坪里的水多深！”

巡士说：“天的责任，我们院子里也是多深的水。”

妇人刘娘便说：“谁说是天的罪过？你们这边不挖沟放水，水也不会全流过去。”

另一个女人自言自语的又说：“今天再放水，我们什么都完了！”

那守门的心里想：“你们什么都完了？你们原本有什么？”

祖贵逼到要守门的再把愿书送进去一次，请他们回话，巡士也帮同说话，守门的无可如何，就又沿了墙边干处走到里面去了。不多久，即见到那个守门人，跟着一个穿长衣的高人出来。这人中等办事员模样，走路气概堂堂的，手中就拿着刚送进去的愿书，脸上显出十分不高兴的神气，慢慢的低着头走出来。到了门前，就问："有什么事一定要来说话？"那种说话的派头同说话时的神气，就使大家都有点怕。

这人见无一个人答话，就问守门人，那个愿书是不是他们要他拿进去的。祖贵咬咬嘴皮，按捺到自己的火性，走过去了一点，站近那个办事人身边，声音重重的说："先生，这是我们请他拿过去的。"

那穿长衣人估计了祖贵一眼，很鄙夷的说："你们要怎么样？"

祖贵说："你是经理是监督？"

"我是督察，什么事同我说就行！"

"我们要请求这边莫再放水过去，话都在贴子上头！"

穿长衣的人就重新看了一下手上那个愿书的内容，头也不愿意抬起，只说："一十三个代表啊，好！可是这不是我们的事情，公司不是自来水公司！天气那么糟，只能怪天气，只能怪天气！”

“我们请求这边不要再放水就行了！”

“水是一个活动东西，它自己会流，那是无办法的事情！”

张师爷就说：“这边昨天掘沟，故意把水灌过去。”

那人有点生气神气了，“什么故意灌你们。莫非这样一来，还会变成谋财害命的大事不成？”

那人一眼望到巡警了，又对着巡警冷笑着说：“这算什么事情？谋财害命，可不是一件小事情，你们区里会晓得的！杨巡官前天到这儿来，和我们监督喝茅台酒，就说……”

祖贵皱着眉头截断了那人的言语：“怎么啦！我们不是来此放赖的，先生。我们请你们这里派人去看看。这里有的是人，只要去看看，就明白我们的意思了。这位巡警是我们请来的，杨巡官到不到这里不是我们的事情。我们要的是公道，不要别的！”

“什么是公道！厂里并没有对你们不公道！”

“我们说，不能放水灌我们的房子，就只这一件事，很不公道。”

“谁打量灌你们的房子？”

“不是想不想，不是有意无意，你不要说那种看不起我们的刻薄话。我们都很穷，当然不是谋财害命。我们可不会诬赖人。你们自然不是谋财害命的人，可是不应该使我们在那点点小地方也站不住脚！”

代表中另一个就撅着嘴说：“我们缴了租钱，每月都缴，一个不能短少！”

“你租钱缴给谁？”

“缴给谁吗？……”那人因无话可说，嗫嚅着，望到祖贵。

那长衣人说：“这租钱又不是我姓某的得到，你们同区里说好了！”

祖贵十分厌烦的说：“喂，够了，这话请您驾不要说了。我们不是来同您驾骂娘的，我们来请求你们不要再放水！你们若还愿意知道因为你们昨天掘沟放水出去，使我们那些猪狗窝儿所受的影响，你不妨派个人去看看，你们不高兴作这件事，以为十分麻烦，那一切拉倒。”

那长衣人说：“这原不是我们的事，你们向区里说去，要区里救济好了。”

“我们并不要你们救济，我们只要公道！”

“什么公道不公道？你们去区里说吧。”

祖贵说：“您驾这样子，派人看看也不愿意了，是不是？”

那人因为祖贵的气势凌人，眼睛里估了一个数目，冷冷的说：“代表，你那么凶干吗？”

“你说干吗，难道你要捉我不成？”

“你是故意来捣乱的！”

“怎么，捣乱，你说谁？”这强人十分生气，就想伸手去抓那个人的领子。那人知道自己不是当前一个的对手，便重复的说：“这是捣乱，这是捣乱，”一面赶忙退到水边去。大家用力拉着祖贵，只担心他同厂里人打起架来。

两人忽然吵起来了。因为祖贵声音很高，且想走拢去揍这个办事人一顿，里面听到吵骂，有人匆匆跑出来了。来的是一个胖子，背后还跟得有几个闲人，只问什么事什么事。先前那个人就怏怏的诉说着，张师爷也乱乱的分辩着。祖贵睨了这新跑出的人一眼，看看身分似乎比先来的人强，以为一定讲道理多了，就走近胖子，指到一群人说：

“这是十三个代表，我们从小街派来的，有一点事到这里来。因为你们这边放水。我们房子全浸水了。我们来请你们这边派一个人同到这位巡士去看看，再请求这边莫再放水过去，这一点点事情罢了。我们不是来这里吵嘴的。”

那人只瞥了祖贵一眼，就把高个儿手中的愿书，拿到眼边看了一下，向原先吵嘴的人问：“就是这一点儿事吗？”那人回答说：“就是这事情。”

胖子装模作样的骂着那人：“这点点事情，也值得让这些乌七八糟的人到公司大门前来大吵大闹，成个什么规矩！”

张师爷说：“我们不是来吵闹，我们来讲道理！”

那胖子极不屑的望到卑琐的上士身上那件脏军衣，正要说“什么道理”这样一句话，祖贵一把拉开了上士，“我们要说明白，这里是一位见证，”说时他指到区里随来的一位巡警，“他见到我们一切行为，他亲眼看到！”

那胖子向祖贵说：“我听到你们！这里不是你们胡闹

的地方！你们到区里说去！你只管禀告区里。”这人说了就叫站在身旁另一个人，要他取一个片子，跟这些人到区里去见区长。一面回过头来问那个巡警：“杨巡官下班了没有？”显然的，是要这巡警知道站在面前同他说话的人，是同他们上司有交情，同时且带得有要那班代表听明白的意思。接着又告给先前那个高人，不要同他们再吵。

祖贵只是冷笑，等那胖子铺排完了，就说：“这是怎么？你们这样对付我们，这就是你们的道理！上区里打官事，决定了没有？”

那胖子不理不睬，自己走进去了。大家都不知道怎么说好，互相对望着。

张师爷想走过去说话，祖贵把这上士领口拉着，朝门外一送，向大家扫了一眼：“走，妈的！咱们回去！什么都不要说了！不要公道！”

大家见到祖贵已走，都怯怯的，无可奈何的，跟到背后走了。

一出了大门，张师爷就嚷着，聊以自慰的神气说着各种气愤大话，要报仇，要烧房子，要这样那样。可是大家都知道这是他的脾气，绝对不会做出这种吓人的事情。到了小街时，女人中有人望到区里巡警，跟着在后面来的，就问祖贵，是不是要请巡警挨家去看看。祖贵把代表打发走了，同张师爷带了巡警各处去看看，一句话不说，看了一阵，那巡警就回区里回话去了。

请愿的事很明白是完全失败了。大家都耽搁了半天事情。妇人回到家里，看看屋中的水，似乎又长多了一点。走到屋后去看看，屋后昨天大家合挖的那条沟，把水虽然挡住了，可是若果今天厂里再放水，就完全无用了。四容那时已睡着了。本来今天预备买药，这时看看四容睡得很好，又打量不买药，留下钱来作别的用处。因为屋中水太多，作什么事都不方便，这妇人就想找个什么东西，把水舀去，再撒点灰土，一定好点。各处找寻的结果，得了一块旧镔铁皮，便蹲到门前把水舀着。做了半天，脚也蹲木了，还似乎不行。后来有人来到，站到门前告她，张师爷还想到区里去要求公道，祖贵要打他，两人现在正吵着。还说早上全是师爷出的主意，向那些人请什么愿，祖贵始终就不大赞同，只说大家齐心来挖一条大沟到城边去，水就不会再过来了。……

妇人因为四容的病好象很有了一点儿转机，夜间她就仍然打量到所得的那五毛钱，是不是必须要照到医生所说的话，拿去买药。又想天气快冷了，四容病一好，同师傅上街做生意，身上也得穿厚一点。同时记起日里同祖贵他们到厂里吵架情形，总迷迷糊糊睡得不大好，做了一些怪梦，梦到许多对待穷人不合理的希奇事情，且似乎同谁吵了半天，赌了许多咒，总永远分解不清楚。

不知如何，妇人忽然惊醒了，就听到有人在屋后水荡边乱嚷乱叫。起先当是水涨大了，什么人家小屋被水浸透弄坍了，心里忡忡的，以为无论在什么时候，自己头上这一块房顶，也一定会猛然坍下来，把自己同四容压在下面。这时悄悄的伸手去捏四容的脚，四容恰恰也醒了，问到他妈，是谁在喊叫。只听到门前有人踹水跑过去，哗哗的响着。随后又是两个人踹水跑过去。于是听到远处声音很乱，且夹杂有狗叫，有别的声音，正似乎出了什么大事一样。妇人心里想：难道涨大水了吗？又想，莫非是什么人家失了火吧？爬起一看，屋角都为另一种光映照得亮堂堂的，可不正是失火！这时别一个人家也有人起身了，且有人在门前说话。妇人慌慌张张，披了衣服，顾不到屋中的水，赤了脚去开门，同那些正在说话的人搭话，问是什么地方。

那时天已经发白了，起来的人多了。许多人都向厂里那方面街上跑去。只听人说失了火失了火，各人都糊里胡涂，不知道究竟在什么地方，什么人家。只见天的一边发着红光，仿佛平常日头出来的气派，看来很近，其实还隔得很远。大家都估计着，无论如何也是在后街那一方面。天空大堆大堆的火焰向上卷去，那时正有一点儿风，风卷着火，摧拉着，毁灭着，夹杂着一切声音。妇人毫无目的也跟着别的人向起火的那方面走去，想明白究竟。路上只听到有向回头走的人，说是花园起了火。又说所有的犯人都逃走了。又说衙门的守备队，把后街每一条街口都守着了，不让一个人过去，过去就杀，已有四个人被杀掉了。

妇人一面走一面心里划算，这可糟了，七叔一家莫会完全烧死了！她心里十分着急，因为在花园那一方面，她还放的有些小债，这些债是预备四容讨媳妇用的。狱里起了火，人都烧死了，这些帐目自然也全完了。

再走过去一点，跑回来的人都说，不能过去了，那边路口已有人把守，谁也不能通过，争着过去说不定就开枪。因此许多怀了好奇心同怀了其他希望的闲人，都扫了兴。有些在先很高兴走出门的，这时记起自己门还未关好，妇人们记起家中出痘疹的儿子，上年纪的想起了自己的腰脊骨风痛，络绎走来，又陆续的回去了。虽然听到说不能通过仍然想走到尽头看看的，还有不少人。妇人同这些人就涌近去花园不远的花园前街弄口，挤过许多人前面去，才看到守备队把枪都上了刺刀，横撇着在手上，不许人冲过去，街上只见许多人搬着东西奔走，许多挑水的人匆匆忙忙的跑。但因为地方较近，街又转了弯，反而不明白火在什么地方了。

不知是谁，找得了道士做法事用的铜锣，胡乱的在街上敲着，一直向守备队方面冲过来，向小街奔去，一面走一面尽喊，“挑水去，挑水去，一百钱担，一百钱担！”听到这话，许多人知道发财的时候快到了，都忙着跑回去找水桶，大家拥挤着，践踏着，且同时追随到这打锣人身后跑着吼着，纷乱得不能想象。

妇人仍然站到墙下看这些人。看了一会儿，见有人挑水来，守备兵让他过去了。她心里挂着七叔家几个小孩子，不知火烧出街了有多远，前街房子是不是也着了火，就昏昏的也跟挑水的人跑，打量胡混过去。兵士见了却不让她过去，到后大声的嚷着，且用手比着，因为看她是女人，终于得到许可挤过去了。进了前街，才知道火就正是在七叔住处附近燃着，救火人挑了水随便乱倒，泼得满街是水，有些人心里吓慌了，抱了一块木板或一张椅子乱窜。有些人火头还离他家很远，就拿了杠子乱戳屋檐。她慢慢的定拢去了一点，想逼近那边去，一个男子见到了，嘶声的喊着，拉着她往回头路上跑去。也不让她说话，不管她要做些什么事，胡胡涂涂被拉到街口，那为大火所惊吓而发痫的男子却走了。

她仍然是胡胡涂涂，挤出了那条小街。这时离开了火场已很远了，看到有许多妇人守着一点点从烟中火中抢出的行李，坐在街沿恣意的哭泣。看到许多人在搬移东西。一切都毫无秩序，一切都乱七八糟。天已渐渐大明了，且听到有人说火不是从花园起的，狱中现时还不曾着火，烧的全是花园前街的房子。另外又听到兵士也说狱中没有失火，火离狱中还远。她这时似乎才觉得自己是赤着两只脚。忽然想起在此无益，四容在家中会急坏了，就跑回小街屋里去。

四容因为他母亲跑出去了半天，只听到外面人嚷失火，想下地出外看看，地下又全是水，正在十分着急，妇人回来了，天也大亮了。母子两人皆念着七叔一窝小孩，不知是不是全烧死了，还是只留下老的一个。过一会有人从门外过身，一路骂着笑着，声音很象祖贵，妇人就隔了门忙喊祖贵。跑出去看，就正看到那强徒。头上包了一块帕头，全身湿漉漉灰甫甫的，脸上也全是烟子，失去了原来的人形。耳边还有一线血，沿脸颊一直流下。一望而知，这个人是才从失火那边救火回来的。

妇人说："祖贵你伤了！"

那男子就笑着，"什么伤了病了，你们女人就是这样的，出不了一点儿事。"

"烧了多少呢？还在烧吗？"

"不要紧，不再会烧了。"

"我想打听一下，管监里送饭的秃头七叔家里怎么了？"

"完了，从宋家烟馆起，一直到边街第四弄财神庙，全完事了。"

“哎哟，要命！”妇人低声的嚷着，也不再听结果，一返身回到自己屋里，就在水中套上那两只破鞋，嘱咐了四容不许下床，就出门向失火前街跑去。祖贵本来已走过去，快要进他自己屋子，见妇人出来，知道她一定是去找熟人了，就喊叫妇人，告给她，要找谁，可以到岳庙去，许多人逃出来都坐在岳庙两廊下。

到了岳庙门前，一个人从人丛中挤出拉着她膀子，原来正是秃头七叔。秃头带她过去一点，看到几个孩子都躺在一堆棉絮上发痴，较小的一个已因为过分疲倦睡着了。

妇人安心了。“哎哟，天保佑，我以为你们烧成炭了。”

那秃头乱了半天，把一点铺陈行李同几个孩子从烟里抱出来，自己一切东西都烧掉了，还发痴似的极力帮助别人抢救物件，照料到那些逃难的女人小孩。天明后，火势已塌下去了，他还不知道，尽来去嚷着，要看热闹的帮忙，尽管喊水，自己又拿了长长的叉子，打别人的屋瓦，且逼到火边去，走到很危险的墙下去，扒那些悬在半空燃着的椽皮。到后经人拉着他，问到他几个孩子是不是救出来了，他才象是憬然明白他所有全烧光了，方赶忙跑回岳庙去看孩子。这时见到妇人关心的神气，反而笑了。秃头说：

“真是天保佑，都还是活的。可是我屯的那点米，同那些……”

这时旁边一堆絮里一个妇人，忽然幽幽的哭起来了，原来手上抱着的孩子，刚出痘疹免浆，因骤然火起一吓，跑出来又为风一吹，孩子这时抱在手中断气了。许多原来哭了多久的，因惊吓而发了痴的，为这一哭都给楞着了。大家都呆呆望着这妇人，俨然忘了自己的一身所遭遇的不幸。

妇人认得她是花园前街铜匠的女人，因走过去看看，怯怯的摸了一下那搁在铜匠妇人手上的孩子：“周氏，一切是命，算了，你铜匠？”

另外一个人就替铜匠妇人说：“铜匠过江口好些日子了，后天才会回来。”

又是另外一个人却争着说：“铜匠昨天回来了，现在还忙着挑水，帮别人救房子。”

又一个说：“浇一百石水也是空的，全烧掉了！”这人一面说，一面想起自己失掉了的六岁女儿，呱的就哭了，站起来就跑出去了。另外的人都望到这妇人后身摇着头，（重新记起自己的遭遇），叹息着，诅咒着，埋怨着。

旋即有一个男子，从岳庙门前匆匆跑过去，有一女人见到了，认得是那个铜匠，就锐声喊着“铜匠师傅”，那男人就进来了。那年青男子头上似乎受了点伤，用布扎着，布也浸湿了。铜匠妇人见了丈夫，把死去了的小孩交给他，象小孩子一样纵横的流泪，铜匠见了，生气似的皱着眉头。“死了就算事，你哭什么？”妇人象是深怕铜匠会把小孩掷去，忙又把尸身抢过来，坐在一破絮上，低下头兀自流泪。

那时有人看到这样子，送了一些纸钱过来，为在面前燃着。

铜匠把地下当路的一个破碗捡拾了一下，又想走去，旁边就有一个妇人说：“铜匠，你哄哄周氏，要她莫哭。你得讨一副匣子，把小东西装好才是事！”

四容的妈忙自告奋勇说：“我帮你去讨匣子，我这就去。”说着，又走到秃头七叔几个小孩子身旁，在那肮脏小脸上，很亲切的各拍了一下，就匆匆的走了。

到善堂时无一个人，管事的还不曾来，守门的又看热闹去了，就坐在大门前那张长凳上等候。等了多久，守门的回来了，说一定得管事的打条子，过东兴厚厂子里去领，因为这边已经没有顶小的了。说是就拿一口稍微大一点的也行，但看门的作不了主，仍然一定得等管事先生来。

一会儿，另外又来了两个男子，也似乎才从火场跑来领棺材的，妇人认识其中一个，就问那人“是谁家的孩子”。那人说：“不是一个小孩子，是一个大人大孩子——小街上的张师爷！”

妇人听着吓了一跳：“怎么，是张师爷吗？我前天晚上还看到他同祖贵喝酒，昨天还同祖贵在厂里说话，回来几乎骂了半夜，怎么会死了？”

“你昨天看到，我今天还看到！他救人，救小孩子，救鸡救猫，自己什么都没有，见火起了，手忙脚乱帮到别人助热闹，跑来跑去同疯狗一样。告他不要白跑了，一面骂人一面还指挥！告他不要太勇敢了，就骂人无用。可是不久一砖头就打闷了，抬回去一会儿，喔，完事了。”

那守门的说："那是因为烟馆失火，他不忘恩义，重友谊！"

妇人正要说"天不应当把他弄死"，看到祖贵也匆匆的跑来了，这人一来就问管事的来了没有，守门的告他还没来。他望到妇人，问妇人见不见到秃头，妇人问他来做什么，才晓得他也是来为张师爷要棺木的。

妇人说："怎么张师爷这样一个好人，会死得这样快？"

那强硬的人说："怎么这样一个人不死的这样快？"

妇人说；"天不应当——"

那强硬的人扁了一下嘴唇，"天不应当的多着咧。"因为提到这些，心里有点暴躁，随又向守门人说："大爷，你去请管事的快来才好！还有你们这里那个瘦个儿，不是住在这里吗？"

那守门的不即作答，先来的两个人中一个就说："祖贵，你回去看看吧，区长派人来验看，你会说话点，要回话！我们就在这儿等候吧。"

"区长派人来看，管他妈的，若是区长自己来看，张师爷他会爬起来，笑眯眯的告他的伤处，因为他们要好，死了也会重生！若是派人来，让他看去，他们不会疑心我们谋财害命！”

这人虽然那么说着，可是仍然先走了。妇人心想，“这人十砖头也打不死，”想着不由得不苦笑。

又等了许久，善堂管事的才来了，一面进来，一面拍着肚子同一个生意人说到这一场大火的事情。在那一边他就听到打死一个姓张的事情了，所以一见有人在此等候。说是为那死人领棺木，就要守门的去后殿看，一面开他那厢房的办事处的门，一面问来领棺木的人，死人叫什么名字，多大年岁，住什么地方。其中一个就说：“名字叫张师爷。”

想不到那管事的就姓章，所以很不平的问着：“怎么，谁是什么张师爷李师爷？”

那人就说：“大家都叫他作张师爷。”

管事的于是当真生气了，“这里的棺材就没有为什么师爷预备的，一片手掌大的板子也没有！你同保甲去说吧。我们这里不办师爷的差，这是为贫穷人做善事的机关！”

这管事因为生气了，到后还说：“你要他自己来吧，我要见见这师爷！”

那陪同善堂管事来的商人，明白是“师爷”两个字，触犯了活的师爷的忌讳了，就从旁打圆场说：“不是那么说，他们一定弄不明白。大家因为常常要这个人写点信，做点笔墨事情，所以都师爷师爷的叫他。您就写张三领棺材一口得了，写李四也行，这人活时是一个又随便又洒脱的人，死了也应是一个和气的鬼，不会在死后不承认用一个张三名义领一副匣子的！”

管事经此一说，就什么话也不能说了，只好翻开簿子，打开墨盒，从他那一排三支的笔架上，抓了他那小绿颖花杆尖笔记帐。到后就轮到四容的妈来了，一问到这妇人，死的是一岁的孩子，那管事就偏过头去，很为难似的把头左右摆着，说这边剩下几副棺材，全不是为这种小孩预备的。又自言自语的说，小孩子顶好还是到什么地方去找一提篮，提出去，又轻松，又方便。妇人听到这管事代出主意，又求了一阵，仍然说一时没有小棺材。心中苦辣辣的，不敢再说什么，只好走回岳庙去报告这件事情。

到了岳庙，铜匠妇人已不哭了，两夫妇已把小孩尸身收拾停妥了，只等候到棺木，听妇人说善堂不肯作这好事，铜匠就说："不要了，等会儿抱去埋了就完了。"可是他那女人听到这话，正吃到米粉，就又哭了。

妇人见秃头已无住处了，本想要几个孩子到她家去，又恐怕四容的病害了人家的孩子，不好启齿，就只问秃头七叔，预备就在这庙里还是过别处去。秃头七叔说等一会要到花园去看，那边看守所有间房子，所长许他搬，他就搬过去，不许搬，就住到这廊下，大家人多也很热闹。妇人因为一面还挂到家中四容，就回去了。到了家里，想起死了的张师爷，活时人很好，就走过去看看。他那尸身区里人已来验看过了，熟人已把他抬进棺木去了。所谓棺木，就是四块毛板拼了两头的一个长匣子，因为这匣子短了一点，只好把这英雄的腿膝略略曲着。旁边站了一些人，都悄悄静静的不说话。那时祖贵正在那里用钉锤敲打四角，从那个空罅，还看到这个上士的一角破旧军服。这棺木是露天摆在那水荡边的，前面不知谁焚了一小堆纸钱，还有火在那里燃着。棺木头上摆了一个缺碗，里面照规矩装上一个煎鸡子，一点水饭。当祖贵把棺木四隅钉好，抬起头来时，望到大家却可怜的笑着。他站在当中，把另外几个人拉在一块，编成一排，对到那搁在卑湿地上的白木匣子。

“来，这个体面人物完事了，大家同他打一个招呼。我的师爷，好好的躺下去，让肥蛆来收拾你。不要出来吓我们的小孩子，也不要再来同我们说你那做上士时上司看得起你的故事了，也不要再来同我争到会钞了，也不必再来帮我们出主意了，也不必尽想帮助别人，自己却常常挨饿了。如今你是同别人一样，不必说话，不必吃饭，也不必为朋友熟人当差，总而言之叫作完事了！”

这样说着，这硬汉也仍然不免为悲哀把喉咙扼住了，就不再说什么，只擤擤鼻子，挺挺腰肢，走到水边去了。大家当此情形都觉得有点悲惨，但大家却互相望着，不知道该说点什么，慢慢的就都散去了。

妇人看看水荡的水已消去很多，大致救火的人，已从这地方挑了很多的水去了。她记起自己住处的情形，就赶回去，仍然蹲到屋中，用那块镔铁皮舀地下的水，舀了半天把水居然舀尽了，又到空灶里撮了些草灰，将灰撒到湿的地上去。

下午妇人又跑岳庙去，看看有些人已把东西搬走了，有些人却就到廓下摊开了铺陈，用席子隔开自己所占据的一点地方，大有预备长久住下的样子。还有些人已在平地支了锅灶，煮饭炒菜，一家人蹲到地下等待吃饭。那铜匠一家已不知移到什么地方去了。秃头七叔正在运东西过花园新找的那住处去。妇人就为他提了些家伙，伴着三个孩子一同过花园去。把秃头住处铺排了一下，又为那些犯人买了些东西，缝补了些东西，且同那些人说了一会这场大火发生的种种。大家都听到牢狱后面教场上有猪叫，知道本街赶明儿谢火神一定又要杀猪，凡是救火的都有一份猪肉，就有人托妇人回去时，向那些分得了肉却舍不得吃的人家，把钱收买那些肉，明早送到花园这边来。

妇人回去时，天又快夜了。远远的就听到打锣，以为一定是失火那边他们记起了这个好人，为了救助别人的失火而死，有人帮张师爷叫了道士起水开路了，一面走着一面还心里想，这个人死得还排场，死后还能那么热闹。且悬想到若果不是那边有人想起这件事，就一定是祖贵闹来的。可是再过去一点，才晓得一切全估计错了，原来打锣的还隔得远啦。妇人站到屋后望着，水荡边的白木匣子，在黑暗里还剩有一个轮廓，水面微微的放着光，冷清极了，那里一个人也没有！

她站了一会儿，想起死人的样子，想起白天祖贵说的话，打了一个冷噤，悄悄的溜进自己屋子里去了。

一九三二年一月作毕

节 日

落了一点小雨，天上灰濛濛的，这个中秋的晚上，在 × 城已失去了中秋的意义。

一切皆有点朦胧，一切皆显得寂寞。

街道墙角的转折处，城市里每人的心中，似乎皆为这点雨弄得模糊暗淡，毫无生气。

城中各处商人铺子里，仍然有稀稀疏疏的锣鼓声音，人家院落里有断续鞭炮声音，临河楼上有箫笛声音，每一家也皆有笑语声音。这些声音在细雨寒风里混合成一片，带有忧郁的节日情调，飘扬到一个围墙附近时，已微弱无力，模模糊糊，不能辨别它来处方向了。

雨还在落。因为围墙附近地方的寂静，雨俨然较大了一些。

围墙内就是被 × 城人长远以来称为“花园”的牢狱。往些年分地方还保留了一种习惯，把活人放在一个木笼里站死示众时，花园门前曾经安置过八个木笼。看被站死人有一个雅致的称号，名为“观花”。站笼本身也似乎是一个花瓶，因此 × 城人就叫这地方为“花园”。现在这花园多年来已经有名无实，捉来的乡下人，要杀的，多数剥了衣服很潇洒方便的牵到城外去砍头，木笼因为无用，早已不知去向，故地方虽仍然称为花园，渐渐的也无人明白这称呼的意义了。

花园里容纳了一百左右的犯人，同关鸡一样，把他们混合的关在一处。这些从各个乡村各种案件里捕捉来的愚蠢东西，多数是那么老实，那么瘦弱，糊里胡涂的到了这个地方，拥挤在一处打发着命里注定的每个日子。有些等候家中的罚款，有些等候衙门的死刑宣布，在等候中，人还是什么也不明白，只看到日影上墙，黄昏后黑暗如何占领屋角，吃一点粗糙囚粮，遇闹监时就拉出来，各趴伏到粗石板的廊道上，卸下了裤子，露出一个肮脏的屁股，挨那么二十三十板子。打完了，爬起来向座上那一个胡子磕一个头，算是谢恩，仍然又回到原来地方去等候。

牢里先是将整个院落分成四部，各处用大木柱作成的栅栏隔开。白日里犯人可以各处走动，到了晚上，典狱官进牢收封点名时，犯人排成一队站好，典狱官拿了厚厚的一本点名册，禁卒肩上搭了若干副分量不等的脚镣手梏，重要的，到时把人加上镣梏，再把铁锁锁定到木栅栏柱旁一个可以上下移动的铁环上，其余则各自归号向预定的草里一滚，事情就已完毕，典狱官同禁卒便走去了。此后就是老犯来处置新犯，用各样刑罚敲诈钱财的时候了。这种风气原是多年以来就养成了的。到后来，忽然有一天，许多乡下人在典狱官进监以后，把典狱官捆着重重的殴打了一顿，逃跑了一些犯人。因此一来，这狱里就有了一种改革。院中重新在各处用铁条隔开，把院中天井留出了一段空地，每日除了早上点名出恭时，各犯人能到院中一次以外，其余时节所有犯人皆各在自己所定下的号内住下，互相分隔起来。院中空地留为典狱官进监点名收号来去的道路，从此典狱官危险也少了。新的改革产生一种新的秩序，铁条门作好后，犯人们皆重新按名编号，重新按名发给囚粮，另外也用了一种新的规矩，就是出了一点小事时，按名加以鞭打。因为新的管狱方法不同了一点，管狱员半夜里还可以来狱中巡视，老犯的私自行刑事情也随同过去制度消灭了。

新狱规初初实行时，每一个犯人在每天早上皆应在甬道上排队点名，再鱼贯而行依次到那个毛房去出恭，再各归各号。大多数犯人是乡下农民，不习惯这件事，因此到时总大家挤着推着，互相望着同伴微笑，有镣梏的且得临时把它解开，所以觉得非常新奇有趣。到后久一点，也就十分习惯自然了。

这狱中也如同别的地方别的监狱一样，放了一批，杀了一批，随即又会加上一批新来的人。大家毫无作为的被关闭到这一个地方，每日除了经过特许的老犯，可以打点草鞋以外，其余人什么事也不作，就只望到天井的阳光推移，明暗交替打发掉每一个飘然而来倏然而逝其长无尽的日子。

所有被拘留的人皆用命运作为这无妄之灾的注释。什么人被带去过堂了，什么人被打了，什么人释放了，什么人恭喜发财牵去杀头了，别的人皆似乎并不十分关心，看得极其自然。

每天有新来的人，这种人一看就可以明白，照例衣服干净一点，神气显得慌张焦灼，一听到提人时就手足无措，白天无事，日子太长，就坐到自己草荐上，低下头一句话不说，想念家中那些亲人同所有的六畜什物，想到什么难受起来时，就幽幽的哭着，听人说到提去的什么人要杀头时，脸儿吓得焦黄，全身发抖，且走过去攀了铁条痴痴的望着。坐牢狱稍久一点，人就变愚呆了，同畜生差不多，没有这种神经敏锐了。

老犯自由行刑的权利，虽因为制度的改革，完全失去，可是到底因为是老犯，在狱里买酒买肉，生活得还是从从容容。狱里发生什么小争持时，执行调解的也总是这一类人。

老犯同城市中的犯人，常常酗酒闹事，互相殴打，每到这种事件发生时，新来的乡下犯人，多吓怕得极其厉害，各自远远的靠墙根躺着，盼望莫误打到身边来。结果则狱吏进来，问讯是谁吵闹，照例吵闹的不肯说出，不吵闹的谁也不敢说出，于是狱吏的鞭子，在每人身上抽一两下，算是大家应得的待遇。

因为过节的习惯，在 × 城还好好的存在，故在这种地方，犯人们也照例得到了些过节的好处。各人把那从上面发下来的一片肥肉，放在糙米饭团上，囫囵吃下后，各人皆望到天空的黄昏雨景，听到远处的各种市声，等候狱官来收封点名。到后收号的来了，因为过节，狱官们的团圆酒还喝得不够量，马马虎虎的查看了一下，吩咐了几句照例的话，就走去了。

到了二更左右，有些人皆蜷成一团卧在稻草里睡着了，有些人还默默的思索到花园外边的家中节日光景，有些人不知道为什么原因，忽然吵闹了起来了。先是各人还各自占据到一个角隅里，在黑暗中互相辱骂，到后越说越纷乱不清，一个抛了一只草鞋过去，另一个就抛了一件别的东西过来。再到后来，两个人中有一个爬了起来赶过去理论，两个人即刻就在黑影里厮打起来了。

只听到肉与肉撞触的钝声，拳头同别的东西相碰的声音，木头，瓶子，镔铁锅，以及其他抛掷的声音。骨节戛戛发声，喘息，辱骂，同兽类咬牙切齿时那种相似沉默的挣扎，继续着，不知在什么时节才可以告一段落。显然的，这里也有一些人，为了这个节日喝了不少酽冽的烧酒，被烧酒醉倒，发生着同别的世界也会同样发生的事情了。

两个醉醺醺的犯人在一个角隅里翻天覆地的扑斗时，一时节旁边事外的人皆不说话。只听到一个卷着舌头的人，一面喘息一面辱骂：

“× 你的娘，你以为我对不起你。婆娘们算个什么？婆娘们算个什么？……”

似乎这个人正被压在下层，故话还在说着，却因为被人压定，且被人嘴边打了一拳，后来的话就含糊不清了。

另外黑暗一隅有上了点年纪的人喊着：“四平，四平，不要打出人命，放清醒点！”

又有人说：“打死一个就好了。打死一个，另一个顶命，这里就清静了。”

又有人说：“管事的头儿快来了，各人四十板，今天过节，我们不能为你们带累领这种赏！”

还有人为别的事说别的话，似乎毫不注意身边附近殴打的。

说话的多是据守屋角没有酒喝的人物。在狱中喝酒是有阶级身分的。

一会儿，只听到一种钝声，一个人哎的喊了半个字，随后是一个打草鞋用的木榔槌，远远的摔到墙边铁条上复落在院子中的声音。于是一切忽然静寂了。

两人中有一个被打晕了。

于是就听到有人挣扎着，且一面含含糊糊的骂着：

“× 你的娘，你以为我对不起你。婆娘们算个什么？要你莫扼喉咙你不相信，你个杂种，一下子就相信了。你个杂种。……让开一点，你个杂种。”

这仍然是那个卷舌头醉鬼说话的声音。名为四平的醉鬼，这时还压在他的身上，可是因为已经被那一榔槌敲晕了，这压在下面的醉鬼，推了一阵，挣扎了一阵，总仍然爬不起来，一面还是骂着各样丑话粗话，一面就胡胡涂涂，把脸贴在湿霉的砖地上睡着了。

稍静寂一会。

黑暗中许多人又说话了。大家推论着。

“打死了一个。下面那个打死上面那个了。”

“四平打不死的，若打死，早在堂上被夹板折磨断气了。”

“一个晕了，一个睡了。”

“杂种！成天骂杂种，自己就是杂种！”

“把烧酒放烟头的才真是杂种！”

“轻说点，酒店老板阎王来了。”

各处有嘘嘘的声音，各处在传递知会，有些犯人就了悬在院中甬道上油灯的微弱灯光，蹲着在地面下田字棋，有些做别的事情，怕管事一来知道，皆从这知会中得到了消息，各人就躺在原来所据的地面草堆里，装成各已安睡的样子，让管事的在门外用灯照照，且用长杆子随意触撞一两个草堆里那一团东西，看看是不是还在那里。管事的一切照例的作着，一面照例的骂着许多丑话，一面听着这些丑话，于是这人看看甬道上的油灯，检查一下各个铁门上的锁钥，皮靴橐橐的又走了。

当真阎王来了。

一个大眉、大眼、方脸、光头，肥厚的下颏生了一部络腮胡子，身高六尺的人物，手上拿了一个电筒，一根长长的铁杖，踉踉跄跄的走过来，另外一个老年人提了一盏桅灯，似乎也喝了一杯，走路时见得摇摇晃晃。提灯的虽先开了门，到里面甬道时却走在后面一点，因为照规矩阎王应走在前头。

这人在外边开了一个酒铺，让靠近西城下等人皆为他那种加有草烟头的烧酒醉倒，也让这烧酒从一些人手中巧妙的偷运送到狱中来，因此就发了一点小财。照××当地风气，一切官吏的位置皆可以花钱买得，这人为了自己坐过一阵监狱，受过了一些鞭笞，故买了一个管狱位置。这人作官以后，每每喝了一肚子自己所酿的烧酒，就跑到这地方来巡查，乘了酒性严厉的执行他的职务，随意的鞭打其中任何一个人。有时发现了一些小小危险东西，或是一把发锈的小刀，或一根铁条，或一枚稍大的钉子，追究不出这物件的主人时，就把每人各打二十下，才悻悻的拿了那点东西走去。

这人的行为似乎只是在支取一种多年以前痛苦的子息，×城人是重在复仇的，他就在一切犯人的身上，索回多年以前他所忍受那点痛苦。

阎王来时，大家皆装睡着了。各处有假装的鼾声，各人皆希望自己可以侥幸逃避一次灾难。

这人把电筒扬起，各处照了一下，且把铁条从铁栏外伸过去，向一个草堆里戳了几下，被戳的微微一动，这人便笑着，再用力戳了一下。

“该死的，你并不睡，你并不睡。你装睡，你在想你的家中，想月亮，想酒喝。你是抢犯，你正在想你过去到山坳里剥人衣服的情形。……不要想这些，明天就得割你的头颅，把你这个会做梦的大头漩到田中去，让野猪吃你！”

那个缩在草堆里成一团的乡下人，一点不明白他所说的意思，只是吓得把鼻头深深的埋到草里，气也不敢向外放出，尽铁条戳了两下，又在臀部脊部各打击了两下，也仍然不作声。难关过去了，因为这铁条又戳到第二个人身上去了。

第二个又被骂“把头丢到田里”，又被重重的敲打两下。

如此依次下去，似乎每一个人皆不免挨两下。

大家皆知道阎王今天一定多喝了两杯，因为若不多喝两杯酒，查验不会如此苛刻。还没有被殴打辱骂的，皆轻轻的移动了卧处的地位，极力向墙边缩进去，把头部向墙边隐藏，把臀部迎向那铁条所及一面，预备受戳受打。

到第五个时，那先前一时互相殴打，现在业已毫无知觉重叠在一堆的两个醉人便被阎王发现了。

阎王用电筒照了一下，把铁条在上面那个人身上戳了一下。

“狗 × 的。你做什么压到别人身上？你不是狗，你是猪。我知道你们正在打架，我听到吵闹的声音。你见我来了，来不及分开，就装成吃醉了睡觉的样子，狗 × 的，你装得好。”

一、二、三、四……

这人一面胡胡乱乱的算着数目，一面隔了铁条门，尽是把那个压在上面失了知觉的犯人用力打着，到了四十后又重新再从一、二、三、四算下去。

打了一阵还是不见有什么声息。

其余的人皆知道那是永远打不醒了的，但谁也不敢作声。

跟同阎王来的老狱卒，把灯提得高高的照着，看看尽打不醒，觉得这样打下去也无什么意思了，就说：

“大老，他醉了，今天过节。一定醉了，算了吧。”

阎王把老狱卒手中的灯抢过手来，详详细细照了一下老狱卒的面孔。

“你这家伙说什么。你以为我不知道吗？你以为我不明白他们送你的节礼吗？好，今天过节，既然醉了，多打两下不会痛楚的，再打十下，留五十明天再说。”

一、二、三、四打了十下。不行，又一、二、三、四打了十下。

第六个刚被戳了一下时，老狱卒在旁边又说话了。

“大老，你不要再打他们，你也打累了，明天一总算帐吧。”

“明天算帐，明天算帐，明天加一倍算帐！”

阎王一面说一面又抢了老狱卒手中的灯，照了老狱卒的面孔一会，似乎想认清楚说话的人是不是这个人。口中哼哼的，仍然在那第六个的犯人身上重重的戳了一下，打了一下，才离开了铁栅栏，站到甬道中央去，大声的骂着一个已经绞死了多年的老犯人名字。

阎王走了，只听到外面牢门落锁的声音，又听到不知为什么原因，在外边大声骂人的声音，但不久一切就平静了，毫无声音了。

黑暗中有人骂娘的声音，有逃过了这种灾难，快乐得纵声大笑的声音，有摹仿了先前管狱人的腔调来说话的，

“妈的个东西，刀砍的，绳子绞的，妈的个东

西。……”

有人同鬼一样咕咕的笑着。

有人嘶了个嗓子说着。

“你妈的，你上天去，你那个有毒的烧酒终有一天会打发你上天去的！”

远远的，什么地方响了一声枪，又随即响了两声。

大家睡了。大家皆知道烧酒已经把狱官打倒，今天不会再挨打了。

半夜里有人爬起走向栅栏角上撒尿的，跌倒到两个重叠在一处的醉鬼身旁，摸摸两个人的鼻子，皆冷冷的已经毫无热气。这人尿也不敢撒了，赶忙回去蜷卧在自己的草窠里，拟想到明天早上一定有人用门板抬人出去，一共得抬两次。这是一个新来花园不久的乡下人，还不明白花园的规矩，在狱中瘐毙的，是应得从墙洞里倒拖出去的。

城中一切皆睡着了，只有这样一个人，缩成一团的卧在草里，想着身旁的死人，听着城外的狼嗥。

× 城是多狼的，因为小孩子的大量死亡，衙门中每天杀人，狼的食料就从不如穷人的食料那么贫乏难得。

黄 昏

雷雨过后，屋檐口每一个瓦槽还残留了一些断续的点滴，天空的雨已经不至于再落，时间也快要夜了。

日头将落下那一边天空，还剩有无数云彩，这些云彩阻拦了日头，却为日头的光烘出炫目美丽的颜色。这一边，有一些云彩镶了金边、白边、玛瑙边、淡紫边，如都市中妇人的衣缘，精致而又华丽。云彩无色不备，在空中以一种魔术师的手法，不断的在流动变化。空气因为雨后而澄清，一切景色皆如一人久病新瘥的神气。

这些美丽天空是南方的五月所最容易遇见的，在这天空下面的城市，常常是崩颓衰落的城市。由于国内连年的兵乱，由于各处种五谷的地面都成了荒田，加之毒物的普遍移植，农村经济因而就宣告了整个破产，各处大小乡村皆显得贫穷和萧条，一切大小城市则皆在腐烂，在灭亡。

一个位置在长江中部 × 省 × 地邑的某一县，小小的石头城里，城北一角，傍近城墙附近一带边街上人家，照习惯样子，到了这时节，各个人家黑黑的屋脊上小小的烟囱，都发出湿湿的似乎分量极重的柴烟。这炊烟次第而起，参差不齐，先是仿佛就不大高兴燃好，待到既已燃好，不得不勉强自烟囱跃出时，一出烟囱便无力上扬了。这些炊烟留连于屋脊，徘徊踌躕，团结不散，终于就结成一片，等到黄昏时节，便如帷幕一样，把一切皆包裹到薄雾里去。

×× 地方的城沿，因为一排平房同一座公家建筑，已经使这个地方任何时节都带了一点儿抑郁调子，为了这炊烟，一切变得更抑郁许多了。

这里一座出名公家建筑就是监狱。监狱里关了一些从各处送来不中用的穷人，以及十分老实的农民，如其余任何地方任何监狱一样。与监狱为邻，住的自然是一些穷人。这些穷人的家庭，大都是那么组成：一个男主人，一个女主人，以及一群大小不等的孩子。主人多数是各种仰赖双手挣取每日饭吃的人，其中以木工为多。妇人大致眼睛红红的，脸庞瘦瘦的，如害痨病的样子。孩子则几几乎全部分是生来不养不教，很希奇的活下来，长大以后不作乞丐，就只有去作罪人那种古怪生物。近年来，城市中许多人家死了人时，都只用蒲包同芦席卷去埋葬，棺木也不必需了，木工在这种情形中，生活全陷入不可以想象的凄惨境遇里去。有些不愿当兵不敢作匪又不能作工的，多数跑到城南商埠去做小工，不管什么工作都做，只要可以生活下去就成。有些还守着自己职业不愿改行的，就只整天留在家中，在那些发霉发臭的湿地上，用一把斧头削削这样砍砍那样，把旧木料作成一些简单家具，堆满了一屋，打发那一个接连一个而来无穷尽的灰色日子。妇人们则因为地方习惯，还有几件工作，可以得到一碗饭吃。由于细心，谨慎，耐烦，以及工资特别低廉种种长处，一群妇人还不至于即刻饿死。她们的工作多数是到城东莲子庄去剥点莲蓬，茶叶庄去拣选茶叶，或向一个鞭炮铺，去领取些零数小鞭炮，拿回家来编排炮仗，每一个日子可得一百文或五分钱。小孩子，年龄较大的，不管女孩男孩，也有跟了大人过东城做工，每日挣四十文左右的。只有那些十岁以下的孩子，大多数每日无物可吃，无事可做，皆提了小篮各处走去，只要遇到什么可以用口嚼的，就随手塞到口中去。有些不离开家宅附近的，便在监狱外大积水塘石堤旁，向塘边钓取鳝鱼。这水塘在过去一时，也许还有些用处，单从四围那些坚固而又笨重的石块垒砌的一条长长石堤看来，从它面积地位上看来，都证明这水塘在过去一时，或曾供给了全城人的饮料。但到了如今，南城水井从山中导来了新水源，西城多用河水，这水塘却早已成为藏垢纳污的所在地了。塘水容纳了一切污水脏物，长年积水颜色黑黑的，绿绿的，上面盖了一层厚衣，在太阳下蒸发出一种异常的气味，各方水浅处，天气热时，就从泥底不断的喷涌出一些水泡。

水塘周围石堤罅穴多的是鳝鱼。因为新雨过后，天气凉爽了许多，塘水增加了些由各处汇集而来的雨水，也显得有了点生气。在浊水中过日子的鳝鱼，这时节便多伸出头来，贴近水面，把鼻孔向天呼吸新鲜空气。监狱附近住家的小孩子，于是很兴奋的绕了水塘奔走，全露出异常高兴的神气。他们把从旧扫帚上抽来的细细竹竿，尖端系上一尺来长的麻线，麻线上系了小铁钩，小铁钩钩了些蛤蟆小腿或其他食饵，很方便插到石罅里去后，就静静的坐在旁边看守着。一会儿竹竿极沉重的向下坠去，竹竿有时竟直入水里去了，面前那一个便捞着竹竿，很敏捷的把它用力一拉，一条水蛇一样的东西，便离开水面，在空中蜿蜒不已。把鳝鱼牵出水以后，大家嚷着笑着，争着跑过这一边来看取鳝鱼的大小。有人愿意把这鳝鱼带回家中去，留作家中的晚餐，有人又愿意就地找寻火种，把一些可以燃烧的东西收集起来，在火堆上烧鳝鱼吃。有时鳝鱼太小，或发现了这一条鳝鱼，属于习惯上所说的有毒黑鳝，大家便抽签决定，或大家在混乱中竞争抢夺着，打闹着，以战争来解决这一条鳝鱼所属的主人。直到把这条业已在争夺时弄得半死的鳝鱼，归于最后的一个主人后，这小孩子就用石头把那鳝鱼的头颅捣碎，才提着那东西的尾巴，奋力向塘中掷去，算是完成了钓鱼的工作。

天晚了，那些日里提了篮子，赤了双脚，沿了城墙走去的妇女，到这时节，都陆续回了家。回家途中从菜市过身，就把当天收入，带回些糙米，子盐，辣椒，过了时的瓜菜，以及一点花钱极少便可得到的猪肠牛肚，同一钱不花也可携回的鱼类内脏。每一家烟囱上的炊烟，就为处置这些食物而次第升起了。

因为妇人回了家，小孩子们有玩疲倦了的，都跑回家中去了。

有小孩子从城根跑来，向水塘边钓鱼小孩子嚷着："队伍来提人了，已经到了曲街拐角上，一会儿就要来了。"大家知道兵士来此提人，有热闹可看了，呐一声喊，一阵风似的向监狱衙署外大院子集中冲去，等候队伍来时，欣赏那扛枪兵士的整齐步伐。

监狱里原关了百十个犯人，一部分为欠了点小债，或偷了点小东西，无可奈何犯了法被捉来的平民，大多数却为兵队从各处乡下捉来的农民。驻扎城中的军队，除了征烟苗税的十月较忙，其余日子就本来无事可作，常常由营长连长带了队伍出去，同打猎一样，走到附郭乡下去，碰碰运气随随便便用草绳麻绳，把这些乡下庄稼人捆上一批押解入城，牵到团部去胡乱拷问一阵，再寄顿到这狱中来。或于某种简单的胡涂的问讯中，告了结束，就在一张黄色桂花纸上，由书记照行式写成甘结，把这乡下庄稼汉子两只手涂满了墨汁，强迫按捺到空白处，留下一双手模，算是承认了结上所说的一切，于是当时派队伍就把这人牵出城外空地上砍了。或者这人说话在行一点，还有几个钱，又愿意认罚，后来把罚款缴足，随便找寻一个保人，便又放了。在监狱附近住家的小孩子，除了钓鳝鱼以外，就是当军队派十个二十个弟兄来到监狱提人时，站在那院署空场旁，看那些装模作样的副爷，如何排队走进衙署里，后来就包围了监狱院墙外，等候看犯人外出。犯人提走后，若已经从那些装模作样的兵士方面，看出一点消息，知道一会儿这犯人愚蠢的头颅就得割下时，便又跟了这队伍后面向城中团部走去，在军营外留下来，一直等到犯人上身剥得精光，脸儿青青的，头发乱乱的，张着大口，半昏半死的被几个兵士簇拥而出时，小孩子们就在街头齐声呐喊着一句习惯的口号送行：

“二十年一条好汉，值价一点！”

犯人或者望望这边，也勉强喊一两声撑撑自己场面，或沉默的想到家中小猪小羊，又怕又乱，迷迷糊糊走去。

于是队伍过身了。到后面一点，是一个骑马的副官拿了军中大令，在黑色小公马上战摇摇的掌了黄龙大令也过身了。再后一点，就轮派到这一群小孩子了。这一行队伍大家皆用小跑步向城外出发，从每一条街上走过身时，便吸引了每一条街上的顽童与无事忙的人物。大伙儿到了应当到的地点，展开了一个圈子，留出必需够用的一点空地，兵士们把枪从肩上取下，装上了一排子弹，假作向外预备放的姿势，以为因此一来就不会使犯人逃掉，也不至于为人劫法场。看的人就在较远处围成了一个大圈儿。一切布置妥当后，刽子手从人丛中走出，把刀藏在身背后，走近犯人身边去，很友谊似的拍拍那乡下人的颈项，故意装成从容不迫的神气，同那业已半死的人嘱咐了几句话，口中一面说："不忙，不忙，"随即嚓的一下，那个无辜的头颅，就远远的飞去，发出沉闷而钝重的声音坠到地下了，颈部的血就同小喷泉一样射了出来，身子随即也软软的倒下去，呐喊声起于四隅，犯人同刽子手同样的被人当作英雄看待了。事情完结以后，那位骑马的押队副官，目击世界上已经少了一个恶人，除暴安良的责任已尽，下了一个命令，领带队伍，命令在前面一点儿的号手，吹了得胜回营的洋号缴令去了。看热闹人也慢慢的走开了。小孩们不即走开，他们便留下来等待看到此烧纸哭泣的人，或看人收尸。这些尸首多数是不敢来收的，在一切人散尽以后，小孩子们就挑选了那个污浊肮脏的头颅作戏，先是用来作为一种游戏，到后常常互相扭打起来，终于便让那个气力较弱的人滚跌到血污中去，大家才一哄而散。

今天天气快晚了，又正落过大雨，不象要杀人的样子。

这个时节，那在监狱服务了十七年的狱丁，正赤了双脚在衙署里大堂面前泥水里，用铲子挖掘泥土，打量把积水导引出去。工作了已经好一阵，眼见得毫无效果，又才去解散一把竹扫帚，取出一些竹竿，想用它来扶持那些为暴雨所摧残业已淹卧到水中的向日葵。院落中这时有大部分还皆淹没在水里，这老狱丁从别处讨来的凤仙花，鸡冠花，洋菊同秋葵，以及一些为本地人所珍视的十样锦花，在院中土坪里各据了一畦空地，莫不皆浸在水中。狱丁照料到这样又疏忽了那样，所以作了一会事，看看什么都作不好，就不再作了，只站在大堂房檐下，望天上的晚云。一群窝窝头颜色茸毛未脱的雏鸭，正在花草之间的泥水中，显得很欣悦很放肆的游泳着，在水中扇动小小的肉翅，呀呀的叫嚷，各把小小红嘴巴连头插进水荡中去，后身撅起如一顶小纱帽，其中任何一只小鸭含了一条蚯蚓出水时，其余小鸭便互相争夺不已。

老狱丁正计算到属于一生的一笔账项，数目弄得不大清楚，为了他每个月的薪俸是十二串，这钱分文不动已积下五年，应承受这一笔钱的过房儿子已看好了，自己老衣也看好了，寿木也看好了，他把一切处置得妥当后，却来记忆追想，为什么年轻不结婚。他想起自己在营伍中的荒唐处，想起几个与生活有关白脸长眉的女人，一道回忆的伏流，正流过那衰弱敝旧的心上，眼睛里燃烧了一种青春的湿光。

只听到外边有人喊“立正，稍息”，且有马项铃响，知道是营上来送人提人的，故忙匆匆的踹了水出去，看是什么事情。

军官下了马后，长统皮靴在院子里水中堂堂的走着，一直向衙署里面走去，守卫的岗警立了正，一句话也不敢询问，让这人向侧面闯去，后面跟了十个兵士，狱卒在二门前迎面遇到了军官，又赶忙飞跑进去，向典狱官报告去了。

典狱官是一个在烟灯旁讨生活的人物，这时正赤脚短褂坐在床边，监督公丁蹲在地下煨菜，玄想到种种东方形式的幻梦，狱卒在窗下喊着：

“老爷，老爷，营上来人了！”

这典狱官听到营上来人，可忙着了，拖了鞋就向外跑。

军官在大堂上站定了，用手指弄着马鞭末端的穗组，兵士皆站在檐口前，典狱官把一串长短不一的钥匙从房中取出来，另外又携了一本寄押人犯的账簿，见了军官时就赶忙行礼，笑眯眯的侍候到军官，喊公丁赶快搬凳子倒茶出来。

“大人，要几个？”

军官一句话不说，递给了典狱官一个写了人名的字条，这典狱官就在暮色满堂的衙署大堂上轻轻的念着那个字条，把它看过了，忙说“是的是的”，就首先带路拿了那串钥匙，夹了那本账簿，向侧面牢狱走去。一会儿几个人都在牢狱双重门外站定了。

老狱丁把钥匙套进锁口里去，开了第一道门又开第二道门，门开了，里面已黑黑的，只见远处一些放光的眼睛，同模糊的轮廓，典狱官按着名单喊人。

“赵天保，赵天保，杨守玉，杨守玉，”

有两只放光的眼睛出来了，怯怯的跑过来，自己轻轻的说着“杨守玉，杨守玉，”一句别的话也不说，让兵士拉出去了。典狱官见来了一个，还有一个，又重新喊着姓赵的人名，狱丁也嘶着喉咙帮同喊叫，可是叫了一阵人还是不出来。只听到黑暗里有乡下人口音：

“天保，天保，叫你去，你就去，不要怕，一切是命！”

另外还有人轻轻地说话，大致都劝他出去，因为不出去也是不行的。原来那个被提的人害怕出去，这时正躲在自己所住的一堆草里。这是一种已成习惯的事情，许多乡下人，被拷打过一次，或已招了什么，在狱中住下来，一听到提人叫到自己名姓时，就死也不愿意再出去，一定得一些兵士走进来，横拖竖拉才能把他弄出。这种事在狱中是常有的，军人同狱官也看惯了，狱官这时望了一望军官，军官望了一望兵士，几个人就一拥而进到里面去了。于是黑暗中起了殴打声，喘气声，以及一个因为死命抱着柱子不放，一群七手八脚的动作，抵抗征服的声音。一会儿，便看见一团东西送出去了。典狱官知道事情业已办好，把门一道一道关好，一一的重新加上笨重的铁锁，同军官离开了牢狱，回到大堂，验看了犯人一下，尽了应尽的手续，正想说几句应酬话，谈谈清乡的事情，禁烟的事情，军官努努嘴唇，一队人马重新排队，预备开步走出衙署了。

老狱卒走过那个先是不愿意离开牢狱，被人迫出以后，满脸是血目露凶光的乡下人身边来，“天保，有什么事情没有？”犯人口角全是血，喘息着，望到业已为落日烧红的天边，仿佛想得很远很远，一句话一个表示都没有。另外一个乡下人样子，老老实实的，却告给狱吏：

“大爷，我砦上人来时，请你告诉他们，我去了，只请他们帮我还村中漆匠五百钱，我应当还他这笔钱。……”

于是队伍堂堂的走去了。典狱官同狱卒送出大门，站到门外照墙边，看军官上了马，看他们从泥水里走去。在门外业已等候了许久的小孩子们，也有想跟了走去，却为家中唤着不许跟去，只少数留在家中也无晚饭可吃的小孩，仍然很高兴的跟着跑去。天上一角全红了，典狱官望到天空，狱卒也望天空，一切是那么美丽而静穆。一个公丁正搬了高凳子来，把装满了菜油的小灯，搁到衙署大门前悬挂的门灯上去。大门口全是泥泞，凳子因为在泥泞中摇晃不定，典狱官见着时正喊：

“小心一点！小心一点！”

虽然那么嘱咐，可是到后凳子仍然翻倒了，人跌到地下去，灯也跌到地下了。灯油溅泼了一地，那人就坐在油里不知如何是好。典狱官心中正有一点儿不满意适间那军官的神气，就大声说：

“我告诉你小心一点，比营上火夫还粗卤，真混账！”

小孩子们没有散尽的，为这件事全聚集了拢来。

岗警把小孩子驱散后，典狱官记起了自己房中煨的红烧肉，担心公丁已偷吃去一半，就小小心心的从那满是菜油的泥泞里走进了衙门。狱丁望望那坐在泥水里的公丁，努努嘴，意思以为起来好一点，坐在地下有什么用，也跟着进去了。

天上红的地方全变为紫色，地面一切角隅皆渐渐的模糊起来，于是居然夜了。

战争到某市以后

雷霆震动人的身体，战争震动人的灵魂；当战争在南方某都市开始发生，用暴风猛火迅速到出人意外的情形扩张下去，如一只有力的手，撼动到国内一切平常良好市民纯洁的灵魂时节，在北京方面，南京方面，上海方面……及其他方面，还有多少神经衰弱，放荡懒惰，不知羞耻的年青男女，各为美国输入的 ×× 淫荡音乐，每日互相拥抱到成一团跳舞。绅士们，当局者们则更其无聊，莫不盼望到另一国家来用强力出面干涉，拯救国家所处的困难。

沿长江中部 ×× 市，从电讯上，把某一方面，钢铁奔窜的声音，呼喊杀戮的声音，连同大火毁灭一切的光景，以一种无律无韵毫无秩序的记载，排印成为无数号外，到市街上各处去散播时，×× 市新大街的市民们，皆各在街头，莫不怀了焦躁惶恐同一点儿意外侥幸的心情，盼望到某种意外消息。战事既不可免避，政府应当如何想出办法，支持到某种局面，再一面作各种交涉，市民们是愿意从每天号外上看到点这一类消息的。号外印出后，一个人站在街心大声嚷着，人们便争上前去攫了那一方报纸，送到鼻子下去。稍过一会，这些人便一面互相用失望的眼睛望望，一面咒骂着目前管理国家人物无用，咒骂着二十年来一页历史上这个民族当家人的卖国该死，然后摇摇头四散走开。

这些善良的市民，各自向街旁走去，不管生熟，三三五五聚在一处，用一种极关切的神气，互相谈论到一切。一个民族长久被压迫后那种富有幻想性格，占据到 ×× 市民的全体，于是这些人便谈到军事上无希望的希望，外交上无奇迹的奇迹，而大部分，他们明白政府不足信托，却仍然把希望安顿到这一个政府上的。

可是 ×× 的秘密卖国条件，被外人报纸提到后，×× 市上的空气不同了一点。街头上有人用粗糙的野话，骂当局卖国媚外的。有谈到另一件事情，却仍归结到这战争，将因为政府的无能，成为一种无意思牺牲的。这是 ×× 市的市民，一群有热忱无训练缺少领导的市民！

然而到某一天，却有人爬到新大街那个换钱摊上，高高站起大声演说的事发生了。市民的一群，从各方聚集到那边去，各把失神憔悴激动带血的眼睛，望着那个身穿灰色长衣不知姓名的年青人演说。那个人报告从另一方面听来的真象，大家才知道前方那么急切需要物资同实力的救援，这一面却只见到当局对国联信赖的声明以及外交胜利的谈话。政府一面忙于迁都，一面却尽暗示市民，要一百个镇静，除了镇静以外，什么也没有布置。那演说者说了一阵，再说下去，便轮到一个结论了。那汉子说：

“……我们当家的在干什么呢？”

大家互相望望，各在心中打量着“谁知道呢？也正忙着吧？”

那时一个机关小办事员模样的年青人，一张黄黄的脸，正对到演说者注意。他是傍近桌边站定的，听到演说的问到那句话，记起了身边一点东西，小心的四周望一下，把从 × 方面得来的一张报纸从怀中掏出，结结巴巴念了一阵，声音太低，谁也听不清楚，因此把那一张报纸又递给了站在高处的人。

一会儿大家从那个朗朗的诵读里，就听明白这是一个外国电讯社上面一段似嘲似讽的记载，用《中枢与各主要都市之持重与镇静》为题所载的一篇文章。那文章详详细细说到本国当家的种种空洞无益的计划，可笑的希望，连同一些负责人一再声明的“我不开衅，全部有国联主持”的论调，政府的面目，便以一种卑鄙无能的神气，活现在市民面前了。

有人说话了。

“希望政府出兵，我们大众出钱，为一点正义而支持下去！”

另一个人说，“问谁要正义？问谁要兵呢？”

有人提到用物质支援的。另外还有人对于政府极端不满，把话更放肆的说下去的。

一点在平时没有的混乱，同失去节制的咆哮，使 ×× 市大街显然酝酿了一种不稳当的空气；街头业已被人填满，人力车通不过，须绕道走了。

警察过来了。不免引起群众的愤怒，对这治安维持者产生了反感，警察被殴了。

一面把警察撵走，一面大家还是在那里商量对战区救济事情。过不一会，大街两头重新出现了一大队警察，全副武装，取了冲锋姿势，跑步向这边人丛中走来。市民中胆小一点的，各怀了木棍落在头上时极无趣味的预感，离开了人群，四散走去。

那站在桌子上的一位，见到这情形了，大声的说：

“兄弟们，同志们，不要怕，不要走。这是我们自己的事，我们自己来商量！我们应当把办法讨论出来，警察同志不会干涉的！”

少数的市民为这个话鼓舞起来，紧站在那人身旁不动，多数的人听到这个话也稳定下来，各站定在原来地方不动了。可是冲锋的黑色一群，即刻之间来到身边。一种意外的袭击，各处在沉默中开始发生了殴击。怯弱一点的市民，各带了惊惶无措小兽物的样子向四处跑去，强干一点的，一面争辩着一面闪避那种突如其来的袭击。有小孩子在践踏中大哭的声音，有从各种口里含混的辱骂呼吁声音，一种不可想象的混乱继续了很久。在混乱中，先前在换钱摊上说话，为市民出主张的那个人，被捉下去后，无数手脚向身边伸去，带骂带吼，满脸浴着红血被人向西拥走了。另外还有一批类似商人类似中学生的年青的人，头发扯得稀乱，衣服也失去了原来样子，鼻部打破了，皆把脸浴了血，也是吼着嚷着，被人向西拥走了。人虽然仍那么多，可是把一群市民捉走后，一切全沉默了。

可是一会儿，在另外一个铺柜上有人站起说话了。

“这样无理由糟蹋市民，那不行！大家都见到了，这是野兽的行为。我们要同政府去算账！我们大家一同去质问这个主使人！”

平时十分老实此时却十分愤怒的市民，集结成人数可观的一群，加上无数跟在较后的市民，不到一会就向保安大队来时那条大街走去了。

因此一来，一点钟后，×× 市公安局门前，重新捉了一些人，重新发生了一次武力对徒手平民无耻的殴打，重新在那里产生了一场混乱。到了下午，临时宣布戒严。可是一到晚上，政府明白事情扩大将发生其他影响，被捉的市民开释出来了。

但还有七个却没有释放。

到第二天，×× 市全市罢了市。讲和显然已不行了，不取保的开释已不成为恩惠了。×× 市民的意见，昨天的事，谁也无罪，谁也不应当被殴被捕。一群毫无过失的市民，见到政府对国事那么冷淡，大家来在街头商量一些公民有权利过问的事，商量些公民应尽的义务，需要一种讨论来确定，这讨论妨碍到什么治安？一个生意人，为了爱国激于义愤向大家报告了一些实际情况，说了几句大家想说而说不出口的话，为什么应被逮捕殴打？多数无罪的市民，为什么毫无道理的被殴打和逮捕？为什么拘留了那么多人，却欺骗群众，宣布已即刻全部释放？

×× 市民的罢市，所要的是一种当局对市民的公平。这公平在过去谁也没有从当局方面得到。对敌人懦怯，对列强谄媚，×× 市当局，一面禀承中央政策，对市民则镇压同欺骗并用，现在大众感到不得不对这种当局有所抵制，因此全体罢了市。

每一市民皆知道那些为一个民族气概，为一般被压迫阶级所受的侮辱和剥削，因而向帝国主义暴力用血和生命来抗议的 ××× 军，如何急迫的盼望帮助，政府却如何冷漠如何不加过问，市民们皆莫不欲尽所有尽所能为前方供给一切。×× 市民一面罢了市，一面仍然各尽其能做那件事。没有得到任何机关的帮助，没有向任何公家机关捐过钱，十七辆运货大汽车，每一辆汽车上皆装满了各种物品，继续向 ×× 的公路开去。一面全体自动罢市，一面仍能继续进行救济，这种罢市，就显然在说明，×× 市民，羞于同政府合作了。

这自然是不行的。×× 市当局并不愚蠢，明白一切的情形，一切调停皆极力进行着。把威迫利诱加诸 ×× 市重要商人方面，因此商会会长，银行行长……以及一切同政府利害关系较密切而又有权力支配调度市面的人物，都在设法使这事件莫延展扩大。一面算是当局重新让了步，为了在“国难”中，不欲过分追究一切，把另外六个被殴打得鼻青脸肿的市民，全取了平常铺保开释。另外那一个呢，加他个“反动有据”的罪名，扣留下来，不久就移提到第 × 军事法庭去了。有水的河才能够流动，有智慧的头脑才能够思索，×× 市的市民，是那么可惊的诚实，被哄着，被骗着，于是重新开了市，一场风波过去了。

此后，×× 市报纸的号外，从官方发出的前方战事胜利消息，总较其他地方多一点，同时什么市政府的义勇军也出发了，什么中央大军调赴前方的消息也多了。种种似乎特为 ×× 市民而制造的消息，每天皆以一个极其无耻的夸张意义而登出，哄骗到市民的热情，和缓到市民对当局不抵抗的仇视。

直到 × 军从 ×× 退却的消息证实后，明白一切无望了，每日还有无数市民，沉沉静静的，在公立阅报处或大街一角，从报纸上找寻那个失败外交的结果；市民明白战事是无希望了，信任到政府的谎话，盼望到新的外交，新的统一，新的政治。

……

在一切市民睡梦里，内战重新在酝酿中。×× 市既当 ×× 线的要冲，市外铁路线上的军队，每日皆极匆忙的神气，用兵车转运到各处去。人们不明白为什么先一时这些军队皆俨然没有存在，这时节究从什么地下爬出。人们不明白这内战有什么办法可以避免，还以为只要政府分配地盘适当一点，这内战可以缓和了。

×× 市城中新辟了马路。市上的汽车不多，市民记得清清楚楚，不至于弄错。市长是蓝色的，军部一高级人物是灰色的，某绅士姨太太是绿色的，某老板是黑色的，某中央委员是灰色装甲的……共通算来也不过二十辆而已。一天下午两点十分钟左右，×× 市长坐了他那体面的蓝色汽车，过新大街预备上衙门去，在西大街头上，因为人力车较多，行车速度不高，忽然从一个铺子里，奔出一个男子，似乎发了一点狂，很便捷的扳上了市长的车子。

市长一望就明白这是刺客到了，正不知如何处置，坐在车旁边的卫士，知道了他的职责，不让那刺客模样的人动手，毫不犹豫就先向那刺客开了枪，一连两枪。那汉子在一种痉挛中跌倒了，大街上起了空前的混乱，人们惊慌得向店铺中跑去。汽车上人很机警，明白身旁还有其他危险，便把汽车向市政府方面开去。被打死去的男子，先是被一大圈人围着，稍后却又为一圈军警围着了。新街附近即刻临时戒了严，对各处铺子各个行人都加以严密的搜查。不久全市戒严，车站也戒严了。所有驻扎在市内的军警，皆为这件谋刺案件而显得非常的活动。从军警的活动情况看来，×× 市的市长是安然无恙的。从戒严情形中看来，市民一方面传播着市长受伤的谣言，各显得十分惶恐。

被刺的市长压了惊后，正独自在办公室里，向上峰起草电文，报告遇险的经过。外面会议厅里，正预备着开重要会议。那个奉命去公安局询问检查行刺者的人，回来了。警察检查结果，只发现一个信封，信封写上那么两行字：

×× 市的一个市民呈禀

×× 市长大人钧启

回事的把那个信件从公安局取回，呈请市长过目。市长一看似乎就已明白是怎么回事。虽他明白那薄薄信件决不是一颗炸弹，但仍然装作十分谨慎的态度，把信撕开。读着读着，市长脸红了。原来这是一个 ×× 市的公民，因看到报载 × 方的战事情形，请求市长通电中央出兵救国，写给市长的一封信。因为打算把这信亲自递交市长，冒冒失失作了今天的事。市长脸儿红红的，望到那个救国意见发愣，好一会，才向回事的手下人装模作样的说："这刺客多阴险，多诡诈，有机会开枪就给我一枪，无机会动手时就送上这个东西。"

回事的完全不明白“这个东西”是什么意义，不敢作声。市长一会儿就又问：

“另外那个找不着吗？”

回事的说：“另外没有什么。”

“怎么，手枪同炸弹全找不着吗？”

回事的说：“没有手枪同炸弹。”

“混账，你怎么知道没有？我亲眼看见，那个东西……余区长哪里会这样胡涂，把这东西也疏忽了！要他们找来，一定找来，我看到那是一枝七响勃朗宁；用不着看我也猜想得出，有三粒子弹，你去问他！”

回事的心想，“一个药铺的先生哪会有手枪？”可是望到市长神气不对，不敢顶撞这个有身分的人物，唯唯诺诺就退下了。

到后那个余区长，果然就送一枝旧手枪来了，里面不多不少三粒子弹。市长正在主持一个重要会议，大家于是望到那件凶器，并用极谨慎的神气，传观那件凶器，讨论那件凶器，同时想起在那千钧一发危机中，市长的危险情形，就莫不佩服赞叹市长的临危不惧，为市长命大庆贺。

市长于是笑着，向那些阔人要人说：“是的，幸亏兄弟还镇静，出了事后还能这样子不慌不忙，不然这件事情可不知如何影响到这个城市，把全市拖到一个如何可怕的混乱中去。”

公安局长已经得到过区长的报告，明白市长那句话的意思，用做惯了下属应对得体的腔调回答说：“是的，是的，幸得市长的镇静，临事有方，不至于生出别的危险。遇到这种事情，缺少镇静是一定要糟的。”

两人说完时，皆互相望到莞尔而笑，满围到桌子坐定的在座同人，也各张了吃肉喝酒的大嘴笑了。

“一种有计划的阴谋，一种显然的行刺，若非 ×× 市长汽车上的卫士抢先一着，奋勇杀贼，结果将不知陷 ×× 全市到如何一种不堪设想的混乱中去！”市民当天就可在晚报上，默默的读着这种新闻记载。三四天后，又从天津上海各大报上默默的读到同样记载，且同时还登载了暴徒死尸同凶器的摄影，×× 市长远方朋友，看到那种新闻时，莫不为 ×× 市长当时情形捏一把汗。

×× 市民有疑心到这个错误事情没有？没有的。

一九三二年五月作

牛

有这样事情发生，就是桑溪荡里住，绰号大牛伯的那个人，前一天居然在荞麦田里，同他的耕牛为一点小事生气，用木榔槌打了那耕牛后脚一下。这耕牛在平时是仿佛他那儿子一样，纵是骂，也如骂亲生儿女，在骂中还不少爱抚的。但是脾气一来不能节制自己，随意敲了一下，不平常的事因此就发生了。当时这主人还不觉得，第二天，再想放牛去耕那块工作未完事的荞麦田，牛不能象平时很大方的那么走出栏外了。牛后脚有了毛病，就因为昨天大牛伯主人那么不知轻重在气头下一榔槌的结果。

大牛伯见牛不济事，有点手脚不灵便了，牵了牛系在大坪里木桩上，蹲到牛身下去，扳了那牛脚看。他这样很温和的检察那小牛，那牛仿佛也明白了大牛伯心中已认了错，记起过去两人的感情了，就回头望到主人，眼中凝了泪，非常可怜的似乎想同大牛伯说一句有主奴体裁的话，这话意思是，“大爹，我不冤你，平素你待我很好，你打了我把我脚打坏，是昨天的事，如今我们讲和了。我只一点儿不方便，过两天就会好的。”

可是到这意思为大牛伯看出时，他很狡猾的用着习惯的表情，闭了一下左眼，他不再摩抚那只牛脚了。他站起来在牛的后臀上打了一拳，拍拍手说，

“坏东西，我明白你。你会撒娇，好聪明！从什么地方学来的，打一下就装走不动路？你必定是听过什么故事，以为这样当家人就可怜你了，好聪明！我看你眼睛，就知道你越长心越坏了。平时干活就不肯好好的干，吃东西也不肯随便，这脾气是我都没有的脾气！”

主人说过很多聪明的话语后，就走到牛头前去，当面对牛，用手指戳那牛额头，

“你不好好的听我管教，我还要打你这里一下，在右边。这里，左边也得打一下。我们村小孩不上学，老师有这规矩打了手心，还要向孔夫子拜，向老师拜，不

许哭。你要哭吗？坏东西呀！你不知道这几天天气正好吗？你不明白五天前天上落的雨是为天上可怜我们，知道我们应当种荞麦了，为我们润湿土地好省你的气力吗？……”

大牛伯一面教训他的牛，一面看天气。天气实在太好了，就仍然扛了翻犁，牵了那被教训过一顿据说是撒娇偷懒的牛，到田中去做事。牛虽然有意同他主人讲和，当家也似乎看清楚了这一点，但实在是因为天气太好，不做事可不行，所以到后那牛就仍然瘸着在平田中拖犁，翻着那为雨润湿的土地了。大牛伯虽然是象管教小学生那么管束到他那小牛，仍然在它背上加了犁的轭，但是人在后面，看到牛一瘸一拐的一句话不说的向前奔时，心中到底不能节制自己的悲悯，觉得自己做事有点任性，不该那么一下了。他也象做父亲的所有心情，做错了事表面不服输，但心中究竟过意不去，于是比平时更多用了一些力，与牛合作，让大的汗水从太阳角流到脸上，也比平时少骂那牛许多——在平时，这牛是常常因为觑望了别处风景或过路人，转身稍迟，大牛伯就创作出无数希奇古怪的字眼来辱骂过它的。天下事照例是这样，要求人了解，再没有比“沉默”这一件事为合式了。有些人总以为天生了人的口，就是为说话用，有心事，说话给人听，人就了解了。其实如果口是为说话才用得着，那么大牛小鸟全有口，大的口已经有那么大，说“大话”也够了，为什么又不去做官，又不去演讲呢？并且说“小话”，小鸟也永远赶不上人。这些事在牛伯的见解下是不会错的。

在沉默中他们才能互相了解，这是一定的，如今的大牛伯同他的小牛，友谊就成立在这无言中。这时那牛一句话不说，也不呻唤，也不嚷痛，也不说“请大爹赏一点药或补几个药钱”（如果是人，他必定有这样正当的于自己有利益的要求的）。这牛并且还不说“我要报仇，非报仇不可”那样恐吓主人的话语，就是态度也缺少这种切齿的不平。它只是仍然照老规矩做事，十分忠实的用力拖犁，使土块翻起。它嗅着新土的清香气息。它的努力在另一些方法上使主人感到了。它喘着气，因为脚跟痛苦走时没有平时灵便。但它一个字不说，它“喘气”却完全不“叹气”。到后大牛伯的心完全软了。他懂得它一切，了解它，不必靠那只供聪明人装饰自己的言语。

不过大牛伯心一软，话也说不出了。他如说，“朋友，是我错，”也许那牛还疑心这是谎话，这谎话一则是想用言语把过错除去，一则是谎它再发狠做事。人与人是常常有这样事情的，并不止牛可以这样多疑。他若说，“已经打过了，也无办法，我是主人，虽然是我的任性，也多半是你的服务不十分尽力，我们如今两抵，以后好好生活吧。”这样说，牛若听得懂他的话，牛也是不甘心的。因为它是常常自信已尽过了所能尽的力，一点不敢怠惰，至于报酬，又并不争论，主人假若是有人心，自己就不至于挨一榔槌的。并且用家伙殴打，用言语抚慰，这样事别的不能证明，只恰恰证明了人类做老爷主子的不老实罢了。他们会说话，用言语装饰自己的道德仁慈，又用言语作惠，虽惠不费。如今的牛是正因为主人一句话不说，不引咎自责，不辩解，也不假托这事是吃醉了酒以后发生的不幸，明白了主人心情的。有些人是常常用“醉酒”这样字言作过一切岂有此理坏事的。他只是一句话不说，仍然同牛在田中来回的走，仍然嘘嘘的督促到它转弯，仍然用鞭打牛背。但他昨天所作的事使他羞惭，特别的用力推犁，又特别表示在他那照例的鞭子上。他不说这罪过是谁想明白这责任，他只是处处看出了它的痛苦，而同时又看到天气。“我本来愿意让你休息，全是因为下半年的生活才不能不做事，”这种情形他不说话也被他的牛看出了的。但他们真的已讲和了。

犁了一块田，他同那牛停顿在一个地方，释了牛背上的轭，他才说话。

他说，“我这人老了，人老了就要做蠢事。我想你玩半天，养息一会，就会好的，你说是不是？”小牛无意见可说，望着天空，头上正有一只喜鹊飞过去。

他就让牛在有水草的沟边去玩，吃草饮水，自已坐到犁上想事情。他的的确确是打量他的牛明天就会全好了的。他还没有把荞麦下田，就计算到新荞麦上市的价钱。他又计算到别的一些事情，这些事情说起来全都近于很平常的。他打火镰吸烟，边吸烟边看天。天蓝得怕人，高深无底，白云散布四方，白日炙人背上如春天。这时是九月，去真的春天还远。

那只牛，在水边站了一会，水很清冷，草是枯草，它脚有苦痛，这忠厚动物工作疲倦了，它到后躺在斜坡下坪中睡了。它被太阳晒着，非常舒服的做了梦。梦到大爹穿新衣，它自己则角上缠红布，两个大步的从迎春的寨里走出，预备回家。这是一只牛所能做的最光荣的好梦，因为这梦，不消说它就把一切过去的事全忘了，把脚上的痛处也忘了。

正午，山上寨子有鸡叫了，大牛伯牵他的牛回家。

回家时，它看到他主人似乎很忧愁，明白是它走路的跛足所致。它曾小心的守着老规矩好好走路，它希望它的脚快好，就是让凶恶不讲道理的兽医揉搓一阵也很愿意。

他呢，的确是有点忧愁了，就因为那牛休息时，侧身睡到草坪里，他看到它那一只被木榔槌所敲打过的腿时时抽缩着，似乎不是一天两日自然会好的事，又看到同那牛合作所犁过的田，新翻起的土壤如开花，于是为一种不敢去猜想的未来事吓呆了，“万一……？”那么，荞麦价不与自己相干了，一切皆将不与自己相干了。

他在回家到路上，看到小牛的步伐，想到的事完全是麦价以外的事。究竟这事是些什么，他是不能肯定的。总而言之，万一就这样了，那么，他同他的事业就全完了。这就象赌输了钱一样，同天打赌，好的命运属于天，人无分，输了，一切也应当完了。假若这样说吧，就是这牛因为这脚无意中被一榔槌。从此跛了，医不好了，除了做菜或作牛肉干，切成三斤五斤一块，用棕绳挂到灶头去熏，要用时再从灶头取下切细加辣子炒吃，没有别的意义，那末，大牛伯也得……因为牛一死，他什么都完了。

把牛系到院中木桩旁，到箩筐里去取红薯拌饭煮时的大牛伯，心上的阴影还是先前一样。

到后，抓了些米头子洒在院中喂鸡，望到那牛又睡下去把那后脚缩短，大牛伯心上阴影更厚了。

吃过了中饭，他就到两里外场集上去找甲长，甲长是本地方小官，也是本地方牛医。甲长如许多有名医生一样，显出非常忙迫而实在又无什么事的样子。他们是老早很熟了的。

他先说话，他说，“甲长，我牛脚出了毛病。”

甲长说，“这是脚癀，拿点药去一擦就好。”

他说，“不是的。”

“你怎么知道不是，近来患脚癀的极多，今天有两个桑溪人的牛都有脚癀。”

“不是癀，是搞伤了的。”

“我有伤药。”这甲长意思是大凡是脚只有一种伤，就是碰了石，他的伤药也就是为这一种伤所配合的。

大牛伯到后才说这是他用木榔槌打了一下的结果。

他这样接着说：

“……我恐怕那么一下太重了，今天早上这东西就对我哭，好象要我让它放工一天。你说怎样办得到？天雨是为方便我们落的。天上出日头，也是方便我们，不在这几天耕完，我们还有什么时候？我仍然扯了它去。一个上半天我用的力气还比它多，可是它不行了，睡到草坪内，样子就很苦。它象怕我要丢了它，看到我不作声，神气忧愁，我明白这大眼睛所想说的话，和它的心事。”

甲长答应同他到村里去看看那牛，到将要出门，别处有人送文书来了，说县里有军队过境，要办招待筹款，召集甲长会议，即刻就到会。

这甲长一面用一个乡绅的派头骂娘，一面换青泰西缎马褂，喊人备马，喊人为衙门人办点心，忙得不亦乐乎，大牛伯叹了一口气，一人回了家。

回到家来他望到那牛，那牛也望到他，两个真正讲了和，两个似乎都知道这脚不是一两天可好的事了，在自己认错中，大牛伯又小心的扳了一回牛脚，看那伤处，用了一些在五月初五挖来的平时给人揉跌打损伤的草药，敷在牛脚上去，用布片包好，牛象很懂事，规规矩矩尽主人处理，又规规矩矩回牛栏里去睡。

晚上听到牛龀草声音，大牛伯拿了灯到照过好几次，这牛明白主人是因为它的原故晚睡的，每遇到大牛伯把一个圆大的头同一盏桐油灯从栅栏边伸进时，总睁大了眼睛望它主人。

他从不问它“好了么？”或“吃亏么？”那一类话，它也不告他“这不要紧，”或“我请你放心”那类话，他们的互相了解不在言语，而他们却是真真很了解的。

这夜里牛也有很多心事，它是明白他们的关系的。他用它帮助，所以同它生活，但一到了他看出不能用到它的时候，它就将让另外一种人牵去了。它还不很清楚牵去了以后将做什么用途，不过间或听到主人的愤怒中说“发瘟的，”“作牺牲的，”“到屠户手上去，”这一类很奇怪的名字时，总隐隐约约看得出只要一与主人离开，情形就有点不妥，所得的痛苦就不止是诅骂同鞭打了。

为了这不可知的未来，它如许多蠢人一样，对这问题也很想了一些时间，譬若逃走离开那屠户，或用角触那凶人同他拼命，又或者……它只不会许愿，因为许愿是人才懂这个事，并且凡是许愿求天保佑，多说在灾难过去幸福临门时，杀一只牛或杀猪杀羊，至少必须一只鸡，假如人没有东西可许（如这一只牛，却什么也没有是它自己的，只除了不值价的从身上取出的精力），那么天也不会保佑这类人的。

这牛迷迷糊糊时就又做梦，梦到它能拖了三具犁飞跑，犁所到处土皆翻起如波浪，主人则站在耕过的田里，膝以下皆为松土所掩，张口大笑。当到这可怜的牛做着这样的好梦时，那大牛伯是也在做着同样的梦的。他只梦到用四床大晒谷簟铺在坪里，晒簟上新荞堆高如小山。抓了一把褐色荞子向太阳下照，荞子在手上皆放乌金光泽。那荞就是今年的收成，放在坪里过斛上仓，竹筹码还是从甲长处借来的，一大捆丢到地下，哗的响了一声。而那参预这收成的功臣——那只小牛，就披了红站在身边，他于是向它说话，神气如对多年老友。他说，“伙计，今年我们好了。我们可以把围墙打一新的了；我们可以换一换那两扇腰门了；我们可以把坪坝栽一点葡萄了；我们……”他全是用“我们”的字言，仿佛这一家的兴起，那牛也有分，或者是光荣，或者是实际。他于是俨然望到那牛仍然如平时样子，水汪汪的眼睛中写得有四个大字：“完全同意”。

好梦是生活的仇敌，是神给人的一种嘲弄，所以到大牛伯醒来，他比起没有做梦的平时更多不平。他第一先明白了荞麦还不上仓，其次就记起那用眼睛说“完全同意”的牛是还在栏中受苦了，天还不曾亮，就又点了灯到栏中去探望那“伙计”。他如做梦一样，喊那牛做伙计，问它上了药是不是好了一点。牛不做声，因为它不能说它正做了什么梦。它很悲戚的看到主人，且记起了平常日子的规矩，想站起身来，跟到主人出栏。

他站起走了两步，他看它还是那样瘸跛，哺的把灯吹熄，叹了一口气，走向房里躺在床上了。

他们都在各自流泪。他们都看出梦中的情形是无希望的神迹了，对于生存，有一种悲痛在心。

到了平时下田的早上，大牛伯却在官路上走，因为打听得十里远近的得虎营有师傅会治牛病，特意换了一件衣，用红纸封了两百钱，预备走到那营寨去请牛医为家中伙计看病。到了那里被狗吓了一阵，师傅又不凑巧，出去了，问明白了不久会回来，他想这没有办法，就坐到那寨子外面大青树下等。在那大青树下就望到别人翻过的田，八十亩，一百亩，全在眼前炫耀，等了半天，师傅才回家，会了面，问到情形，这师傅也一口咬定是牛癀。

大牛伯说 :“不是，我是明白我那一下分量稍重了点，或打断了筋。”

“那是伤转癀，拿这药去就行。”

大牛伯心想，癀药我家还少？要走十里路来讨这东西！把嘴一瘪，做了一个可笑的表情。

说也奇怪，先是说的十分认真了，决不能因为这点点事走十里路。到后大牛伯忽然想透了，明白是包封太轻了，答应了包好另酬制钱一串，这医生心一活动，不久就同大牛伯在官路上奔走，取道回桑溪了。

这名医有大城中名医的排场，到了家，先喝酒，吃点心饭，饭用过以后，剔完牙齿，又吃一会烟，才要主人把牛牵到坪中来，把衣袖卷到肘上，拿了针，由帮手把牛脚扳举，才略微用手按了按伤处，看看牛的舌头同耳朵。因为要说话，他就照例对于主人的冒失加以一种责难。说是这东西打狠了是不行的。又对主人随便把治人伤药敷用到牛脚上认为是一种将来不可大意的事情。到后是在牛脚上扎了两针，把一些药用口嚼烂敷到针扎处，包了杉木皮，说是过三天包好，嘱帮手拿了预许的一串白铜制钱抗到肩上，游方僧那么摇摇摆摆走了。

把师傅送走，站到门外边，一个卖片糖的本乡人从那门前大路下过身，看到了大牛伯在坎上门前站，就关照说：

“大牛伯，大牛伯，今天场上有好嫩牛肉，知道了没有？”

“见你的鬼！”他这样轻轻的答应了那关照他的卖糖人，走进大门訇的把门关了。

他愿意信仰那师傅，所以想起师傅索取那制钱时一点不勉强的就把钱给了。但望到那人从官路上匆匆走去的那师傅背影尤其是那在帮手肩上的制钱一串，他有点对于这师傅怀疑，且象自己是又做错了事，不下于打那小牛一榔槌了，就懊悔起来。他以为就是这么随便扎两针也值一串二百钱，一顿点心，这显然是一种欺骗，自己性急又上当了。那时就正有点生气，到后又为卖糖人喊他买“牛肉”更不高兴了，走进门见到那牛睡在坪里，就大声辱骂，“明天杀了你吃，看你脚会好不好！”

那牛正因为被师傅扎了几针，敷了药，那只脚疼痛不过，见寒见热，听到主人这样气愤愤的骂它，睁了眼见到牛大伯样子，心里很难过，又想哭哭。大牛伯见到这情形，才觉得自己仍然做错了事，不该说气话了，就坐到院坪中石碌碡上，一句话不说，以背对太阳，尽太阳炙背。天气正是适宜于耕田的天气，他想同谁去借牛把其余的几亩地上翻松一下，好落种，想不出当这样时节谁家有可借的牛。

过了一会，他不能节制自己，又骂出怪话来了，他向那牛说。

“你撒娇就是三只脚，你也要做事！”

它有什么可说呢？它并不是故意。它从不知道牛有理由可以在当忙的日子中休息，而这休息还是“借故”。天气这样好，它何尝不欢喜到田里去玩。它何尝不想为主人多尽一点力，直到了那粮食满屋满仓“完全同意”

的日子。就是如今脚不行了，它何尝又说过“我不做”“我要休息”一类话。主人的生气它也能原谅，因为这，不比其他人的无理由胡闹。可是它有什么可说呢？它能说“我明天就好”一类话吗？它能说“我们这时就去”一类话吗？它既没有说过“我要休息”，当然也不必来说“我可以不休息”了。

它一切尽大爹，这是它始终一贯的性格。这时节主人如果是把犁扛出，它仍然会跟了主人下田，开始做工，无一点不快的神气，无一点不耐烦。

可是说过好歹要工作的牛伯，到后又来摩它的耳朵，摩它的眼，摩它的脸颊了，主人并不是成心想诅咒它入地狱，他正因为不愿意它同他分手，把它交给一个屠户，才有这样生气发怒的时候！它的所以始终不说一句话，也就是它能理解它的主人，它明白主人在它身上所做的梦。它明白它的责任。它还料得到，再过三天脚还不能复元，主人脾气忽然转成暴躁非凡，也是自然的事。

当大牛伯走到屋里去找取镰刀削犁把上小木栓时，它曾悄悄的独自在院里绕了圈走动，试试可不可以如平常样子。可怜的东西，它原是同世界上有些人一样，不惯于在好天气下休息赋闲的。只是这一点，大牛伯却缺少理解这伙计的心，他并没有想到它还为这怠工事情难过，因为做主人的照例不能体会到做工的人畜。

大牛伯削了一些木栓，在大坪中生气似的敲打了一阵犁头，想了想纵然伙计三天会好也不能尽这三天空闲，因为好的天气是不比印子钱，可以用息金借来的，并且许愿也不容易得到好天气，所以心上活动了一阵，就走到别处去借牛。他估定了有三处可以说话，有一处最为可靠，有了牛他在夜间也得把那田马上耕好。

他就到了第一个有牛的熟人家去，向主人开口。

“老八，把你牛借我两三天，我送你两斗麦子。”

主人说，“伯伯，你帮我想法借借牛吧，我正要找你去，我愿意出四斗麦子。”

“那我也出四斗。”

“怎么？你牛不是好好的么？”

“有癀，……”

“哪会有癀，”

“请牛医看过了，花一串制。”

主人知道牛伯的牛很健壮，平素又料理得极好，就反问他为什么事缺少牛用。没有把牛借到的牛伯，自然仍得一五一十的把伙计如何被自己一榔槌的故事说说，他在叙述这故事中不缺少自怨自艾的神气，可是用“追悔”是补不来“过失”的，他到没有话可说，就转到第二家去。

见到主人，主人先就开口问他是不是把田已经耕完。他告主人牛生了病，不能做事。主人说，

“老汉子，你谎我。耕完了就借我用用，你那小黄是用木榔槌在背脊骨上打一百下也不会害病的。”

“打一百下？是呀，若是我在它背脊骨上打一百下，它仍然会为我好好做事。”

“打一千下？是呀也挨得下，我算定你是捶不坏牛的。”

“打一千下？是呀……”

“打两千下也不至于……”

“打两千下，是呀……”

说到这里两人都笑了，因为他们在这闲话上随意能够提出一种大数目，且在这数目上得到一点仿佛是近于“银钱”“大麦斛数”那种意味。他到后，就告给了主人，

还只打“一下”，牛就不能行动自如了。主人还不相信，他才再来解释打的地方不是背脊，却是后脚弯。本意是来借牛，结果还是说一阵空话了事。主人的牛虽不病可是无空闲，也正在各处设法借牛乘天气好翻地。

待到第三处熟人家，就是牛伯以为最可靠的一家去时，天色已夜了，主人不在家，下了田还没回来，问那家的女人，才明白主人花了一斛麦子借了一只牛，连同家中一只牛在田中翻土，到晚还不能即回。

转到家中，牛伯把伙计的脚检查检查，又想解开药包看看，若不是因为小牛有主张，表示不要看的意思，日来的药金又恐怕等于白费了。

各处皆无牛可借，自己的牛又实在不能作事，这汉子无法，到夜里还走到附近庄子里去请帮工，用人力拖犁，说了很长的时候，才把人工约定。工人答应了明天天一亮就下田，一共雇妥了两个人，加上自己，三个人的气力虽仍然不及一只小牛；但总可以乘天气把土翻好了。牛伯高高兴兴的回了家，喝了一小葫芦水酒，规规矩矩用着一个虽吃酒却不闹事的醉人体裁横睡到床上，根据了田已可以下种一个理由，就胡胡涂涂做了一晚好梦。半夜那伙计睡不着，以为主人必定还是会忽然把一个大头同灯盏从栅栏外伸进来，谁知到天亮了以后有人喊主人名字了，主人还不曾醒。

三个人，两个人在前一个人在后耕了半天田，小牛却站在田塍上吃草眺望好景致。正象小孩子因牙痛不上学的情形，望到其他学生背书，费大力气，自己才明白做学生真不容易。不过往日轮到它头上作的事，只要伤处一复元，也仍然是免不了要照常接受。

在几个人合作耕田时，牛伯在后面推犁，见到伙计站到太阳下的寂寞，是曾说过“伙计，你也来一角吧”那样话语的，若果这不是笑话，它绝不会推辞这个提议，但主人因为想起昨天放在医生的手背上那一串放光的制钱，所以不能不尽小牛玩了。

不过单是一事不作，任意的玩，吃草，喝水，睡卧，毫无拘束在日光下享福，这小牛还是心里很难受的。因为两个工人在拉犁时，就一面谈到杀牛卖肉的事情，他们竟完全不为站在面前的小牛设想。他们说跛脚牛如何只适宜于吃肉的理由，又说牛皮制靴做皮箱的话。这些坏人且口口声声说只有小牛肚可以下酒，小牛肉风干以后容易煨烂，小牛皮做的抱兜佩带舒服。这些人口中说的话，是无心还是有意，在小牛听来是分不清楚的。它有点讨厌他们，尤其是其中一个年青一点的人，竟说“它的病莫非是假装”那些坏话，有破坏主人对牛友谊的阴谋，虽然主人不会为这话所动，可是这人坏处是无疑了。

到了晚上，大家回家了，当主人用灯照到它时，这牛就仍然在它那水汪汪的大眼睛上，解释了自己的意思，它象是在诉说，“大爹，我明天好了，把那花钱雇来的两个工人打发去了吧。我听不惯他们的讥诮和侮辱。我愿意多花点气力把田地赶出，你放心，我一定不让好天气带来的好运气分给了一切人，你却独独无分。”

主人是懂这样意思的，因为他不久就对牛说话了，他说：

“伙计，是的，你会很快的就好了的，医生说你至多三天就好。下田还是我们两个作配手好，我们赶快把那点地皮翻好，就下种。因为你的脚不方便，我请他们来帮忙，你瞧，我花了钱还只耕得一点点。他们哪里有你的气力？他们做工的人，近来脾气全为一些人放纵坏了，一点旧道德也不用了，他们人做的事情当不到你牛一半，却问我要钱用，要酒喝，且有理由到别处去说，‘我今天为桑溪大牛伯把我当牛耕了一天田，因为要吃饭，我不得不做事，可是现在腰也发疼了，只差比牛少挨一鞭子。’这话是免不了要说的，我是没有办法才要他们来帮忙的。”

它想说，“我愿意我明天就会好，因为我不欢喜那向你要钱要酒饭的汉子。他们的心术似乎都不很好。”主人不等他说先就很懂了，主人离开栅栏时就肯定而又大声说道，“我恨他们，一天花了我许多钱，还说小牛皮做抱兜相宜，真是土匪强盗！”

……

小牛居然很自然的同主人在一块未完事的田中翻土了，是四天以后的事，好天气还象是单因为牛伯一个人幸福的原故而保留到桑溪。他们大约再有两天就可以完事了，牛伯因为体恤到伙计的病脚，不敢吝惜自己气力，小牛也因为顾虑到主人的原故，特别用力气只向前奔，他们一天所耕的田比用工人两倍还多。

于是乎，回到了家中，两位又有理由做那快乐幸福的梦了，牛伯为自己的梦也惊讶了，因为他梦到牛栏里有四只牛，有两只是花牛，生长得似乎比伙计更其体面，第二天一早起来他就走到栏边去看，且大声的告给“伙计”，说，

“伙计，你应当有伴才是事，我们到十二月再看吧。”

伙计想十二月还有些日子就点点头，“好，十二月吧。”

到了十二月，荡里所有的牛全被衙门征发到一个不可知的地方去了，大牛伯只有成天到保证家去探信一件事可做。顺眼无意中望到弃在自己屋角的木榔槌，就后悔为什么不重重的一下把那畜生的脚打断。

作于一九二九年夏

上城里来的人

一

“三月十六日的事。一个坏运气落到了众人头上，来了一些——谁知道应当用什么称呼他们为恰当呢——总之他们是来了。不报信，就来了。把一些人从梦中惊醒，但是醒来他们已到寨子中了。狗叫是空的。狗这时似乎也知道叫是空叫，各个逃到空园中去了。人可逃不及。

“于是不用什么名义就动手。知道‘动手’这两字的意思吧？他们动手了，他们有刀，有枪，只有‘请便’可以说了。

“他们是体面的。只要不这么慌张，不这么混乱，成群排队到村中大街上走，吹号打鼓的在前引路，骑马匹的放在后面，我可以赌咒说我不敢疑心他们是——

“我决定说他们能够这么办的，做得体体面面，在另一时节。”

二

“我不是说动手么？

“轮到了牛，轮到了羊，轮到了财物……当真，应当轮到我们了。

“我们是妇人，妇人是有‘用处’的。

“他们是斯斯文文的，这大致是明白附近无其余的他们。说声‘来！’我们就过去一个，我忘了告你是在喊‘来’以前我们妇人是如牛羊一样，另外编成一队的了。如今是指定叫谁谁就去。我赌咒，说我不害怕。这是平常事，是有过的事。

“但我看到我们的大表妹子——该死的老子这样大年纪还不打发她出门——她脸色变得真难看。还没有喊她，一双脚只是摇，象纺纱车轴。我的天，你这样胆小！一个女人总有一次的事，怕什么？我是不怕的。他们用过了就会走路，不是么？

“我轻轻的说，妹子，别这样，你大表嫂也在此，婶婶也在此，不要怕。让他吃！让他用！衙门做官的既不负责，庙里菩萨又不保佑，听他们去，不过一顿饭功夫就完事。

“他们决不是土匪，不会把我们带去——带去只有累赘他们——所以我心稳稳的。”

三

“象害了一场病，比疟疾还轻松一点的病，我成了今天的我了。

“所以我说，我家中原是有两头母牛，四头羊，二十匹白麻布，二十匹棉家机布，全副银首饰，仍然得上城来帮人做工。这理由你当然明白了。他们拿去了一切，留下我同我的男人，我又是害病。你们从城里下乡或者当是另外一个理由，因为你们还可以回转城里。

“我就是因此到城里来了。我的牛羊同家产，可不知道随了他们到什么地方去了。我顶不放心那匹黑牛，它左脚有病，是真的。我的男人他因此当兵去了，他临动身时说，他将来总会作他们作过的事，说这话时好象生了点气。

“我记到他的话，我告他：若是别人家的牛脚上有病，可得给别人留下不要拉走。有病的牛走远路是不相宜的，要这东西随队伍开差，也怪可怜。

“也许他得过一头牛了，就因为记到我的话不把牛牵走。他是好人，我可以同你打赌，尽你去问我村子里的人，看有一个人说他坏话没有。”

四

“你们城里人真舒服。

“成天开会，说妇女解放，说经济独立，说……我明白，我懂。我记得到，哪有就忘记的道理。你不信我念那段话给你听。你告我的我全记得到。‘我们妇女也是人，有理由做男子做的一切事。’……这我可不明白了，我不知道使我们村子里妇人所害的病，有法子在革命以后就不害它不？

“她们不能全搬进城来住。可乡下，他们比城里似乎多多了。

“她们有牛，羊，麻布，棉布，他们就有刀，枪，小手枪，小手榴弹。他们是这样多，衣服一色。上城来告状又不是办法，我们告谁？

……

五

“不说起，我不记到这些事的。好象是忘了。过去的事忘了倒好点。

“可惜我那牛，我知道它是不愿同我们离开的。临走时被他们牵着打着，（我睡到这样想）它必定还流眼泪。我们原来多久就已成为一家人，太熟了。

“若到什么地方碰到它，我断定它还认得我。它是又聪明又懂事的东西，我说的是那只黑色的。唉，可是恐怕我的那男人我再不会认识他了，这是整五年，从出门那一天算起——不，应当从我害病那天算起。”

一九二八年夏作于上海

山道中

他们是三个同乡人，从云南军队中辞了差，各自按级别领了笔路费，预备回家。

走到第八天的路，三个人的脚走成半跛了。天气很热。走了不远，一到树荫下就得坐在路旁石头上歇歇气，或者买甜酒米豆腐吃，喝一瓢卖点心人从远方用木桶担来的凉水，止了渴又即刻上路。不上路，担心“落伍”。在边省走路，是不适宜于休息的。走的全是山路！再过五天应当到贵阳了。各人都巴望早到贵阳。到了这地方，算是近家了。实则家去贵阳还有十三站官路。总之若到了贵阳，便算得是家边了。十三站！他们已经走过八天，都是按站起程的。到贵阳还要十多天，也正是十三站。

他们从云南省动身到 ×× 走了六天，其中一个给烧热病攻倒，爬不起身了，于是乎三人一同在一家小旅馆中呆下来。请医生，买药，煎药，找生姜灯草作药引子。发烧的人成天胡言谵语，把药吃下去以后就呼呼的睡去，全身出汗。住了十天，感谢天，这小地方医生居然会把病人治好了。他们第二次又上了路。所谓走了八天，就是从 ×× 算起，每天一亮走起，到日头寂寞的落下山后为止，除了饮食，除了树荫下小坐，全是不能停顿的。每天走一大站，路为六十里，里是等于平常里数的两倍，名为“官路”，其实是“蛮路”的。每到天将断黑，一落店，洗脚，吃饭，倒在铺有厚草荐与硬棉絮床上去，睡眠便把人征服了。第二天，鸡叫第二声，便爬起身来，在灯下算账，套上草鞋，太阳还未露头又上了路。

他们在行路时，是沉默的。从洞边过，从溪边过，从茅屋边过，路上所见全是一种寂寞荒凉情形。茨堆上忽然一朵红花。草地里忽然满是山莓。一条从路中溜过的大蛇。一只伏在路旁见人来才惊讶飞去的山鸡。一间被兵匪焚去的旧屋。一堆残败的泥墙。一个死尸。一群乌鸦。所见所闻使人耳目一新的很多，使人心上不安的也不少。在一条长长的寂寞的路上行走的人，原是不能有所恐怖的。执刀械拦路的贼，有毒的蛇，乘人不备从路旁扑出袭人的恶犬，盘据在山洞中的土豹，全不缺少。这些东西似乎无时不与过路人为难，然而他们全曾遇到，也全平安过去。

天保佑他们，让他们在一切灾难中得到安全。

他们沿着大道走去。在这里，所谓大道，就是每天经常有远行人，小商贩，牛客，纸客，送灵椋的小小队伍，联络不绝的各在路上来去的道路。在路上，能遇到灾难以外还可以遇到陌生的小小人群。全是在深山中，人家很少，坡是荒废的。间或有密密的树林，无人管理的菜园，破败坍毁的水磨。路上所见的本地人，几乎全是褴褛不成人形，脸上又不缺少一种阴暗如鬼的颜色。小站小村虽然沿路都有，但到行旅十人以上时，若想在小站上住下，米同盐与住处全将发生问题。

这时节他们正过一条小溪，两岸山头极高。溪上一条旧木桥，是用三根树干搭成的，行人走过时便轧轧作声。傍溪山腰老树上有猴子叫喊。水流汩汩。远处的山鹊飞起时，虽相距极远，朋朋振翅声音依然仿佛极近。溪边有座灵官庙，石屋上尚悬有几条红布，庙前石条上过路人可以休息。

“我要歇歇，慢走一点。”一个走在第一、年龄独小的青年说。他先过了桥，便把背上包袱卸下，坐在石条上不走了。

第二个正在过桥，“不要懒，这里不行！”然而过得桥来，依然也停着了。

第三个象大哥，没有过桥，就留在溪南边。昂头四望，望到山崖藤葛间一群猴子了。猴子正如有所警戒呼唤着，又象在哭啼。“看，巴屁股老三！”其余两人也就昂头看那猴子。猴子是那么一小群，于是他们数点那数目。七个，八个，十一个，搜索着，数点着。

“什长，过来坐坐，歇一会儿，这里很凉快！”

“不能久坐！”

“天气早，不怕的。”

什长过了桥。背上是一个巴斗大包袱。过了桥便把包袱掷到灵官菩萨座前，且注意那神前褪了红色的小木匾。他认识字，于是念道：

“保佑行旅。宣统三年庚申吉日立。三湘长沙府郑多福率子小福盥手敬献——呀，是个乡亲！”

听到什长的说话，坐在石条上的青年也站起了。他也念，且想爬上神龛验看那菩萨的额角间的一只竖眼，是否能够移动。

“老弟，莫上去，坐一坐，我们走路。”

“三湘长沙府——这是‘沙头’[1]。有十五年了。他说盥手，（他认盥做盆字）什长，我们也洗一个手罢，溪里水好得很，不用盆，可以洗脸。”

第二个过桥的人，正坐在石条上整理草鞋，自言自语说，“这地方风景真好。”这时，听到年幼的同伴读“盆手”，就笑了，开口说，“庆庆，是洋磁盆还是木盆？”

“不是盆字是什么？”

他站起来了，望望匾上的字，哈哈大笑。

什长说，“读‘款’。这字同浣差不多。庆弟，你的书读到九霄云去了。”

“《千字文》上没有这个字。”

“有。你记不来罢了。”

[1] “沙头”：指长沙人。

“你念我听。”

“我也记不来了。”

三人就哈哈笑着。字的出处三个退伍兵士都找不出，却找到这字的意义，“盥是洗浣”，他们将下溪洗手洗脸。庆弟先下去，绕了路，从一个坎旁到了溪中，一面用手试水，一面喊。

“什长，什长，水冷得很，可以做凉粉！”

“快洗罢，要走路！”。

“我想洗洗脚。”

“莫洗脚，山水洗不得脚，会生病的！”

“还有小鱼！多得很；一只，二只，七只……”

“快一点！我们要走路，太晚了不行！”

“有鱼咧。有小螃蟹。真多。莫非是灵官的水兵？看它们成队玩！”

“上来罢，水舀一碗上来。把帕子打湿。我们不下溪了。”

“下来看看吧，好玩的。”

“庆庆你不上来，我们就先走了。”

“那我就不上来了，坐到水里等你们回来。这里好玩。多凉。有花石子！”

“你不上来当真我们走了的，你太不行了，这不是玩的地方。”什长的话有点威风，就因为他是一个什长，年长经验多。

年青人，天真烂漫的，一手拿着那个洋磁碗，一手折得一枝开成一串的紫色山花，上到路边了。把水给年长的什长喝，又把湿面巾送给另一同伴。他自己就把花插在包袱上面，样子很快乐，似乎舍不得那水中的小鱼小蟹，还走到桥边向下望。

“什长，下面水是镜子。有人刻得有字在石头上。瞧，是篆字！”

话说得很多，什长不理会，另一伙计心被说动了，也赶过桥边来俯瞰。

天正当午。然而在两山夹壁中，且有大的树，清风从谷中来，全不象是六月天气。若不必赶路，在石条上睡睡，真是做神仙人所享的清福了。风太凉爽，地方适宜午睡，年青的庆庆想到了的。他听远处有砍木头声音。有点疲倦，身上发松，他说：“这里好睡觉。天还早，不忙赶路，好好的睡一觉吧。”什长只擦脸，不做声。那一同伴又说："什长，这里象我们乡下。"

"这里还离湖南境十七天。"

"我们到底还要走多远？"

"二十四天，二十二天……我们已经走过小半了。"

"今天到落店时应当喝一杯。几天不喝酒，走路也无脚劲。今天一定要来个半斤包谷烧。"

"到贵州省我们可以上馆子，我的钱还够请你们吃那里的辣子烧鸡！"

"到贵阳要几天？"

"八天九天就够了。今天歇老坡寨，明天枫林场，后天还得加把劲，才能到贵阳，路远咧！"

在他们来的路上，四个卖棉纸的商人，肩上是长大扁担，两头是成捆的薄纸，来到对溪。他们因为见到庙前有人休息，所以过了桥，把肩上的东西用竖架撑起，搁在路坎边，各人也休息下来。各人用围在腰边的布巾抹捡上身上的汗，各用头上的细篾遮阳扇凉。他们不互相交言，沉默的望了望几个原来休息的也是走远路的人，便放下担子，各走到溪中洗脸喝水去了。

庆弟同什长说话，"什长，这些人也是到贵阳吗？"

“全是同路。路上有人作伴热火些。”

“他们为什么那么远去卖纸，这纸值什么钱。”

“他们不一定靠卖纸。他们褡裢里有银子。顺便挑一担纸压压肩，预备下去办货，回头就赚钱了。”

“路上不怕抢？”

“他们褡裢里有银子，身边有刀子，性命是同银子在一块儿的！怕什么！”

“今天来往的人多，你瞧，又来两个了。”

那两个人也过桥了。同他们一样，一种老营伍中人的精神，遮阳草鞋皆极其精致整洁，背上的白色包袱虽小却很沉重，腰下挂刀，象赶差事。匆匆的过了桥，来到庙前。其中一个白脸的，见歇憩人多，就口上打唿哨，主张歇歇。另一个黑脸的，虽然停着，却露出迟疑不定的神气。

“让我抽一口烟，讨个火，大哥。”

那黑脸大哥不作声，走过灵官神座前，看那木匾。即刻且坐到那高神座上休息了。白脸人就很和气的走过来，问什长讨自来火。

“哥，能不能借一个火？”

“对不起，我们全不吃烟。”

“对不起……是到贵阳么？”

“还远的，贵阳是一半路。从昆明来。”

“啊呀呀！小朋友也走这样的长路？”

“十六岁了。不小了。应当讨媳妇生娃娃了。”

那下溪洗脚的生意人，有一个从溪边爬上路坎了，口中正含着一枝旱烟管，人口中冒烟，烟斗也冒烟。白色的烟被风所刮，奔飞的散去，白脸汉子又到那人身边去，“朋友，把你火镰借用一下。”那生意人取下火镰同竹管中纸煤，白脸汉子便回身背风取火，把卷烟吸燃，且递给黑脸汉子。

黑脸汉子也望到山上的猴子了，作声吓猴子，长长的声音，在谷中回应多久，猴子援枝向背僻处逃走了。那大汉子似乎因为那空谷回声感生了趣味，又发着长啸，到吸烟时为止。

他们自己在说话：

黑脸说，“今天是什么时候了？”

白脸说，“刚才不久听到有鸡叫。日头当天，影子已圆，午时了。”

黑脸又说，“近来路上清吉，来往人多，比去年强得远。”

白脸又说，“我四年前八月间从此过身，跟随团长，有八个兵士。那时八个兵士有枪，还胆怯！”

“近来可不用怕了。”

“三月间剿过一次，杀了三四百人，听说洗了三个村子。”

“什么人带的兵？”

“听说是王营长，游击司令官的二舅爷，一共带四连人，打了个五六天，毁了三个堡子，他妈连鸡犬也不留他一个。好狠心！”

“地方太苦了。剿一次，地方更荒凉了。”

几个做生意人全从溪下爬上来，各人扭着那湿布巾且向空气中抖着，慢慢的系在腰边，又慢慢的从腰边取下火镰、旱烟具，预备吸烟。

庆庆坐在石条上打呵欠，只想睡觉。

什长看看这不成，地方不保险，把包袱背好，“走，不许停！”

“我想睡睡。”庆庆真想用包袱作枕头倒下去，躺个四平八稳。

“不行。庆弟，你不走我们就走了。”

“我们同纸客一路走，好歹是一路落站。”

什长不再说话，先走了。继着把包袱背好，也动身了的是另一同伴。余下年青人同那包袱，他无办法，一面叫“等到等到，慢点嘛，忙哪样？”一面也站起身来，匆匆把包袱背好，赶上前去了。

他们上了道。几个纸客就坐在那石条上吸烟。军官模样之一的白脸汉子，也下到溪边洗面巾了。追上前去的年青人，略显得踉跄，一面同前面的旅伴说话一面赶路。

“什长，等等，你忙什么？又不是充军赶考。天气早哩。”

“早到一点可以得到好住处。”

“你说我们应当换草鞋不应当？我们草鞋全坏了。那苗婆娘骗人，我们上了当。草鞋咬我的脚跟，不换换我走不动了。我们应当多出点钱，买好货物。什长，你为什么这样忙？你跌倒了，掉到溪中可不是玩的。水极冷，很深，你不能泅。有蛇，你瞧，一条好大的花蛇在水面溜哩。多快呀。什长大哥，当真的事，蛇在水上！”

说着。走着。什长把脚步放慢，让年青人追及后，他退开一点，让年青人先走，自己跟在后面上路。什长略略生气的说道：

“庆弟，应当勇敢点。不要说空话，前路还远，赶路要紧，今天应当早早赶到站口。你不要丢高坳地方人的大丑。吃得，饿得，走得，干得，挨冷挨热得，这是高坳人口号。”

年青人回了头，“什长，那两个黑白脸男子，是跑江湖的，是不是？”

“你走路罢。”

“我听他们说话，这路上倒象极其熟习。”路是走的，话也仍然要说。“他们说什么地方剿过，杀了四百人，恐怕就是先前走过的那村子。那样大村落，不见一个人，不见狗，不见鸡，真是怪事。为什么杀那样多人？是四百，要许多时间才杀得完。还有小孩子，新娘子，老太婆。老太婆也杀。见人就杀。他们说……”说着，忘了看面前的路，脚趾踢在石尖上，一个踉跄差点作了个狗抢屎。

就蹲到地上揉脚。脚已出了血，扯路旁的青草嚼烂了敷上，便笑了，又敷上路旁的干土。什长迈步向前了。

“什长，慢一点。还是我打先走罢。遵照大路打先锋，不会错。”

什长有点不忍，就停着。“不许说空话。好好上路！”

“嗻。”

“不许——”

“嗻。”

三人笑着继续加速前进了。另一伙伴为年青人背了包袱。受伤的走空路。走空路，肩上轻松，在太阳下微跛的脚步，仍然走得捷速而有力。

出了山壁。回头一望已不见来处。

“什长，人多走路热闹一点，可以不疲倦。”

“你走路吧。”

“我说走路的事！一个人我是不敢走这长路的。我猜你也未必一定敢走。不怕匪，不怕老虎，来一个鬼，穿白衣白裤，有一丈高，天又快夜，这怎么办？我们过路那些破庙地方都有棺材，这些东西一到夜，不会起来找人吃吗？便说有刀，哗的把刀抽出，訇的跳过来，就吵的砍去，但是鬼对你咪咪笑，你就砍吧，他一个不理你，这怎么办？你喊，谁答应你？你哭，鬼也不怕。你除非会念咒，或是剑仙。什长，你说到底有剑仙没有？花蝴蝶采花，能够一纵身跳上屋顶，不闻声音。我听说北京城房子瓦上跑马也行，那是什么房子。北京有宫殿，有上千太监，是割了……”

一面说，一面又走错了路。应当沿山下去，却走到山上小路去了。在后面的什长先不做声，尽年青人走，却在指路碑上等着。

“什长，我家里有一把关刀。一百六十斤重，是铁打的。周仓扛过，那黑大哥真有劲。（他因为不曾听到后面的脚步声音，回了头。）什长，怎么？走不动了！赶路！”

“赶路罢，你自己赶上去。我们要下山了。”两个人笑着先走了。

“嗨，走错了吗？（他一口气冲到岔路上，见到了路碑。）什长，大哥，等等。我错了。妖精迷了我的路，好家伙。三步，两步，一,二,三,四，（追及了。）我在中间走。不说话。可以赌咒。”

暂时，这小子当真就是不说了。

过了一会。经过了一处烧坏了的大房子，在一堵还未完全倒坍的高墙下边，有一个干瘪瘪的老年妇人搭了个小小草棚，在草棚前卖绿荫荫的酸李子。

“买。”年青人停了，想从板带里掏钱。

“不能，吃生李子肚子会痛。你吃水太多了。”

“……”

“走！”

走了。回头还望望那老妇人。舍不得那李子。又说话了。

“这叫什么村？”

什长不答理，人在前面，吹着哨子，模仿喇叭的行军曲。

庆庆不作声了，默默的如在操场时被领头带着散步走行进的情形，且默默的数“一、二”“一、二”。

行过十里不曾遇到一个人。

行过廿里无一个村落。行过廿五里太阳快要向一个荒凉小山后下沉时候，三人进了一个小小的青石堆砌的寨堡。看见一匹瘦马，马上还有鞍辔。到站了。应当休息了。庆庆欢喜了。

“什长，我们到了，找好地方喔。有臭虫是不行的。太脏是不行的。你瞧这里不错。还是个县分咧。有知事告示。不知道衙门在哪里？什长，这里来罢，倒好，挂得有牌。进去罢。（他自己也进到那屋子里了。）老板，有住处没有？三个人。一个大木床行了。要干净一点。”

出来的是一个中年人。蓝竹布长衫，旧得很，仿佛象卖卦人身分，和气的声音说：“是乡亲！就住到这里！请坐！”

坐下了。什长一条，庆庆同那伴当一条，是大白木板凳，很新很粗的还有松香气味。主人进去取烟取茶。烟来时，客不吸烟，就自己用着。

“尊姓是？”什长问主人。

“张。字问渔。湖南省桃源县人。”

喔，真是乡亲！真难得，我们通是湖南人。好极了。今天真好。”

“真不容易。三生有幸。几位是从云南来的？”

“是的。走十多天了。”

“请教是……”

“贱姓侯……”

“好极了，今天。”主人搓着两只瘦手，口上咬着的烟管冒着烟子，又出去找人去了。

不到一刻三人在一个白木盆里洗脚了。一个脚盆里，五只泥腿在滚热水中烫着。庆庆另一只脚不敢落水，主人见到了，忙问。知道受了伤，就即刻取伤药来。异乡的骨肉，原应关心到如自己的亲人。

从谈话中才知道主人是县公署科长，县长也就是住在这小店中。每天到三里外一个旧庙中审点案，判断一些小生意人的争持，晚上就回到小店中住处来吃饭睡觉。上床以前读读《庄子》，无事时则过各处小乡绅家中去喝点酒，作县长的五日一场才有点新鲜猪肉吃。县长无处可去无事可作时，就和科长县警下盘棋，或种种瓜菜。本县城内共计一百卅二户，大小人口三百四十四人，还将县长本人和科长等等算在这一个数目里面。县境内还有五百人。住得松松散散，分成五个村子。

“有军队没有？”问有不有军队，因为自己是兵的缘故。

“有警备队。一共二十个名额。有十枝枪。”主人说时也笑了。“摆个样子罢了。”

“地方清静不清静？”

“这里倒好。太荒凉，容不下大股匪。土匪是不能挨饿的，养得起兵的地方也停得住匪。不过有时也有人在路上被抢。最近不久还听说——”

县长回来了，一个穷秀才样子，穿了件旧的浅蓝竹布长衫，双梁布鞋，还罩上件半新的黑色羽纱之类小袖马褂，鼻小眼明，嘴上挂一点鲇鱼胡子，样子斯文和蔼，与来客拱手作礼，古意盎然。但是说话间总不免令人感到一点凄惶。

科长作东，县长作陪，三个在异乡异县跋涉远道的人，吃了一顿意想不到的晚饭。夜间，上了床，另一室中县长《秋水篇》的朗吟，把庆庆等三人送到梦境里去了。

庆庆梦中下了溪里洗澡，泅水的有县长同几个纸客在内。此外还有猴子，小鱼，也能泅水打氽子。闹得十分发欢。

第二天一亮，几个人起身整备行李时，他们从主人处知道一件严重的事情。昨天较晚南来的行路人，投县报告了一个消息：有几个纸客被抢了。还死了两个人。死了的人是两个军官，因为有钱，有刀，不服抄掠，便被杀死了。地点是瓮谷的灵官庙前桥头上，出山猴子地方。县长准备去验尸，各处找轿夫找警备队，好久还不能集中队伍。

三个人皆呆了。幸运没有碰上这灾难。

当天依然上了路，他们的家乡离这地方还有二十天！沿路还有的是关隘险阻，得一一过关。

一九三〇年秋作

黔小景

三月间的贵州深山里，小小雨总是特别多，快出嫁时乡下姑娘们的眼泪一样，用不着什么特殊机会，也常常可以见到。春雨落过后，大小路上烂泥如膏，远山近树全躲藏在烟里雾里，各处有崩坏的土坎，各处有挨饿太久全身黑区区的老鸦，天气早晚估计到时常常容易发生错误，许多小屋子里，都有面色憔悴的妇人，望到屋檐外的景致发愁。

官路上，这时节正有多少人在泥里雨里奔走。这些人中有作兵士打扮送递文件的公门中人，有向远亲奔差事的人，有骑了马回籍的小官，有行法事的男女巫师，别忘记，这种人有时是穿了鲜明红色缎袍，一边走路一边吹他手中所持镶银的牛角，招领到一群我们看不见的天兵天将鬼神走路的。单独的或结伴的走着。最多的是小商人，这些活动分子，似乎为了一种行路的义务，长年从不休息，在这官路上来往。他们从前一辈父兄传下的习惯，用一百八十的资本，同一具强健结实的身体，如云南小马一样，性格是忍劳耐苦的，耳目是聪明适用的；凭了并不有十分把握的命运，只按照那个时节的需要，三五成群的扛负了棉纱，水银，白蜡，倍子，官布，棉纸，以及其他两地所必需交换的出产，长年用这条长长有名无实的官路，折磨他们那两只脚，消磨到他们的每一个日子中每人的生命。

因为新年的过去，新货物在节候替移中，有了巨量的吞吐出纳，各处春货都快要上市了，加之雪后的春晴，行路方便，这些人，各在家中先吃得饱饱的，睡得足足的，选了好的日子上路。官路上商人增加了许多，每一个小站上，也就热闹了许多。

但吹花送寒的风，却很容易把春雨带来。春雨一落后，路上难走了。在这官路上作长途跋涉的人，因此就有了一种灾难。落了雨，日子短了许多，许多心急的人，也不得不把每日应走的里数缩短，把到达目的地的日子延长了。

于是许多小站上的小客舍里，天黑以前都有了商人落脚。这些人一到了站上，便象军队从远处归了营，纪律总不大整齐，因此客舍主人便忙碌起来了。他得为他们预备水，预备火，照料一切，若客人多了一点，估计坛子里余米不大敷用时，还得忙匆匆的到别一家去借些米来。客人好吃喝时，还得为他们备酒杀鸡。主人为客烧汤洗脚，淘米煮饭，忙了一阵，到后在灶边矮脚台凳上，辣子豆腐牛肉干鱼排了一桌子，各人喝着滚热的烧酒，嚼着粗粝的米饭。把饭吃过后，就有了许多为雨水泡得白白的脚，在火堆边烘着，那些善于说话的人，口中不停说着各样在行的言语，谈到各样撒野粗糙故事。火光把这些饶舌的或沉默的人影，各拉得长短不一，映照到墙上去。过一会，说话的沉默了。有人想到明早上路的事，打了哈欠，有人打了盹，低下头时几几乎把身子栽到火中去。火光也渐渐熄灭了，什么人用铁火箸搅和着，便骤然向上卷起通红的火焰。外面雨声或者更大了一点，或者已结束了，于是这些人，觉得应当到了睡觉时候了。

到睡时，主人必在屋角的柱上，高高的悬着一盏桐油灯，站到一个凳子上去把灯芯爬亮了一点，这些人，到门外去方便了一下。因为看到外面极黑，便说着什么地方什么时节豹狼吃人的旧话，虽并不畏狼，总问及主人，这地方是不是也有狼把双脚搭在人背后咬人颈项的事情。一面说着，各在一个大床铺的草荐上，拣了自己所需要的一部分，拥了发硬微臭的棉絮，就这样倒下去睡了。

半夜后，或者忽然有人为什么声音吼醒了。这声音一定还继续短而洪大的吼着，山谷相应，谁个听来也明白这是老虎的声音。这老虎为什么发吼，占据到什么地方，生谁的气？这些人是不会去猜想的。商人中或者有贩卖虎皮狼皮的人，听到这个声音时，他就估计到这东西的价值，每一张虎皮到了省会客商处，能值多少钱。或者所听到的只是远远的火炮同打锣声音，人可想得出，这时节一定有什么人攻打什么村子，各处是明亮的火把，各处是锋利的刀，无数用锅烟涂黑的脸，在各处大声喊着。一定有砍杀的事，一定有妇人惊惊惶惶哭哭啼啼抱了孩子，忙匆匆的向屋后竹园茨棚跑去的事，一定还有其他各样事情。因为人类的仇怨，使人类作愚蠢事情的机会，实在太多了。但这类事同商人又有什么关系？这事是决不会到他们头上来的。一切抢掠焚杀的动机，在夜间发生的，多由于冤仇而来。听一会，锣声止了，他们也仍然又睡着了。

有一天，有那么两个人，落脚到一个孤单的客栈里。一个扛了一担作账簿用的棉纸，一个扛了一担染色用的五棓子。他们因为在路上耽误了些时间，掉在大帮商人后面了几里路，不能追赶上去。落雨的天气照例断黑又极早，年纪大一点的那个人，先一日腹中作泻，这时也不愿意再走路了，所以不到黄昏，两人就停顿下来了。

他们照平常规矩，到了站，放下了担子，等候烧好了水，就脱下草鞋，一同在灶边一个木盆里洗脚。主人是一个孤老，头上发全是白的，走路腰弯弯的如一匹白鹤。今天是他的生日，这老年人白天一个人还念到这生日，想不到晚上就来那么两个客人了。两个客一面洗脚，一面就问有什么吃的。

这老人站到一旁好笑，说：“除了干豇豆，什么也没有了。”

年青那个商人说："你们开铺子，用豇豆待客吗？"

"平常有谁肯到我们这里住？到我这儿坐坐的，全是接一个火吃一袋烟的过路人。我这干豇豆本来留着自己吃的，你们是我这店里今年第一客人。对不起你们，马马虎虎凑乎吃一顿吧。我们这里买肉，远得很，这里隔寨子，还有二十四里路，要半天工夫。今天本来预备托人买点肉，落了雨，前面村子里就无人上市。"

"除了豇豆就没有别的吗？"客人意思是有没有鸡蛋。

老人说："还有点红薯。"

红薯在贵州乡下人当饭，在别的什么地方，城里人有时却当菜，两个客人都听人说过，有地方，城里人吃红薯是京派，算阔气的，所以现在听到说红薯当菜就都记起"京派"的称呼，以为非常好笑，两人就很放肆的笑了一阵。

因为客人说饿了，这主人就爬到凳子上去，取那些挂在梁上的红薯，又从一个坛子里抓取干豇豆，坐到大门边，用力在一个小砧上，轧着那些豇豆条。

这时门外边雨似乎已止住了，天上有些地方云开了眼，云开处皆成为桃红颜色，远处山上的烟雾好象极力在凝聚，一切光景在到黄昏里明媚如画，看那样子明天会放晴了。

坐在门边的主人，看到天气放了晴，好象十分快乐，拿了筛子放到灶边去，象小孩子的神气自言自语说着："晴了，晴了，我昨天做梦，也梦到今天会晴。"有许多乡下人，在落春雨时都只梦到天晴，所以这时节，一定也有许多人，在向另一个人说他的梦。

他望着客人把脚洗完了，赶忙走到房里去，取出了两双鞋子来给客人。那个年青一点的客，一面穿鞋一面就说："怎么你的鞋子这样同我的脚合式！"

年长商人说："老弟，穿别人的新鞋非常合式，主有酒吃。"

年青人就说："伯伯，那你到了省城一定得请我喝一杯。"

年长商人就笑了："不，我不请你喝。这兆头是中在你讨媳妇的，我应当喝你的喜酒。"

"我媳妇还在吃奶咧。"同时他看到了他伯伯穿那双鞋子，也似乎十分相合，就说："伯伯，你也有喜酒吃。"

两个人于是大声的笑着。

那老人在旁边听到这两个客人的调笑，也笑着。但这两双鞋子，却属于他在冬天刚死去的一个儿子所有的。那时正似乎因为两个商人谈到家庭儿女的事情，年青人看到老头子孤孤单单的在此住下，有点怀疑，生了好奇的心。

“老板，你一个人在这里住吗？”

“我一个人。”说了又自言自语似的，“嗳，就是我一个人。”

“你儿子呢？”

这老头子这时节，正因为想到死去的儿子，有些地方很同面前的年青人相象，所以本来要说“儿子死了，”但忽然又说：“儿子上云南做生意去了。”

那年长一点的商人，因为自己儿子在读书，就问老板，在前面过身的小村子里，一个学塾，是“洋学堂”还是“老先生”？

这事老板并不明白，所以不作答，就走过水缸边去取水瓢，因为他看到锅中的米汤涨腾溢出，应当取点米汁了。

两个商人趿了鞋子，到门边凳子上坐下，望到门外黄昏的景致。望到天，望到山，望到对过路旁一些小小菜圃（油菜花开得黄澄澄的，好象散碎金子）。望到踏得稀烂的那条山路（估计晴过三天还不会干）。一切调子在这两个人心中引起的情绪，都没有同另外任何时节不同，而觉得稍稍惊讶。到后倒是望到路边屋檐下堆积的红薯藤，整整齐齐的堆了许多，才诧异老板的精力，以为在这方面一个生意人比一个农人大大不如。他们于是说，一个跑山路飘乡商人不如一个农人好，一个商人可是比一个农人生活高。因为一个商人到老来，生活较好时，总是坐在家里喝酒，穿了庞大的山狸皮袄子，走路时摇摇摆摆，气派如一个乡绅。但乡下人就完全不同了。两叔侄因为望到这些干藤，至此地一钱不值，还估计这东西到城里能卖多少钱。可是这时节，黄昏景致更美丽了，晚晴正如人病后新愈，柔和而十分脆弱，仿佛在微笑，又仿佛有种忧愁，沉默无言。这时老板在屋里，本来想走出去，望到那两个客人用手指点对面菜畦，以为正指到那个土堆，就不出去了。那土堆下面，就埋得有他的儿子，是在这人死过一天后，老年人背了那个尸身，埋在自己挖掘的土坑里，再为他加上二十撮箕生土做成小坟，留下个标志的。

慢慢的夜就来了。

屋子里已黑暗得望不分明物件，在门外边的两个商人，回头望到灶边一团火光，老板却痴坐在灶边不动。年青人就喊他点灯，“老板，有灯吗？点个火吧。”这老人才站起来，从灶边取了一根一端已经烧着的油松树枝子，在空中划着，借着这个微薄闪动的火光去找取屋角的油瓶。因为这人近来一到夜时就睡觉，不用灯火也有好几个月了。找着了贮桐油的小瓶，把油倒在灯盏里去后，他就把这个燃好的灯，放到灶头上预备炒菜。

吃过晚饭后，这老人就在锅里洗碗，两个商人坐在灶口前，用干松枝塞到灶肚里去，望到那些松枝着火时，訇然一轰的情形，觉得十分快乐。

到后，洗完了碗，只一会儿，老头子就说，应当去看看睡处，若客人不睡，他想先睡。

把住处看好后，两个商人仍然坐在灶边小凳子上，称赞这个老年人的干净，以为想不到床铺比别处大店里还好。

老人说是要睡，已走到他自己那个用木头隔开的一间房里睡去了。不过一会儿，这人却又走出来，说是不想就睡，傍到两个商人一同在灶边坐下了。

几个人谈起话来，他们问他有六十几，他说应当再加十岁去猜。他们又问他住到这里有了多久，他说，并不多久，只二三十年。他们问他还有多少亲戚，在些什么地方，他就象为哄骗自己原因的样子，把一些多年来已经毫无消息了的亲戚，一一的数着，且告诉他们，这些人在什么地方，做些什么事。他们问他那个上云南做生意的儿子，什么时候回来看他一次，他打量了一下，就说：“冬天过年来过一次，还送了他云南出的大头菜。”

说了许多他自己都不甚明白的话，自己为什么有那么多话可说，使他自己也觉得今天有点奇怪。平常他就从没有想到那些亲戚熟人，也从不想到同谁去谈这些事，但今天很显然的，是不必谈到的也谈到，而且近于自慰的谎话也说得很多了。到后，商人中那个年长的，提议要睡了，这侄儿却以为时间还太早了一点，托故他还不消化，要再缓一点。因此年长商人睡后，年青商人还坐到那条板凳上，又同老头子谈了许久闲话。

到末了，这年青商人也睡去了，老头子一面答应着明天早早的喊叫客人，一面还是坐在灶边，望着灶口的闪烁火光，不即起身。

第二天天明以后，他们起来时，屋子还黑黑的，到灶边去找火媒燃灯，希奇得很，怎么老板还坐在那凳上，什么话也不说。开了大门再看看，才知道原来这人半夜里死了。

这两个商人到后自然又上路了。他们已经跑到邻近小村子里，把这件事告给了村子里人，且在住宿应给的数目以外，另外加了一点钱。那么老了一个孤人，自然也很应当死掉了，如今恰恰在这一天死去，幸好有个人知道，不然死后到全身爬得是蛆时，还恐怕不会被人发现。乡下人那么打算着，这两个商人，自然就不会再有什么理由被人留难了。在路上，他们又还有路上的其他新事情，使他们很自然的也就忘掉那件事了。

他们在路上，在雨后崩坍的土坎旁，新的翻起的土堆上，发现印有巨大的山猫的脚迹，知道白天这地方是人走的路，晚上却是别的东西走的路，望了一会儿，估计了一下那脚迹的大小，过身了。

在什么树林子里，还会出人意外发现一个希奇的东西，悬在迎面的大树枝椏上，这用绳索兜好的人头，为长久雨水所淋，失去一个人头原来的式样，有时非常象一个女人的头。但任何人看看，因为同时想起这人就是先一时在此地抢劫商人的强盗，所以各存戒心，默默的又走开了。

路旁有时躺得有死人，商人模样或军人模样，为什么原因，在什么时候死到这里，无人过问，也无人敢去掩埋。依然是默默的看看，又默默的走开了。

在这条官路上，有时还可碰到二十三十的兵士，或者什么县里的警备队，穿了不很整齐的军服，各把长矛子同发锈的快枪扛到肩膊上，押解了一些满脸菜色受伤了的人走着。同时还有些一眼看来尚未成年的小孩子，用稻草扎成小兜，装着四个或两个血淋淋的人头，用桑木扁担挑着，若商人懂得规矩，不必去看那人头，也就可以知道那些头颅就是小孩的父兄，或者是这些俘虏的伙伴。有时这些奏凯而还的武士，还牵得有极膘壮的耕牛，挑得有别的家里杂用东西。这些兵士从什么地方来，到什么地方去，奉谁的命令，杀了那么多人，从什么聪明人领教学得把人家父兄的头割下后，却留下一个活的来服务？这都象早已成为一种习惯，真实情形谁也不明白，也不必须过问的。

商人在路上所见的虽多，他们却只应当记下一件事，是到地时怎么样多赚点钱。因为这个理由，所以他们同税局的稽查验票人，在某一种利益相通的事情上，好象就有一种希奇的“友谊”或谅解必须成立。如何达到目的，一个商人常常在路上也很费思索的。

一九三一年十月十日

楚尘
文化
Chu Chen

北京楚尘文化传媒有限公司 出品

邊城集

沈从文别集

沈从文 著

中信出版集团 | 北京

再版序

上个世纪五十年代，不少喜爱文学的读者迷上了契诃夫，这跟平明出版社接连推出27册汝龙翻译的《契诃夫小说选集》直接有关。

那时我家至少有三个契诃夫迷：做文学编辑的母亲、哥哥和我。谈论哪篇小说怎么怎么好，是不倦的话题。已经退出文坛改了行的父亲不参与，只有时微笑着对外人说："家里有三个契诃夫的群众。"

汝龙译的这套选集可贵之处，首先在于对作品的精选；第二是选进一些契诃夫的书信、札记，别人对他的回忆、评论等，分编到不同集子里，这些文字拉近了读者和作者的距离，是汝龙先生锦上添花的贡献。

到1992年编选《沈从文别集》的时候，我们自然想

到从平明版《契诃夫小说选集》取法。这也是父亲的愿望，尽管他不参与“契诃夫群众”的热情讨论，汝龙这套译本的长处他胸中有数。

我问过父亲汝龙为什么常赠送新书，他只简单说：“是朋友。”

母亲的补充才说清楚：“他翻译的那套英文契诃夫小说是我送的。”

据我充和四姨回忆，1932年暑假，一个“说是由青岛来的，姓沈，来看张兆和的”羞涩客人，初次登苏州张家门，带的一大包礼物“全是英译精装本的俄国小说”。加尼特夫人的一套英译《契诃夫小说集》就在其中。

不懂外文的沈从文怎么买洋书？四姨说那是过上海时托巴金选购的。

父亲曾希望母亲朝文学翻译方面发展，送这样礼物包含着鼓励。愿望虽然没实现，礼物却终于转到最合适的人手里，促成被誉为契诃夫小说“最佳译本”的产生。朋友的成就四十年后启发着《沈从文别集》的编选工作。

当本书再版之际，我们感谢与它有缘分的几位文学前辈，也要感谢为我们想出《沈从文别集》总书名的汪曾祺先生。

沈虎雏

总 序

从文生前，曾有过这样愿望，想把自己的作品好好选一下，印一套袖珍本小册子。不在于如何精美漂亮，不在于如何豪华考究，只要字迹清楚，款式朴素大方，看起来舒服。本子小，便于收藏携带，尤其便于翻阅。八十年代初，有一家书店曾来联系过，也曾请人编了一套，交付出去。可是，落空了，未能实现。我一直认为是一件憾事。

现在湖南岳麓书社要为从文出书，我同虎雏商量，请吉首大学沈从文研究室合作，编选这么一套。这套选本和以前选法编法不同。我们在每本小册子前面，增加一些过去旧作以外的文字。有杂感，有日记，有检查，有未完成的作品，主要是书信——都是近年搜集整理出

来的，大部分未发表过。不管怎样，这些篇章，或反映作者当时对社会、对文艺创作、对文史研究……的一些看法，或反映作者当时的处境，以及内心矛盾哀乐苦闷，把它们发表出来，容或有助于读者从较宽的角度对他的作品、对他的为人以及对当时的环境背景有进一步了解。

出这套书，当然，同时也了却死者和生者的一点心愿。

张兆和

一九九一年十一月二十九日

目 录

劫余废邮

凡事从理解和爱出发[1]

……手，根本无从下手。特别是许多书都必须放在手边自由调用，无充分经济力可作到，正如过渡者无舟楫桥梁，因掌握不住资料，任何理想通只是空空的，无办法可言！过去以为升官发财不容易，因为必有大本领的人才办得到。至于读书求知识，且一切为人而努力，总还可以希望。现在才明白也不是简单事。能力强则百事左右逢源，无往不自如。不中用，则什么事都办不通。敦煌展两个月，可惜不曾在会场中见到你。摸索四个月，

[1] 这是作者 1951 年给一青年记者的废邮，“文革”时被抄走，此为残存部分。信写了四个月，在已发现的沈从文书信中，是写得最慢、最长的一封。同年 11 月 11 日，《光明日报》发表《我的学习》，是作者第一个正式发表的检讨，与这信写于同一时期。

倒是对于中古美术史中一小部门，学了一课，明白了些问题，不广，不深入，但碰着了一些待清理问题。

另外寄篇文章来，望看看。是有关工艺专题的。如何处置都好，不可用，一星期望还给我。抄了十来次，还是废话一堆。有些见解还好，提出了个问题，只是普通编者看来，会以为不够政治性的。

我读书既少专精，又杂而不纯，极大弱点是有理想而不善于实践。不会搞钱，不会在一般性社交中和人应对调和有以自见，在工作中又特别不善于与人合作，或从打趣唱闹方式联系群众。唯一只是肯学习，不大私心，对人对事有热情，常在忘我情形下求工作有益于人、有益于事而已。但是在工作中，其实也只是一个永远败北者。始终学下去，没有一种学得好。始终用笔，于自己难满意，于人更只形成一切隔离原因。时代变动大，由于缺少适应能力，终于如此萎悴毁去，也十分自然，不足异，不足惜，不足道。人的头脑犹如机器，比较精细也就容易损伤，如经胡乱一拆散，或又毁坏了些零件，不易回复是意中事。国家事大，个人太渺小了，算不了什么的！一个人有一个人的限度，我已在种种方面尽了个新国家公民责任，更从种种方面学习忘我而利人，如体力神经还是因超过了所能担负而毁去，也只有听之。我们常说时代或历史，这也是时代，是历史！

国家基础已确立，任何势力都不可动摇。但因为旧机构打毁，凡事在重新安排，不可免有些不接榫处，千头万绪待疏理。但是国家已日益好转，个人不算什么的！在革大时，[1] 有一阵子体力精神均极劣，听李维汉讲话说，国家有了面子，在世界上有了面子，就好了，个人算什么？说的很好。我就那么在学习为人民服务意义下，学习为国家有面子体会下，一天又一天的沉默活下来了。个人渺小的很，算不了什么的！

你工作怎么样？还忙得有条理没有？有意义没有？照我理解到的说来，有好些人虽忙却并不曾能在工作上把效率提高，更有人因为照一般方式学习，反而把学习应有进度掉落的。说明一切问题实在摸索中，学习也还待改善。统盘筹画式的学习，不是最合理办法。望在工作、在学习上多努点力，为国家可多作几十年事。凡事

[1] 1950 年，作者曾在革命大学学习了十个月，改造思想。

客观些，会把工作搞得好些。多学习文化，要格外努力，用处也多些。照我理解到问题说来，此后记者的工作，实在十分重要，文化知识要提高，才有可能反映到见解中，叙述和批评中。共同纲领常说“爱祖国文化，爱科学”，又说“普及第一”，许多事都得通过记者笔下来传达。就目下说，普通记者是完成不了这个任务的。要完成，首先得提高自己。比如有关出版物的批评，文学艺术的批评与得失检讨，就需要有更多眼光深远的提示，向作者向领导两面常作具体而有益荐议。你年龄正是能广泛吸收多方面知识时，务必要把兴趣放宽些，将来用处多。明白方面广，也才可望明白许多部门问题的相互联系性。对别人成就知尊重，能无私心的去鼓励，也正是爱国家最好而具体办法。因为一切好处都是有传染性的，能生长的，对国家向前发展有益有用的。个人如只看自己，不注意以外事情，易失于偏，不免孤立离群。集团如只看自己，不能善于理会自己以外的人和事，也易成为主观的，非马列的，更误事，即损毁了有用器材而不自觉。马列说知人，知人也不易！

你诗怎么不写下去？应当再写下去。最有用是写短篇小说，新时代应当有一种完全新型短篇出现，三两千字，至多五千字。一切是新的，写新的典型、变化、活动与发展。这种新型文学作品，到现在还没有见到。写小说有好处，即对人客观，尤其是因此理解人的善良。某种善良在时代过渡期是不甚适于生存的，适如无用，更可能害事。但一个人的本质总是要从善良发展的。一切文学都有个深度，即看作者对于“人”的理解，以及把它结合到种种不同人事上时的情形，及发展变化中的关系。更重要是善于处理他、表现他。一切作品伟大和深入，都离不开表现和处理。目下说，有政治觉悟似乎什么都成，其实不成，还要点别的东西，要情感，要善于综合与表现！这不仅是生活经验和政治性高度热情即可成事，还有些应当从更多方面来培养的东西。要一种厚厚的土壤，才可望发芽生根。也近于从人的本质上提高的问题，不是抽象教条和斗争经验即可成事。应从一切优秀作品取法，从文化各部门去学习，望把读书学习领域展宽，会对于人，对于事，对于历史文化，都可体会得深一些。

凡事从理解和爱出发，比对人只主观的从打击出发，会不同得多。因此生命会慢慢的日益丰富起来。因为在个人以外，还有千万种不同哀乐，在各种不同情形中存在、发生。到真正的如此和文化史上各部门成就接触时，你也就会得到很多很多启发的！

文艺座谈[1]还值得细读，并和社会历史发展联系，作新的展开引申。作家和理论家都需要它，即一个记者，也得好好来使用它。马克思或列宁，高尔基或鲁迅，作品中都赋予一种深刻的诗意。这是文化史中极重要的一件事。一个伟大组织者，或一个记者，能把他的工作慢慢从发展中和伟大时代结合起来，一支笔自然得浸透一种诗的感兴。就现在看看，文学作家中和记者中，这一点都太缺少了。这种诗的感兴，不只是善于作文，还在真正有思想！文艺座谈是有诗意充盈的，可惜学它的理论者或领导文运的人，还不甚能发展这个文件。这个文件经典性，实远比鲁迅、高尔基作品重要。

近来在报上读到几首诗，感到痛苦，即这种诗就毫无诗所需要的感兴。如不把那些诗题和下面署名联接起来，任何编者也不会采用的。很奇怪，这些诗都当成诗

---

[1] 指毛泽东的《在延安文艺座谈会上的讲话》。

刊载，且各处转登不已。《光明日报》上次有篇批评一个诗集的文章，看了觉得有同感。因为同样无价值的诗是到处可见到，在印行，在流行的。使人痛苦不仅是作者的作品能流行，重要还是它有影响。那么艺术或思想都不好的作品，可以自由出版，另外有些人对国家有益有用的精力，却在不可设想情形中一例消耗了。这也就是历史，是时代！文艺座谈虽经常在人手边，为人引用，毛本人和我们作群众的究竟相隔太远了。如何把许多有用精力转到正常工作上，形成新的时代桥梁，更有效的使每一支有用的笔能得其用，不再一例消耗于无何有上，是他想不到的。巴金或张天翼、曹禺等等手都呆住了，只一个老舍成为人物，[1]领导北京市文运。事情如到只有领导者一人露面，不曾见更多年老的恢复用笔，年青的新成就不断产生，领导方式还有问题，待改善，是显明的。这些似乎不是记者的事情，但是记者如同时是一个真正向下看不是向上看的作家，会明白还是要想办法来努点力，打破这个沉闷呆定情况。时代十分活泼，文坛

---

[1] 老舍新创作的话剧《龙须沟》当时已公演，并获得成功。

实在太呆板!

几个月来在报上学《武训传》费去了万千人的劳动时间，[1] 你看过电影没有？目前那么把《武训传》提出来作全面学习，领导方面自然是有计划的大事。但是国家那么大的发展，文学思想上领导，正可作正面的用鼓励和帮助方法，和一个宏抱万有的伟大涵容和理解态度，让过去能用笔的将笔重新好好使用，准备用笔的都得到真正扶助和机会来用笔，才是办法！如只把个武训来作长时期批评，武训这个人其实许多人就不知道，少数人提到他时还可能会说是鲁迅的……如托古射今，把现在人中有因种种原因工作一时和政治要求脱了节的情形，认为即是武训的再生，即动员一切可动员的来批判，还是主观上有了错误的结果。因为这个时代，哪里还会有武训？当时太平天国之革命，无从使武训参加，很自然。至于现在革命，哪是太平天国可比？革命者还自信不过似的比作太平天国，已不大近情，如再把时下人来比武

[1] 对电影《武训传》的批判，是1949年后第一次针对文艺作品的全国性政治运动。“学武训传”指学习那些批判文章，并非看这部电影。

训，未免更远了。因为事情明明白白，参加或拥护则活得事事如意，学武训则倒霉到死，世界上还会有人学武训来寻倒霉？如果有人始终和社会发展要求有游离情形，求解决问题还得从理解入手。使过去武训追随太平天国，是一种完全错误的推理。但使一个现代人信仰当前的党的一切领导，没有丝毫困难。一检查偏向，去主观，再莫把自己当成太平天国的英雄，也莫把人当成武训来有意作践，就什么都不同了。

你欢喜音乐没有？写短篇懂乐曲有好处，有些相通地方，即组织。音乐和小说同样是从过程产生效果的。政治中讲斗争，乐曲中重和声。斗争为从矛盾中求同，和声则知从不同中求谐和发展。唯其不同，调处得法反而有个一致性，向理想奔赴如恐不及。这才真是艺术！政治艺术的最高处，应当是指挥者与作曲家共同的长处都能领会，实用，而将两者长处集于一身。不想办法鼓励更多新作品代替《武训传》，来通过艺术娱乐方式教育千万人民，只作破题令万千人学习诵读检讨，费力多而见功少，似乎不大经济。即把一个导演、一个演员，并一个在坟墓中的武训，完全骂倒，新的优秀作品还是不会凭空产生！——这自然可能还有更深意义，我们一点不了解。但就学习情形说来，让我想起五年前写的一个短短文章，适如预言。当时很庄严的提出艺术宜从属于政治，但如何从属方式值得考虑。更重要是政治设计者对人毋必、毋固、毋我，知就器材解决问题，使人能善用其长，虽劳而不怨。如指挥一套交响乐，执事者各能尽职，各就岗位上表现自己。从全面政治设计，我们得承认毛泽东的伟大思想是在那么运用到各方面的，历史发展也即是在这种情形下跃进的。但是在文学艺术问题上，对全国作家动员言，还不像是已组织成一个大乐章。希望慢慢的会可以转好，即到了领导者真正理会到，领导的意义当如作曲，当如指挥乐队时，许多事就不同了。目前骂武训，许多人文章都随声附和，对武训究竟是什么，可并没有知道。正如赞美鲁迅，鲁迅文章好处何在，有些什么文章，也从不仔细认真看过。这也就是一种测验，一种学习，世人多附和而少真知。

你们学认识武训怎么样？看过别的电影没有？只听朋友说，电影方面实缺少优秀底本配合时代需要。但是一面上海还有许多游资投到新片上，一部分新片或比

《武训传》还不如。公营片则在独占方式下存在，不曾想办法得到更多方面合作工作，主事者想不到国家政权还是人民同有的，影片摄制还有许多方面可以着手，比如文化教育短片子，在国内外也就还有作用，也能从教育观众中还赚钱！不从各方面打算，自然只好等杰作，不然倒是映梁山伯故事了。昨在《人民日报》正式来谈牛郎织女，可见新的东西太少了。领导方面自己在走回头路。牛郎织女掌故弄不清楚，说神话传说当然也不透。没有教育效果。其实就还有多少历史短片、文化短片，和近三十年小说可以选制成短二三卷片子，且对于这些作者，是一种用力少而效果大的团结统战工作，并对于他们是一种大鼓励！那么经济的事无人考虑到，《武训传》讨论还在占报纸可贵篇幅，事自然就难说！也许我们知道的事太少了，实际上正有百十种大革命历史性剧本在排演。

我在这里每天上班下班，从早七时到下六时共十一个小时。以公务员而言，只是个越来越平庸的公务员，别的事通说不上的。生活可怕的平板，不足念。真正可念的，还是那几十万为守中国大门而挣扎于炮火下的志愿军。应当对这些英雄表示无比敬意与关心方合道理。此外是还有万千青年干部，在中国广大土地上进行的土改和生产建设工作，不仅生活极艰苦，更重要还是工作实在极单调，远非下乡一月二月的知识分子下乡观察观察即能体会。历史在创造中，在通过毛泽东的伟大思想而创造中。但这种伟大思想，又必通过这种万千人民的实践方可见出。一年来知识分子在《实践论》上写了无数文章，看过好些文章，都只是说他自己，没有想到另外万千人是真正如何在沉默无言的实践，而后者对于历史面貌的改变，更如何重要！

我爱国家，因为明白国家是从如何困难挣扎中建立起来的。也爱党，因为明白党在政治上领导，对于国家具有如何伟大抱负和信心。也似乎还理解毛的思想，在运用到国家重造工程上，在若干重要部门，各对于生产建设的重要意义。我是个中国人，眼见近四十年的血和火对于万万人民的教训，又如何由于一种进步思想的发展、推进，紧密和千百万人民情感生命结合，把一个廿年专政的官僚统治推翻，从极端媚外惧外、贪污腐败、自私无能的恶劣政治现实中，转而为一个生气勃勃的崭新局面，怎么能不爱？更重要还是明白在过程中的不可免的困难，对内对外一串大事小事，都得负责任来焦神敝智处理。尤其是和一些旧集团中转过来的官、商，以及党群，来进行团结中斗争，必不是一件容易事。从几百万来自各阶层的党员中进行提高技术与思想教育，更不是容易事。大事一一在作，在进行，在从经验中改正推进，小处自不免也有些问题。或一事由下转上，转到三五不同段落上后，有时就不可免失去本来意思，也就自然有些料不到的隔离，且由此而越难相通……爱领袖，也应分从这方面来爱，来学习忘我而成人之美。可能如此还是会形成错误，但总之牺牲的是一己，而不致于损人害事，也就成了。两年来个人也就在那么一种心情下学习过来了。

你说人民需要我写小说，我已不知谁是要我再用笔的人民？两年余来，凡是旧日朋友通隔绝了。凡事都十分生疏。一星期二小时课，[1] 五个学生只二三同学还对学习有点点兴趣。家中人则因工作调得远远的，一星期只能见一回面，到时还常因事过别处。孩子们也各有

[1] 作者离开北大后尚在辅仁大学兼课。

事，……如此下去，我自己是谁也慢慢的不大明白了，能作些什么，在作些什么，也不明白了。家中人对我生疏日甚，别的人对我生疏更可想而知。在博物馆二年，每天虽和一些人同在一处，其实许多同事就不相熟。自以为熟习我的，必然是极不理解我的。一听到大家说笑时，我似乎和梦里一样。生命浮在这类不相干笑语中，越说越远。近两月来真正接触的是一堆画，和画中所表现的一点问题，与一点对佛经对历史联系时的领会。唯一和人民碰头，是在博物馆楼上敦煌画室中，和一群群陌生观众在同看一幅画时。因为写上去的说明不够，有时特意为谈谈，居然使他们听下去，不担心我说完了还要钱，真是幸事。楼上两房子瓷器，平时并本馆同事也不甚能够发生兴趣的，我也和他们谈谈，居然有人听得下去，说完时还向我谢谢，我也谢谢他们，情形很好！因为这种无机心的同处，对我是有意义的！相互都不明白，可是不关重要。我只是学习为人服务，努力尽职而已。有些由他人看来十分平常，由我看来却意义极深的事情，即从他们印象中得到一种印象：学文化，一切文化机构还不曾好好为他们有所准备。尽管学习精神已极高，负责的各部门可未必有兴趣注意到，如何来满足这些人民。如注意到，许多情形会不同多了。有些观众给我印象深。二十三十年前，许许多多人就是那么一回短短接触印象中有所启发，到后来即写成许多短短故事。这些人也教育了我，启发了我，将来会写些不同东西。但是，这种用笔能力，都消耗到近年客观安排中了。

前些日子，韩世昌带了一群小女孩子来看画，他似乎不多久前喝了一杯白干，有点醺醄醄神气，身子黑而胖。小女孩多年纪只十四五岁，眼睛光光的，凡事感到惊讶，可一点不明白什么是好的和对她们有用处的。试为引她们看看唐代人画手指姿势，一种舞蹈不可少的知识，几个人在画前即刻学习起来，很动人！这些年青人太需要从学习上提高了。领导上如有更广泛一些的工作热忱，和对于艺术教育计划，会影响到这些年青女孩子一生，也影响到戏剧史的发展。但目前学校能给她们的，似乎就还少得很，少得很！

几天前还另外来有几个乡村的干部，三男二女，女的壮壮实实，村子里来的模样，小教员模样。为说到唐经变相跳舞时，她自己就在画前扭了起来，看情形一天早起一定得扭扭秧歌！很可能回去还要在镜子前比一比。给我印象很深。因为我明白目下国家有万万千千这种纯洁可爱的素朴生命，在为国家向前理想而服务。生活十分简单，工作十分单调，却充满一腔热忱，一切不在乎，一心一意在工作上克服困难，力求进步，国家历史真正的改变，也即是从点点滴滴而汇成巨流，冲走了一切旧的陈腐而向前发展！如稍微和这种人相熟些，就可为他们工作和生活方式，以及所具有的哀乐得失特性，写成个短篇小说。这是一种新的人民典型。素朴、健康、正直、快乐、简单中有妩媚，可爱得很。写出来一定十分动人的。我是理解这种心的。也理解如何重现这种心于一定形式中的。

也碰到另外一种人，城市中生长，大学生模样，大模大样找向导说明员，我就为向导一番。一会儿，却在人多时和他的什么女同志溜开了。守房子的工友满有意思，说：

“这是来会场泡女朋友的，并不用听！”

也许不是这回事。也许只是到天桥看把式到要钱时溜惯了，以为我快要向他们要钱，就照样溜了。总之另是一型，是常遇的，非特种典型。南方生长，有商业性，聪敏，会办事，会玩，会适应一切不同环境，不太着实。

也有先听听不下去，到后来人也谦虚了许多，特别是学美术和文化的，临了不免请教贵姓一番。或告，或不告，大家还是相互谢谢，很好。他们想不到我对他们谢谢的理由。想不到他们从不着急的事，我永远在为他们学得不够、不深、不广而着急，为他们工作搞不好展不开而着急！谢谢他们肯多看看学学！不学习，谈什么爱祖国文化？也有问问姓名就亲切起来了的，这时他们才想起我费时间太久，倒怪不好意思起来了。我想起的却是他们还应当多学些。倘若国家教育设计更周到些，也就必然可以有机会多学习些。从他们谢谢中也借此可知他们在学校里上课，多半还是老一套，师生之间情感是不相通的。即有个政治团结的说法，彼此之间到学习问题上时，还是不会打成一片的。因这亲热我倒似乎有点痛苦起来了。半生为了许许多这种年青人服务，特别是一些作家，这些人目下有在外省的，不明白我怎么过日子极自然。还有些身在北京城圈子里住下的人，也像是北京城打听不出我的住址，从不想到来找找我。这也很好，借此可以学习明白社会或人生。人不易知人。这种隔绝也正是对我一种教育。但是对国家是否经济，我就不知道了。

还有一回外国学联来时，随来几个女联络员，一再叫我“向导”，看样子，她应当在大学读三年书了，也应当明白一点中国文化了，但到我为提出几个最普通的文化史上名词、年代及其他时，她就唧唧唧的不知如何翻译。眼睁得大大的，脸红红的。我相信她办事满热心，也知道跳舞、打球，如出身于教会女子中学，还一定会唱点歌。但是应有文化程度实在不大够，也不大觉得应当努力提高。终于马马虎虎骨碌一阵子走开了。催着那些外来学生走时，也给我一种很深印象。这另是一型年青人，也极可爱，但和村干完全不同。

也有美术学校的学生，从教师指示来作画的。好心好意告他们这可代表，那不成，这个画什么好，那个画什么不佳，什么画有用，什么画有时代特征。有信，有不信。相信的说下去自然照例还令他满意。不相信不理会的，试看看草稿，才明白他要的完全是另外一些东西。特别是图案，从学习取样的看水准，才明白这一行教师真不知误了多少年青人！

有时来的是老大娘、解放军，谈下去也若相互都可以得到些东西。有次有个壮壮实实的军官，说的满好，因为他知道的就不少，从他口中就学了许多别的东西。这也是一种新型人民，有种种不同型范，同在历史变动中活得极有生气，将来还得在国防线上保家卫国。

也有学生群，陪他们来往一走，三小时过去了，相互还觉得不太累。有不明白处，再走回去谈谈。还有中学生，一窝蜂的拥来拥去，年纪有的比我家虎虎还小，也有大些女先生样子的，说到什么东西被毁了时，就呀了起来。见好的画也呀起来。总之，善良得很！在新的国家发展中，这种人是可以塑成一切所需要典型的。全然不知道我是谁。说完了还小伙儿商量了又商量，最后才派了个代表来鞠一躬。适如我三十年前在一些小地方所见到的学生群一样。三十年来这些人即还存在，自己照例早忘了三十年前作学生情形是什么神气了，我却一一保留在印象中，成为生命在极端枯寂痛苦时的安慰。这些人的印象和文化史许许多多的重要业绩，都一例成为我生命中不可少的润泽。很离奇，即我的存在，却只是那么一种综合。一种如此相互渗透而又全然不相干的陌生事物。特别是一些说一句两句话而即不会重新到一处的人，格外生疏却又在某一点上永远光辉灿烂。这些不可知的势力，和另外一时一本书，或一件工艺品，以及一些从远处遥遥传述的谢意和感激，一些抽象的优美原则，以及这原则影响到种种不同人时候种种不同发展，便如把我生命全部分割占有了。此外什么是我，就不易理解了。过去几十年如此过去了，明天是不是即如此继续，作为我存在的理由？

另外还有出国回来不多久，在什么会什么部做了不大不小的人民官，陪同国际友人来作社交式酬对，匆匆忙忙在会场刷了点来钟时间的。他们平时照例极忙，事前大致不曾作过什么准备，只望文生义的指指点点谈着、走着、站着、笑着、左右点头着。听听也满有意思。谈的是什么不明白，但看看专挑大幅画指着说，就知道原来是社交。好意为帮帮忙，解释一下时代性和特征，如肯稍微虚心些，一定也可以知道些东西，但是来不及似的却大模大样走开了。这其中一定有民主人士，有专家，有资本家，有公子哥儿，也可能还有些六七年前西南联大学生，对祖国文化大致不易消化是事实，完全无知倒不是。这也给我一种教育，提高不是容易事。专家或教授，以致于美院先生们，一隔行，对于许多事还不是一例马马虎虎！因此也可理会得到提出普及二字的重要意义。说普及，不只是为一般劳动人民而发，也恰是为专家而发。近五十年的新教育，仔细检讨分析，大部分读书人，用心到外国语文诵读，如《颜氏家训》所说习鲜卑语，弹琵琶，用来服事公卿得人怜爱的意识，也即是帝国主义者殖民地化教育最理想的计划。有许许多人已子孙相承三代，有许多都是在洋人洋行中长大的，有什么方法可以避免无知？有什么方法即可望使之对祖国文化发生真正的热爱？一切都只好慢慢来想办法。一切慢慢来！

尤其是有关文化领导的同志，一定不大容易理会到他个人的工作，用毛选提炼自己后，对于他本人文化知识普及和提高问题，进一步认识，是否感到需要？因为必须提高，不能停顿。要想出办法，且一定得有办法。但是即这个部分也还是先说普及为是。因为第一步普及就还不曾作好！

我就那么向人民学习，从服务中学了些对于人的新认识，知道了年青一代是什么情形。尤其是学了八九时后，除了几个老工友，明白我应当有一点儿累，一点儿渴，一点儿轻微喘气。此外就没有一个同事或一个观众会想到这些问题的。至于一般观众，却回到不易设想的各种机关、各种学校、各种家里去了。

关门时，照例还有些人想多停留停留，到把这些人送走后，独自站在午门城头上，看看暮色四合的北京城风景，百万户人家房屋栉比，房屋下种种存在，种种发展与变化，听到远处无线电播送器的杂乱歌声，和近在眼前太庙松柏林中一声勾里格磔的黄鹂，明白我生命实完全的单独。就此也学习一大课历史，一个平凡的人在不平凡时代中的历史。很有意义。因为明白生命的隔绝，理解之无可望，那么就用这个学习理解“自己之不可理解”，也正是一种理解。

天气渐渐夜了下来，胸部和腰部都如被束缚得极紧，只想在任何一级砖道上坐下来稍停停，可是十来位老工友同志，都八洞神仙似的摇摇晃晃下了城头，下了人间，我过不多久，也就俨然在二百万人民的首都市声中完全消失了。

一个人有一个人的限制，外在的和内在的，是这种也是那种。在流动如水的车辆来去大道中，一切存在对于我都如十分陌生，异常离奇。我在什么地方？我是谁？我究竟是为什么这么下去？没有人可以回答。

我似乎在向一群我对她还陌生，她对我却应当相熟的人说：

“你年青人，我就为了你，为了你们，我活下来了。为了你们的善良品质，为了你们对国家的爱，为了你们的时代，为了你们在这个新时代中的种种不同得失，为了你们在历史中的特殊地位，而这种地位照例你们自己却又毫无所知。为了你们被解放的青春生命，对于明天一切如此勇往直前，毫无迟疑徘徊。但是更重要，却为了你们的素朴、健康，因而形成对于国家一种强大的向心力，一种真正崭新的文化的创造者，一致将历史轮转加速的代表者。我就为你们之中还有可能从我工作中，理解我是你们的朋友，你们的熟人。就在一切想像不到的困难中，永远沉默支持下来了。在一切痛苦和寂寞中支持下来了。只为了你们的存在、生长，而我们的生命相互照耀接触，因之对人生都更肯定，我十分单纯的把一切接受下来了。你们目下或将来，应当是一个青年学生，一个纱厂女工，一个伤兵医院的看护，一个农村小学教师，又或者，只不过是一个最平凡的工人或职员，一个店员，只因为你们的存在，在世界中永远有你们的存在，有你们从得失中得来的欢乐或痛苦，有你们在不幸中或其他情形中，还会于不经意时和我一生努力的理想及工作热情，一例消失于风雨不幸中。也为了你们由于生命的青春无知，必然会有各式各样的错误，以及为本质本性上的弱点，而作成毁人不利己的结局。我还为了手中一支笔，有可能再来用到你们生命的形式发展上，保留下你们的种种，给后一代见到。我很沉重但也很自然的活下来了。”

说到这一点时，我似乎才觉得我真正已有了很久失去了我。我的热情、理想、智慧、能力、一点作人应具有的常识，都一例消失了。剩下的俨然只是一堆名词，居多名词却又失去了本来意义。所以这个信写来写去，是什么意义，就不明白。住处窗子前小虎虎种的葵花，结朵又已经如斗大，似乎已是第三次。我给你这个信也快写了四个月。今天是礼拜天，一个人单独在住处望到垂在檐前的葵花十分离奇。听到收音机中放送的曲子，才想起这个信起始也是在一个礼拜天写的。应当寄给你。特别是要告你，我拟在十月中旬去参加土改，跟人民学习几个月。他们如让我去，大致去两月，如学习得还好，体力支持得下去，组织上还满意，我就再学两月，换地方学。希望有机会看看大地主被人民斗争，也希望看看比较小的地主被斗争情形。更重要是学习明白人民如何处理历史中这个大事情，如何生长，如何生产。也只有从这种学习中把我认识清楚些，再进而学忘我，来学习为人民服务。或用笔，用到这个国家一切生长方面，或不再用笔，即在一种极平凡工作中作公务员到老。

礼拜二三如没有事，晚饭时来我住处吃，带点你写的文章来看看。你们觉得什么是最为一般人认为成功的短篇小说，也为找点来看看。我自己已看不懂目下说好的和不甚好的差别。如最近些日有有关土改报告文章，你认为好的，也盼望找点来看看。我白天多在天安门里文物局联合办公室。

从文

九月二日

序跋选

《从文小说习作选》代序

先生，真亏你们的耐心和宽容，许我在这十年中一本书接一本书印出来。花费金钱是小事。花费你们许多宝贵时间，我心里真难受。我们未必有机会见面或通信，但我知道你我相互之间无形中早已有了一种友谊流通。我尊重这种友谊。不过我虽然写了许多东西，我猜想你们从这儿得不到什么好处。你们目前所需要的或者我竟完全没有过。过去一时有个书评家称呼我为“空虚的作家”，实代表了你们一部人的意见。那称呼很有见识。活在这个伟大时代里，个人实在太渺小了。我知道的并不比任何人多。对于广泛的人生种种，能用笔写到的只是很窄很小一部分。我表示的人生态度，你们从另外一个立场上看来觉得不对，那也是很自然的。倘若我作品不合你们的趣味，事不足奇，原因是我的写作还只算是给我自己终生工作一种初步的试验。你们喜欢什么，了解什么，切盼什么，我一时尚注意不到。我虽明白人应在人群中生存，吸取一切人的气息，必贴近人生，方能扩大他的心灵同人格。我很明白！至于临到执笔写作那一刻，可不同了。我除了用文字捕捉感觉与事象以外，俨然与外界绝缘，不相粘附。我以为应当如此，必须如此。一切作品都需要个性，都必浸透作者人格和感情，想达到这个目的，写作时要独断，要彻底地独断！（文学在这时代虽不免被当作商品之一种。便是商品，也有精粗，且即在同一物品上，制作者还可匠心独运，不落窠臼，社会上流行的风格，流行的款式，尽可置之不问。）先生，不瞒你，我就在这样态度下写作了近十年。十年不是一个短短的时间，你只看看同时代多少人的反复“转变”和“没落”就可明白。我总以为这个工作比较一切事业还艰辛，需要日子从各方面去试验。作品失败了，不足丧气，不妨重来一次；成功了，也许近于凑巧，不妨再换个方式看看。不特读者如何不能引起我的注意，便是任何一种批评和意见，目前似乎都不需要。如果这件事你们把它叫做“傲慢”，就那么称呼下去好了，我不想分辩。我只觉得我至少还应当保留这种孤立态度十年，方能够把那个充满了我也更贴近人生的作品和你们对面。目前我的工作还刚好开始，若不中途倒下，我能走的路还很远。

这世界上或有想在沙基或水面上建造崇楼杰阁的人，那可不是我。我只想造希腊小庙。选山地作基础，用坚硬石头堆砌它。精致，结实，匀称，形体虽小而不纤巧，是我理想的建筑。这神庙供奉的是“人性”。作成了，你们也许嫌它式样太小了，不妨事。我已说过，那原本不是特别为你们中某某人作的。它或许目前不值得注意，将来更无希望引人注意；或许比他们寿命长一点，受得住风雨寒暑，受得住冷落，幸而存在，后来人还需要它。这我全不管。我不过要那么作，存心那么作罢了。在作品中我使用“习作”字样，不图掩饰作品的失败，得到读者的宽容，只在说明我取材下笔不拘常例的理由。

先生，关于写作我还想另外说几句话。我和你虽然共同住在一个都市里，有时居然还有机会同在一节火车上旅行，一张桌子上吃饭，可是说真话，你我原是两路人。提到这一点你不用误会，不必难受，我并没有看轻你的意思。你不妨想象为人比我高超一等，好书读得比较多，人生知识比较丰富，道德品性比较齐全——总而言之一切请便。只是我们应当分开。有一段很长很长的时间，你我过的日子太不相同了。你我的生活、习惯、思想，都太不相同了。我实在是个乡下人。说乡下人我毫无骄傲，也不在自贬，乡下人照例有根深蒂固永远是乡巴佬的性情，爱憎和哀乐自有它独特的式样，与城市中人截然不同！他保守，顽固，爱土地，也不缺少机警却不甚懂诡诈。他对一切事照例十分认真，似乎太认真了，这认真处某一时就不免成为“傻头傻脑”。这乡下人又因从小飘江湖，各处奔跑，挨饿，受寒，身体发育受了障碍，另外却发育了想象，而且储蓄了一点点人生经验。即或这个人已经来到大都市中，同你们做学生——我敢说你们大多数是青年学生——生活在一处，过了十来年日子。也各以因缘多少读了一点你们所读的书，某一时且居然到学校里去教书。也每天照例阅读报纸，对时事发生愤慨，对汉奸感觉切齿。也常常同朋友争论，题目不外乎中国民族的出路，外交联俄亲日的得失，以至于某一本书的好坏，某一个作品的好坏。也有时伤风，必需吃三五片发汗药，躺一两天。机会凑巧等到对于一个女子发生爱情时，也还得昏头昏脑的恋爱，抛下日常正经事不作，无日无夜写那种永远写不完同时也永远写不妥的信，而且结果就结了婚。自然的，表面生活我们已经差不多完全一样了。可是试提出一两个抽象的名词说说，即如“道德”或“爱情”吧，分别就见出来了。我即仿佛命里注定要拿一支笔弄饭吃，这支笔又侧重在写小说，写小说又不可免得在故事里对于“道德”、“爱情”以及“人生”这类名词有所表示，这件事就显得划分了你我的界限。请你试从我的作品里找出两个短篇对照看看，从《柏子》同《八骏图》看看，就可明白对于道德的态度，城市与乡村的好恶，知识阶级与抹布阶级的爱憎，一个乡下人之所以为乡下人，如何显明具体反映在作品里。这不过是一个小小例子罢了，你细心，应当发现比我说到的更多。有许多事情可以说是我的弱点，但你也应当知道我这个弱点。

我这种乡下人的气质倘若得到你的承认，你就会明白我的作品目前和多数读者对面时如何失败的理由了。

即或有一两个作品给你们留下点好印象，那仍然不能不说是失败！因为我作品能够在市场上流行，实际上近于买椟还珠。你们能欣赏我故事的清新，照例那背后蕴藏的热情却忽略了；你们能欣赏我文字的朴实，照例那作品背后隐伏的悲痛也忽略了。原因简单，你们是城市中人。城市中人生活太匆忙，太杂乱，耳朵眼睛接触声音光色过分疲劳，加之多睡眠不足，营养不足，虽俨然事事神经异常尖锐敏感，其实除了色欲意识和个人得失以外，别的感觉官能都有点麻木不仁。这并非你们的过失，只是你们的不幸。造成你们不幸的是这一个现代社会。就文学欣赏而言，却又有过多的理论家和批评家，弄得你们头晕目眩。两年前，我常见有人在报章杂志上写论文和杂感，针对着“民族文学”问题、“农民文学”问题有所讨论。讨论不完，补充辱骂。我当时想：这些人既然知识都丰富异常，引经据典头头是道，立场又各不相同，一时必不会有如何结论。即或有了结论，派谁来证实？谁又能证实？我这乡下人正闲着，不妨试来写一个小说看看吧。因此《边城》问了世。这作品原本近于一个小房子的设计，用料少，占地少，希望它既经济而又不缺少空气和阳光。我要表现的本是一种“人生的形式”，一种“优美、健康、自然而又不悖乎人性的人生形式”。我主意不在领导读者去桃源旅行，却想借重桃源上行七百里路酉水流域一个小城小市中几个愚夫俗子，被一件普通人事牵连在一处时，各人应有的一分哀乐，为人类“爱”字作一度恰如其分的说明。文字少，故事又简单，批评它也方便。只看他表现得对不对，合理不合理。若处置题材表现人物一切都无问题，那么，这种世界虽消灭了，自然还能够生存在我那故事中。这种世界即或根本没有，也无碍于故事的真实。这作品从一般读者印象上找答案，我知道没有人把它看成载道作品，也没有人觉得这是民族文学，也没有人认为是农民文学。我本来就只求效果，不问名义；效果得到，我的事就完了。不过这本书一到了批评家手中，就有了花样。一个说：“这是过去的世界，不是我们的世界，我们不要。”一个却说：“这作品没有思想，我们不要。”很凑巧，恰好这两个批评家一个属于民族文学派，一个属于对立那一派。这些批评我一点儿也不吃惊。虽说不要，然而究竟来了，烧不掉的，也批评不倒的。原来他们要的他们自己也没有，我写出的又不是他们预定的形式，真无办法。我别无意见可说，只觉得中国倘若没有这些说教者，先生，你接近我这个作品，也许可以得到一点东西。不拘是什么，或一点忧愁，一点快乐，一点烦恼和惆怅，甚至于痛苦难堪，多少总得到一点点。你倘若毫无成见，还可慢慢的接触作品中人物的情绪，也接触到作者的情绪，那不会使你堕落的！只是可惜你们大多数即不被批评家把眼睛蒙住，另一时却早被理论家把兴味凝固了。你们多知道要作品有“思想”，有“血”有“泪”，且要求一个作品具体表现这些东西到故事发展上、人物言语上，甚至于一本书的封面上、目录上。你们要的事多容易办！可是我不能给你们这个。我存心放弃你们，在那书的序言上就写得清清楚楚。我的作品没有这样也没有那样。你们所要的“思想”，我本人就完全不懂你说的是什么意义。

提到这点，我感觉异常孤独。乡下人实在太少了。倘若多有两个乡下人，我们这个“文坛”会热闹一点吧。目前中国虽也有血管里流着农民的血的作者，为了一时宣传上的“成功”，却多数在体会你们的兴味，阿谀你们的情趣，博取你们的注意。自愿做乡下人的实在太少了。

虽然如此，我还预备继续我这个工作，且永远不放下我一点狂妄的想象，以为在另外一时，你们少数的少数，会越过那条间隔城乡的深沟，从一个乡下人的作品，发现一种燃烧的感情，对于人类智慧与美丽永远的倾心，康健诚实的赞颂，以及对于愚蠢自私极端憎恶的感情。这种感情且居然能刺激你们，引起你们对人生向上的憧憬，对当前腐烂现实的怀疑。先生，这打算在目前近于一个乡下人的打算，是不是？然而到另外一时，我相信有这种事。

先生，时间太快，想起来令人惆怅。我的第一个十年的工作已快要结束了，现在从一堆习作里，选了这样二十个短篇，附入几个性质不同的作品，编成这个集子，算是我这个乡下人来到都市中十年一点纪念。这样一本厚厚的书能够和你们见面，需要出版者的勇气，同时还有几个人，特别值得记忆，我也想向你们提提：徐志摩先生，胡适之先生，林宰平先生，郁达夫先生，陈通伯先生，杨今甫先生，丁西林先生，这十年来没有他们对我种种帮助和鼓励，这本集子里的作品不会产生，不会存在。尤其是徐志摩先生，没有他，我这时节也许照《自传》上所说到的那两条路选了较方便的一条，不到北平市去做巡警，就卧在什么人家的屋檐下，瘪了，僵了，而且早已腐烂了。你们看完了这本书，如果能够从这些作品里得到一点力量，或一点喜悦，把书掩上时，盼望对那不幸早死的诗人表示敬意和感谢，从他那儿我接了一个火，你得到的温暖原是他的。如果觉得完全失望了，不妨把我放在“作家”以外，给我一个机会，到另外一时，再来注意我的工作。十年日子在人事上不是个很短的时期，从人类历史说来却太短了。我们从事的工作，原来也可以看得很轻易，以为是制造饽饽食物必需现作现卖的，也可以看得比较严肃，以为是种树造林必需相当时间的。我希望我的工作，在历史上能负一点儿责任，尽时间来陶冶，给他证明什么应消灭，什么宜存在。

一九三六年

市 集

廉纤的毛毛细雨，在天气还没有大变以前欲雪未能的时节，还是霏霏微微落将下来。一个小小乡场，位置在又高又大陡斜的山脚下，前面濒着躲躲儿的河，被如烟如雾雨丝织成的帘幕，一起把它蒙罩着了。

照例的三八市集，还是照例的有好多好多乡下人，小田主，买鸡到城里去卖的小贩子，花幞头大耳环丰姿隽逸的苗姑娘，以及一些穿灰色号褂子口上说是来察场讨人烦腻的副爷们，与穿高筒子老牛皮靴的团总，各从附近的乡村来做买卖。他们的草鞋底半路上带了无数黄泥浆到集上来，又从场上大坪坝内带了不少的灰色浊泥归去。去去来来，人也数不清多少。

集上的骚动，吵吵闹闹，凡是到过南方（湖湘以西）

乡下的人，是都会知道的。

倘若你是由远远的另一处地方听着，那种喧嚣的起伏，你会疑心到是滩水流动的声音了！

这种洪壮的潮声，还只是一般做生意人在讨论价钱时很和平的每个论调而起。就中虽也有遇到卖牛的场上几个人象唱戏黑花脸出台时那么大喊大嚷找经纪人，也有因秤上不公允而起口角——你骂我一句娘，我又骂你一句娘，你又骂我一句娘……然而究竟还是因为人太多，一两桩事，实在是万万不能做到的！

卖猪的场上，他们把小猪崽的耳朵提起来给买主看时，那种尖锐的嘶喊声，使人听来不愉快至于牙齿根也发酸。

卖羊的场上，许多美丽驯服的小羊儿咩咩地喊着。一些不大守规矩的大羊，无聊似的，两个把前蹄举起来，作势用前额相碰。大概相碰是可以驱逐无聊的，所以第一次訇的碰后，却又作势立起来为第二次预备。牛场却单独占据在场左边一个大坪坝，因为牛的生意在这里占了全部交易四分一以上。那里四面搭起无数小茅棚（棚内卖酒卖面），为一些成交后的田主们喝茶喝酒的地方。

那里有大锅大锅煮得“稀糊之烂”的牛脏类下酒物，有大锅大锅香喷喷的肥狗肉，有从总兵营一带担来卖的高粱烧酒，也还有城里馆子特意来卖面的。假若你是城里人来这里卖面，他们因为想吃香酱油的缘故，都会来你馆子，那么，你生意便比其他铺子要更热闹了。

到城里时，我们所见到的东西，不过小摊子上每样有一点罢了！这里可就大不相同。单单是卖鸡蛋的地方，一排一排地摆列着，满箩满筐的装着，你数过去，总是几十担。辣子呢，都是一屋一屋搁着。此外干了的黄色草烟，用为染坊染布的五棓子和栎木皮，还未榨出油来的桐茶子，米场白濛白濛了的米，屠桌上大只大只失了脑袋刮得净白的肥猪，大腿大腿红腻腻还在跳动的牛肉……都多得怕人。

不大宽的河下，满泊着载人载物的灰色黄色小艇，一排排挤挤挨挨的相互靠着也难于数清。

集中是没有什么统系制度。虽然在先前开场时，总也有几个地方上的乡约伯伯、团总、守汛的把总老爷，口头立了一个规约，卖物的照着生意大小缴纳千分之几——或至万分之几，但也有百分之几——的场捐，或经纪佣钱、棚捐，不过，假若你这生意并不大，又不须经纪人，则不须受场上的拘束，可以自由贸易了。

到这天，做经纪的真不容易！脚底下笼着他那双厚底高筒的老牛皮靴子（米场的），为这个爬斗，为那个倒箩筐。（牛羊场的）一面为这个那个拉拢生意，身上让卖主拉一把，又让买主拉一把；一面又要顾全到别的地方因争持时闹出岔子的调排，委实不是好玩的事啊！大概他们声音都略略嚷得有点嘶哑，虽然时时为别人扯到馆子里去润喉。不过，他今天的收入，也就很可以酬他的劳苦了。

……

……

因为阴雨，又因为做生意的人各都是在别一个村子里住家，有些还得在散场后走到二三十里路的别个乡村去；有些专靠漂场生意讨吃的还待赶到明天那个场上的生意，所以散场很早。

不到晚炊起时，场上大坪坝似乎又觉得宽大空阔起来了！……再过些时候，除了屠桌下几只大狗在啃嚼残余因分配不平均在那里不顾命的奋斗外，便只有由河下送来的几声清脆篙声了。

归去的人们，也间或有骑着家中打筛的雌马，马项颈下挂着一串小铜铃叮叮当当跑着的，但这是少数；大多数还是赖着两只脚在泥浆里翻来翻去。他们总笑嘻嘻的担着箩筐或背一个大竹背笼，满装上青菜、萝卜、牛肺、牛肝、牛肉、盐、豆腐、猪肠子一类东西。手上提的小竹筒不消说是酒与油。有的拿草绳套着小猪小羊的颈项牵起忙跑；有的肩膊上挂了一个毛蓝布绣有白四季花或“福”字、“万”字的褡裢，赶着他新买的牛（褡裢内当然已空）；有的却是口袋满装着钱心中满装着欢喜——这之间各样人都有。

我们还有机会可以见到许多令人妒羡、赞美、惊奇、又美丽、又娟媚、又天真的青年老奶（苗小姐）和阿妍（苗妇人）。

一九二五年三月二十日
于窄而霉小斋作

附一

这是多美丽多生动的一幅乡村画。

作者的笔真象是梦里的一只小艇，在波纹瘦鳒鳒的梦河里荡着，处处有着落，却又处处不留痕迹。这般作品不是写成的，是“想成”的。给这类的作者，批评是多余的，因为他自己的想象就是最不放松的不出声的批评者。奖励也是多余的，因为春草的发青，云雀的放歌，都是用不着人们的奖励的。

志摩的欣赏

附二

关于《市集》的声明

志摩先生：看到报，事真糟，想法声明一下吧。近来正有一般小捣鬼遇事寻罅缝，说不定因此又要生出一番新的风浪。那一篇《市集》先送到《晨报》，用“休芸芸”名字，久不见登载，以为不见了。接着因《燕大周刊》有个熟人拿去登过；后又为一个朋友不候我的许可又转载到《民众文艺》上——这此又见，是三次了。小东西出现到三次，不是丑事总也成了可笑的事！

这似乎又全是我过失。因为前次你拿我那一册稿子问我时，我曾说统未登载过，忘了这篇。这篇既已曾登载过，为甚我又连同那另外四篇送到晨报社去？那还有个原由：因我那个时候正同此时一样，生活悬挂在半空中，伙计对于欠账逼得不放松，故写了三四篇东西并录下这一篇短东西做一个册子，送与勉己先生，记到附函曾有下面的话——

“……若得到二十块钱开销一下公寓，这东西就卖了。《市集》一篇，曾登载过……”

至于我附这短篇上去的意思，原是想把总来换二十块钱，让晨报社印一个小册子。当时也曾声明过。到后一个大不得，而勉己先生尽我写信问他请他退这一本稿子又不理，我以为必是早失落了，失落就失落了，我哪来追问同编辑先生告状打官司的气力呢？所以不问。

不期望稿子还没有因包花生米而流传到人间。不但不失，且更得了新编辑的赏识，填到篇末，还加了几句受来背膊发麻的按语，纵无好揽闲事的虫豸们来发见这足以使他自己为细心而自豪的事，但我自己看来，已够可笑了。且前者署“休芸芸”，而今却变成“沈从文”，我也得声明一下：实在果能因此给了虫豸们一点钻蛀的空处，就让他永久是两个不同的人名吧。

从文

于新窄而霉斋

从文，不碍事，算是我们副刊转载的，也就罢了。有一位署名“小兵”的劝我下回没有相当稿子时，就不妨拿空白纸给读者们做别的用途，省得搀上烂东西叫人家看了眼疼心烦。

我想另一个办法是复载值得读者们再读三读乃至四读五读的作品，我想这也应得比乱登的办法强些。下回再要没有好稿子，我想我要开始印《红楼梦》了！好在版权是不成问题的。

志摩

屠桌边

志成屋里人今天打扮的似乎更其俏皮了。身上那件刚下过头水的鱼肚白竹布衫子，罩上一条省青布围腰，圆肫肫的脸庞上稀稀的搽了一点宫粉，耳朵下垂着一对金晃晃的圈圈环子，头上那块青绉绢又低低的缠到眉毛以上五分左右的额边，衣衫既撑撑崭崭，粉又不象别的妇人打的忘了顾到脖子，成一个“加官壳”，头又梳得如此索利——假如是在池塘坪大戏场上，同到一些太太小姐们并排坐着高棚子，谁个又知道这就是道门口卖肉的志成屋里人呢！

她这时正坐在屠桌边一个四四方方的大钱桶上，眼看着志成匆匆忙忙的动手动脚，几大块肥猪肉却在他的屠刀下四两半斤的变成了制钱和铜元。她笑眯眯的一五一十在那里数钱的多少。

她的职务是收钱。

在一个月以前，收钱的职务本来还是志成自己，另外请了一个帮手掌刀。如今因为南门新添了一张案桌，帮手到南门去做生意去了，所以她才自己来照料买卖。她原是一个能干而又和气的妇人。若单看样子，你也许将疑心她是一个千总的太太了。其实正街上熊盛泰家老板娘，虽说是穿金戴玉，相貌究竟还不及她富态端整咧。

她遇到相识的几个熟主顾时，也很会做出大方的样子，把钱接过手来，也不清数，连看都象懒得多看一眼，就朝到身旁边那个油光水滑值得送唐老特做古董了的老南竹筒里一丢。那竹钱筒张着口竖矗矗站在她身旁，腰肩上贴有金箔纸剪就的“黄金万两”四个连牵字。她虽说是大方，但你不要就疑心她是轻容易上别人当的！她是能知道人人都有随处找点小便宜心思的。所不过细的事情，也只在几个她认为放心可以不足怕的主顾才行。譬如是南门坨的李四嫂子，卖酸萝卜的宋小桂与跛脚麻三这几个人，不怕你就是送她的白光光的大制钱，她却也非要过细数看一下不可，因为他们都是老爱短个把数，或是于一百钱中间夹上四五沙眼——加之他们还太爱拣精选肥，挑皮剔骨，故意为难过志成，数钱也就是一种报复。

不过，常同志成做生意的人，提到志成屋里人时，打好字旗的还是很多。虽说他们称誉志成屋里人的原因是各人各样，如张公馆买菜那苗子是常同志成蹲到屠桌边喝过包谷烧（酒），面馆老板金老满是从志成处曾得到过许多熬汤的骨头，老傩嫂子则曾于某一天早上称肉时由她手里多得一条脊髓。……

志成，是一个矮胖子。他比他屋里人还胖，虽然他屋里人在我们看来，已就是象肚板油无着落，跑到耳朵尖上样子了。我所见的屠户，好象都一个二个是矮胖子似的。屠户的胖，可说是因为案桌上有的是肉，肉吃多了，脂肪质用不胜用，不由已的就串到皮上，膘壮起来。但矮却又是为什么缘故？也许杀猪要用劲擒猪，人便横到长起来了罢？但杀牛的却又多是瘦长子，这事情很难明白。

他这时正打起赤膊，两只肥白手杆，象用来榨粉的米粉粑粑一样：虽然大，却软巴巴的。他拿着一把四方大屠刀，为这个为那个割肉。遇到打肋上或颈项有硬骨撑着时，必然换那把厚背脊的大砍刀才济事，那时，他扬起刀来，喇喳一下，屠桌上的肉与他自己肩膊上的肉却一样震动好久。

“半斤——喂，老板，少来点骨罢，你莫豹子湾的鬼——单迷熟人！[1]……”一个学徒似的少年说，他两只手上一边套上一个蓝布短袖筒，袖筒上还粘了些蜡烛油。

“这里四两，要用来剁饼饼肉的……这又是个六两的，要炒丝子……那不要，那不要，怎么四两肉送那末多帮老官（骨）？”最爱嚼精[2]的老卑说。

“老卑大，莫那末伶精罢，别人那个又不搭一点呢。”志成屋里人插了一句嘴。

“志成伯伯，我半斤，要腿精。”又一个小孩子。

志成耳朵中似乎听惯了，若无其事的从容神气，实在值得夸奖。口里总只是说“晓得，知道，好，晓……”

---

[1] 豹子湾：凤凰城郊一地名。曾为杀人场所，传闻鬼多，且迷熟人。当地歇后语：“豹子湾的鬼——单迷熟人。”

[2] 嚼精：好辩。

几个字。其实称肉的十多个挤挤挨挨都想先得肉，他又那里能听到许多话？不过知道早饭菜的分两，总不外乎是——四两，六两，半斤，一斤，几个数目罢了！

这个要好的，那个要好的——哪里来有许多好肉让他割。所以志成口上虽然是照例那末“知道，好，……”答应着，仍然不会于每个四两肉上便忘了把碎骨薄皮搭进去的道理。遇到你太爱挑剔时，他也会同你开句把玩笑，说是猪若是没有骨头哪里会走路。但只要她在那头说一声“这是万林妈伍家伯娘的四两，要好的”时，他便照吩咐割一片间精搭肥的净肉。志成屋里人所以能得许多人打好字旗，这也许还是一个大原因吧。

真是亏他耐烦啊！有时加贝老太爷还跑到他案桌边来，说是喂猫崽，要他割十个躲钱的猪肝呢。其实他明知道这是加贝老太爷一种称肉经济的算盘，故意如此。接着还要走到杨三那张案桌上用喂猫名义割十文猪肉，到宋家那案桌去用喂狗或别的什么名义割十文花油。但你是做生意的人，不能得罪你照顾买卖的先生们，何况照顾你的又是全城闻名、最不好惹的这么一条宝货？并且志成知道加贝老太爷专会拿人的例，不卖的话你不敢说；就是“喂猫要用许多肝和油？”或是“你家有几只猫崽？”一类话也不敢问。所以除要扬不紧随意为他多割一点外，没有办法拒绝。

“哪，六两的钱。”一个穿印花格子布衣衫的小女孩，身子刚与屠桌一样高，手里提了一个小竹篮子，篮子内放了些辣子，两块水豆腐，四个鸡蛋，一束大蒜，小的手拿了六个铜元送到志成屋里人手中。“要半精半肥的！”又看着志成。

“好，精的，”志成口中还是照例答着。他那个“好”字似乎是从口里说的太多了，无论你听一百句几乎也难分出哪一句稍轻稍重。

小妹妹靠桌边站着，见志成屋里人把钱掷到钱筒时，一阵唏唧哗喇的响声，知道这就是自己刚才捏得热巴巴那大当十铜子的说话。她昂起头来。志成正拿刀齐到手割去，她心里暗暗佩服志成胆量大，不怕割掉手指。因为她自己不但前次弄大哥裁纸刀时划伤过一回手，流过许多血，到后得大姐为擦上牙粉才止；就是妈昨天剁酸辣子，手上也不经意就切去一块手指甲！

她头上那一对束有洋红头绳的蜻蜓辫，象两条小黑四脚蛇似的贴着头上动摇。她看到挂到木架子钩上猪胸腹里各样东西——肝、肺、心子、大肠、肚子、花油……另外一个钩子上还钩着一个拿来敬天王菩萨刮得白蒙白蒙了的猪脑壳。那些东西上面有些还滴着一点一点紫血到地下来。猪头的净白，她以为是街上担担子，担子一头有一根竖的小旗杆，旗杆上悬有块长方形灰色油腻磨刀布，那种剃头匠刮的。因为猪毛是这样粗，这样多，除了剃头刀那种锋利外，别样刀怕未必能够剃的去罢。

从肝上她想起妈前日到三姨妈家吃会酒转身带给她的网油卷。见到肠子，又记出每早上放在饭上的熟香肠——香肠卧处那里的饭变成黄色后好吃的味道来。但这时的肠子，上面还附着了些黄色粘液，这粘液不但象脓，竟很易令人想到那些拉稀的猪屎，她于是吐了一泡口水到地上，反转脸来看钱筒上那花亮的金字。

案桌上放的那一方坐墩肉，精的地方间不好久又跳动一下。好奇使她注了意……这时必定知道痛，单不会哭喊……她待想要用两个小小指头去试触一下，看它真果会喊不会时，那动的地方又另换过一处了。

“它还活呢！”

“妹你莫抓，那脏手哟！”

志成屋里人，一只手抚着她蜻蜓辫，一只手扳着篮边。

“妹，你娘娘崽崽天天都是肉！怎么今天又不同你大哥做一路来；却顾自买菜呢？”

“哥哥到省里读书去了，今早上天一亮就走的。”

“你妈怎么舍得——那二哥同你翠柳？”

“翠柳丫头不会买菜，二哥到学堂去了好久好久了——妈早上还哭呢。”

她觉得大哥出门是好的。虽然以后少一个人背她抱她，又不能再同大哥于每早上到杨喜喜摊子上买猪血油绞条吃了，但大哥走时所说的话却使她高兴。她于是便又把大哥如何答应她买一个会吐红舌的橡皮球，又带给一双黄色走路时叽咕叽咕叫喊的靴子……以及洋号的话一一同志成屋里人说了。

志成屋里人见那小女孩怕磕烂豆腐的样子，一只手提着篮子，那一只手扶着篮边，慢慢底挨着墙走去，用着充满了母性爱怜的眼光，一直把小孩印花布衣衫小影送到消失于一个担草担子的苗老奶身后，才掉过头来觑志成一眼。不知何故，她那肥宽脸庞上忽然浸出一块淡淡儿红晕来了。如果志成是细心的人，这可看出她是如何愿意也有这样一个小女孩在身边——他但能杀猪，却不……略略对志成抱憾的神气。

屠桌边已清闲了。

志成得了休息，倚立在高钱筒与案桌头之间，一只肥大的手掌撑着下巴，另一只手在那里拈着一根眉毛怕痛似的想扯下来。悬脏类物下面，有一只黑色瘦狗，尾巴夹在两胯间，在那里舐食地上腥血。

他们夫妇的视线都集在那一只黑瘦狗身上。

一九二五年四月十六日于北京

槐化镇

近来人常会把一切不相关的事联想起来，大概是心情太闲散了。白天正独自个，对到新买来的一个绿花瓶，想到插瓶中顶适宜的是洋槐。洋槐没有开，紫藤先到瓶中了。又似乎不能把洋槐白色成穗的花忘却。因槐花想到槐化镇，到夜里，且梦到在一个大铁炉子边折得一大束槐花，醒来了，嗅到紫藤的淡淡香气，还疑是那铁炉子边折来的成穗白色的洋槐花！

槐化镇，我住过一年半。还是七八年前的事，近来那地方不知怎样了。那地方给我的印象，有顶好的也有顶坏的，我都把它保存下来。然而这也是不得已，我是但愿能记得到那一部分好点的。关于炉子，还有去炉子不远的一个泉水，是属于可爱一类的，所以梦中还是离不开。

槐化是个什么地方？我不说。这地方是有的，不过很远很远罢了。这地方，虽然在地图上，指示你们一个小点，但实际上，是在你们北方人思想以外的。也正因其为远到许多北方人（还不止北方人）思想以外，所以我才说远！若实在说，果真有那类傻人，想要到那里去看看那铁炉子，证实我的话，从南边湘西一个小商埠上去，花二十天的步行，就可以达到那个地方了。地方并不大，只是一条大正街。街说是大，乃比起镇上小弄子而言，能够容两顶轿子并排行走，虽不大，在南方小市镇算来也不为小了。

我最爱到离住处不很远的一个小土丘去玩。名字忘了。那里有个洞，我就叫它为风洞罢。风洞位置在小土丘腰上，这就很奇怪，土丘的确象是人工堆成的大馒头样子。但风洞又似乎全是天生石块。风洞大致是与另一山洞相通，是以常常有风从洞中吹出，到热天时，则风极冷。镇上的人，信风是由洞神口中吹出，当之者则发烧头痛，且以致死，所以从不见一镇上小孩到洞边玩耍。虽常听说镇上许多少男少女夭死的都为此洞神所取，因了爱玩，我居然敢反抗迷信。本来风洞也太好了。我所到过的地方，使我过去了许多年还留恋的，风洞居其一。许多石头，在土丘四围，颓然欲堕，但又并不崩落，很自然的为另一大石扶着，或压住一角，与土丘成宾主。土丘居中，顶上极其平顺，全是细细的黄土，到了八月，黄土上开遍了野蒿菊，象星子，又象绣花的毯子。若是会画，我早把它画下来了。

还有一个地方，就是田坪中那个方井泉。泉在田坪中，似乎把幽雅境致失去了。但泉的四围，十多株柳树，为前人种下来，把田坪四围的阔朗收缩了许多。且坐在泉边看女人洗菜，白菜萝卜根叶浮满了泉尾的溪面上，泉水又清到那样，许多女人都把来当镜子照到理发，也有趣。水流出井外时，则成了一条狭长小溪。泉水的来源，是由地底沙土中涌出的，在日光下，空气为水裹成小珍珠样，由水底上翻，有趣到使人不忍离开它。八年的时间，泉水变成怎样了呢？是无从问讯了。

铁厂的熔铁炉，是在镇的南边。去那里，得过一条约有十多丈宽的河沟。这河沟时常干到只剩一小半水，又时而涨到堤坎以上。到涨水时，则铁厂不能去了。涨水时，虽有桥，虽有渡船，但得包绕两里多路。谁能因为单是看看铁炉去多走三里路？是以一遇到涨水，纵是要看，我们也只好隔河远远的欣赏一番罢了。到水落时，从跳石上过去，四十来礅跳石，大的还不到一尺见方大，河中的水即或是浅，但流得极凶，有些人，是要为此头眩的。我则大摇大摆，估量到纵或失神堕下去，还欺得住这河水。

“那是很可恶的一条溪水啊！”有一次，同我伴着往铁厂去玩的一个军佐，见了活活流动的水，白的泡沫乱翻，竟返身了。当军人那样怕水，这是我如今想着他怯怯的神态时还要笑的一桩事。

出了南街口，那个五丈或竟到六丈七丈高大的炉顶，就现在眼前了。想来炉子还不止七丈高，我们望它的顶，似乎总得昂头用手扶住帽子。这是个石块、砖头、竹、木、泥、铁和拢来建筑成功的一种伟大怪物。在当时，曾费了许多思想，还找不出它着手处来。象是碉堡，比碉堡大到几倍。用碉堡来形容，象是象了，但有许多人连碉堡就不曾见过。我再说个比拟，它象一个旧式泥蜡台。它是四方，到顶上渐小渐锐的一种类乎大泥蜡烛台的怪物。伟大处，使到它身边的人，比小孩子站在象身边还要觉得渺小。第一面时给我一个傻想头，就是揣想它不是人所做成的东西。炉顶出烟，有时成了红色。另一端，有用铁条木板做成如在天空悬着似的长桥，桥的一端搭在炉顶，时时刻刻可以见到一个人推了一个东西从彼端坡上到炉顶去，起初却不知道这是推矿石同燃料。矿石是先用煤夹层砌好，到一个露天坑里炼好成了深灰色的，至于生火燃料是用煤还是用柴，那就不知道了。

有一次，因为同了一个副官去看，我们就上了坡过了那长桥，直到炉顶。在下面看来，尖的炉顶，至多是有四张方桌大吧。谁知到了上面，太出人意料了。这顶上至少比普通戏台大，且四围有极大的栏杆。出火的那个口子，也还比床为大。顶上满铺的是大方砖，干净平整，正同人家极好的天井一样；站到上面，看下头的一切人，比从下面看上头更小了。附在炉旁放风箱的屋子，非常之小，正同两张骨牌凳，又象一个方木鸡笼。槐化的全市也看得极其清楚，各家的瓦楞都能分明认得出来。副官说是能夜间来此看月亮，那好极了，可是我们始终都不曾能于夜间来此一次。

到了铁炉边，我还有一个愿望，就是有人许可我在炉顶看来象鸡笼一样那个风箱屋子住两天。我相信只要有人准，我当时是极其愿意的。许多同事也都说这屋子有趣。屋是方形，用大木柱如铁路上路轨枕木那么整齐好看的硬木砌成。顶上盖得是铁板子，四围又用铁条子箍着，屋子靠到炉旁，象是炉子的脚趾。屋子中，一个占了屋子一半的方形大木风箱立在屋角。风箱的身正同屋子一样，较小一点的木柱，在发光的铁箍下束得极紧，前面一个大圆木把手，包了铁皮。铁皮为扯风箱的手摩得闪光。六个拉风箱的人赤了膊子，站在风箱前头，双手扶住风箱的把手，一个司令，“嘘……”的一声哨子，六个人就齐向前一扑；再“嘘……”的一声，又是一退，不到半点钟，六个人的汗榨出得已象个样子了，于是就另外来了六个人换班，依然是一嘘一嘘，把风送到炉里去。这哨子你远一点听着，是一只山麻雀在叫，稍近一点，又变成油蛐蛐了。风箱屋子后面，堆了数不清的毛铁，大约还得运到另一个地方去炼一道，运铁的是牛的背与人的背，牛也很多，人也很多。

一个人，用一根丈多长的铁签子，把炉脚一个小小铁门拨开，水银般东西流出来，流到就地挖成的浅浅小坑中，过了些时，铁就由紫色转成普通毛铁的颜色了。

在泻铁处还可以看到比烟火还热闹的白火花，若是夜间，那是当更其有趣的。

槐化还有一个特色，就是落雨。雨之类，象爱哭的女人的眼泪样，长年永是那么落，不断的落，却不见完。尤其是秋天同春末，使脾气极好的人，也常常因这种不合理的雨水落得发愁，生出骂一句娘的心情来了。终日靡靡微微，不成点也不成丝，在很小的风的追逐下，一个市镇，全给埋葬在这种雾霾中。大街上，就是说较宽点那一条街上，只见泥泥泞泞，黑色的污秽，满满的匀匀的布了一街。在街上，横流四溢的，是那些豆腐铺中从豆腐缸里倒出来的臭水——水中有夹了些白的泡沫的，则流到街上时还发酵似的沸沸响着。杂货铺柜台子下，可以见到些湿透了毛羽、悲缩可怜、又象比平时小了许多、垂着尾巴的鸡公。鸭子在街中嘻嘻哈哈乐着，变了平日的颜色，拖泥带水，把一个扁嘴壳插到街石跷起的罅隙中，去脏水里寻找红虫曲蟮一类食物，……这是界于我喜憎之间的，所以不多说了。

一九二六年四月

街

有个小小的城镇，有一条寂寞的长街。

那里住下许多人家，却没有一个成年的男子。因为那里出了一个土匪，所有男子便都被人带到一个很远很远的地方去，永远不再回来了。他们是五个十个用绳子编成一连，背后一个人用白木梃子敲打他们的腿，赶到别处去作军队上搬运军火的佚子的。他们为了“国家”应当忘了“妻子”。

大清早，各个人家从梦里醒转来了。各个人家开了门，各个人家的门里，皆飞出一群鸡，跑出一些小猪，随后男女小孩子出来站在门限上撒尿，或蹲到门前撒尿，随后便是一个妇人，提了小小的木桶，到街市尽头去提水。有狗的人家，狗皆跟着主人身前身后摇着尾巴，也时时刻刻照规矩在人家墙基上抬起一只腿撒尿，又赶忙追到主人前面去。这长街早上并不寂寞。

当白日照到这长街时，这一条街静静的象在午睡，什么地方柳树桐树上有新蝉单纯而又倦人的声音，许多小小的屋里，湿而发霉的土地上，头发干枯脸儿瘦弱的孩子们，皆蹲在土地上或伏在母亲身边睡着了。作母亲的全按照一个地方的风气，当街坐下，织男子们束腰用的板带过日子。用小小的木制手机，固定在房角一柱上，伸出憔悴的手来，敏捷地把手中犬骨线板压着手机的一端，退着粗粗的棉线，一面用一个棕叶刷子为孩子们拂着蚊蚋。带子成了，便用剪子修理那些边沿，等候每五天来一次的行贩，照行贩所定的价钱，把已成的带子收去。

许多人家门对着门，白日里，日头的影子正正的照到街心不动时，街上半天还无一个人过身。每一个低低的屋檐下人家里的妇人，各低下头来赶着自己的工作，做倦了，抬起头来，用疲倦忧愁的眼睛，张望到对街的一个铺子，或见到一条悬挂到屋檐下的带样，换了新的一条，便仿佛奇异的神气，轻轻的叹着气，用犬骨板击打自己的下颌，因为她一定想起一些事情，记忆到由另一个大城里来的收货人的买卖了。她一定还想到另外一些事情。

有时这些妇人把工作停顿下来，遥遥的谈着一切。最小的孩子饿哭了，就拉开衣的前襟，抓出枯瘪的乳头，塞到那些小小的口里去。她们谈着手边的工作，谈着带子的价钱和棉纱的价钱，谈到麦子和盐，谈到鸡的发瘟，猪的发瘟。

街上也常常有穿了红绸子大裤过身的女人，脸上抹胭脂擦粉，小小的髻子，光光的头发，都说明这是一个新娘子。到这时，小孩子便大声喊着看新娘子，大家完全把工作放下，站到门前望着，望到看不见这新娘子的背影时才重重的换了一次呼吸，回到自己的工作凳子上去。

街上有时有一只狗追一只鸡，便可以看见到一个妇人持了一长长的竹子打狗的事情，使所有的孩子们都觉得好笑。长街在日里也仍然不寂寞。

街上有时什么人来信了，许多妇人皆争着跑出去，看看是什么人从什么地方寄来的。她们将听那些识字的人，念信内说到的一切。小孩子们同狗，也常常凑热闹，追随到那个人的家里去，那个人家便不同了。但信中有时却说到一个人死了的这类事，于是主人便哭了。于是一切不相干的人，围聚在门前，过一会儿，又即刻走散了。这妇人，伏在堂屋里哭泣，另外一些妇人便代为照料孩子，买豆腐，买酒，买纸钱，于是不久大家都知道那家男人已死掉了。

街上到黄昏时节，常常有妇人手中拿了小小的筐篓，放了一些米、一个蛋，低低地喊出了一个人的名字，慢慢的从街这端走到另一端去。这是为不让小孩子夜哭发热，使他在家中安静的一种方法，这方法，同时也就娱乐到一切坐到门边的小孩子。长街上这时节也不寂寞的。

黄昏里，街上各处飞着小小的蝙蝠。望到天上的云，同归巢还家的老鸹，背了小孩子们到门前站定了的女人们，一面摇动背上的孩子，一面总轻轻的唱着忧郁凄凉的歌，娱悦到心上的寂寞。

“爸爸晚上回来了，回来了，因为老鸹一到晚上也回来了！”

远处山上全紫了，土城擂鼓起更了，低低的屋里，有小小油灯的光，为画出屋中的一切轮廓，听到筷子的声音，听到碗盏磕碰的声音……但忽然间小孩子又哇的哭了。

爸爸没有回来。有些爸爸早已不在这世界上了，但并没有信来。有些临死时还忘不了家中的一切，便托便人带了信回来。得到信息哭了一整夜的妇人，到晚上便把纸钱放在门前焚烧。红红的火光照到街上下人家的屋檐，照到各个人家的大门。见到这火光的孩子们，也照例十分欢喜。长街这时节也并不寂寞的。

阴雨天的夜里，天上漆黑，街头无一个街灯，狼在土城外山嘴上嗥着，用鼻子贴近地面，如一个人的哭泣，地面仿佛浮动在这奇怪的声音里。什么人家的孩子在梦里醒来，吓哭了，母亲便说："莫哭，狼来了，谁哭谁就被狼吃掉。"

卧在土城上高处木棚里老而残废的人，打着梆子。这里的人不须明白一个夜里有多少更次，且不必明白半夜里醒来是什么时候。那梆子声音，只是告给长街上人家，狼已爬进土城到长街，要他们小心一点门户。

一到阴雨的夜里，这长街更不寂寞，因为狼的争斗，使全街热闹了许多。冬天若夜里落了雪，则早早的起身的人，开了门，便可看到狼的脚迹，同糍粑一样印在雪里。

一九三一年五月十日作

静

春天日子是长极了的。长长的白日，一个小城中，老年人不向太阳取暖就是打瞌睡，少年人无事作时皆在晒楼或空坪里放风筝。天上白白的日头慢慢的移着，云影慢慢的移着，什么人家的风筝脱线了，各处便都有人仰了头望到天空，小孩子都大声乱嚷，手脚齐动，盼望到这无主风筝，落在自己家中的天井里。

女孩子岳珉年纪约十四岁左右，有一张营养不良的小小白脸，穿着新上身不久、长可齐膝的蓝布袍子，正在后楼屋顶晒台上，望到一个从城里不知谁处飘来的脱线风筝，在头上高空里斜斜的溜过去，眼看到那线脚曳在屋瓦上，隔壁人家晒台上，有一个胖胖的妇人，正在用晾衣竹竿乱捞。身后楼梯有小小声音，一个男小孩子，手脚齐用的爬着楼梯，不一会儿，小小的头颅就在楼口边出现了。小孩子怯怯的，贼一样的，转动两个活泼的眼睛，不即上来，轻轻的喊女孩子。

“小姨，小姨，婆婆睡了，我上来一会儿好不好？”

女孩子听到声音，忙回过头去。望到小孩子就轻轻的骂着：“北生，你该打，怎么又上来？等会儿你姆妈就回来了，不怕骂吗？”

“玩一会儿。你莫声，婆婆睡了！”小孩重复的说着，神气十分柔和。

女孩子皱着眉吓了他一下，便走过去，把小孩援上晒楼了。

这晒楼原如这小城里所有平常晒楼一样，是用一些木枋，疏疏的排列到一个木架上，且多数是上了点年纪的。上了晒楼，两人倚在朽烂发霉摇摇欲堕的栏杆旁，数天上的大小风筝。晒楼下面是斜斜的屋顶，屋瓦疏疏落落，有些地方经过几天春雨，都长了绿色霉苔。屋顶接连屋顶，晒楼左右全是别人家的晒楼。有晒衣服被单的，把竹竿撑得高高的，在微风中飘飘如旗帜。晒楼前面是石头城墙，可以望到城墙上石罅里植根新发芽的葡萄藤。晒楼后面是一道小河，河水又清又软，很温柔的流着。河对面有一个大坪，绿得同一块大毡茵一样，上面还绣得有各样颜色的花朵。大坪尽头远处，可以看到好些菜园同一个小庙。菜园篱笆旁的桃花，同庵堂里几株桃花，正开得十分热闹。

日头十分温暖，景象极其沉静，两个人一句话不说，望了一会天上，又望了一会河水。河水不象早晚那么绿，有些地方似乎是蓝色，有些地方又为日光照成一片银色。对岸那块大坪，有几处种得有油菜，菜花黄澄澄的如金子。另外草地上，有从城里染坊中人晒得许多白布，长长的卧着，用大石块压着两端。坪里也有三个人坐在大石头上放风筝，其中一个小孩，吹一个芦管唢呐吹各样送亲嫁女的调子。另外还有三匹白马，两匹黄马，没有人照料，在那里吃草，从从容容，一面低头吃草一面散步。

小孩北生望到有两匹马跑了，就狂喜的喊着："小姨，小姨，你看！"小姨望了他一眼，用手指指楼下，这小孩子懂事，恐怕下面知道，赶忙把自己手掌掩到自己的嘴唇，望望小姨，摇了一摇那颗小小的头颅，意思象在说："莫说，莫说。"

两个人望到马，望到青草，望到一切，小孩子快乐得如痴，女孩子似乎想到很远的一些别的东西。

他们是逃难来的，这地方并不是家乡，也不是所要到的地方。母亲，大嫂，姐姐，姐姐的儿子北生，小丫头翠云一群人中，就只五岁大的北生是男子。胡胡涂涂坐了十四天小小篷船，船到了这里以后，应当换轮船了，一打听各处，才知道 ×× 城还在被围，过上海或过南京的船车全已不能开行。到此地以后，证明了从上面听来的消息不确实。既然不能通过，回去也不是很容易的，因此照妈妈的主张，就找寻了这样一间屋子权且居住下来，打发随来的兵士过宜昌，去信给北京同上海，等候各方面的回信。在此住下后，妈妈同嫂嫂只盼望宜昌有人来，姐姐只盼望北京的信，女孩岳珉便想到上海一切。她只希望上海先有信来，因此才好读书。若过宜昌同爸爸住，爸爸是一个军部的军事代表。哥哥也是个军官，不如过上海同教书的二哥同住。可是 ×× 一个月了还打不下。谁敢说定，什么时候才能通行？几个人住此已经有四十天了，每天总是要小丫头翠云作伴，跑到城门口那家本地报馆门前去看报，看了报后又赶回来，将一切报上消息，告给母亲同姐姐。几人就从这些消息上，找出可安慰的理由来，或者互相谈到晚上各人所作的好梦，从各样梦里，卜取一切不可期待的佳兆。母亲原是一个多病的人，到此一月来各处还无回信，路费剩下来的已有限得很，身体原来就很坏，加之路上又十分辛苦，自然就更坏了。女孩岳珉常常就想到：“再有半个月不行，我就进党务学校去也好吧。”那时党务学校，十四岁的女孩子的确是很多的。一个上校的女儿有什么不合式？一进去不必花一个钱，六个月毕业后，派到各处去服务，还有五十块钱的月薪。这些事情，自然也是这个女孩子，从报纸上看来，保留到心里的。

正想到党务学校的章程，同自己未来的运数，小孩北生耳朵很聪锐，因恐怕外婆醒后知道了自己私自上楼的事，又说会掉到水沟里折断小手，已听到了楼下外婆咳嗽，就牵小姨的衣角，轻声的说：“小姨，你让我下去，大婆醒了！”原来这小孩子一个人爬上楼梯以后，下楼时就不知道怎么办了的。

女孩岳珉把小孩子送下楼以后，看到小丫头翠云正在天井洗衣，也就蹲到盆边去搓了两下，觉得没什么趣味，就说：“翠云，我为你楼上去晒衣罢。”拿了些扭干了水的湿衣，又上了晒楼。一会儿，把衣就晾好了。

这河中因为去桥较远，为了方便，还有一只渡船，这渡船宽宽的如一条板凳，懒懒的搁在滩上。可是路不当冲，这只渡船除了梁坊中人晒布，同一些工人过河挑黄土，用得着它以外，常常半天就不见一个人过渡。守渡船的人，这时正躺在大坪中大石块上睡觉。那船在太阳下，灰白憔悴，也如十分无聊十分倦怠的样子，浮在水面上，慢慢的在微风里滑动。

“为什么这样清静？”女孩岳珉心里想着。这时节，对河远处却正有制船工人，用钉锤敲打船舷，发出砰砰庞庞的声音。还有卖针线飘乡的人。在对河小村镇上，摇动小鼓的声音。声音不断的在空气中荡漾，正因为这些声音，却反而使人觉得更加分外寂静。

过一会，从里边有桃花树的小庵堂里，出来了一个小尼姑，戴黑色僧帽，穿灰色僧衣，手上提了一个篮子，扬长的越过大坪向河边走来。这小尼姑走到河边，便停在渡船上面一点，蹲在一块石头上，慢慢的卷起衣袖，各处望了一会儿，又望了一阵天上的风筝，才从容不迫的，从提篮里取出一大束青菜，一一的拿到面前，在流水里乱摇乱摆。因此一来河水便发亮的滑动不止。又过一会儿，从城边岸上来了一个乡下妇人，在这边岸上，喊叫过渡，渡船夫上船抽了好一会篙子，才把船撑过河，把妇人渡过对岸，不知为什么事情，这船夫象吵架似的，大声的说了一些话，那妇人一句话不说就走去了。跟着不久，又有三个挑空箩筐的男子，从近城这边岸上唤渡，船夫照样缓缓的撑着竹篙，这一次那三个乡下人，为了一件事，互相在船上吵着，划船的可一句话不说，一摆到了岸，就把篙子钉在沙里。不久那六只箩筐，就排成一线，消失到大坪尽头去了。

洗菜的小尼姑那时也把菜洗好了，正在用一段木杵，捣一块布或是件衣裳，捣了几下，又把它放在水中去拖摆几下，于是再提起来用力捣着。木杵声音印在城墙上，回声也一下一下的响着。这尼姑到后大约也觉得这回声很有趣了，就停顿了工作，尖锐的喊叫：“四林，四林。”那边也便应着“四林，四林”。再过不久，庵堂那边也有女人锐声的喊着“四林，四林”，且说些别的话语，大约是问她事情做完了没有。原来这就是小尼姑自己的名字！这小尼姑事作完了，水边也玩厌了，便提了篮子，故意从白布上面，横横的越过去，踏到那些空处，走回去了。

小尼姑走后，女孩岳珉望到河中水面上，有几片菜叶浮着，傍到渡船缓缓的动着，心里就想起刚才那小尼姑十分快乐的样子。“小尼姑这时一定在庵堂里把衣晾上竹竿了！……一定在那桃花树下为老师傅捶背！……一定一面口中念佛，一面就用手逗身旁的小猫玩！……”想起许多事都觉得十分可笑，就微笑着，也学到低低的喊着“四林，四林”。

过了一会儿，想起这小尼姑的快乐，想起河里的水，远处的花，天上的云，以及屋里母亲的病，这女孩子，不知不觉又有点寂寞起来了。

她记起了早上喜鹊，在晒楼上叫了许久，心想每天这时候送信的都来送信，不如下去看看，是不是上海来了信。走到楼梯边，就见到小孩北生正轻脚轻手，第二回爬上最低那一级梯子。

“北生你这孩子，不要再上来了呀！”

下楼后，北生把女孩岳珉拉着，要她把头低下，耳朵俯就到他小口，细声细气的说："小姨，大婆吐那个……"

到房里去时，看到躺在床上的母亲，静静的如一个死人。很柔弱很安静的呼吸着，又瘦又狭的脸上，为一种疲劳忧愁所笼罩。母亲象是已醒过一会儿了，一听到有人在房中走路，就睁开了眼睛。

"珉珉你为我看看，热水瓶里的水还剩多少。"

一面为病人倒出热水调和库阿可斯，一面望到母亲日益消瘦下去的脸，同那个小小的鼻子，女孩岳珉说："妈，妈，天气好极了，晒楼上望到对河那小庵堂里桃花，今天已全开了。"

病人不说什么，微微的笑着。想到刚才咳出的血，伸出自己那只瘦瘦的手来，摸了摸自己的额头，自言自语的说着，我不发烧。说了又望到女孩温柔的微笑着。那种笑是那么动人怜悯的，使女孩岳珉低低的嘘了一口气。

"你咳嗽不好一点吗？"

"好了好了，不要紧的，人不吃亏。早上吃鱼，喉头稍稍有点火，不要紧的。”

这样问答着，女孩便想走过去，看看枕边那个小小痰盂。病人明白那个意思了，就说：“没有什么。”又说：“珉珉你站到莫动，我看看，这个月你又长高了！”

女孩岳珉害羞似的笑着。“我不象竹子罢，妈妈。我担心得很，人太长高了要笑人的！”

静了一会儿，母亲记起什么了。

“珉珉我作了个好梦，梦到我们已经上了船，三等舱里人挤得不成样子。”

其实这梦还是病人捏造的，因为记忆力乱乱的，故第二次又来说着。

女孩岳珉望到母亲同蜡做成一样的小脸，就勉强笑着。“我昨晚当真梦到大船，还梦到三毛老表来接我们，又觉得他是福禄旅馆接客的招待，送我们每一个人一本旅行指南。今早上喜鹊叫了半天，我们算算看，今天会不会有信来。”

“今天不来明天应来了！”

“说不定自己会来！”

“报上不是说过，十三师在宜昌要调动吗？”

“爸爸莫非已动身了！”

“要来，应当先有电报来！”

两人故意这样乐观的说着，互相哄着对面那一个人，口上虽那么说着，女孩岳珉心里却那么想着：“妈妈病怎么办？”病人自己也心里想着：“这样病下去真糟。”

姐姐同嫂嫂，从城北卜课回来了，两人正在天井里悄悄的说着话。女孩岳珉便站到房门边去，装成快乐的声音：“姐姐，大嫂，先前有一个风筝断了线，线头搭在瓦上曳过去，隔壁那个妇人，用竹竿捞不着，打破了许多瓦，真好笑！”

姐姐说：“北生你一定又同小姨上晒楼了，不小心，把脚摔断，将来成跛子！”

小孩北生正蹲到翠云身边，听姆妈说到他，不敢回答，只偷偷的望到小姨笑着。

女孩岳珉一面向北生微笑，一面便走过天井，拉了姐姐往厨房那边走去，低声的说：“姐姐，看样子，妈又吐了！”

姐姐说：“怎么办？北京应当来信了！”

“你们抽的签？”

姐姐一面取那签上的字条给女孩，一面向蹲在地下的北生招手，小孩走过身边来，把两只手围抱着他母亲。“娘，娘，大婆又咯咯的吐了，她收到枕头下！”

姐姐说：“北生我告你，不许到婆婆房里去闹，知道么？”

小孩很懂事的说：“我知道。”又说：“娘娘，对河桃花全开了，你让小姨带我上晒楼玩一会儿，我不吵闹。”

姐姐装成生气的样子，“不许上去，落了多久雨，上面滑得很！”又说：“到你小房里玩去，你上楼，大婆要骂小姨！”

这小孩走过小姨身边去，捏了一下小姨的手，乖乖的到他自己小卧房去了。

那时翠云丫头已经把衣搓好了，且用清水荡过了，女孩岳珉便为扭衣裳的水，一面作事一面说：“翠云，我们以后到河里去洗衣，可方便多了！过渡船到对河去，一个人也不有，不怕什么罢。”翠云丫头不说什么，脸儿红红的，只是低头笑着。

病人在房里咳嗽不止，姐姐同大嫂便进去了。翠云把衣扭好了，便预备上楼。女孩岳珉在天井中看了一会日影，走到病人房门口望望。只见到大嫂正在裁纸，大姐坐在床边，想检察那小痰盂，母亲先是不允许，用手拦阻，后来大姐仍然见到了，只是摇头。可是三个人皆勉强的笑着，且故意想从别一件事上，解除一下当前的悲戚处，于是说到一个很久远的故事。到后三人又商量到写信打电报的事情。女孩岳珉不知为什么，心里尽是酸酸的，站在天井里，同谁生气似的，红了眼睛，咬着嘴唇。过一阵，听到翠云丫头在晒楼说话：

“珉小姐，珉小姐，你上来，看新娘子骑马，快要过渡了！”

又过一阵，翠云丫头于是又说：

“看呀，看呀，快来看呀，一个一块瓦的大风筝跑了，快来，快来，就在头上，我们捉它！”

女孩岳珉抬起来了头，果然从天井里也可以望到一个高高的风筝，如同一个吃醉了酒的巡警神气，偏偏斜斜的滑过去，隐隐约约还看到一截白线，很长的在空中摇摆。

也不是为看风筝，也不是为看新娘子，等到翠云下晒楼以后，女孩岳珉仍然上了晒楼了。上了晒楼，仍然在栏杆边傍着，眺望到一切远处近处，心里慢慢的就平静了。后来看到染坊中人在大坪里收拾布匹，把整匹白布折成豆腐干形式，一方一方摆在草上，看到尼姑庵里瓦上有烟子，各处远近人家也都有了烟子，她才离开晒楼。

下楼后，向病人房门边张望了一下，母亲同姐姐三人都在床上睡着了。再到小孩北生小房里去看看，北生不知在什么时节，也坐在地下小绒狗旁睡着了。走到厨房去，翠云丫头正在灶口边板凳上，偷偷的用无敌牌牙粉，当成水粉擦脸。女孩岳珉似乎恐怕惊动了这丫头的神气，赶忙走过天井中心去。

这时听到隔壁有人拍门，有人互相问答说话。女孩岳珉心里很希奇的想到："谁在问谁？莫非爸爸同哥哥来了，在门前问门牌号数罢？"这样想到，心便骤然跳跃起来，忙匆匆的走到二门边去，只等候有什么人拍门拉铃子，就一定是远处来的人了。

可是，过一会儿，一切又都寂静了。

女孩岳珉便不知所谓的微微的笑着。日影斜斜的，把屋角同晒楼柱头的影子，映到天井角上，恰恰如另外一个地方，竖立在她们所等候的那个爸爸坟上一面纸制的旗帜。

（萌妹述，为纪念姐姐亡儿北生而作。）

一九三二年三月作

新湘行记——张八寨二十分钟

汽车停到张八寨，约有二十分钟耽搁，来去车辆才渡河完毕。溪水流到这里后，被四围群山约束成个小潭，一眼估去大小直径约半里样子。正当深冬水落时，边沿许多部分都露出一堆堆石头，被阳光雨露漂得白白的，中心满潭绿水，清莹澄澈，反映着一碧群峰倒影，还是异常美丽。特别是山上的松杉竹木，挺秀争绿，在冬日淡淡阳光下，更加形成一种不易形容的清寂。汽车得从一个青石砌成的新渡口用一只方舟渡过，码头如一个畚箕形，显然是后来人设计，因此和自然环境不十分谐和。潭上游一点，还有个老渡口，有只老式小渡船，由一个掌渡船的拉动横贯潭中的水面竹缆索，从容来回渡人。这种摆渡画面，保留在我记忆中不下百十种。如照风景画习惯，必然作成“野渡无人舟自横”的姿势，搁在靠西一边白石滩头，才象符合自然本色。因为不知多少年来，经常都是那么搁下，无事可为，镇日长闲，和万重群山一道在冬日阳光下沉睡！但是这个沉睡时代已经过去了。大渡口终日不断有满载各种物资吼着叫着的各式货车，开上方舟过渡。此外还有载客的班车，车上坐着新闻记者，电影摄影师，音乐、歌舞、文物调查工作者，画师，医生……以及近乎挑牙虫卖膏药飘乡赶场的人物，陆续来去。近来因开放农村副业物资交流，附近二十里乡村赶乡场和到州上做小买卖的人，也日益增多。小渡船就终日在潭中来回，盘载人货，没有个休息时。这个觉醒是全面的。八十二岁的探矿工程师丘老先生，带上一群年青小伙子，还正在湘西自治州所属各县爬山越岭，预备用锤子把有矿藏的山头一一敲醒。许多在地下沉睡千万年的煤、铁、磷、汞，也已经有了一部分被唤醒转来。

小船渡口东边，是一道长长的青苍崖壁，西边有个裸露着大片石头的平滩，平滩尽头到处点缀一簇簇枯树。其时几个赶乡场的男女农民，肩上背上挑负着箩箩筐筐，正沿着悬崖下脚近水小路走向渡头。渡船上有个梳双辫女孩子，攀动缆索，接送另外一批人由西往南。渡头边水草间，有大群白鸭子在水中自得其乐的游泳。悬崖罅缝间绿茸茸的，崖顶上有一列过百年的大树，大致还是照本地旧风俗当成“风水树”保留下来的。这些树木阅历多，经验足，对于本地近三十年新发生的任何事情似乎全不吃惊，只静静的看着面前一切。初初来到这个溪边的我，环境给我的印象和引起的联想，不免感到十分惊奇！一切陌生一切又那么熟悉。这实在和许多年前笔下涉及的一个地方太相象了，可能对它仿佛相熟的不只我一个人。正犹如千年前唐代的诗人，宋代的画家，彼此虽生不同时，却由于某一时偶然曾经置身到这么一个相似自然环境中，而产生了些动人的诗歌或画幅。一首诗或者不过二十八个字，一幅画大小不过一方尺，留给后人的印象，却永远是清新壮丽，增加人对于祖国大好河山的感情。至于我呢，手中的笔业已荒疏了多年，忽然又来到这么一个地方，记忆习惯中的文字不免过于陈旧，触目景物人事却十分新鲜。在这种情形下，只有承认手中这支拙劣笔，实在无可为力。

我为了温习温习四十年前生活经验，和二十四五年前笔下的经验，因此趁汽车待渡时，就沿了那一列青苍苍崖壁脚下走去，随同那十几个乡下人一道上了小渡船。上船以后，不免有些慌张，心和渡船一样只是晃。临近身边那个船上人，象为安慰我而说话：

“慢慢的，慢慢的，站稳当点。你慌哪样！”

几个乡下人也同声说：“不要忙，不要忙，稳当点！”一齐对我善意望着。显然的事，我在船中未免有点狼狈可笑，已经不象个“家边人”样子。

大渡口路旁空处和圆坎上，都堆得有许多经过加工的竹木，等待外运。老楠竹多锯削成扁担大小长片，二三百缚成一捆，我才明白在北行火车上，经常看到满载的竹材，原来就是从这种山窝窝里运出去，往东北西北支援祖国工矿建设的。木材也多经过加工处理，纵横架成一座座方塔，百十根作一堆，显明是为修建湘川铁路而准备的。令我显得慌张的，并不尽是渡船的摇动，却是那个站在船头、嘱咐我不必慌张、自己却从从容容在那里当家作事的弄船女孩子。我们似乎相熟又十分陌生。世界上就真有这种巧事，原来她比我小说中翠翠虽晚生几十年，所处环境自然背景却仿佛相同，同样，在这么青山绿水中摆渡，青春生命在慢慢长成。不同处是社会变化大，见世面多，虽然对人无机心，而对自己生存却充满信心。一种“从劳动中得到快乐增加幸福成功”的信心。这也正是一种新型的乡村女孩子在语言神气间极容易见到的共同特征。目前一位有一点与众不同，只是所在背景环境。

她大约有十四五岁的样子，除了胸前那个绣有“丹凤朝阳”的挑花围裙，其余装束神气都和一般青年作家笔下描写到的相差不多。有张长年在阳光下曝晒、在寒风中冻得黑中泛红的健康圆脸。双辫子大而短，是用绿胶线缚住的，还有双真诚无邪神光清莹的眼睛。两只手大大的，粗粗的，在寒风中也冻得通红。身上穿一件花布棉袄子，似乎前不多久才从自治州百货公司买来，稍微大了一点。这正是中国许多地方一种常见的新农民形象，内心也必然和外表完全统一。真诚、单纯、素朴，对本人明天和社会未来都充满了快乐的期待及成功信心，而对于在她面前一切变化发展的新事物，更充满亲切好奇热情。文化程度可能只读到普通小学三年级，认得的字还不够看完报纸上的新闻纪事，或许已经作了寨里读报组小组长。新的社会正在起着深刻变化，她也就在新的生活教育中逐渐发育成长。目前最大的野心，是另一时州上评青年劳模，有机会进省里，去北京参观，看看天安门和毛主席。平时一面劳作一面想起这种未来，也会产生一种永远向前的兴奋和力量。生命形式即或如此单纯，可是却永远闪耀着诗歌艺术的光辉，同时也是诗歌艺术的源泉。两手攀援缆索操作的样子，一看就知道是个内行，摆渡船应当是她一家累代的职业。我想起合作化，问她一月收入时，她却笑了笑，告给我：

“这是我伯伯的船，不是我的。伯伯上州里去开会。我今天放假，赶场来往人多，帮他忙替半天工。”

“一天可拿多少工资分？”

“嗨，这也算钱吗？你这个人——”她于是抿嘴笑笑，扭过了头，面对汤汤流水和水中白鸭。不再答理我。象是还有话待我自己去体会，意思是：“你们城里人会做生意，一开口就是钱。什么都卖钱。一心只想赚钱，别的可通通不知道！”她或许把我当成省里食品公司的干部了，我不免有一点儿惭愧起自心中深处。因为我还以为农村合作化后“人情”业已去尽，一切劳力交换都必需变成工资分计算。到乡下来，才明白还有许多事事物物，人和人相互帮助关系，既无从用工资分计算，也不必如此计算；社会样样都变了，依旧有些好的风俗人情变不了。我很满意这次过渡的遇合，提起一句俗谚“同船过渡五百年所修”，聊以解嘲。同船几个人同时不由笑将起来，因为大家都明白这句话意思是“缘法凑巧”。船开动后，我于是换过口气请教，问她在乡下作什么事情还是在学校读书。

她指着树丛后一所瓦屋说：“我家住在那边！”

“为什么不上学？”

“为什么？区里小学毕了业，这边办高级社，事情要人做，没有人，我就做。你看那些竹块块和木头，都是我们社里的！我们正在和那边村子比赛，看谁本领强，先做到功行圆满。一共是二百捆竹子，一百五十根枕木，赶年下办齐报到州里去。村里还派我办学校，教小娃娃，先办一年级。娃娃欢喜闹，闹翻了天我也不怕。这些小猴子，就只有我这只小猴子管得住。”

我随她手指点望去，第二次注意到堆积两岸竹木材料时，才发现靠村子码头边，正有六七个小顽童在竹捆边游戏，有两个已上了树，都长得团头胖脸，其中四个还穿着新棉袄子。我故意装作不明白问题：“你们把这些柱头砍得不长不短，好竹子也锯成片片，有什么用处？送到州里去当柴烧，大材小用，多不合算！”

她重重盯了我一眼，似乎把我底子全估计出来了，不是商业干部是文化干部，前一种人太懂生意经，后一种人又太不懂。“嗨，你这个人！竹子木头有什么用？毛主席说，要办社会主义，大家出把力气，事情就好办。我们湘西公路筑好了，木头、竹子、桐油、朱砂，一年不断往外运。送到好多地方去办工厂、开矿，什么都有用……”末了只把头偏着点点，意思象是：“可明白？”

我不由己的对着她翘起了大拇指，译成本地语言就是“大脚色”。又问她今年十几岁，十四还是十五。不肯回答，却抿起嘴微笑。好象说“你自己猜吧”。我再引用“同船过渡”那句老话表示好意，说得同船乡下人都笑了。一个中年妇人解去了拘束后，便插口说：“我家五毛子今年进十四岁，小学二年级，也砍了三捆竹子，要送给毛主席，办社会主义。两只手都冻破了皮，还不肯罢手歇气。”巴渡船的一位听着，笑笑的，爱娇的，把自己两只在寒风中劳作冻得通红的手掌，反复交替摊着。“怕什么？比赛哩。别的国家多远运了大机器来，在等着材料砌房子。事情不巴忙作，可好意思吃饭？自家的事不作，等谁作！”

“是嘛，自家的事情自家作；大家作，就好办。”

新来汽车在新渡口嘟嘟叫着。小船到了潭中心，另一位向我提出了个新问题；“同志，你是从省里来的，可见过武汉长江大铁桥？什么时候完工？”

“看见过！那里有万千人笼夜赶工，电灯亮堂堂的，老远只听到机器哗喇哗喇的响，忙得真热闹！”

“办社会主义就是这样，好大一条桥！”

“你们难道看见过大铁桥？”那中年妇人问。

……说下去，我才知道原来她有个儿子在那边作工，年纪二十一岁，是从这边电厂调去的，一共挑选了七个人。电影队来放映电影时，大家都从电影上看过大桥赶工情形，由于家里有子侄辈在场，都十分兴奋自豪。我想起自治州百七十万人，共有三百四十万只勤快的手，都在同一心情下，为一个共同目的而进行生产劳动，长年手足贴近土地，再累些也不以为意。认识信念单纯而素朴，和生长在大城市中许多人的复杂头脑，及专会为自己好处作打算的种种乖巧机伶表现，相形之下真是无从并提。

小船恰当此时，訇的碰到了浅滩边石头上，闪不知船滞住了。几个人于是又不免摇摇晃晃，而且在前仆后仰中相互笑嚷起来。“大家慢点嘛，慢点嘛，忙哪样！又不是看影子戏争前排，忙哪样！”

女孩子一声不响早已轻轻一跃跳上了石滩，用力拉着船缆，倾身向后奔，好让船中人逐一起岸，让另一批人上船。一种责任感和劳动的愉快结合，留给我个要忘也不能忘的印象。

我站在干涸的石滩间，远望来处一切。那个隐在丛树后的小小村落，充满诗情画意。渡口悬崖罅缝间绿茸茸的，似乎还生长有许多虎耳草。白鸭子群已游到潭水出口处石坝浅滩边去了，远远的只看见一簇簇白点子在移动。我想起种种过去，也估计着种种未来，觉得事情好奇怪。自然景物的清美，和我另外一时笔下叙述到的一个地方，竟如此巧合。可是生存到这里的人，生命的发展却如此不同。这小地方和南中国任何傍河流其他乡村一样，劳动意义和生存现实，正起着深刻的变化。第一声信号还在十多年前，即那个青石板砌成的畚箕形渡口边一群小孩子游戏处，有一年这样冬晴天气，曾有过一辆中型专用客车在此待渡，有七个地方高级文武官员坐在车中，一阵枪声下同时死去。这是另外一时那个“爱惜鼻子的朋友”告给我的。这故事如今可能只有管渡船的老人还记住，其他人全不知道，因为时间晃晃快过十年了。现在这个小地方，却正不声不响，一切如随同日月交替、潜移默运的在变化着。小渡船一会儿又回到潭中心去了。四围光景分外清寂。

在一般城里知识分子面前，我常常自以为是个“乡下人”，习惯性情都属于内地乡村型，不易改变。这个时节，才明白意识到，在这个十四五岁真正乡村女孩子那双清明无邪眼睛中看来，却只是个寄生城市里的“蛀米虫”，客气点说就是个“十足的、吃白米饭长大的城里人”。对于乡下的人事，我知道的多是百八十年前的老式样。至于正在风晴雨雪里成长，起始当家作主的新人，如何当家作主，我知道的实在太少了。

一九五七年五月作

边城

《边城》题记

对于农人与兵士，怀了不可言说的温爱，这点感情在我一切作品中，随处都可以看出。我从不隐讳这点感情。我生长于作品中所写到的那类小乡城，我的祖父、父亲以及兄弟，全列身军籍；死去的莫不在职务上死去，不死的也必然的将在职务上终其一生。就我所接触的世界一面，来叙述他们的爱憎与哀乐，即或这枝笔如何笨拙，或尚不至于离题太远。因为他们是正直的，诚实的，生活有些方面极其伟大，有些方面又极其平凡，性情有些方面极其美丽，有些方面又极其琐碎——我动手写他们时，为了使其更有人性，更近人情，自然便老老实实的写下去。但因此一来，这作品或者便不免成为一种无益之业了。

照目前风气说来，文学理论家、批评家及大多数读者，对于这种作品是极容易引起不愉快的感情的。前者表示“不落伍”，告给人中国不需要这类作品，后者“太担心落伍”，目前也不愿意读这类作品。这自然是真事。“落伍”是什么？一个有点理性的人，也许就永远无法明白，但多数人谁不害怕“落伍”？我有句话想说：“我这本书不是为这种多数人而写的。”念了三五本关于文学理论、文学批评问题的洋装书籍，或同时还念过一大堆古典与近代世界名作的人，他们生活的经验，却常常不许可他们在“博学”之外，还知道一点点中国另外一个地方另外一种事情。因此这个作品即或与某种文学理论相符合，批评家便加以各种赞美，这种批评其实仍然不免成为作者的侮辱。他们既并不想明白这个民族真正的爱憎与哀乐，便无法说明这个作品的得失——这本书不是为他们而写的。至于文艺爱好者呢，他们或是大学生，或是中学生，分布于国内人口较密的都市中，常常很诚实天真的把一部分极可宝贵的时间，来阅读国内新近出版的文学书籍。他们为一些理论家、批评家、聪明出版家，以及习惯于说谎造谣的文坛消息家，通力协作造成一种习气控制所支配，他们的生活，同时又实在与这个作品所提到的世界相去太远了。他们不需要这种作品，这本书也就并不希望得到他们。理论家有各国出版物中的文学理论可以参证，不愁无话可说；批评家有他们欠了点儿小恩小怨的作家与作品，够他们去毁誉一世。大多数的读者，不问趣味如何，信仰如何，皆有作品可读。正因为关心读者大众，不是便有许多人，据说为读者大众，永远如陀螺在那里转变吗？这本书的出版，即或并不为领导多数的理论家与批评家所弃，被领导的多数读者又并不完全放弃它，但本书作者，却早已存心把这个“多数”放弃了。

我这本书只预备给一些“本身已离开了学校，或始终就无从接近学校，还认识些中国文字，置身于文学理论、文学批评以及说谎造谣消息所达不到的那种职务上，在那个社会里生活，而且极关心全个民族在空间与时间下所有的好处与坏处”的人去看。他们真知道当前农村是什么，想知道过去农村是什么，他们必也愿意从这本书上同时还知道点世界一小角隅的农村与军人。我所写到的世界，即或在他们全然是一个陌生的世界，然而他们的宽容，他们向一本书去求取安慰与知识的热忱，却一定使他们能够把这本书很从容读下去的。我并不即此而止，还预备给他们一种对照的机会，将在另外一个作品里，来提到二十年来的内战，使一些首当其冲的农民，性格灵魂被大力所压，失去了原来的质朴、勤俭、和平、正直的型范以后，成了一个什么样子的新东西。他们受横征暴敛以及鸦片烟的毒害，变成了如何穷困与懒惰！我将把这个民族为历史所带走向一个不可知的命运中前进时，一些小人物在变动中的忧患，与由于营养不足所产生的“活下去”以及“怎样活下去”的观念和欲望，来作朴素的叙述。我的读者应是有理性，而这点理性便基于对中国现社会变动有所关心，认识这个民族的过去伟大处与目前堕落处，各在那里很寂寞的从事于民族复兴大业的人。这作品或者只能给他们一点怀古的幽情，或者只能给他们一次苦笑，或者又将给他们一个噩梦，但同时说不定，也许尚能给他们一种勇气同信心！

一九三四年四月二十四日记

边城

一

由四川过湖南去，靠东有一条官路。这官路将近湘西边境到了一个地方名为“茶峒”的小山城时，有一小溪，溪边有座白色小塔，塔下住了一户单独的人家。这人家只一个老人，一个女孩子，一只黄狗。

小溪流下去，绕山岨流，约三里便汇入茶峒的大河。人若过溪越小山走去，则只一里路就到了茶峒城边。溪流如弓背，山路如弓弦，故远近有了小小差异。小溪宽约二十丈，河床为大片石头作成。静静的水即或深到一篙不能落底，却依然清澈透明，河中游鱼来去皆可以计数。小溪既为川湘来往孔道，水常有涨落，限于财力不能搭桥，就安排了一只方头渡船。这渡船一次连人带马，约可以载二十位搭客过河，人数多时则反复来去。渡船头竖了一枝小小竹竿，挂着一个可以活动的铁环，溪岸两端水面横牵了一段竹缆，有人过渡时，把铁环挂在竹缆上，船上人就引手攀缘那条缆索，慢慢的牵船过对岸去。船将拢岸了，管理这渡船的，一面口中嚷着“慢点慢点”，自己霍的跃上了岸，拉着铁环，于是人货牛马全上了岸，翻过小山不见了。渡头为公家所有，故过渡人不必出钱。有人心中不安，抓了一把钱掷到船板上时，管渡船的必为一一拾起，依然塞到那人手心里去，俨然吵嘴时的认真神气：“我有了口粮，三斗米，七百钱，够了。谁要这个！”

但不成，凡事求个心安理得，出气力不受酬谁好意思，不管如何还是有人把钱的。管船人却情不过，也为了心安起见，便把这些钱托人到茶峒去买茶叶和草烟，将茶峒出产的上等草烟，一扎一扎挂在自己腰带边，过渡的谁需要这东西必慷慨奉赠。有时从神气上估计那远路人对于身边草烟引起了相当的注意时，便把一小束草烟扎到那人包袱上去，一面说：“不吸这个吗，这好的，这妙的，味道蛮好，送人也合式！”茶叶则在六月里放进大缸里去，用开水泡好，给过路人解渴。

管理这渡船的，就是住在塔下的那个老人。活了七十年，从二十岁起便守在这小溪边，五十年来不知把船来去渡了若干人。年纪虽那么老了，本来应当休息了，但天不许他休息，他仿佛便不能够同这一分生活离开。他从不思索自己的职务对于本人的意义，只是静静的很忠实的在那里活下去。代替了天，使他在日头升起时，感到生活的力量，当日头落下时，又不至于思量与日头同时死去的，是那个伴在他身旁的女孩子。他的朋友是一只渡船和一只黄狗，他的唯一的亲人便只那个女孩子。

女孩子的母亲，老船夫的独生女，十五年前同一个茶峒屯防军人，很秘密的背着那忠厚爸爸发生了暧昧关系。有了小孩子后，这屯戍军士便想约了她一同向下游逃去。但从逃走的行为上看来，一个违悖了军人的责任，一个却必得离开孤独的父亲。经过一番考虑后，军人见她无远走勇气，自己也不便毁去作军人的名誉，就心想：一同去生既无法聚首，一同去死当无人可以阻拦，首先服了毒。女的却关心腹中的一块肉，不忍心，拿不出主张。事情业已为作渡船夫的父亲知道，父亲却不加上一个有分量的字眼儿，只作为并不听到过这事情一样，仍然把日子很平静的过下去。女儿一面怀了羞惭一面却怀了怜悯，仍守在父亲身边。待到腹中小孩生下后，却到溪边吃了许多冷水死去了。在一种近于奇迹中，这遗孤居然已长大成人，一转眼间便十三岁了。为了住处两山多篁竹，翠色逼人而来，老船夫随便为这可怜的孤雏拾取了一个近身的名字，叫作“翠翠”。

翠翠在风日里长养着，把皮肤变得黑黑的，触目为青山绿水，一对眸子清明如水晶。自然既长养她且教育她，为人天真活泼，处处俨然如一只小兽物。人又那么乖，如山头黄麂一样，从不想到残忍事情，从不发愁，从不动气。平时在渡船上遇陌生人对她有所注意时，便把光光的眼睛瞅着那陌生人，作成随时皆可举步逃入深山的神气，但明白了人无机心后，就又从从容容的在水边玩耍了。

老船夫不论晴雨，必守在船头。有人过渡时，便略弯着腰，两手缘引了竹缆，把船横渡过小溪。有时疲倦了，躺在临溪大石上睡着了，人在隔岸招手喊过渡，翠翠不让祖父起身，就跳下船去，很敏捷的替祖父把路人渡过溪，一切皆溜刷在行，从不误事。有时又和祖父黄狗一同在船上，过渡时和祖父一同动手，船将近岸边，祖父正向客人招呼“慢点，慢点”时，那只黄狗便口衔绳子，最先一跃而上，且俨然懂得如何方为尽职似的，把船绳紧衔着拖船拢岸。

风日清和的天气，无人过渡，镇日长闲，祖父同翠翠便坐在门前大岩石上晒太阳。或把一段木头从高处向水中抛去，嗾使身边黄狗自岩石高处跃下，把木头衔回来。或翠翠与黄狗皆张着耳朵，听祖父说些城中多年以前的战争故事。或祖父同翠翠两人，各把小竹作成的竖笛，逗在嘴边吹着迎亲送女的曲子。过渡人来了，老船夫放下了竹管，独自跟到船边去，横溪渡人，在岩上的一个，见船开动时，于是锐声喊着：

“爷爷，爷爷，你听我吹，你唱！”

爷爷到溪中央便很快乐的唱起来，哑哑的声音同竹管声振荡在寂静空气里，溪中仿佛也热闹了一些。(实则歌声的来复，反而使一切更加寂静。)

有时过渡的是从川东过茶峒的小牛，是羊群，是新娘子的花轿，翠翠必争着作渡船夫，站在船头，懒懒的攀引缆索，让船缓缓的过去。牛羊花轿上岸后，翠翠必跟着走，站到小山头，目送这些东西走去很远了，方回转船上，把船牵靠近家的岸边。且独自低低的学小羊叫着，学母牛叫着，或采一把野花缚在头上，独自装扮新娘子。

茶峒山城只隔渡头一里路，买油买盐时，逢年过节祖父得喝一杯酒时，祖父不上城，黄狗就伴同翠翠进城去备办东西。到了卖杂货的铺子里，有大把的粉条，大缸的白糖，有炮仗，有红蜡烛，莫不给翠翠很深的印象，回到祖父身边，总把这些东西说个半天。那里河边还有许多上行船，百十船夫忙着起卸百货。这种船只比起渡船来全大得多，有趣味得多，翠翠也不容易忘记。

二

茶峒地方凭水依山筑城，近山的一面，城墙如一条长蛇，缘山爬去。临水一面则在城外河边留出余地设码头，湾泊小小篷船。船下行时运桐油青盐，染色的五棓子。上行则运棉花棉纱以及布匹杂货同海味。贯串各个码头有一条河街，人家房子多一半着陆，一半在水，因为余地有限，那些房子莫不设有吊脚楼。河中涨了春水，到水逐渐进街后，河街上人家，便各用长长的梯子，一端搭在屋檐口，一端搭在城墙上，人人皆骂着嚷着，带了包袱、铺盖、米缸，从梯子上进城里去，水退时方又从城门口出城。某一年水若来得特别猛一些，沿河吊脚楼必有一处两处为大水冲去，大家皆在城上头呆望。受损失的也同样呆望着，对于所受的损失仿佛无话可说，与在自然安排下，眼见其他无可挽救的不幸来时相似。涨水时在城上还可望着骤然展宽的河面，流水浩浩荡荡，随同山水从上流浮沉而来的有房子、牛、羊、大树。于是在水势较缓处，税关趸船前面，便常常有人驾了小舢板，一见河心浮沉而来的是一匹牲畜，一段小木，或一只空船，船上有一个妇人或一个小孩哭喊的声音，便急急的把船桨去，在下游一些迎着了那个目的物，把它用长绳系定，再向岸边桨去。这些诚实勇敢的人，也爱利，也仗义，同一般当地人相似。不拘救人救物，却同样在一种愉快冒险行为中，做得十分敏捷勇敢，使人见及不能不为之喝彩。

那条河水便是历史上知名的酉水，新名字叫作白河。白河下游到辰州与沅水汇流后，便略显浑浊，有出山泉水的意思。若溯流而上，则三丈五丈的深潭皆清澈见底。深潭为白日所映照，河底小小白石子，有花纹的玛瑙石子，全看得明明白白。水中游鱼来去，全如浮在空气里。两岸多高山，山中多可以造纸的细竹，长年作深翠颜色，逼人眼目。近水人家多在桃杏花里，春天时只需注意，凡有桃花处必有人家，凡有人家处必可沽酒。夏天则晒晾在日光下耀目的紫花布衣裤，可以作为人家所在的旗帜。秋冬来时，房屋在悬崖上的，滨水的，无不朗然入目。黄泥的墙，乌黑的瓦，位置则永远那么妥贴，且与四围环境极其调和，使人迎面得到的印象，实在非常愉快。一个对于诗歌图画稍有兴味的旅客，在这小河中，蜷伏于一只小船上，作三十天的旅行，必不至于感到厌烦，正因为处处有奇迹，自然的大胆处与精巧处，无一处不使人神往倾心。

白河的源流，从四川边境而来，从白河上行的小船，春水发时可以直达川属的秀山。但属于湖南境界的，则茶峒为最后一个水码头。这条河水的河面，在茶峒时虽宽约半里，当秋冬之际水落时，河床流水处还不到二十丈，其余只是一滩青石。小船到此后，既无从上行，故凡川东的进出口货物，皆由这地方落水起岸。出口货物俱由脚夫用杉木扁担压在肩膊上挑抬而来，入口货物也莫不从这地方成束成担的用人力搬去。

这地方城中只驻扎一营由昔年绿营屯丁改编而成的戍兵，及五百家左右的住户。(这些住户中，除了一部分拥有了些山田同油坊，或放账屯油、屯米、屯棉纱的小资本家外，其余多数皆为当年屯戍来此有军籍的人家。)地方还有个厘金局，办事机关在城外河街下面小庙里，经常挂着一面长长的幡信。局长则住在城中。一营兵士驻扎老参将衙门，除了号兵每天上城吹号玩，使人知道这里还驻有军队以外，其余兵士皆仿佛并不存在。冬天的白日里，到城里去，便只见各处人家门前皆晾晒有衣服同青菜。红薯多带藤悬挂在屋檐下。用棕衣作成的口袋，装满了栗子榛子和其它硬壳果，也多悬挂在屋檐下。屋角隅各处有大小鸡叫着玩着。间或有什么男子，占据在自己屋前门限上锯木，或用斧头劈树，把劈好的柴堆到敞坪里去一座一座如宝塔。又或可以见到几个中年妇人，穿了浆洗得极硬的蓝布衣裳，胸前挂有白布扣花围裙，躬着腰在日光下一面说话一面作事。一切总永远那么静寂，所有人民每个日子皆在这种单纯寂寞里过去。一分安静增加了人对于“人事”的思索力，增加了梦。在这小城中生活的，各人也一定皆各在分定一份日子里，怀了对于人事爱憎必然的期待。但这些人想些什么？谁知道。住在城中较高处，门前一站便可以眺望对河以及河中的景致，船来时，远远的就从对河滩上看着无数纤夫。那些纤夫也有从下游地方，带了细点心洋糖之类，拢岸时却拿进城中来换钱的。船来时，小孩子的想象，当在那些拉船人一方面。大人呢，孵一巢小鸡，养两只猪，托下行船夫打副金耳环，带两丈官青布或一坛好酱油、一个双料的美孚灯罩回来，便占去了大部分作主妇的心了。

这小城里虽那么安静和平，但地方既为川东商业交易接头处，因此城外小小河街，情形却不同了一点。也有商人落脚的客店，坐镇不动的理发馆。此外饭店、杂货铺、油行、盐栈、花衣庄，莫不各有一种地位，装点了这条河街。还有卖船上用的檀木活车、竹缆与罐锅铺子，介绍水手职业吃码头饭的人家。小饭店门前长案上，常有煎得焦黄的鲤鱼豆腐，身上装饰了红辣椒丝，卧在浅口钵头里，钵旁大竹筒中插着大把红筷子，不拘谁个愿意花点钱，这人就可以傍了门前长案坐下来，抽出一双筷子到手上，那边一个眉毛扯得极细脸上擦了白粉的妇人就走过来问："大哥，副爷，要甜酒？要烧酒？"男子火焰高一点的，谐趣的，对内掌柜有点意思的，必装成生气似的说："吃甜酒？又不是小孩，还问人吃甜酒！"那么，酽冽的烧酒，从大瓮里用竹筒舀出，倒进土碗里，即刻就来到身边案桌上了。杂货铺卖美孚油及点美孚油的洋灯，与香烛纸张。油行屯桐油。盐栈堆火井出的青盐。花衣庄则有白棉纱、大布、棉花以及包头的黑绉绸出卖。卖船上用物的，百物罗列，无所不备，且间或有重至百斤以外的铁锚搁在门外路旁，等候主顾问价的。专以介绍水手为事业，吃水码头饭的，则在河街的家中，终日大门敞开着，常有穿青羽缎马褂的船主与毛手毛脚的水手进出，地方象茶馆却不卖茶，不是烟馆又可以抽烟。来到这里的，虽说所谈的是船上生意经，然而船只的上下，划船拉纤人大都有一定规矩，不必作数目上的讨论。他们来到这里大多数倒是在“联欢”。以“龙头管事”作中心，谈论点本地时事，两省商务上情形，以及下游的“新事”。邀会的，集款时大多数皆在此地，扒骰子看点数多少轮作会首时，也常常在此举行。真真成为他们生意经的，有两件事：买卖船只，买卖媳妇。

大都市随了商务发达而产生的某种寄食者，因为商人的需要，水手的需要，这小小边城的河街，也居然有那么一群人，聚集在一些有吊脚楼的人家。这种妇人不是从附近乡下弄来，便是随同川军来湘流落后的妇人，穿了假洋绸的衣服，印花标布的裤子，把眉毛扯得成一条细线，大大的发髻上敷了香味极浓俗的油类。白日里无事，就坐在门口做鞋子，在鞋尖上用红绿丝线挑绣双凤，或为情人水手挑绣花抱兜，一面看过往行人，消磨长日。或靠在临河窗口上看水手起货，听水手爬桅子唱歌。到了晚间，则轮流的接待商人同水手，切切实实尽一个妓女应尽的义务。

由于边地的风俗淳朴，便是作妓女，也永远那么浑厚，遇不相熟的人，做生意时得先交钱，再关门撒野，人既相熟后，钱便在可有可无之间了。妓女多靠四川商人维持生活，但恩情所结，则多在水手方面。感情好的，互相咬着嘴唇咬着颈脖发了誓，约好了“分手后各人皆不许胡闹”，四十天或五十天，在船上浮着的那一个，同留在岸上的这一个，便皆呆着打发这一堆日子，尽把自己的心紧紧缚定远远的一个人。尤其是妇人感情真挚，痴到无可形容，男子过了约定时间不回来，做梦时，就总常常梦船拢了岸，一个人摇摇荡荡的从船跳板到了岸上，直向身边跑来。或日中有了疑心，则梦里必见男子在桅上向另一方面唱歌，却不理会自己。性格弱一点儿的，接着就在梦里投河吞鸦片烟，性格强一点儿的便手执菜刀，直向那水手奔去。他们生活虽那么同一般社会疏远，但是眼泪与欢乐，在一种爱憎得失间，揉进了这些人生活里时，也便同另外一片土地另外一些年轻生命相似，全个身心为那点爱憎所浸透，见寒作热，忘了一切。若有多少不同处，不过是这些人更真切一点，也更近于胡涂一点罢了。短期的包定，长期的嫁娶，一时间的关门，这些关于一个女人身体上的交易，由于民情的淳朴，身当其事的不觉得如何下流可耻，旁观者也就从不用读书人的观念，加以指摘与轻视。这些人既重义轻利，又能守信自约，即便是娼妓，也常常较之讲道德知羞耻的城市中人还更可信任。

掌水码头的名叫顺顺，一个前清时便在营伍中混过日子来的人物，革命时在著名的陆军四十九标做个什长。同样做什长的，有因革命成了伟人名人的，有杀头碎尸的，他却带着少年喜事得来的脚疯痛，回到了家乡，把所积蓄的一点钱，买了一条六桨白木船，租给一个穷船主，代人装货在茶峒与辰州之间来往。气运好，半年之内船不坏事，于是他从所赚的钱上，又讨了一个略有产业的白脸黑发小寡妇。数年后，在这条河上，他就有了大小四只船，一个妻子，两个儿子了。

但这个大方洒脱的人，事业虽十分顺手，却因欢喜交朋结友，慷慨而又能济人之急，便不能同贩油商人一样大大发作起来。自己既在粮子里混过日子，明白出门人的甘苦，理解失意人的心情，故凡因船只失事破产的船家，过路的退伍兵士，游学文墨人，到了这个地方闻名求助的，莫不尽力帮助。一面从水上赚来钱，一面就这样洒脱散去。这人虽然脚上有点小毛病，还能泅水；走路难得其平，为人却那么公正无私，水面上各事原本极其简单，一切皆为一个习惯所支配，谁个船碰了头，谁个船妨害了别一个人别一只船的利益，皆照例有习惯方法来解决。惟运用这种习惯规矩排调一切的，必需一个高年硕德的中心人物。某年秋天，那原来执事人死去了。顺顺作了这样一个代替者。那时他还只五十岁，为人既明事明理，正直和平，又不爱财，故无人对他年龄怀疑。

到如今，他的儿子大的已十八岁，小的已十六岁。两个年青人皆结实如小公牛，能驾船，能泅水，能走长路。凡从小乡城里出身的年青人所能够作的事，他们无一不作，作去无一不精。年纪较长的，如他们爸爸一样，豪放豁达，不拘常套小节。年幼的则气质近于那个白脸黑发的母亲，不爱说话，眼眉却秀拔出群，一望即知其为人聪明而又富于感情。

两兄弟既年已长大，必需在各种生活上来训练他们，作父亲的就轮流派遣两个小孩子各处旅行。向下行船时，多随了自己的船只充伙计，甘苦与人相共。荡桨时选最重的一把，背纤时拉头纤二纤，吃的是干鱼、辣子、臭酸菜，睡的是硬帮帮的舱板。向上行从旱路走去，则跟了川东客货，过秀山、龙潭、酉阳作生意，不论寒暑雨雪，必穿了草鞋按站赶路。且佩了短刀，遇不得已必需动手，便霍的把刀抽出，站到空阔处去，等候对面的一个，接着就同这个人用肉搏来解决。地方的风气，既为“对付仇敌必需用刀，联结朋友也必需用刀”，到需要刀时，他们也就从不让它失去那点机会。学贸易，学应酬，学习到一个新地方去生活，且学习用刀保护身体同名誉。教育的目的，似乎在使两个孩子学得做人的勇气与义气。一分教育的结果，弄得两个人皆结实如老虎，却又和气亲人，不骄惰，不浮华，不倚势凌人，故父子三人在茶峒边境上为人所提及时，人人对这个名姓无不加以一种尊敬。

作父亲的当两个儿子很小时，就明白大儿子一切与自己相似，却稍稍见得溺爱那第二个儿子。由于这点不自觉的私心，他把长子取名天保，次子取名傩送。意思是天保佑的在人事上或不免有龃龉处，至于傩神所送来的，照当地习气，人便不能稍加轻视了。傩送美丽得很，茶峒船家人拙于赞扬这种美丽，只知道为他取出一个诨名为“岳云”。虽无什么人亲眼看到过岳云，一般的印象，却从戏台上小生岳云，得来一个相近的神气。

三

两省接壤处，十余年来主持地方军事的，注重在安辑保守，处置还得法，并无变故发生。水陆商务既不至于受战争停顿，也不至于为土匪影响，一切莫不极有秩序，人民也莫不安分乐生。这些人，除了家中死了牛，翻了船，或发生别的死亡大变，为一种不幸所绊倒觉得十分伤心外，中国其他地方正在如何不幸挣扎中的情形，似乎就永远不会为这边城人民所感到。

边城所在一年中最热闹的日子，是端午、中秋和过年。三个节日过去三五十年前如何兴奋了这地方人，直到现在，还毫无什么变化，仍能成为那地方居民最有意义的几个日子。

端午日，当地妇女小孩子，莫不穿了新衣，额角上用雄黄蘸酒画了个王字。任何人家到了这天必可以吃鱼吃肉。大约上午十一点钟左右，全茶峒人就吃了午饭，把饭吃过后，在城里住家的，莫不倒锁了门，全家出城到河边看划船。河街有熟人的，可到河街吊脚楼门口边看，不然就站在税关门口与各个码头上看。河中龙船以长潭某处作起点，税关前作终点，作比赛竞争。因为这一天军官税官以及当地有身分的人，莫不在税关前看热闹。划船的事各人在数天以前就早有了准备，分组分帮各自选出了若干身体结实手脚伶俐的小伙子，在潭中练习进退。船只的形式，与平常木船大不相同，形体一律又长又狭，两头高高翘起，船身绘着朱红颜色长线，平常时节多搁在河边干燥洞穴里，要用它时，拖下水去。每只船可坐十二个到十八个桨手，一个带头的，一个鼓手，一个锣手。桨手每人持一支短桨，随了鼓声缓促为节拍，把船向前划去。坐在船头上，头上缠裹着红布包头，手上拿两支小令旗，左右挥动，指挥船只的进退。擂鼓打锣的，多坐在船只的中部，船一划动便即刻蓬蓬镗镗把锣鼓很单纯的敲打起来，为划桨水手调理下桨节拍。一船快慢既不得不靠鼓声，故每当两船竞赛到剧烈时，鼓声如雷鸣，加上两岸人呐喊助威，便使人想起梁红玉老鹳河时水战擂鼓，牛皋水擒杨幺时也是水战擂鼓。凡把船划到前面一点的，必可在税关前领赏，一匹红，一块小银牌，不拘缠挂到船上某一个人头上去，皆显出这一船合作的光荣。好事的军人，且当每次某一只船胜利时，必在水边放些表示胜利庆祝的五百响鞭炮。

赛船过后，城中的戍军长官，为了与民同乐，增加这节目的愉快起见，便把三十只绿头长颈大雄鸭，颈膊上缚了红布条子，放入河中，尽善于泅水的军民人等，下水追赶鸭子。不拘谁把鸭子捉到，谁就成为这鸭子的主人。于是长潭换了新的花样，水面各处是鸭子，各处有追赶鸭子的人。

船与船的竞赛，人与鸭子的竞赛，直到天晚方能完事。

掌水码头的龙头大哥顺顺，年青时节便是一个泅水的高手，入水中去追逐鸭子，在任何情形下总不落空。但一到次子傩送年过十二岁时，已能入水闭气汆着到鸭子身边，再忽然从水中冒水而出，把鸭子捉到，这作爸爸的便解嘲似的说：“好，这种事有你们来作，我不必再下水了。”于是当真就不下水与人来竞争捉鸭子。但下水救人呢，当作别论。凡帮助人远离患难，便是入火，人到八十岁，也还是成为这个人一种不可逃避的责任！

天保傩送两人皆是当地泅水划船好选手。

端午又快来了，初五划船，河街上初一开会，就决定了属于河街的那只船当天入水。天保恰好在那天应向上行，随了陆路商人过川东龙潭送节货，故参加的就只傩送。十六个结实如牛犊的小伙子，带了香烛、鞭炮，同一个用生牛皮蒙好绘有朱红太极图的高脚鼓，到了搁船的河上游山洞边，烧了香烛，把船拖入水后，各人上了船，燃着鞭炮，擂着鼓，这船便如一枝箭似的，很迅速的向下游长潭射去。

那时节还是上午，到了午后，对河渔人的龙船也下了水，两只龙船就开始预习种种竞赛的方法。水面上第一次听到了鼓声，许多人从这鼓声中，感到了节日临近的欢悦。住临河吊脚楼对远方人有所等待有所盼望的，也莫不因鼓声想到远人。在这个节日里，必然有许多船只可以赶回，也有许多船只只合在半路过节，这之间，便有些眼目所难见的人事哀乐，在这小山城河街间，让一些人嬉事，也让一些人皱眉。

蓬蓬鼓声掠水越山到了渡船头那里时，最先注意到的是那只黄狗。那黄狗汪汪的吠着，受了惊似的绕屋乱走，有人过渡时，便随船渡过河东岸去，且跑到那小山头向城里一方面大吠。

翠翠正坐在门外大石上用棕叶编蚱蜢蜈蚣玩，见黄狗先在太阳下睡着，忽然醒来便发疯似的乱跑，过了河又回来，就问它骂它：

“狗，狗，你做什么！不许这样子！”

可是一会儿那声音被她发现了，她于是也绕屋跑着，且同黄狗一块儿渡过了小溪，站在小山头听了许久，让那点迷人的鼓声，把自己带到一个过去的节日里去。

四

还是两年前的事，五月端阳，渡船头祖父找人作了替手，便带了黄狗同翠翠进城，过大河边去看划船。河边站满了人，四只朱色长船在潭中滑着，龙船水刚刚涨过，河中水泛着豆绿色，天又那么明朗，鼓声蓬蓬响着，翠翠抿着嘴一句话不说，心中充满了不可言说的快乐。

河边人太多了一点，各人皆尽张着眼睛望河中，不多久，黄狗还在身边，祖父却挤得不见了。

翠翠一面注意划船，一面心想过不久祖父总会找来的。但过了许久，祖父还不来，翠翠便稍稍有点儿着慌了。先是两人同黄狗进城前一天，祖父就问翠翠：“明天城里划船，倘若你一个人去看，人多怕不怕？”翠翠就说：“人多我不怕，但只是自己一个人可不好玩。”于是祖父想了半天，方想起一个住在城中的老熟人，赶夜里到城里去商量，请那老人来看一天渡船，自己却陪翠翠进城玩一天。且因为那人比渡船老人更孤单，身边无一个亲人，也无一只狗，因此便约好了那人早上过家中来吃饭，喝一杯雄黄酒。第二天那人来了，吃了饭，把职务委托那人以后，翠翠等便进了城。到路上时，祖父想起什么似的，又问翠翠：“翠翠，翠翠，人那么多，好热闹，你一个人敢到河边看龙船吗？”翠翠说：“怎么不敢？可是一个人玩有什么意思。”到了河边后，长潭里的四只龙船，把翠翠的注意力完全占去了，身边祖父似乎也可有可无了。祖父心想：“时间还早，到收场时，至少还得三个时刻。溪边的那个朋友，也应当来看看年青人的热闹，回去一趟，换换地位还赶得及。”因此就告翠翠：“人太多了，站在这里看，不要动，我到别处去有事情，无论如何总赶得回来伴你回家。”翠翠正为两只竞速并进的船迷着，祖父说的话毫不思索就答应了。祖父知道黄狗在翠翠身边，也许比他自己在她身边还稳当，于是便回家看船去了。

祖父到了那渡头时，见代替他的老朋友，正站在白塔下注意听远处鼓声。

祖父喊他，请他把船拉过来，两人渡过小溪仍然站到白塔下去。那人问老船夫为什么又跑回来，祖父就说想替他一会儿，故把翠翠留在河边，自己赶回来，好让他也过河边去看看热闹，且说：“看得好，就不必再回来，只须见了翠翠告她一声，翠翠到时自会回家的。小丫头不敢回家，你就伴她走走！”但那替手对于看龙船已无什么兴味，却愿意同老船夫在这溪边大石上各自再喝两杯烧酒。老船夫听说十分高兴，于是把酒葫芦取出，推给城中来的那一个。两人一面谈些端午旧事，一面喝酒，不到一会儿，那人却在岩石上被烧酒醉倒了。

人既醉倒了，无从入城，祖父为了责任又不便与渡船离开，留在河边的翠翠，便不能不着急了。

河中划船的决了最后胜负后，城里军官已派人驾小船在潭中放了一群鸭子，祖父还不见来。翠翠恐怕祖父也正在什么地方等着她，因此带了黄狗各处人丛中挤着去找寻祖父，结果还是不得祖父的踪迹。后来看看天快要黑了，军人扛了长凳出城看热闹的，皆已陆续扛了那凳子回家。潭中的鸭子只剩下三五只，捉鸭人也渐渐的少了。落日向上游翠翠家中那一方落去，黄昏把河面装饰了一层银色薄雾。翠翠望到这个景致，忽然起了一个怕人的想头，她想："假若爷爷死了？"

她记起祖父嘱咐她不要离开原来地方那一句话，便又为自己解释这想头的错误，以为祖父不来必是进城去或到什么熟人处去，被人拉着喝酒，一时间不能脱身。正因为这也是可能的事，她又不愿在天未断黑以前，同黄狗赶回家去，只好站在那石码头边等候祖父。

再过一会儿，对河那两只长船已泊到对河小溪里去不见了，看龙船的人也差不多全散了。吊脚楼有娼妓的人家，已上了灯，且有人敲小斑鼓弹月琴唱曲子。另外一些人家，又有划拳行酒的吵嚷声音。同时停泊在吊脚楼下的一些船只，上面也有人在摆酒炒菜，把青菜萝卜之类，倒进滚热油锅里去时发出吵——的声音。河面已朦朦胧胧，看去好象只有一只白鸭在潭中浮着，也只剩一个人追着这只鸭子。

翠翠还是不离开码头，总相信祖父会来找她，同她一起回家。

吊脚楼上唱曲子声音热闹了一些，只听到下面船上有人说话，一个水手说："金亭，你听你那婊子陪川东庄客喝酒唱曲子，我赌个手指，说这是她的声音！"另一个水手就说："她陪他们喝酒唱曲子，心里可想我。她知道我在船上！"先前那一个又说："身体让别人玩着，心还想着你；你有什么凭据？"另一个说："有凭据。"于是这水手吹着嗯哨，作出一个古怪的记号，一会儿，楼上歌声便停止了。歌声停止后，两个水手皆笑了。两人接着便说了些关于那个女人的一切，使用了不少粗鄙字眼，翠翠很不习惯把这种话听下去，但又不能走开。且听水手之一说，楼上妇人的爸爸是在棉花坡被人杀死的，一共杀了十七刀。翠翠心中那个古怪的想头，"爷爷死了呢？"便仍然占据到心里有一忽儿。

两个水手还正在谈话，潭中那只白鸭慢慢的向翠翠所在的码头边游来，翠翠想：“再过来些我就捉住你！”于是静静的等着，但那鸭子将近岸边三丈远近时，却有个人笑着，喊那船上水手。原来水中还有个人，那人已把鸭子捉到手，却慢慢的“踹水”游近岸边的。船上人听到水面的喊声，在隐约里也喊道：“二老，二老，你真行，你今天得了五只吧。”那水上人说：“这家伙狡猾得很，现在可归我了。”“你这时捉鸭子，将来捉女人，一定有同样的本领。”水上那一个不再说什么，手脚并用的拍着水傍了码头。湿淋淋的爬上岸时，翠翠身旁的黄狗，仿佛警告水中人似的，汪汪的叫了几声，那人方注意到翠翠。码头上已无别的人，那人问：

“是谁？”

“是翠翠！”

“翠翠又是谁？”

“是碧溪岨撑渡船的孙女。”

“你在这儿做什么？”

“我等我爷爷，我等他来好回家去。”

“等他来他可不会来，你爷爷一定到城里军营里喝了酒，醉倒后被人抬回去了！”

“他不会。他答应来，就一定会来的。”

“这里等也不成，到我家里去，到那边点了灯的楼上去，等爷爷来找你好不好？”

翠翠误会邀他进屋里去那个人的好意，正记着水手说的妇人丑事，她以为那男子就是要她上有女人唱歌的楼上去，本来从不骂人，这时正因等候祖父太久了，心中焦急得很，听人要她上去，以为欺侮了她，就轻轻的说：

“你个悖时砍脑壳的！”

话虽轻轻的，那男的却听得出，且从声音上听得出翠翠年纪，便带笑说：“怎么，你那么小小的还会骂人！你不愿意上去，要呆在这儿，回头水里大鱼来咬了你，可不要叫喊救命！”

翠翠说：“鱼咬了我，也不管你的事。”

那黄狗好象明白翠翠被人欺侮了，又汪汪的吠起来。那男子把手中白鸭举起，向黄狗吓了一下，便走上河街去了。黄狗为了自己被欺侮还想追过去，翠翠便喊：“狗，狗，你叫人也看人叫！”翠翠意思仿佛只在告给狗“那轻薄男子还不值得叫”，但男子听去的却是另外一种好意，男的以为是她要狗莫向好人乱叫，放肆的笑着，不见了。

又过了一阵，有人从河街拿了一个废缆做成的火炬，喊叫着翠翠的名字来找寻她，到身边时翠翠却不认识那个人。那人说：老船夫回到家中，不能来接她，故搭了过渡人口信来，告翠翠要她即刻就回去。翠翠听说是祖父派来的，就同那人一起回家，让打火把的在前引路，黄狗时前时后，一同沿了城墙向渡口走去。翠翠一面走一面问那拿火把的人，是谁告他就知道她在河边。那人说是二老告他的，他是二老家里的伙计，送翠翠回家后还得回转河街。

翠翠说：“二老他怎么知道我在河边？”

那人便笑着说：“他从河里捉鸭子回来，在码头上见你，他说好意请你上家里坐坐，等候你爷爷，你还骂过他！”

翠翠带了点儿惊讶轻轻的问：“二老是谁？”

那人也带了点儿惊讶说：“二老你都不知道？就是我们河街上的傩送二老！就是岳云！他要我送你回去！”

傩送二老在茶峒地方不是一个生疏的名字！

翠翠想起自己先前骂人那句话，心里又吃惊又害羞，再也不说什么，默默的随了那火把走去。

翻过了小山岨，望得见对溪家中火光时，那一方面也看见了翠翠方面的火把，老船夫即刻把船拉过来，一面拉船一面哑声喊问："翠翠，翠翠，是不是你？"翠翠不理会祖父，口中却轻轻的说："不是翠翠，不是翠翠，翠翠早被大河里鲤鱼吃去了。"翠翠上了船，二老派来的人，打着火把走了，祖父牵着船问："翠翠，你怎么不答应我，生我的气了吗？"

翠翠站在船头还是不作声。翠翠对祖父那一点儿埋怨，等到把船拉过了溪，一到了家中，看明白了醉倒的另一个人后，就完事了。但另一件事，属于自己不关祖父的，却使翠翠沉默了一个夜晚。

五

两年日子过去了。

这两年来两个中秋节，恰好都无月亮可看，凡在这边城地方，因看月而起整夜男女唱歌的故事，皆不能如期举行，故两个中秋留给翠翠的印象，极其平淡无奇。两个新年却照例可以看到军营里与各乡来的狮子龙灯，在小教场迎春，锣鼓喧阗很热闹。到了十五夜晚，城中舞龙耍狮子的镇筸兵士，还各自赤裸着肩膊，往各处去欢迎炮仗烟火。城中军营里，税关局长公馆，河街上一些大字号，莫不预先截老毛竹筒，或镂空棕榈树根株，用洞硝拌和磺炭钢砂，一千捶八百捶把烟火做好。好勇取乐的军士，光赤着个上身，玩着灯打着鼓来了，小鞭炮如落雨的样子，从悬到长竿尖端的空中落到玩灯的肩背上，锣鼓催动急促的拍子，大家皆为这事情十分兴奋。鞭炮放过一阵后，用长凳绑着的大筒灯火，在敞坪一端燃起了引线，先是嘘嘘的流泻白光，慢慢的这白光便吼啸起来，作出如雷如虎惊人的声音，白光向上空冲去，高至二十丈，下落时便洒散着满天花雨。玩灯的兵士，在火花中绕着圈子，俨然毫不在意的样子。翠翠同他的祖父，也看过这样的热闹，留下一个热闹的印象，但这印象不知为什么原因，总不如那个端午所经过的事情甜而美。

翠翠为了不能忘记那件事，上年一个端午又同祖父到城边河街去看了半天船。一切玩得正好时，忽然落了行雨，无人衣衫不被雨湿透。为了避雨，祖孙二人同那只黄狗，走到顺顺吊脚楼上去，挤在一个角隅里，有人扛凳子从身边过去，翠翠认得那人是去年打了火把送她回家的人，就告给祖父：

“爷爷，那个人去年送我回家，他拿了火把走路时，真象个喽罗！”

祖父当时不作声，等到那人回头又走过面前时，就一把抓住那个人，笑嘻嘻说：

“嗨嗨，你这个人！要你到我家喝一杯也不成，还怕酒里有毒，把你这个真命天子毒死！”

那人一看是守渡船的，且看到了翠翠，就笑了。“翠翠，你大长了！二老说你在河边大鱼会吃你，我们这里河中的鱼，现在可吞不下你了。”

翠翠一句话不说，只是抿起嘴唇笑着。

这一次虽在这喽罗长年口中听到个“二老”名字，却不曾见及这个人。从祖父与那长年谈话里，翠翠听明白了二老是在下游六百里外青浪滩过端午的。但这次不见二老却认识了“大老”，且见着了那个一地出名的顺顺。大老把河中的鸭子捉回家里后，因为守渡船的老家伙称赞了那只肥鸭两次，顺顺就要大老把鸭子给翠翠。且知道祖孙二人所过的日子十分拮据，节日里自己不能包粽子，又送了许多尖角粽子。

那水上名人同祖父谈话时，翠翠虽装作眺望河中景致，耳朵却把每一句话听得清清楚楚。那人向祖父说翠翠长得很美，问过翠翠年纪，又问有不有人家。祖父则很快乐的夸奖了翠翠不少，且似乎不许别人来关心翠翠的婚事，故一到这件事便闭口不谈。

回家时，祖父抱了那只白鸭子同别的东西，翠翠打火把引路。两人沿城墙走去，一面是城，一面是水。祖父说：“顺顺真是个好人，大方得很。大老也很好。这一家人都好！”翠翠说：“一家人都好，你认识他们一家人吗？”祖父不明白这句话的意思所在，因为今天太高兴一点，便笑着说：“翠翠，假若大老要你做媳妇，请人来做媒，你答应不答应？”翠翠就说：“爷爷，你疯了！再说我就生你的气！”

祖父话虽不说了，心中却很显然的还转着这些可笑的不好的念头。翠翠着了恼，把火炬向路两旁乱晃着，向前怏怏的走去了。

“翠翠，莫闹，我摔到河里去，鸭子会走脱的！”

“谁也不希罕那只鸭子！”

祖父不明白翠翠为什么事不高兴，便唱起摇橹人驶船下滩时催橹的歌声，声音虽然哑沙沙的，字眼儿却稳稳当当毫不含糊。翠翠一面听着一面向前走去，忽然停住了发问：

“爷爷，你的船是不是正在下青浪滩呢？”

祖父不说什么，还是唱着，两人皆记起顺顺家二老的船正在青浪滩过节，但谁也不明白另外一个人的记忆所止处。祖孙二人便沉默的一直走还家中。到了渡口，那代理看船的，正把船泊在岸边等候他们。几人渡过溪到了家中，剥粽子吃，到后那人要进城去，翠翠赶即为那人点上火把，让他有火把照路。人过了小溪上小山时，翠翠同祖父在船上望着，翠翠说：

“爷爷，看喽罗上山了啊！”

祖父把手攀引着横缆，注目溪面的薄雾，仿佛看到了什么东西，轻轻的吁了一口气，祖父静静的拉船过对岸家边时，要翠翠先上岸去，自己却守在船边，因为过节，明白一定有乡下人上城里看龙船，还得乘黑赶回家去。

六

白日里，老船夫正在渡船上同个卖皮纸的过渡人有所争持。一个不能接受所给的钱，一个却非把钱送给老人不可。正似乎因为那个过渡人送钱气派，使老船夫受了点压迫，这撑渡船人就俨然生气似的，迫着那人把钱收回，使这人不得不把钱捏在手里。但船拢岸时，那人跳上了码头，一手铜钱向船舱里一撒，却笑眯眯的匆匆忙忙走了。老船夫手还得拉着船让别人上岸，无法去追赶那个人，就喊小山头的孙女：

“翠翠，翠翠，帮我拉着那个卖皮纸的小伙子，不许他走！”

翠翠不知道是怎么会事，当真便同黄狗去拦那第一个下山人。那人笑着说：

“不要拦我！……”

正说着，第二个商人赶来了，就告给翠翠是什么事情。翠翠明白了，更拉着卖纸人衣服不放，只说：“不许走！不许走！”黄狗为了表示同主人的意见一致，也便在翠翠身边汪汪汪的吠着。其余商人皆笑着，一时不能走路。祖父气吁吁的赶来了，把钱强迫塞到那人手心里，且搭了一大束草烟到那商人担子上去，搓着两手笑着说：“走呀，你们上路走！”那些人于是全笑着走了。

翠翠说：“爷爷，我还以为那人偷你东西同你打架！”

祖父就说：

“他送我好些钱。我才不要这些钱！告他不要钱，他还同我吵，不讲道理！”

翠翠说：“全还给他了吗？”

祖父抿着嘴把头摇摇，装成狡猾得意神气笑着，把扎在腰带上留下的那枚单铜子取出，送给翠翠。且说：

“他得了我们那把烟叶，可以吃到镇筸城！”

远处鼓声又蓬蓬的响起来了，黄狗张着两个耳朵听着。翠翠问祖父，听不听到什么声音。祖父一注意，知道是什么声音了，便说：

“翠翠，端午又来了。你记不记得去年天保大老送你那只肥鸭子。早上大老同一群人上川东去，过渡时还问你。你一定忘记那次落的行雨。我们这次若去，又得打火把回家；你记不记得我们两人用火把照路回家？”

翠翠还正想起两年前的端午一切事情哪。但祖父一问，翠翠却微带点儿恼着的神气，把头摇摇，故意说：“我记不得，我记不得。”其实她那意思就是：“我怎么记不得？！”

祖父明白那话里意思，又说：“前年还更有趣，你一个人在河边等我，差点儿不知道回来，我还以为大鱼会吃掉你！”

提起旧事翠翠嗤的笑了。

“爷爷，你还以为大鱼会吃掉我？是别人家说我，我告给你的！你那天只是恨不得让城中的那个伯伯把装酒的葫芦吃掉！你这种记性！”

“我人老了，记性也坏透了。翠翠，现在你人长大了，一个人一定敢上城看船，不怕鱼吃掉你了。”

“人大了就应当守船哩。”

“人老了才当守船。”

“人老了应当歇憩！”

“你爷爷还可以打老虎，人不老！”祖父说着，于是，把膀子弯曲起来，努力使筋肉在局束中显得又有力又年青，且说：“翠翠，你不信，你咬。”

翠翠睨着腰背微驼白发满头的祖父，不说什么话。远处有吹唢呐的声音，她知道那是什么事情，且知道唢呐方向，要祖父同她下了船，把船拉过家中那边岸旁去。为了想早早的看到那迎婚送亲的喜轿，翠翠还爬到屋后塔下去眺望。过不久，那一伙人来了，两个吹唢呐的，四个强壮乡下汉子，一顶空花轿，一个穿新衣的团总儿子模样的青年，另外还有两只羊，一个牵羊的孩子，一坛酒，一盒糍粑，一个担礼物的人。一伙人上了渡船后，翠翠同祖父也上了渡船，祖父拉船，翠翠却傍花轿站定，去欣赏每一个人的脸色与花轿上的流苏。拢岸后，团总儿子模样的人，从扣花抱肚里掏出了一个小红纸包封，递给老船夫。这是规矩，祖父再不能说不接收了。但得了钱祖父却说话了，问那个人，新娘是什么地方人，明白了，又问姓什么，明白了，又问多大年纪，一起皆弄明白了。吹唢呐的一上岸后又把唢呐呜呜喇喇吹起来，一行人便翻山走了。祖父同翠翠留在船上，感情仿佛皆追着那唢呐声音走去，走了很远的路方回到自己身边来。

祖父掂着那红纸包封的分量说：“翠翠，宋家堡子里新嫁娘只十五岁。”

翠翠明白祖父这句话的意思所在，不作理会，静静的把船拉动起来。

到了家边，翠翠跑回家去取小小竹子做的双管唢呐，请祖父坐在船头吹“娘送女”曲子给她听，她却同黄狗躺到门前大岩石上荫处看天上的云。白日渐长，不知什么时节，祖父睡着了，翠翠同黄狗也睡着了。

七

到了端午。祖父同翠翠在三天前业已预先约好，祖父守船，翠翠同黄狗过顺顺吊脚楼去看热闹。翠翠先不答应，后来答应了。但过了一天，翠翠又翻悔回来，以为要看两人去看，要守船两人守船。祖父明白那个意思，是翠翠玩心与爱心相战争的结果。为了祖父的牵绊，应当玩的也无法去玩，这不成！祖父含笑说：“翠翠，你这是为什么？说定了的又翻悔，同茶峒人平素品德不相称。我们应当说一是一，不许三心二意。我记性并不坏到这样子，把你答应了我的即刻忘掉！”祖父虽那么说，很显然的事，祖父对于翠翠的打算是同意的。但人太乖了，祖父有点愀然不乐了。见祖父不再说话，翠翠就说。“我走了，谁陪你？”

祖父说：“你走了，船陪我。”

翠翠把眉毛皱拢去苦笑着：“船陪你，嗨，嗨，船陪你。爷爷，你真是……”

祖父心想：“你总有一天会要走的。”但不敢提这件事。祖父一时无话可说，于是走过屋后塔下小圃里去看葱，翠翠跟过去。

“爷爷，我决定不去，要去让船去，我替船陪你！”

“好，翠翠，你不去我去，我还得戴了朵红花，装刘老老进城去见世面！”

两人都为这句话笑了许久。

祖父理葱，翠翠却摘了一根大葱呜呜吹着。有人在东岸喊过渡，翠翠不让祖父占先，便忙着跑下去，跳上了渡船，援着横溪缆子拉船过溪去接人。一面拉船一面喊祖父：

“爷爷，你唱，你唱！”

祖父不唱，却只站在高岩上望翠翠，把手摇着，一句话不说。

祖父有点心事，心子重重的。翠翠长大了。

翠翠一天比一天大了，无意中提到什么时会红脸了。时间在成长她，似乎正催促她，使她在另外一件事情上负点儿责。她欢喜看扑粉满脸的新嫁娘，欢喜说到关于新嫁娘的故事，欢喜把野花戴到头上去，还欢喜听人唱歌。茶峒人的歌声，缠绵处她已领略得出。她有时仿佛孤独了一点，爱坐在岩石上去，向天空一片云一颗星凝眸。祖父若问：“翠翠，想什么？”她便带着点儿害羞情绪，轻轻的说：“在看水鸭子打架！”照当地习惯意思就是“翠翠不想什么”。但在心里却同时又自问：“翠翠，你真在想什么？”同是自己也在心里答着：“我想的很远，很多。可是我不知想些什么。”她的确在想，又的确连自己也不知在想些什么。这女孩子身体既发育得很完全，在本身上因年龄自然而来的一件“奇事”，到月就来，也使她多了些思索，多了些梦。

祖父明白这类事情对于一个女子的影响，祖父心情也变了些。祖父是一个在自然里活了七十年的人，但在人事上的自然现象，就有了些不能安排处。因为翠翠的长成，使祖父记起了些旧事，从掩埋在一大堆时间里的故事中，重新找回了些东西。

翠翠的母亲，某一时节原同翠翠一个样子，眉毛长，眼睛大，皮肤红红的。也乖得使人怜爱——也懂在一些小处，起眼动眉毛，使家中长辈快乐。也仿佛永远不会同家中这一个分开。但一点不幸来了，她认识了那个兵。到末了丢开老的和小的，却陪那个兵死了。这些事从老船夫说来谁也无罪过，只应“天”去负责。翠翠的祖父口中不怨天，心却不能完全同意这种不幸的安排。摊派到本身的一份，说来实在不公平！说是放下了，也正是不能放下的莫可奈何容忍到的一件事！

那时还有个翠翠。如今假若翠翠又同妈妈一样，老船夫的年龄，还能把小雏儿再抚育下去吗？人愿意，神却不同意！人太老了，应当休息了，凡是一个良善的乡下人，所应得到的劳苦与不幸，全得到了。假若另外高处有一个上帝，这上帝且有一双手支配一切，很明显的事，十分公道的办法，是应把祖父先收回去，再来让那个年青的在新的生活上得到应分接受那幸或不幸，才合道理。

可是祖父并不那么想。他为翠翠担心。他有时便躺到门外岩石上，对着星子想他的心事。他以为死是应当快到了的，正因为翠翠人已长大了，证明自己也真正老了。无论如何，得让翠翠有个着落。翠翠既是她那可怜母亲交把他的，翠翠大了，他也得把翠翠交给一个人，他的事才算完结！交给谁？必需什么样的人方不委屈她？

前几天顺顺家天保大老过溪时，同祖父谈话，这心直口快的青年人，第一句话就说：

“老伯伯，你翠翠长得真标致，象个观音样子。再过两年，若我有闲空能留在茶峒照料事情，不必象老鸦到处飞，我一定每夜到这溪边来为翠翠唱歌。”

祖父用微笑奖励这种自白。一面把船拉动，一面把那双小眼睛瞅着大老。

于是大老又说：

“翠翠太娇了，我担心她只宜于听点茶峒人的歌声，不能作茶峒女子做媳妇的一切正经事。我要个能听我唱歌的情人，却更不能缺少个照料家务的媳妇。‘又要马儿不吃草，又要马儿走得好’，唉，这两句话恰是古人为我说的！”

祖父慢条斯理把船掉了头，让船尾傍岸，就说：

“大老，也有这种事儿！你瞧着吧。”究竟是什么事，祖父可并不明白说下去。

那青年走去后，祖父温习着那些出于一个男子口中的真话，实在又愁又喜。翠翠若应当交把一个人，这个人是不是适且于照料翠翠？当真交把了他，翠翠是不是愿意？

八

初五大清早落了点毛毛雨，上游且涨了点“龙船水”，河水全变作豆绿色。祖父上城买办过节的东西，戴了个粽粑叶斗篷，携带了一个篮子，一个装酒的大葫芦，肩头上挂了个褡裢，其中放了一吊六百钱，就走了。因为是节日，这一天从小村小寨带了铜钱担了货物上城去办货掉货的极多，这些人起身也极早，故祖父走后，黄狗就伴同翠翠守船。翠翠头上戴了一个崭新的斗篷，把过渡人一趟一趟的送来送去。黄狗坐在船头，每当船拢岸时必先跳上岸边去衔绳头，引起每个过渡人的兴味。有些过渡乡下人也携了狗上城，照例如俗话说的，“狗离不得屋”，一离了自己的家，即或傍着主人，也变得非常老实了。到过渡时，翠翠的狗必走过去嗅嗅，从翠翠方面讨取了一个眼色，似乎明白翠翠的意思，就不敢有什么举动。直到上岸后，把拉绳子的事情作完，眼见到那只陌生的狗上小山去了，也必跟着追去。或者向狗主人轻轻吠着，或者逐着那陌生的狗，必得翠翠带点儿嗔恼的嚷着：“狗，狗，你狂什么？还有事情做，你就跑呀！”于是这黄狗赶快跑回船上来，且依然满船闻嗅不已。翠翠说：“这算什么轻狂举动！跟谁学得的！还不好好蹲到那边去！”狗俨然极其懂事，便即刻到它自己原来地方去，只间或又象想起什么似的，轻轻的吠几声。

雨落个不止，溪面一片烟。翠翠在船上无事可作时，便算着老船夫的行程。她知道他这一去应到什么地方碰到什么人，谈些什么话，这一天城门边应当是些什么情形，河街上应当是些什么情形，“心中一本册”，她完全如同眼见到的那么明明白白。她又知道祖父的脾气，一见城中相熟粮子上人物，不管是马夫火夫，总会把过节时应有的颂祝说出。这边说：“副爷，你过节吃饱喝饱！”那一个便也将说：“划船的，你吃饱喝饱！”这边若说着如上的话，那边人说：“有什么可以吃饱喝饱？四两肉，两碗酒，既不会饱也不会醉！”那么，祖父必很诚实邀请这熟人过碧溪岨喝个够量。倘若有人当时就想喝一口祖父葫芦中的酒，这老船夫也从不吝啬，必很快的就把葫芦递过去。酒喝过了，那兵营中人卷舌子舔着嘴唇，称赞酒好，于是又必被勒迫着喝第二口。酒在这种情形下少起来了，就又跑到原来铺上去，加满为止。翠翠且知道祖父还会到码头上去同刚拢岸一天两天的上水船水手谈谈话，问问下河的米价盐价，有时且弯着腰钻进那带有海带鱿鱼味，以及其他油味、醋味、柴烟味的船舱里去，水手们从小坛中抓出一把红枣，递给老船夫，过一阵，等到祖父回家被翠翠埋怨时，这红枣便成为祖父与翠翠和解的东西。祖父一到河街上，且一定有许多铺子上商人送他粽子与其他东西，作为对这个忠于职守的划船人一点敬意，祖父虽嚷着“我带了那么一大堆，回去会把老骨头压断”，可是不管如何，这些东西多少总得领点情。走到卖肉案桌边去，他想“买肉”，人家却不愿接钱，屠户若不接钱，他却宁可到另外一家去，决不想沾那点便宜。那屠户说：“爷爷，你为人那么硬算什么？又不是要你去做犁口耕田！”但不行，他以为这是血钱，不比别的事情，你不收钱他会把钱预先算好，猛的把钱掷到大而长的钱筒里，攫了肉就走去的。卖肉的明白他那种性情，到他称肉时总选取最好的一处，且把分量故意加多，他见及时却将说：“喂喂，大老板，我不要你那些好处！腿上的肉是城里人炒鱿鱼肉丝用的肉，莫同我开玩笑！我要夹项肉，我要浓的糯的，我是个划船人，我要拿去炖葫萝卜喝酒的！”得了肉，把钱交过手时，自己先数一次，又嘱咐屠户再数，屠户却照例不理会他，把一手钱哗的向长竹筒口丢去，他于是简直是妩媚的微笑着走了。屠户与其他买肉人，见到他这种神气，必笑个不止。

翠翠还知道祖父必到河街上顺顺家里去。

翠翠温习着两次过节两个日子所见所闻的一切，心中很快乐，好象目前有一个东西，同早间在床上闭了眼睛所看到那种捉摸不定的黄葵花一样，这东西仿佛很明朗的在眼前，却看不准，抓不住。

翠翠想："白鸡关真出老虎吗？"她不知道为什么忽然想起白鸡关。白鸡关是酉水中部一个地名，离茶峒两百多里路！

于是又想："三十二个人摇六匹橹，上水走风时张起个大篷，一百幅白布拼成的一片东西，先在这样大船上过洞庭湖，多可笑……"她不明白洞庭湖有多大，也就从没见过这种大船，更可笑的，还是她自己也不知道为什么却想到这个问题！

一群过渡人来了，有担子，有送公事跑差模样的人物，另外还有母女二人。母亲穿了新浆洗得硬朗的蓝布衣服，女孩子脸上涂着两饼红色，穿了不甚合身的新衣，上城到亲戚家中去拜节看龙船的。等待众人上船稳定后，翠翠一面望着那小女孩，一面把船拉过溪去。那小孩从翠翠估来年纪也将十三四岁了，神气却很娇，似乎从不曾离开过母亲。脚下穿的是一双尖头新油过的钉鞋，上面沾污了些黄泥。裤子是那种泛紫的葱绿布做的。见翠翠尽是望她，她也便看着翠翠，眼睛光光的如同两粒水晶球。有点害羞，有点不自在，同时也有点不可言说的爱娇。那母亲模样的妇人便问翠翠年纪有几岁。翠翠笑着，不高兴答应，却反问小女孩今年几岁。听那母亲说十三岁时，翠翠忍不住笑了。那母女显然是财主人家的妻女，从神气上就可看出的。翠翠注视那女孩，发现了女孩子手上还戴得有一副麻花绞的银手镯，闪着白白的亮光，心中有点儿歆羡。船傍岸后，人陆续上了岸，妇人从身上摸出一铜子，塞到翠翠手中，就走了。翠翠当时竟忘了祖父的规矩了，也不说道谢，也不把钱退还，只望着这一行人中那个女孩子身后发痴。一行人正将翻过小山时，翠翠忽又忙匆匆的追上去，在山头上把钱还给那妇人。那妇人说："这是送你的！"翠翠不说什么，只微笑把头尽摇，且不等妇人来得及说第二句话，就很快的向自己渡船边跑去了。

到了渡船上，溪那边又有人喊过渡，翠翠把船又拉回去。第二次过渡是七个人，又有两个女孩子，也同样因为看龙船特意换了干净衣服，相貌却并不如何美观，因此使翠翠更不能忘记先前那一个。

今天过渡的人特别多，其中女孩子比平时更多，翠翠既在船上拉揽子摆渡，故见到什么好看的，极古怪的，人乖的，眼睛眶子红红的，莫不在记忆中留下个印象。无人过渡时，等着祖父祖父又不来，便尽只反复温习这些女孩子的神气。且轻轻的无所谓的唱着：

“白鸡关出老虎咬人，不咬别人，团总的小姐派第一。……大姐戴副金簪子，二姐戴副银钏子，只有我三妹没得什么戴，耳朵上长年戴条豆芽菜。”

城中有人下乡的，在河街上一个酒店前面，曾见及那个撑渡船的老头子，把葫芦嘴推让给一个年青水手，请水手喝他新买的白烧酒，翠翠问及时，那城中人就告给她所见到的事情。翠翠笑祖父的慷慨不是时候，不是地方。过渡人走了，翠翠就在船上又轻轻的哼着巫师十二月里为人还愿迎神的歌玩——

你大仙，你大神，睁眼看看我们这里人！
他们既诚实，又年青，又身无疾病。
他们大人会喝酒，会作事，会睡觉；
他们孩子能长大，能耐饥，能耐冷；

他们牯牛肯耕田，山羊肯生仔，鸡鸭肯孵卵；

他们女人会养儿子，会唱歌，会找她心中欢喜的情人！

你大神，你大仙，排驾前来站两边。
关夫子身跨赤兔马，
尉迟恭手拿大铁鞭！
你大仙，你大神，云端下降慢慢行！
张果老驴得坐稳，
铁拐李脚下要小心！

福禄绵绵是神恩，
和风和雨神好心，
好酒好饭当前陈，
肥猪肥羊火上烹！

洪秀全，李鸿章，
你们在生是霸王，
杀人放火尽节全忠各有道，

今来坐席又何妨！

慢慢吃，慢慢喝，

月白风清好过河。

醉时携手同归去，

我当为你再唱歌！

那首歌声音既极柔和，快乐中又微带忧郁。唱完了这歌，翠翠觉得心上有一丝儿凄凉。她想起秋末酬神还愿时田坪中的火燎同鼓角。

远处鼓声已起来了，她知道绘有朱红长线的龙船这时节已下河了，细雨还依然落个不止，溪面一片烟。

九

祖父回家时，大约已将近平常吃早饭时节了，肩上手上全是东西，一上小山头便喊翠翠，要翠翠拉船过小溪来迎接他。翠翠眼看到多少人皆进了城，正在船上急得莫可奈何，听到祖父的声音，精神旺了，锐声答着：

“爷爷，爷爷，我来了！”老船夫从码头边上了渡船后，把肩上手上的东西搁到船头上，一面帮着翠翠拉船，一面向翠翠笑着，如同一个小孩子，神气充满了谦虚与羞怯。“翠翠，你急坏了，是不是？”翠翠本应埋怨祖父的，但她却回答说：“爷爷，我知道你在河街上劝人喝酒，好玩得很。”翠翠还知道祖父极高兴到河街上去玩，但如此说来，将更使祖父害羞乱嚷了，因此话到口边却不提出。

翠翠把搁在船头的东西一一估记在眼里，不见了酒葫芦。翠翠嗤的笑了。

“爷爷，你倒大方，请副爷同船上人吃酒，连葫芦也吃到肚里去了！”

祖父笑着忙作说明：

“哪里，哪里，我那葫芦被顺顺大伯扣下了，他见我在河街上请人喝酒，就说：‘喂，喂，摆渡的张横，这不成的。你不开槽坊，如何这样子！把你那个放下来，请我全喝了吧。’他当真那么说：‘请我全喝了吧。’我把葫芦放下了。但我猜想他是同我闹着玩的。他家里还少烧酒吗？翠翠，你说是不是？……”

“爷爷，你以为人家不是真想喝你的酒，便是同你开玩笑吗？”

“那是怎么的？”

“你放心，人家一定因为你请客不是地方，所以扣下你的葫芦，不让你请人把酒喝完。等等就会为你送来的，你还不明白，真是！——”

“唉，当真会是这样的！”

说着船已拢了岸，翠翠抢先帮祖父搬东西，但结果却只拿了那尾鱼，那个花褡链；褡裢中钱已用光了，却有一包白糖，一包小芝麻饼子。

两人刚把新买的东西搬运到家中，对溪就有人喊过渡。祖父要翠翠看着肉菜，免得被野猫拖去，争着下溪去做事，一会儿，便同那个过渡人嚷着到家中来了。原来这人便是送酒葫芦的。只听到祖父说：“翠翠，你猜对了。人家当真把酒葫芦送来了！”

翠翠来不及向灶边走去，祖父同一个年纪青青的脸黑肩膊宽的人物，便进到屋里了。

翠翠同客人皆笑着，让祖父把话说下去。客人又望着翠翠笑，翠翠仿佛明白为什么被人望着，有点不好意思起来，走到灶边烧火去了。溪边又有人喊过渡，翠翠赶忙跑出门外船上去，把人渡过了溪。恰好又有人过溪。天虽落小雨，过渡人却分外多，一连三次。翠翠在船上一面作事，一面想起祖父的趣处。不知怎么的，从城里被人打发来送酒葫芦的，她觉得好象是个熟人。可是眼睛里象是熟人，却不明白在什么地方见过面。但也正象是不肯把这人想到某方面去，方猜不着这来人的身分。

祖父在岩坎上边喊："翠翠，翠翠，你上来歇歇，陪陪客！"本来无人过渡便想上岸去烧火，但经祖父一喊，反而不上岸了。

来客问祖父"进不进城看船"，老渡船夫就说"应当看守渡船"。两人又谈了些别的话。到后来客方言归正传：

"伯伯，你翠翠象个大人了，长得很好看！"

撑渡船的笑了。"口气同哥哥一样，倒爽快呢。"这样想着，却那么说："二老，这地方配受人称赞的只有你，人家都说你好看！'八面山的豹子，地地溪的锦鸡'，全是特为颂扬你这个人好处的！"

"但是，这很不公平。"

“很公平的！我听船上人说，你上次押船，船到三门下面白鸡关滩出了事，从急浪中你援救过三个人。你们在滩上过夜，被村子里女人见着了，人家在你棚子边唱歌一整夜，是不是真有其事？”

“不是女人唱歌一夜，是狼嗥。那地方著名多狼，只想得机会吃我们！我们烧了一大堆火，吓住了它们，才不被吃掉！”

老船夫笑了。“那更妙！人家说的话还是很对的。狼是只吃姑娘，吃小孩，吃十八岁标致青年，象我这种老骨头，它不要吃的！”

那二老说：“伯伯，你到这里见过两万个日头，别人家全说我们这个地方风水好，出大人，不知为什么原因，如今还不出大人？”

“你是不是说风水好应出有大名头的人？我以为这种人不生在我们这个小地方，也不碍事。我们有聪明、正直、勇敢、耐劳的年青人，就够了。象你们父子兄弟，为本地也增光彩已经很多很多！”

“伯伯，你说得好，我也是那么想。地方不出坏人出好人，如伯伯那么样子，人虽老了，还硬朗得同棵楠木树一样，稳稳当当的活到这块地面，又正经，又大方，难得的咧。”

“我是老骨头了，还说什么。日头，雨水，走长路，挑分量沉重的担子，大吃大喝，挨饿受寒，自己分上的都拿过了，不久就会躺到这冰凉土地上喂蛆吃的。这世界有得是你们小伙子分上的一切，好好的干，日头不辜负你们，你们也莫辜负日头！”

“伯伯，看你那么勤快，我们年青人不敢辜负日头！”

说了一阵，二老想走了，老船夫便站到门口去喊叫翠翠，要她到屋里来烧水煮饭，掉换他自己看船。翠翠不肯上岸，客人却已下船了，翠翠把船拉动时，祖父故意装作埋怨神气说：

“翠翠，你不上来，难道要我在家里做媳妇煮饭吗？”

翠翠斜睨了客人一眼，见客人正盯着她，便把脸背过去，抿着嘴儿，很自负的拉着那条横缆，船慢慢拉过对岸了。客人站在船头同翠翠说话：

“翠翠，吃了饭，同你爷爷去看划船吧？”

翠翠不好意思不说话，便说：“爷爷说不去，去了无人守这个船！”

“你呢？”

“爷爷不去我也不去。”

“你也守船吗？”

“我陪我爷爷。”

“我要一个人来替你们守渡船，好不好？”

砰的一下船头已撞到岸边土坎上了，船拢岸了。二老向岸上一跃，站在斜坡上说：

“翠翠，难为你！……我回去就要人来替你们，你们快吃饭，一同到我家里去看船，今天人多咧，热闹咧！”

翠翠不明白这陌生人的好意，不懂得为什么一定要到他家中去看船，抿着小嘴笑笑，就把船拉回去了。到了家中一边溪岸后，只见那个人还正在对溪小山上，好象等待什么，不即走开。翠翠回转家中，到灶口边去烧火，一面把带点湿气的草塞进灶里去，一面向正在把客人带回的那一葫芦酒试着的祖父询问：

“爷爷，那人说回去就要人来替你，要我们两人去看船，你去不去？”

“你高兴去吗？”

“两人同去我高兴。那个人很好，我象认得他，他是谁？”

祖父心想："这倒对了，人家也觉得你好！"祖父笑着说："翠翠，你不记得你前年在大河边时，有个人说要让大鱼咬你吗？"

翠翠明白了，却仍然装不明白问："他是谁？"

"你想想看，猜猜看。"

"一本《百家姓》好多人，我猜不着他是张三李四。"

"顺顺船总家的二老，他认识你你不认识他啊！"他抿了一口酒，象赞美酒又象赞美人，低低的说："好的，妙的，这是难得的。"

过渡的人在门外坎下叫唤着，老祖父口中还是"好的，妙的……"匆匆下船做事去了。

十

吃饭时隔溪有人喊过渡，翠翠抢着下船，到了那边，方知道原来过渡的人，便是船总顺顺家派来作替手的水手，一见翠翠就说道："二老要你们一吃了饭就去，他已下河了。"见了祖父又说："二老要你们吃了饭就去，他已下河了。"

张耳听听，便可听出远处鼓声已较密，从鼓声里使人想到那些极狭的船，在长潭中笔直前进时，水面上画着如何美丽的长长的线路，真是有意思的一个节日！

新来的人茶也不吃，便在船头站妥了，翠翠同祖父吃饭时，邀他喝一杯，只是摇头推辞。祖父说：

“翠翠，我不去，你同小狗去好不好？”

“要不去，我也不想去！”

“我去呢？”

“我本来也不想去，但我愿意陪你去。”

祖父微笑着：“翠翠，翠翠，你陪我去，好的，你陪我去！”

……

祖父同翠翠到城里大河边时河边早站满了人。细雨已经停止，地面还是湿湿的。祖父要翠翠过河街船总家吊脚楼上去看船，翠翠却似乎有心事怕到那边去，以为站在河边较好。两人在河边站定不多久，顺顺便派人把他们请去了。吊脚楼上已有了很多的人。早上过渡时，为翠翠所注意的乡绅妻女，受顺顺家的款待，占据了最好窗口。一见到翠翠，那女孩子就说：“你来，你来！”

翠翠带着点儿羞怯走去，坐在他们身后条凳上，祖父不久便走开了。

祖父并不看龙船竞渡，却为一个熟人拉到河上游半里路远近，到一个新碾坊看水碾子去了。老船夫对于水碾子原来就极有兴味的。倚山滨水来一座小小茅屋，屋中有那么一个圆石片子，固定在一个横轴上，斜斜的搁在石槽里。当水闸门抽去时，流水冲激地下的暗轮，上面的石片便飞转起来。作主人的管理这个东西，把毛谷倒进石槽中去，把碾好的米弄出放在屋角隅筛子里，再筛去糠灰。地上全是糠灰，主人头上包着块白布帕子，头上肩上也全是糠灰。天气好时就在碾坊前后隙地里种些萝卜、青菜、大蒜、四季葱。水沟坏了，就把裤子脱去，到河里去堆砌石头修理泄水处。水碾坝若修筑得好，还可装个小小鱼梁，涨小水时就自会有鱼上梁来，不劳而获！在河边管理一个碾坊比管理一只渡船多变化有趣味，情形一看也就明白了。但一个撑渡船的若想有座碾坊，那简直是不可能的妄想。凡碾坊照例是属于当地小财主的产业。那熟人把老船夫带到碾坊边时，就告给他这碾坊业主为谁。两人一面各处视察一面说话。

那熟人用脚踢着新碾盘说：

“中寨人自己坐在高山砦子上，却欢喜来到这大河边置产业；这是中寨王团总的，值大钱七百吊！”

老船夫转着那双小眼睛，很羡慕的去欣赏一切，估计一切，把头点着，且对于碾坊中物件一一加以很得体的批评。后来两人就坐到那还未完工的白木条凳上去，熟人又说到这碾坊的将来，似乎是团总女儿陪嫁的妆奁。那人于是想起了翠翠，且记起大老托过他的事情来了，便问道：

“伯伯，你翠翠今年十几岁？”

“满十四进十五了。”老船夫说过这句话后，便接着在心中计算过去的年月。

“十四岁姑娘多能干！将来谁得她真有福气！”

“有什么福气？又无碾坊陪嫁，一个光人。”

“别说一个光人，一个有用的人，两只手抵得五座碾坊！洛阳桥也是鲁般两只手造的！……”这样那样的说着，说到后来，那人笑了。

老船夫也笑了，心想：“翠翠有两只手将来也去造洛阳桥吧，新鲜事！”

那人过了一会儿又说：

“茶峒人年青男子眼睛光，选媳妇也极在行。伯伯，你若不多我的心时，我就说个笑话给你听。”

老船夫问：“是什么笑话。”

那人说：“伯伯你若不多心时，这笑话也可以当真话去听咧。”

接着说的下去就是顺顺家大老如何在人家面前赞美翠翠，且如何托他来探听老船夫口气那么一件事。末了同老船夫来转述另一回对话的情形。“我问他：‘大老，大老，你是说真话还是说笑话？’他就说：‘你为我去探听探听那老的，我欢喜翠翠，想要翠翠，是真话！’我说：‘我这口钝得很，说出了口老的一巴掌打来呢？’他说：‘你怕打，你先当笑话去说，不会挨打的！’所以，伯伯，我就把这件真事情当笑话来同你说了。你试想想，他初九从川东回来见我时，我应当如何回答他？”

老船夫记前一次大老亲口所说的话，知道大老的意思很真，且知道顺顺也欢喜翠翠，心里很高兴。但这件事照规矩，得这个人带封点心亲自到碧溪岨家中去说，方见得慎重其事。老船夫就说：“等他来时你说：老家伙听过了笑话后，自己也说了个笑话，他说：‘车是车路，马是马路，各有走法。大老走的是车路，应当由大老爹爹作主，请了媒人来正正经经同我说。走的是马路，应当自己作主，站在渡口对溪高崖上，为翠翠唱三年六个月的歌。’”

“伯伯，若唱三年六个月的歌动得了翠翠的心，我赶明天就自己来唱歌了。”

“你以为翠翠肯了我还会不肯吗？”

“不咧，人家以为这件事你老人家肯了，翠翠便无有不肯呢。”

“不能那么说，这是她的事呵！”

“便是她的事，可是必需老的作主，人家也仍然以为在日头月光下唱三年六个月的歌，还不如得伯伯说一句话好！”

“那么，我说，我们就这样办，等他从川东回来时，要他同顺顺去说明白。我呢，我也先问问翠翠，若以为听了三年六个月的歌再跟那唱歌人走去有意思些，我就请你劝大老走他那弯弯曲曲的马路。”

“那好的。见了他我就说：‘大老，笑话嘛，我已说过了。真话呢，看你自己的命运去了。’当真看他的命运去了，不过我明白，他的命运，还是在你老人家手上捏着的。”

“老兄弟，不是那么说！我若捏得定这件事，我马上就答应了。”

这里两人把话说完后，就过另一处看一只顺顺新近买来的三舱船去了。河街上顺顺吊脚楼方面，却有了如下事情。

翠翠虽被那乡绅女孩喊到身边去坐，地位非常之好，从窗口望出去，河中一切朗然在望，然而心中可不安宁。挤在其他几个窗口看热闹的人，似乎皆常常把眼光从河中景物挪到这边几个人身上来。还有些人故意装成有别的事情样子，从楼这边走过那一边，事实上却全为得是好仔细看看翠翠这方面几个人。翠翠心中老不自在，只想借故跑去。一会儿河下的炮声响了，几只从对河取齐的船只，直向这方面划来。先是四条船皆相去不远，如四枝箭在水面射着，到了一半，已有两只船占先了些，再过一会儿，那两只船中间便又有一只超过了并进的船只而前。看看船到了税局门前时，第二次炮声又响，那船便胜利了。这时节胜利的已判明属于河街人所划的一只，各处便响着庆祝的小鞭炮。那船于是沿了河街吊脚楼划去，鼓声蓬蓬作响，河边与吊脚楼各处，都同时呐喊表示快乐的祝贺。翠翠眼见在船头站定摇动小旗指挥进退头上包着红布的那个年青人，便是送酒葫芦到碧溪岨的二老，心中便印着三年前的旧事。“大鱼吃掉你！”“吃掉不吃掉，不用你管！”“狗，狗，你也看人叫！”想起狗，翠翠才注意到自己身边那只黄狗，已不知跑到什么地方去，便离了座位，在楼上各处找寻她的黄狗，把船头人忘掉了。

她一面在人丛里找寻黄狗，一面听人家正说些什么话。

一个大脸妇人问：“是谁家的人，坐到顺顺家当中窗口前的那块好地方？”

一个妇人就说：“是砦子上王乡绅家大姑娘，今天说是来看船，其实来看人，同时也让人看！人家命好，有福分坐那好地方！”

“看谁人？被谁看？”

“嗨，你还不明白，那乡绅想同顺顺打亲家呢。”

“那姑娘配什么人？是大老，还是二老？”

“说是二老呀，等等你们看这岳云，就会上楼来看他丈母娘的！”

另一个女人便插嘴说：“事弄妥了，好得很呢！人家有一座崭新碾坊陪嫁，比十个长年还得力些。”

有人问：“二老怎么样？可乐意？”

有人就轻轻的说：“二老已说过了，这不必看。第一件事我就不想作那个碾坊的主人！”

“你听岳云二老亲口说吗？”

“我听别人说的。还说二老欢喜一个撑渡船的。”

“他又不是傻小二，不要碾坊，要渡船！”

“那谁知道。横顺人是‘牛肉炒韭菜，各人心里爱’，只看各人心里爱什么就吃什么。渡船不会不如碾坊！”

当时各人眼睛对着河里，口中说着这些闲话，却无一个人回头来注意到身后边的翠翠。

翠翠脸发火发烧走到另外一处去，又听有两个人提到这件事。且说：“一切早安排好了，只须要二老一句话。”又说：“只看二老今天那么一股劲儿，就可以猜想得出，这劲儿是岸上一个黄花姑娘给他的！”

谁是激动二老的黄花姑娘？听到这个，翠翠心中不免有点儿乱。

翠翠人矮了些，在人背后已望不见河中情形，只听到鼓声渐近渐激越，岸上呐喊声自远而近，便知道二老的船恰恰经过楼下。楼上人也大喊着，杂夹叫着二老的名字。乡绅太太那方面，且有人放小百子鞭炮。忽然又用另外一种惊讶声音喊着，且同时便见许多人出门向河下走去。翠翠不知出了什么事，心中有点迷乱，正不知走回原来座位边去好，还是依然站在人背后好。只见那边正有人拿了个托盘，装了一大盘粽子同细点心，在请乡绅太太小姐用点心，不好意思再过那边去，便想也挤出大门外到河下去看看。从河街一个盐店旁边甬道下河时，正在一排吊脚楼的梁柱间，迎面碰头一群人，拥着那个头包红布的二老来了。原来二老因失足落水，已从水中爬起来了。路太窄了一些，翠翠虽闪过一旁，与迎面来的人仍然得肘子触着肘子。二老一见翠翠就说：

“翠翠，你来了，爷爷也来了吗？”

翠翠脸还发着烧不便作声，心想：“黄狗跑到什么地方去了呢？”

二老又说：

“怎不到我家楼上去看呢？我已要人替你弄了个好位子。”

翠翠心想：“碾坊陪嫁，希奇事情咧。”

二老不能逼迫翠翠回去，到后便各自走开了。翠翠到河下时，小小心中充满了一种说不分明的东西。是烦恼吧，不是！是忧愁吧，不是！是快乐吧，不，有什么事情使这个女孩子快乐呢？是生气了吧——是的，她当真仿佛觉得自己是在生一个人的气，又象是在生自己的气。河边人太多了，码头边浅水中，船桅船篷上，以至于吊脚楼的柱子上，也莫不有人。翠翠自言自语说：“人那么多，有什么三脚猫好看？”先还以为可以在什么船上发现她的祖父，但各处搜寻了一阵，却无祖父的影子。她挤到水边去，一眼便看到了自己家中那条黄狗，同顺顺家一个长年，正在去岸数丈一只空船上看热闹。翠翠锐声叫喊了两声，黄狗张着耳叶昂头四面一望，便猛的扑下水中，向翠翠方面泅来了。到了身边时狗身上已全是水，把水抖着且跳跃不已，翠翠便说：“得了，装什么疯。你又不翻船，谁要你落水呢？”

翠翠同黄狗找祖父去，在河街上一个木行前恰好遇着了祖父。

老船夫说 ：“翠翠，我看了个好碾坊，碾盘是新的，水车是新的，屋上稻草也是新的！水坝管着一绺水，急溜溜的，抽水闸时水车转得如陀螺。”

翠翠带着点做作问 ：“是什么人的？”

“是什么人的？住在山上的王团总的。我听人说是那中寨人为女儿作嫁妆的东西，好不阔气，包工就是七百吊大钱，还不管风车，不管家什！”

“谁讨那个人家的女儿？”

祖父望着翠翠干笑着 ：“翠翠，大鱼咬你，大鱼咬你。”

翠翠因为对于这件事心中有了个数目，便仍然装着全不明白，只询问祖父 ：“爷爷，什么人得到那个碾坊？”

“岳云二老！”祖父说了又自言自语的说，“有人羡慕二老得到碾坊，也有人羡慕碾坊得到二老！”

“谁羡慕呢，爷爷？”

“我羡慕。”祖父说着便又笑了。

翠翠说 ：“爷爷，你喝醉了。”

“可是二老还称赞你长得美呢。”

翠翠说：“爷爷，你醉疯了。”

祖父说：“爷爷不醉不疯……，去，我们到河边看他们放鸭子去。”他还想说：“二老捉得鸭子，一定又会送给我们的。”话不及说，二老来了，站在翠翠面前微笑着。翠翠也微笑着。

于是三个人回到吊脚楼上去。

十一

有人带了礼物到碧溪岨，掌水码头的顺顺，当真请了媒人为儿子向渡船的攀亲戚来了。老船夫看见杨马兵手中提了红纸封的点心，慌慌张张把这个人渡过溪口，一同到家里去。翠翠正在屋门前剥豌豆，来了客并不如何注意。但一听到客人进门说“贺喜贺喜”，心中有事，不敢再呆在屋门边，就装作追赶菜园地的鸡，拿了竹响篙唰唰的摇着，一面口中轻轻喝着，向屋后白塔跑去了。

杨马兵说了些闲话，言归正传转述到顺顺的意见时，老船夫不知如何回答，只是很惊惶的搓着两只茧结的大手，好象这不会真有其事，而且神气中只象在说：“那好，那好。”其实这老头子却不曾说过一句话。

马兵把话说完后，就问作祖父的意见怎么样。老船夫笑着把头点着说：“大老想走车路，这个很好。可是我得问问翠翠，看她自己主意怎么样。”来人走后，祖父在船头叫翠翠下河边来说话。

翠翠拿了一簸箕豌豆下到溪边，上了船，娇娇的问他的祖父：“爷爷，你有什么事？”祖父笑着不说什么，只偏着个白发盈颠的头看着翠翠，看了许久。翠翠坐到船头，低下头去剥豌豆，耳中听着远处竹篁里的黄鸟叫。翠翠想：“日子长咧，爷爷话也长了。”翠翠心轻轻的跳着。

过了一会祖父说：“翠翠，翠翠，刚才那个伯伯来作什么，你知道不知道？”

翠翠说：“我不知道。”说后脸同颈脖全红了。

祖父看看那种情景，明白翠翠的心事了，便把眼睛向远处望去，在空雾里望见了十五年前翠翠的母亲，老船夫心中异常柔和了。轻轻的自言自语说：“每一只船总要有个码头，每一只雀儿得有个窠。”他同时想起那个可怜的母亲过去的事情，心中有了一点隐痛，却勉强笑着。

翠翠呢，正从山中黄鸟杜鹃叫声里，以及山谷中伐竹人嗞嗞一下一下的砍伐竹子声音里，想到许多事情。老虎咬人的故事，与人对骂时四句头的山歌，造纸作坊中的方坑，铁工厂熔铁炉里泄出的铁汁……耳朵听来的，眼睛看到的，她似乎都要去温习温习。她其所以这样作，又似乎全只为了希望忘掉眼前的一桩事而起。但她实在有点误会了。

祖父说：“翠翠，船总顺顺家里请人来作媒，想讨你作媳妇，问我愿不愿。我呢，人老了，再过三年两载会过去的，我没有不愿的事情。这是你自己的事，你自己想想，自己来说。愿意，就成了；不愿意，也好。”

翠翠不知如何处理这个崭新问题，装作从容，怯怯的望着老祖父。又不便问什么，当然也不好回答。

祖父又说：“大老是个有出息的人，为人又正直，又慷慨，你嫁了他，算是命好！”

翠翠明白了，人来做媒的大老！不曾把头抬起，心忡忡的跳着，脸烧得厉害，仍然剥她的豌豆，且随手把空豆荚抛到水中去，望着它们在流水中从从容容的流去，自己也俨然从容了许多。

见翠翠总不作声，祖父于是笑了，且说：“翠翠，想儿大不awkward事。洛阳桥不是一个晚上造得好的，要日子咧。前次杨伯伯就向我说到这件事，我已经告过他：车是车路，马是马路，各有规矩。想爸爸作主，请媒人正正经经来说是车路；要自己作主，站到对溪高崖竹林里为你唱三年六个月的歌是马路——你若欢喜走马路，我相信人家会为你在日头下唱热情的歌，在月光下唱温柔的歌，像只杜鹃一样，一直唱到吐血喉咙烂！”

翠翠不作声，心中只想哭，可是也无理由可哭。祖父再说下去，便引到死去的母亲来了。老人说了一阵，沉默了。翠翠悄悄把头撂过一些，见祖父眼中业已酿了一汪眼泪。翠翠又惊又怕，怯生生的说：“爷爷，你怎么的？”祖父不作声，用大手掌擦着眼睛，小孩子似的咕咕笑着，跳上岸跑回家中去了。

翠翠心中乱乱的，想赶去却不赶去。

雨后放晴的天气，日头炙到人肩上背上已有了点儿力量。溪边芦苇水杨柳，菜园中菜蔬，莫不繁荣滋茂，带着一分有野性的生气。草丛里绿色蚱蜢各处飞着，翅膀搏动空气时窸窸作声。枝头新蝉声音已渐渐洪大。两山深翠逼人竹篁中，有黄鸟与竹雀杜鹃交递鸣叫。翠翠感觉着，望着，听着，同时也思索着：

“爷爷今年七十岁……三年六个月的歌——谁送那只白鸭子呢？……得碾子的好运气，碾子得谁更是好运气？……”

痴着，忽地站起，半簸箕豌豆便倾倒到水中去了。伸手把那簸箕从水中捞起时，隔溪有人喊过渡。

十二

翠翠第二天在白塔下菜园地里，第二次被祖父询问到自己主张时，仍然心儿忡忡的跳着，把头低下不作理会，只顾用手去掐葱。祖父笑着，心想：“还是等等看，再说下去这一畦葱会全掐掉了。”同时似乎又觉得这其间有点古怪处，不好再说下去，便自己按捺到言语，用一个做作的笑话，把问题引到另外一件事情上去了。

天气渐渐的越来越热了。近六月时，老船夫把一个满是灰尘的黑陶缸子从屋角隅里搬出，自己还匀出闲工夫，拼了几方木板作成一个圆盖。又锯木头作成一个三脚架子，且削刮了个大竹筒，用葛藤系定，放在缸边作为舀茶的家具。自从这茶缸移到屋门溪边后，每早上翠翠就烧一大锅开水，倒进那缸子里去。有时缸里加些茶叶，有时却只放下一些用火烧焦的锅巴，乘那东西还燃着时便抛进缸里去。老船夫且照例准备了些发痧肚痛治疱疮疡子的草根木皮，把这些药搁在家中当眼处，一见过渡人神气不对，就忙匆匆的把药取来，善意的勒迫这过路人使用他的药方，且告人这许多救急丹方的来源(这些丹方自然全是他从城中军医同巫师学来的)。他终日裸着两只膀子，在方头船上站定，头上还常常是光光的，一头短短白发，在日光下如银子。翠翠依然是个快乐人，屋前屋后跑着唱着，不走动时就坐在门前高崖树荫下吹小竹管儿玩。爷爷仿佛把大老提婚的事早已忘掉，翠翠自然也早忘掉这件事情了。

可是那做媒的不久又来探口气了，依然是同从前一样，祖父把事情成否全推到翠翠身上去，打发了媒人上路。回头又同翠翠谈了一次，也依然不得结果。

老船夫猜不透这事情在什么方面有个疙瘩，解除不去，夜里躺在床上便常常陷入一种沉思里去，隐隐约约体会到一件事情——翠翠爱二老不爱大老。想到这里时，他笑了，为了害怕而勉强笑了。其实他有点忧愁，因为他忽然觉得翠翠一切全象那个母亲，而且隐隐约约便感觉到这母女二人共同的命运。一堆过去的事情蜂拥而来，不能再睡下去了，一个人便跑出门外，到那临溪高崖上去，望天上的星辰，听河边纺织娘以及一切虫类如雨的声音，许久许久还不睡觉。

这件事翠翠是注意不到的，这小女孩子日里尽管玩着，工作着，也同时为一些很神秘不易明白的东西驰骋她那颗小小的心中，但一到夜里，却甜甜的睡眠了。

一切皆得在一份时间中变化。这一家安静平凡的生活，也因了一堆接连而来的日子，在人事上把那安静空气完全打破了。

船总顺顺家中一方面，则天保大老的事已被二老知道了，傩送二老同时也让他哥哥知道了弟弟的心事。这一对难兄难弟原来同时爱上了那个撑渡船的外孙女。这事情在本地人说来并不希奇，边地俗话说："火是各处可烧的，水是各处可流的，日月是各处可照的，爱情是各处可到的。”有钱船总儿子，爱上一个弄渡船的穷人家女儿，不能成为希罕的新闻。有一点困难处，只是这两兄弟到了谁应取得这个女人作媳妇时，是不是也还得照茶峒人规矩，来一次流血的挣扎？

兄弟两人在这方面是不至于动刀的，但也不作兴有“情人奉让”如大都市懦怯男子爱与仇对面时作出的可笑行为。

那哥哥同弟弟在河上游一个造船的地方，看他家中那一只新船，在新船旁把一切心事全告给了弟弟，且附带说明，这点爱还是两年前植下根基的。弟弟微笑着，把话听下去。两人从造船处沿了河岸又走到王乡绅新碾坊去，那大哥就说：

“二老，你倒好，作了团总女婿，有座碾坊；我呢，若把事情弄好了，我应当接那个老的手来划渡船了。我欢喜这个事情，我还想把碧溪岨两个山头买过来，在界线上种大南竹，围着这一条小溪作为我的砦子！”

那二老仍然的听着，把手中拿的一把弯月形镰刀随意斫削路旁的草木，到了碾坊时，却站住了向他哥哥说：

“大老，你信不信这女子心上早已有了个人？”

“我不信。”

“大老，你信不信这碾坊将来归我？”

“我不信。”

两人于是进了碾坊。

二老说：“你不必——大老，我再问你，假若我不想得这座碾坊，却打量要那只渡船，而且这念头也是两年前的事，你信不信呢？”

那大哥听来真着了一惊，望了一下坐在碾盘横轴上的傩送二老，知道二老不是开玩笑，于是站近了一点，伸手在二老肩上拍打了一下，且想把二老拉下来。他明白了这件事，他笑了。他说：“我相信的，你说的是真话！”

二老把眼睛望着他的哥哥，很诚实的说：

“大老，相信我，这是真事。我早就那么打算到了。家中不答应，那边若答应了，我当真预备去弄渡船的！——你告我，你呢？”

“爸爸已听了我的话，为我要城里的杨马兵做保山，向划渡船说亲去了！”大老说到这个求亲手续时，好象知道二老要笑他，又解释要保山去的用意，只是因为老的说车有车路，马有马路，我就走了车路。

“结果呢？”

“得不到什么结果。老的口上含李子，说不明白。”

“马路呢？”

“马路呢，那老的说若走马路，得在碧溪岨对溪高崖上唱三年六个月的歌。把翠翠心唱软，翠翠就归我了。”

“这并不是个坏主张！”

“是呀，一个结巴人话说不出还唱得出。可是这件事轮不到我了。我不是竹雀，不会唱歌。鬼知道那老的存心是要把孙女儿嫁个会唱歌的水车，还是预备规规矩矩嫁个人！”

“那你怎么样？”

“我想告那老的，要他说句实在话。只一句话。不成，我跟船下桃源去了；成呢，便是要我撑渡船，我也答应了他。”

“唱歌呢？”

“这是你的拿手好戏，你要去做竹雀你就去吧，我不会捡马粪塞你嘴巴的。”

二老看到哥哥那种样子，便知道为这件事哥哥感到的是一种如何烦恼了。他明白他哥哥的性情，代表了茶峒人粗卤爽直一面，弄得好，掏出心子来给人也很慷慨作去，弄不好，亲舅舅也必一是一二是二。大老何尝不想在车路上失败时走马路；但他一听到二老的坦白陈述后，他就知道马路只二老有分，自己的事不能提了。因此他有点气恼，有点愤慨，自然是无从掩饰的。

二老想出了个主意，就是两兄弟月夜里同到碧溪岨去唱歌，莫让人知道是弟兄两个，两人轮流唱下去，谁得到回答，谁便继续用那张唱歌胜利的嘴唇，服侍那划渡船的外孙女。大老不善于唱歌，轮到大老时也仍然由二老代替。两人凭命运来决定自己的幸福，这么办可说是极公平了。提议时，那大老还以为他自己不会唱，也不想请二老替他作竹雀。但二老那种诗人性格，却使他很固持的要哥哥实行这个办法。二老说必需这样作，一切才公平一点。

大老把弟弟提议想想，作了一个苦笑。“× 娘的，自己不是竹雀，还请老弟做竹雀！好，就是这样子，我们各人轮流唱，我也不要你帮忙，一切我自己来吧。树林子里的猫头鹰，声音不动听，要老婆时，也仍然是自己叫下去，不请人帮忙的！”

两人把事情说妥当后，算算日子，今天十四，明天十五，后天十六，接连而来的三个日子，正是有大月亮天气。气候既到了中夏，半夜里不冷不热，穿了自家机布汗褂，到那些月光照及的高崖上去，遵照当地的习惯，很诚实与坦白去为一个“初生之犊”的黄花女唱歌。露水降了，歌声涩了，到应当回家了时，就趁残月赶回家去。或过那些熟识的整夜工作不息的碾坊里去，躺到温暖的谷仓里小睡，等候天明。一切安排皆极其自然，结果是什么，两人虽不明白，但也看得极其自然。两人便决定了从当夜起始，来作这种为当地习惯所认可的竞争。

十三

黄昏来时翠翠坐在家中屋后白塔下，看天空为夕阳烘成桃花色的薄云。十四中寨逢场，城中生意人过中寨收买山货的很多，过渡人也特别多，祖父在渡船上忙个不息。天快夜了，别的雀子似乎都在休息了，只杜鹃叫个不息。石头泥土为白日晒了一整天，草木为白日晒了一整天，到这时节皆放散一种热气。空气中有泥土气味，有草木气味，且有甲虫类气味。翠翠看着天上的红云，听着渡口飘乡生意人的杂乱声音，心中有些儿薄薄的凄凉。

黄昏照样的温柔，美丽，平静。但一个人若体念到这个当前一切时，也就照样的在这黄昏中会有点儿薄薄的凄凉。于是，这日子成为痛苦的东西了。翠翠觉得好象缺少了什么。好象眼见到这个日子过去了，想在一件新的人事上攀住它，但不成。好象生活太平凡了，忍受不住。

“我要坐船下桃源县过洞庭湖，让爷爷满城打锣去叫我，点了灯笼火把去找我。”

她便同祖父故意生气似的，很放肆的去想到这样一件事，她且想象她出走后，祖父用各种方法寻觅全无结果，到后如何无可奈何躺在渡船上。

人家喊：“过渡，过渡，老伯伯，你怎么的，不管事！”

“怎么的！翠翠走了，下桃源县了！”

“那你怎么办？”

“怎么办吗？拿把刀，放在包袱里，搭下水船去杀了她！”……

翠翠仿佛当真听着这种对话，吓怕起来了，一面锐声喊着她的祖父，一面从坎上跑向溪边渡口去。见到了祖父正把船拉在溪中心，船上人喁喁说着话，小小心子还依然跳跃不已。

“爷爷，爷爷，你把船拉回来呀！”

那老船夫不明白她的意思，还以为是翠翠要为他代劳了，就说：

“翠翠，等一等，我就回来！”

“你不拉回来了吗？”

“我就回来！”

翠翠坐在溪边，望着溪面为暮色所笼罩的一切，且望到那只渡船上一群过渡人，其中有个吸旱烟的打着火镰吸烟，且把烟杆在船边剥剥的敲着烟灰，就忽然哭起来了。

祖父把船拉回来时，见翠翠痴痴的坐在岸边，问她是什么事，翠翠不作声。祖父要她去烧火煮饭，想了一会儿，觉得自己哭得可笑，一个人便回到屋中去，坐在黑黝黝的灶边把火烧燃后，她又走到门外高崖上去，喊叫她的祖父，要他回家里来，在职务上毫不儿戏的老船夫，因为明白过渡人皆是赶回城中吃晚饭的人，来一个就渡一个，不便要人站在那岸边呆等，故不上岸来。只站在船头告翠翠，且让他做点事，把人渡完事后，就回家里来吃饭。

翠翠第二次请求祖父，祖父不理会，她坐在悬崖上，很觉得悲伤。

天夜了，有一匹大萤火虫尾上闪着蓝光，很迅速的从翠翠身旁飞过去，翠翠想："看你飞得多远！"便把眼睛随着那萤火虫的明光追去。杜鹃又叫了。

"爷爷，为什么不上来？我要你！"

在船上的祖父听到这种带着娇有点儿埋怨的声音，一面粗声粗气的答道："翠翠，我就来，我就来！"一面心中却自言自语："翠翠，爷爷不在了，你将怎么样？"

老船夫回到家中时，见家中还黑黝黝的，只灶间有火光，见翠翠坐在灶边矮条凳上，用手蒙着眼睛。

走过去才晓得翠翠已哭了许久。祖父一个下半天来，皆弯着个腰在船上拉来拉去，歇歇时手也酸了，腰也酸了，照规矩，一到家里就会嗅到锅中所焖瓜菜的味道，且可见到翠翠安排晚饭在灯光下跑来跑去的影子。今天情形竟不同了一点。

祖父说："翠翠，我来慢了，你就哭，这还成吗？我死了呢？"

翠翠不作声。

祖父又说："不许哭，做一个大人，不管有什么事都不许哭。要硬扎一点，结实一点，才配活到这块土地上！"

翠翠把手从眼睛边移开，靠近了祖父身边去。"我不哭了。"

两人吃饭时，祖父为翠翠说到一些有趣味的故事。因此提到了死去了的翠翠的母亲。两人在豆油灯下把饭吃过后，老船夫因为工作疲倦，喝了半碗白酒，因此饭后兴致极好，又同翠翠到门外高崖上月光下去说故事。说了些那个可怜母亲的乖巧处，同时且说到那可怜母亲性格强硬处，使翠翠听来神往倾心。

翠翠抱膝坐在月光下，傍着祖父身边，问了许多关于那个可怜母亲的故事。间或吁一口气，似乎心中压上了些分量沉重的东西，想挪移得远一点，才吁着这种气，可是却无从把那东西挪开。

月光如银子，无处不可照及，山上篁竹在月光下皆成为黑色。身边草丛中虫声繁密如落雨。间或不知道从什么地方，忽然会有一只草莺“落落落落嘘！”啭着它的喉咙，不久之间，这小鸟儿又好象明白这是半夜，不应当那么吵闹，便仍然闭着那小小眼儿安睡了。

祖父夜来兴致很好，为翠翠把故事说下去，就提到了本城人二十年前唱歌的风气，如何驰名于川黔边地。翠翠的父亲，便是唱歌的第一手，能用各种比喻解释爱与憎的结子，这些事也说到了。翠翠母亲如何爱唱歌，且如何同父亲在未认识以前在白日里对歌，一个在半山上竹篁里砍竹子，一个在溪面渡船上拉船，这些事也说到了。

翠翠问：“后来怎么样？”

祖父说：“后来的事长得很，最重要的事情，就是这种歌唱出了你。”

十四

老船夫做事累了睡了，翠翠哭倦了也睡了。翠翠不能忘记祖父所说的事情，梦中灵魂为一种美妙歌声浮起来了，仿佛轻轻的各处飘着，上了白塔，下了菜园，到了船上，又复飞窜过悬崖半腰——去作什么呢？摘虎耳草！白日里拉船时，她仰头望着崖上那些肥大虎耳草已极熟习。崖壁三五丈高，平时攀折不到手，这时节却可以选顶大的叶子作伞。

一切皆象是祖父说的故事，翠翠只迷迷胡胡的躺在粗麻布帐子里草荐上，以为这梦做得顶美顶甜。祖父却在床上醒着，张起个耳朵听对溪高崖上的人唱了半夜的歌。他知道那是谁唱的，他知道是河街上天保大老走马路的第一着，又忧愁又快乐的听下去。翠翠因为日里哭倦了，睡得正好，他就不去惊动她。

第二天天一亮，翠翠就同祖父起身了，用溪水洗了脸，把早上说梦的忌讳去掉了，翠翠赶忙同祖父去说昨晚上所梦的事情。

“爷爷，你说唱歌，我昨天就在梦里听到一种顶好听的歌声，又软又缠绵，我象跟了这声音各处飞，飞到对溪悬崖半腰，摘了一大把虎耳草，得到了虎耳草，我可不知道把这个东西交给谁去了。我睡得真好，梦的真有趣！”

祖父温和悲悯的笑着，并不告给翠翠昨晚上的事实。

祖父心里想：“做梦一辈子更好，还有人在梦里作宰相中状元咧。”

昨晚上唱歌的，老船夫还以为是天保大老，日来便要翠翠守船，借故到城里去送药，探听情况。在河街见到了大老，就一把拉住那小伙子，很快乐的说：

“大老，你这个人，又走车路又走马路，是怎样一个狡猾东西！”

但老船夫却作错了一件事情，把昨晚唱歌人“张冠李戴”了。这两弟兄昨晚上同时到碧溪岨去，为了作哥哥的走车路占了先，无论如何也不肯先开腔唱歌，一定得让那弟弟先唱。弟弟一开口，哥哥却因为明知不是敌手，更不能开口了。翠翠同她祖父晚上听到的歌声，便全是那个傩送二老所唱的。大老伴弟弟回家时，就决定了同茶峒地方离开，驾家中那只新油船下驶，好忘却了上面的一切。这时正想下河去看新船装货。老船夫见他神情冷冷的，不明白他的意思，就用眉眼做了一个可笑的记号，表示他明白大老的冷淡是装成的，表示他有消息可以奉告。

他拍了大老一下，轻轻的说：

“你唱得很好，别人在梦里听着你那个歌，为那个歌带得很远，走了不少的路！你是第一号，是我们地方唱歌第一号。”

大老望着弄渡船的老船夫涎皮的老脸，轻轻的说：

“算了吧，你把宝贝女儿送给了会唱歌的竹雀吧。”

这句话使老船夫完全弄不明白它的意思。大老从一个吊脚楼甬道走下河去了，老船夫也跟着下去。到了河边，见那只新船正在装货，许多油篓子搁到岸边。一个水手正在用茅草扎成长束，备作船舷上挡浪用的茅把，还有人在河边用脂油擦桨板。老船夫问那个坐在大太阳下扎茅把的水手，这船什么日子下行，谁押船。那水手把手指着大老。老船夫搓着手说：

“大老，听我说句正经话，你那件事走车路，不对；

走马路，你有分的！”

那大老把手指着窗口说：“伯伯，你看那边，你要竹雀做孙女婿，竹雀在那里啊！”

老船夫抬头望到二老，正在窗口整理一个鱼网。

回碧溪岨到渡船上时，翠翠问：

“爷爷，你同谁吵了架，脸色那样难看！”

祖父莞尔而笑，他到城里的事情，不告给翠翠一个字。

十五

大老坐了那只新油船向下河走去了，留下傩送二老在家。老船夫方面还以为上次歌声既归二老唱的，在此后几个日子里，自然还会听到那种歌声。一到了晚间就故意从别样事情上，促翠翠注意夜晚的歌声。两人吃完饭坐在屋里，因屋前滨水，长脚蚊子一到黄昏就嗡嗡的叫着，翠翠便把蒿艾束成的烟包点燃，向屋中角隅各处晃着驱逐蚊子。晃了一阵，估计全屋子里已为蒿艾烟气熏透了，才搁到床前地上去，再坐在小板凳上来听祖父说话。从一些故事上慢慢的谈到了唱歌，祖父话说得很妙。祖父到后发问道：

“翠翠，梦里的歌可以使你爬上高崖去摘那虎耳草，若当真有谁来在对溪高崖上为你唱歌，你怎么样？”祖父把话当笑话说着的。

翠翠便也当笑话答道：“有人唱歌我就听下去，他唱多久我也听多久！”

“唱三年六个月呢？”

“唱得好听，我听三年六个月。”

“这不公平吧。”

“怎么不公平？为我唱歌的人，不是极愿意我长远听他的歌吗？”

“照理说：炒菜要人吃，唱歌要人听。可是人家为你唱，是要你懂他歌里的意思！”

“爷爷，懂歌里什么意思？”

“自然是他那颗想同你要好的真心！不懂那点心事，不是同听竹雀唱歌一样了吗？”

“我懂了他的心又怎么样？”

祖父用拳头把自己腿重重的捶着，且笑着：“翠翠，你人乖，爷爷笨得很，话也不说得温柔，莫生气。我信口开河，说个笑话给你听。你应当当笑话听。河街天保大老走车路，请保山来提亲，我告给过你这件事了，你那神气不愿意，是不是？可是，假若那个人还有个兄弟，走马路，为你来唱歌，向你求婚，你将怎么说？”

翠翠吃了一惊，低下头去。因为她不明白这笑话有几分真，又不清楚这笑话是谁诌的。

祖父说：“你告诉我，愿意哪一个？”

翠翠便微笑着轻轻的带点儿恳求的神气说：

“爷爷莫说这个笑话吧。”翠翠站起身了。

“我说的若是真话呢？”

“爷爷你真是个……”翠翠说着走出去了。

祖父说：“我说的是笑话，你生我的气吗？”

翠翠不敢生祖父的气，走近门限边时，就把话引到另外一件事情上去：“爷爷看天上的月亮，那么大！”说着，出了屋外，便在那一派清光的露天中站定。站了一忽儿，祖父也从屋中出到外边来了。翠翠于是坐到那白日里为强烈阳光晒热的岩石上去，石头正散发日间所储的余热。祖父就说：

“翠翠，莫坐热石头，免得生坐板疮。”

但自己用手摸摸后，自己便也坐到那岩石上了。

月光极其柔和，溪面浮着一层薄薄白雾，这时节对溪若有人唱歌，隔溪应和，实在太美丽了。翠翠还记着先前祖父说的笑话。耳朵又不聋，祖父的话说得极分明，一个兄弟走马路，唱歌来打发这样的晚上，算是怎么回事？她似乎为了等着这样的歌声，沉默了许久。

她在月光下坐了一阵，心里却当真愿意听一个人来唱歌。久之，对溪除了一片草虫的清音复奏以外别无所有。翠翠走回家里去，在房门边摸着了那个芦管，拿出来在月光下自己吹着。觉吹得不好，又递给祖父要祖父吹。老船夫把那个芦管竖在嘴边，吹了个长长的曲子，翠翠的心被吹柔软了。

翠翠依傍祖父坐着，问祖父：

“爷爷，谁是第一个做这个小管子的人？”

“一定是个最快乐的人，因为他分给人的也是许多快乐；可又象是个最不快乐的人作的，因为他同时也可以引起人不快乐！”

“爷爷，你不快乐吗？生我的气了吗？”

“我不生你的气。你在我身边，我很快乐。”

“我万一跑了呢？”

“你不会离开爷爷的。”

“万一有这种事，爷爷你怎么样？”

“万一有这种事，我就驾了这只渡船去找你。”

翠翠嗤的笑了。“凤滩、茨滩不为凶，下面还有绕鸡笼；绕鸡笼也容易下，青浪滩浪如屋大。爷爷，你渡船也能下凤滩、茨滩、青浪滩吗？那些地方的水，你不说过象疯子吗？”

祖父说：“翠翠，我到那时可真象疯子，还怕大水大浪？”

翠翠俨然极认真的想了一下，就说：“爷爷，我一定不走。可是，你会不会走？你会不会被一个人抓到别处去？”

祖父不作声了，他想到被死亡抓走那一类事情。

老船夫打量着自己被死亡抓走以后的情形，痴痴的看望天南角上一颗星子，心想：“七月八月天上方有流星，人也会在七月八月死去吧？”又想起白日在河街上同大老谈话的经过，想起中寨人陪嫁的那座碾坊，想起二老，想起一大堆事情，心中有点儿乱。

翠翠忽然说：“爷爷，你唱个歌给我听听，好不好？”

祖父唱了十个歌，翠翠傍在祖父身边，闭着眼睛听下去，等到祖父不作声时，翠翠自言自语说：“我又摘了一把虎耳草了。”

祖父所唱的歌，原来便是那晚上听来的歌。

十六

二老有机会唱歌却从此不再到碧溪岨唱歌。十五过去了，十六也过去了，到了十七，老船夫忍不住了，进城往河街去找寻那个年青小伙子，到城门边正预备入河街时，就遇着上次为大老作保山的杨马兵，正牵了一匹骡马预备出城，一见老船夫，就拉住了他：

“伯伯，我正有事情告你，碰巧你就来城里！”

“什么事？”

“天保大老坐下水船到茨滩出了事，闪不知这个人掉到滩下漩水里就淹坏了。早上顺顺家里得到这个信，听说二老一早就赶去了。”

这消息同有力巴掌一样重重的掴了他那么一下，他不相信这是当真的消息。他故作从容的说：

“天保大老淹坏了吗？从不听说有水鸭子被水淹坏的！”

“可是那只水鸭子仍然有那么一次被淹坏了……我赞成你的卓见，不让那小子走车路十分顺手。”

从马兵言语上，老船夫还十分怀疑这个新闻，但从马兵神气上注意，老船夫却看清楚这是个真的消息了。他惨惨的说：

“我有什么卓见可言？这是天意！一切都有天意……”老船夫说时心中充满了感情。

特为证明那马兵所说的话有多少可靠处，老船夫同马兵分手后，于是匆匆赶到河街上去。到了顺顺家门前，正有人烧纸钱，许多人围在一处说话。走近去听听，所说的便是杨马兵提到的那件事。但一到有人发现了身后的老船夫时，大家便把话语转了方向，故意来谈下河油价涨落情形了。老船夫心中很不安，正想找一个比较要好的水手谈谈。

一会船总顺顺从外面回来了，样子沉沉的，这豪爽正直的中年人，正似乎为不幸打倒努力想挣扎爬起的神气，一见到老船夫就说：

“老伯伯，我们谈的那件事情吹了吧。天保大老已经坏了，你知道了吧？”

老船夫两只眼睛红红的，把手搓着，“怎么的。这是真事！是昨天，是前天？”

另一个象是赶路同来报信的，插嘴说道：“十六中上，船搁到石包子上，船头进了水，大老想把篙撇着，人就弹到水中去了。”

老船夫说：“你眼见他下水吗？”

“我还与他同时下水！”

“他说什么？”

“什么都来不及说！这几天来他都不说话！”

老船夫把头摇摇，向顺顺那么怯怯的溜了一眼。船总顺顺象知道他心中不安处，就说：“伯伯，一切是天，算了吧。我这里有大兴场人送来的好烧酒，你拿一点去喝罢。”一个伙计用竹筒上了一筒酒，用新桐木叶蒙着筒口，交给了老船夫。

老船夫把酒拿走，到了河街后，低头向河码头走去，到河边天保大前天上船处去看看。杨马兵还在那里放马到沙地上打滚，自己坐在柳树荫下乘凉。老船夫就走过去请马兵试试那大兴场的烧酒，两人喝了点酒后，兴致似乎皆好些了，老船夫就告给杨马兵，十四夜里二老过碧溪岨唱歌那件事情。

那马兵听到后便说：

“伯伯，你是不是以为翠翠愿意二老，应该派归二老……”

话没说完，傩送二老却从河街下来了。这年青人正象要远行的样子，一见了老船夫就回头走去。杨马兵就喊他说：“二老，二老，你来，有话同你说呀！”

二老站定了，很不高兴神气，问马兵“有什么话说”。马兵望望老船夫，就向二老说：“你来，有话说！”

“什么话？”

“我听人说你已经走了——你过来我同你说，我不会吃掉你！”

那黑脸宽肩膊、样子虎虎有生气的傩送二老，勉强笑着，到了柳荫下时，老船夫想把空气缓和下来，指着河上游远处那座新碾坊说：“二老，听人说那碾坊将来是归你的！归了你，派我来守碾子，行不行？”

二老仿佛听不惯这个询问的用意，便不作声。杨马兵看风头有点儿僵，便说："二老，你怎么的，预备下去吗？"那年青人把头点点，不再说什么，就走开了。

老船夫讨了个没趣，很懊恼的赶回碧溪岨去，到了渡船上时，就装作把事情看得极随便似的，告给翠翠。

"翠翠，今天城里出了件新鲜事情，天保大老驾油船下辰州，运气不好，掉到茨滩淹坏了。"

翠翠因为听不懂，对于这个报告最先好象全不在意。祖父又说：

"翠翠，这是真事。上次来到这里做保山的杨马兵，还说我早不答应亲事，极有见识！"

翠翠瞥了祖父一眼，见他眼睛红红的，知道他喝了酒，且有了点事情不高兴，心中想："谁撩你生气？"船到家边时，祖父不自然的笑着向家中走去。翠翠守船，半天不闻祖父声息，赶回家去看看，见祖父正坐在门槛上编草鞋耳子。

翠翠见祖父神气极不对，就蹲到他身前去。

"爷爷，你怎么的？"

"天保当真死了！二老生了我们的气，以为他家中出这件事情，是我们分派的！"

有人在溪边大声喊渡船过渡，祖父匆匆出去了。翠翠坐在那屋角隅稻草上，心中极乱，等等还不见祖父回来，就哭起来了。

十七

祖父似乎生谁的气，脸上笑容减少了，对于翠翠方面也不大注意了。翠翠象知道祖父已不很疼她，但又象不明白它的原因。但这并不是很久的事，日子一过去，也就好了。两人仍然划船过日子，一切依旧，惟对于生活，却仿佛什么地方有了个看不见的缺口，始终无法填补起来。祖父过河街去仍然可以得到船总顺顺的款待，但很明显的事，那船总却并不忘掉死去者死亡的原因。二老出白河下辰州走了六百里，沿河找寻那个可怜哥哥的尸骸，毫无结果，在各处税关上贴下招字，返回茶峒来了。过不久，他又过川东去办货，过渡时见到老船夫。老船夫看看那小伙子，好象已完全忘掉了从前的事情，就同他说话。

“二老，大六月日头毒人，你又上川东去，不怕辛苦？”

“要饭吃，头上是火也得上路！”

“要吃饭，二老家还少饭吃！”

“有饭吃，爹爹说年青人也不应该在家中白吃不作事！”

“你爹爹好吗？”

“吃得做得，有什么不好。”

“你哥哥坏了，我看你爹爹为这件事情也好象萎悴多了！”

二老听到这句话，不作声了，眼睛望着老船夫屋后那个白塔。他似乎想起了过去那个晚上那件旧事，心中十分惆怅。

老船夫怯怯的望了年青人一眼，一个微笑在脸上漾开。

“二老，我家翠翠说，五月里有天晚上，做了个梦……”说时他又望望二老，见二老并不惊讶，也不厌烦，于是又接着说，“她梦得古怪，说在梦中被一个人的歌声浮起来，上悬岩摘了一把虎耳草！”

二老把头偏过一旁去作了一个苦笑，心中想到“老头子倒会做作”。这点意思在那个苦笑上，仿佛同样泄露出来，仍然被老船夫看到了，老船夫就说：“二老，你不信吗？”

那年青人说：“我怎么不相信？因为我做傻子在那边岩上唱过一晚的歌！”

老船夫被一句料想不到的老实话窘住了，口中结结巴巴的说：“这是真的……这是假的……”

“怎么不是真的？天保大老的死，难道不是真的。”

“可是，可是……”

老船夫的做作处，原意只是想把事情弄明白一点，但一起始自己叙述这段事情时，方法上就有了错处，因此反被二老误会了。他这时正想把那夜的情形好好说出来，船已到了岸边。二老一跃上了岸，就想走去。老船夫在船上显得更加忙乱的样子说：

“二老，二老，你等等，我有话同你说，你先前不是说到那个——你做傻子的事情吗？你并不傻，别人才当真叫你那歌弄成傻相！”

那年青人虽站定了，口中却轻轻的说：“得了，够了，不要说了。”

老船夫说：“二老，我听人说你不要碾子要渡船，这是杨马兵说的，不是真的吧？”

那年青人说：“要渡船又怎样？”

老船夫看看二老的神气，心中忽然高兴起来了，就情不自禁的高声叫着翠翠，要她下溪边来。可是，不知翠翠是故意不从屋里出来，还是到别处去了，许久还不见到翠翠的影子，也不闻这个女孩子的声音。二老等了一会儿，看看老船夫那副神气，一句话不说，便微笑着，大踏步同一个挑担粉条白糖货物的脚夫走去了。

过了碧溪岨小山，两人应沿着一条曲曲折折的竹林走去，那个脚夫这时节开了口：

“傩送二老，看那弄渡船的神气，很欢喜你！”

二老不作声，那人就又说道：

“二老，他问你要碾坊还是要渡船，你当真预备做他的孙女婿，接替他那只渡船吗？”

二老笑了，那人又说：

“二老，若这件事派给我，我要那座碾坊。一座碾坊的出息，每天可收七升米，三斗糠。”

二老说：“我回来时向我爹爹去说，为你向中寨人做媒，让你得到那座碾坊吧。至于我呢，我想弄渡船是很好的。只是老家伙为人弯弯曲曲，不利索，大老是他弄死的。”

老船夫见二老那么走去了，翠翠还不出来，心中很不快乐。走回家去看看，原来翠翠并不在家。过一会儿，翠翠提了个篮子从小山后回来了，方知道大清早翠翠已出门掘竹鞭笋去了。

“翠翠，我喊了你好久，你听不到！”

“喊我做什么？”

“一个过渡……一个熟人，我们谈起你……我喊你你可不答应！”

“是谁？”

“你猜，翠翠。不是陌生人……你认识他！”

翠翠想起适间从竹林里无意中听来的话，脸红了，半天不说话。

老船夫问：“翠翠，你得了多少鞭笋？”

翠翠把竹篮向地下一倒，除了十来根小小鞭笋外，只是一大把虎耳草。

老船夫望了翠翠一眼，翠翠两颊绯红跑了。

十八

日子平平的过了一个月，一切人心上的病痛，似乎皆在那份长长的白日下医治好了。天气特别热，各人只忙着流汗，用凉水淘江米酒吃，不用什么心事，心事在人生活中，也就留不住了。翠翠每天皆到白塔下背太阳的一面去午睡，高处既极凉快，两山竹篁里叫得使人发松的竹雀和其他鸟类又如此之多，致使她在睡梦里尽为山鸟歌声所浮着，做的梦也便常是顶荒唐的梦。

这并不是人的罪过。诗人们会在一件小事上写出整本整部的诗，雕刻家在一块石头上雕得出骨血如生的人像，画家一撇儿绿，一撇儿红，一撇儿灰，画得出一幅一幅带有魔力的彩画，谁不是为了惦着一个微笑的影子，或是一个皱眉的记号，方弄出那么些古怪成绩？翠翠不能用文字，不能用石头，不能用颜色把那点心头上的爱憎移到别一件东西上去，却只让她的心，在一切顶荒唐事情上驰骋。她从这分隐秘里，常常得到又惊又喜的兴奋。一点儿不可知的未来，摇撼她的情感极厉害，她无从完全把那种痴处不让祖父知道。

祖父呢，可以说一切都知道了的。但事实上他又却是个一无所知的人。他明白翠翠不讨厌那个二老，却不明白那小伙子二老怎么样。他从船总处与二老处，皆碰过了钉子，但他并不灰心。

“要安排得对一点，方合道理，一切有个命！”他那么想着，就更显得好事多磨起来了。睁着眼睛时，他做的梦比那个外孙女翠翠便更荒唐更寥阔。

他向各个过渡本地人打听二老父子的生活，关切他们如同自己家中人一样。但也古怪，因此他却怕见到那个船总同二老了。一见他们他就不知说些什么，只是老脾气把两只手搓来搓去，从容处完全失去了。二老父子方面皆明白他的意思，但那个死去的人，却用一个凄凉的印象，镶嵌到父子心中，两人便对于老船夫的意思，俨然全不明白似的，一同把日子打发下去。

明明白白夜来并不做梦，早晨同翠翠说话时，那作祖父的会说：

“翠翠，翠翠，我昨晚上做了个好不怕人的梦！”

翠翠问：“什么怕人的梦？”

就装作思索梦境似的，一面细看翠翠小脸长眉毛，一面说出他另一时张着眼睛所做的好梦。不消说，那些梦原来都并不是当真怎样使人吓怕的。

一切河流皆得归海，话起始说得纵极远，到头来总仍然是归到使翠翠红脸那件事情上去。待到翠翠显得不大高兴，神气上露出受了点小窘时，这老船夫又才象有了一点儿吓怕，忙着解释，用闲话来遮掩自己所说到那问题的原意。

“翠翠，我不是那么说，我不是那么说。爷爷老了，胡涂了，笑话多咧。”

但有时翠翠却静静的把祖父那些笑话胡涂话听下去，一直听到后来还抿着嘴儿微笑。

翠翠也会忽然说道：

“爷爷，你真是有一点儿胡涂！”

祖父听过了不再作声，他将说：“我有一大堆心事。”但来不及说，恰好就被过渡人喊走了。

天气热了，过渡人从远处走来，肩上挑得是七十斤担子，到了溪边，贪凉快不即走路，必蹲在岩石下茶缸边喝凉茶，与同伴交换“吹吹棒”烟管，且一面与弄渡船的攀谈。许多子虚乌有的话这些人说出口来，给老船夫听到了。过渡人有时还因溪水清洁，就溪边洗脚抹澡的，坐得更久话也就更多。祖父把些话转说给翠翠，翠翠也就学懂了许多事情。货物的价钱涨落呀，坐轿搭船的用费呀，放木筏的人把他那个木筏从滩上流下时，十来把大桡子如何活动呀，在小烟船上吃荤烟，大脚娘如何烧烟呀……无一不备。

傩送二老从川东押物回到了茶峒。时间已近黄昏了，溪面很寂静，祖父同翠翠在菜园地里看萝卜秧子。翠翠白日中觉睡久了些，觉得有点寂寞，好象听人嘶声喊过渡，就争先走下溪边去。下坎时，见两个人站在码头边，斜阳影里背身看得极分明，正是傩送二老同他家中的长年！翠翠大吃一惊，同小兽物见到猎人一样，回头便向山竹林里跑掉了。但那两个在溪边的人，听到脚步响时，一转身，也就看明白这件事情了。等了一下再也不见人来，那长年又嘶声音喊叫过渡。

老船夫听得清清楚楚，却仍然蹲在萝卜秧地上数菜，心里觉得好笑。他已见到翠翠走去，他知道必是翠翠看明白了过渡人是谁，故蹲在那高岩上不理会。翠翠人小不管事，过渡人求她不干，奈何她不得，故只好嘶着个喉咙叫过渡了。那长年叫了几声，见无人来，就停了，同二老说：“这是什么玩意儿，难道老的害病弄翻了，只剩下翠翠一个人了吗？”二老说：“等等看，不算什么！”就等了一阵。因为这边在静静的等着，园地上老船夫却在心里想：“难道是二老吗？”他仿佛担心搅恼了翠翠似的，就仍然蹲着不动。

但再过一阵，溪边又喊起过渡来了。声音不同了一点，这才真是二老的声音。生气了吧？等久了吧？吵嘴了吧？老船夫一面胡乱估着一面跑到溪边去。到了溪边，见两个人业已上了船，其中之一正是二老。老船夫惊讶的喊叫：

“呀，二老，你回来了！”

年青人很不高兴似的。“回来了。——你们这渡船是怎么的，等了半天也不来个人！”

“我以为——”老船夫四处一望，并不见翠翠的影子，只见黄狗从山上竹林里跑来，知道翠翠上山了，便改口说：“我以为你们过了渡。”

“过了渡！不得你上船，谁敢开船？”那长年说着，一只水鸟掠着水面飞去。“翠鸟儿归窠了，我们还得赶回家去吃夜饭！”

“早咧，到河街早咧。”说着，老船夫已跳上了船，且在心中一面说着，“你不是想承继这只渡船吗！”一面把船索拉动，船便离岸了。

“二老，路上累得很！……”

老船夫说着，二老不置可否，不动感情听下去。船拢了岸，那年青小伙子同家中长年挑担子翻山走了。那点淡漠印象留在老船夫心上，老船夫于是在两个人身后，捏紧拳头威吓了三下，轻轻的吼着，把船拉回去了。

十九

翠翠向竹林里跑去，老船夫半天还不下船，这件事从傩送二老看来，前途显然有点不利。虽老船夫言词之间，无一句话不在说明“这事有边”，但那畏畏缩缩的说明，极不得体，二老想起他的哥哥，便把这件事曲解了。他有一点儿愤愤不平，有一点儿气恼。回到家里第三天，中寨有人来探口风，在河街顺顺家中住下，把话问及顺顺，想明白二老是不是还有意接受那座新碾坊，顺顺就问二老自己意见怎么样。

二老说 ：“爸爸，你以为这事为你，家中多座碾坊多个人，你可以快活，你就答应了。若果为的是我，我要好好去想一下，过些日子再说它吧。我还不知道我应当得座碾坊，还是应当得一只渡船 ；我命里或只许我撑个渡船！”

探口风的人把话记住，回中寨去报命，到碧溪岨过渡时，见到了老船夫，想起二老说的话，不由得不咪咪的笑着。老船夫问明白了他是中寨人，就又问他过茶峒作什么事。

那心中有分寸的中寨人说 ：

“什么事也不作，只是过河街船总顺顺家里坐了一会儿。”

“无事不登三宝殿，坐了一定就有话说！”

“话倒说了几句。”

“说了些什么话？”那人不再说了，老船夫却问道，“听说你们中寨人想把大河边一座碾坊连同家中闺女送给河街上顺顺，这事情有不有了点眉目？”

那中寨人笑了："事情成了。我问过顺顺，顺顺很愿意同中寨人结亲家，又问过那小伙子……"

"小伙子意思怎么样？"

"他说：我眼前有座碾坊，有条渡船，我本想要渡船，现在就决定要碾坊吧。渡船是活动的，不如碾坊落脚生根。这小子会打算盘呢。"

中寨人是个米场经纪人，话说得极有斤两，他明知道"渡船"指的是什么，但他可并不说穿。他看到老船夫口唇蠕动，想要说话，中寨人便又抢着说道：

"一切皆是命，半点不由人。可怜顺顺家那个大老，相貌一表堂堂，会淹死在水里！"

老船夫被这句话在心上戳了一下，把想问的话咽住了。中寨人上岸走去后，老船夫闷闷的立在船头，痴了许久。又把二老日前过渡时落漠神气温习一番，心中大不快乐。

翠翠在塔下玩得极高兴，走到溪边高岩上想要祖父唱唱歌，见祖父不理会她，一路埋怨赶下溪边去，到了溪边方见到祖父神气十分沮丧，不明白为什么原因。翠翠来了，祖父看看翠翠的快活黑脸儿，粗卤的笑笑。对溪有扛货物过渡的，便不说什么，沉默的把船拉过溪，到了中心却大声唱起歌来了。把人渡了过溪，祖父跳上码头走近翠翠身边来，还是那么粗卤的笑着，把手抚着头额。

翠翠说：

“爷爷怎么的，你发痧了？你躺到荫下去歇歇，我来管船！”

“你来管船，好，这只船归你管！”

老船夫似乎当真发了痧，心头发闷，虽当着翠翠还显出硬扎样子，独自走回屋里后，找寻得到一些碎瓷片，在自己臂上腿上扎了几下，放出了些乌血，就躺到床上睡了。

翠翠自己守船，心中却古怪的快乐，心想：“爷爷不为我唱歌，我自己会唱！”

她唱了许多歌，老船夫躺在床上闭着眼睛，一句一句听下去，心中极乱。但他知道这不是能够把他打倒的大病，他明天就仍然会爬起来的。他想第二天进城，到河街去看看，又想起许多旁的事情。

但到了第二天，人虽起了床，头还沉沉的。祖父当真已病了。翠翠显得懂事了些，为祖父煎了一罐大发药，逼着祖父喝，又在屋后菜园地里摘取蒜苗泡在米汤里作酸蒜苗。一面照料船只，一面还时时刻刻抽空赶回家里来看祖父，问这样那样。祖父可不说什么，只是为一个秘密痛苦着。躺了三天，人居然好了。屋前屋后走动了一下，骨头还硬硬的，心中惦念到一件事情，便预备进城过河街去。翠翠看不出祖父有什么要紧事情必须当天进城，请求他莫去。

老船夫把手搓着，估量到是不是应说出那个理由。翠翠一张黑黑的瓜子脸，一双水汪汪的眼睛，使他吁了一口气。

他说："我有要紧事情，得今天去！"

翠翠苦笑着说："有多大要紧事情，还不是……"

老船夫知道翠翠脾气，听翠翠口气已有点不高兴，不再说要走了，把预备带走的竹筒，同扣花褡裢搁到条几上后，带点儿谄媚笑着说："不去吧，你担心我会摔死，我就不去吧。我以为早上天气不很热，到城里把事办完了就回来——不去也得，我明天去！"

翠翠轻声的温柔的说："你明天去吧，你腿还软，好好的躺一天再起来。"

老船夫似乎心中还不甘服，洒着两手走出去，门限边一个打草鞋的棒槌，差点儿把他绊了一大跤。稳住了时翠翠苦笑着说：“爷爷，你瞧，还不服气！”老船夫拾起那棒槌，向屋角隅摔去，说道：“爷爷老了！过几天打豹子给你看！”

到了午后，落了一阵行雨，老船夫却同翠翠好好商量，仍然进了城。翠翠不能陪祖父进城，就要黄狗跟去。老船夫在城里被一个熟人拉着谈了许久的盐价米价，又过守备衙门看了一会新买的骡马，才到河街顺顺家里去。到了那里，见到顺顺正同三个人打纸牌，不便谈话，就站在身后看了一阵牌，后来顺顺请他喝酒，借口病刚好点不敢喝酒，推辞了。牌既不散场，老船夫又不想即走，顺顺似乎并不明白他等着有何话说，却只注意手中的牌。后来老船夫的神气倒为另外一个人看出了，就问他是不是有什么事情。老船夫方忸忸怩怩照老方子搓着他那两只大手，说别的事没有，只想同船总说两句话。

那船总方明白在看牌半天的理由，回头对老船夫笑将起来。

“怎不早说？你不说，我还以为你在看我牌学张子！”

“没有什么，只是三五句话，我不便扫兴，不敢说出。”

船总把牌向桌上一撒，笑着向后房走去了，老船夫跟在身后。

“什么事？”船总问着，神气似乎先就明白了他来此要说的话，显得略微有点儿怜悯的样子。

“我听一个中寨人说，你预备同中寨团总打亲家，是不是真事？”

船总见老船夫的眼睛盯着他的脸，想得一个满意的回答，就说：“有这事情。”那么答应，意思却是：“有了你怎么样？”

老船夫说：“真的吗？”

那一个又很自然的说：“真的。”意思却依旧包含了“真的又怎么样？”

老船夫装得很从容的问：“二老呢？”

船总说：“二老坐船下桃源好些日子了！”

二老下桃源的事，原来还同他爸爸吵了一阵才走的。船总性情虽异常豪爽，可不愿意间接把第一个儿子弄死的女孩子，又来作第二个儿子的媳妇，这是很明白的事情。若照当地风气，这些事认为只是小孩子的事，大人管不着，二老当真欢喜翠翠，翠翠又爱二老，他也并不反对这种爱怨纠缠的婚姻。但不知怎么的，老船夫对于这件事的关心，使二老父子对于老船夫反而有了一点误会。船总想起家庭间的近事，以为全与这老而好事的船夫有关。虽不见诸形色，心中却有个疙瘩。

船总不让老船夫再开口了，就语气略粗的说道：

“伯伯，算了吧，我们的口只应当喝酒了，莫再只想替儿女唱歌！你的意思我全明白，你是好意。可是我也求你明白我的意思，我以为我们只应当谈点自己分上的事情，不适宜于想那些年青人的门路了。”

老船夫被一个闷拳打倒后，还想说两句话，但船总却不让他再有说话机会，把他拉到牌桌边去。

老船夫无话可说，看看船总时，船总虽还笑着谈到许多笑话，心中却似乎很沉郁，把牌用力掷到桌上去。老船夫不说什么，戴起他那个斗笠，自己走了。

天气还早，老船夫心中很不高兴，又进城去找杨马兵。那马兵正在喝酒，老船夫虽推病，也免不了喝个三五杯。回到碧溪岨，走得热了一点，又用溪水去抹身子。觉得很疲倦，就要翠翠守船，自己回家睡去了。

黄昏时天气十分郁闷，溪面各处飞着红蜻蜓。天上已起了云，热风把两山竹篁吹得声音极大，看样子到晚上必落大雨。翠翠守在渡船上，看着那些溪面飞来飞去的蜻蜓，心也极乱。看祖父脸上颜色惨惨的，放心不下，便又赶回家中去。先以为祖父一定早睡了，谁知还坐在门限上打草鞋！

“爷爷，你要多少双草鞋？床头上不是还有十四双吗？怎么不好好的躺一躺？”

老船夫不作声，却站起身来昂头向天空望着，轻轻的说：“翠翠，今晚上要落大雨响大雷的！回头把我们的船系到岩下去，这雨大哩。”

翠翠说：“爷爷，我真害怕！”翠翠怕的似乎并不是晚上要来的雷雨。

老船夫似乎也懂得那个意思，就说：“怕什么？一切要来的都得来，不必怕！”

二十

夜间果然落了大雨，夹以吓人的雷声。电光从屋脊上掠过时，接着就是訇的一个炸雷。翠翠在暗中抖着。祖父也醒了，知道她害怕，且担心她着凉，还起身来把一条布单搭到她身上去。祖父说：

“翠翠，不要怕！”

翠翠说：“我不怕！”说了还想说：“爷爷你在这里我不怕！”

訇的一个大雷，接着是一种超越雨声而上的洪大闷重倾圮声。两人都以为一定是溪岸悬崖崩塌了，担心到那只渡船会压在崖石下面去了。

祖孙两人便默默的躺在床上听雨声雷声。

但无论如何大雨，过不久，翠翠却依然睡着了。醒来时天已亮了，雨不知在何时业已止息，只听到溪两岸山沟里注水入溪的声音。翠翠爬起身来，看看祖父还似乎睡得很好，开了门走出去。门前已成为一个水沟，一股水便从塔后哗哗的流来，从前面悬崖直堕而下。并且各处都是那么一种临时的水道。屋旁菜园地已为山水冲乱了，菜秧皆掩在粗砂泥里了。再走过前面去看看溪里，才知道溪中也涨了大水，已漫过了码头，水脚快到茶缸边了。下到码头去的那条路，正同一条小河一样，哗哗的泄着黄泥水。过渡的那一条横溪牵定的缆绳，也被水淹没了，泊在崖下的渡船，已不见了。

翠翠看看屋前悬崖并不崩坍，故当时还不注意渡船的失去。但再过一阵，她上下搜索不到这东西，无意中回头一看，屋后白塔已不见了。一惊非同小可，赶忙向屋后跑去，才知道白塔业已坍倒，大堆砖石极凌乱的摊在那儿。翠翠吓慌得不知所措，只锐声叫她的祖父。祖父不起身，也不答应，就赶回家里去，到得祖父床边摇了祖父许久，祖父还不作声。原来这个老年人在雷雨将息时已死去了。

翠翠于是大哭起来。

过一阵，有从茶峒过川东跑差事的人，到了溪边，隔溪喊过渡，翠翠正在灶边一面哭着一面烧水预备为死去的祖父抹澡。

那人以为老船夫一家还不醒，急于过河，喊叫不应，就抛掷小石头过溪，打到屋顶上。翠翠鼻涕眼泪成一片的走出来，跑到溪边高屋前站定。

“喂，不早了！把船划过来！”

“船跑了！”

“你爷爷做什么事情去了呢？他管船，有责任！”

“他管船，管五十年的船——他死了啊！”

翠翠一面向隔溪人说着一面大哭起来。那人知道老船夫死了，得进城去报信，就说：

“真死了吗？不要哭吧，我回去通知他们，要他们弄条船带东西来！”

那人回到茶峒城边时，一见熟人就报告这件事，不多久，全茶峒城里外都知道这个消息了。河街上船总顺顺，派人找了一只空船，带了副白木匣子，即刻向碧溪撑去。城中杨马兵却同一个老军人，赶到碧溪岨去，砍了几十根大毛竹，用葛藤编作筏子，作为来往过渡的临时渡船。筏子编好后，撑了那个东西，到翠翠家中那一边岸下，留老兵守竹筏来往渡人，自己跑到翠翠家去看那个死者，眼泪湿莹莹的，摸了一会儿躺在床上硬僵僵的老友，又赶忙着做些应做的事情。到后帮忙的人来了，从大河船上运来棺木也来了。住在城中的老道士，还带了许多法器，一件旧麻布道袍，并提了一只大公鸡，来尽义务办理念经起水诸事，也从筏上渡过来了。家中人出出进进，翠翠只坐在灶边矮凳上呜呜的哭着。

到了中午，船总顺顺也来了，还跟着一个人扛了一口袋米，一坛酒，一腿猪肉。见了翠翠就说：

“翠翠，爷爷死了我知道了。老年人是必需死的。劳苦了一辈子，也应当休息了。你不要发愁，一切有我！”各方面看看，就回去了。

到了下午入了殓，一些帮忙的回的回家去了，晚上便只剩下了那老道士、杨马兵同顺顺家派来的两个年青长年。黄昏以前老道士用红绿纸剪了一些花朵，用黄泥作了一些烛台。天断黑后，棺木前小桌上点起黄色九品蜡，燃了香，棺木周围也点了小蜡烛，老道士披上那件蓝麻布道服，开始了丧事中绕棺仪式。老道士在前拿着小小纸幡引路，孝子第二，马兵殿后，绕着那寂寞棺木慢慢转着圈子。两个长年则站在灶边空处，胡乱的打着锣钹。老道士一面闭了眼睛走去，一面且唱且哼，安慰亡灵。提到关于亡魂所到西方极乐世界花香四季时，老马兵就把木盘里的纸花，向棺木上高高撒去，象征西方极乐世界情形。

到了半夜，事情办完了，放过爆竹，蜡烛也快熄灭了，翠翠泪眼婆娑的，赶忙又到灶边去烧火，为帮忙的人办宵夜。吃了宵夜，老道士歪到死人床上睡着了。剩下几个人还得照规矩在棺木前守灵，老马兵为大家唱丧堂歌，用个空的量米木升子，当作小鼓，把手剥剥剥的一面敲着一面唱下去——唱“王祥卧冰”的事情，唱“黄香扇枕”的事情。

翠翠哭了一整天，同时也忙了一整天，到这时已倦极，把头靠在棺前眯着了。两长年同马兵吃了宵夜，喝过两杯酒，精神还虎虎的，便轮流把丧堂歌唱下去。但只一会儿，翠翠又醒了，仿佛梦到什么，惊醒后明白祖父已死，于是又幽幽的哭起来。

“翠翠，翠翠，不要哭啦，人死了哭不回来的！”

秃头陈四四接着就说了一个做新嫁娘的人哭泣的笑话，话语中夹杂了三五个粗野字眼儿，因此引起两个长年咕咕的笑了许久。黄狗在屋外吠着，翠翠开了大门，到外面去站了一下，耳听到各处是虫声，天上月色极好，大星子嵌进透蓝天空里，非常沉静温柔。翠翠想：

“这是真事吗？爷爷当真死了吗？”

老马兵原来跟在她的后边，因为他知道女孩子心门儿窄，说不定一炉火闷在灰里，痕迹不露，见祖父去了，自己一切无望，跳崖悬梁，想跟着祖父一块儿去，也说不定！故随时小心监视到翠翠。

老马兵见翠翠痴痴的站着，时间过了许久还不回头，就打着咳叫翠翠说：

“翠翠，露水落了，不冷么？”

“不冷。”

“天气好得很！”

“呀……”一颗大流星使翠翠轻轻的喊了一声。

接着南方又是一颗流星划空而下。对溪有猫头鹰叫。

“翠翠，”老马兵业已同翠翠并排一块儿站定了，很温和的说：“你进屋里睡去吧，不要胡思乱想！老人是入土为安，不要让他挂牵你！”

翠翠默默的回到祖父棺木前面，坐在地上又呜咽起来。守在屋中两个长年已睡着了。

杨马兵便幽幽的说道：“不要哭了！不要哭了！你爷爷也难过咧。眼睛哭胀喉咙哭嘶有什么好处。听我说，爷爷的心事我全都知道，一切有我。我会把一切安排得好好的，对得起你爷爷。我会安排，什么事都会。我要一个爷爷欢喜你也欢喜的人来接收这渡船！不能如我们的意，我老虽老，还能拿镰刀同他们拼命。翠翠，你放心，一切有我！……”

远处不知什么地方鸡叫了，老道士在那边床上胡胡涂涂的自言自语：“天亮了吗？早咧！”

二十一

大清早，帮忙的人从城里拿了绳索杠子赶来了。

老船夫的白木小棺材，为六个人抬着到那个倾圮了的塔后山岨上去埋葬时，船总顺顺、马兵、翠翠、老道士、黄狗皆跟在后面。到了预先掘就的方阱边，老道士照规矩先跳下去肂，把一点朱砂颗粒同白米安置到阱中四隅及中央，又烧了一点纸钱，念了安魂咒，爬出阱时就要抬棺木的人动手下。翠翠哑着喉咙干号，伏在棺木上不起身。经马兵用力把她拉开，方能移动棺木。一会儿，那棺木便下了阱，调整了方向，拉去绳子，被新土掩盖了，翠翠还坐在地上呜咽。老道士要回城去替人做斋，过渡走了。船总把一切事托给老马兵，也赶回城去了。帮忙的皆到溪边去洗手，家中各人还有各人的事，且知道这家人的情形，不便再叨扰，也不再惊动主人，过渡回家去了。于是碧溪岨便只剩下三个人，一个是翠翠，一个是老马兵，一个是由船总家派来暂时帮忙照料渡船的秃头陈四四。黄狗因被那秃头打了一石头，对于那秃头仿佛很不高兴，尽是轻轻的吠着。

到了下午，翠翠同老马兵商量，要老马兵回城去把马托给营里人照料，再回碧溪岨来陪她。老马兵回转碧溪岨时，秃头陈四四被打发回城去了。

翠翠仍然自己同黄狗来弄渡船，让老马兵坐在溪岸高崖上玩，或嘶着个老喉咙唱歌给她听。

过三天后，船总来商量接翠翠过家里去住，翠翠却想看守祖父的坟山，不愿即刻进城。只请船总过城里衙门去为说句话，许杨马兵暂时同她住住。船总顺顺答应了这件事，就走了。

杨马兵原本和翠翠的父亲同营当差，说故事的本领比翠翠祖父高一筹，加之凡事特别关心，做事又勤快又干净，因此同翠翠住下来，使翠翠仿佛去了一个祖父，却新得了一个伯父。过渡时有人问及可怜的祖父，黄昏时想起祖父，皆使翠翠心酸，觉得十分凄凉。但这分凄凉日子过久一点，也就渐渐淡薄些了。两人每日在黄昏中同晚上，坐在门前溪边高崖上，谈点那个躺在湿土里可怜祖父的旧事，有许多是翠翠先前所不知道的，说来便更使翠翠心中柔和。又说到翠翠的父亲，那个又要爱情又惜名誉的军人，在当时按照绿营军勇的装束，如何使女孩子动心。又说到翠翠的母亲，如何善于唱歌，而且所唱的那些歌在当时如何流行。

时代变了，一切也自然不同了，皇帝已不再坐江山，平常人还消说！杨马兵想起自己年青作马夫时，牵了马匹到碧溪岨来对翠翠母亲唱歌，翠翠母亲不理会，到如今这自己却成为这孤雏的唯一靠山、唯一信托人，不由得不苦笑。

因为两人每个黄昏必谈祖父以及这一家有关系的事情，后来便说到了老船夫死前的一切，翠翠因此明白了祖父活时所不提到的许多事。二老的唱歌，顺顺大儿子的死，顺顺父子对于祖父的冷淡，中寨人用碾坊作陪嫁妆奁诱惑傩送二老，二老既记忆着哥哥的死亡，且因得不到翠翠理会，又被家中逼着接受那座碾坊，意思还在渡船，因此赌气下行，祖父的死因，又如何与翠翠有关……凡是翠翠不明白的事，如今可全明白了。翠翠把事弄明白后，哭了一个夜晚。

过了四七，船总顺顺派人来请马兵进城去，商量把翠翠接到他家中去，作为二老的媳妇。但二老人既在辰州，先就莫提这件事，且搬过河街去住，等二老回来时再看二老意思。马兵以为这件事得问翠翠。回来时，把顺顺的意思向翠翠说过后，又为翠翠出主张，以为名分既不定妥，到一个生人家里去不好，还是不如在碧溪岨等，等到二老驾船回来时，再看二老意思。

这办法决定后，老马兵以为二老不久必可回来的，就依然把马匹托营上人照料，在碧溪岨为翠翠作伴，把一个一个日子过下去。

碧溪岨的白塔，与茶峒风水有关系，塔圮坍了，不重新作一个自然不成。除了城中营管、税局以及各商号各平民捐了些钱以外，各大寨子也有人拿册子去捐钱。为了这塔成就并不是给谁一个人的好处，应尽每个人来积德造福，尽每个人皆有捐钱的机会，因此在渡船上也放了个两头有节的大竹筒，中部锯了一口，尽过渡人自由把钱投进去，竹筒满了马兵就捎进城中首事人处去，另外又带了个竹筒回来。过渡人一看老船夫不见了，翠翠辫子上扎了白线，就明白那老的已作完了自己分上的工作，安安静静躺到土坑里去了，必一面用同情的眼色瞧着翠翠，一面就摸出钱来塞到竹筒中去。“天保佑你，死了的到西方去，活下的永保平安。”翠翠明白那些捐钱人的意思，心里酸酸的，忙把身子背过去拉船。

到了冬天，那个圮坍了的白塔，又重新修好了。可是那个在月下唱歌，使翠翠在睡梦里为歌声把灵魂轻轻浮起的年青人，还不曾回到茶峒来。

……

这个人也许永远不回来了，也许“明天”回来！

一九三三年冬至一九三四年春完成。

楚尘
文化
Chu Chen

北京楚尘文化传媒有限公司 出品

贵生集

沈从文别集

沈从文 著

中信出版集团 | 北京

再版序

上个世纪五十年代，不少喜爱文学的读者迷上了契诃夫，这跟平明出版社接连推出27册汝龙翻译的《契诃夫小说选集》直接有关。

那时我家至少有三个契诃夫迷：做文学编辑的母亲、哥哥和我。谈论哪篇小说怎么怎么好，是不倦的话题。已经退出文坛改了行的父亲不参与，只有时微笑着对外人说："家里有三个契诃夫的群众。"

汝龙译的这套选集可贵之处，首先在于对作品的精选；第二是选进一些契诃夫的书信、札记，别人对他的回忆、评论等，分编到不同集子里，这些文字拉近了读者和作者的距离，是汝龙先生锦上添花的贡献。

到1992年编选《沈从文别集》的时候，我们自然想

到从平明版《契诃夫小说选集》取法。这也是父亲的愿望，尽管他不参与“契诃夫群众”的热情讨论，汝龙这套译本的长处他胸中有数。

我问过父亲汝龙为什么常赠送新书，他只简单说：“是朋友。”

母亲的补充才说清楚：“他翻译的那套英文契诃夫小说是我送的。”

据我充和四姨回忆，1932年暑假，一个“说是由青岛来的，姓沈，来看张兆和的”羞涩客人，初次登苏州张家门，带的一大包礼物“全是英译精装本的俄国小说”。加尼特夫人的一套英译《契诃夫小说集》就在其中。

不懂外文的沈从文怎么买洋书？四姨说那是过上海时托巴金选购的。

父亲曾希望母亲朝文学翻译方面发展，送这样礼物包含着鼓励。愿望虽然没实现，礼物却终于转到最合适的人手里，促成被誉为契诃夫小说“最佳译本”的产生。朋友的成就四十年后启发着《沈从文别集》的编选工作。

当本书再版之际，我们感谢与它有缘分的几位文学前辈，也要感谢为我们想出《沈从文别集》总书名的汪曾祺先生。

沈虎雏

总 序

从文生前，曾有过这样愿望，想把自己的作品好好选一下，印一套袖珍本小册子。不在于如何精美漂亮，不在于如何豪华考究，只要字迹清楚，款式朴素大方，看起来舒服。本子小，便于收藏携带，尤其便于翻阅。八十年代初，有一家书店曾来联系过，也曾请人编了一套，交付出去。可是，落空了，未能实现。我一直认为是一件憾事。

现在湖南岳麓书社要为从文出书，我同虎雏商量，请吉首大学沈从文研究室合作，编选这么一套。这套选本和以前选法编法不同。我们在每本小册子前面，增加一些过去旧作以外的文字。有杂感，有日记，有检查，有未完成的作品，主要是书信——都是近年搜集整理出

来的，大部分未发表过。不管怎样，这些篇章，或反映作者当时对社会、对文艺创作、对文史研究……的一些看法，或反映作者当时的处境，以及内心矛盾哀乐苦闷，把它们发表出来，容或有助于读者从较宽的角度对他的作品、对他的为人以及对当时的环境背景有进一步了解。

出这套书，当然，同时也了却死者和生者的一点心愿。

张兆和

一九九一年十一月二十九日

目 录

从文史料选

一个长会的发言稿[1]

从五零年起，我即参加革大、作协、文联和以后政协的学习，没有间断。到目前为止还是不会把学到的体会，比较有条理的说出来。如果学习是用说话来测验进展和思想改造程度，我恐怕是最落后的一个，在同志考验下，只能得个零分。这一方面是思想落后的表现，另一方面，也是从小就不善于在不同业务的人面前说话，习惯真是不容易改正，和思想差不多的。再鼓励我，也是不成功的。不过我有另一种理会，就是思想改造如果主要是在为社会主义服务，为生产建设科学实验而服务，能结合我业务学习及工作范围，来检查工作和思想，倒

[1] 是不是按这稿发过言，尚不清楚。

似乎比较有边，也能作出稍微有条理的分析。学得比较好，做得比较对是某几方面，不好不对处，又还有些什么，都容易谈。

如象这么坐下来，离开具体业务，单独谈思想问题，虽能接触到思想问题，可并不能解决思想问题。说“思想改造”，对他人说，情形我不大明白，对我说，作用也许不怎么大。

因为这十多年我是在博物馆做研究工作的，和“人”接触的机会比较少，和坛子、罐子、绸子、缎子打交道却特别多。甚至于可以说一天想到的全是这些事情。照文化部对研究员的要求，是对内为陈列提供各种材料以外，并对外为生产、教学和研究而服务。因此学的真象个杂货铺，什么料想不到的问题多少也得有点常识。这里也有政治，也有科学，还有艺术。在工作方法上更必需学习用辩证唯物主义思想方法才搞得通。材料常是十万八万，问题且多而又多，很多过去还是空白点，解放后才有条件来着手摸索的，都需要把史部中的文献和出土的东东西西，和留在图画上的形形色色，三者结合起来看问题，分析判断，才能提得出较新的结论。大家都知道我过去又算不得是个读书人，只能写点不三不四小说的半知识分子。先是当了几年兵油子，后来却在文化界混了好一阵，真正认真切实的学，还是从到博物馆才起始。十多年大部分时间是消耗到图书馆和库房里边，出去参观也经常是钻入别的库房，和坟里挖出的东西打交道。和外面人接触，也不外三部分人：一、偶尔来些国外搞文物的专家，组织上派我出出面，谈问题，供咨询。二、国内编书教书的年青教师，和烧瓷织绸缎生产上的同志，要具体谈毛主席说的把学习优秀传统来古为今用，要明白具体一些，我来提材料，并指明出处。大致不会有太大错误。三、是演历史故事戏，作历史人物画和雕刻，什么样子才比较对，穿衣、骑马、打仗、吃喝，不同时代有什么不同，有什么材料可参考，我懂得多些也详细些。

绝大部分心力都是使用到这上面了，除此以外也几乎没有生活可言。虽然也相当羡慕老朋友如巴金、冰心、老舍这些人，经常到世界各处走动，见闻广博，心胸畅朗，但是我从不唉声叹气，有什么埋怨。我的工作岗位既在博物馆，一切是为人民服务，为建设社会主义祖国服务。这种文化仗既然也得人打，我就打下去。正因为搞这种杂学的人国内并不多，我还只想一个人揽五个人事做。说拥护党，热爱国家，思想改造程度如何，只有从这些工作学习上求了解，作检查，才能够明白得失。什么方面打得比较好，什么打的不好，什么方面且走错了路，再来改正，思想改造也就比较容易落实。一离开工作实践，我就不知道怎么说好了。

这也就是党给荣誉参加了政协，十年来我只发言一次，而提案积起来却有廿多件的原因。因为提的案，多涉及我工作范围，为了全国一盘棋共同提高的问题，为了建设社会主义，我能协助其他教学战线、生产战线尽一点力的部分。可以从实践去证明的。我认为学的本来就是为了用，在这些方面多出点力，也是应该的。也有可能会犯有“厚古薄今”的错误，求改正，依然还是得从实践作去，才能见效果。

近些日子因血压高，心脏供血不良，经常隐痛，坐到桌子边读书二三小时，即眼睛发肿，视觉短期失明。有时头沉重得可怕，不免有些急躁，觉得生命受自然严酷限制，可有效使用时间已不多。学习重在思想改造，本为更好建设社会主义，与其尽我坐下来谈“学习心得”，不如给我以机会，趁我精力还得用时，让我去全国走走，就各大博物馆陈列和库藏到处学学，也到处提出些意见，解决他们的问题。并去各个美术学校，各个烧造瓷器生产地区，特别是江西景德镇陶瓷研究所、陶瓷博物馆、陶瓷学校，参观一二月，他们生产上的花纹和造型，陈列上的说明，以及教学上的有关教材应用诸问题，我提供的意见，大体上是可望有较好效果的。此外，我搞古代丝绸花纹，常识比较丰富，苏、杭、申、宁、成都等绸缎生产地区，新的生产固然早已突过前人，有万千好花样出现。但过去明清六百年生产，也还有千百种配色构图十分精美，值得参考取法的，可以充实丰富以新内容的，如今多冻结在库房里，不能发生应有作用，学校方面不知道，生产方面也不知道。因此，如苏州仿织宋锦，多似是而非，颜色暗淡，花纹别扭。成都则生产蜀锦有两千年历史，新产品却花纹失调，并近二百年有什么产品可供参考取法也不明白。有个研究所，拟出图录，竟把乾隆时织物当成唐代的。南京云锦丝绸研究情形也相差不多。杭州都锦生产在国际上负有盛名，也由于不明传统配色法，技术高而艺术未过关，不够令人满意。我想即用我所学，去成都、南京、苏州、杭州用二个月走一转，了解一下生产上目前的问题，回来后根据情形，就历博、故宫收藏，调二三百种可供生产参考的材料，再分别去各地美术学校或工厂，作短期展出，共用四个月时间，将可以为国家作许多有用事情！

我懂得生产情形较多些，我今后的工作，也就更容易配合需要，作得更有效果。能和老师傅年青工人打成一片，对个人思想改造，更显明比这么坐下来谈个三几月完全不同。

未完篇

无从驯服的斑马[1]

我今年已活过了八十岁，同时代的熟人，只剩下很少几位了。从名分上说，我已经很象个“知识分子”。就事实上说，可还算不得正统派认可的“知识分子”。因为进入大城市前后虽已整整六十年，这六十年的社会变化，知识分子得到的苦难，我也总有机会，不多不少摊派到个人头上一份。工作上的痛苦挣扎，更可说是经过令人难于设想的一个过来人。就我性格的必然，应付任何困难，一贯是沉默接受，既不灰心丧气，也不呻吟哀叹，只是因此，真象奇迹一般，还是依然活下来了。体质上虽然相当脆弱，性情上却随和中见板质，近于“顽固不

[1] 这是作者写于 1983 年春的一篇未完成作品。

化”的无从驯服的斑马。年龄老朽已到随时可以报废情形，心情上却还始终保留一种婴儿状态。对人从不设防，无机心。且永远无望从生活经验教育中，取得一点保护本身不受欺骗的教训，提高一点做个现代人不能不具备的警惕或觉悟。政治水平之低，更是人所共睹，毋容自讳。不拘什么政治学习，凡是文件中缺少固定含义的抽象名词，理解上总显得十分低能，得不出肯定印象，作不出正确的说明。卅年学习，认真说来，前后只象认识十一个字，即“实践”，“为人民服务”，和“古为今用”，影响到我工作，十分具体。前面七个字和我新的业务[1]关系密切，压缩下来，只是一句老话，“学以致用”。由于过去看杂书多，机会好，学习兴趣又特别广泛，同时记忆力也还得用，因此在博物馆沉沉默默学了三十年，历史文物中若干部门，在过去当前研究中始终近于一种空白点的事事物物，我都有机会十万八万的过眼经手，弄明白它的时代特征，和在发展中相互影响的联系。特别是坛坛罐罐花花朵朵，为正统专家学人始终不屑过问的，

[1] 新的业务指 1949 年以后的业务。

我却完全象个旧北京收拾破衣烂衫的老乞婆，看得十分认真，学下去。且尽个人能力所及，加以收集。到手以后，还照老子所说，用个“为而不有”的态度，送到我较熟习的公共机关里去，供大家应用。职业病到一定程度下日益严重，是必然结果。个人当时收入虽有限，始终还学不会花钱到吃喝服用上去。总是每月把个人收入四分之一，去买那些“非文物”的破烂。甚至于还经常向熟人借点钱，来做这种“蠢事”。因此受的惩罚也使人够受的。但是这些出于无知的惩罚，只使我回想到顽童时代，在私塾中被前后几个老秀才按着我，在孔夫子牌位前，狠狠的用厚楠竹块痛打我时的情形，有同一的感受。稍后数年，在军队中见那些杀戮，也有个基本相同的看法，即权力的滥用，只反映出极端的愚蠢，不会达到他们预期的效果。

使我记忆较深刻且觉得十分有趣的，是五×年正当文物局在北都举行一次全国博物馆工作会议时，或许全国各大博物馆文物局的负责人和专家，都出了席。我所属的工作单位，有几位聪明过人的同事，却精心着意在午门两廊，举行了个“内部浪费展览会”，当时看来倒象是很有必要的一种措施。事先没有让我参加展出筹备工作，直到有大批外省同事来参观时，我才知道这件事。因为用意在使我这文物外行丢脸，却料想不到反而使我格外开心。我还记得第一柜陈列的，是我从苏州花三十元买来明代白绵纸手抄两大函有关兵事学的著作，内中有一部分是图象，画的是些奇奇怪怪的云彩。为馆中把这书买来的原因，是前不多久北京图书馆刊正把一部从英国照回来的敦煌写本《望云气说》卷子加以刊载，并且我恰好还记得史记上载有卫青、霍去病出征西北，有派王朔随军远征“主望云气”记载。当时出兵西北，征伐连年，对于西北荒漠云气变化，显然对于战事是有个十分现实的意义。汉代记载情形虽不多，《汉书·艺文志》中，却有个“黄帝望云气说”，凡是托名黄帝的著述，产生时间至晚也在春秋战国时已出现。这个敦煌唐代望云气卷子的重要性，却十分显明。好不容易得来的这个明代抄本，至少可以作为校勘，得到许多有用知识，却被当成“乱收迷信书籍当成文物”过失看待。可证明我那位业务领导如何无知。我亲自陪着好几个外省同行看下去，他们看后也只笑笑，无一个人说长道短，更无一人提出不同意见。于是我又陪他们看第二柜“废品”，陈列的是一整匹暗花绫子，机头上还织得有“河间府织造”几个方方整整宋体字。花绫是一尺三左右的窄筘织成的，折合汉尺恰是二尺宽度。大串枝的花纹，和传世宋代范淳仁诰敕相近。收入计价四元整。亏得主持这个废品展览的同事，想得真周到，还不忘把原价写在一个卡片上。大家看过后，也只笑笑。我的上司因为我在旁边不声不响，也奉陪笑笑。我当然更特别高兴同样笑笑。彼此笑的原因可大不相同。我作了三十年小说，想用文字来描写，却感到无法着手。当时馆中同事，还有十二个学有专长的史学教授，看来也就无一个人由此及彼，联想到河间府在汉代，就是河北一个著名丝绸生产区。南北朝以来，还始终有大生产，唐代还设有织绫局，宋、元、明、清都未停止生产过。这个值四元的整匹花绫，当成“废品”展出，说明个什么问题？结果究竟丢谁的脸？快三十年了，至今恐还有人自以为曾作过一件绝顶聪明，而且取得胜利成功伟大创举。本意或在使我感到羞愤因而离开。完全出于他们意外，就是我竟毫不觉得难受。并且有的是各种转业机会，却都不加考虑放弃了。竟坚决留下来，和这些人一同共事卅年。我因此也就学懂了丝绸问题，更重要还是明白了一些人在新社会能吃得开，首先是对于“世故哲学”的善于运用。这一行虽始终是个齐人滥竽的安乐窝，但一个真正有心人，可以学习的事事物物，也还够多，也可说是个永远不会毕业的学校。以文学实践而言，一个典型新式官僚，如何混来混去，依附权势，逐渐向上爬，终于“禄位高升”的过程，就很值得仔仔细细作十年八年调查研究，好好写出来。虽属个别现象，同时也能反映整个机构的……

贵 生

贵生在溪沟边磨他那把镰刀，锋口磨得亮堂堂的。手试一试刀锋后，又向水里随意砍了几下。秋天来溪水清个透亮，活活的流，许多小虾子脚攀着一根草，在水里游荡，有时又躬着个身子一弹，远远的弹去，好象很快乐。贵生看到这个也很快乐。天气极好，正是城市里风雅人所说“秋高气爽”的季节，贵生的镰刀如用得其法，就可以过一个有鱼有肉的好冬天。秋天来，遍山土坎上芭茅草开着白花，在微风里轻轻的摇，都仿佛向人招手似的说：“来，割我，乘天气好磨快了你的刀，快来割我，挑进城里去，八百钱一担，换半斤盐好，换一斤肉也好，随你的意！”贵生知道这些好处。并且知道五担草就能够换个猪头，揉四两盐腌起来，那对猪耳朵，也够下酒两三次！一个月前打谷子时，各家田里放水，人人用鸡笼在田里罩肥鲤鱼，贵生却磨快了他的镰刀，点上火把，半夜里一个人在溪沟里砍了十来条大鲤鱼，全用盐揉了，挂在灶头用柴烟熏得干干的。现在磨刀，就准备割草，挑上城去换年货。正象俗话说的：两手一肩，快乐神仙。村子里住的人，因几年来城里东西样样贵，生活已大不如从前，可是一个单身汉子，年富力强，遇事肯动手，又不胡来乱为，过日子总还容易。

贵生住的地方离大城廿里，离张五老爷围子两里。五老爷是当地财主，近边山坡田地大部分归五老爷管业，所以做田种地的人都与五老爷有点关系。五老爷要贵生做长工，贵生以为做长工不是住围子就得守山，行动受管束，不愿意。自己用镰刀砍竹子，剥树皮，搬石头，在一个小土坡下，去溪水不远处，借五老爷土地砌了一栋小房子，帮五老爷看守两个种桐子的山坡，作为借地住家的交换。住下来他砍柴割草为生。春秋二季农事当忙时，有人要短工帮忙，他邻近五里无处不去帮忙（食量抵两个人，气力也抵两个人）。逢年过节村子里头行人捐钱扎龙灯上城去比赛，他必在龙头前斗宝，把个红布绣球舞得一团火似的，受人喝彩。春秋二季答谢土地，村中人合伙唱戏，他扮王大娘补缸的补缸匠，卖柴扒的程咬金。他欢喜喝一杯酒，可不同人酗酒打架。他会下盘棋，可不象许多人那样变棋迷。间或也说句笑话，可从不口角伤人。为人稍微有点子憨劲，可不至于傻相。虽是个干穷人，可穷得极硬朗自重。有时到围子里去，五老爷送他一件衣服，一条裤子，或半斤盐，他心中不安，必在另外一时带点东西去补偿。他常常进城去卖柴卖草，就把钱换点应用东西。城里尚有个五十岁的老舅舅，给大户人家作厨子，不常往来，两人倒很要好。进城看望舅舅时，他照例带点礼物，不是一袋胡桃，一袋栗子，就是一只山上装套捕住的黄鼠狼，或是一只野鸡。到城里有时住在舅舅处，那舅舅晚上无事，必带他上河沿天后宫去看夜戏，消夜时还请他吃一碗牛肉面。

在乡下，远近几里村子上的人，都和他相熟，都欢喜他。他却乐意到离住处不远桥头一个小生意人铺子里去。那开杂货铺的老板是沅水中游浦市人，本来飘乡作生意，每月一次，挑货物各个村子里去和乡下人做买卖，吃的用的全卖。到后来看中了那个桥头，知道官路上往来人多，与其从城里打了货四乡跑，还不如在桥头安个家。一面作各乡生意，一面搭个亭子给过路人歇脚，就近作过路人买卖。因此就在桥头安了家。住处一定，把老婆和一个十三岁的小女孩也接来了。浦市人本来为人和气，加之几年来与附近各村子各大围子都有往来，如今来在桥头开铺子，生意发达是很自然的。那老婆照浦市人中年妇女打扮，头上长年裹一块长长的黑色绉绸首帕，把眉毛拔得细细的。一张口甜甜的，见男的必称大哥，女的称嫂子，待人特别殷勤。因此不到半年，桥头铺子不特成为乡下人买东西地方，并且也成为乡下人谈天歇息地方了。夏天桥头有三株大青树，特别凉爽。冬天铺子里土地上烧的是大树根和油枯饼，火光熊熊——真可谓无往不宜。

贵生和铺子里人大小都合得来，手脚又勤快，几年来，那杂货铺老板娘待他很好，他对那个女儿也很好。山上多的是野生瓜果，栗子榛子不出奇，三月里他给她摘大莓，六月里送她地枇杷，八九月里还有出名当地、样子象干海参、瓤白如玉如雪的八月瓜，尤其逗那女孩子欢喜。女孩子名叫金凤。那老板娘一年前因为回浦市去吃喜酒，害蛇钻心病死掉了，杂货铺充补了个毛伙，全身无毛病，只因为性情活跳，取名叫做癞子。

贵生不知为什么总不大欢喜那癞子，两人谈话常常顶板，癞子却老是对他嘻嘻笑。贵生说：“癞子，你若在城里，你是流氓；你若在书上，你是奸臣。”癞子还对他笑。贵生不欢喜癞子，那原因谁也不明白，杂货铺老板倒知道，因为贵生怕癞子招郎上门，从帮手改成驸马。

贵生其时正在溪水边想癞子会不会作“卖油郎”，围子里有人搭口信来，说五爷要贵生看看南山桐子熟了没有，看过后去围子里回话。

贵生听了信，即刻去山上看桐子。

贵生上了山，山上泥土松松的，树根蓬草间，到处有秋虫鸣叫。一下脚，大而黑的油蛐蛐，小头尖尾的金铃子各处乱蹦。几个山头看了一下，只见每株树枝都被饱满坚实的桐木油果压得弯弯的，好些已落了地，山脚草里到处都是。因为一个土塍上有一片长藤，上面结了许多颜色乌黑的东西，一群山喜鹊喳喳的叫着，知道八月瓜已成熟了，赶忙跑过去。山喜鹊见人来就飞散了。贵生把藤上八月瓜全摘下来，装了半斗笠，预备带回去给桥头金凤吃。

贵生看过桐子回到家里，晚半天天还早，就往围子去禀告五爷。

到围子时，见院里搁了一顶轿子，几个脚夫正闭着眼蹲在石碌碡上吸旱烟管。贵生一看知道城里另外来了人，转身往仓房去找鸭毛伯伯。鸭毛伯伯是五老爷围子里老长工，每天坐在仓房边打草鞋。仓房不见人，又转往厨房去，才见着鸭毛伯伯正在小桌边同几个城里来的年青伙子坐席，用大提子从黑色瓮缸里舀取烧酒，煎干鱼下酒。见贵生来就邀他坐下，参加他们的吃喝。原来新到围子的是四爷，刚从河南任上回城，赶来看五爷，过几天又得往河南去。几个人正谈到五爷和四爷在任上的种种有趣故事。

一个从城里来的小秃头，老军务神气，一面笑一面说：

“人说我们四老爷实缺骑兵旅长是他自己玩掉的。一个人爱玩，衣禄上有一笔账目，不玩见阎王销不了账，死后来生还是玩。上年军队扎在汝南，一个月他玩了八个，把那地方尖子货全用过了，还说：‘这是什么鬼地方，女人都是尿脬做成的，要不得。一身白得象灰面，松塌塌的，一点儿无意思，还装模作态，这样那样。’你猜猜花多少钱。四十块一夜，除王八外块不算数。你说，年青人出外胡闹不得，我问你，我们哥子们想胡闹，成不成？一个月七块六，伙食三块三除外还剩多少？不剃头，不洗衣，留下钱来一年还不够玩一次，我的伯伯，你就让我胡闹，我从哪里闹起！”

另一高个儿将爷说：

“五爷人倒好，这门路不象四爷乱花钱。玩也玩得有分寸，一百八十随手撒，总还定个数目。”

鸭毛伯伯说：

“牛肉炒韭菜，各人心里爱。我们五爷花姑娘弄不了他的钱，花骨头可迷住了他。往年同老太太在城里住，一夜输二万八，头家跟五爷上门来取话，老太太爱面子，怕五爷丢丑，以后见不得人，临时要我们从窖里挖银子，元宝一对一对刨出来，点数给头家。还清了债，笑着向五爷说：‘上当学乖，下不为例。手气不好，莫下注给人当活元宝啃，说张家出报应！’”

“别人说老太太是怄气死的。”

“可不是。花三万块钱挣了一个大面子，再有涵养也不能不心疼！明明白白五爷上了人的当，哑子吃黄连，怎不生气？一包气闷在心中，病了四十天，完了，死了。”

“可是五爷为人有孝心，老太太死时，他办丧事做了七七四十九天道场，花了一万六千块钱，谁不知道这件事！都说老太太心好命好，活时享受不尽，死后还带了万千元宝锞子，四十个丫头老妈子照管箱笼，服侍她老人家一路往西天，热闹得比段老太太出丧还人多，执事挽联一里路长。有个孝子尽孝，死而无憾。”

鸭毛伯伯说：

“五爷怕人笑话，所以做面子给人看。因为老太太生前爱面子，五爷又是过房的，一过来就接收偌大一笔产业。老太太如今归天了，五爷花钱再多也应该。花了钱，不特老太太有面子，五爷也有面子。人都以为五爷傻，他才真不傻！若不是花骨头迷心，他有什么可愁的！

“不多久在城里听说又输了五千。后来想冲一冲晦气。要在潇湘馆给那南花湘妃挂衣，六百块钱包办一切，还是四爷帮他同那老婊子说妥的。不知为什么，五爷自已临时又变卦，去美孚洋行打那三抬一的字牌，一夜又输八百。六百给那花王开苞他不干，倒花八百去熬一夜，坐一夜三顶拐轿子，完事时给人开玩笑说：谢谢五爷送礼。真气坏了四爷。

“花脚狗不是白面猫，各有各的脾气。银子到手哗喇哗喇花，你说莫花，这哪成！这些人一事不作偏有钱，钱财象是命里带来的。命里注定它要来，门板挡不住；命里注定它要去，索子链子缚不住。王皮匠捡了锭银子，睡时搂到怀里睡，醒来银子变泥巴。你我是穷人，和黄花姑娘无缘，和银子无缘，就只和酒有点缘分。我们喝完了这碗酒，再喝一碗罢。贵生，同我们喝一碗，都是哥子弟兄，不要拘拘泥泥。”

贵生不想喝酒，捧了一大包板栗子，到灶边去，把栗子放在热灰里煨栗子吃。且告给鸭毛伯伯，五爷要他上山看桐子，今年桐子特别好，过三天就是白露，要打桐子也是时候了。哪一天打，定下日子，他好去帮忙。看五爷还有不有话吩咐，无话吩咐，他回家了。

鸭毛伯伯去见五爷禀白：“溪口的贵生已经看过了桐子，山向阳，今年霜降又早，桐子全熟了，要捡桐子差不多了。贵生看五爷还有什么话吩咐。”

城里来的四爷正同五爷谈卜术相术，说到城里中街一个杨半痴，如何用哲学眼光推人流年吉凶和命根贵贱，把个五爷说的眉飞色舞。听说贵生来了，就要鸭毛叫贵生进来有话说。

贵生进院子里时，担心把五爷地板弄脏，赶忙脱了草鞋，赤着脚去见五爷。

五爷说：“贵生，你看过了我们南山桐子吗？今年桐子好的很，城里油行涨了价，挂牌二十二两三钱，上海汉口洋行都大进。报上说欧洲整顿海军，预备世界大战，买桐油漆大战舰，要的油多。洋毛子欢喜充面子，不管国家穷富，军备总不愿落人后。仗让他们打，我们中国可以大发洋财！”

贵生一点不懂五爷说话的用意，只是带着一点敬畏之忱站在堂屋角上。

鸭毛伯伯打圆儿说：“五爷，我们什么时候打桐子？”

五爷笑着：“要发洋财得赶快，外国人既等着我们中国桐油油船打仗，还不赶快一点？明天打后天都好。我要自己去看看，就便和四爷打两只小毛兔玩。贵生，今年南山兔子多不多？趁天气好，明天去罢。”

贵生说：“五爷，您老说明天就明天，我家里烧了茶水，等四爷五爷累了歇个脚。没有事我就走了。”

五爷说：“你回去罢。鸭毛，送他一斤盐两斤片糖，让他回家。”

贵生谢了谢五爷，正转身想走出去，四爷忽插口说：“贵生，你成了亲没有。”一句话把贵生问得不知如何回答，望着这退职军官私欲过度的瘦脸，把头摇着，只是好笑，他想起几句流行的话语：“婆娘婆娘，磨人大王，磨到三年，嘴尖毛长。”

鸭毛接口说：“我们劝他看一门亲事，他怕被女人迷住了，不敢办这件事。”

四爷说：“贵生，你怕什么？女人有什么可怕？你那样子也不是怕老婆的。我和你说，看中了什么人，尽管把她弄进屋里来。家里有个婆娘，对你有好处，你不明白？尽管试试看，不用怕！”

贵生记起刚才在厨房里几个人的谈话，所以轻轻的说：“一个人有一个人的命，勉强不来。”随即同鸭毛走了。

四爷向五爷笑着说：“五爷，贵生相貌不错，你说是不是。”

五爷说 ：“一个大憨子，讨老婆进屋，我恐怕他还不会和老婆做戏！”

贵生拿了糖和盐回家，绕了点路过桥头杂货铺去看看。到桥头才知道当家的已进城办货去了，只剩下金凤坐在酒坛边纳鞋底。见了贵生，很有情致的含着笑看了他一眼，表示欢迎。贵生有点不大自然，站在柜前摸出烟管打火吸烟，借此表示从容，“当家的快回来了？”

金凤说 ：“贵生，你也上城了吧，手里拿的是什么？”

“一斤盐，两斤糖，五老爷送我的。我到围子里去告他们打桐子。”

“你五老爷待人可好？”

“城里四老爷也来了，还说明天要来山上打兔子……”贵生想起四爷先前说的一番话，咕咕的笑将起来。

金凤不知什么好笑，问贵生 ：“四爷是个什么样人物。”

“一个大军官，听说做过军长、司令官，一生就是欢喜玩，把官也玩掉了。”

“有钱的总是这样过日子，做官的和开铺子的都一样。我们浦市源昌老板，十个大木簰从洪江放到桃源县，一个夜里这些木簰就完了。”

贵生知道这个故事，所以贵生说：“都是女人。”

金凤脸绯红，向贵生瞅着，表示抗议：“怎么，都是女人！你见过多少女人！女人也有好有坏，和你们男子一样，不可一概而论！”

“我不是说你！”

“你们男的才真坏，什么四老爷、五老爷，有钱就是大王，糟蹋人，不当数……”

其时，正有三个过路人，过了桥头到铺子前草棚下，把担子从肩上卸下来，取火吸烟，看有什么东西可吃。买了一碗酒，三人共同用包谷花下酒。贵生预备把话和金凤接下去，不知如何说好。三个人不即走路，他就到桥下去洗手洗脚。过一阵走上来时，见三人正预备动身，其中一个顶年青的，打扮得象个玩家，很多情似的，向金凤瞟着个眼睛，只是笑。掏钱时故意露出扣花抱肚上那条大银链子，且自言自语说：“银子千千万，难买一颗心。易求无价宝，难得有情郎。”三人走后，金凤低下头坐在酒坛上出神，一句话不说。贵生想把先前未完的话接续说下去，无从开口。

到后看天气很好，方说："金凤，你要栗子，这几天山上油板栗全爆口了。我前天装了个套机，早上去看，一只松鼠正拱起个身子，在那木板上嚼栗子吃，见我来了不慌不忙的一溜跑去，好笑。你明天去捡栗子吧，地下多得是！"

金凤不答理他，依然为刚才过路客人几句轻薄话生气。贵生不大明白，于是又说："你记不记得有一年在我砂地上偷栗子，不是跑得快，我会打断你的手！"

金凤说："我记得，我不跑。我不怕你！"

贵生说："你不怕我，我也不怕你！"

金凤笑着："现在你怕我……"

贵生好象懂得金凤话中的意思，向金凤眯眯笑，心里回答说："我一定不怕。"

毛伙割了一大担草回来了，一见贵生就叫唤："贵生，你不说上山割草吗？"

贵生不理会，却告给金凤，在山上找得一大堆八月瓜，她想要，明天自己去拿，因为明天打桐子，他得上山去帮忙，五爷四爷又说要来赶兔子，恐怕没空闲。

贵生走后毛伙说：“金凤，这憨子，人大空心小。”

金凤说：“你莫乱说，他生气会打扁你。”

毛伙说：“这种人不会生气。我不是锡酒壶，打不扁。”

第二天，天一亮，贵生带了他的镰刀上山去。山脚雾气平铺，犹如展开一片白毯子，越拉越宽，也越拉越薄。远远的看到张家大围子嘉树成荫，几株老白果树向空挺立，更显得围子里正是家道兴旺。一切都象浮在云雾上头，飘渺而不固定。他想围子里的五爷四爷，说不定还在睡觉做梦，梦里也是五魁八马，白板红中！

可是一会儿田塍上就有马项铃哯啷哯啷响，且闻人语嘈杂，原来五爷四爷居然赶早都来了。贵生慌忙跑下坡去牵马。来的一共是十二个男女工，四个跟随，还有几个围子里捡荒的小孩子。大家一到地即刻就动起手来，从顶上打起，有的爬树，有的用竹竿巴巴的打，草里泥里到处滚着那种紫红果子。

四爷五爷看了一会儿，也各捞一根竹竿打了几下，一会儿就厌烦了，要贵生引他们到家里去。家里灶头锅里的水已沸腾，鸭毛给四爷五爷冲茶喝。四爷见屋角斗笠里那一堆八月瓜，拿起来只是笑。

“五爷，你瞧这象个什么东西？”

“四爷，你真是孤陋寡闻，八月瓜也不认识。”

“我怎么不认识？我说它简直象……”

贵生因为预备送八月瓜给金凤，耳听到四爷说了那么一句粗话，心里不自在，顺口说道：

“四爷五爷欢喜，带回去吃罢。”

五爷取了一枚，放在热灰里煨了一会儿，捡出来剥去那层黑色硬壳，挖心吃了。四爷说那东西腻口甜不吃，却对于贵生家里一支钓鱼竿称赞不已。

四爷因此从钓鱼谈起，溪里、河里、江里、海里以及北方芦田里钓鱼的方法如何不同，无不谈到。忽然一个年轻女人在篱笆边叫唤贵生，声音又清又脆。贵生赶快跑出去，一会儿又进来，抱了那堆八月瓜走了。

四爷眼睛尖，从门边一眼瞥见了那女的白首帕，大而乌光的发辫，问鸭毛“女人是谁”。鸭毛说：“是桥头上卖杂货浦市人的女儿。内老板去年热天回娘家吃喜酒，在席面上害蛇钻心病死掉了，就只剩下这个小毛头，今年满十六岁，名叫金凤。其实真名字倒应当是‘观音’！卖杂货的大约看中了贵生，又憨又强一个好帮手，将来会承继他的家业。贵生倒还拿不定主意，等风向转。真是白等。”

四爷说：“老五，你真是宣统皇帝，住在紫禁城傻吃傻喝，围子外什么都不知道。山清水秀的地方一定地贵人贤，为什么不……”

鸭毛搭口说：“算命的说女人八字重，克父母，压丈夫，所以人都不敢动她。贵生一定也怕克……”正说到这里，贵生回来了，脸庞红红的，想说一句话可不知说什么好，只是搓手。

五爷说：“贵生，你怕什么？”

贵生先不明白这句话意思所指，茫然答应说：“我怕精怪。”

一句话引得大家笑将起来，贵生也不由得笑了。

几人带了两只瘦黄狗，去荒山上赶兔子，半天毫无所得。晌午时又回转贵生家过午。五爷问长工今年桐子收多少，知道比往年好，就告给鸭毛，分三担桐子给贵生酬劳，和四爷骑了马回围子去了。回去本不必从溪口过身，四爷却出主张，要五爷同他绕点路，到桥头去看看。在桥头杂货铺买了些吃食东西，和那生意人闲谈了好一阵，也好好的看了金凤几眼，才转回围子。

回到围子里四爷又嘲笑五爷，以为在围子里作皇帝，真正是不知民间疾苦。话有所指，五爷明白意思。

五爷说："四爷你真是，说不得一个人还从狗嘴里抢肉吃。"

四爷在五爷肩头打了一掌说："老五，别说了。我若是你，我就不象你，一块肥羊肉给狗吃。你不看见：眉毛长，眼睛光，一只画眉鸟，打雀儿！"

五爷只是笑，再不说话。一个人有一个人的分定，五爷欢喜玩牌，自己老以为输牌不输理，每次失败只是牌运差，并非功夫不高。五爷笑四爷见不得女人，城市里大鱼大肉吃厌了，注意野味。

这方面发生的事贵生自然全不知道。

贵生只知道今年多得了三担桐子，捡荒还可得两三担，家里有五六担桐子沤在床底下，一个冬天夜里够消磨了。

日月交替，屋前屋后狗尾巴草都白了头在风里摇。

大路旁刺梨一球球黄得象金子，已退尽了涩味，由酸转甜。贵生上城卖了十多回草，且卖了几篮刺梨给官药铺，算算日子，已是小阳春的十月了。天气转暖了一点，溪边野桃树有开花的。杂货铺一到晚上，毛伙就地烧一个树根，火光熊熊，用意象在向邻近住户招手，欢迎到桥头来，大家向火谈天。在这时节畜牲草料都上了垛，谷粮收了仓，红薯也落了窖，正好是大家休息休息的时候，所以日里晚上都有人在那里。晚上尤其热闹，因为间或还有告假回家的兵士，和大兴场贩朱砂的客人到杂货铺来述说省里新闻，天上地下说来无不令众人神往意移。

贵生到那里，照例坐在火旁不大说话，一面听他们说话，一面间或瞟金凤一眼。眼光和金凤眼光相接时，血行就似乎快了许多。他也帮杜老板作点小事，也帮金凤作点小事。落了雨，铺子里他是唯一客人时，就默默的坐在火旁吸旱烟，听杜老板在美孚灯下打算盘滚账，点数余存的货物。贵生心中的算盘珠也扒来扒去，且数点自己的家私。他知道城里的油价好，二十五斤油可换六斤棉花两斤板盐。他今年有好几担桐子，真是一注小财富！年底鱼呀肉呀全有了，就只差个人。有时候那老板把账结清了，无事可做，便从酒坛间找出一本红纸面的文明历书，来念那些附在历书下的“酬世大全”，“命相神数”。一排到金凤八字，必说金凤八字怪，斤两重，不是“夫人”就是“犯人”，克了娘不算过关，后来事情多。金凤听来只是抿着嘴笑。

或者正说起这类事，那杂货铺老板会突然发问：“贵生，你想不想成家？你要讨老婆，我帮你忙。”

贵生瞅着面前向上的火焰说：“老板，你说真话假话？谁肯嫁我！”

“你要就有人。”

“我不相信。”

“谁相信天狗咬月亮？你尽管不信，到时天狗还是把月亮咬了，不由人不信。我和你说，山上竹雀要母雀，还自己唱歌去找。你得留点心，学‘归归红，归归红’，‘婆婆酒醉，婆婆酒醉归’！”[1]

话把贵生引到路上来了，贵生心痒痒的，不知如何接口说下去，于是也学杜鹃叫了几声。

---

[1] 杜鹃和竹雀鸣叫声。

毛伙间或多插一句嘴，金凤必接口说 ：“贵生，你莫听癞子的话，他乱说。他说会装套捉狸子，捉水獭，在屋后边装好套，反把我那只花猫捉住了。”金凤说的虽是毛伙，事实却在用毛伙的话，岔开那杜掌柜提出的问题。

半夜后，贵生晃着个火把走回家去，一面走一面想，卖杂货的也在那里装套，捉女婿，不由得不咕咕笑将起来。一个存心装套，一个甘心上套，事情看来也就简单。困难不在人事在人心。贵生和一切乡下人差不多，心上也有那么一点儿迷信。女的脸儿红中带白，眉毛长，眼角向上飞，是个“克”相 ；不克别人得克自己，到十八岁才过关！因这点迷信他稍稍退后了一步，杂货商人装的套不灵，不成功了。可是一切风总不会老向南吹，终有个转向时。

一天落大雨，贵生留在家里搓了几条草绳子，扒开床下沤的桐子看看，色已变黑，就倒了半箩桐子剥，一面剥桐子一面却想他的心事。不知哪一阵风吹换了方向，他忽然想起事情有点儿险。金凤长大了，心窍子开了，毛伙随时都可以变成金凤的人。此外在官路上来往卖猪攀乡亲的浦市人，上贵州省贩运黄牛收水银的辰州客人，都能言会说，又舍得花钱，在桥头过身，有个见花不采？闪不知把女人拐走了，那才真是“莫奈何”！人总是人，要有个靠背，事情办好，大的小的就都有了靠背了。他想的自然简单一点，粗俗一点，但结论却得到了，就是热米打粑粑，一切得趁早，再耽误不得。

他预备第二天上城去同那舅舅商量商量。

贵生进城去找他的舅舅。恰好那大户人家正办席面请客，另外请得有大厨子掌锅，舅舅当了二把手，在门板上切腰花。他见舅舅事忙，就留在厨房帮同理葱剥毛豆。到了晚上，把席面撤下时，已经将近二更，吃了饭就睡了。第二天那家主人又要办什么婆婆粥，鱼呀肉呀煮了一锅，又忙了一整天，还是不便谈他的事情。第三天舅舅可累病了。贵生到测字摊去测字，为舅舅拈的是一个“爽”字，自己拈了一个“回”字。测字的杨半仙说：“人逢喜事精神爽，若问病，有喜事病就会好。”又说“回字喜字一半，吉字一半，可是言字也是一半。口舌多，要办的事赶早办好，迟了恐不成。”他觉得这个杨半仙话满有道理。

回到舅舅身边时，就说他想成亲了，溪口那个卖杂货的女儿身家正派，为人贤惠，可以做他的媳妇。她帮他喂猪割草好，他帮她推磨打豆腐也好。只要他开口，可拿定七八成。掌柜的答应了，有一点钱就可以趁年底圆亲，多一个人吃饭，也多一个人补衣捏脚，有坏处，有好处，特来和舅舅商量商量。

那舅舅听说有这种好事，岂有不快乐道理。他连年积下了二十块钱，正拿不定主意，不知道把它预先买副棺木好，还是买几只小猪托人喂好。一听外甥有意接媳妇，且将和卖杂货的女儿成对，当然一下就决定了主意，把钱“投资”到这件事上来了。

“你接亲要钱用，我帮你一点钱。”厨子起身把存款全部从床脚下泥土里掏出来后，就放在贵生面前，“你要用，你拿去用。将来养了儿子，有一个算我的小孙子，逢年过节烧三百钱纸，就成了。”

贵生吃吃的说 ：“我不要那么些钱，开铺子的不会收我财礼的！”

“怎么不要？他不要你总得要。说不得一个穷光棍打虎吃风，没有吃时把裤带紧紧。你一个人草里泥里都过得去，两个人可不成！人都有个面子，讨老婆就得养老婆，养孩子，不能靠桥头杜老板，让人说你吃裙带饭。钱拿去用，舅舅的就是你的。”

两人商量好了，贵生上街去办货物。买了两丈官青布，两丈白布，三斤粉条，一个猪头，又买了些香烛纸张，一共花了将近五块钱。东西办好，贵生高高兴兴带了东西回溪口。

出城时碰到两个围子里的长工，挑了箩筐进城，贵生问他们赶忙进城有什么要紧事。

一个长工说："五爷不知为什么心血来潮，派我们办货！好象接媳妇似的，开了好长一张单子，一来就是一大堆！"

贵生说："五爷也真是五爷，人好手松，做什么事都不想想。"

"真是的，好些事都不想想就做。"

"做好事就升天成佛，做坏事可教别人遭殃。"

长工见贵生办货不少，带笑说："贵生，你样子好象要还愿，莫非快要请我们吃喜酒了？"

另一个长工也说："贵生，你一定到城里发了洋财，买那么大一个猪头，会有十二斤罢。"

贵生知道两人是打趣他，半认真半说笑的回答道：“不多不少，一个猪头三斤半，正预备焖好请哥们喝一杯！”

分手时一个长工又说：“贵生，我看你脸上气色好，一定有喜事不说，瞒我们。”

几句话把贵生说的心里轻轻松松的。

贵生到晚上下了决心，去溪口桥头找杂货铺老板谈话。到那里才知道杜老板不在家，有事出门去了。问金凤父亲什么地方去了，什么时候回来，金凤却神气淡淡的说不知道。转问那毛伙，毛伙说老板到围子里去了，不知什么事。贵生觉得情形有点怪，还以为也许两父女吵了嘴，老的赌气走了，所以金凤不大高兴。他依然坐在那条矮凳上，用脚去拨那地炕的热灰，取旱烟管吸烟。

毛伙忍不住忽然失口说：“贵生，金凤快要坐花轿了！”

贵生以为是提到他的事情，眼瞅着金凤说：“不是真事吧？”

金凤向毛伙盯了一眼：“癞子，你胡言乱说，我缝你的嘴！”

毛伙萎了下来，向贵生憨笑着：“当真缝了我的嘴，过几天要人吹唢呐可没人。”

贵生还以为金凤怕难为情，把话岔开说：“金凤，我进城了，在我舅舅那里住了三天。”

金凤低着个头，神气索漠的说：“城里可好玩！”

“我去城里有事情。我和舅舅打商量……”他不知怎么说下去好，于是转口向毛伙：“围子里五爷又办货要请客人。”

“不止请客……”

毛伙正想说下去，金凤却借故要毛伙去瞧瞧那鸭子栅门关好了没有。

坐下来总象是冰锅冷灶的。杜老板很久还不回来，金凤说话要理不理。贵生看风头不大对，话不接头。默默的吹了几筒烟，只好走了。

回到家里从屋后搬了一个树根，捞了一把草，堆地上烧起来，捡了半箩桐子，在火边用小剜刀剥桐子。剥到深夜，总好象有东西咬他的心，可说不清楚是什么。

第二天正想到桥头去找杂货商人谈话，一个从围子里来的人告他说，围子里有酒吃，五爷纳宠，是桥头浦市人的女儿。已看好了日子，今晚进门，要大家杀黑前去帮忙，抬轿子接人！听到这消息，贵生好象头上被一个人重重的打了一闷棍，呆了半天转不过气来。

那人走后，他还不大相信，一口气跑到桥头杂货铺去，只见杜老板正在柜台前低头用红纸封赏号。

那杂货铺商人一眼见是贵生，笑眯眯的说："贵生，你到什么地方去了？好几天不见你，我们还以为你做薛仁贵当兵去了。"

贵生心想："我还要当土匪去！"

杂货铺商人又说："你进城好几天，看戏了罢。"

贵生站在外边大路上结结巴巴的说："大老板，大老板，听人说你家有喜事，是真的吧？"

杜老板举起那些小包封说："你看这个。"一面只是笑，事情不言而喻。

贵生听桥下有人捶衣，知道金凤在桥下洗衣，就走近桥栏杆边去，看见金凤头上孝已撤除，一条乌光辫子上簪了一朵小小红花，正低头捶衣。贵生说："金凤，你有大喜事，贺喜，贺喜！"金凤头也不抬，停了捶衣，不声不响。贵生从神情上知道一切都是真的，自己的事情已完全吹了，完了，一切都完了。再说不出话，对那老板狠狠看了一眼，拔脚走了。

晚半天，贵生依然到围子里去。

贵生到围子里时，见五老爷穿了件春绸薄棉袍子，外罩件蓝缎子夹马褂，正在院子里督促工人扎喜轿，神气异常高兴。五爷一见贵生就说：“贵生，你来了，很好。吃了没有？厨房里去喝酒罢。”又说：“你生庚属什么？属龙晚上帮我抬轿子，过溪口桥头上去接新人。属虎就不用去，到时避一避！”

贵生呆呆怯怯的说：“我属虎，八月十五寅时生，犯双虎。”说后依然如平常无话可说时那么笑着，手脚无放处。看五爷分派人作事，扎轿杆的不当行，走过去帮了一手忙。到后五爷又问他喝了没有，他不作声。鸭毛伯伯换了一件新毛蓝布短衣，跑出来看轿子，见到贵生，就拉着他向厨房走。

厨房里有五六个长工坐在火旁矮板凳上喝酒，一面喝一面说笑。因为都是派定过溪口上接亲的人，其中有个吹唢呐的，脸喝得红都都的，说：“杜老板平时为人慷慨大方，到那里时一定请我们吃城里带来的嘉湖细点，还有包封。”

另一个长工说：“我还欠他二百钱，记在水牌上，真怕见他。”

鸭毛伯伯接口打趣他：“欠的账那当然免了，你抬轿子小心点就成了。”

一个毛胡子长工说：“你们抬轿子，看她哭多远，过了大青树还象猫儿那么哭，要她莫哭了，就和她说，大姐，你再哭，我就抬你回去！她一定不敢再哭。”

“她还是哭你怎么样？”

“我当真抬她回去。”

所有人都哄然大笑起来。

吹唢呐的会说笑话，随即说了一个新娘子三天回门的粗糙笑话，装成女子的声音向母亲诉苦：“娘，娘，我以为嫁过去只是服侍公婆，承宗接祖，你哪想到小伙子人小心坏，夜里不许我撒尿！”大家更大笑不止。

贵生不作声，咬着下唇，把手指骨捏了又捏，看定那红脸长鼻子，心想打那家伙一拳。不过手伸出去时，却端起了土碗，咽嘟嘟喝了半碗烧酒。

几个长工打赌，有的以为金凤今天不会哭，有的又说会哭，还说看那一双水汪汪的眼睛就是会哭的相。正乱着，院中另外那几个扎轿子的也来到厨房，人一多话更乱了。

贵生见人多话多，独自走到仓库边小屋子里去。见有只草鞋还未完工，就坐下来搓草编草鞋。心里实在有点儿乱，不知道怎么好。身边还有十六块钱，紧紧的压在腰板上。他无头无绪想起一些事情。三斤粉条，两丈官青布，一个猪头，有什么用？五斛桐子送到姚家油坊去打油，外国人大船大炮到海里打大仗，要的是桐油。卖纸客人做眉弄眼，“易求无价宝，难得有情郎”，有情郎就来了。四老爷一个月玩八个辫子货，还说妇人身上白得象灰面，无一点意思。你个做官的！……

看看天已快夜了。

院子里人声嘈杂，吹唢呐的大约已经喝个六分醉，把唢呐从厨房吹起，一直吹到外边大院子里去。且听人喊燃火把放炮动身。两面铜锣镗镗的响着，好象在说，我们走，我们走，我们快走！不一会儿，一队人马果然就出了围子向南走去了。去了许久还可听到接亲队伍傍着小山坡边走去时那一点唢呐呜咽声音。贵生过厨房去看看，只见几个女的正在预备汤果。鸭毛伯伯见贵生就说：“贵生，我还以为你也去了。帮我个忙挑几担水罢。

等会儿还要水用。”

贵生担起水桶一声不响走出去。院子里烧了几堆油柴，正屋里还点了蜡烛，挂了块红。住在围子里的佃户人家妇女小孩都站在院子里，等新人来看热闹。贵生挑水走捷径必从大门出进，却宁愿绕路，从后门走。到井边挑了七担水，看看水平了缸，才歇手过灶边去烘草鞋。

阴阳生排八字女的属鼠，宜天断黑后进门，为免得与家中人冲犯，凡家中命分上属大猫小猫到轿子进门时都得躲开。鸭毛伯伯本来应当去打发轿子接人的。既得回避，因此估计新人快要进围子时，就邀贵生往后面竹园子去看白菜萝卜，一面走一面谈话。

“贵生，一切真有个命定，勉强不来。看相的说邓通是饿死的相，皇帝不服气，送他一座铜山，让他自己造钱，到后还是饿死。城里王财主，原本挑担子卖饺饵营生，气运来了，住身在那个小庙里，墙倒坍了，两夫妇差点儿压死，待到两人从泥灰里爬出来一看，原来墙里有两坛银子，从此就起了家……不是命是什么！桥头上那杂货铺小丫头，谁料到会作我们围子里的人？五爷是读书人，懂科学，平时什么都不相信，除了洋鬼子看病，照什么‘挨挨试试’光，此外都不相信。上次进城一输又是两千，被四爷把心说活了。四爷说：‘五爷，你玩不得了，手气痞，再玩还是输。找个“原汤货”来冲一冲运气看，保准好。城里那些毛母鸡，谁不知道用猪肠子灌鸡血，到时假充黄花女。乡下有的是人，你想想看。’五爷认真了，凑巧就看上了那杂货铺女儿，一说就成，不是命是什么。”

贵生一脚踹到一个烂笋瓜上头，滑了一下，轻轻的骂自己：“鬼打岔，眼睛不认货！”

鸭毛伯伯以为话是骂杜老板女儿，就说：“这倒是认货不认人！”

鸭毛伯伯接着又说：“贵生，说真话，我看杂货铺杜老板和那丫头先前对你倒很有心，旁观者清，当局者迷，你还不明白。其实只要你好意思亲口提一声，天大的事定了。天上野鸭子各处飞，捞到手的就是菜，二十八宿闹昆阳，阵势排好了，先下手为强，后下手遭殃。你不先下手，怪不得人！”

贵生说：“鸭毛伯伯，你说的是笑话。”

鸭毛伯伯说：“不是笑话！一切是命，半点不由人。

十天以前，我相信那小丫头还只打量你同她俩在桥头推磨打豆腐！”说的当真不是笑话，不过说到这里，为了人事无常，鸭毛伯伯却不由得不笑起来了。

两人正向竹园坎上走去，上了坎，远远已听到唢呐呜呜咽咽的声音，且听到炮竹声，就知道新人的轿子来了。围子里也骤然显得热闹起来。火炬都点燃了，人声杂遝。一些应当避开的长工，都说说笑笑跑到后面竹园来，有的还毛猴一样爬上大南竹去眺望，看人马进了围子没有。

唢呐越来越近，院子里人声杂乱起来了，大家知道花轿已进营盘大门，一些人先虽怕冲犯，这时也顾不得了，都赶过去看热闹。

三声大炮放过后，唢呐吹“天地交泰”，拜天地祖宗，行见面礼，一会儿唢呐吹完了，火把陆续熄了，鸭毛伯伯知道人已进门，事已完毕，拉了贵生回厨房去，一面告那些拿火把的人小心火烛。厨房里许多人都在解包封，数红纸包封里的赏钱，争着倒热水到木盆里洗脚，一面说起先前一时过溪口接人，杜老板发亲时如何慌张的笑话。且说杜老板和鸭毛一定都醉倒了，免得想起女儿今晚上事情难受。鸭毛伯伯重新给年青人倒酒，把桌面摆好，十几个年青长工坐定时，才发现贵生已溜了。

半夜里，五爷正在雕花板床上细麻布帐子里拥了新人做梦，忽然围子里所有的狗都狂叫起来。鸭毛伯伯起身一看，天角一片红，远处起了火。估计方向远近，当在溪口边上。一会儿有人急忙跑到围子里来报信，才知道桥头杂货铺烧了，同时贵生房子也走了水。[1]一把火两处烧，十分蹊跷，详细情形一点不明白。

鸭毛伯伯匆匆忙忙跑去看火，先到桥头，火正壮旺，桥边大青树也着了火，人只能站在远处看。杜老板和癞子是在火里还是走开了，一时不能明白。于是又赶过贵生处去，到火场近边时，见有好些人围着看火，谁也不见贵生，人是烧死了还是走了，说不清楚。鸭毛用一根长竹子向火里捣了一阵，鼻子尽嗅着，人在火里不在火里，还是弄不出所以然。人老成精，他心中明白这件事，火是怎么起的，一定有个原因。转围子时，半路上正碰

[1] 走了水：失火。

着五爷和那新姨。五爷说：“人烧坏了吗？”

鸭毛伯伯结结巴巴的说：“这是命，五爷，这是命。”回头见金凤正哭着，心中却说：“丫头，做小老婆不开心？回去一索子吊死了吧，哭什么？”

几人依然向起火处跑去。

一九三七年三月作，五月改作——北平

在别一个国度里

——关于住八蛮山落草的大王娶讨太太与宋家来往的一束信件

第一信

此信用大八行信笺，笺端印有“边防保卫司令部用笺”九字。封套是淡黄色棉料纸做就的，长约八寸，横宽四寸余。除同样印有“边防保卫司令部函”八字外，上写着即递里耶南街庆记布庄转宋伯娘福启，背面还有“限三月二十一日烧夜饭火以前送到赏钱两吊”字样。信内是这样写着：

宋伯娘大鉴：启者今无别事，你侄男拖队伍落草为寇，原非出于本意，这是你老人家所知。你侄男道义存心爱国，要杀贪官污吏，赶打洋鬼子，恢复全国损失了的一切地盘财物，也是象读书明礼的老伯妈以及一般长辈所知而深谅的。无如命不由人，为鬼戏弄，一时不得如意，故而权处穷谷深山，同弟兄们相互劳慰，忍苦忍痛，以待将来。但看近两月来，旧票羊仔放回之多，无条件送他们归家，可以想见你侄男之用意。……

你侄男平素为人，老人家是深知道。少小看到长大，身上几块瘢疤，老人家想来也数得清！今年五月十七满二十四岁了，什么事都没成就，对老人家也很觉得惭愧。学问不及从省城读书转来的小羊仔，只有一副打得十个以上大汉的臂膊。但说到像貌，也不是什么歪鼻塌眼，总还成个人形。如今在山上，虽不是什么长久事业，将来一有机会，总会建功立业的，这不是你侄男夸口。

大妹妹今年二十岁了，听说还没有看定人家。当到这兵荒马乱的年程，实在是值得老人家担心的事。老人家现在家下人口就少，铺面上生意还得靠到几个舅舅，万一有了三病两疼，不是连一个可靠的亲人都没有吗？驻耶的军队，又是时时刻刻在变动，一个二十来岁的大姑娘，陪到一个五六十岁上年纪的老太太身边过活，总不是稳妥的事！

你侄男比大妹妹恰好长四岁，正想找一个照料点细小家事的屋里人，大概还不致辱没大妹妹吧。其实说是照料家事，什么事也没有，要大妹妹来，也不过好一同享福罢了。

这事本来想特别请一个会说话一点的“红叶”来同老人家面谈。不巧陆师爷上旬上秀山买烟去了，赵参谋又不便进城，沈师爷是不认得老人家，故此你侄男特意写这封信来同老人家商量。

凡事请老人家把利害比较一下，用不着我来多说。

我意思，在端午节以前大妹妹就可以送上山来。太迟不好，太早了我又预备不来。若初三四上山，乘你侄男满二十四岁那天就完婚，也不必选日子，生日那天，看来是顶好。

侄男对于一切礼节布置，任什么总对得住老人家，对得住大妹妹。侄男是知道大妹妹性情的，虽然是山上不成个地方，起居用物，你侄男总能使大妹妹极其舒服，同在家中一个样子。

大妹妹是娇生惯养长大的，到山上来，会以为不惯吧，那老人家完全可以放心！这里什么东西都预备得有：花露水，法国巴黎皂。送饭的鸡肉罐头，牛肉，鱼，火腿，都多得不奈何。大妹妹会弹风琴，这里就有几架。留声机，还是外国来的，有好多片子。大穿衣镜，里耶地方是买不出的，大到比柜子还大呢。其余一切一切 ——总之，只要大妹妹要，开声口，纵山上一时没有，你侄男总会设法找得，决不会使大妹妹失望！

并且赵参谋太太，军需太太，陆师爷姨太太——就是住小河街的烟馆张家二小姐，她也认得大妹妹——都住在此间。想玩就玩，打牌也有人，寂寞是不会有的事。丫头、老妈子，要多少有多少。若不喜欢生人，把大妹妹身边的小丫头送来也好。

弟兄们的规矩，比驻到街上的省军好多了，他们知道服从，懂礼节，也多半是些街上人，他们佩服你侄男懂军事学，他们都是你侄男的死勇。他们对大妹妹的尊敬，是用不到嘱咐，会比你侄男还要加倍尊敬的。……

你侄男得再说：凡事请老人家把利害来比较一下，用不着你侄男来多说，你侄男虽说立过誓，无论如何决不因事来惊动街坊邻里，但到不得已时，弟兄们下山，也是不可免避的事！这得看老人家意思如何。

你侄男的希望，是到时由老人家雇四个小工，把大妹妹一轿子送到山脚来，你侄男自会遣派几个弟兄迎接大妹妹上山。也不必大锣大鼓，惊动街邻，两方省事，大家安宁。若定要你侄男带起弟兄，灯笼火把的冲进寨来，同几个半死不活的守备队为难，骇得父老们通宵不能安枕，那时也只能怪老人家的处事无把握！

谨此恭叩福安，并候复示！

小侄石道义行礼

三月二十日于山寨大营

送信的并非如小说上所说的喽啰神气，什么青布包头，什么夜行衣，什么腰插单刀，也许那都成了过去某一个时代的事了。这人同平常乡下人一样，头上戴了个斗篷，把眉毛以上的部分隐去。蓝布衣，蓝布裤，上衣比下衣颜色略深一点，这种衣衫，杂在九个乡下人中去，拣选那顶地道的乡下人时，总脱不了他！然而论伶精，他实在是一个山猴儿。别看他那脚上一对极忠厚的水草鞋，及腰边那一枝罗汉竹的短旱烟管，你就信他是一个上街卖棉纱粉条的小生意人！他很闲适的到庆记布庄去买了三丈多大官青布，在数钱的当儿，顺便把那封信取出，送到柜上去。

“喔，三老板，看这个！”

三老板过来，封面那一行官衔把他愣住了。声音很细的问：

“打哪儿来，这——”

其实他心中清楚。然而信的内容，这次却确非三老板所料及。

“念给大太太听吧，这个。”喽啰把信翻过来，指给另一行字，“过渡时，问划船的，说刚打午炮，不会烧火煮夜饭吧。请把个收条，我想赶转到三洞桥去歇，好明早上山回信。”

“喝杯酒暖暖吧，”三老板回过头去，“怎么不拿——”正立在三老板身后想听听消息的一个学徒，给三老板一吆喝，打了个蹿，忙立定身子。

“不必，三老板不必！送个收条，趁早，走到——南街上我也还有点事。”

三老板把收条并两张玉记油号的票子摺成一帖送到喽啰身边时，同时学徒也端过一杯茶放到柜上了。

“老哥，事情是怎么？”三老板把那一帖薄纸递过去，极亲昵的低声探询那喽啰。

他数点着钱票同收据，摺成更小一束，插到麂皮抱肚里去，若不曾听到三老板的问话。

“是要款子？”三老板又补了一句。

“不，不，你念给大太太听时自知道。要你们二十八以前回山上一个信。……好，好。”他把斗篷戴上，“谢谢三老板的烟茶，我走了。”

来人当真很匆忙（但并不慌张）的走去了。三老板把信拿进后屋去后，柜上那个有四季花的茶杯里的茶还在出烟。

看信的是庆记布庄的管事，大妹的三舅舅，他把信念给宋伯娘听，那时大妹妹并不在旁边，她到南街吃别一个女人的戴花酒去了。

第二信

宋伯娘并不胡涂。利害虽比较了下，但比较的结果，还是女儿可贵。依她意思，对这信置之不理。然而三老板是晓事的人，男子汉见事也多，知道这是不能用“不理”来结束的事，当时就把大老板也找来，商议的结果，是极委婉的复一封信，措词再三斟酌，并赔不是，把两千块钱写上去，求宽宥，且加上“若果照来信所说办去，只见得两方都不利”的话。然而这话实在是无证据，不过除了这样一说，要找出更其有力的话时，在但会打算盘的三老板手笔下，也不是很容易的。

信由三老板执笔，写成后，托从八蛮山脚下进城的乡下人带了去，一切一切，还不让大妹妹知道。

道义侄儿英鉴：——

二十一那天得到你一个信，舅舅念我听，你意思我通晓得了。你大妹妹有那么大一个人了，我年来又总是病缠身子，也愿意帮她早早找一处合式人家的。你既喜欢你大妹妹，就把来送给你，我有什么不愿意？但你说是要送上山来，这就太使我为难了！

山上哪里是你大妹妹住的地方呢？这不但不是你大妹妹住的，也不是你长久住的！山上不是人住的地方（阿弥陀佛，我并不是说你现在住到那里，就不是人！），现刻大妹妹就多病瘦弱，要她上山，就是要她速死！

况且，我们是孤儿寡母不中用的人，靠到三两个亲戚帮忙，守着你伯伯遗下这点薄薄产业，平时没有事，还时常被不三不四的滥族歪戚来欺侮，借重那些披老虎皮的军队来捐来刮。果真象你所说的话，把你大妹妹一轿子送上山去，事情一张扬，怕他们官兵不深更半夜来抄你伯妈的家吗？可怜你伯伯，从小时候受了许多苦，由学徒弟担布担子漂乡起，挨了多少风雪，费了多少心血，积下这一点薄薄产业，不能给自己受用，不能给儿孙受用，还来由你大妹妹的事丢掉！老人家地下有知，心中总也会不安吧。

这都莫说了。我们的铺子，同我这条老命，即或都不要了，但你大妹妹父亲的故土要不要？他们官兵，什么事做不出，他晓得这事，他不会用刨挖你伯伯的坟山暴尸露骨来恐吓人吗？倘若是他们同你当真这样翻脸起来，为你大妹妹一人的缘故，把手边守着这点先人血汗一齐丢掉，还得使睡在地下安息了的老骨头暴露，让猪狗来拖，我这病到快完事了的人，一天三不知，油尽灯熄，到地下会到你伯伯，要我拿什么脸来对他？

你纵不怕官兵，我是舍不得你伯伯的故土的。照你的话，宋家的一切是完了，就是你所喜欢的大妹妹，也未必活得下去。

许多事得你照料到，即如前次抢场那一次，街上搅乱得什么样子，宅下却连一匹鸡毛也不失，我们娘女都时常求菩萨保佑你的。大概你也还记得你大妹妹的父亲在生时，对你的一些好处。如今你大妹妹的爹不在了，将来的许多事，还都要你看顾！

你年纪有那么大了，本来是应得找个屋里人，将来养儿育女，也好多有点人口。不然，你大哥又才去世，你又是这样跑四方的人，剩下个嫂嫂，躲到乡下去，抱起你大哥灵牌子守节，总不是事！我是平素就喜欢你为人，有作有为，胆子大，聪明强干，大妹妹的父亲在时，也就时常说到你是一个将来的英雄的。你大妹妹虽说读了两句书，从小见面的，想来也不会不愿意帮助你建功立业。不过你现今走的是这样一条路，就说是暂时，且不出于本心，万一有一天事情不顺手，落到军队手上，他们能原谅你不是出于本心的暂时落草，就让你无事吗？

你能把事业放下了（大丈夫应得建功立业，从大路上走去，这是你知道的。），只要你喜欢你大妹妹，大妹妹总还是你的。以后什么事也不要做，守着你大妹妹，在我身边，我是能养得活你的，只要你愿意。

或者，山上实在是寂寞，找不出个人来体贴，我这里拿两千块钱去，请人到别县去买个好一点的小妇，将来招安后，再慢慢商量也不迟！若是要用钱，我就叫人告知龙潭庄上拨付。

这信是我在你大妹妹的三舅旁边口讲，要他代写的。你看到别人欺侮我孤儿寡母，都是要来打抱不平的。我把这事情照你所说的利害，实在也比较一下了，我说这些话也不尽是为我着想，我这老骨头活到世上也活厌了，要死也很死得了。我的话实在不为你相信时，横顺人是在里耶的，你要来惊动街坊，我也没有法子。

在观音堂住的杨秃子死了，外面人都说是你们绑去撕票的。都是同街长大的人，何必作这种孽？什么地方不可以积阴功增福气？

阿弥陀佛，愿菩萨保佑你！

宋刘氏敛衽

三月二十四日

此信于二十五早上收到。

第三信

“人来！”大王在参谋处叫人。

“嘛。”一个小喽啰在窗下应着，气派并不比一个大军官的兵弁两样。

山寨的一切，还没有说过，想来大家都愿意知道。这是一个旧庙，在不知几何年就成了无香火的庙了。化缘建庙的人，当时即让他会算，要算到这庙将来会做一个大本营，而且，神面前那一张案桌，就是特为他日大王审羊仔羊仔——指被绑票而来的人。奸细用的案桌，怕也不近情理吧。如今是这样：正中一间，三清打坐的地方，就是大王爷同军法判案的地方。案桌上比为菩萨预备时洁净多了，上面不伦不类用一床花绒毡子盖上，绒毡上放签筒，笔架。案桌移出来了一点，好另外摆一把大王坐的“虎皮金交椅”。这正殿很大，所以就用簟子隔成了三间，左边为参谋处，右边为秘书处，大王则住在正殿对面的一个大戏台上。这三处重要地方，都用白连纸裱糊得极其干净，白天很明亮，办事方便，夜间这三处都有一盏大洋汽灯，也不寂寞。参谋处比秘书处多了一架钟，秘书处比参谋处却多了一幅大山水中堂；两处相同的是壁上都有四支盒子枪。要说及大王的卧室时，那简直是一间——简直是一间……是一间什么？我说不出！顶会做梦的人，恐怕也梦不到这么一间房来吧。房是一个戏台。南方庙中的戏台，都是一个样子，见过别的庙中戏台的，大概也就想得到这个戏台的式样，不过这戏台经大王这一装置，我们认不出它是戏台了。四四方方，每一方各有一口大皮箱，箱就搁到楼板上，象把箱子当成茶几似的，一个箱上摆了一架大座钟，一个箱子上摆了一个大朱砂红的瓷瓶，瓶中插了一把前清分别品级的孔雀尾，瓶口边还露出一个短刀或剑的鞘尖子。其他两个箱子都不空，近他床那个箱子上，还有几本书，一本是黑色皮面的官话《新约》。大王的床在中间，占了戏台全面积之三分之一，床是漆金雕空花的大梨木合欢床，没有蚊帐，没有棉被，床上重重叠叠堆了十多条花绒毯子。两支京七响的小手枪，两支盒子炮，各悬挂于床架上之一角。戏台圆锥形顶上吊起那盏洋汽灯，象佛爷头上那大鹏金翅鸟样，正覆罩在床上。我还忘记说一进房那门帘了，这是一幅值钱的东西。红缎织金，九条龙在上面象要活了的样子。这样顶阔气的门帘，挂到这地方未免可惜，但除了这地方，谁也不配悬挂那么一幅门帘！

这庙一共是二十多间房子，师爷副官的奶奶太太住的剩下来，就都是弟兄伙所有了。至于羊仔的栖身处，那是去此间还有半里路远的一个灵官殿。

大王一个人在参谋处翻了一会羊仔名册，想起什么事了。把弁兵叫进后。

“把第二十三号沙村住的纪小伙子喊来——听真着了么？”

“回司令，听真着了！”

“那快去！”

“嗻。”喽啰出去了。

不一刻，带进一个瘦怯怯的少年。

“回司令，二十三号票来了。”

大王出来时，瘦少年不知所措的脚腿想弯曲下去。

“不，不，不，不要害怕，你今天可以转去了，我放你回去，家中的款子不必送来了！”

“转去吗？”少年的眼圈红了。“我一连去了几封信，都是催我妈快一点，说是山中正要款子有用，不知他们怎么的，总不……”

“朋友，莫那么软巴巴的吧，二十岁的男子汉呀！”喽啰带笑的揶揄。“你不听司令刚说的话？今天转去了，不要你钱！”少年误会了“转去”两个字，以为是转老家去的意思，更伤心了。

“听我说！”大王略略发怒了，但气旋平了下来。“你看你，哭是哭得了的？我是同你来说正经话，我看你家中一时实在是找不出款来，我们山上近来也不要什么款，所以我想放你回去，就便帮我办桩事情。庆记布庄你熟吗？”

“那是表婶娘——司令是不是说宋老板娘？”

“对了，表婶娘，那我们还是亲戚咧。你下山去，你帮我去告给她说，回信我收到了。我的意思还是上一次信上的意思。我这里现放到好几万块钱，还正愁无使用处，我要她两千块钱做什么？她说得那些话太说得好听了，以为把那类话诉到我面前，我就把心收下，那是她错了！我同她好商好量她不依，定要惹得我气来，一把火烧她个净净干干，我不是不能做的。我同她好说，就是正因为宋老板以前对我的一些好处。但我也总算对得住她家了。就是这次我要做的事，也并不是想害她全家破败。若说我存心是想害她，我口皮动一下，她产业早就完了。现在你转去，就专为我当面报她个信，请她决定一下。日子快要到了，我已遣人下汉口去办应用东西去了。……你记得到我所说的话吗？”

“记得，记得，报她司令的意思还是第一次信上所说的意思，不要她那几个钱，只要她——只要她——”

“要她答应那事。”大王笑时，更其和蔼可亲。

“是，只要她答应那事，照所定的日子，司令这方面也不愿同她多谈，说得是本情话，其所以先礼后兵的意思都是为的当年宋老板对司令有些好处——”

“并且是有点亲戚关系。”大王又在旁边添了一句。

“是，并且还有，有点亲戚关系，所以才同表婶娘来好商好量。若表婶娘不懂到司令这方面的好处，不体贴司令，那时司令会发怒，发怒的结果，是带领弟兄们！……”少年一口气把大王所嘱咐的使命背完了。

“对了，就是这样，你赶快走——王勇，你拿那支小令引他出司令部，再要个弟兄送他出关隘，说是这人是我要他下山有事的，——听到了吗？”

“听到了。”一声短劲的回答，小喽啰拉着还想叩一个头的怯少年走了。

第三封信就用怯少年口上传语，意思简单，归拢来是：大妹妹得如他所指定的期内上山，若不遵他所行办理，里耶全地方因此要吃一点亏，不单是庆记布庄。

第四信

怯少年纪小伙子下山后四天，这位年青大王，另外又写了封信送宋伯娘，信中的话，就是嘱咐怯少年口传的一件事，不过附带中把上次那个杨秃子的事也说了点。关于杨秃子这个人，他信上说：

……至于上月黄坳杨秃子事，那是因为弟兄们恨他平日无恶不作，为人且是刻薄，吃印子钱，太混帐了。有一次你侄男遣派弟兄下山缝制军服，为他所见（认得是山上弟兄的人当然很多，但你侄男对本街人总算对得住，他们也从来不相拖扯）。你侄男平日与秃子一无冤二无仇，谁知鬼弄了他，他竟即刻走到省军营中报告。到事情末了，是那两个被捉去的弟兄，受严刑拷打，把脚杆扳断，悬了半天的半边猪，再才牵去到场头上把脑壳砍下来示众。有别个弟兄亲眼所见。我们被砍的弟兄，首级砍了，还为他们省军开腔破腹，取了胆去。若非杨秃子讨好省军，走去报告，弟兄们哪能受此等惨苦？此外他还屡番屡次到省军营中去攻讦你侄男，想害你侄男的命。虽说任他去怎么设计挖坑，你侄男是不怕怯。但这狗养的我同他有什么深仇？不是当到老人家面前敢放肆，说句不好听的话，我又不同到他妈相好过！……侥幸你侄男元宵夜里，到三门滩去“请客”，有事归来，在渡口碰到了这野杂种，才把他吊上山来。

弟兄们异口同声的说：“也不要他银钱，也不要他谷米，也不要他妻女——我们所要的是他的命！”他自己正象送到我们手边来了，再放他过去，就是我们的罪过！

的的确确，要寻他是寻不到的，如今正是他自己碰到你侄男处来。如今再不送他一点应得的苦吃，他在别一个时候，别一个地方，会有许多夸张！这夸张就是对你侄男他日见面时的下不去。不好好的整治他一番，他时他会拿你侄男来当成前次那两个进城缝衣的弟兄一样：砍了脑壳不算数，还得取出胆来给他堂客治心气痛。你侄男的胆难道是为堂客们治心气痛的东西？

依其他火性的弟兄们主张，捉他上山第二天，就要拿他来照省军处治我们弟兄的法子办了。还是你侄男不答应，说要审问他一下。到后审问他时，他哭哭啼啼，只是一味磕头。说是平素就非常钦佩司令为人，还正恨无处进行到手下来做一个小司书，好侍候司令，见一点识面，学习点公文，把楷字也抄好，哪里还敢同司令来做对头。至于从前事情，那是他全不知情，连梦也不梦见。说是因为他的告密，致令弟兄们受刑就义，这必是别一个同他有仇的人诬冤他，而且诬冤他的总不出两个人以外：一个是同庆记布庄隔壁住家的蒋锡匠，因为蒋锡匠曾偷过他家的鸡，被发觉过。另一个是住白石滩的船夫，这人也同他不对。……

还一边磕磋头一边诉说怎样怎样的可怜，家中才得个小孩，内人又缺奶，这次到渡口去，就是告知岳丈得了小孩子，好使他放心。并向岳丈借点钱转家去，为他太太买一只鸡吃，补一补空虚。到后为个弟兄把从他身边搜索出的一卷票子同三张借据掷到他面前，他才不分辩了。然而头还在磕。看那三张字据，明写着“立借字人渡口周大，今因缺钱使用，凭中廖表嫂，借到黄村杨秃子先生名下铜元……”一些字，另一张是吴乡约出名，另一张是吴乡约家舅子出名，一总都写得是他做借主。

“这是谁的东西？”问他他不敢说，鼻涕眼泪不知忌惮的只顾流。到末了，且说出极无廉耻的话来，愿意把屋里人收拾收拾，送上山来赎罪，且每月帮助白米十石，盐三十斤，只求全一条活命回家去，好让他自新。

你侄男同诸弟兄见他那副软弱无耻的样子，砍了他虽不难，但问弟兄们，谁都不愿用英雄的刀去砍这样一个不值价的狗！所以如他希望放了他转去，不期望临出营门时，有个火夫心里不平，以为这样，轻松放他过去太便宜他了，一马刀去就砍了他一只左手。这东西就象故意似的倒到地下晕死过去了。弟兄们以为他当真死去，才拖到白狼岩边丢下岩去。谁知这条狗不晕死也不跌死，醒转来后居然还奔到家里才落气！这狗养的本来是该千门万刀剁碎拿去喂山上老鸹吃，才合乎他应得的报应的，算是他祖宗有德，能奔到家里也罢了。

昨天你侄男派了两弟兄进城探听城里的消息，据弟兄说，这次招安，不能接洽妥贴，就是因为秃子近来死去的事。他的妻竟告到营中，说是你侄男害了他，且请省军将你侄男招安以后再设法诱住法办，以图报仇。这婊子女人果真是这样做事狠心，不知死活的要来同你侄男作对，我有一天是要做个样子给她看的。招安成功不成功，你侄男一点儿都不着急，弟兄们也正同是一个意思。山上有的是油盐米酒猪牛，倘或是省军高兴，定要来到山脚下挑战，热热闹闹一番，你侄男是不必同他们客气的。喜欢理他们，要弟兄搁起劈山炮轰他几下，同他敲几枪；不喜欢他们时，关起寨门睡觉。让他们在山下愿意围几个月就围几个月。三个月也好，两个月也好，把派捐得的粮食吃尽，他们自会打起旗子吹起号转原防去！你侄男这里见样东西都有了预备，不怕他们法宝多！

第五信

大妹妹禀承母亲的意旨，写信给驻耶军营中的书记官太太。这位太太是她的同学。三月二十一日所吃的喜酒，就是这个同学出阁做书记官太太的前一日，如今算来，又是半个多月了。

信很简单。大妹妹用她平素最天真乐观的笔调，写出亲昵的诙谐的话，信如下：

四姐：我答应你的话，今天可应验了。我说我妈会念着你请你来我家吃饭的，果不其然呀，她早上要我写信邀你。

客并不多，除了你以外只有我，因为这是妈说的。这次算是她老人家请客，所以她把我也请到里头了——到另一次作为我请你时，我把我妈也做成一个客！

客既这样少，所以也不特别办什么菜。前次有人送来一个金华腿，我们就蒸火腿吃。此外有你我所极喜欢吃的干红曲鱼，同菌油豆腐，酸辣子（小米的）。有我所不喜欢但你偏高兴的黑豆腐乳。不少了，再添一点，就是四盘四碗，待新嫁娘也不算麻絮[1]吧。早来一点，我们午时可以吃各人自己手包的水饺子。

我妈还说有话要问你。我想，总不出“姐夫像貌脸嘴怎么样”，老人家是极关心侄女们姑爷这些事的。

我看到我三舅舅从外面进来，那一脸鬑鬑胡胡，就想到你。你一吃了早饭就快来吧，我想过细看看你的嘴巴，是不是当真印得有姐夫的胡子印记……

还要看的都在前一行点点中了，愿一切快活！

你的妹妹宋 ×× 四月七日晨

妈妈的意思，是想从书记官太太谈话中，得到些近来山上同省军议和招安的消息。这一点，写信的大妹妹却不知道，可知关于山上要她做押寨夫人的事，还在睡里梦里！

---

[1] 麻絮——吝啬。凤凰土语。

第六信

守备队的副兵送来，从铺上取了个收据回去了。这信封面写“呈宋小姐”字样。此是请了客以后的初九日。

妹妹：我第一句话要说的是为我谢伯妈。前天太快活了，不知不觉酒也逾了量。回去循生说我脸灼热，不久就睡了。

伯妈是请我一次了，妹妹你的主人哪一天才能做？我得时时刻刻厚起脸来问你，免得善忘的妹妹忘记。若是妹妹当真要做一次主人，我请求做主人的总莫把菌油豆腐同火腿忘掉！换别样菜我是不领情的。饺子也得同前天一样。

你报伯妈，她老人家所想知道的事，我去问循生，你姐夫说招安是一定了，但条件来得太苛，省军还要听常德军部消息才能定准。如果是两方拿诚心来商量，你姐夫说总不至再复决裂的。近来营部还有开拔消息，也就是好在招安后要山中人移驻到里耶来的缘故。……

请伯妈安心。循生今天到部里去办事，若有更可靠的信息时，再当函告。

……不久，我将为妹妹贺喜了！

你的四姐九日

信后为妹妹贺喜的话，使大妹有点疑惑了。

……招安不成，第一吃亏的是应说全市的人。第二是守备队。第三，第三就算是落到自己家里，但招安以后，又有什么可以对我贺喜的地方？布铺的损失，未必因招安不成而更大。贺喜些什么……

贺喜的事，大妹凭她处女的敏感，猜到一半了，她猜来必是自己的婚姻。凡是一个十六岁以上的女孩儿，你如其对她说贺喜的话时，象是一种本能，她会一想就想到自己婚事上去的，而且脸会为这话灼红。

大妹一个人研究着这“贺喜”两个字的意义，全身的重量都压在心上，脸上也觉着在烧了。

极漠茫的，在眼前幻着许多各样不同的面模来。第一个，他曾在四姐的喜事日见过的那个蚕业专门毕业的农会长，长长的瘦瘦的身个儿来在面前动着了。第二个，守备队那位副官，云南毕业的军官生，时常骑匹马到大街上乱冲，一个痞子样的油滑脸庞。第三个，亨记油号的少老板，雅里学校的学生。……还有，三舅舅的儿子，曾做过诗赞美过自己，苍白的小脸，同时也在眼前晃悠。

从婚事上出发，她又想出许多与自己象是切近过或爱慕过的男子来，万没料那个山上的大王是她的未婚夫。

自己搜索是不能得到任何结果的，到后只好把来信读给母亲听了。到最后，母亲叹了口气，又勉强的笑了一回。

大妹妹觉得母亲正用了一种极有意思的眼光在觑着她，大妹妹躲避着母亲的眼光，最后取的手段是把头低下去望自己的脚。

母亲太不体谅人了，将大妹脸灼成两朵山茶花后还在觑!

“妈这是什么意思呢？”话轻到自己亦没有听真着的地步。意思是问母亲觑她的缘故，也是四姐来信中“贺喜”两个字的用意。

“说什么？”母亲明明看到大妹口动。

大妹又缩住了。

略停，大妹又想着个假道的法子来了，说：

“妈，我想此间招安以后，沿河下行必不再怕什么了。节后下长沙去补点功课，我好秋季到北京去考女子高师学校。”

“又不要你当教员，到外面找钱来养我，远远的去做什么？”

“你不是答应过我，河道清平以后，就把家搬到汉口去住吗？”

“知道哪时河道才能清平？”

“四姐的信，不是才说到招安的事？山上的人既全体可以招安，河道如何不会清平？”

“招了安我们就更不能搬走了。”

“怎么招安以后我们倒不能搬走？”这句话大妹并没说出口。把此话说后所产生的恐惧或惊喜权衡了一下，怕此时的母亲同自己都载不住，所以不再开口，把一句已在口边的话咽下了。刚来的四姐那封信，还在大妹手上。

“妈，四姐要我们再请她吃饭，定什么日子？”

“就是明天吧，她欢喜火腿，叫厨房王师傅把明天应吃的留下，剩下那半个都拿去送她。菌油也帮她送一罐去。告诉她，等到有好菌子时我另为她做新鲜的。”

“我想自己去邀她。”

母亲象知道大妹要亲自去邀请四姐的用意似的，且觉得如果大妹要明了这事，由四姐说出，比自己说好多了，就说：

“好吧，你自己去，一定要她来，我还有事请她。……”

“……”大妹有点意见想申述。

“你有什么话要说，可以同她说。等她来时，她也会告你许多你想知道的话。”

“我没有什么话可说，我看妈意思象心里有——”大妹低低的说。

“心里不快么？不是。不是。妈精神非常好。找四姐来，她会同你说我要说的话。你们姐姐妹妹可以到另一个地方——书房也好，你自己房中也好——你们可以好好谈一回……”

“妈你怎么……”大妹见到母亲眼睛红湿了，心极其难过。

“没有，没有。妹你今天就去吧，要你四姐今天来——这时就去也好，免得她又出门到别处去。”

“好。”大妹一出房门，就不能再止住想泻出的眼泪了。

第七信

四月十六，山上有人到城，送来一信，并一个小拜帖匣子。送信的已不是第一次寄信那个喽啰了。这人长袍短褂，一派斯文样子。年纪二十多岁，白白面庞，戴顶极其好看的博士帽。脸上除了嘴巴边留了一小撮胡子外，还于鼻梁上挂了副眼镜。手上一支小方竹手杖，包有铜头，打着地剥剥的响。后面一个小孩，提了一个小皮包。又拿着一根长长的牙骨烟管。……这是个一切都表示地位尊贵的上等人。三老板一见他进铺，以为守备队的秘书，或别处来此什么委员上门做生意来了，忙立起来。那人一脸极和气的微笑，对着三老板：

“阁下想来是三老板了！”同时把信陈列柜台上，另于信旁置了一张小名片。

……主任参谋

陆　　钰

金玉酉阳

“哦，陆参谋！请，请，请，请到客厅坐……”

隔个柜台，那来人伸出一只手来，三老板也懂得是要行外国礼握手了，忙也伸过一只手来，相互捏了一会。

那人并不忙着进客厅，把袖口搂着，对布庄柜台上那个大钟拨动手表时，三老板偷瞧了一下，表是金色崭新的。

姓陆的虽曾听到三老板在谦虚中自己把“草字问珊”提出，但他竟很客气的把三老板称为亲长了。

“请亲长这边凡事预备一下。”那是姓陆的同三老板告别鞠躬时一再说了几次的话。

那日宋伯娘没有在家。来人受过吩咐，若宋伯娘不能出面，则三老板亦可以，所以就把大王所嘱预备同宋老太所谈的一概与三老板说了，那个拜帖匣中聘礼也都点交件数留下。

夜间在宋伯娘的房中，三老板念山上陆参谋捎来的书信。大妹虽说早已知道此事，但因为对此终有点羞涩，在未念信以前就走开到自己房中去了。

信中口辞变了，开首已把“宋伯妈”三字改称“岳母大人”了。信如下：

岳母大人尊鉴，敬禀者：前数函知均达览，复示诲以自新之道，且允于招安之后，将大妹妹于归，备主中馈，尤臻爱怜，实增感激！

近来因岳母大人同大妹故，以是婿将对省方提出之条件已特别减至无可再减的地步，且容纳省方派员将部队枪支检验之律令。果无临时变化发生，谅招编事已不成问题了。

编收以后，婿之部伍将全队移住耶市，守备队下拔移驻花垣，让出防地归婿负责。

沿河一带治安，亦由婿部担任，以后有劫船情事，由婿察缉，察缉无从，则应由婿部赔偿。此条虽将婿责加重，但为地方安宁，婿固当有所牺牲也。

此后支队部（改为清乡第三支队司令），婿意拟设于天王庙，地势好点，亦可备万一别种事情发生时，退守方便。

……十六到二十，三天中，婿所部全队，即可开进耶市大街，到时再来谒见大人。

大妹喜事，婿拟照先时所约定之日举行。岳母方面，亦不必多事花费，婿知道岳母极爱热闹，到时此间有许多兵士，固能帮助一切也。

前派陆参谋来同省中代表接洽一切，并嘱其将此函并些须聘礼饰物呈达于长者。所有未尽之意，统由陆参谋面呈，此人系婿至友，亦由学校出身，祈大人略加以颜色，婿实幸甚！谨此恭叩福安　　小婿道义谨禀

附聘礼饰物单如左

赤金钏镯一对

赤金戒四枚（二枚嵌小宝石）

赤金丝大珍珠耳环一对

赤金簪压发各一件

赤金项链一件

赤金项链一件（有宝石坠子）

净圆珍珠项链一件

金打簧手表一枚

白金结婚戒一枚

白金结婚心形胸饰一枚

白金镶钻石扣针一枚

上等法国香水两瓶（瓶悬小纸签标明每瓶价值，一值二十四元，一值六十元。）

法国香粉二盒

此即大王在另一函中，曾经提过，说是派人往湖北去办的。那位老太，听着三老板把信同聘礼单念完，看看桌上那一堆各在一个小盒子里的东西，忽然放声大哭了。

这时的泪，不是觉得委屈了女儿，也不是觉得委屈了自己，或是对不住大妹的父亲。她是象把一件压在心上的石头，骤然解除，忽然想到过去的惶恐同将来的欢喜，心里载不住这两种不同的压力，不知不觉从眼眶中挤出泪了。

哭了不久，这老太就走到大妹的房中去送大妹看信。

既不怕抄家，也不怕谁来刨挖大妹父亲的坟山，在这位老太太看来，真是没有什么理由来说不愿意将大妹嫁给一个大王的话了！何况大王如今又已成了正果，所以老太太把信掷到大妹妹面前时，眼中已无些子泪痕。

大妹妹的婚事

热闹，阔绰，出了里耶人经验以外。一切布置的煊赫，也出了宋伯娘在期待中所能猜想的以外。迎亲那日，八个黄色呢制服的人，斜斜佩着红绿绸子，骑在马上，各扛着一面绸国旗，都是副官之类。

一对喇叭，后面一队兵士；一对喇叭，后面一队兵士……

几乎近于是迎接“抚台”样，一直从天王庙支队司令部起，到宋家门前止，新的灰线布制服上佩着一朵红纸花的，是昨日的喽啰（今日的兵士）。军队是这样接接连连。满地红的小爆仗，也是那么接接连连，毫不休息。花轿过路时，喇叭爹爹哒哒吹着各样喜庆的曲子。

宋宅杀了两只猪六只羊犒赏兵士还不够，到后还加了两只肥猪才分得开堂，[1] 即此一端，参预此番喜事的人之多可想而知了。

大王彪壮，年青，有钱，里耶市中人尽他们所能夸赞的话拿去应用还总觉得不够，到后只好把类于妒嫉的羡慕落到那宋家母女身上。

第八信

结了婚约两个月，大妹有给驻花垣守备队营中书记官太太的一封信。

> 四姐：我不知要同你说些什么话，关于我的事，这时想来可笑极了。在以前，我刚知道他要强迫我妈行他所欲行的事时，我想着一切的前途，将葬送到一个满烧着魔鬼的火的窟中，伤心得几乎想自杀了。四姐你是知道的，一个女人，为一点比这小许多的事也

---

[1] 开堂：周到。凤凰土语。

会以死做牺牲的。但我当时还想着我妈。我妈已是这么可怜的人，若是我先死，岂不是把悲哀都推给她了吗？我想走，当时我就想走。到后又用做女儿的心再三衡量，恐怕即能走脱，他也会把我妈捉去，所以后来走也不走了。……日子一天一天过去，拼我死命，等那宣告我刑罚的可咒的五月初五来到，我身不由己的为母亲缘故跳进一个坟坑里。在期待中，想死不能时，我也是同一般为许多力量压着不能挣扎的女人样，背着母亲，在自己的房中去低声的哭，已不知有过多少次了。我那时想象他，一个杀人放火无事不做的大王，必是比书上所形容那类恶人还可怕！必是黑脸或青脸，眼睛绯红，比庙中什么判官还可怕！真是除了哭没有法子。眼泪是女人的无尽宝藏，再多流一点也不会干，所以我在五月五日以前，是只知道终日以泪洗面的。……

过去的都是梦样过去：雷霆是当日的雷霆，风雨也是当日的风雨，不必同四姐说了；我只告你近来的情形。

近来要我说，我又不知怎么来说起。我不是怕羞，在四姐跟前，原是不应当再说到害羞的事的。我真不知要怎样的来说一个同我先时所拟想的地狱极相反的一种生活！

你不要笑，我自己觉得是很幸福的人，我是极老实的同你说，我生活是太幸福了。幸福不是别的，是他——我学你说，是你妹夫。你妹夫以前是大王，每日做些事，是撒但派下来的工作，手上终日染着血，吃别人的血与肉，把自己的头用手提着，随时有送给另一个人的恐惧绕在心中。但他和我所猜想的恶处离远了。他不是青脸同黑脸，他没有庙中判官那么凶恶。他样子同我三舅舅的儿子一个面样，我说他是很标致，你不会疑我是夸张。……

他什么事都能体贴，用极温柔驯善的颜色侍奉我，听我所说，为我去办一切的事。（他对外是一只虎，谁都怕他；又聪明有学识，谁都爱敬他。）他在我面前却只是一匹羊，知媚它的主人是它的职务。他对我的忠实，超越了我理想中情人的忠实。……

前几天，我们俩到他以前占据的山寨看望一次，住了两天。那里还有一连人把守。四姐，你猜那里象个什么样子呢？比唱戏还可笑，比唱戏还奇怪。一切一切，你看了不会怕，不会战抖，只有笑！不伦不类的一切一切，你从《七侠五义》一类小说上所看到的人物景致，到这里都可见到。我问你妹夫以前是怎么生活来的，他告我，有时手上抱着两支枪打盹。我们那天就到他那间奇奇怪怪的房中睡了一晚。第二天，又到各处去看，又走了半天。

……

一个女人所能得到的男子的爱，我已得到了。我还得了一些别的人不能得到的爱。若是这时是在四姐面前，我真要抱住你用哭叫来表示我生命的快适了！四姐呵，同姐夫说说，转里耶来住两天吧。我可以要他派几个人来接，我妈还会为你办菌油豆腐吃！

我妈近来也很好，你不要挂念！

你妹同你妹夫照来张相赠你，快制一个木框，好悬挂在墙上，表示你还不忘记你妹妹。你妹妹是无一时能忘记你的，就是他，这时也在我写信桌子的旁边，要我替他问你同姐夫的好。

你的妹七月十日

尾

大妹近来就是这样，同一个年青、彪壮、有钱、聪明、温柔、会体贴她的大王生活着，相互在华贵的生活中，光荣的生活中过着恋的生活，一切如春天，正象她自己信上所说样；雷霆是当日的雷霆，风雨是当日的风雨，都不必再去说了。过去的担心、疑虑、眼泪，都找到比损失更多许多倍数的代价了。

至于那些里耶人呢，凡是在那年五月五日对宋家母女有过妒嫉的心的，无用的妒嫉还是依然存在。

一九二六年三月二十四日毕于西山

说故事人的故事

许多人爱说别人的故事，是因为闲着无东西吃，或吃饱了以后，要寻出消化那好酒好肉的方法，所以找出故事来说。在上海地方的几个我所认识他们脸嘴的文艺复兴人物，就有这种脾气。这脾气自然是顶好的一种脾气！也因了这脾气的存在，一个二个便成了名人了。这巧妙处自然不是普通人所知道，但只要明白说话人是对自己一伙的加以夸张，伙外的加以讪笑造谣，事情是成功了。

这些人是无故事可说了。若必定有，那也总不外乎拜访名人，聚会闲谈，吃，喝，到后大家在分手时互相道过晚安，再回家去抄一点书当成创作，看看杂志来写论文而已。

笔尖，走你的路吧，把你认为是故事的故事说完好了。

我那时是收发员。年纪是十七岁。随了一个师长到龙潭。在龙潭时贺龙还是我们部队的团长，除了成天见到他来师部打两百块底的麻将牌以外，并没有看得出这伟人在嘴上生有獠牙，或者额上长角。晚近伟人真是来得不同了，本事不要，异相全无，运气一来忽然就伟大了。

那时做收发员的我，每月拿十三块六毛钱的月薪，另外到副官处领取伙食津贴三元，每天早上起来靠在那戏台看楼上用擦面牙粉刷牙，白天坐到白木案前把来去公文摘由记下，吃饭时到军需处去吃洋芋煨牛肉，晚上到河边去看看上滩的船，发薪时就到一个传达姘妇开的赌场上去把几块钱输到扑克上去。钱越输扑克赌术也越精了，赌术越进步钱也越输得可怜。这样日子把我消磨了一年。到底人是年青人，把钱输光了，出去就是看人家打牌，在住处就是用公文纸照到戏台前木雕故事画人物儿玩，日子过起来究竟还是不比如今多懊恼。

在那地方是不必花钱也可以找到玩的方法的，譬如到河里去洗澡，到山上去摘野果野花，更胡闹一点的则是跟了年长一点的人到乡下去，调戏乡姑娘，日子过起来总不算长的。

日子虽然容易混，天生是怪脾气的我，不知为什么总觉得不能与这生活相合，终于想回湘了。我在师长面前告了假。(愿上帝给这个人在地下安宁！）知道我是把所得的一点薪水全输到扑克上面的上司，见到我愿意调回镇守使署，照旧做我的十二元一月的书记，就准了我所请求，还让我到军需处领三个月干薪，作为这一趟跟到他移防川东的酬劳。谢谢这好人，给了我这样多钱，使我可以坐船回家，不至于再象来时爬那个三十五里高的棉花坡。

把钱从一个矮子田军需手上领到手，尽他把我在一次一个同花顺上欠的七块账扣去，我估计我回到保靖是至少还可以剩廿块钱。得了钱，又回湘，自然是欢喜的事了，当我把一切小账还清，把护照得到，把师长为我写致镇守使的信得到以后，我只等候上船了。

谁知等了四天，还不能动身。这正象是运气中所注定，说我的钱是在川东得，决无拿回湘西的理由，所以在一个夜间被一个本来不甚熟识的弁目牵牵扯扯到了那女人家，一坐下，四轮庄，我的钱去了一半。弁目是赢了。但见到我说非走不行时，他做出仿佛与我共一只鞋的神气，又仿佛是完全来陪我打牌的神气，所以我们就同时下场了。下了场的他，似乎不大好意思，就一定要请我过醉仙楼喝酒，是吃红，又是送行，推辞不得。我只好又跟到他去。把酒喝到三分醉，他会过四吊铜元账以后，因为有点醉，就又要我陪他到第七旅监里去。在军队中交亲原是一场扑克一壶酒就可以拜把的。

我说：“这个我决不去了，我要睡了。”

“早！时间早，老弟，去去好。你不是常常说到还不曾见过好女人么，跟我去，那里的包你满意。”

说不见到好女人，似乎是在牌场上说的笑话，他却记到了。

我说：“不行！我不愿到牢里去看女人的。”

“女人好，在牢里看又何妨。你只要看看，包你满意。真是了不得的女人。”

我大约也稍稍有点酒意，经过他一说，也想答应了。

“什么样的女人？”

这弁目是有点踉踉跄跄的模样了，见我问到女人是什么人物，就大声的说是“土匪”，名字是夭妹。土匪中的名叫夭妹的，我是在另一时曾听到人说过了。先听说已经捉到了关在酉阳监牢里。许多人说过，这是女怪物，生长得象一朵花，胆量却比许多男子好，无数男子都在她手栽了跟头，好奇心的我就存了愿意见见的想望。如今是只要欢喜就可以见到了，我不能说不去了。

到了监牢的路上，我才从这弁目方面知道这女匪就是绰号夭妹的从酉阳移来龙潭还是近几天的事，是为了追问这女匪枪支藏匿所在，所以解到这里来了。

所谓第七旅监牢者，是川军汤子模部的监牢，内中拘了不少命里有灾难的人物，也有带罪的军人在内。守这监牢的是川军，兵士约一排，驻扎在牢外。弁目对于这守牢长官是相识的，所以能随便来去，且可以同犯人说话，因为被拘的有军人。因此更容易到犯人处了。

我就跟到这个人进了监牢的门，一直到女匪夭妹的住处，进了特为这女大王备置的屋后，隔了栅栏望着在一盏清油灯下做鞋帮的一个少妇的背影，我先还以为是营长太太一类人物。

这领带弁目进来的老妇人，把我们引到了这里，却走了。

这略有酒意的弁目，用手攀栅栏，摇动着，说：

“夭妹，夭妹，有人来看你了。”

望到这女人回身的姿态，望到她在灯光下露出一个清瘦的白脸，我除了觉得这女人是适宜于做少奶奶的好女人以外，简直想不出她能带了两百枝枪出没山中打家劫舍的理由来。这人不是坏人，是再明白也没有的。我且一眼看定她还是好人中的正派人呢。我就在心中想，或者这是错了，被冤了。

不过，她走过来了，她笑了，她说话了，我应当承认我的错了。那一双眼睛，在暗中还放光，先是低垂着还见不出特别，到后一抬起，我即刻相信一切传言了。

望到了弁目又望到了我的这女人，口角边保持了向人类轻蔑的痕迹，这痕迹且混合在一种微笑中，我是从有生以来，也并不曾遇到过女人令我如此注意过的。我想说什么也说不出口，就只有对这女人做着诚实的笑容，同时我把怜悯放到眼光上，表明我是对她同情的。

弁目把手从栅栏空间伸过去，抓着了那人的一只手，说：

“夭妹，我是特意带我这个好朋友来看你的。”

女人又望望我，好象说未必是好朋友罢，那神气聪明到极点，我又只有笑。

“他是年青人，怕羞，不必用你的眼睛虐待他。”

我对这经他说过才知道他早已认我为好朋友的朋友，醉话有点不平了，怯怯的分辩道：

“我才不怕谁！你不要喝多了乱说！”

女人是用她的微笑，表示了承认我说的是真话，一面又承认弁目所说并非酒话的。她用她那合江话清爽音调问弁目：

“朋友贵姓？”

“要他自己答应好了。”

女人对我望，我只有告她我的姓名。

于是我们继续说话，象极其客气又极其亲切。

“衙门事情大概是忙吧？”

“不忙，成天玩罢了。”

“你们年青人是玩不厌的。”

“也有厌倦时候，因为厌倦，倒想不久转家乡了。”

“家乡是湖南？”

“是××。”

“××人全是勇敢美貌的人。”

“那里，地方是小地方，脚色也不中用！”

“××人是勇敢的。”这话大约不是夸奖我，完全对弁目而说。

说到这里女人用力捏了弁目一下手，我明白了是她应当同他另外有话说了，我就把头掉过去看房中的布置。望到那板床上的一床大红毯子，同一条缎面被，觉得这女人服用奢侈得比师长太太还过余，只听到女人说：

“事情怎么了？你是又吃酒把事误了。”

男子就分辩，幽幽的又略含糊的说道：

“酒是吃了，不过你答应我的那件事？”

“你骗我。”

“赌咒也成。我是因为商量你那件事，又想起你，人都生病了。”

“你决定了没有？”

“决定了。我可以在天王面前赌咒。你应当让我……我已同那看守人说好了。”

“我实在不相信你。”

“那我也没有话说了。”

女人不作声了，似乎是在想什么事体，我也不便回头，隐隐约约中，我能料到的，是必定弁目答应她运动出狱，她应当把藏在他处的金钱，或身体，信托给这男子。女人是在处置这件事。因而迟疑了。

使我奇怪的，是这样年青的女人，人物又这样生长的整齐，性格又似乎完全是一个做少奶奶的性格，她不读书不做太太也总可以作娼，却在什么机会上成了土匪的首领？从她眼睛上虽然可以看出这女人是一个不平常的女人，不过行为辞色总仍然不能使人相信这是土匪！即如眼睛的特别，也不是说她所表示的是一种情欲的饱餍。我记得分明，我的好几个上司的姨太太，论一切就都似乎不及这女人更完全，更象贤妻良母。谁知她这个女人却是做过了无数大事的名人。

我心想，这个人，若说她能处治人，受处治的或者不是怕她，不过是爱她罢了。见了她以后，是连我也仿佛愿意与她更熟习一点，帮她做点事的。

等了一阵我又听到她在说话了，问题象仍然是那一件事，弁目要她答应，她答应了。她又要弁目赶紧办那应办的事，弁目赌咒，表示必办到。

到我再走过去搀言时，女人在我眼睛中仍然是一个稳重温柔的女人了，照例我是见到这种女人话就少了的。她见我无话可说，就又找了许多话问我。她又把所做的鞋面给弁目看，我才知道鞋是为弁目做的。从鞋子事上推得出这女人与弁目的关系，是至少已近于夫妇的关系了。

大约留在这地方有一点钟时间，好奇心终敌不过疲倦，我就先离开这里，回营里睡了。当回去时，女人还要弁目把我送到师部门口，是我不愿意，这弁目才送我出守卫处就转去。

第二天一清早。我象是已把昨夜事情忘了，正起身来洗完了脸，伏在那桌子上临帖，写到皇象的草字，这新朋友弁目把手搁到我肩上喊了我一声。回头见是他，正笑着，我的兴味转到他身上来了。我也对他笑，问他昨天什么时候回来。

这汉子缩了缩头，说："惹出祸事了。"说祸事时好象仍然不怕的。

"我不信，你除非是同她到牢里作那呆事情。"

“除非呀！不是这个祸还有谁？”

听到弁目居然同到女人在狱中做了些呆事，忽然提起我的注意了。先是我已经就有点疑心他同女人，谈论到的就是这件事，女人不放心，他赌咒，也是这件事。料不到是我走不久他就居然撒了野。不怕一切，女人也胆大到这样！

我说：“告给我，怎么出乱子？”

这爽直的人，或者是昨夜我回营以后，还同女人论到我，女人要他对我亲热一点了，今天真象什么话都要对我讲。

“怎么样，就是这么样的！我把那管牢老东西用四块钱说通了，我居然到了里面，在她的床铺上脱了这女人的上下衣，对不起，兄弟是独自用过她了。不知为什么他们知道了消息，忽然在外面嚷起来了。”

他停了一停，我并不在这时打岔。

“来人了。兵全来了。枪上了刺刀，到了我们站的那个地方，装不知道问在里面的是谁，口口声声说捉着了枪毙。这里有我所熟识的排长声音。全然是这人也打过夭妹的主意，不上手，所以这时拿到了把柄，出气来了。我才不怕他！我把身边的枪放了一夹子弹，扣了衣，说：‘朋友，多不得心，对不起，我是要走了。站在我身边的莫怪子弹不认人呵。’他们见到我那种冷静，又听到子弹上槽声音，且在先不明白里面是谁的兵士，这时却听得出是极其熟习的我，成天见到面，也象不大好意思假装了。过了一会就只听到那排长一个人生气指挥的声音。我就真出来了。我把我手枪对准了前路，还对到那排长毒毒的望了一眼，堂堂正正从这些刺刀边走过，出了大门，回家来睡了。”

一个不明白我们军队情形的人是决不相信事情是这样随便的。但我在当时是看到类似的事情很多，全不疑惑了。说到了回家就睡，我才代为他想起这事应当告给师长晓得。

经他又一说，我才知道不但这事师长已明白，并且半夜里旅部即来了公文要人，师长却一力承担，说并无这个人在部，所以不日这弁目也要走了。

我问他究竟答应什么条件就能与这女人上手，他却不说。但他又说到这女人许多好处长处，说到女人是如何硬，什么营长什么团长都不能奈何她过，虽然生长得标致，做官的把她捉来也不敢接近她，因为自己性命要紧，女人是杀人全不露神色的。一个杀人不露神色的女人，独能与弁目好，我是仍然不免奇怪的。

我正想问他女人见他走时是什么神气，楼下一个副官却在大声喊那弁目的名字，说是师长要他到军需处拿钱。弁目听到拿钱就走了。望到这汉子走下楼梯，我觉得师长为人真奇怪。这样放纵身边人，无怪乎大家能为他出死力。但这军纪风纪以后成什么样子呢？还正在一旁磨墨一旁想到这弁目同女人结果是应当怎样，楼下忽了吹的哨子，卫兵集了合。

听到师长大声说话了，象是在生气骂人。

听到那值日副官请令了，忙忙的来去不停，大的靴子底在阶石上响。

听到弁目喊救命了。我明白领钱的意义了。

我把窗打开一看，院子中已站满了兵士，吓得我不知所措。那弁目还不等到我下楼已被兵士拥去了。一分钟以后我不但清楚了一切，并且说不出为什么胆寒起来，这说故事的人忽然成了故事，完全是我料不到的。还仿佛是目前情形，是我站在那廊下望到那女人把鞋面给弁目看，一个极纤细的身影为灯光画到墙上，也成了象梦一样故事了。我下午就上了船。还赶不上再多知道一点两人死后的事情，我转湘西了。

这故事，完全不象当真的吧，因为理想中的女大王总应当比女同志为雄悍，小说上的军队情形也不与这个相似。不过到近来，说到这事时我被那弁目的手拍过的右肩，还要发麻，不知怎么回事。

一九二八年冬作

喽 啰

“好，你做得真好！”说话的是个小伙子，脸儿白的，身个儿在他年龄上算起来是高了点，但这山竹笋子抽条样的发育，却形成了他的美观。他是在夸奖我哩。

什么样东西做得真好？我不说，看大家猜。

有人会说这是在讨论文章。不是的。关于这人同我的一切，到此时，本身已成一段故事了。让我来说这个故事吧。

那时我正在用一把笨重方头凿子雕琢一个木人头。我不瞒你们，在过去我的某一时代中，我对于一个木匠的兴趣，是比拿笔真要感到好玩许多的。若果机会给了我另一条路，也许我这个时节，已在我们乡下做了多年专门雕佛像的大师傅了。我承认我的才能若果是向雕刻那条路走去，比之于做文章也还容易见好一点的。这不是自吹。但是，到如今，你就送我一把德国式的精致方头凿，一段削得四四方方材料合式的洋橡树，我可不能雕成木傀儡的样子了。时间隔久了，我把我的手艺全丢了。如今我是只能拿笔来雕这社会各样面孔形象的一个人，且总雕得不如意。我想起过去，真有点儿惨。

我是一匹肥羊，别的人是这样硬派下来的，其实并非征求了我同意。正经话，我成了“肥羊”了。这名词，象有点滑稽。每到冬天我们住在北京不拘那一块地方，不是都可以见到一群或一只毛长长的身体胖胖的绵羊么？有些人，无事闲着闷得慌，走到东四、西四或别的有小馆子的门前，不是就有杀羊剥皮的热闹给瞧一个饱么？我就是那类羊。虽然我身体还比如今瘦小很多，但人家是把我当羊看待的。不一定剥皮，也不一定要杀，但只一种，吊上山来。家中不出钱，可不成。其实照我的意思，象近来常常因了馆子不赊账的缘故，终日要挨饿，到了节期又得躲到街上去，怕见寓中掌柜的脸孔，倒不如那时在山上做肥羊，受他们喽啰善意的款待，每日用白煮鸡汤泡大米饭吃，日子好过的多多了。我相信，除了少数卖卤鸡铺子中的人或者比我多吃了些鸡以外，我敢说，我那年吃的白鸡比任何人都多！每日吃，过早是，午饭是，晚饭是，消夜也是，一直吃五个多月。若是家中不即赎我，恐怕我还要吃一百两百鸡，那是无疑的。我不明白别一个被山上大王硬派为肥羊的人，关在山上时，是不是也有这样款待。实在说，结果，家中只花五百串钱就放我下山转回家。照近来鸡的市价来作价，以每日一公一母两只鸡来算，我就已经扳本了。就是住公寓，半年来，也就不止此区区数目。还有一件事，我得在此说说的，下山回到家时，家中人见到都说我胖了许多。被人当成羊看待，渐吃渐胖也是平常事。不过我的朋友住医院三个月，出来瘦得象猴子，使我想起另一世界，又不禁神往。我是想找一句两句俏皮一点的话来批评这肥羊生活的，半天却觉得竟无一处能令人引起坏的印象。山上大王气派似乎并不比如今的军官大人使人怕；喽啰也同北京洋车夫差不多，和气得要你一见了他就想同他拜把弟兄认亲家，这我有什么法子可想？我不是不明白我们做百姓的人，在过去，有被县太爷冤枉打了二十个板子，爬起身以后，还应叩一个头，说是“谢老爷恩”；直到如今，也有随时颂扬政府官吏的义务。讽刺了国家委任的官吏有罪，夸奖落草的英雄便有暗中宣传什么化的嫌疑。

但我没有法。当时我家中不敢请官家为我报仇，只是怕麻烦官家，并无别的用意。如今，我倒很愿意先筹这一笔款子，送到山上去，请他们收容我，伙食比先前开得稍差一点倒无妨，倘若是还有这样一个地方的话。五百串南钱，按最近北京洋价折合，约在一百二十五块钱左右，这比我住五个月公寓用的房饭钱还要少好多。就是到西山卧佛寺一类地去避暑，也未见得有那山上的凉爽。我眼前一点儿咳嗽病，一到那有大王住的山上去，也会自然而然告痊的。算起来，真是太划得来了。并且若是这种招待所在北京附近设得有，我还要劝我的几个朋友不妨也去住。因为这样一来，不单我们便利，也省得警察厅许多的麻烦——做肥羊的人一多，公寓中住的人就会少，公寓中人一少，清查容易，就不怕再隐藏革命党了。……有了，我得说我的故事，笔一纵，就溜到别的事上去，类乎在同法律开玩笑，这是不对的。要我管理一枝笔，不如管理一把凿的容易，我才说过了。请你们看我雕的木傀儡吧。

这是一段柚子树。我在那上面刻了一个半身像。我暗中是仿照朱五哥（二大王的名称）脸孔下手的，不过脸部刻成时，我就觉得这全不象他，与田大哥（大大王的名称）反相近了。相近，也不过鼻子同眉毛部分略相近而已。然而一为三傩见到时，就大声的笑，说是“简直是大哥”。不久其他几人全知道了，围拢来看的结果，硬说是为大哥雕就的。体贴人情的本能我是存在的，我将计就计，便说是特意描着大哥刻就的，不很象，但改正一下或者就对了。

当大王让我在他吃饭的时节在他面前取样时，我把大王鼻子、耳朵、口及下唇的线全给修正了。这一来，我想着我以后会成一个雕刻家，我高兴的很。我把家中母亲同大姐二姐忘记了，只一心一意雕那段木头。我相信，设或当到那时像还不完工，家中就已派了帮工老廖来赎我，我愿不愿走还无把握的。

眼看头是大体一定了，我就用力把那段木头按到膝上去，刻画肩部的衣襟。大哥头上原是挂有一条银链子，我又小心小心去雕浮起那颈链。看的喽啰比我还出神，尤其是三傩两兄弟，都不离开我，凿子一有毛病，三傩就差派四傩去磨。一个外山喽啰来到这里时，三傩就从我手上攫过那段木头去给人家欣赏，我从这中就得一些比喊我为少爷以上的亲热体己称呼。

“三哥，你莫闹他罗。”四傩每每这样为我抵抗他三哥。这四傩，就是我所说的那个白脸小伙子。我们是同村子人，先可不相识，到山以后他却介绍他自己给我。算是监视我，实际上是比家中看牛小子还驯善，凡事同我在一起。他生来说笑的天才，却不为在山上做了喽啰而失去。就是手同脚，也一点不见得同一个普通乡下人两样。虽是破旧的却干净的衣裳，把袖子卷起到肘以上，配上那副苍白的常有笑容的脸，我想起一个表弟弟，简直全都象。这小子，我一见他心里就似不受用。若是要研究我生活的全体，我是怎样认识美同爱，我老实的说，就是他。由他身上我开了我自己生命的大门，放爱情进心中了。想来还使人忸怩。在我同他到一处，有一次，因为上树去摘林檎子，我抱了他上到树桠去，我觉得我是用抱一个妻的章法去抱他才应如此的。我私下就红了脸。至于他，是不是也在爱我，可就不知道了。

有一天，我们在堡寨门前大桐子树下雕那木人头。

“好，你真做得好！”

四傩说了，对我笑。我是高兴那称赞我以外的笑容的。

三傩正从后坡下到庙里来，两肘平平的捧了大堆杂货东西，满头满脸全是汗。四傩从他哥手上抢了一只大乌梨，扔到我脚边。

“这是大哥叫拿来的，四傩！”

“那要什么紧？”

我见到这样，恐怕三傩发他弟的气，就想起身退他那只梨。四傩拥着他的哥的背，“快走吧，告大哥，二少爷吃了一只梨子算那样事？”

“四傩，我不渴，退他吧。”我跟上去。谁知这一来，三傩倒说要四傩再拿一只梨，且抓一些枣。

“……我这抱兜里有枣，你就为少爷抓点。”三傩是两手无空不能活动的。四傩听他哥的话，就又从三傩肚子前大皮抱兜里抓出一大捧枣来。

我把木头放下，我们一同来吃枣。天气热，太阳晒得狗发喘，我们一同坐到梧桐下让风吹，满地是枣核。吃了枣子又是梨，梨子酸得我们打牙战，谁说不是顶好消夏方法呢？

“少爷，你的手艺真是了不得，你是可以雕观音菩萨的。”

我就始终不明白，人这东西究竟为什么，一听到同他相好的声音就心中发痒！传说普通雕匠各样佛能雕，惟有观音菩萨的法相，那是选人的。不单是这人得虔心，就是雕匠的平素为人也就有关系。雕过观音的人死后升天不算数，就是生前这人不得好妻也得养出好看女儿的。这是观音菩萨的报酬。但我心想我即雕观音，能得一个好妻就会比四傩长得更好看么？是不敢信的。

我想到另外去了，便说错话，我说：

“四傩，我可以为你雕一个，你保佑我好吧。”

“我能保佑你么？”四傩微微的笑我已感觉到他保佑我能得到他的永久友谊了。

“你能的，四傩。你保佑我以后能得一个妻，象——”

“象陪到观音菩萨站立的龙女。”他见我不说下去，就为我补足。

错了，我不是这个意思。“龙女配善才”，是有主儿的。我想要四傩保佑我将来能得一个同他一样好的妻，我怕说，不说了。

我们从雕像移到梨子上头去。四傩说了个故事。

他说梨，比这酸的也还有。过去不久大王同到他三哥到一个地方去请客（变一个说法是捉羊），到大路旁摘了一个梨，差点把牙齿酸掉。大王一发气，拔出刀来把那梨子砍剁得稀烂，还叫他三哥上树去摇落这一树梨子，免得后来又害人。

四傩说了四傩自己笑，我可不。

有什么可笑？四傩的话声音象唱歌。一个人，尤其是近来，我觉得一个年青的喽啰，会有这样天赋的良善的美的一切，我不笑，一点都不笑，当时就是这么的，我为这天工的巧妙分配与奇怪的装置，我真要哭了。

我说：“四傩，喽啰这事业对你真不合，你怎不去学唱戏？”

“这比唱戏好多了。”

“将来你莫要做大王吧？”

“我哥一做头子我就变成二大王——但喊是应喊四大王。”

“我可不是那样想。我想读书去做官。”

“做官比做土匪找钱容易点，是不是？”

我答应他是。当真是做官比做山上大王容易找钱点么？这是一定的。因为山寨里，大王同喽啰，得来财物纵不是平均瓜分，也得算清数目按功劳分派，大王独吞可是办不到的事。至于官，则从中国有官起，到如今，钱是手下人去找，享用归一人，是又不单止找钱有法律保障不怕人说了。但我当时说做官，可不想到找钱事上去。住在城中的孩子，他的人生观，做官比做大王方便一点是真的。若是我是个喽啰，一定也是只想升大王，做喽啰头子去。

麻衣相法我是从小就留心，运用到来观察四傩的将来，长的鼻子配上宽的额，是个翰林相。

“四傩，你若是读书，将来怕要点翰林，中状元哪。”

“靠不住。”

“靠得住。我会看相的。你是个翰苑相。”

他不懂“翰苑”，但知道是上京去做文官的。他说他要考武举，中武状元。只要是状元，武也好，文也好，又有什么分别呢？我就赞成他的喽啰生活了。（过了两年，我去做官家的喽啰了，危险是一样，长年随同城里大王到处跑，钱可还不及四傩一半多。这只好说是我的相就不如四傩。）

这我得补说两句话，是关于我的性格的。因为爱逃学，逃到城外大河钓鱼我才被人捉上山来当肥羊。这一来，初初自然是不惯，哭哭闹闹要回家。到后看到在山比起住到家中时的自由，完全是两样，我在拘束中的放肆简直同一匹小马。对于玩感到比饮食还重要的我，就怪自然怪舒服的打住下来了。不是家中来赎我，纵让我逃走，我也不高兴去做的。地狱的名字，我看来，就是形容私塾那东西，倘若孩子们也有地狱在的话。我是被先生发气青起个脸嗾我自己搬凳子过去打屁股的刑罚吓够了的人，直到十五岁以后，遇到做梦还有时要哭，未必不就是过去的威严刻在我心上的结果！到山后，书是不必读，玩，各样的野蛮粗糙的玩法，随意都可做，且有一个内行的又合式的伴，我是在我自己世界中也成了一个大王了。除了用心去找新奇一点的玩法以外一点事不做，又不怕谁个管教。人家完全把我当个客，对我很客气，按照我的生活分派算一个总账，那一时，真是一段好运气。直到如今我还是有些地方露着野马的性格，这便是那五个月自然教育的影响。只可惜是时间太短了，竟使我成一个有野性而缺少那更要紧一点的呆气力的人，不然这时真去落草也并不算迟！

三傩的脸孔是个田字形，情形又象不曾耕过的山田，随意长了些头发同胡子，身体壮，田里长的东西也比别人格外粗，按时除草也象不中用啊。四傩呢，简直是个可以在打大醮迎故事时装观音的模样。那样终日怯怯的略带病样的印象，永远没法把它从我的脑中消灭！

大王那木像，雕成后，送把大王，我就不再过问了。只有四傩的像，是雕在我的心上的，我将带它在身边，到老死。

一九二七年九月作完

卒 伍

不是为任何希望，我就离开了家中的一切人了。

照规矩——我还不明白为什么我们的这个地方有这种规矩。照这地方规矩，我小学毕业以后，要到军队上当兵，也不是打仗须人，也不是别的，只是地方人全象那么办。一面自然为的是自己太不象是可以读书成器的人，所以在七月十五我母亲和邻居一次谈话，我的命运就决定了。

六月间毕业考在第三，方高兴到了不得，每次见到阿姨她要为我作媒，谁知到中元节以后，我就离开了家中，从此是世界上的人，不再是家中的人了。

想起来当然不免有些难受，我出门的年纪太小。比大哥，比六弟，还都小。照我的十四岁半的年龄论来，有些人出门到别处吃酒，还要奶妈引带，但我却穿上不相称的又长又大的灰布衣服，束了一条极阔的生皮带子，跟随我们家乡中的叔叔伯伯到外面来猎食了。

日子是七月十六，那一天动的身。

我永远不会忘记这一天的。大清早落了点小雨，直到如今一落小雨我就能记起那第一次出门的一切！

十四那天，给人约下来第二天到河里去洗澡，就已答应下来。

洗澡，可不是任何人想得到的有趣！从早上吃过饭以后，一直洗到下午三点，这是成了很平常的事情的。把身子泡到水中厌了，几个人又光身到浅水滩上摸鱼。可并不是一定要摸一斤两斤鱼。即或把鱼摸得许多，谁也不敢拿回家去。把鱼摸来，那运气顶坏的鱼一到了我们手中，就在滩头上挖一小池，把鱼放到池子里去，用手为鱼运一些新鲜河水，回头又常常忘记释放这鱼，于是泰然的在估定应当回去的时候回去，鱼是谁也不再理会，终于成了涸鲋了。洗澡呢，互相比赛这泅过河的速度，互相比赛打氽子谁能潜在水中久一点，又互相比赛浇水。人是天真烂漫那么十个八个年龄相同的人，侥天幸在水中可从不闻淹坏一个。

一个热天把身子每天浸泡到水中，泅水是特别显著有了进步，可料想不到，正因如此，却在这一件事上决定了我的此后命运了。

“又到洗澡了，不准吃饭！”娘或者大姐，见到回家时我的神气就明白了。

于是就分辩。这分辩明知无用，显然的是皮肤为水泡成焦黑，而且脸上为日头炙成酱色了，就说不吃饭也成。然而回头自然而然就又有那作好人的外婆和我那姐姐送饭来空房中吃。

大哥在家时，那是有点害怕的。遇到在河中正高兴玩着各样把戏，大哥忽然远远的来了，就忙把功夫显出来，一个氽子打到河中间去，近视眼的大哥就不会见到了。或者一个两个把身子翻睡到水中，只剩一个头盖鼻孔在水面，远远看去正象一些小瓢；那是纵留心在岸上细心检察，也不能知道水中究竟是谁的。然而有时大哥可以找到我们藏衣服的地方，事情可就不容易轻易过去，结果必定是用手拈了我耳朵，一直拈到家，又得罚跪。可是这个顶大的“仇人”已出门有一年了，除了大哥，我谁都不怕。

打，还是要人受的。挨得太多了，反而就当成一种习惯，一切不在意了。家中又不能把我关在一间房子里，我总有方法出去。只要莫洗澡，省得家中担心我为水淹死，也许我还可以勉强再在家中呆一两年罢。可是这一种禁令比任何处罚还使人难受。水就是我的生命，除开是河中水过大，恐怕气力太小，管不住浪头和漩涡，在这样大热天，我和我的同学，谁不愿有一天不把身子跳到潭里去过回瘾。

每早上，常常把买菜的钱输到一些赌摊上去，不敢回家，是常事，我是在洗澡以外又有这门武艺的。把钱输尽又悄悄的返到家中来同外祖母打麻烦，要她设法，也成了屡见不鲜的事了。我真奇怪我竟有这样一段放荡的过去。我也不明白这趣味究竟怎么养成，又怎么消灭到无影无踪。

总之，我的行为在本地人说来已象个候补的小痞子，完全的，一件不缺的，痞到太不成形，给家中的气愤太多，家中把我赶出来了。

到目下，我非常怕与水狎了。赌博和我也好象无缘。

一切跳荡的事也好象与我无缘。因了昔日的我形成今日的我，我是已经又为人称为“老成”了。从某些有前途的人看来，可又太拘迂怕事了。

十五，那一天，是我“洗礼”的最末一次。大早上照规矩如家中所命定下的日课，把一张黄竹连纸马马虎虎写了一遍《灵飞经》，又潦潦草草写了十六个大字，把饭一吃，家中就不见到我的影子了。我到了我们所约定的学校操场，几个人正爬在树上等我。

“还有四个不来呀！”

听他们所说的话，显然是不必忙到河里去，我于是也爬到一株杨柳树上去了。

在树上的同伴一共八个人，各人据在最高枝，那么把身子摇着荡着，胆子大一点的且敢用手扳着细条，好让身下垂到空中。又来互相交换着昨天晚上分手回家以后的话，又互相来讨论到今天应当如何，来消磨这一个整天。说话说到第三者，不拘是教员校长，总不忘在话前面加上一点早成习惯的助语。一些蝉，无知无识的飞来，停到这操场周围任何一株杨柳上。这杨柳若无人占据，则大家就追到这蝉叫声所在，争爬到那树上去把蝉吓走。这工作，是我们所能在这大毒秋日下唯一的工作！各人能把身体训练得好好的，也许这也不无用处罢。

大家既是那么耽下来，约好的几个人慢慢的全到齐了。

每一个人都会爬树，因此后来的人总也不肯落后，即或见到我们正预备下树，仍然得爬上去一趟。爬到上面后，或使劲在树身上翻一次倒挂金钩，或从顶高地方跳下，意思并不一定是让人看，就是自己一个人在此，似乎也有这样需要，为的全是猴儿精。

“去！”

“去！”

大家应和着，出了北门。北门实即学校的大门一样，到北门，则已见到汤汤河水了。

沿河上，走不多远，要过一个跳石，有上百个石墩子得一一走过。或者不过这跳石，则须到上面半里路处把衣裤缠在头上泅过河去才行。

时间虽然早，可是在那长潭上泅来泅去，以及在那浅碾坝下弯了腰摸鱼的已有好些人了。鱼多抢上水，磨坊前的急流水，照例是杨条白鱼集中地。

各人在一种顶熟习顶快捷的手法下，已把身子脱得精光，凡是那屁股白白的，被太阳晒的资格就浅，下水总慢一点儿。我们三五个人是把衣裤向头上一缠，如一群鸭子见水一样，无声无息的都早在水中游着了。

“不准打水！”你也喊。

“不准打水！”我也喊。

为得是各人头上缠有衣裤。照规矩，这么过河是应当无声无息的“踹水”，不许随便用脚拍水的。其实衣裤回头全得湿了水。在大的毒的能够把河滩上石子晒得不敢赤足走过的日头下面，谁还怕衣服晒不干？然而规矩是不能打水，我们全是踹水过的河，谁都不会忘记这一件本领！若不能踹水，则就是那类屁股还不曾晒黑的人。他们是只能从浅处过河了。

过了河，大家把衣服在河滩上用石头压牢，一天的节目在水面上开始了。各人任意玩，欢喜什么就做什么。那里是一道拦河斜堤，只把水拦住一半，全部河水分成三份，一份随斜石坝流向碾坊，一份让船通行，还有一份则从坝上散乱流下去。

我最饿蟋蟀，就象一个水鬼一样，不必再穿衣服就追逐了一种弹琴的蟋蟀声音跑到高岸旁土坎下去。太阳越大则阴处的蟋蟀声音越好，这是只有河边有这情形的。

在一种顶精细的搜索中，这个带了太太在唱歌的混账东西立时就在我手窝中了。我欢喜到不愿说话。我叫他们来看这个我从不曾经见到过的大蟋蟀，于是我身边即刻就围了一堆水淋淋的小鬼。

蟋蟀是叫一般同学都吃惊了。我综计我自从养蟋蟀以来，就不曾有过一次得到这样一头大东西。我不大愿再下水去洗澡了，想法子来安置这俘虏。得找一个竹筒之类，则这个东西就不愁它逃跑了。各处寻找的结果，却又没有一件可以说是能安插这东西的。各处找大蚌壳，今天却不拘怎么设法也不见到一对较大的蚌壳了。

“唉，我不下水了！”我不能让这东西跑去，我只能用手握着这东西在岸上呆着看这些人泅水了。

我实在又愿意下水泅一阵，又感到无法处置这手上东西。

凡是洗澡的初初不很会泅水，一到深处即下沉，救济方法把自己的裤子下脚用线捆好，将裤子先用水泡湿，一个人提着两只裤脚，一个人拿着裤头骤往水中一钻，将裤头用线捆好，则裤子即刻膨胀起来，成了“水马”。有水马在胸前，则深水中去也无妨了。我到后见到了他们的水马，才想起用我裤子来收容这蟋蟀的方法，我且采了不少树叶垫到裤中，十分谨慎小心，好好的把这家伙放到裤子里去，各处用裤带捆上，这样我也能自由到水中去同他们厮闹去了。

又不知道疲倦又不记起肚子饿，到回家，已是许多人家烧夜饭时候了。

我手中捏着的东西简直使我欢喜到忘记回到家中又要受质问。到家后，走到书房去取盖碗处置蟋蟀，大姐姐跟到后边只好笑。

“为什么？”

“我看你样子是又到河里洗澡了。”

“只洗一点钟，并不久。我上午是到观音山捉蟋蟀玩的。”

“有人见到你在河里，还扯谎！”

不说谎，我是简直就无话可说了。大姐就望到我为蛐蛐洗澡，为蛐蛐喂饭，也不再说什么话，只告诉我夜间有一点儿事，莫出去玩。

我答应她后，我却在她转到上面房里时，偷偷溜出大门，带领我新得的将军同人决战去了。打两次都是胜利属于我这一面，就高高兴兴回家吃饭。

我见到娘只是对我笑，是吃饭时候，还不明白是什么事。我并不心怯。这一两天我不曾同谁打过架，又不曾到米厂上去赌过钱，心里想不出有毛病给家中找出，也就坦然的把饭吃了。

吃过饭以后，娘却要我换一件长衣，且给我新鞋新袜，简直莫名其妙。这一个热天来全是赤脚的我，对于鞋子真感不到兴趣，然而是新的，也就好。到把一切穿得整齐时，娘却要我送她到一个亲戚家去。

是的，我去了。那地方我是愿意去而不常敢去的。那家有一个女儿，是一个时候曾同我住在隔邻，这女儿是装过观音菩萨当打大醮时抬着在街上走过的，看起很给人舒服，且曾听到说过还没有人家。这次不是“看郎”吧？我疑心到这个时，却不敢进这个亲戚家了。

“娘，我在这个地方等你吧。”

“为什么？”

“我不愿。”

“应当愿，这来是为你找事作！”

我不十分懂找事作是什么情形。我何尝想到作事？在我的年龄中我只想家中给我自由的玩，我决不会玩厌。听到找事的话，倒茫然了。

“还是送我进去，你可以到花园去玩，莲姑或者在花园。”莲姑便是我所说的那个好看的女孩子，比我小，人却比我高。我就答应了。也不是象母亲所说同莲姑玩，我只是想，到花园去看看他家金鱼也好，就从他家大院转到花园去了。

这花园很大，各样花全有。这时池子中全是莲花，金鱼极其多。我答应母亲到花园里来，一面还有一种偷摘一个莲蓬的野心，倒以为那个莲姑不在此方便一点。

沿着荷池跑去，这时晚风很热。日头快要落到山后去了，天空中有霞，又有无数的鹰在空中打团团。

我把脚步声音加重，好使那一边为牵牛篱笆隔开的地方有人则可以听去。没有说话的声音，因此我胆大起来了。

我沿到荷池走就是为找那伸手可摘的莲蓬。把莲蓬找到，似乎是用手还够不到，就又折了一枝篱笆上的竹子去捞那莲蓬到身边来。很小心，不让声音扩大，然竹枝打在水上的声音却给一个人发现了，正当我用手把莲蓬抓着在扭那梗子时，忽然从那大花台子背后跃出一个人来。

“哈，是贼！”

这声音，一听就明白是那个女孩了。我给人这一声呼喝，非常羞愧，连忙放开手中的莲蓬，让它回复它的原来地位了。

我只好站起来腼腼腆腆对她笑。

“同谁来？”

“同母亲。”

“见我的妈了不？”

“不，我没到上房去，只在此等我母亲。”

“你是不是要这莲蓬？”

“恐怕吃是吃不得，我想摘回家去玩也好。”

问到说，想不想要这莲蓬？我真不好意思！不想，却费神来摘么？见到摘又还来问我想不想，这小女孩也就够天真了。她听到我说想摘一个玩玩，就忙跑到那角门上，不到一会儿，就拿来一把长长的钩子，又拿了一个小鱼捞兜来了。

她把捞兜交给我，却用钩子很熟练的去找寻那老一点的莲蓬。

“我告你，你刚才那个太嫩了，要选这样子的才有子。”这样的一下，钩子就把那莲蓬钩着了，“来！快用你捞兜接到它！”

莲蓬是得了。先说是拿回去玩，当然就不好意思剥来吃了。其实我倒非常愿意得一个莲蓬吃吃，拿回去也只是给六弟抢的。

“请你来这边，”说着就对我作一个白眼。这白眼作的俏皮，是曾给过母亲她们笑过，说是“怪伤心了”的。[1] 我于是让这白眼引到花园偏南一个地方来了。

原来是看她的小金鱼。鱼用小缸子装着，共五缸。这鱼还不到一年，颜色还是黑的，但看这形象是顶好的种，我欢喜极了。她又指点那一缸为她所有，那一缸为她小妹妹所有，那一缸归她堂兄。

“好不好，你瞧？”

---

[1] 怪伤心：指女子娇嗔过份或打扮过份。不是指难过。

我是顶懂金鱼的，且极爱金鱼，见到这个就不忍离开缸子。问到我哪一缸好看，当然我是凭了拍马屁的本能说是她的那一缸极好。听到我的一句话，却把这女孩子乐疯了。

她说她曾同堂兄打过赌，请人告她究竟是谁的鱼好，别个又不很懂金鱼，就以为堂兄的鱼大就好。实则好的鱼并不在大。末了对我的内行，又免不了称赞，我是也顶痛快的。

“我们明天要下辰州了，这一去才有趣！”说到这个，她似乎就想起辰州来了。

“是下辰州吗？”

“是的。应当坐三四天的船，在船上玩三四天，才能拢岸。”

我忽然想起母亲同我说的话来了。母亲说为我找事情做，不是要我也跟到走吗？我就告她——

“莲姑，我恐怕也要去！”

“谁同你去？”

“我也不明白。大哥在长沙，或者去长沙。”

“那是太远了。我听请饷的人说去长沙当过洞庭湖，湖里四面全望不见岸，可怕人。”

我们暂时就不说话又来看金鱼，看了这缸又那缸。天气热，虽然在白天，缸上全盖得厚厚的几层帘子，缸中的水也不很好，鱼是近于呆板了。我自己觉得我家中的鱼缸的水就比这个好得多。

我说：“莲姑，我家今年鱼也有几匹顶难得的！”

“可惜明天走，就见不到了。——我问你，你怎么知道你也要动身？”

“听到我母亲说为我找事做。”

“哎呀，那在一起才好！你若同到我爹一块动身，你到了辰州，我就可以引你去许多地方玩。那地方河边的船多到数不清，到河边去看船，那些拉纤的，摇橹的，全会唱歌！”她想起唱歌，就装成摇橹人一样，把手上那个竹钩子摇着荡着，且唱起来了。

我觉得这个也倒好听。但是我即刻惆怅起来了。从她这歌上，我似乎已经到了辰州河边，再不是在家中的情形了。我且明白若是真要走，则当然同大哥下省读书一样，就是一个人那么走的。我的蛐蛐，我的朋友，还有我的许多东西都将离开我了。我即刻怀着小小的乡愁了。然而我见到莲姑却又似乎对于下行非常高兴。听到她那唱摇橹人的歌就可明白她对于那些事情是如何熟习，我问她到辰州是不是可以随便玩的。

“好玩多了。那是大地方！”

“可不可以洗澡？”

“你们男人就只讲究洗澡。”她就用手指头在那嫩脸上刮着羞我。

我不怕。我是没有害羞的。我心中那时所佩服的只是蒋平、石铸一类人物，这个哪里是她们姑娘家所了解的。

若不是洗十年二十年的澡，那个碧眼金蝉就不会有如此能耐。我把那个蛤蟆口的英雄为我自己的榜样，还在心中老以为到将来也总会有一天如他成名！

莲姑这个人，说话一天就不知道厌，见到我们的话停下来了，就又问我的大姐近来怎么。我说大姐只每天逼到我写字。

“我的妈还不是勒到要我写字！我真不高兴。”

“但是我听我的大姐说你字很好！”

“才好！我气来了一天用一枝新笔，随便画。气我的妈。”

我是知道莲姑平素极娇的。她娘就怕她，爹也是怕她，只听说她服奶妈管。听她说写字把笔乱涂，就问她，奶妈是不是要骂她。她说不。奶妈已到龙山去了。龙山出好大头菜，于是我又问她得不得过好味道的大头菜吃。

“你莫忙，让我去就来。”这个粉红衫子的女孩，便象一朵大荷花，消失到绿的荷叶中了。望到这背影，我就隐隐约约在我身上煽动一种欲望来，只觉得同这女孩子在一块是极舒畅的事。且我平素在学校时是以唱高音歌出名的，到她面前我就知道唱歌我是无分了。我比她年纪稍大，可是比她矮，这高一点的女子的淡淡的恋着的印象保留，乃形成了我成年以后对长大女子的倾心理由。把那发，四垂到眉下，白白的耳朵垂着那珠耳环，眼又是两粒宝石样晃着青光，这个记忆在心上是深的。

去了不久她又来了，使我好笑的，是她拿了两个黑色龙山大头菜来，给我尝，因为我问她吃不吃过味道好的大头菜，为证明她家并不缺少这个，就取了些来了。

我们就一同并排坐在鱼缸边石条子吃那大头菜，且数点天上那鹰的数目。

天的四垂是有暮色了。

一个声音从那绿色角门传来，是走着的人叫的。

“莲！莲！沈四少爷在园里吗？”是丫头声音。

这一边，莲姑却无事样子，懒声懒气说：“在的。”

“叫他来！”

我忙把还不曾吃完的大头菜丢到一边，走到角门进去，她是随到我身后来的。

见到了莲姑的爹妈，忙行礼，房子中已点灯了，这灯是在城中少有的白光灯，为这灯光耀得我眼花。

坐在一只矮木凳上的莲姑的爹，见了我就笑。

“嗨，一年不见了呀！我见到你是在文庙折桂花，不知同谁个小孩子在树上打架，是不是？”

我脸红，我记起那一次见莲姑的爹的情形，脸无从禁止它不红了。

莲姑的妈却让我坐。莲姑也就进来了，站到她妈身边轻轻的说：

“娘，他是不是同我们一起下辰州？”

“……”只见到她娘在她耳朵边不知说了些什么话，莲姑就不再作声了。

坐下了，我见到母亲想要同我说什么话又不说。

那团长，莲姑的爹爹，口上含了一根极粗的烟，过了一阵才说：

“你妈说你同我明天下辰州，好不好？”

“好。”我轻轻答应。

莲姑在一旁就高兴得跳，“好呀，一块呀，娘，娘，他还才问到我辰州好不好玩呢，娘你说，辰州不是比这城里强多了吗？”

莲姑的妈却用眼睛瞪。

我的母亲说话了。她告我是如何与表叔这边商量，明天就随到他们动身，又同莲姑的爹说：

“是吧，只要这孩子听表叔的话，我也放心了。他爹既是这样不理，放到家里又镇天同坏孩子在一起，我想书就再读两年也无用处，倒不如这样……”

“那倒不要紧。”莲姑的爹又回头同我打趣，“军队里头可不能随便玩了！哈哈，我知道你必定舍不得北门河的长潭，这一去可不能每天洗澡了。你的水性我还不明白，若是泅得过长潭来去五次，到辰州，我要萧副官就带你去大河里泅水。”

“每天洗，做梦也只喊‘泅过来’！”母亲说到这里就笑了。

莲姑的妈也大笑，说是小孩多是这样。莲姑则只记到母亲说的话，只学到我的声气喊“泅过来”、“泅过来”，使我害臊到了不得。

“你告我，到底泅得几次？”

又不好意思不告给这个胡子，我只得含笑的说：“三次是泅得过。”

“那好极了！我作小孩子时候也才泅过三次！”

“爹，你也能泅吗？我不信。”莲姑的怀疑我就同意。我也实在不敢相信这个瘦个儿胡子能有气力泅三次来回。可是他却说洞庭湖也洗过澡！

“我不信，我不信，爹爹吹牛皮！”

“什么牛皮，爹爹是马玉龙，比石铸还本事好！”

说得全房子人都笑了。我听他说才知道“铸”字不应当念为“涛”字，这个上司在作我上司以前，倒先作我一次先生了。

坐一阵，把动身的话说妥，天已断黑多久了。到回家，莲姑的妈一定要她家弁兵打灯送我们，在喊叫弁兵时节，莲姑却悄悄的把那个放在房门边的莲蓬给我，我就拿着这个莲蓬跟着母亲返家了。

见到母亲给我清理着出门东西，就在她身边痴痴的弄着那莲蓬。九妹见到我今天是特别不同，也听大姐劝告，不再来同我争这莲蓬了。我记起了我的蛐蛐，就又到书房去看它，蛐蛐还是好好的在茶碗里，只用草一逗，就掉过头来，张开牙齿，咀咀的叫着。我见到这个样子，下决心要带它出门了，就又拿灯到厨房去找得一个小竹筒，预备明早一起来就装它到竹筒里去。

回到母亲房中去，则见到母亲正在那儿哭，大姐却在为我打包袱，眼睛中也似乎是有泪。九妹一声不作傍着母亲，见我进房就用小手摇摆，我还不明白是什么意思。

“四弟，你还舍不得你那蛐蛐吗？”

听到大姐的话我羞愧得哭了。我才明白我离开母亲去看望那蛐蛐时母亲伤心起来了。我立时且想起这一去的一切难过，我只觉得我的过错都是不应当，我即刻就走转到书房去把那蛐蛐捉到手中抛到瓦上去。回头时，就告给大姐说已经放了。

母亲对我望着，大的泪只从眶中涌。我生平只见到母亲哭过两次，一次是二姐死，哭得昏死两回，这一次则是为我出门流泪。大哥出门母亲还是笑笑的，因为大哥是大人，不必担心了，我则不过比一个茶几稍高。且我的身体又是这样的小，平常简直还不敢一个人睡一个床，若非外祖母作伴就不能睡觉。如今却就要一个人去当兵，怎么能够使这个良善的老人放心？我的行为又是这样坏，在家中，虽然管教打呀骂呀总还是自己的人，如今则把他交付给别个人，错事又是免不了，那么给人打呀骂呀又定是作母亲的所堪设想的事？就是明明知道在一起的也总不外乎城中几个熟人，不过离家既已是这么远的路程，倘若有一点小病小疼，谁又能象家中人来照料？

母亲的心是碎到我这次动身的上面了。母亲为儿子打算的事，也总不是忍心说给我受苦。在家庭方面，既已到了把老屋字契到处借钱度日的情形，在我又还是如此胡作胡为，即或把我送进中学又有什么益处？不过见到我就是这么离开了家中一切的人，为我到外面以后生活着想，却伤心到极点了。

那么一个小小的人儿，也得为命运卷到生活旋涡里来，尝味那生活的苦辣，在我自己倒正因为小却一点不知道！如今却只给我痛哭到这回忆上。有人从大族中把家从中落到破产么？有人在小孩子时正当着这个顶坏的命运么？从这个来的，他都能体会到那种情形。我的家，在我出世那一年，是还正给爹爹大抖特抖，让一个姓庞的抚台到家为我取名的，谁知这个名字却在他十四年后给人作副兵喊叫用！在口北的爹爹，也许还正在儿子身上做着那好梦，谁知儿子却应在十五岁以前来把时间消磨在供人使唤的工作中？

我当时，虽然不明白这一离开家中是怎样为难，在我前面等候我的又是一些什么，然而见到母亲的伤心，我也再不能忍我的眼泪了。我只明白母亲的泪是为我流的。母亲在儿子离开家中时，所有的爱是再不能用到眼泪的以外事物上了。在我弟兄姐妹中，我永远是给母亲难过。我的病体，我的行为上错误，以及我的好象对家中也特别爱的厉害，一直买得了母亲的眼泪十一年。离开母亲十一年，我从我自己的行为上看，就知道母亲没有一天不是用眼泪洗面。生活既是这样难，我又是这般无用，一时要同母亲在一起又总不容易，我不明白在我同母亲的命运中，还应给母亲以多久流泪！娘，我想起你，我要努力活下来了。这世界上还有你这样一个人，我就应当活到这世界上了。我不要一切，只愿意将一切所得贡献到你面前。我好好的作人，我找钱，我找名誉，都只是想把这些来给娘赔偿那因爱儿子而流得太多的珍贵眼泪！但愿能够从这些事上赎我所有的罪过万分之一，我就死得了。作儿子的即或永远是穷困下去，让娘长此随到亲戚飘荡，但娘你所给我的爱，我却已经把它扩大到爱人类上面去了。我能从你这不需要报酬的慈爱中认识了人生是怎样可怜可悯，我已经学到母亲的方法来爱世界了。

我是终于就把母亲同姐用眼泪洒在上面那小小包袱背起，来到世界上，混入人群中，参加人类的活动，为扮演这时代人类的百年悲剧的角色一员了。

以后为生活的变动，把我揪过来，抓过去，无抵抗的就到了今天。

当时我见到大姐为我把包袱裹好，就想睡。洗了一整天的澡的我，一到夜来不拘什么重大事情我仍然需要的是睡！我哭也哭倦了。我在母亲未让我上床以前，已经就在母亲膝边从哭泣中把眼睛闭上了。

听到大姐喊我，又听到母亲叹气。

“让他去睡好了。这是只有这一次在家中放肆，回头就要随到军营中喇叭作一切事的人！”母亲似乎见到我这情形还作着苦笑。

为了预备明天的早起，这次是同大姐在一床睡。到上床，又似乎心中有事不能即睡，就听到母亲同大姐讨论我的事情，到后我且听我那只大蛐蛐在瓦上得了露水的叫声，那已经是在梦中，大姐什么时候睡，母亲又在什么时候睡，我全不知道。

醒来，竟是为大姐摇醒的。

我还以为是当夜，第一次明白的是，的的确确那蛐蛐用极大的声音正在叫。

“天亮了吗？”

“不，你起来的了。你是就要动身的人！”

我记起我是即刻要离开这个地方的人，心上便忽然加上一件莫名其妙的东西。这东西坠在心上发沉，在床却啜泣了，从此以后要自己擦这眼泪了，从此以后要自己穿衣服了，还有从此要……

“大姐，我不想去了！”

“我们也并不想要你去，但是你应当知道娘的苦处……”

起身了，第一件事是见到这陪我出门的包袱。包袱是大得可笑。

我也不明白我的包袱里究竟是些什么东西，只是我嫌这包袱重了点，因为要自己背就不很愿如此重。

“大姐，”我同这个代理母亲一样的姐姐商量，我说，“似乎太大了。”

“不。这个时候就快要冷起来了，你在冷天怎么不要棉衣？”

“我背不起，那又怎么办？”

“试一试，试一试。”

我于是就来试背这个包袱。包袱比我的腰大两倍，放在背后就如奶娘背小孩。我自己好笑这个奇怪的东西，我说，“我不要！”

“这不能说不要！你不是做客，是出门！”

“那么，今年不回家来过中秋节了吗？”

“你可以转家过年，到过年时莲姑的妈总要回家的，你就跟到她转来。”大姐一面安慰我，一面为把包袱中一件缎子马褂取出，说：“这个不要倒可以。”

在把包袱重新打好时，天已经快见亮了。母亲问大姐是不是已经天亮，大姐却要母亲莫忙到起床。其实母亲似乎就整夜不曾合眼。

起了床的只是我同到大姐，还是大姐去喊张嫂起身烧水，到水烧好洗过脸以后，母亲同外祖母全起来了。

外祖母却扯我到另一个地方去，幽幽的同我说：“乖，要走了，我不知还能见到你不？且去你娘面前磕两个头，你是太麻烦到她了。你这次出门，她的心也是在你身上！”往日外祖母从不说这些话，这时把我感动得太厉害了，我就扯着老人的围腰擦我的眼泪。

我照到她说的话，到坐在一张琴凳上为我搓那草鞋上的耳子的母亲身边去，我只能说“妈”，就哭倒在她脚边。

母亲却是强忍悲痛，哽哽咽咽的，说：

“这时是到别人处去当兵，再不要象在家中淘气了。到家中挨顿打不什么要紧，到外面去淘气闯了祸，犯了军纪，那就非常丢家中的丑。你应当记到从前莲姑的爹是帮你爹当过差的人，这时你却去侍候莲姑，再不要以为是在家中的情形了。你好好的去作一个正派人，则我们也就非常放心！这一去，又并不是要你升官发财，只是你若不是这样改变一下生活，你到家中也只有一天一天变坏。你也不要抱怨我，说我不送你读书，你是永远与学问不会发生感情的人了。你好好的去自己在你命运上作人。家中这一栋房子至少也总还可够支持五年。你能在五年六年后有机会能救济到我同你九妹，那自然是好。若你仍然这样脾气，我也只好看你大哥同你爹去了。……”

“娘，我全记得到。”是的，我真一世也不会忘记母亲这话！母亲把我看透了。母亲知道我处比我自己知道的就还要多。我对母亲给我的一切只有感激。母亲给了我的新生机会，我对这第一段到世界上的机会就非常感谢母亲！

我跪在母亲面前，让这个好人来教训我，我把一个字一个字安置到心上，我告她我是决不会忘记。我综计我在这个好人身边十四年，只有过这一次是规规矩矩听过她的训戒。我只有这一次觉得我应当要遵守人家的话作人。就是这一次，以后这好人的脸，每一次为我想起，我眼睛就要红！我真能听娘这话，我真能在以后凡事遵守娘这话作人，也少要母亲在以后的岁月中为我缘故流许多泪了。我并不缺少那向善的心，这是母亲明白的。我同时有那容易给一切诱惑摇动我心的短处，母亲对这个也很知道。前者使母亲永远相信我是好人，后则因这好人偏免不了作坏事，就更给我母亲无数伤心呕气机会了。

动身时，落细雨了。雨是天未亮以前落的。初以为或到天亮以后会止，谁知仍然落。听到街头已有人喊卖油粑粑，再不得不动身走了。

家中所有的人把我送到大门外，各人全是眼睛湿湿的。我是穿着那身在技术团学军事操缝就的灰宁绸军服，把那大包袱压到脊梁上，眼泪巴渣走到莲姑家的。

“来了，好极了！”一个副官姓周的，是我所认识的人，见了我就笑着说。

我为我的样子非常害羞。我又见到好几个马弁，全是比我稍大的人，然而人家穿得却是黄色制服，且领章肩章全不缺少。我看看我自己，衣服虽然是绸子作成，但不合式的样子，总象是一个可笑的乡下人。并且这些年青差弁马弁，那样子全是又大方又标致好看，在往天，见了面时不理我，倒并不以为怎么难过，如今我却先给那周副官为我介绍给这一辈年青人，且说我是个少爷，别人又尊敬又和气的来同我说话，我真不好意思起来了。在每一个人的眼中，就都可以察出他对我是有点可怜的神气，就为这个缘故，我的心就酸到非流泪不可。我又不敢在这些人面前来哭，这个我还记到大姐说的话，“不能在生人前面流泪”，且当到我面前的几个人又全是那么欢欢喜喜的样子，结果我只好又走到那花园里去了。

又到那个荷池边旁。头上飞着毛毛雨，我却不顾它，就站在那池子边恣肆的流泪！我觉得我此后到这世界上是孤独的一个人了。我觉得我的未来已堕入到那做梦的一种情境里了。我觉得这在我面前扩张无垠的陌生生活太可怕了。我觉得我忽然太小，一个人单独生活应付不了这许多生疏事情。

我不知道我应当怎么办。为未来的、眼前已来的新生活所恐吓，我流泪的意味是同怕鬼一样流的！又象是在往天做梦哭喊一样，可是那种哭喊以后即时就醒了，如今在什么时候是我醒转来取得我在小学校每天同人打闹的自由时候?

想起蛐蛐，想起河里的一切，想起看戏，想起到米厂上去掷六颗骰子，又想起同几个打架的同学的事情，以后是全不能得了。

然而小孩子，所谓悲哀，究竟是容易找到寄托这悲哀的事。我想起这里的金鱼，就走到那养鱼的缸子边前去。今天的鱼活泼多了，全浮在水面换气。我来细细的数那每一缸子里鱼的尾数，从第一缸数去到第五缸。在第四缸上，可是总不能得到一个确实数目。忽然在我背后有一个人咕咕的一笑。我吓得忙把头掉转去看望，便是这缸鱼的主人莲姑!

“嗨，怎么这个神气！”

我就即时又把刚才忘去的羞愧找回来了。我背上还正压着那个大包袱，我不好意思说话，就说这包袱是我大姐勉强要我带的。

“难道你自己能背？”

“是吧，当然要自己！”

“我告你，路是并不近，有一天的路走，才能走到有船那个地方！”

“我想我走得起的。”

“我看你必定走不起。我是同我兰妹坐一顶轿子的。”

“下蛮[1]总走得起吧。”自己这话对啊，下蛮做得去，我以后凡事都因为我勉强做过去了。我随即问她怎么知道我来，才明白她一起床就问周副官我来了不曾，问头一次还说不见我，到后又问到，才知我已经来了，来了各处又不见，所以猜到是必定在这个地方了。

我记起妈所告我的话，说我以后便应给莲姑当差，在母亲说时好象非常痛心，我却以为就是给这个女孩不拘作什么事也是很好的。我又来看莲姑的脸，象是看来顶受用，也不明白是什么受用。我想起观音菩萨的莲姑，我就笑笑的说：

“莲姑，我记起你去年作观音游街！”

“再不作那个了，他们都笑我。还有人说——”似乎又想起一件事情，就不再说了。但稍稍默了一会，就用着她那天真的腻腻的腔调问我：“四哥，你名字是不是沈岳焕？”

---

[1] 下蛮：尽最大的潜力。凤凰土语。

“是呀。”

“昨晚上妈告我，以后不能再喊你作四哥了。我应当喊你名字。我爹也说这才是规矩，我不知道是什么规矩。”

“我妈也告我，说以后我是应当侍候你，帮你装烟倒茶的！”

“别说这个！”又是那个俏皮的白眼，“谁要你装烟倒茶。我不吃烟看你怎么装法！”为这个话我们都好笑，但我看得出，在这时候我们已经就不同昨天摘莲蓬的我们了。莲姑总还听到了她父母告的多少话，只是不好同我说罢了。然而在这很天真的胸中仍然藏不下，随即她就又告我说，她妈曾告她，以后不要再同我在一起随便说话；且告我，她爹爹说，我应称她为小姐。

“四哥，我是不信他们的话的。”为申明她仍然可以在无人时喊我作四哥，就又来给我一点证据。当然是不很相信爹妈的话，才把这话又来同我说！但以后事实给我们的教训只是使我守我作小兵的分，小姐也只好守她小姐的分了。

这一次，算是一次很可纪念的一次事情吧。我们却还能平等在一块，虽然我已经穿上了当差的衣服，而她仍然是作着那娇媚入骨的白眼，逼我信她的话是全无歹心。且见到我样子很难走六十里路，又说为我向她爹要了一匹小白骡子给我骑坐。

关于骡子，我拒绝了，我说这个恐怕不好。

“好的，你不见我家那白骡子吗？我就去问问。”

莲姑就走了。不到一会儿，一个马弁喊我去看骡。我只好跟到这个人去。

“大小姐说为你找一匹骡子，是不是？”这个人提到大小姐给我找坐骑就有点不舒服意思。

“是的。”我看得出他这人的意思，却硬硬的答应正是。

我们就到了马房。他指点给我那一匹白骡子看。

“试牵它一下吧。”

我就如他所说去扯这骡子的笼头。

这骡子的鞍是小小的洋式鞍子，是红色牛皮钉有黄铜圆泡，骡子又是那么驯善，真给了我极大的欢喜！

因了这匹骡子我就把一切眼前的未来的忧愁全忘了。

一九二八年初作

船上岸上

写在《船上岸上》的前面

十二月九日，是叔远南归四年的一个纪念日。

同叔远北来，是四年又四个月。叔远南归是四年。南归以后的叔远，死于故乡又是二十个月了。

在北京，我们是一同住在一个小会馆，差不多有两个半月都是分吃七个烧饼当每日早餐。天气寒冷，无法燃炉子，每日进了我们体面的早餐后，又一同到宣内大街那京师图书分馆看书。遇到闭馆，则两人就藏在被里念我们的《史记》。在这样情形下，他是终于忍受不来这磨难，回家了。我因无家可回，不得不在北京呆下来。

谁知无家可归者，倒并不饿死；回家的他，却真回到他的“老家”去了。生来就多灾多难的我，居然还来吊叔远，真是意料不到的事!

今天写这点东西，是我想从过去的小事上，追想我们的友谊，好让我心来痛哭一次。以前我能劝别人莫从失望到绝望，如今我是懂得自勉自劝了。

船停了后

船停了。

停到十八湾。十八湾是辰河中游长长的一条平潭。说十八湾地名应作“失马湾”者，那当去志书上找证据。从地形上看，比从故事上看方便了许多。所以人人都说这是十八湾。潭长七里，湾拐本极多，但要说十八的数是顶确实，那也并不一定。不说十二、十五，说十八,一面言其多，一面谐“失马”的音，不算极无意义了。

船到十八湾多停停，因为是辰河船舶往来一个极方便停船的所在。下行停到此地，则明天可以在晚饭左右抵浦市泸溪。上行则从辰溪县上游潭湾地方开船，此为第一天顶合式的停船码头。

我们船是下行的。

船停在码头边成一队，正如一队兵。大船排极右，其他船只依次来。这是说我们所有下行船一帮。虽然这只是一帮，船就有四十只，各把船头傍了岸，一个石头堆成的码头早挤满不能再容别的船舶了。别的船，原有别的帮，也就有别的码头让它们泊岸，两不相关。

停了船，不上岸不成的。

坐船久了的人，一爬上岸，总觉得地是在脚下晃动。无形中把在船上憩着为水荡摇成为新习惯，一上岸，就反而觉岸在动了。实则动的是自己身子。但是谁能不疑心是地动呢。

上了岸原也无事可作，大多数人都坐在岸边石墩子上看到一帮船。船的头尾全已站了人，相互欣赏。凡是日间在篷里呆睡呆坐的，这时全出到舱面来了。各个船上都全在煮饭，在船头，在船尾，无一个不腾起白的烟气。一些煮好了饭的，锅中就炒菜，有油落在锅里炸爆的声音，有切菜的声音。有些用鼎罐煮饭，米已熟，把罐提起将米汤倾倒到河中去。又有人蹲在船篷上唱戏。

坐在岸边慢慢的看看天夜了。

“远，我们怎么样？”我意思想上船了。

他说饭还不曾熟，随到他们到上面街上买一点东西，看有什么买什么。我们就上了街。

天呵，这是什么街！一共不到二十家铺子，听人说这算南街。再过去，转一个拐直入山上去，有一个小石堡子门，进堡子门零零落落一些人家，比次而成一直行，算东街。

“看不出，铺子小，生意倒不错咧。”远说着就笑，我也笑。“比你乡下那小砦子还小得多，还是打道回衙吧。”

从麻阳下行的船，到高村可以将一切应用东西完全准备好，如象猪肉呀，猪油呀，盐同辣子呀，高村全可买。从辰州上行的船，一切东西也办得整齐丰富，在路上要买就还有的是机会买活鱼和小菜。那么这里生意应当萧条了。

猪肉一类东西这地方销路实际上似乎真不怎样好，看看屠案上，所有的猪肉，就全象从别个乡村赶场趸来的东西！牛肉有是有，是更来得路程远一点，颜色变紫了，一望而知是水牛肉。

但这地方另有生意真可以搭股分呢。凡是码头顶好的生意，并不是屠户。只要是这地方有船停泊，卖小吃东西的总不会亏本。从五十、六十里路大市口上趸来的半陈点心，一到这地方来，成了奇货可居了。鸡蛋糕，雪枣，寸金糖，芝麻薄饼，以至于能够扯得多长的牛皮糖，全都有，全易出卖。还有南瓜子、花生，从搭客到船上火头师傅，对于这类东西都会感到极浓厚趣味。小孩子则还要更贪嘴。大家争着买，抢着拿，因此一来价钱更可以高升一些。

还有卖纸烟，卖大烟的哩，全是门前堆了不少的人，象是做水陆道场大施食光景，热闹得很。

我们到一个卖梨子花生的摊子边买梨。

问那老妇人："怎么卖？"

"四十钱一堆。"说了又在我同叔远身上各加以眼睛的估价。

一堆梨有十来个，只去铜元四枚，未免太贱，就一共买了四堆。

“不，先生，这一共买就只要百二十钱。”

“怎么？”

“应当少要点。”

望到那诚实忧愁憔悴的面貌，我想起这老妇人有些地方象我的伯妈。伯妈也有这样一个瘦脸，只不知这妇人有不有伯妈那一副好心肠。

“那我们多把你这点钱也不要紧。”我就一面用草席包梨，一面望那妇人的脸。

远也在望她。

妇人是全象我伯妈了。她说既然多给钱也应多添几个梨子。

一种诚朴的言语，出于这样一种乡下妇人口中，使我就无端发愁。为什么乡下同城里凡事都得两样？为什么这妇人不想多得几个钱？城里所谓慈善人者，自己待遇与待人是——？城里的善人，有偷偷卖米照给外国人赚点钱，又有把救济穷民的棉衣卖钱作自己私有家业的。这人也为世所尊敬，脸上有道德光辉所照，因此多福多寿。我就熟习不少这种城里人。乡下人则多么笨拙。这诚实，这城中人所不屑要的东西，为什么独留在一个乡下穷妇人心中盘据？良心这东西，也可以说是一种贫穷的元素，城市中所谓“道德家”其人者，均相率引避，不欲真有一时一事纠缠上身，即小有所自损，亦必大张其词，使通国皆知他在行善事。以我看，不是这妇人太傻，便是城市中人太聪明能干！

远似乎也为这妇人感触着一种心思，望到这妇人又把筐中的梨检出到簸箕里，大小平均兼扯的摆成一堆，摆好后，要我们抓取，不愿抓，就轻轻嘘了一口气。末后还是趁我们不备，把一堆梨放到我们席包里了。

我们把梨包好，走开了。

我在路上问远：“你瞧这妇人，那种诚实坦白的样子，真使人想起生无限感慨——你怎么？我见你也望她！”

“这人实在太蠢了。城里人可不这样。”

远的话的幽默使我作一度苦笑。

我们一旁走，一旁从席包中掏出梨来啃，行为象一个船夫。也只有水手才吃这梨！梨子味酸得极浓，却正是我们所嗜，若非知道吃饭有鳜鱼，我们每人会非吃十个才知道止住。

到了岸边

到岸边。

天是渐夜了。日头沉到对河山下去，不见日头本体后，天空就剩一些朱红色的霞。这些霞还时时在变，从黄到红，又从红到紫，不到一会儿已成了深紫，真是快夜了。

我们依然坐在那码头石墩子上，我们的船离我们不到五丈，船上煎鱼的油味，顺着微风飘来时就可以闻到。

在空中，有一些黑点，象摆得极匀，在那灰云作背景的天空匆匆移向对岸远汀去。我猜那是雁，远却猜是乌。然而全猜错了。直到渐渐小去才听到叫出轲格轲格声音来，原来这是直嘴渔鹭鸶！弯嘴渔鹭鸶值钱，这些便是那些打鱼人用不着的直嘴鹭鸶。算作野鸟了。自由自在的到生来，习惯远远去在高苇子岸边过夜。

望到鹭鸶，我想起远家中的那只大白鹤，就问远，是不是还欠挂那只鸟。

“怎么不？还有狗，还有那火枪，都会很寂寞。”狗是为远追逐田兔的，枪是不知打过多少山鸡的，所以远说到时就当真俨然见着他家那只黑狗卧在门前顶无聊似的等待主人回来！

“我也念它呢，”我说，“我念它第一次咬我吓了我，第二次同我亲热时扑上身来又吓了我！我就是一个招架不住。和我要好有个分寸，就对了。”

我们全笑了。

当真这时家中的狗也许极无聊，因为正是吃夜饭时节，人既离了家，则狗同谁到夜饭桌边去闹？若远的侄子在家，还可以来一同抢掉在地下的鸡头。若家中尽剩他母亲一人，那就有苦受了！因此我又想起那黑狗吓了我后为远的母亲用杖挞它时伏于地面不动的情形。是，这是一匹狗，还有比狗更可恋的许多许多东西！人一离开有谁再去仓上看我们的钓竿？此后碾坝上的鱼，谁去钓？鱼不也会寂寞么？

简直不堪设想！就是远的母亲，那笑脸，那一副慈祥心肠，把儿子一走，那老人的笑脸同这好心肠，给谁受用？

不想吧，也不成。于是我们谈着一切顶有趣的故事，从远的母亲到远家长年的一只草鞋，因这只草鞋曾为远拿起打着一只斑鸠，远一切近于偶然凑趣，可是也够巧了。

谈也谈不完。

到船上煎鱼姜辣香味为我闻及时，对河的岸同水面，已全为一种白色薄薄烟雾笼罩，天上是一片青色，有月亮可以看得出了。

我们上船把饭吃，吃鳜鱼，还各用上一杯酒。船上规矩有鱼不吃酒不行，所以照规矩两人勉强吃下。

吃了饭以后，又上岸。天上月更明亮了。在月下，有傍了各帮的船尾划着小划子的人曼声叫卖猪蹄子粉条声音，这声音，只象他是为唱歌而唱歌，竟不象是真在那里招引主顾。桨的拍水声，也象是专为这歌声搭拍而起。

在水上远处，又可听到摇橹的歌声，声极清，又极远。一切可说非常美。

有船从上游下驶，赶到这地方停泊，便是这奇怪歌声来源了。虽有月，初七初八的月光非常淡，所以总先听到歌声从水面飞来，不见船，不见人。到认清来船形体时节。这时歌声已快止，变了调，更急迫了。不久就听到船上人语嘈杂。

一切光景过分的幽美，会使人反而从这光景中忧愁。我如此，远也正如此。我们不能不去听那类乎魔笛的歌，我们也不能不有点儿念到渐渐远去的乡下所有各样的亲爱熟习东西。这样歌，就是载着我们年青人离开家乡向另一个世界找寻知识希望的送别歌！歌声渐渐不同，也象我们船下行一样，是告我们离家乡越远。我们再不能在一个地方听长久不变的歌声。第二次也不能了！

两人默默的呆着，没有可说的。

这时别的船上也有不少人在岸上坐。且有唱戏的，一面拉琴一面唱，声作麻阳腔。

远轻轻的说："从文，你听，这是《文公走薛》！麻阳人最长的是摇橹唱歌打号子，一到唱戏，简直象一只受伤的猪在嘶声大叫了。"

琴既是嗡嗡拉着，且有一个掌艄模样的人为拍板，一时是决不会止住。我想起要看看那卖梨子的妇人这时是不是还在作生意，就说我们可以再到街上去玩玩。我们就第二次上了街。

月光下的街上美多了。

一切全变样，日里人家少，屋显陋小，此时则灯光疏疏落落正好看。街道为月光映着，也极其好看。

屠户已关了门，只从门罅露出点黄色灯光，只听到里面数钱声音，若不是那张大案桌放在门外，我们就会疑心这是大的钱铺了。看来他们生意仍然不坏，并不如我们先时所想。

其他的人家，已有上过铺板的，却知道是门里仍然有人做生意。其他不曾关门的，生意却依然是忙乱着，一盏高脚丹凤朝阳煤油灯，在那灯光下各样坛子微微返着光，还有那在灯光下摇去摇来扁长头颅的影子，都有一种新鲜趣味。我们就直向那有灯光处走去，每一个灯下全看看是卖什么样东西。全没有买却全都看到，十多个摊子全看过了。

到卖梨子妇人小摊旁，见这老妇人正坐在一小板凳上搓一根麻绳，腰躬着，因为腰躬着，那梨子簸里那桐油灯便照着她的头发，象一个鸟窠。

听到我们走近摊子旁，妇人才抬起头来。大约以为我们是来买梨，就说梨是好吃的，可以试试。

“我们买得许多了。”

“哦，是才来买的，我真瞎眼了！”妇人知道我们不是要梨子，原是上街玩，就起身搬了两个小竹凳子让我们坐。

当然是不坐。

本来是预备来同这妇人说说话的我，且想送她一点钱，到此又象这想头近于幼稚，且看看这妇人生活，听她谈及还很过得去，钱不便送她，我们随即又转身到河边码头去。

上船来，同远睡在一块儿，谈到这妇人，远想起他妈，拥着薄被哭。哭，瞒不了我，为我知道了，我只能装成大人，笑他“不济事”。出门不到三百里就想家，这一去还有三千里，怎么办？一会儿，都睡着了。再过四天，我们船帮才到辰州府。

一九二七年十二月北京

我的教育

一

这是我住在一个地名槐化的小镇上的回想。我住在一个祠堂戏台的左厢楼上，一共是七十个人。

墙上全是膏药，就知道这地方也驻过军队。军队与膏药有分不开的理由，这不是普通人所明白的。我们的队伍里，是有很多朋友也仿佛非常爱在背上腿上贴一张膏药，到另一时又把这膏药贴到墙壁上的。他们——尤其是有年纪一点的火夫，常常挨打，或搬重东西跌磕了脚，闪扭了腰，所以膏药在他们更是少不了的东西了。

我们每两人共一床棉被，垫的是草，上面有盖的，下面有垫的，不湿不冷，有吃有喝，到这里来自然是很舒服的生活了，大家都觉得很满意，因为一切东西是团上供给的，铺板是新的，草是干净的，棉被是从人家乡下人自己床上取来的。

排长早晚各训话三次，他是早把这个体面的训话背熟了多日，当到司令检阅时也不至于出笑话的。排长训话有三点，说是应当记清：一，不许到外面调戏别人妇女。二，不许随便拿人东西。三，不许打架闹事。我早就把这个记熟了。至于他们，我不敢说，我是明白有些人的嗜好的。

二

整理了一天的住处，用稻草熏，楼上的霉气居然没有了。

今天有人在墙罅里检得三块钱，用红纸包好，不知谁人所放，得了钱不报告上去，被知道了，缴了钱，还按捺到阶前打了三十板。这人很该打，得了横财他就想隐瞒。排长说，这钱应当大家公分，是天所赐。钱少，不便分摊，所以晚上买了猪肉大家吃。被打的那人他抖气躺到上床上不吃，很好笑，你不吃，也仍然是挨打了。照理他应当抖气吃得比别人更多。

军人讲服从，不服从就打，这就是我们生活的精义。

有许多人是因为聪明，不容易惹排长生气的。其实那有什么奇怪，常常同排长喝点酒，排长还好意思打人骂人吗？

因为熏房有恶气味，就邀人出到街上去看看。我不知道凭什么理由我们会驻扎到这地方来。这里街只是一条，不是逢场日子连买汤圆也买不出。街上太肮脏了，打豆腐的铺子，臭水流满了一街，起白色泡沫，起黑色泡沫，许多肮脏的灰色鸭子，就在这些泡沫里插进了它的淡红色长嘴，咂东西吃。全街只有一个药铺，两家南货铺。他们插国旗是欢迎我们的，国旗的马虎同中国任何地方一个样子。我们来清乡，先贴了半个月告示，再经过团上派人打锣通知，大家知道清乡对他们有益了，所以才把国旗挂出。

我今天到街上时看到一个吹唢呐的人。他坐到太阳下，晒太阳取暖，吹他的唢呐，小孩子许多围到看。他的唢呐吹得不坏，很有功夫，我以为是讨钱的，觉得我有慷慨的必要了，丢了点钱，大家笑了。原来是他在那里引小孩子们，并不要钱。不要钱了，我看得比我平常有耐心去做的事还久。这地方小孩子都很瘦，好象有病，也是平常的事，我看到许多地方小孩子全都不甚肥壮。

街上冷静了，幸好，打听得出有酒喝。逢场或者好一点。我们想吃肉是非等到逢场不行的。昨天吃的是二十里外来的肉。

三

排长头一天说，军人要早起，我就起得很早。

今天点名，凡是不起床的全都罚跪，一共跪了十九个，一排跪到那大殿廊下，一直到九点钟。太阳照到这些阔肩背，很可笑。排长看到了这一群矮子也笑。跪够了到吃饭时大家又吃饭。

我们大约还要一些日子才下操，因为还没有命令。既不下操，又起得早，怎么办？打霜了，很象十月天气，穿了我们的新棉军服，到后山去玩，是很好的事。到了后山才知道这地方不错，地方人家少，田亩多，无怪乎有匪，不过我们还是不曾见到土匪，大约他们听说开来的军队很多，枪上刺刀放光，吓怕了，藏到深山中去了。我想过一阵我们会排队到各处打土匪的，那自然是很有趣味的事，碰不到匪，总可以碰到团总，团总是专为办军队招待才要的。

到溪边，见到有一个人钓鱼，问他一天钓多少，他笑。又问他，才明白他是没有事做才钓鱼玩的，因为一天鱼不上钩也是常有的事。快到冬天了，鱼不上钩。想不到是这乡里还有这种潇洒的人。我也就想钓鱼。

早上这地方空气新鲜。

回到营里，吃过早饭，无事做了，班长说，天气好，我们擦枪。大家就把枪从架上取下，下机柄，旋螺丝钉，拿了枪筒，穿过系有布片的绳子，拖来拖去，我的枪是因为我担心那来复线会为我拖融，所以只擦机柄同刺刀的。我们这半年来打枪的机会实在比擦枪机会还少。我们所领来的枪械好象只是为擦得发亮一件事。

在太阳下擦枪是很好的，秋天的太阳越来越可爱了。

有些人还在太阳下翻虱，倦了就睡，全很随便。

因为擦枪，有人就问排长："大人，什么时候我们去打土匪？”排长笑，他说：“好象近来这地方是没有什么土匪。”

如果是没有土匪，驻到这地方过一个冬天，可真使人骂娘了。我们是预备来实习在××所学的“散开”、“卧下”、“预备放”、“冲锋”种种事情的。没有土匪同什么人去实习？

四

今天逢场。想不到这地方逢场也会这样热闹。

我们有肉吃！用开差时从军需处领下的洋磁小碗，舀汤喝，我们全到了张口大笑的时候了。

早上有训话，告我们不许拿人家老百姓东西不把钱，不听命令，查出了，打五百。训话一毕，队伍一解散，大家都到街上玩去了。各人都小心到“五百”的数目，很守规矩。记到这训话轻轻的骂娘的也有人，但这些人我相信都不忘记“五百”那数目，不敢生事。不过，见到东西，问明价钱，要买时，他们乡下人总有意只要一半价钱，因为“五百”，摇头不答应。到后还是给同样价钱，却得了一倍东西。这个事情责任可不在兵士了。

场上各样东西全有买卖，布匹，牛羊肉，油盐杂货，嘉湖细点，红绒绳子，假宝石镯，三字经，百家姓，全都不缺少。又有卖狗肉的，成腿卖，价钱比辰州贱许多。我们各人买了二十文冰糖含到口中，走到各处去看热闹。

这地方鸡种极好，兵士们都买小鸡喂养，作斗鸡，又买母鸡，预备生蛋孵雏。

逢场药铺生意也忙起来了，我站到那药铺门前看了半天，检药的人真不少。这铺子一见我们站到门前，就问我们要膏药不要，有新摊的奉送。他以为凡是兵士腿上全应贴一张膏药，一点不明白什么人才用得着那方块东西。

在场上随意走去，也很看了一些年青女人，奶子肿高，长眉毛白脸，看了使人舒服。

好象也有人趁到逢场摆赌的，因为恐怕司令部官长在那里，所以不敢去看。到夜里，才知道桌子是由副官处包办抽税，一张三串，一共是得钱四十余串，补充营摊分了九串，钱数不多，分下来不成数目，就不分，留到下场买肉吃。

五

不逢场，街上是不值得来去的。

在厢楼上白天睡觉的人很多。

我不出门，就到戏台前去同人数浮雕木刻故事，到后借司务长的笔画了一张赵子龙单骑救主的画，仿到那木雕，很有神气，我把它贴到墙上，被他们见了，大家都请我画一张。我对这件事自然从不推辞。一张包片糖的粗草纸，我也能够画出张飞的脸。

这祠堂里他们都说有鬼。他们又说鬼是怎样多，照规矩在某处某处都有，我看这些人没有话说，所以找出这些来说说罢了。我们中间是没有一个人怕鬼的。许多人吃过人肝人心，当菜炒加辣子下酒，我虽然只有资格知道这一件事，不能下箸，但我们这样的人，哪里还有怕鬼的闲心？但因为火夫同吹喇叭的号兵爱听故事，所以大家常常谈鬼。

住到这祠堂里几天来我们的事可以列表记下：一，点名（不到则罚跪）；二，吃饭（菜蔬以辣椒为主）；三，擦枪，唱军歌；四，各处地方去玩，闯一点小小乱子(譬如打别人的狗一阵，撵别人的鸡一阵)。这日子过下去将有多久，我们中间是无一个人明白的。我们来到这里究竟还要做些什么事，也无一个人明白的。因为我想明白这事，就同到几个人去问军法长，军法长也不知道。他说："我知道什么是清乡呢？我只会审案，用大板子逼取口供。"这军法长是我们顶熟的人了，他就只能告我们这一点事情。

因为每天的给养是由团上送来，由副官处发下，所以到了这里有一件难得的事，就是不必象在辰州时每天晚上得听到司务长算伙食账的吵闹。司务长无伙食账可算，所以乘成天醉到楼梯边，曾有兵士用脚在他肩部踢过一下，第二天也不曾被处罚，真算是一件奇怪的事。

六

我们的司令部设在后殿，无事兵士不到里面去。今天不知为什么有六个人被派往里面去。我因为同军法长是熟人，就跟了进去。到了里面，才知道团上送土匪来了，要审问了，所以派人进来站堂。

我们知道送土匪来了的。土匪送来时先押到卫舍，大家就争着去看土匪究竟是什么样子。看过后可失望极了，平常人一样，光头，蓝布衣裤。两脚只有一只左脚有草鞋，左脸上大约是被捉时受了一棒，略略发肿。他们把他两手反捆，又把绳端捆在卫舍屋柱上。那人低了头坐在板凳上，一语不发，有人用手捺他他也不动，只稍稍避让，不知道在想些什么心事。

不久就坐堂审案了，先是看团上禀帖，问年岁姓名，军法坐当中，戴墨晶眼镜，威武堂堂。旁边坐得有一个录事，低头录供。问了一阵，莫名其妙那军法就生气了，喊“不招就打！”于是那犯人就趴到阶下，高呼青天大人救命。于是在喊声中就被擒着打了一百板。打过后，军法官稍稍气平了。

军法说：“他们说你是土匪，不招我打死你。”

那人说：“冤枉，他们害我。”

军法说：“为什么他们不害我？”

那人说：“大老爷明见，真是冤枉。”

军法说：“冤枉冤枉，我看你就是个贼相，不招就又给我打！”

那人就磕头，说：“救命，大人！我实在是好人。是团上害我。”

军法看禀帖，想了一会，又喝兵士把人拖下阶去打了一百。

到后退堂，把人押下到新作的牢里去，那牢就在我住处的楼下。这汉子一共被打了五百，到底是乡下人，元气十足，受得苦楚，还不承认。我想明天必定要杀了他，因为团上说他是土匪，既然地方有势力的人也恨他，就应当杀了。我们是来为他们地方清乡的，不杀人自然不成事体。大家全谈到这个人可以杀了，对于这人又象全无仇恨，且如果说到仇恨时，我清楚有许多人是愿意把上司也杀了的。只觉得是土匪就该死，还有人讨论到谁是顶好的刽子手的事了，这其中自然不免阿其所私，因为刽子手可以得到一些赏号。

兵士中许多人都觉得明天要杀人，是一件有趣味的事，他们生活太平凡单调了。要刺激，除了杀头，没有可以使这些很强壮的一群人兴奋的事了。

晚上到卫舍时，看到有人在劈大竹子，劈了又用刀削，说是副官要他们预备毛竹板子，才能对付得下，这地方土匪极其狡猾，用平常打兵士的板子是对付不下那些东西的。是的，一点不错，这地方人都似乎很强壮，并不比我们兵士体格瘦弱，要他们招出一些他们不知是犯罪的事，不重重的打怎么行。他们有时被打还一声不喊，真是蛮子！

七

我又看到审案，一切情形同昨日一样，所不同的只是打的数目。时间是早上，板子的确是新东西了，喊堂时，一个兵士哗的把一束毛竹板子丢到地下，真很有些吓人。犯人只再加三百，就招了。他照到军法意思说了一些军法所要明白的话。当天录了供，取了指模，又把他丢到牢里。

我们以为今天会要杀人了，都仿佛有一种兴奋。

不杀人，在戏楼上无意思之至，就到山后玩了半天。

今天兵士也有被打军棍的，因为他们打了架。他们一天什么事也不能作，打架实在也是免不了的事情。不过平常打打闹闹，不到动刺刀流血的情形，也不什么要紧。这些人是今天打了架明天就会好的。军人中脾气就是这个样子。到因为两人打架被罚相对立正一点钟，两人就都抱怨自己的粗卤了。

不过因打架到革除也有的，我晚上就梦到我自己被革，先梦到同 ×× 打了一架，队官就把我们革除了。

八

我到修械处玩了半天，看他们做事，帮到他们扯风炉。

他们那些人，全是黑脸黑手，好象永远找不到一个方便日子去用肥皂擦擦脸同颈脖的。他们那里一共是六个小孩子，同在一处做事，另外一个主任，管理他们工作的勤惰。孩子们做事是有生气的，都很忙，看不出那些小鬼，臂膊细小如甘蔗，却能够挥大铁锤在砧上打铁。他们用锪，用锯，用钻孔器，全是极其伶巧。他们又会磨刀。他们一面说笑话，一面还做各样事情，好象对于这工作非常满意，且有过十年以上那种习惯。

修械处方面，使我们对他们觉得羡慕的是他们那好主任，主任每天用大煨缸煨狗肉牛肉，人人有分，我们新兵营里的人可没有这种福气。营长同队官是也很能喝一杯的，可是从不请客。

他们约了我下次吃狗肉，我答应了。

我们今天又擦枪。

下半天从修械处出来，走到街头，看到有兵士从石门方面押解人头来部，每一个脚色肩挑人头两个，用草绳作结，结成十字兜，把人头兜着，似乎很重，人头一共是三担。为看人头就跟到这些人头担子回营，才知道这是驻石门剿匪砍来的。这是不是匪头，那是我们不明白的事情。

这东西放在副官处，围拢来看的人极多。到后副官说，应当挂到场头上去，明天逢场示众，使大家知道我们军队已在为他们剿了匪，因此我又跟到他们去看，直到看他们把人头挂到焚字纸塔上姿势端正以后，才回大营。

九

又到场期，精神也振作起来了。

大清早就约了几个不曾看到昨天人头的兵士去欣赏那奇怪东西。走到那里时，已有一些兵士在那里看。人头挂得很高，还有人攀上塔去用手拨那死人眼睛，因此到后有一个人头就跌到地上了。见了人头大众争到用手来提，且争把人头抛到别人身边引为乐事。我因为好奇就踢了这人头一脚，自己的脚尖也踢疼了。

今天半日时，那关闭在牢里的“土匪”被牵出到街头当路大桥上杀了，把头砍下，流了一坪血，我们是跟到那些护围的兵士身后跑到了刑场，看到一个刽子手用刀在那汉子颈项上一砍，嚓的一声，又看到人倒下地以后再用刀割头的一切情形的。大家还不算觉得顶无趣味，是这汉子虽不唱歌不骂人，却还硬硬朗朗的一直走到刑场。到了地，有人问他“有话没有？”他就结结巴巴说“二十年又是一条好汉”。他只说这样一句话，即刻就把颈项伸长受刑了。

如我能够想得出这些人为什么懂得到在临刑时说一两句话，表示这不示弱于人的男子光荣气概，又为什么懂得到跪在地下后必须伸长颈项，给刽子手一种方便砍那一刀，我将不至于第二次去看那种事了。

这人被杀大概也不什么很痛苦，因为他们全似乎很相信命运。是的，我们也应当相信命运。今天他们命运真不怎么好，所以就这样法办了；我们命运同那个人相反，所以我们今天晚上就得肉吃。

看过杀人回到营中，我们所讨论的还是那汉子的事，我们各人据在稻草上，说了很长久的时间，又引申说到另外一些被砍的故事上面，在兵士的一群中是很少有象我那样寡见浅识的。他们还能从今天那汉子下跪的姿势中看出这命运不好的汉子做匪无经验的地方，因为如果作匪多年的人，他应当懂一切规矩，懂到了规矩，他下跪时只应屈一只腿，或者有重伤则盘膝坐下，因为照这办法，头落地以后死尸才可以翻天仰睡，仰卧到地上对于投生方便。说了“二十年又是好汉”那样慷慨决绝的壮语，却到头不懂这些小事，算不得完全的脚色。兵士们是每一个人皆有许多机会看到杀人，且无有不相信这仰卧道理的，兵士看被杀都很明白那种体裁，纵缺少这知识，临时也可以有熟人指点。

十

一个团总又同了二十个亲信，押解一群匪犯来了。“该死的东西”一共是六个。审讯时有三个认罚，取保放了。有三个各打了一顿板子，也认了罚，又取保放了。听说一共罚了四千，那押解人犯来的团总，安顿在司令部副官处喝酒，出门时，笑眯眯的同我们兵士打招呼，好象我们同他新拜了把子。

我听到一个兵士说，这是一种筹饷的最方便办法。这人叔父是那军法长，所说的话必定不会错。听到这个话，我心想，这倒真是方便事。我们驻到这地方，三十里附近一共是一千多人，团上经常供给的只是米同柴火，没有饷，大家怎么能过年。人人都说军队驻防是可以发财的机会，这机会如今就来了。有了机会，除庆贺欢喜，无事可作了。不过也想到这些人他会恨我们这队伍。不过就是恨，他们也没有什么办法的，不甘心罚钱，我们把他捉来就杀了，也仍然就完事了。

今天落了雨，各处是泥浆，走到修械处去玩，仍然扯炉，看到那些比我年纪还小的工人打铁。打铁实在是有趣味的事情，我要他们告我使铁淬水变钢的方法，因为我从他们处讨得了一枝钢镖，无事时将学打镖玩。我的希望自然不必隐瞒，从兵士地位变成侠客，我自己无理由否认这向上的欲望。

晚上睡得很晚，因为有兵士被打五百，犯了排长训话的第一项，被查出了，执行处罚。军人应当服从，错了事，所以打了。这人被打过了就只伏在铺板上哼，熟人各处采寻草药来为他揉大腿，到后排长生着气往营长处去了，大家都觉得无聊，但不久全睡着了。那被打的兵士似乎也睡着了，我还不能睡好，想到军人应当服从，记到那兵士呻唤。

十一

约定了分班出到外面溪里去洗衣，在家洗了一会衣，就在溪里骂丑话浇水。因为又是好天气，真想不到的晴朗，天气一好，人人都天真许多了，有一个第八班的火夫，到后就被大家在很好的兴趣中按到水里去了。这个人从水中爬起，衣裤全湿，哭到营里去时，没有一个人把回营的处罚放到心上。

我洗了衣，又约同了三个兵士到杀人的地方去看，尸首不见了，血也为昨天的雨水冲尽了，在那桥头石栏干上坐了半天，望到澄清的溪水说话不出。我是有点寂寞的。因为若不是先见到这里杀了一个人，这时谁也看不出这地方有人伸长颈脖，尽大刀那么很有力的一砍的事了。

他们杀了人，他们似乎即刻就忘记了，被杀的家中也似乎即刻就忘记家中有一个人被杀的事实了，大家就是这个样子活下来。我这样想到时心中稍稍有点难过。不过我明白这事是一定不易的。虽然刽子手回营时磨刀，夜里且买了一百钱纸为死人烧焚，但这全是规矩而已。规矩以外记下一些别人的痛苦或恐怖，是谁也无这义务的。

这地方似乎也有读书人，也有绅士。不过一个读书人，遇到兵，打他的嘴，他也是无办法的（绅士平时就以欺侮平民为生活，我们就罚他的款，他也只有认罚，不敢作声）。打读书人当然不是这地方的事，因为在这里我们不想打谁，只是很平凡的活着，不打仗，脾气是没有的。我相信在愚蠢的社会中聪明也无用处。

十二

昨晚有人请班长到营长处去说，让我们也来赌点钱，不然无事做，很不容易过日子。营长说，好，你们随意玩玩，只是不能在那上面有大数目的输赢。还有，不许吵闹，不许欺骗。我们也一一答应营长了。从此我们多有了一种消遣。

说是不许到大数目，但是几个火夫把半年来积蓄下的几块钱，在第一天就输光了。这火夫是最爱贴膏药的人，胸口上我总见到他有一块东西。输了钱，问他胸口怎么样，这意思是笑他心痛不心痛。他不生气，笑，说，运气不高，所以失手。这些人是有上了四十岁的年龄的，看到那种蠢样子，使人觉得好笑以外的怜悯。他们真完全象是小孩子。

火夫薪水每月三元，除伙食一元半，剩余一元半。他们把半年来的积蓄输到一晚的牌九上面，输光了，第二天又仍然一到东方发白就挑了水桶到井边去担水，单是我们营里这种人的数目也就很不少了，照例又是这种人有输无赢，他们实在就特别给了许多机会让别的兵士行使欺骗。

望到他们挑水，使性子把水桶同到其他水桶相磕，有说不出的风格到我的心上。

我是不赌博的，只看看，也很有趣味。先是赌精，已因为一次教训把赌戒去了。

我每天买二十文冰糖含到口中，近来已几几乎成为习惯。

今天又送来了两个匪犯，在我买糖时候遇到，我就问那卖糖人，是不是这地方被这些匪抢劫过。那个人摇头，他告我匪是在有一个时候遍地都是的，因为有些时候他们做土匪的机会比做平民的机会多一点。我不懂他说的“机会”，但看那个人是不会说谎话的，我也仿佛就懂了。

夜里审讯土匪我不去看，到后听说用铁杠把一个年青一点的两只脚全扳断了，就知道这人必定又是后天的货。每一场杀一个人，是可以使他们乡下人明白我们来到这里为他们剿匪，并不白受他们供给。

十三

今天又送来七个。

大家似乎都很欢喜，因为这些土匪由团上捉来，让我们分别杀戮或罚款，并且团上对于匪徒的家事全很清楚，不会遗漏也不会错误，省事许多。

我呢，可不管这个。这些是军法的事。照例他们应当比平时忙碌了一点，这些有知识同有名分的人，为了审案，烟也吃不成了。我呢，自己到修械处打铁，玩车盘，在铁板上钻眼。我的兴味就在这些事情上面。杀人时我固然跟到去看。有热闹我总在场，可是我对于土匪的拷打是不发生兴味的，我对于杀人也没有他们盼望的殷切。一遇到送来土匪审讯时，大家就争到拿板子准备，一听到杀人，大家就争作护围兵，真是奇怪。他们实在是无事情可作了，他们就不能不找出一些事情。

我今天被修械处一个小工人引到了一个新鲜地方，是去街稍远傍山一个铸铁厂。那里大铁炉高约两丈，成水的铁汁从炉口流出时放大白光，真是了不得的壮观。那工人比我多懂许多，他能分别铁矿，能知道铸铁成为熟铁的方法同理由，又能够自己动手挥锤。他每月口粮是四块六，还能把积下的钱请主任寄回家里去，家里有妈卖布。他的年纪比我还小，只十三岁，再过两年到我年纪时，他可以有八块钱月薪了。

铁厂真是一个好地方，到了那里我知道许多事情，辛寿是好人，各样全好，我说的辛寿就是那修械处小工人的名字。

十四

今天杀四个，全躺到那桥上，使来往过路的人也不能走路了，大家全从溪上游涉水走过。望到那些人一见血就摇头的情形，是很有趣味的。逢场杀了这些人，真是趁热闹。血从石罅流到溪里去，桥下的溪水正是不流的水，完全成了血色，大家皆争伏到栏干上去看。

今天杀人，司令部的副官，书记官，军法，全到看。他们实在太没有事情可作了，清闲到无聊，所以他们从后门赶到桥上看。那军法还拿一枝水烟袋，穿长袍，很跑了一些路。

大家全佩服刽子手的刀法，因为一刀一个，真有了不得的本领。这个人是卫队的兵士，把人杀完后，就拿了刀大踏步走到场中卖猪肉屠桌边去，照规矩在各处割肉，一共割了七十多斤肉，这肉到后是由两个兵士用大杠抬回营来的。这规矩我先是就听人说过，在前清就有了的。上场大约也割过了，今天我才亲眼见到。这肉虽应归刽子手一人所有，到后因为分量太多了，还是各处分摊，司令部职员自然有分，我们也各有分。

吃晚饭，各人得肉一大片，重约四两，不消说就是用那杀人的刀所割来的肉了。吃到这肉时免不了仍然谈到杀头的话，一面佩服刽子手的精练刀法，一面也同时不吝惜夸奖到把脖子伸长了被杀的那一位。这又转到民族性一件事上来了，因为如果是别地方的人，对于死，总缺少勇敢的接近。一个软巴巴的缩颈龟，是纵有快刀好脚色，也不容易奏功的。这一点，芷江东部地方土匪真可佩服，他们全不把嘲笑机会给人。

因为有肉，喝了些酒，醉了三分的，免不了有忽然站起用手当刀拍的砍到那正蹲着喝酒的人颈后的事。被砍的一面骂娘一面也挣扎起来，大家就揪到一处揉打不休。我们的班长，对这个完全无节制方法。因为到了那时节，他自己也正想揪一个火夫过来试试了。

杀了一个人以后，他们大家全都象是过节，醉酒饱肉，其乐无涯。

十五

我一个人怀了莫名其妙的心情，很早的又走到杀人桥上去看。我见到的仍然是四具死尸。人头是已被兵士们抛到田中泥土里去了，一具尸骸附近不知是谁悄悄的在大清早烧了一些纸钱，剩下的纸灰似乎是平常所见路旁的蓝色野花，作灰蓝颜色，很凄凉的与已凝结成为黑色浆块的血迹相对照。

我看了一会死尸。又看了一会桥下，才返身。

我计算下一场必定仍然至少还有四个，因为五天内送四个匪来是可能的，并且现在牢里就还留得有四个，听他们说是有两个本应昨天杀掉，因为恐怕下场无人杀，所以预备留到下场用的。

十点钟排长集合，说了许多我们要“爱国保民”的话，同时我们在大坪里扯圈子唱新的军歌，歌中意思是“同胞同胞，当爱助，当携手，向前走”。我们一排人又当真携手作了一点钟游戏，大家全欢喜得很，因为我们从 ×× 开拔，到如今已经有二十天不作游戏了。虽然许多人已全是做父亲的年纪了，对于玩，还是很需要的事，他们心上全是很天真。

想起歌中的话语，我好象很有些感慨。在一队中我们真是很关爱的，被打了就代为找药，输光了就借钱扳本，有酒全是大家平分，有事情也是大家争去做。只是另外的，我们就不问了。别一营的事我们也是常常无理由去过问的。谁也不明白这理由，谁也不觉得这理由一定有明白的必要。

今天有人被值日副官罚跪到殿前，头顶清水一碗，水泼到地则所罚不算。大家对这件事才感生兴味，引为笑乐，都说亏副官想得出这样好主意。副官聪明是也只能在这些上显出的，此外也不过同我们一样吃饭睡觉罢了。

我们全是这样天真朴实的头脑。

十六

我到修械处吃狗肉。把狗肉得到了，放到炉上烧，皮烧焦以后，才同辛寿拿到溪中去刮洗，刮干净了又才砍成小块加作料安置到煨缸中去煨。狗肉煨缸挂到打铁炉上，一面做事的仍然做事。到下半天，七个人就享受了。小工年纪虽小，得了好主任的训练，差不多每一个人都能蹲到狗肉缸边喝四两酽冽的烧酒，喝了酒就随便说一点疯话，譬如“今天非……不可！”“一定要同那水牛打一架！”那么仿佛非常决绝的话。大家且在这话上互相嘲谑到关于“货”的问题。货其实是完全无用处的东西，青年人，肚中有了酒，要发散，所以才提到这无用的东西。大家还把某一类地道的象征名词解释了若干用处，这用处多半是从一个火夫或一个马夫方面听来，结果还是唱唱“大将南征”的军歌各人拿起家伙到厨房洗濯去了。

主任好脾气，几几乎使我也成为修械处工人。

假若我作了工人，我对于使用一切器械是毫无问题的。我且能象那些小子一样在工作上发现大的趣味。我将成为一个很好的工人，十年后也仍然还在那些地方做我的工。

十七

早上点名特别早到，制服整齐，被嘉奖，心里很快活，同到别人在操坪里操了一点钟。我们全都象需要一点分量沉重的东西压到肩才容易过日子，我虽不一定是这样的人，但另外一些蠢汉子，是没有工作生活就不能规矩的。天气又太好了。我们想找一些事做，今天才同到队官去说，大家请求出去放哨，看看有不有土匪在附近骚扰。这队官是我的一个亲戚，他曾常常用亲戚的名分吃过我的冰糖。他回答我们说：

“放哨是派的，不是请求的。”

“那我们请派出去。”

“一群呆子，派出去干吗？有土匪，团上会为我们捆好送来的，要我们去捉捉得到吗？”

“我们做什么？”

“你们擦枪吧。你看，天气多好！点验委员快要来了，若看到你们枪上刺刀不发光，那不是笑话么？”

“什么时候委员就来？”

“快了吧。我听他们说快了，等我们清了一会乡，就来看成绩。”

“可是我枪上退子钩也被我擦小许多了，我不再做这种蠢事。”

“你以为这是蠢事，只你一个人以为——”

“不是蠢事我也不擦枪。”

“那就随便玩玩也好，只是不能到外面生事。”

队长走了，仍然含了我的一点糖在口中走去的。不能放哨，就只好照到队官的吩咐，出去玩。我们今天就有七个人到那后山去砍柴，每人砍一些枯枝，又砍了一些小竹子，预备拿回营来作箫，同时还摘了一些花，把花插到柴捆上面，一路唱军歌回营。

我们的快乐是没有人能用法律取缔的，一直唱歌进到营里，就仿佛从什么远地方打了胜仗归来，把野花插到洋酒瓶中，还好好的安置到司务长算伙食账的一个米桶上面去，到晚上，那花影映到美孚灯微光中，竟非常美观。

在夜间我们营里可出了大事了，驻到后面一进左边院子里，有一个逃兵，第一次拐了枪械逃走，被捉到营里，因为答应缴出三枝枪，就没有照处治逃兵法枪毙，方便在将来追枪，留他到营里住。如今又逃走了。这犯人我曾常常见他，白脸高身材，为军人中很难得的体面人物。他脚用铁镣锁定，走动时就琅琅的响，有时我们正擦枪，他也能得到方便出外面大坪来晒太阳，坐到石栏干旁向天空看云影。这汉子存心想再逃走，在夜里借故出恭，由班上一个火夫作伴，到修械处外面园圃中大便，谁知候在门边的火夫半天见无动静，疑心了，就喊那人名字。喊了几声仍然无声息，各处一望，人已不见了，火夫吓慌了，就大声的喊出来，“逃脱骡子了”，“逃脱骡子了”，一直从修械处喊出大堂。那火夫是苗人，声音宏亮不凡，全营为他这声音皆惊动了，大家全摸了枪向外面集合。我正在修械处同辛寿做铁弩，用枪挺簧纳小竹筒中，以为设计把箭镞放在压紧的簧上以后，遇到虎豹时，一放就可以打中虎眼。从别人所学到的白玉堂的身分上，我发现了一些我也不缺少成为这英雄的气质，就非常有兴味的研究这镖弩。先是听到有人从外面走过，很平常，以为这完全是不知节制吃多了一点的人物大便，可是到喊“逃脱骡子”，我们忙随了那苗人到外面来，那苗火夫经营副耳根一掌，打得略略清醒了，他说“罗什长逃走了”。大家明白事情只是那逃兵又逃了，放了心，什么人说是“追去”。许多人就想拿了枪向外走，还有些喝醉了酒的也偏左偏右拿了一把刺刀走下楼来了，另一种混乱又不成样子。

到后园去看了，人是从土墙上爬过，还留下一些痕迹，毫无疑义人已向后山躲藏了。又不久，我们就分头拿了火把器械去后山追寻了。每一个草堆全用长矛搜索过了，每一株大树全有人爬上去找寻过了，还是没有那白脸长身材汉子的踪影。那营长，因为这犯人是已经判决，只因为缴枪的原故所以看管到本营的，即刻把赏号悬出了，捉到活的赏三百，找出死的赏两百，好象全为了这个赏格数目的原故，平时办公事具结造表册的师爷，也有拿了提灯同长矛四处找寻逃犯的。但无论如何搜索，显然那汉子已即刻离开这山中，走到别一处去了。

我们被分派每廿人一组，到各处驿路上去拦阻这逃兵，因为算定了这汉子纵逃走也只能取那几条路到别处去，就把一百四十个人分配了七组去拦截这一个人。我同我们一班上的人派过名叫江口的一条小路上去，因种种推测这路是必然取的一条路线。即刻预备了草鞋，背了枪弹，向指定地点出发。七路中我们算是第四路，今夜是再不能在新棉絮里睡觉了，即刻我们就在路上了。大家对于这件事产生那么兴味，只是三百元一个数目罢了。我们并没有觉得非把这汉子头颅切下不可的，我们同他无友谊也同时缺少仇怨。我们虽不能明白这汉子所取的方向，又不能明白这赏格究竟是不是一个实在数目，可是总以为若果逃兵由自己发现，当是一件有趣味的事。一面是明白那汉子有脚镣系下面，纵走也去不很远，一面又是恃人多，手中且各有武器可以制人死命，所以我们一点也不以为这是无意思而且危险的行为。

在路上想，三百元这样一个大数目，是一个兵士五年的饷份，一个火夫十年的口粮，气运一来，岂不是用枪刺那么随随便便一拟，或者向路旁草深处一探就可得到么？我们所有的人是全在这一个人身上做着好梦的。

只有今夜，我才知道我们世界上同黑暗在一块的人事情。

十八

逃兵捉回来了，如所意料绕路，走得是第四路。但我们却与这运气无分，因为那人还比我们所猜想不胡涂，先是他想从江口过××，到后好象有意要作成另外一些人，本应一直与我们碰头，却自说临时变计向大寨走了。这人是大寨那一路所捉回的，比我们转来迟了四点钟，人捉回时浮肿的脸更加苍白，他仍然站到那坪中太阳下向阳取暖，脚镣已断了，据说是先在营中锤断用布片包好的。我们望他他也望我们，大约也看出我们因他一走全个晚上狼狈的情形了，就在见连长时说很对不起连长同诸位兄弟。到后为营长审讯，又向营长道歉，说对不起营长。

营长说：“老罗，你又回来了。我以为你聪明，第二次总不会再同我见面了。”

那汉子想了一会，说：“这是一定的。”

营长说：“我本来想救你，所以答应缴枪，就不砍你的头。你真太聪明了，见我对你好，你就欢喜逃。你是逃过了，这是你欢喜的事，你大约不欢喜挨打，让我打你一顿看看。”

这汉子当真就被打了一顿，被打完了丢到土匪牢里去。这汉子一瘸一拐走到牢边时，进牢门还懂得先用背进牢的方法，我问别人，才知道这人还作过一次大哥。

吃过饭，各人为晚上事辛苦了一晚，正好到床上草中做梦，忽然吹了集合号，排队站班，营长演说。营长说，司令部有命令，把罗 ×× 杀了。不到一会这汉子就被他那同营的兵士拥到平时杀人的桥头，把一颗头砍下了。

“他拐了枪，就该杀，不杀他，还想逃走，只有把他头砍下一个办法了。”这是营长演说的话语。

杀人时押队的就是他平时同营吃饭下操的兵士。大家都只明白这是军法，所以到时当刽子手也仍然有人。杀过这人以后，大家看热闹的全谈论到这个人，人是太英雄了，“出门唱歌”，“脸不失色”，不辱骂官长，“临刑颈脖硬朗”。大家还说他懂规矩，这样汉子的确是难见到的。

晚上营长从司令部里领赏格下来了，分配的办法稍稍出人意外，捉到这汉子的一组兵士得三分之一，其他出力人员分赏三分之二，大家对这支配皆无话可说。得赏以后，司务长成为兑换铺的人物，即刻就有许多人很畅快的在草席上赌起牌九来了。这些人似乎全都对于昨夜的意外行为感到满意。

我不明白他们为什么出三百块钱（这样一个大数目）一定要把那汉子捉回来的理由。捉回来就杀了，三百块钱就赏给出力的人员，大家就拿这钱赌博，这究竟是为什么事必须这样做，营长也说不分明。因为在训话里他并不解释这“必须”理由。

一切仿佛皆是当然的，别人的世界，我们的世界，永远全是这样。

十九

今天又发生了新事情，第十四连（就是那看守罗什长的一连)，有三个兵士被审讯了，各人打了五百，收进牢里，是因为查明白有纵罪人逃走的原故。他们因为是朋友，所以那样作了，我们因为不与那人相识，就仍然赌了一天钱。那三人还应当感谢长官，因为照规矩他们也有死罪。也算是“气运”罢。在军队中我们信托自己还不如信托命运，因为照命运为我们安排下来的一切，是连疑问也近于多余的。一个火夫的身体常常比我们兵士强壮两倍，同时食量同担负也超过两倍，他们就因为什么不懂才有这样成绩。我们纵非懂“唱歌”、“下操”、“喊口号”、“行礼”种种事情不可，不过此外的东西，我们是不必去懂的。我们若只有机会看到我们的幸福，我们就完全是幸福的人了。

“打死他罢，”象这样的意思，在那三个兵士的连里，是应当有人想到的。这以为打死也不算过分的，必定就是那些曾经为一些小数目的债务，或争一枝晒衣的竹竿，吵骂过嘴的人。小小的冤仇到某一时就可以牵连到生死，这是非常实在的。我们在 ×× 时还遇到一件事情，就是一个兵士半夜里爬起来把切菜的刀砍了同班的兵士七刀，头脸各处全都砍到，到后凶手是被审讯了，问他为什么这样粗卤，随意拿菜刀砍人，他就说是因为同伴骂了他一句丑话。这是不是实在的供词？一个熟习我们情形的人，他会相信这供词的，所以当时军法也相信了。那人定了罪。从这些小事上别的不能明白，至少可以了然那地方的民族性，凡是用辱骂的字言加在别人身上，是都免不了有用血去洗刷的机会的。不过另外的事我也来说说罢，就是我们的上司，不需要任何理由，是全可以随意对于兵士加以一种很巧妙的辱骂的。每一个上司对于骂人总象不缺少天才，从学校出身的青年军官，到军队以后是最先就学到骂人的。被骂的兵士有一种规矩是不做声。但过一会不久，兵士一有了机会，就又把从上司处所记下的新颖名词加到火夫的头上了。火夫则只能互相骂骂，或对米桶、水缸、汤杓痛切的辱骂。照例被骂的自然是不会做声。

埋罗什长是营长出的钱，得了赏号的也有到那死人面前烧纸的。尸骸到晚上才许殓收。

今天有两个兵士因为赌博打了一架，到后各到连长处去打一顿板子。我先以为这些人在晚上会又有发生上面说到的凶案，不拘是谁在半夜三更爬起身来摸到了菜刀，血案就发生了。不过我完全错了，他们到晚上仍然是在一堆赌牌九，且把挨打这件事当作笑话谈论了许久。真是些有福气的人，为他们担心是白担心了。

二十

今天落雨，打牌的就在营里打牌，非常热闹。

二十一

又落雨，打牌的也还是打牌。

二十二

还是落雨。

二十三

雨落了一连三天，一院子泥泞。担水的火夫大清早赤脚板在泥中走出走进，口中还哼哼哼不止。早饭前许多人皆很无聊赖的倚伏在楼厢栏干上看院中落雨的景致。雨已不落了，一个高身子师爷，掇长凳在长殿廊下画符，用黄纸画，到后且口咬鸡头，将血敷到符上面。他原来正在为昨天受伤那三个兵士治病。我们队伍中是不可少了这样人物的，有兵士被刀杀伤了，打伤了，或者营长太太有了病，少爷失魂夜哭，都不是军医的事，却非师爷画符不可。这师爷若缺少卜课本领也还是不成其为师爷的。大约“军师”就指得是这样人材，这人材的养成一半是天生，一半还是由于地气，因为仿佛有三个全是辰州地方的人。望到师爷画符的神气，仿佛看到诸葛亮再生。

看看师爷画符，自己也来学习，用从书记处讨来的公文纸头，随意挥洒而成，且把这个东西也贴到床头去，说是可以辟邪，就是我在下雨的这一天的事了。

我这符是到后又悄悄的贴到了一个火夫背上的。这火夫我们一到有机会就为他画一点胡子，或者把一个萝卜包上肮脏东西给他吃，到被哄伤心，或吃亏不了时，就荷荷的哭一阵，哭声元气十足，大家听这哭声以及欣赏那姿态，都似乎很有趣味。这汉子年纪是三十七岁，命好的一定作祖爷了。他哭了，或者排长走来，找一些希奇的话语一骂，或者由兵士中捐出一点钱，塞在他的手心，不久就见到这汉子用大的有黑毛的手背擦那眼边，声音也没有了。这样人，看来好象可怜极了，但若果我们还有“怜悯”这种字样，就留下到另外一些事情上用罢。方便中，他们是也常常在喝半斤酒以后，走到洗衣妇人处说一点野话，或做一点类乎撒野的事情的！他们用不着别人怜悯，如世界上许多人一样。火夫这种人，他们到外面去，见了可以欺侮的人，并不把他们穿灰色衣服的权利丧失。他们也能在买菜蔬时赚点钱，说点谎话，再向神赌一个不负责任的咒，请神证明他的老实。他们做事很多，但吃东西食量也特别大。总之这些人的行为，皆是不可原谅的行为，所以挨打的时候比旁的人总多。在情绪上象小孩子，那不独是火夫一种人，就是年纪再大一点的传达长，也是一个样子的。做错事情被打了就哭，赏一点钱就又拭眼泪做丑样子哼哼笑，五十岁年纪了还有童心，赌博一输就放赖，这样人还不止一个。

天气是使人发愁的天气，我不能出去，就只有到修械处代替工人扯炉。把大毛铁放到炉上炭火中，一面说话，一面身对风箱，用两只手向后奔，到相当角度时又将身体向前倾，炉火为空气所扇，发臭气同红光了。铁煨红了，一个小孩子把铁用钳夹取出，平放到鹤嘴砧上，于是两小孩就挥细把铁锤，锤打砧上的热铁，锤从背后扬起，从头上落下，着铁时便四方散爆铁花。主任坐到旧枪筒的堆上，居高临下，监察一群小孩子作工，又拿孟姜女万喜良唱本书念给大家听。主任的书已唱过多日了，故事小孩子全能背诵如流，主任还是一面看，一面唱，一字不苟且的唱过。间或有什么人来到修械处了，有事同主任商询，主任也还是用唱歌的章法同来人谈话，正象这个人成天吃酒不醉，却极容易醉到他自己的歌声里。

我在扯炉厌烦以后，是也常常爬到过铁堆上玩的。我爱这一屋子里全身是煤烟与铁锈的人，也极欢喜那些“三角”、“长方”、“圆条”硬朗实在的大小铁器。还有那沙罐，有狗肉香狗肉，无狗肉时煎豆腐干也仍然不缺少狗肉香味，不拘挂到什么地方我总能发现它。

谈到天气，辛寿他们是没有兵士们那样发愁的。天气越冷他们生活越痛快，一是吃肉的机会多，一是做事。在大冷天，我们营里火夫穿厚棉军服臃肿象个熊，辛寿他们一定还是赤裸露出又小又脏的肩膊做事。他们身上好象成天吃狗肉也仍然没有脂肪的积蓄，但每一个人身体的健全，则仿佛把每人拿来每天饱打一顿以后，还放雨中淋两点钟也不至于伤风。

明天是场期，应当早早的睡，所以凡是不在夜中赌钱的，全都很早就睡了。

作于一九二九年夏

逃的前一天

他们在草地上约好了，明天下午六点钟，在高坳聚齐，各人怀着略略反常的惶恐心情转到营中去，等候这一天过去。

他坐到那庙廊下望太阳，太阳还同样很悠暇的慢慢在天空移动。他心凝静在台阶日影上，再不能想其他的事了。

看到一群狗在戏台下打仗，几个兵在太阳下，用绳索包了布片，通过来复枪的弹道，拖来拖去，他觉到人与狗同样的无聊。

他想：到后天，这时候，这里就少三个人了。他知道那时候将免不了一些人着忙，书记官要拟稿行文，副官处要发公事，卫舍处要记过，军需处要因他们余饷有小小纠纷……一切一切全是好笑的事。因逃兵而起的骚扰，他是从其他人潜逃以后的情形看得出的。见过许多了，每一次都是这样子，不愿意干，就逃走。逃走，利益还似乎是营上这一边。不久大家也就忘了。军队中生活是有系统的，秩序不紊的，这整齐划一的现象，竟到了逃兵这种事上，奇怪得使他发笑了。

谁也不明白这人为什么而笑的。但人见到他在太阳下发笑也完全不奇怪。

一个兵，笑的理由也是划一了的。他们笑，不外乎多领了津贴发了财，凭好运气在赌博上赢了钱，在排长处喝了一杯酒，无意中拾了一点东西。此外，不同的非猜想不可的，至多是到街上看了热闹，觉得有趣。他们是在一种为国干城的名分下，教养得头脑简单如原始人类，悲喜的事也很少很少了。他们成天很早的起床点名，吃极粗粝的饮食，做近于折磨身体的工作，服从长官，一切照命令行事，凡是人不必做的都去做，凡是人应当明白的都不必明白，慢慢的，各人自然是不会在某一新意义上找出独自发笑的理由了。

他笑着，一面听那几个擦枪的兵谈话，谈话的人也正是各自作着笑脸谈那事情的。

一个手拿机柄包在布片里扭来扭去的小子，赤着脚，脚干上贴有红布大膏药一张，把脸似乎笑扁了，说：

“哥，你不要以为我人矮，我可以赌咒——可以打赌，试验我的能耐。”

“你以为你是能骑马的人也能……”这是所谓“哥”的一个说的，他还有话继续，“宋二，我就同你打赌，今夜去试。”

“赌二十斤酒一只鸡。”

“我只有一个‘巴’，你吃不吃？”

那擦机柄的被玩弄了，就在那哥的软腰上一拳。分量的沉重，使那正弯身拖动枪筒的兵士踉跄了。另一个脚干上也有一张膏药的脚色，放下工作，扑过来，就把矮小子扑倒了，两人立刻就缠做一团在地面滚。被打了一拳的大汉子，只笑着嚷着，要名字叫癞子的好好的捶宋二一顿。他倒很悠闲的仍然躬身擦枪，仿佛因为有职务在身，不便放弃。

他们打着，还互相无恶意的骂着丑话，横顺身上穿的是灰衣，在地上打滚也不会把衣弄脏，各人的气力用在这一件事上也算是顶有益的事了，热闹得很。

第四个兵士不搀入战事，就只骂那被擒在地上的一个，用着军人中习用的字言，“杂种”，“苗狗入的”，“牛”，还有比这更平民一点的也全采用了。似乎把这些话加到弱者的头上时，同时在别人身上的一个，就光辉满脸，有伟人奋斗之余的得意情形。

驻在此地的军队，既不打仗，他们当然就只有这样消磨日子，他也看惯了。虽看惯，仍然还很担心的，就是这种戏谑常常变成更热闹，先是玩笑，终于其一流血，其一不流血的也得伏到石地上挨二十板屁股的处罚。人虽各是二三十岁的人，至于被惩罚以后，脸上挂着大的眼泪也是常有的事情。对着这样一般天真烂漫的同胞同志，他纵笑也还是苦笑的。

打架的还是胜负不分，骂娘者渐感疲倦，队长来了。

他望到队长来了，就站起。那几个人还不注意到，揪打的仍然揪打不休，助威的也仍然用着很好的口气援助。队长看着。他以为这几个兵士准得各在太阳下立正三十分钟了，谁知队长看了一会，见到另一个擒在地下的快要翻身爬起了，就大声喊。

“狗养的，你为什么不用腿压到那一只手？”

队长也这样着急，是他料不到的事。原来队长是新补，完全是同这些弟兄们在一堆滚过来的人，他见到那汉子对队长立定以后便说要队长晚上去棚里吃狗肉，他要笑不能，就走开了。

天气过早。

他走到庙后松树下去，几个同班的汉子正在那里打拳。还有火夫，一共是五个，各坐在大磐石上晒太阳，把衣全脱下，背上肩上充满了腻垢，脱下的衣随意堆到身旁。各人头发剃得精光，圆的多疱的各不相同的头，在日光下如菠萝。这几个火夫的脸上，都为一种平庸的然而乐观的光辉所照，大约日子已快到月底，不久就可以望支本月份的四块八角的薪饷，又可以赌博吃肉了。他们也是正在用着一种合乎身分的粗鄙字言，谈论着足资笑乐的一件故事的，他又站下来听。

原来他们讨论到的就正是头。他们大致因为各人正剃过头发，所以头是一种即景的材料了，只听到一个年极幼小的火夫说道：

“牛巴子，你那头砍下来总有十七斤半。”

所谓牛巴子其人者，是头特大疤子特多的一位，正坐在那石上搔胸上的黑毛，听到这话也无所谓生气，不反驳，无抵抗主义是因为人上了年纪，懂到让小子们嘴上占便宜，而预备在另一时譬如吃饭上面扳本的人的。那小子，于是又说道：

“牛巴子，你到底挑过多少人头，我猜你不会挑得起十个。”

牛巴子扁扁嘴，不做声，象他那口是特为吃红薯生长的。因为问题无大前提，牛巴子照例是无回答义务的。

另一个（这时正搂起裤子，脚干上有两张膏药！）就说：

“牛伯，死人头真重，我挑过一次，一头两个，一头三个，挑二十里肩就疼了。”

牛巴子打了一个噎。

那火夫又问：“牛伯你挑过几个？”

牛巴子说：“今天有酒喝。”这话完全象是答复他自己那一个噎而言。然而，话来了：“这几天，妈妈的，不杀人，喝不成了。”

那小子又搀入了话：“牛巴子，你想喝么？我输你，今夜一个人到箭场去提那个死人头来，只要你敢，我请你喝三百钱酒。”

“小鬼精，你又不是卖××，哪里来得许多钱。”

“卖，你是老南瓜，才值钱！”

“排长喜欢你这小南瓜了，你小心一点。”

“小心你的老南瓜？你妈个……”小子又向另一个说：“二喜，二喜，你知不知道老南瓜家里人同更夫的事情？饿酒的人吃尿还是有志气，老南瓜在乡里全靠太太才有酒喝的，老舅子还好意思说他太太长得标致！”

“杂种你不要强嘴，老子到夜间就要……”

“你看老子整你。”说着，小子走过来，把一件短棉军衣罩在牛巴子的疤头上，就骑到他的肩上去，只一滚，两人就从磐石上滚流到松树根边了。那个名叫二喜的与另一个火夫，仍然象前次擦枪那几位，旁观呐喊助威。

他觉得这全是日子太长的缘故，不然这种人，清早天一亮就起来点名，点完名就出外挑水，挑得水就烧火，以后则淘米，煮饭，洗菜，理碗筷……事情忙到岂有此理，日子短则连自己安闲吃一顿饭也无时间，哪里还能在这太阳下胡闹？若要怪长官，那就应当怪司务长分派这种人工作还不太多，总能让这种人找得出空闲，一有闲空，他们自然就做这些事情来了。

“南瓜”，“红苕”，这些使人摇头的东西，他们能巧妙的用在一种比譬上，是并不缺一种艺术的原素的。他们成天所吃的就是南瓜红苕，在他们那种教养下，年青人并不见着低能的秉赋。

他看到这些人在那种调弄下，所得的快感并不下于另一种人另一种娱乐，他仍只能不自然的笑着走开。

天气还早。

到什么地方去呢？书记处有熟人，一个年纪四十一岁每天能吃五钱大烟的书记官，曾借给他过《水浒传》看。书是早还过了，因为想到要悄悄离开，恐怕不能再见到这好脾气的人了，就走到那里去。

这个人住在戏台上，平时很少下台，从一个黑暗的有尿气味的缺口处爬上了梯子的第一级，他见到楼口一个黑影子。

“副兵，到哪里去这半天？”

他听出书记官的声音了，再上了一级：“书记官，是我，成标生。”

“标标吗，上来上来，我又买得新书了。”

他就上去，到了楼上，望到书记官的烟盘上一灯尚熠然作绿光，知道还在过瘾。

“怎么，书记官，副兵又走了。”

“年青人！一出去就是一天，还拿得有钱买桔子。大概钱输到别人手中，要到晚上才敢回来了。”

“人太好了是不行的。”

“都是跟着出来的，好意思开除他么？有时把我烟泼了，真想咬他一口。”

“书记官真能咬副兵倒是有趣味的事。”

“咬也不行。《三侠五义》第五章不是飞毛虎咬过他仆人一口吗？我这副兵到知道我要咬他时，早先飞走了。”

这好性情的人，是完全为烟所熏，把一颗心柔软到象做母亲的人了。就是同他说到这一类笑话时，也象是正在同小孩子说故事一样情形的。那种遇事和平的性情，使他地位永远限在五年前的职务上。同事的无人不作知事去了，他仍然在书记官的职务上，拟稿，造饷册，善意的训练初到职的录事，同传达长喝一杯酒，在司令官来客打牌的桌上配一角，同许多兵士谈谈天，不积钱也不积德，只是很平安的过着日子。在中国的各式各型人中，这种人是可以代表一型的。

因为懂相法，看过标生是有起色的相，在许多兵士中，这好性情人对他是特别有过好意的。这好意又并不是为有所希望而来，这好性情人就并不因为一种功利观念能这样做人的。

见到他上楼了，就请坐。在往天，副兵若在，应当倒茶，因为虽然是兵，但营上的兵不是属于书记官管辖。在一种很客气的款待上，他的一个普通兵应有的拘束也去掉了，就可以随便谈话，吃东西，讨论小说上各个人物的才干与性情。如今的他，原是来看看这好人，近于告别的，就不即坐。

“天气好，到些什么地方玩过没有？”

“玩过了的。”

“这几天好钓鱼，我那一天从溪边过身，一只大鲫鱼拨刺，有脚板大，訇的吓了我一跳，心想若是有小朋友在，就跳下水去摸它来，可以吃一顿。”

“书记官能泅水吗？”

“咄，我小时能够打氽子过乡里大河公安殿前面！”

“近来行不行？”

“到六月间我们去坝上试试吧。吃了烟，十年不敢下水了，不过我威风是还在的，你不要小看我。我问你，你怎么样呢？”

“书记官会看相，你猜吧。”

“我看你不错，凡是生长在黄罗寨的，不会泅水也不至于一到河里就变秤锤。”

“不会水。因为家里怕淹死，不准洗澡。”

“那为什么不逃学悄悄的去洗澡？我们小时在馆内念书，放午学时先生在每人手心上写一银朱字，回头字不见了就打板子，你说，我们怎么办？洗还是洗！六月间不洗几个澡那还成坏学生吗？我们宁愿意挨打也去洗。这种精神是要的。小孩子的革命精神你说可不可佩服。”

听到书记官说这一类笑话，他不由得不笑了。但他想到的，是过几天这时的书记官，会不会同别人说到今天的自己？他又想这永远是小孩子心的人，若是知道在面前的人，就是将从营伍中逃走的人，将来逃兵名册上就应当由书记官写上一个名字，这时是不是还来说这些为小孩子说的话？

书记官每天吃烟，喝酽茶，办公事，睡晏觉，几年也从不变更过生活的，当然这时料不到面前的人是正有着一种计画的人了。

“标标，你会上树不会？”

他摇头。

“扯谎，我前不久就看到你同一个弟兄在后山大松上玩。”

“我是用带子才能上树的。”

“那当然，不用带子除非是黄天霸——嗨，我忘记了，我买得许多新书了，你来看。”书记官说着，就放下了那水烟袋，走到床边去，开他那大篾箱子，取出一些石印书，“这是《红楼梦》，这是……以后有书看了，有古学了；标标，你的样子倒象贾宝玉！”

他笑着，从窗罅处望外面，见到天气仍然很早，不好意思就要走。他心上为明天的事情所缚定，对于书，对于书记官，对于书记官所说的话，全不能发生往日的兴味了。他愿意找个机会谈一点他以后的事，可是这好性情的人总不让他有这机会。

书记官谈了一阵笑了一阵以后，倒到烟盘旁预备烧烟了，他站在那里还不坐下。

“坐！”

“我要走了。”

“有什么事情？”

“没有事情。”

“没得事情不要走。回头等我副兵来，要他买瓜子去，三香斋有好葵花同玫瑰瓜子，比昨几天那个还大颗。”

“……”

“你想些什么，是不是被人欺侮了，要报仇？”

“没有的事。”

“我小时候可是成天同人打架，又不中用，打输了，回家就只想学剑仙报仇，杀了这人。如今学剑不成已成仙了，仇人来我就是这样一枪！”

所谓“一枪”者，原来是把烟泡安置在烟斗火口妥当后，双手横递过去的一种事情。这人是真有点仙气的人了。他见到这书记官无人无我的解脱情形，他只能笑。书记官同他大约是无仇恨的，所以就从不曾把烟枪给他。

这时，他倒很愿在灯旁靠靠，只要书记官说一声请，就倒下了。

书记官自己吸了一泡烟，喝了一口茶，唱了一声“提起了此马来头大”，摇摇的举起了身子。

他见到这样子，如同见到那火夫相打相扑一样的难受，以为不走可不行了，就告辞。

“要走了。”

“谈谈不好么？”

“想要到别处去看看。”

“要书看不要，这里很多，随便拿几本去。”

“不想看书，有别的事要做。”

“不看书是好的，象你这样年纪，应当做一点不庄重的事情，应当做点冒险事情，才合乎情调。告给我，在外面是不是也看上过什么女子没有？若是有了，我是可以帮忙的，我极会做媒，请到我的事总不至于失败。”

“将来看，或者有事情要麻烦书记官的。”

“很有些人麻烦我，我的副兵早看透了我，处处使我为难，也奈何他不得。”

“书记官，那再会。”

“明天会。”

他于是从那嵌有“入相”二字匾额的门后下楼了，书记官送到楼口，还说明天再见。

他下了楼，天气仍然很早，离入夜总还有三个小时。

今天的天气真似乎特别了，完全不象往天那么容易过去，他在太阳下再来想想消磨这下半日的方法，又走到一个洗衣处去还账。到了洗衣服那人家，正见到书记官的小副兵从那屋里出来，象肚中灌了三两老酒，走路摇摇摆摆，送出大门的是那个洗衣妇人。将要分手，这小副兵望了一望，见无上司，就同妇人亲了一个嘴。妇人关上腰门，副兵赶快的走了，他才慢慢的走过去拍门。妇人出来开门，见到来的是长得整齐出众的人物来了，满脸堆笑，问是洗了些什么衣，什么号码。

“不是洗衣，我来还你点钱，前些日子欠下的。”

“副爷要走了吗？”

“不。因为手边有钱，才想到来还你的！”

“点点儿衣服那算什么事？”

“应当要送的。”

“什么应当不应当……”妇人一面说，一面系裤子，裤子是松了还是故意，他是不明白的。

单看到这妇人眉眼的风情，他就明白书记官那不到十五岁年龄的小护兵，为什么迟迟不回营的理由了。他明白这妇人是同样的如何款待了营中许多年青人的。他记起书记官说的笑话，对于这妇人感到一种厌烦，不再说什么话，就把应当给她的四百钱掏出，放到这人家门边一条长凳上，扬长的走了。

奇怪的是天还那样早，望它即刻就夜简直是办不到。他应当找一点能够把时间忘去的事情做做，赌博以及别的，可惜他又完全不熟。

兵士的揪打，火夫的戏谑，书记官的烟枪，洗衣妇人的风情，都各有其主，非为他而预备得如此周全。在往日，这一切，似乎还与他距离极近，今天则仿佛已漠不相关了。

他数了一数板袋中所有的钱，看够不够买半斤糖，钱似乎还多，就走到庙前大街去。

大街上，南食店杂货店酒店铺柜里，都总点缀了一两个长官之类。照例这种地方是不缺少一个较年青的女当家人，陪到大爷们谈话剥瓜子的。部中人员既终日无所事事，来到这种地方，随意的调笑，随意的吃红枣龙眼以及点心，且一面还可造福于店主，因为有了这种大爷们的地方，不规矩的兵士就不敢来此寻衅捣乱，军队原就是保国保民的，如此一来岂不是两全其美。

副官，军法，参谋，交际员，军需，司务长，营副，营长，支队长，大队长……若是有人要知道驻在此地的一个剿匪司令部的组织，不必去找取职员名册，只要从街南到街北，挨家铺子一问，就可以清清楚楚了。他们每天无事可做，少数是在一种热情的赌博中消磨了长日，多数是各不缺少一种悠暇的情趣坐在这铺柜中过日子的。他们薪水不多却不必用什么钱。他们只要高兴，三五个结伴到乡下去，藉口视察地形或调查人口，团总之类总是预备得很丰盛的馔肴来款待的。他们同本地小绅士往来，在庆吊上稍稍应酬，就多了许多坐席的机会。他们都能唱一两段京戏，或者《卖马》，或者《教子》，或者《空城计》、《滑油山》，其中嗓子洪亮的实不乏其人，在技术上，也有一着衣冠走上台去，就俨然有余叔岩扮刘备的神气的。他们吃醉了酒，平素爱闹的，就故意寻衅吵一会儿，或者与一个同僚稍稍动点武，到明天又同在一桌喝酒，前嫌也就冰释了。

总之他们是快乐的，健康的，不容易为忧愁打倒也不容易害都会中人杂病的。

他在一个槽坊发现了军法长，在一个干鱼店又发现了交际长同审计员，在一个卖毛铁字号却遇到三个司书生。不明白他们情形的，还会以为是这人家的中表亲，所以坐在铺子里喝茶谈天，不拘内外。

他不能不笑。

他到了他所要到的那个糖铺门前，要进去，就听见里面有人喊闹，又有人劝，原来正有许多人坐在堂屋中猜拳吃酒。他装作无心的样子慢慢走近这铺子，看到三个上司在里面，就索性走过这一家了。

一切空气竟如此调和，见不出一点不妥当，见不出一点冲突。铺子里各处有军官坐下，街上却走着才从塘里洗澡回来的鸭子，各个扁着嘴呷呷的叫，拖拖沓沓的在路中心散步，一振翅则雨点四飞，队伍走过处，石板上留下无数三角形脚迹。全街除了每一处都有机会嗅闻得到大烟香味外，还有一个豆腐铺，泡豆子的臭水流到街上发着异味，有白色泡沫同小小的声音。

不知从什么地方而来，来到这里解送犯人的，休息在饭馆里。三五个全副武装的朋友蹲到灶边烘草鞋。犯人露出无可奈何的颜色，两手被绳子反缚，绳的一端绑在烧火凳上或廊柱上。饭店主人口上叼着长烟袋，睥睨犯人或同副爷谈天。

求神保佑向神纳贿的人家，由在神跟前当差的巫师，头包了大红绸巾，双手持定大雄鸡，很野蛮的一口把鸡头咬下。主人一见红血四溢，便赶忙用纸钱蘸血，拔鸡胸脯毛贴到大门上，于是围着观看的污浊小孩，便互相推挤，预备抢爆仗。

街上卖汤圆的，为一些兵士包围，生意忙到不知道汤圆的数目，大的桶锅内浮满了白色圆东西，只见他用漏瓢忙舀。

……

一切都快与他离开了。这一切一切，往日似乎全疏忽过去，今天见到为一种新的趣味所引起，他在一种悒郁中与这些东西告别了。

他又不买糖了，走到溪边去，果然如书记官所说，溪中桃花水新涨，鱼肥了。许多上年纪的老兵蹲在两岸钓鱼，桥头上站了许多人看。老兵的生活似乎比其他人更闲暇了，得鱼不得鱼倒似乎满不在乎，他们象一个猫蹲到岸旁，一心注意到钓竿的尖与水面的白色浮子。天气太暖和了，他们各把大棉袄放到一旁，破烂的军服一脱，这些老兵纯农民的放逸的与世无关的精神又见世了。过年了他们吃肉，水涨了他们钓鱼，夜了睡觉，他们并不觉得他们与别人是住在两个世界。

他就望到这些老兵，一个一个望去，溪的一带差不多每两株杨柳间便有一个这样人物。静极了，除了水在流，没有其它声音。间或从一个人口里喷出一口烟，便算是在鱼以外分了这种人心的事情了。

鱼上钩了，拨剌着，看的人拍着手，惊呼着，被钩着了嘴巴的鱼也象本来可以说话的东西，在这种情形下不开口了，在一个老兵手上默默的挣扎一番，随后便被掷到篾篓里去，在篓中埋怨自己去了。

太阳又光明又暖和，他感到不安。

他看了一阵这些用命运为注，在小铁钩蚯蚓上同鱼赌博的人，又看了看天上的太阳，还想走。

走到什么地方去？

他从水记起水闸，他听到水车的声音，就沿溪去看成天转动的那水磨。

他往日就欢喜这地方。这里有树，有屋，上了年纪的古树同用石头堆起的老磨坊，身上爬满了秋老虎藤，夏天则很凉快，冬天又可以看流水结成的冰柱。如今是三月，山上各处开遍映山红花，磨坊边坎上一株桃，也很热闹的缀上淡红的花朵了。他走到磨坊里面去，预备看那水磨。这东西正转动着，象兵士下操做跑步走，只听到脚步声音。小小的房子各处飞着糠灰，各处摆有箩筐。他第一眼望到的还是那个顶相熟的似乎比这屋子还年老一点的女主人，这个人不拘在什么时候都是一身糠灰，正如同在豆粉里打过滚的汤圆一样，她在追赶着转动的石碾，用大扫帚扑打碾上的米糠，也见到了他。

她并不歇气，只大声的说：“成副爷，要小鸡不要？我的鸡孵出了！”于是，她放下了扫帚，走出了磨坊，引他到后面坪里去看鸡窠。

他笑着，跟了这妇人走上坎去。

他见到小鸡了，由这妇人干瘪瘪的手从那一个煤油箱里抓出两只小鸡来，只是吱吱的叫，穿的是崭新淡黄色细茸茸的毛衣褂，淡白的嘴巴，淡白的脚，小眼睛光光的象水泡。这小东西就站在他手心里，不知道害怕也不知道顽皮。

“带四只回去，过五天就行了，我为你预备得有小笼。”

“……”

“它能吃米头了，可以试。”

“……”

“要花的要白的？这里是一共二十六只，我答应送杨副爷四只，他问我要过。你的我选大的。”

他找不出话可说，他不说要也不说不要。他在这里，什么都是他的，太阳，戏台，书记官，糖，狗肉，钓鱼，以至于鸡，要什么有什么。可是到明天后天，他要这些有什么用处？好的东西与好习惯他不能带走，他至多只能带走一些人的好情分，他将忍苦担心走七天八天的路，就是好情分带得太多，也将妨碍了他走路的气力。

他只能对这老妇人笑。

一种说不分明的慈爱，一种纯母性的无所求的关心，都使他说不出话。此后过三天五天，到知道了人已逃走，将感到如何寂寞，他是不敢替她设想的。他只静静的望这个妇人的白发同脸同身体。

可怜的人，她的心枯了，象一株空了心的老树，到了春天，还勉强要在枝上开一朵花，生一点叶。她是在爱这个年青人，象母亲祖母一般的愿意在少年人心中放上一点温柔，一点体恤，与一点……

他望到这妇人就觉到无端忧愁。

他重复与老妇人回到磨坊。他问她可不可以让他折一枝桃花。

“欢喜折就折，过几天就要谢了。”

“今年这花开得特别好，见了也舍不得折了。”

“不折也要谢，这花树他们副爷是折了不少的，你看；那大一点的桠枝。我这老婆子还要什么花，要折就折，我尽他们欢喜！”

“那我来折一小枝。”

他就攀那树，花折得了，他拿在手，道了谢。

“你什么时候来拿鸡？”

“过一会吧。”

老妇人就屈指数：“今天初六，初七，初八，……到十一来好了，慢了恐怕他们争到要，就拿完了。”

“你告给他们说我要了，就不会强取了。”

“好好，那样吧，明天你再来看它们吃米，它们认得出熟人，当真的！”

他走了，妇人还在絮絮的嘱咐，不知为什么缘故，他忽然飞跑着了，妇人就在后面大声说小心小心。

天夜了。

正如属于北方特有的严冬白雪的瑰丽，是南国乡镇季春的薄暮。

生养一切的日头落到山后去了。

太阳一没，天气就转凉了，各处是喇叭声音。站到小山上去看，就可见到从洞中，从人家烟囱里，从山隈野火堆旁，滋育了种子，仿佛淡牛奶一样的白色东西，流动着，溜泻着，浮在地面，包围了近山的村落，纠缠于林木间。这是雾。自由而顽皮的行止，超越了诗人想象以上的灵动与美丽。

与大地乳色烟霭相对比的，是天边银红浅蓝的颜色，缓缓的在变。有些地方变成深紫了，因此远处的山也在深紫中消失了。

喇叭的声音，似有多处，又似只有一处，扬扬的，忧郁的，不绝的在继续。

他能想到的，是许多人在这时候已经在狗肉锅边围成一圈，很勇敢的下箸了。他想到许多相熟的面孔，为狗肉、烧酒以及大碗的白米饭所造成的几乎全无差异的面孔。他知道这时火夫已无打架的机会，正在锅边烧火了。他知道书记官这时必定正在为他那副兵说剑仙采花的故事。他知道钓鱼的老兵有些已在用小刀刮他所得大鱼的鳞甲了。他知道水碾子已停止唱歌，老妇人已淘米煮饭了。

他望镇上，镇上大街高墙上的鸱头与烟囱，各处随意的矗起，喇叭的声音就象从这些东西上面爬过，又象那声音的来源就出于这些口中。他又望远处，什么地方正在焚柴敬神，且隐隐听到锣鼓声音。

他有一种荒山的飞鸟与孤岛野兽的寂寞，心上发冷，然而并不想离开此地。

似乎不能自立，似乎不能用“志气”一类不可靠的东西把懦弱除去，似乎需要帮助或一种鼓励才能生活，他觉到了。他用右手去摸坐着的那坚硬的岩石，石头发着微温，还含着日间的余热，他笑着，把左手，也放到那石上。

今天已经完了。

（小兵的故事之一）

一九二九年四月作

三个男人和一个女人

因为落雨，朋友逼我说落雨的故事。这是其中最平凡的一个。它若不大动人，只是因为它太真实。我们都知道，凡美丽的都常常不是真实的，天上的虹同睡眠的梦，便为我们作例。

没有什么人知道军队中开差要落雨的理由。

我们自己是找不出那个理由的。或者这事情团部的军需能够知道，因为没有落雨时候，开差的草鞋用得很少，落了雨，草鞋的耗费就多了。落雨开差对于军需也许有些好处。这些事我们并不清楚，照例非常复杂，照例团长也不大知道，因为团长是穿皮靴的。不过每次开拔总同落雨有一种密切关系，这是本年来我们的巧遇。

在大雨中作战，还需要人，在雨里开差，我们自然不应当再有何种怨言了，雨既然时落时止，部队的油布雨衣，都很完全。我们前面办站的副官，从不因为借故落雨，便不把我们的饮食预备妥当。我们的营长，骑在马上，尽雨淋湿全身，也不害怕发生疟疾。我们在雨中穿过竹林，或在河边茅棚下等候渡船，因为落雨，一切景致看来实在比平常日子美丽许多。

落了雨泥浆分外多，但滑滑的走着长路，并不使人十分难过。我们是因为落雨，所以每天才把应走的里数缩短的。我们还可以在方便中，借故走到一个有青年妇人的家里去，说几句俏皮话，打个哈哈，顺便讨取几张棕衣，包到脚上。我们因为落雨，才可以随便一点，同营长在一个小盆里洗脚。一个兵士还能够有机会同营长在一个盆里洗脚，这出乎军纪风纪以上的放肆，在我们那时节，是不什么容易得到的机会！

队伍走了四天，到了我们要到的地点。天气是很有趣味的天气，等到队伍已经达到目的地，忽然放了晴，有太阳了。一定有许多人要笑它，以为太阳在故意同我们作对。好吧，这个我们可管不了许多。我们是移到这里来填防的，原来所驻的军队早已走了，把部队开来补缺，别人做什么无聊事我们还是要继续来作。

乘满天红霞夕阳照人时，我们有一营人留在此地了。另外一营人，今天晚上虽然也留在此地，第二天就得开拔到一个五十里外的镇上去。那些明天还要开拔的，这时节已全驻扎到各小客栈同民房，我们却各处去找寻应当驻宿的地点。因为各个部队已经分配好了，我们的旗子插到杨家祠堂，可是一连人中谁也不知道这杨家祠堂的方向，只是在街中乱抓别一连的兵士询问。

原来杨家祠堂有两个，我们找了许久，找到的还是好象不对。因为这祠堂太小，太坏，内中极其荒凉。但连长有点生气，他那尊贵的脚不高兴再走一步了。他说，这里既然是空的，就歇息一下，再派人去问吧。我们全是走了一整天长路的人，我们还看到许多兵士，在民房里休息，用大木盆洗脚，提干鱼匆匆忙忙的向厨房走去。倦了饿了，都似乎有了着落，得到解决，只有我们还在这市镇街上各处走动，象一队无家可归的游民。现在既然有了个歇脚地方，并且时间又已经快夜了，所以谁也不以为意，都在祠堂外廊下架了枪，许多人都坐在那石狮子下，松解身上的一切负荷。

一个年青号兵不知从什么地方得来了一个葫芦，满葫芦烧酒，一个人很贪婪的躲到墙脚边喝它。有些兵士见到了都去抢这葫芦，到后葫芦打碎，所有酒全泼在还不十分干燥的石地上了。号兵发急，大声的辱骂，而且追打抢劫他的同伴。

连长听到这个吵闹，想起号兵的用处，就要号兵吹号探问团部。号兵爬到石狮子上去，一手扳着那为夕阳所照及的石狮，一手拿着那支紫铜短小喇叭，吹了一通问答的曲子，声音飘荡到这晚风中，极其抑扬动人。

其时满天是霞，各处人家皆起了白白的炊烟，在屋顶浮动。许多年青妇人带着惊讶好奇的神气，身穿新浆洗过的月蓝布衣裳，胸前挂着扣花围裙，抱了小孩子，远远的站在人家屋檐下看热闹。

那号兵，把喇叭吹过后，就得到了驻在山头庙里团部的回音。连长又要号兵用号声，询问是不是本连就在这祠堂歇脚。那边的答复还是不能使我们的连长满意。于是那号兵，第三次又鼓着那嘴唇，吹他那紫铜喇叭。

在街的南端来了两只狗，有壮伟的身材，整齐的白毛，聪明的眼睛，如两个双生小孩子，站在一些人的面前。这东西显然是也知道了祠堂门前发生了什么事情，特意走来看看的。

这对大狗引起了我们一种幻想。我们的习惯是走到任何地方看到了一只肥狗，心上就即刻有一个杀机兴起，极难遏止的。可是另外还有更使人注意的，是听到有一个女子的声音喊“大白”、“二白”，清朗而又脆弱，喊了两声，那两只狗对我们望望，仿佛极其懂事，知道这里不能久玩，返身飞跑去了。

天快晚了。满天红云。

我们之间忽然发生了一个意外的变故。那号兵，走了一整天的路，到地后，大家皆坐下休息了，这年青人还爬上石狮子去吹了好几次号。到后脚腿一发麻，想从石狮子上跳下时，谁知两脚已毫无支持他那身体的能力，跳到地下就跌倒不能爬起，一双脚皆扭伤了筋，再也不能照平常人的方便走路了。

这号兵是我同乡，我们在一个堡砦里长大，一条河里泅水过着夏天，一个树林子里拾松菌消磨长日。如今便应当轮到我来照料他了。

一个二十岁的人，遭遇这样的不幸，那有什么办法可言！因为连长也是同乡，号兵的职务虽不革去，但这个人却因为这不幸的事情，把事业永远陷到号兵的位置上了。他不能如另外号兵，在机会中改进干部学校再图上进了，他不能再有资格参加作战剿匪的种种事情了，他不能再象其他青年兵士，在半夜里爬过一堵土墙去与本地女子相会了。总而言之，便是这个人做人的权利，因为这无意中一摔，一切皆消灭无余，无从补救了。

我因为同乡缘故，总是特别照料到这个人。我那时是一个什长，我就把他放在我那一棚里。这年青人仍然每早得在天刚发白时候爬起，穿上军衣，弄得一切整齐，走到祠堂外边石阶上去，吹天明起床号一通。过十分钟，又吹点名号一通。到八点又吹下操号一通。到十点又吹收操号一通……此外还有许多次数，都不能疏忽。军队到了这里，半月来完全不下操，但照规矩那号兵总得尽号兵的职务。他每次走到外边去吹他的喇叭时，都得我照扶他。我或者没有空闲，这差事就轮着班上一个火夫。

我们都希望他慢慢的会转好，营部的外科军医，还把十分可信的保证送给这个不幸的人。这年青人两只腿被军医都放过血，揉搓过许久，且用药烧灼过无数次，末了还用杉木板子夹好。日子一天一天的过去，还是得不到少许效验，我们都有点失望了，他自己却不失望。

他说他会好的，他只要过两个月就可以把杉木夹板取去，可以到田里去追赶野兔了。听到这个话老军医便笑着，因为他早知道这件事是青年人永远无可希望的事情，不过他遵守着他做医生的规则，且法律又正许可这类人说谎，所以他约许给这个号兵种种利益，有时比追兔子还夸张得不合事实。

过了两个月，这年青人还是完全不济事。伤处的肿已经消了，血毒症的危险不会有了，伤部也不至于化脓溃烂了，但这个号兵，却已完全是一个瘸脚人了。他已经不要人照料，就可以在职务上尽力了。他仍然住在我那一棚里，因为这样，我们两人之间，成立了一种最好的友谊。

我们所驻在的市镇，并不十分热闹，但比起湘边各小城市，却另有一种风味。这里只四条大街，中央一个鼓楼操纵全城。这里如其他地方一样，有药铺同烟馆，有赌博地方同喝酒地方。我每天差不多都同这个有残疾的号兵在一处过活，出去时总在一块，喝酒两人帮忙，赌博两人拉伴平分。

若果部队不开拔，这年青人仍然有一切当兵人的幸福。凡是一个兵士能做到的事，他仍然可以有分。他要到那些有年青妇人的住处去，妇人们都不敢得罪他。他坐上桌子赌五十文一注的二十一点扑克，别人也不好意思行使欺骗。他要吹号，凡是在过去没有赶得过他的，如今还是不会超过他。大家知道这个号兵的不幸，还不约而同的帮助这个人。

但他的性情，在我看来，有些地方却变了。他是一个号兵，照例一个号兵，对于他的喇叭应当有一种特殊嗜好，无事时到各处走去，喇叭总不能离身。他一定还是一个动作敏捷活泼喜事的人。他可以在晨光熹微中，爬到后山头或城堡上去试音，到了夜里，还要在月光下奏他的曲子，同远远的另一连互相唱和。别的连上的号手，在逢场时节，还各人穿了整齐的制服，排队到场上游行，成列的对本城人有所炫耀，说不定其中就有意外的幸运发生，给那些藏在腰门后面，露出一个白白额角同黑亮眼睛的妇女们注了意。还有，他若是行动自由而且方便，拿喇叭到山上去吹，会有多少小孩子，带着微微的害怕，围拢来欣赏这大人物的艺术，他就可以同那些小孩子成立一种友谊。慢慢地，他就得到许多小朋友了。

属于号兵分外的好处，一切都完了。他仅有的只是一点分内的职务。平时好动喜事的他，有点儿阴郁，有点儿可怜。他的脚已经瘸了。连长当人面前就大声的喊瘸子。为了一种方便，为了在辨别上容易认出，自从这号兵一瘸，大家都在他的号兵名字加上了“瘸子”两字，本连火夫也有了这一种权利对这个人存轻视心，轻轻的互相批评这不幸的人，且背地里学这人的行动作为娱乐。

在先，对于号兵的职务，他仍然如一个好人一样，按时站在祠堂门外，或内面殿堂前石阶上，非常兴奋的吹他的喇叭。后来因为本连补下一个小副手，等到小号兵已经能够较正确的吹完各样曲子时，他就不常按时服务了。

他同我每天都到南街一个卖豆腐的人家去，坐在那大木长凳上，看铺子里年青老板推浆打豆腐。这铺子对面是一个邮政代办所，一家比本城各样铺子还阔气的房子，从对街望去，看得见铺子里油黄大板壁上挂的许多字画，许多贴金洒金的对联。最初来的那一天，我们所见到的那两只白色大狗，就是这人家所豢养的东西。这狗每天蹲在门前，遇熟人就站起身来玩一阵，后来听到一个人的叫唤，便显得匆匆忙忙，走到有金鱼缸的门里天井去了。

我们难道是靠着白吃一碗豆浆，就成天来赖到这铺子里面么？我们难道当真想要同着年青老板结拜兄弟，所以来同这个人要好么？

我们来到这里有别的原因。但是，两个兵士，一个是废人，一个虽然被人家派为什长，站班时能够走出队伍来喊报名，在弟兄中有一种权利，在官长方面也有一种权利，俨然是一个预备军官，更方便处是可以随意用各样希奇古怪的名称，辱骂本班的火夫，作为脾气不好时节的泄气方法。可是一到外面，还有什么威武可说？一个班长，一连有十个或十二个，一营有三十六个，一团就有一百以上。什长的肩领章，在我们这类人身上，只是多加一层责任罢了。一个兵士的许多利益，因为是班长，却无从得到了。一个兵士有许多放肆处，一个班长也不许可了。若有人知道作战时班长同排长的责任，谁也将承认班长的可怜悯了。我到这儿是不以班长自居的，我擅用了一个兵士的权利，来到这豆腐铺。虽然我们每天总不拒绝由那个单身的强健的年青人手里，接过一碗豆浆来喝，我们可不是为吃豆浆而上门的。我们两人原来都看中了那两只白狗，同那狗的女主人了。癞蛤蟆想吃天鹅肉，这句话恰象为我们说的。

说起这女人真是一个标致的动物！在我生来还不曾见到有第二个这样的女子。我看过许多师长的姨太太，许多女学生。第一种人总是娼妓出身，或者做了太太，样子变成娼妓。第二种人壮大得使我们害怕，她们跑路，打球，做一些别的为我们所猜想不到的事情，都变成了水牛。她们都不文雅，不窈窕。至于这个人呢，我说不出完全合意的是些什么地方，可是不说谎，我总觉得这是一朵好花，一个仙人。

我们一面服从营规，来时服从自己的欲望，在这城里我们不敢撒野，我们却每天到这豆腐铺子里来坐下。来时同年青老板谈天，或者帮助他推磨、上浆、包豆腐，一面就盼望那女人出门玩时，看一看那模样。我们常常在那二门天井大鱼缸边，望见白衣一角，心就大跳，血就在全身管子里乱窜乱跑。我们每天想方设法花钱买了东西，送给那两只狗吃，同它们要好。在先，这两个畜生竟象知道我们存心不良，送它们的东西嗅了一会就走开了。但到后来这东西由豆腐铺老板丢过去时，两条狗很聪明的望了一下老板，好象看得出这并不是毒药，所以吃下了。

为什么我们要在这无希望的事业上用心，我们自己也不知道。按照我们的身分，我们即或能够同这个人家的两条狗要好，也仍然无从与那狗主人接近。这人家是本地邮政代办所的主人，也就是这小城市唯一的绅士，他是商会的会长，铺子又是本军的兑换机关。时常请客，到此赴席的全是体面有身分的人物，团长同营长，团副官，军法，军需，无不在场。平常时节，也常常见营部军需同书记官到这铺子里来玩，同那主人吃酒打牌。

我们从豆腐铺老板口上，知道那女人是会长最小的姑娘，年纪还只有十五岁。我们知道一切无望了，还是每天来坐到豆腐铺里，找寻方便，等候这娇生惯养的小姑娘出外来，只要看看那明艳照人的女人一面，我们就觉得这一天太快乐了。或者一天没有机会见到，就是单听那脆薄声音，喊叫她家中所豢养狗的名字，叫着大白二白，我们仿佛也得到了一种安慰。我们总是痴痴的注想到那鱼缸，因为从那里常常可见到白色或葱绿色衣角，就知道那个姑娘是在家中天井里玩。

时间略久，那两只狗同我们做了朋友，见我们来时，带着一点谨慎小心的样子，走过豆腐铺来同我们玩。我们又恨这畜生又爱这畜生，因为即或玩得很好，只要听到那边喊叫，就离开我们走去了。可是这畜生是那么驯善，那么懂事！不拘什么狗都永远不会同兵士要好的，任何种狗都与兵士作仇敌，不是乘隙攻击，就是一见飞跑；只有这两只狗竟当真成了我们的朋友。

豆腐铺老板是一个年青人，强健坚实，沉默少言，每天愉快的作工，同一切人做生意，晚上就关了店门睡觉。看样子好象他除了守在铺子面前，什么事情也不理，除了做生意，什么地方也不去。初初看来竟不知道这人什么时候吃饭，什么时候去买办他制豆腐的黄豆。他虽不大说话，可是一个主顾上门时节，他总不至疏忽一切的对答。我们问他所有不知道的事情时，他答应得也非常满意。

我们曾邀约他喝过酒，等到会钞时，走到柜上去算账，却听说豆腐老板已先付了账。第二次我们又请他去，他就毫不客气的让我们出钱了。

我们只知道他是从乡下搬来的，间或也有乡下亲戚来到他的铺子里，看那情形，这人家中一定也不很穷。他生意做得不坏，他告诉我说，他把积下的钱都寄回乡下去。问他是不是预备讨一个太太，他就笑着不说话。他会唱一点歌，嗓子很好，声音调门都比我们营里人高明。他又会玩一盘棋，人并不识字，“车”“马”“象”“士”却分得很清楚。他做生意从未用过账簿，但赊欠来往数目，都能用记忆或别的方法记着，不至于错误。他把我们当成朋友看待，不防备我们，也不谄谀我们。我们来到他的铺子里，虽然好象单为了看望那商会会长的小姑娘，但若没有这样一个同我们合得上的主人，我们也不会不问晴雨到这铺子里混了！

我同到我那同伴瘸脚号兵，在他豆腐铺里谈到对面人家那姑娘，有时免不了要说出一些粗话蠢话，或者对于那两只畜生，常常做出一点可笑的行为，这个年青老板总是微笑着，在他那微笑中我们虽看不出什么恶意，却似乎有点秘密。我便说：

“你笑什么？你不承认她是美人么？你不承认这两只狗比我们有福气么？”照例这种话不会得到回答。即或回答了，他仍然只是忠厚诚实而几几乎还象有点女性害臊神气的微笑。

“为什么还好笑？你们乡下人，完全不懂美！你们一定欢喜大奶大臀的妇人，欢喜母猪，欢喜水牛。这是因为你不知道美，不知道好看的东西。”

有时那跛子号兵，也要说：“娘个狗，好福气！”且故意窘那豆腐铺老板，问他愿不愿意变成一只狗，好得到每天与那小姑娘亲近的机会。

照例到这些时节，年青人便红着脸一面特别勤快的推磨，一面还是微笑。

谁知道这是什么意思？谁又一定要追寻这意思？

我们的日子可以说是过得很快乐。因为我们除了到这里来同豆腐老板玩，喝豆浆看那个美人以外，还常常去到场坪看杀人。我们的团部，每五天逢场，总得将从各处乡村押解来到的匪犯，选择几个做坏事有凭据的，牵到场头大路上去砍头示众。从前驻扎在怀化，杀人时，若分派到本连护卫，派一排押犯人，号兵还得在队伍前面，在大街上吹号。到场坪时，队伍取跑步向前，吹冲锋号，使情形转为严重。杀过人以后，收队回营，从大街上慢慢通过，又得奏着得胜回营的曲子。如今这事情跛脚号兵已无分了。如今护卫的完全归卫队，就是平常时节团长下乡剿匪时保护团长平安的亲兵，属于杀人的权利也只有这些人占有了。我们只能看看那悲壮的行列，与流血的喜剧了。我也不能再用班长资格，带队押解犯人游街了。可是这并不是我们的损失，却是我们的好处。我们既然不在场护卫，就随时可以走到那里去看那些杀过后的人头，以及灰僵僵的尸体，停顿在那地方很久，不必须即时走开。

有一次，我们把豆腐老板拉去了，因为这个人平素是没有胆量看这件事的。到那血迹殷然的地方，四具死尸躺在土坪里，上衣已完全剥去，恰如四只死猪。许多小兵穿着不相称的军服，脸上显着极其顽皮的神气，拿了小小竹竿，刺拨死尸的喉管。一些饿狗远远的蹲在一旁，眺望到这里一切新奇事情，非常出神。

号兵就问豆腐老板，对于这个东西害不害怕。这年青乡下人的回答，却仍然是那永远神秘永远无恶意的微笑。看到这年青人的微笑，我们为我们的友谊感觉喜悦，正如听到那女子的声音，感觉生命的完全一个样子。

因为非常快乐，我们的日子也极其容易过去了。

一转眼，我们守在这豆腐铺子看望女人的事情就有了半年。

我们同豆腐老板更熟了些，同那两只狗也完全认识了。我们有机会可以把那白狗带到营里去玩，带到江边去玩，也居然能够得到那狗主人的同意了。

因为知道了女人毫无希望（这是同豆腐老板太熟习了，才从他口中探听到了不少事情的），我们都不再说蠢话，也不再做愚蠢的企图了。仍然每天到豆腐铺来玩，帮助这个朋友，做一切事情。我们已完全学会制造豆腐的方法，能辨别豆浆的火候，认识黄豆的好坏了。我们还另外认识了许多本地主顾，他们都愿意同我们谈话，做我们的朋友。主顾是营里兵士时，我们的老板，总要我多多的给他们豆腐，且有时不接受主顾的钱。我们一面把生活同豆腐生意打成一片，一面便同那两只白狗成了朋友，非常亲昵，非常要好。那小姑娘的声音，虽仍然能够把狗从我们身边喊叫回去，可是有时候我们吹着哨子，也依然可以嗾使那两条狗飞奔的从家中跑出来。

我们常常看见有年青的军官，穿着极其体面的毛呢军服，白白的脸庞，带着一点害羞的红色，走路时胸部向前直挺，用那有刺马轮的长统黑皮靴子，磕着街石，堂堂的走进那人家二门里去，就以为这其中一定有一些故事发生，充满了难受的妒意。我到底是懂事一点的人，受了这个打击，还知道用别的方法安慰到自己，可是我的同伴瘸脚号兵，却因此大不快乐。我常常见他对那些年青官佐，在那些人背后，捏起拳头来作打下的姿势。又常常见他同豆腐铺老板谈一些我不注意到的事情。

有一次在一个小馆子里，各人皆喝多了一点酒，忘了形，我说过这样的话，我向那跛脚的残废人说：

“你是废人，我的朋友，我的庚兄，你是废人！一个小姐是只嫁给我们年青营长的。我们试去水边照照看，就知道这件事我们无分了。我们是什么东西？四块钱一月，开差时在泥浆里跑路，驻扎下来就点名下操，夜间睡到稻草席垫上给大臭虫咬，口是吃牛肉酸菜的口，手只捏那冰冷的枪筒……我们年青，这有什么用！我们只是一些排成队伍的猪狗罢了，为什么对于这姑娘有一种野心？为什么这样不自量？……”

我那时的确已有了点醉意，不知道应当节制语言，只是胡胡涂涂，教训这个平时非常听好话的朋友。我似乎还用了许多比喻，提到他那一只脚。那时只是我们两个人在一处，到后，不知为什么理由，这朋友忽然改变了平常的脾气，完全象一只发疯了的兽物，扑到我的身上来了。我们于是就揪打成一堆，各人扭着对方的耳朵，各人毫不虚伪的痛痛的打了一顿。我实在是醉了，他也是有点醉了。我们都无意思的骂着闹着，到后有兵士从门外过身，听到里面吵闹，象是自己人，才走进来劝解，费了许多方法才把我们拉开。

回到连上，各人呕了许多，半夜里，我们酒醒了，各人皆因为口渴，爬起来到水缸边拿水喝。两人喝了好些冷水，皆恍恍惚惚记起上半夜的事情，两人都哭起来。为什么要这样斗殴？什么事使我们这样切齿？什么事必须要这样作？我们披了新近领下的棉军服，一同走到天井去看快要下落的月亮，如一个死人的脸庞。天空各处有流星下落，作美丽耀目的明光。各处有鸡在叫。我们来到这里驻防，我这个朋友跌坏了腿的那时，还是四月，如今已经是十月了。

第二天，两人各望着对方的浮肿的脸，非常不好意思。连上有人知道了我们的殴打，一定还有人担心我们第二次的争斗，可料不到昨夜醉里的事情，我们两人早已忘记了。我们虽然并不忘却那件事，但我们正因为这样，友谊似乎更好了些。

两人仍然往豆腐铺去，豆腐老板初初见到，非常惊讶，以为我们之间一定发生重大的事故。因为我们两人的脸有些地方抓破了，有些地方还是浮肿，我们自己互相望到也要发笑。

到后还是我来为我们的朋友把事情说明，豆腐老板才清楚这原委。我告诉他说，我恍惚记忆得我说了许多胡涂话，我还骂他是一只瘸脚公狗，到后，不知为什么两人就揉在一处了。幸好是两人都醉了，手脚无力，毫不落实，虽然行动激烈，却不至于打破头。

这时那个姑娘走出门来，站在她的大门前，两只白狗非常谄媚的在女人身边跳跃，绕着女人打圈，又伸出红红的舌头舔女人的小手。

我们暂时都不说话了，三个人望到对面。后来那女人似乎也注意到我们两人脸上有些蹊跷，完全不同往日，便望着我们微笑，似乎毫不害怕我们，也毫不疑心我们对她有所不利。可是，那微笑，竟又俨然象知道我们昨晚上的胡闹，究竟是为了一些什么理由。

我那时简直非常忧郁，因为这个小姑娘竟全不以我们为意，在那小小的心里，说不定还以为我们是为了赚一点钱，同这豆腐老板合股做生意，所以每天才来到这里的。我望了一下那号兵，他的样子也似乎极其忧郁，因为他那只瘸腿是早已为人家所知道了的，他的样子比我又坏了一点，所以我断定他这时心上是很难受的。

至于豆腐老板呢，我不知道他是有意还是无意，这时节正露着强健如铁的一双臂膊，扳着那石磨，检察石磨的中轴有无损坏。这事情似乎第三次了。另一回，也是在这类机会发现时，这年青诚实单纯的男子，也如今天一样检察他的石磨。

我想问他却没有开口的机会。

不到一会儿，人已经消失到那两扇绿色贴金的二门里不见了。如一颗星，如一道虹，一瞬之间即消逝了。

留在各人心灵上的是一个光明的符号。我刚要对着我的瘸腿朋友作一个会心的微笑，我那朋友忽然说：

“二哥，二哥，你昨晚上骂得我很对，骂得我很对！我们是猪狗！我们是阴沟里的蛤蟆！……”

因为号兵那惨沮样子，我反而觉得要找寻一些话语，安慰这个不幸的废人了。我说：

“不要这样说吧，这不是男子应说的话。我们有我们的志气，凭这志气凡事都无有不可以做到。万丈高楼平地起，我们要做总统，做将军，一个女人，算不了什么希奇。”

号兵说：“我不打量做总统，因为那个事情太难办到。我这双脚，娘个东西，我这双脚！……”

“谁不许你做人？你脚将来会想法子弄好的，你还可以望连长保荐到干部学校去念书。你可以同他们许多学生一样，凭本领挣到你的位置。”

“我是比狗都不如的东西。我这时想，如果我的脚好了，我要去要求连长补个正兵名额。我要成天去操坪锻炼……”

“慢慢的自然可以做到，”我转头向豆腐老板望着，因为这年青人已经把石磨安置妥当，又在摇动着长木推手了，“我们活下来真同推磨一样，简直无意思。你的意思以为怎么样？”

这汉子，对于我说的话好象以为同我的身分不大相称，也不大同他的生活相合，还是同别一时节别一事情那样向我微笑。

我明白了，我们三个人同样的爱上了这个女子。

十月十四，我被派到七十里外总部去送一件公文，另外还有些别的工作，在石门候信住了一天，路上来回消磨了两天。

回转本城把回文送过团部，销了差，正因为这一次出差，得六块钱奖赏，非常快乐，预备回连上去打听是不是有人返乡，好把钱寄四块回去办冬天的腊肉。回连上见到瘸子，我还不曾开口，那号兵就说：

“二哥，那个女人死了！”

这是什么话？

我不相信，一面从容俯下身去脱换我的草鞋。瘸子站在我面前，又说是“女人死了”，使我不得不认真了。我听清楚这话的意义后，忽然立起，简直可说是非常粗暴的揪着了这人的领子，大声询问这事真伪。到后他要我用耳朵听听，因为这时节远处正有一个人家办丧事敲锣打鼓，一个唢呐非常凄凉的颤动着吹出那高音。我一只脚光着，一只脚还笼在湿草鞋里，就拖了瘸子出门。我们同救火一样向豆腐铺跑去，也不管号兵的跛脚，也不管路人的注意。但没有走到，我已知道那唢呐锣鼓声音，便是由那豆腐铺对面人家传出。我全身发寒，头脑好象被谁重重的打击了一下，耳朵发哄哄的声音。我心想，这才是怪事！才是怪事……

我静静的坐在那豆腐铺的长凳上时，接过了朋友给我的一碗热豆浆。豆腐铺对面这个人家大门前已凭空多了许多人，门前挂了丧事中的白布，许多小孩子头上缠了白包头，在门外购买东西吃。我还看到那大鱼缸边，有人躬身焚着纸钱银锭，火光熊熊向上直冒，纸灰飞得很高。

我知道这些事情都是真实，就全身拘挛，然而笑了。

我看看那豆腐老板，这个人这时却不如往天那样乐观，显然也受了一种打击，有点支持不住了。他作为没有见到我的样子，回过脸去。我又看号兵，号兵却做出一种讨人厌烦的样子。不知道为什么我这时真有点厌烦这跛脚的人，只想打他一拳，可是我到底没有做过这种蠢事。

到后我问，才知道这女子是昨天吞金死的。为什么吞金，同些什么人有关系，我们当时一点也不明白，直到如今也仍然无法明白。（许多人是这样死去，活着的人毫不觉得奇怪的。）女人一死，我们各人都觉得损失了一种东西，但先前不会说到，却到这时才敢把这东西的名字提出。我们先是很忧郁的说及，说到后来大家都笑了，分手时，我们简直互相要欢喜到相扑相打了。

为什么使我们这样快乐可说不分明。似乎各人皆知道女人正象一个花盆，不是自己分内的东西；这花盆一碎，先是免不了有小小惆怅，然而当大家讨论到许多花盆被一些混账东西长久占据，凡是花盆终不免被有权势的独占，唯有这花盆却碎到地下，我们自然似乎就得到一点安慰了。

可是，回转营里，我们是很难受的。我们生活破坏无余了。从此再也不会为一些事心跳，在一些梦上发痴了。我们的生活，将永远有了一个看不见的缺口，一处补丁，再也不是完全的了。

其实这样女人活在世界上同死去，对于我们有什么关系？假使人还是好好的活下，开差移防的命令一到，我们还有什么希望可言？我们即或驻扎在这里再久，一个跛脚的号兵，一个什长，这两个宝贝，还有什么机会？除了能够同那两只狗认识以外，有何种伟大企图？

第二天，两人很早的就起来，互相坐在铺上对面，沉默无话可说。各人似乎在努力想把自己安置到空阔处去，不再给过去的记忆困扰。各人都要生气，却不知道为什么忽然脾气就坏到这样子。

“为什么眼睛有点发肿？你这个傻瓜！”

号兵因为我嘲笑他，却不取反攻姿势，只非常可怜的望到我。

我说：“难道人家死了，你还要去做孝子么？”

他还是那样，似乎想用沉默作一种良心的雄辩，使我对于他的行为引起注意。

我了解这点，但是却不放弃我嘲骂他的权利。

“跛子，你真是只癞蛤蟆，吃虫蚁，看天上。”

末了他只轻轻的问我：“二哥，你说，是不是死了的人还会复活？”因为这一句痴话我又数说了他好一顿。

两人到豆腐铺时，却见对面铺门极其冷清，门前地下剩余一些白纸钱。我们的朋友，那个年青老板，人坐在长凳上，用手扶了头，人家来买豆腐时，就请主顾自己用刀铲取板上的豆腐。见我们来了，他有了一点点生气，好象是遮掩自己的伤痕，仍然对我们微笑着。他的笑，说明他还依然有个健康的身体和善良的人格。

“为什么？头痛吗？”

“埋了，埋了，一早就埋了！”

“早上就埋了么？”

“天还不大亮就出门了的。”

“你有了些什么事情，这样不快乐？”

“我什么也不。”

他说了后，忙着为我们去取碗盏，预备盛豆浆给我们吃。

坐在那豆腐铺子里望着对面的铺子，心中总象十分凄凉，我同号兵坐了一会儿，就离开这个豆腐铺子，走向一个本地妇人处打牌去了。我们从那里探听得这女人所埋葬的地点，在离城两里的鲢鱼庄上。

不知为什么我一望到那号兵忧郁样子，就使我非常生气要打他骂他。好象这个人的不欢喜样子，侮辱我对那小姑娘的倾心一样。好象他这样子，简直就是在侮辱我。我实在不愿意再同他坐在一个桌上打牌了，就回到连上躺在草垫上睡了。

这夜里跛子竟没有回到连上来。他曾告我不想回连上去睡，我以为他一定在那妇人处过夜了，也不觉得希奇。第二天，我还是不愿意出门，仍然静静的躺在床上。到下午来我的头有点发烧，全身也象害了病，不想吃喝。吃了点姜糖草药，因为必须蒙头取汗，到全身被汗水透湿人醒来时，天已经夜了。

我起身到大殿后面去小便，正是雨后放晴，夕阳斜挂屋角，留下一片黄色。天空有一片薄云，为落日烘成五彩。望到这个暮景，望到一片在人家屋上淡淡的炊烟，听到鸡声同狗声，军营中喇叭声，我想起了我们初来此地那一天发生的一切事情。我想起我这个朋友的命运，以及我们生活的种种，很有点怅惘，有点悲哀。有一个疑问的符号隐藏在心上，对于这古怪人生，不知作何解释，我的思想自然还可以说是单纯而不复杂。

我到后仍然回去睡了，不想吃饭，不想说话，不想思索。我睡下去，不知道有多久时间，只是把棉被蒙了头颅，隐隐约约听到在楼上兵士打牌吵闹的声音，迷迷糊糊见过许多人，又象是我们已经开了差，已经上了路，已经到了地。过去的事重复侵入我的记忆，使我重新看见号兵跌倒时的神气。醒回时好象有人坐在我的身边。把被甩去，才知道灯已熄灭了，只靠着正殿上的大油灯余光，照得出有一个人影，坐在我身边不动。

“瘸子，是你吗？”

“是我。”

“为什么这时节才回来？”

他把脸藏在黑暗里，没有做声。我因为睡了许久，出了两次汗，头昏昏的，这时候究竟已经是什么时候，也依然不很分明，就问他这是什么时候。他还是好象不曾听到我的话样子，毫无动静。

过了一会，他才说：“二哥，真是祖宗有灵，天保佑，放哨的差一点一枪把我打死了。”

“你不知道口令么？”

“我哪里会知道口令？”

“难道已经是十二点过了么？”

“我不知道。”

“你今晚到些什么地方去，这时才回来？”

他又不做声了。我看见放在米桶上兵士们为我预备的一个美孚灯，灯头弄得很小，还可以使它光亮，就要他捻一下灯。他先是并不动手，我第二次又请他做这件事。

灯光大了一点，我才望明白这号兵，全身黄泥，极其狼狈。脸上正如刚才不久同人殴打过样子，许多部分都牵掣着显著受伤的痕迹。我奇异而又惊讶，望到这朋友，不知道如何问他这一天来究竟到过些什么地方，做了些什么事情。我的头脑这时也实在还是有点胡涂，因为先一时在迷糊中我还梦到他从石狮上滚下地的情形，所以这时还仿佛只是一个梦。

他轻轻的轻轻的说：“二哥，二哥，那坟不知道被谁挖掘了。”

“谁的坟呢。”

“好象是才挖掘不久的，我看得很清楚。”他的话，带着顽固神气，使我疑心他已经发了狂。

“我说，你说的是什么人的坟？在什么地方，你怎么知道？”

“我怎么知道？我听人说那大辫子埋在鲢鱼庄，我要去看看。我昨天到过一次，还是很好的。我今天晚上又去，我很分明记到那一条路，那座坟，不知道已经被谁挖了。”

如不是我有点发狂，一定就是我这个朋友发了狂。我明白他所指的坟是谁埋葬在那里了。我象一个疯人，跳了起来，“你到过她的坟上么？你到过她的坟上么？你存什么心？你这畜生……”

这朋友，却毫不惊讶，静静的幽悄的说：“是的！我到过她的坟上，昨天到过，今天又到过。我不是想做坏事的人！我可以赌咒，天王在上，我并不带了什么家伙去。我昨晚上还看到那个土堆，一个上好土馒头，今天晚上全变了。我可以赌咒，看到的是昨晚那座坟，完全不是原来样子。不知谁做了这样事情，不知谁把她从棺木里掏出，背走了。”

我听到这个吓人的报告，却忽然想起一个人来了。但我并不说出口，因为这个人还只在我的心上一闪，就又即刻消失了。我起了一个疑问，以为是这个女子还魂，从棺木中挣扎奔出，这时节或者已经跑回家中同她的爹爹妈妈说话了。我又疑心她的死是假的，所以草草的埋葬，到后另外一个人就又把她掘出，把她救走了。我又疑心这事一定在我这个朋友有了错误，因为神经错乱，忘记了方向和地位，第一次同第二次并不是在同一地方，所以才会发生这种误会。我用许多空想去解释，以为这件事并不完全真实。

后来我问他为什么要到坟边去。他很虚怯，以为我疑心这事他一定已经知道，或者至少事后知道这主谋人是谁，他一连发了七种誓言，要求各样天神作证，分辩他并无劫取女尸的意思。他只是解释他并不预先带有何种铁器作掘墓的人犯。他极力分辩他的行为。他把话说完了，望见我非常阴沉，眼睛里含有一种疑惧神色，如果我当时还不能表示对他的信托，他一定可以发狂把我扼死。

我的病已完全吓走了，我计算应当如何安置这个行将疯狂另一时又必然疯狂的朋友。我用许多别的话为他解说，且找出许多荒唐故事安慰这个破碎心灵。他的血慢慢的冷静，一切兴奋过去后，就不断的喃喃的骂着一句野话。他告给我他实在也有过这种设想，因为听人说吞金死去了的人，如果不过七天，只要得到男子的偎抱，便可以重新复活。他又告我，第一天他还只是想象他到了坟边，听得到有呼救声音，便来作一次侠义事，从墓中把人救出。第二天，他因为听人说到这个话，才又过那里去，预备不必有呼救声音，也把女人掘出。可是到了那里一看坟头已经完全变了样子，棺盖掀在一旁，一个空棺张着大口等候吃人。他曾跳进棺里去看过，除了几件衣服以外什么也不见。一定是有人在稍前一些时候做了这事情，这人一定把坟掘开，便把女子的尸身背走了。

他已经不再请天神作他的伪证了。他诚实而又巨细无遗的同我说到过去一切，我听完了他这些话，找不出任何话来安慰他了。我对于这件事还是不甚相信；我还是在心中打量，以为这事情一定是各人都身在梦中。我以为即或不是完全作梦，到了明天早上，这号兵也一定要追悔今晚所说的话语，因为这种欲望谁也无从禁止，行诸事实仍然不近人情。他因为追悔他的行为，把我杀死灭口也做得出。我这样想着，不免有所预防，可是，这个人现在软弱得如一个妇人，他除了忏悔什么也不能做了。我们有一个问题梗到心上来了，就是我们对于这件事应当如何处置。是不是要去禀告一声，还是尽那个哑谜延长？两人商量了一会，靠着简单的理智，认为这发现我们无权利去过问，且等天明到豆腐铺看看。走了许多夜路的号兵，一双瘸腿已经十分疲倦了，回来又谈了许久，所以到后就睡了。我是大白天睡了一整天的人，这时无论如何也不能再睡了。在灯影下望着这个残废苦闷的脸，肮脏的身，我把灯熄了，坐到这朋友身边，等候天明。

到豆腐铺时间已经不早了，却不见那年青老板开门。昨晚上我所想起的那件事，重新在我心上一闪。门既外边反锁，分明不是晏起或在家中发生何等事故了。我的想象或将成为事实，我有点害怕，拉了号兵跑回连上，把这估计告给了那起过非凡野心的他。他不甚相信事情一定就是这样子，一个人又跑出了许久，回来时，脸色哑白，说他已经探听了别一个人家，知道那老板的确是昨天晚上就离开了他的铺子的。

我们有三天不敢出去，只坐在草荐上玩骨牌。到后有人在营里传说一件新闻，这新闻生着无形的翅翼，即刻就全营皆知了。“商会会长女儿新坟刚埋好就被人抛掘，尸骸不知给谁盗了。”另外一个新闻，却是“这少女尸骸有人在去坟墓半里的石洞里发现，赤光着个身子睡在洞中石床上，地下身上各处撒满了蓝色野菊花。”

这个消息加上人类无知的枝节，便离去了猥亵转成神奇。

我们给这消息愣住了。我们知道我们那个朋友作了一件什么事情。

从此以后我们再也不曾到那豆腐铺里去，坐在长凳上喝那年青朋友做成的豆浆，再也不曾见到这个年青诚实的朋友了。至于我那个瘸子同乡，他现在还是第四十七连的号兵，他还是跛脚，但他从不和人提起这件事情。他是不曾犯罪的，但另外一个人的行为，却使他一生悒郁寡欢。至于我，还有什么意见没有？……我有点忧郁，有点不能同年青人合伴的脾气，在军队中不大相容，因此来到都市里，在都市里又象不大合式，可不知再往哪儿跑。我老不安定，因为我常常要记起那些过去事情。一个人有一个人命运，我知道。有些过去的事情永远咬着我的心，我说出来时，你们却以为是个故事，没有人能够了解一个人生活里被这种上百个故事压住时，他用的是一种如何心情过日子。

一九三〇年八月二十四日

楚尘
文化
Chu Chen

北京楚尘文化传媒有限公司 出品

萧萧集

沈从文别集

沈从文 著

中信出版集团 | 北京

再版序

上个世纪五十年代，不少喜爱文学的读者迷上了契诃夫，这跟平明出版社接连推出27册汝龙翻译的《契诃夫小说选集》直接有关。

那时我家至少有三个契诃夫迷：做文学编辑的母亲、哥哥和我。谈论哪篇小说怎么怎么好，是不倦的话题。已经退出文坛改了行的父亲不参与，只有时微笑着对外人说："家里有三个契诃夫的群众。"

汝龙译的这套选集可贵之处，首先在于对作品的精选；第二是选进一些契诃夫的书信、札记，别人对他的回忆、评论等，分编到不同集子里，这些文字拉近了读者和作者的距离，是汝龙先生锦上添花的贡献。

到1992年编选《沈从文别集》的时候，我们自然想

到从平明版《契诃夫小说选集》取法。这也是父亲的愿望，尽管他不参与“契诃夫群众”的热情讨论，汝龙这套译本的长处他胸中有数。

我问过父亲汝龙为什么常赠送新书，他只简单说：“是朋友。”

母亲的补充才说清楚：“他翻译的那套英文契诃夫小说是我送的。”

据我充和四姨回忆，1932 年暑假，一个“说是由青岛来的，姓沈，来看张兆和的”羞涩客人，初次登苏州张家门，带的一大包礼物“全是英译精装本的俄国小说”。加尼特夫人的一套英译《契诃夫小说集》就在其中。

不懂外文的沈从文怎么买洋书？四姨说那是过上海时托巴金选购的。

父亲曾希望母亲朝文学翻译方面发展，送这样礼物包含着鼓励。愿望虽然没实现，礼物却终于转到最合适的人手里，促成被誉为契诃夫小说“最佳译本”的产生。朋友的成就四十年后启发着《沈从文别集》的编选工作。

当本书再版之际，我们感谢与它有缘分的几位文学前辈，也要感谢为我们想出《沈从文别集》总书名的汪曾祺先生。

沈虎雏

总 序

从文生前，曾有过这样愿望，想把自己的作品好好选一下，印一套袖珍本小册子。不在于如何精美漂亮，不在于如何豪华考究，只要字迹清楚，款式朴素大方，看起来舒服。本子小，便于收藏携带，尤其便于翻阅。八十年代初，有一家书店曾来联系过，也曾请人编了一套，交付出去。可是，落空了，未能实现。我一直认为是一件憾事。

现在湖南岳麓书社要为从文出书，我同虎雏商量，请吉首大学沈从文研究室合作，编选这么一套。这套选本和以前选法编法不同。我们在每本小册子前面，增加一些过去旧作以外的文字。有杂感，有日记，有检查，有未完成的作品，主要是书信——都是近年搜集整理出

来的，大部分未发表过。不管怎样，这些篇章，或反映作者当时对社会、对文艺创作、对文史研究……的一些看法，或反映作者当时的处境，以及内心矛盾哀乐苦闷，把它们发表出来，容或有助于读者从较宽的角度对他的作品、对他的为人以及对当时的环境背景有进一步了解。

出这套书，当然，同时也了却死者和生者的一点心愿。

张兆和

一九九一年十一月二十九日

目 录

从文家书选

给云六大哥之一

［1959年1月8日］

大哥：

年头寄信，想早收到……看看报纸，才知道今天廿九，是我进入五十八岁的生日，大致只有你和大姐还记得起这一天！这里无一个人在家，我就独自坐下来听悲多汶第九交响乐，倒好像真是为我做寿，声音那么欢乐而又清静！虽这么说，你可不用为我生活或身体担心，这里凡事都照常，都好。我在故宫一天，历史博物馆一天，总有事情可作。今天在故宫陪了约卅个年青美术学生看了一天绸缎和陶瓷，虽累些，还是很好，因为知道对他们有益！这些年青学生多十分幸运，在参加十大建筑中陶瓷和丝绸、地毯设计工作。工作热情虽高，也画得相当好，可是面对现实，究竟不大好办。几年来，对遗产取得是个虚无态度，应当懂的多不知道，已懂的多是皮毛。万千种好花样多不会利用，直到需要时，才明白三四年学习白费了大堆日子。即再大胆敢想敢做，到现实工作上，才了解学得不扎实，卫星不好放！他们的先生早成习惯，却并不怎么着急，我却不免代为着急……

我还记得三十多年前一个生日，也是在北京过的。天气极冷，只穿一件夹衫，黄昏中从宣武门内图书馆走出，到西单附近，在一个羊肉摊子前停下，看人吃羊杂碎，摊子边正有个带喇叭的留声机在唱《洋人大笑》。我一文不名，就那么听下去。极奇怪，即在这种困难情形下，也不觉得什么叫“难受”，只觉得存在是一种离奇情形，好处无人知道。眼看到许许多多坏蛋傻瓜，日子通过得满好，我却简直难以支持下去。但是，事实上我竟这么支持下来了，在谁也不易设想困难中坚持学习，首先战胜自己的无知……千百军阀伟人，财主议员，都已完事了，我居然还存在，真应了诗人所说：“此身虽在堪惊。”更离奇处也许还是现在，又像是在一种孤独中存在。并家中人也似乎不怎么相熟。由于工作，接触面虽相当广，可像是没有一个真正知道我在为什么努力的人。我依旧并不难受，就那么无事忙工作下去，存在下去。忙的全是别人事情，学的又似乎永远不算是学问。打算的全是职务以外或职务以上的，以及明年后年才需要考虑到的。可是却永远不会把自己地位安排得稍好一些。正相反，许多行为都像是专找不利于己的“赔本生意”去做，结果自己倒常处于狼狈地位。比起熟人来，我真正是不会自处到了家！和过去学习写作一样，我总是呆头呆脑的干，毫不取巧弄乖，结果反不如有些人使三分气力用笔，七分气力社交，还到处逢源。可是我总深信只要工作对国家整个向前有益，也就够了，个人吃点亏或生活寂寞些，都无妨。

明年十月后，如许多事情还是走不通，研究工作也不能如应有的进行，体力又已不大济事，也许还是准备再作冯妇，来做个“职业作家”省事些。因为十年来做职员，一天上下班四次，得来回换车八次，每天大约即有二小时在车中挤去。总是头昏昏的，黄昏过马路时，还得担心被车撞倒。除了我自己知道这么方式使用有限生命，真是对国家一种不大经济的浪费，此外绝对没有人还会想得到。我大致学许多都有望学好，可是想学做个好职员，实在不容易。

诸事望放心，因为在工作上我总像是一个“永远乐观派”，这事作不对，就再换一门来重新学，重新作，一定要学好它，作出点成绩。但是在生活上，也许应当说，注定是个“永远败北者”才符合事实。老话说“一个人有一个人的分定”，想推开也不成，所以即或相当羡慕人有搞头，要学可学不来！或许笨也有笨的好处，过几年会各事不同一些，有较多自己可支配时间，能集中精力做点事，也不辜负党的希望。

北京今年冬天格外冷，入晚经常在零下十五度，房中炉火旺旺的，还不暖和。想起即在这种天气下，还经常有亿万人在寒风中赶工筑路、架桥、搞钢铁基地……个人觉得未免太渺小了。一定还得努一把力，来把工作做好。一切望放心！

二弟　旧十一月廿九晚北京

给云六大哥之二

［1959年3月12日］

大哥：

得近信，知道体力还好。怕冷事，过些日子当为问问熟人看，是否有什么药，如鹿茸卫生丸之类，有些效验没有。如好就为买些来。一近三月，我们已起始在准备“忙”，接受“忙”！因为新馆近二百幅历史故事问题画、塑，和外边兄弟馆同样画幅，都由我们提参考材料，有的是永远作不完的事情待作。近又调我参加科学院编辑历史图谱工作，约有五千个图片，将编成一千页，赶九月出版，许多器物简单说明工作，恐得参加，工作量也不轻。馆中还有许多对外供应资料工作，由保管部作，没人肯做，调我过保管部后，我也得揽一手。将来他们搞历史歌舞戏曲电影，都少不了博物馆一份工作。只要肯继续好事热心，真可作许多事！目前只希望身体能支持下去，不至于半途垮下才好。一到具体问题考验上，才明白知识真不够用，还应当好好努几年力，多看几万件文物，透熟千百种图录和文献，才能解决许多待解决的问题。目前说来，虽凡事都懂一点点，其实多皮毛知识，极不踏实，求融会贯通，可不容易。而且搞的工作，事实上牵涉范围也太广泛，即记忆力再好，也不可能懂得那么透彻仔细。所以明知是个“假里手”，也还是得充下去，作个过渡桥梁，希望能在一二年内为馆中搞个图片资料室，有三五十万文物照片，少壮一辈能用它作个基础，三五年中即可事事赶过我们。照道理说是办得到的，因为情形不同，年轻一代机会实在太好。只是年青人若不拼命，怕也不大好办。因为有些搞研究工作的老一辈，搞了半生，就还是永远停顿到旧日玩古董情形下，提不高，令人奇怪。正如另外一些作家写作差不多，永远在写，永远见不出丝毫精彩过人处，真如四川人说的“不知咋个搞法”！

见今天报载，有五千多人入党，中有思成等熟人，其中一定还有许多熟人。思成还写了篇文章，写得很好，在《北京日报》发表，你可看看。报上还载有个通知，从明天起，城里有轨电车一律停止驶行，暂由公共汽车代替。大致“五一”时，全北京城内即可完全改成无轨电车。让我记起初来北京第二年新修电车情形。东单那座“克林法碑”，欧战后改为“公理战胜”牌坊，即是这时移过中央公园的。“共产党”名称还刚在学生中说起。孙中山在北京市民口中还叫作“孙大炮”，以为专只会放大炮、说空话。国内还无“职业作家”，鲁迅也绝不可能靠写作生活，更想不到将来会有个“鲁迅博物馆”在白塔寺附近。我还常跟着游行队伍，散散传单，并不明白要“反帝”，但是又十分讨厌洋人。过不久，许多人都过武汉参加革命去了，我却变成了第一批职业作家。我也是真正在用力革自己的命。一晃卅多年，现在到了“五四”的四十周年时，却已没有多少人知道我写过什么作品。新作家也不知道，因为他们做作家方法和我们已完全不同。报纸广告上经常是《日出》、《雷雨》，《雷雨》又《日出》，以及《金山寺》、《空城计》、《济公传》……戏剧中似乎凡是已经存在的都可望依旧存在。我写的东西，只因为是小说，却比我本身还不扎实，被时代淘汰了。真可说是一件相当奇怪的事情。一个人那么认真努力毫不懈怠工作廿年，竟无丝毫成绩可以留下。这几年只不过是随事学学又放下，倒像是由假成真，变成了“专家”。主观以为对国家最有用的，恰恰并无什么用处，比许多封建迷信还容易消灭；在一般职业上并不费事作的，反而成了晚稻，收成格外好。真应了古人旧诗：“有心栽花花不发，无心插柳柳成阴。”想来不免要笑笑，原来这事情是自古有之。在云南时，曾写了篇散文[1]，提出些问题，竟和预言差不多。内中提起孩子们的将来，以为传奇故事在青春生命中已失去意义，代替而来的必然是实际的事业。现在他们果然都终日守在机器边，礼拜天也不过是头晚上赶回来看看母亲，听听音乐，一早又赶回工厂工作去了。真的已在参加祖国建设，把青春全投到工作上去了。我却似乎越来越幼稚无知，无从明白自己。不拘学什么，到相当时期，我都可有一定理解。只是对自己，却总是缺少应有的理解，因此永远如飘飘荡荡似的，不生根，不落实。照例有大堆问题在

[1] 即《绿魇》，编入《七色魇》集内。

脑子中转，可是没个机会好好写来，大多数都浪费掉了，真可惜。一天似乎也永远是忙忙碌碌，却忙不出个所以然来。懂得万万千千好花朵，可和生产搭不上。……得通知，四月十六政协将和人大一起开会，三月十五即可各处视察。我是留下来坐镇办公室还是出去过西北看看敦煌、西安或成都、贵州、湖南，尚待决定。回家乡大致不可能。能过敦煌去找点材料回来，对公家也有益!

从文

三月十二日

萧萧

乡下人吹唢呐接媳妇，到了十二月是成天会有的事情。

唢呐后面一顶花轿，四个伕子平平稳稳的抬着。轿中人被铜锁锁在里面，虽穿了平时不上过身的体面红绿衣裳，也仍然得荷荷大哭。在这些小女人心中，做新娘子，从母亲身边离开，且准备作他人的母亲，从此将有许多新事情等待发生。象做梦一样，将同一个陌生男子汉在一个床上睡觉，做着承宗接祖的事情，这些事想起来，当然有些害怕，所以照例觉得要哭哭，于是就哭了。

也有做媳妇不哭的人。萧萧做媳妇就不哭。这小女子没有母亲，从小寄养到伯父种田的庄子上，出嫁只是从这家转到那家。因此到那一天这小女人还只是笑。她又不害羞，又不怕，她是什么事也不知道，就做了人家的媳妇了。

萧萧做媳妇时年纪十二岁，有一个小丈夫，年纪还不到三岁。丈夫比她年少九岁，断奶还不多久。地方规矩如此，过了门，她喊他做弟弟。她每天应作的事是抱弟弟到村前柳树下去玩，到溪边去玩，饿了，喂东西吃，哭了，就哄他，摘南瓜花或狗尾草戴到小丈夫头上，或者亲嘴，一面说："弟弟，哪，再来。"在那肮脏的小脸上亲了又亲，孩子于是便笑了。孩子一欢喜兴奋，行动粗野起来，会用短短的小手乱抓萧萧的头发。那是平时不大能收拾、蓬蓬松松在头上的黄发。有时候，垂到脑后那条小辫儿被拉得太久，把红绒线结也弄松了，生气了，就挞那弟弟，弟弟自然哇的哭出声来，萧萧便也装成要哭的样子，用手指着弟弟的哭脸，说："哪，人不讲理，可不行！"

天晴落雨日子混下去，每日抱抱丈夫，也帮家中作点杂事，能动手的就动手。又时常到溪沟里去洗衣，搓尿片，一面还捡拾有花纹的田螺给坐到身边的丈夫玩。到了夜里睡觉，便常常做这种年龄人所做的梦，梦到后门角落或别的什么地方捡得大把大把铜钱，吃好东西，爬树，自己变成鱼到水中各处溜。或一时仿佛身子很小很轻，飞到天上众星中，没有一个人，只是一片白，一片金光，于是大喊“妈！”人就吓醒了。醒来心还只是跳。吵了隔壁的人，不免骂着：“疯子，你想什么！白天疯玩，晚上就做梦！”萧萧听着却不作声，只是咕咕的笑。也有很好很爽快的梦，为丈夫哭醒的事。那丈夫本来晚上在自己母亲身边睡，有时吃多了，或因另外情形，半夜大哭，起来放水拉稀是常有的事。丈夫哭到婆婆无可奈何，于是萧萧轻脚轻手爬起床来，睡眼蒙眬走到床边，把人抱起，给他看月亮，看星光。或者互相觑着，孩子气的“嗨嗨，看猫呵”那样喊着哄着，于是丈夫笑了，玩了一会儿，慢慢合上眼。人睡了，放上床，站在床边看着，听远处一递一声的鸡叫，知道天快到什么时候了，于是仍然蜷到小床上睡去。天亮了，虽不做梦，却可以无意中闭眼开眼，看一阵在面前空中变幻无端的黄边紫心葵花，那是一种真正的享受。

萧萧嫁过了门，做了拳头大丈夫的小媳妇，一切并不比先前受苦，这只看她半年来身体发育就可明白。风里雨里过日子，象一株长在园角落不为人注意的蓖麻，大叶大枝，日增茂盛。这小女人简直是全不为丈夫设想那么似的，一天比一天长大起来了。

夏夜光景说来如做梦。大家饭后坐到院中心歇凉，挥摇蒲扇，看天上的星同屋角的萤，听南瓜棚上纺织娘子咯咯咯拖长声音纺车，远近声音繁密如落雨，禾花风悠悠吹到脸上，正是让人在各种方便中说笑话的时候。

萧萧好高，一个人常常爬到草料堆上去，抱了已经熟睡的丈夫在怀里，轻轻的轻轻的随意唱着那自编的山歌，唱来唱去却把自己也催眠起来，快要睡去了。

在院坝中，公公婆婆，祖父祖母，另外还有帮工汉子两个，散乱的坐在小板凳上，摆龙门阵学古，轮流下去打发上半夜。

祖父身边有个烟包，在黑暗中放光。这用艾蒿作成的烟包，是驱逐长脚蚊的得力东西，蜷在祖父脚边，就如一条乌梢蛇。间或又拿起来晃那么几下。

想起白天场上的事，那祖父开口说话：

“听三金说，前天又有女学生过身。”

大家就哄然笑了。

这笑的意义何在？只因为大家印象中，都知道女学生没有辫子，留下个鹌鹑尾巴，象个尼姑，又不完全象。穿的衣服象洋人又不象洋人，吃的，用的……总而言之事事不同，一想起来就觉得怪可笑！

萧萧不大明白，她不笑。所以老祖父又说话了。他说：

“萧萧，你长大了，将来也会做女学生！”

大家于是更哄然大笑起来。

萧萧为人并不愚蠢，觉得这一定是不利于己的一件事情，所以接口便说：

“爷爷，我不做女学生！”

“你象个女学生，不做可不行。”

“我不做。”

众人有意取笑，异口同声说：“萧萧，爷爷说得对，你非做女学生不行！”

萧萧急得无可如何。“做就做，我不怕。”其实做女学生有什么不好，萧萧全不知道。

女学生这东西，在本乡的确永远是奇闻。每年一到六月天，据说放“水假”日子一到，照例便有三三五五女学生，由一个荒谬不经的热闹地方来，到另一个远地方去，取道从本地过身。从乡下人眼中看来，这些人都近于另一世界中活下的人，装扮奇奇怪怪，行为更不可思议。这种女学生过身时，使一村人都可以说一整天的笑话。

祖父是当地一个人物，因为想起所知道的女学生在大城中的生活情形，所以说笑话要萧萧也去做女学生。一面听到这话就感觉一种打哈哈趣味，一面还有那被说的萧萧感觉一种惶恐，说这话的不为无意义了。

女学生由祖父方面所知道的是这样一种人：她们穿衣服不管天气冷热，吃东西不问饥饱，晚上交到子时才睡觉，白天正经事全不作，只知唱歌打球，读洋书。她们都会花钱，一年用的钱可以买十六只水牛。她们在省里京里想往什么地方去时，不必走路，只要钻进一个大匣子中，那匣子就可以带她到地。她们在学校，男女一处上课，人熟了，就随意同那男子睡觉，也不要媒人，也不要财礼，名叫“自由”。她们也做州县官，带家眷上任，男子仍然喊作老爷，小孩子叫少爷。她们自己不喂牛，却吃牛奶羊奶，如小牛小羊；买那奶时是用铁罐子盛的。她们无事时到一个唱戏地方去，那地方完全象个大庙，从衣袋中取出一块洋钱来（那洋钱在乡下可买五只母鸡），买了一小方纸片儿，拿了那纸片到里面去，就可以坐下看洋人扮演影子戏。她们被冤了，不赌咒，不哭。她们年纪有老到二十四岁还不肯嫁人的，有老到三十四十还好意思嫁人的。她们不怕男子，男子不能使她们受委屈，一受委屈就上衙门打官司，要官罚男子的款，这笔钱她有时独占自己花用，有时同官平分。她们不洗衣煮饭，也不养猪喂鸡；有了小孩子也只花五块钱、十块钱一月，雇人专管小孩，自己仍然整天看戏打牌，读那些没有用处的闲书……

总而言之，说来事事都希奇古怪，和庄稼人不同，有的简直可以说岂有此理。这时经祖父一为说明，听过这话的萧萧，心中却忽然有了一种模模糊糊的愿望，以为倘若她也是个女学生，她是不是照祖父说的女学生一个样子去做那些事？不管好歹，做女学生并不可怕，因此一来却已为这乡下姑娘体念到了。

因为听祖父说起女学生是怎样的人物，到后萧萧独自笑得特别久。笑够了时，她说：

“祖爹，明天有女学生过路，你喊我，我要看看。”

“你看，她们捉你去作丫头。”

“我不怕她们。”

“她们读洋书念经你也不怕？”

“念观音菩萨消灾经，念紧箍咒，我都不怕。”

“她们咬人，和做官的一样，专吃乡下人，吃人骨头渣渣也不吐，你不怕？”

萧萧肯定的回答说：“也不怕。”

可是这时节萧萧手上所抱的丈夫，不知为什么，在睡梦中哭了，媳妇于是用作母亲的声势，半哄半吓说：

“弟弟，弟弟，不许哭，不许哭，女学生咬人来了。”

丈夫还仍然哭着，得抱起各处走走。萧萧抱着丈夫离开了祖父，祖父同人说另外一样古话去了。

萧萧从此以后心中有个“女学生”。做梦也便常常梦到女学生，且梦到同这些人并排走路。仿佛也坐过那种自己会走路的匣子，她又觉得这匣子并不比自己跑路更快。在梦中那匣子的形体同谷仓差不多，里面有小小灰色老鼠，眼珠子红红的，各处乱跑，有时钻到门缝里去，把个小尾巴露在外边。

因为有这样一段经过，祖父从此喊萧萧不喊“小丫头”，不喊“萧萧”，却唤作“女学生”。在不经意中萧萧答应得很好。

乡下的日子也如世界上一般日子，时时不同。世界上人把日子糟踏，和萧萧一类人家把日子吝惜是同样的，各有所得，各属分定。许多城市中文明人，把一个夏天全消磨到软绸衣服、精美饮料以及种种好事情上面。萧萧的一家，因为一个夏天的劳作，却得了十多斤细麻，二三十担瓜。

作小媳妇的萧萧，一个夏天中，一面照料丈夫，一面还绩了细麻四斤。到秋八月工人摘瓜，在瓜间玩，看硕大如盆上面满是灰粉的大南瓜，成排成堆摆到地上，很有趣味。时间到摘瓜，秋天真的已来了，院子中各处有从屋后林子里树上吹来的大红大黄木叶。萧萧在瓜旁站定，手拿木叶一束，为丈夫编小笠帽玩。

工人中有个名叫花狗，年纪二十三岁，抱了萧萧的丈夫到枣树下去打枣子。小小竹竿打在枣树上，落枣满地。

"花狗大[1]，莫打了，太多了吃不完。"

虽听这样喊，还不停手。到后，仿佛完全因为丈夫要枣子，花狗才不听话。萧萧于是又喊他那小丈夫：

"弟弟，弟弟，来，不许捡了。吃多了生东西肚子痛！"

丈夫听话，兜了一堆枣子向萧萧身边走来，请萧萧吃枣子。

"姐姐吃，这是大的。"

"我不吃。"

"要吃一颗！"

她两手哪里有空！木叶帽正在制边，工夫要紧，还正要个人帮忙！

"弟弟，把枣子喂我口里。"

丈夫照她的命令作事，作完了觉得有趣，哈哈大笑。

她要他放下枣子帮忙捏紧帽边，便于添加新木叶。

丈夫照她吩咐作事，但老是顽皮的摇动，口中唱歌。这孩子原来象一只猫，欢喜时就得捣乱。

---

[1] "大"即"大哥"简称。

“弟弟，你唱的是什么？”

“我唱花狗大告我的山歌。”

“好好的唱一个给我听。”

丈夫于是就唱下去，照所记到的歌唱：

天上起云云起花，
包谷林里种豆荚，
豆荚缠坏包谷树，
娇妹缠坏后生家。

天上起云云重云，
地下埋坟坟重坟，
娇妹洗碗碗重碗，
娇妹床上人重人。

歌中意义丈夫全不明白，唱完了就问好不好。萧萧说好，并且问跟谁学来的。她知道是花狗教的，却故意盘问他。

“花狗大告我，他说还有好歌，长大了再教我唱。”

听说花狗会唱歌，萧萧说：

“花狗大，花狗大，您唱一个好听的歌我听听。”

那花狗，面如其心，生长得不很正气，知道萧萧要听歌，人也快到听歌的年龄了，就给她唱“十岁娘子一岁夫”。那故事说的是妻年大，可以随便到外面作一点不规矩事情，夫年小，只知道吃奶，让他吃奶。这歌丈夫完全不懂，懂到一点儿的是萧萧。把歌听过后，萧萧装成“我全明白”那种神气，她用生气的样子，对花狗说：

“花狗大，这个不行，这是骂人的歌！”

花狗分辩说：“不是骂人的歌。”

“我明白，是骂人的歌。”

花狗难得说多话，歌已经唱过了，错了陪礼，只有不再唱。他看她已经有点懂事了，怕她回头告祖父，会挨一顿臭骂，就把话支开，扯到“女学生”上头去。他问萧萧，看没看过女学生习体操唱洋歌的事情。

若不是花狗提起，萧萧几乎已忘却了这事情。这时又提到女学生，她问花狗近来有没有女学生过路，她想看看。

花狗一面把南瓜从棚架边抱到墙角去，告她女学生唱歌的事，这些事的来源还是萧萧的那个祖父。他在萧萧面前说了点大话，说他曾经到官路上见到四个女学生，她们都拿得有旗子，走长路流汗喘气之中仍然唱歌，同军人所唱的一模一样。不消说，这自然完全是胡诌的笑话。可是那故事把萧萧可乐坏了。因为花狗说这个就叫做“自由”。

花狗是“起眼动眉毛，一打两头翘”会说会笑的一个人。听萧萧带着歆羡口气说：“花狗大，你膀子真大。”他就说：“我不止膀子大。”

“你身个子也大。”

“我全身无处不大。”

到萧萧抱了她的丈夫走去以后，同花狗在一起摘瓜，取名字叫哑巴的，开了平时不常开的口，他说：

“花狗，你少坏点。人家是十三岁黄花女，还要等十年才圆房！”

花狗不做声，打了那伙计一掌，走到枣树下捡落地枣去了。

到摘瓜的秋天，日子计算起来，萧萧过丈夫家有一年了。

几次降霜落雪，几次清明谷雨，一家人都说萧萧是大人了。天保佑，喝冷水，吃粗粝饭，四季无疾病，倒发育得这样快。婆婆虽生来象一把剪子，把凡是给萧萧暴长的机会都剪去了，但乡下的日头同空气都帮助人长大，却不是折磨可以阻拦得住。

萧萧十五岁时高如成人，心却还是一颗胡胡涂涂的心。

人大了一点，家中做的事也多了一点。绩麻、纺车、洗衣、照料丈夫以外，打猪草推磨一些事情也要作，还有浆纱织布。凡事都学，学学就会了。乡下习惯，凡是行有余力的都可从劳作中攒点私房，两三年来仅仅萧萧个人分上所聚集的粗细麻和纺就的棉纱，已够萧萧坐到土机上抛三个月的梭子了。

丈夫早断了奶。婆婆有了新儿子，这五岁儿子就象归萧萧独有了。不论做什么，走到什么地方去，丈夫总跟到身边。丈夫有些方面很怕她，当她如母亲，不敢多事。他们俩“感情不坏”。

地方稍稍进步，祖父的笑话转到“萧萧你也把辫子剪去好自由”那一类事上去了。听着这话的萧萧，某个夏天也看过一次女学生，虽不把祖父笑话认真，可是每一次在祖父说过这笑话以后，她到水边去，必用手捏着辫子梢梢，设想没有辫子的人那种神气，那点趣味。

因为打猪草，带丈夫上螺蛳山的山阴是常有的事。

小孩子不知事，听别人唱歌也唱歌。一唱歌，就把花狗引来了。

花狗对萧萧生了另外一种心，萧萧有点明白了，常常觉得惶恐不安。但花狗是男子，凡是男子的美德恶德都不缺少，劳动力强，手脚勤快，又会玩会说，所以一面使萧萧的丈夫非常欢喜同他玩，一面一有机会即缠在萧萧身边，且总是想方设法把萧萧那点惶恐减去。

山大人小，到处树木蒙茸，平时不知道萧萧所在，花狗就站在高处唱歌逗萧萧身边的丈夫；丈夫小口一开，花狗穿山越岭就来到萧萧面前了。

见了花狗，小孩子只有欢喜，不知其他。他原要花狗为他编草虫玩，做竹箫哨子玩，花狗想方法支使他到一个远处去找材料，便坐到萧萧身边来，要萧萧听他唱那使人开心红脸的歌。她有时觉得害怕，不许丈夫走开；有时又象有了花狗在身边，打发丈夫走去反倒好一点。终于有天，萧萧就这样给花狗把心窍子唱开，变成个妇人了。

那时节，丈夫走到山下采刺莓去了，花狗唱了许多歌，到后却向萧萧唱：

娇家门前一重坡，
别人走少郎走多，
铁打草鞋穿烂了，
不是为你为哪个？

末了却向萧萧说："我为你睡不着觉。"他又说他赌咒不把这事情告给人。听了这些话仍然不懂什么的萧萧，眼睛只注意到他那一对粗粗的手膀子，耳朵只注意到他最后一句话。末了花狗大便又唱歌给她听。她心里乱了。她要他当真对天赌咒，赌了咒，一切好象有了保障，她就一切尽他了。到丈夫返身时，手被毛毛虫螫伤，肿了一片，走到萧萧身边。萧萧捏紧这一只小手，且用口去呵它，吮它，想起刚才的胡涂，才仿佛明白自己作了一点不大好的胡涂事。

花狗诱她做坏事情是麦黄四月，到六月，李子熟了，她欢喜吃生李子。她觉得身体有点特别，在山上碰到花狗，就将这事情告给他，问他怎么办。

讨论了多久，花狗全无主意。虽以前自己当天赌得有咒，也仍然无主意。这家伙个子大，胆量小。个子大容易做错事，胆量小做了错事就想不出办法。

到后，萧萧捏着自己那条乌梢蛇似的大辫子，想起城里了，她说：

“花狗大，我们到城里去自由，帮帮人过日子，不好么？”

“那怎么行？到城里去做什么？”

“我肚子大了。”

“我们找药去。场上有郎中卖药。”

“你赶快找药来，我想……”

“你想逃到城里去自由，不成的。人生面不熟，讨饭也有规矩，不能随便！”

“你这没有良心的，你害了我，我想死！”

“我赌咒不辜负你。”

“负不负我有什么用？帮我个忙，赶快拿去肚子里这块肉罢。我害怕！”

花狗不再做声，过了一会儿，便走开了。不久丈夫从他处回来，见萧萧一个人坐在草地上哭，眼睛红红的。丈夫心中纳罕，看了一会儿，问萧萧：

“姐姐，为什么哭？”

“不为什么，灰尘落到眼睛里，痛。”

“我吹吹吧。”

“不要吹。”

“你瞧我，得这些这些。”

他把从溪中捡来的小蚌小石头陈列在萧萧面前，萧萧泪眼婆娑的看了一会儿，勉强笑着说：“弟弟，我们要好，我哭你莫告家中。告我可要生气。”到后这事情家中当真就无人知道。

过了半个月，花狗不辞而行，把自己所有的衣裤都拿去了。祖父问同住的哑巴知不知道他为什么走路，走哪儿去。哑巴只是摇头，说花狗还欠了他两百钱，临走时话都不留一句，为人少良心。哑巴说他自己的话，并没有把花狗走的理由说明。因此这一家希奇一整天，谈论一整天。不过这工人既不偷走物件，又不拐带别的，这事过后不久，自然也就把他忘掉了。

萧萧仍然是往日的萧萧。她能够忘记花狗就好了。但是肚子真有些不同了，肚中东西总在动，使她常常一个人干着急，尽做怪梦。

她脾气坏了一点，这坏处只有丈夫知道，因为她对丈夫似乎严厉苛刻了好些。

仍然每天同丈夫在一处，她的心，想到的事自己也不十分明白。她常想，我现在死了，什么都好了。可是为什么要死？她还很高兴活下去，愿意活下去。

家中人不拘谁在无意中提起关于丈夫弟弟的话，提起小孩子，提起花狗，都象使这话如拳头，在萧萧胸口上重重一击。

到八月，她担心人知道更多了，引丈夫庙里去玩，就私自许愿，吃了一大把香灰。吃香灰被她丈夫见到了，丈夫问这是做什么，萧萧就说肚子痛，应当吃这个。虽说求菩萨许愿，菩萨当然没有如她的希望，肚子中长大的东西仍在慢慢的长大。

她又常常往溪里去喝冷水，给丈夫见到了，丈夫问她她就说口渴。

一切她所想到的方法都没有能够使她与自己不欢喜的东西分开。大肚子只有丈夫一人知道，他却不敢告这件事给父母晓得。因为时间长久，年龄不同，丈夫有些时候对于萧萧的怕同爱，比对于父母还深切。

她还记得花狗赌咒那一天里的事情，如同记着其他事情一样。到秋天，屋前屋后毛毛虫都结茧，成了各种好看的蝶蛾，丈夫象故意折磨她一样，常常提起几个月前被毛毛虫所螫的旧话，使萧萧心里难过。她因此极恨毛毛虫，见了那小虫就想用脚去踹。

有一天，又听人说有好些女学生过路，听过这话的萧萧，睁了眼做过一阵梦，愣愣的对日头出处痴了半天。

萧萧步花狗后尘，也想逃走，收拾一点东西预备跟了女学生走的那条路上城。但没有动身，就被家里人发觉了。

家中追究这逃走的根源，才明白这个十年后预备给小丈夫生儿子继香火的萧萧肚子，已被别人抢先下了种。这真是了不得的一件大事。一家人的平静生活，为这一件事全弄乱了。生气的生气，流泪的流泪，骂人的骂人，各按本分乱下去。悬梁，投水，吃毒药，被禁困的萧萧，诸事漫无边际的全想到了，究竟年纪太小，舍不得死，却不曾做。于是祖父从现实出发，想出了个聪明主意，把萧萧关在房里，派人好好看守着，请萧萧本族的人来说话，看是“沉潭”还是“发卖”？萧萧家中人要面子，就沉潭淹死她，舍不得就发卖。萧萧只有一个伯父，在近处庄子里为人种田，去请他时先还以为是吃酒，到了才知道是这样丢脸事情，弄得这老实忠厚家长手足无措。

大肚子作证，什么也没有可说。伯父不忍把萧萧沉潭，萧萧当然应当嫁人作二路亲了。

这处罚好象也极其自然，照习惯受损失的是丈夫家里，然而却可以在改嫁上收回一笔钱，当作赔偿损失的数目。那伯父把这事告给了萧萧，就要走路。萧萧拉着伯父衣角不放，只是幽幽的哭。伯父摇了一会头，一句话不说，仍然走了。

一时没有相当的人家来要萧萧，因此暂时就仍然在丈夫家中住下。这件事情既经说明白，照乡下规矩倒又象不什么要紧，只等待处分，大家反而释然了。先是小丈夫不能再同萧萧在一处，到后又仍然如月前情形，姊弟一般有说有笑的过日子了。

丈夫知道了萧萧肚子中有儿子的事情，又知道因为这样萧萧才应当嫁到远处去。但是丈夫并不愿意萧萧去，萧萧自己也不愿意去，大家全莫名其妙，只是照规矩象逼到要这样做，不得不做。

在等候主顾来看人，等到十二月，还没有人来，萧萧只好在这人家过年。

萧萧次年二月间，十月满足坐草生了一个儿子，团头大眼，声响洪壮，大家把母子二人照料得好好的，照规矩吃蒸鸡同江米酒补血，烧纸谢神。一家人都欢喜那儿子。

生下的既是儿子。萧萧不嫁别处了。

到萧萧正式同丈夫拜堂圆房时，儿子已经年纪十岁，能看牛割草，成为家中生产者一员了。平时喊萧萧丈夫做大叔，大叔也答应，从不生气。

这儿子名叫牛儿。牛儿十二岁时也接了亲，媳妇年长六岁。媳妇年纪大，才能诸事作帮手，对家中有帮助。唢呐吹到门前时，新娘在轿中呜呜的哭着，忙坏了那个祖父曾祖父。

这一天，萧萧抱了自己新生的月毛毛，却在屋前榆蜡树篱笆看热闹，同十年前抱丈夫一个样子。

一九二九年冬作

三　三

杨家碾坊在堡子外一里路的山嘴路旁。堡子位置在山弯里，溪水沿到山脚流过去，平平的流到山嘴折弯处忽然转急，因此很早就有人利用到它，在急流处筑了一座石头碾坊，这碾坊，不知从什么时候起，就叫杨家碾坊了。

从碾坊往上看，看到堡子里比屋连墙，嘉树成荫，正是十分兴旺的样子。往下看，夹溪有无数山田，如堆积蒸糕，因此种田人借用水力，用大竹扎了无数水车，用椿木做成横轴同撑柱，圆圆的如一面锣，大小不等竖立在水边。这一群水车，就同一群游手好闲的人一样，成日成夜不知疲倦的咿咿呀呀唱着意义含糊的歌。

一个堡子里只有这样一座碾坊，所以凡是堡子里碾米的事都归这碾坊包办，成天有人轮流挑了仓谷来，把谷子倒到石槽里去后，抽去水闸的板，枧槽里水冲动了下面的暗轮，石磨盘带着动情的声音，即刻就转动起来了。于是主人一面谈着一件事情，一面清理到簸箩筛子，到后头上包了一块白布，拿着个长把的扫帚，追逐着磨盘，跟着打圈儿，扫除溢出槽外的谷米，再到后，谷子便成白米了。

到米碾好了，筛好了，把米糠挑走以后，主人全身是灰，常常如同一个滚到豆粉里的汤圆。然而这生活，是明明白白比堡子里许多人生活还从容，而为一堡子中人所羡慕的。

凡是到杨家碾坊碾过谷子的，都知道杨家三三。妈妈十年前嫁给守碾坊的杨，三三五岁，爸爸就丢下碾坊同母女，什么话也不说死去了。爸爸死去后，母亲作了碾坊的主人，三三还是活在碾坊里，吃米饭同青菜小鱼鸡蛋过日子，生活毫无什么不同处。三三先是望到爸爸成天全身是糠灰，到后爸爸不见了，妈妈又成天全身是糠灰……于是三三在哭里笑里慢慢的长大了。

妈妈随着碾槽转，提着小小油瓶，为碾盘的木轴铁心上油，或者很兴奋的坐在屋角拉动架上的筛子时，三三总很安静的自己坐在另一角玩。热天坐到有风凉处吹风，用包谷秆子作小笼，冬天则伴同猫儿蹲到火桶里，剥灰煨栗子吃。或者有时候从碾米人手上得到一个芦管作成的唢呐，就学着打大傩的法师神气，屋前屋后吹着，半天还玩不厌倦。

这磨坊外屋上墙上爬满了青藤，绕屋全是葵花同枣树，疏疏的树林里，常常有三三葱绿衣裳的飘忽。因为一个人在屋里玩厌了，就出来坐在废石槽上洒米头子给鸡吃。在这时，什么鸡欺侮了另一只鸡，三三就得赶逐那横蛮无理的鸡，直等到妈妈在屋后听到鸡声代为讨情时才止。

这磨坊上游有一潭，四面有大树覆荫，六月里阳光照不到水面。碾坊主人在这潭中养得有几只白鸭子，水里的鱼也比上下溪里多。照一切习惯，凡靠自己屋前的水，也算是自己财产的一份。水坝既然全为了碾坊而筑成的，一乡公约不许毒鱼下网，所以这小溪里鱼极多。遇到有不甚面熟的人来钓鱼，看到潭边幽静，想蹲一会儿，三三见到了时，总向人说："不行，这鱼是我家潭里养的，你到下面去钓罢。”人若顽皮一点，听到这个话等于不听到，仍然拿着长长的竿子，搁到水面上去安闲的吸着烟管，望到这小姑娘发笑，使三三急了，三三便喊叫她的妈，高声的说：“娘，娘，你瞧。有人不讲规矩，钓我们的鱼，你来折断他的竿子，你快来！”娘自然是不会来干涉别人钓鱼的。

母亲就从没有照到女儿意思折断过谁的竿子，照例将说：“三三，鱼多咧，让别人钓吧。鱼是会走路的，上面总爷家塘里的鱼，因为欢喜我们这里的水，都跑来了。”三三照例应当还记得夜间做梦，梦到大鱼从水里跃起来吃鸭子，听到这个话，也就没有什么可说了，只静静的看着，看这不讲规矩的人，究竟钓了多少鱼去。她心里记着数目，回头好告给妈妈。

有时因为鱼太大了一点，上了钩，拉得不合式，撇断了钓竿，三三可乐极了，仿佛娘不同自己一伙，鱼反而同自己是一伙了的神气，那时就应当轮到三三向钓鱼人咧着嘴发笑了。但三三却常常急忙跑回去，把这事告给母亲，母女两人同笑。

有时钓鱼的人是熟人，人家来钓鱼时，见到了三三，知道她的脾气，就照例不忘记问：“三三，许我钓鱼吧。”三三便说：“鱼是各处走动的，又不是我们养的，怎么不能钓。”

钓鱼的是熟人时，三三常常搬了小小木凳子，坐到旁边看鱼上钩，且告给这人，另一时谁个把钓竿撇断的故事。到后这熟人回到磨坊时，把所得的大鱼分一些给三三家。三三看着母亲用刀剖鱼，掏出白色的鱼脬来，就放到地下用脚去踹，发声如放一枚小爆仗，听来十分快乐。鱼洗好了，揉了些盐，三三就忙取麻线来把鱼穿好，挂到太阳下去晒。到有客时，这些干鱼同辣子炒在一个碗里待客，母亲如想到折钓竿的话，将说：“这是三三的鱼。”三三就笑，心想着：“怎么不是三三的鱼？潭里的鱼若不是我照管，早被看牛小孩捉完了。”

三三如一般小孩，换几回新衣，过几回节，看几回狮子龙灯，就长大了。熟人都说看到三三是在糠灰里长大的。一个堡子里的人，都愿意得到这糠灰里长大的女孩子作媳妇，因为人人都知道这媳妇的妆奁是一座石头作成的碾坊。照规矩，十五岁的三三，要招郎上门也应当是时候了。但妈妈有了一点私心，记得一次签上的话语，不大相信媒人的话语，所以这磨坊还是只有母女二人，不曾有谁添入。

三三大了，还是同小孩子一样，一切得傍着妈妈。母女两人把饭吃过后，在流水里洗了脸，望到行将下沉的太阳，一个日子就打发走了。有时听到堡子里的锣鼓声音，或是什么人接亲，或是什么人做斋事，“娘，带我去看，”又象是命令又象是请求的说着，若无什么别的理由推辞时，娘总得答应同去。去一会儿，或停顿在什么人家喝一杯蜜茶，荷包里塞满了榛子胡桃，预备回家时，有月亮天什么也不用，就可以走回家。遇到夜色晦黑，燃了一把油柴，毕毕剥剥的响着爆着，什么也不必害怕。若到总爷家寨子里去玩时，总爷家还有长工打了灯笼送客，一直送到碾坊外边。只有这类事是顶有趣味的事。在雨里打灯笼走夜路，三三不能常常得到这机会，却常常梦到一人那么拿着小小红纸灯笼，在溪旁走着，好象只有鱼知道这回事。

当真说来，三三的事，鱼知道的比母亲应当还多一点，也是当然的。三三在母亲身旁，说的是母亲全听得懂的话，那些凡是母亲不明白的，差不多都在溪边说的。

溪边除了鸭子就只有那些水里的鱼，鸭子成天自己哈哈哈的叫个不休，哪里还有耳朵听别人说话！

这个夏天，母女两人一吃了晚饭，不到黄昏，总常常过堡子里一个人家去，陪一个将远嫁的姑娘谈天，听一个从小寨来的人唱歌。有一天，照例又进堡子里去，却因为谈到绣花，使三三回碾坊来取样子，三三就一个人赶忙跑回碾坊来，快到屋边时，黄昏里望到溪边有两个人影子，有一个人到树下，拿着一枝竿子，好象要下钓的神气，三三心想这一定是来偷鱼的，照规矩喊着："不许钓鱼，这鱼是有主人的！"一面想走上前去看是什么人。

就听到一个人说："谁说溪里的鱼也有主人？难道溪里活水也可养鱼吗？"

另一人又说："这是碾坊里小姑娘说着玩的。"

那先一个人就笑了。

旋即又听到第二个人说："三三，三三，你来，你鱼都捉完了！"

三三听到人家取笑她，声音好象是熟人，心里十分不平！就冲过去，预备看是谁在此撒野，以便回头告给母亲。走过去时，才知道那第二回说话的人是总爷家管事先生，另外同一个从没见过面的年青男人。那男人手里拿的原来只是一个拐杖，不是什么钓竿。那管事先生是一个堡子里知名人物，他认得三三,三三也认识他，所以当三三走近身时，就取笑说：

“三三，怎么鱼是你家养的？你家养了多少鱼呀！”

三三见是总爷家管事先生，什么话也不说了，只低下头笑。头虽低低的，却望到那个好象从城里来的人白裤白鞋，且听到那个男子说：“女孩很聪明，很美，长得不坏。”管事的又说：“这是我堡里美人。”两人这样说着，那男子就笑了。

到这时，她猜到男子是对她望着发笑！三三心想：“你笑我干吗？”又想：“你城里人只怕狗，见了狗也害怕，还笑人，真亏你不羞。”她好象这句话已说出了口，为那人听到了，故打量跑去。管事先生知道她要害羞跑了，故说：“三三，你别走，我们是来看你碾坊的。你娘呢？”

“娘不在。”

“到堡子里听小寨人唱歌去了，是不是？”

“是的。”

“你怎么不欢喜听那个？”

“你怎么知道我不欢喜？”

管事先生笑着说：“因为看你一个人回来，还以为你是听厌了那歌，担心这潭里鱼被人偷尽，所以……”

三三同管事先生说着，慢慢的把头抬起，望到那生人的脸目了，白白的脸好象在什么地方看到过，就估计莫非这人是唱戏的小生，忘了擦去脸上的粉，所以那么白……那男子见到三三不再怕人了，就问三三：

“这是你的家里吗？”

三三说：“怎么不是我家里？”

因为这答话很有趣味，那男子就说：

“你住在这个山沟边，不怕大水把你冲去吗？”

“嗨！”三三抿着小小的美丽嘴唇，狠狠的望了这陌生男子一眼，心里想：“狗来了，狗来了，你这人吓倒落到水里，水就会冲去你。”想着当真冲去的情形，一定很是好笑，就不理会这两个人，笑着跑去了。

从碾坊取了花样子回向堡子走去的三三，在潭边再上游一点，望到那两个白色影子还在前面，不高兴又同这管事先生打麻烦，于是故意跟到这两个人身后，慢慢的走着。听到两个人说到城里什么人什么事情，听到说开河，又听到说学务局要总爷办学校，因为这两人全都不知道有人在后面，所以自己觉得很有趣味。到后又听到管事先生提起碾坊，提起妈妈怎么人好，更极高兴。再到后，就听到那城里男人说：

“女孩子倒真俏皮，照你们乡下习惯，应当快放人了。”

那管事的先生笑着说：“少爷欢喜，要总爷做红叶，可以去说说。不过这磨坊是应当由姑爷管业的。”

三三轻轻的呸了一口，停顿了一下，把两个指头紧紧的塞了耳朵。但仍然听到那两人的笑声，想知道那个由城里来好象唱小生的人还说些什么，所以不久就仍然跟上前去。

那小生说些什么可听不明白，就只听那个管事先生一人说话，那管事先生说：“少爷做了磨坊主人，别的不说，成天可有新鲜鸡蛋吃，也是很值得的！”话一说完，两人又笑了。

三三这次可再不能跟上去了，就坐在溪边的石头上，脸上发着烧，十分生气。心里想：“你要我嫁你，我偏不嫁你！我家里的鸡纵成天下二十个蛋，我也不会给你一个蛋吃。”坐了一会儿，凉凉的风吹脸上，水声淙淙使她记忆起先一时估计中那男子为狗吓倒跌在溪里的情形，可又快乐了，就望到溪里水深处，一人自言自语说：“你怎么这样不中用！管事的救你，你可以喊他救你！”

到宋家时，宋家婶子正说起一件已经说了一会儿的事情，只听宋家妇人说：

“……他们养病倒希奇，说是养病，日夜睡在廊下风里让风吹……脸儿白得如闺女，见了人就笑……谁说是总爷的亲戚，总爷见他那种恭敬样子，你还不见到。福音堂洋人还怕他，他要媳妇有多少！”

母亲就说：“那么他养什么病？”

“谁知道是什么病？横顺成天吃那些甜甜的药，什么事情不做在床上躺着。在城里是享福，到乡里也是享福。老庚说，害第三期的病，又说是痨病，说也说不清楚。谁清楚城里人那些病名字。依我想，城里人欢喜害病，所以病的名字特别多；我们不能因害病耽搁事情，所以除打摆子就只发烧肚泻，别的名字的病，也就从不到乡下来了。”

另外一个妇人因为生过瘰疬，不大悦服宋家妇人武断的话，就说：“我不是城里人，可是也害城里人的病。”

“你舅妈是城里人！”

“舅妈管我什么事？”

“你文雅得象城里人，所以才生疡子！”

这样说着，大家全笑了起来。

母女两人回去时，在路上三三问母亲：“谁是白白脸庞的人？”母亲就照先前一时听人说过的话，告给三三，堡子里总爷家中，如何来了一位城里的病人，样子如何美，性情如何怪。一个乡下人，对于城中人隔膜的程度，在那些描写里是分明易见的，自然说得十分好笑。在平常时节，三三对于母亲在叙述中所加的批评与稍稍过分的形容，总觉得母亲说得极其俨然，十分有味，这时不知如何却不大相信这话了。

走了一会儿，三三忽问：

“娘，娘，你见到那个城里白脸人没有呢？”

妈妈说：“我怎么见到他？我这几天又不到总爷家里去。”

三三心想：“你不见到怎么说了那么半天。”

三三知道妈妈不见到的，自己倒早见到了，便把这件事保守着秘密，却十分高兴，以为只有自己明白这件事情，此外凡是说到城里人的都不甚可靠。

两人到潭边，三三又问：

“娘，你见到总爷家管事先生没有？”

若是娘说没有见过，反问她一句，那么，三三就预备把先前遇到总爷家那两个人的一切，都说给妈妈听了。但母亲这时正想起别一个问题，完全不关心三三的话，所以三三把方才的事瞒着母亲，一个字不提。

第二天三三的母亲到堡子里去，在总爷家门前，碰到那个从城里来的白脸客人，同总爷的管事先生。那管事先生告她，说他们昨天曾到碾坊前散步，见到三三，又告给三三母亲说，这客人是从城里来养病的客人。到后就又告给那客人，说这个人就是碾坊的主人杨伯妈。那人说，真很同三小姐相象。那人又说三三长得很好，很聪敏，做母亲的真福气。说了一阵话，把这老妇人说快乐了，在心中展开了一个幻景，想起自己觉得有些近于胡涂的事情，忙匆匆的回到碾坊去，望到三三痴笑。

三三不知母亲为什么今天特别乐，就问母亲到了什么地方，遇到了谁。

母亲想，应当怎么说才好，想了许久才说：

“三三，昨天你见到谁？”

三三说：“我见到谁？没有。”

娘就笑了，“三三你记记，晚上天黑时，你不看见两个人吗？”

三三以为是娘知道一切了，就忙说：“人是有两个的，一个是总爷家管事的先生，一个是生人……怎么？”

“不怎么。我告你，那个生人就是城里来的先生，今天我见到他们，他们说已经同你认识了，我们说了许多话。那少爷象个姑娘样子。”母亲说到这里时，想起一件事好笑。

三三以为妈妈是在笑她，偏过头去看土地上灶马，不理母亲。

母亲说：“他们问我要鸡蛋，你下半天送二十个去，好不好？”

三三听到说鸡蛋，打量昨天两个男人说的笑话都为母亲知道了，心里很不高兴，说道：“谁去送他们鸡蛋，娘，娘，我说……他们是坏人！”

母亲奇怪极了，问：“怎么是坏人？什么地方坏？”

三三红了脸不愿答应，母亲说：

“三三，你说什么事？”

迟了许久，三三才说：“他们背地里要找总爷做媒，把我嫁给那个白脸人。”

母亲听到这天真话什么也不说，笑了好一阵。到后看到三三要跑了，才拉着三三说：“小报应，管事先生他们说笑话，这也生气吗？谁敢欺侮你？……”

说到后来三三也被说笑了。

她到后来就告给娘城里人如何怕狗的话，母亲听到不作声，好久以后，才说：“三三，你真是还象小丫头，什么也不懂。”

第二天，妈妈要三三送鸡子到砦子里去，三三不说什么，只摇头。妈妈既然答应了人家，就只好亲自送去。母亲走后，三三一个人在碾坊里玩，玩厌了又到潭边去看白鸭，看了一会儿鸭子，等候母亲还不回来，心想莫非管事先生同妈妈吵了架，或者天热到路上发了痧？……心里老不自在，回到碾坊里去。

但是过了一会儿，母亲可仍然回来了。回到碾坊一脸的笑，跨着脚如一个男子神气，坐到小凳上，告给三三如何见到那先生，那先生如何要她坐到那个用粗布做成的软椅子上去，摇着荡着象一个摇篮。又说到城里人说的三三为何不念书，城里女人全念书。又说到……

三三正因为等了母亲半天，十分不高兴，如今听到母亲说到的话，莫名其妙，不愿意再听，所以不让母亲说完就走了。走到外边站到溪岸旁，望着清清的溪水，记起从前有人告诉她的话，说这水流下去，一直从山里流一百里，就流到城里了。她这时忖想……什么时候我一定也不让谁知道，就要流到城里去，一到城里就不回来了。但若果当真要流去时，她愿意那碾坊，那些鱼，那些鸭子，以及那一匹花猫，同她在一处流去。同时还有，她很想母亲永远和她在一处，她才能够安安静静的睡觉。

母亲看不见到三三，站在碾坊门前喊着：

“三三,三三，天气热，你脸上晒出油了，不要远走，快回来！”

三三一面走回来，一面就自己轻轻的说：“三三不回来了！”

下午天气较热，倦人极了，躺到屋角竹凉床上的三三，耳中听着远处水车陆续的懒懒的声音，眯着眼睛望到母亲头上的髻子，仿佛一个瘦人的脸，越看越活，蒙蒙胧胧便睡着了。

她还似乎看到母亲包了白帕子，拿着扫帚追赶碾盘，绕屋打着圈儿，就听到有人在外面说话，提到她的名字。

只听到说 ：“三三到什么地方去了，怎么不出来？”

她奇怪这声音很熟，又想不起是谁的声音，赶忙走出去，站在门边打望，才望到原来又是那个白脸的人，规规矩矩坐在那儿钓鱼。过细看了一下，却看到那个钓竿，是总爷家管事先生的烟杆，一头还冒烟。

拿一根烟杆钓鱼，倒是极新鲜的事情，但身旁似乎又已经得到了许多鱼，所以三三非常奇怪。正想去告母亲，忽然管事先生也从那边来了。

好象又是那一天的那种情景，天上全是红霞，妈妈不在家，自己回来原是忘了把鸡关到笼子里，因此赶忙跑回来捉鸡的。如今碰到这两个人，管事先生同那白脸城里人，都站在那石墩子上，轻轻的在商量一件事情。

这两人声音很轻，三三却听得出，是一件关于不利于己的行为。因为听到说这些话，又不能嗾人走开，又不能自己走开，三三就非常着急，觉得自己的脸上也象天上的霞一样。

那个管事先生装作正经人样子说："我们是来买鸡蛋的，要多少钱把多少钱。"

那个城里人，也象唱戏小生那么把手一扬，就说："你说错了，要多少金子把多少金子。"

三三因为人家用金子恐吓她，所以说："可是我不卖给你，不想你的钱，你搬你家大块金子来，到场上去买老鸦蛋吧。"

管事先生于是又说："你不卖行吗，你舍不得鸡蛋为我做人情，你想想，妈妈以后写庚帖，还少得了管事先生吗？"

那城里人于是又说："向小气的人要什么鸡蛋，不如算了吧。"

三三生气似的大声说："就算我小气也行。我把鸡蛋喂虾米，也不卖给人！我们不羡慕别人的金子宝贝。你同别人去说金子，恐吓别人吧。"

可是两个人还不走，三三心里就有点着急，很愿意来一只狗向两个人扑去。正那么打量着，忽然从家里就扑出来一条大狗，全身是白色，大声汪汪的吠着，从自己身边冲过去，即刻这两个恶人就落到水里去了。

于是溪里的水起了许多水花，起了许多大泡，管事先生露出一个光光的头在水面，那城里人则长长的头发，缠在贴近水面的柳树根上，情景十分有趣。

可是一会儿水面什么也没有了，原来那两个人在水里摸了许多鱼，全拿走了。

三三想去告给妈妈，一滑就跌下了。

刚才的事原来是做一个梦。母亲似乎是在灶房煮午饭，因为听到三三梦里说话，才赶出来的。见三三醒了，摇着她问：“三三,三三，你同谁吵闹。”

三三定了一会儿神，望妈妈笑着，什么也不说。

妈妈说：“起来看看，我今天为你焖芋头吃。你去照照镜子，脸睡得一片红！”虽然照到母亲说的，去照了镜子，还是一句话不说。人虽早清醒，还记得梦里一切的情景，到后来又想起母亲说的同谁吵闹的话，才反去问母亲，究竟听到吵闹些什么话。妈妈自然是不注意这些的，所以说听不分明，三三也就不再问什么了。

直到吃饭时，妈妈还说到脸上睡得发红，所以三三就告给老人家先前做了些什么梦，母亲听来笑了半天。

第二次送鸡蛋去时，三三也去了。那时是下午。吃过饭后，两人进了总爷家的大院子。在东边偏院里，看到城里来的那个客，正躺在廊下藤椅上，望到天上飞的鸽子。管事的不在家，三三认得那个男子，不大好意思上前去，就让母亲过去，自己站在月门边等候。母亲上前去时节，三三又为出主意，要妈妈站在门边大声说“送鸡蛋的来了”，好让他知道。母亲自然什么都照到三三主意作去，三三听到母亲说这句话，说到第三次，才引起那个白白脸庞的城里人注意，自己就又急又笑。

三三这时是站在月门外边的。从门罅里向里面窥看，只见到那白脸人站起身来，又坐下去，正象梦里那种样子。同时就听到这个人同母亲说话，说到天气和别的事情，妈妈一面说话一面尽掉过头来，望到三三所在的一边。白脸人以为她就要走去了，便说：

“老太太，你坐坐，我同你说话很好。”

妈妈于是坐下了，可是同时那白脸城里人也注意到那一面门边有一个人等候了。“谁在那里，是不是你的小姑娘？”

看到情形不好，三三就想跑。可是一回头，却望到管事先生站在身后，不知已站了多久。打量逃走自然是难办到的，到后就被管事先生拉着袖子，牵进小院子来了。

听到那个人请自己坐下，听到那个人同母亲说那天在溪边见到自己的情形，三三眼望到另一边，傍到母亲身旁，一句话不说，巴不得即刻离开，可是想不出怎样就可以离开。

坐了一会儿，出来了一个穿白袍戴白帽装扮古怪的女人。三三先还以为是男子，不敢细细的望。到后听到这女人说话，且看她站到城里人身旁，用一根小小管子塞到那白脸男子口里去，又抓了男子的手捏着，捏了好一会儿，拿一枝好象笔的东西，在一张纸上写了些什么记号。那先生问：“多少豆？”就听到回答说：“同昨天一样。”且因为另外一句话听到这个人笑，才晓得那是一个女人。这时似乎妈妈那一方面，也刚刚才明白这是一个女人，且听到说“多少豆”，以为奇怪，所以两人望望，都抿着嘴笑了起来。

看到这母女生疏的情形，那白袍子女人也觉得好笑，就不即走开。

那白脸城里人说：“周小姐，你到这地方来一个朋友也没有，就同这个小姑娘做个朋友吧。她家有个好碾坊，在那边溪头，有一个动人的水车，前面一点还有一个好堰坝，你同她做朋友，就可到那儿去玩，还可以钓些鱼回来。你同她去那边林子里玩玩吧，要这小姑娘告你那些花名草名。”

这周小姐就笑着过来，拖了三三的手，想带她走去。三三想不走，望到母亲，母亲却做样子努嘴要她走，不能不走。

可是到了那一边，两人即刻就熟了。那看护把关于乡下的一切，这样那样问了她许多，她一面答着，一面想问那女人一些事情，却找不出一句可问的话，只很希奇的望到那一顶白帽子发笑。觉得好奇怪，怎么顶在头上不怕掉下来。

过后听到母亲在那边喊自己的名字，三三也不知道还应当同看护告别，还应当说些什么话，只说妈妈喊我回去，我要走了，就一个人忙忙的跑回母亲身边，同母亲走了。

母女两人回到路上走过了一个竹林，竹林里正当到晚霞的返照，满竹林是金色的光。三三把一个空篮子戴在头上，扮作钓鱼翁的样子，同时想起总爷家养病服侍病人那个戴白帽子的女人，就和妈妈说：

“娘，你看那个女人好不好？”

母亲说：“哪一个女人？”

三三好象以为这答复是母亲故意装作不明白的样子，因此稍稍有点不高兴，向前走去。

妈妈在后面说：“三三，你说谁？”

三三就说：“我说谁，我问你先前那个女子，你还问我！”

“我怎么知道你是说谁？你说那姑娘，脸庞红红白白的，是说她吗？”

三三才停着了脚，等着她的妈。且想起自己无道理处，悄悄的笑了。母亲赶上了三三，推着她的背。“三三，那姑娘长得好体面，你说是不是？”

三三本来就觉得这人长得体面，听到妈妈先说，所以就故意说：“体面什么？人高得象一条菜瓜，也是体面！”

“人家是读过书来的，你不看她会写字吗？”

“娘，那你明天要她拜你做干娘吧。她读过书，娘近来只欢喜读书的。”

“嗨，你瞧你！我说读书好，你就生气。可是……你难道不欢喜读书的吗？”

“男人读书还好，女人读书讨厌咧。”

“你以为她讨厌，那我们以后讨厌她得了。”

“不，干吗说‘讨厌她得了’？你并不讨厌她！”

“那你一人讨厌她好了。”

“我也不讨厌她！”

“那是谁该讨厌她？三三，你说。”

“我说，谁也不该讨厌她。”

母亲想着这个话就笑，三三想着也笑了。

三三于是又匆匆的向前走去，因为黄昏太美，三三不久又停顿在前面枫树下了，还要母亲也陪她坐一会儿，送那片云过去再走。母亲自然不会不答应的。两人坐在那石条上了，三三把头上的篮儿取下后，用手整理头发。就又想起那个男人一样短短头发的女人。母亲说：“三三，你用围裙揩揩脸，脸上出汗了。”三三好象不听到妈妈的话，眺望到另一方，她心中出奇，为什么有许多人的脸，白得象茶花。她不知不觉又把这个话同母亲说到了，母亲就说，这就是他们称呼为城里人的理由，不必擦粉脸也总是很白的。

三三说：“那不好看。”母亲也说：“那自然不好看。”三三又说：“宋家的黑子姑娘才真不好看。”母亲因为到底不明白三三意思所在，拿不稳风向，所以再不敢搀言，就只貌作留神的听着，让三三自己去作结论。

三三的结论就只是故意不同母亲意见一致，可是母亲若不说话时，自己就不须结论，也闭了口，不再作声了。

是另外一天，有人从大寨里挑谷子来碾坊的，挑谷子的男人走后，留下一个女人在旁边照料到一切。这女人具一种欢喜说话的性格，且不久才从六十里外一个寨上吃喜酒回来，有一肚子的故事，许多乡村消息，得和一个人说说才舒服，所以就拿来与碾坊母女两人说。母亲因为自己有一个女儿，有些好奇的理由，专欢喜问人家到什么地方吃喜酒，看到些什么体面姑娘，看到些什么好嫁妆。她还明白，照例三三也愿意听这些故事，所以就向那个人，问了这样又问那样，要那人一五一十说出来。

三三却静静的坐在一旁，用耳朵听着，一句话不说。有时说的话那女人以为不是女孩子应当听的，声音较低时，三三就装作毫不注意的神气，用绳子结连环玩，实际上仍然听得清清楚楚。因为听到那些怪话，三三忍不住要笑了，却别过头去悄悄的笑，不让那个长舌妇人注意到。

到后那两个老太太，自然而然就说到总爷家中的来客，且说到那个白袍白帽的女人了。那妇人说：她听人说，这白帽白袍女人，是用钱雇来的，雇来照料那个先生，好几两银子一天。但她却又以为这话不十分可靠，她以为这人一定就是城里人的少奶奶，或者小姨太太。

三三的妈妈意见却同那人的恰恰相反，她以为那白袍女人，决不是少奶奶。

那妇人就说：“你怎么知道不是少奶奶？”

三三的妈说：“怎么会是少奶奶。”

那人说：“你告我些道理。”

三三的妈说：“自然有道理，可是我说不出。”

那人说：“你又不看见，你怎么会知道。”

三三的妈说：“我怎么不看见？……”

两人争着不能解决，又都不能把理由说得完全一点，尤其是三三的母亲，又忘记说是听到过那一位喊叫过周小姐的话，来用作证据。三三却记到许多话，只是不高兴同那个妇人去说，所以三三就用别种的方法打乱了两人不能说清楚的问题。三三说：“娘，莫争这些事情，帮我洗头吧，我去热水。”

到后那妇人把米碾完挑走了。把水热好了的三三，坐在小凳上一面解散头发，一面带着抱怨神气向她娘说：

“娘，你真奇怪，欢喜同老婆子说空话。”

“我说了些什么空话？”

“人家媳妇不媳妇，管你什么事！”

……

母亲想起什么事来了，抿着口痴了半天，轻轻的叹了一口气。

过几天，那个白帽白袍的女人，却同总爷家一个小女孩子到碾坊来玩了。玩了大半天，说了许多话。妈妈因为第一次有这么一个稀客，所以走出走进，只想杀一只肥母鸡留客吃饭，但又不敢开口，所以十分为难。

三三则把客人带到溪下游一点有水车的地方去，玩了好一阵，在水边摘了许多金针花，回来时又取了钓竿，搬了凳子，到溪边去陪白帽子女人钓鱼。

溪里的鱼好象也知道凑趣，那女人一根钓竿，一会儿就得了四条大鲫鱼，使她十分欢喜。到后应当回去了，女人不肯拿鱼回去，母亲可不答应，一定要她拿去。并且听白帽子女人说南瓜子好吃，就又为取了一口袋的生瓜子，要同来的那个小女孩代为拿着。

再过几天，那白脸人同总爷家管事先生，也来钓了一次鱼，又拿了许多礼物回去。

再过几天那病人却同女人在一块儿来了，来时送了一些用瓶子装的糖，还送了些别的东西，使主人不知如何措置手脚。因为不敢留这两个尊贵人吃饭，所以到两人临走时，三三母亲还捉了两只活鸡，一定要他们带回去。两人都说留到这里生蛋，用不着捉去，还不行，到后说等下一次来再杀鸡，那两只鸡才被开释放下了。

自从这两个客人到来后，碾坊里有点不同过去的样子，母女两人说话，提到“城里“的事情就渐渐多了。城里是什么样子，城里有些什么好处，两人本来全不知道。两人只从那个白脸男子、白袍女人的神气，以及平常从乡下人听来的种种，作为想象的根据，摹拟到城里的一切景况，都以为城里是那么一种样子：一座极大的用石头垒就的城，这城里就有许多好房子。每一栋好房子里面住了一个老爷同一群少爷；每一个人家都有许多成天穿了花绸衣服的女人，装扮得同新娘子一样，坐在家里，什么事也不必作。每一个人家，屋子里一定还有许多跟班同丫头，跟班的坐在大门前接客人的名片，丫头便为老爷剥莲心去燕窝毛。城里一定有很多条大街，街上全是车马。城里有洋人，脚干直直的，就在这类大街上走来走去。城里还有大衙门，许多官如包龙图一样，威风凛凛，一天审案到夜，夜了还得点了灯审案。城里还有好些铺子，卖的是各样希奇古怪的东西。城里一定还有许多大庙小庙，庙里成天有人唱戏，成天也有人看戏。看戏的全是坐在一条板凳上，一面看戏一面剥黑瓜子。坏女人想勾引人就向人打瞟瞟眼。城门口有好些屠户，都长得胖敦敦的。城门口还有个王铁嘴，专门为人算命打卦。

这些情形自然都是实在的。这想象中的都市，象一个故事一样动人，保留在母女两人心上，却永远不使两人痛苦。他们在自己习惯生活中得到幸福，却又从幻想中得到快乐，所以若说过去的生活是很好的，那到后来可说是更好了。

但是，从另外一些记忆上，三三的妈妈却另外还想起了一些事情，因此有好几回同三三说话到城里时，却忽然又住了口不说下去。三三问到这是什么意思，母亲就笑着，仿佛意思就只是想笑一会儿，什么别的意思也没有。

三三可看得出母亲笑中有原因，但总没有方法知道这另外原因究竟是什么。或者是妈妈预备要搬到城里，或者是作梦到过城里，或者是因为三三长大了，背影子已象一个新娘子了，妈妈惊讶着，这些躲在老人家心上一角儿的事可多着呐。三三自己也常常发笑，且不让母亲知道那个理由。每次到溪边玩，听母亲喊“三三你回来吧”，三三一面走一面总轻轻的说：“三三不回来了，三三永不回来了。”为什么说不回来，不回来又到些什么地方来落脚，三三并不曾认真打量过。

有时候两人都说到前一晚上梦中到过的城里，看到大衙门大庙的情形，三三总以为母亲到的是一个城里，她自己所到又是一个城里。城里自然有许多，同寨子差不多一样，这个是三三早就想到了的。三三所到的城里，一定比母亲那个还远一点，因为母亲凡是梦到城里时，总以为同总爷家那堡子差不多，只不过大了一点，却并不很大。三三因为听到那白帽子女人说过，一个城里看护至少就有两百，所以她梦到的，就是两百个白帽子女人的城里！

妈妈每次进寨子送鸡蛋去，总说他们问三三，要三三去玩，三三却怪母亲不为她梳头。但有时头上辫子很好，却又说应当换干净衣服才去。一切都好了，三三却常常临时又忽然不愿意去了。母亲自然是不强着三三的。但有几次母亲有点不高兴了，三三先说不去，到后又去；去到那里，两人是都很快乐的。

人虽不去大寨，等待妈妈回来时，三三总很愿意听听说到那一面的事情。母亲一面说，一面望到三三的眼睛，这老人家懂得到三三心事。她自己以为十分懂得三三，所以有时话说得也稍多了一点，譬如关于白帽子的女人，如何照料白脸的男子那一类事。母亲说时总十分温柔，同时看三三的眼睛，也照样十分温柔。于是，这母亲，忽然又想到了远远的什么一件事，不再说下去；三三也想到了另外一件事，不必妈妈说话了，这母女就沉默了。

砦子里人有次又过碾坊来了，来时三三已出到外边往下溪水车边采金针花去了。三三回碾坊时，望到母亲同那个管事先生商量什么似的在那里谈话，管事一见到三三，就笑着什么也不说。三三望望母亲的脸，从母亲脸上颜色，她看出象有些什么事，很有点蹊跷。

那管事先生见到三三就说："三三，我问你，怎么不到堡子里去玩，有人等你！"

三三望到自己手上那一把黄花，头也不抬说："谁也不等我。"

管事先生说："你的朋友等你。"

“没有人是我的朋友。”

“一定有人！想想看，有一个人！”

“你说有就有吧。”

“你今年几岁，是不是属龙的？”

三三对这个谈话觉得有点古怪，就对妈妈看着，不即作答。

管事先生却说：“你不说我也知道，你妈妈还刚刚告我，四月十七，你看对不对？”

三三心想，四月十七,五月十八你都管不着，我又不希罕你为我拜寿。但因为听说是妈妈告的，三三就奇怪，为什么母亲同别人谈这些话。她就对母亲把小小嘴唇扁了一下，怪着她不该同人说到这些，本来折的花应送给母亲，也不高兴了，就把花放在休息着的碾盘旁，跑出到溪边，拾石子打飘飘梭去了。

不到一会儿，听到母亲送那管事先生出来了，三三赶忙用背对到大路，装着望到溪对岸那一边牛打架的样子，好让管事先生走去。管事先生见三三在水边，却停顿到路上，喊三姑娘，喊了好几声，三三还故意不理会，又才听到那管事先生笑着走了。

管事先生走后，母亲说：“三三，进屋里来，我同你说话。”三三还是装作不听到，并不回头，也不作答。因为她似乎听到那个管事先生，临走时还说：“三三你还得请我喝酒。”这喝酒意思，她是懂得到的，所以不知为什么，今天却十分不高兴这个人，同时因为这个人同母亲一定还说了许多话，所以这时对母亲也似乎不高兴了。

到了晚上，母亲因为见到三三不说话，与平时完全不同了，母亲说：“三三，怎么，是不是生谁的气？”

三三口上轻轻的说：“没有。”心里却想哭一会儿。

过两天，三三又似乎仍然同母亲讲和了，把一切事都忘掉了，可是再也不提到大寨里去玩，再也不提醒母亲送鸡蛋给人了。同时母亲那一面，似乎也因为了一件事情，不大同三三提到城里的什么，不说是应当送鸡蛋到大寨去了。

日子慢慢的过着，许多人家田堤的新稻，为了好的日头同恰当的雨水，长出的禾穗皆垂了头。有些人家的新谷已上了仓，有些人家摘着早熟的禾线，舂出新米各处送人尝新了。

因为寨子里那家嫁女的好日子快到了，搭了信来接母女两人过去陪新娘子。母亲正新为三三缝了一件葱绿布围裙，要三三去住两天。三三没有什么理由可以说不去，所以母女二人就带了些礼物到寨子里来了。到了那个嫁女的家里，因为一乡的风气，在女人未出阁以前，有展览妆奁的习惯，一寨子的女人都可来看，就见到了那个白帽子的女人。她因为在乡下除了照料病人就无什么事情可作，所以一个月来在乡下就成天同乡下女人玩玩，如今随了别的女人来看嫁妆，所以就碰到了这母女两人。

一见面，这白帽子女人就用城里人的规矩，怪三三母亲，问为什么多久不到总爷家里来看他们；又问三三为什么忘了她。这母女两人自然什么也不好说，只按照到一个乡下人的方法，望到略显得黄瘦了的白帽子女人笑着。后来这白帽子的女人，就告给三三妈妈，说病人的病还不什么好，城里医生来了一次，以为秋天还要换换地方，预备八月里就回城去，再要到一个顶远的有海的地方养息。因为不久就要走了，所以她自己同病人，都很想母女两人，同那个小小碾坊。

这白帽子女人又说：曾托过人带信要她们来玩的，

不知为什么他们不来。又说她很想再来碾坊那小潭边钓鱼，可是因为天气热了一点，不好出门。

这白帽子女人，望到三三的新围裙，裙上还扣了朵小花，式样秀美，就说：

“三三，你这个围腰真美，妈妈自己作的是不是？”

三三却因为这女人一个月以来脸晒红多了，就望到这个人的红脸好笑，笑中包含了一种纯朴的友谊。

母亲说：“我们乡下人，要什么讲究东西，只要穿得上身就好了。”因为母亲的话不大实在，三三就轻轻的接下去说：“可是改了三次。”

那白帽子女人听到这个话，向母女笑着：“老太太你真有福气，做你女儿的也真有福气。”

“这算福气吗？我们乡下人哪里比得城里人好。”

因为有两个人正抬了一盒礼过去，三三追了过去想看看是什么时，白帽子女人望着三三的背影。“老太太，你三姑娘陪嫁的，一定比这家还多。”

母亲也望那一方说：“我们是穷人，姑娘嫁不出去的。”

这些话三三都听到，所以看完了那一抬礼，还不即过来。

说了一阵话，白帽子女人想邀母女两人进砦子里去看看病人，母亲看到三三有点不高兴，同时且想起是空手，乡下人照例又不好意思空手进人家大门，所以就答应过两天再去。

又过了几天，母女二人在碾坊，因为谈到新娘子敷水粉的事情，想到白帽子女人的脸，一到乡下后就晒红了许多的情形，且想起那天曾答应人家的话了，所以妈妈问三三，什么时候高兴去寨子里看“城里人”。三三先是说不高兴，到后又想了一下，去也不什么要紧，就答应母亲不拘哪一天去都行。既然不拘什么时候，那么，自然第二天就可以去了。

因为记起那白帽子女人说的话，很想来碾坊玩，故三三要母亲早上同去，好就便邀客来，到了晚上再由三三送客回去。母亲却因为想到前次送那两只鸡，客人答应了下次来吃，所以还预备早早的回来，好杀鸡款客。

一早上，母女两人就提了一篮鸡蛋，向大砦走去。过桥，过竹林，过小小山坡，道旁露水还湿湿的，金铃子象敲钟一样，叮叮的从草里发出声音来，喜鹊喳喳的叫着从头上飞过去。母亲走在三三的后面，看到三三苗条如一根笋子，拿着棍儿一面走一面打道旁的草，记起从前总爷家管事先生问过她的话，不知道究竟是些什么意思。又想到几天以前，白帽子女人说及的话，就觉得这些从三三日益长大快要发生的事，不知还有许多。

她零零碎碎就记起一些属于别人的印象来了……一顶凤冠，用珠子穿好的，搁到谁的头上？二十抬贺礼，金锁金鱼，这是谁？……床上撒满了花，同百果莲子枣子，这是谁？……那三三是不是城里人？……

若不是滑了一下，向前一窜，这梦还不知如何放肆做下去。

因为听到妈妈口上连作呸呸，三三才回过头来。“娘，你怎么，想些什么，差点儿把鸡蛋篮子也摔了。你想些什么？”

“我想我老了，不能进城去看世界了。”

“你难道欢喜城里吗？”

“你将来一定是要到城里去的！”

“怎么一定？我偏不上城里去！”

“那自然好极了。”

两人又走着，三三忽然又说：“娘，娘，为什么你说我要到城里去？你怎么想起这件事？”

母亲忙分辩说：“你不去城里，我也不去城里。城里天生是为城里人预备的，我们有我们的碾坊，自然不会离开。”

不到一会儿，就望到大寨那门楼了，门前有许多大榆树和梧桐。两人进了寨门向南走，快要走到时，就望见榆树下面，有许多人站立，好象在看热闹，其中还有一些人，忙手忙脚的搬移一些东西，看情形好象是发生了什么事情，或者来了远客，或者还是别的原因。母女两人也不什么出奇，依然慢慢的走过去。三三一面走一面说：“莫非是衙门的委员来了，娘，我在这里等你，你先过去看看吧。”妈妈随随便便答应着，心里觉得有点蹊跷，就把篮子放下要三三等着，自己赶上前去了。

这时恰巧有个妇人抱了自己孩子向北走，预备回家去，看到三三了，就问：“三三，怎么你这样早，有些什么事。”但同时却看到了三三篮里的鸡蛋了：“三三，你送谁的礼呢？”

三三说：“随便带来的。”因为不想同这人说别的话，于是低下头去，用手盘弄那个盘云的绿围腰扣子。

那妇人又说："你妈呢？"

三三还是低着头用手向南方指着，"过那边去了。"

那女人说："那边死了人。"

"是谁死了？"

"就是上个月从城中搬来在总爷家养病的少爷，只说是病，前一些日子还常常出外面玩，谁知忽然就死了。"

三三听到这个，心里一跳，心想，难道是真话吗？

这时节，母亲从那边也知道消息了，匆匆忙忙的跑回来，心门冬冬跳着，脸儿白白的，到了三三跟前，什么话也不说，拉着三三就走，好象是告三三，又象是自言自语的说："就死了，就死了，真不象会死！"

但三三却立定了，问："娘，那白脸先生死了吗？"

"都说是死了的。"

"我们难道就回去吗？"

母亲想想，真的，难道就回去？

因此母女两人又商量了一下，还是到过去看看，好知道究竟是些什么原因。三三且想见见那白帽子女人，找到白帽子女人，一切就明白了。但一走进大门边，望见许多人站在那里，大门却敞敞的开着，两人又象怕人家知道他们是来送礼的，不敢进去。在那里就听到许多人说到这个白脸人的一切，说到那个白帽子女人，称呼她为病人的媳妇，又说到别的，都显然证明这些人并不和这两个城里人有什么熟识。

三三脸白白的拉着妈妈的衣角，低声的说：“娘，走。”两人就走了。

到了磨坊，因为有人挑了谷子来在等着碾米，母亲提着蛋篮子进去了，三三站立溪边，望到一泓碧流，心里好象掉了什么东西，极力去记忆这失去的东西的名称，却数不出。

母亲想起三三了，在里面喊着三三的名字，三三说：“娘，我在看虾米呢。”

“来把鸡蛋放到坛子里去，虾米在溪里可以成天看！”因为母亲那么说着，三三只好进去了。水闸门的闸板已提起，磨盘正开始在转动，母亲各处找寻油瓶，为碾盘轴木加油，三三知道那个油瓶挂在门背后，却不做声，尽母亲各处去找。三三望着那篮子，就蹲到地下去数着那篮里的鸡蛋，数了半天，到后碾米的人，问为什么那么早拿鸡蛋到别处去，送谁，三三好象不曾听到这个话，站起身来又跑出去了。

一九三一年八月五日至九月十七日作于青岛

猎野猪的故事

“我都从不曾见过一次狼呢。”小四说。

我同样是从不曾见过的。但小四这孩子有一个乖脾气，譬如赖到你身上时，他说不吃过酸月饼，你就得说一个月饼发酸或到什么地方吃酸月饼的故事，他才会满意。他说不见过什么，你也说不见，那可不成。不见，总听过的，就说听的吧，也可以。一句话，小四赖到身上时，是要听故事，但这故事又得由他点，不依他办，那下一次再来做客时就不理。

今天是四月五号，小四家丁香先公园的开放了，这来是看丁香兼吃小四的妈煨鸭粥的。粥吃了三碗，口还为小四特别用筷子捡出的鸭子肉弄得油糊糊的，不说故事，大致是不大容易出大门的了。

但狼这东西，究竟是什么样子？象狗，那一定。野狗我是见过的：尾子大，拖到地上，一对眼睛骨碌骨碌圆的发亮，叫起来用鼻子贴到地面，象哭，地皮在那种呜呜的延续中也若在微微的摇动。不过我知道小四所要知道的，不是狼的形状，狼的凶残。（他说他没有见过狼，其实万牲园的野狗，是见过二次的。）他是不见过会变女人的狼。这故事就是说一个猎人怎样打猎，先是用枪打那为狗赶逐出窝的狼，打不着，子弹火药也完了，于是，自己下马就去追，追来追去狼就捉住了。于是，用皮革条子缚了狼的脚，回家来，把狼丢到笼里去。于是，就磨刀，预备把刀磨快好剥狼皮做褥子。但是，一会儿，狼就变成美貌女子了。于是，结果猎人就得了一个妻。故事的内容要这样，其中各样又都不得苟且一点儿，譬如嗾狗，猎人得先打哨子，那你得嘘几声；放枪以前应安置弹药，你也得把小四爹爹的手杖拿来举个例。这差事真要选人当。

娘是顺到小四的，也象欢喜听。

近来的我，遇到说一件真真实实的故事也形容不来，这一来，可真受苦了。

但不说又不成。

“小四，你劝我的鸭子肉劝得太多，肚子胀，故事也给胀忘了，明天说吧。”我就想得一个特殊的恩典。

“那不成。”

“那成的。我明天说两个都容易，今天半个也没有。”

“你有。”他还加重语气说，“你扯谎没有！”

“我没有。四叔是不扯谎的。”

“娘，要吴妈关到门，不准四叔出去。”

关门，是做得到的，我到这来本来就已不知被关过几多回数了。小四的方法，简直是绑票。

“小四，你四叔要有事，莫又绑四叔的票吧。”小四的妈看不过意为我解围说话了。

仍然要说一个。妈有许多事，是除了屈服于孩子的坚决主张外没有办法的。看小四脸色不高兴，娘就接着说：

“好，那四叔就随便说一个故事吧。”

“随便可不成，不好是要第二个的。”

这故事只好开始了。

“小四，我听到过狼的叫声咧。象大人掩着鼻子时的哭声样。形象呢，比南方的狗大，比北方的狗小。两只耳朵竖起，镶在一副又瘦又多毛的脸嘴上的，是两粒吓人的又亮又大的眼睛。那东西，聪明得象车夫杜福，顽皮得象——”

“四叔是在骂我！我不依你！”

我脸上，就被一个小手掌轻轻的批了一下。

故事算是结束了。

故事还得另外起个头，要走是不能。

二嫂看到我的为难处，对我笑。

“娘，你应当催四叔赶快讲！”

“小四，让你四叔一次罢。”

这孩子，真是值得七祖公公来夸奖，说是“将来还有出息”的，凡事固执自己的主张，要求一件事情总非做不可。

“小四，明天我来说两个又加送你一个小拿破仑像成不成？”

“我不要你的东西。”

“那故事也就不要了！”

“故事要一个。”

为恐我逃去，这孩子，就更其聪明的卧在我怀里，用手揽着我的颈子不放松。

宋妈站在房门口，是遵小四的命令。吴妈在那槅子边挽起袖子笑，得意到少爷又窘着了一个人。张妈从外面进来，也为小四喊着不准走，斜斜的蹲在一个猫儿身边逗猫儿。

“你们谁帮我个忙，说一个狼的故事给四少爷听听罢。”

吴妈还是笑。张妈说四少爷最恨她说故事，总离不了状元。

“状元不好么，小四？”我说。

“不，我不要她说。”

“宋妈乡下人，试说一个罢。”

“我只有一个杀野猪的故事。”宋妈说。

这使小四出于意外的一惊。野猪不是比狼更其动人么？小四知道野猪力量更其大，且猪八戒不就正是一个野猪么？“如此说来顶好。”正用得着这样一句话。

于是宋妈说这故事给大家听。（下面的话是她的，我记下，因这一记，把宋妈神气却失了。）

打野猪的分出好几种。只有用矛子的那类人打猎时顶动人。

野猪本事是怎么，你们知道得清楚么？这是应当知道的。

野猪身上全是一些筋和肉，没有油。肉适宜于腌和熏。腌好的肉，熏好的肉，拿来和辣子炒了吃，不论是切片切丝都下饭。这不是打野猪故事的正文，但我要说明白，我们才知道为什么大家都爱打野猪。

有一年，这有多久了？我不大记得清楚了。我只能记到我是住在贵州花桥小寨上，辫子还是蜻蜓儿，我打过野猪。我同到天叔叔两人，随到大队猎人去土坟子赶野猪。土坟子这地方大概是野猪的窝，横顺不到三里宽，一些小坡坡，一些小潴塘，一些矮树木，这个地方我就不知究竟藏得野猪有多少。每次去打你总得，不落空。

大家吃了晚饭去，又带了一些烧好的大红薯。一帮人马总有二十多个人，又带了四匹狗。土坟子离我们寨里说是五里，其实不过三里。到后就分开，各人走各人的路。我是同到我夭叔叔随到大个子四伯走到冈上去。上到土冈上，于是就在先前打好的棚子住下来。时间是八月，天气还很热，三个人还只一床被，用麦秆子做垫褥。我同我夭叔叔因为吃饭多了点，一到不久就睡去。四伯同他的狗抽身就到外面合围去了。

不知道睡了多久。

我醒了，摇夭叔叔，他也醒了。把高粱秆的门打开，看天上全是星子。一个月亮还才从远山坡后升起来。虫象落雨一样，这里那里全是。棚子附近就不知道有多少草蚱蜢，咋咋咋咋不得了。油蛐蛐是居然不客气进到我们垫褥上来了。月亮光照到我们的脸，我想起四伯。老远又听到一些人打哨子的声音。

“夭叔叔，我们出去看看罢。”

我们于是站在月光下头了。影子拖在地上好长。一些亮火虫绕着我们的身子打转身。

“妹，有人在打哨子咧。”

我们听那哨子，忽远忽近。冈下头，有两个地方都烧有一堆火，这大约是我们伴当吧。四伯是必定到那一堆火前找酒喝去了，夭叔叔就轻轻打哨子，招我们的狗。

不听到狗声，只有小小的风，吹冈下树叶子作响。

呆了好一会儿。

夭叔叔进到棚里去，找烧薯，到处都不见，才知道放在别人箩筐里去了。有一点饿是真的。四伯又不来。还不知道是什么时候，离天亮有多久。尽呆着也不是事。这一来原就是为看看他们打野猪，万一他们这时正在打，我们在此呆着干吗？

夭叔叔就主张我们跑到冈下去看看，若四伯不在，也可以到那里一会儿，讨几个红薯又返身。

冈下到烧火处不过一里路远近。我是主张喊，夭叔叔又恐怕这时他们正在合围，惊走了他们的猪，挨四伯的骂。

“我们下去就即刻转来，不要紧的。”

野猪听说凶，我知道。但夭叔叔同我的意思都以为下冈不到一里路，是无妨。且这时大概还不到合围，四伯原是答应我们在打时可以看看的。这时既还不曾打，野猪不带伤，又不必怕它。因此下冈便决定了。

棚子内还剩得有标枪，这标枪刃子比我手掌还要宽，极其锋快。夭叔叔学到一个打猎人样子，自己拣了一根短点的，为我拣了一根小刃的，各人都把来扛到肩膊上，离开了棚子，取小路下冈。

鬼，我们是不知道人应怕它的。虎豹这地方不会有。豺狼则间或有人见到过，据说也不敢咬小孩子。我们又听说野猪在带创以前从不会伤人，就一无所惧的向烧火处走去。

我在夭叔叔身后走，为得是他可以为我逐去那讨人嫌的无毒蛇。

小风凉凉的吹到人身上很受用。月亮已升起照到头上了，星子少了点。

到了火堆边不见一个人。那里也有个棚子，棚子里只有一大筐子梭子薯，生的熟的混在一块儿，还有三个葫芦水。夭叔叔又吹哨子，不见别处有接应。我们知道必是他们禁止野猪从这路过身，所以在此烧着一堆火，人却走到别处去。

围大概是已经在合了。

“不转去又恐四伯回头找我们，转去又恐怕撞到带伤的野猪。”我是主张提高嗓子喊四伯几声看看的。

“做不得，四哥以为你被豹子咬才会喊的。万一你一喊吓走了野猪，别人又会说四哥不该带我们来了。”

夭叔叔想出一法子，是我留在此地，让他一个人转棚子。这难道算得好计策？要我一个人在此我可不能够，我愿意冒一点险担着心跑转去。有两个人，都扛着根矛子，我倒胆子壮一点！

回去是我打先，我把当路的花蛇同骤然从身后蹿来的野猪娘打跑，对付前面倒容易多多了。

在棚子内一面喝水一面吃我们从冈下取来的红薯，吃得两人肚子到发胀方才止。吃薯剥皮本来只是城里人的事，因为取来的薯三个我还吃不完，两人便只拣那好的中心吃，薯的皮和薯的边，夭叔叔便丢到棚外去。

若是我们初醒还只二更天，等到我们把薯吃了时，大约也是快到三更尽了。四伯不来真有点怄人。特意带我们来又骗了我们自顾去打围，我们真不如就到家睡一觉，明天早上左右跑到保董院子里去就可以见到那死猪！或者，这时四伯他们正在那茶树林子岔路旁站着，等候那野猪一来，就飞起那有手掌宽的刃的短矛子刺进野猪肋巴间，野猪不扬不睬的飞样跑过去，第二个岔口上别一个人就又是一矛子……说不定野猪已是倒在茶林里，四伯等正放狗四处找寻吧。

远远的听到有狗在叫，不过又象是在本寨上的狗。

夭叔叔显然吃多了红薯，眼睛闭起，又在睡了。

我也只有闭起眼，听棚外的草蚱蜢振翅膀。

象在模糊要醒不醒的当儿，我听到一样响声，这响声反反复复在耳朵里作怪，我就醒了。我身子竖起来。

为这奇怪声气闹醒后，我就细细的去听。又不象长腿蚱蜢，又不象蛐蛐。是四伯转来了么？不是的。倒有点象我们那只狗。可是狗出气不会这样浊。是——？

我一想起，我心就跳了。这是一匹小野猪！我绝不会错，这真是一匹小野猪！它还在咦咦嗡嗡的叫！不止一个，大约是三位，或者四位，就在我的棚子外边嚼那红薯皮。又忽然发小癫互相哄闹。

我不知我这时应当怎么办。一喊，准定就逃走。看看夭叔叔还不曾醒，想摇他，又怕他才醒，嚷一声，就糟糕了。我出气也弄得很小很小的。我还是下蛮忍到[1]。不过这样坚持下去也不会有好花样出来，可又想不出好方

[1] 下蛮忍到：用劲忍着不出声。

法，我就大胆小心将我们的门略推。

声音是真小。但这些小东小西特别的灵巧，就已得了信，拖起尾巴飞跑下冈子去了。

我真悔得要死。我想把我自己嘴唇重重打几下，为得是我恨我自己放气沉了点。其实有罪只是手的罪，不去推棚门，纵想不出妙法子，总可再听一会儿咀嚼。

哈，我的天！不要抱怨，也不要说手坏，这家伙，舍不得薯皮，又来了。

先是一匹，轻脚轻手的走到棚边嗅了一会儿，象是知道这里有生人气，又跑去，但马上一群就来了。不久就恢复了刚才那热闹。

我从各处的小蹄子脚步声，断定这小东西是四位。虽然明明白白棚里有好几把矛子，因为记得四伯说小野猪走路快得很，几多狗还追不上，待我扯开门去用矛子刺它，不是早跑掉了么？我又不敢追。那些小东小西大概总还料不到棚内有人正在打它们的主意，还是走来走去绕到棚子打圈子。

我就担心这些胆子很大的小猪会有一位不知足的要钻进棚来同我算帐的。替它们想是把棚外薯皮吃完转到它妈处合算，多留一刻就多一分危险。

哈，我的天！一个淡红的小嘴唇居然大大方方的从隙处进来了。总是鼻子太能干，嗅到棚内的红薯，那生客出我意外用力一下还冲进一个小小脑袋来。没有思索的余地，我就做了一件事。我不知这是我的聪明还是傻，两手一下就箍到它颈项。同时我大声一喊。这小东西猛的用力向后一缩退，我手就连同退出了棚外。几几乎是快要逃脱了。天呀，真急人！夭叔叔醒了，那一群小猪窜下冈去了。我跪在棚内，两只手用死命往内拉，一只手略松，不过是命里这猪应落在我手里，我因它一缩我倒把到一只小腿膊，即时这只腿膊且为我拉进棚内了。

“哎哟，夭叔叔，快出外去用矛子刺它，我捉着了！”

他象还在做梦的样子，一出去就捉到那小猪两后腿，提起来用大力把猪腿两边分。

“这样子是要逃掉的，让我来刺它！”

猪的叫声同我的喊声一样尖锐的应山，各处都会听见的。

不消说，我们是打了胜仗，这猪再不能够叫喊了。

一矛两矛的刺夺，血在夭叔叔手上沿着流，他把它丢到地上去，象一个打破了的球动都不动。

大家听到这故事，中间一个人都不敢插嘴。直到野猪打死丢到地上后，小四才大大的出了一口气。

宋妈的嘴角全是白沫子，手也捏得紧紧的，象还扯到那野猪腿子一个样。这老太是从这故事上又年青三四十岁了。

“以后，你猜他们怎么？”宋妈还反问一句。

大家全不做声。

“以后四伯转身时，他说是听到有小猪同人的喊叫，待看到我们的小猪，笑得口都合不拢。事情更有趣的是，单单那一天他们一匹野猪打不得，真值得夭叔叔以后到处去夸张。”

小四是听得满意到十分，只是抱着我头颈直摇。

二嫂见宋妈那搂手忘形的样子，笑着说：

“宋妈，看不出你那双手还捉过野猪。我以为你只有洗衣是拿手。”

“嗐，太太，到北方来，我这手洗衣也不成，倒只有捏饺子了。”

大家都笑个不止。

小四家的樱花开时，我已不敢去，只怕宋妈无好故事，轮到我头上，就难了。

一九二七年四月在北京窄而霉斋

王 嫂

厨房中忽然热闹起来，问一问，才知道帮工王嫂的女儿来了。年纪十八岁，眼睛明亮亮的。梳一饼大大的发髻，脸圆圆的，嘴唇缩小如一个小荷包。头上搭了一片月蓝布，围裙上绣了一朵大红花，还钉上一些小小红绿镜片。说话时脸就发红，十分羞涩，在生人面前总显得不知如何是好神气。问问王嫂，才知道女儿还刚出嫁五个月，丈夫在乡下做田，住在离昆明四十里乡下，穿的衣还是新娘子衣服。主人说：“王嫂，你大姑娘到这里来是客，炒几个鸡蛋，留她吃饭去！”王嫂就望着那女儿痴笑：“太太说留你吃饭，不要走！”女儿也笑着。一家大小知道王嫂有个好女儿，都来看看，都交口称赞王嫂福气真好。闺女可长得波俏逗人爱。

王嫂只是笑，做事更热心了一些。王嫂不特有个好女儿，还有个好儿子！儿子十二岁，已到城西区茶叶局服务当差，净挣十五块钱一个月。局里管教严，孩子长得干净清秀，穿上一件灰色制服，走路脱脱脱，见过的人都说相貌有福气，长大一定有出息。王嫂怕他不学好，一来就骂骂，装成生气样子，要孩子赶快回去。孩子虽是她唯一宝贝，可并不娇惯，守规矩，从不胡乱花钱。

王嫂因事离开了这个家约五个月，大约在别处主仆之间相处不大好，到后又回到这里来了。在这一家中的工作是洗衣烧饭，间或同卖鸡蛋清茅房的乡下人嚷嚷，一切动机无不出于护主。为人性情忠诚而快乐，爱清洁，又惜物不浪费，所以在一家中极得力，受一家重视。这点重视为王嫂感觉到时，引起她的自尊心，事情便做得更有条理。

有一天，另外一个乡下妇人来了，带了些新蚕豆来看王嫂，两人一面说一面抽抽咽咽。来人去后，问起原因才知道一年前那个作新媳妇的女儿，已在两个月前死掉了。来的就是那女儿的婆婆。女儿因为生产，在乡下得不到医药照料，孩子生下地两天，女儿流血不止，家里人全下了田，想喝水不得水喝，喝了些水缸脚沉淀，第二天腹痛就死去了。孩子活了两个月，也死去了。经过这样大变故的王嫂，竟还是一切照常，用来稳定她的生命或感情的，原来是古人的“生死有命，富贵在天”八个字。她相信八字。

说起女儿死去情形时，她说：“他们忙着收麦子，大麦稞麦，用车子装满一车一车马拖着走，下田去了。我女儿要喝水，喝不到，把水缸脚脚喝下肚，可怜，她嚷痛也痛，就死了！死了她男人哭，不许棺材抬出门。自己可要去做壮丁，抽签到头上，过盘龙寺当兵去！生死有命。”说的话不到十句，可包括了多少动人的内容！

吃晚饭时，王嫂加添一碗新蚕豆，就是白天那亲家送来的。两亲家说起女儿时，心酸酸的，眼睛湿莹莹的，都念着女儿。

王嫂死了女儿，儿子却好好的。一个月必来看看她一次，就便把工薪全部缴上，王嫂点清了数目，另外送他两块钱作零用。

这家里同别的人家一样，有鸡，有狗，有猫儿。这些生物在家中各有一个地位。这一切却统由王嫂照管。

把午饭开过，锅碗盘盏洗清楚后，王嫂在大院中石碌碡上坐下喂鸡，看鸡吃食。看见横蛮霸道的大公鸡欺侮小母鸡时就追着那公鸡踢一脚，一面骂着：“你个良心不好的扁毛畜生，一个小小肚子吃多少！我打死你！”公鸡还是大模大样不在乎，为的是这扁毛畜生，已认识了王嫂实在是个好人。公鸡是住在对面唐公馆戏楼上哲学教授老金寄养下来的。每天大清早，家中小黑狗照例精神很好，无伴侣可以相互追逐取乐，因此一听公鸡伸长喉咙鸣叫，就似乎有点恶作剧，必特意来追逐公鸡玩。这种游戏自然相当激烈，是公鸡受不了的。因此这庄严生物，只好一面绕屋奔跑一面咖呵咖呵叫唤，表示对这玩笑并不同意，且盼望有人来援救出险。这种声唤自然引起了一家人的关心，但知道是小狗恶作剧，谁也不理会，到后真正来援救解围的，照例只有王嫂一人。

那时节王嫂也许已经起床，在厨房烧水了，就舞起铁火钳出来赶狗，同小狗在院中团团打转。也许还未起床，小狗恶作剧闹到自己头上，必十分气愤，从房中拿了一根长竹竿出来打狗。这支竹竿白天放在院子中晒晾衣服，晚上特意收进房中，预备打狗。小狗聪明懂事，食料既由王嫂分配，对王嫂自然相当敬畏，眼见那枝竹竿，是王嫂每天打它用的。只是大清早实在太寂寞了，兴致又特别好，必依然折磨折磨大公鸡，自己也招来两下打，因此可好象一个顽皮孩子一般，搭搭趔趔跑到墙角去撒一泡尿，不再胡闹，乐意结束了这种恶作剧。尽管挨骂，挨打，小狗心中还是清楚明白，一家中唯有王嫂最关心它。

王嫂每天照例先喂狗，后喂鸡。狗吃饱后就去廊下睡觉。喂完了鸡，向几只鸡把手拍拍，表示所有东西完了完了，那几只鸡也就走过院坪边沿那几株大尤加利树下扒土玩去了，因此来准备开始做自己事情。下半天是她洗衣的时间，天气好时，王嫂更忙。院子中有两大盆待洗的衣服；老先生的，先生的，太太的，小姐的，学生的，小娃子的，还加上自己在茶业局作小勤务十二岁小儿子的。衣服虽不少，她倒不慌不忙的做去。事情永远作不完，可并不使她懊恼。一面搓衣一面间或还用本地调子唱唱歌，喉咙窄，声调十分悦耳。偶然为主人听到时，要她好好唱下去，就觉得害臊，把个脸羞得红红的，决不再开口。唱歌的用意只在自己听听，为自己催眠，凭歌声引带自己到一个光明梦境里去。

她目下有十二块钱一个月，儿子却有十五块，两人赚的钱都没有用处，积聚一年可捎回乡下去买一亩二弓田地。仗打下去，米粮贵，一点收入少虽少，利上翻利，五年不动用，会有多少！再过八年儿子长大了，所长保举他进军官学校，接一房新媳妇，陪嫁多的不要，只要有三五亩地，一头水牯牛。一切事都简单具体，使这个简单的人生活下来觉得健康而快乐，世界虽不断的在变，人心也在变，鸡狗好象都在变，唯有这个乡下进城的农妇，人生观和希望，却始终变得不怎么大。

三月后天气转好，镇日长晴，城区经常有空袭警报，警报来时，家中长幼照例分成两组，一组外出，一组不动。王嫂对外出最匆忙的照例要笑笑，一面笑一面说："先生，来了来了，快走快走！"说话得极少，意思似乎倒很多。有点讽刺，有点爱娇，主要表示倒是她并不怕。飞机来到头上也不怕。为什么不怕？孔子遗教在这颗简单的心上有了影响："生死有命，富贵在天。"还记起一个故事："黄巢杀人八百万，在劫数的八方有路难逃，不在劫数的，坐下来判官不收你。"两句简单话语和一个简单故事，稳定了这个简单的心，因此，在平时做事很尽力，做人很可靠，在乱时，她不怕，炸到头上机会既不多，炸不到头上她真不怕。

疏散的出门去后，不出门的照例还是各在房中做事读书，院中静静的，剩下王嫂一个人。她还是洗衣，一面洗衣一面点数空中飞机数目，好等等报告给主人。或遇到什么人来院中时，有点话说。她需要听一两句好话，或是赞美，或表示敬服，听来她都十分高兴。哲学教授老金，照例每天午后四点来看他的大公鸡，必带一个大烧饼，坐在屋檐下石砌上，一面喂鸡一面和王嫂谈谈天。若有警报，或问："王嫂，你怕不怕？"知道她不怕后，就翘起大拇指说："王嫂，王嫂，你是这个。一家人你胆量最好！"王嫂听来带点羞涩神气笑着："咦，金先生，你说得好！我不怕，生死有命，富贵在天！"俨然知道对面是教哲学的先生，就援引两句大哲人的话语，表示酬答。哲学教授老金，必照样复述那两句话一次。"是哪吗！是哪吗！这是圣人说的！可不会错！"

王嫂笑着："圣贤说的，哪里会错！"

王嫂虽从不出城避空袭，可是这城中也就真如"有命在天”，直到如今还未被炸过一次。王嫂看到的只是自己飞机三三五五在市空绕圈子，还不曾看过日本飞机。五月九号天气特别好，照样的有了警报，照样有万千人从门前走过疏散，家中也照样有人出门。这一次情形不同一点，三点左右竟真有二十七架飞机排队从市空飞过，到飞机场投了弹。飞机的样子，声音，轰炸消息，共同在王嫂脑子中产生一个综合印象。可是一切工作还是照常。晚饭时把菜汤端上了桌子，站在桌边听消息。一个客人向她说笑：

“王嫂，你看见了日本飞机？”

“二十七架，高也高！哪，那边高射炮蓬蓬的响了，那边机关枪咯咯响了，亭通，兵通，飞机场炸了。我不躲，我不怕的。”

“真不怕吗？炸弹有水缸大，这房子经不起！”

“要炸让它炸，生死有命。”

这件事也就过去了。第二天到了下午，天气还是很好，并无警报，到两点左右，她正一面洗衣一面用眼睛耳朵去搜索高空中自家飞机的方位，小狗忽然狂吠起来。原来那个在茶业局当差的小儿子来了。

小孩子脸黑黑的，裤子已破裂，要他母亲给缝补缝补。

“福寿，你走哪里来？”

孩子说：“我从近日楼那个法国甘美医院来。”

“昨天警报你在哪里？”

孩子说：“我在河甸营。”

这一来王嫂呆住了。“你怎么到飞机场去。日本飞机不是把河甸营炸平了吗？炸死好多好多人。你去看热闹！有什么好看的！”

“我有事去。飞机来了，丢下十二个炸弹，三个燃烧弹，房子烧了，倒了，我前前后后是人手人脚，有三匹马也炸个碎烂。机关枪答答答答乱打。最后我也死了，土把我埋了。有人摸我心子，还有一点气，汽车装我到甘美医院。今天九点钟我醒回来了，他们说好，你醒了，你姓什么？好，王家孩子，你回家去吧。到局里去吧，你妈找你！裤子被车门拉破的，他们当我是个死人！……说我真命大，全身没有伤，死里逃生的。”

孩子把事情叙述得清清楚楚，毫不觉得可怕，也毫不觉得这次经验有何得意处。坐在他母亲洗衣盆边，裤子破了一个大裂口，把手抹抹，瘦瘦的腿子全裸露出来了。王嫂声哑了：“咦，咦，咦，你不炸死！你看到死人？看到房子倒了烧起来？你看到人手人脚朝天上飞？人家抬你到医院去，九点钟才醒。回去主任骂不骂你？来，我看看你裤子！”

小孩子走到她身边去，她把破裤子一拉，在孩子精光光的瘦臀上巴巴的打了三下。“你不怕死？我自己打死你，省得吃水缸大炸弹五马分尸！”小孩子却嘻嘻笑着，看看母亲的眼睛，已湿莹莹的了。

孩子说：“我不怕日本，我长大了还要当兵去！”

王嫂一面拉围裙抹眼角，一面生气的说：“好，你当兵去，人家让你豆子大人当兵去，老鸦看你以为是耗子，叼你上天去！”

“打仗我才不怕，我要捉一个活的俘虏回来你瞧。一定捉活的，用电线绑来，带回家去帮我们做田！”

“你有力量捉灯草人。”

“我要长大的！我赌咒要去打大仗。”

王嫂不再同孩子争辩了，赶忙去取针线给孩子缝裤。把针线取来，坐到小竹椅边时，又拍打了孩子几下，孩子却感到一种爱抚的温情，问他母亲："娘，你怕不怕？"

"咄，我怕什么？天在头上。"

她看看天，天上蓝蓝的，有一团团白云镶在空间。恰有三只老鸦飞到院中尤加利树高枝上停下来，孩子一拍掌，老鸦又飞去了。王嫂把裤子缝好后，用口咬下那点线头，把针别到头髻上去，打抱不平似的，拉住孩子脏耳朵说："你当兵去，老鸦就叼你到树上去。福寿，你能当兵？"

孩子不作声，只快乐的微笑。他心想："我怎么不能当兵？人长大了，什么都做得好。"

孩子走后，家中人知道了这件事，都以为王嫂人好，心好，命好。王嫂不作声，只是微笑。到晚上，却悄悄的买了些香纸，拿到北门外去烧化。她想起死去的女儿，死得太苦了，命可不好，有点伤心，躲在自己房中去哭了好一会儿，不曾吃晚饭。这件事一家人谁也不知道，因为她怕人知道要笑她，要问她，要安慰她。这一切她都不需要。

一九四〇年初作

旅店

只有醒的人，去看睡着了的另一种人，才会觉到有意思的。他们是从很远一个地方走来，八十里，或一百里的长途，疲劳了他们的筋骨，因此为熟睡所攫，张了口，象死尸，躺在那用干稻草铺好的硬炕上打鼾。他们在那里做梦，不外乎梦到打架、口渴、烧山、赌钱等等事。他们在日里时节，生活在一种已成习惯了的简单形式中，吃、喝、走路、骂娘，一切一切觉得已够，到可以睡时就把脚一伸，躺下一分钟后就已睡着了。

这样的人在各处全不缺少。生在都会中人，即或有天才也想不到这些人生在同一世界的。博士是懂得事情极多的一种上等人，他也不会知道这种人的存在的。俄国的高尔基，英国的萧伯纳，中国的一切大文学家，以及诗人，一切教授，出国的长虹，讲民生主义的党国要人，极熟习文学界情形的赵景深，在女作家专号一书中客串的男作家，他们也无一个人能知道。革命文学家，似乎应知道了，但大部分的他们，去发现组织在革命情绪里的爱去了，也仿佛极其茫然。

中国的大部分的人，是不但生活在被一般人忘记的情形下，同时也是生活在文学家的想象以外的。地方太宽，打仗还不容易，其余无从来发现，这大概也是当然的道理了。这里一件事，就是把中国的中心南京作起点，向南走五千里，或者再多，因此到了一个异族聚居名为苗窠的内地去。这里是说那里某一天的情形的。

天已快亮。

在主人名字名为黑猫的小店中，有四个走长路的人，还睡在一个长大木床上做梦。他们从镇远以上，一个产纸的地方，各人肩上扛了一担纸下来，预备到屈原溯江时所停船的辰阳地方去。路走了将近一半。再有十一天，他们就可以把纸卖给铺子回头了。做着这样仿佛行脚僧事业的人，是为了生儿育女的缘故，长年得奔走的。每一次可以休息十天，通计一年之中有四分之三在各地小旅店中过夜。习惯把这些人变成比他一种商人更能耐劳，旅店与家也近乎是同样的一种地方了。

这旅店开设在山脚，过湖南界下辰州的是应翻山过去的，走了长路的因此多数在此住宿，预备在一夜中把疲倦了的身体恢复过来，蓄了力上这高山。主人是二十七岁的妇人，属于花脚苗。这妇人为什么被人取名为黑猫，是很难于追溯的事。大概是肌肤微黑，又逗人欢喜的缘故。这名字好象又是这妇人丈夫所取的。为自己妇人取下了这样好名字的丈夫，料不到很早的就死去，却把名字留给一切过往客人呼唤了。把名字留给过往客人呼唤，原是不什么要紧，黑猫的身体，自从丈夫死了以后，倒并不如名字那样被一般人所有！

欢喜白皮肤，苗族中并不如汉人嗜好之深。对于黑的认识，在白耳族[1]中男子是比任何中国人还有知识的。然而黑猫自从丈夫死了以后，继续了店中营业，卖饭，卖酒，且款待来往远方的客人住宿，却从不闻谁个人对黑猫能有皮肤以内的认识。凡是出门经商作事的人全不

[1] 本文中白耳族、花脚族、乌婆族，均属虚拟。

是无眼睛的人，眼睛大部分全能注意到生意以外的妇女们脸孔，但对于黑猫，总象她真是个猫，与男女事无关，与爱情无分。事情也并不怎样奇怪，她不是平常的花脚族妇女。乌婆族妇女的风流娇俏，在这妇人身上并不缺少，花脚族妇女的热情，她也秉赋很多，同时她有那白耳族妇女的自尊与精明，死去了的丈夫让他死去，她在一种选择中做着寡妇活下来了。

她在寡妇的生活中过了三年，没有见到一个动心的男子。白耳族男子的相貌在她身边失了诱人的功效，布衣族男子的歌声也没有攻克这妇人心上的城堡。土司的富贵并不是她所要的东西，烟土客的挥霍她只觉得好笑。为了店中的杂事，且为了保镖需人，她用钱雇了一个四十多岁的驼背人助理一切。来到这里的即或心怀不端，也不能多有所得，相约不来则又是办不到的事。这黑猫的本身就是一件招来生意的东西，至于自黑猫手中做出的菜，吃来更觉得味道真好，也实有其人。

因为这样，黑猫在众人所不能忘的情形下生活，自然幸福与忧患是同时都有得到的方便，她应得到的全来了。在营业上、心怀上占了优势的黑猫，在身体上、灾难上不可免的也来了。用歌声，与风仪，与富贵，完全克服不了黑猫的心，因此有人想起用力来作最后一举的事了。亏了黑猫的机警，仍然不至于被人遂心，其中故事不少。故事数毕到了最近的今天。

照例天一发白，黑猫是就应当同那驼子起身，为客人热水洗脸，或烫一壶酒，让客人在灶边火光中把草鞋套上，就来开门送客的。把客送走，天若早，又是冬天，还可以再把身子蜷到棉絮中睡一觉。若系三月到九月中任何一日，则大清早各处全是雾，也将走到大路旁井边去担水，把水缸中贮满清水为止。担水的事是黑猫自作的。

黑猫今天特别醒得早，醒时把麻布蚊帐一挂，把床边小小窗子推开，满天的星子，满院子虫声，冷冷的风吹来使人明白今天的天气一定晴朗。虫声象为露水所湿，星光也象湿的，天气太美丽了。这时节，不知正有多少女人轻轻的唱着歌送她的情人出门越过竹林！不知有多少男子这时听到鸡叫，把那与他玩嬉过一夜的女人从山峒中送转家去！又不知道有多少人在那分别时流泪赌咒！黑猫想起了这些，倒似乎奇怪自己起来了。别人作过的事她不是无分！别一个作店主妇的人都有权利在这时听一点负心男子在床边发的假誓，她却不能做。别的妇人都有权利在这时从一个山峒中走出，让男子脱下蓑衣代为披上送转家中，她也不能做。

一个二十多岁的妇人，结实光滑的身体，长长的臂，健全多感的心，不完全是特意为男子夜来享受的么？可是一个有权享受她的男子，却安安静静睡到土里四年，放弃这权利了。其余呢，又都不济。

今天的黑猫真有点不同往常，在星光下想起的却是平时不曾想到的男女事情。她本应在算帐这些纠葛上感觉到客人好坏的，这时却从另一些说不分明的印象上记起住宿的客人来了。四个客，每年来去约在十五六次左右，来去全在此住宿也已经有数年了。因为熟，她把每一个人的家事全知道得清清楚楚。这些人全有家室是她早知道了的。只要中了意，把家中撇开，来做一点只有夫妻可以有的亲密，不拘形迹的事体，那原无妨于事的。山高水长两人分手又是一个月，正因为难于在一处或者也就更有意思。这些事，在另一时本来她就想到了，不行的仍然是男子中还无一个她所要的男子。此时的四个纸客，就无一个象与她可以来流泪赌咒的。她即或愿意在这四碗菜中好歹选取一碗，这男子因为太与主人相熟，也就很难自信在这个有名规矩的妇人身上，把野心提起！

但奇怪的是今天这黑猫性情，无端的变了。

一种突起的不端方的欲望，在心上长大，黑猫开始来在这四个旅客中思索那可以亲近的人了。她要的是一种力，一种圆满健全的而带有顽固的攻击，一种蠢的变动，一种暴风暴雨后的休息。过去的那个已经安睡在地下的男子，所给她的好经验，使她回忆到自己失去的权利，生出一种对平时矜持的反抗。她觉得应当抓定其中一个，不拘是谁，来完成自己的愿心，在她身边作一阵那顶撒野的行为。她思索这样事情时，似乎听得有人上山的声音了。

她又从窗口去望天上的星，大小的星群无从数清，极大的星子放出的光作白色，山头上显得出庙宇的轮廓，无论如何天是快明了。

听到鸡叫的声音，听到远处水磨的呜咽声音，且听到狗的声音。狗叫是显然已有人乘早凉上路了。在另一时，她这时自然应当下床了，如今却想到狗叫也有时是为追逐那无情客人而怀了愤恨的情形的，她懒懒的又把窗关上了。

那驼子原是一个极准确的钟，人上了年纪，一到天亮他非起床不行，这时已在那厨灶边打火镰燃灯，声音为黑猫听到了。

黑猫在床上，象是生了气，说：“驼子，你这样早做什么？”“不早了，我知道。今天天气又好，今年的八月真是菩萨保佑！”

驼子照例把灯一燃，就拿灯到客人房中去，于是客人也醒了。

一个客人问驼子天气怎么样。

“好天气！这种天气是引姑娘上山睡觉，比走长路还合式的天气！”

驼子的话把四个客人中有三个引笑了，一个则是正在打哈欠。这打哈欠的人只顾到打哈欠，所以听不真。驼子象有意说话给这四个客人以外另一个人听，接口说：

“如今是变了，一切不及以前好。近来的人成天早早起来作事。从前二十年，年青人的事是不少，起来的也更早，但作的事情却是从他相好的被里爬出回家，或是送女人回家。他们分了手，各在山坡上站立，雾大对面不见人，还可以用口打哨唱歌。如今是完了，女人也很少情浓心干净的女人了。”

主人黑猫在后房听到驼子的话，大声喊他，说：“驼子，你把水烧好，少在那里说呆话！”

“噢，噢。”这驼子答应了，还向这四个客人做一个烂脸，表示他所说的话不是无根，主人就是一个不知情趣的女人。他一边走一边自言自语，说的是：“世界变了，女人不好好的在年青时唱歌喝酒，倒来作饭店主人。作了饭店主人，又不……”他不把话说完，因为已到了灶边，有灶王菩萨在。大约是天气作的怪，这个人，今天也分外感到主人安分守寡不应当了。

听到驼子发了感慨的黑猫，这时已起了床，趿了鞋过客人这边房来，衣服还未扣好，一头的发随意盘在头上蓬起象鹰窠，使人想象到山峒狼皮褥上的媚金，等候情人不来自杀以前的样子。客人中之一，听到驼子的不平言语，见到黑猫的苗条身段，见到黑猫的一对胀起的奶，起了点无害于事的想头，他说：

“老板娘，你晚来睡得好！”

她说：“好呀！我是无晚上不好！”

“你若是有老板在一处，那就更好。”

黑猫在平时，听到这种话，颜色是立刻就会变成严肃的。如今却斜睨这说笑话的客人笑。她估量这客人的那一对强健臂膊，她估他的肩、腰以及大腿，最后又望到这客人的那个鼻子，这鼻子又长又大。

客人是已起床了，各人在那里穿衣，系带，收拾好的全到房外灶边去套草鞋。说笑话的那个客人独在最后。在三个伙伴出去以后，黑猫望到这大鼻子客人，真有一种说不分明的潜意识在，所以手揣到自己的怀里把身子摇摆着，想同客人说两句话。

这客人虽曾与黑猫说了一句笑话，是想不到黑猫此时欲望的。伙伴去后见到黑猫在身边，倒无一句可说的话了。他慢慢把裹腿绑好，就走出房了。黑猫本应在这时来整理棉被，但她只伏到床上去嗅，象一个装醉的人作的事。

另一个客人，因为找那扎在床头的草烟叶，从外面走来，黑猫赶即起来为客人拿灯照亮，客人把烟叶找到，也不注意到这妇人与往日大不同处，又走出去了。

黑猫拿了灯跟出房来，把灯放在灶上，去瞧水缸。水所剩不多了。她得去担水，就拿了扁担在手，又从方桌下拖水桶。

把店门开了，外面的街有两三只狗走过身，她又忙把门关上。“驼子，近来怎么野狗又多起来了！”

“每年一到秋天就来了。我说了多久，要装一个药弩，总不得空。我听人说野狗皮在辰州可卖三四两银子一个，若是打到一对狐种狗，我就可以发财了。”

那大鼻子客人说：“岂止三四两银子？我是亲眼见到有人化十块钱买一个花尾獾子的。”

“这话信不得。”另一个客人则有疑惑，因为若果这话可靠，那这纸生意可以改为猎狐生意了。

“谁说谎？他们卖獭是二十两银子，我亲眼见的，可以赌咒。”

“你亲眼见些什么呢？许多事你就不会亲眼见到。若是你有眼睛，早是——”这话是黑猫说的。说了她就笑。

他们都不知道她所说意义何所在，也不明白为什么而笑。但这个大鼻子客人，则仿佛有所会心了，他在一种方便中，为众人所忽略时，摸了一下黑猫的腰，黑猫不作声，只用目瞅着这人的鼻子，好象这鼻子是能作怪的一种东西。

虽然有野狗，野狗不是能吃大人的兽物，本用不着害怕的，所以不久黑猫又开门出去担水去了。大鼻客人也含了烟杆跟了出去，预备打狗或者解溲，总有事。这一担水象是在一里路以外挑回的，回来时黑猫一句话不说，坐在灶边烤火。驼子见大鼻客人转来更慢，却说以为客人被狗吃了。或者狗，或者猫。某一个地方总也真有那种能吃人的猫狗吧。被狗吓的是有人，至于描，那是并不象可怕的东西了，有人问到时，大鼻客人是说得出的。

洗完脸，主人不知何故又特意为客人煮了一碗鸡蛋，把蜂糖放在鸡蛋里。吃完后，送了钱，天已大亮，四个客人把扁担扛上了肩，翻山去了。黑猫主人痴立在门边半天，又坐到灶边去半天，无一句话同驼子可说。

过了一个月左右，旅店中又有人住宿了。卖纸人四个中不见了那位大鼻子，问起缘故才知道人是在路上发急症死了。又过了八个月，这旅店中多了一个小黑猫，一些人都说这是驼子的儿子，驼子因为这暧昧流言，所以在小黑猫出世以后，做了黑猫的丈夫。

黑猫是到后真应了那不幸的大鼻客人的话，有老板人更好了。那三个纸客，还是仍然来往住宿到这旅店中，一到了这店里，见到驼子的样子，总奇怪这个人能使黑猫欢喜的理由，不知在什么地方。这些事谁能明白？譬如说，以前是同伴四个，到后又成为三个，这件事就谁也不知道清楚。

一九二九年一月十日作

夫 妇

住到 ×× 村，以为可以从清静中把神经衰弱症治好的璜，有一天，正吃到晚饭，对于过于注意到自己饭食的居停所办带血的炒小鸡感到束手。忽然听到有人在外面喊："看去看去，捉到一对东西！"喊的声音非常迫促，真如出了大事，全村中人皆有非看看不可的声势。不知如何本来不甚爱看热闹的璜，也放下了饭碗，手拿着竹筷，走到门外大塘边看热闹去了。

出了门，还见到人向南跑，且匆匆传语给路人，说：

"在八道坡，在八道坡，非常好看的事！要去，就走，不要停了，恐怕不久会送到团上去！"

究竟是怎么回事他是不得分明的。惟以意猜想，则既然是人人都想一看，自然是有趣味的东西了。然而在乡下，什么事即有趣，想来是不容易使城中人明白的。

他以为，或者是捉到了两只活野猪，也想去看看了。

随了那一边走路一边同路上人说话的某甲，匆匆向一些平时所不经过的小山路走去，转弯后，见到小坳上的人群了。人莫名其妙的包围成一圈，究竟这是什么事还是不能即刻明白。那某甲，仿佛极其奋勇的冲过去，把人用力推开。原来这聪明人看到璜也跟来看，以为有应当把乡下事情给城中客人看看的必需了，所以排除了其余的人。乡下人也似乎觉得这应给外客看看，着忙各闪开了。

一切展在眼前了。

所捉到的，原来是一对人。抱着看活野猪心情的璜分外失望了。

但许多人正因有璜来看，更对于这事本身多一种趣味了。人人皆用着仿佛“那城里人也见到了”的神气，互相作着会心的微笑。还有对他的洋服衬衫感到新奇的乡下妇人，作着“你城中穿这样衣服的人也有这事么”的疑问。璜虽知道这些乡下人望到他的发，望到他的皮鞋与起棱的薄绒裤，所感生兴味正不下于绳缚着那两人的事情，但仍然走近那被绳捆的人面前去了。

到了近身才使他更吓，原来所缚定的是一对年青男女。男女皆为乡下人，皆年青，女的在众人无怜悯的目光下不作一声，静静的流泪。不知是谁把女人头上插了极可笑的一把野花，女人头略动时那花冠即在空中摇摆，如在另一时看来，当有非常优美的好印象。

望到这情形，不必说话事情也分明了，这是属于年青人才有的罪过。

某甲是聪明人，见到璜是“客”，却仍然来为璜解释这事。事情是这样：有人过南山，在南山坳里，大草积旁发现了这一对。这年青人不避人的大白天做着使谁看来也生气的事情，所以发现这事的人，就聚了附近的汉子们把人捉来了。

捉来了，怎么处置？捉的人可不负责了。

既然已经捉来，大概回头总得把乡长麻烦，坐堂审案，这事人人都这样猜想。为什么非一定捉来不可，被捉的与捉人的两方面皆似乎不甚清楚。然而属于流汗喘气事自己无分，却把人捉到这里来示众的汉子们，这时对女人是俨然有一种满足，超乎流汗喘气以上的。妇女们走到这一对身边来时，各用手指刮脸，表示这是可羞的事，这些人，不消说是不觉得天气好就适宜于同男子作某种事情为应当了。老年人则看了只摇头，大概他们都把自己年青时代性情忘掉，有了儿女，风俗一类的言语是有提倡的必需了。

微微的晚风刮到璜的脸上，听到山上有人吹笛，抬头望天，天上有桃红的霞，他心中就正想到，风光若是诗，必定不能缺少一个女人。

他想试问问被绳缚定如有所思垂了头那男子是什么地方来的人，总不是造孽。

男子先低头已见到璜的黑色皮鞋了。鞋不是他所习见的东西，虽不忘眼前处境，也仍然肆意欣赏了那黑色方头的皮鞋一番，且奇怪那小管的裤过了。这时听人问他，问的话不象审判官，就抬头来望璜。人虽不认识，但这人已经看出璜是同情自己的人了，把头略摇，表示这事的冤抑。

“你不是这地方人么？”

这样问，另外就有人代为答应，说不是。这说话的人自然是不至于错误的，因为他认识的人比本地所住人还多。尤其是女人，打扮和本村年青女人不相同。他又是知道全村女子姓名的。但在璜没有来到以前，已经过许多人询问，皆没有得到回答。究竟是什么地方人，那好事的人也说不出。

璜又看看女人。女人年青不到二十岁，一身极干净的月蓝麻布衣裳，脸上微红，身体硕长，风姿不恶。身体的确有略与普通乡下女人两样处，这时虽然在流泪，似乎全是为了惶恐，不是为羞耻。

璜疑心或者这是两个年青人背了家人的私奔事，就觉得这两个年青人很可怜。他想如何可以设法让这人离开这一群疯子才行。然而做居停主人的朋友进了城，此间团总当事人又不知是谁。在一群民众前面，或者真会作出比这时情形更愚蠢的事也不可知。这些人就并不觉得这管闲事的不合理。正这样想时，就听到有人提议了。

一个满脸疙瘩再加上一个大酒糟鼻子的汉子，象才喝了酒，把酒葫芦放下来到这里看热闹的样子，用大而有毛的手摸了女人的脸一下，在那里自言自语，主张把男女衣服剥下，一面拿荆条打，打够了再送到乡长处去。他还以为这样处置是顶聪明合理的处置。这人不惜大声的嚷着，提出这希奇主张，若非另一个人扯了这汉子的裤子，指点他有“城里人”在此，说不定把话一说完，不必别人同意就会动手做他所想做的事。

另外有较之男子汉另有切齿意义，仿佛因为女人竟这样随便同男子在山上好风光下睡觉，极其不甘心的妇女，虽不同意脱去衣裤却赞成“打”。

小孩子听到这话，莫名其妙的欢喜，即刻便争着各处寻找荆条。他们是另一时常常为家中父亲用打牛的条子把背抽得太多，所以对于打贼打野狗野猫一类事，分外感到趣味了。

璜看到这情形太不行了，正无办法。恰在此时跑来一个在行伍中出身军人模样的人物。这人一来群众就起了骚动，大家争告给这人事件的经过，且各把意见提出。大众喊这人作练长，璜知道必定是本村有实力的人物了，且不作声，听他如何处置。

行伍中人摹仿在城中所见到的营官阅兵神气，眉皱着，不言不语，只忧郁而庄严的望到众人，随后又看看周围，璜也被他看到了，似乎因为有“城中人”在，这汉子更非把身分拿出不可了，于时小孩子与妇人皆围近到他身边，成一圈，这汉子，就出乎众人意料以外的喝一声：“站开！”

因这一喝各人皆踉踉跄跄退远了。众人都想笑又不敢笑。

这汉子，就用手中从路旁扯得的一根狗尾草，拂那被委屈的男子的脸，用税关中人盘诘行人的口吻问道：

“从哪里来的？”

被问的男子，略略沉默了一会儿，又望望那练长的脸，望到这汉子耳朵边有一粒痣。他说：

“我是窑上的人。”

好象有了这一句口供已就够了的练长，又用同样的语气问女人，他问她姓。

“你姓什么？”

那女子不答，抬头望望审问她的人的脸，又望望璜，害羞似的把头下垂，看自己的脚。脚上的鞋绣得有双凤，是只有乡中富人才会穿的好鞋。这时有人在夸奖女人的脚的无赖男子。那练长，用同样微带轻薄的口吻问：

“你从哪里来的？不说我派人送你到县里去。”

乡下人照例怕见官，因为官这东西，在乡下人看来，总是可怕的一种东西。有时非见官不可，要官断案，也就正有靠这凶恶威风把仇人压下的意思，所以单是怕走错路，说进城，许多人就毛骨悚然了。

然而女人被绑到树下，与男子捆在一处，好象没有法，也不怕官了，她仍然不说话。

于是有人多嘴了，说“打”，还是老办法，因为这些乡下人平时爱说谎，在任何时见官皆非大板子皮鞭竹条不能把真话说出。所以他们之中记得打是顶方便的办法。

又有人说找磨石来，预备沉潭。这是恐吓。又有人说喂尿给男子吃，喂女子吃牛粪。这是笑谑。

完全是这类近于孩子气的话。

听到这些话的男女皆不做声，不做声则仿佛什么也不怕。这使练长愤然了。声音严厉了许多，仍然重复先前别人说的恐吓话，又象这完全是众人意见，既然有了违反众人的事，众人的裁判是正当的，城里做官的也无从反对。

女人摇着头，轻轻的轻轻的说：

“我是从窑上来的人，过黄坡看亲戚。”

听到女人这样说话的那男子，也怯怯的说话了，说：

“同路到黄坡。”

那问官就说：

“同逃？”

“不是，是同路。”

在“同路”不“同逃”的解释上众人推想，因为路上相遇才相好的，大家笑。

捉奸的乡下人，这时才从团上赶来，正找不到练长，回来见到练长了，欢喜得如见大王报功。他用他那略略显得狡猾的眼睛，望练长睒着，笑眯眯的说怎样怎样见到这一对无耻的青年在太阳下所做的事。事情的希奇自然是“青天白日”，因为青天白日在本村人除了做工都应当打盹，别的似乎都不甚合理，何况所做的事更不是在外面做的事。

听完这话，练长自然觉得这是应当供众人用石头打死的事了，他有了把握。在处置这一对男女以前，他还想要多知道一点这人的身家，因为在方便中可以照习惯法律，罚这人一百串钱，或把家中一只牛牵到局里充公，他从中也多少叨一点光。有了这种思想的他，就仍然在那里讯取口供，不惮厌烦，而且神气也温和多了。

在无可奈何中，男子一切皆不能隐瞒了。

这人居然到后把男子的家中的情形完全知道了，财产也知道了，地位也知道了，家中人也知道了，得意的笑。谁知那被捆捉的男子，到后还说了下面的话。他说他就是女子的亲夫。因为新婚不久，同返黄坡女家去看岳丈，走到这里，看看天气太好，于是坐到那新稻草积旁看风景，看山上的花。那时风吹来都有香气，雀儿叫得人心腻，于是记起一些年青人应做的事，于是到后就被捉了。

到男子说完这话，众人也仿佛从这男女情形中看出不是临时匹配的了。然而同时从这事上失了一种浪漫趣味，就更觉得这事非处罚不行了。对于罚款无分的，他们就仍然主张打了再讲。练长显然也因为男子说出是真夫妇，成为更彻底了的。

正因为是真实的夫妇，在青天白日下也不避人的这样做了一些事情，反而更引起一种只有单身男子才有的愤恨骚动，他们一面想望一个女人无法得到，一面却眼看到这人的事情，无论如何将不答应的，也是自然的事了。

从头至尾知道了这事的璜，先是也出于意外的一惊，这时同练长说话了，他要这练长把两人放了。练长望到璜的脸，大约在估计璜是不是洋人的翻译。看了一会儿，璜皮裤带边一个特别证被这人见到了，这人不愿意表示自己是纯粹乡下人，就笑着，想伸手给握。手没有握成，他就在腿上搓自己那只手，起了小小反感，说：

“先生，不能放。”

“为什么？”

“我们要罚他，他欺侮了我们这一乡。”

“做错了事，赔赔礼，让人家赶路好了。”

那糟鼻子在众人中说：“那不行，这是我们的事。”虽无言语但见到了璜在为罪人说话的男女，听到糟鼻子的话，就哄然和着。但当璜回过头去找寻这反对的人时，糟鼻子把头缩下，蹲到人背后抽烟去了。

糟鼻子一失败，于是就有附和了璜代罪人为向练长说好话的人了，这中间也有女人，就是非常害怕“城里人”那类平时极爱说闲话的中年妇人，可以谥之为长舌妇而无愧的。其中还有知道璜是谁的，就扯了练长黑香云纱的衣角，轻轻的告练长这是谁。听到了话的练长，知道敲诈不成，但为维持自己在众人面前的身分，虽知道面前站的是老爷，也仍然装着办公事人神气，说：

“璜先生您对。不过我们乡下的事我不能作主，还有团总。”

“我去见你们团总，好不好？”

“那好吧，我们就去。我是没有什么的，只莫让本乡人说话就好了。”

练长的狡猾，璜早就看透了。说是要见团总，把事情推到团总身上去，他就跟了这人走。于是众人闪开了，预备让路。

他们同时把男女一对也带去了。一群人跟在后面看，一直把他们送到团总院子前，许多人还不曾散去。

天色夜了。

从团总处交涉得到了好的结果，狡猾的练长在璜面前无所施其伎俩，两个年青的夫妇绳子在团总的院中解脱了。那练长，作成卖人情的样子，向那年青妇人说：

“你谢谢这先生。”

女人正在解除头上乡下人恶作剧为缠上的一束花，听到这话，就连花为璜作揖。这花她拿在手里并不弃去。

那男子见了，也照样作揖。练长借故走了，这事情就这样以喜剧的形式收场了。

璜伴送这两个年青乡下人出去，默无言语，从一些还不散去守在院外的愚蠢好事的人前过身，因为是有了璜的缘故，这些人才不敢跟随。他伴送他们到了上山路，站到那里不走了，才问他们饿了没有。男子说到黄坡赶得及夜饭。他又告璜这里去黄坡只六里路，并不远，虽天夜了，靠星光也可以走得到他的岳家。说到星光时三人同时望天，天上有星子数粒，远山一抹紫，夜景美极了。

璜说："你们去好了，他们不会同你为难了。"

男子说："先生住在这里，过几天我来看你。"

女人说："天保佑你这好先生。"

那一对年青夫妇就走了。

独立在山脚小桥边的璜，因微风送来花香，他忽觉得这件事可留一种纪念，想到还拿在女人手中的一束花了，遥遥的说：

"慢点走，慢点走，把你们那一束花丢到地下，给了我。"

那女人笑着把花留在路旁，还在那里等候了璜一会儿，见璜不上来，那男子就自己往回路走，把花送来了。

人的影子失落到小竹丛后了。得了一把半枯的不知名的花的璜先生，坐到桥边，嗅着这曾经在年青妇人头上留过很希奇过去的花束，不可理解的心也为一种暧昧欲望轻轻摇动着。

他记起这一天来的一切事，觉得自己的世界真窄。倘若自己有这样的一个太太，他这时也将有一些看不见的危险伏在身边了，因此觉得住在这里是厌烦的地方了，地方风景虽美，乡下人与城市中人一样无味，他预备明后天进城。

自己有时常常觉得有两种笔调写文章，其一种，写乡下，则仿佛有与废名先生相似处。由自己说来，是受了废名先生的影响，但风致稍稍不同，因为用抒情诗的笔调写创作，是只有废名先生才能那种经济的。这一篇即又有这痕迹，读我的文章略多而又欢喜废名先生文章的人，他必能找出其相似中稍稍不同处的，这样文章在我是有两个月不曾写过了，添此一尾记自己这时的欣喜。时七月十四日，天热，住楼上一天只是流汗。甲辰记。

一九二九年七月十四日毕

如蕤

(秋天，仿佛春天的秋天。)

协和医院里三楼甬道上，一个头戴白帽身穿白色长袍的年轻看护，手托小小白磁盆子，匆匆忙忙从东边回廊走向西去。到楼梯边时，一个招呼声止住了她的脚步。

从二楼上来了一个女人，在宽阔之字形楼梯上盘旋，身穿绿色长袍，手中拿着一个最时新的朱红皮夹，使人一看有“绿肥红瘦”感觉。这女人有一双长长的腿子，上楼时便显得十分轻盈。年纪大约有了二十七八，由于装饰合法，又仿佛可以把她岁数减轻一些。但靥额之间，时间对于这个人所作的记号，却不能倚赖人为的方法加以遮饰。便是那写在口角眉目间的微笑，风度中也已经带有一种佳人迟暮的调子。

她不能说是十分美丽，但眉眼却秀气不俗，气派又大方又尊贵。身体长得修短合度，所穿的衣服又非常称身，且正因为那点“绿肥红瘦”的暮春风度，使人在第一面后，就留下一个不易忘掉的良好印象。

这个月以来她因为每天按时来院中看一病人，同那看护已十分熟习，如今在楼梯边见到了看护，故招呼着，随即快步跑上楼了。

她向那看护又亲切又温柔的说：

“夏小姐，好呀！”

那看护含笑望望喊她的人手中的朱红皮夹。

“如蕤小姐，您好！”

“夏小姐，医生说病人什么时候出院？”

“曾先生说过一礼拜好些，可是梅先生自己，上半天却说今天想走。”

“今天就走吗？”

“他那么说的。”

穿绿衣的不作声，把皮夹从右手递过左手。

穿白衣的看护仿佛明白那是什么意思，便接着说：

“曾先生说不行。他不签字，梅先生就不能出院。”

甬道上西端某处病房里门开了，一个穿白衣剃光头的男子，露出半个身子，向甬道中的看护喊：

“密司夏，快一点来！”

那看护轻轻的说：“我偏不快来！”用眉目作了一个不高兴的表示，就匆匆的走去了。

如蕤小姐站在楼梯边一阵子，还不即走，看到一个年青圆脸女孩，手中执了一把浅蓝色的花，搀扶了一个青年优美的男子，慢慢的走下楼去。男子显得久病新瘥的样子，脸色苍白，面作笑容，女孩则脸上光辉红润，极其愉快。

一双美丽灵活的眼睛，随着那两个下楼人在之字形宽阔楼梯上转着，到后那俪影不见了，为楼口屏风掩着消灭了。这美丽的眼睛便停顿在楼梯边棕草垫上，那是一朵细小的蓝花。

“把我拾起来，我名字叫‘毋忘我草’。”

她弯下腰把它拾起来。

一张猪肝色的扁脸，从肩膊边擦过去。一个毛子军人把一双碧眼似乎很情欲的望着这女人一会儿，她仿佛感到了侮辱，匆匆的就走了。

不到一会儿，三楼三百十七号病房外，就有只带着灰色丝织手套的纤手，轻轻的扣着门。里面并无声音，但她仍然轻轻的推开了那房门。门开后，她见到那个病人正披了白色睡衣，对窗外望，把背向着门，似乎正在想到某样事情，或为某种景物堕入玄思，故来了客人，却全不注意。

她轻轻的把门掩上，轻轻的走近那病人身边，且轻轻的说：

“我来了。”

病人把头掉回，便笑了。

“我正想到为什么秋天来得那么快。你看窗外那株杨柳。”

穿绿衣的听到这句话，似乎忽然中了一击，心中刺了一下，装作病人所说的话与彼全无关系的神气，温柔的笑着。

“少想些，秋来了，你认识它就得了，并不需要你想它。”

“不想它，能认识它吗？”

女人于是轻轻的略带解嘲的神气那么说：

“譬如人，有些人你认识她就并不必去想她！”

“坐下来，不要这样说吧。这是如蕤小姐说话的风格，昨天不是早已说好不许这样吗？”

病人把如蕤小姐拉在一张有靠手的椅子旁坐下，便站在她面前，捏着那两只手不放：

“你为什么知道我不正在念你？”

女人嘴唇略张，绽出两排白色小贝，披着优美卷发的头略歪，做出的神气，正象一个小姑娘常作的神气。

病人说：

“你真象小孩子。”

“我象小孩子吗？”

“你是小孩子！”

“那么，你是个大人了。”

“可是我今年还只二十二岁。”

“但你有些方面，真是个二十二岁的大人。”

“你是不是说我世故？”

“我说我不如你那么……”

“得了。”病人走过窗边去，背过了女人，眉头轻微蹙了一下。回过头来时就说：“我想出院了，医生不让我走。”

女人说：“忙什么？”随即又说：“我见到那看护，她也说曾医生以为你还不能出去。”

“我心里躁得很。我还有许多事……”

“你好些没有？睡得好不好？”

病人听到这种询问，似乎从询问上引起了些另一时另一事不愉快的印象，反问女人：

“你什么时候动身？”

女人不即回答，抬起头把一双水汪汪的眼睛望着病人，望了一会儿，柔弱无力的垂下去，轻轻的透了一口气，自言自语的说：“什么时候动身？”

病人明白那是什么原因，就说：

“不走也好！北京的八月，无处景物不美。并且你不是说等我好了，出了院，就陪我过西山去住半个月吗？那边山上树叶极美，我欢喜那些树木。你若走了，我一个人可不想到那边去。你为什么要走？”

女的把头低着，带着伤感气氛说：“我为什么要走？我真不知道！”

病人说：

“我想起你一首诗来了。那首名为《季蘶之谜》的诗，我记得你那么……”若说下去，他不知道应当说得是“寂寞”还是“多情善感”，于是他换了口气向女人说：“外边一定很冷了，你怎么不穿紫衣？”

女人装作不曾听到这句话，无力地扭着自己那两只手套，到后又问：“你出了院，预备上山不预备上山？”

病人似乎想起了这一个月来病中的一切，心中柔和了，悄然说道：“你不走，你同我上山，不很好么？你又一定要走。”

“我一定要走，是的，我要走。”

“我要你陪我！”

“你并不要我陪你！”

“但你知道……”

“但你……”

什么话也不必说了，两人皆为一件事喑哑了。

她爱他，他明白的，他不爱她，她也明白的。问题就在这里，三年来各人的地位还依然如故，并不改变多少。

他们年龄相差约七岁。一片时间隔着了这两个人的友谊，使他们不能不停顿到某一层薄幕前面。两人皆互相望着另外一个心上的脉络，却常常黯然无声的呆着，无从把那个人的臂膊张开，让另一个无力地任性地卧到那一个臂膊里去。

（夏天，热人闷人倦人的夏天。）

三年前，南国 ×× 暑期海滨学术演讲会上，聚集五十个年青女人，七十个年青男子，用帐幕在海边度暑期生活。这些年青男女皆从各大学而来，上午齐集在林荫里与临时搭盖的席棚里，听北平来的名教授讲学，下午则过海边浴场作海水浴，到了晚上，则自由演剧，放映电影，以及小组谈话会，跳舞会，同时分头举行。海边沙上与小山头，且常燃有营火，焚烧柴堆，为海上荡舟人与入山迷失归途的人指示营幕所在地。

女子中有个杰出的人物。×× 总长庶出的女儿，岭南大学二年级学生。这女子既品学粹美，相貌尤其艳丽。游泳，骑马，划船，击球，无不精通超人一等。且为人既活泼异常，又无轻狂佻野习气。待人接物，温柔亲切，故为全个团体所倾心。其中尤以一个青年教授，一个中年教授，两人异常崇拜这个女子。但在当时，这女孩子对于一切殷勤，似乎皆不甚措意。俨然这人自觉应永远为众人所倾心，永远属于众人，不能尽一人所独占，故个人仍独来独往，不曾被任何爱情所软化。

当她发觉了男子中即或年纪到了四十五岁，还想在自己身边装作天真烂漫的神气，认为妨碍到她自己自由时，就抛开了男子们，常常带领了几个年幼的女孩，驾了白色小船，向海中驶去。在一群女孩中间她处处象个母亲，照料得众人极其周到，但当几人在沙滩上胡闹时，则最顽皮最天真的也仍然推她。

她能独唱独舞。

她穿着任何颜色任何质料的衣服，皆十分相称，坏的并不显出俗气，好的也不显出奢华。

她说话时声音引人注意，使人快乐。

她不独使男子倾倒，所有女子也无一不十分爱她。

但这就是一个谜，这为上帝特别关切的女孩子，将来应当属谁?

就因为这个谜，集会中便有许多男子皆发着痴，心中思索着，苦恼着。林荫里，沙滩上，帐幕旁，大清早有人默默的单独的踱着躺着，黄昏里也同样如此。大家皆明白“一切路皆可以走近罗马”那句格言，却不明白有什么方法，可以把这颗心傍近这女人的心。“一切美丽皆使人痴呆”，故这美丽的女孩，本身所到处，自然便有这些事情发生，同时也将发生些旁的使男子们皆显得可怜可笑的事情。

她明白这些，她却不表示意见。

她仍然超越于人类痴妄以上，又快乐又健康的打发每个日子。

她欢喜散步，海滨潮落后，露出一块赭色砂滩，齐平如茵褥，比茵褥复更柔和。脚所践履处，皆起微凹，分明地印出脚掌或脚跟美丽痕迹。这砂滩常常便印上了一行她的脚迹。许多年青学生，在无数脚迹中皆辨识得出这种特别脚迹，一颗心追数着留在砂滩上那点东西，直至潮水来到，洗去了那东西时，方能离开。

每天潮水的来去，又正似乎是特别为洗去那砂上其他纵横凌乱的践履记号，让这女孩子脚迹最先印到这长砂上。

海边的潮水涨落因月而异。有时恰在中午夜半，有时又恰在天明黄昏。

有一天，日头尚未从海中升起，潮水已退，淡白微青的天空，还嵌了疏疏的几颗白星，海边小山皆还包裹在银红色晓雾里，大有睡犹未醒的样子。沿海小小散步石道上，矗立在轻雾中的电灯白柱，尚有灯光如星子，苍白着脸儿。

她照常穿了那身轻便的衣服，披了一件薄绒背心，持了一条白竹鞭子，钻出了帐幕，走向海边去。晨光熹微中大海那么温柔，一切万物皆那么温柔，她饱饱的吸了几口海上的空气，便起始沿了尚有湿气与随处还留着绿色海藻的长滩，向日头出处的东方走去。

她轻轻的啸着，因为海也正在轻轻的啸着。她又轻轻的唱着，因为海边山脚豆田里，有初醒的雀鸟也正在轻轻的唱着。

有些银色的雾，流动在沿海山上，与大海水面上。

这些美丽的东西会不会到人的心头上？

望到这些雾她便笑着。她记起蒙在她心头上一张薄薄的人事网子。她昨天黄昏时，曾同一个女伴，坐到海边一个岩石上，听海涛呜咽，波浪一个接着一个撞碎在岩石下。那女孩子年纪不过十七岁，爱了一个牧师的儿子，那牧师儿子却以为她是小孩子，一切打算皆由于小孩子的胡涂天真，全不近于事实所许可。那牧师儿子伤了她的心。她便一一诉说着。且说他若再只把她当小孩，她就预备自杀给他看。问那女孩子：“自杀了，他会明白么？除了自杀难道就没有别的办法让他明白吗？而且，是不是当真爱他？爱他即或是真的，这人究竟有什么好处？”那女孩沉默了许久，昂起头带着羞涩的眼光，却回答说：“我自己也不知道这是怎么回事。他所有好处在别个男孩子品性中似乎都可以发现，我爱他似乎就只是他不理我那分骄傲处。我爱那点骄傲。”当时她以为这女孩子真正是小孩子。

但现在给她有了一个反省的机会。她不了解这女孩子的感情，如今却极力来求索这感情的起点与终点。

爱她的人可太多了，她却不爱他们。她觉得一切爱皆平凡得很，许多人皆在她面前见得又可怜又好笑。许多人皆因为爱了她把他自己灵魂、感情、言语、行为、某种定型弄走了样子。譬如大风，百凡[1]草木皆为这风而

---

[1] 百凡：又作“凡百”，指一切。

摇动，在暴风下无一草木能够坚凝静止，毫不动摇。她的美丽也如大风。可是她希望的正是永远皆不动摇的大树，在她面前昂然的立定，不至于为她那点美丽所征服。她找寻这种树，却始终没有发现。

她想：“海边不会有这种树。若需要这种树，应当向深山中去找寻。”

的的确确，都市中人是全为一个都市教育与都市趣味所同化，一切女子的灵魂，皆从一个模子里印就，一切男子的灵魂，又皆从另一模子中印出，个性与特性是不易存在，领袖标准是在共通所理解的榜样中产生的。一切皆显得又庸俗又平凡，一切皆转成为商品形式。便是人类的恋爱，没有恋爱时那分观念，有了恋爱时那分打算，也正在商人手中转着，千篇一律，毫不出奇。

海边没有一株稍稍崛强的树，也无一个稍稍崛强的人。为她倾倒的人虽多，却皆在同样情形下露出蠢像，做出同样的事情。世故一些的先是借些别的原因同在一处，其次就失去了人的样子，变成一只狗了。年纪轻些的，则就只知写出那种又粗卤又笨拙的信，爱了就谦卑谄媚，装模作样，眼看到自己所作的胡涂样子，还不能够引动女人，既不知道如何改善方法，便作出更可笑的表示，或要自杀，或说请你好好防备，如何如何。一切爱不是极其愚蠢，就是极其下流，故她把这些爱看得一钱不值了。

真没有一个稍稍可爱的男子。

她厌倦了那些成为公式的男子，与成为公式的爱情。她忽然想起那个女孩口中的牧师儿子。她为自己倏然而来飘然而逝的某种好奇意识所吸引，吃了点惊。她望望天空，一颗流星正划空而逝，于是轻轻的轻轻的自言自语说道："逝去的，也就完事了。"

但记忆中那颗流星，还闪着悦目的光辉。"强一些，方有光辉！"她微笑了，因为她自觉是极强的。然而在意识之外，就潜伏了一种欲望，这欲望是隐秘的，方向暧昧的。

左拉在他的某篇小说上，曾提及一个贞静的女人，拒绝了所有向她献媚输诚的一群青年绅士，逃到一个小乡村后，却坦然尽一个粗卤的农夫，在冒昧中吻了她的嘴唇同手足。骄傲的妇人厌倦轻视了一切柔情，却能在强暴中得到快感。

她记起了左拉那篇小说。那作品中从前所不能理解的，现在完全理解了。倘若有那么凑巧的遭遇，她也将如故事所说，毫不拒绝的躺到那金黄色稻草积上去。固执的热情，疯狂的爱，火焰燃烧了自己后还把另外一个也烧死，这爱情方是爱情!

但什么地方有这种农夫？所有农夫皆大半饿死了。这里则面前只是一片砂，一片海。

民族衰老了，为本能推动而作成的野蛮事，也不会再发生了。都市中所流行的，只是为小小利益而出的造谣中伤，与为稍大利益而出的暗杀诱捕。恋爱则只是一群阉鸡似的男子，各处扮演着丑角喜剧。

她想起十个以上的丑角，温习这些自作多情的男子各种不得体的爱情，不愉快的印象。

她走着，重复又想着那个不识面的牧师儿子。这男子，十七岁的女子还只想为他自杀哩，骄傲的人!

流星，就是骑了这流星，也应当把这种男子找到，看他的骄傲，如何消失到温柔雅致体贴亲切的友谊应对里。她记着先前一时那颗流星。

日光出来了，烧红了半天。海面一片银色，为薄雾所包裹。

早日正在融解这种薄雾。清风吹人衣袂如新秋样子。

薄雾渐渐融解了，海面光波耀目，如平敷水银一片，不可逼视。

眩目的海需要日光，眩目的生活也需要类乎日光的一种东西。这东西在青年绅士中既不易发现，就应当注意另外一处！

当天那集会里应当有她主演的一个戏剧，时间将届时，各处找寻这个人，皆不能见到。有人疑心她或在海边出了事，海边却毫无征兆可得。于是有人又以可笑的测度，说她或者走了，离开这里了，因此赴她独自占据的小帐幕中去寻觅，一点简单行李虽依然在帐幕里，却有个小小字条贴在撑柱上，只说：“我不高兴再留到这里，我走了。大家还是快乐的打发这个假期吧。”大家方明白这人当真走了。

也象一颗流星，流星虽然长逝了，在人人心中，却留下一个光辉夺目的记号。那件事在那个消夏会中成为一群人谈论的中心，但无一个人明白这标致出众的女人，为什么忽然独自走去。

日头出自东方，她便向东方注意，坐了法国邮船向中国东部海岸走去。她想找寻使她生活放光同时他本身也放光的一种东西。她到了属于北国的东方另一海滨。

那里有各地方来的各样人，有久住南洋带了椰子气味的美国水兵，有身着宽博衣裳的三岛倭人，有流离异国的北俄，有庞然大腹由国内各处跑来的商人政客，有……

她并不需要明白这些。她住到一个滨海旅馆中后，每日皆默默的躺到海滩白沙上大伞下，眺望着大海太空的明蓝。她正在用北海风光，洗去留在心上的南海厌人印象。她在休息。她在等待。

有时赁了一匹白马，到山上各处跑去，或过无人海浴处，沿了潮汐退尽的砂滩上跑去。有时又一人独自坐在一只小艇内，慢慢的摇着小桨，把船划到离岸远到三里五里的海中，尽那只小艇在一汪盐水中漂流荡漾。

陌生地方陌生的人群，却并不使她感到孤寂。在清静无扰孤独生活中，她有了一个同伴，就是她自己的心。

当她躺在砂上时，她对于自然与对于本性，皆似乎多认识了一些。她看一切，听一切，分析一切，皆似乎比先前明澈一些。

尤其使她愉快的，便是到了这地方来，若干游客中，似乎并无一个人明白她是谁。虽仿佛有若干双陌生的眼睛，每日皆可在砂滩中无意相碰，她且料想到，这些眼睛或者还常常在很远处与隐避处注视到她，但却并无什么麻烦。一个女子即或如何厌烦男子，在意识中，也仍然常常有把这种由于自己美丽使男子现出种种蠢像的印象，作为一种秘密悦乐的时节。我们固然不能欢喜一个嗜酒的人，但一个文学者笔下的酒徒，却并不使我们看来皱眉。这世界上，也正有若干种为美所倾倒的人类可怜悯的姿态，玩味起来令人微笑！

划船是她所擅长的运动，青岛的海面早晚尤宜于轻舟浮泛。有一天她独自又驾了那白色小艇，打着两桨，沿海向东驶去。

东方为日头所出的地方，也应当有光明热烈如日头的东西等待在那边。可是所等待的是什么？

在东方除了两个远在十哩以外金字塔形的岛屿以外，就只一片为日光镀上银色的大海。这大海上午是银色，下午则成为蓝色，放出蓝宝石的光辉。一片空阔的海，使人幻想无边的海。

东边一点，还有两个海湾，也有砂滩，可以作海水浴，游人却异常稀少。

她把船慢慢的划去，想到了第三个海湾时为止。她欢喜从船上看海边景物。她欢喜如此寂寞地玩着，就因她早为热闹弄疲倦了。

当船摇到离开浴场约两哩左右，将近第三海湾，接近名为太平角的山岨时，海上云物奇幻无方，为了看云，忘了其他事情。

盛夏的东海，海上有两种希奇的境界，一是自海面升起的阵云，白雾似的成团成饼从海上涌起，包裹了大山与一切建筑；一是空中的云彩，五色相渲，尤以早晨的粉红细云与黄昏前绿色片云为美丽。至于中午则白云嵌镶于明蓝天空，特多变化，无可仿佛，又另外有一番惊人好处。

她看的是白云。

到后夏季的骤雨到了，夹以雷声电闪，向海面逼来。海面因之咆哮起来，各处是白色波帽，一切皆如正为一只人目难于瞧见的巨手所翻腾，所搅动。她匆忙中把船向近岸处尽力划去。她向一个临海岩壁下划去。她以为在那方面当容易寻觅一个安全地方。

那一带岩石的海岸，却正连续着有屋大的波浪，向岩石撞去，成为白沫。船若傍近，即不能不与一切同归于尽。

船离岩壁尚远，就倾覆了，她被波浪卷入水中后，便奋力泅着。

头上是骤雨与吓人的雷声，身边是黑色愤怒的海，她心想 :“这不是一个坏经验！”她毫不畏怯，以为自己的能力足支持下去，不会有什么不幸。她仍然快乐的向前泅去。

她忽然记起岩壁下海面的情形，若有船只，尚可停泊，若属空手，恐怕无上岸处，故重复向海中泅去，再看看方向，观察向某一方泅去，可以省事一些，方便一些。

她觉得她应当向东泅去，就可在第二海湾背风的一面上岸。

她大约还应泅半哩左右。她估计她自己能力到岸有剩余，因此毫不忙乱。

但到离岸只有二百米左右时，她的气力已不济事了，身体为大浪所摇撼，她感觉疲倦，以为不能拢岸，行将沉入海底了。

她被波浪推动着。

她把方向弄迷糊了，本应当再向东泅去，忽又转向南边一点泅去。再向南泅去，她便将为浪带走，摔碎到岩石上。

当她在海面挣扎中，忽被一只强而有力的手攫住头发，带她向海岸边泅去时，她知道她已得了救助，她手脚仍然能够拍水分水，口中却喑哑无言，到了岸时便昏迷了。那人把她抱上了岸，尽她俯伏着倒出了些咸水，后来便让她卧下，蹲在她身边抚摩着手心。

她慢慢的清楚了。张开两只眼睛，便看到一个黑脸长身青年俯伏在她身边。她记起了前一时在水中种种情形，便向那身边陌生男子孱弱的笑着，作的是感谢的微笑。她明白这就是救她出险的男子。她想起来一下，男子却把手摇着，制止了她。男子也微笑着，也感谢似的微笑着，因为他显然在这件事情上得到了最大的快乐。

她闭上眼睛时，就看到一颗流星，两颗流星。这是流星还是一个男孩子纯洁清明的眼睛呢？

她迷糊着。

重新把眼睛睁开时，那陌生青年男子因避嫌已站远了一些了。她伸出手去招呼他。且让他握着那只无力的手。于是两人皆微笑着。一句“感谢”的话语融解成为这种微笑，两人皆觉得感谢。

年青人似乎还刚满二十岁，健全宽阔的胸脯，发育完美的四肢，尖尖的脸，长长的眉毛，悬胆垂直的鼻头，带着羞怯似的美丽嘴唇，无一不见得青春的力与美丽。

行雨早过了。她望着那男子身后天空，正挂着一条长虹。女人说：

“先生，这一切真美丽！”

那男子笑了，也点头说：

“是的，太美丽了。”

“谢谢您。没有您来带我一手，我这时一定沉到海底，再不能看到这种好景致了。为什么我在海中你会见到？”

“我也划了一只小船来的，我看看云彩，知道快要落雨了，准备把船泊近岸边去。但我见到你的白船，我从草帽上知道您是个小姐，我想告你一下，又不知道如何呼喊您。到后雨来了，我眼看着你把船尽力向岸边划来，大声告你不能向那边岩壁下划去，你却听不到。我见你把船向岩边靠拢，知道小船非翻不可，果然一会儿就翻了，我方从那边跳下来找你。”

“你冒了险作这件事，是不是？”

男子笑着，承认了自己的行为。

“你因为看清楚我是个女人，才那么勇敢从悬岩上跃下把我救起，是不是？”

那男子羞怯似的摇着头，表示承认也同时表示否认。

“现在我们已经成为朋友了，请告我些你自己的事情吧。我希望多知道些，譬如说，你住在什么地方？在什么学校念书？家里有些什么人，家中人谁对你最好，谁最有趣？你欢喜读的书是哪几本？”

“我姓梅……”

“得了，好朋友是用不着明白这些的。这对我们友谊毫无用处。你且告我，你能够在这一汪咸水里尽你那手足之力，泅得多远？”

“我就从不疲倦过。”

“你欢喜划船吗？”

“我有时也讨厌这些船。”

“你常常是那么一个人把船划到海中玩着吗？”

“我只是一个人。”

“我到过南方。你见不见到过南方的大棕榈树同凤尾草？”

“我在黑龙江黑壤中长大的。”

“那么你到过北平城了。”

“我在北平城受的中学教育。”

“你不讨厌北平吗？”

“我欢喜北平。”

“我也欢喜北平。”

“北平很好。”

“但我看得出你同别的人欢喜北平不同。别人以为北平一切是旧的，一切皆可爱。你必定以为北平罩在头上那块天，踏在脚下那片地，四面八方卷起黄尘的那阵风，一些无边无际那种雪，莫不带点儿野气。你是个有野性的人，故欢喜它，是不是。”

这精巧的阿谀使年青男子十分愉快。他说：

“是的，我当真那么欢喜北平，我欢喜那种明朗粗豪风光。”

女子注意到面前男子的眉目口鼻，心中想说：“这是个小雏儿，不济事，一点点温柔就会把这男子灵魂高举起来！你并不欢喜粗野，对于你最合适的，恐怕还是柔情！”

但这小雏儿虽天真却不俗气。她不讨厌他。她向他说：

“你傍我这边坐下来，我们再来谈谈一点别的问题，会不会妨碍你？你怕我吗？”

青年人无话可说，只好微带腼腆站近了一点，又把手遮着额部，眺望海中远处，吃惊似的喊着：

“我们的船并不在海中，一定还在岩壁附近。”

他们所在的地方，已接近砂滩，为一个小阜上，却被树林隔着了视线，左边既不能见着岩壁，右边也看不到砂滩，只是前面一片海在脚下展开。年青男子走过左边去，不见什么，又走过右边去，女人那只白色小艇正斜斜的翻卧在砂滩上，赶忙跑回来告给女人。

女的口上说：“船坏了并不碍事。”心中却想着：“应当有比这小船儿更坚固结实的‘小船’，容载这个心，向宽泛无边的人海中摇去！”她看看面前，却正泊着一只理想的小船。强健的胳膊，强健的灵魂，一切皆还不曾为人事所脏污。如若有所得的微笑着，她几乎是本能地感到了他们的未来一切。

她觉得自己是美丽的，且明白在面前一个人眼光中，她几乎是太美丽了。她明白他曾又怯又贪注意过她的身体每一部分。她有些羞恧，但她却不怕他，也不厌烦他。

他毫无可疑，只是一个大学一年生，一切兴味同观念，就是对女人的一分知识，也不会离开那一年级生的限制。他读书并不多，对于人生的认识有限，他慢慢的在学习都市中人的生活，他也会成为庸碌而无个性的城市中人。她初初看他，好象全不俗气，多谈了几句话，就明白凡是高级中学所输给学生的那分坏处，这个人也完全得到他应得的一分。但不知怎么样的希奇原因，这带着乡下人气分的男子，单是那点野处单纯处，使她总觉得比绅士有意思些。他并不十分聪明，但初生小犊似的，天下事什么都不怕的勇气，仿佛虽不使他聪明，却将令他伟大。真是的，这孩子可以伟大起来！

她问他：

“你每天洗海水浴吗？”

他点着头。她又问：

“你什么时候离开这海滨？”

“我自己也不知道。”

“自己应当知道自己。想怎么样就怎么样，你难道不想么？”

“我想也没有用处。”

“你这是小孩子说法，还是老头子说法？小孩子，相信爸爸，因为家中人管束着他，可以那么说。老头子相信上帝，因为一切事皆以为上帝早有安排，故常常也不去过分折磨自己情感。你……”

女的说到这里时，她眼看着身边那一个有一分害羞的神气，她就不再说下去了。她估计得出他不是个老头子。她笑了。

那男子为了有人提说到小孩与老人，意思正象请他自行挑选，他便不得不说出下面的话：

“我跟了我爸爸来的。我爸爸在 ×× 部里作参事，有人请我们上崂山去，我在山上住了两天厌倦了，独自跑回来了。爸爸还在山上做诗！”

“你爸爸会做诗吗？”

“他是诗人，他同梁任公夏 ×× 曾……”

“啊，你是 ×× 先生的少爷吗？”

“你认识我爸爸吗？”

“在 ×× 讲演时我见过一次，我认得他，他不认识我。”

“你愿不愿意告给我……”

女的想起了自己来此，本不愿意另外还有人知道她的打算了，她极不愿意人家知道她是 ×× 总长的小姐，她尤其不愿意想傍近她的男子，知道她是个百万遗产的承继人。现在被问到时，她一时不易回答，就把手摇着，且笑着，不许男的询问。且说：

“崂山好地方，你不欢喜吗？”

“我怕寂寞。”

“寂寞也有寂寞的好处，它使人明白许多平常所不明白的事情。但不是年青人需要的，人年纪轻轻的时节，只要的是热闹生活，不会在寂寞中发现什么的。”

“你样子象南方人，言语象北方人。”

“我的感情呢，什么都不象。”

“我似乎在什么地方看过你。”

“这是句绅士说的话。绅士看到什么女人，想同她要好一点时，就那么说，其实他们在过去任何一时皆并不见到。他那句话意思也不过是说‘我同你熟了’或‘看你使人舒服’罢了。你是不是这意思？”

男的有点羞怯了，把手去抓取身边小石子，奋力向海中掷去，要说什么又不好说，不敢说。其实他记忆若好一点，就能够说得出他在某种画报上看到过她的相片。但他如今一时却想不起。女的希望他活泼点，自由点，于是又说：

“我们应当成为很好的朋友，你说，我是怎么样一种人？”

男的说：

“我不知道你是怎么样身分的人，但你实在是个美人！”

听到这种不文雅的赞美，女的却并不感觉怎样难堪。其实他不必说出来，她就知道她的美丽早已把这孩子眼目迷乱了。这时她正躺着，四肢匀称柔和，她穿的原是一件浴衣，浴衣外面再罩了一件白色薄绸短褂。这短褂落水时已弄湿，紧紧的贴着身体，各处襞皱着。她这时便坐了起来，开始脱去那件短褂，拧去了水，晾到身边有太阳处去。短褂脱掉后，这女人发育合度的肩背与手臂，以及那个紧束在浴衣中典型的胸脯，皆收入了男子的眼底。

男子重新拾起了一粒石子，奋力向海中抛去，仿佛那么一来，把一点引起妄想的东西同时也就抛入了海中。他说：“得把它摔得极远极远，我会作这件事！”但石子多着，他能摔尽吗？

女的脱掉短褂后，站起来活动了一下四肢，也拾起了一粒石子向海中摔去，成绩似乎并不出色，女的便解嘲一般说道：

“这种事我不成，这是小孩子作的事！”

两人想起了那只搁在浅滩上的小船，便一同跑下去看船，从水中拉起搁到砂上，且坐在那船边玩。玩得正好，男的忽向先前两人所在的小阜上跑去，过一会儿，才又见他跑回来，原来他为得是去拿女人那件短褂，把短褂拿来时晾到船边，直到这时，两人似乎才注意到男子身上所穿的衣服，不是入水的衣服。这男孩子把船从浴场方面绕过炮台摇来时，本不预备到水中去，故穿得是一件白色翻领衬衫，一件黄色短裤。当时因为匆忙援救女子，故从岩壁上直向海中跳下，后来虽离了险境，女子苏醒了，只顾同她谈话，把自己全身也忘记了。

若干时以来，湿衣在身上还裹着，这时女子才说：

“你衣全湿了，不好受吧。”

“不碍事。”

“你不脱下衣拧拧吗？”

“不碍事，晒晒就干了。”

男子一面用木枝画着砂土，一面同女子谈了很多的话。他告给她，关于他自己过去未来的事情，或者说得太多了些，把不必说到的也说到了，故后来女人就问他是不是还想下海中去游泳一阵。他说他可以把小船送她回到惠泉浴场去，她却告他不必那么费事，因为她的船是旅馆的，走到前面去告给巡警一声，就不再需要照料了。她自己正想坐车回去。

其实她只是因为同这男子太接近了，无从认清这男子。她想让他走后，再来细细玩味一下这件凑巧的奇遇。

她爬上小阜去，眼看到那男孩子上了船，把船摇着离开了海岸后，这方面摇着手，那方面也摇着手，到后船转过峭壁不见了，她方重新躺下，甜甜的睡了一阵。

他们第二天又在浴场中见了面。

他们第三天又把船沿海摇去，停泊在浴人稀少的长砂旁小湾里，在原来树林里玩了半天。分别时，那女孩子心想 :“这倒是很好的，他似乎还不知道说爱谁，但处处见得他爱我！”她用的是快乐与游戏心情，引导这个男孩子的感情到了一个最可信托的地位。她忘了这事情的危险。弄火的照例也就只因为火的美丽，忘了一切灼手的机会。

那男孩子呢，他欢喜她。他在她面前时，又活泼，又年青，离开她时，便诸事毫无意绪。他心乱了。他还不会向她说“他爱了她”，他并不清楚什么是爱。

她明白他是不会如何来说明那点心中烦乱的爱情的，她觉得这些方面美丽处，永远在心上构成一条五色的虹。

但两人在凑巧中成了朋友，却仍然在另一凑巧中发生了点误会，终于又离开了。

(一个极长的冬天。)

那年秋天他转入了北平的工业大学理科。她也到了北平入了燕京大学的文科二年级。

他们仍然见了面。她成了往日在南海之滨所见到的一个十七岁女孩子，非得到那个男孩子不成了。

她爱了他。他却因为明白了她是一个官僚的女子，且从一些不可为据的传闻上，得到这个女人一些故事，他便尽避着她。

年龄同时形成两人间一重隔阂，女人却在意外情形中成为一个失恋者。在各样冷淡中她仍然保持到她那分真诚。至于他呢，还只是一个二十一岁的孩子，气概太强了点，太单纯了点，只想在化学中将来能有一分成就，对于国家有所贡献。这点单纯处使他对于恋爱看得与平常男子不同了。事实上他还是个小孩子，有了信仰，就不要恋爱了。

如此在一堆无多精彩的连续而来的日子中，打发了将近一千个日子。两人只在一分亲切友谊里自重的过下去。

到后却终于决裂了。女人既已毕了业，且在那个学校研究院过了一年，他也毕业了。她明白这件事应当有一个结束，她便告给他，她已预备过法国去。那男的只是用三年来已成习惯的态度，对于她所说的话表示同意，他到后却告她，他只想到上海一家化工厂做助理技师，积了钱再出国读书。

她告他只要他想读书，她愿意他把她当个好朋友，让她借给他一笔钱。他就说他并不想这样读书，这种读书毫无意思。

他们另外还说了别的，这骄傲美丽的男子，差不多全照上面语气答复女子。

她到后便什么话也不说，只预备走了。

他恰好于这时节在实验室中了毒。

后来入了医院，成为协和医院病房中一位常住者，病房中病人床边那张小椅子上，便常常坐了那个女子。

人在病中性情总温柔了些。

他们每天温习三年前那海上一切，这一片在各人印象中的海，颜色鲜明，但两人相顾，却都不象从前那么天真了。这病对于女人给了许多机会，使女人的柔情在各种小事上，让那个躺在白色被单里的病人，明白它，领会它。

(春天，有雪微融的春天。不，黄叶作证，这不是春天！)

一辆汽车停顿在西山饭店前门土地上，出来了一个男子，一个硕长俊美的男子，一个女人，一个穿了绿色丝质长袍的女人，两人看了三楼一间明亮的房间。一会儿，汽车上的行李，一个黄衣箱，一个黑色打字机小箱，从楼下搬来时，女人告给穿制服的仆役，嘱告汽车夫，等一点钟就要下山。

过了一点钟后，那辆汽车在八里庄坦平官道上向城中跑去时，却只是一辆空车。

……

将近黄昏时，男子拥了薄呢大衣，伴同女人立定在旅馆屋顶石栏杆边，望一抹轻雾流动于山下平田远村间，天上有赪霞如女人脸辅，天空东北方角隅里，现出一粒星星，一切皆如梦境。旅馆前面是上八大处的大道，山道上正有两个身穿中学生制服的女孩子，同一个穿翻领衬衣黄色短裤的男子，向旅馆看门人询问上山过某处的道路。一望而知，这些年青人都是从城中结伴上山来旅行的。

女人看看身旁久病新瘥的男子，轻轻的透了口气。

去旅馆大约半里远近，有一个小小山阜，阜上种得全是洋槐，那树林浴在夕阳中，黄色的叶子更耀人眼目。男子似乎对这小阜发生了兴味，向女人说：

“我们到那边去看看好不好？”

女人望了一望他的脸儿，便轻轻的说：

“你不是应当休息吗？”

“我欢喜那个小山。”男的说，“这山似乎是我们的……”

“你不能太累！”女的虽那么说，却侧过了身，让男的先走。

“我精神好极了，我们去玩玩，回来好吃饭。”

两人不久就到了那山阜树林。这里一切恰恰同数年前的海滨地方一样，两人走进树林时，皆有所惊讶，不约而同急促的举步穿过树林，仿佛树林尽处，即是那片变化无方的大海。但到了树林尽头处，方明白前面不是大海，却只是一个私人的坟地。女的一见坟地，为之一怔，站着发了痴。男的却不注意到这坟地，只愉快的笑着。因为更远处，夕阳把大地上一切皆镀了金色，奇景当前，有不可形容的瑰丽。

男子似乎走得太急促了一些，已微微作喘，把手递给女子后，便问女子这地方象不象一个两人十分熟习的地方。她听着这个询问时，轻微的透了一口气，勉强笑着，用这个微笑掩饰了自己的感情。

“回忆使人年青了许多。”男的自言自语的说着。

但那女的却在心中回答着：“一个人用回忆来生活，显见得这人生活也只剩下些残余渣滓了。”

晚风轻轻的刷着槐树，黄色叶子一片一片落在两人身上与脚边，男子心中既极快乐，故意作成感慨似的说：

“夏天过了，春天在夏天的前面，继着夏天而来的是秋天。多美丽的秋天！”

他说着，同时又把眼睛望着有了秋意的女人的眼、眉、口、鼻。她的确是美丽的，但一望而知这种美丽不是繁花压枝的三月，却是黄叶藉地的八月。但他现在觉得她特别可爱，觉得那点妩媚处，却使她超越了时间的限制，变成永远天真可爱，永远动人吸人的好处了。他想起了几年来两人间的关系，如何交织了眼泪与微笑。他想起她因爱他而发生的种种事情，他想起自己，几年来如何被爱，却只是初初看来好象故意逃避，其实说来则只漫无理性的拒绝，便带了三分羞惭，把一只手向女人伸去，两人握着了手，眼睛对着眼睛时，他便抱歉似的轻轻的说：

“我快乐得很。我感谢你。”

女人笑了。瞳子湿湿的，放出晶莹的光。一面愉快的笑，一面似乎也正孤寂的有所思索，就在那两句话上，玩味了许久，也就正是把自己嵌入过去一切日子里去。

过了一会儿，女人说：

“我也快乐得很。”

“我觉得你年青了许多，比我在山东那个海边见你时还年青。”

“当真吗？”

“你看我的眼睛，你看看，你就明白你的美丽，如何反映在一个男子惊讶上！”

“但你过去从不为什么美丽所惊讶，也不为什么温柔所屈服。”

“我这样说过吗？”

“虽不这样说过，却有这样事实。”

他傍近了她，把另一只手轻轻的搭上她的肩部，且把头靠近她鬓边去。

“我想起我自己胡涂处，十分羞惭。”

她把脸掉过去，遮饰了自己的悲哀，却轻轻的说道：

“看，下面的村子多美！……”

男子同一个小孩子一样，走过她面前去，搜索她的脸，她便把头低下去，不再说话。他想拥抱她，她却向前跑了。前面便是那个不知姓氏的坟园短墙，她站在那里不动，他赶上前去把她两只手捏得紧紧的，脸对着脸，两人皆无话可说。两人皆似乎触着一样东西，喑哑了，不能用口再说什么了。

女的把一只白白的手抚摩着男的脸颊同胳膊。“冷不冷？夜了，我们回去。”男的不说什么，只把那只手拖过嘴边吻着。

两人默默的走回去。

到旅馆后，男的似乎还兴奋，躺在一张靠背椅上，女的则站在他的身边，带着亲切的神气，把手去摸男子的额部，且轻轻的问他：

“累不累？头昏不昏？”

男的便仰起头颅，看到女人的白脸，作将近第五十次带着又固执又孩气的模样说：

“我爱你。”

女的笑说：

“不爱既不必用口说我就明白，爱也无须乎用口说。”

男的说：

“还生我的气吗？”

女的说：

“生你什么气？生气有什么用处？”

两人后来在煤油灯下吃了晚饭。饭吃过后，女的便照医生所嘱咐的把两种药水混合到一个小瓶子里，轻轻的摇了一会儿，再倒出到白瓷杯子里去。

服过了药，男的躺在床上，女的便坐在床边，同他来谈说一切过去事情。

两人谈到过去在海边分手那点误会时，男的向女的说：

“……你不是说过让我另外给你一个机会，证明你是个什么样的人吗？我问你，究竟是什么样的机会？”

女的不说什么，站起了一下，又重复坐下去，把脸贴到男的脸过去。男的只觉得香气醉人，似乎平时从不闻过这种香味。

第二天早上约莫八点钟，男的醒来时，房中不见女人，枕头边有个小小信封，一个外面并不署名，一拈到手中却知道有信件在里面的白色封套。撕去了那个信封的纸皮，里面果然有一张写了字的白纸，信上写着：

> 不知为什么，我总觉得走了较好，为了我的快乐，为了不委屈我自己的感情，我就走了。莫想起一切过去有所痛苦，过去既成为过去，也值不得把感情放在那上面去受折磨。你本来就不明白我的。我所希望的，几年来为这点愿心经验一切痛苦，也只是要你明白我。现在你既然已明白我，而且爱了我，为了把我们生命解释得更美一些，我走了，当然比我同你住下去较好的。你的药已配好，到时照医生嘱咐按时服

药，服后安安静静的睡觉。学做个男子，学做个你自己平时以为是男子的模样，不必大惊小怪，不必让旅馆中知道什么。

希望你能照往常一样，不必担心我的事情。我并不是为了增加你的想念而走的。我只觉得我们事情业已有了一个着落，我应当走，我就走了。

愿天保佑你

如蕤留

把信看完后，他赶忙揿床边电铃。听差来了，他手中还捏着那个信，躺在床上。本想询问那听差的，同房女人什么时候下的山，但一看到听差，却不作声，只把头示意，要他仍然出去。听差拉上了门出去后，他伸手去攫取那个药瓶，药瓶中的白汁，被振荡时便发着小小泡沫。

他望着这些泡沫在振荡静止以后就消灭了，便继续摇着。他爱她，且觉得真爱了她。

一九三三年六月作于青岛

新摘星录

一

五点三十分，她下了办公室，预备回家休息。要走十分钟路，进一个城门，经过两条弯弯曲曲的小街，方能回到住处。进城以前得上一个小小山坡，到坡顶时，凭高远眺，可望见五里外几个绿色山头。南方特有的楠木林，使山头显得胖圆圆的，如一座一座大坟。近身全是一片田圃，种了各样菜蔬，其时正有个老妇人躬腰在畦町间工作。她若有所思，在城墙前山坡上站了一忽儿。天上白云和乌云相间处有空隙在慢慢扩大，天底一碧长青，异常温静。傍公路那一列热带树林，树身高而长，在微风中摇曳生姿，树叶子被雨洗过后，绿浪翻银，俨然如敷上一层绿银粉。入眼风物清佳，一切如诗如画。她有点疲倦，有点渴。心境不大好，和这种素朴自然对面，便好象心中撞触了什么，轻轻的叹了一口气。与她一同行走的是个双辫儿女孩，为人天真而憨，向她说：

“大姐，天气多好！时间还早，我们又不是被赶去充军，忙个什么？这时节不用回家，我们到公路近边坟堆子上坐坐去。到那里看看天上的云，等到要落雨了，再回家去不迟。风景好，应当学雅人，做做诗！”

“做诗要诗人！我可是个俗人。是无章句韵节的散文。还是回家喝点水好些，口渴得很！”

双辫儿不让她走，故意说笑话：“你这个人本身就象一首诗，不必选字押韵，也完完整整。还是同我去好！那里有几座坟，地势高高的，到坟头上坐坐，吹吹风，一定心里爽快，比喝水强多了。××先生说，这也是一种教育！”

“象一首诗终不是诗！”她想起另外一件事，另外一种属于灵魂或情感的教育，就说：“什么人的坟？”

双辫儿说：“不知道什么人的坟。”又说：“这古怪世界，老在变，明天要变成一个什么样子，就只有天知道！这些百年前的人究竟好运气，死了有孝子贤孙，花了一大笔钱请阴阳先生看风水，找到好地方就请工匠堆凿石头做坟，还在坟前空地上种树。树长大了让我们在下面歇凉吹风。我们这辈子人，既不会孝顺老的，也不能望小的孝顺，将来死后，恐怕连一个小小土堆子都占不上！”

“你死后要土堆子有什么用？”

“当然有用处！有个土堆子做坟，地方不太偏僻，好让后来人同我们一样，坐到上面谈天说地，死了也不太寂寞！”因为话说得极可笑，双辫儿话说完后，觉得十分快乐，自己便哈哈笑将起来。她年纪还只二十一岁，环境身世都很好，从不知“寂寞”为何物。只不过欢喜读《红楼梦》，有些想象愿望，便不知不觉与书中人差不多罢了。“坟”与“生命”的意义，事实上她都不大明白，也不必须明白的。

“人人都有一座坟，都需要一座坟？”她可想得远一点，深一点，轻轻吁了一口气。她已经二十六岁。她说的意义双辫儿不会懂得，自己却明明白白。她明白自己那座坟将埋葬些什么。一种不可言说的“过去”，一点生存的疲倦，一个梦，一些些儿怨和恨，一星一米理想或幻念——但这时节实在并不是思索这些问题时节。天气异常爽朗，容易令人想起良辰美景奈何天。

她愿意即早回家，向那双辫儿同伴说："我不要到别人坟头上去，那没有什么意思。我得回家去喝点水，口渴极了。我是只水鸭子！"

双辫儿知道她急于回去另外还有理由，住处说不定正有个大学生，呆着等待她已半点钟。那才真是成天喝水的丑小鸭！就笑着说："你去休息休息吧。到处都有诗，我可要野一野，还得跑一跑路！"恰好远处有个人招呼，于是匆匆走去了。留下她一人站在城墙边，对天上云彩发了一会儿痴。她心中有点扰乱，与往常情形不大相同。好象有两种力量正在生命中发生争持，"过去"或"当前"，"古典"和"现代"，"自然"与"活人"，正在她情感上相互对峙。她处身其间，做人不知如何是好。

恰在此时有几个年青女子出城，样子都健康而快乐，头发松松的，脸庞红红的，从她身边走过时，其中之一看了她又看，走过身边后还一再回头来望她。她不大好意思，低下了头。只听那人向另外一个同伴说："那不是

××，怎么会到这里来？前年看她在北平南海划船，两把桨前后推扳，神气多美！”话听得十分清楚，心中实在很高兴，却皱了皱眉毛，她只轻轻的自言自语说：“什么美不美，不过是一篇散文罢了。”

路沟边有一丛小小蓝花，高原地坟头上特有的产物，在过去某一时，曾与她生命有过一种希奇的联合。她记起这种“过去”，摘了一小束花拿在手上。其时城边白杨树丛中，正有一只郭公鸟啼唤，声音低抑而闷人。雨季未来以前，城外荒地上遍地开的抱春花，花朵那么蓝，那么小巧完美，孤芳自赏似的自开自落。却有个好事人，每天必带露采来，把它聚成一小簇，当成她生命的装饰。礼物分量轻，意义却不轻！数数日子，不知不觉已过了三个月。如今说来，这些人事好象除了在当事者心上还保留下一种印象，便已消失净尽别无剩余了！她因此把那一束蓝花捏得紧紧的，放在胸膛前贴着好一会儿。“过去的，都让它成为过去！”那么想着，且追想着先前一时说的散文和诗的意义，慢慢的进了城。

郭公鸟还在啼唤，象逗引人思索些不必要无结果的问题。她觉得好笑，偏不去想什么。俨然一切已成定局，过去如此，当前如此，未来还将如此，人应放聪明一点，达观一点，凡事都不值得执着。城里同样有一个小小斜坡，沿大路种了些杂树木，经过半月的长雨，枝叶如沐如洗，分外绿得动人。路旁芦谷苦蒿都已高过人头，满目是生命的长成。老冬青树正在开花，花朵细碎而白，聚成一丛丛的，香气辛而浓。她走得很慢，什么都不想，只觉得奇异，郭公鸟叫的声音，为什么与三月前一天雨后情形完全一样。过去的似乎尚未完全成为过去，这自然很好，她或许正需要从过去搜寻一点东西，一点属于纯诗的东西，方能得到生存的意义。这种愿望很明显与当前疲倦大有关系。

二

有人说她长得很美，这是十五年前的旧事了。从十四五岁起始，她便对于这种称誉感到一点秘密的快乐。到十六岁转入一个高级中学读书，能够在大镜子前敷粉施朱时，她已觉得美丽使她幸福，也能给她小小麻烦。举凡学校有来宾或会议需要用美丽女孩作为仪式装饰时，她必在场有分，一面有点害怕，有点不安，一面却实在乐意在公众中露面，接受多数人带点阿谀的赞颂。为人性格既温柔，眉发手足又长得很完美，结果自然便如一般有美丽自觉女孩子共通命运，得到很多人的关心。在学校时一个中年教员为了她，发生了问题，职务便被开除了。这是第一次使她明白人生关系的不可解。其次是在学校得到了一个带男性的女友，随后假期一来，便成为这个女友家中的客人，得到女友方面的各种殷勤，恰与从一个情人方面所能得到的爱情差不多。待到父母一死，且长远成了女友家中的客人。二十岁时在生活中又加入另外一个男子，一个大学二年级学生，为人不甚聪明，性格却刚劲而自重，能爱人又不甚会爱人。过不多久，又在另外机会接受了两分关心，出自兄弟两人。一年后又来了一个美国留学生，在当地著名大学教书，为人诚实而忠厚，显然是个好丈夫，只是美国式生活训练害了他，热情富余而用不得体。过不久，又来了一个新鲜朋友，年纪较大，社会上有点地位，为人机智而热诚，可是已和别人订了婚。这一来，这些各各分际的友谊，在她生活上自然就有了些变化，发生了许多问题。爱和怨，欢乐与失望，一切情形如通常社会所见，也如小说故事中所叙述，一一逐渐发生。人人既成为这个社会小小一群的主角，于是她就在一种崭新的情感下，经验了一些新鲜事情。轻微的妒嫉，有分际的关心，使人不安的传说，以及在此复杂情形中不可免的情感纠纠纷纷，滑稽或粗恶种种印象。三年中使她接受了一份新的人生教育，生命同时也增加了一点儿深度。来到身边的青年人，既各有所企图，人太年青，控制个人情感的能力有限，独占情绪特别强，到末后，自然就各以因缘一一离开了她。最先是那个大学生，因热情不能控制，为妒嫉中伤而走开了。其次，是两个兄弟各不相下，她想有所取舍，为人性格弱，势不可能，因此把关系一同割断。美国留学生见三五面即想结婚，结婚不成便以为整个失败，生命必然崩溃，却用一个简便的办法，与别的一个平庸女子草草结了婚，减去了她的困难，也算是救了他自己的失败。

年轻的男孩子既陆续各自走开了，对于她，虽减少了些麻烦，当然就积压了些情感，觉得生命空虚无聊，一个带点轻微神经质女孩子必然应有的现象。但因此也增加了她一点知识。“爱”，同样一个字眼儿，男女各有诠释，且感觉男子对于这个名词，都不免包含了一些可怕的自私观念，好在那个年纪较长的朋友的“友谊”，却因不自私在这时节正扩大了她生存的幻想，使她做人的自信心和自尊心有了抬头机会。且读了些书，书本与友谊同时使生命重新得到一种稳定。也明知这友谊不大平常，然而看清楚事不可能，因此她就小心又小心缩敛自己，把幻想几乎缩成为一个“零”。虽成为一个零，用客气限制欲望的范围，心中却意识到生命并不白费。她于是从这种谨慎而纯挚的友谊中，又经验了些事情。另外一种有分际的关心，人为的淡漠，以及由此而来的轻微得失忧愁。一切由具体转入象征，一分真正的教育，培养她的情感也挫折她的情感。生活虽感觉有点压抑，倒与当时环境还能相合。不过幻想同实际既有了相左处，她渐渐感到挣扎的必要，但性情同习惯，却把她缚住在原有的生活上，不能挣扎。她有点无可奈何，有点不知如何是好。就想，这是“命运”。用命运聊以自解，然而实不甘心长远在这种命运下低头。

战争改变一切，世界秩序在顽固的心与坚硬的钢铁摧毁变动中，个人当然要受它的影响。多数人因此一来，把生活完全改了，也正因此，她却解决了一个好象无可奈何的问题。战争一来，唯一的老朋友亦离开了。

她想："这样子很好，什么都完了，生活还可以重新开始。"因为年纪长大一点，心深了点，明白对于某一事恐不能用自己性格自救，倒似乎需要一个如此自然简截的结局。可是中国地面尽管宽广，人与人在这个广大世界中碰头的机会依然极多。许多事先都料想不到，要来的还是会来。这些事凑和到她生活上时，便成为她新的命运。

战事缩短了中国人对空间的观念，万千人都冒险越海向内地流，转移到一个陌生地方。她同许多人一样，先是以为战事不久就会结束，认定留下不动为得计。到后来看看战事结束遥遥无期，留在原来地方毫无希望可言，便设法向内地走。老同学本来北方有个家，生活过得很平稳有秩序，当然不赞成走。后来看看维持不过了，反而随同上了路。内地各事正需要人，因此到 ×× 不久两人都在一个文化机关得到一份工作。初来时自然与许多人一样，生活过得单纯而沉闷。但不多久，情形便不同了。许多旧同学都到了这个新地方，且因为别的机会又多了些新朋友，生活便显得热闹而活泼起来。生活有了新的变化，正与老同学好客本性相结合，与她理想倒不甚相合，一切“事实”都与“理想”有冲突，她有点恐惧。年龄长大了，从年龄堆积与经验堆积上，她性情似乎端重一些，生活也就需要安静一些。然而新的生活却使她身心两方面都不安静。她愿意有点时间读读书，或思索消化一下从十八岁起始七年来的种种人事，日常生活方式恰正相反。她还有点理想，在爱情或友谊以外有所自见自立的理想，事实日常生活倒照例只有一些麻烦。这麻烦虽新而实旧，与本人性情多少有点关系。为人性格软弱，无选择自主能力，凡事过于想作好人，就容易令人误会，招来麻烦。最大弱点还是作好人的愿望，又恰与那点美丽自觉需要人赞赏崇拜情绪相混合，因此在这方面特别增加了情感上的被动性。

老同学新同事中来了一些年青男女，友谊或爱情，在日常生活日常思索中都重新有了位置。一面是如此一堆事实，一面是那点微弱理想，一面是新，一面是旧，生活过得那么复杂而累人，她自然身心都感到十分疲倦。

“战争”二字在她个人生命上有了新的意义，她似乎就从情分得失战争中，度过每一个日子，持久下去自然应付不了。本来已经好象很懂得“友谊”和“爱情”，这一来，倒反而胡涂了。一面得承认习惯，即与老同学相处的习惯，一面要否认当前，即毫无前途的当前。她不知道如何一来方可自救。一个女子在生理上既不能使思索向更深抽象走去，应付目前自然便是忍受，忍受，到忍受不了时便想：“我为什么不自杀？”当然无理由实现这种蠢事。“我能忘了一切多好！”事实上这一切都忘不了。

幸好老朋友还近在身边，但也令人痛苦。由于她年龄已需要重新将“友谊”作一度诠释，从各方面加以思索，观点有了小小错误。她需要的好象已经完全得到了，事实上感觉到所得的是极不重要的一份。她明白，由于某种性情上的弱点，被朋友认识得太多，友谊中那点“诗”与“火”倒给毁去了。因此造成一种情绪状态，他不特不能帮助她，鼓励她向上作人，反而因流行着的不相干传说，与别方面的忌讳，使他在精神上好象与她距离越远，谈什么都不大接头。过去一时因赌气离开了她的那个刚直自重的朋友呢，虽重新从通信上取得了一些信托，一点希望，来信总还是盼望她能重新作人，不说别的事情。意思也就正对于她能否“重新作人”还感到怀疑。疑与妒并未因相隔六年相去七千里而有所改变。事实显明，这个人若肯来看看她，即可使她得到很大的帮助。但那人却因负气或别的事务在身，不能照她愿望行事。那两兄弟呢，各已从大学毕了业，各在千里外作事。哥哥还常来信，在信上见出十分关心，希望时间会帮他点忙，改变一些人的态度。事实上她却把希望与兴趣放在给弟弟的信上。那弟弟明白这个事情，且明白她的性情，因此来信照例有意保留点客气的距离。她需要缩短一点这种有意作成的距离，竟无法可想。另外一种机缘，却又来了一个陌生人，一个中级公务员，正想用求婚方式自荐。她虽需要一个家庭，但人既陌生，生活又相去那么远，这问题真不知将从何说起。另外又有一个朋友，习工科的，来到她身边，到把花同糕饼送了十来次后，人还不甚相熟，也就想用同样方式改变关系。两件事以及其他类似问题，作成同居十年老同学一种特殊情绪，因妒生疑，总以为大家或分工或合作，都在有所计谋。以为她如不是已经与这个要好，就是准备与那个结婚，敌对对象因时而变，所以亦喜怒无常。独占情绪既受了损失，因爱成恨。举凡一个女人在相似情形中所能产生的幻想，所能作出的任性行为，无不依次陆续发生。就因这么一来，却不明白恰好反而促成身边那个造成一种离奇心理状态，使她以为一切人对她都十分苛刻。因疑生惧，也以为这个必然听朋友所说，相信事实如此，那个必将听朋友所说，以为事实又或如彼。一切过去自己的小小过失，与行为不端谨处，留下一些故事，都有被老同学在人前扩大可能。这种“可能”便搅扰得她极不安宁，竟似乎想逃避而无可逃避。这种离奇心理状态，使她十分需要一个人，而且需要在方便情形下有那么一个人，各方面差一点也无妨，只要可以信托，就可以抵补自己的空虚。也就因此，生活上来了一个平常大学生。为人极端平常，衣服干干净净，脑子简简单单，然而外表好象很老实，完全可靠。正因为人无用也便无害，倒正好在她生活中产生一点新的友谊。这结果自然是更多麻烦！先是为了同学加于本身的疑妒，有一个仿佛可以保护自己情绪安定的忠厚可靠朋友在身边，自然凡事都觉得很好。随后是性情上的弱点，不知不觉间已给了这个大学生不应有的过多亲近机会。在一个比较长的时期中，且看出大学生毫无特长可以自见，生活观念与所学所好都庸俗得出奇，如此混下去，与老朋友过去一时给她引起那点向上作人理想必日益离远。而且更有可怕地方，是习惯移人，许多事取舍意不由己。老同学虽在过去一时事事控制她，却也帮助了她幻想的生长。这大学生在目前，竟从一个随事听候使唤的忠仆神气，渐渐变而为独断独行主子样子。大学生既如许多平常大学生一般，生活无目的，无理想，读书也并无何种兴趣，无事可作时，只能看看电影，要她去就不能不去。一些未来可能预感，使她有点害怕。觉得这个人将来的麻烦处，也许可能比七年前旧情人的妒嫉与灰心，以及老同学的歇斯底里种种表现，综合起来还有势力。新的觉醒使她不知这生活如何是好。要摆脱这个人，由于习惯便摆不脱。尤其是老同学的疑妒，反而无形帮助了那大学生，使她不能不从大学生取得较多的信托，稳定自己的情感。

她于是在这种无可奈何情形中活下去，接受一切必然要来的节目，俨然毫无自主能力来改变这种环境。痛苦与厌倦中，需要一点新的力量鼓起她做人的精神。从朋友方面，得不到所需要时，末后还是照习惯跟了那个大学生走去，吃吃喝喝，也说说笑笑，接受一点无意义的恭维，与不甚得体的殷勤。

这自然是不成的！正因为生活中一时间虽已有些新的习惯很不大好，情感中实依然还保留了许多别的印象和幻想。这印象和幻想，无不如诗的美丽与崇高，可与当前事实对比时，不免使她对当前厌恶难受。看看“过去”和“未来”，都好象将离远了，当前留下那么一个人。在老同学发作时，骂大学生为一个庸俗无用的典型，还可以激起她反抗情绪，产生自负自尊心，对大学生反而宽容一点。但当老同学一沉默，什么都不提及，听她与大学生玩到半夜回转住处也不理会，理性在生命中有了势力，她觉得不免有点惭愧。

然而她既是一个女子，环境又限人，习惯不易变，自觉还是只能那么想想，“我死了好”，当然不会死，又想“我要走”，一个人往哪里走？又想“我要单独，方能自救”，可是同住一个就离不开，同住既有人，每天作事且有人作伴同行，在办事处两丈见方斗室中，还有同事在一张桌子上办公，回到住处，说不定大学生已等得闷气许久了。这世界恰象是早已充满了人，只是互相妨碍，互相牵制，单独简直是不可能的梦想！单独不可能，老同学误会多，都委之于她的不是，只觉这也不成，那也不对，于是反抗埋怨老同学的情绪随之生长。先一刻的惭愧消失了。于是默默的上了床，默默的想："人生不过如此。"就自然在不知觉间失去不少重新作人气概。因为当前生活固然无快乐可言，似乎也不很苦。日子过下去，如不向深处思索，虽不大见出什么长进，竟可说是很幸福的！

三

可是世界当真还在变动中，人事也必然还有变迁。精神上唯一可以帮忙的朋友，看看近来情形不大对，许多话说来都无意义，似乎在她自己放弃向上理想以前，先对她已放弃了理想，而且由正面劝说她"应当自重"，反而恶作剧似的，要她去同明明白白配不上她的一个人去“好好做爱”，好好使用那点剩余青春了。几个求婚者呢？相熟一个出了国，陌生一个又因事无结果无勇气来信，至于留在五千里外那个朋友，则因时间空间都相去太远，来信总不十分温柔，引不起她对未来的幸福幻想，保护她抵抗当前自弃倾向。……更重要的是那个十年相处的女同学，在一种也常见也不常见情绪中，个人受尽了折磨，也痛苦够了她，对于新的情况不能习惯。虽好象凡事极力让步，勉强适应，终于还是因为独占情绪受了太大打击，只想远远一走，方能挽救自己情感的崩溃，从新生活中得到平衡。把一切近于歇斯底里表现，一一都反应到日常生活后，于是怀了一脑子爱与恨，有一天当真就忽然走开了。

起始是她生活上起了点变化，仿佛因老同学一走，一切“过去”讨厌事全离开了，显得轻松而自由。老同学因爱而恨产生各式各样诅咒，因诅咒在她脑子中引起的种种可怕联想，也一起远离了。老朋友为了别的原因，不常见面了。大学生初初象是生疏了许多。可是不久放了暑假，无事可作，自然更多空闲。由空闲与小小隔离，于是大学生更象是热烈了许多。这热烈不管用的是如何形式表现，既可增加一个女人对于美丽的自信，当然也就引起她一点反应。因此在生活上还是继续一种过去方式，恰如她自己所谓，活得象一篇“无章无韵的散文”。不过生命究竟是种古怪东西，正因为生活中的实际，平凡而闷人，倒培养了她灵魂上的幻想。生活既有了变化，空闲较多，自然多了些单独思索“生活”的机会。当她能够单独拈起“爱”字来追穷追究时，不免引起“古典”和“现代”的感想，就经验上即可辨别出它的轻重得失。什么是诗与火混成一片，好好保留了古典的美丽与温雅？什么是从通俗电影场面学来的方式，做作处只使人感到虚伪，粗俗处已渐渐把人生丑化？因此一面尽管因习惯与大学生生活混得很近，一面也就想得很远很远。由于这种思索，却发现了许多东西，即平时所疏忽，然而在生命中十分庄严的东西。所思所想虽抽象而不具体，生命竟似乎当真重新得到一种稳定，恢复了已失去的作人信心，感到生活有向上需要。只因为向上，方能使那古典爱中的诗与火，见出新的光和热。这比起大学生那点具体而庸俗的爱时，实在重要得多了。

然而她依旧有点乱，有点动摇。她明白时间是一去不返的，凡保存在印象中的诗，使它重视并不困难。只是当前所谓具体，却正在把生命中一切属于“诗”的部分，尽其可能加以摧残毁灭。要挣扎反抗，还得依赖一种别的力量，本身似乎不大济事。当前性格同环境两样东西形成的生活式样，要打破它，只靠心中一点点理想或幻念，相形之下，实在显得过于薄弱无力了。

她愿意从老朋友或老同学方面得到一点助力，重新来回想老同学临行前给她那点诅咒。在当时，这些话语实在十分伤害她的自尊心，激起她对大学生的护短心。这时节已稍稍不同了一些。

老同学临行前说：“××，我们居然当真离开了，你明白我为什么走。你口上尽管说舍不得我走，其实凭良心说，你倒希望我走得越远越好。你以为一离开我就可以重新做人，幸福自由在等着你。好，我照你意思走开！从明天起你就幸福自由了！可是我到底是你一个朋友，明白你，为你性格担心。你同我离开容易，我一走了，要你同那个又穷又无用的大学生离开恐不容易。这个人正因为无什么学问和生活理想，可有的是时间，你一定就会吃亏到这上头。你要爱人或要人爱，也找个稍象样子的人，不是没有这种人！你目前是在堕落，我说来你不承认，因为你只觉得我是在妒嫉，此外再不会想到别的事情。我一提及就伤害了你的自尊心，到你明白真正什么叫作自尊心时，你完了。末了你还可以说，只要我们相爱，就很好！好，这么想你如果当真可以快乐一点，就这么想。”

女同学自然不会明白她并不爱大学生，其所以和大学生来往亲密，还只是她激成的。老朋友呢，友谊中还有点误会，忌讳又多，见面也少起来，以为是对她好，其实近于对她不好。

什么是“爱”？事情想来不免重新又觉得令人迷胡。她以为能作点事，或可从工作的专注上静一静心。大学生当然不会给她这点安静。事实上她应当休息休息，把一颗心从当前人事纠纷中解放出来，方可望恢复心境的平衡与常态。但是这“解放”竟象是一种徒然希望，自己既无可为力，他人也不易帮忙。

过去一时她曾对那老朋友说：“人实在太可怕了，到我身边来的，都只想独占我的身心，都显得无比专制而自私，一到期望受了小小挫折，便充满妒和恨。实在可怕。”然而那老朋友对于这个问题却回答得很妙：“人并不可怕。倘若自己情绪同生活两方面都稳得住，友谊或爱情都并无什么可怕处。你最可担心的事，是你关心肉体比关心灵魂兴趣浓厚得多。梳一个头费去一点钟，不以为意，多读半点钟书，便以为太累。且永远借故把日子混下去，毫无勇气重新好好做个人，这对你前途，才真是一件可怕的事！”

可是，这是谁的过失？爱她，了解她，说到末了，不是因妒嫉就是因别的忌讳，带着不愉快痛苦失望神情，远远走开，死的死去，陌生的又从无勇气无机会来关心她，同情她。只让她孤单单无望无助的，活到这个虚伪与俗气的世界中。一个女人，年纪已二十六岁，在这种情形下她除了听机会许可，怀着宽容与怜悯，来把那个大学生收容在身边，差遣使唤，做点小小事情，同时也为这人敷粉施朱，调理眉发，得到生命的意义，此外还有什么方法，可以满足一个女人那点本性？

所以提到这点时，她不愿意老朋友误解，还同老朋友说：“这不能怪我，我是个女人，你明白女人有的是天生弱点，要人爱她。哪怕是做作的热情，无价值极庸俗的倾心，总不能无动于衷，总不忍过而不问！姐姐不明白，总以为我会嫁给那一个平平常常的大学生，所以就走开了。就是你，你不是有时也还不明白，不相信吗？我其实永远是真实的，无负于人的！”

老朋友说：“可是这忠实有什么用？既不能作你不专一的辩护，也不能引起你做人的勇气，你明白的。若忠实只在证明你做爱兴趣浓于做人兴趣，目前这生活，对你有些什么前途你想象得出！到你真真实实感到这个老朋友为你不大自重，同你已当真疏远时，你应当会有点痛苦的，尤其是你若体会得出将来是什么，对你实在十分可怕！”

她觉得有点伤心，就赌气说：“大家都看不起我，也恨我。什么我都不需要，我希望单独。”

老朋友明白那是一句反话，所以说：“是的，这么办你当然觉得好。因为可以使你单独享受大学生的殷勤，这对你目前不是一件坏打算！可是一个人决不能完全放下‘过去’，也无法不考虑‘将来’，你比别人更理会这一点。一时不自量的结果，对于一个女人，将来会悔恨终生。你自己去好好想三五天，再决定你应作的事。”

于是老朋友沉默了。日月流转不息，一切过去的，自然仿佛都要成为一种“过去”，不会再来了。来到身边的果然就只是那个大学生。不是她思索的结果，只是习惯的必然。

四

她回到住处后，一些回忆咬着她的心子。把那束高原蓝花插到窗前一个小小觚形瓶中去。换了点养花水，无事可作，便坐下来欣赏这一丛小花。同住的还不回来，又还不到上灯吃饭时候，黄昏前天气闷热而多云。她知道她实在太累，身心两方面若果都能得到一个较长时期的休息，对于她必大有帮助。

过了一阵，窗口边那束蓝花，看来竟似乎已经萎悴了，她心想：“这东西留在这里有什么用处。”可是并不去掉它。她想到的正象是对于个人生命的感喟，与瓶花又全不相干。因此联想及老朋友对于一个人生命的一点意见，玩味这种抽象观念，等待黄昏。“其实生命何尝无用处，一切纯诗即由此产生，反映生命光影神奇与美丽。

任何肉体生来虽不可免受自然限制，有新陈代谢，到某一时必完全失去意义，诗中生命却将百年长青。”生命虽能产生诗，如果肉体已到毫无意义，不能引起疯狂时，诗歌纵百年长青，对于生命又有何等意义？一个人总不能用诗来活下去，尤其是一个女人，不能如此。尤其是她，她自以为不宜如此。

不过这时节她倒不讨厌诗。老朋友俨然知道她会单独，在单独就会思索，在思索中就会寂寞，特意给了她一个小小礼物，一首小诗。是上三个月前临离开她时留下的。与诗同时还保留下一个令人难忘的印象。她把诗保留到一个文件套里，在印象中，却保留了一种温暖而微带悲伤的感觉。那诗在一般说来有点怪。

小瓶口剪春罗还是去年红，
这黄昏显得格外静，格外静。
黄昏中细数人事变迁，
见青草向池塘边沿延展。
我问你，这应当“惆怅”，还应当“欢欣”？
小窗间有夕阳薄媚微明。

青草铺敷如一片绿云，
绿云相接处是天涯。
诗人说“芳草碧如茵，人远天涯近”，
这比拟你觉得“近情”，“不真”？
世界全变了，世界全变了，
是的，一切都得变，
心上虹霓雨后还依然会出现。

溶解了人格和灵魂，叫做“爱”，
人格和灵魂需几回溶解?
爱是一个古怪字眼儿，燃烧人的心，
正因为爱，天上方悬挂千万颗星（和长庚星）。
你在静中眼里有微笑轻漾，
你黑发同苍白的脸儿转成抽象。

温暖的文字温暖了她的心，她觉得快乐也觉得惆怅。还似乎有点怜悯与爱的情绪，在心上慢慢生长。可是弄不清楚是爱自己的过去，还是怜悯朋友的当前。又似乎有一种模糊的欲念生长，然而这友谊却已超过了官能的接近，成为另外一种抽象契合多日了。为了对于友谊印象与意象的捕捉，写成为诗歌，这诗歌本身，其实即近于一种抽象，与当前她日常实际生活所能得到的，相隔好象太远了。她欣赏到这种友谊的细微感觉时，不免有点怨望，有点烦乱，有点不知所主。

小瓶中的剪春罗也已萎悴多日。池塘边青草这时节虽未见，却知道它照例是在繁芜中向高处延展，迷目一望绿。小窗口长庚星还未到露面时。……这一切都象完全是别人事情，与她渺不相涉。自己房中仿佛什么都没有，心上也虚廓无边，填满了黄昏前的寂静。

日头已将落尽，院子外阔大楠木树叶在微风中轻轻动摇，恰如有所招邀。她独自倚靠在窗口边，看天云流彩，细数诗中的人事，不觉自言自语起来："多美丽的黄昏，多可怕的光景！"正因为人到这种光景中，便不免为一堆过去或梦景，身心都感到十分软弱，好象什么人都可以把她带走。只要有一个人来说："我要你，你跟我走。"就不知不觉会随那个人走去。她要的人既不会在这时走来，便预感到并不要的那个大学生会要来。只好坐下来写点什么，意思象是文字可固定她的愿望。带她追想“过去”，方能转向“未来”，抵抗那个实际到不可忍受的“当前”。她取出纸笔，试来给老朋友写一个信，告他一点生活情形。

“××，我办公回来，一个人坐在窗边发痴。心里不受用。重新来读读你那首小诗，实在很感动。但是你知道，也不可免有一点痛苦。这一点你似乎是有意如此，用文字虐待一个朋友的感情，尤其是当她对生活有一点儿厌倦时！天气转好了，我知道你一定还留在桂林。你留下的意思是不见我。好个聪明的老师，聪明到用隔离来教育人！我搬来已十五天，快有三个月不见你了，你应当明白这种试验对于我的意义。我当真是在受一种很可怕的教育。我实在忍受不了，但我沉默忍受下去。这是我应分得到的。可是，你公平一点说，这是我应分得到的？同住处一位《红楼梦》的崇拜者，为人很天真可爱，警报在她想象中尽响，她只担心大观园被空袭，性格爱娇处可想而知，这就是你常说希有的性格，你一定欣赏。从我们住处窗口望出去，穿过树林的罅隙，每天都可望到你说的那颗长庚星。我不明白你为什么心那么硬，知道我的寂寞，却不肯来看看我。我有时总那么傻想，应当有个人，来到我这里，陪陪我，用同样心跳，在窗边看看蓝空中这颗阅尽沧桑的黄昏星，也让这颗星子看看我们！哪怕一分一秒钟也成，一生都可以温习这种黄昏光景，不会感到无聊！我实在很寂寞，心需要真正贴近一颗温柔而真挚的心。你尽管为我最近的行为生我的气，你明白，我是需要你原谅，也永远值得你原谅的！写到这里不知不觉又要向你说，我是一个女人！一个女人是照例无力抵抗别人给她关心的，胡涂处不是不明白。但并不会长远如此。情谊轻重她有个分量在心中。说这是女人的小气也成。总之她是懂好歹的，只要时间稍长一点，她情绪稳定一点。负心不是她的本性。负气也只是一时间的胡涂。你明白，我当前是在为事实与理想忍受双重磨折。理想与我日益离远，事实与我日益相近。我很讨厌当前的自己。我并不如你所想象的是一个能在一种轻浮中过日子下去的人。我盼望安静，孤独一点也无妨。我只要一个……我要的并未得到，来到我生活上，紧附在生活上的是一堆，我看得清清楚楚，实在庸俗而平凡。可是这是我的过失？别的人笑我，你不应当那么残忍待我。你明白事情，这命运是谁作主？我要挣扎，你应当对于我象过去一样，相信我能向上。这种信托对我帮助太大了。而且也只有这种信托，才能唤回我做人信心。”

信写成后看看，情绪与事实似乎不大相合，正好象是一个十九世纪多情善感的女子，带点福楼拜笔下马丹波娃利风格，来写这么一封信。个人生活正在这种古典风格与现代实际两种矛盾中，灵魂需要与生活需要互相冲突。这信保留下来即多忌讳，多误会。寄给老朋友只增多可怕的流言，和许多许多不必要的牵连，因此写成后看看，便烧掉了。信烧过后又觉得有点惋惜，可惜自己这时节充满青春幻想的生命，竟无个安排处。

稍过一时，又觉得十九世纪的热情形式，对当前说来，已经不大时髦，然而若能留到二十世纪末叶的人看看，也未尝不可以变成一种动人的传奇！同时说不定到那时节还有少数“古典”欣赏者！对这种生命形式感到赞美与惊奇！因此重新从灰烬中去搜寻，发现一点残余。搜寻结果，只是一堆灰烬。试从记忆中去搜寻时，却得到些另外东西，同样保留了些十九世纪爱情的传奇风格。这是六年前另外一个朋友留下的。这朋友真如自己所预言，目下已经腐了，烂了，这世界上俨然只在她心中留下一些印象，一些断句，以及两人分张前两天最后一次拌嘴，别的一切全都消灭了。

她把这次最后拌嘴，用老朋友写诗的方式，当成一首小诗那么写下来：

我需要从你眼波中看到春天，
看到素馨兰花朵上那点细碎白；
我欢喜，我爱。
我人离你远，心并不远。
你说“爱”或“不爱”全是空话，
该相信。也不用信不信。
你瞧，天上一共是多少颗星？
我们只合沉默，只合哑。

谁挂上那天上的虹霓，又把它剪断？

那不是我，不是我，

你明白这应当是风的罪过。

天空雨越落越大了，怎么办？

天气冷我心中实在热烘烘，

有炉火闷在心里燃烧。

把血管里的血烧个焦，好。

我好象做了个梦，还在做梦。

能烧掉一把火烧掉，

爱和怨，妒嫉和疑心，微笑的影子，无意义叹息，

都给它烧个无踪无迹；

烧完后，人就清静了，多好。

你要清静我明天就走开。

向顶远处走，

让梦和回想也迷路，

我走了，永远不再回来。

这个人一走开后，当真就象是梦和回想也迷了路，永远不再回到她身边来了。可是她并不清静。试温习温习过去共同印象中的瓦沟绿苔，在雨中绿得如一片翠玉。天边一条长虹，隐了又重现，秋风在疑嫉的想象中吹起时，虹霓不见了，那一片绿苔在这种情形中已枯萎得如一片泥草，颜色黄黄的；“让它燃烧，在记忆中燃烧个净尽”。她觉得有点痛苦，但也正是一种享受。她心想：“活的作孽，死的安静。”眼睛业已潮湿了。过去的一场可怕景象重复回到记忆中。

“为什么你要走？”

“为了嫉妒。”

“为什么要嫉妒？”

“这点情绪是男子的本性。你爱不真心，不专一，不忠实，所以我……”

“你不了解我，我永远是忠实的。我的问题也许正是为人太忠实，不大知道作伪，有些行为容易与你自私独占情绪不合。”

“是的，你真实。只要有人说你美丽可爱，你就很忠实的发生反应。一个荡妇也可以如此说，因为都是忠实的。”

“这也可说是我的一种弱点。可是……”

“这就够了！既承认是弱点，便自然有悲剧。”

她想：“是的，悲剧，你忍受不了，你要走，远远的走，走到一个生疏地方，倒下去，死了，一切都完事了。让我这么活下来，怎么不是悲剧？一个女子怕孤独的天性。应当不是罪过！你们男子在社会一切事实上，都照例以为女子与男子决不能凡事并提，只是一到爱情上，就忘却我们是一个女子。忘了男女情绪上有个更大的差别。而且还忘了社会对于女子在这方面多少不公平待遇！假如是悲剧，男子也应当负一半责任，至少负一半责任！”

每个朋友从她的身边走开时，都必然留下一分小小的礼物，连同一个由于失望而灰心的痛苦印象。她愿意忘了这一切人事，反而有更多可怕的过去追踪而来。来到脑子后，便如大群蜂子，嗡嗡营营，搅成一团，不可开交。“好，要来的都来，试试看，总结算一下看。”忽然觉得有一种兴趣，即从他人行为上反照一下自己，人生究竟是怎么一回事的兴趣。

五

小手提箱中还留下另外几个朋友一些文件，想找寻出一份特别的信看看。却在一本小说中，得到那几张纸。她记得《茶花女》故事，人死时拍卖书籍，有一本《漫郎摄实戈》，她苦笑了一下。这时代，一切都近于实际，也近于散文，与浪漫小说或诗歌抒写的情境相去太远了。然而在一些过去遇合中，却无一不保存了一点诗与生命的火焰，也有热，有光，且不缺少美丽形式。虽有时不免见出做作处，性格相左处，不甚诚实处，与“真”相去稍远，然而与“美”却十分接近。虽令人痛苦，同时也令人悦乐，即受虐与虐待他人的秘密悦乐，这固然需要资本，但她却早已在过去生命上支付了。

她把那些信一一看下去。第一个是那个和她拌嘴走开的大学生写的。编号三十一，日子一九三五年八月。

世界都有春天和秋天，人事也免不了，当我从你眼波中看出春天时，我感觉个人在这种春光中生息，生命充实洋溢，只想唱歌，想欢呼，俨然到处有芳草如茵，我就坐在这个上面，看红白繁花在微风中静静谢落。我应当感谢你，感谢那个造物的上帝，更感谢使我能傍近你的那个命运。当我从你眼睛中发现秋天时，你纵理我敷衍我，我心子还是重重的，生命显得萎悴而无力，同一片得秋独早的木叶差不多，好象只要小小的一阵风，就可以把我刮跑！刮跑了，离开了我的本根，也离开了你，到一个不可知的水沟边躺下。我死了，我心还不死。我似乎听到沟中细碎流水声音，想随它流去，可办不到。我于是慢慢的腐了，烂了，完事。但是你在另外一种情形中，一定却正用春天的温暖，燃烧一些人的心！也折磨人的心……

简直是一种可怕的预言，她不敢看下去了。取出了另外一个稍长的，编号第七十一,三年前那个老朋友写给她的。日子为四月十九。

黄昏来时你走了，电灯不放亮，天地一片黑。我站在窗前，面对这种光景十分感动。正因为我手上仿佛也有一片黑，心上仿佛也有一片黑。这黑色同我那么相近，完全包围住我，浸透了我这时节的生命。××，你想想看，多动人的光景！

我今天真到了一个崭新境界中，是真实还是梦中，完全分不清楚，也不希望十分清楚。散步花园中景致实在稀有少见。葡萄园果实成熟了，草地上有浅红色和淡蓝色小小花朵点缀，一切那么美好那么静。你眉发手足正与景色相称，同样十分柔静。在你眼睛中我看出一种微妙之火。在脚踵和膝部我看到荷花红与玉兰白的交溶颜色。在另外一部分我还发现了丝绸的光泽，热带果的芳香。一切都近于抽象，比音乐还抽象。我有点迷糊，只觉得生命中什么东西在静悄悄中溶解。溶解的也许只是感觉……已近黄昏，一切寂静。唉，上帝。有一个轻到不可形容的叹息，掉落到我或你喉咙中去了。

这一切似乎完全是梦，比梦还缥缈，不留迹象。

黄昏来时先是一阵黑。等不久，天上星子出现了，正如一个人湿莹莹的眼睛。从微弱星光中我重新看到春天。这些星光那么微弱，便恰象是从你眼睛中反照发生的。（然而这些星光也许要在太空中去一千年！）

有什么花果很香，在微热夜气中发散。我眼前好象有一条路那么生疏又那么熟习，我想散散步。我沿了一行不知名果树走去，连过两个小小山头，向坦坦平原走去。经过一道斜岭，几个干涸的水池，我慢慢的走着，道旁一草一木都加以留心——一切我都认识得清清楚楚。路旁有百合花白中带青，在微风中轻轻摇动，十分轻盈，十分静。山谷边一片高原蓝花，颜色那么蓝，竟俨然这小小草卉是有意摹仿天空颜色作成的。触目那么美，人类语言文字到此情形中显得贫弱而无力，失去了它应有的意义。我摘了一朵带露百合花，正不知用何种方式称颂这自然之神奇，方为得体。忽然感到一种恐惧，恰与故事中修道士对于肉体幻影诱惑感到恐惧相似，便觉醒了。我事实上生活在完全孤独中，你已离开我很久了。事实上你也许就从不曾傍近过我。

当我感觉到这也算得是一种生命经验时，我眼睛已湿；当我觉得这不过是一种抽象时，我如同听到自己的呜咽；当我明白这不过是一个梦时，我低了头。这也就叫做“人生”！

我心里想，灵魂同肉体一样，都必然会在时间下失去光泽与弹性，唯一不老长青，实在只有“记忆”。有些人生活中无春天也无记忆，便只好记下个人的梦。《雅歌》或《楚辞》，不过是一种痛苦的梦的形式而已。

一切美好诗歌当然都是梦的一种形式，但梦由人作，也就正是生命形式。这是个数年前一种抒情的记载，古典的抒情实不大切合于现代需要。

她把信看完后，勉强笑笑，意思想用这种不关心的笑把心上的痛苦挪开。可是办不到。在笑中，眼泪便已挂到脸上了。一千个日子，人事变了多少！当前黄昏如何不同。

她还想用“过去”来虐待自己，取了一个纸张顶多的信翻看。编号四十九,五年前三月十六的日子。那个大学二年级学生，因为发现她和那两兄弟中一个小的情感时写的：

露水湿了青草，一片春。我看见一对斑鸠从屋脊上飞过去，落到竹园里去了。听它的叫声，才明白我鞋子裤管已完全湿透，衣袖上的黄泥也快干了。我原来已到田野中走了大半夜，现在天亮又回到了住处。我不用说它，你应当明白我为什么这样折磨自己。

我到这地方来，就正是希望单独寂寞把身心同现实社会一切隔绝起来。我将用反省教育我自己。这教育自然是无终结的。现在已五个月了，还不见出什么大进步。我意思是说，自从你所作的一件可怕事情，给我明白后，我在各方面找寻一种可以重新使生命得到稳定的碇石，竟得不到。可是我相信会有进步，因为时间可以治疗或改正一切。对人狂热，既然真，就无不善。使用谨慎而得体，本可以作为一个人生命的华鬘，正因为它必同时反映他人青春的美丽。这点狂热的印象，若好好保留下来，还可以在另外一时温暖人半冷的心，恢复青春的光影，唤回童年的痴梦！可是我这几年来的狂热，用到些什么地方，产生了什么结果，我问你？正因为这事太痛苦我，所以想对自己沉静，从沉静中正可看守自己心上这一炉火，如何在血中燃烧，让它慢慢的燃烧，到死为止！人虽不当真死去，燃烧结果，心上种种到末了只剩余一堆灰烬，这是可以想象得出的！

我有许多天都整夜不曾合眼，思索人我之间情分的得失，或近于受人虐待，或近于虐待他人。总象是这世界上既有男女，不是这个心被人践踏蹂躏，当作果核，便是那个心被人抛来掷去，当作棋子。我想从虚空中证出实在，似乎经验了一种十分可怕的经验，终于把生命稳住了。我把自杀当成一件愚蠢而又懦怯的行为，战胜了自己，嫉与恨全在脑子中消失，要好好活下来了。

我目下也可以说一切已很好了。谢谢你来信给我关心和同情。至于流露在字里行间的意思，我很懂得。你的歉疚与忏悔都近于多余，实在不必要。你更不用在这方面对我作客气的敷衍，因为我们关系已超过了需用虚伪来维持友谊或爱情。你是诚实的，我很相信。由于你过分诚实，便不可免发生悲剧，我也相信。总之，一切我现在都完全相信，但同样也相信我对于两人事情的预感，还是要离开你！来信说，你还希望听听我说的梦。我现在当真就还在作梦，这算是最后一次，在这黯黯灯光下，用你所熟习的这支笔捕捉梦境。我照你所说，将依然让这些字一个一个吻着你美丽的眼睛。你欢喜这件事，把这信留下，你厌烦了这件事，尤其是那个税专学生到每天有机会傍近你身边，来用各种你所爱听的谄媚话赞美你过后，再将那张善于说谎的嘴唇吻你美丽的眼睛时，这个信你最好是烧了它好。我并不希望它在你生活上占一个位置。我不必需，我这种耗费生活的方式，这应当算是最后一次了。

世界为什么那么安静？好象都已死去了，不死的只有我这一颗心。我这颗心很显然为你而跳已多日，你却并不如何珍重它，倒乐意（不管有心还是无意）践踏它后再抛弃它。是的，说到抛弃时你会否认，你从不曾抛弃过谁。不，我不必再同你说，这些话这些事说来实在毫无意义。

我好像在一个海边，正是梦寐求之的那个海边，住在一个绝对孤僻的小村落一间小房中，只要我愿意，我可以从小窗口望到海上。海上正如一片宝石蓝，一点白帆和天末一线紫烟。房中异常素朴，别无装饰。我似乎坐在窗口边，听海波轻轻的啮咬岸边岩壁和沙滩。这个小房应当是你熟习的地方，因为恰好是你和我数年梦想到的海边！可是目下情形实在大不相同，与你所想象的大不相同。

“什么人刚刚从小房中走出，留下一点不可形容的脂粉余香？究竟是什么人？”没有回答。也许不止一个人。我自己作答了。

这一定不会是一个皮肤晒得黑黑的女人。我蓦想有那么一个女人，先前一刻即在这个小房中，留下了许久，与另外一个男子作了些很动人的事情。我望着嵌在衣柜门那一个狭长镜子，镜子中似乎还保留一个秀发如云长颈弱肩的柔美影子，手足精美而稚弱，在被爱中有微笑和轻颦。还看到一堆米黄色丝质物衣裳在她脚边，床前有一束小小红花，已将枯萎，象征先一刻一个人灵魂在狂热中融解的情形。我明白那香味了，那正是这个具有精美而稚弱手足的女子，肉体散放出的香味。我心中混乱起来了，忽然间便引起一种可怕的骚扰。小房中呆不住了，只好向屋外走去。

走出那个小房子后，经过一堆大小不一的黛色石头，还看见岩石上有些小小蚌壳粘附在上面发白。又经过一片豆田，枝叶间缀满了白花紫花。到海滩边我坐了下来。慢慢的就夜了。夜潮正在静中上涨，海面渐渐消失于一片紫雾中。这紫雾占领了海面同地面，什么也看不见。我感到绝对孤独，生命俨然在向深海下沉，可是并不如何恐怖。心想你若在我身边，这世界只剩下我和你，多好的事！过不久，星子在天中出现了，细细碎碎，借微弱星光，看得出那小房子轮廓。砂子中还保留一点白日的余热，我把手掌贴到上面许久。海水与我的心都在轻轻的跳跃，我需要爱情，来到这个海滩上就正为的是爱。我预感到这砂滩上应当有那么一个人，就是在小房中留下一些肉体余香，在镜子中依稀还保留一个秀发如云小腰白齿微笑影子的人。她必然正躺在这个砂地上某一处休息，她应当有所等待！我于是信步走去，砂滩狭而长，我预备走一整夜。天空中星光晦弱下去了。我心中却有一颗大星子照耀。是的，当真有一颗星子的光耀，为的是五个月前在这海边我曾经有过你。可是你同星子一样，三个月以来，离我已很远很远了。

我问你，一个人能不能用这种梦活下去，却让另一个人在另外一个地方同你去证实那种梦境？忘掉我这个人，也忘掉我这最后一个荒唐梦，因为你需要的原不是这些。我几年来实在当真如同与上帝争斗，总想把你改造过来，以为纵生活在一种不可堪的庸俗社会里，精神必尚有力向上轻举，使“生命”成为一章诗歌。可是到末了我已完全失败。上帝虽关心你的肉体，制作时见出精心着意，却把创造你灵魂的工作，交给了社会习惯。你如同许多女子一样，极端近于一个生物。从小说诗歌上认识了“爱”字，都颂扬赞美这个字眼儿，可是对于这个字的解释便简单得可怕。都以为“你爱我，好，你就爱吧。我年纪小，一切不负责！（连好好认识一下这个字的责任也不负！）到后来再说”。感觉这个字的意义，都是依傍了肉体，用胃和肢体来证实，与神经几乎全无关系。神经既不需要一种熔金铄石的热情，生命便无深度可言。也不要美，不要音乐和诗歌——要的只是照社会习惯所安排的一个人，一种婚姻，以及一分无可无不可的生活！生存无理想，生活无幻想，为的是好精力集中生儿育女！虽有一点幻想或理想，来到都市中，使用在头发型式和衣服长短的关心上，也就差不多了。这就是我所谓女子“更符合生物的”一面。它在人类生活上真正有了势力，能装点少数人生活，却将破坏大多数人习惯！你始终只知属于肉体的美丽的意义，自然更证明你是个女人，适宜于凡事“照常”。我想同上帝争斗，在你生命中输入诗或音乐的激情，使你得到一种力量，战胜一个女子通常的弱点，因之生命有向上机会。结果只作成一件事，我已完全失败。你的需要十分正常，在爱情上永远是被动，企图用最少力量，得到一个家庭，再储蓄了最多力量，准备抚育孩子。柔弱的性情即见出宜于为母的标帜。一个女子在生物学观点上，卖弄风情正是婚前的本性，必到为母后方能情感集中。所以卖弄风情也并非罪恶。从行为上说来，你是一株真正的“寄生草”，无论在情感上还是生活上，都永远不用希望向上自振。星空虽十分壮丽，不是女性生物所宜在。你虽然觉得一切超越世俗的抽象观念美丽与崇高，其实你却更适宜于生活在一种卑陋实际中，任何高尚理想都不能在你生命中如男子一般植根发芽，繁荣生长。我已承认这种失败，所以只有永远同你离开。你还年青，至少还可以说有些剩余青春，适宜于去同一些男子用一种最合社会习惯方式去耗费它，前途不会是很难堪的。尤其是我离开了，你决不会很难堪。凡吝啬一文钱的人，也许可以保留到明天作别的使用；凡吝啬生命给予的，这流动不居一去不返生命，你留不住，象待遇我那么方式更留不住。真想留住青春，只有好好使用这点青春。爱惜生命不是拒绝爱，是与一个人贴骨贴心的爱，到将来寂寞时再温习过去，忍受应有的寂寞！

不，这些事是不用我说的！你明白的已经够多了。你按照一个生物学上的女性说来，就不会寂寞的。诗人都想象女子到三十岁后，肉体受自然限制，柔美与温雅动人处再不能吸引男子关心时，必然十分寂寞。这可说完全出于男子荒唐的想象！上帝到那时已为你安排一群孩子，足够你幸福满意活下去。文学作品中的闺怨诗，大都是男子手笔，少数女子作品意识范围也只表示“不能为母”的愿望。我虽知你轻浮而走，再也不会妒嫉你的轻浮了。正因为这几个月的单独，读过了几本大书，使我明白轻浮来源是每个女子的本性。不过我稍稍为你担心，忧虑你这点性情必然使生活烦累而疲倦。尤其是在那么性情中又还加上一点理想。性格既使你乐意授受多方面轻浮的爱情，理想又使你不肯马马虎虎与一个人结婚，因此一来必然在生活中有不少纠纠纷纷。好在你常常喜说“一切有命”，我也就用不着在此事上饶舌了。我应当祝你幸运。

信看完后，留下的一些过去印象把她心变软了。她自言自语说：“是的，因为我的为人，一切朋友都差不多用同一理由，很残忍的离开了我。我不会寂寞，因为我是一个女人，当然不懂得什么叫做寂寞！可是你们男子懂得什么？自以为那么深刻认识女人，知道女人都有一种属于生物的弱点。从类型看个体，发掘女人灵魂如此多，为什么却还要凡事责备女人，用这信来虐待我！明知女人都有天生的弱点，又明白环境限人，社会待女人特别不公平，为自卫计，女人都习惯于把说谎掩饰一部分过失，为什么总还诅咒女人虚伪？既明白女人都相当胆小怕事，可无一不需要个忠诚的爱人和安定的家庭，为什么有求于女人时，稍稍失望，就失去了做人自信心，远远的一走了之？不能完全，便想一死，这是上帝的意思，还是人类的不良的习惯？在女人，爱情固不能把灵魂淘深；在男子，究竟为什么，许许多多灵魂淘深以后，反而把心腔子变得如此狭小？一个人懂别人那么多，为什么懂自己反而那么少？对生命如此明白，对女子为什么反而还是不能相谅？是的，不管懂不懂寂寞，轻浮是天生的还是人为的，要爱情还是要婚姻，我自己的事当然自己可以处理。不管将来是幸福还是不幸，我要活下去，我就照我方式活下去。社会不要我，我也就不用管社会。”

想来越走越与本题离远，她觉得这不成。她有点伤心起来。似乎还预备同这个朋友拌嘴。但如果这时节朋友到她身边，她一定什么话都不说。她实在需要他爱她，也需要他更多一点认识她，信中不温柔处，她实在受不了。

六

本来意思正想用“过去”来抵制“目前”，谁知一堆“过去”事情丛集到脑中后，反而更象是不易处理。她实在不知道应当怎么办。她把几封信重新一一折好，依然夹到那本《爱眉小札》中去。随意看了几页书，又好象从书中看出一线微弱光明或希望。作者是个善于从一堆抽象发疯的诗人，死去已快近十年了。时间腐烂了这个人壮美的身体，且把他留在情人友好记忆中的美丽印象也给弄模糊了。这本书所表现的狂热，以及在略有装点做作中的爱娇、寂寞与欢乐的形式，目下二十岁左右的青年人已看不大懂。她看过后却似乎明白了些他人不明白的事情。

她想，我要振作，一定要振作，正准备把一本看过大半的小说翻开，院中响起皮鞋声音。那个日常贴在身边的大学生，换了一套新洋服，头上光油油的，脸刚刮过，站在门边谄媚的笑着。她也笑着。两人情绪自然完全不同。这一来，面前的人把她带回到二十世纪世界中了。好象耳朵中有个声音：“典型俗物”，她觉得这是一种妒嫉的回声。因为说这话的人已离开她很远很久了。她镇静了一下，双眉微皱问大学生：

“衣服是刚做的？”

那二十世纪的典型，把两只只知玩扑克牌的手插在裤袋里，作成美丽电影中有情郎神气，口中含含糊糊的说：

“我衣服好看吗？香港新样子。你前天那件衣才真好看！我请你去看电影，看七点那场，《魂归离恨天》。”

“你家里来了钱，是不是？”心里却想：“看电影是你唯一的教育。什么时候你才魂归离恨天？”

他憨笑着不做声，似乎对方口上说的心中想的他全明白。因为他刚好从一个同乡处借了五十块钱，并不说明，只作出“大爷有钱”样子。过一会儿用手拍拍裤腰边又说：“我有钱呐！我要买楼上票。换你那件顶好看的衣服去。我们俩都穿新衣。”话说得实在无多趣味。可是又随随便便的说：“他们都说你美！”

她高兴听人家对她的称赞，却作成不在意相信不过且略带抵抗神气，随随便便的问大学生：“他们是谁？是你那些好朋友吧？”

大学生不会注意这种询问，因为视线已转移到桌上一小朵白兰花上去了。把花拈到手中一会儿，闻嗅了一下，就预备放进洋服小口袋中去。

她看到大学生这种行动，记起前不久看《日出》中的胡四抹粉洒香水情形，心中不大愉快，把花夺到手中。“你不要拿这个，我要戴它。”

“那不成。我欢喜的。把我好了。”

“我不欢喜。一个男人怎样用这种花？又不是唱戏的。”

“什么，什么，我不演戏！我偏要它！”大学生作成撒娇的样子，说话时含糊中还带点腻。她觉得很不高兴，可是大学生却不明白。到后来，还是把花抢去了，偏着个扁葫芦头，谄而娇的笑着，好象一秒钟以前打了一次大胜仗，又光荣又勇敢。声音在喉与鼻间压出：“同我看电影去，我要你去，换了那件顶好看的衣服去！”

她不快乐的摇摇头。“我今天不想去。你就只会要我作这些事情，别的什么都不成。我们坐下来谈谈不好吗？为什么只想出去玩？”

“我爱你……”他不再说下去，因为已感到今天空气稍微和往常不同。想缓和缓和自己，于是口中学电影上爱情主角，哼了一支失恋的短歌，声音同说话一样，含含糊糊，使她觉得庸鄙可笑。在笑里她语气温和了好些。

“你要看，你自己去看，我今天不高兴同你出去。”

大学生作成小家子女人被妒嫉中伤情形，咬一咬嘴唇。“约了别人？”

她随口答应说：“是的，别人约了我。我要一个人留在这里等他。你走了吧。”

大学生受了伤似的，身材本来短短的，于是缩得更短了，腮帮子胀得通红，很生气的说：“那我就走了。”随即又稍转口气说：“为什么不高兴？”又趋激昂的说：“你变了心。好，好，好。”

她只是不作声。

大学生带着讽刺口吻又悻悻的说：“你不去，好。”

她于是认真生气说：“你走好，越快越好。以后不要到我这里来。”

可是大学生明明知道她的弱点，暴雨不终日，飘风不终朝，都只是一会儿。他依然谄媚的笑着叫着他特意为她取的一个洋文名字，向她说：“×××，我到那里等着你，我买两张票子。”

“我不会来的。不用白等。”

“你一定会来。”

“我绝对不来。”

“那我也不敢怨你！我走了。”

大学生走去后，她好象身心轻松了许多，且对自己今天的行为态度有点诧异，为什么居然能把这个人打发开。

二十世纪典型离开了这个小房间后，过了一会儿，窗上的夕阳黄光重新把她带回到另外一种生活抽象里去。事情显然，“十九世纪今天胜利了。”她想了想不觉笑将起来。记起老朋友说的“眼睛中有永远春天，笑中有永远春天”，便自言自语：“唉，上帝，你让我在一天中看到天堂，也贴近地面，难道这就叫做人生？”停了一会儿，静寂中却仿佛有个含含糊糊的声音回答：“我买了票子等你。你来了，我很快乐。你不来，我就要生气，失望，喝酒，失眠，神经失常。你怕不怕？”

“你可有神经？你也会害精神病？”

“我走了，让你那个女同学回到身边来，你怕不怕？”

这自然毫无什么可怕，可怕的是那一会儿时间。时间过去了，她总得想！她想到大学生，那点装模作样神气，和委屈小心处二而一，全为的是爱她。她的情绪不同了。忘了那点做作可笑处，也忘了“诗”与“火”，忘了“现代”与“古典”在生命中的两不相容，觉得刚才不应当使大学生扫兴。赶忙把镜子移到桌子边，开了灯，打开了粉盒，对镜匀抹脂粉。两点钟后两人已并排坐在电影院里柔软椅子上，享受那种现代生活，觉得是一对现代化人了。到散场时，两人都好象从《魂归离恨天》电影上得到了一点教育。两人在附近咖啡馆子吃了一点东西又一同在大街上年青男女队伍中慢慢散步。大学生只就他脑子所能想到的默默的想：“我要走运，发了十万块钱财多好。”她呢，心中实在受了点刺激，不大愉快。两人本来并排走着，不知不觉同他离开了些，忽然开口问大学生。

“××，你毕了业怎么办？”

“我正在找事做。这世界有工作才有饭吃。”

“是的，有工作才有饭吃。可是你做什么事？是不是托你干爹找事？”

大学生有点发急，话说得越加含糊：

“××，这简直是你那老同学口气，取笑我。谁是我的干爹？我不做人干儿子！我托同乡周先生帮我忙，找个事做。得不到工作，我就再读两年书。我要研究学问。不如理想，我就去滇缅公路跑单帮，有同学跑一次就发了财，有了钱，什么都好办！”

她心想：“你能读什么书？研究什么学问？”记起老同学的诅咒，因此口中却说：“你要赌点气，努努力才好。一个男子总得有点男子气！”

“我一定要——有人帮我说话！”

“为什么要人帮忙，不自己努力？你这是在做人，做一个男子！做男子是不靠人帮忙的。”

“运气不好，所以……”

“什么叫运气？我觉得你做人观念实在不高明。”

因为语气中对大学生有一点轻视意思，一点不愉快意思，大学生感到不平，把嘴嘟着不再做声。话不曾说出口，他想的是：世界不公平事情很多，大家都不规矩，顶坏的人顶有办法。我姓 × 的纵努力，读死书到读书死，有什么用？我也要做人，也要做爱！我现在是在做爱，爱情一有了着落，我就可以起始考虑认真做人了。但怎么样做人，做什么样的人，在他脑子里却并无什么概念。恰如同许多事情一样，想了一下，无结果，也就罢了。说是跑单帮，也不过说说而已。

大学生对于生活作“最近代”的想象设计时，她也想着，一种古典的情绪在脑子里生长中。她想。“我为什么会同这么一个俗不可耐的庸人混下去？读书毫无成就，头脑胡胡涂涂，就只是老实。这老实另一面也就正是无用。这算是什么生活？”她说：“我头有点痛，我要坐车回去。”

上车后回头还看到这个穿新衣便觉快乐的大学生，把手放在嘴边抹抹，仿照电影上爱人，抛了一个吻给她。她习惯的笑了一笑。回到住处时，头当真有了一点儿痛。“诗”与“火”离开生活都很远很远了，从回想中也找不回来。重新想起那几封信，回到住处，想给五千里外十年老友写一个信，到下笔时竟不知写什么好。心里实在乱糟糟的，末了却写下那么几个字在日记本上。

“一个人有一个人的命运，这所谓命运又正是过去一时的习惯，加上自己性格上的弱点而形成的。”

当她搜寻什么是自己的弱点时，似乎第一次方发现自己原来是一个“女人”。这就很够了。老朋友说过的，一个女人受自然安排，在生理组织上，是不宜于向生命深处思索，不然，会沉陷到思索泥淖里去，无从自拔。

她觉得身心都很疲累了，得休息休息。明天还是今天的继续，一切都将继续下去，并且必然还附带着那个长长的“过去”。一串回忆，也正是一串累赘，虽能装饰青春，却丝毫无助于生活的重造。她心想：“我为什么不自杀？是强项还是懦弱？”她不明白自己为什么会有这种想法。虽想起这事却并不可怕，因为同时还想起大学生爱她的种种神气，便自言自语：“一切人不原谅我也好。”那意思就是我有人了解，不必要更多人了解。单独了解有什么用？一切关心都成麻烦，增加纷乱。真正的了解应当是一点信托和宽容，忠诚无二，与无求报偿的服务当差，完全没有自己。不过她这时实在已经累了，需要的还是安静。可是安静同寂寞恰正是邻居，她明白的。她什么都似乎很明白，只不知道自己有什么方法可以将生活重造。

她实在想要哭一哭，但是把个美丽的头俯伏在枕上去，过不多久，却已睡着了。

一九四〇年七月十八写成

一九四二年十月末改写

绅士的太太

我不是写几个可以用你们石头打他的妇人，我是为你们高等人造一面镜子。

他们的家庭

一个曾经被人用各样尊敬的称呼加在名字上面的主人，国会议员、罗汉、猪仔、金刚，后来又是总统府顾问、参议，于是一事不作，成为有钱的老爷了。

人是读过书，很干练的人，在议会时还极其雄强，常常疾声厉色的与政敌论辩，一言不合就祭起一个墨盒飞到主席台上去，又常常做一点政治文章到《金刚月刊》上去发表。现在还只四十五岁。四十多岁就关门闭户做绅士，是因为什么缘故，很少有人明白的。

一般绅士为了娱悦自己，多数念点佛，学会静坐，会打太极拳，能谈相法，懂鉴赏金石书画。另外的事情，就是喝一点酒，打打牌。这个绅士是并不把自己生活放在例外的地位上去的，凡是一切绅士的坏德性他都不缺少。

一栋自置的房子，门外有古槐一株，金红大门，有上马石安置在门外边。（因为无马可上，那石头，成为小贩卖冰糖葫芦憩息的地方了。）门内有门房，有小黑花哈叭狗。门房手上弄着两个核桃，又会舞石槌，哈叭狗成天寂寞无事可作，就蹲到门边看街。房子是两个院落的大小套房子，客厅里有柔软的沙发，有地毯，有写字台，壁上有名人字画，红木长桌上有古董玩器，同时也有打牌用的一切零件东西。太太房中有小小宫灯，有大铜床，高镜台，细绢长条的仕女画，极精致的大衣橱。僻处有乱七八糟的衣服，有用不着的旧式洋伞草帽，以及女人的空花皮鞋。

绅士有一个年纪不大的妻，有四个聪明伶俐的儿女。妻曾经被人称赞过为美人，儿女都长得体面干净。因为这完全家庭，这主人，培养到这逸乐安全生活中，再无更好的理由拒绝自己的发胖了。

绅士渐渐胖下来，走路时肚子总先走到，坐在家中无话可说时就打呼睡觉，吃东西食量极大，谈话时声音滞呆。太太是习惯了，完全不感觉到这些情形是好笑的。佣人则因为凡是有钱的老爷天南地北差不多都是这个样子，也就毫不引起惊讶了。对于绅士发生兴味的，只有绅士的儿子，那个第三的少爷，看到爹爹的肚子同那神气，总要发笑的问这里面是些什么东西。绅士记得苏东坡故事，就告给儿子，这是“满腹经纶”。儿子不明白意思，请太太代为说明，遇到太太兴致不恶的时节，太太就告给儿子说这是“宝贝”，若脾气不好，不愿意在这些空事情上唠叨，就大声喊奶妈，问奶妈为什么尽少爷牙痛，为什么尽少爷头上长疙瘩。

少爷大一点是懂事多了的，只爱吃零碎，不欢喜谈空话，所以做母亲的总是欢喜大儿子。大少爷因为吃零碎太多，长年脸庞黄黄的，见人不欢喜说话，读书聪明，只是非常爱玩，九岁时就知道坐到桌子边看牌，十岁就会“挑土”，为母亲拿牌，绅士同他太太都以为这小孩将来一定极其有成就。

绅士的太太，为绅士养了四个儿子，还极其白嫩，保留到女人的美丽，从佣人眼睛估计下来，总还不上三十岁。其实三十二岁，因为结婚是二十多，现在大少爷已经十岁了。绅士的儿子大的十岁，小的三岁，家里按照北京做官人家的规矩，每一个小孩请娘姨一人，另外还有车夫、门房、厨子、做针线的、抹窗子扫地的，一共十一个下人。家里常常有客来打牌，男女都有。把桌子摆好，人上了桌子，四只白手争到在桌上洗牌，抱引小少爷的娘姨就站到客人背后看牌。待到太太说：“娘姨，你是看少爷的，怎么尽呆到这里？”这三河县老乡亲才象记起了自己职务，把少爷抱出外面大街，看送丧事人家大块头吹唢呐打鼓打锣去了。引少爷的娘姨、厨子和车夫，虽不必站在桌边看谁输赢，总而言之是知道到了晚上，汽车包车把客人接走以后，太太就要把人喊在一处，为这些下等人分派赏号的。得了赏号，这些人就按照身分，把钱用到各方面去。厨子照例也欢喜打一点牌，门房能够喝酒，车夫有女人，娘姨们各个还有瘦瘦的挨饿的儿子，同到一事不作的丈夫，留在乡下，靠到得钱吃饼过日子。太太有时输了，不大高兴，大家就不做声，不敢讨论到这数目，也不敢在这数目上作那种荒唐打算。因为若是第二次太太又输，手气坏，这赏号分给佣人的，不是钱，将只是一些辱骂了。实在说来，使主人生气的事情也太多了，这些真是完全吃闲饭的东西，一天什么事也不作，什么也不能弄得清楚，这样人多，还是胡胡涂涂，有客来了，喊人摆桌子也找不到，每一个人又都懂得到分钱时，不忘记伸手。太太是常常这样生气骂人的，佣人从不会接嘴应声，人人都明白骂一会儿，就会有别的事情岔开。回头不是客来就是太太到别处去做客。太太事情多，不会骂得很久，并且不是输了很多的钱也不会使太太生气，所以每个下人都懂得做下人的规矩，对于太太非常恭敬。

太太是很爱儿子的，小孩子哭了病了，一面忙着打电话请医生，一面就骂娘姨，因为一个娘姨若照料得尽职，象自己儿子一样，照例小孩子是不大应当害病爱哭的。可是做母亲的除了有时把几个小孩子打扮得齐全，引带小孩子上公园吃点心看花以外，自己小孩子是不常同母亲接近的。另外时节母亲事情都象太多了，母亲常常有客，常常做客，平时又有许多机会同绅士吵嘴斗气，小孩子看到母亲这样子，好象也不大愿意亲近这母亲了。有时顶小的少爷，一定得跟到母亲做客，总得太太装成生气的样子骂人，于是娘姨才能把少爷抱走。

绅士为什么也缺少这涵养，一定得同太太吵闹给下人懂到这习惯？是并不溢出平常绅士家庭组织以外的理由。一点点钱，一次做客不曾添制新衣，更多次数的，是一种绅士们总不缺少的暧昧行为。太太从绅士的马褂袋子里发现了一条女人用的小小手巾，从朋友处听到了点谣言，从娘姨告诉中知道了些秘密，从汽车夫处知道了些秘密。或者，一直到了床上，发现了什么，都得在一个机会中把事情扩大，于是骂一阵，嚷一阵，有眼睛的就流眼泪，有善于说谎赌咒的口的也就分辩，发誓，于是本来预备出去做客也就不去了，本来预备睡觉也睡不成了。哭了一会儿的太太，若是不甘示弱，或遇到绅士恰恰有别的事情在心上，不能采取最好的手段赔礼，太太就一人出去，到别的人家做客去了。绅士羞惭在心，又不无小小愤怒，也就不即过问太太的去处。生了气的太太，还是过相熟的亲戚家打牌，因为有牌在手上，纵有气，也不是对于人的气了。过一天，或者吵闹是白天，到了晚上，绅士一定各处熟人家打电话，问太太在不在。有时太太记得到这行为，正义在自己身边，不愿意讲和，就总预先嘱咐那家主人，告给绅士并不在这里。有时则虽嘱咐了主人，遇到公馆来电话时，主人知道是绅士想讲和了，总仍然告给了太太的所在地方，于是到后绅士就来了，装作毫无其事的神气，问太太输赢。若旁人说赢了，绅士不必多说什么，只站在身后看牌，到满圈，绅士一定就把太太接回家了。若听到人说输了呢，绅士懂得自己应做的事，是从皮包里甩一百八十的票子，一面放到太太跟前去，一面挽了袖子自告奋勇，为太太扳本。既然加了股份，太太已经愿意讲和，且当到主人面子，不好太不近人情，自然站起来让坐给绅士。绅士见有了转机，虽很欢喜的把大屁股贴到太太坐得热巴巴的椅子上去，仍然不忘记说："莫走莫走，我要你帮忙，不然这些太太们要欺骗我这近视眼！"那种十分得体的趣话，主人也仿佛很懂事，听到这些话总是打哈哈笑，太太再不好意思走开，到满圈，两夫妇也仍然就回家了。遇到各处电话打过，太太的行动还不明白时节，主人照例问汽车夫，照例汽车夫受过太太的吩咐，只说太太并不让他知道去处，是要他送到市场就下了车的。绅士于是就坐了汽车各家去找寻太太。每到一个熟人的家里，那家公馆里仆人，都不以为奇怪，公馆中主人、姨太太，都是自己才讲和不久，也懂得这些事情，男主人照例袒护绅士，女主人照例袒护太太，同这绅士来谈话。走到第二家、第三家，有时是第七家，太太才找着。有时找了一会儿，绅士新的气愤在心上慢慢滋长，不愿意再跑路了，吼着要回家，或索性到那使太太出走的什么家中去玩了一趟，回到家中躺在柔软的大椅上吸烟打盹。这方面一坚持，太太那方面看看无消息，有点软弱惶恐了。或者就使那家主人打电话回家来，作为第三者转圜，使绅士来接；或者由女主人伴送太太回家，且用着所有绅士们太太的权利，当到太太把绅士教训一顿。绅士虽不大高兴，既然见到太太归来了，而且伴回来的又正说不定就是在另一时方便中也开了些无害于事的玩笑过的女人，到这时节，利用到机会，把太太支使走开，主客相对会心的一笑，大而肥厚的柔软多脂的手掌，把和事老小小的善于揽牌也善于做别的有趣行为的手捏定，佣人不在客厅，一个有教养的绅士，总得对于特意来做和事老的人有所答谢，一面无声的最谨慎的做了些使和事老忍不住笑的行为，一面又柔声的喊着太太的小名，用“有客在怎么不出来”这一类正义相责。太太本来就先服了输，这时又正当到来客，再不好坚持，就出来了。走出来后，谈了一些空话，因为有了一主一客，只须再来两个就是一桌，绅士望到客人做了一个会心的微笑，赶忙去打电话邀人。坐在家里发闷的女人正多，自然不到半点钟，这一家的客厅里，又有四只洁白的手同几个放光的钻戒在桌上唏咧哗喇乱着了。

关于这种家庭战争，由太太这一面过失而起衅，由太太这一面错误来出发，这事是不是也有过？也有过。不过男子到底是男子，一个绅士，学会了别的时候以前，先就学会了对这方面的让步，所以除了有时无可如何才把这一手拿出来抵制太太，平常时节是总以避免这冲突为是的。因为绅士明白每一个绅士太太，都在一种习惯下，养成了一种趣味，这趣味有些人家是在相互默契情形下维持到和平的，有些人家又因此使绅士得了自由的机会。总而言之，太太们这种好奇的趣味，是可以使绅士阶级把一些友谊僚谊更坚固起来的，因这事实绅士们装聋装哑过着和平恬静的日子，也就大有其人了。这绅士太太，既缺少这样把柄给丈夫拿到，所以这太太比其余公馆的太太更使绅士尊敬畏惧了。

另外一个绅士的家庭

因为做客，绅士太太到西城一个熟人家中去。

也是一个绅士，有姨太太三位，儿女成群。大女儿在著名教会大学念书，小女儿在小学念书，有钱有势，儿子才从美国留学回来，即刻就要去新京教育部做事。绅士太太一到这人家，无论如何也有牌打，因为没有外来客，这个家中也总是一桌牌。小姐从学校放学回来，争着为母亲替手，大少爷还在候船，也常常站到庶母后面，间或把手从隙处插过去，抢去一张牌，大声的吼着，把牌掷到桌上去。绅士是因为疯瘫，躺到客厅一角藤椅上哼，到晚饭上桌时，才扶到桌边来吃饭的。绅士太太是到这样一个人家来打牌的。

到了那里，看到瘫子，用自己儿女的口气，同那个废物说话。

“伯伯，这几天不舒服一点吗？”

“好多了。谢谢你们那个桔子。”

“送小孩子的东西也要谢吗？伯伯吃不得酸的，我那里有人从上海带来的外国苹果，明天要人送点来。”

“不要送，我吃不得。×× 近来忙，都不过来。”

“成天同和尚来往。”

“和尚也有好的，会画会诗，谈话风雅，很难得。”

自己那个二姨太就笑了，因为她就同一个和尚有点熟。这太太是不谈诗画不讲风雅的，她只觉得和尚当真也有“好人”，很可以无拘束的谈一些体己话，内中含意当然是不宜于公开的。

那从美利坚得过学位的大少爷，一个基督教徒，就说：

“凡是和尚都该杀头。”

绅士把眼睛一睁，对这种新派幼稚怪话表示不平。

“怎么，一开口就乱说！佛同基督有什么不同？不是都要渡世救人吗？”

大少爷记起父亲是废物了，耶稣是怜悯老人的，立刻取了调和妥协的神气。“我说和尚不说佛。”

大姨太太说：“我不知道你们男人为什么都恨和尚。”

这少爷正想回话，听到外面客厅一角有电话铃响，就奔到那角上接电话去了。这里来客这位绅士太太就说：“伯伯，媳妇怎么样？”废物不作声，望到大小姐，因为大小姐在一点钟以前还才同爹爹吵过嘴。大小姐笑了。大小姐想到另外一件事，就笑了。

二姨太太说：“看到相片了，我们同大小姐到他房里翻出相片同信，大小姐读过笑得要不得。还有一个小小头发结子，不知是谁留下的，还有……”

三姨太太不知为什么红了脸，借故走出去了。

大小姐追出去，“三娘，婶婶来了，我们打牌！”

绅士太太也追出去，走到廊下，赶上大小姐。“慢走，毛丫头，我同你说。”

大小姐似乎早懂得所说的意思了，要绅士太太走过那大丁香树下去。两人坐到那小小绿色藤椅上去，互相望着对方白白的脸同黑黑的眼珠子。大小姐笑了，红了脸，伸手把绅士太太的手捏定。

“婶婶，莫逼我好吧。”

“逼你什么？你这丫头，那么聪明。你昨天装得使我认不出是谁了。我问你，到过那里几回了？”

“婶婶你到过几回？”

“我问你！”

“只到过三次，万千莫告给爹爹！”

“我先想不到是你。”

“我也不知道是婶婶。”

“输了赢了？”

“输了不多。姨姨输二千七百，把那个钻石戒指也换了，瞒到爹爹，不让他知道。”

“几姨？”

“就是三娘。”

三娘正在院中尖声唤大小姐，到后听到这边有人说话，也走到丁香花做成的花墙后面来了。见到了大小姐同绅士太太在一处，就说：“请上桌子，牌早摆好了。”

绅士太太说：“三娘，你手气不好，怎么输很多钱。”

这妇人是妓女出身，见过大场面，经过多少风雨，又特别聪明懂事，最会做眉眼，就对大小姐笑，好象说大小姐不该把这事告给外人。但这姨太太一望也就知道绅士太太不是外人了，所以说：“×× 去不得，一去就输，还是大小姐好。”又问：“太太你常到那里？”绅士太太就摇头，因为她到那里是并不为赌钱的，只是监察到绅士丈夫，这事不能同姨太太说，不能同大小姐说，所以含混过去了。

他们记起牌已摆上桌子了，从花下左边小廊走回内厅，见到大少爷在电话旁拿着耳机正说洋话，疙疙瘩瘩，大小姐听得懂是同女人说的话，就嘻嘻的笑，两个妇人皆莫名其妙，也好笑。

四个人哗喇哗喇洗牌，分配好了筹码，每人身边一个小红木茶几，上面摆纸烟，摆细料盖碗，泡好新毛尖茶。另外是小磁盘子，放得有切成小片的美国桔子。四个人是主人绅士太太，客人绅士太太，二姨太太，大小姐。另外有人各人背后站站，谁家和了就很伶俐的伸出白白的手去讨钱，是“做梦”的三姨太太。废人因为不甘寂寞，要把所坐的活动椅子推出来。到厅子一端，一面让大姨太太捶背，一面同打牌人谈话。

大少爷打完电话，穿了笔挺新式洋服从客厅旁过身，听到牌声洗得热闹，本来预备出去有事情，也在牌桌边站定了。

“你们大学生也打牌？”

“为什么不能够陪妈陪婶婶？”

客人绅士太太就问大少爷：“春哥，外国有牌打没有？”

主人绅士太太笑了：“岂止有牌打，我们这位少爷还到美国××俱乐部做教师，那些洋人送他十块钱一点钟，要他指点！”

“当真是这样，我将来也到美国去。”

大小姐说：“要去，等我毕业了，我同婶婶一路去。我们可以……慢点慢点，一百二十副。妈你为什么不早打这张麻雀，我望这张牌望了老半天了。哈哈，一百二！”说了，女人把牌放在嘴边亲了那么一下，表示这夭索同自己的感情。

母亲象是不服气样子，找别的岔子：“玉玉，怎么一个姑娘家那么野？跟谁学来这些野话？”

大小姐不做声，因为大少爷捏着她的膀子，要代一个庄，大小姐就嚷：“不行不行，人家才第一个上庄！”

大少爷到后坐到母亲位置上去，很热心的洗着牌，很热心的叫骰子，和了一牌四十副，才哼着美国学生所唱的歌走去了。

这一场牌一直打到晚上，到后又来了别的一个太太，二姨太让出了缺，仍然是五个人打下去。到晚饭时许多鸡鸭同许多精致小菜摆上了桌子，在非常光亮的电灯下，打牌人皆不必掉换位置，就仍然在原来座位上吃晚饭。废人也镶拢来了，问这个那个的输赢，吃了很多的鱼肉，添了三次白饭，还说近来厨子所做的菜总是不大合口味。因为在一钵鸡中发现了一只鸡脚没有把外皮剥去，就叫厨子来，骂了一些大人们照例骂人吃冤枉饭的话，说是怎么这东西还能待客，要把那鸡收回去。厨子把一个大瓷钵拿回到灶房，看看所有的好肉已经吃尽，也就不说什么话。回头上房喊再来点汤，于是又在那煨鸡缸里舀了一盆清汤送上去了。

吃过了晚饭，晚上的时间实在还长，大小姐明早八点钟就得到学校去上课，做母亲的把这个话提出来，在客人面前不大好意思同母亲作对，于是退了位，让三姨太太来补缺，四人重新上了场。不过大小姐站到母亲身后不动，一遇到有牌应当上手时，总忽然出人意外的飞快的把手从母亲肩上伸到桌中去，取着优美的姿势，把牌用手一摸，看也不看，嘘的一声又把牌掷到桌心去。母亲因为这代劳的无法拒绝，到后就只有让位了。

八点了，二少爷三小姐三少爷不忘记姐姐日里所答应的东道，选好了 ×× 主演的《妈妈趣史》电影，要大小姐陪到去做主人。恰恰一个大三元为三姨太太抢去单吊，非常生气，不愿意再打，就伴同一群弟妹坐了自己汽车到 ×× 去看电影去了。主人绅士太太仍然又上了桌子。

大少爷回来时，废物已回到卧房睡觉去了。大少爷站到三姨太太身后看牌，看了一会儿，走去了。三姨太太到后把牌让二姨太太打，说有一点事，也就走出了客厅。

于是客人绅士太太一面砌牌一面说 ：“伯母，你真有福气。”

主人绅士太太说 ：“吵闹极了，都象小孩子。”

另外来客也有五个小孩，就说 ：“把他们都赶到学校去也好，我有三个是两个礼拜才许他们回来一次的。”这个妇人却料不到那个大儿子每星期到六国饭店跳舞两次。

“家里人多也好点。”

“我们大少爷过几天就要去南京，做什么‘边事’，不知边些什么。”

“有几百一个月。”

“听说有三百三,三百三他哪里够，好歹是也可以找钱，不要老子养他了。”

“他们都说美国回来好，将来大小姐也应当去。”

“她说她不去美国，要去就去法国。法国女人就只会打扮，这丫头爱好。”

轮到绅士太太做梦赋闲了，站到红家身后看了一会儿，又站到痞家身后看了一会儿，吃了些糖松子儿，又喝了口热茶。想出去方便一下，就从客厅出去，过东边小院子，过圆门，过长廊。那边偏院辛夷树开得花朵动人，在月光里把影子通通映在地下，非常有趣味。辛夷树那边是大少爷的书房，听到有人说话，引起了一点好奇，就走过那边窗下去，只听到一个极其熟习的女人笑声，又听到说话，声音很小，象在某一种情形下有所争持。

“小心一点……”

"你莫这样，我就……"

听了一会儿，绅士太太忽然明白这里是不适宜于站立的地方，脸上觉得发烧，悄悄的又走回到前面大院子来。月亮挂到天上，有极小的风吹送花香，内厅里不知是谁一个大牌和下了，只听到主客的喜笑与搅牌的热闹声音，绅士太太想起了家里的老爷，忽然不高兴再在这里打牌了。

听到里面喊丫头，知道是在找人了，就进到内厅去，一句话不说，镶到主人绅士太太的空座上去补缺，把两只手放到牌里去乱和。

不到一会儿，三姨太太来了，悄静无声的，极其矜持的，站到另外那个绅士太太背后，把手搁到椅子靠背上，看大家发牌。

另外一个绅士太太，一面打下一张筒子，一面鼻子皱着，说："三娘，你真是使人要笑你，怎么晚上也擦得一身这样香。"

三姨太太不做声，微微的笑着，又走到客人绅士太太背后去。绅士太太回头去看三姨太太，这女人就笑，问赢了多少。绅士太太忽然懂得为什么这人的身上有浓烈的香味了，把牌也打错了张子。

绅士太太说："外面月亮真好，我们打完这一牌，满圈后，出去看月亮。"

三姨太太似乎从这话中懂得一些事情，用白牙齿咬着自己的红嘴唇，离开了牌桌，默默的坐到较暗的一个沙发上，把自己隐藏到深软的靠背后去了。

一点新的事情

×× 公馆大少爷到东皇城根绅士家来看主人，主人不在家，绅士太太把来客让到客厅里新置大椅上去。

"昨天我以为婶婶会住在我家的，怎么又不打通夜？"

"我恐怕我们家里小孩子发烧要照应。"

"我还想打四圈，哪晓得婶婶赢了几个就走了。"

"哪里。你不去南京，我们明天又打。"

"今天就去也行，三娘总是一角。"

"三娘同……"绅士太太忽然说滑了口，把所要说的话都融在一个惊讶中，她望到这个整洁温雅的年青人呆着，两人互相皆为这一句话不能继续开口了。年青人狼狈到无所措置，低下了头去。

过了一会儿，大少爷发现了屋角的一具钢琴，得到了救济，就走过去用手按琴键，发出高低的散音。小孩子听到琴声，手拖娘姨来到客厅里，看奏琴。绅士太太把小孩子抱在手里，叫娘姨削几个梨子同苹果拿来，大少爷不敢问绅士太太，只逗着小孩，要孩子唱歌。

到后两人坐了汽车又到西城废物公馆去了。在车上，绅士太太很悔自己的失言，因为自己也还是年青人，对于这些事情，在一个二十六七岁的晚辈面前，做长辈的总是为一些属于生理上的种种，不能拿出长辈样子。这体面的年青人，则同样也因为这婶婶是年青女人，对于这暧昧情形有所窘迫，也感到无话可说了。车到半途，大少爷说："婶婶，莫听他们谣言。"绅士太太就说："你们年青人小心一点。"仍然不忘记那从窗下听来的一句话，绅士太太把这个说完时，自己觉得脸上发烧得很，因为两个人是并排坐得那么近，身体的温热皆互相感染，年青人，则从绅士太太方面的红脸，起了一种误会，他那聪明处到这时仿佛起了一个新的合理的注意，而且这注意也觉得正是救济自己一种方法。到了公馆，下车时，先走下去，伸手到车中，一只手也有意那么递过来，于是轻轻的一握，下了车，两人皆若为自己行为，感到了一个憧憬的展开扩大，互相会心的交换了一个微笑。

到了废物家，大少爷消失了，不多一会儿又同三娘出现了。绅士太太觉得这三娘今天特别对她亲切，在桌边站立，拿烟拿茶，剥果壳儿，两人望到时，就似乎有些要说而不必用口说出的话，从眼睛中流到对方心里去。绅士太太感到自己要做一个好人，要为人包瞒打算，要为人想法成全，要尽一些长辈所能尽的义务。这是为什么？因为从三娘的目光里，似乎得到一种极其诚恳的信托，这妇人，已经不能对于这件事不负责任了。

大小姐已经上坤范女子大学念书去了，少爷们也上学了，今天请了有两个另外的来客，所以三娘不上场。到绅士太太休息时，三娘就邀绅士太太到房里去，看新买的湘绣。两人刚走过院子，望见偏院里辛夷，开得如火红，一大树花灿烂夺目，两人皆不知忌讳，走到树下去看花。

“昨夜里月光下这花更美。”绅士太太在心上说着，微微的笑。

“我想不到还有人来看花！”三姨太太也这样想着，微微的笑。

书房里大少爷听到有人走路声音，忙问是谁。

绅士太太说：“春哥，不出去么？”

“是婶婶吗？请进来坐坐。”

“太太就进去看看，他很有些好看的画片。”

于是两个妇人就进到这大少爷书房里，是个并不十分阔大的卧室，四壁裱得极新，小小的铜床，小小的桌子，四面都是书架，堆满了洋书，红绿面子印金字，大小不一，似乎才加以整理的神情，稍稍显得凌乱。床头一个花梨木柜橱里，放了些女人用的香料，一个高脚维多利亚式话匣子，上面一大册安置唱片的本子，本子上面一个桔子，桔子旁边一个烟斗。大少爷正在整理一个象小钟一类东西，那东西就搁到窗前桌上。

有什么用处？”

“无线电盒子，最新从美国带回的，能够听上海的唱歌。”

“太太，大少爷带得一个小闹表，很有趣味。”

“哎呀，这样小，值几百？”

“一百多块美金，婶婶欢喜就送婶婶。”

“这怎么好意思，你只买得这样一个，我怎么好拿！”

“不要紧，婶婶拿去玩，还有一个小盒子。这种表只有美国一家专利，若是坏了，拿到中央表店去修理，不必花钱，因为世界各国凡是代卖这家钟表公司出品的，都可以修理。”

“你留着自己玩吧，我那边小孩子多，掉到地下可惜。”

“婶婶真把我当外人。”

绅士太太无话可说。因为三姨太太已经把那个表放到绅士太太手心里，不许她再说话了。这女人，把人情接受了，望一望全房情景，象是在信托方面要说一句话，就表示大家可以开诚布公作商量了，就悄悄的说道：

“三娘，你听我说一句话，家里人多了，凡事也小心一点。”

三娘望到大少爷笑：“我们感谢太太，我们不会忘记太太对我们的好处。”

大少爷，这美貌有福的年轻人，无话可说，正翻看那一本日日放在床头的英文《圣经》，不做声，脸儿发着烧，越显得娇滴滴红白可爱，忽然站起来，对绅士太太作了三个揖，态度非常诚恳，用一个演剧家扮演哈孟雷特的姿势，把绅士太太的左手拖着，极其激动的向绅士太太说道：

“婶婶的关心地方，我不会忘记到脑背后。”

绅士太太右手捏着那钮扣大的小表，左手被人拖着，也不缺少一个剧中人物的风度，谦虚的而又温和的说：“小孩子，知道婶婶不是妨碍你们年青人事情就行了，我为你们担心！我问你，什么时候过南京有船？”

“我不想去，并不是没有船。”

“母亲也瞒到？”

“母亲只知道我不想去，不知道为什么事情。她也不愿意我就走，所以帮着瞒到老瘫子说是船受检查，极不方便。”

绅士太太望望这年青侄儿，又望望年青的姨太太，笑了：“真是一对玉合子。”

三娘不好意思，也哧的笑了。“太太，今夜去××

试试赌运，他们那里主人还会做很好的点心，特别制的，不知尝过没有？”

“我不欢喜大数目，一百两百又好象拿不出手——春哥，美国有赌博的？”

“法国美国都有，我不知道这里近来也有了，以前我不听到说过。婶婶也熟习那个吗？”

“我是悄悄的去看你的叔叔。我装得象妈子那样带一副墨眼镜，谁也不认识。有一次我站到我们胖子桌对面，他也看不出是我。”

“三娘，今天晚上我们去看看，婶婶莫打牌了。假装有事要回去，我们一道去。”

三姨太也这样说：“我们一道去。到那里去我告给太太巧方法扎七。”

事情就是这样定妥了。

到了晚上约莫八点左右，绅士太太不愿打牌了，同废物谈了一会儿话，邀三娘送她回去，大少爷正有事想过东城，搭乘了绅士太太的汽车，三人一道儿走。汽车过长安街，一直走，到哈德门大街了，再一直走，汽车夫懂事，把车向右转，因为计算今天又可以得十块钱特别赏赐，所以乐极了，把车也开快了许多。

三人到××，留在一个特别室中喝茶休息，预备吃特制点心。三姨太太悄悄同大少爷说了几句话，扑了一会儿粉，对穿衣镜整理了一会儿头发，说点心一时不会做来，先要去试试气运，拿了皮夹想走。

绅士太太说："三娘你就慌到输！"

大少爷说："三娘是不怕输的，顶爽利，莫把皮夹也换筹码输去才好。"

三姨太走下楼去后，小房中只剩下两个人。两人说了一会儿空话，年青人记起了日里的事情，记起同三姨太商量得很好了的事情，感到游移不定，点心送来了。

"婶婶吃一杯酒好不好？"

"不吃酒。"

"吃一小杯。"

"那就吃甜的。"

"三娘也总是欢喜甜酒。"

当差的拿酒去了，因为一个方便，大少爷走到绅士太太身后去取烟，把手触了她的肩。在那方，明白这是有意，感到可笑，也仍然感到小小动摇，因为这贵人记起日里在车上的情形，且记起昨晚上在窗下窃听的情形，显得拘束，又显得烦懑了，就说：

"我要回去，你们在这里吧。"

"为什么忙？"

"为什么我到这里来？"

"我要同婶婶说一句话，又怕骂。"

"什么话？"

"婶婶样子象琴雪芳。"

"说瞎话，我是戏子吗？"

"是三娘说的，说美得很。"

"三娘顶会说空话。"虽然这么答着，侧面正是一个镜台，这绅士太太，不知不觉把脸一侧，望到镜中自己的白脸长眉，温和的笑了。

男子低声的蕴藉的笑着，半天不说话。

绅士太太忽然想到了什么的神情，对着了大少爷："我不懂你们年青人做些什么鬼计。"

"婶婶是我们的恩人，我……"那只手，取了攻势，伸过去时，受了阻碍。

女人听这话不对头，见来势不雅，正想生气，站在长辈身分上教训这年青人一顿，拿酒的厮役已经在门外轻轻的啄门，两人距离忽然又远了。

把点心吃完，到后两人用小小起花高脚玻璃杯子，吃甜味桔子酒。三姨太太回来了，把皮夹掷到桌上，坐到床边去。

绅士太太问 :“输了多少？”

三娘不作答，拿起皮夹欢欢喜喜掏出那小小的精巧红色牙膏筹码数着，一面做报告，一五一十，除开本，赢了五百三。

“我应当分三成，因为不是我陪你们来，你一定还要输。”绅士太太当笑话说着。

大少爷就附和到这话说 :“当真婶婶应当有一半，你们就用这个做本，两人合份，到后再结算。”

“全归太太也不要紧，我们下楼去，现在热闹了点，张家大姑娘同到张七老爷都来了，× 总理的三小姐也在场，五次输一千五，骄傲极了，越输人越好看。”

“我可不下去，我不欢喜让她知道我在这里赌钱。”

“大少爷？”

“我也不去，我陪婶婶坐坐，三娘你去吧，到十一点我们回去。”

“……你莫走！”三姨太还是笑笑的走了。

回到家中，皮夹中多了一个小表，多了四百块钱，见到老爷在客厅中沙发上打盹，就骂佣人，为什么不喊老爷去睡。当差的就说，才有客到这里谈话，刚走不久，问老爷睡不睡觉，说还要读一点书，等太太回来再叫他，所以不敢喊叫。绅士见到太太回了家，大声的叱娘姨，惊醒了。

“回来了，太太！到什么人家打牌这么晚？”

绅士太太装成生气的样子，就说：“运气坏极了，又输一百五。”

绅士正恐怕太太追问到别的事，或者从别的地方探听到了关于他的消息，贼人心虚，看到太太那神气，知道可以用钱调和了，就告给绅士太太明天可以还账。且安慰太太，输不要紧。又同太太谈各个熟人太太的牌术和那属于打牌的品德。这贵人日里还才到一个饭店里同一个女人鬼混过一次，待到太太问他白天做些什么事时，他就说到佛学会念经，因为今天是开化老和尚讲《楞严》日子。若是往日，绅士太太一定得诈绅士一阵，不是说杨老太太到过佛学会，就是说听说开化和尚已经上天津，绅士照例也就得做戏一样，赌一个小咒，事情才能和平了结，解衣上床。今晚上因为赢了钱，且得了一个小小金表，自己又正说着谎话，所以也就不再追究谈《楞严》谈到第几章那类事了。

两人回到卧室，太太把皮夹子收到自己小小的保险箱里去。绅士作为毫不注意的神气，一面弯腰低头解松绑裤管的带子，一面低声的摹仿梅畹华老板的《天女散花》摇板，用节奏调和到呼吸。

到后把汗衣剥下，那个满腹经纶的尊贵肚子因为换衣的原因，在太太眼下，用着骄傲凌人的态度，挺然展露于灯光下，暗褐色的下垂的大肚，中缝一行长长的柔软的黑毛，刺目的呈一种图案调子。太太从这方面得到了一个联想，告绅士，今天西城 ×× 公馆才从美国回来不久的大少爷来看过他，不久就得过南京去。

绅士点点头：“这是一个得过哲学硕士的有作为的年青人，废物有这样一个儿子，自己将来不出山，也就不妨事了。”

绅士太太想到别的事情，就笑，这时也已经把袍子脱去，夹袄脱去，鞋袜脱去，站在床边，对镜用首巾包头，预备上床了。绅士从太太高硕微胖的身材上，在心上展开了一幅美人出浴图，且哗哗的隔房浴室便桶的流水声，也仿佛是日里的浴室情景，就用鼻音做出亵声，告太太小心不要招凉。

更新的事情

约有三天后，×× 秘密俱乐部的小房子里又有这三个人在吃点心。那三娘又赢了三百多块钱，分给了绅士太太一半。这次绅士太太可在场了，先是输了一些，到后大少爷把婶婶邀上楼去，三姨太太不到一会儿就追上来，说是天红得到五百，把所输的收回，反赢三百多。绅士太太同大少爷除了称赞运气，并不说及其他事情。

绅士太太对于他们的事更显得关切，到废物公馆时，总借故到三姨太太房中去盘旋。打牌人多，也总是同三娘合手，两股均分，输赢各半。

星期日另外一个人家客厅里红木小方桌旁，有西城 ×× 公馆大小姐，有绅士太太，大小姐不明奥妙，问绅士太太，知不知道三娘近来的手气。

“婶婶不知道么，我听人说她输了五百。”

“输五百吗？我一点不明白。”

“我听人说的，她们看到她输。”

“我不相信，三娘太聪明了，心眼玲珑，最会看风色，我以为她扳了本。”

大小姐因为抓牌就不说话了，绅士太太记到这个话，虽然当真不大相信，可是对于那两次事情，有点小小怀疑起来了。到后新来了两个客，主人提议再拼成一桌，绅士太太主张把三娘接来。电话说不来，有小事，今天少陪了。绅士太太把耳机要过身边来，捏了话机，用着动情的亲昵调子：

“三娘，快来，我在这里！”

那边说了一句什么话，这边就说：“好好，你快来，我们打过四圈再说。”

说是有事的三姨太太，得到绅士太太的嘱咐，仍然答应就来，四个人都拿这事情当笑话说着，但都不明白这友谊的基础建筑到些什么关系上面。

不到一会儿，三娘的汽车就在这人家公馆大门边停住了。客来了，桌子摆在小客厅，三娘不即去，就来在绅士太太身后。

“太太赢了，我们仍然平分，好不好？”

“好，你去吧，人家等得太久，张三太快要生气了。”

三娘去后，大小姐问绅士太太：

“这几天婶婶同三娘到什么地方打牌。”

绅士太太摇头喊：“五万碰，不要忙！”

休息时，三娘扯了绅士太太走到廊下去，悄悄的告她，大少爷要请太太到××去吃饭。绅士太太记起了大小姐先前说的话，问三娘：

“三娘，你这几天又到××去过吗？”

“哪里，我这两天门都不出。”

“我听谁说你输了些钱。”

“什么人说的？”

“没有这回事就没有这回事，我好象听谁提到。”

三娘把小小美丽嘴唇抿了一会儿，莞尔而笑，拍着绅士太太肩膊。“太太，我谎你，我又到过××，稍稍输了一点小数目。我猜这一定是宋太太说的。”

绅士太太本来听到三娘说不曾到过××，以为这是大小姐或者明白她们赢了钱，故有意探询，也就罢了。谁知三姨太太又说当真到过，这不是谎话的谎话，使她不能不对于前两天的赌博生出疑心了。她这时因为不好同三娘说破，以为另外可去问问大少爷，就忙为解释，说是听人说过，也记不起是谁了。她们到后都换了一个谈话方向，改口说到花。一树迎春颜色黄澄澄地象碎金缀在枝头上，在晚风中摇摆，姿态绝美，三娘折了一小枝，替绅士太太插到衣襟上去。

“太太，你真是美人，我一看到你，就嫌自己肮脏卑俗。”

“你太会说话了。我是中年人了，哪里敌得过你们年青太太们，一身象奶酥抟成的。”

到了晚上，两人借故有事要走，把两桌牌拼成一桌。大小姐似乎稍稍奇怪，然而这也管不了许多。这位小姐对于牌的感情太好了，依旧上了桌子摸风，这两人就坐了汽车到大陆饭店去了。大陆饭店那方面一个房间里，大少爷早在那里等候了许久，人来了，极其欢喜。三娘把大少爷扯到身边，咬着耳朵说了两句话，大少爷望到绅士太太只点头微笑。两个人不久就走到隔壁房间去了，房里剩下绅士太太一个人。襟边的黄花掉落到地下，因为拾花，想起了日里三娘的称誉，回头去照镜子。照了好一会儿，又用手抹着自己头上光光的柔软的头发，顾影自怜，这女人稍稍觉得有点烦恼，从生理方面有一些意识模糊的对绅士的反抗，想站起身来走过去，看两个人在商量些什么事情。

推开那门，见到大少爷坐在大椅上，三娘坐大少爷腿上，把头聚在一处，正蜜蜜的接着吻。绅士太太不待说话，心中起着惊讶，赶忙缩回来了，仍然坐到现处，就听到两人在隔壁的笑声，且听到接吻嘴唇离开时的声音。一会儿，三娘走过房中来了，一只手藏在身后，头发乱乱的，脸红红的，一只手伏在绅士太太肩上，悄悄的说：

“太太，要看我前回说那个东西没有？”

“这事你怎么当真？”

“不是说笑话，这里有一份。”

“真是丑事情。”

三娘不再作声，把藏在身后那只手拿定的一个摺子放到绅士太太面前，翻开了第一页。于是第二页，第三页……两人相对低笑，不防大少爷，轻脚轻手，已经走到背后站定许久了。

……

回家去，绅士太太向绅士说头痛不舒服，要绅士到书房去睡。

一年以后

绅士太太为绅士生养了第五个少爷，寄拜给废物三姨太太作干儿子。做干妈的三娘送了许多礼物给小孩。绅士家请满月酒，客厅卧房皆摆了牌。小孩子们各穿了新衣服，由娘姨带领，来到这里做客。绅士家一面举行汤饼宴，一面接亲家母过门。头一天是女客。废物不甘寂寞也接过来了。废物在客厅里一角，躺在那由公馆抬来的轿椅中，一面听太太们打牌嚷笑，一面同绅士谈天，讲到佛学中的果报，以及一切古今事情。按照一个绅士身分，采取了一个废人的感想，对于人心世道，莫不有所议及。绅士同废人说一阵，又各处走去，周旋到年青太太中间，这里看看，那里玩玩，怪有趣味。院子中小客人哭了，就叹气，大声喊娘姨，叫取果子糖来款待小客人。因为女主人不大方便，不能出外走动，干妈收拾得袅袅婷婷，风流俏俊，代行主人的职务，也象绅士一样忙着一切。绅士却充满一种怜爱心情，争着抢着担当。

到了晚上，客人散尽，娘姨把各房间打扫收拾清楚，绅士走到太太房中去，忙了一整天，有点疲倦了，就坐到太太床边，低低的叹了一声气。看到桌上一大堆红绿礼物，看到镜台边干妈送来的大金锁同金寿星，想起那妇人飘逸潇洒风度，非常怜惜似的同太太说：

“今天干妈真累了，忙了一天！”

绅士太太不做声，要绅士轻说点，莫惊吵了后房的小孩。

似乎因为是最幼的孩子，这孩子使母亲特别关心，虽然请得有一个奶娘，孩子的床就安置在自己房后小间。绅士也极其爱悦这小小生命的嫩芽。正象是因为这小孩的存在，母亲同父亲互相也都不大欢喜在小事上寻隙吵闹，家庭也变成非常和平了。

因为这孩子是西城废物公馆三姨太太的干儿子，从此以后，三娘有一个最好的理由来到东城绅士公馆了。

因这贵人的过从，从此以后，绅士也常常有理由同自己太太讨论到这干亲家母的为人，不犯忌讳了。

有一天，绅士从别处得到了一个消息，拿来告给了太太。

“我听到人说西城废物公馆的大少爷，有人做媒。”

太太略略惊讶，注意的问：“是谁？”

两人在这件事情上说了一阵，绅士也不去注意到太太的神气，不知为什么，因为谈到消息，这绅士记起另外一种荒唐消息，就咕咕的笑个不止。

太太问：“笑什么？”

绅士还是笑，并不作答。

太太有点生气样子。其时正为小孩子剪裁一个小小绸胸巾，就放下了剪刀，一定要绅士说出。

绅士仍然笑着，过了好一会儿，才嚅嚅滞滞的说：“太太，我听到有笑话，说那大少爷和……有点……”

绅士太太愕然了，把头偏向一边，惊讶而又惶恐的问：“怎么，你说什么！？”

“我是听人说的，好象我们小孩子的……”

“怎么，说什么？你们男子的口！”

绅士望到太太脸上突然变了颜色，料不到这事情会有这样吓人，就忙分辩说："这是谣言，我知道！"

绅士太太简直要哭了。

绅士赶忙匆匆促促的分辩说："是谣言，我是知道的！我只听说我们的孩子的干妈三娘，特别同那大少爷谈得合式，听到人这样说过，我也不相信。"

绅士太太放了一口气，才明白谣言所说的原是孩子的干妈，对于自己先前的态度忽然感到悔恨，且非常感到丈夫的可恼了，就骂绅士，以为真是一个堕落的老无耻，那么大一把年纪的人了，又不是年轻小孩子，不拘到什么地方，听到一点毫无根据的谰言，就拿来嚼咀。且说：

"一个绅士都不讲身分，亏得你们念佛经，这些话拿去随便说，拔舌地狱不知怎么容得下你们这些人！"

绅士听到这教训，一面是心中先就并不缺少对于那干亲家母的一切憧憬，把太太这义正辞严的言语，嵌到肥心上去后，就不免感到了一点羞惭。见到太太样子还很难看，这尊贵的人，照老例，做戏一样赔了礼，说一点别的空话，搭搭讪讪走到书房继续做阿难伽叶传记的研究去了。

绅士太太好好保留到先前一刻的情形，保留到自己的惊，保留到丈夫的谦和，以及那些前后言语给她的动摇。这女人，再把另外一些时节一些事情追究了一下，觉得全身忽然软弱起来，发着抖，再想支持到先前在绅士跟前的生气倔强，已经是万万办不到了。于是她就哭了，伏在那尚未完成的小孩子的胸巾上面，非常伤心的哭了。

悄悄溜到门边的绅士，看到太太那情形，还以为这是因为自己失去绅士身分的责难，以及物伤其类底痛苦，才使太太这样伤心，万分羞惭的转到书房去，想了半天主意，才想出一个计策来；不让太太知道，出了门雇街车到一个亲戚家里去，只说太太为别的事使气，想一个老太太装作不知道到他家里，邀她往公园去散散。把计策办妥当后，这绅士又才忙忙的回转家中，仍然去书房坐下，拿一本陶渊明的诗来读。读了半天，听到客来了，到上房去了，又听到太太喊叫拿东西。过了一会儿又听到叫预备车子。来客同太太出去以后，绅士走到天井中，看看天气，天气非常好。好象很觉得寂寞，就走到上面房里去。看到一块还未剪裁成就的绸子，湿得象从水中浸过，绅士良心极其难过，本待乘到这机会，可以到一个相好的妇人处去玩玩，也下了决心，不再出门了。

绅士太太回来时，问佣人，老爷什么时候出去，什么时候回来。佣人回答太太，老爷并不出门，在书房中读书，一个人吃的晚饭。太太忙到书房去，望着老爷正跪在佛像前念经。站到门边许久，绅士把经念完了，回头才看到太太。两人皆有所内恧，都愿好好的讲了和，都愿意得到对方谅解。绅士太太极其温柔的走到老爷身边去。

“怎么一个人在家中？我以为你到傅家吃酒去了。”

绅士看到太太神气，是讲和的情形，就做着只有绅士才会做出的笑样子，问到什么地方去玩了来。明白是到公园了，就又问到公园什么馆子吃的晚饭，人多不多，碰到什么熟人没有。两人于是很虚伪又很诚实的谈到公园的一切，白鹤，鹿，花坛下围棋的林老头儿，四如轩的水饺子，说了半天，太太还不走去。

“累了，早睡一点吧。”

“你呢？”

“我念了五遍经，近来念经真有了点奇迹，念完了神清气爽。”

听着这样谎话的绅士太太，容忍着，不去加以照例的笑谑，沉默了一阵，一个人走到上房去了。绅士在书房中，正想起傅家一个婢女打破茶碗的故事，一面脱去袜子，娘姨走来了，静静的怯怯的说：“老爷，太太请您老人家。”绅士点点头，娘姨退出去了，绅士不知为什么缘故，很觉得好笑，在心中搅起了些消失了多年的做新郎的情绪，趿上鞋，略显得匆促的向上房走去。

第二天，三娘来看孩子，绅士正想出门，在院子里迎面遇到了。想起前一天传说种种，绅士红着脸，笑着，敷衍着，一溜烟走了。三娘是也来告给绅士太太关于大少爷的婚事消息的，说了半天，后来接到别处电话，邀约打牌，绅士太太却回绝了。

两个人在家中密谈了一些时候，小孩子不知为什么哭了，绅士太太叫把小孩子抱来。小孩子一到母亲面前就停止了啼哭，望到这干妈，小小的伶精的黑眼仁，好象因为要认清楚这女人那么注意集中到三娘的脸。三娘把孩子抱在手上，哄着喝着。

“小东西，你认得我！不许哭！再哭你爹爹会丢了你！世界上男人都心坏，只想骗女人，你长大了，可要孝顺你妈妈！”

绅士太太不知为什么原因，小孩子一不哭泣，又教奶妈快把孩子抱去了。

一九二九年作

楚尘
文化
Chu Chen

北京楚尘文化传媒有限公司 出品

沈从文别集

沈从文 著

友情集

中信出版集团 | 北京

再版序

上个世纪五十年代，不少喜爱文学的读者迷上了契诃夫，这跟平明出版社接连推出 27 册汝龙翻译的《契诃夫小说选集》直接有关。

那时我家至少有三个契诃夫迷：做文学编辑的母亲、哥哥和我。谈论哪篇小说怎么怎么好，是不倦的话题。已经退出文坛改了行的父亲不参与，只有时微笑着对外人说："家里有三个契诃夫的群众。"

汝龙译的这套选集可贵之处，首先在于对作品的精选；第二是选进一些契诃夫的书信、札记，别人对他的回忆、评论等，分编到不同集子里，这些文字拉近了读者和作者的距离，是汝龙先生锦上添花的贡献。

到 1992 年编选《沈从文别集》的时候，我们自然想

到从平明版《契诃夫小说选集》取法。这也是父亲的愿望，尽管他不参与“契诃夫群众”的热情讨论，汝龙这套译本的长处他胸中有数。

我问过父亲汝龙为什么常赠送新书，他只简单说：“是朋友。”

母亲的补充才说清楚：“他翻译的那套英文契诃夫小说是我送的。”

据我充和四姨回忆，1932年暑假，一个“说是由青岛来的，姓沈，来看张兆和的”羞涩客人，初次登苏州张家门，带的一大包礼物“全是英译精装本的俄国小说”。加尼特夫人的一套英译《契诃夫小说集》就在其中。

不懂外文的沈从文怎么买洋书？四姨说那是过上海时托巴金选购的。

父亲曾希望母亲朝文学翻译方面发展，送这样礼物包含着鼓励。愿望虽然没实现，礼物却终于转到最合适的人手里，促成被誉为契诃夫小说“最佳译本”的产生。朋友的成就四十年后启发着《沈从文别集》的编选工作。

当本书再版之际，我们感谢与它有缘分的几位文学前辈，也要感谢为我们想出《沈从文别集》总书名的汪曾祺先生。

沈虎雏

总 序

从文生前，曾有过这样愿望，想把自己的作品好好选一下，印一套袖珍本小册子。不在于如何精美漂亮，不在于如何豪华考究，只要字迹清楚，款式朴素大方，看起来舒服。本子小，便于收藏携带，尤其便于翻阅。八十年代初，有一家书店曾来联系过，也曾请人编了一套，交付出去。可是，落空了，未能实现。我一直认为是一件憾事。

现在湖南岳麓书社要为从文出书，我同虎雏商量，请吉首大学沈从文研究室合作，编选这么一套。这套选本和以前选法编法不同。我们在每本小册子前面，增加一些过去旧作以外的文字。有杂感，有日记，有检查，有未完成的作品，主要是书信——都是近年搜集整理出

来的，大部分未发表过。不管怎样，这些篇章，或反映作者当时对社会、对文艺创作、对文史研究……的一些看法，或反映作者当时的处境，以及内心矛盾哀乐苦闷，把它们发表出来，容或有助于读者从较宽的角度对他的作品、对他的为人以及对当时的环境背景有进一步了解。

出这套书，当然，同时也了却死者和生者的一点心愿。

张兆和

一九九一年十一月二十九日

目 录

沈从文致王际真的六封信①

①当时王际真在美国留学，因徐志摩介绍与沈从文成为朋友。写此信时，作者在吴淞中国公学教书。

在中国公学

［1930年于吴淞］

际真：今天是什么也做不好的一月三号，一连得到两次信。一号就流了些鼻血，照规矩今年还很得流一些血。你怎么还为我寄什么钱？我等它来为你买东西吧。不寄，顶好不要寄！我们倒很好过日子。

一号我们这里饭也不开出，是厨子同我兄妹作难，近来不生火，就每天把铺盖包到脚坐在桌边教九妹的书。我们不怕穷，那是小事情，自己还能看书就得了。情形到学生看了也很可笑，是因为一本书卖不去的结果，当然同他们做生意应当尽他们选货，所以不要也不怄气。我这里学生倒好良心，借过我四次炭，烧火烤，把炭借过冬天还长，所以这几天又按照书铺的希望写文章。可是多少总有点儿气，文章就不做了。明年（今年！）还得在此教书，是逃不出什么，现在只是一心为使我九妹读点书，所以忍两年好好做点事。我一个月写的信还发不下，所以把这个一起来付邮。相也附到里面。我只是一天瘦一天，象吃烟君子。今天是坐到桌边就打盹的，半月来完全是这样子，生自己的气，找不出做人的根据，所以很容易生气。

这里天气讨厌极了，落雨不落雪，落过一次雪还落雨，不讲道理的阴郁，都是上海人才耐得着的天气。这几日大风吹来吹去，全是整个的无聊。我就只能成天用棉絮包脚坐到桌边呆。

近来的上海作家皆成了劫中人物，全是极苦、无办法活，我所熟识的如丁玲夫妇，白薇……皆完全在可笑情形中度着每一个日子，中国的事真是没有法子。今年是起始的日子，恐怕还要糟，因为看情形决不会好。中国战事又忽然太平，我们的主席仍然安安稳稳在南京，“贺喜发财”，元宵仍然有灯！

我的文章你不要看好了！因为每一本书差不多皆为一种“吃呀喝呀”的机会写成，我到讲堂上也宣传同学莫买我的书看。不看我的书，会对我好点，这是我心里猜想的话。我不欢喜熟人看我的文章，也是想掩丑的意思，可怜极了，因为发表虽然比任何人勇敢，到谈到这个时，害羞红脸了。其实完全不会好的，只有我自己知道它坏的不可饶恕。

今年看天气同身体来，若身体还是这样子，可仍无好希望。若身体好点（譬如说有力气去爱女人那一种强项），我必定还得好好的来做点文章，卖不去也不问，因为教了书，学校是不好意思不为我答应伙食的，感谢他们，前三天若真无会计处说一句话，两兄妹到这时恐怕真还无法吃饭！你莫以为这是怪事情，我还有许多怪想不到的事情，就是成天同我在一起的人也料不到！他们都希望一个常态的健康，我却只愿意任一点性，就因为任性，所以才免不了时时刻刻是笑话，比酒疯子还糟糕。

我是自己常常想只要不饿死，活他一个廿年，我一定还有机会做一个大任性事情，让社会上一切康强的灵魂有一个长久的笑话的。只要活得久，文章没有人要，还是要写！

上五天是我生日，走到江边，有一个危险思想是“我跳下去”也好，不过，想想，为什么？就觉得有踌躇的必需了。大约应当为女人这样事投江才有意思，因为生活上任性，也至少得把这任性的结局保留在另外一个人身上，所以到后依然神气自若的吃晚饭了。可是不知什么时候才有一个使我投江的女人！现在的女人总好象是等到那里，只要我伸手就开口说“我投降”，凡是投降的女人，我就要从她们身上找投江机会也不行了，所以还得想别的方法，也许十九年当有些新事情发生，总不至于象十八年那么发松发笑的过去。

我写了两天文章还只写七百字，心的软弱就可想而知。因为还是相信挤与榨，所以并不放笔，小睡也仍然捏定笔杆。笔是三年来一家人吃饭的一枝骨杆笔，看到它那样子使我想起自己竟同这东西一个情形，脏得不合道理，毫无所谓“中兴气象”。现在有一种好处是自己成天写字，不是要它好，字好有什么用？只是象喝酒，把一种东西疲倦到自己，日子就容易夜了。

还是来一张画吧，本来上面还题诗一首，诗为——

既作歪画矣，还应作歪诗，

欲雨山头黑，家家唤小儿。

诗可裁去了。另外有一张画，还用酱油染成黄色，据说即象古董。际真，画是不好，但请想想用酱油染黄题诗于上的心情，或者以为有趣味吧。叔华[1]才真是会画的人，她画得不坏。这女人也顶好，据他们说笑话，要太太，只有叔华是完全太太的，不消说，那丈夫是太享福了。我也想，若是兴趣好点，就做一个冒险的事，同一个女人来结一次婚看看。不过我却不想同“好太太”一类女人结婚的，因为一个并不需要好家庭的人，是有理由结一次比平常还更不幸福的婚姻才对的。我将在坏女人中选出没有再坏的女人，你看我慢慢告你吧。

相是两张，我的还是三年前在北京畅春园（现燕京大学）照的，同坐者为一冠字将军，惟并非窦二墩。窦二墩这人是好象已经枪毙了的，押寨夫人可更不知道了。

我暑假或者将同我妹返湘看看我的爸。我将学一点苗文，将来写文章一定还有趣味，因为好象只要把苗乡生活平铺直叙的写，秩序上不坏，就比写其他文章有味多了的。我来做一点呆事，一定还特别为际真写两本东西，作为献给一同在这可怜的世界中活了的际真一个纪

[1] 叔华即女作家凌叔华。

念。书当在今年写成，今年印好，还总特意来认真写！

你要不要明白“中国新诗过去的种种”，若是要，我要一个学生抄一份笔记送你，因为我讲这个似乎还清楚，因为中国诗人我只不熟郭沫若，其余多是熟人。去年到此就讲诗，别的不说。

我们还有两礼拜就放年假了，到了放假我还是住到此处，这里鬼都打得死人，然而一点不怕，我倒奇怪，只欢喜清静。

本来想把那张全家相寄给你，因为太大了一点，所以不能放到信里。

每天在此只以接到远处来信为乐事。我把你的信还寄给我那可怜的哥哥去看，这好人，是最有人性的一个十九世纪人，我还想写他一本书，下个月就可成就。

大家好！

从文

一月三号

在武汉大学

［1930年于武昌］

际真：今天接来信，我到这里只有一个多月又要返上海了。放假我或回上海去，因岳萌[1]在吴淞中公念书。你若为她寄画，或较浅的书她看得懂。我这几日来从大雨[2]时昭潭学英文，会读“一个桌灯”或“我不是大头”这类话了，但若把自修机会得到，至少或者还要三年，我一定得忍受下去。

从上海到这里来，是十分无聊的，大雨是大教授，我低两级，是助教。因这卑微名分，到这官办学校，一切不合式也是自然的事。到十二月后，我回上海，有

---

[1] 沈岳萌，作者的九妹。

[2] 大雨即孙大雨教授。

二十天放假，若上海有生活，我就不回武昌了。但我恐怕一定要回武昌。来此只流了一顿血，约八次，[1] 但我是不会为这个倒下的，因为还想坚实的做几年事，我若得了机会，就到外国来扮小丑也好。因为我在中国，书又读不好，别人要我教书，也只是我的熟人的面子同学生的要求。学生即或欢迎我，学校大人物是把新的什么都看不起的。我到什么地方总有受恩的样子，所以很容易生气，多疑，见任何人我都想骂他咬他。我自己也只想打自己，痛殴自己。

因为在上海我爱了一个女人，一个穿布衣、黑脸、平常的女人，但没有办好，我觉得生存没有味道。一面也还是自己根本就成为一种病态的心，所以即或不有这件事，我也仍然十分难过。现在还是很不快乐，找不出生趣，今年来，把文章也放下了。到任何地方总似乎不合式，总挤不进别人那种从容里面去，因此每个日子只增加一种悲痛。

文章到近来，写得多一点，得了许多年青朋友，爽

---

[1] 作者有大量流鼻血病史，劳累过度时就会反复发作。

快而又亲切，走到各处还可得到朋友欢喜。但许多人读我的书，我却只是我一个。我总是孤单的无伴的，即或自己的妹妹倒很好，也仍然不象完全生活。我有时真愿意同一个顶平常的女人结婚，不过就是平常女人也还是不会同我在一处的，就因为我的生活同一切读书人都太不相同。我想到的、有趣味的、厌恶的，都还是一个最地道的中国农人，而都会中的女子，认了一点字，却只愿意生活是诗。我只是散文，因此再蹩脚的女子也不能同我好了。

我自己因为一切都无从找到结论，所以把作文章信仰也动摇了，做什么？为什么？对于我有什么？想去想来生了气，一到这里还就想转上海。

我的弟弟近来到这里来，为一个军阀的女婿，看样子将来也可以成个小军阀。到这里来，听到说了许多近年来他的战绩，倒有趣味。在此还看到许多军中年青人，不文不武的乞丐，全是中国几年来革命的成绩，年青人灰色晦气，没有打死，只是更可怜罢了。我是等待我弟弟做了小军阀想来出气的，现在这个人还只是一个上校军官[1]。

际可有信没有？我给他信也得他信，我告他应当大家来各在一方努力读一点书，我只想到这个话可说。际真，我是那么想，你一定还在吃酒！不要吃它好不好？为了活到无聊，也不吃酒。或许是人都不能相通，不能打算，因为我自己也还是成天如酒疯子，虽不吃酒，却如中毒一样，半睡眠的状态里过日子。别人以为我应当整顿一下，应当快乐，应当规矩，应当感到幸福，我却只是不快乐。我现在想你，也好象别人想我一样，我以为若果我是际真，有英文做工具，我一定把许多书都要译成英文，我一定成天认真做事。但不消说这在际真看来可就不同了，因为心境不同。但我还是希望际真莫喝酒，变一下，或回国来教书做事。住惯了美国，回来自然不惯，生活同习惯都使人头痛，大雨就是这样子，但让我们说傻话吧，回国似乎才可以发财！还有，是中国也有好女人，中国女人是比美国好一点的，大雨不欢喜中国女人，也不过是不见到好女人罢了。象从文这样子，

[1] 沈荃当时实际还没有这样高的军衔。

自然不行，但一个美国留学生，是女人发生兴味的东西，上海之中西女塾这类学校，北京的燕京学校，便是造就洋翰林太太的地方，别的什么不知道，但她们是学到做太太的。

听到你说有信寄新月，还不转到，若到时，我把那支票毁去好了，因为这里用不出去。我希望你不必寄钱来，因为你并不是有钱的人。我的脾气又有点不讲人情，一有了钱也还是要用，不管这钱我有不有权利支配。因我这脾气，欠了许多账，一辈子都似乎还不清楚，到这里来我只有十元房租，十元伙食的开支，一个月一百三十块钱还不够，到时伙食也不送，并且拿了陈通伯七十，其实自己又不曾买了十块钱东西。我大约只是胡闹，不然我应当够用了的。我总是算不清楚这些事，因此有时倒怕有人借给我钱。我来时，因际可同我说，要过上海读书，我急了，以为必需为他预备一点费用，到后还办不好，我却来武昌，际可也因家中情形出不了门。这事际可不知告你没有。你不要因为我没有钱就寄钱来，我是有钱也用得不大得当的，来钱我从不拒绝，但用过后我却又惭愧，所以我穷一点也是应当的事。

今天为你寄了一点书来，另外是一点论文讲义，那个讲义若是你用他教书倒很好，因为关于论中国新诗的，我做得比他们公平一点。听说你教这个，我预备把所有诗集都陆续寄给你。另外我还有一些论这个的，你可以译成英文，作为你自己作的那也无妨，因为你作的则较容易去载出。中国是需要一些对外说话的人的，这是费力的事，然而也是一种为国人做的好宣传，所以我希望你为翻好，当成你自己的文章，送到别处去。

有一篇《怎样读中国新诗》，这名字或可改为《怎样去认识中国新诗》。

还有几本帖，若果上海不必上多少税，我将寄来给你，这东西在中国值不了什么钱，不过十元左右，或许到了美国便是古董了。

有一点明人祝枝山的真迹，似乎是真的，为我的弟弟在军中得来，预备试作为书本寄来。若这个在美国有人出到几百美金买，那可以卖去，若一个钱不值，你留到玩，因为这东西在中国倒是值钱的。你觉得要送人，就送人，你随意处置好了。

若果要邮费太多，又要上许多海关上的税款，恐怕就寄不来了，因为我身边从没有存过五块钱。

到美国来演电影，若果当真有这方便，而且这事又不十分坏，玖是想必愿意来的，不过她淘气得很，这很担心。我也当真愿来做戏，要我扮小丑，只要不丢中国人的脸，我都欢喜干。

中国不打仗了，一切平安。湖北、湖南、江西还多土匪，不容易解决。让我慢慢的把中国创作小说都为你寄一点来。

我又来说傻话了，际真，若果翻小说成英文可以卖些钱，希望你为国内人做一点事，使自己勤快一点。我到这里，知道许多年青人都是很好的人，很肯读书的人，却无法维持的。许多在大学校的朋友都还好，都很诚实，我又不能帮他们多少。我除了把文章作好，要他们寄稿费给那些朋友外，就只能为他们卖卖稿子，我近来就成天为这些人转寄稿件，我的穷，在这事上也有点关系。若果你肯译书，你倒有机会使这些朋友好一点。我有时一切也厌倦了，但有时，是又因为想到有许多人在另一个地方，也是那么寂寞，那么孤单，且因为要使这些人活得有气概一点，来为他们工作一下的。

这里街上全是兵，扁头扁脸见了也使人生气。脏得怕人，蠢得怕人。我乡下的兵可不这样。我那地方的兵，近来算湖南最有纪律最好的兵，下级军官多是我弟弟的学生，因此我做梦，便想到我将来还有机会去做一个军官。

我若在此可以赚一年钱，则我一定就有来美国的路费了，但这也自然近于做梦。你试想想，假若我居然能来美国，有可以使我生活的方法，而且这方法可靠吗？试说说如何可以支持的办法，使我在此做梦也有根据一点。

这里每天杀年青人，十九岁，十七岁，都牵去杀，还有那么年纪女子中学生，中国就是这个样子，所以不回国，也算是幸福。

我去年写了无数短篇小说，近来都不曾出版，计还有十本以上是我近两年来自己还欢喜的，还不知道什么时候才能印出，预备选一个选集，也因为不曾印出不好办了。我自己总看不起自己的文章，近来听说有什么女人欢喜我的文章，我只想喊这女人作婊子出气，因为欢喜我文章却放弃了人。我是越因为人家买我的书越轻视我文章的，我的文章成为目下中国年青人的兴味所在的东西了，我却很可怜的一个人在这里房中打家伙，到后又无理由的哭泣。际真，这种事是只有在同样情形中的人明白的！

这里一冷，我就又象去年的时候了。

这几天我到街上去，常常停顿在那些脏极了的小铜匠铺前面，看黑脸铜匠打水壶，细细的膊子，圆圆的眼珠，望到那些人，总使我忧愁。还有每天可见到的小剃头匠，担了小担子满街走，敲打小锣，常常按了一个大而圆的头颅，用刀沙沙的刮头，太阳照到这些人的背上，一定非常温暖，我就爱这些活人，欢喜他们，理解他们。因为对他们发生兴味，因此对绅士们的排场，就只会生气了。

大雨在此作他的诗，还快乐，因为他会快乐。我是不会快乐，所以永远是阴暗的，灰色的。

每天一亮就听到吹喇叭，点名，喊数，使人仿佛置身军营里。但目下我是不会为谁用脚来踢醒、揪了耳朵下操场了，因此听到吹起床号音了，却仍然还能睡觉。

我的画成为怪东西了，因此只得搁笔，不再涂抹，不过来一个《水鸟浮江图》看看。

从文

十一月五日晚上

此信或当在十二月初到

多寄点信封来[1]

---

[1] 因作者不会写英文，寄给在美国的王际真的信封，是王先写好了寄给作者的。

寒假刚回上海

［1931年］

际真：来申始见及七月信，把支票取了钱，同大雨用了，因大雨害病不好。先说不用，到此却又用去了。我们一同住在清华同学会里，不久或将回去。我或者不回去，因我九妹病倒在医院，一个最好的朋友被枪毙了，[1]（剩两个儿女，还有第三个在女人肚内）我的父亲又死了。昨天一号，我得到这两种消息，还不能告给在院里的病人，她先知道，但为我初来，不敢同我谈，这时病了，我也不敢同她谈说“我知道这事”了，两面在隐讳，所以见面时很惨。

我若在此可以支持下去，就不回武昌，因小孩子把

[1] 指张采真，刚刚在武昌码头被杀害。

父亲死去，显得孤零，我不能不在上海蹲下了。此后有信寄新月转或好一点。

各事使我心乱头昏，过两天我再写信告你别的事。

我好象处置一切事皆不甚清楚。我们快有年半分手了，我是什么也不进步，不知为什么，我会想到我将来也许会为人枪毙。

上海商人昨两天还才用两块钱一千字买我的小说版权，因为钱已先用，便听凭他们处理。象这样子我文章或做不下去了，可是我自然得做下去，找不出别的理由和方便来改业。怄了气，还得找人卖稿子，生活真是好笑的事。

我住处象一个破庙，空洞、发霉，地板有人走动时就轧轧发声如人呻吟，隔壁有老人每夜咳嗽到天明。幸好不落雨，落雨一定要漏雨，因为屋顶有漏雨痕迹。

近日来天气很好。

从文

一月二日早

住到上海不动了

［1931年］

际真：我又住到上海地方不动了，有许多古怪原因，我不再傍到人教书。现在住的房子极小，门外是电车，时时刻刻有隆隆的声音响过去，这几天来特别冷了一点，在有霉味的新迁的小房间里，第一件事便是写信。

一个朋友被捉到牢里，这半月，我便把日子消磨在为他奔走找人找钱事情上去了。结果还是依然在牢里，不审，不判决，住处为军事机关，因此在不好情形下，仍然随时可以处决。这个人是胡也频，这名字你一定不十分陌生。

这一两月来我的家乡打仗，除了我的爹爹病死外，另外因战事原因，死了四五个年青朋友亲戚，有一个朋友则在武昌码头上被人割头，有一个朋友半月前还来信，如今又打死了。我身当其冲，看这些事连接发生，未来的日子里，一定还有不少这些事情，因中国现在还是混乱，还是十分混乱。

一年来文章写的真少，如今不做别的事，自然又轮到动手做文章了。新的小房子倒真与做文章相宜，因为似乎要这样不舒服地方，才能写得出东西来。

大雨昨天还同我住在一处，今天他还在现地方，这时只九点多，他一定不会起床。

我同大雨到南京路一个外国书店门外，看到你的《红楼梦》，整整齐齐摆在窗子里。我想起一个人来了，有个朋友韦丛芜，燕京毕业，学得是英国文学，会做诗，为未名社主人，平时读书不坏，他想打一个主意到外国住两年，可是一切用费得由他的手做出，在中国做文章拿到外国用，恐怕办不到。他听说你在美国熟，且熟于生活情形，想问你，是不是翻中国东西，可以对付学费用费，如果你翻东西，他帮到合作，是不是可以因此解决一切困难。他要知道这些事。另外还想明白是不是把中国东西翻出去有人买（在十元金洋一千字左右），他还说可以试翻一些文章寄来托你送一两处出版人看看，这事你高兴不高兴做。若有办法，你回我信寄新月转。我同韦说是你若六月回国，我们可以见到，也就可以谈到。还有当笑话说的，是他熟许多女人，他的女人又熟许多女人，我要他们为你找女人。你可以把你所知道的情形，写一个信告我。韦是学英国文学的人，所以若果能到美国或英国一趟，对于他非常有益，不比我，即或有机会来美国也仍然毫无用处。际真，我近来会要变了，我的性情越不行了，在上海作文章，大约我再支持两年，也不能再支持下去了。原因是我文章写下去，越来越无主顾，因为大多数在作文章的人，一定是在文章以外他们平时也得有一种友谊，也可以说全是友谊，文章才有出路的。我却差不多同每一个书店中人皆成为仇人。我同每一个书店做一笔生意，即有一个不好印象保留下来，因此他不愿再买我也无从再卖，日子越久我的主顾越少，熟人转成生人。到后就是文章虽有无数年青朋友诵读（这是从一些不断的不相熟的人来信可以明白的），也没有一家书店照顾，这事情结果，是我非改业不行。

我如能改业，生活一定可以变好，因为我可以从各方面得到许多优待，譬如教书，我是比别人方便一点的。

不过我赌咒不教书，我做官又办不了，做别的事又无本领，故到后一着我看得很分明的，是我得回到家乡很寂寞的死去。本来回到家乡也不至于寂寞，不过在外拖了十年的我，回乡虽有官做，也一定不能做。母亲快死了，妹妹一嫁，我在任何情形下又是不会找到女人的人，在任何情形下也不会发财的人，在任何情形下也不会学成绅士与人勾结做官分赃投降捧场的人，所以我不革命就是只有寂寞里老去死去一个办法。革命一定要一种强项气概，这气概是不会在我未来日子里发生的，所以我断定我还有一种机会，回到乡村农民里去，看透农民，彻底认识他们，接近他们。就因这种趣味，我的文章即或可以继续不断写下去，文章也将与中国整个趣味隔开，与中国读者离开，不能希望在中国时髦起来了。中国的文学兴味与主张，是一万元或一个市侩所支配，却不是一个作家支配的，读者永远相信书店中人的谎话，永远相信先生老师者流的谎话，我同这些有力量抬高我的人是完全合不来的，所以我看得出我未来的命运。

我近来常常想，我已经快三十了，人到三十虽是由身体成熟向人生事业开始迈步的日子，但我总觉得我所受的教育——一段长长的希奇古怪的生活——把我教训得没有天才的“聪明”，却有天才的“古怪”，把我性格养成虽不“伟大”，却是十分“孤独”。善变而多感，易兴奋也易于忘遗，使我做事使我吃饭，都差不多永远象是为一种感情做去，有女人的同情，女人的依赖心，（所谓妇人之仁罢？）却又有顶桀骜的男子气，与顶不通达的冬烘气。在作文章时，我好象明白许多事情，能说许多道理，可是从事实上看，譬如恋爱，我就赶不过一个平常中学生。中学生稍稍会写几个字，就可用这个工具，得到一个女人。这原因是女人同男人差不多，所以他写的信她能够懂，且能够感动。我的弟弟，一个正牌子头脑简单、心情尊贵、行为豪放而学识平常的军人，他自己也明白他学什么皆不容易学好，可是他处置一切，真有许多地方可以佩服。并且他就按到他的一点点军人才干，生活得象一个人。只有我，总是不行，总是不行，许多事情我勉力去做也不会做好，好象学会了作文章便疏忽了一切。

际真，际可在不久日子里，是把你为他留作学费的钱又寄了五十块来的。前次你寄的，我告你说同大雨分用的五十，如今又由大雨还一半，我全用了。我想到为什么我要用你那么一些钱，心里实在难过。你不应当因为我两个人好一点就尽寄钱来。我有钱自然很有用处，但据我自己意见，以及朋友意见，都说我用钱很不得当。我常常不打算一切明日的事，慷慨的不甚合理。我常常有些近于任性的行为，我用钱是更任性的。我各处都愿做好人，好象遇事都在帮别人的忙，听到人不幸我心上照例总十分难过。但我对于一切的感兴，都象看戏一样，看及悲哀，我就失去了一切应有的理知，不再打量保护到明日的自己。可是到了明天，我就又要为别的事感动，为别的事烦恼或忧愁，昨天的人与昨天的事就忘怀了。我时时刻刻在做人类最好的人，却常常时时刻刻做眼前的好人，却不愿做昨天那些事情的人，这结果，我成为特别不好的人。对于用钱更是不好，你不知道，有了钱我也还是穷，因为我不会藏一个钱到荷包里的，做这类事是我努力也学不好的技能。我或者可以有一时聪明起来，写得出一部永远存在的著作，可是使我对于钱发生一些责任，这一定永远做不到。

目下又是很穷了，欠伙食学费欠得一塌胡涂。可是，这几天有点紧急，有点情形不好，我就不懒惰，我一定可以在一个礼拜内写一些东西，一定可以写得很容易动人，一定还可以想法卖去。劳倦一点，麻烦一点，自然是应当的，可是在这些情形下，我非得如此不可。我也正因为有这样情形，且常常在这情形中支持，才写了些书，才从这些可笑的工作里，得到许多朋友，自己得到的虽是象一份灾难，另一时就得到一份友谊。我还想，若果再过两年，书铺若是照三元一千字行市还不给我时，我为了赌气要忍耐下去，一元一千字也还是要干，我猜想我还可以支持这状况三年，不计较一切，这样生活，却完全只是为消磨我自己的精力。到不能忍受时，我就自认失败，从一个卑微的职业里隐灭了自己，或回到乡下老死了事了。你若知道就因为“脾气”的缘故，人家阿猫阿狗如何乱七八糟作品可以得许多报酬，我的文章近来还只值两元一千字，你会明白我为什么只想回到家乡去的理由了。际真，生活这事真说不尽！

我原先是只为好象赌气的意思（因为我小时想进中学也无法），只是读书，以为书读得多就会把生活弄好，也可以不至于受人压迫。到后把作文章作为生活时，就又拼命写下去，看是不是我可以写好文章，如一般从大学校出身的人一样好。再到后，因为这些事情的结果，我就到大学校教书了，可是教了书，我反而明白我努力也无用处的事了。因为再努力，我还是得尽一些市侩支配，不同他们来往，我的文章就找不到出路，过去是这样子，未来也仍然是这样子，外国情形可不知道是不是也象这样？我想到就是过所谓精神生活，应付日子，再过两年，我在上海也是蹲不下的，所以我的日子过下去，一定日渐黯淡。但任何人，却稍稍做点文章，把生活都弄好了。现在才明白文章还是要做下去，但做下去就与一切生活离远。因为这样，我想我将来的日子，总得到一个我最合式的农村里去，才可以过活一些时间。到底还是社会势力比个人能力大，我是终不能用农民感情活到都市中的。

我在这里过了三年，近来想到北平去看看，也不容易。北平去，有事做又是教书，书我总教不来，故在北平也住不下。听徐志摩说，你翻的《龙朱》无人要，你是不是还高兴翻《神巫之爱》？我近来预备写十个故事，皆用苗人作背景，希望会好一点。我自己照例是永远看不起自己文章的，尤其是联想到这文章是用何等价钱，在何等情形下卖给书店的事情时，仿佛不再愿意谈到我写过什么东西。

今天得武昌信，说是收到了你为寄一些书报，我请他们寄上海，想来不久就可见到。每天无事常与大雨谈纽约，地底铁道、大街、各样人同各样事，仿佛便到了那个地方。还说到你们对于女人的感觉，想不到在美国就那么可怜，一切事情似乎就只有酒可以解释。在中国，要方便，自然也是不容易找女人的，因为中国女人琐碎处真吓人。但那个朋友韦说及时，竟好象中国有无数女人受过很好的教育，年纪也到了二十多，却找不到相当主儿的。你试问陈雪屏，他一定对于这事顶熟，顶知道有什么女人可以要男人的事情，听说他在奉天很不坏，你若可以在奉天教一年书也似乎很好。周家夫妇在奉天也很好，那边学校算是中国可靠的一个学校。

这里前两天大雾，不甚冷，这两天放晴，倒很冷。

从文

二月六日午正

朋友已死去

［1931 年］

际真：

这里已经象春天了，成天气候都很好。

朋友胡也频已死去，二十人中八十枪，到后则男女埋一坑内。现在我同到那个孤儿母子住在一处，不久或者送这个三月的孩子回到家乡去。

志摩走过北京去了，大雨回了汉口，这里熟人便少起来，我成天不出门，坐在一间三角形的楼顶，下面是饭馆，到了午时就跑下去同大胡子白俄并排坐席，吃菜牛肉汤同烩香肠，小孩母子住隔房，听听哭喊声音，便好象是坐在地狱边界上，因为那母亲（丁玲），若果那一天同丈夫在一块走，一定也就死去了。如今母亲幸而不死，成天就抱了小孩换尿片调奶粉，将来说不定还会在一种坏天气下捉去置之于死。际真，你是同中国离得太久了，你一点不明白当美国或欧洲法律到保护牲畜，鸡鸭倒提也算犯罪时节，中国人在何等情形中即可被杀！

我因近来看到朋友死亡，觉得这样支持岁月为无意思，心里真打算改一项事业才好。不过同时又还想我不久或者还可以恢复《红黑》，三人中缺一，两人还将试来办办。因为除了做文章，我什么也做不好。不过文章做下去，是不是可以成为一条大路，那可不知道了。中国日来因为各方调停，暂时没有打仗，“奉天军阀”皆称“同志”，江西共产党也在对峙中休息，许多小党员无事可作，故想到在文学方面，清除异己的办法，杀戮的捉去杀戮，监狱中满满的关了年青人，勒令各书店不为印行新书。各书稍有不同意当局的各处加以没收，用官方势力迫书店为出版刊物书籍，极力提倡低级趣味。这些事情，都只无形中说明有权力的人非常愚蠢，使人愤慨，结果只是从各样情形上生出各样反感罢了。

他们有人为我在北京找事作，若有了什么办法，我或过北京。不过我非常担心我自己，是除了关门写小说，别的恐怕什么也不会做好。我成天都想有一个刊物办下去，不怕小，不怕无销路，不怕无稿子，一切由我自己来，只要有人印，有人代卖，这计画可以消磨我的一生。可是大致到老了我还是办不成。很奇怪是他们许多人，一年两年什么也弄好了，生活事业好了，老婆也好了，（甚至于本来麻脸的也在气运来时把脸变成光光的东西。）我只想办一个一星期一万多字的周刊，就找不到一个书店出版。这些话说及时也很好笑，因为好象不那么难，又好象我应当希望大一点，不适宜想这么小。

我大半年不写小说，如今又在计画动手了，想写苗子，写许多许多，照例这些东西，在我除了把它同书铺发生一点银钱关系外，找不出别的可记忆的事情。如今大致有四块钱一千字了，他们优待我，据说是那么优待的，因为我的文章太多，反而成为他们嘲笑的理由，如今能节制一下，便加一点。真是妈妈的，我想到这些时，我又要说我得回去了。我回去，混到军队里面去，还不缺少一种好机会，使我在危险里保留一个发财的希望。尽蹲在上海，又不能同什么团体发生特别关系，又不能做别的事，就是这样写文章，各方感情越来越坏，门路越走越窄，到某一天害一场病，就真非倒下不可。

我还作好笑打算，是我将来或者会忽然想去做和尚这件事，因为心上常常很孤单，常常不能如别人一样的快乐，又不能如别人一样生活，所以我仿佛觉得我站在同人世很远很远处，一定还可以做出一点事业来。

你近来不知做些什么事？书译到什么样子？喝不喝？我想说，你莫喝，试试学一个中国式的守道勤学的人，坚忍砺志，仿佛等候什么那种样子，大翻大作一阵，不知这是不是在纽约便可以把生活整顿一下。我想记念我那个最看得起我的爸爸，（他死了三个月了）印两本书，若果你译了《神巫之爱》同《龙朱》或别的，打得出一份，我可以试拿来到上海方面找出版地方。因为这里找胡博士或其他人作点序，上海的外国书店同中国的商务和中华是可以想法印行的。印一本你译的英文本，同时印一本我的选集，倒很有趣味。可不知这事是不是可以做得到。

你若高兴做一点纽约通信之类，用中文写，告一些纽约地方任何东西，文学或电影艺术，或其他艺术作者作品，请你做一点来，有个小朋友办的刊物，请我问你要一点儿稿子。我寄你那个论诗的讲义，不是顶好，但说得很对，有些谈中国新东西的不会谈得那么对，你见到没有？

上海很容易过日子，又很不容易过日子。我总觉得大致北京比上海清静一点，上海比北京好玩一点。我们在上海玩，只是在无人走过的寂寞马路旁走走而已。住处楼下是电车道，时时刻刻有隆隆声音来去，闭了眼睛想：纽约一定就是这样成天只听到钢、铁、汽、电的喊嚷。或者我过几年真有一个机会来到纽约，我们可以成天在街上走，我一定可以很耐烦的数那街道上古怪的汽车的号码，以及街道边的橱窗里广告。

你写不写字？你的考古学做了什么论文没有？近来中国南京开了一个古物展览会，听郑振铎说，龟甲文怪美怪体面精致，其余古东西也十分好，我本来一个月以来往返上海、南京已近十次，可是看不到这个会了。

从文

二月廿七

这信估计三月底或可到。

又回到上海

［1931 年］

际真：二月廿六的信，直到我从湖南回来的四月十日才见到。我似乎写信说过我从湖南回来就得过北京去，如今到了上海，好象又去不成了。总是那样子，走动时，各样难处都出现了。大概终是过北京的，因为不过去也不行。

在武昌见到大雨，他暑假后或者也要过北京。

听说你为译的文章可以有机会卖出去，凭空又生了一点勇气。我近来越生活越不对劲，越来越不愿同人竞争，因此文章也不写下去了。我想若果你能卖去一篇，有出处，我可以特来写几个在中国看来无意思，在美国人看来或可代表一点东方趣味的作品，不在中国发表，单来由你译给美国人看。若是《神巫之爱》你高兴译，若是这书得胡博士那么一个人写点序，这书还可以热闹印出，我们就这样办，我到北京去要他写序，你赶译出来，这计画也只是可以卖一笔钱，我倒希望因此得一笔钱，把我安置到一个新地方去活三月五月。因为若卖得一笔钱，我可以到日本住住也好，不然，是不打量要人写序的。你如觉得好，我这时就去信北京，序一定容易写出，因为他说他对这个书印象还好，他看过。

本来到近日情形下，我要教点书，是有办法的，要做点事，也是有办法的，因为熟人那么多，而且我又那么随便。可是书我绝不教，事也绝不找人帮忙。还有若果我成天去找人想法拿一点国家的钱到日本去，也还不缺少那些机会，不过我目下不要这个机会。我自己心里总是想我会在一个短短日子中，写出许多文章来，足够我行动自由方便，但到底不行，“行动自由”这一点点方便就无从得到。这些事想去想来倒觉得有点奇怪，因为我自己并不打量那么与人不同的活下来的，可是结果总不能如人安静而且从容。我成天匆匆忙忙，又忙不出一点什么东西。

我心中常常想将来我会去做道士，因为我总是好象要一种别样生活的方法，生活的境界，在孤单里才对。时时刻刻讨厌目下生活，时时刻刻讨厌人同我自己。可是走到街上去，见一个女人都好象愿意拥抱她一下。想不到人还不上三十，心情就是那么坏，那么软，那么乖张。

近来把下巴胡子也留下了，一定要留到一寸以上，再看情形剪去还是不剪。

你要译点中国小说，我另外寄了一部分来，你告我，是不是要全份，或先由我选出一些来给你看，省得你费神去看去选，你告我一下。我因为不教书，把书又全送人了，光光的一身，倒真好做文章做事。目下还同岳萌住在一个俄国菜馆楼上，成天吃牛肉，预备在半月内到北京公寓去住，吃饼面，吃山楂，吃枣。目下看样子我还得吃半年牛肉，也许尚不过北京。

近来又出了一本书，有一部分还不曾发表过，我还不看到。我真不愿看我那些书，因为拿一本书聊以自娱，这情趣也失掉了。看到什么刊物上批评我的文章，说好说坏，都极使我生气，好象不愿意有人提及我，一提及，我同他便成了仇人。我不敢去做道士和尚，倒象是怕出名的原因，怕人提及作为新闻的原因，可是这点事谁也不知道。

你暑假莫转来吧，就到欧洲去，不是有一个希望可以把女人的事办好一点吗？

到湖南送胡也频孤儿回家去，交给那个外祖母，还设了若干谎，证明人并无危险。路上我们走了二十天，经过杀烧过的长沙，街上全是兵，乡下全是匪，两不相妨，奇奇怪怪，走路的人还是很多，因为这些事好象同百姓还是无关，虽然两边都说为得是“民众”，各尽量杀人，各尽量捐钱勒税。

从文

四月十三日

（沈虎雏整理　1992 年 1 月）

记胡也频

中国山东烟台地方，有一个国家海军预备学校，在民国九年前后解散结束时，数百年青学生中间，有一个福建福州姓胡的学生，名字叫作崇轩。这个年纪极轻的海军学生，当时还只十五岁左右，学校解散以后，同几个朋友流落到了北京，一九二六以后，就是诗人和小说家胡也频。

若有人能检查到十四年左右在北京出版的《京报》副刊，便可在名为《民众文艺》的一种周刊上，见到胡崇轩这个名字。

那时编辑这个小小刊物的是项拙同胡崇轩，两个学习海军不成的青年，作文章的有下面几个名字：毛壮飞，陆士钰，荆友麟，高长虹。这些人的名姓，在近年来的读者印象上，除了最后那个高长虹，其余是早已十分生疏了的。那时《民众文艺》的编辑处，在北京的西单堂子胡同内西牛角胡同四号，项胡便同住在一个房间里。每到应行送稿的一天，两人坐了洋车或徒步轮流到京报馆去送稿，每期报出后，还由编者亲自到报馆去，把那作为报酬的两百份单张周刊拿回。刊物取回住处后，两个人就低下头伏到桌边，分头抄写寄赠各处的封套。在当时，似乎居然还有人远远的寄了邮花来订买这刊物的事，几个人仿佛十分兴奋，并不因此自弃。什么人寄了两分邮花来，这一面，便为按照那个地址，写一个封套，附贴一分邮花，把刊物寄出去。有时人家只寄来两分邮花，因为不曾指定需要某一期刊物，他们却把所有已出各期刊物，各检出一份，寄给那个读者。他们在这种情形下，每月所用的邮花，自然是不能靠别处寄来的邮花相抵的。但他们是不在乎此的，他们每一份刊物寄出去时，都伴着做了一个好梦。他们是年青人，一个年青人的可爱处，在这些从事于文学的人方面看来，是更多天真的胡涂处的。他们如其他初初从事于文学的人一样，是只盼望所写成的文章，能有机会付印，印成什么刊物以后，又只盼望有人欢喜看看的。只要有人阅读，他们就得到报酬了。

因为有一次一个用“休芸芸”作为笔名的无名作者，那时在北京写下的文章，还不值得任何编辑的注意，也只成天做梦，梦想写出的文章有人阅读，但是各处试验都失败了，就冒冒失失的寄了一点文章到他们那里去。这文章即刻登载出来了。就是那一天，北京西城一个名为庆华公寓的一间房子里，就来了两个不能入伍的海军学生晤及了一个还刚退伍不久的陆军步兵上士。于是他们谈了许多空话，吃了许多开水。那两个海军学生走后，那个步兵上士心想：这倒是古怪的事情，两个编辑也来到我的住处了。我有了朋友，我的生活，就快有日头的光照及了。……那时节，自然是我最无办法处置生活的时节，日头的光是不会照到头上的。

说到这里使我想起最初几个朋友给我的友谊，如何鼓励到我的精神，如何使我明白那些友谊的可贵。我那时的文章是没有人齿及的。我在北京等于一粒灰尘。这一粒灰尘，在街头或任何地方停留都无引人注意的光辉。

但由于我的冒险行为，把作品各处投去，我的自信，却给一个回音证明了。当时的喜悦，使我不能用任何适当言语说得分明，这友谊同时也决定了我此后的方向。若果当时到我住处的，不是这两个编辑，却是那个照相制版学校的校长，到现在我或者已经成一个照相技师了。因为我那时还不明白我学照相适宜一点，还是学写文章适宜一点。我把写成的文章寄到报馆去，却同时告那个照相学校校长，说我愿作一个学徒。

既然认识了两个编辑，文章有了办法，怎么样可以每月得到二十块钱，应付住处的一切，当时我似乎还没有打算到的。因为我那时，认识这两个人以前，还只得到过晨报馆五毛钱书券的报酬，这文章登载到那时的晨报“北京栏”上面。即或认识了他们，每月希望可以拿到稿费二十块钱，这希望，在当时还是一个不切实际的奢望。他们两人当时所作的梦，似乎也没有那么华丽，因为他们比我经验多了许多。那个时节的风气还不许可文学得到什么东西，鲁迅当时若果弃去了他的教育部佥事，同大学校的讲师职务，去专靠译作生活，情形也一定过得十分狼狈，十分可笑。

可是，我那时，却似乎以为有了朋友，别的就不再需要了的，所以有了朋友，把生活的困难以及此后的一切也暂时忘掉了。

第二天，退伍的上士与被解散的两个海军学生又见到了，仍然谈了许多空话，吃了许多开水。那时，在我那名为“窄而霉斋”的房间里，最多的就是空话，可以吃的也只有开水。那个时节好象是春天，因为在别人的房间里有白炉子，在我的房间里没有白炉子。这两个朋友到我住处时，我曾同他们说过，房子里有泥炉子，煤气熏人，真很讨厌。但我的文章，第一次登载到《民众文艺》上面时，却是一篇羡慕有能力购置一个泥炉的人那类文章。

自从我认识了这海军学生以后，似乎有了一个礼拜样子，一天早上，我正坐在窗下望到天井中没有融化的积雪，胡带来了一个圆脸长眉的年青女人，来到我的住处。女人站在我的房门外边不动，穿了一件灰布衣服，系了一条短短的青色绸类裙子，什么话也不说，只望到我发笑。教育同习惯使我永远近于一个乡下人，当时是一点不会客气的，我就问她：“你姓什么？”那女子就说：“我姓丁。”好了，这就得了，于是我房中就多一个女人了。坐下时，女人还是笑，我那时候心里想：“你是一个胖子的神气，却姓丁，倒真好笑咧。”因此我也笑了好一会。到后那女人走了，胡才说她不姓丁，另外有姓。但是我以为姓什么没有关系，一个人有趣一点，通脱洒落，没有姓名也还是不妨事。胡又说引她到这儿来，是因为听人说到我“长得好看”，才特意来看看的。我到现在还疑心我的朋友说那句话时，有点含混，不甚说得清楚，或者所说是一种相反的趣语，因为我从没有被另外什么人说我“好看”，也从没有另外再被谁个女人走到住处来“看”过。这女人到后我才知道姓蒋，然而在五年以后，写了许多文章给人阅读，成为一九二八左右一个最入时的女作家时，在作品的笔名下，却又告给读者，说她姓丁。

这个女人便是《在黑暗中》的作者丁玲女士。她生长地方是湘西，同我所生长的地方并不很远。我们家乡所在的地方，一个学习历史的人会知道，那是“五溪蛮”所在的地方。这地方直到如今，也仍然为都会中生长的人看不上眼的。假若一种近于野兽纯厚的个性就是一种原始民族精力的储蓄，我们永远不大聪明，拙于打算，永远缺少一个都市中人的兴味同观念，我们也正不必以生长到这个朴野边僻地方为羞辱。

自己说是姓丁的丁玲，那时也独自住在一个名为通丰公寓的小房间里，如同当时的许多男子一样，什么正式大学也无从进去，只能在住处就读点书，出外时就学习欣赏北京一切的街景，无钱时习惯敷衍公寓里的主人，躺到床上时就做梦安慰到自己。我同胡第一次到她住处时，看见那房子里一切都同我们住处差不多，床是硬木板子的床，地是湿湿的发霉发臭的地，墙上有许多破破烂烂的报纸，窗纸上画了许多人头，便很觉得希奇。以为一个女子住到这样房子里，不害病，不头痛，还能很从容的坐在一个小小的条桌旁边写字看书，真是一个了不起的人物。若知道这种生活，有许多年青人是那么过下来，即如我们自己，也还得过许多年，且在一九三一年的今日以后，仍然还得在那种极类似的情形里过日子，当时就不会如何诧异了。

这就是我们怎么样就认识了的一种过去。

这里，已到了另外一件事的起始了。大约在海军学生带了丁玲女士到我住处五天以后，丁玲女士回湖南去了。听到另一个朋友说，在熟人中有些新鲜事情发生了。我走到《民众文艺》编辑处去看时，看到海军学生已迁到另外一个房间里，满地是书的残叶同碎烂的报纸。

原来就是为了一个人离开北京的原因。望到地下那些东西，我心想，一个人，会为女人变成孩子，真料想不到。我还想，我是不会变成另外一种人的，好的女人不能使我变成孩子，好的生活也不能使我变成城市中人。但这个海军学生，我们年龄相差并不很远，我们的性格，可完全不同了。这海军学生，南方人的热情，如南方的日头，什么事使他一胡涂时，无反省，不旁顾，就能勇敢的想象到另外一个世界里的一切，且只打量走到那个新的理想中去。把自己生活同另一个人的生活，在很少几回见面里，就成立了一种特殊的友谊，且就用这印象，建筑一种希望，这种南方人热情，当时是使我十分吃惊的。人既一离开，如今便到了使他发狂的时候了。一切朋友用各样言语，说到这个发狂是不必需的事，只须小小一点儿理智，就可以使自己安静下来。但各样言语皆缺少转移这个海军学生的能力，一切朋友的“世故”，皆不能战胜这个人的“热情”，结果北京城公寓里少了一个女人，不久就又少了一个男子。

我们的消息因此也就中断了。

于是，日子过去了。我认识他们是二月，春天一来时，我想象这个春天，有些人一定不辜负它。好的日头，好的风，新鲜的草木同新鲜的事情，年青人应得到的一份，自然是无处不可以得到的。至于我呢，冬天日光照不到我的房子里，春天仍然没有日光。《民众文艺》早已停止了，生活也毫无转机。

春天来时我成天还是只能坐在我那间窄而霉小斋里，望着房中到春天来更显得潮湿的砖地，或从窗口望着春雨过后院中的积水，心里忖度，我怎么样就可以活下去。我是不是应当离开这个公寓，弃了一切希望，找一个别的活路？我是不是还应当找一个活路？有时走出了公寓，到西单牌楼一带眺望街市的景致，常常在人丛中见到一面小小旗子，我的心总一动。西单牌楼卖小东西的人，照北方规矩，在身上或小摊上插旗帜作号召的很多，见到这小旗，使我就记忆到前外天桥地方许多招兵委员的小旗。就是西单也常常可以见到一个军人拿着这类白布旗帜，走在前面，后面便跟上三个五个脸儿黄瘦衣服肮脏的人物。当时在生活上，除了可以写文章，能让我活下去的，似乎就只有跟到这个小小队伍，向不可知的一个地方走去那一种办法了。记到有一次，我傍着那个委员，问他跟着旗子走去的那些壮士此后的情形，那委员如何希奇的望着我发笑。那个笑容嵌到我的记忆里，使我永远不能除去，也使我永远不能忘记，我同他们有一时节，是一样活着的人。

这记忆，伴着此后每一个春天，咬着我的心，我的春天也永远成为十分凄凉的了。

但那时节《晨报》已在开始用我的文章了，《晨报》会计处的出纳课，一个身体矮矮的郑姓办事人，他一定还记得每到月终馆内通知发出后，有个“休芸芸”名字项下，支出的数目是多少钱。另外一个高高的瘦瘦的长身白脸少年，也一定记得在那个小斗形的窗口边，如何把这个钱递给一个黄黄脸庞的人，当没有把钱得到时，这人又如何老实规矩的站在那黑暗一角等候。每一次我大约可取钱四元到十二元，每次把钱得到时，走出《晨报》馆大门，还照例要被那个给我回事的门房一拦，从我手中取回两毛或三毛。我有时是远远的走出宣武门外来取钱的，袋子中已找不出一个零钱，这门房就指点换钱的铺子，一定得把那个数目索去才让我走路。在当时，我心想这一定是一种规矩，因为在另一件事上，也少不了一些小费，不过那么一来，每一个月有五百字的稿费，就为他拿去了。

我还记得每一次我得到这个钱时，就不知道如何去使用，反而常常觉得把这个钱送给谁，倒似乎恰得其所。

只有在这种使人心上暗淡的回想里，我才觉得那时几个朋友的印象如何永远润泽到我的生活。满叔远，唐伯赓，项拙，胡也频，这几个名字，是值得那些注意到我文章的朋友们也注意到的名字。这些人在我刚开始写文章时，就成了我的朋友，由于他们的友谊，我似乎活到这世界上更坚实了一点。这些人，到现在已完全各在这世界一小片的地面上，静静的躺下，悄悄的腐烂，成泥成灰了。只有我还算是一个活人，能总括这些名字在这里，成为一束不能忘却的印象的。

我当时虽有这些朋友，又有了一个给我发表文章每月还把我几块钱的地方，再者，北京的夏天空气又实在特别好，好的空气同好的友谊，就应当使我安定下去才是。可是友谊不能使我当作房子，空气又并不比一片肉或一个馒头合于实用，因此另外一个人给了我另外一种机会时，我不久就上了香山，在香山图书馆内作事去了。

四月间我上的香山，八月间还住在那里，中秋那一天，晚饭前服从我上山后一种习惯，走到一个无人地方去坐坐，看天上的云同村中的烟，回到名为大楼的住处时，见到桌上放有一个字条写着：

“休：你愿意在今天见见两个朋友时，就到碧云寺下边大街 ×× 号来找我们。我们是你熟习的人。”

我所住的地方，使我作不愉快的回忆，未免多了一点。因为上山来我曾在一篇名为《棉鞋》的文章上，提到一个办事人给我的指摘，又在一篇名为《狒狒的悲哀》的文章上，提到一些女人在某一次拜寿的剧场里，如何给我的烦恼。为了这两件事，当时就被人叫去，施以一种教训，受过许多威胁，还听说有人行将处置我到如何难堪地位上去。直到一九三一年，重到了北京，我还才明白这无耻的授意，是出于什么人，为了什么原因。寄生的草类或虫类，照例最触忌讳处，就是人家说他是“寄生”一类东西。还有就是一个贫穷一点、位置卑下一点的人，如果忘了约束，说到平常规矩不许说到的话，提到如何觉得那些服饰精佳、性格风流、面目姣好的女人的诱人处，也就近于侮辱到了这一类人的尊严。我已经作了两件错事。在一些以吃肉喝汤过着每一个日子的人物中间，不是以阿谀作为职业，就是靠阿谀作为营养。他们死去后，到了他们的儿女，社会制度若没有多少变更，也一定还是仍然按照他们的身分，或者以向主子阿谀为生活，或以接受奴才阿谀作供养：这两个阶级里没有安置我的地方，我当时的不知事故处，使我得到的教训，还可说是最轻微的教训。但当时，我是还不甚明白这理由的。

在山上我既然是一个孤立无助的人，名位是那么小，且人家是在一种近于恩惠的情形中把我收容下来，什么人也不会对我稍好一点，正需要的是朋友，因此见到那个字条时，心中十分高兴，就即刻照到那字条所记的门牌号数找去，预备看看这“两个熟人”。没有见到他们时，我猜想不出这熟人是谁。到了那里才知道原来是海军学生，同自说姓丁的女子。先是在院中枣树旁见到海军学生，见到我时笑着，捏了我的手往里面走，到了窗下他就说：

“有客来了，你猜是谁？”

里边也似乎在猜着，进去的我也猜着，到后我就在一个门边，见到那个黑黑的圆脸，仍然同半年前在北京城所见到的一样，睁着眼睛望人。这人眼睛虽大，却有新妇模样腼腆的光辉。我望到是那么两个人，又望到只是一个床，心里想：这倒是新鲜事情，就笑着坐到房中那唯一的一张藤椅上了。那时房中还有一个煤油炉子，煨得有什么东西，我猜想当我还没有来到这房子时节，这似乎主妇的人，一定还蹲在地下，照料到那炉子上小锅内的东西。

第二次望到床，我说：“这是新鲜事情！”

海军学生就说：“不是新鲜事情。”

因为过去的事仿佛如在目前，想起过去，我们三个人就笑了好一会。

这一天是中秋，这个中秋的黄昏，我们三个人就消磨到香山静宜园里俗名为“见心斋”的小池中。三人坐在一只无桨无舵的方头船上，用手划着水，沿池飘浮着，互说这半年来的一切天时人事，耳中听到学校方面，一群孤儿为了点缀这佳节，箫鼓竞奏的声音，头上是蒙蒙糊糊的一饼圆月。为了虚应故事起见，到后下山时，各人就各买了一片糖含在口里，我们也算并不辜负了这个中秋了。

这是我第二次见到他们的情形。

这两个人住到这无人注意的山上，最先的意思，是不愿意北京方面的朋友知道，才悄悄来的。后来知道我在山上，中秋那天才去找我。到后，北京的朋友，却又常有上山来的，因此熟人差不多就全知道了。

他们住的地方每月应缴九块钱房租，并不很大，但土地却十分干爽。这房子有井，屋前屋后全是枣树。饮食由两人自己处置，所以买小菜，买油买盐，皆两人自己上街。蹲到廊下用一把鬼头刀劈柴，两手当撮箕捧了煤球向炉子里放下，全是主妇日常的职务。男主人则为一点儿醋同一点儿辣椒，也常常忙匆匆的跑到街口去。

到把饭吃过后，一切完事了，还争着到井边去提水，洗碗洗锅子，毫不显得疲倦，这新鲜生活，使两人似乎都十分兴奋。两人皆不觉得还有什么别的更重要的事，比日常生活还有价值。那时两人皆并不写什么文章，又不曾作别的事情，经济的来源，好象全从湖南方面寄来。至于读书，不过是把这生活装点得更合于那个时节年青人想象的生活而已，他们占有凡是青年配偶都可以占有的那个世界，他们都时时刻刻在惊讶那种希奇的友谊，那种随了每一个日子而来的和洽无忤的友谊，读书并不是必需的事。当我在表面上看来，已经觉得这生活并不新鲜时，在他们自己，却当真似乎是还在一种崭新的趣味里游泳，不需要想到生活以外任何事务。

我们既然有了机会同在一处，相去不远，我在那学校里，又没有一个可以说话的人，所以到他们那里晚饭的日子就很多了。在谈话里我不放弃掉一项权利，就是向两人描写半年前海军学生没有离开北京时如何咆哮的事。这事说够了，三人就说着大话，以为若果每一个人每月可以写出三万字文章，得到三十块钱，那这日子即或是冬天，没有炉子，心中一定也觉得很温暖了。于是我们就假设这个数目已经从报馆攫到了，打算如何去花费这个钱。于是我们又假设出了些什么事，假设自己有了一个小小周刊，每星期出版一次，各人如何为这个周刊忙着不息。同时为了门前应当挂一块什么式样的牌子，当时也计划了许久，争持了许久。

我们所希望的数目，只是那么一个小小数目，可是照一般情形看来，要得到这个，就没有那种规矩。那时去用我们最勤快最诚实的工作换取最低级的生活费的时机还很远。我还没有被人赶走，就不敢离开那小小职务。湖南那方面，有时因汇票关系，不能按时寄钱来，所以那两个人的生活，不久也就显得十分狼狈了。

两人有时把最后一撮米用完时，就散步一样，从西山向北京城里走去，找寻朋友为他们设法。从下山的方便——他们都以为很方便的——夹了些不合时季的旧衣，走到西直门内一个当铺的高高柜台下站一会儿，为争持三毛五毛又负气走进第二家柜台下去站，也是这个朋友当时所熟练的事。

即或是那么穷，穷并不使他们难堪。“两个胆小的人若在一处站立，黑夜里就不致于怕鬼。”若是大家都不怎么有钱，对于使人提起来难受的穷也似乎没有什么希奇了。发财本来不是他们分内的事，他们就去拣选那些可以多欠一点账的公寓住下，也是他们一种权利。两个人明白这点权利，因此当两人再也无从在山上支持时，就搬到北京城里北河沿一个公寓里住下了。

这个公寓的主人，真是一个趣人。有一些在中国新文学发展史上应列上一个名字的，如张采真、焦菊隐、于赓虞、王鲁彦、顾千里、王三辛、蹇先艾、朱湘皆各在那个小小公寓里，占据过一间房子。早年夭死的诗人刘梦苇君，便是在那个地方害病，临危前数日才离开住处的。那公寓掌柜性情，稍稍不同其余掌柜的性情，似乎本来他应当开一间书铺，却无意中开了一个公寓，因此在那可以赚钱的事业上，终于因为蚀本到后就倒闭了。这个人知道拜伦的生卒年月，知道李白杜甫的籍贯，什么人同他谈"人生文学"，他可以懂得这个名词所含的意义，你要他告你《儒林外史》上面的人物谁是最可爱的，他就很诚实的告你谁个中他的意。他知道的事情似乎太多了，虽然也就是那么知道罢了，但你同他说及时，毫无可疑处，是可以使你高兴也可以使他高兴的事。你同他熟习一点时，他就会拉你到他房里去，看那些从各处得来的文人相片。象苗兵的拜伦从军相，象土匪的高尔基相，还有象猴子的，象花脸的，以及中国隐士装扮曳杖而走的陶渊明，小生装扮的李长吉，这些那些他全知道他们的根柢。他就爱那一点儿，他服侍你，同你要好，又并没有何等野心，他为得只是要你把他看同一类。他的行为是不乐意成为市侩的努力。这样一来当真大家好象也都把他看得不同了。因为住处有一部分是未来的文人，对于这一部分人，这掌柜也似乎就多需要一些忍耐了。应当向什么人要一点钱时，走到那个人的房中去，坐下来，还不说话，这一方，也明白来是为什么了，却不妨同他谈着古今中外文学家的厄遇以及在如何情形中又如何遇到一个贤主人，（为了凑巧的原因，再说一点更合题的话也不妨）到后，这掌柜会从古来世界上的事情，想到目前的事情，不单是不愿意启齿窘住客，并且一定不会忘记在开晚饭时节，特别把菜开得丰富了一点。既有这么一个明理知趣的主人，若果在北京城生活，除了公寓外就无去处，难道还不应当把所有一点简单行李搬来住下吗？

我在未上山以前是就住到这个公寓有了三个月的。因为知道这些方便，所以当他们在西山无法支持时，就劝他们移到那公寓去，这提议见诸实行后，这两人到了北京就不必劈柴煮饭了。时间更多了空闲，因此讨论自然而然也更夸张了一点，同时又有几个在差不多同样情形下生活的人，所以常常做那不切实际的梦。我一到下山来，同他们在一处，总还是只想筹钱办一个杂志。只打量用自己的钱，自己的力量，印行一个小小刊物。按照北京城当时的一切物价，若仿当时的《语丝》周刊大小，来一个固定的东西，每期印一千份，估计有十二三块钱就可产生。（可是这刊物我们想了已近六年，到现在还无法产生。）当时打量编印这样一个刊物，自然还有一种最诚实的理由，我们那时的文章，如果能向什么地方寄去，在一种极低价的情形中卖掉，就不必再计划这刊物的。但实在情形却找不出一个固定发表地方，即或已经能够登载文章了，也还是把作品寄去，听凭拣选。稍为生疏一点的刊物，文章一寄去就常常失踪。失掉的或不用的文章，因为当时我们实在又不能还有重抄一份的气力，因此差不多有三分之一或更多的初期作品，是不能追究它的去处的。为了这类理由，若果当时有一个自己的刊物，我们的希望，自然就算是达到了。

在这里，使我想到中国某一时节的风气，如何在一种恶习惯里培养到某一部分作家，同时又如何在摧残到另一种生机的情形。在一个克尽厥职的好编辑手中，以我们当时情形，是完全在一种毫无希望里努力的。当时一个好编辑的义务，是把我们那类的文章，安置到一个特备的字簍里去。我们那些当然的灾难，到一九二八以来仿佛少了一点，但其实又早以另一意义来临到头上，却把那个过去的灾难扔给了另外一种年青人了。一个编辑他会明白这种事情，他无从否认那个习惯不继续存在。

我们当时只想有一个小小刊物，给我们一种机会，把我们的作品，在一种最卑微最谦驯同时也十分诚实的情形里，同一些读者见面。我们那时虽然极穷，希望报酬的心，还远不如希望人家同意的心为切迫。我们似乎生存到这个世界上，在泥土里滚爬，在艰难里支持，都并不是为自己何种尊严而存在，只仅仅为了想作一点使自己尽力使别人快乐的工作而存在。我们愿意有机会显示我们的整个精力，给那些对我们感到好意的读者，所以才只想有一个刊物给我们处置。但是，这个刊物只能在我们几个人想象里产生，同时也就在想象里夭折，因为生活情形不能让我们实现任何计划，一般积习支配到我们的生活，所以不久之后，我们对于创作也不再继续，没有多少兴味了。

那时，正是《语丝》趣味支配到北方文学空气的时期，许多人的名字，以各种方便因缘，都成为各样刊物上时髦的名字。我们对这个时代是无法攀援的。我们只能欣赏这类人的作品，却无法把作品送到任何一个大刊物上去给人家注意的。我记到那时节我写了一篇文章，这海军学生因通过一个人的方便，给我转带到《语丝》的周作人先生处去，这文章登载出来时节，海军学生拿了一份《语丝》跑去告我，看到那文章的题目，感动得使我只想抱了我的朋友哭泣。想想那个可怜可笑的情形，到现在，使我同任何一个年青朋友，皆感到万分亲密的必需了。我明白那些初次拿了一点文章给世人见面时的腼腆处，我明白那个最谦卑的感情，同时还明白另外许多年青人的事情，我愿意同一切凡在沉默下努力的朋友握手了。但是，我还愿意给他们以一种“自信”的机会，每一个在井中向群星望着的人，他们都得有一种自信。一切生活的向上，是从自信上打下基础的。我因为一种伴随到生活而来的弱点，缺少这个，永远在一种悲剧里过着日子。我的文学成就是无意中一手捞着的，我永远惑疑我捞到手的并不是我最相宜的事物。我永远以为我还可以做一点别的事业。我永远以为自己做到的都不对，那些我还没有抓过一把的，却在那里等待我去着手。我的反复的自省，把我常常陷到一些泥淖里去，琐碎的注意，又常常蚕食到我的生命。我所希望的一种性格，就恰恰同我现成这种性格相反。

至于那个海军学生却与我完全不同了。他是一个有自信的人。他的自信在另外一些人看来，用“刚愎”或“固执”作为性格的解释，都不至于相去太远。但这性格显然是一个男子必需的性格，在爱情上或事业上，都依赖到这一种性格，才能有惊人特出的奇迹。这种性格在这个海军学生一方面，因为它的存在，到后坚固了他生活的方向。虽恰恰因为近于正面凝视到人生，于是受了这个时代猛力的一击，生命与创作，同时结束到一个怵目的情境里，然而敢于正视生活的雄心，这男性的强悍处，却正是这个时代所不能少的东西。

不过在那个时节，这海军学生，文学上的方向是没有自信的。做人的方向上，这个人，却正如我所提及的，因为南方人的热情，有一种偏私的固持支配到生活。这性格虽屈服到女人那一面，变成为勇敢和柔顺，结果是做了许多美丽的小诗。在另一方面，却同一些旧友全疏远了。同一切原来相熟的人疏远了许多，同新的相熟的人也似乎无一个友谊极好的朋友，一切过从的熟人皆极有限，这长时间心情与人俨然隔绝的生活，给他在此后思想方面，显然有极大的影响。在丁玲女士方面，则因了他的性格，变更到生活，酝酿到后来写作的兴味。因为那“男性”处，使此后两人在北京则搬了许多住处，离开北京又从长沙到武昌，到上海，到杭州，到济南……把生活一部分消磨到旅途上，一部分消磨到一个新鲜地方新鲜环境里。热情伴着闲暇，消磨到丁玲女士的每一个日子，使一九二八左右，中国便产生了一个最为读者满意的女子作家。《在黑暗中》的动笔，以及第一篇作品的问世，显然是出之于她这个同伴的鼓励与督促，写作的兴味，实又培养到那个同伴性格所促成的生活里的。

日子过去了。

北京的干净空气与明朗天空，都不能留着住在那儿的人，使在那儿作客的不离开它。两个人，其中的一个，似乎怀想到远方的母亲，因此一同离开了北京。一面自然是两人在北京终不能用好空气过日子，一面或者还更有别的原因。两人离开那个公寓时节，正是我也下了山，把事情辞去，搬到他们那个公寓去的时节。不知是十四年的春天还应当是十四年秋天，这海军学生开始写了许多诗寄给我看，那时我似乎已经在《现代评论》作发报的人，住到北河沿的汉园公寓，寄来的诗总为转到《晨报副刊》或《现代评论》去发表，这些诗，就是我所谓一个热情男性不自私的诗，差不多每一首都是在用全人格奉献给女子的谦卑心情写成的情诗。这诗的形式，无疑的从李金发诗一种体裁得到暗示或启发，一种在文字性格方面为畸形的构图，以另外属于“未来”的一格，而在试验中存在的。但当时他似乎并没有注意到这种形式的暇裕。热情使他偏心，他要的只是表暴歌颂这热情的机会。这诗连同另外的诗，到一九二八年时节，丁玲女士为编辑成为《也频诗选》，在风格方面，曾常常为人提到，作为近代新诗新型之一种。这类诗最先给《晨报副刊》登载时，从形式上看，有人以为是我作的，从原稿字迹上看，编者也还以为是我作的。因为同一习惯使用硬硬的笔头，蘸上蓝色的墨水，在狭行的稿纸上，写小小的字，差不多每一张纸都得容纳八百字左右的光景，字迹的疏朗处，以及勾勒的方法，又差不多没有什么分别，故在《现代评论》社方面，也有人以为也频是我的另一个笔名。

同时丁玲女士，又继续了这个方法，用同一式样的纸，写同一式样的字，所以有一次，丁玲女士给人的信，被另一个自命聪明的人看来，还以为是我的造作。到后当《在黑暗中》各篇章，次第预备在《小说月报》上发表时，那时《小说月报》的编者为叶圣陶先生，见到这原稿，最初也还以为这文章的字样，当不出也频同我两人，不会在两人以外，还有一个女子。

到现在，还有一个上了年纪一点的人，对于我们的字迹，不甚分别的清楚。……这事使我记忆里保留到一个不能磨灭的一刹那光景。就为了我们字迹的类似，我们在如何谎着一个必须谎着的人。我们字迹相近处，如何可以从一个虚无里，带出信来，给另一个还不应当向虚无走去的老人，谁能想象到这个用处？

两人回湖南以后，不久这海军学生又来到北京了。这次一行似乎还是两人预定的计划，一个在家乡陪伴到母亲，一个出外边来作点事。那时我们的文章已经可以经常在《现代评论》和《晨报副刊》发表了，我们若果善于处置生活，在北京公寓里每月的开支，是可以从稿费中得到那个报酬对付得下去的。这海军学生来到北京，似乎从上海到天津的路上所得的印象，写了一个题名作《海船上》的短篇，这个文章最先写到船上的气味同声音颜色，很使我感动。同时因为一个男子从一个女子方面所得到的一切，眼睛、鼻子、两条臂膊、一张口或别的什么，都使年青人惊讶出神。尤其是在骤然的分离上，短期里即可成为习惯的各样嗜好，折磨到心灵同身体，因此还继续写了许多新诗，我认为是最动人的新诗。

这海军学生所写的诗，既以一个离奇的风格产生，在形式同感情两方面，都与当时的所谓新诗不同。那时节，在北方，《京报副刊》已不存在，《晨报副刊》编者已不是徐志摩，其他的刊物，也因为南方的革命发展，或者已迁上海，或者已停顿，作者不是向南方走去，就是疲弱无力，不能提笔。故这个海军学生的诗，在当时的北方读者看来，造成了一种新的趣味。

好象离开了女人，成天单是写诗，这热情还是在虚无中发热发酵，不能抑止，因此这大孩子不久又借了些钱回转湖南。这时节湖南那一方面的一个，却也因为不能忍受这分离的试验，赶忙向北京出发。据说他们的船正互相在洞庭湖中错过，所以两个人到了目的地后，才明白这分离的日子，还应当需要一个人在船上颠簸一个礼拜，才能把它结束。

当海军学生重新又赶回北京时，自然两人都明白分离的习惯，使两方面皆在折磨中过日子，就再也不说别的计划，仍然一同找到一个公寓住下了。因为那时仍然还得住一个公寓，两个人又对于劈柴淘米一类事无多兴味，故住处总傍到吃饭方便的北京大学附近。一年多的日子，搬了好几个地方，住过一阵银闸，住过一阵孟家大院，到后便住到汉园公寓了。在银闸一个公寓里，我们是住过同一公寓的，在景山东街一个住宅里，我们也住在同一公寓里，到后在汉园公寓，仍然又一同住到那个公寓的楼上。

一九二六年左右，武汉因军事政治各方面的集中，许多在北方的朋友，都到那边作事去了。这海军学生当年在烟台的老同学，也有在武汉事情作得很好的。我燕京北大原有些熟人，也有在那边十分活动的，总希望我们去看看，但当时我们都没有离开北京的意思。

一九二六年到一九二七年，因为不断的努力写作，另外一些机会又使他们同一些有势力可以支配我们稿件的编辑熟习一点，他的文章每月大致可以得到二十五块钱的稿费了，日子自然还是过得相当狼狈可笑，到了十二月，有地板的楼上房间里，虽然安置得有烧煤炉子，却不大容易能赊到煤块。有客来时用旧书旧报作为取暖的燃料，竟是他们做得十分熟习的一件事。没有客，外面寒气又十分逼人，他们就坐在床上看书。

那个时候，《梦珂》初稿，已常常有一页两页摆在一个小小写字桌上，间或为熟人见到了，问这是谁的文章，打量拿到手中看看时，照例这女作家一句话不说，脸儿红红的，轻轻的喊着“唉，唉，这可不行！”就把那几张草稿抢去，藏到她自己那个装点信件一类的抽屉里面去了。若是好奇一点，无意的问着：“这莫非是想作第二个冰心的人写的？”那一面一定将说：“没有的事。文章自然是你们男子做的事，女人哪里有分？”谦逊的言语里有小小的锋芒存在，这个话是有趣味的。因为当时常常同他们两人过从的，有下面几个人：于赓虞、许超远、黎锦明、徐霞村、王森然，全是在北方从事文学而已知名的男性。女人中她认得凌叔华、庐隐，却并不常有来往。她将怎样完成她自己的事业，这海军学生的性格，同他们那时的生活，自然是特别有帮助的。来往的只是那么一些人，天才同耐心，从这几个人方面看来，似乎都使这女作家从冷静里观察，以为是不足相信的事。生活那一面，又似乎这里还有一条路，一个女子也可以从这儿走去；且既然是另一个同伴已向前走去了，自己徘徊也不是最好的办法。另外还有就是过分的暇闲，就是由于那个有男性的同伴三年来给她的影响，心灵的智慧，成熟到透明如水，由于凝静看到的百样人生，看到某一种生活里最微细的一部分，生活培养到这作者的灵魂，她不能再狐疑了。她除了运用她的最明澈的智慧，写出了作品，使荣誉伴同感谢，从一切读者方面获得，她不能再有更适宜于她的事业了。

可惜得很是记忆这个东西，照例保留到另外一些人的头脑中，也没有多大用处。我想如果他们所住的那个公寓里的仆役，这时还能拿着一支笔来描画他们两个人和我一家三人当时的情形，说到我们每到月底对于应付房租时的受窘以及敷衍推辞的神情，因为实在无法敷衍了，又如何借故出门，到河沿雪里去散步，夜深才敢回家，这描画一定十分有趣。

这是谁的过错呢？我们对于自己所选择下来的工作，是那么认真不苟，生活要求是那么简单，而对于物质希望又那么小，到结果，我们还是不能使生活稍稍从容一点。也许这还是我们自己的错处，因为一个平常小公务员的正常生活，计米较盐的能力，在任何情形下，我们都还没有学会。就是那个女作家，也实在仍然永远是没有学会的希望的。

中国的南方革命已进展到南京，出版物的盈虚消息已显然由北而南，北京城的好天气同公寓中的好习惯，都不能使我们呆在一个地方不动为得计。在上海，则正是一些新书业发轫的时节，《小说月报》因为编者的方向略改，用了我们的文章，《现代评论》已迁上海，北新书局已迁上海，北新书局和新月书店各为我印行了一本书，所以我四月里就离开了北京，从海道把一点简单行李同一个不甚结实的身体，搬移到上海一个地方住下了。到一九二八年二月，他们觉得还是到上海来才有转机，所以也就到上海来了。

最初这两个人来时，就留在我那个住处，那时我在上海法租界善钟路一个人家楼上赁了一间房子，他们初到上海我算是他们最熟的人。

两人到上海之后，从《小说月报》拿到了一点钱，他们就到西湖去了。到了西湖这两人住在葛岭，一共住了三个多月才重回上海。

那个时节在两人之间，似乎为了另外一些属于青年人不能少的“感情的散步”，各有了些小小任性处。我不甚明白这些“感情散步”的内容与那些经过，是不是适宜于从那篇《莎菲女士日记》上发现一点东西，因为我已经记不清楚这篇文章在那时节是不是早已写成。那时情形自然是很糟的，因为我不大明白那些经过，也不过问个人私事，只看到有眼睛的不去注意那事的细微处，却肆无忌讳的流泪，有口的也失了正当的用途，只是骂人赌咒，凡是青年男女在一块时，使情侣成为冤家以后，用得着的那一份，这两人差不多都使用了，所以我十分担心，不晓得应当如何去做一点对于他们有益的事情。

但我自然是什么也没有作，而且也不必须作的。因为若果我是一个在这方面明事的人，我就会看得出这“感情散步”是用不着救济的事。一种生活厌倦了，新的发现常常使人目眩，然而这眩目却决不是很久的。一时的幻觉，并不至于使人永远胡涂。同时，这过失，由于热情而成的多疑同多嫉，也常常使这个小问题变成一时的严重。两人去西湖后约一个礼拜，某一天晚上，这海军学生忽又一人跑到我的住处来了，他告我，一时或不回西湖了。

于是我问他那些因果，听这个人作一切不离孩子气的申诉，到后我们同在一个大木床上谈了一夜。第二天，我就把他又打发回到杭州去了。这次一去那些风波就不曾再发生了，这问题，结束到什么情形里，我依然是没有明白的。

我只知道他们在西湖葛岭住下三个月，三个月中的生活，过得很象一对度蜜月的同伴，十分从容有趣。加之春天的西湖是使人十分安静舒适的。在艺术学院方面，他们认识了几个朋友，故在日里一面玩的仿佛很不节制，到了晚上却还可写了许多文章。《在黑暗中》有两篇文章是在那里写成的，海军学生到后来，还总常常用做新郎的风度说，只有在西湖住那三个月，非常值得回忆。

两人为了天气的原因，不能再到西湖住下时，上海法租界永裕里一家楼上，有一天就搬来了这样两个青年人：一个略显得胖的女子，一个瘦瘦儿大头额的男子，押着一些简单行李同两张藤椅子，到了看定的那间房子，当把由附近家具铺子里租来的一些木器陈列妥当时，两人就坐下“写信”。到应当吃饭时节，就动手把炉子米箱从网篮里取出来，很熟练的处置这一些东西。饭一吃完了，于是又坐在桌边再写那些永写不完的“信”。若说这不是写信，除了写信还有什么可写的或必须要那么忙着写的，那房东是想不透的。

不出门就写文章，应当吃饭时就仍然依照初次到北京的西山时办法，分派到上街买小菜，或者在晒台上燃汽油炉子，从三层楼下用镔铁壶提提水，因为自己煮成的饭较软，自己炒就的菜较合口，我在那里吃饭，为他们洗碗的次数似乎也很多。

于是日子一过去，因此中国许多地方，对于这两个人的名字，都仿佛十分熟习，他们的存在，似乎就是专为了一些刊物同一些读者，从这两方面就证实自己生活的意义了。尤其是丁玲女士，从一九二八到现在，成为一个最时髦顺耳的名字，真是一种使人羡企的事。没有人能否认他们的作品的势力，没有人不承认这是一种崭新的收获，而这收获又显然如何超越了稍前一时代的作品标准，另向一个方向上突进的。

然而我所知道他们的，就是在生活方面，从前他们是两个孩子，到后来，永远还是两个孩子。“光荣”有时比“空气”还不适用。他们并不能用友谊掉换饮食。他们在某一种事业得到初步成功了，在另外一件事业上，永远还得失败。他们还是最拙于应付房租，不知道应如何打算就可以不致于缺少伙食。他们还是很穷的人，不能使所得的钱安置两人到一个稍稍象样的生活里去。虽然勤勤恳恳，稿费终究有限，加之用不得当，所以还是免不了长是受窘。今天的起居费用，都依赖到昨天的工作所得，创作既不是抄书，设若某一时节，因为倦于作事，不得不放下了这支笔，或在别的原因上，稿费延搁了一时，这生活，就又乱糟糟的不成样子了。这海军学生，为了渡过那个不易应付的日常生活难关，马浪路，康悌路，贝勒路，这一些地方的小押当门前，总常常有这个人的踪迹。我一望到那走动时略显匆忙的后身影子，不必同他说话，就可知道他为了些什么事行动那样匆忙。

这海军学生，自己处置金钱既永远不如处置文字那么方便从容，打算生活又永远不及造作故事那么周密，至于作伴侣的女人，则早把一个妇人所必须的家务趣味完全疏忽了。这生活，自然是无可希望的。他们自己就不知道应当把自己安置到什么生活里面去为适宜。一种有秩序的生活，似乎在有意识的情形中，长远逃避到他们。当时几人极羡慕到别的人，以为能在一个较整洁干净的房子里，吃一顿清洁的家常便饭，便是一种难得的幸运。从这些情形中，可知道他们的生活，想及时真十分可笑。

关于起居一方面，他们是并不自外于人，也很愿意住到一个较清静的房间里，去作他们能作的事情的，而且可以说这注意是在北方就早已养成习惯了的。在北方，为了希望得到一个较干爽不太吵闹的住处，我们没有什么正经事可作时，总是东城西城各处去看房子，见到一个什么广告，或在街上见到一个字条，说到什么房子空着，正在等候一些会享福的人去住，我们总常常走到那些地方去参观。我们差不多把沙滩一带所有的公寓都熟悉了，我们还一同进过不知多少人家的大门，结果自然我们是没有看好一个地方搬去的，因为在许多好房子主人中，我们还没有遇到一个我们相信比公寓中掌柜还能容我们长期欠付租金和伙食的主人。同时我们当时若搬到什么人家去，床同桌椅就不能得到。在上海，情形稍稍不同了一点，我们各处看房子的习惯，还好好保留到生活上。正象这是我们一种权利，我们可以永远想象下一个月住的地方应比目前住的稍好一些，所以这里那里去找住处，从人家后门进去，同一些二房东讨论价钱，有时还冒险放下一点定钱，临出门时总说：“定下了，定下了，不久一定搬来！”一回家，把收入一打算，便明白那个定钱又等于白送了。因为这类原因，他们也搬了几次家，总不出法租界的贝勒路附近，然而就从没有得到一个合式的住处。

那时上海方面，由于眼红于北新的营业，新书业已成为一种新的利薮，出现了现代、春潮、复旦、水沫、开明、华通、金屋、新月，一些新的书店追踪而起，在一种谈起来使人极不愉快的刻薄报酬下，我们供给了他们少些稿件，他们便送给了我们一点点钱。一般习惯是十万字左右的集子，一次拿百元钱。因为那个数目的限制，以及上海生活的耗费，同时，在介于资本与劳力两者之间的编辑人方面，又多负有一种友谊的督促，故这个海军学生，这一年来差不多用全力写了许多文章。

恰恰上海的《中央日报》总编辑彭学沛，是前《现代评论》的熟人，副刊需要一个人办理，这海军学生就作了这件事。事先我不知道，我那时正从南方陪了母亲到北方去养病，后来又回到南方来就食，（计算日子大约是秋天）这副刊，由我们商量定名就叫《红黑》。当时除了每晚他们两人或我们三人到望平街那个摇摇欲坠的楼上，去送编好的稿件，同看那最后清样外，他们最关心的恐怕还是房子。又要房子好，又要房东好，最后还要价钱也似乎好一点……终于有一天就搬到萨坡赛路某一个人家去了。

两人还没有搬去时，到我的住处，那个海军学生向我说：“休，这可好了，我们选定的一个地方不止房间比我们过去任何一个住处好，还有一个房东，那是更值得夸奖的。”大约多数还是因为当时觉得“房东值得夸奖”，所以那么间房子，要他们每月出三十块钱，还说“价钱虽稍微多了一点，还不算很贵”。

我对于这个女房东，也感到相当兴趣。

有一些新的故事因这两个人的搬移而生。

我那时住在马浪路的新民村。所以总是常到他们那里去闲谈，后来就把伙食也包在他们的房东那里了。三个人每月要三十多元，可是总只有一点小菜同黄花木耳汤吃。又因为房东是在法国跑了一趟的勤工俭学生，每餐总限定要我们用叉子在盘子里吃饭，我们都感到十分不舒服，但总是三人自己笑笑就算了，原因就为了“值得夸奖”的另一房东。这另一房东，也曾为其他朋友看见过，也推许为值得夸奖的。

他们住在这里大约有一个多月，我是每天都在这边的，就是晚上回到自己住处时，也不能写文章，还不免要做一点小小的胡涂的梦，他们也就没有做一点事。

但不久，他们两人就觉得还是再搬一个住处为是。我也觉得还是迁了的好，同时也想要好好写点文章了。那时人间书店请我们编辑一个月刊，我们恰恰又借到了一笔钱，想自己办一个出版处，为了一切的方便，我们就合赁了萨坡赛路的二百零四号房子，搬了家，《人间月刊》由我们三人产生了，《红黑》月刊也由我们产生了，在名为“新房子”的住处，我们生活忽然完全就变了。

为了《红黑》的事情，我们于是都显得忙起来了。其中最忙的还是海军学生，从编辑到去印刷所跑路，差不多全是他理。他去送稿，去算账，去购买纸张同接洽书店，直到刊物印出时，我才来同丁玲把刊物分派到各处，清理那些数目，或者付邮到外埠去，或者亲自送到四马路各书铺去。我记得刊物封面十分醒目“红黑”两个大字，是杭州美院教授刘阮溧先生作的。

第一期的刊物，本埠在一个礼拜内就将近卖去一千份，得到这个消息时我们欢喜兴奋得脸上发红。在各地方的朋友，都来信说我们这个刊物很好，有内容，文章有分量。北京方面有为我们帮忙的朋友，厦门方面也有为我们帮忙的朋友，武昌同广州，都有信来希望我们多寄一点。许多作者都以为我们这刊物合乎一个理想的标准。我们心想，以后每期应当印五千，似乎才够分配。

为了这个刊物和《人间月刊》同时进行，我们一面忙于应付杂事，也一面得很谨慎的写许多文章，所以一九二九年这一个年头，算是我们最勤快的工作的年份，各人都写了许多出品。在也频的所有作品中，以艺术完美同内容统一而论，也是这一年成绩最好。我们在起始写文章的时节，希望的只是尽我们的力，给这个渐趋寂寞的新文学重新再能够兴奋一次。我们自己知道自己的力量非常有限，在十分卑微里去努力，直到我们创作已成一个新的趣味同一种新的方向后，还仍然不觉得值得什么骄傲。我们尊敬那些负荷世誉的作者，同时却同一切毫不露面的作者握手。我们只是自己向一个很远的理想迈步，同时这迈步，却是沉默的，无声无息的。有了两个刊物我们还是同从前一样，我们就从不打量在刊物上攻击他人而揄扬自己。尽人制造点有关我们的文坛消息，总是付之一笑，不作理会。

那时正是新的创造社派在上海方面酝酿到“文学为争斗工具之一”的主张时代，对立而作意气抗辩的为《奔流》一派人物，《新月》有梁实秋《骂人艺术》是一本销路最好的书。为了方便起见，出版界译了许多新书印出，上海方面还有几个讲“都市文学”的作家，也仿佛俨然能造作一种空气，我们是除了低头写作，什么意见也没有的。在乱糟糟的热闹空气里，镇静并不从我们身边离开。我们自己知道一切从东方或西方转贩而来的意见和主张，出于许多人的口中，似乎已经很多了，当时却很少人来努力写一点作品，故很希望自己做一点自己能够作到的事。就因为这态度同工作，对一切无忤，所以在当时，似乎所做的事，还可得到各方面的好评。

但即或是并不缺少那种好评，我们却并不看重那种好评的。在《红黑》的第一期里，好象就那么提到过：“倾向不是我们愿意提到作为阿其所私的工具，我们除了尽其所能，没有别的什么动人的背景了。刊物愿意多销一点，却也并不因为应当多销把趣味俯就。”

文学是用生活作为根据，凭想象生着翅膀飞到另一个世界里去一件事情，它不缺少最宽泛的自由，能容许感情到一切现象上去散步。什么人他愿意飞到过去的世界里休息，什么人他愿意飞到未来的世界里休息，还有什么人，又愿意安顿到目前的世界里：他不必为一个时代的趣味拘束到他的行动。若觉得在“修正这个社会的一切制度”的错误，而把意识坚固，做一点积极的事情，他也仍然不缺少那个权利。他有一切的权利，却没有低头于一时兴味的义务。他可称赞处只是在他自己对于那个工作的诚实同他努力的成就。……这类主张在当时，是我们几个人所承认的。

日子又过去了。

《人间月刊》出到四期就停顿了，《红黑》月刊出到八期也不能不结束了，来了一个意料中的失败。这刊物的夭折，有一些读者，是一定比我们自己还觉得可惜的。我们早知道在上海一切竞卖的情形下，这刊物不能赚什么钱。我们知道外埠书业的积习，对于用一点点钱来办一个刊物，是一种纯粹冒险的举动。我们原先只希望可以办十二期，满足到一年的数目，我们希望多有一些定户，同远地的定户直接交易，在一种毫无实利的情形下，维持这个刊物稍久一点。但一切希望都同事实不合，从各样打算上都不能维持这个刊物下去，当时最觉得生气的，就是这海军学生。

使我们十分灰心处，是想到这次的试验，证明了我们此后的命运，作者向商人分手，永远成为一种徒然的努力。看到这三两年来上海方面所谓出版界的一切情形，盛衰盈亏消息，就更长了多少见识。一时节的“普罗文学”兴起，反手间的“民族文学”成立，不知者还以为一则不外乎同政府对立，一则不外乎为政府捧场，故现象推迁，有此结果。其实不要这个，欢迎那个，还是几个眼尖手快的商人所作的事。作家不过是一个商店的雇员，作品等于一种货物，在叫卖这种货物时，商人对于营业的智慧，不忘记用最诚恳的风度，向众人说：“这是国家提倡的时代的，所以预备出来给大家试试。”于是，在一种眩目的颜色声音里，年青人便试过了。因此作者自己也就忘却一切，俨然以为获得大众了。直到另一个趣味成为一种新的风气时为止，在这时节里，他可以把他的稿件，用三块钱千字的办法，从书店那方面得到那个作品的报酬，这就是作家获得大众意思。一个作者若缺少这种随风逐浪的精神，好象就是那么样，便算落伍了。

我们愿意把自己工作放到这种竞卖的以外，故几个人才着手来办《红黑》，如今这试验既显然失败了，想到为了退还这从别一方面借来的一千块钱，似乎不找一点另外的事情去作作也不行了，因此我到吴淞教了点书。那时恰恰山东高级中学方面，向陆侃如同淦女士夫妇探询，有什么人愿意去教书没有，要她夫妇介绍。这海军学生，觉得除了教书没有别的更相称事情可做，因此由他们介绍，到后不久就同一个朋友过山东教书去了。

过山东去时，先是又说定了的，教书的过山东教书，做文章的还是留在上海做文章，半年后再决定新的办法。这种计划自然极好，因为两个人在上海一同住下，虽然同在一个房间里，各占据一个桌子做事，两无妨碍，可是这个人说不高兴了，那个人为了“陪伴玩一会儿”的原因，事情就只好放下的。到另一时那一个高兴做事，这一个又厌倦了，那就又轮到两人休息的时候了。如今既然暂时分手，半年中一定可以好好的做一点事，所以我也觉得他们那种打算十分好。

那时上海方面刊物，《奔流》没有了，《创造》没有了，《海风》没有了，《乐群》毫无气力了，《真美善》不能支持了，《金屋》似乎不想继续出版了。

那时骂人的同被骂的，都似乎是只有“主义”而无“作品”的人，所以这海军学生曾同我说：“休，他们倒热闹，好象很认真神气。让那些自己仿佛觉得有骂人权利的去骂人，让那些仿佛该挨骂的去挨骂；至于我们，是不相干的。我们自己努力，走我们自己的路，我们的成就，不是这些人可以估价的东西，也不必需他们估价。”我说：“我永远是那么主张。”

这海军学生走后，不到一个月，新的习惯仍然不适用于两个年青人，所以丁玲女士不久也就去了济南。济南学校方面一种新的生活，自然使他们发生新的兴味。但不到三个月，这两人，有一天忽然又悄悄的回到上海来了。两人回到上海后，住到环龙路，要我到那儿去看他们。见面时，问他为什么这样匆匆忙忙又离开了济南，两人只说那方面风潮闹得十分复杂，不愿意受人利用，且不能在那方面受人暗算，所以从青岛方面跑回来了。稍过一时，这海军学生，独在一处时，又才告我他们简直是逃回来的。当时我完全不明白为什么必须要逃回的理由。只听说山东方面学生，皆身强力壮，仪容可畏，就心想也许因为风潮影响，这海军学生，估量自己瘦瘦弱弱的身个儿，不能同人比武，所以即早跑开，也不失古君子的“明哲保身”意义。可是过几天，在吴淞我却听到淦女士说，两人是因为另外一件事逃出来的。我当时就稍稍有点胡涂，因为我想不出另外还有什么事会牵扯到这两个人身上，他们的性格，他们的生活，能凭空做出什么事，我倒十分疑惑。我以为这不外乎因为自己的社会地位，容易耸人观听，同时是初从上海跑到一个新地方去，上海那个时节，又正是连陆侃如先生讲中国诗史也得引用唯物史观方法的时节，在一般人都有意识或无意识承认文学是“可以放到一种积极的修正这个社会的一切谬误而存在”的情形下去努力，到内地去时，这平常观念影响到学生，同学校教育目的不甚合适，因此引出一些纠纷，也正是十分自然的事。为了免除这纠纷，同时且不愿意同一些不能与共事的人共事，这两个人就跑回原来地方，也十分合乎人情。

既然回来了，自然还得把生活放到笔尖上，故两个人预备好好的来写些文章，以为还是保守自己原来的生活方式，对于性格适宜一点，那时环龙路那间房子是很可以使两个人安静作事的，《小说月报》又可以容纳两个人的稿件，单行本的集子，还容易得到承印的书铺，故生活的前途，并不使两人觉得暗淡。

那时我也因为感到教书这件事很受窘，以为教书的人一定还得一些不是比我们懒惰狡猾，就是比我们世故聪明的人才相宜，自己有点悔恨自己冒险的失策了，所以对于他们不教书的生活，我是一个极赞同的人。

我们还想恢复《红黑》，作一切恢复的计划。又很希望可以到一个什么书铺或报纸上，办一个周刊，那自然还永远只是我们眼前一个空幻的圆光。在上海，我们既不属于任何有力团体，又没有一个书店是我们可靠的东家，所以留在上海，也仍然还是近于一种方便，什么机会也没有。

他们从济南回来是十月，很快的就过年了。

过了年，我还是住在吴淞学校里，没有勇气同那个不花钱的房子与那个可以欠一点伙食的厨房离开，他们则另外又搬了两个住处，总说是住处不甚适当，房东太脏，邻居太吵，事作不好。那半年来他们好象懒惰了一点，文章写得很少。我则因为一点别的事情，更无兴味写什么文章，所以比起上一年来，我们都好象消沉多了。

三月间，在武昌有一个朋友，办了一个《日出月刊》，要我们寄点文章去，我写了一篇论文，这海军学生，却把他的一个中篇送去发表。到这月刊印出时，武昌、南京两方面同时就遭了扣留，后来还罚了一千块钱。这刊物仅出一期便无从继续的原因，据说就是这海军学生的那个中篇。这文章名字叫做《光明在我们的前面》，到后为光华书局印行，也仍然卖不出去。

这刊物我们在帮忙的地位，编者便本不想到它能出多久，既然第一期就遭受打击，那么大家沉默，也就完事了。

这时似乎这海军学生的文章，在《小说月报》方面也有问题了，在《妇女杂志》上，丁玲的文章也有问题了。对于这类事别人比我仿佛知道的比较多，许多人问到我的，我还不明白应当怎样答复。一切所谓问题，依我看来，不外两种理由，一则是作者作品切实了一点，二则是风气已到了“普罗作品”无从再给商人赚钱的时节，书店已不必需同这类作家要好，编者即或再明白一点，也不能不留心到营业利害上去。许多书局最体面的编辑，那时皆正各在预备办读书会，或编印中学生儿童文学一类刊物给读者，因此文章去处有了小小打击，也正是一种当然的道理。六月时，这海军学生卖了一点稿件给大东书局，那方面负责的孟先生，到后就同我说，这稿子是不是有问题，我当时没有能够说什么安慰他的话语，回来时还似乎十分抱歉。

但那些所谓“问题”，自然在这海军学生生活一方面，就起了一点影响。他们做的事已显然过了时。另外一些“先进”，稍前一时，给书店热闹了一阵，作者自己也就热闹了一阵。书店的文化事业，现在已关心到中小学生那一方面去了，他们既然不能在那些刊物上为学生讲“什么是小说”“什么是文学”那类题目，又不会编一首小孩子唱的儿歌，所以在一种不时髦的情形下，两人经济方面便窘了许多。半年来这两个人忽然不见什么文章发表了，一面自然是在自己心情上各有了小小变迁，一切不坚实的感情皆得在一种新的反省下有所修正，另一面，就是社会使他们沉静了。《在黑暗中》作者的双手照料到菜饭，比拿笔写什么的时节又多一点，因为生活使他们又不能不自己来处置饮食了。然而在北方，这作者的名字，却正成为一个时髦的名字。每有什么朋友从北方来了信时，谈到关于她的事情，同她去说，她总觉得好笑。“成功”并不能使她的手就把那一支笔尽捏到手上不放，一顿饭若不用自己的手去处置，这饭就无从上桌子，这真是另一方面的人所想不到的事。

但时代使人沉静而且老成了许多，由于生活而来的风雨，并不使这两个人颓唐。尤其那个海军学生，据我所观察到的，觉得这个人每日所需要的粮食，已和我的稍稍不同了一点。或者这仍然应说是那个南方人性格的特征，耳朵所听到的，眼睛所见到的，有了一些新的机会，给他一些新的注意，因为另外一种营养，显然的，慢慢的在改造这个人的灵魂，表面消瘦了许多，灵魂却更健康许多了。

我因为住在吴淞，离上海较远，同他见面也比较少了点，每次见他我总觉得他瘦了一点。在他们那种生活情形里，要他象许多朋友那么逐日发胖如大官，自然毫无希望，但什么事会使他瘦到这样子，我是很怀疑的。

人瘦了，下巴显得更尖，头颅显得更大，肩膊反而似乎宽了一点，走路时，也似乎更匆忙了。由于一些好肉好汤，同一种无节制的睡眠，再加上那种个人生活而持的沾沾自喜或天生大量态度，五年来中国各处地方添了许多胖子。这海军学生，有人说到他瘦了许多时，他总点头承认，并不说什么理由。等一会儿他留你吃饭，你便知道那个饮食也就不是为一个胖人而预备的饮食了。一点儿辣子，一点儿菠菜之类，再来一点黑黑的从罐头里倾出放到锅子里去又加上辣子一拌的牛肉，完事了。因为有了客，或者桌子上就多了一碟鸡蛋。为了方便同经济起见，罐头牛肉同鸡蛋算是轮流可以上桌的菜蔬。我从没有见过他们的桌上有一钵肉或一钵鸡的时节。每次同他们吃饭，总使我们记到几年以前在西山那个情景。每次因为到他们那里吃饭，必需添一点什么才够三个人的一餐，这海军学生，摸了一摸自己的口袋，忙匆匆的象个猫一样蹿出去时，望到那个跳跃的姿势，我常常心里想：这人比我年轻了许多，光阴在摧毁我，却成全这个人。

但另外一些时节，到他那里去，也常见到他躺在床上，似乎生着一种气，问他“写了什么”时，总说“什么也不写”。他似乎是在为人类的愚蠢生气，为自己同这愚蠢作战而疲倦了，也不能不生气。我明白那个，我一定明白的。但在他那一方面看来，我却是个连自己也不明白自己的人；对于自己的缺少自信，对于自己的稿件随意卖去，对于钱的不打算，对于约稿信用的不遵守，都是他常常说到我，证明我是不能明白自己的。可是一个不明白自己的人，却并不失去了了解别人的权利。

所以由我这一面看来，似乎觉得他也有些自己不明白处。他不大赞同我那种“自苦”，我也不大赞同他那种“自苦”。

到了秋天，我过武汉大学校去教散文。在学校里，则从一些同事方面，学习明白一些事情，出外去就碰到兵，碰到剃头担子，有时节，还碰到杀人。我的耳目为这个平庸而且愚蠢的世界所迷惑，在这里，我能找寻到一些十年来失去的颜色同声音。我重新如一个无业的小小人物，傍到那些街墙脚下，或插在一堆肮脏群众里面去，看一件新发生的事体。我为看那个为刀切下血淋淋的人头，同那些还安置在许多人的脖颈上的肮脏人头，总使我感到一种极其深刻的痛苦印象。

在那种情形下，我的忧郁就是我的娱乐。我实在无从挣扎脱出过去现实的凄惨景象，并且还始终得生活在这种可怕景象中。

间或我为这个海军学生写信，想象的不端方处，不庄重处，没有隐讳的说出，他的回信总很简单。有一次却在信上说了那么一些话语："休，你说的全是空话，同你做文章差不多！你受的苦永远是你自己想象的苦，这种苦却毫无可疑，同时在你生活方面，却是不能离开的一种东西。你想到的比别人都多，比别人都危险而且野蛮，同时也比别人更显得少不更事。你想的都不是你要做到的或你能做到的，干吗你不想一点象比文章还切实一点的事情？"

得到这个信时是十月间，那时我想切实一点就是应当还一点约稿旧账才好，就写回信告他，说我准可写两万字文章，做一点切实的事给他看。但这个月结果，我象是又谎了他，谎了自己，什么文章也写不好。

文章既写不下去，学校方面三点钟的书也教得并不好，到了今年一月，我想我应当回到上海去了。到上海后，就照他们所说的那个地址去找寻他们。两人都没有在家，只见到床边摇篮里，一个大头圆脸的孩子，侧身睡在那里。桌上写了一个字条，说："休，你来时，坐坐，同摇篮里的小孩玩玩，我们到 × 点才回来。"玩了一会，看看两人还不回来，我到后只好走了。

在另一个熟人处，我就听到一些关于他们两人的“谣言”，因为这些谣言同在南京听到的差不多，都似乎十分荒唐。我以为不外乎一些昧于事实的人的误解，或依照上海小报风气，一些好管闲事的浅薄者流的传语。那时还有一些属于我的很古怪的话语，我心想，这倒是奇异的事情，半年来上海一切都似乎没有什么改变，关于谣言倒进步许多了。

第二次我到这海军学生那里去的时节，见到他们时，我就问到那些谣言。那个睡在床上照料小孩子喝牛奶的小母亲说：“我们多了一个小孩，却反而很少人知道，这事倒很有趣。”小孩子爸爸说：“把任何消息放大，是住在上海地方的闲人一种特别本领。”

我把从南京就听到关于这两人的事情，说了许多，两人都只是微笑。这海军学生望着小孩说：“小孩若是会说话，就会告给你，这两个月来，为了他，做爸爸的同做妈妈的如何过日子。”那小孩出世还不到六十天，已经会望到人笑，且似乎懂得别人对他笑的意思了，一张小小的脸，为房中炉火逼得绯红。望到那个小孩，我心里就想，六十天的生命，就古怪到这样子，那么半年来一定也可以使一个人做出一点别的事情的。

我那时同一个朋友住在北京路清华同学会宿舍里，那里食堂的面好，所以他们到我那里吃过几次面。因为我初从武昌来，半年中许多朋友都不能见面，听到我回了上海，所以其他朋友来到我那里来相看的也很多。凡是同这两人不相熟的，总说及那些仿佛谣言的事情。大家都注意到这点，证明大家都很关心同时也还闲暇，因为我觉得一个人若缺少闲暇，是不至于那么注意那类事情的。

可是从这海军学生更见得消瘦的脸上，我仿佛看到了一些秘密。在这个人生活上，有些使他十分劳悴的事情，没有机会可以好好休息，那是毫无可疑的。在这个人生活上，有一些事忙着，而这事情又显然是为一个极严肃的同时也是极艰难的企图，使他不能不忘了自己，这也是毫无可疑的。

我明白那个决定的姿势，那种看生存为一种力的价值，而有意识的处置这力到一个理想上去的极美的姿势。我似乎明白得比有些自己那么作去的人都多。那时另外有个熟人，恰恰在长江中部迈了最后一步，我为那个消息所惊愕，同时我的爸爸（二十年来我们只见过两天）在故乡去世的消息，又初初得到。尊敬那些死者，照那些死者的志愿而继续做去，是我们活人能做的唯一的事。为了这个感觉，我尊重这个海军学生比别人都深，但同时我更以为那些谣言是不可尽信的谣言了。因为稍后一时他就同我说到他的能力，同在自己所估计到的能力下，他适宜于做些什么事。

他以为他使用最方便的工具还是一支笔，他不能同这个分手，并且也永远不想放下它。一群读者对于他能作一种向前的鼓励，他不愿同笔离开，也不愿同读者离开。但是，这支笔，在某一时节希奇的情形里，为了读者的原因，它是不是还适宜于写一点平常美丽悦目的诗歌，或一篇轻灵潇洒的故事？善于注意到读者温柔的心情，已经有了那么多作者；还有那些已经“粗暴”了的，或始终在“粗暴”生活里培养的感情，是不是也需要人更严肃些给以应有的注意，是不是恰需要这个人去注意关心？

这海军学生，他知道他的笔，应当向哪一方。他不追赶时髦，却选择许多自命为“聪明人”或根本瞧不上眼，或已中途遗弃的一个方向。他望到他那个理想的山峰，是那么远，那么同事实相悬绝，但他能目不旁瞬，十分诚恳的在那理想里度过每一个日子。

这个近于自苦的决定，和尚一般诚实谦逊的态度，勇气悍然的生活，任何熟人多怀着敬重态度加以注意的。那时节，所谓因“派别”不同而发生的文学论战，以及在各种刊物上常见的互相丑诋造谣事情，已成为一个故事，被那些成名的战士同成名的教授带走了。在国内，上海一个地方，已没有一个左翼作家的文学刊物存在，但同时也就不再听到什么人还好意思说“左翼作家同卢布有关”的谣言了。间或除了一些毫无知识，毫无出路，身在内地的年轻人，同很少一些以“吃官饭”为生活，也是什么都不知道的人，根据多久以前的什么杂志，制造一点属于个人私事的无稽谣言外，其余的人对于他们个人的生活态度，是皆能加以同情的。

左翼文学的忽然沉默，不知者尚以为是权威下的约束，同一二自以为在那里同他们作战的文化官批评的结果。其实，这沉默是适当的。他们自己看出他们自己过去的错误，他们明白那个向某一个人作一种挑衅行为，除了显得近于一种愤怒病痫的动作外，什么益处也没有。使一个理想从空虚到坚实，沉默是必须的一种预备，因此他们沉默了。这种话，这个海军学生也同我谈到过。但那种“谦虚”处就酝酿得有“自信”，所以我心中有些不平，还同他讨论过。文学方向的自由，正如职业的选择自由一样，在任何拘束里在我都觉得无从忍受。但我却承认每一个作家，都可以走他自己以为是正当的途径，假若这方面不缺少冲突，那解决它，证明它的是非得失，还应当是他的作品。那时他并不同我争持，他就说：“正是的，过半年看，我也不敢自弃，会写一点东西出来。”

每次同他说话以后，我总觉得这个海军学生近来特别强悍了一点。我心里曾想到过，假若这强悍不是由于其他经验而来，仍然是由于他那性格所形成，那么他这性格是不是还适宜于从事文学呢？注意那些使人痛苦卑贱的世界，肮脏的人物，粗暴的灵魂，同那些人们接近，自己没有改造他们以前，就先为他们改造了自己，我想到这个时，稍稍有点为朋友担心。尽管我从来不觉得我比那些人有丝毫高尚处，而且居多还感觉到自己的充满弱点性格的卑微庸俗，可很难和另一种人走同一道路。

我主要就是在任何困难下，需要有充分自由，来使用我手中这支笔。

那时他们两人物质生活自然是很窘的。作母亲的为了照料孩子，文章没有工夫写得出，作爸爸的为了另外一些事情，也不能安静一点来写些文章。同时且因上一次请了一个奶妈，这奶妈因为嫌主人太穷，不能吃一顿好点的饭，即刻又走了。小孩子日夜的尿布，皆得作母亲的洗换，小孩子每日六顿奶粉，皆轮到了作爸爸的调和。夜里有时哭醒了，两人之中总得有一个起来抱抱孩子。这一来，连写一封信也不行了。两人只想把小孩子暂时送到什么医院去，好好的来睡几天，再好好的来做点事，生活才能有一点头绪。可是上海地方就找不出这样一种医院。到后似乎又听人说可以这样办，一问到钱，一进去就得一百以上，这个钱一时自然筹不出，又只好作罢了。

两人每次同我说及小孩子一月所耗的奶粉，总说真是为父母出的一个难题。因为照上海的习惯，两人为房租已经就常常受窘，再加上这个小孩固定的需要，自然更麻烦了。两人因为知道小孩一出世一定得花一些钱，所以前两个月还很写了些文章，得了一些钱，这些钱如今又早花光了。

为了屋中多了一个小孩，两人做事的时间简直就没有了，依照这种情形看来，也实在拖不下去。所以到后又向一个熟人处借了些钱，重新请了一个苏北娘姨。把娘姨请来后，都说这可应当做文章了，在那两个桌子上，当真也间或可以看到一张两张着满了小字的稿纸了。但这些文章自然是永远不会完成的，由于那个小孩的出世，或由于别的，总常常有什么客呆着在那里。因为娘姨是一个生手，对于照料小孩子不大在行，一到夜间，这小孩子就似乎特别爱哭。因为这个理由，两人白天既没有能安静，每夜总得还起来三两次，若想正当做点事情，不用说也做不下去了。

看到他们那种情形，我就提议他们两人之中，还是分出一个去教一点书，似乎好一点。上海地方那么多私立大学，许多胡涂蛋，什么也弄不清楚，还爬到讲台上去同年青人谈“什么是创作”，“什么是文学”一类题目，许多人拿一点日本人的文章，还去讲中国创作，干吗他们就不可以做这个事情？可是什么大学会请他们？他们在国内虽有那么多读者，在上海又生活了那么久，熟了那么多人，要说教一点书时，就没有一个学校可以插得进身。因为如果这些真正在创作上有过甘苦经验的人全走去教书，那另外一些平日卖嘴抄书的人，就无分吃这一碗饭了。上海守旧一点的学校，还有不少翰林举人在内盘据，不会要他们，新一点的就借到“危险倾向”那一类相近的理由，更不能要他们了。

不过在学校一方面，我知道有许多年青人是就正需要到这样一个导师的，所以我们总想若果有机会，即或明明白白供什么私立大学当局利用，也还是值得去试试看。一面这事对于自己生活方面有点益处，一面也可以发现一些有希望的青年，所以他们等候这教书的机会。

他们等候这样一种机会，却来了另外一种机会。

一月十七号，十二点钟左右，这海军学生到我的住处，说他只想搬家，却到处借不到一个钱。现在什么办法也没有，房东的小儿子又死了，既不能搬家，总得送一点礼。他说想送一副挽联，要我想好了，下午就到他那里去写写。

到后说到近日来卖稿件商人的苛刻，另外又告我有人如何在旧事重提，商量到“作家协会”的事情。他同时且说到他的主张，以为这个协会要用什么方法去组织，才不至于陷到两年前“中国著作家协会”困境里去。他说他希望这个机关能产生出来，慢慢的成一个同商人对抗的团体，每一个作者依赖这个机关，能够得到他应当得到那一份利益。且可由这个机关，监督或指导一些向国际文化发展的工作。譬如把中国的作品，译成其他一国文字时，关于原作者的权利保障，目下法律所没有规定的，或虽规定而含混无从使用的，这种作家协会，都可作一种建议，或为提出一种说明。

我以为那么大的希望恐怕结果做不好，他就说，干吗你知道做不好。希望大一点并不会妨碍事业的完成。做不到的我们总要去做，不做过的我们去试做做看，这是应当的。用较生疏的较艰难的事，来训练我们的组织协作能力，即或失败，也比因为畏难苟安的保守现状好些。何况我们又明明白白知道保守现状太吃亏了一点，希望政府同希望商人同样是不可能的事，那么，我们的事，我们自己不来办，谁还来办？中国现代文学的局面，既然是几十个人撑持到它，因为本身的艰难，不由我们自己来解决，还等到另一个时代的人来为我们呼冤，这种做人的态度，也不是合理的。我们不止是为我们自己打算，需要一种使个人权利保障稳固一点的组织，我们为时代较后力量较弱的人，也还应当打算一下，做一点对他们有益的事情。

我望到那个瘦脸，什么话也不能说，因为他的话说得极对，而我的对一切不抱希望的心情，却似乎同我生活十分习惯。我心里想说，你也许比我“作得认真”，我也许比你“想得透彻”，但我当时什么也不说。

因为那天有一个学校同事约我在四马路吃饭，所以大约在十二点过三十分的时节，我们就一同出了我的住处，一同从四川路向南走，走到惠罗公司前面，他说要到先施公司去买那个挽联白布，就匆匆的分手了。

下午我到他那里去写挽联时，他却没有回家。到晚上我又再去，他仍然没有回家。第二天早上又去，这个人还是不见到回来。我说：“别发生什么事情了！”小孩子的母亲，神气很镇定，微微的笑着，好象在说：“一切的灾难，假若是认定了自己应分担当那一份，迟早这一份是还得接受的。”

……

……

那种镇定，在二月九号，我们从南京方面朋友左恭家里赶回来，十号得到一个消息时，还依然保留在孩子母亲的脸上。

八月里，我在北京，有一个朋友为了他所编辑的《英文简报》，说是预备为胡也频出一个专号，要我写一点关于这个作者作品以外的文章，作为译文介绍的根据。所以我就写成了这篇东西。这里所写到的虽有那么多，却仅就某一时节，这个人怎么样活到这个世界的过去生活而言。关于他的文章没有提到，关于他其余一切，也保留给他的朋友另外一个更有意义的传记去说的。为了这个海军学生的种种，在许多刊物上，都有过一些不翔实的记载，在许多人的口里，也传着一些不正确的谣言，一面是证明关切他安全的人很多，一面却证明知道他的人很少。现在我想到这文章用中文发表，似乎更适宜一点，所以就把它发表了。

死去的，即或在任何情形下死去，他是一无所知，什么也不再需要了的。或如所传闻……或如另一传闻……[1]总而言之，到这个时节，他是用不着别人来想象他的如何存在，关心到他的本身了。但一个活人，他倘若愿意活下去，倘若还能活下去，他应当想到的，是这个人怎么样尽力来活，又为了些什么因缘而死去。他想到那些为理想而活复为理想而死去的事，他一定明白"镇定"是我们目下还要活着的人一种能力，这能力若缺少时，却必需学习得到的。一个人他生来若就并不觉得他是为一己而存在，他认真的生活过来，他的死也只是他本身的结束。一个理想的损失，在那方面失去了，还适宜于在另一方面重新生长，儿女的感情不应当存于友朋之间，因为记念死者并不是一点眼泪。

我觉得，这个人假若是死了，他的精神雄强处，

[1] "……"为被当时有关当局删去部分。

比目下许多据说活着的人，还更象一个活人。我们活在这个世界上的，使我们象一个活人，是些什么事，这是我们应当了解的。

廿年九月五日，从文附志

一九三一年八月至九月作

三个女性

海滨避暑地，每个黄昏皆是迷人的黄昏。

绿的杨树，绿的松树，绿的槐树，绿的银杏树。绿的山，山脚有齐平如掌的绿色草坪，绣了黄色小花同白色小花，如展开一张绿色的毯子。绿的衣裙，在清风中微举的衣裙。到黄昏时，一切皆为夕阳镀上了一层薄薄的金光，增加了一点儿温柔，一点儿妩媚。

一个三角形的小小白帆，镶在那块如蓝玉的海面上，使人想起那是一粒杏仁，嵌在一片蜜制糕饼上。

什么地方正在吹角，或在海边小船上，或在山脚下畜牧场养羊处。声音那么轻，那么长，那么远，那么绵邈。在耳边，在心上，或在大气中，它便融解了。它象喊着谁，又象在答应谁。

“它在喊谁？”

“谁注意它，它就在喊谁。”

有三个人正注意到它。这是三个年纪很轻的女孩子，她们正从公园中西端白杨林穿过，在一个低低的松树林里觅取上山的路径。最前面的是个年约二十三四，高壮健全具男子型穿白色长袍的女子，名叫蒲静，其次是个年约十六，身材秀雅，穿了浅绿色教会中学制服的女子，名叫仪青，最后是个年约二十，黑脸长眉活泼快乐着紫色衣裙的女子，名叫黑凤。

三个人停顿在树林里，听了一回角声，年纪顶小的仪青说：

“它在喊我。它告我天气太好，使它忧愁！”

黑凤说：

“它给了我些东西也带走了我一些东西。这东西却不属于物质，只是一缕不可捉摸的情绪。”

那年纪大的蒲静说：

“我只听到它说：以后再不许小孩子读诗了，许多聪明小孩读了些诗，处处就找诗境，走路也忘掉了。”

蒲静说过以后，当先走了。因为贪图快捷，她走的路便不是一条大路。那中学生是光着两只腿，不着袜子，平常又怕虫怕刺的，故埋怨引路的一个，以为所引的路不是人走的路。

“怎么样，引路的，你把我们带到什么地方去？面前全是乱草，我已经不能再动一步了。我们只要上山，不是探险。”

前面的蒲静说：

“不碍事，我的诗人，这里不会有长虫，不会有刺！”

“不成不成，我不来！”

最后的黑凤，看到仪青赶不上去，有点发急了，就喊蒲静：

“前面的慢走一点，我们不是充军，不用忙！”

蒲静说：

“快来，快来，一上来就可看到海了！”

仪青听到这话，就忘了困难跑过去，不一会，三个人皆到了山脊，从小松间望过去，已可以看到海景的一角。

那年纪顶小美丽如画的仪青，带点儿惊讶喊着：

“看，那一片海！”她仿佛第一次看到海，把两只光裸为日光炙成棕色的手臂向空中伸去，好象要捕捉那远远的海上的一霎蔚蓝，又想抓取天畔的明霞，又想捞一把大空中的清风。

但她们还应当走过去一点，才能远望各处，蒲静先走了几步，到了一个小坑边，回过身来，一只手攀援着一株松树，一只手伸出来接引后面的两个人。

“来，我拖你，把手送给我！”

“我的手是我自己的，不送人。”

那年纪顶小的仪青，一面笑一面说，却很敏捷的跃过了小坑，在前面赶先走去了。

蒲静依然把手伸出，向后面的黑凤说：

“把手送我。”

“我的手也不送人。”

一面笑一面想蹿过小坑，面前有个低低的树枝却把她的头发抓住了，蒲静赶忙为她去解除困难。

“不要你，不要你，我自己来！”黑凤虽然那么说，蒲静却仍然捧了她的头，为她把树枝去掉，做完了这件事情时，好象需要些报酬，想把黑凤那双长眉毛吻一下，黑凤不许可，便在蒲静手背上打了一下，也向前跑去了。

那时节女孩子仪青已爬到了半山一个棕色岩石上面了，岩石高了一些，因此小松树在四围便显得低了许多，仿佛各自仰望着几个新来人，眼目所及也宽阔了许多。

“你们赶快来，这里多好！”

她把她的手向空中举起，做出一个天真而且优美的姿势，招呼后面两个人。

不多久，三个人就并排站定在树林中那个棕色岩石上了。

天过不久就会要夜了。远处的海，已从深蓝敷上了一层银灰，有说不分明的温柔。山上各处的小小白色房子，在浓绿中皆如带着害羞的神气。海水浴场一隅饭店的高楼，已开始了管弦乐队的合奏。一钩新月已白白的画在天空中。日头落下的一方，半边天皆为所烧红。一片银红的光，深浅不一，仿佛正在努力向高处爬去，在那红光上面，游移着几片紫色云彩。背了落日的山，已渐渐的在紫色的薄雾里消失了它固有的色彩，只剩下山峰的轮廓。微风从树枝间掠过时，把枝叶摇得刷刷作响。

年纪较大的蒲静说：

“小孩子，坐下来！”

当两个女孩子还在那里为海上落日红光所惊讶，只知道向空中轻轻的摇着手时，蒲静已用手作枕，躺到平平的干净石头上了。

躺下以后她又说：

“多好的床铺！睡下来，睡下来，不要辜负这一片石头，一阵风！”

因为两个女孩子不理会她，便又故意自言自语的说：

“一个人不承认在大空中躺下铺天席地的妙处，她也就永远不知道天上星子同月亮的好处。”

仪青说：

“卧看牵牛织女星，坐看白云起，我们是负手观海云，目送落日向海沉！”

“这是你的诗吗？”黑凤微笑的问道，便坐下来了。又说：“石头还热热的。”又说：“诗人，坐下来，你就可以听到树枝的唱歌了。它正在唱歌。”

女孩子仪青理理她的裙子，就把手递给了先前坐下来的黑凤，且傍着她坐下。

蒲静说：

“躺下来，躺下来，你们要做诗人，想同自然更亲切一些，就去躺在这自然怀抱里，不应当菩萨样子坐定不动！”

“若躺到这微温石头上是诗人的权利，那你得让我们来躺，你无分，因为你自己不承认你作诗！”

于是蒲静自己坐起来，把两个女孩子拉过身边，只一下子就把两个人皆压倒了。

可是不到一会，三个人就皆并排躺在那棕色崖石上。

黑凤躺下去时，好象发现了什么崭新的天地，万分惊讶，把头左右转动不已。“喂，天就在我头上！天就在我头上！”她举起了手，“我抓那颗大星子，我一定要抓它下来！”

仪青也好象第一次经验到这件事，大惊小怪的嚷着，以为海是倒的，树是倒的，天同地近了不少。

蒲静说：

“你们要做诗人，自己还不能发现这些玩意儿，怎么能写得出好诗？”

仪青说：

“以后谁说‘诗’谁就是傻子。”

黑凤说：

“怎么办？这里那么好！我们怎么办？”

蒲静因为黑凤会唱歌，且爱听她唱歌，就请她随便唱点什么，以为让这点微风，这一派空气，把歌声带到顶远顶远一处，融解到一切人的心里去，融解到为黄昏所占领的这个世界每一个角隅上去，不算在作一件蠢事情，并且又说只有歌能够说出大家的欢欣。

黑凤轻轻的快乐的唱了一阵子，又不接下去了，就说：

“这不是唱歌的时候。我们认识美，接近美，只有沉默才是最恰当的办法。人类的歌声，同人类的文学一样，都那么异常简单和贫乏，能唱出的，能写出的，不过是人生浮面的得失哀乐。至于我们现在在这种情形下面，我们能够用一种声音一组文字说得分明我们所感觉到的东西吗？绝对不能，绝对不能。”

蒲静说：

“要把目前一切用歌声保留下来，这当然不能够。因为这时不是我们得到了什么，也不是失掉了什么，只是使我们忘掉了自己。不忘掉，这不行的！不过当我们灵魂或这类东西，正在融解到一霎微妙光色里时，我们得需要一支歌，因为只有它可以融解我们的灵魂！”

这不象平时蒲静的口气，显然的，空气把这个女人也弄得天真饶舌起来了。她坐了起来，见仪青只是微笑，就问仪青：“小诗人……你说你的意见，怎么样？”

她仍然微笑，好象微笑就是这年青女孩全部的意见。这女孩子最爱说话也最会说话，但这时只是微笑。

黑凤向蒲静说：

“你自己的意见是怎么样？”

蒲静轻轻地说：“我的意见是——”她并不把话继续下去，却拉过了仪青的手，放在嘴边挨了一下，且把黑凤的手捏着，紧紧的捏着，不消说，这就是她的意见了。

三个人都会心沉默是必须的事，风景的美丽，友谊的微妙，只宜从沉默中去领会去体会。

但过了一会，仪青想谈话了，却故意问蒲静：“怎么样来认识目前的一切，究竟你是什么意见？”

蒲静说：

“我不必说，左边那株松树就正在替我说！”

“说些什么？”

“它说：谁说话，谁就是傻子，谁唱歌，谁就是疯子，谁问，谁就是又傻又疯的……”

仪青说：

“你又骂人！黑凤，她骂你！捏她，不能饶她！”

黑凤说：

“她不骂我！”

“你们是一帮的人。可是不怕你们成帮，我问你，诗人是怎么样产生的呢？”

因为黑凤并不为仪青对付蒲静，仪青便撅了一下小嘴，轻轻的说。

蒲静说：

“仪青你要明白么？诗人是先就自己承认自己是个傻子，所以来复述树枝同一切自然所说无声音的话语，到后成为诗人的。”

“他怎么样复述呢？”

“他因为自己以为明白天地间许多秘密，即或在事实上他明白的并不比平常人多，但他却不厌其烦的复述那些秘密，譬如，树杪木末在黄昏里所作的低诉，露水藏在草间的羞怯，流星的旅行，花的微笑，他自信懂得那么多别人所不懂的事情，照习惯，他有那份权利，也正有那份义务，就来作诗了。”

“可是，诗人虽处处象傻子，尤其是在他解释一切、说明一切、形容一切时，所用的空虚夸大的字眼儿，所说的空话，不是傻子谁能够那么做？不过若无这些诗人来写诗，这世界还成什么世界？”

“眼前我们就并不需要一个诗人，也并不需要诗。”

“以后呢？假如以后我们要告给别一个人，告给一百年一千年后的人，怎么样？”

蒲静回答说：

“照我说来若告给了他们，他们只知道去读我们的诗，反而不知道领会认识当前的东西了。美原来就是不固定的，无处不存在的，诗人少些，人类一定也更能认识美接近美些。诗人并不增加聪明人的智慧，只不过使平常人仿佛聪明些罢了。让平常人都会附庸风雅，商人赏花也得吟诗填词，军人也只想磨盾题诗，全是过去一般诗人的罪过。”

仪青说：

“我们不说罪过，我们只问一个好诗人是不是也有时能够有这种本领，把一切现象用一组文字保留下来，虽然保留下来的不一定同当时情景完全相同，却的的确确能保留一些东西。我还相信，一个真的诗人，他当真会看到听到许多古怪东西！”

蒲静微笑把头点着，“是的，看到了许多，听到了许多。用不着诗人，就是我，这时也听到些古怪声音！”

黑凤许久不说话，把先前一时在路上采来的紫色野花，挼碎后撒满了仪青一身，轻轻的说：“借花献佛。真是个舌底翻莲的如来佛！”

仪青照例一同蒲静谈论什么时，总显得又热情又兴奋，黑凤的行为却妨碍不了她那问题的讨论。她问蒲静：

“你听到什么？”

蒲静把散在石上的花朵捧了一捧撒到小女孩子仪青头上去。

“我现在正听到那株松树同那几棵高高的槐树在讨论一件事情，它说：‘你们看，这三个人一定是些城里人，一定是几个读书人，日光下的事情知道得那么少，因此见了月亮，见了星子，见了落日所烘的晚霞同一汪盐水的大海，一根小草，一颗露珠，一朵初放的花，一片离枝的木叶，莫不大惊小怪，小气处同俗气处真使人难受！’”

“假如树木有知觉，这感想倒并不出奇！”

“它们并没有人的所谓知觉，但对于自然的见识，所阅历的可太多了。它们一切见得多，所以它们就从不会再有什么惊讶，比人的确稳重世故多了。”

仪青说：“我们也并不惊讶！”

蒲静说：“但我们得老老实实承认，我们都有点儿傻，我们一到了好的光景下面，就不能不傻，这应当是一种事实。不只树木从不讨论这些，就是那些为社会活着为人类幸福生活奋斗的人，也不会来作这种讨论！”

仪青说：“这不是宣传社会主义的地方。你说你懂松树的话，难道你就不担心松树也懂你的话吗？你不怕告密吗？”

因为仪青在石上快乐的打着滚，把石罅小草也揉坏了，黑凤就学蒲静的神气，调弄仪青说：

“我听到身边小草在埋怨：哪里来那么多不讲道理的

人，我们不惹她，也来折磨我们！只有诗人是这样子，难道蹂躏我的是个候补诗人吗？”

“再这么说，我要使出点威风了！”仪青把手向黑凤扬起。“我盼望××先生再慢来些，三天信也不来。”

××是黑凤的未婚夫，说到这里，两人便笑着各用手捞抓了一阵。因为带球形的野花宜于穿成颈圈，仪青挣脱身，走下石壁采取野草去了。

到后蒲静却正正经经的同黑凤说：

“我想起了一件事情，我想起一本书。××先生往年还只能在海滨远远的听那个××姑娘说话，我们现在却居然同你那么玩着闹着了。我问你，那时节在沙上的你同现在的你，感想有什么不同处没有？”

黑凤把蒲静的手拉到自己头上去轻轻的说：“这就不同！”她把蒲静的手掌摊开覆着自己眼睛。“两年前也是那么夏天，我在这黄昏天气下，只希望有那么一只温柔的手把我的脸捂着，且希望有一个人正想着我，如今脸上已有了那么一只手——”

蒲静轻轻的说：“恐怕不是的。你应当说：从前我希望一个男子想我，现在我却正在想着一个男子！”

“蒲静，你不忠厚。你以为我……他今天还来了两个信！”

“来信了吗？我们以为还没来信！××的事情怎么样了？”

“毫无结果。他很困难，各处皆不接头，各处皆不知道××被捕究竟在什么地方。他还要向学校请假四天，一时不能回来！”

“恐怕完事了，他们全是那么样子办法。某一方面既养了一群小鬼，自然就得有一个地狱来让这些小鬼找点事情做的。”

黑凤大约想起她两年前在沙上的旧事，且想起行将结婚的未婚夫，因事在南方冒暑各处走动的情形，便沉默了。

蒲静把手轻柔的摸着黑凤的脸颊，会心的笑着。

仪青把穿花串的细草采回来了，快乐而兴奋，爬上了岩石，一面拣选石上的花朵，一面只是笑。

黑凤说：

“仪青，再来辩论一会，你意思要诗，蒲静意思不要诗，你要诗的意思不过是以为诗可以述说一切，记录一切，但我看你那么美丽，你笑时尤其美，什么现代诗人，有本领用二三十个字，写成一首小诗，可以把你这笑容记下？”

仪青说：“我以为用文字写成的诗若不济事时，用一串声音组成的一支歌，用一片颜色描就的一幅画，都作得到。”

蒲静说：“可是我们能画么？我们当前的既不能画，另一时离远了还能画什么？”

黑凤向蒲静说：

“你以为怎么样合宜？你若说沉默，那你不必说，因为沉默只能认识体会，并不能保存我们的记录。”

蒲静说：

“我以为只有记忆能保存一切。一件任何东西的印象，刻在心上比保存在曲谱上与画布上总完美得多，高明得多……”

仪青抢着说道：

“这是自然的事。不过这世界上有多少人七窍玲珑的心，能够保存美的印象？多数人的遐思默想，都得耗在生活琐事上和职务上去，多数人只能记忆一本日用账目，或一堆上司下属的脸子，多数人都在例行公事同例行习惯上注意，打发每个日子，多数人并不宜于记忆！天空纵成天挂着美丽的虹，能抬起头来看看的固不乏其人，但永远低着头在工作上注意的一定更多。设若想把自然与人生的种种完美形式，普遍刻印在一切人心中去，不依靠这些用文字、声音、颜色、体积所作的东西，还有别的办法？没有的，没有的！”

“那么说来，艺术不又是为这些俗人愚蠢人而作的了么？”

“决不是为庸俗的人与愚蠢的人而产生艺术，事实上都是安慰那些忙碌到只知竞争生活却无法明白生活意味的人而需要艺术。我们既然承认艺术是自然与人生完美形式的模仿品，上面就包含了道德的美在内，把这东西给懒惰庸俗的人虽有一时将使这世界上多了些伪艺术作品与伪艺术家，但它的好处仍然可以胜过坏处。”

蒲静说：

“仪青小雀儿，我争不赢你，我只希望你当真成个诗人，让上帝折磨你。”说后又轻轻的说：“明年，后年，你会同凤子一样，把自己变成一句诗，尽选字儿押韵，总押不妥贴，你才知道……”

晚风大了些，把左边同岩石相靠的槐树枝叶扫着石面，黑凤因为蒲静话中说到了她，她便说：“这是树的嘲笑。”且说：“仪青你让蒲静一点。你看，天那边一片绿云多美！且想想，我们若邀个朋友来，邀个从来不曾到过这里的人，忽然一下把她从天空摔到这地面，让她对身边一切发呆，你想怎么样？！”

仪青学了蒲静的语气说：“那槐树将说……”

“不要槐树的意见，要你的意见。”

仪青业已坐起来了些时节，昂起头，便发现了星子，她说：

“我们在这里，若照树木意见说来，已经够俗气了，应当来个不俗气的人——就是说，见了这黄昏光景，能够全不在乎谈笑自若的人，只有 ×× 女士好。×× 先生能够把她保出来，接过来，我们四个人痛痛快快玩个夏天可太好了。”

“她不俗气，当真的。她有些地方爽朗象个男子，有些地方男子还不如她！”

仪青又说：

“我希望她能来。只有她不俗气。因为我们三个人，就如蒲静，她自己以为有哲学见解反对诗，就不至于为树木所笑，其实她在那里说，她就堕入‘言诠’了。”

蒲静说：

“但她一来我想她会说，‘这是资本主义下不道德的禽兽享乐的地方。’好象地方好一点，气候好一点，也有罪过似的。树木虽不嫌她如我们那么俗气，但另外一种气也不很雅，也够人受。”

仪青说：“这因为你不认识她，你见过她就不会那么说她了。她的好处也就正在这些方面可以看出。她革命，吃苦，到吴淞丝厂里去做一毛八分钱的工，回来时她看得十分自然，以为既然有多少女人长年在那里去做，自己要明白那个情形，去做就得了。她做别的苦事危险事也一样的，总不象有些人稍稍到过什么生活里荡过一阵，就永远把那点经验炫人。她虽那么切实工作，她如果到了这儿来，同我们在一块，也会同我们一样，为目前事情而欢笑。她不乱喊口号，不矜张，这才真是能够革命的人！”

黑凤因为蒲静还没见到过××，故同意仪青的说明，且说：

“是的，她真会这样子。她到这儿来，我们理解她，尊敬她那份稀有的精神。她也能理解我们，同意我们。这才真是她的伟大处。她已经很出名，事情又做得多，但你同她面对面时，她绝不会让你感到压迫。她处处象一个人，却又使你们爱她而且敬她。”

蒲静说：

“黑凤，你只看过她一面，而且那时她是……”

“是的，我见她一面，我就喜欢她了。”黑凤好象有一个过去的影子在心头掠过，有些害羞了，便轻轻的说：“我爱她，真是的。革命的女子性格那么朴素，我还不见过第二个！”

仪青就笑着说：

“她说你很聪明很美！”

“我希望她说我‘很有用’。”黑凤说时把仪青的手捏着。

“这应当是你自己所希望的，”蒲静说，“你给人的第一面印象实在就是美，其他德性常在第二面方能显出。我敢说 ×× 先生对于你第一面印象，也就同 ×× 女士一样！”

黑凤带着害羞的微笑，望着天末残余的紫色，“我欢喜人对于我的印象在美丽以外。”

仪青说：“我本来长得美，我就不欢喜别人说我不美。”

蒲静说：“美丽并不是罪过。真实的美丽原同最高的道德毫无区别。你不过担心人家对于你的称赞象一般所谓标致漂亮而已。你并不标致艳丽，但你却实在很美。”

“蒲静，为什么人家对于你又常说‘有用’？为什么她们不说我‘有用’？”

蒲静回答她说：

“这应当是你自己的希望！譬如说，你以为她行为是对的，工作是可尊敬的，生活是有意义的，应当从她取法，不必须要她提到。至于美，有目共赏……”

“得了，得了，我们这些话不怕树木笑人吗？”

晚风更紧了些，全个树林皆刷刷作响，三人略沉默了一会，看着海，面前的海原来已在黄昏中为一片银雾所笼罩，仿佛更近了些。海中的小山已渐渐的模糊，看不出轮廓了。天空先是浅白带点微青，到现在已转成蓝色了。日落处则已由银红成为深紫，几朵原作紫色的云又反而变成淡灰色，另外一处，一点残余的光，却把几片小小云彩，烘成墨黑颜色。

树林重新响着时，仪青向蒲静说：

“古人有人识鸟语，如今有人能翻译树木语言，可谓无独有偶。只是现在它们说些什么？”

蒲静说：

“好些树林都同声说：‘今天很有幸福，得聆一个聪明美丽候补诗人的妙论。’”

仪青明知是打趣她，还故意问：

“此后还有呢？”

“还有左边那株偃蹇潇洒的松树说：‘夜了，又是一整天的日光，把我全身都晒倦了！日头回到海里休息去了，我们也得休息。这些日子月亮多好！我爱那粒星子，不知道她名字，我仍然爱她。我不欢喜灯光。我担心落雨，也讨厌降雾。我想想岩石上面那三个年青人也应当回家了，难道不知道天黑，快找不着路吗？’可是那左边瘦长幽默的松树却又说：‘诗人是用萤火虫照路的，不必为她们担心。’另一株树又说：‘这几天还不见打了小小火炬各处飞去的夜游者！’那幽默松树又说：‘不碍事，三个人都很勇敢，尤其是那个年轻的女孩子，别担心她那么美，那么娇，她还可以从悬崖上跳下去的！’别的又问：‘怎么，你相信她们会那么做？’那个就答：‘我本不应当相信，但从她们那份谈论神气上看来，她们一定不怕危险。’”

仪青说：

“蒲静，你翻译得很好，我相信这是最忠实的翻译。你既然会翻译，也请你替我把话翻译回去，你帮我告那株松树（她手指着有幽默神气的一株），你说：‘我们不怕夜，这里月亮不够照路，萤火虫还不多，我们还可以折些富于油脂的松枝，从石头上取火种，燃一堆野火照路！’”

黑凤因为两个朋友都是客人，自己是主人，想家中方面这时应当把晚饭安排妥当了，就说：

“不要这样，还是向树林说再见吧。松树忘了告给我们吃饭的时间，我们自己可得记着！”

几个人站了起来，仪青把穿好的花圈套到黑凤颈上去，黑凤说：“诗人，你自己戴！”仪青一面从低平处跳下岩石，一面便说 :“诗人当他还不能把所写的诗代替花圈献给人类中最完美的典型时，他应当先把花圈来代替诗，套到那人类典型头上去！”因为她恐怕黑凤还会把花圈套回自己颈脖上来，平时虽然胆子极小，这时却忘了黑魆魆的松林中的一切可怕东西，先拔脚跑了。

他们的住处在山下，去他们谈笑处约有半里路远近，几个人走回所住的小小白房子，转到山上大路边时，寂寞的山路上电灯业已放光。几个人到了家中，洗了手，吃过饭，谈了一阵，各人说好应当各自回到住所那间小房中去作自己的事情。仪青已定好把一篇法文的诗人故事译出交卷，蒲静准备把一章教育史读完，黑凤则打算写信给他的未婚夫，询问 ×× 方面的情形，且告给这边三个人的希望，以为如果 ×× 出来了，务必邀她过海滨来休息一阵，一面可以同几个朋友玩玩，一面也正可以避避嫌，使侦探不至于又跟她过上海不放松她。又预备写信给她的父亲，询问父亲对于她结婚的日子，看什么时节顶好。她们谈到各人应作的事情时，并且互相约定，不管有什么大事，总不许把工作耽误。

蒲静同仪青皆回到楼上卧室里去了，黑凤就在自己房中写信。信写好后，看看桌上的小表，正十点四十分，刚想上楼去看看两个人睡了没有。门前铃子响了一阵，不见有人开门，就走去看是谁。出去时方知道是送电报的，着忙签了个字，一个人跑回房去，把电码本子找到了，就从后面起始译出来。电报是 ×× 先生从南京拍来的，上面说“×× 已死，余过申一行即回。”把电文翻完，又看看适间所写的信。黑凤心想：“这世界，有用的就是那么样子的结果！”

她记起了 ×× 初次过 ×× 学校去看她的情形，心里极其难过，就自言自语说：“勇敢的同有用的好人照例就是这样结局完事，于是剩下些庸鄙怕事自足胡涂的……”又说：“我不是小孩子，我哭有什么用？”原来这女孩子眼睛已红了。

她把电报拿上楼去，站在蒲静的卧室外边，轻轻的敲着门。蒲静问：“黑凤，是你吗……”她便把门推开走到蒲静身后站了一会儿，因为蒲静书读得正好，觉得既然这人又不曾见过 ××，把这种电报扰乱这个朋友也不必，就不将电报给蒲静看。蒲静见黑凤站在身后不说话，还以为只是怕妨碍她读书，就问黑凤：“信写好了没有？”

黑凤轻轻的说："十一点了，大家睡了吧。"

心中酸酸的离开了蒲静的房间，走到仪青房门前，轻轻的推开了房门，只见仪青穿了那件大红寝衣，把头伏在桌子上打盹，攀着这女孩子肩膊摇了她一下，仪青醒来时就说：

"不要闹我，我在划船！我刚眯着，就到了海上，坐在三角形白帆边了。"等一等又说："我文章已译好了。"

"睡了吧，好好的睡了吧。我替你来摊开铺盖。"

"我自己来，我自己来。你信写好了吗？"

黑凤轻轻的说："写好了。你睡了，我们明天见吧！"

"明天上山看日头，不要忘记！"

黑凤说："不会忘记。"

因为仪青说即刻还要去梦中驾驶那小白帆船，故黑凤依然把那电报捏在手心里，就离开了。

她从仪青房中出来时，坐在楼梯边好一会。她努力想把自己弄得强硬结实一点，不许自己悲哀。她想："一切都是平常，一切都很当然的。有些人为每个目前的日子而生活，又有些人为一种理想日子而生活。为一个远远的理想，去在各种折磨里打发他的日子的，为理想而死，这不是很自然么？倒下的，死了，僵了，腐烂了，便在那条路上，填补一些新来的更年青更结实的人，这样下去，世界上的地图不是终究就会变换了颜色么？她现在好象完了，但全部的事业并不完结。她自己不能活时，便当活在一切人的记忆中。她不死的。”

她自己的确并不哭泣。她知道一到了明天早上，仪青会先告她梦里驾驶小船的经验，以及那点任意所为的快乐，但她却将告给仪青这个电报的内容，给仪青早上一份重重的悲戚！她记起仪青那个花圈了，赶忙到食堂里把它找得，挂到书房中 ×× 送她的一张半身像上去。

一九三三年六月，于青岛

一个天才的通信

编者序

从今天起，这书上的“天才”死去了。

这一本书上面的文字，原是一塌胡涂，没有秩序段落也没有结构故事，譬如画，既不是线也不是色，却只是一些点，一些点儿当然不会成为佳作，也不消说了。然而死者似乎这样想过：在认识这死的“天才”的人读来，是可以从一种胡言谵语中找出一些东西的。因为这上面没有别的好处，却不缺少一个害热病的死前一月来近于疯狂的人心的陈列。世界上总还有好奇而又胆大的人，看一本书并不就想在这一本书上得一批有用知识与趣味滋补，这样人，可以配说是作者本书的献纳人。

死者是终于照到他自己预定那办法，用碎镜的锋刃把腕脉一断，流了一床的血死去了，这消息并在此作一报告。

六月末日

第一封信

先生，我答应你的事我必定做到。我想起我自己说过这话，所以这时坐到桌边了。我应当这样坐三点钟或者再久一点，这事情必定可以办完。我心里实很不自在，而且坐到这里也显出非常狼狈。这是早上，时间应当是八点，或者七点多，如今天气不同，当真太容易天亮了。我看到日头白白的照到对窗的红墙上，看到蚊虫飞，听到麻雀叫，鸡叫，人力车的喇叭叫。这时车在街上跑，大概是送学生上学了。我又想起绑票的事，据说这时也有绑票匪为转票改地方坐车到处跑的。今天天气必定很热，我坐在这里虽然有风，到下午一定是大家全得出汗的。我说“大家”你们或者还不明白吧，我是说我同我母亲，妹妹，哥哥，四个人的事。四个人都得流汗，昨天就是这样过了。到六月可不知还应当如何吃亏。这有什么办法呢，天气热，房子小，虽然承你们好意告给我社里可以让我作一个通信员，随便写什么，只要不批评政府，不乱说做官的坏话，都得为我设法，把两块钱一千字算数。而且不把空处除掉，不把标点除掉，一总算钱。我无时无刻不觉得你们对我的好意，家中人谈到这个事时是同样并不悭吝过从心上发出的感谢的。可是这有什么办法呢？作兴你们一个月登载我三万字，许可我从支单上拿六十块钱，但我有什么方法可以搬一个家或者把生活整理一下呢？我们是四个人呀，并且是四个都有病的人。这个人咳完了那一个人又咳。夜里是仿佛警备什么总有一个人失眠的。今天那作哥哥的买菜不成，因为眼睛发肿，睡倒了。做母亲的倒在床上看书。但我不必回头也知道这个上年纪了的好人是在打算别的事情的。我从十天前起每早上晚上总得流一次鼻血。这血你是知道的，我在许多事上都提及，是长病，体力太衰弱了时，太穷了时，有这些纠缠到身上心上，血就很有理由的流了。如今自己不是无理由流血的。我的妈，见到这个事情了。要瞒也瞒不去。她因为这样也就很有理由来忧愁了。我尽这上年纪的人忧愁，也不说话，也不找话去安慰那可怜的心。我知道我的行为是无用处的。她看透了人事，一个有过五十多岁的人，三十年来把人生的灾难全接到手上过，她并不是可以用好话哄哄的小孩子了！就是小孩子，我那个妹妹，我告诉她，二哥的病并不要紧，过一阵什么书店想起了二哥，为寄一点钱来，二哥的病马上就好了。她也不会相信！我看到许多回数这小孩子就无理由的哭。她只借故说心中不爽快，小孩子，哭是应当的。不过一个十六七岁的姑娘，没有委屈，凭空哭，常常用流眼泪过日子，是为什么事？她看到上年纪的咳嗽，看到一面还把棉花塞到鼻孔里一面就在写文章的哥哥，走到另一个房间去，又见到一个躺到床上的大哥，她不哭哭怎么能把日子混过。若是我能够哭我也将成天学这个人了。我没有眼泪，也没有哭的需要。我是在这里硬起脊梁生活的一个人，一切要我，许多事非我对付不行，要想哭哭，也象把这空暇失去了。我并不觉得我这一家情形可怜可哀，有时倒只感到好笑。天气这样热了，不客气的逼着我们一家了，我自己是到了夜里把汗衣同袜子洗好，晒干以前无法出门的情形。咳嗽呀，流血呀，哭着嚷不爽快呀，一家还是活下来。另一面还有朋友们来问我借一点小款，虽然互相苦着脸摇头分手，心中抱歉万分，说不定这朋友还生着不必生的气走去。我想到的是我将用什么方法来使我这血莫再流下去。单是莫让这血给家中人见到，也就很好了。我是无权利在自己的病上增加家中其余几个人苦恼的。我愿意别的方面更损失一点东西，只要这血不再从鼻孔中淌出。神前要是可用贿赂请求，我愿意许愿，这愿心无论如何我总得设法了销。我并不在任何时逃避了灾难，可是为其余的人着想，虽然我应当接受穷，却想推辞这病了。到没有办法的情形下了，或者我真只有逃去一个办法。我不先来想象我走去以后这一家人的纷乱，仍然不能把这逃走勇气提起。自杀也不行。我是还应当把命运扔给我的一切，紧紧拿在手上，过着未来许多日子的。我还应当看许多世界上的事情。我还应当把流血与类乎流血的事苦恼到家中几个人，同时也望到家中人的病废情形度一些岁月。

有时，得到什么地方来信，或送一点钱来，家中人全有了生气，我也有向家中人扯谎的方便了，就说：“过一阵，总有书铺来问稿子的事罢。”“过一阵，我们也总能够得到一点钱做路费回到乡下去住罢。”日子过去了。都做不到。小至如每一月对付得上海的房租火食过去，也象是做不到。虽然说你们社里就答应了我三万字的通信，只要有文章，通融一点，不加挑选的把六十块钱的支单附还，可是这三万字我如何能够写完？把我的鼻血滴到这纸上，一滴血是不能使你们承认的一个字的。血一流去，我的力，我的其他全完了。虽然你们那么慷慨的说过不拘写什么全行，但我若是成天写流鼻血，咳嗽，眼睛痛，流汗，麻雀叫，你们看来是要慷慨也不行的。读你们杂志的人有多数是盼望大名人来一点小巧讽刺文章，开开心，有少数是愿意我写一点《雨后》之类小说。你们不希望知道我的生活的一切，他们更不希望知道这个。凡是花钱买杂志的人，一概是不能把钱花到无聊文章上面的，我写这些，会使许多有道德的生活健康思想清楚的年青人生气。他们是有理由对我所写的文章生气而对编者加以一种责难的，因为他们似乎觉得若果人的生活是如此，这平凡病痛的自暴是不可容忍的丑事。我说到我自己仿佛就侮辱了他们，说到自己的情形仿佛更侮辱了社会全体与整个艺术。就是这样通信，里面没有革命故事，没有恋爱故事，甚至于连供人模仿抄袭的假天才议论也没有，我明白，这无论如何是将增加一些对艺术过于热心了的人愤怒的。在另一时，我把文学同生活放在一块，就有人因正义与尊严，在言谈上指摘过我的文章，虽然这些人是吃点心过日子的人，所有的议论不是胡说八道也总不缺少广东茶点气味，一个有眼睛的人决不至于上当相信，不说也可以了。（总之他们是天才，我是从不曾想到与天才为难的事过，我对于他们也没有那些感想，没有牢骚。）我没有对你们说谎的必需，这时我实在也不会想到其他人的议论的。我知道有些人吃过东西不说话是不行的，我如今是又近于为他们找说话机会了。我一面这样写下我自己的目下情形，一面是并不忘记你们所允许我两块钱一千字那个大数目的。这时使我这可笑的一家人获救，只是二十来块钱的事。我如今是不能在这时来特别看重我这身体的，当然将在今天胡胡涂涂写一万字。失去了你们拿这通信为杂志向外宣传的机会，我只好先在此告罪了。不过假使删去一些不顺眼的地方，可以使你们方便一点，你们就这样做好了，不必你们怎样解释，我也不至于说话的。在我能改业以前，我正计算如何就能同你们把这生意做成很愉快的方法，虽说一切尽我，实在我还是一切尽你们。你不要，退回来，我也无办法。纵退下次也还得把文章寄给你们编辑先生过目，五年来的经验我已把一个作者的义务全学到了。在另一地方我还应当由人把题目写出，再来如题奋笔，这就是另一些人笑我的原因了。这笑是合理的。我自己也有时为这个好笑。我总想找出一个机会告给那些读过我小说而感到欢喜的人，明白我是在什么一种情形下把小说写成。倘若说我有权利使他们欢喜，自然我也有权利使这些人明白书店方面，对我“客气”到了什么地步。我感谢你们，由你们趣味命题，写成了快要到二十本小说，而这些小说居然有人爱读。我自然不去想，假若纯粹由我自己意见去创作，给人的又是些什么，我是不敢作这遐想的。在过去，凡是我自己的成分稍多一点的，你们就不要。试问，不要，我还有勇气写下去吗？我勇气纵不缺少，我不能让我家中人饿死，我自己又不能作别的事找钱，竟早象是为你们看得分分明明了。——我不写下去了，我得小心防止我鼻孔的血流到这纸上。

你们的编者读者，或者就有人可以把我这前面一句话当成笑话。因为这近于滑稽。这真是滑稽。一面流血，一面我仍然还得伏到这桌边写下去。我没有想到我应当写什么，你们又并不如其他杂志的编者那么会出题目，倒使我为难。我似乎只有写我这时节的感想。我为了这滑稽的生活的延长，莫名其妙的过了六年，其他完全不曾学到，倒把对于你们应当要好的客气学到了。你们向我称赞说“很有天才”，我不能不客客气气疑心这话完全是写广告的话。你们说我是“作家”，依我看，这名义上的利益倒是在你们的杂志。一个象样的刊物自然是要大作家或天才的，所以你们就随随便便把我也放在里面了。天才显然于我没有用处，其他名分也不能使我超凡入圣。我要的是你们答应我那个数目，莫脱空，所以我这时在这通讯上面，是扮着所谓小丑却不红脸的。虽然“精彩堂皇”是每一个读者所等待的东西，不过若公开的把一个小丑装扮到台上时，总仍然有那种无聊人鼓掌，从我这通讯上得到另外一样趣味。大约你们也就想到这里了。

先生，你试想想，我将对于我这通讯感到什么意味？我将感谢那些不吝惜精力的读者，还是应当卑视那些闲谈？我们都是呆子！没有文字，我们生活到这世界上，或者真有那所谓“精彩”出现罢。如今是人人全靠在文字上找到灵魂的依据，许多人是把生活趋就文字，不是用文字解释生活了。我在此仿佛是靠给人欢喜而写作的一个人。我觉得我与读者都是呆东西，只有你们与愚蠢相反。我们都以为自己隐瞒得好便是全人，所以小丑的自己摧残看来都很好笑。用文字装饰了自己，把人格涂了一层金，那类人我们便称为领袖，只这一点，人类的呆也就十足的出现了。

我为什么不去照那“完人”做着一切的事？想到这里我头昏了。我得睡，今早血又流得太多了。我不想它这样流，又没法制止。我合当好好躺到床上去，比我做工的时间还久，才有复元的希望。今天二十八，这一个月是三十一天，到了三十一晚上，我想或者在写这通信以外还可以写两个短篇小说。先生，这小说，我同其他文章一样，是永远保留那挑选权利给你们的，请你们到时去看，用得着，一块钱一千字也行，用不着，请求你晚一点退还。你们是全都知道我的弱点，故意与我为难我也无办法的，稿退不退还在你。我这样不知制止的写作，是为什么？我并不能在这类事业上发财。虽知道有些老板是因此已发了财的，我可又不能为他人发财着想而努力。我想应当使上年纪的人快乐一点，使我这家中几个人过一天安定日子。我同你们说，凡是我的书全印行了，定价也不贱，销路也不坏，但我除了在每一本书上零星得一百来块钱外什么也不知道，我总成天陷到无办法情形中，一面把文章写成一面还得拿一件穿不着的衣服去当，才能有钱把文章从邮局挂号寄去，大致是没有一个人肯信的。我也并不想要一个人对于我这不成样子生活难受，只愿意一切远处年青人，想象凡是广告上说的是作家，全都成天享福，出入赌场跳舞场，一到礼拜又赴会入席，间或还谈谈女作家作为生活消遣，这些才真是上海作家的生活！我的话若还需要补充，我还得设法到那些地方去一趟，不然我是说不出那详细情节的。

我的世界是灰尘。……单是灰尘，便把我一家的肺结核病培养得很好了。我将用什么方法把灰尘与其他同我离开？我的工作只使我与疾病接近，与幸福分手。在我身边，一切都无聊，我从不发现过一样使我倾心的东西。我脾气坏时除了打量如何更使自己受苦以外不作其他妄想。想起明天要给某处某处账项了，把笔提起，又同时记起“入选”的事，于是便写成一些为人所称道的文章了。我从不愿再把我印成书的东西再看一遍。就是这通讯，前面后面，将留着怎样矛盾的端倪，或者是不可免的事。落在我眼前的就是一串通俗的平常的字句。这时仿佛是有点着恼了，为了那上年纪的人的咳嗽，顽固的继续，似乎喉是被谁所扼，脸也发了赤。小妹把茶碗拿到另一房间去，茶杯掉到地上，从此只余一个茶盘了。眼睛发肿的那个哥哥低低的带着惋惜调子叹着气。鼻血滴到衣上的已成黑点了。这就是我的家庭琐事。这日子还不知将延长到何时为止。我一面在这样环境中呆下，一面还得抽出若干时间来感谢那使我活下的你们。我这话不是对你们生气。我没有理由生气。只能这样活，我就这样活下来了。就是这样毫无生气的活着，大概是不至于还搅着了谁一个向前的路吧。我从不敢在别人生活上加以讪诮，在目下，我心中最尊敬的，自然还是你们有权力可以支配稿件的先生们。

我头痛得不成样子，大约是血太流多了。说这个话不是要你们怜悯，不过你们觉得这是我向你们诉苦，而感到一种慷慨，我是无法来推辞这好意的。应告你们的是难得你们的同情，我这头还是要痛，血也还是要流，家中人也还是倒在床上不能起身。天气是已经象六月了。我想象在另一地方，总应当有不少作家，坐到电扇旁边看报谈天，或者一面吃冰果子一面在等候灵感。我是一面头痛一面还在这里写字的。这里所有的是产生一块钱两块钱一千字的一枝笔，与那不值价的头脑，单是流点汗算什么事。我不能因为头痛就放手的，应当睡也不许睡。家中人的疾病何尝不是应当请一个医生来看看？我这时向谁去说这是“应当”？没有文章寄去，谁能有这种胆量先尽我拿三十五十稿费没有？我可以凭信用或其他向谁告贷一个钱没有？若有三百块钱就可以把我的一家从苦楚中救出，我从什么地方可以凭空写出三十万字文章？我是真也应当这样设法把家中病人处置一下的，其他应当的事还更多，这时只是头痛是我所有的财产。要我再写下去我看到的是一把壶，这壶若是可当一点钱，我已早拿到了当铺估价了。我用手抹头手上就是汗。走动时则地板轧轧作响。远处是有法国兵吹喇叭。整个的无聊。艺术离别人若是一丈远近，这时离我大约相去十丈了。

先生，可是我不忘记你的大方的嘱咐。你告我是可以一块到两块钱一千字，且告我在月底将这通讯付排。你的话，说得那样诚恳，我如何好意思卸责。这是我的责任也是我的权利。只有你们是使我可以生活的，我怎么好意思借头痛把工作放下。你说的，有人也欢喜读我的文章，这事是不是真我可不能过问，我并不是为他们欢喜而写的，却是为你们的要不要而写的。这当然是真话。你们不是很有理由把我的稿费还缩少到五毛钱一千字吗？你们自然是对我太好了。我并不是不明白。先生，我说我是太明白一切了，所以我说的话反而暧昧，有时还容易得到误解。似乎我是在此一面涌着悲愤一面发着狂呓。若果你们在广告上说我疯狂，对于书籍的销路可以得到一点好影响，你们就这样办去，我既然不能否认我非得你们的稿费不行，自然也不能否认我是疯狂的。于你们方面有利益的事，我想中国此时的穷作者，都得无条件承认。我不敢承认的只是我的“天才”，然而当一个出版人同买书人谈到我“天才”时，他在那里计划赚钱的事，我仍然只好不作一声默然走去。

我这时用拳打我自己的头。这不高明的头脑，别的一事不能作，只能写点既不属于人也不属于己的事情，是引起了我的愤恨的。我想到你说的两块钱一千字的通讯，无论如何我将写足一万字。停了又写，写了又停，字还不到一半，我仍然还不放手。我又看看周围一切，发现了新的事情了。我的家中人在谈话了。那上年纪人笑了，因为妹无意中在衣袋里发现了一张一块钱的钞票。她们欢喜到比得宝物还欢喜。人穷了就是这样小气。我告给你们这小气处，大约是有些人也很想知道，以便拿来作嘲笑我这一家生活的张本的。我看过那票子，是中国银行的东西。我的欢喜并不比家中老幼为小。我是变成对金钱更小气了的一个人，连自己也是莫名其妙，忽然非常悭吝了。一块钱！那怕是五角，也总不坏！我常常因为图省俭，到处都是走路去的。我的哥更俭得可笑可怜，他从虹口到法租界，也走路。在另一时这个人却有名的豪放，作一张画得一百块钱不能留到第二天，但是，这是过去了，别人是只能见到他那小气的。未来，使我们一家全知道，得靠我写一块钱一千字的通讯，而这通讯的一千字至少还得流五十滴血，作着用血换钱的交易，全家那么小气，不为无因了。连做梦，我是也很少梦到身边有四十块钱的积蓄那样的事，这样的我，在什么地方可以看出天才，真为那些对我怀了好感的人奇怪！天才应当这样子吗？谁也恐怕不能轻于承认！很对不起，我疑心到天才只是值两块钱一千字的人一个题目罢了。

……

耽搁了一天。头痛到不能支持，所以睡了。天气热，睡到床上流汗。听那有年纪的断续的作咳，我想爬起到一个书店去借一点钱买一瓶药，也做不到。我不会把等候我的稿件付排这一件事忘却。我又勉强起来写了。但一个字却写不出，我就这样胡胡涂涂把日子度过一天了。

又是早上了。我不见到墙上的日头，因为没有日头。感谢天，这样知趣，也让我一家人稍稍能吐一口气。我同时还得感谢隔壁的一个木匠，若不是他那么用力的捶打板壁，我不会头脑发胀，也不会就想起这未完工的通讯了。

我说什么呢？天气好了一点。咳嗽的躺到床上眯了。眼睛肿的人还不醒。我的妹上学去了。我坐到这桌边。今天是二十八。这“天才”想起过三天以后的房租，莫可奈何的叹着气。我是没有方法可以把日子挽留的。日子来了，恐慌也来了，饥饿也来了，而病，却并不想匆促离开这一家。夜里听到咳嗽的人喉中发喘。曾悄悄爬起来披衣走到凉台上去看天色。满天全是星，胡同上灯光白白的照着成方格三合土的地面，一些小虫绕了灯来去飞。在那种时候我象悟了一点什么，我一时并不进房。我伏到石栏干上揣想另一个窗里另一人家的事。大致世界上人是有十分之九入梦了。这时在什么地方总还应当有一些人做着事情。我不知工厂中夜班是如何忙碌，但我想得到总还有些小房子里的学徒在一旁打盹一旁做事的。譬如铜匠，成衣人，印刷工人，他们大致是虽同我一样无从上床得到好睡，却忙碌到连想想自己是怎样一种生活也缺少空暇的。这些东西，身上是那么肮脏，走近人身边，总就有一种极难闻的气味，半月不洗一次脸，手上全是油腻同铁锈，头脑又是那么蠢到无以复加，不单是不能说一句精致的话，连一句平常话也讷讷说不出口，这也可以算做人吗？见了这些人我是不能不生气的。就是想想，我也不能制止我这愤恨。一样的用血同肉做成的身体，为什么就蠢到这种样子？……可是，我是不能再想了，我返到房中睡了。睡不着，我就听在另一房中我母亲的艰难呼吸，这声音完全象扯炉。我似乎是经过一点钟才睡去。

今天好了。天气不热。我说过这话两次了，大约还要说几次。一个天才的唠叨当然不是坏事。实际呢，你是告过我，“不拘什么都行”，我才这样把这通讯续下，到你们够用的字数为止。天气不好就得腐烂发臭，生蛆，全是可厌的事情，你们不止不愿意见，还不愿意提。可是我不想天气怎么行？我的一个兄弟这时正在湖北响枪炮的地方，他在革命，帮他们打仗，他学得是那一门手艺，会管理机关枪，这时说不定他就在那里腐烂自己腐烂别人。他来信说是无聊。我说，无聊也就这样下去吧，武装同志！我在这里，不也正是作着腐烂自己同别人灵魂的事业么？除了疾病，我得了些什么？我在春夏秋冬四季，用过一天的日子做自己要做的事没有？我能用春天或秋天好好的笑过一阵没有？我仿佛嗅得出我已经腐烂了的灵魂的气味，我说的话便等于作恶心与打嗝。我这时是在同谁作战？谁是我的敌人？生活打着我的右颊，我又用手拍打我自己的左脸，我就为这意义把这通讯写下来了。天气热了，我得流汗做事，哥哥得流汗作画，母亲得流汗咳嗽，我的妹得流汗到织袜学校去实习。我大约还得等待自己的妹把第一双袜子打成才能换脚上的袜下水。我这样说你们若认为与天才的话有所冲突，你们还是勾掉罢。不过无论如何我一面力避与你们所谓“政府抵触”，一面我是要想到“腐烂”“发臭”“生蛆”那些事上的。

……

又是一天，昨天写上那一点点就算了。昨天因为没有米了，没有烧饭的炭了，走到四马路一个主顾处去拿一点钱。信是四天以前送去，说过请他让我拿捌十块钱，象做好事，这个钱许我月底得到。办事人说不行。经理有话，说其他有人一个钱还不拿，这大约也应当是事实。据说这经理是只拿三十块钱月薪的，三十块这个数目还不够他打发汽车夫。经理是这样一种阔人，不消说认为不能拿钱给我是有理由了。所谓别人不拿钱的别人者，莫不身充教授院长，把我与教授院长同科，即饿死，也象应当的事了。告他们说这可不行，今天没有钱，就得挨饿，无论如何容忍，我也办不到空了肚子来等候同情的。并且挨饿的还不止我一个人。家中人虽病，还不成仙，饭是要吃的。这样那样说了还是不行。我呆站在那卖书地方有一点钟到一点半钟。看到人来买书，还有买我那些书的，他们从皮包里把钱掏出，这钱随即到了书店的柜台上去。大约因为我衣服穿得比这些十六块钱一月的人还不体面的缘故，买书人还以为我是本店徒弟，要我取书目给他们看。这些呆子！他们以为做一个上等人是穿几件好看衣裳的事情。他们还以为来到这些地方花三块五块钱，买一包为油墨所脏污的字纸，拿回寄宿舍去一读，就变了满肚知识，从此可以穿衣吃饭，到老无忧。舍得花钱的多读几本书的说不定还时时刻刻皆得到一种自足。所谓精神充实，所谓头脑健康，就算不是呆到无以复加的谎话。一些人买书，一些人赚钱，另一些人在旁边肚中空虚，所谓新文学运动扩张，意思就是把这关系更显明的继续维持而已。到后我自然是走出书店大门了，空手而来还得空手而去。我走出了大门就坐到那门前石磴上，象一个买小书的人的姿势坐下来望街。为什么这样办我也不明白，不过我并不是故意。凡是于书店有妨害的事我决不作，我不能尽他们叫一个警察把我当癫子赶走的。可是，我那时不坐下不行。从法租界走到望平街，我已经走倦了。我还在书铺站了一点钟。昨天又还流血。我只有在那门前稍稍休息。先生，我在那里是见到不止一个百个年青人到这里来买书！他们至少也有十分之九的人见到过我。但他们不会想到这个颓然坐到街旁的石磴上的人，就是你们所时时不吝惜齿牙称许的天才！有些人望我一眼，有些人望了我一眼还望第二眼，我不敢对他们笑，因为这个时候笑或哭都有让人疑我为发疯理由，把我拉到衙门去拘留的。大致我应当也坐了一点钟。先生，这个话是很可以相信的，我坐了一点钟，坐到使书店中人看来不好意思，一面怕妨碍了他们的营业，有一个熟人出来了。他告我这事情明天再来看看或者有结果。他们以为我是同他们生气，所以坐到大门前不走。这真怪事，我再不走可不行了。我走四马路过东新桥，路上有些地方已有灯放黄光，夜了。还不能走到家，我的鼻子又破了。

今天是三十了。天气又是使一家人流汗的天气。昨晚上幸得同住胡先生借了一块七毛钱，今早上，那上年纪的好人，悄悄的把所有头上的押发同妹的戒子，要娘姨拿去当了十块钱，直到把钱拿回时我才注意到母亲头上已换了那玉簪。那好人还安慰我说这总又可对付一阵，只要对付得下，或者仍然有救。这个话要老人来说，可想而知我这几天来的颓唐，怎样给了一家人的悒郁。先生，我虽然对一切不高兴，今天还是坐到现在，写你答应我的两块钱一千字的通讯！有钱吃饭了，钱多一点我们还得吃一点药，这自然于我一家人是极其相宜。我得象你们所说的“刻苦努力”，成为“大家”。“大家”对我显然没有用处，只是我想如果我的文章写得再好一点时，销路不坏，你们不愿意我饿死，出于良心做好事的机会将多一点。先生，我说这些话时我是没有一丝一毫牢骚的。我心很平静。我不是生气的时候。我说的完全是实在的话。我的野心建筑在生活的必需上面，在过去另外许多事上你们都可以看得出。我把我想到的话都说到，这是因为你告过我“不拘什么都行”，才有这样大胆。一个天才，据说大胆是不可少的事，但我的大胆给我的教训是各处碰壁，许多地方先是要天才帮忙，到后感到难于对付，所以完全拒绝了。我如今只是大胆的照你们吩咐行事。你看，这里不是已经将近有一万字了么？凡是名人他不会有一个字表示自己无用，他们对于如何防备落人把柄处，比如何真实从事于艺术还用心。我这一万字，却说了什么话！我就是那么生活下来的一个人。我的思想，我的脾气，以及我对于艺术的见解就只是如此如此。“一个天才”，你们居然这样慷慨在每一次信上每一次介绍上都那么说，如果天才还得另外做一些平常人不能做的事，譬如向你们用韵语恭维，颂祝你们健康一类事，大致这天才也不会摇头推辞的。

先生，虽然你答应过我，数这通讯的字数是空格也可以在内，这里已经是一万字了，但我得再写一点，作为“补水”。我不是说笑话，这虽不是你们的利益，我仍然不好意思不多写一点。横顺在你们看来，我的文章是那么容易生产，那么不知节制，多写并不象难事。多写了鼻子又得流血是真事，可是不流血就拿钱，也象太不成话了。我很明白，有些人你们就看到他流血也不能把两块钱一千字这样大价钱给他的。我说我今天还得到那个书店去，或者还得站一点钟，坐一点钟。在这通信发表以前，我是有权利可以坐到那书铺门前看街的，因为谁也不知道是谁，书铺中人则大家见到这样子还正好笑。到这通讯一发表，我恐怕不能再到那地方去了。他们可以赶我，或叫巡捕抓我。他们乘此更一钱不给，我无法同谁争持。

今天似乎格外热，你们想，我老远走去，到了那里，很可怜同他们说一些好话，请他们打一个电话同那身在大洋行里办事的经理说说，回头就站到那地方候信。再过一会，消息渺然。无法了，我就坐到那书铺门前阶石上仰望过路人的上身，或俯视在水泥道上走动的人、车、马的脚。这天才的行为我想当然可以给一些上等人开心。为了不甚相信，为了好奇，为了自己太与此等生活离远，必定有些人来买你们杂志以后还走到上海四马路去看热闹，在人群中去发现这一类事。先生，我是不是因这些还应故意到马路上去闲荡一礼拜？夜里听到咳嗽的咳嗽，呻唤的呻唤，我无权利安睡一个时刻。我是家长，无从偷懒。夜里既不能睡，这时可不济了。我一面想到这生意是难得的一次，疏忽了以后生活即成为一大问题，笔一提起可仍然又放下了。我的头为“流血”“失眠”“着急”等等闹空了。悄然的死去在我应当是一种幸福。我不厌世，不至于为加到我头上的小小不幸作童养媳受屈以后的自杀。我一切看得分明。我愿意死了，只是疲倦。眼倦了，口倦了，手也倦了。思想更倦于集中某一件事。先生，你可以告我，如何于你们社里有利益，我试来照办，因为唯独你能答应给我那么通融，出大的价钱却买不挑选的稿子。

先生，天气热，窗外有太阳，麻雀就在太阳下叫得很热闹，我这时在奇怪这些东西为什么有这吵闹天才！又有小孩子哭，又有打锣吹号的过身。至于我家中人呢，这时我的妈正伏在床上呕血，妹躲到一旁流泪，我泰然坦然坐这里补足我这通讯的字数。我家中的事我并不看得是另一世界的事；这个也很平常。另一时，我或者也会为我这镇定而大大的惊讶，但我若是同时能记起你们告我月底就要文章而另一意义是文章一来就可以得钱，就不至于觉得我性情可怪了。我这时不放下笔去照料一下我那妈，恐怕是不行，所以第一次通信到此不得不结束了。

先生，我心上抱了歉来向你说我只能寄这点却要二十块钱。承不承认自然还是在你，我决不能与你为难，这是晓得的。我一时是不会死的，家中人也自然还可以延一些时间。夏天接着春天而来，秋天又在那里等候交代，日子推迁，总不能把我变成两样的人。我将永远把感谢存在心上，对你们作编辑作老板的人说那各式各样为你们所欢喜听的话。只要有人愿意要我的通讯。我或者一面用左手抵自己流血的鼻孔，一面用右手能写出很闲适潇洒的通讯。先生，许不许可我在这里顺便提一提今天是五月三十，为英国人在中国地方杀死许多中国人的一天？我是知道中国的当家人已同别人讲了和，对于英国感到愤恨只应当是共产党，而纪念也是共产党人的事。可是我不过顺便提一提罢了，我是很明白在中国杀死一万人也不能算数的，中国原来不只有四万万人。

第二封信

先生，你的信我读了。我谢谢你，言语的大量比稿费多到五倍，这个当然也是难得。你们告诉我上一次那通信只能作八千字算数，我不争持。这是小事情。我那里应当为这些小事情生气？完成一个天才是“奇变”，这应当对的。可是，我的奇变是些什么？你们意思是我这样还不行，顶好是尽我家中人死去一个，或者眼睛有病就索性瞎去，这奇变就成就我了。我不要这天才的完成！并没有人敢担保因此一来我的稿费可以提高到三块钱一千字，我是不能尽这奇变来到的。就是有担保，我也还得打量打量。

你们既然说第一次通信很好，我就这样同你们作几次生意罢。这几日来我头脑胡涂，想不出什么好事。我只想如果这“奇变”把我也放在内里，譬如说，要死罢，一家人全死，我看这个事于我是一种幸福，于你们也不为损失的。你们不要信别人的话，以为我的通信太容易写了，就觉得不减少稿费可不成事体。就是一块钱一千字我自然也得答应你们，一家没有钱如何能生活？只是我并不敢胡乱写下的。我制定了写三万，所以今天又来动手写。

你们说，愿意我鼻上的病早好。可以告你们，请放心，血今天已不流了。若这个病再不客气的流下去，这所谓“奇变”，真会轮到我头上来的。若是死者是我，请想想，这事情如何结局。我不能先死这事是不必解释的。若一定是这样办，这将成为一个出版家方面的累赘。我家中还有病人，到那时虽然并不是谁就应当帮忙，但这好歹是累赘。有些好事口滑的人，也可以说着，“这是出版家老板们用苛刻的办法逼死了作者”这样谣言。谣言虽是谣言，倘若没有那生植谣言的根基，大家是可以痛快的睡觉赚钱的。你们愿我病好这应是真心！我谢谢你们。我也感谢天，他并不把我引到完全绝望的路上去。我一面消极的无法振作，另一面总仍然是要想方设法救救这一家。虽然一年长病，也仍然还找得出理由活到这世界上一小地方！倘若我们这一家是住到中国一个内地极不开化的乡下，无意中被天灾人祸死去一个两个，自然除奇怪命运以外没有话可说。如今我是住到租界上。租界上是凡为中国的国粹如象赌博，吃烟，绑票……我说这个干吗？是我错了。你们嘱咐过我我又忘记了。说一点别的吧，别的也没有可说。但既然是论字计数，仍然来说我今天的情形罢。我不流血却头痛，痛得不成事体。我怕这就是一般人说的那脑脊髓炎。这时，一摇动，一起身走路，头就象炸裂。这东西我疑心它终有一天是要炸裂的。家里人并无一个知道我为什么不起床。我睡到比平常任何日子还晏才爬起，起来就又坐到这桌边来。坐到桌边做什么？先生，你七号要第二次通信的稿件付排，要一万字，我这时就在这里很可笑的作着你所差遣的事。我一面头痛难堪，一面仍然为那一万字的完成而愉快。我为什么不欢欢喜喜的来写这通讯？这时最适当的事不消说要一个医生来看看，花点钱，把衣解开，给医生听听肺，还摸一次脉，试试温度。真有脑炎征象了，再多花一点钱打一针。你们听到我这病大致也将有这一种提议。这真是一种很客气的提议。我没有钱，这事做不到。至少要十块钱，还得我自己到医院去挂号，等候一点或两点钟。若是这医生懂事，看得出我的性情，随随便便说一阵，又随随便便为我配一点吃来无益的药水，倒是好事。若果不马虎，一定要把我一身的病指出，且照着通常医生口吻，说出那吓人的话，不是要住院就是要静养一年半载，而且药方一开，一小瓶就是十块八块，药方一开不吃就象更加危险，我这本来无害于事的病，倒恐因此一来完全糟了。把负债同负病的两事尽我选择其一时，为了方便起见，我是只能加一点病不能再加一点债的。

因为头痛，我的思想感情更不行了。我仿佛同任何人皆不能成一完全的友谊。我又找不出一个真实的敌人。眼前一切的事都使我厌恶，却从不恶声对人对物加以申斥。到街上去时，我坐到公共汽车上，我看到满车的人皆觉无聊。在那些地方，你们是知道的，很有不少生长得好看，穿衣服称身，脸上充满了欢喜的年青人物，看到这些年青人物，我就在心上生气。我听人大声说话也有不愉快在心。我见人吵闹或笑骂都感到烦憎。似乎从什么地方听说过，疯狂有沉静的一种，我应当是属于这一型的。我这脾气并不是从头痛时起，却是很有了一些日子的。为追溯这来源，这应当说是出于天赋。似乎从我只能模糊记忆那孩童时，我对于逃学的习惯养成，就是基于那疯狂的因子的。到后是讨厌家乡的学校，作了一名预备兵了。再到后，还是不能在生活的轨道上作我那六块七毛钱的事，耐心等候如一般人的发财升官，我转到屈原远游所到的沅州作收屠宰税的小职员了。收税又无法继续，再到后我又转入到作一个师部的书记了。……一直到如今，我还是对眼前的一切全无好感。生活的转变的机缘，就全是我这以身体太坏为解释而发的疯狂做成的。我讨厌一切事情，却无力堂堂正正的把反抗旗帜举起。我觉得革命是必需的事，但革命家同革命文学家都使我头加痛。我不欢喜同人应酬，可是凡到我这里来的人，不拘是谁，收衣柜租钱的人也行，我总得同他谈一阵天，而且在谈论到什么时我就从不见出勉强。我决计把生活转变了，今天可还是在此写你们所要的通信。先生，在我无法解释我自己心行不能一致的纠纷时，我只能把你们所随便说的“天才”承认了。一个天才他应当同其他人完全两样，我无论如何同我另一时也完全两样的。在我的生活是求不出结论的。你们若还相信任何人生活都有一目的，那我这目的，是把我举起与生活分手，与世界绝缘。要是极幼稚的话也有供人讨论的一时，我可以告你们，我想到的只是杀一些人，这想象若是有了力量来帮助，我不能对我的胡涂加以怀疑的。然而人人是都有理由活到世界上的，我只不承认人人在有理由活下以外还有更好理由成天胡闹。所谓实行家就完全是一群无耻东西，成了伙去作着某一事，无耻与无用都是这些人格适当的赞语。那借了死去了的人与死去了的教训作着大骗子的人们，他们是脸上充满了愚而虚伪的光辉，成天各处跑动的。先生，这些我不是说那些做官大的人，你若一定要疑到我是说他们，你就执行你的权力把它删去罢。读文章的人是读半面就觉得好，全体看清就得失望的，删去这通信一半也并不算过失，你随时随处不应当把你的权力忘去，这才是一个好编辑。

先生，我头实在不行了。真要炸了。我实在愿意抄一点什么来补足这通讯字数。我的技能与其说是长于写作，不如说是长于抄录的。自然那些做文学论编讲义的人的功夫我一样也不能做，可是写字我是行的。一个有过六年司书生经验的人，你试去想想，应当是那一种耐心同那一种温驯？抄我没有可抄录的事，我睡下了。你们放心罢，这通讯决不是到此为止的。通讯的长短完全取决于你们。七号要稿付排，我不能因为头痛耽误你们杂志的出版！今天我且把这个放下吧。我并不愿意休息，完全出于无可奈何，这是有请读者明白必要的。

可是我怎么能好好的睡一点两点钟呢？这是白天。街上车夫全在流汗，无价值的奔跑，近于愚蠢的劳动。

我想到这一些，同时，为对窗的吵闹生了大大的气。所谓对窗其人者，说是个博士，似乎名片上也印得有一列长衔，但我明明白白知道，他是在法国做过几年华工归国的人物。做工原是可尊敬的事，但一个工人，一回国来就很雅致的印起博士的长衔，且居然就夹了大的黑色皮包到处上大学校去教课，作为绅士之一员，另一面，却把一“细君”留在家中，用大而高的嗓门与客人调笑；客人的模样又是“博士”，这就怪了。听到那些白脸长身衣冠入时的模范人物，同心协心联合大唱“毛毛雨”一类小女孩子所唱的歌时，我连在房中坐下的勇气也失去了。天气热是真的，不过另外一种热是我所不能抵挡的事，我只得出去。

我到了街上了。我坐在那个没有太阳晒到的路旁旧木桶上，望望街景。我仿佛是非常狼狈。我的头在作怪，非长久的坐下来沉默下来简直无办法。过路人似乎全好奇的对我注了意。我感谢他们，这些人中总不乏觉得我是很可同情的人物。我如果把帽子除下，翻转摆到面前，必定还有世界上所谓善人之流，不要我写诗，不要我写小说，也不要我写通讯，会慨然把钱扔给我一个两个的。

小孩子见我这情形，虽然还不曾把帽子取下，已就因为好奇不愿意走路了。他们围到我身边站了两个，见到我掏手巾拭脸，就以为是要取粉笔在地面写字了，好意的告我这里不许写那些求人告帮的字。我望到这两个小孩子好笑。我那里会这样做蠢事？当真要写什么，警察也不至说什么吧，我成天在这里附近徘徊，警察是已经与我认识得了。这时我记起那些专在大路旁写字告哀的人，这种人上海特别多，大致他们之中也就不缺少“天才”。先生，你觉得这街景有详细描画的必要没有？你凡事全尽我，我就不说什么了。我虽坐了两点钟，过路人不下一千两千，公共汽车以及其他载人载物车辆来往不绝，卖东西的全在一种沉闷下度着这初夏的午后。这地方，这些种种，只是整个的无聊。一切生命是在不知顾惜的情形下浪费。一切东西都因为热有瞌睡的趋势。虽然有麻雀在我坐的地方对面电线上打架吵嘴，看来南征北伐也并不比这个还认真，我仍然并不欢喜这些胡闹。我坐下，就把日子打发走了。我看到太阳从街中爬到对面墙上，我站起来预备回家。到了家我只听咳嗽，因为自己情形也显得十分颓唐，竟不敢到我妈的房中去看看。

先生，感谢你的惦念，那个老人并不再呕血了！咳虽咳，血不呕了。那眼睛痛的人还不能起床，他没有其他害目疾的人那种暴躁，我一回来见到他坐在床上，闭目不语，一个小的狭的瘦脸，一把瘦骨，脸色苍白得同一个蜡做的脸，如不是他那如扯小炉的呼吸，我几几乎以为这人是坐化了。我不作声，就坐到我的特有那张椅子上，看这个人在闭目养神的苦脸。我自己，却也是那么憔悴无生气。我找不出一点可以使我兴奋的事情做做。我因为在街上坐了半天，转来头似乎好一点了，望到桌上的笔，就又拿在手上。我也应当写一点大议论才是！一个“天才”，他不能就永靠这名义吃饭，事情是易明白的。我当然要作一点小说送到别处去，照到你们作编辑人的意思，用可笑的轻松文字，写一写我往年在军队中服务当差的故事，署上我自己姓名，附加上一种希望不大的按语，寄到我所熟习的地方去，我就静静的一面玩弄着日子一面等你们高兴时给我点钱。有了文章虽一时不会得钱，我还可以自慰慰人，也还可以向债户扯点无害于事的谎。要米钱，要报钱，人来了，气势汹汹无法抵挡了，我可以不红脸的说：“这是平常的事，照例是他们忘记了日子，不然那稿费早应送来了。”我这样说时我会觉得完全不是儿戏，真以为连向债户抱歉也不必的。先生，照你们意思，一个有天才的人写一万两万字是极容易的事，不许懒，就不至于挨饿。我大致应该说是太懒了。我如今就一个字写不下去。我起了若干的头，却没有供我下笔的东西。我将说我亲眼看见杀过一千人，大部分是用大的锋快的刀子砍头，小部分是用枪打脑壳把脑髓倾出为度。又有一些是花样翻新，破肚开膛把心肝取出示众。许多人是没有学过屠户，居然能把一个人处治得如老屠户杀猪一样顺手。还有用刺刀刳死逃兵，用火烧土匪的。但是我说这些准什么事？在另一些地方，不是成天还这样不断的热闹着么？这是可以夸口的事么？除了住南京，住上海租界，不是全都成天可以看杀人么？我说战争吧，这也是罔诞。大家从新的战争中过了日子多年，说这个只是无聊。我说饥荒，报纸上头号字载得是陕西甘肃每日饿死人两千，可是同一张新闻上特号字登载百龄机效果，背面则“开会行礼如仪”，天下太平。先生，凡事可以使你们吃惊的，如今全不容易引人惊讶了。我们都一同生长在这顶精彩的时代中，我们单是“看”就可以过这一生。一切事千变万化，一切事仍然全无差别，不头昏已就见出好汉。我今天得一个朋友从杭州来信，他说是他在为一个日报馆作着五毛钱一千字的文章，成天写，大约每月写到五六万字则一个人房钱饭钱就不难找到着落了。这个人他并不是天才，但他能够写得出这样多，无论如何是可以佩服的事。我是不行了，没有可写的东西。我纵有，自己的，只是头痛，流鼻血……鼻血流就得头痛。我说我自己的鼻子，说我哥哥的眼睛，说我其他家中人的咳嗽流泪，说来说去，与世无关，等于笑话。能够使读者找到笑话，这天才的通信意义就已完成了么？这缺陷的完成！

到近来，我的生活，就只是四堵墙。一个坐在四堵墙中央的人，久而久之是会到说自己也说不分明的一日的。我就每一天生点小气，走到街上坐一点钟，回来胡胡涂涂写一千字通讯，稍久因为头中空虚，吃一杯茶，再到咳嗽的人身边去，说点小谎，同时就仿佛把自己也谎过，再回头来苦笑，天色夜了。天才的培养是这样子做成，在我以前是无论如何也不至于想到的。先生，我这时只差一件事不做，我在这俨然绝路上还不曾当真吃过安神水之类。我成天看到《申报》社会新闻栏，总见到什么年青人，因无办法而背了人吃下过量的安神药水的事。这人真谨慎，同时总还不忘记留一封信给他家中人。看到那些信，我就觉得这些人还如此恋恋于生，实在是无须乎在生路上开这种大玩笑的。我若是有一天也这样作呢，我决不留一个字。纵写好了我也将烧去。就因为与人无关我才死，在死后还替这人那人设想，以及作自己羞耻的遮掩，在我是不作的。既这样决心向死的门迈步，为什么还想告人，这人死来真是太费事了。我若自杀，是连悲哀也不至于的。我不愿同你们在一块活到这世界上，我就死了。先生，你把我这个当笑话也是可以的，到一时，或者我将为否认我这“天才”，来作一种唯平凡人才能做的自杀而死的事情。我讨厌什么人也居然在世界上有声有色的活着，我也许就自杀。我爱了谁，唯恐我将来心会转一方向，为了这未来的恐怖，我也有理由自杀。如今是周围四堵墙，自杀的想象无可攀援，我看到咳嗽，眼睛痛，流泪，我心软如海绵，我要活了。我说这些话时我算定是没有一个人能懂我的。我自己也懂不了我自己许多。因为是你们说的，任我写些什么也不管，我的心，成为一匹马，跑到我所不知道的地方去是很平常的事。这时我写完一句就得伏在桌上一分钟，我是这样衰惫而又这样可笑的劳作。我这时想起我家乡的河，还有那个用它焚化字纸的塔。从塔上摔到水里，淹下去了，睡到河底石头上了，大的团鱼爬过我的身边来，我们纠缠在一块了——这是我的心。

身边的东西我都讨厌。那些血点，滴到地板上，成了黑色。那些纸，塞满了抽屉，没有一张写满一页。那些信，说到钱，只使我同时记起我的许多债务。那些肮脏而又凌乱的笔尖铅笔墨水瓶，使我想起我生活的无望。门前走过一辆车，我的心就为这车带去一部分。我听到敲钟，我就觉得那钟的打击每一下皆落在我的心上。我无时无刻不象需要睡眠，我半月来却不曾得到一次好睡。天气热了，天气热了，唉，天气热了，我实在不能支持了。我只想把头伏到桌子上。虽然明天我得将这通讯完成，我仍然得睡一会。我反对我自己结果，就是我讨厌那鼻血还得流一阵，先生，它一定要流，有了孔罅的地方，机会一来是不会放过的。这实在不能尽它放肆了，血太多了在我是讨厌的事，在别人则是好笑的事。把血流到这种事上，我已并不比一只鸡会有价值可言了。我休息一会，还得好好的有秩序的来写一件两件近于逗人打哈哈的故事，这第三次通信你们才有采纳的可能。我心里象有些污血在涌，需要呕去，我睡下稍待再说。

……

我睡过了，且把饭吃过了，又坐到这里了。坐到这里听隔壁划拳，划拳中夹以四川腔的女人音。这就是天才的生活。坐到了桌边，还没有动手，得到了信。这是喜事。信从远处来，很客气的也称了我一句“天才”，到后来，说到文章了，他们盼望我寄三万或四万字的文章，照一块钱一千字抽版税先支。我还以为只有在上海方面的人聪明，谁知远在福建地方开书店，也居然知道这种条件为与己无损的条件。一千字一元，四万字就先可以拿四十块了，这真是一个吓人的数目。我应当好好的把这交易谈妥当，我才能够活下去，这又是一个很可感谢的招呼。但是，先生，我不干。我这样直截了当的回了他们的信。我没有说出不干的理由。四十块钱给了另一个人或者还可以救活一个作者的性命，在给他们赚钱以外还同时作了一件功德。我如何能用第二个月预许的稿费对付目下的一切？我没有这耐心，没有这美德，也缺少这勇敢。过了一点钟，我把这来信扯了，同时又把自己写的信也扯了。另外写了复信，说：“先生，你们印书，用得着我的稿件，谢谢您。如果这稿件是必需的帮忙，那先请帮我一个忙，把钱寄一百块来，在六月十号左右我寄三万多一点字来，我得了钱你们得了版权，这交易应当说是痛快的交易罢。”这信我要人即刻就发，省得我再过一阵又生悔。同他们做这些事完全是要我的兴趣，我若能在这事情上再思索一些时间，说不定我将写一封信去骂这些人的，信既已发去，我这时就又象在等候远处来钱打发日子的人了。我想也许他们竟会意外给我寄一点钱来，那么我将在字数上增加五千，表示感谢，同时还得把删改的权利也给这有钱的人。是的，好歹我得忍耐，得客客气气的把这生意做好。别人已经称我为天才了，我实在无理由再在价钱上有所计较。

我走到一个相熟的地方去，朋友说，你瘦了，怎么啦？我笑。朋友说，你脸上发黑，怎么啦？我说没有什么。到后我说我每天得流一次鼻血，大约流了有十天，这话倒使朋友发笑了。因为除了我自己，是没有一人知道我是怎么活下来的。我就悄然回家了，告人说这血是全不顾忌的只是流，流过了多年，以后还得流，别人不大愿意相信。我是并非要你们相信才来在这通信上写这些话的。这时我就一面在用棉花塞住鼻子一面写这通信。

我的母亲，那成天咳嗽过日子的好人，近来一到下午就发烧。我有什么办法！我是连安慰的话也用尽了的一个人。凡是我过去说的不能兑现的幸福太多了。如今人在发烧，若仍把一点好话来作一种治疗，是绝对不发生效验的事情了。听到那咳嗽声音，我只想把耳孔用棉花塞好。我又生气。我象在等候什么时候忽然有点钱从天而下。我当真是在等候的，有了钱，或者就有办法了。但是，这钱决不会凭空飞来。应该给我钱的地方既皆无望，与我已无生意的书铺，自然更无关系了。他们对我并无责任，也正象其余路人对我一样。我同任何一个人去说，告诉他们，若果我能先借一点钱，来把我一家人调理一下，到后来愿意把文章用极低的价钱补数，他们也没有承应这恩惠的必需。先生，我想到你所说的“奇变”了，一点不差，这奇变在我一家是非实现不行的。直到这时我还能从容不迫的一面拭汗一面写这通信，假若家中忽然有一个人死去，我或者仍然将不动声色把事情作好的。好象这话我说过一次了。我这时对于我的镇定有了新的认识，我的心不至于为灾难当前而动摇，这不动摇的创作的心，另一时，你们高兴，真又可以说是一种佳话！你们佩服我的天才，自己呢，为这漠然坦然的心情却大大诧异。就因为你们有理无理皆常常把我文章退回，因为你们的做事认真，因为你们的不儿戏，不通融，以为凡不合你们条件的全不是佳作，所以我就被训练得如此规矩柔顺了。我应当在这事上感到耻辱也没有了。

我也想过，既然文章一定要写来非得合乎体裁顾全格调不为功，我何妨拿一本时下有销路的书来照抄。这样作去我断定是不会为人发现的。如今的人读书，读过这一派的书，对另一派的即无过问的兴味。我只要稍稍加以改窜就行了。先生，买这稿件的他们，是只过问名字以及书名，其余不再注意的。你们不消说是比他们为高明，因为我在任何处取不到的自由，却在你们社得到了。然而我把一种改本送给你们时，你们保得定不因为这名字而弃去么？

一个人说，我这通信，完全是一种平面的图案的东西，从这一直一横的反复里可以看出喜剧的意味。这话是说对了的。若果我同时还告这些人，说我写这通信时一面在行为上近于野蛮的自挞，对于自己的灵魂痛加殴打，不知道他们还可以得些什么意味。

今天想尽了方法还不能把我妈送到医院去看看。我算了一阵，看看有几个书店我可以向他们开口借一点钱，算来算去竟没有一个人。我若把这事当一件正经事来说，别人很可以有理由把它当笑话听。除非我这时有一部两部稿子，走到几个熟地方去或者还可以设一点法。我这时可是一样没有。我不敢想象这样拖延下去，半月以后家中将成些什么光景。大家以愁脸相对是今天的事，到明天，恐怕还有比这更难看的样子。那眼睛有病的哥哥，虽然眼睛还不曾好，因为省钱，自己走到菜市去买小菜，回到家来，手为一车夫的车把撞伤，肿了，本来脾气极好，忽然也容易无端生起气来了。我那妹妹，因为晚上同母亲在一个床上睡眠，日来忽然不能吃饭，脸色苍白，间数分钟就咳嗽，也似乎非到医院看看不可了。我除了还是低头在这桌案边把这通信补完，我能作些什么有济于这一家的事？这时有一百元，这一家就有了生气，虽病者心上涌痰，亦俨然可忽告全愈。一百元，这数目，在这世界上，真是多吓人的一个数目，也是多可笑的一个数目！我在前年写的一种日记上，我就是对这样一个数目抱着可惊的顽固想望而不能得到的人。谁知直到今年此日，还在同样情形下把这一个数目看得如此严重！先生，我在此还起了一个不可恕的野心，我竟想就这样在十天中写成我一部自序，我就可以得到有两个一百元的款项把我的生活整顿一下。

我并不要其他我不应当得到的幸福，我也不逃避我份内的灾难，只要我可以在我生存中找出一种意义，不含糊的刻苦生活是我所应当接受的赏赐。无论什么人的命运，不是单得到疾病贫穷无聊而已的命运。……我写这些写了三行，这里每一行是将近三十个字，每一页字是七百到八百，十万字是三千行或一百三十页，眼前我对那所期望的数目，距离是如何远近，我应当明白了。我这时告诉你们说我头又痛了，这种损害康健的病痛，这过失只是我流血过多，以及守到这桌边时间过久。先生，这当然无妨于事，我不过当笑话说说而已。我知道明天我就应当把这个通信寄给你们，误了期，我就把生活的依据丧失了。我在此努力，成绩不在纸上也在头上，头是还得难受的。我一面休息一面还是继续不辍的写下，看看已到了十一页，我心里很欢喜。我也不对照一下在这一万字上究竟说过了几件事情，“这是通信”，“值两块钱一千字”，“每一日可以写三千”。我就记到这些把它写下来了，到今天来我写了三封向人借钱的信，这些人全是在社会上有声望的人。我总觉得，只要一个熟人知道我这时在什么情形下打滚，能够答应我一笔钱，我这第三次通信，或者就有许多精彩的不凡的描画，透明如水如玉的理智，以及通脱不稽的诙谐了。我这时所有只是一片模糊，这模糊使我吓怕，我是在模糊中作着那种极愚蠢的想望，以为或者总有一个大胆的老板能借我三百块钱，让我可以拿这一笔钱还一些账，整顿一下自己。这信即刻就发了。

让我算一算数：福建是一百二，这人三百，那人三百，另外那人又三百，合共是一千了。我有一千块钱的空空洞洞希望在心上。目下作着这一千块钱的梦既不算罪过，我还将告给那病人，这数目，至少有一半是有把握的。我的母亲只是对我苦笑。我把这谎扯给自己受用，母亲却从这些事上见出我的愚暗与天真。她要我莫急发信，但我同她说时，这信已由我的哥哥丢到西门路邮筒里了。

我想起信上我所说的怪可怜的软弱如蜡的话，觉得十分伤心。我的信是那么写得明白，我的心正如摆在纸上，但是天知道，这个信，看来只多加一种笑话的原料！我在把信发去以后一点钟，就在大悔自己的呆性格所遗下的笑话种子太多了。我想我将用方法否认这一件事。如果他们之中有人因为体面的缘故，又不大好意思使我失望，用着善人态度给我三十、五十时，我无论如何将把这个钱丢到大门外去。我们一家饿死病死是不必靠什么来救济的。这样活，并不是我所期待的活的办法。我无论如何是又做了错事了，我打我自己的头，咒我自己。先生，我这时是只有咒我自己一个办法的！天气热，我坐到这里半天，一面流汗一面想我写一些什么，人是疲倦到口中也发臭了。我这时太容易生气了，我的妹妹，一进房，望到那天真无滓的脸，我就想骂她。我的哥哥那眼睛这时也使我生气，他说什么我总不理。虽然是好好的同他说话，请他到我妈那房中坐一坐，但我的神气，几乎是在喊这个人滚蛋。先生，我的哥哥他可是个好人，绝对的好人，他因为家中没有了钱也象极容易发怒，但他望到我，他悄然无声溜出了大门，走到街头看过路车马去了。我看到那全身为病所苦的小身材人后影，想起我同他到奉天一带流浪情形，就哭了。

先生，你们若是有我那么一个哥哥，你在他面前恐怕也只有流泪的一件事可做。他那沉默，他那性格，全是这一世纪不能发现第二个使人哀悯的模型。他在我这里等待一点点船费，有了钱，他又将只身到东北雪里沙里去滚了。他为什么不到南方军队中呆下，一定得到东北冰冷荒凉地方赌自己的命运，这就是这人使人流泪的性格了。说到这人，我也只好说到这里为止了，因为我再说这个人好一点你们不能相信。天啊，为我保佑这个人，我们这残缺的一家，是不能把这残缺的人先失去的！

这时天快要夜了。太阳照到墙上。太阳是如往日一般照到墙上。照到墙上的太阳光是寂寞的。麻雀在屋角飞，同堂口买馄饨的用力打梆，木匠还在隔院钉板壁……天一夜，这些东西都显得很寂寞！我走到凉台上去看了一下，想到我写的信可以在明天这时送到，明天这时别人就在这信上找着发笑的东西，我心酸了一阵。

先生，我过一礼拜再写我那第三次通信。这时我应当放手了。我支持不来了。我喉咙今天也极不爽快，捏抓皆无用处。我骂我自己胡涂，实在胡涂，这通信是极不通顺，你们看来决不能从这上面了解我这时这疲倦的心的。先生，我过一阵再写第三次通信，你以为这样不行，还是由你出题，我执笔。为了这生意维持久点，我如其他作家一样，愿意由你命题。

身上发热，我想吃一点冰，冰没有来，鼻血又先出来了。先生，这无用的血！但是，在这纸上是不会有红的点滴的，血到这纸上，成为另外一种东西了。

第三封信

先生，你说照到第二次通信可不行，我明白了，我改。我是先就申明过没有人要明白我生活的实际的。没有人要知道疾病同血同泪，而我这通信在任何方法上总以给人快乐为第一义。先生，你们意思我是想透了，我那样写着长长的通信，虽然一半是在那种情形下只能做到这样事，但我先就想到琐碎是可以把我这“天才”成一种可笑的夸张，才好好写下去的。我写“日头”一连写三次，写“流汗”则每一页皆不缺少，这原来是我一种技术。我正要别人从我这唠唠叨叨中发现我是怎样的无聊，来承受这“天才”称呼而写两块钱一千字的通信一个人！你们说，凡是看过通讯的人都笑，这就对了。我是分明知道有些人的口除了吃点心说谎以外，就需要笑的，我不悭吝这方便，我写下这些那些，他们乐了，我的责任已尽了。“此后应当转转方向。”你们说的话，我照办，我就转方向。凡是可以增加你们销路的事我无时无刻不想到。我当然在得钱以外把帮助你们杂志发展为一目的，在这目的上我继续努力下去。至于价钱，先生，我说你们真太天真了，一切我并无争持意思。其他比这个还多十倍的数目，也从不愿多说一句费话，我哪里会在这个事上不愉快的道理？虽然我是好象完全要你们稿费才能维持生活，不过你不能这样轻易给钱，我也不想勉强你。你的意思是一个钱不把呢，明明白白的说，告诉我明白了就够了。你也不必多费周折又说什么等一会儿啰，慢一点啰，赶不及啰，这完全不必。我们已经各人在日常生活应对下把生命糟塌得太过分了，何必还在这些小事上来浪费？若果你们以为我是有意无意骂了你们时，我是可以赌咒盟心的。我有这样意思，雷会打我。你不信天却信官，我也可以在国旗前发誓。先生，因为你们的误会，我这时不客气的来请你们再读一遍我那通信。凡是我认为表示诚心归伏愿受调遣的地方，我都已经用墨线点出，你们不妨详细看看，或者会有“掀髯大笑，准予入伙”的一日。我不想入伙，不过愿意把人家许我的拿到而已。

这十天来我告你们我做了些什么事，这可以吗？这不行，我就另外说。我打量在每一张纸上写一件事情，这事情或者是我所想到的，或者是我经过的，又或者……总而言之我就写下来吧。你们实在不承认这通信，那这一次就算最后一次。我可以并到这里说个明白的，是我这时并无一个钱，也将来痛痛快快的写这通信。你不能把这个作数，那拉倒，我不要了。我要这几个钱并不真能够使我永久不至于挨饿，眼前的事也不是你们的钱就能应付过去。我觉得这天才不做也行。或者这出于我的一时性情，但无论如何，这时节，我是睁了眼睛清清楚楚说话的。我不胡涂，不故意，只是老老实实的说。你们能够把这个行市买我的通信，我们以后再把这生意继续；若再打圈子做事，你把这天才给别人，我不干了。我知道目下天才是很多的，除了我你不会找不到人。先生，我话就是这样说，一切说尽了，我因为能够这样痛快，今天我似乎特别欢喜。家中情形一切照旧，仍然不能禁止我高兴。我的血我将尽它流，在生一天我将为这一家人奋斗一天。我将在我的精力中找出一种结局。我不能使家中人就此消灭，如雪就日，也不能使我长日昏昏如醉。我要勇敢如壮士，向生活肉搏，刳骨抉肉是不可免的事。

说到这些话，应当是兴奋时候，但是我疲倦了，我得睡，因为昨晚上我守了我病危的母亲半夜。我这时写我恍恍惚惚的通信，虽象说得再斩金截铁，依然是非倒到床上一会儿不行了。唉，这通信！

我睡了一会儿。天气太热了，简直不行，人一睡就流汗。先生，我先写了些什么，我这时是不负责的。我这时仍然头晕眼花。我要好好的来整顿自己，我各处向人借钱，就为整顿自己同我的家。钱呢，一个没有得到，他们写信回说比我还穷，话也应当是真的。就是假话，因为应付一些来得突然的请求，每一个绅士不是都有说几句谎话的天分么？我自然不怨天尤人，只笑自己。还未使我完全绝望的是有了两处答应只要我一有文章就可以得钱。价钱不会在通信以上，我仍然慷慨答应下来了。我如今是同人做生意，别人这样同我定货，我自然不能说我是在做生意以外还有什么。你们若以为这是笑话，我就在此来特别再说一句，我实在是同你们在此做生意，因为想到各处全是做生意，所以我才说，没有钱，我将不干了。

今天我不流血，就只头晕。我妈还是发烧，这老年人一到下午全身象燃，近日越加瘦得不象样了。我妹从织袜学校转来又到朋友处去学英文，大约因为从朋友处谈到她家天才哥哥的事，哭过来了，回家就睡，吃饭也不起床。我那哥，他眼睛好了，因为在家中呆不惯只成天走。我这几日来不出门，因为是无衣可穿。我那件当家衣在一礼拜前就当了，当不掉就只是那一件单衫。若是一定我得出门，则我那哥就把他那一件不曾当去的衣脱下，尽我穿出去，事毕归来再脱。我的情形到了这种样子，我却反而没有牢骚，不感悲愤，因为我知道这也全是空事。如何能把我这一家援起，只是靠我来振作好好的写六万字小说。写不出也得缓缓的写好，文章写成就好了。我的文章没有不是在这样无可奈何情形下逼成的，并没有灵感，也没有其他高尚动机。“高尚”这两个字只是那些南京新海派文人的事，他们平素既仪态娴雅，喝咖啡吃点心之余吮笔作文，自是佳作。……不说他们好了，他们是他们，我是无这说话的必需的。

先生，你说，我做了什么，不妨随时写下，使人读来感到真实。我写吧，这时我喝了一口茶，茶放得太久，已成黑色，有点苦，我想吐去不能。我的朋友来告我，无论如何在最近得把房租送清，他苦了脸摇头走去，我就想，真想不到，他也被人称为大家，也这样糟糕！

我再写下吧，木匠还在敲打地板。我听到小工在那新房顶上一面安瓦一面唱歌。我是赤膊在桌边写这通信，我的桌上全是灰尘。见到灰尘，我就想，总有一天我自己也会成为灰尘的。我不高兴了。我打了一面镜子，值一块八角钱。我把镜子打碎以后，检了一块有刃的留到抽屉中，预备将来割我的脉管自杀时用。没有办法到不得不自杀时，我是再不同谁商量借钱这一类事，要干就干的。我桌上全是各处都卖不去的别的朋友的稿件，望到这些稿件我就笑。隔壁有人唱《黛玉葬花》，欢喜听京戏的人无论如何比欢喜读书的人多，所以我桌上这些稿子就盖上灰尘一层了。我真想把这些东西完全烧去，烧去了或者将来还反而有人对这些不曾过目的文章加以惋惜。我桌上有红骨刀一把，为裁书用的，刀是一个书铺老板所赠。还有杯一个，为另一“天才”朋友所赠。还有壶一把，到先施公司买得，似乎是二块四毛的定价。还有……

我若真能这样写下，这一万字是无问题可在今天写完的。我又想，我应当写一点别的事才是。我写我欢喜谁恨谁，大约许多人都愿意知道。我若说出我听过别人说的新鲜故事，这故事属于近人，包含了无耻的荒唐，有些人定会直乐得打哈哈，又有一些人就正可藉此把我大大攻击。我是曾经被人抬举，到后因不请这些抬举过我的人吃点心，所以有一些人因羞成怒近来总不忘记我的。这些不要脸的人，他们还非常高兴，吃完东西就批评，批评完了又吃东西。……不说这些了，有口福的大都市的文人，说他也不至于使他们少吃一块点心！

家中人聚在一起了，各无言语。我就心想，我可不可以说我最近就可以得一笔钱？我想了一阵，看到他们也象在想事情。我的哥他只会谈乡下的事。他一定要到东北去，真是去找苦。我想让这个人去同上海白相人队里滚几年，他或者可以成一个名人。他一定是能在事业上有一种成就的！我有这种信心，总觉得这人并不是劣的。但这个眼睛、鼻子、耳朵、口完全有病的人，他只想一些古怪的事情，想到荒漠中去奔波，想航海，想成医生，还有，他想他弟弟成“名人”。真是一肚子呆心事，我一见了他就要哭。我说见了这人就想哭，是第二次了，若是我有机会提到他一百次，我仍然不至于变更我的意见。

我若是做了官，这人不知会欢喜到什么样子。他将成天去同人说，也许还将拿了我的什么东西到处去报告。这人我把他无办法。先生，你们让我再说一点点就不说了，这是我的哥哥。我有理由把我这可怜的哥哥介绍给读者，你们若真有人敢冒险能同我这哥哥熟识，你们都得相信人类是可爱的东西了。我妈也是好人，但她昨天因为挂念到我不吃饭，劝她吃也不肯吃，这好人我又把她无办法。在不久时间内这些人都得死！人是全都得死的。没有死以前先老，我如今也好象老了。先生，天才的老去是笑话吗？我故意这样同你们说，我想从你们回答中找到真理。你们的话是真理，这是我承认的，别人也不能反对。我流血了，真怪事，流得这样多。有多久不流，这一次应当是要多多流它一阵的。这时我头不晕。血发热，使人沉闷，把血一流，人清爽了。我是不吃药的。这理由你全明白；也因为穷，人就大胆了。我是愿意看看我究竟要成什么样子的。若是可以看到我自己的腐烂，原是有趣味的事。我妈说，有趣味的事是小孩子过年，这个老年人还有童心，她说这个话时是同时提起“人到发烧就快了”的。我有什么办法？我不能生翅膀，也就不能凭空得一点钱，治理这老人的病。

我想我还是死了好，不然无法应付一切。天才一到尽头，他走的路还是常人的路。万一因为我死了，大家看不过意，把我妈妈一笔钱，让我这一家人反因我的死多活一阵，这事才真是好事！这样人应当有的。买我书的人总还有愿出一点钱的。用我死来捐款，无聊的事，真可以给上海文人许多谈笑资料。上海文人才真多天才！他们有人说，他们什么人的文章流丽，可以作中学教本用。这广告气味扑鼻的批评似乎是赞美他的朋友。好文章只是做中学教本用的，原来如此，原来如此，这批评家真只有成天用点心塞口。事实呢，成天不至于，一个礼拜三次机会是有的。这些人真有福气！

先生，我似乎说完了。说到这些，自然是真到无话可说的情形了。我又在生气。我以为生气或者是一个“天才”不可缺少的脾气。朋友朱湘也爱生气，但他对一切有自信，我对一切无自信。他因为身体不好爱生气，就发愤读书。我身体坏，我就恨自己，却又不能设法把这坏身体整顿。我该的账太多，也是容易生气的一种理由。流血不止我又生气。一切都象要彻底尽兴。我却只想做一个梦，在梦里把一切过去推翻。我这时就想推翻凡是我在这通信上说的一切话。我不负责，在言语同行为上都不负责。不负责。决不。无论如何不是这样我就可以做个新人了。先生，你们是万想不到我如何羡慕那从起码一点做起的新人！我活下来没有一天对当前生活看出好意，没有一天不觉得我做错了人，应需要来一个相反的纠正。日子从从容容走去了，我也就在日子中把自己毁了。我对于眼前只是讨厌，这话下面我可加一万的数字符号。天气热，流汗，我得在同样流汗情形中做与从前截然两样的人。我若把所有的账完全忘记或完全还清，我再不同人论文章的行市，再不写这个通信，就是新人了。

先生，我一面是想好歹得把我们的交易维持下去的办法，一面我要做新人，一样不干，或者死。我高兴活你们不许我活，我倒有点为难，因为一时改图不易。我高兴死，你们可无法干涉我。我这时就想死。大家说许多日子不吃肉了，自己不吃肉是自己知道的事，许多人这时是在吸我的血，我装马虎！我望到我自己是这样瘦，简直象有过半月不吃饭的样子。我还是来写这通信。先生，我说这些不是牢骚。我说的全是真话，写通信虽不费神，是只有使我消瘦的。你们是肥了。你们赚了钱，这当不是必须抵赖的事。你们是应当肥胖的。……奇怪，今天我听到猪叫，据说大猪有三百斤一只。苗乡猪是黑的，江浙也是黑猪。江浙人会做官，又会革命。湖南人一革命就死，江浙人革命就做委员。过细想来也不是怪事。浙江人聪明一点，血是有，可不流，至少每一个人都能找到不流血的方法，所以浙江人多的是伟人，做大官，有钱，缺乏羞耻。无耻不算坏事，别的富有就够了。我想到奇怪的是我到杭州，看到庙宇特别多。湖南人完完全全是十足呆子，请一百人辩护，也仍然是十全十足呆子而已。(勾掉它呀。)

天应当落雨，落了雨，或者我隔壁的那些人就将出去玩，或者坐下来安安静静打牌了。雨不落，如今天气太热，他们象为天气所苦，吵得太凶了。我是不能恨这些人的。不知节制自己，这些人天真处还很可以佩服的。一些吃饭的人！说是饭桶，他是桶，还有桶的用处。这些人只是“吃饭的人”。长得胖胖的。天不落雨，我的气运是无转机的。

湖南人是呆子。不肯承认，如 ×××，(你们猜这是谁？）更是大呆子。将来 ××× 专政，你瞧吧，也将仍然是浙江人坐朝登基。总之，人聪明而已，湖南人不及，广东人也差得远。我这个话本是笑话，并非真事，我们不是近来又听到吴佩孚有起来消息了么？吴佩孚并不是浙江人，应是大家都明白的。至于为什么因缘这人又将出山，那是不须追问的事了。先生，这几行你把它除去罢，这是笑话。为了许多原因我不知为什么总爱把所说的话当成笑话。我不是已经说过，我这鼻子的病也就等于笑话了么？我想转湖南去，又怕他们杀我，近来杀人又不要多少理由，碰到高兴，碰到不高兴，我都有危险。至于为什么一定有人要杀我，我是很明白的，事情很多，总而言之则是我不同他们同伙。他们也可以把我当土匪，共产党，逃兵——给我任何一个很好的名目杀掉。人心太杂，欢喜杀戮，也不止湖南人一省是这样子，所以许多人住租界。我不在租界就得活巴巴饿死，还不必他们动手！你们知道不知道这几年来湖南人的牺牲？这数目总是万以上再加一个数目。这全是中学教育以上程度的汉子。杀死你！要杀完才对，不然过三年又有变化，建设登基都不成。若果 ×× 人真完全聪明呢，他们应当在提案上加一件杀湖南人的提议。

……

我娘说：“我快完了，你想想法把我送回去，省得累你。”

我说："在路上坏了怎么办？"

那老人就笑，说："在路上也总比在这里方便一点。"

她想若果在路上坏了，就水葬，省事省钱，完全为我打算。我不做声，望到这老年人眼睛是湿的。我不能说明天我就有钱了。我又不能到书铺去放赖。我向别人借钱无一处有好希望。想起这为我而作的可怜打算，我全身发寒。我居然想照这打算行事了。若果有路费，尽这几个人转身，我就这样办。我也恐怕他们见我将来情形，一切更不方便。我说："九妹，你不妨哭一哭，热闹一点。"她不哭。我又说："一定得哭，将来你流泪的机会多，这时可以无限制的练习，我不笑你！"我当真不笑她的，看她哭哭倒觉得这一家有一个小孩子，知道哭，能够流泪，是难得的事。于是她真哭了，她望到我，指我鼻子，鼻子浴着鼻中淌出的血，一个有冤屈的鼻子！正这样一家人在一个房中谈话哭笑，客来了。客一来就住到我这里，是我留他住下的。很平常的事。把我那哥哥的小行军床搬到前面去，我就伴客在我床上睡。来客以为我是阔人，至少是能够帮忙设法略尽地主之谊的方便人。他没有料到我是在从从容容同家中人谈论到葬身问题的。我一面同客谈话，一面就想我若是告这客人明后天就得死，这客人将格外开心的打哈哈了。人与人不相通原是如此，他是可以原谅的。我原谅了他，同他谈四年来他所住到的地方的一切，这些完全与我无关，到这种情形下我却反而把家中人忘记了。我只望到这为冰雪中风沙所吹的大而宽的脸盘出神。他来上海的意思我明白了，他也想成“天才”，且竟象是羡慕我在此种种消灾纳福，所以把原有的收入不薄的教职弃去，奔来找机会了。这呆子！我心想，这汉子身体健壮，或者真可以来此苦十年，为新书业作一蜂子。我听到他把意思说完，对他只有笑。我说：“好罢，大家来刻苦，找出一种生存的意义，只要有耐心，这事是容易做到的。我们第一步是今天且把饭吃过再说。”说到吃饭，问他饿不饿。我哥哥把我叫下楼去了，问“米？”我说：“有！”我就穿衣。我预备到四马路去讨钱。我动身了，朋友以为我事忙，以为我到别处去赴席。我走了，走到四马路。用各样言语全不济事，到后是用沉默得到五块钱的。我本来还想坐到那书铺门前一阵，因为家中等米下锅，我才赶忙回家。这生活同人说来真是高雅。我同客谈到，近于这样的事，是在上海作“天才”的必须经验时，朋友摇头，因此朋友就说将来或者到日本国去的话了。他是从苦难中出身的人，可是我知道他想不到一个天才在对付生活上也应具何等手腕。天下太平，天落雨了。天气转凉，我妈不至于气喘，我不至于流血，一切人不至于长日流汗，真是好事情。夜里我同那来客谈做人方法，我象极懂做人，却不会做人。我脾气是不惯与人同床，但这脾气不为人所知，我就与人同床了。

一夜做梦梦到打死人，逃到山上去，似乎先逃到井里，仰天望到天空的星，且知道有人在井口下窥，开言道：“井中有人么？”我答应说：“没有。”那人又道：“我要稿子。你若是 ×× 先生，在井中写得有什么文章，就想法把它抛上来罢！”那人还在井边等候，大约不回话是不行了。我说：“在井中四围是冷湿的岩，脚下是泥同水，望到井口一片天，哪里能有稿子？”那人又厉声说道：“为什么不做诗？在这样情形下不做诗还做什么？我知道你这天才是偷懒！”我生了气，不做声。那编辑先生却不再说话，也象生了气，走去了。

我又梦到有五个人请我吃饭，全是我认识的批评家，不知为什么原故，他们说要打我，我吓醒了。

我又梦到鲁迅做寿，有许多人都不远千里而来，穿一色拜寿衣裳，成天磕头，膝上全绑得有护膝。他们拜完了寿就听那老头儿说笑话演讲，大家觉得比吃寿面还好。大家说文艺复兴了，唱文艺复兴的歌，领班的是姓林的人。我到那里看热闹，我心想，莫非有人认识我，我应当好好躲藏起来才是。我就躲到一个肥人身后，从肥人胳膊下望去，很有趣，寿堂仿佛又是北新书局，那穿制服做招待员陪席的就是北新书局那些作家。到后来听人喊我的名字，我吓跑了。

我又梦到涨了水，淹死了四个创造社的人，同时有三个活创造社的人，坐了船到处喊“到四川路吃咖啡去！到四川路吃咖啡去！”不知不觉我也走去了。路上有水，我是赤了脚走到那里去的。他们坐船自然先到。我上楼去时，就见到那三个人坐到那偏僻地方玩纸牌，我忽然想起我没有带钱在身上，就又醒了。

……

夜长梦多是实事。先生，我是当真做过些梦的。做过这些好梦也无济于事，我一醒来仍然得想起自己这一家的具体问题。

我总想不出办法把我家中有病的人好好处治一下。今天又落雨，木匠不做工，唱毛毛雨的博士在教学生学法文了，我心中还是发闷发愁。我是在追寻“真理”的，这真理是用什么方法我可以从别人手中把我所应得到的报酬得到（？）这真理无从发明，过五天我就得死了。我说我死没有恐吓你们意思，这并非你们应牵连到头上的事。我想起在四川小河里船上时对于生死的感觉，我那时还不到十七岁，因为军队移防，坐船过川东，到一个忘了名字的地方。天夜了，日头沉了，船傍到泥滩，我望到起了雾的水面发愁，就想跳下水去。在那时若我真下了呆劲，则十年来许多事全与我无关，不必说还与你们在今日作编辑的人做生意了。我另外一些时节，也总想到死的，都不能做到，正如写文章一样，我并不曾认真写过一本书。这不认真又仿佛是抖气，太不值钱，我所以没有这认真趣味了。我这时又有点后悔当时不勇敢跳到长潭里去。过细想想，我不能决心，还是有所爱。我憎恨目前却爱远处，所以我想得到许多不必想的事。先生，这些话若你看得懂，那你真是聪明人了。我自己是不大懂的，因为我想到什么说什么。

我到了那与我有生意的书铺，说要钱，不得可不行。“怎么样不行？”那办事人虽不说话，神气就是这样子。我望望这个人，我就仿佛软弱了，但想哭哭。我说：“凡是应得的我就要，别的无话。”他仍然不作声，神气却象在说：“一个钱也不行，别无可答。”我真软下来了。我就坐到那书店门前看小报，我记起《旧约》上的约珥——以西结——保罗……管他是谁，好象有这样一个人，失了意，被人欺侮了，坐到沙里用手抓发的情形。我不抓发，只看报。报上说日来打仗用军费六千四百万，经手人自己向银行家报告的。这象做大生意，股本大自然无害于事。看了两份小报，街上走路人的泥溅到我脸上，一个天才他就是那么全不动火的站起身来走回家去。住在我家里的那客人，他是绝不会想到做天才得有这些耐心的。我回来也不同谁说及，也不言不笑，把抽屉拉开了，我望见镜片。先生，放心，这里还不到字数，我不至于自杀的。虽充满了无聊，我还是坐到这里，把我生活思想的片断，巨细无遗抄下。我一面还在同客人说笑，一面是打量到这个通信应当如何用我本身的行为来作一结束。

街上想必是仍然同样人多。我就是死了，大家也仍然能快乐的过着日子。我妈她说还是回去好，要我设法。我答应这就设法。我真去设法吗？没有的事。我若有勇气，先生，我绝对做我这时想做的事情。买一瓶毒药，大家一喝全了事。我说这个大话也说尽了。我因为说厌倦了这话，才闻到我身上汗衣的不良气味，该死的，这也无办法。十年前我就是这个样子，汗衣只一件，到洗时，衣不干，不能下楼吃饭，就不吃。如今已成“天才”多日了，倒并无多大变化。这使我明白他们在我面前掩鼻的理由了。“倘若干净呢，不是天才也无妨。”哈，我这个人！我能够这样取笑别人么？

我一面写字一面打盹。我不能放弃一分钟。我在此是写“天才”的通信！木匠打起来，我又不能安静了。天底下的事都互相牵绊，我恨这些人吵了我，这些人可并不知道，别人总也有恨我的，我也不知道。朋友不说话，但不走。我想睡，他一定要我说了以后才会出去的，我偏又不说。我担心别人疑我是故意疏慢。待人是应当好一点的，这是义务，无所取偿，总之是应当好一点。我是不能做坏人的，又不愿做好人，连时时刻刻自己也加以仇视，这样的我说是不愿有人来，也不为过分吧。连家中人都想杀死，再不能于友人有所应对，这聪明的友人也总不至于不欢吧。然而假使这时朋友知道了我的心情，他仍然得不满意，因为他可以从行动上察出我对客人的厌倦，却不能察出我这无聊的心。北京路有旧马达卖，有钱，买一马达装到船上去，我去船上讨生活，是可以逃避一切负重与一切牵绊的。看报上有马戏玩，玩马戏的人大约很劳累，可不至于象我这样为难。

我又想，为什么不故意来同家人大吵一架，再乘此跑出或者因这一股气就跳到黄浦江去。我是并不放过这吵架的机会的。可是一家人在患难中总嚷不起来。越穷，家中人越和气，似乎都相信互相勉励就可以支持这局面转到光明。我抖气索性同家中人更好一点，同客人也更亲密一点，把日子打发走了。

天气热，人要流汗，我就想到流汗。天气转凉，有雨落，见到雨，我也就想雨。许多时候的雨都可以慢慢想起，想起心里又极不耐烦。我只能不想，谈话，劳作，笑，流血。流鼻血时我的的确确只能把棉花塞住鼻孔，不想其他事情的。先生，你们觉得这样对不对？我以为我不是成天睡就成天做事，这应当对。我的客他是曾经成天做事过来的，如今在我这里也只成天睡。说这个才真无聊，我实在不想说下去了。

……

我妈晕倒在妹妹身上两次。我不悲哀，这人可以死得了。我哥对我很可怜，似乎见到我这未完的通信。我想告他，这是两块钱一千字的事，写这个或写别的，一样拿钱，也一样得费神，一样无聊。他耳朵好象只愿意听别人夸奖他弟弟是“天才”，除此以外，他还觉得应当有一点钱，此外不闻不问了。这有德行的人，真也只有饿死！

我仍然坐到那大路上去的，我看车子。我人又不发疯，对这眼前事着什么急？我回去，见到妹眼睛红肿，很美，这人命运不及别的女孩子的好，作了这一家的人！

……

在灯下我做了呆事了，第三次才有血出来。并不甚痛。这里只写到十二页为止。若明早上我还能拿笔，必定还写一点今夜的事。先生，告别了，这时他们在唱“可怜的秋香”，世界上的事真怪，他们唱到第三次还有精神继续唱下去！我好象是在做梦，听到我哥来敲门，只装已睡熟了，这好人还要我安安静静的睡一晚！明天那住在我这里的客，回来时曾吃一惊，你们看到这里也会吃一惊。但是，先生，一切完了，一个平常的结局。灯芯一捻，熄了。

水 云

——我怎么创造故事，故事怎么创造我

青岛的五月，是个希奇古怪的时节，从二月起的交换季候风忽然一息后，阳光热力到了地面，天气即刻暖和起来。树林深处，有了啄木鸟的踪迹和黄莺的鸣声。公园中梅花、桃花、玉兰、郁李、棣棠、海棠和樱花，正象约好了日子，都一齐开放了花朵。到处都聚集了些游人，穿起初上身的称身春服，携带酒食和糖果，坐在花木下边草地上赏花取乐。就中有些从南北大都市来看樱花作短期旅行的，从外表上一望也可明白。这些人为表示当前为自然解放后的从容和快乐，多仰卧在草地上，用手枕着头，被天上云影、压枝繁花弄得发迷。口中还轻轻吹着嘘哨，学林中鸣禽唤春。女人多站在草地上为孩子们照相，孩子们却在花树间各处乱跑。

就在这种阳春烟景中，我偶然看到一个人的一首小诗，大意说：地上一切花果都从阳光取得生命的芳馥，人在自然秩序中，也只是一种生物，还待从阳光中取得营养和教育。因此常常欢喜孤独伶俜的，带了几个硬绿苹果，带了两本书，向阳光较多无人注意的海边走去。照习惯我是对准日出方向，沿海岸往东走。夸父追日我却迎赶日头，不担心半道会渴死。走过了浴场，走过了炮台，走过了那个建筑在海湾石堆上俄国什么公爵的大房子……一直到太平角凸出海中那个黛色大石堆上，方不再向前进。这个地方前面已是一片碧绿大海，远远可看见水灵山岛的灰色圆影，和海上船只驶过时在浅紫色天末留下那一缕淡烟。我身背后是一片马尾松林，好象一个一个翠绿扫帚，扫拂天云。矮矮的疏疏的马尾松下，到处有一丛丛淡蓝色和黄白间杂野花在任意开放。花丛间常常可看到一对对小而伶俐麻褐色野兔，神气天真烂漫，在那里追逐游戏。这地方还无一座房子，游人稀少，本来应分算是这些小小生物的特别区，所以与陌生人互相发现时，必不免抱有三分好奇，眼珠子骨碌碌的对人望望。望了好一会，似乎从神情间看出了一点危险，或猜想到“人”是什么，方憬然惊悟，猛回头在草树间奔窜。逃走时恰恰如一个毛团弹子一样迅速，也如一个弹子那么忽然触着树身而转折，更换个方向继续奔窜。这聪敏活泼生物，终于在绿色马尾松和杂花间消失了。我于是好象有点抱歉，来估想它受惊以后跑回窠中的情形。它们照例是用埋在地下的引水陶筒作家的，因为里面四通八达，合乎传说上的三窟意义。进去以后，必挤得紧紧的，为求安全准备第二次逃奔，因为有时很可能是被一匹狗追逐，狗尚徘徊在水道口。过一会儿心定了一点，小心谨慎从水道口露出那两个毛茸茸的小耳朵和光头来，听听远近风声，从经验明白“天下太平”后，方重新到草树间来游戏。

我坐的地方八尺以外，便是一道陡峻的悬崖，向下直插入深海中。若想自杀，只要稍稍用力向前一跃，就可坠崖而下，掉进海水里喂鱼吃。海水有时平静不波，如一片光滑的玻璃。有时可看到两三丈高的大浪头，载着皱折的白帽子，直向岩石下扑撞，结果这浪头却变成一片银白色的水沫，一阵带咸味的雾雨。我一面让和暖阳光烘炙肩背手足，取得生命所需要的热和力，一面却用面前这片大海教育我，淘深我的生命。时间长，次数多，天与树与海的形色气味，便静静的溶解到了我绝对单独的灵魂里。我虽寂寞却并不悲伤。因为从默会遐想中，感觉到生命智慧和力量。心脏跳跃节奏中，即俨然有形式完美、韵律清新的诗歌，和调子柔软而充满青春纪念的音乐。

“名誉、金钱或爱情，什么都没有，这不算什么。我有一颗能为一切现世光影而跳跃的心，就很够了。这颗心不仅能够梦想一切，而且可以完全实现它。一切花草既都能从阳光下得到生机，各自于阳春烟景中芳菲一时，我的生命上的花朵，也待发展，待开放，必然有惊人的美丽与芳香。”

我仰卧时那么打量。一起身，另外一种回答就起自中心深处。这正是想象碰着边际时所引起的一种回音。回音中见出一点世故，一点冷嘲，一种受社会挫折蹂躏过的记号。

“一个人心情骄傲，性格孤僻，未必就能够作战士，应当时时刻刻记住，得谨慎小心，你到的原是个深海边。身体纵不至于掉进海里去，一颗心若掉到梦想的幻异境界中去，也相当危险，挣扎出来并不容易！”

这点世故对于当时的我并不需要，因此我重新躺下去，俨若表示业已心甘情愿受我选定的生活、选定的人所征服。我等待这种征服。

“为什么要挣扎？倘若那正是我要到的去处，用不着使力挣扎的。我一定放弃任何抵抗愿望，一直向下沉。不管它是带咸味的海水，还是带苦味的人生，我要沉到底为止。这才象是生活，是生命。我需要的就是绝对的皈依，从皈依中见到神。我是个乡下人，走到任何一处照例都带了一把尺，一把秤，和普遍社会总是不合。一切来到我命运中的事事物物，我有我自己的尺寸和分量，来证实生命的价值和意义。我用不着你们名叫‘社会’为制定的那个东西，我讨厌一般标准，尤其是什么思想家为扭曲蠹蚀人性而定下的乡愿蠢事。这种思想算是什么？不过是少年时男女欲望受压抑，中年时权势欲望受打击，老年时体力活动受限制，因之用这个来弥补自己并向人间复仇的人病态的表示罢了。这种人从来就是不健康的，哪能够希望有个健康人生观。”

“好，你不妨试试看，能不能使用你自己那个尺和秤，去量量你和人的关系。”

“你难道不相信吗？”

“你应当自己有自信，不用担心别人不相信。一个人常常因为对自己缺少自信，才要从别人相信中得到证明。政治上纠纠纷纷，以及在这种纠纷中的牺牲，使百万人在面前流血，流血的意义就为的是可增加某种人自己那点自信。在普通人事关系上，且有人自信不过，又无从用牺牲他人得到证明，所以一失了恋就自杀的。这种人做了一件其蠢无以复加的行为，还以为自己是在追求生命最高的意义，而且得到了它。”

“我只为的是如你所谓灵魂上的骄傲，也要始终保留着那点自信！”

“那自然极好，因为凡真有自信的人，不问他的自信是从官能健康或观念顽固而来，都可望能够赢得他人的承认。不过你得注意，风不常向一定方向吹。我们生活中到处是‘偶然’，生命中还有比理性更具势力的‘情感’。一个人的一生可说即由偶然和情感乘除而来。你虽不迷信命运，新的偶然和情感，可将形成你明天的命运，决定他后天的命运。”

“我自信我能得到我所要的，也能拒绝我不要的。”

“这只限于选购牙刷一类小事情。另外一件小事情，就会发现势不可能。至于在人事上，你不能有意得到那个偶然的凑巧，也无从拒绝那个附于情感上的弱点。”

辩论到这点时，仿佛自尊心起始受了点损害，躺着向天的那个我，沉默了。坐着望海的那个我，因此也沉默了。

试看看面前的大海，海水明蓝而静寂，温厚而蕴藉。虽明知中途必有若干海岛，可供候鸟迁移时栖息，且一直向前，终可到达一个绿芜无限的彼岸。但一个缺少航海经验的人，是无从用想象去证实的，这也正与一个人的生命相似。再试抬头看看天空云影，并温习另外一时同样天空的云影，我便俨若有会于心。因为海上的云彩实在丰富异常。有时五色相渲，千变万化，天空如张开一张锦毯。有时又素净纯洁，天空但见一片绿玉，别无它物。这地方一年中有大半年天空中竟完全是一幅神奇的图画，有青春的嘘息，触起人狂想和梦想，看来令人起轻快感、温柔感、音乐感、情欲感。海市蜃楼就在这种天空中显现，它虽不常在人眼底，却永远在人心中。

秦皇汉武的事业，同样结束在一个长生不死青春常住的梦境里，不是毫无道理的。然而这应当是偶然和情感乘除，此外还有点别的什么？

我不羡慕神仙，因为我是个凡人。我还不曾受过任何女人关心，也不曾怎么关心过别的女人。我在移动云影下，做了些年青人所能做的梦。我明白我这颗心在情份取予得失上，受得住人的冷淡糟蹋，也载得起来的忘我狂欢。我试重新询问我自己。

“什么人能在我生命中如一条虹，一粒星子，在记忆中永远忘不了？应当有那么一个人。”

“怎么这样谦虚得小气？这种人虽行将就要陆续来到你的生命中，各自保有一点势力。这些人名字都叫做‘偶然’。名字有点俗气，但你并不讨厌它，因为它比虹和星还无固定性，还无再现性。它过身，留下一点什么在这个世界上一个人的心上；它消失，当真就消失了。除了留在心上那个痕迹，说不定从此就永远消失了。这消失也不会使人悲观，为的是它曾经活在你心上过，并且到处是偶然。”

“我是不是也能够在另外一个生命中保留一种势力？”

“这应当看你的情感。”

“难道我和人对于自己，都不能照一种预定计划去作一点……”

“唉，得了。什么计划？你意思是不是说那个理性可以为你决定一件事情，而这事情又恰恰是上帝从不曾交把任何一个人的？你试想想看，能不能决定三点钟以后，从海边回到你那个住处去，半路上会有些什么事情等待你？这些事影响到一年两年后的生活可能有多大？若这一点你失败了，那其他的事情，显然就超过你智力和能力以外更远了。这种测验对于你也不是件坏事情，因为可让你明白偶然和感情将来在你生命中的种种，说不定还可以增加你一点忧患来临的容忍力——也就是新的道家思想，在某一点某一事上，你得有点信天委命的达观，你因此才能泰然坦然继续活下去。”

我于是靠在一株马尾松旁边，一面采摘那些杂色不知名野花，一面试去想象，下午回去半路上可能发生的一切事情。

到下午四点钟左右，我预备回家了。在惠泉浴场潮水退落后的海滩泥地上，看见一把被海水漂成白色的小螺蚌，在散乱的地面返着珍珠光泽。从螺蚌形色，可推测得这是一个细心的人的成绩。我猜想这也许是个随同家中人到海滩上来游玩的女孩子，用两只小而美丽的手，精心细意把它从砂砾中选出，玩过一阵以后，手中有了一点温汗，怪不受用，又还舍不得抛弃。恰好见家中人在前面休息处从藤提篮中取出苹果，得到个理由要把手弄干净一点，就将它塞在保姆手里，不再关心这个东西了。保姆把这些螺蚌残骸捏在大手里一会儿，又为另外一个原因，把它随意丢在这里了。因为湿地上留下一列极长的足印，就中有个是小女孩留下的，我为追踪这个足印，方发现了它。这足印到此为止，随后即斜斜的向可供休息的一个大石边走去，步伐已较宽，脚印也较深，可知是跑去的。并且石头上还有些苹果香蕉皮屑。我于是把那些美丽螺蚌一一捡到手中，因为这些过去生命，保留了一些别的生命的美丽天真愿望活在我的想象中。

再走过去一点，我又追踪另外两个脚迹走去，从大小上可看出这是一对年青伴侣留下的。到一个最适宜于看海上风帆的地点，两个脚迹稍深了点，乱了点，似乎曾经停留了一会儿。从男人手杖尖端划在砂上的几条无意义的曲线，和一些三角形与圆圈，和一个装胶卷的小黄纸盒，可推测得出这对年青伴侣，说不定到了这里，恰好看见海上一片三角形白帆驶过，因为欣赏景致停顿了一会儿，还照了个相。照相的很可能是女人，手杖在砂上画的曲线和其他，就代表男子闲坐与一点厌烦。在这个地方照相，又可知是一对外来游人，照规矩，本地人是不会在这个地方照相的。

再走过去一点，到海滩滩头时，我碰到一个敲拾牡蛎的穷女孩，竹篮中装了一些牡蛎和一把黄花。

于是我回到了住处。上楼梯时楼梯照样轧轧的响，从这响声中就可知并无什么意外事发生。从一个同事半开房门中，可看到墙壁上一张有香烟广告美人画。另外一个同事窗台上，依然有个鱼肝油空瓶。一切都照样。尤其是楼下厨房中大师傅，在调羹和味时那些碗盏磕碰声音，以及那点从楼口上溢的扑鼻香味，更增加凡事照常的感觉。我不免对于在海边那个宿命论与不可知论的我，觉得有点相信不过。

其时尚未黄昏，住处小院子十分清寂，远在三里外的海上细语啮岸声音，也听得很清楚。院子内花坛中一大丛珍珠梅，脆弱枝条上繁花如雪。我独自在院中划有方格的水泥道上来回散步，一面走一面思索些抽象问题。恰恰如《歌德传记》中说他二十多岁时在一个钟楼上看村景心情，身边手边除了本诗集什么都没有，可是世界上一切都俨然为他而存在。用一颗心去为一切光色声音气味而跳跃，比用两条强壮手臂对于一个女人所能作的还更多。可是多多少少有一点儿难受，好象在有所等待，可不知要来的是什么。

远远的忽然听到女人笑语声，抬头看看，就发现短墙外拉斜下去的山路旁，那个加拿大白杨林边，正有个年事轻轻的女人，穿着件式样称身的黄绸袍子，走过草坪去追赶一个女伴。另外一处却有个“上海人”模样穿旅行装的二号胖子，携带两个孩子，在招呼他们。我心想，怕是什么银行中人来看樱花吧。这些人照例住第一宾馆的头等房间，上馆子时必叫“甲鲫鱼”，还要到炮台边去照几个相，一切行为都反应他钱袋的饱满和兴趣的庸俗。女的很可能因为从上海来的，衣服都很时髦，可是脑子都空空洞洞，除了从电影上追求女角的头发式样，算是生命中至高的悦乐，此外竟毫无所知。

过不久，同住的几个专家陆续从学校回来了，于是照例开饭。甲乙丙丁戊己庚辛坐满了一桌子，再加上一位陌生女客，一个受过北平高等学校教育、上海高等时髦教育的女人。照表面看，这个女人可说是完美无疵，大学教授理想的太太，照言谈看，这个女人并且对于文学艺术竟象是无不当行。不凑巧平时吃保肾丸的教授乙，饭后拿了个手卷人物画来欣赏时，这个漂亮女客却特别对画上的人物数目感兴趣，这一来，我就明白女客精神上还是大观园拿花荷包的人物了。

到了晚上，我想起“偶然”和“情感”两个名词，不免重新有点不平。好象一个对生命有计划、对理性有信心的我，被另一个宿命论、不可知论的我战败了。虽然败还不服输，所以总得想方法来证实一下。当时唯一可证实我是能够有理想照理想活下去的事，即使用手上一支笔写点什么。先是为一个远在千里外女孩子写了些信，预备把白天海滩上无意中得到的螺蚌附在信里寄去，因为叙述这些螺蚌的来源，我不免将海上光景描绘一番。这种信写成后使我不免有点难过起来，心俨然沉到一种绝望的泥潭里了，为自救自解计，才另外来写个故事。我以为由我自己把命运安排得十分美丽，若势不可能，安排一个小小故事，应当不太困难。我想试试看能不能在空中建造一个式样新奇的楼阁。我无中生有，就日中所见，重新拼合写下去，我应当承认，在写到故事一小部分时，情感即已抬了头。我一直写到天明，还不曾离开桌边，且经过二十三个钟头，只吃过三个硬苹果。写到一半时，我方在前面加个题目：《八骏图》。第五天后，故事居然写成功了。第二十七天后，故事便在上海一个刊物上发表了。刊物从上海寄过青岛时，同住几个专家都觉得被我讥讽了一下，都以为自己即故事上甲乙丙丁，完全不想到我写它的用意，只是在组织一个梦境。至于用来表现“人”在各种限制下所见出的性心理错综情感，我从中抽出式样不同的几种人，用语言、行为、联想、比喻以及其他方式来描写它。这些人照样活一世，并不以为难受，到被别人如此艺术的加以处理时，看来反而难受，在我当时竟觉得大不可解。这故事虽得来些不必要麻烦，且影响到我后来放弃教学的理想，可是一般读者却因故事和题目巧合，表现方法相当新，处理情感相当美，留下个较好印象。且以为一定真有那么一回事，因此按照上海风气，为我故事来作索引，就中男男女女都有名有姓。这种索引自然是不可信的，尤其是说到的女人，近于猜谜。这种猜谜既无关大旨，所以我只用微笑和沉默作为答复。

夏天来了，大家都向海边跑，我却留在山上。有一天，独自在学校旁一列梧桐树下散步，太阳光从梧桐大叶空隙间滤过，光影印在地面上，纵横交错，俨若有所契，有所悟，只觉得生命和一切都交互溶解在光影中。这时节，我又照例成为两种对立的人格。

我稍稍有点自骄，有点兴奋："什么是偶然和情感？我要做的事，就可以做。世界上不可能用任何人力材料建筑的宫殿和城堡，原可以用文字作成功的。有人用文字写人类行为的历史。我要写我自己的心和梦的历史。我试验过了，还要从另外一些方面作种种试验。"

那个回音依然是冷冷的："这不是最好的例，若用前事作例，倒恰好证明前次说的偶然和情感实决定你这个作品的形式和内容。你偶然遇到几件琐碎事情，在情感兴奋中粘合贯串了这些事情，末了就写成了那么一个故事。你再写写看，就知道你单是‘要写’，并不成功了。文字虽能建筑宫殿和城堡，可是那个图样却是另外一时的偶然和情感决定的。”

“这是一种诡辩。时间将为证明，我要做什么，必能做什么。”

“别说你‘能’作什么，你不知道，就是你‘要’作什么，难道还不是由偶然和情感乘除来决定？人应当有自信，但不许超越那个限度。”

“情感难道不属于我？不由我控制？”

“它属于你，可并不如由知识堆积而来的理性，能供你使唤。只能说你属于它，它又属于生理上的‘性’，性又属于人事机缘上的那个偶然。它能使你生命如有光辉，就是它恰恰如一个星体为阳光照及时。你能不能知道阳光在地面上产生了多少生命，具有多少不同形式？你能不能知道有多少生命名字叫作‘女人’，在什么情形下就使你生命放光，情感发炎？你能不能估计有什么在阳光下生长中的生命，到某一时原来恰恰就在支配你，成就你？这一切你全不知道！”

“……”

这似乎太空虚了点，正象一个人在抽象中游泳，这样游来游去，自然不会到达那个理想或事实边际。如果是海水，还可推测得出本身浮沉和位置。如今只是抽象，一切都超越感觉以上，因此我不免有点恐怖起来。我赶忙离开了树下日影，向人群集中处走去，到了熙来攘往的大街上。这一来，两个我照例都消失了。只见陌生人林林总总，在为一切事而忙。商店和银行，饭馆和理发馆，到处有人进出。人与人关系变得复杂到不可思议，然而又异常单纯的一律受钞票所控制。到处有人在得失上爱憎，在得失上笑骂，在得失上作种种表示。离开了大街，转到市政府和教堂时，就可使人想到这是历史上种种得失竞争的象征。或用文字制作经典，或用木石造作虽庞大却极不雅观的建筑物，共同支撑一部分前人的意见，而照例更支撑了多数后人的衣禄。……不知如何一来，一切人事在我眼前都变成了漫画，既虚伪，又俗气，而且反复继续下去，不知到何时为止。但觉人生百年长勤，所得于物虽不少，所得于己实不多。

我俨然就休息到这种对人事的感慨上，虽累而不十分疲倦。我在那座教堂石阶上面对大海坐了许久。

回来时，我想除去那些漫画印象和不必要的人事感慨，就重新使用这支笔，来把佛经中小故事放大翻新，注入我生命中属于情绪散步的种种纤细感觉和荒唐想象。我认为，人生为追求抽象原则，应超越功利得失和贫富等级，去处理生命与生活。我认为，人生至少还容许用将来重新安排一次，就那么试来重作安排，因此又写成一本《月下小景》。

两年后，《八骏图》和《月下小景》结束了我的教书生活，也结束了我海边孤寂中的那种情绪生活。两年前偶然写成的一个小说，损害了他人的尊严，使我无从和甲乙丙丁专家同在一处继续共事下去。偶然拾起的一些螺蚌，连同一个短信，寄到另外一处时，却装饰了另外一个人的青春生命，我的幻想已证实了一部分，原来我和一个素朴而沉默的女孩子，相互间在生命中都保留一种势力，无从去掉了。我到了北平。

有一天，我走入北平城一个人家的阔大华贵客厅里，猩红丝绒垂地的窗帘，猩红丝绒四丈见方的地毯，把我愣住了。我就在一套猩红丝绒旧式大沙发中间，选了靠近屋角一线沙发坐下来，观看对面高大墙壁上的巨幅字画。莫友芝斗大的分隶屏条，赵撝叔斗大的红桃立轴，这一切竟象是特意为配合客厅而准备，并且还象是特意为压迫客人而准备。一切都那么壮大，我于是似乎缩得很小。来到这地方是替一个亲戚带个小礼物，应当面把礼物交给女主人的。等了一会儿，女主人不曾出来，从客厅一角却出来了个“偶然”。问问才知道是这人家的家庭教师，和青岛托带礼物的亲戚也相熟，和我好些朋友都相熟。虽不曾见过我，可是却读过我作的许多故事。因为那女主人出了门，等等方能回来，所以用电话要她和我谈谈。我们谈到青岛的四季，两年前她还到过青岛看樱花，以为樱花和别的花都并不比北平的花好，倒是那个海有意思。女主人回来时，正是我们谈到海边一切，和那个本来俨然海边的主人麻兔时。我们又谈了些别的事方告辞。“偶然”给我一个幽雅而脆弱的印象，一张白白的小脸，一堆黑而光柔的头发，一点陌生羞怯的笑。当发后的压发翠花跌落到地毯上，躬身下去寻找时，我仿佛看到一条素色的虹霓。虹霓失去了彩色，究竟还有什么，我并不知道。“偶然”给我保留一种印象，我给了

“偶然”一本书，书上第一篇故事，原可说就是两年前为抵抗“偶然”而写成的。

一个月以后，我又在另外一个素朴而美丽的小客厅中见到了“偶然”。她说一点钟前还看过我写的那个故事，一面说一面微笑。且把头略偏，眼中带点羞怯之光，想有所探询，可不便启齿。

仿佛有斑鸠唤雨声音从远处传来。小庭园玉兰正盛开。我们说了些闲话，到后“偶然”方问我：“你写的可是真事情？”

我说：“什么叫作真？我倒不大明白真和不真在文学上的区别，也不能分辨它在情感上的区别。文学艺术只有美和不美。精卫衔石，杜鹃啼血，情真事不真，并不妨事。你觉得对不对？”

“我看你写的小说，觉得很美，当真很美，但是，事情真不真——可未必真！”

这种怀疑似乎已超过了文学作品的欣赏，所要理解的是作者的人生态度。

我稍稍停了一会儿：“不管是故事还是人生，一切都应当美一些！丑的东西虽不是罪恶，可是总不能令人愉快。我们活到这个现代社会中，被官僚、政客、银行老板、理发师和成衣师傅，共同弄得到处是丑陋，可是人应当还有个较理想的标准，也能够达到那个标准，至少容许在文学艺术上创造那标准。因为不管别的如何，美应当是善的一种形式！”

正象是这几句空话说中了“偶然”另外某种嗜好，“偶然”轻轻的叹了一口气。“美的有时也令人不愉快！譬如说，一个人刚好订婚，又凑巧……”

我说：“呵！我知道了。你看了我写的故事一定难过起来了。不要难受，美丽总使人忧愁，可是还受用。那是我在海上受水云教育产生的幻影，并非实有其事！”

“偶然”于是笑了。因为心被个故事已浸柔软，忽然明白这为古人担忧弱点已给客人发现，自然觉得不大好意思。因此不再说什么，把一双白手拉拉衣角，裹紧了膝头。那天穿的衣服，恰好是件绿底小黄花绸子夹衫，衣角袖口缘了一点紫。也许自己想起这种事，只是不经意的和我那故事巧合，也许又以为客人并不认为这是不经意，且认为是成心。所以在应对间不免用较多微笑作为礼貌的装饰，与不安情绪的盖覆。结果另外又给了我一种印象。我呢，我知道，上次那本小书给人甘美的忧愁已够多了。

离开那个素朴小客厅时，我似乎遗失了一点什么东西。在开满了马樱花和洋槐的长安街大路上，试搜寻每个衣袋，不曾发现失去的是什么。后来转入中南海公园，在柳堤上绕了一个大圈子，见到水中的云影，方骤然觉悟失去的只是三年前独自在青岛大海边向虚空凝眸、作种种辩论时那一点孩子气主张。这点自信若不是掉落到一堆时间后边，就是前不久掉在那个小客厅中了。

我坐在一株老柳树下休息，想起“偶然”穿的那件夹衫，颜色花朵如何与我故事上景物巧合。当这点秘密被我发现时，“偶然”所表示的那种轻微不安，是种什么分量。我想起我向“偶然”说的话，这些话，在“偶然”生命中，可能发生的那点意义，又是种什么分量，心似乎有点跳得不大正常。“美丽总使人忧愁，然而还受用。”

一个小小金甲虫落在我的手背上，捉住了它看看时，只见六只小脚全缩敛到带金属光泽的甲壳下面。从这小虫生命完整处，见出自然之巧和生命形式的多方。手轻轻一扬，金虫即振翅飞起，消失在广阔的湖面莲叶间了。

我同样保留了一点印象在记忆里。原来我的心尚空阔得很，为的是过去曾经装过各式各样的梦，把梦腾挪开时，还装得上许多事事物物。然而我想这个泛神倾向若用之与自然对面，很可给我对现世光色有更多理解机会；若用之于和人事对面，或不免即成为我一种弱点，尤其是在当前的情形下，决不能容许弱点抬头。

因此我有意从“偶然”给我的印象中，搜寻出一些属于生活习惯上的缺点，用作保护我性情上的弱点。

> ……生活在一种不易想象的社会中，日子过得充满脂粉气。这种脂粉气既成为生活一部分，积久也就会成为生命中不可少的一部分。一切不外乎装饰，只重在增加对人的效果，毫无自发的较深较远的理想。性情上的温雅，和文学爱好，也可说是足为装饰之一种。脂粉气邻于庸俗，知识也不免邻于虚伪。一切不外乎时髦，然而时髦得多浅多俗气！……

我于是觉得安全了。倘若没有别的时间下偶然发生的事情，我应当说实在是十分安全的。因为我所体会到的“偶然”生活性情上的缺点，一直都还保护到我，任何情形下尚有作用。不过保护得我更周到的，也许还是另外一种事实，即一种幸福的婚姻，或幸福婚姻的幻影，我正准备去接受它，证实它。这也可说是种偶然，为的是由于两年前在海上拾来那点螺蚌，无意中寄到南方时所得的结果。然而关于这件事，我却认为是意志和理性作成的。恰恰如我一切用笔写成的故事，内容虽近于传奇，由我个人看来，却产生于一种计划中。

时间流过去了，带来了梅花、丁香、芍药和玉兰，一切北方色香悦人的花朵，在冰冻渐渐融解风光中逐次开放。另外一种温柔的幻影已成为实际生活。一个小小院落中，一株槐树和一株枣树，遮蔽了半个院子，从细碎树叶间筛下细碎的明净秋阳日影，铺在砖地，映照在素净纸窗间，给我对于生命或生活一种新的经验和启示。一切似乎都安排对了。我心想：

“我要的，已经得到了。名誉或认可，友谊和爱情，全部到了我的身边。我从社会和别人证实了存在的意义。可是不成，我似乎还有另外一种幻想，即从个人工作上证实个人希望所能达到的传奇。我准备创造一点纯粹的诗，与生活不相粘附的诗。情感上积压下来的一点东西，家庭生活并不能完全中和它消耗它，我需要一点传奇，一种出于不巧的痛苦经验，一分从我‘过去’负责所必然发生的悲剧。换言之，即完美爱情生活并不能调整我的生命，还要用一种温柔的笔调来写爱情，写那种和我目前生活完全相反，然而与我过去情感又十分相近的牧歌，方可望使生命得到平衡。”

因此每天大清早，就在院落中一个红木八条腿小小方桌上，放下一叠白纸，一面让细碎阳光洒在纸上，一面将我某种受压抑的梦写在纸上。故事中的人物，一面从一年前在青岛崂山北九水旁见到的一个乡村女子，取得生活的必然，一面就用身边新妇作范本，取得性格上的素朴式样。一切充满了善，然而到处是不凑巧。既然是不凑巧，因之素朴的善终难免产生悲剧。故事中充满五月中的斜风细雨，以及那点六月中夏雨欲来时闷人的热，和闷热中的寂寞。这一切其所以能转移到纸上，倒可说全是从两年来海上阳光得来的能力。这一来，我的过去痛苦的挣扎，受压抑无可安排的乡下人对于爱情的憧憬，在这个不幸故事上，才得到了排泄与弥补。

一面写一面总仿佛有个生活上陌生、情感上相当熟习的声音在招呼我：

“你这是在逃避一种命定。其实一切努力全是枉然。你的一支笔虽能把你带向‘过去’，不过是用故事抒情作诗罢了。真正在等待你的却是‘未来’。你敢不敢向更深处想一想，笔下如此温柔的原因？你敢不敢仔仔细细认识一下你自己，是不是个能够在小小得失悲欢上满足的人？”

“我用不着作这种分析和研究。我目前的生活很幸福，这就够了。”

“你以为你很幸福，为的是你尊重过去，当前是照你过去理性或计划安排成功的。但你何尝真正能够在自足中得到幸福？或用他人缺点保护，或用自己的幸福幻影保护，二而一，都可作为你害怕‘偶然’浸入生命中时所能发生的变故。因为‘偶然’能破坏你幸福的幻影。你怕事实，所以自觉宜于用笔捕捉抽象。”

“我怕事实？”

“是的，你害怕明天的事实。或者说你厌恶一切事实，因之极力想法贴近过去，有时并且不能不贴近那个抽象的过去，使它成为你稳定生命的碇石。”

我好象被说中了，无从继续申辩。我希望从别的事情上找寻我那点业已失去的自信，或支持自信的观念；没有得到，却得到许多容易破碎的古陶旧瓷。由于耐心和爱好换来的经验，使我从一些盘盘碗碗形体和花纹上，认识了这些艺术品的性格和美术上特点，都恰恰如一个中年人自各样人事关系上所得的经验一般。久而久之，对于清代瓷器中的盘碗，我几乎用手指去摸抚它的底足边缘，就可判断作品的相对年代了。然而这一切却只能增加我耳边另外一种声音的调讽。

“你打量用这些容易破碎的东西稳定平衡你奔放的生命，到头还是毫无结果。这消磨不了你三十年积压的幻想。你只有一件事情可作，即从一种更直接有效的方式上，发现你自己，也发现人。什么地方有些年青温柔的心在等待你，收容你的幻想，这个你明明白白。为的是你怕事，你于是名字叫做好人。”声音既来自近处，又象来自远方，却十分明白的存在，不易消失。

试去搜寻从我生活上经过的人事时，才发现这个那个“偶然”都好象在控制我支配我。因此重新在所有“偶然”给我的印象上，找出每个“偶然”的缺点，保护到我自己的弱点。只因为这些声音从各方面传来，且从不同时间不同地点传来。

我的新书《边城》出了版。这本小书在读者间得到些赞美，在朋友间还得到些极难得的鼓励。可是没有一个人知道我是在什么情绪下写成这个作品，也不大明白我写它的意义。即以极细心朋友刘西渭先生批评说来，就完全得不到我如何用这个故事填补我过去生命中一点哀乐的原因。唯其如此，这个作品在我抽象感觉上，我却得到一种近乎严厉讥刺的责备。

“这是一个胆小而知足且善逃避现实者最大的成就。将热情注入故事中，使他人得到满足，而自己得到安全，并从一种友谊的回声中证实生命的意义。可是生命真正意义是什么？是节制还是奔放？是矜持还是疯狂？是一个故事还是一种事实？”

“这不是我要回答的问题，他人也不能强迫我答复。”

不过这件事在我生命中究竟已经成为一个问题。庭院中枣子成熟时，眼看到缀系在细枝间被太阳晒得透红的小小果实，心中不免有一丝儿对时序的悲伤。一切生命都有个秋天，来到我身边却是那个“秋天的感觉”。这种感觉可以使一个浪子缩手皈心，也可以使一个君子胡涂堕落，为的是衰落预感刺激了他，或恼怒了他。

天气渐冷，我已不能再在院中阳光下写什么，且似乎也并无什么故事可写。心手两闲的结果，使我起始坠入故事里乡下女孩子那种纷乱情感中。我需要什么？不大明白，又正象不敢去思索明白。总之情感在生命中已抬了头。这比我真正去接近某个“偶然”时还觉得害怕。因为它虽不至于损害人，事实上却必然会破坏我——我的工作理想和一点自信心，都必然将如此而毁去。最不妥当处是我还有些预定的计划，这类事与我“性情”虽不甚相合，对我“生活”却近于必需。情感若抬了头，一群“偶然”听其自由浸入我生命中，就什么都完事了。当时若能写个长篇小说，照《边城题记》中所说来写崩溃了的乡村一切，来消耗它，归纳它，也许此后可以去掉许多困难。但这种题目和我当时心境都不相合。我只重新逃避到字帖赏玩中去。我想把写字当成一束草，一片破碎的船板，俨然用它为我下沉时有所准备。我要和生命中一种无固定性的势能继续挣扎，尽可能去努力转移自己到一种无碍于人我的生活方式上去。

不过我虽能将生命逃避到艺术中，可无从离开那个环境。环境中到处是年青生命，到处是“偶然”。也许有些是相互逃避到某种问题中，有些又相互逃避到礼貌中，更有些说不定还近于“挹彼注此”的情形，因之各人都可得到一种安全感或安全事实。可是这对于我，自然是不大相宜的。我的需要在压抑中，更容易见出它的不自然处。岁暮年末时，因之“偶然”中之某一个，重新有机会给了我一点更离奇印象。依然那么脆弱而羞怯，用少量言语多量微笑或沉默来装饰我们的晤面。其时白日的阳光虽极稀薄，寒风冻结了空气，可是房中炉火照例极其温暖，火炉边柔和灯光中，是能生长一切的，尤其是那个名为“感情”或“爱情”的东西。可是为防止附于这个名词的纠纷性和是非性，我们却把它叫作“友谊”。总之，“偶然”之一和我的友谊越来越不同了。一年余以来努力的退避，在十分钟内即证明等于精力白费。“偶然”的缺点依旧尚留在我印象中，而且更加确定，然而却不能保护我什么了。其他“偶然”的长处，也不能保护我什么了。

我于是逐渐进入到一个激烈战争中，即理性和情感的取舍。但事极显明，就中那个理性的我终于败北了。当我第一次给了“偶然”一种败北以后的说明时，一定使“偶然”惊喜交集，且不知如何来应付这种新的问题。因为这件事若出于另一“偶然”，则准备已久，恐不过是“我早知如此”轻轻的回答，接着也不过是由此必然而来的一些给和予。然而这事情却临到一个无经验无准备的“偶然”手中，在她的年龄和生活上，是都无从处理这个难题，更毫无准备应付这种问题的技术。因此当她感觉到我的命运是在她手中时，不免茫然失措。

我呢，俨然是在用人教育我。我知道这恰是我生命的两面，用之于编排故事，见出被压抑热情的美丽处，用之于处理人事，即不免见出性情上的弱点，不特苦恼自己也苦恼人。我真业已放弃了一切可由常识来应付的种种，一任自己沉陷到一种情感漩涡里去。十年后温习到这种“过去”时，我恰恰如在读一本属于病理学的书籍，这本书名应当题作：《情感发炎及其治疗》，作者是一个疯子同时又是一个诗人。书中毫无故事，惟有近乎抽象的印象拼合。到客厅中红梅与白梅全已谢落时，“偶然”的微笑已成为苦笑。因为明白这事得有个终结，就装作为了友谊的完美，和个人理想的实证，带着一点悲伤，一种出于勉强的充满痛苦的笑，好象说，“我得到的已够多了”，就到别一地方去了。走时的神气，和事前心情上的纷乱，竟与她在某一时写的一个故事完全相同。不同处只是所要去的方向而已。

我于是重新得到了稳定，且得到用笔的机会。可是我不再写什么传奇故事了，因为生活本身即为一种动人的传奇。我读过一大堆书，再无什么故事比我情感上的哀乐得失经验更离奇动人。我读过许多故事，好些故事到末后，都结束到“死亡”和一个“走”字上，我却估想这不是我这个故事的结局。

第二个“偶然”因为在我生命中用另外一种形式存在，我读了另外一本书。这本书正如出于一个极端谨慎的作者，中间从无一个不端重的句子，从无一段使他人读来受刺激的描写，而且从无离奇的变故与纠纷，然而且真是一种传奇。为的是在这故事背后，保留了一切故事所必需的回目，书中每一章每一节都是对话，与前一个故事微笑继续沉默完全相反。故事中无休止的对话与独白，却为的是沉默即会将故事组织完全破坏而起，从独白中更可见出“偶然”生命取予的形式。因为预防，相互都明白一沉默即将思索，一思索即将究寻名词，一究寻名词即可能将“友谊”和“爱情”分别其意义。这一来，情形即发生变化，不窘人将不免自窘。因此这故事就由对话起始，由独白结束。书中人物俨然是在一种战争中维持了十年友谊。形式上都得了胜利，事实上也可说都完全败北。因为装饰过去的生命，本容许有一点妩媚和爱骄，以及少许有节制的疯狂，故事中却用对话独白代替了。

第三个“偶然”浸入我生命中时，初初即给我一种印象，是上海成衣匠和理发匠等等在一个年青肉体上所表现的优美技巧。我觉得这种技巧只合给第二等人增加一点风情上的效果，对于“偶然”实不必要。因此我在沉默中为除去了这些人为的技巧，看出自然所给予一个年青肉体完美处和精细处。最奇异的是这里并没有情欲，竟可说毫无情欲，只有艺术。我所处的地位完全是一个艺术鉴赏家的地位。我理会的只是一种生命的形式，以及一种自然道德的形式。没有冲突，超越得失，我从一个人的肉体认识了神与美，且即此为止，我并不曾用其他方式破坏这种神与美的印象。正可说是一本完全图画的传奇，就中无一个文字。唯其如此，这个传奇也庄严到使我不能用文字来叙述。唯一可重现人我这种崇高美丽情感应当是音乐。但是一个轻微的叹息，一种目光的凝注，一点混和爱与怨的退避，或感谢与崇拜的轻微接近，一种象征道德极致的素朴，一种表示惊讶的呆，音乐到此亦不免完全失去了意义。这个传奇是……

我在用人教育我，俨然陆续读了些不同体裁的传奇。这点机会，大多数却又是我先前所写的一堆故事为证明，我是诚实而细心，且奇特的能辨别人生理解人心，更知道庄严和粗俗的细微分量界限，不至于错用或滥用，因此能翻阅这些奇书。

不过度量这一切，自然用的是我从乡下随身带来的尺和秤。若由一般社会所习惯的权衡来度量我的弱点和我的坦白，则我存在的意义存在的价值早已失去了。因为我也许在“偶然”中翻阅了些不应道及的篇章。

然而正因为弱点和坦白共同在性格或人格上表现，

如此单纯而明朗，使我在婚姻上见出了奇迹。在连续而来的挫折中，作主妇的始终能保留那个幸福的幻影，而且还从其他方式上去证实它。这种事由别人看来为不可解，恰恰如我为这个问题写的一个短篇所描写到的情形："当两人在熟人面前被人称为'佳偶'时，就用微笑表示'也象冤家'；又或在熟人神气间被目为'冤家'时，仍用微笑表示'实是佳偶'"，由自己说来，也极自然。只因为理解到"长处"和"弱点"原是生命使用方式上的不同，情形必然就会如此。一切基于理解。我是个云雀，经常向碧空飞得很高很远，到一定程度，终于还是直向下坠，归还旧窠。

再过了四年，战争把世界地图和人类历史全改变了过来，同时从极小处，也重造了的人与人的关系，以及这个人在那个人心上的位置。

一个聪明善感的女孩子，年纪大了点时，自然都乐意得到一个朋友的信托，更乐意从一个朋友得到一点有分际的、混合忧郁和热忱所表示的轻微疯狂，用作当前剩余青春的点缀，以及明日青春消逝温习的凭证。如果过去一时，还保留一些美好印象，印象的重叠，使人在取予上自然都不能不变更一种方式，见出在某些事情上的宽容为必然，在某种事情上的禁忌为不必要，无形中都放弃了过去一时的那点警惧心和防卫心。因此虹和星都若在望中，我俨然可以任意去伸手摘取。可是我所注意摘取的，应当说，却是自己生命追求抽象原则的一种形式。我只希望如何来保留这种热忱到文字中。对于爱情或友谊本身，已不至于如何惊心动魄来接近它了。我懂得“人”多了一些，懂得自己也多了些。在“偶然”之一过去所以自处的“安全”方式上，我发现了节制的美丽。在另外一个“偶然”目前所以自见的“忘我”方式上，我又发现了忠诚的美丽。在第三个“偶然”所希望于未来“谨慎”方式上，我还发现了谦退中包含勇气与明智的美丽。……生命取舍的多方，因之使我不免有点“老去方知读书少”的自觉。我还需要学习，从更多陌生的书以及少数熟习的人学习点“人生”。

因此一来，“我”就重新又成为一个毫无意义的字言，因为很快即完全消失到一些“偶然”的颦笑中和这类颦笑取舍中了。

失去了“我”后却认识了“神”，以及神的庄严。墙壁上一方黄色阳光，庭院里一点花草，蓝天中一粒星子，人人都有机会见到的事事物物，多用平常感情去接近它。对于我，却因为和“偶然”某一时的生命同时嵌入我记忆中印象中，它们的光辉和色泽，就都若有了神性，成为一种神迹了。不仅这些与“偶然”间一时浸入我生命中的东西，含有一种神性，即对于一切自然景物，到我单独默会它们本身的存在和宇宙微妙关系时，也无一不感觉到生命的庄严。一种由生物的美与爱有所启示，在沉静中生长的宗教情绪，无可归纳，我因之一部分生命，竟完全消失在对于一切自然的皈依中。这种简单的情感。很可能是一切生物在生命和谐时所同具的，且必然是比较高级生物所不能少的。然而人若保有这种情感时，却产生了伟大的宗教，或一切形式精美而情感深致的艺术品。对于我呢，我什么也不写，亦不说。我的一切官能都似乎在一种崭新教育中，经验了些极纤细微妙的感觉。

我用这种“从深处认识”的情感来写故事，因之产生了《长河》，这个作品的被扣留无从出版，不是偶然了。因为从普通要求说来，对战事描写，是不必要如此向深处掘发的。

我住在一个乡下，因为某种工作，得常常离开了一切人，单独从个宽约七里的田坪通过。若跟随引水道曲折走去，可见到长年活鲜鲜的潺湲流水中，有无数小鱼小虫，随流追逐，悠然自得，各有其生命之理。平流处多生长了一簇簇野生慈菇，箭头形叶片虽比田中生长的较小，开的小白花却很有生气。花朵如水仙，白瓣黄蕊，成一小串，从中心挺起。路旁尚有一丛丛刺蓟科野草，开放翠蓝色小花，比毋忘我草形体尚清雅脱俗，使人眼目明爽，如对无云碧穹。花谢后却结成无数小小刺球果子，便于借重野兽和家犬携带到另一处繁殖。若从其他几条较小路上走去，蚕豆和麦田中，照例到处生长浅紫色樱草，花朵细碎而妩媚，还带上许多白粉。采摘来时不过半小时即枯萎，正因为生命如此美丽脆弱，更令人感觉生物中求生存与繁殖的神性。在那两旁铺满彩色绚丽花朵细小的田塍上，且随时可看到成对的羽毛黑白分明异常清洁的鹡鸰，见人时微带惊诧，一面飞起一面摇颠着小小长尾，在豆麦田中一起一伏，似乎充满了生命的悦乐。还有那个顶戴大绒冠的戴胜鸟，披负一身杂毛，一对小眼睛骨碌碌的对人痴看，直到来人近身时，方微带匆促展翅飞去。本地秧田照习惯不作他用。除三月时育秧，此外长年都浸在一片浅水里，另外几方小田种上慈菇莲藕的，也常是一片水。不问晴雨这种田中照例有三两只缩肩秃尾白鹭鸶，清癯而寂寞，在泥沼中有所等待，有所寻觅。又有种鸥形水鸟，在田中走动时，肩背毛羽全是一片美丽桃灰色，光滑而带丝网光泽，有时数百成群在空中翻飞游戏，因翅翼下各有一片白，便如一阵光明的星点，在蓝穹下动荡。小村子有一道流水穿过，水面人家土墙边，都用带刺木香花作篱笆，带雨含露成簇成串的小白花，常低垂到人头上，得一面撩拨方能通过。树下小河沟中，常有小孩子捉鳅拾蚌，或精赤身子相互浇水取乐。村子中老妇人坐在满是土蜂窠的向阳土墙边取暖，屋角隅可听到有人用大石杵缓缓的捣米声，景物人事相对照，恰成一希奇动人景象。过小村落后又是一片平田，菜花开时，眼中一片黄，鼻底一片香。土路不十分宽，驮麦粉的小马和驮烧酒的小马，与迎面来人擦身而过时，赶马押运货物的，却远远的在马后喊“让马”，从不在马前牵马让人。因此行人必照规矩下到田塍上去，等待马走过时再上路。菜花一片黄的平田中，还可见到整齐成行的细枯胡麻，竟象是完全为装饰用，一行一行栽在中间，在瘦小脆弱的本端，开放一朵朵翠蓝色小花，花头略略向下低垂，张着小嘴如铃兰样子，风姿娟秀而明媚，在阳光下如同向小蜂小虫微笑，“来，吻我，这里有蜜！……”

眼目所及都若有神迹在其间，且从这一切都可发现有“偶然”的友谊的笑语和爱情芬芳。

在另一方面，人事上自然也就生长了些看不见的轻微的妒忌，无端的忧虑，有意的间隔，和那种无边无际累人而又闷人的白日梦。尤其是一点眼泪，来自爱怨交缚的一方，一点传说，来自得失未明的一方，就在这种人与人，“偶然”与“偶然”的取舍分际上，我似乎重新接受了一种人生教育。矢来有向或矢来无向，我却一例听之直中所欲中心上某点，不逃避，不掩护。我处在一种极端矛盾情形中，然而到用自己那个尺寸来衡量时，却感觉生命实复杂而庄严。尤其是从一个“偶然”的眩目景象中离开，走到平静自然下见到一切时，生命的庄严有时竟完全如一个极虔诚的教徒。谁也想象不到我生命是在一种什么形式下燃烧。即以这个那个“偶然”而言。所知道的似乎就只是一些片断，不完全的一体。

我写了无数篇章，叙述我的感觉或印象，结果却不曾留下。正因为各种试验，都证明它无从用文字保存。或只合保存在生命中，且即同一回事，在人我生命中，意义上也完全不同。

我那点只用自己尺寸度量人事得失的方式，不可免要反应到对“偶然”的缺点辨别上。这种细微感觉在普通人我关系上决体会不到，在比较特殊的一种情形上，便自然会发生变化。恰如甲状腺在水中的情形，分量即或极端稀少，依然可以测出。在这个问题上，我明白我泛神的思想，即曾经损害到这个或那个“偶然”的幽微感觉是种什么情形。我明知语言行为都无补于事实，便用沉默应付了一些困难，尤其是应付轻微的妒嫉，以及伴同那个人类弱点而来的一点埋怨，一点责难，一点不必要的设计。我全当作“自然”。我自觉已尽了一个朋友所能尽的力，来在友谊上用最纤细感觉接受纤细反应。而且在诚实外还那么谨慎小心，从不曾将“乡下人”的方式，派给一个城中朋友，一切有分际的限制，即所以保护到情感上的安全。然而问题也许就正在此。“你口口声声说是一个乡下人，却从不用乡下人的坦白来说明友谊，却装作绅士。然而在另外一方面，你可能又完全如一个乡下人。”我就用沉默将这种询问所应有的回声，逼回到“偶然”耳中去。于是“偶然”走了。

其次是正在把生活上的缺点从习惯中扩大的“偶然”，当这种缺点反应到我感觉上时，她一面即意识到在过去一时某些稍稍过分行为中，失去了些骄傲，无从收回，一面即经验到必须从另外一种信托上，方能取回那点自尊心，或更换一个生活方式，方可望产生一点自信心。正因为热情是一种教育，既能使人疯狂胡涂，也能使人明彻深思。热情使我对于“偶然”感到惊讶，无物不“神”，却使“偶然”明白自己只是一个“人”，乐意从人的生活上实现个人的理想与个人的梦。到“偶然”思索及一个人的应得种种名分与事实时，当然有了痛苦。因为发觉自己所得到虽近于生命中极纯粹的诗，然而个人所期待所需要的还只是一种具体生活。纯粹的诗虽能作一个女人青春的装饰，华美而又有光辉，然而并不能够稳定生命，满足生命。再经过一些时间的澄滤，便得到如下的结论："若想在他人生命中保有'神'的势力，即得牺牲自己一切'人'的理想。若希望证实'人'的理想，即必须放弃当前唯'神'方能得到的一切。热情能给人兴奋，也给人一种无可形容的疲倦。尤其是在'纯粹的诗'和'活鲜鲜的人'愿望取舍上，更加累人。""偶然"就如数年前一样，用着无可奈何的微笑，掩盖到心中受伤处，离开了我。临走时一句话不说。我却从她沉默中，听到一种申诉：

"我想去想来，我终究是个人，并非神，所以我走了。若以为这是我一点私心，这种猜测也不算错误。因为我还有我做一个人的希望。并且我明白离开你后，在你生命中保有的印象。那么下去，不说别的，即这种印象在习惯上逐渐毁灭，对于我也受不了。若不走，留到这里算是什么？在时间交替中我能得到些什么？我不能尽用诗歌生存下去，恰恰如你说的不能用好空气和好风景活下去一样。我是个并不十分聪明的女人，这也许正是使我把一首抒情诗当作散文去读的真正原因。我的行为并不求你原谅，因为给予的和得到的已够多，不需用这种泛泛名词来自解了。说真话，这一走，这个结论对于你也不十分坏！有个幸福的家庭，有一个——应当说有许多的‘偶然’，都在你过去生活中保留一些印象。你得到所能得到的，也给予所能给予的。尤其是在给予一切后，你反而更丰富更充实的存在。”

于是“偶然”留下一排插在发上的玉簪花，摇摇头，轻轻的开了门，当真就走去了。其时天落了点微雨，雨后有彩虹在天际。

我并不如一般故事上所说的身心崩毁，反而变得非常沉静。因为失去了“偶然”，我即得回了理性。我向虹起处方向走去，到了一个小小山头上。过一会儿，残虹消失到虚无里去了，只剩余一片在变化中的云影。那条素色的虹霓，若干年来在我心上的形式，重新明明朗朗在我眼前现出。我不由得不为“人”的弱点和对于这种弱点挣扎的努力，感到一点痛苦。

“‘偶然’，你们全走了，很好。或为了你们的自觉，或为了你们的弱点，又或不过是为了生活上的习惯，既以为一走即可得到一种解放，一些新生的机缘，且可从另外人事上收回一点过去一时在我面前快乐行为中损失的尊严和骄傲，尤其是生命的平衡感和安全感的获得，在你认为必需时，不拘用什么方式走出我生命以外，我觉得都是必然的。可是时间带走了一切，也带走了生命中最光辉的青春，和附于青春而存在的羞怯的笑，优雅的礼貌，微带矜持的应付，极敏感的情分取予，以及那个肉体的完整形式，华美色泽和无比芳香。消失的即完全消失到不可知的‘过去’里了。然而却有一个朋友能在印象中保留它，能在文字中重现它……你如想寻觅失去的生命，是只有从这两方面得到，此外别无方法。你也许以为失去了我，即可望得到‘明天’，但不知生命真正失去了我时，失去了‘昨天’，活下来对于你是种多大的损失！”

自从“偶然”离开了我后，云南就只有云可看了。黄昏薄暮时节，天上照例有一抹黑云，那种黑而秀的光景，不免使我想起过去海上的白帆和草地上黄花，想起种种虹影和淡白星光，想起灯光下的沉默继续沉默，想起墙壁上慢慢的移动那一方斜阳，想起瓦沟中的绿苔和细雨，微风中轻轻摇头的狗尾草……想起一堆希望和一点疯狂，终于如何又变成一片蓝色的火焰，一撮白灰。

这一切如何教育我认识生命最离奇的遇合与最高的意义。

当前在云影中恰恰如过去在海岸边，我获得了我的单独。那个失去了十年的理性，回到我身边来了。

“你这个对政治无信仰对生命极关心的乡下人，来到城市中‘用人教育我’，所得经验已经差不多了。你比十年前稳定得多也进步得多了。正好准备你的事业，即用一支笔来好好的保留最后一个浪漫派在二十世纪生命取予的形式，也结束了这个时代这种情感发炎的症候。你知道你的长处，即如何好好的善用长处。成功或胜利在等待你，嘲笑和失败也在等待你；但这两件事对于你都无多大关系。你只要想到你要处理的也是一种历史，属于受时代带走行将消灭的一种人我关系的历史，你就不至于迟疑了。”

“成功与幸福，不是智士的目的，就是俗人的期望，这与我全不相干。真正等待我的只有死亡。在死亡来临以前，我也许还可以作点小事，即保留这些‘偶然’浸入一个乡下人生命中所具有的情感冲突与和谐程序。我还得在‘神’之解体的时代，重新给神作一种赞颂。在充满古典庄严与雅致的诗歌失去光辉和意义时，来谨谨慎慎写最后一首抒情诗。我的妄想在生活中就见得与社会隔阂，在写作上自然更容易与社会需要脱节。不过我还年青，世故虽能给我安全和幸福，一时还似乎不必来到我身边。我已承认你十年前的意见，即将一切交给‘偶然’和‘情感’为得计。我好象还要受另外一种‘偶然’所控制，接近她时，我能从她的微笑和皱眉中发现神；离开她时，又能从一切自然形式色泽中发现她。这也许正如你所说，因为我是个对一切无信仰的人，却只信仰‘生命’。这应当是我一生的弱点，但想想附于这个弱点下的坦白与诚实，以及对于人性细致感觉理解的深致，我知道，你是第一个就首先对于我这个弱点加以宽容了。我还需要回到海边去，回到‘过去’那个海边。至于别人呢，我知道她需要的倒应当是一个‘抽象’的海边。两个海边景物的明丽处相差不多，不同处其一或是一颗孤独的心的归宿处，其一却是热情与梦结合而为一使‘偶然’由‘神’变‘人’的家……”

“唉，我的浮士德，你说得很美，或许也说得很对。你还年青，至少当你被这种黯黄黄灯光所诱惑时，就显得相当年青。我还相信这个广大的世界，尚有许多形体、颜色、声音、气味，都可以刺激你过分灵敏的官觉，使你变得真正十分年青。不过这是不中用的。因为时代过去了。在过去时代能激你发狂引你入梦的生物，都在时间漂流中消失了匀称与丰腴，典雅与清芬。能教育你的正是从过去时代培植成功的典型。时间在成毁一切，都行将消灭了。代替而来的将是无计划无选择随同海上时髦和政治需要繁殖的一种简单范本。在这个新的时代进展中，你是个不必要的人物了。在这个时代中，你的心即或还强健而坚韧，也只合为‘过去’而跳跃，不宜于用在当前景象上了。你需要休息休息了，因为在这个问题上徘徊实在太累。你还有许多事情可作，纵不乐成也得守常。有些责任，即与他人或人类幸福相关的责任。你读过那本题名《情感发炎及其治疗》的奇书，还值得写成这样一本书。且不说别的，即你这种文字的格式，这种处理感觉和思想的方法，也行将成为过去，和当前体例不合了！”

“是不是说我老了？”

没有得到任何回答。

天气冷了些，桌前清油灯加了个灯头，两个灯头燃起两朵青色小小火焰，好象还不够亮。灯光总是不大稳定，正如一张发抖的嘴唇，代替过去生命吻在桌前一张白纸上。十年前写《边城》时，从槐树和枣树枝叶间滤过的阳光如何照在白纸上，恍惚如在目前。灯光照及油瓶、茶杯、银表、书脊和桌面遗留的一小滴油时，曲度相当处都微微返着一点光。我心上也依稀返着一点光影，照着过去，又象是为过去所照彻。小房中显得宽阔，光影照不及处全是一片黑暗。

我应当在这一张白纸上写点什么？一个月来因为写“人”，作品已第三回被扣，证明我对于大事的寻思，文字体例显然当真已与时代不大相合。因此试向“时间”追究，就见到那个过去。然而有些事，已多少有点不同了。

“时间带走了一切，天上的虹或人间的梦，或失去了颜色，或改变了式样。即或你自以为有许多事尚好好保留在心上，可是，那个时间在你不大注意时，却把你的心变硬了，变钝了，变得连你自己也不大认识自己了。时间在改造一切，星宿的运行，昆虫的触角，你和人，同样都在时间下失去了固有的位置和形体。尤其是美，不能在风光中静止。人生可悯。”

“温习过去，变硬了的心也会柔软的！到处地方都有个秋风吹上人心的时候，有个灯光不大明亮的时候，有个想向‘过去’伸手，若有所攀援，希望因此得到一点助力，方能够生活得下去时候。”

“这就更加可悯！因为印象的温习，会追究到生活之为物，不过是一种连续的负心。凡事无不说明忘掉比记住好。‘过去’分量若太重，心子是载不住它的。忘不掉也得勉强。这也正是一种战争！败北且是必然的结果。”

是的，这的确也是一种战争。我始终对面前那两个小小青色火焰望着。灯头不知何时开了花，“在火焰中开放的花，油尽灯熄时，才会谢落的。”

“你比拟得好。可是人不能在美丽比喻中生活下去。热情本身并不是象征，它燃烧了自己生命时，即可能燃烧别人的生命。到这种情形下，只有一件事情可作，即听它燃烧，从相互燃烧中有更新生命产生（或为一个孩子，或为一个作品）。那个更新生命方是象征热情。人若思索到这一点，为这一点而痛苦，痛苦在超过忍受能力时，自然就会用手去剔剔你所谓要在油尽灯熄时方谢落的灯花。那么一来，灯花就被剔落了。多少人即如此战胜了自己的弱点，虽各在撤退中救出了自己，也正可见出爱情上的勇气和决心。因为不是件容易事，虽损失够多，作成功后还将感谢上帝赐给他的那点勇气和决心。”

“不过，也许在另外一时，还应当感谢上帝给了另外一个人的弱点，即您灯光引带他向过去的弱点。因为在这种弱点上，生命即重新得到了意义。”

“既然自己承认是弱点，你自己到某一时也会把灯花剔落的。”

我当真就把灯花剔落了。重新添了两个灯头，灯光立刻亮了许多。我要试试看能否有四朵灯花在深夜中同时开放。

一切都沉默了，只远处有风吹树枝，声音轻而柔。

油慢慢的燃尽时，我手足都如结了冰，还没有离开桌边。灯光虽渐渐变弱，还可以照我走向过去，并辨识路上所有和所遭遇的一切。情感似乎重新抬了头，我当真变得好象很年青，不过我知道，这只是那个过去发炎的反应，不久就会平复的。

屋角风声渐大时，我担心院中那株在小阳春十月中开放的杏花，会被冷风冻坏。“我关心的是一株杏花还是几个人？是几个在过去生命中发生影响的人，还是另外更多数未来的生存方式？”等待回答。没有回答。

一九四二年作

忆翔鹤

——二十年代前期
同在北京我们一段生活的点点滴滴

一九二三年秋天，我到北京已约一年，住在前门外杨梅竹斜街“酉西会馆”侧屋一间既湿且霉的小小房间中，看我能看的一些小书，和另外那本包罗万有用人事写成的“大书”，日子过得十分艰苦，却对未来充满希望。可是经常来到会馆看望我的一个表弟，先我两年到北京的农业大学学生，却担心我独住在会馆里，时间久了不是个办法。特意在沙滩附近银闸胡同一个公寓里，为我找到一个小小房间，并介绍些朋友，用意是让我在新环境里多接近些文化和文化人，减少一点寂寞，心情会开朗些。住处原是个贮煤间。因为受“五四”影响，来京穷学生日多，掌柜的把这个贮煤间加以改造，临时开个窗口，纵横钉上四根细木条，用高丽纸糊好，搁上一个小小写字桌，装上一扇旧门，让我这么一个体重不到一百磅的乡下佬住下。我为这个仅可容膝安身处，取了一个既符合实际又略带穷秀才酸味的名称，“窄而霉小斋”，就泰然坦然住下来了。生活虽还近于无望无助的悬在空中，气概倒很好，从不感到消沉气馁。给朋友印象，且可说生气虎虎，憨劲十足。主要原因，除了我在军队中照严格等级制度，由班长到军长约四十级的什么长，具体压在我头上心上的沉重分量已完全摆脱，且明确意识到是在真正十分自由的处理我的当前，并创造我的未来。此外还有三根坚固结实支柱共同支撑住了我，即“朋友”、“环境”和“社会风气”。

原来一年中，我先后在农业大学、燕京大学和北京大学，就相熟了约三十个人。农大的多属湖南同乡。两间宿舍共有十二个床位，只住下八个学生，共同自办伙食，生活中充满了家庭空气。当时应考学农业的并不多，每月既有二十五元公费，学校对学生还特别优待。农场的蔬菜瓜果，秋收时，每一学生都有一份。实验农场大白菜品种特别好，每年每人可分一二百斤，一齐埋在宿舍前砂地里。千八百斤大卷心菜，足够三四个月消费。

新引进的台湾种矮脚白鸡，用特配饲料喂养，下蛋特别勤，园艺系学生，也可用比市场减半价钱，每月分配一定分量。我因表弟在农大读书，早经常成为不速之客，留下住宿三五天是常有事。还记得有一次雪后天晴，和郁达夫先生、陈翔鹤、赵其文共同踏雪出平则门，一直走到罗道庄，在学校吃了一顿饭，大家都十分满意开心。因为上桌的菜有来自苗乡山城的鹌鹑和胡葱酸菜，新化的菌子油，汉寿石门的风鸡风鱼，在北京任何饭馆里都吃不到的全上了桌子。

这八个同乡不久毕业回转家乡后，正值北伐成功，因此其中六个人，都成了县农会主席，过了一阵不易设想充满希望的兴奋热闹日子，“马日事变”倏然而来，便在军阀屠刀下一同牺牲了。

第二部分朋友是老燕京大学的学生。当时校址还在盔甲厂，由认识董景天（即董秋斯）开始。董原来正当选学生会主席，照习惯，即兼任校长室的秘书。初到他学校拜访时，就睡在他独住小楼地板上，天上地下谈了一整夜。第二天他已有点招架不住，我还若无其事。到晚上又继续谈下去，一直三夜，把他几乎拖垮，但他对我却已感到极大兴趣，十分满意。于是由董景天介绍先后认识了张采真、司徒乔、刘廷蔚、顾千里、韦丛芜、于成泽、焦菊隐、刘潜初、樊海珊等人。燕大虽是个教会大学，可是学生活动也得到较大便利。当北伐军到达武汉时，这些朋友多已在武汉工作。不久国共分裂，部分还参加了广州暴动，牺牲了一半人。活着的陆续逃回上海租界潜伏待时。一九二八——二九年左右，在景天家中，我还有机会见到张采真、刘潜初等五六人多次，谈了不少武汉前后情况，和广州暴动失败种种。（和斯沫特莱相识，也是在董家。）随后不久，这些朋友就又离开了上海，各以不同灾难成了“古人”。解放后，唯一还过从的，只剩下董景天一人。我们友谊始终极好。我在工作中的点滴成就，都使他特别高兴。他译的托尔斯泰名著，每一种印出时，必把错字一一改正后，给我一册作为纪念。不幸在我一九七一年从湖北干校回京时，董已因病故去二三月了。真是良友云亡，令人心痛。

第三部分朋友，即迁居沙滩附近小公寓后不多久就相熟了许多搞文学的朋友。湖南人有刘梦苇、黎锦明、王三辛……四川人有陈炜谟、赵其文、陈翔鹤，相处既近，接触机会也更多。几个人且经常同在沙滩附近小饭店同座共食。就中一部分是北大正式学生，一部分和我情形相近，受了点“五四”影响，来到北京，为继续接受文学革命熏陶，引起了一点幻想童心，有所探索有所期待而来的。当时这种年轻人在红楼附近地区住下，比住东西二斋的正规学生大致还多数倍。有短短时期就失望离开的，也有一住三年五载的，有的对于文学社团发生兴趣，有的始终是单干户。共同影响到三十年代中国新文学，各有不同成就。

近人谈当时北大校长蔡元培先生的伟大处时，多只赞美他提倡的“学术自由”，选择教师不拘一格，能兼容并包，具有远见与博识。可极少注意过学术思想开放以外，同时对学校大门也全面敞开，学校听课十分自由，影响实格外深刻而广泛。这种学习方面的方便，以红楼为中心，几十个大小公寓，所形成的活泼文化学术空气，不仅国内少有，即在北京别的学校也希见。谈二十世纪二十年代北大学术上的自由空气，必需肯定学校大门敞开的办法，不仅促进了北方文学的成就，更酝酿储蓄了一种社会动力，影响到后来社会的发展。因为当时“五四”虽成了尾声，几个报纸副刊，几个此兴彼起的文学新社团，和大小文学刊物，都由于学生来自全国，刊物因之分布面广，也具有全国性。

我就是在这时节和翔鹤及另外几个朋友相识，而且比较往来亲密的。记得炜谟当时是北大英文系高材生，特别受学校几位名教师推重，性格比较内向，兴趣偏于研究翻译，对我却十分殷勤体贴。其文则长于办事，后来我在《现代评论》当发报员时，其文已担任经理会计一类职务。翔鹤住中老胡同，经济条件似较一般朋友好些，房中好几个书架，中外文书籍都比较多，新旧书分别搁放，清理得十分整齐。兴趣偏于新旧文学的欣赏，对创作兴趣却不大。三人在人生经验和学识上，都比我成熟得多，但对于社会这本“大书”的阅读，可都不如我接触面广阔，也不如我那么注意认真仔细。正因为我们性情经历上不同处，在相互补充情形下，大家不只谈得来，且相处极好。我和翔鹤同另外一些朋友就活在二十年代前期，这么一个范围窄狭生活中，各凭自己不同机会、不同客观条件和主观愿望，接受所能得到的一份教育，也影响到后来各自不同的发展，有些近于离奇不经的偶然性，有些又若有个规律，可以于事后贯串起来成一条线索，明白一部分却近于必然性。

因为特别机会，一九二五——二六年间，我在香山慈幼院图书馆作了个小职员，住在香山饭店前山门新宿舍里。住处原本是清初泥塑四大天王所占据，香山寺既改成香山饭店，学生用破除迷信为理由，把彩塑天王捣毁后，由学校改成几间单身职员临时宿舍。别的职员因为上下极不方便，多不乐意搬到那个宿舍去。我算是第一个搬进的活人。翔鹤从我信中知道这新住处奇特环境后，不久就充满兴趣，骑了毛驴到颐和园，换了一匹小毛驴，上香山来寻幽访胜，成了我住处的客人，在那简陋宿舍中，和我同过了三天不易忘却的日子。双清那个悬空行宫虽还有活人住下，平时照例只两个花匠看守。香山饭店已油漆一新，挂了营业牌子，当时除了四个白衣伙计管理灯水，还并无一个客人。半山亭近旁一系列院落，泥菩萨去掉后，到处一片空虚荒凉，白日里也时有狐兔出没，正和《聊斋志异》故事情景相通。我住处门外下一段陡石阶，就到了那两株著名的大松树旁边。

我们在那两株“听法松”边畅谈了三天。每谈到半晚，四下一片特有的静寂，清冷月光从松枝间筛下细碎影子到两人身上，使人完全忘了尘世的纷扰，但也不免鬼气阴森，给我们留下个清幽绝伦的印象。所以经过半个世纪，还明明朗朗留在记忆中，不易忘却。解放后不久，翔鹤由四川来北京工作，我们第一次相见，提及香山旧事，他还记得我曾在大松树前，抱了一面琵琶，为他弹过“梵王宫”曲子。大约因为初学，他说，弹得可真蹩脚，听来不成个腔调，远不如陶潜挥“无弦琴”有意思。我只依稀记得有这么一件乐器，至于曲调，大致还是从刘天华先生处间接学来的。这件乐器，它的来处和去踪，可通通忘了。

翔鹤在香山那几天，我还记得，早晚吃喝，全由我下山从慈幼院大厨房取来，只是几个粗面冷馒头，一碟水疙瘩咸菜。饮水是从香山饭店借用个洋铁壶打来的。早上洗脸，也照我平时马虎应差习惯，若不是从“双清”旁山溪沟里，就那一线细流，用搪瓷茶缸慢慢舀到盆里，就得下山约走五十级陡峻石台阶，到山半腰那个小池塘旁石龙头口流水处，挹取活泉水对付过去。一切都简陋草率得可笑惊人。一面是穷，我还不曾学会在饮食生活上有所安排，使生活过得象样些。另一面是环境的清幽离奇处，早晚空气都充满了松树的香味，和间或由双清那个荷塘飘来的荷花淡香。主客间所以都并不感觉到什么歉仄或生活上的不便，反而觉得充满了难得的野趣，真是十分欢快。使我深一层认识到，生长于大都市的翔鹤，出于性情上的熏染，受陶渊明、嵇康作品中反映的洒脱离俗影响实已较深；和我来自乡下，虽不欢喜城市却并不厌恶城市，入城虽再久又永远还象乡巴佬的情形，心情上似同实异的差别。因此正当他羡慕我的新居环境象个“洞天福地”，我新的工作从任何方面说来也是难得的幸运时，我却过不多久，又不声不响，抛下了这个燕京二十八景之一的两株八百年老松树，且并不曾正式向顶头上司告别，就挟了一小网篮破书，一口气跑到静宜园宫门口，雇了个秀眼小毛驴，下了山，和当年鲁智深一样，返回了“人间”。依旧在那个公寓小窝里，过我那种前路茫茫穷学生生活了。生活上虽依旧毫无把握，情绪上却自以为又得到完全自由独立，继续进行我第一阶段的自我教育。一面阅读我所能到手用不同文体写成的新旧文学作品，另一面更充满热情和耐心，来阅读用人事组成的那本内容无比丰富充实的“大书”了。在风雨中颠簸生长的草木，必然比在温室荫蔽中培育的更结实强健。对我而言，也更切合实际。个人在生活处理上，或许一生将是个永远彻底败北者，但在工作上的坚持和韧性，半个世纪来，还象对得起这个生命。这种坚毅持久、不以一时成败得失而改型走样，自然包括有每一阶段一些年岁较长的友好，由于对我有较深认识、理解而产生无限同情和支持密切相关。回溯半世纪前第一阶段的生活和学习，炜谟、其文和翔鹤的影响，显明在我生长过程中，都占据一定位置。我此后工作积累点滴成就，都和这份友谊分不开。换句话说，我的工作成就里，都浸透有几个朋友澹而持久古典友谊素朴性情人格一部分。后来生活随同社会发展中，经常陷于无可奈何情形下，始终能具一种希望信心和力量，倒下了又复站起，当十年浩劫及身时，在湖北双溪，某一时血压高达二百五十度，心目还不眩瞀失去节度，总还觉得人生百年长勤，死者完事，生者却宜有以自励。一息尚存，即有责任待尽！这些故人在我的印象温习中，总使我感觉到生命里便回复了一种力量和信心。所以翔鹤虽在十年浩劫中被折磨死去了，在我印象中，却还依旧完全是个富有生气的活人。

一九八〇年八月十日作于北京

友 情

一九八〇年十一月，我初次在美国哥伦比亚大学一个小型的演讲会讲话后，就向一位教授打听在哥大教中文多年的老友王际真先生的情况，很想去看看他。际真曾主持哥大中文系达二十年，那个系的基础，原是由他奠定的。即以《红楼梦》一书研究而言，他就是把这部十八世纪中国著名小说节译本介绍给美国读者的第一人。人家告诉我，他已退休二十年了，独自一人住在大学附近一个退休教授公寓三楼中。后来又听另外人说，他的妻不幸早逝，因此人很孤僻，长年把自己关在寓所楼上，既极少出门见人，也从不接受任何人的拜访，是个古怪老人。

我和际真认识，是在一九二八年。那年他由美返国，将回山东探亲，路过上海，由徐志摩先生介绍我们认识的。此后曾继续通信。我每次出了新书，就给他寄一本去。我不识英语，当时寄信用的信封，全部是他写好由美国寄我的。一九二九年到一九三一年间，我和一个朋友生活上遭到意外困难时，还前后得到他不少帮助。际真长我六七岁，我们一别五十余年，真想看看这位老大哥，同他叙叙半世纪隔离彼此不同的情况。因此回到新港我姨妹家不久，就给他写了个信，说我这次到美国，很希望见到几个多年不见的旧友，如邓嗣禹、房兆楹和他本人。准备去纽约专诚拜访。

回信说，在报上已见到我来美消息。目前彼此都老了，丑了，为保有过去年青时节印象，不见面还好些。果然有些古怪。但我想，际真长期过着极端孤寂的生活，是不是有一般人难于理解的隐衷？且一般人所谓“怪”，或许倒正是目下认为活得“健康正常人”中业已消失无余的稀有难得的品质。

虽然回信象并不乐意和我们见面，我们——兆和、充和、傅汉思和我，曾两次电话相约两度按时到他家拜访。

第一次一到他家，兆和、充和即刻就在厨房忙起来了。尽管他连连声称厨房不许外人插手，还是为他把一切洗得干干净净。到把我们带来的午饭安排上桌时，他却承认作得很好。他已经八十五六岁了，身体精神看来还不错。我们随便谈下去，谈得很愉快。他仍然保有山东人那种爽直淳厚气质。使我惊讶的是，他竟忽然从抽屉里取出我的两本旧作，《鸭子》和《神巫之爱》！那是我二十年代中早期习作，《鸭子》还是我出的第一个综合性集子。这两本早年旧作，不仅北京上海旧书店已多年绝迹，连香港翻印本也不曾见到。书已经破旧不堪，封面脱落了，由于年代过久，书页变黄了，脆了，翻动时，碎片碎屑直往下掉。可是，能在万里之外的美国，见到自己早年不成熟不象样子的作品，还被一个古怪老人保存到现在，这是难以理解的，这感情是深刻动人的！

谈了一会，他忽然又从什么地方取出一束信来，那是我在一九二八到一九三一年写给他的。翻阅这些五十年前的旧信，它们把我带回到二十年代末期那段岁月里，令人十分怅惘。其中一页最最简短的，便是这封我向他报告志摩遇难的信：

际真：志摩十一月十九日十一点三十五分乘飞机撞死于济南附近“开山”。飞机随即焚烧，故二司机成焦炭。志摩衣已尽焚去，全身颜色尚如生人，头部一大洞，左臂折断，左腿折碎，照情形看来，当系飞机坠地前人即已毙命。二十一此间接到电后，二十二我赶到济南，见其破碎遗骸，停于一小庙中。时尚有梁思成等从北平赶来，张嘉铸从上海赶来，郭有守从南京赶来。二十二晚棺木运南京转上海，或者尚葬他家乡。我现在刚从济南回来，时〔一九三一年十一月〕二十三早晨。

那是我从济南刚刚回青岛，即刻给他写的。志摩先生是我们友谊的桥梁，纵然是痛剜人心的恶耗，我不能不及时告诉他。

如今这个才气横溢光芒四射的诗人辞世整整有了五十年。当时一切情形，保留在我印象中还极其清楚。

那时我正在青岛大学中文系教点书。十一月二十一日下午，文学院几个比较相熟的朋友，正在校长杨振声先生家吃茶谈天，忽然接到北平一个急电。电中只说志摩在济南不幸遇难，北平、南京、上海亲友某某将于二十二日在济南齐鲁大学朱经农校长处会齐。电报来得过于突兀，人人无不感到惊愕。我当时表示，想搭夜车去济南看看，大家认为很好。第二天一早车抵济南，我赶到齐鲁大学，由北平赶来的张奚若、金岳霖、梁思成诸先生也刚好到达。过不多久又见到上海来的张嘉铸先生和穿了一身孝服的志摩先生的长子，以及从南京来的张慰慈、郭有守两先生。

随即听到受上海方面嘱托为志摩先生料理丧事的陈先生谈遇难经过，才明白出事地点叫“开山”，本地人叫“白马山”。山高不会过一百米。京浦车从山下经过，有个小站可不停车。飞机是每天飞行的邮航班机，平时不售客票，但后舱邮包间空处，有特别票仍可带一人。那日由南京起飞时气候正常，因济南附近大雾迷途，无从下降，在市空盘旋移时，最后撞在白马山半斜坡上起火焚烧。消息到达南京邮航总局，才知道志摩先生正在机上。灵柩暂停城里一个小庙中。

早饭后，大家就去城里偏街瞻看志摩先生遗容。那天正值落雨，雨渐落渐大，到达小庙时，附近地面已全是泥浆，原来这停灵小庙，已成为个出售日用陶器的堆店。院坪中分门别类搁满了大大小小的缸、罐、沙锅和土碗，堆叠得高可齐人。庙里面也满是较小的坛坛罐罐。棺木停放在入门左侧贴墙处，象是临时腾出来的一点空间，只容三五人在棺边周旋。

志摩先生已换上济南市面所能得到的一套上等寿衣：戴了顶瓜皮小帽，穿了件浅蓝色绸袍，外加个黑纱马褂，脚下是一双粉底黑色云头如意寿字鞋。遗容见不出痛苦痕迹，如平常熟睡时情形，十分安详。致命伤显然是飞机触山那一刹那间促成的。从北京来的朋友，带来个用铁树叶编成径尺大小花圈，如古希腊雕刻中常见的式样，一望而知必出于志摩先生生前好友思成夫妇之手。把花圈安置在棺盖上，朋友们不禁想到，平时生龙活虎般、天真纯厚、才华惊世的一代诗人，竟真如“为天所忌”，和拜伦、雪莱命运相似，仅只在人世间活了三十多个年头，就突然在一次偶然事故中与世长辞！志摩穿了这么一身与平时性情爱好全然不相称的衣服，独自静悄悄躺在小庙一角，让檐前点点滴滴愁人的雨声相伴，看到这种凄清寂寞景象，在场亲友忍不住人人热泪盈眶。

我是个从小遭受至亲好友突然死亡比许多人更多的人，经受过多种多样城里人从来想象不到的恶梦般生活考验，我照例从一种沉默中接受现实。当时年龄不到三十岁，生命中象有种青春火焰在燃烧，工作时从不知道什么疲倦。志摩先生突然的死亡，深一层体验到生命的脆弱倏忽，自然使我感到分外沉重。觉得相熟不过五六年的志摩先生，对我工作的鼓励和赞赏所产生的深刻作用，再无一个别的师友能够代替，因此当时显得格外沉默，始终不说一句话。后来也从不写过什么带感情的悼念文章。只希望把他对我的一切好意热忱，反映到今后工作中，成为一个永久牢靠的支柱，在任何困难情况下，都不灰心丧气。对人对事的态度，也能把志摩先生为人的热忱坦白和平等待人的希有好处，加以转化扩大到各方面去，形成长远持久的影响。因为我深深相信，在任何一种社会中，这种对人坦白无私的关心友情，都能产生良好作用，从而鼓舞人抵抗困难，克服困难，具有向上向前意义的。我近五十年的工作，从不断探索中所得的点滴进展，显然无例外都可说是这些朋友纯厚真挚友情光辉的反映。

人的生命会忽然泯灭，而纯挚无私的友情却长远坚固永在，且无疑能持久延续，能发展扩大。

一九八一年八月于北京作

楚尘
文化
Chu Chen

北京楚尘文化传媒有限公司 出品

自傳集

沈从文别集

沈从文 著

中信出版集团 | 北京

再版序

上个世纪五十年代，不少喜爱文学的读者迷上了契诃夫，这跟平明出版社接连推出 27 册汝龙翻译的《契诃夫小说选集》直接有关。

那时我家至少有三个契诃夫迷：做文学编辑的母亲、哥哥和我。谈论哪篇小说怎么怎么好，是不倦的话题。已经退出文坛改了行的父亲不参与，只有时微笑着对外人说："家里有三个契诃夫的群众。"

汝龙译的这套选集可贵之处，首先在于对作品的精选；第二是选进一些契诃夫的书信、札记，别人对他的回忆、评论等，分编到不同集子里，这些文字拉近了读者和作者的距离，是汝龙先生锦上添花的贡献。

到 1992 年编选《沈从文别集》的时候，我们自然想

到从平明版《契诃夫小说选集》取法。这也是父亲的愿望，尽管他不参与“契诃夫群众”的热情讨论，汝龙这套译本的长处他胸中有数。

我问过父亲汝龙为什么常赠送新书，他只简单说：“是朋友。”

母亲的补充才说清楚：“他翻译的那套英文契诃夫小说是我送的。”

据我充和四姨回忆，1932年暑假，一个“说是由青岛来的，姓沈，来看张兆和的”羞涩客人，初次登苏州张家门，带的一大包礼物“全是英译精装本的俄国小说”。加尼特夫人的一套英译《契诃夫小说集》就在其中。

不懂外文的沈从文怎么买洋书？四姨说那是过上海时托巴金选购的。

父亲曾希望母亲朝文学翻译方面发展，送这样礼物包含着鼓励。愿望虽然没实现，礼物却终于转到最合适的人手里，促成被誉为契诃夫小说“最佳译本”的产生。朋友的成就四十年后启发着《沈从文别集》的编选工作。

当本书再版之际，我们感谢与它有缘分的几位文学前辈，也要感谢为我们想出《沈从文别集》总书名的汪曾祺先生。

沈虎雏

总序

从文生前，曾有过这样愿望，想把自己的作品好好选一下，印一套袖珍本小册子。不在于如何精美漂亮，不在于如何豪华考究，只要字迹清楚，款式朴素大方，看起来舒服。本子小，便于收藏携带，尤其便于翻阅。八十年代初，有一家书店曾来联系过，也曾请人编了一套，交付出去。可是，落空了，未能实现。我一直认为是一件憾事。

现在湖南岳麓书社要为从文出书，我同虎雏商量，请吉首大学沈从文研究室合作，编选这么一套。这套选本和以前选法编法不同。我们在每本小册子前面，增加一些过去旧作以外的文字。有杂感，有日记，有检查，有未完成的作品，主要是书信——都是近年搜集整理出

来的，大部分未发表过。不管怎样，这些篇章，或反映作者当时对社会、对文艺创作、对文史研究……的一些看法，或反映作者当时的处境，以及内心矛盾哀乐苦闷，把它们发表出来，容或有助于读者从较宽的角度对他的作品、对他的为人以及对当时的环境背景有进一步了解。

出这套书，当然，同时也了却死者和生者的一点心愿。

张兆和

一九九一年十一月二十九日

目 录

从文自传

我所生长的地方

拿起我这支笔来，想写点我在这地面上二十年所过的日子，所见的人物，所听的声音，所嗅的气味；也就是说我真真实实所受的人生教育，首先提到一个我从那儿生长的边疆僻地小城时，实在不知道怎样来着手就较方便些。我应当照城市中人的口吻来说，这真是一个古怪地方！只由于两百年前满人治理中国土地时，为镇抚与虐杀残余苗族，派遣了一队戍卒屯丁驻扎，方有了城堡与居民。这古怪地方的成立与一切过去，有一部《苗防备览》记载了些官方文件，但那只是一部枯燥无味的官书。我想把我一篇作品里所简单描绘过的那个小城，介绍到这里来。这虽然只是一个轮廓，但那地方一切情景，欲浮凸起来，仿佛可用手去摸触。

一个好事人，若从二百年前某种较旧一点的地图上去寻找，当可在黔北、川东、湘西一处极偏僻的角隅上，发现了一个名为“镇筸”的小点。那里同别的小点一样，事实上应当有一个城市，在那个城市中，安顿下三五千人口。不过一切城市的存在，大部分都在交通、物产、经济活动情形下面，成为那个城市枯荣的因缘，这一个地方，却以另外一个意义无所依附而独立存在。试将那个用粗糙而坚实巨大石头砌成的圆城作为中心，向四方展开，围绕了这边疆僻地的孤城，约有五百左右的碉堡，二百左右的营汛。碉堡各用大石块堆成，位置在山顶头，随了山岭脉络蜿蜒各处走去；营汛各位置在驿路上，布置得极有秩序。这些东西在一百八十年前，是按照一种精密的计划，各保持相当距离，在周围数百里内，平均分配下来，解决了退守一隅常作“蠢动”的边苗“叛变”的。两世纪来满清的暴政，以及因这暴政而引起的反抗，血染红了每一条官路同每一个碉堡。到如今，一切完事了，碉堡多数业已毁掉了，营汛多数成为民房了，人民已大半同化了。落日黄昏时节，站到那个巍然独在万山环绕的孤城高处，眺望那些远近残毁碉堡，还可依稀想见当时角鼓火炬传警告急的光景。这地方到今日，已因为变成另外一种军事重心，一切皆用一种迅速的姿势在改变，在进步，同时这种进步，也就正消灭到过去一切。

凡有机会追随了屈原溯江而行那条长年澄清的沅水，向上游去的旅客和商人，若打量由陆路入黔入川，不经古夜郎国，不经永顺、龙山，都应当明白“镇筸”是个可以安顿他的行李最可靠也是最舒服的地方。那里土匪的名称不习惯于一般人的耳朵。兵卒纯善如平民，与人无侮无扰。农民勇敢而安分，且莫不敬神守法。商人各负担了花纱同货物，洒脱的向深山中村庄走去，同平民作有无交易，谋取什一之利。地方统治者分数种：最上为天神，其次为官，又其次才为村长同执行巫术的神的侍奉者。人人洁身信神，守法爱官。每家俱有兵役，可按月各自到营上领取一点银子，一份米粮，且可从官家领取二百年前被政府所没收的公田耕耨播种。城中人每年各按照家中有无，到天王庙会杀猪，宰羊，磔狗，献鸡，献鱼，求神保佑五谷的繁殖，六畜的兴旺，儿女的长成，以及作疾病婚丧的禳解。人人皆依本分担负官府所分派的捐款，又自动的捐钱与庙祝或单独执行巫术者。一切事保持一种淳朴习惯，遵从古礼；春秋二季农事起始与结束时，照例有年老人向各处人家敛钱，给社稷神唱木傀儡戏。旱暵祈雨，便有小孩子共同抬了活狗，带上柳条，或扎成草龙各处走去。春天常有春官，穿黄衣各处念农事歌词。岁暮年末居民便装饰红衣傩神于家中正屋，捶大鼓如雷鸣，苗巫穿鲜红如血衣服，吹镂银牛角，拿铜刀，踊跃歌舞娱神。城中的住民，多当时派遣移来的戍卒屯丁。此外则有江西人在此卖布，福建人在此卖烟，广东人在此卖药。地方由少数读书人与多数军官，在政治上与婚姻上两面的结合，产生一个上层阶级，这阶级一方面用一种保守稳健的政策，长时期管理政治，一方面支配了大部分属于私有的土地；而这阶级的来源，却又仍然出于当年的戍卒屯丁，地方城外山坡上产桐树杉树，矿坑中有朱砂水银，松林里生菌子，山洞中多硝。城乡全不缺少勇敢忠诚适于理想的兵士，与温柔耐劳适于家庭的妇人。在军校阶级厨房中，出异常可口的菜饭，在伐树砍柴人口中，出热情优美的歌声。

地方东南四十里接近大河，一道河流肥沃了平衍的两岸，多米，多橘柚。西北二十里后，即已渐入高原，近抵苗乡，万山重叠。大小重叠的山中，大杉树以长年深绿逼人的颜色，蔓延各处。一道小河从高山绝涧中流出，汇集了万山细流，沿了两岸有杉树林的河沟奔驶而过，农民各就河边编缚竹子作成水车，引河中流水，灌溉高处的山田。河水长年清澈，其中多鳜鱼，鲫鱼，鲤鱼，大的比人脚板还大。河岸上那些人家里，常常可以见到白脸长身见人善作媚笑的女子。小河水流环绕“镇筸”北城下驶，到一百七十里后方汇入辰河，直抵洞庭。

这地方又名凤凰厅，到民国后便改成了县治，名凤凰县。辛亥革命后，湘西镇守使与辰沅道皆驻节在此地。地方居民不过五六千，驻防各处的正规兵士却有七千。由于环境的不同，直到现在其地绿营兵役制度尚保存不废，为中国绿营军制唯一残留之物。

我就生长到这样一个小城里，将近十五岁时方离开。出门两年半回过那小城一次以后，直到现在为止，那城门我还不再进去过。但那地方我是熟习的。现在还有许多人生活在那个城市里，我却常常生活在那个小城过去给我的印象里。

我的家庭

咸同之季，中国近代史极可注意之一页，曾左胡彭所领带的湘军部队中，筸军有个相当的位置。统率筸军转战各处的是一群青年将校，原多卖马草为生，最著名的为田兴恕。当时同伴数人，年在二十左右，同时得到满清提督衔的共有四位，其中有一沈洪富，便是我的祖父。这青年军官二十二岁左右时，便曾作过一度云南昭通镇守使。同治二年，二十六岁又作过贵州总督，到后因创伤回到家中，终于在家中死掉了。这青年军官死去时，所留下的一分光荣与一份产业，使他后嗣在本地方占了个较优越的地位。祖父本无子息，祖母为住乡下的叔祖父沈洪芳娶了个苗族姑娘，生了两个儿子，把老二过房作儿子。照当地习惯，和苗族所生儿女无社会地位，不能参预文武科举，因此这个苗女人被远远嫁去，乡下虽埋了个坟，却是假的。我照血统说，有一部分应属于苗族。我四五岁时，还曾到黄罗寨乡下去那个坟前磕过头。到一九二二年离开湘西时，在沅陵才从父亲口中明白这件事情。

就由于存在本地军人口中那一分光荣，引起了后人对军人家世的骄傲，我的父亲生下地时，祖母所期望的事，是家中再来一个将军。家中所期望的并不曾失望，自体魄与气度两方面说来，我爸爸生来就不缺少一个将军的风仪。硕大，结实，豪放，爽直，一个将军所必需的种种本色，爸爸无不兼备。爸爸十岁左右时，家中就为他请了武术教师同老塾师，学习作将军所不可少的技术与学识。但爸爸还不曾成名以前，我的祖母却死去了。那时正是庚子联军入京的第三年。当庚子年大沽失守，镇守大沽的罗提督自尽殉职时，我的爸爸便正在那里作他身边一员裨将。那次战争据说毁去了我家中产业的一大半。由于爸爸的爱好，家中一点较值钱的宝货常放在他身边，这一来，便完全失掉了。战事既已不可收拾，北京失陷后，爸爸回到了家乡。第三年祖母死去。祖母死时我刚活到这世界上四个月。那时我头上已经有两个姐姐，一个哥哥。没有庚子的战争，我爸爸不会回来，我也不会存在。关于祖母的死，我仿佛还依稀记得包裹得紧紧的，我被谁抱着在一个白色人堆里转动，随后还被搁到一个桌子上去。我家中自从祖母死后十余年内不曾死去一人，若不是我在两岁以后做梦，这点影子便应当是那时唯一的记忆。

我的兄弟姊妹共九个，我排行第四，除去幼年殇去的姊妹，现在生存的还有五个，计兄弟姊妹各一，我应当在第三。

我的母亲姓黄，年纪极小时就随同我一个舅父外出在军营中生活，所见事情很多，所读的书也似乎较爸爸读的稍多。外祖黄河清是本地最早的贡生，守文庙作书院山长，也可说是当地唯一读书人。所以我母亲极小就认字读书，懂医方，会照相。舅父是个有新头脑的人物，本县第一个照相馆是那舅父办的，第一个邮政局也是舅父办的。我等兄弟姊妹的初步教育，便全是这个瘦小、机警、富于胆气与常识的母亲担负的。我的教育得于母亲的不少，她告我认字，告我认识药名，告我决断——做男子极不可少的决断。我的气度得于父亲影响的较少，得于妈妈的似较多。

我读一本小书同时又读一本大书

我能正确记忆到我小时的一切，大约在两岁左右。我从小到四岁左右，始终健全肥壮如一只小豚。四岁时母亲一面告给我认方字，外祖母一面便给我糖吃，到认完六百生字时，腹中生了蛔虫，弄得黄瘦异常，只得每天用草药蒸鸡肝当饭。那时节我就已跟随了两个姐姐，到一个女先生处上学。那人既是我的亲戚，我年龄又那么小，过那边去念书，坐在书桌边读书的时节较少，坐在她膝上玩的时间或者较多。

到六岁时，我的弟弟方两岁，两人同时出了疹子。时正六月，日夜皆在吓人高热中受苦。又不能躺下睡觉，一躺下就咳嗽发喘。又不要人抱，抱时全身难受。我还记得我同我那弟弟两人当时皆用竹簟卷好，同春卷一样，竖立在屋中阴凉处。家中人当时业已为我们预备了两具小小棺木搁在廊下。十分幸运，两人到后居然全好了。我的弟弟病后家中特别为他请了一个壮实高大的苗妇人照料，照料得法，他便壮大异常。我因此一病，却完全改了样子，从此不再与肥胖为缘，成了个小猴儿精了。

六岁时我已单独上了私塾。如一般风气，凡是私塾中给予小孩子的虐待，我照样也得到了一份。但初上学时我因为在家中业已认字不少，记忆力从小又似乎特别好，比较其余小孩，可谓十分幸福。第二年后换了一个私塾，在这私塾中我跟从了几个较大的学生，学会了顽劣孩子抵抗顽固塾师的方法，逃避那些书本去同一切自然相亲近。这一年的生活形成了我一生性格与感情的基础。我间或逃学，且一再说谎，掩饰我逃学应受的处罚。我的爸爸因这件事十分愤怒，有一次竟说若再逃学说谎，便当砍去我一个手指。我仍然不为这话所恐吓，机会一来时总不把逃学的机会轻轻放过。当我学会了用自己眼睛看世界一切，到不同社会中去生活时，学校对于我便已毫无兴味可言了。

我爸爸平时本极爱我，我曾经有一时还作过我那一家的中心人物。稍稍害点病时，一家人便光着眼睛不睡眠，在床边服侍我，当我要谁抱时谁就伸出手来。家中那时经济情形还很好，我在物质方面所享受到的，比起一般亲戚小孩似乎都好得多。我的爸爸既一面只作将军的好梦，一面对于我却怀了更大的希望。他仿佛早就看出我不是个军人，不希望我作将军，却告诉我祖父的许多勇敢光荣的故事，以及他庚子年间所得的一份经验。他因为欢喜京戏，只想我学戏，作谭鑫培。他以为我不拘作什么事，总之应比作个将军高些。第一个赞美我明慧的就是我的爸爸。可是当他发现了我成天从塾中逃出到太阳底下同一群小流氓游荡，任何方法都不能拘束这颗小小的心，且不能禁止我狡猾的说谎时，我的行为实在伤了这个军人的心。同时那小我四岁的弟弟，因为看护他的苗妇人照料十分得法，身体养育得强壮异常，年龄虽小，便显得气派宏大，凝静结实，且极自重自爱，故家中人对我感到失望时，对他便异常关切起来。这小孩子到后来也并不辜负家中人的期望，二十二岁时便作了步兵上校。至于我那个爸爸，却在蒙古，东北，西藏，各处军队中混过，民国二十年时还只是一个上校，在本地土著军队里作军医（后改为中医院长），把将军希望留在弟弟身上，在家乡从一种极轻微的疾病中便瞑目了。

我有了外面的自由，对于家中的爱护反觉处处受了牵制，因此家中人疏忽了我的生活时，反而似乎使我方便了好些。领导我逃出学塾，尽我到日光下去认识这大千世界微妙的光，希奇的色，以及万汇百物的动静，这人是我一个张姓表哥。他开始带我到他家中橘柚园中去玩，到城外山上去玩，到各种野孩子堆里去玩，到水边去玩。他教我说谎，用一种谎话对付家中，又用另一种谎话对付学塾，引诱我跟他各处跑去。即或不逃学，学塾为了担心学童下河洗澡，每到中午散学时，照例必在每人手心中用朱笔写个大字，我们尚依然能够一手高举，把身体泡到河水中玩个半天。这方法也亏那表哥想出的。我感情流动而不凝固，一派清波给予我的影响实在不小。我幼小时较美丽的生活，大部分都同水不能分离。我的学校可以说是在水边的。我认识美，学会思索，水对我有极大的关系。我最初与水接近，便是那荒唐表哥领带的。

现在说来，我在作孩子的时代，原本也不是个全不知自重的小孩子。我并不愚蠢。当时在一班表兄弟中和弟兄中，似乎只有我那个哥哥比我聪明，我却比其他一切孩子懂事。但自从那表哥教会我逃学后，我便成为毫不自重的人了。在各样教训各样方法管束下，我不欢喜读书的性情，从塾师方面，从家庭方面，从亲戚方面，莫不对于我感觉得无多希望。我的长处到那时只是种种的说谎。我非从学塾逃到外面空气下不可，逃学过后又得逃避处罚。我最先所学，同时拿来致用的，也就是根据各种经验来制作各种谎话。我的心总得为一种新鲜声音，新鲜颜色，新鲜气味而跳。我得认识本人生活以外的生活。我的智慧应当从直接生活上吸收消化，却不须从一本好书一句好话上学来。似乎就只这样一个原因，我在学塾中，逃学纪录点数，在当时便比任何一人都高。

离开私塾转入新式小学时，我学的总是学校以外的。到我出外自食其力时，我又不曾在职务上学好过什么。二十年后我“不安于当前事务，却倾心于现世光色，对于一切成例与观念皆十分怀疑，却常常为人生远景而凝眸”，这分性格的形成，便应当溯源于小时在私塾中逃学习惯。

自从逃学成习惯后，我除了想方设法逃学，什么也不再关心。

有时天气坏一点，不便出城上山里去玩，逃了学没有什么去处，我就一个人走到城外庙里去。本地大建筑在城外计三十来处，除了庙宇就是会馆和祠堂。空地广阔，因此均为小手工业工人所利用。那些庙里总常常有人在殿前廊下绞绳子，织竹簟，做香，我就看他们做事。有人下棋，我看下棋。有人打拳，我看打拳。甚至于相骂，我也看着，看他们如何骂来骂去，如何结果。因为自己既逃学，走到的地方必不能有熟人，所到的必是较远的庙里。到了那里，既无一个熟人，因此什么事都只好用耳朵去听，眼睛去看，直到看无可看听无可听时，我便应当设计打量我怎么回家去的方法了。

来去学校我得拿一个书篮。内中有十多本破书，由《包句杂志》、《幼学琼林》到《论语》、《诗经》、《尚书》通常得背诵。分量相当沉重。逃学时还把书篮挂到手肘上，这就未免太蠢了一点。凡这么办的可以说是不聪明的孩子。许多这种小孩子，因为逃学到各处去，人家一见就认得出，上年纪一点的人见到时就会说："逃学的，赶快跑回家挨打去，不要在这里玩。”若无书篮可不必受这种教训。因此我们就想出了一个方法，把书篮寄存到一个土地庙里去。那地方无一个人看管，但谁也用不着担心他的书篮。小孩子对于土地神全不缺少必需的敬畏，都信托这木偶，把书篮好好的藏到神座龛子里去，常常同时有五个或八个，到时却各人把各人的拿走，谁也不会乱动旁人的东西。我把书篮放到那地方去，次数是不能记忆了的，照我想来，次数最多的必定是我。

逃学失败被家中学校任何一方面发觉时，两方面总得各挨一顿打。在学校得自己把板凳搬到孔夫子牌位前，伏在上面受笞。处罚过后还要对孔夫子牌位作一揖，表示忏悔。有时又常常罚跪至一根香时间。我一面被处罚跪在房中的一隅，一面便记着各种事情，想象恰如生了一对翅膀，凭经验飞到各样动人事物上去。按照天气寒暖，想到河中的鳜鱼被钓起离水以后拨刺的情形，想到天上飞满风筝的情形，想到空山中歌呼的黄鹂，想到树木上累累的果实。由于最容易神往到种种屋外东西上去，反而常把处罚的痛苦忘掉，处罚的时间忘掉，直到被唤起以后为止，我就从不曾在被处罚中感觉过小小冤屈。

那不是冤屈。我应感谢那种处罚，使我无法同自然接近时，给我一个练习想象的机会。

家中对这件事自然照例不大明白情形，以为只是教师方面太宽的过失，因此又为我换一个教师。我当然不能在这些变动上有什么异议。这事对我说来，倒又得感谢我的家中。因为先前那个学校比较近些，虽常常绕道上学，终不是个办法，且因绕道过远，把时间耽误太久时，无可托词。现在的学校可真很远很远了，不必包绕偏街，我便应当经过许多有趣味的地方了。从我家中到那个新的学塾里去时，路上我可看到针铺门前永远必有一个老人戴了极大的眼镜，低下头来在那里磨针。又可看到一个伞铺，大门敞开，作伞时十几个学徒一起工作，尽人欣赏。又有皮靴店，大胖子皮匠，天热时总腆出一个大而黑的肚皮（上面有一撮毛！）用夹板上鞋。又有剃头铺，任何时节总有人手托一个小小木盘，呆呆的在那里尽剃头师傅刮脸。又可看到一家染坊，有强壮多力的苗人，踹在凹形石碾上面，站得高高的，手扶着墙上横木，偏左偏右的摇荡。又有三家苗人打豆腐的作坊，小腰白齿头包花帕的苗妇人，时时刻刻口上都轻声唱歌，一面引逗缚在身背后包单里的小苗人，一面用放光的红铜勺舀取豆浆。我还必需经过一个豆粉作坊，远远的就可听到骡子推磨隆隆的声音，屋顶棚架上晾满白粉条。我还得经过一些屠户肉案桌，可看到那些新鲜猪肉砍碎时尚在跳动不止。我还得经过一家扎冥器出租花轿的铺子，有白面无常鬼，蓝面阎罗王，鱼龙，轿子，金童玉女。每天且可以从他那里看出有多少人接亲，有多少冥器，那些定做的作品又成就了多少，换了些什么式样。并且还常常停顿下来，看他们贴金敷粉，涂色，一站许久。

我就欢喜看那些东西，一面看一面明白了许多事情。

每天上学时，我照例手肘上挂了那个竹书篮，里面放十多本破书。在家中虽不敢不穿鞋，可是一出了大门，即刻就把鞋脱下拿到手上，赤脚向学校走去。不管如何，时间照例是有多余的，因此我总得绕一节路玩玩。若从西城走去，在那边就可看到牢狱，大清早若干犯人带了脚镣从牢中出来，派过衙门去挖土。若从杀人处走过，昨天杀的人还没有收尸，一定已被野狗把尸首咋碎或拖到小溪中去了，就走过去看看那个糜碎了的尸体，或拾起一块小小石头，在那个污秽的头颅上敲打一下，或用一木棍去戳戳，看看会动不动。若还有野狗在那里争夺，就预先拾了许多石头放在书篮里，随手一一向野狗抛掷，不再过去，只远远的看看，就走开了。

既然到了溪边，有时候溪中涨了小小的水，就把裤管高卷，书篮顶在头上，一只手扶着，一只手照料裤子，在沿了城根流去的溪水中走去，直到水深齐膝处为止。学校在北门，我出的是西门，又进南门，再绕从城里大街一直走去。在南门河滩方面我还可以看一阵杀牛，机会好时恰好正看到那老实可怜畜牲放倒的情形。因为每天可以看一点点，杀牛的手续同牛内脏的位置，不久也就被我完全弄清楚了。再过去一点就是边街，有织簟子的铺子，每天任何时节皆有几个老人坐在门前小凳子上，用厚背的钢刀破篾，有两个小孩子蹲在地上织簟子。（我对于这一行手艺所明白的种种，现在说来似乎比写字还在行。）又有铁匠铺，制铁炉同风箱皆占据屋中，大门永远敞开着，时间即或再早一些，也可以看到一个小孩子两只手拉着风箱横柄，把整个身子的分量前倾后倒，风箱于是就连续发出一种吼声，火炉上便放出一股臭烟同红光。待到把赤红的热铁拉出搁放到铁砧上时，这个小东西，赶忙舞动细柄铁锤，把铁锤从身背后扬起，在身面前落下，火花四溅的一下一下打着。有时打的是一把刀，有时打的是一件农具。有时看到的又是这个小学徒跨在一条大板凳上，用一把凿子在未淬水的刀上起去铁皮，有时又是把一条薄薄的钢片嵌进熟铁里去。日子一多，关于任何一件铁器的制造秩序，我也不会弄错了。边街又有小饭铺，门前有个大竹筒，插满了用竹子削成的筷子。有干鱼同酸菜，用钵头装满放在门前柜台上。引诱主顾上门，意思好象是说，“吃我，随便吃我，好吃！”每次我总仔细看看，真所谓“过屠门而大嚼”，也过了瘾。

我最欢喜天上落雨，一落了小雨，若脚下穿的是布鞋，即或天气正当十冬腊月，我也可以用恐怕湿却鞋袜为辞，有理由即刻脱下鞋袜赤脚在街上走路。但最使人开心事，还是落过大雨以后，街上许多地方已被水所浸没，许多地方阴沟中涌出水来，在这些地方照例常常有人不能过身，我却赤着两脚故意向深水中走去。若河中涨了大水，照例上游会漂流得有木头，家具，南瓜同其他东西，就赶快到横跨大河的桥上去看热闹。桥上必已经有人用长绳系定了自己的腰身，在桥头上呆着，注目水中，有所等待。看到有一段大木或一件值得下水的东西浮来时，就踊身一跃，骑到那树上，或傍近物边，把绳子缚定，自己便快快的向下游岸边泅去。另外几个在岸边的人把水中人援助上岸后，就把绳子拉着，或缠绕到大石上大树上去，于是第二次又有第二人来在桥头上等候。我欢喜看人在洄水里扳罾，巴掌大的活鲫鱼在网中蹦跳。一涨了水，照例也就可以看这种有趣味的事情。照家中规矩，一落雨就得穿上钉鞋，我可真不愿意穿那种笨重钉鞋。虽然在半夜时有人从街巷里过身，钉鞋声音实在好听，大白天对于钉鞋，我依然毫无兴味。

若在四月落了点小雨，山地里田塍上各处都是蟋蟀声音，真使人心花怒放。在这些时节，我便觉得学校真没有意思，简直坐不住，总得想方设法逃学上山去捉蟋蟀。有时没有什么东西安置这小东西，就走到那里去，把第一只捉到手后又捉第二只，两只手各有一只后，就听第三只。本地蟋蟀原分春秋二季，春季的多在田间泥里草里，秋季的多在人家附近石罅里瓦砾中，如今既然这东西只在泥层里，故即或两只手心各有一匹小东西后，我总还可以想方设法把第三只从泥土中赶出，看看若比较手中的大些，即开释了手中所有，捕捉新的，如此轮流换去，一整天方捉回两只小虫。城头上有白色炊烟，街巷里有摇铃铛卖煤油的声音，约当下午三点左右时，赶忙走到一个刻花板的老木匠那里去，很兴奋的同那木匠说：

“师傅师傅，今天可捉了大王来了！”

那木匠便故意装成无动于衷的神气，仍然坐在高凳上玩他的车盘，正眼也不看我的说：“不成，要打打得赌点输赢！”

我说：“输了替你磨刀成不成？”

“嗨，够了，我不要你磨刀，你哪会磨刀！上次磨凿子还磨坏了我的家伙！”

这不是冤枉我，我上次的确磨坏了他一把凿子。不好意思再说磨刀了，我说：

“师傅，那这样办法，你借给我一个瓦盆子，让我自己来试试这两只谁能干些好不好？”我说这话时真怪和气，为的是他以逸待劳，若不允许我还是无办法。

那木匠想了想，好象莫可奈何才让步的样子，“借盆子得把战败的一只给我，算作租钱。”

我满口答应：“那成，那成。”

于是他方离开车盘，很慷慨的借给我一个泥罐子，顷刻之间我就只剩下一只蟋蟀了。这木匠看看我捉来的虫还不坏，必向我提议：“我们来比比，你赢了我借你这泥罐一天；你输了，你把这蟋蟀输给我，办法公平不公平？”我正需要那么一个办法，连说“公平，公平”，于是这木匠进去了一会儿，拿出一只蟋蟀来同我的斗，不消说，三五回合我的自然又败了。他的蟋蟀照例却常常是我前一天输给他的。那木匠看看我有点颓丧，明白我认识那匹小东西，担心我生气时一摔，一面赶忙收拾盆罐，一面带着鼓励我神气笑笑的说：

“老弟，老弟，明天再来，明天再来！你应当捉好的来，走远一点。明天来，明天来！”

我什么话也不说，微笑着，出了木匠的大门，空手回家了。

这样一整天在为雨水泡软的田塍上乱跑，回家时常常全身是泥，家中当然一望而知，于是不必多说，沿老例跪一根香，罚关在空房子里，不许哭，不许吃饭。等一会儿我自然可以从姐姐方面得到充饥的东西。悄悄的把东西吃下以后，我也疲倦了，因此空房中即或再冷一点，老鼠来去很多，一会儿就睡着，再也不知道如何上床的事了。

即或在家中那么受折磨，到学校去时又免不了补挨一顿板子，我还是在想逃学时就逃学，决不为经验所恐吓。

有时逃学又只是到山上去偷人家园地里的李子枇杷，主人拿着长长的竹竿大骂着追来时，就飞奔而逃，逃到远处一面吃那个赃物，一面还唱山歌气那主人。总而言之，人虽小小的，两只脚跑得很快，什么茨棚里钻去也不在乎，要捉我可捉不到，就认为这种事很有趣味。

可是只要我不逃学，在学校里我是不至于象其他那些人受处罚的。我从不用心念书，但我从不在应当背诵时节无法对付。许多书总是临时来读十遍八遍，背诵时节却居然琅琅上口，一字不遗。也似乎就由于这份小小聪明，学校把我同一般同学一样待遇，更使我轻视学校。家中不了解我为什么不想上进，不好好的利用自己聪明用功，我不了解家中为什么只要我读书，不让我玩。我自己总以为读书太容易了点，把认得的字记记那不算什么希奇。最希奇处应当是另外那些人，在他那分习惯下所做的一切事情。为什么骡子推磨时得把眼睛遮上？为什么刀得烧红时在水里一淬方能坚硬？为什么雕佛像的会把木头雕成人形，所贴的金那么薄又用什么方法作成？为什么小铜匠会在一块铜板上钻那么一个圆眼，刻花时刻得整整齐齐？这些古怪事情太多了。

我生活中充满了疑问，都得我自己去找寻解答。我要知道的太多，所知道的又太少，有时便有点发愁。就为的是白日里太野，各处去看，各处去听，还各处去嗅闻，死蛇的气味，腐草的气味，屠户身上的气味，烧碗处土窑被雨以后放出的气味，要我说来虽当时无法用言语去形容，要我辨别却十分容易。蝙蝠的声音，一只黄牛当屠户把刀刲进它喉中时叹息的声音，藏在田塍土穴中大黄喉蛇的鸣声，黑暗中鱼在水面拨刺的微声，全因到耳边时分量不同，我也记得那么清清楚楚。因此回到家里时。夜间我便做出无数希奇古怪的梦。这些梦直到将近二十年后的如今，还常常使我在半夜里无法安眠，既把我带回到那个“过去”的空虚里去，也把我带在空幻的宇宙里去。

在我面前的世界已够宽广了，但我似乎就还得一个更宽广的世界。我得用这方面得到的知识证明那方面的疑问。我得从比较中知道谁好谁坏。我得看许多业已由于好询问别人，以及好自己幻想所感觉到的世界上的新鲜事情新鲜东西。结果能逃学时我逃学，不能逃学我就只好做梦。

照地方风气说来，一个小孩子野一点的，照例也必需强悍一点，才能各处跑去。因为一出城外，随时都会有一样东西突然扑到你身边来，或是一只凶恶的狗，或是一个顽劣的人。无法抵抗这点袭击，就不容易各处自由放荡。一个野一点的孩子，即或身边不必时时刻刻带一把小刀，也总得带一削光的竹块，好好的插到裤带上，遇机会到时，就取出来当作武器。尤其是到一个离家较远的地方去看木傀儡戏，不准备厮杀一场简直不成。你能干点，单身往各处去，有人挑战时，还只是一人近你身边来恶斗。若包围到你身边的顽童人数极多，你还可挑选同你精力相差不大的一人，你不妨指定其中一个说：

“要打吗？你来。我同你来。”

到时也只那一个人拢来。被他打倒，你活该，只好伏在地上尽他压着痛打一顿。你打倒了他，他活该，把他揍够后你可以自由走去，谁也不会追你，只不过说句“下次再来”罢了。

可是你根本上若就十分怯弱，即或结伴同行，到什么地方去时，也会有人特意挑出你来殴斗。应战你得吃亏，不答应你得被仇人与同伴两方面奚落，顶不经济。

感谢我那爸爸给了我一分勇气，人虽小，到什么地方去我总不害怕。到被人围上必需打架时，我能挑出那些同我不差多少的人来，我的敏捷同机智，总常常占点上风。有时气运不佳，不小心被人摔倒，我还会有方法翻身过来压到别人身上去。在这件事上我只吃过一次亏，不是一个小孩，却是一只恶狗，把我攻倒后，咬伤了我一只手。我走到任何地方去都不怕谁，同时因换了好些私塾，各处皆有些同学，大家既都逃过学，便有无数朋友，因此也不会同人打架了。可是自从被那只恶狗攻倒过一次以后，到如今我却依然十分怕狗。（有种两脚狗我更害怕，对付不了。）

至于我那地方的大人，用单刀、扁担在大街上决斗本不算回事。事情发生时，那些有小孩子在街上玩的母亲，只不过说 ：“小杂种，站远一点，不要太近！”嘱咐小孩子稍稍站开点儿罢了。本地军人互相砍杀虽不出奇，行刺暗算却不作兴。这类善于殴斗的人物，有军营中人，有哥老会中老幺，有好打不平的闲汉，在当地另成一帮，豁达大度，谦卑接物，为友报仇，爱义好施，且多非常孝顺。但这类人物为时代所陶冶，到民五以后也就渐渐消灭了。虽有些青年军官还保存那点风格，风格中最重要的一点洒脱处，却为了军纪一类影响，大不如前辈了。

我有三个堂叔叔两个姑姑都住在城南乡下，离城四十里左右。那地方名黄罗寨，出强悍的人同猛鸷的兽。我爸爸三岁时在那里差一点险被老虎咬去。我四岁左右，到那里第一天，就看见四个乡下人抬了一只死虎进城，给我留下极深刻的印象。

我还有一个表哥，住在城北十里地名长宁哨的乡下，从那里再过去十里便是苗乡。表哥是一个紫色脸膛的人，一个守碉堡的战兵。我四岁时被他带到乡下去过了三天，二十年后还记得那个小小城堡黄昏来时鼓角的声音。

这战兵在苗乡有点威信，很能喊叫一些苗人。每次来城时，必为我带一只小斗鸡或一点别的东西。一来为我说苗人故事，临走时我总不让他走。我欢喜他，觉得他比乡下叔父能干有趣。

辛亥革命的一课

有一天，我那表哥又从乡下来了，见了他我非常快乐。我问他那些水车，那些碾坊，又问他许多我在乡下所熟习的东西。可是我不明白，这次他竟不大理我，不大同我亲热。他只成天出去买白带子，自己买了许多不算，还托我四叔买了许多。家中搁下两担白带子，还说不大够用。他同我爸爸又商量了很多事情，我虽听到却不很懂是什么意思。其中一件便是把三弟同大哥派阿伢当天送进苗乡去，把我大姐二姐送过表哥乡下那个能容万人避难的齐梁洞去。爸爸即刻就遵照表哥的计划办去，母亲当时似乎也承认这么办较安全方便。在一种迅速处置下，四人当天离开家中同表哥上了路。表哥去时挑了一担白带子，同来另一个陌生人也挑了一担，我疑心他想开一个铺子，才用得着这样多带子。

当表哥一行人众动身时，爸爸问表哥明夜来不来，那一个就回答说：“不来，怎么成事？我的事还多得很！”

我知道表哥的许多事中，一定有一件事是为我带那只花公鸡，那是他早先答应过我的。因此就插口说：

“你来，可别忘记答应我那个东西！”

当我两个姐姐一个哥哥一个弟弟同那苗妇人躲进苗乡时，我爸爸问我：

“你怎么样？跟阿伢进苗乡去，还是跟我在城里？”

“什么地方热闹些？”

“不要这样问，我明白你的意思，你要在城里看热闹，就留下来莫过苗乡吧。”

听说同我爸爸留在城里，我真欢喜。我记得分分明明，第二天晚上，叔父红着脸在灯光下磨刀的情形，真十分有趣。我一时走过仓库边看叔父磨刀，一时又走到书房去看我爸爸擦枪。家中人既走了不少，忽然显得空阔许多，我平时似乎胆量很小，到这天也不知道害怕了。我不明白行将发生什么事情，但却知道有一件很重要的新事快要发生。我满屋各处走去，又傍近爸爸听他们说话。他们每个人脸色都不同往常安详，每人说话都结结巴巴。我家中有两支广式猎枪，几个人一面检察枪支，一面又常常互相来一个莫名其妙的微笑，我也就跟着他们微笑。

我看到他们在日光下做事，又看到他们在灯光下商量。那长身叔父一会儿跑出门去，一会儿又跑回来悄悄的说一阵。我装作不注意的神气，算计到他出门的次数，这一天他一共出门九次，到最后一次出门时，我跟他身后走出到屋廊下，我说：

“四叔，怎么的，你们是不是预备杀仗？”

“咄，你这小东西，还不去睡！回头要猫儿吃你。赶快睡去！”

于是我便被一个丫头拖到上边屋里去，把头伏到母亲腿上，一会儿就睡着了。

这一夜中城里城外发生的事我全不清楚。等到我照常醒来时，只见全家早已起身，各个人皆脸儿白白的，在那里悄悄的说些什么。大家问我昨夜听到什么没有，我只是摇头。我家中似乎少了几个人，数了一下，几个叔叔全不见了，男的只我爸爸一个人，坐在正屋他那专用的太师椅上，低下头来一句话不说。我记起了杀仗的事情，我问他：

“爸爸爸爸，你究竟杀过仗了没有？”

“小东西，莫乱说，夜来我们杀败了！全军人马覆灭，死了上千人！”

正说着，高个儿叔父从外面回来了，满头是汗，结结巴巴的说：衙门从城边已经抬回了四百一十个人头，一大串耳朵，七架云梯，一些刀，一些别的东西。对河还杀得更多，烧了七处房子，现在还不许人上城去看。

爸爸听说有四百个人头，就向叔父说：

“你快去看看，躲韩在里边没有。赶快去，赶快去。”

躲韩就是我那紫色脸膛的表兄，我明白他昨天晚上也在城外杀仗后，心中十分关切。听说衙门口有那么多人头，还有一大串人耳朵，正与我爸爸平时为我说到的杀长毛故事相合，我又兴奋又害怕，简直不知道怎么办。洗过了脸，我方走出房门，看看天气阴阴的象要落雨的神气，一切皆很黯淡。街口平常这时照例可以听到卖糕人的声音，以及各种别的叫卖声音，今天却异常清静，似乎过年一样。我想得到一个机会出去看看，我最关心的是那些我从不曾摸过的人头。一会儿，我的机会便来了，长身四叔跑回来告我爸爸，人头里没有躲韩的头。且说衙门口人多着，街上铺子都已奉命开了门，张家二老爷也上街看热闹了。对门张家二老爷，原是暗中和革命党有联系的本地绅士之一。因此我爸爸便问我：

“小东西，怕不怕人头，不怕就同我出去。”

“不，我想看看。”

于是我就在道尹衙门口平地上看到了一大堆肮脏血污人头，还有衙门口鹿角上，辕门上，也无处不是人头。从城边取回的几架云梯，全用新毛竹作成（就是把这新从山中砍来的竹子，横横的贯了许多木棍），云梯木棍上也悬挂许多人头。看到这些东西我实在希奇，我不明白为什么要杀那么多人。我不明白这些人因什么事就被把头割下。我随后又发现了那一串耳朵，那么一串东西，一生真再也不容易见到过的古怪东西！叔父问我：“小东西，你怕不怕？”我说“不怕。”我原先已听了多少杀仗的故事，总说是“人头如山，血流成河”，看戏时也总说是“千军万马分个胜败”，却除了从戏台上间或演秦琼哭头时可看到一个木人头放在朱红盘子里托着舞来舞去，此外就不曾看到过一次真的杀仗砍下什么人头。现在却有那么一大堆血淋淋的从人颈脖上砍下的东西。我并不怕，可不明白为什么这些人就让兵士砍他们，有点疑心，以为这一定有了错误。

为什么他们被砍？砍他们的人又为什么？心中许多疑问，回到家中时问爸爸，爸爸只说这是“造反打了败仗”，也不能给我一个满意的答复。我当时以为爸爸那么伟大的人，天上地下知道不知多少事，居然也不明白这件事，倒真觉得奇怪。到现在我才明白这事永远在世界上不缺少，可是谁也不能够给小孩子一个最得体的回答。

这革命原是城中绅士早已知道，用来对付镇筸镇和辰沅永靖兵备道两个衙门里的旗人大官同那些外路商人，攻城以前先就约好了的。但临时却因军队方面谈的条件不妥误了大事。

革命算已失败了，杀戮还只是刚在开始。城防军把防务布置周密妥当后，就分头派兵下乡去捉人，捉来的人只问问一句两句话，就牵出城外去砍掉。平常杀人照例应当在西门外，现在“造反”的人既从北门来，因此应杀的人也就放在北门河滩上杀戮。当初每天必杀一百左右，每次杀五十个人时，行刑兵士还只是二十人，看热闹的也不过三十左右。有时衣也不剥，绳子也不捆缚，就那么跟着赶去的。常常有被杀的站得稍远一点，兵士以为是看热闹的人，就忘掉走去。被杀的差不多全从乡下捉来，胡胡涂涂不知道是些什么事，因此还有一直到了河滩被人吼着跪下时，才明白行将有什么新事，方大声哭喊惊惶乱跑，刽子手随即赶上前去那么一阵乱刀砍翻的。

这愚蠢残酷的杀戮继续了约一个月，才渐渐减少下来。或者因为天气既很严冷，不必担心到它的腐烂，埋不及时就不埋，或者又因为还另外有一种示众意思，河滩的尸首总常常躺下四五百。

到后人太多了，仿佛凡是西北苗乡捉来的人都得杀头。衙门方面把文书禀告到抚台时大致说的就是“苗人造反”，因此照规矩还得剿平这一片地面上的人民。捉来的人一多，被杀的头脑简单异常，无法自脱。但杀人那一方面知道下面消息多些，却似乎有点寒了心。几个本地有力的绅士，也就是暗地里同城外人沟通却不为官方知道的人，便一同向道台请求有一个限制。经过一番选择，该杀的杀，该放的放。每天捉来的人既有一百两百，差不多全是四乡的农民，既不能全部开释，也不能全部杀头，因此选择的手续，便委托了本地人民所敬信的天王。把犯人牵到天王庙大殿前院坪里，在神前掷竹筊，一仰一覆的顺筊，开释，双仰的阳筊，开释，双覆的阴筊，杀头。生死取决于一掷，应死的自己向左走去，该活的自己向右走去。一个人在一分赌博上既占去便宜四分之三[1]，因此应死的谁也不说话，就低下头走去。

我那时已经可以自由出门，一有机会就常常到城头上去看对河杀头。每当人已杀过赶不及看那一砍时，便与其他小孩比赛眼力，一二三四计数那一片死尸的数目。或者又跟随了犯人，到天王庙看他们掷筊。看那些乡下人，如何闭了眼睛把手中一副竹筊用力抛去，有些人到已应当开释时还不敢睁开眼睛。又看着些虽应死去还想念到家中小孩与小牛猪羊的，那分颓丧那分对神埋怨的神情，真使我永远忘不了，也影响到我一生对于滥用权

[1] 这里原文是“三分之二”，我的好友数学家钟开莱先生说，根据概率论的道理，实际有四分之三机会开释，建议我改过来。——作者

力的特别厌恶。

我刚好知道“人生”时，我知道的原来就是这些事情。

第二年三月，本地革命成功了，各处悬上白旗，写个“汉”字，小城中官兵算是对革命军投了降。革命反正的兵士结队成排在街上巡游。外来镇守使，道尹，知县，已表示愿意走路，地方一切皆由绅士出面来维持，并在大会上进行民主选举，我爸爸便即刻成为当地要人了。

那时节我哥哥弟弟同两个姐姐，全从苗乡接回来了，家中无数乡下军人来来往往，院子中坐满了人。在一群陌生人中，我发现了那个紫黑脸膛的表哥。他并没有死去，背了一把单刀，朱红牛皮的刀鞘上描着黄金色双龙抢宝的花纹。他正在同别人说那一夜走近城边爬城的情形。我悄悄地告诉他：“我过天王庙看犯人掷筊，想知道犯人中有不有你，可见不着。”那表哥说：“他们手短了些，捉不着我。现在应当我来打他们了。”当天全城人过天王庙开会时，我爸爸正在台上演说，那表哥当真就爬上台去，重重的打了县太爷一个嘴巴，使得台上台下到会人都笑闹不已，演说也无法继续。

革命使我家中也起了变化。不多久，爸爸与一个姓吴的竞选去长沙会议代表失败，心中十分不平，赌气出门往北京去了。和本地阙祝明同去，住杨梅竹斜街酉西会馆，组织了个铁血团谋刺袁世凯，被侦探发现，阙被捕当时枪决。我父亲因看老谭的戏，有熟人通知，即逃出关，在热河都统姜桂题、米振标处隐匿（因为相熟），后改名换姓在赤峰、建平等县作科长多年，袁死后才和家里通信。只记到借人手写信来典田还账。到后家中就破产了。父亲的还乡，还是我哥哥出关万里寻亲接回的。哥哥会为人画像，借此谋生，东北各省都跑过，最后才在赤峰找到了父亲。爸爸这一去，直到十一年后当我从湘边下行时，在辰州又见过他一面，从此以后便再也见不着了。

我爸爸在竞选失败离开家乡那一年，我最小的一个九妹，刚好出世三个月。

革命后地方不同了一点，绿营制度没有改变多少，屯田制度也没有改变多少，地方有军役的，依然各因等级不同，按月由本人或家中人到营上去领取食粮与碎银。

守兵当值的，到时照常上衙门听候差遣。马兵仍照旧把马养在家中。衙门前钟鼓楼每到晚上仍有三五个吹鼓手奏乐。但防军组织分配稍微不同了，军队所用器械不同了，地方官长不同了。县知事换了本地人，镇守使也换了本地人。当兵的每家大门边钉了一小牌，载明一切，且各因兵役不同，木牌种类也完全不同。道尹衙门前站在香案旁宣讲圣谕的秀才已不见了。

但革命印象在我记忆中不能忘记的，却只是关于杀戮那几千无辜农民的几幅颜色鲜明的图画。

民三左右地方新式小学成立，民四我进了新式小学，民六夏我便离开了家乡，在沅水流域十三县开始过流荡生活，接受另外一种人生教育了。

我上许多课仍然不放下那一本大书

我改进了新式小学后，学校不背诵经书，不随便打人，同时也不必成天坐在桌边，每天不只可以在小院子中玩，互相扭打，先生见及，也不加以约束，七天照例又还有一天放假，因此我不必再逃学了。可是在那学校照例也就什么都不曾学到。每天上课时照例上上，下课时就遵照大的学生指挥，找寻大小相等的人，到操坪中去打架。一出门就是城墙，我们便想法爬上城去，看城外对河的景致。上学散学时，便如同往常一样，常常绕了多远的路，去城外边街上看看那些木工手艺人新雕的佛像贴了多少金。看看那些铸钢犁的人，一共出了多少新货。或者什么人家孵了小鸡，也常常不管远近必跑去看看。一到星期日，我在家中写了十六个大字后，就一溜出门，一直到晚方回家中。

半年后，家中母亲相信了一个亲戚的建议，以为应从城内第二初级小学换到城外第一小学，这件事实行后更使我方便快乐。新学校临近高山，校屋前后各处是大树，同学又多，当然十分有趣。到这学校我仍然什么也不学得，生字也没认识多少，可是我倒学会了爬树。几个人一下课就在校后山边各自拣选一株合抱大梧桐树，看谁先爬到顶。我从这方面便认识约三十种树木的名称。因为爬树有时跌下或扭伤了脚，刺破了手，就跟同学去采药，又认识了十来种草药。我开始学会了钓鱼，总是上半天学钓半天鱼。我学会了采笋子，采蕨菜。后山上到春天各处是野兰花、各处是可以充饥解渴的刺莓，在竹篁里且有无数雀鸟，我便跟他们认识了许多雀鸟，且认识许多果树。去后山约一里左右，又有一个制瓷器的大窑，我们便常常到那里去看人制造一切瓷器，看一块白泥在各样手续下如何就变成为一个饭碗，或一件别种用具的生产过程。

学校环境使我们在校外所学的实在比校内课堂上多十倍。但在学校也学会了一件事，便是各人用刀在座位板下镌雕自己的名字。又因为学校有做手工的白泥，我们就用白泥摹塑教员的肖像，且各为取一怪名：“绵羊”，“耗子”，“老土地菩萨”，还有更古怪的称呼。总之随心所欲。在这些事情上我的成绩照例比学校功课好一点，但自然不能得到任何奖励。学校已禁止体罚，可是记过罚站还在执行。

照情形看来，我已不必逃学，但学校既不严格，四个教员恰恰又有我两个表哥在内，想要到什么地方去时，我便请假。看戏请假，钓鱼请假，甚至于几个人到三里外田坪中去看人割禾、捉蚱蜢也向老师请假。

那时我家中每年还可收取租谷三百石左右，三个叔父二个姑母占两份，我家占一份。到秋收时，我便同叔父或其他年长亲戚，往二十里外的乡下去，督促佃户和临时雇来的工人割禾。等到田中成熟禾穗已空，新谷装满白木浅缘方桶时，便把新谷倾倒到大晒谷簟上来，与佃户平分，其一半应归佃户所有的，由他们去处置，我们把我家应得那一半，雇人押运回家。在那里最有趣处是可以辨别各种禾苗，认识各种害虫，学习捕捉蚱蜢分别蚱蜢。同时学用鸡笼去罩捕水田中的肥大鲤鱼鲫鱼，把鱼捉来即用黄泥包好塞到热灰里去煨熟分吃。又向佃户家讨小小斗鸡，且认识种类，准备带回家来抱到街上去寻找别人公雏作战。又从农家小孩学习抽稻草心织小篓小篮，剥桐木皮作卷筒哨子，用小竹子作唢呐。有时捉得一个刺猬，有时打死一条大蛇，又有时还可跟叔父让佃户带到山中去，把雉媒抛出去，吹唿哨招引野雉，鸟枪里装上一把黑色土药和散碎铁砂，猎取这华丽骄傲的禽鸟。

为了打猎，秋末冬初我们还常常去佃户家。看他们下围，跟着他们乱跑。我最欢喜的是猎取野猪同黄麂。有一次还被他们捆缚在一株大树高枝上，看他们把受惊的黄麂从树下追赶过去。我又看过猎狐，眼看着一对狡猾野兽在一株大树根下转，到后这东西便变成了我叔父的马褂。

学校既然不必按时上课，其余的时间我们还得想出几件事情来消磨，到下午三点才能散学。几个人爬上城去，坐在大铜炮上看城外风光，一面拾些石头奋力向河中掷去，这是一个办法。另外就是到操场一角砂地上去拿顶翻筋斗，每个人轮流来作这件事，不溜刷的便仿照技术班办法，在那人腰身上缚一条带子，两个人各拉一端，翻筋斗时用力一抬，日子一多，便无人不会翻筋斗了。

因为学校有几个乡下来的同学，身体壮大异常，便有人想出好主意，提议要这些乡下孩子装成马匹，让较小的同学跨到马背上去，同另一匹马上另一员勇将来作战，在上面扭成一团，直到跌下地后为止。这些作马匹的同学，总照例非常忠厚可靠，在任何情形下皆不卸责。作战总有受伤的，不拘谁人头面有时流血了，就抓一把黄土，将伤口敷上，全不在乎似的。我常常设计把这些人马调度得十分如法，他们服从我的编排，比一匹真马还驯服规矩。

放学时天气若还早一些，几个人不是上城去坐坐，就常常沿了城墙走去。有时节出城去看看，有谁的柴船无人照料，看明白了这只船的的确确无人时，几人就匆忙跳上了船，很快的向河中心划去。等一会那船主人来时，若在岸上和和气气的说：

“兄弟，兄弟，快把船划回来。我得回家！”

遇到这种和平讲道理人时，我们也总得十分和气把船划回来，各自跳上了岸，让人家上船回家。若那人性格暴躁点，一见自己小船给一群胡闹的小将送到河中打着圈儿转，心中十分忿怒，大声的喊骂，说出许多恐吓无理的野话，那我们便一面回骂着，一面快快的把船下游流去，尽他叫骂也不管它。到下游时几个人上了岸，就让这船搁在河滩上不再理会了。有时刚上船坐定，即刻便被船主人赶来，那就得担当一分惊险了。船主照例知道我们受不了什么簸荡，抢上船头，把身体故意向左右连续倾侧不已，因此小船就在水面胡乱颠簸，一个无经验的孩子担心会掉到水中去，必惊骇得大哭不已。但有了经验的人呢，你估计一下，先看看是不是逃得上岸，若已无可逃避，那就好好的坐在船中，尽那乡下人的磨练，拼一身衣服给水湿透，你不慌不忙，只稳稳的坐在船中，不必作声告饶，也不必恶声相骂，过一会儿那乡下人看看你胆量不小，知道用这方法吓不了你，他就会让你明白他的行为不过是一种不带恶意的玩笑，这玩笑到时应当结束了，必把手叉上腰边，向你微笑，抱歉似的微笑。

“少爷，够了，请你上岸！”

于是几个人便上岸了。有时不凑巧，我们也会为人用小桨竹篙一路追赶着打我们，还一路骂我们。只要逃走远一点点，用什么话骂来，我们照例也就用什么话骂回去，追来时我们又很快的跑去。

那河里有鳜鱼，有鲫鱼，有小鲇鱼，钓鱼的人多向上游一点走去。隔河是一片苗人的菜园，不涨水，从跳石上过河，到菜园里去看花、买菜心吃的次数也很多。河滩上各处晒满了白布同青菜，每天还有许多妇人背了竹笼来洗衣，用木棒杵在流水中捶打，訇訇的从北城墙脚下应出回声。

天热时，到下午四点以后，满河中都是赤光光的身体。有些军人好事爱玩，还把小孩子，战马，看家的狗，同一群鸭雏，全部都带到河中来。有些人父子数人同来，大家皆在激流清水中游泳。不会游泳的便把裤子泡湿，扎紧了裤管，向水中急急的一兜，捕捉了满满的一裤空气，再用带子捆好，便成了极合用的“水马”。有了这东西，即或全不会漂浮的人，也能很勇敢的向水深处泅去。到这种人多的地方，照例不会出事故被水淹死的，一出了什么事，大家皆很勇敢的救人。

我们洗澡可常常到上游一点去，那里人既很少，水又极深，对我们才算合式。这件事自然得瞒着家中人。家中照例总为我担忧，唯恐一不小心就会为水淹死。每天下午既无法禁止我出去玩，又知道下午我不会到米厂上去同人赌骰子，那位对于拘管我侦察我十分负责的大哥，照例一到饭后我出门不久，他也总得到城外河边一趟。人多时不能从人丛中发现我，就沿河去注意我的衣服，在每一堆衣服上来一分注意。一见到了我的衣服，一句话不说，就拿起来走去，远远的坐到大路上，等候我要穿衣时来同他会面。衣裤既然在他手上，我不能不见他了，到后只好走上岸来，从他手上把衣服取到手，两人沉沉默默的回家。回去不必说什么，只准备一顿打。可是经过两次教训后，我即或仍然在河中洗澡，也就不至于再被家中人发现了。我可以搬些石头把衣压着，只要一看到他从城门洞边大路走来时，必有人告给我，我就快快的泅到河中去，向天仰卧，把全身泡在水中，只露出一张脸一个鼻孔来，尽岸上那一个搜索也不会得到什么结果。有些人常常同我在一处，哥哥认得他们，看到了他们时，就唤他们：

“熊澧南，印鉴远，你见我兄弟老二吗？”

那些同学便故意大声答道：

“我们不知道，你不看看衣服吗？”

“你们不正是成天在一堆胡闹吗？”

“是呀，可是现在谁知道他在哪一片天底下。”

“他不在河里吗？”

“你不看看衣服吗？不数数我们的人数吗？”

这好人便各处望望，果然不见到我的衣裤，相信我那朋友的答复不是谎话，于是站在河边欣赏了一阵河中景致，又弯下腰拾起两个放光的贝壳，用他那双常若含泪发愁的艺术家眼睛赏鉴了一下，或坐下来取出速写簿，随意画两张河景的素描，口上嘘嘘打着唿哨，又向原来那条路上走去了。等他走去以后，我们便来模仿我这个可怜的哥哥，互相反复着前后那种答问。“熊澧南，印鉴远，看见我兄弟吗？”“不知道，不知道，你自己不看看这里一共有多少衣服吗？”“你们成天在一堆！”“是呀！成天在一堆，可是谁知道他现在到哪儿去了呢？”于是互相浇起水来，直到另一个逃走方能完事。

有时这好人明知道我在河中，当时虽无法擒捉，回头却常常隐藏在城门边，坐在卖荞粑的苗妇人小茅棚里，很有耐心的等待着。等到我十分高兴的从大路上同几个朋友走近身时，他便风快的同一只公猫一样，从那小棚中跃出，一把攫住了我衣领。于是同行的朋友就大嚷大笑，伴送我到家门口，才自行散去。不过这种事也只有三两次，从经验上既知道这一着棋时，我进城时便常常故意慢一阵，有时且绕了极远的东门回去。

我人既长大了些，权利自然也多些了，在生活方面我的权利便是，即或家中明知我下河洗了澡，只要不是当面被捉，家中可不能用爬搔皮肤方法决定我应否受罚了。同时我的游泳自然也进步多了。我记得，我能在河中来去泅过三次，至于那个名叫熊澧南的，却大约能泅过五次。

下河的事若在平常日子，多半是三点晚饭以后才去。如遇星期日，则常常几人先一天就邀好，过河上游一点棺材潭的地方去，泡一个整天，泅一阵水又摸一会鱼，把鱼从水中石底捉得，就用枯枝在河滩上烧来当点心。有时那一天正当附近十里长宁哨苗乡场集，就空了两只手跑到那地方去玩一个半天。到了场上后，过卖牛处看看他们讨论价钱盟神发誓的样子，又过卖猪处看看那些大猪小猪，查看它，把后脚提起时必锐声呼喊。又到赌场上去看那些乡下人一只手抖抖的下注，替别人担一阵心。又到卖山货处去，用手摸摸那些豹子老虎的皮毛，且听听他们谈到猎取这野物的种种危险经验。又到卖鸡处去，欣赏欣赏那些大鸡小鸡，我们皆知道什么鸡战斗时厉害、什么鸡生蛋极多。我们且各自把那些斗鸡毛色记下来，因为这些鸡照例当天全将为城中来的兵士和商人买去，五天以后就会在城中斗鸡场出现。我们间或还可在敞坪中看苗人决斗，用扁担或双刀互相拼命。小河边到了场期，照例来了无数小船和竹筏，竹筏上且常常有长眉秀目脸儿极白奶头高肿的青年苗族女人，用绣花大衣袖掩着口笑，使人看来十分舒服。我们来回走二三十里路，各个人两只手既是空空的，因此在场上什么也不能吃。间或谁一个人身上有一两枚铜元，就到卖狗肉摊边去割一块狗肉，蘸些盐水，平均分来吃吃。或者无意中谁一个在人丛中碰着了一位亲长，被问道：“吃过点心吗？”人家正饿着，互相望了会儿，羞羞怯怯的一笑。那人知道情形了，便说：“这成吗？不喝一杯还算赶场吗？”到后自然就被拉到狗肉摊边去，切一斤两斤肥狗肉，分割成几大块，各人来那么一块，蘸了盐水往嘴上送。

机会不巧不曾碰到这么一个慷慨的亲戚，我们也依然不会瘪了肚皮回家。沿路有无数人家的桃树李树，果实全把树枝压得弯弯的，等待我们去为它们减除一分担负。还有多少黄泥田里，红萝卜大得如小猪头，没有我们去吃它，赞美它，便始终委屈在那深土里！除此以外，路塍上无处不是莓类同野生樱桃，大道旁无处不是甜滋滋的地枇杷，无处不可得到充饥果腹的山果野莓。口渴时无处不可以随意低下头去喝水。至于茶油树上长的茶莓，则长年四季都可以随意采吃，不犯任何忌讳。即或任何东西没得吃，我们还是依然十分高兴。就为的是乡场中那一派空气，一阵声音，一分颜色，以及在每一处每一项生意人身上发出那一股不同臭味，就够使我们觉得满意！我们用各样官能吃了那么多东西，即使不再用口来吃喝，也很够了。

到场上去我们还可以看各样水碾水碓，并各种形式的水车。我们必得经过好几个榨油坊，远远的就可以听到油坊中打油人唱歌的声音。一过油坊时便跑进去，看看那些堆积如山的桐子，经过些什么手续才能出油。我们只要稍稍绕一点路。还可以从一个造纸工作场过身，在那里可以看他们利用水力捣碎稻草同竹篠，用细篾帘子勺取纸浆作纸。我们又必须从一些造船的河滩上过身，有万千机会看到那些造船工匠在太阳下安置一只小船的龙骨，或把粗麻头同桐油石灰嵌进缝罅里修补旧船。

总而言之，这样玩一次，就只一次，也似乎比读半年书还有益处。若把一本好书同这种好地方尽我拣选一种，直到如今我还觉得不必看这本弄虚作伪千篇一律用文字写成的小书，却应当去读那本色香俱备内容充实用人事写成的大书。

我不明白我为什么就学会了赌骰子。大约还是因为每早上买菜，总可剩下三五个小钱，让我有机会傍近用骰子赌输赢的糕类摊子。起始当三五个人蹲到那些戏楼下，把三粒骰子或四粒骰子或六粒骰子抓到手中奋力向大土碗掷去，跟着它的变化喊出种种专门名词时，我真忘了自己也忘了一切。那富于变化的六骰子赌，七十二种“快”“臭”，一眼间我都能很得体的喊出它的得失。

谁也不能在我面前占便宜，谁也骗不了我。自从精明这一项玩意儿以后，我家里这一早上若派我出去买菜，我就把买菜的钱去作注，同一群小无赖在一个有天棚的米厂上玩骰子，赢了钱自然全部买东西吃，若不凑巧全输掉时，就跑回来悄悄的进门找寻外祖母，从她手中把买菜的钱得到。

但这是件相当冒险的事，家中知道后可得痛打一顿，因此赌虽然赌，经常总只下一个铜子的注，赢了拿钱走去，输了也不再来，把菜少买一些，总可敷衍下去。

由于赌术精明，我不大担心输赢。我倒最希望玩个半天结果无输无赢。我所担心的只是正玩得十分高兴，忽然后领一下子为一只强硬有力的瘦手攫定，一个哑哑的声音在我耳边响着：

“这一下捉到你了！这一下捉到你了！”

先是一惊。想挣扎可不成。既然捉定了，不必回头，我就明白我被谁捉到，且不必猜想，我就知道我回家去应受些什么款待。于是提了菜篮让这个仿佛生下来给我作对的人把我揪回去。这样过街可真无脸面，因此不是请求他放和平点抓着我一只手，总是趁他不注意的情形下，忽然挣脱，先行跑回家去，准备他回来时受罚。

每次在这件事上我受的处罚都似乎略略过分了些，总是把一条绣花的白绸腰带缚定两手，系在空谷仓里，用鞭子打几十下，上半天不许吃饭，或是整天不许吃饭。亲戚中看到觉得十分可怜，多以为哥哥不应当这样虐待弟弟。但这样不顾脸面的去同一些乞丐赌博，给了家中多少气怄，我是不理解的。

我从那方面学会了不少下流野话，和赌博术语，在亲戚中身分似乎也就低了些。只是当十五年后，我能够用我各方面的经验写点故事时，这些粗话野话，却给了我许多帮助，增加了故事中人物的色彩和生命。

革命后，本地设了女学校，我两个姐姐一同被送过女学校读书。我那时也欢喜到女学校去玩，就因为那地方有些新奇的东西。学校外边一点，有个做小鞭炮的作坊，从起始用一根细钢条，卷上了纸，送到木机上一搓，吱的一声就成了空心的小管子，再如何经过些什么手续，便成了燃放时巴的一声的小爆仗，被我看得十分熟习。我借故去瞧姐姐时，总在那里看他们工作一会会。我还可看他们烘焙火药，碓舂木炭，筛硫磺，配合火药的原料，因此明白制烟火用的药同制爆仗用的药，硫磺的分配分量如何不同。这些知识远比学校读的课本有用。

一到女学校时，我必跑到长廊下去，欣赏那些平时不易见到的织布机器。那些大小不同钢齿轮互相衔接，一动它时全部都转动起来，且发出一种异样陌生的声音，听来我总十分欢喜。我平时是个怕鬼的人，但为了欣赏这些机器，黄昏中我还敢在那儿逗留，直到她们大声呼喊各处找寻时，我才从廊下跑出。

当我转入高小那年，正是民国五年，我们那地方为了上年受蔡锷讨袁战事的刺激，感觉军队非改革不能自存，因此本地镇守署方面，设了一个军官团。前为道尹后改苗防屯务处方面，也设了一个将弁学校。另外还有一个教练兵士的学兵营，一个教导队。小小的城里多了四个军事学校，一切都用较新方式训练，地方因此气象一新。由于常常可以见到这类青年学生结队成排在街上走过，本地的小孩以及一些小商人，都觉得学军事较有意思，有出息。有人与军官团一个教官作邻居的，要他在饭后课余教教小孩子，先在大街上练操，到后却借了附近由皇殿改成的军官团操场使用，不上半月，便招集了一百人左右。

有同学在里面受过训练来的，精神比起别人来特别强悍，显明不同于一般同学。我们觉得奇怪。这同学就告我们一切，且问我愿不愿意去。并告我到里面后，每两月可以考选一次，配吃一份口粮作守兵战兵的，就可以补上名额当兵。在我生长那个地方，当兵不是耻辱。多久以来，文人只出了个翰林即熊希龄，两个进士，四个拔贡。至于武人，随同曾国荃打入南京城的就出了四名提督军门，后来从日本士官学校出来的朱湘溪，还作蔡锷的参谋长，出身保定军官团的，且有一大堆，在湘西十三县似占第一位。本地的光荣原本是从过去无数男子的勇敢流血博来的。谁都希望当兵，因为这是年轻人一条出路，也正是年轻人唯一的出路。同学说及进“技术班”时，我就答应试来问问我的母亲，看看母亲的意见，这将军的后人，是不是仍然得从步卒出身。

那时节我哥哥已过热河找寻父亲去了，我因不受拘束，生活既日益放肆，不易教管，母亲正想不出处置我的好方法，因此一来，将军后人就决定去作兵役的候补者了。

预备兵的技术班

家中听说我一到那边去，既有机会考一份口粮，且明白里面规矩极严，以为把我放进去受预备兵的训练，实在比让我在外面撒野较好。即或在技术班免不了从天桥掉下的危险，但有人亲眼看到掉下来，总比无人照料，到那些空山里从高崖上摔下来好些，因此当时便答应了。母亲还为我缝了一套灰布制服。

我把这消息告给学校那个梁班长时，军衣还不曾缝好，他就带我去见了一次姓陈的教官。我第一次见到那个挺着胸脯的人，实在有点害怕。但我却因为听说他的杠杆技术曾经得过全省锦标，能够在天桥上竖蜻蜓用手来回走四五次，又能在杠杆上打大车轮至四十来次，简直是个新式徐良、黄天霸，因此虽畏惧他却也欢喜他。

这教官给我第一次印象既不坏，此后的印象也十分好。他对于我似乎也还满意。先看我人那么小，排队总在最后一名，在操场中跑步时，便把我剔出，到“正步走”“向后转”走时，我的步子较小一点，又想法让我不吃亏。但经过十天后，我的能力和勇敢，就得到他完全的承认，做任何事应当大家去作的，我头上也总派到一份了。

我很感谢那教官，由于他那分严厉，逼迫我学会了一种攀杠杆的技术，到后来还用这点技术救过我自己一次生命的危险。我身体到后在军队中去混了那么久，那一次重重的伤寒病四十天的高热，居然能够支持下来，未必不靠从技术班训练好的一个结实体格所帮助。我的身体是因从小营养不良显得脆弱，性格方面永远保持到一点坚实军人的风味，不管有什么困难总去作，不大关心成败得失，似乎也就是那将近一年的训练养成的。

我进到了那军役补习班后，才知道原来在学校作班长的梁凤生，在技术班也还是我们的班长。我在里面得到他的帮助可不少。一进去时的单人教练，他就作了我的教师。当每人到小操场的砂地上学习打筋斗时，用腰带束了我的腰，两个人各用手紧紧的抓着那根带子，好在我正当把两只手垫到地面，想把身体翻过去再一下挺起时，他就赶忙用手一拉，使我不要扭坏腰腿。有时我攀上杠杆，用膀子向后反挂，预备来一次背车，在旁小心照料的也总是他。有时一不小心摔到砂地上，跌哑了喉，想说话无论如何怎样用力再也说不出口，一为他见及，就赶忙搀起我来，扶着我乱跑，必得跑过好一阵，我方说得出话，不至于出现后遗症。

这人在学校书既读得极好，每次考试总得第一，过技术班来成绩也非常好。母亲是一个寡妇，守着三个儿子，替人缝点衣服过日子。这同学散操以后，便跑回去，把那个早削好装满甘蔗的篮子，提上街到各处去叫卖，把甘蔗卖完便赚回三五十个小钱。这人虽然为了三五十个钱，每个晚上总得大街小巷的走去。可是在任何地方一遇到同学好友时，总一句话不说，走到你身边来，把一节值五文一段的甘蔗，突然一下塞到你的手里，风快的就跑掉了。我遇到他这样两次，心中真感动得厉害。我并不想那甘蔗吃，却因为他那种慷慨大方处，白日见他时简直使我十分害羞。

这朋友虽待得我很好，可是在学校方面，我最好的一个同学，却是个姓陈名肇林的。在技术班方面，好朋友也姓陈，名继瑛。这个陈继瑛家只隔我家五户。照本地习惯，下午三点即吃晚饭，他每天同我一把晚饭吃过后，就各人穿了灰布军服，在街上气昂昂的并排走出城去。每出城到门洞边时，卖牛肉的屠户，正在收拾他的业务，总故意逗我们，喊叫我们作“排长”。一个守城的老兵，也总故意做一个鬼脸，说两句无害于事的玩笑话。两人心中以为这是小玩笑，我们上学为的是将来做大事，这些小处当然用不着在意。

当时我们所想的实在与这类事不同，他只打量作团长，我就只想进陆军大学。即或我爸爸希望作一将军终生也作不到，但他把祖父那一分过去光荣，用许多甜甜的故事输入到这荒唐顽皮的小脑子里后，却料想不到，发生了很大的影响。书本既不是我所关心的东西，国家又革了命，我知道“中状元”已无可希望，却俨然有一个“将军”的志气。家中别的什么教育都不给我，所给的也恰恰是我此后无多大用处的。可是爸爸给我的教育，却对于我此后生活的转变，以及在那个不利于我读书的生活中支持，真有很大的益处。体魄不甚健实的我，全得爸爸给我那分启发，使我在任何困难情形中总不气馁，任何得意生活中总不自骄，比给我任何数目的财产，还似乎更贵重难得。

当营上的守兵不久有了几名缺额，我们那一组应当分配一名时，我照例去考过一次。考试的结果当然失败。但我总算把各种技术演习了那么一下。也在小操场杠杆上做挂腿翻上，再来了十个背车。又蹿了一次木马，走了一度天桥，且在平台上拿了一个大顶，再丢手侧身倒掷而下。又在大操场指挥一个十人组成的小队作正步，跑步，跪下，卧下种种口令，完事时还跑到阅兵官面前，用急促的声音完成一种报告。操演时因为有镇守署中的参谋长和别的许多军官在场，临事虽不免有点慌张，但一切动作做得还不坏，不跌倒，不吃砂，不错误手续。且想想，我那时还是一个十三岁半的孩子！这次结果守兵名额虽然被一位美术学校的学生田大哥得去了，大家却并不难过，（这人原先在艺术学校考第一名，在我们班里作了许久大队长，各样都十分来得。这人若当时机会许可他到任何大学去读书，一定也可做个最出色的大学生。若机会许可他上外国去学艺术，在绘画方面的成就，会成一颗放光的星子。可是到后来机会委屈了他，环境限制了他，自己那点自足骄傲脾气也妨碍了他。十年后跑了半个中国，还是在一个少校闲曹的位置上打发日月。）当时各人虽没有得到当兵的荣耀，全体却十分快乐。我记得那天回转家里时，家中人问及一切，竟对我亲切的笑了许久。且因为我得到过军部的奖语，仿佛便以为我未来必有一天可做将军。为了欢迎这未来将军起见，第二天杀了一只鸡，鸡肝鸡头全为我独占。

第二回又考试过一次，那守兵的缺额却为一个姓舒的小孩子占去了，这人年龄和我不相上下，各种技术皆不如我，可是却有一分独特的胆量，能很勇敢的在一个两丈余高的天桥上，翻倒筋斗掷下，落地时身子还能站立稳稳的，因此大家仍无话说。这小孩子到后两年却害热病死了。

第三次的兵役给了一个名“田棒捶”的，能跳高，撑篙跳会考时第一。这人后来当兵出防到外县去，也因事死掉了。

我在那里考过三次，得失之间倒不怎么使家中失望。

家中人眼看着我每天能够把军服穿得整整齐齐的过军官团上操，且明白了许多军人礼节，似乎上了正路，待我也好了许多。可是技术班全部组织，差不多全由那教官一人所主持，全部精神也差不多全得那教官一人所提起，就由于那点稀有精神，被那位镇守使看中了意，当他卫队团的营副出了缺时，我们那教官便被调去了。教官一去，学校自然也无形解体了。

这次训练算来大约是八个月左右，因为起始在吃月饼的八月，退伍是次年开桃花的三月。我记得那天散操回家，我还在一个菜园里摘了一大把桃花回家。

那年我死了一个二姐，她比我大两岁，美丽，骄傲，聪明，大胆，在一行九个兄弟姐妹中，这姐姐比任何一个都强过一等。她的死也就死在那分要好使强的性格上。我特别伤心，埋葬时，悄悄带了一株山桃插在坟前土坎上。过了快二十年从北京第一次返回家乡上坟时，想不到那株山桃树已成了两丈多高一株大树。

一个老战兵

当时在补充兵的意义下，每日受军事训练的，本城计分三组，我所属的一组为城外军官团陈姓教官办的，那时说来似乎高贵一些。另一组在城里镇守使衙门大操坪上操的，归镇守使署卫队杜连长主持，名分上便较差些。这两处都用新式入伍训练。还有一处归我本街一个老战兵滕四叔所主持，用的是旧式教练。新式教练看来虽十分合用，钢铁的纪律把每个人皆造就得自重强毅，但实在说来真无趣味。且想想，在附近中营游击衙门前小坪操练的一群小孩子，最大的不过十七岁，较小的还只十二岁，一下操场总是两点钟，一个跑步总是三十分钟，姿势稍有不合就是当胸一拳，服装稍有疏忽就是一巴掌。盘杠杆，从平台上拿顶，向木马上扑过，一下子掼到地上时，哼也不许哼一声。过天桥时还得双眼向前平视，来回作正步通过。野外演习时，不管是水是泥，喊卧下就得卧下。这些规矩纪律真不大同本地小孩性格相宜。可是旧式的那一组，却太潇洒了。他们学的是翻筋斗，打藤牌，舞长槊，耍齐眉棍。我们穿一色到底的灰衣，他们却穿各色各样花衣。他们有描花皮类的方盾牌，藤类编成的圆盾牌，有弓箭，有标枪，有各种华丽悦目的武器。他们或单独学习，或成对厮打，各人可各照自己意见去选择。他们常常是一人手持盾牌军刀，一人使关刀或戈矛，照规矩练"大刀取耳"、"单戈破牌"或其他有趣厮杀题目。两人一面厮打一面大声喊"砍"、"杀"、"摔"、"坐"，应当归谁翻一个筋斗时，另一个就用敏捷的姿势退后一步，让出个小小地位。应当归谁败下时，战败的跌倒时也有一定的章法，做得又自然，又活泼。作教师的在身旁指点，稍有了些错误自己就占据到那个地位上去示范，为他们纠正错误。

这教师就是个奇人趣人，不拘向任何一方翻筋斗时，毫不用力，只需把头一偏，即刻就可以将身体在空中打一个转折。他又会爬树，极高的桅子，顷刻之间就可上去。他又会拿顶，在城墙雉堞上，在城楼上，在高桅半空棋料上，无地无处不可以身体倒竖把手当成双脚，来支持很久的时间。他又会泅水，任何深处都可以一氽子到底，任何深处都可以泅去。他又会摸鱼，钓鱼，叉鱼，有鱼的地方他就可以得鱼。他又明医术，谁跌碰伤了手脚时，随手采几样路边草药，捣碎敷上，就可包好。他又善于养鸡养鸭，大门前常有许多高贵种类的斗鸡。他又会种花，会接果树，会用泥土捏塑人像。

这旧式的一组能够存在，且居然能够招收许多子弟，实在说来，就全为的是这个教练的奇才异能。他虽同那么一大堆小孩子成天在一处过日子，却从不拿谁一个钱，也从不要公家津贴一个钱。他只属于中营的一个老战兵，他作这件事也只因为他欢喜同小孩子在一处。全城人皆喊他为“滕师傅”，他却的的确确不委屈这一个称呼。他样样来得懂得，并且无一事不精明在行，你要骗他可不成，你要打他你打不过他。最难得处就是他比谁都和气，比谁都公道。但由于他是一个不识字的老战兵，见“额外”“守备”这一类小官时也得谦谦和和的喊一声“总爷”。他不单教小孩子打拳，有时还鼓励小孩子打架；他不只教他们摆阵，甚至于还教他们洗澡、赌博。因此家中有规矩点的小孩，却不大到他这里来，到他身边来的，多数是些寒微人家子弟。

他家里藏了漆朱红花纹的牛皮盾牌，带红樱的标枪，镀银的方天画戟，白檀木的齐眉棍。他家中有无数的武器，同时也有无数的玩具：有锣、有鼓、有笛子胡琴，渔鼓简板，骨牌纸牌，无不齐全。大白天，家中照例当常有人唱戏打牌，如同一个俱乐部。到了应当练习武艺时，弟子儿郎们便各自扛了武器到操坪去。天气炎热不练武，吃过饭后就带领一群小孩，并一笼雏鸭，拿了光致致的小鱼叉，一同出城下河去教练小孩子泅水，且用极优美姿势钻进深水中去摸鱼。

在我们新式操练两组里，谁犯了事，不问年龄大小，不是当胸一拳，就是罚半点钟立正，或一个人独自绕操场跑步一点钟。可是在他们这方面，就不作兴这类苛刻处罚。一提到处罚，他们就嘲笑这是种“洋办法”，事情由他们看来十分好笑。至于他们的错误，改正错误的，却总是那师傅来一个示范的典雅动作，相伴一个微笑。犯了事，应该处罚，也总不外是罚他泅过河一次，或类似有趣味的待遇，在处罚中即包含另一种行为的奖励。我们敬畏老师，一见教官时就严肃了许多，也拘束了许多。他们则爱他的师傅，一近身时就潇洒快乐了许多。我们那两组学到后来得学打靶、白刃战的练习，终点是学科中的艰深道理，射击学，筑城学，以及种种不顺耳与普通生活无关系的名词。他们学到后来却是驰马射箭，再多学些便学摆阵，人穿了五彩衣服，扛了武器和旗帜，各自随方位调动，随金鼓声进退。我们永远是枯燥的，把人弄呆板起来，对生命不流动的。他们却自始至终使人活泼而有趣味，学习本身同游戏就无法分开。

本地武备补充训练既分三处，当时从学的，最合于事实的希望，大都只盼得一个守兵的名额。我们新式操练成绩虽不坏，可是有守兵出缺实行考试时，还依然让那老战兵所教练的旧式一组得去名额最多。即到十六年后的现在，从三处出身的军官，精明，能干，勇敢，负责，也仍然是一个从他那儿受过基础教育的张姓团长，最在行出色。

当时我同那老战兵既同住一条街上，家中间或有了什么小事，还得常常请他帮点忙。譬如要点药，或做点别的事，总少不了他。可是家中却不许我跟这老战兵在一处，还是要我扛了一支长长的青竹子，出城过军官团去学习撑篙跳，让班长用拳头打胸脯，大约就为的是担心我跟这样俗气的人把习惯弄坏。但家中却料不到十来年后，在军队中好几次危险，我用来自救救人的知识，便差不多全是从那老战兵学来的！

在我那地方，学识方面使我敬重的是我一个姨父，是个进士，辛亥后民选县知事。带兵方面使我敬重的是本地一统领官。做人最美技能最多，使我觉得他富于人性十分可爱的，就是这个老战兵。

家中对于我的放荡既缺少任何有效方法来纠正，家中正为外出的爸爸卖去了大部分不动产，还了几笔较大的债务，景况一天比一天坏下去。加之二姐死去，因此母亲看开了些，以为与其让我在家中堕入下流，不如打发我到世界上去学习生存。在各样机会上去做人，在各种生活上去得到知识与教训。当我母亲那么打算了一下，决定了要让我走出家庭到广大社会中去竞争生存时，就去向一个杨姓军官谈及，得到了那方面的许可，应允尽我用补充兵的名义，同过辰州。那天我自己还正好泡在河水里，试验我从那老战兵学来的沉入水底以后的耐久力，与仰卧水面的上浮力。这天正是旧历七月十五中元节，我记得分明，到河边还为的是拿了些纸钱同水酒白肉奠祭河鬼。照习俗，这一天谁也不敢落水，河中清静异常。纸钱烧过后，我却把酒倒到水中去，把一块半斤重熟肉吃尽，脱了衣裤，独自一人在清清的河水中拍浮了约两点钟左右。

七月十六那天早上，我就背了小小包袱，离开了本县学校，开始混进一个更广泛的学校了。

辰州[1]

离开了家中的亲人，向什么地方去，到那地方去又做些什么，将来有些什么希望，我一点儿也不知道。我还只是十四岁稍多点一个孩子，这份年龄似乎还不许可我注意到与家人分离的痛苦，我又那么欢喜看一切新奇东西，听一切新奇声响，且那么渴慕自由，所以初初离开本乡家中人时，深觉得无量快乐。

可是一上路，却有点忧愁了。同时上路的约三百人，我没有一个熟人。我身体既那么小，背上的包袱却似乎比本身还大。到处是陌生面孔，我不知道日里同谁吃饭，且不知道晚上同谁睡觉。听说当天得走六十里路，才可

[1] 即沅陵。

到有大河通船舶的地方，再坐船向下行。这么一段长路照我过去经验说来，还不知道是不是走得到。家中人担心我会受寒，在包袱中放了过多的衣服，想不到我还没享受这些衣服的好处以前，先就被这些衣服累坏了。

尤其使我害怕的，便是那些坐在轿子里的几个女孩子，和骑在白马上几个长官。这些人我全认得他们，这时他们已仿佛不再认识我。由于身分的自觉，当无意中他们轿马同我走近时，我实在又害怕又羞怯。为了逃避这些人的注意，我就同几个差弁模样的年轻人，跟在一伙脚夫后面走去。后来一个脚夫看我背上包袱太大了，人可又太小了一点，便许可我把包袱搭到他较轻的一头去。我同时又与一个中年差遣谈了话，原来这人是我叔叔一个同学。既有了熟人，又双手洒脱的走空路，毫不疲倦的，黄昏以前我们便到了一个名叫高村的大江边了。

一排篷船泊定在水边，大约有二十余只，其中一只较大的还悬了一面红绸帅字旗。各个船头上全是兵士，各人都在寻觅着指定的船。那差遣已同我离开了，我便一个人背了那个大包袱，怯怯的站到岸上，随后向一只船旁冲去，轻轻的问："有地方吗？大爷。"那些人总说:“满了,你自己看,全满了!你是第几队的?”我自己就不知道自己应分在第几队,也不知道去问谁。有些没有兵士的船看来仿佛较空的,他们要我过去问问,又总因为船头上站得有穿长衣的秘书参谋,他们的神气我实在害怕,不敢冒险过去问问。

天气看看渐渐的夜了下来,有些人已经在船头烧火煮饭,有些人已蹲着吃饭,我却坐在岸边一块大石上发呆发愁,想不出什么解除困难的办法。那时阔阔的江面,已布满了薄雾,有野鹜鸂鶒之类接翅在水面向对河飞去,天边剩余一抹深紫。见到这些新奇光景,小小心中升起一分无言的哀戚。自己便不自然的微笑着,揉着为长途折磨坏了的两只脚。我明白,生命开始进入一个崭新世界。

一会儿又看见那个差遣,差遣也看到我了。

“啊,你这个人,怎么不上船呀?”

“船上全满了,没有地方可上去。”

“船上全满了,你说!你那么拳头大的小孩子,放大方点,什么地方不可以඼进去。来,来,我的小老弟,这里有的是空地方!”

我见了熟人高兴极了。听他一说，我就跟了他到那只船上去，原来这还是一只空船！不过这船舱里舱板也没有，上面铺的只是一些稀稀的竹格子，船摇动时就听到舱底积水汤汤的流动，到夜里怎么睡觉？正想同那差遣说我们再去找找看，是不是别的地方当真还可照他用的那个粗俚字言肏进去，一群留在后边一点本军担荷篷帐的夫子赶来了。我们担心一走开，回头再找寻这样一个船舱也不容易，因此就同这些夫子挤得紧紧的住下来。到吃饭时，有人各船上来喊叫。因为取饭，我却碰到了一个军械处的熟人，我于是换了一个船，到军械船上住下。吃过饭，一会儿便异常舒服的睡熟了。

船上所见无一事不使我觉得新奇。二十四只大船有时衔尾下滩，有时疏散散漂浮到那平潭里。两岸时时刻刻在一种变化中，把小小的村落，广大的竹林，黑色的悬崖，一一收入眼底。预备吃饭时，长潭中各把船只任意溜去，那分从容那分愉快处，实在使我感动。摇橹时满江浮荡着歌声。我就看这些听这些，把家中人暂时完全忘掉了。四天以后，我们的船只编成一长排，停泊在辰州城下中南门的河岸专用码头边。

又过了两天，我们已驻扎在总爷巷一个旧参将衙门里，一份新的日子便开始了。

墙壁各处是膏药，地下各处是瓦片同乱草，草中留下成堆黑色的干粪便，这就是我第一次进衙门的印象。于是轮到了我们来着手扫除了。作这件事的共计二十人，我便是其中一个。大家各在一种异常快乐情形下，手脚并用整整工作了一个日子，居然全部弄清爽了。庶务处又送来了草荐同木板，因此在地面垫上了砖头，把木板子铺上去，摊开了新草荐，一百个人便一同躺到这两列草荐上，十分高兴把第一个夜晚打发走了。

到地后，各人应当有各人的事。作补充兵的，只需要大清早起来操跑步。操完跑步就单人教练，把手肘向后抱着，独自在一块地面上，把两只脚依口令起落，学慢步走。下午无事可作，便躺在草荐上唱《大将南征》的军歌。每个人皆结实单纯，年纪大的约二十二岁，年纪小的只十三岁，睡硬板子的床，吃粗粝陈久的米饭，却在一种沉默中活下来。我从本城技术班学来那份军事知识很有好处，使我为日不多就做了班长。

直到现在我还不明白为什么当时有些兵士不能随便

外出，有些人又可自由出入。照我想来，大概是城里人可以外出，乡下人可以外出却不敢外出。

我记得我的出门是不受任何限制的，但每早上操过跑步时，总得听苗人吴姓连长演说 :“我们军人，原是卫国保民。初到这来客军极多，一切要顾脸面。外出时节制服应当整齐，扣子扣齐，腰带弄紧，裹腿缠好。胡来乱为的，要打屁股。”说到这里时，于是复大声说 :“听到了么？”大家便说 :“听到了。”既然答应全已听到，叫一声“解散”，就散开了。当时因犯事被按在石地上打板子的，就只有营中火夫。兵士却因为从小地方开来，十分怕事，谁也不敢犯罪，不作兴挨打。

我很满意那个街上，一上街触目都十分新奇。我最欢喜的是河街，那里使人惊心动魄的是有无数小铺子，卖船缆，硬木琢成的活车，小鱼篓，小刀，火镰，烟嘴，满地都是有趣味的物件。我每次总去蹲到那里看一个半天，同个绅士守在古董旁边一样恋恋不舍。

城门洞里有一个卖汤圆的，常常有兵士坐在那卖汤圆人的长凳上，把热热的汤圆向嘴上送去。间或有一个本营官佐过身，得照规矩行礼时，便一面赶忙放下那个土花碗，把手举起，站起身来含含胡胡的喊“敬礼”。那军官见到这种情形，有时也总忍不住微笑。这件事碰到最多的还是我，我每天总得在那里吃一回汤圆，或坐下来看各种各样过往行路人！

我又常常同那团长看马的张姓马夫，牵马到朝阳门外大坪里去放马，把长长的缰绳另一端那个檀木钉，钉固在草坪上，尽马各处走去，我们就躺到草地上晒太阳，说说各人所见过的大蛇大鱼。又或走近教会中学的城边去，爬上城墙，看看那些中学生打球。又或过有树林处去，各自选定一株光皮梧桐，用草揉软作成一个圈套，挂在脚上，各人爬到高处椏枝上坐坐，故意把树摇荡一阵。

营里有三个小号兵同我十分熟习，每天他们必到城墙上去吹号，还过城外河坝去吹号，我便跟他们去玩。有时我们还爬到各处墙头上去吹号，我不会吹号却能打鼓。

我们的功课固定不变的，就只是每天早上的跑步。跑步的用处是在追人还是在逃亡，谁也不很分明。照例起床号吹过不久就吹点名号，一点完名跟着下操坪，到操场里就只是跑步。完事后，大家一窝蜂向厨房跑去，那时节豆芽菜一定已在大锅中沸了许久，大甑笼里的糙米饭也快好了。

我们每天吃的总是豆芽菜汤同糙米饭，每到星期那天，就吃一次肉，各人名下有一块肥猪肉，分量四两，是从豆芽汤中煮熟后再捞出的。

到后我们把枪领来了。一律是汉阳厂“小口紧”五响枪。

除了跑步无事可作，大家就只好在太阳下擦枪，用一根细绳子缚上一些涂油布条，从枪膛穿过，绳子两端各缚定在廊柱上，于是把枪一往一来的拖动。那时候的枪名有下列数种：单响，九子，五子。单响分广式、猪槽两种；五响分小口紧、双筒、单筒、拉筒、盖板五种。也有说“日本春田”、“德国盖板”的，但不通俗；兵士只知道这种名称，填写枪械表时，也照这样写上。

我们既编入支队司令的卫队，除了司令官有时出门拜客，选派二十三十护卫外，无其他服务机会。某一次保护这生有连鬓胡子一字不识行伍出身的司令官过某处祝寿，我得过五毛钱的奖赏。

那时节辰州地方组织了一个湘西联合政府，全名为靖国联军第一军政府，驻扎了三个不同部队。军人首脑其一为军政长凤凰人田应诏，其一为民政长芷江人张学济，另外一个却是客军黔军旅长后来回黔作了省长的卢焘。与之对抗的是驻兵常德身充旅长的冯玉祥。这一边军队既不向下取攻势，那一边也不向上取攻势，各人就只保持原有地盘，等待其他机会。两方面主要经济收入都靠的是鸦片烟税。

单是湘西一隅，除客军一混成旅外，集中约十万人。我们部队是游击第一支队，属于靖国联军第二军，归张学济管辖。全辰州地方约五千户，各部分兵士大致就有两万。当时军队虽十分庞杂，各军联合组织得有宪兵稽察处，所以还不至于互相战争。不过当时发行钞票过多，每天兑现时必有二三小孩同妇人被践踏死去。每天给领军米，各地方部队为争夺先后，互相殴打伤人，在那时也极平常。

一次军事会议的结果，上游各县重新作了一度分配，划定若干防区，军队除必需一部分沿河驻扎防卫下游侵袭外，其余照指定各县城驻防清乡。由于特殊原因，第一支队派定了开过那总司令官的家乡芷江去清乡剿匪。

清乡所见

据传说快要清乡去了，大家莫不喜形于色。开差前每人发了一块现洋钱，我便把钱换成铜元，买了三双草鞋，一条面巾，一把名为“黄鳝尾”的小尖刀，刀靶还缚了一片绸子，刀鞘还是朱红漆就的。我最快乐的就是有了这样一把刀子，似乎一有了刀子，可不愁什么了。我于是仿照那苗人连长的办法，把刀插到裹腿上去，得意扬扬的到城门边吃了一碗汤圆，说了一阵闲话，过两天便离开辰州了。

我们队伍名分上共约两团。先是坐小船上行，大约走了七天，到我第一次出门无法上船的地方，再从旱路又走三天，便到了沅州所属的东乡榆树湾。这一次我们既然是奉命来到这里清乡，因此沿路每每到达一个寨堡时，就享受那堡中有钱地主乡绅用蒸鹅肥腊肉款待。但在山中小路上，却受了当地人无数冷枪的袭击。有一次当我们从两个长满小竹的山谷狭径中通过时，啪的一声枪响，我们便倒下了一个。听到了枪声，见到了死人，再去搜索那些竹林时，却毫无什么结果。于是把枪械从死去的身上卸下，砍了两根大竹子缚好，把他抬着，一行人又上路了。二天路程中我们部队又死去了两个，但到后我们却杀了那地方人将近一千。怀化小镇上也杀了近七百人。

到地后我们便与清乡司令部一同驻扎在天后宫楼上。一到第二天，各处团总来见司令供办给养时，同时就用绳子缚来四十三个老实乡下人。当夜过了一次堂，每人照呈案的罪名询问了几句，各人按罪名轻重先来一顿板子、一顿夹棍。有二十七个在刑罚中画了供，用墨涂在手掌上取了手模。第二天，这二十七个乡下人就被簇拥到市外田坪里把头砍了。

第一次杀了将近三十个人，第二次又杀了五个。从此一来就成天捉人。把人从各处捉来，认罪时便写上了甘结，承认缴纳清乡子弹若干排或某种大枪一支，再行取保释放。无力缴纳捐款，或仇家乡绅方面业已花了些钱运动必需杀头的，就随随便便列上一款罪案，一到相当时日，牵出市外砍掉。认罪了的虽名为缴出枪械子弹，其实无枪无弹，照例作价折钱，枪每支折合一百八十元，子弹每排一元五角，多数是把现钱派人挑来。钱一送到，军需同副官点验数目不错后，当时就可取保放人。这是照习惯办事，看来象十分近情合理。

关于杀人的纪录日有所增，我们却不必出去捉人，照例一切人犯大多数由各乡区团总地主送来。我们有时也派人把乡绅团总捉来，罚他一笔钱又再放他回家。地方人民既异常蛮悍，民三左右时一个黄姓的辰沅道尹，在那里杀了约两千人，民六黔军司令王晓珊在那里又杀了三千左右，现时轮到我们的军队作这种事，前后不过杀一千人罢了！

那地方上行去沅州县城约九十里，下行去黔阳县城约六十里。一条河水上溯可至黔省的玉屏，下行经过湘西重要商埠的洪江，可到辰州。在辰河算是个中等水码头。

那地方照例五天一集，到了这一天，便有猪牛肉和其他东西可买。我们除了利用乡绅矛盾，变相吊肥羊弄钱，又用钱雇来的本地侦探，常常到市集热闹人丛中去，指定了谁是土匪处派来的奸细，于是捉回营里去一加搜查，搜出了一些暗号，认定他是土匪方面派来的探事奸细时，即刻就牵出营门，到那些乡下人往来最多的桥头上，把头砍下来，在地面流一滩腥血。人杀过后，大家欣赏一会儿，或用脚踢踢那死尸两下，踹踹他的肚子，仿佛做完了一件正经工作，有别的事情的，便散开做别的事去了。

住在这地方共计四个月，有两件事在我记忆中永远不能忘去。其一是当场集时，常常可以看到两个乡下人因仇决斗，用同一分量同一形色的刀互砍，直到一人躺下为止。我看过这种决斗两次，他们方法似乎比我那地方所有的决斗还公平。另外一件是个商会会长年纪极轻的女儿，得病死去埋葬后，当夜便被本街一个卖豆腐的年轻男子从坟墓里挖出，背到山峒中去睡了三天，方又送回坟墓去。到后来这事为人发觉时，这打豆腐的男子，便押解过我们衙门来，随即就地正法了。临刑稍前一时，他头脑还清清楚楚，毫不胡涂，也不嚷吃嚷喝，也不乱骂，只沉默的注意到自己一只受伤的脚踝。我问他，“脚被谁打伤的？”他把头摇摇，仿佛记起一件极可笑的事情，微笑了一会，轻轻的说，“那天落雨，我送她回去，我也差点儿滚到棺材里去了。”我又问他，“为什么你做这件事？”他依然微笑，向我望了一眼，好象我是个小孩子，不会明白什么是爱的神气，不理会我。但过了一会，又自言自语的轻轻的说：“美得很，美得很。”另一个兵士就说：“疯子，要杀你了，你怕不怕？”他就说：“这有什么可怕的。你怕死吗？”那兵士被反问后有点害羞，就大声恐吓他说：“癫狗肏的，你不怕死吗？等一会儿就要杀你这癫子的头！”那男子于是又柔弱的笑笑，便不作声了。那微笑好象在说：“不知道谁是癫子。”我记得这个微笑，十余年来在我印象中还异常明朗。

怀化镇

四个月后我们移防到另一个地名怀化的小乡镇住下。这地方给我的印象，影响我的一生感情极其深切。这地方一切，在我《沈从文甲集》里一篇题作《我的教育》的记载里，说得还算详细。我到了这个地方，因为勉强可以写几个字，那时填造枪械表正需要一些写字的人，有机会把生活改变了一个方式，因此在那领饷清册上，我便成为上士司书了。

我在那地方约一年零四个月，大致眼看杀过七百人。一些人在什么情形下被拷打，在什么状态下被把头砍下，我可以说全部懂透了。又看到许多所谓人类做出的蠢事，简直无从说起。这一分经验在我心上有了一个分量，使我活下来永远不能同城市中人爱憎感觉一致了。从那里以及其他一些地方，我看了些平常人不看过的蠢事，听了些平常人不听过的喊声，且嗅了些平常人不嗅过的气味，使我对于城市中人在狭窄庸懦的生活里产生的作人善恶观念，不能引起多少兴味，一到城市中来生活，弄得忧郁孤僻不象个正常“人”的感情了。

我所到的地方原来不过只是百十户左右一个小市镇，唯一较大的建筑是一所杨姓祠堂。于是我们一来便驻扎到这个祠堂中。

这里有一个官药铺，门前安置一口破锅子，有半锅黑色膏药。锅旁贴着干枯了的蛇、壁虎、蜈蚣等等，表示货真价实。常常有那么一个穿青洋板绫马褂、二马裾蓝青布衫子，戴红珊瑚球小帽子，人瘦瘦的，留下一小撮仁丹胡子的人站在大门前边，一见到我们过路时，必机械的把两手摊开，腰背微微弯下，和气亲人的向我们打招呼：

“副爷，副爷，请里边坐，膏药奉送，五毒八宝膏药奉送。”

因为照例作兵士的总有许多理由得在身体不拘某一部分贴上一张膏药，并且各样病症似乎也都可由膏药治好，所以药铺主人表示欢迎驻军起见，管事的常常那么欢迎我们，并且膏药锅边总还插上一个小小纸招，写着“欢迎清乡部队，新摊五毒八宝膏药，奉送不取分文”。既然有了这种优待，兵士火夫到那里去贴膏药的自然也不乏其人。我才明白为什么戏楼墙壁上膏药特别多的理由，原来有不要钱买的膏药，无怪乎大家竞贴膏药了。

祠堂对门有十来个大小铺子。那个豆腐作坊门前常是一汪黑水，黑水里又涌起些白色泡沫，常常有五六只肮脏大鸭子，把个嫩红的嘴巴插到泡沫里去，且十分快乐喋呷出一种声音来。

那个南货铺有冰糖红糖，有海带蜇皮，有陈旧的芙蓉酥同核桃酥，有大麻饼与小麻饼。铺子里放了无数放乌金光泽的大陶瓮，上面贴着剪金的福字寿字。有成束的干粉条，又有成束的咸面，全用皮纸包好，悬挂在半空中，露出一头让人见到。

那个烟馆门前常常坐了一个年纪四十来岁的妇人，扁扁的脸上擦了很厚一层粉，眉毛扯得细细的，故意把五棓子染绿的家机布裤子提得高高的，露出下面水红色洋袜子来。见兵士同火夫过身时，就把脸掉向里面，看也不看，表示正派贞静。若过身的穿着长衣或是军官，她便很巧妙的做一个眼风，把嘴角略动，且故意娇声娇气喊叫屋中男子为她做点事情。我同兵士走过身时，只见她的背影，同营副走过时，就看到她的正面了。这点富于人性的姿态，我当时就很能欣赏。注意到这些时，始终没有丑恶的感觉，只觉得这是“人”的事情。我一生活下来，太熟习这些“人”的事情了。

我们部队到那地方，司令官军法官除了杀人似乎无别的事可作。我们兵士除了看杀人，似乎也是没有什么可作的。

由于过分寂寞，杀人虽不是一种雅观的游戏，本部队文职幕僚赶到行刑地去鉴赏这种事情的实在很不乏人。有几个副官同一个上校参谋，我每次到场时，他们也就总站在那桥栏上看热闹。

到杀人时，那个学问超人的军法长，常常也马马虎虎的宣布了一下罪状，在预先写好的斩条上，勒一笔朱红，一见人犯被兵士簇拥着出了大门，便匆匆忙忙提了长衫衣角，拿起光亮白铜水烟袋，从后门菜园跑去，赶先走捷径到离桥头不远一个较高点的土墩上，看人犯到桥头大路上跪下时砍那么一刀。

若这一天正杀了人，那被杀的在死前死后又有一种出众处，或招供时十分快爽，或临刑时颜色不变，或痴痴呆呆不知事故，或死后还不倒地，于是副官处，卫队营，军需处，参谋军法秘书处，总有许久时间谈到这个被杀的人有趣味地方，或又辗转说到关于其他时节种种杀戮故事。杀人那天如正值场期，场中有人卖猪肉牛肉，刽子手照例便提了那把血淋淋的大刀，后面跟着两个火夫，抬一只竹箩，每到一个屠桌前可割三两斤肉。到后把这一箩筐猪肉牛肉各处平分，大家便把肉放到火炉上去炖好，烧酒无限制的喝着。等到各人都有点酒意时，就常常偏偏倒倒的站起来，那么随随便便的扬起筷子，向另一个正蹲着吃喝的同事后颈上一砍，于是许多人就扭成一团，大笑大闹一阵。醉得厉害一些的，倒到地下谁也不管，只苦了那些小副兵，必得同一只狗一样守着他的主人，到主人醒来时方能睡去。

地方逢一六赶场，到时副官处就派人去摆赌抽头，得钱时，上自参谋、军法、副官等处，下至传达伙夫，人人有份。

大家有时也谈谈学问。几个高级将校，各样学识皆象有知识的军人。有些做过一两任知事，有些还能做做诗，有些又到日本留过学。但大家都似乎因为所在地方不是说学问的地方，加之那姓杨的司令官又不识字，所以每天大家就只好陪司令官打打牌，或说点故事，烧烧鸦片烟，喝一杯烧酒。他们想狗肉吃时，就称赞我上一次作的狗肉如何可口，且总以为再来那么一次试试倒不坏。我便自告奋勇，拿了钱即刻上街。几个上级官佐自然都是有钱的，每一次罚款，他们皆照例有一份，摆赌又有一份，他们的钱得来就全无用处。不说别人，单是我一点点钱，也就常常不知道怎么去花！因此有时只要听到他们赞美我烹调的手腕后，我还常常不告给他们，就自己跑出去把狗肉买得，一个人拿过祠堂后边修械处打铁炉上去，把那一腿狗肉皮肤烧烧，再同一个小副兵到溪边水里去刮尽皮上的焦处，砍成小块，用钵头装好，上街去购买各样作料，又回到修械处把有铁丝贯耳的瓦钵，悬系在打铁炉上面，自己努力去拉动风箱，直到把狗肉炖得稀烂。晚饭摆上桌子时，我方要小副兵把我的创作搬来，使每个人的脸上皆写上一个惊讶的微笑，各个人的脸嘴皆为这一钵肥狗肉改了样子。于是我得意极了，便异常快乐的说：“来，来，试一试，今天的怎么样！”我那么忙着，赤着双脚跑上街去，又到冰冷的溪水里洗刮，又守在风箱边老半天，究竟为的是什么？就为的是临吃饭时惊讶他们那么一下。这些文武幕僚也可真算得是懂幽默，常常从楼上眼看着我手上提了狗肉，知道我正忙着这件事，却装作不知道，对于我应办的公文，那秘书官便自己来动手。见我向他们微笑，他们总故意那么说：“天气这样坏，若有点狗肉大家来喝一杯，可真不错！”说了他们又互相装成抱歉的口吻说：“上一次真对不起小师爷，请我们的客忙了他一天。”他们说到这里时就对我望着，仿佛从我微笑时方引起一点疑心，方带着疑问似的说：“怎么，怎么，小师爷，你难道又要请客了么？这次可莫来了，再来我们就不好意思了！”我笑笑，跑开了。他们明白这件事，他们也没有什么不好意思。我虽然听得出他们的口吻，懂得他们的做作，但我还是欢喜那么做东请客。

就因为这点性格，名义上我作的是司书，实际上每五天一场，我总得作一回厨子。大约当时我炖狗肉的本领较之写字的本领实在也高一着，我的生活兴味，对于作厨子办菜，又似乎比写点公函呈文之类更相近。

我间或同这些高等人物走出村口，往山脚下乡绅家里去吃蒸鹅喝家酿烧酒，间或又同修械处小工人上山采药摘花，找寻山果。我们各人会用篠竹做短箫，在一支青竹上钻四个圆圆的眼儿，另一端安置一个扁扁的竹膜哨子，就可吹出新婚嫁女的唢呐声音。胡笳曲中的“娘送女”“山坡羊”等等，我们无一不可以合拍吹出。我们最得意处也就是四五个人各人口中含了那么一个东西向街上并排走去，呜呜喇喇声音引起许多人注意，且就此吹进营门。住在戏楼上人，先不知道是谁作的事，各人都争着把一个大头从戏楼窗口伸出，到后明白只是我们的玩意儿时，一面大骂我们一面也就笑了许久。大致因为大家太无事可作，所以他们不久也来跟我们学习吹这个东西。有一姓杨的参谋，便常常拿了这种绿竹小管，依傍在楼梯边吹它，一吹便是半天。

我们又常常在晚上拿了火炬镰刀到小溪里去砍鱼，用鸡笼到田中去罩鱼。且上山装套设阱，捕捉野狸同黄鼠狼。把黄鼠狼皮整个剥来，用米糠填满它的空处，晒干后用它装零件东西。

我有一次无意中还在背街发现了一个熔铁工厂，耸立个高过一丈的泥炉在大罩棚下喘气冒烟。

当我发现了那个制铁处以后，就常常一个人跑到那里去看他们工作。因此明白那个地方制铁分四项手续，第一收买从别处担来的黄褐色原铁矿，七个小钱一斤，按分量算账。其次把买来的铁矿每一层矿石夹一层炭，再在上面压一大堆矿块，从下面升火让它慢慢的燃。第三等到六七天后矿已烘酥冷却，再把它同木炭放到黄泥作成可以倾侧的炉子里面去。一个人把炉旁风箱拉动，送空气进炉腹，等到铁汁已熔化时，就把炉下一个泥塞子敲去，把黑色矿石渣先扒出来，再把炉倾侧，放光的白色熔液，泻出到划成方形的砂地上。再过一会白汁一凝结，便成生铁板了。末了再把这些铁板敲碎放到煤火的炉上去烧红，用锤打成方条，便成为运出本地到各地去的熟铁了。我一到这里来就替他们拉风箱，风箱拉动时作出一种动人的吼声，高巍巍的炉口便喷起一股碧焰，使人耳目十分愉快。用一阵气力在这圆桶形风箱上面，不到一刻就可看到白色放光闪着火花的铁汁从缺口流出，这工作也很有意义的。若拉了一阵风箱，亲眼看过倾泻一次铁汁，我回去时便极高兴的过修械处告给那几个小工人，又看他们拉风箱打铁。我常常到修械处，我欢喜那几个小工人，我欢喜他们勇敢而又快乐的工作。我最高兴的是看他们那个麻子主任，高高的坐在一堆铁条上面，一面唱《孟姜女哭长城》，一面调度指挥三个小孩子的工作。他们或者裸着瘦瘦的膊子，舞动他们的铁锤，或用鱼头钻在铁盘上钻眼，或把敷了酱的三角形新钢鐎，烧红时放到盐水里一淬，或者什么事也不作，只是蹲成一团，围到一大钵狗肉，各人用小土碗喝酒，向那麻子“师傅长师傅短”的随意乱说乱笑。说到“作男子的不勇敢可不象男子”时，那师傅若多喝了一杯，时间虽到了十一月，为了来一个证明，总说：

“谁愿意作大丈夫的就同我下溪里泅一阵水！”

到后必是师徒四人一齐从后门出去，到溪水里去乱浇一阵水，闹一阵，光着个上身跑回来，大家哈哈笑个半天。有一次还多了一个人，因为我恰恰同他们喝酒，我也就作了一次“大丈夫”。

在部中可看到的还很多，间或有什么火夫犯了事，值日副官就叫他到大堂廊下，臭骂一顿，喊：“护兵，打这狗杂种一百！”于是那火夫知道是要打他了，便自动卸了裤子，趴在冷硬的石阶上，露出一个黑色的大脏臀，让板子拍拍的打，把数目打足，站起来提着裤头荷荷的哭着走了。

白日里出到街市尽头处去玩时，常常还可以看见一幅动人的图画：前面几个兵士，中间一个十二三岁的小孩子，挑了两个人头，这人头便常常是这小孩子的父亲或叔伯。后面又是几个兵，或押解一两个双手反缚的人，或押解一担衣箱，一匹耕牛。这一行人众自然是应当到我们总部去的，一见到时我们便跟了去。

晚上过堂时，常常看到他们用木棒打犯人脚下的螺丝骨，这刑罚是垫在一块方铁上执行的，二十下左右就可把一只脚的骨髓敲出。又用香火熏鼻子，用香火烧胸胁。又用铁棍上“地绷”，啵的一声把脚扳断，第二天上午就拖了这人出去砍掉。拷打这种无辜乡民时，我照例得坐在一旁录供，把那些乡下人在受刑不过情形中胡胡乱乱招出的口供，记录在一角公文纸上。末后兵士便把那乡下人手掌涂了墨，在公文末尾空白处接个手印。这些东西末了还得归我整理，再交给军法官存案。

姓文的秘书

当我已升作司书常常伏在戏楼上窗口边练字时，从别处地方忽然来了一个趣人，作司令部的秘书官。这人当时只能说他很有趣，现在想起他那个风格，也作过我全生活一颗钉子，一个齿轮，对于他有可感谢处了。

这秘书先生小小的个儿，白脸白手，一来到就穿了青缎马褂各处拜会。这真是希奇事情。部中上下照例全不大讲究礼节，吃饭时各人总得把一只脚踩到板凳上去，一面把菜饭塞满一嘴，一面还得含含糊糊骂些野话。不拘说到什么人，总得说：

“那杂种，真是……”

这种辱骂并且常常是一种亲切的表示，言语之间有了这类语助辞，大家谈论就仿佛亲爱了许多。小一点且常喊小鬼，小屁眼客，大一点就喊吃红薯吃糟的人物，被喊的也从无人作兴生气。如果见面只是规规矩矩寒暄，大家倒以为是从京里学来的派头，有点“不堪承教”了。可是那姓文的秘书到了部里以后，对任何人都客客气气的，即或叫副兵，也轻言细语，同时当着大家放口说野话时，他就只微微笑着。等到我们熟了点，单是我们几个秘书处的同事在一处时，他见我说话，凡属自称必是“老子”，他把头摇着：

“啊呀呀，小师爷，你人还那么一点点大，一说话也老子长老子短！”

我说：“老子不管，这是老子的自由。”可是我看看他那和气的样子，我有点害羞起来了。便解释我的意见：“这是说来玩的，不损害谁。”

那秘书官说：

“莫玩这个，你聪明，你应当学好的。世界上有多少好事情可学！”

我把头偏着说：

“那你给老子说说，老子再看看什么样好就学什么吧。”

因为我一面说话一面看他，所以凡是说到“老子”时总不得不轻声一点，两人谈到后来，不知不觉就成为要好的朋友了。

我们的谈话也可以说是正在那里互相交换一种知识，我从他口中虽得到了不少知识，他从我口中所得的也许还更多一点。

我为他作狼嗥，作老虎吼，且告诉他野猪脚迹同山羊脚迹的分别。我可从他那里知道火车叫的声音，轮船叫的声音，以及电灯电话的样子。我告他的是一个被杀的头如何沉重，那些开膛取胆的手续应当如何把刀在腹部斜勒，如何从背后踢那么一脚。他却告我美国兵英国兵穿的衣服，且告我鱼雷艇是什么，轻气球是什么。他对于我所知道的种种觉得十分新奇，我也觉得他所明白的真真古怪。

这种交换谈话各人真可说各有所得，因此在短短的时间中，我们便建立了一种最可纪念的友谊。他来到了怀化后，头几天因为天气不大好，不曾清理他的东西。三天后出了太阳，他把那行李箱打开时，我看到他有两本厚厚的书，字那么细小，书却那么厚实，我竟吓了一跳。他见我为那两本书发呆，他就说：

“小师爷，这是宝贝，天下什么都写在上面，你想知道的各样问题，全部写得有条有理，清楚明白。”

这样说来更使我敬畏了。我用手摸摸那书面，恰恰看到书脊上两个金字，我说：

“辞源，辞源。”

“正是《辞源》。你且问我不拘一样什么古怪的东西，我立刻替你找出。”

我想了想，一眼望到戏楼下诸葛亮三气周瑜的浮雕木刻，我就说：“诸葛孔明卧龙先生怎么样？”他即刻低下头去，前面翻翻后面翻翻，一会儿就被他翻出来了。到后又另处翻了一件别的东西。我快乐极了。他看我自己动手乱翻乱看，恐怕我弄脏了他的书，就要我下楼去洗手再来看。我相信了他的话，洗过了手还乱翻了许久。

因为他见我对于他这一部宝书爱不释手，就问我看过报没有。我说：“老子从不看报，老子不想看什么报。”他却从他那《辞源》上翻出关于“老子”一条来，我方知道老子就是太上老君，太上老君竟是真有的人物。我不再称自己做太上老君，我们却来讨论报纸了。于是同另一个老书记约好，三人各出四毛钱，订一份《申报》来看。报钱买成邮花寄往上海后，报还不曾寄来，我就仿佛看了报，且相信他的话，报纸是了不得的东西，我且俨然就从报纸上学会许多事情了。这报纸一共定了两个月，我似乎从那上面认识了好些生字。

这秘书虽把我当个朋友看待，可是我每天想翻翻他那部宝书可不成。他把书好好放在箱子里，他对这书显然也不轻视的。既不能成天翻那宝书，我还是只能看看《秋水轩尺牍》，或从副官长处一本一本的把《西游记》借来看看。办完公事不即离开白木桌边时，从窗口望去正对着戏台，我就用公文纸头描画戏台前面的浮雕。我的一部分时间，跟这人谈话，听他说下江各样东西，大部分时间还是到外边无限制的玩。但我梦里却常常偷翻他那宝书，事实上也间或有机会翻翻那宝书。轻气是什么，《淮南子》是什么，参议院是什么，就多半从那部书上知道的。

驻扎到这里来名为清乡，实际上便是就食。从湘西方面军队看来，过沅州清乡，比其他防地占了不少优势，当时靖国联军第二军实力尚厚，故我们部队能够得到这片地面。为时不久，靖国联军一军队伍节制权由田应诏转给了他的团长陈渠珍后，一二军的实力有了消长。二军杂色军队过多，无力团结，一军力图自强，日有振作。作民政长兼二军司令的张学济，在财政与军事两方面，支配处置皆发生了困难。第一支队清乡除杀人外既毫无其他成绩，军誉又极坏，因此防地发生了动摇。当一军陈部从麻阳开过，本部感受压迫时，既无法抵抗，我们便在一种极其匆忙中退向下游。于是仍然是开拔，用棕衣包裹双脚，在雪地里跋涉，又是小小的船浮满了一河。五天后我又到辰州了。

军队防区既有了变化，杂牌军队有退出湘西的模样，二军全部皆用“援川”名义，开过川东去就食。我年龄由他们看来，似乎还太小了点，就命令我同一个老年副官长，一个跛脚副官，一个吃大烟的书记官，连同二十名老弱兵士，留在后方留守部，办点后勤杂事。

军队开走后，我除了每三天誊写一份报告，以及在月底造一留守处领饷清册呈报外，别的便无事可作。街市自从二军开拔后，似乎也清静多了。我每天仍然常常到那卖汤圆处去坐坐，间或又到一军学兵营看学兵下操。

或听副官长吩咐，与一个兵士为他过城外水塘边去钓蛤蟆，把那小生物弄回部里，加上香料，剥皮熏干，给他下酒。

女难

我欢喜辰州那个河滩，不管水落水涨，每天总有个时节在那河滩上散步。那地方上水船下水船虽那么多，由一个内行眼中看来，就不会有两只相同的船。我尤其欢喜那些从辰溪一带载运货物下来的高腹昂头“广舶子”，一来总斜斜的孤独的搁在河滩黄泥里，小水手从那上面搬取南瓜，茄子，成束的生麻，黑色放光的圆瓮。那船在暗褐色的尾梢上，常常晾得有朱红裤褂，背景是黄色或浅碧色一派清波，一切皆那么和谐，那么愁人。

美丽总是愁人的，我或者很快乐，却用的是发愁字样。但事实上每每见到这种光景，我总默默的注视许久。我要人同我说一句话，我要一个最熟的人，来同我讨论这些光景。可是这一次来到这地方，部队既完全开拔了，事情也无可作的，玩时也不能如前一次那么高兴了。虽仍然常常到城门边去吃汤圆，同那老人谈谈天，看看街，可是能在一堆玩，一处过日子，一块儿说话的已无一个人。

我感觉到我是寂寞的。记得大白天太阳很好时，我就常常爬到墙头上去看驻扎在考棚的卫队上操。有时又跑到井边去，看人家轮流接水，看人家洗衣，看作豆芽菜的如何浇水进高桶里去。我坐在那井栏一看就是半天。有时来了一个挑水的老妇人，就帮着这妇人做做事，把桶递过去，把瓢递过去。我有时又到那靠近学校的城墙上去，看那些教会中学学生玩球，或互相用小小绿色柚子抛掷，或在那坪里追赶扭打。我就独自坐在城墙上看热闹，间或他们无意中把球踢上城时，学生们懒得上城捡取，总装成怪和气的样子：

“小副爷，小副爷，帮个忙，把我们皮球抛下来。”

我便赶快把球拾起，且仿照他们把脚尖那么一踢，于是那皮球便高高的向空中蹿去，且很快的落到那些年轻学生身边了。那些人把赞许与感谢安置在一个微笑里，有的还轻轻的呀了一声，看我一眼，即刻又竞争皮球去了。我便微笑着，照旧坐下来看别人的游戏，心中充满了不可名言的快乐。我虽作了司书，因为穿的还是灰布袄子，故走到什么地方去，别人总是称呼我作“小副爷”。我就在这些情形中，以为人家全不知道我身分，感到一点秘密的快乐。且在这些情形中，仿佛同别个世界里的人也接近了一点。我需要的就是这种接近。事实上却是十分孤独的。

可是不到一会，那学校响了上堂铃，大家一窝蜂散了，只剩下一个圆圆的皮球在草坪角隅。墙边不知名的繁花正在谢落，天空静静的。我望到日头下自己的扁扁影子，有说不出的无聊。我得离开这个地方，得沿了城墙走去。有时在城墙上见一群穿了花衣的女人从对面走来，小一点的女孩子远远的一看到我，就“三姐二姐”的乱喊，且说“有兵有兵”，意思便想回头走去。我那时总十分害羞，赶忙把脸向雉堞缺口向外望去，好让这些人从我身后走过，心里却又对于身上的灰布军衣有点抱歉。我以为我是读书人，不应当被别人厌恶。可是我有什么方法使不认识我的人也给我一分尊敬？我想起那两册厚厚的《辞源》，想起三个人共同订的那一份《申报》，还想起《秋水轩尺牍》。

就在这一类隐隐约约的刺激下，我有时回到部中，坐在用公文纸裱糊的桌面上，发愤去写小楷字，一写便是半天。

时间过去了，春天夏天过去了，且重新又过年了。川东鄂西的消息来得够坏。只听说我们军队在川边已同当地神兵接了火，接着就说得退回湖南。第三次消息来时，却说我们军队全部覆灭了。一个早上，闪不知被神兵和民兵一道扑营，营长，团长，旅长，军法长，秘书长，参谋长完全被杀了。这件事最初不能完全相信，作留守的老副官长就亲自跑过二军留守部去问信，到时那边正接到一封详细电报，把我们总司令部如何被人袭击，如何占领，如何残杀的事，一一说明。拍发电报的就正是我的上司。他幸运先带一团人过湘境龙山布防，因此方不遇难。

好，这一下可好！熟人全杀尽了，兵队全打散了，这留守处还有什么用处？自从得到了详细报告后，五天之中，我们便领了遣散费，各人带了护照，各自回家。

回到家中约在八月左右。一到十二月，我又离开家中过沅州。家中实在呆不住，军队中不成，还得另想生路，沅州地方应当有机会。那时正值大雪，既出了几次门，有了出门的经验，把生棕衣毛松松的包裹到两只脚，背了个小小包袱，跟着我一个亲戚的轿后走去，脚倒全不怕冻。雪实在大了点，山路又窄，有时跌倒了雪坑里去，便大声呼喊，必得那脚夫把扁担来援引方能出险。可是天保佑，跌了许多次数我却不曾受伤。走了四天到地以后，我暂住在一个卸任县长舅父家中。不久舅父作了警察所长，我就作了那小小警察所的办事员。办事处在旧县衙门，我的职务只是每天抄写违警处罚的条子。隔壁是个典狱署，每夜皆可听到监狱里犯人受狱中老犯拷掠的呼喊。警察署也常常捉来些偷鸡摸狗的小窃，一时不即发落，便寄存到牢狱里去。因此每天黄昏将近，牢狱里应当收封点名时，照例我也得同一个巡官，拿一本点名册，跟着进牢狱里去，点我们这边寄押人犯的名。点完名后，看着他们那方面的人把重要犯人一一加上手铐，必需套枷的还戴好方枷，必需固定的还把他们系在横梁铁环上，几个人方走出牢狱。

警察署不久从地方财产保管处接收了本地的屠宰

税，我这办事员因此每天又多了一份职务。每只猪抽收六百四十文的税捐，牛收两千文，我便每天填写税单。另外派了人去查验。恐怕那查验的舞弊不实，我自己也得常常出来到全城每个屠案桌边看看。这份职务有趣味处倒不是查出多少漏税的行为，却是我可以因此见识许多事情。我每天得把全城跑到，还得过一个长约一里在湘西说来十分著名的长桥，往对河黄家街去看看。各个店铺里的人都认识我，同时我也认识他们。成衣铺，银匠铺，南纸店，丝烟店，不拘走到什么地方，便有人向我打招呼，我随处也照例谈谈玩玩。这些商店主人照例就是本地小绅士，常常同我舅父喝酒，也知道许多事情皆得警察所帮忙，因此款待我很不坏。

另外还有个亲戚，我的姨父，在本地算是一个大拇指人物，有钱，有势，从知事起任何人物任何军队都对他十分尊敬，从不敢稍稍得罪他。这个亲戚对于我的能力也异常称赞。

那时我的薪水每月只有十二千文，一切事倒做得有条不紊。

大约正因为舅父同另外那个亲戚每天做诗的原因，

我虽不会做诗，却学会了看诗。我成天看他们作诗，替他们抄诗，工作得很有兴致。因为盼望所抄的诗被人嘉奖，我十分认真的来写小楷字。因为空暇的时间仍然很多，恰恰那亲戚家中有两大箱商务印行的《说部丛书》，这些书便轮流作了我最好的朋友。我记得迭更司的《冰雪因缘》、《滑稽外史》、《贼史》这三部书，反复约占去了我两个月的时间。我欢喜这种书，因为他告给我的正是我所要明白的。他不象别的书尽说道理，他只记下一些生活现象。即或书中包含的还是一种很陈腐的道理，但作者却有本领把道理包含在现象中。我就是个不想明白道理却永远为现象所倾心的人。我看一切，却并不把那个社会价值搀加进去，估定我的爱憎。我不愿问价钱多少来为百物作一个好坏批评，却愿意考查它在我官觉上使我愉快不愉快的分量。我永远不厌倦的是“看”一切。宇宙万汇在动作中，在静止中，在我印象里，我都能抓定它的最美丽与最调和的风度，但我的爱好显然却不能同一般目的相合。我不明白一切同人类生活相联结时的美恶，换句话说，就是我不大能领会伦理的美。接近人生时，我永远是个艺术家的感情，却绝不是所谓道德君子的感情。可是，由于社会人与人的关系产生的各种无固定性的流动的美，德性的愉快，责任的愉快，在当时从别人看来，我也是毫无瑕疵的。我玩得厉害，职分上的事仍然做得极好。

那时节我的母亲同姊妹，已把家中房屋售去，剩下约三千块钱。既把老屋售去，不大好意思在本城租人房子住下，且因为我事情作得很好，沅州的亲戚又多，便坐了轿子来到沅州，我们一同住下。本地人只知道我家中是旧家，且以为我们还能够把钱拿来存放钱铺里，我又那么懂事明理有作有为，那在当地有势力的亲戚太太，且恰恰是我母亲的妹妹，因此无人不同我十分要好，母亲也以为一家的转机快到了。

假若命运不给我一些折磨，允许我那么把岁月送走，我想象这时节我应当在那地方做了一个小绅士，我的太太一定是个略有财产商人的女儿，我一定做了两任知事，还一定做了四个以上孩子的父亲；而且必然还学会了吸鸦片烟。照情形看来，我的生活是应当在那么一个公式里发展的。这点估计不是现在的想象，当时那亲戚就说到了。因为照他意思看来，我最好便是作他的女婿，所以别的人请他向我母亲询问对于我的婚事意见时，他总说不妨慢一点。

不意事业刚好有些头绪，那作警察所长的舅父，却害肺病死掉了。

因他一死，本地捐税抽收保管改归一个新的团防局。我得到职务上“不疏忽”的考语，仍然把职务接续下去，改到了新的地方，作了新机关的收税员。改变以后情形稍稍不同的是，我得每天早上一面把票填好，一面还得在十点后各处去查查。不久在那团防局里我认识了十来个绅士，同时还认识一个白脸长身的小孩子。由于这小孩子同我十分要好，半年后便有一个脸儿白白的身材高的女孩印象，把我生活完全弄乱了。

我是个乡下人，我的月薪已从十二千增加到十六千，我已从那些本地乡绅方面学会了刻图章，写草字，做点半通不通的五律七律，我年龄也已经到了十七岁。在这样情形下，一个样子诚实聪明懂事的年轻人，和和气气邀我到他家中去看他的姐姐，请想想，我结果怎么样？

乡下人有什么办法，可以抵抗这命运所摊派的一份？

当那在本地翘大拇指的亲戚，隐隐约约明白了这件事情时，当一些乡绅知道了这件事情时，每个人都劝告我不要这么傻。有些本来看中了我，同我常常作诗的绅士，就向我那有势力的亲戚示意，愿意得到这样一个女婿。那亲戚于是把我叫去，当着我的母亲，把四个女孩子提出来问我看谁好就定谁。四个女孩子中就有我一个表妹。老实说来，我当时也还明白，四个女孩子生得皆很体面，比另外那一个强得多，全是在平时不敢希望得到的女孩子。可是上帝的意思与魔鬼的意思两者必居其一，我以为我爱了另外那个白脸女孩子，且相信那白脸男孩子的谎话，以为那白脸女孩子也正爱我。一份离奇的命运，行将把我从这种庸俗生活中攫去，再安置到此后各样变故里，因此我当时同我那亲戚说：“那不成，我不作你的女婿，也不作店老板的女婿。我有计划，得照我自己的计划作去。”什么计划？真只有天知道。

我母亲什么也不说，似乎早知道我应分还很受多少折磨，家中人也免不了受许多磨难的样子，只是微笑。那亲戚便说：“好，那我们看，一切有命，莫勉强。”

那时节正是三月。四月中起了战争，八百土匪把一个小城团团围住，在城外各处放火。四百左右驻军同一百左右团丁站在城墙上对抗。到夜来流弹满天交织，如无数紫色小鸟展翅，各处皆喊杀连天。三点钟内城外即烧去了七百栋房屋。小城被围困共计四天，外县援军赶到方解了围。这四天中城外的枪炮声我一点儿也不关心，那白脸孩子的谎话使我只知道有一件事情，就是我已经被一个女孩子十分关切，我行将成为他的亲戚。我为他姐姐无日无夜作旧诗，把诗作成他一来时便为我捎去。我以为我这些诗必成为不朽作品，他说过，他姐姐便最欢喜看我的诗。

我家中那点余款本来归我保管存放的。直到如今，我还不明白为什么那白脸孩子今天向我把钱借去，明天即刻还我，后天再借去，大后天又还给我。结果算去算来却有一千块钱左右的数目，任何方法也算不出用它到什么方面去。这钱全然无着落了。但还有更坏的事。

到这时节一切全变了，他再不来为我把每天送她姐姐的情诗捎去了，那件事情不消说也到了结束时节了。

我有点明白，我这乡下人吃了亏。我为那一笔巨大数目十分着骇，每天不拘作什么事都无心情。每天想办法处置，却想不出比逃走更好的办法。

因此有一天，我就离开那一本账簿，同那两个白脸姊弟，几个一见我就问我“诗作得怎么样”的理想岳丈，四个眼睛漆黑身长苗条发辫极大的女孩印象，以及我那个可怜的母亲同姊妹走了。为这件事情我母亲哭了半年。这老年人不是不原谅我的荒唐，因我不可靠用去了这笔钱而流泪，却只为的是我这种乡下人的气质，到任何处总免不了吃亏，想来十分伤心。

常德

我本预备到北京的，但去不成。我本想走得越远越好，正以为我必得走到一个使人忘却了我的种种过失我的存在，也使自己忘却了自己种种痴处蠢处的地方，方能够再活下去。可是一到常德后，便有个人把我留下了。

到常德后，一时什么事也不能作，只住在每天连伙食共需三毛六分钱的小客栈里打发日子。因此最多的去处还依然同上年在辰州军队里一样，一条河街占去了我大部分生活。辰州河街不过一二里长，几家作船上人买卖的小茶馆，同几家与船上人作交易的杂货铺，常德的河街可不同多了。这是一条长约三里的河街，有客栈，有花纱行，有油行，有卖船上铁锚铁链的大铺子，有税局，有各种会馆与行庄。这河街既那么长又那么复杂，长年且因为被城中人担水把地面弄得透湿的。我每天来回走个一回两回，又在任何一处随意蹲下欣赏那些眼前发生的新事，以及照例存在的一切，日子很快的也就又夜下来了。

那河街既那么长，我最中意的是名为麻阳街的一段。那里一面是城墙，一面是临河而起的一排陋隘逼窄的小屋。有烟馆同面馆，有卖绳缆的铺子，有杂货字号。有屠户，有门前挂满了熏干狗肉的狗肉铺，有铸铁锚与琢硬木活车以及贩卖小船上应用器具的小铺子。又有小小理发馆，走路的人从街上过身时，总常常可见到一些大而圆的脑袋，带了三分呆气在那里让剃头师傅用刀刮头，或偏了头搁在一条大腿上，在那里向阳取耳。有几家专门供船上划船人开心的妓院，常常可以见到三五个大脚女人，身穿蓝色印花洋布衣服，红花洋布裤子，粉脸油头，鼻梁根扯得通红，坐在门前长凳上剥朝阳花子，见有人过路时就眯笑眯笑，且轻轻的用麻阳人腔调唱歌。这一条街上污浊不过，一年总是湿漉漉的不好走路，且一年四季总不免有种古怪气味。河中还泊满了住家的小船，以及从辰河上游洪江一带装运桐油牛皮的大船。上游某一帮船只拢岸时，这河街上各处都是水手。只看到这些水手手里提了干鱼，或扛了大南瓜到处走动，各人皆忙匆匆的把从上游本乡带来的礼物送给亲戚朋友。这街上又有些从河街小屋子里与河船上长大的小孩子，大白天三三五五捧了红冠大公鸡，身前身后跟了一只肥狗，街头街尾各处找寻别的公鸡打架。一见了什么人家的公鸡时，就把怀里的鸡远远抛去，各占据着那堆积在城墙脚下的木料堆上观战。自己公鸡战败时，就走拢去踢别的公鸡一脚出气。或者因点别的什么事，两人互骂了一句娘，看看谁也不能输那一口气，就在街中很勇敢的揪打起来，缠成一团揉到烂泥里去。

那街上卖糕的必敲竹梆，卖糖的必打小铜锣，这些人在引起别人注意方法上，皆知道在过街时口中唱出一种放荡的调子，同女人身体某一些部分相关，逗人发笑。街上又常常有妇女坐在门前矮凳上大哭乱骂，或者用一把菜刀，在一块木板上一面砍一面骂那把鸡偷去宰吃了的人。那街上且常常可以看到穿了青羽缎马褂、新浆洗过蓝布长衫的船老板，带了很多礼物来送熟人。街头中又常常有唱木头人戏的，当街靠城架了场面，在一种奇妙处置下“当当当当蓬蓬当”的响起锣鼓来，许多闲汉小孩便张大了嘴看那个傀儡戏，到收钱时却一哄而散。

那街上许多茶馆，一面临街，一面临河，旁边甬道下去就是河码头。从各小船上岸的人多从这甬道上下，因此来去的人也极多。船上到夜来各处全是灯，河中心有许多小船各处摇去，弄船人拖出长长的声音卖烧酒同猪蹄子粉条。我想象那个粉条一定不坏，很愿意有一个机会到那小船上去吃点什么喝点什么，但当然办不到。

我到这街上来来去去，看这些人如何生活，如何快乐又如何忧愁，我也就仿佛同样得到了一点生活意义。

我又间或跑向轮船码头去看那些从长沙从汉口来的小轮船，在趸船一角怯怯的站住，看那些学生模样的青年和体面女人上下船，看那些人的样子，也看那些人的行李。间或发现了一个人的皮箱上贴了许多上海北京各地旅馆的标志，我总悄悄的走过去好好的研究它一番，估计这人究竟从哪儿来。内河小轮船刚一抵岸，在我这乡巴老的眼下实在是一种奇观。

我间或又爬上城去，在那石头城上兜一个圈子，一面散步，一面且居高临下的欣赏那些傍了城墙脚边住家的院子里一切情形。在近北门一方面，地邻小河，每天照例有不少染坊工人，担了青布白布出城过空场上去晒晾，又有军队中人放马，又可看到埋人，又可看鸭子同白鹅。一个人既然无事可作，因此到城头看过了城外的一切，还觉得有点不足时，就出城到那些大场坪里去找染坊工人与马夫谈话，情形也就十分平常。我虽然已经好象一个读书人了，可是事实上一切精神却更近于一个兵士，到他们身边时，我们谈到的问题，实在就比我到一个学生身边时可谈的更多。就现在说来，我同任何一个下等人就似乎有很多方面的话可谈，他们那点感想，那点希望，也大多数同我一样，皆从实生活取证来的。可是若同一个大学教授谈话，他除了说说从书本上学来的那一套心得以外，就是说从报纸上得来的他那一份感想，对于一个人生命的构成，总似乎短少一点什么似的，可说的也就很少很少了。

我有时还跟随一队埋人的行列，走到葬地去，看他们下葬的手续与我那地方的习俗如何不同。

另外，那件使我离开原来环境逃亡的事，我当然没有忘记。我写了些充满忏悔与自责的书信回去，请求母亲的原恕。母亲知道我并不自杀，于是来信说：“已经作过了的错事，没有不可原恕的道理。你自己好好的做事，我们就放心了。”接到这些信时，我便悄悄到城墙上去哭。因为我想象得出，这些信由母亲口说姐姐写到纸上时，两人的眼泪一定是挂在脸上的。

我那时也同时听到了一个消息，就是那白脸孩子的姐姐，下行读书，在船上却被土匪抢入山中做押寨夫人去了。得到这消息后，我便在那小客店的墙壁上写下两句唐人传奇小说上别人的诗，抒写自己的感慨：“佳人已属沙吒利，义士今无古押衙。”义士虽无古押衙，其实过不久，这女孩就从土匪中花了一笔很可观的数目赎了出来，随即同一个驻防洪江的黔军团长结了婚。但团长不久又被枪毙，这女人便进到沅州本地的天主堂作洋尼姑去了。

我当然书也不读，字也不写，诗也无心再作了。

那时我所以留在常德不动，就因为上游九十里的桃源县，有一个清乡指挥部，属于我本地军队。这军队也就是当年的靖国联军第一军的一部分。那指挥官节制了三个支队，本人虽是个贵州人，所有高级官佐却大半是我的同乡。朋友介绍我到那边去，以为做事当然很容易。那时节何键正作骑兵团长，归省政府直辖，贺龙作支队司令，归清乡指挥统辖，部队全驻防桃源县。我得到了介绍信之后，就拿了去见贺龙，又去见别的熟人，向清乡指挥部谋差事。可是两处虽有熟人却毫无结果。书记差遣一类事情既不能作，我愿意当兵，大家又总以为我不能当兵。不过事情虽无结果，熟人在桃源的既很多，我却可以常常坐小轮船过桃源来玩了。那时有个表弟正从上面委派下来作译电，我一到桃源时，就住在他那里。两人一出外还仍然是到河边看来往船只。或到上面一点河边，看河中心那个大鱼梁。水发时，这鱼梁堪称一种奇观。因为是斜斜的横在河中心，照水流趋势，即有大量鱼群，蹦跳到竹架上，有人用长钩钩取入小船，毫不费事。我离开那个清乡军队已两年，再看看这个清乡军队，一切可完全变了。枪械，纪律，完全不象过去那么马虎，每个兵士都仿佛十分自重，每个军官皆服装整齐凸着胸脯在街上走路。平时无事兵士全不能外出，职员们办公休息各有定时；军队印象使我十分感动。

那指挥官虽自行伍出身，一派文雅的风度，却使人看不出他的本来面目，笔下既异常敏捷，做事又富有经验，好些日子听别人说到他时就使我十分倾心。因此我那时就只想，若能够在他那里当一名差弁，也许比作别的事更有意思。可是我尽这样在心中打算了很久，却终不能得到一个方便机会。

船 上

住在那小旅馆实在不是个办法，每天虽只三毛六分钱，四个月来欠下的钱很象个大数目了。欠账太多了，非常怕见内老板，每天又必得同她在一桌吃饭。她说的话我可以装作不懂，可是仍然留在心上，挪移不开。桃源方面差事既没有结果，那么，不想个办法，我难道就作旅馆的伙计吗？恰好那时有一只押运军服的帆船，正预备上行，押运人就是我哥哥一个老朋友，我也同他在一堆吃过喝过。一个作小学教员的亲戚，答应替我向店中办个交涉，欠账暂时不说，将来发财再看。在桃源的那个表弟，恰好也正想回返本队，因此三人就一同坐了这小船上驶。我的行李既只是一个用面粉口袋改作的小小包袱，所以上船时实在洒脱方便。

船上装满了崭新棉布军服，把军服摊开，就躺到那上面去，听押船上行的曾姓朋友，说过去生活中种种故事，我们一直在船上过了四十天。

这曾姓朋友读书不多，办事却十分在行，军人风味的勇敢，爽直，正如一般镇筸人的通性，因此说到任何故事时，也一例能使人神往意移。他那时年纪不会过二十五岁，却已经赏玩了四十名左右的年青黄花女。他说到这点经验时，从不显出一分自负的神气，他说这是他的命运，是机缘的凑巧。从他口中说出的每个女子，皆仿佛各有一份不同的个性，他却只用几句最得体最风趣的言语描出。我到后来写过许多小说，描写到某种不为人所齿及的年轻女子的轮廓，不致于失去她当然的点线，说得对，说得准确，就多数得力于这个朋友的叙述。一切粗俗的话语，在一个直爽的人口中说来，却常常是妩媚的。这朋友最爱说的就是粗野话，在我作品中，关于丰富的俗语与双关比譬言语的应用，从他口中学来的也不少。[1]

---

[1] 这人就是《湘行散记》中那个戴水獭皮帽子大老板。

我临动身时有一块七毛钱，那豪放不羁的表弟却有二十块钱。但七百里航程还只走过八分之一时，我们所有的钱却已完全花光了。把钱花光后我们依然有说有笑，各人躺在温暖软和的棉军服上面，说粗野的故事，喝寒冷的北风，让船儿慢慢拉去，到应吃饭时，便用极厉害的辣椒在火中烧焦蘸盐下饭。

船只因为得随同一批有兵队护送的货船同时上行，一百来只大小不等的货船，每天皆同时拔锚，同时抛锚，景象十分动人。但辰河滩水既太多，行程也就慢得极可以。任何一只船出事都得加以援助，一出事就得停顿半天。天气又冷，河水业已下落，每到上滩，河槽容船处都十分窄，船夫在这样天气下，还时时刻刻得下水拉纤，故每天即或毫无阻碍，也只能走三十里。送船兵士到了晚上有一部分人得上岸去放哨，大白天则全部上岸跟着船行，所以也十分劳苦。这些兵士经过上司的命令，送一次船一个钱也不能要，就只领下每天二毛二分钱的开差费，但人人却十分高兴，一遇船上出事时，就去帮助船夫，作他们应作的事情。

我们为了减轻小船的重量，也常常上岸走去，不管如何风雪，如何冷，在河滩上跟着船夫的脚迹走去。遇他们下水，我们便从河岸高山上绕着走去。

常德到辰州四百四十里，我们一行便走了十八天，抵岸那天恰恰是正月一日。船傍城下时已黄昏，三人空手上岸，走到市街去看了一阵春联。从一个屠户铺子经过，我正为他们说及四年前见到这退伍兵士屠户同人殴打，如《水浒》上的镇关西，谁也不是他的对手。恰恰这时节，我们前面一点就抛下了一个大爆竹，訇的一声，吓了我们一跳。那时各处虽有爆竹的响声，但曾姓朋友却以为这个来得古怪。看看前面不远又有人走过来，就拖我们稍稍走过了屠户门前几步，停顿了一下。那两个商人走过身时，只见那屠户家楼口小门里，很迅速的又抛了一个爆竹下来，又是訇的一声，那两个商人望望，仿佛知道这件事，赶快走开了。那曾姓朋友说："这狗杂种故意吓人，让我们去拜年吧。"还来不及阻止，他就到那边拍门去了。一面拍门一面和气异常的说："老板，老板，拜年，拜年！"一会儿有个人来开门，把门开时，曾姓朋友一望，就知道这人是镇关西，便同他把手拱拱，冷不防在那高个子眼鼻之间就是结结实实一拳。那家伙大约多喝了杯酒，一拳打去就倒到烛光辉煌的门里去了。只听到哼哼乱骂，但一时却爬不起来。听到有人在楼上问什么什么，那曾姓朋友便说：“狗肏的，把爆竹往我头上丢来，你认错了人！老子打了你，有什么话说，到中南门河边送军服船上来找我，我名曾祖宗。”一面说，一面便取出一个名片向门里抛去，拉着我们两人的膀子，哈哈大笑迈步走了。

我们以为那个镇关西会赶来的，因此各人随手还拾了些石头，预备来一场恶斗，谁知身后并无人赶来。上船后，还以为当时虽不赶来，过不久定有人在泥滩上喊曾芹轩，叫他上岸比武。这朋友腹部临时还缚了一个软牛皮大抱肚，选了一块很合手的湿柴，表弟同我却各人拿了好些石块，预备这屠户来说理。也许一拳打去那家伙已把鼻子打塌了，也许听到寻事的声音是镇筸人，知道不大好惹，且自己先输了理，因此不敢来第二次讨亏吃了，我们竟白等了一个上半夜。这个年也就在这类可笑情形中过了。第二天一早，船又离开辰州河岸，开进辰河支流的北河了。

从辰州上行，我们依然沿途耽搁，走了十四天，在离目的地七十里的一个滩上，轮到我们的船遇险了。船触大石后断了缆，右半舷业已全碎，五分钟后就满了水，恰好船只装的是军服，一时不会沉没，我们便随了这破船，急水中漂浮了约三里。那时船上除了我们三人，就只一个拦头工人一个舵手。水既湍急，任何方法不能使船安全泊岸。然而天保佑，到后居然傍近浅处了。慢慢的十几个拉纤的船夫赶来了，兵士赶来了，大家什么话也不说，只互相对望干笑。于是我们便爬到岸边高崖上去，让船中人把搁在浅处的碎船篷板拆下，在河滩上做起一个临时棚子，预备过夜。其余船只因为两天后可以到地，就不再等我们，全部开走了。本地虽无土匪，却担心荒山中有野兽，船夫们烧了两大堆火，我们便在那个河滩上听了一夜滩声，过了一个元宵。

保 靖

目的地到达后，我住在一个做书记的另一表弟那里。无事可作等事作，照本地话说名为“打流”。这名词在吃饭时就见出了意义。每天早晚应吃饭时，便赶忙跑到各位老同事、老同学处去，不管地方，不问情由，一有吃饭机会总不放过。这些人有作书记的，每月大约可得五块到十块钱。有作副官的，每月大约可得十二块到十八块钱。还有作传达的，数目比书记更少。可是在这种小小数目上，人人却能尽职办事，从不觉得有何委屈，也仍然在日光下笑骂吃喝，仍然是有热有光的打发每一个日子。职员中肯读书的，还常常拿了书到春天太阳下去读书。预备将来考军官学校的，每天大清早还起来到卫队营会附操。一般高级军官，生活皆十分拮据，吃粗粝的饭，过简陋的日子，然而极有朝气，全不与我三年前所见的军队相象。一切都得那个精力弥满的统领官以身作则，擘画一切，调度一切，使各人能够在职务上尽力，不消沉也不堕落。这统领便是先一时的靖国联军一军司令，直到现在，还依然在湘西抱残守缺，与一万余年轻军人同过那种甘苦与共的日子。

当时我的熟人虽多，地位都很卑下，想找工作却全不能靠谁说一句话。我记得那时我只希望有谁替我说一句话，到那个军人身边去作一个护兵。且想即或不能作这人的护兵，就作别的官佐护兵也成。因此常常从这个老朋友处借来一件干净军服，从另一个朋友又借了一条皮带，从第三个又借了双鞋子，大家且替我装扮起来，把我打扮得象一个有教育懂规矩的兵士后，方由我那表弟带我往军法处，参谋处，秘书处以及其他地方拜会那些高级办事员。先在门边站着，让表弟进去呈报。到后听说要我进去了，一走进去时就霍的立一个正，作着各样询问的答复，再在一张纸上写几个字。只记着“等等看，我们想法”，就出来了。可是当时竟毫无结果，都说可以想法，但谁也不给一个切实的办法。照我想来，其所以失败的原因，大体还是一则作护兵的多用小苗人和乡下人，做事吃重点，用亲戚属中子侄，做事可靠点。二则他们都认识我爸爸，不好意思让我来为他们当差。我既无办法可想，又不能亲自去见见那位统领官，一坐下来便将近半年。

这半年中使我亲亲切切感到几个朋友永远不忘的友谊，也使我好好的领会了一个人当他在失业时萎悴无聊的心情。但从另外一方面说来，我却学了不少知识。凭一种无挂无碍到处为生的感情，接近了自然的秘密。我爬上一个山，傍近一条河，躺到那无人处去默想，漫无涯涘去作梦，所接近的世界，似乎皆更是一个结实的世界。

生活虽然那么糟，性情却依旧那么强。有一次因个小小问题，与那表弟吵了几句，半夜里不高兴再在他床上睡觉了，一时又无处可去，就走到一个养马的空屋里，爬到有干草同干马粪香味的空马槽里睡了一夜。到第二天去拿那小包袱告辞时，两人却又讲了和，笑着揉到地上扭打了一阵。但我那表弟却更有趣味。在另外一个夜里，与一个同事说到一件小事，互相争持不下时，就向那人说：“你不服吗，我两人出去打一架看看！”那人便老老实实同他披了衣服出去，到黑暗无人的菜园里，扭打了一阵，践踏坏了一大堆白菜，各人滚了一身泥，鼻青眼肿悄悄回到住处，一句话也不说。第二天上饭桌时，才为人从脸目间认出夜里情形来，互相便坦白的大笑，同时也就照常成为好朋友了。这一群年轻人，大致都那么勇敢直爽，十分可爱。但十余年来，却有大半早从军官学校出身作了小军官，在历次小小内战上死去腐烂了。

当时我既住到那书记处，几月以来所有书记原本虽不相识，到后也自然都熟透了。他们忙时我便为他们帮帮忙，写点不重要的训令和告示，一面算帮他们的忙，一面也算我自己玩。有一次正在写一件信札，为一个参谋处姓熊的高级参谋见到，问我是什么名义。我以为应分受责备了，心里发慌，轻轻的怯怯的说："我没有名义，我是在这里玩的。帮他们忙写这个文件！"到后那书记官却为我说了一句公道话，告给那参谋，说我帮了他们很多的忙。问清楚了姓名，因此把我名单开上去，当天我就作了四块钱一月的司书。我作了司书，每天必到参谋处写字，事作完时就回到表弟处吃饭睡觉。

事情一有了着落，我很迅速的便在司书中成为一个特出的书记了。不久就加薪到六元。我比他们字写得实在好些。抄写文件时上面有错误处，我能纠正那点笔误。款式不合有可斟酌处，我也看得出说得出。我的几个字使我得到了较优越的地位，因此更努力写字。机会既只许可我这个人在这方面费去大部分时间同精力，我也并不放下这点机会。我得临帖，我那时也就觉得世界上最使人敬仰的是王羲之。我常常看报，原只注意有正书局的广告，把一点点薪水聚集下来，谨谨慎慎藏到袜统里或鞋底里，汗衣也不作兴有两件，但五个月内我却居然买了十七块钱的字帖。

一分惠而不费的赞美，带着点幽默微笑，“老弟，你字真龙飞凤舞，这公文你不写谁也就写不了！”就因为这类话语，常常可以从过足了烟瘾的文书主任那瘪瘪口中听到，我于是当着众人业已熄灯上床时，还常常在一盏煤油灯下，很细心的用《曹娥碑》字体誊录一角公文或一份报告。

各种生活营养到我这个魂灵，使它触着任何一方面时皆若有一闪光焰。到后来我能在桌边一坐下来就是八个钟头，把我生活中所知道所想到的事情写出，不明白什么叫作疲倦，这分耐力与习惯，都出于我那作书记的习惯和命运。

我不久因工作能力比同事强，被调到参谋处服务了。

书记处所在地方，据说是彭姓土司一个妃子所住的花楼。新搬去住的参谋处房间，梁架还是年前一个梁姓苗王处抬来的。笨大的材头，笨大的柱子，使人一见就保留一种希奇印象。四个书记每天有训令命令抄写时，就伏在白木作成的方桌上抄写，不问早晚多少，以写完为止。文件太多了一点，照例还可调取其他部分的书记来帮忙。有时不必调请，照例他们也会赶来很高兴地帮忙。把公事办完时，若那天正是十号左右发饷的日子，各人按照薪水多少不等，各领得每月中三分之一的薪饷，同事朋友必各自派出一份钱，亲自去买狗肉来炖。或由任何人做东，上街去吃面。若各人身边都空空的，恰恰天气又很好，就各自手上拿一木棒，爬上后山顶上去玩，或往附近一土坡上去玩。那后山高约一里，并无什么正路，从险峻处爬到顶上时，却可以看到许多地方。我们也就只是看那么一看，不管如何困难总得爬上去。土坡附近常常有号兵在那里吹号，四周埋葬了许多小坟。每天差不多总有一起小棺材，或蒲包裹好的小小尸首，送到这地方来埋葬。当埋葬时，远近便已蹲了无数野狗同小狼，埋人的一走，这坟至多到晚上，就被这群畜生扒开，小尸首便被吃掉了。这地方狼的数量不知道为什么竟那么多，既那么多为什么又不捕捉，这理由不易明白。我们每次到那小坡上去，总得带一大棒，就为的是恐怕被狼袭击，有木棒可以自卫。这畜生大白天见人时也并不逃跑，只静静的坐在坟头上望着你，眼睛光光的，牙齿白白的，你不惹它它也不惹你。等待你想用石头抛过去时，它却在石头近身以前，曳着个长尾飞奔跑去了。

这地方每到夜间当月晦阴雨时，就可听到远远近近的狼嗥，声音好象伏在地面上，水似的各处流动，低而长，忧郁而悲伤。间或还可听到后山的虎叫，“昂”的一声，谷中回音可延长许久。有时后山虎豹夜里来人家猪圈中盗取小猪，从小猪锐声叫喊情形里，还可分分明明知道这山中野兽从何处回山，经过何处。大家都已在床铺上听惯了这种声音，也不吃惊，也不出奇。可是由于虎狼太多，虽窗下就有哨兵岗位，但各人皆担心当真会有一天从窗口跃进一只老虎或一只豺狼，我们因此每夜总小心翼翼把格子窗门关好。这办法也并非毫无好处，有一次果然就有两只狼来爬窗子，两个背靠背放哨的兵士，深夜里又不敢开枪，用刺刀拟定这畜生时，据说两只狼还从从容容大模大样的从中门并排走去。

我的事情既不是每天都很多很多，因此遇无事可作时，几个人也常常出去玩。街上除了看洋袜子，白毛巾，为军士用的服装，和价值两元一枚的玩具镀金表，别的就没有什么可引起我们注意的了。逢三八赶场，在三八两天方有杂货百物买卖。因此，我们最多勾留的地方，还是那个河边。河边有一个码头，长年湾泊五十号左右小木船。上面一点是个税局，扯起一面大大的写有红黑扁字桐油油过的幡旗。有一只方头平底渡船，每天把那些欢喜玩耍的人打发过河去，把马夫打发过河去，把跑差的兵士打发过河去，又装载了不少从永顺来的商人及由附近村子里来作小买卖的人从对河撑回。那河极美丽，渡船也美丽。

我们有时为了看一个山洞，寻一种药草，甚至于赌一口气，也常常走十里八里，到隔河大岭上跑个半天。对河那个大岭无所不有，也因为那山岭，把一条河显得更加美丽了。

我们虽各在收入最少卑微的位置上作事，却生活得十分健康。有时即或胡闹，把所有点点钱完全花到一些最可笑事情方面去，生活也仍然是健康的。我们不大关心钱的用处，为的是我们正在生活，有许多生活，本来只需我们用身心去接近，去经验，却不必用一笔钱或一本书来作居间介绍。

但大家就是那么各人守住在自己一份生活上，甘心尽日月把各人拖到坟墓里去吗？可并不这样。我们各人都知道行将有一个机会要来的，机会来时我们会改造自己变更自己的，会尽我们的一分气力去好好作一个人的。应死的倒下，腐了烂了，让他完事。可以活的，就照分上派定的忧乐活下去。

十个月后，我们部队有被川军司令汤子模请过川东填防的消息，有特别代表来协商。条件是过境大帮烟土税平分，别的百货捐归接防部队。我们长官若答应时，便行将派四团人过川东。这消息从几次代表的行动上，决定了一切技术上问题，过不久，便因军队开始调动，把这消息完全证实了。

一个大王

那时节参谋处有个满姓同乡问我："军队开过四川去，要一个文件收发员，你去不去？"他且告给我若愿意去，能得九块钱一月。答应去时，他可同参谋长商量作为调用，将来要回湘时就回来，全不费事。

听说可以过四川去，我自然十分高兴。我心想：上次若跟他们部队去了，现在早腐了烂了。上次碰巧不死，一条命好象是捡来的，这次应为子弹打死也不碍事。当时带军队过川东的司令姓张，也就正是我二年前在桃源时想跟他当兵不成那个指挥官。贺龙作了我们部队的警卫团长，另外还有一顾营长，曾营长，杨营长。有些人同去的，也许都以为入川可以捞几个横财，讨一个媳妇。我所想的还不是钱不是女人。我那时自然是很穷的，六块钱的薪水，扣去伙食两块，每个月我手中就只四块钱，但假若有了更多的钱，我还是不会用它。得了钱，除了充大爷邀请朋友上街去吃面，实在就无别的用处。至于女人呢，仿《疑雨集》写艳体诗情形已成过去了，我再不觉得女人有什么意思。我那时所需要的似乎只是上司方面认识我的长处，我总以为我有分长处，待培养，待开发，待成熟。另外还有一个秘密理由，就是我很想看看巫峡。我有两个朋友为了从书上知道了巫峡的名字后，便徒步从宜昌沿江上重庆走过一次。我听他们说起巫峡的大处，高处和险处，有趣味处，实在神往倾心。乡下人所想的，就正是把自己全个生命押到极危险的注上去，玩一个尽兴！我们当时的防地同川军长官汤子模、石青阳事先约好了的，是酉阳，龙潭，彭水，龚滩，统由筸军接防，前卫则到涪州为止。我以为既然到了那边，再过巫峡当然很方便了。

我既答应了那同乡，不管多少钱，不拘什么位置，都愿意去。于是三天以后，就随了一行人马上路了。我的职务便是机要文件收发员。临动身时每人照例可向军需处支领薪水一月。得到九块钱后，我什么也不作，只买了一双值一块二毛钱的丝袜子，买了半斤冰糖，把余钱放在板带里。那时天气既很热，晚上还用不着棉被，为求洒脱起见，因此把自己仅有的两条旧棉絮也送给了人，背了小小包袱就上路了。我那包袱中的产业计旧棉袄一件，旧夹袄一件，手巾一条，夹裤一条，值一块二毛钱的丝袜子一双，青毛细呢的响皮底鞋子一双，白大布单衣裤一套。另外还有一本值六块钱的《云麾碑》，值五块钱褚遂良的《圣教序》，值两块钱的《兰亭序》，值五块钱的《虞世南夫子庙堂碑》。还有一部《李义山诗集》。包袱外边则插了一双自由天竺筷子，一把牙刷，且挂了一个钻有小小圆孔用细铁丝链子扣好的搪磁碗儿。这就是我的全部产业。这份产业现在说来，依然是很动人的。

这次旅行和任何一次旅行一样，我当然得随同伙伴走路。我们先从湖南边境的茶峒到贵州边境的松桃，又到四川边境的秀山，一共走了六天。六天之内，我们走过三个省份的接壤处，到第七天在龙潭驻了防。

这次路上增加了我新鲜经验不少，过了些用竹木编成的渡筏，那些渡筏，在静静溪水中游动，两岸全是夹竹林高山，给人无比幽静的感觉。十年后还在我的记忆里，极其鲜明占据了一个位置。[1]晚上落店时，因为人太多了一点，前站总无法分配众人的住处，各人便各自找寻住处，我却三次占据一条窄窄长凳睡觉。在长凳上睡觉，是差不多每个兵士都得养成习惯的一件事情，谁也不会半夜掉下地来。我们不止在凳上睡，还在方桌上睡。第三天住在一个乡下绅士家里，便与一个同事两人共据了一张漆得极光的方桌，太极图一般蜷曲着，极安适的睡了一夜。有两次连一张板凳也找寻不着时，我同四个人就睡在屋外稻草堆上，半夜里还可看流星在蓝空中飞！一切生活当时看来都并不使人难堪，这类情形直到如今还不会使我难堪。我最烦厌的就是每天睡在同样一张床上，这份平凡处真不容易忍受。到现在，我不能不躺在同一床上睡觉了，但做梦却常常睡到各种新奇地方去，或回复到许多年以前曾经住过的地方去。

通过黔湘边境时，我们上了一个高坡，名棉花岭，据人说上三十二里，下三十五里。那个山坡折磨了我们

---

[1]《边城》即由此写成。

一整天。可是慢慢爬上这样一个高坡，在岭头废堡垒边向下望去，一群小山，一片云雾，那壮丽自然的画图，真是一个动人的奇观。这山峰形势同堡垒形势，十余年来还使我神往。在四川边境上时，我记得还必需经过一个大场，旺盛季节据说每次场集有五千牛马交易。又经过一个古寺院，有十来株六人不能合抱的松树。寺中南边一个白骨塔，穹形的塔顶，全用刻满佛像的石头砌成，径约四丈。锅井似的圆坑里，人骨零乱，有些腕骨上还套着麻花绞银镯子，也无谁人取它动它。听寺僧说，是上年闹神兵，一个城子的人都死尽了，半年后把骨头收来，隔三年再焚化。

我们的军队到川东时，虽仍向前方开去，司令部却不能不在川东边上龙潭暂且住下。

我们在市中心一个庙里扎了营，办事处仍然是戏楼。比较好些便是新到的地方墙壁上十分整洁，没有多少膏药。市面虽并不怎么大，可是商店却十分整齐，一望而知是富庶区。商会为欢迎客军，早为我们预备一切，各人有个木板床，上面安置一条席子。大石平整的院子中，且预先搭好了个大凉棚，既遮阳又通风，因此住在楼上也不很热。市面粗粗看来，一切都还象个样子。因为是正当川盐入湘的孔道，且是川东桐油集中出口地方。又有一条小河，从洞庭湖来的船只还可由湘西北河上行直达市镇，出口的桐油与入口的花纱杂物交易都很可观。因此地方有邮局，有布置得干净舒适的客商安宿处，还有“私门头”，供过往客商及当地小公务员寻欢取乐。

地方还有大油坊和染坊，有酿酒糟坊，有官药店，有当铺，还有一个远近百里著名的龙洞，深处透光处约半里，高约十丈，长年从洞中流出一股寒流，冷如冰水。时正六月，水的寒冷竟使任何兵士也不敢洗手洗脚，手足一入水，骨节就疼痛麻木，失去知觉。那水灌溉了千顷平田，本地禾苗便从无旱灾。本部上自司令下至马夫，到这洞中次数最多的，恐怕便是我。我差不多每天必来一回，在洞中大石板上一坐半天，听水吹风够了时，方用一个大葫芦贮满了生水回去，款待那些同事朋友。

那地方既有小河，我当然也欢喜到那河边去，独自坐在河岸高崖上，看船只上滩。那些船夫背了纤绳，身体贴在河滩石头下，那点颜色，那种声音，那派神气，总使我心跳。那光景实在美丽动人，永远使人同时得到快乐和忧愁。当那些船夫把船拉上滩后，各人伏身到河边去喝一口长流水，站起来再坐到一块石头上，把手拭去肩背各处的汗水时，照例总很厉害的感动我。

我的公事职务并不多，只是在外来的文件递到时，照例在簿籍上照款式写着某年某月某日某时收到某处来文，所说某事。发去的也同样记上一笔。文件中既分平常次要急要三种，我便应当保管七本册子，一本作为来往总账，六本作分别记录。这些册子到晚上九点钟，必送到参谋长房里去，好转呈司令官检查，画一个阅字再退回来。我的职务虽比司书稍高，薪饷却并不比一个弁目为高。可是我也有了些好处，一到了这里，不必再出伙食，虽名为自办伙食，所有费用统归副官处报账。我每月可净得九块钱，在当时，可不是一个小数目！得了钱时不知如何花费，就邀朋友上街到面馆吃面，每次得花两块钱。那时可以算为我的好朋友的，是那司令官几个差弁，几个副官，和一个青年传令兵。

我们的住处各用木板隔开，我的职务在当时虽十分平常，所保管的文件却似乎不能尽人知道，因此住处便在戏楼最后一角。隔壁是司令官的十二个差弁，再过去是参谋长同秘书长，再过去是司令官，再过去是军法官。对面楼上分军法处、军需处、军械处三部分，楼下有副官处和庶务处。戏台上住卫队一连。正殿则用竹席布幕隔成四五单位，正中部分是个大客厅。接见当地绅士和团总时，就在这大客厅中，同时又常常用来审案。其他是司令官和高级幕僚分别议事或接待外来代表用的。各地方皆贴上白纸的条子，用浓墨写明所属某部，用虞世南体端端正正写明，那纸条便出自我的手笔。差弁房中墙上挂满了多种连发小枪，我房间中却贴满了自写的字。每个视线所及的角隅，我还贴了小小字条，上面这样写着："胜过钟王，压倒曾李。"因为那时节我知道写字出名的，死了的有钟王两人，活着却有曾农髯和李梅庵。我以为只要赶过了他们，一定就可独霸一世了。

我出去玩时，若只一人，我只常到龙洞与河边，两人以上就常常过对河去。因为那时节防地虽由川军让出，川军却有一个旅司令部与小部分军队驻在河对面一个庙里。上级虽相互要好。兵士不免常有争持打点小架，我一人过去时怕吃人的亏，有了两人，则不拘何处走去，不必担心了。

到这地方每月虽可以得九块钱，不是吃面花光，就是被别的朋友用了，我却从不想到缝点衣服。身上只一件衣。一次因为天气很好，把自己身上那件汗衣洗洗，一会儿天却落了雨，衣既不干，另一件军服又为一个朋友穿去了，差弁全已下楼吃饭，我照规矩又不能赤膊从司令官房边走过，就老老实实饿了一顿。

我不是说过我同那些差弁全认识吗？其中共十二个人，大半比我年龄还小些，彼此都十分要好。我认为最有趣的是那个二十八岁的弁目。这是一个土匪，一个大王，一个真真实实的男子。这人自己用两只手毙过两百个左右的敌人，却曾经有过十七位押塞夫人。这大王身个儿小小的，脸庞黑黑的，除了一双放光的眼睛外，外表任你怎么看也估不出他有多少精力同勇气。年前在辰州河边时，大冬天有人说："谁现在敢下水，谁不要命！"他什么话也不说，脱光了身子，即刻扑通一声下水给人看看。且随即在宽约一里的河面游了将近一点钟，上岸来时，走到那人身边去，"一个男子的命就为这点水要去吗？"或者有人述说谁赌扑克被谁欺骗把荷包掏光了，他当时一句话也不说，一会儿走到那边去，替被欺骗的把钱要回来，将钱一下掼到身边，一句话不说就又走开了。这大王被司令官救过他一次，于是不再作山上的大王，到这行伍出身的司令官身边做了一个亲信，用上尉名义支薪，侍候这司令官却如同奴仆一样的忠实。

我住处既同这样一个大王比邻，两人不出门，他必经常走过我房中来和我谈天。凡是我问他的，他无事不回答得使我十分满意。我从他那里学习了一课古怪的学程。从他口上知道烧房子，杀人……种种犯罪的纪录，且从他那种爽直说明中了解那些行为背后所隐伏的生命意识。我从他那儿明白所谓罪恶，且知道这些罪恶如何为社会所不容，却也如何培养着这个坚实强悍的灵魂。我从他坦白的陈述中，才明白在用人生为题材的各样变故里，所发生的景象，如何离奇如何眩目。这人当他作土匪以前，本是一个种田良民，为人又怕事又怕官。被外来军人把他当成土匪胡乱枪决过一次。到时他居然逃脱了，后来且居然就作“大王”了！

他会唱点旧戏，写写字，画两笔兰草，都还比一些近代伟人作品看得去。每到我房中把话说倦时，就一面口中唱着，一面跳上我的桌子，演唱《夺三关》与《杀四门》，武把子当然比弄笔杆子当行得多。

有一天，七个人同在副官处吃饭，不知谁人开口说到听说对河什么庙里，川军还押得有一个古怪的犯人，一个出名的美姣姣。十八岁就作了匪首。被捉后，年轻军官全为她发疯，互相杀死两个小军官。解到旅部后，部里大小军官全想得到她，可是谁也不能占到便宜。听过这个消息后，我就想去看看这女土匪。我由于好奇，似乎时时刻刻要用这些新鲜景色事物喂养我的灵魂，因此说笑话，以为谁能带我去看看，我便请谁喝一斤酒。几天以后，对这件事自然也就忘掉了。一天黄昏将近时分，吃过了晚饭正在擦拭灯罩，那大王忽然走来喊我：

"兄弟，兄弟，同我去个好地方，你就可以看你要看的东西。"

我还来不及询问到什么地方去看什么东西，就被他拉下楼梯走出营门了。

我们乘小船过河去到了一个庙里，那里驻扎得有一排川军。他同他们似乎都已非常熟习，打招呼行了个军礼，进庙后我们就一直向后殿走去。不一会，转入另外一个院落，就在栅栏边看到一个年青妇人了。

那妇人坐在屋角一条朱红毯子上，正将脸向墙另一面，背了我们凭借壁间灯光做针线。那大王走近栅栏边时就说：

“夭妹，夭妹，我带了个小兄弟来看你！”

妇人回过身来，因为灯光黯淡了一点，只见着一张白白的脸儿，一对大大的眼睛。她见着我后，才站起身走过我们这边来。逼近身时，隔了栅栏望去，那妇人身材才真使我大吃一惊！妇人不算得是怎样希罕的美人，但那副眉眼，那副身段，那么停匀合度，可真不是常见的家伙！她还上了脚镣，但似乎已用布片包好，走动时并无声音。我们隔了栅栏说过几句话后，就听她问那弁目：

“刘大哥，刘大哥，你是怎么的？你不是说那个办法吗？今天十六。”

那大王低低的说：

“我知道，今天已经十六。”

“知道就好。”

“我着急，卜了个课，说月份不利，动不得。”

那妇人便骨都着嘴吐了一个“呸”，不再开口说话，神气中似有三分幽怨。这时节我虽把脸侧向一边去欣赏那灯光下的一切，但却留心到那弁目的行为。我看他对妇人把嘴向我努努，我明白在这地方太久不是事，便说我想先回去。那女人要我明天再来玩，我答应后，那弁目就把我送出庙门，在庙门口捏捏我的手，好象有许多神秘处，为时不久全可以让我明白，于是又独自进去了。

我当时只希奇这妇人不象个土匪，还以为别是受了冤枉捉到这里来的。我并不忘掉另一时在芷江怀化剿匪清乡所经过的种种，军队里照例有多少愚蠢胡涂事成天发生。

一夜过去后，第二天吃早饭时，副官处一桌子人都说要我请他们喝酒。问问原因，才知道那女匪王夭妹已被杀，我要想看，等等到桥头去就可看见了。有人亲眼见到的。还说这妇人被杀时一句话不说，神色自若的坐在自己那条大红毛毯上，头掉下地时尸身还并不倒下。消息吓了我一跳，我奇怪，昨晚上还看到她，她还约我今天去玩，今早怎么就会被杀？吃完饭，我就跑到桥头上去，那死尸却已有人用白木棺材装殓，停搁在路旁，只地下剩一滩腥血以及一堆纸钱白灰了。我望着那个地面上凝结的血块，我还不大相信，心里乱乱的，忙匆匆的走回衙门去找寻那个弁目，只见他躺在床上，一句话不说。我不敢问他什么，便回到自己房中办事来了。可是过不多久，我却从另一差弁口中知道这件事情的经过原委。

原来这女匪早就应当杀头的。虽然长得体面标致，可是为人著名毒辣。爱慕她的军官虽多，谁也不敢接近她，谁也不敢保释她。只因为她还有七十支枪埋到地下，谁也不知道这些军械埋藏处。照当时市价，这一批武器将近值一万块钱，不是一个小数目。因此，尽想设法把她所有的枪支诱骗出来，于是把她拘留起来，且在生活上待她和任何犯人不同。这弁目知道了这件事，又同川军排长相熟，就常过那边去。与女人熟识后，却告给女人，他也还有六十支枪埋在湖南边境上，要想法保她出来，一同把枪支掘出上山落草，就可以天不怕地不怕在山上做大王活过下半世。女人信托了他，夜里在狱中两人便亲近过了一次。这事被军官发现后，因此这女人第二天一早，便为川军牵出去砍了。

当两个人夜里在狱中所作的事情，被庙中驻兵发觉时，触犯了作兵士的最大忌讳，十分不平。以为别的军官不能弄到手的，到头来却为一个外来人得了好处。俗话说“肥水不落外人田”，因此一排人把步枪上了刺刀，守在门边，预备给这弁目过不去。可是当有人叫他名姓时，这弁目明白自己的地位，不慌不忙的，结束了一下他那皮带，一面把两支放蓝光小九响手枪取出拿在手中，一面便朗朗的说：“兄弟，兄弟，多不得三心二意，天上野鸡各处飞，谁捉到手是谁的运气，今天小小冒犯，万望海涵。若一定要牛身上捉虱，钉尖儿挑眼，不高抬个膀子，那不要见怪，灯笼子认人枪子儿可不认人！”那一排兵士知道这不是个傻子，若不放他过身，就得要几条命。且明白这地方川军只驻扎一连人，筸军却有四营，出了事也不会有好处。因此让出一条路，尽这弁目两只手握着枪从身旁走去了。

女人既已死去，这弁目躺在床上约一礼拜左右，一句空话不说，一点东西不吃，大家都怕他，也不敢去撩他。到后忽然起了床，又和往常一样活泼豪放了。他走到我房中来看我，一见我就说：

“兄弟，我运气真不好！夭妹为我死的，我哭了七天，现在好了。”

当时看他样子实在又好笑又可怜。我什么话也不好说，只同他捏着手，相对微笑了一会儿，表示同情和惋惜。

在龙潭我住了将近半年。

当时军队既因故不能开过涪州，我要看巫峡一时还没有机会。我到这里来熟人虽多，却除了写点字以外毫无长进处。每天生活依然是吃喝，依然是看杀人，这份生活对我似乎不大能够满足。不久就有了一个机会转湖南，我便预备领了护照，搭坐了小货船回去。打量从水道走，一面我可以经过几个著名的险滩，一面还可以看见几个新地方，如里耶，石堤溪，都是湘边著名的风景码头。其时那弁目正又同一个洗衣妇要好，想把洗衣妇讨作姨太太。司令官出门时，有人拦舆递状纸，知道其中有了些纠纷。告他这事不行，说是“我们在这里作客，这种事对军誉很不好”。那弁目心中不服。便向其他人说：“这是文明自由的事情，司令官不许我这样作，我就请长假回家，拖队伍干我老把戏去。”他既不能娶那洗衣妇人，当真就去请假，司令官也即刻就准了他的假。那大王想与我一道结伴上船，在同一护照上便填了我和他两人的姓名。把船看好，准备当天下午动身。吃过早饭，他在我房中正说到那个王夭妹被杀前的种种事情，忽然军需处有人来请他下去算饷，他十分快乐的跑下楼去。不到一分钟，楼下就吹集合哨子，且听到有值日副官喊“备马”。我心中纳闷，照情形看来好象要杀人似的。但杀谁呢？难道又要枪决逃兵吗？难道又要办一个土棍吗？随即听人大声嘶嚷，推开窗子看看，原来那弁目军装业已脱去，已被绑好，正站在院子中。卫队已集了合，成排报数，准备出发，值日官正在请令，看情形，大王一会儿就要推出去了。

被绑好了的大王，反背着手，耸起一副瘦瘦的肩膊，向两旁楼上人大声说话：

“参谋长，副官长，秘书长，军法长，请说句公道话，求求司令官的恩典，不要杀我罢。我跟了他多年，不做错一件事。我女人还在公馆里侍候司令太太。大家做点好事，说句好话罢。”

大家互相望着，一句话不说。那司令官穿了件白罗短褂，手执一支象牙烟管，从大堂客厅从从容容走出来，温文尔雅的站在滴水檐前，向两楼的高级官佐微笑着打招呼。

“司令官，来一分恩典，不要杀我吧。”

那司令官十分严肃的说：

“刘云亭，不要再说什么话丢你的丑。做男子的作错了事，应当死时就正正经经的死去，这是我们军队中的规矩。你应该早就知道，我们在这里作客，理应凡事格外谨慎才对得起地方人。你黑夜里到监牢里去奸淫女犯，这是十分丑恶行为，我念你跟我几年来做人的好处，为你记下一笔账，暂且不提。如今又想为非作歹，预备把良家妇女拐走，且想回家去拖队伍，上山落草，重理旧业，这是什么打算！我想与其放你回乡去做坏事，作孽一生，尽人怨恨你，不如杀了你，为地方除一害。现在不要再说空话，你女人和小孩子我会照料，自己勇敢一点做个男子吧。”

那大王听司令官说过一番话后，便不再喊“公道”了，就向两楼的人送了一个微笑，忽然显得从从容容了，“好好，司令官，谢谢你老人家几年来特别照顾。兄弟们再见，兄弟们再见。”一会儿又压低嗓子说：“司令官你真做梦，别人花六千块钱运动我刺你，我还不干！”司令官仿佛不听到，把头掉向一边，嘱咐值日副官要买副好点的棺木。

于是这大王一会儿就被簇拥出了大门，从此不再见了。

我当天下午依然上了船。我那护照上原有两个人的姓名，大王那一个临时用朱笔涂去，这护照一直随同我经过了无数恶滩，五天后到了保靖，方送到副官处去缴销。至于那帮会出身温文尔雅才智不凡的张司令官，同另外几个差弁，则三年后在湘西辰州地方，被一个姓田的部属旅长客客气气请去吃酒，进到辰州考棚二门里，当欢迎喇叭还未吹毕时，连同四个轿夫，一起被机关枪打死。所有尸身随即被浸渍在阴沟里，直到两月事平后，方清出尸骸葬埋。刺他的部属田旅长，很凑巧，一年后又依然在那地方，被湖南主席叶开鑫派另一个部队长官，用请客方法，在文庙前面夹道中刺死。

学历史的地方

从川东回湘西后，我的缮写能力得到了一方面的认识，我在那个治军有方的统领官身边作书记了。薪饷仍然每月九元，却住在一个山上高处单独新房子里。那地方是本军的会议室，有什么会议需要纪录时，机要秘书不在场，间或便应归我担任。这份生活实在是我一个转机，使我对于全个历史各时代各方面的光辉，得了一个从容机会去认识，去接近。原来这房中放了四五个大楠木橱柜，大橱里约有百来轴自宋及明清的旧画，与几十件铜器及古瓷，还有十来箱书籍，一大批碑帖，不多久且来了一部《四部丛刊》。这统领官既是个以王守仁曾国藩自许的军人，每个日子治学的时间，似乎便同治事时间相等，每遇取书或抄录书中某一段时，必令我去替他作好。那些书籍既各得安置在一个固定地方，书籍外边又必需作一识别，故二十四个书箱的表面，书籍的秩序，全由我去安排。旧画与古董登记时，我又得知道这一幅画的人名时代同他当时的地位，或器物名称同它的用处。由于应用，我同时就学会了许多知识。又由于习染，我成天翻来翻去，把那些旧书大部分也慢慢的看懂了。

我的事情那时已经比我在参谋处服务时忙了些，任何时节都有事作。我虽可随时离开那会议室，自由自在到别一个地方去玩，但正当玩得十分畅快时，也会为一个差弁找回去的。军队中既常有急电或别的公文，在半夜时送来，回文如须即刻抄写时，我就随时得起床作事。但正因为把我仿佛关闭到这一个房子里，不便自由离开，把我一部分玩的时间皆加入到生活中来，日子一长，我便显得过于清闲了。因此无事可作时，把那些旧画一轴一轴的取出，挂到壁间独自来鉴赏，或翻开《西清古鉴》、《薛氏彝器钟鼎款识》这一类书，努力去从文字与形体上认识房中铜器的名称和价值，再去乱翻那些书籍。一部书若不知道作者是什么时代的人时，便去翻《四库提要》。这就是说，我从这方面对于这个民族在一段长长的年份中，用一片颜色，一把线，一块青铜或一堆泥土，以及一组文字，加上自己生命作成的种种艺术，皆得了一个初步普遍的认识。由于这点初步知识，使一个以鉴赏人类生活与自然现象为生的乡下人，进而对于人类智慧光辉的领会，发生了极宽泛而深切的兴味。若说这是个人的幸运，这点幸运是不得不感谢那个统领官的。

那军官的文稿，草字极不容易认识，我就从他那手稿上，望文会义的认识了不少新字。但使我很感动的，影响到一生工作的，却是他那种稀有的精神和人格。天未亮时起身，半夜里还不睡觉。任什么事他明白，任什么他懂。他自奉常常同个下级军官一样。在某一方面来说，他还天真烂漫，什么是好的他就去学习，去理解。处置一切他总敏捷稳重。由于他那份希奇精力，箄军在湘西二十年来博取了最好的名誉，内部团结得如一片坚硬的铁，一束不可分离的丝。

到了这时我性格也似乎稍变了些，我表面生活的变更，还不如内部精神生活变动的剧烈。但在行为方面，我已经同一些老同事稍稍疏远了。有时我到屋后高山去玩玩，有时又走近那可爱的河水玩玩，总拿了一本线装书。我所读的一些旧书，差不多就完全是这段时间中奠基的。我常常躺在一片草场上看书，看厌倦时，便把视线从书本移开，看白云在空中移动，看河水中缓缓流去的菜叶。既多读了些书，把感情弄柔和了许多，接近自然时感觉也稍稍不同了。加之人又长大了一点，也间或有些不安于现实的打算，为一些过去了的或未来的东西所苦恼，因此生活虽在一种极有希望的情况中过着日子，我却觉得异常寂寞。

那时节我爸爸已从北方归来，正在那个前驻龙潭的张指挥部作军医正。他们军队虽有些还在川东，指挥部已移防下驻辰州。我的母亲和最小的九妹皆在辰州。家中人对我前事已毫无芥蒂。我的弟弟正同我在一个部中作书记，我们感情又非常好。

我需要几个朋友，那些老朋友却不能同我谈话。我要的是个听我陈述一份酝酿在心中十分混乱的感情。我要的是对于这种感情的启发与疏解，熟人中可没有这种人。可是不久却有个人来了，是我一个姨父。这人姓聂，与熊希龄同科的进士。上一次从桃源同我搭船上行的表弟便是他的儿子。这人是那统领官的先生，一来时被接待住在对河一个庙里，地名狮子洞。为人知识极博，而且非常有趣味，我便常常过河去听他谈“宋元哲学”，谈“大乘”，谈“因明”，谈“进化论”，谈一切我所不知道却愿意知道的种种问题。这种谈话显然也使他十分快乐，因此每次所谈时间总很长很久。但这么一来，我的幻想更宽，寂寞也就更大了。

我总仿佛不知道应怎么办就更适当一点。我总觉得有一个目的，一件事业，让我去做，这事情是合于我的个性，且合于我的生活的。但我不明白这是什么事业，又不知用什么方法即可得来。

当时的情形，在老朋友中只觉得我古怪一点，老朋友同我玩时也不大玩得起劲了。觉得我不古怪，且互相有很好的友谊的，只四个人：一个满振先，读过《曾文正公全集》，只想作模范军人。一个陆弢，侠客的崇拜者。一个田杰，就是我小时候在技术班的同学，第一次得过兵役名额的美术学校学生，心怀大志的脚色。这三个人当年纪青青的时节，便一同徒步从黔省到过云南，又徒步过广东，又向西从宜昌徒步直抵成都。还有一个回教徒郑子参，从小便和我在小学里同学，我在参谋处办事时节，便同他在一个房子里住下。平常人说的多是幼有大志，投笔从戎，我们当时却多是从戎而无法投笔的人。我们总以为这目前一份生活不是我们的生活。目前太平凡，太平安。我们要冒点险去作一件事。不管所作的是一件如何小事，当我们未明白以前，总得让我们去挑选。不管到头来如何不幸，我们总不埋怨这命运。因此到后来姓陆的就因泅水淹毙在当地大河里。姓满的作了小军官，广西江西各处打仗，民十八在桃源县被捷克式自动步枪打死了。姓郑的黄埔四期毕业，在东江作战以后，也消失了。姓田的从军官学校毕业作了连长，现在还是连长。我就成了如今的我。

我们部队既派遣了一个部队过川东作客，本军又多了一个税收局卡，给养就充足了些。那时候军阀间暂时休战，“联省自治”的口号喊得极响，“兵工筑路垦荒”，“办学校”，“兴实业”，几个题目正给许多人在京、沪及各省报纸上讨论。那个统领官既力图自强，想为地方作点事情，因此参考山西省的材料，亲手草了一个湘西各县自治的计划，召集了几度县长与乡绅会议，计划把所辖十三县划成一百余乡区，试行湘西乡自治。草案经过各县区代表商定后，一切照决议案着手办去。不久就在保靖地方设立了一个师范讲习所，一个联合模范中学，一个中级女学，一个职业女学，一个模范林场。另外还组织了六个工厂。本地又原有一个军官学校，一个学兵教练营。再加上六千左右的军农队。学校教师与工厂技师，全部由长沙聘来，因此地方就骤然有了一种崭新的气象。此外为促进乡治的实现与实施，还筹备了个定期刊物，置办了一部大印报机，设立了一个报馆。这报馆首先印行的便是《乡治条例》与各种规程。文件大部分由那统领官亲手草成，乡代表审定通过，由我在石印纸上用胶墨写过一次。现在既得用铅字印行，一个最合理想的校对，便应当是我了。我于是暂时调到新报馆作了校对。部中有文件抄写时，便又转回部中。从市街走，两地相距约两里，从后山走稍近，我为了方便时常从那埋葬小孩坟墓上蹲满野狗的山地走过，每次总携了一个大棒。

一个转机

调进报馆后，我同一个印刷工头住在一间房子里。房中只有一个窗口，门小小的。隔壁是两架手摇平板印刷机，终日叽叽格格大声响着。

这印刷工人倒是个有趣味的人物。脸庞眼睛全是圆的，身个儿长长的，具有一点青年挺拔的气度。虽只是个工人，却因为在长沙地方得风气之先，由于“五四”运动的影响，成了个进步工人。他买了好些新书新杂志，削了几块白木板子，用钉子钉到墙上去，就把这些古怪东西放在上面。我从司令部搬来的字帖同诗集，却把它们放到方桌上。我们同在一个房里睡觉，同在一盏灯下做事，他看他新书时我就看我的旧书。他把印刷纸稿拿去同几个别的工人排好印出样张时，我就好好的来校对。

到后自然而然我们就熟习了。我们一熟习，我那好向人发问的乡巴老脾气，有机会时，必不放过那点机会。我问那本封面上有一个打赤膊人像的书是什么，他告了我是《改造》以后，我又问他那《超人》是什么东西。我还记得他那时的样子，脸庞同眼睛皆圆圆的，简直同一匹猫儿一样；“唉，伢俐，怎么个末朽？一个天下闻名的女诗人……也不知道么？”“我只知道唐朝女诗人鱼玄机是个道士。”“新的呢？”“我知道随园女弟子。”“再新一点？”我把头摇摇，不说话了。我看他那神气，我觉得有点害羞，我实在什么也不知道。一会儿我可就知道了，因为我顺从他的指点，看了这本书中一篇小说。看完后我说：“这个我知道了。你那报纸是什么报纸？是老《申报》吗？”于是他一句话不说，又把刚清理好的一卷《创造周报》推到我面前来，意思好象只要我一看就会明白似的，若不看，他纵说也说不明白。看了一会，我记着了几个人的名字。又知道白话文与文言文不同的地方，其一落脚用“也”字同“焉”字，其一落脚却用“呀”字同“啊”字；其一写一件事情越说得少越好，其一写一件事情越说得多越好。我自已明白了这点区别以后，又去问那印刷工人，他告我的大体也差不多。当时他似乎对于我有点觉得好笑。在他眼中，我真如长沙话所谓有点“朽”。

不过他似乎也很寂寞，需要有人谈天，并且向这个人表现表现思想。就告我白话文最要紧处是“有思想”，若无思想，不成文章。当时我不明白什么是思想，觉得十分忸怩。若猜得着十年后我写了些文章，被一些连看我文章上所说的话语意思也不懂的批评家，胡乱来批评我文章“没有思想”时，我即不懂“思想”是什么意思，当时似乎也就不必怎样惭愧了。

这印刷工人我很感谢他，因为若没有他的一些新书，我虽时时刻刻为人生现象自然现象所神往倾心，却不知道为新的人生智慧光辉而倾心。我从他那儿知道了些新的，正在另一片土地同一日头所照及的地方的人，如何去用他们的脑子，对于目前社会作反复检讨与批判，又如何幻想一个未来社会的标准与轮廓。他们那么热心在人类行为上找寻错误处，发现合理处，我初初注意到时，真发生不少反感！可是，为时不久，我便被这些大小书本征服了。我对于新书投了降，不再看《花间集》，不再写《曹娥碑》，却欢喜看《新潮》、《改造》了。

我记下了许多新人物的名字，好象这些人同我都非常熟习。我崇拜他们，觉得比任何人还值得崇拜。我总觉得希奇，他们为什么知道事情那么多，一动起手来就写了那么多，并且写的那么好。

为了读过些新书，知识同权力相比，我愿意得到智慧，放下权力。我明白人活到社会里，应当有许多事情可作，应当为现在的别人去设想，为未来的人类去设想，应当如何去思索生活，且应当如何去为大多数人牺牲，为自己一点点理想受苦，不能随便马虎过日子，不能委屈过日子。

我常常看到报纸上普通新闻栏说的卖报童子读书、补锅匠捐款兴学等记载，便想，自己读书既毫无机会，捐款兴学倒必须做到。有一次得了十天的薪饷就全部买了邮票，封进一个信封里，另外又写了一张信笺，说明自己捐款兴学的意思。末尾署名“隐名兵士”，悄悄把信寄到上海《民国日报·觉悟》编辑处去，请求转交“工读团”。作过这件事情后，心中有说不出的秘密愉快。

那时皮工厂，帽工厂，被服厂，修械厂组织就绪已多日，各部分皆有了大规模的标准出品。师范讲习所第一班已将近毕业，中学校，女学校，模范学校，全已在极有条理情形中上课。我一面在校对职务上作我的事情，一面向那印刷工人问些下面的情形，一面就常常到各处去欣赏那些我从不见到过的东西。修械处的长大车床与各种大小轮轴，被一条在空中的皮带拖着飞跃活动，从我眼中看来实在是一种壮观。其他各个工厂亦无不触目惊人。还有学校，那些从各处派来的青年学生，在一般年轻教师指导下，在无事无物不新的情形中，那份活动实在使我十分羡慕。我无事情可作时，总常常去看他们上课，看他们打球。学生中有些原来和我在小学时节一堆玩过闹过的，把我请到他们宿舍去，看看他们那样过日子，我便有点难受。我能聊以自解的只一件事，就是我正在为国家服务，却已把服务所得，作了一次捐资兴学的伟大事业。

本军既多了一些税收，乡长会议复决定了发行钞票的议案，金融集中到本市，因此本地顿呈现空前的繁荣。为了乡自治的决议案，各县皆摊款筹办各种学校，同时造就师资，又决定了派送学生出省或本省学习的办法。

凡学棉业、蚕桑、机械、师范，以及其他适于建设的学生，在相当考试下，皆可由公家补助外出就学。若愿入本省军官学校，人既在本部任职，只要有意思前去，即可临时改委一少尉衔送去。我想想，我也得学一样切实的技能，好来为本军服务。可是我应当学什么能够学什么，完全不知道。

因为部中的文件缮写，需要我处似乎比报纸较多，我不久又被调了回去，仍然作我的书记。过了不久，一场热病袭到了身上，在高热胡涂中任何食物不入口，头痛得象斧劈，鼻血一碗一滩的流。我支持了四十天。感谢一切过去的生活，造就我这个结实的体魄，没有被这场大病把生命取去。但危险期刚过不久，平时结实得同一只猛虎一样的老同学陆弢，为了同一个朋友争口气，泅过宽约一里的河中，却在小小疏忽中被洄流卷下淹死了。第四天后把他尸体从水面拖起，我去收拾他的尸骸掩埋，看见那个臃肿样子时，我发生了对自己的疑问。我病死或淹死或到外边去饿死，有什么不同？若前些日子病死了，连许多没有看过的东西都不能见到，许多不曾到过的地方也无从走去，真无意思。我知道见到的实在太少，应知道应见到的可太多，怎么办？

我想我得进一个学校，去学些我不明白的问题，得向些新地方，去看些听些使我耳目一新的世界。我闷闷沉沉的躺在床上，在水边，在山头，在大厨房同马房，我痴呆想了整四天，谁也不商量，自己很秘密的想了四天。到后得到一个结论了，那么打量着：“好坏我总有一天得死去，多见几个新鲜日头，多过几个新鲜的桥，在一些危险中使尽最后一点气力，咽下最后一口气，比较在这儿病死或无意中为流弹打死，似乎应当有意思些。”到后，我便这样决定了：“尽管向更远处走去，向一个生疏世界走去，把自己生命押上去，赌一注看看，看看我自己来支配一下自己，比让命运来处置得更合理一点呢还是更糟糕一点？若好，一切有办法，一切今天不能解决的明天可望解决，那我赢了；若不好，向一个陌生地方跑去，我终于有一时节肚子瘪瘪的倒在人家空房下阴沟边，那我输了。”

我准备过北京读书，读书不成便作一个警察，作警察也不成，那就认了输，不再作别的好打算了。

当我把这点意见，这样打算，怯怯的同我上司说及时，感谢他，尽我拿了三个月的薪水以外，还给了我一种鼓励。临走时他说：“你到那儿去看看，能进什么学校，一年两年可以毕业，这里给你寄钱来。情形不合，你想回来，这里仍然有你吃饭的地方。”我于是就拿了他写给我的一个手谕，向军需处取了二十七块钱，连同他给我的一分勇气，离开了我那个学校，从湖南到汉口，从汉口到郑州，从郑州转徐州，从徐州又转天津，十九天后，提了一卷行李，出了北京前门的车站，呆头呆脑在车站前面广坪中站了一会。走来一个拉排车的，高个子，一看情形知道我是乡巴佬，就告给我可以坐他的排车到我所要到的地方去。我相信了他的建议，把自己那点简单行李，同一个瘦小的身体，搁到那排车上去，很可笑的让这运货排车把我拖进了北京西河沿一家小客店，在旅客簿上写下——

沈从文年二十岁学生湖南凤凰县人

便开始进到一个使我永远无从毕业的学校，来学那课永远学不尽的人生了。

一九三一年八月在青岛作

到北平初期通信

郁达夫：给一个文学青年的公开状

今天的风沙实在太大了，中午吃饭之后，我因为还要去教书，所以没有许多工夫和你谈天。我坐在车上，一路的向北走去，沙石飞进了我的眼睛，一直到午后四点钟止，我的眼睛四周的红圈，还没有退尽。恐怕同学们见了要笑我，所以于上课堂之先，我从高窗口在日光大风里把一双眼睛曝晒了许多时。我今天上你那公寓来看了你那一副样子，觉得什么话也说不出来。现在我想趁着这大家已经睡寂了的几点钟功夫，把我要说的话，写一点在纸上。

平素不认识的可怜的朋友，或是写信来，或是亲自上我这里来的，很多很多，我因为想报答两位也是我素不认识而对于我却有十二分的同情过的朋友的厚恩起见，总尽我的力量帮助他们。可是我的力量太薄弱了，可怜的朋友太多了，所以结果近来弄得我自家连一条棉裤也没有。这几天来天气变得很冷，我老想买一件外套，但始终没有买成。尤其是使我羞恼的，因为恰逢此刻，我和同学们所读的书里，正有一篇俄国果戈尔著的嘲弄像我们一类人的小说《外套》。现在我的经济状态比从前并没有什么宽裕，从数目上讲起来，反而比从前要少——因为现在我不能向家里去要钱花，每月的教书钱，额面上虽则有五十三加六十四合一百十七块，但实际上拿得到的只有三十三四块——而我的嗜好日深，每月光是烟酒的账，也要开销二十多块。我曾经立过几次对天的深誓，想把这一笔糜费节省下来，但愈是没有钱的时候，愈想喝酒吸烟。向你讲这一番苦话，并不是因为怕你要来问我借钱，而先事预防，我不过欲以我的身体来做一个证据，证明目下的中国社会的不合理，以大学校毕业的资格来糊口的你那种见解的错误罢了。

引诱你到北京来的，是一个国立大学毕业的头衔，你告诉我说你的心里，总想在国立大学弄到毕业，毕业以后至少生计问题总可以解决。现在学校都已考完，你一个国立大学也进不去，接济你的资金的人，又因为他自家的地位动摇，无钱寄你，你去投奔你同县而且带有亲属的大慈善家H，H又不纳，穷极无路，只好写封信给一个和你素不相识而你也明明知道和你一样穷的我，在这时候这样的状态之下你还要口口声声的说什么大学教育，“念书”，我真佩服你的坚忍不拔的雄心。不过佩服虽可佩服，但是你的思想的简单愚直，也却是一样的可惊可异。现在你已经是变成了中性——半去势的文人了，有许多事情，譬如说高尚一点的，去当土匪，卑微一点的，去拉洋车等事情，你已经是干不了的了，难道你还嫌不足，还要想穿几年长袍，做几篇白话诗，短篇小说，达到你的全去势的目的么？大学毕业，以后就可以有饭吃，你这一种定理，是哪一本书上翻来的？

像你这样一个白脸长身，一无依靠的文学青年，即使将面包和泪吃，勤勤恳恳的在大学窗下住它五六年，难道你拿毕业文凭的那一天，天上就忽而会下起珍珠白米的雨来的么？

现在不要说中国全国，就是在北京的一区里头，你且去站在十字街头，看见穿长袍黑马褂或哔叽旧洋服的人，你且试对他们行一个礼，问他们一个人要一个名片来看看，我恐怕你不上半天，就可以积起一大堆的什么学士，什么博士来，你若再行一个礼，问一问他们的职业，我恐怕他们都要红红脸说，“兄弟是在这里找事情的。”他们是什么？他们都是大学毕业生吓，你能和他们一样的有钱读书么？你能和他们一样的有钱买长袍黑马褂哔叽洋服么？即使你也和他们一样的有了读书买衣服的钱，你能保得住你毕业的时候，事情会来找你么？

大学毕业生坐汽车，吸大烟，一攫千金的人原是有的。然而他们都是为新上台的大老经手减价卖职的人，都是有大力枪杆在后面援助的人，都是有几个什么长在他们父兄身上的人，再粗一点说，他们至少也都是会爬乌龟钻狗洞的人，你要有他们那么的后援，或他们那么的乌龟本领，狗本领，那么你就是大学不毕业，何尝不可以吃饭？

我说了这半天，不过想把你的求学读书，大学毕业的迷梦打破而已。现在为你计，最上的上策，是去找一点事情干干。然而土匪你是当不了的，洋车你也拉不了的，报馆的校对，图书馆的拿书者，家庭教师，男看护，门房，旅馆火车菜馆的伙计，因为没有人可以介绍，你也是当不了的——我当然是没有能力替你介绍——所以最上的上策，于你是不成功的了。其次你就去革命去罢，去制造炸弹去罢！但是革命不是同割枯草一样，用了你那裁纸的小刀，就可以革得成的呢？炸弹是不是可以用了你头发上的灰垢和半年不换的袜底里的污泥来调合的呢？这些事情，你去问上帝去罢！我也不知道。

比较上可以做得到，并且也不失为中策的，我看还是弄几个旅费，回到湖南你的故土，去找出四五年你不曾见过的老母和你的小妹妹来，第一天相持对哭一天，第二天因为哭了伤心，可以在床上你的草巢睡去一天，既可以休养，又可以省几粒米下来熬稀粥，第三天以后，你和你的母亲妹妹，若没有衣服穿，不妨三人紧紧的挤在一处，以体热互助的结果，同冬天雪夜的群羊一样；倒可以使你的老母不至冻伤，若没有米吃，你在日中天暖一点的时候，不妨把年老的母亲交付给你妹妹的身体烘着，你自己可以上村前村后去掘一点草根树根来煮汤吃。草根树根里也有淀粉，我的祖母未死的时候，常把洪杨乱日，她老人家尝过的这滋味说给我听，我所以知道。现在我既没有余钱可以赠你，就把这秘方相传，作个我们两位穷汉，在京华尘土里相遇的纪念罢！若说草根树根，也被你们的督军省长师长议员知事掘完，你无论走往何处再也找不出一块一截来的时候，那么你且咽着自家的口水，同唱戏似的把北京的豪富人家的蔬菜，有色有香的说给你的老母亲小妹妹听听，至少在未死前的一刻半刻中间，你们三个昏乱的脑子里，总可以大事铺张的享乐一回。

但是我听你说，你的故乡连年兵灾，房屋田产都已毁尽，老母弱妹也不知是生是死。五年来音信不通，并且现在回湖南的火车不开，就是有路费也回去不得，何况没有路费呢！

上策不行，次之中策也不行，现在我为你实在是没有什么法子好想了。不得已我就把两个下策来对你讲罢！

第一，现在听说天桥又在招兵，并且听说取得极宽，上自五十岁的老人起，下至十六七岁的少年止，一律都收，你若应募之后，马上开赴前敌，打死在租界以外的中国地界，虽然不能说是为国效忠，也可以算得是为招你的那个同胞效了命，岂不是比饿死冻死在你那公寓的斗室里，好得多么？况且万一不开往前敌，或虽开往前敌而不打死的时候，只教你能保持你现在的这种纯洁的精神，只教你能有如现在想进大学读书一样的精神来宣传你的理想，难保你所属的一师一旅，不为你所感化。这是下策的第一个。

第二，这才是真正的下策了！你现在不是只愁没有地方住没有地方吃饭而又苦于没有勇气自杀么？你没有能力做土匪，没有能力拉洋车，是我今天早晨在你公寓里第一眼看见你的时候，已经晓得的。但是有一件事情，我想你还能胜任的，要干的时候一定是干得到的。这是什么事情呢？啊啊，我真不愿意说出来——我并不是怕人家对我提起诉讼，说我在嗾使你做贼，啊呀，不愿意说倒说出来了，做贼，做贼，不错，我所说的这件事情就是叫你去偷窃呀！

无论什么人的无论什么东西，只教你偷得着，尽管偷罢！偷到了，不被发觉，那么就可以把这你偷自他、他抢自第三人的，在现在社会里称为赃物，在将来进步了的社会里，当然是要分归你有的东西，拿到当铺——

我虽然不能为你介绍职业，但是像这样的当铺却可以为你介绍几家——里去换钱用。万一发觉了呢？也没有什么。第一你坐坐监牢，房钱总可以不付了。第二监狱里的饭，虽然没有今天中午我请你的那家馆子里的那么好，但是饭钱可以不付的。第三或者什么什么司令，以军法从事，把你枭首示众的时候，那么你的无勇气的自杀，总算是他来代你执行了，也是你的一件快心的事情，因为这样的活在世上，实在是没有什么意思。

我写到这里，觉得没有话再可以和你说了，最后我且来告诉你一种实习的方法罢！

你若要实行上举的第二下策，最好是从亲近的熟人方面做起。譬如你那位同乡的亲戚老H家里，你可以先去试一试看。因为他的那些堆积在那里的财富，不过是方法手段不同罢了，实际上也是和你一样的偷来抢来的。你若再慑于他的慈和的笑里的尖刀，不敢去向他先试，那么不妨上我这里来作个破题儿试试。我晚上卧房的门常是不关，进去很便。不过有一个缺点，就是我这里没有什么值钱的物事。但是我有几本旧书，却很可以卖几个钱。你若来时，最好是预先通知我一下，我好多服一剂催眠药，早些睡下，因为近来身体不好，晚上老要失眠，怕与你的行动不便。还有一句话——你若来时，心肠应该要练得硬一点，不要因为是我的书的原因，致使你没有偷成，就放声大哭起来——

原载1924年11月16日《晨报副刊》

沈从文：致唯刚先生

副刊记者转唯刚先生：

本来我没有看每日新闻的资格，因为没有这三分钱。今天，一个朋友因见到五四纪念号先生一篇大作，[1] 有关于我的话，所以拿来给我瞧。拜读之余，觉得自己实在无聊，简直不是一个人，惶恐惶恐。

可惜我并不是个大学生（连中学生也不是）。但先生所听说的总有所本。我虽不是学生，但当先生说“听说是个学生”时，却很自慰。想我虽不曾踹过中学大门，分不清洋鬼子字母究竟是有几多（只敢说个大概多少），

[1] 这里提到的大作，是林宰平教授以唯刚笔名写的《大学与学生》，发表于1925年5月3日《晨报副刊》。

如今居然有人以为我是大学生！

写文章不是读书人专利，大概先生乐于首肯。或者是因文章中略有一点学生做文的气息，而先生就随手举出来，那也罢了——然我不曾读过书却是事实。

我是在军队中混大的（自然命好的人会以为奇怪）。十三岁到如今，八年多了。我做过许多年补充兵，做过短期正兵，做过几年司书，以至当流氓。人到军队中混大，究竟也有点厌烦了（但不是觉悟），才跑来这里，诚如先生所说，想扛张文凭转去改业。不过，我是没有什么后方接济，所以虽想扛文凭，也只想“一面做工一面不花钱来读点书”。到这一看，才晓得“此路不通”，觉得从前野心太大了。因为读书，不只是你心里想读就能读，还要个“命”，命不好的也不能妄想。转身扛枪去吧。可惜这时要转也转不去。就到这里重理旧业吧。奉直战争虽死了许多弟兄们，有缺可补，可我又无保人。至于到图书馆去请求做一个听差而被拒绝，这还不算出奇，还有……

不消说，流浪了！无聊与闲暇，才学到写文章。想从最低的行市（文章有市价，先生大概是知道的）换两顿饭吃。萎萎琐琐活下去再看。想做人，因自己懦弱，不能去抢夺，竟不能活下去。但自己又实在想生，才老老实实来写自传。写成的东西自己如何知道好丑？但我既然能写得出不成东西的东西，也可冒充一下什么文学家口吻，说一句自己忠实于艺术！

先生说，“这一段文章我是写不出来的。”这话我不疑心先生说的是自谦与幽默：先生的“命”，怕实在比我好一点！若先生有命到过学堂——还有别的命好有机会读书的人，当然要“立志做人”立志“做好学生”，捎着什么“毕业成败关头”。我呢？堕落了！当真堕落了！然当真认到我的几个人，却不曾说过我“虚伪”。

“凄清，颓丧，无聊，失望，烦恼，”当然不是那些立志改良社会，有作有为，尊严伟大，最高学府未来学者的应有事情。人生的苦闷，究竟是应当与否？我想把这大问题提出请学者们去解释。至于我这种求生不得，在生活磨石齿轮下挣扎着的人呢？除了狂歌痛哭之余，做一点梦，说几句呓语来安置自己空虚渺茫的心外，实在也找不出人类夸大幸福美满的梦来了！无一样东西能让我浪费，自然只有浪费这生命。从浪费中找出一点较好的事业来干吧！可惜想找的又都悬着“此路不通”的牌子。能够随便混过日子，在我倒是一桩好事！

先生本来是对学生发言的，我本不值先生来同我扯谈。但不幸先生随手拈出的例子，竟独独拈到一个高小没有毕业的浪人作品。人家大学生有作有为时时在以改良社会为已任的多着呢。并且开会，谈政治，讨论妇女解放，谁个不认真努力？（就是有些同我所写的差不多，但身居最高学府，也是无伤大体，不值得先生那么大声疾呼！）

我想请先生另举一个例，免得别人或法警之类又说我以浪人冒充大学生。

“……天才青年……曲折的深刻的传写出来……实在能够感动人。”（这些使我苦笑的话）当我低下头去写《遥夜》，思量换那天一顿午饭时，万没想到会引起先生注意，指出来作为一个学生代表作品的例子，且加上这些够使我自省伤心的话！

“替社会成什么事业，”这些是有用人做的。我却只想把自己生命所走过的痕迹写到纸上。

一九二五年五月八日作

从文「文化大革命」家书选

给在工厂的次子夫妇

之一

虎虎之佩：得近信，得知一部分红红情形。婆婆、姑姑均充满兴趣。希望常有信谈谈，特别是婆婆，想要知道孙女宝贝一切！你们日常生活也想知道知道。大伯为买了些小儿画，已另外寄来。这里无什么新出版的，将来或去小黑妮家、庆庆家收罗收罗，抄抄两个小家，也许尚可得到些果实！咳嗽川贝母粉冲糖水吃好，虎虎可试试看，有效验。

北京已快到“绿遍郊原”时，炉子尚未撤去。夺权反复多，纠纷多。因为有些事从感情出发，用“原则”来代感情，得有一个较长学习过程，或一年半载，或三年五载也说不定！机关工厂不比学校，学校问题或许“易放易收”。机关工厂情形比较杂，不大能放，放了也不易收。学校中听说已解放了许多教书的，停止强迫劳动等等。即当权派中党委（成员），也有半解放听之在群众中看看听听的，准备下一阶段斗批改。照这样子，则斗批改亦可望如过去整风方式进行，讲道理，谈事实，正常进行各事。也比较解决问题。因为即夺权，也不会让同学去作教授，事实上教不了。机关情形不相同，有些人“幻想”可能比较大，而“能力”却又比较小。有些“权”和“能”是一件事，有了权，也就有能，如许许多多主任、处、科长。有些事又非有真正工作能力经验本事不可，不是什么人都拿得起来。因此不免复杂一些，也麻烦得多。或正在上面商讨商讨之中，可能会有斗争，有较激烈的“路线”、“方向”、“方法”、“策略”之争，过一些时间，必可明白一部分……

经过这一年的动乱，“大串联”决定是不再进行了，因为副作用大。夺权限于“监督”，也正式提出。到一定时候，将恢复党组活动，因为领导工作不能没有党。“黑帮”范围必缩小到真正“一小撮人”身上，才符合事实。但是平时本来十分老实怕事，又无争权夺位野心的老年高级知识分子，将怎么办还不明白。原本听说除党内当权派外，即知分是主要打击对象。自从刘、邓、朱、贺、彭、杨、陆、罗事半公开或公开化后，“三家村”中吴晗也成了小脚色。各部长也无什么斗头，吸引不起群众注意。教授专家权威相形之下，自然更不足道了。所以到分别斗批改时，或不至于如去年那么兴奋。人数范围将缩小，不可能扩大。（另外说，即大家都相当疲累了，工作已搁得太久，一般工作人员已发现一种散漫自由对工作消极情绪，再搞一年下去，许多方面损失将更显著。政治方面也并不能有效提高，生产方面损失则极其显著。大标语彼此攻讦无个了时，使得一般人对领导各部门头头失去信心……至少是方法得改变改变，不能长此下去！有些工作经这么一搞，可能得有一二年才能恢复正常。）[1] 文化部门有大量人闲着，也不知如何改造，即可望于一二年内恢复到演戏作画本业上。还有研

[1] 可能意识到这一段对形势的看法，与当时宣传口径相悖，括弧内的文字，在原稿中被作者涂盖。

究"洋""古"的，如何办？学校教这个的，要不要？要又如何办，不要又如何办？这些问题，大致至早也得在今年秋后才可望知道一点眉目。试就北京方面熟人算一算，六十以上占大多数，真正得用的也已经剩不了多少人。是人太少不是过多。事实上即完全留用，许多研究中空白点也并未填补得了！并非人太多，更并非占的地位太重要，或权过大……而且高知中如 ×× 等有政治野心的实不多……至于思想落后，自然是一种事实。

妈妈依旧忙些，不是开会，即外出串连看大字报，也出外卖报。[1] 至于刊物将来是否存在，如何办，中、老作家在这次运动中大多成了冲击对象，年青的如何接手，大是问题。或许有一个较长时期停顿。文学比绘画难对付。大多数文学书都已不许出售，年青人以亿计无书可读，问题如何解决还不知道。

我仍照常。妈妈和我这一年中境遇虽不相同，却同样已在风浪中显得老了好些。每次上街，已很少遇到像我这

[1] 作者夫人张兆和任《人民文学》杂志编辑，当时曾承担上街零售一种"文化大革命"小报任务。

么满头白发的人。目前走路虽还得力，消化力还正常，但心脏总是长痛，一恶化，即将完事。出门已经几次头眩，脑血管迟早会出问题，若再遇较大冲击，必然即完事。

虎虎工作因迁厂而停顿，有回来看看机会没有？若因事回来，不妨带红红来，搁到这里和婆婆住住，有姑姑可以照料，也有同伴小女孩子同玩。黑妮、小庆庆都长大了许多，过二三年，即成小姑娘了。

北京大街上和一切机关，还是大字报占领一切墙壁。天安门除人大会堂和博物馆不许贴，此外看台和两侧广墙及地面，是标语大字报海洋。几天来占压倒一切的是“打倒谭震林”。五一过劳动节，是否和往年一样，使得天安门干干净净，还是听其如当前那么到处是大字报，还不得而知。一切似在慢慢恢复一种理性秩序，许多人过去被没收的东西在退还。永玉[1]一自行车也开始退还，至于书籍、收音机、手表、照相机，则还在代管中。画册一部分也许已被焚毁。其实这都还是小事，将来处分不算是什么“三反分子”或“右派”，才真是万幸！

---

[1] 永玉即沈从文的表侄黄永玉，在中央美术学院任教。

上街的挤车的和我年纪上下的已极稀少，真是一种警告。运动完后不“免职”也得研究研究是否应当请求“退职”。事实上工具书多已处理，稿件不没收也已自作处理，即受鼓励再来写什么，看来也鼓不起勇气再动笔了。妈妈工作即不出岔子，看情形至多二三年也会要受编遣，在“解职”、“退职”、“退休”诸名词中择一而行。这都是从好处设想。也可能会出现新事情。若从可能坏处设想，则也许我还有受大冲击之时……一切只能听之任之。一切望放心。

（一九六七年）三月廿五

之二

小虎之佩：你们信均已收到。虎虎信是八号的，这里廿才收到，必是先前积压航邮较多的原因，平信或许反而快一些。所要的材料，俟明后天大[1]回家时，必可寄

[1] 这里按湘西习惯，把收信人的哥哥称为大，即作者的长子。下同。

些来。……这一个月北京变化大，从街头即反映得十分明白。大节日前半月，仿上海作了许许多多大字报棚架，在节前已一律撤除。橱窗上墙壁上的各种本市外省市大字报，也一律清除。天安门前，也恢复运动前节日景象。至少看出在首都，大字报无限制的上街，已成过去，告了一段落。较多的是尺来大附相片用铅字印成的“通缉令”，多指某一单位小当权派业已潜逃失踪。“大联合”势必要实现，大致也得费点时间，不是一提出即可解决。因为在“权”字上有矛盾，所以才提出批“私”，是针对这矛盾而来。次一段将是“三结合”，矛盾可能也不易解决。因为涉及解放上中层干部。事实上即是业务方面，若不将他们大部分解放，是不容易恢复进行生产的。但在这问题上，又会碰到一个“私”字，因为解放谁，和本人总是有些利害关系的。不仅大的学校有这种情形，小机关也有。妈妈单位人不多，即如此。总之，要一点时间，有一个过程。我们单位不大，联合事似至今还未得到解决。因此解放谁来参加业务领导，即一时办不到。隔壁革命博物馆，揪的人多，但解放也快，如今只剩二当权馆长，其余无事。我们却还有五个人：三馆长，一王主任，均党员，加上个我，非党员，为专家权威。过节时，还集中在馆住了一天，二号即回家。将来总不可免要或大或小的批评。百科[1]、永玉情形相同。百科工作单一，技术性强，又有需要，问题不大。永玉也不会有什么[2]，因为王逊便已解放。

我因为作事多了些，不可免错处也多些。好在和“三家村”、“阎王殿”均无关系，当不至于如巴金冰心困难。这自然也只是比较上说的。只有好好学习下去，老老实实等待外批、内检。解放也大致是上头有一定安排，即总的安排。例如卞舅舅处，[3]揪了卅多人，津津于《红楼梦》烦琐考证的吴世昌，因新回国，即得解放。诗人虽是小头头，李健吾在戏剧问题上哇啦哇啦多，和钱钟书等均已解放。冯至是周扬搞外文重要副手，也听说要解放。甚至于俞平伯还在解放商讨中。协和医大只有一个权威待批，别的全无事。以彼例此，我们即太不重要，

---

[1] 百科指作者的连襟周有光，在文字改革委员会工作。

[2] 历史证明，作者这些估计过分乐观了。

[3] 卞舅舅是收信人对诗人卞之琳的称呼。卞之琳在科学院社会科学部作研究工作。

十分渺小了。可是本单位人少，总得要个非党对立面，好教育青年，所以应放一时不会放。平时既无什么野心，作的几件较大事情，又是得到上面点头的，所以或不至于受过大冲击。一切可放心。近来血压还是在二百上下，心脏供血不良，每天经常心痛，头有时沉重不能使用。此后希望完全恢复工作，大致已不可能，将来总不外“免职”、“退休”二者间择其一。好些未完成的基本功，在一二年后即有机会完成，也只希望在“顾问”位置上备咨询，不希望再独当一面来作费力不讨好的傻事了。

街上新的引人注意唯一大字报，即关于王力历史和新的阴谋的揭发，随林杰、关锋、穆欣事而出现。比这三人事件还更惊人。因为前不久还在天安门五十万群众集会中受欢迎，新电影纪录片还在国内放映，忽然说是……甚至于比陶铸下台还来得突然！所以格外引人注意。王府井小报已较少，因为纸张印刷均受一定限制。又闻要重新登记。过节日，供应充实丰富，特别是蔬菜品种多而贱。妈妈还是一个忙字。节后大家下乡参加秋收十天，妈妈留在机关刻蜡版，工作也相当重。每天来回走路不坐车，吃得较好较多，脸色也好得多，精神极好。出的报刊已改由“文艺口”负责，办得文绉绉的，失去了原来活泼，她们自己也不大爱看了。自己单位另出一创作性的，一时似乎也难见精彩。“文化大革命”送下许多稿件，即分别看稿件。新要求大不同于过去，这工作没有分配给她，她即搞点杂事，也很好。可能有不少人若不抓学习，都不免会成“逍遥公”，也是一般现象，不仅首都各机关，外省市也必然。所以提倡办学习班，即针对在这过程中把消极因素转为积极力量和气氛一种安排。如何进展到第二阶段，不易知道。因为全国事太复杂，我们什么都不知道。特别是现在在隔离中的“知识分子”，真符合了主席说的“极端无知”。所以想要积极一些，也不知从何措手！正因为无知而脱离社会斗争，脱离群众，甚至于许多文章也看不懂了！听黄家老五老二在此说了些安徽湖南事情，他们都是“造反派”而来的，明白问题一多，似乎都感到畏怯。因为都看过大武斗的一部分。纪伦看到经过大武斗的长春市容，也有同感。现在这事大致均已成过去了。新的布署“斗私批修”，自然还是工作艰巨。但不动武就太好了。

闻以瑞大表哥事已公布为“被谋害”，有了定案。似从小平处听来的。小平等如常。小庆庆还无学校可上。听本院的小将说全市均将于十一月上课。其实名分上十月即已上课，事实上十一月上课也将是渐渐复课，每天上二小时，即已不错。许多课不好教。尽学语录或新五篇和报刊文章，也难教，且不尽合复课理想。本院子有四五个中学生，都长得如一个成年人，报刊即不常看，也看不懂，升学大是问题。前后院子待上小学的可能过十位，无学可上。小黑蛮已完全如一大人，十分胆小怕事，升学无望。小黑妮也大了许多，经管家中大小事务，相当精明，也十分有用。“大”一天有的是工作，不加入什么打砸抢，却和几个同事抓大方向，配合新形势搞学习，搞大标语和语录，作得很好。厂里生产也近于停顿，因为谁也无兴趣抓。学校还是争得激烈，大喇叭在半夜里广播，闹得人无法安睡。我们过去只知道“事难成而易毁”，是二千年前古人说过的，译成现在语意，即“摧毁容易，创造完成比较难”。不太明白“易放不易收”的道理。经过这次运动，自然也懂得深刻了许多。又说“人的工作最不容易做”，到具体问题上，才明白真不容易。面对现实千头万绪待一一处理，最辛苦的大致应数周总理，前不久就还有人专找他的麻烦的。你想想，这怎么成？

陈老总在外交场合上已不大露面，一切事也将由总理直抓。

“斗私批修”照我们点点滴滴认识，前者费力大，且必需在较短时间来解决，才能进一步批修。若批修只是抓最大当权派中一小撮走资派，刘邓等等及旧市委彭刘等等，新报刊提的新材料已对多数人失去吸引力。各院校新报刊关于“斗私”，多在做文章，总做不过《人民日报》、《文汇报》。因为这件事是要从实践中去解决，文章可不能解决的。批修新文章以文化系统多，但有的已近于反复其词，或勉强上纲，缺少说服力。骂得虽凶，道理讲得并不透。在本市人看来，已不怎么得到启发。听说曾有通告，校中报刊出售限于本校，不外售事。虽未实行，也可明白除泄密外还有些别的问题存在，如和中央统一口径问题。总之，全盛期已成过去了。从报上知道格瓦拉死了，我们听说都感到痛苦惋惜。

妈妈从你来信中知道红红的种种。什么时候得便，照个全家福相来。告之佩，不要一定是双眼皮，就尽她睡着也无妨！都希望看到她长得傻乎乎的，就觉得有意思。只要健康，作傻丫头不妨事！同院住了个小机伶，四岁了还每天必哭，或在地下放赖，瘦骨伶精的，不可爱。我们希望红红小时时傻傻的好。只要结实、好性格、快乐自得、见事即学就好了。小小的应当让她学洗脸、洗手、拿拿筷子服服务，这么办也能增加她的能力和自信心。秋天来还是和尚头？照我们想，快到梳两小蜻蜓了。

爸爸

（一九六七年）十月廿一

之三

小弟之佩：入市学习，想已告一段落。多接近些人，就很好。我一生最大弱点，即和人不易相熟，同事中有十六七年还不相熟。希望你通过这次学习，思想上和工作方法上，都取得一定进展，回到原工作时，能更好、更坚定掌握运动大方向，而又能更灵活运用到处理本厂各种具体问题中，取得应有进展和解决！“工作不妨多做，荣誉名利即让人”，这是我许多年来就那么注意到，特别是近二十年生活和工作。目前不至于如别的熟人处境窘迫，也有关系！之佩觉得你还不大会和群众打成一片，这点看法极对，要注意改改，一定能改。“不争名利担重活”，更有重要意义。

我因血压长时期偏高，心脏负担重，神经有时也不免有些紧张混乱。一切总还是尽个人努力学习下去，向好处想，好处作。万一意外冲击一来，因之垮下，也是事理之常。年岁到一定程度，出事故是不可免的。年来给你的信，可注意一下，不必要留的，即处理一下，免得反而在另外一时引起是非。可留的即作个纪念，因为别的什么也没有给你们！

妈妈咳了将近两个月，连打链霉素五针，才见好转。只是身体似乎在逐渐衰退中，这是从前年下乡后即显明可以看出的。同院住的王大妈等，也一再说到。原因是工作紧张，她们那里至今还总在开小型斗争会！饮食睡眠均不大够，人瘦了些，较容易生气。希望在春夏之间能得到一点好转就好。你们抽得出时间，经常写点信来，对她有需要，有极大好处！因为在这里，即二姨也有二三月未见到了。没有时间可用往来！

社会一切在不断发展变化中，有许多事情，我们是不懂的了。而且越来越无知。即文化方面运动进展和障碍，由于和现实一隔，便不懂了。从上街大标语，知张本已被逮捕，情形即不明白。同类事件在别单位也会发生，不足为怪，因为运动一深入，“野心家”总是迟早会扫除的。

看到本院有两家老太太托寄孩子，三四岁大，照料得都挺好，干干净净，而且极乖，我们不免想到红红。以为红红若能回来这么寄托在院子里，婆婆每天回来，虽得忙一些，但是情绪能分散转移一下，紧张处也会得到点松弛调剂，就不至于把我当成唯一对象来注意了。这点空想愿望，自然是不易实现的。只不过万一你们中之一，若有机会来京开会，哪怕只十天半月停留，也不妨把小家伙捎带来，搁在我们这里，不妨事，这里有好几个小女孩子，一同会玩得很好！婆婆快近六十岁，对小孩格外想念！

我在这里，间或可听到某某知名人物“捉去”消息，对我们虽近于新闻，事实上或已是“旧闻”，这些人不是旧当权派，即是新野心家，又或和过去蒋记有关系人物。相近亲友中多无此资格。但不大健全神经，一到失眠，即不免会有些错觉产生，近于神经分裂症[1]的前期征兆。有时上街见生人即害怕，小孩子在院中叫嚷也感到害怕，甚至于妈妈说话也害怕。心里空虚软弱之至。也希望天气转暖，会随同好转。生活过于枯寂，可能大有关系。近一二月来，除了梅溪隔日来为打打针，只晓平表哥隔星期或来看看，别的熟人均少见到了。因为各人都忙着学习。我隔二三天才上一次街，办办吃的。一切都若在等待中，等待机关大联合、三结合后进行斗、批、改。百多人的机关，也还是派系纠纷不已。各有所保，各有所揪，互不相下。别的上千过万人大单位，安排调动之不易，可想而知。本来说的三月十五以前，要完成全部高等院校大联合，看来还是得顺延下去了。

照医生建议，总要我少看书报，免得脑子更乱。照我自己感觉，倒像是生命中还积存了较大量的“能”，得充分使用消耗它，才能取得平衡。看报刊和杂书，倒像是从这个同一橱窗口，一面可以消耗掉大量的能，一面

[1] 文中“神经”的准确说法应是“精神”。

可吸收些新的知识。只可惜由于对工农军问题都无实际知识，报刊上大量记载，因之多看不懂，懂不深透，总似乎记载前后彼此多相同，不明白是什么意思。倒是看国际新闻，谈越南，谈欧洲金融动荡，东欧波捷政治局势变动，多少还可明白一点问题。世界真正是在大动荡、大分化、大改组过程中，一切如主席伟大的预言所指示，有利于中国，有利于世界被压迫争解放的民族和国家的人民革命、全世界的反帝斗争。今年下半年将是一个极其重要的转折点。欧洲金融的混乱，若引起美元的贬值，和市界经济萧条，随同而来，必然还会有许多重要变化发生。越南抗美战事必将取得更广泛的胜利，美帝在这次战争中必然会更加惨败，完全覆没。

天气已日益暖和，再下礼拜就得移炉子了。在檐下做饭，自然不如房中方便。平时阳光直射，大雨中还得抢救煤块，或扛着雨伞炒菜。不过日子一久，也就习惯了。住处窄一点，一举一动都不免会感到挤挤碰碰。同院组长来看看，也觉得太窄。特别是大哥地铺一摊，我们即停止出门。照目前情形说来，还是不图改动好。有人住和平里，即已感到大不如过去和平清静。花木多已毁坏，不少门窗破坏了也还无从修复，很多人家压缩在一二间中，过了个无暖气的冬天。这里大杂院好处，即因人口众多，反而不至于增加外来意外干扰。同院住的关系一好，什么通通不用担心了。即或外出，火炉也不至于中途息灭。只是到了五六月晚上，院子里将呈十分热闹景象，因为小将多已无顾忌的长大，占领空间日多，声响也越来越大而高，院子于是也显得比过去窄了许多。

院子和过道、毛房，一天我经常不断去打扫，总还是有可扫除的东西，有些不理解。近来才发现原是小将们长时期不停的战斗，随手从垃圾箱取了些应用武器，煤球和菜根，凡是可以使用又不至伤人的，统统用得上。这一来，我的服务精神不能不相应提高了。只有几个老大妈明白情形，小将战斗却将依旧继续下去，到升中学为止。

（一九六八年）三月廿三

之四

之佩：寄信或不到十天即可收到。要什么，来信说说。近来药物供应已甚好，只是含糖钙片或者还未到时。朝慧生了个女孩，[1]六斤多重，大小平安无事，已出院返住处。本人照料孩子无经验，同住作三四孩子母亲的多，关系好，平时即多得帮助，有了孩子，一定更多帮忙。小铁床铺得厚厚的，衣着也应有尽有，生活大致也不至于过得太紧。住处收拾得比我们目前的还好些，整整齐齐。养了不少花。只是不向阳，冬天冷些而已。大表嫂必可以常去看看她。[2]小黑妮或许每天必去！

这里一切照常在进行中、发展中的，照常进展。例如同院初中高中毕业生，前后即已有五六人下乡入厂。韩家小华华也以一个壮士气概去了山西农村。长大真如一壮士！小黑蛮每天出去向较大同学宣传下乡，到明年这时，便又将为小一点同学动员了。即晓平哥哥等，也说是应有一种准备，大致总有部分人到一定时候，即得行动。大表嫂则已预愁着黑妮后年的行动，因为据说也可以自择去处，拿不定回凤凰还是去广东。事实上听其

---

[1] 沈朝慧，作者的过继女儿，待业青年。

[2] 大表嫂指作者表侄黄永玉之妻张梅溪。

自愿闯天下，或更好些。不过到一较接近亲人的去处，当然也有不少方便。照趋势看，即对绘画虽有特殊天赋，想升中艺却不可能了。下乡一二年后，机会或许倒多些。但更可能，即是在乡村生产队搞宣传。近来看她写的美术字已相当好。身体极健康，又会治家，将来必是一把多能手。大表哥和二姨父照正常趋势估计，至多到明年三月，或有希望解放。因为不是走资当权派，也和叛、特连不上，不是重点。主要还是“资思”。这个十分庞大的人数，大致到一定时候，还是得“解放”再“改造”，或在处理中将薪、级减减，批批资思，便可得到解决。下放也将是一部分年事较轻，体力条件较好的。[1]五十以上去的将不会过多。

最近闻梁思成即已“解放”。他是清华唯一点名的专家“权威”。消息传来，大专院校自然有不少不曾点名已被揪住的专家“权威”心情松了好些儿。但各个机关情形不同，大表哥校中可能对于“教授”就抓得紧一些些。

---

[1] 事实正相反。一年多之后，包括作者在内三名“老弱病”职工，连同家属被首先下放到湖北的“五七干校”。

闻在清理阶级队伍中，还不断有新的加入。大表哥表现还好，既学会了补锅，近来又要他搞大型凿花剪纸，正是“用其所长”，工作完成后，闻宣传队中工人相当满意。希望再努一把力，到年底能回家就好。

妈妈工作照常。过不几天，部队工作人员一来，或不多久，即将进入一种新的紧张阶段，一切便全看客观情形而定了。她十多年来工作上表现得稳重负责，同事关系也处理得很好，凡事能任劳任怨，劳动态度也好，照理说来，当不至于出意外事。（但是千万人都可以不同情形垮下了，人即再好，忽然一切完事，也有可能。）[1]至于进行改造，那是人人有份，不会例外的。

我血压总在升级，又极不善自处，容易情绪混乱，过得了今年也怕不易过明年。社会变化太大，生活适应性却极差。懂得我的长处的人已不多，让廿岁到四十岁的人来调动，有时彼此谈话即缺少应有基本理解。最麻烦可能还是我努力用《实践论》、《矛盾论》、辩证唯物论求知方法，慢慢积累得来的一些文物知识，本来有许

[1] 可能担心自己的忧虑影响收信人，作者将这句话涂盖了。

多在新社会、新的文物研究、博物馆工作各部门，还十分有用。但若缺少一种彼此意识沟通的语言，即将无办法让新的领导明白。若再加上些成见，此后困难必更多。即全心全意为年青一代打底子奠基工作，他们或将在不经意中，反而以为是挡路绊脚石，一下子踢开轰垮；而他们明日应学要学的，却是我十多年从各方面努力学来，但在不经意中却被他们一下子冲垮了，许多事不免又得再从头学，从头作。却不明白差距之大，有些知识赶十年八年也搞不好，有些一经冲垮，且只好作为缺门空白点了。想到这些，我不免有些难过。不知向谁去诉说好。因为文化部至今还不闻有新部长就职，科学院考古部门似乎也全垮了。机关如何接收，如何集中学习，如何斗、批、改，大致都将在十二月或明年一月开始进行。照政策办事，机关已揪出几个当权多年走资派，而且还是叛徒，进行隔离审查，×× 父亲即是其中之一。我要主动检查，专案组他们却不要。二姨父情形相同，时候不到。我还是就文艺思想部分，检查了三次，送去一分较全面的。有说得对处，也有说得稍过分处。因为无从掌握分寸。让廿来岁年青人，既从未看过我全部作品，即零星篇章看到，也不明白当时社会背景和一般水平，有的甚至于从来也未看过我一个集子，短篇内容也还看不懂，即来批判我的文艺思想，岂不是无可奈何的悲剧？我多么想为新的社会做几年事，把一切所学有用的知识，无保留使用上去。可是由于年龄差距形成的间隔，要去掉它，真是如何困难！

也许会有奇迹出现，能和思成情形一样，那可作的事就多了。人老了，就只是想作事，而且深深明白机关中薄弱环节，不赶上去，就将永远成为空白！

你们工作怎么样，教书有困难吗？你们有麻烦，是想象得出的。要什么参考文件？红红在我们想象中必已长高了好些，大家都想念她。我能自由行动时，将一定先来自贡看看。我极希望上三多砦去住一二月，[1] 可望写成一个好中篇小说。这种预期当然是不可能实现的，因为太少应有种种条件。但是世上事多说不定，万一新文化部成立，新的部长还是个有分熟识的人，我到时又能

[1] 沈从文 1951 年冬曾路过内江与自贡之间的三多砦，那些峭壁顶端，顺山势蜿蜒建造的一圈石头城墙，和城砦里遥遥可见的房舍、农田，给他留下多年不忘的极深印象。

自由考虑工作和行动，我将不外提三种工作建议：

一是去四川，带几百种绸缎，为把成都蜀锦改好。就便去三多砦住一二月，用那个山砦作为背景，写成的小说，将比《智取威虎山》画面现实性好。二是带绸缎去浙江、苏州工厂。三是去景德镇看新瓷器生产。因为学的两大部门，对新的生产大都还有用处。这也是“下放”，只要心脏担负得住，不出事故，工作是对国家有用处的。最容易出事是心脏。

还有什么别的需要，也告我们一下，趁时间还来得及办。怕万一到月末或明年正月，得集中学习，照学校方式，且星期天也不能回家，有那么几个月，许多事即不大好办了。若我们得分别集中，则唯一能送点东西的，只有大哥。他一星期又只能回来一次，说不定还回不来，所以不方便种种在意料中。这事可能在三几天后即将出现，至晚过了年会发生的。

愿学习好、工作好、大小身体好。

（一九六八年十二月）四日

（1992 年 6 月　沈虎雏整理）

沈从文的三个讲演

二十年代的中国新文学

——一九八〇年十一月七日

在美国哥伦比亚大学的讲演

各位先生，各位朋友，多谢大家好意，让我今生有机会来到贵校谈谈半个世纪以前，我比较熟悉的事情和个人在这一段时间中（工作、生活、学习）的情况。在并世作家中，已有过不少的叙述，就是提及我初期工作情形的也有些不同的叙述。近年来香港刊物中发表的，也多充满了好意。据我见到得来的印象，有些或从三十年代上海流行的小报上文坛消息照抄而成，有些又从时代较晚的友好传述中得来，极少具体明白当时社会环境的背景。所以即或出于一番好意，由我看来，大都不够真实可信，以至于把握不住重点，只可供谈天用，若作为研究根据，是不大适当的。特别是把我学习写作的成就说的过高，更增我深深的惭愧。因此我想自己来提供一点回忆材料，从初到北京开始。正如我在四十年前写的一本自传中说的，“把广大社会当成一本大书看待”，如何进行一种新的学习教育情形，我希望尽可能压缩分成三个部分来谈谈：

1．是初来时住前门外“酉西会馆”那几个月时期的学习。

2．是迁到北大沙滩红楼附近一座小公寓住了几年，在那小环境中的种种。

3．是当时大环境的变化，如何影响到我的工作，和对于工作的认识及理解。

这三点都是互相联系，无法分开的。

我是在一九二三年夏天到达北京的。照当时习惯，初来北京升学或找出路，一般多暂住在会馆中，凡事有个照料。我住的酉西会馆由清代上湘西人出钱建立，为便利入京应考进士举人或候补知县而准备的，照例附近还有些不动产业可收取一定租金作为修补费用。大小会馆约二十个房间，除了经常住些上湘西十三县在京任职低级公务员之外，总有一半空着，供初来考学校的同乡居住。我因和会馆管事有点远房表亲关系，所以不必费事，即迁入住下。乍一看本是件小事，对我说来，可就不小，因为不必花租金。出门向西走十五分钟，就可到达中国古代文化集中地之一——在世界上十分著名的琉璃厂。那里除了两条十字形街，两旁有几十家大小古董店，小胡同里还有更多不标店名、分门别类包罗万象的古董店，完全是一个中国文化博物馆的模样。我当时虽还无资格走进任何一个店铺里去观光，但经过铺户大门前，看到那些当时不上价的唐、宋、元、明破瓷器和插在铺门口木架瓷缸的宋元明清“黑片”画轴，也就够使我忘却一切，神往倾心而至于流连忘返了。向东走约二十分钟，即可到前门大街，当时北京的繁华闹市，一切还保留明清六百年市容规模。各个铺子门前柜台大都各具特征，金碧辉煌，斑驳陆离，令人眩目。临街各种饮食摊子，为了兜揽生意、招引主顾，金、石、竹、木的各种响器敲打得十分热闹，各种不同叫卖声，更形成一种大合唱，使得我这个来自六千里外小小山城的“乡下佬”，觉得无一处不深感兴趣。且由住处到大街，共有三条不同直路，即廊房头、二、三条。头条当时恰是珠宝冠服以及为明清两朝中上层阶级服务而准备的多种大小店铺。扇子铺门前罗列着展开三尺的大扇面，上绘各种彩绘人物故事画，内中各种材料作成的新旧成品，团扇、纨扇、摺子扇更罗列万千，供人选用。廊房二条则出售珠玉、象牙、犀角首饰佩件，店面虽较小，作价成交，却还动以千元进出。还到处可以看到小小作坊，有白发如银琢玉器工人，正在运用二千年前的简单圆轮车床作玉器加工，终使它成为光彩耀目的珠翠成品。这一切，都深深吸引住我，使得我流连忘返。

当时走过前门大街进入东骡马市大街，则又俨然换了另一世界，另一天地。许多店铺门前，还悬挂着“某某镖局”三尺来长旧金字招牌，把人引入《七侠五义》故事中。我的哥哥万里寻亲到热河赤峰一带走了半年，就是利用这种镖局的保险凭证，坐骡车从古北口出关的！我并且还亲眼见到用两只骆驼抬一棚轿参差而行，准备上路远行。我还相信上面坐的不是当年的能仁寺的十三妹就可能是当时小报正在刊载、引人注目的北京大盗燕子李三！总之，这种种加起来，说它象是一个明清两代六百年的人文博物馆，也不算过分！至于向南直到天桥，那就更加令人眼花缭乱。到处地摊上都是旧官纱和过了时的缎匹材料，用比洋布稍贵的价钱叫卖。另一处又还拿成堆的各种旧皮货叫卖。内中还到处可发现外来洋货，羽纱、倭绒、哔叽、咔喇，过了时的衣裙。总之，处处都在说明延长三百年的清王朝的覆灭，虽只有十多年，粘附这个王朝而产生的一切，全部已报废，失去了意义。一些挂货店内代表王族威严的三眼花翎和象征达官贵族地位的五七叶白芝麻雕翎羽扇，过去必需二百两官银才到手的，当时有个三五元就可随时成交。

但是进出这些挂货铺，除了一些外国洋老太太，一般人民是全不感兴趣的。此外还有夜市晓市，和排日轮流举行的庙会，更可增长我的见闻。总的印象是北京在变化中，正把附属于近八百年建都积累的一切，在加速处理过程中。我在这个离奇环境里，过了约半年才迁到北京大学附近沙滩，那时会馆中人家多已升了小小煤炉。开始半年，在一种无望无助孤独寂寞里，有一顿无一顿的混过了。但总的说来，这一段日子并不白费，甚至于可说对我以后十分得益。而且对于我近三十年的工作，打下了十分良好的基础。可以说是在社会大学文物历史系预备班毕了业。但是由于学习方法和一般人不相同，所以帮助我迁移到北大红楼附近去住的表弟黄村生，还认为我迁近北大，可多接近些五四文化空气，性情会更开朗些。表弟年龄虽比我小两岁多，可是已是农业大学二年级学生，各方面都比我成熟得多。有了他，我后来在农大经常成为不速之客，一住下就是十天半月，并因此和他同宿舍十二个湖南同学都成了朋友。正如在燕大方面，同董秋斯相熟后，在那里也结识了十多个朋友，对我后来工作，都起过一些好影响。

我是受“五四”运动的余波影响，来到北京追求“知识”实证“个人理想”的。事实上，我的目标并不明确，理想倒是首先必需挣扎离开那个可怕环境。因为从辛亥前夕开始，在我生长的小小山城里，看到的就总是杀人。照清代法律，一般杀人叫“秋决”，犯死刑必由北京决定，用日行三百里的快驿“鸡毛文书”，急送请兵备道备案处理。行刑日，且必在道尹衙门前放三大炮。如由知事监护，且必在行刑后急促返回城隍庙，执行一场戏剧性的手续，由预伏在案下的刽子手，爬出自首，并说明原因。知事一拍惊堂木，大骂一声“乡愚无知”，并喝令差吏形式上一五一十打了一百板，发下了一两碎银赏号，才打道回衙，缴令完事。但是我那地方是五溪蛮老巢，苗民造反的根据地，县知事也被赋予杀人特权，随时可用站笼吊死犯小罪苗民。我从小就看到这种残暴虐杀无数次。而且印象深刻，永世忘不了。加上辛亥前夕那一次大屠杀，和后来在军队中的所见，使我深深感觉到谁也无权杀人。尽管我在当时情况下，从别人看来工作是“大有前途”，可是从我自己分析，当时在一个军部中，上面的“长字”号人物，就约有四十三个不同等级长官压在我头上。我首先必须挣脱这种有形的“长”和无形的压力，取得完全自由，才能好好处理我的生命。所以从家中出走。有了自由才能说其他。到北京虽为的是求学，可是一到不久，就不作升学考虑。因为不久就听人说，当时清华是最有前途的学校，入学读两年“留学预备班”，即可依例到美国。至于入学办法，某一时并未公开招考，一切全靠熟人。有人只凭一封介绍信，即免考入学。至于北大，大家都知道，由于当时校长蔡元培先生的远见与博识，首先是门户开放，用人不拘资格，只看能力或知识。最著名的是梁漱溟先生，先应入学考试不录取，不久却任了北大哲学教授。对于思想也不加限制，因此陈独秀、胡适之、李大钊诸先生可同在一校工作。不仅如此，某一时还把保皇党辜鸿铭老先生也请去讲学。我还记得很清楚，那次讲演，辜先生穿了件细色小袖绸袍，戴了顶青缎子加珊瑚顶瓜皮小帽，系了根深蓝色腰带。最引人注意的是背后还拖了一条细小焦黄辫子。老先生一上堂，满座学生即哄堂大笑。辜先生却从容不迫地说，你们不用笑我这条小小尾巴，我留下这并不重要，剪下它极容易。至于你们精神上那根辫子，据我看，想去掉可很不容易！因此只有少数人继续发笑，多数可就沉默了。这句话给我留下十分深刻的印象。从中国近五十年社会发展来看看，使我们明白近年来大家常说的“封建意识的严重和泛滥”，影响到国家应有的进步，都和那条无形辫子的存在息息相关。这句话对当时在场的人，可能不多久就当成一句“趣话”而忘了。我却引起一种警惕，得到一种启发，并产生一种信心：即独立思考，对于工作的长远意义。先是反映到“学习方法”上，然后是反映到“工作态度”上，永远坚持从学习去克服困难，也永远不断更改工作方法，用一种试探性态度求取进展。在任何情形下，从不因对于自己工作的停顿或更改而灰心丧气，对于人的愚行和偏执狂就感到绝望。也因此，我始终认为，做一个作家，值得尊重的地方，不应当在他官职的大而多，实在应当看他的作品对于人类进步、世界和平有没有真正的贡献。

其实当时最重要的，还是北大学校大门为一切人物敞开。这是一种真正伟大的创举。照当时校规，各大学虽都设有正式生或旁听生的一定名额，但北大对不注册的旁听生，也毫无限制，因此住在红楼附近求学的远比正式注册的学生多数倍，有的等待下年考试而住下，有的是本科业已毕业再换一系的，也有的是为待相熟的同学去同时就业的，以及其他原因而住下的。当时五四运动著名的一些学生，多数各已得到国家或各省留学生公费分别出国读书，内中俞平伯似乎不久即回国，杨振声先生则由美转英就学，于三四年后回到武汉高等师范学校教书，后又转北大及燕京去教书。一九二八至二九年时清华学校由罗家伦任校长，杨振声任文学院长，正式改清华大学为一般性大学，语文学院则发展为文学院。

有人说我应考北大旁听生不成功，是不明白当时的旁听生不必考试就可随堂听讲的。我后来考燕大二年制国文班学生，一问三不知，得个零分，连两元报名费也退还。三年后，燕大却想聘我作教师，我倒不便答应了。不能入学或约我教书，我都觉得事情平常，不足为奇。正如一九二五年左右，我投稿无出路，却被当时某编辑先生开玩笑，在一次集会上把我几十篇作品连成一长段，摊开后说，这是某某大作家的作品！说完后，即扭成一团投入字纸篓。这位编辑以后却作县长去了。有人说我作品得到这位大编辑的赏识，实在是误传。我的作品得到出路，恰是《晨报》改组由刘勉己、瞿世英相继负责，作品才初次在《小公园》一类篇幅内发表。后来换了徐志摩先生，我才在副刊得到经常发表作品机会。但至多每月稿费也不会过十来元。不久才又在《现代评论》发表作品，因此有人就说我是“现代评论派”，其实那时我只二十三四岁，一月至多二三十元收入，那说得上是什么“现代评论派”？作品在《新月月刊》发表，也由于徐志摩先生的原因，根本不够说是“新月派”的。至于《小说月报》，一九二八年由叶绍钧先生负责，我才有机会发表作品。稍后《东方杂志》也发表了我的作品，是由胡愈之、金仲华二先生之邀才投稿的。到三十年代时，我在由施蛰存编的《现代》，傅东华编的《文学》都有作品。以文学为事业的因此把我改称“多产作家”，或加上“无思想的作家”、“无灵魂的作家”，名目越来越新。这些“伟大”批评家，半世纪来，一个二个在文坛上都消灭了，我自己却才开始比较顺利掌握住了文字，初步进入新的试探领域。

我从事这工作是远不如人所想的那么便利的。首先的五年，文学还掌握不住，主要是维持一家三人的生活。为了对付生活，方特别在不断试探中求进展。许多人都比我机会好、条件好，用一种从容玩票方式，一月拿三四百元薪水，一面写点什么，读点什么，到觉得无多意思时，自然就停了笔。当然也有觉得再写下去也解决不了社会问题，终于为革命而牺牲的，二十年代初期我所熟悉的北大、燕大不少朋友，就是这样死于革命变动中的。也有些人特别聪明，把写作当作一个桥梁，不多久就成了大官的。只有我还是一个死心眼笨人，始终相信必需继续学个三五十年，才有可能把文字完全掌握住，才可能慢慢达到一个成熟境地，才可能写出点比较象样的作品。可是由于社会变化过于迅速，我的工作方式适应不了新的要求，加上早料到参加这工作二十年，由于思想呆滞顽固，与其占据一个作家的名分，成为少壮有为的青年一代挡路石，还不如即早让路，改一工作，对于个人对于国家都比较有意义。因此就转了业，进入历史博物馆工作了三十年。我今年七十八岁，依照新规定，文物过八十年即不可运出国外，我也快到禁止出口文物年龄了。……所以我在今天和各位专家见见面，真是一生极大愉快事。

从新文学转到历史文物

——一九八〇年十一月二十四日
在美国圣若望大学的讲演

各位先生，各位女士，各位朋友：

我是一个没有读过书的人，今天到贵校来谈谈，不是什么讲演，只是报告个人在近五十年来，尤其是从二十到三十年代，由于工作、学习的关系，多少一点认识。谈起来都是很琐碎的，但是接触的问题，却是中国近五十年来变化最激烈的一个阶段——二十年代的前期到三十年代。

我是从一个地图上不常见的最小的地方来的，那个地方在历史上来说，就是汉代五溪蛮所在的地方，到十八世纪才成立一个很小的政治单位，当时不过是一个三千人不到的小城，除了一部分是军队，另一部分就是充军的、犯罪的人流放的地方。一直到二十世纪二十年代，这小镇的人口还不到一万人，但是这小地方却驻了七千个兵，主要就是压迫苗民的单位。因此我在很小的时候，就有机会常见大规模的屠杀，特别是辛亥革命那段时间。这给我一个远久的影响——就是认为不应有战争，特别是屠杀，世界上任何人都没有权利杀别一个人。

这也就影响到我日后五十年的工作态度，在无形中就不赞成这种不公正的政治手段。到了我能够用笔来表达自己意见的时候，我就反映这个问题。但是社会整个在大动乱中间，我用笔反映问题的理想工作就难以为继了。照着原来的理想，我准备学习个五十年，也许可算是毕业，能作出点比较能满意的成绩。但是时代的进展太快了，我才学习了二十年，社会起了绝大的变化，我原来的工作不易适应新形势的要求，因此转了业，这就是近三十年来，我另换了职业的原因。

今天回看二十年代以来二十多年的中国文学的发展，真是问题太多了。我是在大学教这个问题，教了二十年，现在要把那么长一段时间的各种变动，压缩到不到一个钟头来讲，仅仅只能谈个大略的印象，所以会有很多欠缺的地方。现在，我们新国家有很多的有关“五四”以来的专著都在编写，我只能谈到很少的部分，即是与我的学习和工作有关的一部分。

我是一九〇二年生的，一九二三年到了北京。这之前，我当了五年小兵，当时所见的对我以后的写作有密切的关系。这段时间，正是近代中国史上所说最混乱、腐败的军阀时代，从地方上很小的军阀以至北京最大的军阀的起来和倒台，我都有比较清楚的印象。

刚到北京，我连标点符号都还不知道。我当时追求的理想，就是五四运动提出来的文学革命的理想。我深信这种文学理想对国家的贡献。一方面或多或少是受到十九世纪俄国小说的影响。到了北京，我就住到一个很小的会馆，主要是不必花钱。同时在军队中养成一种好习惯，就是，没有饭吃全不在乎。这可不容易，因为任何的理想到时候都要受损伤的。但是我在军队久了，学得从来不因为这个丧气。这也就是后来住到了北京大学附近，很快就得到许多朋友赞许的原因。北京的冬天是零下十几度，最低到零下二十多度，我穿着很薄的单衣，就在那里呆下去了。别人不易了解，在我而言，却是很平常的。我从不丧气，也不埋怨，因为晓得这个社会向来就是这样的。

当然，仅是看看《红楼梦》，看看托尔斯泰的作品，是不会持久的。主要是当时一些朋友给我鼓励和帮助，包括三个大学：北京大学、燕京大学和农业大学。当我实在支持不下去的时候，我就靠着它们，做个不速之客。在这种情况下，有许多对社会有更深了解的人都觉得非革命不可。我是从乡下来的，就紧紧地抓着胡适提的文学革命这几个字。我很相信胡适之先生提的：新的文体能代替旧的桐城派、鸳鸯蝴蝶派的文体。但是这个工作的进行是需要许多人的，不是办几本刊物，办个《新青年》，或凭几个作家能完成，而是应当有许多人用各种不同的努力来试探，慢慢取得成功的。所以我的许多朋友觉得只有“社会革命”能够解决问题，我是觉悟得比较晚的，而且智能比较低，但是仍能感觉到“文学革命”这四个字给我印象的深刻，成为今后文学的主流。按照当时的条件来讲，我不可能参加这样的工作，我连标点符号还不懂，唯一的可能是相信我的一双眼睛和头脑，这是我早年在军队生活里养成的习惯，对人世的活动充满了兴趣。

恰好住的地方是北京前门外一条小街上，向右走就是文化的中心，有好几百个古董店。现在看来，可以说是三千年间一个文化博物馆。大约十五分钟就可从家走到那里，看到所要看的一切。向左边走二十分钟又到了另外一个天地，那里代表六个世纪明朝以来的热闹市集，也可以说是明清的人文博物馆。因为这个时期仅仅隔宣统逊位十二年，从十七世纪以来，象征皇朝一切尊严的服装器物，在这里都当成废品来处理，象翡翠、玛瑙、象牙、珍珠等，无所不有。一面是古代的人文博物馆，上至三四千年前的东东西西；一面是前门的大街，等于是近代的人文博物馆。所以于半年时间内，在人家不易设想的情形下，我很快学懂了不少我想学习的东西。这对我有很深的意义，可说是近三十年我转进历史博物馆研究文物的基础。因为，后来的年轻人，已不可能有这种好机会见到这么多各种难得的珍贵物品的。

按照社会习惯来说，一个人进了历史博物馆，就等于说他本身已成为历史，也就是说等于报废了。但对我来说，这是一个机会，可以具体地把六千年的中华文物，劳动人民的创造成果，有条理有系统地看一个遍。从个人来说，我去搞考古似乎比较可惜，因为我在写作上已有了底子；但对国家来说，我的转业却是有益而不是什么损失，因为我在试探中进行研究的方法，还从来没有人做过。

我借此想纠正一下外面的传说。那些传说也许是好意的，但不太正确，就是说我在新中国成立后，备受虐待、受压迫，不能自由写作，这是不正确的。实因为我不能适应新的要求，要求不同了，所以我就转到研究历史文物方面。从个人认识来说，觉得比写点小说还有意义。因为在新的要求下，写小说有的是新手，年轻的、生活经验丰富、思想很好的少壮，能够填补这个空缺，写得肯定会比我更好。但是从文物研究来说，我所研究的问题多半是比较新的问题，是一般治历史、艺术史、作考古的，到现在为止还没有机会接触过的问题。我个人觉得：这个工作若做得基础好一点，会使中国文化研究有一个崭新的开端，对世界文化的研究也会有一定的贡献。因为文化是整体的，不是孤立的。研究的问题上溯可到过去几千年，但是它新的发展，在新的社会，依然有它的用处。这并不是我个人有什么了不得的长处，主要还是机会好，条件好。在文物任何一部门：玉器、丝绸、漆器、瓷器、纸张、金属加工……都有机会看上十万八万的实物。那时又正当我身体还健康，记忆力特别好的时候。可惜我这次出国过于匆忙，没来得及带上一些小的专题来与各位讨论。若将来有机会我能拿我研究中比较有头绪的一二十个专题来，配上三五十个幻灯片，我相信各位一定会有兴趣的。

因为我们新的国家，对文物的管理和保护都有明文规定，随着国家工业、农业的建设，已大规模地发现古物。整个来说就是把中国的文化起源，往前推进了约两千年。根据最近的发现，大约在四千年前就懂得利用黄金，同时也有了漆器、丝绸的发明，而且也知道那时候服饰上的花纹设计。我的工作就是研究这四千年来丝绸上花纹的发展。因为研究丝绸的关系，也同时使我研究起中国的服饰基本图案。最近已出版了一个集子，将来很可能会另外出些不同问题的专书。我今年已七十八岁了，在我兴趣与精力集中下，若是健康情形还好，在新条件下我至少可望还工作五六年。

我举个大家会感兴趣的例子：在商朝，大约是公元前十六世纪，从新出土文物中，就知道女士们的头发是卷的。因为材料多，我研究是用新的方法来做，先不注意文献，只从出土的材料来看问题；不谈结论，先谈实物，以向各部门提供最新资料。这只算是为其他各研究部门打打杂，作后勤工作，说不上什么真正研究的成绩。

现在在国外的朋友以及在台湾的兄弟们，希望各位有机会回去看看。每个人都知道中国有所谓《二十五史》，就没有人注意现在从地下发掘的东西，比十部《二十五史》还要多。那些有兴趣研究中国文化史、艺术史与工艺史的朋友，都值得回去看看。任何部门都有大量的材料，存放在各省博物馆的库房里，等待有心人来整理和研究。这大多数都是过去文献上从没提到的，我们也只是进行初步的探索。但这工作明显需要大量的对中国文化有兴趣的朋友来共同努力。这种研究的深入进展，十分显明是可以充实、丰富、纠正《二十五史》不足与不确的地方，丰富充实以崭新内容。文献上的文字是固定的，死的，而地下出土的东西却是活的，第一手的和多样化的。任何研究文化、历史的朋友，都不应当疏忽这份无比丰富宝藏。

可惜的是，到目前为止，中国本身的事情太多了，再加上最近十年的动乱，许多工作有点来不及注意处理。直到最近几年才给予它应有的注意。在座中大约有研究明清史料的。仅就这个问题而言，我们尚有一千万件历史档案有待整理和研究。根据中国社会科学院历史研究所的同事说，光是这方面就需要有一百个历史研究员研究一百年。

大家都知道敦煌、龙门、云岗三个石窟，是中国中古以来的文化艺术的宝藏。其实还有更多的史前和中古近古的壁画出土，将来都会逐渐公之于世的。照过去的习惯，我们多以为对汉唐文物已知道了很多；但从新出土的文物来比证，就发现我们从前知道的实在还太少。例如在文献上虽常常提及唐代妇女的服饰，但它究竟是怎么回事，实并不明确。因为文献只有相对可靠性，不够全面。那么现在不甚费力就能分辨出初唐（武则天时代）、盛唐（杨贵妃时代）与晚唐（崔莺莺时代）妇女服饰基本上的不同。所以这些研究从大处说，不仅可以充实我们对于中国民族文化史的知识，从小处说，也可以帮助我们纠正对许多有名的画迹、画册在年代上的鉴定。这也就是我虽快到八十岁，根本没想到退休的原因。我希望最少能再作十年这种研究，而且将来能有机会拿文物研究中一些专题向在座各位专家朋友请教。

刚才金介甫教授对我的工作夸奖似太过了，我其实是个能力极低的人，若说有点好处，那就是揪住什么东西就不轻易放过。这是金岳霖教授对我的评语。我也希望再用这种精神，多研究个五年、十年。至于我的文学作品，应当说，都早已过时了。中国情况和世界其他国家的情况不同，它变化得太快了，真如俗话说的："三年一小变，十年一大变。"我的一切作品，在三十年前就已过时了。今天只能说，我曾在文字比较成熟的三十年代前后，留下一些社会各方面的平常故事。现在已是八十年代！

许多在日本、美国的朋友，为我不写小说而觉得惋惜，事实上并不值得惋惜。因为社会变动太大，我今天之所以有机会在这里与各位谈这些故事，就证明了我并不因为社会变动而丧气。社会变动是必然的现象。我们中国有句俗话说："塞翁失马，焉知非福！"在中国近三十年的剧烈变动情况中，我许多很好很有成就的旧同行，老同事，都因为来不及适应这个环境中的新变化成了古人。我现在居然能在这里很快乐的和各位谈谈这些事情，证明我在适应环境上，至少作了一个健康的选择，并不是消极的退隐。特别是国家变动大，社会变动过程太激烈了，许多人在运动当中都牺牲后，就更需要有人更顽强坚持工作，才能够保留下一些东西。在近三十年社会变动过程中，外面总有传说我有段时间很委屈、很沮丧；我现在站在这里谈笑，那些曾经为我担心的好朋友，可以不用再担心！我活得很健康，这可不能够作假的！我总相信：人类最后总是爱好和平的。要从和平中求发展、得进步的。中国也无例外这么向前的。

（听众问）：

“请问沈老，您最近出版的第一部大作，可在什么地方买到？”

（沈先生答）：

最近在香港印行的是有关服饰的。这部稿子在“文化大革命”期间几乎被烧掉。书名是《中国古代服饰研究》，是当时周恩来总理给我的一个任务，在一九六四年就完成了。有二十多万字说明，四百多张图片，从商朝到清初，前后有三千多年。不久将来或许将有英、日译文本了。但里面应用的材料可能太深了点，不大好懂，在翻译中将有些删减。我倒希望有些版本能不删减，可作为研究资料用；许多问题还有待讨论。

我的第二个文物集子也在进行中，到底是用断代好呢？还是分类好？现在还没决定。这工作现在来做，条件实在很好，也得到相当多的经费，给了两个副研究员的名额，但助手选择也并不容易，他必定要知道历史，知道文物，必须具有各方面的知识，还得有文学和艺术知识，才能综合资料，提出新的看法。这种人员的训练很不容易。资料分散在全国各地，一切东西都是崭新的。举例来说：过去我们以为铜器上的镶金银是源于春秋战国时代，现在知道在商朝就有了。另外，我还对于中国使用镜子用了点心，二十多年前编过一本《唐宋铜镜》。镜子，过去也以为是春秋战国产物，现在出土的商朝镜子就有七八面，三千三百年前就有镜子了。

又如马王堆出土的花纱衣服，一件只有四十八克重，还不到一两。象同样的文物，中国近代出土的实有万千种。工艺上所达到的水平，多难于令人设想的精美。许多工作都在进行中。我们大家对秦始皇墓中的兵马俑都很感兴趣，在中国，类似的新文物有很多很多。另外朱洪武第十七太子在山东的陵墓，大家以为是明朝初年的，其实也并不全是，我们搞服装的从大量殉葬泥俑就知道，当差的服装多半还照元朝的官服，牵马人的服装又是照宋朝的官服。原因是中国历来各朝代常将前一朝代最高贵品级的服饰，规定为本朝最低贱人的服饰，表示对于前一朝代的凌辱。又如北朝在洛阳建都，力求华化，帝王也戴“漆纱笼冠”，一直沿用下来，但到了唐朝，漆纱笼冠都是较低品级的官吏服用。这就是我说的，我虽“不懂政治”，但这些涉及政治的问题，却不能不懂一点。(幸好只懂得这么一点点，要懂得稍多，这时我也许不会到这里来谈话了。)

在湖南吉首大学的讲演

——1982年5月27日

谢谢各位，我实际上算不上什么作家，说我是考古专家，也不是的。可以说，六十多年前，我是打烂仗出去的。二十五年前回来时，住在龙再宇同志家里，住了三天。这次回来，想看看家乡，向各方面学习。

我不会说话，一直如此，三几个人谈天还可以，遇到人多的时候，我就变成了哑巴，说不出什么。在座的有永玉同志，萧离同志，他们说说感受，一定比我深刻得多。

我只是和各位交谈，请求不要录音。

谈文学我是没有资格了，现在情况和我们那个时代不同，我是三十年代的，而且还算是二十年代的了。人家讲三十年为一世，已经是一世多了，所以现在谈不出所以然，谈不出什么要点了。

谈考古，也没有什么，我在博物馆工作三十多年，做的是一些琐琐碎碎的工作。主要按毛主席说的“为人民服务”。我特别觉得这几个字有意义。其次是“古为今用”。我对这几个字感到有点体会，所以，我才不声不响地在博物馆作了三十年。“四人帮”倒台以后，把我调到社会科学院，重新再工作，出了本书，外面讲是中国服装史，其实不是，主要是资料性的、试探性的，提出一些问题，得到各家的好意，香港已经出版，大家觉得还象本书，实际上是一本很笨的书，大而不当的书，重到九磅，拿都拿不动。今年有第二版，希望印到大约五磅重，再送大家一本。（“感谢沈老”！鼓掌）都是些常识性的，这三十年，在博物馆见得比较多，提出一些问题，不过，在国内是个开端。

这几年，有机会稍微把过去旧作重印出来，都是过去的东西，大多数是五十年前、四十年前的东西了，写的是过去的社会，如果说还有点用处，可以看出新社会的伟大。

提到过去，我们这个地方，六十年前，遍地是鸦片烟。鸦片烟那时三毛钱一两，称鸦片烟是用称肉那种秤称的，算个烟囤。新旧社会对照，新社会的伟大，新的成就很明显，一天天变了。

吉首大学这个学校，我个人很希望它更快成为对湘西、对自治州特别有贡献的崭新的学校。我相信各位一定做得到的。特别是在我的本行，大概是历史文物方面，我个人认为保存的东西比较多，这个条件特别好，许多（东西）引起外头人注意，这是必然的，相信过一阵更会引起全世界的注意，这是应当的。

我还是说话毫无准备，最好是请永玉和萧离谈谈，特别是萧离同志谈。（萧离："今天主要目标是你，我们是前呼后拥来的。""别人向他约稿他不写，推到我！"笑声）永玉同志大家知道，是湘西的光荣，希望我们同乡中不断地有这种画家出现，相信一定会有。

我就说到这里为止，对不起，讲得汗流浃背了。（笑声、掌声）

（萧离："沈老是文学家、考古学家，但不是演说家！"笑声"是不是大家随便提问，他老人家肚子里装的东西太多了，要这么挤、挤、挤出来，要什么拿什么。"笑声）

（大家请黄永玉谈，黄永玉摇手："手艺人，不会讲！"笑声"今天下午我转回去，画张不像样的画送给大家吧！"掌声）

（吉首大学参加座谈的人提问，提及沈老成就的事，沈老继续发言）

我是毫无成就的，我到北京，当时连标点符号也不晓得，去那里，是想摆脱原来那个环境，实际上打算很小，想卖卖报纸，读读书。一到这个地方，才晓得卖报纸没有机会，卖报纸是分区分股的，卖报不行。后来发现，连讨饭也不行，北京讨饭规定很严，一个街道是一个街道的，一点不能"造反"！（众笑）不过，我得到一个传统的便宜，过去，为了科举的方便，设有会馆，我们湘西，有个酉西会馆，上湘西的，是张世准先生办的。他是花垣人，画画的，做诗也行。我一去，就在酉西会馆住下来，因为按规定不要花钱。幸好，我亲舅舅、永玉的祖父，他在香山慈幼院做事，有个关照。

更重要的是北京从"五四"以来学校开门的情况。现在大家提到蔡元培先生伟大的地方，有一点不大提及，都只讲学校为教授开门，选教授不考虑资格，这点当时是著名的。梁漱溟先生考不起北大，两年后，被聘在北大教书。其实，据我的记忆，不止这点。北大对学生也开门，我个人认识，这影响很大。北大搞文学革命最有影响，当时的刊物《新青年》销路并不大，几千份，可是它分布范围广。当时一般刊物都只销几千份，销路最大的是《小说月报》，一万份。北大为学生开门，很方便，我不是学生，也可以去北大随便听课。教员有这么个习惯，谁听课听得好，考试他也给你分数，他不问你是哪个系的，把你也算进去，也可以拿奖励，三毛五分钱，我也就得到这个便宜。

大概有两年，我是穿单衣过冬的。在北京，穿单衣过冬，算是个考验！零下二十几度嘛！（众笑）不久，我就得到各方面的赞助，我想，他们绝对不是认为我是什么“天才”，他们大概都欣赏我这个气概，凤凰人嘛，我又在军队里混了五年，什么都不在乎，冬天穿单衣，也不觉得寒伧。北京还有个好处，习惯朴实，所以我这个穷学生，很快就同清华的、北大的、燕大的、农大的一些人熟了，遇到困难，得他们帮助，有时就到人家那里吃饭，这，大概也得力于那个“不在乎”“无所谓”。

有个朋友，碰到星期天，他就带我到那个小摊摊吃饭。有时，我也免不了挨饿。

那个时代，政治腐败，物价乱涨，政府部门，凡属自己保管的，他都可以卖，譬如管市政的，他管城墙，就可以借故拆城砖卖，拿钱发薪水。最次的是教育部，在我们看来，没有东西可卖。但它也可以把善本书抵押到银行，拿钱来发薪。当时北京社会，就是这么个社会。当时在北京有八百议员。维持北京市面繁荣的，一部分就是这八百议员。再就是军阀，军阀一做生日，就花上几万块。当时北京，满地萧瑟，就是这么个局面。

在相熟的人中间，有个人要去黄埔。按规矩，到上海后就可解决去广州的问题，到上海去，大概要三十块钱左右，大家就凑钱给他。这，是一部分有志气的。有一部分就不去，光想守在西边。我在家乡军队里做了几年，一天所见就是杀人，所谓“清乡”“剿匪”，其实乱杀人，没有看到一点光明和希望。我政治水平也低，我想，也不能出去，没有那么个勇气，就留下来了，一天天过下去。

至于说到做文章，做学问，我这个人就糟糕透了，直到现在还有不少字认不得。不仅当时不懂得标点文法，

现在还是不懂标点文法，说我是个知识分子，那是个错误，我是个假知识分子！（众笑）

当时，有机会让我学写文章，我也就学起来，实际上，困难多，有时也实在没有出路，吃饭也成问题。北京当时什么奉系直系军阀，一个排长什么的，在枪口上插个“招兵委员”的旗子，我也跟着他们后头跑，走到天桥杂耍棚那边，到旅馆了，要按手印，发伙食费时，我又溜了，（众笑）有好几回是这样。所以，说坚强，说不上，形势所迫，使我简直难于动弹。

到了文章有了点出路，人家说我有什么“天才”，其实，我文化是最低级的，我是最不相信“天才”的，学音乐或者什么别的也许有，搞文学的，不靠什么天才，至少我是毫无“天才”，主要是耐心耐烦，改来改去，磨来磨去。我文章大概发表了不少，但文字成熟得很晚，直到一九二九年后才比较成熟，比较通顺。一九三〇年到一九三五年，这几年写得比较顺利。有人不是骂我是“多产作家”吗？那时，要解决生活问题，有时不得已，不是好现象。

当时，我们许多曾在一起的，有的有机会、有熟人进清华念两年，再到美国两年，回来得个博士，每月就可拿四百块钱。我算是第一个职业作家，最先的职业作家，我每个月收入从来不超过四十块钱。直到一九二八年后，到学校教书了，每个月才拿到一百块钱。那生活，比你们想象的要困难些。我唯一的一点好处，有个习惯，向前走了，就不回头。本来，我给家乡亲戚、老上司写个信、要点钱，有什么要紧？可我觉得硬扎一点好。

说当时书店对作家有什么好处，也看不出，一九二八年以后，新书店还能维持，全靠剥削作家。照例，我一本书稿，连版权也卖给人家，只一百块钱。对这，我也不在乎。我总觉得，要搞新文学，要用它代替文言文的影响，或者晚清文言文的不良影响，代替鸳鸯蝴蝶派式的文字，能在国内和国际上胜任文学革命所说的要求，成为一个独立的单位，大概每个人应该有几十年的努力，做各方面的试验，才有点希望。不是几个人，有个团体，办个杂志，一起哄就成的。一定要每个人写几十本书才能见效。这个想法当然好，照这样做的，恐怕就为数不多。因为在有的人看来，写下去，要时间，也解决不了社会问题，一些对革命有认识的，到武汉去了，后来大部分牺牲了。另外一批，身分不同一点的，做官去了。我不中用，也不机敏，有凤凰人的固执，只想在文学上“试验”下去。

再说，我讲话这个家乡口音永远改不脱，人家听起来，觉得怪里怪气。（“我们越听越亲切”！笑声）我有个亲戚，燕京的，他是文字改革的专家，讲语言学的，我们相识五十年，只听懂我讲的十分之三四，可想见我的话不好懂。他说我语言低能。所以，教书也很不适应，每次都只好用写作来代替我的教学，试验各种各样的写法，写了许多作品，有时好点，有时不好，不好又换个方法，是试验，失败也是意料中的事。不仅是一篇文章，一本书也是这样。一九三五年印我的选集时，大约是从三十个本子里抽选出来的，我还是叫它为“习作选”。为什么，我觉得，习作五十年，我才有机会，有资格按照我的理想来写，前面部分都只是习作。但是，社会变化太快了，所以，很快我这个习作资格也不够了，社会大变化了，我还能用个老腔调在那里唱吗！那社会怎能承认呢？跟不上了，我在写作上，实际是失败了。

要紧的是学习，但学习上我也很差，可以说只学习了十一个字，就是“为人民服务”、“实践”、“古为今用”。对这十一个字，我认识得具体。凡是抽象的带点务虚性的，我总是弄不通，总是理解得很差，也很容易犯错误。所以，到社会大变革后，我就转到博物馆去了。转到博物馆，不知不觉过了三十年，说是为人民服务，实际上是向人民学习。三十年来，机会也好，能见到比较多的实物，绫罗绸缎、坛坛罐罐、花花草草，总是十万八万的，机会和条件都好，也很有兴趣，而且特别有兴趣的是毛主席提到的“古为今用”。地下的东西，发现得越来越多，个人在这些东西间不知不觉就过了三十年。至于说到我是专家，万万不能相信，就只有一些常识，各方面有点常识。由于我的金文底子不好，常识也只限于汉代以后，以前的就少了。现在编了一本书出来，也还是党的鼓励，是科学院得到周总理同意让我来编的。所以，我也就大胆地接了过来，得到各方面的帮忙，大概一九六四年就编了出来。可是，很快大运动就来了，这书稿也几乎烧掉。幸好，竟保存下来，“四人帮”倒后，我被调到科学院，帮我设立一个服饰研究工作组，给了我一些工作条件，这书总算勉强完成了，印出来，各方面认为还象本书，寄托了很大希望。实际就我个人理解，它还是很粗糙的，充满了实验性和试探性的。多半是从实物出发解决问题的。这次回去后，就是要进一步修订再版。刚才有同志说我是专家，万万不要相信。等于我那个写作，写作我应当承认是失败了。

我这个人好象脑子有点毛病似的，我有几个同事，那真正称得上天才，人家写完了一个字不改，印出来很象个东西，烧掉后重写，又同原来一样。至于我，写东西是一个个字改出来的。所以，假定我的书烧掉了，我连书名字也记不得！（众笑）

我的书，在五三年时，曾因从书店看来是过时的，便代为烧掉了。台湾一直禁止出我的书，到现在还没有解禁。现在有机会重印些出来，是香港一些不认识的朋友帮寄了些来。香港这个地方杂一点，我过去写的东西也还找得出。他们给我寄了五十本来，我才能编个选集，对这个选集也不宜寄托大的希望，因为写的都是五十年前的事，过时了。譬如写到我家乡的地方，除景色以外，社会面貌基本上是变了。只能当成反面材料，用来对照，看到我们新社会的可喜，看到我们这小地区人过去的痛苦的情况。

也有人说：你把湘西，你的家乡刻划得太美了。可他们到了湘西，又都同意，说湘西是不错。特别是我们湘西人的爽快、热情、爱好朋友、做事情坚韧方面，得到大家认可和好评。

由于大家提到我过去写作的事，我的话也就多了点，很对不起大家。爱好我的朋友，特别是搞中国文学的，不要把我当成研究对象，这个事情，很快就会过去的，我是个过时的人，完全说不上有什么成就，在社会上，虚名过实的混了六十年，混不出什么来。

刚才有位老师提到这地方历史文物问题，我看了几期《吉首大学学报》，对几篇文章，很感兴趣。关于酉水流域悬棺葬问题，由于我在博物馆，这方面不是专门，只略有常识。这是个大问题，过去没有人接触过。它很能解决古代我们这个云梦泽的一些问题。我们这带，是太史公看不起的荆蛮之地。过去，许多人总是受《史记》的影响，讲这地方筚路蓝缕，破破烂烂，什么都没有。其实，现在从出土文物来看，最多接受商文化的倒是楚国。……据说，湘西一带许多悬棺都被人盗过，成了空椁，空椁也不要紧，只要捡得些东西的碎片，也可以推断它的年代，这个工作，很值得自治州这方面给予人力，有组织地进行。它有助于解决巴文化与楚文化关系问题。这是我个人看法。

听说大庸还发现一批，很值得有人去研究，甚至我们这个吉首大学也可以有计划地培养这方面的人，给他们以助力，让他到研究单位学习，来解决这个问题。因为楚文化研究是个大事情。

我到江陵去过。那里至少还有几千座如山的大坟，几千座小坟可挖。全部郢州，原来以为是被人打进来焚毁了。“哀郢”嘛，说焚掉了。现在探查结果，是埋进了地下，埋在水田下面，是湮没而不是烧毁了。因为没有发现灰，没有烧掉的痕迹。这个有利于研究中古的（春秋到战国）文化。不过，现在简直没有法子挖。不敢挖。搞我们这一行的太少了。据我今年参观的部分已出土的东西，有些锦缎，在中国现在已发现的锦缎中，是最早的。与我们土家族织锦的提花方法有某些近似，这个材料还没有公开，很快就要公开吧。挖这个坟的人，其中有我的一个助手，是曾经参加过挖马王堆的。

说到我们湘西土家族苗族原始文化，文献也有限，恐怕也还得注意原始纺织技术的研究，如果我们州博物馆还能象个样子，多收集一点这一方面的资料，有地方性，这样也就会具有国际性。（插话：“沈老，沅水一带也发现有楚墓。”）是，常德德山一带就有，在澧水一带还发现一个“龙山文化”，还不曾公开。实在值得多培养这方面的研究人员，我搞这个搞了几十年，晓得全国性的专门搞这一行的只两百多人，远远不够。现在文物所要改成一个文物局，放到文化部，人不足，我们都感到棘手。再过若干年，管文物肯定得设立一个部，了不起呀！我们地面上只有一部二十五史，地底下有一百部二十五史！

值得有人对我们国家无比丰富的文物产生兴趣。基础差点不要紧，慢慢学嘛。吉首大学学生中有对文物喜爱的，要鼓励他考研究生。考不起也不要紧，我来带！

（热烈鼓掌，“感谢沈老！”）

（刘一友记录整理）

〔原载《吉首大学学报》（社会科学报）1985 年第 3 期〕

附录

团 聚

沈虎雏

一

分明听见爸爸在呼唤：“弟弟！”

猛然坐起来，睡意全消。习惯夜间照料他，我趿上鞋，又停住了。

很静，没人唤我。街灯在天花板上扯出斜斜窗光，微暗处隐现爸爸的面影，抿嘴含笑，温和平静，那是同他最后分别用过的遗像。他不再需要照料，已离开我们半年了。

遗像下有两行字，那是他的话：

照我思索，能理解“我”。

照我思索，可认识“人”。[1]

从我还不记事起，命运一再叫我们家人远离，天南海北，分成两处、三处，甚至更多。摊上最多的是跟爸爸别离，这给每次重逢团聚，留下格外鲜明印象。

最后几年团聚，中国人在重新发现沈从文，我也才开始观察他生命的燃烧方式。有过许多长谈短谈机会，倾听他用简略语句吃力地表达复杂跳动思绪，痛感认识爸爸太晚了。

我不大理解他。没有人完全理解他。

二

我刚满月，卢沟桥炮声滚过古都。

我两个月时，爸爸扮成商人，同杨振声、朱光潜、钱端升、张奚若、梁宗岱等结伴，挤上沦陷后第一列开离北平的火车，绕过战线，加入辗转流向后方的人群。

---

[1] 沈从文《抽象的抒情》，写于1961年。

待到妈妈终于把我们兄弟拖到云南，全家在昆明团聚时，我俩的变化叫爸爸吃惊：

> 小龙精神特别好，已不必人照料，惟太会闹，无人管住，完全成一野孩子。[1]
>
> 小虎蛮而精壮，大声说话，大步走路，东西吃毕嚷着“还要”，使一家人多了许多生气！[2]

我俩不顾国难当头，不管家中有没有稳定收入，身子照样拼命长，胃口特别好。

> 尤以小虎，一天走动到晚，食量又大，将来真成问题。已会吃饭、饼、面。[3]

爸爸说：“天上有轰炸机、驱逐机，你是家里的消化机。”

---

[1] 沈从文致沈云麓大哥信，1938 年 11 月 16 日。

[2] 沈从文致沈云麓大哥信，1939 年 2 月 20 日。

[3] 沈从文致沈云麓大哥信，1939 年 2 月 20 日。

消化机是大的应声虫。“大”，就是龙朱哥哥。我虽处在南腔北调多种方言环境，却跟大学一口北京话，自认为北京人，十分自得。湘西人称哥哥为大，这称呼想必是爸爸的影响，直到今天我说“哥”字还挺绕口。

1939 年 4 月以后，昆明频频落下日本炸弹，我家疏散到呈贡乡下。过不久，爸爸长衫扣眼上，多了个西南联大的小牌牌。每星期上完了课，总是急急忙忙拎着包袱挤上小火车，被尖声尖气叫唤的车头拖着晃一个钟头，再跨上一匹秀气的云南小马颠十里，才到呈贡县南门。这时我常站在河堤高处，朝县城方向，搜寻挎着包袱的瘦小长衫身影，兴奋雀跃。直到最近，我才知道他上火车之前，常常不得不先去开明书店，找老板预支几块钱。沉甸甸的包袱解开，常常是一摞书、一沓文稿，或两个不经用的泥巴风炉，某角落也有时令我眼睛发亮，露出点可消化东西。

流向龙街的小河如一道疆界，右岸连片平畴一直延伸到远远的滇池，左岸是重重瓦屋。房子建在靠山一侧坡坎上，间杂一些菜园和小片果木，多用仙巴掌做绿篱。这些落地生根植物，碰到云南温暖湿润红土迅速繁殖，许多长成了大树，水牛在结实的仙巴掌上蹭痒。杨家大院挨着一排这种树，背靠一带绿茸茸的山坡，地势最高，在龙街算一所讲究宅院。除杨家几房和帮工居住，还接纳我们十几家来来去去的房客。

妈妈每天去七里外乌龙埠，给难童学校上课，爸爸下乡的日子，也到难童学校和后来的华侨中学讲几堂义务课。

> 孩子们日子过得还像样。龙龙每日上学，乡下遇警报时即放炮三声，于是带起小书包向家中跑，约跑一里路，越陌度阡，如一猴子，大人亦难追及。小虎当兆和往学校教书时，即一人在家中作主人，坐矮凳上用饭，如一大人，饭后必嚷“饭后点心”，终日嚷“肚子饿”，因此吃得胖胖的，附近有一中学，学生多喜逗他抱他散步。一家中自得其乐，应当推他。[1]

---

[1] 沈从文致沈云麓大哥信，1941 年 4 月 30 日。

一人守家并不好玩，我会说“无聊”这个大人用的词，白天老想朝外跑。跑出杨家大院有五条道：去河边的，随妈妈打水洗衣天天要走几次，不新鲜；通龙街的半路有群白鹅，长脖子挺直一个个比我还高，那神气仿佛在我脸上选择，该用善拔草的扁嘴在哪儿拧一下？去龙翔寺山道有鲜丽的巨大花蝶，无声无息拦路翻飞，肯定是坏婆娘放蛊；第四路有凶狗，第五条多马蜂，我一人出去，不敢跑很远。

爸爸在家，常问我们兄弟：

“猴儿精！稳健派！怕不怕走路？勇敢点，莫要抱。”

这真适合我们好动如球性格，于是几人四处跑去。远则到滇池涉水，近则去后山翻筋斗，躺着晒太阳，或一同欣赏云南的云霞。背山峡谷里小道奇静，崖壁有平地见不到的好花，树桠巴上横架着草席包裹的风干童尸。有时跑很远去看一口龙井咕咕冒水，或到窑上看人做陶器，讨一坨特别粘的窑泥玩。若进了县城，路越走越高，冰心家在最高处。听说冰心阿姨去重庆坐过飞机，我觉得这真了不起，编进杜撰的儿歌。古城乡魁阁像楼又像塔，我挺羡慕费孝通伯伯一伙专家，天天在上边呆着。

我们最多的还是在野外随处乱跑，消耗掉过剩精力，再回来大嚷肚子饿。

兄弟俩不但消化力强，对精神消费也永不满足，逼得妈妈搜索枯肠，使出浑身解数来应付。于是我们听熟了她小时朱干奶奶用合肥土话哄她的童谣；又胡乱学几句妙趣横生的吴语小调，是在苏州念中学时，女同学一本正经教她的；英文歌是对大进行超前教育，我舌头不灵活，旁听而已。妈妈看过几出京戏，不得不一一挖出来轻声唱念，怕邻居听见，因此我们知道了严嵩、苏三等人物。昆曲真莫名其妙，妈妈跟充和四姨、宗和大舅他们到一块，就爱清唱这种高雅艺术，我们兄弟以丑化篡改为乐。救亡歌曲是严肃的，必须用国语或云南话唱。对于我跟大贪得无厌的精神需求，妈妈计穷时，如果爸爸在家，就能毫不费力替她解围。

两个装美孚油桶的木箱，架起一块画板，是全家文化活动中心。我们围坐吃饭，妈妈在上边改作业，大在上边写“描红”大字，爸爸下乡来，也常趴在画板上写个不停。轮到有机会听故事讲笑话时，每人坐个蒲团，也是围着它。云南的油灯，粗陶盏子搁在有提手的竹灯架上，可以摆放，又能拎挂。家里这盏如豆灯火，常挂在比画板稳的墙上。我学会头一件有用事，就是拿糊袼褙剔下的破布条搓灯芯。现在全家围拢来，洗耳恭听爸爸唱歌，他总共只会一首：

“黄河黄河，出自昆仑山——流经蒙古地——咿转过长城关！一二一！一二一！”

十足大兵味，定是在湘西当兵时学的。大家笑他，他得意，从不扫兴。

“不好听？我来学故事吧！”

这才是拿手。于是“学”打老虎，猎野猪，捉大蟒故事，又形容这些威严骄傲兽物的非凡气度，捕食猎物的章法。

熊娘是可笑东西：“熊娘熊娘打空瞌，不吃伢崽吃哪个？”

我并不怕，那不过是脸被胡子下巴扎一气，胳肢窝被胳肢一番罢了。若躺着听故事，他就会眯小眼睛，迈起熊步，巴嗒着嘴，哼哼唧唧，熊娘要吃“不哉”了。我始终不明白，为什么小孩脚趾叫“不哉”？但熊娘已逼近脚丫，搞得我奇痒难忍，喘不上气，熊娘十分开心：

“啊唔啊唔好𠯿，果条伢崽没得𠯿𠯿！”[1]

学荒野故事时，爸爸还随时学蛇叫，模仿老虎叫。讲到猪被叼着耳朵，又被有力的尾巴抽赶着进山时，那猪叫声也逐渐远去。他学狼嚎听来瘆人，于是又学十几种鸟雀争鸣，自己总像那些陶醉于快乐中的雀儿。

他的故事永不枯竭，刚讲完一个就说：

“这个还不出奇，再学一个《杜十娘怒沉百宝箱》。”

我还不能听准他的凤凰口音，暗想着县城马寡妇店里一坨坨鹅蛋形辣豆豉肯定好吃。

“豆豉娘是县城里那个寡妇吗？”

“当然！就学《豆豉娘怒沉百宝箱》。”

下一个更出奇的，就会学成《酱油娘棒打薄情郎》。他的故事像迪斯尼先生的卡通片一样，人物情节都随想象任意揉搓变形，连眼前家人，也在故事里进进出出，方便着呢。我们兄弟心里，没有“父亲的威严”概念，而爸爸的狼狈失态丢面子经历，给许多故事大增光彩。

---

[1] 凤凰方言“吃”说成“𠯿”(qia)，此处后半句意为“那个孩子没得吃吃”。

我一个方块字还不认得时，已熟悉《从文自传》主人公一切顽劣事迹，以及受处罚的详情。他讲到曹操半夜翻墙落入茅坑，故意不声张，等着伙伴跳下来一块儿倒霉，我以为爸爸跟他们是一伙。为撩拨消化机的兴奋点，故事里随时加些美味道具：

“妈妈读大学时候不肯理我，见到我就跑。有一天她到书店，喏，这样子左手挟两本洋书，右手拎一盒鸡蛋糕。头发后边短短的像男孩子，前边长长的拖到这里，快遮起眼睛了，呱！一下甩上去，要算神气喃。好，进了书店，忽然一抬头，看到柜台后边萧克木先生，戴个黑边眼镜，像我像极了。好，以为碰到沈从文，即刻，呱！丢下鸡蛋糕，扯起脚就跑！”

“后来呢？”

“跑了嘛，就完了。”他冲我微笑。

我实在不放心：“那后来呢？”

头一次团聚生活在我眼里，总像云南的蓝天和彩霞一样洁净明丽。绑成长串的枯瘦四川壮丁路过龙街，疫病肆虐到处有人倒毙的场面，周围有时发生的残酷事情，爸爸妈妈遇到的种种烦恼，他们都小心又小心地不叫我们看见，只是没办法完全做到。

> 孩子们虽破破烂烂，还活泼健康，只是学校不成学校，未免麻烦！三姊下月即不再做事，因为学校要结束……大多数教书的都有点支持不下去……[1]
>
> ……政治方面又因极讨厌那些吃官饭的文化人，不愿意与他们同流合污混成一气，所以还不可免要事事受他们压抑，书要受审查删节，书出后说不定尚要受有作用不公正批评……我相信有一天社会会公道一点，对于我的工作成就能得到应得待遇的。[2]

三

浑身锈斑的昌黎号缓缓贴向青岛码头。我崇拜机器，这座散发着火车气味、海腥味和酽尿臊臭的庞然大物是

---

[1] 沈从文致沈荃三弟信，1944 年 1 月 11 日。

[2] 沈从文致沈云麓大哥信，1942 年 9 月 8 日。

我的圣殿，离开上海烂泥码头以来，它摇得我又晕又吐，这会儿好了，我得仔细瞻仰。

船上两根不太长的吊杆，从仓里合着揪起沉重网包，工头喊着奇怪的号令，两边吊索或张或弛，让网包凌空摆动，忽然顺势放绳，大网兜着几十个麻袋，人猿泰山一样悠向码头落稳，我对开起重机人物充满敬佩之情。

网开了，汉子们握钩掀动沉重麻袋，扛起鱼贯走向仓库。黑衣警察挥舞皮带驱赶妇孺，她们个个捏着小簸箕小条帚，风快地收敛地上东西，原来运的是大米。

我们母子正赶去北平同爸爸会合，半年多不见，我早已十分想念。何况北平是最美好的地方，爸爸讲过许多北平的故事，那儿有我本来的家，有大跟我睡过的小床，有收音机，日本人来了，藏在煤堆里。

对面码头和港内远处，泊满灰色美国军舰，方头登陆艇来往繁忙，我跟大争论着，想知道的事情太多，答案太少。

青岛街上车马稀少，商店清清冷冷，公园荒凉萧杀，栈桥破破烂烂，海滩空无一人。沿途经过几处营房，这里好像兵多于民。青岛并不像爸爸妈妈讲的那么美。

换内衣时，胸口沉甸甸有个硬东西。

“路上不太平，给你们每人缝两块洋钱。”妈妈小声嘱咐，“还缝了地址条，失散了，就各自想办法去北平，到北京大学找爸爸。”

“有那么危险？”

“听说，八路军扒铁路，截火车，船到秦皇岛，咱们还得坐火车呐。”

我有点紧张：“要是八路逮去，危险吗？”

“不一定有这事。只是怕万一铁路断了，有人趁乱抢劫。落在八路手里反而不必怕，说不定他们知道爸爸是北大教授，会送你去北平。”

“那我宁可让八路军逮一回玩玩。”

妈妈笑起来：“人家要是喜欢你，把你留下当小八路。过几年这小八路再来看爸爸妈妈。”

在秦皇岛看到数不清的煤堆，想起收音机，我一心向往着快到北平见爸爸，不愿被八路逮一次了。

火车又脏又挤又慢，沿途景色灰黄单调，唯一难忘印象，是一路有无数大小驻军碉堡。

中老胡同三十二号有红漆大门，进去不远又有二门，爸爸引着我们绕过好几幢平房，才到西北角上新家，这院子真大。

大院住二十几家教授，有三十多个孩子，好些在昆明就相识。吴老倌在联大附小揍我，按照文明校规被罚喝黄连水。大闻小闻在昆中北院斗剑，拿竹竿互打，喊着“阿里巴巴四十大盗，铿！铿！铿！”，那时我跟大真为他们捏把冷汗。遵从伯妈们建议，我得去几个乖女孩读书的孔德学校，插四年级班，暂时受到点管束。

跟我先前进过的五所学校相比，孔德是唯一不用体罚的地方，但学费合两袋洋面，我憋着将来考一所公立中学。因为在孔德上学，爸爸每星期交我一包稿子，带给学校附近的《益世报》办事处。我懂得这是许多人辛辛苦苦写成，要印在下星期副刊上的重要东西，心怀一种担负重任的秘密快乐。

虽说团聚了，像在龙街全家围坐忘情谈笑的机会总也等不来。爸爸很忙，没空逗我们玩，这不能在乎，我大了，爸爸也有些不同了。

在云南乡下，除了吃不哉，爸爸还老要“打股骂曹”，叫我趴床上，他照那椭圆形肉厚处，拍打出连串复杂节奏，一面摇头晃脑，哼着抽象含糊的骂曹檄文。大概手感很好，总也骂不完，大等不及，自动贴到旁边：

“爸爸该打我了！该打我了！”

现在他还是幽默温和，可总有点什么不同以往，没办法跟爸爸纵情玩闹了。

空寂的北海冰已开始疏松，我头一次见到一个滑冰的人，那种式样的白塔也没见过。

“山顶那个白塔真大！爸。”

“妙应寺还有个更大，元朝定都时候修的，比故宫早得多。这个塔更晚，清朝的。”

故宫博物院金碧辉煌，我原以为凡是古董爸爸都欣赏，到这才知道他有褒有贬。

“皇帝身边有许多又贵又俗气东西，并不高明……”

他对每个角落每件器物，好像都能讲出些知识典故，或嘲笑当年的种种古怪礼仪，又或对精美展品赞不绝口，自己说得津津有味，听的人都累极了。

天坛壮美无比，圜丘坛像巨大的三层奶油蛋糕，袁叔站在蛋糕上环顾四周：

“这简直是几何！是几何！”

我被祈年殿的庄重完美镇呆了，什么也说不出。爸爸指着那最高处：

“梁思成伯伯和林徽因伯妈都上去过，测绘了所有构造。”

他还讲北京另外许多建筑有多美，但又说：

“啧！可惜了！已经毁掉很多了！”

日子一长我注意到，他在欣赏一棵古树、一片芍药花，或凝视一件瓷器，一座古建筑时，往往低声自语：

“啧！这才美呐！”

就跟躺在杨家大院后山坡看云彩一样，但现在经常接着轻轻叹息。他深爱一切美好东西，又往往想到美好生命无可奈何的毁灭。

他常带我上街，爱逛古董铺、古董摊。掌柜的全认识他，笑脸相迎。他鉴赏多，买得少。我看出老板们不是巴结他腰包，而是尊重一个行家。他间或买些有裂纹的瓷器，因为贱，常像小孩一样，把这新玩意得意地向朋友显摆。我对这些没兴趣，但不放弃一同上街机会，跑遍了城南城北和几个小市，路上总有话说。

“那是我二十几年前住过的公寓。丁玲同胡也频也住过，我介绍的。老板对我们特别好，肯赊帐。”

我看到曾叫汉园公寓那座小楼，隔北河沿对着北大红楼，河沿死水恶臭，垃圾如山。那两个人，爸爸妈妈偶然谈起，听得出在他们心上的分量，都是特别好的朋友，但我除了见过两本爸爸写他们的书，从未见过人。

“他们现在在哪儿？爸。”

“胡也频早就被偷偷枪毙了。丁玲在那边。”

我大吃一惊。“那边”，就是八路，敢情他们是共产党！

其实，爸爸的老少朋友，即使被社会所不容，所践踏，所抛弃，他也从不讳言同这些人的交往和友情。朋友可以有完全不同信念，走不同的方向，令他倾心难忘的，总是这些人生命和性格中，爸爸所看中的美好部分。我当时一点不懂这种非功利的对待友情态度。

我家的客人很多，年青人多来找爸爸谈写作。有个白脸长发大个子一坐必很久，岔开两腿亮出破鞋裂口，坦然自若凡人不理，爸爸待他，同那些斯文腼腆学生没有两样。问起他的来历，才知并不是大学生。

“会写点诗，肯用功，没有事情做。啧！毕了业的也没有事情做。”

不知他想到了哪个学生？

东安市场里，妈妈让我帮着长眼，选了支大金星钢笔，是为大表姐买的。这两天大表姐在里屋和爸爸妈妈关门嘀咕，不像别的亲友大声说笑，听得见爸爸在叹气。

常有人说：“……处处不留爷，爷去当八路！”

可现在，“姐”要当八路去了。她来去都静悄悄的，没露出“爷”的豪气。

爸爸也常带我去访友，学者教授艺术家，多是清茶一杯，记不得在谁家吃过饭。这天说要带我去看一个伟人。奇怪！他会有伟人朋友？

“你念念这诗。”他递过一本翻开的洋装厚书。

“我从山中来，带得兰花草，种在小园中，希望花开早……嗨！这种诗像小孩子写的！”我为这么厚的洋装书抱屈，“胡适之写这个，就算伟人啦？”

“当然不止这些。不过那时候能写这种小孩子东西已经很了不得。没人提倡这些，你就读不到那么多新书，我也不会写小说。”

我这时已在囫囵看些叶绍钧、鲁迅、张天翼、老舍和爸爸写的厚书。

胡适之没我想的那样可怕，敢情伟人也是人！老太太笑眯眯摸我的脑门：

“刚刚做的媒……小的都这么大了……”

我以为她刚在楼下做煤球，纳闷怎么两手雪白，而且比妈妈的粗巴掌柔软?

爸爸妈妈愁苦难过，在为朋友揪心。报上说警宪包抄了灯市西口那座房子，搜捕共产党。徐盈伯伯和彭子冈阿姨就住在那儿，是《大公报》记者。两人中徐盈伯伯来访次数多些，他总是温和亲切，坐不多会就走了。爸爸妈妈常在背后夸赞他们。

> 谈中国问题，我就觉得新闻记者徐盈先生意见，比张东荪，梁漱溟二老具体。言重造，徐先生意见，也比目下许多专家、政客、伟人来得正确可靠！[1]

---

[1] 沈从文致黄灵废邮，1946 年年底。

过几天放学回家时，爸爸正抓着徐伯伯手两人坐一张条凳上相对微笑，大一看见马上笑着嚷起来：

“我知道你和彭阿姨的事。你们都是‘那个’。”

徐伯伯和蔼如常，像什么也没发生。十年后，他们在自己人当中遭到了更大麻烦……

四十年后，爸爸在高烧住院时，仅仅听到别人谈起他们名字，当即老泪纵横。这是后话。

1948年7月30日晚，在颐和园东北角一间潮湿房子里，爸爸给城里的妈妈信中写道：

> 我一面和虎虎讨论《湘行散记》中人物故事，一面在烛光摇摇下写这个信，耳朵边听着水声秋虫声，水面间或有鱼泼刺，小虎虎即唉哟一喊，好像是在他心上跳跃。一切如此真实，一切又真像作梦！人生真是奇异。我接触的一分尤其离奇。下面是我们对话，相当精彩：
>
> 小虎虎说：“爸爸，人家说什么你是中国托尔斯泰。世界上读书人十个中就有一个知道托尔斯泰，你

的名字可不知道！我想你不及他。”

我说：“是的。我不如这个人，我因为结了婚，有个好太太，接着你们又来了，接着战争也来了，这十多年我都为生活不曾写什么东西。成绩不太好。比不上。”

“那要赶赶才行。”

“是的，一定要努力。我正商量妈妈，要好好的来写些。写个一、二十本。”

“怎么，一写就那么多？”（或者是为礼貌关系，不像在你面前时说我吹牛。）

“肯写就那么多也不难。不过要写得好，难。像安徒生，不容易。”

“我看他的看了七八遍，人都熟了，还是他好。《爱的教育》也好。”一分钟后，于是小虎虎呼鼾从帐中传出。

四

“剩下许多稿子，只好尽量退还作者。”

爸爸交给我一些要寄出的邮件，而不是送到《益世报》办事处的一卷。要打仗了，他忙着一一处理别人的心血。

吉六先生：你文章因刊物停顿，无从安排，敬寄还，极抱歉……一切终得变。从大处看发展，中国行将进入一个崭新时代，则无可怀疑……人近中年，情绪凝固，又或因性情内向，缺少社交适应能力，用笔方式，二十年三十年统统由一个“思”字出发，此时却必须用“信”字起步，或不容易扭转，过不多久，即未被迫搁笔，亦终得把笔搁下。这是我们一代若干人必然结果。如生命正当青春，弹性大，适应力强，人格观念又尚未凝定成形，能从新观点学习用笔，为一进步原则而服务，必更容易促进公平而合理的新社会早日来临。[1]

北平要打一仗，我和伙伴们兴奋不已。兄弟俩用掉

---

[1] 沈从文致吉六废邮，1948 年 12 月 7 日。

很多卷美浓纸，把窗玻璃糊成一面面英国国旗样子，好容易才完工。大跑出去转一圈，带回沮丧消息：

“人家陈友松伯伯窗户用纸条贴字，风雨同舟，还有别的什么来着。”

大院各家商议，选较宽的东院挖了几条壕沟。我乘机在家门口也大兴土木。头三年早就立志挖口井，在云南大地上掏了二尺深怎么还不见水？只好提两桶灌进去自慰。这次挖了五尺深，妈妈说：

“把煤油桶藏进去吧，安全点。”

没有抹杀我的成就。

六年级教室窝在礼堂背后，礼堂里传来陌生的歌声，真好听！趴窗缝看，里边一群中学生，没有老师，自己在练唱：

“山那边哟好地方，一片稻田黄又黄。大家唱歌来耕地呀，没人为你做牛羊……”

嘿！是八路军的歌！我们几个钻进去，抄那黑板上的词谱，大同学们并不见怪。

街上到处是兵，执法队扛着大刀片巡逻。已经听到炮声，终于孔德也塞满了军人，停课了，真开心！大院孩子们天天扎堆玩闹，那些大人们你来我往，交换不断变化的消息。

来了个同乡军官，为不得不退缩城里而烦恼。我凑近去看美式配备卡其制服上的徽记。

爸爸问他："听说清华学生打起旗子去欢迎，搞错了，迎到撤退的部队，朝学生扫射，是不是你的兵？"

"没听到过。要是碰到我，也会下令开枪！"

"啧！啧！"他摇着头，"那是学校嘛！还去丢了炸弹。"

"这是战争！有敌人就要打！"

"已经死多少万人了！啧！战争……"

南京飞来的要员，以前西南联大爸爸一个上司来过家里，让他赶快收拾南下，说允许带家眷，很快就要上飞机。现在飞机只能靠城里的临时机场，住处附近已常有炮弹落下，一次总是两发，皇城根一带落过，银闸胡同也落了。传说北池子北口防痨协会做了弹药库，炮是朝那儿打的。小孩子们都不知道怕，议论着八路为什么老打不中？

爸爸的各种朋友不断进出，大人们一定在商议那件重要事情，家里乱糟糟的。

我暗自高兴，期待着坐一回飞机，又很想把这一仗看到底。北平这么好！我家有什么必要逃出去呢？这样矛盾着胡思乱想，没容我想两天，事情已决定，我们不走。爸爸的一些老朋友，杨振声、朱光潜伯伯们也都不走。家里恢复了以往秩序，没客人时爸爸继续伏案工作。大家等待着必然要来到的某一天。

出乎意外，中和舅舅突然来了。他读清华土木系，随一群同学叫开德胜门路障，说要进城买烟，守军没刁难他们。全家兴奋地听他摆活，首先被告知：不叫八路军，现在叫解放军。他们所到的地方，就解放了。爸爸急着打听梁思成一家、金岳霖和许多朋友情况，高兴他们全都平安。我们咧着嘴整天围着中和舅舅，享受那些娓娓动听故事，和新奇见闻。

“有个女八路唱了很多歌，”他还是习惯说八路，“那嗓子，从来没听过这么棒的！”

我觉得那女八路应该像大表姐样子，唱的一定有我学的那支歌。往后就不必没完没了听电台播那些“你你你你你你你你真——美丽”之类讨厌的陈腔滥调，每次听到这种歌，大就皱眉说“黄色的！”我也说“黄色的！”也皱眉。

陆续有人来转告，北大民主广场上贴了好多壁报、标语，是骂爸爸的。大想看个究竟，就去了。我觉得没看头，那里天天有壁报。以前同院周伯伯关闭北楼，北大贴了一大片声讨他的壁报，周伯伯并没怎么样。

大回来了：“挺长的呐，题目叫《斥反动文艺》，说爸爸是粉红还是什么桃红色作家。也骂了别人，不光是爸爸。”

这个胡涂的大，专门去看，既不懂原作者郭沫若的权威性，又忽略了那个权威论断：

> 特别是沈从文，他一直有意识的作为反动派而活动着……[1]

---

[1] 郭沫若《斥反动文艺》，发表于1948年《大众文艺丛刊》第一辑。

我其实更不明白，心想粉红色总带着点红，大概骂得不算厉害。我从小偏爱粉红色，夜里猫在房顶唱情歌，我说是“粉红哇呜”声音。

> 小虎虎且记得三叔给粉红色可可糖吃。他什么都是粉红色，连老虎也是粉红色。[1]

爸爸可受不了粉红色帽子，对这顶桂冠的分量，他心里一清二楚，又相当胡涂。天天轰然爆裂的炮弹他不大在意，这颗无声的政治炮弹，炸裂的时机真好，把他震得够呛，病了。

后半夜爆炸声震醒了大家，何思源被特务炸伤了。一天后他裹着纱布，消失在通海甸的路上时，带去傅作义将军一生最重要的选择，也牵动着二百万渴望和平的心。

枪炮声日渐稀疏，终于沉寂。

---

[1] 沈从文致沈云麓大哥信，1940 年 2 月 26 日。

爸爸心中的频频爆炸，才刚开始，逐渐陷进一种孤立下沉无可攀援的绝望境界。

“清算的时候来了！”

他觉得受到监视，压低声音说话，担心隔墙有耳；觉得有很多人参预，一张巨网正按计划收紧，逼他毁灭。没人能解开缠绕他的这团乱麻，因为大家都看不见。他的变化搞得全家不知所措，我们的“迟钝”又转增爸爸的忧虑。他长时间独坐叹息，或自言自语：

“生命脆弱得很。善良的生命真脆弱……”

“……都是空的！”

走近身，常见悲悯的目光，对着我如看陌生人。忽而，又摸摸我手：

“爸爸非常之爱你们。知道不知道？”

我当然知道，但很不自在，不知该怎样帮助他。

在全国正有几百万人殊死搏斗的时刻，一个游离于两大阵营之外的文人病了，事情实在微不足道，但却给一切关心他的左倾右倾朋友添了麻烦。大家跑来探望，带着围城中难得的食物，说着这样那样宽慰的话，都无济于事。一月末，远在清华大学的程应铨叔叔和梁思成伯伯，大冬天托带了冰淇淋粉和短信给爸爸：

从文：听念生谈起近状，我们大家至为惦念。现在我们想请你出来住几天。此间情形非常良好，一切安定。你出来可住老金（岳霖）家里，吃饭当然在我们家。我们切盼你出来，同时可看看此间“空气”，我想此间“空气”，比城内比较安静得多。即问双安。

思成拜上廿七日

他去了。当天由罗念生伯伯送去的。

二十九过年，好多朋友来拜年，问长问短。妈妈独自应接，强作笑脸，明显憔悴了。这个年真没劲，我们都想着几十里外，另一个天地的爸爸。

两天后北平“解放”了。人们欣喜地迎看解放军。他们军容整肃，个个容光焕发，和蔼可亲。他们纪律严明廉洁朴素，从此再没有腐败的官僚。大家欢喜他们，我也欢喜。

好朋友的关怀照抚治不好爸爸的病，这时仍然一天天被精神的紊乱缠缚更紧。

“我”在什么地方？寻觅，也无处可以找到。

我“意志”是什么？我写的全是要不得的，这是人家说的……[1]

我终得牺牲。我不向南行，留下在这里，本来即是为孩子在新环境中受教育，自己决心作牺牲的！应当放弃了对一只沉船的希望，将爱给予下一代。[2]

大院的孩子们仍然天天聚集玩闹，现在兴趣集中在学新歌上。我们很快就会唱“他是人民大救星”以及“从来就没有什么救世主”等等，每首新歌都叫人振奋，又那么好听。这天女孩子们商量过，一本正经找我教舞蹈。

“什么？什么？”脸红，“我可不会跳舞！”

“知道你学了‘山那边好地方’，别骗人！”

“这是进步嘛！摆什么架子！”

---

[1] 沈从文致张兆和信，1949年1月31日写于清华园。

[2] 沈从文致张兆和信，1949年2月2日写于清华园。

孔德的中学生随后的确又排练了舞蹈，我不过是旁观，那也赖不掉，只好尴尬上场，“进步”了一次。男孩们戳在一边讪笑，主要在笑我，我自己也很难忍住。

回到家，就再也笑不出来。爸爸愁眉不展，常叨念些什么，不可理解，总也不见好。

穿一身粗糙的灰棉军装，大表姐突然降临。我们欢天喜地，妈妈跟她讲了爸爸的事，表姐一点没嫌弃，对爸爸非常热情体贴。饭桌上，妈妈端出罕见的鸡汤，表姐推让着：

“我们大家伙吃！大家伙吃！”

听！听！说的都是八路的新词。全家竖直耳朵听她讲了好多真实的故事。爸爸看她，露出笑容。她不知道，我们心里是怎样在感激这位共产党姐姐。

新进城的熟人陆续来看望爸爸，有军人也有穿便服的干部。这天又来了个解放军，和大表姐一样热情关切，爸爸还记得，是他的学生，谈得很高兴。这些人给了妈妈证据，去劝慰爸爸：

“你看，人人都是真心对你，盼你病早点好，跟上时代。谁要害你？”

“他们年青，不是负责的。”

爸爸又回到老样子。

谁能负责呢？指望谁来解开他心上的结呢？我们都想到了同一个人，她在大人的记忆里，在我们兄弟朦胧感知的印象里，是那样亲切，没有什么事情不能同她商量、向她倾诉，只有她最了解爸爸，能够开导他。爸爸也信任她，早就盼着见到这位老朋友。

终于，得到了丁玲的口信，原来这么近！

爸爸攥着我手，一路沉默。我明白他的激动和期待。没几步，到了北池子一个铁门，穿棉军装的门岗亲切地指着二楼。暖融融的大房间阳光充足，我看见爸爸绽开的笑脸，带一点迟滞病容……

回来我一直纳闷，这相隔十二年的老友重逢，一点不像我想的，只如同被一位相识首长客气地接见。难道爸爸妈妈那些美好的回忆，都是幼稚的错觉？那暖融融大房间里的冷漠气氛，嵌在我记忆里永远无法抹去。

开学了，我们兄弟奔赴学校去接受新事物，集会游行很多，锣鼓声不断。爸爸的病日益加重，陷入更深的孤独纷乱。一些年青朋友来告别，有的进了革命大学，不久就要随军南下，有的投身崭新工作，意气风发，往后见面机会少了：

“沈二哥你多保重。三姐也得注意身体，你太辛苦了！”

他们都清楚，这个家全靠妈妈支撑着。

我们真盼望那些解放军朋友们常来。他们多少总能让爸爸精神松弛一下，还能给妈妈拿点主意。正好，来了一位戴眼镜的首长，警卫员不离左右，他受到理所当然的尊敬和欢迎。首长果然比青年人有见识，他劝妈妈尽快挣脱家庭束缚，跟上时代参加一项有意义的革命工作。眼下先进一所学校，接受必要的革命教育。真是拨开迷雾，茅塞顿开！妈妈当然愿意，我跟大也高兴，妈妈将要成为穿列宁服的干部，多带劲！可是爸爸怎么办？

几经商讨、求教、争论，事情很快定下来，筹办中的华北大学录取了她。爸爸精神更忧郁，他不乐意，完全在预料中，这叫闹情绪，扯后腿，都是八路带来的新词，准确生动。克服不了这点困难，就永远把妈妈捆住。

他要是久病下去，全家怎么办？因此必须坚定勇敢咬紧牙关，实在不行雇请个人料理家务，这是唯一合理的选择……但我们没料到，能看见大网的“疯子”，这时却望见抓纲的人居高临下得意洋洋，那狂乱的头脑，再次依稀想到老友文章里的劝告：不如自杀……

“锵！锵！七锵七！锵！锵！七锵七！停！向后——转！再来。锵……”

全校按体操队列在操场上只能扭八步。今天早操提前半小时，学扭秧歌，这不算难，一早上全学会了。放学后高年级留下再练，单列排成8字队形，可以连续扭了。在中心点交叉而过，真好玩。

“停下！大家掌握胳膊和腿的动作都挺好。现在缺点是脖子还没有秧歌味，这个要领很难说清楚，只有一位同学相当不错，大家再来，注意模仿他。好，开始！”

于是扭动的8字长队，一双双眼睛都追踪着那根自负的脖子。这一天痛快极了。

家门洞开，里边乱糟糟的。窗上一块玻璃碎了，撕破的纱窗裂口朝外翻。只有大在家。

爸爸出事了！

早晨我走后，他就做着解脱的尝试，被大制止了。后来他用几种办法寻求休息，幸好魁伟的中和舅舅来到我家，爸爸没成功。

这惊动了大院的众多邻居。他们中间有的人，在以后岁月里也曾寻求解脱，成功了。

妈妈很晚才从医院回来。过几天她就该去华北大学报到，只好推迟。

在爸爸遇救时，听见他叨念着：

“我是湖南人……我是凤凰人……”

他可能还想说“我是乡下人！”但已胡涂了。

胡涂中看到更多可怕的事，明白人都看不见。他老嚷要回家，躁动，又被制伏……

朋友们去探望安慰，他冲人家说希望有个负责人跟他谈谈，告诉他究竟准备如何处置？这真叫听的人为难。谁要处置他？谁才算负责人？杨刚回去商量，通知他准备派吴晗做这件不讨好的事情。

“可怕极了！你们不能想象。”

他抓紧我手，朝怀里按一按，尽量压低声气。他看见一个戴眼镜的人蒙着口罩，装成医生穿着白褂子，俯身观察他死了没有。看见……

“我认得出来，别人是医生，他不是。”

爸爸看到了收紧大网的一些人，现在正排演着一步步逼他毁灭的戏剧，有人总是居高临下出现在他的幻念里……

> 迫害感且将终生不易去掉。[1]

当时写下的这句疯话应验了。

爸爸出院后闭门养病。五月，妈妈进入华北大学。爸爸照习惯，又三天两头跑去北大博物馆帮着筹建、布展。

“妈妈离家你想不想？”

“无所谓！”

我作出懂事样子，回答周围穿灰军装学员。王忠叔

[1] 沈从文日记《四月六日晨七时》，1949 年写于病房。

也穿着过大的军装，在远处扭秧歌，姿态滑稽但特别认真，我不能笑话。

有些认识的人问："你爸好吗？"

"还好，挺安静的。"

安静就行了。在家里他仍旧长时间独坐叹息，写个不停，然后撕掉。晚上倾听收音机里的音乐，有时泪眼欲滴。一觉睡醒时，常见他仍旧对着哑寂的收音机木然不动。

还陆续有朋友来看他，小心避开令他难过的问题，关心他的人却不敢询问什么。一位姓朱的老革命同乡来了，自己扛个大西瓜，没进门就高声问候，警卫员坐石阶上任我欣赏蓝闪闪的驳壳枪，爸爸的笑声夹在豪放大笑中断续传来……另一位同乡刘叔比较斯文，他劝妈妈不能操之过急：

"欲速则不达。他不是革命者，不能拿革命者去要求他，最要紧的是爱护体贴……"

他们是负责的吗？他们能证明那些梦魇并非事实吗？可惜办不到！爸爸真固执。

吴晗来时，他跟人家说愿到磁县去烧瓷，让吴晗很为难……

八月后，他被安排去熟识的午门楼上历史博物馆工作，是爸爸同意去的。

在家里，还是老样子。那年多雨，许多地方被淹。他站在门前轻轻叹息：

“雨愁人得很。”

我们兄弟就学着用新观点批评：“翻身农民不会这样想。”

晚上他还是不断地写，写写又扯烂。收音机同他对面时间最久，音乐成为他主要伴侣，唯有音乐在抚慰他受伤的心，梳理别人难以窥见的既复杂也单纯的情感。无法想象音乐对他生命复苏，起着什么样的作用。

……一和好的音乐对面，我即得完全投降认输。它是唯一用过程来说教，而不是以是非说教的改造人的工程师。一到音乐中我就十分善良，完全和孩子们一样，整个变了。我似乎是从无数回无数种音乐中支持了自己，改造了自己，而又在当前从一个长长乐曲中新生了的。[1]

五

解放这年夏天，我进了男四中。寒假，爸爸带我去午门上班，在五凤楼东边昏暗大库房里，帮助清理灰扑扑的文物。我的任务是擦去一些不重要东西上的积垢。库房不准生火取暖，黑抹布冻成硬疙瘩，水要从城楼下边端。爸爸跟同事小声讨论着，间或写下几行字。他有时拿大手绢折成三角形，把眼睛以下扎起来挡灰，透过蒙蒙尘雾，我觉得这打扮挺像大盗杰西，就是不够英俊，太文弱。中午我们在端门、阙左门、阙右门进进出出，让太阳晒暖身子。他时时讲些我兴趣不大的历史文物知识。这挺好。爸爸又在做事了，我不扫他兴，由他去说。

“这才是劳动呐！这才叫为人民服务喃。”

他边走边叨念着，说给我听，又像自语。

爸爸这一头扎进尘封的博物馆去，不知要干多少

[1] 沈从文致张兆和信，1949年9月20日。

年？那十几二十本准备好好来写的小说，恐怕没指望了。在病中对着收音机独坐时候，他写过许多诗，又随手毁掉。那不过是些呓语狂言吧？也说不定，那是他写作生命熄灭前最后几下爆燃，奇彩异焰瞬息消失，永不再现？

真不明白一切错综变故，怎么会发展到这样严重？爸爸在最不应该病的时候倒下，得的又是最不合适的病。这是全家的心病，沉重得直不起腰，抬不起头。我们母子总想弄清来龙去脉，常一起讨论，冥思苦想，不得要领。我在爸爸更稳定一些时，以及后来的岁月直到八十年代，曾一再找会机直接问过他。每次问到那场变故，正常人看不到的种种可怕幻觉，在他心里马上浮现出来，戏剧执导和男女角色时隐时现，继续排演那同一主题的剧目……我很怕伤着他，不敢再谈下去。他的病可能从未治好，那张看不见的网我们永远无法揭去。爸爸所有回答，都一再让我想到鲁迅那篇描写狂人的不朽名作……

课堂上讲到第三条路线的文人，有张三李四，瞟我一眼，“还有沈从文。”

沉住气，千万别脸红！我目光低垂，整个脖子脑袋连头皮在内，一个劲不可抑制地发热膨胀，更糟的是我坐头排，人人都能看清这张不争气的红脸。

老师明白我狼狈，课下表示关切：

“你父亲近来好吗？”

哎呀！你不问还好点，同学都围过来了。

“挺好！正在革大学习。”

我故作轻松，但老师无意地勾起了同学的好奇心：

“你爸是辞职还是给北大解聘的？”

辞职是没有的事，可我说不清怎么就离开了北大，还没想出词，向来熟悉文坛的一位同学抢着说：

“是解聘的。”

真窝囊死了！

革命大学在颐和园附近。安排爸爸学习，是爱护和关怀，他的确应该认真学习，彻底改造思想，才能跟上形势。他被动地接受，这就很说明问题，我们得耐心帮助他。

爸爸学得别别扭扭，不合潮流。他不喜欢开会听报告，不喜欢发言和听别人发言，讲政治术语永远不准确，革命歌曲一个也不会唱，休息时不跟大家伙打成一片，连扑克牌都不肯玩，总是钻进伙房，跟几个一声不吭的老炊事员闷坐，还把我一只好看的狮子猫抱给他们。

“爸，你不参加扭秧歌，同志们一定会批评你。要不趁着星期天我在家教你行吗？”

“我不扭。我给他们打鼓。”

这真希奇！我也是司鼓，比扭的那些人神气，怎么不知道爸爸会打鼓？我马上找来一面小扁鼓，把鼓槌塞过去。

“要考考我？好！”

鼓很差劲，他试试音，半闭起眼睛，开始了。

好像是蹄声，细碎零落，由远渐近，时而又折转方向远去。我以为它会逐渐发展，成为千军万马壮烈拼杀的战场。

没有，他不这样打。轻柔的鼓点飘忽起伏，像在数说什么，随意变幻的节奏，如一条清溪，偶尔泼溅起水花，但不失流畅妩媚品性。他陷入自我陶醉。

我听过京戏班子、军乐队、和尚们以及耍猴人打鼓，熟悉腰鼓和秧歌锣鼓点，那都是热热闹闹的，从没听过这种温柔的打法。

“爸，你的确会打鼓。可你的调子与众不同。秧歌要用固定的锣鼓节奏，才能把大家指挥好，扭得整齐一致。你这么自由变化，人家一定不允许。”

“休息时候我才打一会。他们承认我会打鼓。”

好不容易有一天，在自由命题作文上，我能心安理得写出这样的开头：“爸爸同志……”

他从革命大学回博物馆半年多，又被组织去四川参加土改，接受阶级斗争教育。这篇作文就是给四川一封信的翻版，有机会在学校重写一遍，我得到点情绪补偿。

爸爸同志不断写来很长的信，描写见闻感受。令人惊讶，怎能写得那么快？他设想，用这些信作线索，将来可写一本《川行散记》。

有过这种事，那是抗战前写《湘行散记》办法。现在可不好说，他这些家信跟《暴风骤雨》味道不一样，写文章不是打鼓，打完就拉倒，可别辛辛苦苦写出个《武训传》第二。他还写信给丁玲，希望提前回来写东西。放弃阶级斗争的洗礼，这多不好。我们得劝他坚持到底，现在还是老老实实跟别人一样接受教育吧……这些胡思乱想，我当然没往作文里写。

好景难长，课上讲鲁迅战斗精神，他勇敢地怒斥张三李四……可能又要听见“那话儿”了，我不禁头皮发麻。果然！鲁同志还勇敢地怒斥过爸爸同志。

孙悟空很值得羡慕，他可以向唐僧求饶，沙和尚会帮他说情，师傅念紧箍咒时，他可以翻斤斗竖蜻蜓，可以威胁八戒……我却不能，连把头低一低都怕吸引更多的注意。

这年寒假，爸爸同志的家属再也赖不下去了，我们只好告别大院，在交道口大头条胡同租私房住下。他从四川疲惫不堪拖着行李归来时，站在院门询问沈从文在不在里边住？

这小院住着不多几户，邻居家净是女孩，几张嘴一天到晚说笑不停，使我觉得很冷清。大在极远的地方读高中，活动特多，很晚回来，同我作伴机会少，于是我每天先在学校玩够了再回家。家里只有爸爸一人，总是伏案在写他的文物材料，我回来他才转过身，同我谈点什么，也乘机休息一下。

“爸，我跟同学从操场翻墙到法国茔地，老坟埋的净是侵略中国的死鬼，都解放了，干嘛不把它们刨了？最新的坟是何思源的小女儿，和平之花，有个浮雕像，我猜她妈妈是……”

爸爸不知什么时候，已沉回自己的工作，单上半身扭回书桌方向继续写下去，经我提醒才笑笑，放弃这种别扭的姿势。

只有星期日好，妈妈从圆明园回来，这儿才热闹一阵，像个家样。她回来没一刻闲空，忙着整理三个男人弄乱的家，安排下周生活。

“小弟你看，爸爸这种思想情绪不对头。”

她指着爸爸一张没写完的信，正在清理书桌。指的是“门可罗雀”四个字。

其实若没有女孩们叽叽喳喳，我真可以扣几回麻雀玩玩。从爸爸进革大之前，来访的朋友就一天天稀少了。搬到这儿以后，离老朋友远，来往机会更少了。但怎么可以发牢骚呢？归根结底，是他自己落在时代的后边，我们得帮助他赶上去。但是谈何容易？我自己还进步很慢，哪有那个水平呢？

妈妈教中学，当班主任，星期日下午就匆匆往圆明园赶，路上要两个多小时。这晚上，家里更觉冷清。在寂寞的家里，唯有思想落后的爸爸，跟我呆一块的时间长。明年，大就要读大学了，他去住校，我更寂寞……

六

老师在出了考场的学生包围下说出正确答案，张嘴聆听的面孔，即刻变化成不同表情。笑声突起，有人把世界最长的河，答成“静静的顿河”；一个同学埋怨另一个是大舌头，传消息口齿不清，害得他把获斯大林文学奖金的作品，错写成《太阳照着三个和尚》。这里正在进行中等专科学校招生统考。北京的中专学校吸引力相当强，连外省学生也有不少跑来试一试。

我第一志愿投考竞争最激烈的重工业学校。生怕考不上，心里老在打鼓。同时我又满意自己的重要抉择。

我迷恋机器。热衷于亲手做个什么会动的东西，大约从六岁开的头。初中三年尽管看了许多闲书，我偏没

读过《绿魇》，不然这会儿就能振振有词，用爸爸的预见去说服他自己。当年他这样描写过我们兄弟 :

> ……今夜里却把那年青朋友和他们共同作成的木车子，玩得非常专心，既不想听故事，也不愿上床睡觉。我不仅发现了孩子们的将来，也仿佛看出了这个国家的将来。传奇故事在年青生命中已行将失去意义，代替而来的必然是完全实际的事业，这种实际不仅能缚住他们的幻想，还可能引起他们分外的神往倾心！[1]

爸爸先给我取了个勇猛名字，后来又希望我“从文”。十岁时，我曾把记忆中的“昌黎号”，用正投影规则，敬绘出主视图和俯视图，他又大加赞赏和鼓励。今天我当真要去搞机器，爸爸却不乐意了。但是他表现得柔和、讲理。

“弟弟，你还是多读几年书吧！妈妈同我都可以帮到

---

[1] 沈从文散文《绿魇》，作于 1943 年。

你，把文章写好起。”

“我搞不了文！你跟老师都说我的作文有八股味。”

“有点也可以，多写写，懂得好坏，我就不叫你沈八股了。”

“我喜欢机器，这也挺好嘛！再说……”

再说，就得离文学远点，做个不经心的读者多好！我只是不想刺痛爸爸。

过两天他又找我谈：

“弟弟，学机器也很好。家里有条件供你读大学，大学也可以搞机器。我们希望你至少能读完清华。”

“我要现在就学，四年毕业，还赶得上为第一个五年计划出两年力。”

“你还小呐，不必忙着找事情做。”

“都十五了！你十四岁当兵比我还小。”

唉！这个爸爸是怎么啦？干嘛那么上心？我又不是到朝鲜去西藏，现在还不够格。我只是想跟这个家拉开点距离，越早越好！我没能耐帮助爸爸跟上时代，他却无形中影响了我的进步。跟他裹在一块，“那话儿”总叫我矮人半截，像蔫赤包[1]似的，谁捏一下都没辙。我选中了唯一实行供给制的学校，念书吃穿都由国家负担。我要去住校，去工作，成天生活在集体里，别人才会拿我当一个独立的人，而不是受着这样一个爸爸的供养。可惜他不能明白！

统考以后，他还不放弃希望，总想劝我再去考一次高中：

"弟弟，不读大学，我觉得很可惜，你又不是功课赶不上。"

"你也没读过大学，中学也没读过。爸，有用的人不一定都念过大学。"

"可是我非常之羡慕能进大学的人。当时实在不得已，程度太低，吃饭都成问题，没有机会喃。你没有这些障碍，放弃读大学机会，可惜了……"

爸爸耐心做思想工作，一点也打不动我。他自己教了二十年大学，一阵"那话儿"就不明不白给轰得闹不

[1] 赤包，北京小孩捏着玩的一种红色卵形野果，皮极柔韧，虽经反复揉捏至完全蔫软，仍不易破。

清“谁是我？”“我在什么地方？”他曾在辅仁大学兼一点课，离开北京大学以后，算是留在大学里半条腿，这会儿正朝外拔。他尽管没资格犯贪污、浪费、官僚主义之罪，还必须“应师生要求”到辅仁去补“三反”运动的课。因为人家搞三反时候，他正在接受土改和五反运动的锻炼。所谓补课，无非是做政治思想检查，再听些和三反毫不相干的“那话儿”。去辅仁作思想检查，我想大概是爸爸最后一次爬上大学讲台了。

他正在离开的那种地方，我不进去有什么可惜？那种地方大概用不着我做错事，也并非为惩罚我，不定什么时候，张口能念“那话儿”的人多着呢！仿佛喝水、呼吸一样，是自然需要，是适应环境的一种本能，我巴不得躲开这种环境远远的呢！

……

……

电车铃声清亮悦耳。

“爸，都到小经厂了，你坐车回去吧！”

他不肯，“再走走，同你再走走。”

只好继续推着自行车走下去。

他从来对谁都不远送，这会儿怎么啦？去我的新学校才六站距离，比男四中还近，再说周末就能回家……不过，我已记不起有多少年没一块散步了，走走也好。

他三天两头劝阻，全都是旧意识的反映。从录取那天起，爸爸一直沉默寡言，我猜他还在为我惋惜，可从来不说半句泄气的话，连叹气都没叫我听见一声。

鼓楼檐角外小燕穿来穿去。前年楼顶兽头嘴里冒烟，消防队爬上去，听说是蚊群。大概小燕在吃这种蚊子吧？它们多自在！

鼓楼斜对街铁匠铺里火星飞溅，大锤闷响和掌钳师傅榔头的脆声交替应答，新学校大概也要学打铁？我对那几个汗流浃背的师徒，产生一种亲切感。

“爸，都走出三站路了，星期六我一定回来，你快上电车吧！”

他不走，把我领进一家冷食店，要两瓶汽水。冷冻机轻轻敲击声叫人舒坦，凝一层厚霜的管子飘着冷雾，看上去挺凉快，弥漫着淡淡的阿摩尼亚气味并不讨厌，我嘬着蜡纸管，爸爸走向柜台，弄来一个小圆面包。

“吃过晚饭了，爸，不饿。”

“你吃得下，就一个。”

面包很小很新鲜，盘一圈螺旋形黄丝，他把喝了一点的汽水瓶推过来。

还不肯回去。进了弯弯曲曲的烟袋斜街。窄街上，车后行李有点碍事，我推车拐来让去。这包袱太大了，好像我出远门，被塞进许多夏天用不着的东西。

他在一家棉花店前驻足，观看门楼上那些雕饰。

“清朝留下的老铺子，以前很讲究呢。”

指给我看悬吊着的老式店招，脏兮兮的大棉球扁扁的像南瓜。

“这种老店越来越少了，都毁掉了。以后只能从画上看到。”

银锭桥把着斜街西南口，桥头有鲜枣卖，他把手绢摊开来。

“别买了，爸，同学要笑话。”

爸爸像没听见。“尝了，很甜，只有半斤。”

扎上手绢，我说没法拿。他不懂自行车装载学，果然想不出该把它挂在哪，又去解开疙瘩。

消化机！消化机……

消化机早已懂得克制了。我忸怩着，被装满裤兜。他俯身捡拾滚落的几个。

“爸！我顺这后海北河沿很快就到学校，听说那是摄政王府。你到家没准天都黑了。”

“我知道，那也是溥仪的家。坐车子小心点。”

我跨上车滑开，桥上剩下爸爸一人。他总是管骑车叫坐车。

七

这孩子终于走在自己选择的路上了。沿岸一段缓坡，车子轻松地加快。背后大包袱坠得车把有点飘，一定要稳住，别让桥上那人看见它晃来晃去。

太阳快要沉落微带金红，越展越宽的水面闪闪烁烁，对这孩子眨眼微笑。谁说北京的云霞赶不上云南？前边这片天空正张开最美的一幕。小燕比不上这孩子，它们只懂得爹妈教的飞法，体会不到挣脱羁绊的轻快欢畅。

银锭桥上据说是燕京八景还是十景的一个去处，闹不清朝哪方看才算真正内行。那个留在桥上的人，依然朝着一株株柳树间隔里，望那远去的孩子，孩子全身都能感觉到这件事。那个人想些什么？却不知道！孩子顾不上琢磨这些，心满意足朝一片红光的方向奔去。他将在一座漂亮的大花园里，“在新环境中”受到最好教育，获取那些令他心往神驰的本领。他将挥汗如雨，亲手塑造一些无机生命。一个善良单纯女孩，将伴他携手同行。这孩子会不断进步，逐渐提高政治觉悟，也接受应得的一分愚昧。沿后海这条土路总是向左拐，又向左拐，在彼岸终于折到相反方向。这条路本没修好，有平坦硬实地段，也有坑坑洼洼泥泞，绕它一圈，是条长长的路程。

有一天，孩子走过了这条长路，从另一个方向来到桥头，想听听银锭桥的传奇故事。桥上空空荡荡，一无所有，那个人早已离去。

1988 年 9—11 月，病中

1989 年春节修改。

2004 年 7 月重校。